CB143652

GRANDES OBRAS DA CULTURA UNIVERSAL

(Clássicos de Sempre)

1. A DIVINA COMÉDIA — Dante Alighieri — Ilustrações de Gustave Doré — Tradução, nota e um estudo biográfico, por Cristiano Martins.
2. OS LUSÍADAS — Luís de Camões — Introdução de Antônio Soares Amora — Modernização e Revisão do Texto de Flora Amora Sales Campos — Notas de Antônio Soares Amora, Massaud Moisés, Naief Sáfady, Rolando Morel Pinto e Segismundo Spina.
3. FAUSTO — Goethe — Tradução de Eugênio Amado.
4. LÍRICA — Luís de Camões — Introdução e notas de Aires da Mata Machado Filho.
5. DOM QUIXOTE DE LA MANCHA — Miguel de Cervantes Saavedra — Com 370 ilustrações de Gustave Doré — Tradução e notas de Eugênio Amado — Introdução de Júlio G. Garcia Morejón.
6. GUERRA E PAZ — Leon Tolstoi — Com índice de personagens históricos, 272 ilustrações originais do artista russo S. Shamarinov. Tradução, introdução e notas de Oscar Mendes.
7. ORIGEM DAS ESPÉCIES — Charles Darwin — Com esboço autobiográfico e esboço histórico do progresso da opinião acerca do problema da origem das espécies, até publicação da primeira edição deste trabalho. Tradução de Eugênio Amado.
8. CYRANO DE BERGERAC — Edmond Rostand — Com uma "Nota dos Editores" ilustrada por Mario Murtas. Tradução em versos por Carlos Porto Carreiro.
9. TESTAMENTO — François Villon — Edição bilingue — Tradução, cronologia, prefácio e notas de Afonso Félix de Souza.
10. DOM QUIXOTE APÓCRIFO — Alonso Fernandez de Avelaneda — Tradução, prefácio e notas de Eugênio Amado — Ilustrações de Poty.
11. GARGÂNTUA E PANTAGRUEL — Rabelais — Tradução de David Jardim Júnior.
12. AVENTURAS DO BARÃO DE MÜNCHHAUSEN — G.A. Burger — Tradução de Moacir Werneck de Castro — Ilustração de Gustave Doré.
13. O PARAÍSO PERDIDO — John Milton — Ilustrações de Gustave Doré — Tradução de Antônio José Lima Leitão.
14. SHAKESPEARE — Peças Escolhidas — (Romeu e Julieta, Hamlet, Macbeth) — William Shakespeare.
15. GIL BLAS DE SANTILLANA — Lesage — Em 2 volumes. Tradução de Bocage — Ilustrações de Barbant — Vinheta de Sabatacha.
16. DECAMERON — Giovanni Boccaccio — Tradução de Raul de Polillo — Introdução de Eldoardo Bizzarri.
17. QUO VADIS — Henrik Sienkiewicz — Tradução de J. K. Albergaria — Ilustrações Dietricht, Alfredo de Moraes e Sousa e Silva — Gravuras de Carlos Traver.
18. MEMÓRIAS DE UM MÉDICO — Alexandre Dumas (1. José Bálsamo — 2. O Colar da Rainha — 3. A Condessa de Charny — 4. Angelo Pitou — 5. O Cavalheiro da Casa Vermelha).
19. A ORIGEM DO HOMEM (e a seleção sexual) — Charles Darwin — Tradução Eugênio Amado.
20. CONVERSAÇÕES COM GOETHE — Johann Peter Eckermann — Tradução do alemão e notas de Marina Leivas Bastian Pinto.
21. PERFIS DE MULHERES — José de Alencar.
22. ÚLTIMOS CONTOS — Hans Christian Andersen.
23. ANNA KARÊNINA — Leon Tolstoi.
24. CONTOS — Machado de Assis.
25. E O VENTO LEVOU — Margaret Mitchell.
26. CRIME E CASTIGO — Fiódor Dostoiévski.
27. OS IRMÃOS KARAMOZOV — Fiódor Dostoiévski.
28. O IDIOTA — Fiódor Dostoiévski.
29. O MORRO DOS VENTOS UIVANTES — Emily Brontë

GUERRA E PAZ

GRANDES OBRAS DA CULTURA UNIVERSAL

Diretor editorial
HENRIQUE TELES

Produção editorial
ELIANA S. NOGUEIRA

Ilustrações
S. SHAMARINOV

Tradução, Introdução e Notas
OSCAR MENDES

Capa de
EDUARDO BATISTA DE OLIVEIRA DIAS

"Feat of Cavalry Regiment at the battle of Austerlitz in 1805"
Pintura de Bogdan Willewalde - 1884 - óleo sobre tela - 56x82 cm
Military Historical Museum of Artillery, Engineers and Signal Corps
São Petersburgo, Rússia.

EDITORA GARNIER
BELO HORIZONTE
Rua São Geraldo, 67 — Floresta — Cep. 30150-070
Tel.: 3212-4600 - e-mail: vilaricaeditora@uol.com.br

LEON TOLSTÓI

GUERRA E PAZ

GARNIER
desde 1844

Dados Internacionais de Catalogação na Publicação (CIP) de acordo com ISBD

Tolstói, Leon

T6545v.Pm Guerra e Paz / Leon Tolstói; tradução de Oscar Mendes. — Belo Horizonte — MG : Garnier, 2021.

926 p. ; 16cm x 23cm. (Grandes Obras da Cultura Universal, 6)

Título original: Voina i Mir.

Inclui índice.

ISBN: 978-65-86588-98-9

1. Literatura russa. I. Mendes, Oscar. II. Título. III. Título: Voina i Mir. IV. Série.

CDU 821.161.1

Copyright © 2021 Editora Garnier.

Todos os direitos reservados pela Editora Garnier.
Nenhuma parte desta publicação poderá ser reproduzida
sem a autorização prévia da Editora.

SUMÁRIO

TOLSTÓI E "GUERRA E PAZ"

Pouco numerosos são na história literária os escritores, cuja vida no seu patético e no seu conflito entre realidade e ideal, tenha sido tão intensamente ela própria massa para realização artística como a desse nobre russo Leon Nicoláievitch Tolstói que figura, com justiça, entre os maiores romancistas da literatura universal. Sua alma, profundamente russa na sua inquietação, na sua insatisfação, na sua busca exaustiva da verdade, nos seus anseios místicos de um paraíso terreal, foi um eterno campo de batalha entre o artista e o reformador social, entre o niilismo absoluto e a vontade de criar um mundo novo, entre um orgulho quase satânico e uma ânsia de humildade e de amor aos homens e a toda a natureza que lembra São Francisco de Assis.

O drama de sua vida originou-se do choque entre a sua condição humana e o seu ideal de reforma social, entre o que ele era realmente e o que desejava ser e que os outros fossem, entre o seu orgulho de artista criador, com a consequente primazia da arte, numa hierarquia de valores transcendentais, e o preconceito falso da superfluidade e da vanidade das realizações artísticas, entre o aristocrata acostumado aos prazeres e gozos da boa vida e da boa mesa e o asceta que quis ser, partilhando das agruras e privações de seus próprios servos.

Tolstói foi uma alma perenemente contraditória. Paradoxalmente, esse homem que amava a paz e queria vê-la reinando efetivamente no mundo, de acordo com o conselho evangélico, viveu sua longa vida, pois morreu aos 82 anos, em perpétua luta consigo mesmo e com os outros, insatisfeito, incompreendido, emparedado no seu orgulho e, de dentro dele, estendendo braços amorosos para o seu próximo, todo abalado no mais íntimo de seu ser pelo entrechoque de suas ideias destruidoras, niilistas e seu anseios poderosos de reconstrução e de criação de moldes novos de vida social.

De um orgulho intelectual desmedido, chegando a crer-se um iluminado, um profeta destinado a oferecer ao mundo um novo evangelho: o tolstoísmo, mistura de evangelismo cristão, de racionalismo, de fatalismo oriental, de socialismo, de comunismo, de vegetarianismo e até mesmo de budismo, submete-se às opiniões sectárias de campônios iletrados como Sutaiev e Bondarev. Na admiração beata pela sua própria inteligência, repete ideias já velhas e sovadas de escritores e pensadores, como se fossem novidades inventadas por ele próprio.

Dotado das maiores qualidades para se tornar um artista perfeito, com seu raro dom de observação, sua agudeza psicológica na análise de caracteres, seu senso de patético e de beleza, quis ser reformador social, um chefe religioso, um místico racionalista, um santo sem fé ou com uma fé à sua medida e talante.

Foi essa série de contradições que tornou a vida de Tolstói uma luta perene, uma arena em que se digladiaram os seus instintos e a sua hereditariedade mais forte, uma vida fácil, rotineira, de glória assegurada e de serenidade, a viver insatisfeito, contrariado, em conflito contínuo com a esposa e os filhos, cavando a dissenção no seu lar, com a divisão dos filhos em grupos hostis, uns a seu favor, outros a favor de sua esposa.

Nasceu Leon Nicoláievitch Tolstói a 28 de agosto de 1828, no Distrito de Crapivna, do governo de Tula, numa propriedade ancestral chamada Iasnaia Poliana, que quer dizer "clareira luminosa do bosque". Seu pai, o Conde Nicolau Ilich Tolstói descendia de uma família de militares e marinheiros, de homens de Estado, de diplomatas, de artistas e escritores e era homem amante das belas letras. Sua mãe descendia também de velha família da nobreza russa, os Volkonski. Mulher de grande inteligência e de dotes artísticos, pois sabia tocar bem, falava, além de sua língua materna, o alemão, o inglês, o francês e o italiano, estudara turco e árabe, e conhecia algumas línguas mortas, o grego e o latim, decerto. Mas Leon Tolstói perdeu-a, quando tinha apenas dois anos de idade. Uma parenta longe, solteira, Tatiana Alexandrovna, tornou-se uma espécie de mãe para os órfãos da família Tolstói. Sete anos depois da morte da esposa desapareceu por sua vez o Conde Nicolau Tolstói, passando as crianças a viver sob a tutela de uma tia, a Condessa Osten Saquen. Morta esta também, outra tia, a Senhoa Iuchova, a substitui na criação dos órfãos. Mas residindo em Kazan, para lá se muda a família Tolstói, composta de três irmãos e uma irmã.

É na universidade de Kazan que Tolstói inicia estudos mais ordenados e mais sérios, embora não tenha sido um aluno aplicado e brilhante, preferindo aos livros as noitadas de pândega. De Kazan, passa a Petersburgo, para estudar Direito. Depois de formado, leva em Moscou uma vida de dissipações, de moço rico, que tem a paixão do jogo e das mulheres.

Quando rebenta a guerra com a Turquia, seu irmão Nicolau, que era tenente-de-artilharia, o induz a acompanhá-lo à região do Cáucaso. A princípio, a contragosto, acaba Tolstói por alistar-se e tomar parte em combates. De volta da campanha, ao soldado se sobrepõe uma personalidade nova: o artista, o escritor. Na revista "Sovremennik" (O Contemporâneo), fundada por Púchkin e Pletniev, em 1836, inicia ele a publicação de uma narrativa de caráter autobiográfico, "Infância", e uma série de contos em que fixa suas impressões da região caucasiana.

Em princípio de 1854, pretendia afastar-se do serviço militar, quando ocorre a guerra da Crimeia. A luta pela posse de Sebastopol foi terrível e o subtenente Tolstói se distinguiu pela sua coragem. Foi ali que ele viu de perto os horrores da guerra, os heroísmos obscuros, os egoísmos desenfreados, espetáculo que o punha diretamente em contato com a morte, esse mistério da aniquilação total ou da duração eterna numa outra vida, que iria constituir a obsessão de toda a sua vida, numa ânsia insaciável de solução a esse enigma. Dessas impressões, surgiriam mais tarde as suas narrativas de guerra da série de "Sebastopol", dos "Cossacos" etc.

Mas terminada a guerra, abandona o serviço militar e depois de viver algum tempo em Petersburgo e em Moscou, recolhe-se a Iasnaia Poliana. A vida de senhor rural não lhe agrada muito. Resolve viajar. E em 1857 e 1860, percorre a Alemanha, a França, a Suíça e a Itália, não como simples turista ocioso, mas como observador atento das coisas ocidentais que, aliás o decepcionam. De regresso à sua terra, em 1861, cria em Iasnaia Poliana uma escola de ensino primário, onde põe em prática muitas das ideias pedagógicas de Rousseau, publicando mesmo um jornal com o nome de "Iasnaia Poliana", em que expõe suas ideias e processos pedagógicos.

Não dura muito, porém, este seu primeiro ensaio de reformador social, de contato com os homens do povo e de difusão da instrução entre os campônios. Ao fim de dois anos encerra estas suas atividades, para só mais tarde, de 1872 a 1875, reiniciá-las, então já na fase de sua crise religiosa, que se iria acentuando cada vez mais nos anos subsequentes.

Em 1862, casa-se com a jovem Sofia Bers, filha dum médico de Moscou, mais moça do que ele quase dezessete anos, inteligente e bela, que se tornou ativa colaboradora de seu marido na consecução da glória literária. Seguem-se quinze anos de felicidade conjugal. Treze filhos nascem do casal. Tolstói administra suas vastas propriedades, volta à sua escola popular e escreve, em plena exuberância de seu talento. São desse período, em que o homem feliz no casamento e o artista sobrepujam o futuro, mas latente, reformador social e fundador de seita, os seus dois maiores e melhores livros, "Guerra e Paz" e "Ana Karênina". Neste último, porém já afloram as ideias que irão dominar daí por diante o espírito de Tolstói e criar o drama que lhe dilacerou a vida até sua morte numa estaçãozinha pobre de estrada de ferro.

Desgostoso com a ordem social vigente na Rússia, com a igreja ortodoxa, com os escritores, com a sua própria maneira de viver, intenta realizar uma transformação completa num mundo que considera todo errado desde seus fundamentos. Convencido de que a fé é que salva, mas achando que as religiões não satisfazem, mormente a cristã ortodoxa, arvora-se em intérprete autêntico e lúcido dos Evangelhos, embora negando a divindade do próprio Cristo e se propõe fundar um novo movimento religioso, que concretizará as sua ideias de perfeição e santidade. No livro "Minhas Confissões", publicado em 1861, narra a história de sua crise religiosa e expõe suas novas ideias.

De agora por diante o romancista Leon Tolstói, já famoso em toda a Rússia e conhecido no estrangeiro, irá desaparecendo, para dar lugar a uma figura criada pela imaginação e pelo orgulho do homem que se julgava um predestinado a reformar o mundo. Para ser coerente com as suas novas ideias, que o levavam a um ascetismo leigo de um vigor de ordem monástica, terá de mudar de vida. E assim o tenta. Nega-se a participar da vida social que o obriga a sua posição social e a sua fama de escritor, abstém-se do fumo e de qualquer bebida alcoólica, torna-se vegetariano, dorme em cama dura, traja-se como um camponês russo, deixa crescer a barba torrencial, dedica-se a trabalhos penosos, remenda sapatos, racha lenha, carrega água, anda descalço, quer ser, numa palavra, um mujique como os outros, isto é, como os seus servos, pois continua grande senhor e a morar na casa senhorial.

Mas estabelece-se então a dualidade tremenda da vida de Tolstói. Não consegue converter ao seu novo credo a sua própria família, que continua a sua vida de fausto, de aristocratas, e não compreende o espírito de renúncia de Tolstói. Estalam os conflitos. A discordância entre os esposos explode. Sofia Tolstói tem orgulho de ser esposa do mais famoso escritor russo do momento, é ciosa da glória de seu marido, não compreende que deixe ele de continuar a escrever os romances que lhe deram fama e fortuna, para escrever cartilhas de ensinar a ler, livros para o povo, artigos didáticos e filosóficos, reflexões moralísticas, propaganda de suas novas ideias religiosas. As discussões se multiplicam. Sofia vale-se de meios pouco dignos para amedrontar seu marido, ameaçando suicidar-se.

Como o tolstoísmo já passara de simples ideia de um pensador imaginoso a um movimento sectário, como o aparecimento de discípulos fervorosos das ideias tolstóianas, especialmente um tal Chertkov, que se instala na própria casa de Tolstói, vindo a ser alvo do ódio mais acirrado da condessa, e já se expandira pelo estrangeiro, onde se fundam centros de tolstoísmo, o abismo entre os esposos cada vez mais se alarga e o dilaceramento íntimo de Tolstói se torna mais intenso, pois não tem coragem de romper definitivamente com a família, para ir viver, como um mujique, numa isbá enfumaçada e inóspita.

Esta desconformidade entre sua doutrina e seu modo de viver vale-lhe uma série de críticas acrimoniosas. Acham que ele não passa de um hipócrita. Mas sua fama é universal. De toda parte seguiam visitantes a Iasnaia Poliana para ver o chefe do tolstoísmo. Até da China e da Índia.

Sempre taganteado pela ideia de que precisava renunciar a tudo para viver inteiramente de acordo com suas ideias, Tolstói, já com 82 anos, resolve um dia fugir para longe de Iasnaia Poliana. E o faz em companhia de seu médico e discípulo Makovestski, deixando uma pungente carta de despedida à sua esposa. Não vai muito longe, porém; uma congestão pulmonar fulmina-o na casa do chefe da estação do pequeno povoado de Astapovo e ali, entre seu amigo e discípulo Chertkhov e Alexandra, sua filha predileta, que não deixam entrar no quarto a esposa de Tolstói e seus filhos Taciana, André, Miguel e a esposa deste, só o fazendo quando o moribundo já não pode reconhecê-los, falece Tolstói, às seis horas da manhã do dia 20 de novembro de 1910. Em torno da estaçãozinha fervilham repórteres, fotógrafos, cinegrafistas, admiradores, ansiosos de notícias e desejando ver pela última vez o grande velho, o grande apóstolo, o maior romancista da Rússia.

O tolstoísmo, as ideias reformadoras e religiosas do conde russo passaram, modificaram-se, germinaram em outras mais atrevidas e mais inumanas. Mas ficou a sua obra literária, ficaram os tipos que sua imaginação criou, as criaturas que vivem nos seus romances, nos seus contos, nos seus dramas, em muitas das quais palpita a própria alma angustiada e dilacerada de Tolstói.

* * *

"Guerra e Paz", o mais longo, o mais denso, o mais significativo dos romances de Tolstói, foi escrito naquele período mais feliz da sua vida, quando tinha apenas dois anos de casado. Começado como uma simples crônica dos acontecimentos históricos do ano de 1812, quando da invasão da Rússia pelos exércitos de Napoleão Bonaparte, tornou-se na realidade um quadro geral da vida russa, de todas as camadas sociais, um admirável mural, pululante de vida, obra com algo de monstruoso pela sua desconformidade, mas repleta de momentos inesquecíveis da mais alta dramaticidade, dos flagrantes mais comovedores do sofrimento humano, da insânia dos homens, das aspirações mais profundas dum mundo melhor, das interrogações mais angustiadas diante do mistério da morte e ao mesmo tempo uma exaltação da alegria de viver, da vitória do amor como perene renovador de vida.

Há nele de tudo: pranto e riso; grandeza e miséria; ideias falsas e ideias justas; injustiças e parcialidades; exaltação dos simples e humilhação dos grandes e o reconhecimento da potência divina que rege os homens e os destinos da humanidade. Quem quiser conhecer a vida russa, a alma russa, os ideais russos, os sonhos russos, os crimes russos, abisme-se nessas páginas densas, contemple esses quadros "d´après nature", participe dessa vida tumultuosa, colorida, reboante de risos e de soluços que flui, remansa, cascateia e se despenha, como um rio imenso que corre para o oceano insondável do mistério da morte. Teve razão o crítico Baden, citado por Chostakowsky, na sua "História da Literatura Russa", quando escreveu: "Centenas de monografias históricas etnográficas não nos darão jamais uma ideia tão completa do caráter e do temperamento russos como "Guerra e Paz" de Tolstói".

Escreveu-o ele, durante cinco anos, consultando livros de História russos e estrangeiros, lendo relatórios de generais, proclamações, jornais,memórias, ouvindo testemunhos de sobreviventes de outras eras, valendo-se de tradições familiares, ora seguindo rigorosamente os documentos históricos, ora deturpando-os, ora interpretando-os no sentido de suas teses queridas, misturando realidade e ficção, numa realização artística das mais espantosas e das mais gigantescas já levadas a efeito por um romancista.

Hesitando em considerá-lo um romance segundo as normas clássicas do gênero, ou uma crônica familiar em que se conta a vida de duas famílias da nobreza russa, tendo como pano de fundo os anos que decorrem de 1805 a 1812, o citado crítico e historiador literário Paulo Chostakowsky prefere denominá-lo "epopeia nacional", porque seu verdadeiro herói é o povo, unindo-se para expulsar o território nacional da sua Santa Rússia, o invasor audacioso e saqueador. Efetivamente há muito de epopeia, das regras e processos do gênero, neste livro que não deixa, ao mesmo tempo, de ser um romance. O próprio Tolstói o considerava a "Ilíada" russa.

Não se prendeu a regras e processos de preceptiva literária. Fê-lo a seu modo. Não lhe deu um enredo ou trama, nos moldes clássicos da narrativa de ficção, nem deu um seguimento lógico e ordenado ao relato. Adota o processo dos quadros distintos, valendo muitas vezes por si próprios, como se não participassem intrinsecamente da narrativa geral, intercala os episódios de mera ficção com digressões de fundo puramente histórico e documentário, com reflexões filosóficas: interrompe muitas vezes uma situação tensa, dramática, para remansar o tumulto, deixando-o em suspenso e empregando dezenas de páginas em comentários e locubrações sobre Filosofia da História e movimentos estratégicos; não tem a rigor personagens de primeiro plano, protagonistas, mas dá relevo e importância, a uns e a outros, quer sejam importantes ou não.

Em suma, uma composição bastante desordenada, como os materiais amontoados para uma construção. Materiais de que muitas vezes não se utiliza, como acontece com certos episódios que nada adiantam ao arcabouço da história. O da conversão da Condessa Bezukov, a famosa e corrupta Helena, esposa de Pedro, ao catolicismo, por exemplo. Converte-se para poder divorciar-se do marido e unir-se a um dos seus dois amantes: um velho titular russo, homem de governo, e um jovem príncipe estrangeiro. A intriga de nada vale, porque logo depois Tolstói, lançando mão dum recurso de romancista canhestro, se descarta do personagem para quem já não tinha jeito a dar. O episódio lhe valeu apenas para extravasar sua aversão aos jesuítas e revelar sua ignorância supina de assuntos católicos.

Mas se as constantes interrupções da narrativa podem enfadar o leitor mais amante da ação novelesca do que das meditações e reflexões do romancista, não devemos perder de vista o conselho de Melchior de Vogue que, no seu livro "O Romance Russo", previne o leitor: "O prazer aí (na leitura de "Guerra e Paz") deve ser comparado com as ascensões às montanhas; a estrada é, por vezes, ingrata e dura, nela nos perdemos, é preciso esforço e pena, mas quando atingimos o cume e lançamos o olhar para baixo a recompensa é magnífica; a imensidade do país se desenrola aos nossos pés; quem não subiu até lá não conhecerá o relevo exato da província, o curso dos seus rios e a topografia das cidades. Da mesma forma, o estrangeiro que nunca leu Tolstói gabar-se-á em vão de conhecer a Rússia do século XIX, e o que quiser escrever a História do país inutilmente compulsará todos os arquivos, fará uma obra morta, se se descuidar de consultar esse inesgotável repertório da vida nacional."

De fato, a perspectiva humana, o espetáculo de vida que se desenrola aos olhos do leitor, compensa de qualquer fadiga e dos trechos áridos que encontra no caminho da leitura. Tolstói, foi, incontestavelmente, um dos maiores criadores literários. Suas figuras, traçadas em linha simples, mas marcadas e fundas, são insufladas de vida tão intensa e tão real que saltam aos nossos olhos e logo provocam em nós reações de agrado ou desagrado, de simpatia ou de repulsa, como se criaturas reais foram.

Misturando no seu livro os personagens de ficção com os personagens históricos, o faz com tal arte que o leitor não sabe onde acaba a realidade e começa a ficção. Seus personagens históricos adaptam-se à narrativa como se fossem criaturas de ficção e suas criaturas de ficção assumem uma vivência de personagens históricos. Esse raro dom de dar vida real a seus personagens de ficção é, aliás, uma das características mais salientes e primordiais da arte tolstoiana. Em poucos traços, com algumas frases, uns pormenores significativos, planta diante de nós as suas criaturas, que começam a agir por sua conta, animadas daquele sopro vital que lhes bafejou seu criador.

Nem mesmo aqueles personagens, como o Príncipe André Bolkonski e Pedro Bezukhov, que são encarnações do próprio Tolstói, de seus anseios, de seus sonhos, de seus ideais, sofrem distorção. São a alma de Tolstói, é certo, mas são também a própria alma russa, como o salientou Vogüé. É que as retirou da própria vida e as colocou no seu livro na sua plena realidade, sem retoques ou enfeites, embora usando por vezes do processo de composição de fundir tipos diversos num só, ou dividir um em múltiplos.

Na sua família e na de sua mulher, após a publicação de "Guerra e Paz" divertiam-se no jogo de identificar esse ou aquele personagem com a criatura real que lhe serviu de modelo. O próprio Tolstói confessou que para dar vida à admirável criatura que é Natacha, tomou sua esposa Sofia, misturou-a com a irmã Taciana e daí se originou uma das mais comovedoras e encantadoras figuras de ficção que um romancista já produziu. Seu avô materno serviu-lhe de modelo para o velho Conde Nicolau Bolkonski (o sobrenome é quase o mesmo, pois a figura real se chamava Volkonski) e sua própria mãe, embora muito pouco a tivesse conhecido, foi o original de que copiou a sua Princesa Maria Bolkonski, a que acrescentou traços de outra personagem real, a Condessa Ana Orlova Tchesmenskaia.

Revela-se Tolstói, aliás, exímio na criação das figuras femininas de seu livro: quer sejam as de segundo plano, as velhas, quer as moças e que desempenham papel importante na narrativa. Como esquecer essa Condessa Helena, esplêndido animal, todo carne e egoísmo; essa Princesa Lisa, na sua puerilidade e na sua beleza frágil; essa Sônia, tão comovedora na sua dedicação e no seu amor insatisfeito; essa Princesa Maria, com seus grandes olhos de animalzinho amedrontado e essa Natacha, toda alegria, toda exuberância de viver?

Natacha, ao lado de Ana Karênina, é a maior criação romântica de Tolstói. Natacha não é apenas um personagem de romance, uma figurinha terna e amorável que ilumina com sua graça, com sua vivacidade, com seu sorriso, com sua impetuosidade juvenil as páginas densas duma história onde há tanto sofrimento e tanta dor. Natacha é a própria juventude, na sua inconsequência, na sua ânsia de viver e de gozar, na sua busca doidejante do amor. Natacha é o eterno feminino, é o amor mesmo. Criando-a tão pouco tempo depois de seu casamento, Tolstói nela corporificou o momento de inefável inebriamento que vivera, quando na existência lhe surgiu Sofia Bers, na graça ingênua e no esplendor de seus dezessete anos.

Podemos achar inúteis as dissertações sobre estratégia do ex-militar Tolstói, podemos espantar-nos com a fragilidade de suas teorias filosóficas ou da ingenuidade de certas reformas sociais que propõe, podemos esquecer quem foi o personagem histórico Speranski e até mesmo o generalíssimo Kutuzov que ele, em vão e quase ridiculamente, num ódio vesânico, quis tornar mais que Napoleão, mas como esquecer certas cenas de amor e morte, certos momentos de agonia e desespero, criaturas como o pobre Karataiev, como o Príncipe André, como Pedro Bezukhov, ou a Princesa Maria Bolkonski e aquela Natacha que a gente acaba amando como a amaram Boris, Denissov, André, Anatólio Kuraguin e Pedro Bezukhov? É que Tolstói lhes insuflou a vivência imortal com que o artista cria para todo o sempre um momento de emoção e beleza.

OSCAR MENDES

ÍNDICE HISTÓRICO

ALEXANDRE I — Imperador da Rússia, de 1801 a 1825, filho de Paulo I. A primeira parte de seu reinado foi assinalada por tentativas de reformas liberais, nas quais colaborou Speranski. A segunda parte absorveram-na os acontecimentos exteriores. Caiu sob a influência do Príncipe Golitsin e da Baronesa de Kriidener, ambos místicos, e formou o projeto da Santa-Aliança, união dos soberanos cristãos diante da revolução e do liberalismo dos pequenos Estados europeus. A sublevação do regimento Semionovski (1820) levou-o a uma política de reação: reforço da censura, fiscalização das universidades, etc. O homem dessa política foi Júlio Araktcheiev, o fundador das colônias militares.

APCHERON (Regimento de) — Um dos regimentos de infantaria pesada do exército russo.

APRAXIN (Conde Stepan Stepanovitch) — General-de-cavalaria. Foi governador de Smolensk, de 1804 a 1812.

ARAKTCHEIEV — Familiar e amigo de Alexandre I, foi ministro da Guerra, de 1808 a 1825. Célebre por sua crueldade. Fundador das colônias militares.

ARQUIVOS DOS NEGÓCIOS ESTRANGEIROS — Em Moscou, fundados em 1766. No começo do século XIX, muitos jovens da nobreza ali trabalhavam. Formavam um grupo — "Os jovens dos Arquivos".

ARKHAROV — Rica família nobre de Moscou. Ivã Petrovitch Arkharov gozava de renome pela sua larga hospitalidade.

ARMFELT — General e homem de Estado sueco. Acusado de alta traição, fugiu para a Rússia. Foi membro do Conselho do Império a partir de 1811. Acompanhou Alexandre em 1812, na ocasião em que este permaneceu no exército.

ASCH (Barão) — Governador de Smolensk, de 1807 a 1822.

AUESPERG VON MATTERN — Marechal-de-campo austríaco. Caiu na armadilha que lhe aprontou Murat na ponte de Tabor. A tomada dessa ponte pelos franceses acarretou a ocupação de Viena por Napoleão.

BAGOVUT — General do exército russo. Tomou parte nas guerras da Turquia e nas guerras de 1806 a 1808. Em 1812, comandava o 2º corpo de infantaria do exército de Barclay de Tolly. Foi morto na batalha de Tarutino.

BAGRATION (príncipe) — General russo. Tomou parte em quase todas as batalhas das campanhas de 1805 a 1807. Foi general-em-chefe do exército russo em 1809, contra os turcos. Em 1812, comandava o segundo exército do Ocidente. Morreu em consequência dum ferimento recebido na batalha de Borodino.

BALACHEV — Estadista russo. Foi, no reinado de Alexandre I, chefe da polícia de Moscou (1804-1807), governador militar de Petersburgo (1809-1810), membro do Conselho do Império (1810-1834). Acompanhou Alexandre a Vilna em 1812 elevou a carta do tzar a Napoleão.

BARCLAY DE TOLLY (príncipe) — Marechal-de-campo russo, de origem escocesa. Foi em 1809 general-em-chefe do exército russo durante a campanha da Finlândia. Ministro da Guerra a partir de 1820. Foi general-em-chefe no começo da campanha de 1812, depois comandou o primeiro exército do Ocidente.

BASSANO (Maret, Duque de) — Estadista francês. Tornou-se ministro dos Negócios Estrangeiros em 1811.

BEAUHARNAIS (Eugênio de) — Vice-rei da Itália, Duque de Lichtenberg, príncipe do Império, enteado de Napoleão I, que o adotou em 1806. Participou de numerosas guerras. Comandava em 1812 o 4º corpo de exército. Tomou parte na batalha de Borodino.

BEAUSSET — Escritor e cortesão francês. Prefeito do Palácio de Napoleão, a partir de 1805. Acompanhou Napoleão nas suas campanhas até 1812.

BELLIARD (Agostinho) — General francês, chefe do Estado Maior dos exércitos de Murat, de 1805 a 1808. Foi nomeado governador de Madri em 1808. Tomou parte na campanha da Rússia em 1812.

BENNIGSEN — General da cavalaria. Conquistou uma vitória sobre os franceses, em 1806, em Pultusk. General-em-chefe do exército russo em 1807. Adido a Alexandre I no começo da Campanha de 1812, depois chefe do estado-maior general. Tomou parte nas batalhas de Tarutino e de Borodino. General-em-chefe do exército polonês em 1813.

BERESINA — Afluente esquerdo do Dniepr. Os destroços do exército francês, perseguidos pelo exército russo, o atravessaram de 14 a 16 de novembro de 1812, perto da cidade de Borissov.

BERLIM (Entrevista de) — Entre Alexandre I e o rei da Prússia, Frederico III, no momento da coligação contra a França. Realizou-se a 13 (25) de outubro de 1805.

BERNADOTTE — Marechal francês. Adotado em 1810 pelo rei da Suécia, Carlos XII. Tornou-se rei da Suécia em 1818, sob o nome de Carlos XIV ou Carlos João.

BERTHIR — Marechal francês. Foi permanentemente chefe do estado-maior dos exércitos de Napoleão, nas guerras de 1794 a 1814. Após a queda de Napoleão, aderiu aos Bourbons.

BESSIÈRES — Duque da Istria, marechal francês. Comandou a cavalaria da Guarda de 1805 a 1807, a cavalaria da reserva em 1809, a Guarda e o corpo de cavalaria em 1812. No começo da campanha de 1813, foi comandante-em-chefe de toda a cavalaria francesa.

BEZZUBOVO — Aldeia do Distrito de Mojaisk, Província de Moscou; um dos pontos da Batalha de Borodino.

BOLONHA (Expedição de) — Preparativos de desembarque na Inglaterra feitos por Napoleão, de 1801 a 1805.

BORODINO — Aldeia do Distrito de Mojaisk, Província de Moscou, à margem do Rio Kolotcha, a 10 quilômetros de Mojaisk. Deu seu nome à batalha de 26 de agosto (7 de setembro) de 1812, entre o exército francês comandado por Napoleão e o exército russo comandado por Kutuzov. Foi a batalha mais importante e mais sangrenta da guerra de 1812; realizou-se perto da aldeia de Borodino, entre a velha estrada de Smolensk e o Rio Moskva. Os franceses somavam 130.000 homens, os russos 140.000. Os russos perderam em mortos e feridos 58.000 homens. Os franceses 35.000. Nenhum dos exércitos logrou vitória. Depois da batalha, os russos bateram em retirada para Moscou, que abandonaram em seguida.

BROUSSIER — General francês. Participou de numerosas guerras. General-de-divisão no momento da campanha da Rússia.

BUXHOEVDEN — General do exército russo. Tomou parte na Batalha de Austerlitz em 1805. Comandava um corpo de exército no começo da campanha de 1806-1807. Depois da batalha de Tilsit, recebeu de Bennigsen o comando-em-chefe de um exército.

CAULAINCOURT — Diplomata francês, embaixador na Corte da Rússia em Petersburgo, de 1807 a 1811.

CAVALEIROS-GUARDAS (Regimento dos) — Um dos regimentos da Guarda a cavalo russa, recrutado entre a flor da aristocracia.

CHEVARDINO — Aldeia do Distrito de Mojaisk, Província de Moscou, perto de Borodino. Um combate ocorreu lá a 24 de agosto de 1812. Os franceses se apoderaram do reduto de Chevardino.

CHICHKOV — Estadista russo, autor do manifesto de 1812. Ministro da Instrução Pública, de 1824 a 1828.

CLAPARÈDE — General francês. Tomou parte na Batalha de Borodino.

CLAUSEWITZ — General e teórico militar prussiano. Ao serviço da Rússia de 1812 a 1814.

CLUBE INGLÊS — Clube aristocrático de Moscou, fundado em 1770.

COLÔNIAS MILITARES — Introduzidas na Rússia em 1817 por Araktcheiev, ministro da Guerra de Alexandre I. Queria-se instalar cada soldado com sua família e impor-lhe ao mesmo tempo a obrigação do serviço militar e a dos trabalhos dos campos. Seguiram-se grandes crueldades à organização dessas colônias.

COMPANS — General francês, comandava um corpo de exército em 1812.

CONSELHO DO IMPÉRIO — Corpo de caráter consultivo, correspondente a uma das câmaras dos parlamentos europeus. O Conselho do Império foi inaugurado a 1° de janeiro de 1810, e organizado segundo o projeto de Speranski. Compunha-se de 35 dignitários nomeados e examinava os projetos de lei, sancionados em seguida pelo tzar.

CONSTANTINO (Grão-duque) — Irmão de Alexandre I. Comandava a guarda em 1805, quando fez esta campanha no estrangeiro. Tomou parte na batalha de Austerlitz. Regressou a Moscou em dezembro de 1805.

CORVISART (Barão) — Médico francês. Foi o médico preferido de Napoleão.

CZARTORISKI (Adão) — Estadista de família polonesa, um dos familiares de Alexandre I, no começo do reinado deste. Membro da comissão secreta, depois ministro dos Negócios Estrangeiros, de 1804 a 1806, e curador, em 1810, do distrito escolar de Vilna.

DAVOUT (Duque de Auerstadt, príncipe de Eckmühl) — Marechal francês. Homem de confiança de Napoleão. Célebre pela sua crueldade para com seus subordinados.

DAVIDOV — Célebre família nobre de Moscou, que possuía bens na Província de Moscou.

DESSAIX-General francês; comandava uma divisão em 1812.

DOKHTUROV — General do exército russo. Tomou parte nas campanhas de 1805 e 1807 e na de 1812.

DOLGORUKOV (I. V.) — General russo, comandava, sob Alexandre I, em 1806, o exército territorial da 7ª região.

DOLGORUKOV (p .R.) — General-ajudante, familiar de Alexandre I.

DOLOKHOV — General russo, guerrilheiro famoso. Tomou parte nas campanhas da Turquia, de 1806 a 1807. Comandou em 1812 uma das brigadas do 1° exército, depois um destacamento de guerrilheiros, que se distinguiu na guerra com os franceses, durante a retirada destes.

DUCHESNOIS — Trágica francesa.

DUPORT (Luís) — Dançarino parisiense, que se foi instalar em Petersburgo, em 1808.

DUROC (Duque de Friul) — Marechal francês, familiar de Napoleão, acompanhou-o em todas as suas campanhas, de 1805 a 1813. Foi grande-marechal do palácio de Napoleão.

ECKARTSHAUSEN — Escritor místico alemão.

ELIZABETE ALEXIEEVNA — Imperatriz da Rússia, mulher de Alexandre I.

ELIZABETE-GUILHERMINA — Princesa de Wurtemberg, imperatriz da Áustria, mulher de Francisco II.

ERMOLOV — General russo. Tomou parte nas campanhas de 1805 a 1807. Foi chefe do estado-maior do exército, em 1812. Mais tarde, vice-rei do Cáucaso.

FACETAS (palácio das) — Palácio do Kremlim em Moscou, construído em 1491. Era lá que se realizavam as cerimônias importantes da Corte.

GENLIS (Mme. de) — Escritora francesa, autora de romances pedagógicos êxito em sua época.

GEORGE (Mlle.) — Atriz dramática francesa, que gozou dos favores de Napoleão durante vários anos.

GÉRARD — Marechal francês. Foi, em 1812, general-de-brigada, depois de divisão. Tomou parte na batalha de Borodino. Comandava a retaguarda do corpo de Davout, por ocasião da retirada dos franceses.

GLINKA (Sérgio Nicolaievitch) — Escritor. Fundou em 1808 o jornal "O Mensageiro Russo", consagrado à luta contra a influência francesa na Rússia, jornal que logrou grande êxito.

GOLITSIN (Príncipe A. N.) — Estadista russo. Procurador-geral do Santo Sínodo, em 1803, ministro da Instrução Pública, de 1816 a 1824. Caiu em desfavor em 1824.

GORKI — Aldeia do Distrito de Mojaisk, Província de Moscou; foi um dos lugares em que se desenrolou a batalha de Borodino.

GOSSNER — Pastor em Munique, místico e pregador. Chegou a Petersburgo em 1820, a convite dos membros da Sociedade Bíblica; foi eleito diretor da Sociedade e obteve grandes êxitos como pregador. Em 1824, após a derrubada de Golitsin, que havia autorizado a publicação de seu livro "O sentido da vida e o ensinamento do Cristo", foi Gossner exilado para o estrangeiro.

HAMBURGO (Gazeta de) — Periódico fundado em 1792, que informava o público russo a respeito dos principais acontecimentos europeus.

HARDENBERG — Ministro dos Negócios Estrangeiros da Prússia, de 1803 a 1806.

HAUGWITZ — Estadista prussiano, ministro dos Negócios Estrangeiros, em 1802.

IOGEL — Mestre-de-dança em Moscou, cujos bailes foram muito populares.

ISMAIL — Fortaleza turca no Danúbio. Durante as guerras russo-turcas, Ismail passou três vezes das mãos dos turcos às dos russos e vice-versa. Tomada de assalto, em dezembro de 1791, pelos exércitos russos, sob o comando de Suvorov, com a participação de Kutuzov. A partir de 1816, sede do distrito da Província de Bessarábia.

JUNOT (Duque de Abrantes) — General francês. Foi afastado do exército por Napoleão, em 1812, por causa do malogro de suas operações militares.

KAISSAROV — General russo. Foi a princípio general-ajudante-de-campo, depois comandou a vanguarda do exército. Chefe de um destacamento de guerrilheiros, em 1813.

KAMENNI OSTROV — Uma das ilhas de Petersburgo; residência das famílias da aristocracia.

KAMENSKI — Marechal-de-campo russo. Tomou parte na guerra dos Sete Anos (campanha de 1760-1761) e na guerra contra os turcos (1769-1774). Foi nomeado general-em-chefe do exército russo, em 1806, mas só o foi durante seis dias, passou o comando, retirou-se para o campo e requereu sua reforma. Foi assassinado pouco depois pelos seus servos domésticos.

KARAMZIN — Escritor russo, autor de novelas sentimentais, das quais a mais celebre é "A pobre Lisa".

KLIUTCHAREV — Escritor de tendência mística, franco-maçom. Amigo de Novikov, tomou parte ativa nos negócios e nas sessões da Sociedade. Funcionário do serviço dos correios, a partir de 1799, depois diretor dos correios. Passou a ser um inimigo para Rostoptchin, ao interceder em favor de Verechtchagin. Foi demitido de suas funções por Rostoptchin que suspeitava que estivesse ele à frente duma conjura de martinistas. Alexandre I nomeou-o senador, em 1815.

KOLOTCHA — Afluente da direita do Moskva.

KONOVNISTSIN — General russo, em 1812 comandou uma divisão, depois a retaguarda dos exércitos russos. Adido a Alexandre I, em 1815, depois ministro da Guerra, de 1815 a 1819.

KOTCHUBEI — Estadista russo, ministro do Interior, de 1802 a 1807. Um dos familiares de Alexandre I.

KOSLOVSKI (Príncipe) — Coronel que comandava um batalhão de regimento Preobrajenski.

KREMS (Combate de) — Realizou-se a 30 de outubro (11 de novembro) de 1805, entre o russos comandados por Kutuzov e a divisão Mortier. Terminou com a vitória dos russos.

KRÜDENER (Baronesa de) — Mística russa, que exerceu grande influência sobre Alexandre I. Viveu, a partir de 1821, em Petersburgo, onde se juntou ao círculo dos místicos russos.

KURAKIN — Diplomata russo, embaixador em Viena, de 1806 a 1808, depois em Paris, de 1808 a 1812.

KUTAISSOV — General russo, tomou parte na guerra de 1806 a 1807. Comandante de artilharia do primeiro exército, em 1812. Foi morto na Batalha de Borodino.

KUTUZOV (Miguel Ilarionovitch, Sereníssimo, Príncipe de Smolensk) — General-Chefe do exército. Distinguiu-se durante as guerras da Turquia. Comandou em 1805 o exército enviado em socorro da Áustria. General-em-chefe do exército russo em 1812.

LANGERON (General, conde de) — Serviu no exército francês; emigrou por ocasião da Revolução e entrou a serviço da Rússia, em 1790. Tomou parte nas guerras da Turquia e nas guerras contra Napoleão. Conheceu Puchkin em Odessa, onde ocupou um posto administrativo.

LANNES (Duque de Montebello) — Marechal francês. Tomou parte nas batalhas de 1805 a 1806, com a Prússia e a Áustria, e na Batalha de Pultusk. Comandou em 1809 um corpo de exército e foi ferido mortalmente na batalha de Essling.

LARREY — Médico de Napoleão. Tomou parte em todas as campanhas da República e Império.

LAURISTON (Marquês de) — Marechal da França. Fez seus estudos com Napoleão, na Escola de Artilharia. Napoleão escolheu-o para ajudante-de-campo, em 1800. Tomou parte nas campanhas de 1805 e de 1809. Embaixador em Petersburgo em 1811.

LAVATER — Pastor e escritor suíço; inventou a teoria da fisiognomonia, arte de julgar o caráter segundo as feições do rosto e a conformação da cabeça.

LELORME D'IDEVILLE — Intérprete de Napoleão, por ocasião da entrada deste em Moscou.

LEMARROIS — General francês, ajudante-de-campo de Napoleão.

LEPPICH — Camponês originário da Holanda, segundo os projetos de quem se fez em Moscou, em 1812, um balão destinado a exterminar o exército de Napoleão.

LICHTENSTEIN (príncipe de) — Marechal-de-campo austríaco. Depois da Batalha de Austerlitz dirigiu as conversações que resultaram na paz de Presburgo. Comandante dum corpo de exército em 1809, tomou parte nas batalhas de Essling e de Wagram. Concluiu o Tratado de Schoenbrünn.

LIGNE (príncipe de) — Homem político e escritor belga a serviço da Áustria, amigo do imperador da Áustria José II. Morou na Rússia ao tempo de Catarina II. Célebre pelo seu espírito.

LOPUKHIN (I. V.) — Célebre franco-maçom e místico russo.

LOPUKHIN (Príncipe P. V.) — Governador de Iaroslavl e de Vologda, no reinado de Catarina II; ministro da Justiça no reinado de Alexandre I, de 1803 a 1810; presidente do Conselho do Império e do Conselho dos ministros.

MACK — General austríaco. Cercado pelos exércitos franceses em Ulm, rendeu-se a Napoleão. Submetido a conselho de guerra, foi degradado.

MAGNITSKI — Colaborador de Speranski; exilado após o desfavor deste. Fez sua carreira graças à proteção de Aracktcheiev e do Príncipe Golitsin. Curador do distrito escolar de Kazan, arruinou o ensino da universidade dessa cidade, em consequência de suas medidas reacionárias.

MAISTRE (José de) — Escritor francês e estadista piemontês. Viveu em Petersburgo, de 1812 a 1817, na qualidade de embaixador do rei deposto da Sardenha. Autor dos "Serões de São Petersburgo".

MALO-IAROSLAVETZ — Sede do distrito da Província de Kaluga. Uma batalha ocorreu ali, a 12 de outubro de 1812, entre os franceses que batiam em retirada desde Moscou e os russos. A cidade, tomada e retomada oito vezes, ficou em poder dos franceses, mas essa batalha teve como consequência a retirada forçada dos franceses pela velha estrada de Smolensk.

MAMONOV — Franco-maçom, filho do favorito de Catarina II. Equipou à sua custa, em 1812, um regimento de cavalaria. O regimento de Mamonov se distinguiu nos combates de Tarutino e de Malo-Iaroslavetz.

MARIA FEDOROVNA (Imperatriz-mãe) — Nascida Princesa de Wurtemberg, viúva de Paulo I, mãe de Alexandre I.

MARIN — Ajudante-de-campo de Alexandre I; poeta, compôs versos satíricos e paródias.

MARKOV (Conde) — Diplomata russo. Foi embaixador em Haia e em Estocolmo, depois, de 1861 a 1803, em Paris, donde foi revocado a pedido de Bonaparte.

MENSAGEIRO RUSSO (O) — Jornal de tendência patriótica, editado em Moscou por Glinka, de 1808 a 1822.

METTERNICH — Diplomata austríaco. Ministro dos Negócios Estrangeiros de seu país, de 1809 a 1847. Desempenhou um grande papel em todos os negócios europeus de seu tempo.

MICHAUX DE BEAURETOUR — Coronel, passou do serviço da Sardenha ao da Rússia. Foi enviado por Kutuzov para anunciar a Alexandre I o abandono de Moscou.

MILORADOVITCH — General russo. Tomou parte nas guerras de 1805 e 1806. Em 1812-1813, comandou ora a vanguarda, ora a retaguarda do exército russo, depois a guarda russa e prussiana, por ocasião das campanhas no estrangeiro. Tornou-se em seguida governador de Petersburgo. Morreu de um ferimento recebido por ocasião da insurreição dos dezembristas.

MOJAISK — Sede de distrito da Província de Moscou.

MOREAU — General francês. Ganhou a vitória de Hohenlinden, depois tornou-se o rival de Napoleão. Foi exilado por ter participado da conspiração de Pichegru e Cadoudal. Partiu para a América, depois regressou à Europa, em 1813, onde tomou parte nas derradeiras campanhas contra os franceses. Foi ferido mortalmente na batalha de Dresde.

MORTIER (Duque de Treviso) — Marechal da França. Tomou parte em quase todas as campanhas da Revolução e do Império. Comandava a jovem guarda em 1812.

MOUTON-DUVERNET — General francês, fuzilado no tempo da Restauração. No conselho de guerra de 13/25 de outubro de 1812, após a Batalha de Malo-Iaroslavetz, quando Napoleão perguntou se era preciso travar ou não uma nova batalha, e por qual via era preciso bater em retirada, se por Kaluga ou por Smolensk, respondeu Mouton que era preciso "bater em retirada pelo caminho mais conhecido e mais curto, por Mojaisk, na direção do Niemen, e o mais rapidamente possível".

MURAT (Rei de Nápoles) — General francês. Cunhado de Napoleão, por seu casamento com Carolina Bonaparte. Distinguiu-se pela sua coragem em várias batalhas, inclusive na de Moscou. Napoleão o fez rei de Nápoles. Ao tentar reconquistar seu reino, de que fora destituído, caiu prisioneiro e foi fuzilado em 1815.

MITICHTCHI (As grandes) — Aldeia do distrito e da Província de Moscou, a 18 quilômetros ao norte desta cidade. Fornecia água a uma parte de Moscou.

MITICHTCHI (As pequenas) — Aldeias do distrito de Moscou, a 12 quilômetros desta cidade.

NAPOLEÃO I — Imperador dos franceses.

NARICHKIN (A. L.) — Diretor dos teatros imperiais, de 1799 a 1819.

NARICHKIN (Maria Antonovna) — Nascida Princesa Tchertvertinskaia, esposa de A. L. Narychkin; foi durante longos anos a amante de Alexandre I.

NIJNI NOVGOROD — Sede da província do mesmo nome, na confluência do Volga e do Oka.

NOVIKOV — Franco-maçom, escritor e editor, desdobrou grande atividade social e cultural, de 1779 a 1792.

NOVO-DIEVITCHÊ (Mosteiro de) — Convento de mulheres em Moscou, fundado em 1524.

NOVOSSILTSOV — Estadista russo, ligado a Alexandre I para missões especiais. Curador do distrito escolar de Petersburgo, de 1803 a 1804, e presidente da Academia das Ciências. Executou várias missões diplomáticas, de 1805 a 1806. Foi nomeado, em 1813, presidente do Conselho Provisório, criado para a administração do grão-ducado de Varsóvia. Membro, depois presidente, do Conselho do Império e do Conselho dos Ministros.

OBOLENSKI — Família principesca russa.

OREL — Sede da província do mesmo nome, na confluência do Oka e do Orlika.

ORLOV (Conde A. G.) — General russo, favorito de Catarina II. Reformou-se em 1775. Viveu em Moscou no reinado de Alexandre I e adquiriu grande popularidade, graças às suas maneiras nobres e à sua hospitalidade.

ORLOV-DENISSOV — General russo. Tomou parte nas guerras de 1806 e 1808, em todas as batalhas importantes da campanha de 1812. Foi ele que deu a ideia de contornar o flanco esquerdo dos franceses em Tarutino.

OSTERMANN-TOLSTÓI (Conde) — General russo. Tomou parte nas guerras de 1805 e 1809. Comandava em 1812 o 4º corpo do primeiro exército do Ocidente. Tomou parte na batalha de Borodino e na campanha de 1813.

OTCHAKOV — Fortaleza turca na embocadura do Dniepr, tomada pelos exércitos russos, sob o comando de Suvorov, em 1788.

OUDINOT (Duque de Reggio) — Marechal da França. Comandava um corpo de granadeiros nas campanhas de 1805 e de 1806-1807.

PAHLEN (Conde) — Diplomata russo e conselheiro secreto. Foi embaixador da Rússia em Washington e Munique. Membro do Conselho do Império.

PAJENS (Corpo dos) — Estabelecimento de instrução reservado aos filhos da nobreza, educados perto da Corte. Fundado em 1759, transformado em estabelecimento de instrução militar em 1802.

PALÁCIO DE INVERNO — Em Petersburgo, à margem do Neva. Construído em 1768 pelo arquiteto Rastrelli; restaurado após o incêndio de 1839. Residência dos tzares.

PAULO I — Imperador da Rússia, de 1796 a 1801, assassinado a 11 (23) de março de 1801. Pai de Alexandre I.

PAULUCCI (Marquês) — General-ajudante-de-campo. Serviu no exército francês, depois passou ao serviço da Rússia, em 1807. Em 1812, foi chefe do estado-maior do primeiro exército, depois nomeado, ao fim de alguns dias, governador da Livônia e Curlândia. Partiu para a Itália em 1829.

PETERHOF — Sede do distrito da província de São Petersburgo, às margens do Golfo da Finlândia, a 29 quilômetros da capital. Residência dos tzares.

PFUËL (Barão de) — General e teórico militar prussiano. Passou para o serviço da Rússia em 1806. Traçou em 1812, a pedido de Alexandre I, o plano das operações contra Napoleão. Foi chamado a Petersburgo após seu infeliz projeto de fortificação do campo de Drissa, e de lá partiu para a Inglaterra.

PEDRO III — Imperador da Rússia, de 1761 a 1762, marido de Catarina II, destronado e assassinado por sua mulher. Seu fim prematuro deu nascimento a lendas populares. Pugatchov far-se-à passar por Pedro III, que escapou da morte e veio libertar seu povo.

PLATÃO — Metropolita de Moscou. Orador famoso.

PLATOV — General russo, hétmane dos cossacos do Don, tomou parte ativa nas guerras contra Napoleão. Gozava de grande popularidade no exército russo.

PONIATOWSKI (Príncipe) — Sobrinho do rei da Polônia Estanislau-Augusto, general polonês, foi em 1807 ministro da Guerra do grão-ducado de Varsóvia. Tomou parte na campanha de Napoleão na Rússia, em 1812, como comandante dum corpo do exército polonês.

POTEMKIN (Príncipe) — Estadista e general russo, favorito de Catarina II.

PREOBRAJENSKKI (Regimento) — Um dos dois primeiros regimentos de infantaria da guarda russa. Formado por Pedro, o Grande, em 1687.

PUCHKIN (V.L.) — Poeta, tio do grande Puchkin (A.S.).

PUGATICHOV — Cossaco que fomentou a revolta popular das regiões do Volga, no reino de Catarina II. Fazia-se passar por Pedro III.

PULTUSK — Cidade da Província de Varsóvia, perto da qual ocorreu uma batalha entre os russos e os franceses, a 26 de dezembro de 1806.

RAIEVSKI — General russo. Comandava o 7º corpo de infantaria do exército de Bagration, no começo da guerra de 1812. Na Batalha de Borodino, comandava o reduto central que recebeu o nome de reduto Raievski. Foi nomeado membro do Conselho do Império, sob Nicolau I.

RAPP — General francês, ajudante-de-campo de Napoleão, de 1800 a 1814. Participou de muitas guerras. Comandava uma divisão de dragões. Fez fracassar o atentado de Frederico Staps, em 1809, contra Napoleão. Tomou parte na campanha da Rússia e foi ferido na Batalha de Borodino.

RAZUMOVSKI (príncipe) — Diplomata russo, embaixador em Viena, de 1790 a 1799 e de 1801 a 1807. Em Viena, conheceu Mozart, Haydn e Beethoven.

REPNIN (príncipe) — General-ajudante-de-campo russo. Comandava em 1805 o 4º esquadrão do regimento dos cavaleiros-guardas que operou, por ocasião da Batalha de Austerlitz, um ataque que ficou célebre. Ferido no peito e na cabeça, o príncipe Repnin foi feito prisioneiro com o resto de seu esquadrão, 18 homens ao todo. Em 1812, comandava a 9ª divisão de cavalaria.

ROSTOPTCHIN — Favorito de Paulo I, governador de Moscou, de 1812 a 1814. Mandou imprimir, em 1812, cartazes patrióticos que ele próprio redigia, dirigidos à população de Moscou.

RUMIANTSEV — Estadista russo. Senador no reinado de Paulo I, ministro do Comércio, depois Ministro dos Negócios Estrangeiros e chanceler no reinado de Alexandre I.

RURIK (O mameluco) — Guarda-costa de Napoleão.

RUSTCHUK — Fortaleza turca, à margem direita do Danúbio. Durante a guerra russo-turca, de 1806-1812, foi sitiada muito tempo sem êxito pelas tropas russas. Kamenski tomou-a de assalto, a 22 de julho de 1810, não sem grandes perdas para o exército russo.

SANTA-ALIANÇA — Pacto concluído entre os soberanos da Rússia, da Prússia e da Áustria, para manter os tratados de 1815 e lutar contra as aspirações liberais dos pequenos Estados da Europa.

SANTO SÍNODO — Colegiado eclesiástico, criado por Pedro, o Grande, em 1721, que tinha sob sua alçada todos os assuntos espirituais. Composto de metropolitas, arcebispos e bispos designados pelo tzar, e colocado sob a vigilância de personagem leigo, o procurador-geral do Santo Sínodo.

SAVARY (Duque de Rovigo) — General francês. Ajudante-de-campo e homem de confiança de Napoleão, a partir de 1800. Tomou parte nas campanhas de 1805 a 1807, com o título de general-de-divisão.

SAVOSTIANOV — Camponês da Aldeia de Fili, Distrito de Moscou, na isbá do qual, chamada mais tarde "isbá de Kutuzov", se realizou o conselho de guerra em que se deliberou o abandono de Moscou.

SCHMIDT — General austríaco, familiar do Imperador Francisco. Adido a Kutuzov durante a guerra de 1805. Morto no combate de Krems.

SCHWARTZ (Coronel) — Criatura de Araktcheiev, provocou, pelas suas crueldades, a revolta do regimento Semionovski.

SCHWARZENBERG — Marechal-de-campo austríaco, vice-presidente do Hof-Kriegs-Rat, em 1805. Embaixador em Petersburgo, em 1808. Comandou um corpo de exército austríaco auxiliar, em 1812. Comandou como chefe os exércitos aliados, em 1813.

SEBASTIANI — Marechal da França, ministro dos Negócios Estrangeiros, sob a Restauração.

SEMENOVA — Cantora de ópera; segundo os entendidos, distinguiu-se mais pelo seu jogo cênico que pela sua voz. Frequentavam-na Puchkin, Griboiedov, Jurovski.

SEMIONOVSKI (Regimento) — Um dos dois primeiros regimentos de infantaria da guarda, criado por Pedro, o Grande, em 1687. Revoltou-se em 1820, para protestar contra os castigos corporais infligidos pelo Coronel Schwartz.

SENADO — A mais alta instituição de Estado do império russo, criado, em 1711, por Pedro, o Grande.

SESLAVIN — General russo, guerrilheiro famoso. Tomou parte nas campanhas de 1805,1807 e 1810. Comandava, em 1812, um destacamento independente de guerrilheiros. Foi o primeiro a descobrir que os franceses tinham deixado Moscou, tomando a estrada de Kaluga e não cessou de persegui-los com seu grupo de guerrilheiros.

SISMONDI — Historiador e economista francês.

SOCIEDADE BÍBLICA — Sociedade para a difusão da Bíblia, fundada em Petersburgo, em 1813. Tinha numerosas ramificações nas outras cidades russas e desenvolveu grande atividade. O presidente era A. N. Golitsin; altos dignitários e altas personalidades do clero eram seus sócios. Sua atividade foi encorajada por Alexandre I, que dela era membro. Em 1824, após o desfavor de Golitsin, o governo mudou subitamente de atitude para com essa sociedade que foi interdita por decreto de Nicolau I, em 1826.

SPERANSKI — Estadista russo, filho de um padre de aldeia. Encarregado por Alexandre I de redigir um projeto de constituição. Exerceu grande poder de 1809 a 1812, depois caiu em desfavor.

STAPS (Frederico) — Estudante alemão que tentou matar Napoleão em Viena, a 12 de outubro de 1809. Fuzilado a 17 de outubro, por decisão do conselho de guerra.

STEIN — Ministro e reformador prussiano, exilado da Alemanha por Napoleão.

STIECHA ou STIECHKA — Cantora cigana, a quem a célebre cantora italiana Catalani teria feito presente dum xale que lhe fora dado como a melhor cantora. Puchkin falou da amizade de Stiecha e da Catalani. Gozou ela de grande celebridade em Moscou, no começo do século XIX.

STROGANOV — General e senador russo, um dos familiares de Alexandre I, acompanhou-o , em 1805, na sua campanha contra Napoleão e apressou os negócios correntes com as cortes de Viena, Berlim e Londres.

SUVOROV (Príncipe da Itália) — Generalíssimo do exército russo. Tomou parte nas campanhas da Itália e da Suíça contra a França, à frente do exército austro-russo.

TARUTINO — Aldeia do Distrito de Borovskoé, Província do Kaluga. Batendo em retirada de Moscou, o exército russo ali estabeleceu um campo, de 20 de setembro a 6 de outubro de 1812. A 6 de outubro travou-se ali uma batalha entre o exército russo e a vanguarda do exército francês, sob o comando de Murat.

TATARINOVA — Mística e sectária russa, fundou em Petersburgo "A União Espiritual", que existiu de 1817 a 1837.

TCHERNICHEV — General e estadista russo. Tomou parte nas campanhas de 1805 e 1807. Foi encarregado de missões diplomáticas. Adido a Alexandre I, em 1811, comandou, em 1812, um destacamento de guerrilheiros. Ministro da Guerra, de 1827 a 1852, e presidente do Conselho do Império.

TCHITCHAGOV — Almirante. Ministro da Marinha e membro do Conselho do Império, no reinado de Alexandre I. Comandante da frota do Mar Negro, em 1811. Encarregado por Alexandre I de perseguir os exércitos franceses em retirada, permitiram suas contemporizações que os franceses atravessassem o Beresina. Foi quase acusado, por esse motivo, do crime de alta traição.

TOLL — General russo. Tomou parte nas guerras de 1805 a 1809 e em quase todas as batalhas de 1812. Chefe do estado-maior em 1830, depois chefe do exército, foi encarregado de reprimir a insurreição polonesa.

TOLSTÓI — General russo. Participou das campanhas em 1805.

TSAREVO-ZAIMITCHCHE — Aldeia do Distrito de Viazma, Província de Smolensk, a 45 quilômetros de Viazma, onde Kutuzov recebeu, em 1812, o comando dos exércitos russos.

TUGENDBUND — Associação alemã, fundada em Koenigsberg, em 1808, para educar a juventude no espírito das tradições nacionais. Dissolvida por ordem de Napoleão, em 1810, reformou-se, após a queda deste, e tomou um caráter de oposição ao governo.

UVAROV — General russo. Comandava, em 1805, um regimento de cavaleiros-guardas, que tomou parte na Batalha de Austerlitz. Participou da Batalha de Borodino. Adido a Alexandre I, de 1813 a 1814.

VALUIEVO — Aldeia do Distrito de Mojaisk, Província de Moscou, perto de Borodino; um dos pontos da Batalha de Borodino.

VERECHTCHAGUIN — Filho de um negociante de Moscou; tendo traduzido para o russo dois artigos da "Gazeta de Hamburgo", a respeito de Napoleão, foi acusado por Rostoptchin do crime de alta traição, detido, preso e entregue à justiça. Condenado a trabalhos forçados por toda a vida, a 17 de julho de 1812. Rostoptchin agravou-lhe a pena, acrescentando-lhe 25 chibatadas. A 2 de setembro, dia da entrada dos franceses em Moscou, Rostoptchin entregou-o aos soldados de sua escolta e à multidão desenfreada, que se reunira em torno de sua casa.

VIAZEMSKI (Príncipe) — Conselheiro de Estado moscovita, frequentador do Clube Inglês, pai do escritor Príncipe P. A. Viazemski.

VIAZMA — Sede de distrito da Província de Smolensk. A Batalha de Viazma ocorreu a 22 de outubro de 1812, entre o principal exército francês que batia em retirada de Moscou, e a vanguarda do exército russo, comandada por Miloradovitch e Platov.

VIAZMITINOV — Administrador russo. Governador-geral de Petersburgo em 1805, 1812 e 1816. Foi, além disso, ministro da Polícia a partir de 1812 e presidente do Conselho dos Ministros.

VILLENEUVE — Almirante francês, vencido por Nelson em Trafalgar, em 1805. Suicidou-se após essa derrota.

VILLIERS — Médico famoso, escocês de origem. Acompanhou Alexandre I em todas as suas campanhas, viagens e congressos. Foi presidente da Academia Médico-Cirúrgica, de 1809 a 1838.

VINESSE — Miniaturista célebre. Vivia em Petersburgo, em 1812.

VOLKONSKI — Marechal-de-campo russo. Foi general-ajudante-de-campo em 1805, primeiro no exército de Buxhoevden, depois no de Kutuzov. Fazia parte da escolta de Alexandre I, em 1812. Adido a Alexandre I, em 1813-1814.

VRBNA — Estadista austríaco. Por ocasião da tomada de Viena por Napoleão, serviu de intermediário nas negociações que se realizaram entre o governo austríaco e os franceses.

WEIROTHER — General austríaco, chefe do estado-maior do exército austríaco. Teórico militar.

WIMPFEN — General austríaco. Adido ao estado-maior de Kutuzov, em 1805. WINTZINGERODE — General e diplomata russo.

WITTGENSTEIN — Marechal-de-campo russo, de origem prussiana. Tomou parte nas guerras de 1805 a 1807. No começo da guerra de 1812, comandou um corpo de exército que defendia a estrada de Petersburgo. Foi general-em-chefe do exército russo, após a morte de Kutuzov.

WOLZOGEN (Barão de) — General prussiano. Teórico militar, passou ao serviço da Rússia em 1807, e foi adido ao estado-maior general. Traçou com Pfuël o plano da campanha de 1812. Foi acusado de traição pelos círculos militares russos.

WURTEMBERG (Duque de) — Irmão da imperatriz da Rússia, Maria Fiodorovna, esposa de Paulo I, e primeiro rei Wurtemberg, sob o nome de Fredereico-Carlos I. Tomou parte na guerra de 1812.

ZAMOSKVARIETCHIÉ — Quarteirão suleste de Moscou, nas margem oposta do Moskva, em relação ao Kremlin.

ZUBOV (Platão) — O derradeiro favorito de Catarina II.

LIVRO PRIMEIRO

PRIMEIRA PARTE

1. — Pois bem, meu príncipe, Gênova e Luca não passam de apanágios, de domínios da família Bonaparte. Não, previno-vos de que, se não dizeis que teremos guerra, se vos permitirdes paliar todas as infâmias, todas as atrocidades desse Anticristo, e palavra, que acredito que seja, não vos conheço mais, não sois mais meu amigo, não sois mais meu "fiel servidor", como dizeis. Ah! bom dia, bom dia. Vejo que vos causei medo. Sentai-vos e contai-me as novidades.

Foi com estas palavras que, no mês de junho do ano de 1805, a famosa Ana Pavlovna Scherer, dama de honra favorita da Imperatriz Maria Fiodorovna, acolheu o Príncipe Basílio, personagem importante e altamente colocado, que chegava, bem adiantadamente, à sua reunião. Havia alguns dias que Ana Pavlovna vinha sofrendo acessos de tosse, a "gripe", dizia ela, recorrendo a uma palavra nova e ainda muito pouco espalhada. Pela manhã mandara entregar por um lacaio de libré vermelha a todos os seus conhecidos, indiscriminadamente, um bilhete nos seguintes termos:

> "Se nada tem de melhor a fazer, senhor conde (ou então: meu príncipe), e se a perspectiva de passar o serão em casa duma pobre doente não o aterrorizar por demais, ficarei encantada em vê-lo em nossa casa entre 7 e 10 horas. —ANITA SCHERER."

— Meu Deus, que violento ataque! — respondeu o príncipe, sem se preocupar com tal acolhimento.

Trajava uniforme de corte, bordado, constelado de condecorações, com meias de seda e escarpins. Seu rosto achatado estava radiante. Exprimia-se naquele francês refinado que nossos avós não só falavam, mas igualmente pensavam, pondo nele um acento protetor, entonações macias, habituais em todo indivíduo que envelheceu no mundo social e detém uma posição na corte. Inclinando para Ana Pavlovna seu crânio perfumado e reluzente, beijou-lhe a mão e depois deixou-se cair suavemente sobre um canapé.

— Antes de tudo, dizei-me como estais passando, querida amiga. Tranquilizai vosso amigo — continuou ele, no mesmo tom e com uma voz em que, por baixo da polidez, e da simpatia, transparecia uma indiferença quase zombeteira.

— Como se pode passar bem... quando se sofre moralmente? Pode-se lá guardar a calma em nossos dias, quando se tem coração? — respondeu Ana Pavlovna. — Espero que fique comigo todo o serão.

— E a festa na embaixada da Inglaterra? É hoje quarta-feira. Preciso aparecer lá. Minha filha deve ir buscar-me.

— Pensei que a festa de hoje tivesse sido adiada. Confesso-vos que todas essas festas e todos esses fogos de artifício começam a tornar-se insípidos.

— Se tivessem sabido que tal era o vosso desejo, teriam certamente adiado — afirmou o príncipe que, como um relógio com bastante corda, emitia por hábito opiniões que a ele próprio causaria enfado, se tomadas a sério.

— Não me atormenteis. Pois então, que se decidiu em relação ao despacho do Novossiltsov? Sabeis tudo.

— Que hei de dizer-vos? — respondeu o príncipe, em tom frio e aborrecido. — Que se decidiu? Decidiu-se que Bonaparte queimou seus navios e creio que estamos a ponto de queimar os nossos.

O Príncipe Basílio falava sempre com a displicência dum ator que recita um papel centenas de vezes representado. Ana Pavlovna, pelo contrário, apesar de seus quarenta anos, era toda ardor e animação.

O estado de entusiasmo tornara-se de tal modo sua função social que, por vezes, mesmo contra sua vontade, mostrava-se entusiasta, para não decepcionar a expectativa das pessoas que a conheciam. Embora não se adequasse muito bem a suas feições já fatigadas, o semi-sorriso que pairava sem cessar no rosto de Ana Pavlovna revelava, como entre as crianças mimadas, a plena consciência de seu pecadilho, pecado de que ela não queria, não podia, não achava mesmo útil corrigir-se.

Bem no meio desta conversa sobre política, Ana Pavlovna deixou-se arrebatar.

— Ah! não me faleis da Áustria. Não entendo nada disso, talvez, mas a Áustria nunca quis, não quer a guerra. Ela nos traiu. Somente à Rússia cabe salvar a Europa. Nosso benfeitor sabe a que alta missão foi convocado; ser-lhe-á fiel. Eis a única coisa em que acredito. Nosso grande, nosso admirável imperador está fadado a desempenhar o mais belo papel do mundo; é tão virtuoso, tão magnânimo, que Deus não o abandonará: cumprirá sua missão, que é a de esmagar a hidra da revolução, atualmente mais terrível ainda sob os traços desse celerado, desse assassino. Somos nós, e nós somente, que devemos resgatar o sangue do justo... Com quem poderíamos contar? Vejamos: a Inglaterra, com seu espírito mercantil, jamais compreenderá, não pode compreender toda a grandeza da alma do Imperador Alexandre. Recusou-se a evacuar Malta. Tergiversa, supõe que abrigamos segundas intenções. Que disseram a Novossiltsov?... Nada! Não compreenderam, não podem compreender o desinteresse de nosso imperador, que nada deseja para si mesmo, mas quer tudo para bem do mundo. E que prometeram eles? Nada! E nem mesmo o que prometeram, cumprirão! A Prússia já declarou que Bonaparte era invencível. Segundo ela, a Europa, inteira nada pode contra ele... Não acredita uma palavra de tudo quanto dizem Hardenberg ou Haugwitz. Essa famosa neutralidade da Prússia não passa duma armadilha.

Só tenho fé em Deus, no alto destino de nosso gracioso imperador. Ele é quem salvará a Europa...!

Parou de repente, sendo a primeira a sorrir de sua veemência.

— Palavra — disse o príncipe, sorrindo por sua vez, — se fôsseis vós que tivessem enviado em lugar de nosso caro Wintzingerode, teríeis arrebatado de assalto o consentimento do rei da Prússia. Sois duma eloquência ...Quereis oferecer-me uma xícara de chá?

— Imediatamente. A propósito — acrescentou ela, recobrando a calma, — tenho hoje aqui duas pessoas muito interessantes: o Visconde de Mortemart, ligado aos Montmorency pelos Rohan. Um dos maiores nomes da França, um de nossos bons emigrados, um verdadeiro amigo. E depois o Padre Morio. Conheceis esse profundo espírito. Foi recebido pelo imperador. Não o conheceis?

— Ah! ficaria encantado. A propósito — acrescentou o príncipe, no seu tom mais desprendido, como se se lembrasse repentinamente dum pormenor que era de fato a razão principal de sua visita, — é verdade que a imperatriz-mãe apoia a candidatura do Barão Funke para primeiro-secretário em Viena? Ao que parece, é um pobre diabo, esse barão.

O Príncipe Basílio cobiçava para seu filho esse posto que, por intermédio da Imperatriz Maria Fiodorovna, esforçavam-se por dar ao barão.

— O senhor Barão de Funke foi recomendado à imperatriz por sua irmã — respondeu ela em tom frio e desgostoso.

Quando Ana Pavlovna pronunciou o nome da imperatriz, seu rosto exprimiu de repente o respeito mais sincero, a veneração mais profunda, com um quase nada de melancolia. Era essa sua expressão habitual, quando se referia à sua alta protetora.

— Sua Majestade dignou-se testemunhar muita estima ao barão — continuou ela, enquanto seu olhar se ensombrava de novo.

O príncipe manteve-se num silêncio indiferente. Com seu instinto rápido, seu tato de mulher e de habituada à corte, quis Ana Pavlovna fazer sentir ao príncipe que ele fora demasiado longe, exprimindo-se daquela maneira a respeito dum protegido da imperatriz e, ao mesmo tempo, consolá-lo.

— Mas a propósito de vossa família — disse-lhe ela, — sabeis que vossa filha, desde que frequenta a sociedade, é a delícia de toda a gente? Acham-na bela como o dia.

O príncipe inclinou-se, em sinal de deferência e de gratidão.

Após um instante de silêncio, Ana Pavlovna aproximou-se do príncipe, com um sorriso gracioso, como para lhe fazer sentir que os assuntos políticos e mundanos cediam lugar às expansões íntimas.

— Digo a mim mesma muitas vezes — continuou ela, — que a vida é por vezes bem injusta na repartição da felicidade. Por que vos deu a sorte dois filhos tão encantadores, exceto Anatólio, vosso segundo filho, que me desagrada bastante — lançou ela incidentemente, num tom sem réplica, contraindo as sobrancelhas — sim, dois filhos tão encantadores? Ninguém faz menos caso deles do que vós; de modo que não os mereceis.

— Que quereis? — respondeu o príncipe. — Lavater teria dito que não possuo a bossa da paternidade.

— Basta de brincadeiras, sim? Quero falar-vos seriamente. Sabeis que estou descontente com o vosso segundo filho? Aqui entre nós — seu rosto retomou seu ar de tristeza — falou-se dele junto de Sua Majestade, a imperatriz, para lamentar-vos ...

Como o príncipe não replicasse uma palavra, significou-lhe ela com um olhar que aguardava uma resposta. O príncipe se abespinhou.

— Que quereis que eu faça? — acabou por dizer. — Em vão fiz tudo quanto pode um pai fazer pela sua educação, mas não passam de imbecis. Hipólito é, pelo menos, um imbecil tranquilo, ao passo que Anatólio é um imbecil turbulento. É a única diferença que há entre os dois — acrescentou com um sorriso mais constrangido que de costume e as rugas que se formaram nas comissuras de seus lábios denunciaram amarga irritação.

— Por que então as pessoas da vossa espécie têm filhos? Se não fôsseis pai, nada teria a censurar-vos — disse Ana Pavlovna, erguendo os olhos pensativos.

— Sou vosso fiel servidor e a vós somente posso confessá-lo. Meus filhos são os entraves de minha vida. E a minha cruz. Eis como encaro a coisa. Que quereis ...

Calou-se, indicando com um gesto que se resignava a seu cruel destino. Ana Pavlovna pôs-se a sonhar.

— Nunca tivestes a ideia de casar o vosso Anatólio, esse filho pródigo? Dizem que as solteironas têm a mania dos casamentos. Não creio que já esteja com esta fraqueza, mas conheço uma pessoinha, a quem seu pai torna a vida muito dura, uma parenta nossa, uma Princesa Bolkonski.

Por toda resposta, o Príncipe Basílio, com sua intuição de homem do mundo, assinalou com um movimento da cabeça que tomara boa nota da proposição.

— Sabeis que esse Anatólio me custa uns quarenta mil rublos por ano? — confessou ele, arrebatado pelo triste curso de seus pensamentos. — Que acontecerá, dentro de cinco anos, se as coisas continuarem deste jeito? — continuou ele, após um silêncio. — Eis a vantagem de ser pai. É rica essa vossa jovem princesa?

— Seu pai é tão rico quanto avarento. Mora no campo. Deveis conhecer, é esse famoso Príncipe Bolkonski, que teve de deixar o serviço no tempo do falecido imperador e que apelidavam de rei da Prússia. É muito inteligente, mas esquisito e não muito agradável. A coitadinha é tão infeliz como as pedras. Tem um irmão, casado de pouco com Lisa Meinen; é ajudante-de-campo de Kutuzov. Espero-o esta noite.

— Escutai, querida Anita — disse o príncipe, que se apoderou de repente da mão de sua interlocutora e a abaixou, Deus sabe porque, até o solo. — Arranjai-me esse negócio e serei vosso fiel servidor para todo o sempre. *S-e-m-p-e,* como me escreve meu estaroste[1] nos seus relatórios. Ela é rica e de boa família. É tudo quanto preciso.

Com os gestos desembaraçados e graciosos que lhe eram próprios, inclinou-se sobre a mão da dama de honra para beijá-la; depois sacudiu-a um bom momento, recostado na sua poltrona e com o olhar ao longe.

— Esperai — disse Ana Pavlovna, pensativa. Falarei a esse respeito esta noite com Lisa, a esposa do jovem Bolkonski. E pode bem ser que o negócio se arranje. Será na vossa família que farei minha aprendizagem de solteirona.

2. O salão de Ana Pavlovna começava a encher-se. Toda a aristocracia de Petersburgo estava ali, pessoas as mais diversas em idade e caráter, mas pertencentes todas ao mesmo clã. A filha do Príncipe Basílio, a bela Helena, cujo vestido de baile se enfeitava com o monograma imperial, veio procurar seu pai para ir em sua companhia à festa da embaixada da Inglaterra. A jovem Princesinha Bolkonski, reputada *a mulher mais sedutora de Petersburgo,* apareceu. Casada desde o inverno anterior, sua gravidez não lhe permitia mostrar-se na alta roda, sem todavia interdizer-lhe as reuniões íntimas. O Príncipe Hipólito, filho do Príncipe Basílio, chegou em companhia de Mortemart, de quem fez a apresentação, depois coube a vez ao Padre Morio e de muitos outros mais.

A cada convidado Ana Pavlovna perguntava: "Ainda não vistes minha tia?", ou então: "Não conheceis minha tia?" E logo o levava, com ar bastante sério, para o lado de uma velhinha, enfeitada de enormes fitas, que havia surgido da peça vizinha, desde a chegada dos primeiros visitantes. Ana Pavlovna apresentava-os à velha, correndo lentamente os olhos do convidado à "minha tia" e se afastava imediatamente.

Cada qual prestava os cumprimentos de praxe a essa tia desconhecida cujo conhecimento ninguém via a necessidade de fazer. Sem dizer uma palavra, Ana Pavlovna testemunhava, com seu ar melancólico e solene, sua aprovação aos cumprimentadores. A todos, sem exceção, "minha tia" dirigia a mesma frase referente à saúde deles, à sua própria, à de Sua Majestade a imperatriz, a qual, graças a Deus, estava hoje melhor. Cada um então, evitando por polidez mostrar pressa excessiva, despedia-se da velha senhora, para o resto da noite, com a sensação de alívio que acompanha o cumprimento de um dever penoso.

A jovem Princesa Bolkonski trouxera seu tricô numa bolsinha de veludo bordado a ouro. Um ligeiro buço sombreava-lhe o minúsculo lábio superior, um pouco curto na verdade, mas que se entreabria com muita graça e por vezes mesmo fazia, abaixando-se sobre o lábio inferior, um trejeito ainda mais delicioso. Como acontece sempre com as mulheres verdadeiramente sedutoras, eram essas ligeiras imperfeições — aquele lábio demasiado curto e aquela boca entreaberta — que lhe davam um atrativo especial, um gênero de beleza bem seu. Vendo aquela futura mamãe, cheia de vida e de saúde, suportar tão alegremente seu estado, todos ficavam de coração alegre. Bastavam alguns instantes passados em sua companhia, para que todos — tanto os velhos como os moços apáticos e tristes se cressem tornados semelhantes a ela. Quem quer que, conversando com ela, notara, a cada uma de suas palavras, a eclosão de seu sorriso radioso, experimentara o deslumbramento contínuo de seus dentes brancos, acreditava-se naquela noite mais amável do que nunca. E era uma ilusão geral.

Com a bolsinha de tricô na mão, a princesinha deu volta à mesa, com passo vivo e equilibrado e sentou-se num canapé perto do samovar de prata, ajeitando graciosamente seu vestido, tudo isso como se se tratasse duma reunião festiva, tanto para ela como para os presentes. Depois abriu sua bolsinha de mão.

— Trouxe meu tricô — disse ela, dirigindo-se a um qualquer. — Atenção, Anita, não me pregue uma má peça — continuou, dirigindo-se, desta vez, à dona da casa. — Escreveu-me dizendo que era uma simples reunião íntima. Veja como estou vestida.

1. Administrador. (N. do t.)

Estendeu os braços para mostrar seu elegante vestido cinzento, enfeitado de rendas, apertado um pouco abaixo dos seios por uma larga fita.

— Fique tranquila, Lisa, será você sempre a mais bonita — respondeu Ana Pavlovna.

— Sabeis que meu marido me abandona? — continuou ela, no mesmo tom, dirigindo-se agora a um general. — Vai deixar-se matar. Dizei-me, por que essa desagradável guerra? — perguntou ela ao Príncipe Basílio, e, sem esperar a resposta, voltou-se para a filha do príncipe, a bela Helena.

— Que deliciosa criatura essa princesinha! — murmurou o príncipe ao ouvido de Ana Pavlovna.

Pouco tempo depois da princesa, entrou um rapaz gordo, corpulento, de cabelos rentes, óculos, calças claras à moda do dia, folhos de camisa muito altos e fraque cor de canela. Esse gordo jovem era o filho natural do Conde Bezukov, ilustre personagem do tempo de Catarina, prestes a morrer, no momento, em Moscou. Educado no estrangeiro, acabava de regressar à Rússia, estava ainda sem função e aparecia pela primeira vez em sociedade. A dona da casa acolheu-o com os cumprimentos que reservava aos mais insignificantes de seus convidados. A frieza dessa recepção não impediu Ana Pavlovna de deixar transparecer em seu rosto o vago mal-estar que se experimenta à vista dum objeto atravancador e que destoa do ambiente. Esse temor, aliás, era causado menos pela estatura do recém-chegado — embora dominasse todos os homens presentes — do que por aquele ar ao mesmo tempo ingênuo e perspicaz, inteligente e tímido que o distinguia de todos os presentes.

— É muita amabilidade vossa, Sr. Pedro, ter vindo visitar uma pobre doente — disse-lhe Ana Pavlovna, trocando um olhar cheio de ansiedade com "minha tia", para junto de quem o conduzia.

Pedro engrolou algumas palavras incompreensíveis, enquanto seus olhos esquadrinhavam avidamente a assembleia. Saudou com sorriso alegre a princesinha, como se fosse uma conhecida íntima e aproximou-se da tia. A inquietação de Ana Pavlovna não era vã, porque o Sr. Pedro abandonou a velha, sem deixar que ela acabasse sua tirada a respeito da saúde de Sua Majestade a imperatriz. Ana Pavlovna, aterroizada, deteve-o:

— Não conheceis o Padre Morio? É um homem muito interessante... — disse-lhe ela.

— Sim, já ouvi falar de seu plano de paz perpétua. O projeto é curioso, mas não parece nada praticável...

— Acreditais assim? perguntou Ana Pavlovna para dizer alguma coisa. E teve vontade de voltar a seus deveres de dona-de-casa.

Mas Pedro cometeu nova inconveniência, completamente diversa da primeira. Acabava de deixar uma interlocutora sem esperar que ela terminasse o que estava dizendo; e agora ei-lo a reter uma outra contra sua vontade! De cabeça baixa, com suas grandes pernas afastadas, pôs-se a expor a Ana Pavlovna as razões pelas quais o plano do padre lhe parecia pura quimera.

— Tornaremos a falar disto mais tarde — disse Ana Pavlovna, sorrindo.

E deixando ali aquele rapaz que não sabia viver, voltou às suas funções de anfitriã, toda olhos e toda ouvidos, prestes a intervir onde a conversa definhava. Um mestre de fiação, depois de instalar seus operários, vai e vem ao longo dos teares. Se um fuso pára, se outro emite um ruído anormal, rangente ou muito agudo, logo o nosso homem se apressa, fazendo este parar e tornando a pôr o outro em movimento. Da mesma maneira Ana Pavlovna, indo e vindo no seu salão, aproximava-se dos grupos silenciosos ou demasiado ruidosos e, lançando aqui tal frase, mudando de lugar ali tal pessoa, readaptava a máquina de falar ao justo movimento exigido pelas conveniências. Essas atenções diversas não conseguiram, porém, dissipar a evidente inquietação que lhe causava a presença de Pedro. Viu-o, com olhar preocupado, aproximar-se do grupo que se formara em torno de Mortemart, e depois dirigir-se para aquele em que Morio perorava. Aquela reunião de Ana Pavlovna era a primeira a que o Sr. Pedro, que fora educado no estrangeiro, comparecia na Rússia. Todos os "luminares" de São Petersburgo haviam-se reunido ali; não ignorava ele isto, e, como uma criança numa loja de brinquedos, escancarava os olhos. Tinha sempre medo de não estar presente a alguma conversa judiciosa de que pudesse tirar proveito. Vendo reunidos naquele lugar tantos personagens distintos e seguros de si mesmos, esperava ele maravilhosas frases de espírito. Tendo-lhe parecido interessante a conversa travada em torno do Padre Morio, juntou-se a esse grupo, aguardando a ocasião, tão querida dos moços, de dar a conhecer sua maneira de ver.

3. O serão de Ana Pavlovna caminhava à medida dos desejos. Por todas as partes, os fusos ronronavam sem atrito e sem interrupção. À exceção de "minha tia", tida por todo o auditório apenas como uma dama de certa idade, de rosto emaciado, gasto pelas lágrimas, e que parecia meio fora de lugar naquela brilhante sociedade, tinham-se os convidados repartido em três grupos. Um, composto principalmente de homens, tinha como centro o padre; num outro, o dos rapazes, pavoneavam-se a bela Princesa Helena e a encantadora Princesa Bolkonski, toda rosada, toda mimosa, bem que um pouco demasiado forte para sua idade; no terceiro, Mortemart e Ana Pavlovna.

Era plenamente evidente que o jovem visconde, rapaz de aparência agradável, de traços finos, de maneiras suaves, acreditava-se uma celebridade; nem por isso deixava de condescender, como homem bem-educado, em oferecer-se à curiosidade da nobre companhia. E não menos evidentemente Ana Pavlovna o oferecia como regalo a seus convidados. Um bom mordomo apresenta como coisa sobrenaturalmente delicada uma peça de carne que, numa cozinha suja, só provocaria náusea; da mesma maneira Ana Pavlovna havia servido a seus hóspedes, primeiro o visconde, depois o padre, como iguarias sobrenaturalmente refinadas.

O assassínio do Duque d'Enghien foi, desde o começo, o assunto da conversa do grupo Mortemart. O visconde afirmou que o duque morrera vítima de sua grandeza d'alma e que existiam razões particulares no ressentimento de Bonaparte.

— Ah! vejamos. Contai-nos isto, visconde — disse Ana Pavlovna, encantada por verificar que esta simples frase: "contai-nos isto, visconde", produzia uma espécie de som à Luís XV.

Em demonstração de deferência, o visconde inclinou-se com um sorriso cortês. Ana Pavlovna tratou logo de formar o círculo em torno dele e convidou toda a gente a prestar-lhe grande atenção.

— O visconde conheceu pessoalmente Sua Alteza — insinuava ela a este. — O visconde é um narrador perfeito — assegurava a outro. — Como se vê, o homem frequenta a alta roda! — declarava a um terceiro.

E o visconde foi servido à distinta sociedade sob seu aspecto mais taful, favorável, como um rosbife sobre um prato bem quente, salpicado de ervas picadas.

O visconde sorriu delicadamente, antes de começar sua narrativa.

— Tenha a bondade de vir para cá, querida Helena, — disse Ana Pavlovna à princesa, instalada a certa distância, no centro dum outro grupo.

A Princesa Helena levantou-se com aquele sorriso inalterável de mulher perfeitamente bela, com que já vinha ao entrar no salão. Ao leve rumor de seu vestido branco de baile, enfeitado de hera e de musgo, em todo o esplendor de suas espádua cor de leite, de seus cabelos ondulados, de seus diamantes cintilantes, foi passando por entre os homens que se afastavam diante dela, erecta, sem olhar nenhum deles; mas seu sorriso dirigia-se igualmente a todos e parecia mostrar-se condescendente que cada qual admirasse a perfeição de seu talhe, a plenitude de seus ombros, de seu busto, de seu dorso, largamente decotados segundo a moda do momento; aproximou-se assim de Ana Pavlovna e dir-se-ia que arrastava atrás de si todo o esplendor de um baile. Helena era tão bela que, longe de recorrer à mínima galantaria, parecia, pelo contrário, ter escrúpulo do poder triunfal de sua beleza incontestável e procurar, bastante em vão, diminuir-lhe o fulgor.

— Que bela criatura! — diziam todos ao vê-la.

Quando ela se sentou diante de Mortemart e o iluminou, por sua vez, com seu eterno sorriso, o visconde teve um sobressalto, como que tocado de surpresa, e baixou os olhos, sorrindo.

— Minha senhora — disse ele, inclinando-se, — tenho receio de minhas possibilidades diante de semelhante auditório.

Sem achar necessário responder, a princesa apoiou sobre uma mesinha de centro seu braço de modelagem perfeita. Aguardava, sorridente. E durante toda a narrativa, conservou-se bem erecta, arranjando as dobras de seu vestido, ou contemplando ora seu belo braço redondo, ligeiramente deformado pelo contato com a mesa, ora seu esplêndido busto sobre o qual ajeitava seu colar de diamantes. Nos trechos sensacionais da narrativa, seus olhos interrogavam o rosto de Ana Pavlovna, cuja expressão copiava ela imediatamente; mas logo suas feições tornavam a imobilizar-se num sorriso olímpico.

Em seguida a Helena, a princesinha abandonou a mesa de chá.

— Esperai-me, vou pegar meu tricô — disse ela. — Vejamos, em que pensais? — perguntou ela ao Príncipe Hipólito. — Trazei-me minha redinha.

Essa mudança da princesa, que ria e falava a toda a gente, não deixou de produzir certo rumorejo. Depois que tomou lugar e tornou a pôr em ordem seu vestido:

— Está tudo em ordem; podeis começar, disse ela, retomando seu trabalho de agulha.

O Príncipe Hipólito, que levava sua redinha, acompanhou-a quando mudou de lugar e repimpou-se numa poltrona que havia empurrado para o lado dela.

O encantador Hipólito revelava uma parecença com a soberba Helena tanto mais impressionante quanto ela não o impedia de ser bastante feio. O irmão e a irmã tinham bem os mesmos traços; mas, enquanto que nesta eram eles iluminados por um perpétuo sorriso jovem, satisfeito, exalando a alegria de viver, entenebreciam-se naquele com um véu de estupidez e só exprimiam uma suficiência imutável e impertinente. E as formas clássicas, esculturais de Helena contrastavam com o corpo débil e raquítico de Hipólito, cujos olhos, nariz e boca se contraíam numa careta tristonha e indefinida, enquanto que seus braços e suas pernas assumiam sempre posições acanhadas.

— Não será uma história de fantasmas? — perguntou ele assim que se repoltreou, ajustando às pressas diante dos olhos um lornhão, de que parecia não poder prescindir para travar conversa.

— Mas não, meu caro — disse, alçando os ombros, o narrador embaraçado.

— É que detesto as histórias de fantasmas — alegou o príncipe, cujo tom provava que só compreendia demasiado tarde as frases que lhe escapavam. Lançava-as, aliás, com uma segurança tão peremptória que se hesitava em tomá-las seja por conceitos sensatos, seja por piadas. De meias de seda e de escarpins, trajava um fraque verde-garrafa sobre calções que chamava de "coxas de ninfa espantada".

O visconde pôde enfim contar, com bastante facúndia, a anedota, então grandemente difundida, segundo a qual o Duque d'Enghien, tendo ido secretamente a Paris para ali encontrar Mlle. George, dera em casa dela com Bonaparte, a quem a célebre comediante concedia igualmente seus favores. Uma síncope, acidente a que era ele muitas vezes sujeito, pusera Napoleão à mercê de seu adversário, que desdenhou de aproveitar-se disso e fora precisamente dessa grandeza de alma que Bonaparte se vingara mais tarde com a morte do duque.

Não faltava algo de picante à historieta, principalmente no trecho em que os dois rivais se reconheciam de repente; produziu ela certa impressão sobre as senhoras.

— Encantadora, não é? — disse Ana Pavlovna, interrogando com uma olhadela a princesinha.

— Encantadora — concordou esta, fincando sua agulha no seu trabalho, para significar sem dúvida que uma história tão agradável não lhe permitia trabalhar mais.

Apreciando esta homenagem muda, o visconde agradeceu à princesa com um sorriso. Ia retomar sua narrativa, quando Ana Pavlovna, que não perdia de vista o rapaz de quem ela temia algum despropósito, verificou que estava ele engajado numa discussão demasiado calorosa e demasiado barulhenta com o padre. Dirigiu-se imediatamente para o ponto ameaçado. De fato, o Sr. Pedro interpelara Morio sobre a questão do equilíbrio europeu, e o padre, seduzido pelo ardor

ingênuo do rapaz, expunha-lhe seu famoso projeto. Com grande desprazer de Ana Pavlovna, punham ambos na discussão muito de natural e vivacidade.

— O único remédio é o equilíbrio europeu e o direito das gentes — dizia Morio. Que um Estado poderoso como a Rússia, reputado como bárbaro, tome sem ideias ocultas a frente de uma liga tendo por finalidade o equilíbrio da Europa, salvará este país e o mundo!

— E como encontrareis esse equilíbrio? — quis indagar Pedro, mas um olhar severo de Ana Pavlovna, que chegara naquele mesmo instante, impediu-o de acabar.

— Tolerais bem nosso clima? — perguntou ela imediatamente ao padre. O rosto móvel do italiano assumiu de repente o ar contrito e dulçoroso que lhe era aparentemente habitual, quando se entretinha com as senhoras.

— O encanto, o espírito, a distinção da boa sociedade na qual tenho tido a felicidade de ser acolhido — disse ele, — me têm a tal ponto arrebatado que não tive ainda lazeres para pensar no clima.

Ana Pavlovna nem pensou em largar de mão o padre e Pedro e, para melhor vigiá-los, levou-os para seu grupo.

4. Nesse momento, novo personagem entrou no salão. Era o jovem Príncipe André Bolkonski, o marido da princesinha, belíssimo rapaz, de estatura mediana e feições nítidas e frias. Tudo nele, desde o olhar cansado e sombrio até a lentidão medida do andar, formava o contraste mais violento com a vivacidade de sua gentil esposa. Os convidados de Ana Pavlovna lhe eram evidentemente tão familiares que experimentava ele um tédio mortal, tanto vendo-os, como ouvindo-os. Nenhum daqueles personagens aborrecedores parecia entediá-lo mais que sua linda esposa, porque, ao vê-la, uma careta contraiu-lhe o belo rosto e ele se desviou imediatamente. Depois de ter beijado a mão de Ana Pavlovna, examinou a assistência, semicerrando os olhos.

— Ide-vos engajar para a guerra, meu príncipe? — perguntou Ana Pavlovna.

— O general Kutuzov — respondeu Bolkonski, acentuando, à francesa, a última sílaba do nome, — achou de convidar-me para ajudante-de-campo...

— E Lisa, vossa esposa?

— Irá viver no campo.

— Não tendes vergonha de privar-nos de vossa encantadora esposa?

— André — disse a princesa a seu marido, com o mesmo tom de galantaria com que se dirigia aos estranhos, — se você soubesse que história encantadora acaba de contar-nos o Visconde, a respeito de Bonaparte e de Mlle. George!

O príncipe fechou a cara e afastou-se. Nesse instante, Pedro, que o seguia, desde que entrara, com um olhar alegre e cordial, aproximou-se dele e pegou-lhe o braço. Bolkonski, sem se voltar, fez uma careta de desagrado dirigida ao importuno, mas quando viu o rosto satisfeito de Pedro, mostrou por sua vez um bom sorriso acolhedor, bastante inesperado.

— Como!... Você também, você também frequenta a alta roda?! — disse-lhe.

— Esperava encontrá-lo — respondeu Pedro. — Posso dar-me por convidado para cear em sua casa? — acrescentou em voz baixa, para não perturbar o visconde que voltava à sua história.

— Não, impossível — respondeu, rindo, o Príncipe André, enquanto que, com um aperto de mão, dava a compreender a Pedro que a coisa era clara.

Ia acrescentar algumas palavras, mas, no mesmo instante, o Príncipe Basílio e sua filha levantaram-se. Os dois tiveram de separar-se para dar-lhes passagem.

— Desculpai-me, meu caro visconde — disse o Príncipe Basílio a Mortemart, segurando-o familiarmente pela manga para que não se levantasse, — mas essa importuna festa estraga meu prazer e obriga-me a interromper-vos. Não podeis deixar de notar meu desespero — ajuntou, voltando-se para Ana Pavlovna. — Sou forçado a deixar vossa encantadora reunião.

Mais serena do que nunca, a Princesa Helena abriu caminho entre duas fileiras de cadeiras. Ao chegar diante dele, Pedro contemplou aquela beleza com os olhos em que se pintava uma admiração vizinha do assombro.

— Ela é belíssima — disse Bolkonski.

— Sim, belíssima — repetiu Pedro.

O Príncipe Basílio pegou ao passar o braço de Pedro e, voltando-se para Ana Pavlovna, lhe disse:

— Amestrai-me este urso. Morando em minha casa há já um mês, é a primeira vez que o vejo na sociedade. Nada é mais útil aos jovens que a convivência com mulheres de espírito.

Ana Pavlovna prometeu, sorrindo, que cuidaria de Pedro, cujo parentesco com o Príncipe Basílio, por parte de pai, não lhe era desconhecido.

A dama idosa, que fazia companhia à "minha tia", levantou-se precipitadamente para alcançar o príncipe na antecâmara. Qualquer preocupação de conveniência mundana desaparecera de seu bom rosto, sulcado pelas lágrimas. Nele só se lia angústia.

— Nada tendes a dizer-me a respeito de Boris, meu príncipe? — perguntou ela, correndo-lhe no encalço. — Não posso permanecer por mais tempo em Petersburgo. Que notícias levarei a meu pobre filho?

Embora o Príncipe Basílio a ouvisse com uma frieza que frisava pela impolidez e denotasse mesmo impaciência, a boa senhora lhe sorria com uma amenidade desarmante; para forçá-lo a escutá-la, chegou a ponto de retê-lo pelo braço.

— Custar-vos-ia tão pouco falar de meu filho ao imperador — suplicou ela. — Uma só palavra vossa e ele seria admitido imediatamente na guarda.

— Farei tudo quanto depender de mim, princesa, podeis crê-lo, — respondeu o Príncipe Basílio, — mas é-me difícil falar ao imperador; aconselhar-vos-ia de preferência que vos dirigísseis a Rumiantsev, por intermédio do Príncipe Golitsin; seria mais seguro.

Aquela senhora idosa, uma Princesa Drubetskoi, possuía um dos maiores nomes da Rússia, mas desde muito constrangida pela pobreza a retirar-se da sociedade, perdera suas antigas relações. Tendo vindo a Petersburgo com o único objetivo de obter a mudança de seu filho único para a guarda, fora para ver o Príncipe Basílio que se fizera deliberadamente convidar à reunião de Ana Pavlovna e ouvira pacientemente a narrativa do visconde. As palavras do príncipe causaram-lhe a princípio medo; seu rosto, outrora belo, traiu certa irritação; mas recuperou depressa seu sorriso e, apertando mais nervosamente o braço de seu interlocutor, lhe disse:

— Escutai, meu príncipe. Nunca vos pedi nada, nunca vos pedirei nada, nunca vos lembrei a amizade que tinha por vós meu pai. Mas agora conjuro-vos, em nome do céu, fazei isto por meu filho... E vos terei como meu benfeitor — acrescentou ela, com palavras precipitadas. — Não vos aborreçais, dai-me vossa palavra. Já estive com Golitsin. Recusou... Sede o bom menino que fostes — implorou ela, esforçando-se por sorrir, apesar das lágrimas que lhe velaram os olhos.

— Papai, vamos chegar tarde — disse, voltando sua bela cabeça acima de seus ombros perfeitos, a Princesa Helena, que esperava à porta.

A influência na sociedade é um capital que importa poupar sob pena de vê-lo evaporar-se. De modo que o Príncipe Basílio usava raramente de seu crédito, bem convencido de que, se o empregasse em favor de todos aqueles que lho solicitavam, não poderia em breve mais nada pedir para si mesmo. Entretanto, o supremo apelo da Princesa Drubetskoi provocou nele uma espécie de remorso, uma censura secreta. Dissera a verdade: seu pai guiara os primeiros passos do príncipe na carreira. Além disso, a julgar pelas maneiras da dama, tratava ele com uma dessas mulheres, uma dessas mães sobretudo, que levam por diante com encarniçamento a realização de projetos que meteram na cabeça e que, se não obtêm ganho de causa, importunam a gente a todas as horas, a todos os instantes, com recriminações, ou mesmo choradeiras. Esta derradeira consideração foi decisiva.

— Cara Ana Mikhailovna — proferiu ele, com o tom displicente que lhe era, habitual, mas onde se entrevia desta vez uma tonalidade de cansaço, — é-me quase impossível aceder ao vosso desejo. Não obstante, para provar-vos a sinceridade de meu afeto e quanto venero a memória de vosso falecido pai, farei o impossível: vosso filho passará para a guarda, dou-vos minha palavra. Estais satisfeita?

— Meu bom amigo, sois nosso benfeitor! Não esperava menos de vós. Sabia quanto éreis bom.

O príncipe esboçou um movimento de retirada.

— Ainda uma palavra, rogo-vos. Uma vez que passe ele para a guarda ... — hesitou um instante. — Vós estais em bons termos com Miguel Ilarionovitch Kutuzov. Quereis pedir-lhe que convide Boris para um de seus ajudantes-de-campo? Ficaria então perfeitamente tranquila e jamais...

O príncipe sorriu.

— A este respeito nada posso prometer. Se soubésseis como assaltam Kutuzov desde que foi ele nomeado general-em-chefe. Ele mesmo me contou que todas a nossas boas damas de Moscou tinham conspirado para lhe imporem seus filhos ajudantes-de-campo.

— Não, não, meu bom amigo, meu benfeitor, não vos deixarei ir, enquanto não me tenhais dado vossa palavra...

— Papai, chegaremos atrasados — disse ainda uma vez a bela Helena, impaciente.

— Vamos, até logo. Estais vendo?

— Então, está entendido, falareis amanhã ao imperador?

— Sem falta. Mas quanto a Kutuzov, não prometo.

— Sim, sim, prometei-me, prometei-me, Basílio — insistiu a princesa, com um sorriso de jovem galante que, como outrora lhe fora habitual, nem por isso deixava de discordar singularmente de suas feições devastadas...

Esquecera visivelmente sua idade e punha em jogo, por hábito, todos antigos recursos femininos. Mas assim que o príncipe saiu, seu rosto retomou a expressão de frieza fingida que tinha antes. Voltou a juntar-se ao grupo em que o visconde continuava a perorar e fez cara de ouvir como antes, esperando a hora de partir , agora que sua tarefa estava realizada.

5. — Pois bem, que dizeis dessa derradeira farsa da sagração de Milão? — indagou Ana Pavlona. — E a nova comédia dos povos de Gênova e de Luca, que acabam de apresentar suas homenagens ao Sr. *Buonaparte*, sentado sobre um trono e atendendo aos votos das nações! Adorável! Não é de fazer a gente ficar louca! Dir-se-ia que o mundo inteiro perdeu a cabeça.

O Príncipe André soltou um risinho e fitou bem de face Ana Pavlovna:

— Sim — disse ele, citando as próprias palavras de Bonaparte, "Deus ma dá, ai de quem a tocar". Dizem que ele se mostrou verdadeiramente belo pronunciando estas palavras. E repetiu a frase em italiano: "Dio mi la dona, guai a chi la tocca".

— Espero afinal — continuou Ana Pavlovna, — que tenha sido a gota d´água que fará o vaso extravasar. Os soberanos não podem mais tolerar esse homem que tudo ameaça.

— Os soberanos?... Não falo da Rússia — disse o visconde, com um tom cortês, mas desabusado. — Os soberanos, minha senhora! Que fizeram eles por Luís XVI, pela rainha, por Madame Elisabete? Nada — continuou ele, animando-se. — E acreditai-me, sofrem a punição pela traição feita à causa dos Bourbons. Os soberanos? Mandam embaixadores cumprimentarem o usurpador.

Lançou um fundo suspiro de desdém e mudou uma vez mais de posição. Nisto o Príncipe Hipólito, que se havia até então entrincheirado por trás de seu lornhão para contemplar o visconde à sua vontade, voltou-se totalmente para a princesinha. Pediu-lhe uma agulha, com a qual desenhou sobre a mesa as armas dos Condes e lhas explicou com tanta exatidão como se ela lhe houvesse rogado.

— Bastão de goles espiguilhado de azul: casa de Conde — disse ele.

A princesa escutava-o, toda sorridente.

— Se Bonaparte ficar ainda um ano sobre o trono da França — continuava o visconde com mais insistência, como homem que pouco se preocupa em ouvir os outros e que, num assunto que conhece mais do que qualquer outra pessoa, segue unicamente o curso de seus pensamen-

tos, — as coisas irão verdadeiramente demasiado longe. Pela intriga, pela violência, pelo exílio, pelos suplícios, a sociedade francesa, quero dizer, a boa sociedade, será destruída para sempre; então...

Um dar de ombros, um gesto desesperado completaram seu pensamento. Pedro, a quem a conversa interessava, quis intercalar uma palavra, mas Ana Pavlovna, que o vigiava, não lhe deu tempo.

— O Imperador Alexandre — começou ela com aquele ar melancólico que sempre adotava para falar da família imperial, — declarou que deixaria os franceses escolherem eles próprios sua forma de governo. Uma vez libertada do usurpador, a nação inteira, estou certa, lançar-se-á nos braços de seu soberano legítimo — acrescentou ela para comprazer ao emigrado.

— É duvidoso — disse o Príncipe André. — As coisas foram demasiado longe, como bem o vê o senhor visconde. Será difícil ressuscitar o passado.

— Ouvi dizer — interveio Pedro, corando, — que quase toda a nobreza aliara-se a Bonaparte.

— São falinhas dos bonapartistas — retorquiu o visconde, sem levantar os olhos para Pedro. — No estado de coisas atual, não se poderia conhecer a opinião verdadeira do país.

— Bonaparte o disse — objetou o Príncipe André, com um sorriso zombeteiro. O visconde desagradava-lhe e, afetando não o olhar, tomava-o evidentemente como alvo. — "Eu lhes mostrei o caminho da glória — continuou ele, depois de ligeira pausa, citando ainda desta vez Napoleão, — mas eles não a quiseram; abri-lhes minhas ante-câmaras, precipitaram-se em multidão"... Não sei até que ponto teve ele o direito de dizer isto.

— Nenhum — replicou o visconde. — Desde a morte do Duque d'Enghien, seus próprios admiradores deixaram de ver nele um herói. Se chegou a ser mesmo um herói para certas pessoas, — insistiu, dirigindo-se particularmente a Ana Pavlovna, — desde o assassínio do duque há um mártir a mais no céu, um herói de menos na terra.

Ana Pavlovna e os outros mal tinham acolhido estas palavras com um sorriso aprovador, quando já Pedro se imiscuía na conversa, sem que desta vez Ana Pavlovna pudesse impedi-lo de sustentar os conceitos inoportunos que ela temia.

— A execução do Duque d'Enghien — disse o Sr.Pedro, — foi uma necessidade de Estado e, a meu ver, assumindo sozinho a responsabilidade desse ato, Napoleão deu uma prova evidente de sua grandeza d'alma.

— Deus! Meu Deus! — murmurou Ana Pavlovna, assombrada.

— Como, Sr. Pedro, achais que o assassinato é grandeza d'alma? — disse princesinha sempre sorridente, chegando para mais perto seu tricô.

— Ah! Oh! — exclamaram alguns.

— *Capital!* — disse em inglês o Príncipe Hipólito, que acentuou esta exclamação, batendo na coxa.

Um encolher de ombros foi a única resposta que o visconde dignou-se dar a Pedro. Este passeou, por cima de seus óculos, um olhar de triunfo pela assistência.

— Explico-me — prosseguiu ele, queimando seus navios. — Os Bourbons fugiram diante da Revolução e entregaram o país à anarquia. Napoleão, pelo contrário soube compreender e domar a Revolução. Não podia, pois, colocar em igualdade de balança a vida dum só homem com o bem geral.

— Se passásseis para a outra mesa... — disse em vão Ana Pavlovna. Mas Pedro desenfreado, não lhe deu ouvidos.

— Sim — prosseguiu ele, — Napoleão é grande porque dominou a Revolução. Abafando-lhe os abusos, conservou o que tinha ela de bom, a igualdade dos cidadãos bem como a liberdade da palavra e da imprensa. Eis porque e somente porque obteve ele o poder.

— Decerto — disse o visconde, — se, depois de haver empolgado o poder, tivesse-o entregue a seu soberano legítimo, em vez de aproveitar-se dele para cometer um assassinato chamaria um grande homem.

— Não lhe era possível isto. A nação só lhe entregou o poder para que ele a libertasse dos Bourbons e precisamente porque via nele um grande homem... A Revolução foi uma grande coisa — insistiu o Sr. Pedro, revelando com esta digressão, ao mesmo tempo, sua extrema juventude e seu desejo de explicar-se a fundo.

— Uma grande coisa a Revolução, o regicídio?... Depois disto... Se passásseis à outra mesa... — repetiu Ana Pavlovna.

— O *Contrato Social!* — insinuou o visconde com um sorriso paternal.

— Não se trata do regicídio... Falo de ideias...

— Sim, as ideias de pilhagem, de assassinato, de regicídio — interrompeu ainda a voz irônica do visconde.

— Esses excessos, que não sonho em negar, não constituem toda a Revolução. A essência dessa revolução são os direitos do homem, a abolição dos preconceitos, a igualdade dos cidadãos; e estas ideias, Napoleão manteve-as em toda a sua força.

— A liberdade e a igualdade — emitiu desdenhosamente o visconde, resignando-se enfim a fazer sentir àquele fedelho toda a tolice de seus conceitos — são palavras imponentes de que muito se abusou. Quem pois não ama a liberdade, a igualdade? Faziam já parte do ensinamento de nosso Salvador. Mas será que a Revolução tornou os homens mais felizes? Muito pelo contrário. Éramos nós que queríamos a liberdade e foi Bonaparte que a destruiu.

O olhar sorridente do Príncipe André vagava de Pedro ao visconde e do visconde à dona da casa. Seu grande tirocínio da vida social não a impediu a princípio de perder o sangue-frio diante das afirmações atrevidas de Pedro, mas quando percebeu que Mortemart não se deixava desmontar pelos conceitos sacrílegos do rapaz, conceitos que, aliás, não era mais possível abafar, retomou coragem e correu em socorro:

— Mas meu caro Sr. Pedro — disse ela, — como explicais que vosso grande homem tenha podido mandar executar um duque, digamos mesmo um simples mortal, sem julgamento e sem que o desventurado fosse culpado?

— E eu — disse o visconde, — teria curiosidade de saber como o senhor explica o 18 de Brumário? Não foi um passe de pelotiqueiro? Foi uma escamoteação que não se assemelha de modo algum à maneira de agir de um grande homem.

— E os prisioneiros que mandou massacrar na África? É horrível... — disse a princesinha, cujos ombros tremeram.

— Direis melhor que é um plebeu — afirmou o Príncipe Hipólito.

Não sabendo a quem atender, o Sr. Pedro considerou sucessivamente seus contraditores e pôs-se a sorrir. Ao inverso da maioria das pessoas que não perdem ao sorrir sua seriedade, a aparição do sorriso no rosto de Pedro transfigurava-o completamente: sua fisionomia habitual, grave, sombria mesmo, cedia lugar a uma expressão cândida, bonachona, a um ar de criança que pede perdão.

O visconde, que o via pela primeira vez, deu-se conta de que aquele jacobino só era terrível em palavras. Estabeleceu-se um silêncio geral.

— Como quereis que ele responda a toda a gente ao mesmo tempo? — disse então o Príncipe André. — Ademais, nos atos de um homem de Estado é preciso, creio, distinguir os do simples particular, do comandante do exército, do imperador.

— Decerto, decerto — aprovou Pedro, todo satisfeito com o apoio que lhe chegava.

— É preciso reconhecê-lo — prosseguiu o Príncipe André, evidentemente desejoso de atenuar o desazo de Pedro. — Napoleão, como homem, é grande na ponte de Arcole, no hospital de Jaffa, onde estende a mão aos pestosos, mas... mas alguns outros atos seus dificilmente se justificam.

Neste ponto, o Príncipe André fez um sinal à sua mulher. Já se ia levantando para despedir-se, quando de repente o Príncipe Hipólito se ergueu em todo o seu corpanzil e, solicitando por gestos que todos permanecessem sentados, disse:

— Ah! contaram-me hoje uma encantadora anedota moscovita. Preciso regalar-vos com ela. Desculpai-me, visconde, mas preciso contá-la em russo. Doutra forma não se saboreará o sal da história.

E o Príncipe Hipólito se pôs a falar russo. Pelo seu sotaque, dir-se-ia um francês que se tivesse estabelecido na Rússia havia um ano apenas. Prestaram-lhe, no entanto, a atenção que havia tão imperiosamente exigido.

— Em Moscou há uma "barynia", uma dama. E ela é muito avarenta. Precisava de dois lacaios, atrás de sua carruagem. E lacaios de grande estatura. Era assim que gostava. E tinha uma criada de quarto também muito grande. Ela disse...

Aqui o Príncipe Hipólito deteve-se, procurando visivelmente suas frases.

— Ela disse... sim, ela disse: "Minha filha (à criada de quarto), vista a libré e venha comigo, atrás do carro, para fazer visitas.

O Príncipe Hipólito desatou-se em gargalhadas, bem antes de seu auditório e essa risada antecipada produziu na realidade uma impressão desfavorável. Algumas pessoas, entretanto, inclusive Ana Pavlovna e a dama idosa, dignaram-se sorrir.

— Partiu ela. De repente levantou-se forte ventania. A moça perdeu o chapéu e seus longos cabelos caíram-lhe pelos ombros...

Um acesso de riso desenfreado, em meio do qual só pôde ele balbuciar: "E toda a gente ficou sabendo..." impediu-o decididamente de continuar.

Assim terminou a historieta. Se bem que não se tivesse podido compreender porque a contara, nem ainda menos porque só podia ser contada em russo, Ana Pavlovna e os outros apreciaram o tato com que o Príncipe Hipólito dissipara o mal-estar provocado pela investida desastrada do Sr. Pedro. A conversa fragmentou-se em seguida em conversinhas sobre os bailes passados e futuros, sobre os espetáculos e as próximas oportunidades de se encontrarem.

6. Depois de cumprimentar Ana Pavlovna pela sua "encantadora reunião", começaram os convidados a retirar-se.

Pedro carecia de tirocínio. De estatura corpulenta e mais elevada que a média, com seus ombros largos e quadrados e suas grossas mãos vermelhas, não sabia "entrar num salão" e ainda menos sair dele, isto é, pronunciar, antes de sua retirada, algumas frases especialmente amáveis. Além do mais, era distraído. Quando se levantou, pegou em lugar de seu chapéu o tricórnio de um general, cujo penacho triturou até que seu dono pediu-lhe que lho restituísse. Sua bonomia, sua simplicidade, sua modéstia resgatavam, aliás, suas distrações e sua ignorância das conveniências mundanas. Com um gesto de cabeça, marcado duma mansuetude toda cristã, Ana Pavlovna lhe concedeu, pois, o perdão pelo seu despropósito.

— Espero tornar a ver-nos-lhe disse ela, — mas espero também que até lá tenhais mudado de ideias, meu caro Sr. Pedro.

Limitou-se ele, como única resposta, a inclinar-se e sorrir de novo, o que nada queria dizer, exceto talvez isto: "Minhas ideias são minhas ideias, mas vede, pois, que intrépido rapaz sou eu". Todos, a começar por Ana Pavlovna, pareceram entendê-lo assim.

No vestíbulo, o Príncipe André, ao mesmo tempo que apresentava os ombros para que o lacaio lhe pusesse a capa, ouvia distraidamente a tagarelice de sua esposa, em conversa com o Príncipe Hipólito que a fitava descaradamente, através de seu lornhão.

— Volte para dentro, Anita, senão se resfriará — disse a princesinha, dando adeus a Ana Pavlovna. — Está combinado — acrescentou em voz baixa.

Ana Pavlovna tivera tempo de confiar a Lisa que projetava dar a sua cunhada, na pessoa de Anatólio, um noivo a seu gosto.

— Conto com você, minha querida — disse Ana Pavlovna, no mesmo tom. — Escreva-lhe e diga-me como o pai encarará a coisa. Adeus.

E voltou para seus aposentos.

O Príncipe Hipólito inclinou-se sobre a princesinha para murmurar-lhe algumas palavras ao ouvido. Aguardando sua vontade, dois lacaios, o dele e o da princesa, carregando este um xale e aquele uma sobrecasaca, escutavam, embora não a entendessem, a conversa de seus senhores em francês, dando-se ares de que estavam compreendendo tudo. Como de costume, a princesa falava sorrindo e mostrava uma fisionomia francamente alegre quando escutava.

— Estou satisfeitíssimo por não ter ido à embaixada — dizia o Príncipe Hipólito. — A gente se aborrece ali. Encantadora reunião esta, não foi? Absolutamente encantadora.

— Diziam que o baile será magnífico — respondeu a princesa, esboçando um trejeito. — Todas as bonitas senhoras da sociedade lá estarão.

— Não todas, pois que lá não estareis — retorquiu, rindo, o príncipe Hipólito. Depois arrebatando o xale das mãos do lacaio, chegando mesmo a empurrá-lo, dispôs-se a cobrir os ombros da princesa. Realizado esse dever — falta de jeito ou desígnio preconcebido? Ninguém saberia dizê-lo — ficou algum tempo em baixar os braços como se estivesse a abraçar a jovem mulher. Mas esta escapou a isso com uma graça sorridente e voltou-se para seu marido. De olhos semicerrados, parecia o Príncipe André cansado e sonolento.

— Está pronta? — perguntou à sua mulher, envolvendo-a com o olhar.

O Príncipe Hipólito vestiu às pressas sua sobrecasaca que, de acordo com a nova moda, descia-lhe até os calcanhares e, embaraçando-se nas suas dobras, correu até a porta atrás da princesa, cujo lacaio a ajudava a subir no carro.

— Princesa, adeus! — gritou-lhe, com voz tão mal segura quanto seu andar.

Acomodando seu vestido, instalou-se a princesa no escuro cupê; seu marido ajustava seu sabre; o oficioso Príncipe Hipólito atrapalhava toda a gente.

— Permiti, senhor — disse-lhe secamente o Príncipe André, a quem ele barrava a passagem.

— Eu te espero, Pedro — teve ainda tempo Bolkonski de dizer, num tom afável e acariciador desta vez. E tendo o postilhão esporeado os cavalos, a carruagem se pôs em movimento com grande barulho. Rindo a sua risadinha sacudida, o Príncipe Hipólito esperava no limiar o visconde, a quem prometera levar de volta.

* * *

— Pois é, meu caro, sua princesinha é muito distinta, muito distinta — declarou Mortemart, depois que se assentou ao lado de Hipólito. — Mas muito distinta mesmo. — Beijou as pontas dos dedos. — E totalmente francesa.

Hipólito riu às gargalhadas.

— E sabe que — continuou o visconde — com esse seu arzinho de inocência, você é terrível? Lastimo o pobre marido, aquele oficialzinho, que se dá ares de príncipe reinante.

— E dizia você que as damas russas não valem as damas francesas. É preciso é saber arranjar-se -respondeu Hipólito, rindo mais desbragadamente.

* * *

Tendo chegado com antecedência, como íntimo da casa, Pedro dirigiu-se ao gabinete de trabalho do Príncipe André. Ali, de acordo com seu costume, começou por estirar-se no canapé e pegou de cima de uma prateleira o primeiro livro à mão. Eram os "Comentários" de César. Percorria-o ao acaso, apoiado no cotovelo, quando o príncipe entrou.

— Bonitas coisas fizeste na casa da Senhorita Scherer — disse o príncipe, esfregando as mãos que eram pequenas e brancas. — Ela vai ficar seriamente doente!

Voltando-se com todo o corpo, fez Pedro o canapé gemer sob seu peso. Seu rosto animado sorriu para o príncipe.

— Sabe — disse ele e fez com a mão um gesto de indiferença — que o projeto daquele tal Morio é bem digno de atenção? Engana-se ele apenas a respeito dos meios de levá-lo a efeito... A paz perpétua é de certo possível, mas... Não sei lá muito bem como explicar-me... Em todo o caso, o equilíbrio político não é o meio desejado...

Tais conceitos abstratos não interessavam de modo algum o Príncipe André.

— Fica sabendo, meu caro, que não se pode revelar em toda a parte o fundo de seu próprio pensamento... Bem, — indagou ele, depois de alguns instantes de silêncio — estás por fim decidido? Entras para a guarda de cavalaria ou para a diplomacia?

Pedro assentou-se sobre o canapé, à moda turca.

— Para falar a verdade, não estou ainda bem certo. Nenhuma dessas carreiras me sorri.

— Será, no entanto, preciso que te decidas! Teu pai aguarda.

Desde a idade de dez anos fora Pedro mandado para o estrangeiro com seu preceptor, um padre. Quando atingiu os vinte anos, seu pai chamou-o a Moscou, despediu o padre e disse ao rapaz: "Vai agora a Petersburgo, orienta-te, escolhe uma carreira. Subscrevo de antemão tua decisão. Aqui tens dinheiro e uma carta para o Príncipe Basílio. Põe-me ao corrente de tudo, que tratarei de ajudar-te." E havia já uns três meses que Pedro vinha-se ocupando em "escolher uma carreira". Era a este respeito que o Príncipe André o interrogava.

— Deve ser franco-maçom — disse Pedro de repente, passando a mão pela testa.

Pensava no padre que vira naquela noite. De novo o príncipe o deteve.

— Trégua com essas frioleiras e falemos seriamente. Foste ver a guarda de cavalaria?

— Não, mas, entrementes, veio-me uma ideia, que quero submeter à sua apreciação. Eis-nos em conflito com Napoleão. Se se tratasse duma guerra de libertação, vá lá, seria eu o primeiro a engajar-me, mas secundar a Inglaterra e a Áustria contra o maior homem que há neste mundo... não vou com isso.

O príncipe limitou-se a levantar os ombros diante desses conceitos infantis. Seu semblante deixava entender que semelhantes tolices não mereciam resposta diferente. Que teria ele podido responder a argumentos tão ingênuos?

— Se toda a gente só se batesse por convicção, não haveria guerras — disse, por fim.

— Tanto melhor então! — respondeu Pedro.

— Sem dúvida — concedeu o príncipe, sorrindo, — mas isto não acontecerá nunca...

— E por que então vai você à guerra?

— Por quê? Não sei. Porque é preciso. Além disso, porque... porque a vida que levo aqui não me convém — confessou o príncipe, depois dum momento de hesitação.

7. Ouviu-se na peça vizinha o roçagar dum vestido, o príncipe sobressaltou-se, como alguém subitamente despertado e seu rosto reassumiu a expressão que tivera no salão de Ana Pavlovna. Pedro corrigiu sua posição. A princesa entrou. Mudara seu traje de noite por um vestido caseiro, aliás tão leve e elegante como o outro. O príncipe levantou-se e adiantou-lhe cortesmente uma poltrona, onde ela se apressou em sentar-se.

— Pergunto a mim mesma muitas vezes — disse ela, em francês como sempre — como se dá que Anita não se tenha casado. Sois todos uns tolos, cavalheiros, por não a terdes esposado. Desculpai-me, mas não entendeis nada de mulheres... Que discutidor me saiu, Sr. Pedro!

— Estava justamente a ponto de discutir com vosso marido. Não compreendo o desejo dele de seguir para a guerra — disse Pedro, sem revelar nem um tanto o embaraço que experimenta geralmente todo rapaz, quando se dirige a uma jovem senhora.

A princesa estremeceu, tocada evidentemente num lugar sensível.

— É isso mesmo que eu lhe digo! — respondeu ela. — Não chego a compreender por que os homens não podem passar sem guerra. Por que nós outras, mulheres, não temos necessidade alguma disso, nenhum desejo? Vejamos, sede juiz. Não cesso de repetir-lhe. É ele aqui ajudante-de-campo de seu tio. Uma situação brilhantíssima. Toda a gente o conhece, toda a gente o aprecia. Um dia destes, em casa dos Apraxin, ouvi uma senhora perguntar: "É aquele, o famoso Príncipe André?!" Palavra de honra! — confirmou ela, rindo. — E em toda parte é também gratamente acolhido. Poderia muito bem tornar-se ajudante-de-campo do imperador. Não ignorais que Sua Majestade dirigiu-lhe a palavra de maneira muito graciosa. Dizíamos, Anita e eu, que seria muito fácil de arranjar. Que pensais disso?

— Quando parte? — perguntou Pedro sem responder à pergunta dela, convencido, por uma olhadela lançada ao príncipe, que a conversa lhe desagradava.

— Ah! não me faleis dessa partida, não me faleis. Não quero ouvir falar disso — disse ela, dengosa, com o mesmo tom de criança mimada que afetara no salão ao conversar com Hipólito e que assentava mal naquele círculo familiar de que Pedro parecia fazer parte. — Quando sonhei ainda há pouco que me seria preciso romper todas as minhas queridas relações... E depois, sabes, André? — Piscou os olhos para seu marido num gesto pesado de sentido. —Tenho medo, tenho medo — murmurou ela, toda fremente.

O príncipe fitou-a, como estupefato de descobrir no aposento outra pessoa além de si próprio e Pedro. E foi com a mais glacial polidez que lhe perguntou:

— De que tens medo, Lisa? Não compreendo.

— Que egoístas que são vocês homens! Sim, sim, são todos uns egoístas... Por puro capricho, Deus sabe porque, ele me abandona, me confina sozinha no campo.

— Com meu pai e minha irmã, não o esqueças — replicou docemente o Príncipe André.

— Nem por isso estarei menos só, sem MEUS amigos... E quer ele que eu não tenha medo!

O tom de sua voz elevara-se, seu lábio arregaçado dava-lhe não mais um ar alegre, mas a expressão animal de um roedor. Calou-se, achando sem dúvida inconveniente fazer diante de Pedro alusão à sua gravidez, que era, no entanto, a verdadeira causa de sua irritação.

— Não compreendo sempre de que tens medo — articulou lentamente o príncipe, sem desfitar dela os olhos.

Lisa corou e exclamou com um gesto arrebatado.

— Não, André, digo que mudaste de tal modo, de tal modo...

— Teu médico proibiu-te de dormir tarde; farias bem indo repousar.

Lisa não respondeu nada; mas seu lábio curto levemente sombreado teve um tremor súbito. O príncipe levantou-se, encolhendo os ombros e se pôs a andar para lá e para cá.

Pedro, que através de seus óculos lançava para os dois olhares espantados, fez movimento de levantar-se, mas mudou de ideia.

— Pouco me importa a presença do Sr. Pedro — disse de repente a princesinha, enquanto uma careta de choro deformava-lhe o lindo rostinho. —Há muito tempo que queria dizer-te, André. Por que mudaste tanto a meu respeito? Que te fiz eu? Partes para o exército. Não tens pena nenhuma de mim. Por que?

— Lisa! — disse-lhe o príncipe como única resposta. Mas esta palavra continha uma súplica e uma ameaça e, sobretudo, a certeza de que ela se arrependeria de suas palavras. Nem por isso deixou ela de continuar precipitadamente:

— Tu me tratas como uma doente ou como uma criança. Vejo-o bem. Eras o mesmo há seis meses?

— Lisa, peço-lhe que acabe com isso — intimou-a o príncipe, em tom ainda mais nítido.

Pedro, cuja emoção aumentava durante aquele colóquio, levantou-se e aproximou-se da princesa. Parecia ele próprio prestes a chorar, tão penosa lhe era a vista das lágrimas.

— Acalmai-vos, princesa. Imaginais coisas. Também eu, garanto-vos, passei por isso... porque... vedes... Ah, desculpai-me, sou demais aqui... Acalmai-vos, vamos... Adeus.

Bolkonski reteve-o pelo braço.

— Um momento, Pedro. A princesa é por demais bondosa para querer privar-me do prazer de tua companhia.

— Não, decididamente, ele só pensa em si mesmo — murmurou a princesa através das lágrimas de cólera que não conseguia reter.

— Lisa! — repetiu o príncipe, cuja voz atingiu o diapasão das pessoas nos limites da paciência.

A princesa pareceu ficar transtornada: o ar de esquilo encolerizado deu lugar a uma expressão de terror comovedora, lastimável. Seus belos olhos lançaram à socapa para o príncipe um olhar submisso, ao passo que seu rosto assumia a expressão dum cachorro tímido que vem agitar-se suavemente, de cauda baixa, junto a seu dono.

— Meu Deus, meu Deus! — suspirou ela. E, apanhando com uma mão a cauda de seu vestido, aproximou-se de seu marido e beijou-lhe a testa.

— Boa noite, Lisa — disse o príncipe, que se levantou e lhe beijou cerimoniosamente a mão como a uma estranha.

8. Calavam-se os dois amigos. Nem um, nem outro se decidiu a falar. Pedro observava o Príncipe André, o Príncipe André passava a mão pela testa.

— Vamos cear — disse este por fim, suspirando. Levantou-se e alcançou a porta.

Penetraram numa elegante sala de jantar dum luxo reformado, mas recente. Tudo, desde as toalhas até a prata, a baixela e os cristais, mostrava aquele sinal de novidade que revela os lares há pouco formados. Em meio da refeição, o Príncipe André segurou a cabeça com as mãos. Preso dum nervosismo que Pedro jamais vira nele, disse, no tom dum homem que resolve de repente aliviar seu coração:

— Nunca te cases, meu amigo; é o conselho que te dou. Não te cases antes que não possas dizer a ti mesmo que, na verdade, não há outra coisa a fazer, antes de não estares mais cego de tua paixão pela mulher de tua escolha, antes de ter visto bem claro o seu íntimo; sem isto, enganar-te-ás cruelmente e sem remissão. Casa-te o mais tarde possível, quando não prestares mais para nada... Do contrário, tudo quanto há em ti de nobre e de grande estará perdido. Enterrar-te-ás em frioleiras... Sim, inteiramente! Não me olhes com esse ar de espanto... Se há em ti alguma promessa de futuro, não tardarás em pôr luto por ela. Sentirás a cada instante que todas as portas estão fechadas para ti, exceto as dos salões onde valerás tanto quanto o primeiro imbecil, o primeiro cortesão que chega... Sim, é assim concluiu ele com um gesto bastante significativo.

Pedro tirou seus óculos e sua fisionomia tomou novo aspecto, mais benévolo. Contemplava seu amigo com estupefação.

— Minha mulher — continuou o príncipe, — é uma excelente criatura, uma dessas raras mulheres com as quais jamais se tem a recear pela própria honra. E no entanto, grande Deus! quanto não daria eu para não estar casado!... Tu és o primeiro e o único a quem posso confiar isto, porque gosto de ti.

À medida que se desafogava, assemelhava-se o príncipe cada vez menos ao Bolkonski do salão de Ana Pavlovna, afundado numa poltrona e resmungando algumas frases em francês, com um piscar de olhos fatigados.

Tremores nervosos contraíam todos os músculos de seu rosto austero; seus olhos, em que antes o fogo da vida parecia extinto, brilhavam agora com um fulgor flamejante. Nesses minutos de excitação quase mórbida, sua apatia habitual se mudava aparentemente numa espécie de frenesi.

— Estás surpreendido por me ouvires falar desta maneira? Pois é, vês a tragédia de minha vida. Tu me citas Bonaparte e sua carreira — continuou ele, se bem que Pedro nada tivesse dito de Bonaparte, — mas quando prosseguia ele, passo a passo, na direção de seu alvo, teu Bonaparte era livre, só pensava nesse alvo, em atingi-lo. Uma vez ligado a uma mulher, não passas de um forçado preso à sua corrente. Dize adeus à tua liberdade, às tuas aptidões, às tuas esperanças; curva-te sob o remorso de tê-las perdido para sempre. Os salões, os mexericos, os bailes, a vaidade, o nada mundano, tal é o círculo vicioso de que não posso mais sair .Eis que parto para a guerra, para a maior das guerras, e nada sei, não sirvo para nada. Sou muito amável e muito cáustico; também me ouvem com agrado em casa de Ana Pavlovna. Ah! essa sociedade tola, sem a qual minha mulher não pode passar, essas mulheres que... Se soubesses o que são no íntimo todas as mulheres distintas... e as outras! Meu pai tem razão. Egoísta, vaidosa, limitada, radicalmente nula, tal aparece a mulher, quando se mostra à luz verdadeira. No mundo causa ilusão, mas vista de perto, não é nada, nada, nada!... Não te cases, meu caro, não, não te cases — concluiu ele.

— Mas como, — disse Pedro, — é você que se julga incapaz, que confessa sua vida está estragada! É ridículo, porém, ora essa! Pode esperar tudo. E você...

Não acabou, mas o tom de sua voz mostrava bem quão profunda era a estima em que tinha o amigo e a que altos destinos acreditava que estivesse ele chamado.

"Como pode ele depreciar-se dessa forma!", dizia Pedro a si mesmo, sendo o Príncipe André para ele um modelo de todas as perfeições. Não via nele reunidas em grau supremo as qualidades que ele, Pedro, não possuía absolutamente e que se reniam todas numa virtude primordial: a força de ânimo? Pedro admirava a calma de que o príncipe dava provas nas suas relações com as mais diversas criaturas, a agilidade de sua memória, a variedade de seus conhecimentos (tudo lera, sabia tudo, tinha noções de tudo), e mais ainda sua capacidade de trabalho e de assimilação. E se Pedro se admirava muitas vezes da pouca propensão de seu amigo para o devaneio filosófico (que ele próprio desenvolvera ao extremo), mesmo nesse traço via menos lacuna que uma superioridade.

Para que uma carruagem rode, é preciso que suas rodas tenham sido cuidadosamente lubrificadas; da mesma maneira, as relações mais francas, mais cordiais, necessidade de ser entretidas pelo louvor ou pela lisonja.

— Sou um homem acabado — disse o Príncipe André. — Mas que adianta falar de mim? Falemos antes de ti — continuou ele, depois de curto silêncio e sorrindo a algum pensamento confortador.

Esse sorriso desanuviou instantaneamente o rosto de Pedro.

— Ora, que há que dizer de mim? — disse ele, com um largo sorriso alegre e descuidado. — Que sou eu afinal? Um bastardo! — A palavra devia ter-lhe custado muito dizê-la, porque corou de repente até as orelhas. — Sem nome, sem fortuna... E depois, afinal... (não acabou seu pensamento) sou livre, não me queixo. Somente não sei ainda a que carreira devotar-me. E a este propósito, desejaria pedir seriamente sua opinião.

O príncipe olhava com bons olhos seu amigo. Mas esse olhar amigável, caricioso, revelava ainda assim o sentimento de sua própria superioridade.

— Gosto de ti, antes de tudo porque, dentre todas as pessoas de nosso mundo, és um ser vivo. Escolhe não importa qual carreira, dá no mesmo. Somente não frequentes mais esse Kuraguìn. Isto é lá contigo, essa vida de boneco, esses modos de hussardo, esses...

— Que quer, meu caro? — confessou Pedro, encolhendo os ombros.

— As mulheres, meu caro, as mulheres!

— As mulheres decentes, ainda vá; mas as mulheres de Kuraguin, as mulheres e o vinho! Na verdade, não te compreendo.

Pedro, que se alojara em casa do Príncipe Basílio, partilhava das orgias de seu filho Anatólio, aquele mesmo que se esperava emendar casando-o com a irmã do Príncipe André.

— Pois sabe duma coisa? — disse ele, como se esta feliz ideia lhe tivesse brotado subitamente. — Há muito tempo que digo isto a mim mesmo. Essa vida impede-me de refletir, de tomar uma decisão. Tenho dores de cabeça, minha bolsa está vazia... Convidou-me ele para esta noite, mas não irei.

— Palavra de honra?

— Palavra de honra.

9. Somente uma hora depois é que Pedro se retirou da casa de seu amigo. Era uma bela noite branca, como ocorre em Petersburgo no mês de junho. Pedro tomou um fiacre, na intenção de ir para casa, mas quanto mais dela se aproximava, mais se sentia incapaz de conceder ao sono horas menos semelhantes à noite que ao crepúsculo ou à aurora. A vista estendia-se longe pelas ruas desertas. Lembrou-se Pedro, enquanto seguia, que o bando de jogadores que deveria reunir-se naquela noite em casa de Anatólio Kuraguin, terminava em geral a noite com uma bebedeira, seguida de uma daquelas diversões que ele apreciava.

"Se eu fosse à casa de Kuraguin?" disse a si mesmo. Mas imediatamente lembrou-se da palavra dada ao Príncipe André. Imediatamente também — como acontece às pessoas "sem caráter" — experimentou violenta vontade de gozar ainda uma vez os encantos bem conhecidos daquela vida desregrada, — e tomou sua resolução. Veio-lhe então ao espírito que tomara antes compromisso com Anatólio e que assim a promessa feita ao Príncipe André perdia todo o seu valor. E depois, definitivamente, pensou ele, todas essas palavras de honra não têm grande sentido. São coisas bem convencionais, sobretudo quando se pensa que amanhã pode a gente talvez morrer ou encontrar-se numa situação tal que se perderá até mesmo a noção de honra e de desonra. Semelhantes raciocínios eram habituais em Pedro. Graças a eles, todos os seus projetos e resoluções iam por água abaixo. Dirigiu-se, pois, à casa de Kuraguin.

Ao chegar diante do vasto edifício, contíguo à caserna da guarda de cavalaria, onde morava Anatólio, Pedro subiu o patamar iluminado, depois a escada, encontrando a porta aberta. Não havia ninguém na antecâmara, entulhada de garrafas vazias, de capotes e capas de borracha. Pairava no ar um cheiro de vinho; ouvia-se uma algazarra de vozes distantes. O jogo e a ceia tinham acabado, mas os convidados não se tinham ainda separado.

Pedro tirou sua capa e penetrou na primeira peça em que se exibiam os restos duma ceia. Um lacaio, pensando que não era visto, esvaziava furtivamente os fundos dos copos. Um alarido composto de risadas, de gritos, de batidas de pés, de grunhidos de urso, provinha da terceira peça, onde uma dezena de rapazes, bastante excitados, azafamava-se perto duma janela aberta, enquanto que três outros brincavam com um ursinho; um deles puxava-o pela corrente e fazia menção de atirá-lo sobre seus amigos.

— Aposto cem rublos em Stievens! — gritou uma voz.

— Sem se segurar, está entendido!

— E eu em Dolokhov! — rugiu um terceiro. — Seja testemunha, Kuraguin.

— Vamos, largue esse seu Michka[2]. Há uma aposta em jogo.

— De um só gole, não é? Do contrário, está perdido!

— Olá! Uma garrafa, Jacó, traga uma garrafa! — gritou do meio do grupo o anfitrião em pessoa, grande e belo rapaz, vestido com uma simples camisa fina, entreaberta no peito. — Um instante, meus senhores. Ei-lo, meu amigo do coração; ei-lo, o caro Pedrinho! — exclamou ele, ao avistar Pedro.

— Chegue para cá, arbitre a aposta — gritou da janela outra voz, que contrastava pela sua segurança com todas aquelas vozes avinhadas. Era a de um homem de pequena estatura, de olhos azuis claros, oficial do regimento Semionovski, famoso jogador e famoso espadachim, que partilhava o alojamento de Anatólio.

Pedro correu em redor um olhar satisfeito.

— De que se trata? Não estou compreendendo coisa alguma.

— Esperem, ele não está bêbedo. Olá, uma garrafa — disse Anatólio. — Antes de tudo, beba — intimou ele a Pedro, estendendo-lhe um copo.

Emborcando um copo atrás do outro, observava Pedro, pelo canto do olho, os convidados embriagados que se haviam reagrupado perto da janela e prestava atenção ao que diziam. Anatólio

2. Diminutivo de Miguel, aplicado familiarmente ao urso.

servia-lhe vinho sem parar e lhe explicava que Dolokhov fizera com um de seus convidados, o inglês Stievens, oficial de marinha, a aposta de esvaziar dum trago uma garrafa de rum, sentado naquela janela, no segundo andar, com as pernas pendentes para fora.

— Vamos, acaba a garrafa! — disse Anatólio, estendendo a Pedro um último copo. — Sem isto, não te largo!

— Não, basta — respondeu Pedro, repelindo-o. E dirigiu-se para a janela. Segurando o inglês pelo braço e dirigindo-se de preferência a Anatólio e a Pedro, expôs Dolokhov, com precisão meticulosa, as condições da aposta.

Esse Dolokhov era um rapaz de vinte e cinco anos mais ou menos, baixo, de cabelos crespos e olhos azuis claros. Como todos os oficiais de infantaria, não usava bigode e sua boca, a feição mais característica de seu rosto, mostrava-se plenamente descoberta. A curva dessa boca era de uma delicadeza deliciosa: no meio, o lábio superior caía em ângulo agudo sobre o forte lábio inferior, ao passo que as comissuras esboçavam duplo e constante sorriso. O conjunto, conjugado com um olhar cheio duma desfaçatez espiritual, chamava logo a atenção. Se bem que sem fortuna e sem relações, partilhava Dolokhov o apartamento de Anatólio, que atirava o dinheiro pelas janelas, e sabia fazer-se respeitar tanto por Anatólio como por todos os seus amigos. Conhecia todos os jogos e ganhava quase sempre. Bebia como um odre, sem nunca perder a lucidez. Kuraguin e Dolokhov eram então os príncipes da mocidade estroina de Petersburgo.

Depois de terem trazido a garrafa de rum, dois lacaios, aturdidos pela avalancha de gritos e de conselhos que lhes prodigalizavam, esforçavam-se por baixar o caixilho da janela, afim de que Dolokhov pudesse sentar-se no rebordo exterior. Anatólio aproximou-se com ares de conquistador. Tinha ganas de quebrar qualquer coisa. Afastando os lacaios, puxou o caixilho, que não cedeu, mas do qual um vidro se quebrou.

— Vamos ver, você, seu forçudo! — gritou ele a Pedro.

Pedro agarrou os montantes, puxou-os para si e arrancou metade da janela.

— Tire-a toda —ordenou Dolokhov, — senão vai dizer que estou seguro.

— O inglês está exaltado, heim? — disse Anatólio. — Tudo em ordem?

— Tudo em ordem — respondeu Pedro, com os olhos fitos em Dolokhov que, segurando a garrafa, aproximava-se da janela pela qual se avistava o céu claro, onde a luz fraca da noite se confundia com a da manhã.

Sem largar sua garrafa, Dolokhov saltou para cima da janela.

— Silêncio! — ordenou ele, em pé sobre o rebordo e voltado para a assistência. Todos se calaram.

— Aposto — disse ele num francês bastante medíocre, para que o inglês o compreendesse, — cinquenta imperiais... ou cem, se prefere.

— Não — disse o inglês, — cinquenta.

— Pois seja. Aposto então cinquenta imperiais como esvaziarei dum trago a garrafa de rum, sentado naquele lugar — e inclinou-se para designar o rebordo em declive — e sem me segurar em coisa alguma... Combinado?

— Combinado — concordou o inglês.

Anatólio voltou-se para Stievens, pegou-o por um botão de seu fraque, baixou sobre ele seu olhar, pois o inglês era baixinho, e quis repetir-lhe em inglês as condições da aposta. Mas Dolokhov reclamou de novo a atenção, batendo com a garrafa na janela.

— Um momento! exclamou ele. — Um minuto, Kuraguin! Escutem: se alguém fizer outro tanto, pagar-lhe-ei cem imperiais. Está combinado?

O inglês acenou que sim, com a cabeça, sem dar a entender com isso que tivesse ou não a intenção de manter esta nova aposta. Por mais que indicasse por sinais que havia compreendido perfeitamente, não o largou Anatólio enquanto não lhe traduziu integralmente em inglês as palavras de Dolokhov. Um rapazola magro, hussardo da guarda, que perdera no jogo, naquela noite, trepou na janela e inclinou-se para fora.

— Uh! Uh! Uh! — exclamou ele, olhando para as lajes do passeio.

— Firme! — urrou Dolokhov, empurrando-o para a sala, onde o fedelho, embaraçando-se nas esporas, saltou desastradamente.

Dolokhov pousou a garrafa no peitoril, a fim de tê-la ao alcance da mão e subiu com precaução para cima da janela. Apoiando-se com duas mãos no alizar, deixou penderem as pernas, escolheu um lugar, sentou-se, largou o alizar, voltou-se para a direita e para a esquerda e apoderou-se da garrafa. Se bem que já fosse inteiramente dia, Anatólio trouxe duas velas e colocou-as sobre o peitoril de modo que a camisa branca e a cabeça frisada de Dolokhov ficaram iluminadas de cada lado. Todos, e o inglês em primeiro plano, tinham-se agrupado junto da janela. Pedro sorria, sem pronunciar uma palavra. O mais velho dos presentes aproximou-se de repente, com semblante furioso e espantado.

— É uma loucura, sim, senhores. Ele vai suicidar-se — disse aquele personagem mais ponderado que os outros.

Ia pegar Dolokhov pela camisa, quando Anatólio o deteve.

— Não o toques; causar-lhe-ias medo... e ele se mataria. E então, heim?

Dolokhov voltou a cabeça, depois retificou sua posição com a ajuda das mãos.

— Se alguém se meter ainda nos meus negócios — disse ele, filtrando as palavras entre os lábios cerrados, — fá-lo-ei dar um salto no vácuo... Vamos com isso!

Dizendo isto, voltou-se, largou definitivamente o alizar e levou a garrafa à boca, com a cabeça para trás, o braço livre elevado no ar , para manter o equilíbrio Um dos lacaios, que se pusera a apanhar os cacos dos vidros, parou nessa posição curvada, com o olhar pregado à janela e às costas de Dolokhov. Anatólio, erguido em toda a sua estatura, escancarava os olhos. O inglês olhava de través e fazia careta. O personagem importuno refugiara-se a um canto e desmoronara-se em cima de um divã, com a cabeça voltada para a parede. Pedro velara o rosto com a mão; fraco sorriso esquecido paralisara-se em suas feições que exprimiam, no entanto, o terror e o espanto. Todos se mantinham calados. Pedro retirou a mão: Dolokhov mantinha-se na mesma posição, mas inclinava de tal maneira a cabeça para trás que seus cabelos cacheados tocavam o colarinho da camisa. A garrafa ia-se esvaziando a olhos vistos, obrigando a cabeça a curvar-se mais e a mão que a mantinha a erguer-se, tremendo sob o esforço. "Como é demorado! disse Pedro a si mesmo. Parecia-lhe que já se havia passado uma boa meia hora. De repente fez Dolokhov um movimento de costas para trás: um tremor nervoso agitava seu braço o suficiente para abalar seu corpo, sentado no rebordo em declive. Oscilou todo inteiro, com a cabeça e o braço a tremerem cada vez mais sob o esforço. O braço livre ia agarrar o alizar, mas baixou-se a tempo. Pedro fechou de novo os olhos, jurando não mais os abrir. Mas de repente percebeu em torno de si um rebuliço. Olhou: Dolokhov, com o rosto pálido e satisfeito, estava de pé sobre o peitoril da janela.

— Está vazia! — anunciou ele, atirando a garrafa para o inglês, que a apanhou no ar com destreza.

Dolokhov saltou da janela. Exalava forte odor de rum.

— Bravo! Que sujeito formidável! Que aposta extraordinária, com os diabos! — gritava-se de todos os lados.

Enquanto o inglês tirava sua carteira e contava o dinheiro, Dolokhov, de olhos a piscar, não dizia uma palavra.

De repente, Pedro correu para a janela.

— Senhores, quem quer apostar comigo? Vou fazer a mesma coisa — gritou ele. — Ou não, não há necessidade de aposta! Deem-me uma garrafa, vou fazer o mesmo. Uma garrafa, vamos, uma garrafa!

— Pois faça, pois faça! — aprovou Dolokhov, sorrindo. Mas de todos os lados ergueram-se objeções:

— Que é que te deu? Perdeste a cabeça? Acreditas que vão deixar-te fazer isso? Tu que sentes vertigens, somente em subir escadas!

— Não, não, uma garrafa, uma garrafa! Vou esvaziá-la! — gritou Pedro, batendo na mesa com os punhos fechados.

E trepou na janela. Agarraram-no pelos braços, mas o colossal jovem bem depressa afastou para bem longe de si os que pretendiam detê-lo.

— Não — disse Anatólio, — não é assim que o faremos ser razoável. Esperem que lhe vou dizer umas boas. Escuta, aceito tua aposta, mas para amanhã. E agora vamos todos à casa de...

— Isto mesmo, vamos lá! — exclamou Pedro. — E levemos Michka também. Pegou o urso pelo meio do corpo, fê-lo levantar-se e se pôs a girar com ele pela sala.

10. O Príncipe Basílio manteve a palavra que dera em casa de Ana Pavlovna à Princesa Drubetskoi, a respeito de seu filho único Boris. O imperador, a quem se falou acerca do rapaz, autorizou, a título excepcional, sua transferência para a guarda, no posto de alferes do regimento Semionovski. Mas nenhuma diligência, nenhuma intriga de Ana Mikhailovna conseguiu que ele fosse admitido no estado-maior de Kutuzov, na qualidade de ajudante-de-campo, nem mesmo como simples adido. Pouco tempo depois da famosa reunião, voltou Ana Mikhailovna a Moscou diretamente para a casa de seus parentes ricos, os rostov, onde habitualmente se hospedava e onde fora educado e morava desde a infância o seu querido Borisinho, recentemente promovido a alferes de linha e a quem ela acabava de fazer alferes da guarda. A guarda deixara Petersburgo a 10 de agosto, e Boris, retido em Moscou por causa de seu equipamento, devia juntar-se a ela em caminho para Radzivilov.

Em casa dos Rostov celebrava-se naquele dia Santa Natália, padroeira da mamãe e de sua filha segunda. Desde manhã, diante de sua residência na Rua Pavarskaia, e célebre em toda Moscou, era um desfilar ininterrupto de carruagens de grande luxo. No salão, a Condessa Rostov, em companhia de sua filha mais velha, moça de grande beleza, enfrentava a maré incessante das visitas. Era uma mulher de cerca de quarenta e cinco anos, cujo rosto emaciado denunciava tipo oriental e que doze partos haviam manifestamente fatigado. Seus gestos lassos, sua fala lenta, consequências desse esgotamento, davam-lhe certo ar de dignidade que impunha o respeito. Frequentadora da casa, a Princesa Drubetskoi ocupava-se também em receber as visitas, em manter as conversações. Evidentemente pouco cuidosa de todas aquelas cerimônias, a gente moça se confinava longe das salas de recepção. O conde acolhia e reconduzia os visitantes, convidando todos a jantar.

— Muito obrigado, minha cara ou meu caro. — Dizia a toda a gente "minha cara" ou "meu caro", sem exceção alguma e sem nenhuma atenção pela posição social. — Obrigado em meu nome pessoal, obrigado em nome daquelas que festejamos. Não deixeis de vir jantar; seria para mim um insulto, meu caro. Rogo-vos cordialmente da parte da família inteira.

Dizia estas coisas a todos indistintamente, com a mesma expressão no rosto cheio, satisfeito e bem escanhoado, com o mesmo vigoroso aperto de mão, executando vênia após vênia. Depois de ter-se despedido de um visitante, voltava para junto daquele ou daquela que ficava no salão. Aproximava uma poltrona, com a desenvoltura de um homem que gosta de viver bem e disso entende, nela se repimpava sem cerimônia, com as pernas afastadas, as mãos estendidas sobre os joelhos. Balançando-se, com ar displicente, proferia previsões sobre a temperatura, pedia conselhos sobre questões de saúde, ora em russo, ora em francês... um francês detestável mas corajoso. Depois, mais uma vez, como homem cuidadoso, malgrado sua lassidão, de cumprir até o fim os seus deveres, acompanhava as pessoas, ajeitando sobre o crânio calvo seus raros cabelos grisalhos, e reiterava seu convite para jantar. Por vezes, de regresso do vestíbulo, ia dar uma volta pela estufa e pela copa até a grande sala de jantar, com revestimentos de mármore, em que estava preparada a mesa para oitenta pessoas , lançando um olhar aos criados em ponto de trazerem as porcelanas e pratas, de instalarem a mesa, de desdobrarem as toalhas adamascadas, chamava Demétrio Vasilievitch, nobre empobrecido que se tornara seu factótum e lhe dizia:

"Atenção, Mitia, abra o olho. Vigie para que tudo esteja bem. Perfeito, perfeito!... — acrescentava ele, contemplando com um olhar regozijado a enorme mesa elástica. — Uma mesa bem posta, eis o essencial. Vamos, está bem!..." E voltava para o salão, lançando um suspiro de satisfação.

— Maria Lvovna Karaguin e sua filha! — anunciou com voz tonitruante o gigantesco lacaio da condessa.

— Essas visitas causarão minha morte! — disse esta, depois de um momento de hesitação, tomando uma pitada de sua tabaqueira de ouro, enfeitada com o retrato de seu marido. — Vamos, ainda esta lambisgoia e estará acabado. Faça entrar — ordenou ela ao lacaio com um tom lúgubre que significava: "Acabem comigo, já que assim o querem!"

Uma dama de formas imponentes e de maneiras altivas, seguida de sua filha de rosto gordo e radiante, entrou com um roçagar de saias.

— Querida, condessa, faz tanto tempo... ela esteve de cama, a pobrezinha... No baile dos Razumovski... e a Condessa Apraxin... fiquei tão satisfeita... — falavam vozes femininas muito animadas, interrompendo-se umas às outras e confundindo-se com o fru-fru dos vestidos e com o barulho das cadeiras. Começou então a habitual tagarelice, que se leva redondamente até a primeira pausa, para então se levantar com um rumor de saias, deixando-se cair frases como: — "Estou encantadíssima... A saúde de mamãe... E a Condessa Apraxin...", depois, num derradeiro fru-fru alcança-se a antecâmara, veste-se sua capa de pele ou seu manto e parte-se. Abordou-se dentro em pouco a grande novidade do dia, a doença do velho e riquíssimo Conde Bezukhov, um dos mais belos homens do tempo de Catarina, cujo filho natural, Pedro, se portara de maneira tão indecente na reunião em casa de Ana Pavlovna Scherer.

— Lamento muito o pobre conde — disse a visitante. — Doente como está, as estroinices de seu filho poderiam muito bem levá-lo ao túmulo.

— Que estroinices? — perguntou a condessa, fingindo ignorar uma história que ouvira contar uma boa quinzena de vezes.

— Tais são os frutos da educação de hoje! — prosseguiu a visita. — Quando no estrangeiro, esse rapaz gozou de plena liberdade e agora aqui em Petersburgo, cometeu, dizem, tais horrores, que a polícia teve de expulsá-lo.

— Deveras? — exclamou a condessa.

— Escolheu ele mal seus amigos — interveio a Princesa Drubestskoi — o filho do Príncipe Basílio, um certo Dolokhov. Todos três, dizem, fizeram o diabo! Mas receberam a paga: Dolokhov foi rebaixado... de oficial passou a soldado... o jovem Bezukhov foi mandado para Moscou... Anatólio Kuraguin teve também de deixar Petersburgo e, não fosse a intervenção do papai, seu caso teria tido consequências mais graves.

— Mas que fizeram eles, afinal? — perguntou a condessa.

— São verdadeiros valdevinos, sobretudo Dolokhov — afirmou a visitante. — E no entanto é o filho de Maria Ivanovna Dolokhov, senhora tão respeitável... imagine que os três tinham arranjado, Deus sabe onde, um urso que pretendiam levar consigo de carro à casa de umas atrizes. Tendo a polícia querido acalmá-los, atiraram-se sobre o comissário do quarteirão e o jogaram, amarrado costas com costas ao urso, no Moika; o urso então pôs-se a nadar com o comissário preso às suas costas.

— Com que cara deveria estar o beleguim, minha cara — exclamou o conde, rindo a bom rir.

— Ora, que horror! Que achais nisso de engraçado, conde?

Mas as senhoras também não podiam manter mais o sério.

— Tiveram um trabalhão para salvar o pobre diabo — prosseguiu a Senhora Karaguin. — E dizer que esse provocador de escândalos é o filho do Conde Cirilo Vladimirovitch Bezukhov! Dizem que ele é tão bem-educado, tão inteligente! Eis a que levam todas essas educações no estrangeiro. Espero que ninguém aqui queira recebê-lo, a despeito de sua fortuna. Quiseram apresentar-mo. Não, obrigada, tenho filhas.

— Sua fortuna? Mas onde soube disso? — perguntou-lhe a condessa, inclinando-se, enquanto as moças tomaram logo o ar de quem não ouvia. — O Conde Cirilo só tem filhos naturais, ao que me parece, e esse Pedro não deve fazer exceção.

— Filhos naturais! — exclamou a Senhora Karaguin com um gesto irônico, — sim, decerto, tem ele bem uns vinte!

A Princesa Drubetskoi achou a ocasião propícia para exibir suas relações.

— A coisa é a seguinte — disse ela, em voz baixa, mas seu ar de quem era sabedora de tudo mostrava que conhecia os casos por dentro e por fora. — A reputação do Conde Cirilo é, de fato, bem conhecida. Ele já nem sabe mais o número de seus filhos, mas esse tal Pedro era o seu preferido.

— Sabe que esse velho galante ainda estava bem em forma no ano passado? Jamais conheci homem tão bonito.

— Oh, ele mudou muito — retorquiu a Princesa Drubetskoi e voltando à vaca fria: — Dizia, pois, que Pedro era seu preferido. Cuidou de sua educação, escreveu a seu respeito ao imperador... Se pois ocorrer um desenlace fatal ...ele está muito ruim, mandaram buscar Lorrain em Petersburgo... sua imensa fortuna... quarenta mil almas e vários milhões... poderia muito bem ir parar nas mãos de Pedro, em detrimento do Príncipe Basílio, herdeiro direto por parte de sua mulher, como ele próprio mo disse. A informação que tenho é, pois, de boa fonte. Aliás, sou, por parte de minha mãe, sobrinha, à moda da Bretanha, do Conde Cirilo. E Boris é seu afilhado — insinuou ela, com ar de quem não desse importância a isso.

— O Príncipe Basílio está aqui desde ontem — disse a Sra. Karaguin. — Num giro de inspeção, segundo dizem.

— Sim, mas, aqui entre nós, é pretexto — disse a princesa. — A doença grave do Conde Cirilo é a única razão de sua viagem.

— Diga o que quiser, minha cara, mas é uma farsa muito boa — proferiu de repente o Conde Rostov, mas vendo que a visitante não o ouvia, lançou-se às moças: — Que cara, a do beleguim! — repetiu, imitando, com grandes gestos, a raiva impotente do comissário.

Teve outro frouxo de riso e sua risada sonora, cheia, uma risada de homem que durante toda a sua vida comeu bem e sobretudo bebeu bem, abalou de cima abaixo seu corpo rechonchudo.

— Então, está combinado, esperamo-vos para jantar — concluiu ele.

11. Houve um momento de silêncio, o olhar sorridente que a condessa concedia à sua visitante dissimulava mal a satisfação que teria se a visse despedir-se. Já a Senhorita Karaguin, interrogando sua mãe com o olhar, se preparava para a partida, quando se ouviu na peça vizinha um rumor de passos precipitados, depois o barulho de uma cadeira derrubada de passagem e, bruscamente uma menina de cerca de treze anos, que ocultava qualquer coisa na sua sainha curta de musselina, irrompeu na sala. Deteve-se bem no meio, bastante surpreendida por ver que sua corrida a levara até ali. Ao mesmo tempo apareceram à porta um estudante de gola cor de framboesa, um oficial da guarda, uma mocinha duns quinze anos e um rapazinho de blusa curta e de bochechas vermelhas e gorduchas.

O conde também se erguera; bamboleando-se sobre os pés, com os braços largamente abertos, barrava a passagem à menina.

— Ah! ei-la! — exclamou, rindo. — A heroína da festa! Minha querida filhinha!

— Há tempo para tudo, minha querida — observou a condessa, num tom de fingida severidade. — Você a mima demais, Elias — disse ela ao marido.

— Bom dia, minha querida, apresento-lhe minhas felicitações — disse a Sra. Karaguin. — Que criança deliciosa! — acrescentou, dirigindo-se à mãe.

Sem ser bonita, a menininha de olhos negros, de boca demasiado grande, era de uma vivacidade extraordinária. O ardor da corrida embaraçara-lhe os cachos negros, atirados para trás, e

fazia ainda estremecerem sob o casaquinho as espádua magrelas; seus braços delicados estavam nus, suas perninhas espontavam dumas calças de rendas, que caíam sobre sapatos abertos. Estava atingindo aquela idade encantadora em que a moça não é mais uma menina, ao passo que a menina ainda não é uma moça.

Fugindo ao conde, correu a esconder seu rosto avermelhado e risonho na mantilha de sua mamãe, cuja severa observação não pareceu de modo algum comovê-la. Pensava evidentemente em alguma coisa muito brejeira, pois tirando dentre a saia uma boneca, balbuciou:

— Está vendo? Minha boneca... Mimi... Está vendo?

E Natacha não pôde dizer mais uma palavra... uma coisa de nada provocava-lhe risadas. Explodiu numa risada tão sonora, tão contagiosa que se comunicou todos, todos, inclusive a visitante de maneiras comedidas.

— Vai-te, vai-te, leva esse horror — disse a mãe, simulando cólera. — É minha segunda filha — explicou ela à Sra. Karaguin.

Com os olhos cheios de lágrimas de tanto rir, Natacha ergueu por um instante o rosto para sua mãe e mergulhou-o de novo no fichu de rendas.

Obrigada a fazer boa cara a essa cena de família, a Sra. Karaguin achou necessário tomar nela alguma parte.

— Diga-me, minha pequena, — perguntou ela a Natacha, — qual é, afinal, seu parentesco com essa Mimi? É sua filha, decerto?

Acreditava pôr-se ao nível da criança, mas aquela jovialidade condescendente desagradou a Natacha que, sem dar resposta, olhou-a com ar carrancudo.

Entretanto, a jovem geração — Boris, o oficial, filho da Princesa Drubetskoi, Nicolau, o estudante, filho mais velho do conde, Sônia, sua sobrinha e o pequeno Pedrinho, seu caçula — tinham-se instalado no salão. Faziam grande esforço, em vista das conveniências, para conter sua alacridade, esta, porém, reluzia em seus rostos. Adivinhava-se que, naqueles aposentos retirados donde haviam tão subitamente fugido, entregavam-se a conversas muito mais divertidas do que os falatórios do salão sobre a chuva e o bom tempo, a Condessa Apraxin e os escândalos do dia. Trocavam, retendo a custo o riso, olhares cúmplices.

Amigos de infância, ambos da mesma idade, ambos belos rapazes, o estudante e o oficial eram sensivelmente diferentes. Boris era um louro alto, de feições finas, regulares e plácidas; Nicolau era pequeno, com cabelos cacheados, fisionomia franca, marcada por um ardor impetuoso. Seu lábio superior já estava sombreado por um bigodinho preto. Corou logo que entrou no salão; procurava evidentemente dizer alguma coisa, mas não o conseguia. Boris, pelo contrário, mostrou-se logo à vontade. Num tom sossegado, brincalhão, pôs-se a contar que conhecera aquela Mimi bem jovenzinha, ainda de nariz intacto, mas que, em cinco anos, havia, pelo que se lembrava, envelhecido terrivelmente e chegara mesmo a rachar a cabeça. Ao dizer isto, pousou sobre Natacha um olhar que esta não pôde suportar; depois duma olhadela para seu jovem irmão que, de olhos fechados, vibrava de um riso silencioso, perdeu definitivamente a compostura, deu um salto e fugiu a bom correr. Boris não se mexeu.

— Creio que a senhora deseja ir embora, mamãe. Quer que chame o carro? — disse ele, concedendo à princesa um sorriso que ela logo retribuiu.

— Sim, isto mesmo, manda atrelar o carro. E Boris saiu, num andar tranquilo, à procura de Natacha. O gorducho do Pedrinho saiu correndo atrás deles, com ar furibundo, como se estivesse zangado por ter sido perturbado nas suas ocupações.

12. Além da Sra. Karaguin e da filha mais velha da condessa que, quatro anos mais velha que sua irmã Natacha, afetava maneiras de gente grande, a mocidade não tinha no salão mais outros representantes senão Nicolau e sua prima Sônia, moreninha delgada e franzina, cujo olhar aveludado se abrigava sob longos cílios. Pesada trança negra enrolava-se duas vezes em torno

de sua cabeça; sua pele tinha uma tonalidade amarelada, menos acentuada no rosto do que no pescoço e nos braços nus, cuja magreza nervosa não era desprovida de encanto. Um passo ligeiro, membros ágeis e graciosos, maneiras um tanto felinas davam-lhe o ar duma linda gatinha, ainda um pouco lerda, mas prometendo tornar-se uma gata adorável. Achava evidentemente conveniente testemunhar algum interesse pela conversação geral com um sorriso que, aliás, não podia enganar ninguém um instante sequer, tão pesadas de adoração juvenil eram as olhadelas que por baixo de seus longos cílios atirava a seu primo, prestes a partir para o exército. A gatinha só se havia enovelado para divertir-se cada vez mais com seu primo, uma vez que ambos, imitando Boris e Natacha, ter-se-iam esquivado à companhia das pessoas adultas.

— Sim, minha cara — dizia o velho conde à Sra. Karaguin, designando seu filho. — Eis seu amigo Boris promovido a oficial e meu Nicolau, não querendo ficar atrás, larga seus estudos e seu velho papai: vai prestar serviço militar, minha cara. No entanto, esperava-o bom lugar nos Arquivos e o resto em conformidade. Que bela amizade, não é?

— Dizem que a guerra foi declarada — disse a Sra. Karaguin.

— Há muito tempo que o dizem — retorquiu o conde. — Cansar-se-ão à força de falar nisso... Que bela amizade, não é? — repetiu ele. — Vai engajar-se nos hussardos.

Não sabendo muito o que dizer, limitou-se a Sra. Karaguin a um movimento com a cabeça. Foi Nicolau quem respondeu por ela e não sem veemência. A interpretação que seu pai dava à sua conduta pareceu tê-lo ferido vivamente:

— Absolutamente, a amizade nada tem que ver com isso; a carreira das armas me atrai e é só.

Interrogou com o olhar sua prima e a Sra. Karaguin. Ambas aprovaram-no com um sorriso:

— Jantará conosco o Coronel Schubert. É o comandante dos hussardos de Pavlograd. Assim que terminar sua licença, levará consigo o meu doidivanas. Que poderei fazer? — disse o conde, erguendo os ombros.

Afetava um ar brincalhão, mas adivinhava-se, estava bastante abalado por tal acontecimento.

— Já lho disse, papai — replicou o filho, — se não me quiser deixar partir, ficarei. Mas a profissão militar é a única que me convém; não dou para a diplomacia, nem para a administração. Não sei dissimular meus sentimentos.

Dizendo isto, não cessava de olhar as moças, com a audaciosa galanteria dos moços bonitos. A gatinha comia-o com os olhos, prestes a entregar-se, a revelar toda a sua natureza felina.

— Está bem, está bem! — disse o velho conde. — Ele sempre se irrita! É Bonaparte que vira a cabeça de toda a gente. Um tenente que chega a imperador, é coisa que lhes põe caraminholas na cabeça, não é mesmo? Pois que a Deus seja servido! — concluiu, sem reparar no sorriso de mofa da Sra. Karaguin.

Tendo-se a conversa dos adultos desviado para Bonaparte, Júlia, a filha da Sra. Karaguin, voltou-se para o jovem Rostov.

— Que pena não ter ido quinta-feira à casa dos Arkharov. Aborreci-me lá muito sem você — disse-lhe ela, com ternura.

Lisonjeado, e sempre mostrando seu jovem sorriso faceiro, foi-se sentar junto da não menos sorridente Júlia. Travou com ela uma conversa íntima, sem notar absolutamente que aquela banal galanteria golpeava como uma espada o coração ciumento de Sônia que, toda enrubescida, esforçava-se em vão por parecer alegre. Ergueu ao fim duns instantes os olhos para ela. Sônia então fulminou-o com um olhar em que a cólera contendia com o amor; depois, mal contendo as lágrimas, mas mantendo nos lábios um sorriso constrangido, levantou-se e saiu. Toda a animação de Nicolau veio abaixo. Interrompeu, desde que o pôde fazer delicadamente, o colóquio com Júlia e partiu, visivelmente ansioso, em busca de Sônia.

— Como se descobrem com facilidade os segredos dos moços! — disse Ana Mikhailovna, apontando Nicolau que saía. — De primos a parentela, cuidado com ela.

— Sim — confirmou a condessa, assim que se extinguiu o raio de sol que se introduziu no salão com o grupo dos jovens. E respondendo a uma pergunta que ninguém lhe fizera, mas que a atormentava sem cessar: — Quantos aborrecimentos, quantas inquietações precisamos suportar para que eles nos deem agora alguma alegria! Mas ainda assim essa alegria é estragada pelo temor. — Passamos a vida a atormentar-nos! É nessa idade que rapazes e moças correm mais perigos.

— Tudo depende da educação recebida — disse a visitante.

— Decerto. Sempre fui amiga de meus filhos, gozo de plena confiança deles — continuou a condessa que, como muitos pais, imaginava erradamente que seus filhos não tinham segredos para com ela. — Serei sempre a primeira confidente de minhas filhas. Quanto a Nicolau, com seu caráter ardoroso, haverá de, por força, fazer suas loucuras, como todos os rapazes, mas não irá tão longe quanto esses cavalheiros de Petersburgo. Disto, tenho plena certeza.

— Sim, são naturezas excelentes — afirmou o conde, para quem a palavra excelente oferecia uma solução fácil a todas as questões espinhosas. — Pois não é que ele quer ser hussardo! Que quereis que eu faça, minha cara?

— Que encantadora criatura a vossa caçula! — disse a Sra. Karaguin. — É viva como azougue!

— Sim, sim, como azougue — confirmou o conde. — Parece-se comigo. E que voz, minha cara! Que importa que seja minha filha, a verdade é a verdade. Será uma verdadeira cantora, uma segunda Salomoni. Contratamos um italiano para dar-lhe lições.

— Não será demasiado cedo? Dizem que é mau para a voz estudar canto nessa idade.

— Demasiado cedo, como! — exclamou o conde. — E nossas mães não se casaram com doze e treze anos?

— E ei-la já enamorada de Boris! Reparai! — disse a condessa, com um sorriso para a mãe do dito Boris. E voltando à sua grande preocupação: — Pois bem — prosseguiu — se eu a tratasse com severidade, se lhe proibisse... Deus sabe o que fariam às ocultas (beijar-se-iam, queria ela dizer), ao passo que assim conheço tudo quanto conversam. Ela mesma vem-me procurar à noite e me conta tudo. Trata-o com mimos, talvez, mas tanto pior, será melhor assim na minha opinião. A mais velha foi educada com mais rigor .

— Sim, fui educada de maneira bem diferente — disse, sorrindo, a mais velha, a bela Condessa Vera.

O sorriso, que comumente embelece, dava pelo contrário a Vera uma expressão pouco natural e, portanto, desagradável. Vera era bonita, nada tola, instruída, bem-educada; sua voz possuía agradável timbre. No entanto, coisa estranha, sua observação, se bem que bastante justa e bastante oportuna, provocou uma espécie de frio. Todos, a começar pela condessa e pela Sra. Karaguin, olharam-na com ar surpreso, desaprovador.

— É sempre assim com os mais velhos — disse a Sra. Karaguin. — A gente quer sempre esmerar-se na educação deles, exigindo demais.

— Isso mesmo, minha cara, para que negá-lo? De Vera, a minha boa condessa quis exigir demais — disse o conde. E logo se recompondo: — Afinal, a experiência deu ótimo resultado — acrescentou, com uma piscadela cordial para sua filha.

As visitantes ergueram-se e prometeram voltar para o jantar.

— Que modos! E nunca mais que se iam! Daqui a pouco, deitarão raízes aqui!

— Exclamou a condessa, depois de havê-las levado à porta.

13. A fuga desatinada de Natacha não a levara muito longe. Tendo-se refugiado na estufa para esperar ali Boris, prestava atenção ao barulho de vozes que vinha do salão e dava já sinais de impaciência, batendo com os pés, e prestes a chorar, quando de repente percebeu pelos seus passos exatamente medidos, nem demasiado lentos, nem demasiado rápidos, que o rapaz se aproximava. Natacha logo se escondeu por trás das caixas de flores.

Boris parou no meio da estufa, inspeccionou-a com o olhar, deu um piparote na manga para limpá-la e aproximou-se do espelho para nele mirar seu belo rosto. Natacha espiava-o, retendo a respiração. Ficou ele uns bons minutos plantado diante do espelho, sorriu e dirigiu-se para a outra porta. Natacha ia chamá-lo, mas depois refletiu: "Não, — disse a si mesma — ele é que deve procurar-me!" Assim que Boris saiu, chegou Sônia vinda do salão, com o rosto avermelhado e murmurando imprecações entre lágrimas. O primeiro impulso de Natacha foi correr para sua prima, mas de novo se conteve e lá do seu esconderijo continuou a observar, às ocultas, o que se passava no mundo. Experimentava um prazer inteiramente novo e dum sabor especial com aquilo. Sônia, sempre a resmungar, vigiava a porta do salão, onde, dentro em pouco, apareceu Nicolau.

— Sônia, que tens? — perguntou ele correndo para ela. — Será possível, vejamos...

— Não tenho nada, não tenho nada. Deixe-me em paz — respondeu ela, por entre soluços.

— Sim, sei o que tem você.

— Sabe? Pois então, tanto melhor!... Vá encontrar-se com ela.

— Sônia!... Uma palavra só. Você está imaginando coisas. Será possível que nos torturemos assim por uma ninharia? — disse Nicolau, pegando-lhe a mão que Sônia não cuidou absolutamente de retirar. Já não chorava mais.

Imóvel no seu canto, Natacha, de olhos brilhantes, respiração contida, contemplava avidamente aquela cena. "Que irá acontecer?", perguntava a si mesma.

— Sônia — continuou Nicolau, — que me importa o mundo? Não é você tudo para mim? Hei de prová-lo.

— Não gosto quando você fala assim.

— Perdão, perdão, não o farei mais.

Puxou-a para si e beijou-a.

"Ah! como isso é bonito!" disse a si mesma Natacha e, assim que Nicolau e Sônia deixaram a estufa, seguiu-os, à procura de Boris.

— Boris, venha cá — disse-lhe com um arzinho importante e astuto. — Tenho uma coisa a contar-lhe. Por aqui, por aqui...

E levou-o para a estufa, arrastando-o até o lugar de seu esconderijo, por trás das caixas de flores. Boris acompanhou-a, sorrindo.

— Então, de que se trata?

Muito emocionada, inspecionava em redor. Avistando sua boneca, abandonada em cima de uma das caixas, apanhou-a.

— Beije-me, Mimi — disse ela.

Boris não respondeu nada. Interrogava com afetuosa curiosidade aquele rosto animado.

— Não quer? Então, venha por aqui — disse ela, largando a boneca. E perdeu-se entre as plantas. — Mais perto, mais perto — murmurou ela.

Havia-o segurado com as duas mãos pela gola da túnica. Seu rosto excitado assumiu um ar de solenidade ansiosa.

— E a mim, quer você beijar? — balbuciou ela, prestes a chorar de emoção, olhando-o de esguelha e ternamente.

Boris enrubesceu.

— Como você é engraçada! — disse ele.

Curvou-se sobre Natacha, ficou ainda mais rubro, mas nada ousou fazer.

De repente, saltou ela sobre uma caixa e achou-se da altura dele. Enlaçou-o então, um pouco acima da nuca, com seus dois bracinhos nus e, lançando com um movimento da cabeça os cabelos para trás, beijou-o plenamente nos lábios.

Logo depois esquivou-se por entre os vasos de flores e esperou, de cabeça baixa, na outra extremidade da peça.

— Natacha — disse Boris, — você sabe que a amo, mas...

Ela o interrompeu.

— Está apaixonado por mim?

— Sim, amo-a, mas rogo-lhe, não recomecemos mais... Esperemos ainda quatro anos... Então pedirei sua mão.

Natacha refletiu.

— Treze, catorze, quinze, dezesseis disse ela, contando nos dedos. — Pois seja! Está inteiramente combinado?

A alegria iluminou-lhe o rosto que voltara a serenar-se. — Está combinado — disse Boris.

— Para sempre? — perguntou a menininha. — Até a morte?

E toda radiante deu-lhe o braço para, em sua companhia, chegar gravemente ao camarim das senhoras.

14. Excessivamente fatigada com todas aquelas visitas, a condessa mandou dizer ao suíço que não recebesse mais ninguém, mas convidasse indistintamente para jantar todos quantos ainda chegassem para apresentar suas homenagens. Tinha pressa em entreter-se a sós com sua amiga de infância, a Princesa Drubetskoi, com quem mal se avistara desde que esta voltara de Petersburgo. Ana Mikhailovna, de semblante sempre suave, mas sempre lacrimoso, aproximou sua poltrona.

— Vou-lhe falar com toda a sinceridade — disse ela. — Quantas somos ainda das amigas de outrora? É por isso que aprecio tanto a sua amizade...

Deslizou um olhar para o lado de Vera e deteve-se. A condessa apressou-se em apertar a mão de sua amiga:

— Vera — disse ela à sua filha mais velha, que não se achava evidentemente nas suas boas graças, — não compreendem nada então vocês? Não está percebendo que é demais aqui? Vá procurar suas irmãs ou então...

A observação não pareceu afetar em nada a bela Vera. Pelo menos não opôs a isso senão um sorriso de altiva indiferença.

— Se me tivesse dito antes, mamãe, já teria saído — disse ela, levantando-se.

Enquanto atravessava o camarim para chegar a seu quarto, deteve-se à vista de novo desdenhosamente. Sentado bem juntinho de Sônia, Nicolau transcrevia para ela os primeiros versos que já fizera. Boris e Natacha tagarelavam. Calaram-se, quando Vera apareceu, e as duas jovens amorosas fitaram-na com um olhar contrito, mas radiante. Aquele espetáculo engraçado e comovente não pareceu ser muito do gosto de Vera.

— Quantas vezes já não lhes pedi que não tocassem nas minhas coisas? — disse ela. — Vocês têm seu próprio quarto.

— Só um instantinho — suplicou Nicolau, mergulhando a pena no tinteiro que ela queria tomar.

— Decididamente — continuou Vera, — não morrem vocês por educados. Sua irrupção no salão, por exemplo, fez que toda a gente ficasse envergonhada.

Não faltava justeza à observação. Apesar disso — ou talvez por causa disso — os dois pares nada responderam, senão trocando olhares.

— E depois, na sua idade, que segredos pode bem haver entre vocês dois, bem como entre Natacha e Boris? Não passa de frivolidade tudo isso!

— Que adianta isso, heim, Vera? — interveio Natacha docemente, mais disposta do que nunca à gentileza e à mansidão.

— Tudo isso é estúpido. Tenho vergonha por vocês. Que significam esses segredos?...

— Cada qual tem os seus. Nós nos preocupamos com o que você faz com Berg? — replicou Natacha, acalorando-se.

— Era só o que faltava! Como se houvesse na minha conduta algo de repreensível! — retorquiu Vera. — Espere um pouco que vou dizer a mamãe como você se comporta com Boris.

— Natália Ilinitchna não se pode comportar melhor do que se comporta comigo. Não tenho de que me queixar — disse Boris.

— Cale-se, Boris — intimou-o Natacha, cuja voz tremia agora de irritação. — Você é na verdade por demais diplomata. Isto começa a me aborrecer!

A palavra "diplomata" estava então muito na moda entre os jovens, que lhe davam um sentido particular.

— Que é que ela quer comigo? Você não entende nada disso — proferiu ela, de um jato, contra Vera, — você nunca amou ninguém, você não tem coração, não passa de uma *madame de Genlis*... (Era esse o apelido, julgado muito ofensivo, que Nicolau dera à sua irmã).[3] — Seu maior prazer é desagradar aos outros... vá namorar o Berg, quanto bem quiser...

— Em todo o caso, não iria correr atrás de um rapaz diante das visitas.

— Conseguiu você lograr os seus fins — disse Nicolau. — Disse tolices contra todos, estragando-nos o prazer... Vamos para o quarto das crianças.

E todos quatro se escapuliram, como uma revoada de pássaros assustados.

— Foram vocês que disseram tolices contra mim — gritou-lhes Vera. — Eu não as disse a ninguém.

Mas a bela Vera não lhes deu importância. Satisfeita, sem dúvida, por ter exasperado a todos, sorriu e ficou-se diante do espelho, repondo em ordem sua faixa e seu penteado. A vista de seu rosto precioso aumentou ainda mais sua frieza e sua serenidade.

* * *

Entrementes, as duas amigas conferenciavam no salão.

— Ah, querida — dizia a condessa, — também na minha vida nem tudo é cor-de-rosa. Do jeito que vamos, duvido bem que nossa fortuna não dure muito. A culpa é do clube e do bom coração dele. Mesmo no campo, não sabemos o que é repouso: há sempre espetáculos, partidas de caça e Deus sabe que mais ainda!... Mas de que serve falar de mim? Vejamos, como conseguiu você safar-se? Sabe que muitas vezes você me causa admiração, Anita? Sozinha, na sua idade, correr de diligência a Moscou, a Petersburgo, falar aos ministros, a toda essa gente do grande mundo, conhecer o tom necessário... Na verdade, você me enche de admiração... Ficaria bem embaraçada se tivesse de fazer o que você faz.

— Ah! minha querida — respondeu a princesa. — Deus queira que você ignore sempre o que custa ficar viúva sem o menor apoio e com um filho a quem se ama até a adoração... A desgraça é uma boa escola — continuou ela, não sem certa soberba. — Meu processo instruiu-me. Quando tenho de avistar-me com um alto personagem, mando-lhe dizer: "A princesa Fulana deseja falar ao Senhor Tal ou Tal." Em seguida tomo um fiacre e não o deixo sossegado duas, três, quatro vezes, até obter o que desejo. Pouco me importa o que possam pensar de mim.

— E que foi que você solicitou para Boris? Ei-lo já oficial da guarda, ao passo que o meu Nicolau parte como simples aspirante. Não há ninguém que o recomende. Vejamos, a quem se dirigiu você?

— Ao Príncipe Basílio. Que homem encantador! Consentiu imediatamente, falou ao Imperador — disse Ana Mikhailovna, num tom de triunfo. Esquecera-se totalmente de que humilhações dependera o seu bom êxito.

— Está velho o Príncipe Basílio? — perguntou a condessa. — Não mais o revi, desde nossos espetáculos em casa dos Rumiatsev. Deve ter-se esquecido de mim... Fazia-me a corte — acrescentou ela, sorrindo às suas recordações.

— É sempre o mesmo, amável, solícito — respondeu Ana Mikhailovna. — As grandezas não lhe transtornaram absolutamente a cabeça. "Lamento, disse-me ele, não ser de muito préstimo; mas dê-me suas ordens, cara princesa." Sim, é um homem encantador e um excelente parente...

3. Famosa literata francesa, cujos romances fastidiosos e pedagógicos gozavam de grande popularidade na Europa e especialmente na Rússia. (N. do T.)

Você conhece, Natália, meu amor por meu filho. Que não haveria de fazer por ele? Infelizmente — continuou ela, pesarosa e baixando a voz, — encontro-me numa situação terrível. Meu desgraçado processo não vai para diante, absorve toda a minha fortuna. Neste momento, não tenho, literalmente, um níquel, para pagar o equipamento de Boris. — Utilizou-se do lenço para enxugar suas lágrimas. — Precisarei de quinhentos rublos e ao todo não possuo senão uns vinte e cinco. Eis minha situação... Só tenho esperança no Conde Cirilo Bezukhov. Se ele não quiser vir em auxílio de seu afilhado... você sabe que ele é padrinho de Boris... e conceder-lhe uma pensão qualquer, todas as minhas providências terão sido em vão. Não poderei equipá-lo.

A condessa se pôs também a chorar. Não disse nada, mas pareceu refletir.

— Digo a mim mesma muitas vezes, e talvez ande mal — prosseguiu Ana Mikhailovna, — digo a mim mesma muitas vezes: o Conde Cirilo vive sozinho no seu canto, tem uma fortuna imensa... por que vive então? A existência é para ele apenas um fardo, ao passo que na idade de Boris...

— Ele lhe deixará sem dúvida alguma coisa — disse a condessa.

— Só Deus sabe, querida amiga! Essa gente afortunada, esses grandes senhores são tão egoístas... Em todo o caso, vou visitá-lo com Boris e falar-lhe sem rebuços. Que pensem desse meu passo o que quiserem. Pouco me importa. A sorte de meu filho dele depende. — Levantou-se. — São apenas duas horas e seu jantar está marcado para as quatro. Terei tempo.

Imediatamente, como mulher que volta da capital e sabe o preço do tempo, mandou chamar seu filho e alcançou o vestíbulo, em companhia da condessa.

— Adeus, minha boa amiga. Deseje-me boa sorte — cochichou-lhe ela ao ouvido, para que seu filho não a ouvisse.

— Vai à casa do Conde Cirilo, minha cara? — disse o conde, que apareceu na porta da sala de jantar. — Se ele estiver passando melhor, convide Pedro de minha parte. Já veio aqui, dançou com as meninas. Não se esqueça de convidá-lo, minha cara. Meu Tarass prometeu exceder-se. Vamos ver. Pretende servir-nos um desses jantares, como o próprio Conde Orlov[4] jamais deu.

15. A carruagem da Condessa Rostov, onde tinham tomado lugar a Princesa Drubetskoi e seu filho, seguiu por uma rua juncada de palha, antes de penetrar no vasto pátio do Palácio Bezukhov.

— Meu querido Boris — disse a princesa, retirando a mão de sob a velha capa para pousá-la, num gesto tímido e carinhoso, sobre o braço de seu filho, — seja amável, seja respeitoso. O Conde Cirilo é afinal seu padrinho. É dele unicamente que depende o seu futuro. Lembre-se disto, meu caro, e seja amável, como você sabe ser...

— Se esta humilhação pudesse pelo menos conduzir a alguma coisa... — respondeu o filho, em tom frio. — Mas já lhe prometi e só faço isso por sua causa.

Se bem que os tivesse visto descer duma carruagem particular, o porteiro mirou mãe e filho que, sem se fazerem anunciar, entravam diretamente na varanda, ornada por duas fileiras de estátuas nos seus nichos. Depois de haver lançado um olhar de comiseração para a velha capa da princesa, perguntou-lhes o porteiro se desejavam ver as princesas ou o conde. Sabendo que era o conde, disse que Sua Excelência estava passando pior e não recebia ninguém.

— Pois então, voltemos — disse o filho em francês.

— Meu amigo — implorou a mãe, que de novo lhe tocou no braço. Sem dúvida atribuía ela a esse toque alguma virtude apaziguadora ou estimulante.

Boris não disse mais nada; sem tirar sua capa, interrogava sua mãe com o olhar.

— Meu bom amigo — disse ela ao porteiro, num tom insinuante, — sei que o Conde Cirilo Vladimirovitch está muito doente... Foi precisamente por isso que vim... Não o incomodarei, meu

4. O famoso favorito de Catarina II extinguia-se então na sua faustosa propriedade de “Sans-Souci”, nos subúrbios de Moscou.

amigo... Desejava somente ver o Príncipe Basílio Sergueievitch. Sei que está em casa. Tenha a bondade de anunciar-nos.

O porteiro, com ar de aborrecido, puxou o cordão da campainha e afastou-se.

— A Princesa Drubetskoi deseja ver o Príncipe Basílio Sergueievitch — gritou ele para um lacaio de casaca, calções curtos e escarpins, que aparecera no patamar ao toque da campainha e debruçava-se sobre o balaústre.

A princesa arranjou as pregas de seu vestido de seda tingida, olhou-se num grande espelho de Veneza pendurado na parede, e corajosamente, a despeito de seus sapatos cambados, subiu os degraus atapetados da escada.

— Meu querido, você mo prometeu — disse ela a seu filho, acariciando-lhe mais uma vez o braço.

O filho, de olhos baixos, seguiu-a docilmente.

Penetraram num salão que dava acesso aos aposentos do Príncipe Basílio. Quando chegaram ao meio da peça, iam perguntar o caminho a um velho criado que lhes acorrera ao encontro, mas nesse momento a maçaneta de bronze de uma das portas girou. O Príncipe Basílio, em trajes caseiros, trazendo apenas uma condecoração no sobretudo de veludo acolchoado, despedia um belo homem moreno. Era o famoso Dr. Lorain, de S. Petersburgo.

— É então positivo? — perguntou o príncipe.

— Meu príncipe, *errare humanum est,* mas... — respondeu o médico, que rolava os erres e pronunciava o latim à francesa.

— Está bem, está bem...

À vista de Ana Mikhailovna e de seu filho, despediu-se do médico e aproximou-se deles sem dizer nada, com uma fisionomia interrogativa. Profunda aflição velou subitamente o olhar da princesa; essa brusca mudança de fisionomia não escapou a Boris, que mal conteve um sorriso.

— Em que tristes circunstâncias haveríamos de encontrar-nos, meu príncipe... Como vai nosso caro doente? — perguntou ela, sem dar atenção ao olhar frio e ferino que o Príncipe Basílio tinha nela fito.

Esse olhar inquisitivo desviou-se para Boris, que se inclinou com toda a polidez. Sem lhe retribuir a saudação, o príncipe se voltou para Ana Mikhailovna e respondeu à pergunta com um trejeito e um meneio de cabeça de muito mau agouro para a saúde do doente.

— Não é possível! — exclamou a princesa. — Mas é horrível, é espantoso... Apresento-vos meu filho — continuou ela, mostrando Boris. — Fez questão de em pessoa agradecer-vos.

Boris inclinou-se de novo, não menos cortesmente.

— Podeis crê-lo, meu príncipe, meu coração de mãe jamais esquecerá o que fizestes por nós.

— Sinto-me feliz, minha boa Ana Mikhailovna, por haver podido ser-vos agradável — disse afinal o Príncipe Basílio, enquanto reajustava os folhos do peitilho da camisa. Aqui em Moscou, a sós com sua protegida, achava bom tratá-la com certa altivez de tom e de maneiras muito mais acentuada que em Petersburgo, em casa de Anita Scherer. — Seja um excelente oficial — disse ele com ar severo a Boris. — Mostre-se digno de... Pela minha parte, sinto-me muito feliz... Está aqui de licença? — articulou depois em seu tom oficial.

— Aguardo ordens de seguir para meu novo posto, excelência — respondeu Boris, sem demonstrar o menor mau-humor diante das maneiras arrogantes do príncipe, nem o menor desejo de prosseguir a conversa, mas com um tom tão sossegado, tão cortês que o príncipe o fitou com marcada atenção.

— Mora em casa de sua mãe?

— Moro em casa da Condessa Rostov — respondeu Boris, sem se esquecer de acrescentar: “excelência”.

— Deveis lembrar-vos quem seja — disse Ana Mikhailovna, — Natália Chinchin, que se casou com Elias Rostov.

— Sei, sei — disse o príncipe, com sua voz monocórdia. — Nunca pude conceber como se decidiu Natália a casar-se com aquele urso mal-lambido! Um sujeito completamente estúpido e ridículo. E jogador, segundo dizem.

— Mas um homem muito de bem, meu príncipe — retorquiu Ana Mikhailovna cujo tom e sorriso indulgentes pareciam, ao mesmo tempo que aprovavam aquele julgamento, pedir indulgência para um pobre ancião. — Que diz a Faculdade? — perguntou ela, após um momento de silêncio que lhe permitiu dar a si mesma de um ar de profunda consternação.

— Há pouca esperança — disse o príncipe.

— E eu que fazia tanta questão de agradecer a "meu tio" toda a sua bondade para comigo e para com Boris!... É afilhado dele — acrescentou ela, como se notícia devesse causar grande alegria ao Príncipe Basílio.

Este franziu o sobrolho e ficou a pensar. Sem dúvida receava encontrar nela outra pretendente à sucessão do Conde Bezukhov. Ana Mikhailovna, que percebeu isto, apressou-se em tranquilizá-lo.

— Se estou aqui é precisamente por afeição, por devotamento a meu "tio" — disse ela, acentuando esta última palavra com desenvolta segurança. —Conheço seu caráter nobre e franco; mas não tem ele junto de si senão as princesas e elas são ainda demasiado jovens... — Inclinou-se para o ouvido dele, a fim de lhe confiar em voz baixa: — Cumpriu ele seus derradeiros deveres, meu príncipe? Quanto são preciosos esses derradeiros instantes! Se está verdadeiramente tão mal, é urgente prepará-lo para o fim. Não há nada de mais grave. Estais vendo, meu príncipe — concluiu ela, com um sorriso suave, — nós outras, mulheres, sabemos sempre como agir em semelhante caso. É preciso que eu o veja. É um dever doloroso, mas estou acostumada com o sofrimento.

Da mesma maneira que no serão em casa de Anita Scherer, compreendeu o príncipe que não se desembaraçaria com facilidade de Ana Mikhailovna.

— Talvez essa entrevista fosse demasiado penosa para ele, cara Ana Mikhailovna — disse ele. — Esperemos até esta noite. Os médicos previram uma crise.

— Esperar, meu príncipe? Mas é impossível! Pensai, vai nisto a salvação de sua alma... Ah! é terrível. Os deveres de um cristão...

A porta dos aposentos privados abriu-se, dando passagem a uma das princesas sobrinha do conde, pessoa de fisionomia glacial e rabugenta e cujas pernas curtas ofereciam estranho contraste com um busto desmedido. O Príncipe Basílio voltou-se para o lado dela.

— Então, como vai ele?

— Sempre no mesmo. Não é para menos, com esse barulho!... — disse a princesa, olhando para Ana Mikhailovna, como se fosse esta uma desconhecida.

— Ah! querida, não a estava reconhecendo — disse esta última adiantando-se com ar de alegria, passo ligeiro, para a sobrinha do conde. — Acabo de chegar e estou a seu dispor para ajudá-la a cuidar de "meu tio"... Imagino quanto deve ter sofrido — acrescentou, erguendo, em atitude de compaixão, os olhos para o céu.

A sobrinha não deu uma palavra, nem mesmo um sorriso e retirou-se imediatamente. Ana Mikhailovna tirou suas luvas, instalou-se numa poltrona, como em praça conquistada, e convidou o Príncipe Basílio a sentar-se a seu lado.

— Boris — disse ela, sorrindo para seu filho, — vou ver o conde, meu tio. Enquanto isso, meu amigo, vá procurar Pedro e não se esqueça de transmitir-lhe o convite dos Rostov... Convidam-no para jantar; será que ele não irá? — acrescentou, dirigindo-se ao príncipe.

— Por que não? — disse este, carrancudo, de repente. — Ficaria muito contente se me livrasse a senhora desse rapaz... Não arreda pé daqui. O conde não o chamou nem uma vez sequer.

Ergueu os ombros. Um lacaio conduziu Boris até lá embaixo e por outra escada levou-o até os aposentos de Pedro Kirilovitch.

16. O mau procedimento de Pedro tinha-o decididamente impedido de "escolher uma carreira". A história que se contava em casa do Conde Rostov era exata em todos os seus pontos. Expulso da capital por ter tomado parte na proeza de amarrar o urso e o comissário juntos, o rapaz voltara havia alguns dias ao aprisco. Não tinha dúvidas de que a aventura se tornara pública em Moscou e que fornecera ao elemento feminino, sempre mal disposto contra ele, boa oportunidade para apresentá-lo sob negras cores aos olhos de seu pai. Não hesitou, portanto, em se apresentar imediatamente em casa deste. Encontrou as três senhoritas no salão, seu quartel-general costumeiro. A mais velha, de aspecto severo, bem-tratada e de estatura muito elevada, que acabamos de ver enfrentando Ana Mikhailovna, lia em voz alta para as outras. As mais moças bordavam num bastidor. Eram ambas viçosas e afáveis, e assemelhando-se a tal ponto entre si que poderiam ter sido confundidas, se um sinal preto sobre o lábio não tornasse mais picante a beleza de uma delas. A despeito da saudação cortês que lhes dirigiu, receberam elas Pedro como se fosse este uma alma do outro mundo ou um pesteado. Interrompendo sua leitura, a mais velha, sem dizer uma palavra, escancarou uns olhos atemorizados; a segunda copiou exatamente a fisionomia de sua irmã; a última, a que tinha um sinal e temperamento folgazão, inclinou-se sobre seu bastidor para dissimular um sorriso, prevendo sem dúvida uma cena divertida. Puxou a enfiada de lã por baixo e fez semblante de combinar desenhos, reprimindo com dificuldade a vontade de rir.

— Bom dia, minha prima — disse Pedro. — Não me reconheceis?

— Reconheço-vos até demais, sim, até demais.

— Como vai o conde? Poderei vê-lo? — perguntou Pedro, com seu desazo habitual, sem, porém, perder o sangue frio.

— O conde sofre física e moralmente e vós tudo fizestes, ao que me parece, para agravar suas torturas morais.

— Posso ver o conde? — repetiu Pedro.

— Quê? Se quereis matá-lo, dar cabo dele, então podeis vê-lo... Olga, vai informar-te se prepararam o caldo de nosso tio, pois está quase na hora de servi-lo — acrescentou ela para bem acentuar a Pedro que estavam elas precisamente ocupadas em acalmar os sofrimentos que ele, Pedro, avivava como que de bom grado.

Olga saiu. Pedro esperou um momento, olhou as duas irmãs e lhes disse, inclinando-se:

— Então, volto para meu quarto. Quando puder vê-lo, mandai avisar-me. Retirou-se, perseguido pelo riso sonoro, bem que semiabafado, da espevitada do sinalzinho.

No dia seguinte, chegou o Príncipe Basílio e instalou-se em casa do conde. Mandou logo chamar Pedro e lhe disse:

— Meu caro, se se conduzir aqui como em Petersburgo, acabará muito mal. É tudo que tenho a dizer-lhe. O conde está doente, muito doente mesmo. Não pense em ir vê-lo.

A partir desse momento, ninguém se preocupou mais com Pedro, que se confinou no seu aposento, no segundo andar do palácio.

Quando Boris apareceu, Pedro andava nervosamente, para lá e para cá, no seu quarto. Parava às vezes num canto, para lançar por cima de seus óculos olhares furiosos à parede e acutilar com o braço um inimigo invisível; depois retomava sua marcha escandida por grandes gestos, por encolhimentos de ombros e palavras incoerentes.

— A Inglaterra está liquidada — proferia ele, de sobrolho contraído e dedo ameaçador. — O Sr. Pitt, como traidor à nação e ao direito das gentes, está condenado à...

Acreditava-se por um instante Napoleão em pessoa senhor de Londres, após a perigosa travessia do Passo de Calais e condenando Pitt a uma pena que não teve tempo de fixar, porque parou ao ver o jovem oficial de bela presença que entrava no seu quarto. Não reconheceu Boris que vira ainda menino de catorze anos e de quem se esquecera completamente. Apesar disso, levado por sua cordialidade espontânea, acolheu-o com um aperto de mão, acompanhado dum sorriso cordial.

— Lembra-se de mim? — perguntou Boris, em seu tom sossegado, retribuindo-lhe o sorriso. — Viemos, minha mãe e eu, apresentar nossas homenagens ao conde, mas disseram-nos que ele não está passando bem.

— Não lá muito bem, ao que parece. Incomodam-no a toda a hora — respondeu Pedro, perguntando em vão a si mesmo quem poderia ser mesmo aquele jovem.

Verificando afinal que Pedro não o reconhecia, Boris fitava-o em pleno rosto, sem o menor embaraço. Achou desnecessário apresentar-se.

— O Conde Rostov convida-o a ir jantar com ele dentro em pouco — disse ele, depois de uma pausa bastante longa e embaraçosa para Pedro.

— Ah! o Conde Rostov! — exclamou Pedro, todo prazenteiro. — Então, você é Elias, seu filho. Imagine só! No primeiro momento não o reconheci. Há de lembrar-se decerto de nossos passeios ao Monte dos Pardais com a Sra. Jacquot... Não data isto de ontem.

— Engana-se — replicou tranquilamente Boris, com um sorriso de condescendência zombeteira. — Sou Boris, filho da Princesa Ana Mikhailovna Drubetskoi. Quanto ao jovem Rostov, chama-se Nicolau. O pai dele é que tem o nome de Elias. E eu nunca conheci essa Sra. Jacquot.

Pedro abanou a cabeça, gesticulou, agitou-se como se quisesse afugentar um enxame de mosquitos ou de abelhas.

— Ah, com a breca, estou embrulhando tudo! Tem-se tantos parentes em Moscou!... Afinal, você é Boris. Muito bem, eis-nos de acordo... Vejamos, que pensa da expedição de Bolonha? Não ficarão os ingleses cheios de medo, se Napoleão transpuser a Mancha? Acho a coisa bastante factível. Contanto que Villeneuve não cometa tolices!

Boris, que não lia os jornais, nada sabia do campo de Bolonha e ignorava até mesmo o nome de Villeneuve.

— Aqui em Moscou, veja você, os jantares e os mexericos nos ocupam mais que a política — disse ele, com seu tom de voz calmo e sarcástico. — Não poderia dar opinião sobre uma questão que ignoro. Moscou é antes de tudo a cidade dos mexericos. No momento, só se fala do conde e do senhor.

Pedro exibiu seu bondoso sorriso. Temia sem dúvida que Boris pronunciasse palavras de que pudesse vir a arrepender-se. Mas Boris proferia suas frases em voz clara e seca, fitando sempre francamente Pedro.

— Sim — prosseguiu ele, — a mexeriquice é o único assunto dos moscovitas. Estão todos agora empenhados em saber a quem o conde deixará sua fortuna, se bem que possa este talvez sobreviver a todos nós, o que desejo de todo o coração.

— Sim, tudo isto é muito penoso — disse Pedro, receando cada vez mais vê-lo aventurar-se em algum terreno escabroso.

— O senhor deve crer — continuou Boris que, desta vez, corou ligeiramente, sem que porém modificasse seu tom de voz, nem seu aspecto — o senhor deve crer que toda a gente meteu na cabeça que há de ter um pedaço do bolo.

"Aqui estamos!" disse Pedro a si mesmo.

— Faço justamente questão de dizer-lhe, a fim de evitar qualquer mal-entendido, que se enganaria grandemente enfileirando-nos, a minha mãe e a mim, entre essas pessoas. Somos muito pobres, mas posso assegurar-lhe, pelo menos em meu nome, que é precisamente porque seu pai é rico que não me considero como um de seus parentes. E nem minha mãe, nem eu, pediremos ou aceitaremos nada dele.

Pedro levou muito tempo a compreender, mas quando isto se deu, ergueu-se de seu divã, agarrou Boris pelo punho com a vivacidade estabanada que lhe era própria e, corando mais que seu interlocutor, murmurou, confuso e enfadado:

— Mas vejamos... Tenho eu, deveras?... Quem pois poderia pensar?... Sei muito bem...

Boris cortou-lhe a palavra. Justamente quando Pedro queria sossegá-lo, foi ele quem o tranquilizou.

— Estou satisfeito por ter-lhe dito tudo. Desculpe-me se lhe foi isto desagradável. Espero que não o haja ofendido. Tenho por princípio falar sempre com franqueza... Então, que resposta devo dar aos Rostov? Aceita o convite deles?

Tendo-se aliviado dum penoso dever e saído duma situação difícil para nela meter outro, recuperara Boris suas maneiras desembaraçadas.

— Escute então — disse Pedro, retomando seu aprumo, — você é um sujeito surpreendente! O que acaba de dizer-me é absolumente direito. Evidentemente não me conhece. Há tanto tempo que não nos vemos... desde a infância... Poderia talvez crer que eu... Compreendo-o, compreendo-o perfeitamente. Não teria eu agido dessa maneira, não tenho bastante coragem para isto, mas está muito direito. Estou encantado em conhecê-lo... É curioso o que tenha pensado a meu respeito! — continuou depois de um curto silêncio. E logo rindo: — Afinal, que importa! Faremos um conhecimento mais amplo, não é? — Apertou-lhe a mão. — Sabe que ainda não vi o conde? Não me mandou chamar... Seu estado me causa muito pesar... mas que se pode fazer?

— Então, acha que Napoleão poderá atravessar a Mancha? — perguntou Boris, sorrindo.

Pedro compreendeu que Boris queria mudar de conversa, e, de acordo com isso, pôs-se a expor-lhe as vantagens e riscos da tentativa.

Um criado entrou à procura de Boris da parte da princesa que se ia embora. Pedro prometeu ir ao jantar para renovar seu conhecimento com Boris; depois deu- lhe enérgico aperto de mão, fitando-o afetuosamente através de seus óculos. Assim que ele saiu, continuou Pedro suas idas e vindas. Em vez de acutilar inimigos invisíveis, sorria agora à lembrança daquele encantador rapaz, tão ágil de espírito quanto firme de caráter. Como acontece às pessoas muito jovens, principalmente quando entregues a si mesmas, sentia Pedro por Boris uma ternura desarrazoada. Prometeu imediatamente a si mesmo tornar-se seu amigo.

Enquanto isto, o Príncipe Basílio se despedia da princesa, que tapava os olhos com o lenço.

— É horrível, é horrível! — exclamava ela. — Mas custe o que custar, cumprirei meu dever. Virei velá-lo. Não se pode deixá-lo partir sem confissão. Cada instante é precioso. Que esperam, pois, as princesas? Deus me inspirará talvez o meio de prepará-lo... Adeus, meu príncipe, e que o bom Deus o ampare!...

— Adeus, minha boa amiga — respondeu o príncipe, deixando-a. — Acha-se ele num bem triste estado — disse a mãe a seu filho, enquanto subiam no carro. — Não reconhece mais ninguém.

— Quais são precisamente as disposições dele para com Pedro? — perguntou Boris. — Não compreendo absolutamente nada.

— O testamento nos dirá tudo, meu amigo. Nosso destino também depende dele...

— Mas que é que lhe faz crer que ele nos deixará alguma coisa?

— Ah, meu amigo, ele é tão rico e nós somos tão pobres!

— Não é esta uma razão suficiente, querida mamãe!...

— Ah, meu Deus, meu Deus! Como ele está mal! — gemeu a mãe.

17

. Após a saída de Ana Mikhailovna e de seu filho, a Condessa Rostov ficara muito tempo no salão, sozinha e pensativa, com o lenço sobre os olhos. Decidiu-se por fim a tocar a campainha.

— Que quer dizer isso, minha cara? — perguntou, em tom irritado à criada de quarto que demorara a aparecer. — Se não quer fazer seu serviço, poderei muito bem arranjar outro lugar para Vossa Senhoria.

O pesar, a humilhante pobreza de sua amiga tinha transtornado a condessa e, como sempre, seu mau humor se traduzia em tratar de "Vossa Senhoria" e de "minha cara" a sua camareira.

— Queira desculpar-me, minha senhora — disse esta.

— Diga ao conde que venha ver-me.

O conde não tardou em aparecer, de rosto contrito e bamboleando-se, como de costume.

— Ah! minha querida condessinha, que *sauté* de franguinhas *au madère* vamos ter! Provei-o. Fiz muito bem em dar mil rublos a Tarass. Ele os vale!

Sentou-se junto de sua mulher, com os cotovelos arrogantemente apoiados sobre os joelhos e com os cabelos brancos em plena confusão.

— Que desejais, querida condessinha?

— É isso, meu amigo... Mas que mancha é essa ainda? O *sauté,* creio — disse ela, sorrindo, com o dedo apontado para o colete de seu marido. — Pois bem, é isso, conde: tenho necessidade de dinheiro — declarou ela com ar tristonho.

— Ah! querida condessinha...

Ia já tirando sua carteira.

— É que preciso de muito dinheiro — confessou a condessa. — Quinhentos rublos.

E, com seu lenço de cambraia, pôs-se a esfregar o colete de seu marido.

— Imediatamente, imediatamente. Olá, venha alguém! — gritou ele no tom dum homem habituado a ver as pessoas acorrerem a seu primeiro chamado. — Procurem Mitia.

Mitia, o filho segundo e pobre de um nobre, que o conde recolhera e fizera o encarregado de todos os seus negócios, entrou a passos silenciosos.

— Escute, meu caro — disse-lhe o conde. — Traga-me... vejamos... (refletiu) setecentos rublos, sim, setecentos rublos. E sobretudo, nada de cédulas sujas e rasgadas como da última vez. Cuide de arranjá-las bem novas. São para a condessa.

— Sim, faça o favor, Mitia, que sejam bem limpas — disse por sua parte a condessa, lançando profundo suspiro.

— Quando precisa delas, Excelência? — perguntou Mitia. — Devo dizer-vos que... Contudo, não vos preocupeis — acrescentou ele, vendo que o conde começava a respirar com dificuldade, o que era nele sinal de cólera iminente. — Esquecera- me de que... Desejais o dinheiro imediatamente?

— Sim, sim, traga-o. E entregue-o à condessa... Que tesouro esse Mitia! — declarou o conde, assim que o rapaz saiu: — Sabe sempre arranjar-se. Detesto que me façam objeções. Tudo é possível quando se quer mesmo.

— Ah! o dinheiro, conde, o dinheiro! Quantas dores causa ele neste mundo! — exclamou a condessa. — Se soubesse você como necessito dessa miserável soma...

— Sim, querida condessinha, conhecemos suas prodigalidades — disse o conde, beijando a mão de sua mulher, antes de voltar a seu gabinete.

Quando Ana Mikhailovna voltou da casa do Conde Bezukhov, a soma, em belas cédulas novas, já fora entregue à condessa, que a guardava num velador ao alcance da mão, oculta sob um lenço. A emoção de sua amiga não escapou a Ana Mikhailovna.

— Então, minha cara? — perguntou-lhe a condessa.

— Ah! em que estado terrível o encontrei! Está muitíssimo mal, mal se pode reconhecê-lo. Fiquei apenas um minuto e não pude dizer duas palavras.

— Anita, em nome do céu, não recuse — disse de repente a condessa, avançando a mão para o velador.

Tornara-se rubra e este rubor contrastava estranhamente com a gravidade de seu rosto macilento, já marcado pela idade.

Ana Mikhailovna compreendera imediatamente e já se preparava para se lançar, no momento propício, ao pescoço de sua amiga.

— Entregue isto, de minha parte, a Boris, para seu equipamento.

Ana Mikhailovna pôs-se logo a beijá-la e a derramar lágrimas. A condessa não lhe ficava atrás. Choravam enternecidas pelo bom coração de ambas, pelo seu perfeito acordo; choravam de vergonha à ideia de que essa coisa vil, o dinheiro, entrasse como um terceiro na nobre amizade que as unia desde a infância; choravam também de saudade, ao pensarem na sua mocidade passada... Mas essas lágrimas eram doces para ambas...

18. Numerosos convidados cercavam já, no salão, a Condessa Rostov e suas filhas. O conde levara os homens para seu gabinete e pusera-lhes à disposição sua bela coleção de cachimbos turcos. De vez em quando saía para informar-se se ELA ainda não chegara. Esperava-se Maria Dmitrievna Akhrossimov, apelidada *o terrível dragão*, dama que, a despeito da fortuna e do título, tornara-se célebre pela sua franqueza e linguagem solta. Maria Dmitrievna era conhecida da família imperial, de toda Moscou, de toda Petersburgo; corriam nas duas cidades a seu respeito anedotas que, contendo embora admiração por ela, ridicularizavam, à socapa, sua sem-cerimônia. Toda a gente a admirava, mas também toda a gente a temia.

No gabinete, repleto de fumaça, só se falava do recrutamento e da guerra. Sabia-se que esta acabara de ser declarada por um manifesto que ninguém, aliás, ainda lera. Sentado numa otomana, entre dois fumantes que conversavam, o conde não falava, nem fumava; voltando a cabeça, ora para a direita, ora para a esquerda, olhava seus convidados com um prazer evidente e prestava ouvido atento à discussão deles, aliás, por ele mesmo provocada.

Um deles, um civil de rosto bilioso, imberbe e enrugado, trajado, apesar de sua idade um tanto madura, como um jovem elegante, pontificava, à turca sobre a otmona, com ar de estar na própria casa. Com a boquilha de âmbar fincada num canto de sua boca, piscava os olhos e dava baforadas em arrancos raivosos. Era um primo da condessa, chamado Chinchin, velho celibatário tido como má língua nos salões de Moscou. Parecia tratar com altivez seu interlocutor, um oficial da guarda, rosado e viçoso, bem-apertado, bem-enfeitado, bem-apurado, que mantinha corretamente seu cachimbo bem no meio da boca, aspirando com os lábios rosados ligeiras fumaçadas que lançava no ar em graciosas volutas. Era o Tenente Berg, do regimento Semionovski, que deveria juntar-se ao exército com Boris e que Natacha, para irritar sua irmã mais velha, chamava de "noivo de Vera".

O conde era todo olhos e ouvidos. Excetuado o jogo de boston, pelo qual era louco, sua ocupação favorita era aquele papel de ouvinte, sobretudo quando tivera a oportunidade de pôr em face dois tagarelas daquela espécie.

— Então, meu bom rapaz, meu honorabilíssimo Afonso Karlytch — dizia em tom trocista Chinchin, que tinha costume de misturar palavras de gíria com as mais rebuscadas expressões francesas, — espera ganhar renda do Estado e fazer uns biquinhos com os saldos da companhia?

— Não, Pedro Nikolaítch, pretendo somente demonstrar que a cavalaria oferece muito menos vantagens que a infantaria. Veja o meu caso, por exemplo...

Berg falava sempre num tom preciso, medido, bastante civil, e só falava a respeito de si mesmo. Quando o assunto da conversa não o atingia diretamente, mantinha-se em tranquilo silêncio. E podia ficar calado horas inteiras, sem experimentar, nem provocar em torno de si o menor constrangimento. Logo, porém, que sua pessoa entrava em jogo, discorria sem parar e com um prazer evidente.

— Veja o meu caso, por exemplo, Pedro Nikolaítch... Se estivesse na cavalaria, mesmo no posto de tenente, não ganharia mais de duzentos rublos por trimestre, ao passo que atualmente ganho duzentos e trinta — explicou ele, com gracioso sorriso, fitando Chinchin e o conde com o ar satisfeito de um homem que não duvida de que seus bons êxitos pessoais não constituam o fim supremo dos desejos de seus semelhantes. — Além disso — prosseguiu ele, — passando para a guarda, fico mais em evidência e as vagas são nela mais frequentes que na infantaria. E depois, vejamos, Pedro Nikolaítch, acredita que, com meus duzentos e trinta rublos, poderia arranjar-me na cavalaria? Ora, tal como me acontece, posso fazer minhas economias e mandar mesmo algum dinheiro a meu pai — concluiu ele, lançando uma delicada voluta.

— Bem equilibrado... Quem não tem cão, caça com gato, como diz o provérbio — resmungou Chinchin, mudando sua boquilha de âmbar dum lado para outro da boca.

Piscou o olho para o conde que desatou a rir. Outros convidados, vendo Chinchin animado, aproximaram-se. Sem dar-se conta da ironia nem da frieza de seu auditório, Berg, perorando cada vez mais, expunha que sua passagem pela guarda o fizera ganhar um grau mais sobre seus camaradas do corpo dos cadetes; e como, em tempo de guerra, um comandante de companhia fica bastante exposto, tinha ele, Berg, na qualidade de tenente mais antigo, fortes possibilidades de passar a capitão; além disso, todos os estimavam no regimento e seu papai mostrava-se contentíssimo com ele. Declamando todas estas belas coisas, experimentava Berg um verdadeiro prazer e nem parecia suspeitar que o comum dos mortais pudesse ter outros interesses diversos dos seus. Malgrado isto, seu tom afável, grave, bem como a ingenuidade evidente de seu jovem egoísmo desarmavam seus ouvintes.

— Pois é, meu rapaz — disse Chinchin a Berg, batendo-lhe no ombro e pousando os pés no chão, — duma coisa estou bem certo: quer na infantaria, quer na cavalaria, irá longe.

Berg transbordava de satisfação. O conde e seus convidados passaram para o salão.

* * *

Estava-se naquele instante em que os convidados, vendo aproximar-se a hora do jantar, não travam mais conversações compridas, tomando contudo o cuidado em não dar a entender que seu silêncio ou sua imobilidade signifiquem pressa de se porem à mesa. Os donos da casa olham para a porta, trocam de vez em quando olhares; os convidados esforçam-se por adivinhar a causa da demora. Espera-se algum parente importante ou um dos serviços ainda não está pronto?

Foi justamente neste momento que Pedro chegou. Instalou-se canhestramente na primeira poltrona que achou, bem no meio do salão, onde barrava a passagem para todos. A condessa quis obrigá-lo a falar, mas ele só respondia por monossílabos a todas as suas perguntas, passeando em torno de si, através de seus óculos, um olhar ingênuo e que parecia procurar alguém. Sua atitude causava um constrangimento geral, que somente ele não percebia. Ao corrente de sua proeza, a maior parte dos convidados observava com curiosidade o gordo rapaz, bonachão e sossegado, perguntando-se como semelhante bolônio pudera desancar um comissário.

— Acabais de chegar? — perguntou-lhe a condessa.

— Sim, minha senhora — respondeu ele, sempre a esquadrinhar o salão com o olhar.

— Não vistes meu marido?

— Não, minha senhora — respondeu, sorrindo muito mal a propósito.

— Creio que regressastes de Paris. É interessante, não é?

— Interessantíssimo. Por uma olhadela que lhe lançou sua amiga, Ana Mikhailovna compreendeu que lhe pediam que entretivesse aquele rapaz; aproximou-se, pois, de Pedro e começou a indagar de seu pai, mas da mesma maneira que acontecera à condessa, só obteve dele monossílabos. Os convidados conversavam uns com os outros. “Os Razumovski... Foi encantador... Muita bondade sua... A Condessa Apraxin...” ouvia-se, em meio do zunzum de vozes. A condessa haviase levantado e seguira para a sala de dança.

— Maria Dmitrievna? — ouviu-se perguntar.

— Ela mesma em pessoa — respondeu uma voz forte de mulher e, imediatamente, Maria Dmitrievna deu entrada no salão.

Todas as moças e até mesmo as senhoras, com exceção das mais idosas, se levantaram. Maria Dmitrievna parou no limiar da porta. Do alto de sua maciça corpulência, com sua cabeça de cachos grisalhos altivamente erguida, abrangeu com um olhar todos quantos ali estavam, ao mesmo tempo que ajeitava sem pressa suas largas mangas, como se quisesse arregaçá-las.

— Minhas felicitações à dona da casa e a seus filhos — disse ela em russo, única língua que falava, e numa voz alta e grave que dominava todos os outros ruídos. — E tu, velho farrista, não te agrada viver em Moscou, não é? Não tens mais cachorros a açular. Nada que fazer, meu amigo. Aqueles passarinhos estão crescendo. — E designava as moças. — Quer queiras, quer não, será preciso achar maridos para elas... Ah! és tu, meu cossaco —disse ela, fazendo uma carícia a Natacha, que se aproximava com ar decidido para beijar-lhe a mão; "cossaco" era o apelido que comumente lhe dava. — Sei que és muito folgazã, minha filha, mas gosto disso.

Tirou duma enorme bolsa de rede brincos de rubis, talhados em forma de pêra, entregou-os a Natacha, cujo rosto radiante enrubesceu de prazer, e se voltou para dirigir-se a Pedro.

— Olá, olá, meu bravo, vem cá — lhe disse ela, dando à sua voz entonações falsamente meigas, — vem cá, meu queridinho.

Subiu mais as mangas com um ardor selvagem. Pedro deu alguns passos para seu lado, olhando-a, através dos óculos, com ar ingênuo.

—Aproxima-te, aproxima-te, meu rapagão! Fui a única que teve coragem de dizer umas verdades a teu pai, quando era ele todo-poderoso; não hás de querer que tenha acanhamento contigo.

Acentuou um silêncio que ninguém ousou romper, porque se percebia que aquilo não passava de um preâmbulo.

— Palavra! Que belo rapaz!... Seu pai está nas últimas e o senhorzinho faz das suas, divertindo-se em obrigar comissários a galoparem amarrados a ursos!... É uma vergonha, meu rapaz, é uma vergonha! Farias melhor se te alistasses.

Voltou-lhe as costas e deu seu braço ao conde que a custo continha o riso.

—Bem — disse ela, — já é tempo de ir para a mesa, não?

Tomou a dianteira com o conde. Vinha em seguida a condessa, conduzida por um coronel de hussardos, personagem que devia ser tratado com atenção, porque era em sua companhia que Nicolau deveria juntar-se a seu regimento. Ana Mikhailovna ia pelo braço de Chinchin; Berg ofereceu o seu a Vela. Nicolau acompanhava Júlia Karaguin, toda sorridente. Outros pares seguiam, por todo o comprimento do salão de baile; as crianças, seus preceptores e preceptoras fechavam sem cerimônia o cortejo. Os lacaios apressuraram-se, a capela do conde, instalada na tribuna, pôs-se a tocar um trecho e os convidados tomaram lugar, em meio do barulho de cadeiras arrastadas. Aos acordes musicais sucederam-se em breve o tilintar das facas e dos garfos, o zunzum das conversas, as idas e vindas discretas dos servidores. Na cabeceira principal tronava a condessa, tendo Maria Dmitrievna à sua direita e Ana Mikhailovna e as outras damas à sua esquerda. Na outra extremidade, o conde, flanqueado à esquerda pelo coronel e à direita por Chinchin e outros cavalheiros. O meio da mesa era ocupado, de um lado, pela gente moça —Vera ao lado de Berg, Pedro ao lado de Boris, — e do outro, pelas crianças e seus preceptores e preceptoras. Contemplando de vez em quando, através dos cristais das garrafas e compoteiras, sua mulher com sua alta touca de fitas azuis-celeste, servia o conde solicitamente o vinho a seus vizinhos, sem esquecer-se de si próprio. Da mesma maneira, sem descuidar-se de seus deveres de dona-de-casa, a condessa lançava por cima dos ananases olhadelas significativas a seu marido, cujo crânio e cujo rosto rubicundo lhe pareciam destacar-se cada vez mais violentamente do resto dos cabelos. Do lado das damas, as vozes se mantinham num discreto diapasão; do lado dos homens, pelo contrário, o tom subia cada vez mais, sobretudo o do coronel que, ficando apoplético a olhos vistos, bebia a valer e comia com tão belo apetite que o conde o citava como exemplo aos outros convidados. Berg, com um sorriso terno, explicava a Vera a natureza do amor, sentimento inteiramente celestial, sem nenhuma ligação com a terra. Boris dizia os nomes dos convivas a seu novo amigo Pedro e trocava olhadelas com Natacha, sentada diante dele. Pedro examinava todos aqueles rostos novos para ele, falava pouco e comia muito. Desde a sopa de tartaruga — a que escolheu entre as duas que lhe foram oferecidas — desde o pastelão até os frangos malpassados, não recusou prato nenhum, nem nenhum dos vinhos que o mordomo, na garrafa enrolada num guardanapo, parecia misteriosamente extrair do ombro do vizinho, anunciando: "Madeira-Seco" ou "Tokay" ou "Vinho do Reno". Quatro copos de cristal, com monograma do conde, estavam alinhados diante de cada serviço de mesa. Pedro estendia o primeiro que sua mão acertava, esvaziava-o com um prazer evidente e contemplava os convivas com um olhar cada vez mais benévolo. Natacha, sua vizinha fronteira, olhava para Boris, como as meninotas de treze anos contemplam o rapaz de que se creem amorosas e com quem acabam de trocar o primeiro beijo. Por vezes, uma dessas olhadelas se desgarrava para Pedro e o olhar daquela moçoila animada e risonha dava-lhe vontade de rir também, sem saber porquê.

Nicolau, colocado longe de Sônia, conversava com Júlia Karaguin, sempre com o mesmo sorriso forçado. Se bem que também ela afetasse sorrir, o ciúme devorava Sônia. Empalidecendo e enrubescendo alternativamente, esforçava-se por apanhar algum trecho de conversa deles. A governanta não desfitava o olhar inquieto sobre as crianças, pronta a cair sobre quem quer que as ousasse afrontar. O preceptor alemão gravava escrupulosamente na memória os nomes dos pratos e dos vinhos, a fim de poder descrever tudo isso pormenorizadamente na próxima carta que mandaria para sua casa na Alemanha. Sentia-se ofendido quando o mordomo, passando por trás dele com sua garrafa enrolada num guardanapo, deixava de lha apresentar. Dando-se ares de não desejar aquele vinho, sofria por se ver incompreendido. Que diabo! não era para aplacar sua sede ou saciar sua glutonice que teria querido saboreá-lo, mas simplesmente para satisfazer um louvável desejo de instruir-se!

19. Do lado dos homens, a conversa continuava numa animação crescente. A acreditar-se no coronel, a declaração de guerra já fora publicada em Petersburgo e um exemplar do manifesto, que vira com seus próprios olhos, acabava de ser entregue pelo correio ao governador militar de Moscou.

— Poderíeis dizer-me — perguntou Chinchin, — por qual motivo fazemos guerra a Napoleão? Qual o demônio maligno que nos atiça? Já abateu ele a proa da Áustria. Creio que agora será nossa vez.

A expressão desagradou ao coronel, alemão grande, sólido, quadrado, sanguíneo, evidentemente bom militar e patriota zeloso.

— Por qual motivo, meu caro senhor? — disse ele, com ligeiro sotaque estrangeiro. — O imperador conhece o motivo. Diz em seu manifesto que não pode permanecer indiferente aos perigos que ameaçam a Rússia, que a segurança do império, sua dignidade, a santidade das Alianças...

Acentuou esta última palavra, como se contivesse ela a chave da questão e, com sua memória impecável de homem oficial , continuou a citar o primeiro parágrafo do manifesto: "...E o desejo bem determinado de restabelecer o imperador a paz na Europa sobre bases sólidas, incitaram-no a mandar uma parte do exército transpor a fronteira e a concluir nova aliança para dar cumprimento às suas intenções". — Eis o motivo, meu caro senhor — concluiu ele, e, buscando com o olhar a aprovação do conde, esvaziou seu copo com compunção.

— Conheceis o provérbio: "Quem vê as barbas do vizinho a arder, põe as suas de molho"? — retorquiu Chinchin, fazendo uma careta. — Convém-nos isto às mil maravilhas. Era um bravo, Suvorov e, no entanto, derrotaram-no totalmente. E onde estão, pois, na hora atual, os nossos Suvorov, permiti que vo-lo pergunte? — prosseguiu ele, a falar, de cambulhada, francês e russo.

— Devemos lutar até a derradeira gota de nosso sangue — continuou o coronel, batendo na mesa, — morrer, se necessário for, pelo nosso imperador e discutir o m-e-n-o-s p-o-s-s-í-v-e-l... — E encheu de novo a voz ao dizer estas palavras. — Sim, o menos p-o-s-s-í-v-e-l... Tudo será então perfeito, não é mesmo? — concluiu, dirigindo-se mais uma vez ao conde. — É assim que julgamos a coisa, nós, os velhos hussardos, e basta!... Que pensa disto, jovem homem e jovem hussardo? — perguntou ele a Nicolau que, vendo que se falava da guerra, deixara de parte sua vizinha e era todo ouvidos e olhos.

— Partilho inteiramente de vossa opinião — respondeu Nicolau, que, tomando fogo de repente, repeliu seus copos e seu guardanapo, com a brusca intrepidez dum homem ameaçado por um grande perigo. — Sim, estou convencido de que os russos devem vencer ou morrer — declarou ele.

A frase era demasiado pomposa para a circunstância presente. Apercebeu-se disto como todos mais, somente depois, porém, sentindo por isso certo constrangimento.

— É muito bonito o que acaba de dizer — disse sua vizinha Júlia.

Quanto a Sônia, ouvindo-o falar dessa maneira, estremeceu, corou até as orelhas; sua própria nuca avermelhou-se.

Pedro, que havia prestado atenção às expressões do coronel, aprovou com um aceno de cabeça.

— Uma bela frase, não resta dúvida — exclamou.

— Sois um verdadeiro hussardo, rapaz — exclamou também o coronel, dando forte pancada na mesa.

Mas de repente a voz baixa de Maria Dmitrievna elevou-se na outra extremidade da sala de jantar.

— Mas que barulho! Por que bates na mesa? Contra quem te exaltas? — perguntou ela ao hussardo. — Já te crês diante dos franceses, heim?

— Só digo a verdade — respondeu, sorrindo, o coronel.

— Estamos falando apenas da guerra, Maria Dmitrievna — gritou-lhe de longe o conde. — Meu filho vai para a guerra, sabeis? Sim, meu filho.

— Ora essa! E eu? Tenho quatro no exército e não choro por isso. Estamos todos nas mãos de Deus. Um que fica no quente, morre; outro que vai para a guerra, nem leva um arranhão — replicou Maria Dmitrievna, cuja voz grossa, sem que ela a elevasse, atingia a outra extremidade da peça.

— Decerto, decerto...

Depois deste intermédio, cada um dos dois grupos retomou sua conversa particular.

— Você não terá coragem de perguntar — disse a Natacha seu irmão menor. — Não, você não terá coragem.

— Sim, terei coragem! — afirmou Natacha.

Uma decisão teimosa, temerária, inflamou de repente seu rosto. Levantou-se, convidou com um olhar Pedro a escutá-la e, voltando-se para sua mãe, gritou-lhe, com sua voz vibrante de criança:

— Mamãe!

— Que há? — perguntou a condessa espantada. Mas lendo nos traços do rosto de sua filha que se tratava duma travessura, assumiu uma fisionomia severa e intimou-a com um gesto a calar-se. Fez-se silêncio.

— Mamãe, que prato do meio vamos ter? — perguntou ela num jato, com mais vivacidade ainda.

A condessa não teve coragem de zangar-se. Maria Dmitrievna levantou um dedo ameaçador.

— Que modos são esses, cossaco! — repreendeu ela.

A maior parte dos convidados olhava para os pais, ávidos por ver como tal despropósito seria recebido.

— Espera um pouco! — disse a condessa.

— Mamãe, que doce teremos? — clarinou desta vez Natacha, não mais duvidando de que tal capricho lhe seria perdoado.

Sônia e o gordo Pétia[5] sufocavam o riso.

— Pronto! Perguntei! — disse ela a seu irmão menor e a Pedro, sobre quem demorou ainda seu olhar.

— Um gelado, mas tu não o provarás — disse Maria Dmitrievna.

Natacha, certa da impunidade, ousou afrontar até mesmo o "dragão".

— Que gelado, Maria Dmitrievna? Não gosto de sorvete de baunilha.

— De cenoura!

5. Diminutivo de Pedro, em russo. (N. do T .)

— Não é verdade! Que sorvete, Maria Dmitrievna, que sorvete? — gritou ela quase. — Quero saber.

Todos desataram a rir, a começar por Maria Dmitrievna e a condessa. Não fora a resposta do "terrível dragão" que provocara tais risadas, mas a bela audácia da travessa criança que sabia tão resolutamente enfrentá-lo.

Quando lhe disseram que o sorvete seria de ananás, resolveu Natacha dar-se por bem satisfeita. Antes do sorvete serviu-se champanha. A orquestra tocou nova marcha, o conde foi beijar sua condessinha, os convivas renovaram a esta suas felicitações, chocaram os copos com o conde por cima da mesa e depois com as crianças e entre si. Em seguida, mais uma vez, apressaram-se os lacaios, as cadeiras se afastaram ruidosamente e os convidados voltaram, na mesma ordem, mas com os rostos de cores mais reforçadas, uns para o salão, outros para o gabinete do conde.

20. Arranjaram-se as mesas de boston, organizaram-se as partidas e a sociedade se repartiu entre os dois salões, o camarim das senhoras e a biblioteca.

O conde, com suas cartas em forma de leque, sorria beatificamente e resistia com grande esforço à vontade de dormir sua sesta. Levada pela condessa, a gente moça correu para a harpa e o cravo. Júlia, em primeiro lugar e a pedido de todos, tocou na harpa um trecho com variações; depois juntou-se às moças para rogar a Natacha e a Nicolau, bastante dotados para a música, que cantassem alguma coisa. Muito orgulhosa por se ver tratada como gente grande, experimentava, no entanto, Natacha alguma timidez.

— Que vamos cantar? — perguntou ela.

— "A Fonte" — respondeu Nicolau.

— Bem, então vamos. Boris, venha, pois, para cá... Mas para onde foi Sônia?

Vendo que sua amiga havia desaparecido, Natacha saiu correndo, à sua procura. Não a tendo encontrado, nem no seu quarto, nem no das crianças, disse a si mesma que Sônia deveria estar em cima da arca, no corredor. Era ali que a juventude feminina da casa Rostov tinha por hábito expandir seus pesares. E com efeito, Sônia, sem ter cuidado com seu lindo vestido cor-de-rosa vaporoso, estava estendida de bruços sobre um edredão de listas pouco limpo, pertencente à ama-de-leite e colocado sobre a arca. Com o rosto metido entre as mãos, chorava com grandes soluços e seus magros ombros decotados sacudiam-se violentamente. Natacha abandonou imediatamente seu ar de festa que não a havia deixado o dia inteiro; seus olhos tornaram-se fixos, sua larga nuca estremeceu e os cantos de seus lábios se abaixaram.

— Sônia, que tens?... Vejamos, que tens?... Hi, hi, hi!

Uma careta deformou sua boca demasiado grande, tornou-a completamente feia e ela se pôs a soluçar como uma criança, sem razão alguma, simplesmente porque sua amiga chorava. Sônia quis levantar a cabeça para responder-lhe mas não teve força para isso e ocultou ainda mais seu rosto entre as mãos. Toda lacrimejante, Natacha sentou-se sobre o edredão azul e tomou sua amiga entre os braços. Por fim Sônia, tomando alguma coragem, ergueu-se, enxugou mais ou menos as lágrimas e pôde afinal falar.

— Nicolau parte dentro de oito dias... recebeu sua guia de marcha... disse-me... E eu não choraria por isso, mas... (mostrou ela um papel que trazia oculto, na mão e onde se viam versos copiados para ela por Nicolau). Mas tu não podes... não, ninguém pode saber que bela alma tem ele!

À lembrança daquela bela alma, recomeçou a chorar.

— Tu, sim, tu é que és feliz... Não sou ciumenta... amo-te bastante e Boris também — continuou ela, recuperando o domínio de si mesma, pouco a pouco. — Ele é gentil... nada se opõe à união de vocês... Ao passo que Nicolau é meu *primo*... Seria preciso uma autorização do metropolita... E ele próprio não poderá concedê-la... E depois, se se falar disso a mamãe (Sônia considerava a condessa sua mãe e assim a chamava), ela dirá que eu interrompo a carreira de Nicolau, que não tenho coração, que sou uma ingrata... E contudo, Deus é testemunha (benzeu-

se) gosto tanto de mamãe, e de vocês todos... Exceto Vera... E por quê? Que lhe fiz eu? Sou tão reconhecida a vocês que sacrificaria de boa vontade tudo por vocês mas nada tenho...

Não pôde acabar, ocultou de novo o rosto em suas mãos e se enroscou no edredão. Natacha consolou-a o melhor que pôde, mas seu rosto pensativo deixava ver que compreendia muito bem a gravidade do pesar de sua amiga.

— Sônia! — exclamou ela, de repente, como se acabasse de descobrir a verdadeira causa da aflição de sua prima. — Vera te falou depois do jantar, não foi?

— Sim... Estes versos foi Nicolau que os escreveu de seu próprio punho copiei outros. Ela os encontrou em cima de minha mesa e disse que os mostraria a mamãe... E depois me disse que era eu uma ingrata, que mamãe jamais consentiria em nosso casamento, e que ele casaria com Júlia. Não viste que ele lhe fez a corte o dia inteiro?... Natacha, por que me atormenta ela dessa forma?

Soluçou cada vez mais. Natacha a ergueu, abraçou e, sorrindo através de suas lágrimas, procurou tranquilizá-la.

— Não acredites nela, Sônia, minha querida, não acredites nela. Lembra-te de nossa conversa com Nicolau, na salinha... Não te recordas, de uma noite, depois do jantar? Tínhamos decidido tudo, como se deve passar. Esqueci-me dos pormenores, mas tudo se arranjava muito bem, lembraste? O irmão do tio Chinchin casou bonito com sua prima-irmã, e nós, nós somos apenas primos segundos. Boris também disse que é muito fácil... Contei-lhe tudo, como sabes. ..É tão delicado, tão inteligente... Vamos, Sônia, não chores, minha querida, meu benzinho. (Beijou-a, rindo.) Vera é má, não lhe dês ouvido. Ela nada dirá a mamãe, tudo se arranjará. Nicolau é quem falará a mamãe. Fica certa de que ele nem sonha mesmo com Júlia.

Beijou-a na testa. Sônia levantou-se. A gatinha retomou vida, seus olhos lançaram faíscas, parecia prestes a agitar a cauda, a saltar sobre suas patas macias, a brincar com o novelo de lã, pronta a obedecer à sua natureza.

— Crês mesmo? Deveras? Palavra de honra? — disse Sônia, que apressadamente procurava consertar a desordem de seus trajes e de seu penteado.

— Palavra de honra! — afirmou Natacha, fazendo reentrar uma mecha rebelde sob a trança de sua prima.

E todas duas puseram-se a rir.

— E agora vamos cantar “A Ponte”.

— Vamos.

Mas Natacha parou de repente.

— Sabes duma coisa? — disse ela. — Sabes que acho aquele gordo Pedro, que estava colocado diante de mim, um sujeito muito engraçado? Divirto-me enormemente com ele!

E partiu a correr pelo corredor. Depois de haver sacudido a penugem presa a seu vestido e ocultado no magro busto a poesia de Nicolau, Sônia seguiu, de rosto animado e passo ligeiro, atrás de Natacha, a quem alcançou na camarinha.

A pedido dos convidados, os jovens cantaram “A Fonte”, um quarteto muitíssimo aplaudido. Em seguida Nicolau cantou uma romança que acabara de aprender:

“Quando no céu puro a lua brilha,
O triste amante ansioso sonha:
“Existe inda entanto uma mulher
Que meus ardores compartilha.
De sua harpa nas vibrantes cordas
Nervosos dedos deixando errar,
Lânguida de amor me chama e quer
O meu desejo logo aplacar.
Um dia ou dois ainda de espera

E o paraíso se te abrirá..."
Mas, ai, como é vã tua esperança,
Teu pobre amigo morto estará"

Ainda não havia acabado e já no salão a gente moça tomava lugar para a dança e na tribuna a orquestra começava a bater pés e a tossir fracamente.

* * *

Enquanto isto, no salão, Chinchin, desejoso de conhecer a opinião de um personagem recém-chegado do estrangeiro, travara com Pedro uma conversa política, que se tornou em breve geral. Pedro se aborrecia bastante quando, desde os primeiros compassos da orquestra, Natacha entrou e dirigiu-se diretamente para seu lado.

— Mamãe me disse que o retivesse para a dança — disse ela, rindo e corando ao mesmo tempo.

— Tenho receio de misturar os passos — respondeu Pedro, — mas se quiser mesmo ser minha professora...

Teve de baixar-se para oferecer seu robusto braço à frágil mocinha.

Assim que a orquestra preludiou e que os pares se organizaram, fez Pedro companhia à sua pequena dama. Natacha exultava: ia dançar com um verdadeiro RAPAZ e que chegava do ESTRANGEIRO, entretinha-se com ele, em público, como uma pessoa grande! E como uma jovem senhorita lhe havia dado seu leque para segurar, brincava com ele segundo todas as regras da etiqueta mundana — onde e quando poderia ter aprendido mesmo essas coisas? — e sorrindo para Pedro por cima do leque, conversava com ele da maneira mais séria possível.

— Com efeito! Vejam só, vejam só! — exclamou, apontando para sua filha, a Condessa Rostov, que atravessava a sala.

— E com isso, mamãe? — retorquiu Natacha, toda corada. — Por que zomba de mim? Que há nisso de tão surpreendente?

No meio da terceira escocesa, ouviu-se um barulho de cadeiras no salão onde jogavam o conde e Maria Dmitrievna; as pessoas idosas, a maior parte dos convivas de distinção, necessitando dum descanso, tinham-se erguido e, enfiando no bolso bolsas e carteiras, se dirigiam para a sala de danças. À frente marchavam o conde e Maria Dmitrievna, ambos de humor agradável. Encurvando seu braço como um mestre de balé, o conde ofereceu-o, com uma cortesia pândega à sua dama, reergueu o busto e assumiu um ar malicioso. Logo que terminou a última figura da escocesa, bateu as mãos e gritou para a tribuna, dirigindo-se ao primeiro violino:

— Simeão! Sabes o "Danilo Cooper"?

O "Danilo Cooper", uma das figuras da inglesa, era, desde os tempos distantes da sua mocidade, a dança favorita do conde.[6]

— Repare no papai! — exclamou Natacha, curvando até os joelhos sua cabecinha cacheada e desatando numa risada sonora que encheu toda a sala. Tinha-se esquecido totalmente de que estava dançando com um "verdadeiro rapaz".

Na verdade, todas as pessoas presentes olhavam, com ar divertido, aquele velho jovial que, ao lado de sua imponente dama, mais alta do que ele uma cabeça inteira, arqueando os braços, marcava o compasso, remexia os ombros, batia o pé, com um sorriso cada vez mais desabrochado no seu rosto satisfeito, preparando assim a multidão dos espectadores para o espetáculo escolhido que iria proporcionar-lhes. Assim que ecoaram os primeiros compassos do "Danilo Cooper" vivos, arrebatantes como os do endiabrado *trépak*[7], todas as portas se encheram instantânea

6. A *inglesa* era uma dança característica, muito viva, originada do rigodão, dança antiga dos séculos XVII e XVIII. (N. do T.)

7. Dança russa. (N. do T.)

mente de rostos radiantes: os criados, os homens de um lado, as mulheres de outro, vinham ver o conde divertir-se à larga.

— Ah! nosso amo é uma águia! — exclamou a ama-de-leite, numa das portas.

O conde dançava arrebatadoramente e sabia disso; em compensação, sua dama dançava muito mal e não se importava absolutamente com isso. Sua figura maciça permanecia toda rígida; seus enormes braços, livres da retícula que entregara à condessa, pendiam inertes; somente seu sorriso se expandia, deitava a cabeça para trás, cada vez mais orgulhosamente. O conde, pelo contrário, decididamente desencadeado, dançava com todo o seu repleto corpo; mas se encantava um tanto pelo inesperado de suas voltas e pela presteza de seus pulos no ar, o menor frêmito de espáduas, o menor batido de pé de Maria Dmitrievna produzia idêntico efeito sobre os espectadores, encantados por verem-na dominar sua corpulência e seu rigorismo. A dança ia-se animando progressivamente; os pares fronteiros não conseguiam, ou antes, não sonhavam em atrair a atenção. Se bem que não se tivesse olhos senão para o conde e Maria Dmitrievna, Natacha puxava toda a gente pela manga ou pelo vestido, exigindo que se olhasse para seu papai. Durante as pausas, o conde, respirando penosamente, ordenava com a voz e com o gesto aos músicos que acelerassem o compasso. Sempre mais ágil, sempre mais fogoso, turbilhonava, ora nas pontas dos pés, ora nos calcanhares, em torno de sua dançarina; enfim, depois de a haver reconduzido a seu lugar, arriscou um derradeiro passo; sua perna ágil, erguida para trás, inclinou a cabeça radiante e toda molhada de suor, e descreveu com a mão direita um largo círculo, provocando assim uma salva de aplausos e de risos, dominada pelo entusiasmo de Natacha. Completamente sem fôlego, os dois dançarinos pararam e se enxugaram com seus lenços de cambraia.

— Eis como se dançava no nosso tempo, minha querida — declarou o conde.

— Eis o que se chama um “Danilo Cooper” — disse Maria Dmitrievna, arregaçando as mangas, depois de haver retomado penosamente o fôlego.

21. Enquanto em casa dos Rostov se dançava a sexta *inglesa,* ao som de uma orquestra que, de cansaço, tocava mal, e os lacaios e os cozinheiros recrutados igualmente preparavam a ceia, o Conde Bezukhov teve seu sexto ataque. Os médicos declararam que não havia mais esperança; confessou-se, comungou, mas já sem consciência, e fizeram-se os preparativos da extrema-unção. Reinava na casa a balbúrdia habitual em semelhantes momentos e já os encarregados das pompas fúnebres, à espreita dum rico enterro, sitiavam o portão, dissimulando-se cada vez que chegava uma carruagem senhoril. O governador militar de Moscou, que constantemente mandara saber notícias por seus ajudantes-de-campo, veio naquela noite, em pessoa, dizer o adeus derradeiro ao ilustre favorito de Catarina II.

A suntuosa sala de recepção estava repleta. Toda a gente se levantou respeitosamente quando o governador, depois de haver permanecido uma meia hora, em colóquio com o doente, saiu do quarto e foi-se retirando, respondendo apenas aos cumprimentos e furtando-se à curiosidade dos parentes, dos médicos e dos eclesiásticos. O Príncipe Basílio, que havia emagrecido e empalidecido no curso daqueles dias, acompanhava o governador e murmurou-lhe, repetidas vezes, algumas palavras ao ouvido. Depois de ter deixado o governador, o príncipe foi sentar-se sozinho no salão, de pernas altamente cruzadas, os cotovelos sobre os joelhos e a cabeça nas mãos. No fim dum instante, levantou-se e se dirigiu, num passo nervoso, que não lhe era habitual, lançando em redor de si olhares inquietos, para o longo corredor que servia os apartamentos internos. Ia ter com a mais velha das princesas.

Entretanto, na grande sala, fracamente iluminada, os visitantes conversavam em voz baixa; de tempos em tempos, a porta que dava para o quarto do moribundo se abria, com ligeiro rangido, para deixar entrar ou deixar sair alguém; de cada vez então, as conversas morriam e os olhares se erguiam, ansiosos.

— Foi fixado ao homem um termo que não pode ultrapassar — dizia um velhote de sotaina a uma dama que se assentara ao lado dele e o escutava com ar ingênuo.

— Não será demasiado tarde para administrar-lhe extrema-unção? — perguntou a dama, acrescentando a suas palavras um título eclesiástico. Parecia, aliás, não ter sobre esse assunto ideia alguma precisa.

— É um grande sacramento, minha cara senhora — respondeu o homem da igreja, passando a mão sobre seu crânio calvo, onde se grudavam algumas mechas de cabelos grisalhos.

— Quem é?... o governador militar? perguntava-se, noutra extremidade da sala. — Como tem ele um ar de mocidade!

— No entanto, já passou dos sessenta!... Dizem que o conde não reconhece mais ninguém... Vão dar-lhe a extrema-unção.

— Conheci alguém que recebeu sete extremas-unções...

A segunda das princesas acabava de deixar o quarto do agonizante. Foi-se sentar junto ao Dr. Lorrain, de cotovelos fincados numa mesa, numa posição favorável, sob o retrato de Catarina II.

— Muito bonito — respondeu ele a uma pergunta que lhe fez ela a propósito do tempo, — muito bonito, princesa, e depois, em Moscou, acredita a gente estar no campo.

— Não é mesmo? — disse ela, suspirando. — Pode-se então dar-lhe de beber?

Lorrain pareceu refletir.

— Tomou ele a poção?

— Sim.

Lorrain consultou seu relógio Bréguet.

— Tomai um copo d'água fervida e lançai dentro uma pitada — fez o gesto com seus dedos delgados, — uma pitada de *cremor tartari*.

— Chamais houve exemplo — dizia um médico alemão a um ajudante-de-campo, — de se ficar vivo após um terceiro atague.

— Como estava ele bem-conservado! — exclamou o oficial. — Para quem irão todas essas riquezas? — acrescentou ele, à meia-voz.

— Os amadores não faltarrão — respondeu o alemão, sorrindo.

Todos os olhos fixaram-se na porta que rangia de novo: a princesa levava ao doente o cordial prescrito por Lorrain. O médico alemão aproximou-se de seu grande confrade.

— El durrará dalfez adé amanhã? — perguntou ele em francês, com forte sotaque tedesco.

Lorrain contraiu os lábios e agitou seu dedo diante de seu nariz num gesto negativo.

— Não, esta noite, o mais tardar — declarou ele, positivamente, sublinhando com um sorriso ao mesmo tempo cortês e suficiente a infalibilidade de seu diagnóstico. E afastou-se.

* * *

Entretanto, o Príncipe Basílio abria a porta que dava para o quarto da princesa. As duas lamparinas que ardiam diante das imagens apenas espalhavam uma luz incerta. Perfumes de incenso e de flores pairavam no quarto, atravancado de aparadores, de mesinhas de centro, de comodazinhas. Adivinhavam-se por trás de um biombo as cobertas brancas de um alto leito com colchão de penas. Um cachorrinho latiu.

— Ah, sois vós, meu primo?

A princesa levantou-se e alisou os cabelos. Trazia-os sempre, mesmo naquele instante, tão achatados na cabeça que parecia ter o crânio laqueado.

— Que há? Fizestes-me medo.

— Nada. Venho somente falar-te de negócios, Catinha[8], — disse o príncipe, deixando-se cair na poltrona que ela acabava de deixar. — Diacho! Como faz calor neste teu quarto! ...Vamos, vem sentar-te e conversemos.

8. Diminutivo de Catarina, correspondente ao *Katia* russo. (N. do T.)

— Pensei que tivesse acontecido alguma coisa... Queria tirar uma soneca, meu primo, mas não posso — disse a princesa, tomando lugar defronte do príncipe, com uma expressão imutável em seu rosto duma frieza de pedra.

— Então, minha cara? — perguntou o príncipe. E, cedendo a seu tique familiar, tomou-lhe a mão e a baixou para o soalho.

Este "então, minha cara" significava evidentemente muitas coisas que os dois compreendiam, sem que houvesse necessidade de enunciá-las.

Do alto de seu busto, seco e espigado, demasiado alto para suas pernas curtas, a princesa fixava o príncipe com seus olhos cinzentos e esbugalhados, destituídos de expressão. Abanou a cabeça e lançou, suspirando, um olhar para as imagens santas. Esse gesto tanto podia significar a tristeza resignada, como o desejo dum repouso bem ganho. O príncipe interpretou-o como um sinal de fadiga.

— Acreditas que seja menos penoso para mim? — disse ele. — Estou tão derreado como um cavalo de posta. Não obstante, preciso ter uma conversa contigo e da mais alta importância.

O Príncipe Basílio calou-se; sacudidelas nervosas repuxavam alternativamente suas duas bochechas, dando-lhe um aspecto muito desagradável e que os salões não lhe conheciam. Seus olhos mostravam também uma expressão desacostumada, em que a insolência se alternava com o temor. Retendo o cãozito em seu colo, com suas mãos magras e secas, olhava a princesa atentamente para o Príncipe Basílio. Mas via-se que ela não romperia o silêncio em primeiro lugar, embora tivesse de esperar até o dia seguinte. Por fim o príncipe, não sem evidente luta interior, decidiu-se a falar.

— Como vê, minha cara princesa e prima Catarina Semionovna, em momentos como este é preciso pensar em tudo. É preciso pensar no futuro, em vocês... Amo-as, a todas vocês, como a meus próprios filhos, bem sabem disto.

Impassível, a princesa observava-o sempre com seu olhar amortecido.

— Enfim, devo pensar também em minha família — continuou ele, sem fitá-la, empurrando a mesinha de centro num gesto nervoso. — Tu sabes, Catinha, que vocês, as três irmãs Mamontov, são com minha mulher as únicas herdeiras diretas do conde. Sei bem que é penoso para ti falar de tudo isto e até mesmo de pensar nisto. A mim me repugna, igualmente; mas, minha amiga, aproximo-me dos sessenta anos e é preciso estar disposto a tudo. Sabes que mandei procurar Pedro? O conde exigiu sua presença, apontando para seu retrato.

O príncipe interrogou-a com os olhos, sem poder discernir se ela refletia no que ele acabava de dizer-lhe ou se, bem simplesmente, olhava para ele.

— Meu primo — respondeu ela, — só peço a Deus uma coisa, é que tenha piedade dele e que conceda à sua bela alma que deixe em paz este...

— Sim, decerto — disse o príncipe, impaciente, passando uma mão pelo crânio calvo e recolocando, com raiva, a mesinha de centro no seu lugar anterior. — Mas enfim... enfim, tu não ignoras que o conde fez no inverno passado um testamento, segundo cujos termos lega todos os seus bens a Pedro, em detrimento de seus herdeiros diretos.

— Testamentos — disse a princesa, com fleuma, — fez ele mais de um! Mas não pode instituir Pedro seu herdeiro: é um filho natural!

O Príncipe Basílio apertou de repente a mesinha contra si e se pôs a falar com volubilidade.

— E se redigiu uma súplica ao imperador, minha cara? Tendo em vista os serviços prestados, a legitimação de Pedro será decerto concedida!

A princesa exibiu o sorriso das pessoas que acreditam saber mais que seu interlocutor.

— Dir-te-ei mais — continuou o príncipe, pegando-lhe a mão. — Redigiu ele com todo o apuro o seu requerimento, sem entretanto remetê-lo ao imperador; mas este teve conhecimento do fato. Trata-se simplesmente de saber se a carta foi ou não foi destruída. Se não o foi, logo que TUDO ESTIVER TERMINADO — deu a entender com um suspiro o sentido que emprestava a estas palavras — e se tomar conhecimento dos papéis do conde, o testamento bem como a carta serão transmitidos a Sua Majestade. O requerimento será decerto tomado em consideração e Pedro! na qualidade de filho legítimo, herdará tudo.

— E a parte que nos cabe? — perguntou a princesa, cujo sorriso irônico mostrava que acreditava tudo possível, menos isto.

— Mas, minha pobre Catinha, é claro como o dia. Torna-se então o único herdeiro legítimo e vós não recebereis absolutamente nada. Indaga, pois, se o testamento e a carta foram escritos, se foram ou não destruídos. Se por uma razão qualquer, tiverem sido esquecidos, é preciso a qualquer preço descobri-los, porque...

— Era só o que faltava! — interrompeu-o a princesa, com um sorriso sarcástico mas sem mudar a expressão de seu olhar. — Sou mulher, e segundo vocês, todas a mulheres são estúpidas. Tenho, no entanto, o espírito suficiente para saber que um filho natural não pode herdar... Um bastardo — traduziu ela, pensando assim demonstrar, peremptoriamente, ao príncipe, o infundado de sua opinião.

— Mas vejamos, Catinha, como, com toda atua acuidade, não compreendes que, se o conde pediu ao imperador a autorização de legitimar Pedro, torna-se este de repente Conde Bezukhov e legatário universal? Se o testamento e a carta não tiverem sido destruídos, só te restará o consolo de ter cumprido teu dever e tudo quanto se segue. É evidente.

— Sei que ele fez um testamento, mas sei também que esse testamento não é válido; tomais-me, então como uma tola, meu primo? — perguntou a princesa, com aquele tom afetado que as mulheres tomam para dizer alguma coisa que acreditam espirituosa ou ferina.

— Minha caríssima Catarina Semionovna — retorquiu o príncipe irritado, — se vim ver-te não foi para travar duelo de malícia contigo, mas antes para te falar de teus interesses, como se faz com uma parenta, com uma boa, uma verdadeira, uma excelente parenta. Repito-te, pela décima vez, minha cara, se o requerimento ao imperador e o testamento em favor de Pedro forem encontrados entre os papéis do conde, nem tu, nem tuas irmãs, podereis contar mais com a herança. Se não me acreditas, acredita nas pessoas competentes. Acabo de falar a respeito com Demétrio Onufriitch (era o advogado da família) e ele partilha plenamente de meu sentimento.

Os pensamentos da princesa tiveram de tomar de súbito novo curso, pois, a despeito da fixidez de seus olhos, seus delgados lábios empalideceram e, quando se pôs ela a falar, sua voz teve explosões que, visivelmente, surpreenderam a ela própria.

— Estará muito bem assim — disse ela. — Jamais pretendi e não pretendo nada.

Afastou o fraldiqueiro de seu colo e reajustou as dobras de seu vestido.

— Será esta a gratidão dele para com os que tudo sacrificaram por ele — continuou ela. — Perfeito, muitíssimo bem. Não necessito de nada, príncipe.

— Sim, mas não és só: há tuas irmãs — objetou o Príncipe Basílio, sem que ela se dignasse escutá-lo.

— Teria devido, contudo, saber que nesta casa não podia esperar senão inveja, baixeza, duplicidade, intrigas, ingratidão, sim, a mais negra ingratidão.

— Sabes tu, sim ou não, onde se encontra o testamento? — perguntou o príncipe, cujas bochechas tremiam ainda mais fortemente que antes.

— Ah! tola que sou! Que engano fiar-se nas pessoas, amá-las, sacrificar-se por elas! Só as almas vis logram triunfar. Sei donde vêm essas intrigas.

Quis levantar-se, mas tendo-a o príncipe retido, lançou-lhe ela um olhar raivoso; seu semblante testemunhava que havia ela perdido de súbito todas as suas ilusões a respeito do gênero humano.

— Nada está ainda perdido, minha amiga. Tu te lembras, Catinha, que isso se fez de improviso, num momento de cólera, sob o domínio da doença e que, em seguida, foi tudo esquecido. Nosso dever, minha cara, é reparar esta falta, adoçar sua hora derradeira, não lhe permitindo que consume esta injustiça, não o deixando morrer com o pensamento de que causou a desgraça de pessoas...

— De pessoas que tudo sacrificaram por ele — terminou Catinha, impaciente por erguer-se, mas o príncipe deteve-a de novo. — E foi o que ele jamais soube apreciar... Pois bem, meu primo, — acrescentou ela, com um suspiro, — isto me ensinará que não há recompensa a esperar num mundo em que não existem nem honra, nem equidade. Este mesquinho mundo pertence aos velhacos e aos malvados.

— Ora, vejamos, acalma-te. Conheço teu bom coração.

— Oh, não, não sou boa.

— Conheço teu bom coração — repetiu o príncipe, — aprecio tua amizade e gostaria que tivesses de mim a mesma opinião. Acalma-te e falemos razoavelmente, enquanto ainda é tempo. Talvez tenhamos um dia, talvez uma hora. Conta-me tudo quanto sabes do testamento. Dize-me principalmente onde se encontra. Deves sabê-lo. Vamos imediatamente mostrá-lo ao conde. Tê-lo-á decerto esquecido e haverá de querer destruí-lo. Meu único desejo, compreende-o bem, é cumprir religiosamente sua vontade; é unicamente por causa disto que vim aqui:para ajudar-vos, a vós e a ele.

— Compreendo tudo agora. Vejo donde vêm estas intrigas, sim, vejo-o.

— Não se trata disto, minha boa amiga.

— É vossa *protegida,* vossa querida Princesa Drubetskoi, essa vil, essa horrenda mulher, que não quereria nem para minha criada de quarto...

— Não percamos tempo...

— Ah! não me fale! No inverno passado, meteu-se aqui e contou ao conde tais horrores a respeito de nós todas, e em particular de Sofia... teria vergonha de repeti-los... que ele ficou doente e durante quinze dias se recusou a ver-nos. Foi nesse momento, sei disso, que escreveu esse infame documento; e eu que acreditava que isto não teria nenhuma importância!

— Enfim, aqui estamos. Por que não me preveniste mais cedo?

— Está na pasta de couro com incrustações que ele tem sempre debaixo do travesseiro. Vejo claro agora — disse a princesa, sem responder à pergunta. — E se tenho na consciência um pecado, um grande pecado, é o ódio que sinto por essa miserável! — exclamou ela, tornando-se, de repente, irreconhecível. — Que vem ela fazer aqui agora? é o que vos pergunto. Mas, paciência, vou falar-lhe às claras e lhe direi poucas e boas!

22. Enquanto essas diversas conversas se realizavam no salão de recepção e no quarto da princesa, o carro de Pedro — que tinham mandado buscar — e de Ana Mikhailovna — que achara bom acompanhá-lo — penetrava no pátio do palácio. Quando os montes de palha espalhados sob as janelas amorteceram o barulho das rodas, Ana Mikhailovna, que dirigia a seu companheiro palavras de consolo, verificou que ele dormia no seu canto e apressou-se em despertá-lo. Tendo Pedro recuperado o senso, pensou pela primeira vez na entrevista que o aguardava com seu pai moribundo. Notou que o carro, evitando a grande entrada, os depunha na escada de serviço. No momento em que descia do estribo, dois homens, com trajes burgueses, ocultaram-se às pressas, na sombra do muro. Pedro deteve-se um instante e distinguiu vários outros, emboscados de cada lado da porta. Mas nem Ana Mikhailovna, nem o cocheiro, nem o lacaio, prestaram a mínima atenção àqueles personagens que deveriam também ter visto. "Sem dúvida, deve ser isto assim", decidiu Pedro consigo mesmo, e seguiu sua condutora. Já esta galgava lestamente a estreita escada de pedra, fracamente iluminada, chamando e estimulando a Pedro que demorava. Se bem que não compreendesse por que o fizessem passar pela escada de serviço, concluiu, a julgar pela segurança e pela pressa de Ana Mikhailovna, que decididamente isto devia ser assim". No meio da escada, quase foi derrubado por indivíduos que carregavam baldes e desciam com grande barulho de botas, colando-se contra a parede para dar-lhes passagem, sem testemunharem a menor surpresa por vê-los ali.

— Esta escada leva mesmo ao aposento das princesas? — indagou Ana Mikhailovna de um deles.

— Sim — respondeu o criado em voz alta e num tom atrevido, como se agora tudo fosse permitido. — A porta à esquerda, minha boa senhora.

— Mas talvez o conde não me tenha mandado chamar — disse Pedro, chegando ao patamar. — Não seria melhor que voltasse eu diretamente para casa?

Ana Mikhailovna parou para deixar que Pedro a alcançasse.

— Ah! meu amigo! — disse ela, tocando-lhe no braço, como havia feito com seu filho algumas horas antes. — Acredite-me: sofro tanto quanto você, mas seja homem.

— Na verdade, melhor seria que me retirasse — disse Pedro, olhando-a gentilmente através dos óculos.

— Ah! meu amigo, esqueça as injustiças que lhe tenham sido feitas. Pense em que é seu pai... talvez na agonia. — Lançou um suspiro. — Gostei de você imediatamente, como de um filho. Confie em mim, Pedro. Não me esquecerei de seus interesses.

Pedro nada compreendia, mas cada vez mais convencido de que "isto devia ser assim", seguiu docilmente Ana Mikhailovna, que já estava abrindo a porta.

Esta dava para uma antecâmara, num canto da qual a velha criada das princesas tricotava meias. Pedro jamais havia penetrado naquela parte do palácio e nem mesmo suspeitava de sua existência. Apareceu uma criada de quarto que trazia uma garrafa numa bandeja. Ana Mikhailovna perguntou-lhe, com muitos "minha boa" e "minha cara", da saúde de suas patroas; depois arrastou Pedro ao longo dum corredor lajeado, cuja primeira porta à esquerda dava para os aposentos das princesas. Na sua precipitação — a precipitação estava na ordem do dia no palácio — a criada que levava a garrafa não fechou aquela porta e Pedro e Ana Mikhailovna, ao passar, lançaram involuntariamente um olhar para a peça onde o Príncipe Basílio conversava bem junto da mais velha das sobrinhas. Vendo-os, recuou o príncipe, num movimento impaciente; a princesa levantou-se bruscamente e bateu a porta com toda a força, num gesto furibundo.

Contrastava isto de tal modo com a calma habitual de Catinha e o sobressalto do príncipe quadrava tão mal com sua constante gravidade, que Pedro parou para interrogar com o olhar a sua condutora. Ana Mikhailovna não manifestou surpresa alguma; um vago sorriso, um suspiro contido foram os únicos testemunhos de que esperava tudo aquilo.

— Seja homem, meu amigo, sou eu quem velará pelos seus interesses — disse ela, apressando mais o passo.

Pedro continuava não compreendendo. Que entendia ela especialmente com aquele "velar pelos seus interesses"? Mas disse mais uma vez a si mesmo que "isto devia ser assim".

O corredor levou-os a uma grande sala semi-iluminada, contígua ao salão de recepção do conde. Era uma dessas peças luxuosas e frias que Pedro conhecia, mas a que só chegara pela escada principal. Bem no meio dessa sala encontrava-se uma banheira vazia e água espalhada pelo tapete. Atravessaram-na, caminhando nas pontas dos pés, um criado e um sacristão com um turíbulo, que não lhes prestaram atenção. Penetraram por fim no salão de recepção, familiar a Pedro, com suas duas janelas à italiana, sua saída para o jardim de inverno, seu busto de Catarina II e seu retrato de corpo inteiro da grande imperatriz. Os mesmos personagens, quase nas mesmas atitudes, continuavam a conversar em voz baixa. Todos se calaram à chegada deles e fitaram seus olhares naquela mulher de rosto pálido, devastado pelas lágrimas, e naquele rapaz grande e gordo que, de cabeça baixa, a acompanhava docilmente.

Chegara o instante decisivo; as feições de Ana Mikhailovna refletiam esta convicção. Ela entrou, sem largar Pedro, dando-se ares de grande dama petersburguesa, habituada aos negócios e com um aspecto ainda mais atrevido do que pela manhã. Como trouxesse desta vez aquele que o moribundo desejava ver, não receava afrontas. Lançou uma rápida olhadela pelos presentes e, avistando o confessor do conde, deslizou para o lado dele, a passos miúdos, sem se inclinar precisamente, mas tornando-se de repente mais pequena e foi nesta atitude respeitosa que recebeu a bênção dos dois eclesiásticos presentes.

— Graças a Deus, viestes a tempo — disse-lhes ela. — Toda a família receava que já não fosse demasiado tarde... Este rapaz é o filho do conde —acrescentou ela, baixando a voz. — Que terríveis momentos!

E aproximando-se imediatamente de Lorrain:

— Caro doutor — disse-lhe, — este rapaz é o filho do conde... Há esperanças? Por toda a resposta, o médico ergueu os olhos ao céu e levantou os ombros.

Ana Mikhailovna, por sua vez, levantou os ombros e ergueu ao céu os olhos três quartas partes fechados. Depois de haver lançado um suspiro, voltou para o lado de Pedro e lhe disse, com uma ternura tristonha, atenciosa:

— Tenha confiança na misericórdia divina.

E, designando um sofá onde pudesse ele esperar, alcançou sem rumor a porta sobre a qual estavam fixos todos os olhares, abriu-a com precaução e desapareceu por trás dela.

Pedro, resolvido a obedecer em tudo à sua condutora, dirigiu-se para o sofá que ela lhe havia indicado. Mal Ana Mikhailovna saíra e já todos os olhares, curiosos e compartilhantes, fixavam-se nele. Viu bem que todas aquelas pessoas cochichavam entre si, designando-o com o olhar, numa espécie de espanto, de servilismo mesmo. Testemunhavam-lhe considerações às quais não estava acostumado. A senhora, desconhecida dele, que conversava com os eclesiásticos, levantou-se para oferecer-lhe sua cadeira; o ajudante-de-campo apanhou-lhe a luva, que ele havia deixado cair, os médicos se calaram e se afastaram respeitosamente, quando ele se aproximou. Pedro pensou a princípio em sentar-se em outra parte, para não incomodar a senhora; quis apanhar ele próprio a luva, quis evitar os médicos, que, aliás, não lhe barravam de modo algum a passagem; mas teve de súbito a intuição de que não seria conveniente, que aquela noite fazia dele um personagem obrigado a cumprir algum rito aterrorizador, de todos esperado, e que devia, em consequência, aceitar os bons ofícios de toda a gente. Deixou, pois, sem nada dizer, que o oficial lhe apanhasse a luva; sentou-se no lugar da dama, com suas gordas mãos simetricamente apoiadas nos joelhos, numa posição ingênua de estátua egípcia; decidiu consigo mesmo que tudo aquilo devia-se passar precisamente assim e que, para não cometer inconveniência, era preciso que naquela noite abdicasse de qualquer iniciativa e se entregasse cegamente à vontade daqueles que o guiavam.

Após uns dois minutos apenas, o Príncipe Basílio, de cabeça erguida, três placas de ordens honoríficas no peito, fez uma entrada solene. Parecia ter emagrecido havia pouco e seus olhos se mostravam maiores que de costume, quando inspecionou o salão com o olhar e descobriu Pedro. Dirigiu-se diretamente a ele, pegou-lhe a mão — o que jamais se dignara fazer — e sacudiu-a vigorosamente, como para experimentar-lhe a resistência.

— Coragem, coragem, meu amigo. Ele pediu para vê-lo. É bem...

Quis afastar-se, mas Pedro achou bom perguntar-lhe:

— Como vai a saúde...?

Hesitou, não sabendo se convinha chamar o moribundo: o conde, e não ousando dizer: meu pai.

— Sofreu novo ataque, há uma meia hora. Sofreu outro ataque. Coragem, meu amigo...

Pedro sentia o espírito tão perturbado que tomou a princípio a palavra "ataque" no seu sentido material e olhou o príncipe com espanto. Foi-lhe preciso certo tempo para compreender que se tratava dum mal-estar. Depois de haver dito de passagem algumas palavras a Lorrain, alcançou o Príncipe Basílio, na ponta dos pés, o quarto do moribundo. Este modo de andar, pouco familiar ao príncipe, sacudia-lhe todo o corpo. Atrás dele seguiu a mais velha das sobrinhas, depois os padres e seus acólitos, bem como os familiares do conde. Ouviu-se por trás da porta certo rebuliço e logo em seguida Ana Mikhailovna, de rosto sempre pálido, mas sempre marcado pelo sentimento do dever, surgiu, correu para Pedro e, tocando-lhe no braço, disse lhe:

— A bondade divina é inesgotável. Vai começar a cerimônia da extrema-unção Venha.

Pedro deu alguns passos sobre o tapete fofo e, ao passar a porta, viu que o ajudante-de-campo, a dama desconhecida, alguns criados ainda o acompanhavam, como se agora não houvesse mais necessidade de permissão para transpor aquela soleira.

23. Pedro conhecia bastante aquela grande peça, totalmente guarnecida de tapetes persas e dividida em duas por um arco e colunas. Viva luz vermelha, uma luz de igreja durante o ofício da noite, iluminava o fundo daquela sala mobiliada de um lado por um grande leito de acaju com cortinados de seda e do outro pelo imenso armário com as imagens. Sob os ícones, cujos revestimentos brilhavam ao clarão das luzes, havia uma longa poltrona Voltaire, com o espaldar guarnecido de travesseiros, cujas fronhas imaculadas acabavam sem dúvida de ser mudadas. Sobre aquela brancura de neve destacava-se o busto do Conde Bezukhov, envolvido até a cintura numa coberta dum verde cintilante. Pedro reconheceu aquela figura altiva, aquela vasta fronte aureolada por uma juba leonina de cabelos brancos, aquele belo rosto dum vermelho amarelado a que rugas bem marcadas davam tão acentuado caráter. As duas fortes mãos do conde repousavam espalmadas sobre a coberta; tinham inserido na sua mão direita, entre o polegar e o índice, um círio que um velho criado sustentava, inclinado sobre o espaldar. Em redor da poltrona, os padres revestidos de paramentos magníficos, sobre os quais se ostentavam suas longas cabeleiras, oficiavam, de vela em punho, com uma lentidão solene. Um pouco para trás, tinham tomado lugar as duas sobrinhas mais moças, de lenços nos olhos, enquanto que, plantada diante delas, a mais velha, Catinha, de aspecto mau e decidido, conservava o olhar obstinadamente fixo sobre os ícones, como para dar a entender a toda a gente que, se o desviasse, não responderia mais por si mesma. Ana Mikhailovna, toda penetrada de resignação e de misericórdia, permanecia perto da porta, em companhia da dama desconhecida.

Do outro lado dessa porta, não longe da poltrona, estava o Príncipe Basílio de pé, por trás duma cadeira esculpida, coberta de veludo e cujo espaldar voltara para seu lado. Apoiava nele sua mão esquerda que segurava uma vela, enquanto se persignava com a direita, erguendo os olhos para o céu, cada vez que a levava à sua testa. Seu rosto refletia um fervor calmo e a submissão à vontade divina. “Se não compreendeis estes sentimentos, tanto pior para vós”, parecia ele dizer. Por trás dele comprimiam-se o ajudante-de-campo, os médicos e a parte masculina da criadagem. Os homens tinham-se posto dum lado e as mulheres de outro, como na igreja.

Todos se persignavam em silêncio; só se ouviam as preces rituais em cantochão contido e profundo, com o qual alternavam, somente durante as pausas, suspiros e rumores de pés. Ana Mikhailovna, dando a significar pelo seu semblante de entendida que sabia o que fazia, atravessou todo o quarto para chegar até Pedro e lhe entregar uma vela. Ele a acendeu e, distraído pelas observações a que se entregava sobre as pessoas ali presentes, pôs-se a persignar-se com a mão que segurava a vela.

A jovem Princesa Sofia, a que tinha as faces rosadas, o ar zombeteiro e um sinal, observava Pedro; sorriu e ocultou o rosto em seu lenço; ao fim dum longo momento, ergueu de novo os olhos para ele e tornou a rir. Não podia evidentemente nem impedir-se de olhá-lo, nem olhá-lo sem perder a seriedade; assim, para não ceder à tentação, deslizou sem ruído para trás de uma coluna.

Em meio da cerimônia, os oficiantes se calaram de repente e cochicharam algumas palavras ao ouvido; o velho criado que segurava a mão do conde se reergueu e voltou-se para as senhoras. Ana Mikhailovna adiantou-se, inclinou-se sobre o moribundo e, por trás de suas costas, chamou com o dedo Lorrain. Apoiado a uma coluna, o francês observava, sem ter contudo na mão uma vela, com aquela atitude de deferência por meio da qual os estrangeiros sabem acentuar que, malgrado a diferença das religiões, compreendem todo o valor do rito que se realiza diante deles e se dignam mesmo aprová-lo. Com o passo firme e silencioso dum homem na força de sua idade, aproximou-se do paciente, tomou entre seus dedos brancos e afusados a mão que repousava em cima da coberta verde e, voltado de lado, tateou o pulso com um ar de recolhimento. Deu-se uma poção ao doente, houve certa agitação em torno dele, depois cada qual retomou seu lugar e a cerimônia prosseguiu. Durante aquela interrupção, notou Pedro que o Príncipe Basílio tinha deixado sua cadeira com aquele mesmo ar de homem que sabe o que faz e tanto pior para os outros se não o compreendem; em vez de se aproximar do doente, passou diante dele, juntou-se à mais velha das sobrinhas e se dirigiu com ela para o grande leito maciço, de cortinados de seda, que se erguia como um trono no fundo do quarto; ambos desapareceram em breve pela porta da alcova, depois tornaram a entrar, um após o outro, já para o fim da cerimônia e retomaram seus lugares. Convencido, aliás, de que tudo quanto ocorria diante dele naquela noite não podia se passar doutro modo, não ligou Pedro a essa circunstância mais importância que às outras.

Os cantos litúrgicos cessaram e um dos padres felicitou o doente, sempre estendido sem dar sinal de vida, por haver recebido o sacramento. Toda a gente se desvelou em redor do conde. Percebeu Pedro barulho de pés e cochichos, que a voz de Ana Mikhailovna dominava, dizendo:

— É preciso transportá-lo para seu leito; aqui não tem ele verdadeiramente meio...

Os médicos, as princesas, os criados formavam perto do doente um grupo tão compacto que Pedro não avistava mais aquela cabeça dum vermelho-amarelado, de juba branca, que tivera diante de si durante toda a cerimônia, se bem que seu olhar se tivesse deixado por vezes distrair. Pelos movimentos circunspetos das pessoas aglomeradas em redor da poltrona, adivinhou que levantavam o moribundo para transportá-lo para seu leito. A voz contida dum criado resmungou:

— Segura-te a meu braço, vás deixá-lo cair...

— Por baixo... Ainda um... — insistiram outras vozes.

E o tropel de pés, os ofegos tornaram-se mais frequentes, como se o fardo ultrapassasse as forças dos carregadores. Estes, entre cujo número se achava Ana Mikhailovna, passaram diante do rapaz: um instante, por cima das nucas e das costas, percebeu ele a branca juba cacheada, os ombros potentes, o largo e gordo tórax do conde, que aquelas pessoas carregavam segurando por baixo das axilas. A aproximação da morte não havia desfigurado aquela cabeça leonina, de testa proeminente, de pômulos salientes, de bela boca sensual e olhar duma frieza desdenhosa. Aquela cabeça era ainda tal qual Pedro a conhecera, três meses antes, por ocasião de sua partida para Petersburgo; mas oscilava agora ao sabor dos passos abafados dos carregadores e o olhar inerte não sabia onde se fixar.

Houve durante alguns minutos um grande alvoroço em redor do leito; depois as pessoas se afastaram, enquanto Ana Mikhailovna tocava o braço de Pedro e lhe dizia: *Vinde*. Ele a seguiu até o leito onde haviam depositado o doente, numa pose solene, exigida sem dúvida pelo sacramento que acabara de receber: uma pilha de travesseiros lhe conservava o busto erecto e suas mãos estavam espalmadas sobre a coberta de seda verde, em rigorosa simetria. Quando Pedro se aproximou, o conde fixou nele um daqueles olhares cujo valor ninguém mais no mundo pode discernir: ou tal olhar nada queria dizer absolutamente, devendo apenas, pelo fato de se acharem abertos os olhos, pousar em alguma parte; ou então, pelo contrário, mostrava-se demasiado carregado de sentido. Pedro parou, indeciso a respeito do partido a tomar, e voltou-se para sua condutora. Com uma rápida olhada, indicou-lhe ela a mão do moribundo e imitou um beijo com os lábios. Pedro seguiu-lhe o conselho: estendendo o pescoço com precaução para não se prender na coberta, aplicou os lábios a mão ossuda e carnuda. Nem a mão, nem nenhum músculo do rosto se moveram. Pedro consultou de novo Ana Mikhailovna; designou-lhe ela com os olhos uma cadeira ao lado do leito, sobre a qual se sentou ele passivamente, continuando a lhe perguntar por sinais se a tinha bem compreendido. Aprovou-o com a cabeça. Pedro retomou sua pose ingenuamente hierática de estátua egípcia; demasiado pesaroso por ver seu corpo pesado e canhestro ocupar tanto espaço, procurava parecer o menor possível. Ao erguer os olhos sobre o conde, viu que este tinha o olhar obstinadamente fixo no lugar que ele acabara de deixar. Ana Mikhailovna deu a entender pela sua atitude a tocante importância que ligava aquela entrevista suprema do pai e do filho. Ao fim de dois minutos, que pareceram uma hora para Pedro, o rosto enrugado do conde estremeceu de repente. Crispou-se cada vez mais, a bela boca se torceu, emitiu um som rouco, indistinto; então somente compreendeu Pedro que seu pai ia morrer. Ana Mikhailovna observava atentamente a pupila do moribundo, esforçando-se por adivinhar seu desejo. Mostrou-lhe Pedro, a poção, a coberta, mencionou mesmo em voz baixa o Príncipe Basílio. Os olhos e as feições do doente revelavam impaciência; fez um esforço para olhar o criado que não abandonava a cabeceira do leito.

— Sua Excelência deseja que o voltem para o outro lado — murmurou o criado, preparando-se para voltar para o lado da parede a pesada massa inerte. Pedro se levantou para ajudá-lo.

Enquanto o mudavam de posição, esforçava-se em vão o conde em puxar para si um de seus braços que pendia para trás. Seja que tivesse notado o olhar de espanto que Pedro lançava sobre aquele braço inerte, seja que outro qualquer pensamento lhe tivesse surgido no espírito, o agonizante, depois de haver observado seu braço, esboçou vago e doloroso sorriso, que muito mal convinha a seu semblante enérgico e parecia uma zombaria à sua própria impotência. Pedro sentiu uma crispação súbita no peito, um prurido no nariz e lágrimas lhe nublaram a vista.

O conde repousava agora com a cabeça voltada para a parede. Ouviram-no suspirar.

— Adormeceu — disse Ana Mikhailovna, no momento em que uma das sobrinhas vinha substituí-la. — Vamos!

Pedro seguiu-a.

24. Estavam agora, no grande salão, apenas o Príncipe Basílio e a mais velha das sobrinhas. Instalados sob o retrato de Catarina II, conversavam animadamente, mas interromperam-se ao ver Pedro e sua companheira.

— Não tolero ver essa mulher — murmurou a sobrinha e a Pedro lhe pareceu que ela dissimulava alguma coisa.

— Catinha mandou servir o chá no pequeno salão — disse o príncipe a Ana Mikhailovna. — Vá, minha pobre Ana Mikhailovna, vá tomar alguma coisa, do contrário não aguentará.

Nada disse a Pedro, mas apertou-lhe o braço com emoção, um pouco abaixo do ombro. Ana Mikhailovna levou Pedro para o pequeno salão.

— Nada há que mais restaure a gente do que uma xícara desse excelente chá russo, depois de uma noite em claro — dizia Lorrain com uma animação contida, esvaziando, a pequenos goles, uma xícara de fina porcelana da China. Estava de pé, diante de uma mesa posta com um serviço de chá e de uma ceia de frios, em redor da qual procuravam refazer suas forças todas as pessoas que tinham passado a noite no palácio. Pedro se recordava muito bem daquela salinha redonda, de seus espelhos e de suas mesinhas de centro. Outrora, durante os bailes dados pelo conde, gostava, não sabendo dançar, de sentar-se naquele lugar para observar as damas em traje de gala e que vinham mirar-se nos espelhos vivamente iluminados, onde suas espáduas nuas, cascateantes de pérolas e diamantes, se refletiam infinitamente. Agora duas simples velas mal iluminavam a mesma peça, xícaras e pires enchiam uma das mesinhas, pessoas de toda a espécie, com trajes de todos os dias, cochichavam na penumbra, revelando em cada uma de suas palavras e de seus gestos que nenhuma delas estava alheia ao acontecimento que ocorria no quarto de dormir. Pedro não comeu, embora tivesse grande vontade de fazê-lo. Ao voltar-se para Ana Mikhailovna, a fim de interrogá-la mais uma vez com o olhar, viu que ela voltava, de ponta de pés, novamente para o grande salão. Disse mais uma vez a si mesmo que "isso devia ser assim" e, após um instante de hesitação, decidiu-se a ir-lhe no encalço. Encontrou-a plantada diante de Catinha e prosseguindo com esta uma viva discussão em voz baixa as duas damas falavam ao mesmo tempo.

— Permiti, princesa, mas creio saber o que é decente e o que não é — dizia Catinha, tão pouco senhora da si mesma como no momento em que batera com a porta no nariz de Ana Mikhailovna.

— Mas vejamos, minha cara — insinuava esta, num tom firme, barrando totalmente à sua antagonista o caminho para o quarto de dormir, — pense no que esse passo terá de penoso para nosso pobre tio, que tanta necessidade tem de repouso! Entretê-lo, em semelhantes momentos, com coisas deste mundo, quando sua alma já está preparada...

O Príncipe Basílio continuava sentado em sua cadeira, com as pernas cruzadas bem alto, como de costume. Movimentos convulsivos faziam tremelicar suas bochechas flácidas que pareciam, na parte de baixo, mais largas que de costume. Fora isto, parecia permanecer indiferente â conversa das duas damas.

— Vejamos, minha boa Ana Mikhailovna, deixe Catinha fazer o que quer. Não ignora quanto o conde a estima.

— Nem sei mesmo o que possa bem conter esse papel — disse Catinha, dirigindo-se ao Príncipe Basílio e designando a pasta de couro incrustado que tinha na mão. — Em todo o caso, o verdadeiro testamento está na sua escrivaninha; lá dentro só está uma peça sem valor.

Quis passar adiante de Ana Mikhailovna, mas esta, num salto, alcançou-a e barrou-lhe de novo a passagem.

— Sei disso, minha cara, minha boa princesa — disse ela, apoderando-se da pasta, com uma mão tão firme que se via que não a largaria de modo algum. — Mas peço-lhe, suplico-lhe, poupe-o. Rogo-lhe.

Catinha preferiu não responder. Se tivesse aberto a boca, decerto não teria sido para dizer coisas lisonjeiras a Ana Mikhailovna. Só se ouviu o rumor da luta travada pela posse da pasta. Ana Mikhailovna resistia bravamente, mas sua voz conservava suas inflexões dulçurosas e insinuantes.

— Pedro, meu amigo, venha cá... Penso que não seja ele demais neste conselho de família. Que pensa, meu príncipe?

— Então, meu primo, não diz nada?! — exclamou de repente Catinha, com uma voz cujos brados chegaram até o pequeno salão e espantaram a todos. — Guarda silêncio quando, Deus sabe quem, se intromete nos nossos negócios, e permite fazer cenas no limiar dum quarto de moribundo! Intrigante — rosnou ela, em tom colérico, puxando a pasta com todas as forças, tanto que Ana Mikhailovna, para não largá-la, teve de dar alguns passos para diante e segurar a princesa pelo braço.

— Oh! — disse, levantando-se o príncipe, num tom de surpresa e de reprovação. — É ridículo, vejamos! Largue isso, digo-lhe!

Catinha obtemperou a esta injunção.

— Você também!

Ana Mikhailovna nem cuidou de obedecer.

— Largue, digo-lhe. Assumo todas as responsabilidades. Vou ter com ele, perguntar-lhe... Sim, eu!... Isto deve bastar.

— Mas, meu príncipe — objetou Ana Mikhailovna, — acaba ele de receber um tão grande sacramento! Deixe-lhe um momento de repouso. Vejamos, Pedro, que pensa você? — perguntou ela ao rapaz que, tendo-se aproximado bastante, observava, estupefato, o rosto decomposto da princesa e as faces crispadas do Príncipe Basílio.

— Será responsável por tudo quanto acontecer, pense bem nisto — proferiu severamente o Príncipe Basílio. — Não sabe o que faz.

— Mulher vil! — gritou Catinha.

E lançando-se repentinamente sobre Ana Mikhailovna, arrebatou-lhe a pasta. O Príncipe Basílio baixou a cabeça; caíram-lhe os braços.

Neste instante, a porta, aquela terrível porta que por tanto tempo retivera o olhar de Pedro e tantas vezes se entreabrira bem de leve, escancarou-se de repente com barulho, vindo bater de encontro à parede. Acorreu a segunda das sobrinhas, batendo as mãos.

— Que fazeis? — exclamou ela. — Ele está morrendo e vós me deixais sozinha. Catinha deixou cair a pasta. Ana Mikhailovna baixou-se vivamente, agarrou o objeto do litígio e escapuliu para o quarto de dormir. Catinha e o príncipe, dominando sua perturbação, seguiram-na. Alguns minutos mais tarde, reapareceu Catinha, de rosto pálido e seco, mordiscando o lábio inferior. À vista de Pedro, não pôde sofrear sua cólera.

— Regozije-se — disse ela. — É o que esperava.

Soluços sufocaram-na. Ocultou o rosto no lenço e saiu correndo.

O Príncipe Basílio voltou, por sua vez alcançou, cambaleante, o sofá onde Pedro estava sentado e nele deixou-se abater, cobrindo os olhos. Pedro notou que ele estava muito pálido e que seu queixo tremia, como num acesso de febre.

— Ah! meu amigo! — exclamou ele segurando Pedro pelo cotovelo.

Sua voz denotava um tom de franqueza, um abandono que Pedro jamais conhecera nele. — Ah, meu amigo, quantos pecados cometemos, quantos embustes, e tudo isso para quê? Já tenho sessenta anos, meu amigo... E eu... Tudo acabará com a morte, tudo... E a morte é uma coisa terrível — concluiu ele, numa crise de lágrimas.

Ana Mikhailovna saiu por último e, aproximando-se de Pedro, a passos lentos e surdos, disse:

— Pedro...

Pedro interrogou-a com o olhar. Ela beijou-o na testa, molhando-o com suas lágrimas.

— Morreu... — disse ela, depois de um momento de silêncio.

Pedro olhou-a através dos óculos.

— Vamos, levá-lo-ei. Trate de chorar. Nada alivia tanto como as lágrimas. Conduziu-o para um salão escuro e Pedro sentiu-se feliz porque ninguém podia ver ali seu rosto. Ela deixou-o ali por um instante, quando voltou, encontrou-o, com a cabeça apoiada num braço, mergulhado em profundo sono.

Quando a manhã chegou, disse-lhe ela:

— Sim, meu caro, é uma grande perda para todos nós. Não falo de você. Mas Deus o sustentará. Você é jovem e ei-lo já à testa duma imensa fortuna, espero-o. O testamento ainda não foi aberto. Conheço você bastante para saber que isto não lhe fará girar a cabeça, mas lhe imporá deveres e é preciso ser homem.

Pedro calava-se.

— Talvez mais tarde lhe diga, meu caro, que se não tivesse eu estado lá, só Deus sabe o que teria acontecido. Fique sabendo que meu tio, ainda anteontem, me prometia não esquecer Boris. Mas não teve tempo. Espero, meu caro amigo, que cumpra o desejo de seu pai.

Embaraçado, toda a resposta de Pedro foi olhar Ana Mikhailovna, corando com ar constrangido.

Depois deste colóquio, a Princesa Drubetskoi regressou à casa dos Rostov e meteu-se na cama. Assim que repousou, forneceu a seus hospedeiros e a seus diversos conhecidos pormenores a respeito dos derradeiros momentos do Conde Bezukhov. Segundo ela, o conde morrera como desejaria ela própria morrer; tivera um fim comovedor e até mesmo edificante; a última entrevista do pai e do filho a comovera a tal ponto que não podia recordá-la sem chorar; não saberia dizer qual dos dois melhor se portara naquela dolorosa circunstância: o pai, que, naquele instante supremo, se lembrara de toda a gente e de todas as coisas e dirigira a seu filho palavras tão enternecedoras, ou Pedro, cujo pesar fazia pena ver e que, no entanto, reprimia-o com cuidado para não agravar os sofrimentos de seu pai.

— É penoso, mas isto faz bem; eleva a alma ver homens como o velho conde e seu digno filho — dizia Ana Mikhailovna.

Falou também do procedimento de Catinha e do Príncipe Basílio, num tom de censura, mas em voz baixa e com grande segredo.

25. Em Montes Calvos, propriedade do Príncipe Nicolau Andreievitch Bolkonski, aguardava-se cada dia a chegada do jovem Príncipe André e de sua mulher, sem que, por isso, a estrita ordem estabelecida naquela casa sofresse a menor infração. Desde que, sob Paulo I, vira-se relegado a suas terras, o general-em-chefe Príncipe Bolkonski — *o Rei da Prússia*, como o chamavam as pessoas da sociedade brilhante — vivera constantemente no campo com sua filha Maria e a Senhorita Bourienne, dama de companhia da jovem princesa. Quando o novo reinado

lhe abriu o acesso a duas capitais, obstinou-se na sua reclusão, pretendendo que as pessoas, que tivessem negócio com ele, poderiam muito bem fazer as quarenta léguas que separavam Moscou de Montes Calvos. Quanto a ele, não tinha necessidade de nada, nem de ninguém. A seu ver, a ociosidade e a superstição eram as fontes únicas de todos os vícios, da mesma maneira que só existiam duas virtudes: a inteligência e a atividade. Dirigia em pessoa a educação de sua filha e, para desenvolver nela essas duas virtudes cardeais, deu-lhe até a idade de vinte anos lições de álgebra e de geometria e cuidou de trazer ocupados todos os instantes de sua vida. Ele próprio, aliás, não ficava jamais inativo: escrevia suas memórias, absorvia-se em problemas de altas matemáticas, torneava tabaqueiras, trabalhava no jardim, fiscalizava suas construções, porque era grande construtor. Visto que a ordem é a condição primordial de toda atividade, era sua existência regulada minuciosamente até nos seus mínimos instantes. Era assim que se punha à mesa de acordo com um cerimonial imutável e não somente na mesma hora, mas no mesmo minuto. Não era violento, mas a rigidez exigente, de que não se afastava jamais, inspirava aos que o cercavam, desde sua filha até seus criados, um respeito aterrorizado a que não teria podido pretender o mais brutal dos homens. Se bem que não gozasse mais de nenhuma influência, todo novo governador da província para onde se retirara achava bom vir apresentar-lhe seus respeitos. Da mesma maneira que o arquiteto, o jardineiro ou a Princesa Maria, devia o alto funcionário esperar na vasta sala de recepção a hora imutável de seu "solene levantar". E toda a gente, indistintamente, experimentava o mesmo sentimento de deferência, e mesmo de temor, quando se abriam em dois batentes a alta porta maciça do gabinete e aparecia, sob sua cabeleira empoada, o perfil minúsculo do velho, de pequenas mãos secas, cujos brancos supercílios salientes velavam, quando ele os franzia, o brilho dum olhar espirituoso e sempre jovem.

No dia da chegada do jovem casal, a Princesa Maria dirigiu-se, como de costume, para a sala de espera, na hora marcada para os cumprimentos matinais e, como de costume, fez ao ali entrar um sinal da cruz acompanhado duma oração mental. Todas as manhãs, com efeito, penetrava naquela peça, e todas as manhãs implorava a assistência divina para a temível entrevista. Um velho servidor empoado levantou-se sem fazer rumor e lhe disse em voz baixa:

— Queira entrar.

Percebia-se por trás da porta o barulho ritmado de um torno. A princesa puxou timidamente um dos batentes que se abriu sem esforço e parou no limiar. O príncipe se voltou, mas não interrompeu seu trabalho.

O imenso gabinete estava atravancado de uma multidão de objetos que, visivelmente, serviam para um uso constante. A grande mesa carregada de livros e de projetos, as altas bibliotecas envidraçadas com suas chaves nas fechaduras, a escrivaninha para se escrever de pé, sobre a qual estava um caderno aberto, o torno com as ferramentas espalhadas e os cavacos dispersos aqui e ali, tudo denotava uma atividade incessante, variada e ordenada; Os movimentos da perna na bota tártara, bordada de prata, e a firme pressão da mão nervosa revelavam no príncipe a força tenaz, experimentada, duma velhice verde. Depois de ter dado ainda algumas voltas ao torno, abandonou o pedal limpou a goiva e lançou-a numa bolsa de couro presa ao torno. Dirigindo-se então para a mesa, chamou sua filha, apresentou-lhe a face hirsuta — não dava nunca a bênção a seus filhos — e disse-lhe com uma voz severa mas temperada por uma olhar de terna solicitude.

— Tudo bem?... Senta-te então.

Puxou com o pé sua cadeira, pegou um caderno de geometria, escrito de seu próprio punho e folheou-o rapidamente.

— Para amanhã — disse ele, marcando com sua unha forte o parágrafo a estudar.

A princesa inclinou-se sobre o caderno.

— Espera... uma carta para ti — disse, de repente, o velho, procurando numa cavidade feita na mesa um envelope com letra feminina.

Lançou-a sobre a mesa. A princesa, cujo rosto se havia tornado de repente cor de púrpura, agarrou-a vivamente e apertou-a contra o peito.

— É da tua “Heloísa”? — perguntou o príncipe, mostrando, num frio sorriso, seus dentes amarelos, mas ainda sólidos.

— Sim, é de Júlia — disse a moça com um olhar e um sorriso receosos.

— Deixarei passar ainda duas cartas, mas lerei a terceira — disse o príncipe, sem amenidade. — Vocês hão de escrever muita tolice uma à outra, é o que receio. Lerei a terceira.

— Podeis ler esta, meu pai — respondeu a princesa, cada vez mais carmesim. E entregou-lha.

— A terceira, disse a terceira — acentuou categoricamente o príncipe, rejeitando a carta. Depois apoiou o cotovelo na mesa e puxou para si o caderno de geometria.

— Vede, senhorita — começou ele curvando-se sobre o caderno e apoiando-se com uma mão no espaldar da cadeira onde estava sentada a moça, que se sentiu envolvida por um odor de fumo e por aquele bafio acre, particular aos velhos e muito seu conhecido, — vede, senhorita, esses triângulos são iguais; considerai o ângulo *a, b, c...*

Maria arriscava olhares receosos àqueles olhos brilhantes, bem perto dela. Manchas vermelhas apareciam no rosto dele. Nada conseguia ela compreender, pois o medo a impedia de entender as explicações de seu pai, por mais claras que fossem. Por falta do professor ou da aluna, a mesma cena se repetia todos os dias: os olhos da moça se perturbavam, nada mais via, nada mais entendia, só sentia aquele rosto seco e severo perto do seu, só percebia aquele hálito e aquele odor, só pensava em fugir o mais depressa possível para seu quarto para ali resolver o teorema à sua vontade. O velho perdia a paciência, afastava e aproximava ruidosamente sua cadeira, reprimia sua cólera, mas quase todas as vezes acabava por arrebatar-se e praguejar, quando não atirava longe o caderno!

Maria enganou-se na resposta.

— Pode-se ser tola a esse ponto! — exclamou o velho príncipe, jogando longe o caderno e voltando-se, decepcionado. Mas imediatamente se levantou, deu alguns passos para la e para cá, acariciou os cabelos de sua filha, tornou a sentar-se e recomeçou sua demonstração.

— É preciso aplicar-se, princesa; tudo está nas matemáticas, senhorita — disse ele, quando sua aluna, depois de ter tomado nota da lição a aprender, se dispôs a partir. — Não permitirei que fiques uma bestalhona, como as nossas belas senhoras. Com paciência, tomarás gosto e a frioleira te sairá da cabeça — concluiu ele, dando-lhe tapinhas no rosto.

Ia ela sair, mas ele a deteve com um gesto e, alcançando em cima da carteira um livro novo, de páginas ainda por cortar, disse-lhe:

— Eis ainda certa “Chave do Mistério”, que te envia a tua Heloísa. É uma obra de edificação. Não me intrometo nas crenças de ninguém. Passei uma vista nele. Podes levá-lo. Agora, vai, vai.

Deu-lhe uma palmadinha no ombro e fechou ele mesmo a porta, assim que ela saiu.

A Princesa Maria voltou para seu quarto com aquele ar triste e atemorizado que não a largava nunca e enfeava ainda mais seu rosto doentio e pouco sedutor . Sentou-se à sua escrivaninha, atulhada duma mistura de livros, de cadernos, de miniaturas, pois amava tão pouco a ordem quanto era seu pai dela fanático. Largando seu caderno de geometria, abriu com impaciência a carta que lhe dirigia sua melhor amiga de infância, precisamente aquela Júlia Karaguin, que havia comparecido ao sarau dos Rostov.

Eis o que escrevia Júlia:

“Querida e excelente amiga, que coisa terrível e pavorosa a ausência! Não adianta dizer que a metade de minha vida ou de minha felicidade está em você, que malgrado a distância que nos separa, nossos corações estão unidos por laços indissolúveis; o meu se revolta contra o destino, e não posso, apesar dos prazeres e das distrações que me cercam, dominar certa tristeza oculta que sinto no fundo do coração desde nossa separação. Por que não nos reunimos como naquele verão em seu grande gabinete, sobre o canapé azul, o canapé das confidências? Por que não posso, como há três meses, colher novas forças morais no seu olhar tão suave, tão calmo e tão penetrante, olhar que eu tanto amava e que creio ver diante de mim neste momento em que lhe escrevo!”

Chegada a este trecho, a Princesa Maria ergueu a vista para o tremó colocado à sua direita. O espelho refletiu-lhe uma imagem insignificante e desgraciosa, que seus olhos já tão sombrios consideravam com mais desolação do que nunca. "Ela me lisonjeia", disse a si mesma, e voltou-se para retomar sua leitura. E, entretanto, Júlia não lisonjeava absolutamente sua amiga. Na realidade, grandes olhos profundos, donde pareciam por vezes brotar feixes duma luz ardente, davam-lhe ao rosto mesquinho mais atração do que não o faria a beleza. Mas como seu olhar só tomava essa magnífica expressão nos instantes em que ela não pensava em si mesma, a Princesa Maria não suspeitava disso. Como toda a gente, com efeito, assim que se mirava no espelho, dava a seu rosto uma expressão fora do natural e por isso mesmo o afeava. Prosseguiu sua leitura.

"Moscou inteira só fala de guerra. Um de meus dois irmãos já se encontra no estrangeiro, o outro está na guarda, que se põe em marcha para as fronteiras. Nosso caro imperador deixou Petersburgo e, pelo que se diz, conta expor ele próprio sua preciosa existência aos azares da guerra. Queira Deus que o monstro corso, que destruiu o repouso da Europa, seja abatido pelo anjo que o Todo-Poderoso, na Sua misericórdia, nos deu como soberano. Sem falar de meus irmãos, esta guerra privou-me duma relação das mais caras ao meu coração. Falo do jovem Nicolau Rostov que, com seu entusiasmo, não pôde suportar a inação e deixou a universidade para ir engajar-se no exército. Pois bem, querida Maria, confessar-lhe-ei que, malgrado sua extrema mocidade, sua partida para o exército foi um grande pesar para mim. O rapaz, de quem lhe falava neste verão, tem tanta nobreza, tanta verdadeira nobreza que raramente se encontra igual no século em que vivemos entre nossos velhos de vinte anos. Possui principalmente tanta franqueza e tanto coração; é de tal modo puro e poético que minhas relações com ele, por mais passageiras que tivessem sido, foram um dos mais doces gozos de meu pobre coração, que já sofreu tanto. Contar-lhe-ei um dia nossas despedidas e tudo quanto nos dissemos na partida. Tudo isto é ainda demasiado recente. Ah! querida amiga, você é feliz porque não conhece esses gozos e essas dores tão pungentes! Você é feliz porque as dores são comumente as mais fortes! Sei muito bem que o Conde Nicolau é por demais jovem para poder algum dia tornar-se para mim algo mais que um amigo, mas esta doce amizade, estas relações tão poéticas e tão puras foram para o meu coração uma necessidade. Mas não falemos mais disso. A grande novidade do dia, que ocupa Moscou inteira, é a morte do velho Conde Bezukhov sua herança. Imagine você que as três princesas receberam pouquíssima coisa, o Príncipe Basílio nada e que foi o Sr. Pedro quem herdou tudo e que, ainda por cima, foi reconhecido como filho legítimo e por consequência Conde Bezukhov senhor da mais bela fortuna da Rússia. Dizem que o Príncipe Basílio desempenhou em toda essa história um papel muito vil e que partiu todo desconsolado para Petersburgo.

"Confesso-lhe que compreendo muito pouco de todos esses negócios; o que sei é que, depois que o rapaz que todos conhecemos pelo simples nome de Pedro se tornou o Conde Bezukhov possuidor de uma das maiores fortunas da Rússia, muito me diverte observar as mudanças de tom e de maneiras das mamães sobrecarregadas de filhas casadouras e das próprias senhoritas para com aquele indivíduo que, entre parênteses, sempre me pareceu um pobre diabo. Como se vêm divertindo, desde dois anos, com dar-me noivos que, na maioria das vezes, não conheço, a crônica matrimonial de Moscou me fez Condessa *Bezukhov.* Mas você deve bem saber que não me preocupo absolutamente em tornar-me tal. A propósito de casamento, sabe que, bem recentemente, "a tia em geral", Ana Mikhailovna, me confiou, sob o selo do maior segredo, um projeto de casamento para você. O noivo será, nem mais, nem menos, o filho do Príncipe Basílio, Anatólio, que se quereria emendar, casando-o com uma pessoa rica e distinta, e foi sobre você que recaiu a escolha dos parentes. Não sei como você encarará a coisa, mas acreditei de meu dever adverti-la. Dizem que é muito bonito, mas um péssimo sujeito. Foi tudo quanto pude saber a seu respeito.

"Mas basta de tagarelices. Chego ao fim da segunda folha e mamãe anda à minha procura para ir jantar em casa dos Apraxin. Leia o livro místico que lhe remeto e que está fazendo furor aqui entre nós. Embora haja coisas nesse livro difíceis de apreender com a fraca concepção humana, é um livro admirável, cuja leitura acalma e eleva a alma. Adeus. Meus respeitos ao senhor seu pai e meus cumprimentos à Senhorita Bourienne. Beijo-a com toda a minha amizade.

JÚLIA".

"P.S. — Dê-me notícias de seu irmão e de sua encantadora esposinha".

A princesa se pôs a refletir, sorriu com um ar pensativo e seu rosto iluminado pela irradiação de seus olhos, transformou-se totalmente. Levantou-se, de repente, aproximou-se de sua escrivaninha a passo pesado, pegou duma folha de papel e sua mão deslizou rapidamente sobre ela. Eis a resposta que redigiu:

"Querida e excelente amiga,

"Sua carta de 13 causou-me grande alegria. Com que então, você continua gostando sempre de mim, poética Júlia? A ausência, de que diz você tanto mal, não exerceu, pois, sua influência habitual sobre você. Queixa-se você da ausência; que deveria eu dizer, eu, se "ousasse" queixar-me, privada de todos aqueles que me são caros? Ah! se não tivéssemos a religião para consolar-nos, a vida seria bem triste. Por que supõe em mim um olhar severo, quando me fala de sua afeição pelo rapaz? A esse respeito, só sou severa para comigo mesma. Compreendo esses sentimentos nos outros e se não os posso aprovar, não os tendo jamais experimentado, não os condeno. Parece-me somente que o amor cristão, o amor ao próximo, o amor a seus inimigos é mais meritório, mais doce e mais belo, do que possam ser os sentimentos inspirados pelos belos olhos dum rapaz a uma moça poética e amorosa como você.

"A notícia da morte do Conde Bezukhov chegou-nos antes de sua carta e meu pai ficou por ela muito abalado. Disse que era o penúltimo representante do grande século e que agora chegava a sua vez; mas que fará o possível para que sua vez chegue o mais tarde possível. Que Deus nos guarde dessa terrível desgraça! Não posso partilhar sua opinião a respeito de Pedro, que conheci quando menino. Sempre me pareceu ter um excelente coração e é esta a qualidade que mais estimo nas pessoas. Quanto à sua herança e ao papel que nisso desempenhou o Príncipe Basílio, é bem triste para ambos. Ah! querida amiga, a palavra de nosso divino Salvador, de que é mais fácil um camelo passar pelo fundo duma agulha que um rico entrar no reino de Deus, esta palavra é terrivelmente verdadeira; lastimo o Príncipe Basílio e lamento ainda mais Pedro. Tão moço e esmagado por essa riqueza, quantas tentações não terá de sofrer! Se me perguntassem o que mais desejaria no mundo, seria ser mais pobre que o mais pobre dos mendigos. Mil graças, cara amiga, pela obra que me enviou e que está causando tão grande furor aí. Entretanto, uma vez que você me diz que, no meio de várias boas coisas, outras há que a fraca concepção humana não pode apreender, parece-me bastante inútil ocupar-se a gente com uma leitura ininteligível, que, por isso mesmo, não poderia ser de nenhum fruto. Nunca pude compreender a paixão que têm certas pessoas de perturbar o entendimento com a leitura de livros místicos que só despertam dúvidas no espírito, exaltam a imaginação e dão um caráter de exagero inteiramente contrário à simplicidade cristã. Leiamos os Apóstolos e o Evangelho. Não procuremos penetrar o que eles encerram de misterioso, porque, como ousaríamos nós, miseráveis pecadores que somos, pretender iniciar-nos nos segredos terríveis e sagrados da Providência, enquanto carregarmos este despojo carnal que eleva entre nós e o Eterno um véu impenetrável? Limitemo-nos, pois, a estudar os princípios sublimes que nosso divino Salvador nos deixou para nossa conduta aqui embaixo; procuremos conformar-nos com eles e segui-los; persuadamo-nos de que, quanto menos surto dermos ao nosso fraco espírito humano, tanto mais é ele agradável a Deus, que rejeita toda ciência que dele não provém; de que quanto menos procurarmos aprofundar aquilo que lhe aprouve ocultar ao nosso conhecimento, tanto mais nos concederá Ele a descoberta por meio de Seu divino espírito.

"Meu pai não me falou do pretendente, mas me disse somente que recebeu uma carta e esperava uma visita do Príncipe Basílio. Pelo que se refere ao projeto de casamento que me diz respeito, dir-lhe-ei, querida e excelente amiga, que o casamento, na minha opinião, é uma instituição divina à qual é preciso conformar-se. Por mais penoso que seja isto para mim, se o Todo-Poderoso me impuser algum dia os deveres de esposa e de mãe, procurarei cumpri-los o mais fielmente possível, sem me preocupar com o exame de meus sentimentos para com aquele que Ele me der como esposo.

"Recebi uma carta de meu irmão, na qual me anuncia sua chegada a Montes Calvos com sua mulher. Será isto uma alegria de curta duração, pois que nos deixa para tomar parte nessa desgraçada guerra, à qual somos arrastados, Deus sabe como e porquê. Não somente aí, no centro dos negócios e da sociedade, só se fala de guerra, mas aqui, no meio destes trabalhos campestres e desta calma da natureza, que os citadinos atribuem comumente ao campo, os rumores de guerra se fazem ouvir e sentir penosamente. Meu pai só fala em marcha e contramarcha, coisas de que não compreendo nada! E anteontem, dando meu passeio habitual pela rua da aldeia, fui testemunha duma cena desgarradora... Era um comboio de recrutas arrolados entre nós e despachados para o exército. Era preciso ver o estado em que se encontravam as mães, as esposas, os filhos dos homens que partiam e ouvir os soluços de uns e de outros! Dir-se-ia que a humanidade esqueceu as leis de seu divino Salvador, que pregava o amor e o perdão das injúrias, e que faz consistir seu maior mérito na arte de se entrematar.

"Adeus, querida e boa amiga, que nosso divino Salvador e Sua Santíssima Mãe tenham você em Sua santa e poderosa guarda.

MARIA."

— Ah! está fazendo sua correspondência, princesa! Eu já despachei a minha. Escrevi à minha pobre mãe — disse, com sua bela voz cheia de erres a sorridente Senhorita Bourienne. Um mundo

novo aparecia com ela, frívolo, despreocupado, presunçoso, bem diferente da atmosfera pesada e cinzenta que sobrecarregava a Princesa Maria. — Princesa, é preciso que vos previna — acrescentou ela, baixando o tom. — O príncipe teve uma altercação.. — pronunciou esta palavra com um prazer especial e rolando os erres mais do que nunca, — uma altercação com Miguel Ivanov. Está de muito mau humor, muito triste. Ficai prevenida, como sabeis.

— Ah! cara amiga — respondeu a princesa, — pedi-lhe que nunca me prevenisse a respeito do humor em que se encontra meu pai. Não me permito o julgá-lo e não gosto que os outros o façam.

Uma olhadela lançada ao relógio fez ver à princesa que estava atrasada cinco minutos no emprego de seu tempo; passou para o salão com um ar de terror. De meio-dia às duas horas, efetivamente, fazia o príncipe sua sesta e deveria ela durante esse tempo estudar suas lições de cravo.

26. O velho criado de quarto cochilava em sua cadeira aos ronquidos habituais do príncipe adormecido no seu imenso gabinete. Da ala mais afastada da casa chegavam através das portas fechadas os sons vinte vezes repetidos duma sonata de Dussek[9], particularmente difícil.

Enquanto isso, uma berlinda e uma brisca paravam diante da escadaria exterior. O Príncipe André foi o primeiro a apear-se, ajudou sua jovem esposa a descer e fê-la passar na sua frente. O velho Tikhone enfiou a cabeça coberta por uma peruca pela porta da sala de espera, deu notícia em voz baixa de que o príncipe repousava e tornou a fechar logo a porta. Sabia que nenhum acontecimento imprevisto, nem mesmo a chegada de seu filho, deveria perturbar o emprego do tempo do príncipe. André, visivelmente, sabia disso tão bem quanto Tikhone, um olhar a seu relógio convenceu-o de que os hábitos de seu pai não haviam mudado desde que não o vira. Disse então à as mulher.

— Dentro de vinte minutos estará de pé. Enquanto esperamos, vamos ter com Maria.

A princesinha havia engordado pouco, mas seus olhos e seu lábio curto, pubescente e sorridente, tomavam sempre, quando ela falava, um ar alegre e gracioso. Passeou o olhar em torno de si.

— Mas é um palácio — disse a seu marido, com o mesmo tom com que teria cumprimentado o organizador de um baile. — Vamos, depressa, depressa! — Sorria para toda a gente, para seu marido, para Tikhone, para o lacaio que os guiava. — É Maria que se está exercitando? Vamos devagarinho, para surpreendê-la.

O Príncipe André seguia-a, com ar cortês e melancólico.

— Tu envelheceste, Tikhone — disse ele, de passagem, ao bom velho que lhe beijava a mão.

Ao se aproximar da peça onde se ouvia o cravo, viram sair duma porta lateral uma linda lourinha, que parecia louca de alegria.

— Ah! que felicidade para a princesa — exclamou ela. — Afinal! É preciso preveni-la.

— Não, não, por favor... É a Senhorita Bourienne? Conheço-a já pela amizade que lhe tem minha cunhada — disse a princesinha, beijando a francesa. — Ela não nos espera?

À porta do salão de música, donde saía sempre o mesmo motivo infindávelmente repetido, o Príncipe André se deteve, excitado diante da iminência duma cena desagradável.

Lisa entrou. O motivo interrompeu-se bem no meio; ouviu-se um grito, o passo pesado de Maria e rumores de beijos. Quando André se decidiu por fim a entrar , as duas cunhadas, que só se tinham visto pouco tempo na época do casamento, mantinham-se estreitamente abraçadas e beijavam-se ao acaso, enquanto a Senhorita Bourienne, com a mão no coração, sorria beatificamente e parecia a ponto de chorar ou talvez de rir. André ergueu os ombros e franziu o cenho, como o

9. Johann Dussek, compositor tcheco (1761-1812), então em grande voga. (N. do T.)

fazem os diletantes quando ouvem uma nota desarmada. As duas mulheres largaram-se por fim; mas imediatamente cada qual se precipitou sobre as mãos da outra, esforçando-se porfiadamente por beijá-las, se bem que cada uma a isto se opusesse; depois, abraçaram-se de novo e, com grande surpresa do Príncipe André, desataram a chorar e abraçaram- se mais uma vez. A Senhorita Bourienne decidiu chorar. O Príncipe André não ocultava sua irritação, mas as duas cunhadas achavam essas efusões bastante naturais e não imaginavam sequer que seu encontro pudesse ocorrer de maneira mais simples.

— Ah! querida... Ah! Maria! — disseram elas de repente, passando das lágrimas ao riso — Sonhei esta noite... Não esperava então... Ah! Maria, você emagraceu... e você engordou...

— Reconheci imediatamente a senhora princesa — achou bom dizer a Senhorita Bourienne.

— E eu que nem suspeitava!... — exclamou Maria. — Ah! André!... Não vi você.

O irmão e a irmã beijaram-se nas faces. Tendo-lhe André dito que continuava ela a mesma "chorona", descansou Maria sobre ele, através das lágrimas, o quente e terno olhar de seus olhos luminosos, admiráveis naquele instante.

Lisa, enquanto isso, perorava. Em consequência do movimento contínuo de seu lábio curto, abaixando-se sobre o lábio inferior e se levantando num brilho de dentes, seu sorriso delicioso não a abandonava um instante. Contava um acidente que lhes tinha ocorrido na costa de Spasskoié e que teria podido ser perigoso para ela no seu estado. Logo depois explicou que, tendo deixado todos os seus vestidos em Petersburgo, não teria aqui nada que vestir; que André havia mudado muito; que Kitty Odintsov desposara um velho; que haviam encontrado para Maria um noivo deveras, mas que a este respeito falar-se-ia mais tarde. Durante todas estas falas, a Princesa Maria não dizia uma palavra; seus belos olhos, cheios de amor e de tristeza, permaneciam fixos em André, e seus pensamentos evidentemente seguiam outro curso bem diverso dos de sua cunhada. No momento em que esta descrevia a derradeira festa dada em Petersburgo, Maria perguntou a seu irmão:

— Estás decidido a ir para a guerra, André? Lançou um suspiro. Lisa estremeceu.

— Sim — respondeu ele. — E já amanhã mesmo.

— Ele me abandona aqui e Deus sabe porquê, quando poderia ter tido promoção...

Interrompendo-a, a Princesa Maria, toda entregue a seus próprios pensamentos, lhe disse, designando-lhe a cintura com um olhar afetuoso:

— Então, é certo?

O rosto de Lisa mudou.

— Sim — suspirou ela. — Ah! é terrível!...

Seu lábio baixou. Aproximou seu rosto do de sua cunhada e, de repente, recomeçou a chorar.

— Ela precisa de repouso — disse o Príncipe André, franzindo o cenho. — Não é, Lisa? Leva-a a teu quarto, enquanto vou ter com meu pai. Como vai ele, sempre no mesmo?

— Sim, sempre no mesmo. Pelo menos me parece, como verás — respondeu alegremente Maria.

— Sempre as horas marcadas, o torno, os passeios pelas alamedas? — perguntou o Príncipe André, testemunhando com um meio sorriso que, a despeito da veneração que tinha por ele, conhecia as fraquezas de seu pai.

— Sim, sempre as horas marcadas, o torno, as matemáticas e minhas lições de geometria — respondeu Maria, cujo tom jovial teria podido fazer crer que essas lições constituíam um de seus maiores prazeres.

Quando, ao fim de vinte minutos, chegou a hora regulamentar do despertar, Tikhone veio buscar o jovem príncipe. Derrogando seus hábitos, em honra de seu filho, o velho dignou-se admiti-lo em seu quarto. Quando André penetrou no quarto de asseio, não mais com o semblante e as feições entediadas que afetava nos salões, mas com o ar animado que tivera nas suas conversas com Pedro, o velho príncipe, sentado numa larga poltrona de marroquim e coberto por um roupão, oferecia a cabeça aos cuidados de Tikhone, porque, fiel aos velhos usos, andava de casaca bordada e empoava os cabelos.

— Ah, ah, o homem de guerra! Meteste então na cabeça que havias de derrotar Napoleão? — perguntou ele, sacudindo a cabeça, tanto quanto lho permitia Tikhone em ponto de trançar-lhe a castanha. — Está bem, ou tu ou outro, e fazer o melhor que puderes, porque, do jeito em que vamos, contar-nos-á ele dentro em pouco no número de seus súditos! Bom dia — acrescentou ele, estendendo-lhe a face.

O velho príncipe dizia que sono após o jantar era de prata, e sono antes de jantar, de ouro. De fato, encontrava-se ele de excelente humor. Por baixo de seus espessos supercílios em riste, lançou um olhar de soslaio para André. Este beijou-o no lugar indicado, mas não respondeu ao dito de seu pai, cuja mania era zombar dos militares da nova escola e especialmente de Bonaparte.

— Aqui estou, meu pai. Trago-lhe minha mulher, que se acha em estado interessante — disse ele, acompanhando com um olhar de viva deferência cada jogo fisionômico do velho. — Como vai o senhor?

— A doença, meu caro, só toma conta dos tolos e dos debochados. Ora, bem o sabes, sou sóbrio e vivo bastante ocupado da manhã à noite, o que me faz passar muito bem.

— Graças a Deus — disse André, sorrindo.

— Deus nada tem que ver com isto. Vamos, vejamos, — prosseguiu ele, voltando à sua monomania, — conta-me como os alemães ensinaram vocês a derrotar Bonapar-te, de acordo com a nova ciência, denominada es-tra-té-gia.

— Deixe-me respirar, meu pai — disse André, mostrando, com um sorriso afetuoso, que as fraquezas do velho não o impediam de respeitá-lo. — Não sei ainda onde nos instalaremos.

— Qual o que, qual o que — exclamou o príncipe, que o pegou pelo braço, ao mesmo tempo que sacudia sua castanha para experimentar-lhe a solidez. — O aposento de tua mulher está pronto. Maria vai mostrar-lho. Vão conversar as duas sem parar. As mulheres não têm outra ocupação. Estou encantado por hospedá-la. Vamos, senta-te aí e conversemos. O exército de Mikhelson, compreendo; o de Tolstói também... Desembarque simultâneo... Mas o exército do Sul, que fará ele? A Prússia ficará neutra, evidentemente... E a Austria? E a Suécia? Como se atravessará a Pomerânia?

Tinha-se levantado e andava a passos largos pelo quarto, perseguido por Tikhone, que lhe apresentava as diversas peças de suas roupas. Diante dessa insistência, o Príncipe André, a princípio contra a vontade, depois animando-se cada vez mais e entremeando, segundo seu costume, o francês e o russo, pôs-se a expor o plano da futura campanha. Um exército de noventa mil homens ameaçaria a Prússia, para fazê-la sair da neutralidade; uma parte desse exército se uniria, em Stralsund, ao da Suécia; duzentos e vinte mil austríacos juntos a cem mil russos agiriam na Itália e sobre o Reno; cinquenta mil russos e cinquenta mil ingleses desembarcariam em Nápoles; no total, uma massa de quinhentos mil homens devia atacar os franceses em diversos pontos. Enquanto isso, o velho príncipe continuava a vestir-se, andando; não testemunhava o menor interesse pela exposição de seu filho, parecendo mesmo não ouvi-lo e interrompeu-o por umas três vezes de maneira um tanto inesperada. Da primeira vez foi para gritar:

— O branco! O branco!

O que queria dizer que Tikhone não lhe estava apresentando o colete desejado. Da segunda vez, parou para perguntar:

— Então, é para breve o parto?

E, abanando logo a cabeça com um ar de censura:

— Oh! oh! — exclamou ele. — Continua, continua.

Enfim, quando André foi chegando ao fim, entoou com voz de falsete e rachada:

"Malbrough vai para a guerra,
Deus sabe quando voltará".

— Não pretendo — concluiu André, sorrindo, — que seja esse o plano de meus sonhos. Digo-vos somente o que ele é. Napoleão, bem decerto, tem também seu plano, que vale esse.

— Vamos, nada me contaste de muito novo — concluiu o velho, que voltou a cantarolar com ar pensativo: *"Deus sabe quando voltará"*... E agora à mesa!

27. À hora marcada, o príncipe, empoado e barbeado, dirigiu-se à sala de jantar, onde o aguardavam sua filha, sua nora, a Senhorita Bourienne e seu arquiteto particular, que, por estranho capricho, admitia ele à sua mesa, honra insigne para aquele homem de nada. O príncipe, pouco inclinado à fusão das classes e que raramente convidava à sua mesa os funcionários mais notáveis da província, tivera de repente a fantasia de mostrar, na pessoa do arquiteto Miguel Ivanovitch, que assoava o nariz às ocultas num lenço de quadrados, que todos os homens eram iguais. Mais de uma vez dera a entender à sua filha que Miguel Ivanovitch não lhes era inferior em nada; e, durante as refeições, era ao taciturno arquiteto que dirigia a maior parte das vezes a palavra.

Na sala de jantar , alta e vasta como todas as peças da casa, os fâmulos esperavam a chegada do príncipe; um lacaio permanecia por trás de cada cadeira; o mordomo, com o guardanapo no braço, inspecionava a mesa, dando com o olhar ordens aos lacaios, enquanto seus olhos inquietos pulavam constantemente do grande relógio para a porta por onde deveria aparecer o príncipe. André examinava um enorme quadro dourado, novo para ele, que encerrava a árvore genealógica dos Bolkonski e fazia parelha com outro igualmente enorme, onde tronava, de coroa na cabeça, um príncipe soberano, descendente provável de Rurik e origem da família Bolkonski; essa pintura, demasiado medíocre, devia ser obra dum pintor da terra.

Plantado diante da árvore genealógica, André balançava a cabeça e ria como se visse uma caricatura.

— Reconheço-o bem nisso! — disse ele a sua irmã que se aproximava. Maria olhou-o com ar de surpresa; não compreendia o que lhe provocava o riso; tudo quanto seu pai fazia lhe inspirava uma veneração sem apelo.

— Cada qual tem seu calcanhar de Aquiles — prosseguiu André. — Uma inteligência tão bela, cair nesse ridículo!

Maria, que não podia admitir um julgamento tão subversivo, preparava-se para responder, quando os passos esperados fizeram-se ouvir. O príncipe entrou com aquele andar esperto e aquelas maneiras desembaraçadas que parecia querer opor à ordem estrita que regulava a casa. No mesmo instante, o relógio soou duas horas, e o outro do salão lhe fez eco com um tilintar delicado. O príncipe parou; por baixo de seus espessos supercílios, seu olhar penetrante e severo percorreu a assistência e se deteve em sua nora. Tal como os cortesãos à aproximação do monarca, sentiu ela então aquela deferência cheia de ansiedade que aquele velho inspirava a todos quantos o abordavam. Acariciou ele os cabelos de Lisa e lhe deu uma palmadinha canhestra na nuca.

— Encantado, encantado — proferiu ele e depois de havê-la encarado mais uma vez, deixou-a bruscamente para se pôr à mesa. — Tomai lugar, tomai lugar. Miguel Ivanovitch, tomai lugar.

Fez sinal à sua nora para sentar-se junto dele; um lacaio avançou uma cadeira para a jovem senhora.

— Eh! eh! — disse o ancião, observando a rotundez da cintura dela. — Trabalhou-se depressa. Com efeito, com efeito!

E explodiu o seu riso seco, frio, desagradável, um riso da boca em que os olhos não tomavam parte alguma.

— É preciso marchar, marchar o mais possível, o mais possível — insistiu ele. A princesinha não entendeu ou fez semblante de não entender. Mantinha um silêncio preocupado, que rompeu contudo para responder sorrindo a uma pergunta que ele lhe fez a respeito da saúde de seu pai. Interrogou-a acerca de seus conhecimentos comuns. Retomando então toda a sua animação, Lisa lhe transmitiu diversos cumprimentos e esvaziou os mexericos da capital.

— A Condessa Apraxin, a coitada, perdeu o marido e chorou todas as lágrimas de seus olhos — tagarelava ela.

À medida que ela se animava, olhava-a o príncipe com um olhar cada vez mais severo e, de repente, achando sem dúvida que a havia suficientemente estudado, voltou-lhe as costas e interpelou o arquiteto:

— Então, Miguel Ivanovitch, o nosso "Buonaparte" está metido em bons lençóis! A acreditar-se no que contou o Príncipe André — falava sempre de seu filho na terceira pessoa — vai cair sobre ele um verdadeiro alude. E nós ambos que o tínhamos por um pexote!

Miguel Ivanovitch perguntava a si mesmo em que momento "ambos" tinham mesmo tido tais conversas a respeito de Bonaparte; mas, compreendendo que o príncipe se servia dele para fisgar seu tema favorito, olhou o rapaz com surpresa, sem lá muito saber o que resultaria disso.

— Sim, senhor, é um grande tático! — disse o príncipe a seu filho, designando o arquiteto.

E a conversa rolou de novo sobre a guerra, sobre Bonaparte, sobre os generais e os homens de Estado da época. O velho príncipe parecia crer, não só que todos os donos da hora eram meninotes, ignorando até mesmo os rudimentos da guerra e da política, mas que o próprio Bonaparte não passava de um frangote francês, cujos êritos teriam depressa tido fim, se houvesse Potemkins e Suvoroves a opor-lhe. Estava mesmo convencido de que não havia no momento na Europa, nem conflito, nem guerra, digno desse nome, mas tão-somente um espetáculo de mamolengos em que os homens do tempo fingiam desempenhar um papel sério. André acolhia rindo todos esses sarcasmos, divertia-se mesmo em provocá-los.

— Sim — disse ele, — gostamos sempre de gabar o tempo passado; vosso Suvorov caiu contudo na armadilha que Moreau lhe estendia e não soube, que eu saiba livrar-se dela.

— Quem to disse, quem to disse? — exclamou o velho príncipe, empurrando seu prato que Tikhone agarrou com presteza. — Suvorov!... Reflete um pouco, Príncipe André. São dois apenas: Frederico e Suvorov ...Moreau! Mas Moreau teria sido feito prisioneiro, se Suvorov tivesse tido as mãos livres, e suas mãos estavam presas pelo *Hof-Kriegs-Wurst-Schnaps-Rath*. Espera um pouco e havereis de ver esses *Hof-Kriegs-Wurst-Rath!* Fariam o próprio diabo girar em burrica. Suvorov não pôde desembaraçar deles e tu quererias que Miguel Kutuzov fosse capaz disso! não vês tu, meu amigo, com vossos próprios generais nada podeis contra Bonaparte; para batê-lo são precisos franceses "que não conhecem mais os seus e que caem sobre os seus"[10]; enviamos também o alemão Pahlen à América, a Nova York, à procura do francês Moreau, — continuou ele, fazendo alusão à proposta que acabava de ser submetida àquele general para entrar ao serviço da Rússia. — Que aberração! Seriam estrangeiros os Potemkins, os Suvoroves, os Orloves? Não, meu caro, ou todos vós perdestes a cabeça, ou sou eu que estou ficando caduco. Deus vos assista, veremos bem... Bonaparte, um grande capitão! Hum!

— Não pretendo, decerto, que todas as medidas tomadas sejam excelentes — disse o Príncipe André, — mas vossa opinião a respeito de Bonaparte me surpreende. Ride tanto quanto vos aprouver, nem por isto deixa ele de ser um grande capitão.

— Miguel Ivanovitch, — gritou o velho príncipe para o arquiteto que, às voltas com o assado, acreditava-se esquecido, — não lhe disse eu que Bonaparte era um grande capitão? Também ele diz a mesma coisa.

— Mas perfeitamente, excelência — respondeu o arquiteto.

O príncipe se pôs a rir com seu riso seco.

— Bonaparte nasceu empelicado. Em primeiro lugar, tem excelentes soldados. E depois, até o presente, só teve de lidar com os alemães; ora, quem não bateu os alemães? Só mesmo quem não se quis dar ao trabalho. Desde que o mundo é mundo, os alemães sempre foram sovados. Só sabem é tosar-se entre si. E foi sobre esses pexotes que ele construiu sua glória!

10. Expressão tirada da língua das crônicas medievais russas. (N. do T.)

E o príncipe passa a expor pormenorizadamente todas as faltas estratégicas que imputava a Bonaparte; criticou mesmo seus atos de homem de Estado. O filho guardava-se de fazer qualquer objeção, mas via-se que, a despeito de todos os argumentos, não era capaz, tanto quanto seu velho pai, de mudar de opinião. Admirava todavia quanto aquele velho, confinado havia tantos anos no campo, estava ao corrente da situação política e militar da Europa e com que agudeza a julgava.

— Tu imaginas sem dúvida que um velho como eu nada compreende dos assuntos atuais? — concluiu ele. — Engano; não cessam eles de me amofinar; não durmo de noite. Vejamos, onde diabo se assinalou teu grande capitão?

— Seria demasiado longo — respondeu seu filho.

— Pois vai buscar o teu Buonaparte!... Senhorita Bourienne, eis aqui ainda um admirador do pulha do vosso imperador — exclamou ele, em excelente francês. — Sabeis que não sou bonapartista, meu príncipe.

— *Deus sabe quando voltará...* — cantarolou o velho, com sua voz rachada e levantou-se da mesa, rindo-se ainda mais rachadamente.

Durante toda a discussão, Lisa não abrira mais a boca; lançava olhares aterrorizados, ora a Maria, ora a seu sogro. Depois do jantar, pegou sua cunhada pelo braço e levou-a para a peça vizinha.

— Que homem de espírito é seu pai — disse ela. — Por causa disto talvez é que me faz medo.

— Oh! ele é tão bom! — respondeu Maria.

28. O Príncipe André devia partir no dia seguinte à noite. Fiel à sua regra de vida, o velho príncipe retirou-se após o jantar. Lisa estava nos aposentos de sua cunhada. Depois de ter verificado sua caleça e a instalação de suas malas e dado ordem de atrelar, André, vestido com uma sobrecasaca de viagem, sem dragonas, fazia suas derradeiras bagagens com seu criado de quarto, no aposento que lhe fora reservado. Não restavam na peça senão os objetos de que jamais se separava: uma caixinha, um estojo de prata, duas pistolas turcas e um sabre, presente de seu pai, que o trouxera de Otchakhov — tudo cuidadosamente tratado, brunido, amarrado em capas de pano.

No momento de uma partida e de uma mudança de vida, todo homem capaz de reflexão é mais ou menos perseguido por pensamentos sérios; é a hora em que se sonda o passado, em que se traçam planos de futuro. As mãos atrás das costas, André andava pelo quarto dum ângulo a outro, com o olhar fixo e abanando a cabeça, com ar pensativo e terno. Cedia à angústia de partir para a guerra, ao pesar de abandonar sua mulher? A uma e outra coisa, talvez... Em todo o caso, como ouvisse passos na antecâmara, pareceu um tanto receoso de que o surpreendessem naquela atitude. Detendo-se perto da mesa, fingiu amarrar a capa de sua caixinha e retomou sua expressão tranquila e impenetrável. Reconheceu os passos pesados de sua irmã.

— Disseram-me que mandaste atrelar — disse ela, toda ofegante (via-se que havia corrido) — e eu que tanto desejava estar um pouco a sós contigo... Deus sabe quando nos tornaremos a ver. Não te incomoda minha presença? É que tu mudaste muito, Andrezinho — acrescentou ela, como para justificar sua pergunta.

Sorriu, ao chamá-lo por aquele diminutivo carinhoso. Sem dúvida achava estranho que aquele belo homem, de semblante severo, fosse o mesmo Andrezinho, aquele garoto espevitado e magrelo, seu companheiro de infância.

— E Lisa, onde está ela? — perguntou ele, respondendo-lhe à pergunta apenas com um sorriso.

— Está tão fatigada que adormeceu em cima de meu sofá. Ah! André, que tesouro de mulher tem você! — disse ela, sentando-se no canapé diante de seu irmão. — É uma verdadeira criança, tão alegre, tão gentil! Fiquei gostando muito dela imediatamente.

André nada disse, mas uma expressão irônica e desdenhosa apareceu-lhe no rosto. Não escapou isto à sua irmã.

— Sejamos indulgentes para com as pequenas fraquezas dos outros; quem não tem as suas, André! Não te esqueças de que ela foi educada na sociedade. E depois sua posição não é precisamente rósea. É preciso colocar-nos no lugar dos outros. Tudo compreender é tudo perdoar. Reflete no que a espera, à pobre coitada, após o gênero de vida a que está habituada. É muito penoso, sobretudo no seu estado atual, separar-se de seu marido para ficar sozinha no campo.

André sorria, olhando sua irmã, como se sorri, quando se ouve alguém cujos pensamentos acredita-se estar penetrando.

— Mas tu também — disse ele, — habitas no campo e não achas essa vida tão terrível...

— Eu, é outra coisa. Não falemos de mim, sim? ... Não saberia desejar outro gênero de vida, pois que só conheço este. Pensa um pouco, André, que desgosto deve ser para uma jovem mulher de sociedade enterrar-se no campo, numa solidão quase completa, porque papai está sempre ocupado e eu... tu sabe quanto sou pobre em recursos para uma pessoa habituada à melhor sociedade. Só há a Senhorita Bourienne...

— Essa vossa Bourienne me desagrada bastante.

— Não digas isto! É uma moça encantadora, muito boa e, o que é mais, digna de dó. Não tem mais ninguém no mundo, absolutamente ninguém. Para falar franco, não me é muito necessária, até me incomoda. Sempre fui selvagem, bem sabes, e sou-o mais do que nunca. Prefiro estar só... Mas meu pai gosta muito dela. É sempre muito amável, muito afetuoso para com ela, bem como para Miguel lvanovitch. É que, como vês, são ambos pessoas que lhe devem obrigações e, como diz Sterne: "Gostamos das pessoas menos pelo bem que nos fizeram do que pelo bem que lhes fizemos". Meu pai recolheu-a órfã, da rua, e ela tem muito bom coração. E meu pai gosta de sua maneira de ler. Ela lê para ele todas as noites. Lê muito bem.

— Confessa-o, Maria, deves sofrer por vezes por causa do caráter de nosso pai? — disse de repente André.

Esta pergunta mergulhou a Princesa Maria numa estupefação vizinha do terror.

— Que dizes?... Sofrer? ...Eu? ...

— Ele sempre foi brusco e se tornou, creio, bastante molesto. Sem dúvida queria ele, exprimindo-se assim livremente a respeito de seu pai, embaraçar ou experimentar sua irmã.

— És um excelente rapaz, André, mas há certa presunção nos teus julgamentos, e é um grande pecado, — disse Maria, que seguia antes o curso de seus pensamentos em vez de o da conversa. — É permitido julgar seu próprio pai? Mesmo admitindo-se isso, como pode um homem como meu pai inspirar outro sentimento que não seja o da veneração? Acho-me muito satisfeita, acredita-me, e muito feliz ao lado dele. Meu único desejo é que sejais vós todos tão felizes quanto eu o sou.

André abanou a cabeça com ar cético.

— Se queres saber a verdade, André, a única coisa que me é penosa é a indiferença de meu pai em matéria de religião. Não compreendo que um tão grande espírito possa transviar-se a esse ponto, recusando-se a ver o que é claro como o dia. Meu único tormento é este. Mais ainda, nestes últimos tempos verifiquei certo progresso: suas zombarias são menos acerbas, consentiu mesmo em receber um monge e entreteve-se longamente com ele.

— Oh! minha cara — replicou André, num tom de zombaria afetuosa, — receio muito que o monge e tu acabeis gastando inutilmente vossa pólvora!

— Ah! meu amigo, só faço rogar a Deus e espero bem que Ele haverá de atender às minhas súplicas... André — acrescentou ela, timidamente, após um instante de silêncio, — tenho um grande pedido a fazer-te.

— De que se trata, então, minha amiga?

— Promete-me, em primeiro lugar, que não recusarás. Isto não te custará nenhum esforço, não terás de que corar e me proporcionarás um grande consolo. Dá-me tua palavra, Andrezinho, — disse ela, palpando, na sua bolsa, alguma coisa que devia constituir o objeto de seu pedido e que não queria mostrar, sem dúvida, senão depois de haver obtido a palavra de seu irmão. Ela o olhava com olhos suplicantes.

— Mesmo se isto devesse custar-me grande esforço... — respondeu André, suspeitando do que se tratava.

— Pode pensar o que quiseres. Sei que neste ponto és igual a meu pai. Mas suplico-te, faze isto por mim. O pai de meu pai, nosso avô, levou-a consigo nas suas campanhas todas... — Matinha sua mão dentro da bolsa. — Então, prometes-me?

— Mas sim. De que se trata?

— André, eu te abençôo com esta imagem santa. Promete-me que ela não te deixará jamais. Está prometido?

— Se não pesa libras e libras e não me puxar muito pelo pescoço, gostarei de causar-te prazer — disse André, mas, vendo pelo rosto pesaroso de sua irmã que sua brincadeira a havia magoado, arrependeu-se imediatamente. — Com prazer — prosseguiu ele noutro tom, — com grande prazer, minha amiga.

— Quer o queiras, quer não, Ele te salvará e te reconduzirá a Ele, porque somente nEle existe a verdade e a consolação — proferiu ela, com voz trêmula de emoção, apresentando com as duas mãos a seu irmão, num gesto solene, uma Santa Face, antiga e enegrecida, protegida por uma bela moldura oval e suspensa a uma correntinha de prata finamente lavrada.

Persignou-se, beijou o ícone e estendeu-o a André.

— Rogo-te, André, faze isto por mim...

Seus grandes olhos, irradiando doce e quente luz, embelezavam seu rosto emaciado, doentio. No momento em que André ia pegar o ícone, deteve-o ela; compreendendo seu desejo, fez ele por sua vez o sinal da cruz e beijou, também, a imagem santa, tudo com um ar meio zombeteiro, meio terno... porque na realidade estava comovido.

— Obrigada, meu amigo.

Ela beijou-lhe a testa e voltou a sentar-se no divã. Conservaram-se um momento em silêncio.

— Como já to disse, André, — continuou ela, dentro em pouco, — sê bom e generoso, como sempre tens sido. Não julgues Lisa severamente. Ela é tão gentil, tão boa e sua sorte atual é infinitamente triste.

— Por que me repetes sempre a mesma coisa, Maria? Disse-te eu que censurava o quer que fosse a minha mulher, nem mesmo que ela causava o mínimo descontentamento?

Placas vermelhas apareceram no rosto de Maria. Calou-se, como que apanhada em falta.

— Não, nada de semelhante te disse, mas já te falaram, não? E isto me penaliza.

Desta vez as placas vermelhas invadiram a fronte, as faces e até o pescoço da Princesa Maria. Quis responder, mas as palavras lhe ficaram na garganta. Seu irmão havia acertadamente adivinhado. Depois do jantar, Lisa tinha dito a Maria, no decorrer duma crise de lágrimas, que previa um parto difícil, cujo resultado receava; depois queixara-se de sua sorte, de seu marido, de seu sogro; enfim, cansada de chorar, tinha adormecido. André teve pena de sua irmã.

— Fica sabendo-o bem, Maria, nada tenho que censurar, jamais censurei e nada censurarei jamais a MINHA MULHER; de minha parte, nenhuma censura tenho a fazer a mim mesmo a seu respeito; será sempre assim, em qualquer circunstância em que nos encontremos. E entretanto, se queres saber se sou feliz, se ela é feliz, responder-te-ei francamente: não, não e não. Donde vem isto? Ignoro-o...

Com estas palavras, levantou-se, aproximou-se de sua irmã e beijou-lhe a fronte. Seus belos olhos luziam com um brilho desacostumado, todo bondade e razão; aliás, não era sobre sua irmã que se fitavam, mas sobre as profundezas sombrias da porta aberta por trás dela.

Maria levantou-se e, detendo-se no limiar, disse:

— André, se tivesses fé, ter-te-ias dirigido a Deus para que Ele vos desse o amor que não sentis e vossa prece teria sido atendida.

— Sim, talvez!... Vai, Maria, agora mesmo estarei contigo.

Enquanto atravessava, para ir aos aposentos de sua irmã, a galeria que reunia os dois corpos do edifício, o Príncipe André achou-se face a face com a sorridente Senhorita Bourienne. Era a terceira vez no dia que ele a encontrava, sempre em lugares afastados e sempre com seu sorriso entusiasta e ingênuo.

— Ah! pensei que estivésseis em vossos aposentos — disse ela, corando e baixando os olhos sem motivo aparente.

André assumiu de repente um ar irritado e, por toda a resposta, olhou, de alto abaixo , a francesa tão desdenhosamente que ela ficou cor de púrpura e lhe cedeu passagem sem dizer uma palavra. Quando chegou ao quarto de sua irmã ouviu pela porta aberta a voz obstinada de Lisa. Assim que acordara, já ia debulhando todo um rosário de novidadezinhas, como se, cansada duma longa continência, quisesse recuperar o tempo perdido.

— Pois imagine só, a velha Condessa Zubov com falsos cachos e a boca cheia de dentes postiços, como se quisesse desafiar os anos... Ah! ah! ah! Maria!

Era bem a quinta vez que André ouvia sua mulher proferir, diante de estranhos, esta mesma frase, acompanhada do mesmo riso. Entrou sem fazer rumor. Sentada numa cadeira, com seu bordado na mão, Lisa, toda redonda, toda rosada, tagarelava sem fim, evocando lembranças petersburguesas e até trechos de conversas. André perguntou-lhe, acariciando-lhe os cabelos, se se refizera da viagem. Deu-lhe ela uma breve resposta e voltou à sua tagarelice.

Uma caleça com seis cavalos atrelados estacionava diante da porta. A noite de outono era tão escura que o cocheiro não podia ver a lança de sua carruagem. Na escadaria, havia gente apressada com lanternas. Luzes brilhavam em todas as altas janelas da vasta residência. Desejosos de dar adeus ao jovem patrão, os criados aglomeravam-se no vestíbulo... Os fâmulos, Miguel Ivanovitche a Senhorita Bourienne, Maria e sua cunhada, aguardavam no salão o Príncipe André com quem seu pai tinha querido ficar só para despedir-se.

Quando André entrou no gabinete, o velho príncipe, metido no seu roupão branco que conservava excepcionalmente para receber seu filho, estava escrevendo na sua escrivaninha e com o nariz cavalgado pelos óculos. Voltou-se.

— Partes? — perguntou. E continuou a escrever.

— Vim despedir-me de vós.

— Bem. Beija-me aqui. — E indicou a face. — Obrigado, obrigado.

— Por que me agradeceis?

— Porque te alistas no exército em tempo devido. Ainda bem: não ficas preso às saias de tua mulher. O serviço antes de tudo. Obrigado, obrigado. — Sua pena continuava a correr e tão depressa que salpicava de tinta o papel. — Se tens alguma coisa a dizer-me, fala, que isto não me embaraça em nada.

— É a respeito de minha mulher... Sinto-me verdadeiramente confuso por ter de deixá-la a vossos cuidados.

— Que cantoria é essa tua? Dize-me o que te falta.

— Quando chegar o momento, mandai buscar um parteiro em Moscou... Faço questão de que esteja presente.

O velho príncipe parou, fez cara de quem não compreendia e fixou em seu filho um olhar severo. André pareceu perturbado.

— Sei — disse ele, — que se a natureza não se ajuda a si mesma, ninguém nada pode. Reconheço que em um milhão de casos, há talvez um que venha a ser mau. Mas, que quereis? É ideia dela. ..e minha também. Meteram-lhe isso na cabeça, tem tido sonhos, enfim, está com medo.

— Hum! Hum!... Pois seja! resmungou o velho, acabando sua carta. E depois de havê-la assinado com uma larga rubrica, voltou-se bruscamente para seu filho e lhe disse, estourando de riso:

— Mau negócio, heim?

— O que, meu pai?

— Tua mulher! — lançou-lhe o velho príncipe num tom que significava muita coisa.

— Não vos compreendo.

— E o pior, meu bom amigo, é que não se pode nada mudar no caso. São todas as mesmas. A gente não se descasa. Não temas; não falarei disso a ninguém. E tu sabes o que hás de fazer.

Segurou-lhe o braço com sua pequena mão ossuda, sacudiu-o, fitando-o com seu olhar incisivo, que parecia atravessar de lado a lado, e sua risada fria repercutiu de novo. Um suspiro, escapado a seu filho, mostrou-lhe que havia acertado no alvo. Pôs-se a dobrar e a lacrar sua carta, manejando com sua presteza habitual a cera, o sinete, o papel.

— Que queres *tu?* Ela é bonita!... Fica tranquilo, farei o necessário — disse ele, apondo seu sinete.

Contente e aborrecido ao mesmo tempo, porque seu pai o havia adivinhado, André não respondeu nada. O velho levantou-se e entregou a carta a seu filho.

— Escuta — disse-lhe. — Não tenhas inquietação alguma a respeito de tua mulher. Far-se-á o impossível. E agora, aqui está uma carta para Miguel llarionovitch. Escrevo-lhe para que te empregue nos melhores lugares e não te conserve muito tempo no estado-maior. São funções detestáveis! Transmite-lhe minhas melhores lembranças e minha velha afeição. Escrever-me-ás dando notícia de como te recebeu. Não fiques junto a ele, se não te fizer uma acolhida digna de ti. O filho de Nicolau Andreievitch Bolkonski não tem favores a pedir a quem quer que seja. Agora, vem por aqui.

Falava com tal volubilidade que não acabava a metade das palavras, mas André estava habituado às suas maneiras. Conduziu-o à sua secretária, abriu-a, puxou uma gaveta e dela retirou um caderno coberto com sua caligrafia grande, alongada e cerrada.

— Sem dúvida, morrerei antes de ti. Fica, pois, sabendo, que estas são as minhas memórias. É preciso remetê-las ao imperador após a minha morte. E eis uma carta e uma cautela do Monte de Socorro: é um prêmio para aquele que escrever a história das campanhas de Suvorov. Devem ser enviadas à Academia. Eis, enfim, minhas observações pessoais. Lê-as depois que eu morrer. Tirarás algum proveito disso.

André evitou assegurar a seu pai que tinha ele ainda longos anos de vida. Seria cometer um erro, sentia-o bem.

— Tudo será cumprido, meu pai — disse ele, simplesmente.

— E agora, adeus! — Deu-lhe sua mão a beijar e apertou-o entre os braços. — Lembra-te duma coisa, Príncipe André: se fores morto, será uma grande dor para meu velho coração... — Fez uma brusca pausa e guinchou de repente: — Mas se souber que não te portaste como o filho de Nicolau Bolkonski, será para mim uma vergonha!

— É uma coisa que teríeis podido não dizer-me, meu pai — replicou o filho, sorrindo.

O velho ficou em silêncio.

— Tenho ainda uma coisa a pedir-vos — prosseguiu André. — Se acontecer que eu seja morto e me nasça um filho, não o afasteis daqui. Como vo-lo disse ontem, faço questão de que ele cresça junto de vós. Rogo-vos insistentemente.

— Ah! ah! não se deve deixá-lo à mamãe, heim? — disse o velho, numa explosão de riso.

Os dois homens permaneceram um momento, diante um do outro, sem dizer uma palavra. O pai olhava seu filho bem nos olhos. Seu queixo tremia ligeiramente.

— Bem, já nos despedimos. Agora, vai! — disse ele, de repente. — Vai! — repetiu, com voz imperativa, abrindo a porta.

— Que há? que há? — perguntaram as duas princesas, vendo aparecer André, por trás do qual se perfilou um instante o vulto irritado do velho, de roupão, de óculos e sem peruca.

André respondeu apenas com um suspiro.

— Vamos! — disse à sua mulher, num tom de fria zombaria como para significar-lhe: "Eis chegado o momento de fazer você seus fingimentos!"

— André, já! — exclamou Lisa, que tinha empalidecido e o olhava, com terror. Ele a tomou em seus braços. Lisa lançou um grito e caiu sem sentidos sobre o ombro dele. André desembaraçou-se dela, depondo-a, delicadamente, em cima duma cadeira.

— Adeus, Maria — disse ele, em voz baixa, a sua irmã e depois de se haverem beijado cordialmente, afastou-se a passos rápidos.

Lisa continuava estendida em cima da cadeira; a Senhorita Bourienne lhe fomentava as fontes. Enquanto sustentava sua cunhada, Maria fixava com seus belos olhos cheios de lágrimas a porta por onde saíra seu irmão, traçando sinais da cruz na sua direção. Ouvia-se o velho furioso assoar-se em seu gabinete, tão ruidosamente como se estivesse dando tiros de pistola. Mal André saíra, a porta do gabinete se entreabriu de novo sobre o severo perfil de roupão branco.

— Partiu ele? Vamos, tanto melhor! — disse o velho príncipe. E depois de ter lançado uma olhadela de cólera sobre sua nora desmaiada, sacudiu a cabeça num gesto de censura e bateu com a porta.

SEGUNDA PARTE

1. No mês de outubro de 1805, as tropas russas ocupavam já grande número de burgos e de cidades do arquiducado da Áustria. Novos regimentos chegavam da Rússia e se concentravam, com grande dano para os habitantes, junto da Fortaleza de Braunau, quartel-general do Comandante-em-Chefe Kututov.

No dia 11 de outubro, um desses regimentos estacionava a um quarto de légua da cidade, aguardando a chegada do generalíssimo. Malgrado o aspecto estrangeiro da paisagem — pomares, tapumes de pedra, tetos de telhas, montanhas esfumando-se ao longe — malgrado o caráter não menos estrangeiro das populações que olhavam curiosamente os soldados, o regimento tinha exatamente o aspecto que oferece, antes de uma revista, todo regimento russo em sua terra natal.

Na véspera, à noite, na derradeira etapa, tinha-se recebido o aviso de que o general-em-chefe viria inspecionar o regimento em campanha. Se bem que o teor da ordem do dia tivesse parecido pouco claro ao chefe do regimento e que se pudesse perguntar se era preciso ou não meter-se em uniforme de campanha, o conselho dos chefes de batalhão decidiu-se pelo uniforme de gala, de acordo com o princípio de que vale sempre melhor fazer de mais que de menos. Também ninguém tinha conseguido pregar olho naquela noite após uma etapa de oito léguas: os soldados tinham lustrado e consertado seus uniformes; os capitães e os ajudantes-de-campo tinham contado e distribuído os homens, de modo que, pela manhã, aquela tropa debandada tornara-se uma massa compacta de dois mil homens, dos quais cada qual conhecia seu lugar e seu emprego e sobre os quais cada botão, cada correia reluzia no lugar devido. Aliás, não se tinha cuidado apenas do exterior: se o generalíssimo tivesse a veneta de examinar os uniformes por baixo, verificaria que cada soldado tinha uma camisa limpa e encontraria em cada mochila o número regulamentar de objetos de uso, os "cacaréus", como dizem os soldados. Um pormenor causava no entanto preocupação: era o calçado, porque uma boa metade dos homens tinha as botas em frangalhos. A falta não cabia aliás ao chefe do regimento, mas à intendência austríaca que, a despeito de insistentes reclamações, não entregara mercadoria nenhuma e o regimento havia coberto mais de cento e cinquenta léguas.

O chefe era um general de sobrancelhas e de suíças já grisalhantes, retaco, mais largo de peito que de ombros. Seu uniforme novo em folha tinha pregas fortemente acusadas e em vez de esmagar-lhe as maciças espáduas, suas enormes dragonas douradas pareciam antes levantá-las. O dorso ligeiramente curvado, o passo um tanto arrastado, passeava diante da vanguarda das tropas, com o ar de um cavalheiro que executa o ato mais solene de sua vida. Adivinhava-se que se sentia orgulhoso e glorioso de uma unidade à qual se devotara de corpo e alma; mas pela sua marcha hesitante podia-se também conjecturar que não era indiferente, nem aos interesses deste mundo, nem aos encantos do belo sexo.

— Então, meu caríssimo Miguel Dmitritch — disse ele a um chefe de batalhão, que deu logo um passo à frente e sorriu com um ar não menos expansivo que seu general, — então, meu bravo! cada qual fez o que pôde esta noite, heim? Mas também o regimento tem um aspecto nada mau, heim?

Aderindo ao tom dessa jovial ironia, o chefe de batalhão respondeu rindo:

— Creio que nem mesmo no Campo de Marte faríamos má figura.

— Heim? — perguntou o general.

Neste momento, na estrada de Braunau, onde haviam colocado vigias, apareceram dois cavaleiros. Era um ajudante-de-campo, seguido de um cossaco, que o quartel-general despachava ao general para precisar o que não estava muito claro na ordem da véspera, a saber, que o comandante-em-chefe desejava encontrar o regimento tal como se achava durante as marchas, de capote, e de capa nos quepes, preparativos de espécie alguma.

Kutuzov recebera na véspera um membro do *Hofkriegsrath,* chegado de Viena, para rogar-lhe e requerer que operasse o mais depressa possível sua junção com o exército de Mack e do Arquiduque Fernando. Julgando essa junção desvantajosa, Kutuzov, entre outros argumentos favoráveis à sua tese, fazia questão de mostrar ao general austríaco, em que lastimável estado se achavam as tropas que chegavam da Rússia. Era nesta intenção que ia ter ao encontro do regimento; em consequência, quanto mais o uniforme se mostrasse estragado, tanto mais se mostraria ele satisfeito. Muito embora o ajudante-de-campo ignorasse o motivo secreto do negócio, transmitiu ao general o desejo expresso do comandante-em-chefe de ver os homens de capote e gualdrapa: em caso contrário, podia-se esperar seu vivo descontentamento. Ouvindo isto, o general baixou a cabeça, ergueu os ombros e abriu os braços.

— Eis-nos em bonitos lençóis! Bem lho disse eu, Miguel Dmitritch — lançou ele num tom arrogante ao chefe de batalhão, — que em campanha os capotes são de rigor. Ah, meu Deus, meu Deus! — E avançando, a passos precipitados, gritou, com sua voz de comando: — Senhores comandantes de companhia! sargentos-mores! Deve ele chegar dentro em breve? — perguntou afinal ao ajudante-de-campo, num tom de deferente urbanidade, que se dirigia evidentemente à pessoa de quem falava.

— Dentro de uma hora, penso. — Teremos tempo de mudar de uniforme? — Não sei, meu general.

O general aproximou-se das primeiras fileiras e deu ordem de porem os capotes. Os capitães percorreram as companhias, os sargentos-mores apressaram-se, ansiosos por causa do mau estado dos capotes, e, de repente, os quadrados, até então regulares e silenciosos, ondularam num zumbido confuso. Houve entre os soldados um rebuliço geral: as mochilas, subidas com bruscas sacudidelas, passavam por cima das cabeças, os capotes se desenrolavam, os braços se erguiam para enfiar as mangas.

No fim duma meia hora os quadrados se tinham estritamente reformado, mas de negros haviam passado a cinzentos. O general, com seu passo arrastado, tomou de novo posição diante das tropas para inspecioná-las à distância.

— Que é isso ainda? Que significa? — exclamou ele, parando de repente. — Que venha aqui o capitão da 3ª.

— O capitão da 3ª! O general chama! — ouviu-se repetir nas fileiras, enquanto um oficial ordenança corria à procura do oficial retardatário.

Quando as vozes de boa vontade, que no seu zelo gritavam agora: “a 3ª ao capitão!” e mesmo “o general à 3ª!”, chegaram de um a um a seu destino, o oficial exigido saiu afinal das fileiras. Se bem que já não fosse moço e não tivesse evidentemente o hábito de correr, pôs-se em passo de corrida na direção do general, mas tão canhestramente que os bicos de suas botas se entrechocaram. Suas feições exprimimiam a inquietação dum escolar interrogado sobre uma matéria que não aprendera; manchas jaspeavam seu nariz carmesim em virtude de libações demasiado frequentes e sua boca tremelicante não conseguia imobilizar-se. Logo que, todo ofegante e retardando pouco a pouco sua marcha, se aproximou do general, este olhou-o de alto a baixo, severamente.

— Que significa isso? Mais um pouco e lhes meterão uns casaquinhos de mulher nas costas — gritou ele, avançando a maxila inferior e designando um soldado cujo capote, cor de pano fantasia, se destacava dentre todos os outros. — E você mesmo? Onde se encontrava? Espera-se o general-em-chefe e você abandona seu posto? Heim?... Vou-lhe ensinar a disfarçar, num dia de revista seus homens como mulherinhas!

De olhos fitos em seu chefe, o capitão colava cada vez mais os dois dedos contra a pala do quepe, como se só desse gesto esperasse salvação.

— Então, fale afinal! Quem é aquele disfarçado, aquele húngaro? — perguntou o general num tom meio severo, meio brincalhão.

— Excelência...

— Excelência o quê? Excelência! Excelência! Explique-se afinal...

— Excelência, é Dolokhov, Vossa Excelência sabe, o oficial que foi rebaixado — disse timidamente o capitão.

— Dolokhov! Fizeram-no soldado e não marechal ao que me parece. Por que não está ele trajado, como toda agente, de acordo com a ordem?

— Vossa Excelência mesmo autorizou-o durante a marcha.

— Autorizei? Autorizei? Vocês, moços, são sempre assim. Diz-se uma palavra e vocês... — disse o general, acalmando-se um pouco. — Diz-se uma palavra e vocês... — continuou ele, depois de uma pausa, mas cedendo de novo à cólera: — Heim? O quê? — gritou ele. — Trate de vestir seus homens convenientemente.

E o general, depois de uma olhadela ao ajudante-de-campo, aproximou-se das tropas, arrastando sempre a perna. Via-se que aquele acesso de furor lhe fazia bem; parecia mesmo procurar, ao percorrer a vanguarda de seu regimento, novo pretexto para sua bílis. Depois de haver pilhado um oficial por estar com a meia-lua malbrunida e outro por se achar fora de alinhamento, chegou à terceira companhia.

— Que uniforme é esse? Tua perna, onde está tua perna? — exclamou ele, num tom de voz mal-humorada, enquanto cinco homens ainda o separavam de Dolokhov, metido num capote azulado.

Dolokhov retificou lentamente sua posição e fixou no general um olhar intrépido.

— Que significa esse capote azul? Tire-me isso... Sargento-mor, mude-se o uniforme desse pa... Dolokhov cortou-lhe bruscamente a palavra.

— Meu general, devo executar as ordens, mas não suportar...

— Silêncio!... Não se fala nas fileiras!... Silêncio!

— ... mas não suportar injúrias — terminou Dolokhov, em voz alta e inteligível.

Os olhos dos general e os do soldado se escancararam. O general dava puxões nervosos na sua faixa demasiado apertada, mas não ousava replicar coisa alguma.

— Queira mudar de uniforme, peço-lhe — disse por fim e passou adiante.

2. — Lá vem ele! — gritou no mesmo momento um dos vigias.

O general subitamente escarlate, correu para seu cavalo, pegou o estribo com a mão trêmula e içou-se para cima do animal. Uma vez bem-montado na sela, tirou sua espada, assumiu um ar radiante, decidido, e, abrindo a boca em cunha, preparou-se para dar ordens. O regimento estremeceu como um pássaro que sacode as asas e perfilou-se em total imobilidade.

— Sen-ti-i-do — gritou o general com voz tonante, em que vibravam acentos de satisfação pessoal, de severidade para com o regimento e de deferência para com o generalíssimo.

Sobre a larga estrada marginada de árvores, chegava ao grande trote de seus seis cavalos e com um ligeiro rumor de molas, uma alta caleça vienense, pintada de azul claro, atrás da qual galopavam a comitiva e uma escolta croata. Parou diante do regimento. Kutuzov conversava tranquilamente com um general austríaco, sentado a seu lado e cujo uniforme branco formava mancha no meio daqueles uniformes negros dos russos. No momento em que, com seu passo pesado, descia do estribo, o generalíssimo sorriu para seu interlocutor, sem parecer prestar atenção àqueles dois mil homens que, retendo o fôlego, tinham os olhos fixos sobre ele e sobre o chefe do regimento.

Uma ordem ressoou; o regimento ondulou de novo num retintim de armas apresentadas. Seguiu-se um silêncio de morte, rompido de súbito pela voz fraca do generalíssimo saudando as tropas e pela resposta: "Desejamos boa saúde a Vossa... ên-ên-cia...", gritada por todos os soldados. Depois, ainda uma vez, tudo se acalmou. Após haver assistido, imóvel, ao desfile do regimento, Kutuzov, acompanhado de sua comitiva, percorreu as fileiras lado a lado com o general branco.

O comandante do regimento, que, havia pouco, corretamente teso, saudara com a espada o generalíssimo, devorando-o com os olhos, caminhava agora a passinhos curtos atrás dele, com o busto inclinado, apressando-se em acorrer à menor palavra sua, ao menor gesto seu, prova evidente de que cumpria suas obrigações de subordinação com mais prazer ainda do que seus deveres de chefe. Graças a seu zelo e à sua severidade, o regimento tinha melhor marcha que qualquer dos outros que acabavam de chegar a Braunau; contava apenas duzentos e dezessete doentes e inativos, e nada nele claudicava, a não ser o calçado.

Kutuzov parava de vez em quando para dizer algumas palavras amáveis aos oficiais que conhecera durante a campanha da Turquia e por vezes mesmo aos soldados. Várias vezes, à vista dos calçados, abanou tristemente a cabeça e mostrou-os ao general austríaco, com o ar de quem dizia que, embora sem fazer censura a ninguém, não podia evitar a verificação de seu mau estado. E cada vez, o chefe do regimento se lançava à frente para não perder nenhuma daquelas preciosas observações do generalíssimo. Por trás deste, a uma distância que permitia ouvir toda palavra pronunciada em voz baixa, marchava a comitiva, composta de umas vinte pessoas. Esses senhores conversavam uns com os outros e por vezes mesmo não se proibiam de rir. Na primeira fila, um belo ajudante-de-campo, nas pegadas de Kutuzov, era o Príncipe Bolkonski. Ao lado dele, avançava seu camarada Nesvitski, oficial de elevada estatura e de vasta corpulência, com o rosto bondoso sempre sorridente, de olhos sempre cheios de água, que os chistes de outro ajudante-de-campo, um hussardo trigueiro, faziam grandemente alegrar. O hussardo, com efeito, fitava com um olhar imperturbável as costas do chefe do regimento e imitava, o mais seriamente do mundo, cada um de seus estremecimentos, cada uma de suas curvaturas. Nesvitski ria e tocava com o cotovelo os demais para que vissem as manobras do farsista.

Kutuzov, entretanto, enfrentava, com um andar displicente, aqueles milhares de olhos que o acompanhavam como se houvesse deixado suas órbitas. Ao chegar ao nível da terceira companhia, parou de repente e a comitiva, que não tinha previsto essa parada, quase foi de encontro a ele.

—Ah! quem vejo? Timokhin! — exclamou ele, reconhecendo o capitão de nariz vermelho, a quem o capote azul valera tão vivos insultos.

Parecia impossível conservar-se mais perfilado do que estivera, Timokhin, durante a reprimenda de havia pouco e contudo, quando ouviu que o generalíssimo o interpelava, achou jeito de se perfilar ainda mais; não lhe era possível manter-se muito tempo em tão rígida posição de sentido. Kutuzov compreendeu a situação e como só quisesse bem ao capitão, apressou-se em passar adiante; um sorriso apareceu-lhe no rosto balofo, desfigurado por um ferimento.

— Mais um camarada de Ismail — disse ele. — Um bravo oficial! Estás contente com ele? — perguntou ao chefe do regimento. O general, cuja figura foi logo imitada pelo oficial de hussardos, como por um espelho a ele invisível, sobressaltou-se, deu um passo à frente e respondeu:

— Bastante contente, Excelentíssimo Senhor.

— Todos nós temos nossas fraquezas. Ele cortejava Baco um pouco demais — disse Kutuzov, sorrindo. E prosseguiu sua inspeção.

O chefe do regimento, perguntando a si mesmo com terror se por acaso, não seria ele próprio o responsável por tal fraqueza, nada ousou responder. Nesse momento o hussardo, notando a cabeça de nariz rubicundo e a pança perfilada do capitão, imitou tão perfeitamente o personagem que Nevitski não pôde conter uma explosão de riso. Kutuzov voltou-se; mas já o oficial que, evidentemente, dispunha de seu semblante à vontade, havia, com uma careta instantânea, assumido o ar mais grave, mais inocente e mais respeitoso do mundo.

A terceira companhia era a última. Kutuzov pareceu de repente fazer esforço para se lembrar de alguma coisa. O Príncipe André, destacando-se da comitiva, disse-lhe em voz baixa, em francês:

— Vós me haveis ordenado que vos lembrasse Dolokhov, o oficial desse regimento, que foi rebaixado.

— Onde está então Dolokhov? — perguntou Kutuzov.

Dolokhov, que tivera tempo de tornar a vestir o capote cinzento dos soldados, não esperou ser chamado por via hierárquica. Viu-se sair da fileira um belo rapagão de olhos azuis, de cabelos louros, que se plantou, em posição de sentido, diante do generalíssimo.

— Uma reclamação? — perguntou este, não sem algum humor.

— É Dolokhov — explicou o Príncipe André.

— Ah!... Está bem, espero que a lição te corrigirá. Sê bom soldado. O imperador é clemente. E se te portares bem, eu também não me esquecerei de ti.

O claro olhar de Dolokhov fitou-se no general-em-chefe com tanta ousadia, como o havia feito ainda há pouco no comandante do regimento. Parecia com esse gesto audacioso rasgar o véu de convenção que põe tão longe um do outro o general-em-chefe e o simples soldado.

— Só peço uma coisa a Vossa Excelência — disse ele, com sua voz sonora, firme e calma. — Que tenha a bondade de me dar ocasião de reparar minha falta e testemunhar meu devotamento a Sua Majestade, bem como à Rússia.

Kutuzov, repentinamente de cenho contraído, voltou-se e seus olhos esboçaram o mesmo sorriso irônico que tiveram após seu encontro com o Capitão Timokhin. Sem dúvida queria dar a entender com isso que tudo quanto lhe dissera Dolokhov, que tudo quanto poderia ter-lhe dito eram coisas desde muito tempo conhecidas, rebatidas, fastidiosas e bastante inoportunas. Girou, pois, sobre os calcanhares e voltou à sua caleça.

O regimento se deslocou por companhias e se dirigiu para os acantonamentos que lhe tinham sido determinados, não longe de Braunau, onde esperava poder reabastecer-se de calçados e de roupas e sobretudo repousar depois de suas rudes etapas. Quando a terceira companhia, com Timokhin à frente, se pôs em marcha, o general, que o feliz resultado da revista tornara alegre, aproximou-se, de rosto exultante, do capitão.

— Não está zangado comigo, não, Prokhor Ignatitch? — perguntou-lhe. — Você compreende... o serviço do tzar... Na frente das tropas perde-se a cabeça, não se medem as palavras... Mas você me conhece, se for preciso apresentar-lhe-ei todas as minhas desculpas... Vamos, meus sinceros agradecimentos!

E estendeu-lhe a mão.

— Mas como então, meu general! respondeu o capitão, cujo nariz tornou-se escarlate, ao passo que um largo sorriso descobria-lhe a dentadura, revelando assim a ausência de dois incisivos, partidos por uma coronhada diante de Ismail.

— A propósito... diga ao Sr. Dolokhov que não o esquecerei, que pode estar tranquilo a este respeito. Vejamos, há muito tempo que queria perguntar-lhe: como se comporta ele?

— No serviço, é muito pontual, excelência; mas o caráter...

— Com que então, O caráter? — perguntou o general.

— Isto depende dos dias, excelência. Ora é um bom rapaz, inteligente e instruído. Ora, pelo contrário, é uma besta selvagem; na Polônia, sabei que esteve a ponto de matar um judeu...

— Sim, evidentemente... Mas enfim é preciso ter compaixão dum rapaz na desgraça. Ele tem grandes amizades... Você poderia também...

— Entendi, meu general — respondeu Timokhin, acentuando com um sorriso que compreendia o desejo de seu chefe.

— Perfeitamente, perfeitamente.

O general caminhou ao longo do flanco da companhia e parou seu cavalo perto de Dolokhov.

— Na primeira ocasião, as dragonas! — gritou-lhe ele.

Dolokhov olhou-o sem dizer uma palavra, com uma ruga de ironia no canto dos lábios.

— Vamos, perfeitamente... Um quartilho de aguardente de minha parte para os homens — acrescentou o general, de maneira a ser ouvido pelos soldados. —Obrigado a todos! Deus seja louvado!

E, ultrapassando-os, aproximou-se duma outra companhia.

— Seja como for, é um bom homem. A gente pode entender-se com ele — disse Timokhin a um oficial subalterno, seu vizinho.

— O rei de copas, pois não! — respondeu o oficial. Era aquele o apelido que o regimento dera ao general.

O bom humor dos chefes propagara-se aos soldados. A companhia marchava galhardamente. Os homens trocavam gracejos.

— Dizia-se, contudo, que Kutuzov era cego dum olho.

— Queres dizer dos dois.

— Não é verdade, meu rapaz, tem melhor olho do que tu. As botas e as meias, tudo ele olhou com o rabo do olho.

— Ah! quanto a mim, meu velho, quando ele ferrou os olhos em minhas pernocas, disse a mim mesmo o seguinte...

— Viste o austríaco que estava com ele?... Parece que passaram giz nele. Uma verdadeira farinha. Como têm de se brunir esses rapazes!

— Hei, Fédia, tu que estavas bem perto, não os ouvistes dizer quando é que vai começar a combater? Parece que Buonaparte está em Brunov!

— Buonaparte em Brunov! Onde foi que soubeste disto, meu pateta? Não sabes então que é o prussiano que está em maus lençóis agora e o austríaco é quem lhe baixa a crista? Quando estiver ele bem sovado, chegará a vez de Buonaparte. E tu dizes que ele está em Brunov! És uma besta, meu velho. Não seria melhor que abrisses mais essas orelhas?

— Ah! os diabos dos furriéis! Vejam só a quinta! Já está se instalando no acampamento. Vão papar o rancho antes que a gente chegue!

— Não tens aí um biscoito, meu canalha?

— E quem foi que te deu fumo ontem? Não te lembras não?... Bem, toma afinal e que o bom Deus te abençoe!

— Se ao menos a gente parasse um pouco... Temos então de gramar uma boa légua sem dar nenhum trabalhinho aos dentes.

— Não quererás que os alemães nos ofereçam caleças? Seria de arromba, pois não!

— Ora, meu velho, não passamos duns pés-no-chão. Até há pouco só se falava dos poloneses como rapazes da coroa russa... ao passo que agora só se fala isso de alemão !

— Os cantores na frente! — gritou o capitão.

Uns vinte homens saíram das fileiras e se agruparam à vanguarda da coluna. Voltando para eles, o tambor-chefe do coro brandiu o braço e entoou a lenta cantilena de soldados que começa com as seguintes palavras:

> "Não é mesmo a aurora
> A aurora que nasce?"

e que termina com estas:

> "Sim, certo, teremos,
> Teremos a glória
> Com papai Kamenski..."

Esta cantilena, composta na Turquia, cantava-se agora na Áustria, com esta simples mudança: o "papai Kutuzov" substituíra o "papai Kamenski".

Depois de haver arrebatado este final arrogantemente, fazendo com as duas mãos o gesto de lançar alguma coisa por terra, o tambor, um guapo sujeito duns quarenta anos, envolveu seus cantores num olhar severo. Quando se certificou de que todos os olhos estavam fixos em sua pessoa, pareceu elevar com as duas mãos acima de sua cabeça um objeto precioso, embora invisível, mantendo-o ali alguns segundos e de repente atirou-o desesperadamente ao longe:

"Ah, ah, minha choupana,
Minha bela choupana",

— Minha choupana nova!... — continuaram as vinte vozes, enquanto o tocador de castanholas, malgrado o peso de seu equipamento, precipitava-se à frente da companhia, onde se pôs a marchar para trás, movendo os ombros e agitando suas castanholas com gesto ameaçador. Os soldados, marcando o compasso com os braços, avançavam a passo vivo, marcando-lhe o ritmo instintivamente. Ouviu-se em breve um barulho de rodas, um rangido de molas, um trote de cavalos: Kutuzov e sua comitiva voltavam à cidade. O generalíssimo fez sinal aos soldados de que poderiam continuar a marchar livremente; seu rosto e o de todas as pessoas de sua comitiva iluminaram-se ao ouvirem aquela canção, ao verem aquela tropa galharda, atraída pelo soldado que dançava à sua frente. Na segunda fileira, no flanco direito por onde a caleça acompanhava a coluna, um soldado de olhos azuis prendia a atenção pela sua marcha ao mesmo tempo graciosa e marcial, perfeitamente em acordo com o ritmo da canção e também pelo ar de comiseração com que gratificava cada um dos elegantes cavaleiros da comitiva: parecia lamentá-los por não caminharem com a companhia. Um deles, o corneta de hussardos, que tão bem macaqueara o chefe do regimento, deixou que a caleça seguisse e aproximou-se do soldado que não era outro senão Dolokhov.

Esse corneta, um tal Jerkov, pertencera outrora ao grupo de estúrdios de que Dolokhov era o chefe. Já o encontrara em marchas de estrada sem dar sinal de reconhecê-lo. Tendo visto, porém, a solicitude de Kutuzov por aquele "rebaixado", abordava-o agora com transportes de alegria.

— Como vai isso, meu velho? — perguntou-lhe entre as explosões de vozes e regulando o passo de seu cavalo pelo dos soldados.

— Como estás vendo — respondeu friamente Dolokhov. A viva canção de marcha dava uma significação particular à sem-cerimônia protetora de Jerkov e à propositada frieza de Dolokhov.

— E então, como vão as coisas com os chefes? — perguntou Jerkov.

— Não me queixo. São uns bons sujeitos... Como, diabos, conseguiste meter- te no estado-maior?

— Destacaram-me para ele como oficial de ligação.

Mantiveram-se um instante em silêncio.

"Soltaram o falcão,
Da mão direita voou,"

dizia a canção, cuja alegria comunicava ainda maior ardor. Não fosse essa canção, teria a conversa deles tomado um jeito bem diverso.

— Dizem que os austríacos estão derrotados; é verdade? — perguntou Dolokhov.

— Só Deus sabe; mas pelo jeito, parece que sim.

— Tanto melhor — disse Dolokhov, na cadência da canção.

— Vem ver-nos uma noite dessas. Jogaremos umas mãos de faraó.

— Vocês estão nadando em ouro?

— Vem, de qualquer forma.

— Impossível. Jurei não tocar em baralho, nem em vinho, enquanto não me tiverem restituído o meu posto.

— Hão de fazê-lo no próximo combate.

— Então veremos.

Seguiu-se novo silêncio entre eles.

— Se precisares de alguma coisa, vem procurar-me no estado-maior. Procuraremos ser-te útil.

— Não te preocupes — replicou Dolokhov, com um sorriso cáustico. — Quando tenho necessidade de alguma coisa, não a peço, tomo-a.

— Oh, tu sabes, o que te digo...

— E eu, da mesma forma.

— Então, até outra vista.

— Passa bem...

"Longe, bem longe, no país natal..."

Jerkov esporeou seu cavalo que se arrebatou e, depois de ter dado duas ou três voltas no mesmo lugar, sem saber como partir, acabou seguindo a trote ao flanco da companhia, dócil também ele ao ritmo da canção.

3. De volta da revista, Kutuzov, em companhia do general austríaco, dirigiu-se para seu gabinete, depois de ter dado ordem a um ajudante-de-campo para trazer-lhe os documentos relativos ao estado das tropas chegadas da Rússia, bem como a correspondência do Arquiduque Fernando, que comandava a vanguarda. Quando o Príncipe André trouxe os documentos em questão, encontrou o general-em-chefe e o membro do *Hojkriegsrath* instalados a uma mesa diante de um plano desdobrado.

— Está bem... — disse Kutuzov, olhando Bolkonski, como se quisesse ordenar-lhe que esperasse. E continuou em francês a conversa começada. Sua linguagem castigada, suas entonações elegantes, o cuidado que tomava em destacar cada palavra, forçavam a atenção de seu auditor e testemunhavam que achava prazer em ouvir sua própria fala.

— Deixai-me dizer-vos, general, que se isto só dependesse de mim, teria eu, desde muito tempo, em conformidade com os desejos de Sua Majestade o Imperador Francisco, operado minha junção com o arquiduque. Acreditai em minha palavra de honra que seria para mim um verdadeiro alívio entregar o comando supremo do exército a um general mais competente e mais hábil do que eu, como há tantos na Austria; ficaria livre de uma responsabilidade bastante pesada. Mas acontece que as circunstâncias nos ultrapassam, general.

O sorriso com que acompanhou esta frase queria evidentemente dizer: "Tendes o direito de não acreditar em mim; pouco me importa mesmo que me acrediteis ou não; mas não tendes motivo algum de o afirmardes. E a questão toda está aí".

Embora não tivesse ar de estar muito contente, o general austríaco foi forçado a pagar a Kutuzov na mesma moeda; mas seu tom aborrecido e resmungão contrastou singularmente com o mel de suas frases.

— Quanto a mim, acho, e a carta com que recentemente me honrou Sua Alteza o Arquiduque Fernando me confirma nesta opinião, acho que os exércitos austríacos, comandados por um capitão tão hábil como o General Mack, já conquistaram sem dúvida uma vitória decisiva e não têm mais absolutamente necessidade de nossa ajuda.

O general fechou a cara. Se bem que a derrota austríaca não fosse ainda conhecida oficialmente, demasiados indícios confirmavam os rumores desfavoráveis para que a réplica de Kutuzov não parecesse uma zombaria. Entretanto, o generalíssimo parecia sublinhar, com um inocente sorriso, o bem-fundado de sua suposição. Efetivamente, a derradeira carta do Arquiduque Fernando lhe pintava a situação estratégica como totalmente excelente.

— Passai-me então a carta — disse ele ao Príncipe André. — Tende a bondade de convencer-vos.

E Kutuzov, com um traço irônico no canto dos lábios, leu para o austríaco a passagem seguinte:

"concentração de nossas forças, que montam à cerca de 70.000 homens, está completamente terminada, de modo que, no caso de atravessar o inimigo o Lech, estamos em condições de atacá-lo e de vencê-lo. Com a ocupação de Ulm, conservamos a vantagem de dominar as duas margens do Danúbio; podemos pois, a qualquer instante, se o inimigo não atravessar o Lech, atravessar o Danúbio, cortar sua linha de comunicação, tornar a passar o Danúbio mais abaixo, e fazer falhar assim qualquer tentativa contra nossa fiel aliada; esperaremos bravamente que o exército russo esteja por completo equipado e encontraremos em seguida muito facilmente, de combinação com ele, o meio de preparar para o inimigo a sorte que ele merece."

Chegado ao fim deste longo período, Kutuzov lançou um suspiro de alívio e fitou, com atenção sorridente, o representante do *Hojkriegsrath.*

— Sem dúvida — respondeu este, que achava que a brincadeira tinha durado bastante e desejava chegar ao fato, — mas deve-se prever sempre o pior. Vossa Excelência conhece certamente esta velha regra de sabedoria.

Lançou involuntariamente uma olhadela para o lado do ajudante-de-campo.

— Desculpai-me, general — interrompeu-o Kutuzov, voltando-se também para o Príncipe André. — Escuta, meu caro, vai pedir a Kozlovski os relatórios de nossos espiões. Eis aqui a carta do Arquiduque Fernando e duas do Conde Nostitz. Toma também isto — acrescentou ele, entregando-lhe diversos papéis. — Faze de tudo isso em francês um extrato, um *memorandum,* mencionando bem explicitamente tudo quanto sabemos das operações do exército austríaco... Compreendes-me, não é?... E remeterás a Sua Excelência.

O Príncipe André deu a entender, com uma inclinação de cabeça, que havia apanhado desde as primeiras palavras não só o que lhe havia dito, mas ainda o que teria querido dizer-lhe Kutuzov. Reuniu os papéis, saudou discretamente e retirou-se a passos surdos.

Se bem que houvesse deixado a Rússia de pouco, o príncipe já havia mudado muito. Sua fisionomia, seus gestos, seu andar, não retinham mais quase traço algum daquela lassidão indolente que afetava outrora. Manifestamente, suas novas funções o cativavam, o apaixonavam demasiado para que pensasse em preocupar-se com a opinião que se pudesse ter dele. Parecia mais contente consigo mesmo e com os outros; seu olhar, seu sorriso eram mais alegres, mais afáveis.

Kutuzov, a quem encontrara na Polônia, acolhera-o cordialmente e prometera não esquecê-lo. Com efeito, distinguia-o entre seus outros ajudantes-de-campo, levava-o consigo a Viena e lhe confiava sempre as missões mais importantes. De Viena, escreveu a seu velho camarada o Príncipe Nicolau.

"Vosso filho dá esperança de tornar-se um oficial fora do comum pelas suas aptidões, sua aplicação, sua pontualidade. Dou-me por muito feliz por ter às minhas ordens um subordinado assim."

Bem como a sociedade de Petersburgo, seus colegas do estado-maior e do exército em geral professavam a respeito do Príncipe André duas opiniões diametralmente opostas. Uns, a minoria, tinham-no como um ser à parte, votado a altos destinos; estes o escutavam, o admiravam, o imitavam; e ele, de sua parte, mostrava-se com eles simples e encantador. Os outros, a maioria, julgavam-no frio, guindado, desagradável; esses detestavam-no, mas comportava-se com eles de tal maneira que não podiam evitar estimá-lo e até mesmo temê-lo.

Do gabinete de Kutuzov, passou o Príncipe André para a sala de espera; o ajudante-de-campo de serviço, seu colega Kozlovski, lia um livro perto da janela.

— Então, Príncipe? — perguntou-lhe ele.

— Ordem de redigir uma nota explicando por que não nos movemos.

— E por quê?

O Príncipe André, com um dar de ombros, significou que de nada sabia. —Nenhuma notícia de Mack? — continuou Kozlovski.

— Nenhuma. — Se fosse verdade que tivesse sido derrotado, haveria notícias. — Sem dúvida — aquiesceu o Príncipe André.

Dirigia-se para a porta, quando esta se abriu bruscamente, dando passagem a um general austríaco de elevada estatura, de sobrecasaca, com a cabeça enfaixada num lenço de seda preta e a cruz de Maria Teresa no pescoço. Acabava evidentemente de chegar. O príncipe parou.

— O General-em-Chefe Kutuzov? — perguntou o recém-chegado, com forte sotaque alemão. Olhou em redor de si e avançou diretamente para a porta do gabinete.

— O general-em-chefe está ocupado — respondeu Kozlovski, barrando vivamente a passagem ao desconhecido. — Quem devo anunciar?

O desconhecido olhou de alto a baixo o oficialzinho. Podia-se, decentemente, não o conhecer?

— O general-em-chefe está ocupado — repetiu tranquilamente Kozlovski.

De sobrecenho contraído, de lábios trêmulos, o austríaco tirou do bolso um caderninho, rabiscou algumas palavras a lápis, arrancou a página, entregou-a a Kozlovski; depois, alcançando a janela a largos passos, deixou-se cair sobre uma cadeira e se pôs a observar os assistentes, com o ar de dizer: "Por que me olhais dessa forma?" Ao fim dum instante, estendeu o pescoço, como se fosse falar, mas, contendo-se, emitiu apenas um som estranho, como se fosse cantarolar alguma coisa para si mesmo, mas que logo foi sufocada. A porta do gabinete se abriu e apareceu Kutuzov na soleira. Imediatamente o general enfaixado, curvando o dorso, como se fugisse de um perigo, correu para ele a grandes pernadas.

— Tendes diante de vós o desgraçado Mack — proferiu ele, em voz alterada. Kutuzov, de pé, perto da porta, ficou a princípio impassível. Depois uma ruga, semelhante a uma onda, fez seu rosto estremecer e sua testa se desanuviou; de olhos fechados, sem dizer uma palavra, inclinou-se com deferência, afastou-se diante de Mack e empurrou ele próprio a porta.

Os boatos eram exatos: o exército austríaco, reunido em Ulm, capitulara. Meia hora mais tarde, ajudantes-de-campo levavam a todos os chefes de corpos instruções especificando que o exército russo ia sair de sua inação e encontrar-se em breve com o inimigo.

No estado-maior, a marcha geral das operações só preocupava alguns oficiais. O Príncipe André era um deles. Depois de ter visto Mack e tomado conhecimento dos pormenores do desastre, compreendeu que a campanha estava perdida pela metade; imaginou vivamente a sorte que, numa situação tão crítica, aguardava o exército russo e o papel que teria ele, pessoalmente, de desempenhar. A humilhação que acabava de sofrer a presunçosa Áustria, malgrado seu, causava-lhe alegria; exaltava-se ao pensar que, dentro de oito dias talvez, assistiria, tomaria parte pessoalmente em um encontro entre os russos e os franceses, o primeiro desde Suvorov. Temendo embora que o gênio de Bonaparte viesse a suplantar a valentia das tropas russas, não admitia que seu herói viesse a sofrer uma derrota.

Estas reflexões comoveram-no bastante; transtornado, superexcitado, quis retirar-se para escrever sua carta cotidiana a seu pai, mas, ao atravessar o corredor, tropeçou em seu companheiro de quarto Nesvitski e no brincalhão Jerkov, ambos de humor jovial, como de costume. Sua palidez, seus olhos brilhantes causaram surpresa a Nesvitski.

— Por que estás tão sombrio? — perguntou-lhe este.

— Que eu saiba, não há motivo para regozijos.

Na outra extremidade do corredor apareceu o representante do *Hofkriegsrath,* em companhia do general austríaco Strauch, adido ao estado-maior de Kutuzov para cuidar do abastecimento das tropas russas. A largura do corredor permitia que os dois generais passassem sem aperto; Jerkov, entretanto, afastando com um braço Nesvitski, exclamou num tom falsamente solícito:

— Ei-los!... Ei-los!... Em fila, dai lugar, em fila!

Este excesso de cortesia pareceu importunar os generais; mas Jerkov deu passo adiante e dirigindo-se a um deles, com um sorriso simplório, de homem que não pode conter sua alegria, disse-lhe em alemão:

— Tenho a honra de apresentar a Vossa Excelência meus muitos sinceros cumprimentos.

Inclinou-se numa reverência canhestra, deslizando sobre um pé e depois sob o outro, como as crianças que aprendem a dançar. O representante do *Hofkriegsrat* assestou-lhe um olhar severo, mas, tranquilizado pelo seu sorriso beato, não pôde deixar de prestar-lhe um momento de atenção. Com um piscar de olhos, fez ver que o ouvia.

— Meus muitos sinceros cumprimentos — repetiu Jerkov, de rosto radiante. — O General Mack acaba de chegar, de saúde perfeita, exceto uma ligeira lesão aqui.

E com o dedo mostrava sua testa.

O general tornou a fechar a cara, deu-lhe as costas e, depois de ter dado alguns passos, exclamou, num tom colérico:

— *Gott, wie naiv!*[11]

Nesviski, que se torcia de riso, tomou o braço do Príncipe André mas este, que de pálido se tornara lívido, empurrou-o com ar furioso e voltou-se para Jerkov, cuja facécia, fora de lugar, dera o golpe de misericórdia em seus nervos, já fortemente abalados pelo aspecto de Mack, pela notícia do desastre e pelo pensamento da sorte que aguardava o exército russo.

— Meu caro senhor — disse-lhe ele, num tom cortante, com ligeiro tremor do queixo, — se tendes gosto pelo ofício de bufão, não posso impedir-vos que o exerçais mas se vos permitirdes fazer ainda uma vez dessas maricagens na minha presença, ver-me-ei obrigado a ensinar-vos como deveis comportar-vos.

Surpresos com esta tirada, Jerkov e Nesvitski olhavam o príncipe, de olhos regalados e boca aberta.

— Mas, ora essa, apresentei-lhe apenas os meus cumprimentos — disse Jerkov.

— Não me misturo convosco. Tratai de calar-vos! — gritou Bolkonski e, pegando Nesvitski pelo braço, deixou ali plantado Jerkov, que não soube que replicar.

— Acalma-te, vejamos, meu caro — disse-lhe Nesvitski.

— Acalmar-me? — retrucou o Príncipe André que, na sua emoção, parou. — Mas que somos nós então? Oficiais que servem a seu Tzar e a sua pátria, que se regozijam com bons êxitos comuns e deploram os desastres, ou então lacaios que pouco se preocupam com os negócios de seu amo?... Quarenta mil homens massacrados e o exército de nosso aliado destruído, e achais nisso motivo de galhofa — acrescentou ele, como se esta frase, dita em francês, reforçasse seu raciocínio. — Fica bem para um sujeito à-toa como esse indivíduo de quem vos fizestes amigo, mas não para vós, não para vós... Semelhantes diversões só convêm a fedelhos — acabou ele em russo, dando contudo a esta última palavra uma entonação francesa, porque percebera que Jerkov poderia ainda ouvi-lo.

Esperou um momento, pensando que o corneta fosse replicar; mas este retirou-se sem esperar por mais nada.

4. Os hussardos de Pavlograd estavam acantonados a duas milhas de Braunau. O esquadrão, onde servia como aspirante Nicolau Rostov, ocupava a Aldeia de Salzeneck, cuja melhor habitação fora posta à disposição de seu chefe, o Capitão Denissov, conhecido em toda a divisão de cavalaria pelo nome de Vaska Denissov. Nicolau juntara-se ao regimento na Polônia e desde então sempre partilhara o alojamento do capitão.

A 11 de outubro, no dia mesmo em que a notícia do desastre de Mack havia transtornado o quartel-general, o esquadrão continuava a viver dulçurosamente a vida de campanha. Denissov, que havia perdido a noite inteira a jogar , não havia ainda regressado, quando Rostov, em uniforme

11. Em alemão no original: "Deus! Que ingenuidade!" (N. do T.)

e a cavalo, voltou da distribuição de forragem. Chegado à escadaria de entrada, parou seu cavalo, passou a perna num gesto rápido e juvenil, demorou no estribo como se só o deixasse com pesar, saltou por fim em terra e chamou o plantão.

— Ah! Bondarenko, és tu, meu bravo! — disse ele a um hussardo que corria a bom correr. — Faze-o passear, meu bom amigo, — acrescentou ele com aquela afabilidade expansiva de que são pródigos os jovens bem-nascidos nos instantes de felicidade.

— Às vossas ordens, Excelência — respondeu o ruteno, abanando alegremente a cabeleira.

— Atenção, passeia-o bem.

Outro hussardo havia também acorrido, mas Bondarenko já havia passado o bridão pelo braço. Via-se que o aspirante dava boas gorjetas e que era proveitoso servi-lo. Depois de ter acariciado a cernelha de seu cavalo, e também a garupa, Rostov contemplou-o alguns instantes.

"Perfeito! Que bom cavalo vai dar!" disse a si mesmo, todo sorridente. E, levantando o sabre, escalou os degraus num retinir de esporas. O dono da casa, um alemão de colete de lã e de boné de algodão, armado dum forcado para esterco, apresentou-se no limiar de seu estábulo. À vista de Rostov, seu rosto alegrou-se e dirigiu-lhe uma piscadela cordial.

— *Schon gut'Morgen, schon gut'Morgen!*[12] — repetia ele, sentindo manifesto prazer em saudar o rapaz.

— *Schon fleissig!*[13] — respondeu Rostov, sempre em seu tom afável e bondoso. — *Hoch Oestreicher! Hoch Russen! Kaiser Alexander hoch!*[14] — retribuindo a seu hospedeiro frases que o havia muitas vezes ouvido pronunciar.

O alemão pôs-se a rir, avançou para fora do estábulo, tirou seu boné e, agitando-o acima da cabeça, gritou:

— *Und die ganze Welt hoch!*[15]

Rostov, por sua vez, agitou seu barrete, rindo:

— *Und vivat die ganze Welt!*[16]

Se bem que esses dois homens, um dos quais limpava seu estábulo e o outro voltava dum trabalho de forragem, não tivessem motivo algum particular para estar alegres, olharam-se contudo com ar de grande júbilo, trocaram cordiais acenos de cabeça e retiraram-se, o alemão para seu estábulo, Rostov para a casinha que ocupava com Denissov.

— E teu amo? — perguntou ele a Lavruchka, o criado de Denissov, um tratante bem conhecido de todo o regimento.

— Desaparecido desde ontem de noite. Deixou-se, decerto, depenar. Conheço-o, bem sabeis: quando ganha, vem cedo, para contar prosa; mas quando não volta de noite, é sinal que está liso e que entrará furioso... Quereis tomar café?

— Sim, gostaria.

Quando, ao fim de dez bons minutos, Lavruchka trouxe o café, disse:

— Ei-lo que chega. Vai haver o diabo!

Rostov olhou pela janela e viu com efeito que Denissov chegava. Era um homenzinho de rosto vermelho, de olhos negros e brilhantes, bigodes e cabelos hirsutos. Seu dólmã estava desabotoado, seu culote caía em pregas flutuantes e seu boné deformado pendia-lhe sobre a nuca. Com ar sombrio e de cabeça baixa, dirigia-se para a escada de entrada.

— Lavruchka — berrou ele, num tom colérico. — Tira-me isto, três vezes imbecil!

— É só isto que faço — respondeu a voz de Lavruchka.

— Como! Já de pé? — disse Denissov, ao entrar.

12. Em alemão no original: "Muito bons dias, muito bons dias". (N. do T.)
13. Idem: "Já no trabalho!" (N. do T.).
14. Idem: "Vivam os austríacos! Vivam os russos! Viva o Imperador Alexandre!" (N. do T.).
15/16. Idem: "E viva o mundo inteiro!" (N. do T.)

— Há muito tempo — respondeu Rostov. — Já fui à forragem e já vi a Senhorita Matilde.

— Deveras? Pois eu, meu caro — exclamou Denissov, que puxava tremendamente pelos erres, — rasparam-me! Não se tem ideia dum azar maior! Começou assim que tu saíste... Olha, traze o chá!

De ar carrancudo, com uma espécie de ricto que lhe descobria os dentes curtos e sólidos, Denissov desgrenhava com seus dedos miúdos os cabelos negros e espessos como uma floresta.

— Que maldita ideia tive eu de ir à casa daquele Rato (era o apelido de um de seus camaradas)! — continuou ele, passando as duas mãos pela testa e pelo rosto. Não tive uma carta que prestasse, imagina só! Nem uma!

Pegou o cachimbo aceso que lhe apresentavam, apertou-o no punho e bateu com ele no soalho, enquanto continuava com as suas recriminações.

— Deixava-me ganhar todos os simples, aquele animal, mas todos os parolins[17] eram para ele!

O fogo todo do cachimbo espalhara-se; quebrou o cachimbo e atirou-o fora. Depois de um tempo de silêncio, lançou a Rostov uma olhadela licenciosa.

— Se ao menos houvesse mulheres aqui! Que fazer neste buraco senão beber? Ah! que se combata e vivamente!... Quem vem lá? — gritou ele para o lado da porta, ouvindo um barulho de botas e de esporas ao qual sucedeu em breve uma tosse respeitosa.

— É o quartel-mestre — respondeu Lavruchka.

Denissov tornou-se ainda mais sombrio.

— Psiu! — disse ele, atirando em cima da mesa sua bolsa, que continha ainda algumas peças de ouro. — Rostov, meu velho, conta o que resta aí dentro e mete minha bolsa debaixo do travesseiro.

E saiu para ver o quartel-mestre. Rostov pôs-se a contar o dinheiro, separando com um gesto maquinal as moedas novas das velhas. A voz de Denissov elevou-se na peça vizinha.

— Ah! com efeito, Telianin! Salve! Acabo de ser depenado...

— Onde? No Bykov, no Rato, heim? Tinha certeza disso — afirmou uma voz aflautada. E logo apareceu o Tenente Telianin, oficialzinho do mesmo esquadrão.

Rostov meteu a bolsa debaixo do travesseiro e apertou a mãozinha úmida que lhe era estendida. Pouco tempo antes da campanha, Telianin tinha sido despedido da guarda, não se sabia bem porquê. Embora sem nenhuma censura a fazer-lhe, seus camaradas não gostavam dele. Rostov, de modo especial, não podia dominar nem dissimular a aversão instintiva que lhe causava aquele oficial.

— Então, jovem cavaleiro, estais contente com o meu Chucas? — indagou Telianin, que acabava de vender a Rostov um cavalo novo de sela. — Vi-vos montá-lo esta manhã.

O tenente nunca encarava as pessoas; seus olhos erravam sem cessar dum objeto a outro.

— Estou sim. Parece-me um bom animal — respondeu Rostov, se bem que tivesse dado setecentos rublos por um cavalo que não valia a metade disso. — Só tem que está mancando da pata esquerda da frente.

— Deve ter arranjado alguma racha. Não é nada. Ensinar-vos-ei a pôr-lhe uma presilha no casco.

— Sim, ensinai-me como se faz.

— Não há dúvida. Não é nenhum segredo. E quanto ao cavalo, havereis de agradecer-me.

— Então, vou mandar buscá-lo — disse Rostov, desejoso de desembaraçar-se dele.

Passou ao vestíbulo para dar ordens. Denissov, acocorado, na soleira, com o cachimbo na boca, ouvia o relatório do quartel-mestre. Ao ver Rostov, apontou com o polegar por cima de seu ombro para a sala onde estava Telianin, dizendo com uma careta de desgosto, sem se importar com a presença do suboficial:

— Não vou com esse camarada!

Rostov ergueu os ombros: "Nem eu tampouco, mas que hei de fazer?", parecia dizer aquele gesto.

17. "Simples" e "parolins" são termos usados no jogo de faraó. (N. do T.)

Quando, no fim dum instante, Rostov juntou-se a Telianin, o tenente, sempre sentado na mesma posição displicente, esfregava uma na outra suas mãozinhas brancas. Levantou-se ao vê-lo entrar.

"Decididamente — pensou Rostov — há cabeças que repugnam a gente."

— Então, mandou buscar o cavalo? — perguntou Telianin, passeando em torno de si o olhar distraído.

— Mandei.

— É preferível irmos nós mesmos. Vim somente pedir a Denissov as ordens de ontem. Tende-as aí, Denissov?

— Ainda não... Aonde ides assim?

— Mostrar a esse jovem como se ferra um cavalo.

Chegaram à estrebaria. O tenente ensinou a meter um cravo e voltou para seu alojamento.

De volta, Rostov encontrou Denissov instalado, de pena na mão, diante de um salsichão e duma garrafa de aguardente. Olhou Rostov com ar lúgubre.

— Escrevi a "ele" — disse-lhe.

Visivelmente feliz por causa desta oportunidade de exprimir rapidamente pela palavra tudo quanto queria escrever, firmou os cotovelos na mesa para expor a Rostov o conteúdo de sua carta.

— Como vês, meu caro — disse ele, — enquanto não amamos, dormitamos. O homem não é mais do que pó, mas desde que ama, torna-se um deus, sente-se outro como nos primeiros dias da criação... Quem vem lá ainda? Manda-o ao diabo, que não tenho tempo! — gritou ele a Lavruchka, que se aproximava.

— Quem quereis que seja? — respondeu o outro, sem se comover absolutamente. — O quartel-mestre, sem dúvida, que vem procurar seu dinheiro. Fostes vós mesmo quem o convocou.

Denissov fechou a cara, fez sinal de querer gritar, mas finalmente calou-se.

— Ah! psiu! — resmungou entre dentes. — Quanto resta de dinheiro na bolsa? — perguntou ele a Rostov.

— Sete moedas novas e três antigas.

— Negócio sujo!... Que fazes aí, duro como um pedaço de pau?... Manda entrar o quartel-mestre — gritou ele a Lavruchka.

— Escuta aqui, Denissov — disse Rostov, enrubescendo, — se tens necessidade de dinheiro, posso emprestar-to, tenho algum.

— Não gosto de pedir emprestado a meus amigos — murmurou Denissov. — Não, não gosto disso.

— Mas se estou te dizendo que tenho dinheiro — repetiu Rostov. — Somos camaradas, ora essa. Far-me-ias afronta não aceitando.

— Não, obrigado.

E Denissov aproximou-se do leito para pegar a bolsa.

— Onde a puseste, Rostov?

— Sob o travesseiro de baixo.

— Mas não, não há nada aqui.

Denissov atirou no chão os dois travesseiros. Nada de bolsa.

— Que significa isso?

— Espera, talvez a tenhas deixado cair — disse Rostov, sacudindo um após outro os travesseiros.

Tirou e sacudiu também a coberta. Bolsa nenhuma.

— Terei esquecido?... Mas não, eu mesmo refleti que tu a punhas sempre debaixo da cabeça como um tesouro... Sim, foi ali mesmo que pus a bolsa... Onde está ela? acrescentou ele, dirigindo-se a Lavruchka.

— Onde a pusestes, deve-se crer. Quanto a mim, nada sei, vim apenas aqui.

— Mas vejamos...

— Sois sempre assim... Lançais vossas coisas para a direita e para a esquerda e depois não sabeis mais onde as pusestes.

— Sim, mas desta vez, lembro-me de ter pensado no tesouro... Não há dúvida, foi lá que eu a pus.

Lavruchka desfez a cama, olhou por baixo, depois sob a mesa, revirou todo o quarto. Seu amo seguia-lhe os movimentos sem nada dizer. Quando enfim o rapaz, depois de ter rebuscado por toda a parte, declarou, abrindo os braços, que não havia nada em parte alguma, Denissov voltou-se para Rostov.

— Ora, meu caro, não nos pregue peças de escolar...

Sentindo pesar sobre si o olhar de Denissov, Rostov ergueu os olhos, mas tornou a baixá-los no mesmo instante. Todo o sangue afluiu-lhe à garganta, subiu-lhe ao rosto. Não conseguia retomar fôlego.

— Ela não pode, contudo, deixar de estar aqui — voltou a falar Lavruchka. — A não serem vós dois mesmos e o tenente, ninguém entrou aqui.

— Pois então, mexe-te, patife, e trata de encontrá-la! — berrou de súbito Denissov, de cara escarlate, mão erguida, prestes a lançar-se sobre seu ordenança. — A bolsa imediatamente, ou toma cuidado com a pele! Vou surrar todo o mundo!...

Evitando o olhar de Denissov, abotoou Rostov seu dólmã, prendeu seu sabre e pôs seu barrete.

— A bolsa, estás entendendo? A bolsa, imediatamente! — berrou mais alto ainda Denissov, sacudindo Lavruchka pelos ombros e batendo com ele contra a parede.

— Deixa-o tranquilo, sei quem a empalmou — disse Rostov.

E, sempre sem levantar os olhos, dirigiu-se para a porta. Denissov largou o ordenança, refletiu um instante e, compreendendo a quem fazia Rostov alusão, deteve-o pelo braço.

— Nunca! — gritou ele, tão violentamente, que as veias de seu pescoço e de sua testa se intumesceram como cordas. — Não deixarei que digas isso. É engano teu, meu caro!... A bolsa está aqui. Prefiro escorchar esse animal, mas ele haverá de achá-la.

— Sei quem a levou — repetiu Rostov, numa voz trêmula, dando um passo para a porta.

— Não penses em fazer isso, digo-te eu! — vociferou Denissov, lançando-se contra seu camarada para detê-lo.

Mas Rostov escapou-lhe e, como se Denissov fosse seu mais mortal inimigo, fitou-o bem dentro dos olhos com um olhar carregado de ódio.

— Pesa bem tuas palavras — articulou ele com dificuldade. — Só estava eu no quarto; por consequência, se não foi o outro, então...

Não terminou e retirou-se correndo.

— Que o diabo te confunda e a todos os outros! — gritou-lhe como adeus Denissov.

Rostov correu diretamente à casa de Telianin.

— O tenente está no estado-maior — disse-lhe o ordenança e, notando-lhe o rosto desfeito: — Que foi que aconteceu? — indagou.

— Nada.

— Por pouco não o encontrastes — acrescentou o ordenança.

Sem voltar para casa, saltou Rostov sobre o primeiro cavalo que achou e se dirigiu ao estado-maior, acantonado numa aldeia a uma pequena légua de Zalzeneck. Havia ali uma hospedaria frequentada pelos oficiais. Rostov avistou perto dos degraus de entrada o cavalo de Telianin. Na segunda sala, estava o tenente amesendado diante de um prato de salsichas e de uma garrafa de vinho.

— Ah! eis-vos também, rapaz! — disse Telianin, sorrindo e erguendo bem alto os supercílios.

— S-i-m — articulou com grande esforço Rostov, que se sentou a uma mesa vizinha.

A conversa ficou nisso. Havia também na sala dois alemães e um oficial russo. Ninguém falava. Só se ouvia o tinido das facas nos pratos e o rumor dos queixos de Telianin. Quando este acabou de almoçar, tirou de seu bolso uma bolsa dupla com seus dedos miúdos, casquilhamente erguidos, fez deslizarem os elos, tomou da bolsa uma moeda de ouro e entregou-a ao garçom:

— O troco e depressa! — disse ele.

A moeda era nova. Rostov levantou-se e, aproximando-se de Telianin, lhe disse num tom de voz fria:

— Deixai-me ver um pouco vossa bolsa.

O olhar fugidio, os supercílios sempre levantados, Telianin entregou a bolsa.

— Uma bela bolsa, não é?... Sim, sim disse ele, empalidecendo de repente. — Vede, rapaz.

Rostov examinou a bolsa, bem como o dinheiro que ela continha, depois encarou Telianin. O tenente que, segundo seu costume, olhava para todos os lados menos à sua frente, afetava agora bom humor.

— Quando estivermos em Viena, tudo será gasto — disse ele, — mas que fazer de seu dinheiro nestes sujos buracos? Vamos, entregai-me a bolsa, rapaz, vou-me embora.

Rostov não dizia uma palavra.

— Vindes também almoçar? — continuou Telianin. — Não se come muito mal aqui... Está bem, entregai-me a bolsa.

Estendeu a mão para tomar a bolsa. Rostov largou-a. Telianin meteu-a tranquilamente no bolso de seu culote; levantava os supercílios com um ar descuidado e seus lábios entreabertos pareciam dizer: "Isto mesmo, isto mesmo, meto minha bolsa em meu bolso, é bem simples e ninguém tem nada com isso".

— Então rapaz? — disse ele, depois de haver lançado um suspiro, arriscando, por baixo de seus supercílios ligeiramente erguidos, uma olhadela para Rostov.

Uma espécie de corrente se estabeleceu entre os dois olhares com a rapidez duma centelha elétrica, de Telianin para Rostov, depois de Rostov para Telianin, e assim em seguida por espaço de um segundo.

— Venha cá — proferiu Rostov, pegando Telianin pelo braço e levando-o quase à força para a janela. — É o dinheiro de Denissov. Você se apoderou dele... — murmurou-lhe ao ouvido.

— Como!... Como!... Que ousais dizer? — protestou Telianin.

Mas este protesto soava como um grito de desespero, como um apelo ao perdão. Ao acento daquela voz sentiu-se Rostov aliviado dum grande peso: a dúvida não era mais possível. Experimentou logo alegria e, ao mesmo tempo, teve piedade do infeliz que se achava ali à sua frente; mas era preciso levar o caso até o fim.

— Deus sabe o que as pessoas irão pensar — gaguejou Telianin; e, pulando para seu boné, dirigiu-se para uma saleta vazia. — É preciso explicar-nos, vejamos...

— Sei o que estou dizendo e o provarei — disse Rostov.

— Mas eu... — balbuciou o tenente.

O medo havia-o tornado lívido; todos os músculos de seu rosto tremiam; seu olhar vagava à altura do soalho, sem ousar erguer-se para Rostov; abafou um soluço.

— Conde!... não percais um homem moço... Ei-lo, este maldito dinheiro, tomai-o — disse ele, atirando-o sobre a mesa. — Tenho mãe, um velho pai...

Evitando o olhar de Telianin, Rostov pegou o dinheiro e ia-se retirar sem dizer uma palavra; mas, na soleira, reconsiderou e, voltando, perguntou:

— Meu Deus, como pôde você cometer tal ação?

Lágrimas perolavam-lhe os olhos. Telianin aproximou-se.

— Conde... — disse ele.

— Não me toque! — exclamou Rostov, recuando. — Se está necessitado, guarde esse dinheiro...

Atirou-lhe a bolsa e saiu correndo da hospedaria.

5. Na noite desse mesmo dia, os oficiais do esquadrão, reunidos em casa de Denissov, discutiam animadamente.

— Acredite-me, Rostov, você devia apresentar suas desculpas ao coronel — dizia a Nicolau, escarlate de emoção, um grande capitão de cabelos grisalhantes, de enormes bigodes e feições fortemente acentuadas e sulcadas de rugas.

O Capitão-Ajudante Kirsten fora rebaixado duas vezes por questões de honra e por duas vezes reconquistara o seu posto.

— Não permito que ninguém me trate de mentiroso! — exclamou Rostov. — Ele me disse que eu mentia, retruquei-lhe o que dissera e as coisas ficarão nisso. Pode pôr-me de serviço todos os dias e me prender, se bem lhe aprouver; mas ninguém me obrigará a pedir desculpas, porque se, na qualidade de coronel, julga indigno de si dar-me satisfação, então...

— Calma, meu caro, escute-me — interrompeu-o Kirsten, com sua grossa voz de baixo, enquanto frisava seus compridos bigodes. — Você diz a seu coronel que um de seus camaradas cometeu um roubo e isto na presença de outros oficiais...

— É culpa minha que lá estivessem outros oficiais? Talvez não devesse falar na presença deles, mas não sou diplomata. Fiz-me hussardo precisamente porque acreditava que entre eles as delicadezas não estivessem em moda... Chamou-me de mentiroso. Que me dê satisfações!

— Tudo isto é muito bom e muito bonito, ninguém duvida de sua coragem, mas a questão não está nisso. Pergunte a Denissov: jamais se viu um aspirante pedir satisfações a seu coronel?

Denissov, mordiscando seu bigode, escutava a discussão com um ar sombrio e parecia pouco inclinado a tomar parte nela. A pergunta do capitão, respondeu por sinal de cabeça negativo.

— Vejamos — insistiu este, — você falava desse sujo negócio ao coronel na presença de outros oficiais. Bogdanitch (era assim que se chamava familiarmente o coronel) baixou-lhe o topete.

— Quer dizer que me chamou de mentiroso.

— Pois seja, mas você lhe disse tolices e é preciso pedir desculpas.

— Jamais! — exclamou Rostov.

— Não esperava isso de sua parte — replicou o capitão, num tom severo. — Recusa você desculpar-se e contudo, meu caro, é você grandemente culpado, tanto para com ele como para conosco, para com todo o regimento. Deveria ter refletido, pedido nosso conselho acerca da conduta a seguir na ocorrência; em vez disto, esvazia o saco sem tomar cuidado e ainda por cima na frente de outros oficiais! Que restava ao coronel fazer? Entregar à justiça um oficial, desonrar o regimento inteiro? É sua opinião, não é? Pois bem, não é a nossa. E Bogdanitch agiu muito bem, pretendendo que você não estivesse dizendo a verdade. É desagradável, mas de quem a culpa, meu caro? E agora que se deseja abafar o negócio, quer você, pelo contrário, gritá-lo de cima dos telhados, recusa desculpar-se, tudo isto por pura gloríola. Como então, acha mortificante estar sempre de serviço e não pode apresentar desculpas a um velho e honesto oficial! Bogdanitch pode ter lá seus defeitos, nem por isso deixa de ser um velho e bravo coronel e isto ofusca você. Mas sujar o regimento, isso pouco lhe importa, não é? — A voz do capitão começava a tremer. — Evidentemente, meu rapaz, você não é aqui senão uma ave de passagem, dum dia para outro bombardeá-lo-ão ajudante-de-campo; e pouco lhe importa que possam dizer: "Entre os oficiais do Pavlograd há ladrões!" Mas para nós, não é isto indiferente. Não é mesmo, Denissov?

Denissov, sempre imóvel e silencioso, fixava de tempos em tempos em Rostov seus olhos negros e brilhantes.

— Você não vê senão a gloríola, não quer desculpar-se — continuou o capitão, — mas nós, velhos soldados, nós crescemos dentro do regimento e talvez nos conceda Deus nele morrermos. A honra da corporação é-nos também querida e Bogdanitch não o ignora. Ah! se você soubesse quanta questão fazemos disso!... Não, veja você, meu rapaz, você não se conduz bem, nada absolutamente bem! Embora você se zangue, nem por isso deixarei de dizer-lhe a verdade! Você não está agindo como homem de bem!...

Ao dizer isto, o capitão levantou-se e deu as costas a Rostov.

— Ele tem razão, que diabo! — exclamou Denissov, saltando de sua cadeira. — Vamos, Rostov, vamos!

Rostov, corando e empalidecendo, fitava alternadamente os dois oficiais.

— Mas não, senhores, que ides crer?... Tendes bem má opinião a meu respeito... compreendo muito bem... a honra do regimento levo-a também muito a sério... mostrarei isto pelos meus atos... e para mim a honra da bandeira... Seja, reconheço, não tive razão... (Seus olhos encheram-se de lágrimas). Sim, sou culpado, inteiramente culpado... Que quereis mais?...

O capitão voltou-se.

— Bravo, conde, eis o que se chama falar — disse ele, batendo com sua larga mão no ombro de Rostov.

— Vês — disse Denissov — que se trata de um bom rapaz. Bem to havia dito.

— Sim, gosto mais disso, conde, ide dar vossas desculpas, Excelência —prosseguiu o capitão, dando desta vez todos os seus títulos a Rostov, como para recompensá-lo de sua boa vontade.

— Farei tudo quanto quiserdes, senhores. Não direi mais uma palavra sequer a respeito deste negócio, mas quanto a apresentar desculpas, não exijais isto de mim — suplicou Rostov. — Não sou um criançola, ora essa, para ir pedir perdão...

Denissov desatou a rir.

— Tanto pior para você — retorquiu Kirsten. — Bogdanitch é rancoroso. Sua teimosia vai custar-lhe caro.

— Não é teimosia, juro-lhe... Não posso descrever-lhe o que sinto... mas, francamente, está acima de minhas forças...

— Bem, como quiser! — concluiu o capitão. — E esse miserável, onde se meteu ele? — perguntou a Denissov.

— Deu parte de doente. Amanhã, em consequência, será licenciado.

— Só a doença pode explicar seu ato.

— Doente ou não — berrou Denissov, num tom feroz, — mantenha-se ele fora de minha vista, senão o mato!

Jerkov entrou na sala.

— Como, tu aqui! — exclamaram os oficiais.

— Ordem de marcha, senhores. Mack capitulou e todo o seu exército também.

— Estás brincando.

— Vi-o com os meus próprios olhos.

— Como! Viste Mack vivo? Em carne e osso?

— Em campanha! Em campanha! Que lhe ofereçam uma garrafa pela boa notícia. Mas por qual acaso estás aqui?

— Precisamente por causa desse diabo do Mack. Vendo-o de regresso, apresentei meus cumprimentos ao general austríaco. O outro deu queixa e me mandaram de novo para o regimento... Mas que tens tu, Rostov? Que cara!

— Ah! meu caro, se soubesses em que lamaçal chafurdamos desde ontem!

Neste momento o oficial ordenança do coronel veio confirmar a notícia trazida por Jerkov: a ordem de marcha estava dada para o dia seguinte.

— Em marcha, senhores!

— Graças a Deus. Basta de tanto mofo!

6. Kutuzov retirara-se para Viena, destruindo após si as pontes de Inn a Branau de Traun a Unz. No dia 23 de outubro, pelo meio-dia, passava o exército russo o Enns: as bagagens, a artilharia, as colunas de tropas estendiam-se ao longo da cidade de Enns, dos dois lados da ponte.

O tempo era outoniço, tépido e chuvoso. As baterias que defendiam a ponte ocupavam uma colina; a vasta perspectiva que se descobria dali, ora se encolhia sob o véu de musselina da chuva oblíqua, ora se distendia à luz do sol; os objetos mais longínquos apareciam então nítidos e luzentes como sob uma camada de verniz. Via-se, num nível inferior, a cidadezinha com suas casas brancas de telhados vermelhos, sua igreja e sua ponte, sobre cujos dois lados o exército russo se derramava em massa. Na esquina que fazia o Danúbio, avistavam-se barcos, uma ilha, um castelo, um parque cercado de água na confluência do Enns e do Danúbio. Na margem esquerda do rio, cujo escarpamento era escalado por uma floresta de pinheiros, alturas verdejantes e gargantas azuladas se esbatiam em misteriosas lonjuras; daqueles bosques selvagens (dir-se-ia uma floresta virgem) emergiam as torres dum mosteiro, ao passo que bem à distância, no alto, podia-se avistar as patrulhas inimigas.

Sobre a colina, à frente duma bateria, o general que comandava a retaguarda e um oficial da comitiva de Sua Majestade observavam o terreno, por meio dum óculo de alcance. Um pouco para trás, sentado na cauda duma carreta de canhão, achava-se Nesvitski, que o generalíssimo tinha destacado para a retaguarda. O cossaco que o acompanhava estendia-lhe uma sacola repleta de pasteizinhos e uma garrafa de autêntico Doppelkummel. Nesvitski ia regalando os oficiais da bateria, que o cercavam jovialmente, uns de joelhos, outros sentados à turca sobre a relva molhada.

— O príncipe austríaco que construiu ali um castelo não era decerto um imbecil — disse Nesvitski. — Que sítio magnífico!... Como é, senhores, não querem comer?

— Muito obrigado, príncipe — respondeu um dos oficiais, encantado por poder entreter-se com um membro tão importante do estado-maior. — Soberbo sítio, com efeito. Quando passamos diante do parque, avistamos dois veados, e que esplêndido castelo!

— Olhai, pois, príncipe — disse outro, que teria de bom grado comido outro pastel, mas não o ousava e fingia examinar a paisagem, — olhai, pois, nossos infantes já chegaram lá. Lá estão três, no prado, por trás da aldeia, arrastando alguma coisa... Vão saquear aquele palácio — concluiu, com ar visivelmente aprovador.

— É o que me parece — disse Nesvitski, com a bela boca úmida cheia de pastel. — Quanto a mim, preferia ir dar uma volta lá por baixo — acrescentou, apontando o convento cujos torreões se desenhavam sobre a colina. Sorriu. Seus olhos contraíram-se e iluminaram-se. — Seria famoso, não é mesmo, senhores?

Os oficiais desataram a rir.

— Só para fazer medo às monjinhas. Dizem que há entre elas lindas jovens, italianas. Na verdade, daria bem cinco anos de minha vida para lhes fazer visita!

— Tanto mais quanto elas se aborrecem — disse, rindo, o mais ousado dos artilheiros.

Entretanto, o oficial da comitiva apontava ao general um ponto sobre o qual este assestou seu óculo de alcance.

— É isto mesmo — resmungou o general, abaixando o óculo e erguendo os ombros. — É isto mesmo, vão atirar em nós do alto, durante a passagem. Que esperam, pois, os nossos homens?

Do outro lado do rio descobria-se a olho nu uma bateria inimiga, acima da qual elevou-se uma fumacinha cor de leite. Ouviu-se logo após uma longínqua detonação e viu-se nossas tropas apressarem o passo.

Nesvitski levantou-se, respirou fortemente, e aproximou-se do general, com um sorriso nos lábios.

— Deseja Vossa Excelência comer um pedaço? — perguntou-lhe.

— Porco negócio — declarou o general, sem responder-lhe à pergunta. —Nossos homens estão atrasados.

— Será preciso descer até lá, Excelência?

— É isto, vá lá, peço-lhe — disse o general, que se pôs a repetir-lhe as ordens já dadas pormenorizadamente. — Diga aos hussardos que atravessem por último e queimem a ponte, como dei ordem; e que inspecionem ainda as matérias inflamáveis que mandei pôr ali.

— Compreendi — respondeu Nesvitski.

Chamou seu cossaco que lhe segurava o cavalo, deu-lhe ordem para embalar as provisões e içou sobre a sela com agilidade sua pesada pessoa.

— Como veem, vou fazer uma visita às freirinhas — disse ele aos oficiais que o olhavam sorrindo e meteu-se pela vereda que serpenteava ao flanco da colina.

— Pois bem, capitão, vejamos um pouco até onde isso vai. Comande! — disse o general ao chefe da bateria. — Para enganar o tédio.

— Canhoneiros, às peças! — comandou o oficial.

Imediatamente os artilheiros acorreram alegremente de seus bivaques e puseram-se a carregar. Uma ordem de comando repercutiu.

— Primeira peça, fogo!

A primeira peça recuou vivamente. Troou com um som metálico, ensurdecedor e, por cima de todos os nossos, aglomerados no sopé da colina, a bala passou assobiando; mas estourou bastante adiante do inimigo, depois de ter marcado seu ponto de queda por ligeira nuvem de fumaça.

O barulho da detonação alegrou bastante nossas tropas. Oficiais e soldados todos se levantaram para observar, embaixo, os movimentos de nossas tropas percebidos bem claramente e em frente os das tropas inimigas que se aproximavam. O sol, no mesmo instante, saiu completamente de trás das nuvens e aquele belo tipo de canhão isolado se fundiu com o esplendor do astro radioso numa única impressão de marcial alegria.

7. Balas inimigas já haviam passado por cima da ponte onde o aperto era grande. Bem no meio, seu gordo corpanzil apertado contra o parapeito, o Príncipe Nesvitski voltava-se rindo para seu cossaco que, colocado um pouco para trás, mantinha os dois cavalos pela brida. Cada vez que tentava ele avançar, os soldados e as carretas o repeliam contra o parapeito. Só podia tomar a coisa com um sorriso.

— Diga-me lá, meu velho — gritou o cossaco a um soldado do trem de artilharia que repelia os pedestres metidos até debaixo das rodas de sua carreta e das patas de seus cavalos, — não poderia você esperar um pouco? Não haveria jeito de deixar passar meu general, heim?

O título de general não pareceu causar impressão alguma sobre o homem do trem de artilharia.

— Hei, vocês, aí, patrícios, cuidado! Fiquem à esquerda, por Deus! — gritou ele aos soldados que lhe barravam o caminho.

Mas os "patrícios", apertados ombro contra ombro e embaraçando-se em suas baionetas, avançavam sem parar, numa massa compacta.

Os olhares de Nesvitski iam do rio à ponte, descobrindo aqui e ali um espetáculo idêntico. Lá embaixo, o Enns precipitava suas pequenas ondas rumorosas e enrugadas que, perseguindo-se umas às outras, vinham quebrar-se e confundir-se contra as estacas da ponte. No alto, outras vagas derramavam-se, humanas estas, mas igualmente uniformes: era um incessante desfilar de sacos, de longos fuzis, com suas baionetas, de barretinas com suas capas e jugulares, deixando entrever rostos de faces cavadas, de pômulos salientes, e pernas, enfim, chafurdando na lama pegajosa. Por vezes a fisionomia característica de um oficial com capote punha naquelas vagas indistintas o mesmo colorido que um penacho de espuma sobre as águas do Enns; por vezes também um hussardo desmontado, um ordenança, um habitante do lugar deixava-se arrastar pelas vagas da infantaria como um destroço pelas do rio; ou então era uma carruagem de oficial, um furgão de companhia sobrecarregado e protegido por um toldo, que emergia, como uma viga flutuante, da torrente impetuosa que a premia de todos os lados.

— O dique rompeu-se, ao que parece — disse o cossaco, desesperando de avançar. — Ainda virá mais disso?

— Um milhão menos um! — respondeu, piscando o olho, um farsista que passava bem perto com seu capote em frangalhos.

Um velho soldado embargava-lhe o passo.

— Se ele se põe a atirar na gente agora mesmo ("ele" era o inimigo), decerto ninguém se lembrará de se coçar de suas pulgas — confiou ele em tom lúgubre a seu vizinho.

Passou. Atrás dele vinha um soldado, empoleirado numa carreta.

— Onde diabo meteste minhas meias, pedaço de animal? — dizia um ordenança que seguia o veículo, correndo a cascavilhar na parte traseira.

Também esse se afastou bem como a carreta. Seguiu-se um alegre grupo, visivelmente embriagado.

— E então, velhinho, se tu o tivesses visto plantar-lhe a coronha em cheio no focinho — dizia, gesticulando, um dos rapazes, com a gola do capote levantada até as orelhas.

— Deve ter feito dele um notável presunto! — respondeu outro, numa explosão de riso.

E passaram, ficando assim Nesvitski a ignorar sempre quem recebera a coronhada no focinho e a que se referia aquele "presunto".

— Parece até — resmungava um sargento, — que têm fogo no traseiro! Somente porque "ele" disparou uma balinha a frio, já se acreditam todos mortos.

— Pois é, meu velho — retorquiu, contendo com dificuldade uma explosão de riso, um soldadinho que tinha uma boca enorme, — quando vi tal bala passar voando na minha frente, quase que revirei os olhos. Ah, sim, decerto, tive um medo daqueles! — acrescentou ele, todo glorioso de ter tido medo.

Também este passou. Atrás, avançava uma carruagem, bem diferente das precedentes. Era uma carroça alemã, conduzindo seu proprietário. Puxavam-na dois cavalos; uma bela vaca malhada, de úbere enorme, estava presa na traseira. A carroça parecia conter toda uma casa. Três mulheres iam sentadas sobre edredões: uma velha, outra com um menino no seio e uma moça rubicunda e cheia de carnes. Eram sem dúvida evacuados, munidos duma autorização especial. Todos os olhares se voltaram logo para aquele grupo: enquanto passou o comboio, que só avançava muito lentamente, todas as graçolas foram referentes às duas jovens mulheres, vendo-se desenhar-se em todos os rostos um sorriso quase idêntico, revelador de ideias licenciosas.

— Com que então, Frei Salsicha, também você dá o fora?

— Queres vender-me a tua "mamãezinha"? — indagou outro soldado ao alemão que, de cabeça baixa e cara fechada, apressava o passo com ar furioso.

— Puxa! Como está ela enfeitadinha!

— Que tal uma ordem de alojamento para a casa dela, heim, Fedotov?

— Tem-se visto muita coisa, meu velho.

— Onde vão vocês assim? — perguntou um oficial de linha que, mordiscando uma maçã, esboçava um sorriso para a bela moça.

O alemão fechou os olhos e fez sinal de que não compreendia.

— Toma! Queres? — disse o oficial, estendendo sua maçã para a moça que a aceitou gentilmente.

Como todos, durante a passagem da carroça, Nesvitski só teve olhos para as duas jovens mulheres. Reviu em seguida os mesmos soldados e ouviu as mesmas conversas. Depois todos se detiveram: como acontece sempre na saída duma ponte, os cavalos dum furgão recusavam-se a avançar, contendo assim, como um dique, toda a maré.

— Que é que se espera? Não há ordem? Quando quer você acabar de empurrar, seu pedaço de idiota? Está tão apressado assim? Quando "ele" assestar o fogo sobre a ponte, será ainda menos divertido. Não está vendo que quase se esmaga um oficial? — diziam os soldados, encarando-se mutuamente e empurrando-se uns aos outros, cada qual melhor.

Tendo-se voltado para olhar as águas do Enns, Nesvitski ouviu de repente um som novo para ele: uma massa enorme aproximava-se muito depressa e veio pesadamente abater-se dentro do rio.

— Desta vez é para cima de nós que "ele" atira — resmungou, voltando-se ao ruído, um soldado parado não longe dali.

— "Ele" quer nos obrigar a passar mais depressa — pilheriou outro, não muito tranquilo.

Nesvitski verificou que era uma bala de canhão. E, quando a tropa retomou sua marcha, chamou seu cossaco.

— Olá, meu cavalo! Vamos, vocês, afastem-se! Deem lugar!

Pôs-se com grande esforço na sela e, prodigalizando advertências, impeliu seu cavalo através dos soldados, que se afastavam voluntariamente, mas que contracorrentes empurravam logo contra ele, tanto que os mais próximos lhe esmagavam as pernas, a despeito da boa vontade deles.

— Hei, Nesvitski! Hei, seu gorducho! — gritou atrás dele uma voz rouca.

Nesvitski voltou-se e descobriu a quinze passos dali, separado dele pela massa viva movediça da infantaria, um hussardo todo vermelho, todo preto, de cabelo hirsuto, o barrete caído para a nuca e a peliça elegantemente lançada sobre o ombro. Era Vaska Denissov.

— Dize a esses porcalhões que nos deem passagem! — berrava Denissov, preso dum acesso de furor. Rolava nas órbitas inflamadas olhos negros e brilhantes como azeviche e brandia seu sabre embainhado na sua pequena mão nua, tão vermelha quanto seu rosto.

— Ah! Vaska! — exclamou alegremente Nesvitski. — Que há?

— Impossível fazer passar o esquadrão — berrou ainda mais alto Denissov, descobrindo na sua raiva os dentes brancos. Esporeava sem piedade seu Beduíno, belo puro-sangue negro que, empinando as orelhas quando se feria nas baionetas, soltando bufidos, salpicando de espuma tudo em redor, batia com os cascos nas pranchas da ponte e parecia esperar apenas o estímulo de seu cavaleiro para saltar por cima do parapeito.

— Que rebanho de carneiros!... Mas enfileirem-se, seus pedaços de animais!... Hei, lá, esse furgão! Pare, com os seiscentos diabos, senão o reduzo a pedaços!

Desembainhou seriamente o sabre e ameaçou com ele os infantes que se comprimiram, apavorados, uns contra os outros, permitindo-lhe assim que alcançasse seu camarada."

— Como é que não estás bêbedo hoje? — perguntou-lhe logo Nesvitski.

— Ah, meu caro, não nos dão nem tempo de levantar o cotovelo! Levam-nos o dia inteiro dum lado para outro. Se é preciso combater, que se combata! Se não, Deus sabe com que se parece isto!

— Puxa! Que elegância! — continuou Nesvitski, observando a peliça nova e a manta do hussardo.

Sorrindo, tirou Denissov de sua bolsa de couro a tiracolo um lenço impregnado de água-de-cheiro e meteu-o sob o nariz de Nesvitski.

— Mas decerto! Num dia de batalha, ora essa! Barbeei-me, perfumei-me, esfreguei até mesmo os dentes.

A estatura imponente de Nesvitski, a presença dum cossaco da escolta, o ar resoluto, os molinetes e vociferações de Denissov produziram enfim seu efeito; puderam abrir caminho em meio do aperto e, uma vez na outra margem do rio, conter a maré montante da infantaria. Nesvitski encontrou lá o coronel com quem tinha de tratar; cumprida sua missão, voltou.

Depois de haver aberto com grande luta um caminho para seu esquadrão, postou-se Denissov, para vê-lo desfilar, à saída da ponte; retinha com uma mão indolente seu garanhão que piançava, impaciente por juntar-se aos seus. Um tropel nítido de cascos ressoou em breve sobre as pranchas e o esquadrão em filas de quatro, com oficiais â frente, atravessou a ponte e saiu na outra margem.

Enquanto isso os infantes, chafurdando na lama, contemplavam os corretos e fogosos cavaleiros com aquele sentimento de hostilidade zombeteira de que dão muitas vezes prova os diversos corpos de tropas, quando se encontram.

— Estão bem brunidos esses camaradas! Irão ser passados em revista?

— Que queres que façam de diferente? Só servem para isso!

— Olá, seu empurra-pedra, trate de não levantar poeira! — zombeteou um hussardo cujo cavalo, por brincadeira, havia lançado lama num soldado de infantaria.

— Sim, é isso mesmo, faça-se de fanfarrão trepado nesse canastrão — retorquiu o outro, limpando com a manga seu rosto salpicado de lama, — mas se tivesses marchado duas ou três etapas com a mochila nas costas, não estarias tão pimpão!

— Dize-me cá, Zikin — disse um cabo, brincando, a um soldadinho magro que se curvava ao peso da mochila, — não achas que farias uma bela figura montado a cavalo? Gostaria de ver-te trepado num!

— Basta meter-lhe um cacete entre as pernas — encareceu um hussardo. — Daria um belo cavaleiro!

8. Na sua pressa, as colunas de infantaria, contidas na entrada da ponte, nela se precipitavam agora como num funil. Afinal, todos os furgões tendo passado, diminuiu a pressa e o derradeiro batalhão alcançou a outra margem. Somente os hussardos de Denissov faziam frente ao inimigo. Este se achava visível do alto da colina oposta, mas debaixo da ponte, não era visto ainda, porque o rio corria numa garganta cujas alturas barravam o horizonte a menos de quinhentos metros. Pela frente, havia uma extensão desabitada, onde cossacos patrulhavam. De repente, capotes azuis, peças de canhão, apareceram nas alturas, donde nossos cossacos desceram a trote. Esforçando-se por desviar o olhar e falar de outra coisa, os oficiais e os soldados de Denissov pensavam unicamente naquilo que havia lá no alto da colina e olhavam sem cessar as manchas que apontavam no horizonte e que sabiam serem tropas inimigas. No correr da tarde, o tempo tornara-se belíssimo, um sol radioso descia sobre o Danúbio e sobre as colinas sombrosas que o cercavam. Tudo estava calmo; raros cavaleiros andavam ainda pelo espaço vazio que se estendia entre o esquadrão e o inimigo, este não atirava mais; somente alguns gritos, alguns toques de clarim revelavam por vezes a presença dele. Esse silêncio assinalava mais ainda a linha temível, inacessível, imperceptível, que separa dois exércitos adversos.

"Um passo além dessa linha, semelhante ao que separa os vivos e os mortos, e temos o desconhecido do sofrimento e da morte. E que se encontrará lá embaixo? Quem será encontrado? Além daquele campo, daquela árvore, daquele teto que o sol ilumina? Todos o ignoram e todos desejam sabê-lo. Cada qual tem medo de transpor essa linha e, contudo, cada qual quereria fazê-lo, cada qual sabe que cedo ou tarde terá de transpô-la e conhecerá o que há além, da mesma maneira que um dia terá de inelutavelmente conhecer o que há além da morte. E apesar disso, sente-se a gente sadia, alegre, viva, e as pessoas que nos cercam estão, também elas, cheias de força, de saúde, de movimento." Eis o que pensa, ou pelo menos o que sente, todo homem em presença do inimigo, e esta sensação dá então ao menor incidente um relevo especial, faz com que o acolhamos com uma violenta alegria.

Entretanto, sobre a altura ocupada pelo inimigo, apareceu a fumaça dum tiro de canhão e uma bala passou assobiando por cima do esquadrão. Os oficiais, que estavam agrupados, retomaram seus lugares; os homens esforçavam-se por manter seus cavalos alinhados. Estabeleceu-se o silêncio. Todos tinham os olhos fixos sobre o inimigo distante e sobre o capitão, aguardando uma ordem. Uma segunda, uma terceira bala passaram. Eram evidentemente destinadas aos hussardos, mas voavam, com um longo assobio monótono, por cima das cabeças e iam cair em alguma parte por trás do esquadrão. Ninguém parecia prestar-lhes atenção, mas cada vez que se fazia ouvir o barulho do projetil, todos aqueles homens de rostos tão variados na sua uniformidade retinham, como que sob comando, sua respiração e se erguiam um instante sobre os estribos. Cada qual, sem mexer a cabeça, examinava seu vizinho com o canto do olho, curioso de conhecer a impressão produzida sobre o camarada. Cada rosto, desde o de Denissov até o do corneteiro, exprimia, por uma prega no queixo e na comissura dos lábios, a emoção, o nervoso, a luta contra si mesmo. O quartel-mestre olhava seus homens com ar carrancudo, pesado de ameaças. O aspirante Mironov curvava o dorso a cada chegada de bala. Rostov, postado no flanco esquerdo sobre seu Chucas, fraco de pernas mas aguentando-se bem, tinha o semblante radiante dum escolar chamado a submeter-se, perante um grande público, a um exame em que não tem dúvida de que passará brilhantemente. Seu olhar luminoso e sereno parecia tomar toda a gente como testemunha da tranquilidade de que dava prova sob o canhoneio; e entretanto a marca reveladora duma sensação nova e grave aparecia, malgrado seu, na comissura dos lábios.

— A quem está você cumprimentando lá embaixo, aspirante Mironov? Vamos, é para mim que deve olhar! — gritou Denissov que, não podendo manter-se parado, dava voltas à frente do esquadrão.

A cara chata, coroada de cabelos negros, de Vaska Denissov e toda a sua pessoinha encolhida, com sua mão nodosa, curta, peluda, crispada sobre o punho de seu sabre desembainhado, eram exatamente o que eram de costume, sobretudo pela noite, quando havia esvaziado suas duas garrafas. Estava simplesmente mais vermelho que de costume. A cabeça erguida na atitude dos pássaros que vão beber, o corpo curvado para trás, com as curtas pernas esporeando sem piedade o bravo Beduíno, dirigiu-se a galope para o outro flanco do esquadrão e lançou com voz rouca a ordem de preparar as pistolas. O segundo Capitão Kirsten veio a seu encontro ao passo tranquilo de sua grande jumenta. O capitão de compridos bigodes estava sério como sempre; somente seus olhos mostravam-se mais brilhantes que de costume.

— Para quê? — disse ele a Denissov. — Não travaremos combate. Vamos recuar mais uma vez, vais ver.

— Com os diabos! se sei o que fazem eles! — resmungou Denissov. — Pois é Rostov, — gritou ele para o aspirante, cujo rosto jovial lhe chamara a atenção, — eis que chegou o grande dia!

E lançou-lhe um sorriso encorajador, visivelmente satisfeito com o rapaz. Rostov sentiu-se plenamente feliz.

No mesmo instante, o comandante da retaguarda mostrou-se na ponte. Denissov galopou a seu encontro.

— Permiti-me atacar, Excelência. Vou derrubá-los.

— Trata-se bem disto! — vociferou o general, cujo cenho se contraiu como que para afugentar uma mosca importuna. — Que fazeis ainda aqui? Não vedes que as patrulhas se retiram? Juntai vossos homens.

O esquadrão saiu indene da zona de fogo. Outro esquadrão, que havia batido o campo, tornou a passar pela ponte por sua vez, seguido dos derradeiros cossacos.

Os dois esquadrões retiravam-se agora para as alturas. O Coronel Carl Bogdanitch Schubert, que se juntara ao esquadrão de Denissov, marchava a passo, não longe de Rostov, ao qual não prestava aliás nenhuma atenção, se bem que fosse aquele seu primeiro encontro depois de sua altercação por causa de Telianin. Rostov que, sob as armas, se sentia sob a inteira dependência daquele homem a quem havia ofendido — porque reconhecia agora seus erros — Rostov não afastava os olhos da largura atlética dos ombros, da cabeça loura e da nuca vermelha do coronel. Ora imaginava que Bogdanitch fingia indiferença só com o fim de experimentar sua coragem, dele, Rostov; então se perfilava e passeava em redor de si um olhar marcial. Ora pensava que o coronel fazia questão, cavalgando tão perto dele, de convencê-lo de sua própria bravura. Ora, enfim, imaginava que seu inimigo, desejoso de puni-lo, ia lançar o esquadrão num ataque louco, depois do qual viria, em sinal de reconciliação, estender a Rostov ferido uma mão magnânima.

Um ajudante-de-campo veio a galope, diretamente ao encontro do coronel. Era Jerkov, cuja elevada estatura tornara-se familiar aos hussardos de Pavlograd, se bem que, depois de sua dispensa do quartel-general, não tivesse permanecido muito tempo entre eles. Não era bastante tolo, dizia ele, para puxar sua correia nas fileiras, ao passo que, no estado-maior, sem nada fazer, sua promoção seria muito mais rápida; e fizera-se nomear oficial-ordenança do Príncipe Bagration, que comandava a retaguarda, em nome do qual vinha agora transmitir uma ordem a seu antigo chefe.

— Coronel — disse ele com ar lúgubre, trocando um olhar com seus camaradas, — deu-se ordem de parar e de queimar a ponte.

— Quem deu ordem? — indagou, com enfado, o coronel, em mau russo.

— Meu Deus, coronel, ignoro "quem deu a ordem" — respondeu o corneta com a maior seriedade do mundo. — Sei somente que o príncipe me ordenou que vos dissesse que os hussardos deviam recuar imediatamente e pôr fogo na ponte.

Depois de Jerkov chegou um oficial da comitiva, portador da mesma ordem; e depois deste oficial, o gordo Nesvitski, que esmagava sob seu peso um cavalinho cossaco.

— Mas como é isso, coronel — gritou ele de longe, — disse-vos que queimásseis a ponte e nada fizestes. Estão arrancando os cabelos lá no estado-maior. Não se compreende mais nada.

Sem a menor pressa, o coronel mandou que o regimento fizesse alto.

— Vós me falastes de matérias inflamáveis — respondeu ele a Nesvitski, — Mas no que se refere a queimar a ponte, nada me dissestes.

Entrementes Nesvitski parara sua montaria e tirara o barrete, enxugando agora com sua mão gorda os cabelos molhados de suor.

— Como, meu caro senhor, — exclamou ele, — não vos mandei queimar a ponte? Mas então por que mandastes pôr nela matérias inflamáveis?

— Perdão, senhor oficial do estado-maior, em primeiro lugar não sou vosso "caro senhor" e em seguida, não me ordenastes que queimasse a ponte! Conheço "meu" serviço e tenho o hábito de executar pontualmente as ordens. Dissestes que se queimaria a ponte, mas quem deveria queimá-la, isto não podia eu sabê-lo por obra e graça do Espírito Santo...

— Isto, é sempre o mesmo estribilho! — disse Nesvitski, com um gesto resignado. — Ora essa, Jerkov! Que fazes aqui?

— Mas a mesma coisa que tu. Estás um tanto molhado, sabes? Queres que te esprema?

Schubert, ferido em seu amor-próprio, teimava em não ceder.

— Vós me dissestes, senhor oficial do estado-maior...

O oficial da comitiva cortou-lhe a palavra.

— Apressemo-nos, coronel; do contrário o inimigo aproximará suas peças a alcance de metralha...

Reduzido ao silêncio, Schubert olhou, um a um, o oficial da comitiva, Jerkov, o gordo oficial do estado-maior e ficou de ar ainda mais sombrio.

— Pois seja! Vou fazer saltar a ponte — declarou ele e seu tom solene deixava a entender que cumpriria sempre seu dever, por mais barulho que lhe arranjassem.

Passando sua cólera contra seu cavalo, esporeou-o sem piedade nos flancos, com suas longas pernas musculosas, dirigiu-se para a vanguarda e ordenou ao segundo esquadrão, aquele mesmo em que servia Rostov sob as ordens de Denissov, que recuasse para a ponte.

"Aí temos! Quer experimentar-me — disse a si mesmo Rostov, que sentiu o coração cerrar-se, enquanto que o sangue lhe afluía ao rosto. — Pois bem, vou fazer-lhe ver que não sou um poltrão!"

De novo apareceu nos rostos alegres dos hussardos aquela prega preocupada que os ensombrecera sob o fogo dos canhões. Rostov mantinha o olhar fixo no rosto de seu inimigo, ávido de descobrir o menor indício que confirmasse suas suspeitas; mas nem uma vez o olhar do coronel, severo e solene como se mostrava sempre sob as armas, encontrou o seu. Ouviu-se uma ordem de comando.

— Depressa! Depressa! — pronunciaram algumas vozes em redor de Rostov.

A toda a pressa, num tilintar de esporas e de sabres, agarrando-se às bridas, os hussardos apeavam-se, não sabendo bem o que teriam de fazer. Persignaram-se. Estimulado pelo medo de ficar para trás, Rostov esquecera-se do coronel, enquanto entregava seu Chucas ao soldado que vigiava os cavalos e sentiu o coração bater-lhe em grandes palpitações no peito. Denissov, com o corpo lançado para trás, passou a galope, gritando. Mas já Rostov não via senão os hussardos que corriam em redor dele, embaraçando-se em suas esporas e fazendo tilintarem os sabres.

— Uma padiola! — gritou uma voz atrás dele.

Rostov nem sonhou em perguntar a si mesmo porque havia necessidade duma padiola; corria a bom correr, preocupado unicamente em chegar antes de todos; mas na entrada da ponte, escorregou numa lama pegajosa e caiu sobre as mãos. Os outros o ultrapassaram.

— Dos dois lados, capitão! Reconheceu a voz do coronel que se adiantara e se mantinha a cavalo não longe da ponte, com um rosto satisfeito e solene.

Limpando no culote as mãos cheias de lama, voltou-se Rostov para encarar seu inimigo e quis retomar sua carreira, estimando que, quanto mais longe ela o levasse, melhor seria. Mas Bogdanitch, sem reconhecê-lo, sem mesmo olhá-lo, gritou num tom furioso:

— Quem está correndo pelo meio da ponte? À direita! Para trás, aspirante! De que serve expor-se, capitão? Apeai-vos — acrescentou ele, dirigindo-se a Denissov que, por fanfarronada, metia-se a cavalo sobre o tabuleiro da ponte.

— Ora! — respondeu Vaska Denissov, voltando-se em sua sela, — as balas encontram sempre a quem atacar!

* * *

Entretanto, fora do alcance dos canhões inimigos, Nesvitski, Jerkov e o oficial da comitiva observavam ora aquele punhado de homens de barretinas amarelas, blusas verdes com alamares e culotes azuis que se agitavam junto da ponte, ora, além do rio, os capotes azuis que surgiam ao longe e alguns grupos montados que era fácil reconhecer como baterias.

"Terão os hussardos tempo de incendiar a ponte? Irão os franceses vencê-los pela velocidade e esmagá-los sob a metralha?" Eis o que cada um dos numerosos soldados, parados sobre as colinas que dominavam o rio, perguntava a si mesmo, com angústia, contemplando de longe a aproximação dos capotes azuis, das baionetas dos canhões.

— Os hussardos vão pagar as favas! — disse Nesvitski. — Ei-los agora ao alcance da metralha.

— Ele fez mal em trazer tanta gente — observou o oficial da comitiva.

— Com efeito, dois camaradas teriam bastado.

— Que dizeis aí, meu príncipe? — objetou Jerkov, com seu tom de farsista e sem desviar os olhos dos hussardos. — Dois homens! Quereis então que a cruz de São Vladimiro nos passe sob o nariz? Dessa forma, teremos evidentemente muitas baixas, mas também o esquadrão inteiro será proposto para a medalha e nosso Bogdanitch receberá sua condecoração. Ele sabe o que faz.

— Pronto! — exclamou o oficial da comitiva. — Desta vez é a metralha!

Mostrava as peças francesas que eram retiradas das dianteiras das carretas e cujas atrelagens se afastavam às pressas.

Nos grupos inimigos onde havia canhões, apareceram quase simultaneamente uma, duas, três fumaças, depois, quando chegou o som do primeiro tiro, uma quarta. Houve duas detonações, uma após a outra, em breve seguidas duma terceira.

— Oh! Oh! — gemeu Nesvitski, como se experimentasse uma dor aguda e agarrou o braço do oficial da comitiva. — Eis um que cai, vede, vede!

— Dois, parece-me!

— Se eu fosse o tzar, jamais faria guerra — disse Nesvitski, desviando a vista.

As peças francesas foram recarregadas às pressas. Os capotes azuis puseram-se em marcha acelerada para o rio. Fumaças mostraram-se ainda, mas a intervalos irregulares; de novo, crepitou a metralha, mas desta vez Nesvitski não pôde distinguir o que se passava sobre a ponte, donde se elevava uma nuvem espessa: nossos cavaleiros tinham conseguido pôr-lhe fogo. Os artilheiros inimigos não atiravam mais para impedir a operação, mas unicamente porque suas peças estavam carregadas e tinham um alvo para tiro. Das três descargas de metralha que tinham enviado contra nossos hussardos, antes que estes tivessem podido alcançar seus cavalos, duas tinham-se perdido, mas a terceira, caindo em cheio em um grupo, abatera três homens.

Rostov, sempre preocupado com suas relações com Bogdanitch, parara no meio da ponte sem saber bem o que fazer. Não encontrava ninguém em quem descarregar seu sabre (não concebendo de maneira diferente a batalha) e não podia cooperar no incêndio, porque não se munira de bota-fogo, como os outros soldados. Permanecia ali, perplexo, quando de repente ouviu crepitar uma espécie de saraivada de nozes e o hussardo, que se achava mais perto dele, caiu gemendo sobre o parapeito.

Rostov, com alguns outros, correu para ele. Alguém gritou de novo:

— Uma padiola!

Quatro homens agarraram o ferido e o levantaram.

— Oh!... Oh!... Deixem-me, em nome do céu! — gritava o ferido, mas levantaram-no e puseram-no na padiola.

Nicolau Rostov voltou-se e examinou com o olhar o rio que se perdia à distância e o céu onde flamejava o sol. Quão belo lhe parecia o céu na sua serenidade profunda! Com que radiosa majestade declinava o sol! Com que graça delicada cintilavam as águas luzidias do Danúbio! E quão mais atraentes ainda lhe pareciam as colinas que azulavam para além do mosteiro, os barrancos misteriosos, as florestas de pinheiros perdidas na bruma!... Lá havia paz, felicidade... "Se pudesse ao menos estar lá embaixo, dizia a si mesmo Rostov, nada teria a desejar, nada, absolutamente nada... Dentro de mim nesse sol há tanta felicidade... mas junto de mim gemidos de sofrimento, terror... só esta pressa, esta confusão... Eis que gritam ainda uma ordem, que todos se salvem, Deus sabe para onde, que eu também devo correr com eles... Ei-la, ei-la, a morte, acima de mim, em torno de mim... Um só instante e nunca mais verei esse sol, essas águas, esse barranco..."

Uma nuvem passou sobre o sol. Rostov viu à sua frente outras padiolas. Então o horror que elas lhe provocavam, seu medo da morte, seu amor pelo sol e pela vida, tudo se confundiu numa impressão de mal-estar e de angústia.

"Oh! meu Deus! — murmurou ele. — Vós que estais lá em cima no céu, salvai- me, protegei-me, perdoai-me!"

Os hussardos haviam alcançado seus cavalos, as vozes se tornavam mais firmes, as padiolas tinham desaparecido.

— Então, meu pequeno, sentiste o cheiro da pólvora? — gritou-lhe ao ouvido Vaska Denissov.

"Vamos, tudo acabou — disse a si mesmo Rostov, — mas nem por isso deixo de ser poltrão, sim, um poltrão". Lançou um profundo suspiro, retomou Chucas do soldado que vigiava os cavalos e pôs o pé no estribo.

— Que era então, metralha? — perguntou ele a Denissov.

— E da boa! — guinchou Denissov. — Trabalhamos belamente! Mas que trabalho sujo! Falai-me dum ataque; nele pelo menos tem-se o tiro pela frente. Mas um negócio como este... com que parece? Atira-se na gente e a gente tem de deixar-se atirar como se fosse um mero alvo!

E Denissov dirigiu-se a um grupo parado não longe de Rostov. Lá estavam o coronel, Nesvitski, Jerkov e o oficial da comitiva.

"Ora essa! parece-me que ninguém notou nada!" pensou Rostov. Ninguém com efeito notara coisa alguma, porque cada qual conhecia por experiência a impressão que deixa o batismo de fogo.

— Vamos ver agora os relatórios! — disse Jerkov. — Não me causará surpresa, se me fizerem alferes.

— Comunicai ao príncipe que eu "tinha" incendiado a ponte — disse o coronel com um tom de triunfo.

— E se perguntarem as perdas?

— Uma bagatela! — disse ele, em voz de baixo. — Dois hussardos feridos e um morto!

Mal podia conter sua alegria e esta última palavra lhe pareceu tão bela que a lançou com voz troante e sorriso nos lábios.

9. Perseguido por Bonaparte à frente de cem mil homens, acolhido com hostilidade pelas populações que não tinham mais confiança em seus aliados, submetidos a privações pela falta de subsistências, constrangido a agir ao contrário das condições previstas da guerra, o exército de Kutuzov, com a força apenas de trinta e cinco mil homens, retirava-se a toda a pressa pelo vale do Danúbio. Só se respondia à pressão do inimigo com combates de retaguarda, e apenas o suficiente para não lhe abandonar suas bagagens. Houve os embates de Larnbach, de Arnstetten e de Melk; os russos deram aí prova de uma bravura e de uma tenacidade que seus adversários tiveram prazer em reconhecer; e contudo essas escaramuças não tiveram outro resultado senão acelerar a retirada. Os exércitos austríacos, que tinham escapado à capitulação de Ulm e se haviam juntado aos russos em Braunau, tinham-se em seguida separado, e Kutuzov via-se reduzido às suas próprias tropas, já bem esgotadas. Nem se podia mesmo sonhar em defender Viena. Em lugar da ofensiva concebida de acordo com as regras da nova ciência denominada "estratégia" e cujo plano lhe fora remetido, durante sua estada em Viena, pelo Hojkriegsrath, não restava mais a Kutuzov, se não quisesse perder seu exército como Mack havia perdido o seu em Ulm, que operar sua junção com as tropas que chegavam da Rússia; ainda assim era esse um fim quase inacessível.

A 28 de outubro, tendo posto o Danúbio entre si e as principais forças francesas, deteve-se Kutuzov na margem esquerda, mantida apenas pela divisão Mortier. A 30, lançou-se sobre essa divisão e bateu-a; pela primeira vez conquistaram troféus: uma bandeira e canhões; chegou-se mesmo a prender dois generais. Pela primeira vez, desde quinze dias que batia em retirada, o exército russo se havia voltado contra o inimigo e, não somente havia mantido o campo de batalha, mas pusera ainda em fuga os franceses. As tropas estavam estafadas, em frangalhos, diminuídas de um terço, contando-se os mortos, os retardatários, os feridos e os doentes; estes últimos tinham sido abandonados na margem direita, confiados por uma carta de Kutuzov à humanidade do inimigo; não havia mais lugar nos hospitais e nos grandes edifícios de Krerns, transformados em lazaretos; não obstante, a parada naquela cidade e a vitória sobre Mortier tinham levantado bastante o moral dos soldados. No exército inteiro e até no quartel-general corriam os rumores mais reconfortantes, embora sem fundamento certo; aproximavam-se colunas de socorro, os austríacos tinham logrado uma vitória, Bonaparte, tomado de medo, virava as costas.

Durante o combate, o Príncipe André achara-se ao lado do general austríaco Schmidt que nele encontrara a morte; ele próprio tivera seu cavalo morto sob si e o braço esfolado por uma bala. Por favor especial, o generalíssimo mandou-o levar a notícia dessa vitória à corte da Áustria que, de Viena, ameaçada pelos franceses, se refugiara em Brunn. Na própria noite da batalha, emocionado mas não fatigado, porque, a despeito de sua compleição um tanto delicada, suportava a fadiga muito melhor que outros mais robustos — Bolkonski chegara a cavalo a Krems, com um relatório de Dokhturov para Kutuzov, que o despachou imediatamente para Brunn. A escolha que se fizera dele para correio, além das distinções que comportava, deixava prever uma próxima e brilhante promoção.

A noite estava sombria, estrelada; a estrada traçava uma esteira negra na brancura dos campos, porque houvera, na véspera, dia do combate, forte queda de neve. Enquanto rodava em sege de posta, ora repassando na memória as peripécias da batalha, as despedidas que lhe haviam feito o general-em-chefe e seus camaradas, ora imaginando com alegria o efeito que iria produzir a notícia da vitória, o Príncipe André experimentava o sentimento de um homem que, depois de uma vaga espera, vê enfim romper a aurora duma felicidade muito tempo almejada. Assim que fechava os olhos, cria ouvir o barulho da fuzilaria, o troar do canhão que se misturavam ao estrépito das rodas e à impressão de vitória. Ou então imaginava que os russos fugiam, que ele mesmo era morto; mas despertava sobressaltado e descobria com felicidade como que pela primeira vez que nada de tudo aquilo era verdadeiro, que, pelo contrário, eram os franceses que tinham fugido. E de novo rememorava as circunstâncias do combate, a fria intrepidez de que dera prova; e, embalado por essas lembranças, adormecia de novo...

À noite sombria e estrelada sucedeu uma manhã radiosa. A neve derretia-se ao sol, os cavalos galopavam belamente, enquanto que dos dois lados do caminho desfilavam florestas, campos, aldeias, uniformes na sua variedade. Numa das paradas de muda, alcançou o príncipe um comboio de feridos russos. Caído na carreta da frente, o chefe do comboio gritava injúrias grosseiras para um soldado. Os infelizes, pálidos e sórdidos sob os pensos, empilhavam-se aos seis e até mais em compridas carroças, que solavancavam sobre a estrada pedregosa. Alguns falavam (o príncipe percebeu o som de palavras russas), outros comiam pão, os mais gravemente feridos contemplavam em silêncio, com a humildade e infantil curiosidade dos doentes, o correio que os ultrapassava a galope.

O príncipe mandou parar e perguntou a um deles em que combate tinham sido feridos.

— Antes de ontem, sobre o Danúbio — respondeu o soldado.

André tirou sua bolsa e deu-lhe três moedas de ouro.

— É para todos — disse ele ao oficial que se aproximava. — Tratai de curar-vos, meus filhos, porque há ainda muito que fazer.

— Então, senhor ajudante-de-campo, que notícias? — indagou o chefe do comboio, evidentemente desejoso de travar conversa.

— Boas... A caminho! — gritou ele para o postilhão. E a sege de posta tornou a partir.

Já havia escurecido de todo, quando o príncipe entrou em Brunn. Os lampiões já estavam acesos, luzes brilhavam nas vitrinas das lojas, nas janelas dos sobrados; suntuosas carruagens rodavam estrepitosamente sobre o pavimento; viu-se de repente mergulhado naquela atmosfera de grande cidade tão atraente para o militar, depois da vida nos acampamentos. Aquela carreira precipitada, aquela noite de insônia não o haviam deprimido; sentiu-se, ao aproximar-se do palácio, ainda mais disposto que na véspera. Apenas seus olhos brilhavam com um clarão febril e seus pensamentos se sucediam com uma clareza e uma rapidez extraordinárias. Evocava uma vez mais os mínimos pormenores do combate, não mais confusamente, mas com a nitidez concisa dum relatório que, na sua imaginação, apresentava ao Imperador Francisco. Pressentia já as perguntas fortuitas que lhe seriam feitas e as respostas que daria. Pensava que seria introduzido imediatamente à presença do imperador. Mas na entrada de honra do palácio, um funcionário acorreu a seu encontro e, reconhecendo nele um correio, conduziu-o por uma outra porta.

— Segui o corredor, Excelência, e dobrai à direita. Encontrareis o ajudante-de-campo em serviço — disse-lhe o funcionário. — Ele vos introduzirá junto ao ministro da Guerra.

O ajudante-de-campo de serviço pediu ao príncipe que esperasse um instante e foi pedir ordens ao ministro da Guerra. Voltou ao fim de cinco minutos, inclinou-se bastante civilmente diante do correio, fê-lo passar diante de si e conduziu-o por um corredor ao gabinete onde trabalhava o ministro. Testemunhando ao oficial russo uma polidez tão refinada, o ajudante-de-campo parecia querer cortar cerce toda tentativa de familiaridade. À medida que se aproximava do gabinete ministerial, o bom-humor do Príncipe André cedia lugar a um sentimento de despeito. E, sem mesmo dar-se conta disso, esse despeito tornou-se em breve desdém, um desdém em nada justificado aliás, ainda que seu espírito inventivo lhe sugerisse boas razões para desprezar tanto o ajudante-de-campo como o ministro. "Sem dúvida — dizia a si mesmo, — gente que não respira o odor da pólvora deve achar muito fácil obter vitórias!" Assim, penetrou ele no gabinete com uma lentidão calculada e um piscar de olhos desdenhoso. Sua animosidade aumentou ainda, quando viu o ministro ficar dois bons minutos sem lhe dar a mínima atenção. Sentado a uma grande mesa, inclinando entre duas velas de cera sua cabeça calva de têmporas grisalhas, aquele alto personagem lia papéis e anotava-os a lápis. Acabava sua leitura, quando a porta se abriu e os passos dos que chegavam se fizeram ouvir.

— Tomai e transmiti — disse ele a seu ajudante-de-campo, sem parecer perceber a presença do correio.

O Príncipe André sentiu que as operações de Kutuzov eram o que menos preocupava o ministro, ou pelo menos queria este dar isto a entender ao correio russo. "Bem pensado — disse a si mesmo o príncipe, — pouco me importa". O ministro afastou o restante da papelada, ajeitou minuciosamente a pilha, e ergueu por fim a cabeça. Não faltava caráter à sua fisionomia inteligente; mas assim que se voltou para Bolkonski, aquele ar espiritual e firme desapareceu por efeito dum hábito evidentemente consciente: em seu rosto fixou-se um sorriso simplório, hipócrita, que nem mesmo velava sua hipocrisia, o sorriso do homem que deve receber, um após outro, numerosos solicitantes.

— Da parte do Generalíssimo Kutuzov? — perguntou ele. — Boas notícias, espero? Houve um encontro com Mortier? Uma vitória? Já era tempo!

Abriu o despacho que lhe era dirigido pessoalmente e pareceu de repente presa de viva aflição.

— Ah! meu Deus, meu Deus! — Schmidt! — disse ele em alemão. — Que desgraça, que desgraça!

Depois de ter percorrido o despacho, pousou-o sobre a mesa e observou o Príncipe André com um ar pensativo.

— Ah! que desgraça! O negócio é decisivo, dizeis? Entretanto, Mortier conseguiu escapar. (Refletiu um instante.) Encantado pelas boas notícias que me trazeis, mas a morte de Schmidt nos fez pagar a vitória bem caro. .. Sua Majestade desejará certamente ver-vos, mas não hoje. Agradeço-vos. Ide repousar e encontrai-vos amanhã à saída, depois da parada. Aliás, mandarei prevenir-vos.

E retomou seu sorriso simplório, que havia abandonado no correr da conversa.

— Até breve e mil agradecimentos. Sua Majestade desejará sem dúvida ver-vos — repetiu, inclinando-se.

Depois que saiu do palácio, sentiu o Príncipe André esvanecer-se para sempre todo o interesse, todo o prazer que sentira com a vitória: entregara esse tesouro às mãos indiferentes do ministro da Guerra e de seu cerimonioso ajudante-de-campo. Seus pensamentos tomaram imediatamente outro curso. A batalha não era mais para ele senão uma lembrança longínqua.

10.

O príncipe apeou-se em Brunn, em casa de seu amigo, o diplomata russo Bilibin.

— Ah, caro príncipe, nada me podia ser mais agradável! — disse Bilibin, vindo a seu encontro. — Franz, ponha as bagagens do príncipe no meu quarto de dormir — ordenou ele ao criado que introduziu Bolkonski. — Então, meu caro, vem como mensageiro de vitória? Perfeito. Quanto a mim, estou doente, como vê.

Depois de haver tomado banho e vestido outro uniforme, o Príncipe André entrou no luxuoso gabinete do diplomata onde o aguardava uma refeição. Sentou-se à mesa, enquanto Bilibin se instalava perto da chaminé.

Privado durante sua viagem, como aliás durante toda a campanha, do mais elementar conforto, experimentava Bolkonski uma agradável sensação de relaxamento, reencontrando a atmosfera de luxo a que estava habituado desde a infância. Além do mais, era-lhe agradável, depois da acolhida que lhe fizera o ministro, entreter-se, se não em russo (falavam em francês), pelo menos com um russo que sem dúvida partilhava da aversão geral de seus compatriotas, bastante viva naquele momento, para com os austríacos.

Bilibin era um homem de cerca de trinta e cinco anos, celibatário. Pertencia ao mesmo mundo que o Príncipe André. Já relacionados em Petersburgo, tinham feito amizade principalmente em Viena, quando Bolkonski ali acompanhara Kutuzov. Se um belo futuro esperava o Príncipe André no exército, mais brilhante ainda parecia o que esperava Bilibin na diplomacia. Era ainda um homem moço, mas não era mais um jovem diplomata, porque entrara para a carreira aos dezesseis anos, estreara em Paris e em Copenhague e ocupava agora em Viena um posto bastante importante. Nosso embaixador o apreciava e também o chanceler do Império. Não era desses diplomatas, bastante numerosos, que, para exceder na sua profissão, creem bastante não ter senão qualidades negativas, abster-se de certas coisas e falar bem o francês; era daqueles que gostam de trabalhar e sabem trabalhar e, malgrado sua preguiça, passava por vezes noites inteiras na sua mesa de trabalho. Qualquer que fosse sua tarefa, fazia-a sempre bem. O que o interessava era o "como" e não o "porque" das coisas. Importava-lhe pouco o fundo da arte diplomática, mas sentia um prazer extremo em compor com arte, justeza e elegância uma nota, uma circular, um memorandum. Além de sua habilidade no redigir, estimavam muito o jeito de que dava prova nas suas relações com as altas esferas.

Tanto quanto do trabalho, gostava Bilibin da conversa, contanto que fosse espirituosa e distinta. Na sociedade, aguardava sem cessar a oportunidade de introduzir alguma observação engenhosa e só tomava a palavra nessas ocasiões. Esmaltava seus ditos de frases originais, bem-cunhadas, de alcance geral, que preparava cuidadosamente no silêncio do gabinete, de propósito, parecia, para que pudessem ser divulgadas, para que as frívolas pessoas da sociedade pudessem facilmente retê-las e passá-las de salão em salão. E, de fato, os ditos de Bilibin divulgavam-se nos salões de Viena e tinham muitas vezes influência sobre os "negócios importantes".

Seu rosto magro, gasto, amarelado, estava de contínuo sulcado de fundas rugas que pareciam sempre tão cuidadosamente lavadas como as extremidades de seus dedos depois do banho. As evoluções dessas rugas constituíam seu principal jogo fisionômico: viam-nas ora barrar largamente sua fronte, enquanto que as sobrancelhas se erguiam muito alto, ora, pelo contrário, aparecer nas suas faces, enquanto que suas sobrancelhas se abaixavam. Seus olhinhos, afundados nas órbitas, olhavam sempre com alegria, face a face, o interlocutor.

— Então — disse ele, — conte-nos agora suas proezas.

Bolkonski, com uma modéstia perfeita e sem fazer uma só vez menção de si mesmo, contou o caso em que tomara parte e a acolhida que lhe reservara o ministro da Guerra.

— Receberam-me com minha notícia, como a um cão num jogo de quilhas — concluiu ele.

Bilibin sorriu e seu rosto se desenrugou.

— Entretanto, meu caro — disse ele, contemplando suas unhas à distância e piscando o olho esquerdo, — malgrado a elevada estima que professo pelo exército russo ortodoxo, confesso que vossa vitória não é das mais vitoriosas.

E continuou a exprimir-se em francês, só recorrendo a algumas palavras russas para dar-lhes uma expressão particularmente desdenhosa.

— Vejamos, vós vos lançais com todas as vossas tropas sobre a única divisão do desgraçado Mortier e o dito Mortier vos escapole por entre as mãos! E chamais a isto uma vitória!

— Em todo o caso — respondeu o Príncipe André, — é um pouco melhor que Ulm, seja dito sem nos vangloriarmos.

— Por que não aprisionastes um marechal, nem que fosse um só?

— Porque tudo não acontece sempre como se prevê e a guerra e a parada são duas coisas distintas. Pensávamos, como lhe disse, cair-lhe sobre as derradeiras linhas pelas sete horas da manhã, mas só ali chegamos às cinco horas da tarde.

— Mas por que não chegastes às sete horas da manhã? — perguntou sorrindo Bilibin. — Deveríeis ter chegado às sete horas da manhã, sim, deveríeis ter chegado.

— E por que não insinuastes a Buonaparte, por via diplomática, que melhor teria ele feito abandonando Gênova? — disse, no mesmo tom, o Príncipe André.

— Sim, sei — interrompeu-o Bilibin, — nada é mais fácil que fazer marechais prisioneiros, conservando-se ao pé do fogo: eis o que pensais, não é? E tendes razão. Entretanto, por que não o aprisionastes? Não vos admireis, portanto, de que o ministro da Guerra e ele próprio, Sua Majestade o Imperador e Rei Francisco, não se mostrem assim muito contentes com a vossa vitória. Quanto a mim, simples secretário da Embaixada da Rússia, não experimento absolutamente a necessidade de testemunhar minha alegria dando um táler a meu Franz e mandando-o ir ter com sua *Liebchen*[18] no Prater... Ainda por cima não há Prater aqui.

18. Em alemão original: "Namorada". (N. do T.)

E, enquanto sua testa se desenrugava, fitou nos olhos o Príncipe André.

— Meu caro — disse este, — deixe-me por minha vez dirigir-lhe um "por quê". As sutilezas diplomáticas vão além, para falar a verdade, de meu fraco entendimento; mas enfim há uma coisa que não chego a compreender: Mack perde todo um exército; o Arquiduque Fernando, o Arquiduque Carlos não dão sinal de vida, cometem faltas sobre faltas; somente Kutuzov alcança afinal um êxito, quebra o encanto dos franceses e o ministro da Guerra não se mostra interessado em conhecer nem mesmo os pormenores do caso!

— Eis justamente onde bate o ponto. Veja, meu caro, grite tanto quanto queira: viva o tzar, viva a Rússia, viva a fé! Tudo isto é bom e bonito, mas que nos importam vossas vitórias a nós, quero dizer, à corte da Áustria? Traz você a feliz notícia duma vitória conseguida pelo Arquiduque Carlos ou Fernando — um arquiduque vale outro, como sabe — ainda mesmo que fosse sobre uma companhia de bombeiros de Bonaparte, então a proclamaríamos a tiros de canhão. Ao passo que vós só pareceis ter colhido louros para nos aborrecer. O Arquiduque Carlos não faz nada, o Arquiduque Fernando cobre-se de vergonha. Vós abandonais Viena à sua triste sorte. É como se nos dissésseis: "O bom Deus nos protege... isto nos basta... e que ele vos abençoe e à vossa capital!" Um único general nos era querido: Schmidt. Vós o enviais para debaixo das balas e vindes depois cantar-nos vossa vitória! Vejamos, convenha, pode-se imaginar nada de mais exasperante do que vossa mensagem? É como uma coisa propositada, como uma coisa propositada. Além disso, se tivésseis ganho verdadeiramente uma batalha, se a tivesse ganho o Arquiduque Carlos em pessoa, em que isto mudaria a marcha geral dos negócios? Já é demasiado tarde, agora que Viena está ocupada pelo exército francês.

— Como, ocupada? Viena está ocupada?

— Sem dúvida e Bonaparte aloja-se em Schoenbrunn e o conde, nosso caro Conde Wrbna, vai receber suas ordens.

As impressões da viagem, a frieza da acolhida que recebera, o copioso jantar sobretudo haviam decididamente fatigado Bolkonski: não se sentia mais capaz de pesar todo o sentido das coisas que ouvia.

— Vi esta manhã o Conde Lichtenfels — continuou Bilibin — e mostrou-me ele uma carta em que se descrevia pormenorizadamente a entrada solene dos franceses em Viena. Lá estava o Príncipe Murat e toda a gente... Como vê você, a vossa vitória não é grande motivo para alegria e não se pode receber você como um salvador.

— No que a mim se refere, pouco me importa — disse o Príncipe André, que acabava compreendendo a pouca importância do combate de Krems em comparação com a tomada da capital. — Mas então, Viena foi tomada! Mas a ponte, e a famosa cabeça de ponte, e o Príncipe de Auesperg? A acreditar nos boatos que corriam entre nós, devia ele defender a cidade.

— O Príncipe de Auesperg está do lado de cá do rio e é a nós que defende, muito mal, sem dúvida, mas enfim nos defende. Viena, porém, está do outro lado. A ponte não foi ainda tomada e quero crer que não o será, atendendo-se que está minada e que se deu ordem de fazê-la saltar. Se as coisas corressem de outro modo, estaríamos desde muito tempo nos montes da Boêmia e vosso exército, preso entre dois fogos, passaria um mau quarto de hora.

— Em todo o caso — disse o Príncipe André, — isto não quer dizer que a campanha esteja terminada.

— Na minha humilde opinião, está. E é também a opinião de nossos graúdos, mas não ousam exprimi-la. Acontecerá o que predisse desde o começo: vossa escaramuça de Durrenstein nada fará no caso e duma maneira geral, não será a pólvora que terá a última palavra mas... os que a inventaram.

E Bilibin, tendo soltado uma vez mais uma de suas frases, desenrugou a testa e fez uma pausa.

— Tudo depende — disse ele, — das conversações de Berlim, entre o rei da Prússia e o Imperador Alexandre. Se a Prússia entrar na aliança, forçar-se-á a mão à Áustria e a guerra recomeçará.

Se ela recusar , só se terá que entrar em acordo sobre a escolha da cidade onde será elaborado o novo Campo Formio.

— Que gênio espantoso! — exclamou de súbito o Príncipe André, fechando a delicada mão e batendo com ela na mesa. — E que sorte tem esse homem!

— Buonaparte? — disse Bilibin, cuja fronte se enrugou, sinal de que uma frase iria surgir. — Buonaparte? — continuou, apoiando a voz no u. — Em todo o caso, agora que dita de Schoenbrunn leis à Áustria, creio que é preciso perdoar-lhe o u. Decido-me por uma inovação e chamo-o simplesmente de Bonaparte.

— Sem pilhéria — disse Bolkonski, — acredita mesmo que a campanha esteja terminada?

— Eis minha opinião. A Áustria é peru da farsa, não está habituada a isso e quererá vingar-se. As províncias estão devastadas... dizem que o exército ortodoxo é terrível na pilhagem... o exército está batido, a capital tomada, e tudo isto pelos belos olhos de Sua Majestade o rei da Sardenha. Também, entre nós, meu caro, farejo que nos enganam, farejo tratativas com a França, projetos secretos de paz, de paz separada.

— Isto não pode ser! — exclamou o Príncipe André. — Seria demasiado vil!

— Quem viver, verá — disse Bilibin, desenrugando definitivamente a fronte e dando assim a entender que a conversa havia durado muito.

Quando o Príncipe André se retirou para o quarto posto à sua disposição e se estendeu em lençóis bem-aquecidos, num leito de penas e com travesseiros cheirando bem, teve a impressão de que a batalha cuja notícia trouxera estava já longe, bem longe. A aliança com a Prússia, a traição da Áustria, o novo triunfo de Bonaparte, a revista do dia seguinte em que devia ser apresentado ao Imperador Francisco, eis o que ocupava seu espírito.

Mal havia fechado os olhos, o troar do canhão, o crepitar da metralha, o estrépito das rodas de sua carruagem reboaram de novo em seus ouvidos; vê de novo os fuzileiros se desdobrarem em atiradores e descerem a colina, sente o coração bater, dirige-se para a frente com Schmidt, as balas assobiam alegremente em torno de si, abandona-se a uma alegria de viver intensa, decuplicada, como não conhecera desde sua infância.

Despertou...

"E contudo, tudo isto aconteceu!" verificou com alegria, dirigindo a si mesmo um sorriso infantil. E adormeceu num sono jovem e profundo.

11. Acordou tarde, pondo ordem nas suas recordações, pensou, a princípio, que deveria, naquela manhã, apresentar-se ao Imperador Francisco, depois lembrou-se do ministro da Guerra e de seu demasiado cortês ajudante-de-campo, de Bilibin e de sua conversa da véspera. Vestiu, para ir ao palácio, seu uniforme de gala, que havia muito tempo não tinha oportunidade de envergar; bem-disposto e esperto, levando, contra a vontade, o braço em tipoia, penetrou no gabinete de Bilibin, onde já se encontravam quatro senhores do corpo diplomático. Conhecia já o Príncipe Hipólito Kuraguin, um dos secretários da embaixada; Bilibin apresentou-o aos demais.

Aqueles senhores, jovens aristocratas ricos e elegantes, constituíam em Brunn, tanto como em Viena, um círculo à parte que Bilibin, de certo modo seu presidente, chamava *os nossos*. Composto quase exclusivamente de diplomatas, desinteressava-se esse círculo da política e da guerra para consagrar-se à vida mundana, a algumas relações femininas, a questões de carreira. Acolheram aparentemente o Príncipe André como um dos seus, honra que concediam a poucas pessoas. Algumas perguntas polidas sobre o exército e o recente combate forneceram uma entrada em assunto; e em breve a conversa se desdobrou em comentários de toda a espécie, em ditos espirituosos e mexericos.

— O mais belo do caso — dizia um deles, a propósito duma desventura acontecida a um de seus camaradas, — é que o chanceler sustentou, cara a cara, que a nomeação dele para Londres era uma promoção e que devia considerá-la como tal. Podem vocês imaginar a cara dele, ao ver-se mantear de tal maneira!

— Não — disse outro, — o mais grave foi a conduta de Kuraguin na ocasião. Entrego-vos esse Don Juan, senhores; vê um amigo na desgraça e aproveita-se disso! Que homem terrível!

O Príncipe Hipólito estava afundado numa poltrona Voltaire, com as pernas montadas num dos braços da mesma.

— Falem-me disso — disse ele, expodindo numa risada.

— Oh, Don Juan! Oh, sedutor! — disseram várias vozes.

— Ignora você, sem dúvida, Bolkonski, — disse Bilibin, — que todos os horrores cometidos pelo exército francês (ia eu dizer o exército russo) nada são em comparação com as devastações que esse homem opera entre o sexo feminino.

— A mulher é a companheira do homem — declarou o Príncipe Hipólito, contemplando através de seu lornhão as pernas erguidas bem alto.

Bilibin e os nossos estouraram na risada. Compreendeu o Príncipe André que aquele Hipólito, cujas assiduidades junto à sua mulher tinham-no, para vergonha sua tornado quase ciumento, era o bufão daquela sociedade.

— Preciso regalar você com um pouco de Kuraguin — disse Bilibin ao ouvido do Príncipe André. — É impagável quando fala de política. Você vai ver o ar importante que toma.

Sentou-se junto de Hipólito e, amontoando rugas na sua testa, lançou-o no terreno da política. Bolkonski e os outros agruparam-se em redor deles.

— O gabinete de Berlim não pode exprimir um sentimento de aliança — começou Hipólito, passeando em redor um olhar de entendido, — sem exprimir... com na sua derradeira nota... deveis compreender... deveis compreender... e depois se Sua Majestade o Imperador não derrogar o princípio de nossa aliança... Esperai não acabei — disse ele, pegando o braço do Príncipe André. — Suponho que a intervenção será mais forte que a não-intervenção. E... — calou-se um instante. — Não se poderá imputar de exceção o nosso despacho de 28 de outubro. Eis como terminará.

E largou o braço de Bolkonski para indicar que, desta vez, dissera tudo que tinha a dizer.

— Demóstenes, reconheço-te pelo seixo que ocultaste em tua boca de ouro — disse Bilibin, cujo topete de cabelos estremeceu-lhe na fronte, como satisfação.

Todos estouraram a rir e Hipólito ainda mais fortemente que os outros. Sufocava, mas não conseguia conter as explosões de uma risada desabalada que lhe afrouxava o rosto, em geral inexpressivo.

— E agora, senhores, escutai — disse Bilibin. — Bolkonski é meu hóspede e tenciono iniciá-lo nos prazeres de nossa boa cidade. Se estivéssemos em Viena, seria coisa mais fácil; mas aqui, neste miserável buraco morávio, é mais difícil, e convoco a todos em meu auxílio. Precisamos fazer-lhe as honras de Brunn. Encarregai-vos do teatro. Reservo para mim a gente do mundo. Você, Hipólito, está bem entendido, encarregar-se-á das mulheres.

— Ele precisa ver Amélia. É uma pérola — disse um dos *nossos*, fazendo o gesto de atirar um beijo com as pontas dos dedos.

— Em resumo — disse Bilibin, — é preciso reconduzir este soldado sanguinário a sentimentos mais humanos.

— Desculpai-me, senhores, mas não poderei sem dúvida aproveitar vossas amáveis atenções; preciso partir imediatamente — disse ele, consultando seu relógio.

— Aonde vai então?

— Ao palácio do Imperador.

— Ih! oh! oh!

— Então, até mais, Bolkonski! Até mais, príncipe! Venha jantar cedo. Contamos com você.

Bilibin acompanhou-o à antecâmara.

— Procure — aconselhou-o ele, — na sua entrevista com o imperador, grandes elogios à intendência e ao serviço das etapas.

— Gostaria de fazê-lo, mas em consciência, não posso — respondeu o príncipe sorrindo.

— Enfim, faça o melhor que puder e fale o mais possível. As audiências são a mania dele; mas ele mesmo não gosta de falar e não sabe falar, como o verificará você.

12. Durante a parada, o imperador contentou-se em lançar um olhar incisivo o Príncipe André, que ocupava um lugar reservado entre os oficiais austríacos e em fazer-lhe um sinal com sua longa cabeça. Mas depois dessa cerimônia, o ajudante-de-campo da véspera avisou, com toda a civilidade a Bolkonski, que sua Majestade desejava vê-lo. O imperador recebeu-o, de pé em meio de seu gabinete. Antes mesmo que ele abrisse a boca, ficou o Príncipe André admirado de seu ar de embaraço: não sabia o que dizer e corou.

— Dizei-me, quando começou a batalha? — perguntou ele, por fim, precipitadamente.

O Príncipe André respondeu-lhe. Outras perguntas se seguiram, não menos banais: "Como se porta Kutuzov? E faz muito tempo que ele deixou Krems?" etc... Pelo tom com que o imperador fazia estas perguntas, suspeitava-se que seu propósito era unicamente fazer um número determinado delas; quanto às respostas, era por demais evidente que elas não lhe interessavam absolutamente.

— A que horas começou a batalha? — perguntou ele ainda.

— Não posso dizer a Vossa Majestade a hora exata em que se travou a batalha na frente das tropas, mas em Durrenstein, onde me encontrava, o ataque foi desfechado às seis horas da tarde — respondeu Bolkonski, animando-se, porque parecia-lhe chegado o momento de colocar a descrição verídica, já preparada em seu cérebro, das coisas que sabia, bem como das que vira.

Mas o imperador interrompeu-o, sorrindo.

— Quantas milhas?

— Donde e até que ponto, Sire?

— De Durrenstein a Krems?

— Três milhas e meia, Sire.

— Deixaram os franceses a margem esquerda?

— Segundo os relatórios de nossos espias, as últimas tropas passaram o rio à noite, sobre jangadas.

— Há forragem suficiente em Krems?

— Não foi fornecida a quantidade que...

De novo o imperador cortou-lhe a palavra.

— A que horas foi morto o General Schmidt?

— Às sete horas, creio.

— Às sete horas. É triste, é muito triste!

Neste ponto, o imperador agradeceu-lhe e inclinou-se em sinal de despedida. Assim que saiu do gabinete, sofreu o Príncipe André o assalto dos cortesãos: de todos os lados choviam-lhe olhares graciosos, palavras amáveis. O ajudante-de-campo censurou-o por não se haver hospedado no palácio e lhe ofereceu a própria casa. O ministro da Guerra anunciou-lhe, com numerosas felicitações, que o imperador lhe havia conferido a ordem de Maria Teresa do terceiro grau. Um camarista da imperatriz convidou-o a apresentar-se a Sua Majestade. A arquiduquesa também desejava vê-lo. Ficou sem saber a quem atender e levou alguns minutos a se desaturdir. O embaixador da Rússia pegou-o pelo ombro e arrastou-o para um vão de janela, a fim de poder conversar com ele mais a cômodo.

Contrariamente às previsões de Bilibin, a notícia da vitória russa foi acolhida com alegria. Mandou-se cantar um Te Deum de ação de graças, concedeu-se a Kutuzov a grã-cruz de Maria Teresa e ao exército numerosas distinções. Os convites choviam sobre Bolkonski, que, a manhã inteira, teve de fazer visitas aos principais dignitários. Passou em seguida por um livreiro para ali fazer provisão de livros para a campanha e demorou-se um tanto. Quando ia entrando em casa de

Bilibin, compondo em espírito a carta na qual contava descrever a seu pai a batalha e sua viagem a Brunn, encontrou no patamar de entrada uma brisca semicarregada de bagagens.

— Que se passa? — perguntou ele a Franz, o criado de Bilibin, que apareceu na soleira da porta, arrastando uma pesada mala.

— Ah! Excelência! — disse Franz, conseguindo pôr com esforço a mala dentro da brisca. — Mudamo-nos de novo. O bandido já está aos nossos calcanhares.

— Como? Como? Que há? — exclamou o príncipe.

Bilibin veio a seu encontro. Seu rosto, em geral tão plácido, revelava alguma emoção.

— Não, não — disse ele, — confesse que é encantadora, essa história da ponte de Tabor (uma das pontes de Viena). Atravessaram-na sem luta.

O príncipe não compreendia nada absolutamente.

— Mas donde vem então, que ignora o que já sabem todos os cocheiros da cidade?

— Acabo de sair da casa da arquiduquesa. Lá não me disseram nada.

— E não reparou que toda a gente está fazendo as malas?

— De modo algum... Que há, vejamos? — perguntou o príncipe com impaciência.

— O que há? Há que os franceses atravessaram a ponte que defendia Auesperg e que não a fizeram saltar, de modo que Murat já galopa pela estrada de Brunn. Hoje ou amanhã estarão eles aqui.

— Aqui? Mas por que não fizeram saltar a ponte, já que estava minada?

— Sou eu quem lhe pergunta. Ninguém o sabe, aliás, nem o próprio Bonaparte.

Bolkonski deu de ombros.

— Mas então — disse ele, — se a ponte foi transposta, o exército está perdido. Vai ser cortado.

— Precisamente. — respondeu Bilibin. — Escute. Os franceses entram em Viena, como lhe disse. Perfeito. No dia seguinte, isto é, ontem, os senhores marechais Murat, Lannes e Bellliard montam a cavalo e se dirigem para a ponte. Três gascões, note-o bem. "Senhores, diz um deles, sabeis que a ponte de Tabor está minada e contaminada; uma fortíssima cabeça-de-ponte a precede, defendida por quinze mil homens, que receberam a ordem de fazê-la saltar e de nos impedir a passagem. Mas será muito agradável a Sua Majestade o Imperador Napoleão que tomemos esta ponte. Vamos, pois, lá todos três e tomemo-la." — "Pois vamos", respondem os outros. E lá vão e tomam a ponte, atravessam-na e agora, com todo o seu exército deste lado do Danúbio, marcham sobre nós, sobre vós, sobre vossas comunicações.

— Basta de brincadeiras — disse o Príncipe André, num tom grave.

Por mais penosa que fosse, a notícia não deixou de ser agradável ao príncipe. Quando soube que o exército russo se achava numa situação desesperada, acreditou-se marcado pelo destino para tirá-lo daquele beco bem saída: era aquele o Toulon que o faria sair da fileira e lhe abriria o caminho da glória. Enqanto escutava o que Bilibin dizia, via-se já, de volta ao quartel-general, expondo o plano unicamente capaz de salvar o exército e que somente ele seria encarregado de levar a cabo.

— Basta de brincadeiras! — repetiu.

— Não estou brincando — continuou Bilibin, — nada há de mais verdadeiro, nem de mais triste. Aqueles senhores chegam sozinhos à ponte, brandindo lenços brancos, afirmam que um armistício foi concluído e que eles, os marechais, vêm parlamentar com o Príncipe de Auersperg. O oficial de guarda deixa-os penetrar na cabeça-de-ponte. Contam-lhe mil patranhas: a guerra está terminada, o Imperador Francisco marcou uma entrevista com Bonaparte, desejam ver o Príncipe de Auersperg, em suma, todas as gasconhadas possíveis. O oficial manda chamar Auersperg; aqueles senhores abraçam os oficiais, pilheriam, sentam-se sobre os canhões, e durante aquele tempo, um batalhão francês ocupa a ponte às escondidas, atira na água os sacos de matérias incendiárias e avança para a cabeça-de-ponte. Chega enfim o tenente-general-em-chefe, vosso caro Príncipe Auersperg von Mattern. "Querido inimigo! flor do exército austríaco! herói das guerras contra os turcos! As hostilidades estão terminadas, podemos estender-nos as mãos... O Imperador Napoleão arde de desejo de conhecer o Príncipe de Auersperg." Em resumo, aqueles senhores que não são por coisa alguma gascões, esmagam de tal modo Auersperg com belas palavras, o caro homem fica tão lisonjeado com aquela intimidade súbita com marechais da França, tão deslumbrado diante da peliça e das penas de avestruz de Murat, que só vê nisso fogo e esquece o outro fogo que deveria fazer sobre o inimigo.

A volubilidade de sua tirada não impediu Bilibin de fazer uma pausa após aquela frase, para permitir a seu interlocutor que a apreciasse plenamente.

— O batalhão francês corre até a cabeça-de-ponte — continuou ele — encrava os canhões e a ponte é tomada. Mas o mais belo do caso — prossegue Bilibin, cuja emoção cedia ao prazer que sentia com sua própria narração, — é que ao se aproximarem os franceses o quartel-mestre, cuja peça devia dar o sinal para pôr fogo nas minas, quis atirar, mas Lannes deteve-lhe o braço. Esse quartel-mestre, que sem dúvida era mais ladino que seu general, aproximou-se de Auersperg e lhe disse: "Enganam-vos, príncipe, eis os franceses!" Vendo então que, se deixassem aquele homem falar, a partida estaria perdida, Murat, como verdadeiro gascão, disse a Auersperg, com espanto fingido: "Como! permitis a um subalterno que vos fale nesse tom! Não estou reconhecendo a famosa disciplina austríaca". É genial. O Príncipe de Auersperg mete-se em brios e manda trancafiar o suboficial. Vamos, confesse que é encantadora toda essa história da ponte de Tabor. Não foi nem tolice, nem covardia...

— Foi traição, talvez — disse o Príncipe André, cuja imaginação evocava já os capotes cinzentos, os feridos, a fumaça da pólvora, o crepitar da fuzilaria e a glória que o esperava.

— Nada mais. Isto põe a corte em muito maus lençóis — continuou Bilibin. — Não foi nem traição, nem covardia, nem tolice. Foi como em Ulm...— Pareceu procurar o termo que melhor convinha. — Foi... foi Mack. Fomos mackados — concluiu ele, todo feliz por ter achado um dito, um dito novo, um dito que iria ser repetido.

As rugas que até então se haviam comprimido em sua testa desfizeram-se subitamente em sinal de satisfação; luziu um ligeiro sorriso e absorveu-se na contemplação de suas unhas.

— Aonde vai? — perguntou de repente ao Príncipe André que se levantava.

— Vou-me embora.

— Mas para onde?

— Para o exército.

— Mas não queria você ficar conosco ainda uns dois dias?

— Queria, sim, mas agora parto imediatamente.

E o príncipe, depois de ter dado ordens para sua partida, retirou-se ao seu quarto. Bilibin foi dentro em pouco juntar-se a ele.

— Sabe duma coisa, meu caro? — perguntou-lhe. — Refleti a seu respeito. Por que diabo quer você partir?

E para lhe provar que esse argumento era irrefutável, fez desaparecerem as suas rugas. Por toda resposta, interrogou-o o príncipe com o olhar.

— Mas, sim, vejamos, que necessidade tem você de partir? Acha sem dúvida que seu dever é juntar-se ao exército, agora que ele se encontra em perigo. Compreendo isto, meu caro. Chama-se heroísmo.

— Absolutamente — disse o Príncipe André.

— Entretanto, é você um filósofo. Seja-o, então, completamente, encare as coisas de outro ponto de vista e verá que seu dever consiste, pelo contrário, em não se expor. Deixe isso àqueles que não prestam para nenhuma outra coisa... Não lhe deram ordem para regressar e aqui não o despediram. Pode, pois, ficar e seguir-nos até onde nos leve a nossa desgraçada sorte. Vai-se, ao que parece, para Olmutz. É uma bonita cidade. E faremos a viagem juntos, muito comodamente, na minha caleça.

— Pare de brincar , Bilibin.

— Falo-lhe como amigo muito sincero. Reflita, vejamos. Por que quer partir quando pode ficar aqui? De duas coisas uma — disse Bilibin, enquanto apareciam rugas em sua fonte esquerda, — ou bem a paz será concluída, antes que tenha você alcançado o exército, ou então assistirá ao seu esmagamento.

E convencido de que seu dilema era irrefutável, desenrugou a testa.

— Não me cabe a mim julgar a respeito — respondeu friamente o Príncipe André, ao mesmo tempo que dizia a si mesmo: "Se parto, é para salvar o exército".

— Você é um herói, meu caro — concluiu Bilibin.

13. Naquela mesma noite, depois de ter-se despedido do ministro da Guerra, partiu Bolkonski para o exército, sem bem saber onde o encontraria e temendo bastante cair, na estrada de Krems, em mãos dos franceses. Em Brunn, todo o pessoal da corte arrumava suas malas e o grosso das bagagens já havia sido expedido para Olmutz. Não longe de Etzelsdorf, atingiu ele a estrada por onde as tropas russas retiravam em grande pressa e confusão; os furgões que a atravancavam não permitia o avanço da equipagem, de modo que o príncipe, esfomeado e extenuado, pediu um oficial de cossacos um cavalo e um de seus homens, ultrapassou a fila de carretas e se pôs à procura do generalíssimo e do seu carro. Em caminho, os boatos mais sinistros lhe chegavam aos ouvidos e o espetáculo daquele exército em fuga só podia confirmá-los.

Um trecho da proclamação que Bonaparte lançara a suas tropas no começo da campanha voltava-lhe à memória: "A esse exército russo que o ouro da Inglaterra transportou das extremidades do universo, vamos infligir a mesma sorte (a sorte do exército de Ulm)". Embora ferindo seu amor-próprio, fustigando-lhe os desejos de glória, essa frase despertava nele um sentimento de admiração pelo homem de gênio que a havia ditado.

"E se não restasse outra coisa senão morrer? — pensava ele. — Pois bem, se for preciso, saberei morrer tão bem quanto os outros".

Considerava o príncipe, com desgosto, aqueles regimentos misturados, aqueles furgões, aquelas peças de artilharia, aquelas filas intermináveis de carretas que, em três e quatro fileiras, embaraçando-se e passando umas adiante das outras, barravam a estrada lamacenta. De todos os lados, tanto adiante como atrás, captava o ouvido um imenso barulho: as rodas rangiam; os caixões de munição, as carretas de boca de fogo solavancavam; os cavalos batiam os cascos; os chicotes estalavam; os soldados, os oficiais e seus ordenanças urravam injúrias ou ordens de encorajamento. Dos dois lados da estrada percebiam-se sem cessar ora cavalos arrebentados, por vezes já esfolados, ora carroças quebradas junto das quais estavam sentados, à espera, alguns soldados isolados, ou rapinantes que se dirigiam em grupos para as aldeias ou delas traziam galinhas, carneiros, forragens, sacos pesados de rapina. Nas subidas e nas descidas, a pressão se tornava mais densa e o clamor era ininterrupto. Os soldados, chapinhando na lama até os joelhos, levantavam as peças e os furgões; os chicotes golpeavam, os cavalos escorregavam, os tirantes se partiam, os urros desgarravam os peitos. Os oficiais encarregados de regulamentar a marcha iam e vinham entre as carroças ; seus comandos se perdiam no tumulto geral e via-se pelos seus rostos que desesperavam de deter a derrocada.

"Eis o querido exército ortodoxo", — pensou Bolkonski, lembrando-se da frase de Bilibin.

Na esperança de obter alguma indicação a respeito do local em que se achava o quartel-general, aproximou-se dum comboio. Justamente diante dele chegava, puxado por um único cavalo, um estranho veículo, evidentemente construído por soldados com meios de fortuna e que era um meio termo entre a carroça, o cabriolé e a caleça. Era dirigido por um soldado, e uma mulher, toda enrolada em xales, protegida pelo avental de couro, estava sentada sob a capota. Ia o príncipe dirigir-se ao soldado, quando sua atenção foi atraída pelos gritos agudos que aquela mulher lançava. O oficial preposto ao comboio assestava chicotadas no condutor do veículo, porque queria ele passar na frente dos outros; o chicote atingira o avental do carro e a mulher pusera-se a gritar. Assim que ela avistou o príncipe, surgiu de sob o avental e, agitando seus magros braços que saíam dum xale de ramagens, gritou:

— Ajudante-de-campo, senhor ajudante-de-campo... Em nome do céu, proteja-me... Que vai acontecer?... Sou a mulher do médico do 7º de caçadores... Ficamos para trás e não nos deixam passar.

— Ponha-se na fila, se não eu o esborracho! — gritava ao soldado o oficial furibundo. — Trate de dar o fora, você e sua marafona!

— Senhor ajudante-de-campo, proteja-me — repetiu a mulher do médico. — Que significa isto?

— Deixe passar esse carro. Não vê que vai nele uma mulher? — disse o príncipe, avançando para o oficial. Este lançou-lhe um olhar, mas sem dignar responder-lhe, voltou-se de novo para o soldado:

— Dê meia-volta, antes que eu obrigue você a dá-la!

— Deixe-o passar, já lhe disse — insistiu o príncipe, de dentes cerrados.

O oficial virou-se de repente para ele.

— E tu, quem és tu para me dares ordens? Hem, quem és tu? — berrou ele, ébrio de furor, acentuando o tu. — Quem comanda aqui sou eu e não tu. Dá o fora, se não te esborracho!

A expressão, visivelmente, lhe agradara.

— Está bem arranjado o ajudantezinho-de-campo — disse uma voz por trás.

O príncipe via bem que o oficial, no auge da raiva, perdera todo o domínio sobre as palavras; dava-se conta de que sua intervenção em favor da mulher do médico raiava pelo que temia ele mais no mundo, isto é, pelo ridículo; mas seu instinto arrebatou-o. Mal o oficial fechara a boca, já estava Bolkonski, de feições desfiguradas pela cólera, a avançar contra ele, com a tala erguida.

— Deixe passar, en-ten-deu?

O oficial fez um gesto de indignação, mas apressou-se em fugir.

— Toda a trapalhada provém desses rapazes, desses bonitões do estado-maior — resmungou ele. — Faça o que entender.

A toda a pressa, sem erguer os olhos, o Príncipe André abandonou a mulher do médico que o chamava de seu salvador. E enquanto galopava para a aldeia onde se encontrava, segundo diziam os soldados, o general-em-chefe, ia rememorando com desgosto os menores detalhes daquela cena humilhante.

Chegando à aldeia, apeou e dirigiu-se para a primeira casa com a intenção de ali repousar um pouco, comer alguma coisa e lançar luz sobre os pensamentos dolorosos que o obsedavam. “Não é um exército, é uma quadrilha de bandidos”, pensava, ao aproximar-se da casa, quando uma voz bem conhecida chamou-o pelo nome. Voltou-se e avistou numa janelinha o belo Nesvitski, que, enquanto mastigava alguma coisa com uma boca úmida, acenava para ele com vivos gestos.

— Bolkonski, Bolkonski, estás surdo? Chega aqui, vamos — gritava ele.

O príncipe encontrou-o à mesa, em companhia de outro ajudante-de-campo. Ambos lhe perguntaram desde logo se não sabia nada de novo. Uma expressão de angústia lia-se em seus rostos. Era principalmente notada no rosto habitualmente risonho de Nesvitski.

— Onde está o general-em-chefe? — perguntou ele.

— Aqui, na casa — respondeu o ajudante-de-campo.

— Então — indagou Nesvitski, — é deveras a capitulação e a paz?

— É a você que pergunto. Não sei de nada, senão que tive uma trabalheira infernal para alcançar vocês.

— E aqui, meu caro — disse Nesvitski, — se soubesses o que se passa! Bato nos peitos, meu caro: zombávamos de Mack e eis-nos numa situação bem pior! Vamos, senta-te e come um bocado.

— Atualmente, príncipe, não encontrareis nem mais uma carroça, nem nada de nada; quanto ao vosso Piotr, Deus sabe para onde ele fugiu — disse o outro ajudante-de-campo.

— Mas onde é então quartel-general?

— Dormimos em Znaím.

— Eu, por mim, — continuou Nesvitski, — empacotei sobre dois cavalos todos os meus pertences; fizeram-me umas albardas magníficas; com isso poderei, se preciso, fugir pelos montes da Boêmia. Ah, meu caro, a situação não é brilhante... Mas por que estás tremendo desse jeito? Estarás doente? — perguntou ele, vendo que o príncipe estremecia como ao contacto de uma garrafa de Leyde.

— Não, não tenho nada — respondeu Bolkonski.

Acabava de se lembrar, uma vez mais, de seu encontro com a mulher do médico e de sua altercação com o oficial do comboio.

— Que faz aqui o general-em-chefe? — perguntou ele.

— Não compreendo nada disso — respondeu Nesvitski.

— E eu — retorquiu o Príncipe André, — só compreendo que tudo me desgosta.

E dirigiu-se para o alojamento do generalíssimo. Notou de passagem a carruagem de Kutuzov, os cavalos dos ajudantes-de-campo moídos de fadiga e os cossacos da escolta que tagarelavam entre si. Kutuzov encontrava-se mesmo na casinha, em companhia do Príncipe Bagration e de Weirother, o general austríaco que substituíra Schmidt. Bolkonski encontrou, na sala de entrada, o pequeno Kozlovski sentado, de cócoras, diante de um furriel, o qual, instalado em cima de uma tina revirada, com as abas do uniforme arregaçadas, escrevia precipitadamente sob seu ditado. Kozlovski, cujas feições fatigadas demonstravam que também ele não dormira naquela noite, lançou ao príncipe apenas um olhar distraído, sem mesmo fazer-lhe um simples gesto de cabeça, e continuou seu ditado.

— Em segunda linha... Está escrito?... O regimento de granadeiros de Kiev; o de Podolia...

— Não tão depressa, excelentíssimo, não posso ir tão depressa — resmungou o furriel, num tom de enfado, erguendo os olhos para seu chefe.

Neste momento, a voz arrebatada de Kutuzov, logo interrompida por outra voz desconhecida, fez-se ouvir através da porta. O acento dessas vozes, às quais Kozlovski não prestava atenção, a insolência do escriba a cair de fadiga, o fato de que ele e Kozlovski estavam sentados no chão em torno de uma tina a alguns passos do general-em-chefe, enquanto os cossacos da escola riam barulhentamente à janela mesma da peça onde este se encontrava, tudo isto pareceu ao príncipe de muito mau agouro: deveria aguardar qualquer acontecimento desastroso. Por isso, fez a Kozlovski prementes perguntas:

— Um instante, príncipe — disse este. — Dispositivo do Príncipe Bagration...

— Mas há capitulação?

— Não há capitulação. As ordens são dadas para a batalha.

Bolkonski se dirigiu para a porta donde vinham as vozes; mas estas se calaram subitamente, a porta abriu-se e Kutuzov, com o nariz aquilino salientando-se no rosto balofo, apareceu na soleira. O príncipe encontrava-se justamente diante dele; mas a expressão do único olho intacto do generalíssimo indicava que as graves preocupações da hora tinham como que obscurecido sua visão. Olhou em rosto seu ajudante-de-campo sem reconhecê-lo.

— Então, acabou? — perguntou ele a Kozlovski.

— Agora mesmo, excelência.

Bagration, homenzinho seco, ainda moço, de rosto firme e imóvel, de tipo oriental, apareceu por trás do general-em-chefe.

— Tenho a honra de apresentar-me — disse o Príncipe André, num tom bastante elevado, entregando um envelope.

— Ah, voltas de Viena? Bem. Mais tarde, mais tarde!

Kutuzov saiu em companhia de Bagration.

— Bem, príncipe, adeus — disse ele. — Que Deus te proteja. Vais realizar uma grande façanha. Aceita minha bênção.

As feições de Kutuzov se relaxaram de repente e lágrimas encheram-lhe os olhos. Com sua mão esquerda, atraiu para si Bagration, e com a direita, ornada dum anel, fez sobre ele o sinal da cruz, gesto que lhe era visivelmente habitual. Depois apresentou-lhe sua face inchada, mas Bagration beijou-lhe o pescoço.

— Que Deus te proteja! — repetiu Kutuzov, subindo à sua caleça. — Sobe comigo — disse ele a Bolkonski.

— Excelência, desejaria tornar-me útil aqui. Permiti que fique no destacamento do Príncipe Bagration.

— Sobe — disse ainda Kutuzov e, vendo que Bolkonski hesitava, acrescentou: — Também eu posso ter necessidade de bons oficiais, também eu.

Instalaram-se na caleça e rodaram um bom trecho sem dizer uma palavra.

— Ainda haverá muito que fazer, sim, muito, — disse por fim Kutuzov, cujo tom de voz dava a entender que, com sua perspicácia de velho, adivinhava o estado de ânimo de Bolkonski. — Se amanhã trouxer ele a décima parte de seu destacamento, darei graças a Deus — acrescentou ele, como em aparte.

Ao erguer o príncipe os olhos para seu chefe, a órbita vazia de Kutuzov e os traços cuidadosamente lavados do gilvaz marcado na têmpora do general pela bala que lhe havia atravessado a cabeça em Ismail atraíram involuntariamente seu olhar. "Decerto, — disse a si mesmo, — tem ele o direito de falar com tanta calma dessas pessoas que vão morrer!"

— É precisamente por isso — disse ele, — que vos peço que me envieis para lá.

Kutuzov nada respondeu. Mergulhado em suas meditações, parecia ter já perdido a lembrança de sua derradeira frase e deixava-se docemente balançar pelas molas da caleça. Quando, ao fim de uns cinco minutos, se voltou para Bolkonski, seu rosto não mostrava mais sinal de emoção. E foi com suave ironia que o interrogou a respeito de sua entrevista com o imperador, dos comentários que provocara na corte o caso de Krems, como também de certas damas suas conhecidas.

14. A 1º de novembro, um dos emissários de Kutuzov lhe trouxera uma grave notícia: seu exército se encontrava numa situação quase desesperada. Os franceses tinham, com efeito, transposto a ponte de Viena com forças consideráveis e ameaçavam interceptar sua linha de comunicação com as tropas que chegavam da Rússia. Se ficasse em Krems, os cento e cinquenta mil homens de Napoleão cortariam todas as suas comunicações, cercariam seus quarenta mil homens esgotados e lhe reservariam a sorte de Mack em Ulm. Se abandonasse a estrada de Olmutz, devia renunciar à esperança de fazer sua junção com Buxhoevden e meter-se, lutando contra um inimigo superior em número, na região desconhecida e sem estradas dos montes da Boêmia. Se enfim se resolvia a bater em retirada pela estrada de Krems a Olmutz, a fim de se reunir às tropas frescas, arriscava-se a ser precedido pelos franceses e a ver-se constrangido a aceitar a batalha em plena marcha, embotado por todas as suas bagagens, cercado dos dois lados por um inimigo três vezes mais numeroso.

Kutuzov escolheu este derradeiro partido.

A acreditar no relatório do informante, os franceses se dirigiam a marchas forçadas para Znaím, cidade situada na linha de retirada de Kutuzov, a mais de vinte e cinco léguas à frente dele. Alcançar Znaím, antes dos franceses, era dar a seu exército uma grande oportunidade de salvação; permitir-lhes que o precedessem ali, era expor esse exército a uma desonra comparável à de Ulm ou à destruição total. Mas era impossível ganhar dos franceses em velocidade com o exército inteiro, sendo a estrada que seguiam de Viena a Znaím mais curta e melhor do que era para os russos a de Krems a Znaím.

No correr da noite, deu Kutuzov ordem à vanguarda de Bagration, com uma força de quatro mil homens, para obliquar sobre a direita da estrada Krems-Znaím, a fim de alcançar, pela montanha, a de Viena-Znaím. Bagration devia efetuar essa marcha numa só etapa, parar diante de Viena e, se se antecipasse aos franceses, retê-los tanto tempo quanto possível. Quanto a Kutuzov, dirigiu-se diretamente para Znaím com as bagagens.

Depois de haver marchado, numa noite de tempestade, umas dez léguas através da montanha, com soldados famintos e sem sapatos, dos quais um terço se perdeu no caminho, chegou Bagration a Hollabrunn, na estrada Viena-Znaím, algumas horas antes dos franceses. Para alcançar Znaím, Kutuzov, cuja marcha era retardada pelas bagagens, tinha ainda necessidade de um bom dia inteiro; para salvar o exército, Bagration devia, pois, com quatro mil homens famintos e exaustos, reter durante vinte e quatro horas todo o exército inimigo, o que era evidentemente impossível. Um capricho da sorte tornou, contudo, o impossível possível. O êxito do estratagema que havia entregue, sem combate, a ponte de Viena aos franceses incitou Murat a tentar com Kutuzov semelhante aventura. Encontrando na estrada de Znaím o fraco destacamento de Bagration, imaginou que tinha de avir-se com todo o exército russo e quis a fim de esmagá-lo, com golpe certo, esperar o grosso do exército francês que chegava de Viena. Para este fim, propôs um armistício de três dias, sob condição que, de uma parte e doutra, as tropas guardariam suas posições. Segundo dizia, conversações de paz já estavam iniciadas, e desejava, em consequência, evitar uma efusão de sangue bastante inútil. O general austríaco Nostitz, que se achava nos postos avançados, deixou-se convencer pelo parlamentário de Murat; recuou logo, deixando a descoberto o corpo de Bagration. Outro parlamentário veio então submeter ao general russo a mesma proposta; este declarou que não lhe cabia discuti-la, mas que ia consultar o generalíssimo, para o qual despachou, com efeito, seu ajudante-de-campo.

Um armistício era para Kutuzov o único meio de ganhar tempo, de dar algum repouso às tropas esgotadas de Bagration e fazer as bagagens, das quais os franceses ignoravam os movimentos, executarem ao menos uma etapa a mais. Em resumo, a proposta oferecia uma oportunidade inesperada de garantir a salvação do exército. Assim, desde que teve conhecimento dela, enviou Kutuzov ao campo inimigo seu ajudante-de-campo geral, Wintzingerode, com ordem não só de aceitar o armistício, mas de discutir as condições duma capitulação. Entretanto, ajudantes-de-campo, expedidos à retaguarda, eram encarregados de apressar o mais possível a evacuação das bagagens na direção de Znaím. A despeito de seu esgotamento, o corpo de Bagration devia sozinho, mascarando a marcha dos furgões e do exército inteiro, permanecer imóvel diante dum inimigo oito vezes superior.

Aconteceu o que previa Kutuzov: sua oferta de capitulação, que não ligava a compromisso nenhum, permitiu que se fizesse avançar uma parte da bagagem, mas a falta de Murat saltou aos olhos de Bonaparte. Desde que este, que se encontrava em Schoenbrunn, a umas seis léguas de Hollabrunn, recebeu o relatório de seu subordinado, acompanhado do projeto de armistício, farejou o ardil e escreveu a Murat a seguinte carta:

"Ao Príncipe Murat.
Schoenbrunn, 25 de brumário do ano 1805,
às oito horas da manhã.

É-me impossível encontrar termos para exprimir-vos meu descontentamento. Sois comandante apenas de minha vanguarda e não tendes o direito de fazer armistício sem minha ordem.

Fazeis-me perder o fruto de uma campanha. Rompei o armistício imediatamente e marchai contra o inimigo. Mandai-lhe declarar que o general que assina essa capitulação não tem o direito de fazê-lo e que somente o Imperador da Rússia possui esse direito. Todas as vezes, entretanto, que o Imperador da Rússia ratificar a dita convenção, eu a ratificarei. Mas não passa dum ardil. Marchai, destruí o exército russo... estais em condições de tomar-lhe a bagagem e a artilharia.

O ajudante-de-campo do Imperador da Rússia é um... Os oficiais nada são, quando não têm poderes; esse não os tinha... Os austríacos deixaram-se ludibriar para a passagem da ponte de Viena, mas vós vos deixais enganar por um ajudante-de-campo do imperador.

Napoleão."

Enquanto que a toda a brida um ajudante-de-campo levava esta terrível carta a Murat, Bonaparte em pessoa, desconfiando de seus generais, dirigia-se com toda a sua guarda ao lugar das operações, para não deixar escapar a vítima, prestes a sucumbir. Entretanto, os quatro mil homens de Bagration acendiam alegremente os fogos do bivaque, secavam-se, aqueciam-se, faziam a sopa pela primeira vez desde três dias, sem que nenhum deles suspeitasse, o mínimo que fosse, do que os aguardava.

15. Pelas quatro horas da tarde, o Príncipe André, a cujas instâncias Kutuzov enfim cedera, chegou a Grunt e se apresentou a Bagration. Não tendo o ajudante-de-campo de Bonaparte alcançado ainda Murat, a batalha não fora travada. Não se sabia no campo da situação geral; uns falavam da paz, sem lhe dar muito crédito, os outros, da batalha, sem acreditar tampouco na sua iminência. Bagration, que sabia gozar Bolkonski de grande favor junto a Kutuzov, recebeu-o com deferências especiais, em que entrava contudo certa condescendência. Expôs-lhe que a hora do combate estava próxima e deixou-lhe toda a liberdade de a ele assistir a seu lado ou de fiscalizar a retirada na retaguarda, "tarefa igualmente muito importante".

— De resto — concluiu ele, como para tranquilizar o Príncipe André, — penso que nada se passará hoje. "Se não for este, dizia a si mesmo, senão um peralvilho do estado-maior à procura duma cruz, poderá muito bem apanhá-la na retaguarda; se, pelo contrário, quiser ficar comigo, pois fique. Um oficial bravo poderá ser-me útil".

Sem responder, o Príncipe André pediu autorização para percorrer a cavalo a posição: desejava estudar a colocação das tropas, a fim de saber para onde se dirigir, no caso de ter alguma missão a cumprir. O oficial ordenança, belo homem de elegante trajar, com um diamante no índice e que de bom grado exibia o seu francês aliás medíocre, ofereceu-se para acompanhá-lo.

Viam-se em todas as partes oficiais encharcados, de rostos tristes, com ar de procurar alguma coisa, e soldados que traziam da aldeia portas, bancos, tapumes.

— Olhai-me aqueles camaradas, príncipe — disse o oficial, designando-os. — Impossível livrarmo-nos deles! Os chefes deixam que debandem. Vede, eis onde passam eles o seu tempo — acrescentou, apontando a tenda dum cantineiro. — Ainda há pouco tive o trabalho de afugentá-los de lá. Mas ficai certo de que está de novo cheia. Aproximemo-nos, príncipe, para fazer-lhes medo. É coisa de um minuto.

— Pois seja e aproveitarei a ocasião para arranjar lá pão e queijo — disse Bolkonski, que não tivera ainda tempo de se alimentar.

— Por que não o dissestes, príncipe? Ter-vos-ia levado em primeiro lugar ao meu alojamento.

Apearam-se e, penetrando na tenda, ali encontraram, amesendados, certo número de oficiais de rostos avermelhados e lívidos.

— Mas, vejamos, senhores, não tendes o direito de abandonar vossos postos. O príncipe deu ordem para que ninguém viesse aqui — disse o oficial ordenança, no tom dum homem cansado de repetir sempre a mesma coisa. —Como não tendes vergonha, Capitão Tuchin? — continuou, dirigindo-se a um oficialzinho de artilharia, enfezado, trajando um uniforme imundo, e que se levantara à chegada dos recém-vindos e sorria com certo constrangimento, pois estava de meias, por ter dado suas botas para secar ao cantineiro. — Sim, como não tendes vergonha? Na qualidade de artilheiro, deveríeis, parece-me, dar o exemplo, e encontro-vos sem botas. Se tocar a reunir, fareis bonito papel de meias! (O oficial sorriu) — Voltai a vossos postos, senhores — acrescentou, em tom de comando, — todos, sem exceção.

Silencioso e sorridente, saltitando dum pé sobre outro, o Capitão Tuchin interrogava com seus bons e grandes olhos inteligentes, ora o oficial ordenança, ora o Príncipe André, que não pôde conter um sorriso.

— Descalço, salta-se melhor, dizem os soldados — disse por fim Tuchin, desejoso de livrar-se da entaladela com uma pilhéria. Mas, mal proferida a frase, percebeu que essa pilhéria não pegava e sua confusão redobrou.

— Tratai de voltar a vosso posto — repetiu o oficial ordenança, esforçando-se por manter a seriedade.

Bolkonski mirou ainda o enfezado vulto do artilheiro. Havia em toda a sua aparência, nada militar, algo de cômico, mas também de fortemente atraente.

O oficial ordenança e o Príncipe André tornaram a montar e prosseguiram seu caminho.

À saída da aldeia, ultrapassando e cruzando a todo instante oficiais e soldados de diversos corpos, notaram à sua esquerda montões de barro avermelhado, recentemente revolvidos. Erguiam-se às pressas trincheiras e, como os homens que nisso se empregavam não levavam sobre o corpo, malgrado o vento frio, senão sua camisa, dir-se-ia um fervilhar de formigas brancas. Do fundo da trincheira, braços invisíveis atiravam sem parar pazadas de terra vermelha. Os dois oficiais aproximaram-se daquelas obras e puseram-se a examiná-las. Já iam prosseguindo seu caminho, quando toparam com algumas dúzias de soldados que, revezando-se sem interrupção, desciam do talude. Tiveram de tapar o nariz e pôr os cavalos a trote, a fim de escaparem à fedentina da atmosfera.

— Eis os atrativos dos acampamentos, senhor príncipe — disse o oficial ordenança.

Quando atingiram os altos que se erguiam diante deles e donde já se podia avistar os franceses, o Príncipe André parou e se pôs a observar.

— Temos aqui uma bateria — disse-lhe seu guia, apontando o ponto culminante, — a daquele oficial sem botas. Dali pode-se ver tudo, príncipe. Vamos lá.

— Muito obrigado. Mas agora posso continuar sozinho — disse Bolkonski, para se desembaraçar do importuno. — Não se preocupe absolutamente comigo.

O oficial deu meia-volta e o príncipe partiu para diante.

Quanto mais se aproximava do inimigo, tanto maiores eram a ordem e o bom humor que notava em nossas linhas. Visitando pela manhã o comboio das equipagens, detido diante de Znaím a umas três léguas dos franceses, só encontrara abatimento e confusão. Em Grunt, igualmente, sentia-se uma inquietação, uma angústia vaga. Aqui, pelo contrário, a dois passos do inimigo, reinava a confiança. Um capitão, assistido por um suboficial, procedia ao recenseamento de sua companhia, alinhada diante deles em uniforme de campanha; ao chegar ao fim de uma secção, apoiava o dedo no peito do último homem e fazia-o levantar o braço. Aqui e ali, soldados arrastavam madeiras, matos e construíam cabanas, em meio de muita risada e pilhérias. Outros, agrupados junto às fogueiras, uns vestidos, alguns desnudos, faziam as camisas ou as meias secarem, consertavam as botas ou os capotes, aglomeravam-se em torno das marmitas e dos cozinheiros. Numa companhia a sopa estava pronta e os soldados lançavam olhares ávidos às marmitas fumegantes e à tigela que o cabo geralmente levava para o capitão provar, sentado num tronco diante de sua cabana. Noutra companhia, mais bem-aquinhoada, porque todas não tinham aguardente, sitiavam os soldados um suboficial de rosto marcado de varíola e largos ombros que, inclinando-se sobre seu barrilete, enchia os cantis que lhe apresentavam um a um. Com ares beatíficos, levavam os cantis aos lábios, esvaziavam-nos dum trago e afastavam-se de cara satisfeita, enxaguando a boca e enxugando-a com a manga de seus capotes. Pareciam todos tão despreocupados que se diria estarem acantonados em algum lugar bem tranquilo de seu país e não a dois passos do inimigo, na véspera duma ação em que pelo menos a metade deles ficaria no terreno.

Depois do acampamento dos caçadores encontrava-se o dos granadeiros de Kiev, vigorosos indivíduos, ocupados em tarefas igualmente pacíficas. Não longe duma alta barraca, que se distinguia das outras e abrigava o coronel, avistou o Príncipe André um pelotão de granadeiros diante do qual estava estendido um homem despojado de suas roupas. Dois de seus camaradas o seguravam, enquanto dois outros, brandindo varinhas flexíveis, batiam compassadamente em seu dorso nu. O desgraçado berrava a mais não poder. Um gordo major ia e vinha diante das tropas e, sem prestar atenção aos gritos, repetia sem cessar:

— É uma vergonha para um soldado roubar, um soldado deve ser honesto, nobre e bravo; se rouba seus camaradas, não tem mais honra, é um miserável. Mais, mais!

E ouvia-se sempre o assobio das varas, misturado aos lamentos fingidos, mas nem por isso menos lúgubres, da vítima.

Um jovem oficial afastou-se do soldado punido; liam-se no seu rosto a compaixão e a confusão. Ergueu um olhar interrogador para o ajudante-de-campo que passava.

Chegado aos postos avançados, percorreu o Príncipe André a linha de frente. Nos flancos, essa linha se afastava sensivelmente da linha inimiga; mas, no centro, no local mesmo em que os parlamentários tinham passado pela manhã, aproximava-se ela a tal ponto que se podia ver e conversar dum lado para o outro. Além dos defensores das primeiras linhas, havia ali, dos dois lados, uma multidão de curiosos que encaravam, rindo, aqueles inimigos esquisitos, que jamais haviam visto.

Desde manhã, a despeito da proibição de aproximarem-se dos postos avançados, os oficiais não tinham podido desembaraçar-se dos curiosos. As sentinelas, como pessoas que mostram algo de raro, já não prestavam mais atenção aos franceses, mas faziam observações a respeito dos que chegavam e esperavam, cheios de tédio, que viessem substituí-los. O Príncipe André parou para olhar os franceses.

— Olhe, pois, — dizia um soldado a seu camarada, mostrando-lhe um fuzileiro russo que, em companhia de um oficial, discutia calorosamente, com um granadeiro francês. — Tem a língua bem pendurada aquele gajo lá! Nem mesmo o francês pode alcançá-lo! Tua vez agora, Sidorov.

— Deixa-me ouvir. Na verdade, ele fala bem — respondeu Sidorov, que passava entre os soldados como falando o francês com perfeição.

O soldado que os pilheriadores apontavam era Dolokhov. Seu capitão e ele tinham chegado do flanco esquerdo, onde se encontrava seu regimento. O Príncipe André reconheceu-o e prestou atenção à conversa.

— Mais, mais — dizia o capitão, que se inclinava para a frente, a fim de não perder a menor palavra duma língua que, aliás, não compreendia nem um tantinho. — Mais depressa, mais depressa! Que diz ele?

Mas Dolokhov, todo atento à sua disputa com o granadeiro, pouco se preocupava com o capitão. Como era natural, o assunto da conversa era a campanha. O francês, confundindo austríacos com russos, achava que estes se tinham rendido e fugiam desde Ulm. Dolokhov, pelo contrário, afirmava que, longe de se renderem, os russos, tinham batido os franceses.

— Temos ordem de pôr-vos para fora daqui e haveremos de fazê-lo — concluiu ele.

— Tratem somente de não se deixar prender todos e com os cossacos de quebra — retorquiu o granadeiro.

Do lado francês todos estouraram a rir.

— A vocês é que faremos dançar , como Suvorov já fez — replicou Dolokhov.

— Que é que ele está cantando? — perguntou um francês.

— História velha — disse outro, adivinhando que se tratava duma campanha anterior. — O Imperador vai mostrar a esse Suvoró de vocês, como aos outros...

— Bonaparte... — quis dizer Dolokhov, mas o francês cortou-lhe a palavra.

— Não há Bonaparte, há o Imperador — gritou ele, encolerizado.

— Que o diabo carregue o vosso imperador!

Nisto, Dolokhov lançou em russo grossas injúrias de soldado, pôs a arma ao ombro e afastou-se.

— Vamos embora, Ivã Lukitch — disse ele ao capitão.

— É isso que se chama falar francês! — diziam os soldados. — Pois bem, vamos a isso, Sidorov!

Sidorov piscou o olho e, dirigindo-se aos franceses, pôs-se a gaguejar palavras incompreensíveis:

— Kari, malá, tafá, safi, muter, kaská — engrolava ele, tendo o ar, pelo seu tom de voz de proferir coisas sensatas.

Os soldados desataram a rir tão francamente, tão alegremente, que seu riso comunicou-se aos franceses. Parecia que se deveria depois disto descarregar os fuzis, fazer saltarem as munições e voltar cada qual para sua casa. Mas os fuzis permaneceram carregados, as seteiras abertas nas casas, e as trincheiras conservaram seu aspecto ameaçador, e os canhões, tirados dos jogos dianteiros, continuaram assestados uns diante dos outros.

16. Depois de ter percorrido nossas linhas do flanco direito ao flanco esquerdo, o Príncipe André subiu à bateria donde, no dizer do oficial ordenança, se descortinava todo o campo. Lá chegado, apeou-se e parou junto do derradeiro dos quatro canhões destacados de seus jogos dianteiros. Um artilheiro, que montava guarda diante das peças, ia apresentar-lhe armas, mas, a um sinal do príncipe, retomou sua marcha monótona e aborrecida.

Além dos canhões encontravam-se os jogos dianteiros, depois o parque dos cavalos e o bivaque dos artilheiros. À esquerda, não longe da última peça, erguia-se um cabanão construído de pouco; animadas vozes de oficiais faziam-se ouvir.

O oficial ordenança dissera a verdade: a bateria dominava todas as posições russas e grande parte das do inimigo. Diretamente em face, na linha do horizonte duma colina, desenhava-se a Aldeia de Schoengraben; à direita e à esquerda, distinguiam-se, em três lugares, na fumaça dos seus bivaques, as massas francesas das quais se adivinhava que a maior parte ocupava a aldeia e o lado oposto da colina. Mais à esquerda, aparecia alguma coisa que se assemelhava a uma bateria, mas que a fumaça não permitia reconhecer bem a olho nu. Nosso flanco direito, infantaria e dragões na ponta extrema, ocupava um alto bastante abrupto que dominava a posição francesa. A ladeira mais suave partia do centro — onde precisamente se encontrava a bateria Tuchin — e levava diretamente ao riacho que nos separava de Schoengraben. Nossa esquerda apoiava-se numa floresta, onde fumaçavam os fogos de nossa infantaria, ocupada em cortar madeira. Sendo a linha francesa muito mais larga que a nossa, era claro que o inimigo podia facilmente envolver-nos. Na nossa retaguarda um barranco íngreme e profundo tornava a retirada difícil à artilharia bem como à cavalaria.

O Príncipe André tirou seu caderninho e, apoiando-se a um canhão, fez para si mesmo um esboço da posição; em dois pontos, acrescentou notas a lápis, destinadas a Bagration e nas quais propunha concentrar duma parte toda a artilharia no centro, de levar, por outra parte, toda a cavalaria para trás, para além do barranco. Sempre ao lado do generalíssimo, encarregado por ele do histórico das operações, Bolkonski acompanhava principalmente as disposições gerais e os movimentos de massas; assim, no caso presente, só se interessava naturalmente pelos traços gerais da futura batalha, negligenciando os pormenores, encarando, quando muito, duas ou três eventualidades de importância. “Se o inimigo, — dizia a si mesmo, — lançar seu ataque sobre o flanco direito, os granadeiros de Kiev e os caçadores de Podolia deverão aguentar até a chegada das reservas retiradas do centro; neste caso os dragões poderão apanhá-lo de flanco e destroçá-lo. Se, pelo contrário, o ataque se produzir no centro, instalaremos neste alto a bateria central e, sob nossa cobertura, faremos retirar o flanco esquerdo, e depois recuaremos por escalas até o barranco”.

Durante todo este tempo, como acontece muitas vezes, não cessava de ouvir a conversa dos oficiais que se encontravam na cabana, mas não compreendia uma palavra sequer. De repente, uma daquelas vozes teve entonações tão francas que lhe prestou atenção malgrado seu.

— Não, meu menino — dizia aquela voz, cujo timbre agradável não pareceu desconhecido ao Príncipe André, — se fosse possível saber o que acontecerá depois da morte, nenhum de nós teria medo. É o que lhe digo, meu menino.

Outra voz, mais jovem, interrompeu-o.

— Com medo ou sem medo, tem-se de qualquer forma de passar por isso.

— Isto não impede que se tenha medo! Olá! vocês outros, seus sabichões, — disse uma terceira voz mais máscula. — E dizer que toda a ciência de vocês lhes vem de poderem sempre carregar algo de que bebam uma gota e de que comam um pedaço!

E o dono dessa voz grossa, um soldado de infantaria, evidentemente, explodiu na risada.

— Sim — continuou a primeira voz, — isto não impede que se tenha medo. Tem-se medo do desconhecido, é o que é. Porque por mais que se diga que a alma sobe ao céu, sabemos bem que o céu é uma aparência e que só existe a atmosfera.

De novo a voz máscula interrompeu o artilheiro.

— Vejamos, Tuchin, faça-nos saborear sua aguardente de vinho.

"Ora essa, é o capitão que estava de meias no cantineiro!" pensou o Príncipe André, reconhecendo com prazer a voz simpática do capitão filósofo.

— Aguardente de vinho, tanto quanto a queira — disse Tuchin, — mas quanto a compreender a vida futura...

Não teve tempo de acabar. Um assobio dilacerou o ar, tornou-se cada vez mais nítido, mais agudo, mais próximo, e a bala, como lamentando não ter podido exprimir tudo quanto queria dizer, afundou raivosamente no chão, não longe da cabana, lançando salpicos para todos os lados. Abalada pelo golpe formidável, a terra pareceu lançar um gemido.

Justamente naquele instante o baixote Tuchin, mastigando seu cachimbo curto no canto da boca, saiu de dentro da cabana. Seu rosto bondoso e inteligente estava um tanto pálido. Depois dele apareceu o homem da voz grossa, robusto oficial de infantaria, que correu a juntar-se à sua companhia, reabotoando-se às carreiras.

17. O Príncipe André montou de novo e parou perto da bateria; seus olhos perscrutavam o vasto panorama, para descobrir, segundo a fumaça da peça, donde provinha o projétil. Viu somente que as massas francesas, até então imóveis, punham-se em movimento e que à esquerda havia uma bateria. Ligeira fumaça flutuava ainda acima dela. Dois franceses a cavalo, provavelmente ajudantes-de-campo, escalavam a colina. Ao pé desta, distinguiu nitidamente uma pequena coluna em marcha, que vinha sem dúvida reforçar as primeiras linhas. A fumaça do primeiro tiro não se tinha ainda dissipado e já uma segunda fumaça se elevava, seguida de nova detonação. A batalha se travava. Bolkonski virou de brida e, enquanto corria para Grunt à procura de Bagration, o canhoneio, atrás dele, redobrava de violência: eram nossas baterias que começavam a replicar. Embaixo, no lugar onde acabavam de passar os parlamentários, a fuzilaria de repente crepitou.

Mal acabava Lemarrois de entregar a Murat a terrível carta de Bonaparte, ferido ao vivo e desejoso de reparar sua falta, o marechal deu logo a ordem de atacar nosso centro e cercar nossos flancos; esperava muito, antes da queda da noite e da chegada do Imperador, esmagar o mísero destacamento que tinha à sua frente.

"Ei-la, pois, a batalha!" dizia a si mesmo o Príncipe André, que sentia o sangue afluir-lhe ao coração. "Mas em que momento irei achar meu Toulon? E em que, precisamente, consistirá?"

Quando tornou a passar diante das companhias que, um quarto de hora antes, tomavam sua sopa e bebiam sua vodca, Bolkonski viu por toda a parte os mesmos movimentos rápidos de soldados que se enfileiram em ordem de batalha e examinam seus fuzis; a mesma excitação que nele fervia se adivinhava em todos os rostos. Homens e oficiais pareciam dizer: "Ei-la, pois, a batalha! É terrível, mas é também muito divertida!"

Antes de chegar às obras em construção, avistou no crepúsculo daquela sombria noite de outono, um grupo de cavaleiros que avançavam ao seu encontro. O da frente, com capa de feltro e boné guarnecido de pele de cordeiro, montava um cavalo branco. Era o Príncipe Bagration. Bolkonski parou para esperá-lo. Bagration, que também fizera alto, reconheceu-o, fez um sinal com a cabeça e, continuando a observar o campo de batalha, prestou atenção ao seu relatório.

O pensamento: “Ei-la, pois, a batalha!”, lia-se igualmente no rude rosto bronzeado de Bagration, cujos olhos turvos e semicerrados pareciam mal-despertos. O Príncipe André interrogou com inquieta curiosidade aquele rosto imóvel. “Que pensa, que experimenta esse homem neste momento?— perguntava a si mesmo, — se todavia é capaz de pensar e de sentir? Haverá alguma coisa por trás desse rosto fechado?” Bagration concordava, meneando a cabeça, com o que dizia Bolkonski e ia repetindo: “Bem, bem!”, como se tivesse exatamente previsto tudo quanto estava acontecendo, tudo quanto lhe era comunicado. Ofegante pela corrida rápida, Bolkonski precipitava suas frases; Bagration, pelo contrário, deixava cair muito lentamente cada palavra, com seu sotaque oriental, como para bem acentuar que não havia motivo de pressa. Pôs, contudo, seu cavalo a trote para alcançar a bateria de Tuchin. O Príncipe André juntou-se à sua escolta que compreendia um oficial da comitiva de Sua Majestade, o ajudante-de-campo pessoal de Bagration, Jerkov, um oficial ordenança, o oficial do estado-maior de serviço, o qual montava um belo cavalo tratado à inglesa, e por fim um funcionário civil, um auditor que pedira para acompanhar como curioso a batalha. Este personagem, homem gordo de rosto rechonchudo, que se sobressaltava em cima de seu cavalo e lançava olhares em redor de si, com um sorriso de contentamento simplório, oferecia um espetáculo um tanto esquisito, com sua capa de camelão e sua sela de oficial de trem de artilharia, em meio dos hussardos, dos cossacos e dos ajudantes-de-campo.

— Eis o senhor que quer assistir à batalha, mas já está sentindo um vácuo no estômago — disse Jerkov a Bolkonski, apontando o auditor.

— Mas não, vejamos, basta de pilhérias, — retorquiu este, com um sorriso radiante, ao mesmo tempo simplório e malicioso, como se, muito lisonjeado por servir de alvo a Jerkov, fizesse questão de aparecer ainda mais bobo do que não era na realidade.

— Muito engraçado, meu senhor príncipe — disse o oficial do estado-maior. (Ficou sem saber se dissesse “meu senhor” ou “senhor meu”.)

Quando iam chegando à bateria de Tuchin, uma bala de canhão caiu a alguns passos à frente deles.

— Que é isso mesmo? — perguntou o auditor com seu sorriso simplório.

— Bolinhos franceses — respondeu-lhe Jerkov.

— Ora, ora! É com isso que se mata? Que horror!

E ao dizer isto, seu corpanzil parecia prestes a estourar de prazer. Mal acabara sua frase, de novo fez-se ouvir terrível assobio, interrompido, de repente, por uma queda sobre algo mole, e o cossaco que se achava à direita do auditor, um pouco atrás, caiu no chão com seu cavalo. Jerkov e o oficial do estado-maior inclinaram-se em suas selas e desviaram seus cavalos. O auditor parou o dele e examinou o cossaco, com grande curiosidade: o homem estava morto, o animal debatia-se ainda.

Bagration lançou para trás um olhar piscante e, vendo a causa da confusão que se produzira, voltou-se com ar indiferente, um ar que parecia dizer: “Valerá a pena ocupar-se com tais bobagens?” Parou seu cavalo e, com o desembaraço dum perfeito cavaleiro, curvou-se um pouco para desembaraçar sua espada que se enredara em sua capa de feltro. Era uma arma antiga, diferente das que se usavam então. Bolkonski lembrou-se de que Suvorov, durante sua campanha na Itália, fizera presente de sua espada a Bagration; e esta lembrança, naquele minuto, pareceu-lhe de bem feliz agouro. Entretanto, aproximavam-se do ponto donde contemplara ele o campo de batalha.

— Aquela bateria? — perguntou Bagration ao artilheiro de guarda aos caixotes de munição.

Na realidade, sua pergunta queria dizer: “Espero que não havereis de ter medo?” e o artilheiro, um sujeito ruivo e marcado de varíola, entendeu-a dessa forma.

— É a do Capitão Tuchin, Excelência — disse em voz alta, com voz alegre, pondo-se em posição de sentido.

— Bem, bem — disse Bagration, com ar reflexivo e, passando diante dos jogos dianteiros das carretas, dirigiu-se para a peça mais afastada.

Quando dela se aproximava, explodiu uma detonação, ensurdecendo-o, a ele e à sua comitiva; a peça acabava de fazer fogo e, em meio da fumaça que de repente a cercou, foram vistos os artilheiros agarrando-a e esforçando-se para repô-la no lugar. O servente nº1, um rapagão de largos ombros, que, com as pernas escanchadas, segurava o escovilhão, deu um salto do lado da roda. O nº2 pôs, com mão trêmula, a carga na boca da peça. Sem reparar no general, um homenzinho gordote — Tuchin — adiantou-se, firmando-se no reparo; pôs-se a observar o inimigo, abrigando os olhos com a mãozinha.

— Acrescente mais duas linhas e a coisa irá! — trombeteou ele, com sua voz aguda e fraca, à qual se esforçava por dar um acento másculo, que não combinava absolutamente com sua pessoa. — Segunda peça, fogo! — guinchou ele. — Vamos, Medvediev!

Tendo-lhe Bagration acenado, Tuchin se aproximou, levando três dedos à viseira, num gesto tímido e canhestro, menos semelhante a uma continência militar que a uma bênção de padre.

Se bem que sua bateria tivesse por missão varrer o desfiladeiro, atirava ele balas incandescentes em plena cara de Schoengraben, que se avistava à frente e diante da qual moviam-se grandes massas de franceses. Ninguém lhe havia dado instruções, nem quanto ao objetivo, nem quanto à natureza das balas. Aconselhara-se com seu Sargento-mor Zakhartchenko, que tinha em alta estima e afinal julgara bom incendiar a aldeia. "Bem, bem!", disse Bagration, depois de ter ouvido seu relatório e mergulhou na contemplação do campo de batalha, que se estendia inteiramente diante de si. Parecia combinar algum plano.

Era sobre a direita que os franceses haviam mais avançado. Um pouco mais baixo que a eminência ocupada pelo regimento de Kiev, no barranco onde corria o riacho, a fuzilaria era violenta e seu crepitar contínuo oprimia o coração. O oficial da comitiva mostrou a Bagration uma coluna francesa que já cercava nossa extrema direita, para além dos dragões. A esquerda, uma floresta bem próxima barrava o horizonte. Bagration ordenou a dois batalhões do centro que fossem reforçar a ala direita. O oficial da comitiva tomou a liberdade de fazer-lhe notar que a retirada desses batalhões deixaria a bateria sem cobertura. Bagration voltou-se para ele e, sem dizer uma palavra, fitou-o com seus olhos baços. Ao Príncipe André a observação pareceu justa e não admitia, com efeito, réplica. Mas neste instante chegou correndo um oficial ordenança: o coronel do regimento que se batia na cavidade do riacho mandava dizer que, excedido por massas enormes de franceses, tinha de recuar para os granadeiros de Kiev. Bagration aquiesceu com um gesto de cabeça e despachou o oficial ordenança aos dragões com ordem de atacar, enquanto que ele próprio se dirigia a passo para a direita. Ao fim duma meia hora, o oficial voltou dizendo que, acolhido por um fogo violento, o coronel dos dragões já havia recuado para o outro lado do barranco, afim de não perder gente inutilmente. Em consequência, fizeram espalhar a toda a pressa atiradores pela floresta.

— Bem — disse Bagration.

No momento em que se afastava ele da bateria, nova fuzilaria estourara à esquerda, na floresta; como esse flanco estivesse demasiado afastado para que pudesse ele mesmo para lá dirigir-se a tempo, mandara Jerkov dizer ao general que o comandava — aquele mesmo que, em Braunau, havia apresentado seu regimento a Kutuzov — que retrocedesse o mais depressa possível para trás do barranco, esperando-se que, provavelmente, o flanco esquerdo não poderia conter por muito tempo o inimigo. Quanto a Tuchin e ao batalhão de cobertura, não se pensou mais neles. Bastante atento às palavras que Bagration trocava com os chefes e às instruções que lhes transmitia, Bolkonski notou, não sem surpresa, que, na realidade, o príncipe não dava nenhuma ordem, mas esforçava-se somente por fazer crer que tudo o que acontecia por força das coisas, por acaso ou por vontade dos chefes de corpos, se fazia senão por sua ordem, pelo menos de conformidade com suas intenções. Não obstante, se bem que os acontecimentos fossem entregues ao acaso e não dependessem absolutamente de sua vontade, bastava a presença de Bagration para obter, graças ao tato de que dava prova, surpreendentes resultados. Os chefes que dele se aproximavam com rostos transtornados, deixavam-no serenos; os oficiais e os soldados, de repente reanimados, saudavam-no com alegres aclamações, tendo prazer em exibir diante dele sua bravura.

18. Ao chegarem ao ponto culminante de nosso flanco direito, o Príncipe Bagration e sua escolta puseram-se a descer a escarpa no sopé da qual, entre nuvens de fumo, estrondavam os canhões. Quanto mais avançavam menos podiam distinguir, sentindo, porém, mais vivamente que se aproximavam do verdadeiro campo de batalha. Encontraram em breve os primeiros feridos. Um deles, com a cabeça nua e ensanguentada, vinha sustentado sob os braços por dois de seus camaradas. Estertorava e cuspia. A bala devia ter-lhe atingido a boca ou a garganta. Outro caminhava corajosamente sozinho, sem fuzil, gemendo de dor e brandindo um braço donde o sangue corria como dum frasco sobre seu capote; seu rosto exprimia mais espanto que dor. Acabava de ser ferido. Cruzaram uma estrada, depois a descida tornou-se mais abrupta. Cadáveres juncavam a ladeira que uma multidão de soldados, dos quais nem todos estavam feridos, galgava, respirando penosamente. O encontro com o general não os impediu nem de vociferar, nem de gesticular. Na frente, em meio da fumaça, já se avistavam fileiras de capotes cinzentos. À vista de Bagration, um oficial correu gritando para os fugitivos, ordenando-lhes que dessem meia-volta. Bagration avançou para as fileiras, onde o crepitar dos tiros abafava o som das vozes e dos comandos. O ar estava saturado de fumaça. Os soldados mostravam rostos excitados e todos negros de pólvora. Uns socavam os fuzis com as varetas, outros escorvavam as espingardas, tiravam cartuchos das mochilas e outros afinal atiravam. Mas contra quem atiravam? Era o que não se podia ver, por causa da fumaça espessa, que vento algum dissipava. De tempo em tempo, uma espécie de assobio, de zumbido vago, afagava o ouvido. "Que será mesmo?", perguntava a si mesmo o Príncipe André, aproximando-se daquela tropa. "Não é um ataque, visto como permanecem imóveis; não é tampouco uma formação em quadrado. A disposição é diferente".

O coronel do regimento, um velhinho enfezado, a quem as pálpebras quase fechadas davam um ar bonachão, avançou o cavalo para o lado de Bagration e acolheu-o com as demonstrações que um dono de casa prodigaliza a um convidado de destaque. Comunicou-lhe que seu regimento sofrera um ataque da cavalaria francesa. O ataque fora repelido, mas nem por isso deixara o regimento de perder mais da metade de seu efetivo. Ao dizer que o ataque fora repelido, recorria o coronel a um termo do ofício para explicar o que se tinha passado em seu regimento. Na realidade, ignorava ele próprio o que ocorrera, durante aquela meia hora, às tropas que lhe estavam confiadas e não podia dizer, com certeza, se os haviam enfrentado ou cedido aos assaltantes. Sabia somente que no começo da ação granadas e balas de canhão, chovendo de todos os lados, tinham dizimado seu regimento; depois alguém havia gritado: "A cavalaria!" e os nossos se tinham posto a atirar. Atiravam sempre, não mais sobre a cavalaria, que fizera meia-volta, mas sobre os infantes que abordavam o barranco e por sua vez não poupavam a pólvora. Com um sinal de cabeça, deixou Bagration entender que tudo se passava segundo seus desejos e suas previsões. Depois, voltando-se para seu ajudante-de-campo, deu-lhe ordem de tornar a subir até a crista e mandar descerem os dois batalhões do 6º de caçadores, diante dos quais acabara de passar. Brusca mudança, que não deixou de surpreender o Príncipe André, se operara na fisionomia dele: exprimia agora a decisão alerta e concentrada dum homem que, numa quente manhã de estio, toma deliberadamente impulso para se lançar na água. O olhar amortecido, sonolento e aquele falso ar de pensador profundo tinham desaparecido; um entusiasmo, um tanto desdenhoso, animava seus olhos redondos e duros de gavião, que olhavam diretamente para diante sem se fixar em coisa alguma. Esta mobilidade contrastava estranhamente com a lentidão sempre medida de seus movimentos.

Suplicava agora o coronel a Bagration que fizesse o favor de se afastar, uma vez que o local era bastante perigoso.

"Por favor, Alteza, em nome do céu", repetia ele, esmolando, com um olhar que o outro evitava, a aprovação do oficial da comitiva. "Vede, mas vede pois", insistia ele, mostrando as balas que, sem cessar, cantavam, assobiavam, zumbiam em torno deles. Tinha o tom insistente e resmungão dum carpinteiro que quer impedir seu patrão de manejar o machado: "Isto não é para vós, está claro. Nós, sim, é que estamos acostumados, mas vós, vós, só ganhareis borbulhas". Dir-se-ia ao ouvi-lo, que aquelas balas não podiam matar a ele próprio e seus olhos semicerrados pareciam tornar ainda mais persuasivas as suas palavras. O delegado do estado-maior associou-se a seus rogos, mas, desdenhando responder-lhes, deu Bagration somente ordem de não atirar mais e de ceder lugar aos dois batalhões de revezamento. Entretanto erguera-se o vento e, como que impelido por mão invisível, a cortina de fumaça deslizou para a esquerda, descobrindo à vista a colina oposta, coberta de franceses em marcha. Todos os olhares se dirigiram involuntariamente para aquela coluna que serpeava ao longo da estrada sinuosa. Viam-se já as barretinas de pelo; podiam-se mesmo distinguir os oficiais dos simples soldados. Avistava-se a bandeira que palpitava na extremidade de sua haste.

— Marcham bem — disse alguém da escolta.

A cabeça da coluna ia entrando pelo vale; o encontro deveria ocorrer ao pé de nossa posição.

Reagrupados às carreiras, os restos de nosso regimento retiravam-se sobre a direita; por trás, perseguindo à sua frente os retardatários, os dois batalhões do 6º de caçadores avançavam em boa ordem. Percebia-se já seu passo pesado, marcado em cadência pela massa inteira. Estavam chegando ao ponto em que se achava Bagration; a companhia da esquerda, a mais próxima dele, vinha flanqueada por um belo homem, aquele mesmo que escapara correndo da cabana de Tuchin. Seu rosto redondo mostrava uma expressão simplória, beata. Todo cheio de prazer por desfilar mais perto do chefe que seus camaradas, vigiava sua própria atitude e não sonhava evidentemente com mais nada. Com o ar sobranceiro do militar de carreira, espichava sem o menor esforço suas pernas musculosas; dir-se-ia que nadava; e esse andar ligeiro contrastava com a lentidão pesada dos soldados que marchavam a passo. Levava ao flanco uma espada nua, delgada e estreita (uma dessas espadas recurvadas que não se parecem com armas) e, voltando os olhos, ora para os chefes, ora para trás balançava com graça seu busto vigoroso. Aplicava-se de toda a sua alma em desfilar bem e, sentindo que cumpria corretamente esse dever, mostrava-se plenamente feliz. "Esquerda... esquerda... esquerda...", tinha o ar de comandar a si mesmo, marcando o passo, e a essa cadência movia-se a muralha viva, centenas de homens de rostos uniformemente severos na sua diversidade, curvando-se ao peso das mochilas e dos fuzis e dos quais cada qual parecia dizer, por sua vez, a cada passo: "Esquerda... esquerda... esquerda..."

Um gordo major, resfolegante e perdendo o passo, teve de contornar uma moita; um soldado, sem fôlego, muito amedrontado por estar atrasado, alcançou a passo de carreira a companhia; uma bala de canhão fendeu o ar por cima da cabeça de Bagration e veio abater-se sobre a coluna, sem quebrar contudo a cadência: "Esquerda, esquerda..." "Cerrai fileiras!", gritou o garboso capitão, com uma entonação distinta. Os soldados inflectiram em arco no lugar onde a bala caíra; um dos flanqueadores, velho suboficial condecorado, deteve-se um instante junto dos mortos, depois alcançou seu posto, mudou de passo, saltitando e retomou a cadência, enquanto lançava para trás olhares cheios de furor. "Esquerda... esquerda..." parecia ouvir-se ainda, através do silêncio ameaçador e do ruído monótono dos passos batendo a terra em uníssono.

— Vamos, meus filhos, portem-se como bravos — disse o Príncipe Bagration.

— Faremos o que pudermos... ência! — responderam os soldados. Enquanto gritavam, um deles, um sujeito de cara fechada, que marchava à direita, lançou a Bagration um olhar sombrio, que queria sem dúvida dizer: "Já se sabe disso, que diabo!" Outro, sem voltar a cabeça, como se tivesse medo de deixar-se distrair, gritava, desfilando, com a boca escancarada.

Deram ordem de alto e de descansar as mochilas.

Depois de ter percorrido as fileiras, Bagration apeou-se, entregou as rédeas a um cossaco, atirou para outro sua burka, desentorpeceu as pernas e ajeitou seu boné. A cabeça da coluna francesa, com os oficiais na dianteira, vinha abordando a ladeira.

— Avançar, com a graça de Deus! — comandou Bagration, com voz firme. Voltou-se um instante para suas tropas e, com seu passo canhestro, malseguro, de cavaleiro, os braços oscilando levemente, meteu-se pelo terreno desigual. O Príncipe André sentiu-se impelido para a frente por uma força invencível e experimentou com isso uma grande felicidade.[19]

Os franceses já se achavam bem perto; Bolkonski, que marchava ao lado de Bagration, distinguia já os correames, as dragonas vermelhas e até os rostos. Notou mesmo, nitidamente, um velho oficial francês que, com as pernas tortas metidas em polainas, galgava a ladeira com esforço. Bagration não dava ordem nenhuma; continuava a avançar, sem dizer uma palavra, à frente da coluna. De repente, entre, franceses, explodiu um tiro, depois um segundo, depois um terceiro... e sobre todas as suas fileiras espalhadas a fuzilaria crepitou entre ondas de fumaça. Alguns dos nossos caíram e nesse número o capitão de rosto cheio que marchava com tanta aplicação e entusiasmo. Mas no instante mesmo em que ecoava o primeiro tiro, Bagration se voltara para suas tropas e gritara:

— Hurra!

— Hurra-a-a-a! — repetiam com um eco todos os peitos e, passando à frente do general, acotovelando-se uns aos outros, os nossos, cheios de animação e de ardor, desceram pela ladeira em desordem e se precipitaram sobre os franceses que haviam rompido suas fileiras.

19. O ataque do 6º de caçadores garantia a retirada da ala direita. Ao centro, a bateria esquecida de Tuchin detinha o avanço dos franceses. Estes tiveram de extinguir o incêndio, que o vento propagava, dando-nos assim o tempo de nos retirarmos. A retirada se operou através do barranco, numa pressa barulhenta, mas sem que as tropas confundissem suas fileiras. Em compensação, o flanco esquerdo, que compreendia os regimentos de Kieve de Podolia e os hussardos de Pavlograd, foi desordenado por Lannes, cujas forças, superiores em número, o atacaram e cercaram ao mesmo tempo. Bagration enviou Jerkov a dar ordem ao general que o comandava para recuar sem demora.

Sem hesitar, Jerkov, com a mão respeitosamente colada na viseira de seu barrete, esporeou seu cavalo e partiu a galope. Mas apenas fora da vista de Bagration, suas forças o traíram, um terror indômito apoderou-se dele, tanto que em lugar de correr para o lado da fuzilaria, pôs-se a procurar o general e os chefes em lugares onde não podiam ser encontrados. A ordem de recuo não foi, pois, transmitida.

O comando do flanco esquerdo pertencia por antiguidade ao general-comandante do regimento que fora apresentado a Kutuzov, perto de Braunau e onde Dolokhov servia como simples soldado. A extrema esquerda obedecia ao coronel do Pavlograd — o regimento do jovem Rostov. Esta dualidade de chefes levou a um mal-entendido, estando ambos muito hostis um contra o outro. Enquanto que no flanco direito a ação havia-se travado desde muito tempo e que já se desenhava a ofensiva francesa contra nossa esquerda, os dois chefes travavam discussões que não passavam, no fundo, de uma troca de maus procedimentos. Quanto a seus regimentos, estavam apenas mediocremente preparados para um combate que não esperavam para aquele dia. Oficiais e soldados dedicavam-se a tarefas bem agradáveis: os cavaleiros davam de comer a seus cavalos, os infantes apanhavam lenha.

— Reconheço que ele é mais velho do que eu em posto — dizia o coronel dos hussardos, todo vermelho, ao oficial ordenança do general que o procurava mais uma vez. — Que faça pois o que quiser. Mas não deixarei que meus hussardos sejam sacrificados. Corneta, toque a retirada!

Mas havia extrema urgência. O canhoneio e a fuzilaria, confundindo-se, raivavam à direita e no centro; e já os capotes dos fuzileiros de Lannes passavam o dique do moinho e se alinhavam

19. Houve aqui aquele ataque a que se refere Thiers: "Os russos portavam-se valentemente e, coisa rara na guerra, viram-se duas massas de infantaria marchar resolutamente uma contra a outra sem que nenhuma das duas cedesse antes de ser abordada". E Napoleão em Santa Helena: "Alguns batalhões russos mostraram intrepidez". (Nota de Tolstói).

desse lado a dois tiros de fuzil. Com sua marcha hesitante, o comandante da infantaria dirigiu-se a seu cavalo, içou-se sobre a sela e encaminhou-se, de busto muito teso e muito rígido, para o coronel do Pavlograd. Os dois chefes abordaram-se com cumprimentos polidos, mas também com uma irritação contida.

— Vejamos, coronel — disse o general, — seja como for, não posso deixar a metade de minha gente nesta floresta. *Rogo-vos,* entendeis, *rogo-vos* que passeis ao ataque e ocupeis a posição.

— E eu, rogo-vos que "não vos intrometais" naquilo que não vos diz respeito — respondeu o coronel, tomando fogo. — Se fôsseis da cavalaria...

— Sem ser da cavalaria, coronel, nem por isso deixo de ter o posto de general, e se vós o ignorais...

— Sei-o perfeitamente, Excelência — exclamou de repente o coronel, que ficou escarlate. — Dai-vos ao trabalho de acompanhar-me à primeira linha, que vereis que essa posição não vale nada. Não vou sacrificar meus homens para fazer-vos prazer.

— Esqueceis-vos, coronel. Aqui penso em tudo, menos no meu prazer e não permito que faleis dessa maneira.

Tendo o coronel esporeado seu cavalo, o general, curvando o busto e franzindo o cenho, aceitou o desafio: todos dois alcançaram juntos as primeiras linhas como se seu desacordo devesse resolver-se lá embaixo, sob as balas. Ao se aproximarem dos postos avançados, algumas balas passaram por cima de suas cabeças. Pararam sem dizer uma palavra. O exame dos lugares não lhes deu a conhecer nada de novo. Do ponto onde se encontravam antes, já era claro que a cavalaria não podia carregar em meio daquelas moitas enredadas e daqueles barrancos e que os franceses operavam um movimento giratório sobre a esquerda. Como dois galos antes da briga, o general e o coronel se olhavam com ar severo e cheio de importância, cada qual aguardando em vão no outro algum sinal de pusilanimidade. Ambos suportaram a prova. Como nenhum deles achava nada que dizer e evitara, aliás, todo gesto que pudesse permitir ao outro a acusação de ter deixado antes dele a zona de fogo, teriam ficado muito tempo naquele lugar a experimentar a bravura mútua, se de repente, na floresta, quase atrás deles, não tivesse estourado viva fuzilaria, acompanhada dum surdo clamor. Os franceses caíam sobre soldados nossos que apanhavam lenha. Os hussardos já não podiam mais recuar, com a infantaria; e, estando sua linha de retirada sobre a esquerda, cortada pelo inimigo, viam-se constrangidos a abrir a viva força um caminho através dum terreno penoso.

O esquadrão de Rostov teve apenas tempo de montar na sela e aglomerar-se diante do inimigo. Como na ponte de Enns, nada separava mais os dois adversários, senão aquela linha terrível do desconhecido e do terror, tão semelhante à que separa os vivos dos mortos..Cada qual sentia a presença dessa linha e perguntava a si mesmo, com angústia, se devia ou não transpô-la e como a transporia.

O coronel acorreu, respondeu com cólera aos oficiais que lhe faziam perguntas e deu vagas ordens, como homem que se agarra desesperadamente à sua opinião. Se bem que ninguém o afirmasse precisamente, correu o boato nas fileiras de que ir-se-ia atacar. Comandou-se: "Sentido!", depois ouviu-se um tilintar de sabres arrancados das bainhas. Mas ninguém ainda se movia. As tropas do flanco esquerdo, tanto infantes como cavaleiros, tinham a impressão de que o próprio comando não sabia bem o que fazer, a indecisão dos chefes comunicava-se a seus homens.

"Depressa! que isto venha depressa!", dizia a si mesmo Rostov, que via chegar enfim o momento em que iria experimentar aquela volúpia do ataque, de que tanto lhe haviam falado seus camaradas.

— À graça de Deus, rapazes! — gritou de repente Denissov. — A trote, marche!

As garupas dos cavalos da primeira fileira ondularam. Chucas, distendendo as rédeas, partiu voluntariamente.

Do outro lado das primeiras fileiras de hussardos, Rostov avistava à sua direita uma linha sombria que não distinguia muito bem, mas que julgava ser o inimigo. Ouviam-se tiros, mas ainda afastados. Um comando ecoou:

— Trote acelerado!

Rostov sentiu seu Chucas firmar-se nas patas traseiras e partir a galope. Encantado por adivinhar todos os movimentos de seu cavalo, ficou cada vez mais exaltado. Notou uma árvore que se erguia solitária à sua frente. Aquela árvore ocupava a princípio o meio daquela linha que lhe parecia tão temível. E eis que eles haviam transposto aquela linha, nada havia ali de terrível, mas pelo contrário sua alegria, sua exaltação iam em aumento. "Ah! como vou meter o sabre neles!", dizia a si mesmo, apertando o punho de seu sabre.

Um poderoso "Hur-ra-a-a!" repercutiu. "Que me caiam agora sob as mãos, quaisquer que sejam!" disse Rostov a si mesmo e, esporeando os flancos de Chucas, lançou-se a grande galope, distanciando-se de todos. O inimigo estava à vista. De repente abateu-se sobre o esquadrão como uma fustigação de varas. Rostov levantou o sabre, prestes a golpear, mas no mesmo instante, Nikitenko, um hussardo que havia também tomado a dianteira, se separou dele, e Rostov se sentiu, como num sonho, ao mesmo tempo arrebatado por uma velocidade alucinante e cravado no lugar. O hussardo, que o seguia, Bondartchuk, veio embater-se nele e lançou-lhe um olhar irritado; seu cavalo empinou-se e passou adiante.

"Mas vejamos, não me movo, que quer dizer isto?", perguntou a si mesmo Rostov e a resposta veio logo: "Caí, estou morto." Já estava sozinho no campo. Em lugar dos cavalos galopando e das costas dos hussardos, só via em torno de si a terra imóvel, eriçada de cabanas. Sentiu um sangue quente a encharcá-lo. "Não, estou só ferido. Foi meu cavalo que morreu." Chucas tentou levantar-se apoiado nas patas dianteiras, mas tornou a cair, esmagando a perna de seu cavaleiro. Com a cabeça a escorrer sangue, debatia-se sem poder repor-se de pé. Rostov quis também levantar-se, mas em vão: sua bolsa estava presa à sela. Para onde tinham passado os nossos? Onde podiam estar os franceses? Ignorava-o. Não havia ninguém nos arredores.

Conseguiu libertar sua perna, levantar-se. "De que lado se encontra agora aquela linha que separava tão nitidamente os dois exércitos?", perguntava a si mesmo, sem descobrir respostas. "Não me teria acontecido um acidente desagradável? Será possível semelhante aventura? E em casos como este que é preciso fazer?", inquietava-se ele, percebendo que algo de supérfluo pendia de seu braço esquerdo paralisado. Sua mão parecia-lhe estranha. Examinou seu braço, ali procurando em vão manchas de sangue. "Ah! eis alguém enfim! Vem trazer-me socorro!", disse a si mesmo, vendo correr para seu lado um grupo conduzido por um indivíduo de capote azul, de cabeça coberta por estranha barretina, amorenado, de tez queimada e nariz de gancho. Dois outros o seguiam, depois mais outros em grande número. Um deles estropiou algumas palavras, que não podiam ser russas. Os que vinham atrás traziam pelo braço um de nossos hussardos, cujo cavalo puxavam pela brida.

"Sem dúvida é um dos nossos, prisioneiro... Sim, é bem isto. Vão prender-me também a mim?... Mas quem é essa gente?... Franceses?... Não é possível!" — pensava, entretanto, Rostov. Via os franceses se aproximarem e ele que, alguns instantes antes ardia por alcançá-los e golpeá-los a sabre, achava agora a aproximação deles tão espantosa que não acreditava nos seus olhos. "Quem são eles?... Por que correm?... É contra mim que vêm?... Quereriam matar-me?... Matar a MIM, de quem toda a gente gosta tanto?" Pensando no afeto que lhe testemunhavam sua mãe, sua família, seus amigos, pareceu-lhe impossível que os inimigos quisessem matá-lo. "E contudo, se tal fosse a intenção deles?" Ficou mais de dez segundos imóvel, sem se dar conta da situação. O francês da frente, de nariz de gancho, já estava tão perto que Rostov podia distinguir seus traços. A fisionomia exasperada daquele homem que, de baioneta cruzada, se precipitava sobre ele, amedrontou Rostov. Agarrou a pistola, mas em vez de atirar, jogou-a contra o francês e fugiu a bom correr, para as moitas, como uma lebre perseguida pelos cães. Não estava mais animado, como na ponte do Enns, por um desejo de luta, misturado a uma vaga inquietação; o terror de perder a vida, aquela vida tão jovem, tão alegre, dominava agora todo o seu ser. Corria através dos campos, saltava por cima dos fossos, com o mesmo ardor de quem estivesse jogando barras:

voltava-se de vez em quando, com seu bondoso rosto juvenil coberto duma palidez mortal e um arrepio de pavor lhe percorria as costas. "Não, — disse a si mesmo, — é melhor não olhar para trás". Mas, a alguma distância das moitas, voltou-se ainda uma vez. Os franceses estavam longe dele e até mesmo,justamente naquele instante, o da frente pôs-se a passo para interpelar, num vozeirão, seu camarada mais próximo. Rostov parou. "Não, — disse, — devo estar enganado. Não é possível que me queiram matar!" Entretanto, sentia-se incapaz de ir mais além. Sua mão esquerda estava tão pesada como se um peso de trinta libras nela estivesse suspenso. O francês também parara e fazia pontaria contra ele. Rostov fechou os olhos e agachou-se. Uma bala, depois outras, passaram assobiando por cima de sua cabeça. Juntou suas derradeiras forças, pegou sua mão esquerda com sua mão direita e correu até os silvados onde se mantinham ainda os nossos atiradores.

20. Os regimentos de infantaria, atacados de improviso na floresta, fugiam em desordem; as companhias confundidas não eram mais que meros rebanhos. Um soldado aterrorizado havia lançado este grito estúpido, dum efeito terrível na guerra: "Estamos cortados!" E estas palavras, grávidas de pânico, se haviam propagado pela massa inteira.

— Estamos cortados! cercados! perdidos! — gritavam os fugitivos.

Ouvindo tiros de fuzil, gritos, clamores partidos da retaguarda, compreendeu, logo o general que algo de terrível acabara de acontecer a seu regimento, e o pensamento de que ele, um velho oficial exemplar, pudesse ser tornado culpado de uma negligência ou de um erro de comando, transtornou-o a tal ponto que, esquecendo a indisciplina do coronel de cavalaria e sua gloríola de general, agarrou-se à cabeça da sela, esporeou seu cavalo e, com um soberano desprezo pelo perigo, lançou-se a todo o galope através duma saraivada de balas que felizmente não o atingiram. Uma só coisa o preocupava: saber o que se tinha passado, salvar, custasse o que custasse, a situação, reparar, se possível, a falta cometida, se falta havia de sua parte, e permanecer puro de qualquer censura, ele que, durante seus vinte e dois anos de serviço, jamais incorrera na menor censura.

Depois de ter passado incólume através dos franceses, chegou à orla da floresta por onde desciam nossas tropas, surdas aos comandos. Estava-se naquele grave minuto em que a indecisão moral decide da sorte das batalhas: escutariam aquelas massas debandadas a voz de seu chefe ou, concedendo-lhe apenas um olhar indiferente, continuariam a fugir? Malgrado as explosões formidáveis duma voz até ali tão temida do soldado, malgrado a vista daquele rosto escarlate, descomposto pelo furor, malgrado a ameaça daquela espada brandida, os soldados fugiam, se interpelavam, atiravam para o ar, recusavam-se a obedecer. A indecisão moral pendia evidentemente do lado do pânico.

O general se esganiçava; a fumaça da pólvora sufocava-lhe a garganta; parou, desesperado. Tudo parecia perdido. Mas, de repente, sem razão aparente, os franceses, que perseguiam os russos, fizeram meia-volta e abandonaram a orla da floresta donde surgiram os atiradores russos. A companhia de Timokhin, que fora a única a manter-se em fileiras e se havia emboscado num fosso, acabava de cair sobre eles de improviso. Armado apenas com uma pequena espada, Timokhin lançou-se sobre os franceses com uma louca audácia de ébrio, dando gritos tão terríveis que estes, sem ter tido tempo de verificar as coisas, atiraram os fuzis ao chão e viraram as costas, fugindo. Dolokhov, que corria ao lado de Timokhin, matou um francês à queima- roupa e foi o primeiro a abecar um oficial que se rendia. Nossos fujões voltaram sobre seus passos, os batalhões se refizeram, e o inimigo, que já cortava em dois nosso flanco esquerdo, foi repelido por um instante. Nossas reservas puderam reunir-se e os fugitivos se detiveram.

Em companhia do Major Ekonomov, o general assistia em cima da ponte ao desfile dos batalhões em retirada, quando um soldado se aproximou, agarrou-lhe o estribo e quase se apoiou sobre ele. Aquele homem, de capote azulado de pano de fantasia, não trazia mochila nem barretina, mas usava a tiracolo uma cartucheira francesa e empunhava uma espada de oficial. Estava pálido e tinha a cabeça enfaixada; seus olhos, de um azul-claro, fixavam-se atrevidamente em seu chefe; seus lábios sorriam. Por mais ocupado que estivesse em dar suas ordens ao major, a atenção do general foi imperiosamente atraída para aquele soldado.

— Eis dois troféus, Excelência — disse Dolokhov, com voz ofegante, mostrando a espada e a cartucheira. — Aprisionei um oficial francês... E foi graças a mim que a nossa companhia se aguentou; todos podem ser testemunha disso. Não se esqueça, Excelência.

— Bem, bem — disse o general, que quis retomar sua conversa com o major.

Mas Dolokhov não o largava; desamarrou o penso, arrancou-o e, mostrando o sangue coagulado em seus cabelos, disse:

— Um ferimento de baioneta e não abandonei as fileiras. Que Vossa Excelência digne-se de lembrar-se disso!

* * *

Tinham esquecido a bateria de Tuchin e foi somente no fim do combate que o Príncipe Bagration, percebendo que o canhoneio continuava sempre no centro, despachou o oficial de estado-maior, depois o Príncipe André, para dar ao Capitão a ordem de recuar a toda a pressa. Se bem que a sua cobertura tivesse desaparecido em plena ação graças a uma ordem dada só sabe Deus por quem, a bateria atirava sempre; se o inimigo ainda não a tomara, fora unicamente porque não podia supor que quatro canhões sem proteção tivessem a audácia de continuar seu tiroteio. Bem pelo contrário, a ação enérgica daquela bateria fizera os franceses acreditarem que as principais forças russas se encontravam concentradas naquele ponto. Tinham-no atacado por duas vezes e de ambas se viram repelidos pela metralha dos quatro canhões isolados no alto.

Pouco depois da partida de Bagration, Tuchin conseguira incendiar Schoengraben.

— Olhem, estão fugindo! O incêndio pegou! Olhem a fumaça! Pontaria acertada! Fabuloso! Que fumaçada, hem, que fumaçada! — diziam os serventes.

Todas as peças atiravam, sem que fossem precisas ordens, na direção do incêndio. E os artilheiros, como para apressar seus projetis, os apostrofavam a cada tiro: “Vai, vai!... isto mesmo, meu velho, bem no montão!” Ativado pelo vento, o fogo se propagava mais depressa. As colunas francesas, que desembocavam da aldeia, recuaram; mas, para se vingar sem dúvida daqueles insucesso, o inimigo instalou à direita da aldeia dez peças que abriram fogo sobre Tuchin.

Entregues totalmente à alegria infantil que lhes causava o incêndio e a justeza de seu tiro, nossos artilheiros só deram atenção àquela bateria, quando duas balas e logo em seguida quatro outras, caíram entre suas peças; uma dessas balas abatera dois cavalos, outra arrancou a perna dum condutor de caixões de munições. Longe de esfriar o ardor geral, este incidente só fez que ele mudasse de objetivo. Os cavalos foram substituídos pelos da carreta de reserva, os feridos evacuados e as quatro peças viraram seu fogo contra a bateria de dez. O tenente de Tuchin fora morto desde o começo da ação e, durante o espaço duma hora, dezessete dos quarenta serventes foram postos fora de combate, sem que por isso perdessem os outros sua alegria e sua animação. Duas vezes avistaram lá embaixo, a curta distância, os franceses que subiam ao assalto, e duas vezes os metralharam.

O homenzinho de gestos acanhados e canhestros perguntava a cada instante, a seu ordenança: “mais uma cachimbada de quebra” e, espalhando faíscas de seu cachimbo, corria a postar-se bem na frente, para examinar os franceses, abrigando os olhos com sua mãozinha.

— Fogo, rapaziada! — gritava ele e ele próprio pegava as peças para fazê-las rolar e desparafusar as roscas de pontaria.

Cego pela fumaça, ensurdecido pelas detonações incessantes que o faziam sobressaltar-se a cada instante, Tuchin, sem largar seu cachimbinho, corria dum canhão a outro, ora apontando, ora contando as cargas, ora fazendo substituir os cavalos mortos ou feridos, e gritava suas ordens com sua vozinha fina, indecisa. Seu rosto ia-se animando cada vez mais. Somente quando um de seus homens era ferido ou morto, franzia o cenho e desviando a vista daquele que era atingido, encolerizava-se contra os outros que como sempre, tardavam em levantar o ferido ou o morto. Os soldados, na sua maior parte, uns belos rapazes (como é de regra na artilharia, em que os homens ultrapassam de duas cabeças seus oficiais e são duas vezes mais largos), os soldados o consultavam com o olhar como crianças confusas e copiavam invariavelmente a expressão que liam em seu rosto.

Graças ao tremendo estrondo, graças também à necessidade de fazer face a tudo, Tuchin permanecia insensível ao medo; o pensamento de que pudesse ser morto ou ferido nem mesmo aflorava;pelo contrário, sua alegria ia em crescendo. O minuto em que lançara o primeiro tiro sobre o inimigo já lhe parecia bem longe; talvez mesmo datasse de ontem; e o canto de terra onde se encontrava desde tão pouco tempo parecia-lhe um lugar muito seu conhecido. Se bem se lembrasse de tudo, pensasse em tudo, fizesse tudo o que podia fazer na ocorrência o melhor dos oficiais, encontrava-se num estado vizinho do delírio, da febre ou da embriaguez.

O barulho ensurdecedor de sua bateria desencadeada, o sibilo dos projetis inimigos, a agitação dos serventes cobertos de suor e escarlates, a vista do sangue dos homens e dos animais, o espetáculo daquelas fumaças que se elevavam lá embaixo, em frente, anunciando a chegada duma bala que tocaria o solo, um homem, um canhão ou um cavalo, — tudo isso havia-lhe aquecido a imaginação, feito desabrochar em sua cabeça um mundo fantástico, no qual se deleitava. Era assim que os canhões inimigos não eram mais canhões para ele, mas os cachimbos de um invisível fumante que, de tempo em tempo, se divertia em lançar volutas para o céu.

— Olhem, vamos uma baforada! — murmurava ele, enquanto grosso rolo de fumaça cobria a colina e o vento a levava para a esquerda. — Esperemos a bala agora para devolvê-la.

— Que é que é preciso devolver, Vossa Senhoria? — perguntava o oficial, que o havia ouvido resmungar.

— Nada, um obus... Por tua vez, Mateusina!, acrescentava ele à parte.

Era o nome com que mimoseava na sua imaginação a peça da extremidade, uma antiga bombarda; quanto ao primeiro servente da segunda peça, um rapagão e beberrão ainda por cima, tinha-o, em pensamento, batizado com o nome de "o tio". Olhava para ele bem mais que para os outros e cada um de seus gestos o enchia de satisfação. Os franceses, que se atarefavam em redor de seus canhões, lhe pareciam formigas. O barulho da fuzilaria que se elevava e se acalmava alternativamente, ao pé da colina, parecia-lhe a respiração dum ser vivo. Prestava ouvidos ao ritmo daquela respiração.

— Olá, ei-lo que recomeça — verificava ele.

E ele próprio imaginava ser um gigante colossal, que lançava com as duas mãos balas de canhão contra os franceses.

— Vamos, Mateusina, aguente-se, minha velha — dizia ele, afastando-se da peça, quando acima de sua cabeça fez-se ouvir uma voz estranha, desconhecida.

— Capitão Tuchin, capitão!

Tuchin se voltou e reconheceu, não sem medo, o oficial do estado-maior que o havia expulsado de Grunt, e que agora lhe gritava com voz resfolegante:

— Mas que fazeis então?... Estais maluco?... Já duas vezes vos deram ordem de recuar e vós...

"Que é que essa gente ainda quer comigo?", pensou Tuchin, erguendo para seu chefe uns olhos apavorados.

— Eu?... Mas não... Eu... — balbuciou ele, levando dois dedos à viseira.

Mas o coronel não pôde levar a cabo sua missão. Uma bala, que quase o raspou, obrigou-o a dar um mergulho sobre seu cavalo. Calou-se e ia retomar a palavra, quando uma segunda bala lha cortou. Desta vez, deu ele meia-volta e fugiu a galope.

— Em retirada! Em retirada! Todos! — gritou ele, de longe.

Os soldados puseram-se a rir. Ao fim dum minuto, chegava um ajudante-de-campo, portador da mesma ordem. Era o Príncipe André.

O primeiro objeto que avistou ao chegar, sobre o terreno que a bateria ocupava, foi um cavalo desatrelado que relinchava não longe das atrelagens; de sua perna partida, corria o sangue como duma fonte. Cadáveres juncavam o solo entre as dianteiras das carretas. As balas voavam, uma após outra, acima de sua cabeça. Um arrepio nervoso correu-lhe pelo dorso, mas bastou o pensamento de que tivesse medo para lhe devolver a coragem. "Não posso ter medo", — disse a si mesmo, pondo lentamente pé em terra. E depois que transmitiu sua ordem, decidiu não se afastar, vigiar em pessoa a retirada da bateria. Sob o fogo violento do inimigo, Tuchin e ele, pulando por cima dos cadáveres, fiscalizaram a retirada das peças.

— Ainda bem — disse o artilheiro ao Príncipe André. — Vossa Alteza não é como o senhor que esteve aqui há pouco. O tal, pirou depressa!

O Príncipe André não trocou uma palavra com Tuchin. Estavam ambos tão ocupados que pareciam não ver um ao outro. Tiveram de abandonar um canhão destruído bem como o obuseiro. Enfim, foram as outras duas peças reatreladas. Estavam a ponto de partir, quando o príncipe lançou seu cavalo para o lado de Tuchin.

— Então, adeus — disse-lhe, estendendo-lhe a mão.

— Adeus, meu caro, meu bravo amigo — disse Tuchin. — Adeus, meu caro — acrescentou sentindo, sem que soubesse muito bem porque, que as lágrimas lhe subiam aos olhos.

21. Caíra o vento. Nuvens negras rolavam baixo, sobre o campo de batalha, confundindo-se no horizonte com a fumaça da pólvora. A noite próxima avivava a luz dos incêndios acesos em dois pontos. O canhoneio enfraquecera, mas à retaguarda e à direita a fuzilaria crepitava, sempre mais próxima e mais encarniçada. Assim que Tuchin, passando com suas peças em meio dos feridos, saiu da zona de fogo e desceu pelo barranco, encontrou seus chefes e os ajudantes-de-campo, entre os quais o oficial do estado-maior e Jerkov; este último, enviado duas vezes à sua bateria, nem uma só vez conseguira chegar até lá. Todos, interrompendo-se uns aos outros, davam e transmitiam ordens sobre a direção a tomar e lhe faziam censuras e observações. Sem se imiscuir em nada, temendo mesmo abrir a boca, porque à menor palavra se sentia prestes a chorar, Tuchin marchava na cauda de sua bateria sobre sua pileca de artilheiro. Se bem que tivesse sido dada ordem de abandonar os feridos, bom número deles se arrastava atrás das tropas e pediam para ser conduzidos sobre os canhões. Aquele mesmo oficial de infantaria, alto e belo homem, que antes de combate se lançara fora da cabana de Tuchin, jazia sobre o reparo da Mateusina, com uma bala no ventre. No baixo da encosta, um aspirante de hussardos, completamente pálido, sustentando uma de suas mãos com a outra, suplicou a Tuchin que o deixasse sentar-se.

— Capitão, em nome do céu — disse ele, timidamente. — Estou ferido no braço. Não posso mais caminhar. Em nome do céu!

Pela sua voz hesitante, digna de compaixão, via-se que aquele rapaz já recebera mais de uma recusa.

— Deixai-me sentar-me, suplico-vos.

— Deem-lhe lugar, deem-lhe lugar — disse Tuchin. Olá, tio, estenda um capote, — ordenou ele a seu favorito. — Mas onde está afinal o oficial ferido?

— Levaram-no, estava morto — disse alguém.

— Deem-lhe lugar. Sente-se, meu pequeno, sente-se. Estenda o capote, Antonov.

Aquele aspirante não era outro senão Rostov. Lívido, com o queixo a tremer de febre, sustentava a mão ferida com a outra. Instalaram-no em cima da Mateusina, daquela mesma peça donde acabavam de retirar o oficial morto. O capote estava manchado dum sangue que maculou o culote e as mãos de Rostov.

— Mas você está ferido, meu pequeno — disse Tuchin.

— Não, apenas contundido.

— Então por que há sangue em cima do tabuão?

— É do oficial, excelência — respondeu um artilheiro, como para se desculpar do estado de imundície do reparo. Enxugou-o com a manga de seu capote.

Com grande esforço e com ajuda da infantaria, içaram-se os canhões sobre a outra ladeira do barranco e atingiu-se o burgo de Guntherdorf, onde fizeram alto. A noite caíra. A dez passos, não se podia distinguir mais os uniformes dos soldados. A fuzilaria terminara, quando, de repente, a pouca distância à direita, repercutiram novamente gritos, tiros, cujo clarão iluminou em breve a escuridão. Era um derradeiro ataque dos franceses, ao qual respondiam nossos soldados, entrincheirados nas casas. Toda a gente se precipitou para fora da aldeia, exceto a bateria de Tuchin, que não podia mais mover-se. O capitão, os artilheiros, o aspirante trocavam olhares ansiosos, sem dizer uma palavra. Mas a fuzilaria acalmou-se pouco a pouco. E por uma travessa, uma onda de soldados, que falavam animadamente, entrou pela grande rua do burgo.

— Não estás ferido, Petrov? — perguntava um.

— Que surra que lhes demos, hem, meu velho? — dizia outro. — Depois disto nenhum mais virá se esfregar na gente.

— Não se enxerga nada... Como atiravam uns nos outros, puxa!... Diabo, está escuro como breu!... Não haveria jeito de se tomar um gole, rapaziada?

Os franceses tinham sido definitivamente repelidos. E de novo, na noite negra, as peças de Tuchin, enquadradas por um enxame zumbidor de soldados de infantaria, voltaram a pôr-se em marcha.

Era na escuridão como um rio invisível que fluía num barulho de vozes, de cascos e de rodas. Os gemidos dos feridos dominavam todos esses ruídos confusos. Pareciam encher eles sozinhos as trevas circunstantes, formando com elas um só todo. Ao fim dum instante, uma agitação se produziu naquela multidão em marcha. Alguém, montado num cavalo branco e seguido duma escolta, passou, pronunciando algumas palavras. Logo, de todos os lados, subiram perguntas ávidas: "Que foi que ele disse? Dirigiu-nos cumprimentos? Aonde se vai agora? Vai-se ficar aqui?" Depois houve uma desordem; as fileiras da vanguarda tiveram de fazer alto e correu o boato de que a ordem fora dada. Então toda a gente parou bem no meio da estrada lamacenta.

Brilharam fogos, as vozes se tornaram mais audíveis. Depois de ter tomado providências para a noitada e enviado um de seus homens a procurar uma ambulância ou um médico para o aspirante, o Capitão Tuchin sentara-se perto duma fogueira que os soldados acabavam de acender na estrada. Rostov arrastou-se até junto dele. Um arrepio febril, consequência de sua torcedura, do frio e da umidade, agitava-o da cabeça aos pés. Não achava posição para seu braço e aquela dor lancinante impedia-o de ceder à necessidade do sono que, no entanto, pesava sobre ele. Ora fechava as pálpebras, ora fixava o braseiro que lhe parecia lançar clarões escarlates, ora descansava a vista sobre o vulto curvado de Tuchin, sentado à turca bem perto dele, e cujos olhos globulosos, bondosos e inteligentes o observavam com cálida compaixão. Sentia que o capitão tinha vontade, de toda a sua alma, em correr-lhe em auxilio e que deplorava sua impotência.

Os infantes instalaram-se nos arredores. Ouviam-se de todos os lados suas vozes e seus passos e também os das tropas que passavam, tanto a pé, como a cavalo. Essas vozes, esses passos, o patinhar dos cavalos na lama, a crepitação das fogueiras próximas e distantes, tudo isso formava como que um barulho de vagalhões. O rio invisível não corria mais nas trevas. Dir-se-ia agora um mar sombrio que se acalma e palpita depois da tempestade.

Rostov olhava e escutava, sem compreender, tudo quanto se passava em torno de si e diante de si. Um infante aproximou-se do fogo, acocorou-se, estendeu as mãos para a labareda, voltando o rosto.

— Permitis, Excelência? — perguntou ele a Tuchin. — Aqui onde me vedes, Excelência, perdi minha companhia. Nem sei mesmo onde a deixei. Uma verdadeira desgraça!

Entretanto, um capitão de infantaria, com a bochecha enfaixada, dirigia-se também a Tuchin. Pediu-lhe que deslocasse um pouco os canhões que dificultavam a passagem de suas carroças. Depois acorreram dois soldados, descompondo-se por causa de uma bota que cada qual puxava para si.

— Foi você que a apanhou?... Ora, um imbecil como você não é capaz disso! — dizia um deles, com voz rouca.

Um soldado pálido e magro, com o pescoço enrolado numa meia manchada de sangue, chegou em seguida, com um tom colérico, reclamando água para os artilheiros.

— Não nos ides deixar rebentar assim como um cão! — resmungava ele.

Tuchin mandou dar-lhe água. E foi depois a vez dum bobo à procura de fogo, "dum foguinho bem vermelho para os rapazes da linha".

— Obrigado, patrícios, fiquem bem no quente. E quanto ao fogo, não se atormentem. Não lhes faltará fogo... devolvê-lo-emos com juros — pilheriou ele, afastando-se na escuridão, com um brandão avermelhado.

Depois dele, quatro soldados, que traziam algo de pesado num capote, passaram diante do braseiro. Um deles tropeçou.

— Com os diabos! — praguejou ele. — Deram para semear toras de lenha no caminho, esses danados!

— Já que está morto, de que serve carregá-lo? — disse outro.

— Ora! que o diabo te...

E desapareceram com seu fardo, nas trevas.

— E então? Está doendo? — perguntou baixinho Tuchin a Rostov.

— Sim.

— Excelência, o general mandou chamar-vos. Está na casinhola, ali perto — veio dizer o artilheiro a Tuchin.

— Agora mesmo, meu amigo.

Tuchin levantou-se, abotoou seu capote e afastou-se compondo seu uniforme.

Não longe do bivaque dos artilheiros, numa casinha preparada às pressas em sua intenção, o Príncipe Bagration conversava com alguns chefes de corpos reunidos à sua mesa. Lá estavam o velhinho de olhos semicerrados, que devorava a plenos dentes uma costeleta de carneiro, um general de vinte e dois anos, trajado com todo o apuro, a face radiante por causa do jantar e do copinho de vodca, o oficial do estado-maior com anel e Jerkov, que passeava em redor de si olhares inquietos, e o Príncipe André, lívido, de lábios cerrados e olhos brilhantes de febre.

Num canto, repousava uma bandeira tomada ao inimigo. O auditor apalpava-lhe o tecido e meneava a cabeça com ar ingênuo. Estaria realmente interessado pela bandeira ou experimentava bem simplesmente algum despeito à vista daquele jantar onde faltavam pratos e talheres para ele? Na peça vizinha, nossos oficiais examinavam à porfia um coronel francês que fora aprisionado pelos dragões. O Príncipe Bagration cumprimentava os chefes de corpos, pedia pormenores sobre o combate, informava-se das perdas. O comandante do regimento apresentado perto de Braunau contava ao príncipe que, desde o começo do caso, evacuara a floresta, juntara seus soldados que apanhavam lenha e, depois de ter deixado os franceses passarem, lançara-se sobre eles com dois batalhões e os havia repelido à baioneta.

— Assim que vi meu primeiro batalhão em desordem, disse a mim mesmo "Deixemo-los passar e recebamo-los com fogo cerrado." E foi o que fiz, Excelência.

Era pelo menos o que tinha querido fazer; e lamentava tanto não o haver conseguido que acreditava com toda a sinceridade na veracidade de seu relato. Talvez, em fim de contas, não se enganasse totalmente: quem teria podido discernir, em semelhante confusão, o real do imaginário?

— A propósito — continuou ele, lembrando-se de sua recente entrevista com Dolokhov e à benevolência com que o havia acolhido o general-em-chefe, — devo assinalar a Vossa Excelência que o ex-oficial Dolokhov distinguiu-se de maneira especial. Vi-o aprisionar um oficial francês.

— E foi precisamente nesse momento, Excelência, que tive o prazer de admirar a carga dos hussardos de Pavlograd — interveio Jerkov, rolando sempre olhos inquietos, porque não encontrara naquele dia nem um hussardo e fiava-se bem simplesmente no dizer dum oficial de infantaria. — Vi-os repelir dois quadrados.

Vendo Jerkov tomar a palavra, alguns assistentes tinham sorrido, na expectativa de alguma de suas pilhérias costumeiras; mas quando o ouviram acrescentar um florão a mais à glória de nossas armas e de nossa jornada, tomaram logo um ar sério se bem que a maior parte dentre eles soubesse perfeitamente que o relato de Jerkov não passava duma impudente mentira.

— Agradeço-vos a todos, meus senhores, — disse Bagration, dirigindo-se particularmente ao velho coronel. — Todos os corpos, infantaria, cavalaria, artilharia, comportaram-se heroicamente... Como aconteceu, porém, terem sido abandonadas duas peças no centro? — indagou, procurando alguém com o olhar. (Bagration não fazia perguntas a respeito dos canhões do flanco esquerdo: já sabia que tinham caído todos em mãos do inimigo desde o começo da luta). Não vos encarreguei de velar pelo seu recuo? — perguntou ele ao oficial do estado-maior.

— Um estava destruído — respondeu este. — Quanto ao outro, não compreendo, na verdade... Tomei todas as providências necessárias, não deixei a bateria senão no derradeiro instante... Para falar a verdade, a coisa ali estava fervendo — concluiu ele, modestamente.

Alguém disse que o Capitão Tuchin estava bivacando não longe dali e que tinham mandado chamá-lo.

— Mas vós — disse Bagration ao Príncipe André, — vós estáveis ali também, ao que me parece?

— Com certeza — disse o oficial do estado-maior, com um gracioso sorriso endereçado a Bolkonski, — cruzamo-nos no caminho.

— Não tive a boa sorte de encontrar-vos — retorquiu friamente o Príncipe André.

Seguiu-se um silêncio geral. Tuchin apareceu no limiar, bastante perturbado como sempre, à vista de seus chefes. Como fosse deslizando timidamente para dentro da sala estreita, por trás dos generais, não notou a haste da bandeira e tropeçou nela. Algumas risadas rebentaram.

— Como se dá o caso de ser abandonada uma peça? — perguntou Bagration, franzindo o cenho, menos para o lado do capitão do que para o dos que riam, dentre os quais não era Jerkov o menos barulhento.

Só neste instante, diante da fronte colérica do grande chefe, compreendeu Tuchin que cometera uma falta e sentiu toda a vergonha de ter, estando vivo, perdido dois canhões. Estava tão perturbado que até naquele instante não havia pensado nisso. Desarvorado mais ainda pelas risadas dos oficiais, permanecia ali, plantado diante de Bagration, com o queixo a tremer e foi com grande esforço que pôde balbuciar:

— Não sei, Excelência... Faltavam-me, homens, Excelência.

— Teríeis podido aproveitar alguns da cobertura.

Embora fosse essa a pura verdade, não ousou Tuchin dizer a Bagration que não havia cobertura. Temendo pregar com esta revelação uma "má peça" a algum outro chefe, fitava Bagration bem em rosto, sem dizer uma palavra, na atitude dum escolar que não sabe responder a seu examinador.

O silêncio prolongou-se um bom momento. Bagration, evidentemente pouco desejoso de mostrar-se severo, nada achava para dizer, e os assistentes guardavam-se de intervir. O Príncipe André olhava a furto para Tuchin e suas mãos se agitavam nervosamente. De repente, sua voz cortante rompeu o silêncio.

— Vossa Excelência — disse ele, — dignou-se enviar-me à bateria do Capitão Tuchin. Para lá me dirigi e pude verificar que dois terços dos homens e dos cavalos estavam mortos, que duas peças estavam demolidas e que não havia cobertura nenhuma.

Bagration e Tuchin fixavam agora ambos Bolkonski, que falava com emoção contida.

— E se Vossa Excelência quiser ter a bondade de permitir que expresse a minha opinião, direi que o bom êxito do dia foi sobretudo devido a intervenção daquela bateria, bem como à heroica firmeza do Capitão Tuchin e de seus artilheiros.

Sem esperar a resposta, Bolkonski levantou-se e deixou a mesa. Bagration mudou a vista para Tuchin; e, como não quisesse deixar notar seu ceticismo a respeito do julgamento peremptório de Bolkonski, fez um sinal com a cabeça e disse ao capitão que podia retirar-se. O Príncipe André saiu depois dele.

— Obrigado, meu amigo, salvou-me — disse-lhe Tuchin.

Bolkonski envolveu-o num olhar e deixou-o sem dizer nada. Uma pesada tristeza o constringia. Tudo aquilo era tão estranho, tão pouco conforme com as suas esperanças!

* * *

"Quem são essas pessoas? Que fazem aqui? Que lhes é preciso? E quando acabará isso?", dizia Rostov a si mesmo, observando as sombras que desfilavam diante dele. Seu braço fazia-o sofrer cada vez mais; um sono invencível o acabrunhava, círculos vermelhos dançavam diante de seus olhos; a obsessão daquelas vozes, aqueles rostos, bem como o sentimento de sua solidão, confundiam-se com a dor. Eram eles, aqueles soldados, feridos ou não feridos, eram eles que o oprimiam, o esmagavam, lhe torciam os tendões, queimavam a fogo lento as carnes de seu braço partido e de seu ombro. Para escapar àquela perseguição, fechou os olhos.

Só perdeu a consciência por um instante. Mas durante aquele curto minuto viu em sonho uma quantidade inumerável de imagens: sua mãe e suas grandes mãos brancas, os ombros frágeis de Sônia, os olhos risonhos de Natacha, e Denissov com seu vozeirão e seus bigodes, e Telianin e toda a sua história com Telianin e Bogdanitch. Aquela maldita história formava um todo com o soldado de voz rude e aqueles dois fantasmas confundidos lhe esmagavam sem pena o braço, puxavam-no sem cessar no mesmo sentido. A despeito de seus esforços para escapar-lhes, não lhe largavam o ombro uma polegada, nem por um segundo. Teria ele ficado curado, se eles não o puxassem, mas era em vão que tentava fazer com que o largassem.

Abriu os olhos e olhou para o ar. A noite estendia muito baixo o seu negro lençol, dois ou três pés acima da claridade da fogueira. Flocos de neve volitavam àquele clarão. Tuchin não voltava, o médico não vinha. Só diante dele, um soldadinho, nu em pelo, aquecia o corpo magro e amarelado.

— Ninguém se preocupa comigo! — pensava Rostov. — "Não há ninguém que me venha socorrer, ninguém que me lastime. E dizer que há algum tempo estava eu em casa, cheio de força e de alegria, e que toda a gente gostava de mim!"

Lançou um suspiro que, contra a sua vontade, acabou num gemido.

— Está-se sentindo mal? — perguntou o soldado, enquanto sacudia sua camisa acima da labareda e, sem esperar a resposta, acrescentou num acesso de tosse: — Quanta gente ficou estropiada hoje! Puxa! que desgraça!

Rostov não o ouvia. De olhos fixos sobre a dança dos flocos, lembrava-se do inverno russo, da casa quente e clara, da peliça de seda alcochoada, dos trenós rápidos. Via-se cheio de saúde, cercado do amor e dos cuidados de sua família. "Que ideia essa minha de vir para aqui!" — dizia a si mesmo.

No dia seguinte, os franceses não renovaram seus ataques e os restos do destacamento de Bagration puderam juntar-se ao exército de Kutuzov.

TERCEIRA PARTE

1. O Príncipe Basílio não traçava seus planos de antemão. Pensava ainda menos em fazer mal às pessoas para disso tirar alguma vantagem. Era bem simplesmente um homem do mundo que obtivera êxitos e se habituara a esses êxitos. De acordo com as circunstâncias, de acordo com suas relações, as combinações mais diversas se arquitetavam em sua cabeça, sem que ele

próprio se desse muita conta disso, ainda que constituíssem elas todo o interesse de sua existência. Havia sempre, não uma nem duas, mas dúzias em curso: umas se esboçavam, outras se realizavam, outras enfim se esboroavam. Não dizia, por exemplo, a si mesmo: "Eis tal ou qual personagem no poder; preciso ganhar-lhe a confiança e fazer que me seja concedida uma bela gratificação". Não dizia a si mesmo tampouco: "Pedro ficou rico: eis o fato, preciso casá-lo com minha filha para pedir-lhe emprestados os quarenta mil rublos de que necessito." Mas se o personagem influente se apresentava, seu instinto lhe dizia logo que aquele homem podia ser-lhe útil; ligava-se a ele e, na primeira ocasião, sem premeditação nenhuma, lisonjeava-o, tomava um tom familiar, dizia-lhe uma palavrinha a respeito de seus negocinhos particulares.

Como tivesse Pedro sob sua mão em Moscou, fê-lo o Príncipe Basílio nomear gentil-homem de câmara, o que então equivalia ao cargo de conselheiro de Estado, e insistiu com o rapaz para que o acompanhasse a Petersburgo e se hospedasse em sua casa. Sem dar a impressão de tocar no assunto, mas com a convicção perfeita de que devia ser assim, punha o Príncipe Basílio tudo em ação para que sua filha casasse com Pedro. Se tivesse combinado previamente seus planos, não teria podido mostrar tanta naturalidade em suas maneiras, tanta sinceridade nas suas relações com seus superiores e com seus inferiores. Atraído sem cessar pelas pessoas mais poderosas e mais ricas do que ele, sabia com um tato pouco comum, agarrar a ocasião propícia para delas tirar pé ou asa.

Pedro, que se tornou, de um dia para outro, "o rico Conde Bezukhov", ao sair de uma vida solitária e descuidada, sentiu-se tão cercado, tão ocupado, que somente na cama é que podia tornar a encontrar-se a sós consigo mesmo. Teve de assinar papéis, de tratar negócios com escritórios cuja utilidade lhe escapava, recorrer às luzes de seu principal administrador, visitar sua propriedade dos arredores de Moscou, receber numerosas pessoas que anteriormente afetavam desconhecer sua existência e que agora se mostravam formalizadas quando ele não as podia receber. Todos esses diferentes personagens: homens de negócios, parentes, simples conhecidos, todos se mostravam unanimemente bem-dispostos para com o jovem herdeiro, todos estavam incontestavelmente convencidos de suas altas qualidades. Ouvia sem cessar frases deste gênero: "com vossa rara bondade"; "sendo dado vosso excelente coração" "vós que tendes uma tão bela alma"; "se fosse ele tão inteligente quanto vós"...", etc... E como uma voz interior sempre lhe havia deixado entender que era ele mui bom e muito inteligente, pôs-se a crer sinceramente em sua rara bondade, bem como em sua rara inteligência. As próprias pessoas, que outrora o tratavam com má vontade ou hostilidade, testemunhavam-lhe agora uma terna afeição. A mais velha das princesas, a rabugenta criatura de porte demasiado elevado e de cabelos lisos com os de uma boneca, foi procurá-lo, após as exéquias, em seu quarto. De olhos baixos faces empurpuradas, declarou-lhe lamentar seu antigo dissentimento; não reconhecia si mesma mais nenhum direito de pedir algo, a não ser a autorização de permanecer algumas semanas ainda numa casa que lhe era tão cara e onde ela tanto se havia sacrificado. Nisto, não pôde se conter que não rebentasse em soluços. Transtornado diante de semelhante mudança numa pessoa comumente fria como mármore, Pedro pegou-lhe a mão e lhe pediu perdão, sem saber ele mesmo de quê. A partir desse dia, a Princesa começou a tricotar para ele uma charpa rajada e mudou em tudo e por tudo maneira de tratá-lo.

— Faze isto por ela, meu caro; é preciso confessar que o defunto lhe tornou dura a vida — disse a Pedro o Príncipe Basílio, submetendo à sua assinatura um cheque de trinta mil rublos, destinado à princesa.

Receando que viesse ela a dar com os dentes sobre o papel que desempenhara ele no negócio da pasta, resolvera o Príncipe Basílio atirar à pobre mulher aquele osso para roer. Pedro assinou o cheque e a princesa se tornou cada vez mais amável. Suas irmãs tornaram-se também afetuosas para com ele e a mais moça, a que era bonita, com um lunar na face, perturbou Pedro mais de urna vez com seus sorrisos e com a emoção que demonstrava em sua presença.

Parecia tão natural a Pedro que toda a gente o amasse, e o contrário tê-lo-ia totalmente confundido, que nem por um instante podia pôr em dúvida a sinceridade das pessoas que o cercavam. De resto, não tinha ele tempo de fazer interrogações a si mesmo a respeito da franqueza ou da hipocrisia do seu círculo de relações. Não tinha tempo para nada, vivia numa espécie de embriaguez, doce e alegre. Sentia-se o centro dum movimento geral e importante, sentia que se esperava constantemente dele alguma coisa; se não a fizesse, afligiria a muita gente, decepcioná-los-ia na sua expectativa; se, pelo contrário, a fizesse, tudo iria às mil maravilhas. De modo que satisfazia-lhes os votos, sem que por isso as coisas corressem às mil maravilhas.

No primeiro momento, ninguém vigiou mais estreitamente que o Príncipe Basílio a pessoa e os interesses de Pedro. Depois da morte do conde, não mais o largou. Dava-se ares de um homem esmagado de negócios, esgotado, já sem forças, mas que, por compaixão, não podia abandonar aos caprichos da sorte, ao bel-prazer dos velhacos, um rapaz sem defesa, o qual, afinal de contas, era o filho de seu amigo e possuidor de tão enorme fortuna. Durante os poucos dias que passou em Moscou após o falecimento, não cessava de convocar Pedro ou de ir a seu apartamento para lhe prescrever o que devia fazer, e, cada vez, seu tom de lassidão superior parecia dizer-lhe: "Sabe bem você que estou sobrecarregado de negócios e que não é por mera caridade que me ocupo com você, e depois sabe muito bem que o que lhe proponho é a única coisa possível".

— Pois bem, meu amigo, partimos amanha. Não é cedo demais — decretou ele um dia, baixando as pálpebras e dando-lhe palmadinhas no braço, como se a coisa tivesse sido desde muito tempo resolvida entre eles e não admitindo réplica. — Sim, partimos amanhã. Levo-te no meu carro. Estou muito satisfeito. Aqui não temos mais nada de importante a fazer e há muito tempo que deveria ter partido... Ah! recebi uma resposta do chanceler. A pedido meu, estás nomeado gentil-homem de câmara e adido ao corpo diplomático. A carreira está dora em diante aberta para ti.

Malgrado a eficácia do tom de lassitude superior com o qual estas palavras foram pronunciadas, Pedro, que havia por muito tempo refletido sobre seu futuro, esteve a ponto de protestar. Mas o Príncipe Basílio cortou-lhe a palavra, recorrendo desta vez a seu tom de baixo arrulhador, que só empregava em casos extremos e que excluía qualquer possibilidade de contradição.

— Mas meu caro, foi por minha causa mesmo que fiz isto, para satisfazer a minha consciência, e tu nada tens que me agradecer. Alguém jamais se queixou de ser amado demais; aliás, tu és livre, nada te impede de mandar tudo às favas amanhã mesmo, se te aprouver. Verás bem isto, em Petersburgo. E já é tempo, que te afastes dessas terríveis recordações — concluiu o Príncipe Basílio, dando um suspiro. — Está entendido, não é, meu bom amigo? Meu criado de quarto irá no teu carro... Ah! ia já me esquecendo: sabes que tínhamos umas contas a ajustar com o falecido. De modo que me paguei um tanto com as rendas do domínio de Riazan. Não precisas disso. Arranjar-nos-emos.

O que o Príncipe Basílio chamava "um tanto" era nada mais, nada menos, que uma renda de vários milhares de rublos, de que achara conveniente apropriar-se.

Em Petersburgo, bem como em Moscou, Pedro se viu objeto de atenções e de amabilidades de toda a espécie. Nada fazendo, não pôde recusar o lugar, ou antes a posição social que o Príncipe Basílio lhe havia conseguido. Tantas relações, convites, deveres mundanos o solicitaram que, mais ainda do que em Moscou, experimentou a sensação de ser arrebatado num turbilhão anunciador duma felicidade que parecia sempre próxima e que sempre se afastava.

De seus antigos companheiros de pândega, bom número não se encontrava mais em Petersburgo. A guarda achava-se em campanha; Dolokhov fora rebaixado; Anatólio estava no exército, na província; o Príncipe André, no estrangeiro. Pedro não podia pois passar mais noites alegres, como gostava de fazer antes, nem se expandir de tempos em tempos com esse amigo mais velho do que ele e a quem tanto venerava. Todo o seu tempo corria em jantares e em bailes, e a maior parte das vezes em casa do Príncipe Basílio, na sociedade da gorda princesa e da bela Helena.

Como toda a gente, Ana Pavlovna Scherer fez sentir a Pedro que uma reviravolta de opinião se produzira em seu favor. Outrora sentia ele constantemente, na sua presença, que o que dizia carecia de tato, de propósito, de boas maneiras; todas as suas palavras, por mais sensatas que lhe parecessem no seu foro íntimo, tornavam-se estúpidas logo que as proferia em voz alta, ao passo que as grosserias de Hipólito passavam por amáveis e espirituosas. Agora, pelo contrário, a menor de suas frases era considerada encantadora. Embora Ana Pavlovna não o dissesse expressamente, via bem que ela queria dizê-lo e só guardava silêncio para não espantar-lhe a modéstia.

No começo do inverno de 1805-1806, recebeu Pedro de Ana Pavlovna o habitual convite cor-de-rosa, com o seguinte pós-escrito: "Encontrareis em nossa casa a bela Helena que ninguém se cansa de ver".

Ao ler esta frase, sentiu Pedro pela primeira vez que se estabelecera entre Helena e ele uma espécie de ligação já admitida pela sociedade. Embora amedrontando-o, pois lhe impunha ela obrigações que não podia satisfazer, não deixou essa ideia de agradar-lhe, como uma divertida eventualidade.

O sarau de Ana Pavlovna só diferiu do precedente na figura de atração com que regalou seus convidados. Desta vez não foi mais Mortemart, mas um diplomata recentemente chegado de Berlim, donde trazia as primeiras notícias da estada em Potsdam do Imperador Alexandre, os pormenores da aliança indissolúvel que haviam jurado um ao outro os dois augustos amigos, para defender a causa do direito contra o inimigo do gênero humano. Ana Pavlovna recebeu Pedro com um matiz de tristeza, motivada evidentemente pela perda cruel que acabava de sofrer o rapaz — porque toda a gente afetava crer que ele estivesse bastante aflito pela morte de um pai que não conhecera. Essa tristeza assemelhava-se bastante à solene melancolia que experimentavam as feições de Ana Pavlovna, quando falava de sua augusta senhora, a Imperatriz Maria Fiodorovna. Pedro sentiu-se lisonjeado. Com seu tato habitual, Ana Pavlovna distribuiu seus convidados em grupos. O grupo principal, em que se encontravam o Príncipe Basílio e os generais, gozava dos relatos do diplomata. Outro cercava a mesa de chá. Pedro teria tido bem vontade de juntar-se ao primeiro, mas, desde que o viu, Ana Pavlovna, exaltada como um capitão que mil brilhantes inspirações solicitam no campo de batalha, tocou-lhe na manga.

— Esperai, tenho meus planos a vosso respeito para esta noite. — Lançou um olhar para Helena e sorriu-lhe. — Minha boa Helena, é preciso que se mostre caridosa para com minha pobre tia, que tem verdadeira adoração por você. Vá fazer-lhe companhia por uns dez minutos. E para não se aborrecer demais, eis aqui o caro conde que não se recusará a fazer-lhe companhia.

A bela Helena foi procurar "minha tia", mas Ana Pavlovna reteve ainda Pedro por um instante, fingindo ter de fazer-lhe últimas e indispensáveis recomendações.

— Não é verdadeiramente encantadora, ela? — disse a Pedro, mostrando-lhe aquela beleza triunfal que se afastava com andar majestoso. — E que porte! Tão jovem e já um semelhante tato, uma ciência tão consumada do bom-tom! Isto vem do coração. Feliz daquele a quem ela pertencer! Com ela, o marido menos mundano está garantido para ocupar o primeiro lugar na sociedade. Não é essa vossa opinião?...

E Ana Pavlovna deu liberdade a Pedro, que com toda a sinceridade concordou com o que ela dizia a respeito do porte e do bom-tom de Helena. Se lhe acontecia pensar nesta, era sempre com a sua beleza que sonhava, com aquela arte pouco comum que tinha de tomar em sociedade uma atitude calma, silenciosa e digna.

"Minha tia" acolheu os dois jovens em seu canto, com um ar que revelava muito menos a adoração que tinha por Helena do que o medo que lhe inspirava Ana Pavlovna. Arriscou um olhar para o lado de sua sobrinha, como se a interrogasse a respeito da atitude a tomar. Deixando-os, Ana Pavlovna tocou de leve novamente na manga de Pedro.

— Espero que não diga mais que sente aborrecimento em minha casa — insinuou ela, olhando Helena.

Esta acentuou com um sorriso que não admitia que se pudesse vê-la, sem se sentir arrebatado. "Minha tia" tossiu, engoliu a saliva e disse em francês que estava encantada por ver Helena, depois dirigiu a Pedro o mesmo cumprimento, fazendo a mesma expressão fisionômica. Travou-se uma conversa, sem seguimento nem interesse, no correr da qual Helena, voltando-se para Pedro, lhe dirigiu aquele claro sorriso que dispensava a toda a gente. Estava Pedro tão acostumado àquele sorriso, exprimia tão pouca coisa para ele, que não lhe prestou a mínima atenção. Nesse momento, "minha tia" elogiava a coleção de tabaqueiras do falecido Conde Bezukhov como, a propósito, mostrasse a sua, Helena pediu para ver o retrato do marido da boa senhora, que lhe enfeitava a tampa.

— Deve ser um trabalho de Vinesse — disse Pedro, nomeando o célebre miniaturista. Inclinou-se sobre a mesa para apanhar a tabaqueira, enquanto prestava toda a atenção à conversa da mesa vizinha.

Quis levantar-se para dar a volta, mas "minha tia" estendeu-lhe a tabaqueira por trás das costas de Helena. Para facilitar este gesto, inclinou-se esta e voltou-se para Pedro, sorrindo. Trazia um vestido de noite que decotava largamente o peito e as costas, segundo a moda em vigor. Seu admirável busto, que Pedro sempre imaginara talhado em mármore, encontrava-se tão perto dele que, malgrado sua péssima vista, podia distinguir os graciosos movimentos da nuca e dos ombros, tão perto dele que lhe bastaria inclinar-se um pouco para aflorá-los com os lábios. Sentia a tepidez daquele corpo jovem, aspirava-lhe o perfume, ouvia o leve roçagar do corpete. Em lugar duma beleza marmórea, formando um todo com o vestuário, adivinhava sob o véu leve do vestido todos os encantos dum corpo adorável. E desde o instante em que fizera esta descoberta, não lhe era mais possível ver diferentemente, da mesma maneira que não podemos deixar-nos ludibriar pela segunda vez por uma trapaça.

"De modo que ainda não havíeis notado quanto sou bela? — parecia dizer Helena. — Não havíeis visto que era mulher? Sim, sou uma mulher, que pode pertencer a este ou àquele, a vós como a um outro". E imediatamente sentiu Pedro que Helena não somente podia, mas devia ser sua mulher, e que não poderia ser de outro modo.

Soube-o, desde aquele minuto tão seguramente, como se se tivesse encontrado com ela diante do altar. Como e quando isto se faria? Ignorava-o. Não sabia mesmo se seria isso um acontecimento feliz (previa mesmo vagamente o contrário), mas estava certo de que tal sucederia.

Pedro baixou os olhos, depois ergueu-os e desejou revê-la como uma beleza distante, inacessível, tal como a via todos os dias antes. Não lhe era mais possível, porém. Era-lhe impossível, da mesma maneira que é impossível ao homem, que no nevoeiro tomou uma moita de erva por uma árvore, ver de novo uma árvore, uma vez reconhecido o seu erro. Ela estava tremendamente próxima dele. Já exercia seu poder sobre ele. Entre os dois não haveria mais dora em diante outros obstáculos senão os que a própria vontade criasse.

— Bem, deixo-vos em vosso cantinho. Vejo que estais aqui muito bem — disse a voz de Ana Pavlovna.

Imediatamente Pedro, perguntando a si mesmo com horror se não cometera algo de repreensível, corou, passeando em torno de si olhares inquietos. Toda a gente, acreditava ele, sabia tão bem quanto ele o que acabava de acontecer-lhe.

Quando, ao fim dum instante, alcançou o grupo principal, Ana Pavlovna lhe disse:

— Dizem que estais embelezando vossa casa de Petersburgo.

Era exato. De acordo com a opinião peremptória de seu arquiteto, Pedro sem mesmo saber porque, mandara transformar seu imenso palácio de Petersburgo.

— Está bem, mas não vos mudeis da casa do Príncipe Basílio. É bom ter um amigo como o príncipe — disse ela, sorrindo para este. — Sei um pouco disso. Não é? E sois ainda tão jovem. Tendes necessidade de conselhos. Não vos aborreçais se uso de meus direitos de mulher velha. — Acentuou uma pausa, na esperança dum cumprimento, como o fazem a todas as mulheres quando acabam de fazer alusão à sua idade. — Mas se vos ides casar, então será outro negócio — continuou ela, reunindo os dois jovens num único olhar.

Pedro não olhava para Helena. Helena tampouco olhava para ele, mas se mantinha sempre tremendamente perto dele. Murmurou ele algumas palavras, corando.

De volta para casa, custou a dormir, sonhando com o que lhe havia acontecido. Que lhe acontecera, pois? Nada. Tinha simplesmente compreendido que aquela mulher, que conhecera menina e de quem dizia negligentemente aos que lhe gabavam a beleza: "Ah! sim, é bonita!", podia vir a ser sua.

"Mas é uma tola — dizia a si mesmo, — eu mesmo reconheci isto mais de uma vez. Há qualquer coisa de baixo, de mau, no sentimento que ela me inspira. Falou-se que seu irmão Anatólio havia-se enamorado dela e que ele não lhe era tampouco indiferente. Seria mesmo por causa dessa história que despacharam Anatólio para fora. Seu outro irmão é Hipólito; seu pai, o Príncipe Basílio... Hum! tudo isso não me agrada absolutamente..." Enquanto punha esse epílogo à coisa, sem aliás levar sua argumentação ao extremo, surpreendia-se a sorrir, confessava a si mesmo que outras razões primavam nele sobre aquelas objeções. Apesar de reconhecer a nulidade de Helena, sonhava em fazer dela sua mulher. Talvez pudesse ela amá-lo, talvez fosse ela bem diferente do que o acreditava, talvez tudo quanto se dizia dela não tivesse fundamento algum. E revia então, não mais a filha do Príncipe Basílio, mas a mulher cujo leve vestido cinzento mal velava o corpo admirável. "Mas por que então antes semelhantes pensamentos não me vinham jamais à mente?" E de novo dizia a si mesmo que isso não era possível, que haveria nesse casamento algo de ignóbil, de desonesto, de antinatural. Lembrava-se de suas palavras, de seus olhares, como também das palavras e dos olhares daqueles que os viam juntos. Lembrava-se da expressão de Ana Pavlovna, quando lhe falava da casa dele em Petersburgo; lembrava-se de mil alusões do Príncipe Basílio e de muitas outras pessoas ainda. Então apossou-se dele um pavor: não se teria metido já numa aventura censurável, de toda a evidência, e à qual devia furtar-se? Mas ao mesmo tempo, no campo de seus sonhos surgia a imagem dela, em toda a sua beleza feminina.

2. No mês de novembro de 1805, teve o Príncipe Basílio de empreender uma viagem de inspeção por quatro províncias. Solicitara essa missão a fim de poder visitar seus domínios, cuja situação precária não deixava de inquietá-lo. Contava ao mesmo tempo apanhar , na cidade onde se achava ele em guarnição, seu filho Anatólio e levá-lo à casa do velho Príncipe Bolkonski, com cuja rica herdeira esperava casá-lo. Mas antes de se lançar nesse novo gênero de atividade, era-lhe preciso liquidar o caso com Pedro. Na verdade, este não arredava mais pé de casa, mostrava-se na presença de Helena emocionado, ridículo e simplório, como é próprio de namorados, mas não se decidia nunca a fazer sua declaração.

"Tudo é muito bonito e muito bom, mas precisa ter um fim", disse a si mesmo o príncipe, uma bela manhã, lançando um suspiro melancólico. Decididamente aquele Pedro, que lhe devia tantas obrigações (que o bom Deus o abençoe!), não agia muito corretamente naquele assunto. "A juventude... a irreflexão... que o bom Deus o abençoe!", pensava ele, satisfeito por se sentir tão bondoso. "Mas precisa ter um fim. Depois de amanhã será o aniversário de Leninha. Convidarei algumas pessoas e se ele não compreender seu dever, cumprirei eu o meu. Porque afinal sou pai!"

Seis semanas haviam decorrido desde o sarau de Ana Pavlovna e da noite de insônia em que Pedro decidira que aquele casamento seria uma desgraça e que deveria fugir de Helena, custasse o que custasse. Nem por isso deixava de morar em casa do Príncipe Basílio e dava-se conta, não sem terror, de que, aos olhos do mundo, cada novo dia o ligava mais a Helena, que, longe de poder voltar à sua antiga antipatia, não tinha mesmo mais a força de se arrancar daquela mulher, que lhe seria preciso correr o risco terrível de unir sua sorte à dela. Talvez tivesse podido ainda libertar-se, mas o Príncipe Basílio se pôs, contra seu hábito, a dar todos os dias algum sarau, ao qual tinha Pedro de comparecer, se não quisesse lograr a expectativa e estragar o prazer dos convidados todos. Nos raros instantes em que se encontrava em sua casa, o príncipe, se acontecia encontrar Pedro, apertava-lhe vigorosamente a mão, estendia-lhe distraidamente sua bochecha enrugada, escanhoada, e lhe dizia: "Até amanhã", ou então: "Vem jantar, senão não te verei", ou ainda: "Fico somente por tua causa" etc... Aliás, pretendendo "ficar somente por causa dele", não dirigia o príncipe duas palavras a Pedro, que, contudo, não ousava desapontá-lo. Todos os dias se repetia a mesma coisa: "É preciso, no entanto, que eu a compreenda, que me dê conta do que ela é. Enganei-me antes ou é agora que me engano?... Não, ela não é tola. Não, é urna moça encantadora. Jamais comete disparate; fala pouco, mas o que diz é sempre simples e claro. Portanto, não é tola. Está sempre de bom gênio. Jamais a vi perturbar-se. É, pois, uma excelente pessoa". Muitas vezes acontecia-lhe pensar bem alto diante de Helena, de emitir alguma consideração; ela assinalava então, com uma breve réplica, aliás cheia de oportunidade, o pouco interesse que tomava por essas coisas, a menos que, por um olhar ou um sorriso silencioso, não lhe fizesse sentir, melhor do que por palavras, toda a sua superioridade. Tinha ela razão: que valiam todos os raciocínios do mundo diante desse sorriso?

Porque ela reservava para ele um sorriso particular, jovial, confiante e que significava alguma coisa mais que o sorriso banal com que sempre ornava seu rosto. Toda a gente esperava que Pedro dissesse uma palavra, que transpusesse certo limite; sabia ele disso, como sabia também que, cedo ou tarde, o transporia, mas um terror incompreensível dele se apoderava ao simples pensamento de dar aquele terrível passo. Mil vezes no decorrer daquelas seis semanas, sentindo-se arrastado cada dia mais para aquele abismo espantoso, dizia Pedro a si mesmo: "Mas vejamos, trata-se apenas de ser decidido. Será que não o sou?"

Desejando embora decidir-se, Pedro verificava com pavor que essa resolução que acreditava ter em si e que com efeito nele estava, abandonava-o no caso presente. Certas pessoas não se sentem verdadeiramente fortes senão quando têm a consciência completamente pura. Pedro era deste número; e desde o dia em que o desejo se apoderara dele, enquanto examinava a tabaqueira em casa de Ana Pavlovna, a malícia inconfessada daquela paixão paralisava sua vontade.

No dia do aniversário de Helena, o Príncipe Basílio só teve ao jantar alguns parentes e amigos, "o pequeno círculo", como dizia a princesa. Tinha-lhes dado a entender que a sorte da moça se decidiria naquele dia. A Princesa Kuraguin, pessoa maciça e imponente que fora bela, presidia o jantar, cercada dos convidados mais distintos: um velho general e sua mulher, Ana Pavlovna Scherer etc.; na extremidade da mesa estavam repartidas as pessoas de menor categoria ou de idade menos respeitável, entre as quais Pedro e Helena, sentados lado a lado. O Príncipe Basílio não tomava parte na refeição: de humor jovialíssimo, ia e vinha em redor da mesa, sentando-se ora junto desse, ora junto daquele, dizendo a cada um uma palavra amável e leve, exceto a Pedro e Helena, de cuja presença parecia não se aperceber. Animava a todos. A viva luz das velas, a prataria e os cristais cintilavam bem como os adornos das mulheres, o ouro e a prata das dragonas; os criados, de libré vermelha, mostravam-se solícitos junto aos convivas; o tilintar das facas, dos vidros, dos pratos misturava-se ao rumor das conversas. Ouvia-se, numa extremidade da mesa, um velho camarista fazer uma declaração em regra a uma velha baronesa, que estourava risadinhas diante da engraçada confissão. Na outra extremidade, contavam-se os dissabores duma tal Maria Victorovna; no meio, era o Príncipe Basílio o centro da atenção. Com um sorriso zombeteiro nos lábios, contava às damas a última sessão do conselho do Império que se realizara na quarta-feira precedente e no correr da qual Sérgio Kuzmitch Viazmitinov, o novo governador militar de Petersburgo, fizera leitura duma decisão régia do Imperador Alexandre que acabava ele de receber do exército. Nessa peça célebre, o imperador, dirigindo-se a Viazmitinov, dizia que recebia de todas as partes demonstrações de devotamento, que a de Petersburgo lhe era particularmente agradável, que se sentia orgulhoso de ser o chefe duma tal nação, que se esforçaria por mostrar-se digno dela. O rescrito real começava por estas palavras: "Sérgio Kuzmitch, de todas as partes me chegaram..."

— Então — perguntava uma dama, — não pôde ele passar além de Sérgio Kuzmitch?

— Não — respondeu o príncipe, rindo. — "Sérgio Kuzmitch, de todas as partes... De todas as partes, Sérgio Kuzmitch..." O infeliz não conseguia sair disso. Por várias vezes quis retomar sua leitura, mas apenas acabava de dizer "Sérgio", rebentava em soluços; "Kuz... mitch", chorava ainda mais, e "de todas as partes", ficava sufocado. E de novo tirava seu lenço, prosseguindo: "Sérgio Kuzmitch, de todas as partes", mas chorava a bom chorar... tanto que foi preciso rogar a outra pessoa que lesse o rescrito.

— Kuzmitch... de todas partes... e ele chorava a bom chorar — repetiu alguém, rindo.

— Não sejais maus — disse Ana Pavlovna, na outra extremidade da mesa, ameaçando com o dedo. — O nosso bom Viazmitinov é um homem tão bravo e tão excelente...

O riso geral propagou-se até o fim da mesa, onde parecia aliás provocado pelos motivos mais diversos. Sozinhos, no seu canto, Pedro e Helena calavam-se, retendo sobre seus lábios um sorriso prestes a desabrochar, que nada tinha que ver com Sérgio Kuzmitch, um sorriso de pudor diante de seus próprios sentimentos. Que importava que os outros conversassem, rissem, pilheriassem, saboreassem o vinho do Reno, o salteado e o gelo? Os olhares furtivos que de tempo em tempo lançavam para eles testemunhavam que a anedota relativa a Sérgio Kuzmitch, as risadas, a refeição, não passava tudo de fingimento e que na realidade a atenção geral estava concentrada sobre o casal Helena e Pedro. Enquanto contrafazia as choradeiras de Sérgio Kuzmitch, envolvia o Príncipe Basílio a filha com o olhar e, enquanto rebentava em risadas, seu rosto dizia claramente: "Tudo vai bem, tudo vai decidir-se esta noite." Ana Pavlovna tomava, ameaçando-o, a defesa de "nosso bom Viazmitinov", mas podia ele ler em seus olhos, que justamente naquele momento lançavam sobre Pedro um olhar vivo, que ela o felicitava pelo seu futuro genro e pela felicidade de sua filha. Enquanto oferecia vinho à sua vizinha, a velha princesa lançava a sua filha um olhar de despeito e o triste suspiro com que o acompanhava, significava: "Pois é, minha cara, não nos resta mais agora senão beber vinho doce; é a vez dessa juventude exibir uma felicidade tão insolente!"

"Por que tenho ar de me interessar por tudo quanto conto?" — perguntava a si mesmo um diplomata, observando os rostos radiantes dos amorosos. — "Tolices tudo isso! Eis a verdadeira felicidade!"

Em meio das preocupações mesquinhas, artificiais, que constituíam o único elo daquela sociedade, havia de repente surgido um sentimento natural, instintivo: o desejo que impelia um para o outro dois seres jovens e sadios. Esse sentimento humano arrebatava tudo; plainava acima das tagarelices convencionais. As pilhérias perdiam seu sal, as novidades seu interesse, a animação mostrava-se fingida. Apoderava-se ele até dos próprios criados que, negligenciando seu serviço, contemplavam o belo rosto resplendente de Helena e a larga face vermelha de Pedro, ao mesmo tempo alegre e inquieta. E as chamas das próprias velas pareciam concentrar-se naqueles dois rostos felizes.

Pedro sentia-se o ponto de mira de todos e experimentava uma satisfação misturada de embaraço. Como um homem absorvido por alguma ocupação, não discernia, não compreendia, não entendia nada. Por instantes somente algum pedacinho de ideia, alguma impressão fragmentária o fazia voltar de novo à realidade, bruscamente.

"Está tudo acabado então" — sonhava ele. — E como aconteceu tudo isso? Tão depressa! Vejo agora que não é somente por causa dela, nem por minha causa, mas por causa de todos que "isso" deve inevitavelmente realizar-se. Todos estão de tal modo convencidos que "isso" acontecerá, que não posso decepcionar-lhes a expectativa. Como se fará? Não sei de nada, mas isso se fará, isso se fará com certeza.

Enquanto fazia suas reflexões, deixava que seu olhar vagasse sobre aquelas espáduas cintilantes, tão próximas de seus olhos. Mas, de repente, uma espécie de vergonha dele se apoderou, ao pensar que açambarcava a atenção geral, que passava por um homem feliz, que com seu rosto que estava longe de ser belo, desempenhava o papel dum Páris conquistando a bela Helena.

"Afinal de contas — disse a si mesmo, à guisa de consolação, — sem dúvida é sempre assim e não será de outra maneira... E aliás, que fiz eu para isso? Quando começou isso? Quando parti de Moscou com o Príncipe Basílio, nada havia ainda. E em seguida não podia eu decentemente recusar hospedar-me em sua casa. Depois joguei cartas com ela, apanhei-lhe a bolsinha, acompanhei-a a passeio... Quando, pois, começou isso? Quando tudo isso se compôs?" E agora ei-lo sentado ao lado dela como seu noivo; ouve-a, vê-a, está consciente de sua presença, de sua respiração, de seus movimentos, de sua beleza. Sua beleza? Não será antes a sua, a dele Pedro, que atrai todos os olhares? E orgulhoso por provocar essas homenagens, endireita-se, ergue a cabeça e se rejubila com sua felicidade. De repente, uma voz que lhe parece familiar faz-se ouvir por duas vezes; mas todo entregue a seus sonhos, não compreende o que lhe dizem.

— Pergunto-te quando recebeste a carta de Bolkonski — repete pela terceira vez o Príncipe Basílio. —Como estás distraído, meu caro!

O príncipe sorri e Pedro vê que todos os outros sorriem também, de olhos fixos em Helena e nele. "Afinal — diz a si mesmo — já que estais todos ao corrente... Em suma, é a verdade." E esboça seu doce sorriso, seu sorriso de criança, ao qual corresponde o de Helena.

— Vejamos, quando a recebeste? Não estava datada de Olmutz? — insiste o príncipe, que parecia ter necessidade dessa informação para pôr fim a uma discussão.

"Como se pode estar interessado por semelhante toleima!" — disse a si mesmo Pedro. — Sim, de Olmutz — respondeu, com um suspiro.

Depois do jantar, Pedro, atrás dos outros, conduziu sua dama ao salão. Os convidados começaram a retirar-se. Alguns nem chegavam a despedir-se de Helena; outros, fingindo não querer incomodá-la em suas sérias ocupações, aproximavam-se dela um instante e iam-se embora bem depressa, proibindo-a de acompanhá-los. O diplomata operou uma retirada silenciosa e morosa. Toda a sua carreira lhe parecia bem vã em comparação com a felicidade de Pedro! O velho general tratou com aspereza sua mulher que se inquietava com o estado de sua perna: "Ora, velha besta — dizia ele a si mesmo, — olha, pois, para Helena Vassilievna; ali está uma que, aos cinquenta anos, será ainda uma beleza".

— Vamos, parece-me que posso desde agora apresentar-lhe meus cumprimentos — murmurou Ana Pavlovna ao ouvido da princesa, beijando-a com efusão. — Não fosse a minha enxaqueca, e haveria de ficar.

A princesa não respondeu nada. Invejava a felicidade de sua filha.

Enquanto eram reconduzidos os convidados, Pedro ficou algum tempo a sós com Helena, no pequeno salão. Várias vezes já, durante aquelas seis semanas, ficara a sós com ela, mas nunca lhe falara de amor. Agora sentia que era indispensável, mas não podia se resolver a esse derradeiro passo. Tinha vergonha; parecia-lhe ocupar junto de Helena um lugar destinado a um outro. "Essa felicidade não é feita para ti — dizia-lhe uma voz interior. — Está reservada aos que não têm o que tens em ti".

Mas era preciso dizer alguma coisa e decidiu-se a falar. Perguntou-lhe se estava satisfeita com aquela reunião. Respondeu-lhe, com sua candura habitual, que de todos os seus dias de aniversário era aquele um dos mais agradáveis.

Alguns dos parentes mais próximos faziam ainda um pouco de companhia à princesa no salão grande. O Príncipe Basílio aproximou-se dos jovens a passos surdos. Ao vê-lo, Pedro levantou-se e disse que já era tarde. O príncipe assinalou com um olhar severo e interrogador tudo quanto aquela frase tinha de estranho e de fora de lugar. Mas, serenando-se logo, agarrou o braço de Pedro, fê-lo sentar e lhe sorriu afetuosamente.

— E então, Leninha? — disse a sua filha, num tom carinhoso, bastante natural entre os pais cujos filhos foram mimados desde a infância, mas que nele era apenas simulado. E voltando-se para Pedro: "Sérgio Kuzmitch, de todas as partes", pronunciou ele, desabotoando o alto de seu colete.

Pedro sorriu, mas seu sorriso dava a entender que compreendia que não era a anedota sobre Sérgio Kuzmitch que interessava nesse momento ao Príncipe Basílio. O príncipe compreendeu igualmente que Pedro não se deixava enganar; retirou-se, murmurando alguma coisa. A emoção daquele velho homem do mundo não escapou a Pedro. Ficou comovido e se voltou para olhar Helena. Ela também, parecia, estava comovida e lhe dizia, num olhar: "A culpa é vossa, é evidente."

"Decididamente, é preciso que eu dê o salto, mas não posso, não posso" — dizia a si mesmo Pedro. E pondo-se a falar de coisas indiferentes, perguntou-lhe em que consistia ao justo aquela anedota a respeito de Sérgio Kuzmitch, a qual não havia ele bem apanhado. Helena confessou-lhe sorrindo, que não se achava mais adiantada do que ele.

Quando o Príncipe Basílio voltou ao grande salão, a princesa falava de Pedro com uma dama de idade madura.

— Decerto, é um partido muito brilhante, mas a felicidade, minha querida...

— Os casamentos se fazem nos céus — respondeu a dama idosa.

Sem parecer ouvir essa conversa, o príncipe foi sentar-se num canto sobre um divã. Fechou os olhos e pareceu adormecer. Mas quando sua cabeça tombou para diante, espertou.

— Alice — disse à sua mulher, — vá ver o que estão eles fazendo.

A princesa se levantou, passou diante da porta com ar importante e indiferente e lançou uma olhadela para o salãozinho: Pedro e Helena continuavam a conversar .

— Sempre a mesma coisa — disse ela ao marido.

O Príncipe Basílio franziu o cenho. Uma careta contraiu-lhe um canto da boca, fez estremecerem suas bochechas, deu a todo o seu rosto aquele ar grosseiro, desagradável, que lhe era particular. Sacudiu-se, levantou-se, lançou a cabeça para trás e, passando diante das damas, voltou para o salãozinho, com andar decidido. Encaminhou-se diretamente para Pedro que, vendo-lhe o ar tão solene, se levantou, todo amedrontado.

— Louvado seja Deus — disse o príncipe. — Minha mulher me disse tudo. — Enlaçou com um braço Pedro e com outro a filha. — Leninha, minha filha, sinto-me feliz, muito feliz... (Sua voz tremia de emoção) — Gostava de teu pai... e ela será para ti uma digna companheira... Que Deus vos abençoe!

Abraçou a filha e depois Pedro, a quem beijou, exalando mau hálito. Lágrimas verdadeiras molhavam-lhe as faces.

— Princesa, vinde pois — gritou ele.

A princesa chegou e se pôs, também ela, a chorar. A dama idosa enxugava igualmente os olhos com seu lenço. Beijaram Pedro que, de seu lado, beijou repetidas vezes a mão da bela Helena. E em breve, deixaram-nos de novo sós.

"Isto devia fatalmente acontecer — dizia Pedro a si mesmo. — É portanto bastante inútil perguntar se é um bem ou é um mal. Em todo o caso, agora que a coisa está concluída, eis-me livre de minhas angustiantes dúvidas. Pelo menos isto foi ganho". Conservava sem dizer uma palavra a mão de sua noiva e contemplava-lhe o belo colo, que se elevava e se abaixava alternativamente.

— Helena... — começou ele, de repente, sem poder ir mais longe. "Diz-se algo de particular nestes casos", — pensava ele, sem poder se lembrar do que se dizia com certeza. Olhou-a bem de frente; ela se aproximou dele, enrubescendo.

— Ah, tire esses... isto mesmo, esses — disse ela, apontando os óculos.

Pedro obedeceu e seus olhos, além da expressão estranha de toda pessoa que acaba de tirar os óculos, pareceram amedrontados, interrogadores. Quis inclinar-se para beijar-lhe a mão, mas com um movimento de cabeça, rápido, brutal, Helena foi ao encontro dos lábios dele e ali apoiou os seus. Sua fisionomia se havia deploravelmente transformado. Pedro ficou abalado.

"Tanto pior — disse a si mesmo, — é demasiado tarde para voltar atrás; aliás, eu a amo."

— Amo-a — pronunciou ele, lembrando-se enfim do que era preciso dizer em semelhante caso. Mas suas palavras soaram tão lastimavelmente que ficou envergonhado.

Seis semanas mais tarde, estava Pedro casado. Feliz possuidor da mais bela das mulheres e de vários milhões — era pelo menos o que se dizia dele — instalou-se no palácio renovado dos condes Bezukhov.

3. Em novembro de 1805, o velho Príncipe Nicolau Andreitch Bolkonski recebeu uma carta, em que o Príncipe Basílio lhe anunciava que ia visitá-lo em companhia de seu filho. "Parto em viagem de inspeção — escrevia-lhe ele — e, está entendido, vinte e cinco léguas não são para mim uma volta, quando se trata de visitar-vos, meu muito estimado benfeitor. Meu Anatólio vai comigo; parte para o exército e espero que lhe permitais que vos exprima de viva voz o profundo respeito que, a exemplo de seu pai, tem para convosco."

— Vejam só, não se tem trabalho de levar Maria à sociedade. Os candidatos vêm procurar-nos aqui — disse, estouvadamente a princesinha, quando lhe deram a notícia.

O Príncipe Nicolau Andreitch fechou a cara e nada respondeu.

Quinze dias mais tarde, os empregados do Príncipe Basílio apareceram uma noite, anunciando sua chegada para o dia seguinte.

O velho Bolkonski sempre tivera medíocre estima pelo caráter do Príncipe Basílio e esta opinião se reforçara ainda mais, quando o vira fazer uma brilhante carreira sob os novos reinados de Paulo e de Alexandre. As alusões da carta e as insinuações de sua nora fizeram-no logo compreender do que se tratava e a péssima opinião que tinha do personagem transformou-se num sentimento de desprezo e de má vontade. Só se referia a ele, resmungando. No dia em que era esperado o Príncipe Basílio, seu aborrecimento chegou ao auge. Estava de mau humor porque o príncipe chegava, ou estava especialmente descontente com a chegada do príncipe porque estava de mau humor? Em todo caso, achava-se numa disposição de espírito execrável e Tikhon, desde manhã, havia desaconselhado o arquiteto a apresentar seu relatório ao príncipe.

— Ouça como caminha — dissera-lhe, fazendo-o prestar ouvidos ao andar de seu amo. — Apoia-se de cheio nos calcanhares, não é? Sabemos o que isto quer dizer.

Entretanto, lá para as nove horas, o velho príncipe, de gorro e peliça de veludo com gola de zibelina, empreendeu seu passeio cotidiano. Nevara muito na véspera, mas a estrada, pela qual o príncipe se dirigia para o laranjal, já estava desimpedida; viam-se sobre a neve sinais da vassoura e uma pá estava fincada no talude friável que bordava os dois lados da estrada. Silencioso, carrancudo, o príncipe percorreu o laranjal, as cavalariças, os prédios em construção.

— Os trenós podem passar? — perguntou a seu intendente, que o acompanhava até o castelo.

— Há forte camada de neve, Excelência — respondeu o intendente, personagem bastante digno, cuja fisionomia e cujas maneiras lembravam inteiramente as de seu amo. — Mas mandei varrer a avenida.

O príncipe, já na soleira, fez um sinal de aprovação. "Graças a Deus — disse consigo o intendente, — a tempestade não rebentou".

— Se não fizesse isso, não teria sido fácil passar, Excelência... E como se diz que um ministro vem visitar Vossa Excelência...

O príncipe se voltou bruscamente e fitou nele o olhar encolerizado.

— Que dizes? Um ministro? Que ministro? Quem te deu ordens? — gritou ele, com sua voz rude e penetrante. — Para a princesa, minha filha, não se varre, mas para um ministro! Não conheço ministros!

— Eu supunha, Excelência...

— Tu supunhas! — gritou o príncipe, vociferando palavras sem nexo e cada vez mais depressa. — Tu supunhas... Ah, canalhas, cambada de bandalhos!... Vou-te ensinar a supor! — Elevando sua bengala sobre Alpatitch, ter-lhe-ia batido, se o bom homem não houvesse, por instinto, esquivado o golpe. — Tu supunhas!... Ralé sem-vergonha!

Mas se bem que Alptitch, aterrorizado por haver tido a ousadia de esquivar-se à bengalada, se tivesse aproximado de seu amo, curvando diante dele a cabeça calva, ou, talvez, por causa disso mesmo, o príncipe, ainda continuando a gritar: "Ralé sem-vergonha!... Tratem de repor a neve na estrada!", não ergueu mais a bengala e tornou a entrar precipitadamente em sua casa.

Na hora do jantar, a Princesa Maria e a Senhorita Bourienne, sabendo que o príncipe estava de mau humor, esperavam-no de pé. A senhorita, com ar radiante, parecendo dizer: "Não quero saber de nada, mostro-me como sempre sou"; a princesa, lívida, apavorada, de olhos baixos. Maria não ignorava que, em semelhante caso, a única atitude a tomar era a da Senhorita Bourienne. Mas não lograva consegui-lo e isso a desesperava. "Se faço ar — dizia a si mesma — de nada notar, irá ele acreditar que me preocupo pouco a seu respeito; se faço cara de amuo, de estar eu mesma aborrecida, dirá uma vez mais que sou triste como uma carapuça de dormir".

Assim que notou a cara comprida de sua filha, o príncipe explodiu:

— Sem coração ou idiota! — resmungou ele.

"E a outra que não está aqui! Já lhe foram contar mexericos!" — disse a si mesmo, anotando a ausência de sua nora.

— Onde está então a princesa? — perguntou. — Está-se escondendo?

— Não está passando muito bem — respondeu, sorrindo, a Senhorita Bourienne. — Ficou no quarto; compreende-se, na sua situação.

— Hum, hum — resmungou o príncipe, pondo-se à mesa.

Seu guardanapo pareceu-lhe de asseio duvidoso. Mostrou com o dedo o lugar suspeito e atirou-o para um lado. Tikhon apanhou-o no ar e entregou-o ao mordomo.

A jovem princesa não estava absolutamente indisposta, mas advertida do deplorável estado de espírito do príncipe, que lhe inspirava um temor indomável, preferia não aparecer.

— Tenho medo pela criança — confiara ela à Senhorita Bourienne. — Só Deus sabe o que pode acontecer em consequência dum pavor!

Desde sua chegada a Montes Calvos, só experimentava por seu sogro um sentimento de temor, misturado a uma antipatia de que não se dava conta, tanto a dominava o medo. Do lado do príncipe, a antipatia cedia lugar ao desdém. Uma vez familiarizada com os que a cercavam, Lisa se afeiçoara bastante à Senhorita Bourienne. Não contente em passar dias inteiros em sua companhia, rogou-lhe que se deitasse a seu lado. E nas suas conversas não poupava seu sogro.

— Vem visitar-nos gente da sociedade, meu príncipe — disse a Senhorita Bourienne, desdobrando com as pontas dos dedos rosados o guardanapo duma brancura imaculada. — Sua Excelência o Príncipe Kuraguin com seu filho, pelo que ouvi dizer? — acrescentou ela, num tom interrogativo.

— Hum!... Essa *Excelência* não passa dum rapazola. Fui eu que o fiz entrar para o ministério — retorquiu o príncipe, empinando-se ao dizer esta palavra. E que vem fazer aqui o filho? Não compreendo nada disso. Talvez a Princesa Elizabete Karlovna e a Princesa Maria estejam ao corrente... Quanto a mim, não tenho necessidade alguma desse personagem. — Lançara um olhar à sua filha, que havia de repente enrubescido. — Estarias doente, por acaso? Com receio do ministro, sem vida, como diz esse palerma do Alpatitch?

— Não, meu pai.

Se bem a Senhorita Bourienne tivesse iniciado a conversa com bem pouca conveniência, não se deu por derrotada. Pôs-se a falar das estufas, extasiou-se diante da beleza duma flor recentemente desabrochada, de modo que o príncipe, após a sopa, se abrandou.

Acabado o jantar, foi ter ao quarto de sua nora, que encontrou sentada a uma mesinha de centro, tagarelando com Macha, sua criada de quarto. Ao vê-lo, Lisa empalideceu. Grande mudança se operara nela: com suas faces cavadas, seu lábio levantado, os olhos com olheiras, tinha mais aspecto de feia que outra coisa.

— Estou sentindo uma espécie de peso — respondeu ela ao príncipe que perguntava pelo seu estado.

— Não tendes necessidade de nada?

— Não, obrigada, meu pai.

— Então, está bem.

Retirou-se e, ao atravessar a antecâmara, ali encontrou Alpatitch, de cabeça baixa.

— Repuseram a neve na avenida?

— Repuseram-na lá. Que Vossa Excelência se digne perdoar-me. Agi apenas por tolice...

Mas o príncipe interrompeu-o e, rindo forçosamente, disse:

— Ora, muito bem, muito bem.

Estendeu-lhe a mão que Alpatitch se apressou em beijar e voltou a seu gabinete.

À sobretarde, chegou o Príncipe Basílio. Cocheiros e lacaios foram esperá-lo à extremidade da avenida entulhada de neve propositadamente e só à custa de muito grito é que se conseguiu que seu trenó e suas bagagens fossem até a ala do castelo.

Tinham disposto quartos separados para o Príncipe Basílio e seu filho.

Depois de tirar sua jaqueta e com as mãos nos quadris e sorriso nos lábios, Anatólio estava sentado a uma mesa cujo canto fixava distraidamente com seus grandes e belos olhos. Sua vida lhe aparecia como uma festa ininterrupta a quem um ordenador desconhecido teria tido a missão de presidir. Era sob esse ângulo que considerava sua visita atual àquele velho atrabiliário e à sua feiosa herdeira. A farsa, pensava, poderia ser divertida. "E afinal, já que ela é rica, por que não a desposaria eu? O dinheiro não estraga nada."

Barbeou-se, perfumou-se com o cuidado e o apuro que se tinham tornado nele um hábito e, de cabeça bem erguida, afetando ao mesmo tempo, como sempre, um ar de conquistador e bom rapaz, entrou no quarto de seu pai. O príncipe vestia-se; seus dois criados de quarto moviam-se atarefados em torno dele; passeava em redor da peça um olhar satisfeito e foi com um aceno jovial de cabeça que acolheu seu filho. "Perfeito, perfeito, — parecia ele dizer. — Estás justamente como queria ver-te!"

— Fora de brincadeira, meu pai, ela é mesmo tão feia assim? Diga-me — perguntou ele, voltando sem dúvida a um assunto muitas vezes abordado no correr da viagem.

— Basta de tolices! O principal é que te mostres razoável e respeitoso para com o velho príncipe.

— Se ele me fizer uma cena, vou-me embora. Tenho horror a velhos dessa espécie.

— Pensa que todo o teu futuro depende disso.

Entretanto, no quarto das criadas, já se estava ao corrente da chegada do ministro e de seu filho e os mínimos pormenores sobre o aspecto externo de ambos haviam sido ali minuciosamente descritos. Retirada a seu aposento, a Princesa Maria esforçava-se em vão por dominar sua emoção. "Por que me escreveram, porque Lisa me falou? Isto não pode ser — dizia ela a si mesma, olhando-se em seu espelho. — E é preciso que eu apareça no salão! Ainda mesmo que ele me agradasse, não poderia mais agora mostrar-me a ele sob meu verdadeiro aspecto".

A simples ideia de afrontar o olhar de seu pai gelava-a de pavor.

Macha, a criada de quarto de Lisa, apressara-se em fazer à sua ama, bem como à Senhorita Bourienne, um relatório circunstanciado sobre o ministro e seu filho: o papai tivera bem dificuldade em subir a escada, mas o filho, que era um belo homem, de tez viçosa e de sobrancelhas negras, galgara-a por trás dele como uma águia, de três em três degraus duma vez. Munidas dessas informações, as duas amigas, cujas vozes animadas se ouviam do corredor, penetraram no quarto da Princesa Maria.

— Chegaram, Maria, já sabes? — disse Lisa, logo afundando numa poltrona, porque sua gravidez lhe tornava o andar fatigante.

Deixara sua bata matinal e vestira um de seus mais belos vestidos. Seu penteado estava muito bem arranjado, mas a animação de seu rosto não lhe dissimulava a fadiga e a palidez mortal. Aquele vestido, que vestia comumente para frequentar os salões, acusava ainda mais o enfeamento de suas feições. Também a Senhorita Bourienne acrescentara ao seu traje discretos aperfeiçoamentos que tornavam ainda mais sedutora sua fresca e gentil carinha.

— Então, ficais como estais, cara princesa? — perguntou ela. — Virão agora mesmo anunciar que esses senhores se acham no salão. Será preciso descer e vós não vos preparais nem um tantinho assim?!

Lisa levantou-se de sua poltrona, tocou, chamando a criada de quarto e esforçou-se febrilmente em preparar sua cunhada. Maria sofria em sua dignidade por se sentir comovida à chegada dum pretendente e mais ainda por ver que suas duas amigas não supunham que pudesse ser de outro modo. Não queria trair-se, confessando-lhes seu constrangimento e, por outro lado, recusando ataviar-se, expunha-se a suas insistências, a brincadeiras sem fim. Seus belos olhos se velaram, seu rosto jaspeou-se de placas vermelhas e, tomando aquele ar de vítima resignada que lhe era tão habitual, abandonou-se aos cuidados da Senhorita Bourienne e de Lisa. Fora "com toda a sinceridade" que as duas mulheres haviam empreendido a tarefa de torná-la bela, uma vez que sua feiúra excluía qualquer suspeita de rivalidade. Puseram-se, pois, bem francamente à obra, guiadas, como todas as mulheres, por aquela convicção ingênua e inveterada de que a indumentária tem o poder de embelezar.

— Não, deveras, minha boa amiga, este vestido não te fica bem — decidiu Lisa, depois de haver mirado, a certa distância, o perfil de sua cunhada. Manda trazer o outro, o de massca[20]... É importante repara: é teu destino, talvez, que se decide... Esta cor é demasiado, não te fica bem, não, garanto-te, não te fica bem.

O que não ia bem, não era o vestido, mas antes o rosto e toda a pessoa da princesa, mas nem Lisa, nem a Senhorita Bourienne davam-se conta disso. Imaginavam que, pregando uma fita azul-celeste nos cabelos erguidos bem alto, dispondo uma charpa do mesmo tom sobre o vestido pardo, etc., tudo ficaria perfeito. Esqueciam-se de que um rosto desfavorecido não se presta a transformação nenhuma; por mais que modificassem a moldura ou o enfeite, nem por isso deixava aquele rosto de ser de uma feiúra lamentável. Depois de duas ou três tentativas de vestidos diversos, às quais Maria se submeteu docilmente e quando lhe fizeram um penteado alto, o que alterava e estragava sua fisionomia, e a envolveram numa charpa azul-celeste sobre seu belo vestido massaca, Lisa girou uma ou duas vezes em torno dela, arranjou uma prega com sua mãozinha, puxou a charpa e, inclinando a cabeça, contemplou sua cunhada dum lado e depois do outro.

— Não, impossível — disse ela, num tom peremptório, batendo as mãos uma contra a outra. — Não, decididamente, Maria não vai. Prefiro-a com seu vestidinho cinzento de todos os dias. Não, por favor, faça isto por mim. Catinha — disse ela à criada de quarto, traga o vestido cinzento da princesa. Repare, Senhorita Bourienne, que partido irei tirar desse vestido — acrescentou ela, saboreando, de antemão, a alegria de artista que iria experimentar.

Mas quando Catinha trouxe o vestido, Maria continuava sempre sentada, imóvel, contemplando suas feições e Lisa viu no espelho que os olhos de sua cunhada estavam cheios de lágrimas e que um tremor agitava seus lábios, como quando se vai chorar.

— Vejamos, cara princesa — disse a Senhorita Bourienne, — mais um pequeno esforço.

Tomando o vestido das mãos da criada de quarto, Lisa aproximou-se de Maria.

— Agora — disse ela, — vamos experimentar algo de simples e de gracioso.

Sua voz, a da Senhorita Bourienne, a de Catinha, que se pusera a rir, confundiam-se num alegre gorjeio.

— Não, deixem-me — disse Maria.

Tinha um tom de voz tão grave, tão doloroso, que o gorjeio de pássaros se calou imediatamente. Pela expressão suplicante de seus grandes e belos olhos, cheios de lágrimas e de convicção, todas três compreenderam que seria inútil e mesmo cruel insistir.

— Pelo menos, muda de penteado — disse Lisa. — Bem que lhe dizia — fez ela notar num tom de censura à Senhorita Bourienne — que Maria tem um desses rostos com os quais esse gênero de penteado não combina. Mas nada, absolutamente nada. Muda, por favor.

— Não, deixai-me, deixai-me, tudo isso muito pouco me importa — respondeu ela, com a voz molhada de lágrimas.

Lisa e a Senhorita Bourienne tiveram que confessar que Maria, trajada daquele jeito, era francamente feia, mais feia do que nunca; mas era demasiado tarde. Ela as olhava com seu ar triste e pensativo, demasiado conhecido delas para que se sentissem intimidadas — a quem, aliás,

20. Cor de berinjela, muito em moda no começo do século XIX (N. do T.)

poderia Maria intimidar? — mas sabiam bem que, em semelhante caso, fechava-se ela no silêncio e na obstinação.

Maria ficou só. Em vez de seguir o conselho de sua cunhada, nem mesmo um olhar lançou ao espelho. Abatida e silenciosa, os olhos baixos, as mãos inertes, pôs-se a devanear. Representava-se seu futuro marido como um ser forte, dominador, duma sedução incompreensível, que a transportaria de repente para um mundo dele próprio, um mundo feliz, bem diferente do dela. Imaginava seu filho, "dela", como aquele que vira na véspera, em casa da filha de sua ama-de-leite; via-o apertado a seu seio, enquanto seu marido contemplava os dois com ternura. "Mas não, isto é impossível, sou feia demais", — dizia a si própria.

— O chá está servido. O príncipe chegará agora mesmo — disse por trás da porta a voz da criada de quarto.

Arrancada a seu devaneio, Maria espantou-se por haver cedido ao mesmo. Antes de descer, passou a seu oratório e, fixando o olhar no rosto negro duma grande imagem do Salvador, iluminado pela lamparina, permaneceu alguns instantes imóvel, de mãos juntas. Uma dúvida terrível a torturava: estaria ela convocada às alegrias do amor, do amor terrestre por um homem? Quando pensava no casamento, encarava decerto a felicidade de ter uma família, filhos, mas bem no íntimo de seu ser sentia-se solicitada por ardores mais terrestres. Esse apelo era tanto mais tumultuoso quanto mais se esforçava ela por dissimulá-lo aos outros e a si mesma. "Meu Deus — murmurou ela, — como poderei repelir essas sugestões do demônio, sufocar para sempre esses maus pensamentos, cumprir em paz Vossa santa vontade?" Mal formulara esta pergunta e já, no mais íntimo de seu coração, percebia a resposta divina: "Nada desejes para ti mesma; nada procures, não te perturbes, não desejes ninguém. Teu futuro, como o de teu próximo devem ficar desconhecidos para ti; mas regula tua vida de maneira a estares sempre pronta para tudo. Se prouver a Deus experimentar-te com as obrigações do casamento, obedece imediatamente à Sua vontade".

Com este pensamento tranquilizador (mas também com a esperança de ver realizado seu sonho proibido de amor apaixonado), Maria se benzeu, suspirando e desceu, sem mais pensar nem em seu vestido, nem em seu penteado, nem na maneira com que ia se apresentar, nem nas frases que iria dizer. Que significavam tais puerilidades em face dos desígnios de Deus, desse Deus sem cuja vontade nem um cabelo cai da cabeça do homem?

4. Quando Maria penetrou no salão, o Príncipe Basílio e seu filho ali se entretinham já com a princesinha e a Senhorita Bourienne. Entrou pesadamente, marchando sobre os calcanhares, segundo seu hábito. À sua chegada, a Senhorita Bourienne e os dois homens se levantaram, enquanto Lisa exclamava, apontando para ela: "Eis Maria!" A moça envolveu a todos num olhar que nada deixou escapar. Viu que o Príncipe Basílio, depois de ter assumido por um instante um ar grave, punha-se a sorrir; viu que Lisa procurava ler no rosto dos recém-chegados a impressão que ela, Maria, lhes causava; viu que a Senhorita Bourienne, toda bonita e toda cheia de fitas, mantinha seu olhar — um olhar mais animado do que nunca — fixo sobre "ele"; quanto a "ele", foi o único que ela não viu; adivinhou somente que um ser muito grande, muito belo, muito brilhante avançava ao seu encontro. O Príncipe Basílio foi o primeiro a lhe beijar a mão; pousou os lábios sobre a fronte calva inclinada para ela e respondeu aos cumprimentos do príncipe, dizendo-lhe que havia guardado dele uma excelente lembrança. Anatólio aproximou-se em seguida, mas continuava ela a não discerni-lo. Sentiu que uma mão suave e firme tomava a sua, enquanto seus lábios afloravam uma fronte branca encimada por belos cabelos louros levemente empomadados. Quando por fim ela o olhou, surpreendeu-se por achá-lo tão belo. A cabeça ligeiramente inclinada, o polegar da mão direita passando numa casa de botão de seu uniforme, arqueando ao mesmo tempo o peito e o dorso, balançando-se sobre uma das pernas levemente recuada, Anatólio fitava Maria, sem dizer uma palavra e, visivelmente, sem pensar nela de modo

algum. Não sendo nada inventivo, nem loquaz, nem vivo, possuía Anatólio uma qualidade bastante preciosa no mundo, isto é, uma fleuma, uma segurança que nada podia abalar. Que um tímido se cale da primeira vez que vê alguém e que, consciente de sua incivilidade, procure em vão encontrar um assunto de conversa, era caso de provocar verdadeira frieza no ambiente; Anatólio, pelo contrário, se calava sem o menor constrangimento; bamboleava-se diante de Maria, cujo penteado observava com cara alegre, e adivinhava-se que poderia ele ficar bastante tempo petrificado naquela atitude. "Se meu silêncio vos incomoda, falai à vontade; quanto a mim, não tenho vontade", parecia dizer seu aspecto. Além disso, Anatólio diante das mulheres tomava ares de superioridade desdenhosa, por demais próprios para despertar-lhes a curiosidade, a emoção e talvez mesmo o amor. "Eu vos conheço, eu vos conheço — pareciam dizer aqueles ares superiores — e para que então dar-me trabalho por vós? Ficaríeis demasiado contentes com isso!" Mesmo que não pensasse nada disso — coisa infinitamente provável, porque a reflexão não era o seu forte — seu rosto e suas maneiras davam-no a entender. Maria sentiu-o e, para fazer-lhe compreender que não fazia questão de açambarcá-lo, travou com o velho príncipe uma conversa que em breve se tornou geral e muito animada, graças à tagarelice de Lisa, cujo lábio de leve buço descobria sem cessar seus alvos dentes. Afetava ela para com o Príncipe Basílio aquele tom brincalhão de que usam muitas vezes as pessoas alegres e que consiste em fazer crer que existem entre os dois recordações agradáveis, só deles conhecidas, mas na realidade puramente imaginárias. O príncipe prestou-se de boa vontade a esse jogo. Lisa apresentou como fatos reais brincadeiras de sua invenção, às quais misturou Anatólio, que mal conhecia. A Senhorita Bourienne meteu-se nessas pretensas recordações e a própria Maria deixou-se, não sem prazer, arrastar para essas alegres reminiscências.

— Aqui, pelo menos, meu caro príncipe, podemos gozar completamente de vossa presença — dizia Lisa, em francês, bem-entendido. — Não é como nos nossos serões em casa de Anita, em que sempre batíeis em fuga. Lembrai-vos? Ah! aquela querida Anita!

— Mas não me venhais falar de política, como Anita!

— E nossa mesa de chá?

— Ah! sim...

— Por que então não vos víamos nunca em casa de Anita? — perguntou ela a Anatólio. — Ah! sim, já sei, já sei. — Piscou um tantinho os olhos. — Vosso irmão Hipólito contou-me vossas proezas. Conheço até mesmo vossas rapaziadas parisienses. — E ameaçou-o com o dedo.

— Mas o que Hipólito não te deve ter contado — disse o príncipe a seu filho retendo Lisa pelo braço, como se ela quisesse fugir e tivesse ele dificuldade em retê-la — é que ele morria seco pela nossa encantadora princesa, que o mandou muito gentilmente passear... Oh! é a pérola das mulheres, princesa — acrescentou ele, dirigindo-se a Maria.

De seu lado a Senhorita Bourienne, ouvindo falar de Paris, não deixou escapar a ocasião de dar o seu palpite. Permitiu-se perguntar a Anatólio se havia ele deixado, aquela cidade havia muito tempo e qual a impressão que tinha dela trazido. Anatólio respondeu-lhe com manifesto prazer; olhando, sorridente, para a francesa, pôs-se falar-lhe de sua pátria. Diante daquela linda moça, dissera a si mesmo que, decididamente, em Montes Calvos, não havia de aborrecer-se. "Não é nada má — pensava ele encarando-a — não, na verdade, não é nada má, essa damazinha de companhia. Espero que ela a mantenha, quando nos casarmos. A pequena é gentil".

Enquanto isso, o velho príncipe mudava de roupa sem pressa em seu gabinete; perguntava a si mesmo, não sem mau humor, qual deveria ser seu plano de conduta. A vinda daqueles hóspedes aborrecia-o sobreposse. "Que precisão tenho eu do Príncipe Basilio e de seu rebento? O pai é um gabarola, um doidivanas; quanto ao filho, deve ser da mesma laia" — resmungava ele consigo mesmo. A verdadeira causa de sua irritação era que aquela visita suscitava uma questão que ele sufocava sempre, assim que se apresentava a seu espírito e a respeito da qual a si mesmo se iludia: decidir-se-ia um dia a separar-se de Maria e arranjar-lhe um esposo? Jamais encarava francamente essa questão, sabendo de antemão que só a equidade lhe ditaria sua resposta e que aqui a equidade estava em contradição com seus sentimentos íntimos e mais ainda com as próprias condições de sua existência. A despeito de sua frieza afetada, não concebia a existência sem a Princesa Maria. "E por que pois casá-la? — pensava ele. — Será certamente infeliz no casamento. Aqui está Lisa que casou com André, o melhor marido sem dúvida que se pudesse encontrar em nossos dias, e entretanto não está contente com a sua sorte! E depois, quem casará com Maria por amor? É feia, é canhestra. Casarão com ela por causa de seus parentes, por causa de sua fortuna. Não poderia ficar verdadeiramente solteira? Se tal se der, será uma felicidade para todos nós!" Enquanto assim ruminava, mudando de roupa, sentia bem o príncipe que a questão por tanto tempo adiada, não mais o podia ser. Se o Príncipe Basílio trouxera seu filho, era evidentemente com a intenção de fazer seu pedido; hoje ou amanhã teria de dar uma resposta precisa. Sim, sem dúvida, o nome, a posição, tudo era conveniente. Mas era preciso além disso que o pretendente fosse digno de sua filha. Era o que iria ver.

— É o que vamos ver — concluiu o príncipe em voz alta. — Sim, é o que vamos ver!

Entrou com seu passo vivo no salão e abrangeu a todos com um olhar rápido que lhe permitiu notar a mudança de traje de Lisa, as fitas da Senhorita Bourienne e os sorrisos que ela trocava com Anatólio, o desastrado penteado de Maria e seu isolamento em meio da conversa geral. "Ela se apresenta como uma sirigaita — disse a si mesmo com cólera. — Perdeu toda a vergonha e o rapaz nem sequer olha para ela!"

Foi direto ao Príncipe Basílio.

— Bom dia, bom dia. Encantado por te ver.

— Para ver um bom amigo, duas léguas não chegam a ser uma volta — respondeu o Príncipe Basílio, com aquele tom de familiaridade jovial e segura de si mesma que lhe era habitual. — Apresento-vos meu filho segundo, que recomendo à vossa solicitude.

O Príncipe Nicolau Andreitch encarou Anatólio.

— Um rapagão, palavra de honra. Vamos, venha beijar-me — disse, oferecendo-lhe a face.

Anatólio beijou o velho e mirou-o com uma curiosidade desenvolta, esperando vê-lo sair-se com um de seus destemperos que seu pai lhe havia anunciado.

O Príncipe Nicolau sentou-se no seu lugar habitual, num canto do divã, puxou para seu lado uma poltrona, indicou-a ao Príncipe Basílio e indagou dos últimos acontecimentos. Enquanto aparentava prestar toda a atenção ao príncipe, não perdia sua filha de vista.

— Então, é já de Potsdam que chegam as notícias? — disse ele, repetindo as derradeiras palavras do Príncipe Basílio e, levantando-se bruscamente, avançou para Maria.

— É para se exibir em sociedade esse modo ridículo de trajar? — perguntou ele. — Podes gabar-te de estar uma beleza. Já que achaste bom arvorar novo penteado na intenção de nossos hóspedes, ficas intimada a jamais mudar de toucado agora por diante, sem minha permissão.

— A culpada sou eu, meu pai — interveio a princesinha, corando.

— No que vos diz respeito, sois livre de agir como melhor vos parecer — respondeu o velho, inclinando-se diante da nora. — Ela, porém, não tem necessidade de tomar-se ainda mais feia do que é.

E voltou a sentar-se no lugar, sem prestar mais atenção à filha, confusa até as lágrimas.

— Pelo contrário — interveio o Príncipe Basílio, — esse penteado vai muito bem na princesa.

Mas já o velho príncipe se voltava para Anatólio.

— Vejamos, meu rapaz, jovem príncipe... como é ele chamado mesmo? Aproxime-se. Precisamos conversar, tornar-nos conhecidos um do outro.

"Vai começar a comédia!" — disse a si mesmo Anatólio, tomando lugar, com o sorriso nos lábios, junto do velho.

— Então, meu caro, foi você, pelo que me dizem, educado no estrangeiro? Não aconteceu o mesmo a seu pai e a mim, que tivemos apenas um rato de igreja para nos ensinar a ler. E diga-me, meu caro, serve você atualmente na guarda de cavalaria? — perguntou Nicolau Andreitch, fitando Anatólio de perto, com insistência.

— Não, senhor, passei para o exército ativo respondeu este, contendo com dificuldade o riso.

— Ah, muito bem, muito bem, meu amigo. Quer servir ao tzar e à pátria? Estamos em guerra. Um rapagão como você tem o dever de servir. E então, vai partir para a frente?

— Não, príncipe. Meu regimento está fazendo a campanha, mas eu estou adido... A que diabo estou eu adido, papai? — perguntou ele, rindo, a seu pai.

— Eis o que se chama servir!... A que diabo estou eu adido? Ha! ha! ha! — chacoteou o velho.

Anatólio riu também a bom rir. Mas de repente, o velho príncipe se ensombreceu.

— Está bem... Pode ir — disse ele, ao rapaz.

Anatólio, sempre sorridente, foi ter com as senhoras.

— Educaste-os bem no estrangeiro, não é mesmo? — perguntou o velho príncipe ao Príncipe Basílio.

— Fiz o que pude; para falar franco, a educação europeia é bem preferível à nossa...

— Sim, decerto, tudo bonito... Não há que dizer, é um rapagão!... Vamos, vem ao meu quarto.

E pegando o Príncipe Basílio pelo braço, levou-o para seus aposentos. Assim que ficaram a sós, expôs-lhe o visitante seu desejo, suas esperanças.

— Acreditarias por acaso que eu a retenho, que não poderei viver sem ela? — exclamou o velho príncipe num tom colérico. — Imaginações, meu caro... Podes levá-la até amanhã, que não me oporei a isso. Só quero é conhecer meu genro a fundo. Conheces meus princípios: tudo muito às claras! Amanhã far-lhe-ei a pergunta na tua presença; se ela consentir, que fique ele aqui... Sim, que fique ele aqui algum tempo, quero examiná-lo. — Fungou. — Que se case com ele, que se case com ele, pouco me importa! — gritou, com aquela voz estridente que emitira para despedir-se de seu filho.

— Vou falar-vos francamente — disse o Príncipe Basílio, no tom desprendido que tomam as pessoas astutas, quando acham inútil usar de manha com um interlocutor perspicaz. — Tendes a arte de penetrar nas pessoas, Anatólio não inventou a pólvora, mas é um bom e honesto rapaz, um excelente filho.

— Bem, bem, veremos.

Como sói geralmente acontecer com as mulheres solitárias, muito tempo privadas de toda a sociedade masculina, as três jovens mulheres de Montes Calvos sentiram, com a chegada de Anatólio, que a vida que tinham levado até então não era uma vida. A possibilidade de pensar, de sentir, de observar, decuplicou-se logo nelas e sua vida, até então como que sepultada na sombra, se enfeitou de novo e poderoso brilho.

A Princesa Maria esquecera-se de seu horrível penteado e de seu rosto desgracioso. Aquele belo homem, de fisionomia franca, que talvez fosse tornar-se seu marido, açambarcava-lhe toda a atenção. Com toda a certeza, era bom, bravo, decidido generoso. E já mil sonhos de felicidade conjugal, que ela repelia imediatamente germinavam na sua imaginação.

"Não serei demasiado fria para com ele? — perguntava a si mesma. — Se me esforço por me conter, é que, no fundo de meu coração, já me sinto demasiado perto dele. Ele, porém, ignora tudo quanto penso a seu respeito e imagina talvez que me desagrada".

E Maria procurava em vão mostrar-se amável para com o recém-chegado. A pobrezinha! "É feia como os diabos!", pensava Anatólio.

Pensamentos de outra espécie assaltavam a Senhorita Bourienne , que a chegada do rapaz tinha, também, excitado no mais alto grau. Bem-entendido, aquela bonita moça, sem situação bem-definida no mundo, sem pais, sem amigos, e mesmo sem pátria, não tinha absolutamente a intenção de consagrar toda a sua vida ao Príncipe Nicolau Andreitch, de permanecer indefinidamente como sua leitora e amiga da Princesa Maria. Aguardava desde muito tempo um príncipe russo que, reconhecendo, desde o princípio, sua superioridade sobre suas jovens compatriotas russas, feias, canhestras e mal-vestidas, ficaria apaixonado por ela e a arrebataria imediatamente. E eis que esse príncipe encantador aparecia afinal. A Senhorita Bourienne gostava muito de recordar-se de certa história, que ouvira de sua tia e à qual dera uma conclusão sua própria. Era o romance duma moça seduzida que, posta na presença de "sua pobre mãe", ouve censuras por se ter entregue a um homem fora dos elos matrimoniais. A Senhorita Bourienne derramava muitas vezes lágrimas quando, em imaginação, contava aquela história a seu futuro sedutor. Desta vez, estava "ele" ali, em carne e osso. Era um príncipe russo autêntico; ia raptá-la; depois chegaria "minha pobre mãe" e tudo acabaria em casamento. Tais eram as peripécias de uma aventura que, enquanto conversava com Anatólio a respeito de Paris, ia a Senhorita Bourienne vendo surgir no horizonte. Não obedecia, aliás, a nenhum cálculo (não refletia um minuto sequer no que lhe seria preciso fazer), mas já havia desde tanto tempo combinado seu romance que todas as suas peças se agrupavam agora da maneira mais natural do mundo, em torno de Anatólio, aquele herói tão desejado e diante do qual exibia ela todos os seus encantos.

Como um cavalo de batalha que estremece ao toque do clarim, Lisa, olvidada de seu estado de saúde, preparava-se para iniciar o galope da galanteria, bastante inconscientemente aliás e sem o menor pensamento oculto, arrebatada tão-somente por uma ingênua e alegre frivolidade.

Anatólio, que, na sociedade das mulheres, afetava a atitude dum vivedor apoquentado pela perseguição delas, experimentou um prazer cheio de vaidade por se ver tão apreciado por aquelas. Além disso, não tardou em experimentar pela bonita e provocante Bourienne um desses desejos violentos que se apoderavam subitamente de todo o seu ser e o arrastavam aos atos mais brutais e mais temerários.

Após o chá, a sociedade passou para o pequeno salão, e pediu-se a Maria que tocasse cravo. Anatólio colocou-se a seu lado, junto da Senhorita Bourienne. Fitava na Princesa Maria uns olhos alegres e risonhos. Esta sentia uma emoção feita de alegria e de angústia diante daquele olhar. Sua sonata favorita transportava-a a um mundo secreto e poético, tornado mais poético ainda pelo olhar nela fixo. Ora, esse olhar , embora na sua direção, dirigia-se não a ela, mas aos movimentos do pezinho da Senhorita Bourienne que Anatólio naquele instante roçava com o seu por baixo do cravo. A Senhorita Bourienne também olhava para a princesa e seus belos olhos mostravam uma expressão de alegria inquieta e de esperança que Maria jamais lhe vira.

"Como me ama ela! Como já sou feliz, e que felicidade me aguarda com tal amiga e com tal esposo! Mas será ele verdadeiramente meu marido?", imaginava a princesa que, sentindo-se sempre mirada por Anatólio, não ousava arriscar um olhar para seu lado.

Quando, depois da ceia, chegou a hora de se separarem, beijou Anatólio a mão de Maria. Esta, então, espantada com sua própria audácia, fitou bem de frente, com seus olhos de míope, aquele belo rosto tão perto do seu. Com uma brusca simplicidade que disfarçava a inconveniência do gesto, Anatólio quis em seguida beijar a mão da Senhorita Bourienne. Esta tornou-se cor de púrpura e consultou Maria com um olhar confuso.

"Que delicadeza!" disse a si mesma Maria. — Será que, por acaso, Amélia — era o prenome da Senhorita Bourienne — me acreditaria capaz de ter ciúmes dela, de não estimar devidamente sua ternura e seu devotamento?" E, aproximando-se logo dela, beijou-a com efusão.

Anatólio aproximou-se da princesinha:

— Não, não, não. Quando vosso pai me escrever dizendo-me que vos estais comportando bem, dar-vos-ei minha mão a beijar. Antes não.

E saiu, toda sorridente, ameaçando Anatólio com o dedo.

5. Exceto Anatólio, que dormiu assim que se deitou, todos mais tiveram naquela noite um sono agitado.

"Irá ser meu marido esse desconhecido que me parece tão belo e tão bom?", perguntava Maria a si mesma. E eis que um terror súbito a assaltou, a ela que no entanto não conhecia o medo. Não ousava voltar a cabeça; parecia-lhe que alguém estava ali, no canto escuro, por trás do paravento. E esse alguém era, ao mesmo tempo, o demônio e aquele homem de fronte branca, de supercílios negros, de lábios vermelhos. Tocou a campainha chamando sua criada de quarto e lhe pediu que dormisse a seu lado.

A Senhorita Bourienne ficou a passear muito tempo no jardim, aguardando em vão alguém e ora sorria de antemão ao que chegava, ora se enternecia até as lágrimas imaginando as censuras amargas que lhe dirigia sua *pobre mãe*.

A princesinha, achando sua cama mal-arranjada, brigou com a sua camareira. Não podia deitar-se nem de lado, nem de bruços. Qualquer posição lhe era incômoda e penosa. Seu fardo incomodava-a. Incomodava-a ainda mais naquela noite em que a presença de Anatólio havia reavivado nela a lembrança duma época em que, ainda não grávida, só conhecia prazeres e alegria. Prostrada numa poltrona, de camisola e com touca de dormir, olhava para Catinha que, de tranças embaraçadas e olhos pesados de sono, batia e revirava pela terceira vez, resmungando, o pesado leito de penas.

— Já te disse que está cheio de caroços e de buracos e contudo tenho grande vontade de dormir. Garanto-te que se se tratasse somente de mim... — repetia ela, de voz saltitante, como a de uma criança prestes a chorar.

O velho príncipe ficou a velar muito tempo. Tikhon, que só dormia com um olho, ouvia seus passos furiosos e seus fungados sonoros. O príncipe sentia-se ofendido na pessoa de sua filha. E era a mais cruel das ofensas, porque não se dirigia a ele mas a um ser a quem queria mais do que a si mesmo. Não adiantava dizer a si mesmo que, à força de refletir, acharia para aquele caso uma solução equitativa, pois seu nervoso só fazia aumentar.

"Basta aparecer a primeira cara que a senhorita, esquecendo seu pai e tudo mais, perca o espírito, corra a se enfeitar e se lhe lance ao pescoço! Ah! está contente por ter de deixar seu pai! E ela sabia que eu perceberia isso... E esse idiota que só tem olhos para a Bourienne! Eis aqui uma que precisava ser posta no olho da rua! Como é que Maria não lhe nota os manejos! Se não tem vergonha por si mesma, deveria tê-la pelo menos por mim. É preciso mostrar-lhe que esse peralvilho não pensa absolutamente nela, mas somente na Bourienne... Uma vez que não tem ela dois soldos de altivez, cabe a mim abrir-lhe os olhos..."

O velho príncipe sabia bem que, provando à sua filha que as atenções de Anatólio se dirigiam unicamente à Bourienne, picaria seu amor-próprio e teria a causa ganha; não se separaria ela dele. Seguro disso, dali por diante, chamou Tikhon e começou a mudar de roupa para dormir.

"Estava bem-precisado da visita deles! — dizia a si mesmo, enquanto Tikhon vestia com uma camisola de dormir o corpo seco do velho, coberto de pelos grisalhos no peito. — Vieram transtornar minha vida, como se não me faltassem aborrecimentos!"

— Que vão para todos os diabos! — exclamou ele, com a cabeça ainda embaraçada na camisola.

Acontecia-lhe por vezes exprimir em voz alta seus pensamentos. De modo que Tikhon, que conhecia as manias de seu amo, afrontou com perfeita serenidade o olhar interrogador e encolerizado que surgiu da gola da camisola.

— Estão deitados? — perguntou o príncipe.

Como todo bom criado, sabia Tikhon compreender seu amo, só com palavras. Adivinhou que se referia ele ao Príncipe Basílio e a seu filho.

— Perfeitamente, Excelência. Deitaram-se e apagaram as luzes.

— Estava bem-necessitado deles!... — resmoneou o príncipe; depois, calçando as chinelas e enfiando seu roupão de quarto, deitou-se no divã que lhe servia de cama.

Se bem que Anatólio e a Senhorita Bourienne não tivessem trocado uma palavra sequer a respeito, tinham-se perfeitamente compreendido quanto à primeira parte do romance, isto é, até a aparição de minha pobre mãe. Haviam compreendido que tinham muita coisa a dizer um ao outro, a sós, de modo que, desde a manhã do dia seguinte, procuraram ocasião de encontrar-se sozinhos. Na hora em que Maria ia como de costume, ter com seu pai, puderam encontrar-se na estufa.

Naquela manhã, tremia Maria mais que de costume, ao aproximar-se da porta do gabinete. Parecia-lhe que todos sabiam não só que sua sorte estava em termos de ser decidida, mas ainda o que pensava ela disso. Pareceu-lhe que Tikhon refletia tudo isso no seu rosto, como também o criado de quarto do Príncipe Basílio que, carregando um cântaro com água quente, cruzou com ela no corredor e a saudou com toda a deferência.

O príncipe acolheu sua filha com uma amabilidade e solicitudes que — Maria sabia-o por experiência — não prenunciavam nada de bom. Seu rosto tinha a mesma expressão concentrada que apresentava durante as lições de matemáticas, quando, irritado por vê-la rebelde às suas explicações, fechava os punhos, se levantava, afastava-se dela e repetia várias vezes as mesmas palavras numa voz sem inflexão.

Entrou de sopetão no assunto, recorrendo ao tratamento "vós".

— Fizeram-me uma proposta a vosso respeito — disse ele, com um sorriso constrangido. — Sem dúvida adivinhastes que meus belos olhos nada têm que ver com a visita do Príncipe Basílio e de seu pupilo. (Só Deus sabia porque chamava ele Anatólio de pupilo do príncipe!). — Fizeram-me, pois, uma proposta a vosso respeito. E como conheceis meu princípios, resolvi consultar vossa decisão.

— Como devo compreender-vos, meu pai? — balbuciou Maria, empalidecendo e enrubescendo alternativamente.

— Como compreender! — exclamou o príncipe. — O Príncipe Basílio acha-te a seu gosto para nora e faz-te uma proposta em nome de seu pupilo. Eis como é preciso compreender!... Como compreender!... Mas cabe a ti responder.

— Ignoro, meu pai, como encarais murmurou Maria.

— Como encaro?... Não se trata de mim! Não vos preocupeis comigo. Não sou eu que me caso. Mas "vós", que pensais vós? Eis o que eu queria saber.

Maria viu bem que a proposta não agradava a seu pai, mas compreendeu ao mesmo tempo que aquele minuto iria decidir a sua sorte. Baixou os olhos para evitar aquele olhar dominador que, abafando nela qualquer pensamento, só lhe permitia a submissão, e disse afinal:

— Só desejo uma coisa: cumprir vossa vontade; mas desde que desejais conhecer meu sentimento...

Não teve tempo de acabar. O príncipe interrompeu-a.

— Perfeito! — exclamou ele. — Ele te levará a ti e a teu dote e a Senhorita Bourienne ainda de quebra. Ela é que será mulher dele; quanto a ti...

Mas parou vendo que Maria, transtornada com aquelas palavras, baixava a cabeça, prestes a chorar.

— Vamos, vamos, estou brincando, estou brincando — disse ele. — Conheces meu princípio: é à moça que compete escolher seu noivo. Dou-te, pois, inteira liberdade. Lembra-te somente de que de tua decisão dependerá a felicidade de toda a tua vida. Eu não entro em linha de conta.

— Mas, na verdade, meu pai, não sei...

— Eu não entro em linha de conta! Quanto a ele, ordenam-lhe que case contigo, e casa-se. E se não fores tu, será a primeira que chegar. Mas tu; tu tens liberdade de escolha. Retira-te para teu quarto, reflete e volta dentro duma hora. Na presença dele, dirás sim ou não. Sei que vais rezar; à tua vontade, reza, mas reflete sobretudo. Vamos, podes ir... Sim ou não, sim ou não! — gritou ele ainda, enquanto que, cambaleante, como num nevoeiro, já havia ela saído do gabinete.

Sua sorte tinha-se decidido e decidido favoravelmente. Todavia a alusão, gratuita sem dúvida mas atroz, que seu pai fizera à Senhorita Bourienne, não deixava de preocupá-la. Seguiu diretamente atravessando a estufa, sem nada ver e nada ouvir, quando de repente o cochicho familiar da Senhorita Bourienne tirou-a de seu devaneio. Ergueu os olhos e viu a dois passos de si Anatólio, que abraçava a francesa e lhe murmurava alguma coisa ao ouvido. Ao ver Maria, o belo rosto de Anatólio tomou uma expressão de estupor furioso: "Que é? Que querem de mim? Esperai um instante!", parecia ele dizer, sem largar imediatamente a cintura da Senhorita Bourienne que não a vira. Maria fitava os dois em silêncio. Não podia compreender o que estava vendo. Por fim a francesa lançou um grito e pôs-se em fuga. Anatólio, recuperando seu sorriso, inclinou-se diante de Maria, como para convidá-la a rir com ele daquela singular circunstância; depois, baixando os ombros, dirigiu-se para a porta que dava para a ala em que estava hospedado.

Uma hora mais tarde, quando Tikhon veio preveni-la de que seu amo a aguardava em companhia do Príncipe Basílio Sergueitch, Maria, sentada em seu divã, tinha entre os braços a Senhorita Bourienne e lhe acariciava suavemente os cabelos. Seus belos olhos, tão calmos e tão luminosos como dantes, fixavam-se com afetuosa compaixão na carinha bonita, banhada de lágrimas, da Senhorita Bourienne.

— Não, princesa, estou perdida para sempre em vosso coração — dizia esta.

— Por quê? — respondeu Maria. — Amo-a mais do que nunca e tratarei de fazer tudo quanto estiver a meu alcance pela sua felicidade.

— Mas vós me desprezais; vós, tão pura, não compreendereis jamais esse desvario da paixão. Ah! Somente minha pobre mãe...

— Compreendo tudo — respondeu a princesa com um sorriso triste. — Tranquilize-se, minha amiga... Mas preciso ir ter com meu pai — acrescentou ela, levantando-se.

Sentado, de pernas cruzadas bem alto, com sua tabaqueira na mão, tinha o Príncipe Basílio o ar ao mesmo tempo de achar-se vivamente emocionado e de rir-se dessa emoção, e acolheu com um sorriso enternecido Maria, quando esta apareceu. Apressou-se em tomar uma pitada.

— Ah! minha querida, minha querida — disse ele, levantando-se e lhe tomando ambas as mãos. E depois de um suspiro, continuou: — A sorte de meu filho está em vossas mãos. Decidi, minha querida, minha boa Maria, a quem sempre amei como a uma filha.

E, ao afastar-se, uma lágrima apareceu a propósito no canto de sua pálpebra.

— O príncipe, em nome de seu pupilo... não, de seu filho, pede-te em casamento — gritou de repente o velho príncipe, depois de violentos fungados. — Queres, sim ou não, ser a mulher do Príncipe Anatólio Kuraguin? Responde sim ou não. Reservo-me apenas o direito de exprimir minha opinião... Minha opinião, nada mais que minha opinião — acrescentou ele, ao notar o ar súplice do Príncipe Basílio. — Pois então, é sim ou não?

— Meu desejo, meu pai, é jamais deixar-vos, jamais separar minha vida da vossa. Não quero casar-me — disse Maria firmemente, olhando bem de face o Príncipe Basílio e depois seu pai.

— Que tolice, que tolice! Bobagens, bobagens! — exclamou este, fechando a cara. Mas atraindo Maria para si, roçou-lhe a testa com a sua, sem beijá-la, e lhe apertou tão fortmeente a mão que ela não pôde conter um grito e uma careta de dor.

O Príncipe Basílio se levantou.

— Minha querida, dir-vos-ei que é este um momento que jamais esquecerei. Mas, minha boa menina, será que não nos dareis um pouco de esperança de comover um coração tão bom, tão generoso? Dizei que talvez... O futuro é tão vasto... Dizei: talvez.

— Não, príncipe, falei com toda a franqueza, nada tenho a acrescentar. Agradeço-vos a honra que me destes, mas nunca serei a esposa de vosso filho.

— Pois bem, meu caro, não falemos mais disso. Encantado com a tua visita, encantado... Vamos, retira-te, princesa... Sim, estou encantado com a tua visita — repetia o velho príncipe, abraçando o Príncipe Basílio.

"Minha vocação é outra — pensava Maria. — Sou chamada a conhecer outras alegrias, as do sacrifício e do amor ao próximo. E por mais que me custe, farei a felicidade da pobre Amélia. Ela o ama tão apaixonadamente, está tão arrependida de sua imprudência. Farei tudo para que ele a despose. Se ele não é rico, arranjar-lhe-ei um dote. Rogarei a meu pai, pedirei a André. Sentir-me-ei tão feliz, quando ela se tornar esposa dele!... Uma pobre estrangeira, sem parentes, sem apoio... Ah! meu Deus, deve ela amá-lo para ter assim podido esquecer-se de si mesma! Talvez tivesse eu agido da mesma maneira!"...

6. Desde muito tempo estavam os Rostov sem notícias de Nicolau quando, em meados do inverno, entregaram ao conde uma carta cujo endereço trazia a letra de seu filho. O recebimento dessa carta comoveu fortemente o conde. Esforçando-se por passar despercebido, correu de ponta de pé até seu gabinete, onde se encerrou. Ana Mikhailovna, que, malgrado a melhoria de seus negócios, vivia sempre em casa dos Rostov e nada ignorava do que ali se passava, logo soube do acontecimento. A passo de lobo, penetrou nos aposentos do conde que encontrou, de carta na mão, rindo e soluçando ao mesmo tempo.

— Meu bom amigo! — disse ela, num tom interrogativo e pesaroso, com aquela solicitude com que tomava parte em todas as situações.

Os soluços do conde redobraram.

— Uma carta... de meu Nicolauzinho... Foi ferido, minha cara... sim, sim, ferido o coitadinho... Foi promovido a oficial. Louvado seja Deus!... Como anunciar isto à minha querida condessinha?

Ana Mikhailovna sentou-se ao lado do conde, enxugou-lhe os olhos com seu lenço, bateu no papel onde algumas lágrimas tinham caído e por fim secou suas próprias lágrimas. Leu em seguida a carta, tranquilizou o conde e decidiu que prepararia a condessa antes do jantar e que, após o chá, com a ajuda de Deus, contar-lhe-ia tudo.

Durante toda a refeição, Ana Mikhailovna falou dos boatos que corriam sobre as operações militares; embora o soubesse muito bem, perguntou quando houvera pela última vez notícias de Nicolau e insinuou que poderia muito bem chegar alguma naquele mesmo dia. Cada uma dessas alusões provocava a inquietação da condessa, que esquadrinhava, com um olhar alarmado, ora seu marido, ora sua amiga; então fazia esta, com toda a inocência, desviar a conversa para assuntos insignificantes. Desde o começo do jantar, Natacha, mais que todos os membros da família, sensível às menores tonalidades das entonações, dos olhares e das fisionomias, ficara de ouvido atento. Compreendeu bem depressa que havia um segredo, um segredo referente a Nicolau, entre seu pai e Ana Mikhailovna e que esta preparava o terreno. Sabendo que tudo quanto concernia a Nicolau afetava vivamente sua mãe, não ousou, malgrado sua audácia, fazer perguntas; mas, na sua impaciência, nada comeu e outra coisa não fez senão agitar-se em sua cadeira, sem dar ouvidos às observações de sua governanta. Assim que se acabou a refeição, precipitou-se, como uma louca, atrás de Mikhailovna, e, tendo-a alcançado no toucador, pendurou-se, de um salto, ao pescoço.

— Titia, querida titiazinha, que se passa?

— Nada, absolutamente, meu bem.

— Sim, sim, estou certa de que a senhora sabe alguma coisa. Minha querida meu benzinho, minha adorada, diga-me depressa o que é que há;só a largarei, quando me disser.

— Você é muito atilada, menina — afirmou a boa senhora, abanando a cabeça.

— É uma carta de Nicolau? Decerto! — exclamou Natacha, que pôde ler rosto de Ana Mikhailovna uma resposta afirmativa.

— Em nome do céu, seja prudente. Bem sabe como essa notícia poderá emocionar sua mãe.

— Sim, sim, mas conte-me. Não quer me contar? Bem então, vou contar imediatamente.

Em poucas palavras, resumiu-lhe Ana Mikhailovna o conteúdo da carta, com a condição de que não diria ela nada a ninguém.

— Palavra de honra, não contarei a ninguém! — prometeu Natacha, benzendo-se. E imediatamente correu para o quarto de Sônia.

— Nicolau... está ferido... veio uma carta... — anunciou ela, toda alegre e toda orgulhosa.

— Nicolau! — foi a única palavra que Sônia, tornando-se lívida, pôde pronunciar.

A comoção de sua prima fez por fim Natacha compreender o que havia de triste na notícia que lhe trazia. Lançou-se ao pescoço de Sônia e desatou a chorar.

— O ferimento foi leve, mas promoveram-no a oficial. Está melhor agora. Foi ele mesmo quem escreveu — explicou ela, em meio de seus soluços.

— Decididamente todas as mulheres são umas choronas — declarou Pétia, que andava pelo quarto a passos resolutos. — Por mim, estou muito contente, sim, deveras, muito contente, por ter-se meu irmão distinguido dessa maneira. Vocês não passam dumas choronas. Não compreendem nada de nada.

Natacha sorriu, apesar das lágrimas.

— Não leste a carta? — perguntou Sônia.

— Não, mas ela me disse que ele estava curado e que o haviam nomeado oficial.

— Louvado seja Deus! — exclamou Sônia, benzendo-se. — Mas talvez não te haja ela dito a verdade. Vamos procurar mamãe.

Pétia continuava a marchar em silêncio.

— Se eu estivesse no lugar de Nicolau — disse ele, — mataria ainda bem mais desses franceses. Que canalhas! Mataria tanto que faria um montão deste tamanho!

— Cala-te, Pétia, não sejas bobo!

— Não sou eu que sou bobo. Vocês é que são, que choram por bobagens.

— Lembras-te dele? — perguntou Natacha, depois de um momento de silêncio.

— Se me lembro de Nicolau? — disse Sônia, sorrindo.

— Não, Sônia, lembras-te dele de maneira a te recordares bem de tudo? — insistiu Natacha, sublinhando com um gesto expressivo a gravidade de sua pergunta. — Eu, eu dele me lembro muito bem, ao passo que de Boris me esqueci, completamente...

— Como, tu te esqueceste de Boris?! — exclamou Sônia, estupefata.

— Isto é, não o esqueci; sei bem como ele é, mas não me lembro dele como de Nicolau. Quando fecho os olhos (e fechou-os), vejo-o, mas a Boris, não, absolutamente não.

— Ah, Natacha — disse Sônia, fitando sua amiga com solene gravidade, como se, julgando-a indigna de ouvir o que ia dizer, se dirigisse a uma outra pessoa com quem a brincadeira não estaria bem, — ah, Natacha, eu amo teu irmão, e aconteça o que nos acontecer, a ele como a mim, amá-lo-ei toda a vida.

Não sabendo que responder, Natacha interrogou sua prima com um olhar surpreso. Acreditava bem que Sônia dissera a verdade, que devia existir um amor dessa espécie; mas não tendo ainda experimentado nada de semelhante, só podia admitir a possibilidade de existência desse sentimento, sem compreendê-lo, porém.

— Vais escrever-lhe? — perguntou-lhe por fim.

Sônia se pôs a sonhar. Desde muito tempo perguntava ansiosamente a si mesma se devia escrever a Nicolau e o que convinha dizer-lhe. Agora que era ele um herói, que o tinham promovido a oficial, agiria nobremente fazendo-se lembrada à memória do rapaz? Não pareceria sua carta um lembrete do compromisso que tomara para com ela?

— Não sei — respondeu, corando. — Mas, desde que ele escreveu, parece que posso também escrever-lhe.

— E não terás vergonha de escrever-lhe?

— Claro que não — disse Sônia, sorrindo.

— Pois eu, terei vergonha de escrever a Boris. Não, não lhe escreverei.

— E por que ter vergonha?

— Não sei de nada, mas é assim. Ficaria acanhada.

— Pois eu sei porque ficaria ela acanhada — interveio Pétia, ainda mortificado pela recente observação de sua irmã. — É porque depois de Boris, ficou enamorada daquele gordo de óculos (era assim que Pétia designava seu homônimo, o novo Conde Bezukhov). — E agora está apaixonada por esse cantor. (Queria referir-se ao italiano que ensinava canto a Natacha.) — É por isso que ela fica acanhada.

— Que bobo que você é Pétia! — disse Natacha.

— Não mais bobo que você, minha amiguinha — retrucou o garoto de nove anos, com a segurança de um velho veterano.

Posta alerta pelas alusões de Ana Mikhailovna, a condessa, assim que se retirou para seus aposentos, sentou-se em sua poltrona e absorveu-se na contemplação da miniatura de seu filho que enfeitava a tabaqueira. Lágrimas molhavam-lhe as pálpebras. Munida da carta, Ana Mikhailovna aproximou-se na ponta dos pés do quarto onde se encontrava sua amiga.

— Não entre — disse ela ao conde, que queria segui-la. — Daqui apouco...

E fechou a porta atrás de si.

O conde aplicou o ouvido à fechadura e se pôs em termos de ouvir.

A princípio só ouviu frases sem interesse; depois um longo discurso de Ana Mikhailovna; em seguida um grito, acompanhado de silêncio; após, uma troca de exclamações alegres; finalmente, passos e Ana Mikhailovna lhe abriu a porta. Seu rosto refletia o orgulho do cirurgião que acaba de executar uma operação difícil e introduz o público para que possa apreciar-lhe a perícia.

— Pronto — disse ela ao conde, mostrando-lhe, com um gesto de triunfo, a condessa que, tendo numa das mãos a carta e na outra a tabaqueira, beijava a ambas alternativamente.

Ao ver o conde, estendeu os braços para ele, abraçando-lhe a cabeça calva, por cima da qual contemplava ainda a carta e o retrato e a quem teve mesmo de empurrar um pouco para trás, para poder beijar mais facilmente aqueles queridos objetos. Vera, Natacha, Sônia e Pétia entraram por sua vez e a leitura da carta começou. Depois de uma breve descrição da campanha e das duas batalhas nas quais tomara parte, anunciava Nicolau que havia sido promovido a oficial. Beijava em seguida as mãos de mamãe e papai, aos quais implorava a bênção. Beijava Vera, Natacha, Pétia. Enviava seus cumprimentos ao Sr. Schelling, à Senhora Schoss, bem como à ama-de-leite. Enfim, pedia que beijassem por ele a sua querida Sônia, a quem amava como antes e de quem guardava fiel lembrança. Nessa passagem, Sônia enrubesceu de tal maneira que as lágrimas lhe subiram aos olhos. Incapaz de suportar os olhares que se haviam voltado para ela, fugiu a correr para o grande salão, rodou uma pirueta sobre si mesma e, tendo feito assim encher-se sua saia como um balão, sentou-se no soalho, toda corada e sorridente.

A condessa chorava.

— Mas por que chora a senhora, mamãe? — observou Vera. — A julgar pela carta dele, há antes motivo para regozijo.

A reflexão era bastante justa e contudo o conde, a condessa, Natacha, todos os outros lançaram-lhe um olhar de censura. "A quem saiu ela?" perguntou a si mesma sua mãe.

A carta de Nicolau foi lida muitas e muitas vezes, mas os que eram julgados dignos de ouvi-la tiveram de se apresentar perante a condessa, porque esta não queria de modo algum separar-se dela. Houve pois um desfile de preceptores, da ama-de-leite, de Mitenka e de alguns amigos. De cada vez, relia a condessa a carta com prazer redobrado e de cada vez descobria em seu Nicolau qualidades novas. Assim pois, aquele filho, cujo pequenino corpo sentira, vinte anos antes, mover-se no seu ventre, aquele filho por causa de quem tanto brigara com o conde que o mimava demais, aquele filho que aprendera a dizer "papai" e "mamãe", aquele filho estava agora bem longe, em país estrangeiro, onde, sozinho e sem ajuda de ninguém e sem guia, praticava atos de homem. Que motivo para alegria e também para espanto! Ninguém ignora que por um declive insensível os meninos tornam-se homens; mas essa experiência secular , universal, não existia para a condessa. Esquecendo-se de que milhões e milhões de indivíduos tinham sofrido semelhante transformação, recusava-se a admitir que seu menininho se houvesse mudado em homem. Vinte anos antes, quando trazia aquele pequenino ser sob seu coração, não acreditava que ele um dia lhe sugasse o peito e se pusesse a falar; agora tampouco, não podia conceber que o mesmo pequenino ser se tivesse tornado, como contudo ressaltava da carta, um homem valente, digno de ser proposto como modelo a todos os filhos, ou mesmo a todo o gênero humano.

— Que estilo! Como descreve ele bem as coisas! — dizia ela, relendo as partes narrativas da carta. — E que coração! De suas façanhas, nem uma palavra, nada, nada. Só fala dum tal Denissov. E contudo, estou certa de que é o mais bravo de todos. Nem uma palavra tampouco a respeito do que sofreu. Que coração! Como o reconheço! E tem todo o cuidado de mandar lembranças a todos. Não esqueceu ninguém. Que coração! Sempre o disse, mesmo quando era ele desse tamanhinho... Sim, sempre disse isso...

Durante mais de oito dias, todas as pessoas da casa se dedicaram a escrever rascunhos de carta para Nicolau e passá-los a limpo. Graças aos cuidados do conde e sob a vigilância da condessa, arranjaram-se os objetos e o dinheiro necessários ao equipamento do novo oficial. Graças às proteções de que, como mulher prática, cercara Ana Mikhailovna seu filho, podia corresponder-se facilmente com ele. Os correios do grã-duque Constantino Pavlovitch, comandante-chefe da guarda, levavam suas cartas. O endereço "Guarda russa no estrangeiro" pareceu aos Rostov bem suficiente. Uma vez que a carta chegasse ao grão-duque que comandava a guarda, não havia motivo para que não alcançasse o regimento de Pavlograd, que deveria evidentemente encontrar-se não longe dali. Decidiu-se, pois, enviar cartas e dinheiro, pelo correio do grão-duque, para Boris, que os faria remeter a Nicolau. Às cartas do conde, da condessa, de Pétia, de Vera, de Natacha, de Sônia, acrescentou-se uma soma de seis mil rublos para as despesas de equipamento e diversos objetos que o velho conde enviava a seu filho.

7. A 12 de novembro, o exército de Kutuzov, que acampava nos arredores de Olmutz, preparava-se para a revista que deviam passar no dia seguinte os imperadores da Rússia e da Áustria. A guarda russa, que mal acabava de chegar, passava a noite a quatro léguas da cidade e devia, no dia seguinte, às dez horas da manhã, aparecer no campo de manobras.

Naquele dia, recebeu Nicolau Rostov, de Boris, um aviso informando-o de que o regimento de Ismail bivacava a quatro léguas além de Olmutz e que o esperava para entregar-lhe uma carta e dinheiro. Nicolau estava justamente com grande necessidade de dinheiro, porque o acampamento encontrava-se sitiado por vivandeiros e judeus austríacos, muito bem-providos e prometendo seduções diversas. Entre os oficiais de Pavlograd, era um nunca acabar de festins e regabofes, para "regar" as distinções obtidas durante a campanha e frequentes visitas a Olmutz à casa de uma tal Carolina, a Húngara, que acabava de abrir ali um cabaré com pessoal feminino. Rostov, que festejara recentemente seus galões de oficial e comprara Beduíno, o cavalo de Denissov, devia a todos os lados, desde os cantineiros a seus camaradas. Assim, logo que recebeu o bilhete de Boris, dirigiu-se a Olmutz, onde jantou e bebeu uma garrafa de vinho em companhia dum camarada, dali partindo sozinho à procura de seu amigo de infância. Não tivera ainda tempo de equipar-se. Montado num cavalo do Don, que um cossaco lhe cedera, envergava uma túnica suja de aspirante sobre a qual brilhava uma cruz de soldado, um culote de fundo poído, um sabre de oficial de dragões, um boné todo achatado, galhardamente caído sobre a orelha. Ao aproximar-se do acampamento, pensava no efeito que seu traje marcial e suas maneiras de hussardo iriam produzir em Boris e naqueles senhores da guarda.

A guarda alcançara, com efeito, o exército, como se fosse para um passeio, toda orgulhosa de sua bela ordem e de seus uniformes impecáveis. As etapas tinham sido curtas, com os sacos empilhados nos furgões. Em todas as paradas, excelentes refeições, preparadas pelas autoridades austríacas, aguardavam os oficiais. Os regimentos entravam nas cidades com a banda de música à frente e saíam da mesma maneira. Todas as marchas tinham de ser feitas a passo — coisa de que os soldados se mostravam muito orgulhosos — e os oficiais ocupavam seus lugares nas fileiras. Boris fez todo o trajeto ao lado de Berg, que era já comandante de uma companhia. Graças à sua pontualidade, ao seu espírito metódico, gozava da plena confiança de seus chefes, bem como de vantagens materiais, nada desprezíveis. Boris, por sua parte, travara úteis conhecimentos, notadamente o do Príncipe André Bolkonski, a quem Pedro Bezukhov o havia recomendado. Contava com sua proteção para entrar no estado-maior do generalíssimo.

Berg e Boris, trajando com apuro, bem repousados da derradeira etapa, jogavam xadrez em torno duma mesa redonda, no alojamento muito confortável que lhes tinha sido designado. Berg mantinha entre os joelhos seu cachimbo aceso. Com suas mãos finas e brancas, Boris erguia pirâmides de peões com sua costumeira aplicação, enquanto observava seu parceiro, de quem era a vez de jogar e que, fiel a seu princípio de nunca fazer senão uma coisa de cada vez, deixava-se absorver inteiramente por seu jogo.

— Vejamos, como irá você sair daí? perguntou.

— Faremos o que for melhor — respondeu Berg, tocando numa peça para largá-la.

Nesse momento, abriu-se a porta.

— Ah! ei-lo afinal! — exclamou Rostov. — Olá, eis também Berg! Vamos, menininhos, tratem de ir dormir! —acrescentou ele, repetindo um estribilho de sua velha criada que outrora fazia-os rir a valer, ele e Boris .

— Grande Deus, como mudaste!

Boris levantou-se para receber Rostov, tomando contudo cuidado para não deixar caírem as peças do tabuleiro. Ia abraçar seu amigo, mas este desviou-se. A gente muito moça gosta de fugir às notas batidas, prefere exprimir seus sentimentos de maneira sua própria e que não lembre as coisas convencionais, e por vezes hipócritas, da gente mais velha. Cedendo a essa tendência, Nicolau, para fazer sentir a seu amigo, a alegria que experimentava ao tornar a vê-lo, teria preferido ao banal abraço um gesto menos vulgar, ainda que fosse um soco ou piparote. Boris, pelo contrário abraçou-o , sem falsa vergonha, umas três vezes, com o clássico beijo e toda a cordialidade.

Havia cerca de seis meses que não se viam. Observavam mutuamente mudanças consideráveis, devidas à influência dos meios onde se tinham dado seus primeiro passos na vida. E ambos se apressaram em exibir um ao outro até que ponto não eram mais os mesmos.

— Ah! cambada de efeminados! Limpinhos e reluzentes como quem vai passear enquanto que nós, pobres soldados, andamos assim — disse Rostov, com sua nova, voz de barítono que Boris desconhecia, com uma desenvoltura toda militar e mostrando seu culote sujo de lama.

Ao barulho de sua voz, a alemã, em cuja casa estavam alojados os dois oficiais meteu a cabeça pela porta entreaberta.

— Que é que há, minha beleza? — perguntou Rostov, lançando-lhe uma olhadela.

— Não grites assim, senão vais fazer-lhe medo — disse Boris. — Não te esperava hoje — acrescentou.— Somente ontem é que mandei meu bilhete por um ajudante-de-campo de Kutuzov, que conheço, Bolkonski. Não pensava que o ias receber depressa... Pois bem, como vais? Com que então, já viste o fogo?

Sem responder, balançou Rostov sua cruz de S. Jorge sobre os alamares de seu dólmã e mostrando seu braço enfaixado, olhou para Berg, sorrindo.

— Parece que sim — disse afinal.

— Sim, sim, está perfeito — continuou Boris, sorrindo por sua vez. — E nós também fizemos uma bela campanha. Deves saber que Sua Alteza viajou constantemente com nosso regimento. Tivemos também todas as facilidades possíveis. Na Polônia, eram só bailes, jantares, recepções a granel. E o tzarevitch[21] mostrou-se muito amável para com todos os nossos oficiais.

E os dois amigos se puseram à porfia a elogiar, um, as estroinices dos hussardos e a vida de campanha, o outro, os agrados e vantagens do serviço sob as ordens de personagens altamente colocados.

21. Título oficial dado na Rússia ao filho mais velho do tzar e seu sucessor no trono. (N. do T.)

— Vocês da guarda, são bem conhecidos! — disse Rostov. — Mas, a propósito meu caro, que dizer de mandar buscar uma garrafa?

Boris fechou a cara.

— Se fazes absolutamente questão... — disse.

Dirigiu-se a seu leito, tirou de baixo dos travesseiros imaculados sua bolsa e deu ordem para trazerem vinho.

— A propósito — tornou, — vou dar-te teu dinheiro e tua carta.

Rostov recebeu o pacote, lançou o dinheiro sobre o divã e, fincando os cotovelos sobre a mesa, pôs-se a ler sua carta. Ao fim de algumas linhas, lançou para Berg um olhar pouco ameno. Sentindo o olhar de Berg fixo em sua pessoa, fez da carta um biombo.

— Puxa! mandaram-lhe muita coisa — disse Berg, olhando a pesada sacola que se afundava no divã. — Nós, conde, como toda sopa, temos apenas nosso soldo. Quanto a mim, dir-lhe-ei mesmo...

— Escute aqui, Berg, — exclamou Rostov, — se lhe acontecer receber uma carta de sua família diante de mim e se se encontrar presente um de seus íntimos a quem deseja você fazer mil perguntas, fique certo de que não lhe imporia eu minha presença. Faça pois o mesmo e vá para onde lhe aprouver ...mesmo que seja para o diabo!... — Mas baixando de repente de tom, pegou Berg pelo braço, atenuou com um olhar amável a brusquidão de suas palavras e lhe disse delicadamente: — Não fique zangado meu caro. Desculpe a minha franqueza. Trato-o como a um velho camarada.

— Mas ora qual, conde, compreendo-o perfeitamente — disse Berg, com voz contrafeita. E levantou-se.

— Deve saber que nossos hospedeiros o convidaram — disse por sua vez Boris.

Berg envergou uma túnica impecável, sem a menor mancha, sem o mínimo grão de pó, ergueu diante do espelho os cabelos sobre as fontes, à maneira do Imperador Alexandre e, convencido pelo olhar que lhe lançou Rostov de que sua bela túnica havia produzido o efeito desejado, saiu sorrindo com ar satisfeito.

— Ah! que animal que fui! — exclamou Rostov, que havia retomado a leitura.

— Como é que é?

— Ah! que animal que fui não lhes tendo escrito nem uma vez sequer antes e causando-lhes aquele medo. Ah! que animal! — repetiu, corando de repente... — Mas, com a breca, mandaste o teu Gravril buscar uma garrafa? Sim. Tanto melhor. Vai-se beber um copo.

A Condessa Rostov juntara, à sua missiva, uma carta de recomendação para o Príncipe Bagration, arranjada por conselhos de Ana Mikhailovna e da qual suplicava a seu filho que tirasse todo o partido possível.

— Que tolice! Não tenho absolutamente necessidade disso! — exclamou Rostov, atirando a carta para baixo da mesa.

— Por que atiras isso assim? — perguntou Boris.

— Uma carta de recomendação! A grande coisa! Pouco me importa!

— Como! Pouco te importas? — disse Boris, que havia apanhado a carta e lido o sobrescrito. — Mas esta carta pode ser-te muito útil.

— Útil coisa nenhuma! Jamais serei ajudante-de-campo de quem quer que seja.

— Mas por quê?

— É um ofício de lacaio!

— És sempre o mesmo sonhador, pelo que vejo — disse Boris, abanando a cabeça.

— E tu, sempre o mesmo "diplomata". Mas deixemos isso. Dize-me antes o que estás fazendo aqui — indagou Nicolau.

— Ora, até agora vai tudo bem. Contudo, confesso-te que não faço absolutamente questão de ficar nas fileiras e que não me repugnaria nada tornar-me ajudante-de-campo.

— Por quê?

— Porque, se escolhi a carreira militar, foi com a intenção de fazer uma carreira brilhante.

— Deveras? — exclamou Nicolau, cujo pensamento estava visivelmente alhures. De olhos pregados nos de seu amigo, parecia procurar ali em vão uma resposta a alguma pergunta.

O velho Gavril trouxe o vinho.

— Talvez fosse bom chamar Afonso Karlitch — disse Boris. — Vocês esvaziariam a garrafa juntos, porque eu não bebo.

— Perfeitamente, perfeitamente... Dize-me, quem é aquele alemão? perguntou Nicolau, acompanhando sua pergunta dum sorriso desdenhoso.

— Ora, um rapaz muito corajoso, muito gentil, muito leal.

Rostov encarou bem Boris mais uma vez e lançou um suspiro.

Tendo Berg voltado e com a ajuda do vinho, a conversa tomou um tom mais animado. Os dois oficiais da guarda contaram a Rostov os diversos incidentes de sua campanha, como os haviam festejado na Rússia, na Polônia, no estrangeiro. Descreveram-lhe os feitos e gestos de seu chefe, o grão-duque, com numerosas anedotas a respeito de sua bonomia e de seus arrebatamentos. Enquanto não se tratou dele pessoalmente, bem-entendido, não disse Berg uma palavra; mas quando se passou a tratar do grão-duque e de seus acessos de cólera, mostrou-se bastante orgulhoso por ter podido conversar com ele na Galícia, por ocasião duma inspeção das tropas em marcha, cujos movimentos não tinham tido a boa sorte de agradar àquele alto personagem. O tzarevitch, explicou Berg, com um sorriso presunçoso, avançara o cavalo para seu lado, gritando: "Cambada de Bachibuzucks!" (era sua praga favorita quando estava encolerizado) e havia exigido imperiosamente a presença do comandante da companhia.

— Palavra, conde, não tive um tico de medo, porque sabia que não estava eu em falta. Sem me gabar, conde, sei de cor as ordens do dia e conheço minha teoria como o meu "Pai Nosso". Também, na minha companhia, nada de infração ao regulamento. Eis porque tenho sempre a consciência tranquila. Apresentei-me, portanto. — Berg levantou-se e entesou-se na atitude que havia tomado ao apresentar-se, com a mão na viseira de seu boné. Seu rosto tomou um ar em que a deferência e o contentamento consigo mesmo estavam verdadeiramente levados ao cúmulo. — Ei-lo que se põe a me injuriar, a dar-me uma esfrega, como se diz. Disse-me boas e bonitas, brindou-me com coisas assim: "Sacripantas! Bachibuzuck! Corja da Sibéria!". Não faltou nada — confessou Berg, com um sorriso de malícia. — De consciência tranquila, não dizia uma palavra: Tinha razão, não é mesmo, conde? E ele gritava: "Serás mudo por acaso?" E eu continuava de boca fechada. Pois bem, acredite-me, se quiser, conde, mas no dia seguinte nada havia na ordem do dia. Eis o que é não perder a cabeça — concluiu ele, dando uma baforada no cachimbo e lançando fumaças circulares no ar.

— Sim, foi perfeito — disse Rostov, com um sorriso.

Vendo que ele ia zombar de Berg, tratou Boris de desviá-lo disso, perguntando-lhe onde e quando foi ferido. O assunto não desagradava a Rostov, que se precipitou imediatamente numa narrativa cada vez mais animada. Contou-lhes o caso de Schoengraben, como o fazem comumente os militares que tomaram parte numa batalha, isto é, pintando as coisas como teriam querido que elas se tivessem passado ou como as ouviram pintar por outros, embelezando-as, em resumo. Certamente Rostov, de natural franco, tinha repugnância em disfarçar a verdade, e, contudo, sua narrativa, a princípio muito verídica, se transformou pouco a pouco e sem que se desse ele conta disso, em fanfarronada. E não podia ser de outro modo. Seus ouvintes tinham, bem como ele, ouvido muitas vezes descrever uma carga. Tinham opinião formada sobre o assunto e esperavam da parte dele uma narrativa em conformidade com sua maneira de ver. Se pois, não tivesse ele enfeitado a coisa, teriam posto em dúvida sua veracidade ou, coisa mais grave, teriam imputado a alguma falta por ele cometida aquela infração das normas estabelecidas por aqueles que contam uma carga de cavalaria. Não podia decentemente contentar-se em dizer-lhes que seu pelotão saíra a galope, que caíra ele do cavalo, que destroncara o braço e que se salvara a bom correr para um bosque, a fim de escapar dos franceses. Além disso, para evitar qualquer desvio à verdade, numa narrativa longa, é preciso certo esforço sobre si mesmo, coisa de que bem poucos jovens são capazes. Berg e Boris queriam ouvi-lo contar que, todo a ferver de ardor, havia-se ele lançado como um demente sobre um quadrado, que abrira caminho, dando golpes de sabre à direita e à esquerda, que fizera voar pedaços de carne, e que por fim tombara esgotado etc. etc... E foi com efeito um quadro dessa espécie que ele lhes pintou.

Bem em meio da história, quando dizia ele: "Não podes imaginar que furor estranho se apodera da gente durante uma carga", o Príncipe André Bolkonski, que era aguardado por Boris, entrou na sala. Lisonjeado pelo fato de lhe procurarem o apoio, Bolkonski protegia de boa vontade os jovens. Bem-disposto, aliás, para com Boris que soubera agradar-lhe na véspera, fazia questão de prestar-lhe obséquio. Encarregado por Kutuzov de levar uns papéis ao tzarevitch, aproveitou disso para fazer sua visita ao jovem oficial a quem esperava encontrar só. Mas à vista dum hussardo em ponto de contar suas proezas — espécie de gente que não podia suportar — ficou logo indisposto. Sorriu gentilmente para Boris, franziu apenas as sobrancelhas com um piscar de olhos para o lado de Rostov, cumprimentou-o ligeiramente e deixou-se cair com ar de cansaço sobre o divã. Receava avir-se com gente de baixa extração. Adivinhando-lhe o pensamento, Rostov ficou vermelhinho. "Mas afinal — disse a si mesmo — que me importa? Não conheço esse sujeito!" Entretanto, ao pousar os olhos em Boris, notou que também ele parecia constrangido diante de suas maneiras de hussardo. A despeito da atitude fria e zombeteira do Príncipe André, a despeito do profundo desprezo que, de sua parte, tinha como bom soldado de linha, para com todos aqueles peralvilhos de estado-maior, ao número dos quais devia sem dúvida pertencer o recém-chegado, não deixou Rostov de perturbar-se. Corando extremamente, acabou calando-se. Indagou então Boris do que se falava no quartel-general: poderia Bolkonski, sem que houvesse indiscrição, dar-lhe parte das intenções do alto comando?

— Suponho que se vai marchar para a frente — respondeu Bolkonski, recusando-se a dizer mais alguma coisa diante dos desconhecidos.

Berg aproveitou a ocasião para perguntar, num tom de particular deferência, se era verdade que a ração de forragem ia ser duplicada para os chefes de companhia, como corria o boato. Respondeu o Príncipe André, sorrindo, que não podia assumir a responsabilidade de resolver questões tão importantes. E Berg acolheu esta observação com uma risada satisfeita.

— Quanto a seu caso — disse o príncipe a Boris, lançando uma olhadela de lado para Rostov —falaremos mais tarde. Venha ver-me depois da revista. Trataremos de satisfazê-lo.

Deixou vagar o olhar pela sala e, detendo-o por fim sobre Rostov, de quem fez ar de não observar a confusão pueril e raivosa, disse:

— O senhor falava, creio, do caso de Schoengraben. Estava lá?

— Sim, estava — disse Rostov, crendo com esta resposta ferir ao vivo o ajudante-de-campo. Mas não provocou ela neste senão um sorriso de leve desdém. Divertia-o bastante o humor do jovem hussardo.

— Sim — continuou ele, — contam-se as mais diversas coisas a respeito.

— As mais diversas coisas! — exclamou Rostov, lançando ora para Boris, ora para Bolkonski olhares inflamados duma cólera súbita. — Sim, decerto, mas nossas narrativas, de nós que vimos o fogo do inimigo, são as únicas que valem. Não se trata do mesmo quando é o caso daquelas que espalham esses belos senhores do estado- maior que apanham condecorações cruzando os braços.

— E do número dos quais supõe o senhor que faço parte? — replicou Bolkonski, com seu mais amável sorriso e seu tom mais sossegado.

Aquela perfeita segurança de si mesmo, ao mesmo tempo que redobrava a irritação de Rostov, fez nascer nele certo respeito pelo seu adversário.

— Não digo isto do senhor — confessou. — Não o conheço e, para falar franco, não desejo conhecê-lo. Falo da gente do estado-maior em geral...

— E eu — interrompeu-o Bolkonski, num tom de tranquila firmeza, — dir-lhe-ei simplesmente isto. O senhor tem a intenção de ofender-me e convenho que não terá nenhum trabalho em fazê-lo, se perder o respeito de si mesmo. Mas confesse que o tempo e o lugar estão mal-escolhidos. Dentro de poucos dias, vamos achar-nos todos engajados num duelo muito mais sério. Por outra parte, se minha fisionomia teve a desgraça de desagradar-lhe, Drubetskoi, que se diz seu velho amigo, nada tem com isso. De resto — acrescentou, levantando-se, — conhece o senhor meu nome e sabe onde encontrar-me. Todavia, repare bem que não me dou absolutamente por ofendido, como o senhor tampouco se dá... Está entendido, não é, Drubetskoi? Espero-o sexta-feita, após a revista — concluiu ele, erguendo a voz e retirou-se, depois de ter cumprimentado os dois jovens.

Rostov ficou interdito e quando, por fim, encontrou uma resposta para dar, o outro já havia desaparecido, o que aumentou ainda mais sua cólera. Mandou buscar imediatamente seu cavalo e, depois de um adeus um tanto seco a Boris, voltou a seu acantonamento. Doloroso debate interior acompanhou-o durante o caminho: deveria ir no dia seguinte ao quartel-general e lá provocar aquele casquilho, ou era preferível abster-se disso? Ora prelibava a alegria maligna que experimentaria ao ver o ar espantado daquele homenzinho magrelo e pretensioso, diante de sua pistola engatilhada; ora era levado a confessar, não sem surpresa, que, entre todos os seus conhecidos, ninguém lhe parecia tão digno de sua amizade como aquele maldito ajudantezinho-de-campo.

8. No dia seguinte a esta entrevista entre Boris e Rostov os dois exércitos aliados, fortalecidos com 80 mil homens — porque às tropas que regressavam de campanha com Kutuzov, se haviam juntado os reforços recentemente chegados da Rússia — foram passados em revista pelos dois monarcas. O Imperador da Rússia, estava acompanhado do tzarevitch e o Imperador da Áustria, do arquiduque.

Desde a aurora, as tropas, em grande uniforme e cuidadosamente polidas, começaram a alinhar-se na esplanada da fortaleza. Ora milhares de pés e de baionetas avançavam, de estandartes desfraldados, depois, ao comando dos oficiais, paravam, evoluíam, ocupavam os intervalos preparados entre outras massas de soldados de infantaria, de uniformes diferentes; ora, a passo cadenciado dos cavalos e ao retinir dos sabres, desfilavam os belos cavaleiros azuis, vermelhos e verdes, precedidos de seus músicos agaloados, que montavam cavalos morzelos, alazãos ou cinzentos; ora, exibindo num barulho de bronze, num cheiro de mechas acesas, suas longas fileiras de canhões reluzentes que vacilavam sobre suas carretas, insinuava-se a artilharia entre os infantes e os cavaleiros. Os generais, de uniforme de gala, ostentando cordões e condecorações, todos, gordos e magros, apertados ao extremo e com a nuca avermelhada sob o aperto dos colarinhos, os oficiais, empomadados e de ponto em branco, os soldados, lavados e barbeados de pouco, com os equipamentos cintilantes de limpeza, os próprios cavalos, tão meticulosamente almofaçados que as peles brilhavam como cetim e as crinas pareciam alisadas fio por fio, — todos, em uma palavra, sentiam a gravidade, compreendiam a importância daquela hora solene. Do general ao soldado, cada um confessava a si mesmo que não era mais que um grão de areia naquele oceano humano, tendo ao mesmo tempo consciência de seu poder na qualidade de parte constitutiva daquele grandioso conjunto.

A confusão começara desde o romper do dia e às dez horas precisas, estavam terminados todos os movimentos preparatórios. O exército inteiro — cavalaria à frente, artilharia no meio, infantaria atrás — alongava-se em três linhas sobre a imensa esplanada. Uma espécie de rua separava cada fileira da fileira seguinte. Três elementos bem-delimitados constituíam aquela massa de combate, a saber: as tropas aguerridas de Kutuzov — à frente das quais desfilava no flanco direito o regimento de Pavlograd —; os regimentos, tanto da guarda como do exército, recentemente chegados da Rússia; enfim, os corpos austríacos. Todos, de resto, agrupados sobre uma mesma linha numa formação idêntica, obedeciam a um chefe único.

Um murmúrio fremente: “Ei-los! ei-los!” correu pelas fileiras como o vento pelas folhagens. E, tal como uma vaga, a agitação dos derradeiros preparativos ondulou através do exército.

Um grupo que se aproximava apareceu às portas de Olmutz. No mesmo instante, malgrado a calma absoluta do ar, um ligeiro sopro correu pelo exército, fazendo ondularem as flâmulas das lanças e estremecerem os estandartes ao longo de suas hastes. Todas as tropas pareciam, com tal estremecimento, exprimir a alegria que lhes causava a chegada dos dois imperadores. Um grito ecoou: "Sentido!" — repetido em diversos lados, como o canto de galos ao romper da aurora. E tudo voltou a cair num silêncio de morte.

Só se ouviu o tropel dos cavalos da escolta. Quando os dois monarcas atingiram o flanco das tropas, os clarins do primeiro regimento de cavalaria tocaram a generala. Dir-se-ia que aqueles sons não eram emitidos pelos clarins, mas pelo exército inteiro, feliz por festejar assim espontaneamente a chegada dos soberanos. Não cobriu, contudo, aquela fanfarra a voz jovem e quente do Imperador Aleandre, que lançava a saudação às tropas. Em resposta, o primeiro regimento clarinou um "hurra!" tão prolongado, tão ensurdecedor que os próprios homens se espantaram com seu número e sua potência.

O imperador passou em revista primeiro o exército de Kutuzov. Rostov, postado nas primeiras fileiras, experimentou a impressão comum a todos os soldados que a compunham: esquecimento de si mesmo máscula consciência de sua força, entusiasmo apaixonado pelo herói daquela solenidade. Compreendia que bastaria uma única palavra daquele personagem, para aquela enorme massa, de que ele próprio era apenas uma partícula ínfima, lançar-se à água ou ao fogo, precipitar-se para a morte, para o crime, à prática dos atos mais heroicos. Assim, viu-se quase a ponto de desmaiar, à aproximação do homem que podia pronunciar essa palavra.

Os hurras repercutiam por todas as partes, alternando com a generala. Os regimentos, um após outro, acolhiam o imperador; gritos e fanfarras se ampliavam num ribombo surdo, misturavam-se, tornavam-se uma algazarra ensurdecedora.

Antes da aproximação do imperador, cada regimento, silencioso e imóvel, parecia um corpo sem vida; mas, assim que ele chegava a seu nível, animava-se o regimento e juntava seus clamores aos de toda a linha que ele acabava de ultrapassar Em meio daquele tremendo barulho, em meio daqueles inúmeros soldados, quase petrificados nos seus quadrados, evoluíam as centenas de cavaleiros da escolta, com uma facilidade um pouco displicente, mas que no entanto respeitava a simetria. À frente, cavalgavam dois homens — os dois imperadores — sobre os quais se concentrava a atenção apaixonada, embora contida, de todo o exército.

O belo e jovem Imperador Alexandre, trajando o uniforme dos guardas a cavalo e o tricórnio ligeiramente pendido sobre a orelha, cativava a atenção de todos pelo seu rosto agradável e sua voz sonora sem ser forte.

Rostov, postado na vizinhança dos clarins, reconhecera o imperador de longe graças a seus olhos agudos e acompanhava cada um de seus movimentos. Quando Alexandre estava apenas a uns vinte passos e pôde Rostov distinguir os mínimos traços daquele rosto jovem, belo e alegre, cedeu a um sentimento que jamais experimentara, em que a ternura se misturava ao entusiasmo. Tudo naquele homem... até o menor traço, até o menor gesto, lhe pareceu sedutor.

Alexandre parou diante do regimento de Pavlograd, disse em francês algumas palavras ao imperador austríaco e começou a sorrir. Aquele sorriso fez nascer logo outro nos lábios de Rostov, que não conseguia reprimi-lo. Seus transportes redobravam: que vontade enorme de testemunhar a seu imperador o amor que sentia por ele! Consciente da vaidade desse desejo, ficou duma tristeza de chorar.

Tinha o imperador, entretanto, chamado o comandante do regimento. Entreteve-se uns instantes com ele.

"Meu Deus — pensou Rostov — que aconteceria se ele se dirigisse a mim? Morreria de alegria!"

Alexandre não esqueceu os oficiais.

— Agradeço-vos, senhores, de todo o coração — disse ele e cada uma de suas palavras parecia a Rostov um som descido do céu; como se sentiria feliz naquele instante, se pudesse morrer pelo tzar!

— Merecestes os estandartes de São Jorge e vos mostrareis dignos dele — dizia o imperador.

"Sim, morrer, morrer por ele, é tudo quanto almejo!", pensava Rostov.

Alexandre disse ainda algumas palavras que Rostov não percebeu bem e os soldados, a plenos pulmões, gritaram: "Hurra!"

Inclinado sobre a sela, gritava Rostov com eles. Para exprimir plenamente seu entusiasmo, teria de boa vontade rebentado o peito.

Alexandre, como que indeciso, permaneceu alguns instantes parado diante dos hussardos.

"Como pode o imperador ficar indeciso?", perguntava a si mesmo Rostov; mas logo aquela mesma indecisão lhe pareceu, como tudo quanto fazia o imperador, cheia de uma majestade e duma sedução supremas.

Aquela indecisão durou, aliás, apenas um instante. O pé do imperador, calçado com botas estreitas e pontudas, como era de moda então, tocou o flanco da égua baia à inglesa; sua mão, enluvada de branco, reuniu as rédeas e ele retomou a marcha, seguido da onda agitada dos ajudantes-de-campo. Mostrava-se agora cada vez mais, detendo-se diante de outros regimentos e, para terminar, somente seu penacho branco, emergindo acima da escolta, revelava sua presença.

Entre os personagens da escolta, notou Rostov, Bolkonski, que cavalgava sem firmeza. A disputa da véspera voltava-lhe à memória e perguntou mais uma vez a si mesmo se deveria ou não provocá-lo. "Não — decidiu, — não é propriamente o momento de pensar nisto. Que importam, em semelhante momento de entusiasmo e de sacrifício, nossas pequenas querelas, nossos melindres de amor-próprio? Gosto de toda a gente. Perdôo a todos agora."

Depois que o imperador passou em revista quase todos os regimentos, puseram-se as tropas a desfilar a passo de parada. Montado em Beduíno, que acabara de comprar a Denissov, caracolava Rostov, na retaguarda de seu esquadrão, isto é, sozinho e bem em vista do soberano. Antes de chegar diante dele, Rostov, cavaleiro consumado, deu duas ou três esporeadas em seu cavalo e conseguiu fazê-lo tomar aquele trote endiabrado que lhe era habitual, quando o excitavam. Inclinando sobre o peitoral a boca espumante, erguendo a cauda, lançando alto as patas alternativamente e parecendo voar sem tocar em terra, Beduíno, que sentia também sobre si o olhar do imperador, desfilou magnificamente. O próprio Rostov, de ventre reentrado, pernas recuadas para trás, rosto crispado mas exultante, sentindo que formava um todo com seu cavalo, passou diante do imperador "como um diabo do inferno", como dizia Denissov.

— Vivam os hussardos de Pavlograd! — disse o imperador.

"Meu Deus! — pensou Rostov. — Com que alegria me lançaria no fogo, se ele me desse ordem neste momento!"

Terminada a revista, nossos oficiais, tanto os de Kutuzov, como os do novo exército, juntaram-se em grupos e travaram-se conversas, que tratavam principalmente das recompensas esperadas, dos austríacos e seus uniformes, de Bonaparte, cuja situação já crítica se agravaria ainda mais depois da chegada do corpo de Essen e da adesão da Prússia à nossa causa. Mas falava-se sobretudo do Imperador Alexandre, cuja menor palavra, cujo menor gesto eram comentados com entusiasmo. Todos só desejavam uma coisa: marchar dentro em breve contra o inimigo. Sob as ordens de tal monarca, pensavam Rostov e a maior parte dos oficiais, era impossível não vencer quem quer que fosse. E estavam todos mais convencidos da vitória do que se tivessem ganho duas batalhas decisivas.

9. No dia seguinte à revista, vestiu Boris seu mais belo uniforme e, acompanhado pelos votos de seu camarada Berg, seguiu para Olmutz. Desejava tirar proveito das boas disposições de Bolkonski para obter o posto mais vantajoso possível, o de ajudante-de-campo de algum personagem altamente colocado lhe parecia particularmente invejável. "Rostov, a quem seu papai envia dez mil rublos duma vez, pode facilmente bancar de desdenhoso e não ligar às curvaturas;

mas eu, que só possuo em tudo e por tudo minha pessoa, devo abrir meu caminho e agarrar a ocasião pelos cabelos".

Não encontrou naquele dia o Príncipe André em Olmutz. Mas o aspecto da cidade, onde se tinham estabelecido o quartel-general, o corpo diplomático, os dois imperadores com suas comitivas — cortesãos e familiares — apenas reforçou seu desejo de penetrar naquele mundo superior. Não conhecia absolutamente ninguém e, malgrado seu elegante uniforme, todos aqueles homens de guerra e de corte, enfeitados de penachos, de placas e de cordões, que iam e vinham pelas ruas em grande equipagem, pareciam de tal modo acima dele, pobre oficialzinho da guarda, que não somente não desejavam, mas não podiam mesmo suspeitar de sua existência. No quartel-general, onde perguntou por Bolkonski, todos os ajudantes-de-campo e até os ordenanças lhe pareceram significar pelos olhares sem benevolência que estavam acostumados a ver chegarem muitos outros iguais a ele e que já estavam fartos de gente assim. A despeito, ou antes, por causa dessa acolhida, voltou Boris e Olmutz, logo no dia seguinte, 15 de novembro, depois do jantar, e apresentou-se de novo no palácio que Kutuzov ocupava. Disseram-lhe que o príncipe estava ali e o introduziram numa grande sala, ao que parecia antiga sala de dança, a julgar pelo cravo que ali se encontrava ainda ao lado de cinco leitos, duma mesa e de algumas cadeiras. Não longe da porta, um ajudante-de-campo, em roupão persa, estava em ponto de escrever. Outro, o gordo e vermelho Nesvitski, chafurdado num dos leitos, com a cabeça a repousar nas mãos juntas, ria com um camarada sentado a seu lado. Um terceiro tocava no cravo uma valsa vienense, ao passo que um quarto, arriado sobre o instrumento, o acompanhava, cantando. Nenhum daqueles senhores mudou de atitude à vista de Boris. O que escrevia e a quem Boris se dirigiu, voltou-se de má vontade e lhe disse que Bolkonski estava de serviço e que, se tinha necessidade de vê-lo, o encontraria na sala de recepção: a porta à esquerda! Boris agradeceu e dirigiu-se imediatamente para a referida sala, onde umas dez pessoas esperavam: oficiais e generais.

No momento em que entrou, um velho general russo, com o peito embastido de condecorações, mas que não parecia muito à vontade e se mantinha quase em posição de sentido, com o rosto petrificado numa obsequiosidade de soldado, expunha qualquer coisa ao Príncipe André; este o escutava com um enrugamento de olhos malicioso e aquele ar de cansaço polido com o qual dá-se a entender às pessoas que, se o dever não nos obrigasse, não se prestaria um instante sequer atenção ao que elas dizem.

— Muito bem, perfeitamente, queira esperar — disse o príncipe ao general, com aquela pronúncia francesa do russo de que usava para disfarçar seu desdém.

Naquele momento, deu com a vista em Boris e, sem prestar mais atenção ao general, que lhe seguia no encalço, suplicando que o ouvisse ainda um momento, dirigiu-se diretamente para o rapaz, enviando-lhe de longe um alegre sorriso e um aceno de cabeça.

Compreendeu então Boris claramente o que já entrevira antes, que fora da disciplina inscrita nos regulamentos e conhecida dele como de todos os seus camaradas, existia no exército uma subordinação mais essencial. Era ela que obrigava aquele general, de cara carmesim e apertado no seu uniforme, a esperar respeitosamente o bel-prazer do capitão Príncipe Bolkonski, o qual à conversa dele preferia a do alferes Drubetskoi. E mais do que nunca, Boris prometeu a si mesmo obedecer antes àquela subordinação tácita que à disciplina codificada. Via bem que o único fato de ter sido recomendado, ele, simples alferes da guarda, ao Príncipe Bolkonski, pusera-o de repente acima dum general que, na fileira, teria podido esmagá-lo.

— Lamento muito que não me tenha encontrado ontem — disse-lhe o Príncipe André, pegando-o pelo braço. — Fomos com Weirother verificar a disposição. Esses alemães fizeram-me perder o dia inteiro; quando se põem a ser minuciosos, é um nunca acabar!

Boris mostrou um sorriso de conhecedor. Era no entanto a primeira vez que ouvia falar tanto no nome de Weirother, como na palavra "disposição".

— Pois bem, meu caro, quer ser mesmo ajudante-de-campo? Tenho pensado no senhor enquanto isso.

— Sim — respondeu Boris, corando sem saber porquê, — tenho intenção de dirigir um pedido ao general-chefe, a quem fui recomendado pelo Príncipe Kuraguin. Se me resolvo a dar esse passo, —acrescentou à maneira de desculpa, — é que receio muito que a guarda não seja engajada.

— Muito bem, muito bem! Falaremos a respeito de tudo isso — disse o príncipe. — Permita-me somente que anuncie esse senhor e estarei às suas ordens.

Enquanto Bolkonski ia anunciar o general de tez carmesim, este que, sem dúvida, não partilhava das ideias de Boris sobre a superioridade da subordinação extra-protocolar, encarava com aborrecida insistência aquele peralvilho de alferes que o havia impedido de entreter-se à vontade com o ajudante-de-campo. Boris sentiu-se constrangido, desviou o olhar e aguardou com impaciência a volta do príncipe.

— Pois bem, meu caro, eis a ideia que me ocorreu a seu respeito — disse este, levando-o para a sala do cravo. — É inútil dirigir-se ao general-em-chefe. Dir-lhe-á um montão de amabilidades, convidá-lo-á mesmo para jantar, ("o que já não seria tão mau do ponto de vista dessa subordinação", pensou Boris), mas as coisas ficarão nisso. Nós, tanto ajudantes-de-campo como oficiais de ordenança, fomaremos em breve um batalhão inteiro. Eis pois o que vamos fazer. Um de meus bons amigos, um rapaz encantador, o Príncipe Dolgorukov, é ajudante-de-campo geral de Sua Majestade; e, se bem que talvez o senhor o ignore, Kutuzov, seu estado-maior e nós, não temos mais influência nenhuma: tudo está agora concentrado entre as mãos do imperador. Tenho justamente necessidade de ver Dolgorukov. Acompanhe-me. Já lhe falei a seu respeito; talvez possa ele colocá-lo à sua disposição, ou arranjar-lhe algum outro posto nas vizinhanças do sol.

O Príncipe André animava-se sempre quando se apresentava ocasião de proteger um rapaz e de guiar seus primeiros passos no mundo. Sob pretexto de ajudar a outrem — ajuda que seu orgulho não lhe teria jamais permitido aceitar para si mesmo — aproximava-se do meio que garantia o bom êxito e cuja atração não deixava de sentir. Foi, pois, de muito boa vontade que, tomando em mãos os interesses de Boris, levou-o à casa de Dolgorukov.

A noite ia já bastante avançada quando entraram no Castelo de Olmutz, onde residiam os dois imperadores e seus familiares.

Um conselho de guerra realizara-se naquele dia, tendo tomado parte no mesmo os dois imperadores e todos os membros do Hojkriegsrath. Decidira-se ali, contrariamente à opinião dos "velhos" — Kutuzov e o Príncipe Schwarzenberg — que se tomasse imediatamente a ofensiva e se travasse uma batalha geral contra Bonaparte. O conselho vinha justamente de terminar, quando chegaram Bolkonski e seu protegido em procura de Dolgorukov. Todos aqueles senhores do quartel-general encontravam-se ainda sob o encanto do triunfo alcançado pelo partido dos "jovens". As vozes dos contemporizadores tinham sido tão unanimemente abafadas, suas objeções combatidas por argumentos tão irrefutáveis, que a batalha, ou antes a vitória futura, que fora o assunto do conselho, parecia doravante pertencer ao passado. Todas as vantagens estavam de nosso lado: forças enormes, incontestavelmente superiores às de Napoleão, achavam-se concentradas no mesmo ponto; as tropas, exaltadas pela presença dos imperadores, ardiam por combater; a posição sobre a qual se travaria a batalha era conhecida até nos seus mínimos pormenores pelo General Weirother, o inspirador das operações; (por um feliz acaso o exército austríaco efetuara manobras , no ano anterior, no terreno onde deveria encontrar-se com os franceses); tinham-se levantado nas cartas os menores acidentes; Bonaparte, enfim, evidentemente enfraquecido, permanecia inativo.

Dolgorukov, um dos mais ardentes partidários da ofensiva, saía precisamente do conselho, extenuado, esgotado, mas ainda cheio de ardor e todo orgulhoso da vitória obtida. Bolkonski apresentou-lhe seu protegido, ao qual Dolgorukov contentou-se em apertar polidamente a mão, sem lhe dirigir a palavra. Mas imediatamente, não podendo conter-se que não exprimisse os pensamentos que o preocupavam, voltou-se para o Príncipe André.

— Ah! meu caro — disse-lhe em francês, num tom vivo e escandido, — que batalha acabamos de travar! Queira Deus que a que vai ser consequência dessa também seja vitoriosa! Sabe, meu caro, que me desculpei diante dos austríacos e particularmente de Weirother? Que precisão, que minúcia, que conhecimento do terreno, que previsão de todas as possibilidades, que ciência dos mais mínimos pormenores! Acredite-me, meu caro, não se poderia imaginar conjuntura mais favorável que a em que nos encontramos. A união da bravura russa e da pontualidade austríaca, que deseja você mais?

— Então, a ofensiva está decidida mesmo? — perguntou Bolkonski.

— E Buonaparte, ao que me parece, perdeu o seu latim — replicou Dolgorukov com um sorriso sarcástico. — Sabe que ainda há pouco o imperador recebeu carta dele?

— Deveras? E que foi que ele escreveu?

— Que quer você que tenha ele escrito? Tra, la, la, la,la, etc. História de ganhar tempo. Nós o temos seguro, digo-lhe eu, não há dúvida nenhuma!... Mas o mais curioso da aventura — acrescentou ele, rindo com bonomia, — é que ninguém sabia que sobrescrito pôr na resposta. Como não se quisesse nem a palavra "cônsul", nem ainda menos a palavra "imperador", propus que a endereçassem ao "General Buonaparte".

— Permita-me — observou Bolkonski. — Pode-se não reconhecê-lo como "imperador", mas daí a chamá-lo de "General Buonaparte"...

— Justamente — continuou Dolgorukov, rindo. — E eis onde o negócio se tornou divertido... Você conhece Bilibin, não é? Pois bem, aquele pilheriador propôs como sobrescrito: "Ao usurpador e ao inimigo do gênero humano!"

E Dolgorukov desatou a rir desbragadamente.

— Somente isto? — perguntou Bolkonski.

— Foi contudo Bilibin quem achou um sobrescrito conveniente, porque aquele brincalhão é também muito inteligente.

— Qual foi?

— Ao *chefe do governo francês* — proferiu Dolgorukov, num tom sério e satisfeito. — Excelente, não?

— Excelente, mas isto não irá agradar-lhe muito — observou Bolkonski.

— Pois é justamente o contrário! Meu irmão o conhece, a esse imperador improvisado. Jantou mais de uma vez em casa dele, em Paris, e me disse que jamais viu diplomata mais astuto e mais refinado; a finura francesa aliada ao cabotinismo italiano. Você deve conhecer as anedotas que circulam a respeito das relações dele com o Conde Markov, o único homem, diga-se entre parênteses, que tem sabido conduzir-se dignamente com ele. A história do lenço, por exemplo. É arrebatadora.

E, voltando-se, ora para Boris, ora para Bolkonski, o expansivo Dolgorukov narrou-lhes a historieta: entretendo-se com nosso Embaixador Markov e desejoso de experimentá-lo, Bonaparte deixou cair seu lenço e deteve-se, olhando-o na esperança de que Markov o apanhasse; este, imediatamente, deixou cair o próprio lenço ao lado do outro e tornou a apanhá-lo, sem tocar no de Bonaparte.

— Encantador! — disse Bolkonski. — Mas, desculpe-me, meu príncipe... como solicitante que vim vê-lo; trata-se deste rapaz, para quem...

Não teve tempo de acabar, porque um ajudante-de-campo veio chamar Dolgorukov da parte do imperador.

— Ah! que aborrecimento! — disse o príncipe levantando-se dum salto e apertando a mão de André e de Boris. — Não duvide de que me sentirei encantado por fazer tudo quanto depender de mim em seu favor e desse encantador rapaz. — Apertou mais uma vez a mão de Boris com uma bonomia afetuosa, mas cuja sinceridade era toda superficial. — Mas como estão vendo... Doutra vez!

A vizinhança do poder supremo comovia fortemente Boris. Sentia-se em contato com as molas que punham em movimento as enormes massas de que tinha consciência de ser apenas uma partícula insignificante e dócil. Alcançaram o corredor em seguimento a Dolgorukov e cruzaram saindo do gabinete do imperador — onde seu companheiro entrou — um homem de pequena estatura, à paisana, e dotado dum queixo proeminente, que, sem enfear-lhe a fisionomia inteligente, dava-lhe uma expressão de vivacidade astuciosa. Aquele homenzinho fez um sinal de cabeça a Dolgorukov como a um conhecido, e fitou com olhar frio o Príncipe André, esperando sem dúvida, que este o cumprimentasse ou se desviasse para abrir-lhe caminho; mas Bolkonski não fez nem uma coisa nem outra e tomou um ar carrancudo; o rapaz voltou-se e prosseguiu seu caminho.

— Quem é? — perguntou Boris.

— Um homem dos mais notáveis, mas também um dos mais desagradáveis a meu ver. É o Príncipe Adão Czartoriski, Ministro dos Negócios Estrangeiros. São pessoas que tais que decidem da sorte dos povos...

E, como iam saindo do palácio, não pôde Bolkonski reprimir um suspiro.

No dia seguinte, as tropas puseram-se em marcha; e como Boris não pôde, antes da Batalha de Austerlitz, rever nem Bolkonski, nem Dolgorukov, teve por força de ficar no regimento de Ismail.

10. Na aurora do dia 16 de novembro, o esquadrão de Denissov, ao qual estava adido Nicolau Rostov e que fazia parte do destacamento de Bagration, abandonou seus bivaques para entrar em ação; era pelo menos o que se pretendia; mas apenas perfez ele um quarto de légua na retaguarda de outras colunas, recebeu ordem de parar na grande estrada. Rostov viu passar à sua frente os cossacos, o primeiro e o segundo esquadrão de hussardos, batalhões de infantaria acompanhados de algumas baterias, enfim os generais Bagration e Dolgorukov, seguidos de seus ajudantes-de-campo. Desta vez ainda, Rostov, sentindo-se dominar pelo medo, fizera imensos esforços para conter seus transes; desta vez ainda, sonhara em proceder como herói, como verdadeiro hussardo, tudo isto bem em vão, uma vez que seu esquadrão fora deixado como reserva. De modo que passou todo aquele dia num sombrio tédio. Às nove horas, ouviu viva fuzilaria, depois hurras; alguns feridos foram trazidos para retaguarda; enfim viu passar, em meio duma sotnia[22] de cossacos, um grupo de cavaleiros franceses. Evidentemente, a coisa estava terminada, de pouca importância, sem dúvida, mas feliz. Os homens que regressavam anunciavam um grande êxito, a tomada de Wischau, a captura de todo um esquadrão francês. A geada da noite limpara o tempo e o brilho ensolarado daquele dia de outono se harmonizava com a feliz notícia, confirmada não só pelos relatos daqueles que haviam tomado parte, mas pelos rostos satisfeitos dos soldados, dos oficiais, dos generais, dos ajudantes-de-campo que passavam e tornavam a passar diante de Rostov. Ao ver aquilo, Nicolau, furioso por ter experimentado, inutilmente, a angústia do combate e ter passado tão belo dia em inação, sentiu seu coração cerrar-se ainda mais.

— Rostov, afoguemos nosso pesar no vinho! — gritou-lhe Denissov, instalado à beira da estrada, diante duma garrafa e de provisões de boca.

Os oficiais do esquadrão formavam agora círculo em torno da cantina de Denissov. Tagarelavam, enquanto petiscavam.

— Olhem lá, está chegando mais um — disse um deles, apontando para um dragão francês, a pé, comboiado por dois cossacos. Seu cavalo, grande e belo animal, vinha trazido pela brida por um daqueles homens.

— Vendes o cavalo? — gritou Denissov para o cossaco.

— Pode-se fazer isso, Excelência...

Os oficiais se ergueram e cercaram os cossacos e seu prisioneiro. Este, um jovem alsaciano, estava rubro de emoção; ouvindo os oficiais falarem francês, voltou-se para eles e, dirigindo-se, ora a um, ora a outro, contou-lhes, com grande volubilidade e forte acento alemão que, não fosse a teimosia do seu *caporal*, não teria jamais sido feito prisioneiro. Em vão prevenira seu chefe de que os russos já ocupavam a cidade. O outro tinha-o, no entanto, enviado à procura de gualdrapas lá esquecidas. Entre cada frase, acariciava sua montaria e repetia sem cessar: *mas que não façam*

22. Grupo de cem homens. (N. do T.)

mal a meu cavalinho. Aquele homem parecia não estar compreendendo muito bem onde se encontrava: ora desculpava-se de ter-se deixado apanhar; ora, acreditando-se em presença de seus chefes, exaltava seu zelo e sua pontualidade no serviço. Graças a ele, nossa retaguarda conheceu, em todo o seu frescor, a atmosfera própria do exército francês, de que até então não suspeitaria.

Os cossacos cediam o cavalo por dois ducados. Rostov, que se achava agora como o mais rico dos oficiais, efetuou a compra.

— Mas que não façam mal ao meu cavalinho! — disse o alsaciano, com bonomia, a Rostov, quando este tomou posse do animal.

Rostov sorriu, tranquilizou o dragão e lhe deu algum dinheiro.

— Vamos, vamos — gritou um cossaco, pegando o prisioneiro pelo braço para fazê-lo avançar.

— O imperador! o imperador! — gritaram de repente.

Toda a gente correu, apressou-se. Voltando-se, avistou Rostov alguns cavaleiros que se aproximavam, com penachos brancos no chapéu. Num instante, cada qual se pôs em fileira, esperando.

Rostov também havia retomado seu lugar, voltara a montar, sem saber muito bem o que fazia. Seu pesar de não ter participado do combate, seu desgosto pelo ramerrão cotidiano entre aquelas caras demasiado conhecidas, tinham-se de repente dissipado. Não pensava mais absolutamente em si mesmo; a alegria de saber o imperador tão perto de si cumulava-o todo inteiro. Bastava aquela presença para compensá-lo de seu dia perdido. Feliz como um amoroso que obteve enfim uma entrevista não ousava infringir a imobilidade prescrita pelos regulamentos; mas não tinha necessidade de voltar os olhos para sentir, com indivisível beatitude, a aproximação "dele". E essa aproximação não lhe era revelada somente pelo rumor sempre crescente da cavalgada, mas pelo fato de que tudo em seu derredor tomava um ar cada vez mais radioso, cada vez mais solene. O sol, donde emanava aquela suave e magnífica luz aproximava-se cada vez mais; já seus raios envolviam Rostov; já sua voz — aquela voz quente, calma, majestosa e simples ao mesmo tempo — fazia-se ouvir...

O instinto de Rostov não lhe mentira: um silêncio de morte se fez, em meio do qual ressoou a voz do imperador:

— Os hussardos de Pavlograd? — perguntou ele.

— A reserva, Sire, — respondeu outra voz, cujo acento pareceu a Rostov tão humano como o da primeira lhe havia parecido sobre-humano.

Ao chegar à altura de Rostov, Alexandre parou. Seu rosto estava ainda mais belo que na revista, três dias antes. Tanta alegria e mocidade nele esplendiam, uma mocidade tão inocente que, malgrado a marca da majestade imperial, dir-se-ia a gentil figura dum menino de catorze anos. Enquanto ia percorrendo o esquadrão com o olhar , seus olhos se encontraram com os de Rostov e se detiveram um instante sobre eles. Compreendeu ele então, como o acreditou Rostov, o que se passava na alma do rapaz? O certo é que o encarou um ou dois minutos com seus olhos azuis, donde manava uma luz suave e terna. Depois, de repente, ergueu ligeiramente os supercílios, esporeou bruscamente o cavalo com a perna esquerda e partiu a galope.

Surdo aos conselhos de seus cortesãos, o jovem imperador fez questão de assistir ao embate e, pelo meio-dia, se separava da terceira coluna, que acompanhava, para correr até a vanguarda. Mas ainda não atingira os hussardos e já seus ajudantes-de-campo lhe traziam a notícia do feliz resultado do combate.

Esse êxito, que consistia unicamente na captura dum esquadrão francês, foi apresentado como uma brilhante vitória. Assim acreditaram o imperador e todo o exército, pelo menos enquanto a fumaça plainou sobre o campo de batalha, que os franceses tinham sido batidos e se retiraram contra a sua vontade. Alguns minutos depois da passagem de Sua Majestade, a divisão de que fazia parte o regimento de Pavlograd recebeu ordem de avançar. Foi em Wischau mesmo que Rostov reviu ó imperador. Na praça daquela cidadezinha, onde acabava de ocorrer uma fuzilaria bastante violenta, estavam estendidos alguns combatentes, mortos ou feridos, que não se tivera tido ainda tempo de remover. O imperador, escoltado por numerosa comitiva, montava outra égua que não a do dia da revista, mas era também uma alazã à inglesa. Pendido para um lado e sustentando com gesto gracioso seu lornhão de ouro, observava um soldado, deitado de barriga para baixo, com a cabeça ensanguentada e sem barretina. Aquele ferido estava tão horroroso, tão repugnante, tão sujo, que Rostov se sentiu constrangido por vê-lo ao lado do imperador. Um arrepio percorreu as espáduas um tanto arqueadas do soberano; sua perna esquerda deu nervosamente uma esporeada na égua, mas esta, bem-acostumada, voltava a cabeça com ar indiferente e não movia um passo. Nada disto escapou a Rostov. Por fim um ajudante-de-campo, tendo-se apeado, levantou o soldado por baixo dos braços e colocou-o numa padiola que acabavam de trazer. O ferido lançou um gemido.

— Devagar, devagar. Não podem na verdade fazer isso mais devagar? — disse o imperador que sofria mais ainda que o moribundo.

Rostov viu lágrimas encherem os olhos de seu soberano e ouviu-o dizer, enquanto se afastava, a Czartoriski:

— Que terrível coisa a guerra! Que terrível coisa!...

A vanguarda se estabelecera adiante de Wischau, à vista do inimigo que durante todo o dia cedera terreno à menor fuzilaria. O imperador testemunhou seu reconhecimento às tropas, foram prometidas recompensas, distribuiu-se aos homens dupla ração de aguardente. Os fogos de bivaque crepitavam mais alegres ainda do que na noite precedente, e mais vibrantes erguiam-se as canções dos soldados. Denissov celebrou naquela noite sua promoção a major. Para o fim da festança, Rostov, já bastante tocado, propôs um brinde à saúde do imperador.

— Compreendam-me bem — explicou ele. — Não proponho "a saúde de Majestade", como nas galas oficiais, mas a do Imperador Alexandre, esse homem bom, sedutor, admirável. À sua saúde, pois, à vitória sobre os franceses! Essa vitória é certa, senhores. Se nos batemos bem antes, se maltratamos os franceses, como em Schoengraben, que não será agora que o imperador está à nossa frente? Morreremos todos com alegria por ele, não é mesmo, senhores? Talvez não me tenha expressado como seria preciso; mas são esses os meus sentimentos e os dos senhores também. À saúde de Alexandre!! Hurra!

— Hurra! — repetiram numa só voz os oficiais. E o velho Capitão Kirsten pôs nesse grito tanto de entusiasmo ingênuo como aquele fedelho do Rostov.

Depois que os oficiais esvaziaram e quebraram seus copos, Kirsten encheu outros. Brandindo o seu, com um largo gesto, avançou em mangas de camisa, para o acampamento dos soldados; e com seus longos bigodes grisalhos e seu branco peito que se via através da abertura da camisa, parou, numa pose majestosa, junto dum fogo de bivaque.

— Vamos, rapazes, — gritou ele, com sua voz máscula e grave de velho hussardo, — à saúde de Sua Majestade o Imperador, à vitória sobre o inimigo, hurra!

Os hussardos, que se tinham agrupado em tomo dele, lançaram por sua vez barulhentos hurras.

Tarde da noite, quando chegou a hora de se separarem, bateu Denissov com sua pequena mão no ombro de Rostov, seu favorito.

— Então, — disse-lhe, — como não achaste por quem te apaixonar na campanha, caíste em cima do tzar.

— Denissov, não brinques com isto. É um sentimento tão belo, tão elevado, tão...

— Isto mesmo, isto mesmo. Partilho dele, aprovo-o...

— Não, tu não me compreendes!

E Rostov, levantando-se, foi vagar pelos bivaques, sonhando com a felicidade que seria morrer, não para salvar a vida do imperador, do que se julgava indigno, mas muito simplesmente morrer sob seus olhos. Estava bem realmente enamorado do imperador e da glória das armas russas. A esperança de um triunfo próximo arrebatava-o. Bem muitos outros como ele, aliás, experimentaram sentimentos iguais durante os dias memoráveis que precederam a Batalha de

Austerlitz: nove décimos dos soldados estavam, também eles, enamorados pelo seu soberano e pela glória das armas russas.

11. Alexandre passou o dia seguinte em Wischau e mandou chamar várias vezes seu médico habitual, Villiers. A notícia dessa indisposição se espalhou no quartel-general e entre as tropas mais próximas. A crer nos seus íntimos, o imperador, cuja alma sensível ficara vivamente impressionada pelo espetáculo dos mortos e dos feridos, recusava alimentar-se. Passara uma péssima noite.

A 17, ao romper do dia, um oficial francês, protegido por uma bandeira branca, apresentou-se nos postos avançados e foi conduzido a Wischau. Como o imperador acabava justamente de adormecer, o oficial — era Savary — teve de esperar. Introduzido ao meio-dia, tornou a partir uma hora mais tarde, em companhia do Príncipe Dolgorukov. Espalhou-se o boato de que Napoleão mandara pedir uma entrevista ao Imperador Alexandre: este se recusava, para grande alegria e grande orgulho de todo o exército, mas mandara em seu lugar o Príncipe Dolgorukov, o vencedor de Wischau, para conferenciar com Napoleão no caso em que, contra toda expectativa, desejasse este verdadeiramente a paz.

Cerca do anoitecer voltou Dolgorukov e foi ter diretamente aos aposentos do imperador com o qual se entreteve longamente a sós.

Nos dias 18 e 19 de novembro, as tropas avançaram ainda duas etapas, recuando sempre os postos avançados inimigos, depois de ligeiras escaramuças. A partir da tarde do dia 19, um grande rebuliço agitou as altas esferas do exército e prosseguiu até a manhã de 20 de novembro, dia da memorável Batalha de Austerlitz. A agitação as conversas animadas, as correrias, as missões dos ajudantes-de-campo tinham-se até então limitado ao grande quartel imperial; mas durante o dia 19, o movimento ganhou o quartel-general de Kutuzov e os estados-maiores dos chefes de corpos. Ao anoitecer, graças aos oficiais de ordenança, todas as colunas ficaram de prontidão e na noite de 19 para 20, a enorme massa rumorejante, constituída pelos oitenta mil aliados, pôs-se em movimento sobre uma frente de cerca de dez quilômetros.

O movimento centralizado, que partira pela manhã do grande quartel imperial e que havia dado o impulso a todo o resto, lembrava o da roda motriz dum relógio monumental. Lentamente, uma das rodas se põe a girar, depois uma segunda, depois uma terceira; em breve, engrenagens, carretas e palhetas se movem por sua vez e sua marcha se torna progressivamente mais rápida; o carrilhão soa, figurinhas desfilam e, resultado final da operação completa — os ponteiros avançam com regularidade.

Bem como o mecanismo dum relógio, a máquina militar deve ir até o fim, uma vez dado o primeiro movimento, e cada uma de suas partes permanece igualmente imóvel até que o impulso a atinja. As rodas ringem nos eixos, os dentes se entrosam, a rapidez da rotação faz os pinos gemerem e, no entanto, a roda vizinha permanece parada numa imobilidade que parece poder prolongar-se centenas de anos: Mas chegado o momento, uma palheta a apanha e, obedecendo ao movimento, gira e ringe também ela, concorrendo para a ação geral, cujo resultado e cujo fim lhe permanecem desconhecidos.

No relógio, o movimento complicado de inúmeras rodas só consegue o deslocamento lento e regular dos ponteiros que marcam o tempo e, da mesma maneira as evoluções complicadas daqueles cento e sessenta mil homens, tanto russos como franceses, o choque de todas aquelas paixões, a mistura daqueles desejos, daquelas saudades, daquelas humilhações, daquelas dores, daqueles ímpetos de orgulho, de temor, de entusiasmo, não tiveram outro resultado senão a perda da Batalha de Austerlitz, chamada dos Três Imperadores, isto é, um avanço insensível do ponteiro da História Geral no quadrante da História da Humanidade.

O Príncipe André, de serviço naquele dia, não deixou um instante o general-em-chefe. Às seis horas da tarde, chegou este ao grande quartel imperial e, após curta entrevista com o imperador, dirigiu-se à casa do Conde Tolstói, grande marechal da corte. Bolkonski teve a impressão de que Kutuzov estava preocupado e contrariado, que aqueles senhores do grande quartel lhe faziam também má cara e tomavam com ele o tom de pessoas que sabem alguma coisa que os outros ignoram. Querendo conhecer a chave do enigma, aproveitou daquele momento de liberdade para correr à casa de seu amigo Dolgorukov.

— Olá, bom dia, meu caro — lhe disse o príncipe, que tomava chá com Bilibin. — Pois é, a festa vai ser amanhã. Que diz a respeito o seu velho? Não está de bom humor, não é mesmo?

— Não é que esteja de mau humor, mas creio que desejava bem que o escutassem.

— Escutaram-no no conselho de guerra e o escutarão sempre que diga coisas razoáveis, mas contemporizar, quando Bonaparte nada receia tanto quanto uma batalha geral, não, é impossível.

— A propósito, viu-o, Bonaparte? Que impressão lhe causou?

— Vi-o e trouxe dessa entrevista a convicção de que ele nada teme tanto como uma batalha geral — repetiu Dolgorukov, evidentemente, muito orgulhoso de ter tirado essa conclusão. — Se não temesse a batalha, por que teria iniciado essas conversações, e sobretudo por que teria recuado, quando um recuo é tão contrário a seus métodos de guerra? Acredite-me, ele está com medo, receia uma batalha geral. Sua hora chegou, sou eu que lho digo.

— Mas conte-me, como é ele? — insistiu Bolkonski.

— É um homem de sobretudo cinzento, que deseja vivamente ser chamado de "Sire", mas a quem, para grande pesar seu, não dei título nenhum. Eis o homem que é e nada mais — respondeu Dolgorukov, sorrindo para Bilibin. — Malgrado meu profundo respeito pelo velho Kutuzov, seríamos uns bobos se esperássemos ainda e lhe déssemos ocasião de escapar, agora que, seguramente, se acha em nossas mãos. Não esqueçamos jamais o famoso princípio de Suvorov: não se deixar atacar, mas atacar. Acredite-me, na guerra, a energia dos moços vê muitas vezes mais claro que toda a experiência dos velhos *cunctators*.

— Mas em que posição vamos atacá-lo? Fui há pouco aos postos avançados e é impossível saber onde se encontra ele exatamente com suas forças principais — objetou Bolkonski, desejoso de submeter a Dolgorukov o plano de ataque que concebera.

— Oh! pouco importa! retorquiu o príncipe, que se levantou para desdobrar um mapa sobre a mesa. — Se estiver em Brunn...

E Dolgorukov expôs rapidamente e de maneira clara o movimento de envolvimento previsto por Weirother.

Bolkonski fez suas objeções e desenvolveu seu plano, que podia ser tão bom quanto o de Weirother, mas tinha a desvantagem de chegar muito tarde. Assim que quis mostrar as vantagens de seu plano e os inconvenientes do outro, DoIgorukov deixou de ouvi-lo e não lhe dirigiu mais, sem lançar mesmo seus olhos sobre o mapa, senão um olhar distraído.

— Pois bem — disse por fim — haverá esta noite um conselho de guerra em casa de Kutuzov. Você poderá ir até lá e defender suas ideias.

— É o que conto fazer — disse Bolkonski, deixando ali o mapa.

— Para que tantas preocupações, senhores? — interveio Bilibin, que até então se contentara com escutar, sorrindo, a conversa e julgava chegada a ocasião de lançar uma frase de espírito. — Que o dia de amanhã nos traga uma vitória ou uma derrota, a glória das armas russas está fora de causa. Exceto o vosso Kutuzov, nem um só dos chefes de corpos é russo. Eis os chefes: *Herr General Wimpfen, o Conde de Langeron, o Príncipe de Lichtenstein, o Príncipe de Hohenlohe e por fim Prsh... Prsh...* e assim por diante, como todos os nomes poloneses.

— Cale-se, seu má língua — disse Dolgorukov. — Aliás é falso. Há dois que são russos agora: Miloradovitch e Dokhturove haveria um terceiro ainda, o Conde Araktcheiev, mas tem os nervos um pouco fracos.

— A audiência de Mikhail llarionovitch deve ter acabado — disse Bolkonski. Até logo, senhores, e boa sorte.

Apertou-lhes a mão e saiu.

Enquanto voltava ao quartel-general em companhia de Kutuzov, que se mantinha em silêncio, não pôde deixar de perguntar-lhe sua opinião sobre a batalha do dia seguinte.

Kutuzov lançou-lhe um olhar severo e, depois de algum silêncio, respondeu:

— Creio que a batalha será perdida e foi o que disse ao Conde Tolstói, rogando-lhe que informasse disso o imperador. Sabes o que me respondeu ele? "Eh, meu caro general, meto-me com o arroz e as costeletas, meta-se você com os assuntos da guerra"... Sim, eis a resposta que me deram!

12. Às dez horas da noite, Weirother transportou-se com seus planos ao domicílio de Kutuzov, onde devia realizar-se o conselho de guerra. Todos os chefes de corpos tinham sido convidados pelo general-em-chefe e todos, exceto o Príncipe Bagration, responderam ao chamado.

Weirother, o verdadeiro inspirador da futura batalha, formava, com sua animação petulante, o contraste mais absoluto com Kutuzov, carrancudo e sonolento, que assumia, a contragosto, o papel de presidente e de árbitro dos debates. Via-se que Weirother se sentia à frente dum movimento que tomara uma amplitude irresistível. Como um cavalo que se precipita ladeira abaixo, não sabia bem se o empurravam ou se era ele que puxava a carroça; impelido a toda a velocidade, não tinha lazer para encarar as consequências possíveis de sua louca corrida. Por duas vezes, naquela noite, fora em pessoa fazer um reconhecimento dos postos avançados inimigos e por duas vezes apresentara aos dois imperadores um relatório pormenorizado. Passara depois para seu escritório, a fim de ditar ali seu dispositivo em alemão. De modo que mal se podia ter de pé, ao chegar ao domicílio de Kutuzov. Estava visivelmente tão preocupado que se esqueceu até do respeito que devia ao generalíssimo. Interrompia-o, falava depressa e indistintamente sem olhá-lo, sem responder às suas perguntas; estava coberto de lama, tinha um ar lastimável, extenuado, desvairado, mas entretanto cheio de confiança e sobranceria.

Kutuzov ocupava um pequeno castelo nas vizinhanças de Ostralitz. No grande salão que transformara em seu gabinete, os membros do conselho de guerra, reunidos em torno dele, tomavam chá. Só se esperava para abrir a sessão, o Príncipe Bagration. Pouco depois das sete horas, um de seus oficiais de ordenança trouxe suas desculpas. O Príncipe André transmitiu-as imediatamente a Kutuzov e, aproveitando da autorização que este lhe concedera antes, não abandonou mais o salão.

— Do momento em que o Príncipe Bagration não vem, podemos começar — disse Weirother. E levantando-se, como que movido por uma mola, aproximou-se da mesa onde se encontrava desdobrado um imenso mapa dos arredores de Brunn.

Kutuzov, cujo pescoço gordo emergia do uniforme desabotoado, empertigava-se numa poltrona Voltaire, sobre os braços da qual suas mãos inchadas repousavam simetricamente: cochilava ao ruído da voz de Weirother; entreabriu com esforço seu único olho.

— Sim, sim, certamente, já é tarde — disse ele.

Fez com a cabeça um sinal aprovador, depois deixou-a cair de novo e tornou a fechar o olho.

Se, logo no princípio, os membros do conselho puderam crer que Kutuzov fingia dormir, os roncos que se escaparam de suas narinas, durante toda a leitura do dispositivo, convenceram-nos de que ele não pensava absolutamente em assinalar seu desprezo por aquele ou não importa qual outro dispositivo, satisfazia bem simplesmente a uma imperiosa necessidade: o sono; e era aquilo um negócio de outro modo importante. Dormia a bom dormir. Weirother teve o gesto impaciente do homem demasiado ocupado para perder um minuto: uma olhadela lançada a Kutuzov convenceu-o de que este dormia. Tomou então um papel e se pôs a ler com voz forte e monótona, o dispositivo da batalha, sem poupar a seus colegas nem mesmo o título assim concebido:

"Dispositivo do ataque da posição inimiga em retaguarda de Kobelnitz e de Sokolnitz, a 20 de novembro de 1805."

Este dispositivo, demasiado complicado e difícil de compreender, começava, como se segue, na sua redação original:

"Segundo dado que o inimigo se apoia pela sua ala esquerda sobre uma colina arborizada e se estende pela sua ala direita ao longo de Kolbenitz e de Sokolnitz, por trás dos pântanos que ali se encontram; que nós, pelo contrário, pela nossa ala esquerda, ultrapassamos largamente sua direita, é vantajoso para nós atacar essa ala inimiga, sobretudo se ocuparmos as aldeias de Sokolnitz e de Kobelnitz, o que nos permitirá cair sobre o flanco inimigo e persegui-lo na planície entre Schlapanitz e a floresta de Turas, evitando completamente os desfiladeiros de Schlapanitz e de Bellowitz, que cobrem a frente inimiga. Para atingir esse objetivo final, é necessário... A primeira coluna marcha... a segunda coluna marcha... a terceira coluna marcha... etc. etc..."

Os generais pareciam ouvir com pouco prazer aquelas frases retorcidas. O General Buxhevden, um louro grandalhão, de pé, contra a parede, de olhos fixos numa vela, parecia não escutar e nem mesmo querer que se acreditasse que escutava. Sentado, numa pose marcial, as mãos nos joelhos e os cotovelos para fora, bem em frente de Weirother, sobre o qual assestava seus olhos brilhantes escancarados, o General Miloradovitch, um vermelhaço de bigodes em forma de ganchos e de ombros salientes, mantinha-se obstinadamente calado. Quando o chefe do estado-maior austríaco terminou sua leitura, Miloradovitch correu o olhar pelos colegas mas nesse olhar cheio de importância, ninguém pôde ler nem aprovação, nem desaprovação. Com fino sorriso congelado no seu rosto de francês meridional, o Conde Langeron, vizinho imediato de Weirother, contemplava seus dedos afilados entre os quais girava uma tabaqueira de ouro com miniatura. No meio de um dos períodos mais difusos, parou o movimento giratório de sua tabaqueira , ergueu a cabeça e, com fria cortesia, falando com a ponta de seus lábios delgados, esboçou uma objeção; mas o general austríaco, sem interromper sua leitura, cerrou os supercílios com cólera e, com um grande gesto de seus cotovelos erguidos, pareceu dizer: "Daqui a pouco, daqui a pouco, dir-me-á o senhor sua opinião; mas, no momento, queira prestar atenção e acompanhar pelo mapa". Langeron ergueu os olhos com uma expressão perplexa, deteve-os um instante sobre Miloradovitch como para lhe pedir explicações, mas não encontrando senão o olhar importante que nada significava, baixou-os tristemente e voltou a fazer girar sua tabaqueira.

Uma lição de geografia — resmungou ele, bastante alto para ser ouvido.

Przebyszewsky, com uma polidez respeitosa, mas digna, concavava com a mão o pavilhão do ouvido na direção de Weirother, com o ar de um homem que se acha bastante absorvido pelo que está ouvindo. Inclinado sobre o mapa, justamente em face de Weirother, o pequeno Dokhturov, de aspecto aplicado e modesto, estudava conscienciosamente o dispositivo e o terreno que desconhecia. Pediu várias vezes a seu colega austríaco que repetisse passagens que entendera mal e nomes difíceis de aldeias. Weirother satisfazia-lhe os desejos e Dokhturov tomava notas.

Quando, ao fim de uma hora, a leitura terminou, Langeron parou a rotação de sua tabaqueira e, sem olhar para Weirother, nem para alguém em particular, objetou que seria bastante difícil executar uma manobra que supunha conhecida a situação do inimigo, ao passo que na realidade os movimentos desse inimigo não nos permitiam saber onde ele se encontrava. Ainda que fundada, essa objeção tinha evidentemente como fim principal fazer sentir ao presunçoso Weirother que aqueles homens de guerra, que ele tratava como a calouros, eram bem capazes de lhe dar lições. Entretanto Kutuzov, não ouvindo mais a voz monótona de Weirother, abrira seu olho, como um moleiro despertado pela interrupção do barulho adormecedor das rodas; prestou atenção distraída ao que dizia Langeron e apressou-se em tornar a fechar o olho, como se dissesse: "Ora, vocês estão ainda às voltas com essas tolices!" E sua cabeça recaiu ainda mais baixo sobre o peito.

Desejoso de alfinetar o mais vivamente possível Weirother, na sua vaidade de autor militar, Langeron passou a demonstrar que Bonaparte poderia facilmente atacar em lugar de ser atacado, o que tornaria o dispositivo perfeitamente inútil. A todas as críticas, Weirother opunha apenas um sorriso de perfeito desdém, sorriso evidentemente preparado de antemão para responder a todas as objeções, quaisquer que fossem.

— Se estivesse ele em condições de atacar, tê-lo-ia feito hoje, — afirmou ele.

— Estais bem certo de sua impotência? — objetou ainda Langeron.

— Dispõe quando muito de quarenta mil homens — afirmou Weirother, com o sorriso dum médico a quem se sugere o emprego dum remédio de comadres.

— Neste caso, corre ele para sua perda, aguardando nosso ataque — concluiu Langeron, com um sorriso de fina ironia.

E de novo, buscou com o olhar a aprovação de seu vizinho Miloradovitch. Mas este, sem dúvida, pensava menos do que nunca no assunto que dividia seus colegas.

— Palavra de honra — disse ele, —tudo isso se decidirá no campo de batalha.

Weirother sublinhou com novo sorriso a impertinência daqueles generais russos que permitiam a si mesmos fazer-lhe objeções, a "ele", e pedir-lhe provas de coisas de que não somente estava perfeitamente convicto, mas de que conseguira convencer os dois imperadores.

— O inimigo extinguiu seus fogos — disse ele, — e ouve-se no acampamento dele um barulho ininterrupto. Que significa tal movimentação? Afasta-se, única coisa que poderíamos temer, ou então muda de posição? Admitindo mesmo — declarou, sorrindo mais uma vez, — que tome posição em Turas, nada mais fará que poupar-nos grandes aborrecimentos; em todo o caso, todas as disposições tomadas, até nos mínimos pormenores, continuam em vigor.

— Como isso? perguntou o Príncipe André, que, desde muito tempo, aguardava a ocasião de exprimir suas apreensões.

Nesse momento Kutuzov despertou, tossiu e, depois de circunvagar um olhar pelos generais, disse:

— Senhores, o dispositivo de amanhã, ou antes de hoje, pois já passou de meia-noite, não poderia ser modificado. Ouvistes sua leitura e cumpriremos todos o nosso dever. Mas antes de uma batalha, nada há de mais importante... que dormir bem — concluiu ele, após uma pausa.

Fez menção de levantar-se. Os generais despediram-se e retiraram-se. O Príncipe André imitou-os. Era quase uma hora da madrugada.

O conselho de guerra em que, em contrário à sua expectativa, não pudera o Príncipe André emitir sua opinião, deixou-lhe uma impressão de perturbação e de angústia. Quem tinha razão? Dolgorukov e Weirother, que preconizavam o plano de ataque, ou, pelo contrário, Kutuzov, Langeron e outros, que o desaprovavam? Não o sabia. Mas não teria podido Kutuzov comunicar diretamente ao imperador sua maneira de pensar? Não poderiam as coisas tomar outro aspecto?

"Deve-se, para satisfazer os pontos de vista particulares de certos cortesãos, arriscar dezenas de milhares de vidas, inclusive a minha própria? — perguntava a si mesmo. — Sim, também a minha, porque pode muito bem acontecer que seja morto amanhã". E de repente, ao pensar nisso, na sua morte, toda uma onda de recordações, as mais longínquas, as mais íntimas, invadiu-lhe a imaginação. Reviu-se a dizer adeus a seu pai e a sua mulher. Pensou na gravidez de Lisa, evocou os primeiros tempos de seus amores, e sentiu-se tomado de piedade por ela e por si mesmo. Presa de violenta emoção, saiu da casinhola que ocupava com Nesvitski e se pôs a andar acima e abaixo, diante da porta.

Estava brumosa a noite. Um raio de luar filtrava-se misteriosamente através do nevoeiro. "Sim, amanhã:, amanhã... — dizia a si mesmo. — Amanhã, talvez, tudo estará acabado para mim. Todas essas recordações não terão mais para mim sentido algum, delas nada restará. Amanhã, sem dúvida e com toda a certeza, tenho intuição disso, ser-me-á dado enfim mostrar tudo de quanto sou capaz". E imaginou a batalha, seu desenvolvimento desastroso, a concentração do combate num ponto único, a confusão de todos os chefes. E eis que enfim se lhe oferece o minuto de oportunidade, o Toulon há tanto esperado. Com voz firme e clara, expõe suas opiniões a

Kutuzov, a Weirother, aos dois imperadores. Todos ficam abalados pela sua justeza, mas ninguém ousa tomar a responsabilidade de aplicá-las... Então, depois de ter obtido que ninguém interfira em suas disposições, põe-se à frente de um regimento, duma divisão, conduz-los ao ponto crítico e, sozinho, arrebata a vitória. "E a morte e os sofrimentos?" objeta outra voz. Desdenhando, porém, responder-lhe, o Príncipe André prossegue o curso de seus triunfos. Ele sozinho estabeleceu o dispositivo da futura batalha. Não tendo outro título senão o de adido a Kutuzov, é ele quem faz tudo. E é ainda ele, ele sozinho, quem conquista a vitória seguinte. Desta vez é Kutuzov dispensado de seu comando e ele, Bolkonski, o substitui. — "E depois? — objeta ainda a outra voz. — Supondo que não tenhas sido já dez vezes ferido, morto ou traído... e depois? Pois bem! E depois?" retorque o Príncipe André. — "Ignoro o que acontecerá depois. Não posso nem quero sabê-lo. Mas se desejo essa coisa que se chama glória, a celebridade, a adulação, não sou verdadeiramente culpado por querê-la, por querer somente isto, por viver só para isto. Sim, só para isto! Não o confessaria a ninguém, mas, bom Deus, que posso fazer se outra coisa não amo senão a glória e um grande renome entre os homens? A morte, os ferimentos, a perda de minha família, nada me amedronta. Decerto, muitas criaturas — e antes de tudo meu pai, minha irmã, minha mulher — muitas criaturas me são caras, e, no entanto, por mais horrível, por mais contra a natureza que isso possa parecer, sacrificá-los-ia a todos sem hesitar por um minuto de glória, por um instante de triunfo, pelo amor a pessoas que não conheço, nem conhecerei jamais... pessoas como essas", — concluiu, prestando ouvidos a um rumor de vozes que se elevava no pátio da residência do generalíssimo.

Ordenanças e criados preparavam-se sem dúvida para deitar-se. Um — parecia o cocheiro — para fazer raiva ao velho Tito, o cozinheiro de Kutuzov, bastante conhecido do Príncipe André, chamava:

— Tito, ó Tito?

— Que é que você quer? — perguntou o bom homem.

— Vai ver tua pequena — caçoou o farsista.

— Que o diabo te leve! — gritou a outra voz, logo abafada pelas risadas gerais.

"Apesar de tudo — concluiu o Príncipe André, — não faço mais que prender-me ao desejo de triunfar que eles todos têm, não reverencio senão essa força misteriosa, essa glória que sinto pairar acima de mim, em meio desse nevoeiro?"

13. Naquela noite, o pelotão de Rostov explorava o caminho para o destacamento de Bagration. Repartidos dois a dois os hussardos formavam uma linha de postos avançados, que Rostov percorria a cavalo, esforçando-se por lutar contra a opressão do sono. No vasto espaço que se estendia por trás dele, distinguia confusamente os fogos de nosso exército; mas à sua frente, a escuridão era completa. Não conseguia atravessar aquelas trevas opacas: ora acreditava ver formas cinzentas, negras; ora os próprios fogos do inimigo: ora parecia-lhe que eram simplesmente clarões que dançavam diante de seus olhos. Suas pálpebras se fechavam e sua imaginação lhe representava o imperador, ou Denissov, ou recordações de Moscou; reabria-as bem depressa e distinguia bem perto de si a cabeça e as orelhas de seu cavalo, por vezes negros perfis de hussardos quando se aproximava até a alguns passos deles, enquanto que à distância estendia-se sempre o mesmo nevoeiro impenetrável. "Por que não? — imaginava, — bem pode acontecer que, se encontrar o imperador, me encarregue ele duma missão como a qualquer outro oficial. Dir-me-á: "Vá ver então o que se passa lá embaixo!" Aconteceu-lhe muitas vezes, ao que parece, reconhecer esse ou aquele oficial e ligá-lo à sua pessoa. E se me acontecesse a mesma aventura? Oh! como eu o protegeria, como lhe diria a verdade, como desmascararia os traidores!" E Rostov, representando-se de maneira viva seu amor e seu devotamento por seu imperador, via-se já às voltas com um inimigo ou um traidor alemão, que deitava ao chão, que esbofeteava mesmo na presença de seu ídolo. De repente, um grito distante despertou-o. Estremeceu e abriu os olhos.

"Onde estou?" — perguntou a si mesmo. — "Ah! sim, nos postos avançados. A senha é: Timon. Olmtitz... Que aborrecimento ter de ficar amanhã nosso esquadrão na reserva! Vou pedir para tomar parte na ação. Talvez seja minha oportunidade de ver o imperador. Aproxima-se justamente a hora da substituição. Vou fazer ainda uma ronda e, logo que regresse, irei apresentar meu pedido ao general". Ergueu-se em sua sela e esporeou seu cavalo para a derradeira ronda. A escuridão pareceu-lhe menos profunda. Reconheceu à esquerda uma ladeira suave iluminada e do outro lado um mamelão negro, que lhe pareceu abrupto como uma muralha. Discerniu no alto daquele mamelão uma mancha branca, cuja natureza não soube distinguir: seria uma clareira iluminada pela lua, uma charpa de neve, um grupo de casas brancas? Acreditou mesmo ver mover-se ali alguma coisa. "Deve ser a neve aquela mancha... Uma mancha — sonhava ele — a mancha, minha mancha, uma tacha na minha vida... Ah! sim, Natacha, minha irmã e seus olhos negros... Como não ficará ela espantada quando lhe contar que vi o imperador... Natacha... acha jeito de não cair..."

— Cuidado com as moitas, excelência! Tomai a direção da direita — disse de repente a voz de um hussardo, diante do qual passava Rostov cheio de sono. Sua cabeça já oscilava sobre a crina de seu cavalo. Ergueu-a e parou perto do hussardo. Um sono de criança o dominava.

"Vejamos, em que pensava eu? Não devo esquecer. No que diria ao imperador? Não, isso fica para amanhã... Ah! sim, já sei, em Natacha..." Que tarefa nos espera amanhã?... Quem será? Os hussardos... Ah! sim, os hussardos de bigode. Onde foi que vi um desses hussardos de bigode? Ah! sim, foi na Rua de Tver, em frente da casa do velho Guriev... Que camaradão esse Denissov!... Mas tudo isso são tolices. O importante é estar o imperador ali!... Quando me olhou, creio que quis dizer-me alguma coisa, mas não o ousou... Não, decerto, não o ousou... Tolices ainda tudo isso! O principal é não esquecer... Que coisa tão importante queria eu então fazer?... Natacha ...

E de novo sua cabeça se inclinou para a cernelha de seu cavalo. Mas de repente, pareceu-lhe que atiravam contra ele.

— Que é? Que há? Golpeai, golpeai! — gritou em sobressalto.

No instante mesmo em que abria os olhos, ouviu Rostov diante de si, do lado do inimigo, um clamor prolongado, lançado por milhares de vozes. Seu cavalo e o do hussardo vizinho ergueram as orelhas. Um clarão brilhou um instante sobre o mamelão, depois um segundo e em breve fogos brilhavam ao longo de toda a linha francesa, enquanto que o clamor ia em aumento. Sem poder, por causa do grande número de vozes, distinguir outros sons que não fossem aaaa! e rrrr! reconheceu Rostov que aquelas vozes eram francesas.

— Que significa isso? Que pensas? — perguntou ele ao hussardo que se achava a seu lado. — Vem do lado inimigo, não?

O hussardo nada respondeu.

— Então? Não ouves? — perguntou de novo Rostov, depois de haver por muito tempo esperado uma resposta.

— Só Deus sabe, Excelência — respondeu por fim o hussardo, de má vontade.

— Pela colocação, deve provir do inimigo, não é? — insistiu Rostov.

— Pode ser que sim, ser que não — disse o hussardo. — De noite, não é fácil de saber. Olá, nada de tolices! — gritou ele para seu cavalo que se desviava.

Também se impacientava o cavalo de Rostov, piafando na terra gelada,erguendo as orelhas ao ouvir os rumores e enviesando para o lado das luzes. Os gritos tornavam-se cada vez mais fortes e se fundiam num clamor geral, que só podia ser produzido por uma massa de vários milhares de homens. As fogueiras apareciam agora por todo o comprimento de uma linha muito extensa, sem dúvida a do campo francês. Aquele clamor triunfal, no qual Rostov percebia agora os gritos de "Viva o Imperador, o *Imperador!*" agia sobre ele como uma chicotada.

— Não deve ser longe, não é mesmo? — perguntou ele ao hussardo. — Justamente do outro lado do riacho.

À guisa de resposta, lançou o hussardo um suspiro e tossiu com raiva. Um trote de cavaleiros ressoou ao longo dos postos avançados e de repente surgiu dentre o nevoeiro noturno o pesado perfil dum suboficial, semelhante a um enorme elefante.

— Excelência, eis os generais! — disse aquele homem, aproximando-se de Rostov.

Continuando a prestar atenção às luzes e aos gritos, seguiu Rostov o suboficial ao encontro do grupo de cavaleiros, dos quais um montava um cavalo branco. Eram os príncipes Bagration e Dolgorukov, com ajudantes-de-campo, que vinham observar aquela aparição inesperada de fogueiras e de clamores no exército inimigo. Rostov prestou relação a Bagration e juntou-se aos ajudantes-de-campo, escutando avidamente o que diziam os generais.

— Acreditai-me — afirmava Dolgorukov, — trata-se de simples ardil de guerra. Recuando, deu ele ordem à retaguarda para acender fogueiras e fazer barulho para nos enganar.

— Duvido — objetou Bagration. — Vi-os esta noite sobre aquele mamelão. Se todo o exército dele houvesse recuado, aqueles lá também teriam ido embora. Senhor oficial — perguntou ele a Rostov, — têm eles ainda ali seus franqueadores?

— À noitinha, ainda lá estavam, mas agora, não o posso afirmar. Se Vossa Alteza me der ordem, irei verificar com meus hussardos.

Bagration parou, procurando distinguir em meio do nevoeiro o rosto de Rostov.

— Pois seja, vá ver! — disse ele, depois de curto silêncio.

— Às vossas ordens!

Rostov esporeou seu cavalo, chamou o suboficial Fedtchenko e dois de seus homens, deu-lhes ordem de segui-lo e, descendo a colina, lançou-se a grande trote na direção donde partiam os gritos. Experimentava certa angústia misturada de alegria em ir assim só, com três hussardos, para aquela lonjura brumosa, plena de mistério e de perigo, que ninguém antes dele havia explorado. Do alto da colina, Bagration gritou-lhe que não ultrapassasse o riacho, mas fez que não ouvia e precipitou sua carreira a despeito de enganos contínuos — tomava moitas por árvores e fossos por homens — para os quais encontrava sempre explicações. Ao chegar ao sopé da ladeira, não avistou mais nem nossas fogueiras, nem as do inimigo; em compensação, os gritos tornavam-se cada vez mais fortes, cada vez mais distintos. No fundo do valezinho creu discernir um ribeiro, mas chegando mais perto, reconheceu que era uma estrada. Sofreou a montaria, não sabendo bem se devesse seguir aquela estrada ou, pelo contrário, atravessá-la e tornar a subir pelos campos que se alongavam à sua frente no escuro. Servir-se da estrada que formava uma mancha clara em meio do nevoeiro, não era perigoso, porque se podia distinguir nela com mais rapidez as pessoas. "Sigam-me!", gritou a seus hussardos; e, cortando a estrada, tentou a galope a escalada do mamelão onde, à noitinha, havia percebido um piquete de franceses.

— Ei-los, Excelência! — disse por trás dele um de seus hussardos.

Uma sombra negra surgiu da bruma; Rostov mal teve tempo de avistá-la e já uma chama brilhava, estourava um tiro e uma bala, passando bem alto, rasgou o nevoeiro com um brusco gemido. Não partiu segundo tiro, mas o clarão dos fechos da espingarda reluziu. Rostov virou a brida e voltou a galope para trás. Quatro tiros explodiram ainda a intervalos diversos e, com sons diferentes, balas assobiaram em alguma parte na bruma. Rostov conteve o cavalo, excitado, como ele, pelas detonações, e o pôs a passo. "Vamos, ainda um, ainda outro!" murmurava dentro de si uma voz jubilosa. Mas a fuzilaria cessou.

A alguns passos somente de Bagration, repôs Rostov seu cavalo a galope e, de mão na viseira, abordou o Príncipe. Dolgorukov sustentava sempre que os franceses batiam em retirada e só haviam acendido fogueiras para nos induzir em erro.

— Que provam essas fogueiras? — dizia ele. É muito possível que, ao recuarem, tenham deixado ali alguns piquetes.

— Não partiram todos ainda, príncipe, acreditai-me. Amanhã de manhã nos certificaremos.

— Há um piquete no mamelão, Alteza, sempre no mesmo lugar em que estava esta noitinha — disse nesse momento Rostov, inclinado para diante, com a mão na viseira. Todo entregue à alegria nele provocada pela sua expedição e sobretudo pelo barulho das balas, não podia reter um sorriso.

— Bem, muito bem — disse Bagration. — Agradeço-vos, senhor oficial.

— Vossa Alteza — tornou Rostov, — dá licença que lhe apresente um pedido?

— De que se trata?

— Nosso esquadrão se acha amanhã de reserva; desejava ser destacado para o primeiro esquadrão.

— Vosso nome?

— Conde Rostov.

— Ah! perfeitamente. Ficai a meu lado como oficial de ordenança.

— Sois o filho de Ilia Andreitch? — perguntou Dolgorukov.

Sem responder-lhe, porém, Rostov disse ainda a Bagration:

— Posso então esperar, Alteza?

— Darei ordens.

"Amanhã" disse a si mesmo Rostov, "pode muito bem acontecer que me mandem levar uma mensagem ao Imperador. Louvado seja Deus!"

* * *

Aqueles gritos e aquelas fogueiras no exército inimigo tinham por causa a presença de Napoleão que, enquanto se lia às tropas sua ordem do dia, percorria a cavalo os bivaques. À sua vista, haviam os soldados acendido tochas de palha e corriam atrás dele, gritando: "Viva o Imperador!" A ordem do dia estava concebida nos seguintes termos:

"Soldados!

"O exército russo se apresenta diante de nós para vingar o exército austríaco de Ulm. São os mesmos batalhões que batestes em Hollabrum e que depois perseguistes constantemente até aqui.

"As posições que ocupamos são formidáveis e enquanto marcharem eles para cercar minha direita, apresentar-me-ão seu flanco. Soldados, eu mesmo dirigirei vossos batalhões. Conservar-me-ei longe do fogo, se, com vossa costumeira bravura, levardes a desordem e a confusão às fileiras inimigas. Mas se a vitória mostrar-se por um instante indecisa, vereis vosso Imperador expor-se aos primeiros golpes, porque a vitória não poderia ficar indecisa, nesta jornada, sobretudo quando se trata da honra da infantaria francesa, que tanto importa à honra da nação inteira.

Que não se desorganizem as fileiras, sob pretexto de retirar os feridos e que cada qual fique bem penetrado deste pensamento: que é preciso vencer esses estipendiados da Inglaterra, animados de tão grande ódio contra nossa nação!

"Essa vitória dará fim à campanha e poderemos retornar a nossos quartéis de inverno, onde nos alcançarão os novos exércitos que se estão formando na França e então a paz que ditarei será digna de meu povo, de vós e de mim.

NAPOLEÃO".

14. Às cinco horas da manhã, era ainda completamente noite. O centro, a reserva e o flanco direito de Bagration ainda não se moviam; mas no flanco esquerdo, as colunas de infantaria, de cavalaria e de artilharia, que deveriam descer em primeiro lugar a ladeira para atacar o flanco direito dos franceses e repeli-los, de conformidade com os dispositivos, para os montes da Boêmia, já estavam de pé e ativavam seus preparativos. A fumaça dos fogos de bivaques, onde eram lançados todos os objetos inúteis, causava picadas nos olhos. Sombrio e frio estava o tempo. Os oficiais tomavam chá, comendo às pressas e de pé. Os soldados mastigavam seus biscoitos, batiam a sola dos pés para se aquecer e se aglomeravam em torno das fogueiras, alimentadas por pranchas de barracas, cadeiras, mesas, rodas, selhas, tudo quanto não se podia levar. O sinal de partida foi dado pela chegada dos guias de colunas austríacos. Assim que um

desses oficiais aparecia no posto de comando de um coronel, o regimento começava a preparar-se: os soldados afastavam-se às pressas das fogueiras, metiam seus cachimbos nos canos das botas e suas mochilas nas carroças, apanhavam seus fuzis e alinhavam-se em boa ordem; os oficiais abotoavam seus uniformes, afivelavam seus cinturões e seus alforjes e percorriam as fileiras, gritando ordens; os bagageiros e ordenanças atrelavam, amontoavam as bagagens nas carretas, apertavam as silhas; os coronéis, comandantes, oficiais de ordenança montavam a cavalo, benziam-se, davam suas derradeiras instruções aos bagageiros que ficavam de reserva. E em breve elevou-se o barulho monótono de milhares de passos martelando a terra. As colunas tinham-se posto em marcha sem saber para onde iam e sem poder discernir, por causa da pressa, da fumaça e da bruma sempre mais densa, nem o terreno que abandonavam, nem aquele pelo qual se engajavam.

O soldado em marcha fica tão enquadrado, emurado, arrastado pelo seu regimento quanto o marítimo pelo seu navio. Por mais longe que vá, qualquer que seja a estranha e perigosa latitude que penetre, tem sempre sob os olhos os mesmos chefes e os mesmos camaradas, o mesmo Sargento-mor Ivã Mitrich e o mesmo cão de campanha Negrinho, mascote da companhia, — da mesma maneira que o marinheiro se encontra sempre diante das mesmas pontes, dos mesmos mastros, dos mesmos cabos. Raramente desejam os soldados saber sob que latitude navegava o navio que os leva, mas, quando chega o dia da batalha, todos, sem exceção, sentem repercutir no seu foro íntimo uma nota grave, espécie de apelo vindo, Deus sabe donde, despertar sua curiosidade adormecida e anunciar-lhes a aproximação do dum momento decisivo, solene. Esforçam-se então por traspassar seu horizonte limitado, escutam, observam, fazem perguntas atrás de perguntas, ávidos de saber o que se passa em torno de si.

O nevoeiro tornara-se tão denso que, malgrado o nascer do dia, não se enxergava a dez passos à frente. Tomavam-se as moitas como enormes árvores, os limites lisos como ravinas. Por toda a parte, tanto à direita como à esquerda, corria-se o risco de topar com o inimigo, invisível a dez passos. Mas durante muito tempo avançaram as colunas através daquela bruma teimosa, naquele país desconhecido, descendo e subindo ladeiras, passando ao longo de cercas e jardins, sem encontrar um único francês. De todos os lados, pelo contrário, ora à frente, ora à retaguarda, marchando todas na mesma direção, percebiam-se tropas russas. E o soldado sentia-se tranquilizado pensando que muitos, muitos dos nossos alcançavam também o ponto, aliás perfeitamente desconhecido, para o qual ele se dirigia.

— Olhem, lá vêm também os camaradas de Kusk — dizia-se nas fileiras.

— É que somos milhares e milhares, irmãos. Ontem de noite, quando se acenderam as fogueiras, não havia jeito de ver a gente onde acabavam. Na verdade, parecia Moscou!

Os chefes de coluna conservavam-se à distância. Esses senhores, como o dissemos ao relatar a sessão do conselho, estavam de mau humor, bastante descontentes por verem a ação engajar-se, limitavam-se simplesmente à execução das ordens, sem se preocupar com o moral dos soldados. Estes não marchavam menos alegremente, como sempre quando se parte para o fogo e sobretudo para o ataque. Todavia, após uma hora de marcha em pleno nevoeiro, teve a maior parte das tropas de parar. Penosa impressão de desordem, de confusão, ganhou de súbito todas as fileiras. Não se poderia dizer como tal impressão se comunica; mas o que há decerto é que repousa sobre uma intuição muito segura e se propaga com uma rapidez desconcertante, como a água que invade um porão. Se o exército russo estivesse só, sem aliados, ter-se-ia passado sem dúvida um tempo bastante longo antes que essa impressão viesse a tornar-se uma certeza geral; no caso, porém, com maligna e bem humana satisfação cada qual lançou a responsabilidade da desordem sobre aqueles "patetas alemães", aqueles malditos "papa-salsichas".

— Mas por que não se anda mais? Estará a estrada interrompida? Ou já caímos sobre os franceses?

— Não, se assim fosse, atirariam eles contra nós e não se ouve nada.

— Então, é para nos esconder em pleno campo que nos fizeram andar a galope? Tudo isso é culpa desses malditos alemães. Cambada de idiotas!

— Se dependesse de mim, tocá-los-ia para a vanguarda e a toda a pressa! Decerto, estão bem ao quente na retaguarda e a nós nos deixam criar bolor, sem nada na barriga.

— Com a breca — disse um oficial, — quando é que isso vai afinal acabar? Dizem que é a cavalaria que está barrando a estrada.

— Que quer você que se faça com esses imbecis desses alemães? — respondeu outro. — Nem mesmo a terra deles conhecem.

— De que divisão é você? — gritou o ajudante-de-campo, que chegava.

— Da 18ª.

— Então, que está fazendo aqui? Deveria desde muito estar na vanguarda; agora arrisca-se a esperar até de noite.

— Que estupidez! Eles mesmos não sabem o que fazem — disse o oficial, afastando-se.

Chegou em seguida um general e gritou alguma coisa numa língua estrangeira.

— Tará-lá-rá, que está ele cantando? Não se compreende nada — disse um soldado, macaqueando o general que se afastava. — Devia-se fuzilar todos esses malandros!

— Devia-se ter tomado posição antes das nove horas e nem se fez ainda a metade do caminho!... Famosas, não são mesmo, as disposições deles! — resmungava-se de todos os lados.

E a energia dos primeiros momentos dava lugar ao abatimento, a uma cólera impotente contra a estupidez das medidas tomadas e a tolice dos alemães.

Na verdade, tal confusão provinha duma decisão do alto comando: achando nosso centro demasiado afastado do flanco direito, dera ordem à cavalaria austríaca, que até então flanqueava a ala esquerda, para passar ao outro lado. Em consequência de tal movimento, a infantaria devia esperar que uma onda de vários milhares de cavaleiros se escoasse diante dela.

Entretanto, à testa da coluna, uma arremetida punha em discussão o guia austríaco e um general russo. Este esbravejava, exigindo que se fizesse parar a cavalaria; o austríaco entrincheirava-se por trás das ordens do alto comando. E durante esse tempo, as tropas estacionavam, enervavam-se, perdiam coragem. Ao fim de uma hora, puderam enfim continuar a marcha e penetrar na ravina, onde o nevoeiro, que já se dissipava nas alturas, formava ainda uma massa opaca. Um ou dois tiros repercutiram à frente, na bruma; seguiram-se alguns outros, a princípio irregulares: "tratá... ta", depois mais nutridos e uma ação se travou às margens do Goldbach.

Nossos soldados, que não contavam, encontrar o inimigo naquele lugar, tropeçavam com ele improvisamente, sem ouvir a menor palavra de encorajamento e sobretudo sem nada ver, nem à sua frente, nem em torno de si. Bem convencidos agora de que se chegava demasiado tarde, respondiam à fuzilaria molemente, avançavam, depois paravam, não recebendo ordem alguma dos generais e dos ajudantes-de-campo que vagavam na bruma e em terreno desconhecido à procura de suas unidades. Foi assim que se travou a batalha pela primeira, pela segunda e pela terceira coluna, descidas todas do platô de Pratzen, ocupado ainda somente pela quarta coluna, comandada por Kutuzov em pessoa.

Nos fundos, onde a ação se travara, havia ainda um espesso nevoeiro; no alto, começava-se a ver mais claro, se bem que não se pudesse ainda reconhecer o que se passava à sua frente. O grosso das forças inimigas se encontrava, como o supúnhamos, a duas ou três léguas dali? Esperava-nos pelo contrário por trás daquela linha de nevoeiro? Ninguém nada sabia com certeza.

Eram nove horas da manhã. Um mar de bruma se estendia sempre nos fundos, mas na direção da aldeia de Schlapanitz, no alto onde se mantinha Napoleão, cercado de seus marechais, estava completamente claro. Um céu azul e sereno desdobrava-se acima deles e o disco do sol flutuava, como uma enorme boia, dum vermelho escarlate, na superfície daquele mar de leite. Porque todo o exército francês, o próprio Napoleão e seu estado-maior, se encontravam, não do outro lado dos riachos e dos pântanos de Sokolnitz e de Schlapanitz, para além dos quais tínhamos intenção de tomar posição e de travar batalha, mas do lado de cá, tão perto de nossas tropas que, a olho nu, podia Napoleão distinguir um cavaleiro de um infante. O Imperador conservava-se um pouco à frente de seus marechais, montado num pequeno cavalo árabe cinzento e vestido com o capote azul escuro com o qual fizera a campanha da Itália. Contemplava em silêncio os cimos que pareciam emergir do oceano de bruma e sobre os quais se moviam ao longe as tropas russas e prestava ouvidos ao barulho da fuzilaria que estourara na ravina. Nenhum músculo de seu rosto ainda magro estremecia; seus olhos brilhantes estavam fixos num único ponto. Suas previsões revelavam-se justas: uma parte das tropas russas já estava engajada na ravina em direção dos lagos, ao passo que a outra se preparava para evacuar o platô de Pratzen, que tinha ele intenção de atacar, encarando-o como a chave da posição. Via ele, através do nevoeiro, as colunas russas em marcha, de baioneta calada, desaparecerem, uma após outra, no mar de bruma acumulada no fundo da encosta que separava os dois cimos vizinhos da Aldeia de Pratzen. As informações que recebera na véspera à noite, os rumores de passos e de carretas que seus postos avançados tinham ouvido durante a noite , a confusão dos movimentos do inimigo, todos esses indícios lhe demonstravam claramente que os aliados acreditavam que ele estivesse bastante longe, que as colunas em marcha perto de Pratzen constituíam o centro do exército russo, que esse centro era demasiado fraco para atacá-lo com êxito. Mas não travava ainda o combate.

Aquele era para ele um dia solene: o aniversário de sua coroação. Algumas horas de sono já para o amanhecer o haviam repousado inteiramente; vivo e alerta, naquela feliz disposição de espírito em que tudo parece possível e em que tudo resulta bem, montara a cavalo para dirigir-se ao terreno. Imóvel agora e com os olhos fixos na direção daqueles altos que apareciam para além do nevoeiro, seu rosto frio refletia uma felicidade confiante e merecida, a felicidade dos amorosos bem jovens, quando são retribuídos no seu amor. Seus marechais, alinhados atrás dele, não ousavam distrair-lhe a atenção. Contemplava ele, ora o platô de Pratzen, ora o sol que emergia da bruma.

Quando o sol, completamente liberto, inundou o campo com sua claridade cegante, Napoleão, como se tivesse aguardado apenas aquele momento, desenluvou uma de suas belas mãos brancas, fez com sua luva um gesto aos marechais e deu ordem de travar a batalha. Os marechais e seus ajudantes-de-campo galoparam em direções diferentes e, ao fim de alguns minutos, as forças principais do exército francês transportaram-se rapidamente para o platô de Pratzen que as tropas russas abandonavam cada vez mais para alcançar , na direção da esquerda, a ravina.

15. Às oito horas, Kutuzov montou a cavalo e dirigiu-se para Pratzen. À altura da quarta coluna, a de Miloradovitch, que devia substituir as colunas Przebyszewskye Langeron,já em marcha, trocou a continência regulamentar com os soldados do regimento de frente e deu ordem de partida, indicando com isso que sua intenção era levar ele próprio aquela coluna ao combate. Ao chegar à Aldeia de Pratzen, parou. O Príncipe André fazia parte de sua numerosíssima comitiva: estava tomado daquela espécie de nervoso contido que se apodera de quem quer que vê enfim surgir um instante desde muito tempo almejado. Estava convencido de que chegara o dia de seu Toulon ou de sua Ponte de Arcole. Ignorava como se produziria o acontecimento, mas não duvidava de sua realização. Conhecendo melhor que ninguém o terreno e a situação de nossas tropas, esquecera-se de seu plano estratégico particular, cuja realização não era evidentemente mais possível, para adotar o de Weirother. Refletia agora nos azares que poderiam apresentar-se, nas diversas conjunturas que lhe permitiriam pôr em jogo a segurança de seu golpe de vista e a prontidão de sua decisão.

Embaixo, à esquerda, na bruma, fazia-se ouvir uma fuzilaria entre tropas invisíveis. "É ali, imaginava Bolkonski, que se vai concentrar a batalha se surgir um obstáculo, enviar-me-ão para lá com uma brigada ou uma divisão; então, de bandeira em punho, lançar-me-ei à frente e tudo esmagarei diante de mim." Exaltado com a vista dos estandartes que desfilavam à sua frente, dizia a si mesmo cada vez que passava um: "Será talvez com aquele, que me será dado tomar a frente das tropas".

O nevoeiro noturno não havia deixado nas alturas senão uma geada que se diluía em orvalho, mas, nos fundos, estendia-se sempre como um mar leitoso. Não se distinguia nada na ravina esquerda onde nossas tropas se haviam metido e donde subia o barulho da fuzilaria. Acima do platô, o céu mostrava-se azul e sombrio; à direita, via-se o enorme disco do sol. Defronte, ao longe, na outra margem do oceano de bruma, colinas arborizadas formavam saliências, ocupadas sem dúvida pelo inimigo, pois percebia-se ali vagamente alguma coisa. À direita, em meio de um estrondo de rodas, de um tropel de cavalos e clarões furtivos de baionetas, fendia a guarda as ondas do nevoeiro que abordavam igualmente à esquerda, por trás da aldeia, massas de cavalaria. À frente e atrás movia-se a infantaria. Postado à saída da aldeia, o general-em-chefe vigiava a passagem das tropas. Parecia extenuado e de humor irritável. Como a infantaria, detida sem dúvida por algum obstáculo, fazia algo sem ter recebido ordem, Kutuzov dirigiu-se em tom colérico ao general que a comandava:

— Que estais esperando para formar vossas colunas de batalhão e mandá-las contornar a aldeia? Vejamos, meu caro senhor, quero dizer, Vossa Excelência, estará certo estender-se assim ao longo de uma rua, quando se marcha contra o inimigo?

— Que Vossa Excelência me desculpe — respondeu o general, — era minha intenção formar na outra extremidade da aldeia.

— Deveras? — disse Kutuzov com uma acre risada. — Quereis desdobrar vossa frente à vista do inimigo? Seria muito bonito!

— O inimigo ainda está longe, Vossa Alta Excelência... O dispositivo traz...

— O dispositivo! — exclamou Kutuzov, num tom colérico. — E quem vo-lo disse?... Fazei o que vos é ordenado.

— Às vossas ordens.

— Meu caro — disse Nesvitski ao ouvido do Príncipe André, — o velho está que só um cão hidrófobo.

Entretanto um oficial austríaco, de uniforme branco, com um penacho verde no chapéu, aproximava-se de Kutuzov e lhe perguntava da parte do imperador se a quarta coluna estava engajada.

Sem responder-lhe, Kutuzov voltou a cabeça e seu olhar caiu por acaso sobre o Príncipe André. Acalmou-se logo e refreou sua bílis, ao dar conta de que seu ajudante-de-campo não tomava parte alguma nas tolices que se cometiam. Sempre sem dar atenção ao oficial austríaco, disse a Bolkonski, num tom suavizado:

— Ide ver, meu caro, se a terceira divisão já ultrapassou a aldeia. Dizei-lhe que pare e aguarde minhas ordens.

Mal o Príncipe André se pôs em movimento, deteve-o.

— E perguntai se os artilheiros estão a postos — acrescentou. — O que fazem, o que fazem! —resmungou entre dentes, sem se preocupar com o austríaco.

O Príncipe André correu a cumprir sua missão. Passados que foram os batalhões que continuavam sua marcha, fez a terceira divisão parar e verificou que, com efeito, nenhuma linha de artilheiros estava desdobrada diante de nossas colunas. O coronel do regimento de vanguarda mostrou-se bastante surpreso com a ordem de que o príncipe era portador: acreditava firmemente que outras tropas o precediam e que duas ou três léguas o separavam do inimigo. Na verdade, não via diante de si senão uma extensão deserta que se ia abaixando e mergulhava no nevoeiro. Depois de lhe haver prescrito, da parte do general-em-chefe, que reparasse a negligência cometida, o Príncipe André regressou a seu posto. Kutuzov estava sempre no mesmo lugar; o corpo pesado largado sobre a sela, bocejava, de olhos fechados. As tropas não avançavam mais e ficavam ali, de arma ao pé.

— Bem, bem — disse Kutuzov e, voltando-se para o general que, de relógio na mão, assegurava que chegara o momento de avançar, pois todas as colunas do flanco esquerdo já tinham efetuado sua descida, disse, entre dois bocejos: — Temos tempo, excelência, temos tempo!

Nesse momento, ecoaram por trás de Kutuzov vivas lançados por vozes distantes, que se aproximaram rapidamente, sinal de que o personagem ovacionado com aquelas saudações passava muito depressa ao longo das colunas em marcha. Quando os soldados do regimento diante do qual se mantinha Kutuzov se puseram por sua vez a dar vivas, afastou-se ele um pouco e lançou para trás de si um olhar piscante. Um esquadrão inteiro de cavaleiros diversamente uniformizados, chegava de Pratzen. Dois dentre eles galopavam lado a lado, à frente dos demais. Um, de uniforme negro com um penacho branco, montava um alazão anglicizado; outro, de uniforme branco, montava um cavalo morzelo. Eram os dois imperadores e sua comitiva. Kutuzov, afetando atitudes dum velho soldado sob as armas, comandou: "Sentido!" às tropas que estacionavam. Sua atitude, suas maneiras tinham-se mudado num instante: não era mais que um subordinado, que não cuida de fazer objeções. E foi com um respeito afetado que se aproximou do imperador e o cumprimentou.

Essas solicitudes exageradas pareceram indispor o imperador, mas essa desagradável impressão apenas passou pelo seu jovem rosto radiante, como um resto de bruma num céu sereno. Em consequência de sua indisposição, parecia naquele dia um pouco mais magro do que por ocasião de sua revista em Olmutz, onde Bolkonski o vira pela primeira vez, depois de sua estada no estrangeiro; entretanto a mesma mistura encantadora de mansuetude e majestade subsistia em seus belos olhos cor de cinza, a mesma mobilidade de expressão nos lábios delgados e, dominando tudo, o mesmo ar de juventude inocente e cândida. Menos imponente talvez que em Olmutz, parecia mais jovial e mais enérgico.

Aquela pequena légua a galope havia-lhe animado a cor. Retomou fôlego e voltou-se para esquadrinhar os rostos de seus cortesãos, jovens e animados como o seu. Conversando entre si e sorridentes, Czartóriski e Novossiltsov, o Príncipe Volkonski e Stroganov e outros mais, todos jovens, ricamente trajados e de humor alegre , pararam a alguma distância de Alexandre seus soberbos cavalos reluzentes e fogosos. O Imperador Francisco, homem jovem, de rosto comprido e corado, mantinha-se rígido na sela, montado em seu belo garanhão morzelo, e passeava lentamente em torno de si olhares preocupados. Chamou um de seus ajudantes-de-campo, todo de branco, e lhe fez uma pergunta. "Sem dúvida lhe pergunta a que horas partiram", disse a si mesmo o Príncipe André e não pôde reter um sorriso, lembrando-se de sua audiência. A comitiva dos dois imperadores se compunha de cavaleiros de escol, russos e austríacos, tirados da guarda e do exército. Estribeiros conduziam pela brida esplêndidos cavalos de muda, provenientes das cavalariças imperiais e ricamente ajaezados.

Como uma rajada de ar fresco e campestre que penetra pela janela aberta num quarto abafado, aquela brilhante cavalgada lançou sobre o sombrio estado-maior de Kutuzov um sopro de mocidade, de energia, de confiança no êxito.

— Pois bem, Mikhail Larionovitch, não começais? — perguntou vivamente o Imperador Alexandre a Kutuzov, lançando um olhar de deferência ao Imperador Francisco.

— Estou aguardando, Sire — respondeu Kutuzov, com uma profunda reverência.

Alexandre franziu levemente os supercílios e inclinou-se, para mostrar que não havia compreendido bem.

— Estou aguardando, Sire, — repetiu Kutuzov, cujo lábio inferior tremeu anormalmente, o que não escapou ao Príncipe André. — A concentração das tropas terminou, Sire.

Desta vez, o imperador compreendeu, mas a resposta pareceu não ser de seu gosto; ergueu os ombros curvados e lançou uma olhadela a Novossiltsov, como para se queixar de Kutuzov.

— Mas vejamos, Mikhail Larionovitch, não estamos no campo de manobras de Tsaritsino, onde se espera para começar a parada que todos os regimentos estejam nos lugares.

Alexandre olhou de novo para o Imperador Francisco, como para convidá-lo, se não a tomar parte na conversa, pelo menos a prestar-lhe atenção; mas o Imperador. Francisco deixava vagar seu olhar, sem nada ouvir.

— Se não começo, Sire, — disse Kutuzov, com voz firme e segura, a fim de fazer-se bem entender, — é precisamente porque não estamos nem na parada, nem campo de manobras...

E de novo um arrepio nervoso contraiu-lhe os traços.

Os oficiais da comitiva de Alexandre trocaram olhares que exprimiam a censura e o descontentamento. "Embora velho — lia-se em todos os rostos — não deve ele, não, de modo algum, usar de semelhante linguagem".

Alexandre fitou atentamente Kutuzov, aguardando alguma explicação. Mas este, respeitosamente inclinado, parecia também aguardar. O silêncio prolongou-se por cerca de um minuto.

— De resto, se Vossa Majestade o ordena... — disse enfim Kutuzov, erguendo-se e retomando o tom de um velho militar acostumado a obedecer sem discutir.

Esporeou seu cavalo e transmitiu a ordem de ataque a Miloradovitch.

As tropas deslocaram-se de novo: dois batalhões do regimento de Novgorod desfilaram diante do imperador, em breve seguidos por um batalhão do regimento Apchéron. Enquanto este regimento passava, Miloradovitch, carmesim, sem capote, com o uniforme constelado de condecorações, o bicórnio de enorme penacho arrogantemente pendido sobre a orelha, lançou seu cavalo a toda a andadura e veio detê-lo diante do imperador a quem saudou com um largo gesto.

— Deus vos guarde, general! — disse-lhe Alexandre.

— Palavra de honra, Sire, faremos o que estiver dentro de nossas possibilidades, Sire — respondeu-lhe, em francês, com um bom humor que não impediu que os personagens da comitiva zombassem com um sorriso de seu lastimável francês.

Miloradovitch deu volta à brida e, bruscamente, postou-se um pouco atrás do imperador. Arrebatado pela presença do soberano, o batalhão desfilou com um passo marcial, admiravelmente cadenciado.

O barulho da fuzilaria, a iminência do combate, a bela atitude daqueles bravos com os quais fizera as campanhas de Suvorov, excitaram de tal modo Miloradovitch que se esqueceu da presença do imperador.

— Vamos, meus bravos — gritou-lhes, — distingui-vos uma vez mais: já atravessastes outras!

— Faremos o melhor que pudermos! — gritaram os soldados.

Aquele clamor inesperado fez o cavalo do imperador empinar-se. Esse cavalo, que Alexandre montava quando passava revistas na Rússia, carregava-o agora ao campo de batalha, suportava como outrora os golpes de sua espora esquerda, erguia a orelha ao barulho dos tiros, absolutamente como fazia no Campo de Marte, sem dar-se a mínima conta do que significavam aquela fuzilaria e a vizinhança do garanhão morzelo do Imperador Francisco; e tudo quanto seu cavaleiro pudesse bem dizer, pensar, sentir naquele dia, ficou-lhe também inteiramente indiferente.

Alexandre voltou-se para um de seus íntimos, apontou-lhe, sorrindo, os bravos de Apchéron e lhe disse alguma coisa.

16

. Acompanhado por seus ajudantes-de-campo, Kutuzov seguiu a passo a coluna, por trás dos carabineiros. Ao fim de quinhentos metros, parou junto duma casa isolada, abandonada (sem dúvida um antigo albergue), na encruzilhada de dois caminhos que, ambos, desciam o platô e por onde se escoavam as tropas.

O nevoeiro começava a dissipar-se e percebiam-se vagamente as tropas inimigas sobre a colina oposta, a uma meia légua de distância. No desfiladeiro, à esquerda, a fuzilaria se tornava mais distinta. Kutuzov trocou algumas palavras com o general austríaco. Um pouco atrás, o Príncipe André os observava; pediu a outro ajudante-de-campo o seu óculo de alcance emprestado.

— Olhai, olhai — lhe disse este, que mirava não um ponto distante, mas o próprio sopé do platô. — São os franceses!

Dois generais e alguns ajudantes-de-campo disputaram-se o óculo. Todos mudaram logo de rosto e o terror pintou-se em suas feições: o inimigo, que se supunha a uma meia légua, erguia-se inopinadamente diante de nós!

— É o inimigo?... Impossível!... Mas sim, olhai, é ele mesmo... Que significa isso?... — diziam vozes.

A olho nu, o príncipe reconheceu uma forte coluna de franceses que avançava ao encontro do batalhão de Apchéron, a menos de quinhentos passos do lugar onde se conservava Kutuzov.

"Ei-lo que chega, o minuto decisivo! Enfim, chegou minha vez de agir", disse a si mesmo o Príncipe André. Esporeando imediatamente seu cavalo, aproximou-se de Kutuzov.

— Excelentíssimo, — gritou ele, — é preciso deter o batalhão de Apchéron!

Mas, no mesmo instante, tudo desapareceu numa nuvem de fumaça, a fuzilaria rebentou bem próxima, enquanto que a dois passos do Príncipe André uma voz angustiada de terror ingênuo gritava:

— Estamos fritos, rapaziada!

Essa voz teve o efeito duma ordem. Todos, ao ouvi-la, puseram-se em fuga.

Uma balbúrdia crescente sem cessar refluía correndo para o lugar onde, cinco minutos antes, os soldados tinham desfilado diante dos imperadores. Era impossível deter aquela torrente, impossível mesmo não se deixar arrebatar por ela. Bolkonski esforçava-se somente em não ficar para trás; não conseguia compreender o que se passava e lançava em torno de si olhares perplexos. Nesvitski, furioso, carmesim, fora dos eixos, gritava para Kutuzov que, se não partisse imediatamente, cairia nas mãos do inimigo. Kutuzov mantinha-se sempre no mesmo lugar, e, sem responder, tirou seu lenço: corria-lhe sangue pela face. O Príncipe André abriu passagem até ele.

— Estais ferido? — perguntou-lhe, dominando com dificuldade um... tremor nervoso do queixo.

— Não é aqui que está o ferimento, mas ali! — respondeu Kutuzov que, com uma mão, designou os fugitivos, enquanto que com a outra esfregava o lenço na face. — Detenha-os! — gritou ele, mas, convencendo-se imediatamente da inanidade dessa ordem, esporeou seu cavalo e quis alcançar a direita. Nova vaga de fugitivo envolveu-o e repeliu-o para trás.

Os soldados fugiam numa massa tão compacta que, uma vez tomado por ela não se lhe podia resistir. Um gritava: "Vamos ver, apressa-te. Que esperas?", outro voltando as costas, atirava para o ar; um terceiro golpeava o cavalo de Kutuzv, Quando conseguiram, à custa de esforços sobre-humanos, escapar daquela torrente desencadeada, Kutuzov e sua comitiva, reduzida de mais da metade, deixaram-se guiar pelos tiros de canhão bem próximos, à sua esquerda. Enquanto procurava juntar-se a Kutuzov, avistou Bolkonski, à meia encosta, em meio da fumaça, uma bateria russa que atirava ainda e sobre a qual se arremessavam com fúria os franceses. Um pouco mais acima, um regimento de infantaria permanecia imóvel, sem avançar em socorro da bateria e sem se juntar na retaguarda aos fugitivos. O general que o comandava, dirigiu seu cavalo para o lado de Kutuzov, cuja comitiva já não compreendia mais que quatro pessoas. Todos estavam lívidos e se fitavam em silêncio.

— Detende aquela canalha! — pôde apenas gritar Kutuzov sem fôlego, apontando os fugitivos.

No mesmo instante, como para zombar dessa ordem, um enxame de balas veio cair sobre o regimento e sobre a comitiva de Kutuzov. Os franceses, que atacavam a bateria, tinham-no avistado e tomado como alvo. O general levou a mão à perna; alguns soldados caíram e o porta-estandarte deixou escapar a bandeira, que vacilou e tombou sobre os fuzis dos soldados vizinhos. Alguns tiros partiram, sem que ordem alguma tivesse sido dada.

— Oh! oh! — rugiu Kutuzov, com acento de desespero. E, depois de um olhar em torno de si: — Bolkonski — cochichou ele, com uma voz que a consciência do sua impotência senil fazia tremer, — Bolkonski, que quer dizer isso? — E com o dedo mostrava o batalhão dispersado e o inimigo que avançava.

Ainda não acabara e já o Príncipe André, a garganta cerrada por lágrimas vergonha e de cólera, saltava do cavalo e corria para a bandeira.

— Avante, camaradas! — gritou ele, com voz aguda de menino.

"Eis o momento!", pensou ele, agarrando a haste da bandeira. Ouvia, verdadeira alegria, as balas que lhe eram destinadas assobiarem.

— Viva! — gritou de novo e, se bem que embaraçado pelo pesado estandarte, lançou-se para a frente, bem convencido de que todo o batalhão o seguiria.

Com efeito, só esteve sozinho alguns passos. Um soldado se lançou, depois um segundo, depois todos os outros, dando vivas, correram a juntar-se a ele e em breve passaram à sua frente. Como a bandeira vacilasse em suas mãos, um suboficial quis tomar-lha, mas foi morto imediatamente. O príncipe agarrou-a de novo e puxando-a pela haste, continuou sua carreira com o batalhão. Via à sua frente nossos artilheiros: uns se batiam ainda, os outros abandonavam seus canhões e corriam a seu encontro via também os infantes franceses apoderarem-se dos cavalos e virarem as peças. Estava agora apenas a uns vinte passos da bateria. As balas assobiavam continuamente acima de sua cabeça, enquanto em seu derredor, soldados gemiam e caíam. Mas não cuidava disso; somente a bateria lhe retinha a atenção. Distinguia agora um artilheiros ruivo, com a barretina fincada de lado, o qual disputava seu soquete a um soldado inimigo; ambos tinham o ar desvairado e furioso e não se davam evidentemente conta do que faziam.

"Que fazem eles?" — perguntou a si mesmo o Príncipe André. — "Por que o ruivo não se põe a salvo, já que não tem mais arma? E por que não o atravessa o francês com a sua baioneta? Se o francês vier a pensar na sua baioneta, não terá o outro tempo de fugir".

Com efeito, outro francês acorreu, de baioneta cruzada, para os dois adversários. A sorte do artilheiro, que sempre não compreendendo o que o aguardava, brandia triunfalmente seu soquete reconquistado, iria decidir-se agora. Mas o Príncipe André não viu como a coisa terminou. Pareceu-lhe que, de repente, recebia na cabeça uma paulada assestada a toda a força por um dos soldados que o cercavam. A dor não era muito forte, mas o que lhe era sobretudo desagradável, é que desviava sua atenção da cena que estava observando.

"Que se passa? Estou caindo? Minhas pernas bambeiam?" — disse a si mesmo e caiu de costas. Reabriu os olhos, esperando ver a continuação da luta travada entre os franceses e os artilheiros, ávido de saber se, sim ou não, fora morto o artilheiro ruivo e conquistada a bateria. Mas não viu mais nada. Só havia acima dele o céu, um céu velado, mas muito alto, imensamente alto, onde suavemente flutuavam nuvens cinzentas; "Que calma, que paz, que majestade!", sonhava ele. "Que diferença entre nossa corrida louca, entre os gritos e a batalha, que diferença entre a raiva estúpida dos dois homens que se disputavam o soquete e a marcha lenta dessas nuvens nesse céu profundo, infinito! Como não o notei até agora? E quanto me sinto feliz por havê-lo descoberto afinal! Sim, tudo é vaidade, tudo é mentira fora desse céu sem limites. Não há nada, absolutamente nada senão isso... Talvez seja mesmo um logro, talvez não haja nada, a não ser o silêncio, o repouso. E louvado seja Deus!..."

17. Eram já nove horas e o flanco direito não havia ainda travado a batalha, a despeito das instâncias de Dolgorukov. Bagration, que não partilhava de sua maneira de ver, mas desejava ressalvar a sua responsabilidade, propôs-lhe que se solicitassem ordens do general-em-chefe. Uma distância de cerca de três léguas separava os dois flancos; se pois não fosse morto o enviado — eventualidade bastante provável, se conseguisse alcançar o general-em-chefe — coisa bastante difícil — só poderia estar de volta pelo anoitecer. E Bagration não o ignorava.

Passeou pelos oficiais de sua comitiva seus grandes olhos melancólicos e sonolentos; o rosto infantil de Rostov, desfalecente de emoção e de esperança, atraiu seu olhar. E recaiu nele sua escolha.

— E se encontrar Sua Majestade antes do general-em-chefe? — perguntou Rostov, com a mão na viseira.

— Podeis solicitar as ordens de Sua Majestade — declarou Dolgorukov, sem deixar a Bagration tempo para responder.

Rostov que, uma vez destacado de sua facção, pudera dormir algumas horas, sentia-se alegre, resoluto, cheio de animação, confiante na sua sorte, em suma, nesse estado de espírito em que tudo parece fácil e possível.

Todos os seus desejos se realizavam naquela manhã. Travava-se uma grande batalha e nela tomava parte; além disso, era oficial de ordenança do mais bravo dos generais; e por fim, via-se encarregado duma missão junto a Kutuzov, talvez junto ao próprio imperador. A manhã era bela e montava ele um bom cavalo. Sentia a alma leve e feliz. Assim que recebeu a ordem, lançou seu cavalo a galope. Depois de haver costeado o corpo de exército de Bagration, plantado numa espera imóvel, alcançou a cavalaria de Uvarov, prestes a entrar em ação; e depois que a ultrapassou, ouviu claramente um barulho de canhoneio e de mosquetaria que se ia intensificando sem cessar.

No ar fresco da manhã, em que só se faziam até então ouvir algumas detonações isoladas, havia agora, nas ladeiras à vanguarda de Pratzen, um reboar de fuzilaria interrompido por tiros de canhão tão frequentes que formavam uma espécie de estrépito contínuo. As fumaças breves dos tiros pareciam perseguir-se ao longo das encostas, ao passo que as grandes nuvens das peças de artilharia se amontoavam e se misturavam umas com as outras. O brilho das baionetas, em meio da fumaça, revelava as massas de infantaria em movimento, entre as quais se desenrolavam as delgadas fitas da artilharia com seus caixões verdes.

Rostov deteve um instante seu cavalo e quis formar-se uma ideia precisa da batalha. Vãos esforços. Pessoas se moviam em meio da fumaça, cortinas de tropas se desdobravam à vanguarda e à retaguarda; mas quem eram aqueles soldados? Aonde iam? Quais eram suas intenções? Impossível compreender fosse o que fosse. De resto, longe de abater-lhe a coragem, aquele espetáculo dava-lhe, pelo contrário, um suplemento de energia. "Ainda! Ainda! Mais forte! Mais forte!" dizia mentalmente ele, às detonações.

Esporeou seu cavalo e atingiu em breve a parte da frente onde as tropas tomavam parte no combate.

"Que irá se passar lá embaixo? — perguntava a si mesmo. — Ignoro-o. E contudo estou certo de que tudo correrá bem".

Depois de deixar para trás um corpo austríaco, chegou às posições mantidas pela guarda; mas esta já havia entrado na batalha.

"Tanto melhor!", pensou. "Verei o caso de mais perto".

Costeava quase a primeira linha. Alguns cavaleiros apareceram. Eram nossos ulanos da guarda, que regressavam do ataque, com as fileiras rompidas. No instante em que passavam a seu lado, viu, com olhar distraído, que um deles estava coberto de sangue. "Que me importa!", — disse a si mesmo. Algumas centenas de passos mais adiante, um troço de cavaleiros, cujos suntuosos uniformes brancos se destacavam do pelo negro de suas montarias, surgiu â sua esquerda, barrando toda a largura do campo livre e avançou a trote diretamente a seu encontro. Para evitar esse encontro, Rostov deu rédeas ao seu cavalo; mas, por seu lado, os cavaleiros forçavam tanto sua andadura que alguns já se tinham posto a galope. Percebia cada vez mais nitidamente o tropel dos cascos e o tilintar das armas; distinguia os contornos dos cavalos e dos homens; já se desenhavam os rostos. Eram nossos cavaleiros da guarda que contra-atacavam a cavalaria francesa.

Iam sempre mais depressa, embora ainda contendo suas montarias. Rostov discerniu-lhes os rostos; ouviu um oficial comandar: "A galope!" e viu-o lançar seu puro-sangue a toda a velocidade. Temendo ser esmagado, ou arrastado pela carga, Rostov corria, a brida solta, ao longo da frente deles; conseguiu evitá-los por um triz.

* * *

O derradeiro dos cavaleiros-guardas, um gigante de rosto bexigoso, fez uma careta de raiva à vista daquele importuno que se vinha lançar em suas pernas. Tê-lo-ia infalivelmente feito tombar com seu Beduíno (o próprio Rostov tinha a impressão de ser bem pequeno e bem fraco diante daqueles gigantescos cavalarianos), se Rostov não tivesse tido a presença de espírito de chicotear em pleno focinho a pesada e maciça montaria do bexigoso. O murzelo encabritou-se, murchou a orelha; mas, imediatamente castigado por um violento golpe de espora, retomou velozmente a marcha, de pescoço estendido e cauda ao vento.

Mal os cavaleiros da guarda haviam ultrapassado Rostov, ouviu-os este lançarem vivas. Voltando-se, viu que suas primeiras fileiras já se misturavam a outros calarianos de dragonas vermelhas, sem dúvida franceses. Mas tendo-se posto o canhão a atirar, espessa fumaça impediu-o de distinguir alguma coisa. Hesitou um instante em juntar-se àquela carga, cujo ardor causou admiração aos próprios franceses. Deveria saber mais tarde, com espanto, que de todos aqueles soberbos homens, de todos aqueles ricos e brilhantes jovens montando cavalos de mil rublos e mais, somente dezoito haviam escapado à morte.

"Por que invejá-los?", pensou Rostov. "Minha vez chegará e talvez tenha dentro em pouco a sorte de ver o imperador".

E continuou seu caminho. Ao aproximar-se da infantaria da guarda, observou menos pelo assobio das balas que pela inquietude dos homens e pela expressão solene, marcial e afetada dos oficiais, que ela suportava o fogo da artilharia inimiga.

Passando por detrás de uma das colunas, ouviu chamarem-no pelo nome.

— Rostov!

— Que há? — respondeu, sem reconhecer a voz de Boris.

— Eis-nos, pois, na primeira linha! E nosso regimento atacou mesmo!... disse Boris, com aquele sorriso de felicidade que têm os moços que viram o fogo pela primeira vez.

Rostov parou.

— Deveras! — disse ele. — E então?

— Repelimo-los! — disse Boris, bastante excitado.

E tornando-se de repente loquaz, pôs-se a contar que a guarda, tendo chegado em posição e percebido tropas à sua frente, tomara-as por austríacos; mas tendo essas tropas atirado contra ela, percebera que se achava na primeira linha e tivera de travar improvisamente o combate. Sem aguardar o fim da narrativa, Rostov esporeou seu cavalo.

— Aonde vais? — gritou-lhe Boris.

— Ao encontro de Sua Majestade. Tenho uma missão.

— Ei-lo ali — replicou Boris que julgara ter ouvido "alteza".

E mostrou-lhe o grão-duque que, a cem passos dali, com capacete e uniforme de cavaleiro da guarda, ombros erguidos e cenho franzido, gritava alguma coisa a um oficial austríaco, pálido no seu uniforme branco.

— Mas aquele é o grão-duque! E meu negócio é com o imperador ou com o general-em-chefe.

Ia partir quando Berg, tão animado quanto Boris, acorreu de repente dum outro lado.

— Conde, conde — gritou ele, mostrando-lhe o punho enrolado num lenço ensanguentado, — fui ferido na mão direita e ainda assim fiquei nas fileiras. Manejo minha espada com a mão esquerda, conde. Na nossa família, os Von Berg, eram todos heróis.

Acrescentou ainda algumas palavras que Rostov não ouviu, porque desta vez partira mesmo.

Depois de ter atravessado um espaço vazio, preferiu, para não ser apanhado numa nova carga, afastar-se das primeiras linhas. Costeou, pois, a vanguarda de reservas, afastando-se cada vez mais do lugar em que a batalha era mais acesa. De repente, à sua frente e atrás de nossas tropas, num lugar onde jamais teria podido supor a presença do inimigo, ouviu uma fuzilaria bem próxima.

"Que significa isso?", — perguntou a si mesmo. — "Ter-nos-ia cercado o inimigo? É impossível!" E tremeu de súbito por si mesmo e pelo resultado da batalha. "Seja o que for — concluiu — não há mais meio de escapar. Preciso descobrir aqui o general-em-chefe e, se tudo está perdido, meu dever é perecer com os outros".

Havia atingido agora as cercanias da Aldeia de Pratzen, onde se aglomeravam massas de tropas debandadas, pertencentes a diversas armas. Quanto mais avançava, mais se confirmavam seus sombrios pressentimentos.

— Que há? Que há? Contra quem se atira? Quem atira? — perguntava ele, enquanto ia passando, aos soldados russos e austríacos cuja multidão misturada lhe barrava o caminho.

— Só o diabo o sabe! Estamos fritos! Tudo está perdido! — respondiam-lhe, em russo, em alemão, em tcheco, todos aqueles fugitivos que não compreendiam mais do que ele o que se passava.

— Morte aos alemães! — gritava um deles.

Que o diabo carregue esses traidores!

— *Zum Henker diese Russen!*[23] — resmungava um alemão.

Alguns feridos se arrastavam ao longo do caminho. As injúrias, os gritos, os gemidos fundiam-se num barbarizo geral. A fuzilaria acalmara-se. Rostov soube depois que aqueles tiros tinham sido trocados entre russos e austríacos.

"Meu Deus, que quer isso dizer? — pensava Rostov. — E aqui, onde a qualquer instante o imperador pode vê-los... Mas não, vejamos, não é possível... Trata-se apenas de um bando de canalhas... Apressemo-nos em distanciar-nos deles..."

A ideia de um desastre não chegou mesmo a aflorá-lo. Não importava ver as tropas e as baterias francesas estabelecidas naquele platô de Pratzen, onde recebera ordem de procurar o general-em-chefe, não podia nem queria render-se à evidência.

18

18. Nem o imperador, nem Kutuzov se encontravam na vizinhança de Pratzen, onde Rostov, segundo as instruções recebidas, contava descobri-los. Nem um chefe sequer havia mesmo ali. Estimulou seu cavalo já estafado, a fim de passar além das hordas variegadas dos fugitivos, mas quanto mais avançava, tanto mais se acentuava a debandada. Na estrada principal, onde chegou por fim, amontoavam-se caleças e carruagens de toda a espécie, soldados russos e austríacos de todas as armas, feridos e não-feridos. Tudo isso reunido ressoava e formigava ao som lúgubre das balas que as baterias francesas vomitavam, instaladas nas alturas de Pratzen.

— Onde está o imperador? Onde está Kutuzov? — perguntava em vão Rostov a todos quantos podia deter.

Conseguiu abecar um soldado e obrigou-o deste modo a responder-lhe.

— Ah! irmão, há muito que todos deram o fora! — disse-lhe o soldado que, rindo, escarninho, procurava escapar-lhe.

Vendo que aquele homem estava embriagado, Rostov largou-o, para deter um cavalariano, que parecia o ordenança ou estribeiro de algum importante personagem Premido de perguntas, o ordenança declarou que o imperador, gravemente ferido fora levado de carruagem, a toda a velocidade, por aquela mesma estrada, haveria já uma boa hora.

— Você se engana — objetou Rostov. — É seguramente algum outro.

— Mas se estou-vos dizendo que o vi em pessoa — disse o homem com um sorriso de suficiência. — Como se eu não conhecesse o imperador! Vi-o muitas vezes em Petersburgo, parece-me. Estava pálido como um morto. E a carruagem passou diante de nós fazendo um barulhão, com quatro cavalos negros. Valia a pena ver! Conheço os cavalos do tzar e seu cocheiro llia Ivanitch, parece-me; como se Ilia transportasse jamais outra pessoa que não o tzar!

Rostov afrouxou a brida do cavalo. Ia continuar seu caminho, quando um oficial ferido lhe dirigiu a palavra.

— Quem estais procurando? O general-em-chefe? Foi morto... sim, uma bala em pleno peito, à frente de nosso regimento.

— Morto não, ferido — retificou outro oficial.

— Mas quem então? Kutuzov? — perguntou Rostov.

— Não, Kutuzov não, mas aquele outro... Vamos, ora, esqueci-lhe o nome!... Pouco importa, aliás, não ficaram restos... Vedes aquela aldeia lá embaixo? Ide, lá; é lá que estão reunidos todos os chefes — disse o oficial, designando a Aldeia de Gstieradek; e afastou-se.

23. Em alemão no original: "Ao diabo esses russos!" (N. do T.)

Indeciso, pôs Rostov seu cavalo a passo. Assim pois, estava o imperador ferido? Perdida a batalha? Recusava-se ainda a crer. E dirigia-se lentamente para aquela aldeia cujo campanário se desenhava ao longe. Que adiantava apressar-se? Que tinha ele agora a dizer ao imperador e a Kutuzov, mesmo admitindo que estivessem sãos e salvos?

— Dobrai por ali, Excelência — gritou um soldado. — Aqui é perigoso, sereis certamente morto!

— Que estás cantando aí! — retorquiu outro. — Aonde o levará, esse caminho? É mais curto por aqui, decerto!

Depois de um momento de reflexão, tomou Rostov de propósito o caminho onde, no dizer do soldado, deveria encontrar a morte. "Que me importa agora?", dissera a si mesmo. "Se o imperador está ferido, para que me poupar?"

O terreno que percorria agora era aquele onde os fugitivos de Pratzen tinham sofrido as mais pesadas perdas. Os franceses não o ocupavam ainda, se bem que os russos, pelo menos os sobreviventes ou os feridos, pouco gravemente atingidos, o houvessem desde muito evacuado. Os mortos jaziam ali a dez ou quinze por 50 ares, como molhos num campo fértil. Os feridos graves ali se arrastavam em grupos de dois ou três, lançando gritos e gemidos, por vezes simulados, que impressionaram desagradavelmente a Rostov. Para não ver mais todos aqueles homens a sofrer, pôs seu cavalo a trote. Sentia o medo invadi-lo. Aliás, temia menos pela sua vida do que pela sua coragem, aquela coragem de que tanto necessitava e que cederia decerto à vista daqueles desgraçados.

À falta de objetivo, não canhoneavam mais os franceses aquele campo juncado de cadáveres; mas assim que avistaram o ajudante-de-campo, apontaram para ele uma peça e lançaram algumas balas. O horrendo assobio dos projetis, os cadáveres que o cercavam, causaram em Rostov uma impressão de terror, de compaixão por si mesmo. Lembrou-se da derradeira carta de sua mãe: "Que diria ela — pensava ele — se me visse como ponto de mira desses canhões!"

As tropas russas que encontrou em Gostieradek fugiam igualmente do campo de batalha, mas em melhor ordem. As balas francesas não chegavam até ali e o barulho da fuzilaria lá ressoava amortecido. Toda a gente aqui via e dizia em voz alta que a batalha estava perdida. Ninguém pôde indicar a Rostov nem onde se encontrava o imperador, nem onde se encontrava Kutuzov. Uns lhe confirmavam que o imperador estava ferido, outros, pelo contrário, desmentiram o boato: o personagem pálido e desfeito que a carruagem do imperador transportara a todo o galope, era simplesmente o Conde Tolstói, grande marechal da corte, que havia acompanhado seu senhor ao campo de batalha. Um oficial pretendeu ter avistado, para além da aldeia, à esquerda, um personagem importante. Por desencargo de consciência, tomou Rostov aquela direção. Depois de ter percorrido apenas uma pequena légua e deixado para trás os derradeiros soldados russos, percebeu dois cavaleiros parados diante de um fosso que servia de limite a uma horta. Um, com um penacho branco no chapéu, pareceu a Rostov uma figura conhecida, o outro, um desconhecido, montava um soberbo alazão, que Rostov creu também ter visto em alguma parte. Este último esporeou e arrebatou seu cavalo, que transpôs sem grande esforço o fosso cuja borda oposta arranhou um pouco com os cascos posteriores. Depois de uma brusca reviravolta, o cavaleiro saltou de novo o fosso e dirigiu-se com respeito ao cavaleiro de penacho branco, evidentemente para levá-lo a fazer o mesmo. O personagem que Rostov acreditava reconhecer e sobre o qual, instintivamente, recaía sua atenção, fez, com a cabeça e o braço, um gesto de recusa e por esse gesto reconheceu Rostov imediatamente seu adorado imperador, cuja má fortuna tanto deplorava.

"Mas não — disse a si mesmo — é impossível que se encontre aqui sozinho, neste campo deserto". Nesse momento Alexandre voltou a cabeça e Rostov tornou a ver suas feições tão queridas, profundamente gravadas na sua memória. O imperador estava lívido; mas essa palidez, suas faces cavadas, seus olhos afundados, tornavam seu rosto ainda mais encantador, mais marcado de doçura. Verificou Rostov com alegria que ele não estava ferido. Sentia-se feliz por vê-lo. Sentia que podia, que devia mesmo dirigir-se diretamente a ele, para lhe transmitir a mensagem de Dolgorukov.

Mas da mesma maneira que um amoroso, na hora da entrevista, fica com medo, recalca os sentimentos que agitaram suas noites e lança em torno de si olhares amedrontados, buscando um auxílio, uma diversão, uma demora, Rostov, no momento em que realizava seu mais ardente desejo, não sabia como abordar o imperador e demonstrava a si mesmo com mil razões a inconveniência, a incorreção, a impossibilidade daquele passo.

"Pois é! dar-me-ia ares de aproveitar-me do fato de achar-se ele só e abatido! Ser-lhe-á sem dúvida penoso ver, nesses instantes de aflição, um rosto desconhecido. E depois que poderia bem dizer-lhe eu, quando um só olhar seu me faz desfalecer e tira-me a voz?"

Nenhuma das inúmeras frases que combinara na sua imaginação para dirigi-las, na oportunidade, ao imperador, lhe vinha à memória. A maior parte, de resto, aplicava-se a circunstâncias bem diferentes, a horas de vitória, de triunfo, e sobretudo àquele instante solene em que, gravemente ferido, receberia ele os cumprimentos de seu soberano e lhe exprimiria todo o seu amor, confirmado pelo dom de sua vida.

"Aliás, que ordens poderia bem pedir-lhe a respeito do flanco direito, agora que são quatro horas da tarde e que a batalha está perdida? Não, decididamente, não devo aproximar-me, não tenho o direito de perturbar-lhe as meditações. Vale mil vezes mais morrer que inspirar-lhe uma má opinião, que vê-lo lançar-me um olhar descontente." Tomada sua decisão, afastou-se Rostov, com o desespero no coração, voltando-se sem cessar para seu imperador sempre imóvel e irresoluto.

Ora, enquanto Rostov raciocinava dessa maneira e arrepiava tristemente caminho, certo Capitão Vón Toll, passando por acaso por ali, avistou o imperador, aproximou-se, ofereceu-lhe seus serviços e ajudou-o a transpor a pé o fosso. Alexandre, constrangido por uma indisposição a repousar um pouco, sentou-se sob uma macieira, enquanto Toll ficava de pé a seu lado. Rostov viu de longe, não sem amargura, Von Toll manter longa e calorosa conversa com o imperador; viu este estender-lhe a mão, velando com a outra o rosto para lhe ocultar sem dúvida o espetáculo de suas lágrimas.

"E dizer que teria podido eu estar em lugar dele", pensou Rostov. Com o coração cheio de raiva, prestes a chorar de enternecimento por causa do infortúnio de Alexandre, prosseguiu seu caminho, não sabendo aonde ia, nem porquê. A consciência de que sua própria fraqueza era a causa de seu pesar aumentava mais seu desespero.

Teria podido, teria devido aproximar-se do imperador. Estava ali a ocasião única de testemunhar-lhe seu devotamento. E não a havia aproveitado!... "Que fiz eu?", — perguntava a si mesmo. Virando brida imediatamente, voltou a galope para o lugar onde vira Alexandre; mas não havia mais ninguém junto do fosso. Furgões e equipagens obstruíam agora a estrada; um dos comboieiros lhe informou que o estado-maior de Kutuzov se encontrava não longe da aldeia para onde seguiam eles. Rostov acompanhou-os.

À frente do comboio, o estribeiro de Kutuzov levava cavalos ajaezados. Vinha em seguida um furgão, por trás do qual caminhava um velho criado de pernas tortas, com barrete e capotinho de pele.

— Tito, hei, Tito! — gritou o estribeiro.

— Que é que precisas? — perguntou o bom homem, sem desconfiança.

— Vai ver tua pequena!

— Imbecil! — resmungou o velho, cuspindo de despeito.

Retomaram a caminhada sem trocar palavra; depois, ao fim dum instante, a mesma brincadeira se renovou.

* * *

Cerca das cinco horas da tarde, a batalha estava perdida em todos os pontos. Mais de cem peças já haviam caído entre as mãos dos franceses. Przebyszewski e seu corpo de exército tinham deposto as armas. As outras colunas, reduzidas à metade de seus efetivos, recuavam em desordem. Os destroços dos corpos de Langeron e de Dokhturov aglomeravam-se em massas confusas sobre os diques e bordas das lagoas de Auguezd.

Uma hora mais tarde, o canhoneio troava naquele derradeiro ponto: os franceses, que haviam instalado numerosas baterias nas ladeiras do platô de Pratzen, martelavam nossas tropas em retirada.

Na retaguarda, Dokhturov e outros juntavam alguns batalhões para deter pelo canhoneio a perseguição da cavalaria francesa. Caía a noite. Sobre aquele estreito dique de Auguezd, onde durante tantos anos, o velho moleiro, de boné de algodão, tinha tranquilamente pescado à linha, enquanto seu neto, de mangas arregaçadas, mexia num regador, os peixes argentinos e saltitantes, sobre aquele dique, onde durante tantos anos, tinham passado morávios, de blusas azuis e bonés peludos, conduzindo carroças carregadas de trigo, que traziam depois de volta todas brancas de farinha e enfarinhados eles próprios das cabeças aos pés, sobre aquele mesmo dique, aglomeravam-se agora, entre os furgões e os canhões, sob os cavalos e sob as rodas, homens de rostos descompostos pelo terror, esmagando-se uns aos outros, espezinhando os moribundos, e entrematando-se sem outro resultado senão o de serem mortos eles próprios, alguns passos mais adiante.

Todos os dez segundos, dilacerando o ar, uma bala de canhão caía, explodia um obus, em meio daquela multidão compacta, matando e salpicando de sangue todos os que se achavam na vizinhança. Dolokhov, ferido no braço, a pé, com uma dúzia de homens de sua companhia (voltara a ser oficial) e o coronel, a cavalo, eram os únicos sobreviventes de todo o seu regimento. Aglomeravam-se à entrada do dique para onde os havia arrastado a multidão dos fugitivos. Apertados por todos os lados, tiveram de parar, porque, diante deles, estava um cavalo caído por baixo dum canhão e tratavam de tirá-lo dali. Uma bala de canhão matou um homem atrás deles, outra caiu na frente e cobriu Dolokhov de sangue. Numa corrida desesperada, a massa desordenada avançou alguns passos, mas depois parou de novo.

"Ainda cem passos — dizia cada qual a si mesmo, — e será decerto a salvação; mas se ficarmos aqui dois minutos, estaremos perdidos".

Colhido no apertão, em meio do dique, conseguiu Dolokhov, derrubando dois soldados, atingir a borda, donde se atirou sobre o gelo que cobria a lagoa com uma crosta escorregadia.

— Tragam a peça por aqui! — gritou ele, dando ligeiros saltos sobre o gelo que estalava sob ele. — Tragam! O gelo aguenta.

O gelo o sustentava, mas via-se que ia partir-se mesmo sob seu peso e com mais forte razão sob o peso dum canhão ou da multidão. Amontoados perto da borda, os soldados olhavam sem coragem de obedecer-lhe. Plantado em seu cavalo, à entrada do dique, o general ergueu a mão e abriu a boca para falar-lhe. Mas de repente uma bala de canhão passou tão perto pela multidão que toda a gente baixou a cabeça. Ouviu-se uma espécie de marulho mole e o general veio abaixo com seu cavalo numa poça de sangue. Ninguém lhe dirigiu um olhar sequer, nem pensou em levantá-lo.

— Sobre o gelo! Sobre o gelo! Tragam, vamos ver! Estás surdo? Avante, avante, sobre o gelo! — gritaram mil vozes, depois que a bala de canhão havia atingido o general, sem saberem elas próprias o que diziam.

Um canhão, que ia entrar sobre o dique, obliquou para a lagoa, onde os soldados que estacionavam sobre a barragem se precipitaram em multidão. O gelo estalou sob os pés de um dos primeiros fugitivos e uma de suas pernas afundou; quis libertar-se, mas só conseguiu afundar mais até a cintura. Seus camaradas hesitaram, o condutor da peça deteve seu cavalo, mas, por trás, continuava-se a gritar: "Sobre o gelo! sobre o gelo! Por que param? Adiante!" A estes gritos misturaram-se em breve urros de terror. Os soldados mais próximos da peça fustigavam os cavalos para fazê-los avançar. Decidiram-se por fim a deixar a borda. Imediatamente o gelo, que até então suportara os pedestres, aluiu num vasto espaço e uns quarenta homens precipitados uns para a frente, outros para trás, afogaram-se, querendo agarrar-se uns aos outros.

As balas de canhão continuavam a sibilar e a cair sobre o gelo, na água, e na maior parte das vezes sobre a massa humana que cobria o dique, a lagoa e as margens.

19. O Príncipe André continuava estendido sobre o platô de Pratizen, no mesmo lugar onde caíra, com a bandeira na mão; perdia muito sangue e, sem que disso tivesse consciência, gemia com voz fraca, dolente, infantil.

Cerca da tarde, cessou de queixar-se e perdeu os sentidos. De súbito, uma dor lancinante na cabeça despertou-o daquela letargia.

"Onde está ele, esse céu sem fundo que me era até então desconhecido e que hoje vim a descobrir?" Tal foi seu primeiro pensamento. "E este sofrimento também, ignorava-o. Sim, até agora ignorava tudo, absolutamente tudo... Mas onde estou?"

Um tropel de cavalos que se aproximava fê-lo prestar atenção; ouviu vozes francesas. Abriu os olhos: acima de sua cabeça o mesmo céu profundo, onde as nuvens flutuavam sempre mais alto, desdobrava seu azul infinito. Não voltou a cabeça para ver quais poderiam bem ser aquelas personagens senão quando, pelo som de suas vozes, adivinhou-os parados agora não longe de si.

Aqueles cavaleiros não eram outros senão Napoleão e dois de seus ajudantes-de-campo, em companhia dos quais percorria o campo de batalha. Depois de ter dado ordens para reforçar as baterias que atiravam sobre o dique de Auguezd, examinava os mortos e os feridos, abandonados no terreno.

— Belos homens! — disse ele, à vista dum granadeiro russo, que jazia de rosto contra a terra, com a nuca enegrecida e um braço largamente estendido e já rígido.

— As munições das peças de posição estão esgotadas, Sire — veio dizer-lhe nesse momento um ajudante-de-campo, despachado pelos artilheiros que canhoneavam Auguezd.

— Fazei avançar as da reserva — respondeu Napoleão.

Deu alguns passos e parou junto do Príncipe André, estendido de costa, ao lado da haste da bandeira, cujo pano os franceses já haviam arrebatado como troféu.

— Eis uma bela morte — disse ele, observando Bolkonski.

O Príncipe André compreendeu que se tratava de sua pessoa e que era Napoleão quem falava: ouvira chamar de Sire aquele que acabava de proferir aquela frase. Mas as palavras só lhe feriram os tímpanos como um zumbido de mosca: não lhes prestou interesse algum, nenhuma atenção mesmo e logo perdeu a lembrança delas. A cabeça ardia-lhe, sentia esvaziar-se de seu sangue e contemplava sempre o céu longínquo, profundo, eterno. Sabia que Napoleão, seu herói, estava ali; mas Napoleão lhe parecia agora bastante pequeno, bastante insignificante, em comparação com o drama que se representava entre sua alma e aquele céu infinito de nuvens flutuantes. Pouco lhe importava quem pudessem ser aquelas pessoas que, curvadas sobre ele, trocavam frases a seu respeito; só estava contente porque tinham parado a seu lado, desejava somente que lhe levassem socorro e o fizessem voltar a essa vida que lhe parecia bela, uma vez que tinha dela uma concepção nova. Reunindo todas as suas forças, conseguiu mexer fracamente a perna, e emitir um gemido cujo som lacerante fê-lo ter pena de si mesmo.

— Ah! ele está vivo — disse Napoleão. — Levantem esse rapaz e levem-no para a ambulância! E o Imperador, continuando seu caminho, foi ao encontro do Marechal Lannes que, sorridente e com o chapéu na mão, se dirigia para ele, a fim de felicitá-lo pela vitória.

O príncipe André não guardou recordação alguma do que se passou em seguida. O transporte na maca, a sondagem de seu ferimento, fizeram-no perder de novo os sentidos. Só veio a voltar a si bem no fim do dia, durante seu transporte para o hospital, em companhia de outros oficiais russos feridos e prisioneiros. Durante o trajeto, sentiu-se mais alerta, pôde passear os olhos em torno de si e pronunciar mesmo algumas palavras.

— É preciso fazer alto aqui — disse um dos oficiais franceses que escoltavam o comboio de feridos, sendo estas as primeiras palavras que ouviu Bolkonski ao recuperar os sentidos. — O Imperador vai passar e ficará sem dúvida contente por ver estes prisioneiros de distinção.

— Temos agora tantos prisioneiros que ele deve dar-se por satisfeito: quase todo o exército russo — disse outro oficial.

— Sim, decerto; contudo esse comandava, dizem, toda a guarda do Imperador Alexandre — retorquiu o primeiro, apontando um oficial de uniforme branco de cavaleiro da guarda.

Bolkonski reconheceu o Príncipe Répnin que havia encontrado na sociedade. Um rapaz duns vinte anos apenas, oficial das guardas igualmente, se conservava a seu lado.

Aproximando-se a galope, deteve Napoleão seu cavalo junto deles.

— Qual o de posto mais elevado? — perguntou, à vista dos prisioneiros.

Deram o nome do Coronel Príncipe Répnin.

— Sois o chefe dos cavaleiros da guarda do Imperador Alexandre? — perguntou Napoleão, voltando-se para ele.

— Comandava um esquadrão.

— Vosso regimento cumpriu inteiramente seu dever.

— O elogio dum grande capitão é a mais bela recompensa para o soldado.

— Eu vo-la dou de todo o coração... Mas quem é esse rapaz a vosso lado?

O Príncipe Répnin deu o nome do Tenente Sukhtélen.

Napoleão fitou-o e disse, sorrindo:

— Veio bem cedo esfregar-se em nós.

— A mocidade não impede que se seja bravo — replicou Sukhtélen, com voz trêmula.

— Bela resposta, rapaz; ireis longe!

O Príncipe André que, para completar o quadro dos prisioneiros, fora também colocado na primeira fila, bem à vista do Imperador, não deixou de atrair-lhe a atenção. Napoleão lembrou-se de tê-lo visto sobre o campo de batalha e interpelou-o, dando-lhe aquele nome de rapaz, sob o qual se lhe gravara na memória.

— E vós, rapaz? — lhe disse, — como vos sentis, meu bravo?

O Príncipe André que, cinco minutos antes, tinha podido dizer algumas palavras aos soldados que o acompanhavam, permanecia inerte agora e silencioso, de olhos fixos em Napoleão... Se não encontrava resposta, é que os interesses que ocupavam o Imperador lhe pareciam bem insignificantes e o próprio herói bem pequeno na mesquinha alegria de sua vitória, comparados com a majestade daquele céu, cheio de justiça e de bondade, cuja revelação acabava de ter.

Tudo, de resto, lhe parecia fútil e miserável em comparação com os pensamentos austeros, sublimes que nele havia feito nascer o esgotamento provocado pela perda de sangue, pela dor aguda e pela expectativa duma morte próxima. Com o olhar mergulhado no de Napoleão, sonhava com a vaidade da grandeza, com a vaidade da vida, cujo sentido ninguém podia compreender, com a vaidade maior ainda da morte, cuja significação permanecia impenetrável aos vivos.

Não recebendo resposta alguma, o Imperador voltou-se e disse a um dos chefes do comboio:

— Cuidem desses senhores e transportem-nos ao meu bivaque; digam a meu médico Larrey que lhes examine os ferimentos.

E, esporeando o animal, partiu a galope, com o rosto radiante de felicidade e de satisfação.

Testemunhas da benevolência do Imperador para com prisioneiros, os maqueiros, que já tinham tirado do Príncipe André a imagenzinha de ouro que sua irmã lhe pendurara ao pescoço, apressaram-se em devolvê-la. O Príncipe André não viu quem lha devolveu nem como, mas de repente viu sobre seu peito, por cima de seu uniforme, a imagem com sua correntinha de prata que Maria lhe pusera ao pescoço com tão piedosa emoção.

"Por que — disse a si mesmo André, contemplando-a, — não é tudo tão claro, tão simples como o crê Maria? Que consolação seria saber onde encontrar socorro nesta vida e o que vos aguarda além-túmulo! Que alegria, que apaziguamento experimentaria eu se pudesse dizer: "Senhor, tende piedade de mim..." Mas a quem farei esta prece? Esta força indefinível, inconcebível, a que não me posso dirigir e que não saberia exprimir mesmo com palavras, será ela o grande todo, será ela o nada? Ou será por acaso esse Deus que vejo aqui encerrado dentro deste bentinho pela mão de Maria? Não há nada, nada decerto, senão o pouco de valor de tudo quanto posso compreender e a grandeza desse não sei quê que me é incompreensível, mas que nem por isso deixa de ser a única coisa importante."

Os maqueiros repuseram-se em marcha. A cada solavanco, experimentava Bolkonski sofrimentos intoleráveis. A febre aumentou; o delírio o tomou. O pensamento de seu pai, de sua mulher, de sua irmã, a lembrança de seu enternecimento da noite anterior, a figura tão pequena, tão mesquinha, de Napoleão e acima de tudo a visão do céu infinito, dominavam sua imaginação febril.

Via-se levando em Montes Calvos uma vida de família, calma e tranquila. Mas apenas gozava dessa felicidade conjugal, surgia-lhe de súbito o pequeno Napoleão, cujo olhar duro e frio, feliz com a desgraça alheia, o remergulhava nos pavores da dúvida e da dor; então o espetáculo do céu lhe trazia algum reconforto. Cerca do amanhecer, todos aqueles sonhos se misturaram e Bolkonski mergulhou num caos tenebroso, num aniquilamento que, no dizer do próprio Larrey, tinha mais possibilidade de acabar-se pela morte que pela cura.

— É um sujeito nervoso e bilioso — decretou Larrey. — Não escapará.

Abandonaram-no, pois, aos cuidados dos habitantes do país, bem como outros feridos cujo estado deixava igualmente poucas esperanças.

LIVRO SEGUNDO

PRIMEIRA PARTE

1. No começo do ano de 1806, Nicolau Rostov regressou, licenciado. Denissov ia também à sua casa em Voroneje, mas Rostov persuadiu-o a acompanhá-lo até Moscou e ficar algum tempo em sua casa. Na antepenúltima posta, encontrando um camarada, bebeu Denissov com ele três garrafas e dormiu pesadamente durante toda a viagem, apesar dos solavancos, caído no fundo do trenó. Rostov, à medida que se aproximava tornava-se cada vez mais impaciente.

"Ainda demoraremos a chegar? Oh! ainda ruas, lojas, tabuletas de padeiros, lampiões, fiacres! É insuportável!", — pensava ele, quando penetraram em Moscou, depois de terem feito visar suas permissões na barreira.

— Denissov, estamos chegando!... Continua a dormir esse animal! — gritou ele, lançando instintivamente todo o corpo para diante, como se esperasse assim aumentar a carreira do trenó.

Denissov não deu sinal de vida.

— Eis a encruzilhada onde se mantém comumente Zakhar e seu trenó... Ah! eis Zakhar em pessoa e sempre com o mesmo cavalo... E eis a venda onde comprávamos pão de centeio e mel... Mais depressa, por Deus, mais depressa!

— Em que casa devo parar? — perguntou o postilhão.

— Na grande, no fim da rua... Não estás vendo?... É nossa casa... Denissov, Denissov, chegamos!

Denissov ergueu a cabeça, tossiu, mas não disse uma palavra.

— Demétrio — perguntou Rostov a seu bagageiro, sentado no engradado da bagagem, — é lá em casa mesmo que se vê aquela luz?

— Exatamente e é mesmo no gabinete de vosso papai.

— Então, ainda não se deitaram? Bem, que te parece?... Não te esqueças, principalmente, de tirar da mala logo minha nova blusa húngara — tornou a falar Rostov, frisando o bigodinho nascente. — Mais depressa, mais depressa! — gritou ao postilhão. — Vamos, Vassia, queres ou não acordar? — disse a Denissov, que cabeceava de novo. — Mais depressa, mais depressa! Três rublos de gorjeta, mas mais depressa por Deus! — gritou Rostov, quando se encontravam apenas a três casas da sua. Parecia-lhe que os cavalos não avançavam.

Por fim o trenó, inclinando-se para a direita, ganhou a entrada da casa. Reconheceu Rostov o frade de pedra da calçada, a escada, e seu estuque esborcinado. Saltou do trenó ainda em movimento e correu para o vestíbulo que encontrou vazio. Imóvel e intratável, parecia a casa pouco preocupar-se com o recém-chegado. "Ah! meu Deus! Teria acontecido alguma desgraça?" pensou ele, parando, de coração cerrado. Mas retomou logo sua carreira pelo vestíbulo e subiu de quatro em quatro a escada cujos degraus empenados lhe eram tão familiares. A porta de entrada conservava a mesma maçaneta, cuja sujice irritava tanto a condessa e continuava a girar com facilidade. Uma vela ardia na ante câmara. O velho Mikhail dormia em cima, uma arca. Procópio, o lacaio, um colosso que podia levantar uma carruagem pela sua parte traseira, tecia sapatos de ourelas. Voltou-se ao ouvir a porta abrir-se e sua cara plácida, cheia de sono, mudou-se num espanto jovial.

— Santos do Paraíso! O jovem conde! — exclamou ele, reconhecendo seu jovem amo. — Será possível? Ah! meu querido!

E Procópio, todo trêmulo de emoção, precipitou-se para a porta do salão, a fim de anunciar, sem dúvida, a notícia, mas mudou de parecer, arrepiou caminho e veio apoiar a cabeça no ombro de seu jovem patrão.

— Todos vão bem? — perguntou-lhe este, libertando seu braço.

— Graças a Deus, vai tudo bem! Acabam de cear. Deixa-me olhar-te, excelência.

— Deveras, vai tudo bem?

— Graças a Deus, graças a Deus!

Rostov que, na sua pressa de surpreender os seus, esquecia completamente Denissov, desembaraçou-se de sua peliça e penetrou, na ponta dos pés, na grande sala escura. Tudo ali se encontrava no mesmo estado: as mesmas mesas de jogo, o mesmo lustre na sua capa. Mas já o tinham percebido e, antes que pudesse atingir o salãozinho, alguém caiu sobre ele, como uma tromba, vindo duma porta lateral, abraçou-o, cobriu-o de beijos. Uma segunda, uma terceira pessoa surgiram por outras portas. E foram novos abraços, novas lágrimas de alegria. Não podia distinguir quem era papai, quem era Natacha, quem era Pétia. Todos choravam, falavam, beijavam-no ao mesmo tempo. Só se dava conta de que sua mãe não estava ali.

— E eu que não suspeitava de nada... Nicolau, meu amigo!

— Ei-lo, o nosso querubim!... O nosso queridinho!... Como mudou!... Depressa, velas, chá!

— Mas beija-me, então!

— E eu, meu coração, e eu!

Sônia, Natacha, Pétia, Ana Mikhailovna, Vera, o velho conde, apertavam-no em seus braços. Por todo o aposento, lacaios e camareiras soltavam exclamações.

— E eu, e eu! — gritava Pétia, suspenso às suas pernas.

Agarrada às abas de seu dólmã, Natacha devorava-o de beijos; depois, largando-o de repente, pôs-se a fazer cabriolas, a lançar gritos agudos.

Todos os olhares estavam cheios de ternura, todos os olhos úmidos de lágrimas, todos os lábios ávidos de beijos.

Sônia, vermelha como uma peônia, radiante de felicidade, pendurava-se também a seu braço e implorava um olhar. Já fizera dezesseis anos e estava muito bonita, sobretudo naquele momento de animação feliz e entusiasta. Contemplava-o, toda sorridente, retendo sua respiração. Concedeu-lhe ele um olhar comovido, mas esperava e procurava alguém. A condessa continuava ausente. Por fim ouviram-se passos perto da porta. Eram tão rápidos esses passos que não podiam ser os de sua mãe.

E contudo era ela, com um traje novo que ele não conhecia. Todos se afastaram e ele correu a seu encontro. A condessa abateu-se sobre o peito de seu filho e se pôs a soluçar. Não podia levantar a cabeça e a apoiava sobre os frios alamares do dólman.

Denissov, cuja entrada passara despercebida, estava também ali, firme, e contemplava aquele espetáculo, esfregando os olhos.

— Vassili Denissov, um amigo de vosso filho — disse por fim, apresentando-se ao conde, cujo olhar interrogador acabava de pousar-se sobre ele.

— Ah, perfeitamente, Nicolau me falou a vosso respeito em suas cartas... Sede bem-vindo — disse o conde, abrindo seus braços para Denissov e abraçando-o — Natacha, Vera, é ele, é Denissov.

Os mesmos rostos felizes, entusiastas, voltaram-se para a figura hirsuta de Denissov e o cercaram.

— Querido, querido Denissov — gritou Natacha que, incapaz de conter-se saltou para ele e lançou-se a seu pescoço. Todos ficaram constrangidos. O próprio Denissov corou, depois sorriu, tomou a mão da moça e beijou-a.

Conduziram-no então para o quarto que lhe fora destinado, enquanto que toda família se reunia no toucador em torno de Nicolau.

A condessa, sem largar as mãos de seu filho que cobria de beijos, sentou-se a seu lado. Os outros, agrupados em torno deles, observavam cada um dos gestos de Nicolau, cada um de seus olhares, cada uma de suas palavras e mantinham fixos nele seus olhos extasiados, plenos de amor. Seu irmão e suas irmãs disputavam-se os lugares mais próximos de Nicolau, brigavam para ver quem lhe daria chá, um lenço, cachimbo.

Rostov sentia-se extremamente feliz diante daquele testemunho de amor, mas o primeiro minuto daquela reunião de todos era tão maravilhoso que a felicidade que experimentava agora parecia-lhe pobre e aguardava sempre alguma coisa mais.

Na manhã do dia seguinte, os viajantes repousaram de suas fadigas dormindo até as dez horas.

No quarto que precedia o deles, amontoavam-se sabres e sacolas, maletas abertas e botas enlameadas. Dois pares de botas bem engraxadas e providas de esporas acabavam de ser colocadas de encontro à parede. Criados levavam-lhes bacias, água quente para a barba e suas roupas escovadas. O quarto tresandava a homem e a tabaco.

— Hei, lá! Grichka, meu cachimbo! — gritou a voz rouca de Vassili Denissov. — Rostov, levanta-te!

Esfregando as pálpebras coladas pelo sono, arrancou Rostov a cabeça esguedelhada do travesseiro muito quente.

— Levantar-me? Já é tarde?

— Mas sim, vão dar dez horas — respondeu a voz de Natacha.

E, na peça vizinha, fez-se ouvir um fru-fru de vestidos levantados, de cochichos, de risos argentinos, enquanto a porta entreaberta deixava entrever algo de azul, de fitas, de cabelos negros, de rostos joviais: Natacha, em companhia de Sônia e de Pétia, vinha ver se seu irmão já se levantara.

— De pé, Nicolau, de pé! — continuou Natacha, perto da porta.

— Agora mesmo!

Entretanto Pétia, percebendo os sabres, pegara um e experimentava o entusiasmo ingênuo que se apodera dos meninos diante do aparato bélico de seus mais velhos. Sem levar em conta as conveniências que não permitiam que suas irmãs vissem homens em trajes menores, escancarou a porta.

— É teu sabre? — gritou ele.

As moças deram um salto para trás. Denissov, espantado, ocultou suas pernas cabeludas sob o cobertor, lançando um olhar de aflição para seu camarada. A porta deixou Pétia passar, depois, se fechou, enquanto por trás dela esfuziavam gargalhadas.

— Nicolau, venha em roupão de quarto! — disse a voz de Natacha.

— É teu sabre? — repetiu Pétia. — Ou é o vosso? — perguntou, com deferência, a Denissov, cujos grossos bigodes negros lhe impunham respeito.

Rostov calçou-se às pressas, vestiu seu roupão de quarto e apareceu. Natacha já havia calçado uma das botas com esporas e ia enfiar a outra. Sônia girava sobre si mesma e preparava-se para formar "balão". Todas duas trajavam vestido azul claro, novos e parecidos e ambas se mostravam rosadas, frescas e risonhas. Sônia pôs-se em fuga, enquanto Natacha arrastava seu irmão para o toucador, onde se puseram a tagarelar. Não tinham tido ainda tempo de fazer um ao outro as mil perguntinhas que só tinham interesse para eles. A cada palavra que ele ou ela dizia, Natacha rebentava a rir, não porque o que dissessem fosse engraçado, mas porque se sentia ela alegre e não podia conter sua alegria, que se exprimia pelo riso.

— Ah! como é bom! como é maravilhoso! — dizia ela a cada instante.

Pela primeira vez, desde dezoito meses, sentia Rostov, sob os eflúvios daquela quente ternura, desabrochar em seu coração e no seu rosto aquele sorriso de criança que o havia abandonado desde que partira de casa.

— Escuta, então — disse ela. — Estás mesmo um homem completo! Como me sinto contente de ter-te como irmão! — Tocou-lhe nos bigodes. — Ah! como gostaria de conhecer vocês, homens! São semelhantes a nós? Não?

— Por que Sônia fugiu? — perguntou Rostov.

— Ah! isso é uma história completa! A propósito, vai ainda tratá-la por tu ou lhe dirás *vós*?

— Como me vier à cabeça.

— Dize-lhe Vós, rogo-te. Explicar-te-ei depois porquê. Ou antes não, vou dizer- te imediatamente. Sabes que Sônia é minha amiga, uma amiga tal que queimaria meu braço por ela. Olha aqui, vê.

E arregaçando a manga de musselina, mostrou em seu braço longo e gracioso, perto do ombro, muito acima do cotovelo (num lugar que os próprios vestidos de baile ocultariam) uma marca vermelha.

— Fui eu que me queimei para provar-lhe minha amizade. Esquentei uma régua e apliquei-a no meu braço.

Sentado na sua antiga sala de aula, num canapé de braços guarnecidos de pequenas almofadas, sentindo pousado em seu rosto o olhar entusiasta de Natacha, remergulhava Rostov naquele mundo familiar, infantil, que só tinha sentido para ele, mas que lhe havia proporcionado algumas de suas mais vivas alegrias. A aventura do braço queimado com uma régua, em sinal de amizade, não lhe parecia insignificante. Compreendia-a e não se admirava disso.

— Quê? Só isso? — perguntou.

— Ah! se soubesses como somos amigas! A régua, decerto, não é sério... Mas somos amigas, para toda a vida... Ela quando ama alguém, é para sempre. Eu não compreendo isso. Esqueceria imediatamente.

— E então?

— Pois bem, é dessa maneira que ela nos ama, a ti e a mim... — E corando, subitamente: — Tu te lembras, antes de tua partida?... Pois bem, ela te pede agora que esqueças tudo. Ela me disse: "Amá-lo-ei sempre, mas que ele fique livre!" É maravilhoso, é nobre! Sim, não é muito nobre? Não achas? — insistiu, e seu tom sério, comovido, revelava que o que ela dizia, naquele instante, já o dissera chorando.

Rostov refletiu um momento.

— Não retorno minha palavra — declarou ele. — Aliás, é tão encantadora essa Sônia, que seria preciso ser muito estúpido para recusar essa felicidade!

— Mas não, mas não — exclamou Natacha. — Já conversamos a este respeito juntas. Sabíamos bem que não falarias de outro modo. Mas não é preciso, porque, tu compreendes, se te consideras como que preso por tua palavra, seria como se ela o tivesse dito expressamente. E então terás, apesar de tudo, o ar de casar com ela por dever e não será assim.

Sentiu Rostov a justeza do raciocínio. A beleza de Sônia havia-o surpreendido na véspera à noite e naquela manhã, ainda que só a tivesse entrevisto, parecia-lhe ainda mais bela. Aquela delicada mocinha de dezesseis anos o amava, decerto, apaixonadamente (não duvidava disso um instante); por que, da sua parte, não a amaria? Por que mesmo não a desposaria? Mas quantas outras alegrias, quantas outras ocupações o aguardavam agora! "Sim — disse a si mesmo — elas têm razão; vale mais permanecer livre".

— Pois bem — disse à sua irmã, — como quiserem. Tornaremos a falar a respeito... Ah! como estou contente por te tornar a ver!... Mas, dize-me, pelo menos, não traíste Boris?

— Não me venhas com tolices! — exclamou Natacha, rindo. — Nem penso nele, nem em ninguém.

— Não é possível! Em que pensas então?

— Eu? — disse Natacha, com o rosto radiante. — Viste Duport?[24]

— Não.

— O famoso Duport, o dançarino, nunca o viste? Então não compreenderás. Olha, vê.

E Natacha arredondou os braços, pegou na saia à maneira das dançarinas, afastou-se correndo, voltou, esboçou um "entrechat", batidas de pés, e deu alguns passos, erguida nas pontas dos pés.

— Consigo manter-me, estás vendo? — disse ela, sem poder, aliás, manter-se assim por mais tempo. — Eis o que serei! Não me casarei jamais, serei bailarina. Mas não digas isto a ninguém.

Rostov explodiu numa gargalhada tão franca que Denissov, que o ouviu de seu quarto, ficou enciumado e Natacha não se pôde conter que não o acompanhasse.

24. Ligeiro anacronismo. O célebre dançarino francês Duport, rival de Vestris, só chegou à Rússia em 1808, onde alcançou durante vários anos êxitos triunfais. (N. do T.)

— Está bem, não é mesmo? — repetia ela sem cessar.

— Sim, está bem, mas então não poderás mais casar com Boris.

— Repito-te que não quero casar-me!... E direi a ele, a mesma coisa, quando o encontrar.

— Mas que coisa! — exclamou Rostov.

— De resto, tudo isso são tolices... Dize-me, é gentil esse tal Denissov?

— Muito gentil.

— Bem... Até logo. Vai-te vestir... Não será demasiado terrível esse tal Denissov?

— Terrível, Vaska? Mas não, é um rapaz encantador.

— Tu o chamas Vaska?... É engraçado... Então, é muito gentil?

— Tudo quanto há de mais gentil.

— Então, apressa-te. Tomaremos o chá todos juntos.

E Natacha atravessou o quarto nas pontas dos pés, à maneira das bailarinas, mas com um sorriso como só o possuem as mocinhas de quinze anos, quando se sentem felizes.

Quando Rostov entrou no salão, corou à vista de Sônia, indeciso a respeito da atitude a tomar. Na véspera, nas primeiras efusões da chegada, tinham-se beijado; agora ambos compreendiam que não poderiam mais fazê-lo. Sentia Nicolau os olhares interrogadores de sua mãe, de seus irmãos voltados para ele: toda a gente perguntava a si mesma como iria ele comportar-se diante de Sônia. Beijou-lhe a mão, dizendo-lhe: "Vós". Mas seus olhos, ao se encontrarem, diziam-se: "Tu", e trocavam ternos beijos. O olhar de Sônia pedia-lhe perdão por ter ousado, por intermédio de Natacha, lembrar-lhe sua promessa e agradecia-lhe por amá-la ainda. O de Nicolau lhe agradecia por lhe ter restituído a liberdade, fazia-lhe compreender que, duma maneira ou doutra, a amaria sempre, porque ela era daquelas que não se poderia deixar de amar.

— Como é curioso — disse Vera, escolhendo um momento em que todos se calavam. — Eis agora Sônia e Nicolau a dizerem "vós" um ao outro, como estranhos!

Sua observação era justa, como sempre; mas igualmente, como sempre, pôs toda a gente constrangida, não só Sônia, Nicolau e Natacha, mas ainda a condessa, que temia que aquela namoradinha fizesse seu filho perder um brilhante partido; também ela corou, como se fosse uma donzela.

Rostov ficou bastante surpreso ao ver Denissov aparecer de uniforme novo, empomadado, perfumado, tão elegante quanto na batalha e sua surpresa aumentou quando o viu todo solícito e amável junto às senhoras.

2. Acolhido pelos seus como filho querido e como herói, Nicolau Rostov foi recebido por seus outros parentes como um jovem amável e bem-educado, e pelos amigos da família — isto é, por toda Moscou — como um bonito tenente de hussardos, excelente dançarino e um dos melhores partidos da capital.

Naquele ano, graças a uma renovação de hipotecas sobre seus domínios, não faltava dinheiro ao conde também. Nicolau, provido dum trotador seu próprio, de culotes da última moda, como ninguém ainda usava em Moscou, botas, igualmente da última moda, com bicos muito pontudos e pequenas esporas de prata, levava uma vida muito alegre. Depois daquela bastante longa ausência, sentia Rostov prazer em readaptar-se às suas antigas condições de existência. Sentia-se mais másculo, mais adulto. Suas aventuras de outrora —seu pesar por ter perdido o exame de instrução religiosa, seus pedidos de dinheiro emprestado ao cocheiro Gavril, os beijos furtados a Sônia — voltavam-lhe à memória como criancices de que se achava muito, muito longe. Era agora tenente de hussardos, trazia a cruz de São Jorge no dólmã agaloado de prata, levava seu trotador para as corridas, em companhia de amadores reputados, homens de idade e de peso. Travara conhecimento com certa dama, que morava no Bulevar e a quem visitava ao escurecer. Conduzia a mazurca no baile dos Arkhárov, falava de guerra com o Marechal Kaménski, frequentava o Clube Inglês, tuteava um coronel duns quarenta anos a quem Denissov o apresentara.

Sua admiração pelo imperador, que não tivera mais ocasião de ver, não era mais tão apaixonada. Não obstante, quando a ele se referia, o que acontecia frequentemente, dava a entender que não dizia tudo, que havia em seus sentimentos uma parte de mistério inacessível aos simples mortais. E do fundo do coração, partilhava a adoração geral que todo Moscou experimentava então por Alexandre I, "o anjo encarnado", como o chamavam correntemente.

Aquela curta estada em Moscou afastou, em vez de aproximar, Nicolau de Sônia. Era ela decerto muito bonita, muito gentil, seu amor resplendia aos olhos, mas estava ele numa idade em que se crê ter tanto que fazer que não há tempo para ocupar-se com essas coisas, em que um rapaz teme prender-se e estima acima de tudo a sua liberdade. Quando pensava em Sônia, dizia a si mesmo: "Ora, ela não é a única no mundo e estou chamado a conhecer muitas outras! Quando me der a fantasia, haverá sempre tempo para ocupar-me com o amor; mas, no momento, tenho outras preocupações na cabeça". Além disso, desde que se sentia um homem, girar em torno de saias parecia-lhe abaixo de sua dignidade. Frequentava entretanto os bailes e os saraus, mas dando-se ares de só a eles comparecer a contragosto. As corridas, o clube, as bambochatas com Denissov, as visitas "lá embaixo", era outro negócio: um hussardo aventuroso encontrava-se ali em seu elemento.

No começo de março, o velho Conde Rostov teve todo o seu tempo tomado pelos preparativos dum banquete que o Clube Inglês oferecia em homenagem ao Príncipe Bagration. Membro do clube e da comissão diretora desde sua fundação, tinham-no investido dessa missão de confiança, levando-se em vista seus incomparáveis talentos de anfitrião e sobretudo sua generosidade bem-conhecida: bem poucas pessoas, com efeito, sabiam como ele tirar do próprio bolso, se preciso fosse, e fazê-lo com a melhor boa vontade. Em roupão de quarto, ia e vinha o conde pela grande sala, dando ao tesoureiro do clube e ao famoso Teoctisto, o cozinheiro-chefe, suas instruções referentes ao vitelo e ao peixe, aos aspargos, aos pepinos e aos morangos. Chefe e tesoureiro escutavam-no com ar arrebatado, sabendo que com ele, mais do que com qualquer outro, haveria muito a ganhar com os fornecimentos desse banquete, cujo custo atingiria vários milhares de rublos.

— Preste bem atenção. Não se esqueça das cristas de galo na sopa de tartaruga hem?

— E três serviços depois da sopa, não é?

— Sim — decidiu o conde, após um instante de reflexão — não pode ser menos. Digamos: uma maionese, um...

— E quanto aos esturjões — interrompeu-o o tesoureiro, — fica-se decididamente com os maiores?

— Sim, compre-os. Temos que comprá-los de qualquer jeito, já que não cedem no preço... Ah! meu caro, ia-me esquecendo: precisamos ainda duma segunda entrada... Ah! grande Deus! — continuou ele, levando as mãos à cabeça — e as flores, quem vai me trazer as flores?... Mitenka, hei, Mitenka!... Vá a galope à minha casa de campo — disse ele ao intendente que acorreu a seu chamado, — e diga a Maximo, o jardineiro, que mande executar imediatamente em meu nome as ordens seguintes: enrolem em feltros todas as plantas das estufas e me tragam aqui duzentos potes na sexta-feira.

Dada esta ordem e muitas outras ainda, já ia seguindo, para descansar, para a casa de sua querida condessinha, quando, lembrando-se, de repente, de um pormenor importante, voltou, chamou o chefe e o tesoureiro e se pôs a conferenciar de novo com eles. Entretanto, um passo ligeiro de homem e um retinir de esporas fizeram-se ouvir na porta e apareceu o jovem conde, fresco e rosado, com os lábios sombreados por uma suspeita de bigode; a doce e mole vida moscovita havia de tal modo animado aquele belo rapaz que todo sinal de fadiga havia desaparecido de seu rosto.

— Ah! meu amigo, gira-me a cabeça — disse o velho, com um sorriso levemente confuso. — Chegas muito a propósito. Precisamos ainda dos cantores. É verdade que tenho uma orquestra, mas não crês que ciganos seriam também acolhidos com prazer? Vós, militares, gostais disso.

— Deveras, papai, — disse o filho, sorrindo por sua vez, — creio bem que o senhor está tendo mais preocupações neste momento do que Bagration, antes da Batalha de Schoengraben.

— Pois bem, põe-te no meu lugar e verás se é fácil — disse o conde, fingindo agastamento. E voltando-se para o chefe, que observava a ambos com ar digno, mas com olhar malicioso, disse:

— Estás vendo a mocidade, Teoctisto? Zomba de nós, pobres velhos.

— Que quer Vossa Excelência? Os jovens só querem ter o prato bem cheio; pouco lhes importa saber como as comidas lhe caíram ali.

— Perfeitamente, perfeitamente! — exclamou o conde. — Uma vez que já te tenho aqui — continuou, pegando, com gesto jovial, seu filho pelas duas mãos, — não te deixarei sem mais nem menos. Vais fazer-me o prazer de saltar no trenó de dois cavalos e correr à casa de Bezukhov; dir-lhe-ás que o Conde Ilia Andreitch te envia para lhe pedir morangos e ananases de suas estufas. Impossível encontrá-los em outra parte; se ele não estiver lá, farás meu pedido às princesas. De lá, far-te-ás conduzir ao Razguliai. Hipato, o cocheiro, conhece o caminho. Deita a mão, custe o que custar, no cigano Iliúcha, sabes quem é, aquele que dançou de casaca branca em casa do Conde Orlov, e traze-o aqui.

— Será preciso trazer também as cantoras dele? — perguntou Nicolau, rindo.

— Não é melhor calares a boca?...

Nesse momento, Ana Mikhailovna, de ar espantado, preocupado, mas, como sempre, penetrada de compunção cristã, entrou no salão a passos silenciosos. Não havia dia em que não surpreendesse o conde em roupão de quarto, o que não impedia este de se mostrar todas as vezes bastante confuso e lhe apresentar desculpas.

— Isto não tem importância, meu bom amigo — disse ela, baixando pudicamente os olhos. — Quanto à ida à casa de Bezukhov, encarrego-me disso. Pedro acaba de chegar e porá, decerto, suas estufas à nossa disposição. Tenho justamente necessidade de vê-lo; enviou-me uma carta de Boris que, louvado seja Deus, acaba de ser adido ao estado-maior.

O oferecimento de Ana Mikhailovna encantou o conde; mandou logo atrelar para ela a pequena carruagem.

— Direis a Bezukhov que o esperamos; inscrevê-lo-ei... Sua mulher o acompanha?

Profundo pesar pintou-se nas feições de Ana Mikhailovna que ergueu os olhos para o céu.

— Ah! meu amigo, ele é muito infeliz — exclamou ela. — Se o que se diz por aí, é verdade, é espantoso. E nós que nos regozijávamos com a felicidade dele! Quem teria acreditado nisso? É uma tão bela alma esse jovem Bezukhov! Lamento-o de todo o coração e procurarei levar-lhe todas as consolações que estiverem a meu alcance.

— Que se passou então? — perguntaram ao mesmo tempo pai e filho.

— Dizem que Dolokhov, o filho de Maria Ivanovna, compromete-a totalmente — explicou ela, num tom de mistério. — Pedro tirou esse rapaz de embaraços, convidou-o à sua casa em Petersburgo, e eis a recompensa... Mal havia ela chegado aqui e já aquele cérebro desmiolado lhe corria no encalço.

Ana Mikhailovna desejava lamentar Pedro, mas suas entonações, seu meio-sorriso deixaram antes vislumbrar simpatia por aquele cérebro desmiolado que era Dolokhov, como o chamava ela.

— Diz-se que Pedro morre de desgosto — concluiu.

— Seja como for, dizei-lhe que venha ao clube. Isso o distrairá. Haverá um banquete monstro.

No dia seguinte, 3 de março, pelas duas horas da tarde, os duzentos e cinquenta membros do Clube Inglês e cinquenta convidados aguardavam a chegada de seu convidado de honra, Príncipe Bagration, herói da campanha da Áustria. A notícia da derrota de Austerlitz havia a princípio lançado Moscou em estupor. Os russos estavam então habituados de tal modo a vencer que, ao terem conhecimento do desastre, uns se recusaram a admiti-lo, ao passo que outros perguntavam a si mesmos a que causa extraordinária podiam bem imputar um acontecimento tão insólito. Em dezembro, à chegada das primeiras notícias, cada qual parecia ter dado ao outro a senha no Clube Inglês — ponto de encontro das pessoas mais consideráveis e mais bem-informadas — para não falar nem da guerra, nem da derradeira batalha. As pessoas que davam o tom à conversação, o Conde Rostoptchin, o Príncipe Iuri Vladimirovitch Dolgóruki, Valuiev, o Conde Markov, o Príncipe Viazemski, tinham abandonado o clube por outros círculos íntimos; privados de seus guias aqueles dentre os moscovitas que, como o Conde Ilia Andreitch Rostov, só exprimiam as opiniões alheias, não tiveram durante bastante tempo nenhuma opinião formada sobre o curso dos acontecimentos. Mas ao fim de certo tempo, os personagens grados reapareceram no clube, à maneira de jurados saindo de sua sala de deliberações: fez-se luz, as línguas se desataram. Encontraram-se causas para aquele acontecimento inaudito, incrível, impossível: uma derrota russa. Essas causas, explicadas à porfia, em todos os cantos de Moscou, eram: a perfídia dos austríacos, o mau aprovisionamento das tropas, a traição do polonês Przebyszewski e do francês Langeron, a imperícia de Kutuzov e, acrescentava-se em voz baixa, a juventude e a inexperiência do imperador que depositara sua confiança em homens nefastos e de nulo valor. Mas as próprias tropas, as tropas russas se tinham, no dizer de todos, comportado admiravelmente; haviam praticado prodígios de valor. Soldados, oficiais, generais, todos se tinham conduzido heroicamente. O herói dos heróis era o Príncipe Bagration, tornado para sempre ilustre, tanto pelo negócio de Schoengraben, como pela retirada de Austerlitz, em que sozinho soubera reajustar sua coluna em boa ordem e resistir o dia inteiro a um inimigo duas vezes superior em número.

De resto, o que incitou sobretudo os moscovitas a fazer de Bagration o herói do dia, foi não ter ele relação alguma naquela boa cidade deles e ser ali perfeitamente desconhecido. Prestava-se em sua pessoa uma homenagem merecida ao bravo militar russo, estranho às facções, às recomendações. As recordações da campanha da Itália aproximavam, aliás, seu nome do de Suvorov. E depois todas aquelas honras que lhe prestavam não eram a melhor demonstração de censura e de malevolência para com Kutuzov?

— Se Bagration não existisse, seria preciso inventá-lo — decretou aquela má língua de Chinchin, parodiando a frase célebre de Voltaire.

A respeito de Kutuzov não se dizia uma palavra; se alguns pronunciavam seu nome, era para tratá-lo às escondidas de velho sátiro ou de ventoinha de corte.

Toda Moscou repetia o aforismo do Príncipe Dolgorukov: "À força de colar a gente se envisca", que consolava do desastre pela lembrança das vitórias precedentes. Toda Moscou repetia as palavras de Rostoptchin:" "O soldado francês deve ser levado à batalha graças a palavras retumbantes, o soldado alemão só obedece às injunções da lógica: é preciso explicar-lhe que a fuga é mais perigosa do que o ataque; o soldado russo, pelo contrário, precisa ser contido, chamado à calma". Inscreviam-se todos os dias novas proezas no ativo de nossos soldados, de nossos oficiais: um salvara uma bandeira, outro matara cinco franceses, um terceiro manejou sozinho cinco canhões. Pessoas que não o conheciam afirmavam que Berg, ferido na mão direita, marchara para o fogo, empunhando sua espada com a mão esquerda. Nada se dizia de Bolkonski; somente seus íntimos lastimavam sua morte prematura e lamentavam sua mulher, obrigada a dar à luz sob o teto do demente de seu sogro.

3. No dia 3 de março, um burburinho de conversas enchia todas as salas do Clube Inglês. Os membros e seus convidados, uns de uniforme, outros de fraque, alguns mesmo com cafetã e cabelos empoados, iam e vinham, ficavam sentados ou de pé, agrupavam-se e se separavam; dir-se-ia um enxame de abelhas na primavera. Plantados em cada porta, lacaios de libré, cabeleira, meias de seda e escarpins, vigiavam para lhes oferecer seus serviços, os menores gestos dos assistentes. Estes, na maior parte homens de idade e de peso, tinham o rosto largo e tranquilo, dedos grossos, a voz firme e o gesto imperioso; pontificavam em seu lugar de fundação ou formavam seu círculo habitual. Convidados de passagem, quase todos jovens, e entre eles Denissov, Rostov e Dolokhov, que voltara a ser oficial no regimento Semenovski, constituíam a minoria. Nos rostos desses jovens, principalmente nos dos militares, pairava aquela nuança de

deferência zombeteira que parece dizer aos velhos: "Não vos recusamos nem os respeitos nem as atenções, mas não esqueçais que o futuro nos pertence".

Nesvitski, membro titular do clube, estava também lá. Pedro que, em obediência à sua mulher, sacrificara seus óculos, mas trazia em compensação os cabelos compridos e roupas da moda, andava pelos salões com ar taciturno e lúgubre. Ali, como em toda a parte, sentia plainar em torno de si uma atmosfera de servilismo; habituado a reinar sobre aqueles aduladores de sua fortuna, não lhes prestava senão uma atenção distraída, desdenhosa. Se sua idade o colocava entre os jovens, sua riqueza e suas relações abriam-lhe o círculo dos velhos, das pessoas respeitáveis; passava, pois, alternativamente, de uns para os outros. Em torno dos personagens mais importantes haviam-se formado grupos, aos quais se juntavam respeitosamente até desconhecidos, ávidos de recolher as opiniões de pessoas tão consideráveis. Aglomeravam-se especialmente em torno do Conde Rostoptchin, de Valuiev e de Narichkin.

Rostoptchin afirmava que os russos, espezinhados pelos austríacos, tiveram de abrir um caminho à baioneta pelo meio daqueles fugitivos. Valuiev anunciava confidencialmente que Uvarov acabava de ser enviado de Petersburgo para conhecer a opinião dos moscovitas a respeito de Austerlitz. Narichkin evocava a lembrança do famoso conselho de guerra em que Suvorov respondera com um cocoricó às proposições ineptas dos generais austríacos. Chinchin, que se achava ali, quis insinuar uma frase: Kutuzov, a dar-se crédito, nem mesmo aprendera com Suvorov a cantar como galo, arte, no entanto, pouco difícil. Mas os respeitáveis velhos deram a entender ao engraçado, com uma olhadela severa, que nem o lugar, nem o dia, permitiam semelhantes facécias.

De ar azafamado, o Conde Ilia Andreitch Rostov arrastava suas botas moles da sala de jantar ao salão, dirigindo a mesma saudação rápida às personagens de distinção como às pessoas de menos importância, porque conhecia igualmente umas e outras. De tempos em tempos seus olhos esquadrinhadores detinham-se sobre o belo rapagão do seu filho e lhe dirigiam uma piscadela amiga. O jovem Rostov conversava num vão com Dolokhov, com quem travara recentemente conhecimento e com quem parecia bastante entusiasmado. O velho conde aproximou-se e apertou a mão de Dolokhov.

— Faze-me o favor de vir-me ver — lhe disse. — És o camarada de meu bonitão, um herói como ele... Ah! Vassili Ignatitch. Bom dia, meu caro, — atirou ele a um velho que passava; mas seus cumprimentos se perderam num burburinho geral: um criado acabava de acorrer e de anunciar, todo precípite: "Ele está chegando!"

Toques de campainha retiniram; os membros da comissão se precipitaram, como grãos de trigo reunidos com a pá, os convidados, até então disseminados nas diversas peças, aglomeraram-se no salão e na porta da grande sala.

Bagration apareceu na antecâmara. De acordo com os usos do clube, entregara ao suíço seu chapéu e sua espada. Em lugar do boné de pele de cordeiro e do chicote em bandoleira com que Rostov o vira na véspera de Austerlitz, trazia um uniforme apertado, novo em folha, constelado de condecorações russas e estrangeiras, a medalha de São Jorge no lado esquerdo. Acabara evidentemente de mandar cortar os cabelos e as suíças, o que mudava com desvantagem a sua fisionomia. Seu ar ingenuamente solene formava com seus traços másculos e duros um contraste um tanto cômico. Beklechov e Fiodor Petrovitch Uvarov, chegados ao mesmo tempo que ele, pararam na porta para ceder passagem ao herói da festa. Confuso diante dessa cortesia, Bagration quis a princípio opor-se a ela, o que produziu urna parada, mas acabou cedendo. Com andar tímido e acanhado avançou sobre o parquete da sala de recepção, não sabendo que fazer com seus braços: estava seguramente mais habituado a marchar sob uma chuva de balas através das terras lavradas, como em Schoengraben, quando tomara a frente do regimento de Kursk. Os membros da comissão, que o aguardavam na primeira porta, expressaram-lhe em algumas palavras sua alegria em receber um convidado tão querido; depois, sem esperar sua resposta, tomaram de certo modo posse dele e o arrastaram para o salão. Foi quase impossível entrar ali, tanta era a gente que se comprimia nas portas, de olhos fitos em Bagration por cima dos ombros, como se se tratasse dum animal curioso. Rindo mais alto do que todo o mundo e gritando sem cessar: "lugar, meu caro, lugar!", o Conde llia Andreitch conseguiu fender a multidão e introduzir seus convidados no salão, onde os instalou no canapé do meio. Os membros influentes do clube assediaram os recém-chegados. Fazendo recuar de novo a multidão, llia Andreitch saiu do salão para nele tornar imediatamente a entrar em companhia dum outro membro da comissão; trazia desta vez uma salva de prata sobre a qual se via uma folha com versos compostos e impressos em honra do herói do dia. Apresentou a salva a Bagration, que lançou em redor de si um olhar de desamparo como para implorar proteção. Mas todos os olhos lhe exigiam que se resignasse. Sentindo-se à mercê deles, agarrou a salva com as duas mãos, num gesto brusco, acompanhado duma olhadela. Alguém fez-lhe o obséquio de tirar-lhe das mãos aquele objeto incômodo — do qual parecia não querer mais desembaraçar-se, mesmo para se pôr à mesa — e atraiu-lhe a atenção para a poesia. "Está bem! Vou lê-la", pareceu dizer Bagration; e fixando no papel seus olhos fatigados, dispôs-se, com ar sério e concentrado, a tomar conhecimento dela. Mas o autor da poesia arrebatou-lha e fez-lhe dela leitura em voz alta, enquanto Bagration escutava, de cabeça pendida.

"A glória eterna sê do tempo de Alexandre,
De Tito sobre o trono o guarda vigilante,
Não só terrível chefe, ainda homem de bem,
Rifeu[25] *em tua pátria e César nos combates.*
Graças a ti, herói, feliz, Napoleão
Não mais provocará os Alcides do Norte...

Ainda não terminara e já, com uma voz de trovão, o mordomo anunciava:
— Sua Alteza é servida!
A porta da sala de jantar se abriu ao som da polonesa:

"Raios da vitória ecoai,
Valentes russos alegrai-vos."[26]

E o Conde Ilia Andreitch, fulminando com o olhar o desastroso autor que prosseguia sua leitura, inclinou-se diante de Bagration. Toda a gente, julgando o jantar preferível à poesia, levantou-se e passou, com Bagration à frente, para a sala de jantar. Fizeram o general sentar-se no lugar de honra entre dois Alexandres, Beklechove Narichkin, alusão discreta ao prenome do imperador. Os trezentos convidados tomaram lugar de acordo com seu posto e sua importância; não é preciso acrescentar que os mais notáveis estavam mais próximos do herói da festa: não se espalha sempre a água mais profundamente nos lugares em que o solo é mais baixo?

Justamente antes do começo do banquete, Ilia Andreitch apresentou seu filho a Bagration, que o reconheceu e lhe dirigiu algumas palavras sem nexo e embaraçadas, como todas aquelas aliás, que pronunciou naquele dia. Entretanto, o conde passeava sobre as testemunhas dessa conversa um olhar exultante de alegria e de orgulho.

Nicolau Rostov, Denissov e seu novo amigo Dolokhov instalaram-se ao meio da mesa; tinham no lado oposto Pedro e o Príncipe Nesvitski. O Conde Ilia Andreitch, colocado com seus

25. Companheiro de Enéias que se vê aparecer um instante na ENEIDA, II,339, 394, 426. (N. do T.)
26. Cantata de Derjavin: ODE SOBRE A TOMADA DE ISMAIL (1791); popularizada por uma polonesa de José Kozlowski, desempenhou por muito tempo o papel de hino nacional russo. (N. do T.)

colegas da comissão em face do príncipe, exercia tão bem o papel de anfitrião que se teria podido tomá-lo por uma encarnação da famosa hospitalidade moscovita.

Embora não tivesse perdido suas fadigas e fossem seus dois cardápios — tanto o magro como o gordo — igualmente suntuosos, não deixou de manter-se inquieto, durante todo o decorrer do banquete. Dava com um piscar de olhos ordens ao copeiro, cochichava outras aos serventes e aguardava, com uma emoção sempre renovada, a aparição de cada um dos serviços de que fora o ordenador. Tudo correu irreprochavelmente. Desde o segundo serviço, ao mesmo tempo que era trazido um gigantesco esturjão, cuja entrada fez Ilia Andreitch corar de prazer e de confusão, os lacaios estouraram as rolhas e verteram a champanha. Após o peixe, que produziu certo efeito, o conde trocou um olhar com seus colegas da comissão. "Haverá muitos brindes. Seria tempo de ir começando", disse-lhes em voz baixa, e levantou-se, empunhando um copo. Todos se calaram, atentos ao que ele ia dizer.

— À saúde de Sua Majestade o Imperador! — exclamou ele, com seus bons olhos completamente úmidos de lágrimas de entusiasmo. No mesmo instante, a orquestra atacou de novo: "Raios da vitória ecoai". Toda a gente se levantou, gritando: "Viva!" Bagration fez coro com a mesma voz que tivera no campo de Batalha de Schoengraben. Distinguiu-se, entre as trezentas vozes, a voz exaltada do jovem Rostov. Tinha dificuldade em reter as lágrimas. "A saúde do imperador! — berrou ele. — "Viva!". Esvaziou sua taça dum trago e a atirou ao chão. Muitos o imitaram. E as aclamações se renovaram mais violentas. Quando por fim se restabeleceu o silêncio, os lacaios apanharam os cristais partidos, os convivas tornaram a sentar-se e, todos sorridentes ainda pelo seu belo entusiasmo, retomaram as conversas interrompidas. Mas em breve o Conde Ilia Andreitch levantou-se de novo, lançou uma olhadela para um bilhete colocado ao lado de seu prato e ergueu um brinde "ao herói de nossa derradeira campanha, ao Príncipe Pedro Ivanovitch Bagration", enquanto que seus olhos azuis se umedeciam mais uma vez de lágrimas. "Viva!", gritaram ainda os trezentos convivas; mas desta vez, em lugar da orquestra, cantores entoaram uma cantata, obra de Pavel Ivanovitch Kutuzov:

"Aos russos que importam os obstáculos?
Da vitória é penhor sua coragem.
Basta termos alguns Bagrations
Para vencer inimigas legiões..."

Mal haviam os cantores terminado, ergueram-se muitíssimos outros brindes em consequência dos quais Ilia Andreitch foi ficando cada vez mais comovido; quebraram-se ainda mais taças e esgoelaram-se ainda mais. Bebeu-se à saúde de Beklechov, de Narichkin, de Uvarov, de Dolgorukov, de Apraxin, de Valuiev; à saúde dos membros da comissão, dos membros do clube e de seus convidados; por fim à saúde do organizador da festa, o Conde Ilia Andreitch. Este último brinde levou ao cúmulo a emoção do conde, que teve de esconder suas lágrimas em seu lenço.

4. Sentado diante de Dolokhov e de Nicolau Rostov, devorava Pedro a bom devorar, segundo seu costume, e esvaziava copo após copo. Mas os que o conheciam bem, verificaram que grande mudança se operara nele. Permaneceu silencioso durante todo o repasto; de cenho franzido, passeava em torno de si seus olhos de míope, ou então de olhar fixo e ar ausente, esfregava com o dedo a raiz do nariz.[27] Seu aspecto era lúgubre. Evidentemente, absorvido por um pensamento dominante, por dúvidas angustiosas, não tinha olhos nem ouvidos para os que o cercavam.

27. Nas edições de 1868 e de 1886, há a seguinte variante: "metia os dedos no nariz". (N.do T.)

Despertadas nele, desde sua chegada a Moscou, por uma maligna alusão de uma das princesas, as terríveis suspeitas que agora o obsedavam, tinham sido reforçadas naquela manhã mesmo por uma carta anônima, cujo autor o advertia, no tom zombeteiro de costume, que não enxergava ele muito bem apesar de seus óculos e que a ligação entre sua mulher e Dolokhov era o segredo de Polichinelo. Embora não ligando a essas insinuações, nem por isso deixava Pedro de sentir um constrangimento extremo olhando Dolokhov à sua frente. Cada vez que seu olhar tombava sobre os belos olhos atrevidos do oficial, sentia elevar-se no seu íntimo um horrível tumulto e desviava a vista bem depressa. Todo o passado de Helena, todas as suas maneiras de agir para com Dolokhov incitavam Pedro a pensar que as alegações anônimas podiam ser verdadeiras ou pelo menos teriam podido ser, se não se tivesse tratado de "sua mulher", dele. Lembrava-se do regresso de Dolokhov a Petersburgo, reintegrado em todos os seus direitos depois da campanha; via-o aparecer diretamente em sua casa, evocar a lembrança de suas antigas orgias, pedir-lhe uma hospitalidade que ele generosamente lhe concedera, chegando mesmo a ponto de emprestar-lhe dinheiro. Ouvia ainda Helena reprochar-lhe, sorrindo, haver ele introduzido em casa, aquele hóspede importuno e Dolokhov cumprimentá-lo, cinicamente, pela beleza de sua mulher. Lembrava-se de que, desde então e até a chegada deles a Moscou, não o havia ele deixado um instante sequer.

"Evidentemente — pensava Pedro, — é um rapaz muito bonito. E depois, eu o conheço. Dei passos em seu favor, hospedei-o, ajudei-o, razões todas estas muito boas para que encontre ele um especial prazer em desonrar meu nome. Decerto, sua traição lhe pareceria sobremodo picante... se a coisa fosse exata. Mas não, não o é. Não acredito nisso, não tenho o direito de acreditar nisso." Entretanto, revia a expressão feroz espalhada pelas feições de Dolokhov, quando acessos de crueldade se apoderavam dele, naquele dia, por exemplo, em que amarrara o policial em cima do urso, antes de atirá-lo n'água; naquele outro em que provocara um homem para um duelo sem o menor motivo, aquele outro ainda em que havia matado, com um tiro de pistola, o cavalo dum postilhão. E de repente, lembrou-se Pedro de que, mais de uma vez, havia-o olhado Dolokhov com aquela expressão. "Sim — disse a si mesmo — é um espadachim; matar um homem não tem para ele importância nenhuma. Deve imaginar que toda a gente tem medo dele e saboreia, com esta certeza, um prazer maligno. Sem dúvida crê que eu também tenho medo dele. Não se engana aliás". E de novo, violenta tempestade se desencadeava em sua alma.

Entretanto, diante dele, Dolokhov, Denissov e Rostov pareciam divertir-se enormemente. Rostov conversava alegremente com seus dois amigos, orgulhoso de que um fosse um hussardo cheio de garbo e o outro um espadachim forrado de velhacaria. De tempos em tempos, lançava ele um olhar pouco ameno para Pedro, cuja quadratura maciça e fisionomia fechada se faziam notar. A hostilidade do jovem hussardo se explicava facilmente: aos olhos daquele militar, Pedro não passava de um "paisano", bastante rico e marido duma beldade em vista, em resumo, uma mulherzinha; por outra parte, Pedro, todo entregue às suas preocupações, parecera não tê-lo reconhecido, a ele, Nicolau Rostov, não havia respondido ao seu cumprimento.

Quando chegou o momento do brinde ao imperador, Pedro, mergulhado nas suas reflexões, não se levantou, nem mesmo pegou em sua taça.

— Que fazeis então? — gritou-lhe Rostov, fulminando-o com um olhar pesado de cólera fanática. — Não ouvis que estão levantando um brinde a Sua Majestade?

Pedro lançou um suspiro, levantou-se docilmente e esvaziou sua taça. Depois, enquanto esperava que os outros se dessem ao prazer de tornar a sentar-se, olhou Rostov com seu bondoso sorriso.

— E eu que não o havia reconhecido! — disse-lhe.

Mas Rostov, todo entregue a seus "vivas", não lhe prestou atenção.

— Por que não renovas o conhecimento? — perguntou-lhe Denissov.

— Pouco me importa esse idiota!

— Deve-se sempre fazer a corte aos maridos das mulheres bonitas — replicou Denissov.

Sem ouvir o que eles diziam, adivinhou Pedro que se falava dele. Corou e voltou a cabeça.

— E agora, bebamos à saúde das mulheres bonitas — propôs Dolokhov. Ergueu sua taça e, dirigindo-se a Pedro, com o ar mais sério do mundo, mas com um sorriso no canto dos lábios, disse-lhe: "Pedroca, à saúde das mulheres bonitas e de seus amantes!"

Pedro, de olhos baixos, esvaziou sua taça sem responder a Dolokhov, sem mesmo lhe conceder um olhar.

Um lacaio, que distribuía pelos convidados mais ilustres exemplares da cantata de Kutuzov, entregou um a Pedro. Como este se dispusesse a recebê-lo, Dolokhov, inclinando-se sobre a mesa, arrancou-lho das mãos e se pôs a ler. Pedro desta vez fitou-o: suas pupilas se abaixaram e a tempestade, que se havia gerado nele durante a refeição, explodiu. Inclinou-se com todo o seu corpo pesadão por cima da mesa.

— Largue isso! — gritou.

Espantados com tal saída e vendo a quem ela se dirigia, Nesvitski e o vizinho de direita de Bezukhov quiseram interpor-se.

— Calma, vejamos, que se passa convosco? — disseram-lhe, bem baixo.

Dolokhov fitou Pedro com olhar claro, jovial e duro e com um sorriso que parecia dizer: "Ah! ah! eis o que me agrada!"

— Não, não o largarei! — retorquiu, com voz cortante.

Lívido de cólera, de lábios trêmulos, Pedro arrancou-lhe o papel da mão.

— Você... é um... miserável!... Dar-me-á satisfação — proferiu. E, empurrando para trás sua cadeira, deixou a mesa.

No mesmo instante em que Pedro fazia esse gesto e pronunciava essas palavras, sentiu que a questão da culpabilidade de sua mulher, essa questão que desde vinte e quatro horas se propunha tão tragicamente a ele, estava resolvida, sem remissão pela afirmativa. Tomou ódio pela mulher e se sentiu separado dela para sempre.

Surdo às objeções de Denissov, consentiu Rostov em servir de testemunha a Dolokhov e, depois que se levantaram da mesa, concertou com Nesvitski, que Bezukhov encarregara de seus interesses, as condições do encontro. Pedro voltou para casa, enquanto que Rostov, em companhia de Dolokhov e de Denissov, prolongava o sarau no clube, ouvindo ciganos e cantores militares.

— Amanhã, no parque dos Falcoeiros — disse Dolokhov, despedindo-se de Rostov no patamar do clube.

— E tu estás calmo? — perguntou Rostov.

Dolokhov parou.

— Escuta, meu caro, vou-te revelar em duas palavras todo o segredo do duelo. Se, na véspera de um encontro, tu escreves teu testamento e cartas enternecedoras a teus parentes, se pensas na possibilidade de ser morto não passas de um tolo e corres para tua perda. Se, pelo contrário, lá vais ter com a firme resolução de matar teu adversário o mais cedo e o mais seguramente possível, tudo estará pelo melhor, para falar como nosso caçador de ursos de Kostroma. Quantas vezes me disse ele: "É certo que quando se vai caçar o urso, sente sempre a gente aquele friozinho de medo; mas assim que a fera se mostra, o friozinho desaparece e só se pede uma coisa: que ele não nos falte". Eis precisamente o que faço. Até amanhã, meu caro.

No dia seguinte, de manhã, pelas oito horas, Pedro e Nesvitski chegaram ao bosque dos Falcoeiros, onde já os aguardavam Dolokhov, Denissov e Rostov. Pedro parecia presa de preocupações bastante alheias ao caso presente. Pelo seu rosto estirado e amarelado, pelo seu olhar vago, pelos seus olhos piscantes, como sob o brilho dum sol muito vivo, adivinhava-se que não dormira toda a noite. Duas coisas o preocupavam unicamente: a culpabilidade de sua mulher, cuja evidência suas horas de insônia lhe haviam demonstrado; a inocência de Dolokhov, que nenhuma razão tinha para poupar a honra de um homem que nada lhe era. "Talvez em seu lugar teria eu feito o mesmo —dizia Pedro a si mesmo. — Sim, certamente, teria feito o mesmo. Então, por que esse duelo, esse assassinato? Ou eu o matarei, ou será ele que me atingirá na cabeça, no cotovelo, no joelho. Se eu fugisse, se fosse esconder-me em alguma parte?" Mas no momento em que semelhantes ideias lhe passavam pela cabeça, perguntava num tom particularmente frio e desprendido que se impunha aos que o cercavam: "Estamos prontos?" ou "Ainda demora?"

Entretanto, carregavam-se as pistolas; marcavam-se, por meio de sabres fincados na neve, o limite que não se podia transpor; terminados todos estes preparativos, aproximou-se Nesvitski de Pedro e lhe disse com voz mal-segura:

— Acreditaria faltar a meu dever, conde, e não justificaria a honra que concedestes escolhendo-me para vossa testemunha, se, neste grave, neste gravíssimo minuto, não vos dissesse toda a verdade. Não vejo motivos bastante sérios para esse duelo, o caso não merece que se derrame sangue... Vós estais errado, ou pelo menos não tendes plenamente razão... Deixaste-vos arrebatar...

— Sim — concedeu Pedro, — tudo isso é muito besta.

— Neste caso, deixai-me transmitir vossas desculpas. Estou persuadido de que nossos adversários as aceitarão — continuou Nesvitski. Como toda a gente e como em geral todas as pessoas que se encontram metidas em semelhantes negócios, não podia acreditar que as coisas fossem até o fim. —Não ignorais, conde, que é muito mais nobre reconhecer seus erros que chegar ao irreparável. Não houve ofensa grave, nem duma parte, nem de outra. Permiti que parlamente...

— Não — decidiu Pedro. — Para quê?... Que importa agora?... Então, estamos prontos? Dizei-me somente até onde devo avançar e em que direção atirar — acrescentou, com um sorriso um tanto forçado.

Pegou a pistola e perguntou como se premia o gatilho, sem todavia confessar que jamais tivera uma arma na mão.

— Ah! sim, já sei, tinha esquecido.

— Não, nada de desculpas, recuso-me a isso categoricamente — dizia de seu lado Dolokhov a Denissov, que tentava igualmente levá-lo à resipiscência.

E também ele postou-se no lugar designado.

O local escolhido estava a oitenta passos da estrada, onde haviam deixado os trenós, numa pequena clareira do pinhal. O degelo, sobrevindo desde alguns dias, derretia a neve. Os adversários mantinham-se a quarenta passos um do outro, nas duas extremidades da clareira. Medindo a distância, tinham as testemunhas deixado sobre a neve moles traços de passos; detinham-se diante dos sabres de Nesvitski e de Denissov, que fixados a dez passos de distância, limitavam o campo. A bruma e o gelo persistiam; não se via coisa alguma a quarenta passos. Tudo estava pronto havia já três minutos, sem que se pensasse em começar; ninguém dizia uma palavra.

5

. — Pois bem, vamos! — disse Denissov.

— Vamos — disse Pedro, sempre sorridente.

Era claro que não se podia mais deter a questão, surgida tão levianamente. Tornava-se terrível isso. Fora de qualquer vontade humana, deveria seguir seu curso, sem remissão alguma.

Denissov avançou, em primeiro lugar, até o limite e gritou:

— Tendo os adversários recusado reconciliarem-se, convido-os a tomar cada um uma pistola e marchar ao comando de "três!"... Um! dois! três! — gritou ele, com voz irritada; e afastou-se.

Os dois homens, que tinham o direito de atirar à vontade antes de chegar ao limite, marcharam um para o outro, seguindo a espécie de vereda aberta na neve pelos passos de suas testemunhas. Percebiam-se cada vez mais nitidamente através do nevoeiro. Dolokhov avançava a passos lentos, a pistola baixa, fixando em Pedro seus olhos azuis, claros e brilhantes. Como sempre, vago sorriso pairava-lhe nos lábios.

— De modo que posso atirar quando quiser — disse Pedro.

Ao comando de "Três", adiantou-se com passo vivo, que o fazia desviar-se da senda e afundar-se na neve. Temendo sem dúvida ferir-se com sua própria pistola, mantinha-se com o braço direito bem estendido; esforçava-se por conservar seu braço esquerdo para trás, porque era tentado a servir-se dele para sustentar o direito; não ignorava que isso era proibido. Depois de ter dado cinco ou seis passos e de se ter desviado na neve, Pedro olhou para seus pés, lançou uma rápida olhadela a Dolokhov e puxou o gatilho, como lhe haviam indicado. A violência inesperada da detonação fê-lo estremecer; mas logo sorrindo de sua ingenuidade, parou. A fumaça e o nevoeiro furtavam-lhe seu adversário sob uma cortina opaca. Em lugar do segundo tiro que esperava, só percebeu passos precipitados. Por fim, através da bruma, entreviu o contorno de Dolokhov, lívido, apertando com uma mão seu flanco esquerdo e com a outra sua pistola abaixada. Rostov precipitou-se e lhe disse algumas palavras.

— N... ã... o — deixou cair Dolokhov entre seus dentes crispados, — não está acabado.

Deu ainda alguns passos cambaleantes e tombou sobre a neve ao lado do sabre. Depois de ter enxugado na túnica sua mão esquerda ensanguentada, apoiou-se sobre ela. Seu rosto pálido e sombrio tremia.

— Perm... perm... — articulou com dificuldade, — permiti — acabou ele, fazendo esforço sobre si mesmo.

Pedro, a ponto do soluçar , corria já para ele, sem preocupação de deixar o campo interdito, quando Dolokhov gritou: "Fique no limite!" e Pedro, compreendendo de que se tratava, parou perto do sabre. Estavam apenas a dez passos de distância. Dolokhov mergulhou sua cabeça na neve, encheu dela avidamente sua boca, endireitou-se e, mantendo com esforço seu equilíbrio, conseguiu sentar-se. Chupava sempre a neve que tinha na boca. Seus lábios tremiam, mas seus olhos, sempre sorridentes, brilhavam com um clarão de ódio, avivado por aquele supremo esforço. Ergueu por fim sua pistola e se pôs a visar.

— Conservai-vos de perfil, cobri-vos com a pistola — aconselhou Nesvitski a Pedro.

— Cobri-vos afinal! — não pôde impedir-se de gritar Denissov, se bem que fosse a testemunha do adversário.

Mas Pedro, de braços e pernas afastados, sem defesa, oferecia seu largo peito a Dolokhov, a quem fitava com um pálido sorriso, marcado de compaixão e de arrependimento. Denissov, Rostov e Nesvitski fecharam os olhos. Ouviram, ao mesmo tempo que o estampido do tiro, um grito de raiva.

— Errei! — urrou Dolokhov. E, já sem forças, deixou-se cair, com o rosto na neve.

Pedro levou as mãos à cabeça e, arrepiando caminho, fugiu através do bosque. Enquanto dava grandes passadas pela neve, lançava, com voz desgraçada, palavras sem nexo:

— Estúpido... estúpido... A morte... Mentiras tudo isso!...

Nesvitski alcançou-o e levou-o para casa.

Rostov e Denissov transportaram o ferido.

Estendido no fundo do trenó, Dolokhov, de olhos fechados, nada respondia às perguntas que lhe faziam. Ao entrarem em Moscou, voltou a si e pegou a mão de Rostov, sentado a seu lado. Uma expressão de ternura extática animava agora sua fisionomia; parecia transfigurado.

— Então, como te sentes? — perguntou-lhe Rostov, que não dava crédito a seus olhos.

— Mal! Mas não é disto que se trata, meu amigo — respondeu Dolokhov, com voz entrecortada. — Onde estamos? Em Moscou, não é?... Não ligo ao que possa acontecer... ela, porém... matei-a... Não suportará isso, não, nunca...

— De quem se trata? — indagou Rostov.

— De minha mãe, de minha mãe, de meu anjo, de meu anjo adorado...

E Dolokhov, rebentando em lágrimas, apertou convulsivamente a mão de Rostov.

Depois que se acalmou um pouco, explicou-lhe que morava com sua mãe e que se ela o visse naquele estado não resistiria ao choque. Suplicava, pois, a Nicolau que fosse ter com ela antes, para prepará-la.

Aceitou Rostov e essa missão revelou-lhe, com profundo espanto seu, que aquele espadachim que era Dolokhov, vivia em Moscou com sua velha mãe e sua irmã corcunda e que era o mais terno dos filhos e dos irmãos.

6. Naqueles últimos tempos, raramente encontrara-se Pedro a sós com sua mulher: em Moscou, como em Petersburgo, a casa estava sempre cheia de gente. Na noite que se seguiu ao duelo, em lugar de dirigir-se ao quarto de dormir, ficou, como lhe acontecia muitas vezes, no imenso gabinete de seu pai, aquele mesmo onde o conde morrera.

Estendeu-se sobre um divã, esperando encontrar no sono o esquecimento do que se tinha passado, mas não o conseguiu. Tal tempestade de pensamentos, de sentimentos, de recordações se levantou na sua alma que não pôde dormir, nem ficar quieto: teve de saltar do divã e andar pelo quarto a passos rápidos. Revia Helena nos primeiros momentos de seu casamento, de espáduas nuas e olhar langoroso; ao lado dessa imagem surgia logo o belo rosto de Dolokhov, cínico e zombeteiro, tal como estava no banquete, depois esse mesmo rosto, lívido, crispado, sofredor, tal como lhe aparecera no momento em que o desgraçado caía sobre a neve.

"Que aconteceu então? — perguntava a si mesmo. — Matei "o amante", sim, matei o amante de minha mulher. E por quê? Como cheguei a esse ponto? — Porque a desposaste — respondia-lhe uma voz interior. — Mas que culpa tenho disso? — No a teres desposado sem amor, no a teres enganado, enganando-te a ti mesmo". Logo lhe veio à memória o minuto fatal em que, depois da ceia em casa do Príncipe Basílio, lhe dissera aquelas palavras que não queriam ser pronunciadas: "Amo-a". "Sim, tudo proviera disso. Senta bem então que não tinha o direito de dizê-las, que dava um passo errado. E meu pressentimento não me enganou."

Corou de súbito à lembrança de sua lua-de-mel. Um incidente, sobretudo, daquele feliz mês, confundia-o de vergonha. Uma manhã, depois das onze horas, como passasse de seu quarto para o gabinete, ali encontrou seu administrador-geral. Vendo o rosto radiante de Pedro e seu roupão de seda, aquele homem, depois de um cumprimento respeitoso, permitiu-se um ligeiro sorriso, testemunhando assim a parte que tomava na felicidade de seu patrão.

"E dizer que ela me enchia de orgulho! Glorificava-me por vê-la tão bela, tão imponente, tão perfeitamente inacessível; admirava com que habilidade mundana recebia em nossa casa toda Petersburgo! Havia na verdade de que orgulhar-se! Cria não compreendê-la. Quantas vezes, estudando-lhe o caráter censurei-me por desconhecer aquela calma perpétua, aquele ar sempre satisfeito, aquela ausência de todo desejo e de toda paixão! E a chave do enigma estava naquela frase espantosa: é uma desavergonhada. Aquela palavra horrível tudo esclareceu!

"Anatólio vinha pedir-lhe dinheiro emprestado e beijava-lhe as espáduas nuas. Ela não lhe dava dinheiro, mas aceitava-lhe os beijos. Se seu pai, por brincadeira, excitava-lhe o ciúme, respondia-lhe ela, com seu sorriso tranquilo, que não era bastante tola para ser ciumenta: "Ele pode fazer o que bem entender", dizia ela a meu respeito. Como lhe perguntasse um dia se não experimentava sintomas de gravidez, disse-me, com um sorriso de desprezo, que "não era bastante tola para desejar filhos e que, em todo o caso, não os teria nunca de mim".

Lembrou-se em seguida da baixeza evidente dos pensamentos dela, da trivialidade de suas expressões, tão pouco de acordo com sua educação aristocrática! "Pensas que sou uma imbecil?... Experimenta um pouco... Vá passear"... Bem muitas vezes, vendo-a adulada por todo o mundo, jovens e velhos, homens e mulheres, não chegava a compreender porque somente ele não a amava. "Não, decididamente, nunca a amei; sabia que era uma desavergonhada, mas não ousava confessá-lo a mim mesmo... E agora eis Dolokhov afundado na neve, forçando-se a sorrir, expirando talvez e não respondendo ao meu impulso de arrependimento, senão por meio duma fingida bravata!"

Era Pedro dessas pessoas que, malgrado sua pretensa fraqueza de caráter, não se confiam a ninguém e ruminam sempre seus pesares em si mesmas.

"É ela, é ela a culpada — discorria ele consigo mesmo. Mas que fazer? Por que me liguei a ela, por que lhe disse aquele fatal "Amo-a", que era uma mentira e pior que uma mentira?... Sou eu, pois, o culpado, e devo suportar... Que coisa justamente? a desonra, a adversidade... Mas não, vejamos a vergonha, a ignomínia, tudo isso é relativo e deixa minha personalidade fora de jogo. Eles executaram Luís XVI, porque "eles" o tinham como um criminoso sem honra, e tinham razão, do seu ponto de vista; mas os que sofreram o martírio por ele e o colocaram no rol dos santos, não tinham igualmente razão? Executou-se em seguida Robespierre, porque era um déspota... Quem tem razão? Quem não tem razão? Ninguém. Aproveita da vida enquanto vives; amanhã morrerás, como poderia eu ter morrido há uma hora. Vale a pena atormentar-se a gente, quando o pouco de tempo que nos resta para viver não é mais que um segundo em face da eternidade?"

Mas no momento mesmo em que se julgava acalmado com esse belo raciocínio, reviveu de súbito os minutos de falso abandono em que "ela" lhe havia testemunhado seu amor mentiroso. Sentiu logo o sangue afluir-lhe ao coração; teve de levantar-se de novo, andar, quebrar, reduzir a migalhas tudo quanto lhe caía sob as mãos. "Por que, com os diabos, lhe disse eu: "Amo-a"? — perguntava a si mesmo sem cessar. E como fizesse a pergunta pela décima vez, veio-lhe à memória a frase de Molière: "Mas que diabo ia ele fazer naquela galera?" e se pôs a rir de seu próprio infortúnio.

Durante a noite, chamou seu criado de quarto e ordenou-lhe que fizesse suas bagagens. A ideia de ter doravante uma conversa com a mulher lhe parecia monstruosa. Resolveu partir logo no dia seguinte e exprimir-lhe numa carta sua intenção de deixá-la para sempre.

No dia seguinte de manhã, quando o criado de quarto lhe levou o café, estava Pedro estendido na otomana e dormia, com um livro aberto na mão. Teve um sobressalto e deixou por muito tempo vagar em torno de si seu olhar aparvalhado; percebeu afinal onde se encontrava.

— A senhora condessa manda perguntar se Vossa Excelência pode recebê-la — disse o criado.

Não se decidira ainda Pedro a responder e já a condessa, em traje íntimo, de cetim branco tecido de prata, com seu esplêndido rosto coroado por duas pesadas tranças em forma de diadema, entrava com ar firme e imponente; mas uma ruga de cólera perturbava a serenidade de sua fronte marmórea, ligeiramente arqueada. Soubera do duelo e queria explicações. Entretanto, sua calma imperturbável permitiu-lhe dominar-se, enquanto esteve presente o criado que preparava o café. Através de seus óculos, ousou Pedro lançar-lhe um olhar tímido e, tal como uma lebre que, forçada pelos cães, acama as orelhas e se enrodilha diante de seus inimigos, remergulhou na sua leitura, mas, sentindo em breve o absurdo daquela atitude, espiou de novo, com olho amedrontado. Ela ficara de pé e encarava-o com um sorriso de desdém.

— Que há ainda? Que bonito que fez! Que significa isso? — perguntou-lhe ela, num tom severo, assim que o criado se retirou.

— Eu? Que fiz eu? — perguntou Pedro.

— Com que então, ei-lo transformado em raio de guerra! Que significa esse duelo? Que procurou provar com isso? Responda, vamos, quando lhe falo.

Pedro voltou-se pesadamente na sua otomana, abriu a boca, mas nada pôde articular.

— Já que não responde, falarei eu — continuou Helena. — Você acredita em tudo quanto lhe contam, e lhe contaram... que Dolokhov era meu "amante" — explodiu ela, numa gargalhada. Falava em francês e, com seu cinismo habitual de linguagem, largou a palavra crua sem o menor constrangimento. — E você deu crédito a essa falinha. Mas que provou com esse duelo? que é um tolo. Toda a gente já o sabia, aliás!... E agora vai fazer de mim o alvo das risadas de Moscou; todos vão dizer que, estando bêbado e não se dominando mais, você provocou a duelo um homem de que estava com ciúmes sem razão... sim — acrescentou ela, erguendo cada vez mais o tom da voz, — um homem que vale mais que você, sob todos os aspectos...

— Hum! hum! — rugiu Pedro, batendo os olhos, sem olhá-la e sem fazer um movimento.

— Que foi que o fez crer que ele é meu amante?... É por que me agrada seu convívio? Se você fosse mais espirituoso e mais amável, sem dúvida, preferiria eu o seu.

— Deixe-me tranquilo, suplico-lhe — murmurou Pedro, com voz rouca.

— E por que então? Tenho, que eu saiba, direito de falar!... Digo-lhe com toda a franqueza, com um marido como você, que mulher não teria arranjado amantes?... E, no entanto, não o fiz.

Pedro quis dizer uma palavra, mas contentou-se em fixar nela um olhar cuja expressão estranha ela não compreendeu. Deixou-se recair no divã, presa duma atroz angústia: sentia o peito opresso, ofegante. Conhecia um meio de pôr fim àquele sofrimento, mas recuava diante desse extremo.

— É melhor separar-nos — insinuou ele afinal, com voz entrecortada.

— Separar-nos? Em boa hora, mas com a condição de que me forneça o necessário para eu viver!... Quanto ao resto, pouco me importa!

Pedro saltou do divã e caminhou para ela, a passo cambaleante.

— Vou matar-te! — berrou ele e, agarrando com uma força de que não se julgava capaz, a chapa de mármore duma mesinha de centro, brandiu-a na direção de Helena.

Com o rosto contraído de terror, Helena lançou um grito agudo e recuou. O sangue paterno falara em Pedro: gozava com embriaguez de seu furor. Atirou o mármore, que se quebrou, e, de punhos ameaçantes, precipitou-se sobre ela.

— Vai-te! — rugiu ele, com voz, tão terrível que toda a casa tremeu de medo.

Só Deus sabe o que teria ele feito naquele instante, se Helena não houvesse fugido.

* * *

Oito dias mais tarde, tomou Pedro sozinho o caminho para Petersburgo, entregando a Helena plenos poderes para administrar todos os seus domínios da Grande Rússia, que constituíam mais da metade da sua fortuna.

7. Dois meses já se haviam passado desde que se soubera em Montes Calvos, notícia da Batalha de Austerlitz e da desaparição do Príncipe André. Malgrado todas as cartas dirigidas à embaixada, malgrado todos os inquéritos, o corpo não fora encontrado; por outra parte, o nome do príncipe não figurava em lista nenhuma de prisioneiros. Nem por isso deixava de subsistir a esperança de que pudesse ter sido levantado do campo de batalha por habitantes da região; era, aliás, para a família a mais angustiante das hipóteses, porque, neste caso, encontrava-se ele em alguma parte, convalescente ou moribundo, sozinho, em meio de estranhos, incapaz de dar notícias de si. O velho príncipe teve conhecimento da derrota, a princípio pelos jornais: como sempre, anunciavam em algumas frases breves e vagas que os russos, após brilhantes combates, tinham sido obrigados a recuar e que essa recuada se operara em perfeita ordem. Lendo este comunicado, compreendeu o príncipe que tínhamos sido batidos. Oito dias mais tarde, uma carta de Kutuzov informou-o da sorte de seu filho.

"Vosso filho — escrevia-lhe ele — caiu sob os meus olhos, com a bandeira na mão, à frente dum regimento, como herói digno de seu pai e de sua pátria. Para vivo pesar meu e de todo o exército, não sabemos ainda se ele está vivo ou morto. Podemos, entretanto, afagar a esperança de que vosso filho haja sobrevivido, porque doutro modo figuraria entre os corpos dos oficiais encontrados no campo de batalha, dos quais uma lista me foi transmitida por parlamentares".

Esta missiva foi levada ao velho príncipe, já tarde da noite, quando se encontrava sozinho em seu gabinete. No dia seguinte, como se de nada se tratasse, deu seu passeio matinal, mas se mostrou bastante taciturno com seu administrador, com seu jardineiro e com seu arquiteto. Se bem que tivesse um ar bastante colérico, não dirigiu censuras a ninguém.

Quando a Princesa Maria se apresentou à hora habitual, estava ele em seu banco de trabalho e não voltou a cabeça.

— Ah! Maria — disse, de repente, com voz alterada.

Atirou fora sua goiva. A roda continuou a girar graças à velocidade adquirida e aquele rangido, pouco a pouco ensurdecido, permaneceu muito tempo no espírito de Maria, intimamente ligado às recordações daquela manhã.

Aproximou-se e a expressão que viu no rosto de seu pai perturbou-lhe a vista, abalou-a inteiramente. Aquele rosto, não triste, não abatido, mas mau e como que presa duma luta sobrenatural, anunciava-lhe uma terrível desgraça, já suspensa sobre ela e prestes a esmagá-la, a desgraça mais grave que jamais experimentara, uma desgraça irreparável, inconcebível, a morte dum ser ardentemente amado.

— Meu pai! André! — disse a canhestra e desgraciosa princesa, mas com tal esquecimento de si mesma, com uma dor tão penetrante, que o pai não pôde suportar-lhe o olhar e voltou-se, soluçando.

— Tenho notícias! Não se encontra nem entre os prisioneiros, nem entre os mortos... Kutuzov me escreveu — ganiu ele, com voz furiosa, como se quisesse afugentar a filha. — Deve estar morto então!

A princesa não desmaiou, nem foi tomada de vertigem. Já estava pálida, mas, ao ouvir aquela notícia, seu rosto mudou-se, clarões passaram por seus belos olhos radiantes. Uma felicidade suprema, um arrebatamento estranho às alegrias tanto como os pesares deste mundo, dominava aparentemente sua profunda dor. Esquecida do medo que lhe inspirava seu pai, ousou aproximar-se dele, tomar-lhe a mão, cercar com os braços aquele pescoço seco e nodoso do velho.

— Meu pai — disse-lhe ela, — não me aparteis de vós. Choremo-lo juntos.

— Os patifes, os canalhas! — exclamou o velho príncipe, libertando-se. — Perder o exército, fazer homens morrerem! Por quê? Vamos, vai prevenir Lisa.

A princesa deixou-se cair numa poltrona e não pôde reter suas lágrimas. Revia agora seu irmão dando-lhes adeus, a Lisa e a ela, com um ar ao mesmo tempo afetuoso e altivo; revia-o pondo no pescoço, com terna ironia, a imagenzinha. "Tinha fé ele? Arrependera-se de sua incredulidade? Estará agora lá em cima, na mansão do eterno repouso, da eterna felicidade?"

— Meu pai, dizei-me como foi que aconteceu — disse ela, através das lágrimas.

— Vai, vai, foi morto numa batalha em que pereceram, com nossa glória, os melhores dos russos. Vai, Princesa Maria. Previne Lisa. Seguir-te-ei.

Quando Maria voltou do gabinete de seu pai, a princesinha, sentada a seu bastidor, mirou-a com aquele ar de contentamento, de serenidade, próprio das mulheres grávidas. Seus olhos não viam sua cunhada, mas mergulhavam no mais profundo de si mesma, contemplava o feliz acontecimento que ali se realizava, no mistério.

— Maria — disse, abandonando seu bastidor e inclinando-se para trás — dá-me tua mão. Lisa pegou a mão de Maria e pousou-a sobre seu ventre. Seus olhos mostravam o sorriso da expectativa, seu lábio penugento ergueu-se e assim permaneceu, dando-lhe a expressão de uma criança feliz.

Maria ajoelhou-se e mergulhou o rosto nas dobras do vestido de sua cunhada.

— Aí, aí, estás sentindo? Parece-me isto tão estranho! E sabes tu, Maria, hei de amá-lo muito — disse Lisa, fitando-a com olhos radiantes.

Maria não pôde erguer a cabeça; chorava.

— Mas que tens, Maria?

— Nada... Sinto-me muito triste... pensando em André.

E Maria enxugou suas lágrimas no vestido de sua cunhada.

Por várias vezes, no correr da manhã, tentou prepará-la e cada vez as lágrimas impediam-na disso. Por menos perspicaz que fosse Lisa, aquelas lágrimas, cuja razão não compreendia, não deixaram de atormentá-la. Nada dizia, mas passeava em torno do quarto olhares ansiosos. Antes do jantar, viu entrar o velho príncipe, que sempre lhe causava medo, mas que, desta vez, tinha um ar especialmente arrogante, mau, e que saiu sem lhe dirigir a palavra. Seu olhar fixou-se um instante sobre Maria, depois passou a refletir com aquele ar de atenção dirigida para o íntimo de si mesma que têm muitas vezes as mulheres grávidas e bruscamente desatou a chorar.

— Teríeis recebido notícias de André? — perguntou ela.

— Não, é ainda cedo demais, bem sabes; mas meu pai se inquieta e isto me atormenta.

— Então, não se sabe de nada?

— Não, de nada — afirmou Maria, fitando-a com seus olhos luminosos.

Resolvera nada dizer-lhe e decidiu seu pai também a guardar silêncio até o parto próximo. Pai e filha, cada qual à sua maneira, dominavam e ocultavam seu pesar. O velho príncipe recusava a si mesmo qualquer esperança. Se bem que tivesse encarregado um homem de confiança de efetuar pesquisas na Áustria,estava convencido de que seu filho fora morto; anunciava sua morte a todos e havia mesmo encomendado em Moscou um monumento que contava mandar erigir em seu jardim à sua memória. Conquanto se esforçasse por coisa alguma mudar no seu modo de viver, suas forças o traíam: seus passeios eram menos longos, seu apetite diminuía, o sono lhe fugia; em suma, enfraquecia-se dia a dia. Em compensação, a Princesa Maria, longe de desesperar, rezava por seu irmão como por um vivo e aguardava a cada instante a notícia de seu regresso.

8. — Minha boa amiga — disse de repente a princesinha, a 19 de março, após o almoço — creio que o "fruschtico"[28] desta manhã, como diz nosso cozinheiro Foka, não me fez bem.

Seu lábio sombreado arqueou-se maquinalmente num sorriso. Mas, como desde a fatal notícia, tudo naquela casa, sorrisos, tons de vozes e até o andar trazia a marca do luto e a própria Lisa cedia, sem nada compreender, à corrente geral, o sorriso não pôde dessa vez senão acusar ainda mais a aflição geral.

— Que tens então, minha querida? Meu Deus, como estás pálida! — exclamou Maria, acorrendo com seu passo pesado e mole.

— Excelência — insinuou uma das criadas de quarto, — não seria conveniente mandar chamar Maria Bogdanovna?

Essa Maria Bogdanovna era a parteira da cidadezinha vizinha, instalada havia já uns quinze anos em Montes Calvos.

— Efetivamente — aprovou Maria, — talvez seja necessário. Irei eu mesma. Coragem, meu anjo!

Deu, antes de sair, um beijo em Lisa.

— Oh! não, não — implorou esta, cujo rosto pálido, crispado pelo sofrimento, refletia a apreensão infantil da inevitável tortura. — Não, é o estômago... Diga que é o estômago, diga, Maria, diga...

E numa crise de lágrimas, torcia os braços como uma criança caprichosa e um tanto quanto simuladora.

Maria saiu correndo, acompanhada pelos "Oh! oh!" e pelos "Meu Deus! Deus!" de sua cunhada.

Em caminho, encontrou-se com a parteira, que vinha chegando, a esfregar as mãos brancas e gordas, e com ar importante e calmo.

— Maria Bogdanovna, parece-me que começou — disse Maria, lançando para a parteira uns olhos escancarados de medo.

— Graças a Deus, princesa — disse Maria Bogdanovna, sem apressar o passo. Mas são coisas essas que as moças devem ignorar.

— Mas por que o médico de Moscou não chegou?

De acordo com o desejo de Lisa e André, tinham mandado chamar para o parto um ginecologista de Moscou, que era aguardado com impaciência.

— Não vos inquieteis, princesa — retorquiu a parteira. — Não haverá necessidade de médico; tudo correrá muito bem.

Cinco minutos mais tarde, Maria, retirada para seu quarto, ouviu que se transportava algo de pesado. Entreabriu a porta e viu que criados carregavam para o quarto de dormir o divã de couro que ornava o gabinete de seu irmão. Os carregadores iam com um ar recolhido e solene.

28. Do alemão "fruhstuck", pequeno almoço. (N. do T.)

Maria não se moveu mais do seu quarto, prestando ouvidos aos rumores que se erguiam na casa, abrindo vez por outra sua porta para observar as idas e vindas pelo corredor. Várias mulheres passavam e tornavam a passar a passos tranquilos, mas se desviavam da princesa, depois de haver-lhe lançado uma olhadela. Não ousando interrogá-las, tornava a fechar a porta e ia sentar-se numa poltrona, ou pegava seu livro de orações, ou ia ainda ajoelhar-se diante dos ícones. Para dolorosa surpresa sua, a oração não lhe trazia alívio nenhum à sua comoção. De repente, sua porta se abriu de manso e no limiar apareceu, com a cabeça coberta por um lenço, sua velha ama-de-leite, Prascóvia Savichna, que, em obediência às ordens do príncipe, quase nunca entrava ali em seu quarto.

— Vim fazer-te companhia, minha Mariazinha — disse a ama-de-leite, — e trouxe, meu anjo, os círios do casamento de teus pais; vou acendê-los diante do Bem-aventurado[29] — acrescentou, dando um suspiro.

— Ah! que prazer me dás, minha ama.

— Deus é misericordioso, minha pomba.

A ama acendeu diante do armário dos ícones as velas enroladas em papel dourado, depois sentou-se perto da porta, com seu tricô. Maria pegou um livro e se pôs a ler. As duas mulheres não trocavam olhares senão quando ouviam ruídos de passos ou de vozes; o de Maria era ansioso, o da ama tranquilizador.

Aquele mesmo sentimento de angústia que retinha Maria no seu quarto apoderara-se de todos os moradores da casa. A acreditar-se numa velha tradição, quanto menos pessoas conhecem seu estado, tanto menos vivas são as dores de uma mulher em trabalho de parto; cada qual fingia, pois, ignorância, ninguém falava a respeito; mas, através da gravidade e do bom-tom habituais em toda a criadagem do príncipe, irrompia uma espécie de preocupação enternecida, junta a uma convicção bem nítida de que um grande e misterioso acontecimento estava a ponto de realizar-se.

Nenhum riso rebentava no quarto das criadas. Na copa, os criados permaneciam silenciosos e prontos para tudo. Nos quartos da criadagem, queimavam-se velas e resinas e ninguém dormia. O velho príncipe, que zaranzava pelo seu gabinete, na ponta dos pés, decidiu mandar Tikhon à cata de informações junto a Maria Bogdanovna.

— Basta dizer-lhe que o príncipe manda saber como vai isso e vem dizer-me sua resposta.

— Informa o príncipe que o parto começou — declarou Maria Bogdanovna ao enviado, com um olhar bastante eloquente.

Tikhon voltou com o recado.

— Está bem — disse o príncipe, tornando a fechar a porta atrás de si. E Tikhon não ouviu mais o menor ruído no gabinete.

Entrou ali um pouco mais tarde, sob pretexto de espevitar as velas. Vendo o príncipe estendido sobre o divã, contemplou um instante seu rosto devastado, aproximou-se bem de manso, beijou-lhe o ombro e saiu sem ter espevitado as velas e sem dizer porque havia entrado. O mistério mais solene que existe no mundo continuava a realizar-se. A sobretarde passou, caiu a noite. E, longe de atenuar-se, o sentimento de expectativa, de enternecimento diante do inconcebível, ia em aumento crescente. Ninguém dormia.

* * *

Fazia uma dessas noites de março em que o inverno volta à carga e desencadeia com o furor do desespero suas derradeiras rajadas, suas derradeiras tempestades de neve. Homens a cavalo, munidos de lanternas, tinham sido postados à entrada do caminho vicinal, a fim de guiar através

29. São Nicolau, padroeiro do velho príncipe. (N. do T .)

de carreiros e pântanos, o médico alemão de Moscou, que era aguardado dum momento para outro e para o qual haviam despachado cavalos na estrada real.

Desde muito havia Maria abandonado seu livro. Sem dizer palavra, contemplava com seus olhos luminosos o rosto enrugado de sua ama, cujos menores traços lhe eram familiares, desde as mechas cinzentas que se escapavam de sua coifa até a papada que se salientava sob seu queixo.

A ama Savichna, com a meia que tricotava na mão, contava em voz baixa, sem ouvir nem entender ela mesma o que dizia, uma historieta cem vezes repisada, isto é; que a defunta princesa havia dado Maria à luz em KiChinev, com a ajuda somente duma matrona moldava.

— Deus terá misericórdia de nós; os "doutos" nada têm que fazer.

De repente, uma lufada de vento abalou uma das janelas, cujo caixilho exterior já haviam retirado, como o exigia o príncipe, desde que chegavam as cotovias. Sacudiu o fecho mal corrido, afastou as cortinas de seda e apagou a vela. Maria estremeceu, arrepiada, sob aquele sopro glacial. A ama largou seu tricô, aproximou-se da janela e, debruçando-se para fora, tentou pegar o caixilho aberto. A borrasca agitava as pontas de sua coifa e as madeixas assanhadas de seus cabelos grisalhos.

— Princesa, minha querida filha, eis que chega alguém pela avenida — disse ela, mantendo o caixilho, sem fechá-lo. — E com lanternas, ainda por cima. É o "douto", decerto.

— Louvado seja Deus! — exclamou Maria. — Preciso ir recebê-lo. Não sabe falar russo.

Lançou um xale sobre os ombros e correu ao encontro dos que chegavam. Ao atravessar a antecâmara, avistou pela janela uma carruagem, escoltada pelos que seguravam lanternas, a qual acabava de parar diante do patamar. Pôs-se a descer a escada. Uma vela, que o vento fazia derreter-se, ardia no balaústre de saída. Filipe, um dos criados, com ar espantado e uma vela na mão, estava mais embaixo, no primeiro patamar. Mais baixo ainda, no primeiro lance da escada, ouvia-se um barulho de botas feltradas. Alguém subia. Alguém subia. Uma voz, que não pareceu desconhecida a Maria, fez-se ouvir.

— Graças a Deus! — dizia ela. — E meu pai?

— Já está deitado — respondeu a voz do mordomo Damião, que havia ocorrido lá embaixo.

A voz pronunciou ainda algumas palavras às quais respondeu Damião, enquanto que, galgando o lance invisível, os passos feltrados se aproximavam.

"Será André? — perguntou Maria a si mesma. — Não, impossível, seria por demais extraordinário!"

No mesmo instante em que lhe sobrevinha essa ideia, viu aparecer, no patamar em que se mantinha o criado que empunhava uma vela, o rosto, depois o busto do Príncipe André, com o colarinho da peliça todo empoado de neve. Sim, era ele mesmo, mas pálido, emagrecido, quase irreconhecível, porque uma doçura estranha, inquietante, havia substituído a antiga dureza de suas feições. Ao chegar ao alto da escada, tomou sua irmã nos braços.

— Não receberam minha carta? — perguntou. E sem esperar uma resposta que não seria dada, porque Maria se sentia incapaz de falar, tornou a descer, para buscar o parteiro, que havia encontrado na derradeira posta. Em sua companhia, tornou a subir a escada a grandes pernadas e abraçou de novo sua irmã.

— Que golpe da sorte, não é, querida Maria? — disse ele. E depois de ter tirado sua peliça e suas botas, dirigiu-se aos aposentos de sua jovem esposa.

9. A princesinha, a quem suas dores deixavam por fim alguma trégua, repousava sobre os travesseiros. Mechas negras escapavam-se da touca branca, caíam ao longo de suas faces avermelhadas e úmidas; sua encantadora boca rosada de lábio sombreado estava entreaberta e ela sorria alegremente. Como André se detivesse ao pé do divã sobre o qual estava ela estendida, seus olhos brilhantes, com um olhar espantado de criança, pousaram-se sobre ele, mas sem mudar de expressão. "Amo a todos vocês, não fiz mal a ninguém — diziam aqueles olhos. — Por

que então estou sofrendo? Por favor, aliviai-me!". Reconhecia seu marido, mas não compreendia o que significava aquela aparição súbita. André deu volta ao divã e beijou-a na fronte.

— Minha querida alma — disse-lhe ele e era a primeira vez que assim a chamava, — Deus é misericordioso...

Os olhos dela se encheram de censuras, como os de uma criança amuada.

"Esperava de ti algum alívio; mas não, tu és como os outros!" dizia seu olhar. Não se mostrava surpresa por vê-lo ali, mas não discernia porque viera ele. A chegada de seu marido não tinha relação alguma com seus sofrimentos e seu alívio. As dores recomeçaram e Maria Bogdanovna pediu ao príncipe que saísse.

O parteiro entrou. Encontrando de novo sua irmã, André travou com ela uma conversa em voz baixa, entrecortada de silêncios. Ambos aguardavam impacientes e de ouvidos alerta.

— Ide, meu amigo — disse-lhe Maria.

André voltou aos aposentos de Lisa e instalou-se na peça contígua ao quarto de dormir. Uma mulher saiu dentro em pouco dali, de rosto apavorado, e perturbou-se à vista do príncipe. Meteu ele o rosto nas mãos e ficou assim alguns minutos. Gemidos lamentáveis, gemidos de animal acuado, passaram através da porta. André aproximou-se, quis abri-la, mas alguém a retinha da parte de dentro.

— Impossível, impossível — disse uma voz assustada.

Pôs-se ele a palmilhar febrilmente a saleta. Os gemidos cessaram. Mas ao fim de alguns segundos um grito terrível repercutiu, um grito que não podia provir de Lisa, que ela não teria força de dar. Ao precipitar-se de novo, o grito parou de repente e elevou-se um vagido.

"Por que trouxeram para aqui um menino? — perguntou a si mesmo André, no primeiro momento. — Um menino? Que menino? Que vem ele fazer aqui? Terá nascido um menino?"

De repente compreendeu que aquele grito lhe anunciava uma grande alegria; as lágrimas sufocaram-no, apoiou-se ao peitoril da janela e desatou a soluçar, como uma criança. O médico apareceu, sem redingote, com as mangas da camisa arregaçadas; um tremor nervoso agitava seu rosto lívido; não respondeu às perguntas do príncipe senão com um olhar desvairado e passou pela sua frente. Uma mulher acorreu, mas imobilizou-se no limiar, toda interdita ao ver André. Este decidiu-se a entrar: Lisa estava estendida, morta, na posição mesma em que a vira cinco minutos e, malgrado a fixidez do olhar e a palidez das faces, a mesma expressão permanecia fixa naquele rosto miúdo de lábio sombreado por leve buço negro.

"Amo a todos vocês e não fiz mal a ninguém; e vocês, que fizeram vocês de mim?" dizia aquele encantador, aquele coitado rosto de morta.

Num canto do quarto, algo de minúsculo e vermelho resmungava e pipilava entre as mãos brancas e trêmulas de Maria Bogdanovna.

* * *

Duas horas mais tarde, André alcançava, a passos surdos, o gabinete de seu pai. O ancião já sabia de tudo. Mantinha-se perto da porta e assim que esta se abriu, tomou entre suas mãos rudes e senis, como entre tenazes, o pescoço de seu filho e soluçou como uma criança.

* * *

Dois dias depois realizaram-se as exéquias da princesinha e André subiu ao catafalco para dizer-lhe adeus. A despeito de seus olhos fechados, o rosto da morta tinha sempre a mesma expressão e parecia sempre dizer: "Ah! que fizeram de mim?" André sentiu que alguma coisa se dilacerava nele; sentiu-se culpado duma falta inexplicável. Não podia chorar. O velho príncipe veio por sua vez beijar a mãozinha de cera bem tranquilamente deitada sobre a outra. A ele também o rosto dizia: “Ah! que fizeste de mim? E por quê?” E, diante daquela muda interrogação, o velho se voltou com ar colérico.

* * *

Cinco outros dias se passaram e batizou-se o jovem Príncipe Nicolau Andreivitch. A ama retinha as faixas do pescoço, enquanto com uma pena de ganso o padre ungia as pequenas palmas, as pequenas plantas dos pés, vermelhas e enrugadas.

Tremendo no receio de deixá-lo cair, o avô, padrinho do menino, levou-o à pia, velha cuba de folha-de-flandres amolgada, e entregou-o à madrinha, que era a Princesa Maria. André, morrendo de medo de que lhe afogassem o filho, aguardava na peça vizinha o fim da cerimônia. Contemplou-o com alegria, quando a ama lho levou e soube, com um aceno satisfeito de cabeça, que ao ser lançado na cuba, o pedaço de cera com os cabelos do recém-nascido, não fora ao fundo, mas havia boiado muito bem![30]

10. O velho Conde Rostov esforçou-se de tal maneira que conseguiu que se fechassem os olhos da participação de seu filho no duelo Dolokhov-Bezukhov. Longe, pois, de ver cassada sua graduação, como era de esperar, foi Nicolau nomeado ajudante-de-campo do governador-geral de Moscou. Essas novas funções o prendiam à residência, e não pôde acompanhar sua família ao campo, permanecendo todo o verão na cidade. Entrementes, tratado por sua mãe, que o amava apaixonadamente, Dolokhov se restabelecera e durante sua convalescença, ligou-se Nicolau ainda mais a ele. A velha Maria Ivanovna, sensível a essa amizade, tomou-se de afeição por Nicolau Rostov, com o qual conversava a respeito do seu querido Fédia.

— Sim, conde — dizia ela, — ele é demasiado nobre, tem a alma demasiado pura para nosso século corrompido. Ninguém ama a virtude. Ela ofusca a todos. Vejamos, conde, é justo, é honesto o que fez Bezukhov? Fédia, com seu grande coração, gostava sinceramente dele e mesmo, no momento atual, não diz mal dele, nunca. Essas farsas em Petersburgo, essa história com o policial, só Deus sabe direito o que é, não estavam ambos juntos, não é mesmo? E contudo Bezukhov conseguiu safar-se do negócio, ao passo que tudo recaiu nas costas do meu Fédia. E Deus sabe o que ele suportou! Restituíram-lhe o posto, concordo, mas era mesmo possível não lho restituírem? Bravos, patriotas como ele, não deve haver muitos no exército!... E esse duelo? Vejamos, conde, pergunto-vos eu, será que essa gente tem coração, tem honra? Sabendo que é ele filho único, provocá-lo e atirar nele, sem mais nem menos! Felizmente, o bom Deus teve piedade de nós. E por que, esse duelo? Quem, na nossa época, não tem ligações? Já que é ele tão ciumento, por que não lhe fez observações mais cedo, em lugar de tolerar suas assiduidades durante um ano inteiro? E se o provocou, é que acreditava que Fédia, sendo seu devedor, não se bateria. Que vilania! Que baixeza! Eu o sei, meu caro conde, compreendestes o meu Fédia, por isso é que vos amo de todo o meu coração. Há muito poucos que o compreendem, decerto: é uma alma tão elevada, tão celeste!

O próprio Dolokhov dizia a Rostov coisas que não se esperavam da parte dele.

— Sei que me têm como um mau sujeito, mas pouco me importa. Se amo alguém, amo-o a ponto de dar a vida por ele; quanto aos outros, esmagá-los-ei a todos, se intentarem barrar-me o caminho. Tenho uma mãe a quem adoro, que não sei mesmo quanto apreciar e dois ou três amigos, entre os quais te coloco; os outros, hás de ver, só os considero na medida em que me possam ser úteis ou prejudiciais. E quase todos são prejudiciais, especialmente as mulheres. Sim, meu caro, se tenho encontrado homens de coração, de sentimentos nobres e elevados, não te-

30. Sinal de que a criança viverá, segundo uma superstição popular. (N. do T.)

nho visto entre as mulheres, desde as condessas às cozinheiras, senão criaturas à venda. Não encontrei ainda essa pureza divina, esse devotamento que procuro na mulher. Se algum dia descobrir tal mulher, darei minha vida por ela. Quanto a essas... — E teve um gesto de desprezo. — E acredita-me, se me apego ainda à vida, é unicamente porque espero tirar do ninho algum dia o pássaro raro, a criatura celeste que me regenerará, me purificará, me reerguerá. Mas tu não me compreendes...

— Compreendo sim, compreendo-te muito bem — replicou Rostov, completamente fascinado pelo seu novo amigo.

* * *

Com a chegada do outono, voltaram os Kostov a Moscou. No começo do inverno, Denissov regressou igualmente a Moscou e hospedou-se em casa deles. Aquele inverno de 1806, o primeiro que passava Nicolau Rostov em Moscou, foi um dos mais alegres, um dos mais felizes que aquela família conheceu. A presença de Nicolau atraiu grande número de rapazes. Vera era uma bela moça de vinte anos; Sônia, com dezesseis anos, estava em toda a graça de sua beleza mal desabrochada; Natacha, menina e moça, unia a graça da menina à sedução da donzela.

A casa dos Rostov estava impregnada naquele momento dessa atmosfera amorosa particular às casas onde há moças muito jovens e muito bonitas. Os rapazes que frequentavam aquela casa e viam aqueles rostos jovens, abertos a todas as impressões, e sorridentes (sem dúvida à sua felicidade), que viam aquelas idas e vindas, aquela animação, que escutavam aqueles cânticos, aquela música, e a tagarelice das moças, inconsequente mas afetuosa, cheia de esperança e de boa vontade, aqueles rapazes partilhavam daquela expectativa do amor e da felicidade de que vivia a mocidade da mansão dos Rostov.

Dolokhov, um dos primeiros introduzidos por Nicolau, conquistou toda a gente, exceto Natacha, que, por causa disso, esteve a ponto de se zangar com seu irmão. Sustentava que, no seu duelo com Pedro, aquele homem mau não tivera razão nenhuma e que era, aliás, desagradável e afetado.

— Pouco me preocupo com compreendê-lo — gritou ela, teimosamente. — Tomemos, por exemplo, o teu Denissov: é um devasso, tudo quanto quiseres, mas isto não me impede de gostar dele e por consequência de compreendê-lo. Não sei como te faça sentir isto... No outro, tudo é calculado de antemão e é isso que me desagrada; ao passo que Denissov...

— Denissov, é outro caso — respondeu Nicolau, deixando a entender que, em comparação com Dolokhov, o próprio Denissov não valia nada. — É preciso compreender que alma, que coração tem esse rapaz, como se porta para com sua mãe!

— Isto, eu o ignoro; mas, na sua presença, sinto-me constrangida... Sabes que está ele apaixonado por Sônia?

— Que tolice!

— Tenho certeza, verás.

Natacha adivinhava certo. Dolokhov, apesar de não gostar da sociedade feminina, tornou-se hóspede assíduo da casa e toda a gente decidiu tacitamente que ali aparecia por causa de Sônia. E Sônia, embora jamais o tivesse ousado dizer, sabia muito bem disso e corava como uma peônia todas as vezes que Dolokhov aparecia no salão.

Dolokhov jantara muitas vezes em casa dos Rostov, não faltava a nenhum espetáculo a que eles comparecessem, frequentava até os bailes de *adolescentes* que o mestre de dança Iogel dava e que aquelas senhoras acompanhavam assiduamente. Mostrava-se então particularmente atento junto a Sônia e pousava nela tal olhar que a moça não podia sustentá-lo sem corar e a própria condessa e Natacha sentiam o sangue subir-lhe às faces. Aquele homem forte, mas garboso, sofria evidentemente a influência irresistível daquela graciosa moreninha, cujo coração estava preso alhures.

Sem compreender com exatidão de que se tratava, dava-se Nicolau conta de que havia algo entre Dolokhov e Sônia. "Ah! bobagem! — dizia a si mesmo, pensando em sua irmã e em sua prima, — essas garotas estão sempre apaixonadas por alguém!" Entretanto, como não se sentisse mais tão à vontade em companhia de Dolokhov e de Sônia, cada vez ficou menos em casa.

Desde o outono de 1806 que se voltou a falar da guerra contra Napoleão e mesmo com mais ardor do que no ano precedente. Decretou-se um recrutamento de dez sobre mil para o exército ativo e de nove sobre mil para a milícia. De todos os lados lançavam-se anátemas contra Napoleão. Moscou só cuidava da retomada iminente das hostilidades. Não fosse o seu querido Nicolau, os Rostov não teriam testemunhado senão vago interesse por esses preparativos. Mas o rapaz se recusava absolutamente a ficar em Moscou. Só aguardava o fim da licença de Denissov para, com ele, ir juntar-se a seu regimento, após as festas de Natal. De resto, essa próxima partida não o impedia absolutamente de levar uma vida de prazeres; excitava-o, mesmo, pelo contrário. Tomado inteiramente pelos jantares, pelos saraus e bailes, nunca era visto em casa.

11. No terceiro dia das festas de Natal, por exceção, Nicolau jantou em casa de seus pais. Era um jantar de despedida, devendo a partida efetuar-se logo ao dia de Reis. Havia vinte serviços de mesa; Dolokhov e, e Denissov figuravam entre os convidados.

Jamais como então estivera o ar da casa dos Rostov tão saturado de amor. "Agarra no voo esses instantes de felicidade, faze-te amar e ama tu mesmo! O amor é a única coisa que vale e também a única que nos ocupa, porque tudo mais não passa de tolice." Eis o que aquela atmosfera parecia dizer a todo recém-chegado.

Nicolau, como sempre, depois de haver brunido suas atrelagens, sem ter podido fazer todas as visitas obrigatórias, nem responder a todos os convites, chegou justamente no momento em que todos se punham à mesa. Assim que entrou, percebeu a tensão da atmosfera amorosa, como também o constrangimento de certos convivas. Sônia, Dolokhov, a condessa e a própria Natacha pareciam particularmente comovidos. Adivinhou que, antes do jantar, algo devia ter ocorrido entre Sônia e Dolokhove, com a delicadeza de coração que lhe era própria, demonstrou para com ambos uma reserva afetuosa. Naquela noite devia realizar-se um dos bailes que Iogel dava aos seus alunos dos dois sexos.

— Nicolau, meu querido, irás conosco à casa de Iogel, não é? — disse-lhe Natacha. — Ele conta contigo. Vassili Dmitritch — tratava-se de Denissov — prometeu ir lá.

— Aonde não iria eu por ordem da condessa? — exclamou Denissov, que se punha, por brincadeira, como cavalheiro de honra de Natacha. — Para fazer-lhe prazer, dançaria de bom grado o *pas de châle*[31].

— Irei também, se dispuser de um minuto — respondeu Nicolau. Prometi aos Arkharov assistir ao sarau deles... E tu? — acrescentou, voltando-se para Dolokhov. Mas logo percebeu que melhor teria sido não fazer tal pergunta.

— Sim, é possível — replicou bruscamente Dolokhov. E seu olhar, depois de haver deslizado sobre Sônia tomou, para pousar-se em Nicolau, a mesma expressão que tivera ao encarar Pedro, por ocasião do famoso banquete.

"Decididamente, passou-se alguma coisa", — disse a si mesmo Nicolau e suas suspeitas vieram ainda a confirmar-se, quando viu Dolokhov partir assim que acabou o jantar. Chamou Natacha e perguntou-lhe o que havia.

— Procurava-te, justamente — disse-lhe ela, acorrendo. — Havia-te prevenido, mas não me querias dar crédito — continuou, num tom de triunfo. — Pediu a mão a Sônia.

Se bem que desde algum tempo Sônia não o preocupasse absolutamente, ao ouvir aquela notícia, não deixou Nicolau de sentir um aperto no coração. Para uma órfã, como Sônia, era Dolo-

31. Dança característica, muito em voga naquela época. (N. do T.)

khov um partido bastante conveniente, brilhante mesmo, sob certos aspectos. Aos olhos da velha condessa e do mundo, não havia possibilidade de recusá-lo. Nicolau também, cedendo a um primeiro movimento de despeito, aprontava-se para dizer: "Vamos, pois seja! Que esqueça ela os compromissos da infância e que dê seu consentimento!" Mas não teve tempo de dizê-lo.

— Imagina só — tornou a falar Natacha, — que ela recusou decididamente... E até mesmo — acrescentou, depois de breve pausa, — lhe disse que amava outro.

"Não esperava menos de minha Sônia!" — disse a si mesmo Nicolau.

— Não adiantou mamãe suplicar-lhe. Recusou. E sei, muito bem, que não voltará atrás do que disse.

— Mamãe suplicou-lhe? — exclamou Nicolau, constrangido.

— Sim... Escuta, Nicolau, não te zangues, mas sei bem que não casarás com ela. Não, não casarás com ela. Estou persuadida disto. Deus sabe porque, mas é assim mesmo.

— É o que não podes saber... — objetou Nicolau. — Mas preciso falar-lhe... É deliciosa essa Sônia — acrescentou, sorrindo.

— Creio bem que é deliciosa! Vou mandar-ta.

Natacha pulou ao pescoço de seu irmão e se pôs depois a correr.

Alguns instantes mais tarde, entrou Sônia, confusa, alarmada, com cara de culpada. Nicolau aproximou-se dela e beijou-lhe a mão. Era a primeira vez, desde seu regresso, que se entretinham a sós, de coração aberto.

— Sônia — começou ele, num tom receoso que pouco a pouco se avigorou até tornar-se ousadia, — Sônia, é possível que haja recusado tão brilhante partido?... É um excelente rapaz; um nobre coração... e, além do mais, meu amigo.

Sônia apressou-se em interrompê-lo.

— Já recusei.

— Se é por minha causa, receio que de minha parte... Sônia interrompeu-o de novo.

— Nicolau, não me digas isso — disse-lhe ela, implorando-lhe com o olhar.

— Sim, devo dizê-lo. Talvez seja suficiência de minha parte, mas é preferível falar. Se o recusa por minha causa, devo dizer-lhe toda a verdade. Amo-a decerto e, creio, mais do que a qualquer outra coisa no mundo...

— E isto me basta — disse Sônia, corando.

— Sim, mas enamorei-me mais de uma vez e isto me acontecerá ainda, se bem que ninguém me inspire tanta confiança e afeição como você. E depois, mamãe não deseja esse casamento. Em suma, não me comprometo a coisa alguma. E peço-lhe que reflita sobre o pedido de Dolokhov — concluiu ele, articulando com esforço o nome de seu amigo.

— Por que me diz isso? Não desejo nada. Amo-o como a um irmão, amá-lo-ei sempre. De que necessito mais?

— Você é um anjo. Não sou digno de você. Tudo quanto receio é não corresponder à sua expectativa.

E beijou-lhe ainda uma vez a mão.

12

Os bailes de Iogel eram os mais divertidos de Moscou. É o que diziam as mães, vendo seus *adolescentes* ensaiarem-se nos passos que acabavam de aprender; é o que diziam as próprias adolescentes e os adolescentes, que se entregavam à dança a pleno coração; é o que diziam os rapazes que tendo ido lá por mera condescendência, divertiam-se ali melhor do que em qualquer outra parte. Naquele mesmo ano, tinham saído dali dois casamentos: tendo duas lindas princesas Gotchakov encontrado lá maridos, o renome daqueles bailes foi levado ao cúmulo. Tinham isso de particular que neles não se viam nem dono, nem dona-de-casa: o bom do Iogel, esvoaçando como uma paina, prodigalizando as reverências segundo todas as regras de sua arte, aceitava uma contribuição de todos os seus convidados. Além disso, só compareciam ali

pessoas ávidas de dançar e de divertir-se, como acontece sempre às meninotas de treze a catorze anos, que pela primeira vez, eram ou pareciam muito bonitas, tanto entusiasmo havia no seu sorriso e flama nos seus olhos. As melhores alunas atreviam-se por vezes a executar o *pas de châle*, e nenhuma mostrava mais graça nisso que Natacha. Mas desta vez só se devia dançar a escocesa, a inglesa e a mazurca, cuja voga começava. O baile, para o qual Iogel pedira emprestado um salão do Palácio Bezukhov, obteve, segundo o consenso geral, um êxito completo. As moças bonitas eram nele numerosas, e as senhoritas Rostov, ambas radiantes de felicidade, contavam-se entre as mais belas. Muito orgulhosa de ter sido pedida em casamento por Dolokhov, de tê-lo recusado e de se ter explicado com Nicolau, Sônia, reviravolteante e piruetante, desde casa que se saracoteava, para grande desespero da criada de quarto que a penteava; uma alegria frenética a transfigurava inteiramente. Natacha, não menos orgulhosa por aparecer pela primeira vez de vestido comprido num verdadeiro baile, experimentava transportes ainda mais delirantes. Ambas traziam um vestido de musselina branca, guarnecido de fitas róseas.

Mal entrada na sala, Natacha cedeu à sua inclinação amorosa. Sem distinguir ninguém em particular, apaixonou-se por todos ao mesmo tempo. Se seus olhares caíam sobre alguém, ficava apaixonada por esse alguém... até que seus olhos se transportassem para outro.

— Ah! que coisa boa! — dizia ela a Sônia, todas as vezes que se encontravam juntas.

Nicolau e Denissov iam e vinham, concedendo aos dançarinos olhares gentilmente protetores.

— Ela é arrebatadora. Vai ser uma beleza — disse Denissov.

— Mas como?

— A Condessa Natália... Como dança bem, que graça tem ela! — tornou ele, ao fim de um instante.

— De quem falas ainda!

— Mas de tua irmã, ora essa! — respondeu Denissov com impaciência.

Rostov sorriu.

— Meu caro conde, sois um dos melhores alunos. Não deixes de dançar — disse o baixote Iogel, abordando Nicolau. — Vede quantas lindas donzelas.

Dirigiu o mesmo pedido a Denissov que, também, fora discípulo seu.

— Não, meu caro, prefiro ficar olhando... Aproveitei muito mal de suas lições. Não se lembra?

— Qual nada! — apressou-se Iogel a dizer, à maneira de consolação. — Éreis distraído, mas tínheis disposições, sim, sim, tínheis disposições.

Atacou-se a mazurca, em todo o seu apogeu então. Acedendo às instâncias de Iogel, Nicolau tomou Sônia como par. Denissov foi sentar-se junto das velhas senhoras e, apoiando o braço em seu sabre, batendo o compasso com o pé, travou com elas uma conversa brincalhona, enquanto via a mocidade dançar. Iogel formava o primeiro par com Natacha, seu orgulho e sua melhor aluna. Deslizando maciamente sobre seus escarpins, lançou-se ele através do salão com sua dançarina intimidada, mas que destacava muito conscienciosamente os seus passos. Denissov não desfitava os olhos dela e a maneira pela qual escandia ele o compasso com seu sabre significava que, se não dançava, era porque não queria, e não porque não soubesse. No meio de uma figura, interpelou Rostov que passava.

— Isso não é assim de todo — disse ele. — Não, isso não é a mazurca polonesa... Aliás, ela dança muito bem.

Sabendo que, mesmo na Polônia, passava Denissov por dançar com perfeição a mazurca, correu Nicolau para Natacha.

— Vai dançar com Denissov. É um virtuoso da mazurca.

Quando chegou a vez de Natacha, levantou-se ela e, deslizando sobre seus sapatinhos com laços, corando sob os olhares que de todos os lados convergiam para ela, atingiu o canto em que se encontrava Denissov. Nicolau, sorrindo, viu-os discutir. Denissov parecia recusar gentilmente; correu logo em auxílio.

— Rogo-vos, Vassili Dmitritch, vinde, rogo-vos — dizia Natacha.

— Queira desculpar-me, condessa.

— Ora, Vassia, aceita — interveio Nicolau.

— Não parece que estão mimando seu gato? — [32] — brincou Denissov.

— Cantarei para vós a noite inteira — prometeu Natacha.

— Ah! a encantadora! Faz de mim o que quer — disse Denissov, desafivelando seu sabre.

Saiu das fileiras de cadeiras, pegou com vigor a mão de sua dama, ergueu a cabeça e estendeu a perna, aguardando o compasso. Somente em duas ocasiões — quando estava a cavalo e quando dançava a mazurca — passava despercebida a mediocridade de sua altura e Denissov tornava-se plenamente o rude e belo rapagão que queria ser. Quando chegou seu turno, lançou para sua dama um olhar ao mesmo tempo brincalhão e vencedor, fez uma brusca chamada com o pé e saltou como uma bola elástica, arrastando Natacha na dança. Percorreu assim num só pé a metade do salão, sem fazer o menor ruído, sem parecer ver as cadeiras colocadas diante de si; iria, acreditava-se, tropeçar quando, de súbito, com as pernas afastadas, esporas sonantes, parou um instante sobre seus calcanhares, multiplicando os apelos do pé, deu uma volta rápida e alcançou a cadeia dos dançarinos, o pé direito batendo sem cessar contra o esquerdo. Natacha adivinhava cada uma de suas intenções e a elas se abandonava inconscientemente. Ora ele a fazia piruetar pela mão direita ou pela mão esquerda; ora, pondo-se de joelhos, fazia-a descrever um círculo em torno de si, depois, de súbito, reerguido, retomava sua furiosa carreira, como se quisesse dum só ímpeto percorrer todas as salas; ora, parava inopinadamente para executar uma figura imprevista. Quando, depois de uma magistral reviravolta, imobilizou sua dama justamente diante de seu lugar e se inclinou num derradeiro tilintar de esporas, Natacha nem mesmo teve a presença de espírito de retribuir-lhe a vênia. Fitava nele seus olhos sorridentes, espantados e parecia não reconhecê-lo.

— Que quer dizer isso? — murmurou ela.

De nada adiantou Iogel dar a entender que aquilo não era a verdadeira mazurca. A virtuosidade de Denissov nem por isso deixou de arrebatar a todos: porfiavam em dançar com ele, enquanto que os velhos evocavam, sorrindo, suas recordações da Polônia e do bom tempo antigo. Denissov, todo carmesim e enxugando a testa, tomou lugar por fim junto de Natacha e não a deixou mais durante o resto da noite.

13

. Nem no dia seguinte, nem no outro, apareceu Dolokhov em casa dos Rostov. Nicolau tampouco conseguia encontrá-lo em sua casa; afinal, ao cabo de três dias, entregaram-lhe, da parte dele, o seguinte bilhete:

> "Como não tenho mais intenções, pelas razões que conheces, de me apresentar em tua casa, e como, por outra parte, regresso ao exército, ofereço esta noite a meus amigos um jantar de despedida. Vem pois, ao Hotel da Inglaterra."

Ao sair do teatro, aonde acompanhara com Denissov sua família, dirigiu-se Nicolau, pelas dez horas, ao Hotel da Inglaterra. Conduziram-no imediatamente ao melhor gabinete que Dolokhov mandara reservar para aquela noite. Uns vinte convidados reuniam-se em torno de uma mesa, atulhada de ouro e de cédulas; Dolokhov, pontificando entre duas velas, era o banqueiro do jogo. Nicolau, que não revira seu amigo desde a recusa de Sônia, receava aquele primeiro encontro. Desde a entrada encontrou o olhar frio e luminoso de Dolokhov, como se este o esperasse desde muito.

— Há muito tempo que não nos vemos — disse ele. — Obrigado por ter vindo. Assim que terminar esta partida, chegará Iliucha com seus cantores.

— Passei duas ou três vezes por tua casa — disse Rostov, corando.

32. Vassia, diminutivo de Vassili, prenome de Denissov, é também o nome familiar dos gatos. (N.do T.)

— Podes apostar — disse-lhe Dolokhov, sem dar atenção à observação.

Lembrou-se Nicolau de súbito de uma curiosa conversa que tivera certa vez com Dolokhov. "Só os tolos jogam fiados na sorte", expusera-lhe ele.

— Terias medo de jogar comigo? — continuou Dolokhov, sorrindo e parecendo ler em seus pensamentos.

Através daquele sorriso, adivinhou Nicolau em seu amigo aquele estado de espírito que o dominava todas as vezes que, cansado duma vida demasiado monótona, experimentava — como por ocasião do famoso banquete — a necessidade de sair dela pela prática de algum ato estranho e na maior parte das vezes cruel.

Mal à vontade, perguntava Nicolau a si mesmo com que pilhéria iria responder a Dolokhov, quando este, fitando-o bem no branco dos olhos, lhe disse, martelando as palavras, de maneira que toda a gente pudesse ouvi-lo:

— Lembras-te do que te dizia certo dia: de que só os tolos jogam fiados na sorte? Deve-se jogar a fundo e é o que vou experimentar.

"Tentarei minha sorte ou jogarei a fundo?" — perguntou Rostov a si mesmo.

— Afinal de contas, farias muito bem não jogando — continuou Dolokhov, rasgando a cinta dum baralho. — Ao jogo, senhores!

E, depois de haver depositado seu dinheiro, pôs-se a cortar. Rostov sentou-se a seu lado e absteve-se de apostar a princípio. Dolokhov lançou-lhe um olhar.

— Então, não jogas? — perguntou-lhe.

Coisa curiosa, sentiu-se Nicolau como que forçado a pegar uma carta e a depositar na mesa uma quantia insignificante.

— Não tenho dinheiro comigo — explicou.

— Far-te-ei crédito.

— Rostov pôs cinco rublos numa carta e perdeu; apostou segunda vez e perdeu de novo. Dolokhov "matara-lhe" dez cartas em seguida.

— Senhores — disse ele, depois de haver mantido por algum tempo a banca, devo pedir-vos que coloqueis vosso dinheiro sobre as cartas; doutro modo poderei enganar-me nas contas.

— Pode-se ter confiança em mim, espero — objetou um dos jogadores.

— Evidentemente, mas receio enganar-me — replicou Dolokhov. — Tende pois a bondade de colocar o dinheiro sobre as cartas. Quanto a ti, não te incomodes — acrescentou ele, dirigindo-se a Nicolau, — haveremos de arranjar-nos sempre.

Continuou o jogo; um criado servia champanha sem cessar.

Todas as cartas de Rostov eram "matadas" e sua conta subiu em breve a oitocentos rublos. Ia marcar aquela soma naquela carta mas, enquanto lhe serviam champanha, mudou de opinião e só marcou os vinte rublos que constituíam sua parada habitual.

— Deixa então o total — disse-lhe Dolokhov, afetando não olhá-lo, — desforrar-te-ás mais depressa. Pago todas as outras cartas e "mato" todas as tuas. Terias medo de mim, por acaso?

Rostov submeteu-se. Apanhando do chão um sete de copas com um canto rasgado — do qual guardaria por muito tempo a lembrança — nele marcou um número: 800, em linhas retas, bem talhadas, bebeu a taça de champanha, quente agora, que lhe tinham servido, sorriu ao que Dolokhov acabava de dizer e, de coração palpitante, só teve olhares para as mãos do banqueiro, esperando, ansioso, vê-lo virar um sete. O ganho ou a perda daquele sete de copas tinha para ele enorme importância. No domingo precedente, Ilia Andreitch, tão pouco meticuloso em questão de despesas, habitualmente, prevenira-o, ao entregar-lhe dois mil rublos, de que não poderia dar-lhe mais nada antes do mês de maio e que, por consequência, lhe recomendava, por esta vez, que fosse econômico. Respondera Nicolau que aquela soma lhe bastaria largamente até a primavera e havia jurado aos seus grandes deuses que até lá não pediria nada mais a seu pai. Ora, já não lhe restavam senão mil e duzentos rublos. Daquele sete de copas dependia, pois, não somente a perda possível de mil e seiscentos rublos, mas o risco de trair a palavra dada. Eis porque espiava com tanta ansiedade para as mãos de Dolokhov.

"Vamos — dizia a si mesmo — dê-me bem depressa essa carta, que irei cear com Denissov, Natacha e Sônia, e juro deveras que jamais em minha vida tocarei numa carta!" Entretanto, os menores incidentes de sua vida de família, as farsas com Pétia, as conversas com Sônia, os duos com Natacha, o jogo dos centos com seu pai e até suas divagações pela manhã na sua cama macia, tudo se apresentava à sua memória, com a força, a nitidez, o encanto de uma felicidade desde muito passada, perdida, e que ele não soubera apreciar. Não admitia que um estúpido azar, fazendo um sete encontrar-se à direita em vez de à esquerda, pudesse privá-lo dessa felicidade, novamente reconquistada na sua plenitude, para mergulhá-lo num abismo de males vagos e dele desconhecidos. Não, isso não era possível... E contudo acompanhava com angústia cada movimento das mãos de Dolokhov. Aquelas mãos ossudas, avermelhadas, cujos pelos viam-se sob os punhos, largaram de repente o baralho e pegaram o cachimbo e a taça de champanha.

— Então, não tens medo de jogar comigo? — repetiu Dolokhov. E como se quisesse contar alguma história divertida, recostou-se no espaldar de sua cadeira e articulou lentamente, com o sorriso nos lábios:

— Sim, meus senhores, deixei que se dissesse em Moscou que era eu um trapaceiro. Aconselho-vos, pois, a tomar cuidado.

— Vamos, corta — disse Rostov.

— Ah! essas velhas comadres de Moscou! — exclamou Dolokhov que, sempre sorridente, retomou suas cartas.

— Ai! — gritou Rostov, levando as duas mãos aos cabelos. O sete de que necessitava era justamente a primeira carta do baralho. Perdera bem mais do que poderia pagar.

— Não te espetes mais, hem? — disse-lhe Dolokhov, olhando pelo canto do olho.

E voltou a cortar.

14

. Hora e meia mais tarde, a maior parte dos jogadores só jogava pro forma. Todo o interesse do jogo se concentrava em Rostov. Em lugar de mil e seiscentos rublos se alinhava a seu débito toda uma coluna de algarismos que calculara em dez mil rublos e que, supunha, devia agora andar bem por uns quinze mil. Na realidade, o total ultrapassava os vinte mil. Dolokhov não ouvia mais o que se dizia, nem contava mais histórias; tocaiava cada gesto de Rostov e lançava breves olhadelas para sua conta. Resolvera jogar até que o total montasse a quarenta e três mil rublos, constituindo o número "quarenta e três" a soma de sua idade e da de Sônia. Com a cabeça entre as mãos, estava Rostov de cotovelos fincados na mesa coberta de inscrições, manchada de vinho, atulhada de cartas. Uma impressão dominante o torturava: aquelas mãos, aquelas mãos ossudas e avermelhadas, cujos pelos se viam sob os punhos, aquelas mãos que ele amava e odiava ao mesmo tempo, mantinham-no em seu poder.

"Seiscentos rublos, ás, dobro, nove... Não há mais meio de desforrar-me!... Ah! como me alegraria em vossa casa!... Par de valetes!... Mas não, não é possível... Por que me trata ele assim?"

Quando queria arriscar uma gorda quantia, Dolokhov se esquivava e fixava ele próprio a parada. Resignando-se a isso, chamava Nicolau a Deus em seu socorro; como no campo de batalha de Amstetten; ora imaginava que tal carta, a primeira a sair do monte de cartas dobradas que se empilhava sobre a mesa, era capaz de salvá-lo; ora contava os alamares de seu dólmã e tentava, jogando a carta correspondente à sua soma, recuperar duma jogada a sua perda; ora implorava com o olhar aos outros jogadores, ora esquadrinhava o rosto agora glacial de Dolokhov, esforçando-se por penetrar-lhe as intenções.

"Vejamos, sabe ele contudo muito bem o que significa para mim essa perda. Não pode desejar minha ruína. Era meu amigo. Tinha afeição por ele... Mas não é culpa dele, ora essa, se a sorte o favorece!... E eu, em que sou culpado? Não cometi nenhuma má ação; não matei, nem ofendi ninguém, nem mesmo desejei o menor mal a quem quer que seja! Por que, pois, esta horrível má sorte? E quando começou então? Há alguns instantes aproximava-me eu desta mesa na esperança de ganhar cem rublos para comprar o cofrezinho que queria oferecer a mamãe no seu aniversário e voltar para casa imediatamente. Sentia-me então tão feliz, tão livre, tão alegre! Não compreendia minha felicidade... Quando, pois, deu ela lugar a esta nova, a esta terrível situação? Por qual sinal se manifestou essa mudança? Não saí deste lugar, não cessei de pegar cartas, de jogá-las, de observar aquelas mãos ossudas e ágeis. Quando, pois, aconteceu isso e que será mesmo afinal? Estou de boa saúde, vigoroso, sempre o mesmo, sempre no mesmo lugar... Tudo isso não passa certamente de um mau sonho."

Estava vermelho, alagado de suor, se bem que não fizesse muito calor na sala. Seu rosto causava ao mesmo tempo medo e piedade, em razão sobretudo dos esforços que fazia baldadamente para parecer calmo.

A conta chegou à soma fatal de quarenta e três mil rublos! Rostov preparava-se para fazer parolim sobre os três mil rublos que acabava de ganhar, quando Dolokhov, exibindo ruidosamente seu jogo, pôs-se a somar o total de Rostov; no momento em que calcava sobre o giz para traçar gordos algarismos bem visíveis, partiu-se ele entre seus dedos.

— Já é tempo de cear, senhores — disse ele. — Eis justamente os boêmios.

Com efeito, alguns indivíduos morenos, homens e mulheres, penetravam no gabinete trazendo o frio que reinava lá fora e conversando entre si com o sotaque da gente da Boêmia. Compreendeu Nicolau que tudo estava terminado; nem por isso deixou de dizer, num tom indiferente, como se movido pelo mero prazer do jogo:

— Como? Não cortas mais? E contudo tinha eu preparado uma dessas cartas!

"Tudo está acabado, estou perdido. Só me resta alojar uma bala na cabeça", — pensava ele, o que não o impediu de repetir jovialmente:

— Sim, uma dessas cartas!... Vamos, ainda uma mão!

— Pois seja — disse Dolokhov, que havia terminado sua soma. — A parada é de vinte e um rublos — declarou ele, indicando o número que no total, ultrapassava a conta redonda de quarenta e três mil rublos do parolim. Desfez a dobra do canto de sua carta para nela escrever docilmente o número 21.

— Pouco me importa — disse ele. — Tenho apenas curiosidade de ver se vais me dar um dez ou "matar" o meu.

Dolokhov cortava com uma atenção concentrada. Oh! como Rostov odiava naquele momento aquelas mãos avermelhadas, de dedos curtos, e cujos pelos se viam sob os punhos, mãos que o tinham em seu poder!... O dez ganhou.

— Deveis-me quarenta e três mil rublos, conde — disse Dolokhov, que se levantou da mesa, espreguiçando-se. — Diabos! Fica-se cansado permanecendo assim tanto tempo.

— Sim, eu também já não aguento mais — disse Rostov.

Mas Dolokhov, fazendo questão sem dúvida de salientar que escolhia ele má ocasião para brincar, interrompeu-o:

— Quando pensais regularizar essa dívida para comigo, conde?

Rostov, carmesim, arrastou-o para a peça vizinha.

— Não posso pagar-te duma vez — confessou ele. — Dar-te-ei uma promissória.

— Escuta, Rostov — retorquiu Dolokhov, fitando-o bem nos olhos, com um frio sorriso, — tu conheces o ditado: "Infeliz no jogo, feliz no amor". Tua prima, sei bem, está apaixonada por ti.

"Oh! que suplício sentir-se em poder de tal homem", — pensou Rostov. Sabia que golpe iriam sofrer seus parentes, quando soubessem de sua perda no jogo. Com que alegria se sentiria livre daquele vergonhoso pesadelo! Dolokhov podia salvá-lo, não o ignorava decerto, mas gozava em brincar com ele, como o gato com o camundongo.

— Tua prima... — insistiu Dolokhov, mas Nicolau interrompeu-o:

— Minha prima nada tem a ver com este negócio! Deixemo-la em paz! — exclamou, num acesso de cólera.

— Então, quando contas pagar-me?

— Amanhã — largou Rostov, pondo-se em fuga.

15. Dizer: "Amanhã", num tom correto, era coisa fácil; mas voltar sozinho para casa, rever irmãs, irmão, pai e mãe, confessar sua perda e pedir dinheiro, a despeito da palavra dada, era coisa terrível.

Ninguém dormia ainda. De volta do teatro a gente moça instalara-se no cravo. Mal entrou na sala grande, sentiu-se Nicolau cercado por aquela atmosfera amorosa e poética, que reinara durante todo o inverno na casa e que, naqueles últimos dias, após a declaração de Dolokhov e o baile em casa de Iogel, se concentrara em torno de Sônia e de Natacha, como o ar que se torna pesado antes da tempestade. As moças, com os vestidos azuis com que tinham ido ao teatro, felizes, sorridentes e sabendo-se muito bonitas, estavam de pé junto do cravo. Vera jogava xadrez no salão com Chinchin. À espera de seu filho e de seu marido, fazia a condessa uma paciência com uma velha dama nobre que morava com ela. Sentado ao cravo, Denissov, com o olhar brilhante, os cabelos assanhados, uma perna lançada para trás, batucava no teclado com seus dedos curtos, executava acordes e, enquanto rolava os olhos exageradamente, cantava com sua voz rouca mas justa, uma poesia de sua composição intitulada "A Sedutora", para a qual procurava um acompanhamento.

"Ah! sedutora, que força me arrasta
A despertar cordas adormecidas,
Com que calor o coração me abrasas
E que paixão faz palpitar meus dedos!"

Enquanto arrulhava essa romança, seus olhos de ágata lançavam fulgores na direção de Natacha, encantada, mas vagamente amedrontada.

— É maravilhosa! Mais uma quadra! — exclamava ela, sem notar o irmão.

"Ora, tudo segue seu curso aqui", — disse a si mesmo Nicolau, lançando uma olhadela pelo salão, onde avistou Vera, sua mãe e a velha senhora.

— Ah! eis Nicolau! — exclamou Natacha, correndo para ele.

— Papai está? — perguntou ele.

— Quanto me alegra teres vindo! — disse Natacha, sem responder-lhe. — Estamo-nos divertindo tanto! Sabes que Vassili Dmitritch vai ficar um dia mais por minha causa?

— Não, papai ainda não entrou — disse Sônia.

— Chegaste afinal, Lalau, vem cá, meu querido! — veio do salão a voz da condessa.

Nicolau obedeceu àquele chamado, beijou a mão de sua mãe, sentou-se, sem dizer uma palavra, junto dela e absorveu-se na contemplação dos dedos da condessa que dispunha as cartas. Na sala de dança, ouviam-se risadas e vozes alegres que suplicavam qualquer coisa a Natacha.

— Não, não, nada de desculpas — dizia Denissov. — Deveis-me uma barcarola; cantai-a para mim, rogo-vos.

— Que tens? — perguntou a condessa, interrogando com o olhar seu filho silencioso.

— Nada, ora essa — respondeu ele, como se o aborrecesse aquela eterna pergunta. — Papai não tardará a chegar?

— Sem dúvida.

"Tudo segue seu curso aqui. De nada sabem. Onde poderia eu refugiar-me?" — disse a si mesmo Nicolau. E voltou para a sala grande.

Sônia atacava o prelúdio da barcarola de que Denissov gostava. Este devorava com os olhos Natacha, em ponto de cantar. Nicolau se pôs a andar pela sala.

"Que ideia essa de fazê-la cantar! Como se ela fosse capaz disso! Que acham eles de divertido nisso? — pensava, enquanto Sônia desenrolava os acordes do prelúdio. Meu Deus, meu Deus! Sou um homem perdido, desonrado. Uma bala na cabeça, eis o meu quinhão!... Para que, pois, essa cantoria!... Fugir? Mas para onde?... Afinal, que cantem, se o coração lhe pede!"

E continuou seu passeio, com um ar sombrio, lançando olhadelas a Denissov e às moças e evitando seus olhares.

"Nicolau, que tem você?", pareciam perguntar-lhe os olhos de Sônia, fixos nele. Adivinhara ela imediatamente que acontecera alguma coisa a ele. Nicolau furtou-se àquela muda interrogação.

A esperta da Natacha tinha também notado desde o começo o estado de espírito de seu irmão. Mas se sentia naquele momento tão contente, tão afastada de toda ideia pesarosa, que repeliu de propósito aquela desagradável impressão. "Ah! — pensava ela — que adianta estragar um bom humor, tomando parte nos aborrecimentos alheios? Aliás, devo enganar-me; está ele sem dúvida tão alegre quanto eu mesma!" Assim raciocinam muitas vezes as criaturas jovens.

— Pronto, Sônia? — perguntou ela, enquanto que, de cabeça erguida, braços balouçantes à moda das bailarinas, alcançava com passo enérgico e marcado o meio da sala, onde, a seu ver, a acústica era melhor. E de súbito parou.

"Vejam só como sou!", parecia dizer, em resposta ao olhar entusiasta de Denissov.

"Que acha ela de tão agradável nessas momices? — perguntava Nicolau a si mesmo. — Será que já acabou? É uma vergonha!"

Natacha lançou sua primeira nota, sua garganta se dilatou, seu busto inflou-se, seu olhar tomou um ar sério. Não pensava naquele instante em nada de particular e de seus lábios arqueados num sorriso expandiam-se sons que qualquer um pode emitir na mesma cadência, sons que mil vezes nos deixam frios, mas que na milésima primeira vez nos fazem estremecer e chorar.

No correr do inverno, estimulada pelos elogios entusiastas de Denissov, pusera-se Natacha a cantar seriamente. Seu canto estava liberto daquela aplicação infantil, cômica, que o estragava outrora, mas não atingia ainda a perfeição. "Uma bela voz, mas ainda não assentada; é preciso trabalhá-la", diziam os entendidos. Não emitiam, aliás, essa opinião senão muito tempo depois que Natacha se calava. No instante mesmo em que ecoava aquela voz ainda pouco trabalhada, de respirações defeituosas, mudando de tom com esforço, contentavam-se aqueles juízes severos com gozar dela, só desejando ouvi-la mais ainda. Haveria naquela voz um frescor virginal, uma inconsciência de suas próprias forças, um aveludado ainda não elaborado, que se harmonizavam tão bem com os defeitos de técnica, que parecia que nada se poderia nela mudar sem estragá-la.

"Que quer isso dizer? — perguntava a si mesmo Nicolau, escancarando os olhos. — Que lhe aconteceu então? Como canta ela hoje!" E em breve, absorvido corpo e alma na expectativa da nota, da frase seguinte, parecendo-lhe que o mundo inteiro se retinha no compasso em três tempos: O mio crudele affetto... Um, dois, três... Um, dois, três... Um... O mio crudele affetto... Um, dois, três... Um... Oh! como é estúpida a nossa existência! — dizia a si mesmo. — Tudo isto e a má sorte, e o dinheiro, e Dolokhov, e o despeito, e a honra, sim, tudo isso não passa de tolice... Eis a verdade... Coragem, Natacha, coragem, meu bem! Saberá ela dar esse si?... Bravo, saiu-se bem!" E, sem mesmo dar-se conta de que estava cantando, para reforçar aquele si, transpôs para a terceira a nota mais elevada. "Meu Deus! que beleza! Terei sido eu mesmo quem lançou esta nota? Como saiu bem!"

Oh! como aquela terceira vibrou e como Rostov ficou comovido até o melhor da sua alma! Plainava demasiado alto agora para se preocupar com o que quer que fosse no mundo! "Que me importam as perdas de jogo, e os Dolokhov, e a palavra dada!... Bobagens, tudo isso!... Pode-se roubar, assassinar e no entanto gozar-se plenamente a felicidade..."

16. Havia muito tempo que Rostov não sentira tanto prazer em ouvir música. E contudo, assim que Natacha acabou sua barcarola, voltou-lhe o sentimento da realidade. Saiu sem dizer uma palavra e desceu a seu quarto. Um quarto de hora mais tarde, o velho conde, muito bem humorado, voltou do clube. Nicolau ouviu-o entrar e foi logo ao seu encontro.

— Com que então, meu rapaz, divertiu-se a valer? — perguntou Ilia Andreitch, sorrindo para seu filho com ar de alegre orgulho.

Nicolau quis responder-lhe afirmativamente, mas faltou-lhe coragem. Soluços sufocaram-no. O conde, que acendia seu cachimbo, não reparou em que estado se encontrava seu filho.

"Vamos, é preciso acabar com isso!" disse este a si mesmo, resolvido a dar o passo. E de súbito, num tom desprendido que o encheu de vergonha, no tom com que teria pedido um carro para ir à cidade, disse a seu pai:

— A propósito, papai, ia-me esquecendo de falar-lhe. Tenho necessidade de dinheiro.

— Ah! com efeito! — retorquiu o conde, muito bem disposto naquela noite. — Bem que te preveni que ficarias sem dinheiro. Precisas de muito?

— Sim, de muito — respondeu Nicolau, corando, com um sorriso idiota e descuidado, de que por muito tempo teve remorso. — Perdi um pouco... isto é, um tanto... muito mesmo, quarenta e três mil rublos...

— Como!... Com quem?... Estás brincando! — exclamou o conde, cujo pescoço e cuja nuca se cobriram de repente da vermelhidão apoplética dos velhos.

— Prometi regularizar minha dívida amanhã — disse ainda Nicolau.

— Meu Deus! disse o conde, deixando-se cair, com um gesto de desespero, sobre o divã.

— Que fazer? Isto acontece a toda a gente! — prosseguiu Nicolau, num tom desenvolto; mas no seu foro íntimo, considerava-se um tratante, um sacripanta a quem uma vida inteira não bastaria para resgatar seu crime. No momento mesmo em que teria querido beijar as mãos de seu pai, pedir-lhe perdão de joelhos, afirmava-lhe, com uma leviandade vizinha da insolência, que aquilo acontecia a toda a gente!

Ilia Andreitch baixou os olhos ao ouvir aquela resposta e balbuciou, procurando as palavras a dizer:

— Sim, decerto... Receio muito que não seja fácil arranjar tal soma... Sim, evidentemente, tem acontecido a outros... aconteceu a outros.

E lançando um olhar furtivo para seu filho, dirigiu-se para a porta. Nicolau esperava resistência e aquela atitude apanhou-o desprevenido.

— Papai, papai! — gritou ele, em meio de soluços, — perdoai-me.

E agarrando a mão de seu pai, nela colou os lábios e rompeu a chorar.

* * *

Enquanto pai e filho se explicavam dessa maneira, outro colóquio, não menos importante, se travara entre a mãe e a filha. Natacha, toda emocionada, correra para o lado da condessa.

— Mamãe, mamãe... Ele me fez...

— Que foi então?

— Ele me fez... ele me fez sua declaração de amor!

A condessa não queria acreditar no que ouvia. Denissov fizera uma declaração. E a quem? À garotinha da Natacha, que ainda bem recentemente brincava de boneca e que ainda estava estudando!

— Vejamos, Natacha, não digas tolices — replicou ela, esperando ainda que fosse uma brincadeira.

— Tolices! Mas absolutamente, estou falando sério — disse Natacha, irritada. — Venho pedir vossa opinião e dizeis-me que são tolices...

A condessa ergueu os ombros.

— Se o *senhor* Denissov te fez mesmo uma declaração, responde-lhe que ele é um bobo e está tudo dito.

Natacha formalizou-se.

— Mas não, não é um bobo — disse ela, num tom sério.

— Então, que é que queres? Na hora atual, todas vocês têm algum namorico em vista... Pois bem, se ele te agrada tanto assim, casa-te com ele e que o bom Deus vos abençõe! — disse a condessa, com riso forçado.

— Mas não, mamãe, não estou apaixonada por Denissov; pelo menos, creio que não.

— Pois então, dize-lhe isto.

— Está com raiva, mamãe? Não se zangue, suplico-lhe, é culpa minha?

— Mas não, não estou zangada... Vamos, queres que lhe vá falar? — perguntou a condessa, sorrindo.

— Não, eu mesma o farei, sozinha. Diga-me apenas como devo portar-me... Tudo é tão fácil para a senhora — acrescentou, correspondendo-lhe ao sorriso: — Ah! se a senhora tivesse visto como ele me disse isso! Sei bem, aliás, que não queria dizer-me, mas escapou-lhe.

— Isto não impede que seja preciso recusá-lo.

— Mas não. Tenho tanta pena dele! É tão gentil!

— Então, aceita. Também, estás muito em tempo de casar-te! — disse a mãe com ironia.

— Ah, mamãe, tenho tanta pena dele! Não sei que responder-lhe.

— Não cabe a ti falar-lhe. Encarrego-me disso — declarou a condessa, irritada por haverem tratado aquela garotinha como uma moça já feita.

— Oh! não! Eu mesma vou falar-lhe e a senhora fique escutando na porta.

Natacha voltou ao salão de música, onde Denissov continuava sentado junto ao cravo, com a cabeça nas mãos. Sobressaltou-se, ouvindo-a correr em passos ligeiros.

— Natália — disse ele, precipitando-se ao seu encontro, — decida de minha sorte. Está em suas mãos.

— Tenho tanta pena de você, Vassili Dmitritch!... Você é tão gentil!... Na verdade, isto não pode ser... Mas eu gostarei sempre de você.

Denissov inclinou-se sobre sua mão e Natacha ouviu sons estranhos, incompreensíveis. Pousou ela um beijo sobre os cabelos dele, crespos, embaraçados. No mesmo instante, um fru-fu precipitado denunciou a aproximação da condessa.

— Vassili Dmitritch — disse ela, com voz comovida que pareceu no entanto severa a Denissov, — obrigada pela honra que nos fazeis, mas minha filha é ainda muito moça e teria acreditado que, na qualidade de amigo de meu filho, vos teríeis dirigido em primeiro lugar a mim. Não teria sido obrigada a responder-vos com uma recusa.

— Condessa... — balbuciou Denissov, de olhos baixos, com ar de culpado. Quis acrescentar alguma coisa, mas ficou calado.

Vendo-o tão transtornado, Natacha perdeu sua calma e explodiu ruidosamente em soluços.

— Condessa, sou culpado para convosco — pôde enfim dizer Denissov, com voz entrecortada. — Mas ficai sabendo que adoro vossa filha de tal maneira... e amo tanto a vossa família toda... que daria duas vidas... — Parou, vendo que a condessa mantinha seu ar severo. — Está bem, adeus, condessa — disse ele, bruscamente, beijando-lhe a mão e, sem lançar um olhar para Natacha, saiu com passo rápido e decidido.

* * *

No dia seguinte, despediu-se Nicolau de Denissov, que não quis permanecer um dia mais sequer em Moscou. Todos os seus amigos festejaram sua partida nos Boêmios e jamais pôde ele ficar sabendo como o haviam metido no trenó, nem como percorrera as três primeiras postas.

A espera do dinheiro, que o conde não pôde arranjar duma vez, passou Nicolau ainda uma quinzena em Moscou, encerrado em casa e na maior parte das vezes, no quarto das moças, cujos álbuns enchia de versos e de música.

Sônia mostrava-se mais terna, mais devotada do que nunca. Afetava considerar a perda dele no jogo como uma proeza que o tornava ainda mais digno de amor a seus olhos. Mas Nicolau julgava-se agora indigno dela.

Depois que remeteu os quarenta e três mil rublos e obteve quitação de Dolokhov, partiu Nicolau em fins de novembro, sem despedir-se de nenhum de seus amigos, para juntar-se a seu regimento que já se aquartelara na Polônia.

SEGUNDA PARTE

1. Logo depois de sua altercação com sua mulher, Pedro partira para Petersburgo. Na posta de Toriok, o chefe da posta alegou que não tinha cavalos. Pedro foi forçado a esperar. Estirou-se todo vestido sobre um divã de couro, diante de uma mesa redonda em cima da qual espichou suas longas pernas calçadas de botas forradas e absorveu-se nas suas reflexões.

— É preciso trazer as malas? Preparar uma cama, chá? — perguntou seu criado de quarto.

Pedro não respondeu: não ouvia, nem via nada. Desde a derradeira posta, suas meditações rolavam sobre tão grave assunto que não prestava a mínima atenção ao que se fazia em torno de si. Pouco lhe importava chegar mais cedo ou mais tarde ao destino; pouco lhe importava encontrar ou não uma cama naquela posta; pouco lhe importava mesmo, diante dos pensamentos que o ocupavam, passar somente algumas horas naquele lugar ou ali morar sua vida inteira.

Cada qual por sua vez, o chefe da posta, sua mulher, o criado de quarto, um negociante de marroquinarias[33] vieram oferecer-lhe seus serviços. Pedro, de pernas no ar, olhava um e outros através de seus óculos, sem mudar de posição e sem compreender nem o que eles desejavam, nem como tinham podido viver sem resolver os problemas que o atormentavam a ele. Estes não tinham, de resto, variado desde que, de volta do duelo no parque dos Falcoeiros, se lhe tinham posto durante sua primeira e cruel noite de insônia; o isolamento da viagem tinha-os somente tornado mais prementes. Por qualquer atalho que procurasse escapar-lhes, voltavam à carga, sem que pudesse jamais encontrar solução para eles. Era como se, na sua cabeça, tivesse afrouxado o parafuso principal que coordenava sua existência. Aquele parafuso, não penetrando mais adiante, não saía, mas girava, sempre no mesmo lugar, sem nada aferrar e era impossível detê-lo.

O chefe da posta veio pedir humildemente a Sua Excelência que tivesse a bondade de esperar duas pequenas horas, depois das quais procuraria, a seus riscos e perigos, cavalos de correio para Sua Excelência. Era aquela uma mentira evidente; o sujeito sonhava antes de tudo em arrancar do viajante o mais de dinheiro possível.

"Age ele mal ou bem?" — perguntou a si mesmo Pedro. — No que me diz respeito, tem razão; mas se vier outro viajante, não a terá. Quanto a ele, não saberia conduzir-se diferentemente, porque nada tem a comer. A crer nele, um oficial, ao qual recusara cavalos, tê-lo-ia espancado; se isso era verdade, é que o oficial tinha necessidade de ir depressa. É verdade que atirei em Dolokhov porque me acreditava ofendido por ele. E Luís XVI, não o executaram porque o consideravam um criminoso? Um ano mais tarde guilhotinaram aqueles que o tinham feito perecer; sem dúvida tinham igualmente razões para isso. Que é o mal, que é o bem? Que é preciso amar, que é preciso odiar? Por que é preciso viver e que é o eu? Que é a vida, que é a morte? E qual é a força que dirige tudo?"

33. Os curtumes de Toriok são famosos; é ali que se fabrica a maior parte do conhecido couro da Rússia". (N. do T.)

Só encontrava para todas essas perguntas uma resposta, que não era uma, aliás. "Morrerás um dia e tudo acabará. Morrerás e saberás tudo, ou cessarás de fazer perguntas a ti mesmo." Mas morrer era também uma coisa terrível.

Com sua voz estridente, a boa mulher propunha sua mercadoria e principalmente pantufos de couro de cabrito. "Tenho centenas de rublos com os quais não sei que fazer, e essa mulher de peliça rasgada está aí a implorar-me timidamente, — pensava Pedro. — Mas tem ela verdadeiramente necessidade de dinheiro? Poderá o dinheiro obter-lhe uma onça de felicidade, de tranquilidade moral? Não. Nada no mundo pode fazer que ela ou eu sejamos menos submetidos ao mal ou à morte, essa morte que terminará tudo, que virá hoje ou amanhã, pouco me importa. Será apenas um instante em relação com a eternidade". De novo, tropeçava no parafuso que girava em vão e que prosseguia na sua inútil rotação.

Seu criado apresentou-lhe um livro de cuja metade apenas estavam cortadas as folhas. Era um romance em cartas da Sra. De Sousa. Pôs-se a ler a narração dos sofrimentos e das lutas virtuosas duma tal Amélia de Mansfeld![34] "E por que, pois, — perguntava a si mesmo, — luta ela contra seu sedutor, já que o ama? Deus não deve ter-lhe posto na alma aspirações contrárias à sua vontade. Minha ex-mulher, essa não lutou, e talvez tenha tido razão... Nada foi descoberto, nada foi inventado. Tudo quanto podemos saber é que não sabemos nada. Eis aí o mais alto grau da sabedoria humana."

Tudo nele mesmo e em torno dele, parecia a Pedro um caos absurdo e repugnante. Mas naquela mesma repugnância, encontrava ele uma espécie de gozo e de excitação.

— Quererá Vossa Excelência ter a bondade, se não o incomoda, de dar um lugarzinho aqui ao senhor? — disse o chefe da posta, introduzindo um segundo viajante que a falta de cavalos obrigava igualmente a parar ali.

Era esse viajante um velhinho ossudo, de rosto amarelo e enrugado e cujos supercílios brancos salientavam-se sobre olhos brilhantes, duma cor acinzentada, indeterminada.

Pedro retirou as pernas de cima da mesa e foi estender-se no leito preparado especialmente para si, lançando de vez em quando os olhos para o lado do recém-chegado que, sem lhe prestar a menor atenção, com ar sombrio e fatigado, se desembaraçava com dificuldade de sua peliça, ajudado por seu criado. Trazia como traje de baixo uma simples pele de carneiro raspada, recoberta de nanquim; botas de feltro calçavam suas pernas magras, ossudas. Instalou-se dessa forma no divã, recostou no espaldar a cabeça possante, de têmporas largas e de cabelos cortados rentes. Somente então fixou no seu companheiro um olhar, cuja expressão severa e penetrante surpreendeu Bezukhov. Veio-lhe vontade de travar conversa com o viajante; ia interrogá-lo a respeito do estado da estrada, mas o velho já havia fechado os olhos e, tendo cruzado as velhas mãos enrugadas, no dedo de uma das quais se via um grande anel de ferro fundido representando uma caveira[35], permanecia imóvel, mergulhado em alguma meditação calma e profunda, como pareceu a Pedro. Seu criado — um esperto velhote, cujo rosto glabro, também amarelo, também enrugado, como o de seu patrão, jamais decerto fora raspado, nem mesmo jamais provido de barba ou de bigode — tirou da maleta um serviço de chá e trouxe um samovar fervendo. Quando tudo ficou pronto, o patrão abriu os olhos, aproximou-se da mesa, serviu-se de um copo de chá e ofereceu outro ao homem glabro. Pedro, vagamente inquieto, sentiu que se tornava necessário, indispensável, dirigir a palavra ao viajante.

O criado devolveu logo seu copo vazio e de boca para baixo no pires[36], com o pedaço de açúcar só em parte consumido, e perguntou a seu amo se tinha necessidade de alguma coisa.

— Não, de nada — respondeu este. — Dê-me meu livro.

34. Erro de Tolstói. Amélia de Mansfeld (1803) é um romance da Sra. Cottin e não da Sra. De Sousa. (N. do T.)
35. Representação simbólica do crânio de Adão.
36. Sinal de que não queria um segundo copo. Muitos russos ainda tomam chá, mordendo o açúcar à parte. (N. do T.)

O criado entregou-lhe um livro que pareceu a Pedro ser uma obra de devoção e o amo absorveu-se na leitura. Pedro, cujo olhar estava agora cravado nele, viu-o de repente, largar o livro, fechá-lo e imobilizar-se na sua precedente posição, de olhos fechados e cabeça apoiada no encosto do divã. Ia Pedro voltar-se, mas não teve tempo: o velho havia reaberto os olhos e o encarava com ar severo e resoluto.

Pedro sentiu-se mal à vontade: teria bem querido escapar àqueles olhos brilhantes cuja atração era irresistível.

2. — Se não me engano, é ao Conde Bezukhov que tenho a honra de dirigir a palavra — disse o viajante com uma voz forte e firme.

Pedro, sem dizer palavra, olhou-o com olhar interrogador, através de seus óculos.

— Ouvi falar de vós, senhor, e da desgraça que vos fere — continuou o viajante, num tom que queria dizer: "Sim, qualquer que seja o nome que derdes à coisa, é uma desgraça; sei que o que vos aconteceu em Moscou é uma desgraça." — Como vedes, estou profundamente aflito, senhor.

Pedro corou, pousou os pés em terra rapidamente e inclinou-se para o velho, com um sorriso tímido e constrangido.

— Não é por vã curiosidade, senhor, que vos falei disso, mas em virtude de razões mais graves.

Calou-se, sem desfitar de Pedro os olhos e deslocou-se no divã, convidando Pedro, com esse gesto, a sentar-se a seu lado. Ainda que não tivesse vontade, sentiu-se Pedro obrigado a obedecer.

— Sois infeliz, senhor — continuou o viajante. — Sois jovem e eu sou velho. Desejaria, na medida de minhas forças, ir em vosso auxílio.

— Ah! sim — disse Pedro, com um sorriso forçado. — Sou-vos muito grato... Donde vindes?

O recém-vindo tinha um ar aborrecido e mesmo frio e severo; não obstante, seu rosto e o que ele dizia exerciam sobre Pedro uma atração irresistível.

— Entretanto — prosseguiu o velho, — se, por uma ou outra razão, minha conversa vos importunar, dizei-me, meu caro senhor.

E sorriu de repente, um bom sorriso paternal, que não se teria esperado da parte dele.

— Mas, absolutamente, pelo contrário, estou encantado por tê-lo conhecido — respondeu Pedro, examinando bem mais de perto o anel de seu novo amigo: trazia uma caveira, insígnia da franco-maçonaria.

— Permiti-me uma pergunta: sois franco-maçom?

— Sim, pertenço à confraria dos franco-maçons — disse o viajante, cujo olhar mergulhou mais profundamente ainda no de Pedro. — Em meu nome e no deles, estendo-vos uma mão fraternal.

— Receio bem — replicou, sorrindo, Bezukhov, solicitado ao mesmo tempo pela confiança que lhe inspirava o velho e pela sua tendência em adotar as crenças maçônicas, — receio bem não poder... como dizer-vos?... tenho medo de que minha concepção do universo esteja demasiado afastada da vossa para que possamos compreender-nos.

— Conheço vossas ideias — retorquiu o maçom. — Longe de vos serem pessoais, como o acreditais, são o fruto geral do orgulho, da ignorância, da preguiça de espírito. A maioria das pessoas as professa. Desculpai-me, meu caro senhor, se não conhecesse vossa maneira de pensar, não teria travado conversa convosco. Vossas opiniões são um lamentável erro.

— Poderia dizer outro tanto das vossas — objetou Pedro, com um franco sorriso.

— Não ousaria jamais pretender ser o possuidor da verdade — disse o maçom, cujo tom firme e nítido surpreendia cada vez mais Bezukhov. — Ninguém pode, por suas próprias luzes, atingir a verdade; somente, pedra a pedra, com o concurso de todos, graças a milhões de gerações desde nosso avô Adão até nossos dias, é que se eleva o templo que será a digna morada do grande Deus — acrescentou ele, fechando os olhos.

— Devo confessar-vos que eu... não acredito... em Deus — disse Pedro, obedecendo, como com pesar, à necessidade de nada ocultar.

O franco-maçom contemplou-o com o sorriso dum homem, dono de uma riqueza de milhões, a quem um pobre diabo se queixaria de não poder encontrar os cinco rublos que fariam sua felicidade.

— É verdade, senhor — disse-lhe ele, — vós não O conheceis e não podeis conhecê-lO. E é porque não O conheceis que sois infeliz.

— Com efeito — disse Pedro, — sou infeliz, mas que jeito posso dar?

— Vós não O conheceis, meu caro senhor: eis porque sois muito infeliz. Não O conheceis e ELE está aqui. Está em mim. Está nas minhas palavras. Está em ti e até nas palavras sacrílegas que acabas de pronunciar! — disse o maçom com voz severa, mas trêmula.

Calou-se e lançou um suspiro, procurando, com toda a evidência, recuperar sua calma.

— Se Ele não existisse, senhor — prosseguiu ele, mais suavemente, — não seria neste momento o objeto de nossa conversa. De que, de quem falamos nós?... Quem, pois, negaste? — exclamou de súbito, retomando seu tom solene, autoritário. — Quem pois O inventou, se Ele não existe? Donde te veio a ideia da existência dum ser incompreensível, inconcebível? Donde o universo inteiro e tu mesmo tiraste a noção dum ser todo-poderoso, eterno e infinito em todos os seus atributos?...

Parou e ficou calado por muito tempo. Pedro não pôde e não quis romper aquele silêncio.

— Ele existe, mas não se pode compreendê-lO facilmente — prosseguiu o velho, de olhos fixos não mais sobre Pedro, mas à sua frente, enquanto que, sob o império de sua agitação interior, suas mãos nodosas folheavam nervosamente seu livro. — Se se tratasse dum homem de cuja existência duvidasse, eu traria esse homem, pegá-lo-ia pela mão e to mostraria. Mas como poderia o pobre mortal que sou eu fazer ver Sua onipotência, Sua eternidade, Sua misericórdia infinita àquele que é cego ou que fecha os olhos para não vê-LO e não compreendê-LO, para não ver e não compreender sua própria torpeza e sua própria depravação?... Quem és tu, pois? — prosseguiu ele, depois de nova pausa, com um sorriso sarcástico. — Sim, quem és tu? Tu te crês um sábio, porque és capaz de pronunciar essas palavras sacrílegas, mas na realidade és mais tolo, mais insensato que a criancinha que, depois de se ter divertido com o mecanismo engenhoso de um relógio, ousasse dizer que, uma vez que não compreende o destino desse relógio, não acredita tampouco no artífice que o fez. Sim, é difícil conhecê-LO. Durante séculos, desde nosso avô Adão até nossos dias, temos trabalhado nesse conhecimento e estamos infinitamente longe de haver atingido nosso objetivo; mas esta impotência sublinha somente nossa fraqueza e Sua grandeza.

Com o coração prestes a desfalecer, Pedro fixava o franco-maçom com seus olhos brilhantes. Escutava-o, sem interrompê-lo, sem lhe fazer perguntas. Acreditava, de toda a sua alma, nas afirmações daquele desconhecido. Cedia à lógica do raciocínio? Deixava-se, como uma criança, arrastar pelas cálidas intonações, pela emoção que fazia tremer e por vezes mesmo quebrar-se a voz do orador? Sofria a fascinação daquele olhar em que brilhava a flama duma convicção sincera? Aquela serenidade, aquela segurança de apóstolo perturbavam-no, tanto mais quanto formavam um contraste perfeito com sua própria desolação, com sua ruína moral? Fosse o que fosse, desejava acreditar de toda a sua alma e acreditava, experimentava uma alegre sensação de apaziguamento de renovação, de volta à vida.

— A inteligência não pode concebê-LO — concluiu o franco-maçom. — Só a vida leva a ELE.

Pedro sentiu com angústia uma dúvida erguer-se dentro de si. A obscuridade, a fraqueza dos argumentos de seu interlocutor iriam impedi-lo de crer nas suas asserções? Tinha medo disso.

— Não compreendo — objetou, — que o espírito humano não possa chegar a esse conhecimento de que falais.

O velho mostrou o seu bom sorriso paternal.

— A sabedoria, a verdade suprema é como um licor muito puro, que desejamos absorver. Poderei julgar-lhe a pureza, se o verto num vaso sujo? Só depois de uma purificação do meu ser íntimo é que posso levar esse precioso licor a certo grau de pureza.

— Sim, sim, é isto! — exclamou Pedro, reconfortado.

— A sabedoria suprema não repousa nem sobre a razão apenas, nem sobre as ciências profanas, tais como a Física, a Química, a História e outros ramos do conhecimento humano. A sabedoria é uma. A sabedoria suprema só tem uma ciência, a ciência do Todo, a ciência que explica toda a Criação e o lugar que nela o homem ocupa. Para dar lugar em si mesmo a essa ciência, é indispensável purificar e renovar seu ser íntimo; antes de conhecer, é preciso, pois, crer e aperfeiçoar-se. É para que possamos atingir esses fins que foi depositada em nossa alma essa luz divina que se chama consciência.

— Sim, sim — aprovou Pedro.

— Contempla teu ser interior com os olhos de tua alma e interroga-te: estás verdadeiramente satisfeito contigo? Aonde chegaste com apenas a ajuda da razão humana?... Sois jovem, rico, inteligente, instruído. Que fizestes, senhor, de todos esses bens que vos foram distribuídos? Estais satisfeito convosco mesmo e com vosso gênero de vida?

— Não, odeio minha vida — confessou Pedro, fechando o rosto.

— Se a odeias, muda-a, purifica-te, e à medida que te purificares, conhecerás a sabedoria. Lançai um olhar sobre vossa vida, senhor. Que fizestes dela? Uma continuação de orgias e deboches. Recebestes tudo da sociedade, sem jamais lhe retribuirdes nada. A fortuna vos veio, como a usastes? Que fizestes pelo vosso próximo? Pensastes nas vossas dezenas de milhares de servos, levastes-lhes um auxílio físico e moral? Não. Aproveitastes-vos do trabalho deles para levardes uma vida de desordem. Eis o que fizestes. Solicitastes algum emprego que vos permitisse ser útil a vosso próximo? Não. Passastes vossa vida na ociosidade. Em seguida, casastes-vos, senhor; incumbistes-vos duma grande responsabilidade: a direção moral de uma jovem mulher. E que fizestes? Em lugar de guiá-la pelo caminho da verdade, mergulhaste-a no abismo da mentira e do infortúnio. Um homem vos ultrajou, vós o matastes. E dizeis agora que não conheceis Deus e que odiais vossa existência. Nada há de espantoso nisso, meu caro senhor.

Nisto, o franco-maçom, fatigado sem dúvida por ter falado tanto, recostou-se de novo no espaldar do divã e fechou os olhos. Pedro contemplava aquele rosto severo, imóvel, quase cadavérico. Mexeu os lábios, prestes a dizer: "Sim, tenho levado uma vida abominável, toda de deboche e de ociosidade". Mas não ousou romper o silêncio.

O franco-maçom teve uma tosse rouca, senil; depois chamou seu criado.

— Então? E esses cavalos?

— Acabam de desatrelar alguns para vós, mas não ides repousar um pouco?

— Não, mande atrelar.

"Vai ele então embora sem ter dito tudo quanto queria dizer e sem me ter prometido sua assistência?" — pensou Pedro, que se havia levantado e palmilhava agora a peça, aventurando olhadelas furtivas do lado do franco-maçom. "Sim, jamais sonhara com isso. Tenho levado uma vida desregrada, desprezível; contra minha vontade, aliás, e é bem verdade que a detestava... Aquele homem conhece a verdade, e se consentisse, poderia revelar-ma."

Pedro teria querido fazer essa confissão ao viajante, mas faltou-lhe coragem. O velho, entretanto, depois de ter, com suas mãos débeis mas espertas, posto em ordem sua maleta, abotoava sua peliça. Quando ele acabou, voltou-se para Bezukhov e lhe disse num tom de banal cortesia:

— Para onde tendes intenção de ir, senhor?

— Eu?... Para Petersburgo — respondeu Pedro, com voz malsegura, de criança... — Sou-vos muito grato. Estou plenamente de acordo convosco. Mas não acrediteis que esteja eu tão pervertido. Aspiro, de toda a minha alma, a ser o homem que queríeis que eu fosse; mas ninguém jamais veio em meu auxílio... o que, aliás, não diminui em nada o odioso de minha conduta. Ajudai-me, instruí-me, e talvez então...

Constrangido pela emoção, nada mais pôde dizer e desviou-se.

O franco-maçom pareceu refletir.

— A ajuda só vem de Deus — disse ele, ao fim dum longo momento. — Mas nossa ordem vos prestará assistência na medida de seus meios. Já que ides a Petersburgo, tende a bondade de entregar isto ao Conde Villarski. — Tirou de sua carteira uma grande folha de papel, dobrou-a em quatro e nela escreveu algumas palavras. — Permiti que vos dê um conselho. Logo que chegardes à capital, consagrai os primeiros dias à solidão, fazei vosso exame de consciência e não retomeis vosso antigo gênero de vida. E agora, senhor — concluiu ele, vendo seu criado entrar, — desejo-vos boa viagem... e boa sorte...

O viajante era Ossip Alexieévitch Bazdiéev como o soube Pedro, consultando o registro do chefe da posta. Bazdiéev era, já no tempo de Novikov[37], um dos adeptos mais reputados do martinismo e da franco-maçonaria. Muito tempo depois de sua partida, continuou Pedro a palmilhar a sala da posta, sem pensar em meter-se de novo na cama, nem em pedir cavalos. Revia a vida depravada que tinha levado até então; representava-se, com o entusiasmo do neófito, o belo futuro que o esperava, um futuro todo de virtude e de felicidade e que ele julgava facilmente realizável, não sendo, de fato, sua perversão passada senão um aborrecido acaso: tinha bem simplesmente perdido de vista a beleza da virtude. Suas dúvidas tinham-se dissipado inteiramente: sim, homens podiam unir-se com o fim de entreajudar-se na busca da virtude; tais eram, sem dúvida alguma, os franco-maçons.

3. Uma vez chegado a Petersburgo, Pedro não preveniu ninguém de seu regresso e encerrou-se em casa. Passava os dias a ler a IMITAÇÃO, que mão desconhecida lhe enviara. Essa leitura provocava-lhe sempre o mesmo gozo — desconhecido dele até então: o de acreditar na possibilidade de atingir a perfeição, de realizar neste mundo aquele amor fraternal e atuante que lhe havia revelado Ossip Alexieévitch.

Oito dias após sua chegada, o jovem conde polonês Villarski, que Pedro encontrara na sociedade petersburguesa, entrou uma sobretarde no seu gabinete, com aquele ar grave e oficial que tomara para se apresentar como testemunha de Dolokhov. Depois de ter fechado a porta atrás de si e de ter-se assegurado de que estavam sós, disse a Pedro, sem mesmo sentar-se:

— Estou encarregado duma missão junto a vós, conde. Uma pessoa altamente colocada na nossa confraria interveio para que sejais admitido entre nós antes dos prazos habituais e me pediu para ser vosso fiador. Considero um dever sagrado cumprir suas vontades. Desejais, sob minha caução, entrar na confraria dos franco-maçons?

Pedro não deixou de ficar surpreendido com o tom frio e severo daquele homem que quase sempre vira nos bailes sorridente, amável, todo solícito para com as mais brilhantes mulheres.

— Sim, é meu desejo — respondeu ele.

Villarski aprovou com a cabeça.

— Ainda uma pergunta, conde, à qual vos rogo, não como futuro maçom, mas como gentil-homem, que queirais responder com toda a sinceridade: renegastes vossas opiniões passadas, acreditais em Deus?

Pedro refletiu um instante.

— Sim... sim, creio em Deus — disse ele.

— Neste caso... — quis dizer Villarski, mas Pedro o interrompeu.

— Sim — repetiu ele, — creio em Deus.

— Neste caso — acabou Villarski, — podemos partir. Meu carro está à vossa disposição.

Durante todo o trajeto, Villarski guardou silêncio. Às perguntas de Pedro sobre o que tinha a fazer e a dizer, contentou-se em responder que irmãos mais dignos do que ele iam pô-lo à prova e que não teria de dizer senão a verdade.

37. Nicolau Ivanovitch Novikov (1744-1818), escritor fecundo, editor de numerosas revistas, foi, na segunda metade do século XVII, um dos mais ardentes propagandistas, na Rússia, da Franco-Maçonaria, cujas doutrinas místicas e morais se opunham então ao ateísmo dos filósofos franceses. (N. do T.)

Depois de se haverem apeado sob o pórtico do edifício ocupado pela loja, subiram uma escada escura e entraram numa pequena antecâmara iluminada, onde, sem ajuda de criados, tiraram suas peliças. Quando entraram no cômodo contíguo, um homem, estranhamente vestido, apareceu na outra parte. Indo a seu encontro, disse-lhe Villarski em francês algumas palavras em voz baixa, depois aproximou-se dum pequeno armário, onde Pedro distinguiu trajes como jamais vira. Villarski tirou um lenço do armário, vendou com ele os olhos de Pedro, dando um nó na nuca e nele prendendo uma mecha de seus cabelos, por engano. Em seguida, atraiu-o para si, beijou-o e levou-o, segurando-o pela mão. A mecha presa no nó incomodava Pedro que careteava de dor e sorria como que envergonhado. Aquele colosso de braços oscilantes, de rosto crispado e sorridente, acompanhava Villarski num passo tímido e indeciso.

Depois de terem dado uma dezena de passos, Villarski parou.

— Aconteça o que acontecer — disse ele, — deveis tudo suportar com coragem, se estais firmemente resolvido a entrar para nossa confraria.

Pedro acenou que sim com a cabeça.

— Quando ouvirdes bater à porta, arrancareis vossa venda; desejo-vos toda a coragem e boa sorte — acrescentou Villarski , e se retirou depois de haver-lhe apertado a mão.

Ficando só, continuou Pedro a sorrir. Duas ou três vezes, ergueu os ombros, levou a mão à venda como para desfazer-se dela, mas deixou-a cair. Seus olhos estavam vendados havia apenas cinco minutos, mas aqueles cinco minutos lhe pareciam uma hora. Tinha as mãos entorpecidas, suas pernas dobravam-se, uma impressão de fadiga acabrunhava-o. Agitavam-no os sentimentos mais diversos, mais complexos. Tinha medo do que iria acontecer-lhe, mas receava mais ainda não poder ocultar esse medo. Estava curioso de saber o que iriam fazer-lhe e revelar-lhe. Regozijava-se sobretudo por ver aproximar-se o instante em que enveredaria pela via da renovação daquela atividade virtuosa com que sonhava desde seu encontro com Ossip Alexivitch.

Pancadas violentas reboaram na porta. Pedro desfez a venda e passeou o olho em redor de si. Em meio da profunda escuridão, discerniu uma lâmpada de cabeceira acesa sobre algo de branco. Aproximando-se, viu que a lâmpada estava colocada sobre uma mesa preta diante dum livro escancarado. Esse livro era um Evangelho e o objeto branco uma caveira. Leu as palavras: "No princípio era o Verbo e o Verbo era Deus." Havia do outro lado da mesa uma caixa oblonga, coberta e que parecia cheia. Reconheceu que se tratava de um caixão cheio de ossos. Tudo isso não o surpreendeu. No seu desejo de inaugurar uma vida nova, inteiramente diferente da antiga, aguardava coisas extraordinárias, mais extraordinárias ainda do que aquilo que via. O crânio, o ataúde, o Evangelho, — cria bem ter esperado isso e bem mais ainda. Para excitar seu fervor, pronunciava interiormente as palavras. "Deus, morte, amor, fraternidade", além das quais via surgirem visões confusas mas reconfortantes. A porta se abriu e alguém entrou.

Pedro, cujos olhos se haviam acostumado à penumbra, distinguiu um homem baixinho; viu-o hesitar um instante ao passar da luz para a obscuridade, depois caminhar para a mesa a passos prudentes, ali pousando enfim suas pequenas mãos enluvadas de couro. Um avental de couro branco cobria-lhe o peito e uma parte das pernas; trazia ao pescoço uma espécie de colar, donde emergia um alto folho branco que enquadrava seu rosto oblongo, iluminado por baixo.

— Por que viestes aqui? — perguntou aquele personagem, voltando-se para o lado onde um leve ruído lhe revelava a presença de Pedro. — Por que vós, que não credes na verdadeira Luz e que não vedes essa Luz, por que viestes aqui, que quereis de nós? É a sabedoria, é a virtude, é a ciência?

Desde o instante em que a porta se abrira para deixar passar o desconhecido, um sentimento de respeito angustiado, semelhante ao que experimentava quando ia confessar-se na sua infância, haviam-se apoderado de Pedro: achava-se face a face com um homem que não lhe era nada na vida corrente, mas que a fraternidade humana aproximava singularmente dele. Com o coração a bater a ponto de cortar-lhe a respiração, aproximou-se do "orador" (é assim que se denomina na franco-maçonaria o irmão encarregado de iniciar o postulante). De perto, reconheceu um de seus conhecidos, um tal Smolianinov; mas afugentou essa lembrança como importuna: aquele homem não devia ser para ele senão um irmão e um virtuoso instrutor. Ficou muito tempo sem encontrar palavras, de modo que o orador teve de repetir sua pergunta.

— Sim, eu... eu procuro... a renovação — balbuciou ele por fim.

— Bem disse Smolianinov, que prosseguiu imediatamente, num tom firme e rápido, — tendes alguma noção dos meios que possui nossa santa Ordem para vos fazer atingir vosso fim?

— Espero... ser... guiado... socorrido — disse Pedro, com uma voz trêmula de emoção. Pouco habituado a exprimir em russo ideias abstratas, não encontrava as palavras adequadas.

— Que ideia fazeis da franco-maçonaria?

— Vejo nela uma associação fraternal, igualitária, para finalidades virtuosas, respondeu Pedro, envergonhado por empregar palavras tão pouco em acordo com a solenidade do momento. — Vejo nela...

— Bem — apressou-se em dizer o orador, a quem aquela resposta pareceu plenamente satisfatória. — Procurastes na religião os meios de atingir esses fins?

— Não, considerei-a como uma impostura e não observei seus preceitos — disse Pedro tão baixo que o orador observou-lhe que não ouvia. — Era ateu — explicou.

— Procurais a verdade a fim de submeter vossa vida a suas leis; consequentemente, procurais a sabedoria e a virtude, não é verdade? — prosseguiu o orador, depois de um instante de silêncio.

— Sim, sim — afirmou Pedro.

O orador cruzou sobre seu peito suas mãos enluvadas e, depois de tossir, discorreu nestes termos:

— Devo agora descobrir-vos o grande desígnio que nossa Ordem procura realizar; se concordar com o vosso, encontrareis vantagem em entrar para a nossa confraria. O fim primeiro de nossa Ordem, a base sobre a qual repousa e que nenhuma força humana poderia abalar, é a conservação e a transmissão à posteridade dum certo segredo muito importante... chegado até nós desde os séculos mais recuados e mesmo desde o primeiro homem, e do qual depende talvez a sorte de todo o gênero humano. Mas como esse segredo é de tal natureza que ninguém pode conhecê-lo e dele tirar proveito se não se preparou por uma longa e cuidadosa purificação de si mesmo, bem poucas pessoas devem esperar ser nele prontamente iniciadas. Por isso é que nossa segunda tarefa consiste em dispor nossos irmãos a reformarem tanto quanto possível seus corações, a purificar e esclarecer sua razão pelos meios que nos transmitiram os homens que penaram na busca desse segredo e torná-los assim aptos a serem nele iniciados. Em terceiro lugar, pela purificação e pela emenda de nossos adeptos, esforçamo-nos por corrigir o gênero humano inteiro, oferecendo-os como modelos de piedade e de virtude; assim é que empregamos toda a nossa energia em combater o mal que reina neste mundo... Refleti nisso. Voltarei em breve — concluiu ele, retirando-se.

"Combater o mal que reina neste mundo...", repetiu Pedro, que imediatamente imaginou sua ação futura nesse sentido. Via-se já em face de pessoas semelhantes ao que era ele próprio quinze dias antes, e lhes dirigia mentalmente uma homilia persuasiva; pelas suas nobres palavras e por seus atos levava ajuda aos corrompidos e aos miseráveis; arrancava suas vítimas aos opressores. Dos três fins enumerados pelo orador, apreciava sobretudo o último: a emenda do gênero humano. Embora excitando sua curiosidade, o grave mistério de que aquele homem havia falado não lhe parecia essencial; quanto ao segundo objetivo — a purificação pessoal — ocupava-se dela tanto menos quanto se sentia com alegria plenamente corrigido de seus vícios de antanho e atraído unicamente para o bem.

Ao fim duma meia hora, o orador voltou para comunicar ao postulante as sete virtudes correspondendo aos sete degraus do templo de Salomão, que cada maçom é obrigado a cultivar em si. Essas virtudes eram: 1°, a discrição que guarda os segredos da Ordem; 2°, a obediência aos altos dignitários; 3°, os bons costumes; 4°, o amor à humanidade; 5°, a coragem; 6°, a generosidade; 7°, o amor à morte.

— Sétimo — disse-lhe o orador, — esforçai-vos, graças a frequentes meditações sobre a morte, por chegar a tê-la, não mais como cruel inimiga, mas como uma amiga... que liberta desta vida de misérias a alma acabrunhada sob o peso dos virtuosos labores, para introduzi-la na mansão da recompensa e do repouso.

— "Sim, deve ser assim — pensou Pedro, depois que o orador se retirou de novo abandonando-o a suas reflexões solitárias. — Deve ser assim, mas sou ainda tão fraco que amo a vida, cujo sentido começo apenas a entrever." Quanto às cinco outras virtudes que Pedro recapitulava, contando-as nos dedos, sentia-as verdadeiramente em si: a coragem, a generosidade, os bons costumes, o amor à humanidade e particularmente a obediência, que, de resto, lhe parecia menos uma virtude que uma felicidade de tal modo alegre estava ele por escapar a seu livre-arbítrio e submeter sua vontade àquele e àqueles que possuíam a incontestável verdade. A sétima virtude havia-a Pedro esquecido e não conseguia lembrar-se dela.

Depois de uma ausência mais curta que a precedente, o orador reapareceu e perguntou a Pedro se estava ele sempre firme na sua resolução e bem decidido a meter-se a tudo quanto se exigisse dele.

— Estou pronto a tudo — disse Pedro.

— Devo ainda advertir-vos — continuou o orador, que nossa ordem ensina doutrina não só por meio de palavras, mas por outros meios que agem sobre aquele que procura verdadeiramente a sabedoria e a virtude, talvez mais fortemente ainda do que as instruções orais. A decoração desta sala deve já agir sobre vosso coração se ele é sincero, mais que qualquer discurso. Vereis talvez, à medida que se processar vossa iniciação, outros meios semelhantes de ensino. Nossa Ordem imita nisso as sociedades antigas, que revelavam sua doutrina por meio de hieróglifos. O hieróglifo acrescentou ele, — é o símbolo duma coisa que não cai sob os sentidos que possui qualidades semelhantes às que ele representa.

Pedro sabia perfeitamente o que era um hieróglifo, mas não ousou dizê-lo. Ouvia em silêncio, pressentindo que as provas iam começar.

— Se estais firmemente decidido, devo proceder à vossa iniciação — continuou o orador, aproximando-se. — Em sinal de generosidade, tende a bondade de me entregar tudo quanto tendes de mais precioso.

— Mas não trouxe nada comigo — objetou Pedro, imaginando que lhe pediam a entrega de tudo quanto possuía.

— O que tendes convosco: relógio, dinheiro, anéis...

Pedro apressou-se em tirar sua carteira, seu relógio e levou muito tempo em retirar de seu gordo dedo sua aliança de casamento. Feito isto, disse-lhe o franco-maçom:

— Em sinal de obediência, tirai vossas roupas.

Pedro tirou seu paletó, seu colete e por indicação do orador sua bota esquerda. O maçom abriu-lhe a camisa no lado esquerdo do peito e, inclinando-se, sungou-lhe, acima do joelho, a perna esquerda de suas calças. Pedro quis tirar a bota direita, a fim de poupar trabalho àquele homem que não era nada seu, mas o maçom, lhe disse que isto não era necessário e estendeu-lhe um chinelo para nele enfiar o pé esquerdo. Um sorriso infantil, meio envergonhado, meio sarcástico, fixou-se no rosto de Pedro: estava ali, de pé, os braços balouçando e as pernas afastadas, diante do irmão-orador, aguardando novas ordens.

— Enfim, em sinal de sinceridade, fazei-me a confissão de vossa principal fraqueza — disse-lhe este.

— Minhas fraquezas! Tinha tantas! — disse Pedro.

— Aquela que, mais que todas as outras, vos fez tropeçar no caminho da virtude.

Pedro se pôs a refletir, a pensar mentalmente em cada um de seus vícios: "O vinho? A boa comida? A ociosidade? A preguiça? A cólera? A maldade? As mulheres? Não sabia a qual dar a preferência.

— As mulheres! — confessou por fim, com voz apenas perceptível.

Obtida esta resposta, o franco-maçom ficou muito tempo sem falar nem mover-se. Por fim, avançou para Pedro, pegou o lenço que estava em cima da mesa e vendou-lhe de novo os olhos.

— Pela última vez, vo-lo digo: entrai em vós mesmo, acorrentai vossos sentidos, procurai a felicidade no vosso coração e não em vossas paixões. A fonte da beatitude não está fora de nós, mas em nós...

Pedro sentia já aquela fonte de beatitude brotar em seu coração e inundá-lo de alegria e de enternecimento.

4. Pouco tempo depois, alguém veio procurar Pedro: não era mais o orador, mas seu padrinho Villarski, que ele reconheceu pela voz. Interrogado de novo a respeito da firmeza de sua resolução, Pedro respondeu: "Sim, sim, consinto". Depois, com um sorriso radioso de criança, com o gordo peito descoberto, andando canhestramente e timidamente com um pé calçado e outro sem bota, Pedro seguiu Villarski; este tinha na mão uma espada cuja ponta estava dirigida para o peito do postulante. Depois conduziram-no pelos corredores, fazendo-o dar voltas e levaram-no por fim para a frente da porta da loja. Villarski tossiu, responderam-lhe com pancadas de martelo e a porta se abriu. Uma voz de baixo perguntou a Pedro, que conservava os olhos vendados, quem era ele, onde e quando nascera, etc.. Fizeram-no então retomar sua marcha, falando-lhe por alegorias das dificuldades de sua viagem, da santa amizade, do eterno Arquiteto do universo, da coragem com a qual devia suportar as penas e os perigos. Pedro notou que ora o chamavam de "aquele que busca", ora de "aquele que sofre", ora de "aquele que pergunta" e que batiam de cada vez diferentemente com espadas e martelos. Enquanto o conduziam assim para um objeto, percebeu certa hesitação entre seus guias: discutiam em voz baixa e um deles insistia para que o fizessem passar por cima dum tapete. Tomaram-lhe então a mão direita que colocaram sobre qualquer coisa, puseram-lhe na esquerda um compasso, rogando-lhe que o apoiasse no seu peito esquerdo, e lhe fizeram repetir, à medida que o liam, o juramento de fidelidade às regras da Ordem. Depois, apagaram as velas, acendeu-se espírito-de-vinho, o que Pedro reconheceu pelo cheiro e preveniram-no de que iria ver a pequena Luz. Tiraram-lhe a venda e Pedro viu, como em sonho, à fraca chama do espírito-de-vinho, vários personagens revestidos do mesmo avental que o orador; de pé, à sua frente, apontavam-lhe espadas ao peito. Um deles trazia uma camisa ensanguentada. À vista disso, Pedro avançou para as espadas, no desejo de ser por elas traspassado; elas, porém, se afastaram e apressaram-se em repor-lhe a venda nos olhos.

— Viste a pequena Luz — disse-lhe uma voz.

Depois tornaram a acender as velas. Advertiram-no de que iria ver a grande Luz, retiraram-lhe de novo a venda e de repente uma dúzia de vozes pronunciou: *sic transit gloria mundi.*

Recuperando pouco a pouco sua presença de espírito, pôs-se Pedro a examinar a sala e as pessoas que nela se encontravam. Em redor duma longa mesa coberta por um estofo negro, doze homens estavam sentados, vestidos como os que vira precedentemente. Reconheceu alguns deles, mas não o presidente, um homem moço cujo pescoço estava ornado com uma decoração especial. À direita deste achava-se o padre italiano, que Pedro vira no ano anterior em casa de Ana Pavlovna. Estavam ali também um alto dignitário e um preceptor suíço, antigo familiar dos Kuraguin. Todos se mantinham num silêncio solene, atentos às palavras do presidente que conservava na mão um malhete. Uma estrela cintilava sobre a parede; um pequeno tapete, ornado de atributos simbólicos, estendia-se dum lado da mesa, que flanqueava do outro uma espécie de altar com um Evangelho e uma caveira. Sete grandes candelabros, como se veem nas igrejas, estavam colocados em redor. Dois dos irmãos conduziram Pedro ao altar e, colocando-lhe as pernas em esquadro, deram-lhe ordem de se estender no chão, explicando-lhe que ele se prosternava às portas do Templo.

— É preciso que receba antes a trolha — disse um deles em voz baixa.

— Não, é inútil — respondeu o outro.

Sem obedecer, passeava Pedro em torno de si olhos míopes e desvairados. E de repente, sobrevieram-lhe dúvidas. "Onde estou? Que faço? Não estarão zombando de mim? Não me envergonharei mais tarde, lembrando-me de tudo isso?" Mas essa hesitação só durou um instante. Considerou os rostos sérios que o cercavam e, pensando no que já fizera, compreendeu que não podia deter-se a meio caminho. Repelindo suas dúvidas com horror, reevocando a si seu fervor anterior, estendeu-se às portas do Templo. E, com efeito, seu fervor lhe voltou, mais ardente ainda do que antes. Depois de haver ficado estendido por algum tempo, pediram-lhe que se levantasse. Vestiram-lhe então o mesmo avental de couro branco que os outros traziam, entregaram-lhe uma trolha e três pares de luvas. Depois o grão-mestre dirigiu-lhe a palavra. Fê-lo comprometer-se a não manchar jamais em nada a brancura daquele avental, símbolo da firmeza e da inocência; a enigmática trolha servir-lhe-ia para purgar seu coração dos vícios, para aplainar sem rudeza o coração do próximo; a significação do primeiro par de luvas não podia ser-lhe revelada, mas devia conservá-las, ao passo que compareceria às reuniões com o segundo par. A respeito do terceiro que, ao contrário dos dois outros, era um par de luvas de mulher, o grão-mestre lhe disse: "Caro irmão, essas luvas de mulher vos são igualmente destinadas. Entregá-las-eis à mulher a quem respeitardes mais que a qualquer outra. Com esse presente testemunhareis a pureza de vosso coração àquela que tereis escolhido como uma franco-maçom." E depois de um instante de silêncio, acrescentou: "Mas tomai bem cuidado, meu caro irmão, para que essas luvas não ornem mãos impuras". Durante essas palavras do grão-mestre, crendo notar que o presidente não estava muito à vontade, perturbou-se Pedro mais ainda, corou até o branco dos olhos, como coram as crianças, e lançou em torno de si olhares inquietos.

Seguiu-se um silêncio embaraçoso, que um dos irmãos em breve rompeu. Levando Pedro para o tapete, leu-lhe num caderno a explicação de todas as figuras que nele se encontravam representadas: o sol, a lua, o malhete, o fio de prumo, a trolha, a pedra bruta e cúbica, a coluna, as três janelas, etc.. Indicou-lhe em seguida seu lugar, os signos da loja, a palavra de passe e permitiram por fim que se sentasse. O grão-mestre leu então para que ele ouvisse o regulamento, que era muito longo e ao qual Pedro, dominado pela alegria, pela emoção e pelo acanhamento, mal prestou atenção. Só reteve os derradeiros parágrafos:

"Nos nossos templos, não conhecemos outros graus senão os que separam a virtude do vício. Guarda-te de fazer diferenças que possam romper a igualdade. Corre em socorro de teu irmão, quem quer que ele seja, traze aquele que se desvia, ergue aquele que tomba, não nutras para com teu irmão nenhum sentimento de ódio ou de hostilidade. Excita em todos os corações a flama da virtude. Partilha tua felicidade com teu próximo e que a inveja não perturbe jamais esse puro gozo. Perdoa a teu inimigo, e só te vingues fazendo-lhe o bem. Quando tiveres cumprido desta maneira a lei suprema, tornarás a encontrar os traços de tua antiga grandeza perdida".

Terminada essa leitura, o grão-mestre se levantou, abraçou Pedro e beijou-o. Não sabendo o que responder às felicitações, às efusões de amizade, deixava Pedro errar em torno de si olhos rasos de lágrimas. Esquecia aqueles que conhecia, para não ver em todas aquelas pessoas senão irmãos, em companhia dos quais ardia para se pôr à obra.

A um golpe de malhete do grão-mestre, todos retomaram seus lugares e um dos irmãos expôs, numa instrução, a necessidade da humildade.

Tendo o grão-mestre prescrito o cumprimento do último dever, o alto dignitário, que exercia as funções de irmão-pedinte, percorreu a assembleia. Pedro teve vontade de inscrever na lista de esmolas todo o dinheiro que trazia consigo, mas receando dar prova de orgulho, marcou a mesma soma dos outros.

Estava terminada a sessão. Regressando a casa, tinha Pedro a impressão de que voltava de uma viagem longa, que havia durado dezenas de anos e no curso da qual se tinha ele completamente transformado e rompido com seus antigos hábitos.

5. No dia seguinte ao de sua recepção, estava Pedro em casa a ler, esforçando-se por penetrar a significação do quadrado, de que um dos lados simboliza Deus, o segundo, o mundo moral, o terceiro, o mundo físico e o quarto, os dois mundos misturados. A intervalos, abandonava livro e quadrado e, dando rédeas à sua imaginação, elaborava novo plano de vida. Na véspera, na loja, tinham-no prevenido de que o imperador tivera conhecimento de seu duelo e que seria prudente que ele se afastasse de Petersburgo. Contava, pois, partir para seus domínios do sul e ali ocupar-se com seus camponeses. Comprazia-se nesses devaneios, quando viu de súbito entrar no seu quarto o Príncipe Basílio.

— Que fizeste afinal em Moscou, meu amigo? — perguntou-lhe este logo de início. — Por que diabos brigaste com Liolia, meu caro? Estás completamente errado. Sei de tudo, e posso assegurar-te de que Liolia não é mais culpada para contigo do que o Cristo para os judeus.

Pedro ia responder, mas o príncipe não lhe deixou tempo.

— E por que não vieste diretamente me pedir um conselho de amigo? Sei tudo, compreendo tudo. Tu te conduziste como um homem a quem é cara a sua honra, talvez com demasiada pressa, mas deixemos isso. Penso somente em que situação nos põe, a ela e a mim, diante da sociedade... e mesmo diante da corte — acrescentou ele, baixando a voz. — Ela mora em Moscou e tu aqui. Vejamos, meu caro, não passa tudo dum mal-entendido — afirmou ele, apoderando-se da mão de Pedro, que abaixou para o chão. — Penso que tu mesmo te dás conta disso. Escrevamos-lhe uma carta e ela acorrerá logo, tudo se explicará. De outro modo, meu caro, esse negócio poderia ter para ti consequências bastante lamentáveis. Faço questão de prevenir-te. Sim — concluiu ele, com um olhar significativo, — sei de boa fonte que a imperatriz viúva está tomando vivo interesse por isso; conheces suas boas disposições para com Helena.

Esteve Pedro várias vezes a ponto de interromper a discurseira, mas, além de continuar o príncipe sempre a discorrer, temia ele comunicar a seu sogro, num tom demasiado cortante, a recusa peremptória que estava, no entanto, bem decidido a opor-lhe. Lembrava-se, aliás, de que um parágrafo da regra maçônica prescrevia-lhe que fosse “amável e afável”. Franzia, pois, o cenho, corava, levantava-se e tornava a sentar-se, lutando consigo mesmo na circunstância mais penosa que jamais arrostara: dizer a alguém, face a face, coisas desagradáveis, dizer àquele homem, quem quer que ele fosse, palavras bem diversas daquelas que aguardava. Habituado a arriar bandeira diante dos grandes ares displicentes mas seguros do Príncipe Basílio, não se sentia, mesmo naquela hora, com coragem para resistir-lhe. Compreendia, entretanto, que as palavras que iria pronunciar governariam todo o seu futuro: voltaria a seus antigos erros ou enveredaria por essa nova via cujos atrativos os franco-maçons tanto lhe haviam louvado e que, sem dúvida alguma, devia conduzi-lo à regeneração desejada?

— Vamos, meu caro — continuou em tom agradável o Príncipe Basílio, — diga-me sim e eu lhe escreverei por minha própria conta. Depois não teremos senão de matar o vitelo gordo.

Ainda bem não terminara sua frase e já Pedro, cujo rosto contraído pelo furor lembrou de súbito o de seu pai, lançou-lhe em voz baixa e sem olhá-lo:

— Não creio que vos tenha mandado chamar à minha casa, príncipe... Ide-vos, rogo-vos, ide-vos!

Precipitou-se para a porta e depois de abri-la, repetiu, não acreditando em suas palavras e feliz de ver que as feições do príncipe traíam subitamente a confusão e o temor:

— Ide-vos embora, agora mesmo!

— Que tens? Estás doente?

— Ide-vos, digo-vos! — repetiu ele, com voz ainda trêmula.

E o Príncipe Basílio teve de retirar-se, sem ter obtido outra explicação.

Oito dias depois, Pedro, tendo-se despedido de seus novos amigos e remetido aos mesmos uma generosa contribuição seguiu para suas terras. Os irmãos tinham-lhe dado cartas para os maçons de Kiev e de Odessa e prometido escrever-lhe e guiá-lo em sua nova atividade.

6. Malgrado a severidade que o imperador demonstrava naquela época contra duelos, o que opusera Pedro a Dolokhov não teve nenhuma consequência desagradável nem para os adversários, nem para suas testemunhas. Entretanto, correram rumores a respeito de tal encontro e, em breve confirmados pelo rompimento sobrevindo entre Pedro e Helena, tornaram-se o assunto das conversas do grande mundo, Pedro, a quem tratavam com uma condescendência protetora, quando não passava dum simples bastardo, a quem lisonjeavam e mimavam quando se tornou o melhor partido do império, desde seu casamento havia baixado muito na opinião do mundo: não interessava mais nem às mães, nem às filhas casadouras, e ignorava além disso, a arte de conciliar-se as boas graças dos salões. Assim, tornaram-no o único responsável pelo que acontecera, imaginavam-no um ciumento absurdo, sujeito, como seu falecido pai, a acessos de furor sanguinário. E quando, após sua partida, Helena reapareceu em Petersburgo, todos os seus conhecidos a acolheram, por causa de sua infelicidade, com uma simpatia matizada de respeito. Quando a conversa incidia sobre seu marido, tomava Helena um ar digno, que seu tato inato lhe inspirava, sem que lhe compreendesse com certeza a significação. Aquele ar queria dizer que estava ela resolvida a suportar sua infelicidade sem se queixar e que considerava seu marido como uma cruz que Deus lhe enviara. O Príncipe Basílio exprimia-se mais categoricamente a respeito de seu genro:

— Um cabeça quente, sempre lhe dizia — declarava ele, levando o dedo à testa.

— Eu sempre o disse — afirmava por sua vez Ana Pavlovna; — sim, sustentei, desde o começo, bem antes de todos — insistia na sua prioridade — que as ideias corruptas do século tinham transtornado o cérebro daquele rapaz. Regressava do estrangeiro, toda a gente elevava-o até as nuvens, mas eu, eu o julguei imediatamente, vendo-o uma noite, em minha casa, dar-se ares dum Marat, lembram-se? E como acabou isso? Desde aquele momento, não desejei esse casamento, já prevendo o que dele resultaria.

Ana Pavlovna dava sempre, nos seus dias livres, reuniões como somente tinha ela a arte de organizar. Reunia, de acordo com suas próprias expressões, a nata da verdadeira boa sociedade, a fina flor da essência intelectual da sociedade de Petersburgo. Além dessa escolha refinada dos convidados, os serões de Ana Pavlovna apresentavam duas outras atrações: em cada uma delas oferecia a seus convivas o regalo de uma personalidade nova e interessante; e em nenhuma parte mais, podia-se com mais segurança comprovar o grau que marcava o termômetro político nos meios legitimistas da Corte e da Cidade.

Uma reunião desse gênero efetuou-se em casa dela em fins de 1806. Acabava-se precisamente de saber, com todos os seus tristes pormenores, a vitória esmagadora conquistada por Napoleão em Iena e em Aurstaedt, a capitulação de quase todas as fortalezas prussianas. Nossos exércitos tinham penetrado na Prússia, nossa segunda campanha contra Napoleão se travava. *Naquela noite, a nata da verdadeira boa sociedade* compreendia: a encantadora e infeliz Helena, abandonada por seu marido; Mortemart; o encantador Príncipe Hipólito, que acabava de chegar de Viena; dois diplomatas; "minha tia"; um rapaz "de muito mérito", sem mais; uma damazinha de honra a quem este título acabava de ser outorgado e a mãe dessa jovem; enfim alguns personagens de menor importância. A primícia oferecida a esses convidados não era outro senão Boris Drubetskoi, que chegava da Prússia em funções de correio. Quanto ao termômetro político, indicava a seguinte temperatura: "Soberanos e generais poderão, enquanto lhes aprouver, pactuar com Bonaparte a fim de "me"ou de "nos" causar desgostos e aborrecimentos, nossa opinião a seu respeito nem por isso variará. Não cessamos de exprimir francamente nossa maneira de ver a esse respeito e só podemos dizer ao rei da Prússia e aos outros: tanto pior para vós. *Tu o quiseste, Jorge Dandin."*

Quando Boris, com quem se devia presentear os convidados, entrou no salão, quase toda a sociedade já estava reunida e a conversa, que Ana Pavlovna dirigia, rolava sobre nossas relações diplomáticas com a Áustria e sobre a esperança que se tinha duma aliança com aquela potência. Boris, com elegante uniforme de ajudante-de-campo, viçoso e rosado, mas mais viril que antes, entrou com ar desembaraçado. Ana Pavlovna deu-lhe sua mão seca a beijar, conduziu-o, de acordo com o ritmo estabelecido, para se inclinar diante de "minha tia", e; depois de havê-lo introduzido no grande círculo, apresentou-o a algumas pessoas que ele não conhecia, designando cada uma delas em voz baixa:

— O Príncipe Hipólito Kuraguin, encantador rapaz. O Sr. Krug, encarregado de negócios de Copenhague, um espírito profundo. O Sr. Chitov, homem de muito mérito.

Graças às ingerências de Ana Mikhailovna, a seus méritos particulares e à reserva de seu caráter, conseguira Boris chegar a uma situação muito em vista. Ajudante-de-campo de importantíssimo "personagem", acabava de levar a efeito importante missão na Prússia. Havia completamente assimilado aquela disciplina não-codificada, cuja revelação o havia encantado em Olmutz, disciplina segundo a qual um simples aspirante pode ocupar um lugar muito mais elevado que um general, disciplina que não adequa a promoção no serviço com o trabalho, com o esforço, com a coragem, com a perseverança, mas simplesmente com o talento de deixar-se bem ver pelos dispensadores da dita promoção. Surpreso mais do que todos pelos próprios êxitos rápidos, perguntava a si mesmo porque os outros não agiam da mesma forma. Essa descoberta havia transformado por completo a sua existência, suas relações com seus antigos conhecidos, todos os seus planos de futuro. Se bem que pobre, empregava seus derradeiros soldos em mostrar-se mais bem-vestido que os outros; preferia privar-se de muitos prazeres a percorrer as ruas de Petersburgo trajando um uniforme velho ou rodando numa ruim carruagem. Só se ligava a pessoas mais altamente colocadas que ele e que, por consequência, poderiam ser-lhe úteis. Gostava de Petersburgo e desprezava Moscou. A recordação dos Rostov, de seus amores pueris com Natacha, era-lhe importuna, e, desde sua partida para o exército, jamais tornara a pisar em casa deles. Considerava sua presença no serão de Ana Pavlovna um passo notável para diante na sua carreira. Compreendeu logo o papel que deveria ali representar e, deixando sua anfitrioa aproveitar do interesse que ele despertava, pôs-se a observar atentamente uns e outros, a pesar as vantagens e a possibilidade de relações a estabelecer com cada um deles. Sentado perto da bela Helena, no lugar que lhe tinha sido indicado, prestava atenção à conversa geral.

— Viena — dizia o encarregado de negócios da Dinamarca — acha as bases do tratado proposto de tal modo fora de alcance, que não se poderia a ele chegar mesmo à custa de uma continuidade de êxitos dos mais brilhantes, e põe em dúvida os meios que poderiam realizá-los, em nosso favor. É a frase autêntica do gabinete de Viena.

— A dúvida é que é lisonjeira — observou com um fino sorriso *o homem de espírito profundo.*

— É preciso distinguir entre o gabinete de Viena e o Imperador da Áustria — disse Mortemart. — O Imperador da Áustria jamais pôde pensar em coisa semelhante. Quem o disse, sim, foi o gabinete.

— Ora, meu caro visconde — interveio Ana Pavlovna, — a Uropa... — Dirigindo-se a um francês, acreditava poder recorrer a essa sutileza de pronúncia, que aprendeu só Deus sabe de quem. — A Uropa não será jamais nossa aliada sincera.

E para preparar a entrada em cena de Boris, fez desviar a conversa e elogiou a coragem, a firmeza do rei da Prússia. Enquanto esperava sua vez e escutava religiosamente cada um dos interlocutores, permitia-se Boris algumas olhadelas para o lado de sua bela vizinha que, sorridente, encontrou várias vezes os olhos do jovem e belo ajudante-de-campo.

Ana Pavlovna, a propósito da situação da Prússia, rogou naturalmente a Boris que contasse sua viagem a Glogau, que descrevesse o estado em que encontrara o exército prussiano. Num tom seguro, num francês puro e correto, forneceu Boris numerosos e interessantes pormenores a respeito das tropas, da corte, mas evitou cuidadosamente formular sua opinião sobre os fatos que relatava. Açambarcou por algum tempo a atenção geral e Ana Pavlovna pôde verificar que todos os seus convidados saboreavam a primícia que ela lhes oferecia. Helena pareceu sentir ao ouvi-lo um prazer todo especial. Fez a Boris várias perguntas sobre sua viagem e a situação do exército prussiano não deixou de preocupá-la. Quando ele terminou, voltou-se ela para Boris com seu sorriso habitual.

— É preciso absolutamente que me venha fazer uma visita. Terça-feira, entre 8 e 9 horas. Dar-me-á grande prazer — lhe disse ela, num tal tom que Boris pôde acreditar que razões para ele desconhecidas tornavam sua visita indispensável.

Prometeu, pois, satisfazer-lhe o desejo e já iniciava uma conversa à parte com Helena, quando Ana Pavlovna o chamou, sob o pretexto de que "minha tia" estava louca por ouvi-lo por sua vez.

— Conheceis seu marido, creio? — lhe disse ela, fechando os olhos e designando Helena com um gesto compassivo. — Ah! que encantadora e infeliz mulher! Não faleis dele em sua presença, suplico-vos. Isto lhe é por demais penoso.

7. No momento em que Boris e Ana Pavlovna se juntavam ao grande círculo, o Príncipe Hipólito se imiscuía na conversa.

— O rei da Prússia! — largou ele, com o busto projetado para diante e depois rebentou a rir. Todos se voltaram para ele.

— O rei da Prússia? — repetiu, mas desta vez em tom interrogativo. E depois de novo acesso de riso, enterrou-se, gravemente, sossegadamente, em sua poltrona.

Ana Pavlovna aguardou uns instantes; mas como decididamente Hipólito não queria dizer mais nada, pôs-se a contar como aquele ímpio do Bonaparte tinha roubado em Potsdam a espada do grande Frederico. Ia dizendo: — "É a espada de Frederico, o Grande, que eu..." quando Hipólito cortou-lhe a palavra.

— O rei da Prússia — recomeçou ele, mas, como todos o interrogassem com o olhar, escusou-se e encerrou-se de novo no silêncio.

Ana Pavlovna assumiu um ar de descontentamento. Mortemart, o amigo de Hipólito, intimou-o a explicar-se:

— Vejamos, que é que há com o vosso rei da Prússia?

Hipólito riu uma vez mais, era, porém, um riso contrafeito.

— Não, não é nada, queria dizer somente... Queria dizer que estamos errados fazendo guerra pelo rei da Prússia.

Era uma pilhéria que ouvira em Viena e procurava em vão intercalar desde o começo do serão.

— Vosso jogo de palavras é muito mau. Muito espirituoso, mas injusto — disse Ana Pavlovna, ameaçando-o com seu dedinho enrugado. — Não fazemos a guerra pelo rei da Prússia, mas pelos bons princípios. Ah! como é maldoso esse Príncipe Hipólito!

A conversa não se esgotou no correr do serão; rolou quase todo o tempo sobre a política e se animou ainda quando, em último lugar, veio-se a falar das recompensas concedidas pelo imperador.

— N. N. recebeu certamente o ano passado uma tabaqueira com retrato — disse *o homem de espírito profundo*. — Por que não obteria S. S. uma semelhante?

— Peço-lhe perdão — retorquiu um dos diplomatas, — mas uma tabaqueira com o retrato do Imperador é uma recompensa, mas não uma distinção, é antes um presente.

— Houve precedentes. Citar-vos-ei Schwarzenberg.

— É impossível — objetou o outro.

— Quereis apostar?... O grande cordão é diferente.

No momento da partida, Helena, rompendo o silêncio, que mantivera durante quase todo o tempo, reiterou a Boris seu gracioso, mas imperativo, convite.

— Tenho absoluta necessidade de ver-vos — disse-lhe ela, enquanto seu olhar chamava Ana Pavlovna em seu socorro e Ana Pavlovna, com aquele mesmo sorriso melancólico que acompanhava suas palavras, quando falava de sua alta protetora, apoiou o pedido de Helena.

Ouvindo Boris dissertar sobre o exército prussiano, parecia Helena ter de súbito descoberto razões urgentes de vê-lo e seu convite para a terça-feira seguinte podia ser interpretado como uma promessa de lhas revelar naquele dia. Entretanto, quando, na hora marcada, Boris apareceu

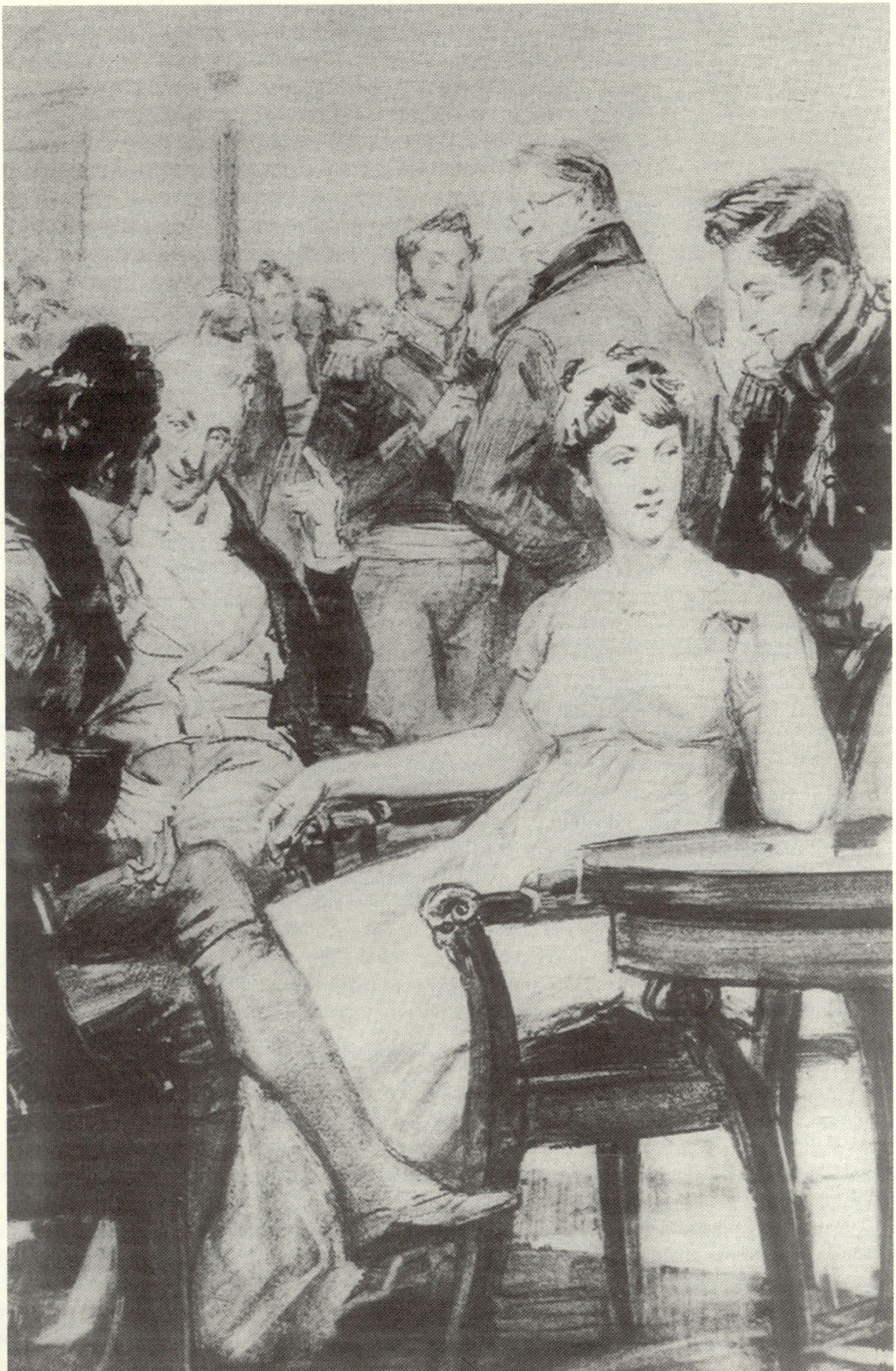

no luxuoso salão da condessa, esperou debalde uma explicação. Havia gente; Helena só lhe dirigiu algumas palavras. Por fim, no momento em que ele se despedia, beijando-lhe a mão, insinuou-lhe bem baixo — e, fato curioso, sem sorrir:

— Venha jantar amanhã... à noite. Não deixe de vir... Venha.

* * *

Durante aquela sua permanência em Petersburgo, tornou-se Boris o amigo íntimo da Condessa Bezukhov.

8. Reacendera-se a guerra e se aproximava das fronteiras russas. Só se ouviam por toda a parte imprecações contra Bonaparte, o inimigo do gênero humano; arregimentavam-se em todas as aldeias recrutas e milicianos; notícias contraditórias circulavam a respeito das operações; eram falsas, como sempre, e por consequência davam lugar às interpretações mais diversas.

Desde 1805, grandes mudanças tinham-se operado na vida do velho Príncipe Bolkonski e de seus filhos.

Em toda a extensão do império russo, a milícia fora, em 1806, agrupada em oito corpos, e o velho príncipe recebeu o comando de um deles. A despeito dos achaques da velhice, que se tinham feito particularmente sentir durante o período em que acreditara que seu filho estava morto, não julgara possível o príncipe furtar-se ao apelo pessoal do imperador. Aliás, essa nova atividade tornou a dar-lhe força e coragem. Inspecionava sem cessar as três províncias de sua alçada. Duma severidade rigorosa para com seus subordinados, cumpria escrupulosamente suas próprias obrigações, descendo aos mínimos pormenores. As lições de matemática tinham cessado; pela manhã somente, quando o velho estava em casa, entrava Maria em seu gabinete, em companhia da ama e do Principezinho Nicolau, como o chamava o avô. O principezinho ocupava, com sua ama e a velha criada Savichna, o aposento de sua avó defunta; Maria passava ao lado dele quase todos os seus dias e substituía, o melhor que podia, a mãe de seu sobrinhozinho. A Senhorita Bourienne parecia também adorar o menino; e muitas vezes Maria, privando-se em favor dela, cedia-lhe o prazer de mimar seu "anjinho", como dizia, e brincar com ele.

Ao fundo da grande nave da igreja de Montes Calvos, haviam elevado uma capela sobre o túmulo da princesinha e colocado no interior um monumento de mármore encomendado na Itália. Este monumento representava um anjo de asas abertas e prestes a voar; tinha o anjo o lábio superior levemente erguido, como se fosse sorrir; um dia, André e Maria, ao saírem da capela, convieram que o rosto do anjo lhes recordava estranhamente o da morta. Fato mais estranho ainda, que não confiou à sua irmã, lia André na expressão que o artista dera fortuitamente ao anjo as mesmas suaves palavras de censura que lera outrora no rosto de sua mulher morta: "Ah! por que me tratastes assim?"

Pouco tempo depois do regresso de seu filho, o velho príncipe lhe havia dado, em adiantamento de herança, a importante propriedade de Bogutcharovo, situada a quarenta verstas de Montes Calvos. Esta última propriedade despertava na alma do príncipe penosas recordações, o caráter difícil de seu pai cansava-lhe por vezes a paciência; procurava a solidão. Por todas estas razões, achou Bogutcharovo a seu gosto; empreendeu ali construções e ali passou a maior parte de seu tempo.

Depois da campanha de Austerlitz, tinha André renunciado firmemente ao estado militar. Quando a guerra recomeçou e toda a gente teve de cumprir seu dever, aceitou ajudar seu pai no levantamento das milícias, preferindo estas funções ao serviço ativo. Os papéis pareciam invertidos: o pai, estimulado pelo seu novo emprego, encarava a presente campanha sob as mais ridentes cores; o filho, pelo contrário, que não tomava parte na guerra e a lamentava do fundo do coração, via tudo negro.

A 26 de fevereiro de 1807, o velho príncipe partiu para uma inspeção. André, como quase sempre, durante as ausências de seu pai, resolveu ficar em Montes Calvos. Havia uns quatro dias, Nicolauzinho não passava bem. Os cocheiros, que haviam levado o velho príncipe à cidade, trouxeram a correspondência do Príncipe André. Não o encontrando em seu gabinete, o criado de quarto passou, igualmente em vão pelos aposentos da Princesa Maria; mandaram-no ao quarto do bebê.

— Desculpai-me, Excelência, está aí Petrucha com papéis — disse uma das criadas ao Príncipe André, o qual, sentado numa cadeirinha de menino, com mãos trêmulas e supercílios franzidos, vertia um remédio contido num frasco num meio copo d'água.

— Que há? — perguntou ele, em tom colérico. Um movimento brusco fê-lo derramar algumas gotas a mais; lançou no soalho o conteúdo do copo e tornou a pedir água. A criada lha trouxe.

Uma caminha, duas arcas, duas poltronas, uma mesinha de centro, uma mesa de menino e uma cadeirinha — a em que precisamente se sentava o Príncipe André — mobiliavam o aposento. As cortinas estavam cerradas; uma única vela ardia em cima da mesinha de centro; um caderno de música, formando pantalha, protegia o leito contra a luz.

— Meu amigo — disse a seu irmão a Princesa Maria, que se mantinha à cabeceira do doentinho, — esperemos um pouco; será melhor...

— Mas não... dizes sempre tolices. Falas todo o tempo em esperar e eis o resultado — resmungou o Príncipe André, evidentemente desejoso de irritar sua irmã.

— Asseguro-te, meu caro, que seria melhor não o despertar. Ele está dormindo — insistiu ela, com voz súplice.

André levantou-se e, com a poção na mão, aproximou-se da caminha na ponta dos pés.

— Será preciso mesmo deixá-lo dormir? — disse, perplexo.

— Como quiseres... Eu creio deveras... como quiseres, porém... — balbuciou Maria, toda envergonhada por ver que seu conselho o fizera zangar-se. E imediamente atraiu a atenção de seu irmão para a criada que o chamava em voz baixa.

Era a segunda noite que passavam à cabeceira do menino, atingido por forte febre. Tendo apenas uma confiança medíocre no médico da casa, tinham mandado buscar outro na cidade, enquanto experimentavam remédio após remédio. Fatigados pela inquietação e pela insônia, atiravam um contra o outro seu pesar, discutiam, lançavam-se censuras mútuas.

Entretanto, a criada insistia sempre:

— Petrucha está aí com papéis, da parte de vosso papai.

— Com efeito, nesta hora! — resmungou o Príncipe André, que consentiu em ir ter com Petrucha. Quando este lhe entregou a correspondência e transmitiu as instruções orais do velho príncipe, voltou André para o lado de seu filho.

— Então? — perguntou ele.

— Sempre no mesmo. Aguarda, suplico-te. Karl Ivanitch sempre diz que é preciso respeitar o sono — murmurou Maria, suspirando.

André aproximou-se de seu filho e lhe tomou o pulso: o menino ardia.

— Vai passear com o teu Karl Ivanitch! — exclamou ele.

Foi buscar a poção e voltou para junto do leito.

— Deixa, André — disse Maria.

Olhou-a com um ar ao mesmo tempo colérico e doloroso e curvou-se para o menino com seu copo.

— Exijo-o — declarou ele. — Vamos, dá-lhe tu mesma.

Maria ergueu os ombros, mas não se obstinou. Chamou a criada e, com sua ajuda, tentou fazer o menino engolir o remédio. A criança se pôs a gemer, a estertorar. André tornou-se mais sombrio e, levando as mãos à cabeça, refugiou-se no cômodo vizinho.

Derrubado sobre um divã, percebeu que conservava as cartas na mão. Abriu-as maquinalmente e começou a lê-las. O velho príncipe, em papel azul, com sua grossa caligrafia alongada, usando aqui e ali abreviaturas, mandava-lhe dizer o seguinte:

"Um correio acaba de trazer-me uma notícia das mais felizes na hora atual, se contudo merece confiança. Bennigsen teria obtido contra Bonaparte uma completa vitória em Eylau. Em Petersburgo, toda a gente exulta e chovem recompensas sobre o exército. Por mais alemão que ele seja, tiro-lhe o chapéu. Que diabo pode bem fazer o Senhor Khandrikov, comandante em Kortcheva? Ainda não nos mandou nem reforços, nem víveres. Corre lá imediatamente, e dize-lhe que não manterá a cabeça sobre os ombros, se dentro de oito dias não estiver tudo lá... A vitória de Preussisch-Eylau se confirma. Estou recebendo uma carta de Petenka[38], que tomou parte nela; tudo é verdade. Quando aqueles a quem isto não interessa preferem não se imiscuir, até mesmo um alemão pode bater Bonaparte. Pretende-se que ele haja fugido em completa desordem... Portanto, corre sem demora a Kortcheva e executa minhas ordens!"

André lançou um suspiro e abriu a segunda carta. Tirou dela duas folhas com letra miúda, a de Bilibin. Tornou a dobrá-las logo e releu a carta de seu pai. Quando chegou a estas palavras: "Corre sem demora a Kortcheva e executa minhas ordens", decidiu consigo mesmo: "Não, com mil diabos, não irei enquanto meu filho estiver doente". E, alcançando a porta, olhou o que se passava na outra peça. Maria continuava junto ao leito, ninando docemente o bebê.

"Vejamos, que notícia desagradável me dá ele ainda? — interrogou a si mesmo o Príncipe André, recompondo a memória. — Ah! sim! Tivemos uma vitória contra Bonaparte e eu não estou no exército. Vamos, o destino sempre zomba de mim... Grande bem lhe faça!"

E, pegando a carta de Bilibin, percorreu-a sem entender-lhe a metade. Só a lia, aliás, para fugir por instantes aos pensamentos dolorosos que desde muito tempo o obsedavam.

9. Bilibin, adido ao quartel-general na qualidade de diplomata, descrevia toda a campanha em francês, com torneios e pilhérias francesas, mas também com aquela franqueza intrépida que permite aos russos — e somente aos russos — criticarem-se a si mesmos e zombarem de si próprios impiedosamente. Sua discrição diplomática lhe pesava, confessava em sua carta, e sentia-se feliz por poder expandir, diante de um correspondente seguro, toda a bílis que se acumulara nele à vista das coisas que se passavam no exército. A carta, já antiga, era anterior à batalha de Preussisch- Eylau.

"Desde nossos grandes êxitos em Austerlitz — escrevia Bilibin — deve saber, meu caro príncipe, que não deixo mais os quartéis-generais. Decididamente tomei gosto pela guerra e muito lucrei com isso. O que tenho visto nestes três meses é inacreditável.

"Começo "ab ovo". O inimigo do gênero humano, como sabe, ataca os prussianos. Os prussianos são nossos fiéis aliados, que só nos enganaram três vezes desde três anos. Abraçamos e defendemos a causa deles. Mas acontece que o inimigo do gênero humano não dá atenção de espécie alguma aos nossos belos discursos, e com suas maneiras impolidas e selvagens lança-se sobre os prussianos, sem lhes dar tempo de terminar a parada começada, com duas voltas de mão, surra-os a mais não poder e vai-se instalar no Palácio de Potsdam.

"Tenho o mais vivo desejo, escreve o rei da Prússia a Bonaparte, que V. M. seja acolhido e tratado no meu palácio duma maneira que lhe seja agradável, e foi com solicitude que tomei para esse fim todas as medidas que as circunstâncias me permitiam". Praza a Deus que tenha sido bem sucedido! Os generais prussianos porfiam em polidez para com os franceses e depõem as armas às primeiras intimações.

"O chefe da guarnição de Glogau, com dez mil homens, pergunta ao rei da Prússia o que deve fazer, se for intimado a render-se... Tudo isso é autêntico.

"Em suma, esperando impor-nos somente por nossa atitude militar, acontece que nos encontramos em guerra deveras, e, o que é mais, em guerra nas nossas fronteiras "com e pelo rei da Prússia". Tudo está completo, só nos faltando uma coisinha: o general-em-chefe. Como se verificou que os triunfos de Austerlitz teriam podido ser mais decisivos, se o general-em-chefe tivesse sido menos jovem, passaram-se em revista os octogenários e, entre Prozorovski e Kamenski, deu-se a preferência ao último. O general nos chega em *kibik*,[39] à moda Suvorov e é acolhido com aclamações de alegria e de triunfo.

No dia 4, chega o primeiro correio de Petersburgo. Trazem as malas para o gabinete do marechal, que gosta de, ele próprio, fazer tudo. Chamam-me para ajudar a fazer a triagem das cartas e retirar aquelas que nos são destinadas. O marechal vigia o que fazemos e espera os pacotes que lhe são destinados. Procuramos — mas não os há. O marechal torna-se impaciente, põe-se ele próprio a procurar e encontra cartas do imperador para o conde T., para o príncipe V. e outros. Então, ei-lo rubro de cólera. Lança fogo e labareda contra todo o mundo,

38. Bagration.(N.doT.)

39. Espécie de carruagem. (N. do T.)

apodera-se das cartas, abre-as e lê as do imperador dirigidas a outros. "Ah! eis como me tratam. Não tem confiança em mim! Mandam espionar-me! Muito bem! Saia!" E escreve a famosa ordem do dia ao General Bennigsen:

"Estou ferido, não posso montar a cavalo nem, por consequência, comandar o exército. Levastes para Pultusk vosso corpo de exército derrotado; está ele ali a descoberto e sem forragem nem lenha; é preciso portanto tomar providências e, como vós mesmo o fizestes saber ontem ao Conde Buxhoevden, pensar em bater em retirada sobre nossa fronteira, o que havereis de executar hoje mesmo."

"O atrito de minha sela, no curso de minhas numerosas voltas — escreve ele ao imperador, — causou-me uma esfoladura que, junto às fadigas ocasionadas pelos meus anteriores deslocamentos, impede-me de montar a cavalo e de comandar um exército tão considerável. Passei, pois, o comando ao general mais antigo depois de mim, o Conde Buxhoevden, transmitindo-lhe todos os meus serviços, e aconselhei-o, se o pão lhe faltasse, a aproximar-se de nossa fronteira, retirando-se através da Prússia; com efeito, só resta pão para um dia, e mesmo nenhum em certos regimentos, como me comunicaram os comandantes-de-divisão Ostermann e Siedmoriedzki; e entre os camponeses, tudo foi devorado. Quanto a mim, permaneço, aguardando minha cura, no hospital de Ostrolenka. Tenho a honra de remeter, incluso, a Vossa Majestade, um relatório das subsistências e preveni-lo muito humildemente de que se o exército permanecer ainda quinze dias no seu atual bivaque, não haverá mais na primavera um único soldado válido.

"Permiti a um velho que se retire para o campo, levando consigo a vergonha de não ter podido cumprir o grande e glorioso destino para o qual foi escolhido. Aguardarei aqui no hospital vossa muito graciosa autorização, a fim de não desempenhar no exército o papel de um "escriba", em lugar do de um "chefe". Minha partida do exército não causará mais repercussão do que a que produziria a saída de um cego. Pessoas como eu, existem aos milhares na Rússia".

"O marechal zanga-se com o imperador e nos pune a todos; não é lógico mesmo?

"Eis o primeiro ato. Nos seguintes, o interesse e o ridículo aumentam, como é natural. Depois da partida do marechal, acontece que estamos à vista do inimigo e devemos travar batalha. Buxhoevden é general-em-chefe por direito de antiguidade, mas o General Bennigsen não partilha dessa opinião; tanto mais quanto se encontra, com seu corpo, à vista do inimigo e quer aproveitar a ocasião duma batalha "aus eigener Hand"[40], como dizem os alemães. Trava-a. É a Batalha de Pultusk, que passa por ter sido uma grande vitória, mas que na minha opinião não o é absolutamente. Nós, os paisanos, temos, como sabeis, o vilíssimo costume de decidir do ganho ou perda duma batalha. O que se retirou após a batalha perdeu-o, eis o que dizemos, e a este título perdemos a Batalha de Pultusk. Em suma, retiramo-nos após a batalha, mas enviamos um correio a Petersburgo, que leva as notícias duma vitória, e o general não cede o comando-em-chefe a Buxhoevden, esperando receber de Petersburgo, em reconhecimento pela sua vitória, o título de general-em-chefe. Durante esse interregno, começamos um plano de manobras excessivamente interessante e original. Nosso fim não consiste, como deveria sê-lo, em evitar ou atacar o inimigo, mas unicamente em evitar o General Buxhoevden, que por direito de antiguidade, seria nosso chefe. Perseguimos esse objetivo com tanta energia que, mesmo atravessando um rio não vadeável, queimamos as pontes para nos separar de nosso inimigo, que, no momento, não é Bonaparte, mas Buxhoevden. O General Buxhoevden escapou de ser atacado e aprisionado por forças inimigas superiores, por causa de uma de nossas belas manobras que nos livrava dele. Buxhoevden nos persegue e nós fugimos. Assim que ele passa de nosso lado do rio, tornamos a passar para o outro. No final, nosso inimigo Buxhoevden nos alcança e nos ataca. Os dois generais se zangam. Há mesmo uma provocação a duelo da parte de Buxhoevden e um ataque de epilepsia da parte de Bennigsen. Mas no momento crítico, o correio que levou a notícia de nossa vitória de Pultusk, nos traz de Petersburgo nossa nomeação de general-em-chefe e o primeiro inimigo Buxhoevden é posto fora de combate: podemos pensar no segundo, em Bonaparte. Mas não é que nesse momento se ergue diante de nós um terceiro inimigo: o exército ortodoxo, que exige, a grandes gritos, pão, carne, biscoitos, feno — que sei lá? Os armazéns estão vazios e os caminhos impraticáveis. O exército ortodoxo lança-se à pilhagem e duma maneira de que a última campanha não lhe pode dar a mínima ideia. Metade dos regimentos formam tropas livres que percorrem a região pondo tudo a ferro e fogo. Os habitantes estão totalmente arruinados, os hospitais regurgitam de doentes e a penúria é geral. Por duas vezes foi o quartel-general atacado por tropas de saqueadores e o general-em-chefe obrigado, ele próprio, a exigir um batalhão para rechaçá-los. Num desses ataques, levaram minha mala vazia e meu roupão de quarto. O imperador quer conceder o direito a todos os chefes-de-divisão de fuzilar os salteadores, mas receio que isto obrigue uma metade do exército a fuzilar a outra."

O Príncipe André lia, a princípio, apenas com os olhos; mas, pouco a pouco, sentiu-se atraído pela narração de Bilibin, cuja veracidade lhe era, contudo, com razão, suspeita. Chegado a este trecho, amarfanhou a carta e atirou-a ao chão. Não que o teor dessa missiva o irritasse, mas cen-

40. Do próprio punho. (N. do T.)

surava-se por sentir que tais acontecimentos distantes e que lhe eram tão estranhos, pudessem emocioná-lo. Fechou os olhos, passou a mão pela testa, como para afugentar os pensamentos importunos que aquela leitura despertara e prestou atenção aos rumores que vinham do quarto do bebê. Creu de súbito perceber um som estranho e perguntou a si mesmo com terror se entrementes o estado de saúde de seu filho não havia piorado. Aproximou-se da porta na ponta dos pés e abriu-a.

No momento em que transpunha a soleira, viu que a velha criada dissimulava alguma coisa com um ar espantado e que sua irmã não estava mais à cabeceira do leito.

— Meu caro — murmurou por trás dele a voz de Maria, cujo tom lhe pareceu desesperado.

Como acontece muitas vezes depois dum longo período de angústia e de insônia, um terror desarrazoado apoderou-se do príncipe: decerto seu filho estava morto, tudo quanto via e ouvia só fazia confirmar demasiadamente isso!

"Tudo está acabado", pensou, com a fronte banhada dum suor frio. Transtornado, aproximou-se da caminha, convencido de que ia encontrá-la vazia e que a criada ocultara o corpinho. Entreabriu os cortinados e por muito tempo seus olhos, desvairados de espanto, nada puderam distinguir. Reconheceu afinal seu filho: as bochechas rosadas, os braços afastados, do homenzinho, estendido de través no leito, com a cabeça mais baixa que o travesseiro, mamava em sonho e respirava com regularidade.

Transportado de alegria por encontrar seu filho vivo, aquele filho que já acreditava perdido, o Príncipe André inclinou-se e, como lho havia ensinado sua irmã, aplicou seus lábios à pele do bebê para se dar conta se tinha ainda febre: a macia testa estava úmida. Tateou a cabeça com a mão: até mesmo os cabelos estavam molhados. Uma crise se produzira então, o menino havia transpirado abundantemente, voltava à vida. A vontade de André era de pegar aquele pequenino ser sem defesa, apertá-lo contra seu coração, mas não ousou fazer isso. Ficou ali, contemplando a cabecinha, as mãozinhas, as perninhas que se desenhavam sob a coberta. Um ruge-ruge fez-se ouvir perto dele, uma sombra desenhou-se sobre o cortinado do leito. Não lhe prestou atenção: com os olhos sempre fixos na criança, escutava-lhe a respiração regular. A sombra era a Princesa Maria que, tendo-se aproximado a passos silenciosos, erguera e tornara a deixar cair atrás de si o cortinado da cama. Sem se voltar, reconheceu-a ele e estendeu-lhe uma mão que ela apertou.

— Ele transpirou — disse André.

— Vim dizer-to.

O menino se agitou um pouco, sorriu no seu sono e esfregou a testinha no travesseiro.

André olhou para sua irmã. Na penumbra da alcova, os olhos radiosos de Maria pareciam mais luminosos ainda que de costume: lágrimas de alegria avivavam-lhe o brilho. Ao deslizar para o lado de seu irmão, a fim de beijá-lo, embaraçou-se no cortinado do leito. Fizeram ambos ao mesmo tempo um para o outro sinal de silêncio e ficaram algum tempo naquela penumbra, onde formavam os três um mundo à parte, do qual tinham pena de arrancar-se. Despenteando os cabelos na musselina do cortinado, o Príncipe André foi o primeiro a afastar-se do pequenino leito.

— Vamos — disse ele, com um suspiro, — doravante é tudo o que me resta.

10. Pouco depois de sua recepção na confraria dos maçons, Pedro, munido por eles de instruções escritas sobre os deveres que lhe incumbiam nos seus domínios, partiu para a Província de Kiev, onde residia a maior parte de seus camponeses.

Chegado a Kiev, convocou ao escritório principal todos os seus administradores e explicou-lhes suas intenções e seus desejos. Medidas imediatas seriam tomadas para a emancipação completa de seus camponeses; enquanto isto se aguardava, não deveriam eles ser sobrecarregados de trabalho; as mulheres e as crianças não participariam mais das corveias; as punições corporais cederiam lugar a repreensões orais, ir-se-ia em ajuda aos camponeses, estabelecer-se-iam em cada domínio hospitais, asilos, escolas. Alguns administradores — havia entre eles simples ecônomos quase iletrados — o ouviam com espanto, supondo, segundo aquele discurso, que o jovem conde estivesse descontente com a gestão deles, e suas malversações. Outros, após um primeiro momento de espanto, achavam muito agradáveis a fala ciciada de seu amo e aquelas palavras novas para eles. Alguns sentiam apenas prazer em ouvi-lo falar. Enfim, os mais perspicazes, em primeiro lugar o administrador-chefe, deduziram daquela homilia uma indicação bastante preciosa: sabiam agora que conduta devemos manter para com o patrão, a fim de lograrem os seus fins.

Exprimindo toda a sua calorosa simpatia pelos projetos de Pedro, o administrador-geral sugeriu-lhe que, antes de proceder a tais reformas, era importante ordem nos negócios que se achavam bastante embrulhados.

Apesar de possuir agora a enorme fortuna do Conde Bezukhov — quinhentos mil rublos de renda, pretendia-se — sentia-se Pedro muito menos rico do que no tempo em que seu pai lhe pagava dez mil rublos de pensão. Eis como, grosso modo, imaginava ele seu orçamento. Pagava ao Conselho de Tutela, pelo conjunto de seus domínios, cerca de oitenta mil rublos, a manutenção dos imóveis de Moscou, casa da cidade e casa de campo, inclusive a renda às princesas, subia a uns trinta mil rublos; pensões diversas absorviam quinze mil e outro tanto as instituições de caridade; enviavam-se à condessa cento e cinquenta mil rublos para sua manutenção; pagavam-se cerca de setenta mil de juros de dívidas; as primeiras despesas de construção duma igreja se haviam elevado, naqueles dois últimos anos, a dez mil rublos; o resto, uns cem mil, era gasto não sabia ele como, tanto que, quase todos os anos, via-se obrigado a fazer empréstimos. Além disso, cada ano, o administrador-chefe lhe anunciava, ora incêndios, ora más colheitas, estragos nos edifícios e nas fábricas, que necessitavam de reparos urgentes. Devia pois Pedro, antes de tudo, cuidar de seus interesses e era precisamente a tarefa para a qual sentia menos aptidão e gosto.

Não obstante, a ela se dedicava todos os dias, em companhia do administrador-geral. Mas em breve deu-se conta de que seu trabalho dava em falso e não adiantava de uma polegada os negócios. Por uma parte, seu administrador expunha as coisas sob seu pior aspecto, preconizava o pagamento das dívidas e a imposição aos servos de novas corveias, no que Pedro não queria consentir; por outra parte, exigia este que se estimulasse a emancipação, medida que o administrador só estimava praticável depois do pagamento da dívida ao Conselho de Tutela. Entretanto, acrescentava aquele homem, poder-se-ia proceder a isso desde logo, com a condição de venderem-se as florestas de Kostroma, as terras do Baixo Volga e o domínio da Crimeia. Mas, pelo que dizia ele, todas essas operações estavam a tal ponto complicadas de processos, de mandados de desembargos, de autorizações etc., que Pedro perdia a cabeça e contentava-se com responder-lhe: "é isso, faça como entender".

Estava Pedro desprovido de espírito prático e da tenacidade que lhe teriam permitido tomar em mãos o negócio, de modo que aquele trabalho lhe repugnava, mas, na presença do administrador, fingia tomar por ele o mais vivo interesse. Quanto ao administrador, dava-se ares de considerar aquelas ocupações como altamente proveitosas para seu amo e fastidiosas para si próprio.

Numa grande cidade como Kiev, reencontrava Pedro, é certo, conhecidos; fez novos conhecimentos também que, lisonjeados por entrar em relações com aquele ricaço recém-chegado, o mais importante proprietário da província, porfiavam em festejá-lo. As tentações referentes à fraqueza principal que Pedro confessara por ocasião de sua recepção na loja maçônica foram tão fortes que não pôde a elas resistir. E justamente como em Petersburgo, durante dias, semanas e meses inteiros, almoços e jantares, bailes e saraus o arrebataram num turbilhão sem trégua nem sossego. Longe de inaugurar uma nova vida, como tinha intenção, remergulhou na antiga: só o cenário havia mudado.

Força lhe foi confessar a si mesmo que das três obrigações impostas pela franco-maçonaria, não cumpria aquela que prescrevia a cada irmão uma conduta exemplar e que das sete virtudes, os bons costumes e o amor à morte lhe faltavam completamente. Consolava-se, dizendo a si mesmo que se desempenhava duma outra missão, a saber: a melhoria do gênero humano e que possuía outras virtudes: o amor ao próximo e principalmente a generosidade.

Na primavera de 1807, resolveu Pedro regressar a Petersburgo e visitar, de caminho, todos os seus domínios. Fazia questão de verificar em cada lugar até que ponto suas ordens tinham sido executadas, qual era a situação presente daquele que Deus lhe confiara e do qual queria ser o benfeitor.

O administrador, a cujos olhos todos os projetos do jovem conde não passavam de quimeras, igualmente desvantajosas para ele, para o proprietário e para os camponeses, tivera entretanto de fazer algumas concessões. Persistindo embora em apresentar como impossível a emancipação dos servos, mandou, em vista da visita do senhor, empreender, em todas as propriedades, a construção de grandes edifícios para uso de escolas, de hospitais, de asilos. Sabendo, por ter estudado o caráter de Pedro, que lhe desagradariam recepções pomposas, substituiu-as por oferendas de pão e de sal, ações de graças com acompanhamento de ícones, que julgava própria para tocar o coração do conde e sobretudo para causar-lhe impressão.

A primavera do sul, a rápida viagem numa confortável caleça vienense, a solidão da estrada produziram efeito em Pedro. Aqueles domínios que visitava pela primeira vez eram mais pitorescos uns que os outros; por toda a parte os habitantes pareciam prósperos e mostravam uma comovedora gratidão; por toda a parte o acolhiam de um modo que, enchendo-o todo de confusão, lhe proporcionava grande alegria bem no íntimo d'alma. Num deles, os camponeses lhe ofereceram, com o pão e o sal uma imagem dos santos Pedro e Paulo e lhe pediram autorização para erigir, às suas custas, na igreja, um altar consagrado a seus santos patronos, em testemunho de reconhecimento pelos benefícios recebidos. Noutro, as mulheres com seus bebês foram-lhe ao encontro e lhe agradeceram o terem-nas dispensado de trabalhos penosos. Num terceiro, o padre recebeu-o, de crucifixo na mão, cercado das crianças às quais graças ao conde, ensinava ele o catecismo e as primeiras noções. Por toda a parte via Pedro elevar-se, de acordo com um plano único, edifícios de pedra, onde em breve funcionariam escolas, hospitais, asilos. Por toda a parte comprovava, seguindo os relatórios dos administradores, que a corveia fora diminuída; por toda a parte delegações de camponeses com cafetãs azuis lhe exprimiam seu profundo reconhecimento.

Não sabia que o burgo onde lhe tinham oferecido pão e sal era uma praça de comércio com feira no dia de São Pedro, que o altar dos santos Pedro e Paulo vinha sendo construído desde já algum tempo à custa dos ricaços do lugar, aqueles mesmo que se tinham apresentado a ele, enquanto nove décimos dos campônios estavam arruinados completamente. Não sabia que aquelas jovens mães que, por sua ordem não mais enviavam à corveia, se viam, em compensação, obrigadas em suas casas a trabalhos bem de outro modo penosos. Ignorava que o padre que o acolhera, de cruz na mão, oprimia de dízimos as suas ovelhas, que estas só lhe confiavam seus filhos chorando e pagavam gordas somas para retomá-las. Ignorava que a construção dos famosos edifícios de pedra incumbia aos camponeses, graças a um agravamento da corveia, reduzida somente no papel. Ignorava que tal administrador, que se gabava, livros em mão, de ter, segundo os desejos do amo, diminuído de um terço a renda anual, havia em compensação dobrado as corveias. Que de admirar, pois, se aquele giro através de seus domínios, satisfizesse plenamente a Pedro! Retomado por aquele ardor filantrópico que o animava a sua partida de Petersburgo, escrevia cartas entusiastas a seu irmão-instrutor, como chamava o grão-mestre.

"Como é fácil, quão poucos esforços são necessários para fazer tanto bem — dizia a si mesmo, — e quão pouco nos dedicamos a isso!"

Feliz diante do reconhecimento que lhe testemunhavam, só o aceitava, no entanto, com constrangimento, porque ele lhe lembrava que estava em condições de fazer muito mais por aquela gente simples e boa.

O administrador-geral penetrara bem o caráter do jovem conde: aquele rapaz inteligente mas ingênuo seria um joguete em suas mãos. Quando viu que suas medidas preventivas tinham produzido em Pedro o efeito desejado, o finório marau declarou-lhe sem rodeios que a emancipação dos servos era impossível e mesmo inútil, porque nada acrescentaria à felicidade deles.

No íntimo do coração, partilhava Pedro dessa maneira de ver: parecia-lhe difícil conceber pessoas mais felizes que seus servos; aliás, só Deus sabia a sorte que os aguardava uma vez libertos! Insistiu, contudo, que se fizesse, por espírito de justiça. O administrador prometeu fazer todo o possível para levar a bom termo essa obra; sabia, de resto, que o conde seria bem incapaz de verificar se todas as medidas tinham sido tomadas para a venda das florestas e das propriedades, para o amortecimento das dívidas ao Conselho de Tutela, e que provavelmente sempre haveria de ignorar que os belos edifícios aguardavam ainda sua destinação, que os camponeses continuavam a dar em trabalho e em dinheiro tudo quanto davam em toda a parte, isto é, tudo quanto eram capazes de dar.

11. Como voltasse do sul nas melhores disposições do mundo, aproveitou Pedro para fazer uma visita, havia muito projetada, a seu amigo Bolkonski, a quem não via desde dois anos.

Bogutcharovo estava situada numa região chata e bastante feia, onde os campos se entrecortavam de bosquetes de abetos e de bétulas. A aldeia alongava-se em linha reta ao longo da grande estrada; bem no fim, por trás dum açude novamente cavado e cheio d'água, de margens ainda desnudas, elevava-se, em meio de um bosque novo, dominado por alguns pinheiros, a residência senhorial. Compreendia, além da eira e de suas dependências, as estrebarias, a estufa e os quartos de empregados, um pavilhão e um grande corpo de habitação de pedra com frontão semicircular, ainda inacabado. Um jardim, recentemente plantado, cercava a habitação. Os gradis e as portas eram sólidos e novos; duas bombas contra incêndio e um tonel pintado de verde viam-se debaixo dum alpendre; os caminhos estavam traçados em linha bem reta e as pontes eram resistentes e providas de parapeitos. Tudo, no domínio, trazia a marca da ordem, duma harmonia perfeita da economia rural. Os servos da casa, a quem Pedro perguntou onde morava o príncipe, indicaram-lhe o pavilhão novo, situado à beira mesmo do açude. Antônio, velho criado que desde a infância do príncipe, estivera a seu serviço, ajudou Pedro a descer da caleça, disse-lhe que seu amo estava em casa e introduziu-o numa saleta muito limpa.

A modéstia daquela casinha contrastava fortemente com a decoração luxuosa na qual Pedro vira, na última vez, seu amigo em Petersburgo. Não deixou de surpreender-se com isso e apressou-se em entrar no pequeno salão que, não estando completamente rebocado, exalava ainda o cheiro do pinheiro. Quis atingir o cômodo contíguo, mas Antônio, tomando a dianteira, na ponta dos pés, bateu à porta.

— Que é? — perguntou uma voz brusca e desagradável.

— Uma visita — respondeu Antônio.

— Diga que espere.

Ouviu-se o rumor duma cadeira que é empurrada. Pedro precipitou-se e na soleira deu um encontrão no Príncipe André que saía, carrancudo e envelhecido. Apertou-o em seus braços e, levantando os óculos, beijou-o nas duas faces e examinou-o de perto.

— Com a breca, não te esperava!... Encantado por ver-te — disse André.

Admirado com a mudança que se operara em seu amigo, Pedro o contemplava sem dizer uma palavra. As palavras do príncipe eram acolhedoras e seu rosto estava sorridente; mas, malgrado todo o seu desejo, não conseguia ele reacender um clarão de alegria no seu olhar extinto. Que Bolkonski tivesse emagrecido, empalidecido, envelhecido, não prestava Pedro muita atenção a isso; mas aquele olhar morto, aquela ruga na fronte, indícios duma longa concentração de espírito sobre um único e mesmo assunto, consternavam-no e repeliam-no. Levou muito tempo a habituar-se.

Como acontece sempre depois de uma separação prolongada, a conversa só veio a estabelecer-se com bastante demora. Só abordaram a princípio, salteadamente, assuntos que sabiam, no entanto, dignos de reter sua atenção, tais como seu passado, seus planos de futuro, a viagem de Pedro, suas ocupações, a guerra etc.. Depois, pouco a pouco, intensificaram esses mesmos assuntos. A preocupação e o abatimento que Pedro notara no olhar do Príncipe André se liam ainda mais no sorriso com que acolhia agora os discursos do jovem conde e principalmente suas opiniões entusiásticas sobre o passado e o futuro. Por mais que o desejasse, aquelas coisas não podiam interessá-lo. Sentia-se isso e Pedro teve em breve de dar-se conta que seu entusiasmo, seus sonhos, suas esperanças de felicidade e de virtudes estavam ali bastante fora de lugar. Só com certo constrangimento expôs suas novas ideias maçônicas, sobretudo aquelas que sua derradeira viagem tinha despertado ou renovado nele. Continha-se no temor de parecer ingênuo e ardia ao mesmo tempo do desejo de mostrar a seu amigo que era atualmente outro Pedro, melhor que o de Petersburgo.

— Não posso dizer-lhe tudo quanto se passou em mim nestes últimos tempos. Eu mesmo não me reconheço.

— Sim, mudamos muito, muitíssimo — disse-lhe André.

— E você — perguntou Pedro, — quais são seus planos?

— Meus planos? — retorquiu André, num tom irônico. — Meus planos? — repetiu ele, como se o sentido dessa palavra o surpreendesse. — Mas, como vês, construo; conto, no ano próximo, instalar-me aqui definitivamente.

Pedro esquadrinhava o rosto envelhecido de seu amigo.

— Não se trata disso — disse ele. — Queria perguntar-lhe...

— Ora — interrompeu-o André, — de que serve falar de mim?... Conta-me em vez tua viagem e tudo quanto fizeste lá em teus domínios...

Embora se esforçando por dissimular a parte que tomara, estendeu-se Pedro a respeito das melhorias de que se beneficiavam seus camponios. Mais de uma vez terminou André de antemão, como se o conhecesse de longa data, o quadro esboçado por seu amigo; não tomava interesse nenhum por aquilo, era evidente e parecia mesmo envergonhado de prestar ouvidos àquelas futilidades.

Pedro acabou por se sentir mal à vontade e não disse mais nada. Experimentando, sem dúvida, o mesmo constrangimento, André só tratou daí por diante de trazer ocupado aquele hóspede, cujas ideias não tinham mais nada de comum com as suas.

— Bem vês, meu caro, — disse-lhe ele, — que nada mais faço que estar acampado aqui. Vim cá dar olhadela a isso. Voltarei em breve para junto de minha irmã. Vou apresentar-te a ela... Mas parece-me que já a conheces... Partiremos depois do jantar... E agora, queres visitar minha propriedade?

Passearam até a hora do jantar, entretendo-se, como simples conhecidos, com notícias políticas e dos amigos comuns. O Príncipe André não se animou senão quando descreveu suas novas instalações; ainda assim pôs fim imediato à conversa nos andaimes, bem em meio duma descrição de sua futura morada:

— Tudo isso tem um interesse muito medíocre... Vamos jantar, antes de nos pormos a caminho.

No decorrer da refeição, vieram a falar do casamento de Pedro.

— Essa notícia me surpreendeu muito — disse André.

Pedro corou, como corava sempre em semelhante caso e apressou-se em dizer:

— Contar-lhe-ei um dia como tudo isso aconteceu. Saiba somente que está acabado e para sempre.

— Para sempre? Nada se faz para sempre.

— Ignora então como tudo terminou? Ouviu falar do duelo?

— Sim, sei disso, tiveste de passar até por isso!

— A única coisa que agradeço a Deus é não ter matado aquele homem.

— Mas por quê? Matar um cão raivoso parece-me excelente coisa.

— Não, matar um homem é condenável, é injusto...

— Injusto? Mas por quê? O homem não saberia decidir o que é justo e o que é injusto. É sobre esse ponto que ele sempre se tem enganado mais, e sempre será a mesma coisa.

— O que é injusto é o que causa mal ao próximo — replicou Pedro, feliz por verificar que André tomava enfim gosto pela conversa e parecia querer revelar-lhe as causas profundas de seu estado de alma atual.

— E quem foi que te disse o que é que faz mal ao próximo?

— Mas, ora essa, todos sabemos o que é que faz mal a nós mesmos.

— Sim, nós o sabemos, mas esse mal que considero como um mal para mim mesmo, não posso fazê-lo a meu próximo — disse André, decididamente desejoso de expor a Pedro sua nova maneira de ver. E, animando-se cada vez mais, acrescentou em francês: — Só conheço na vida dois males bem reais: o remorso e a doença. Só há um bem: a ausência desses males. Viver para si, limitando-se a evitar esses dois males, eis toda a minha sabedoria atual.

— E o amor ao próximo, e o espírito de sacrifício? — retorquiu Pedro. — Não posso na verdade partilhar de sua opinião. Viver não praticando apenas o mal, a fim de poupar-se remorsos, é pouco demais. Vivi assim, vivi para mim, e estraguei minha vida. Agora, pelo contrário, vivo para os outros... ou pelo menos esforço-me para isso — retificou ele, por modéstia, — e começo por fim a compreender a alegria de viver. Não, não sou de sua opinião. E você mesmo, aliás, não pensa nisso que diz.

André olhou em silêncio e esboçou um sorriso zombeteiro.

— Vais ver minha irmã Maria. Entender-te-ás bem com ela — disse ele. — É possível que tenhas razão no que a ti se refere — acrescentou ele, após um momento de silêncio, — mas cada qual vive como o entende. Pretendes que, vivendo para ti, como o fizeste desde o começo, estiveste a ponto de estragar tua vida e que só conheceste a felicidade, quando te puseste a viver para os outros. Fiz a experiência contrária. Vivi para a glória. E a glória é também o amor ao próximo, o desejo de fazer alguma coisa para ele, o desejo de ser louvado por ele. Vivi pois para outrem e estraguei completamente minha vida. Pelo contrário, desde que só vivo para mim, sinto-me mais tranquilo.

— Mas como só viver para si? — replicou Pedro, exaltando-se. — E seu filho, e sua irmã, e seu pai?

— São sempre "eu", não são os outros. Os outros, o *próximo*, como Maria e tu os chamais, são a causa principal do erro e do mal. O *próximo* são os camponeses de Kiev a quem queres fazer bem.

Seu olhar zombeteiro parecia desafiar Pedro.

— Você está brincando — replicou este, cada vez mais animado. — Como pode ser um erro ou um mal o desejo que tive de fazer o bem? Talvez me tenha aplicado mal, mas minha intenção era boa e fiz assim mesmo alguma coisa. Que mal há em que nossos infelizes camponeses, homens como nós, que crescem e morrem sem outra noção de Deus e da verdade senão práticas vãs e estúpidos pais-nossos, sejam iniciados nas crenças consoladoras numa vida futura, numa retribuição segundo seus atos, num alívio de suas penas? Que mal, que erro existe em impedir que homens morram sem recursos materiais, em proporcionar-lhes, coisa bem fácil, médicos, hospitais, asilos? Não é um bem incontestável dar algum repouso a pobres diabos, a jovens mães que até então se matavam de trabalhar?...

Pedro falava rapidamente e gaguejando.

— Eis o que fiz — concluiu ele, mais calmamente, — mal sem dúvida, incompletamente, mas enfim o fiz. E, diga o que disser você, não acreditarei jamais não só que agi mal, mas que você pense isso. O gozo que se experimenta em fazer o bem é a única verdadeira felicidade da vida. Sei disso agora. Tenho essa convicção e isto é o principal.

— Assim posta, a questão se apresenta bem diversamente — replicou o Príncipe André. — Construo uma casa; planto um parque. De tua parte, fundas hospitais: a cada qual seu passatempo. Quanto ao que é bem, ao que é justo, deixa àquele que tudo sabe o cuidado de julgar. Não cabe a nós... Mas queres que discutamos isso? Vamos, pois, discutamos!

Levantaram-se da mesa e instalaram-se no patamar da escadaria exterior que, no momento, servia de varanda.

— Pois bem, prossigamos... Dizes tu: escolas, homilias, e que mais ainda? continuou o príncipe, contando nos dedos. — Em suma, queres tirar aquele camarada — apontou para um campônio que passava, saudando-os — de seu estado animal e dar-lhe necessidades morais. Parece-me, pelo contrário, que sua única felicidade possível é precisamente essa felicidade animal de que pretendes privá-lo. Eu o invejo, enquanto que tu queres fazê-lo "eu", sem lhe dar, aliás, nenhum dos meus recursos... Dizes em seguida: aliviemos seu trabalho. Estimo, pelo contrário, que o trabalho físico é para ele uma necessidade, uma condição de sua existência, bem como o é para mim e para ti o trabalho intelectual. Tu não podes deixar de pensar. Eu me deito depois das duas horas da madrugada e vem-me à cabeça uma multidão de coisas, viro e torno a virar na cama e não consigo dormir, isto unicamente porque penso e não saberia agir de outra maneira. Pois bem, ele também não pode deixar de trabalhar e de ceifar; a não ser assim, iria para o cabaré e adoeceria. Eu não suportaria seu terrível trabalho físico. Matar-me-ia em oito dias. E, da mesma maneira, minha ociosidade o tornaria demasiado gordo e o mataria... Em terceiro lugar... que dizias tu há pouco? Ah! já sei! — continuou André, dobrando seu terceiro dedo. — Hospitais, medicamentos. Sofre ele uma congestão cerebral e morre disso. Mas tu cuidas dele e cura-se. Vegetará ainda uns dez anos, enfermo, tornando-se uma carga para todos. Melhor para ele seria morrer duma vez. Nascem outros sem cessar. Sempre haverá gente com fartura. Se ainda lastimassem a perda dum operário, pois é assim que o considero, passe! Mas, não é por amor por ele que queres tratá-lo! Não tem ele necessidade de teus cuidados... E, aliás, a quem a medicina já curou algum dia? Ela só sabe é matar! — concluiu ele, voltando-se, com cólera.

André falava com a nitidez e a abundância dum homem que por muito tempo ruminou suas convicções e encontra afinal ocasião de externá-las. Quanto mais suas conclusões eram sombrias, tanto mais seu olhar se animava.

— Ah! é horrível, é horrível! — exclamou Pedro. — Como se pode viver com ideias semelhantes! Conheci, é verdade, minutos desse gênero, em Moscou e em viagem... Mas, quando me vejo caído tão baixo, não vivo mais, tudo se me torna odioso, a começar por mim mesmo... Então, não como mais, não me lavo mais... E você?

— Por que descuidar-se de sua pessoa? Isto é sujo... É preciso, pelo contrário, procurar tornar sua existência a mais agradável possível. Não é culpa minha se vivo. Vivamos pois o melhor que pudermos, enquanto aguardamos a morte.

— Mas como pode você tomar ainda gosto pela vida? Quando se chega a esse ponto, não há mais outro recurso senão enfurnar-se num canto e ficar a girar os polegares...

— A vida, vês tu, não nos deixa jamais em repouso. Muito me encantaria nada ter que fazer. Mas, em primeiro lugar, a nobreza do distrito queria a toda a força escolher-me para seu marechal; tive uma trabalheira imensa para convencer aqueles senhores de que não era eu o homem que desejavam. O emprego requer com efeito uma franqueza jovial, uma vulgaridade agitada, que eu não possuo. Depois precisei de construir esta casa para ter um canto bem meu, onde me sinto mais tranquilo. E agora é a vez da milícia.

— Por que não voltou ao serviço militar?

— Depois de Austerlitz! — exclamou o príncipe, com voz sombria. — Não, muito obrigado! Prometi a mim mesmo não servir no exército ativo e cumprirei minha palavra. Ainda mesmo que Bonaparte estivesse às portas de Smolensk e ameaçasse Montes Calvos, não serviria na ativa... Como estava dizendo-te — prosseguiu ele, num tom mais calmo, — recruta-se a milícia, meu pai é o comandante-chefe da terceira região, e o único meio que tenho de escapar ao serviço ativo é ficar-lhe adido.

— De modo que está servindo?

— Sim, estou servindo.

Manteve-se um instante em silêncio.

— E por que serve? — insistiu Pedro.

— Eis porquê. Meu pai é um dos homens mais notáveis de seu tempo, mas está ficando velho e, sem ser precisamente duro, tem o caráter demasiado vivo. Seus hábitos autoritários, o poder sem limites que lhe conferiu o imperador, pondo-o na direção da milícia, tornam-no um tanto temível. Há quinze dias, se houvesse eu tardado duas horas, teria ele mandado enforcar um escrivão, em Iukhnov — disse André sorrindo. — Portanto, se sirvo, é que ninguém, exceto eu, tem influência sobre meu pai e que, de vez em quando, o impedirei de cometer certos atos que ele lamentaria amargamente mais tarde.

— Você bem vê!

— Sim, mas não é como o entendes. Não desejava e não desejo nenhum bem ao canalha daquele escrevente, que roubara botas de milicianos. Eu mesmo o teria visto enforcar com prazer, mas tinha piedade de meu pai, isto é, uma vez mais, a mim mesmo.

A agitação do príncipe ia em crescendo. E, enquanto se esforçava ele para provar a Pedro que não influía em seus atos nenhum desejo de fazer bem a outrem, seus olhos brilhavam com um ardor febril.

— E então — continuou ele, — pensas em emancipar teus servos? Excelente intenção; mas não será um bem nem para ti, que nunca, suponho, os mandaste fustigar ou exilar na Sibéria, nem ainda menos para teus campônios. Se acontece, aliás, serem eles batidos, fustigados, deportados, não creio que se sintam pior por isso. Na Sibéria, continuam a levar sua vida bestial, as marcas das chibatas se cicatrizam e sentem-se tão felizes quanto antes. A emancipação é contudo necessária, mas somente para aqueles que, tendo perdido pouco a pouco o senso moral, abafam em si a voz do remorso e se endurecem no abuso que fazem de seu direito de punir justamente e injustamente. Eis os que lamento e no interesse dos quais desejo a alforria dos servos. Talvez não conheças os dessa qualidade, mas tenho visto gente de mérito, pessoas educadas nas tradições do poder absoluto que se tornam, com os anos, cada vez mais irritáveis, cruéis e duras, e embora sabendo disso, não podem dominar-se e se tornam cada vez mais infelizes.

André falava com ardor. "Sem dúvida — disse Pedro a si mesmo, a contragosto, — são-lhe essas ideias sugeridas pelo caráter de seu pai". Nada respondeu.

— Sim — concluiu André, — eis o que me inspira compaixão: a dignidade do homem, o repouso da consciência, a pureza da alma; quanto às costas e às cabeças daquela gente, não adianta chicoteá-las ou raspá-las. Nem por isso faltarão costas e cabeças.

— Não, não, mil vezes — disse Pedro, — jamais partilharei de sua opinião.

12. Ao anoitecer, André e Pedro tomaram a caleça e partiram para Montes Calvos. André lançava olhares furtivos a Pedro e rompia, de tempo em tempo, o silêncio para manter palestra que testemunhasse seu excelente humor. Explicava-lhe, mostrando-lhe os campos, os aperfeiçoamentos que introduzira na sua exploração.

Pedro só lhe respondia por monossílabos e parecia dominado por sombrias reflexões. Pensava que seu amigo era infeliz, que estava apegado ao erro e ignorava a verdadeira luz, que seu dever, dele Pedro, era correr-lhe em auxílio, esclarecê-lo, reerguê-lo. Mas refletindo no que deveria dizer-lhe e na maneira de fazê-lo, sentia que, com uma só palavra, demoliria André sua argumentação. Hesitava, pois, em tomar a palavra, temendo expor seu santo dos santos a zombarias.

— Vejamos — começou ele, de repente, baixando a cabeça, como um touro que ataca, — donde lhe vêm tais opiniões? Não devia pensar assim.

— Que opiniões? — perguntou o príncipe, embaraçado.

— Suas ideias sobre a vida, sobre a missão do homem. Também eu tive ideias semelhantes e sabe o que me salvou? A franco-maçonaria. Ah! não sorria. Não é, como eu o acreditava, uma seita religiosa, toda de ritos, mas a mais bela, a única expressão do que há de melhor e de eterno no homem.

E se pôs a explicar o que era, segundo ele, a franco-maçonaria, isto é, a pura doutrina cristã, libertada dos entraves dos governos e das religiões, a doutrina da igualdade, da fraternidade, do amor.

— Nossa santa confraria é a única que possui o verdadeiro sentido da vida — disse ele. — Tudo mais são devaneios. Fora dela, tudo é mentira e falsidade; fora dela, só resta ao homem de bem e inteligente viver até sua morte, como você o faz, tratando apenas de não incomodar os outros; estou bem de acordo com você neste ponto. Mas se adotar nossos princípios fundamentais, se entrar na nossa confraria, se se abandonar a nós, se se deixar dirigir por nós, sentirá imediatamente, como eu mesmo o senti, que é um elo dessa imensa cadeia invisível, cujo começo se perde nos céus.

André escutava Pedro sem dizer uma palavra, com os olhos fixos à sua frente. Por várias vezes, pediu-lhe que repetisse certas palavras que lhe haviam escapado por causa do barulho do carro. Aquele silêncio e o brilho particular que cintilava nos seus olhos encorajaram Pedro: sentiu que não falava em vão, que não tinha a temer nem interrupção, nem zombarias.

Chegaram a um riacho transbordado que tiveram de atravessar em balsa. Enquanto instalavam ali o carro e os cavalos, tomaram lugar na balsa. Debruçado no parapeito, André contemplava em silêncio a massa d'água onde brincava a luz do poente.

— Pois bem, que pensa você de tudo isso? — perguntou Pedro. — Por que se cala?

— O que penso disso? Mas estou-te escutando. Tudo isso é muito bonito, evidentemente. Tu me dizes: entra para nossa confraria e nós te indicaremos a finalidade da vida, o destino do homem, as leis que governam o mundo. Mas que somos nós então, nós, simples mortais? Donde vem que saibais tudo? Donde vem que eu só não vejo o que vedes? Vedes sobre a terra o reino do bem e da verdade; eu não me apercebo dele.

Pedro interrompeu-o.

— Acredita na vida futura? — perguntou.

— Na vida futura?

Conhecendo de longa data o ateísmo de seu amigo, tomou Pedro aquela interrogação como uma negativa e sem lhe dar tempo de explicar-se, prosseguiu:

— Você diz que lhe é impossível ver o reino do bem e da verdade sobre a terra. Eu também não o via e não é possível vê-lo, se se considera nossa vida como o fim de tudo. Sobre a TERRA, sim, sobre esta terra — insistiu ele, mostrando o campo, — não há verdade; tudo é mal e mentira. Mas no universo, no conjunto do universo, é a verdade que reina; somos por um momento os filhos da terra, mas para a eternidade os filhos do universo. Será que não sinto, no fundo de minha alma, que sou uma parte desse todo imenso e harmonioso? Será que não sinto que, nesta quantidade enorme e infinita de seres pela qual se manifesta a Divindade, ou a força suprema, como quiser, sou um elo, um degrau da escada dos seres, do mais baixo ao mais elevado? Se vejo, e claramente, essa escada que vai da planta ao homem, por que suporia eu que, em lugar de ir sempre mais longe se interrompe ela justamente comigo? Sinto que, nada se perdendo no universo, não deveria também eu desaparecer; sinto que sempre sou eu, que sempre serei. Sinto que fora de mim e acima de mim, há espíritos que vivem; é nesse universo que reside a verdade.

— Sim, é a doutrina de Herder — disse André, — mas, meu caro, não é a que me convencerá. A vida e a morte, eis o que arrebata a convicção. O que vos convence é ver um ser a que se está ligado, para com o qual se foi culpado e a quem se espera fazer uma reparação — proferiu estas palavras com voz trêmula e desviou a cabeça, — é ver, digo eu, esse ser querido pôr-se de repente a sofrer, a experimentar dores atrozes, a cessar de existir. Por que isso? Não é possível que não haja resposta. Creio que há uma... Eis o que é convincente, eis o que me convenceu.

— Mas sim, mas sim, é isso mesmo que lhe digo.

— Absolutamente. Entende-me bem. Não são os argumentos que me provam necessidade da vida futura, mas unicamente o fato seguinte: engaja-se a gente na vida tendo outro ser pela mão e de repente esse ser desaparece, "lá embaixo, no nada"; então, pára-se à beira desse abismo e fica-se a esquadrinhá-lo com os olhos... Eu o esquadrinhei.

— Pois bem! Então, sabe você que há um “lá embaixo” e que há “alguém”. Esse “lá embaixo” é a vida futura; esse “alguém” é Deus.

André nada respondeu. O carro já estava desembarcado, os cavalos atrelados, o sol semi-desaparecido; a geada da noite tecia de estrelas as poças d’água da margem; entretanto, com grande surpresa dos criados, dos cocheiros e dos passantes, Pedro e André discutiam sempre e não se decidiam a deixar a balsa.

— Se Deus existe, se há uma vida futura, a verdade e a virtude existem igualmente; esforçar-se por atingi-las, eis em que consiste a felicidade suprema. É preciso viver, é preciso amar, é preciso crer que não vivemos somente neste fragmento da terra, mas que vivemos e que viveremos eternamente, lá embaixo, no Todo — dizia Pedro, mostrando o céu.

André, sempre apoiado ao parapeito, escutava Pedro sem destacar os olhos da massa d’água azulejante, em que o poente projetava reflexos vermelhos. Pedro calou-se. A calma era profunda. O sussurro das ondas no fundo da balsa, havia muito amarrada, era a única coisa que interrompia o silêncio. Creu André ouvir naquele murmúrio como que um eco das palavras de Pedro: “É a verdade, creio”. Lançou um suspiro e envolveu num olhar luminoso, infantil e terno, o rosto de Pedro, carmesim e solene mas, como sempre, tímido diante daquele amigo que julgava tão superior a si.”

— Sim, talvez possa ser assim! — disse ele afinal. — Vamos, tomemos o carro.

Ao deixar a balsa, ergueu os olhos para o céu que Pedro lhe havia mostrado e, pela primeira vez desde Austerlitz, reviu aquele céu eterno e profundo que contemplara no campo de batalha. E deu-se em sua alma uma espécie de renovação de alegria e de ternura. Isto desapareceu logo que o Príncipe André se tornou a encontrar nas condições habituais da existência, mas sabia que esse sentimento, que não soubera desenvolver, vivia dentro de si. Se bem nada disso transparecesse exteriormente, aquela conversa com Pedro foi para o Príncipe André a aurora duma vida interior inteiramente nova.

13. Caía a noite, quando a carruagem parou diante da grande escadaria de Montes Calvos. André chamou, sorrindo, a atenção de Pedro para a agitação que provocava sua chegada na entrada dos cômodos dos criados. À aproximação da caleça, uma velha toda curvada, com a sacola ao ombro, e um homenzinho de cabelos compridos, vestido de preto, tinham fugido na direção do portão principal. Duas mulheres correram-lhes no encalço e todos quatro, depois de um olhar espantado para a carruagem, mergulharam na escada de serviço.

— São os “homens de Deus” de minha irmã Maria — disse André. — Tomaram-me por meu pai que os manda sempre pôr para fora, ao passo que Maria os acolhe. É a única das ordens dele que ela ousa infringir.

— Mas que são esses homens de Deus? — perguntou Pedro.

André não teve tempo de responder-lhe. Criados acorriam a seu encontro; informou-se de seu pai; disseram-lhe que o velho príncipe se achava ainda na cidade, mas deveria chegar a qualquer momento.

André conduziu Pedro a seus aposentos, sempre pronto para recebê-lo e ali o deixou por alguns instantes para ir ver seu filho.

— E agora, passemos pelo quarto de minha irmã — disse ele, voltando a buscar Pedro. — Ainda nem mesmo a vi: está fechada com seus protegidos. Vamos surpreendê-la. Ficará toda confusa, mas tu verás os homens de Deus. É curioso, palavra.

— Que é que são esses homens de Deus? — perguntou Pedro pela segunda vez.

— Vais ver.

A Princesa Maria ficou com efeito muito confusa, vendo-os entrar no seu lindo quarto, onde lamparinas brilhavam diante dos santuários dos ícones. Seu rosto jaspeou-se de manchas vermelhas. Estava sentada em seu divã e tomava chá em companhia de um rapaz de nariz comprido e cabelos longos, trajando batina de monge. Uma velha, magrinha, encarquilhada, de suave rosto infantil, ocupava uma cadeira ao lado deles.

— André, por que não me preveniu? — disse Maria, com um ligeiro tom de censura. E colocou-se diante de seus peregrinos, na atitude de uma galinha que protege sua ninhada. — Encantada por vê-los, estou muito contente por ver-vos — disse ela a Pedro que lhe beijava a mão.

Tinham-se conhecido bem crianças ainda. E agora, a amizade que ligava Pedro a André, suas infelicidades conjugais, seu bom e franco rosto principalmente, dispunham Maria a seu favor. Mantinha fixos nele seus belos olhos luminosos e esse olhar parecia dizer: "Amo-vos muito, mas, por favor, não zombeis dos MEUS".

Trocados os primeiros cumprimentos, sentaram-se.

— Olá! Ivanuchka está também aqui? — disse André, com um sorriso dirigido ao jovem peregrino.

— André! — proferiu Maria, em tom suplicante.

— É preciso que saibas que se trata de uma mulher — disse ele a Pedro.

— André, em nome de Deus — repetiu Maria.

Aparentemente, as brincadeiras de André a respeito dos peregrinos e as vãs intervenções de Maria em seu favor tinham entrado nos hábitos do irmão e da irmã.

— Mas, minha boa amiga, — continuou André, — você me deveria ser grata pelo contrário, por explicar eu a Pedro sua intimidade com esse rapaz.

— Deveras? — disse Pedro, que se pôs, através de seus óculos, a encarar o peregrino com uma curiosidade grave, pelo que lhe ficou Maria muito agradecida. Compreendendo que se falava dele, Ivanuchka passeava por todos seu olhar malicioso.

Bem sem razão se alarmara Maria pelos "seus" que não pareciam de modo algum constrangidos. A velha, de olhos baixos, mas esgueirando olhares à sorrelfa para os recém-chegados, revirara a xícara sobre o pires e pusera de lado o pedaço de açúcar meio roído; imóvel, na sua cadeira, esperava que lhe oferecessem mais chá. Enquanto bebia o seu, derramado no pires, a pequenos goles, Ivanuchka, com seus olhos velhacos de mulher, espiava de esguelha os jovens.

— Donde vens assim? — perguntou André à velha. — De Kiev, sem dúvida?

— Fui lá, meu pai — respondeu a boa mulher, feliz por desamarrar a língua. — Tive a felicidade, justamente no santo dia de Natal, de receber lá a santa comunhão, junto ao túmulo dos Bem-Aventurados... Mas no momento, estou chegando diretamente de Koliazin[41], meu pai. Uma grande graça ali se manifestou...

— E Ivanuchka te acompanha?

— Não, meu benfeitor, vou para os meus lados — respondeu Ivanuchka, esforçando-se por dar à voz um tom grosso. — Foi só em Iukhonov que me encontrei com Pelagueiuchka...

Mas a velha não a deixou terminar. Ardia de vontade de contar o que vira.

— Em Koliazin, meu pai, um grande milagre se operou.

— Que foi, relíquias novas? — pergunta André.

— Rogo-te, André — disse Maria. — Não contes nada, Pelagueiuchka.

— E por que não, minha mãe? Gosto muito dele. É um eleito do Senhor, tem bom coração, deu-me dez rublos, lembro-me bem, decerto... Então, como estivesse em Kiev, eis que encontro Kirucha, o inocente... um santo homem de Deus, que anda de pés descalços, tanto no verão como no inverno... "Que vens tu fazer aqui? Não é este teu lugar, — me disse ele. Vai antes a Koliazin. Há lá uma imagem milagrosa. Nossa Mãe, a Santíssima Virgem manifestou-se". Então, imediatamente, dei adeus aos Bem-Aventurados e me pus a caminho.

Todos se calavam, suspensos dos lábios da devota, que contava suas histórias com voz medida, entrecortando-as de fortes aspirações.

41. Kiev era o principal lugar de peregrinação da Rússia. Veneram-se ali, no famoso Mosteiro das Criptas, os túmulos de cento e dezoito "bem-aventurados". Koliazin, cidadezinha da Província de Tver, possuía, também, um mosteiro célebre, o da Santa Trindade. Os peregrinos para ali afluíam, sobretudo na décima sexta-feira após a Páscoa. (N .do T.)

— Assim que cheguei, todo o mundo me disse: "Um grande milagre se operou. O Santo Bálsamo escorre da face de nossa Mãe, a Santíssima Virgem".

— Vamos, está bem — disse Maria. — Contarás isso doutra vez.

— Permiti-me que lhe faça uma pergunta — interveio Pedro. — Viste isso tu mesma?

— Mas, decerto, meu pai, tive essa grande felicidade. O rosto da Boa Mãe brilhava com uma luz celeste e de sua face corria gota a gota o Bálsamo.

— Mas é um embuste! — exclamou ingenuamente Pedro, que havia prestado a maior atenção às palavras da velha.

— Que dizes, meu pai! — proferiu esta, toda amedrontada, implorando com o olhar a proteção da Princesa Maria.

— Eis como se engana o povo! — insistiu Pedro.

— Senhor Jesus! — exclamou a peregrina, benzendo-se. — Oh! não fales assim, meu pai! Havia lá um general que não queria acreditar no milagre. "É uma fraude dos monges!", dizia ele. Mas eis que imediatamente ficou cego. E teve um sonho: nossa santa Mãe das criptas chegou a ele e lhe disse: "Acredita em mim e eu te curarei". Então se pôs ele a suplicar: "Levem-me a ela, levem-me a ela!" É a verdade verdadeira, o que te estou dizendo: vi-o, vi-o com os meus próprios olhos. Então levaram o cego diretamente para ela. Caiu ele de joelhos, dizendo: "Cura-me, e eu te darei o que o tzar me concedeu". É bem verdade, meu pai, vi a estrela de general pregada na santa imagem. Ela lhe restituiu a vista, a Boa Mãe... É pecado falar assim, Deus te punirá — concluiu ela, severamente.

— Mas como foi que a estrela se achou de repente na imagem? — perguntou Pedro.

— Terão promovido a Boa Mãe ao posto de general? — disse André, sorrindo.

Pelagueiuchka empalideceu e bateu as mãos uma contra a outra.

— Que pecado! que pecado! Cala-te, meu pai, tens um filho! — exclamou a peregrina que, de lívida, se tornou carmesim. — Que disseste? Que disseste? Que Deus te perdoe! Senhor, perdoai-o! — suplicou ela, fazendo o sinal da cruz. — Ah! minha mãe, que quer dizer isso? — prosseguiu ela, voltando para Maria.

Levantou-se e, prestes a derramar-se em lágrimas, pôs-se a apanhar sua sacola. Via-se que estava envergonhada e aterrorizada por ter aceito a hospitalidade de uma casa onde se tinham semelhantes opiniões, mas ao mesmo tempo lamentava dever doravante a ela renunciar.

— Vejamos — disse Maria, — que prazer encontrais... Teríeis bem podido não vir.

— Queria simplesmente brincar, Pelagueiuchka — disse Pedro. — Princesa, dou-vos minha palavra que não quis ofendê-la, falei sem malícia... Não vá crer. Quis apenas brincar... E ele também — insistiu com um sorriso tímido.

Estava evidentemente desejoso de fazer esquecer sua falta. Seu rosto exprimia um arrependimento tão sincero e André olhava com tão grande doçura ora Pedro, ora a velha, que esta, a princípio pouco disposta a acreditá-lo, deixou-se pouco a pouco convencer.

14. Reconfortada, a devota perorou a bom perorar. Preconizou longamente os méritos dum tal Padre Anfilóquio, que levava uma vida tão santa que suas mãos exalavam odor de incenso. Depois contou com muitos pormenores sua derradeira estada em Kiev: monges seus conhecidos lhe tinham dado as chaves das Criptas; ali tinha permanecido quarenta e oito horas na companhia dos Bem-Aventurados, só se nutrindo de biscoitos. "Depois que rezava bem diante de um dos túmulos — dizia ela, — ia venerar outro. Em seguida arranjava um pouquinho de dinheiro e voltava a beijar os santos túmulos. A calma era tão profunda, a graça penetrava em mim tão abundante, que não tinha mesmo mais o desejo de rever a luz do bom Deus".

Pedro escutava-a com grande atenção. Mas, tendo-se André retirado, Maria, deixando os homens de Deus acabarem de beber seu chá, levou-o por sua vez para o salão.

— Como sois bom! — disse-lhe ela.

— Ah! na verdade, não sonhava absolutamente em ofendê-la;compreendo esse sentimentos e os aprecio altamente.

Maria observou-o um momento sem dizer nada, com um terno sorriso nos lábios.

— Há muito tempo que vos conheço e vos amo como a um irmão — continuou ela afinal. — Como achastes André? — acrescentou, sem lhe dar tempo de responder às suas amáveis palavras. — Ele me inquieta muito. Neste inverno sentia-se melhor, mas na primavera, seu ferimento se reabriu e o médico aconselhou-lhe um tratamento no estrangeiro. Seu moral também me atormenta bastante. Não é um desses caracteres capazes, como nós, mulheres, de gastar seu pesar à custa de lágrimas e de manifestações exteriores. Trá-lo consigo mesmo. Se se mostra hoje alegre e animado, foi vossa chegada que produziu esse feliz efeito. Está raramente assim. Se pudésseis decidi-lo a fazer uma viagem! Tem ele necessidade de atividade e esta vida calma, monótona, mata-o. Os outros não notam isto, mas eu, vejo bem...

Depois das nove horas, um barulho de guizos fez-se ouvir: o velho príncipe regressava. Os criados precipitaram-se para o patamar; Pedro e André os seguiram ali. Ao descer da carruagem, o príncipe avistou Pedro.

— Quem é? — perguntou. — Ah! encantado! Abraça-me — continuou, reconhecendo o jovem conde.

Estava de excelente humor e fez mil demonstrações de amizade a Pedro, a quem levou para seu gabinete. Quando, na hora da ceia, veio André juntar-se a eles, encontrou-os engajados numa calorosa discussão. Pedro sustentava que tempo viria em que não haveria mais guerra. O príncipe zombava dessa opinião, mas sem acrimônia.

— Pratique uma sangria e ponha água em lugar do sangue. Será o meio de não ter mais guerra. Bobagens e sonhos de mulheres! — declarou o príncipe, ao mesmo tempo que dava palmadinhas gentilmente no ombro de Pedro.

Depois aproximou-se da mesa onde André, evidentemente pouco desejoso de tomar parte na conversa, folheava os papéis que seu pai trouxera da cidade. Pôs-se a falar de negócios.

— O Conde Rostov, nosso marechal de distrito, não pôde fornecer-me a metade dos homens requisitados... E imagina só! Veio à cidade para convidar-me a jantar! Mandei-o passear, a ele e a seu jantar!... Vê, olha só isso... A propósito, meu caro — continuou ele, batendo no ombro de Pedro, — sabes que simpatizo com teu amigo? É um espertalhão e me aquece. Há uns que dão opiniões muito sensatas, mas que a gente não tem vontade nenhuma de escutar. Ele, porém, diz besteiras e contudo me aquece, por mais velho que eu seja... Pois bem, não vos retenho: ide cear. Talvez vá ter convosco. Vamos discutir ainda um pouco... Procura afeiçoar-te à pateta de minha Maria — gritou ele, logo que Pedro deu as costas.

Durante aquela sua estada em Montes Calvos, apreciou Pedro verdadeiramente toda a força e todo o encanto da amizade que o ligava a Bolkonski. E esse encanto emanava menos de suas relações pessoais que das ligações que entretinha com os parentes e familiares de André. Se bem que conhecesse apenas o rabugento velho príncipe e a tímida Princesa Maria, sentiu-se imediatamente tão à vontade com eles, como com velhos amigos. Todos, aliás, não demoraram em querer-lhe bem. Maria, conquistada pelas maneiras gentis que tivera para com seus peregrinos, pousava sobre ele seu mais luminoso olhar; o próprio Nicolau, o bebê de um ano que seu avô chamava, de pequeno príncipe, dignava-se dirigir-lhe risadinhas e deixar-se carregar por ele. Mikhail Ivanovitch e a Senhorita Bourienne sorriam contentes, vendo-o entreter-se familiarmente com o velho príncipe. Este assistiu à ceia, evidentemente para fazer honra a Pedro; durante os dois dias que o jovem passou em Montes Calvos, cumulou-o de amabilidades e convidou-o expressamente a voltar a vê-lo.

Quando Pedro os deixou e toda a família se encontrou reunida, cada qual deu sua opinião sobre ele, como é de regra após a partida dum novo conhecido e, coisa bastante rara, todos só falaram bem dele.

15. De volta de sua licença, compreendeu Rostov, pela primeira vez, quanto estava ligado a Denissov e a todo o regimento. A chegada ao acantonamento fez nascerem nele sentimentos análogos aos que experimentara ao aproximar-se da casa miliar. Quando avistou o primeiro hussardo de uniforme desabotoado, depois o ruivo Dementiev e piquetes de cavalos alazões, quando ouviu Lavruchka gritar alegremente para seu amo: "Eis o conde que chega!", quando viu acorrer de sua barraca Denissov, desgrenhado, que acabava de saltar do leito e lhe deu o beijo de acolhida, enquanto os outros oficiais festejavam o "fantasma", sentiu Rostov a mesma impressão que sob as carícias de sua mãe, de seu pai, de suas irmãs. O regimento era para ele um segundo lar, tão querido, tão atraente quanto a casa paterna.

Depois que se apresentou ao coronel, que o designou para o mesmo esquadrão, Rostov, uma vez retomado pelo ramerrão do serviço, experimentou naqueles mil pormenores da vida militar, naquela privação de sua liberdade, naquele apego a um quadro estreito e invariável, a mesma quietude, a mesma impressão de ser sustentado que sentia sob o teto paterno. Aqui também se sentia em sua casa, bem no seu lugar. Aqui, aliás, não havia mais vida mundana que arrebata a gente no seu turbilhão, sem que se saiba a que agarrar-se; não mais Sônia, com quem se teme uma explicação; não mais hesitações no emprego do tempo; não mais aqueles longos dias de vinte e quatro horas em que tantas ocupações nos solicitam; não mais aquela multidão de pessoas das quais nenhuma é íntima, mas também nenhuma é totalmente estranha. Acabados os acertos de dinheiro, não muito claros com seu pai; desvanecida a lembrança de sua terrível perda no jogo! Aqui, no regimento, tudo era simples e preciso. O universo se achava separado em duas partes desiguais, das quais uma compreendia "nosso regimento de Pavlograd" e a outra, todo o resto. E esse resto vos era inteiramente indiferente. Sabia-se quem era tenente e quem era capitão, quem era bravo e quem não era e sobretudo quem se poderia contar como verdadeiro camarada. O cantineiro vos fazia crédito, recebia-se o soldo de quatro em quatro meses; nenhuma necessidade de escolher nem de raciocinar: só se tinha de abster-se do que era reputado mal no regimento de Pavlograd; se vos encarregavam duma missão, só tínheis de executá-la como o prescreviam instruções claras e nítidas — e tudo corria admiravelmente.

Retomando esses hábitos regulares da vida militar, experimentou Rostov o alegre alívio que sente todo homem fatigado, quando pode afinal gozar de repouso. Durante toda a campanha, aquela vida lhe foi tanto mais agradável quanto, desde sua perda no jogo — culpa que, malgrado as consolações de seus parentes, não podia perdoar a si mesmo — tomara a resolução de servir, não mais como antes, mas de maneira a apagar sua falta; tencionava tornar-se um camarada, um oficial modelo, em suma um homem perfeito, o que lhe parecia tão difícil "no mundo", e tão fácil agora no regimento.

Fazia questão igualmente de reembolsar, num prazo de cinco anos, a dívida que contraíra para com seus pais. Em lugar de dez mil rublos de pensão anual, resolvera contentar-se doravante com dois mil; a diferença extinguiria pouco a pouco sua dívida.

* * *

Depois de numerosas marchas e contramarchas, depois das batalhas de Pultuk e de Preussich-Eylau, nosso exército se concentrava em Bartenstein. Esperava-se a chegada do imperador e a retomada iminente das operações.

O regimento de Pavlograd pertencia à parte do exército que já havia combatido em 1805. De volta à Rússia para completar seus efetivos, não tinha podido assistir às primeiras operações, mas constituía agora uma unidade do destacamento Platov, o qual operava independentemente do exército.

Por várias vezes, os hussardos de Pavlograd tinham tomado parte em escaramuças com o inimigo, feito prisioneiros, arrebatado mesmo uma vez os comboios do Marechal Oudinot. No mês de abril, estacionavam havia várias semanas junto duma aldeia alemã destruída totalmente. Fazia frio a despeito do degelo; os riachos ficavam desembaraçados do gelo, os caminhos se tornavam impraticáveis; durante vários dias, não se distribuíram nem víveres aos homens, nem forragem aos cavalos. Os comboios tinham-se tornado impossíveis, os soldados se espalhavam pelas aldeias abandonadas à procura de batatas, as quais também se tornavam raras. Tudo fora devorado, quase todos os habitantes haviam fugido. Os que permaneciam ainda lá, eram mais miseráveis que mendigos; não havia mais nada a tomar deles e muitas vezes os soldados, gente no entanto pouco inclinada à compaixão, partilhavam com eles seu derradeiro bocado.

O regimento de Pavlograd, que só perdera dois homens no fogo, tinha visto ser-lhe arrebatada pela fome e pela doença quase a metade de seu efetivo. Morria-se tão fatalmente nos hospitais que, em vez de se fazerem transportar para lá, os soldados, entre os quais a má alimentação provocava febre ou inchação, arrastavam-se, mal ou bem, nas corveias. Com a chegada da primavera, descobriram uma planta que saía da terra, semelhante ao espargo e a que deram o nome, sabe Deus porquê, de "raiz doce de Maria"; espalhavam-se pelos campos à procura dessa raiz doce que, na realidade, era muito amarga, desenterravam-na com seus sabres e a comiam, a despeito das proibições. Uma nova doença se declarou em breve, consistindo numa inchação das mãos, dos pés e do rosto; os médicos a atribuíram à absorção daquela planta venenosa. Nem por isso deixou o esquadrão de Denissov de fazer dela seu alimento principal, porque já havia quinze dias que se racionavam os derradeiros biscoitos, à razão de uma meia libra somente por homem, e as batatas da derradeira remessa estavam greladas e com brotos. Havia uma quinzena igualmente não tinham os cavalos por toda forragem senão os colmos dos tetos; sobre seus corpos esqueléticos, seu pelo de inverno, que ainda não caíra, emaranhava-se em tufos.

Malgrado todas essas misérias, soldados e oficiais levavam sempre a mesma vida. Pálidos, opilados, em farrapos, continuavam os hussardos a comparecer à chamada, à limpeza, ao trato dos animais, à lustração, à corveia de forragem — transformada em corveia de colmo — ao rancho também, donde voltavam famintos, mas sem deixar de zombar da magra pitança e de suas barrigas vazias. Como sempre, durante seu tempo livre de serviço, acendiam fogueiras, diante das quais se aqueciam completamente nus, fumavam, colhiam e faziam assar batatas greladas ou podres, contavam ou ouviam contar as proezas de Potemkim ou de Suvorov, as aventuras de Aliocha, o espertalhão, ou de Mokolka, o empregado do pope.[42] De seu lado, moravam sempre os oficiais, aos dois ou três, em casas semi-arruinadas, abertas a todos os ventos. Os oficiais superiores preocupavam-se com aprovisionamentos de palha e de batatas; seu principal cuidado era a nutrição de seus homens. Como no passado, os subalternos jogavam, uns, baralhos — porque, se os víveres faziam falta, o dinheiro abundava — outros, jogos inocentes, tais como os de bola ou de arcos. Quanto à marcha geral das operações, não se falava nisso, ao mesmo tempo porque não se sabia nada de positivo e porque se sentia confusamente que não era brilhante.

Rostov, como antes, partilhava da morada de Denissov. Desde sua licença, a amizade entre eles se tornara mais estreita ainda. Denissov não lhe falava jamais de sua família, mas a terna afeição que o comandante testemunhava por seu oficial fazia este compreender que o amor do velho hussardo por Natacha não era estranho a essa recrudescência de bons modos de viver. Denissov, era visível, poupava Nicolau, só raramente o expunha a perigos e após cada escaramuça não ocultava sua alegria, por vê-lo voltar são e salvo. No curso duma missão, descobrira Rostov, numa aldeia evacuada, aonde fora procurar víveres, um velho polonês e sua filha, embaraçada com uma criança de peito. Famintos, esfarrapados, incapazes de andar, não podiam, por falta de recursos, arranjar um carro. Rostov levou-os para seu acantonamento, instalou-os em sua casa e, durante várias semanas, enquanto o velho não se restabeleceu, proveu ao susten-

42. Contos populares. (N. do T.)

to deles. Um de seus camaradas, falando um dia a respeito de mulheres, com Nicolau, se pôs a zombar dele, chamando-o de finório e censurando-o por furtar à vista de seus amigos a bela polonesa que ele havia salvo. Rostov levou muito a mal a brincadeira, exaltou-se, repeliu tão bruscamente o oficial que Denissov teve o maior trabalho do mundo para impedi-los de se baterem em duelo. Assim que o oficial partiu, Denissov que, ele próprio, ignorava a natureza das relações de Nicolau com a polonesa censurou-lhe o arrebatamento.

— Mas vejamos — replicou Rostov. — Olho-a como minha irmã e não posso dizer-te até que ponto me senti ferido... porque... porque...

Denissov assestou-lhe no ombro uma pancada amigável e se pôs a andar pelo cômodo sem olhá-lo, o que costumava fazer, quando comovido.

— Vocês são todos amalucados na sua família! — proferiu por fim. E Rostov notou que o velho hussardo tinha os olhos úmidos.

16. No mês de abril, a chegada do imperador renovou a animação no exército. Rostov não teve a boa sorte de assistir à revista que o soberano passou em Bartenstein: os hussardos de Pavlograd bivaqueavam nos postos avançados. Denissov e Rostov moravam numa cabana de terra, cavada pelos soldados e recoberta de ramagens e de capim. Eis de que maneira, tornada clássica, se edificavam essas espécies de barracas. Cavava-se uma trincheira da largura de um metro e com um metro e meio de profundidade e dois metros e cinquenta de comprimento. Numa das extremidades, faziam-se degraus que constituíam a entrada do quarto, isto é, a própria trincheira. Entre os mais bem-aquinhoados, tais como o chefe de esquadrão, uma prancha, colocada duma a outra ponta sobre estacas, servia de mesa. Dos dois lados, a terra era retirada num comprimento de sessenta centímetros: eram os leitos e os divãs ali. O teto permitia que se ficasse de pé no meio da barraca e que se sentasse sobre os leitos, pelo menos na parte vizinha da mesa. Graças à afeição que lhe tinham seus hussardos, gozava mesmo Denissov de certo luxo: uma prancha, no frontão de seu teto, ornava-se dum vidro, quebrado mas recolado. Quando fazia muito frio, trazia-se para cima dos degraus do salão, como os chamava Denissov — uma placa de ferro fundido, guarnecida de carvões ardentes, tirados das fogueiras dos bivaques; a temperatura tornava-se tão suave que os oficiais, sempre muito numerosos junto aos dois camaradas, se punham em mangas de camisa.

Numa manhã de abril, cerca das oito horas, voltando Rostov da guarda, após uma noite em claro, deu ordem para trazerem carvões, porque estava enregelado; mudou de roupa branca, rezou suas orações, tomou seu chá, aqueceu-se, pôs em ordem suas coisas, desembaraçou a mesa e, de rosto queimado pelo vento, estendeu-se de costas, em mangas de camisa, com os braços dobrados sob a cabeça. Pensava, não sem prazer, que seu derradeiro e frutuoso reconhecimento o faria em breve subir de um grau e aguardava impacientemente Denissov, com quem estava com vontade de tagarelar. De repente, a voz furiosa deste trovejou por trás da barraca; Rostov deslizou para a janela para ver a quem estava seu camarada repreendendo: reconheceu o segundo Sargento Troptcheienko.

— Eu te tinha dado ordem expressa de não deixá-los empanturrar-se com essa raiz de Maria! — gritava Denissov. — E acabo de ver Lazartchuk trazendo-as dos campos!

— Não deixei de proibir-lhes isso, Excelência, mas não me dão ouvidos — respondeu o suboficial.

Rostov tornou a deitar-se e disse a si mesmo com satisfação: "Que ele se canse por sua vez; eu já acabei meu serviço e só me resta dormir; isto é que é bom!" Mas à voz do segundo sargento se misturava agora outra que reconheceu como a do matreiro Lavruchka, o ordenança de Denissov. O camarada pretendia ter encontrado, ao sair em procura de víveres, comboios de gado e de biscoitos. Depois, novamente, repercutiu a voz de Denissov, que gritava, afastando-se: "Segundo pelotão! Selar!"

— Aonde diabos vão eles? — perguntou a si mesmo Rostov.

Ao fim de cinco minutos, entrou Denissov na cabana, subiu para o leito com suas botas sujas, fumou um cachimbo inteiro com ar furioso, revirou todos os seus pertences, pegou suas chibatas, seu sabre e se dispôs a sair. A Rostov, que indagou de suas intenções, respondeu num tom vago e zangado que tinha o que fazer.

— Que Deus me julgue e o grande imperador! — disse ele, precipitando-se para fora.

Rostov ouviu por trás da barraca cascos de cavalos que patinhavam na lama. Não se inquietou mais em saber para onde tinha ido seu amigo. Bem no quente, no seu canto, adormeceu e só saiu à noitinha. Denissov ainda não regressara. O tempo ficara bonito. Junto da cabana vizinha, dois oficiais e um aspirante jogavam argolinhas, fincando, entre risadas, rábanos na lama mole. Rostov juntou-se a eles. No correr do jogo, viram carroças que se aproximavam; quinze hussardos as seguiam, montados em cavalos magérrimos. Os comboios com suas escoltas aproximaram-se dos piquetes; uma multidão de hussardos acotovelou-se em redor deles.

— Ainda bem — exclamou Rostov, eis que chegam os víveres. E Denissov que estava sempre a lamentar-se!

— Sim, com efeito, — disseram os oficiais. — Como os homens vão ficar contentes!

Um pouco atrás chegou Denissov, acompanhado por dois oficiais de infantaria com os quais se entretinha. Rostov foi-lhe ao encontro.

— Eu vos advirto, capitão... — dizia um dos infantes, um magrelo que parecia muito encolerizado.

— Não entregarei nada, já vo-lo disse — retorquiu Denissov.

— Dareis conta disso, capitão! Arrebatar os comboios de seus irmãos de armas é rebelião!... Há dois dias que nossos homens nada têm comido!

— E os meus? Há quinze dias!

— É roubo à mão armada, senhor. Sereis responsabilizado — repetiu o infante, erguendo o tom de voz.

— Vamos acabar com tanta amolação! — exclamou de repente Denissov, já fora dos eixos. — Serei responsabilizado? Pois bem, seja. Não será você!... Trate de calar-se, ouviu? Ou então tome cuidado com sua pele!... Debandar!

— Perfeito! — disse, sem comover-se, o soldadinho de infantaria. — É roubo à mão armada e eu vos...

— Vá para o diabo e o mais depressa possível! — berrou Denissov, lançando contra ele seu cavalo.

— Perfeito! Perfeito! — repetiu o oficial, em tom ameaçador e, virando brida, afastou-se a trote, sacudido em cima de sua sela.

— Um cão em cima duma paliçada, um verdadeiro cão em cima duma paliçada — exclamou Denissov, lançando-lhe assim pelas costas a suprema zombaria do cavaleiro contra um soldado de infantaria a cavalo. E aproximou-se de Rostov, rindo gargalhadas. — Arrebatei o comboio deles à força, a esses empurra-pedras! — disse ele. — Não posso deixar meus homens morrerem de fome.

O comboio que chegava para os hussardos estava destinado a um regimento de infantaria; mas, advertido por Lavruchka que não vinha ele escoltado, Denissov e seus homens dele se haviam apoderado à viva força. Distribuiu-se biscoito à vontade e até mesmo aos outros esquadrões.

No dia seguinte, o coronel convocou Denissov e lhe disse, fechando os olhos com os dedos:

— Eis como quero ver a coisa: não sei de nada e não me imiscuirei; mas aconselho-vos a comparecer ao estado-maior; ao escritório de aprovisionamentos. Lá tratareis de arranjar-vos e de assinar um recibo, declarando que recebestes tanto e mais tanto de víveres. De outro modo, um processo será iniciado e poderia acabar mal.

Assim que se retirou da presença do coronel, dirigiu-se Denissov ao estado-maior, com o desejo sincero de seguir o conselho de seu chefe. Regressou ao anoitecer, ofegante, fora de si. Rostov, que jamais o vira em semelhante estado, perguntou-lhe em vão o que tinha. Denissov limitou-se, com voz rouca e fraca, a proferir injúrias e ameaças sem nexo. Alarmado, Rostov tratou de tirar-lhe a roupa, deu-lhe de beber e mandou procurar o major.

— Julgar-me por pilhagem, a mim!... Dê-me mais água... Pois bem, que me julguem! Isto não me impedirá de dar uma surra nesses canalhas!... Falarei ao imperador... Dê-me um pouco de gelo... — gritava ele.

O major disse que era preciso dar-lhe uma sangria. Depois que lhe tiraram do braço cabeludo um prato cheio de sangue preto, pôde enfim Denissov contar sua desventura.

— Chego lá. "Então, onde está vosso chefe?" Indicam-me. — Tenha a bondade de esperar. — Tenha a bondade de esperar. — "Tenho meu serviço, andei oito léguas, anuncie-me." — Bem. Eis o ladrão chefe que aparece. E o camarada se mete também a dar-me lições: é pilhagem! — "O saqueador, digo-lhe eu, não é aquele que se apodera de víveres para alimentar seus soldados, mas aquele que os açambarca para encher seus bolsos!" — Ordena-me que me cale. Muito bem. — "Ide assinar uma declaração no escritório do comissário de víveres e vosso caso seguirá seu curso." — Vou lá e naquele senhor comissário reconheço... Adivinhe só quem nos faz morrer de fome? — exclamou ele, batendo na mesa com sua mão dolorida, com tal violência que a mesa quase caiu e os copos se entrechocaram. — Telianin! — "Como, és tu que nos fazes rebentar de fome!" E tome, tome, em plena tromba do bicho! "Ah! seu canalha!" E bum, bum!... Surrei-o à vontade — exclamou ele, todo satisfeito, mostrando num sorriso feroz seus dentes brancos por baixo de seus bigodes negros. — Te-lo-ia matado, se não mo houvessem tirado das mãos.

— Ora vamos, não grites assim. Acalma-te lhe disse Rostov. — Já está o sangue correndo de novo. Fica tranquilo. Vai ser preciso refazer o penso.

Refizeram o penso de Denissov e puseram-no no leito. No dia seguinte, acordou calmo e de humor alegre. Mas ao meio-dia o oficial de ordenança se apresentou de cara séria e triste na cabana dos dois amigos e entregou ao Major Denissov, da parte do coronel, um ofício em que lhe faziam perguntas a respeito da loucura da véspera. O negócio, explicava ele, ia certamente tomar um mau caminho; fora nomeada uma comissão de inquérito; em vista da severidade dos novos regulamentos sobre pilhagem e indisciplina, corria Denissov o risco de, pelo menos, ser rebaixado.

A dar crédito aos queixosos, o Major Denissov, após apoderar-se do comboio, havia-se apresentado, sem nenhuma convocação e em estado de embriaguez, no gabinete do comissário geral dos víveres, tinha-o ameaçado, chamado de ladrão, e, depois de o haverem posto para fora, precipitara-se num escritório onde surrara dois empregados e luxara o braço dum deles.

Interrogado de novo por Rostov, confessou Denissov, rindo, que, com efeito, outro sujeito se metera na briga; tudo isso não tinha, aliás, nenhuma importância; zombava de todos os tribunais e, se aqueles tratantes ousassem meter-se com ele, faria de tal modo cair-lhes o topete que por muito tempo, haveriam de guardar a lembrança.

Se bem que Denissov afetasse displicência, conhecia-o bem Rostov para compreender que, no fundo, e ocultando-o cuidadosamente, temia bastante as consequências de sua proeza. Todos os dias chegavam folhas de inquérito às quais tinha de responder; enfim, a 1º de maio, recebeu ordem formal de entregar o esquadrão ao oficial mais antigo de posto e de comparecer perante o estado-maior da divisão para ali responder por vias de fato cometidas na comissão de víveres. Na véspera, Platov operara um reconhecimento com dois regimentos de cossacos e dois esquadrões de hussardos. Denissov, como sempre, havia-se portado bravamente à frente das linhas. Uma bala, partida das fileiras francesas, atingira-o na barriga da perna. Denissov que, em outros tempos, não teria deixado o regimento em virtude dum ferimento tão leve, aproveitou a ocasião: recusou-se a comparecer à divisão e deu baixa ao hospital.

17. No mês de junho travou-se a Batalha de Friedland, na qual os hussardos de Pavlograd não tomaram parte alguma. Seguiu-se-lhe um armistício. Rostov aproveitou-se disso para pedir autorização de ir ver Denissov, cuja ausência sentia vivamente. Sem notícias do ferido, desde sua baixa ao hospital, atormentava-se bastante com seu estado de saúde e com o resultado de seu mal-aventurado negócio.

O hospital estava situado num pequeno burgo prussiano, duas vezes devastado pelas tropas russas e francesas. Em contraste com o esplendor do verão, que explodira nos campos circunvizinhos, aquela cidadezinha, com seus tetos desmoronados, suas paliçadas demolidas, suas ruas cheias de imundícies por onde vagavam os habitantes em farrapos, misturados com soldados bêbados ou doentes, oferecia um espetáculo particularmente lúgubre.

Uma casa de pedra, com vidraças em parte partidas, servia de hospital. No pátio, cercado de fragmentos de paliçadas, alguns soldados, pálidos e opilados, com pensos, iam e vinham ou repousavam ao sol.

Assim que Rostov transpôs o limiar, um cheiro de podridão e de hospital invadiu-lhe os pulmões. Na escada cruzou com um médico russo, de cigarro nos lábios.

— Não posso me transformar em quatro — dizia este a seu ajudante que o acompanhava. Venha esta noite à casa de Macário Alexieévitch. Estarei lá.

O ajudante do major-médico fez-lhe ainda uma pergunta:

— Bem. Faze como entenderes! Não sei que bem lhes fará isso!

Nesse momento, o major-médico avistou Rostov.

— Que vindes fazer aqui, Excelência? — perguntou-lhe ele. Porque as balas vos pouparam, desejais pegar tifo, hem? Isto aqui, meu caro, está um verdadeiro hospital de lázaros.

— Como assim?

— Porque há o tifo, meu caro senhor. Para todos quantos entram aqui é a morte. Somente nós dois, Makeiev e eu — e apontou o enfermeiro — ficamos na brecha. Cinco de meus colegas deixaram aí a pele. Quando chega um novo, dentro de oito dias tem sua conta — declarou ele, com visível satisfação. Pediram, é verdade, médicos prussianos, mas nossos bons aliados fazem-se de surdos.

Rostov lhe explicou que desejava ver o major de hussardos Denissov.

— Denissov? Não conheço. Pensai, meu caro: tenho só a meu cargo três hospitais, mais de quatrocentos doentes! Temos ainda a felicidade de que senhoras prussianas, boas damas caridosas, nos enviem café e fios de linho, duas libras por mês; sem isto estaríamos perdidos. Sim, meu caro, quatrocentos — insistiu ele, rindo. — E sempre me mandam novos. Temos bem uns quatrocentos, hem? — perguntou ele ao ajudante.

Este parecia fatigado e sensivelmente aborrecido pela tagarelice de seu chefe.

— O Major Denissov — repetiu Rostov, — que foi ferido em Moloten.

— Acredito bem que haja morrido. Não é, Makeiev? — disse o médico, com indiferença. Mas como o ajudante não confirmasse sua asserção, voltou-se para Rostov. — Não é um ruivo alto? — perguntou-lhe.

Rostov deu-lhe os sinais de seu amigo.

— Sim, sim, tinha um assim — disse ele, todo satisfeito, — mas acredito bem que haja morrido. Aliás, vou verificar nas minhas listas. Tens-las aí, Makeiev?

— Acham-se em casa de Macário Alexieévitch — respondeu o ajudante. — Mas — acrescentou, dirigindo-se a Rostov, — vinde de qualquer modo à sala dos oficiais. Verificareis pessoalmente.

— Não vá lá, meu caro — retorquiu o cirurgião-mor. — Poderia muito bem lá ficar.

Mas Rostov lhe respondeu com uma pequena continência e pediu ao ajudante que o conduzisse até lá.

— Pelo menos não me venha fazer censuras — gritou-lhe o cirurgião-mor, do sopé da escada.

Rostov e seu guia meteram-se por um corredor escuro. O cheiro de hospital era ali tão forte que Rostov tapou o nariz e teve de parar para se recompor. À direita abriu-se uma porta, no enquadramento da qual apareceu um homem apoiado em muletas, magro, amarelo, descalço, em trajes menores. Apoiando-se no umbral, olhou os recém-chegados com olhos brilhantes e cheios de inveja. Rostov lançou uma olhadela pela sala: feridos e doentes ali estavam estendidos até no soalho, em cima de palha e de capotes.

— Pode-se ver? — perguntou ele.

— Não há nada a ver — disse o cirurgião-ajudante, evidentemente com pouco desejo de entrar. Mas, contra sua expectativa, sua repugnância, decidiu Rostov transpor o limiar. O cheiro, a que acabara por habituar-se, era aqui ainda mais forte, se bem que ligeiramente diferente do do corredor. Pela sua acritude sentia-se que provinha precisamente daquele lugar.

O sol, que penetrava pelas altas janelas, iluminava violentamente aquela longa peça. Com a cabeça do lado da parede, doentes e feridos estavam ali estendidos em duas fileiras, separados por uma passagem. A maior parte parecia em estado de coma e nenhuma atenção deu às pessoas que entravam. Os que se achavam em estado de consciência ergueram-se ou levantaram os rostos amarelos, emaciados. Todos devoravam Rostov com o mesmo olhar, em que a esperança num socorro possível se misturava a uma inveja odienta da saúde alheia. Rostov avançou até o meio da sala, onde os quartos vizinhos lhe ofereceram, por suas portas abertas, um quadro idêntico. Surpreendido por aquele espetáculo que não esperava, parou, vagueando, sem dizer uma palavra, o olhar em redor de si. A seus pés, quase de través na passagem, jazia no soalho, de braços e pernas estendidos, um doente, sem dúvida um cossaco, a julgar pelos seus cabelos cortados à russa. Aquele homem tinha o rosto arroxeado; dos olhos revirados só se via o branco; em seus membros nus e vermelhos os músculos estavam tensos como cordas. Bateu com a nuca no soalho e lançou com voz rouca um apelo, que repetiu em seguida. Prestando atenção, distinguiu Rostov as palavras: "Quero beber, quero beber!" Procurou com os olhos alguém que pudesse repor o doente no seu lugar e dar-lhe de beber.

— Quem está encarregado aqui de cuidar dos doentes? — perguntou ao cirurgião-ajudante.

Nesse momento o servente da sala, um soldado do trem de artilharia, saiu dum cômodo vizinho e veio, marcando passo, postar-se em posição de sentido diante de Rostov.

— Boa saúde a Vossa Alta Nobreza! — exclamou ele, fitando Rostov, que tomava sem dúvida por um dos chefes do hospital.

— Ponha-o no seu lugar e dê-lhe água — disse Rostov, mostrando-lhe o cossaco.

— Às vossas ordens, Alta Nobreza — proferiu o soldado, com evidente prazer, de olhos cada vez mais escancarados; mas continuou parado na posição de sentido.

"Decididamente, não há nada a fazer!" — disse a si mesmo Rostov, baixando a vista. Dispunha-se a sair quando, à direita sentiu um olhar obstinadamente fixo em sua pessoa. Voltou-se para aquele lado. O homem que assim o encarava era um velho soldado de barba grisalha, de rosto severo, cadavérico, sentado em cima de seu capote, quase na extremidade da fileira. Um dos seus vizinhos murmurava-lhe algumas palavras, apontando para Rostov. Adivinhando que o velho soldado queria pedir-lhe alguma coisa, aproximou-se Rostov e viu que aquele homem tinha só uma perna, dobrada sob si; a outra fora cortada acima do joelho. A certa distância, jazia de cabeça voltada para trás, de olhos revirados, um jovem soldado de nariz chato, de rosto cor de cera, mosqueado de sardas. Rostov examinou o soldado; um arrepio correu-lhe pelo dorso.

— Mas me parece que esse... — disse ele ao cirurgião-ajudante.

— Faz vinte vezes que se pede, Excelência — disse o velho, cujo queixo tremia de emoção. — Morreu esta manhã. Não somos cães, afinal...

— Imediatamente, vou mandá-lo retirar imediatamente — apressou-se em dizer o cirurgião-ajudante. — Se Vossa Nobreza quiser ter a bondade de acompanhar-me...

— Vamos, vamos — murmurou precipitadamente Rostov.

E, de cabeça baixa, procurando passar despercebido, sob o fogo cruzado de todos aqueles olhares carregados de censura e de inveja, apressou-se em sair.

18. Na extremidade do corredor, o cirurgião-ajudante introduziu Rostov na sala dos oficiais. Três peças, cujas portas tinham sido deixadas abertas, a compunham; estava provida de leitos, sobre os quais repousavam, deitados ou sentados, os oficiais doentes ou feridos; alguns, com capotes de hospital, passeavam para lá e para cá. A primeira pessoa que avistou Rostov foi um homenzinho magro e maneta, de capote e boné de algodão, que mordiscava um cachimbinho, percorrendo a primeira peça a passos largos. Rostov recordou-se vagamente de havê-lo visto em alguma parte.

— Ah! ora essa, como a gente se encontra! — disse o homenzinho. — Tuchin, lembrai-vos de Tuchin que vos levou a Schoengraben?... E, como vedes, tiraram-me um pedacinho... — acrescentou com um sorriso, mostrando a manga de seu capote.

Rostov expôs-lhe o fim de sua visita.

— Vassili Dmitriévitch Denissov? Mas, decerto, está aqui. Vinde, vinde...

E Tuchin conduziu-o à peça vizinha, donde explodiam risadas.

"Como, eles riem? E eu que pergunto a mim mesmo como podem eles viver nessa atmosfera!" pensou Rostov, sempre perseguido pelo cheiro de cadáver, pela dupla fileira de olhares invejosos e pelo rosto de olhos revirados do jovem soldado.

Se bem que já passasse de onze horas, Denissov, de cabeça enfiada sob as cobertas, dormia ainda.

— Ah! Rostov! Bom dia, bom dia — exclamou ele, com a mesma voz que no regimento. Mas Rostov notou, com pena, que, a despeito daquela desenvoltura habitual, um sentimento novo de amargura transparecia na fisionomia de Denissov e até mesmo nas entonações de sua voz.

Seu ferimento, se bem que pouco grave e datando de seis semanas, ainda não estava cicatrizado. Seu rosto estava pálido e opilado, como o de todos os outros hospitalizados. De resto, o que feriu mais a atenção de Rostov foi a atitude de seu amigo. Não parecia muito contente por vê-lo, sorria-lhe com ar constrangido, não interrogava nem a respeito do regimento, nem a respeito da marcha geral dos negócios; tendo Rostov querido abordar este assunto, fez cara de não entendê-lo.

Rostov observou mesmo que toda alusão à vida sem peias que se levava fora das paredes do hospital, lhe era penosa. Era evidente que procurava esquecer sua existência de outrora; sua desagradável altercação com o pessoal da Intendência era a única coisa que o preocupava. Tendo-lhe Rostov perguntado em que pé andavam as coisas, tirou imediatamente de sob seu travesseiro um ofício que recebera da comissão e o rascunho de sua resposta. Animou-se, lendo-lhe aquela resposta e pôs bem em relevo os chistes que nela lançava contra seus inimigos. Assim que começou ele sua leitura, seus camaradas de hospital que, até então interessados com a chegada daquele visitante de fora, tinham formado círculo em redor de Rostov, dispersaram-se pouco a pouco. Leu Rostov em seus rostos, que já estavam com os ouvidos fartos daquela história. Só continuaram a ouvi-lo seu vizinho de leito, um gordo ulano, que fumava seu cachimbo com ar lúgubre e o manetinha Tuchin, que assinalava sua desaprovação com balanceios de cabeça.

— Na minha opinião — disse, de repente, o ulano, interrompendo a leitura, — é preciso fazer bem simplesmente apelo à clemência do imperador. Vai haver muita recompensa, segundo dizem, e seguramente serão agraciados...

— Implorar ao imperador! — exclamou Denissov, num tom em que queria incluir toda a energia de outrora, mas em que só vibrava uma vã exasperação. — E por que, afinal? Se eu fosse um bandido, pediria graça; mas se me perseguem, é porque precisamente desmascarei aqueles sacripantas. Que me julguem, não temo ninguém. Sempre servi com honra ao tzar e à pátria, não sou um ladrão... E querem degradar-me, enquanto que... Escuta, digo-lhe tudo claramente: "Se eu fosse um prevaricador...

— Não está mal redigido, decerto — interveio Tuchin, — mas não se trata disso... É preciso submeter-se — continuou ele, tomando Rostov como testemunha, — e Vassili Dmitrievitch não quer. Contudo o auditor vos disse que vosso caso era ruim.

— Pois seja! Pouco me importa!

— O auditor escreveu uma súplica para vós. É preciso assiná-la e fazê-la chegar a seu destino por intermédio aqui do senhor — insistiu Tuchin, designando Rostov. — Tem ele, sem dúvida, bons conhecimentos no estado-maior. Não acharíeis ocasião melhor.

— Já o disse, não quero fazer curvaturas — retorquiu Denissov e continuou sua leitura.

Sentia Rostov instintivamente que o caminho indicado por Tuchin e pelos outros era o mais seguro; teria o maior prazer em prestar serviço a seu amigo, mas, conhecendo sua intransigente retidão, sua vontade inabalável, não ousava intervir para convencê-lo.

Quando ao final de uma hora enorme, acabou Denissov a leitura de seu venenoso memorial, Rostov outra coisa não fez senão calar-se. Passou o resto da manhã em companhia dos camaradas de Denissov, que se haviam reagrupado em torno de si: contou-lhes o que sabia da situação e ouviu por sua vez o que eles contavam. Enquanto isso, mantinha Denissov um silêncio sombrio.

Adiantada a tarde e dispondo-se a partir, perguntou Rostov a seu amigo se não queria encarregá-lo de alguma coisa.

— Sim, espera — respondeu Denissov. E, depois de ter lançado um olhar para o grupo dos oficiais, pegou papéis que estavam embaixo de seu travesseiro, foi à janela onde se achava seu tinteiro e se pôs a escrever. Voltou logo depois.

— Para os grandes males os grandes remédios — disse ele, entregando a Rostov um vasto envelope. Era a súplica ao imperador que redigira por ele o auditor e na qual, sem fazer alusão às malversações da Intendência, pedia pura e simplesmente seu perdão.

— Transmite isto, uma vez que...

Não terminou. Um sorriso forçado contraiu-lhe as feições.

19. Depois que deu conta a seu coronel do pé em que estava o caso de Denissov seguiu Rostov para Tilsit, levando a famosa súplica.

A 13 de junho, tinham-se os dois imperadores encontrado naquela pequena cidade. Boris Drubetskoi pedira a seu importante protetor para ser adido, naquele dia, à comitiva de Sua Majestade.

— Gostaria de ver o grande homem — dissera ele para designar Napoleão que, até então, chamava Buonaparte, como toda a gente.

— Falais de Buonaparte? — perguntou-lhe, sorrindo, o general.

Uma olhadela lançada a seu chefe fez Boris compreender que o general pilheriava e queria experimentá-lo.

— Meu príncipe, falo do Imperador Napoleão — respondeu.

— Irás longe — predisse o general, batendo-lhe amigavelmente no ombro. E levou-o consigo.

Boris fez parte, portando, do número dos privilegiados que assistiram à entrevista de Niemen. Viu as jangadas ornadas com as armas dos imperadores. Viu Napoleão, na margem oposta, passar diante da Guarda, enquanto Alexandre, silencioso e pensativo, esperava num albergue à margem do rio. Viu os dois soberanos descerem em suas canoas e Napoleão, o primeiro a abordar a jangada, avançar a passos rápidos para Alexandre e estender-lhe a mão. Viu ambos desaparecerem dentro do pavilhão. Desde que se infiltrara entre os poderosos deste mundo, tomara Boris o hábito de observar atentamente e de anotar tudo quanto se passava em torno de si. Durante a entrevista de Tilsit, interessou-se pelos personagens que acompanhavam Napoleão, indagou os seus nomes, particularidades de seus uniformes e recolheu com cuidado o que diziam as pessoas importantes. No momento mesmo em que os dois imperadores penetraram no pavilhão, olhou seu relógio e não se esqueceu de olhá-lo de novo quando Alexandre dele saiu. A entrevista durara uma hora e cinquenta e três minutos: anotou este pormenor na mesma tardinha entre outros que sentia terem importância histórica. Como Alexandre só houvesse levado consigo uma comitiva pouco numerosa, o fato de ter estado em Tilsit assinalava um passo notável para diante na carreira dum ambicioso como Boris. Apercebeu-se em breve de que sua situação se havia consideravelmente consolidado. Não somente era conhecido, mas atraía os olhares, habituavam-se a ele. Por duas vezes, foi encarregado de uma missão junto ao imperador, tanto que agora este o conhecia de vista e os cortesãos, longe de evitar, como antes, aquela cara nova, ficariam surpreendidos se não mais a vissem.

Boris morava com um de seus colegas, o Conde Jilinski. Esse rico polonês, educado em Paris, era louco pelos franceses. De modo que, durante sua estada em Tilsit, oficiais da Guarda e do grande estado-maior francês vinham quase todos os dias almoçar e jantar em casa dos dois ajudantes-de-campo.

No dia 24 de junho, o Conde Jilinski ofereceu uma ceia a seus amigos franceses. Ali se encontrava um convidado de distinção, um ajudante-de-campo de Napoleão, vários oficiais da Guarda e um jovem rebento duma velha família francesa, que era pajem do Imperador. Naquela mesma noite, Rostov, aproveitando da escuridão para não ser reconhecido, chegara a Tilsit à paisana e se dirigira para o alojamento de Boris.

O exército, donde vinha Nicolau, ainda não mudara de sentimentos para com os franceses, que, de inimigos, tinham-se de repente mudado em amigos. Esta reviravolta só se produzira no quartel-general. O exército continuava a experimentar por Bonaparte e seus súditos o mesmo sentimento ao mesmo tempo de cólera, de desprezo e de terror. Algum tempo antes, discutindo com um oficial dos cossacos de Platov, sustentara Rostov que se Napoleão fosse feito prisioneiro, não o tratariam como imperador, mas como criminoso. E, bem recentemente ainda, tendo encontrado um coronel francês ferido, empenhara-se em fazê-lo entender que não podia discutir-se paz entre um soberano legítimo e aquele celerado de Bonaparte. Ficou bastante surpreso ao reconhecer em casa de Boris uniformes que estava habituado a ver em circunstâncias bem outras, nos postos-avançados. Assim, à vista dum oficial francês que se mostrara à porta, sentiu bruscamente surdir em si aquela hostilidade marcial que se apoderava de todo o seu ser diante do inimigo. Parou no limiar e perguntou em russo se era mesmo ali que morava Drubetskoi. Ouvindo uma voz estranha, saiu Boris a seu encontro. Assim que reconheceu Rostov, não pôde dissimular certo desprazer. Nem por isso deixou de avançar para ele, sorrindo.

— Ah! és tu? Encantado, encantado por ver-te — disse ele.

— Parece-me que sou incômodo — respondeu-lhe Rostov, não sem frieza, porque lhe havia notado a primeira impressão. — Não pretendia vir, mas um negócio me traz...

— Absolutamente. Admira-me somente que tenhas podido deixar teu regimento. —Num momento estarei às vossas ordens — gritou ele, em resposta a uma voz que o chamava.

— Vejo bem que te estou sendo incômodo — repetiu Rostov.

Boris não mostrava mais rosto de contrariado. Tivera tempo de refletir; tomada sua decisão, agarrou tranquilamente as duas mãos de Nicolau e levou-o para um cômodo vizinho. Fitava-o agora com calma e firmeza. Rostov creu adivinhar que ele havia posto diante de seus olhos os óculos azuis do saber-viver.

— Mas não, vejamos, que estás dizendo? Tu, me incomodares?

E Boris, levando-o para a sala onde estava servida a ceia, apresentou-o aos convidados e lhes explicou que não era um civil, mas um oficial de hussardo, seu velho amigo. Disse-lhe em seguida os nomes das pessoas presentes.

— O Conde Jilinski, o conde Fulano, o capitão Sicrano etc.

Rostov lançou um olhar desagradável aos franceses, cumprimentou com rigidez e manteve-se em silêncio.

Por seu lado, Jilinski acolheu aquele intruso um tanto friamente. Nem mesmo lhe dirigiu a palavra. Boris pareceu não perceber o constrangimento produzido. Sem perder sua calma e seu olhar de homem do mundo, fez esforços para animar a conversa. Com a habitual polidez de sua nação, vendo um dos franceses que Rostov continuava sem dizer palavra, disse que sem dúvida viera a Tilsit para ver o Imperador.

— Não, vim a negócio — replicou secamente Rostov.

Desde o instante em que notara o ar descontente de Boris, ficara Nicolau mal-humorado. Imaginava, pois, como acontece sempre em caso semelhante, que todo o mundo lhe era hostil e que constrangia a toda a gente. E, com efeito, os constrangia. Somente ele permanecia fora da conversação geral. "Que vem ele fazer aqui?" — pareciam dizer todos aqueles olhares fitos nele. Levantou-se e aproximou-se de Boris.

— Vejo bem que te incomodo — disse-lhe em voz baixa. — Vamos falar um pouco de meu negócio e depois me retirarei.

— Mas que incomoda que nada — disse Boris. — De resto se estás fatigado, passaremos para meu quarto. Repousarás ali.

— Seria melhor...

Retiraram-se para a pequena peça em que dormia Boris. Imediatamente, Nicolau, sem se sentar e num tom suficientemente avinagrado, como se Boris, de algum modo, tivesse culpa, pôs-se a expor-lhe o negócio que o trazia: poderia ou quereria, por intermédio de seu general, intervir em favor de Denissov e fazer remeter, por essa via, sua súplica ao imperador? Durante essa entrevista, convenceu-se Nicolau pela primeira vez que não ousava mais encarar Boris de face. Este, cruzando as pernas e esfregando suas bonitas mãos, ouvia Nicolau, como um general ouve o relatório dum subordinado; seu olhar ora errava dum lado e doutro, ora se pousava francamente sobre Nicolau. E cada vez que sentia fito em si aquele olhar velado, protocolar, Rostov, intimidado, baixava o seu.

— Ouvi falar de histórias desse gênero e sei que o imperador se mostra muito severo nesses casos. Na minha opinião, seria melhor não levar o caso a Sua Majestade e dirigir-se diretamente ao comandante do corpo... Creio de resto...

— Se não queres fazer nada, di-lo francamente! — exclamou Nicolau, sem erguer os olhos para Boris.

— Pelo contrário — retorquiu este, sorrindo, — farei tudo quanto puder. Somente sou de opinião...

Nesse momento, a voz de Jilinski, que chamava Boris, fez-se ouvir à porta.

— Bem, vai, vai... — disse Nicolau.

Recusou tomar parte na ceia. Ficando só, pôs-se a andar a passos largos pelo aposento, enquanto na sala vizinha ressoava o vozerio alegre dos franceses.

20

. Rostov escolhera mal o momento para vir a Tilsit. Não podia dirigir-se diretamente ao general de serviço, porque estava à paisana e se ausentara sem permissão de seus chefes; quanto a Boris, se tivesse mesmo querido encarregar-se daquela providência, não o teria podido fazer no dia seguinte ao da chegada de seu camarada. Naquele dia, com efeito, 27 de junho, foram assinadas as preliminares da paz. Os imperadores trocaram suas ordens: Alexandre recebeu o grande cordão da Legião de Honra e Napoleão o de Santo André. Deviam em seguida assistir a um banquete que um batalhão da Guarda oferecia a um batalhão de Preobrajenski.

Rostov se sentia tão mal à vontade na presença de Boris que fingiu dormir, quando este veio ter com ele, após a ceia. De manhã, eclipsou-se bem cedo, sem se despedir. De fraque e chapéu redondo, vagou pela cidade, examinando os franceses e seus uniformes, inspecionando as ruas e as casas onde estacionavam os dois imperadores. Na praça, notou mesas armadas e os preparativos do banquete; as ruas estavam enfeitadas de tapeçarias com as cores russas e francesas, realçadas com enormes letras "A " e "N". Nas janelas, havia também bandeiras e letras.

"Boris não quer evidentemente fazer nada — pensava Nicolau. — Não faço questão, aliás, de me dirigir a ele; entre nós tudo está acabado. Contudo não irei embora daqui sem antes ter tentado o impossível em favor de Denissov, sobretudo sem ter feito chegar sua carta às mãos do imperador... O imperador? Mas ele está ali!..."

E, malgrado seu, aproximava-se da casa que Alexandre ocupava. Cavalos selados esperavam à porta; chegavam os oficiais da comitiva; o imperador ia evidentemente sair.

"A qualquer instante, posso vê-lo — disse a si mesmo Rostov. — Se pelo menos pudesse depor a súplica em suas próprias mãos e explicar-lhe claramente o negócio!... Mas estou de fraque, talvez vão-me deter por causa disso. Não, isso assim não pode ser... O imperador saberá bem compreender de que lado está a justiça. Compreende tudo, sabe de tudo. Quem poderia bem ser mais equitativo, mais generoso que ele?... E ainda quando me detivessem porque estou aqui, que me importa!... Bem, mas entra-se sem dificuldade — disse a si mesmo, vendo um oficial penetrar na residência imperial... Vamos, coragem! Vou entregar eu mesmo a súplica ao imperador. Tanto pior para Drubetskoi que me obriga a tomar esta decisão".

E de repente, com uma decisão de que não se acreditaria capaz, Rostov, palpando o papel em seu bolso, dirigiu-se diretamente para a entrada da casa.

"Desta vez não deixarei escapar a ocasião como em Austerlitz", disse a si mesmo. Esperava a cada instante encontrar-se na presença do imperador; ao pensar nisto, o sangue afluía-lhe ao coração. "Cairei a seus pés, rogar-lhe-ei. Ele me mandará levantar-me, me ouvirá, me agradecerá mesmo". E já ouvia o imperador responder-lhe: "Sinto-me feliz, quando posso fazer o bem, mas reparar uma injustiça é a minha maior felicidade."

Subiu a escadaria de entrada, sob os olhares curiosos dos assistentes. Dali, larga escadaria subia direta ao primeiro andar; via-se à direita uma porta fechada. Embaixo da escada, outra porta dava para o rés-do-chão.

— Que deseja? — alguém perguntou.

— Entregar uma carta, uma súplica a Sua Majestade — respondeu Nicolau, com um tremor na voz.

— Uma súplica? Ao oficial de serviço. Por aqui, por favor. — Indicaram-lhe a porta de baixo. — Somente uma coisa, ele não o receberá.

Ouvindo aquela voz indiferente, Rostov ficou espantado do que fazia. O pensamento de encontrar o imperador, por mais sedutor que fosse, atemorizava-o a tal ponto que teria de boa vontade tratado de pôr-se em fuga; mas tendo-lhe o furriel aberto a porta do oficial de serviço, forçoso foi para ele entrar.

Um gordo homem baixote, duns trinta anos, com calças brancas e botas de montar, achava-se de pé no meio da sala. Acabava de vestir uma fina camisa de batista e seu criado de quarto abotoava-lhe por trás os belos suspensórios novinhos, bordados à seda. Este pormenor reteve a atenção de Rostov. Conversava com alguém que se encontrava no outro quarto.

— Bem feita e infernalmente bela — dizia aquele personagem, mas avistando Rostov, interrompeu-se e fechou o cenho.

— Que deseja? Uma súplica?

— Que é que é? — perguntaram do outro quarto.

— Mais um peticionário — respondeu o homem dos suspensórios.

— Diga-lhe que volte. Ele vai sair, precisa montar a cavalo.

— Mais tarde, mais tarde, amanhã. É demasiado tarde...

Rostov deu meia volta; ia sair quando o homem dos suspensórios o deteve.

— Da parte de quem? Quem é o senhor?

— Da parte do Major Denissov.

— E o senhor? Quem é o senhor? Oficial?

— Tenente Conde Rostov.

— Que audácia! Transmita pela via hierárquica. E vá-se embora, vá-se embora depressa...

E vestiu o uniforme que seu criado estendia.

De volta ao vestíbulo, viu Rostov que grande número de generais e de oficiais em grande uniforme já estavam reunidos no limiar; era-lhe preciso passar diante deles.

Maldizendo sua audácia, desfalecendo ao pensar em ficar coberto de vergonha e ser detido na presença do imperador, compreendendo, aliás, toda a inconveniência de sua conduta, esgueirava-se, Rostov, de cabeça baixa, para fora daquela casa que a brilhante comitiva cercava, quando de repente uma mão o deteve.

— Olá, meu bravo! Que fazeis aqui e ainda por cima de fraque? — perguntou-lhe uma voz de baixo, que ele logo reconheceu.

Era o antigo chefe de sua divisão, um general de cavalaria que, durante aquela campanha, soubera conquistar as boas graças do imperador. Muito mal à vontade, quis Rostov a princípio justificar-se, mas tranquilizado pelo ar bonachão do general, chamou-o à parte, expôs-lhe todo o caso e suplicou-lhe que interviesse em favor de seu amigo. O general, que conhecia bem Denissov, abanou a cabeça com ar preocupado.

— É triste para aquele bravo. Dê-me a súplica.

Mal Rostov entregara a carta, rápidos rumores de espora retiniram na escada e o general abandonou-o para retomar a seu posto. Eram os personagens da comitiva que desciam e que se foram pôr em sela. O estribeiro Éneux, o mesmo que se achava em Austerlitz, trouxe o cavalo do imperador. Fez-se ouvir na escada leve rangido de botas. Rostov não teve trabalho em identificá-lo. Esquecendo o perigo de ser reconhecido, avançou, misturado a outros curiosos, até a porta mesmo. Após dois anos de intervalo, reviu aqueles mesmos traços adoráveis, aquele mesmo olhar, aquele mesmo andar, aquele mesmo conjunto de majestade e de mansuetude... Cedeu de novo ao entusiasmo, ao inebriamento de outrora. Alexandre, de calções brancos e botas de montar, trazia, sobre o uniforme do Preobrajenski, uma condecoração que Rostov desconhecia: era a placa da Legião de Honra. Com o bicórnio debaixo do braço, enfiava as luvas. Parou no limiar, lançou o olhar em torno de si e tudo se iluminou. Dirigiu a palavra a alguns dos generais. Reconheceu também o antigo chefe da divisão de Rostov, sorriu-lhe e fez-lhe sinal para que se aproximasse.

Toda a comitiva se afastou e Rostov viu aquele general entreter-se bastante tempo com o imperador. Este lhe respondeu algumas palavras e deu um passo para seu cavalo. De novo os dois grupos, o da comitiva e o dos curiosos, de que fazia parte Rostov, tornaram a aproximar-se. Chegado junto a seu cavalo e já com a mão na sela, Alexandre voltou-se para o general e lhe disse em voz alta, com a intenção evidente de ser ouvido por todos:

— Não posso, general, e isto porque a lei está acima de mim.

Pousou o pé sobre o estribo. O general inclinou-se respeitosamente. O imperador montou e partiu a galope. Delirando de entusiasmo, Rostov precipitou-se com a multidão atrás de Alexandre.

21

. Na praça, para onde se dirigia o imperador, estavam alinhados de frente, à direita, um batalhão do Preobrajenski, à esquerda, um batalhão de granadeiros da Guarda, com bonés de pelo.

Enquanto Alexandre chegava sobre um dos flancos dos batalhões que apresentavam as armas, outro grupo de cavaleiros galopava para o outro flanco. À frente desse grupo, reconheceu Rostov instintivamente Napoleão; não podia ser outra pessoa senão ele. O pequeno chapéu sobre a cabeça, o cordão de Santo André envolvendo o pescoço, seu uniforme azul-escuro aberto sobre o colete branco, montava ele em admirável puro-sangue árabe, cujo pelo cinzento era coberto por uma gualdrapa cor de amaranto, cravejada de ouro. Quando chegou perto de Alexandre, ergueu seu chapéu. Diante da canhestrice daquele gesto, o olho de cavaleiro de

Rostov foi obrigado a comprovar que Napoleão não tinha a postura firme. Os batalhões gritaram: hurra! e "Viva o Imperador!" Napoleão disse algumas palavras a Alexandre. Ambos se apearam e apertaram-se as mãos. Napoleão mostrava um sorriso falso, desagradável. Alexandre dirigiu-lhe a palavra com uma grande afabilidade.

Os gendarmes franceses continham a multidão; malgrado o patear de seus cavalos, seguia Rostov cada movimento dos imperadores. O que o espantou mais, foi que Alexandre tratasse Napoleão de igual para igual; por seu lado Bonaparte parecia achar sua familiaridade com o tzar russo tão natural como se datasse de muito longe.

Napoleão e Alexandre, com a longa fila de suas comitivas, aproximaram-se do Preobrajenki pelo flanco direito, marchando diretamente sobre a multidão. Esta se encontrou de repente tão perto dos dois imperadores que Rostov, que se achava na primeira fileira, teve medo de ser reconhecido.

— Sire, peço-vos permissão para a dar a Legião de Honra ao mais bravo de vossos soldados — proferiu uma voz nítida e cortante, destacando cada sílaba.

Era Bonaparte quem falava, olhando fitamente Alexandre do alto de sua pequena estatura. Alexandre prestou grande atenção a essas palavras e, aprovando com a cabeça, sorriu complacentemente.

— Aquele que mais valentemente se conduziu nesta última guerra — precisou Napoleão, martelando cada sílaba, enquanto que, com uma calma e uma segurança que revoltaram Rostov, percorria com o olhar as fileiras dos russos que, sem se moverem, continuavam a apresentar armas, de olhos fitos no rosto do seu imperador.

— Vossa Majestade quer permitir-me que solicite a opinião do coronel? — disse Alexandre e deu às pressas alguns passos na direção do Príncipe Kozlovski, que comandava o batalhão.

Enquanto isso, Bonaparte, desenluvava sua pequena mão branca; tendo-se a luva rasgado, atirou-a fora; um ajudante-de-campo precipitou-se para apanhá-la.

— A quem dá-la? — perguntou em voz baixa Alexandre ao Príncipe Kozlovski.

— Àquele a quem Vossa Majestade dignar-se escolher.

Alexandre franziu os supercílios com ar descontente e disse, lançando um olhar para trás de si:

— É preciso, no entanto, dar-lhe uma resposta.

Tomando uma decisão, Kozlovski percorreu as fileiras com um olhar que alcançou também Rostov.

"Serei eu, por acaso?", disse este a si mesmo.

— Lazarev! — gritou o coronel com um tom áspero e Lazarev, o primeiro soldado da fileira, avançou com ar marcial.

— Aonde vais? Fica aqui! — murmuraram vozes àquele bravo que não sabia para onde ir. Lazarev parou, olhando receosamente de esguelha para seu coronel. Seu rosto tinha tremores nervosos, como acontece aos soldados chamados à frente das tropas.

Napoleão voltou imperceptivelmente a cabeça e, com sua mãozinha gorducha, fez o gesto de pegar alguma coisa. Adivinhando logo de que se tratava, as pessoas de sua comitiva se agitaram, cochicharam alguma coisa, que foi transmitida de um a outro e um pajem, o mesmo que Rostov vira na véspera em casa de Boris, correu para onde estava seu soberano e, inclinando-se respeitosamente sobre a mão estendida, sem a deixar esperar um instante, ali colocou uma condecoração com fita vermelha. Napoleão, sem olhar, fechou dois dedos que agarraram a cruz. Aproximou-se de Lazarev, que, de olhos esbugalhados, fixava obstinadamente seu soberano, e lançou um olhar a Alexandre, assinalando-lhe com isso que o que fazia naquele momento fazia-o por seu aliado. A mãozinha branca que segurava a cruz roçou o uniforme do soldado Lazarev. Imaginava sem dúvida Napoleão que, para tornar aquele soldado para sempre feliz, para fazer dele, uma criatura cumulada, diferente de todas as outras criaturas do mundo, bastava que sua mão, dele Napoleão, se dignasse tocar aquele peito. Contentou-se em apoiar a cruz sobre o uniforme de Lazarev e, retirando sua mão, voltou-se para Alexandre, como se estivesse seguro de que a cruz devesse ficar pregada ali. E, com efeito, ela ficou ali pregada.

Agarrando-a à porfia, mãos prestimosas, tanto russas como francesas, fixaram-na no uniforme. Lazarev olhou com olhar sombrio o homenzinho de mãos brancas que fizera aquele gesto sobre ele e, continuando sem mover-se, a apresentar armas, desviou seu olhar para Alexandre como para lhe perguntar se era preciso ficar, ali, ou afastar-se, ou talvez fazer outra coisa ainda. Mas, como não lhe davam ordem alguma, ficou um bom momento imobilizado naquela posição.

Os dois imperadores montaram a cavalo e se afastaram. Os soldados do Preobrajenski romperam as fileiras, misturaram-se com os da Guarda e sentaram-se ao banquete preparado para eles.

Lazarev ocupava o lugar de honra. Oficiais russos e franceses felicitavam-no, abraçavam-no, apertavam-lhe as mãos. Militares e civis acotovelavam-se para vê-lo. A praça inteira burburinhava com o barulho das vozes e das risadas. Dois oficiais, alegres e felizes, de rosto avermelhado, passaram diante de Rostov.

— Que festança, meu caro! dizia — um. — Puseram para fora a baixela de prata... Viste o Lazarev?

— Sim.

— Amanhã, pelo que dizem, o Preobrajenski os presenteia por sua vez.

— Que sorte tem esse Lazarev! Pensa nisso: mil e duzentos francos de pensão por ano.

— Admirem este meu boné, rapazes! — exclamou um de nossos soldados pondo o boné de pelo de um francês.

— É bonito que dói!

— Conheces a senha? — disse a um de seus camaradas um oficial do Preobrajenski. — Antes de ontem era: "Napoleão, França, bravura"; ontem: "Alexandre, Rússia, grandeza". Um dia, é nosso imperador que a dá; no dia seguinte é Napoleão. Amanhã Sua Majestade deve dar a cruz de São Jorge ao mais bravo dos soldados da Guarda francesa. Impossível ser de outro modo! É bem preciso retribuir a gentileza.

Boris, com seu amigo Jilinski, viera, também ele, contemplar a festa. Como fosse voltando, avistou Rostov, parado na esquina duma casa.

— Olá, bom dia, Rostov! Quase que não chegamos a ver-nos — disse-lhe. E, notando sua fisionomia sombria e transtornada, não pôde conter-se que não perguntasse o que tinha.

— Nada absolutamente — respondeu Rostov.

— Irás lá em casa?

— Decerto, decerto.

Ficou muito tempo plantado na sua esquina, olhando de longe o banquete. Doloroso trabalho se processava nele e que não poderia conduzir a bom termo. Dúvidas terríveis o assaltavam. Ora se lembrava de Denissov, da expressão nova de sua fisionomia, de sua submissão inesperada. Revia o sórdido hospital, com seus doentes, seus amputados, seu fedor de cadáver. Aquele fedor perseguia-o a tal ponto que se voltava para ver bem donde podia provir. Ora imaginava Bonaparte, aquele homem satisfeito de mãozinha branca, que agora era imperador e a quem Alexandre testemunhava respeito e afeição. Mas então, por que aqueles amputados, por que aqueles mortos? Ou então, pensava na recompensa concedida a Lazarev, em Denissov punido, sem esperança de perdão. Vieram-lhe à mente pensamentos tão estranhos que lhe fizeram medo.

O cheiro do banquete excitou sua fome e tirou-o de seu devaneio. Era bem preciso comer um pouco antes de partir. Dirigiu-se a um hotel que vira de manhã. Encontrou ali tanta gente, oficiais à paisana como ele, que teve grande dificuldade em ser servido. Dois oficiais de sua divisão se juntaram a ele. A conversa discorreu, bem-entendido, a respeito da paz. Aqueles senhores, quase como toda a gente no exército desaprovaram aquela paz concluída após Friedland! A crer neles, se tivessem aguentado ainda, Napoleão estava perdido: suas tropas não tinham mais nem biscoitos, nem munições. Nicolau comia, e sobretudo bebia, sem dizer nada. Sozinho esvaziou duas garrafas de vinho. Sempre presa dum cruel esforço interior, tinha medo de entregar-se às suas reflexões, sem poder, aliás, delas destacar-se. De repente, tendo dito um dos interlocutores que era humilhante encontrar-se em presença de franceses, o sangue subiu ao rosto de Rostov que exclamou, com um calor que nada justificava e que surpreendeu bastante os oficiais.

— Como podeis saber o que seria melhor? Cabe a vós julgar a conduta do imperador? Quem nos dá o direito de discuti-la? Não podemos compreender nem seus desígnios, nem seus atos.

— Mas não disse uma palavra a respeito de Sua Majestade — objetou o oficial, só podendo atribuir à embriaguez aquela súbita arremetida.

Sem prestar atenção a essa justificativa, continuou Rostov cada vez mais animado.

— Não somos diplomatas, mas soldados e nada mais. Ordenam-nos que morramos, só temos que morrer; se nos punem, é que somos culpados; não nos cabe julgar. Apraz a Sua Majestade reconhecer Bonaparte como imperador e concluir uma aliança com ele? É que é necessário. Se nos metermos a julgar e a discutir, nada de sagrado haverá mais. Poderíamos dizer que Deus não existe, que não existe nada! — exclamou ele, batendo com o punho na mesa.

E esta diatribe, por mais fora de lugar que parecesse a seus interlocutores, nem por isso deixava de corresponder exatamente ao curso de seus pensamentos.

— Nosso papel é cumprir nosso dever, golpear e não pensar, eis tudo! — concluiu ele.

— E beber! — disse um dos oficiais para evitar uma briga.

— Sim, e beber — aprovou Nicolau. — Hei, você lá! Outra garrafa.

TERCEIRA PARTE

1. Em 1808, o Imperador Alexandre seguiu para Erfurt, onde teve com o Imperador Napoleão nova e solene entrevista, a respeito da qual muito se falou na alta sociedade Petersburguesa.

Em 1809, o bom entendimento entre os dois senhores do mundo — como os chamavam — atingiu seu apogeu: tendo Napoleão declarado, naquele ano, guerra à Áustria, um corpo russo transpôs a fronteira para cooperar com nosso antigo inimigo Bonaparte, contra nosso antigo aliado, o Imperador da Áustria. Tratou-se mesmo, nas altas esferas, de um casamento entre Napoleão e uma das irmãs de Alexandre. Além dessas conjunturas da política exterior, as transformações que experimentava então em todas as suas partes o mecanismo governamental preocupavam fortemente a sociedade russa.

Entretanto, a vida cotidiana, com seus interesses essenciais: saúde, doença, trabalho, lazer, e seus outros interesses; pensamento, ciência, poesia, música, amor, amizade, ódio, paixões, continuava como no passado, independentemente de todas as reformas em curso e das vicissitudes de nossas relações com Napoleão.

* * *

O Príncipe André enterrou-se durante dois anos no campo.

Todas as reformas que havia esboçado Pedro em seus domínios sem que uma só desse resultado, porque passava sem cessar duma a outra, soube André levá-las bem a cabo, sem fazer disso exibição diante do primeiro que chegasse e sem parecer dar-se trabalho. É que, diferentemente de seu amigo, possuía no mais alto grau aquela tenacidade prática que, sem sobressaltos, como sem esforços, dá impulso a um negócio.

Foi um dos primeiros na Rússia a inscrever entre os "cultivadores livres", trezentos servos dum de seus domínios; nos outros, a corveia foi substituída pelo foro. Instalou, às suas custas, uma parteira em Bogutcharovo; um padre, designado por ele, ali ensinava a ler aos filhos dos camponeses e dos criados.

Passava metade de seu tempo em Montes Calvos, com seu pai e seu filho, ainda nas mãos das criadas, e a outra metade em seu eremitério de Bogutcharovo, como dizia o velho príncipe. Malgrado a indiferença que expusera diante de Pedro por todos os acontecimentos deste mundo, acompanhava-os atentamente, recebia muitos livros e notava, com grande espanto seu, quando chegavam visitas de Petersburgo — aquele centro da vida do país —, que aquelas pessoas estavam muito menos ao corrente da política interior ou exterior, do que ele próprio, que não arredava pé de seu campo. A gerência de seus bens e suas leituras, das mais variadas, não tomavam aliás, todo o seu tempo. Ocupava-se ainda com o exame crítico de nossas duas derradeiras campanhas, tão desgraçadas, e redigia um projeto de reforma de nossos regulamentos militares.

Na primavera de 1809, foi André visitar os domínios de Riazam, pertencentes a seu filho, de que era o tutor. Aos raios já quentes dum sol primaveril, estava estendido na sua caleça, contemplava a grama nova, as primeiras folhas das bétulas, as primeiras nuvens brancas que se encarneiravam no azul vivo do céu. Não pensava em nada. Seu olhar alegre vagava à aventura.

Ultrapassou a balsa onde, no outro ano, se entretivera com Pedro. Deixou para trás uma aldeia sórdida, eiras, trigos de inverno ainda verdes. Desceu uma ladeira onde ficara uma camada de neve perto duma ponte, subiu uma encosta argilosa, perlongou cabanas salpicadas aqui e ali de arbustos verdejantes e penetrou por fim num bosque de bétulas. Fazia quase calor ali. Nenhum sopro de vento se elevava. As bétulas, ornadas de folhas verdes e viscosas, estavam imóveis; a primeira relva, verdejante e picada de flores violetas, repontava por entre o tapete de folhas do ano anterior. Delgados abetos manchavam aqui e ali o bosque de bétulas, lembrando desagradavelmente o inverno com sua rude e eterna verdura. Os cavalos soltaram bufidos ao entrar sob o bosque e transpiraram mais abundantemente.

Pedro, o criado de quarto, disse algo ao cocheiro, que respondeu afirmativamente. Não se contentou com esta aprovação e, voltando-se no seu assento, disse a seu amo, com um sorriso de deferência:

— Que tempo bom, Excelência!

— Que dizes?

— Que tempo bom, Excelência!

“Que canta ele? — pensou o príncipe. — Ah! sim, a primavera!... É verdade, de fato, tudo já está verde... as bétulas, as cerejeiras bravas... e eis os amieiros intrometendo-se... Mas não se veem carvalhos... Ah! sim, eis um.”

À beira do caminho, erguia-se um carvalho. Sem dúvida dez vezes mais velho que as bétulas, era dez vezes mais grosso e se elevava dez vezes mais alto. Era um carvalho enorme, de duas braças de diâmetro, com galhos quebrados desde muitos anos e uma casca esburacada, costurada de bossas e de escaras. Seus largos braços nodosos e desgraciosos, estendidos sem a menor simetria, davam-lhe entre as jovens bétulas sorridentes, o aspecto dum velho monstro encolerizado, desdenhoso. Só ele se recusava abandonar-se ao encantamento da rebrotação e recusava ver a primavera e o sol.

“Primavera, amor, felicidade! — parecia dizer aquele carvalho. — Não estais cansados dessa eterna burla? Não vedes que tudo isso não passa de tolice e de burla? Não há nem primavera, nem sol, nem felicidade. Olhai esses abetos, mortos, abafados, sempre semelhantes; e eu também, muito tentei estender meus braços tortos retalhados, saíram de meu dorso, de meus flancos, de toda parte donde podiam, eu fico aqui, agora, e não creio nem em vossas esperanças, nem em vossas mentiras.”

Várias vezes, enquanto atravessava a floresta, o Príncipe André se voltou para olhar aquele carvalho, como se dele esperasse alguma coisa. Sob sua sombra, havia flores e relva, mas ele, o velho monstro, erguia obstinadamente sua massa sombria intratável.

“Sim, ele tem razão, mil vezes razão, aquele carvalho — pensava André. — Que outros, os jovens, se deixem ludibriar por essa burla, mas nós, nós sabemos a que nos ater: nossa vida está acabada, bem-acabada!”

A vista daquela árvore provocou nele uma eclosão de novos pensamentos desesperados, mas cheios dum encanto melancólico. No curso dessa viagem, submeteu sua maneira de viver a novo exame aprofundado e chegou, uma vez mais, a esta conclusão desencantada mas acalmante, que nada devia empreender, mas acabar simplesmente sua vida sem fazer o mal, sem se amofinar, nem nada desejar.

2. Por questões de tutela sobre o domínio de Riazam, teve André necessidade de ver o Conde Rostov, marechal da nobreza do distrito. Em meados de maio tocou-se para sua casa, época dos primeiros calores. As florestas já estavam todas revestidas de folhas, havia poeira e fazia tanto calor que, ao passar perto da menor poça d'água, tinha-se vontade de nela tomar banho.

Sombrio e preocupado com as mil coisas que tinha a pedir ao marechal da nobreza, penetrava André pela grande alameda no Parque de Otradnoie, a casa de campo dos Rostov, quando ouviu, à sua direita, alegres explosões de vozes. Um grupo de moças saiu dentre a espessura e barrou o caminho de sua caleça. O bando era dirigido por uma moreninha de olhos negros, muito esbelta, em traje de indiana amarelo, com a cabeça envolta num lenço branco, donde se escapavam os cachos arrepiados de seus cabelos. A moça gritou alguma coisa ao príncipe, mas percebendo que era um estranho, pôs-se em fuga, às gargalhadas, e sem mesmo olhá-lo.

O Príncipe André sentiu-se de repente mal à vontade. O tempo estava tão belo, o sol tão vivo, o mundo inteiro tão alegre e aquela gentil garota não conhecia e nem queria conhecer a existência dele, André! Estava satisfeita com a sua existência dela, absurda sem dúvida, mas despreocupada e jovial. "Que lhe causa tanto bom humor? Em que pensa ela pois? Não é decerto nos estatutos militares, nem no aforamento dos camponeses de Riazam. Em que pensa ela? E que é que a torna tão feliz?" — perguntava ele a si mesmo, com curiosa insistência.

O Conde Ilia Andreievitch levava em Otradnoie, em 1809, a mesma vida que no passado, isto é, regalava a província inteira com caçadas, espetáculos, festins e concertos. Toda visita nova o encantava; acolheu, pois, o Príncipe André de braços abertos e reteve-o quase à força para passar a noite.

À noite, sozinho num quarto desconhecido, onde postigos internos tornavam o calor sufocante, esteve muito tempo sem dormir. Pôs-se a ler, depois apagou a vela, mas teve de reacendê-la. Praguejava contra aquele velho imbecil, como chamava ao Conde Rostov, que o retivera sob pretexto de que os papéis necessários não tinham ainda chegado da cidade; censurava-se a si mesmo por ter ficado.

Levantou-se para abrir a janela. Mal havia entreaberto os postigos, a lua, como se aguardasse desde muito esse sinal, irrompeu no quarto. Abriu a janela. A noite estava fresca, calma, luminosa. Justamente à sua frente estendia-se uma linha de árvores podadas, negras dum lado e vivamente iluminadas do outro. Debaixo das árvores, havia uma vegetação cerrada, úmida, cheia de seiva donde ressaltavam, aqui e ali, folhas e caules argenteados. Para além das árvores sombrias, avistava-se um teto cintilante de orvalho, mais à direita uma grande árvore frondosa, de troncos e galhos dum branco bem vivo e por cima de tudo a lua, quase cheia, num céu primaveril, luminoso, de raras estrelas. André apoiou-se à janela e seus olhos fixaram-se no céu.

Seu quarto era no primeiro andar; não se dormia tampouco no aposento acima do seu; vinham de lá vozes femininas.

— Ainda uma vez, uma vez só — dizia uma delas, que André reconheceu imediatamente.

— Já é tempo de dormir, vamos — respondia outra voz.

— Não, não dormirei; não quero, não é culpa minha... Vamos, uma última vez.

As duas vozes entoaram uma frase musical que era um fim de trecho.

— Ah! como é bonito!... Pois bem, agora, acabou. Vamos dormir.

Dorme, se queres, mas eu não posso.

Aquela que acabava de pronunciar estas últimas palavras havia-se aproximado da janela e se debruçara mesmo completamente para fora, porque se ouvia o roçar de seu vestido e até sua respiração. A lua, sua luz, as sombras, tudo pareceu paralisar-se no silêncio. André também receava trair, com o menor movimento, sua presença involuntária.

— Sônia, Sônia — continuou a primeira voz. — Vejamos, como se pode dormir! Olha, como é belo. Ah! que beleza!... Mas acorda, vamos — suplicou ela e quase havia lágrimas na voz. — Nunca, nunca se viu uma noite tão bela!

Sônia murmurou algumas palavras confusas.

— Olha pois um pouco, que lua!... Ah! que maravilha!... Vem cá, vem ver... Então, que dizes?... Isto dá vontade de a gente se sentar, se enrodilhar, bem apertadamente, o mais apertadamente possível e voar... Olha, assim...

— Acaba com isso, vamos... Vais cair...

Ouviu-se como que uma luta e a voz descontente de Sônia que dizia:

— Já passa de uma hora.

— Ah! tu me estragas todo o meu prazer!... É bom, vai-te, vai-te!

Tudo recaiu no silêncio, mas André sabia que ela continuava ali, ouvia leves frolidos, suspiros.

— Ah! meu Deus, meu Deus, que quer isso dizer? — exclamou ela de repente. — Já que é preciso dormir, vamos dormir!

E fechou barulhentamente a janela.

"Decididamente, pouco se preocupa ela com minha existência!", — pensava o Príncipe André, que havia em vão esperado — e temido — que a moça falasse dele. "E por que é preciso que ela se encontre de novo no meu caminho? Dir-se-ia de propósito".

Elevou-se de súbito no fundo de sua alma tal turbilhão de pensamentos e de esperanças juvenis, tão perfeitamente em contradição com toda a sua vida que, não se sentindo com força para tirar as coisas a limpo, adormeceu imediatamente.

3. No dia seguinte, o Príncipe André despediu-se do conde e, sem esperar que as senhoras aparecessem, voltou para sua casa.

Estava já no começo de junho, quando o Príncipe André, regressando a Montes Calvos, penetrou de novo naquele bosque de bétulas onde aquele velho carvalho retorcido lhe causara uma impressão tão memorável. Os guizos de sua carruagem erguiam dentro do bosque um som ainda mais surdo do que seis semanas antes. Por toda a parte só havia sombras e espessas moitas. Os próprios abetos novos tinham-se juntado à harmonia geral: denteados agora de brotos novos dum verde tenro e penugento, já não desfeavam a beleza do conjunto.

O dia fora tórrido; uma tempestade se formava em alguma parte, mas só uma nuvenzinha se desfizera sobre a poeira do caminho e sobre as folhagens pesadas de seiva. O lado esquerdo da floresta mergulhava na sombra; o lado direito, luzente de chuva, brilhava ao sol, apenas agitado pelo vento. Tudo floria. Os rouxinóis, ora perto, ora distante, cantavam a todo o peito.

"É aqui neste bosque — pensava André, — que se encontra aquele carvalho, com o qual estávamos tão bem de acordo. Onde se acha precisamente?" Como inspecionasse os arredores, seu olhar, maravilhado, deteve-se numa árvore que não reconheceu à princípio. Transfigurado, o velho carvalho parecia uma pirâmide de luxuriante verdura, espasmada sob a carícia do poente. Desaparecidos os galhos retorcidos, as bossas e as rachaduras; esquecidos, a rabugice e o desespero senil. De sua casca áspera e centenária repontavam duras folhas novas tão túmidas de seiva que se era levado a perguntar como tinha podido aquele patriarca pô-las no mundo, dar-lhes vida. "Não há dúvida, é bem o mesmo carvalho", disse por fim a si mesmo André, que logo se sentiu arrebatado por um sentimento espontâneo de alegria e de renovação. Os melhores minutos de sua vida se apresentaram simultaneamente à sua memória. Austerlitz com seu céu profundo, o rosto censurador de sua esposa morta, Pedro na balsa, a moça superexcitada pelo esplendor da noite, aquela mesma noite, o clarão da lua, tudo isso, a um só tempo, surgiu-lhe na imaginação.

"Não, a vida não está terminada aos trinta e um anos — decidiu ele, sem apelação. — Não basta que eu saiba do que sou capaz; é preciso que todos — tanto Pedro como aquela moça que queria voar — saibam igualmente. É preciso que todos me conheçam, que minha vida não decorra para mim só, que a vida deles não seja tão independente da minha, que a minha vida se reflita na deles e que a vida deles se confunda com a minha!"

* * *

Uma vez de volta, resolveu André ir no outono a Petersburgo e arranjar mesmo um emprego ali. A cada instante mil boas razões, mil argumentos, todos mais lógicos uns que os outros, justificavam a seus olhos essa decisão. Um mês antes, a ideia de deixar o campo ter-lhe-ia parecido absurda; e agora não compreendia como tinha podido desconhecer a necessidade de levar uma vida ativa. Via claramente que toda a experiência que adquirira, se esvaneceria em fumaça, se não a utilizasse para fins práticos. Não compreendia mesmo que tivesse podido basear-se antes em argumentos tão pobres para convencer-se de que se rebaixaria, após as duras lições da vida, acreditando ainda na possibilidade de ser útil, de conhecer a felicidade e o amor. Atualmente, a lógica lhe sugeria o reverso completo.

O campo se tornou em breve uma carga; suas ocupações precedentes não o interessavam mais e muitas vezes, na solidão de seu gabinete, levantava-se, aproximava-se dum espelho e contemplava longamente o seu rosto. Depois pousava os olhos no retrato de Lisa que, com seus cachos levantados à grega, lhe sorria gentilmente na sua moldura dourada. Não lhe fazia mais as terríveis censuras de outrora, contentando-se com sorrir-lhe num ar jovial e curioso. E André, com as mãos às costas, media a passos largos o aposento, ora franzindo os supercílios, ora sorrindo, repassando em espírito todos aqueles pensamentos desarrazoados, inexprimíveis, secretos como o crime, em que se misturavam estranhamente Pedro, a glória, a moça na janela, o carvalho, a beleza, o amor e que tinham transformado completamente sua existência. Naqueles instantes, se alguém entrava, mostrava-se particularmente seco, severo, cortante, desagradável e lógico. Se, por exemplo, sua irmã Maria vinha inocentemente dizer-lhe:

— Meu bem, não se pode levar Nicolau a passear hoje; está muito frio.

— Se fizesse calor — respondia-lhe ele, com brusquidão, — poderia ele sair de camisa, mas já que está fazendo frio, basta vesti-lo com roupas quentes, que existem precisamente para isso. Eis o que é preciso deduzir do fato de estar fazendo frio, e não deixar uma criança em casa, quando tem ela necessidade de ar.

Parecia querer, com esse excesso de lógica, vingar-se em alguém de todo a trabalho ilógico e secreto que se operava dentro dele.

Naqueles momentos, sua irmã Maria dizia a si mesma que, à força de refletir, os homens se tornam terrivelmente secos.

4. O Príncipe André chegou a Petersburgo no mês de agosto de 1809. O jovem Speranski achava-se então no apogeu de sua glória e efetuava suas reformas com uma energia toda particular. Naquele mês, tendo a carruagem do imperador virado, Alexandre torcera um pé. Confinado durante três semanas em Peterhof, ali se recebeu Speranski a quem concedia audiências cotidianas. Foi então que se elaboraram não somente os dois famosos ucasses, que tanto impressionaram a opinião pública, sobre a supressão das graduações de corte e dos exames para obtenção dos postos de assessor de colégio e de conselheiro de Estado, mas ainda uma constituição inteira destinada a revolucionar o regime judiciário, administrativo e financeiro em vigor desde o Conselho do Império até as autoridades cantonais. Foi então que tomaram corpo os vagos sonhos liberais que o Imperador Alexandre nutria ao subir ao tronco e que tentara então realizar com a ajuda de seus colaboradores, os Czartorisky, Novossiltsov, os Kotchubei e os Strogonov, que ele chamava, brincando, de Comissão de Salvação Pública. Tinham agora cedido o lugar a Speranski, para os negócios civis e a Araktcheiev para os negócios militares.

Logo depois de sua chegada, o Príncipe André, na qualidade de camareiro, apresentou-se na corte e nas saídas do imperador. Tendo-o este encontrado duas vezes, não se dignou em honrá-lo com uma palavra sequer. André sempre tivera a impressão de que o imperador lhe tinha antipatia, que seu rosto e toda a sua pessoa desagradavam ao monarca. O olhar seco e distante que Alexandre lhe lançara confirmou esta suposição. Os cortesãos lhe explicaram essa frieza com o fato de que seu afastamento do serviço desde 1805 havia descontentado o imperador.

"Bem sei — dizia a si mesmo o príncipe — que não somos os senhores de nossas simpatias e de nossas antipatias. Não devo, pois, sonhar em apresentar em pessoa a Sua Majestade minha memória sobre o novo regulamento militar; mas a ideia abrirá seu caminho por si mesma."

Fez que seu projeto chegasse aos ouvidos de um velho marechal, amigo de seu pai. Tendo-lhe esse personagem marcado entrevista, recebeu-o amavelmente e lhe prometeu fazer referência ao imperador. Ao fim de alguns dias, avisaram-no de que teria de apresentar-se ao Conde Araktcheiev, Ministro da Guerra.

* * *

No dia marcado, às nove horas da manhã, o Príncipe André entrou no salão de recepção do Conde Araktcheiev. Não o conhecia, nunca o vira, mas tudo quanto sabia a seu respeito o prevenia contra ele.

"É Ministro da Guerra, goza da confiança do imperador; ninguém tem pois que se preocupar com suas qualidades pessoais; confiaram-lhe o exame de meu memorial; por consequência, somente ele pode fazer que seja tomado em consideração", pensava André, enquanto esperava na antecâmara, em companhia de várias pessoas, mais ou menos importantes.

Suas diversas funções, principalmente as de ajudante-de-campo, tinham permitido ao Príncipe André conhecer bom número de antecâmaras de pessoas altamente colocadas e distinguir-lhes as características próprias. A do Conde Araktcheiev tinha uma fisionomia muito particular. Aguardando sua vez de serem atendidas, as pessoas de pouca importância mantinham um ar humilde e confuso; as pessoas de maiores títulos ocultavam seu embaraço sob maneiras desprendidas, sob um ar de zombaria que se dirigia tanto à sua própria atitude quanto ao personagem diante do qual iam apresentar-se. Uns, preocupados, palmilhavam a sala; outros, sorridentes, cochichavam entre si e André percebia o apelido de Sila Andreievitch e as palavras "o titio te passará uma sarabanda". Um general, personagem importante, agastado por dever esperar tanto tempo, estava sentado, de pernas cruzadas, com um sorriso de desprezo nos lábios.

Mas assim que a porta se abriu, todos os rostos só exprimiram um sentimento: medo. O Príncipe André pediu ao funcionário de serviço que o anunciasse uma segunda vez, mas olharam-no com olhar zombeteiro, dizendo-lhe que sua vez chegaria. Depois que algumas pessoas foram introduzidas no gabinete do ministro e reconduzidas pelo ajudante-de-campo, fizeram passar pela terrível porta um oficial cujo ar humilde, aterrorizado, feriu a atenção de Bolkonski. A audiência se prolongou muito tempo. De repente, ouviram-se através da porta as explosões duma voz desagradável e o oficial saiu, lívido, de lábios trêmulos; atravessou o salão de espera, segurando a cabeça com as mãos.

Veio em seguida a vez do Príncipe André e o funcionário de serviço murmurou-lhe:

— À direita, perto da janela.

André entrou num gabinete simples, limpo, e viu, sentado à sua escrivaninha, um homem duns quarenta anos, corpulento, de cabeça longa, com cabelos cortados curtamente, grossas rugas, um nariz vermelho proeminente, supercílios contraídos acima de olhos gázeos cujo olhar parecia extinto.

Araktcheiev voltou a cabeça para seu lado, sem fitá-lo.

— Que é que pedis? — perguntou ele.

— Não peço nada, Excelência — respondeu André com toda a calma.

Os olhos de Araktcheiev voltaram-se para ele.

— Sentai-vos. O Príncipe Bolkonski, não?

— Nada peço, mas Sua Majestade dignou-se transmitir a Vossa Excelência a nota que apresentei.

— Sabeis de uma coisa, caríssimo? Li vosso memorial — interrompeu-o Araktcheiev, num tom, a princípio amável, mas que se tornou em breve repreensivo e cada vez mais desdenhoso. — Propondes novos regulamentos militares? Já há muitos, antigos, já há demais para que possam ser aplicados. Hoje toda a gente bota leis no papel. É mais fácil escrever que agir.

— Vim, por ordem de Sua Majestade, saber de Vossa Excelência que provimento pensais dar ao meu memorial — continuou André, com polidez.

— Dei minha opinião no próprio memorial e transmiti-a à comissão. Não o aprovo — disse Araktcheiev, levantando-se e apanhando um papel de cima da escrivaninha. — Eis aqui!

Estendeu-lhe o papel, que trazia, de través, sem maiúsculas, sem ortografia, sem pontuação, as linhas seguintes: "Não seriamente composto, uma vez que foi copiado do regulamento militar francês, difere sem motivo do em vigor".

— E a que comissão foi meu memorial transmitido? — perguntou o príncipe.

— À comissão do regulamento militar e Vossa Nobreza foi por mim indicado para dela fazer parte. Apenas sem vencimentos.

— Não os desejo — disse André, sorrindo.

— Sem vencimentos — repetiu Araktcheiev. — Tenho bem a honra... ei, o seguinte! Quem ainda está aí? — gritou ele, despedindo o Príncipe André.

5. Enquanto aguardava sua nomeação para membro da comissão, reatou o Príncipe André suas antigas relações, sobretudo com as pessoas que sabia poderosas e em medida de lhe serem úteis. Uma curiosidade inquieta e irresistível, análoga à que havia experimentado nas vésperas de batalhas, o impelia agora para as altas esferas, onde se preparava o futuro de milhões de homens. A irritação dos velhos, a curiosidade dos profanos, a reserva dos iniciados, a azáfama de todos, a profusão de comissões, de juntas, cujo número aumentava cada dia, demonstravam-lhe que, naquele ano de 1809, se preparava em Petersburgo uma imensa batalha civil, cujo generalíssimo acontecia ser aquele personagem misterioso, ao qual, sem conhecê-lo, atribuía todos os sinais do gênio: Speranski. A grande questão das reformas, da qual só tinha noções confusas, e seu principal artífice, Speranski, apaixonaram-no em breve a tal ponto que a sorte do regulamento militar foi relegada ao segundo plano de suas preocupações.

André achava-se em boa posição para receber uma acolhida cordial nos círculos mais diversos da alta sociedade petersburguesa. O partido das reformas fazia-lhe propostas, a princípio porque o sabiam muito inteligente e bastante culto, em seguida porque adquirira ele, emancipando seus servos, reputação de liberal. O partido dos velhos descontentes, que supunha tivesse ele as mesmas ideias do pai, pensava encontrar nele um aliado. As mulheres, ou em outro termo, o "mundo", festejavam nele um partido rico e titulado, uma figura quase nova que a aventura romanesca de sua suposta morte e o fim trágico de sua mulher aureolavam. Além disso, todos aqueles que o tinham conhecido antes, reconheciam, unanimemente, que mudara muito com vantagem, durante aqueles últimos cinco anos: seu caráter ao mesmo tempo se suavizara e refirmara; seu orgulho, sua afetação, sua causticidade haviam cedido lugar àquela calma, àquela ponderação que só se adquirem com a idade. Conversava-se a seu respeito, interessavam-se por ele e toda a gente o procurava.

No dia seguinte ao de sua visita a Araktcheiev, foi passar o serão em casa do Conde Kotchubei, a quem narrou sua entrevista com "Sila Andreievitch". Kotchubei também dava aquele apelido ao todo-poderoso ministro, com a mesma nuança de vaga ironia que os solicitantes de antecâmara.

— Meu caro, mesmo no seu caso, não poderá você prescindir de Mikhail Mikhailovitch. É o grande executor. Falar-lhe-ei. Deve vir cá esta noite...

— Mas em que os regulamentos militares podem ter que ver com Speranski? — perguntou André.

A ingenuidade de Bolkonski pareceu surpreender Kotchubei. Sorriu, meneou a cabeça.

— Falamos a seu respeito ultimamente — continuou ele, — de seus lavradores livres.

— Ah! sois vós, então, príncipe, que haveis emancipado vossos camponeses? — perguntou um ancião do tempo de Catarina, voltando-se para Bolkonski com ar desdenhoso.

— Era um pequeno domínio que não dava lucro algum — respondeu Bolkonski, para atenuar aos olhos daquele velho o alcance de seu ato e não irritá-lo inutilmente.

— Temeis estar em atraso — prosseguiu aquele personagem, lançando um olhar a Kotchubei... — Há uma coisa que não chego a compreender, quem então lavrará a terra, se lhes dão liberdade? Fazer leis não é difícil, mas administrar é coisa bem diferente... Bem, ainda uma pergunta: onde se encontrarão chefes-de-divisão, se toda a gente tem de prestar exames?

— Mas entre aqueles que tiverem passado nos exames, imagino — respondeu Kotchubei, cruzando as pernas e passeando o olhar em torno de si.

— De modo que, tenho nos meus escritórios Prianitchnikov: é um homem excelente, um sujeito precioso, mas tem sessenta anos. Terá ele também de prestar exames?

— É evidentemente uma dificuldade, tanto mais quanto a instrução está muito pouco difundida, mas...

Kotchubei não acabou; levantou-se e, tomando André pelo braço, foi ao encontro de um recém-vindo, um homem grande e louro, calvo, de cerca de quarenta anos, de fronte larga, rosto alongado e duma brancura estranha. Trazia um fraque azul, ornado duma medalha no lado esquerdo; outra condecoração pendia-lhe do pescoço. Era Speranski. O Príncipe André adivinhou-o imediatamente e sentiu aquela emoção interior que agita a gente nos momentos solenes da existência. Era respeito, inveja, curiosidade? Não saberia dizê-lo. Toda a pessoa de Speranski revelava um caráter de originalidade que o tornava imediatamente conhecido. Em nenhuma das pessoas que frequentava, vira André tanta calma e segurança unidas a tanta canhestrice nos movimentos; em ninguém encontrara um olhar tão enérgico e tão suave ao mesmo tempo, com olhos semi-cerrados e como que inundados, tanta firmeza num sorriso insignificante, uma voz tão fraca, tão igual, nem sobretudo tal brancura tenra do rosto e mais ainda das mãos, um pouco largas, mas extraordinariamente macias e rechonchudas. Semelhante brancura, semelhante maciez de pele, só pudera André observar nos soldados que saíam do hospital, depois de longa estada. Tal era Speranski, o secretário de Estado, o referendador do imperador e seu companheiro em Erfurt, onde mais de uma vez se entretivera com Napoleão.

O olhar de Speranski não passava duma pessoa à outra como se faz, involuntariamente, quando se entra numa reunião numerosa; não se apressava tampouco em falar. A segurança que tinha de ser escutado transparecia na sua voz calma e só encarava a pessoa com que se entretinha.

O Príncipe André notava, com atenção particular, cada palavra, cada gesto de Speranski. Como muitas pessoas, em particular as que têm o hábito de julgar severamente o seu próximo, o Príncipe André, quando se achava em presença duma pessoa nova, sobretudo de alguém que conhecia de reputação, esperava sempre descobrir nela um resumo de todas as perfeições humanas.

Speranski disse a Kotchubei que lamentava não ter podido vir mais cedo, tendo sido retido no palácio. Não disse que fora o imperador quem o retivera. André notou igualmente essa afetação de modéstia. Quando Kotchubei lhe apresentou o príncipe, Speranski dirigiu lentamente os olhos para ele, sempre com o mesmo sorriso e fitou-o um instante em silêncio.

— Estou encantado por conhecê-lo — disse por fim. — Ouvi falar do senhor, como de resto toda a gente.

Tendo Kotchubei feito alusão à acolhida que Araktcheiev fizera ao Príncipe André, o sorriso de Speranski se acentuou.

— O Sr. Magnitski, presidente da comissão dos regulamentos militares, é um de meus bons amigos — disse ele, fazendo peso sobre cada sílaba. — Se quiser, posso pô-lo em contato com ele. —Acentuou uma pausa. — Encontrará, eu o espero, junto a ele simpatia e o desejo de levar a efeito toda iniciativa razoável.

Formou-se imediatamente um círculo em redor de Speranski e o velho burocrata que havia louvado seu empregado Prianitchnikov fez, também, uma pergunta.

Sem tomar parte na conversa, observava André todos os gestos daquele homem, ainda ontem obscuro seminarista, que agora tinha entre suas mãos brancas e gorduchas o destino da Rússia. Admirou a serenidade desdenhosa com que Speranski respondeu ao velho: sua palavra condescendente parecia cair de alturas inacessíveis. Tendo o burocrata elevado um pouco a voz, declarou ele, sorrindo, que não era juiz das vantagens ou dos inconvenientes que apresentavam as decisões de Sua Majestade.

Ao fim de certo tempo, rompeu Speranski o círculo e, dirigindo-se ao Príncipe André, levou-o para outra extremidade do salão. Julgava evidentemente necessário interessar-se pelo Príncipe André.

— A conversação animada a que me arrastou aquele velho não me permitiu falar-lhe, príncipe, — disse-lhe, dando a entender por um sorriso de desprezo contido que todos sabiam o que pensar da futilidade daquela conversa. O Príncipe André mostrou-se sensibilizado com aquela lisonja. — Conheço-o desde muito tempo; em primeiro lugar, sua conduta para com seus camponeses é um primeiro exemplo que quereríamos ver seguido por muitos outros; em seguida é o senhor um dos raros camareiros que não se creram ofendidos pelo novo decreto, tão mal-acolhido, a respeito das dignidades da corte.

— Sim — respondeu o Príncipe André, — meu pai não quis que eu aproveitasse desse direito; segui a fileira.

— Decerto, o senhor seu pai, embora pertencendo ao século passado, está bem acima daqueles de nossos contemporâneos que criticam uma medida bastante equitativa, no entanto, pois que suprime uma injustiça.

— Para dizer a verdade, essas críticas não me parecem despojadas de todo fundamento... — retorquiu Bolkonski, que se esforçava por combater a influência que Speranski tomava sobre ele. Desagradava-lhe apoiá-lo em tudo; queria contradizê-lo. Enquanto que, comumente, tinha a elocução fácil e nítida, exprimia-se agora com certo constrangimento. Estava por demais ocupado em observar a personalidade daquele homem ilustre.

— O único fundamento que elas podem ter só pode ser o amor-próprio — objetou tranquilamente Speranski.

— E também o interesse do Estado — replicou o Príncipe André.

— Como o entende? — perguntou Speranski, baixando os olhos.

— Sou um admirador de Montesquieu — respondeu André. — E sua ideia de que o princípio das monarquias é a honra, parece-me incontestável. Certos direitos e privilégios da nobreza me parecem meios de sustentar esse sentimento.

O sorriso desapareceu do rosto pálido de Speranski e sua fisionomia ganhou muito com isso. Evidentemente a opinião que o príncipe acabava de emitir parecera-lhe digna de interesse.

— Se encara a questão desse ponto de vista... — começou ele, com uma calma imperturbável, se bem que se exprimisse em francês com um constrangimento visível e mais lentamente ainda do que em russo.

Explicou, por meio de argumentos simples, concisos e claros, que a honra não deveria ser sustentada por privilégios nocivos à boa marcha dos negócios. A honra é apenas a noção negativa da abstenção de atos repreensíveis, ou ainda certo estimulante que nos incita a obter a aprovação ou as recompensas que são o signo dela. E a melhor instituição neste sentido fora criada pelo grande Imperador Napoleão: era a *Legião de Honra.* Longe de ser nociva efetivamente ao bem do serviço, contribuía para ele, sem constituir nem por isso um privilégio de casta ou de corte.

— Não o contesto — retrucou o Príncipe André, — mas os privilégios de corte atingem igualmente o mesmo fim, é inegável. Cada cortesão se considera como obrigado a sustentar dignamente sua posição.

— E contudo não quis o senhor aproveitar desses privilégios, príncipe — disse Speranski, acentuando com um sorriso seu desejo de terminar com aquela frase amável um debate que começava a embaraçar seu interlocutor. — Dê-me a honra de vir ver-me quarta-feira — acrescentou. — Até lá terei visto Magnitiski e poderei sem dúvida comunicar-lhe coisas interessantes. Terei além disso o prazer de conversar mais tempo com o senhor.

Fechou os olhos, cumprimentou-o e sumiu-se à francesa, sem despedir-se.

6. Nos primeiros tempos de sua estada em Petersburgo, percebeu o Príncipe André que mil pequenas preocupações relegavam para a sombra o conjunto de ideias que nele se haviam elaborado, durante sua vida solitária.

À noite, quando regressava a casa, anotava no seu caderno quatro ou cinco visitas indispensáveis, ou entrevistas marcadas para tal e tal hora. A ordenação de sua existência, de maneira a encontrar-se em toda a parte a tempo devido, só isso exigia dele grande dispêndio de energia. Não fazia nada, pois, não pensava mesmo em nada, só tinha tempo de discorrer, de emitir, não sem êxito, as opiniões que concebera durante seu retiro no campo. Comprovava, por vezes, com desagrado, que repetira no mesmo dia as mesmas coisas em meios diferentes. Mas seus dias eram de tal modo tomados que nem tinha mesmo tempo de dizer a si mesmo que não pensava mais em nada.

Da mesma maneira que em casa de Kotchubei, quando Speranski o recebeu na quarta-feira e manteve com ele, a sós, longa e confiante conversação, produziu ele em Bolkonski uma impressão fortíssima.

Considerava André tanta gente como inepta e desprezível, tinha um desejo tão vivo de encontrar em outrem o ideal vivo daquela perfeição intelectual e moral para a qual tendia, que estava inteiramente disposto a encontrá-lo em Speranski. Se aquele homem de Estado tivesse sido do mesmo mundo que ele, tivesse tido a mesma educação, a mesma formação moral, bem depressa teria André descoberto suas fraquezas humanas, seus lados mesquinhos; mas aquele espírito lógico inspirava-lhe tanto mais respeito quanto não o conseguia apreender completamente. Por outro lado, fosse porque apreciasse as capacidades de André, fosse porque achasse necessário ligá-lo a si, exibia Speranski na presença dele todos os recursos de uma razão calma, isenta de preconceito; seduzia-o com aquela lisonja refinada, misturada de presunção, que consiste em reconhecer tacitamente que seu interlocutor é, consigo mesmo, o único homem capaz de compreender toda tolice alheia e a profunda sabedoria das ideias deles dois.

No decorrer da conversa prolongada que tiveram na quarta-feira, à noite, Speranski empregara mais de uma vez torneios deste gênero: "Conosco considera-se tudo quanto ultrapassa o nível dos hábitos arraigados...," ou então, sorrindo: "Mas nós, nós queremos que lobos sejam saciados sem prejuízo para as ovelhas..."; ou ainda: "Eles não podem compreender isto..." E seu tom queria dizer: "Nós, isto é, vós e eu, sabemos bem o que "eles" valem e quem somos nós, *nós*."

Essa longa entrevista reforçara em André sua primeira impressão. Via em Speranski um profundo lógico, um pensador poderoso, que conquistara o poder à força de energia e dele só usava para o bem da Rússia. Speranski era precisamente o homem que ele teria querido ser, aquele que passa pelo crivo da razão todas as manifestações da vida e só reconhece como importantes as que resistiram a essa prova. Tudo lhe parecia tão simples, tão claro nas exposições de Speranski que, instintivamente, se achava de acordo com ele a respeito de tudo. Se levantava objeções, era unicamente para dar demonstração de independência, para não se submeter sem alguma resistência. Uma coisa entretanto perturbava André, e era aquele olhar frio, insensível como um espelho, que não deixava penetrar na alma, aquelas mãos brancas e rechonchudas que ele olhava malgrado seu, como se faz habitualmente quando se encontra a gente na presença de um homem no poder. Aquele olhar de reflexos de espelho, aquelas mãos demasiado moles aborreciam Bolkonski. O que também o chocava, era o desprezo verdadeiramente demasiado que pelos homens afetava Speranski e a extrema variedade de argumentos aos quais recorria para sustentar suas opiniões. Usava com efeito de todas as formas do raciocínio, exceto a comparação, e, ao ver de Bolkonski, passava com demasiada audácia duma a outra. Ora se colocava no terreno prático e censurava os sonhadores; ora usava da ironia e crivava de setas seus adversários; ora se elevava da lógica mais estreita à meta física mais transcendental. Este último processo de raciocínio era sua arma favorita. Transportava a questão a alturas metafísicas, dava definições do espaço, do tempo, do pensamento, deduzia uma refutação e recaía assim no terreno da discussão.

Em suma, o traço principal daquela inteligência e o que mais impressionou André era uma fé inabalável na potência e nos direitos do espírito. Evidentemente, as dúvidas familiares a Bolkonski jamais haviam aflorado Speranski: jamais dissera a si mesmo que nem sempre é bom exprimir o que se pensa, não tivera a mínima inquietação a respeito do bem fundado de suas opiniões e de suas crenças. E eis precisamente o lado pelo qual seduzia Bolkonski.

Desde suas primeiras relações com aquele homem de Estado, concebera André por ele uma admiração apaixonada, análoga à que outrora experimentara por Bonaparte. O fato de provir Speranski de uma família eclesiástica — o que lhe valia da parte dos tolos os epítetos de "padreco" e de "rebento de pope" — ao mesmo tempo que dava a André razões para moderar seu entusiasmo, reforçava-o inconscientemente.

Durante sua primeira entrevista, vieram a falar da comissão de legislação; Speranski explicou ao príncipe que ela existia havia já cento e cinquenta anos, que custara milhões e nunca fizera nada, que Rosenkampf se limitava a colar etiquetas em todos os artigos de legislação comparada.

— Foi para esse belo resultado que o Estado despendeu milhões! — exclamou ele. — Pretendemos dar ao Senado um poder judiciário novo e não temos leis! Veja que para pessoas como o senhor, príncipe, conservar-se de parte é uma falta.

O Príncipe André objetou que esse gênero de atividade exigia uma formação jurídica de que ele carecia.

— Mas ninguém a tem; então que é preciso fazer? É um círculo vicioso, de que só podemos sair, rompendo-o.

* * *

Oito dias mais tarde foi André nomeado membro da comissão do regulamento militar e, com grande surpresa sua, presidente de seção na comissão de legislação. A instâncias de Speranski, consentiu em elaborar a primeira parte do Código Civil, e com a ajuda dos *Códigos Napoleão e Justiniano,* trabalhou no capítulo do Direito das Pessoas.

7. Dois anos antes, em 1808, e de regresso de seu giro pelos seus domínios, encontrara-se Pedro sem o esperar, à frente da franco-maçonaria petersburguesa. Organizava lojas capitulares e lojas funerárias, recrutava membros, ocupava-se da unificação das diversas lojas e dos títulos para as mesmas. Edificava com dinheiro seu novos templos e completava, na medida dos seus meios, o produto das coletas para as quais a maioria dos confrades se mostrava avara e pouco apressada. Estava quase só a sustentar a casa dos pobres que a Ordem fundara em Petersburgo.

Sua existência, aliás, decorria na mesma desordem e nos mesmos arrebatamentos de outrora. Gostava de comer bem e de beber bem e, conquanto as considerasse imorais e degradantes, não se podia abster de participar das orgias dos celibatários que formavam a sociedade em que vivia.

No fim de um ano, malgrado o turbilhão de seus prazeres e de suas ocupações, acabou Pedro por aperceber-se de que o terreno da franco-maçonaria, sobre o qual se colocara, fugia-lhe sob os passos tanto mais quanto a ele se prendia mais firmemente. Porém, quanto mais esse terreno lhe fugia, tanto mais impossível lhe era dele se desembaraçar. Por ocasião de sua entrada para a franco-maçonaria, tivera a impressão de estar firmando os pés, com segurança, na superfície lisa dum brejo. Uma vez posto o pé, sentira-o afundar. A fim de experimentar bem a solidez do solo, colocara o outro pé, e afundara mais ainda, enterrara-se e agora chafurdava até os joelhos no lodaçal.

Desde certo tempo, José Alexieévitch se havia desinteressado pelas lojas de Petersburgo e não saía mais de Moscou. Todos os membros das lojas eram homens do mundo e Pedro conhecia-os demasiado bem para não ver neles senão irmãos em maçonaria e não o príncipe B., Ivã Vassiliévitch D., ou outros personagens famosos pela sua debilidade ou sua nulidade. Sob os aventais e outras insígnias maçônicas, via aparecerem os uniformes e as condecorações que constituíam a finalidade da existência deles. Quando, procedendo às coletas, inscrevia nas suas listas vinte e trinta rublos na coluna "Haver" e mais muitas vezes na coluna "Deve" para uma dezena de membros, cuja metade era de homens tão ricos quanto ele, lembrava-se do juramento maçônico pelo qual o irmão se compromete a dar toda a sua fortuna ao próximo; então, erguiam-se nele dúvidas, nas quais se esforçava por não se deter.

Os irmãos que conhecia distribuíam-se a seu ver, em quatro categorias. Enfileirava na primeira os que, não tomando parte ativa nem nos negócios das lojas, nem nos negócios humanos, ocupavam-se exclusivamente em aprofundar os mistérios da Ordem, a tríplice denominação de Deus, os tríplices princípios de todas as coisas — o enxofre, o mercúrio e o sal —, a significação do quadrado e das figuras do templo de Salomão. Pedro respeitava bastante essa categoria de irmãos que abrangia os mais antigos, inclusive, acreditava, o próprio José Alexieévitch, mas não partilhava suas preocupações: O lado místico da franco-maçonaria não o atraía.

Na segunda categoria, alinhava a si próprio e aqueles que, como ele, procuravam, hesitavam, e que, sem ter ainda encontrado o caminho direito da franco-maçonaria, não desesperavam de descobri-lo um dia.

No terceiro grupo, o mais numeroso de todos, contava aqueles que não viam na seita senão as formas exteriores e as cerimônias, e se ligavam ao cumprimento rigoroso desses ritos, sem cuidar de seu conteúdo ou de seu sentido oculto. Tais eram Villarski e até mesmo o grão-mestre da grande loja.

O quarto grupo compreendia igualmente um número bastante considerável de irmãos, iniciados novos, sobretudo. Como o havia observado Pedro, eram pessoas que não acreditavam em nada, nada desejando, tendo-se filiado unicamente para conhecer irmãos jovens, ricos, poderosos pelas suas relações e pelo seu nascimento, os quais na Ordem eram numerosíssimos.

Decididamente, a atividade de Pedro não satisfazia. A franco-maçonaria, pelo menos aquela que tinha ele sob as vistas, não lhe parecia senão um puro formalismo. Sem pôr em dúvida o valor da instituição mesma, suspeitava de que a franco-maçonaria russa estivesse em caminho errado, desviando-se de suas origens. Resolveu, pois, no fim do ano, partir para o estrangeiro, a fim de lá fazer-se iniciar nos mais altos mistérios da Ordem.

* * *

Desde o verão de 1809, achou-se Pedro de volta a Petersburgo. Informados por seus correspondentes no estrangeiro, nossos franco-maçons sabiam que Bezukhov conseguira ganhar a confiança de vários altos dignitários; iniciado num grande número de mistérios, fora promovido ao grau mais elevado e trazia vários projetos úteis ao bem da franco-maçonaria russa. Os irmãos de Petersburgo foram todos vê-lo, procuraram captar suas boas graças e acreditaram notar que ele ocultava e preparava alguma coisa.

Decidiu-se a realização de uma sessão solene duma loja do segundo grau, onde Pedro prometeu comunicar aos irmãos a mensagem de que o tinham encarregado para eles os dignitários supremos da Ordem. A sessão era plenária. Depois das cerimônias habituais, Pedro se levantou; tinha na mão seu discurso escrito.

— Caros irmãos — disse ele, corando e gaguejando, — não basta cumprir nossos mistérios no segredo da loja; é preciso também agir... sim, agir. Dormitamos, quando devíamos agir.

Pegou de seu caderno e começou a ler.

"A fim de difundir a verdade pura e obter o triunfo da virtude, devemos desarraigar em torno de nós, os preconceitos, propagar regras conformes ao espírito de nosso tempo, encarregar-nos da educação da mocidade, unir-nos por laços indissolúveis aos espíritos mais esclarecidos, vencer ao mesmo tempo, com prudência e audácia, a superstição, a incredulidade e a tolice, formar enfim entre aqueles que nos são devotados uma falange cujos membros estejam ligados entre si pela unidade do objeto e disponham do poder e da força.

"Para atingir esse fim, importa dar à virtude a preeminência sobre o vício, é necessário esforçar-se para que o homem de bem receba ainda neste mundo a recompensa eterna de suas virtudes. Mas um número considerável de instituições políticas exteriores faz obstáculo a esses grandes desígnios. Que fazer nesse estado de coisas? Favorecer as revoluções, tudo confundir, empregar a força contra a força?... Estamos muito longe disso. Toda reforma imposta pela violência merece censura porque não corrigirá de maneira alguma o mal, enquanto os homens permanecerem o que são e porque a sabedoria não tem necessidade de violência.

"Nossa Ordem deve tender exclusivamente à formação dos homens virtuosos e ligados pela unidade de convicção, — convicção que consiste em querer, em toda a parte e com todas as nossas forças, expulsar o vício e a tolice, proteger o talento e a virtude, tirar da poeira os que são dignos, associando-os a nós. Então a nossa Ordem terá o poder de ligar insensivelmente as mãos dos fautores de desordem e de dirigi-los, sem que eles próprios deem por isso. Em suma, seria preciso estabelecer uma espécie de diretório universal, cujo raio de ação se estenderia pelo mundo inteiro, sem excluir no entanto os outros governos; estes continuariam a funcionar e teriam liberdade de tudo fazer, salvo criar embaraços ao grande objetivo de nossa Ordem, que é procurar o triunfo da virtude sobre o vício. Esse desígnio foi o do próprio cristianismo, que ensinou os homens a serem sábios e bons, a seguir, no seu próprio interesse, o exemplo e os ensinamentos dos melhores e dos mais sábios.

"No tempo em que tudo estava mergulhado nas trevas, só a pregação bastava, achando o anúncio da Verdade, na sua própria novidade, uma força especial. Mas em nossos dias temos necessidade de meios muito mais poderosos: o homem, dominado pelos seus sentidos, deve encontrar na virtude um encanto sensual. Como não é possível extirpar as paixões, é preciso orientá-las para um fim nobre; em consequência cada qual deve poder satisfazê-las no limites da virtude e nossa Ordem deve fornecer-lhe os meios.

"Desde que tivermos, em cada Estado, certo número de associados dignos, cada um deles formará dois outros; todos se unirão estreitamente e tudo então se tornará possível para nossa Ordem, que já soube fazer em segredo tanto bem, à humanidade."

* * *

O discurso causou na loja forte impressão e até mesmo emoção. A maioria crendo encontrar nele as perigosas doutrinas do iluminismo, acolheu-o com uma frieza que surpreendeu Pedro. O grão-mestre suscitou objeção; Pedro desenvolveu suas ideias com ardor crescente. Não se tinha visto, desde muito tempo, uma sessão tão tempestuosa. Formaram-se partidos: uns acusavam Pedro de iluminismo, outros o defendiam. Pela primeira vez, teve Pedro de reconhecer que a infinita variedade dos espíritos impedia toda verdade, qualquer que ela fosse, de ser considerada sob o mesmo aspecto por duas pessoas diferentes. Aqueles mesmos que pareciam aprová-lo, compreendiam-se à sua maneira, trazendo restrições, modificações com as quais não podia ele concordar, pois se propunha antes de tudo expor suas ideias exatamente tais como havia concebido.

No fim da sessão, o grão-mestre observou-lhe, com uma ironia malévola, que ele se havia esquentado demais: sem dúvida o amor da luta havia-o guiado mais que o da virtude. Pedro nada replicou e perguntou, resumidamente, se sua proposição era aceita. Tendo sido negativa a resposta, saiu sem esperar as formalidades ordinárias e voltou para sua casa.

8. Foi então Pedro de novo invadido por aquela tristeza sombria que tanto receava. Os três dias que se seguiram a seu discurso na loja, passou-os ele estendido no seu divã, sem querer mover-se, nem receber ninguém.

Nesse momento recebeu uma carta de sua mulher, implorando uma entrevista: exprimia-lhe seu ardente desejo de revê-lo e de consagrar-lhe dora em diante sua existência; avisava-o, ao terminar, de sua próxima volta a Petersburgo, depois de uma estada no estrangeiro.

Pouco depois, um dos irmãos maçons a quem menos estimava, forçou-lhe a porta e, dirigindo a conversa para sua vida conjugal, fez-lhe ver, sob forma de conselho fraternal, que o rigor de que dava ele prova para com sua mulher era injusto: recusando o perdão àquela que se arrependia, infringia ele uma das regras primordiais de sua Ordem.

Ao mesmo tempo, sua sogra, a mulher do Príncipe Basílio, mandou pedir-lhe que a fosse ver: suplicava-lhe que lhe concedesse alguns instantes, precisando conversar com ele a respeito dum negócio muito importante. Deu-se Pedro conta de que havia uma conspiração para reconciliá-lo com sua mulher, e tal era seu estado moral que nem mesmo se aborreceu com isso. Tudo lhe era indiferente; nada na vida lhe parecia ter consequência; presa de torpor, não se preocupava mais com sua independência. Sentia dobrar-se sua firme resolução de punir sua mulher.

"Ninguém tem razão, ninguém é culpado — pensava ele. — Não poderia, pois, acusá-la."

Se não consentiu imediatamente numa reconciliação com Helena, foi unicamente porque seu estado de prostração o impedia de empreender o que quer que fosse. Se sua mulher tivesse ido procurá-lo, não a teria decerto repudiado. Diante de suas preocupações atuais, que lhe importava viver ou não com ela?

Sem responder, nem à sua mulher, nem à sua sogra, partiu uma bela noite para Moscou, a fim de ali consultar José Alexieévitch. Eis o que anotou no seu diário:

"Moscou, 17 de novembro.

"Saio da casa do Benfeitor e apresso-me em consignar aqui minhas impressões. José Alexieévitch vive pobremente e sofre, há uns três anos, dolorosa moléstia da bexiga. Ninguém nunca o ouviu exalar uma queixa ou um murmúrio. Desde a manhã até a noite avançada, com exceção das horas em que toma frugalíssima refeição, entrega-se ao estudo. Recebeu-me afetuosamente e mandou que me sentasse sobre o leito em que se achava estendido. Fiz-lhe o sinal dos cavaleiros do Oriente e de Jerusalém. Respondeu-me da mesma maneira e, com seu manso sorriso, perguntou-me o que havia eu aprendido nas lojas da Prússia e da Escócia. Expliquei-lhe o melhor que pude, submeti à sua apreciação as ideias que havia desenvolvido em nossa loja de Petersburgo e assinalei a má acolhida que tinham ali encontrado, pelo que havia rompido com os irmãos. Depois de haver refletido durante muito tempo, expõe-me José Alexieévitch sua maneira de ver, a qual instantaneamente me esclareceu todo o passado e o caminho que se abre doravante para mim. Fiquei surpreendido quando o ouvi perguntar-me se me lembrava do tríplice fim da Ordem, a saber: 1º, a conservação e aprofundamento dos mistérios; 2º, a purificação e a emenda de si mesmo, a fim de poder participar deles; 3º, o aperfeiçoamento do gênero humano pelos esforços feitos em vista dessa purificação. Qual, desses três fins, o mais importante? Sem contradita, a emenda de si mesmo, porque o único que podemos sempre esforçar-nos por alcançar, a despeito de todas as conjunturas. Mas é ao mesmo tempo o que exige de nós a maior aplicação; eis porque, transviados pelo orgulho nos afastamos dele para nos ligar, quer ao conhecimento dos mistérios, que nossa impureza nos torna indignos de penetrar, quer ao aperfeiçoamento do gênero humano, quando oferecemos em nós mesmos um exemplo de indignidade e de perversão. O iluminismo, maculado de orgulho, ávido de desempenhar um papel social, é, pois, uma doutrina má. Em consequência, José Alexieévitch censurou meu discurso e meus atos. Concordei com ele do fundo de minha alma.

“Quando viemos a falar dos meus negócios de família, disse-me: “O principal dever do verdadeiro maçon consiste, repito-vo-lo, no aperfeiçoamento de si mesmo. Mas bem muitas vezes acreditamos poder atingir esse fim mais depressa, afastando de nós todas as preocupações da vida. Muito pelo contrário, meu queridíssimo senhor, é unicamente nas tribulações do mundo que podemos chegar a nossos fins, que são: “1º, o conhecimento de nós mesmos, porque o homem não pode verdadeiramente conhecer-se senão pela comparação; 2º, o aperfeiçoamento, que só se adquire pela luta; 3º, a virtude suprema, isto é, o amor à morte. Somente as vicissitudes da vida podem demonstrar-nos toda a sua vaidade e inspirar-nos o amor à morte, isto é, o desejo de uma ressurreição para uma vida nova.” Estas palavras são tanto mais notáveis quanto José Alexieévitch, a despeito de seus graves sofrimentos físicos, não se queixa jamais do fardo da existência e ama a morte, mas não se sente ainda suficientemente preparado para ela, malgrado toda a pureza e nobreza de sua vida interior.

“O Benfeitor em seguida explicou-me a significação profunda do grande quadrado da criação e indicou que os algarismos três e sete são os fundamentos de tudo. Aconselhou-me a não romper inteiramente com meus irmãos de Petersburgo, mas exercendo na loja apenas funções de segundo grau, pondo-os em guarda contra os arrebatamentos do orgulho, trazendo-os para a verdadeira via do conhecimento e do aperfeiçoamento de si mesmo. No que me diz respeito pessoalmente, engajou-me sobretudo a observar-me a mim mesmo e me deu para este fim um caderno, este mesmo no qual escrevo e onde anotarei no futuro todas as minhas ações.”

“Petersburgo, 23 de novembro.

“Reconciliei-me com minha mulher. Minha sogra veio, toda lacrimosa, dizer-me que Helena estava aqui; conjurava-me a ouvi-la, estava inocente, meu abandono a desesperava e muitas outras coisas ainda. Sabia bem que, se consentisse em revê-la, não teria a força de rejeitar por mais tempo o seu pedido. Na indecisão, perguntava a mim mesmo a quem recorrer. Se o Benfeitor se tivesse encontrado aqui, seus conselhos me teriam sido preciosos. Recolhi-me por muito tempo, reli as cartas de José Alexieévitch, relembrei nossas conversas e concluí de tudo isso que deveria acolher quem me implorava, estender a cada um uma mão compassiva e sobretudo a uma pessoa que está ligada a mim por laços tão fortes. É preciso, pois, que carregue minha cruz. Mas se lhe perdôo por amor à virtude, entendo que minha união com ela só tenha uma finalidade espiritual. Quanto à minha mulher, roguei-lhe que esquecesse o passado, que me perdoasse as faltas que pude ter cometido para com ela; pessoalmente, nada tinha a perdoar-lhe. Senti-me feliz por poder falar-lhe assim. Que ela ignore quanto me foi penoso tornar a vê-la. Instalei-me no andar superior de nosso palácio e experimento a alegria de sentir-me renovado”.

9. Naquele momento, como sempre, a alta sociedade que se encontrava, quer na Corte, quer nos grandes bailes, dividia-se em vários grupos, tendo cada um sua fisionomia especial. O mais numeroso era o círculo francês, o da aliança com Napoleão, o do Conde Rumiantsev e de Caulaincourt. Desde que retomou a vida comum com seu marido, Helena ocupou ali um dos lugares mais em vista. Aqueles cavalheiros da Embaixada da França e grande número de personagens do mesmo bordo, reputados pelo seu espírito e pela sua urbanidade, frequentavam-lhe o salão.

Helena encontrava-se em Erfurt, por ocasião da famosa entrevista dos imperadores; obtivera ali brilhantes êxitos, e esboçara relações com todos os homens ilustres da Europa napoleônica. O próprio Imperador, tendo reparado nela, no teatro, dissera a seu respeito: “É um soberbo animal”. Como houvesse ficado ainda mais bonita, o triunfo daquela esplêndida e elegante criatura pareceu bastante natural a Pedro; mas perguntava a si mesmo como, durante aqueles dois anos, pudera ela adquirir a fama de “uma mulher encantadora tão espirituosa quanto bela”. O famoso

Príncipe de Ligne escrevia-lhe cartas de oito páginas. Bilibin guardava suas frases de reserva para oferecer-lhes a primícia à Condessa Bezukhov. Ser admitido em seu salão equivalia a um diploma de espírito. A gente moça lia especialmente livros antes de comparecer-lhe aos serões, a fim de ter assunto para conversa; os secretários de embaixada, os próprios embaixadores confiavam-lhe segredos diplomáticos; em suma, era ela, no seu gênero, uma potência. Pedro que sabia ser ela muito tola, assistia, por vezes, com uma estranha mistura de perplexidade e de temor àqueles jantares, àqueles serões em que se falava de política, poesia, filosofia. Experimentava um sentimento igual ao de um mágico que teme a cada instante ver suas artimanhas descobertas. Mas, seja que a artimanha fosse um elemento necessário à presidência de um salão daquele gênero, seja que os ludibriados mesmos sentissem prazer em deixar-se enganar, não se descobria a fraude; a reputação da Condessa Bezukhov, como "mulher encantadora e espirituosa" estava de tal modo firmada que podia ela dizer as maiores tolices, nem por isso toda a gente deixava de lançar exclamações admirativas diante de cada uma de suas palavras, nelas procurando um sentido profundo, que muito lhe custaria a ela revelar.

Pedro era bem o marido que convinha àquela brilhante mulher do mundo, um marido "grande senhor", distraído, original, que não incomodava ninguém, não prejudicava o tom elevado do salão, servia mesmo de vantajosa sombra para ressaltar o tato e a elegância de sua mulher. Sua aplicação exclusiva, durante dois anos, a coisas abstratas, seu desprezo absoluto por tudo mais, permitiam-lhe tomar, naquela sociedade tão pouco interessante para ele, certo tom de indiferença desprendida e benévola para com todos, coisa que não se adquire artificialmente e que, por isso, inspira certo respeito. Entrava no salão de sua mulher como quem entra numa sala de espetáculo, onde conhecesse toda a gente, acolhesse a todos igualmente bem e se conservasse a igual distância de todos. Quando uma conversa lhe parecia interessante, tomava parte nela voluntariamente; então, sem se inquietar com saber se os cavalheiros da embaixada estavam lá ou não, exprimia, gaguejando, opiniões por vezes bastante opostas ao tom do momento. Mas toda a gente sabia por demais o que pensar do original marido "da mulher mais distinta de Petersburgo", para levar a sério suas saídas.

Entre os numerosos jovens que, após o regresso de Erfurt, assediavam diariamente os salões da Condessa Bezukhov, nenhum era mais bem-recebido que Boris Drubetskoi, o qual, entretanto, havia feito uma bela carreira. Helena chamava-o de "meu pajem" e tratava-o como a um menino. Os sorrisos que lhe reservava não diferiam em nada dos que concedia aos outros, mas apesar disso sentia-se Pedro por vezes desagradavelmente abalado. Boris demonstrava uma deferência especial a Pedro, marcada por uma dignidade triste, que não deixava, também esta, de inquietar Pedro. Sofrera atrozmente, três anos antes, com a ofensa que lhe fizera sua mulher; de modo que se punha agora a coberto dum ultraje semelhante, primeiro não sendo o marido de sua mulher e em seguida, não permitindo a si mesmo suspeitar dela.

— Agora que se tornou uma "bas-bleu", renunciou para sempre às seduções de outrora — dizia ele a si mesmo. — Não há exemplo de que uma "bas-bleu"tenha tido fraquezas de coração — repetia a si mesmo, colhendo, só Deus sabia onde, essa afirmativa e dando-lhe valor de axioma. Entretanto, a presença quase constante de Boris no salão de sua mulher, exercera sobre Pedro estranho efeito físico: prendia-lhe todos os membros, suprimindo o jogo inconsciente e livre de seus movimentos.

"Que curiosa antipatia!" — dizia a si mesmo. — "Entretanto, outrora ele me agradava e até mesmo muito".

Aos olhos do mundo, passava Pedro, pois, por um grande senhor, esposo um pouco cego e ridículo duma mulher célebre, um original nada tolo, desocupado mas não fazendo mal a ninguém, em suma, um bom e honesto rapaz. Mas na alma de Pedro realizava-se, durante todo aquele período, um trabalho complexo e difícil de desenvolvimento interior, que lhe abria muitos horizontes, entregava-o a muitas dúvidas, mas lhe proporcionava também gozos morais.

10. Continuava a redigir seu diário. Eis o que nele consignou naquela época:

"24 de novembro.

"Levantei-me às oito horas, li a Sagrada Escritura, depois fui à minha comissão.

(A conselho do Benfeitor, tinha Pedro, com efeito, consentido em fazer parte de uma comissão). Voltei para o jantar. Comi sozinho. A condessa tinha muitos convidados que me são desagradáveis. Comi e bebi moderadamente. Em seguida à refeição, transcrevi documentos para os irmãos. A noite, desci aos aposentos da condessa; ali contei uma curiosa história a respeito de B. Muito tarde me dei conta, pelas estrondosas explosões de riso de toda a gente, de que não deveria ter contado aquilo.

"Deito-me feliz e sereno. Senhor Todo-Poderoso, ajudai-me a caminhar nas vossas vias, isto é: 1º, a vencer minha inclinação à cólera pela doçura e paciência; 2º, a dominar a luxúria, pela continência e pelo desgosto; 3º, a afastar-me das vaidades mundanas, mas não me conservar à parte: a) dos negócios de Estado; b) dos interesses de família; c) das relações de amizade; d) das ocupações de ordem econômica".

"27 de novembro.

"Acordei tarde, e uma vez acordado, fiquei muito tempo na cama, tomado pela preguiça. Oh! meu Deus! vinde em meu auxílio, dai-me a força de caminhar pelas vossas vias! Li a Sagrada Escritura, mas sem o recolhimento necessário. Veio o irmão Urussove conversamos a respeito das vaidades do mundo. Deu-me a conhecer os novos projetos do imperador. Ia criticá-los, quando me lembrei de minhas regras e das palavras de nosso Benfeitor, isto é, que um verdadeiro maçom deve ser um instrumento zeloso do Estado, quando lhe pedem o concurso e um espectador passivo, quando não recorrerem a ele. Minha língua, eis minha inimiga. Os irmãos G. V. e O. vieram também ver-me. Tomamos disposições para a recepção dum novo irmão; confiaram-me as funções de orador; sinto-me indigno delas e mal preparado. Discutimos em seguida a interpretação a dar às sete colunas e degraus do templo, às sete ciências, às sete virtudes, aos sete vícios, aos sete dons do Espírito Santo. O irmão O. mostrou-se bastante eloquente. À noite, realizou-se a recepção. A nova instalação da loja contribuiu grandemente para a magnificência do espetáculo. Foi Boris Drubetskoi o admitido. Tinha-o proposto e fui seu orador. Durante todo o tempo que fiquei com ele na sala escura, estranho sentimento me agitava. Sinto contra ele um ódio que me esforço em vão por dominar. Desejaria sinceramente salvá-lo e conduzi-lo ao caminho da verdade. No entanto, os maus pensamentos não me deixavam. Dizia a mim mesmo que, deixando-se filiar, procurava ele unicamente aproximar-se de certos personagens importantes pertencentes à nossa loja, ganhar-lhes as boas graças. Não me tinha perguntado várias vezes se N. e S. faziam parte da loja, coisa que não tinha eu o direito de revelar-lhe? Além disso, parecia-me pouco susceptível de ter para com nossa Ordem o respeito devido; creio-o bem-preocupado demais e satisfeito com sua pessoa física para desejar sua melhoria moral. Não tinha, porém, razões especiais para duvidar dele; mas sentia-o pouco sincero e, durante todo o tempo que ficou a sós comigo, no templo escuro, pareceu-me vê-lo sorrir com desdém de meus discursos; tomava-me a vontade de atravessar-lhe o peito nu com a espada que mantinha diante dele. Não pude mostrar-me eloquente, mas não sentia minhas dúvidas demasiado fundadas para delas dar parte aos irmãos e ao grão-mestre. Oh! grande Arquiteto do Universo, ajudai-me a encontrar o caminho que me levará para fora do labirinto da mentira".

Após três páginas em branco, o diário continuava como se segue:

"Mantive longa e instrutiva palestra secreta com o irmão V., o qual me aconselhou a ligar-me ao irmão A. Muitas coisas me foram reveladas, se bem que seja delas indigno. Adonai é o nome do criador do mundo; Eloim, o nome dAquele que o governa! O terceiro nome, e este inefável, significa o Todo. Minhas conversas com o irmão V. me fortificam, me reafirmam no caminho da virtude. Na sua presença, todas as dúvidas desaparecem. Vejo claramente a diferença que há entre as pobres ciências que se ensinam no mundo e nossa santa doutrina, que abrange tudo. As ciências humanas fragmentam tudo para compreender, matam tudo para examinar. Pelo contrário, na doutrina de nossa Ordem, tudo é um, tudo se torna inteligível na sua complexidade, na sua vida. A tríade, os três elementos das coisas são o enxofre, o mercúrio e o sal. O enxofre possui a propriedade combinada do azeite e do fogo; em união com o sal, excita nele, pelo fogo que contém, o desejo, por meio do qual atrai o mercúrio, agarra-o, retém-no e produz, conjuntamente com ele, corpos distintos. O mercúrio é a essência espiritual no estado líquido e volátil. — O Cristo, o Espírito-Santo, o Ser".

"3 de dezembro.

"Tendo acordado tarde, li a Sagrada Escritura, mas fiquei-lhe insensível. Depois me pus a andar para lá e para cá no salão. Queria meditar, mas, em lugar disso, minha imaginação representou-me um fato que se passou há quatro anos. Tendo-me Dolokhov encontrado em Moscou após nosso duelo, disse-me que esperava que agora, e malgrado a ausência de minha esposa, gozasse eu de perfeita quietude de espírito. Não lhe dei então nenhuma resposta. Mas eis que esta manhã, relembrando todos os pormenores daquela entrevista, dirigi-lhe mentalmente as palavras mais afeleadas e mais cáusticas. Minha cólera transformava-se já em raiva, quando consegui conter-me: afugentei tais pensamentos, mas não tive deles arrependimento suficiente. Em seguida, Boris Drubetskoi chegou e se pôs a contar anedotas; sua visita me desagradou desde o primeiro instante e dirigi-lhe palavras pouco agradáveis. Replicou. Deixei-me arrebatar e lhe disse uma porção de coisas desagradáveis, descorteses. Ele calou-se e lamentei, um pouco tarde, minhas palavras. Meu Deus, não sei absolutamente avir-me com ele, por culpa de meu amor-próprio. Coloco-me bem acima dele e no entanto caio bem abaixo: com efeito, enquanto se mostra ele indulgente para com minhas grosserias, só experimento desdém pela sua pessoa. Meu Deus, concedei-me ver melhor em sua presença minha indignidade e regular minha conduta de tal maneira que seja salutar, mesmo para ele. Depois do jantar, peguei no sono e, ao perder consciência, ouvi nitidamente uma voz que me dizia ao ouvido esquerdo: "Teu dia chegou".

"Sonhei que caminhava no escuro e que de repente me encontrava cercado de cães; nem por isso deixava de andar sem vacilar. De súbito um cãozinho ferrou-me os dentes na barriga da perna esquerda. Como não me quisesse largar, pus-me a estrangulá-lo. Apenas me desembaraçara desse, outro, muito maior, lança-se sobre mim e me morde. Levanto-o e quanto mais o levanto, maior ele se torna e mais pesado. De repente chega o irmão A., e, pegando-me pelo braço, arrasta-me para um edifício onde só se podia penetrar, passando por uma prancha estreita. Mal havia pisado nessa prancha pôs-se ela a balançar e foi abaixo; subi então numa paliçada que minhas mãos mal podiam atingir. Depois de grandes esforços consegui içar-me a meio: meu busto pendia de um lado e minhas pernas do outro. E subitamente percebi que o irmão A. estava de pé na paliçada, mostrava a alameda dum parque e nesse parque vasta e bela construção. Senhor, Grande Arquiteto do Universo, ajudai-me a desembaraçar-me de meus cães, isto é, de minhas paixões, sobretudo da última, que concentra em si a potência de todas as outras; ajudai-me a penetrar nesse templo da virtude, cuja visão tive em sonho."

"7 de dezembro.

"Sonhei que José Alexieévitch estava em minha casa; sentia-me muito feliz e desejava tratá-lo bem. Entretanto, tagarelava sem parar com outras pessoas. Dei-me de repente conta de que isso não lhe podia ser agradável e fui tomado do desejo de apertá-lo em meus braços. Ao aproximar-me, vi seu rosto transfigurar-se, remoçar, e ele me disse algumas palavras sobre a doutrina da Ordem, mas tão baixo, tão baixo que não pude percebê-las. Em seguida saímos todos da sala e passou-se uma coisa bem estranha. Estávamos sentados ou deitados no soalho. E ele me falava. Quanto a mim, queria revelar-lhe minha sensibilidade e, dar ouvido às suas palavras, representava-me o estado de meu ser interior, visitado pela graça divina. Lágrimas perolaram-me os olhos e eu me regozijava pelo fato de as haver ele notado. Mas lançou-me um olhar descontente e, pondo fim à conversa, afastou-se violentamente de mim. Intimidado, perguntei-lhe se era de mim que tinha querido falar. Não me respondeu nada, mostrou-me porém uma fisionomia amável e logo imediatamente fomos transportados para meu quarto, onde se encontrava uma cama de casal. Deitou-se ali na beirada e eu, como que inflamado do desejo de testemunhar-lhe meu afeto, estendi-me a seu lado. E acreditei ouvi-lo perguntar-me: "Qual é vossa paixão dominante? Dizei-ma sem rebuços. Conseguistes desembaraçar-vos dela? Sim, sem dúvida, deveis conhecê-la agora." Perturbado por essa pergunta, respondi que era a preguiça. Abanou a cabeça com ar incrédulo. Disse-lhe então, cada vez mais perturbado, que, embora vivendo com minha mulher, como me havia ele aconselhado, não procedia como marido. Objetou-me que não devia privá-la de minhas carícias e me deu a entender que era obrigado a isso. Respondi-lhe que isso me causava vergonha e, de repente, tudo desapareceu. Acordei e este trecho da Sagrada Escritura me veio ao espírito: "E a vida era a luz dos homens. E a luz brilha nas trevas e as trevas não a receberam".[43] O rosto de José Alexieévitch estava todo rejuvenescido e luminoso. Nesse mesmo dia, recebi uma carta do Benfeitor relativa ao dever conjugal."

"9 de dezembro.

Novo sonho deixou-me, ao despertar, o coração palpitante. Estava em Moscou, em minha casa, na grande sala dos divãs, e José Alexieévitch vinha do salão para meu lado. Percebi logo que uma ressurreição se operara nele e precipitei-me a seu encontro. Beijei-lhe o rosto e as mãos e ele me disse: "Reparastes que meu rosto não é o mesmo?" Embora conservando-o apertado em meus braços, olhava-o atentamente: seu rosto estava amarelo, suas feições completamente diferentes e não tinha cabelos. Disse-lhe então: "Se vos tivesse encontrado, por acaso, nem por isso teria deixado de reconhecer-vos." Mas a mim mesmo, perguntava: "Disse verdadeiramente a verdade?" E de súbito vi-o ali, estendido como um cadáver. Depois, pouco a pouco, voltou a si e entrou comigo no meu gabinete. Tinha nas mãos um grande livro, pintado sobre folhas de papiro. E eu lhe disse: "Fui eu que fiz as iluminuras". E ele me fez gesto de assentimento. Abri o livro. Belíssimos desenhos ornavam-lhe todas as páginas. Sabia que aqueles desenhos representavam as aventuras da alma com seu bem-amado. Num deles, uma virgem de vestes transparentes, de corpo translúcido, se elevava nas nuvens. E eu sabia que aquela virgem era uma figuração do Cântico dos Cânticos. Sentia que fazia mal em contemplar aqueles desenhos, mas não podia desviar deles os olhos. Senhor, vinde em meu auxílio! Oh! meu Deus, se o abandono de vós em que me acho é obra vossa, que seja feita a vossa vontade! Mas se o causei por minha própria culpa, ensinai-me o que devo fazer. Minha depravação far-me-á perecer, se me abandonais completamente."

11. De nada adiantou aos Rostov enterrarem-se durante dois anos no campo: sua fortuna não melhorou.

É certo que Nicolau, fiel à palavra que dera a si mesmo, vegetava num regimento sem brilho e gastava relativamente pouco. Mas, graças ao gênero de vida que se levava em Otradnoie, gra-

43. João — I,4,5.

ças sobretudo à administração de Mitenka, as dívidas iam crescendo de ano para ano. O velho conde só via um meio de salvar-se: arranjar serviço. Foi, pois, a Petersburgo procurar um emprego; procurar um emprego e, ao mesmo tempo, segundo sua própria expressão, proporcionar uma derradeira vez diversões às filhinhas.

Pouco tempo depois de sua chegada a Petersburgo, Berg pediu a mão de Vera e seu pedido foi aceito.

Em Moscou, os Rostov faziam parte da alta sociedade, sem se preocupar, aliás, em saber a que sociedade pertenciam exatamente. Em Petersburgo, pelo contrário, tiveram relações muito misturadas e pouco definidas. Muitas pessoas, com efeito, que em Moscou recebiam para jantar, sem indagar-lhes donde saíam, não queriam agora intimidades com aqueles provincianos.

Viviam, aliás, nas mesmas condições que em Moscou e seus jantares reuniam as pessoas mais variadas: uma dama de honra, senhorita Péronski, costeava velhos fidalgotes rurais e suas filhas; Pedro Bezukhov ombreava-se com o filho do chefe da posta de seu distrito, empregado na capital. Entre os homens, os mais íntimos foram bem depressa Boris, Pedro, que o velho conde encontrara na rua e levara imediatamente à sua casa e enfim Berg, que passava em casa deles dias inteiros e testemunhava à mais velha das filhas, a Condessa Vera, atenções que anunciavam intenções matrimoniais.

Não fora em vão que Berg mostrara a toda a gente seu braço direito ferido em Austerlitz, nem segurara obstinadamente com a mão esquerda um sabre que não lhe era de utilidade nenhuma. O tom importante com que contava ao primeiro recém-chegado aquela proeza, acabara por convencer toda a gente, e duas cruzes haviam recompensado sua valentia em Austerlitz.

A campanha da Finlândia forneceu-lhe igualmente ocasião de se distinguir. Apanhara e entregara a seu chefe um estilhaço de obus que acabava de matar um ajudante-de-campo junto do generalíssimo. Bem como no caso de Austerlitz, contou o fato com insistência tão encarniçada que todos admiraram de novo sua bravura e lhe concederam mais duas recompensas. Em 1809, era capitão dos Guardas e ocupava em Petersburgo um posto oficial, bastante vantajoso.

Certos céticos sorriam quando lhes falavam dos méritos de Berg, mas não se podia negar que fosse um oficial pontual, corajoso, muito bem-notado por seus chefes, um rapaz de vida regrada e de bons costumes, com promessas de uma carreira brilhante e já de posse duma situação sólida na sociedade.

Quatro anos antes, encontrando-se numa plateia dum teatro de Moscou um de seus camaradas alemães, dissera-lhe, em sua língua, apontando para Vera Rostov: *Das soll mein Weib werden*.[44] Desde então, sua resolução estava tomada. Sua posição parecia-lhe agora em proporção com a dos Rostov; chegara o momento; fez seu pedido.

Sua proposta foi a princípio acolhida com uma reserva pouco lisonjeadora para ele. Achava-se estranho que o filho dum obscuro gentil-homem da Livônia pedisse em casamento uma Condessa Rostov; mas o caráter de Berg apresentava como traço principal um egoísmo tão ingênuo e tão bonachão que os Rostov acabaram dizendo a si mesmos que assim deveria ser, pois que ele próprio estava firmemente convencido disso. Além do que, o pretendente não devia ignorar o estado de fortuna deles; e acima de tudo, tinha Vera vinte e quatro anos, frequentava muito a sociedade e, se bem que muito bonita e muito séria, jamais fora pedida. Os Rostov deram, pois, seu consentimento.

— Está vendo você — dizia Berg a seu camarada, que chamava de amigo porque o costume exigia que tivesse um, — ponderei tudo, calculei tudo e não teria decerto pensado em casar, se a coisa apresentasse o mínimo inconveniente. Mas meus pais não se acham mais necessitados, desde que lhes arrendei terras nas províncias bálticas; quanto a mim, sei muito bem gerir o que tenho para poder viver em Petersburgo do meu soldo e da fortuna dela. Poderemos viver muito

44. "Aquela é que será minha mulher". (N. do T.)

bem. Não é por dinheiro que me caso; acho isso pouco nobre, mas enfim é preciso que o marido e a mulher contribuam cada qual com a sua quota. Tenho meu cargo, tem ela relações e uma pequena fortuna. Em nossos dias, não é isto coisa de desdenhar, parece-me. E depois, antes de tudo, é uma moça encantadora, honesta e gosta de mim...

Ao dizer isto, Berg sorriu, corando.

— E eu também a amo, porque tem ela um excelente caráter, totalmente sério... A outra irmã é bem diferente... Tem mau caráter, muito menos bom senso e não sei que mais que me desagrada... Ao passo que minha noiva... Você virá muitas vezes... — Ia dizer "jantar", mas conteve-se, — tomar chá.

E com um movimento rápido da língua, lançou um rolo de fumaça, símbolo perfeito de seus sonhos de felicidade.

Ao primeiro momento de surpresa, causado pelo pedido de Berg, sucedeu entre os Rostov a atmosfera de festa e de alegria que as circunstâncias exigiam; mas essa alegria era factícia e toda exterior. Os pais pareciam constrangidos e um tanto envergonhados. Dir-se-ia que se censuravam de amar pouco sua filha e vê-la partir sem saudade. O velho conde principalmente se sentia mal à vontade; ainda que não o confessasse a si mesmo, atormentava-o a questão do dinheiro. Ignorava totalmente o estado de sua fortuna, o de suas dívidas e que dote estava em condições de dar a Vera. Por ocasião do nascimento de suas filhas, atribuíra a cada uma delas um dote de trezentos servos; mas uma das aldeias em questão já estava vendida, a outra hipotecada até as raízes. Não podendo contar com os bens de raiz, era preciso arranjar dinheiro de contado. Mas onde encontrá-lo?

Havia já um mês que Berg era noivo, devendo o casamento celebrar-se dali a oito dias, e o conde ainda não tinha resolvido por si, nem submetera à sua mulher, essa questão do dote. Ora queria dar a Vera o domínio de Riazan, ora vender uma floresta, ora arranjar um empréstimo com promissórias. Alguns dias antes da cerimônia, entrou Berg bem cedo no gabinete do conde e, de sorriso nos lábios, pediu respeitosamente a seu futuro sogro que tivesse a bondade de fornecer-lhe informações precisas a respeito do dote da Condessa Vera. Esta questão, que ele previa desde muito tempo, embaraçou tão fortemente o conde que respondeu ao acaso qualquer coisa que lhe passou pela cabeça.

— Fico satisfeito por ver que te preocupas com isso. Está direito, muito direito. Não terás motivo de queixa.

E depois de ter dado umas palmadinhas no ombro de Berg, levantou-se, como que para pôr fim à conversa. Mas Berg, sempre com seu amável sorriso, declarou que, se não conhecesse o montante exato do dote e se não recebesse adiantado pelo menos uma parte, ver-se-ia na obrigação de retirar sua palavra.

— Deveis compreender, senhor conde, que se me casasse, sem estar seguro de poder prover à manutenção de minha mulher, não agiria honestamente.

Para dar prova de generosidade e cortar cerce com novos pedidos, prometeu o conde uma letra de câmbio de oitenta mil rublos. Berg abriu um sorriso benigno, beijou o ombro do conde e lhe disse que lhe agradecia muito, mas que não saberia organizar sua nova existência sem dispor, em dinheiro contado, de trinta mil rublos.

— Ou pelo menos de vinte mil, conde — retificou ele. — Neste caso, a letra de câmbio, seria apenas de sessenta mil.

— Sim, sim, perfeitamente — aquiesceu logo o conde. — Somente, desculpa-me, meu amigo, terás teus vinte mil rublos de contado, mas a letra de câmbio não será de menos de oitenta mil. Vamos, abraça-me.

12. Natacha acabava de completar seus dezesseis anos. Estava-se em 1809, ano que, contando nos dedos, fixara ela como termo para Boris, dia em que tinham se beijado, havia quatro anos. Desde então não mais o revira uma vez sequer. Quando se falava em Boris diante de Sônia e de sua mãe, dizia ela com toda a liberdade que todas aquelas velhas histórias não passavam de infantilidades, desde muito esquecidas. Mas bem no fundo de seu coração, perguntava a si mesma, não sem ansiedade, se seu compromisso com Boris era uma brincadeira ou uma promessa séria.

Desde sua partida para o exército, em 1805, jamais tornara Boris a pôr os pés em casa dos Rostov; encontrara-se, no entanto, várias vezes em Moscou e passara a pouca distância de Otradnoie. Natacha imaginava por vezes que ele não queria tornar a vê-la e o tom triste que tomavam as pessoas idosas da família para falar do rapaz, confirmava-a nessa suposição.

— Em nossos dias, esquecem-se os velhos amigos — dizia a condessa, quando se fazia alusão a Boris.

Ana Mikhailovna, que aparecia mais raramente, guardava agora suas distâncias e gabava todas as vezes, com um entusiasmo compenetrado, os méritos de Boris e seus brilhantes êxitos.

Quando os Rostov se instalaram em Petersburgo, Boris foi, e não sem emoção, fazer-lhes uma visita. Natacha era sua mais terna, sua mais poética recordação. Apesar disso resolvera fazer compreender tanto a ela como a seus parentes, que suas relações de infância não acarretariam compromisso algum, nem para ela, nem para ele. Sua intimidade com a Condessa Bezukhov lhe proporcionara uma situação de destaque na sociedade; a proteção da importante personagem de quem gozava a confiança absoluta assegurava-lhe brilhante carreira; podia já nutrir, e sem presunção, projetos de casamento com um dos mais ricos partidos de Petersburgo.

Quando Boris penetrou no salão dos Rostov, Natacha estava em casa. Sabendo da chegada dele, corou e correu logo, radiante, com um sorriso mais do que amável. Boris havia guardado a lembrança de uma meninota de vestido curto, de negros olhos brilhantes sob os cachos dos cabelos, de risada alegre e argentina. Vendo entrar uma Natacha completamente diversa, perturbou-se e seu rosto exprimiu um espanto admirativo, que muito alegrou a moça.

— Como então — disse-lhe a condessa, — não reconheces tua espevitada amiguinha?

Boris beijou a mão de Natacha e exprimiu sua surpresa por encontrá-la tão mudada.

— Como ficou bonita!

"Acredito bem!", responderam-lhe os olhos risonhos de Natacha, enquanto lhe perguntava ela:

— E papai, envelheceu?

Sentou-se, e, sem tomar parte na conversa de Boris e da condessa, examinou em silêncio, nos mínimos pormenores, o noivo de sua infância. Sentia ele pesar sobre si aquele olhar obstinadamente afetuoso e arriscava-se de vez em quando a corresponder-lhe. Como o notou imediatamente Natacha, o uniforme, as esporas, a tala, o penteado de Boris, tudo trazia a marca da última moda e do comme-il-faut. Sentado de três quartos numa poltrona ao lado da condessa, arranjava com a mão direita a luva imaculada que lhe moldava a mão esquerda. Ora, mordendo os lábios de maneira distinta, narrava os prazeres da alta sociedade petersburguesa; ora, com ligeira ironia, evocava suas recordações de Moscou. E quando, na sua crônica mundana, insinuou uma palavra sobre a presença ao baile de certo embaixador, sobre os convites que recebera de Fulano e de Beltrano, teve Natacha a impressão de que não falara ele irrefletidamente.

Conservava-se silenciosa, observando-o à socapa. Aquele olhar desconcertava Boris: interrompia-se bruscamente, voltava-se para ela com mais insistência. Ao fim de dez minutos, levantou-se para despedir-se. Os mesmos olhos curiosos, meio provocantes, meio zombeteiros, acompanhavam todos os seus movimentos.

Depois dessa primeira visita, teve Boris de confessar que achava Natacha tão atraente quanto outrora, mas reconheceu, ao mesmo tempo, que não devia ceder a essa inclinação: casar com uma moça quase sem fortuna arruinaria seus projetos de futuro. Por outra parte, reatar sem intenções sérias as relações de outrora seria um ato desonesto. Resolveu, portanto, conservar-se arredio. Mas, malgrado essa bela resolução, voltou à casa dos Rostov ao fim de alguns dias, lá voltou muitas vezes e passou mesmo dias inteiros. Acreditava de seu dever explicar-se francamente com Natacha, dizer-lhe que era preciso esquecer o passado, que, apesar de tudo, não podia ser ela sua esposa, que não possuía ele fortuna e que jamais lha dariam em casamento. Mas não sabia como fazê-lo e cada dia mais se enterrava. De seu lado, Natacha, como o notavam sua mãe e Sônia, parecia ter-se enamorado de novo de Boris. Cantava para ele as canções de sua preferência, pedia-lhe que escrevesse alguma coisa em seu álbum, impedia-o sobretudo de pensar no passado, dando-lhe a entender que o presente era bem preferível. E cada dia partia Boris, como que enfeitiçado, sem ter podido abordar a famosa explicação, sem saber porque viera, nem como aquilo tudo acabaria. Helena, em cuja casa não era mais visto, embalde reclamara todos os dias em bilhetes cheios de censuras. Nem por isso deixava ele de passar seus dias em casa dos Rostov.

13. A velha condessa, com touca de noite e camisola, sem seus falsos cachos, deixando ver apenas um ralo tufo de cabelos sob sua touca de algodãozinho branco, rezava suas orações da noite; ao mesmo tempo que gemia e tossia, multiplicava sobre o tapete genuflexões e prostrações, quando a porta rangeu e Natacha, igualmente de camisola e de papelotes, de pés nus metidos em chinelos, precipitou-se no quarto. A condessa voltou-se e franziu o sobrolho. Acabava uma derradeira oração "Será esta cama verdadeiramente meu caixão?". Seu recolhimento desapareceu imediatamente. Vendo sua mãe a rezar, Natacha, vermelha e animada, parou de súbito, sentou-se sobre os pés, deixando de fora da boca uma pontinha de língua, como tivesse sido apanhada em falta. Como sua mãe continuasse suas orações, correu para a cama num pé só, largou os chinelos e saltou para cima daquela cama que a condessa temia ver tornar-se seu caixão. Era uma cama alta de pernas, sobre a qual se empilhavam, do maior ao menor, cinco travesseiros. Natacha afundou no colchão de penas, rolou até o canto da cama e, encolhida por baixo da coberta, contendo uma risada agitou-se a mais não poder, ora às pernadas, ora dobrando os joelhos sob o queixo ora ocultando a cabeça, ora arriscando uma olhadela para o lado de sua mãe. Quando esta acabou suas orações, aproximou-se do leito com ar severo; mas vendo que Natacha escondia a cabeça sob as cobertas, deixou escapar um sorriso de bondade.

— Vamos, que é isso? — disse ela.

— Mamãe, podemos ter uma conversinha a sós? — perguntou Natacha. — Podemos, não é mesmo?... Vamos, um beijo no pescoço; mais outro, quer? Assim vai bem.

Enlaçou a condessa e beijou-a por baixo do queixo. Tinha para com sua mãe maneiras bruscas e no entanto tão destras que, tomando-a nos braços, sempre achava jeito de que suas carícias não fossem nem importunas, nem demasiado rudes.

— Pois bem, que há hoje? — disse a condessa, encostada em seus travesseiros esperando que sua filha, depois de haver rebolado duas vezes sobre si mesma, se instalasse a seu lado, sob a mesma coberta, com as mãos fora dos lençóis e de fisionomia séria.

Essas visitas noturnas de Natacha, antes que o conde voltasse de seu clube, eram um dos maiores prazeres da mãe e da filha.

— Que há hoje? — repetiu a condessa. — Tinha justamente intenção de falar-te...

Natacha pôs-lhe a mão na boca.

— De Boris... Sim, já sei — disse ela num tom sério. — Foi por isso que vim. Não diga nada, já sei... Sim, fale — continuou ela, retirando a mão. — É gentil, não é mesmo?

— Natacha, tens agora dezesseis anos; na tua idade, já estava eu casada. Boris é gentil, dizes... Sim, decerto, é, e gosto dele como de um filho, mas quais são tuas intenções? Tu lhe viraste completamente a cabeça, vejo-o bem...

A condessa voltou-se para sua filha. Natacha, imóvel, fixava à sua frente uma das esfinges de acaju, esculpidas nos cantos do leito, de modo que sua mãe só a podia ver de perfil. No entanto, a expressão séria e concentrada de seu rosto não deixou de surpreendê-la.

— Pois bem, e depois? — disse Natacha, após um momento de reflexão.

— Tu lhe viraste completamente a cabeça, mas aonde isso levará? Quais são tuas intenções? Bem sabes que não podes casar com ele.

— E por que pois? — perguntou Natacha, sempre imóvel.

— Porque ele é moço demais, porque é pobre, porque é teu parente... porque enfim tu não o amas.

— Que sabe a senhora disso?

— Sei e isto não é bom, minha querida.

— Mas se eu quero...

— Não digas tolices.

— Mas se eu quero...

— Natacha, estou falando seriamente...

Sem deixá-la terminar, Natacha atraiu para si a gorda mão da condessa, beijou-lhe o dorso e depois a palma, e tornando a voltá-la, deu um beijo na juntura dum dedo, depois no intervalo entre esse dedo e o seguinte, em seguida na juntura deste, contando: — "Janeiro, fevereiro, março, abril, maio..." Vamos, fale, mamãe, por que se cala? Fale... — Interrogou com os olhos sua mãe que a acariciava com um olhar terno e parecia nessa contemplação ter esquecido tudo o que queria dizer.

— Isto não é conveniente, minha querida. Nem toda a gente sabe de sua camaradagem de infância e a intimidade atual de vocês poderia prejudicar-te junto a outros jovens que frequentam nossa casa; sobretudo para ele é um tormento inútil. Talvez já haja encontrado um partido rico, que lhe convém. E eis que agora tu o fazes perder a cabeça.

— Deveras? — perguntou Natacha.

— Posso falar-te avisadamente. Eu tinha um *primo*...

— Ah! sim, Cirilo Matveitch. Mas ele é velho...

— Nem sempre o foi. De modo que, vês, Natacha, falarei a Boris; não convém que venha cá tantas vezes...

— E por que, pois, se isto lhe causa prazer?

— Porque sei que isso não levará a nada...

— Que sabe a senhora? Não, mamãe, não lhe diga nada. Tolices! — replicou Natacha, no tom de alguém a quem se quer arrebatar o que é seu. — Não casarei com ele, pois seja! Mas por que não continuaria ele a vir cá, uma vez que isso diverte a ambos? Não casarei com ele, amar-nos-emos "assim mesmo" — concluiu ela, lançando para a mãe um olhar sorridente.

— "Assim mesmo", como?

— Sim, "assim mesmo". O casamento, pouco me importa... Então, "assim mesmo".

— Assim mesmo, assim mesmo — repetiu a condessa, enquanto que todo o seu corpo se agitava de repente num franco e cheio riso de velha.

— Não ria tão alto — exclamou Natacha, — está fazendo tremer a cama toda... É espantoso como a senhora se parece comigo. Ri tanto quanto eu... — Tomou-lhe as mãos e se pôs de novo a contar, beijando a juntura do dedo mínimo: "Junho" e passando para a outra mão: "Julho, agosto..." — Mamãe, será que ele me ama muito? Que pensa a senhora? Também a amaram tanto? Sim, ele é gentil, muito, muito gentil... Somente não me agrada de todo... Acho-o um pouco franzino... Dir-se-ia a caixa do relógio... É franzino, cinzento, claro.

— Que é que me contas?

— Como, não compreende?... Nicolau, esse me compreenderia bem... Bezukhov, por exemplo, é azul-escuro, misturado de vermelho e é também quadrado.

— Parece-me que também namoras a esse outro — disse, rindo, a condessa.

— Absolutamente... Soube que ele era franco-maçom... É um bom rapaz, azul-escuro misturado de vermelho... Como explicar-lhe isso?...

— Não estás dormindo, condessinha? — disse a voz do conde por trás da porta.

Natacha saltou do leito para o chão, apoderou-se de seus chinelos e saiu correndo de pés descalços. Custou a adormecer. Pensava que ninguém podia compreender tudo quanto lhe parecia tão claro, tudo quanto nela se passava.

"Sônia? — dizia a si mesma, olhando para a gatinha que dormia, enroscada, com sua grande cauda felpuda. — Oh! não! É virtuosa demais. Ama o seu Nicolau e não quer saber de mais nada. Mamãe tampouco me compreende. Meu Deus, quanto espírito tenho eu!... É um verdadeiro encanto esta Natacha!" — prosseguiu ela, falando de si na terceira pessoa e colocando essa exclamação na boca dum personagem masculino que lhe emprestava todas as perfeições de seu sexo... — "Têm tudo, tudo é para ela. É inteligente, gentil, bonita e destra... Nada, monta superiormente a cavalo, canta de arrebatar... Sim, pode-se dizê-lo, de arrebatar!"

Cantarolou uma de suas árias favoritas, uma frase tomada de empréstimo a uma ópera de Cherubini, lançou-se sobre seu leito, rindo ao pensar que iria adormecer imediatamente, e chamou Duniacha para apagar a vela. Mal aquela saíra do quarto, já Natacha vogava pelo mundo dos sonhos, um mundo mais feliz ainda do que este, onde tudo era tão belo, tão fácil como na realidade, mas ainda melhor porque diferente.

* * *

No dia seguinte, a condessa mandou chamar Boris e teve uma entrevista com ele; a partir daquele dia, não foi mais visto em casa dos Rostov.

14. A 31 de dezembro, véspera do novo ano de 1810, havia réveillon em casa de um dos grandes sobreviventes do reinado de Catarina. O imperador e o corpo diplomático deviam assistir ao baile.

O palácio desse grande senhor, joia do cais dos Ingleses, resplendia de mil luzes. Diante da porta principal, esplendidamente iluminada, estendia-se um tapete vermelho, policiais formavam alas de isolamento, sob a vigilância do chefe de polícia em pessoa e de dezenas de delegados. Carruagens com lacaios de librés vermelhas e lacaios de chapéus de plumas chegavam e tornavam a partir sem cessar. Traziam senhores de uniformes enfeitados de medalhas e cordões; damas com vestidos de arminho e de cetim desciam com precaução dos estribos abaixados barulhentamente e deslizavam, ligeiras e silenciosas, sobre o tapete da entrada.

Quase todas as vezes que chegava uma carruagem, um murmúrio percorria a multidão e chapéus se erguiam.

— É o imperador?... Não, um ministro... um príncipe... um embaixador... Não está vendo as plumas? dizia-se no meio do povo.

Um dos basbaques, mais bem-vestido que os outros, parecia conhecer toda a gente e designava pelos seus nomes os mais ilustres dignitários do tempo.

No momento em que um bom terço dos convidados já havia entrado, os Rostov, convidados também para esse baile, ainda se achavam nos derradeiros preparativos de indumentária. Esse sarau fora objeto entre eles de numerosas conversas, de numerosos preparativos, de numerosas apreensões também; seriam convidados, os vestidos estariam prontos a tempo, todas as coisas correriam bem?

Maria Ignatievna Peronski, amiga e parente da condessa, pessoa magra e amarela, dama de honor da antiga corte, prometera acompanhar aqueles provincianos dos Rostov, aos quais servia de guia no grande mundo petersburguês. Os Rostov deveriam ir buscá-la às dez horas, no Jardim de Tauride[45]; ora, já faltavam cinco para as dez e as moças ainda não estavam prontas.

Era o primeiro grande baile de Natacha. Tendo-se levantado desde as oito horas, passara o dia inteiro numa febril agitação. Desde a manhã, empregava todas as suas forças para que todas três, mamãe, Sônia e ela, ficassem o melhor possível. A condessa e Sônia entregavam-se totalmente a ela. A condessa devia levar um vestido de veludo estampado: as duas moças, vestidos brancos vaporosos, sobre forros de seda cor-de-rosa, com rosas no corpete. Os penteados seriam à grega.

O essencial estava feito. Braços e pernas, nucas e pescoços, rostos, orelhas, tudo fora cuidadosamente lavado, empoado, perfumado, como convém para um baile. Já haviam calçado meias de seda rendadas e sapatos de cetim com fitas; os penteados quase terminados, Sônia acabava de se vestir, a condessa igualmente; mas, à força de ocupar-se com todos, Natacha se atrasara. Com um roupão lançado sobre os magros ombros, estava ainda sentada diante do seu espelho. De pé, no meio do aposento, Sônia, enfiando um alfinete com seu dedinho até espetar-se, punha no lugar a derradeira fita que rangia sob a picada.

— Assim não, Sônia, assim não, Sônia — disse Natacha, que se desviou de sua penteadeira e agarrou seus cabelos com as duas mãos, antes que a criada de quarto tivesse podido largá-los. — Assim não, o nó. Venha cá.

Sônia sentou-se. Natacha pregou a fita de outro jeito.

— Desculpe, senhorita, não há verdadeiramente modo... — disse a criada de quarto, que continuava a ter seguros nas mãos os cabelos de Natacha.

— Ah! meu Deus! Bem podes esperar um pouco... Pronto, Sônia, agora está bem.

— Vocês não demorarão? — perguntou a condessa. — Vão soar dez horas.

— Agora mesmo, agora mesmo. E a senhora, mamãe, já está pronta?

— Só tenho de pôr o toque.

— Não o ponha sem mim — gritou Natacha. — A senhora não saberia!

— Mas já são dez horas.

Decidira-se chegar ao baile às dez e meia e Natacha ainda não estava pronta, sendo ainda preciso passar no Palácio de Tauride.

Terminado por fim seu penteado, Natacha metida numa camisola de sua mãe, por cima duma saia curta que deixava ver seus sapatos de baile, correu para Sônia, examinou-a e depois se precipitou para a condessa. Fê-la voltar a cabeça, pregou-lhe o toque, beijou-lhe os cabelos brancos e voltou correndo para as criadas que ajustavam a bainha de sua saia.

Tratava-se de encurtar aquela saia que era demasiado comprida. Duas criadas de quarto nisso se empregavam ativamente, cortando as linhas com os dentes. Uma terceira, com alfinetes nos lábios, ia da condessa a Sônia. Uma quarta conservava estendido no braço o vestido vaporoso.

— Mavrucha, apressa-te, minha querida.

— Passe-me o dedal, por favor, senhorita.

— Afinal, acabaram ou não? — perguntou o conde, aparecendo no limiar. — Aqui têm os perfumes. A Senhorita Peronski deve estar cansada de esperar.

— Acabei, senhorita — disse a criada de quarto, erguendo por dois dedos o vaporoso vestido bordado; soprou nele e agitou-o, para salientar-lhe sem dúvida a leveza imaculada.

Natacha tratou de vesti-lo.

— Um instante, um instante, não entre, papai — gritou ela a seu pai que entreabria a porta. Sua voz brotava dentre a nuvem sedosa que lhe ocultava o rosto.

Sônia empurrou violentamente a porta. Ao fim dum minuto, deixou-se entrar o conde, perfumado e empomadado, de casaca azul, meias de seda e escarpins.

45. Residência da imperatriz-mãe. (N. do T.)

— Ah! papai, o senhor está um amor! — exclamou Natacha que, plantada no meio do aposento, arranjava agora as pregas de seu vestido.

— Com licença, senhorita, com licença, — disse uma das criadas que, ajoelhada diante dela, dava puxões no vestido, ao mesmo tempo que fazia deslizarem alfinetes dum canto para outro de sua boca.

— Dirás o que quiseres — exclamou, desesperadamente, Sônia — mas garanto-te que ainda está muito comprida!

Natacha foi mirar-se no espelho. O vestido estava, com efeito, comprido demais.

— Absolutamente, senhorita, está muito bem assim — objetou Mavrucha, que acompanhara de quatro pés a sua patroa.

— Se está comprido demais, vamos encurtá-lo, é coisa dum minuto — disse em tom decidido Duniacha; e tirando uma agulha de seu xale, pôs-se imediatamente à obra.

— Nesse momento, a condessa, de toque e vestido de veludo, avançou pelo aposento a pequenos passos tímidos.

— Oh! oh! como está ela bonita! — exclamou o conde. — Eclipsa a vocês todas!

Quis beijá-la, mas no receio de que lhe amarrotasse o vestido, afastou-se ela, corando.

— O toque um pouquinho mais para o lado, mamãe — disse Natacha. — Espere, vou arranjar isso.

Precipitou-se tão bruscamente que as criadas que costuravam a barra do vestido não tiveram tempo de segui-la; um pedaço da musselina se rasgou.

— Ah! meu Deus! Que houve ainda? Palavra, não tenho culpa...

— Vou consertar isso, não se verá nada — afirmou Duniacha.

— Minha belezinha, minha rainhazinha! — exclamou a ama que entrava. — E Sonia também! Ah! que beleza!

Às dez horas e um quarto pôde-se enfim subir à carruagem e partir. Mas era preciso passar ainda pelo Jardim de Tauride.

A Senhorita Peronski estava pronta. Malgrado sua idade e sua feiúra, as mesmas cerimônias da casa dos Rostov se tinham passado na dela, com menos precipitação todavia, visto seu grande hábito. Toda a sua desgraciosa pessoa fora perfumada, empoada, frisada, seu velho rosto bem-lavado até atrás das orelhas; e sua velha criada de quarto também se extasiara vendo-a aparecer no salão, com seu vestido amarelo enfeitado com o monograma da imperatriz. Dignou-se aprovar os vestidos das senhoras Rostov. Estas, em troca, louvaram-lhe o bom gosto de seus adereços. Já eram onze horas quando aquelas senhoras, dando grande atenção a seus vestidos e a seus penteados, se instalaram nas carruagens. E partiram.

15. Durante todo aquele dia, tivera Natacha coisas demais a fazer para poder refletir um só instante no que a esperava.

Ao ar úmido e frio da noite, na estreiteza e obscuridade quase completa do carro que seguia aos solavancos, visionou pela primeira vez, sob vivas cores, as salas brilhantemente iluminadas, a música, as flores, as danças, o imperador, toda a brilhante juventude de Petersburgo. O que a aguardava era tão maravilhoso e formava tal contraste com a presente impressão de frio, de apertura e de escuridão, que Natacha não lhe podia dar crédito. Só acreditou no momento em que, depois de haver caminhado pelo tapete vermelho da entrada, penetrou no vestíbulo, tirou sua peliça e, precedendo sua mãe, começou a subir com Sônia por entre as flores da grande escadaria iluminada. Somente então se lembrou do porte que deveria manter no baile, uma atitude solene que, segundo suas ideias, assentava em toda moça em semelhante circunstância. Esforçou-se imediatamente por assumi-la; mas, felizmente, teve a sensação de que seus olhos piscavam nervosamente: nada mais via com nitidez, seu pulso batia com violência, seu coração se pôs a palpitar. Não pôde, pois, assumir aquele ar grave, que a teria tornado ridícula e avançou, desfalecente de emoção, dissimulando com grande esforço sua perturbação. Não poderia ter encontrado melhor atitude. Os Rostov tinham, aliás, sido arrebatados na onda dos convidados, como eles em trajes de baile e como eles conversando em voz baixa. Os espelhos da escadaria refletiam senhoras de vestidos brancos, azuis e róseos; pérolas e diamantes faiscavam-lhes nas espáduas e nos braços nus.

Natacha lançava olhares aos espelhos, sem conseguir distinguir-se ali entre as outras pessoas: tudo se misturava num brilhante desfile. Quando entrou no primeiro salão, o barulho uniforme das vozes, dos passos, dos cumprimentos trocados, aturdiu-a; a profusão das luzes, o esplendor do cenário ofuscaram-na ainda mais. Os donos da casa que, desde uma meia-hora, se mantinham na porta, repetindo a cada recém-chegado sua eterna frase: "Encantado de ver-vos", acolheram da mesma maneira os Rostov e a Senhorita Peronski.

As duas moças com vestidos brancos, ambas parecidas, com as mesmas rosas nos cabelos negros, fizeram ambas a mesma reverência, mas involuntariamente o olhar da dona da casa se deteve mais sobre a franzina Natacha. Concedeu a esta criança um sorriso especial, diferente do banal sorriso de boa-vinda que tinha para com todos. Sem dúvida, diante daquela graciosa aparição, revira com os olhos da saudade, seu primeiro baile e os dias dourados de sua juventude, para sempre desaparecidos, o dono da casa acompanhou igualmente Natacha com os olhos e perguntou ao conde qual das duas era sua filha.

— Encantadora! — disse ele, estalando um beijo na ponta dos próprios dedos.

Na sala de baile, os convidados comprimiam-se na porta de entrada, à espera do imperador. A condessa conseguiu arranjar lugar nas primeiras filas. Natacha entendeu, sentiu que algumas pessoas falavam dela e olhavam. Adivinhou que lhes havia agradado e sua emoção com isso acalmou-se um pouco.

"Há pessoas como nós, e há outras piores", disse a si mesma.

Entretanto a Senhorita Peronski ia mencionando à condessa as pessoas mais em vista.

— Lá está o Ministro da Holanda, veja, aquele ali, de cabelos brancos — disse ela, designando, em meio de um grupo de damas a quem fazia rir, um velhinho de cabeleira prateada, abundantemente cacheada. — E eis a Rainha de Petersburgo, a Condessa Bezukhov — acrescentou ela, apontando Helena que vinha entrando.

— Como é bela! Em nada cede a Maria Antonovna...[46] Repare como velhos e moços borboleteiam em torno dela. É bela e espirituosa... Dizem que o príncipe XXX está louco por ela... Mas essas duas ali, embora feias, estão ainda mais cercadas.

Indicou duas damas que atravessavam a sala, mãe e filha, esta última verdadeiramente horrível.

— É um partido de milhões — disse a Senhorita Peronski. — E eis os namorados... Repare o irmão da Condessa Bezukhov, Anatólio Kuraguin — prosseguiu ela, mostrando um esplêndido cavaleiro da guarda, que passava diante delas, de cabeça erguida e olhar fito ao longe. — Que belo rapaz, não é? Vão casá-lo, dizem com aquele saco de milhões. E o primo de você também, Drubetskoi, lhe faz a corte... Como! — respondeu ela a uma pergunta da condessa. — Mas é Caulaincourt, o Embaixador da França em pessoa. Não parece um rei?... Apesar de tudo, são bem amáveis esses franceses. Ninguém é mais amável do que eles em sociedade... Ah! ei-la enfim, nossa Maria Antonovna! Não, decididamente, não tem quem a iguale! E que simplicidade no trajar! Adorável, deveras... E aquele gorducho de óculos, aquele franco-maçom universal — concluiu ela, indicando Bezukhov, — dir-se-ia um polichinelo ao lado de sua mulher.

Pedro avançava, balançando seu corpanzil, afastando a multidão, dirigindo sinais de cabeça à direita e à esquerda, com a mesma desafetação bonachona com que atravessaria uma praça de feira. Abria caminho e parecia procurar alguém.

46. Maria Antonovna Narychkin, a amante do Imperador Alexandre.

Natacha observava com alegria a bondosa figura bem conhecida daquele "polichinelo", como o chamava a Senhorita Peronski. Sabia que era a eles e a ela, bem especialmente, que Pedro procurava na multidão. Não lhe prometera ele vir a esse baile e apresentá-la aos moços que dançavam?

No entanto, sem chegar até elas, parou Bezukhov ao lado dum belo homem moreno de estatura média, uniforme branco, que, no vão duma janela, entretinha-se com um personagem de elevado porte e peito constelado de medalhas e atravessado pelo grande cordão. Natacha reconheceu imediatamente o jovem de uniforme branco: era Bolkonski, que lhe pareceu haver rejuvenescido muito, embelecido muito.

— Eis outro conhecido, mamãe: Bolkonski. Veja. Veja ali, — disse Natacha. — Lembra-se dele? Passou a noite em Otradnoie.

— Ah! vocês o conhecem? — disse a Senhorita Peronski. — Eu não o tolero. É ele o mandachuva agora. É de um orgulho sem limites! Saiu ao pai. Ligou-se a Speranski e compõem os dois juntos só Deus sabe que projetos. Reparem como ele trata as damas: uma lhe fala e ele volta-lhe as costas. Se fosse comigo, dir-lhe-ia belas e boas!

16. De repente correu um frêmito, a multidão se pôs a cochichar, avançou, depois se afastou e, em meio duma dupla fileira de espectadores, ao som duma fanfarra, apareceu o imperador, seguido pelos donos da casa. Avançava, saudando à direita e à esquerda e parecia ter pressa em escapar àquela obrigação fastidiosa da recepção. A orquestra tocava uma polonesa, bastante em voga naquela época, por causa das palavras com que a acompanhavam:

"Alexandre e Isabel
Delícias vós nos causais..."

O imperador passou para o salão; a multidão se aglomerou nas portas; certas pessoas, com caras de circunstâncias, intrometeram-se naquela peça, depois saíram. A multidão então recuou e pôde-se ver o imperador em conversa com sua anfitriã. Um rapaz, de semblante perturbado, avançou para as damas, suplicando-lhes que abrissem lugar. Algumas, cujos modos assinalavam um esquecimento total das conveniências mundanas, nem por isso deixaram de persistir na disputa da primeira fila, com grande dano para seus vestidos. Os cavaleiros aproximaram-se de suas damas e pares se formaram para a polonesa.

Toda a gente por fim se afastou e o imperador, sorridente, apareceu na porta do salão. Conduzia sua anfitriã pela mão, sem marchar em compasso. Atrás, vinha o dono da casa com Maria Antonovna Narychkin, depois os embaixadores, os ministros, generais cujos nomes a Senhorita Peronski ia declinando sem se cansar. Mais de metade das damas já tinham seus pares e tomavam lugar para a polonesa. Natacha percebeu então que sua mãe, Sônia e ela figuravam no pequeno número das relegadas para o canto. Ali permanecia, de pé, os delgados braços pendentes, os seios malnascentes agitados em comoção, retendo a respiração; seus olhos brilhantes, inquietos, olhavam à sua frente; sua fisionomia indecisa convinha tanto à expectativa de uma grande alegria como à de um grande pesar. Não a preocupavam nem o imperador, nem os personagens importantes que a Senhorita Peronski apontara. Só pensava numa coisa: "Será deveras que ninguém virá me tirar? Não dançarei entre os primeiros pares? Deixarei de ser notada por todos esses senhores, que agora parecem não me ver ou, se me olham, têm o ar de dizer: "Ah! não é ela, desviemos a vista."? Não, isto não pode durar. É preciso que saibam que quero dançar, que danço arrebatadoramente, que terão grande prazer em dançar comigo".

Os acordes da polonesa, que se prolongaram por demasiado tempo, repercutiam agora como sons lúgubres aos ouvidos de Natacha; davam-lhe vontade de chorar. A Senhorita Peronski havia-se afastado. O conde encontrava-se na outra extremidade da sala; a condessa, Sônia e ela

própria permaneciam como perdidas no meio de um bosque, naquela multidão estrangeira, a que elas eram perfeitamente indiferentes. Conduzindo uma dama, o Príncipe André passou perto delas sem reconhecê-las. O belo Anatólio passou por sua vez, sorrindo e conversando com seu par, e lançou sobre Natacha o olhar indiferente que se concede a uma tapeçaria. Boris apareceu por duas vezes, mas teve o cuidado, cada vez, de voltar-se. Berg e sua jovem esposa, que não dançavam, vieram-lhes ao encontro. Essa reunião de família mortificou Natacha: não haveria outro lugar senão um baile para as conversas familiares? Não prestou a mínima atenção a Vera que lhe falava de seu vestido verde.

Por fim o imperador, que já havia dançado com três damas, reconduziu seu derradeiro par e a música se calou. Um ajudante-de-campo correu todo apressado para o lado das senhoras Rostov, pedindo-lhes que recuassem um pouco mais, se bem que já se encontrassem elas encostadas à parede. Do alto da galeria, a orquestra atacou os compassos lentos, arrebatadores e bem ritmados da valsa. O imperador correu pela sala um olhar sorridente. Um bom minuto passou sem que nenhum par se pusesse em movimento. O ajudante-de-campo ordenador aproximou-se da Condessa Bezukhov e convidou-a. Sem olhá-lo, pousou-lhe, sorridente, a mão sobre o ombro. Dançarino consumado, o ajudante-de-campo, seguro de si, enlaçou-lhe a cintura sem pressa, mas vigorosamente, arrastou-a, a princípio deslizando até a extremidade do círculo, depois, pegando-lhe a mão esquerda, fê-la girar e, ao ritmo sempre mais acelerado da música, não se ouviu mais do que o tilintar cadenciado das esporas nos pés ágeis do dançarino, ao passo que, todos os três tempos, o vestido de veludo da dançarina parecia lançar labaredas. Natacha, de olhos pregados no par, estava quase querendo chorar: por que não era ela quem dançava aquele primeiro giro de valsa?

O Príncipe André, no seu uniforme branco de coronel de cavalaria, com meias de seda e escarpins, o ar alegre e animado, mantinha-se na primeira fila, não longe das Rostov. O Barão Vierhof entretinha-se com ele a respeito da primeira sessão do Conselho do Império, que deveria realizar-se no dia seguinte. Na qualidade de familiar de Speranski e membro da comissão de legislação, o príncipe podia fornecer informações precisas sobre essa reunião, cujo anúncio era diferentemente interpretado. Mas, sem prestar atenção às palavras de Vierhof, dirigia seus olhares, ora para o imperador, ora para os dançarinos, que nem sempre se resolviam, por mais vontade que tivessem, a entrar na dança. Enquanto observava aqueles cavaleiros intimidados pela presença do imperador e aquelas damas morrendo de vontade de serem convidadas, Pedro aproximou-se dele e pegou-lhe no braço.

— Você que dança sempre, há aqui minha *protegida*, a jovem Rostov. Convide-a, pois — disse-lhe.

— Onde está ela? — perguntou Bolkonski. — Desculpe-me — disse ele ao barão, — continuaremos esta conversa noutra parte, mas no baile é preciso dançar.

Avançou na direção indicada por Pedro. O rosto desolado de Natacha saltou-lhe logo à vista. Reconheceu-a, adivinhou o sentimento que a agitava, compreendeu que era ela uma estreante e, com ar alegre, aproximou-se da Condessa Rostov.

— Permiti-me que vos apresente minha filha — disse a condessa, corando.

— Somos velhos conhecidos, talvez se recorde a senhora condessa — disse André, com uma profunda reverência, cuja cortesia desmentia completamente o que dissera a Senhorita Peronski a respeito de sua rudeza. Antes de ter acabado de formular seu convite, avançou o braço para enlaçar a cintura de Natacha. Propôs-lhe um giro de valsa. O rosto ansioso de Natacha, pronto a refletir tanto o desespero como a extrema alegria, iluminou-se de súbito com um sorriso infantil, feliz e reconhecido.

"Há muito tempo que te esperava", parecia dizer aquele sorriso, que havia atravessado as lágrimas prestes a cair, enquanto que a moça, ao mesmo tempo amedrontada e radiante, apoiava sua mão no ombro do príncipe. Foram o segundo par a se lançar no círculo. O príncipe era um dos primeiros dançarinos de seu tempo. Natacha dançava também com perfeição. Seus pezinhos, rápidos e leves nos seus sapatos de cetim, pareciam estar animados por um movimento próprio; seu rosto irradiava de felicidade. Em comparação com os de Helena, seu pescoço e seus braços nus eram magros e até feios. Decerto seus ombros ainda não estavam cheios, nem seu busto ainda formado; mas Helena parecia patinada pelo fogo dos mil olhares que lhe haviam deslizado pelo corpo, ao passo que Natacha não passava de uma meninota a quem pela primeira vez decotaram e que teria tido grande vergonha disso, se não lhe tivessem afirmado que era indispensável.

O Príncipe André gostava de dançar; desejoso de escapar o mais cedo possível às conversações políticas e sérias com que o acabrunhavam, e também para dissipar a atmosfera de constrangimento causada pela presença do imperador, tinha-se decidido a valsar; escolhera Natacha, para causar prazer a Pedro, porque era a primeira pessoa bonita que atraíra seu olhar; mas, assim que lhe enlaçou a cintura fina e flexível, assim que a sentiu se mover tão perto dele, assim que a viu sorrir-lhe tão de perto, o encanto da moça o embriagou e subiu-lhe à cabeça. E experimentou como que um rebrotar de mocidade e de vida quando, todo resfolegante, depois de a haver reconduzido a seu lugar, parou para contemplar os outros dançarinos.

17. Após o Príncipe André, foi Boris convidar Natacha para dançar e depois de Boris, o ajudante-de-campo que havia aberto o baile, e ainda outros rapazes, tanto que teve ela de passar para Sônia seus demasiado numerosos cavaleiros. Radiante, corada, não parou de dançar a noite inteira, sem nada ver, nem nada notar do que retinha a atenção geral. Não viu que o imperador se entretinha em longa conversação com o Embaixador da França, e que falava a certa dama com uma amabilidade especial; que tal ou qual príncipe fizera ou dissera tal ou qual coisa; que Helena lograra grande êxito, que certo personagem a honrara com uma atenção toda especial. Nem mesmo viu o imperador e só notou sua partida pela animação que a seguiu. O Príncipe André dançou de novo com ela um dos alegres cotilhões que precederam a ceia. Recordou-lhe ele seu primeiro encontro na alameda de Otradnoie, aquela noite de lua em que ela não podia dormir e a conversa que havia ele involuntariamente ouvido. Ela corou a essa lembrança e tratou de justificar-se, como se tivesse vergonha dos sentimentos que o príncipe então nela surpreendera.

Da mesma maneira que todos os que cresceram na sociedade, gostava o príncipe de encontrar em sociedade pessoas que não traziam a banal marca mundana. E Natacha era assim, com seus espantos, sua alegria, seu acanhamento e até seus erros de francês. Tratava-a, ele, pois, com uma ternura, com uma delicadeza bem particulares. Sentado ao lado dela, entretendo-a com as coisas mais comuns e mais insignificantes, admirava o brilho alegre de seu olhar e seu sorriso que respondia menos ao que diziam eles do que à sua alegria interior. Enquanto a convidavam ou enquanto dançava, admirava ele sobretudo a sua graça ingênua. Em meio do cotilhão, como Natacha, após uma figura, voltasse ofegante a seu lugar, novo cavalheiro foi tirá-la. Não podendo mais, ia ela recusar, mas de repente apoiou-se no ombro de seu cavalheiro, sorrindo ao Príncipe André.

"Gostaria muito de descansar e ficar convosco, porque estou fatigada; mas vede como me procuram e estou muito contente; sim, sinto-me feliz, gosto de toda a gente esta noite e nós nos compreendemos perfeitamente". Eis, como bem outras coisas ainda, o que dizia seu sorriso. Quando seu cavalheiro a reconduziu, atravessou Natacha a sala correndo, para convidar duas damas à figura seguinte.

"Se ela se dirigir primeiro à sua prima, depois à outra dama, será minha mulher", disse a si mesmo, bastante inopinadamente o Príncipe André, seguindo-a com os olhos. Ela seguiu diretamente ao encontro de sua prima. "Que tolices passam pela cabeça da gente! — pensou ele. — Em todo o caso, essa mocinha é tão gentil, tão original, que antes de um mês terá encontrado quem dela tome conta. Não tem outra igual aqui". Tal era o giro das reflexões do príncipe, quando Natacha, reajustando a rosa de seu corpete, voltou a sentar-se a seu lado.

No fim do cotilhão, o velho conde, na sua casaca azul, aproximou-se dos dançarinos. Convidou o Príncipe André a visitá-los e perguntou à sua filha se se havia divertido. Natacha não respondeu imediatamente; seu sorriso parecia dizer: "Como se pode fazer semelhante pergunta?"

— Como nunca em minha vida! — confessou por fim e o Príncipe André notou que seus braços magros esboçaram um movimento rápido para enlaçar seu pai, mas depois tombaram logo. E na verdade Natacha jamais se sentira tão feliz. Saboreava aquele momento supremo de felicidade, em que a gente se sente toda bondade, toda perfeição, em que não se crê mais no mal, nem no infortúnio, nem na dor.

Pela primeira vez no curso do baile, Pedro se sentiu mortificado pela situação que sua mulher ocupava na alta sociedade. Sombrio, distante, com a fronte vincada por uma larga ruga, permanecia de pé junto a uma janela, olhando através de seus óculos, mas sem nada ver.

Quando Natacha passou por diante dele para ir cear, espantou-a o ar sombrio e infeliz de Pedro. Parou, desejosa de ir em seu auxílio, de comunicar-lhe a demasia de sua felicidade.

— Quanto a gente se diverte, conde, não é? — perguntou-lhe.

Pedro, que evidentemente não havia compreendido, sorriu com um ar distraído.

— Sim, estou muito contente — proferiu ele.

"Como se pode estar descontente! — pensava Natacha. — Sobretudo esse Bezukhov, que é tão gentil!" A seus olhos todos aqueles que assistiam ao baile eram uniformemente bons, gentis, deliciosos; todos se amavam uns aos outros; ninguém era capaz de ofender a seu próximo e por isso toda a gente devia ser feliz.

18

. No dia seguinte, o príncipe só concedeu rápida lembrança ao baile da véspera. "Sim, foi um baile muito brilhante... Que mais?... Ah, sim, a pequena Rostov... Encantadora, palavra, com um não sei quê de novo, de original, que a distingue vantajosamente de nossas petersburguesas."

A isto se limitaram suas reflexões. Logo depois que tomou o chá, pôs-se a trabalhar. Entretanto, fosse fadiga, fosse insônia, não se sentia no seu estado normal e, como isso lhe acontecia bem muitas vezes, encontrava sem cessar censuras a seu trabalho. De modo que sentiu-se encantado, quando lhe anunciaram uma visita.

Era um tal Bitski, membro de diversas comissões, assíduo em todos os círculos, partidário encarniçado de Speranski e de suas reformas, divulgador zeloso de todos os boatos da capital, um desses homens que seguem a moda nas suas opiniões como nos seus trajes, o que os faz passar como ardentes partidários das ideias novas. Com ar preocupado, mal tendo tempo de tirar o chapéu, correu para junto de André e se expandiu em longas falas. Acabava de ter conhecimento de numerosos pormenores sobre a sessão do Conselho do Império, que o imperador abrira naquela manhã mesmo, com discurso notabilíssimo. O imperador falara como somente falam os monarcas constitucionais. Disse, sem meias palavras, que o Conselho e o Senado são "corpos" do Estado, que o governo devia repousar sobre "princípios sólidos" e não sobre arbitrariedade. Disse que as finanças deviam ser reorganizadas e também os orçamentos públicos. Bitski contava tudo isso, destacando certas palavras e revirando olhos bem escancarados.

— Sim — concluiu ele, — é um acontecimento que abre uma era, a era mais grandiosa de nossa História.

Ouvindo esse relato duma inauguração que aguardara com tanta impaciência e a que ligava tanta importância, espantou-se o príncipe de que esse acontecimento, uma vez efetivado, não somente não o emocionou, mas lhe pareceu mais do que insignificante. Opunha uma ironia semelhante à relação entusiasta de Bitski. Uma ideia muito simples acorria-lhe ao espírito: "Que importa a mim e a Bitski, que importa a nós todos, que tenha aprazido ao imperador falar assim ao Conselho? Tornar-me-á isso mais feliz e melhor?"

E de repente, essa simples reflexão retirou a seus olhos todo interesse às reformas em via de realização. Naquele mesmo dia deveria jantar em casa de Speranski, *en petit comité*, como lhe dissera o dono da casa ao convidá-lo. A ideia de fazer uma refeição no círculo da família e de amigos dum homem a quem tanto admirava, havia-o tanto mais encantado quanto jamais o vira na intimidade. E eis que perdera a vontade de lá ir.

Na hora marcada, no entanto, entrou na casinha que Speranski possuía no Jardim de Tauride e que se distinguia por uma limpeza meticulosa, conventual. Na sala de jantar, de tacos, André, um pouco atrasado, encontrou, reunido desde as cinco horas, todo o grupo dos íntimos que constituíam o petit comité. De senhoras havia apenas a filhinha do ministro, que tinha o rosto comprido do pai, e sua governanta. Os convidados eram Gervais, Magnitski e Stolypin. Desde a antecâmara ouviu André barulho de vozes, bem como uma risada sonora e bem clara, uma risada de ator. Alguém que tinha a voz de Speranski espaçava nitidamente os suspiros: ha! ha! ha!... Como jamais vira Speranski alegre, aquele riso agudo e retumbante do homem de Estado causou-lhe esquisita impressão.

Entrou na sala de jantar. Toda a sociedade estava agrupada entre duas janelas, diante da mesa dos aperitivos. Speranski, com uma medalha sobre o fraque cor de cinza, usando manifestamente o mesmo colete ainda branco e a mesma alta gravata branca da famosa sessão do Conselho do Império, mantinha-se perto da mesa, com o rosto todo alegre. Voltado para o dono da casa que o ouvia, rindo de antemão do que ia dizer, contava Magnitski uma anedota. Quando o Príncipe André entrou, risadas abafaram de novo as palavras do narrador. Stolypin ria a bom rir, com uma grossa voz de baixo, mastigando um bom naco de queijo; Gervais tinha uma risadinha chiante e Speranski um riso agudo e martelado. Sem interromper sua hilaridade, estendeu a André sua mão branca e gorducha.

— Encantado em vê-lo, príncipe — disse ele, interrompendo a história de Magnitski: "Um instante", — acrescentou. — Nosso jantar está consagrado ao prazer; convencionamos, pois, não tratar de negócios.

Voltou-se para o narrador e se pôs a rir.

Cada vez mais surpreendido por o ver rir assim, André fitava-o com uma tristeza de desaponto. Seria mesmo Speranski? Tudo quanto crera ver nele de misterioso, de sedutor, se esvanecia. Nada mais o atraía naquele homem.

Durante todo o jantar, houve um verdadeiro tiroteio de anedotas engraçadas. Mal acabava Magnitski a sua, outro convidado se achava no dever de contar uma mais engraçada ainda. Todas quase ridicularizavam, se não a administração propriamente dita, pelo menos o pessoal administrativo. A nulidade desse pessoal parecia naquele pequeno círculo um fato de tal modo estabelecido que se tomava a seu respeito uma única posição de indulgência sarcástica. Speranski contou que no Conselho, pela manhã, como se perguntasse sua opinião a um dignitário atingido de surdez, este respondera que era da mesma opinião. Gervais narrou prolixamente um caso de inspeção, notável pela estupidez de todos os atores. Stolypin, gaguejando, fulminou os abusos do regime precedente, o que esteve a ponto de dar à conversa um caráter sério. Magnitski zombou de seu ardor, Gervais lançou uma piada e a conversa retomou seu jeito zombeteiro.

Era bem patente que Speranski gostava de relaxar-se de seus trabalhos num círculo de amigos; seus convidados, compreendendo seu desejo, esforçavam-se por diverti-lo, divertindo-se também ao mesmo tempo. Mas aquela alegria pareceu ao Príncipe André penosa, forçada. O timbre agudo da voz de Speranski causou-lhe desagrado. O riso perpétuo daquele homem pareceu-lhe soar falso e feriu-o em seu sentimento mais íntimo. Como fosse o único a manter-se sério, receou passar por importuno; mas ninguém notou que não se harmonizava ele com o mesmo diapasão. Toda a gente parecia no auge da alegria.

Por várias vezes, quis misturar-se à conversação, mas tudo o que dizia era rejeitado como uma rolha na água e não conseguia colocar-se no mesmo tom das facécias deles. Não havia, aliás, nestas, nada de deslocado ou de inconveniente; tudo, nos seus ditos, era fino, espirituoso e teria podido ser engraçado; mas lhes faltava esse não sei quê que forma o sal da alegria e de cuja existência não pareciam mesmo ter suspeita.

Acabado o jantar, a filha de Speranski e sua governanta se levantaram, Speranski beijou sua filha e acariciou-a com sua mão branca. E até mesmo esse gesto pareceu a André pouco natural.

Os homens, segundo a moda inglesa, ficaram na mesa para tomar vinho do Porto. Veio-se a falar da guerra da Espanha; aprovavam todos a atitude de Napoleão, e o Príncipe André outorgou-se a permissão de contradizê-los. Speranski sorriu e, para fazer desviar a conversa daquele assunto escabroso, contou uma anedota completamente fora de propósito. Seguiu-se um silêncio geral.

Ao fim dum instante, Speranski tornou a arrolhar a garrafa, dizendo: "Hoje o bom vinho não corre pelas ruas". Deu-a a um criado e levantou-se. Todos o imitaram e passaram para o salão, conversando ruidosamente. Entregaram a Speranski dois envelopes trazidos por um mensageiro; recebeu-os e retirou-se para seu gabinete. Assim que ele saiu, a alegria geral morreu e os convidados começaram a entreter-se em voz baixa a respeito de coisas bastante razoáveis. Mas Speranski não tardou em voltar.

— E agora — disse ele, — passemos à declamação! Ele tem um talento espantoso — afirmou o Príncipe André, apontando para Magnitski.

Este tomou logo uma atitude apropriada e declamou em francês uma poesia humorística que compusera sobre personagens em vista de Petersburgo. Por várias vezes, interromperam-no os aplausos. Quando terminou, o príncipe adiantou-se para Speranski, a fim de despedir-se.

— Para onde vai tão cedo? — perguntou-lhe este.

— Tenho compromisso para a noite...

Não disseram uma ao outro nenhuma palavra mais. André olhou de perto aqueles olhos de reflexos de espelho que não se deixavam penetrar e pareceu-lhe ridículo ter podido esperar o que quer que fosse daquele homem e da atividade a que se dedicara sob seu impulso. Como levar a sério o que fazia um Speranski? Aquele riso calculado, sem alegria, perseguiu-o muito tempo depois de se haver retirado.

De volta à sua casa, passou em revista, como se fosse coisa nova, a existência que levara em Petersburgo, durante aqueles quatro últimos meses. Lembrou-se dos passos que dera, de suas solicitações, de toda a história de seu projeto de código militar, aceito para exame e sobre o qual se faziam esforços para manter o silêncio, unicamente porque outra memória, muito inferior, já fora apresentada ao imperador. Lembrou-se das reuniões da comissão de que Berg era membro, reuniões em que se evitava cuidadosamente abordar a fundo a questão para discutir, exaustivamente, a forma que convinha dar às atas. Relembrou por fim seus trabalhos legislativos, suas traduções diligentes do Direito Romano, do Código Napoleônico, e a vergonha apoderou-se dele ao pensar nessas coisas. Reviu-se em seguida em Bogutcharovo, recordou suas ocupações no campo, sua viagem a Riazan, seus camponeses, seu estarosta Drone, e, aplicando-lhes os princípios do direito das gentes, cuidadosamente postos por ele em parágrafos, ficou grandemente surpreendido por ter podido consagrar um tempo tão longo a um trabalho tão vão.

19

. No dia seguinte, o Príncipe André foi visitar certas pessoas às quais não tinha ainda podido apresentar suas homenagens e especialmente os Rostov, com quem renovara conhecimento no último baile. Esta última visita não lhe era somente ditada pelas leis da polidez, mas pelo desejo de rever aquela moça original e cheia de vida, que lhe deixara tão deliciosa impressão.

Natacha foi dos primeiros a recebê-lo. Com seu vestido azul de casa, pareceu-lhe mais bonita ainda do que com seu traje de baile. Ela e toda a família Rostov acolheram Bolkonski como um velho amigo, com uma simplicidade cordial. Essa família, que outrora ele julgara com severidade, pareceu-lhe desta vez composta de pessoas excelentes, simples e boas. Não pôde resistir à franqueza hospitaleira do velho conde, em tão franco contraste com o tom cerimonioso de Petersburgo e aceitou-lhe o convite para jantar. "Sim — dizia a si mesmo, — são gente direita, que bem-entendido, nem sequer suspeita do tesouro que possui na pessoa de Natacha, que aliás, serve de excelente contraste a essa deliciosa menina, tão poética, tão transbordante de vida".

Sentia-se diante daquele jovem ser como em presença de um mundo desconhecido, à parte, cheio de insuspeitadas alegrias, aquele mundo que já, na alameda de Otradnoie e na janela banhada de luar, tanto o havia intrigado. Aquele mundo agora não lhe era mais estrangeiro; nele penetrando, encontrava novos gozos.

Depois do jantar, Natacha, a seu pedido, pôs-se ao cravo e cantou. Enquanto conversava com as senhoras num vão de janela, Bolkonski a escutava. Calou-se bruscamente no meio duma frase, sentindo que lágrimas lhe subiam à garganta, coisa de que não se julgava capaz. Com os olhos fixos na cantora, experimentava uma emoção desconhecida, uma felicidade misturada de tristeza. Sem ter motivo algum para chorar, estava prestes a derramar lagrimas. Chorar o quê? O seu primeiro amor? A sua princesinha? As suas desilusões? As suas esperanças? Sim e não. Aquela vontade de chorar provinha sobretudo duma revelação que se fazia nele: a espantosa contradição entre o que sentia de infinitamente grande e de indeterminado no fundo de seu ser e o individuo estreito e corpóreo que ele próprio era — e que ela também era — acabava de surgir-lhe ao espírito. Eis o que causava ao mesmo tempo seu tormento e sua alegria, enquanto Natacha cantava.

Quando ela terminou, veio ter com ele para perguntar-lhe se tinha gostado de sua voz. Mas apenas fez a pergunta, compreendeu de súbito sua inconveniência e ficou perturbada. Ele olhou-a, sorrindo e lhe disse que seu cântico lhe havia agradado como tudo quanto ela fazia.

O príncipe voltou para casa tarde da noite. Deitou-se maquinalmente, mas logo se deu conta de que não poderia dormir naquela noite. Acendia a vela, levantava-se, tornava a deitar-se, sem maldizer aquela insônia, tão doce era o fluxo das sensações novas que o arrebatava: parecia-lhe, ao sair dum quarto fechado, respirar o ar livre a plenos pulmões. A ideia de que pudesse estar apaixonado por Natacha nem mesmo lhe ocorria; não pensava nela, mas tinha-a presente diante de si, e por consequência toda a sua vida se lhe apresentava sob nova luz. "Por que — dizia a si mesmo, — criar-me tantas complicações neste quadro estreito e fechado, quando a vida, a vida toda com todas as suas alegrias, está aberta diante de mim?" E pela primeira vez, desde muito tempo, pôs-se a forjar planos felizes de futuro. Resolveu confiar a educação de seu filho a um preceptor; quanto a ele, pediria demissão, viajaria pela Inglaterra, pela Suíça, pela Itália. "É preciso — pensava — aproveitar minha liberdade, enquanto sinto em mim tanta força e juventude. Pedro tinha razão de dizer que para ser feliz é preciso crer na possibilidade da felicidade; atualmente, creio nela. Deixemos os mortos enterrarem os mortos; enquanto se está vivo, é preciso viver e ser feliz".

20. Certa manhã, o Coronel Adolfo Berg, que Pedro conhecia, como conhecia toda gente em Moscou e Petersburgo, entrou em sua casa, com seu belo uniforme, novo em folha, os cabelos empomadados e penteados sobre as têmporas à maneira do Imperador Alexandre.

— Acabo de vir da casa da condessa vossa esposa — disse ele, sorrindo, — e estou desolado porque meu pedido não conseguiu ser atendido; espero ser mais feliz junto de vós, conde.

— Que desejais, coronel? Estou às vossas ordens.

— Eis-me aqui, conde, inteiramente instalado na minha nova residência — disse Berg, convencido de antemão de que essa notícia não podia ser acolhida sem imenso prazer. — De modo que desejei dar uma pequena recepção a meus conhecidos e aos de minha mulher. — Mostrou um sorriso mais gracioso ainda. — Queria rogar à condessa e a vós a bondade de vir tomar em nossa casa uma xícara de chá acompanhada de uma ceia.

Somente a Condessa Helena Vassilievna, julgando indigna de si a sociedade daqueles Berg, podia ter a crueldade de declinar semelhante convite. Berg explicou tão claramente porque desejava reunir em sua casa uma sociedade pouco numerosa, mas escolhida, porque isso lhe causaria grande prazer, porque, a fim de receber uma boa sociedade, consentia de boa vontade em fazer sacrifícios que teria lamentado fazer pelo jogo e outras diversões repreensíveis, em suma, insistiu tão bem que Pedro não pôde recusar e prometeu ir.

— Somente, não muito tarde conde, suplico-vos; aí pelas sete e cinquenta, se quiserdes ter a bondade. Jogaremos uma partida. Nosso general também comparecerá; mostra-se muito bondoso para comigo. Cearemos, conde. Está entendido, não?

Contrariamente a seu hábito de estar sempre em atraso, Pedro chegou naquela noite em casa dos Berg às sete e quarenta e cinco em vez de às sete e cinquenta.

Terminados todos os preparativos, estavam os Berg prontos para receber seus convidados. Esperavam-nos no novo gabinete, claro, elegante, guarnecido de estatuetas, de quadros e de um mobiliário novo. Berg, em seu uniforme igualmente novo e rigorosamente abotoado, explicava à sua mulher que se pode e que se deve ter sempre conhecidos entre as pessoas mais altamente colocadas, porque só se poderia esperar delas satisfação. "Há sempre algo a ganhar com essas pessoas. Pode-se sempre tirar vantagens de seu convívio. Examina, por exemplo, minha carreira, desde meus primeiros postos. — Berg não contava jamais sua carreira pelos anos, mas pelas promoções. — Meus camaradas nada são ainda, ao passo que eu estou em ponto de comandar um regimento e tenho a felicidade de ser teu marido. — Levantou-se para beijar a mão de Vera, mas de passagem consertou uma ponta de tapete que estava levantada. — E a que devo tudo isto? Sobretudo à arte de escolher meus conhecidos. O que não exclui, bem-entendido, nem a virtude, nem a pontualidade".

Berg sorriu, consciente de sua superioridade sobre uma fraca mulher e calou-se, dizendo a si mesmo que, afinal, se aquela encantadora esposa sua era fraca como todas as outras, não podia conceber tudo quanto constitui a dignidade de ser um homem, ein Mann zu sein. Entretanto, Vera sorria também, consciente de sua superioridade sobre seu virtuoso marido, excelente homem sem dúvida, mas que tinha uma falsa compreensão da vida, como todos os homens, aliás. Berg, que julgava as mulheres de acordo com a sua, considerava-as todas como seres fracos e simplórios. Vera, julgando os homens segundo apenas seu marido e generalizando suas observações, supunha que todos se julgavam os únicos seres racionais, mas que na realidade não compreendiam nada, sendo orgulhosos e egoístas.

Berg levantou-se, e enlaçando com precaução sua mulher, para não amarrotar o mantelete de rendas que lhe custara caro, beijou-lhe os lábios.

— O principal é que não tenhamos filhos demasiado depressa — disse ele, numa inconsciente associação de ideias.

— Sim — respondeu Vera, — não faço questão absolutamente. É preciso viver para o mundo.

— A Princesa Iussupov tinha um igualzinho — disse Berg, designando o mantelete com um sorriso satisfeito.

Naquele momento, anunciou-se o Conde Bezukhov. Os dois esposos trocaram um sorriso de satisfação, cada qual atribuindo a si a honra daquela visita.

"Eis o que é saber fazer relações — disse a si mesmo Berg. — Eis o que é saber conduzir-se!"

— O que te peço — disse Vera — é não vires interromper-me, quando estiver com convidados; sei muito bem o que é preciso dizer a cada um.

— Nem sempre — disse Berg, sorrindo. — Por vezes é preciso com os homens uma conversa de homens.

Pedro foi recebido no salão novinho, onde não era possível sentar-se sem desmanchar-lhe a impecável simetria. Teria sido, pois, bem natural que Berg propusesse magnanimamente romper a ordem das poltronas e do divã, em honra daquele hóspede tão querido; mas sua perplexidade a esse respeito era tão insensível que deixou a decisão à escolha de seu convidado. Este desmanchou, pois, por si mesmo, a simetria, aproximando uma cadeira para nela se sentar e imediatamente Berg e Vera deram começo a seu serão, interrompendo-se mutuamente para entreter seu hóspede.

Decidira Vera, por seu próprio arbítrio, que um assunto muito adequado a interessar Pedro era a Embaixada da França; abordou, pois, logo de início esse tema. Julgando, pelo contrário, que uma conversa de homens se impunha, Berg interrompeu sua mulher e introduziu a questão da guerra com a Áustria. Depois de haver emitido algumas ideias gerais, lançou-se, maquinalmente, sem dúvida, em considerações pessoais sobre a proposta que lhe haviam feito de tomar parte nessa campanha e sobre as razões que haviam motivado sua recusa. Travada dessa maneira, a conversa correu frouxa e Vera mostrou-se contrariada contra essa intervenção do elemento masculino; não obstante, os dois esposos verificaram com satisfação que seu serão, se bem que reduzido no momento a um só convidado, começava perfeitamente e se assemelhava como duas gotas d'água a qualquer outro serão, em que se conversa, e toma-se chá, à luz das velas acesas.

Logo depois chegou Boris, velho camarada de Berg. Sentia-se na sua maneira de portar-se com os dois esposos certo ar protetor, um matiz de superioridade. Apareceu em seguida o coronel, acompanhado duma dama, depois o general em pessoa, enfim os Rostov e a partir de então o serão se assemelhou absoluta e indubitavelmente a todos outros serões. Berg e Vera não puderam conter um sorriso de contentamento, vendo o salão animar-se, ouvindo aquelas conversas sem ligação e o fru-fru dos vestidos entre as saudações trocadas. Tudo se passava como em qualquer parte, aliás, o general, sobretudo, se assemelhava a todos os outros generais: deu palmadinhas cordiais no ombro de Berg, cumprimentou-o pelo bom gosto de sua instalação e organizou, com uma sem-cerimônia toda pessoal, a mesa para o bóston. Instalou-se junto do Conde Ilia Andreievitch, considerando-o o convidado mais ilustre depois de si próprio. Os velhos com os velhos, os moços com os moços, a dona da casa junto da mesa de chá — sobre a qual repousavam, numa cesta de prata, bolos absolutamente idênticos aos que tinham sido servidos em casa dos Panin — tudo decorreu absolutamente conforme com os outros serões.

21

21. Na sua qualidade de convidado de importância, teve Pedro de tomar lugar à mesa de boston com Ilia Andreievitch, o general e o coronel. Como estivesse sentado em face de Natacha, notou não sem estupor, que estranha mudança se produzira nela desde o baile. Mantinha-se em silêncio, não estava tão bonita como então, dir-se-ia mesmo feia, não fosse a expressão de passividade, de indiferença por tudo espelhada em seu rosto.

"Que terá ela?" perguntava a si mesmo Pedro, observando-a. Sentada à mesa de chá junto de sua irmã, respondia distraidamente e sem olhar para ele, ao que Boris, seu vizinho, lhe dizia. Pedro pedira só um boston e já fizera cinco vazas para satisfação de seu parceiro; no momento em que recolhia suas vazas, ouviu um rumor de passos, uma troca de cumprimentos e lançou um olhar para Natacha. "Que aconteceu então?" — perguntou a si mesmo.

O príncipe, de ar atento e terno, conservava-se diante de Natacha e lhe dirigia a palavra. Ela erguia os olhos para ele, toda ruborizada e mal contendo a respiração ofegante. Aquele fogo íntimo, extinto alguns minutos antes, ardia de novo nela com uma viva labareda. Transformara-se por completo: não mais parecia feia, estava de novo como no baile.

André foi cumprimentar Pedro e este notou que o rosto de seu amigo assumira também uma expressão nova, como que um ar de mocidade.

No curso da partida, Pedro trocou de lugar várias vezes, ora dando as costas para Natacha, ora ficando-lhe de frente, e durante os seis "robres" ou partidas duplas, não cessou de observar tanto seu amigo como a moça.

"Passa-se algo de grave entre eles", disse a si mesmo, e um misto de alegria e de saudade comoveu-o a ponto de fazê-lo esquecer o jogo.

Depois dos seis "robres", o general se levantou, afirmando que era impossível jogar naquelas condições e Pedro recuperou sua liberdade. Natacha conversava com Sônia e Boris; Vera, com um sorriso sutil nos lábios, entretinha-se com o Príncipe André. Pedro foi ter com seu amigo e sentou-se junto deles, perguntando se não era indiscreto. Vera, que havia notado as atenções do príncipe para com Natacha, acreditou que em seu serão, um verdadeiro serão, eram de rigor finas alusões sentimentais; aproveitando, pois, dum momento em que o príncipe estava só, travara com ele uma conversa sobre o amor em geral e sobre sua irmã em particular. Para com um convidado tão inteligente como era a seus olhos o Príncipe André, achava necessário utilizar toda a sua diplomacia.

Quando Pedro se aproximou, notou que Vera, muito excitada, deleitava-se com suas próprias palavras e que o príncipe, o que lhe acontecia raramente, mostrava-se todo confuso.

— Que pensais? — dizia ela, com seu sutil sorriso. — Sois tão perpicaz e compreendeis tão bem à primeira vista o caráter das pessoas... Que pensais de Natália? Poderá ela ser constante nas suas afeições? Poderá ela, como outras mulheres — queria dizer ela própria — amar um homem duma vez para sempre e sempre permanecer-lhe fiel? Eis, a meu ver, o verdadeiro amor. Que pensais, príncipe?

— Conheço muito pouco vossa irmã — respondeu o Príncipe André, dissimulando sua perturbação sob um sorriso irônico, — para responder a uma pergunta tão delicada; e depois tenho notado que, quanto menos uma mulher procura agradar, mais fiel ela é — acrescentou, voltando-se para Pedro que se dirigia naquele momento para o lado deles.

— Sim, é exato, príncipe — prosseguiu Vera. — Em nosso tempo... — Vera falava de seu tempo como gostam de fazê-lo os espíritos estreitos, que imaginam ter descoberto e apreciado, pelo seu justo valor, as particularidades de seu tempo e supõem que a natureza humana se transforma de acordo com as épocas. — Em nosso tempo, as moças gozam duma tão grande liberdade que o prazer de serem cortejadas sufoca muitas vezes nelas o verdadeiro sentimento. E Natália, é preciso confessá-lo, é muito sensível a isso.

Esta nova alusão a Natália fez o príncipe mais uma vez franzir o cenho; quis levantar-se, mas Vera continuou, com um sorriso cada vez mais sutil:

— Creio bem que ninguém tem sido tão cortejada quanto ela, mas ninguém, até hoje lhe agradou seriamente. Bem sabeis, conde — continuou ela, dirigindo-se a Pedro — que até mesmo o nosso encantador primo Boris, que, seja dito entre nós, havia penetrado bem profundamente no país da ternura...

O Príncipe André, todo carrancudo, nada dizia.

— Sois amigo de Boris, não? perguntou-lhe Vera.

— Sim, conheço-o.

— Falou-vos ele sem dúvida de seu amor de infância por Natacha.

— Ah! houve um amor de infância? — perguntou o príncipe, tornando-se subitamente vermelho.

— Sim. É coisa sabida que essa intimidade entre primo e prima leva algumas vezes ao amor: a intimidade entre primos é perigosa, não é mesmo?

— Oh! sem dúvida — disse o príncipe que, com uma jovialidade forçada, recomendou a Pedro que tivesse cuidado com suas primas quinquagenárias de Moscou.

Todo brincalhão, levantou-se, pegou Pedro pelo braço e levou-o de parte.

— Pois bem! Que há? — perguntou Pedro, a quem surpreendera bastante a agitação de seu amigo e que havia notado o olhar que ele lançara, ao levantar-se, para Natacha.

— Preciso falar-te. Sabes bem, nossas luvas de mulher... — respondeu André, referindo-se àquelas luvas dadas ao franco-maçom, recentemente iniciado, para remeter à mulher a quem viesse a amar. — Eu... Bem, não, ficará para mais tarde.

E com uma chama estranha no olhar e extrema nervosidade, foi-se colocar ao lado de Natacha. Pedro viu-o perguntar alguma coisa à moça que lhe respondeu ruborizando-se. Mas no mesmo momento Berg veio pedir insistentemente a Pedro para participar da discussao que se travara entre o general e o coronel a respeito dos negocios da Espanha.

Berg estava arrebatado. Um sorriso de satisfação irradiava-se de seu rosto. Seu serão estava perfeito e em todos os pontos semelhantes aos outros serões que vira. Delicadas conversas femininas, jogo de cartas com um general elevando a voz, samovar, bolos, nada faltava, exceto um único pormenor, que Berg sempre observara nos serões que tomava como modelos: era uma conversa barulhenta entre homens e uma discussão sobre um assunto grave e cheio de interesse. Graças ao general, uma discussão desse gênero se travava; Berg apressou-se, pois, em convidar Pedro para ela.

22. No dia seguinte, respondendo a um convite do Conde Ilia Andreievitch, o Príncipe André foi jantar em casa dos Rostov e passou lá o dia inteiro.

Todos sabiam quem era o motivo de sua ida. Durante todo o tempo de sua visita, não cessou, aliás, de fazer abertamente a corte a Natacha. E Natacha, ao mesmo tempo feliz e atemorizada, e a família inteira experimentavam aquela angústia que precede os acontecimentos solenes. Quando ele se entretinha com sua filha, lançava a condessa ao príncipe olhares sérios e tristes. Mas, assim que o olhar dele pousava sobre ela, dissimulava sua perturbação com palavras insignificantes. Sônia não ousava afastar-se de Natacha e temia constrangê-la ficando junto dela. Natacha empalidecia de temor, de expectativa, quando ficava um minuto a sós com o Príncipe André. A timidez de seu cortejador a desconcertava; sentia bem que ele tinha necessidade de dizer-lhe alguma coisa, mas que não podia resolver-se a fazê-lo.

Quando, ao anoitecer, ele partiu, a condessa dirigiu-se diretamente a Natacha e lhe perguntou em voz baixa:

— Então?

— Mamãe, rogo-lhe, não me pergunte nada agora — respondeu ela — Essas coisas não se dizem.

E no entanto, naquela noite mesma, Natacha, passando sucessivamente, da excitação ao abatimento, permaneceu muito tempo de olhos fixos, deitada no leito de sua mãe. Contou-lhe que ele lhe havia dirigido galanteios; que lhe dissera que ia partir para o estrangeiro; que lhe perguntara aonde iriam eles passar o verão e lhe falara também a respeito de Boris.

— Mas nunca, nunca — confessou ela, — nada experimentei de semelhante. Em sua presença, tenho medo, sempre medo; que quer isso dizer? Quer dizer que é sério, não é? Mamãe, está dormindo?

— Não, meu bem, eu também tenho medo. Vamos, vai dormir.

— De qualquer maneira, não dormirei. Dormir? Que coisa estúpida! Mamãe, mamãezinha, nunca senti coisa semelhante — disse ela, alarmada por descobrir em si esse sentimento novo. Quem haveria de pensar!...

Natacha acreditava ter-se apaixonado pelo Príncipe André desde seu primeiro encontro em Otradnoie. De modo que o homem a quem distinguira desde aquele instante (estava perfeitamente convencida disso), encontrava-se agora em seu caminho e não parecia mostrar-se indiferente por ela! Aquela felicidade estranha, inesperada, amedrontava-a.

— E essa coincidência de vir ele a Petersburgo, justamente agora que aqui estamos. E a outra, de nos reencontrarmos naquele baile. Tudo isso é obra do destino. Sim, é claro que isso devia acontecer dessa maneira. Assim que o vi, senti algo de particular.

— Que te disse ele ainda? Que versos são esses? Lê-os para mim — pediu-lhe sua mãe, num tom pensativo, a propósito dos versos que ele escrevera no álbum de Natacha.

— Mamãe, não fica mal casar com um viúvo?

— Cala-te, Natacha. Reza ao bom Deus. Os casamentos fazem-se no céu.

— Mamãe querida, quanto gosto da senhora, como sou feliz! — exclamou Natacha, derramando lágrimas de felicidade e de emoção. E lançou-se ao pescoço de sua mãe.

No mesmo momento, André, que fora à casa de Pedro, revelava-lhe seu amor por Natacha e sua firme intenção de casar com ela.

* * *

Naquele dia havia reunião em casa da Condessa Helena Vassilievna. O Embaixador da França, a Alteza que se tornara desde pouco tempo assíduo na casa, muitas senhoras e personagens distintas nela tomavam parte. Pedro deu um giro pelos salões e todos notaram seu ar distraído, concentrado, lúgubre.

Desde o baile, sentia Pedro a aproximação dum acesso de hipocondria e esforçava-se desesperadamente para reagir. Desde a ligação da Alteza com sua mulher, fora inopinadamente nomeado camareiro e a partir de então experimentava em sociedade uma impressão de constrangimento e de vergonha; suas antigas reflexões amargas sobre a vaidade das coisas humanas assaltavam-no cada vez mais frequentemente. A intimidade crescente que via estabelecer-se entre Natacha, sua protegida, e o Príncipe André, a comparação que fazia entre a situação de seu amigo e a sua própria, tudo isso ensombrecia ainda mais seu humor. Afugentava igualmente todo pensamento relativo tanto à sua mulher quanto a Natacha e ao príncipe. De novo tudo lhe pareceu desprezível em comparação com a eternidade, de novo perguntou a si mesmo: "De que serve?" E dia e noite, mergulhava em ocupações maçônicas, esperando assim repelir o espírito mau.

Perto da meia-noite, deixou os apartamentos da condessa e se retirou para os seus, no primeiro andar; ali, numa sala baixa, enfumaçada, instalou-se em sua mesa de trabalho, vestido com um velho roupão de quarto. Estava a ponto de transcrever as atas autênticas das lojas escocesas, quando alguém entrou. Era o Príncipe André.

— Ah! é você? — disse ele, com ar distraído, aborrecido. — Como vê, trabalho — acrescentou, mostrando seu caderno com o semblante das pessoas infelizes que procuram no trabalho o esquecimento de suas desgraças.

Sem prestar atenção à tristeza do amigo, o Príncipe André, de rosto radiante e como que transfigurado pela alegria, sorriu-lhe com o egoísmo da felicidade.

— Sim, meu caro, aqui estou. Queria dizer-te algo ontem e por isso vim ver-te. Nunca experimentei nada de semelhante. Estou apaixonado, meu amigo.

Pedro deu de repente um profundo suspiro e deixou-se cair pesadamente sobre o divã ao lado de André.

— Por Natacha Rostov, não é?

— Sim, sim, e por quem então, senão por ela? Jamais o teria acreditado, mas este amor é mais forte do que eu. Ontem sofri o martírio e, no entanto, esse martírio me é mais querido que tudo no mundo. Antes eu não vivia. Somente agora é que vivo, mas não posso viver sem ela. Mas poderá ela amar-me? Sou demasiado velho para ela... Fala, pois, não dizes nada.

— Eu? Eu? Que quer que lhe diga? — disse Pedro, que se levantou bruscamente e se pôs a andar para lá e para cá. — Pensei sempre isso... Essa moça é um verdadeiro tesouro... sim, um tesouro, uma ave rara. Meu querido amigo, suplico-lhe, não hesite, não pense, case-se, case-se, case-se... Será, estou certo disto, o mais feliz dos homens.

— Ela, porém?

— Ela o ama.

— Não digas tolices... — replicou André, sorrindo e mergulhando seu olhar no de Pedro.

— Ela o ama, sei disso — exclamou Pedro, impaciente.

— Então, escuta — disse André, pegando-lhe no braço. — Sabes em que estado moral me encontro? Preciso expandir-me junto a alguém.

— Pois bem, fale, isto me dará grande prazer — respondeu Pedro cujo rosto, de fato, serenou. A ruga de sua fronte desapareceu e foi sorridente que escutou o Príncipe André. Este tornara-se deveras o novo homem que parecia ser. Onde estava sua amargura, seu desencanto, seu desprezo pela vida? Pedro era o único homem diante do qual achava ele possível exprimir-se; em consequência, comunicou-lhe todos os seus pensamentos íntimos. Ora, traçava planos ousados e fáceis para um longo futuro; dizia que não podia sacrificar sua felicidade a um capricho de seu pai; que este recusasse seu consentimento, passaria sem ele! Ora, espantava-se, como de uma coisa estranha e de que não era senhor, desse sentimento que se apoderara dele.

— Se alguém me tivesse dito que poderia amar assim, não o teria crido — concluiu. — Não foi absolutamente aquele sentimento que experimentei outrora. O mundo para mim, se divide agora em duas metades: uma, onde ela está, onde tudo é felicidade, esperança, luz; a outra, onde ela não está, e onde só há trevas e desespero.

— Trevas e desespero — repetiu Pedro, — sim, sim, compreendo isso.

— Não posso deixar de amar a luz; isto não depende de mim. E sou muito feliz. Compreendes-me? Sei que te regozijas por mim.

— Sim, sim — afirmou Pedro, envolvendo seu amigo num olhar afetuoso e melancólico. Tanto mais o destino do príncipe lhe parecia luminoso, mais o seu tomava a seus olhos tonalidades sombrias.

23. O Príncipe André não podia casar-se sem o consentimento de seu pai; pôs-se então a caminho logo no dia seguinte.

O velho príncipe recebeu a comunicação de seu filho com uma calma aparente e uma cólera secreta. Recusava-se a compreender que alguém quisesse modificar sua vida, nela introduzir um elemento novo, quando a sua existência, dele, estava terminada. "Que me deixem pelo menos acabar meu tempo a meu gosto — dizia a si próprio. — Depois que eu morrer, farão o que bem lhes parecer". Com seu filho, entanto, recorreu à sua diplomacia dos grandes dias. Estudou friamente o caso, sob todos os seus aspectos.

Em primeiro lugar, tudo, naquele partido — nascimento, fortuna, parentela — era medíocre. Em seguida, André estava já avançado em idade e era fraco de saúde — o velho insistiu neste ponto, — ao passo que a pessoa em questão não passava de uma jovenzinha. Em terceiro lugar, André tinha um filho e fazia realmente dó confia-lo às mãos duma garota. "Em quarto lugar por fim, — acrescentou o príncipe, fitando seu filho com um olhar zombeteiro, — eis o que te peço: adia a coisa por um ano, faze uma viagem ao estrangeiro, trata-te, procura, como tens intenção, um preceptor alemão para o Príncipe Nicolau, e se, ao fim desse tempo, teu amor, tua paixão, tua predileção, tudo o que quiseres, forem tão grandes assim, então casa-te. E é esta a minha derradeira palavra, fica sabendo, minha derradeira palavra...", conclui ele, num tom que mostrava que nada no mundo fá-lo-ia dobrar-se.

Esperava o velho, evidentemente, que os sentimentos de André ou os de sua amada não resistiriam à prova de um ano, ou que ele próprio morresse nesse intervalo. André compreendeu-o e resolveu, para comprazê-lo, pedir a mão de Natacha, adiando para dali a um ano a realização do casamento.

Três semanas após sua última visita aos Rostov, estava André de regresso a Petersburgo.

* * *

No dia seguinte ao de suas confidências a sua mãe, Natacha esperou em vão Bolkonski o dia inteiro. O mesmo aconteceu nos dois dias seguintes. Como tampouco Pedro aparecia, Natacha, ignorando a partida de André, não podia explicar a si mesma sua ausência.

Três semanas decorreram desse modo. Natacha recusava-se a sair; sem ter o que fazer, abatida, errava como uma sombra de aposento a aposento; à noite, chorava às escondidas e não ia mais ter com sua mãe no leito desta. Ruborizava-se e enervava-se por coisa alguma. Imaginava que toda a gente, conhecendo sua decepção, zombava dela ou dela se compadecia. E essa picada de amor-próprio avivava mais seu desespero.

Um dia, foi procurar sua mãe, quis falar-lhe e rompeu bruscamente a chorar. Era a dor duma criança punida, que não sabe muito bem de que a culpam. A condessa se pôs a consolá-la. Natacha prestou atenção, a princípio, ao que dizia sua mãe, mas de repente a interrompeu.

— Não me fale mais, mamãe. Não penso mais nisso e não quero pensar nisso! Afinal, é bastante simples: ele vinha ver-nos e depois deixou, dei... xou.

Sua voz tremia, estava prestes a chorar, mas se conteve e continuou tranquilamente:

— Aliás, não quero casar-me. E depois, ele me fazia medo. Agora estou completamente, completamente calma.

* * *

No dia seguinte, vestiu Natacha um vestido velho que tinha o condão de pô-la de bom humor para o resto do dia e desde pela manhã retomou seu trem de vida que havia abandonado desde o baile. Tomado o chá, dirigiu-se ao grande salão, que lhe agradava particularmente por causa de sua boa acústica e nele estudou seu solfejo. Terminada a primeira lição, plantou-se no meio da sala para ali repetir uma passagem que lhe agradava entre todas. Encontrava um encanto novo em ouvir aquelas notas desfiadas que enchiam o vazio da peça para nele se extinguir insensivelmente. E de repente, sentiu-se toda alegre. "Que adianta pensar nessas coisas — disse a si mesma. — Não vai tudo bem como está? Pôs-se a passear para lá e para cá no salão, não com seu passo natural, mas apoiando a princípio o calcanhar e depois a ponta de seus sapatos — sapatos novos que preferia aos outros. O estalido cadenciado do calcanhar alternando com o rangido da ponta provocou-lhe um prazer tão vivo quanto ainda havia pouco o som de sua voz. Passando diante de um espelho, lançou-lhe uma olhadela. "Eis como sou! — parecia dizer seu semblante. — Perfeito assim. E não tenho necessidade de ninguém".

Como um criado quisesse arrumar o salão, despediu-o e continuou seu vaivém. Voltara naquela manhã àquele amor de si mesma, àquela admiração pela sua pessoa, que constituíam seu estado d'alma habitual. "Que encanto essa Natacha! — dizia ela, fazendo falar um terceiro personagem coletivo e masculino. — É tão jovem e bonita, tem uma bela voz, não incomoda ninguém. Deixem-na, pois, tranquila!" Mas ainda mesmo que a deixassem tranquila, não podia mais reencontrar sua calma e disso teve logo a experiência.

A porta de entrada se abriu no vestíbulo, uma voz perguntou se a condessa podia receber, depois ouviram-se passos. Natacha lançou novo olhar para o espelho, mas a princípio não se viu nele. Toda a sua atenção estava tomada pelos passos que vinham do vestíbulo. Quando por fim pôde ver-se, sua palidez chocou-a. Era "ele". Estava certa disso, se bem que mal lhe ouvisse a voz por trás da porta fechada.

Lívida, fora de si, correu para o salão.

— Mamãe, Bolkonski está aí! — disse ela. — É horrível, mamãe, é acima de minhas forças! Não quero suplício semelhante! Que devo fazer?...

Ainda não tivera a condessa tempo de responder e já o Príncipe André entrava, com ar grave e ansioso. Assim que viu Natacha, seu rosto iluminou-se. Beijou a mão das duas damas e sentou-se.

— Há muito tempo que não temos tido o prazer... — começou a condessa, mas, sem dar-lhe tempo de acabar, o príncipe, na pressa de chegar a seus fins, tomou a palavra.

— Se não vos tenho vindo ver nestes últimos tempos, é que tinha a tratar com meu pai de um negócio muito importante. Só regressei ontem à noite — disse ele, lançando um olhar para Natacha. — Preciso falar-vos, condessa — acrescentou ele, após um instante de silêncio.

A condessa lançou um suspiro e baixou os olhos.

— Escuto-vos — disse ela.

Embora compreendendo que deveria retirar-se, não podia Natacha resolver-se a isso. Sentia a garganta cerrada e, com os grandes olhos bem abertos, encarava o príncipe sem respeito algum à civilidade. "Como! dizia ela a si mesma, — Vai-se decidir tudo!... Num instante?... Não, não é possível!..."

Ele fitou-a de novo e esse olhar convenceu-a de que não se enganava. Sim, dentro dum instante, sua sorte ia decidir-se.

— Vai, Natacha, eu te chamarei depois — disse-lhe a condessa a meia voz.

Lançou ela para os dois um olhar apavorado, suplicante e retirou-se.

— Vim cá, condessa, pedir a mão de sua filha — disse o Príncipe André.

O rosto da condessa ruborizou-se. Manteve-se em silêncio, antes de poder responder.

— Vossa proposta... — começou ela por fim, num tom grave, enquanto ele a fitava nos olhos. — Vossa proposta... — repetiu ela, toda perturbada, — é-nos grata... e... aceito-a com alegria... Meu marido também... espero-o... Mas isso só depende dela...

— Falar-lhe-ei quando tiver vosso consentimento. Dai-mo-lo? — perguntou André.

— Sim — respondeu ela, estendendo-lhe a mão. Depois, com um sentimento misto de afastamento e de ternura, apoiou os lábios na fronte do príncipe, que se inclinava sobre sua mão. Teria querido amá-lo como a um filho, mas sentia-o estranho, causava-lhe medo. — Não duvido do consentimento de meu marido — continuou ela. — Mas vosso pai...

— Meu pai, a quem comuniquei minhas intenções, apresenta como condição que o casamento só se realize daqui a um ano. Queria justamente dizer-vos isso.

— É verdade que Natacha é ainda muito jovem, mas um prazo tão longo...

— Não consegui fazê-lo mudar de ideia — disse André, suspirando.

— Vou chamar Natacha — disse a condessa e saiu.

— Senhor, tende piedade de nós! — repetia ela, enquanto procurava sua filha. Sônia lhe disse que Natacha estava em seu quarto de dormir. Sentada em seu leito pálida, de olhos secos fixos nas santas imagens, benzia-se febrilmente, murmurando alguma coisa. À vista de sua mãe, saltou do leito e correu a seu encontro.

— Então, mamãe?... Então.

— Vai, vai, ele te espera, pede tua mão — disse a condessa num tom que pareceu frio à sua filha. — Vai, vai — repetiu ela, com um acento de tristeza e de censura vendo-a sair a correr; depois lançou um profundo suspiro.

Natacha jamais pôde recordar-se de como entrara no salão. Parou no limiar ao ver André. "Será possível que esse estranho se tenha tornado tudo para mim?" — perguntou a si mesma para logo responder: "Sim, tudo; é-me doravante mais querido do que tudo no mundo".

André aproximou-se dela, de olhos baixos.

— Amei-a desde o primeiro instante em que a vi — disse ele. — Posso ter esperança?

Ergueu os olhos para ela; a expressão grave e apaixonada de seu rosto encheu-o de espanto. Aquele rosto parecia dizer: "Por que essa pergunta? Por que duvidar do que é impossível não saber? Por que falar quando as palavras não podem exprimir o que se sente?"

Deu alguns passos e parou junto dele. André tomou-lhe a mão e beijou-a.

— Sim, sim — disse Natacha, como a contragosto. Sua respiração precipitou-se e ela explodiu em soluços.

— Por quê? Que está sentindo?

— Ah! sou tão feliz — respondeu ela, sorrindo por entre as lágrimas. Curvou-se para ele, hesitou um instante, perguntando-se sem dúvida se o podia fazer e lhe deu um beijo.

André conservando-lhe as mãos nas suas, fitava-lhe o rosto, sem encontrar no fundo de seu coração o mesmo amor que antes tinha por ela. Uma espécie de revolução nele se produzira. O poético, o misterioso atrativo do desejo se esvanecera. Se experimentava agora piedade por aquela fraqueza de criança e mulher, pavor diante daquele confiante abandono de si mesma; tinha consciência — uma consciência misturada de alegria e de tristeza — do dever que o ligava para sempre a ela. Menos luminoso, menos poético do que antes, nem por isso esse sentimento deixava de ser mais sério e mais forte.

— Sua mamãe lhe disse que nosso casamento só se poderá realizar daqui a um ano? — continuou André, fitando-a sempre nos olhos.

"Serei eu deveras, que toda a gente considera como uma garotinha, que me tornarei a mulher desse homem tão inteligente, tão encantador, a quem até mesmo meu pai respeita, e que me é ainda estranho?" — pensava Natacha. — Será possível? Será verdade que a vida não é mais agora uma brincadeira, que sou adulta, que tenho de responder por todos os meus atos, por todas as minhas palavras? Mas vejamos, que me pergunta ele?"

— Não — respondeu ela, sem nada ter compreendido da pergunta dele.

— Perdoe-me — disse André, — mas você é ainda bem jovem, ao passo que eu tenho a experiência da vida. Tenho medo por você: você não se conhece a si mesma.

Natacha ouvia-o com uma atenção concentrada, esforçando-se por captar o sentido de suas palavras.

— Por mais penoso que possa ser para mim esse ano que adia minha felicidade — continuou o príncipe, — essa demora lhe permitirá que verifique seus sentimentos. Peço-lhe que me torne feliz dentro de um ano. Mas você conservará sua liberdade. Nosso noivado permanecerá secreto e se daqui até lá convencer-se você de que não me ama ou se, pelo contrário, persistir em amar-me...

Teve um sorriso contrafeito, mas Natacha interrompeu-o.

— Porque fala assim? Sabe bem que o amei desde sua primeira visita a Otradnoie — assegurou ela, com firme acento de verdade.

— Dentro de um ano, poderá você conhecer-se.

— Um ano inteiro! — exclamou Natacha, que acabava enfim de compreender que o casamento estava adiado para dali a um ano. — Mas, por que um ano?

O príncipe tentou explicar-lhe os motivos desse adiamento. Mas ela não o ouvia.

— Não se pode mudar nada nisso? — perguntou ela.

André não respondeu, mas ela leu em seu rosto que a decisão era irrevogável.

— É horrível! — disse de repente Natacha, desfazendo-se de novo em lágrimas. — Se for preciso esperar um ano, morrerei. É impossível, é horrível! — Mas, tendo erguido os olhos para seu noivo, viu-o presa duma compaixão tão dolorosa que secou logo suas lágrimas. — Não, não, consinto em tudo... — disse ela. — Sinto-me tão feliz!

O pai e a mãe entraram nesse momento e deram sua bênção aos jovens.

A partir desse dia foi na qualidade de noivo que o Príncipe André frequentou a casa dos Rostov.

24

. Não houve cerimônias de noivado, tendo o Príncipe André insistido para que fosse o mesmo mantido secreto. Sendo ele a causa da demora, dizia, devia suportar-lhe as penosas consequências. Sua palavra dada ligava-o para sempre, mas não queria prender Natacha e deixava-a inteiramente livre: se, dentro de seis meses, se desse ela conta de que não o amava, teria perfeitamente o direito de recusá-lo. Bem entendido, nem Natacha, nem seus pais queriam ouvir falar disso, mas ele se mostrava inabalável. Ia todos os dias à casa dos Rostov, mas não tratava Natacha como um noivo: tratava-a cerimoniosamente e limitava-se a beijar-lhe a mão. Entretanto suas relações tomaram um caráter novo, menos tenso, mais íntimo. Dir-se-ia que até então não se conheciam. Gostavam ambos de relembrar a maneira como se examinavam mutuamente, quando não eram ainda "nada" um para o outro. Sentiam que se haviam tornado seres totalmente diversos: outrora dissimulavam; agora eram simples e sinceros. No começo, a família experimentou certo constrangimento na presença do Príncipe André; consideravam-no como um personagem dum outro mundo e Natacha custou a familiarizar os seus com o Príncipe André. Afirmava-lhes, orgulhosamente, que sua originalidade era apenas aparente, que no íntimo era como toda a gente, que não a intimidava e que ninguém devia sentir-se intimidado por ele. No fim de alguns dias, habituaram-se com o recém-vindo, e, sem mais se constrangerem, retomaram o trem de vida de outrora, ao qual aliás, ele se misturava. Sabia falar de agricultura com o conde, de vestidos com a condessa e Natacha, e de tapeçaria e álbuns com Sônia. Por vezes os membros da família Rostov, quer entre si, quer na presença de André, admiravam a intervenção do destino em todo aquele caso: a viagem do príncipe a Otradnoie, sua vinda a Petersburgo, a semelhança entre

Natacha e seu noivo que a velha ama notara desde sua primeira visita, a altercação que, em 1805, travaram André e Nicolau, e muitas outras coisas ainda eram sinais evidentes dele.

A casa estava impregnada daquele tédio poético e taciturno que cerca em geral os noivos. Muitíssimas vezes, sentados na mesma sala, todos se mantinham em silêncio. Por vezes levantavam-se e saíam e os noivos, ficando sós, continuavam calados. Entretinham-se raramente a respeito de seu futuro. André tinha medo de abordar o assunto e fazia escrúpulo disso. Natacha partilhava desse sentimento, como aliás de todos os sentimentos do príncipe, que adivinhava sempre. Uma vez, lembrou-se de lhe falar de seu filho; André corou, o que agora lhe acontecia muitas vezes, para grande prazer de Natacha, e lhe disse que o menino não iria morar com eles.

— E por quê? — perguntou Natacha, amedrontada.

— Não posso retirá-lo da companhia do avô, e depois...

— Como haveria de amá-lo! — disse Natacha, que imediatamente lhe adivinhara o pensamento. — Mas compreendo, você quer que não se possa criticar-nos, a você e a mim.

O velho conde, por vezes, aproximava-se do príncipe, abraçava-o, pedia-lhe opinião a respeito da educação de Pétia ou da carreira de Nicolau. A condessa lançava suspiros, ao olhar os noivos. Sônia, crendo a cada momento ser importuna, inventava pretexto para deixá-los a sós, ainda mesmo que eles não o desejassem. Quando André tomava a palavra (contava muito bem), Natacha escutava-o com orgulho; quando ela falava, notava com uma mistura de temor e de alegria que ele a observava com um olhar perscrutador. Perguntava a si mesma, não sem inquietação: "Que procura ele em mim? A que tende esse olhar? Que acontecerá, se não encontrar em mim o que procura?" Cedia por vezes à louca alegria que lhe era peculiar e experimentava então um grande prazer em ouvir e ver o Príncipe André rir. Ele ria raramente, mas então fazia-o com grande abandono, e ela se sentia, todas as vezes que ele ria assim, mais próxima dele. Teria sido plenamente feliz, se a ideia da separação próxima não a enchesse de temor, quando ele próprio empalidecia e se sentia gelado só em pensar nisso.

Na véspera de sua partida, o príncipe levou-lhes Pedro, que desde o baile não mais pusera o pé em casa dos Rostov. Pedro tinha o ar perturbado, desvairado. Enquanto conversava ele com a condessa, Natacha e Sônia se instalaram na mesa de xadrez, convidando Bolkonski a juntar-se a elas.

— Conhecem Bezukhov há muito, não é? Têm-lhe amizade? — perguntou ele.

— Sim, é um bom rapaz, mas um tanto ridículo.

E, como sempre, quando falava de Pedro, pôs-se a contar anedotas sobre sua distração, anedotas muitas das quais eram totalmente inventadas."

— Sabem que lhe confiei nosso segredo? — disse o príncipe. — Conheço-o desde a infância. É um coração de ouro. Rogo-lhe, Natália — acrescentou de repente, com um acento sério, — vou partir. Só Deus sabe o que pode acontecer. Você pode deixar de me am... Sim, sei que não devo falar disso. Mas enfim, aconteça o que lhe acontecer durante minha ausência...

— Que poderá acontecer?...

— Qualquer desgraça que aconteça, rogo-lhe, Senhorita Sônia, peça somente a ele ajuda e conselho. É o homem mais distraído e mais ridículo do mundo, mas não se encontraria melhor coração.

Nem seu pai, nem sua mãe, nem Sônia, nem o próprio André tinham podido prever o efeito que a separação de seu noivo iria produzir em Natacha. Agitada, as faces em fogo, os olhos secos, ia e vinha naquele dia pela casa, tratando de coisa sem importância, como se não tivesse consciência do que a esperava. Nem mesmo chorou quando, ao dizer-lhe adeus, beijou-lhe ele a mão pela última vez. — "Não parta!" disse somente, mas com tal voz que ele realmente perguntou a si mesmo se não iria ficar. E por muito tempo não haveria de esquecer o som daquela voz. Quando ele partiu, não chorou ela tampouco, mas ficou durante vários dias confinada no seu quarto, sem se interessar por coisa alguma, exclamando uma vez por outra:

— Ah! porque partiu ele?

No entanto, quinze dias depois da partida do príncipe, para não menos grande surpresa da parentela, despertou de seu torpor, voltou a ser o que era, mas com outra fisionomia moral, da mesma maneira que as crianças têm outro rosto, quando se levantam duma longa doença.

25. Durante o ano que se seguiu à partida de seu filho, a saúde e o caráter do velho Príncipe Bolkonski só fizeram piorar. Tornou-se ainda mais irritável do que antes e seus acessos de cólera injustificada recaíam quase sempre sobre a Princesa Maria. Parecia escolher com cuidado todos os pontos sensíveis de seu coração para lhe inflingir as mais cruéis torturas morais. Maria tinha duas paixões e por consequência duas alegrias: seu sobrinho e a religião. Foram esses doravante os temas favoritos das zombarias do príncipe. Qualquer que fosse o assunto da conversa, desviava-a sempre para as superstições das solteironas e para o excesso de indulgência para com as crianças. "Tu gostarias de fazer do Nicolauzinho uma solteirona como tu; não tens razão; o Príncipe André precisa de um filho e não de uma filha", dizia-lhe ele. Ou então, dirigindo-se à Senhorita Bourienne, espalhava-se em sarcasmo e lhe perguntava, na presença de Maria, o que pensava elas dos popes e das santimônias.

Embora ferisse a todo propósito a Princesa Maria, esta lhe perdoava de todo o coração. Poderia ele ser injusto, poderia ele prejudicá-la, esse pai que, sabia-o ela muito bem, a amava apesar de tudo? E, por outro lado, que é a justiça? Maria jamais fizera a si mesma essa pergunta. Ignorava essa orgulhosa palavra: justiça. Todas as leis complicadas da humanidade se resumiam para ela numa só lei simples e clara, a lei do amor e do sacrifício que nos ensinou Aquele que por amor sofreu pelos homens" sendo Ele próprio Deus. Que importava a Maria a justiça ou a injustiça de outrem? Sua missão era sofrer e amar e ela a isso se conformava.

Durante o inverno, André fora a Montes Calvos. Mostrara-se alegre, terno como sua irmã jamais o vira. Sentiu que acontecera algo a seu irmão, mas este não lhe disse palavra a respeito de seu amor. Antes de sua partida, teve longa entrevista com seu pai e Maria notou que ambos haviam saído dela descontentes.

Pouco tempo depois da partida de André, teve Maria ocasião de escrever para Petersburgo, à sua amiga Júlia Karaguin, aquela amiga que ela sonhava, como o sonham sempre as moças, casar com seu irmão, e que acabava de perder o seu, morto na Turquia.

"A dor, vejo-o bem, é o quinhão de ambas nós, minha querida e bondosa amiga Júlia.

"A perda que você sofreu é atrozmente cruel. Não posso explicá-la senão como uma graça particular de Deus, que quer, porque a ama, experimentá-la, a você e à sua excelente mãe. Ah! minha amiga, só a religião pode, não digo consolar-nos, mas livrar-nos do desespero. Só a religião pode explicar-nos o que, sem sua ajuda, o homem é incapaz de compreender, isto é, porque Deus chama a si criaturas boas, nobres, que sabem encontrar a felicidade na vida, que, longe de praticar o mal para com alguém, concorrem para a felicidade alheia, ao passo que deixa viverem criaturas más, inúteis, nocivas, e outras ainda que são um fardo para si mesmas e para os outros. Foi a impressão que me causou a primeira morte a que assisti e que jamais esquecerei, a de minha querida cunhada. Da mesma forma que você pergunta ao destino por que ele lhe arrebatou seu excelente irmão, também eu lhe perguntei porque Lisa, aquele anjo, devia morrer, ela que não somente não fizera mal a ninguém, mas cuja alma só encerrava bons pensamentos. Pois bem, minha querida amiga, cinco anos se passaram desde então, e na minha fraca inteligência começo somente agora a compreender porque devia ela morrer. Essa morte era evidentemente um sinal da misericórdia infinita do Criador, do qual todas as ações, ainda que na maior parte do tempo não as compreendamos, não são senão as provas do amor sem limites que dedica à sua criatura. Sem dúvida, digo a mim mesma muitas vezes, era ela duma inocência demasiado angélica para ter a força de cumprir todos os seus deveres de mãe. Irreprochável como jovem esposa, talvez não pudesse ser como mãe. Agora, pelo contrário, nos deixou a todos nós e particularmente ao Príncipe André, saudades e recordações mais preciosas; bem mais ainda, tem obtido lá em cima um lugar que não ouso esperar para mim mesma. Por outra parte, essa morte prematura e terrível produziu em meu irmão e em mim o efeito mais benéfico, a despeito do pesar que nos causou. Na época dessa perda, tais pensamentos não podiam ocorrer-me, pois os teria afugentado com horror; agora, pelo contrário, tudo me parece tão claro, tão incontestável! Escrevo-lhe isso, minha amiga, unicamente para convencê-la da verdade evangélica, que se tornou a regra de minha vida, nem um cabelo cai de nossa cabeça sem a vontade de Deus. E sua vontade é conduzida somente pelo seu amor sem limites por nós; por isso é que tudo quanto nos acontece só nos acontece para nosso bem.

"Você me pergunta se passaremos o inverno em Moscou? Malgrado todo meu desejo de revê-la, não o creio e não desejo. E ficará você surpreendida, se disser que a culpa é de Buonaparte. Eis porquê. A saúde de meu pai baixa sensivelmente; não tolera nenhuma contradição e se torna bastante irritável. Essa irascibilidade, como sabe você, é sobretudo provocada pela política. Não pode ele suportar a ideia de que Buonaparte trate de igual para igual todos os soberanos da Europa e particularmente o nosso, o neto da Grande Catarina. Sou, como você não o ignora, completamente indiferente à política, mas pelas opiniões de papai e suas conversas com Miguel Ivanovitch, sei tudo quanto se passa no mundo e, sobretudo, todas as honras que se prestam a Buonaparte. Montes Calvos é, sem dúvida, o único lugar do universo onde lhe recusam o título de grande homem e de imperador dos franceses. Eis o que põe meu pai fora dos eixos. Se não vê ele com bons olhos uma viagem a Moscou é principalmente, parece-me, em virtude de suas ideias políticas: prevê os aborrecimentos que poderia causar-lhe seu hábito de exprimir francamente sua opinião , sem se preocupar com ninguém. Tudo quanto sua saúde ganha com o tratamento que ele segue, não resistiria às inevitáveis discussões sobre Buonaparte. Em todo o caso, qualquer decisão a esse respeito será em breve tomada.

"Nossa vida de família segue seu curso habitual, exceto que nosso irmão nos deixou. Como lhe escrevi, mudou ele muito nestes últimos tempos. Depois de seu infortúnio, só voltou moralmente à vida neste ano. Ei-lo de novo tal como era na infância: bom, terno, um coração de ouro como outro igual não conheço. Compreendeu, creio, que a vida não terminou para ele. Mas se ganhou no moral, baixou muito fisicamente. Está mais magro, mais nervoso que outrora. Inquieta-me e fico satisfeita por vê-lo empreender essa viagem ao estrangeiro, que os médico lhe prescrevem desde muito tempo e que, espero-o, ser-lhe-á salutar. Você me diz que em Petersburgo fala-se dele como um dos homens jovens mais ativos, mais instruídos, mais inteligentes. Perdoe-me esse orgulho de irmã, mas jamais duvidei disso. Não se conta aqui o bem que fez a todos, desde seus camponeses até a nobreza da região. Em Petersburgo, só lhe pagam o que merece. A rapidez com que os boatos se propagam de Petersburgo a Moscou me confunde, sobretudo quando se trata de invenções tais como essa de que você me fala. Como! Meu irmão iria casar-se com a pequena Rostov? Não creio que André se case nunca com quem quer que seja e, com mais forte razão, com ela. Eis porque: primeiro, se bem que fale raramente da querida defunta, o pesar que sofreu com essa perda está profundamente arraigado em seu coração para que possa jamais sonhar em substituí-la, em dar uma madrasta ao nosso querido anjinho.Em segundo lugar, a moça em questão não é, pelo que eu saiba, dessas que possam agradar-lhe. Não creio que o Príncipe André venha a desposá-la e, para falar franco, não o desejo.

"Mas já tagarelei demais e termino minha segunda folha. Adeus, minha querida amiga que Deus a tenha em sua santa e poderosa guarda. Minha cara companheira, a Senhorita Bourienne manda-lhe um abraço.

MARIA".

26. Em meio do verão, recebeu Maria, da Suíça, uma carta de seu irmão, em que lhe dava ele parte duma notícia singular e imprevista. Anunciava-lhe seu noivado com a Senhorita Rostov. Essa carta transpirava o amor mais exaltado pela sua noiva, mas também a ternura mais confiante pela sua irmã. Acentuava para esta que jamais amara como amava atualmente, que compreendia enfim o sentido da vida; desculpava-se de nada lhe ter dito de suas intenções, por ocasião de sua última estada em Montes Calvos, se bem que tivesse falado a seu pai no assunto. Maria teria exasperado baldadamente o velho príncipe se lhe implorasse seu consentimento; todo o peso de sua cólera teria recaído sobre ela. "De resto — escrevia ele, — a coisa não estava na ocasião tão adiantada como hoje. Meu pai tinha-me marcado um adiamento de um ano; seis meses já se passaram e estou mais firme do que nunca na minha resolução. Se os médicos não me retivessem aqui, onde faço uma estação d´águas, já estaria na Rússia, mas devo adiar ainda minha volta por uns três meses. Tu me conheces e conheces minhas relações com meu pai. Nada tenho a pedir-lhe, sou e serei sempre independente, mas minha felicidade seria destruída pela metade se, contrariamente à sua vontade, incorresse na sua cólera, quando talvez lhe reste pouco tempo a passar entre nós. Escrevo-lhe a respeito do mesmo assunto e peço que escolhas o momento favorável para entregar-lhe a carta. Não deixes de informar-me da maneira pela qual ele encara o caso: haverá alguma esperança de que consinta em abreviar de quatro meses o prazo fixado?"

Depois de longas hesitações e de fervorosas orações, entregou Maria a carta a seu pai. No dia seguinte, o velho príncipe lhe disse tranquilamente:

— Escreve a teu irmão que espere que eu morra... Não demorará muito. Em breve o desembaraçarei.

Maria quis objetar alguma coisa, mas seu pai não lhe permitiu e elevou cada vez mais a voz:

— Casa-te, casa-te, meu bravo... soberba parentela! Gente de valor, não é? Bela fortuna, hem? Será uma linda madrasta para o Nicolauzinho!... Escreve-lhe que se case amanhã, se lhe der na veneta. Quer dar uma madrasta a Nicolau... bem, darei eu uma a ele: vou casar com a Bourienne! Ah! ah! ah! ...Somente em minha casa não há mais lugar para outras mulheres. Que se case , mas que vá viver onde quiser...Talvez tenhas vontade de ir morar com ele? Então, boa viagem que o bom Deus te abençoe!

Depois dessa saída, o príncipe não disse mais uma palavra sobre o caso. Mas o despeito que lhe causava a fraqueza do filho fazia-se sentir surdamente em todas as suas relações com Maria. Novo tema de zombaria acrescentara-se aos outros: o da nora e da corte que ele contava fazer à Senhorita Bourienne.

— E por que não haveria de casar-me com ela? — dizia ele à sua filha. — Daria ela uma soberba princesa!

Em breve, com efeito, notou Maria, com profundo estupor, que seu pai se tornava cada vez mais assíduo junto à francesa. Escreveu a André contando-lhe o modo pelo qual o príncipe havia acolhido sua carta, dando-lhe ao mesmo tempo a esperança de que esperava levá-lo a melhores sentimentos.

A educação de seu sobrinho, André e a religião, tais eram as consolações e as alegrias da Princesa Maria; entretanto, como cada qual tem necessidade de aspirações exclusivamente pessoais, ocultava ela, no mais profundo de seu coração um sonho e uma esperança, que constituíam seu principal reconforto. Esse bálsamo aliviador devia-o aos "homens de Deus", inocentes e peregrinos, que a visitavam sem que seu pai soubesse. Quanto mais observava a vida e adquiria experiência, mais espanto lhe causava a cegueira dos homens que procuram aqui embaixo os gozos e a felicidade, que trabalham, lutam, fazem-se mutuamente mal para atingir essa miragem criminosa. O Príncipe André amara uma mulher e esta morrera; isso não lhe bastava, queria reencontrar essa felicidade com outra mulher. Seu pai se opunha a isso porque desejava para ele uma aliança mais ilustre e mais rica. E cada qual assim luta, sofre, atormenta e perde sua alma, sua alma imortal, para atingir uma felicidade que só dura um instante. Ora, não só o sabemos demais por nós mesmos, mas o Cristo, o Filho de Deus, desceu à terra para nos dizer que essa vida não é senão uma provação passageira; malgrado isso, nós nos aferramos a ela, esperando sempre descobrir aí a felicidade. "Como ninguém compreendeu isso? — dizia a si mesma Maria. — Não, ninguém a não ser esses Homens de Deus, tão desprezados que, de sacolas às costas, chegam em minha casa pela escada de serviço, temendo serem vistos pelo príncipe e isto não para evitar invectivas, mas no temor de induzi-lo em pecado. Abandonar sua família e seu país natal, desprezar todos os bens deste mundo, não se prender a nada, vagar de lugar em lugar, vestido com farrapos de cânhamo, sob um nome de empréstimo, sem jamais fazer mal a ninguém e rezando tanto pelos que vos perseguem como pelos que vos protegem, não há vida, não há verdade superiores a essas!"

Dedicava particular afeição a uma dessas itinerantes, Fedossiuchka, mulher de cerca de cinquenta anos, pequena, de rosto marcado de varíola, sossegada, que desde mais de trinta anos andava de pés descalços e carregada de correntes. Um dia em que, no seu quarto em penumbra, à luz duma única lâmpada de cabeceira, Fedossiuchka lhe contara sua vida, impusera-se-lhe de repente a ideia de que somente aquela mulher encontrara o verdadeiro caminho; e isto com tal força que decidiu ela própria pôr-se a caminho. Quando Fedossiuchka fora gozar de algum repouso, Maria, após madura reflexão, resolvera, por mais estranha que fosse essa decisão, levar a vida errante. Só confiou seu projeto a seu confessor, o Padre Jacinto, que aprovou suas intenções. Sob pretexto de dar um presente às suas devotas, arranjou um traje completo: camisa, sandálias, cafetã e fichu preto. Muitas vezes, aproximando-se da cômoda onde ocultara seu segredo, detinha-se indecisa, perguntando a si mesma se não chegara a hora de pôr em execução o seu desígnio.

Por vezes, ouvindo as narrativas das devotas, inflamava-se diante das opiniões simples que aquelas mulheres repetiam mecanicamente, mas que tinham para ela um sentido profundo; tanto que, por várias vezes se sentiu disposta a abandonar tudo e fugir de casa. Já, em imaginação, se via, nova Fedossiuchka, vestida de farrapos grosseiros, caminhando com o bastão e a sacola pelas estradas poeirentas, prosseguindo sua peregrinação sem ódio, sem amor humano, sem desejos, dum santuário para outro, para chegar por fim ao lugar onde não se conhece nem a tristeza nem os suspiros, onde reinam a alegria e a beleza eternas.

"Irei a um lugar e lá rezarei; se não me habituar ali, se não me sentir satisfeita, irei mais longe. E marcharei até que minhas pernas bambeiem; então me deitarei e morrerei em alguma parte, depois abordarei por fim aquele porto eterno e calmo, onde não há mais tristeza nem suspiros".

Assim sonhava Maria. Mas à vista de seu pai e sobretudo de seu Nicolauzinho, sua resolução fraquejava; sentindo que amava a seu pai e a seu sobrinho mais do que a Deus, vertia lágrimas em segredo e chamava a si mesma de pecadora.

QUARTA PARTE

1. Pretende a tradição bíblica que a felicidade do primeiro homem antes de sua queda consistia na ausência de trabalhos; isto é, na ociosidade. O homem decaído conservou o gosto da ociosidade, mas a maldição divina pesa sempre sobre ele, não somente porque deve ganhar seu pão com o suor de seu rosto, mas também por que sua natureza moral lhe interdiz de comprazer-se na inação. Uma voz secreta nos diz que seríamos culpados abandonando-nos à preguiça. Se o homem pudesse reencontrar um estado em que, conservando-se ocioso, sentisse que é útil e que cumpre seu dever, encontraria nesse estado uma das condições da felicidade primitiva. Ora. toda uma classe social, a dos militares, goza precisamente desse estado de ociosidade imposta e não censurável. Essa inação forçada, legal, sempre foi e sempre será o principal atrativo do serviço das armas.

Nicolau Rostov saboreava-lhe as delícias desde 1807, no regimento de Pavtograd, onde comandava o antigo esquadrão de Denissov. Era agora um rapagão endurecido no ofício que seus conhecidos de Moscou teriam julgado um tanto *mauvais genre*, mas que seus camaradas, seus subordinados, seus superiores estimavam e apreciavam. De modo que vivia ele contente com a sua sorte. Naqueles últimos tempos, isto é, em 1809, as cartas que recebia de sua mãe continham queixas cada vez mais frequentes: a situação financeira deles piorava de dia para dia; já era bem tempo que ele voltasse para consolar e regozijar seus velhos pais.

Essas cartas faziam-no temer que se quisesse arrancá-lo daquele meio onde, desembaraçado de todas as preocupações, sua existência fluía tão mansa e tão tranquila. Receava bem que cedo ou tarde ser-lhe-ia preciso lançar-se no turbilhão da vida, pôr ordem nos negócios embrulhados de sua família, apurar contas com os administradores, discutir, intrigar, reatar relações mundanas, cortar duma vez a questão de Sônia e promessas que lhe fizera. Tudo isso era terrivelmente complicado e respondia a sua mãe em frias cartas clássicas que traziam no cabeçalho: "Minha querida mamãe" e terminavam pela fórmula: "Vosso obediente filho", sem fazer a menor alusão à sua volta. Em 1810, uma carta informou-o do noivado de Natacha com Bolkonski, devendo o casamento realizar-se somente dali a um ano, por causa da oposição do velho príncipe. Essa notícia encheu de pesar, feriu mesmo Nicolau. Em primeiro lugar, sofria por ver afastar-se do lar Natacha, sua preferida; em seguida, julgando as coisas como hussardo, lamentava não ter estado lá para fazer compreender àquele Bolkonski que uma aliança com ele já não era tão grande honra e que, se verdadeiramente amava Natacha, podia bem prescindir do consentimento do seu desmiolado pai. Hesitou um instante em solicitar uma licença para ter uma entrevista com Natacha, antes do casamento, mas as manobras estavam próximas, pensou em Sônia, nos aborrecimentos que o aguardavam e adiou seu projeto para mais tarde. Entretanto, na primavera do mesmo ano, uma carta de sua mãe, escrita às ocultas do conde, decidiu-o a partir. Mandava-lhe dizer que, se não fosse ele cuidar dos negócios da família, o patrimônio deles seria vendido em hasta pública e ficariam todos reduzidos a esmolar. O conde era tão fraco, tão bom, tão confiante em Mitenka, toda a gente o enganava tão descaradamente, que tudo ia de mal a pior. "Em nome do céu, suplico-te, vem imediatamente, se não queres causar minha desgraça e a de toda a família".

Essa carta causou em Nicolau a impressão desejada. Possuía aquele bom senso que traça nitidamente seu dever às pessoas medíocres.

Agora só lhe restava pedir sua demissão ou pelo menos solicitar licença. Por que deveria partir? Não se dava bem conta. Mas, após sua sesta, mandou selar Martel um garanhão cinzento muito fogoso e que havia muito tempo não saía. De volta a casa, em seu cavalo coberto de espuma, anunciou a Lavruchka, o antigo ordenança de Denissov que se tornara seu, bem como a seus camaradas reunidos para passar o serão, que entrava em licença para rever a família. Lamentava, decerto, partir sem ter sabido do estado-maior — o que para ele tinha grande interesse — se ia ser promovido a capitão ou pelo menos se as últimas manobras não lhe valeriam a cruz de Santana. Achava estranho partir sem ter vendido ao Conde Goluchowski sua troica de ruanos, que esse polonês queria comprar-lhe mas regateava e que ele apostara haver de vender por dois mil rublos. Parecia-lhe inverossímil que não assistisse ao baile que os hussardos deveriam oferecer... à Senhora Przazdecka para fazer raiva ao ulanos que ofereciam um à Senhora Borzozowska; e no entanto sabia que devia arrancar-se àquela atmosfera tão clara, tão encantadora, para ir lá embaixo, Deus sabia onde, e só encontrar ali tolice e confusão. Oito dias mais tarde, obtinha sua licença. Os hussardos, seus camaradas, não só os do regimento, mas os de toda a brigada, deram em sua honra um jantar a quinze rublos por cabeça, com duas orquestras e dois coros de cantores. Rostov dançou o *trepak* com o Major Bassov; os oficiais, todos mais embriagados uns que os outros, abraçaram-no, balançaram-no e deixaram-no tornar a cair, os soldados do terceiro esquadrão submeteram-no ao mesmo tratamento e gritaram: hurra! Por fim, meteram-no no seu trenó e o escoltaram até primeira posta.

Durante toda a primeira metade do caminho, de Krementchug a Kiev, Rostov como acontece em geral, estava ainda com o pensamento posto no seu esquadrão mas, uma vez percorrida a metade do caminho, começou a esquecer seus cavalos ruanos, seu Sargento-Ajudante Dojoiveiko, e se pôs a pensar com inquietação no que haveria de encontrar em Otradnoie. Quanto mais se aproximava, tanto mais fortemente se lhe impunha a ideia da casa paterna (como se em sua casa o senso moral estivesse submetido à lei da aceleração da queda dos corpos em relação com o quadrado das distâncias). Na derradeira posta antes de Otradnoie, deu três rublos de gorjeta ao postilhão e, todo ofegante, transpôs dum salto, como um garoto, o portão da propriedade.

Após os primeiros transportes da chegada, experimentou Nicolau aquele estranho desaponto que faz a gente dizer: "Mas eles são os mesmos! Para que tanta pressa?" Depois, pouco a pouco, reabilitou-se à vida de família. Seu pai e sua mãe estavam apenas um pouco mais envelhecidos; o que era novo neles era uma inquietação, por vezes uma desinteligência suscitadas, como se convenceu ele em breve, pelo mau estado de seus negócios. Sônia caminhava já para seus vinte anos; não podia ficar mais bonita, tendo já mantido o que prometia, mas isto era amplamente o suficiente. Desde a chegada de Nicolau dela emanavam a felicidade e o amor, e o apego tão fiel, tão inabalável daquela moça enchia-o de alegria. Pétia e Natacha surpreenderam-no mais que todos os outros. Pétia era um belo rapaz de treze anos, de humor vivo e esperto, cuja voz começava a mudar. Quanto a Natacha, observou-a muito tempo com ar espantado e zombeteiro.

— Mas tu não és mais absolutamente a mesma — disse ele.

— Por que, fiquei feia?

— Pelo contrário, mas tens o ar sério, agora... Princesa! — disse-lhe baixinho.

— Sim, sim — disse ela, toda alegre.

Contou-lhe seu romance com o Príncipe André, a chegada deste a Otradnoie e mostrou-lhe sua mais recente carta.

— Estás contente? — perguntou-lhe ela. — Sinto-me tão calma, tão feliz...

— Muito contente. É um homem notável. Estás muito apaixonada?

— Que hei de dizer-te? — respondeu ela. — Gostei de Boris, de meu professor, de Denissov, mas desta vez não é mais absolutamente a mesma coisa. Estou tranquila, sinto-me sobre um terreno sólido. Sei que não há homem melhor que ele e me sinto tão calma, tão feliz! Não, não é absolutamente como antes...

Tendo Nicolau exprimido seu desagrado pela demora trazida ao casamento, levou Natacha a coisa muito a mal; provou-lhe, com certa acritude, que não podia ser de outro modo: ficaria mal entrar para uma família contra a vontade do pai. Aliás, ela própria quisera assim.

— Tu não compreendes nada disso, absolutamente nada — concluiu ela.

Nicolau não ousou replicar e deu-lhe razão.

Desde então, observou-a muitas vezes à sorrelfa e verificou, não sem surpresa, que ela não tinha de modo algum a atitude de uma moça desolada pela ausência de seu noivo. Mostrava-se de um humor igual, tranquilo, tão alegre quanto outrora. Isto inspirou-lhe pouca confiança nos desígnios de Bolkonski; não acreditava que a sorte de sua irmã estivesse definitivamente firmada, tanto mais quanto nunca os vira juntos. Algo lhe parecia claudicar naquele projeto de casamento.

"Que significa tal demora? — perguntava a si mesmo. — Por que não houve noivado oficial?" Um dia em que falava de Natacha à sua mãe, percebeu com surpresa e quase com satisfação que também ela, no íntimo, partilhava de sua desconfiança acerca daquela união.

— Eis o que manda ele dizer-lhe disse ela, mostrando uma carta do Príncipe André, com esse tom de hostilidade secreta que tomam todas as mães, quando encaram a futura felicidade conjugal de suas filhas, — que não poderá voltar antes de dezembro. Que negócio poderá assim retê-lo? A doença, sem dúvida. Sua saúde não é grande coisa, mas não fales disso a Natacha. Não te fies na alegria de tua irmã: é seu derradeiro bom tempo de solteira e sei que ela sofre todas as vezes que ele escreve. De resto, quem sabe? Com a ajuda de Deus tudo irá bem. É um homem muito bondoso.

2. Durante os primeiros tempos de sua estada, Nicolau mostrou-se grave e melancólico. A necessidade imperiosa de destrinçar aquelas malditas histórias de interesses por causa das quais sua mãe o fizera vir, irritava-o. A fim de se desembaraçar o mais depressa possível daquele fardo, dirigiu-se, logo dois dias depois de sua chegada, de ar carrancudo e sem querer dizer aonde ia, à casa de Mitenka para lhe pedir as "contas de tudo". O que fossem essas "contas de tudo", sabia-o Nicolau ainda menos que Mitenka, transtornado com aquela visita. As explicações e as contas do sujeito não foram demoradas. Os estarostas e seus adjuntos, que esperavam na antecâmara, ouviram, com um temor mitigado por satisfação, o jovem conde lançar, com voz surda, que se foi depois tornando cada vez mais trovejante, uma saraivada de invectivas e de injúrias.

— Bandido! Ingrato!... Meter-te-ei o sabre como num cão... Não será com meu pai que te terás de avir... Ladrão!...

Em seguida, esses mesmos estarostas viram, com não menor espanto e não menor contentamento, o jovem conde, de rosto rubro, olhos injetados de sangue, arrastar Mitenka pela gola, e, enquanto lhe pespegava com grande acerto, ao mesmo tempo que falava, pontapés e joelhadas no traseiro, gritava "Fora! E nunca mais me ponha os pés aqui, seu tratante!"

Mitenka desceu aos trambolhões os seis degraus e correu a bom correr para um matagal. Esse matagal servia de lugar de asilo a todas as pessoas de Otradnoite que eram culpadas de alguma coisa. O próprio Mitenka, quando voltava bêbado da cidade, ali se escondia, e muitos outros, que tinham de se esconder por sua vez de Mitenka, haviam-se aproveitado daquele benefício.

A mulher de Mitenka e suas noras mostraram seus rostos aterrorizados à porta de seu quarto onde fervia um samovar reluzente e se erguia o elevado leito do administrador, sob uma coberta rasgada, feita de retalhos. Sem lhes prestar a mínima atenção, o jovem conde, sem fôlego, passou diante daquelas mulheres, com passo decidido e voltou a entrar em casa.

Logo informada pelas criadas do que se passara no pavilhão, a condessa se tranquilizou, pensando que, daquela maneira seus negócios iriam consertar-se, mas por outra parte afligiu-se bastante por causa do estado em que aquela cena deixara seu filho. Várias vezes se dirigiu, de pontas de pés, à porta de seu quarto, onde colava o ouvido, ouvindo-o que chupava ruidosamente seu cachimbo sem parar.

No dia seguinte, o velho conde tomou seu filho à parte e lhe disse com um sorriso forçado.

— Sabes, meu bom amigo, que te zangaste sem razão? Mitenka me contou tudo.

"Já havia imaginado — disse a si mesmo Nicolau, — que não conseguiria jamais compreender o que quer que fosse nesse mundo às avessas".

— Tu te encolerizaste porque não fizera ele figurar no seu livro aqueles setecentos rublos, mas estão inscritos em transporte na página seguinte.

— Papai, aquele sujeito é um canalha e um ladrão. O que fiz foi bem feito. Mas se isto desagrada ao senhor, não lhe direi mais nada.

— Não, meu bom amigo, não... — O conde não se achava também muito à vontade. Sentia-se culpado para com seus filhos, porque geria muito mal a fortuna da mãe deles; mas não sabia que remédio dar. — Não, meu bom amigo, não; tu me darias mesmo prazer ocupando-te dos negócios. Estou ficando velho, eu...

— Ah! papai, perdoe-me se meu zelo lhe desagradou; entendo disso menos do que o senhor.

"Que o diabo os leve, a ele e a esses camponeses, a essas contas e a esses transportes para a página seguinte! — dizia a si mesmo. — Houve um tempo em que compreendia ainda o que era um parolim de seis paradas, mas quanto a seus malditos transportes, babau!"

Desde então não se imiscuiu mais em nada. Um dia, entretanto, a condessa mandou chamá-lo; tinha em seu poder, disse-lhe ela, uma letra de Ana Mikhailovna, do valor de dois mil rublos; que convinha fazer?

— Ora bem — respondeu ele. — Diz-me a senhora que isto depende de mim, não gosto nem de Ana Mikhailovna, nem de Boris, mas estiveram muito ligados conosco e são pobres. Eis, pois, o que é preciso fazer!

E rasgou a letra, causando soluços de alegria em sua velha mãe.

A partir daquele momento, o jovem Rostov, sem mais se preocupar com negócios, apaixonou-se pela caça com galgos e a cavalo, diversão que ignorava ainda e que se praticava em casa do conde em ponto grande.

3. As primeiras geadas brancas já cobriam as terras amolecidas pelas chuvas de outono; os trigos de inverno começavam a enodar-se e seu verde deslumbrante destacava-se dos restolhos das messes anteriores: faixas pardacentas dos trigos de outono esmagados pelo gado, faixas amarelo-claro dos pequenos trigos estriadas com as linhas vermelhas do trigo mourisco. Os grupos de árvores e as matas, que no fim de agosto formavam ainda ilhotas de verdura em meio dos restolhos e das negras terras semeadas, eram agora ilhas de ouro e de púrpura entre os trigos novos cor de esmeralda. A lebre cinzenta mudava, "sujava-se", como dizem os caçadores; os filhotes de raposas começavam a dispersar-se; os lobinhos haviam ultrapassado o tamanho dos cães. Era a melhor época para a caça. Entretanto a matilha do jovem e fervente Rostov estava tão pouco em forma que o conselho geral dos caçadores decidiu dar-lhe três dias de repouso e só se porem a caçar a 16 de setembro, começando pelo azinhal, onde era assinalada uma ninhada de lobos ainda intacta.

Tal era a situação a 14 de setembro. Durante o dia inteiro, a caça não pôde iniciar-se, tão picante era a geada, mas pela noite o tempo abrandou. A 15 de setembro, pela manhã, quando o

jovem Rostov apareceu de roupão de quarto na janela, ofereceu-se a seus olhos um tempo como não poderia haver melhor para caça; o céu parecia derreter-se e, sem o menor vento, cair sobre a terra. A queda insensível dos corpúsculos do nevoeiro era o único movimento que se percebia na atmosfera. Os ramos desnudos do parque lentejavam pérolas transparentes sobre as folhas recentemente caídas. A terra que, na horta, apresentava o negro luzente das sementes de papoula, desaparecia um pouco mais além sob a mortalha baça e úmida da bruma. Nicolau saiu para o patamar úmido, manchado de marcas de lama; o cheiro das folhas pisadas misturava-se aos dos cães. Graciosa, sua cadela preta, de largas ancas, grandes olhos negros esbugalhados, levantou-se à vista de seu dono, estirou-se, deitou-se à maneira de uma lebre, depois pulou bruscamente e lhe lambeu o nariz e os bigodes. Outro lebreu acorreu vindo duma alameda, precipitou-se para o patamar, de dorso crispado, rabo em pé, e veio esfregar-se contra suas pernas.

Naquele momento, repercutiu o apelo inimitável dos caçadores: "ho... ho... ho...!", que une ao som de tenor mais agudo os de baixo mais profundo e o cabeça de matilha Danilo surgiu dum ângulo da casa. Todo grisalho, de rosto enrugado, cabelos cortados à ucraniana, um chicote dobrado na mão, mostrava esse ar de altiva independência e de supremo desdém que parece apanágio dos picadores. Tirou diante de seu patrão seu boné circassiano e lançou-lhe um olhar desdenhoso, que todavia nada tinha de ofensivo. Sabia bem Nicolau que aquele Danilo, que desprezava toda a gente e se punha acima de todos nem por isso deixava de ser seu homem e seu picador.

— Danilo! — gritou Nicolau que, à vista daquele tempo ideal, de seus cães, de seu chefe de matilha, cedeu àquele frenesi dos caçadores, tão semelhante ao dos amorosos e que os faz esquecer todo projeto anterior.

— Quais são vossas ordens, Excelência? — perguntou uma voz de baixo digna dum arcedíago, mas que se tornara rouca à força de excitar os cães, enquanto que dois olhos negros brilhantes lançavam um olhar sorrateiro ao patrão silencioso. "Ah! ah! não te podes conter!" pareciam dizer aqueles dois olhos.

— Belo dia, não é? Bom para galopar como para caracolar — disse Nicolau, coçando atrás das orelhas de Graciosa.

Danilo piscou os olhos sem responder.

— Mandei Urarka, desde que amanheceu, para escutar — continuou a voz de baixo, ao fim de um instante. — Diz que "ela" se transportou para a reserva de Otradnoie; ouvimos uivar lá embaixo.

Isto queria dizer que a loba, da qual ambos conheciam a presença, passara com seus filhotes para o bosque de Otradnoie, isolado no meio dos campos a uma meia légua dali.

— Então, vamos? — disse Nicolau. — Vem com Uvarka encontrar-me.

— Às vossas ordens.

— E espera para dar a comida aos cães.

Cinco minutos mais tarde Danilo e Uvarka achavam-se no grande gabinete de Nicolau. Embora de baixa estatura, a presença de Danilo numa sala dava a mesma impressão que ver-se um cavalo ou um urso transviados sobre um soalho de tacos, em meio dum mobiliário e colocados nas condições da vida dos homens. Ele próprio se dava conta disso; de modo que, como de costume, mantinha-se na soleira, esforçando-se por falar baixo, não fazer movimento algum, no temor de quebrar alguma coisa. Apressava-se em dizer tudo quanto tinha de dizer para sair ao ar livre.

Depois de haver feito várias perguntas e obtido de Danilo — que também era todo vontade de partir — a certeza de que os cães nada arriscavam, deu Nicolau ordem de selar os cavalos. Mas no momento em que Danilo se dispunha a sair, surgiu Natacha, em trajes menores, com o grande fichu de sua velha ama lançado sobre seus belos cabelos em desordem. Pétia a acompanhava.

— Vais à caça? — perguntou ela. — Tinha certeza disso! Sônia afirmava o contrário. É impossível não ir caçar com um tempo assim!

— Sim, sim — respondeu Nicolau, de má vontade, porque, tendo a intenção caçar seriamente, não queria levar Natacha e Pétia. — Acontece que vamos caçar lobo, o que não será nada interessante para ti.

— Pelo contrário, é o meu maior prazer. Que sujeito! Vai caçar e nem ao menos nos avisa!

— Avante! — gritou Pétia. "Aos russos não importam os obstáculos..."[47]

— Mas vejamos, Natacha — quis Nicolau ainda objetar, — não podes vir conosco. Mamãe se opõe...

— Irei, irei mesmo assim — retorquiu Natacha, num tom peremptório. — Danilo, manda selar cavalos para nós e dize a Mikhailo que traga dois galgos atrelados.

Se Danilo achava inconveniente e penoso permanecer numa sala, repelia até mesmo a simples ideia de manter a mínima relação com a gente moça. Baixou pois, os olhos e apressou-se em sair, como se as palavras da senhorita não lhe dissessem respeito, mas tomando cuidado para não a magoar com um movimento brusco.

4. Sentindo-se naquele dia bem-humorado, o velho conde, que sempre mantivera importante equipagem de caça e acabava de entregar-lhe a direção a seu filho, decidiu juntar-se à expedição.

Uma hora mais tarde, todos os caçadores estavam reunidos diante do patamar. Nicolau passou pela frente de Natacha e de Pétia sem dar atenção ao que eles lhe contavam, significando, pelo seu ar grave, que a hora não era para frivolidades. Depois de haver verificado até o mínimo pormenor e enviado uma matilha à frente com batedores, montou no seu alazão Donetz, assobiou para os cães de sua própria matilha e ganhou, através da eira os campos que conduziam à reserva de Otradnoie. O estribeiro do velho conde conduzia seu cavalo Violento, pequeno castrado alazão de crina branca; ele mesmo iria de *drojki*[48] diretamente para o posto que lhe fora designado.

Cinquenta cães corredores tinham sido confiados a seis criados de canil. Oito criados de lebreus lançavam mais de quarenta animais, de modo que, contando as matilhas dos patrões, cerca de cento e trinta cães e vinte caçadores a cavalo tomaram parte na caçada.

Cada cão conhecia seu nome e seu condutor; cada caçador, seu posto e seu papel. Desde que saíram da tapada, todos, sem rumor, sem dizer uma palavra, num passo igual e tranquilo, se dispersaram pelo caminho e pelos campos na direção da floresta.

Os cavalos avançavam pelo campo como sobre um tapete macio; mas, na travessia das estradas, patinhavam nas poças d'água. O nevoeiro continuava a dissolver-se insensivelmente com a terra; o ar estava quente e leve. Ouvia-se de vez em quando o assobio de um caçador, o bufido de um cavalo, o estalo de um chicote, o ganido de um cão que se chamava à ordem.

Havia-se já percorrido um quarto de légua, quando se destacaram do nevoeiro cinco novos cavaleiros. À frente marchava um belo ancião, ainda vigoroso, com grossos bigodes brancos.

— Bom dia, meu tio — disse Nicolau, quando o velho chegou perto dele.

— Está claro, avante, pois!... Tinha certeza — disse o tio, um parente afastado dos Rostov, não muito rico e vizinho deles. — Sabia bem que não poderias resistir e tens razão. Está claro, avante, pois! — Era sua expressão favorita. — Ataca imediatamente a reserva, porque meu Guirtchik me anuncia que os Daguin estão postados com seus caçadores em Korniki; vão-te empalmar a malta de lobinhos. Está claro, avante, pois!

— Estamos indo. Seria preciso agrupar as matilhas?

Agruparam-nas. O tio e Nicolau partiram lado a lado. Natacha, enrolada em xales donde emergia seu rosto de olhos brilhantes e animados, juntou-se a eles a trote , em companhia de Pétia e do picador Mikhailo, que sua velha ama havia designado para servir-lhe de guarda. Pétia divertia-se a mais não poder, chicoteava e excitava sua montaria. Natacha, firme na sela, parou com mão firme seu morzelo Negrinho.

O tio lançou um olhar descontente para o lado dos jovens; não gostava de misturar travessuras com negócios sérios.

47. Começo da cantata a Bagration. Cf. Livro II, 1ª parte, capítulo III. (N. do T.)

48. Carruagem baixa, descoberta e de quatro rodas, puxada por um ou dois cavalos, muito usada na Rússia. (N. do T.)

— Bom dia, meu tio. Nós também vamos — gritou-lhe Pétia.

— Bom dia, bom dia, mas não vá esmagar os cães — retorquiu o tio, num tom severo.

— Nicolau, que gentil totó esse Teimoso. Conheceu-me! — disse Natacha falando de seu cão corredor favorito.

"Teimoso não é um totó, mas um cão corredor", disse a si mesmo Nicolau. E com um olhar severo marcou para sua irmã, naquele instante, a distância que os separava. Natacha bem compreendeu.

— Não temais nada, meu tio — assegurou ela. — Não vos incomodaremos em nada; não arredaremos pé de nosso lugar.

— Tanto melhor, tanto melhor, condessinha, — disse o tio. — Somente, não vá cair do cavalo, porque então, está claro, avante, pois! não há mais jeito a dar.

A ilhota reservada de Otradnoie se avistara a uns duzentos metros e já os chefes de matilha a estavam alcançando. Nicolau estudou longamente com o tio o melhor local para a largada dos cães; resolvida essa grave questão, indicou a Natacha o lugar onde ela devia conservar-se, tendo o cuidado de escolher um onde nenhum animal podia passar; depois penetrou na reserva pelo elevado barranco.

— Atenção, meu sobrinho, terás de avir-te com um adulto — disse o tio. — Não o deixes escapulir.

— Veremos, veremos... Aqui, Arrasa-Mundo — gritou Nicolau para levar em conta as observações de seu tio. Arrasa-Mundo era um cachorro ruivo, disforme e bochechudo que deveria sozinho atacar o lobo adulto. Todos se colocaram nos seus lugares.

Conhecendo o ardor de seu filho, temia o velho conde atrasar-se; mas os caçadores ainda não se achavam nos lugares e já Ilia Andreitch, de humor jovial, rosto carmesim, as bochechas trêmulas de emoção, chegava através do trigo imaturo, ao trote de seus cavalos negros, ao posto que lhe fora designado. Depois que ajustou bem sobre sua peliça toda a sua equipagem de caçador, cavalgou Viflianka, um bom animal bem-nutrido, reluzente e manso, que como ele estava ficando grisalho. Se bem que não fosse de alma um caçador, conhecia a fundo as leis da caça; foi colocar-se, pois, na orla do bosque, juntou as rédeas, pôs-se bem ereto sobre sua sela e, sentindo-se pronto, passeou em torno de si um olhar sorridente.

Tinha como companheiro seu criado de quarto, Simeão Tchekmar, velho cavaleiro que começava a ficar pesadão. Tchekmar trazia na trela três mastins vigorosos, mas que estavam um tanto gordos, como o cavalo e como seu dono. Dois outros bons velhos cães, não-atrelados, deitaram-se aos pés dos outros. Cem passos além, à entrada do bosque, estava postado Mitka, outro estribeiro do conde, cavaleiro arrebatado e caçador apaixonado. Fiel a um velho uso, o conde emborcou uma garrafa de prata e dela bebeu uns bons goles de aguardente, depois comeu às pressas um pedaço, regando-o com uma meia-garrafa do seu vinho de Bordéus favorito. Esta refeição avivou ainda mais sua tez já vermelha; seus olhos, afogados d'água, brilhavam com um clarão intenso; plantado na sela e enrolado na sua peliça, assemelhava-se a uma criança a quem se leva a passeio.

Magro e de bochechas pendentes, Tchekmar, uma vez desempenhada sua tarefa, interrogou com o olhar o seu patrão, com o qual vivia cordialmente havia uns trinta anos; sentindo-o de excelente humor, preparou-se para sustentar uma agradável conversa. Um terceiro personagem saiu do bosque com circunspeção — gato escaldado de água fria tem medo — e plantou-se atrás do conde. Era o bufão, um velho de barbas brancas, enfeitado com um boné muito alto e uma capota de mulher; atendia, aliás, pelo apelido feminino de Nastassia Ivanovna.

— Hei! Nastassia Ivanovna — lhe disse baixinho o conde, piscando o olho — trata de não espantar o animal; de outro modo cuidado com Danilo!

— Nem eu tampouco tenho a língua em meu bolso! — retorquiu Nastassia Ivanovna.

— Psiu! — intimou-lhe o conde e voltando-se para Simeão: — Viste Natália Ilinitchna — perguntou-lhe. — Onde está ela?

— Está postada com Piotr Ilitch à saída das espessuras de Jarrov — respondeu Simeão, sorrindo. — É uma dama, mas que amor pela caça!

— E como monta a cavalo, heim, Simeão? Monta melhor que homem!

— Sim, de fato, ela monta bem. Tem firmeza, porte...

— E meu Nicolau, onde está ele? No barranco de Liadov, sem dúvida? — indagou o conde, como sempre em voz baixa.

— Por certo. Oh! ele conhece os bons postos! E além disso, cavaleiro aprumado! Danilo e eu, nem quisemos dar crédito a nossos olhos — declarou Simeão, que conhecia o lado fraco de seu amo.

— Monta bem, não é? E que estabilidade!

— Merecia ser pintado! Um dia desses, desembocando uma raposa dos matagais de Zavarzino, deu um salto daqueles! Seu cavalo vale bem mil rublos, mas o cavaleiro, esse não tem preço. Um rapaz como esse, está visto que não se encontraria com facilidade um igual!

— Um igual repetiu o conde, como se lamentasse que Simeão não tivesse ido mais adiante no elogio. — Um igual? — repetiu maquinalmente, afastando as abas de sua peliça para tirar a tabaqueira.

— Outro dia, quando saía ele da missa com grande aparato, Mikhail Sidorytch Simeão não terminou, por que acabava de perceber no ar calmo a corrida; e os latidos surdos de dois ou três cães corredores. Inclinou a cabeça, atentou o ouvido ao barulho e, com um gesto, fez sinal a seu amo para calar-se. —Caíram em cima — murmurou. — Estão tocando-os justamente para o barranco.

Com um sorriso sempre parado nos lábios, o conde olhava, ao longe, diante de si, o ataque dos cães e segurava sua tabaqueira, sem pensar em tirar uma pitada. Logo depois dos latidos, ouviu-se o grito ao lobo lançado pela profunda voz abaritonada de Danilo; toda a matilha se juntou aos três primeiros cães e percebeu-se o uivo prolongado dos sabujos, em que tremiam aquelas notas particulares que indicam que o lobo está sendo perseguido. Os criados não gritavam mais os "taiou!" e sim, os "har-lu!"[49]. A voz de Danilo, ora grave, ora aguda, dominava todas as outras; parecia encher a floresta inteira, ganhar a orla, espalhar-se ao longe no campo.

Depois de ter atentado o ouvido alguns instantes sem dizer uma palavra, o conde e seu estribeiro puderam convencer-se de que os caçadores se haviam dividido em dois grupos: o primeiro, mais numeroso, mais barulhento, se afastava pouco a pouco; o outro, em que repercutiam os "harlu" de Danilo, passou não longe do conde através da floresta. Os gritos dos dois grupos se misturavam, se respondiam, mas se tornavam mais distantes.

Simeão lançou um suspiro e se curvou para desenredar a trela em que seu cão ainda novo se havia embaraçado. O conde também suspirou e, notando que tinha sua tabaqueira na mão, abriu-a e dela tirou uma pitada. "Para trás!" gritou Simeão a um cachorro que avançava sobre a orla. O conde estremeceu e deixou cair sua tabaqueira. Nastassia Ivanovna apeou-se e apanhou-a. O conde e Simeão ficaram a vê-lo fazer isso.

De repente, como acontece muitas vezes, o barulho da caçada se aproximou, como se já tivessem diante de si as goelas latidoras dos cães, encorajadas pela poderosa algazarra de Danilo.

O conde voltou a cabeça e reconheceu à sua direita Mitka que o olhava, de olhos fora das órbitas e que, com seu boné levantado, lhe designava alguma coisa adiante, do outro lado.

— Cuidado! — gritou ele com uma voz que, muito tempo contida, pareceu explodir, e galopou, largando seus cães, na direção de seu amo.

Este e Simeão se afastaram da orla e avistaram à sua esquerda o lobo que, num bamboleio mole do corpo atingia, a pequenos saltos, aquela mesma orla que acabava de deixar .Os cães enfurecidos puseram-se a latir e, arrancando-se de suas trelas, lançaram-se para o lobo, sob os pés mesmos dos cavalos.

O lobo parou de repente, e, de um modo canhestro, como alguém que tivesse uma angina, voltou a cabeça de larga testa para o lado dos cães e depois, sempre com o mesmo bamboleio, deu dois ou três saltos, e varou matagal adentro, agitando a cauda. No mesmo instante, na orla oposta lançaram-se, emitindo ululos semelhantes a gemidos, primeiro um, depois dois, depois

49. Gritos de caçadores. (N .do T.)

três cães corredores e, atrás deles, a matilha inteira se precipitou desordenadamente para o local onde havia desaparecido o lobo. Por fim, as moitas de aveleiras se afastaram, dando passagem ao alazão de Danilo, negro de suor. Sobre sua longa espinha, encolhido em bolo e curvado para diante, mantinha-se Danilo, de cabeça descoberta, com os cabelos brancos arrepiados sobre seu rosto carmesim e gotejante.

— Harlu, harlu — gritava ele. Mas quando avistou o conde, seus olhos fuzilaram coléricos. — Filho da...! — urrou ele, ameaçando-o com seu chicote erguido. — Deixaram escapar o lobo! Caçadores de uma figa!...

E sem dignar-se dizer mais nada, deixou o conde ali, aturdido e espantado, descarregou os golpes destinados a seu patrão nos flancos molhados de seu alazão e precipitou-se atrás dos cães. Desorientado pela algazarra, voltou-se o conde para Simeão, em busca de sua compaixão, com um sorriso. Mas Simeão não estava mais aIi. Contornava as moitas para forçar o lobo a sair da reserva. Os lebreus perseguiam igualmente o animal pela direita e pela esquerda, mas ele varava os matagais espessos e ninguém pôde barrar-lhe o caminho.

5. Nicolau Rostov mantinha-se, entretanto, no seu posto, à espera do animal. O afastamento ou a aproximação dos caçadores, a diversidade dos latidos, a distância dos gritos serviam-lhe de seguros pontos de referência. Sabia que lobinhos e lobos adultos acoitavam-se na reserva; sabia que as matilhas se haviam separado em dois grupos, que haviam em alguma parte desencovado um animal e que um incidente qualquer se produzira. A todo instante esperava ver surgir um lobo, fazia mil suposições a respeito da direção que o animal seguiria, e da maneira pela qual o caçaria. Nele alternavam esperança e desencorajamento. Por várias vezes, pediu a Deus que o lobo viesse contra ele; rezava com um fervor um pouco envergonhado, como se reza nos momentos em que causas insignificantes provocam uma profunda emoção. " Meu Deus — dizia ele, — que é que vos custa fazer isso por mim? Estais bem acima dessas pequenezas e é sem dúvida um pecado dirigir-se semelhante prece; mas, suplico-vos, fazei que um lobo adulto avance contra mim e que Arrasa-Mundo, sob os olhos do tio que eu avisto lá embaixo, em ponto de espionar-nos, finque-lhe, num galope mortal, as presas no pescoço!" Mil vezes durante aquela meia hora, abrangeu Rostov com um olhar obstinado, tenso, inquieto, a orla do bosque, com os dois magros carvalhos emergindo duma copa de álamos alpinos, o barranco de bordas gretadas, o boné do tio mal se vendo acima duma moita, à direita.

— "Não — dizia a si mesmo, — não terei essa sorte! E que custaria afinal! Não, não a terei. É sempre assim, no jogo, na guerra, o azar não me larga." Austerlitz e Dolokhov passaram, visão rápida, mas muito nítida, na sua imaginação. "Ah! pudesse apenas uma vez na minha vida caçar um lobo adulto! Não peço mais do que isso!", pensava ele, esquadrinhando com os olhos os arredores e tendendo o ouvido aos mais vagos matizes de sons da caçada.

Como olhasse de novo para sua direita, avistou alguma coisa que corria para seu lado, através da campina deserta. "Ah! será possível?", disse a si mesmo, lançando o suspiro de satisfação que se exala quando se vê a realização de um sonho há muito acarinhado. Sua maior felicidade se realizava e isto simplesmente, sem barulho, sem esplendor, sem sinais precursores. Não queria dar crédito a seus olhos e esteve, por um bom momento, presa da dúvida. O lobo corria bem à sua frente; transpôs pesadamente um fosso que lhe barrava o caminho. Era um animal já velho, de espinha branquescente, e barriga vermelha roída por parasitas. Corria sem pressa, evidentemente convencido de que ninguém o via. Retendo o fôlego, lançou Rostov um olhar a seus cães, que, quer deitados, quer de pé, de nada suspeitavam. O velho Arrasa-Mundo, de cabeça para trás, mostrava seus dentes amarelos e fazia-os estalar no traseiro, procurando encarniçadamente uma pulga.

— Harlu, harlu! — pronunciou Rostov em voz baixa, avançando os lábios. Os cães, sacudindo suas trelas, saltaram, de orelhas erguidas. Arrasa-Mundo parou de coçar-se, levantou-se, ergueu as orelhas e agitou fracamente a cauda, donde pendiam tufos de pelos.

"Devo ou não largá-los?" — perguntou a si mesmo Nicolau, enquanto o lobo avançava para ele, desviando-se da floresta. De repente, toda a andadura do animal se modificou: estremeceu, vendo, pela primeira vez, sem dúvida, olhos humanos fixados em si, e, voltando ligeiramente a cabeça para o caçador, parou. "Que devo fazer?", parecia ele dizer. "Avançar ou recuar? Bem! Tanto pior. Vamos!" E,sem mais hesitar, retomou sua carreira em saltos frouxos, espaçados, desiguais mas seguros.

— Harlu! gritou Nicolau, com uma voz toda diferente; e, a toda a brida, seu ótimo cavalo levou-o de ladeira abaixo, saltando por cima dos lamaçais para cortar a retirada ao lobo; mais rápidos ainda, os cães se distanciaram dele. Nicolau não ouvia seus próprios gritos, não percebia os saltos que dava, não via nem os cães nem o terreno que percorria; só via o lobo que, sem mudar de direção, corria cada vez mais velozmente ao longo do barranco. Em primeiro lugar, Graciosa, sua cadela preta, de largas ancas, surgiu perto do animal. Já estava prestes a atingi-lo, quando o lobo enviesou um olhar para seu lado; então, em lugar de avançar, como o fazia sempre, Graciosa, de cauda levantada, parou, fazendo finca-pé nas patas dianteiras.

— Harlu! — gritava Nicolau.

O ruivo Favorito surgiu atrás de Graciosa, precipitou-se sobre o lobo, agarrou-o pelas coxas traseiras, mas tomado de medo, no mesmo instante recuou para um lado. O lobo caiu, rangeu os dentes, levantou-se e retomou a carreira, seguido a um meio metro de distância por todos os cães que não ousavam aproximar-se mais.

"Vai escapar! Mas não, é impossível!" — dizia a si mesmo Nicolau, continuando seus gritos, com uma voz rouca.

— Arrasa-Mundo! Harlu! — urrava ele, procurando com os olhos o velho cão, sua única esperança. Com todas as suas velhas forças, o corpo desesperadamente tendido, os olhos fixos no animal, Arrasa-Mundo corria pesadamente a seu lado para barrar-lhe o caminho. Mas a agilidade do lobo e a relativa lentidão do cachorro deixavam prever que seus cálculos seriam desmanchados. Nicolau via já diante de si, à pequena distância, a floresta onde seguramente o lobo poderia ocultar-se, quando, de repente, apareceram, correndo a seu encontro, um caçador e seus cães. Havia ainda esperança. Um cão novo, dum pardo arruivado, corpo alongado, que Nicolau não conhecia, lançou-se com ímpeto sobre o lobo e quase o deita abaixo. Mas a fera, mais depressa do que se pensaria, levantou-se e lançou-se, rangendo as presas, sobre o cão que, todo ensanguentado, com o flanco dilacerado, caiu de focinho sobre o solo, lançando gritos espantosos.

— Arrasa-Mundo! Vamos, meu velho! gemeu quase Nicolau.

Graças a esse incidente, o velho cão, com os tufos de pelos balançando sobre as coxas, ganhara cinco passos à frente do lobo, cujo caminho barrava agora. O animal pareceu sentir o perigo: olhou de través para Arrasa-Mundo, meteu a cauda entre pernas e acelerou sua carreira. Mas num piscar de olhos, Arrasa-Mundo atingiu seu adversário e rolou com ele, de pernas para o ar, num barranco que se encontrava à sua frente.

Nicolau não compreendeu a princípio muito bem o que acontecera a Arrasa-Mundo; mas experimentou uma das maiores alegrias de sua vida quando viu os cães formando um rolo no barranco, o pelo grisalho do lobo, uma de suas patas traseiras rígida e sua cabeça, de orelhas murchas, apavorada e ofegante, e em cuja garganta Arrasa-Mundo ferrava os dentes. Agarrava-se já à maçã do arção da sela para apear-se, quando, de repente, dentre a massa de cães, emergiu a cabeça da fera, enquanto suas patas dianteiras se cravavam na borda do barranco. Livre dos dentes de Arrasa-Mundo, o lobo pulou para fora do buraco, depois, metendo a cauda entre pernas, ganhou o largo e distanciou-se de novo de seus perseguidores. De pelo arrepiado, Arrasa-Mundo, sem dúvida contundido ou ferido, saiu com dificuldade do barranco.

— Meu Deus! que fiz eu para que me punais dessa maneira? — gritou Nicolau, em desespero.

O picador do tio chegava a galope pelo outro lado e seus cães interceptaram o caminho do lobo. De novo o cercaram.

Nicolau e seu estribeiro, o tio e seu picador giravam em torno, berrando "harlu", aprontando-se para apear do cavalo cada vez que o lobo se sentava sobre o traseiro, continuando sua perseguição, quando ele se sacudia e tentava alcançar a reserva onde encontraria salvação.

Desde o começo da perseguição, Danilo, aos gritos dos caçadores, havia surgido na orla. Vendo Arrasa-Mundo às voltas com o lobo, detivera seu cavalo, crendo que tudo estivesse terminado. Mas como os caçadores não se apeassem e o lobo, desembaraçado de seus inimigos, tratasse de escapar-se, lançou seu alazão, não contra o animal mas, renovando a tática de Arrasa-Mundo, diretamente na direção da floresta. Graças a esta manobra, chegou a galope contra o lobo no momento mesmo em que, pela segunda vez, os cães do tio o imobilizavam.

Danilo galopava em silêncio, com um punhal desembainhado na mão esquerda, e flagelava com a tala os flancos tensos de seu alazão. Seus movimentos não foram vistos por Nicolau, senão no momento em que percebeu o resfolegar pesado do castrado que passava diante dele, depois a queda brusca de um corpo: avistou logo Danilo deitado, no meio dos cães, sobre a traseira do lobo, que ele se esforçava por pegar pelas orelhas. Daí por diante, os caçadores, os cães, o próprio lobo compreenderam que, desta vez, o fim estava próximo. Murchando as orelhas no seu pavor, a fera tentou ainda erguer-se, mas os cães a cobriram. Danilo se levantou, deu um passo cambaleante e, com todo o seu peso, como se tombasse sobre sua cama, deixou-se cair sobre o animal pegando-o pelas orelhas. Nicolau quis atravessá-lo com seu punhal, mas Danilo murmurou-lhe: "Inútil, vamos amarrá-lo"; e, mudando de posição, pôs o pé sobre a garganta do lobo. Meteram-lhe um pau pela garganta, amarraram-no com uma corda, como se lhe fossem passar um cabresto, ligaram-lhe as patas e Danilo virou-o duas ou três vezes dum lado para outro.

De semblantes alegres, mas fatigados, os caçadores carregaram o lobo sobre um cavalo que dava bruscos arrancos e lançava bufidos; depois, em companhia da matilha a latir para a fera, dirigiram-se para o local de reunião. Toda a gente se aproximou, a pé e a cavalo, para ver o lobo, que, com a enorme cabeça pendurada, roendo o pau fincado na sua garganta, olhava com seus grandes olhos vítreos a multidão de pessoas e de cães que o cercava. Quando tocavam nele, um arrepio agitava seus membros amarrados e lançava em tomo de si um olhar feroz e ingênuo ao mesmo tempo. O Conde llia Andreitch veio também tocar no animal.

— Ah! ah! que beleza de animal! É um adulto, não é? — perguntou a Danilo de pé a seu lado.

— Justamente, Excelência, — respondeu este, apressando-se em tirar o boné.

O conde lembrou-se da falta que cometera deixando escapar o lobo e da lenta saída de Danilo.

— Sabes que não és nada calmo? — lhe disse.

Como única resposta, contentou-se Danilo em esboçar, acanhado, um ingênuo sorriso de criança.

6. O velho conde voltou para casa; Natacha e Pétia prometeram-lhe regressar imediatamente. A caça continuou, porque ainda era cedo. Para o meio-dia, lançaram os cães corredores ao fundo dum barranco coberto por espessas moitas. Nicolau, postado na restolhada, vigiava todo o seu pessoal.

Justamente defronte dele, num trecho de trigal novo, por trás dum espesso bosquete de aveleiras, seu picador ocultava-se num fosso. Apenas largados os cães, percebeu ele os ladridos espaçados dum deles e reconheceu a voz de Fanfarrão; outros cães se juntaram a eles, ora se calando, ora recomeçando a latir. Um instante depois, uma voz, da reserva, assinalou uma raposa, e a matilha inteira, num só bloco, lançou-se em terreno descoberto, afastando-se de Nicolau na direção do trigal ainda verde.

O rapaz avistou os picadores de bonés vermelhos, que galopavam à beira do barranco. Discerniu também os cachorros e esperava a qualquer instante ver aparecer a raposa do outro lado do campo, nos trigais.

O picador de tocaia pôs-se em marcha e desatrelou seus cães; Nicolau viu então uma raposa de aspecto esquisito, cor de fogo, de pernas curtas, que, com a cauda em forma de penacho, corria velozmente nos trigais novos. Os cães iam apanhá-la. Pôs-se ela a descrever em torno deles círculos cada vez mais estreitos, varrendo o solo com sua cauda frocada. E eis que de súbito caíram sobre ela um cachorro branco desconhecido e depois um preto; tudo se misturou e os cães formaram estrela em redor do animal, quase imóveis, encarando-o. Dois picadores chegaram a galope, um de boné vermelho, e o outro, um desconhecido, de cafetã verde.

"Que significa isso?" — perguntou Nicolau a si mesmo. — "Donde sai aquele picador? Não é o do tio".

Os picadores liquidaram a raposa e ficaram lá um bom momento, sem lhe amarrar as pernas e sem tornar a montar seus cavalos, cujas altas selas de maçãs salientes avistavam-se dentre as moitas; os cães estavam deitados em torno deles. Os picadores gesticulavam e pareciam disputar-se o animal. Repercutiu um som de trompa, sinal convencionado de uma querela.

— É o picador dos llaguin — disse o estribeiro de Nicolau, — que está discutindo com o nosso Ivã.

Nicolau mandou seu estribeiro buscar sua irmã e Pétia e dirigiu-se a passo para o local onde os lacaios reuniam os cães. Alguns dentre eles tinham seguido para o lugar da discussão.

Apeou-se para esperar o resultado do caso e parou junto dos cães ao mesmo tempo que Natacha e Pétia, que se haviam aproximado. O picador, que tomara parte na rixa apareceu na orla do bosque, com a raposa pendurada em sua sela e esporeou seu cavalo diretamente para o lado de seu jovem patrão. De longe tirou seu boné e esforçou-se por assumir um ar respeitoso; mas sufocava de cólera, seu rosto estava pálido e furioso. Tinha um olho inchado, mas não parecia dar-se conta disso.

— Que se passou afinal entre vocês? — perguntou-lhe Nicolau.

— O que se passou? Haveria de deixar que ele nos roubasse a caça? Era só o que faltava!... Aliás, foi uma cadela nossa, aquela cor de rato, que pegou a raposa. Não houve jeito de convencê-lo disso. Queria por força tomar a raposa, mas eu agarrei o animal e dei com ele no focinho do sujeito. Ali está a raposa, pendurada na minha sela. E se isso não te chega, meu velho, tenho mais isto para te servir — acrescentou o picador, mostrando sua faca de caça, porque sem dúvida ainda acreditava estar na presença de seu adversário.

Sem lhe responder, disse Nicolau a sua irmã e a Pétia que o esperassem e se dirigiu para o local onde estacionavam os caçadores hostis e Ilaguin.

O picador vitorioso misturou-se ao grupo de seus camaradas e, encorajado por sua curiosidade simpática, pôs-se a contar sua proeza.

Eis o que se tinha passado. Ilaguin, com quem os Rostov se achavam em demanda, caçavam em terras que estes consideravam como suas em decorrência de longo uso. Naquele dia, como que de propósito, aproximara-se da reserva deles e permitira a seu picador que seguisse os rastros do animal perseguido pelos cães dos Rostov.

Sem ter jamais visto llaguin, Nicolau, extremado nas suas opiniões como nos seus sentimentos, odiava-o profundamente, tinha-o mesmo na conta de seu mais mortal inimigo. Julgava aquele senhor de acordo com os boatos que corriam a respeito de seu caráter arrebatado, inclinado a arbitrariedades. Presa de violenta cólera, avançava para ele, apertando na mão seu chicote com furor, perfeitamente resolvido a entregar-se aos atos mais graves e mais decisivos.

Mal atingira o saliente do bosque, viu vir a seu encontro um senhor gordo, montando soberbo cavalo negro e acompanhado de dois estribeiros.

Em lugar do inimigo que esperava, encontrou Nicolau na pessoa de llaguin um gentil-homem de bela presença e de maneiras distintas, particularmente desejoso de travar conhecimento com o jovem conde. Desde o começo disse, erguendo seu barrete, que lamentava muito o que se passara: punira o lacaio culpado, contava relacionar-se com o jovem conde e autorizava-o desde o momento a caçar em suas terras.

Temendo que seu irmão se deixasse levar a extremos, Natacha, muito emocionada, seguira-o de perto. Tranquilizada à vista das gentilezas que entre si trocavam os dois inimigos, aproximou-se. Ilaguin ergueu seu barrete mais alto ainda diante dela: a condessa, afirmou ele, era a imagem viva de Diana, tanto pelo seu amor à caça como pela sua beleza, cujo renome chegara até ele.

A fim de fazer esquecer a falta de seu picador, pediu Ilaguin insistentemente a Rostov que o acompanhasse aos outeiros, distantes um quarto de légua, cuja caça reservava para si e onde, segundo ele, pululavam as lebres. Nicolau consentiu e os caçadores, agora em número dobrado, puseram-se em marcha.

Para chegar aos outeiros era necessário atravessar os campos. Os monteiros haviam debandado e os amos caminhavam juntos. O tio, Rostov e Ilaguin examinavam à sorrelfa os cães de seus companheiros e tremiam à ideia de descobrir entre eles dignos êmulos dos seus.

Entre a matilha de Ilaguin, notou Rostov sobretudo uma cadela dum vermelho escuro, de raça pura, um tanto pequena e magra, mas dotada de músculos de aço, e cujos olhos negros salientavam-se sobre o focinho delgado. Como lhe tinham elogiado a petulância dos cães de seu vizinho, via naquele belo animal um rival de sua Graciosa.

No decorrer duma séria conversa sobre as colheitas, que Ilaguin tinha começado, disse-lhe Nicolau, num tom desprendido, apontando para a cadela dum vermelho escuro.

— Tem o senhor uma bela cadela. É ardorosa?

— Aquela ali? Sim, é um bom animal, caça bem — respondeu no mesmo tom Ilaguin, que, no entanto, em troca daquela cadela, apelidada Trepidante, cedera, no ano anterior, a um de seus vizinhos, três famílias de servos domésticos... — Então, senhor, a colheita em suas terras não foi muito boa este ano? — prosseguiu. E desejoso de não ficar atrás em gentileza para com seu jovem vizinho,disse-lhe, mostrando Graciosa, cuja amplitude de formas lhe havia imediatamente saltado à vista:

— O senhor também possui um belo animal. Parece-me estar bem em forma.

— Sim, não corre mal — respondeu Nicolau. “Ah! se ao menos uma lebre velha atravessasse o campo, mostrar-te-ia que cadela ela é!” pensava ele.E voltando-se para seu estribeiro, disse-lhe que daria um rublo a quem levantasse uma lebre da toca.

— Não compreendo — continuou Ilaguin, — como pode um caçador invejar a caça ou os cães dos outros. Quanto a mim, conde, dir-lhe-ei que o que prefiro na caçada é o passeio. Um giro em semelhante companhia — e descobriu-se de novo diante de Natacha — que se pode sonhar de melhor? Quanto a contar as peles que se traz de volta, pouco me importa!

— Decerto, decerto!

— Irei ofender-me porque o cão do vizinho pega a caça em vez do meu?... Não, contanto que admire o espetáculo da caçada, o resto pouco me interessa... Não tenho razão, conde? A meu ver, entenda...

— Vê... ê... lô — gritou nesse momento um dos criados de lebreus, em pé sobre um montículo no meio da restolhada, com o chicote erguido. — Vê... ê... ê... lô! — repetiu, arrastando a palavra. Esse grito, ao mesmo tempo que o chicote erguido, indicava que havia achado a pista de uma lebre na toca.

— Levantou uma, creio — disse Ilaguin, fingindo indiferença. — Então, conde, vamos caçá-la?

— Sim... sim... mas como?Juntos? — respondeu Nicolau, lançando um olhar para Trepidante e para Barulhento, o cão vermelho do tio, dois concorrentes temíveis com os quais ainda não havia medido seus cães. “Se puserem Graciosa a mal?” — pensava ele, enquanto se dirigia para a lebre, em companhia do tio e de Ilaguin.

— É adulta? — perguntou este, abordando o lacaio que havia levantado a lebre, depois voltou-se bastante inquieto e assobiou para Trepidante. — Então, Mikhail Nicanorytch, vem ou não? — acrescentou, dirigindo-se ao tio.

O tio cavalgara com ar rabugento.

— Para quê? Os cães de vocês... está claro e avante, pois!, custaram o preço de uma aldeia, são animais de mil rublos. Alinhem-nos, que eu ficarei olhando... Barulhento! Bonito, bonito, meu bichinho! — chamou ele, deixando transparecer em sua voz todo o seu afeto e a esperança que tinha em seu cachorro vermelho.

Natacha adivinhou e partilhou logo da emoção secreta de seu irmão e dos dois velhos.

O monteiro continuava no seu montículo, com o chicote erguido; os patrões aproximavam-se ao passo de suas montarias; os cães, espalhados até o horizonte, haviam-se distanciado bastante da lebre; os picadores igualmente estavam dispersos. Todos se reuniram lentamente e em boa ordem.

— Onde está a lebre? — perguntou Nicolau, quando se achou cerca de passos do vigia.

Este não teve tempo de responder: a lebre, farejando a geada para o dia seguinte, saltou para fora de sua toca. Os casais de cães corredores largaram-se pela ladeira em seu encalço; de todas as partes os lebreus, não presos em trela, precipitaram atrás deles. Todo o bando, até então pouco apressado, dos caçadores — os picador contendo os cães corredores ao grito de "pare!"; os criados de lebreus largando e ao grito de: "Taiô!" — se lançou pela campina afora. O calmo Ilaguin, Nicolau, Natacha e o tio galopavam, às cegas, vendo apenas os cães e a lebre, temendo perder um instante sequer do espetáculo. A lebre era adulta e muito viva. Ao sair da toca não se pôs imediatamente a correr, mas agitou as orelhas, escutando os gritos e tropéis que se faziam ouvir de todas as partes. Deu uma dezena de saltos, sem muita pressa, deixou os cães se aproximarem, escolheu por fim sua direção e, tomando consciência do perigo, murchou as orelhas e se pôs a correr a toda a velocidade. À saída da restolhada, onde estivera entocada, estendiam-se trigais novos num terreno pantanoso. Os dois cães do monteiro que haviam levantado o animal, foram os primeiros a descobri-la e seguiram-lhe a pista, estavam ainda bastante longe, quando Trepidante, a cadela vermelho-escuro de Ilaguin, distanciou-se deles e aproximou-se do animal à distância de um cão apenas; deu então um salto prodigioso, visado a cauda da lebre, mas não a atingiu e rolou pelo solo de pernas para o ar. A lebre curvou a espinha e acelerou sua carreira. Atrás de Trepidante acorria a robusta Graciosa que já ganhava a lebre em velocidade.

— Graciosa, belezinha! — gritava a voz triunfante de Nicolau. Graciosa, parecia, iria imediatamente atingir e pegar a lebre; mas, no seu ímpeto, ultrapassou-a e foi arrastada mais longe. A lebre se esquivou. De novo, a bela Trepidante se ligou a ela e se suspendeu à própria cauda do animal, segurando-se ali duas vezes para abocanhá-la seguramente pela coxa traseira.

— Trepidante, belezinha! — implorava Ilaguin com uma voz molhada de lágrimas. Mas Trepidante não lhe levou em conta as súplicas. No momento mesmo em que se esperava vê-la agarrar a lebre, mudou esta de direção e meteu-se pela vereda que separava os trigais da restolhada. Como dois cavalos atrelados ao mesmo varal, Trepidante e Graciosa seguiram lado a lado no rastro da lebre, mas aqui esta se achava mais à vontade e os cães não conseguiram alcançá-la.

— Barulhento, meu negro! Está claro, avante, pois! — interveio neste momento uma voz nova, e Barulhento, o cão ruivo e giboso do tio, distendendo e arqueando a espinha, alcançou as duas cadelas, distanciou-se delas, ligou-se com total esquecimento de si mesmo à própria lebre, fê-la desviar-se da vereda para os trigais, perseguiu-a ali com maior encarniçamento ainda, enterrando-se até a barriga no terreno lamacento. Viram-no dar uma cambalhota e rolar com a lebre em plena lama. Então os cães se agruparam em estrela em redor deles. Todos em breve os alcançaram. O tio, que exultava, apeou-se sozinho e amarrou a lebre. Sacudindo-a para fazer correr o sangue, esbugalhava os olhos, lançava olhares ansiosos em torno de si, não sabia o que fazer de suas mãos e de seus pés, e murmurava toda espécie de coisas sem nexo: "Ah! está claro, avante, pois! Que cachorro! Passou a perna em todos, tanto ao puro-sangue como aos sendeiros!... Está claro, avante, pois!" Estava sem fôlego, rolava olhos ferozes, pronunciava suas palavras como se fossem injúrias; dir-se-ia que todos os outros eram seus inimigos, que todos o tinham afrontado e que lhe fora dada enfim oportunidade de tirar sua desforra. "São muito bonitos, na verdade, os cães de mil rublos de vocês!... Está claro, avante, pois!"

— Barulhento, toma o encarne! — gritou ele, atirando a seu cão uma das patas da lebre toda suja de lama. — Mereceste bem... Está claro, avante, pois!

— Ela já não se aguentava mais, fornecera três perseguições — disse Nicolau, que também não ouvia ninguém e não se preocupava em ser ou não ouvido.

— Ele a pegou de costas. Bonita coisa! — disse por seu lado o estribeiro de Ilaguin.

— Desde o momento em que a cadela falhou, o primeiro mastim a chegar não poderia deixar de tirar sua vantagem — dizia ao mesmo tempo Ilaguin, todo rubro, a quem sua carreira e sua emoção tinham cortado a respiração.

Entretanto Natacha, toda resfolegante, lançava gritinhos de alegria de fazer rebentar tímpanos. Era sua maneira de fazer entender o que os outros exprimiam, falando todos ao mesmo tempo. E esses gritos eram tão esquisitos que, em qualquer outro momento teria tido vergonha e os assistentes não dariam crédito a seus ouvidos.

O próprio tio pendurou a lebre em sua sela com movimentos vivos e destros, e, com um gesto quase provocador, colocou-a de través na garupa de seu cavalo. Depois, com o ar de não querer falar com ninguém, cavalgou seu alazão claro e afastou-se. Os outros, melancólicos e magoados no seu amor-próprio, se dispersaram e só lentamente retomaram um ar afetado de indiferença. Por muito tempo acompanharam com os olhos o ruivo Barulhento que, de costas cheias de placas de lama, fazendo tilintar sua trela, afetando o ar calmo dum vencedor, ia quase tocando as patas do cavalo do tio.

"Pois é assim mesmo... ninguém dá nada por mim... quando não se trata de caçar. Mas então, cuidado!" É o que Nicolau cria ler na atitude do cão.

Quando, ao fim dum longo momento, o tio se aproximou de Nicolau e lhe dirigiu a palavra, este se sentiu lisonjeado por se dignar o tio, depois de tudo que se passara, baixar-se até ele.

7. Quando ao anoitecer, Ilaguin se despediu de Nicolau, encontrava-se este tão longe de sua casa que aceitou o oferecimento do tio para deixar regressar a equipagem e passar a noite em Mikhailovka. Assim se chamava a pequena propriedade do bom homem.

— E se mesmo vocês todos viessem para minha casa — disse ele, — está claro, avante, pois! seria ainda bem melhor. Veja, o tempo está úmido. Vocês descansariam e levar-se-ia a condessinha em *drojki*.[50]

Aceitou-se a proposta. Mandou-se um picador buscar um drojki em Otradnoie, e Nicolau, Natacha e Pétia acompanharam o tio até sua casa.

Cinco ou seis criados masculinos, grandes e pequenos, acorreram à grande porta para receber o amo. Dezenas de mulheres, desde as velhas até as meninas, apertaram-se à porta de serviço para ver os recém-chegados. A presença de Natacha, uma mulher, uma grande dama, a cavalo, aumentou-lhes a curiosidade a tal ponto que muitas, sem acanhamento, se aproximavam dela, a encaravam, trocavam reflexões, como se se tratasse de um fenômeno de feira, que não pode nem compreender, mesmo entender o que se diz dele.

— Arinka, repara, ela está empoleirada em cima dum tonel... E que cauda da saia!... Olha só a buzina!...

— Ah! meu Deus! ela trás uma faca!

— Como foi que não viraste de cambalhota? — perguntou a mais ousada, dirigindo-se diretamente a Natacha.

O tio apeou-se diante do patamar de sua casinha de madeira, enfiada em meio da verdura e, abrangendo com o olhar seus criados, gritou-lhes imperiosamente que os que eram demais fossem embora e que fizessem o necessário para receber seus convidados e os componentes da caçada.

Todos saíram desabaladamente. O tio ajudou Natacha a descer do cavalo e ofereceu-lhe o braço para galgar os degraus de madeira, bamboleantes, do patamar. A casa, cujas paredes de

50. Pequena carruagem. (N. do T.)

vigas não tinham reboco, não brilhava pela limpeza; sem dúvida seus moradores pouco se preocupavam em fazer desaparecerem as manchas; mas nem por isso parecia que fosse descuidada. Exalava-se do vestíbulo um cheiro de maçãs frescas; peles de lobos e de raposas estavam nele penduradas.

Da antecâmara, fez o tio os hóspedes passarem para uma pequena sala mobiliada com uma mesa elástica e cadeiras de acaju, depois para o salão ornado duma mesa redonda de bétula e de um canapé e afinal para o gabinete de trabalho onde se ostentavam um divã esfarrapado, um tapete surrado, o retrato de Suvorov, o dos pai e mãe do dono da casa e por fim seu próprio retrato em uniforme. Impregnava aquela peça forte odor de tabaco e de cachorro. O tio deixou ali seus convidados, rogando-lhes que se considerassem como em casa. Barulhento, com as costas ainda manchadas de lama, apareceu por sua vez, instalou-se sobre o divã e, com a língua e os dentes, procedeu a uma limpeza séria. O gabinete dava para um corredor onde se via um biombo todo rasgado. Por trás desse biombo, ouviam-se risadas e cochichos de mulheres. Natacha, Nicolau e Pétia puseram-se à vontade e sentaram-se no divã. Pétia, fazendo do braço travesseiro, adormeceu logo; Natacha e Nicolau mantinham-se em silêncio. Ambos tinham o rosto afogueado; estavam famintos e muito alegres. Trocaram um olhar. Terminada a caçada, não sonhava mais Nicolau em salvaguardar diante de sua irmã sua superioridade de homem. Assim, ao ver a piscadela que lhe lançou, explodiram numa risada sonora e toda espontânea.

Logo depois voltou o tio, de japona, calça azul e botas curtas. E Natacha deu-se conta de que aquele traje, que em Otradnoie lhe havia provocado um espanto zombeteiro, era um traje como outro qualquer, não mais ridículo que a sobrecasaca ou a casaca. O tio estava igualmente de humor alegre; como não supusesse que seu modo de vida pudesse dar azo a zombarias, a hilaridade do irmão e da irmã não o ofendeu; juntou-se mesmo a eles francamente.

— E aqui temos a jovem condessa, está claro, avante, pois! Não se encontraria outra igual! — disse ele, oferecendo um comprido cachimbo a Rostov, enquanto que com um gesto familiar manejava entre três de seus dedos um cachimbo curto. — Um dia inteiro a cavalo, é coisa a que um homem mal pode resistir. Mas, veja, para ela, nem parece nada.

Mal o tio chegara, uma criada, sem dúvida de pés descalços, a julgar pelo tropel abafado de seus passos, abriu a porta e apareceu, carregando uma bandeja cheia, uma bela e forte mulher duns quarenta anos de idade, de frescas faces, com um duplo queixo e lábios apetitosos. Abrangeu com o olhar os convidados e inclinou-se respeitosamente para saudá-los, com um sorriso acolhedor; sua expressão, cada um de seus gestos estavam marcados de graça e dignidade cortês. Se bem que sua forte corpulência a obrigasse a avançar o peito e a manter a cabeça inclinada para trás, essa mulher, que era a governanta do tio, tinha um andar muito ágil. Pousou a bandeja sobre a mesa e, com suas mãos brancas, rechonchudas, não tardou em desembaraçá-la de garrafas e guloseimas que a enchiam. Terminada sua tarefa, afastou-se e ficou na soleira da porta, sempre a sorrir. "Aqui estou! Compreendes teu tio, agora?", parecia dizer a Rostov aquela aparição. Decerto o compreendia; e a própria Natacha adivinhou o que significavam aqueles supercílios contraídos, aquele sorriso feliz e satisfeito que encrespou os lábios do bom homem à chegada de Anissia Fedorovna. A refeição que ela serviu compreendia aguardente com ervas, licores, cogumelos de conserva, bolo de trigo preto com soro, mel em favos, mel cozido e espumoso, maçãs, nozes frescas, torradas, confeitadas. Trouxe mais confeitos de mel e açúcar, presunto e uma franga que acabava de ser tirada do forno.

Tudo isso se devia aos cuidados de Anissia Fedorovna. Tudo isto tinha o odor e o sabor de Anissia Fedorovna. Tudo isso tinha a sua suculência, sua limpeza, sua brancura e seu amável sorriso.

— Coma à vontade, senhorita condessa — dizia ela, oferecendo a Natach ora um prato, ora outro.

Natacha provou de tudo e acreditou jamais ter visto nem jamais comido uma franga como aquela, tão bons bolinhos, confeitos tão cheirosos, nozes tão bem-confeitadas.

Anissia Fedorovna saiu. Nicolau e o tio, regando a refeição com um licor cerejas, falavam da caçada daquele dia, da próxima proeza de Barulhento, dos de Ilaguin. Natacha, sentada bem ereta no divã ouvia-os com os olhos cintilantes ardor. Por várias vezes tentou acordar Pétia para que comesse alguma coisa, mas ele se limitou a resmungar, mesmo adormecido, algumas palavras incompreensíveis: Natacha sentia-se tão feliz naquele interior novo para ela que temia ver chegar demasiado cedo o carro que deveria transportá-la. Após um desses silêncios inesperados, como acontece quase sempre entre as pessoas que recebem pela primeira vez amigos, disse o tio, como em resposta aos pensamentos íntimos de seus hóspedes:

— Sim, eis como termino meus dias... Quando se está morto, está claro, avante, pois! nada mais resta... Então, para que privarmo-nos das coisas?...

Assim falando tinha o tio o rosto expressivo e mesmo marcado de certa beleza. Rostov lembrou-se que seu pai e seus vizinhos falavam muito bem dele. Em toda a província passava pelo mais nobre e mais desinteressado dos originais. Chamavam-no como árbitro nas questões de família, escolhiam-no como executor testamentário, confiavam-lhe segredos, tinham-no nomeado juiz, eleito para outras funções ainda, mas recusava obstinadamente qualquer emprego público, passando os meses da primavera e do outono a correr o campo no seu alazão castrado, ficando ocioso no inverno no canto do fogo e dormindo no verão à sombra de suas copadas árvores.

— Por que não continua no exército, meu tio?

— Prestei decerto serviço, mas bem depressa fiquei farto e larguei tudo. É profissão que não me convém, está claro, avante, pois! É boa para vocês, mas eu que não entendo disso... Ah! mas quanto à caça, é outro negócio; aqui estou no meu elemento, está claro, avante, pois!... Abram essa porta — gritou ele. — Por que a fecharam?

A porta ao fim do corredor, que o tio pronunciava "coledor", levava ao alojamento dos picadores. Pés descalços correram para aquela porta, uma mão invisível a abriu e ouviu-se nitidamente o som de uma balalaica, tocado por mão perita. Natacha, que desde muito prestava atenção àquela música, passou para o corredor a fim de ouvir melhor.

— É Mitka, meu cocheiro — disse o tio. — Comprei para ele uma balalaica muito boa... Gosto disso.

De volta de suas caçadas, sentia o tio prazer em ouvir Mitka, tocar um pouco de música; essa diversão entrara em seus hábitos.

— Bem, muito bem deveras — disse Nicolau, num tom despreocupado, como se tivesse vergonha de confessar seu prazer.

— Bem só? — disse Natacha, melindrada com o tom que seu irmão afetava. — Pode dizer: maravilhoso!

Da mesma maneira que os cogumelos, o mel e licores do tio lhe tinham parecido os melhores do mundo, a canção que ouvia agora lhe parecia o supra-sumo da arte musical.

— Mais, mais ainda, por favor! — gritou ela, quando a balalaica se calou.

Mitka afinou seu instrumento e tocou vivamente uma segunda vez a Barynia, com variações e floreios. O tio escutava, de cabeça pendida, um ligeiro sorriso nos lábios. A balalaica foi afinada várias vezes e a mesma melodia tocada incansavelmente, sem que jamais o auditório parecesse experimentar aborrecimento. Anissia Fedorovna chegou e apoiou seu pesado corpo no lintel da porta.

— Escute, senhorita — disse ela a Natacha, com um sorriso extraordinariamente semelhante ao de seu patrão. — Toca bem, não é mesmo?

— Ah! eis uma passagem maltocada — exclamou de repente o tio, a quem escapou um gesto de impaciência. — Seria preciso matizar isso... sim, está claro, avante, pois! Seria preciso matizar mais...

— O senhor sabe tocar? — perguntou Natacha.

O tio sorriu, sem responder.

— Vai ver, Anissia, se minha guitarra tem ainda todas as suas cordas. Há muito tempo que não a toco, está claro, avante, pois!

Com seu passo ligeiro, Anissia Fedorovna apressou-se em executar a ordem de seu amo e trouxe a guitarra.

Sem se preocupar com pessoa alguma, o tio soprou no instrumento para tirar-lhe a poeira, bateu com seus dedos ossudos na caixa, desprendeu alguns acordes e repimpou-se na sua poltrona. Com um gesto um tanto teatral, o cotovelo afastado do corpo, pegou a guitarra pelo alto do braço, piscou o olho para Anissia e, depois de um acorde mais sonoro e mais puro, iniciou, num ritmo lento, com toque firme e sereno, não a *Barynia,* mas a famosa canção "Ao longo da rua, da rua calçada..."[51]

Imediatamente o motivo da canção vibrou como um eco na alma de Natacha e de Nicolau, com aquela mesma suave alegria que emanava da pessoa inteira de Anissia Fedorovna. Esta corou e, ocultando o rosto no seu fichu, saiu rindo da sala. O tio continuava a desfiar a canção aplicadamente. Seu modo de tocar era nítido e enérgico. Fixava com um olhar mudado, inspirado, o lugar que Anissia Fedorovna acabara de deixar. Vago sorriso se esboçava sob seu bigode grisalho e ia-se espalhando à medida que o ritmo se acelerava e deixava, durante as variações, transparecer como que um desfalecimento.

— Encantador, encantador, meu tio! Mais, mais ainda! — exclamou Natacha, quando ele terminou. E, saltando do seu lugar, correu a beijá-lo. —Nicolau, Nicolauzinho! — acrescentou ela, voltando-se para seu irmão, como que para dizer-lhe: "Mas que nos está acontecendo?"

Nicolau também sentia-se encantado. O tio tornou a tocar a canção. O rosto sorridente de Anissia Fedorovna reapareceu na porta e por trás dela mostraram-se novos vultos. Quando chegou ao trecho:

> *"Espera, espera, minha bela,*
> *Ao poço corramos os dois*
> *Para água fresca retirar",*

o tio fez de novo uma hábil variação, interrompeu um acorde e marcou o ritmo com um mexer de ombros.

— Mais, mais ainda, titio querido! — disse Natacha, numa voz suplicante, como se se tratasse para ela duma questão de vida ou de morte.

O tio levantou-se e pareceu então que houvesse nele dois homens: o primeiro sorria com gravidade das loucuras do segundo que preludiava a dança com um solo singelo e impecável.

— Pronto!... Adiante, minha sobrinha — gritou ele, e lhe fez sinal com a mão, interrompendo o acorde.

Natacha atirou fora seu fichu, postou-se diante de seu tio e, rebolando os ombros, tomou posição, com os punhos sobre os quadris.

Onde, quando, como aquela condessinha, educada por uma francesa emigrada, pudera, pela única virtude do ar que respirava, impregnar-se àquele ponto do espírito nacional, assimilar aquelas maneiras que o *pas de châle* deveria ter desde muito feito desaparecer? Por que tomou ela precisamente aquela atitude, aqueles gestos inimitáveis, natos, fundamentalmente russos, que o tio dela esperava? Assim que ela tomou a posição sorrindo, com ar altivo e malicioso ao mesmo tempo, Nicolau e todos os assistentes, que até então temiam vê-la cometer algum erro, tranquilizaram-se e de antemão a admiraram.

Ela se saiu tão perfeitamente que Anissia Fedorovna, que imediatamente lhe dera o fichu necessário às suas atitudes, derramou lágrimas de alegria verificando que aquela jovem condessa, esbelta e graciosa, educada entre sedas e veludos, tão longe dela sob todos os pontos de vista, sabia no entanto penetrar-lhe a alma, dela Anissia, e a de seu pai, de sua mãe, de sua tia e do primeiro russo chegado.

— Muito bem, condessinha, está claro, avante, pois! — disse o tio, rindo, quando a dança acabou. — Bravo, minha sobrinha! Não te resta agora senão escolher um belo rapaz para marido, está claro, avante, pois!

51. Trata-se de duas famosas canções populares; a Barynia quer dizer: a Dama. (N. do T.)

— Já está escolhido — disse Nicolau, sorrindo.

— Ah! sim? — exclamou o tio e interrogou a moça com um olhar de espanto.

Toda feliz, Natacha, acenou que sim, com a cabeça.

— E que marido! — exclamou ela.

Mal havia pronunciado essas palavras, nela se ergueu outra onda de pensamentos e sentimentos. Que significava o sorriso de Nicolau quando disse: "Já está escolhido"? Aprova ele ou não esse casamento? Parece crer que meu Bolkonski não compreenderia a alegria que nos anima neste momento. Mas sim, ele a compreenderia. E onde está ele agora?... Vamos, não pensemos nessas coisas..." Seu rosto, um instante ensombrecido, serenou; voltou a sentar-se junto do tio e lhe pediu que tocasse ainda alguma coisa.

O tio executou ainda uma canção e uma valsa; em seguida, após um instante de silêncio, pigarreou e entoou sua canção de caça favorita:

"Quando ontem ao escurecer
A neve se pôs a cair..."

O tio cantava à maneira das gentes do povo, singelamente convencido de que somente as palavras valem, que a melodia a elas se ajunta por si mesma e só serve para marcar a cadência. Assim seu canto, inconsciente como o do pássaro, era de extrema beleza. Entusiasmada, Natacha resolveu logo abandonar a harpa pela guitarra. Pegou a do tio e ensaiou alguns acordes para acompanhar a canção.

Depois das nove horas chegaram uma *lineika*[52], um *drojki* e três cavaleiros, enviados à procura de Natacha e de Pétia. Pelo que dizia um dos homens, o conde e a condessa, não sabendo onde estavam seus filhos, mostravam-se bastante inquietos a seu respeito.

Transportaram Pétia adormecido e colocaram-no como morto na *lineika*; Natacha e Nicolau subiram para o *drojki.* O tio agasalhou bem Natacha e se despediu dela com uma ternura inesperada. Acompanhou-os até o ponto em que era preciso contornar para passar a vau e ordenou a seus picadores que fossem adiante com lanternas.

— Adeus, minha querida sobrinha — gritou ele no escuro, não com sua voz habitual, mas a que tinha ao cantar "Quando ontem ao escurecer..."

Luzes vermelhas brilhavam na aldeia que atravessaram; um vivo odor de fumaça subia.

— Que homem encantador esse nosso tio! — disse Natacha, ao chegarem à estrada principal.

— É mesmo — disse Nicolau. — Não estás com frio?

— Não, sinto-me bem, muito bem... Ah! quanto me sinto bem! — repetiu, surpresa ela própria de experimentar tanto bem-estar.

Mantiveram-se em silêncio durante muito tempo. A noite estava escura e úmida. Não se discerniam os cavalos; ouvia-se somente que chapinhavam na lama invisível.

Que se passava naquela alma infantil, que tão facilmente assimilava as impressões mais diversas? Como tudo isso se ordenava dentro de Natacha? Em todo o caso, sentia-se muito feliz. Ao chegarem em casa, entoou ela de repente a canção: "Quando ontem ao escurecer...", cujo tom procurara durante todo o caminho e que acabava agora de apanhar.

— Até que enfim o achaste! — disse-lhe Nicolau.

— Em que pensas, neste momento, Nicolau? — perguntou Natacha.

Era essa uma pergunta que se faziam voluntariamente um ao outro.

— Eu? — respondeu ele. — Ah! sim, no seguinte. Pensava que Barulhento, o cão vermelho, se parece com o tio e dizia a mim mesmo que se ele fosse homem e o tio, cão, conservá-lo-ia em sua casa, senão por causa da caça, pelo menos por causa de seu bom entendimento mútuo. Que criatura boa esse nosso tio, não é? E tu, em que pensavas?

52. Outra espécie de carruagem russa. (N. do T.)

— Eu? Espera um pouco. Primeiro, pensei que imaginávamos seguir o caminho de casa, mas que de fato íamos só Deus sabe para onde, nestas trevas, e que acabaríamos por chegar, não a Otradnoie, mas ao país das fadas... não, não pensei em nada.

— Sim, tu pensaste nele, estou certo — disse Nicolau, e Natacha, pelo som de sua voz, adivinhou que ele sorria.

— Não — respondeu Natacha, se bem que tivesse efetivamente pensado no príncipe e perguntado a si mesma se o tio lhe agradaria. — Ah! sim, eis ainda o que dizia a mim mesma, durante todo o caminho: "Como se mantém bem essa Anissia!" — Nicolau ouviu-lhe na escuridão o riso vivo, espontâneo, sonoro. — Sabes — continuou ela, de repente, — sinto que jamais serei tão feliz, tão tranquila como agora.

— Não digas bobagens — protestou Nicolau, ao mesmo tempo que pensava: "Como é encantadora, essa Natacha! Não tenho e não terei jamais melhor amigo. Que necessidade tem ela de casar-se? Faríamos todo o tempo excursões como a de hoje".

"Como é gentil, esse Nicolau!", pensava, de seu lado Natacha.

— Oh! há luz ainda no salão — disse ela, apontando as janelas, que brilhavam na escuridão úmida e veludosa da noite.

8. O Conde Ilia Andreitch renunciara às funções demasiado onerosas de marechal da nobreza; mas o estado de sua finanças nem por isso melhorava. Muitas vezes surpreendiam Natacha e Nicolau colóquios secretos e inquietantes entre seus pais: falava-se de vender o palácio de Moscou e seu campo do subúrbio. O conde não tinha mais necessidade agora de dar grandes recepções; levava-se, pois, em Otradnoie uma vida mais calma do que nos anos anteriores; nem por isso deixavam a grande parte central da casa e as duas alas de estar cheias de gente; à mesa havia sempre mais de vinte pessoas. Eram antigos familiares, ancorados desde muito tempo na casa, ou outros que, parecia, não podiam deixar de nela viver. Tais eram o músico Dimmler e sua mulher, o professor de dança Volgel e sua família, a velha Senhorita Bielova, e muitos outros ainda: os preceptores de Pétia, uma antiga governanta das moças ou simplesmente pessoas que achavam mais vantajoso viver em casa do conde que em suas casas. A despeito de menor afluência de visitantes, o trem de vida mantinha-se o mesmo, porque o conde e a condessa não podiam conceber outro. Eram sempre a mesma equipagem de caça aumentada ainda por Nicolau, os mesmos cinquenta cavalos e os mesmos quinze cocheiros na cavalariça, os mesmos ricos presentes nos aniversários e, nessa ocasião, os mesmo jantares de gala para os quais todo o cantão era convidado, as mesmas partidas de uíste ou de boston, em que regularmente o conde exibia suas cartas à vista de todos, permitindo assim a seus vizinhos aliviarem-no de centenas de rublos; de modo que si disputava, com renda muito vantajosa, a honra de tomar parte num jogo com o Conde Ilia Andreitch.

O conde caminhava às cegas pelo imenso labirinto de seus embaraços financeiros, querendo crer a todo o custo que não se estava comprometendo e se comprometendo cada vez mais; não se sentia com forças nem para romper essa rede, nem para tomar as medidas prudentes que teriam podido rompê-la. Em seu coração amoroso, pressentia a condessa a ruína de sua família; dizia a si mesma que o conde não era culpado, que ele não podia agir diferentemente, que ele sofria — embora o dissimulasse — com aquela situação tão penosa para ele e para os seus. Procurava um remédio para isso e, na qualidade de mulher, só imaginava um: casar Nicolau com uma rica herdeira. Sentia bem que era essa a derradeira esperança e que se Nicolau recusasse o partido com que ela sonhava, a situação não poderia mais ser restabelecida. Esse partido era Júlia Karaguin, filha de excelentes e virtuosos pais, que os Rostov conheciam desde a infância e que, com a morte de seu derradeiro irmão, acabava de tornar-se uma rica herdeira.

A condessa escreveu diretamente à Sra. Karaguin para lhe expor seu projeto e recebeu uma resposta favorável: a mamãe consentia nessa união, sob reserva de ser aceita pela filha; convidava Nicolau a ir a Moscou.

Várias vezes já a condessa, de lágrimas nos olhos, dissera a seu filho que agora que suas duas filhas estavam acomodadas, seu único desejo era vê-lo casado: morreria mais tranquila. Depois de haver assim sondado, insinuou que lançara suas vistas para uma encantadora moça. Em outras circunstâncias fez o elogio de Júlia e aconselhou Nicolau a ir distrair-se em Moscou, por ocasião das festas de Natal. Nicolau, que adivinhara imediatamente quais os fins das conversas de sua mãe, levou-a a explicar-se uma vez francamente com ele. Confessou ela, sem rebuços, que somente o casamento do rapaz com Júlia Karaguin poderia pôr fim aos embaraços financeiros da família.

— Mas então! Se eu amasse uma moça sem fortuna, exigiria a senhora, mamãe, que eu sacrificasse ao dinheiro meu amor e minha honra? — perguntou ele à sua mãe, sem se dar conta da crueldade de sua pergunta; queria somente exibir sua nobreza de alma.

— Tu não me compreendeste — disse-lhe sua mãe que não sabia como justificar-se. Tu não me compreendeste, Nicolauzinho. É tua felicidade que desejo.

Falando assim, sabia ela muito bem que não dizia a verdade; na sua perturbação, desatou a chorar.

— Mamãe, não chore; diga-me somente que o deseja e sabe que eu daria minha vida, que eu daria tudo para que a senhora ficasse satisfeita. Sim, tudo sacrificarei pela senhora, até mesmo meus sentimentos.

A condessa não entendia as coisas dessa forma: longe de pedir que seu filho se sacrificasse, ela mesma é quem teria querido sacrificar-se por ele.

— Não, tu não me compreendeste, não falemos mais disso — disse ela, enxugando suas lágrimas.

"Mas vejamos — dizia a si mesmo Nicolau, — será que já não amo desde agora uma moça pobre? Então, deveria sacrificar meu sentimento e minha honra! Surpreende-me que mamãe me tenha podido dizer semelhante coisa. Porque Sônia é pobre, não tenho o direito de amá-la, de corresponder a seu amor fiel e devotado? Seria, portanto, mais feliz com ela do que com essa espécie de boneca que é Júlia. Para o bem de meu pais, posso sacrificar meus sentimentos, mas dominá-los é impossível. Se amo Sônia, este amor permanece para mim mais forte e mais altamente colocado que tudo."

Nicolau não partiu para Moscou. A condessa não lhe falava mais de casamento, mas verificava, com tristeza, por vezes mesmo com cólera, que uma intimidade cada vez mais crescente se estabelecia entre seu filho e aquela moça sem dote, Sônia. Embora se censurasse, não podia impedir-se de resmungar, de armar questões contra Sônia, tratando-a por "a senhora" e "minha cara". O que mais irritava ainda a boa condessa contra Sônia era que essa pobre sobrinhazinha, de olhos negros, se mostrava tão mansa, tão devotada, tão grata a seus benfeitores, e ao mesmo tempo tão fiel, tão constante, tão desinteressada no seu amor por Nicolau, que nada se podia encontrar que merecesse censura na sua conduta.

Nicolau estava a terminar sua licença em casa de seus pais. Recebera-se do Príncipe André uma quarta carta datada de Roma, na qual dizia que desde muito tempo já estaria a caminho de volta, se, inopinadamente, em consequência do clima quente, seu ferimento não se houvesse reaberto; forçoso lhe era pois, adiar sua partida até o começo do ano seguinte. Natacha continuava sempre tranquilamente enamorada de seu noivo, e bastante acessível a todas as alegrias da existência. Todavia, pelo fim do quarto mês de separação, começou a experimentar instantes de tristeza contra os quais não lhe era possível lutar. Tinha piedade de si mesma; lamentava todo esse tempo decorrido em pura perda, justamente quando se sentia tão capaz de amar a ser amada.

Como se vê, não reinava muita alegria em casa dos Rostov.

9. Chegaram as festas de Natal e nada de particular as assinalou, exceto a missa solene, exceto os fastigiosos cumprimentos dos vizinhos e dos criados, exceto as casacas novas envergadas por toda a gente. E contudo aquele frio de vinte graus sem vento, aqueles claros dias ensolarados, aquelas belas noites estreladas, incitavam a celebrar de qualquer maneira aquela época do ano.

No terceiro dia, após o jantar, cada qual se retirou para seus aposentos e o tédio atingiu o seu auge. Nicolau que, pela manhã, dera um giro de visitas aos vizinhos, adormecera no toucador. O velho conde fazia a sesta em seu gabinete. No salão, Sônia copiava um desenho em cima da mesa do centro, enquanto que a condessa jogava uma paciência e no vão duma janela, o truão, Nastassia Ivanovna, de cara aborrecida, fazia companhia a duas boas velhas. Natacha entrou, examinou o trabalho de Sônia, depois, aproximando-se de sua mãe, ficou ali plantada sem dizer palavra.

— Por que erras por aí como uma alma penada? — perguntou-lhe sua mãe. — De que precisas?

— É "dele" que preciso... imediatamente... agora mesmo — disse Natacha, com os olhos brilhantes e o rosto grave.

A condessa ergueu a cabeça e fitou diretamente os olhos de sua filha.

— Não me olhe desse jeito, mamãe, não me olhe assim, senão choro agora mesmo.

— Senta-te, fica aqui perto de mim.

— Mamãe, sinto falta dele... Meu Deus, por que me infligis semelhante tormento?

Sua voz partiu-se, lágrimas saltaram-lhe dos olhos; para dissimulá-las, voltou o rosto e tomou a decisão de fugir.

Parou no toucador e, após um instante de hesitação, alcançou o quarto das criadas. Uma velha despenseira ralhava com uma jovem criada que, toda arquejante de frio, chegava correndo da cozinha.

— Basta de tanta brincadeira — dizia a velha. — Há tempo para tudo.

— Deixa-a, ora essa — interveio Natacha. — Vai, Mavruchka, vai.

Concedida essa licença, atravessou Natacha a sala de dança para se dirigir à antecâmara. Três criados, um velho e dois moços, jogavam cartas ali. Interromperam o jogo e se levantaram quando a viram.

"Em que coisa poderia bem empregá-los? — perguntou Natacha a si mesma. — Ah! já sei."

— Nikita, vai-me arranjar um galo; e tu, Micha, traze-me aveia.

— Aveia? Um pouquinho, não é? — perguntou Micha, num tom jovial e serviçal.

— E tu, Fiódor, arranja-me um pedaço de giz.

Passando perto da despensa, disse a Foka, o criado de mesa, que preparasse o samovar, se bem que não fosse absolutamente o momento.

Foka era o homem mais rabugento de toda a casa. Natacha sentia prazer em exercer sobre ele seu poder. Não quis ele acreditar nos seus ouvidos e só levou a ordem a sério quando ela lha confirmou.

— Oh! essa senhorita! — disse ele, fingindo estar irritado contra Natacha.

Ninguém ocupava tanta gente e lhe dava tanto que fazer como Natacha. Se avistava alguém, era preciso que o mandasse a qualquer parte. Dir-se-ia que queria verificar se não se zangariam, se não se mostrariam enfadados com suas ordens; mas todos redobravam de solicitude em executá-las.

"Que poderei mesmo fazer? Aonde poderei ir?" perguntava a si mesma, enquanto palmilhava a passos lentos o corredor.

— Nastassia Ivanovna, que prole darei ao mundo? — perguntou ela ao truão, que, vestido com seu corpete de senhora, vinha a seu encontro.

— Pulgas, libélulas, grilos...

— Meu Deus, meu Deus, é sempre a mesma coisa!... Onde esconder-me? Em que me ocupar?...

Galgou barulhentamente a escada que levava ao apartamento ocupado por Vogel e sua mulher. As duas governantas se encontravam ali; diante de uma mesa atravancada de pratos de uvas secas, de alfarrobas e amêndoas, comparavam a carestia da vida em Moscou e em Odessa. Natacha sentou-se, pareceu interessar-se pela conversa, depois, de repente, se levantou.

— A ilha de Madagascar — disse ela. — Ma-da-gas-car — repetiu ela, destacando cada sílaba e, sem responder à Senhora Schoss, que lhe perguntava o que estava ela dizendo, retirou-se.

Viu então Pétia preparando, com a ajuda de seu velho aio, fogos de artifício que contava queimar quando anoitecesse...

— Pétia — gritou-lhe ela. — Leva-me até embaixo.

Pétia acorreu e ofereceu-lhe as costas. Ela saltou para cima dele, cercando-lhe o pescoço com os dois braços e Pétia deu algumas upas com sua cavaleira.

— Agora basta... A ilha de Madagascar continuou ela e, saltando para o chão, tornou a descer a escada.

Depois que, por assim dizer, inspecionou seus Estados, experimentou seu poder e reconheceu que, a despeito da submissão geral, neles se aborrecia bastante, retirou-se Natacha para o salão de música, sentou-se num canto sombrio por trás dum armariozinho e, beliscando as cordas de sua guitarra, no tom mais grave, tentou recordar-se de certo fragmento de melodia duma ópera que ouvira em Petersburgo, em companhia do Príncipe André. Um ouvinte indiferente não teria encontrado sentido algum no que ela tocava; mas para ela, aqueles sons despertavam todo um mundo de sensações. Encolhida por trás de seu armário, de olhos fixos num raio de luz que provinha da porta da despensa, escutava-se a si mesma e abandonava-se à embriaguez da saudade.

Sônia, com um copo na mão, atravessou a peça para se dirigir à despensa. Natacha pousou sobre ela seu olhar, mudou-o depois para a porta entrecerrada e imaginou que essa cena também fazia parte de suas recordações. "Mas sim — dizia a si mesma, — já vi isso, traço por traço."

— Sônia, que é que estou tocando? — gritou-lhe ela, fazendo vibrar a corda grave de sua guitarra.

Sônia estremeceu.

— Ah! estás aí?... Não sei precisamente — disse ela, aproximando-se para ouvir melhor... — Não seria "A Tempestade?" — aventurou ela, timidamente, no temor de enganar-se.

"Pois sim — pensava ainda Natacha, — era assim tal qual; o mesmo estremecimento, o mesmo sorriso tímido de sua parte e disse a mim mesma, como agora: decididamente, falta-lhe alguma coisa".

— Não — replicou ela, — é o coro do "Carregador d´água".[53] Escuta bem... — E, para convencer Sônia, cantou a ária até o fim. — Aonde vais afinal?

— Mudar a água do copo. Acabarei imediatamente meu desenho.

— Sabes arranjar sempre ocupação, não és como eu... E Nicolau, onde está?

— Acho que está dormindo.

— Vai então acordá-lo... Dize-lhe que venha cantar comigo.

E encolhendo-se no seu canto, perguntou a si mesma como tudo isso pudera ocorrer; não chegou a resolver essa questão, não experimentou, aliás, nenhum pesar por isso, e de novo se transportou em imaginação ao tempo em que estavam os dois juntos e ele a contemplava com um olhar cheio de amor.

"Ah! que ele volte o mais depressa possível! Tenho tanto medo de que nosso casamento não se realize!... E depois, nem é preciso dizer, estou envelhecendo! Não serei mais o que sou atualmente... Mas quem sabe, vai ele chegar hoje, agora mesmo... Talvez já esteja aí e me espere no salão... Talvez chegou ontem e eu esqueci disso..."

Levantou-se, pousou a guitarra e passou para o salão. Toda a gente, preceptores e governantas, familiares e visitas, já ali estava tomando o chá. Os criados iam vinham em redor da mesa. Tudo se passava como de costume, mas o Príncipe André não estava ali.

— Ah! ei-la! — disse o conde, vendo entrar sua filha. — Vamos, senta-te a meu lado.

Mas Natacha foi-se plantar junto de sua mãe e olhou em torno de si, como se procurasse alguma coisa.

— Mamãe — implorou ela. — dê-me, imediatamente, dê-me, imediatamente...

E de novo, mal pôde reter seus soluços.

Tomou lugar à mesa e prestou atenção à conversa das pessoas idosas e de Nicolau que também aparecera. "Oh! meu Deus, meu Deus! sempre as mesmas caras, sempre as mesmas

53. Ópera de Cherubini (1800). (N. do T.)

conversas, sempre esse mesmo jeito de papai segurar sua xícara soprar seu chá!" Sentia com terror surdir nela profunda aversão por todos os familiares da casa, porque eram sempre os mesmos.

Depois do chá, Nicolau, Sônia e Natacha refugiaram-se no toucador, seu lugar favorito para se entreterem a seu bel-prazer.

10. — Não te acontece — disse Natacha a seu irmão, depois que se instalaram no toucador, — imaginar que mais nada te espera, que toda a felicidade possível, já a tiveste? E não te sentes triste, então?

— Mas decerto! — disse ele. — Por vezes, quando tudo vai indo bem, quando toda a gente está alegre em redor de mim, vem-me de repente um desgosto de tudo isso e me ponho a pensar que devemos todos morrer... Uma vez, no regimento, não fui ao passeio, onde, no entanto, a música tocava, de tal modo me achava entediado...

— Ah! conheço isso, conheço isso... Era ainda bem pequena quando me aconteceu. Lembras-te? Tinham-me castigado por causa de uma história de ameixas; enquanto vocês dançavam, tinham-me deixado sozinha na sala de aula, e eu chorava a bom chorar... Jamais me esquecerei disso! Tinha compaixão de mim mesma e de vocês todos também... E o que me causava mais pesar, é que eu nada fizera de mal... Lembras-te?

— Sim. Lembro-me até de que fui procurar-te para te consolar e que não sabia como haveria de fazê-lo... Éramos terrivelmente travessos os dois... Tinha eu então um polichinelo e queria fazer-te presente dele. Lembras-te?

— E tu te lembras — prosseguiu Natacha, com um sorriso sonhador, — de que uma vez, bem antes, quando ainda éramos bem pequenos, nosso tio nos chamou a seu gabinete? Era ainda na antiga casa e estava muito escuro; mal entramos, de repente, vimos...

— Um negro — terminou alegremente Nicolau. — Como haveria de esquecê-lo? Agora ainda, não sei ao certo se era um negro de verdade ou se não o vimos em sonho, ou se apenas nos contaram isso.

— Era cor de cinza com dentes brancos... Estava de pé e nos olhava...

— Você se lembra, Sônia? — perguntou Nicolau.

— Sim, sim, vagamente — respondeu Sônia, com timidez.

— Falei a respeito desse negro com papai e mamãe — disse Natacha. —Asseguraram-me que nunca houve negro em nossa casa. E contudo tu te lembras!

— Decerto, como se fosse ontem.

— Dir-se-ia um sonho. Eis o que me agrada nessa história!

— E noutro dia em que fazíamos ovos rolarem na sala de dança, eis que de repente duas velhas chegam e se põem a fazer piruetas. Aconteceu isso ou não? Lembras-te como era encantador!

— Sim. E tu, lembras-te de quando papai, de peliça azul, deu tiros de espingarda no patamar?

E uma após outra desfilavam diante deles aquelas recordações frescas e juvenis que contrastam tão felizmente com os tristes retornos da velhice, essas impressões do passado mais longínquo em que sonho e realidade se confundem, e riam docemente, sentindo-se alegres.

Sônia mantinha-se, como sempre, de parte. Essas recordações lhes eram, no entanto, comuns, mas nela se diluíam mais, e as que ainda permaneciam vivas não despertavam em sua alma sentimentos tão poéticos. Só interveio nessa evocação do passado, quando se veio a relembrar sua chegada à casa; e foi para contar que tivera grande medo de Nicolau, cuja blusinha estava enfeitada de alamares: sua criada havia-a atemorizado, dando-lhe a crer que a amarrariam com aqueles alamares.

— E a mim — disse Natacha, — tinham-me dito que tu nasceras debaixo duma couve; sabia bem que não era verdade, mas não ousava mostrar que não acreditava e me sentia muito constrangida.

Nesse momento, a cabeça duma criada de quarto surgiu na greta da porta da despensa.

— Senhorita, trouxeram o galo — disse ela em voz baixa.

— Não é preciso mais, Polia; diga que o levem de volta.

Entretanto Dimmler havia entrado no toucador. Foi direito à harpa que se encontrava num canto e a desembaraçou de sua capa; a harpa lançou um som discordante.

— Eduardo Karlytch — veio do salão a voz da condessa — toque, por obséquio aquele *Noturno* de Field[54], que me agrada tanto.

Dimmler deu o tom e, voltando-se para Natacha, Nicolau e Sônia, disse-lhes:

— Como a juventude é tranquila!

— Sim, estamos filosofando — respondeu Natacha, lançando-lhe uma olhadela. E voltou à conversa, que versava agora sobre os sonhos.

Dimmler se pôs a tocar. Natacha, na ponta dos pés, aproximou-se da mesa, pegou a vela, levou-a e voltou sem rumor para seu lugar. A sala agora estava escura, sobretudo no canto onde estavam eles sentados; mas pelas altas janelas a lua cheia projetava no soalho um clarão prateado.

— Sabem em que estou pensando? — perguntou Natacha, aproximando-se de Nicolau e de Sônia, enquanto Dimmler, que havia terminado seu trecho musical e hesitava em começar outro, tocava de leve nas cordas da harpa. —Parece-me que à força de tanto remexer as cinzas do passado, chega a gente a se recordar de coisas que ocorreram antes de termos vindo ao mundo...

— É a metempsicose — disse Sônia, que sempre fora estudiosa e dotada de boa memória. — Os egípcios acreditavam que nossas almas viveram a princípio nos animais e que para eles voltam após nossa morte.

— Pois bem, eu, tu sabes, não creio que tenhamos estado nos animais — replicou Natacha, sempre em voz baixa, se bem que a música tivesse cessado. — O de que estou certa é de que fomos anjos lá em alguma parte e aqui igualmente; eis porque nos recordamos de tantas coisas...

— Posso juntar-me a vocês? — perguntou Dimmler, que se havia aproximado a passos de lobo e tomou lugar junto deles.

— Se fomos anjos, por que então caímos mais baixo? — perguntou Nicolau. — Não, isto não pode ser.

— Por que mais baixo? Quem te disse que estamos mais baixo? — exclamou Natacha com ardor. — A alma é imortal, não é? Se, pois, devo viver sempre, já vivi toda uma eternidade.

— Evidentemente, mas é bem difícil imaginar essa eternidade — interveio Dimmler, que, juntando-se aos jovens, não pudera reter um sorriso um tanto zombeteiro, mas adotava agora o tom grave e confidencial deles.

— Difícil? Por quê? — perguntou Natacha. — Depois de hoje será amanhã, e sempre assim. E ontem e anteontem era a mesma coisa.

Ouviu-se a voz da condessa.

— Natacha, é a tua vez; canta-me alguma coisa... Que fazem vocês aí? Parecem conspiradores.

— Ah! mamãe, não estou disposta — disse Natacha.

Ninguém, nem mesmo Dimmler que não era mais jovem, tinha vontade de deixar aquele canto das confidências. Contudo Natacha se levantou e Nicolau foi sentar-se ao cravo. Depois de haver-se colocado, como de costume, no meio da sala de dança, lugar que ela achava mais favorável à acústica, Natacha cantou o trecho preferido de sua mãe. Tinha dito que não se achava disposta, mas havia muito tempo que não cantava e por muito não cantaria tão bem como naquela noite. De seu gabinete, onde dava audiência a Mitenka, o conde ouviu-a e, como um aluno que, para o fim duma lição, apenas sonha com o recreio próximo, confundiu-se nas ordens dadas e acabou por ficar silencioso. Mitenka, que também escutava, ficou plantado diante de seu patrão, sem dizer palavra e com um sorriso nos lábios. Nicolau não desfitava os olhos de sua irmã e

54. João Field, compositor inglês, nascido em Dublin, em 1782, morto em Moscou, em 1837, cujos Noturnos criaram novo gênero de música de salão. (N. do T .)

ritmava pela dela sua própria respiração. Sônia media a enorme distância que a separava de sua prima e dizia a si mesma que jamais poderia adquirir nem uma parte que fosse dos encantos de Natacha. Os olhos da condessa estavam cheios de lágrimas; sorria com ar feliz e triste ao mesmo tempo e abanava de vez em quando a cabeça. Relembrava a sua mocidade, pensava também em sua filha, cuja união projetada com o Príncipe André lhe parecia decididamente pouco natural e pesada de perigos.

Sentado perto da condessa, Dimmler escutava, de olhos fechados.

— Na verdade, condessa — acabou por dizer, — eis aí um talento europeu. Nada mais tem a aprender; essa suavidade, essa doçura, esse vigor...

— Ah! quanto receio por ela, quanto receio — disse a condessa, sem reparar a quem se dirigia. Seu instinto maternal dizia-lhe que havia em Natacha algo de excessivo que a impediria de ser feliz.

Ainda não havia Natacha terminado e já Pétia irrompia na sala e anunciava, com o entusiasmo dos seus catorze anos, a chegada dos mascarados. Natacha interrompeu-se, bruscamente.

— Imbecil! — gritou para o irmão. Precipitou-se para uma cadeira onde se deixou cair e explodiu em soluços que levou muito tempo a conter.

— Não é nada, mamãe, não é nada, garanto-lhe. Foi Pétia que me fez medo — disse ela, esforçando-se por sorrir, mas suas lágrimas corriam sempre e os soluços a sufocavam.

Os criados disfarçados de ursos, de turcos, de taberneiros, de grandes damas, pândegas ou horripilantes, traziam de fora o frio e a alacridade. Aglomeraram-se timidamente na antecâmara, depois ocultando-se uns atrás dos outros, aventuraram-se a entrar na sala de dança; ali, a princípio intimidados, depois se animando e comunicando sua alacridade, começaram os cantos, as danças, as rondas e outros divertimentos de Natal. Depois de ter reconhecido todos os mascarados e rido de seus disfarces, a condessa se retirou para o salão, enquanto que o conde, de rosto radiante, ficava na sala a encorajá-los. A gente moça havia-se eclipsado.

Meia hora mais tarde, outros mascarados vieram misturar-se aos primeiros. Uma velha dama de anquinhas — era Nicolau; uma turca — Pétia; um palhaço — Dimmler. Natacha, como hussardo e Sônia, como circassiano, tinham-se pintado bigodes e sobrancelhas com rolha queimada.

Depois que os que não se achavam disfarçados os acolheram com fingida surpresa e calorosos cumprimentos, os jovens, que achavam que suas fantasias estavam muito boas, sentiram necessidade de mostrá-las a outras pessoas mais. Nicolau que fervia de vontade, em vista do perfeito estado das estradas, de levar toda a gente em troica, propôs uma visita ao tio, em companhia de uma dúzia de criados disfarçados.

— Não, — disse a condessa, — não adianta incomodar aquele pobre velho; é preferível irem à casa dos Meliukov.

A Sra. Meliukov, uma viúva, morava a uma pequena légua dos Rostov, com seus numerosos filhos de idades diversas, seus preceptores e suas governantas.

— Eis, meu bem, uma ótima ideia — disse num tom alegre o velho conde. — Vou-me disfarçar também eu e acompanharei vocês. Hei de saber reanimar bem aquela boa Pacha.[55]

Mas a condessa não o entendia assim. Durante todos aqueles dias llia Andreitch tivera dores na perna; não podia permitir-se semelhante rapaziada. Em compensação, se Luísa Ivanovna, isto é, a Sra. Schoss, quisesse acompanhá-las, as moças participariam do passeio. Suplicou-se à Sra. Schoss que consentisse em ir, e as instâncias de Sônia, tão reservada habitualmente, foram desta vez as mais insistentes. Sua fantasia era, com efeito, a melhor de todas; os bigodes e sobrancelhas lhe iam maravilhosamente bem: todos à porfia a cumprimentavam; sentia-se, contra o seu natural, cheia de segurança e de aprumo; uma voz interior lhe dizia que naquele dia ou nunca sua sorte se decidiria e parecia outra bem diferente em traje de homem.

55. Diminutivo de Prascóvia. (N. do T.)

A Sra. Schoss deu seu consentimento e, ao fim duma meia hora, quatro troicas, com sininhos e guizos, cujos patins rangiam sobre a neve gelada, vieram enfileirar-se diante do patamar.

Natacha foi a primeira a dar o tom que convinha àquela louca noite de Natal; sua alegria, comunicando-se dum a outro, aumentou cada vez mais e atingiu seu mais alto ponto, quando todos os mascarados apareceram ao ar vivo de fora e rindo, gritando, interpelando-se, se instalaram nas várias equipagens.

Duas das troicas eram trenós de corrida; a terceira com um trotador de Orlov no varal, era a do velho conde; a quarta, a de Nicolau, tinha a puxá-la um cavalinho morzelo, do pelo comprido. Nicolau, com seu disfarce de senhora idosa, sobre o qual lançara seu manto de hussardo, em pé, no meio de seu trenó, reunia as rédeas. A lua lançava uma luz tão viva que ele via brilharem as placas de cobre dos arreios e os olhos dos cavalos, que viravam receosos a cabeça para o alpendre sombrio sob o qual se agitava o bando brincalhão.

Natacha, Sônia, a Sra. Schoss e duas criadas tomaram lugar no trenó de Nicolau; Dimmler, sua mulher e Pétia, no do conde e os criados disfarçados se repartiram pelos outros.

— Vai na frente, Zakhar! — gritou Nicolau para o cocheiro de seu pai, a fim de ter ocasião de tomar-lhe a dianteira ao longo da estrada.

A troica do conde pôs-se em movimento; o rangido de seus patins, que o gelo parecia ter colado na neve, acompanhou por algum tempo o grave zumbido da sineta. Os cavalos premiam-se contra os varais e se enterravam numa neve sólida e brilhante como açúcar. Nicolau, depois os outros, partiram por sua vez com grande algazarra.

Foram a princípio a pequeno trote pelo caminho estreito. Enquanto costeavam o parque, as sombras das árvores despidas alongavam-se de través na estrada, interceptando o vivo clarão da lua; mas, assim que transpuseram a barreira, uma planície de neve, imóvel, cintilante como o diamante, com reflexos azulados, ofereceu aos olhos sua extensão sem fim. Uma vez ou duas o trenó da frente saltou sobre um carril; os seguintes o imitaram e, perturbando sem remorso a profunda paz daquela planície encantada, espaçaram-se em fila.

A voz de Natacha ressoou de súbito no ar gelado.

— Um rastro de lebre, muitos rastros!

— Como se vê tudo claro, Nicolau! — disse por sua vez Sônia.

Nicolau voltou-se para Sônia e teve de inclinar-se para ver-lhe melhor o rosto. À luz da lua, um rostinho gentil, com bigodes e sobrancelhas pintados de preto, surgia, próximo e distante ao mesmo tempo, dentre a gola de zibelina.

"Onde está, pois, a Sônia de outrora?" — perguntou a si mesmo Nicolau, fitando-a com uma insistência risonha.

— Que deseja você, Nicolau?

— Nada — respondeu ele, voltando-se para os cavalos.

Chegados à estrada real aplainada pelos patins dos trenós e retalhada pelos rompões das ferraduras, cujos traços se viam ao clarão da lua, os cavalos por si mesmos puxaram suas rédeas e aceleraram sua carreira. O cavalo da esquerda, com a cabeça pendida para fora, empuxava os tirantes aos sacalões. O dos varais balançava-se, erguendo as orelhas, como se perguntasse: "Chegou a hora ou ainda é cedo?" Na frente, já a uma grande distância, a troica negra de Zakhar se destacava sobre o fundo branco da neve. Ao tintineio surdo, cada vez mais longínquo de sua sineta, misturavam-se os gritos, as risadas, as exclamações dos mascarados.

— Vamos, meus rapazinhos! — gritou Nicolau, puxando as rédeas com uma mão, enquanto levantava o chicote com a outra.

Somente pelo vento que flagelava sempre mais vivamente os rostos, somente pela tensão das sotas que forçavam sempre mais sua carreira, podia-se julgar a que velocidade corria a troica. Nicolau olhou para trás de si. Por entre o clamor dos mascarados e o estalar dos chicotes, as outras equipagens ganhavam terreno. O cavalo dos varais se agitava bravamente sob o arco do varal, sem pensar absolutamente em mudar de andadura e prometia correr ainda mais se lhe exigissem.

Nicolau alcançou a primeira troica. Desceram por uma ladeira para entrar num largo caminho que cortava uma várzea ao longo dum riacho.

"Onde estamos afinal?" — perguntou a si mesmo Nicolau. — Nas Longas Campinas, sem dúvida... Mas não, não estou reconhecendo o lugar... Não são nem as Longas Campinas, nem o Morro de Damião... Tudo é novo aqui; dir-se-ia uma paisagem encantada. Enfim, não importa!" E, excitando seus cavalos, tratou de ultrapassar a primeira troica.

Zakhar reteve um instante sua parelha para voltar para seu jovem amo seu rosto já embranquecido pela geada até as sobrancelhas. Nicolau lançou seus cavalos; Zakhar, de braços estendidos, deu um estalo com a língua e lançou também os seus.

— Cuidado, meu amo! — gritou-lhe.

As duas troicas voaram lado a lado e o galope dos trotadores se tornou ainda mais ligeiro. Nicolau ganhou dianteira. Zakhar, com os braços sempre estendidos sobre as rédeas, ergueu um deles na direção de seu amo.

— Não, meu amo, não ganhará para mim! — gritou ele.

Nicolau pôs sua parelha a grande galope e conseguiu ultrapassar Zakhar. Os cavalos empoavam com uma neve fina e seca os rostos dos viajantes, enquanto desfilavam as sombras da troica rival em meio dum alarido de vaias e desafios. O rangido dos patins confundia-se com os gritos agudos das mulheres.

Moderando uma vez mais o ardor de seus cavalos, Nicolau esquadrinhou com o olhar os arredores. Era sempre a mesma planície feérica, banhada pelo luar; estrelas argentinas cintilavam aqui e ali.

"Zakhar está-me gritando que tome a esquerda — disse a si mesmo. — Por que isso? Não vamos mesmo para a casa dos Meliukov? E Meliukovka não fica ali? Deus sabe aonde vamos. Deus sabe o que nos acontece. Em todo o caso, a aventura é tão encantadora quanto esquisita." Voltou-se para os ocupantes do trenó.

— Repare em suas pestanas e em seu bigode, estão todos brancos — disse um daqueles seres estranhos, desconhecidos, aos quais as sobrancelhas e os bigodes finamente desenhados davam um encanto particular.

"Aquele lá parece que é Natacha — pensava Nicolau. — E eis a Sra. Schoss... não, afinal, talvez não seja ela. E esse circassiano de bigodes, não sei quem seja, mas amo-o".

— Não estão com frio? — perguntou-lhes.

Elas não responderam e se puseram a rir. Do trenó seguinte, Dimmler gritou qualquer coisa, sem dúvida muito engraçada, mas que não se chegou a compreender.

— Sim, sim — responderam vozes risonhas.

Descobria-se agora uma floresta encantada de confusas sombras negras, cintilações de diamante, uma enfiada de degraus de mármore, e os telhados prateados duma morada mágica; ouviam-se latidos de animais. Se é mesmo ali Meliukovka, — disse a si mesmo Nicolau, — é verdadeiramente o cúmulo da estranheza que essa carreira no desconhecido nos tenha, no entanto, trazido a bom porto."

Era com efeito Meliukovka. Criadas e lacaios acorriam ao patamar com luzes e rostos joviais.

— Quem nos chega aí? — perguntou uma voz do alto do patamar.

— Os mascarados do conde, reconheço os cavalos — responderam outras vozes.

11. Pelágia Danilovna Meliukov, robusta e inteligente mulher usando óculos e mantô flutuante, achava-se no salão, em companhia de suas filhas a quem se esforçava por distrair. As moças derretiam cera e observavam as figuras que se formavam, quando repercutiram no vestíbulo os passos e as vozes dos que chegavam.

Os hussardos, as velhas damas, as feiticeiras, os palhaços e os ursos, tossindo, enxugando os rostos cobertos de geada, deram entrada na grande sala, onde, às pressas, acendiam as luzes.

O palhaço Dimmler abriu o baile com a velha dama Nicolau. Entre os gritos de alegria das crianças, os mascarados, ocultando o rosto e mudando de voz, iam cumprimentar a dona da casa e se agrupavam em seguida na sala.

— Ah! é impossível reconhecê-los... Ah! essa Natacha! Com que diabo parece ela? Na verdade, faz-me lembrar alguém... Eduardo Karlytch, como está bem! Não o teria reconhecido. E como dança!... Ah! meu bom Deus! um circassiano! Mas é a Sônia! Como lhe vai bem o disfarce!... E aquele lá, quem é?... Nikita, Vânia, retirem as mesas... Que ótima distração vocês nos trazem... Estávamos aqui tão sossegadas...

— Ah! ah! ah!... O hussardo, olhem o hussardo... Um verdadeiro garoto... E seus pés!... Não posso ver... — diziam vozes.

Natacha, a favorita das jovens Meliukov, desapareceu com elas nos aposentos interiores, onde mandou buscar uma rolha, roupões de quarto, diversas roupas de homens que braços nus arrebatavam, pela porta entreaberta, das mãos dos lacaios. Dez minutos mais tarde toda a gente moça da casa se havia juntado aos outros mascarados.

Tendo mandado abrir lugar para os visitantes e preparar uma refeição para os amos e para os criados, Pelágia Danilovna ia e vinha, de óculos no nariz, com seu sorriso discreto, em meio de toda aquela gente disfarçada que ela fitava sem conseguir reconhecer. Não descobria nem os Rostov, nem Dimmler, nem mesmo suas próprias filhas sob aqueles roupões de quarto e aqueles uniformes diversos.

— E esta quem é? — indagava ela da governanta, encarando bem de perto uma de suas filhas, fantasiada de tártaro de Kazan. — Deve ser algum dos Rostov. E você, senhor hussardo, em que regimento serve? — perguntava a Natacha. — Sirva torta de frutas à turca, sua religião não lhe proibe — dizia ela ao mordomo que circulava com uma bandeja de guloseimas.

Diante dos passos dum cômico extravagante que executavam os dançarinos a quem o incógnito libertava de todo acanhamento, Pelágia Danilovna ocultava o rosto no lenço e toda a sua robusta pessoa sacudia-se numa franca risada que não tinha fim.

— Sacha, vejam lá a minha Sacha! — exclamava ela.

Depois das danças e das rondas russas, Pelágia Danilovna fez todos os servidores e seus amos formarem um grande círculo; trouxeram um anel, uma fita, uma moeda de um rublo, e os jogos de sociedade começaram.

Ao fim de uma hora, todas as fantasias já estavam amarrotadas, os bigodes e sobrancelhas de carvão haviam-se derretido nos alegres rostos suados. Pelágia Danilovna pôde enfim reconhecer os mascarados, lançar exclamações a propósito do êxito dos disfarces, particularmente os das moças, agradecer a toda a gente o prazer que lhes haviam proporcionado. Os patrões foram convidados a cear no salão, enquanto os criados se regalavam na grande sala.

Como falassem, enquanto ceavam, em ir tirar as sortes na estufa, disse uma velha solteirona, comensal dos Meliukov:

— Não, é por demais aterrorizante!

— Mas por quê? — indagou a filha mais velha.

— Ah! você não irá; é preciso coragem!

— Eu irei — declarou Sônia.

— Conte-nos, então, o que aconteceu a uma senhorita — disse a segunda das irmãs Meliukov.

— Pois é, foi assim — disse a solteirona. — Uma vez, uma senhorita foi lá. Levara um galo, dois serviços de mesa, tudo quanto é necessário. Tomou lugar e ficou muito tempo à escuta. De repente, ouve um barulho de guizos, de sininhos: aproximava-se um trenó. Prestou ouvidos: chegava alguém. Esse alguém entra: a figura perfeita de um homem, um oficial talvez. E ei-lo que se assenta ao lado dela, diante do segundo talher.

— Oh! oh! exclamou Natacha, revirando olhos de terror.

— E depois, começou ele a falar?

— Mas sim, igualzinho a um homem como outro qualquer... e então começou a rogar a ela... que devia continuar a conversa com ele até o galo cantar; mas o medo a dominou e ela escondeu o rosto nas mãos. Então o homem a agarrou... Felizmente nessa hora acorreram criadas.

— Que ideia essa de fazer-lhes medo! — interveio Pelágia Danilovna.

— Mas, mamãe, a senhora mesma não tirou sortes? — perguntou uma das filhas.

— Tiram-se também as sortes na granja? — perguntou Sônia.

— Decerto, basta ir lá imediatamente, se o coração lhe pede. Fica-se à escuta: se são marteladas, batidas, é mau sinal; se se espalha trigo, é bom sinal; e tudo acontece como foi predito.

— Mamãe, conte-nos então o que lhe aconteceu um dia na granja.

Pelágia Danilovna sorriu.

— Oh! vocês bem sabem que já me esqueci de tudo — disse ela. — E depois, nenhuma de vocês tem tenção de ir lá.

— Mas sim, Pelágia Danilovna — replicou Sônia. — Se me permite, gostaria de ir.

— Pois bem! Vá, se não tem medo.

— Luísa Ivanovna, dá licença? — perguntou Sônia.

Quer se jogassem prendas ou se conversasse como agora, Nicolau não largava Sônia de um passo sequer, olhando-a com olhos inteiramente novos. Graças a seu disfarce, a seus bigodes postiços, a moça se lhe revelava enfim sob seu verdadeiro aspecto; acreditava-o pelo menos e aliás Natacha não se lembrava de ter visto sua prima tão bonita, tão alegre, tão cheia de entusiasmo.

"Eis, pois, como ela é! Que tolo fui em não me ter apercebido disso há mais tempo!", pensava ele, observando os olhos brilhantes de Sônia e seu sorriso entusiasta que cavava — coisa em que ele não havia reparado até então — duas covinhas sob seu falso bigode.

— Não tenho medo de nada — disse ela, levantando-se. — Se quiserem, vou lá agora mesmo.

Explicaram-lhe onde se encontrava a granja. Devia ficar lá em silêncio e prestar atenção. Entregaram-lhe uma peliça que ela lançou sobre a cabeça, enquanto atirava um olhar para Nicolau.

"Que deliciosa criança! — sonhava este. — Em que pensei eu até agora?"

Mal Sônia havia entrado no corredor e já Nicolau, pretextando estar com muito calor, desaparecia pela grande porta. Na verdade, as pessoas que se aglomeravam nos aposentos tornavam a atmosfera abafante. Lá fora, reinava a mesma serenidade glacial, a mesma lua, um pouco mais brilhante. A claridade era tão intensa e tão numerosas as cintilações da neve, que não se tinha vontade de fitar o céu, perdendo as verdadeiras estrelas o seu brilho. O céu parecia negro e lúgubre, a terra, pelo contrário, uma alegria só.

"Que tolo tenho sido, pois, por esperar", pensava sempre Nicolau. E, descendo a correr os degraus do patamar, contornou a casa pela vereda que levava à entrada de serviço. Sabia que Sônia passaria por ali. Em meio do caminho, pilhas de madeira cobertas de neve formavam sombras que alcançavam as sombras oblíquas das velhas tílias sem folhas. As paredes de madeira da granja e seu telhado branco de neve que se diria talhado em alguma pedra preciosa, cintilavam ao clarão da lua. Uma árvore estalou no parque e tudo recaiu em silêncio. Parecia que se respirava, não o ar livre, mas alguma força jovem e eterna e a própria alegria.

Passos repercutiram no patamar de serviço; estalaram mais sonoros no derradeiro degrau, recoberto por uma camada de neve.

— Bem em frente, bem em frente, por aquele caminho, senhorita — disse a voz da solteirona. — Mas não volte a cabeça para trás.

— Não tenho medo — respondeu a voz de Sônia, cujos pezinhos calçados em finos sapatos fizeram ranger o caminho onde a esperava Nicolau.

Ela avançava, enrolada em sua peliça. Estava apenas a dois passos dele, quando o percebeu. Viu-o também com olhos inteiramente diversos dos de outrora. Com seu traje de mulher, seus cabelos assanhados, seu sorriso feliz nos lábios, não era mais o homem que Sônia sempre temera um pouco. Correu para ele.

"Ela é outra completamente e entretanto sempre a mesma", — disse a si mesmo Nicolau, contemplando o rosto da moça, que o luar banhava. Passou as mãos por baixo da peliça que lhe cobria a cabeça, enlaçou-a, apertou-a contra si e beijou os lábios sobre que estava desenhado o falso bigode e que cheiravam a rolha queimada. Sônia também o beijou, bem no meio dos lábios e, libertando suas pequenas mãos, segurou pelas fontes o rosto de Nicolau.

— Sônia!

— Nicolau!

Não se disseram mais nada. Correram para a granja e regressaram em seguida para a casa, cada qual por uma entrada diferente.

12. Quando regressaram da casa de Pelágia Danilovna, Natacha, que via e notava sempre tudo, arranjou jeito para que Luísa Ivanovna e ela mesma tomassem lugar no trenó de Dimmler, enquanto que Sônia se instalava com as criadas no de Nicolau.

Sem tentar desta vez ultrapassar os outros, Nicolau conduziu numa andadura igual no trajeto de volta. Olhava para sua prima à luz estranha do luar e procurava descobrir naquela claridade mutável a Sônia de outrora e a de hoje de quem estava bem resolvido a jamais se separar. Olhava-a e quando a reconhecia, sempre a mesma e não obstante diferente, quando se lembrava do gosto de rolha queimada em seus lábios, misturado à sensação do beijo, respirava a plenos pulmões o ar gelado e, lançando os olhos sobre a paisagem que fugia sob o céu cintilante, acreditava-se de novo em algum reino encantado.

— Sônia, você está bem? — perguntava-lhe de vez em quando.

— Estou, sim — respondia ela. — E você?

Na metade do caminho, Nicolau entregou as rédeas ao cocheiro, desceu de seu trenó, correu para o de Natacha e plantou-se na ponta dos patins.

— Natacha — disse-lhe baixinho em francês, — sabes, decidi-me a propósito de Sônia.

— Tu lhe falaste? — perguntou Natacha, de repente radiante de alegria.

— Ah! como estás engraçada com esses bigodes e essas sobrancelhas!... contente?

— Sim, muito, muito contente. Sabes que estava zangada contigo? Não to dizia, mas tu agias mal para com ela. Ela tem tão bom coração, Nicolau. Como estou contente! Sou por vezes má. Tinha, porém, vergonha de ser feliz sozinha, sem ela. Agora estou contente. Vamos, volta depressa para junto dela!

— Um instante... Ah! como estás engraçada! — repetiu Nicolau que continuava a olhá-la e descobria igualmente em suas feições algo de insólito e encantador que jamais notara. — Natacha, é magia, não é?

— Sim — respondeu ela, — e tu agiste muito bem.

"Se a tivesse visto antes tal como a vi hoje — dizia a si mesmo Nicolau, ter-lhe-ia desde muito pedido conselho, teria feito tudo quanto me tivesse dito e tudo teria andado muito bem."

— Então, estás contente e achas que agi bem?

— Ah! sim, como agiste bem! Tive ultimamente uma discussão com mamãe a esse respeito. Mamãe sustentava que ela corria atrás de ti. Como se pode dizer semelhante coisa? Estive a ponto de brigar com mamãe. E não permitirei nunca que alguém diga mal de Sônia, nem mesmo pense, porque nela tudo é perfeito.

— Então, agi bem? — perguntou uma vez mais Nicolau, esquadrinhando ainda as feições de sua irmã, para se certificar de que ela dizia a verdade. E, fazendo estalarem suas botas, saltou do trenó de Natacha para voltar ao seu. lá encontrou o mesmo circassianozinho feliz e sorridente, bigodudo e de olhos brilhantes, que olhava por baixo de sua capucha de zibelina, e aquele circassiano era Sônia e aquela Sônia seria seguramente um dia sua mulher, feliz e amorosa.

Uma vez de volta, as moças contaram à condessa como tinham passado o tempo em casa dos Meliukov, depois se retiraram para seu aposento. Despidas de seus trajes de disfarce, mas sem haverem retirado os bigodes, ficaram muito tempo ali conversar a respeito de sua futura felicidade conjugal: seus maridos se entenderiam muito bem juntos e elas seriam totalmente felizes. Em cima da mesa havia espelhos, preparados durante a noite por Duniacha.

— Quando acontecerá tudo isso?... Jamais, talvez... Tenho muito medo... Seria demasiado belo! — disse Natacha, aproximando-se dos espelhos.

— Senta-te, Natacha — disse-lhe Sônia. — Talvez o vejas.

Natacha acendeu as velas e sentou-se.

— Percebo alguém de bigodes — disse ela, vendo seu próprio rosto.

— Não ria, senhorita — observou Duniacha.

Com a ajuda de Sônia e da criada de quarto, conseguiu Natacha boa exposição do primeiro espelho, tomou um ar sério e manteve-se em rigoroso silêncio. Ficou muito tempo assim, olhando a fileira de velas que se afastavam nos espelhos, imaginando, segundo as narrativas que lhe tinham feito, que iria ver ou um caixão, ou "ele", o Príncipe André, no derradeiro quadrado onde tudo se enevoava tão esquisitamente. Mas por mais disposta que estivesse a tomar a mais pequena mancha como um caixão ou um rosto humano, nada viu absolutamente. Suas pálpebras tinham-se posto a bater, levantou-se.

— Por que os outros veem e eu não vejo nada absolutamente? — disse ela. — Vamos, Sônia, senta-te no meu lugar. Hoje é teu dia ou nunca. Olha somente por mim... Tenho tanto medo...

Sônia sentou-se ao espelho, deu-lhe a disposição querida e se pôs a olhar.

—Sônia Alexandrovna verá certamente alguma coisa — disse Duniacha em voz baixa. — Se a menina nada vê é porque está sempre a rir.

Sônia ouviu essas palavras e a resposta murmurada de Natacha:

— Sim, sei bem que ela verá; já no ano passado ela viu alguma coisa.

Depois de dois ou três minutos de silêncio, Natacha continuou em voz baixa: — "Decerto!" Mas não teve tempo de acabar, porque de repente Sônia repeliu o espelho que segurava e cobriu os olhos com a mão.

— Ah! Natacha! — exclamou ela.

— Viste? Viste? Que foi que viste? — exclamou Natacha, retendo o espelho.

Sônia nada vira, queria somente repousar a vista e ia levantar-se no momento em que Natacha pronunciara o seu "Decerto". Não desejava enganar nem Natacha, nem Duniacha e cansara de estar sentada. Ignorara ela própria porque lançara um grito, ao mesmo tempo que cobria os olhos com a mão.

— Foi "ele" que viste? — perguntou Natacha, segurando-lhe as mãos.

— Sim... espera... foi ele mesmo que eu vi — respondeu ao acaso Sônia, não sabendo com certeza quem Natacha queria designar por esse "ele": Nicolau ou André.

"Afinal — pensou ela, — por que não dizer que vi alguma coisa? Isso acontece mesmo a outras pessoas. E aliás quem poderá acusar-me de impostura?"

— Sim, vi-o — disse ela.

— E como o viste? De pé ou deitado?

— Espera... A princípio não havia nada, depois, de repente, vi-o deitado.

— André deitado? Estará doente? — perguntou Natacha, fixando sua prima com olhos espantados.

— Não, pelo contrário, tinha o ar alegre e voltou-se para meu lado — replicou Sônia que acreditava agora ter realmente visto o que contava.

— Ah! e depois?

— Depois, não distingui muito bem... Viam-se cores azuis, vermelhas...

— Sônia, quando voltará ele? quando o tornarei a ver? Meu Deus, quanto receio por ele e por mim...Tudo, tudo me faz medo...

E sem responder às palavras de conforto de sua amiga, estendeu-se Natacha na cama. Muito tempo depois de terem apagado as velas, ficou assim imóvel, de olhos escancarados, contemplando a luz fria da lua através das janelas cobertas de geada.

13. Pouco tempo depois das festas de Natal, declarou Nicolau à sua mãe seu amor por Sônia e sua firme intenção de casar com ela. A condessa, que havia muito observava o manejo deles e esperava tal confidência, ouviu-o até o fim em silêncio. depois declarou-lhe que ele podia casar com quem bem lhe parecesse, mas que nem ela, nem seu marido, dariam consentimento a semelhante casamento. Pela primeira vez em sua vida, viu Nicolau que sua mãe estava descontente com ele e que, malgrado todo o amor que lhe tinha, não cederia. Num tom frio e sem conceder um olhar a seu filho, mandou chamar o conde; quando este chegou, tentou ela explicar-lhe com brevidade, com uma calma afetada, de que se tratava, mas não pôde conter-se: cheia de despeito, desatou a chorar e retirou-se. Num tom hesitante, pôs-se o conde a catequisar Nicolau, rogando-lhe que renunciasse a seu projeto. Tendo-se este recusado a trair a palavra dada, o pai, suspiroso e confuso, desistiu de insistir e foi ter com a condessa. À menor diferença que surgia entre eles, sentia o conde que se tornara culpado para com seu filho, dissipando-lhe a fortuna; não podia pois querer-lhe mal pelo fato de preferir uma moça sem dote a uma rica herdeira. Nessa ocasião via mais claramente ainda que, se sua fortuna não tivesse sido dilapidada, não teria ele podido desejar melhor esposa para seu filho e que, em consequência, o único culpado era ele mesmo, com seu Mitenka e seus hábitos incorrigíveis.

Nem o pai, nem a mãe, trocaram mais uma palavra sequer a respeito do assunto com seu filho; mas alguns dias mais tarde a condessa mandou chamar Sônia e, com uma crueldade que nem uma, nem outra, teriam podido esperar, censurou a sua sobrinha o ter feito provocações amorosas a seu filho e não passar de uma ingrata. Sônia ouvia sem dizer uma palavra sequer e de olhos baixos a dura reprimenda da condessa, sem compreender o que se exigia dela. Estava pronta a tudo sacrificar pelo seus benfeitores; o pensamento do sacrifício era-lhe familiar; mas no caso presente não via a quem devia imolar-se. Amava decerto a condessa e a toda a família Rostov mas amava também Nicolau e não ignorava que sua felicidade dependia desse amor. Fechou-se pois num mutismo desolado. Julgando a situação insustentável, teve Nicolau uma explicação com sua mãe. Suplicou-lhe a princípio que lhes perdoasse a Sônia e a ele e que desse seu consentimento; depois ameaçou-a, se tiranizassem Sônia, de casar-se imediatamente com ela, em segredo.

A condessa, com uma frieza que jamais se lhe vira, replicou-lhe que ele era maior, que podia, como o Príncipe André, casar-se sem o consentimento de seu pai, mas que jamais consideraria a ela "essa intrigante" como sua filha.

Indignado com a palavra intrigante, Nicolau, elevando a voz, disse a sua mãe que jamais teria crido que ela o incitasse a vender-se; já que era assim, prevenia-a pela derradeira vez de que... Mas não teve tempo de pronunciar a palavra decisiva que, a julgar pela expressão de seu rosto sua mãe esperava com terror e que, talvez, teria deixado entre ambos uma horrível lembrança. Com efeito, Natacha, de rosto pálido e severo, apareceu à soleira da porta donde tudo ouvira.

— Nicolau, estás dizendo tolices; cala-te, cala-te! Repito-te, cala-te! — gritou ela quase, a fim de abafar a voz do irmão. — Mamãe, mamãezinha, mamãe querida, não se trata absolutamente... — continuou ela, dirigindo-se a sua mãe que, sentindo-se à beira duma rutura definitiva com seu filho, olhava-o com terror, sem que sua obstinação e o arrebatamento da luta lhe permitissem ceder. — Nicolau, retira-te, explicar-te-ei tudo e a senhora, minha mamãezinha querida, escute-me...

Ainda que suas palavras não tivessem sentido algum, alcançaram seu objetivo: a condessa, com grandes soluços, ocultou seu rosto no seio de sua filha, enquanto que Nicolau se levantava, segurando a cabeça entre as mãos, e saía.

Natacha levou a bom cabo sua obra de reconciliação: a condessa prometeu a seu filho não mais perseguir Sônia; em compensação, comprometeu-se ele a nada empreender às ocultas de seus pais.

No começo de janeiro, Nicolau, muito pesaroso por estar em desacordo com seus pais, mas, acreditava-o, apaixonadamente enamorado, voltou a seu regimento com a firme intenção de ali regularizar todos os seus negócios, pedir demissão e casar com Sônia assim que regressasse.

A partida de Nicolau mergulhou a casa dos Rostov numa tristeza ainda mais sombria. A condessa, em consequência de suas emoções, caiu doente. Sônia sofria por estar separada de Nicolau e mais ainda pelo tom hostil que a condessa não podia evitar tomar a seu respeito. O conde estava mais do que nunca preocupado com o mau estado de seus negócios, que exigiam medidas enérgicas. Ora, para vender o palácio de Moscou e o domínio vizinho daquela cidade, era preciso ir lá. Mas a má saúde de sua mulher obrigava-o a adiar continuamente sua partida.

Natacha que, nos primeiros meses, suportara facilmente, até mesmo alegremente a ausência de seu noivo, tornava-se agora, de hora para hora, mais nervosa e mais impaciente. O pensamento de que seus mais belos dias, que teria tão bem empregado em amá-lo, escoavam-se em pura perda, atormentava-a sem cessar. Na sua maior parte as cartas de André a irritavam. Dizia a si mesma com amargura que, enquanto que ela só vivia pensando nele, levava ele a vida de toda a gente, via novos países, ligava-se com novas pessoas, sentia prazer em sua convivência. Quanto mais interesse ofereciam suas cartas, mais despeito lhe causavam. Não gostava tampouco de escrever a seu noivo, não vendo nisso senão uma banal e fastidiosa tarefa: como, com efeito, exprimir por escrito o que diziam tão bem, em geral, sua voz, seu sorriso, seu olhar? Escrevia-lhe, pois, cartas monótonas e secas, cartas clássicas às quais ela mesma não ligava nenhuma importância e cujos erros de ortografia sua mãe corrigia no rascunho.

A saúde da condessa continuava estacionária; entretanto a viagem a Moscou não podia ser mais adiada. Era preciso encomendar o enxoval, era preciso vender a casa; esperava-se além disso que o Príncipe André fosse primeiro a Moscou onde seu velho pai passava o inverno; Natacha acreditava mesmo firmemente que ele já houvesse chegado ali.

A condessa ficou, pois, no campo, enquanto seu marido, acompanhado de Sônia e de Natacha, se punha a caminho no fim de janeiro.

QUINTA PARTE

1. Após o noivado do Príncipe André e de Natacha, Pedro, sem nenhuma causa aparente, sentiu de súbito a impossibilidade de prosseguir em sua vida como antes. Malgrado seu firme apego às verdades que lhe revelara seu benfeitor,malgrado as profundas alegrias que lhe havia a princípio causado sua busca febril do aperfeiçoamento interior, a notícia daquele noivado e sobretudo a morte de José Alexieévitch, que veio a saber ao mesmo tempo, arrebataram todo encanto à vida que levava. Dela só passou a ver a ossatura: seu palácio, sua mulher, sempre brilhante e de posse dos favores dum grande personagem, suas relações em toda Petersburgo, seu serviço na corte com suas formalidades fastidiosas. Tomado dum desgosto súbito, deixou de escrever seu diário, evitou a sociedade dos irmãos, voltou a frequentar o clube, a beber muito, a conviver com celibatários, em suma, conduziu-se de tal maneira que a Condessa Helena creu necessário dirigir-lhe severa admoestação. Pedro reconheceu que tinha ela razão e, para não comprometê-la, retirou-se para Moscou.

Quando tornou a encontrar-se em seu vasto palácio, sempre povoado de numerosa criadagem, sempre habitado pelas princesas cada vez mais mumificadas, quando reviu, ao atravessar a cidade, aquela capela da Virgem de Ibéria com as luzes inúmeras dos círios diante dos ícones, revestidos de ouro, aquela Praça do Kremlin com sua neve imaculada, aquela Rua do Córrego Sivtsov, com seus fiacres e seus casebres, quando reatou relações com aqueles velhos que, sem pressa nem preocupação, acabavam sua longa existência, com as boas damas de Moscou, os bailes e o Clube Inglês, sentiu-se enfim de volta ao porto. Moscou era para ele o velho roupão de quarto confortável, macio, um pouco ensebado, mas que se tornou um hábito querido.

A sociedade moscovita, desde as velhas damas até as crianças, acolheu Pedro como um hóspede há muito esperado, cujo lugar sempre ficou reservado. Pedro era a seus olhos o melhor, o mais encantador, o mais espirituoso, o mais alegre, o mais generoso dos originais, o tipo acabado do gentil-homem russo de velha cepa, distraído e bonachão. Sua bolsa estava sempre vazia, porque aberta para toda a gente.

Quer se tratasse de representações em benefício, de quadros ou estátuas e execráveis, de escolas, de jantares por subscrição, de bambochatas, de peditórios para lojas maçônicas ou para igrejas, de publicações de obras, não repelia jamais ninguém e, sem dois ou três amigos que lhe emprestavam gordas quantias e o tinham tomado em tutela, teria distribuído tudo. No clube, não se dava banquete ou sarau sem ele. Assim que, após ingerir duas garrafas de Château-Margaux, afundava-se no seu divã preferido, fazia-se um círculo em torno dele e os mexericos, as discussões, as conversas maliciosas se desenfreavam. Se uma discussão surgia, apaziguava-a com seu bom sorriso ou com uma pilhéria bem apropriada. As sessões das lojas maçônicas perdiam todo o interesse, toda a animação quando não estava ele presente.

Quando, após uma ceia de rapazes, cedendo às instâncias do bando jovial, se levantava com seu cordial sorriso para acompanhá-los, gritos de alegria explodiam entre os jovens. Nos bailes, se faltava um cavalheiro, não se recusava a dançar. Agradava às senhoras jovens e às senhoritas porque, sem fazer a corte a nenhuma, mostrava-se uniformemente amável para com todas, sobretudo após a ceia. "É encantador não tem sexo", dizia-se dele.

Em suma, Pedro era o tipo desses camareiros inativos que, às centenas, terminavam, da maneira mais suave possível, seus dias em Moscou.

Como teria fremido de indignação se, sete anos mais cedo, quando desembarcava do estrangeiro, alguém lhe tivesse dito que não tinha nada a procurar nem a imaginar, que sua vida estava traçada desde toda a eternidade e fizesse o que fizesse, seria exatamente o que eram os outros na sua situação! Não teria dado crédito a seus ouvidos! Não fora ele que, de todo o coração, desejara ora estabelecer a república na Rússia, ora ser ele próprio um Napoleão, ou um filósofo, ou o estrategista que venceria o Imperador? Não fora ele que acreditara possível e desejara apaixonadamente a regeneração do gênero humano corrompido, e trabalhara por adquirir para si mesmo a perfeição absoluta? Não fora ele que fundara escolas, hospitais e dera a liberdade a seus camponios?

A que tudo isso o levara? Bem simplesmente a ser o opulento esposo duma mulher infiel, um camareiro honorário amador da boa mesa que, depois de beber, falava mal de boa vontade do governo, um membro influente do Clube Inglês e um membro adulado da sociedade moscovita, em resumo, um desses homens para os quais não tinha ele bastante desprezo sete anos antes. Por muito tempo não se pôde afazer a essa ideia. Por vezes consolava-se, dizendo a si mesmo que aquele gênero de vida era apenas provisório; mas em seguida pensava com terror no número de pessoas que, como ele, se haviam provisoriamente engajado em semelhante existência engolfado nesse clube com todos os seus cabelos e todos os seus dentes, para dele saírem mais tarde sem um único cabelo e sem um único dente.

Nas horas de orgulho, acreditava-se bem diferente desses camareiros que outrora desprezava, desses entes vulgares e tolos, beatamente satisfeitos consigo mesmos. "Eu, pelo contrário, continuo a não estar satisfeito com coisa alguma, desejo fazer sempre alguma coisa em bem da humanidade", pensava então. "Mas quem sabe? Eles também, sem dúvida, meus companheiros, se debateram como eu, procuraram abrir na vida um caminho bem seu, da mesma maneira que eu, por força das circunstâncias, do meio, do nascimento — essa força elementar contra a qual o homem nada pode — foram levados ao ponto em que estou", dizia a si mesmo nas horas de modéstia. Depois de algum tempo de estada em Moscou, longe de desprezar seus companheiros de infortúnio, viera a amá-los, a estimá-los e a lamentá-los.

Estava Pedro dora em diante livre de seus violentos acessos de desespero, de hipocondria, de desgosto da vida; mas sua moléstia, recalcada no íntimo, nem por isso deixava de atormentá-lo. "Qual o fim de tudo isso? Que drama se representa no mundo?" — perguntava a si mesmo, com angústia, várias vezes por dia, arrastado contra a sua vontade a esquadrinhar o sentido dos fenômenos da vida; sabendo por experiência que tais questões permaneceriam sem resposta, delas desviava imediatamente o pensamento, seja pegando um livro, seja refugiando-se no clube ou numa atmosfera de mexericos em casa de Apolo Nicolaevitch.

"Helena Vassilievna — dizia ele a si mesmo, — que nunca amou outra coisa senão seu corpo e que é, aliás, perfeitamente tola, passa aos olhos dessa gente por um milagre de espírito e de sutileza. Enquanto foi um grande homem, viu-se Napoleão desprezado por toda a gente; mas, depois que se tornou um lastimável histrião, o Imperador Francisco disputa a honra de oferecer-lhe sua filha como concubina. Os espanhóis, por intermédio do clero católico, agradecem a Deus ter-lhes concedido a 14 de junho a vitória sobre os franceses, e, pelo seu lado, os franceses fazem a mesma coisa, por intermédio do mesmo clero, por terem, igualmente a 14 de junho, vencido os espanhóis. Meus irmãos maçons juram sobre o próprio sangue que estão prontos a tudo sacrificar pelo seu próximo; entretanto não contribuem nem com um rublo para as coletas; em compensação, misturam-se com as intrigas de "Astreia" contra os "Buscadores de Maná" e se prestam a todas as humilhações para obter o verdadeiro tapete escocês, bem como certa carta de que ninguém tem precisão e cujo sentido ninguém compreende, a começar pelo seu autor. Nós todos professamos a lei cristã do perdão das injúrias e do amor ao próximo; em virtude desta lei erigimos em Moscou quarenta vezes quarenta igrejas; e entretanto, ainda ontem, mandamos meter o chicote, até que a morte sobreveio, num desgraçado soldado fugitivo, e o padre, ministro dessa lei de amor e de perdão, fez esse homem beijar a cruz antes do suplício".

Cada vez que Pedro raciocinava dessa maneira, essa hipocrisia geral, aceita por todos, o enchia de estupefação, malgrado o hábito, como se a descobrisse pela primeira vez. "Sinto essa hipocrisia, esse dédalo moral em que nos perdemos — dizia a si mesmo — mas como explicar aos outros tudo quanto eu sinto? Tentei e sempre verifiquei que no fundo de suas almas eram de minha opinião, mas recusavam-se ai, ver essa mentira. Sem dúvida será preciso ser assim? Mas eu, onde encontrarei eu refúgio?"

Tinha o triste privilégio, comum a muita gente e particularmente aos russos, de crer na possibilidade do verdadeiro e do bem, mas ao mesmo tempo de ver demasiado distintamente o mal e a mentira espalhados em torno de si e isso o impedia de tomar seriamente parte na vida. Todo gênero de atividade estava a seus olhos maculado de mal e de mentira. Empreendesse o que empreendesse, o mal e a mentira logo o faziam desgostar-se; todas as estradas se achavam assim fechadas diante dele. E no entanto era bem preciso viver, era preciso ainda assim ocupar-se. Essas questões insolúveis eram tão opressivas que se entregava a seus antigos arrebatamentos, unicamente para esquecê-las. Frequentava toda a qualidade de pessoas, bebia bastante, colecionava quadros e, sobretudo, mergulhava-se na leitura.

Lia tudo quanto lhe caía nas mãos; de volta à sua casa, ainda bem não havia seu criado acabado de tirar-lhe a roupa, já estava ele de livro na mão, a ler. Da leitura passava ao sono, do sono às tagarelices dos salões e do clube, das tagarelices às orgias, e das orgias de novo às tagarelices, à leitura e ao vinho. Beber tornou-se cada vez mais para ele uma necessidade física e moral. Debalde lhe advertiam os médicos que, com a sua corpulência, o vinho lhe era perigoso; continuava a beber muito. Só se sentia realmente à vontade depois de ter, quase inconscientemente, derramado na sua vasta boca alguns copos de vinho; experimentava então por todo o corpo um agradável calor, um sentimento de ternura para com seu próximo, uma disposição a aflorar todas as questões sem aprofundar nenhuma. Depois de haver ingerido uma ou duas garrafas, percebia vagamente que esse nó tão complicado da existência, que comumente o enchia de terror, não era tão terrível quanto o imaginava. Porque, em meio das tagarelices, como no curso de suas leituras após as refeições, esse nó fatal enchia-lhe sempre a cabeça latejante. E só a influência do vinho o levava a dizer a si mesmo: "Não é nada. Hei de desmanchá-lo. Eu mesmo tenho uma explicação prontinha; mas o momento está mal-escolhido; pensarei nisso mais tarde." Mas esse "mais tarde" não vinha nunca.

No dia seguinte de manhã, quando os fumos do vinho se haviam dissipado, as mesmas questões se lhe apresentavam da mesma maneira insolúveis, da mesma maneira temíveis; apressava-se então em pegar dum livro e mostrava-se encantado quando aparecia alguma visita.

Por vezes lembrava-se de lhe terem contado que os soldados nos postos avançados, sob o fogo do inimigo, tratam de arranjar uma ocupação, a fim de esquecer mais facilmente o perigo. E todos os homens lhe pareciam então agir como esses soldados: escapavam à vida uns pelas ambição, outros pelo jogo, outros pelas mulheres, outros pelas diversões, outros pelos cavalos, outros pela caça, outros pelo vinho, estes elaborando leis e aqueles ocupando-se com negócios públicos. "Em definitivo — pensava Pedro, — nada é negligenciável, nada tampouco é importante, tudo é indiferente. Pudesse eu ao menos subtrair-me à mentira da vida, furtar-me a essa odiosa visão!"

2. No começo do inverno, o Príncipe Nicolau Andreievitch Bolkonski veio instalar-se com sua filha em Moscou. Graças a seu passado, a seu espírito, à sua originalidade, graças sobretudo à diminuição do entusiasmo que havia provocado a subida de Alexandre ao trono e dos sentimentos antifranceses que reinavam então na cidade, tornou-se ele logo entre os moscovitas objeto dum respeito todo especial o centro da oposição ao governo.

O príncipe envelhecera muito naquele ano. Bruscas sonolências, o esquecimento de acontecimentos muito recentes junto à reminiscência de fatos muito antigos, a vaidade verdadeiramente infantil com que aceitava o papel de chefe da fronda moscovita, eram sinais evidentes de senilidade. Todavia, quando o ancião, principalmente à noite à hora do chá, aparecia de peliça e de peruca empoada e, provocado por alguém, se deixava levar a narrar, com sua voz cortante, anedotas do tempo passado e a formular a respeito do presente julgamentos ainda mais cortantes, inspirava a todos os seus convidados um sentimento unânime de deferência. Aquele velho palácio, com seus imensos tremós, seus móveis anteriores à revolução, seus lacaios com cabeleiras e aquele ancião do outro século, rude mas cintilante de espírito, adulado por sua mansa filha e sua bela francesa, todo esse conjunto oferecia aos visitantes um espetáculo atraente na sua majestade. Mas os visitantes não imaginavam que, ao lado das duas horas que passavam na casa, havia lugar para vinte e duas outras horas horas de uma vida íntima e secreta.

Naqueles últimos tempos, essa vida íntima tornara-se bastante penosa para a Princesa Maria. Em Moscou, com efeito, privada de suas melhores alegrias, conversas com os "homens de Deus" e recolhimentos na solidão, que reanimavam sua coragem em Montes Calvos, não gozava por outro tanto das vantagens e prazeres que a grande cidade oferecia. Não frequentava a sociedade; sabia-se que seu pai não deixava que o fizesse sozinha e que ele mesmo, em razão de seu estado de saúde, não podia acompanhá-la; assim, haviam cessado de convidá-la. Tivera de renunciar a qualquer esperança de casamento. Notara a frieza e a rudeza com que seu pai acolhia e despachava os rapazes susceptíveis de pedir sua mão e que por vezes se aventuravam a frequentar-lhe a casa. Não tinha também amigas, tendo-lhe aquela estada em Moscou matado suas ilusões a respeito das duas pessoas que até então estimara como tais. A Senhorita Bourienne, em quem, aliás, jamais pudera plenamente confiar, tornara-se-lhe agora bastante antipática e, em virtude de certas razões, mantinha-a cada vez mais de parte. Júlia, que morava em Moscou e com a qual mantivera correspondência durante cinco anos, tornara-se-lhe absolutamente estranha, desde que se haviam posto em contato direto. Júlia que, pela morte de seus irmãos, viera a ser uma das mais ricas herdeiras de Moscou, abandonava-se ao turbilhão dos prazeres mundanos. Estava sempre cercada de uma multidão de jovens que, subitamente, acreditava ela, tinha aberto os olhos a respeito de seus diversos méritos. Atingia a idade em que as senhoritas um pouco maduras sentem que chegou o momento para elas de jogar sua derradeira cartada e que sua sorte deve decidir-se agora ou nunca. Todas as quintas-feiras, a Princesa Maria se lembrava, com um triste sorriso, que não tinha agora mais ninguém a quem escrever, pois que Júlia, aquela Júlia, cuja presença não lhe causava mais nenhuma alegria, estava aqui e se viam todas as semanas. Como aquele velho emigrado que recusara desposar a dama em cuja casa havia passado todas as suas noites, anos inteiros, lamentava Maria agora que Júlia estivesse a seu lado, o que a privava de qualquer confidência. Com quem doravante poderia expandir-se, fazer partilhar seus pesares sempre mais angustiantes? O regresso de André estava próximo e, em vez de estar cumprida, a missão que lhe confiara de preparar seu pai para seu casamento, parecia irremediavelmente comprometida: bastava o nome da Condessa Rostov para pôr fora de si o velho príncipe, que, de resto, estava quase sempre de um humor insuportável.

Além disso, as lições que dava ela a seu sobrinho, agora com seis anos de idade causavam-lhe novas preocupações. Verificava com terror em si mesma uma irritabilidade análoga à de seu pai. Todas as vezes que pegava o ponteiro e o alfabeto francês para ensinar a lição a seu sobrinho, que temia de antemão provocar cólera em sua tia, jurava firmemente não se deixar arrebatar, mas na sua pressa febril de iniciar Nicolau em tudo quanto ela própria sabia, enervava-se com a menor inatenção do menino, perdia paciência, elevava a voz, por vezes puxava-o pelo braço e punha-o a um canto. Mal executado esse ato de repressão, caía em pranto, deplorando sua malvadez. Então, Nicolau, soluçando por sua vez, por espírito de imitação, deixava o castigo sem licença, aproximava-se de sua tia, afastava-lhe do rosto as mãos molhadas de lágrimas e a consolava.

Enfim, e era esse o mais pesado de seus pesares, o velho príncipe sempre lhe deitava a culpa de tudo; sua dureza habitual transformara-se mesmo em crueldade. Se ele a tivesse obrigado a fazer a noite inteira prostrações diante das imagens santas, a carregar lenha e água, não teria pensado em achar isso penoso; mas aquele carrasco amoroso, o mais cruel dos carrascos, precisamente porque a amava e causava sofrimento a si mesmo tiranizando-a, não contente de ofendê-la, de humilhá-la, fazia questão de convencê-la de que em tudo e sempre estava ela errada. Desde algum tempo, um fato novo, as atenções cada vez mais acentuadas de seu pai para com a Senhorita Bourienne, avivava o tormento de Maria. Desde que tivera conhecimento das intenções de seu filho, o príncipe falara, brincando, em casar-se com a Senhorita Bourienne; comprazia-se agora com esta pilhéria somente com o fim de mortificar Maria; era o que ela acreditava, pelo menos, vendo-o testemunhar-lhe sua irritação com um redobramento de amabilidades galantes para com a francesa.

Um dia, em Moscou, na presença de Maria, que compreendeu que seu pai o fizera de propósito, beijou a mão da Senhorita Bourienne, e, atraindo-a para si, enlaçou-a, fazendo-lhe várias carícias. Maria ficou rubra e fugiu para seu quarto. Alguns instantes depois, a Senhorita Bourienne foi procurá-la, toda sorridente e pensou aturdi-la com sua insinuante tagarelice. Maria apressou-se em enxugar suas lágrimas, avançou para ela a passos resolutos e, sem se dar conta ela mesma do que fazia, gritou-lhe com voz trêmula de cólera:

— É feio, é baixo, é infame aproveitar-se da fraqueza... — E sem acabar sua frase: — Saia daqui, saia!... — ordenou por entre soluços.

No dia seguinte, o príncipe não lhe disse uma palavra; mas notou ela que no jantar dava ordem de servir em primeiro lugar a Senhorita Bourienne. No fim da refeição como o mordomo, por força do hábito, servia o café começando pela sua jovem senhora, o príncipe enfureceu-se, lançou a bengala à cabeça de Filipe e deu ordem imediatamente para que fosse alistado como soldado.

— Não o entendeste?... Disse-o duas vezes!... Ah! não ouviste?... A senhorita deve estar aqui em primeiro lugar; é minha melhor amiga — gritou ele, na sua cólera. — Quanto a ti — acrescentou, dirigindo-se à filha, com quem falava pela primeira vez desde a véspera, — se te permitires ainda uma vez de te esqueceres disso diante dela, mostrar-te-ei quem é o senhor aqui. Fora daqui! Que não te veja mais. E pede-lhe perdão!

Maria apresentou suas desculpas à Senhorita Bourienne e a seu pai. Obteve o perdão para o mordomo Filipe, que lhe havia suplicado que intercedesse por ele.

Em semelhantes momentos, sentia-se Maria penetrada dum sentimento que se poderia chamar de orgulho do sacrifício... Aquele pai, que ela se permitira censurar, procurava agora seus óculos, às apalpadelas, sem os ver junto de si, esquecia o que se passava um instante antes, dava de repente um passo em falso e verificava, com um olhar ansioso, se lhe haviam notado a fraqueza, ou ainda — e era isso o pior — adormecia repentinamente na mesa, quando não havia convidados para estimulá-lo, ou, deixando escapar seu guardanapo, pendia sobre a mesa uma cabeça balouçante...! "Está velho e fraco e tenho eu a coragem de censurá-lo!", dizia Maria, que tinha horror de si mesma.

3. Em 1810, o médico em moda, em Moscou, era um francês, o Doutor Métivier. De altura gigantesca, amável como todos os seus compatriotas, e a dar crédito a toda a gente, duma habilidade extraordinária, era admitido na alta sociedade mais como um igual que como médico.

Por conselho da Senhorita Bourienne, o Príncipe Nicolau Nicolaievitch, que habitualmente zombava da medicina, recorrera às luzes desse personagem e de tal modo se acostumara com ele, que o recebia duas vezes por semana.

No dia de São Nicolau, toda Moscou se apresentou à porta do príncipe, — ele não quis receber ninguém, exceto alguns íntimos cuja lista entregou à sua filha com ordem de retê-los para jantar.

Métivier, tendo vindo pela manhã trazer suas felicitações, achou de direito, na qualidade de médico, "transgredir a ordem", como o disse à Princesa Maria. Nem de propósito, achava-se o príncipe num de seus piores dias. Só fazia ir e vir pelo palácio, ralhava com toda a gente, fingia não compreender o que lhe diziam e não ser compreendido. Maria conhecia de sobra aquele humor impaciente e brigão, que comumente terminava por uma explosão de furor; sentia-se, pois, durante toda aquela manhã, como que em face dum fuzil carregado e de gatilho alçado, aguardando o tiro inevitável. Nenhuma explosão ocorreu, no entanto, antes da chegada do médico. Depois de o mandar entrar, foi-se sentar, com um livro na mão, no salão, perto da porta, donde podia ouvir o que se passasse no gabinete.

Só escutou a princípio a voz de Métivier, depois a de seu pai, depois todas duas falando ao mesmo tempo. A porta escancarou-se então e na soleira apareceu a alta estatura do médico com seu topete negro, rosto espantado, e depois o príncipe, de boné de algodão e roupão de quarto, com o rosto descomposto de cólera e os olhos fora das órbitas.

— Não compreendes? — berrava ele. — Mas eu o compreendo muito bem. Espião francês, lacaio de Bonaparte!... Fora daqui, espião, fora daqui, digo-te!...

E bateu-lhe a porta às costas.

Métivier, erguendo os ombros, aproximou-se da Senhorita Bourienne, que os gritos haviam atraído do quarto vizinho.

— O príncipe não está passando bem. A bílis e o delírio. Tranquilize-se — disse-lhe, fazendo-lhe sinal de manter boca fechada. Depois apressou-se em sair.

Entretanto, percebiam-se por trás da porta ruídos de passos de chinelos acompanhados de exclamações: "Espiões! Traidores! Por toda a parte traidores! Nenhum meio de ficar tranquilo em casa!"

Após a partida de Métivier, o príncipe chamou sua filha e toda a sua cólera recaiu sobre ela. Censurou-lhe ter deixado entrar em sua casa um espião. Havia-lhe, no entanto, prescrito, a ela em pessoa, que fechasse a porta a todos que não se achavam mencionados na lista. Por que então ter deixado entrar aquele miserável? Era ela a causa de tudo. Com ela, não podia ter um momento de repouso, não podia morrer tranquilo.

— Sim, minha cara, é preciso separar-nos, separar-nos! Fique sabendo, sim, fique sabendo. Estou nas últimas — declarou, dirigindo-se para a porta. E temendo, sem dúvida, que ela não tomasse a coisa a sério, voltou e acrescentou, esforçando-se por mostrar-se calmo: — Não vá acreditar que lhe digo isso num momento de cólera: estou muito calmo, refleti maduramente, minha decisão está tomada: separemo-nos. Arranje um refúgio!

Não pôde mais conter-se e, com um arrebatamento que só existe talvez no homem que, no íntimo, ama, brandiu os punhos na direção de sua filha e, presa ele próprio de violento sofrimento, gritou:

— Se algum imbecil, pelo menos, pudesse casar com ela!

Depois, batendo a porta, encerrou-se com a Senhorita Bourienne no seu gabinete, onde pouco a pouco recuperou a calma.

Às duas horas chegaram os seis personagens que convidara para jantar.

Eram o famoso Conde Rostoptchin, o Príncipe Lopukhin e seu sobrinho, o General Tchatrov, um velho companheiro de armas do príncipe e, como gente moça, Pedro Bezukhov e Boris Drubetskoi. Todos o aguardavam no salão.

Boris, de licença em Moscou, fizera-se apresentar recentemente ao Príncipe Nicolau Andreievitch e tão bem se insinuara nas suas boas graças que este fizera uma exceção em seu favor, pois não convidava nenhum rapaz solteiro.

A casa do príncipe não pertencia propriamente ao que se chamava "o mundo" não se falava daquele pequeno círculo, e no entanto nada era mais lisonjeador do que ser nele admitido. Boris havia compreendido quando, oito dias antes, ouvira o Conde Rostoptchin desistir, nos seguintes termos, de um convite, para o dia de São Nicolau, do general-governador:

— Nesse dia vou sempre venerar as relíquias do Príncipe Andreievitch.

— Ah! sim, é verdade — respondera o general. — E como vai ele?

O pequeno grupo reunido antes do jantar no alto salão à moda antiga, de móveis antigos, lembrava a sessão solene dum tribunal. Toda a gente se mantinha em silêncio e se alguém o rompia, só o fazia em voz baixa. O Príncipe Nicolau Andreievitch apareceu, sério e pouco expansivo. A Princesa Maria parecia mais tímida, mais apagada ainda do que de costume. Os convidados não lhe dirigiam a palavra, porque viam que ela se mantinha alheia à conversa. O Conde Rostoptchin era o único a falar, entremeando mexericos locais com as derradeiras notícias da política. Lopukhin e o velho general conseguiam introduzir por vezes uma frase.

O Príncipe Nicolau Andreievitch escutava, como escuta o juiz supremo um relatório, demonstrando somente pelo seu silêncio, ou por algumas palavras breves que toma conhecimento daquilo que lhe submetem à apreciação. O tom da conversa denotava descontentamento geral. Alegavam-se certos fatos evidentemente próprios para confirmar que tudo ia de mal a pior. Mas, coisa de espantar, o narrador se detinha ou se achava sempre detido no limite em que podia ser posta em causa a pessoa do imperador.

No decorrer da refeição, a conversa veio a cair sobre o acontecimento na ordem do dia, isto é, a ocupação por Napoleão do Grão-Ducado de Oldemburgo, e a nota, hostil ao imperador, que o governo russo havia, a esse propósito, endereçado a todas as cortes da Europa.

— Bonaparte trata a Europa como um pirata trata um navio conquistado — disse o Conde Rostoptchin, que desde algum tempo espalhava por toda a parte essa frase. — O que surpreende é a longanimidade ou a cegueira dos soberanos. Eis o papa ameaçado: Bonaparte que não se constrange mais, pretende destronar o chefe do catolicismo; — e toda a gente se cala! Somente nosso imperador protestou contra a usurpação do Grão-Ducado de Oldemburgo. E ainda...

Rostoptchin não diz mais uma palavra: o extremo limite fora atingido.

— Propuseram ao grão-duque outras possessões em troca de Oldemburgo — disse o velho príncipe. — Trata-se com os duques como eu faço com meus camponeses, quando os transporto de Montes Calvos para Bogutcharovo ou para meus domínios de Riazan.

— O Duque de Oldemburgo suporta sua desgraça com uma força de caráter e uma resignação admiráveis — permitiu-se Boris dizer, num tom respeitoso.

Havia com efeito tido a honra de ser apresentado ao duque, durante sua viagem de Petersburgo a Moscou. Nicolau Andreievitch olhou-o, como se quisesse dar-lhe uma resposta, mas conteve-se, julgando-o sem dúvida demasiado jovem.

— Li nosso protesto a respeito desse caso e deploro a chocha redação dessa nota — disse Rostoptchin, com o tom desprendido dum homem perfeitamente ao corrente da questão.

Pedro encarou-o com um espanto ingênuo: em que poderia essa nota chocha inquietar o conde?

— Que importa o estilo, conde — disse ele, — se o fundo é enérgico?

— Meu caro, com nossos quinhentos mil homens de tropas, seria fácil ter um belo estilo — disse Rostoptchin.

Pedro compreendeu então porque essa redação amofinava o conde.

— Parece-me, no entanto, que os escribas não faltam — disse o velho príncipe.

— Em Petersburgo, só se faz escrever, e não somente notas, mas tomos inteiros de leis novas. "Meu Andrezinho" compôs um volume inteiro. Sim, hoje só se faz escrever — repetiu ele, com um riso forçado.

Houve alguns momentos de silêncio. O velho general atraiu a atenção com um tossido.

— Tiveram conhecimento do derradeiro incidente ocorrido na revista de Petersburgo? O novo embaixador da França apresentou-se de maneira excepcional!

— De que se trata mesmo? Falaram-me vagamente... Teria cometido uma rata na presença de Sua Majestade...

— Como Sua Majestade lhe chamasse a atenção para a divisão dos granadeiros que desfilava em passo de parada, o embaixador ficou, ao que parece, completamente indiferente a esse espetáculo e tomou mesmo a liberdade de dizer que em sua terra, na França, não se preocupavam com essas bagatelas. O imperador não replicou nada. Mas na revista seguinte, cuidou de não lhe dirigir a palavra.

Caiu um silêncio: como o fato concernia ao imperador, não era possível formular julgamento algum.

— Sim, uns atrevidos! — proferiu por fim o velho príncipe. — Conhecem Métivier? Pu-lo para fora de minha casa esta manhã... Tinham-no deixado entrar, bem que houvesse eu dado ordem para não receber ninguém — acrescentou ele, lançando para a filha um olhar irritado.

E contou toda a sua conversa com Métivier, expôs quais os motivos que o levavam a tê-lo como um espião. Se bem que essas razões fossem muito pouco convincentes, ninguém opôs objeção.

Com o assado serviu-se champanha. Os convidados se levantaram para brindar o velho príncipe. Maria se aproximou igualmente. Ele lançou-lhe um olhar frio, mau e lhe ofereceu a face enrugada, barbeada de pouco. Seu ar dava a entender que nada esquecera de sua conversa da manhã, que sua decisão permanecia irrevogável e que se não falava era por pura cortesia em face de seus convidados.

Quando se passou para o salão para tomar o café, os velhos fizeram círculo. O príncipe animou-se um pouco e lançou-se em considerações sobre a guerra em expectativa.

A dar ouvidos ao que dizia, nossas campanhas contra Bonaparte só podiam ser desastradas enquanto procurássemos alianças com o estrangeiro e nos intrometêssemos nos negócios da Europa, política a que nos arrastara à paz de Tilsit. Não devíamos fazer guerra, nem a favor, nem contra a Áustria. Nossos interesses estavam todos no Oriente; nossa única atitude plausível para com Bonaparte era armar nossas fronteiras e mostrar-nos firmes: dessa maneira, não ousaria ele jamais penetrar em nosso território, como se permitira fazê-lo em 1807.

— E como, meu príncipe, faríamos guerra aos franceses? — disse então o Conde Rostoptchin. — Podemos verdadeiramente sublevar-nos contra nossos senhores e deuses? Vejam nossa mocidade, vejam nossas damas. Nossos deuses são os franceses, nosso paraíso é Paris.

Ergueu a voz, na intenção evidente de ser ouvido por todos.

— Modas francesas, ideias francesas, sentimentos franceses, tudo é francês. O senhor acaba de expulsar Métivier porque é um francês e um miserável; mas nossas damas pensam de outro modo: elas se arrastam a seus joelhos. Ontem encontrava-me num sarau; das cinco damas que lá se achavam, três são católicas e bordam tapeçaria aos domingos, por permissão especial do papa. Além disso, estavam quase nuas e dignas, salvo vosso respeito, de servir de tabuleta a um estabelecimento de banhos. Ah! meu príncipe, quando vejo nossa mocidade, dá-me vontade de arrebatar do Museu a maça de Pedro, o Grande, e acariciar com ela os costados deles todos, à velha moda russa; isto curá-los-ia de sua loucura.

Ninguém lhe respondeu. O príncipe fitava Rostoptchin sorrindo e aprovava-o com a cabeça.

— Vamos, adeus, meu príncipe, passe bem — concluiu Rostoptchin, que se levantou e estendeu a mão para o velho com a brusquidão de maneiras que lhe era característica.

— Adeus, caríssimo, não me canso de ouvir-te as canções — disse o príncipe, retendo nas suas a mão de Rostoptchin e ofereceu-lhe a face a beijar.

A exemplo de Rostoptchin, toda a gente se despediu.

4. Maria prestara atenção às tagarelices dos velhos, sem compreender patavina; uma só coisa a ocupava: era que seus convidados não se apercebessem da animosidade que seu pai lhe testemunhava. Nem mesmo prestara cuidado às atenções que, durante toda a refeição, lhe prodigava Drubetskoi, cuja visita era a terceira que fazia.

Dirigiu um olhar vagamente interrogativo a Pedro, que, de chapéu na mão e sorriso nos lábios, se aproximou dela, depois que o príncipe se retirou e ficaram sós no salão.

— Pode-se ficar um instante? — perguntou ele, afundando-se com todo o seu peso numa poltrona.

— Decerto — respondeu ela. — "Não notou nada?" — dizia seu olhar.

Como sempre, após um bom jantar, sentia-se Pedro de excelente humor; sorria docemente e deixava seu olhar vagar.

— Há muito tempo, princesa, que conhece aquele rapaz?

— Que rapaz?

— Drubetskoi.

— Não, há pouco.

— E ele lhe agrada?

— Sim, é um rapaz encantador... Mas por que essa pergunta? — disse ela, sempre preocupada com a conversa que tivera de manhã com o pai.

— Porque fiz uma observação: comumente, quando um rapaz vem em licença, de Petersburgo a Moscou, é unicamente com a intenção de desposar uma rica herdeira.

— Deveras?

— Sim — continuou Pedro, sorrindo, — e aquele rapaz só frequenta os lugares onde conta encontrar moças desse gênero. Leio nele como num livro. Atualmente, não sabe ainda por quem começar o ataque: hesita entre você e a Senhorita Júlia Karaguin. Mostra-se muito assíduo junto a ela.

— Frequenta aquela casa?

— Mas sim. E conhece você a nova maneira de se fazer a corte às moças? — perguntou jovialmente Pedro, cedendo àquele humor de zombaria bonachona que censurava a si mesmo tantas vezes em seu diário.

— Não — respondeu Maria.

— Para agradar às donzelas de Moscou, é preciso agora mostrar-se melancólico. E ele se mostra melancólico junto à Senhorita Karaguin.

— De verdade? — disse Maria. E, sempre absorvida pelo seu desgosto, fitava meditativamente o rosto bondoso de Pedro. "Se pudesse confiar em alguém — pensava ela, — isso me aliviaria. E é justamente a Pedro que gostaria de contar tudo. Esse nobre coração saberia dar-me um conselho. Sim, isso me faria bem."

— Você se casaria com ele? — perguntou Pedro.

— Meu Deus, conde, há momentos em que me casaria fosse com quem fosse — exclamou Maria quase contra sua vontade e com voz molhada de lágrimas. — Ah! que tormento amar alguém muito apegado a nós e sentir... que só podemos causar-lhe pesar... que é isso uma desgraça irremediável — perguntou ela, com um tremor na voz. — Em semelhante caso, não há outro remédio senão sairmos; mas eu onde poderia mesmo refugiar-me?...

— Que está dizendo, princesa?

Maria desatou a chorar e não prosseguiu a conversa.

— Não sei o que tenho hoje — continuou. — Não dê atenção a isso; esqueça o que lhe disse.

A jovialidade de Pedro esvaneceu-se. Insistiu afetuosamente com a princesa para que lhe confiasse todo o seu pesar. Mas suplicou-lhe ela de novo que esquecesse o que tinha dito: ela mesma nem mais se lembrava, não tinha outros dissabores senão aqueles que ele já conhecia: não ameaçava o casamento de André uma ruptura entre pai e filho?

— Tem notícias dos Rostov? — perguntou ela, para mudar de conversa. — Disseram-me que iam chegar breve. Espero igualmente André dum dia para outro. Gostaria bem que eles se revissem aqui.

— E como toma ele a coisa atualmente? — perguntou Pedro. Aquele "ele" designava o velho príncipe.

— Que poderíamos mesmo fazer? Restam poucos meses para terminar o prazo fixado. Mas ainda assim, nada auguro de bom. Tudo quanto desejaria seria abrandar para meu irmão os primeiros instantes de seu regresso. Gostaria que os Rostov chegassem antes. Espero entender-me com ela. O senhor que os conhece desde muito diga-me, de mão no coração, a verdade exata: que espécie de moça é e qual a sua opinião sobre ela? Mas diga-me toda a verdade; porque o senhor compreende que André arrisca tanto casando-se com ela contra a vontade de meu pai, que eu desejaria saber...

Um instinto obscuro advertiu Pedro de que, sob aqueles circunlóquios, e aquelas instâncias reiteradas para que lhe dissesse "toda a verdade", se ocultava uma disposição malévola da Princesa Maria para com sua futura cunhada. Desejava evidentemente que Pedro desaprovasse a escolha de André, mas Pedro exprimiu antes aquilo que sentia em vez daquilo que pensava.

— Não sei como responder ao seu pedido — disse ele, corando sem saber porquê. — Não sei absolutamente que espécie de moça é; não consigo analisar-lhe o caráter. É, sem dúvida alguma, muito sedutora; mas por quê? Nada sei. É tudo quanto posso dizer: nada.

Maria lançou um suspiro: "É bem o que eu esperava, o que eu temia", dizia claramente a expressão de seu rosto.

— É inteligente? — perguntou.

Pedro refletiu um instante.

— Creio que não... Sim, no entanto. De resto, pouco se preocupa mostrar-se espirituosa. Basta-lhe ser encantadora.

Maria abanou novamente a cabeça.

— Ah! desejaria tanto gostar dela! Diga-lho, se a vir antes de mim.

— Disseram-me que eles chegariam um dia desses.

Maria explicou-lhe suas intenções: contava ligar-se com sua futura cunhada e fazer de maneira que o velho príncipe se acostumasse com essa cara nova.

5. Não tendo Boris podido arranjar um belo casamento em Petersburgo, viera tentar a sorte em Moscou. Hesitava entre os dois mais ricos partidos desta cidade. Júlia Karaguin e a Princesa Maria. Malgrado sua pouca beleza, Maria o atraía mais. Experimentava, porém, ele certo constrangimento em fazer-lhe a corte. Por ocasião de seu último encontro, no dia do aniversário do velho príncipe, em vão dera às suas palavras um jeito sentimental; todas as suas tentativas haviam fracassado diante das respostas distraídas de Maria, cujo espírito evidentemente achava-se alhures. Júlia, pelo contrário, aceitara-lhe as homenagens, duma maneira original, é verdade, e muito própria dela.

Júlia achava-se então com vinte e sete anos. Tendo-se tornado rica pela morte de seus dois irmãos, perdera toda a sua beleza; mas longe de dar-se conta disso, acreditava-se ainda mais sedutora que outrora. Sua fortuna mantinha-a nesse erro e também o fato de que quanto mais avançava em idade, menos perigosa se tornava para os homens. Tomavam, pois, mais liberdades com ela e, sem se prenderem por nenhum compromisso, aproveitavam de seus jantares, de seus saraus e da amável sociedade, que se reunia em sua casa. Alguém que, dez anos antes, teria receado frequentar regularmente uma casa onde havia uma moça de dezessete anos, temendo comprometê-la e achar-se apanhado na armadilha, fazia-lhe agora visitas diárias e tratava-a não mais como uma senhorita casadoura, mas como uma agradável relação cujo sexo pouco importa.

Naquele inverno, o palácio dos Karaguin era o mais alegre e mais acolhedor de Moscou. Fora dos saraus e jantares privados, numerosa sociedade, principalmente masculina, ali se reunia todos os dias, ceava-se à meia-noite, para se separarem somente às três horas da madrugada. Júlia não faltava a nenhum baile, a nenhum passeio, a nenhum espetáculo; estava sempre trajada à última moda. Entretanto, desempenhava o papel de desencantada, dizia a quem quer que chegasse que não acreditava mais na amizade, nem no amor, nem em nenhuma das alegrias da vida: só esperava tranquilidade "lá embaixo". Adotara o tom de uma moça que sofreu violenta decepção, que perdeu um ente muito querido ou foi cruelmente enganada. Ainda que nada de semelhante se tivesse produzido em sua existência, fingiam acreditá-la e ela mesma estava persuadida de ter sofrido grandes desgraças. Esse humor sombrio não a impedia, aliás, de divertir-se; não impedia tampouco que os jovens que lhe frequentavam a casa passassem agradavelmente o tempo. Depois de ter pago tributo à melancolia de sua anfitrioa, cada um dos convidados se entregava com ardor às conversações mundanas, à dança, aos jogos de espírito, a torneios de rimas-forçadas, muito em moda na casa. Alguns jovens, somente, e entre eles Boris, tomavam parte mais íntima no humor sombrio de Júlia; mantinha ela com eles colóquios prolongados e solitários sobre a vaidade das coisas deste mundo; mostrava-lhes seus álbuns cobertos de desenhos, de pensamentos, de poesias em que a mais negra tristeza se refletia.

Júlia mostrava-se particularmente amável para com Boris: compartilhava do jovem desespero dele, oferecia-lhe as consolações que pode proporcionar uma pessoa que também sofreu muito na vida. Quando ela lhe apresentou seu álbum, desenhou ele ali duas árvores com esta inscrição: "árvores rústicas, vossos sombrios ramos sacodem sobre mim as trevas e a melancolia". Numa outra página, desenhou um túmulo e escreveu:

"É a morte socorro e é tranquilidade.
Só ela é que põe fim à dor do sofrimento".

Júlia achou tudo isso delicioso.

— Há algo de tão encantador no sorriso da melancolia — lhe disse ela. — É raio de luz na sombra, um matiz entre a dor e o desespero, que mostra a consolação possível.

Colhera esse aforismo num livro. Boris respondeu com estes versos:

"Venenoso manjar duma alma hipersensível,
Tu, cuja falta faz se feliz impossível,
Terna melancolia, a mim consola dando,
Vem as dores lenir desta solidão escura,
E um secreto dulçor mistura
Às lágrimas que estou chorando".

Júlia tocava para Boris na harpa os noturnos mais lamentosos. Boris lia para Júlia "A Pobre Lisa"[56] e a emoção que lhe cortava o fôlego, obrigava-o muitas vezes a interromper sua leitura. Quando se encontravam em companhia de muita gente seus olhares diziam um ao outro que eram ali as únicas pessoas que se compreendiam e que suas almas eram irmãs.

56. Novela sentimental de Karamzin (1792). (N. do T.)

Ana Mikhailovna ia muitas vezes visitar as Karaguin; desempenhando cabalmente o papel da mãe, procurava obter informações precisas a respeito do dote de Júlia: duas propriedades na Província de Penza, florestas na de Nijni-Novgorod constituíam esse dote. Cheia de submissão à vontade da Providência, Ana Mikhailovna considerava com enternecimento a tristeza etérea que servia de traço de união entre seu filho e a rica Júlia.

— Sempre encantadora e melancólica, essa querida Júlia — dizia ela à moça. — Boris me afirma que só em sua casa encontra a paz do coração. Teve tantas decepções e é uma alma tão sensível — acrescentava ela para a mãe de Júlia. — Ah! meu amigo — dizia ela a seu filho, na intimidade, — como me tenho ligado a Júlia nestes últimos tempos... Não to saberia exprimir! Quem, aliás não gostaria dela? É uma criatura verdadeiramente celestial. Ah! Boris, Boris! E como lamento a mãe dela! — prosseguia após ligeira pausa. — Mostrou-me ainda há pouco as cartas e as contas que lhe enviam de Penza. Possuem lá um imenso domínio. A pobre mulher tem de fazer tudo sozinha e enganam-na de tal maneira!

Boris sorria imperceptivelmente; os ardis simplórios de sua mãe excitavam nele uma mansa alegria; mas escutava-a e por vezes mesmo lhe pedia pormenores sobre os domínios de Penza e Nijni-Novgorod.

Júlia, bem-resolvida a não recusá-lo, aguardava desde muito tempo que seu melancólico adorador se declarasse; mas uma repulsa secreta, provocada pela falta de naturalidade da moça e seu desejo violento de achar um marido, um terror de ter de renunciar doravante a todo verdadeiro amor, retinham ainda Boris. O fim de sua licença se aproximava. Passava todos os seus dias em casa das Karaguin, mas após madura reflexão adiava sempre para o dia seguinte sua declaração. À vista de Júlia, daquele rosto barroso, daquele queixo quase sempre coberto duma camada de pó, daqueles olhos aquosos, daquela fisionomia prestes a trocar sua máscara de melancolia pelo entusiasmo não menos artificial que não deixaria de suscitar nela a perspectiva da felicidade conjugal, Boris se sentia incapaz de pronunciar as palavras decisivas, ainda que na imaginação se visse desde muito tempo possuidor dos domínios de Nijni-Novgorod e de Penza, cujos rendimentos já empregava em sonho. Júlia notava a hesitação de Boris; temia por vezes não lhe agradar, mas sua vaidade feminina vindo logo em socorro, dizia a si mesma que era o amor que o tornava tímido. Malgrado tudo, sua melancolia estava virando exasperação; e, como a partida de Boris estava próxima, decidiu agir energicamente. Mas justamente nesse momento, Anatólio Kuraguin apareceu em Moscou e, bem-entendido, visitou as Karaguin; imediatamente Júlia, trocando seu humor sombrio por uma jovialidade louca, testemunhou ao recém-vindo a mais acentuada benevolência.

— Meu caro — disse Ana Mikhailovna a seu filho, — sei de boa fonte que o Príncipe Basílio envia seu filho a Moscou para que ele case com Júlia. Gosto tanto de Júlia que isto muito me aborreceria por causa dela. Que pensas disso, meu amigo?

O temor de ter perdido seu tempo, de ter gasto todo um mês a exercer junto de Júlia o penoso emprego de namorado tenebroso, de ver as rendas dos famosos domínios, que em imaginação já havia tão bem empregado para seu uso, passarem para as mãos de outrem e sobretudo as mãos daquele imbecil do Anatólio, causou arrepios em Boris. Correu à casa de Karaguin com a firme intenção de se declarar. Júlia recebeu-o com ar sorridente, contou-lhe em tom displicente, quanto se divertira no baile da véspera e lhe perguntou quando pretendia partir. Bem-resolvido a lhe falar de seu amor, Boris propusera a si mesmo mostrar-se terno; mas cedendo a certo nervosismo, vituperou a inconstância das mulheres, a facilidade com que elas passam da tristeza à alegria: seu humor, pelo que ele dizia, só dependia daquele que lhes fazia a corte. Júlia, para não lhe ficar atrás, retorquiu-lhe que tudo aquilo era verdade, que as mulheres gostavam de mudar, que nada era mais fastidioso do que a melancolia.

— Neste caso, não posso senão aconselhar-lhe... — começou Boris, que queria lançar um dito agudo; mas nesse instante encarou a humilhante perspectiva de dever talvez deixar Moscou sem que seu fim fosse atingido; ora, jamais até então perdera nem seu tempo, nem seus esforços.

Parou, pois, no meio de sua frase e, baixando os olhos para escapar à desagradável impressão que lhe causava o semblante melindrado e indeciso de Júlia, continuou:

— Não foi absolutamente para brigar com a senhorita que aqui vim. Bem pelo contrário...

Arriscou um olhar para o lado de Júlia, a fim de ver se devia prosseguir. A irritação da moça desapareceu de repente; em febril expectativa mantinha ela fixos nele seus olhos inquietos e implorantes. "Saberei sempre arranjar-me para vê-la o menos possível" — disse a si mesmo. — "O negócio está iniciado, precisa ser levado a cabo". Tornou-se cor de púrpura e, encarando-a desta vez bem no rosto, disse-lhe.

— Conhece meus sentimentos para com sua pessoa.

Não havia necessidade de dizer mais. A alegria do triunfo irradiava no rosto de Júlia. Obrigou, no entanto, Boris a dizer tudo quanto se diz em semelhantes ocasiões, isto é, que a amava, que jamais tivera por pessoa alguma tão violenta paixão. Os domínios de Penza e as florestas de Nijni-Novgorod permitiam a Júlia exigir ao menos isto; sabia-o e obteve o que desejava.

Sem mais se preocupar com "árvores que sacudiam sobre eles as trevas e a melancolia", os noivos traçaram os planos de instalação dum luminoso palácio em Petersburgo, fizeram visitas, entregaram-se aos preparativos para seu brilhante casamento.

6. No fim de janeiro, o Conde Ilia Andreievitch chegou a Moscou; Natacha e Sônia o acompanhavam. A volta iminente do Príncipe André não permitira que se esperasse pelo restabelecimento da condessa; era preciso, aliás, comprar o enxoval, vender os terrenos do arrabalde e aproveitar a presença do velho príncipe para apresentar-lhe sua futura nora. Como o palácio Rostov não fora aquecido e sua demora iria ser curta, pois a condessa não os acompanhava, resolveu Ilia Andreievitch aceitar a hospitalidade de Maria Dmitrievna Akhrossimov, que lha oferecia desde muito tempo.

Tarde da noite, os quatro carros que traziam os Rostov entraram no pátio da casa que Maria Dmitrievna ocupava na Rua das Velhas Estrebarias. Essa senhora, que já havia casado a filha e cujos quatro filhos se haviam alistado, morava só.

Mantinha-se sempre toda tesa, dava a todos sua opinião com firmeza e cortante franqueza e parecia um protesto vivo contra as fraquezas, as paixões, os arrebatamentos do resto das criaturas humanas, os quais nem para si mesma admitia. Levantava-se bem cedo e, vestida com um simples baju, ocupava-se com a casa e depois saía a fazer compras. Todos os domingos, ia primeiro à missa, depois visitava diversas prisões, onde tinha negócios a respeito dos quais nada dizia a ninguém. Nos dias da semana, após seu asseio, recebia numerosos solicitadores, de diferentes condições, que assaltavam cotidianamente sua antecâmara. Vinha em seguida o jantar, sempre abundante e suculento, que partilhava com três ou quatro convidados e a que se seguia uma partida de bóston. À noite, ouvia leitura, enquanto tricotava, dos jornais e dos livros recentes. Não saía de casa; se se permitia uma exceção, era apenas em favor das pessoas mais consideráveis.

Ainda não se deitara, quando o barulho da porta de entrada, cujo contrapeso rangia ao empurrão dos Rostov e de sua gente, lhe anunciou a chegada de seus hóspedes. De óculos no nariz, a cabeça lançada para trás, foi plantar-se na soleira de seu grande salão. Pelo ar furioso com que olhava os recém-chegados, poder-se-ia acreditar que, indignada por vê-los ali, ia pô-los para fora; mas, bem pelo contrário, pôs-se a dar ordens para a instalação dos viajantes e suas bagagens.

— São do conde? Por aqui — disse ela, apontando as malas e sem mesmo cumprimentar ninguém. — São das senhoritas? Aqui, à esquerda... Que fazem vocês aí, de braços cruzados? — gritou para os criados. — Vamos, esquentem o samovar!... Como engordaste, como ficaste bonita! — exclamou ela, segurando pela capelinha Natacha, roxinha de frio. — Brr... que geleira!... Mas tira a peliça, deves estar gelado! — intimou ela ao conde, que se dispunha a beijar-lhe a mão. — Ah! bonjour, Soniazinha — disse por fim, marcando, com aquele bom-dia dito em francês, a afeição ligeiramente condescendente que dedicava à moça.

Quando os viajantes, desembaraçados de suas pesadas peliças e um pouco aliviados de sua fadiga foram tomar chá, Maria Dmitrievna abraçou-os um por um.

— Alegro-me de todo o coração por vê-los em Moscou e em minha casa — disse-lhes. — Era já tempo de virem — acrescentou, com uma olhadela significativa para Natacha. — O velho está aqui e aguarda-se seu filho duma hora para outra. É absolutamente necessário conhecê-lo. Mas tornaremos a falar disso — continuou, significando, com um olhar lançado a Sônia, que não desejava abordar esse assunto em sua presença. — E agora, escuta um pouco — continuou, voltando-se para o conde, quem queres ver amanhã? A quem irás visitar? Chinchin? Um. Aquela chorona da Ana Mikhailovna? Dois. Está aqui com o filho. Vai-se casar, o filhotinho! Quem mais? Bezukhov? Este também está aqui com a mulher. Fugiu dela, mas veio-lhe atrás. Jantou comigo na quarta-feira. Quanto a essas — concluiu, designando as moças, levá-las-ei amanhã para rezarem em Nossa Senhora de Ibéria, depois passaremos em casa da Sra. Aubert-Chalmé.[57] Há de querer tudo novo, decerto? Sobretudo, não me vão tomar como modelo. Atualmente, estão usando mangas... assim. Um dia desses a Princesa Irene Vassilievna, a moça, veio ver-me, com dois tonéis em cada braço. Era de fazer medo! Aliás, no momento, a moda muda todos os dias... E tu, pessoalmente, que negócios te trazem? — perguntou ao conde, num tom um tanto severo.

— Tudo nos chega duma vez só — respondeu o conde. — Tenho de comprar fazendas, essas coisas para o casamento e me aparece também um comprador para minha chácara e para a casa de Moscou. Se não a incomoda, aproveitaria um instante para passar um dia em Marinskoie e lhe confiaria as meninas.

— Bem, muito bem, estarão tão em segurança como no Conselho de Tutela. Levá-las-ei a toda a parte onde for preciso, ralharei com elas e também as mimarei disse Maria Dmitrievna, acariciando com sua gorda mão a face de Natacha, sua afilhada e sua preferida.

No dia seguinte de manhã, conduziu Maria Dmitrievna as moças a Nossa Senhora da Ibéria, depois à casa da Sra. Aubert-Chalmé, que lhe tinha tanto medo que lhe cedia sempre os vestidos com prejuízo, a fim de se livrar dela o mais depressa possível. Maria Dmitrievna encomendou boa parte do enxoval. De volta à casa, despediu toda a gente, exceto Natacha, a quem fez sentar junto de sua poltrona.

— Bem, agora conversemos um pouco. Todos os meus cumprimentos. Eis-te noiva e o certo é que apanhaste um rapagão difícil. Sinto muito prazer com isso. Conheço-o desde que era deste tamanhinho. — Estendeu a mão a um meio metro do solo, enquanto Natacha corava de prazer. — Gosto muito dele, bem como de toda a sua família. Escuta-me bem. Sabes que o Príncipe Nicolau não leva muito em gosto que seu filho se case. É um original, um velho cabeçudo. Bem-entendido, o Príncipe André não é uma criança e lhe dispensará o consentimento! Mas não convém entrar numa família contra a vontade do pai. Vale melhor levar as coisas com jeito, sem explosões. Tu não és tola. Hás de saber agir com toda a habilidade. Tato, doçura, e tudo correrá bem.

Natacha mantinha-se em silêncio, não por timidez como o acreditava Maria Dmitrievna, mas por despeito, por ver que se imiscuíam no seu amor pelo Príncipe André. Era uma coisa tão à parte de tudo quanto preocupava as outras pessoas, que ninguém, a seu ver, podia compreendê-lo. Só ela compreendia e amava o Príncipe André, ele também a amava, casaria com ela assim que voltasse, o que não demoraria. Nada mais exigia.

— Fica sabendo que o conheço há muito tempo. E também a sua irmã Maria. Desta gosto muito. Cunhadas, inveja e dentadas, diz o ditado. Mas Maria não faria mal a uma mosca. Deseja afeiçoar-se a ti, disse-mo. Amanhã ireis lá, tu e teu pai. Trata-a com gentileza, pois és mais moça. Quando teu noivo chegar, já terás feito conhecimento com o pai e a irmã e já terás conquistado o afeto deles. Não será melhor assim?

— Sem dúvida — respondeu Natacha, a contragosto.

57. Famosa modista francesa, que vivia em Moscou na época. (N. do T.)

7. No dia seguinte, seguindo o conselho de Maria Dmitrievna, o Conde Rostov se dirigiu com Natacha à casa do Príncipe Nicolau Andreievitch. Não lhe sorria nada esse passo; no íntimo, temia a entrevista. Tinha ainda presente ao espírito seu derradeiro encontro com ele, no momento da formação da milícia, quando, em resposta a seu convite para jantar, recebera da parte do príncipe violenta descalçadela por não ter fornecido o contingente desejado. Em compensação, Natacha, que pusera o seu mais belo vestido, achava-se de excelente humor. "Não é possível — dizia a si mesma, — que não me amem imediatamente. Toda a gente gosta de mim. E estou tão disposta a fazer tudo quanto desejarem, tão pronta a amá-los, a ele porque é pai de André, e a ela porque é sua irmã, que não vejo verdadeiramente porque não haveria ele de gostar de mim!"

Rua da Exaltação. A carruagem parou diante dum velho solar, de aspecto lúgubre. Penetraram no vestíbulo.

— Vamos, que o bom Deus nos proteja! — disse o conde, num tom meio brincalhão, meio sério.

Natacha notou que seu pai estava bastante agitado e falava com voz malsegura ao perguntar se o príncipe e sua filha estavam em casa e podiam receber.

Uma vez anunciada sua visita, certa confusão se apoderou dos criados. O que se encarregara de levar o recado foi detido no grande salão por um de seus companheiros e se puseram a cochichar entre si. Uma criada de quarto acorreu e lhes disse, às pressas, algumas palavras referentes à sua patroa. Enfim um velho criado, de ar severo, veio declarar aos Rostov que o príncipe não podia recebê-los, mas que a senhorita pedia-lhes que passassem a seus aposentos. Apareceu a Senhorita Bourienne que acolheu os visitantes com extrema polidez e conduziu-os à presença da princesa. Esta, de rosto transtornado e manchado de placas vermelhas, apressou-se em ir-lhes ao encontro, num caminhar pesado. Esforçava-se em vão por aparentar um semblante despreocupado. Natacha lhe causou desagrado desde o começo; achou-a demasiado elegante, frívola e vaidosa. Não se dava conta Maria de que antes de ter visto sua futura cunhada, já estava maldisposta para com ela, por uma inconsciente inveja da beleza, da mocidade e da felicidade daquela criança e do amor que lhe dedicava seu irmão. A essa antipatia invencível se ajuntava uma profunda emoção: com efeito, à notícia da chegada dos Rostov, o príncipe se pusera a gritar que não queria saber absolutamente de vê-los, que Maria podia recebê-los, se bem lhe parecesse, mas que tivessem cuidado de não levá-los à sua presença. Maria resolvera acolhê-los, mas receava a todo instante uma arremetida de seu pai, a quem aquela visita parecia ter posto fora de si.

— Como vedes, minha cara princesa, trouxe-vos minha pequena cantora — disse o conde, fazendo reverência e lançando olhares inquietos em redor de si, como se temesse ver aparecer o velho príncipe. — Como me alegra que vos conheçais... É pena que o príncipe esteja sempre de má saúde... — Depois de alguns lugares-comuns do mesmo gênero, levantou-se: — Se permitis, princesa, deixar-vos-ei minha Natacha por um pequeno quarto de hora; tenho uma visita a fazer, a dois passos daqui, à casa de Ana Semionovna. Virei buscá-la.

Ilia Andreievitch havia inventado esse ardil diplomático para permitir que as duas futuras cunhadas se explicassem de coração aberto; confessou isso em seguida à sua filha, mas evitou acrescentar que se poupava a si mesmo desse encontro, talvez tempestuoso, com o príncipe. Nem por isso deixou Natacha de notar a inquietude de seu pai e sentiu-se ofendida. Teve vergonha por ele e mais irritada ficou porque havia corado: fixou na princesa um olhar ousado e provocante, que significava que não tinha medo de ninguém. Maria respondeu ao conde que ficava encantada e até mesmo lhe rogava que voltasse o mais tarde possível. Ilia Andreievitch eclipsou-se.

Malgrado os olhares impacientes que lhe lançava Maria, desejosa de ficar a sós com Natacha, a Senhorita Bourienne não arredava pé e mantinha firmemente a conversa sobre as diversões e os espetáculos de Moscou. O incidente do vestíbulo, a apreensão manifestada por seu pai, o tom constrangido da princesa que, acreditava ela, lhe fazia uma graça recebendo-a, tudo isso havia indisposto fortemente Natacha. Maria pareceu-lhe bastante feia, seca, afetada, muito desagradável. Encolheu-se, pois, em si mesma e tomou, contra sua vontade, um tom de indiferença, que a tornou ainda menos simpática à princesa. Após cinco minutos duma conversa penosa e constrangida, ouviram-se os passos rápidos de um homem em chinelos, que se aproximava. O terror estampou-se nas feições de Maria, enquanto que a porta dava passagem ao príncipe, em roupão de quarto e boné de algodão.

— Ah! senhorita... senhorita... — disse ele. — A Condessa Rostov, se não me engano... Queira desculpar-me... Não sabia, senhorita. Deus é testemunha, ignorava que nos tivesse feito a honra de sua visita... Pensava encontrar aqui somente minha filha. Queira desculpar os meus trajes... Deus é testemunha de que o ignorava — repetiu, acentuando a palavra "Deus", com um tom tão pouco natural e tão desagradável, que Maria ficara imóvel, não ousando erguer os olhos, nem para seu pai, nem para Natacha.

Esta, que se tinha levantado e depois sentado, não sabia tampouco que atitude tomar. Somente a Senhorita Bourienne sorria graciosamente.

— Queria desculpar-me, Deus é testemunha de que o ignorava — resmungava ainda uma vez o velho e, depois de haver medido Natacha, com os olhos, da cabeça aos pés, retirou-se.

Foi a Senhorita Bourienne a primeira a se tranquilizar depois dessa aparição. Enquanto se desenfreava numa tirada a respeito da má saúde do príncipe, Natacha e Maria olhavam uma para outra e, à medida que se prolongava esse exame mútuo, sem que nenhuma delas se decidisse a pronunciar as palavras apropriadas, a antipatia mútua ia aumentando.

Quando o conde voltou, Natacha não dissimulou seu contentamento e apressou-se em despedir-se: chegara quase a odiar aquela criatura velha e seca, detestava-a de morte por havê-la colocado numa situação tão falsa, por haver passado uma meia hora com ela sem lhe dizer uma palavra a respeito do Príncipe André. "Deveria eu ser a primeira a falar e ainda mais diante daquela francesa?" — dizia a si mesma. Entretanto, pensamentos do mesmo gênero atormentavam Maria. Sabia bem o que deveria ter dito a Natacha; calara-se, no entanto, a princípio porque a presença da Senhorita Bourienne a intimidava, depois porque experimentava um acanhamento instintivo em falar desse casamento. No momento em que o conde se retirava da sala, Maria alcançou, a grandes passos, Natacha, tomou-lhe as mãos e lhe disse, com um profundo suspiro:

— Espere, quereria...

Natacha olhou-a com um olhar involuntariamente zombeteiro.

— Querida Natália — continuou Maria, — permita que lhe diga quanto me sinto feliz por ter meu irmão encontrado a felicidade...

Parou, sentindo que não dizia a verdade. Natacha percebeu essa hesitação e adivinhou-lhe a causa.

— Parece-me, princesa, que o momento está mal-escolhido para falar disso disse ela, com uma dignidade e uma frieza totalmente exteriores, enquanto que soluços lhe subiam à garganta.

"Que fiz, que disse?" — pensou ela, apenas saiu.

* * *

Naquele dia Natacha fez-se esperar muito à hora do jantar. Encerrada em seu quarto, sufocada de pesar, soluçava ruidosamente, como uma menininha. Inclinada sobre ela, Sônia beijava-lhe os cabelos.

— Natacha, por que chorar? — dizia-lhe. — Que te importa aquela gente? Tudo se arranjará, vejamos...

— Ah! se tu soubesses como fere... Receberam-me como uma...

— Não penses mais nisso, Natacha... A culpa não é tua, não é mesmo? Então por que te preocupares?... Beija-me, pronto...

Natacha ergueu a cabeça, beijou sua amiga na boca e apoiou em seu ombro seu rosto banhado de lágrimas.

— Não posso dizer, não sei. Não é culpa de ninguém... Sim, talvez seja culpa minha... Mas como tudo isso é horrível!... Ah! por que ele não volta?

Tinha os olhos vermelhos, quando desceu para jantar. Maria Dmitrievna, que sabia como o príncipe havia recebido os Rostov, fingiu não ver o rosto desfeito da moça e, durante toda a refeição, pilheriou, com seu vozeirão, com o conde e os outros convidados.

8. Naquela noite, os Rostov foram à ópera, onde Maria Dmitrievna lhes havia arranjado um camarote. Natacha não queria ir, mas não podia rejeitar um convite que se dirigia de fato exclusivamente a ela. Quando, em traje de gala, penetrou no salão para ali esperar seu pai e um olhar lançado ao tremó convenceu-a de que estava bonita, muito bonita mesmo, sentiu-se mais triste ainda, mas de uma tristeza terna, langorosa.

"Meu Deus — pensava ela, — se ele estivesse aqui, não seria eu mais tolamente tímida como antes, prendê-lo-ia bem simplesmente nos meus braços, apertar-me-ia contra ele e ele me fitaria com — aqueles olhos curiosos, interrogativos que pousava tantas vezes em mim, depois fá-lo-ia rir como ele ria outrora e seus olhos... Ah! seus olhos, como os vejo!... Que me importam, afinal, seu pai e sua irmã! É a ele que amo, a ele só, seu rosto e seus olhos, seu sorriso viril e infantil ao mesmo tempo... Vale mais a pena, aliás, não pensar nele; não pensar em nada, esquecer, esquecer, pelo menos por algum tempo. Essa ausência me matará; eis-me de novo prestes a soluçar." Desviou a vista do tremó, contendo a grande custo as lágrimas. "Como faz Sônia para amar tão placidamente Nicolau, e esperá-lo, tanto tempo, com tanta paciência?" perguntava a si mesma, olhando Sônia que ia entrando, vestida também de gala, com um leque na mão. "Decididamente, ela é bem diferente de mim. Eu, não posso!"

Uma necessidade tão apaixonada de ternura atormentava naquele instante Natacha, que não lhe bastava amar e saber-se amada: experimentava o imperioso desejo de ter nos seus braços, imediatamente, o ser amado, de dizer-lhe e ouvi-lo murmurar-lhe ao ouvido as palavras de amor de que seu coração transbordava. Durante o trajeto no carro, lado a lado com seu pai, enquanto ia vendo passar, com olhar melancólico, na vidraça gelada da portinhola, os clarões furtivos dos lampiões, sentia crescer seu langor amoroso e não sabia mesmo mais com quem estava ali e para onde a levavam. Entrando afinal na fila das carruagens, o carro, cujas rodas rangiam lamentosamente na neve, chegou à entrada do teatro. Natacha e Sônia saltaram lestamente em terra, erguendo os vestidos; o conde desceu em seguida, ajudado pelos lacaios; depois, misturados aos espectadores que entravam e aos vendedores de programas, alcançaram os três o corredor dos camarotes, enquanto que, através das portas semicerradas, já se ouviam os prelúdios da orquestra.

— Natália, seus cabelos... — disse Sônia, em francês.

O porteiro, com uma solicitude respeitosa, deslizou diante das senhoras e abriu o camarote. Ouviu-se mais distintamente a música, avistou-se do quadro da porta a fila dos camarotes brilhantemente iluminados e ornados de damas decotadas, e depois a plateia rumorejante e toda recamada de uniformes. Uma dama que entrava no camarote vizinho envolveu Natacha num olhar carregado de inveja feminina. O pano ainda não subira, tocava-se a sinfonia de abertura. Ajeitando seu vestido, Natacha, em companhia de Sônia, colocou-se no peitoril do camarote e passeou os olhos pelos camarotes fronteiros. Uma impressão, que havia muito não sentia, a de centenas de olhares assestados sobre seu colo e suas espáduas nuas, apoderou-se dela de repente; e essa impressão, que despertava nela um enxame de recordações, de desejos e de emoções, causou-lhe um efeito agradável e penoso ao mesmo tempo.

Aquelas duas moças notavelmente bonitas atraíram a atenção geral, bem como o Conde Ilia Andreievitch, que havia muito tempo não era visto em Moscou. Aliás, toda a gente sabia mais ou menos do noivado de Natacha e do Príncipe André, sabia que desde algum tempo os Rostov moravam no campo, e examinava-se com curiosidade aquela que ia casar com um dos mais belos partidos da Rússia.

A estada no campo embelezara Natacha; todos lho diziam. Naquela noite, a emoção que a constrangia acrescentava-lhe um encanto mais. O que nela chamava a atenção era aquela plenitude de vida e de beleza, unida a uma indiferença visível por tudo quanto a cercava. Seus olhos negros passeavam pela multidão sem procurar ninguém; apoiara seu braço nu até acima do cotovelo no rebordo de veludo do camarote e sua mão fina, inconscientemente, se contraía e se abria compassadamente, durante a abertura, amarfanhando o programa.

— Olha ali — dizia Sônia. — Lá está a Senhorita Alenin, com sua mãe, parece-me.

— Meu Deus, Mikhail Kirilytch engordou ainda mais — dizia por sua parte o conde.

— Repara ali, a nossa Ana Mikhailovna. Que chapéu o dela!

— As Karaguin, Júlia e Boris com elas. São noivos, vê-se logo. Drubetskoi fez então seu pedido?

— Fez sim, acabo de sabê-lo — disse Chinchin, que entrava no camarote dos Rostov.

Seguindo a direção do olhar de seu pai, Natacha avistou Júlia, sentada, de semblante radiante, ao lado de sua mãe. Um colar de pérolas pesava-lhe no gordo pescoço vermelho, que Natacha sabia coberto duma camada de pó. Por trás delas, sorridente e inclinando-se para ouvir o que Júlia dizia, mostrava Boris sua bonita cabeça de cabelos cuidadosamente alisados. Olhou para os Rostov às furtadelas e murmurou algumas palavras ao ouvido de sua noiva.

"Falam de nós, das relações que tive com ele. Seguramente tranquiliza o ciúme de sua noiva a meu respeito. Fazem mal os dois em se inquietar! Se soubessem a que ponto são-me indiferentes!"

Atrás, tronava Ana Mikhailovna, de toque verde, com um ar triunfante mas submisso como sempre à vontade divina. Aquela atmosfera particular aos noivos, tão conhecida de Natacha e tão querida a seu coração, flutuava no camarote deles. Natacha desviou a vista e de repente toda a humilhação da visita da tarde lhe voltou à memória.

"Com que direito não me quer ele na sua família?... Ah! mais vale não pensar nisso até a volta de André", — disse a si mesma e se pôs a passar em revista os rostos, conhecidos ou desconhecidos, que descobria na plateia. Bem no meio da primeira fila, de costas apoiadas à ribalta, mantinha-se Dolokhov, de farda persa, com os cabelos crespos erguidos muito alto. Sabendo-se o ponto de mira da sala inteira, demonstrava tanto desembaraço como se estivesse em sua casa. Agrupada em torno dele, a mocidade elegante de Moscou fazia-lhe como que uma guarda de honra.

Ilia Andreievitch tocou com o cotovelo em Sônia, toda ruborizada e apontou-lhe, rindo, seu antigo adorador.

— Reconheceste-o? — perguntou-lhe. — Mas donde nos cai ele? — perguntou a Chinchin. Tinham-no perdido completamente de vista.

— De fato — respondeu Chinchin. Estava no Cáucaso donde escapou para a Pérsia. Dizem que foi ministro de não sei qual príncipe reinante; pretende-se mesmo que matou o irmão do xá. E eis todas as damas de Moscou loucas por ele! Dolokhov, o persa! Só se fala nele, só se jura por ele; arranja-se convite para vê-lo, como para saborear um esturjão!... Sim — acrescentou ele, — Dolokhov e Anatólio Kuraguin viraram a cabeça a todas as nossas damas.

Nesse momento, grande e bela mulher, com uma enorme trança, esplêndidas espáduas decotadíssimas e uma dupla fileira de grossas pérolas no pescoço, entrou no camarote vizinho; instalou-se com nobre lentidão, num rumorejo de sedas machucadas.

Natacha lançou, malgrado seu, uma olhadela de admiração para aquele colo, aquelas espáduas, aquelas pérolas, aquele penteado. Como a contemplasse uma segunda vez, a dama se voltou e, tendo-se seu olhar cruzado com o do conde, dirigiu-lhe, sorrindo, um leve aceno de cabeça. Era a Condessa Bezukhov. O conde, que conhecia toda a gente, inclinou-se para ela e travou conversa.

— Há muito tempo que estais aqui, condessa? Sim, sim, irei beijar-vos a mão. Estou em Moscou a negócios, e trouxe comigo minhas filhinhas. Dizem que a Semenova representa maravilhosamente. O Conde Pedro Kirillovitch foi sempre um de nossos fiéis. Está aqui?

— Sim, tinha intenção de vir — disse Helena, olhando Natacha com uma atenção acentuada.

O conde voltou para seu lugar.

— É bela, não é? — disse baixinho à sua filha.

— Soberba!... Compreendo que se fique apaixonado por ela!

Entretanto terminava a sinfonia. O chefe da orquestra bateu na estante com sua batuta. Os espectadores atrasados apressaram-se a ocupar seus lugares na plateia e o pano subiu.

Fez-se logo grande silêncio em toda a sala. E todos, homens moços e velhos, de uniforme ou de casaca, damas decotadas e cobertas de joias, voltaram os olhos com curiosidade para o lado da cena. Natacha seguiu-lhes o exemplo.

9. Um soalho guarnecia o centro da cena; cenários figurando árvores elevavam-se dos dois lados; uma tela pintada formava o pano de fundo. Moças de corpetes vermelhos e saiotes brancos estavam agrupadas no centro. Uma delas, muito forte, de vestido de seda branca, estava sentada à parte num escabelo que um papelão verde, colado por trás, dominava. Cantavam em coro. Quando terminaram, a pessoa de vestido branco avançou para o lado do buraco do ponto; então, um homem, cujo calção de seda colante modelava as grossas pernas, aproximou-se dela, com um penacho no chapéu e um punhal na cintura, e se pôs a cantar, gesticulando muito.

O homem do calção colante cantou a princípio sozinho, depois foi a vez de sua parceira. Em seguida, ambos se calaram, a orquestra recomeçou a tocar e o homem dava pancadinhas cadenciadas na mão de sua companheira, aguardando o compasso para entoar o dueto. Depois que cantaram, a sala inteira os aplaudiu, aclamou-os, enquanto os dois atores, que representavam um par amoroso, se inclinavam sorrindo à direita e à esquerda.

Chegando diretamente do interior e num estado de espírito tão cheio de seriedade, devia Natacha evidentemente achar tudo aquilo esquisito, ridículo mesmo. Era-lhe impossível acompanhar a marcha da ação e até mesmo ouvir a música; só via panos pintados, homens e mulheres grotescamente ataviados, que se moviam, falavam e cantavam sob uma iluminação violenta. Não ignorava, bem-entendido, o que aquilo podia representar, mas o conjunto lhe parecia tão factício, tão convencional, que experimentava ora um sentimento de vergonha pelos atores, ora forte vontade de rir. Passeou os olhos em torno de si, procurando descobrir nas fisionomias dos espectadores o indício de idêntico estado de alma; mas todos os rostos, atentos ao que se passava na cena, exprimiam um entusiasmo que lhe pareceu pouco sincero. "É preciso sem dúvida que seja assim", disse a si mesma. Examinava uma a uma as cabeças empomadadas da plateia, as mulheres decotadas dos camarotes, sobretudo sua vizinha Helena que, quase nua, olhava a cena com um sorriso plácido, sem baixar os olhos, gozando da luz violenta e da tépida atmosfera da sala. Pouco a pouco cedeu Natacha a um inebriamento que não sentia havia muito tempo. Não sabia mais o que fazia, onde estava, nem o que se passava sob seus olhos. Olhava sem ver, enquanto que as ideias mais incoerentes lhe passavam pela cabeça. Dava-lhe vontade, ora de pular a ribalta e cantar a ária que a atriz cantava, ora de irritar um velhinho sentado não longe dela, ou ainda inclinar-se para Helena e fazer-lhe cócegas.

Durante uma pausa entre dois trechos de canto, a porta da plateia que estava próxima do camarote dos Rostov rangeu e ouviu-se o passo dum espectador retardado. "Ah! eis Kuraguin!" cochichou Chinchin. A Condessa Bezukhov voltou-se e sorriu para o recém-chegado. Natacha acompanhou-lhe o olhar e viu um ajudante-de-campo duma beleza extraordinária que se dirigia para o camarote deles com um ar ao mesmo tempo cortês e presunçoso. Era Anatólio Kuraguin, que outrora notara no baile de Petersburgo. Trazia agora o uniforme de ajudante-de-campo; agulhetas pendiam de sua única dragona. Avançava a passo marcial e contido, que teria parecido ridículo se não fosse ele um tão belo rapaz e se seu rosto regular não exprimisse uma satisfação e uma bonomia desarmantes. Se bem o ato continuasse a desenrolar-se, caminhava ele pelo tapete do corredor, fazendo tilintar ligeiramente suas esporas e seu sabre, sem se apressar absolutamente e trazendo bem-erguida a bela cabeça perfumada. À vista de Natacha, aproximou-se de sua irmã Helena, apoiou sua mão moldada numa luva sobre o camarote, fez um sinal com a cabeça e, inclinando-se a seu ouvido, murmurou-lhe alguma coisa, designando sua vizinha.

— Mas é encantadora! — exclamou ele. E essas palavras, que, não havia dúvida alguma, a ela se referiam, Natacha menos as ouviu que adivinhou pelo movimento dos lábios dele. Alcançou ele em seguida a primeira fila de poltronas e colocou-se ao lado de Dolokhov, cutucando familiarmente com o cotovelo aquele personagem cujas boas graças toda a gente procurava. Dirigiu-lhe jovial piscadela de olho e apoiou sua perna na ribalta.

— Como se parecem o irmão e a irmã! — disse o conde. — E como são belos os dois!

Chinchin contou-lhe então, a meia voz, recente intriga de Kuraguin em Moscou. E precisamente porque ele a achara "encantadora", prestou Natacha atenção a essa história.

Terminou o primeiro ato. Todos da plateia se levantaram e só se viram idas e vindas, entradas e saídas.

Boris foi cumprimentar os Rostov em seu camarote. Recebeu da maneira mais simples suas felicitações e, erguendo ligeiramente os supercílios, com um sorriso distraído nos lábios, convidou Natacha e Sônia, da parte de sua noiva, para assistirem a seu casamento; depois, retirou-se. Esse Boris, de quem se enamorara outrora, acolhera-o Natacha e felicitara-o pelo seu casamento com uma alegria sorridente, com um leve toque de coqueteria. No estado de inebriamento em que se encontrava, tudo lhe parecia simples e natural.

Helena, seminua, sentada bem pertinho dela, sorriu para todos da mesma maneira; e Natacha concedera a Boris um sorriso do mesmo gênero.

Em breve o camarote de Helena se encheu, assediado por uma multidão de homens distintos que pareciam fazer questão de mostrar a todos que a conheciam.

Enquanto durou esse entreato, ficou Kuraguin com Dolokhov, de costas para a ribalta, de olhos fixos no camarote dos Rostov. Natacha compreendeu, não sem prazer, que ele falava dela. Colocou-se mesmo de maneira que ele pudesse vê-la de perfil, posição que, acreditava, lhe dava mais vantajoso realce. Um pouco antes do segundo ato, Pedro Bezukhov, que os Rostov ainda não haviam encontrado desde sua chegada a Moscou, apareceu na plateia. Parecia triste e havia engordado ainda mais desde a última vez que Natacha o vira. Alcançou as primeiras filas sem reparar em ninguém. Anatólio deteve-o e lhe disse algumas palavras, designando o camarote dos Rostov. À vista de Natacha, Pedro desenrugou o semblante e apressou o passo, por entre as fileiras de poltronas, na sua direção. Debruçando-se no camarote entreteve-se bastante longamente com Natacha. Entretanto a moça ouviu uma voz de homem no camarote da condessa e reconheceu, instintivamente, a de Kuraguin. Voltou a cabeça e seu olhar se encontrou com o dele. Ele a encarava, esboçando um sorriso, com olhos tão entusiasmados, tão cariciosos, que ela ficou toda confusa por se sentir tão perto dele, por sustentar seu olhar, por estar certa de haver-lhe agradado, sem que, entretanto, já tivessem travado conhecimento.

O cenário do segundo ato representava monumentos fúnebres; um buraco no pano de fundo fazia de lua; retiraram os quebra-luzes da ribalta, as trombetas e os contrabaixos tocaram em surdina, enquanto que pela direita e pela esquerda avançava uma multidão de pessoas vestidas de preto. Puseram-se a gesticular, a brandir objetos que se assemelhavam a punhais; depois outro grupo acorreu com a intenção de levar a moça vestida de branco do primeiro ato e que agora estava com um vestido azul. Não a levaram, aliás, imediatamente, mas cantaram muito tempo com ela; quando por fim a retiraram, ouviu-se por três vezes um ruído metálico nos bastidores; então todos os atores caíram de joelhos e entoaram uma oração. Essas diversas cenas foram várias vezes interrompidas pelos gritos entusiastas dos espectadores.

Durante o espetáculo, cada vez que Natacha passeava seus olhos pela plateia, ali avistava Anatólio Kuraguin que, apoiando-se com o braço no espaldar de sua poltrona,devorava-a com o olhar. Sentia ela prazer por vê-lo fascinado pelo seu encanto e não supunha que houvesse nisso algum mal.

Quando terminou o segundo ato, a Condessa Bezukhov se levantou, voltou-se para os Rostov (seu colo estava completamente nu), chamou o velho conde com um sinal de seu dedinho enluvado e, sem dar atenção às pessoas que entravam no seu camarote, travou com ele uma conversa alegrada pelo seu mais gracioso sorriso.

— Vamos, apresente-me às suas encantadoras filhas — disse-lhe. — A cidade toda a elas se refere e sou eu a única que não as conheço.

Natacha levantou-se e fez vênia à imponente condessa. Os louvores daquela famosa beldade tanto lhe agradaram que corou de prazer.

— Tenho a intenção de tornar-me também uma verdadeira moscovita — continuou Helena. — Não tem o senhor vergonha de enfurnar semelhantes pérolas no campo?

Passava merecidamente como uma grande feiticeira. Tinha o dom de dizer o que não pensava e de lisonjear as pessoas sem ter cara disso.

— O senhor não pode deixar de permitir, meu caro conde, que me encarregue de suas filhas. Muito embora não vá ficar aqui por muito tempo, como o senhor, aliás, procurarei distraí-las. Ouvi falar muito a seu respeito em Petersburgo e tinha o maior desejo de conhecê-la — acrescentou, dirigindo-se a Natacha, sempre com seu imutável sorriso. — Sim, ouvi falar a seu respeito, a princípio, por meu pajem, Drubetskoi... sabe que ele vai-se casar?... Depois por um amigo de meu marido, Bolkonski, o Príncipe André Bolkonski.

Acentuou este nome de maneira a deixar entender que não ignorava o elo que os unia. E pediu ao conde que permitisse que uma das moças passasse o fim do espetáculo no seu camarote para estabelecer com ela maior conhecimento. Natacha foi.

No terceiro ato, a cena representava um palácio deslumbrante de luzes; decoravam-no retratos de cavaleiros barbudos. No meio, achavam-se dois personagens, sem dúvida um rei e uma rainha. O rei fez um gesto com a mão direita e, visivelmente intimidado, cantou uma ária, mais mal do que bem, depois instalou-se num trono cor de amaranto. A moça, que se mostrara a princípio de branco, depois de azul, trazia agora apenas uma camisa e, de cabelos desmanchados, mantinha-se junto do trono. Voltada para a rainha, modulou uma cantilena chorosa, mas o rei deteve-a com um gesto severo. Um grupo de homens e mulheres, de pernas nuas, lançou-se então dos bastidores e dançaram juntos. Em seguida os violinos tocaram uma ária alegre, ligeira; uma das mulheres, cujos braços magros contrastavam com pernas planturosas, separou-se das outras e, depois de se ter retirado por um instante para os bastidores, a fim de ajustar ali seu corpete, avançou para o meio da cena e se pôs a saltar no ar, batendo os pés um contra o outro. Toda a plateia explodiu então em aplausos, toda a gente gritou: "Bravo!" Depois um homem de maiô colocou-se num canto da cena e, ao barulho ensurdecedor dos timbales e das trombetas, executou vários saltos e piruetas. Aquele homem era Duport, a quem aqueles exercícios garantiam um ordenado anual de sessenta mil rublos. Todos os espectadores, os da plateia, os dos camarotes, os das torrinhas, aplaudiram-no e aclamaram-no com todas as forças. O homem parou para agradecer e sorrir em todas as direções. Outros dançarinos, homens e mulheres, lhe sucederam. Depois um dos soberanos gritou algumas palavras com acompanhamento de música e todos os personagens entoaram um coro. De repente uma tempestade se desencadeou, a orquestra fez ouvir gamas cromáticas e acordes de sétima menor; todos se puseram a correr e de novo um dos atores foi arrebatado para os bastidores; depois disso o pano caiu. A algazarra continuou cada vez mais violenta na plateia; o entusiasmo transbordava; cada qual gritava: "Duport! Duport! Duport!". Natacha não achava mais nada de estranho em tudo aquilo; descobria mesmo prazer em olhar, toda sorridente, o que se passava em torno de si.

— Não é mesmo admirável esse Duport? — disse-lhe Helena, em francês.

— Oh! sim — respondeu ela, também em francês.

10

. Durante o entreato, uma corrente de ar frio se insinuou no camarote! Anatólio nele penetrava, curvando-se e tomando cuidado para não atropelar ninguém.

— Permita-me que lhe apresente meu irmão — disse Helena, correndo o olhar de um para outro, com ar inquieto.

Natacha voltou sua bonita cabeça para aquele belo rapaz e lhe sorriu por cima de sua espádua nua. Anatólio, que de perto era tão bonito como de longe, sentou-se ao lado da moça e disse que desejava ser-lhe apresentado, desde aquele dia, para ele inesquecível, em que tivera o prazer de vê-la no baile dos Narychkin. Anatólio mostrava-se para com as mulheres muito mais simples e mais espirituoso do que com os homens. Falou, pois, com ardor e abandono; Natacha ficou agradavelmente surpreendida por não encontrar nada de tão horrível naquele homem de quem se contavam tantas coisas, de ver nele, pelo contrário, um sorriso ingênuo, alegre e cordial.

Perguntou-lhe o que pensava ela do espetáculo e lhe contou que, na representação anterior, a Semenova caíra durante a cena.

— Sabe de uma coisa, condessa? — disse de repente, num tom tão displicente, como se a conhecesse de longa data. — Estamos organizando um carrossel de fantasia; a senhorita precisa tomar parte nele; será muito divertido. A reunião geral será na casa das Karaguin. Irá, não é mesmo?

Enquanto falava, não tirava os olhos do rosto, do colo e dos braços nus de Natacha. Estava ela certa de que ele a admirava, mas ao prazer que experimentava se misturava um constrangimento crescente. Quando ela desviava os olhos, sentia pesar sobre seus ombros o olhar de Anatólio e então, instintivamente, procurava-lhe o olhar para que ele lhe fitasse de preferência o rosto. Mas olhando-o assim, sentia com terror que vinham abaixo aquelas barreiras que o pudor sempre erguera entre ela e os outros homens. Não se explicava como, em menos de cinco minutos, se aproximara tanto daquele homem. Se virava a cabeça, tremia de medo de que ele lhe agarrasse a mão ou depusesse um beijo em sua nuca. Por banal que fosse a conversa que mantinham, compreendia que eram íntimos, duma intimidade que ela jamais havia permitido com nenhum outro. Interrogou com os olhos Helena e o conde, como para lhes perguntar o que queria dizer aquilo. Helena, que conversava com um general, não notou aquele apelo, e o olhar de seu pai lhe disse, como sempre: ''Tu te divertes e eu folgo muito com isso".

Durante um daqueles instantes de silêncio constrangido nos quais Anatólio mantinha fixos obstinadamente nela seus olhos salientes, Natacha, para romper aquele silêncio, perguntou-lhe se Moscou lhe agradava. Mal lhe escapou tal pergunta, corou por havê-la feito. Parecia-lhe que, conversando com aquele rapaz, cometia uma inconveniência. Anatólio sorriu, como para encorajá-la.

— Moscou não me agradava até agora, porque o que torna uma cidade agradável, são as belas mulheres, não é? Agora, pelo contrário, muito me agrada — disse, olhando-a com um olhar significativo. — Irá ao carrossel, condessa? Vá. — E estendendo a mão para o ramalhete de Natacha, acrescentou, baixando a voz, em francês: "Será a mais bonita. Vá, querida condessa, e como penhor dê-me essa flor".

Sem compreender inteiramente a intenção dissimulada sob as palavras dele, sentiu-lhe Natacha a inconveniência. Não sabendo que responder, voltou-se e fingiu nada ter ouvido. Mas imediatamente o pensamento de que ele estava, ali, atrás dela, tão perto dela, obsessionou-a de novo.

— "Que está ele fazendo? — perguntava a si mesma. — Está confuso, zangado contra mim? É preciso consertar isso". Não se pôde impedir de voltar a cabeça e de fitá-lo diretamente nos olhos. A presença bem próxima de Anatólio, sua confiança, sua bonomia afável conquistaram-na. Retribuiu um sorriso semelhante ao dele e de novo pensou que entre ela e ele não se elevava mais nenhuma barreira.

O pano tornou a subir. Anatólio saiu do camarote, calmo e alegre. Natacha voltou ao camarote de seu pai, completamente subjugada por aquele mundo novo onde havia penetrado. Tudo quanto se passava em torno de si lhe pareceu desde então bastante natural; nem um instante, em compensação, suas recentes preocupações a respeito de seu noivo, da Princesa Maria, da vida campestre, lhe voltou ao espírito; tudo aquilo parecia pertencer ao passado, a um passado muito distante.

No quarto ato, uma espécie de diabo surgiu gesticulando e cantou até abrirem um alçapão onde desapareceu. Foi pelo menos tudo quanto Natacha pôde ver, tão transtornada se sentia. E a causa dessa emoção era Anatólio Kuraguin, que não cessava, malgrado seu, de acompanhar com os olhos. Na saída, ele se aproximou, fez avançar o carro deles e instalou-os ali. Ajudando Natacha a subir, apertou-lhe o braço acima do cotovelo. Confusa e rubescente, Natacha arriscou um olhar para seu lado, mostrando um sorriso terno. Anatólio contemplava-a com seus olhos brilhantes.

* * *

Somente, na volta, é que Natacha se deu por fim conta do que se passara nela. E de súbito, à lembrança do Príncipe André, foi tomada de pavor. Enquanto tomavam chá depois do espetáculo, lançou um grito, ficou roxa e fugiu para seu quarto.

"Meu Deus, estou perdida! — dizia a si mesma. — Como pude permitir-lhe isso?" Durante muito tempo ficou ali, ocultando nas mãos o rosto avermelhado, tentando em vão pôr ordem nas suas impressões. Tudo lhe parecia obscuro, confuso, espantoso. Lá, naquela grande sala iluminada, onde sobre pranchas úmidas, ao som da orquestra, saltava Duport, de maiô e de jaqueta com lantejoulas, sob os bravos entusiastas das moças, dos velhos e da majestosa Helena de sorriso plácido, lá, à sombra daquela Helena, tudo era claro e muito simples; agora, pelo contrário, que estava só, entregue a si mesma, não compreendia mais nada. "Que quer isso dizer? Que significa esse terror que ele me inspirou? Que significam esses remorsos de que me sinto presa?" — perguntava a si mesma.

Não teria podido falar de coração aberto senão à velha condessa, no decorrer de uma daquelas visitas que lhe fazia, à noite, em seu leito. Não podia confiar em Sônia que, com sua maneira austera e íntegra de ver as coisas, nada haveria de compreender de uma confissão que talvez mesmo lhe provocasse horror. Natacha não tinha, pois, de contar senão consigo mesma para ver claro em sua alma.

"Estou morta ou não para o amor de André?" — inquietava-se ela. Mas, logo, tranquilizando-se com um sorriso: "Que tola sou com tal pergunta!" — pensava. — Que se passou então em mim? Absolutamente nada. Não fiz nada, não sou absolutamente responsável pelo que aconteceu. Ninguém saberá nada, não o tornarei a ver nunca mais... Sim, é claro, nada se passou, não tenho de arrepender-me de falta alguma. O Príncipe André poderá amar-me sempre tal como sou. Mas que sou eu deveras? Ah! meu Deus, meu Deus, por que não está ele aqui?" Natacha recuperava a calma por um instante, mas em breve um instinto secreto lhe dizia que ainda que tudo isso fosse verdade, a antiga pureza de seu amor por André fora para sempre manchada. Então toda a sua conversa com Kuraguin lhe voltava imperiosamente à memória, revia-lhe o rosto, os gestos, o terno sorriso daquele atrevido e belo rapaz no momento em que lhe apertava o braço.

11. Anatólio Kuraguin se fixara em Moscou por ordem de seu pai, cansado de vê-lo gastar em Petersburgo mais de vinte mil rublos por ano e contrair a mesma quantia de dívidas, cujos credores reclamavam o pagamento ao velho príncipe.

Este consentira em pagar uma derradeira vez a metade das dívidas de seu filho, impondo, porém, uma condição: Anatólio partiria imediatamente para Moscou, onde o fizera ser aceito como ajudante-de-campo pelo general-em-chefe; faria tudo quanto pudesse para casar ali com uma rica herdeira, a Princesa Maria, por exemplo, ou ainda Júlia Karaguin.

Anatólio aceitou e seguiu para Moscou. Instalou-se em casa de Pedro, que a princípio o recebeu de má vontade, mas acostumou-se em breve com ele, tomou parte em algumas de suas orgias e lhe forneceu mesmo dinheiro, sob forma de empréstimo.

Chinchin dissera a verdade: desde sua chegada a Moscou, Anatólio virava a cabeça de todas as mulheres, principalmente porque não as ligava, preferindo as ciganas e as atrizes francesas, das quais, a principal, Mlle. George, passava como sua amante. Não deixava de comparecer a nenhuma das festas em casa de Danilov e de outros boas-vidas de Moscou, competia, noites inteiras, com os mais desbragados bebedores, assistia a todos os bailes, a todos os saraus do grande mundo. Ali cortejava as damas — citavam-se mesmo algumas de suas conquistas, mas evitava as moças, sobretudo as herdeiras ricas que, na maior parte, eram muito feias. Uma razão peremptória, que somente seus amigos íntimos conheciam, o constrangia a essa reserva: estava casado havia dois anos.

Naquela época, com efeito, quando seu regimento estava de guarnição na Polônia, um fidalgo rural polonês obrigara-o a casar com sua filha. Bem pouco depois de seu casamento, largara Anatólio ali sua mulher e, em troca duma pensão que se obrigava a pagar a seu sogro, obtivera licença de passar como celibatário.

Sempre satisfeito com sua sorte, consigo mesmo e com os outros, estava Anatólio convencido, por instinto, que levava a única existência que convinha à sua natureza e que jamais praticara mal algum. Era bem incapaz de compreender o que podia resultar de tal ou tal de seus excessos, nem que alguns dentre eles pudessem ter repercussão sobre outrem. Cria firmemente que, assim como o pato era feito para viver n'água, fora ele criado e posto no mundo para gastar trinta mil rublos por ano e ocupar uma posição de destaque na sociedade. Estava tão convencido disso, que os outros, vendo-o, deixavam-se convencer também e não lhe recusavam nem o lugar que pretendia, nem o dinheiro que, evidentemente sem intenção de restituir, pedia emprestado a qualquer um.

Não era jogador; pelo menos, não buscava o ganho. Não era vaidoso e pouco lhe importava o que dissessem. Podia-se ainda menos acusá-lo de ambição: mais de uma vez fizera o pai zangar-se, comprometendo sua carreira e não ligava a honrarias. Não era avaro e abria de bom grado sua bolsa aos que pediam dinheiro emprestado. Só amava o prazer e as mulheres e, como nada via de vil em semelhantes gostos, como não imaginasse que a satisfação deles pudesse causar danos a seu próximo, julgava-se, com toda a sinceridade irreprochável, e desprezava os tratantes e os covardes. Em suma, trazia a cabeça erguida e tinha a consciência tranquila.

No íntimo de si mesmos, os vivedores acreditam-se sempre sem pecado; nesses homens-madalenas essa ingênua segurança repousa, como a das mulheres-madalenas, na esperança do perdão. "Ser-lhe-á muito perdoado, porque muito amou; ser-lhe-á muito perdoado, porque muito se terá divertido".

Dolokhov que, após seu exílio e suas aventuras na Pérsia, reaparecera naquele ano em Moscou, onde levava a vida à rédea solta, reatara amizade com Kuraguin, seu antigo camarada de Petersburgo, e se servia dele no seu interesse. Anatólio apreciava muito o espírito e a intrepidez de seu amigo. Dolokhov, que tinha necessidade do nome e das relações de Kuraguin para atrair os jovens ricos às suas redes de jogador tirava habilidosamente proveito de Anatólio e, no seu foro íntimo, zombava dele. De resto, não obedecia somente a um cálculo; o simples fato de governar à sua vontade a vontade dum outro era para ele um prazer, um hábito e uma necessidade.

Natacha produzira em Anatólio forte impressão. Durante a ceia, após o espetáculo, pormenorizou, como entendido, a Dolokhov as belezas da moça, louvou-lhe os braços, as espáduas, os pés, a cabeleira, e declarou-se resolvido a fazer-lhe corte assídua. A que podia levar tal corte? Anatólio não pensava nisso; as consequências possíveis de seus atos não o preocupavam de modo algum.

— Ela é bela, meu caro, mas não é para nós — disse-lhe Dolokhov.

— Vou pedir a minha irmã que a convide para jantar. Que achas?

— Espera que ela se case.

— Sabes que adoro as moçoilas, perdem imediatamente a cabeça.

— Já te deixaste agarrar com uma moçoila — replicou Dolokhov, que sabia do casamento obrigado de Anatólio. — Toma cuidado.

— A gente não se deixa agarrar duas vezes, ora essa — retorquiu Kuraguin, soltando uma boa risada.

12. No dia seguinte ao espetáculo, os Rostov não saíram e ninguém foi visitá-los. Maria Dmitrievna teve uma conversa às ocultas com Ilia Andreievitch. Natacha supôs que estiveram a falar a respeito do velho príncipe e a combinar algum plano; ficou ao mesmo tempo irrequieta e irritada. Aguardava a cada minuto o Príncipe André; na sua impaciência mandou duas vezes o porteiro saber notícias na Rua da Exaltação, mas de todas as vezes veio o homem dizer-lhe que o príncipe ainda não havia chegado. Uma angústia cada vez maior acabrunhava Natacha. À sua impaciência, ao pesar que lhe causava a ausência "dele", vinha juntar-se a penosa recordação de sua entrevista com Maria e o velho príncipe, bem como uma atroz ansiedade cuja causa não conseguia descobrir. Imaginava sem cessar que ele não voltaria mais ou que antes de seu regresso lhe aconteceria alguma coisa. Não podia mais, como outrora, pensar nele com calma durante longos instantes de devaneio solitário. Assim que surgia em sua lembrança, a imagem de André evocava agora as do velho príncipe, de Maria, de Kuraguin e do espetáculo. De novo perguntava a si mesma se não era culpada, se já não havia traído a fé dada ao Príncipe André; de novo, rememorava até nos mínimos pormenores, cada palavra, cada gesto, cada jogo fisionômico daquele homem que soubera despertar nela um sentimento incompreensível e temível. Aos olhos das pessoas da casa, parecia Natacha mais animada que de costume; mas bem longe estava de sua calma e de sua felicidade anteriores.

No domingo de manhã, propôs Maria Dmitrievna a seus convidados ouvirem a missa na Igreja da Assunção que era a de sua paróquia.

Não gosto das igrejas da moda — disse-lhes ela, visivelmente orgulhosa de sua independência. — Deus é o mesmo em toda a parte. Temos um pope excelente. Oficia muito convenientemente e o diácono também. É tudo muito edificante. Quanto a esses concertos dados nos lugares santos, detesto-os, é uma profanação.

Maria Dmitrievna gostava muito dos domingos e sempre procurava torná-los festivos. Desde o sábado, sua casa era lavada e limpa de ponta a ponta; as pessoas de casa e ela própria, endomingadas, assistiam todos à missa e não trabalhavam durante o dia. Acrescentavam-se pratos ao jantar dos amos e dava-se aos empregados aguardente, um pato assado e um leitão. Mas nada na casa refletia um ar de festa como o largo e severo rosto de Maria Dmitrievna, parado naquele dia numa imutável expressão de solenidade.

Tomado o café, após a missa, no salão donde tinham tirado as capas dos móveis, um lacaio avisou a Maria Dmitrievna que seu carro estava pronto; a boa senhora, que havia posto seu xale de cerimônia, levantou-se e declarou, com seu tom severo, que ia à casa do Príncipe Nicolau Andreievitch Bolkonski, a fim de ter com ele uma explicação a respeito de Natacha.

Depois de sua partida, apresentou-se de parte da Sra. Chalmé uma costureira e Natacha, encantada com tal diversão, passou para a peça vizinha, fechou a porta e se pôs a experimentar seus novos vestidos. Começou-se por um corpete simplesmente alinhavado e ainda sem mangas; enquanto Natacha, de cabeça inclinada para trás, examinava no espelho como estavam as costas, ouviu no salão um colóquio animado entre seu pai e outra pessoa cuja voz a fez imediatamente corar. Essa voz era a de Helena. Ainda não retirara Natacha o corpete e já a porta se abria e aparecia, com um vestido de veludo violeta de gola levantada, a Condessa Bezukhov, radiante no seu sorriso afável e bondoso.

— Ah! minha deliciosa! — disse ela a Natacha, que enrubescera. — Encantadora! Na verdade, meu caro conde, isso é inqualificável — acrescentou, voltando-se para Ilia Andreievitch que entrava em seu seguimento. — Estar em Moscou e não ir a parte alguma! Não, não quero saber de nada. Recebo esta noite alguns amigos; Mlle. George declamará versos; se o senhor não me levar suas belezinhas, que são bem mais bonitas que Mlle. George, corto relações com o senhor. Meu marido ausentou-se, partiu para Tver; não fosse isso, tê-lo-ia mandado procurar o senhor. Venha sem falta. Está ouvindo? Sem falta, a partir das oito horas.

Cumprimentou com a cabeça a costureira a quem conhecia e que lhe fazia uma respeitosa reverência, depois instalou-se numa poltrona perto do espelho, expondo com graça as pregas de seu vestido de veludo. Continuou a tagarelar com uma bonomia cordial, extasiando-se a mais não ser com a beleza de Natacha. Examinou os vestidos da moça, achou-os muito a seu gosto e fez, a esse propósito, grande elogio do seu vestido de última moda, de gaze metálica, que acabara de receber de Paris; aconselhou mesmo Natacha a encomendar um igual.

— De resto — acrescentou, — tudo lhe vai bem, meu encanto.

Natacha não estava em si de contente. Irradiava, expandia-se aos cumprimentos daquela encantadora Condessa Bezukhov, que lhe havia a princípio parecido tão imponente, tão inabordável, e que agora lhe testemunhava tanta bondade. Estava disposta a querer bem àquela mulher tão amável quanto bela. Pela sua parte, estava Helena sinceramente enfeitiçada por Natacha e desejava distraí-la. Anatólio lhe pedira que lhe facilitasse um conhecimento mais íntimo com Natacha e por isso fora ela ter com os Rostov. Parecia-lhe divertida a ideia de aproximar os dois jovens.

Se bem que tivesse outrora experimentado certo despeito, quando Natacha em Petersburgo lhe arrebatara Boris, não pensava mais nisso agora e, de todo o coração, queria-lhe bem, à sua maneira. Antes de se retirar, chamou à parte sua "protegida".

— Ontem meu irmão jantou lá em casa e nos fez morrer de rir. Não come mais, suspira sem cessar por você, meu bem. Está louco, mas louquinho de paixão por você, minha querida.

Natacha ficou carmesim.

— Ah! como ela cora, como ela cora, essa deliciosa coisinha! Então, está entendido, você virá, não é? Se gosta de alguém, minha deliciosa, não é isso razão para se enclausurar. Se está mesmo noiva, estou certa de que seu noivo haveria de desejar que você frequentasse a sociedade em sua ausência, em vez de definhar de aborrecimento.

"De modo que, ela sabe que sou noiva; sem dúvida, falaram disso, ela e seu marido, esse Pedro que é a retidão em pessoa, e riram da aventura; não há pois nisso nenhum mal", — disse a si mesma Natacha. E de novo, sob a influência de Helena, aquilo que até há pouco lhe parecia terrível tornava-se bem simples, bem natural. "Como essa "grande dama" é amável! Ama-me de todo o coração, não há dúvida... Afinal de contas, por que não me distrair" — pensava ela, fixando em Helena seus olhos cândidos bem abertos.

Maria Dmitrievna voltou na hora do jantar. Seu ar sombrio e taciturno revelava que havia sofrido uma derrota na casa do velho príncipe. Sua emoção não lhe permitia contar com calma os pormenores do conflito. A uma pergunta do conde respondeu que tudo ia bem e que se explicaria no dia seguinte. Posta ao corrente da visita de Helena e do convite para o sarau, declarou:

— Não gosto da Bezukhov e não os aconselho a frequentarem-lhe a casa. Agora, se prometeste, vai — acrescentou, dirigindo-se a Natacha. — Isso te distrairá.

13. O Conde Ilia Andreievitch levou as duas moças à casa da Condessa Bezukhov. Os convidados, bastante numerosos, eram quase todos desconhecidos de Natacha. Seu pai verificou com desprazer que a maior parte se compunha de pessoas famosas pela sua liberdade de conduta. Num canto, os rapazes formavam círculo em redor de Mlle. George. Havia alguns franceses, entre outros Métivier, que desde a chegada de Helena, era amplamente recebido na casa. Para ficar junto de suas filhas, resolveu o conde não jogar e ir embora assim que terminasse a representação.

Anatólio mantinha-se na porta, tocaiando sem dúvida a chegada deles. Depois de ter cumprimentado o conde, aproximou-se de Natacha e acompanhou-a. Assim que o avistou, experimentou, como no teatro, um sentimento estranho, em que a vaidade satisfeita lutava com o terror que lhe inspirava a queda de todas as barreiras morais entre aquele homem e ela.

Helena acolheu Natacha com uma solicitude jovial e extasiou-se em voz alta diante de sua beleza e de seu vestido. Logo depois, Mlle. George saiu para mudar de traje. Arrumaram-se as cadeiras onde os convidados se instalaram. Anatólio avançou uma cadeira para Natacha e quis sentar-se a seu lado, mas o conde, que não tirava os olhos da filha, ocupou o lugar. Anatólio colocou-se atrás.

Mlle. George, com seus gordos braços nus, com covinhas, um xale vermelho lançado sobre um ombro, postou-se numa pose afetada, no meio do espaço livre que lhe fora reservado entre as poltronas. Acolheu-a um murmúrio de admiração. Depois de haver percorrido o auditório com um olhar sombrio e trágico, pôs-se a declamar versos que se referiam a seu amor criminoso pelo filho. Em certos trechos, erguia a voz; noutros, falava baixo, levantando altivamente a cabeça; noutros ainda, parava e lançava estertores, revirando os olhos.

— Adorável, divino, delicioso! — exclamavam de todos os lados.

Natacha, de olhos fixos na majestosa George, não ouvia nada, não via nada, não compreendia nada; sentia-se de novo e definitivamente arrebatada naquele mundo mágico, tão diferente daquele em que tinha vivido, um mundo onde não podia mais distinguir o bem do mal, nem a razão da loucura. Anatólio estava sentado atrás dela e, sabendo-o tão perto, crispava-se numa expectativa angustiada.

Depois do monólogo, todos os espectadores cercaram Mlle. George, dando livre curso a seu entusiasmo.

— Como ela é bela! — disse Natacha a seu pai, que se levantara como toda a gente e se dirigia para o lado da atriz com todos mais.

— Quando a vejo, sou doutra opinião — disse Anatólio, que seguia Natacha. E aproveitando um momento em que somente ela podia ouvi-lo, acrescentou: — Você é deliciosa... Desde o instante em que me apareceu, não tenho cessado...

— Venha cá, Natacha — disse-lhe o conde, voltando para sua filha. — Como ela é bela!

Natacha, sem dizer uma palavra, juntou-se a seu pai, interrogando-o com um olhar amedrontado.

Depois de ter declamado ainda algumas cenas, Mlle. George se retirou e a Condessa Bezukhov convidou os presentes a passarem para a sala de dança.

O conde quis despedir-se; mas Helena suplicou-lhe que não lhe estragasse o prazer daquele baile improvisado. Os Rostov ficaram. Anatólio convidou Natacha para a valsa e, apertando-lhe a cintura e a mão, declarou-lhe que ela era deslumbradora e que a amava. Durante a escocesa, que dançaram igualmente juntos, contentou-se Anatólio, durante os instantes em que se achavam sós, com olhá-la em silêncio. Natacha perguntava então a si mesma se não ouvira em sonho o que ele lhe dissera durante a valsa. No fim da primeira figura, apertou-lhe ele de novo a mão. Natacha ergueu para ele os olhos espantados; mas o olhar e o sorriso de Anatólio estavam impregnados duma ternura tão segura de si mesma que não pôde lhe falar como teria desejado. Baixou os olhos.

— Não me diga semelhantes coisas — balbuciou ela, — sou noiva, amo a outro...

Como arriscasse novo olhar para ele, viu que sua confissão não havia nem afligido, nem desconcertado Anatólio.

— Não me fale disso — intimou-lhe ele. — Que me importa? Digo-lhe que estou louco, louco de amor por você. É culpa minha que seja você arrebatadora?... Cabe a nós começar.

Natacha, confusa e superexcitada, olhava sem ver com seus olhos desvairados, bem abertos, e parecia mais alegre que de costume. Mal se dava conta do que se passava em torno dela. Depois da escocesa, dançou-se o "vovô".[58] Seu pai quis ir embora, mas pediu-lhe ela para ficar. Não lhe adiantava mudar de lugar, entreter-se com um e com outro, sentia sempre pesar sobre si o olhar de Anatólio. Lembrou-se mais tarde de ter pedido a seu pai permissão para ir ao toucador para arranjar seu vestido; Helena seguira-a até lá, falara-lhe rindo do amor de seu irmão; e de repente, numa pequena alcova, vira-se em presença de Anatólio; Helena deixara-os a sós e Anatólio, tomando-lhe as mãos, lhe dissera em voz cariciosa:

58. Espécie de cotilhão, originário da Alemanha, com o qual se terminavam os bailes de casamento. Estava então muito em moda na Rússia. (N. do T.)

— Não posso ir à sua casa; mas será possível que não a reveja mais? Amo-a como um louco... Será que jamais...?

E barrando-lhe o caminho, inclinou sobre ela o seu rosto.

Seus grandes olhos cintilantes acharam-se tão próximos dos seus que ela não viu mais outra coisa senão aqueles olhos.

— Natália? — murmurou uma voz insistente e alguem lhe apertou as maos quase a esmagá-las. — Natália?

"Não compreendo, nada tenho a dizer-lhe", — pareceu responder seu olhar desvairado.

Lábios ardentes premiram-se contra os seus, mas no mesmo instante sentiu-se libertada: um rumor de passos, um frufru de vestido se aproximava. Natacha reconheceu Helena. Trêmula, rubra, lançou para o rapaz um olhar apavorado e dirigiu-se para a porta.

— Uma palavra, uma só — em nome de Deus — disse-lhe Anatólio.

Ela parou. Tinha pressa de ouvi-lo pronunciar essa palavra que lhe explicaria tudo quanto tinha acontecido, essa palavra à qual poderia enfim responder.

— Natália, uma palavra, uma só — guaguejava ele, não sabendo evidentemente que dizer; e repetiu essas palavras várias vezes até o momento em que Helena se juntou a eles.

Helena e Natacha voltaram ao salão. Os Rostov partiram antes da ceia.

Natacha passou a noite em claro. Um problema insolúvel a atormentava sem parar: a quem amava, a Anatólio ou ao Príncipe André? Amava o Príncipe André, lembrava-se da força de seu amor por ele. Mas amava também Anatólio. "Não fosse assim, teria tudo isso acontecido? — dizia a si mesma. — Se pude, após o que se passou, responder com um sorriso ao seu, se pude chegar a esse ponto, isto quer dizer que o amei desde o primeiro momento, isto quer dizer que ele é bom, nobre, perfeito e que me era impossível deixar de amá-lo. Que devo fazer, uma vez que amo um e outro?" Tal era a angustiante pergunta para a qual não encontrava ela resposta.

14. A manhã chegou com seus rumores caseiros e suas ocupações ordinárias. Toda a gente se levantou, se agitou, tagarelou. Costureiras chegaram. Maria Dmitrievna apareceu e reuniram-se para tomar chá. Natacha, de olhos escancarados, como se quisesse captar o menor olhar dirigido para seu lado, interrogava a todos com um ar inquieto e esforçava-se por parecer tal como era habitualmente.

Depois do almoço — era seu melhor momento — Maria Dmitrievna instalou-se em sua poltrona e chamou para seu lado Natacha e o velho conde.

— Pois é, meus amigos — começou ela, — refleti maduramente em todo o negócio e eis meu conselho. Ontem, como sabem, fui à casa do Príncipe Nicolau e lhe falei... Pois não é que lhe deu na cabeça dar gritos? Mas a mim é que não fazem calar o bico! Disse-lhe sem mais nem menos o que pensava.

— E que decidiu ele? — perguntou o conde.

— Ele? É um demente... não quer ouvir nada; assim, para que todas essas conferências? Já atormentaram demais essa pobre menina. Meu conselho é que terminem seus negócios, voltem para sua casa em Otradnoie e lá esperem com paciência...

— Ah! não! — exclamou Natacha.

— Sim, sim, é preciso voltar e esperar lá pacientemente. Se o noivo chegar aqui agora, não deixará de haver discussões, ao passo que, a sós com o velhote, saberá ele bem ganhar sua causa e irá em seguida ter com vocês.

Ilia Andreievitch, imediatamente conquistado pela sabedoria dessa proposta, aprovou-a inteiramente. Se o velho voltasse a melhores sentimentos, haveria sempre tempo de ir vê-lo, quer em Moscou, quer em Montes Calvos. Em caso contrário, um casamento sem seu consentimento só se podia realizar em Otradnoie.

— A senhora tem plenamente razão — disse ele. — Lamento ter ido à casa dele e tê-la levado lá.

— Não há que lamentar, de passagem por Moscou, era obrigação sua fazer-lhe essa fineza. Se ele teima na sua recusa, é lá com ele — acrescentou Maria Dmitrievna, cascavilhando na sua rede. — E já que o enxoval está pronto, é inútil esperar mais; o que falta agora, mandarei depois. Lamento vê-los partir, mas será melhor assim, partam, meus amigos, e boa viagem.

Tendo enfim encontrado na sua rede o que ali procurava, entregou-o a Natacha. Era uma carta da Princesa Maria. — Ela te escreve. Anda atormentada, a pobrezinha! Tem medo de que imagines que ela não gosta de ti.

— A verdade é que ela não me ama — retorquiu Natacha.

— Não digas tolices! — exclamou Maria Dmitrievna.

— Digam o que disserem, sei bem que ela não gosta de mim — replicou ousadamente Natacha, tomando a carta. Seu rosto refletia uma teimosia tão intratável que Maria Dmitrievna franziu os supercílios e examinou-a atentamente.

— Não me fales nesse tom, menina — intimou-lhe. — O que digo é a verdade. Vai responder-lhe.

Sem mais replicar, Natacha passou para seu quarto, a fim de ler a carta.

A Princesa Maria acentuava-lhe que estava desesperada por causa do mal-entendido que ocorrera entre elas. Quaisquer que fossem os sentimentos de seu pai, suplicava a Natacha que acreditasse que não podia recusar sua afeição àquela que seu irmão havia escolhido; estava pronta a tudo sacrificar pela felicidade de André.

"De resto — continuava ela, — não vá crer que meu pai esteja maldisposto a seu respeito. É um velho, um doente, que merece desculpas. Ele é bom, generoso e acabará amando aquela que fará a felicidade de seu filho".

Maria lhe pedia em seguida que tivesse a bondade de marcar ocasião em que pudesse tornar a vê-la.

Depois de ter lido esta carta, Natacha viu-se na obrigação de dar-lhe uma resposta. "Cara princesa", escreveu ela maquinalmente, para logo se deter. Que poderia ela escrever mesmo, depois do que se passara na véspera? "Não, não, não se trata mais disso agora, as coisas tomaram outra feição — dizia a si mesma, diante da carta começada. — Devo evidentemente restituir-lhe a palavra. Evidentemente? Há certeza nisso? É terrível..." E, para escapar a esses terríveis pensamentos, foi para o quarto de Sônia, onde examinaram juntas desenhos de bordados.

Depois do jantar, retirou-se Natacha para seu quarto e retomou a carta de Maria. "Estará tudo verdadeiramente acabado? — perguntava a si mesma. — Como pôde acontecer isso tão depressa e destruir para sempre o passado?" Seu amor pelo Príncipe André surgia na sua memória com toda a sua força primitiva, mas devia ao mesmo tempo confessar que amava também Kuraguin. Via-se mulher do Príncipe André, sua imaginação traçava-lhe a felicidade que a esperava a seu lado, mas no mesmo momento todo o seu ser se inflamava à lembrança de seu colóquio a sós com Anatólio.

"Por que não posso amar aos dois ao mesmo tempo?" — dizia a si mesma em certos instantes em que sua razão a abandonava. "Então, e então somente, seria completamente feliz; agora, pelo contrário, é preciso escolher e, privada de um deles, não posso ser feliz. Em todo o caso, não me é possível confessar ao Príncipe André o que se passou, nem tampouco ocultar-lho. Ao passo que com o "outro", não há nenhum prejuízo. Mas será possível renunciar para sempre ao amor do Príncipe André, a essa felicidade de que vivi tanto tempo?"

— Senhorita — disse-lhe em voz baixa e num tom misterioso uma criada de quarto que acabava de entrar em seu quarto, — eis o que um homem me pediu para entregar-lhe.

E lhe entregou uma carta.

— Somente, em nome do céu... — quis a criada continuar, mas Natacha, maquinalmente, já havia rompido o sinete. E estava agora embebida na leitura daquele bilhete doce, do qual não compreendia uma palavra sequer, senão que vinha da parte dele, do homem a quem ela amava. "Sim, ela o amava; de outro modo como pudera tudo aquilo ocorrer? Como estaria em seu poder aquela carta de amor?"

Mantinha Natacha nas suas mãos trêmulas aquela carta ardente de paixão, que Dolokhov compusera para Anatólio e cujos termos faziam eco aos sentimentos que ela acreditava experimentar.

"Desde ontem à noite, minha sorte está decidida: ser amado por vós ou morrer. Não tenho outra saída." Após este começo, dizia Anatólio saber que os pais de Natacha não consentiriam em dar-lhe a mão; havia para isso razões secretas que ele não podia revelar senão a ela mesma; se, não obstante ela o amasse, bastar-lhe-ia dizer sim; nenhuma força humana seria então capaz de se opor à sua felicidade. O amor triunfa de tudo. Ele a arrebataria, levá-la-ia para o fim do mundo.

"Sim, sim, eu o amo!", — disse a si mesma Natacha, relendo pela vigésima vez a carta, sob cada palavra da qual acreditava descobrir um sentido profundo.

Naquela noite, Maria Dmitrievna, que ia visitar os Arkarov, propôs às moças que lhe fizessem companhia. Natacha, pretextando dor de cabeça, ficou em casa.

15. Quando Sônia voltou, tarde da noite, foi ao quarto de Natacha, que, com grande surpresa sua, encontrou adormecida, toda vestida sobre um canapé. Uma carta de sinete rompido estava caída sobre a mesinha de cabeceira, ao lado dela; era a de Anatólio. Sônia tomou-a e se pôs a ler.

Entretanto contemplava Natacha adormecida, procurando em vão nas suas feições a explicação do que lia: nelas só descobriu a calma, a alegria, a serenidade. Pálida, trêmula de emoção, Sônia, contendo, com as duas mãos, o peito opresso, caiu numa poltrona e desatou a chorar.

"Como foi que nada vi? — dizia a si mesma. — Como puderam as coisas chegar a esse ponto? Não ama então ela mais o Príncipe André? E como pôde permitir isso a esse Kuraguin? É, não resta dúvida, um velhaco, um tratante. E que dirá Nicolau, o encantador, o nobre Nicolau quando souber disto? Eis pois o que significa aquele rosto tão pouco natural, transtornado, resolvido a tudo, que mostrava ela nestes últimos dias!... Mas não, ela não o ama, é impossível! Sem dúvida terá aberto esta carta sem saber da parte de quem vinha; sem dúvida, deve ter-se sentido ofendida. É incapaz de agir dessa maneira!"

Sônia enxugou suas lágrimas e voltou a Natacha, cujo rosto examinou mais uma vez.

— Natacha! — chamou, bem docemente.

Natacha despertou e deu com Sônia.

— Já voltaste?

E num desses impulsos de ternura que se tem muitas vezes no momento de despertar, lançou-se ao pescoço de sua amiga; mas diante da emoção de Sônia, a perturbação e a desconfiança dominaram-na por sua vez.

— Sônia, leste a carta? — perguntou.

— Sim — murmurou Sônia.

Natacha mostrou um sorriso de êxtase.

— Ah! Sônia, não posso mais, não, não posso ocultar-to por mais tempo. Nós nos amamos!... Sônia, minha querida, ele me escreve... Sônia...

Não acreditando no que ouvia, Sônia fitava, de olhos escancarados.

— E Bolkonski? — disse.

— Ah! Sônia, se pudesses saber como sou feliz!... Mas tu ignoras o que é o amor...

— E o outro, Natacha? Rompeste então com ele?

Natacha olhou-a, de olhos bem abertos, como se não compreendesse.

— Então — prosseguiu Sônia, — rompes com o Príncipe André?

— Ah! tu não compreendes nada; não digas tolices, escuta-me bem — replicou Natacha com impaciência.

— É que não posso acreditar nisso — continuou Sônia. — Confesso que não compreendo nada. Como! amaste um homem um ano inteiro e de repente... E este outro, viste-o apenas duas ou três vezes. Natacha, não creio, estás querendo rir. Em três dias esquecer tudo e...

— Somente três dias? — disse Natacha. — E eu que acreditava amá-lo há já cem anos! Parece-me que nunca amei ninguém antes dele. Tu não podes compreender isso. Vejamos, Sônia, vem cá, senta-te junto de mim. — Beijou-a, atraindo-a para si. — Tinham-me dito que isso acontecia e sem dúvida disseram-te também, mas é a primeira vez que experimento algo de semelhante. Não é como antes. Apenas o vi, reconheci que ali estava meu senhor; senti-me sua escrava, compreendi que me era impossível não o amar. Sim, sou sua escrava. Ordene-me o que me ordenar, estou pronta a obedecer. Tu não compreendes isto. Mas que posso fazer, Sônia, que posso fazer? concluiu ela, com uma expressão de felicidade misturada de espanto.

— Reflete, pois, no que fazes... Não posso deixar passar isso. Estas cartas recebidas às ocultas... Como pudeste permitir que ele o fizesse? — exclamou com indignação Sônia, que dificilmente ocultava seu desgosto.

— Já te disse que perdi a força de vontade, como não compreendes isto? Eu o amo.

— Pois bem, não deixarei que faças isso, contarei tudo! — exclamou Sônia por entre soluços.

— Que dizes, grande Deus?... Se disseres uma palavra a esse respeito, és minha inimiga. É que queres a minha desgraça, é que queres que nos separem...

Vendo o terror de Natacha, Sônia derramou lágrimas de vergonha e de compaixão por sua amiga.

— Mas enfim, que houve entre vocês? — perguntou ela. — Que te disse ele? Por que não vem aqui?

— Em nome do céu, Sônia, não fales a ninguém, não me tortures — suplicou Natacha, sem responder às perguntas de sua amiga. — Lembra-te que ninguém deve imiscuir-se nessas coisas. Revelei-te...

— Por que todos estes mistérios? Por que não vem ele aqui? Por que não pede simplesmente tua mão? O Príncipe André deu-te toda a liberdade de dela dispores, e se verdadeiramente as coisas chegaram a este ponto... Mas não, recuso-me a crer... Natacha, refletiste no que poderiam ser essas "razões secretas"?

Natacha interrogou-a com um olhar interdito: evidentemente a pergunta a embaraçava, ainda não a fizera a si mesma.

— Ignoro quais sejam essas razões. É preciso crer que existam!

Sônia lançou um suspiro, abanou a cabeça.

— Se há razões... — quis ela dizer.

Mas Natacha, espantada por vê-la duvidar, não deixou que ela terminasse.

— Sônia, não se deve duvidar dele! Não se deve, não se deve, compreendes? — exclamou.

— Será que ele te ama?

— Se me ama? — replicou Natacha, a quem a incompreensão de sua amiga arrancou um sorriso de piedade. — Mas tu leste sua carta, não foi?

— Mas se não for ele um homem honesto?

— Ele!... Ah! se o conhecesses!

— Se é um homem honesto — prosseguiu Sônia com energia, — deve declarar suas intenções ou cessar de ver-te. E se tu mesma não o quiseres fazer, eu lhe escreverei e prevenirei papai.

— Mas não posso viver sem ele! — exclamou Natacha.

— Natacha, não te compreendo. Que é que estás dizendo? Pensa em teu pai, em Nicolau.

— Não tenho necessidade de ninguém, não amo a ninguém senão a ele. Como podes dizer que não é um homem honesto? Não sabes então que o amo?... Vai-te, Sônia! Não quero zangar-me contigo; vai-te, suplico-te, vai-te. Vê como sofro.

Natacha lançou-lhe estas frases num tom tão violento, com um furor tão mal contido, que Sônia desfez-se em lágrimas e saiu correndo.

Natacha sentou-se à mesa e, sem refletir um minuto, escreveu à Princesa Maria a resposta que não conseguira redigir durante o dia inteiro. Acentuava-lhe em poucas palavras que o mal-entendido entre elas estava terminado: aproveitando da generosidade do Príncipe André que, ao partir, lhe dera toda a liberdade, restituía-lhe a palavra; em consequência, Maria faria bem em esquecer o encontro que tiveram e perdoar-lhe as faltas que pudesse ter cometido. Tudo aquilo parecia naquele instante tão fácil, tão simples e tão claro!

Na sexta-feira, deviam os Rostov partir para o campo, e na quarta-feira dirigiu-se o conde com seu comprador à sua chácara no subúrbio.

Naquele dia, Sônia e Natacha estavam convidadas para um grande jantar na casa das Karaguin; Maria Dmitrievna levou-as. Natacha encontrou ali de novo Anatólio; Sônia notou que ela conversava com ele de modo a não ser ouvida por ninguém e que, durante a refeição, mostrou-se mais agitada ainda do que antes. Quando regressaram, Natacha antecipou-se às perguntas de sua amiga.

— Viste, Sônia — começou ela com aquele tom solerte que tomam as crianças ávidas de cumprimentos, — tu me disseste tolices a respeito dele. Tudo isso é falso. Nós nos explicamos ainda há pouco.

— Ah! que te disse ele? Quanto me alegro, Natacha, que não estejas zangada comigo! Dize-me tudo, bem francamente. Que te disse ele?

Natacha refletiu um instante.

— Ah! Sônia, se tu o conhecesses como eu o conheço! Ele me disse... Perguntou-me de que natureza era meu compromisso com Bolkonski e regozijou-se ao saber que dependia de mim romper com o Príncipe André.

Sônia lançou um profundo suspiro.

— Mas — disse ela, — tu não rompeste, que eu saiba, com Bolkonski?

— Pode bem ser que sim! Pode bem ser que tudo esteja acabado!... Por que tens tão má opinião a meu respeito?

— Não tenho nenhuma má opinião a teu respeito; somente não compreendo...

— Espera, Sônia, vais compreender tudo. Vais ver que homem ele é. Não tenhas má opinião nem a meu respeito, nem a respeito dele.

— Não penso mal a respeito de ninguém; amo e tenho compaixão de todos. Mas que posso fazer?

Sônia não se deixava conquistar pelo tom insinuante que Natacha afetava. Quanto mais esta se fazia carinhosa, mais Sônia lhe opunha um rosto severo.

— Natacha — disse-lhe ela, — tu me pediste que não falasse a este respeito. Calei-me e és tu que me falas disto em primeiro lugar... Não tenho confiança nele, Natacha: que significam esses mistérios?

— Ainda essa cega-rega?

— Tenho medo por tua causa, Natacha.

— De que tens medo?

— Tenho medo de que estejas correndo para tua perda — declarou Sônia, com uma franqueza de que logo se arrependeu.

O rosto de Natacha assumiu de novo um ar de maldade.

— Pois bem, sim, eu me perderei, eu me perderei, e o mais depressa possível ainda! Você não tem nada com isso. É a mim e não a você que farei mal... Deixa-me, deixa-me, odeio-te!

— Natacha! — exclamou Sônia apavorada.

— Sim, eu te odeio, eu te odeio! És minha inimiga para sempre!

E Natacha saiu correndo.

Não trocou mais uma palavra com Sônia e evitou encontrá-la. Ia e vinha pela casa, com o mesmo ar espantado e culposo, entregando-se a mil ocupações, logo interrompidas.

Por mais penoso que fosse isso para Sônia, não desfitava os olhos de sua amiga. Na véspera do dia em que o conde devia voltar, notou ela que Natacha ficava plantada à janela do salão, como se aguardasse algum acontecimento e viu-a fazer um sinal a um militar que passava e no qual Sônia creu reconhecer Anatólio.

Redobrou de atenção e percebeu que durante o jantar e a noite, Natacha tinha uma atitude esquisita, pouco natural: respondia despropositadamente às perguntas, não terminando suas frases e ria à-toa.

Depois do chá, viu Sônia, ao dirigir-se para seu quarto, que uma criada de quarto, muito constrangida, espionava sua passagem na porta de Natacha. Passou, mas voltando, colou a orelha à porta e convenceu-se de que nova carta fora entregue.

E de repente, viu Sônia claramente que Natacha meditava para aquela noite algum passo fatal. Bateu em vão à porta de sua amiga.

"Vai fugir com ele — disse Sônia a si mesma. — Ela é bem capaz disso. Parecia hoje mais desolada, mas também mais resoluta do que nunca. Chorou ao despedir-se de meu tio. Sim, certamente, vai fugir com ele, que devo fazer?" — Lembrava-se agora de certos fatos que vinham em apoio de suas graves apreensões. — "O conde não está aí. Que devo fazer? Escrever a Kuraguin, exigir dele uma explicação? Mas quem o obrigará a responder-me? Escrever a Pedro, como o Príncipe André pediu para fazê-lo, em caso de desgraça? Mas já não rompeu ela com Bolkonski? Via-a enviar ontem sua resposta à Princesa Maria... E meu tio não está aqui!" — Quanto a dizer tudo a Maria Dmitrievna, que depositava tanta confiança em Natacha, era coisa que repugnava fortemente a Sônia. — "De uma maneira ou de outra — pensava ela no corredor escuro, — chegou o momento de provar-lhes meu reconhecimento pelos seus benefícios e meu amor por Nicolau. Ainda que tenha de passar três noites em claro, não arredarei pé deste corredor e impedi-la-ei de sair, até mesmo à força, se for preciso. Não, não deixarei que a desonra entre em sua família."

16. Havia alguns dias, instalara-se Anatólio em casa de Dolokhov. Este combinara um plano de rapto, que deveria ser posto em execução na noite mesma em que Sônia, espionando na porta de Natacha, resolvera opor-se à sua fuga. Natacha prometera ir ter com Kuraguin às dez horas, pela escada de serviço; ele a poria numa troica, já pronta à espera e a conduziria a quinze léguas de Moscou, ao burgo de Kamenka. Um pope interdito os casaria ali; cavalos de posta os levariam pela estrada de Varsóvia e, dali, alcançariam o estrangeiro, em diligência.

Anatólio arranjara um passaporte bem como uma permissão para a posta; sua irmã dera-lhe dez mil rublos e pedira emprestados outros dez mil por intermédio de Dolokhov.

As duas testemunhas, Khvostikov, antigo rato de chancelaria que Dolokhov empregava em seus negócios de jogo, e Makarin, hussardo reformado, bom e débil rapaz que tinha verdadeira adoração por Kuraguin, tomavam chá na primeira peça do apartamento.

No seu grande gabinete, ornado de alto a baixo de tapetes persas, de peles de ursos e de panóplias, Dolokhov, de botas e de blusa de viagem, estava sentado diante de sua escrivaninha aberta, na qual repousavam um ábaco e maços de cédulas. Anatólio, de uniforme desabotoado, passava da peça onde se achavam as testemunhas, atravessando o gabinete, para o quarto onde seu criado francês vigiava a embalagem das últimas bagagens. Dolokhov contava o dinheiro.

— Sabes — disse ele, — que será preciso dar dois mil rublos a Khvostikov?

— Pois seja, dá-os.

— Esse bom Makarin não precisa de nada; jogar-se-ia ao fogo para te causar prazer... Vamos, estão terminadas as contas — disse Dolokhov, mostrando-lhe sua lista. — Está bem?

— Mas decerto — respondeu Anatólio, que nada ouvira e olhava vagamente à sua frente, com seu eterno sorriso.

Dolokhov fechou barulhentamente sua secretária e, dirigindo-se a seu amigo com ar zombeteiro, disse-lhe:

— Queres saber de uma coisa? Larga tudo isso. Ainda é tempo.

— Imbecil! — exclamou o outro. — Não digas tolices. Se soubesses... Tem-se ideia...

— Estou falando sério. Deixa tudo isso — insistiu Dolokhov. — Falo-te seriamente. Bem sabes que o negócio é arriscado...

— Ora, não recomeces! — Estás-me amolando, sabes? Vai para o diabo! — disse Anatólio, fechando a cara. — Não estou com disposição para ouvir tuas frioleiras.

Dirigiu-se para a porta. Dolokhov acompanhou-o com um sorriso de condescendência zombeteira.

— Espera então! — gritou-lhe. — Não estou brincando, falo muito seriamente. Vamos, vem cá.

Anatólio voltou e, reunindo toda a sua atenção, pôs-se a olhar Dolokhov, cujo ascendente o dominava malgrado seu.

— Pela derradeira vez, rogo-te que me escutes. Por que haveria eu de brincar? Meti-te alguma vez pau nas rodas? Quem pois tudo combinou, quem descobriu um pope, quem obteve um passaporte, quem soube arranjar dinheiro? Eu!

— Decerto. E te agradeço. Imaginarias por acaso que não te seja grato por isso? — respondeu Anatólio. E, depois de ter lançado um suspiro, abraçou Dolokhov.

— Ajudei-te, está bem entendido; mas tenho o dever de te dizer a verdade: a aventura é perigosa e, refletindo-se bem nela, estúpida. Bem, tu a raptas, está muito bem. Crês que isso ficará assim? Se souberem que já és casado, serás processado...

— Tolices tudo isso! — disse Anatólio que voltara a mostrar-se zangado. — Mas já te expliquei. — E Anatólio, com aquela obstinação das criaturas sem inteligência que meteram alguma coisa na cabeça, repetia a Dolokhov o raciocínio que lhe propusera bem uma centena de vezes. — Já te expliquei como encarava o negócio. — E contando nos dedos: — Primeiro: Se esse casamento não for válido, não incorro em responsabilidade alguma. Segundo: Se é válido, que importa? Ninguém saberá de nada no estrangeiro. Exato, não é? Então, nem mais uma palavra, nem uma palavra, nem mais uma palavra!

— Acredita-me, larga tudo isso! Tu vais-te atrapalhar...

— Vai para o diabo! — disse Anatólio e, segurando a cabeça com as duas mãos, saiu, depois tornou a entrar logo e se instalou à turca numa poltrona bem junto de Dolokhov. — Com mil trovões! que quer isso dizer? Repara, repara como ele bate. Pegou-lhe a mão e pô-la sobre seu coração. — Ah! que pé, meu caro, que olhar! Uma deusa! Hem?

Com um frio sorriso nos lábios e uma chama acesa nos seus belos olhos impudentes, Dolokhov fitava Anatólio, sentindo evidentemente grande prazer em apoquentá-lo.

— E quando o dinheiro se esgotar, que farás?

Essa perspectiva, em que não tinha pensado, desconcertou deveras Anatólio.

— O que farei?... O que farei?... — repetiu ele. — Na verdade, não sei... Ao diabo, todas essas pataratas!... Está na hora de partir — concluiu, consultando o relógio.

E passou para a peça de trás.

— Olá, corja de moleirões, está tudo pronto ou não? — gritou ele para os criados.

Dolokhov guardou o dinheiro, ordenou a seu criado de quarto que servisse alguma coisa antes da partida e passou para a sala onde se encontravam Khvostikov e Makarin.

Estendido no divã do gabinete, Anatólio sorria, com ar pensativo e terno e murmurava alguma coisa com seus belos lábios.

— Vamos, vem comer um pouco, toma um copo de vinho pelo menos! — gritou-lhe Dolokhov da outra peça.

— Não, obrigado, — respondeu Anatólio, sem cessar de sorrir.

— Vem cá, Balaga está aí.

Anatólio levantou-se e passou para a sala de jantar. Balaga, um alugador de troicas, de renome, conhecia desde cinco ou seis anos, os dois amigos, que haviam muitas vezes recorrido a seus serviços. Mais de uma vez, quando o regimento de Anatólio estava de guarnição em Tver, ele o levava, à noite, chegava a Moscou ao amanhecer e trazia-o de volta na noite seguinte. Mais de uma vez, fizera Dolokhov escapar a perseguições desagradáveis. Mais de uma vez havia-os conduzido através da cidade em companhia de ciganos e de "pequenas damas", como dizia ele. Mais de uma vez no correr dessas loucas correrias, esmagara pedestres e virara fiacres, e sempre seus "cavalheiros", como os chamava, o haviam tirado de dificuldades. Quantos cavalos não estourara a serviço deles? Muitíssimas vezes o haviam surrado, muitíssimas vezes também tinham-no enchido de champanha e madeira, seu vinho favorito, e conhecia a respeito de cada um deles mais de uma aventura, a menor das quais teria levado o comum dos mortais à Sibéria. Convidavam muitas vezes Balaga para suas orgias, forçavam-no a beber e a dançar na casa dos ciganos e haviam feito passar pelas suas mãos mais de um bilhete de mil rublos. A serviço deles arriscara vinte vezes por ano a vida ou a pele de suas costas e perdera maior número de cavalos do que poderia pagar o dinheiro que eles lhe davam. E no entanto, gostava deles; gostava daquelas correrias loucas a cinco léguas a hora, gostava de tirar fogo do pavimento de Moscou, de esmagar os pedestres e virar os fiacres; gostava de ouvir atrás de si vozes avinhadas berrarem-lhe: "Mais depressa, mais depressa", quando lhe era impossível acelerar ainda mais sua carreira; gostava de chicotear a nuca de um labrego que, no entanto, mais morto do que vivo, desviava-se lestamente diante daquela tromba.

"São verdadeiros cavalheiros". Tal era a opinião de Balaga a respeito de Anatólio e Dolokhov, que, pela sua parte, tinham-se-lhe afeiçoado, porque conduzia ele um carro como ninguém e tinha os mesmos gostos que eles. Com outros clientes, fazia seus preços, exigia vinte e cinco rublos por uma corrida de duas horas e fazia-se substituir muitas vezes por um de seus rapazes. Mas com "seus cavalheiros", era ele mesmo quem dirigia e não lhes reclamava nunca nem mesmo um soldo. Quando sabia pelos criados deles que estavam com dinheiro, uma vez todos os três ou quatro meses, chegava de manhã, sem ter bebido, e lhes pedia, cumprimentando-os num profundo rapapé, que o tirassem de dificuldades. "Seus cavalheiros" mandavam-no sempre sentar.

— Fiódor Ivánovitch, meu bom senhor, ou então Vossa Excelência, — dizia ele, — não me recuse um empurrãozinho com os ombros: não tenho mais um único cavalo. Preciso, portanto, ir à feira. Emprestem-me o que puderem.

Anatólio e Dolokhov, quando estavam com dinheiro, davam-lhe então uma ou duas cédulas de mil rublos.

Balaga era um rapagão louro, de cerca de vinte e sete anos, retaco; tinha o rosto bem vermelho, pescoço gordo e mais vermelho ainda, pequenos olhos brilhantes e barba curta. Trazia por cima de sua meia-peliça um cafetão azul de pano fino, forrado de seda.

Benzeu-se diante das santas imagens, avançou para Dolokhov e estendeu-lhe sua mãozinha amorenada.

— Meus respeitos a Fiódor Ivánovitch! — disse, inclinando-se.

— Bom dia, meu caro... Ah! ei-lo...

— Meus respeitos a Vossa Excelência! — disse ele a Anatólio que entrava e lhe estendeu igualmente a mão.

— Escute, Balaga — disse-lhe Anatólio, pondo-lhe a mão no ombro, — gostas mesmo de mim, hem? Trata-se de me prestar serviço... Que cavalos trouxeste? Hem?

— Os que Vossa Excelência mandou pedir... os bambas...

— Então, presta bem atenção, Balaga, rebenta teus cavalos, se for preciso, mas come a estrada em três horas, ouviste?

— Se eu os rebentar, como haveremos de chegar? — objetou Balaga, com uma maliciosa piscadela.

— Não brinques, senão racho-te a cabeça — berrou de repente Anatólio revirando os olhos esbugalhados.

— Brincar não faz mal — disse o alugador, rindo. — Já neguei alguma coisa a meus cavalheiros? Iremos à toda, decerto.

— Bem! — disse Anatólio. — E agora senta-te.

— Senta-te! — insistiu Dolokhov.

— Estou bem assim, Fiódor Ivánovitch.

— Nada de cerimônias, hem? Senta-te e engole — disse Anatólio, servindo-lhe um grande copo de madeira.

Os olhos do alugador brilharam ao verem o vinho. Depois de haver recusado por polidez, emborcou o copo e limpou a boca com um lenço de seda vermelha que trazia no fundo de seu boné.

— Então, quando partimos, Excelência?

— Mas... imediatamente — disse Anatólio, após um olhar ao relógio. — E fica sabendo, Balaga, atenção, hem? Trata-se de chegar a tempo.

— Isto dependerá da partida, se ela se fizer em boas condições... Aliás, por que não haveríamos de chegar em tempo? — disse Balaga. — Fomos uma vez em sete horas a Tver. Vossa Excelência há de lembrar-se por certo.

— Sim, bem sabes, uma vez pelo Natal, viera eu de Tver — disse Anatólio, sorrindo a essa lembrança e voltando-se para Makarin, que o devorava beatamente com os ólhos. — Sim, imagina, meu caro, que estávamos sem fôlego, tal a velocidade em que corríamos. Num dado momento, como um comboio nos barrasse o caminho, saltamos por cima de dois carros de bagagem. Hem? que dizes?

— Mas também, que cavalos! — prosseguiu Balaga, dirigindo-se a Dolokhov. — Pusera como companheiros de varal ao meu alazão dois belos poldros. Acreditas, Fiódor Ivánovitch? Pois aqueles animaizinhos fizeram quinze léguas numa tirada só. Fazia um frio dos diabos. As mãos da gente estavam encarangadas. Nem se podia pegar nas rédeas. Larguei-as; tome-as, disse eu, a Vossa Excelência e caí como uma pedra no trenó. Ah! não havia necessidade de excitá-los! Somente não pude aguentar as rédeas até o fim... Fizeram a estrada em três horas, os demônios! Só o da esquerda rebentou.

17. Anatólio saiu e soltou alguns instantes após, vestido com uma peliça apertada à cintura por um cinto de enfeites prateados e com um gorro de zibelina, arrogantemente caído sobre a orelha, que assentava muito bem com seu belo rosto. Depois de ter estudado uma pose diante do espelho, plantou-se diante de Dolokhov e, pegando um copo, disse:

— Vamos, adeus, Fédia. Agradeço-te todos os teus bons ofícios. Adeus. Vamos, meus camaradas, amigos de... minha mocidade — acrescentou, depois de ter procurado durante muito tempo a palavra conveniente, — adeus!

Esta última frase dirigia-se a Makarin e aos outros. Se bem que todos devessem acompanhá-lo, achava Anatólio que devia dar àqueles adeuses um caráter comovente e solene. Falava em voz alta e medida, enfunando o peito e balançando-se sobre uma perna.

— Venham todos brindar. E tu também, Balaga. Meus camaradas, amigos da minha mocidade, nós nos divertimos bem, muitas loucuras fizemos juntos. E agora, quando nos tornaremos a ver? Parto para o estrangeiro. Adeus, prazer. Adeus, meus bravos amigos. À vossa saúde! Hurra!

Esvaziou seu copo dum trago e atirou-o no chão, partindo-o.

— À sua saúde! — disse Balaga, que emborcou também o seu copo e limpou a boca com seu lenço.

Makarin, de olhos embaciados de lágrimas, apertou Anatólio nos seus braços.

— Ah! príncipe, essa separação parte-me o coração!

— Vamos! A caminho! — gritou Anatólio.

Balaga preparava-se para sair.

— Um momento! — disse Anatólio. — Fecha a porta e sentemo-nos. Ali, assim.

Fechou-se a porta e todos se sentaram.[59]

— E agora, avante, em marcha, meus bravos! — prosseguiu Anatólio, levantando-se.

José, o criado de quarto, estendeu-lhe seu sabre e sua bolsa de couro.

— Mas onde está a peliça? — indagou Dolokhov. — Olá, Inácio! Vai depressa pedir uma capa à Comadre Matveievna, a de zibelina, entendes?... Sei como isso se faz, um rapto! — acres-

59. Os russos têm por costume antes de qualquer partida, sobretudo em circunstâncias solenes, sentarem-se e ficarem em recolhimento alguns instantes. (N. do T.)

centou, piscando o olho. — Ela vai-se precipitar para fora de casa, mais morta que viva, sem nada a cobri-la. Se houver a menor demora, brotarão lágrimas imediatamente, chamará o papai e a mamãe, tremerá de frio, haverá de querer voltar... Ao passo que, com uma peliça, tu a envolves nela e a arrastas até o trenó.

O criado trouxe uma peliça de raposa.

— A capa curta de zibelina, animal! Não to tinha dito ou não? Hei, Comadre, tua pele de zibelina! — berrou ele com uma voz que repercutiu até o fundo do apartamento.

Uma linda cigana, magra e pálida, trazendo um xale vermelho, correu com a capa de zibelina; seus olhos negros cintilavam e seus cachos negros tinham reflexos azulados.

— Pronto, aqui está ela, não me importa — disse ela, temendo manifestamente a cólera de seu senhor e patrão, mas lamentando sua peliça. Sem responder-lhe, Dolokhov lançou-lhe a peliça sobre os ombros e envolveu-lha em torno da cintura.

— Estás vendo? É assim... depois assim — disse ele, levantando a gola de maneira a deixar apenas uma pequena abertura para o rosto. — E por fim, deste jeito, estás vendo? — E obrigou Anatólio a inclinar-se sobre a abertura na qual se via brilhar o sorriso da cigana.

— Vamos, adeus, Comadre — disse Anatólio, beijando-a. — Acabou-se a boa vidinha! Meus cumprimentos a Estefânia. Vamos, adeus, adeus, Comadre. Deseje-me boa sorte.

— Que Deus vos dê todas as felicidades possíveis, meu príncipe — disse a Comadre, com seu sotaque cigano.

No patamar, estacionavam duas troicas, que dois sólidos rapagões mantinham. Balaga subiu na primeira e, erguendo alto os cotovelos, reuniu gravemente as rédeas. Makarin, Khvostikov e o criado de quarto se instalaram na segunda.

— Pronto? — perguntou Balaga. — Então, para a frente, marche! — gritou ele, enrolando as rédeas em torno de seu braço. E a parelha desceu a galope o bulevar São Nicolau.

— Eh!... Oh!... Eh...! Oh! — gritavam Balaga e seu ajudante, sentados na boleia. Na Praça do Arbate, foram de encontro a um carro; um estalido, depois um grito, ouviram-se; mas já a troica voava ao longo do Arbate. Depois de haver subido e depois descido o bulevar de Podnovitski em toda a sua extensão, Balaga reteve seus cavalos e então, voltando atrás, fê-los parar ao canto da Rua das Estrebarias Velhas. O ajudante saltou da boleia para segurar os cavalos pela brida. Anatólio e Dolokhov seguiram pelo passeio. Ao aproximar-se da fachada, Dolokhov assobiou. Outro assobio respondeu-lhe e uma criada de quarto acorreu.

— Entrem para o pátio; senão serão vistos. Ela virá agora mesmo — disse ela.

Dolokhov ficou perto da fachada. Anatólio seguiu a criada, dobrou na esquina do pátio, subiu os degraus do patamar e achou-se cara a cara com Gavril, o gigantesco lacaio de Maria Dmitrievna.

A senhora pede que o senhor me acompanhe — disse o homem, numa voz de baixo, barrando-lhe a passagem.

— Que senhora? Quem é você? — murmurou Anatólio, com voz entrecortada.

— Queira acompanhar-me. Tenho ordem de conduzi-lo.

— Kuraguin, volta! — gritou Dolokhov. — Estamos traídos! Fujamos!

Dolokhov estava em luta com o porteiro, que procurava fechar o portão por trás de Anatólio. Num esforço supremo, repeliu aquele impertinente e, pegando pelo braço Anatólio, que chegava às carreiras, fê-lo transpor a portinhola. Ambos então alcançaram a galope sua troica.

18

. Maria Dmitrievna, que havia surpreendido Sônia no corredor, toda lacrimosa, obrigara-a a uma confissão completa. Interceptou o bilhete de Natacha, tomou conhecimento de seu conteúdo e, levando-o na mão, entrou no quarto de sua afilhada.

— Velhaca! Descarada! — disse-lhe. — Não quero ouvir nada.

Empurrando Natacha, que fixava nela olhos estupefatos mas secos, fechou-a à chave. Depois de ter ordenado ao porteiro que deixasse entrar, mas não sair, as pessoas que se apresentassem, e a seu lacaio, que lhas trouxesse, sentou-se no salão à espera dos raptores.

Quando Gavril veio anunciar-lhe que as pessoas tinham fugido, franziu a fronte, levantou-se e ficou a passear muito tempo, com as mãos atrás das costas, refletindo no que deveria fazer. Perto da meia-noite, procurando a chave no seu bolso, voltou ao quarto de Natacha. Sônia continuava a soluçar no corredor.

— Maria Dmitrievna, deixe-me entrar com a senhora — implorou ela.

Sem dar-lhe resposta, Maria Dmitrievna abriu a porta. "É vergonhoso, é abominável... Debaixo do meu teto... Menina desprezível, desavergonhada!... Tenho pena é do pai dela — dizia a si mesma, esforçando-se em refrear sua cólera. — Se bem que seja difícil, ordenarei a todos que se calem e ocultarei a verdade ao conde." Entrou no quarto, com passo resoluto... Com a cabeça entre as mãos, o corpo inerte, estava Natacha estendida no divã, na mesma posição em que a havia deixado sua madrinha.

— Sim, senhora! Bela coisa! — disse esta. — Dar entrevista a amante debaixo do meu teto! Não se me faça de santinha. Escute quando lhe falam. Quer ou não quer ouvir-me? — repetiu, tocando-lhe no braço. — Agiu tão despudoradamente como a derradeira das mulheres à-toa. Sei bem o que faria, mas tenho pena de seu pai. Nada direi.

Natacha continuava imóvel; mas soluços mudos a sufocavam e em breve todo o seu corpo se crispou convulsivamente. Maria Dmitrievna trocou um olhar com Sônia e foi sentar-se no divã, ao lado de sua afilhada.

— Teve ele sorte pondo-se em fuga!... Mas haverei de tornar a encontrá-lo — disse ela, com sua voz rude. — Então? Ouves o que te estou dizendo?

Passou sua gorda mão sob a cabeça de Natacha e voltou-a para seu lado. Maria Dmitrievna e Sônia ficaram aterrorizadas diante daquele rosto, de olhos brilhantes e secos, de lábios cerrados, de faces cavadas.

— Deixem-me — disse ela. — Que me importa?... Quero morrer...

Arrancou-se raivosamente de Maria Dmitrievna e voltou a mergulhar na sua prostração.

— Natália!... — disse Maria Dmitrievna. — É o teu bem que quero. Fica assim, se o preferes, não te tocarei, mas escuta... Não vou dizer até que ponto és culpada. Tu o sabes tão bem quanto eu... Sim, perfeitamente... Mas teu pai volta amanhã; que lhe direi, hem?

Natacha não respondeu senão com novos soluços.

— E se ele vier a sabê-lo por outrem? Se teu irmão, se teu noivo vierem a ter conhecimento disto?

— Não tenho mais noivo, desfiz o noivado — gritou bruscamente Natacha.

— Pouco importa — continuou Maria Dmitrievna. — Admitamos que venham a saber de tua loucura. Acreditas que deixarão as coisas assim sem mais nem menos?... Teu pai, eu o conheço, é capaz de provocá-lo a um duelo... Será bonito, hem?

— Ah! deixe-me... — Por que atrapalhou tudo? Por quê? Por quê? Quem lhe pediu que o fizesse? — gritou Natacha, levantando-se, e lançou um olhar cheio de ódio a Maria Dmitrievna, que se deixou arrebatar pela cólera.

— E que querias tu então fazer? — exclamou ela. — Será que te tínhamos sob chaves? Quem é que o impedia de vir aqui? Por que te raptar, como se fosses uma cigana?... E se ele te houvesse raptado, acreditas que não lhe haveriam de deitar a mão? Quer teu pai, quer teu irmão, quer teu noivo. É um miserável, um patife, eis tudo!

— Ele vale mais do que vocês todos! — exclamou Natacha, levantando-se de novo. — Se não me tivessem impedido... Ah! meu Deus, por quê? Por quê?... Sônia, que fizeste?... Deixem-me.

E, cedendo a seu desespero, que só conhecem aqueles que se sentem eles próprios a causa de sua desgraça, explodiu em violentos soluços. Maria Dmitrievna quis prosseguir, mas Natacha recomeçou a gritar:

— Saiam daqui! Saiam daqui! Vocês todas me odeiam, vocês todas me detestam!

E deixou-se cair de novo sobre o divã.

Maria Dmitrievna continuou ainda por algum tempo a repreendê-la: era preciso antes de tudo ocultar a aventura ao conde; ninguém ficaria sabendo, contanto que Natacha se obrigasse a esquecê-lo e cuidasse sobretudo de ocultar sua perturbação a quem quer que fosse. Natacha não respondeu. Seus soluços haviam cessado, mas tremores febris percorriam-lhe todo o corpo. Maria Dmitrievna pôs-lhe um travesseiro sob a cabeça, envolveu-a em dois cobertores e lhe trouxe, com as próprias mãos, uma infusão de tília. Mas Natacha mantinha o mesmo silêncio hostil.

— Bem, deixemo-la dormir — disse Maria Dmitrievna, pensando que o sono a havia dominado.

E retirou-se. Mas Natacha não dormia; de olhos escancarados e fixos, o rosto lívido, olhava fitamente diante de si. Ficou assim prostrada a noite inteira, sem dormir, sem chorar, sem nada dizer a Sônia, que, várias vezes, se levantou para ver o que lhe ocorria.

No dia seguinte, à hora do almoço, o Conde Ilia Andreievitch voltou, como combinara, de sua chácara. Mostrava-se muito satisfeito: tendo ficado concluído o negócio, nada o retinha mais em Moscou; ia enfim poder juntar-se à sua querida condessa. Maria Dmitrievna lhe explicou, desde logo, que, na véspera, Natacha passara a sentir-se gravemente doente; tinham mandado chamar o médico; mas agora estava ela melhor. Natacha, naquela manhã, ficou no quarto. Dando beliscadelas nos seus lábios gretados, de olhos secos e fixos, permanecia sentada perto da janela, vigiando as idas e vindas dos transeuntes e se voltava, com um movimento brusco, todas as vezes que entravam em seu quarto. Esperava evidentemente notícias "dele", acreditando que "ele" iria voltar ou pelo menos escrever-lhe.

Quando o conde entrou, estremeceu, ouvindo passos de homem, mas à vista de seu pai, seu rosto voltou a mostrar-se frio e mau. Nem mesmo se levantou.

— Que tens afinal, meu anjo? Estás doente? — perguntou-lhe ele.

— Sim — respondeu ela, após um silêncio bastante prolongado.

O conde, muito inquieto por vê-la tão abatida, perguntou-lhe se nada havia ocorrido em suas relações com seu noivo. Ela garantiu-o do contrário e pediu que não a atormentasse. Maria Dmitrievna confirmou-lhe aquelas garantias. A perturbação de Natacha, sua doença fingida, os rostos embaraçados de Sônia e de Maria Dmitrievna fizeram o conde suspeitar de algum acontecimento grave; mas a simples ideia de qualquer coisa que ferisse de leve a honra de sua filha querida o assustava e aliás mostrava-se tão cioso de sua risonha tranquilidade, que evitou fazer indagações, preferindo crer que suas suspeitas eram infundadas e lamentando somente que aquela doença retardasse sua partida para o campo.

19. Desde a chegada de sua mulher a Moscou, pensava Pedro em partir não importava para onde, com o único fim de não se encontrar com ela. Pouco tempo depois da chegada dos Rostov a Moscou, a viva impressão que lhe causara Natacha fizera-o apressar sua partida. Seguiu, pois, para Tver, para a casa da viúva de José Alexieévitch, que desde muito tempo lhe havia prometido confiar-lhe os papéis do defunto.

Logo que regressou a Moscou, entregaram-lhe uma carta de Maria Dmitrievna, rogando-lhe que passasse em sua casa para um negócio muito importante referente a André Bolkonski e sua noiva. Pedro evitava Natacha. Inspirava-lhe ela, parecia-lhe, um sentimento mais vivo do que o que não deve ter um homem casado pela noiva de seu amigo. E entretanto o destino parecia ter um prazer maligno em reuni-los sem cessar.

"Que se terá afinal passado? Em que posso ser-lhe útil?" — pensava ele, vestindo-se para ir à casa de Maria Dmitrievna. "Que André volte, pois, o mais depressa possível e que se case com ela o mais breve!" — dizia a si mesmo, durante o caminho.

No bulevar de Tver alguém o chamou.

— Pedro! Há muito que estás de volta? — gritava-lhe uma voz conhecida. Dois trotadores cinzentos passaram a galope, lançando, na sua carreira, turbilhões de neve na dianteira do luxuoso trenó ao qual estavam atrelados. Anatólio e seu eterno Makarin tronavam naquela equipagem. Anatólio mantinha-se bem ereto na pose clássica dos militares de belo tom, com o queixo metido na sua gola de castor e a cabeça ligeiramente pendida. Sua tez mostrava-se fresca e rosada; seu chapéu de pluma branca, que ele trazia de lado, deixava ver seus cabelos cacheados e empomadados, ligeiramente empoados pela neve.

— "Pois é — disse Pedro a si mesmo. — Eis um verdadeiro sábio! Não vê mais longe que seu prazer do momento e como não conhece preocupação alguma, está sempre alegre, contente e tranquilo. Daria muito para parecer-me com ele!" — confessou a si mesmo, com uma pontinha de inveja.

No vestíbulo da Sra. Akhrossimov, o lacaio que desembaraçou Pedro da peliça, disse-lhe que Maria Dmitrievna lhe rogava que fosse ter ao seu quarto de dormir.

Quando ele abriu a porta do grande salão, Pedro avistou Natacha sentada a uma janela, com o rosto lívido, macilento, intratável. Ela franziu os supercílios ao vê-lo e retirou-se, afetando uma fria reserva.

— Que se passou afinal? — perguntou Pedro, ao entrar no quarto de Maria Dmitrievna.

— Coisa espantosa. Estou viva há cinquenta e oito anos e jamais vi nada de tão escandaloso.

E, depois de tê-lo feito jurar segredo, preveniu Pedro de que Natacha rompera com seu noivo sem autorização de seus pais; isto por culpa de Anatólio Kuraguin, que a mulher de Pedro lhe havia apresentado e com o qual projetava ela fugir, durante a ausência de seu pai, para casar-se com ele secretamente.

Curvado e de boca aberta, não dava Pedro crédito a seus ouvidos. Como! a noiva tão apaixonadamente amada do Príncipe André, a deliciosa Natacha Rostov havia preferido a ele aquele imbecil do Anatólio, já casado aliás — porque Pedro conhecia a história do casamento secreto, — e se apaixonara por aquele tolo a ponto de consentir num rapto! Não, Pedro recusava-se a compreender isso e até mesmo a admiti-lo.

A baixeza, a tolice, a crueldade não podiam juntar-se em seu espírito à lembrança daquela deliciosa criatura a quem conhecia desde a infância. Pensou então em sua própria mulher. "São todas as mesmas", disse a si mesmo, pensando que não era o único a ter o triste privilégio de estar ligado a uma mulher ruim. Entretanto a sorte do Príncipe André comoveu-o até as lágrimas: como seu orgulho teria de sofrer! E quanto mais lamentava seu amigo, mais crescia seu desprezo, sua aversão mesmo por aquela Natacha que acabara de passar diante dele afetando ares soberbos. Ignorava que a alma de Natacha soçobrava então na vergonha e no desespero; aquela frieza severa era uma máscara que seu rosto revestia, sem que nisso entrasse de modo algum sua vontade.

— Casar com ela?! — exclamou ele, quando Maria Dmitrievna chegou a esse ponto. — Mas é impossível, ele já é casado.

— Cada vez melhor! É completo, o rapagão! Um perfeito canalha! E lá está ela à espera. Há dois dias que o espera. Agora pelo menos vai deixar de esperá-lo; é preciso preveni-la.

Quando soube dos pormenores do casamento de Anatólio e deu vazão à sua cólera em violentas injúrias, Maria Dmitrievna explicou a Pedro porque o mandara chamar. Temia que o conde ou então Bolkonski, cuja chegada estava iminente, viessem a saber da aventura, que tinha resolvido ocultar-lhes, e provocassem Kuraguin a duelo; em consequência, rogava a Pedro que ordenasse, em seu nome, a Anatólio, sua saída de Moscou e que nunca mais aparecesse diante dela. Tomando então conhecimento do perigo que ameaçava ao mesmo tempo o velho conde, Nicolau e o Príncipe André prometeu-lhe Pedro agir de acordo com as suas intenções. Depois de ter-lhe exposto em algumas palavras breves e precisas o que esperava dele, Maria Dmitrievna mandou-o ao salão.

— Mas preste bem atenção, o conde de nada sabe — disse-lhe ela. — Finja ignorância. Durante esse tempo, vou avisá-la de que nada tem a esperar... E fique para jantar, se lhe der vontade — gritou-lhe ela pelas costas.

Pedro encontrou no salão o velho conde, profundamente transtornado. Natacha acabava de dizer-lhe que rompera com Bolkonski.

— Ah! meu caro — lhe disse ele, — é uma verdadeira calamidade, quando essas meninas não estão com a mãe! Quanto lamento ter feito esta viagem! Serei franco com você. Pois acredite que ela rompeu com seu noivo sem pedir conselho a ninguém. Para falar a verdade, esse casamento nunca me encantou; é, não resta dúvida, um homem distinto, mas nunca se é feliz quando se age contra a vontade de seu pai. Aliás não faltarão a Natacha namorados. Mas afinal isso durava havia tanto tempo... E como pôde ela dar o passo que deu, sem dizer palavra nem a seu pai, nem a sua mãe! E agora, ei-la doente. Deus sabe o que tem ela!... Ah! que desgraça, conde, quando as filhas não estão com a mãe...

Vendo Pedro o conde muito comovido, tentou em vão desviar a conversa; o velho voltava sempre às suas preocupações.

Sônia, com ar ansioso, apareceu na porta do salão.

— Natacha não está passando bem; acha-se no seu quarto e desejaria ver-vos — disse ela. — Maria Dmitrievna está-lhe fazendo companhia e vos roga igualmente que venhais.

— É verdade — disse o conde, — você é muito íntimo de Bolkonski; sem dúvida quer ela encarregá-lo de alguma mensagem... Ah! meu Deus, meu Deus, ia tudo tão bem!

E o conde retirou-se, puxando seus raros cabelos grisalhos.

Maria Dmitrievna acabava de comunicar a Natacha que Anatólio era casado. Natacha não queria acreditar nisso absolutamente e pedia que Pedro fosse confirmá-lo. Foi o que Sônia disse a Pedro, enquanto o guiava através dos corredores.

Natacha, sempre lívida, intratável, estava sentada ao lado de Maria Dmitrievna. Assim que Pedro surgiu na soleira da porta, interrogou-o com um olhar febril. Não lhe dirigiu nem um sorriso, nem um sinal de cabeça, mas só aquele olhar e esse olhar só lhe pedia uma coisa: era ele, em relação a Anatólio, um amigo ou um inimigo como os outros? Evidentemente, Pedro, por si mesmo, não existia para ela.

— Ele sabe tudo, — disse Maria Dmitrievna a Natacha, apontando para Pedro.

Natacha deixou vagar o olhar de um para outro, como um animal acuado, que vê os cães e os caçadores aproximarem-se.

— Natacha Ilinitchna — começou Pedro, baixando os olhos, pois sentia grande compaixão por ela e profundo desgosto pelo que ia fazer, — Natacha Ilinitchna, pouco lhe importa que isto seja a verdade ou não, pois que...

— Então, não é verdade que ele é casado?

— Sim, é verdade.

— É casado e desde muito tempo? Palavra de honra?

Pedro deu-lhe sua palavra.

— Ele ainda está aqui?

— Sim, acabo de vê-lo.

Não teve ela força para dizer mais nada e fez sinal com a mão para que a deixassem.

20

. Pedro retirou-se imediatamente e, sem querer ficar para jantar, partiu à procura de Anatólio Kuraguin, cujo só nome fazia o sangue afluir a seu coração e lhe cortava a respiração. Depois de tê-lo em vão procurado nas Montanhas,[60] em casa dos ciganos, em casa de Comoneno, dirigiu-se ao Clube. Lá, tudo seguia a sua rotina habitual; os sócios, vindos para jantar, estavam sentados aos grupos e conversavam; trocaram com Pedro as saudações de costume. Um lacaio, que estava ao corrente de seus hábitos, avisou-o, inclinando-se, que seu lugar estava reservado na salinha de jantar, que o príncipe N. N. encontrava-se na biblioteca e que T. T. ainda não chegara. Enquanto falava da chuva e do belo tempo, um de seus conhecidos lhe perguntou se ele soubera do rapto da Senhorita Rostov por Kuraguin; essa notícia, que circulava na cidade, era exata? Pedro lhe respondeu, rindo, que era pura invenção, pois acabava de vir da casa dos Ros-

60. Parque de diversões com instalações semelhantes ao que seriam depois as "montanhas russas". (N. do T.)

tov. Como indagasse de Anatólio a todos os seus colegas, um deles lhe disse que aquele ainda não havia chegado, outro garantiu-lhe que ele viria jantar. Pedro contemplava com sentimento estranho aquela multidão de pessoas tranquilas e indiferentes, que não suspeitavam do que se passava em sua alma. Passeou algum tempo pelos salões, mas vendo que nenhum dos frequentadores faltava e que Anatólio continuava ausente, absteve-se de jantar e voltou para sua casa.

Anatólio, a quem ele procurava, jantava naquele dia em casa de Dolokhov, com quem confabulava a respeito dos meios de reparar o negócio falhado. Nova entrevista com a Senhorita Rostov lhe parecia indispensável. Assim, dirigiu-se ele naquela noite à casa de sua irmã, para lhe pedir seus bons ofícios. Quando Pedro, depois de ter percorrido em vão toda Moscou, voltou para casa, seu criado de quarto lhe anunciou que o Príncipe Anatólio Vassilievitch estava nos aposentos da condessa. O salão desta estava repleto.

Sem cumprimentar sua mulher, que não havia tornado a ver desde seu regresso, porque ela lhe era naquele momento mais odiosa do que nunca, entrou Pedro no salão, avistou Anatólio e avançou diretamente para ele.

— Ah! Pedro — disse a condessa aproximando-se, — não sabes em que situação se meteu o nosso Anatólio...

Interrompeu-se, percebendo na cabeça baixa de seu marido, nos seus olhos brilhantes, no seu andar resoluto, aqueles sinais terríveis de furor, cujos efeitos ela sofrera após o duelo com Dolokhov.

— Onde você está, só há crime e deboche — disse Pedro à sua mulher. — Anatólio, venha, preciso falar-lhe — acrescentou em francês.

Anatólio, depois de um olhar lançado à sua irmã, levantou-se docilmente para acompanhar Pedro. Este, pegando-o pelo braço, arrastou-o para fora do salão. Helena quis interpor-se.

— Se você permitir-se no meu salão... — murmurou ela. Mas Pedro saiu sem deixar que ela terminasse a frase.

Anatólio seguia-o com seu andar atrevido; mas suas feições denotavam inquietude.

Pedro fechou atrás de si a porta de seu gabinete e, sem olhá-lo, disse-lhe a queima-roupa:

— Você prometeu casar-se com a Condessa Rostov e tinha intenção de raptá-la?

— Meu caro — respondeu Anatólio em francês (foi nesta língua que se travou toda a conversa), — não me creio obrigado a responder a perguntas feitas nesse tom.

O rosto de Pedro, já lívido, se descompôs de furor. Agarrou com sua larga mão Anatólio pela gola de seu uniforme e sacudiu-o em todos os sentidos, até que o rosto de Anatólio tomou uma expressão suficiente de terror.

— Digo-lhe que PRECISO falar-lhe — repetiu Pedro.

— Mas vejamos, é absurdo! — disse Anatólio, tateando no seu colete um botão que Pedro havia arrancado com o pano.

— Você é o mais infame dos miseráveis. Não sei que me impede de rebentar-lhe a cabeça com isto — exclamou Pedro, num tom de ênfase, inspirado pelo emprego da língua francesa.

E, apoderando-se de um pesado pesa-papéis, levantou-o, num gesto ameaçador, mas logo tornou a colocá-lo no seu lugar.

— Prometeu-lhe casamento?

— Que eu saiba, não. Aliás, como poderia eu prometer-lhe, uma vez que...

— Tem cartas dela? Tem? — repetiu, avançando para ele.

Anatólio fitou-o e, imediatamente, procurando em seu bolso, tirou sua carteira.

Pedro pegou a carta que ele lhe estendeu e, empurrando uma mesa que lhe barrava a passagem, deixou-se cair no divã.

— Não serei violento, nada tema — disse em resposta a um gesto de temor de Anatólio. — As cartas e de uma... — prosseguiu como se recordasse uma lição. Em segundo lugar, — continuou, após uma pausa, e voltou a andar pelo quarto, — é preciso que você parta já amanhã de Moscou.

— Mas como poderei...?

— Em terceiro lugar — continuou Pedro, sem escutá-lo, — jamais dirá uma palavra sequer a alguém a respeito do que se passou entre a condessa e você. Isto, sei bem, não posso proibi-lo, mas se lhe resta a mínima centelha de consciência...

Interrompeu-se e continuou seu passeio em silêncio. Anatólio, sentado à mesa, franzia a testa e mordia os lábios.

— Já é tempo que compreenda que fora de seu bel-prazer, há a felicidade e a tranquilidade dos outros; que, sob pretexto de divertir-se, arruíne uma existência inteira. Divirta-se tanto quanto quiser com mulheres da espécie da minha: sabem o que você exige delas; estão armadas contra você pela mesma experiência do deboche. Mas prometer a uma moça desposá-la... enganá-la... raptá-la... Não compreende você então que é isso uma covardia igual à de bater num velho ou numa criança?

Pedro calou-se e interrogou Anatólio com um olhar donde a cólera desaparecera.

— É o que não sei — disse Anatólio, retomando audácia à medida que Pedro dominava seu furor. — É o que não sei, nem desejo saber — insistiu, encarando-o, com um movimento nervoso do queixo, — mas você me disse tais coisas, empregou a palavra "covardia" e outras mais, que, na qualidade de homem de honra não posso permitir a ninguém.

Não podendo compreender até onde seu cunhado queria chegar, Pedro fitava-o com estupor.

— Se bem que tudo isso tenha sido dito entre nós dois — prosseguiu Anatólio, — não saberia contudo...

— Pede-me satisfação, parece-me? — disse Pedro, em tom sarcástico.

— Você poderia pelo menos retratar suas expressões, parece-me! Se quer que eu aja de acordo com seus desejos, não é?

— Pois seja, retrato-as, e peço-lhe que me desculpe — disse Pedro, olhando malgrado seu para o botão arrancado. — E mesmo se tiver você necessidade de dinheiro para a viagem...

Anatólio mostrou um sorriso cuja expressão baixa e timorata exasperou Pedro; vira sorrisos semelhantes nos lábios de sua mulher.

— Que raça vil e sem coração! — exclamou.

E largou ali Anatólio que, no dia seguinte, partiu para Petersburgo.

21. Pedro voltou à casa de Maria Dmitrievna para lhe anunciar que seu desejo fora satisfeito: Kuraguin deixava Moscou. Encontrou a casa inteira em rebordosa: Natacha estava gravemente doente. Maria Dmitrievna revelou-lhe, sob absoluto sigilo, que, no mesmo dia em que soubera que Anatólio era casado, Natacha tinha, durante a noite, tomado arsênico que arranjara às ocultas. Entretanto, mal havia ela engolido uma pequena dose, despertou Sônia e lhe confessou o que havia feito. Meios enérgicos, empregados a tempo, tinham-lhe salvado a vida; mas estava ainda tão fraca que não se podia pensar em levá-la para o campo; tinham mandado buscar a condessa. Pedro apresentou suas expressões de pesar ao conde, que estava muito abatido, e a Sônia, em prantos, mas não pôde ver Natacha.

Naquele dia, jantou no clube; sendo o rapto frustrado da Senhorita Rostov o alvo de todas as conversas, opôs desmentido tenaz a esses rumores, que, afirmava ele, se baseavam unicamente num desastrado pedido de casamento de seu cunhado. Pedro achava de seu dever salvar pela mentira a reputação da Senhorita Rostov.

Aguardava com terror a chegada do Príncipe André e ia todos os dias saber notícias junto ao velho príncipe. Este era mantido ao corrente, pela Senhorita Bourienne, de todos os boatos que corriam na cidade; lera o bilhete em que Natacha, escrevendo a Maria, restituía sua palavra a seu noivo. Parecia mais alegre que de costume e mostrava-se bastante impaciente para rever o filho.

Alguns dias após a partida de Anatólio, recebeu Pedro de André um aviso, informando-o de seu regresso e rogando-lhe que fosse à sua casa.

A Senhorita Bourienne furtara de Maria o bilhete de rompimento de Natacha e entregara-o ao velho príncipe; este apressou-se em mostrá-lo ao filho, assim que este chegou, e lhe fez além disso um relato amplamente circunstanciado do rapto de Natacha.

Logo no dia seguinte de manhã, correu Pedro à casa de seu amigo. Esperava encontrá-lo num estado vizinho do de Natacha; com viva surpresa sua, ouviu no salão a voz sonora de André que contava com animação, no gabinete de seu pai, recente intriga petersburguesa. O velho príncipe e outra pessoa o interrompiam de vez em quando. A Princesa Maria veio ter com Pedro. Lançou um suspiro, mostrando com o olhar a porta do gabinete; sem dúvida queria testemunhar dessa forma quanto lamentava seu irmão, mas Pedro viu bem pelo seu ar que ela estava satisfeita, pela traição de Natacha e pela maneira pela qual seu irmão recebera essa notícia.

— Disse que esperava isso mesmo — afirmou ela. — Sem dúvida seu orgulho não lhe permite dar livre curso a seus sentimentos, mas em todo o caso suporta a coisa melhor, muito melhor do que tê-lo-ia acreditado...

— Mas — replicou Pedro, — a ruptura é verdadeiramente completa?

Maria olhou-o com estupefação: não compreendia mesmo que se pudesse fazer semelhante pergunta.

Pedro passou para o gabinete. Plantado diante de seu pai e do Príncipe Mechtcherski, o Príncipe André, à paisana, discutia com calor, fazendo gestos enérgicos. Muito mudado, parecia de melhor saúde, mas uma ruga nova barrava-lhe a fronte entre os dois supercílios. Falava-se da novidade do dia: o exílio de Speranski e sua pretensa traição.

— Todos aqueles que, há um mês, o erguiam às nuvens, são agora os primeiros a atirar-lhe a pedra — dizia André. — Fazem coro com aqueles que eram bem incapazes de compreender seus desígnios. É muito fácil julgar um homem em desgraça e sobrecarregá-lo das faltas de todos os outros. Pois bem, eu acho que, se se fez algo de bem no presente reinado, deve-se unicamente a ele...

Parou ao ver Pedro. Seu rosto estremeceu e tomou logo uma expressão de maldade.

— E a posteridade lhe fará justiça — concluiu. Depois, voltando-se para Pedro: — Então, como vamos? Engordas sempre — disse-lhe com vivacidade, mas a ruga de sua testa se cavou mais profundamente. — Sim, estou passando bem — respondeu com um sorriso amargo a uma pergunta de Pedro a respeito de sua saúde.

"Sim, passo bem, mas ninguém se preocupa com minha saúde". Foi assim que Pedro interpretou aquele sorriso.

Depois de ter trocado com seu amigo algumas palavras a respeito do estado espantoso das estradas desde as fronteiras da Polônia, de conhecidos de Pedro que ele encontrara na Suíça, de um tal Sr. Dessales que trazia do estrangeiro para cuidar da educação de seu filho, meteu-se André com novo ardor na conversa que prosseguia entre os dois velhos.

— Se tivesse havido traição e se tivesse havido provas de conivências de Speranski com Napoleão, divulgá-las-iam oficialmente — disse ele, com uma vivacidade apaixonada. — Não gosto e jamais gostei de Speranski, mas é preciso ser justo.

Pedro reconheceu um jeito que muitíssimas vezes verificara em seu amigo: a necessidade de agitar-se, de lançar-se nas discussões ociosas, com o único fito de esquecer pensamentos íntimos demasiado penosos.

Depois da saída do Príncipe Mechtecherski, André pegou Pedro pelo braço e levou-o para o quarto que lhe estava reservado. Um leito via-se nele; malas e valisas abertas o atravancavam. André inclinou-se sobre uma delas, pegou ali uma caixinha e dela retirou um maço de papéis. Tudo isso muito depressa e sem dizer uma palavra. Ergueu-se de novo, tossindo. Tinha o ar sombrio e os lábios cerrados.

— Desculpa-me importunar-te...

Pedro compreendeu que ele queria falar-lhe de Natacha; a compaixão que se pintou em seu largo rosto irritou ainda mais André.

— A Condessa Rostov retomou sua palavra — disse ele, num tom brusco e desagradável. — Ouvi mesmo dizer que teu cunhado pediu sua mão ou algo semelhante...

— É verdade e não é — quis Pedro explicar. Mas André interrompeu-o:

— Aqui estão as cartas dela e seu retrato — disse.

Pegou de cima da mesa o maço de papéis e entregou-o a Pedro.

— Remete isto à condessa... quando a vires.

— Ela está muito doente...

— Ah! ainda está aqui? E o Príncipe Kuraguin? — disse André vivamente.

— Já foi embora há muito tempo... Ela esteve à morte...

— Sua doença me causa muito pesar — disse André, com um sorriso frio e mau, que lembrava o de seu pai. E o Sr. Kuraguin, sem dúvida, não a julgou digna de sua mão?

Fungou várias vezes.

— Não podia casar com ela — disse Pedro, — já é casado. André riu sarcasticamente, tal qual como seu pai.

— E posso saber onde se encontra ele atualmente o senhor seu cunhado?

— Partiu para Peters... quanto ao mais, não sei de nada.

— Pouco importa, aliás — continuou André. — Dize de minha parte à Condessa Rostov que ela sempre foi e que é ainda absolutamente livre; desejo-lhe toda a felicidade possível.

Pedro pegou o maço de cartas. André interrogou-o com o olhar, como se se lembrasse de que tinha ainda alguma coisa a dizer, ou como se esperasse que Pedro falasse.

— Escute — disse este, — você decerto não se esqueceu de nossa discussão em Petersburgo. Lembre-se...

— Lembro-me, sim — apressou-se em responder André. — Dizia-lhe eu então que é preciso perdoar à mulher caída; mas não lhe disse que eu poderia perdoá-la. Não o posso.

— Pode estabelecer comparação? — perguntou Pedro.

Mas André, interrompendo-o, exclamou num tom veemente:

— Sim, não é? pedir de novo sua mão, dar prova de magnanimidade e outras coisas semelhantes... É muito nobre evidentemente, mas não me sinto capaz de ir nas *pegadas daquele cavalheiro*... Se levas em conta a minha amizade, não me fales nunca mais daquela... de tudo isso. E agora, adeus. Está bem-entendido, entregar-lhe-ás...

Pedro foi ter com o velho príncipe e sua filha.

O velho parecia mais esperto que de costume. Maria era sempre a mesma, mas Pedro viu bem que, embora lamentando seu irmão, regozijava-se com o rompimento de seu casamento. Compreendeu, observando-os, de que cruel desprezo estavam animados contra os Rostov; sentiu que nem mesmo poderia pronunciar, na presença deles, o nome daquela que pudera trair o Príncipe André, fosse por quem fosse.

Durante o jantar, falou-se da guerra, que parecia iminente. André manteve o interesse da conversa, discutindo quer com seu pai, quer com Dessalles, o preceptor suíço. Parecia mais animado que de costume e Pedro conhecia bem demais a causa daquela animação.

22. Na mesma noite, foi Pedro à casa dos Rostov para cumprir sua missão. Natacha estava na cama, o conde no clube; Pedro entregou as cartas a Sônia e foi ter com Maria Dmitrievna, que desejava saber como o Príncipe André acolhera a notícia. Dez minutos mais tarde, Sônia veio vê-lo.

— Natacha quer insistentemente ver o Conde Pedro Kirillovitch — disse ela.

— Pode-se na verdade levá-lo a seu quarto? Tudo está em desordem ali — objetou Maria Dmitrievna.

— Ela mudou de roupa e espera no salão — disse Sônia.

Maria Dmitrievna ergueu os ombros, desencorajada.

— Quando afinal chegará a condessa? Não posso mais... Sobretudo, evita dizer-lhe tudo — recomendou ela a Pedro. — Não se tem coragem de censurá-la. Causa demasiada compaixão.

Natacha, pálida e emagrecida, sombria, mas de modo algum confusa — para grande surpresa de Pedro — mantinha-se imóvel no meio do salão. Quando ele surgiu na soleira, certa agitação se apoderou dela: hesitou em ir-lhe ao encontro ou esperá-lo.

Pedro apressou o passo. Pensava que ela iria estender-lhe a mão como sempre; mas depois de ter avançado para ele, parou, opressa e de braços pendentes, e fixou-se na mesma posição de outrora, quando se preparava para cantar, bem no meio da sala de dança; somente sua fisionomia havia mudado.

— Pedro Kirillovitch — começou ela, com voz precipitada, — o Príncipe Bolkonski era seu amigo. É ainda seu amigo — retificou. (Tudo lhe parecia pertencer ao passado.) — Dissera-me então que me dirigisse ao senhor...

Pedro, de respiração cortada, escutava-a em silêncio. Até então, havia-a, no seu íntimo, cumulado de censuras, obrigara-se mesmo a desprezá-la; agora, pelo contrário, a compaixão se lhe insinuava no coração, afugentando toda ideia de censura.

— Ele está aqui. Diga-lhe... que me per... que me perdoe.

Parou, ofegante, mas de olhos secos.

— Sim... dir-lho-ei — respondeu Pedro. — Mas...

Nada soube acrescentar.

Natacha, aterrorizada diante da ideia que tivesse podido surgir na mente de Pedro, disse-lhe vivamente:

— Oh! sei que está tudo acabado... Acabado para sempre... O que me atormenta, é o mal que lhe causei. Diga-lhe somente que lhe suplico que me perdoe, que me perdoe tudo...

E o corpo todo tomado dum tremor nervoso, deixou-se cair sobre uma cadeira.

A compaixão havia decididamente invadido o coração de Pedro; jamais até então sentira nada de semelhante.

— Eu lho direi. Eu lhe direi tudo ainda uma vez... Mas... desejaria saber uma coisa...

"Saber quê!" perguntou o olhar de Natacha.

— Desejaria saber se você amou... — Não sabia como qualificar Anatólio e havia corado só em pensar nele, — se você amou aquele homem vil?

— Não o chame assim — disse Natacha. — Não sei de nada, não sei mais de nada...

Desatou a chorar. Um sentimento de piedade, de ternura e de amor mais poderoso ainda conturbou a alma de Pedro. Sentia lágrimas correrem por baixo de seus óculos e esperava que ela não as percebesse.

— Não falemos mais disso, minha amiga — disse ele.

Aquela voz doce, terna, comovida, tocou bruscamente Natacha.

— Não falemos mais disso, minha amiga, eu lhe direi tudo. Peço-lhe somente que me considere dora em diante seu amigo. Se tiver necessidade dum auxílio, dum conselho, se simplesmente desejar expandir-se... não agora, mas quando vir claro dentro de si mesma... lembre-se de mim. — Tomou-lhe a mão e beijou-a. — Sentir-me-ei feliz se estiver em condições...

Pedro perturbou-se.

— Não me fale assim, não o mereço — exclamou Natacha.

Quis retirar-se, mas Pedro a reteve. Sabia que havia ainda alguma coisa a dizer-lhe. Mas apenas falou, admirou-se de suas próprias palavras.

— Não diga isso — falou-lhe. — Tem ainda uma vida inteira diante de si.

— Eu? Não. Tudo está perdido — respondeu ela, procurando rebaixar-se a si mesma.

— Tudo está perdido? Acredita? Pois bem, se eu não fosse o que sou, se eu fosse o mais belo, o mais inteligente e o melhor dos homens, se fosse livre não hesitaria um momento em pedir-lhe de joelhos sua mão e seu amor.

Pela primeira vez, desde muitos dias, verteu Natacha lágrimas de enternecimento e de gratidão. Agradeceu-lhe com um olhar e saiu.

Pedro saiu igualmente ou melhor fugiu até o vestíbulo, contendo as lágrimas de felicidade que o sufocavam. Vestiu sua peliça de qualquer jeito e subiu em seu trenó.

— Aonde é preciso ir agora? — perguntou o cocheiro.

"Aonde poderia eu bem ir? — perguntou Pedro a si mesmo. — Ao clube? À casa de amigos? Impossível."

Tudo lhe parecia tão mesquinho, tão miserável em comparação com aquele sentimento de ternura e de amor a que se abandonava, em comparação com aquele olhar de gratidão comovida que ela lhe concedera através de suas lágrimas!

— Para casa — disse e malgrado os dez graus de frio, afastou sua peliça de urso sobre seu largo peito, respirando cheio de alegria.

Fazia um belo tempo gelado. Acima das ruas sujas, semi-obscuras, acima dos tetos negros desdobrava-se um céu sombrio, semeado de estrelas. A contemplação daquele esplendor sereno só podia fazer que Pedro esquecesse a baixeza das coisas humanas em comparação com as alturas em que se encontrava sua alma. Como chegasse à Praça do Arbate, um vasto espaço de abóbada estrelada se expandiu a seus olhos. Quase no meio do céu, justamente por cima do bulevar Pretchistenki, aparecia num cortejo de estrelas — do qual se distinguia pela sua maior proximidade, sua luz branca, sua longa cabeleira com a extremidade levantada — o enorme e brilhante cometa de 1812, aquele mesmo cometa que, pretendia-se, anunciava tantos horrores e até mesmo o fim do mundo. Mas aquela estrela luminosa de cabeleira rutilante não despertou em Pedro nenhum terror. Bem pelo contrário, contemplava-a cheio de alegria, com seus olhos molhados de lágrimas: parecia, depois de ter percorrido uma linha parabólica, ter-se de repente plantado, como uma flecha que se fixa em terra, no lugar que escolhera naquele céu negro e ficava ali, eriçando sua cabeleira, fazendo os fogos de sua luz branca coruscarem em meio de inúmeras estrelas cintilantes. E Pedro descobria um acordo misterioso entre o esplendor daquele astro e a ressurreição de sua alma enternecida, expandida para uma vida nova.

LIVRO TERCEIRO

PRIMEIRA PARTE

1. Nos derradeiros meses de 1811, a Europa levantou e concentrou forças imponentes; em 1812, essas forças — milhões de homens contando-se os dos transportes e da intendência — foram dirigidos do Ocidente para o Oriente, na direção das fronteiras da Rússia, onde se concentravam igualmente desde 1811 as forças russas. A 12 de junho, os exércitos da Europa Ocidental transpuseram a fronteira e a guerra começou, isto é, realizou-se um acontecimento contrário à razão, a toda a natureza do homem. Aqueles milhões de homens tornaram-se culpados, uns para com os outros de tal número de perversidades, de embustes, de traições, de roubos, de emissões de moeda falsa, de pilhagens, de incêndios e de assassinatos, que os arquivos de todos os tribunais do mundo não poderiam oferecer igual número de exemplos durante séculos, sem que, no entanto, durante todo aquele período, os autores daquelas abominações as tivessem considerado como crimes.

Que é que ocasionou tão prodigioso acontecimento? Quais foram suas causas? Os historiadores, com uma segurança ingênua, põem em primeiro plano as ofensas do Duque de Oldemburgo, a violação do bloqueio continental, a ambição de Napoleão, a teimosia de Alexandre, os erros da diplomacia etc... Se assim fosse, para que a guerra não se realizasse, deveria bastar que Metternich, Rumiantsev ou Talleyrand, entre um levantar da cama e uma festa, se aplicassem a redigir com arte uma nota bem-torneada, ou que Napoleão escrevesse simplesmente a Alexandre: *"Senhor meu irmão, consinto em entregar o ducado ao Duque de Oldemburgo"*.

Concebe-se que tal deveria ser o ponto de vista dos contemporâneos. Concebe-se que Napoleão haja atribuído a origem do conflito às intrigas da Inglaterra, como o disse expressamente em Santa Helena. Concebe-se que os membros do Parlamento inglês tenham rejeitado a responsabilidade atribuindo-a à ambição do Imperador. O Duque de Oldemburgo devia evidentemente alegar a violência de que fora vítima; os negociantes, o bloqueio que arruinava a Europa; os velhos militares, a necessidade , de fornecer-lhes ocupação; os legitimistas, a urgência de restabelecer os *bons princípios;* os diplomatas, o fato de que a aliança concluída em 1809, entre a Áustria e a Rússia não fora bastante habilmente oculta a Napoleão, em consequência da medíocre redação do memorandum nº 178. Concebe-se que os contemporâneos tenham invocado todas estas razões e uma porção de outras, de acordo com a infinita diversidade de pontos de vista; nem por isso deixam de parecer a nós insuficientes, a nós, a posteridade, que consideramos em toda a sua amplitude aquele grandioso acontecimento e que lhe penetramos o sentido tão simples quanto terrível. Que milhões de cristãos tenham podido infligir-se sofrimentos ou entrematar-se porque Napoleão era ambicioso, Alexandre cabeçudo, a política da Inglaterra tortuosa e o Duque de Oldemburgo ofendido, eis aí um fato cujo sentido nos escapa. Não apanhamos o elo que possa haver entre todas essas circunstâncias e os morticínios ou as violências; não vemos como o insulto lançado a um duque tenha podido transportar milhares de homens dum extremo a outro da Europa para matar e pilhar os habitantes das províncias de Smolensk e de Moscou, ou para serem mortos por eles.

Para nós, que representamos a posteridade, que não somos historiadores, que não nos perdemos no dédalo das investigações e que podemos examinar aquele acontecimento com um bom senso lúcido, as causas nos apareciam em número incalculável. Quanto mais mergulhamos na pesquisa dessas causas, mais numerosas se nos patenteiam; e cada causa tomada isoladamente e cada série de causas nos parecem ao mesmo tempo justas em si mesmas e falsas pela sua insignificância em comparação com a enormidade do acontecimento, que teriam sido bem incapazes de produzir sem a intervenção de todas as outras causas concordantes. Se, por exemplo, alega-se a recusa de Napoleão de retirar suas tropas para trás do Vístula e de entregar o Ducado de Oldemburgo, por que não se invocaria o desejo ou a recusa de se realistar, formulado pelo primeiro a chegar dos caporais franceses? Suponhamos, com efeito, que esse homem e, em seu seguimento, milhares de outros caporais e soldados tivessem recusado voltar ao serviço, não teria ficado número suficiente deles no exército de Napoleão e a guerra não se teria travado.

Se Napoleão não tivesse julgado humilhante uma retirada para trás do Vístula, se não tivesse ordenado o avanço de suas tropas, não teria havido guerra; mas se todos os seus sargentos tivessem recusado voltar ao serviço, também não teria havido guerra. E da mesma maneira, se não tivessem ocorrido intrigas inglesas nem Príncipe de Oldemburgo, se Alexandre não tivesse sido susceptível, se a Rússia não tivesse tido um governo autocrático, se não tivesse havido Revolução Francesa, nem Diretório, nem Império, nem nada do que a dita Revolução acarretou etc., o conflito teria sido impossível. Sem nenhuma dessas causas, nada teria acontecido. O encontro delas e o de bilhões de outras, lançaram fogo à pólvora. Nenhuma é exclusiva e o acontecimento se produziu unicamente porque assim devia ser. Era preciso que milhões de homens, perdendo a razão, repudiando qualquer sentimento humano, partissem do Ocidente para o Oriente, afim de matar seus semelhantes, da mesma maneira que, alguns séculos antes, massas de homens haviam-se largado do Oriente para o Ocidente para ali matar igualmente seus semelhantes.

Os atos de Napoleão e de Alexandre, dos quais uma simples palavra podia, na aparência, soltar ou conter o acontecimento, tinham, com efeito, tão pouco peso quanto os do simples soldado que a sorte ou o recrutamento obrigava a fazer a campanha. Não podia ser de outro modo, porque, para que a vontade de Napoleão ou de Alexandre, árbitros aparentes da sorte, se cumprisse, era preciso o concurso de inúmeras circunstâncias uma vez que, excluída uma delas, nada podia acontecer. Era indispensável que milhões de homens, entre cujas mãos se encontrava a força operante — soldados para atirar, para transportar os víveres e os canhões — consentissem todos em cumprir a vontade daqueles dois indivíduos fracos e isolados e que fossem determinados por uma quantidade inúmera de causas diversas e complexas.

Diante de certos fenômenos históricos, desnudados de sentido, ou antes, cujo sentido nos escapa, o recurso ao fatalismo é indispensável. Com efeito, quanto mais nossa razão se esforça por explicá-los, tanto mais nos parecem desarrazoados, incompreensíveis.

Todo homem vive para si mesmo, utiliza sua liberdade para atingir fins particulares, sente em todo o seu ser que pode ou não realizar tal ou qual ato; mas, desde que age, seu ato realizado em tal momento da duração torna-se irrevogável e pertence doravante à História, onde ele não mais parece livre, mas regido pela fatalidade.

A vida humana tem duas faces. Há de uma parte a vida individual, que é tanto mais livre quanto seus interesses são mais abstratos; há por outra parte a vida elementar, gregária, em que o homem deve inevitavelmente submeter-se às leis que lhe são prescritas.

O homem vive conscientemente por si mesmo, mas participa inconscientemente na prossecução dos fins históricos da humanidade inteira. O ato realizado é irrevogável e, por sua concordância com milhões de outros atos realizados por outrem, assume um valor histórico. Quanto mais alto está colocado o homem na escala social, mais importantes são os personagens com os quais entretém relações, maior também é seu poder sobre o próximo, mais cada um de seus atos se reveste dum caráter evidente de necessidade, de predestinação.

"O coração dos reis está na mão de Deus".[61]

O rei é escravo da História.

61. PROVÉRBIOS, XXI, 1. — O texto exato é: "O coração do rei está na mão do Senhor, como a água corrente". (N. do T.)

A História, isto é, a vida inconsciente, geral, gregária da humanidade, faz cada minuto da vida dos reis servir à realização de seus desígnios.

* * *

Se bem que então, em 1812, acreditasse Napoleão mais do que nunca que dependia somente dele derramar ou não derramar o *sangue de seus povos,* como lho dizia Alexandre na última carta que lhe escreveu, estava mais do que nunca submetido a essas leis fatais, que, embora lhe deixando a ilusão de estar agindo a seu belprazer, o obrigavam a realizar para a obra comum da História o que devia necessariamente realizar-se.

Os homens do Ocidente se puseram em marcha para os homens do Oriente, a fim de massacrarem-se uns aos outros. E, segundo a lei de coincidência das causas, milhares de pequenas causas se encontraram em correlação com esse movimento: a violação do bloqueio continental; as ofensas do Duque de Oldemburgo; a marcha dos exércitos na Prússia que Napoleão pensava empreender com o único fito de assegurar a paz armada; o amor inveterado do imperador dos franceses pela guerra, coincidindo com uma disposição particular de seu povo, a atração exercida por grandiosos preparativos e as despesas que haviam acarretado; a necessidade de adquirir vantagens que compensariam essas despesas; as honras embriagadoras de Dresde; as confabulações diplomáticas que os contemporâneos acreditavam conduzidas com o sincero desejo de obter a paz e que, na realidade, feriram o amor-próprio de parte a parte, milhões de outras causas ainda contribuíram para a realização do acontecimento.

Uma maçã cai quando está madura; por que cai ela? Seu peso a arrasta para a terra, seu talo secou, o sol a queimou, o vento sacudiu-a? Obedece ela bem simplesmente ao apelo secreto do garoto que a cobiça?

Nada de tudo isso é a verdadeira causa. Há aí apenas uma concordância de circunstâncias favoráveis à realização de não importa que manifestação elementar da vida orgânica. O botânico adiantará que a maçã cai em consequência da decomposição do tecido celular, ou outra coisa do mesmo gênero; o garoto pretenderá que a maçã caiu porque ele a cobiçava e fez uma oração para que isso ocorresse; ambos terão razão. Este afirmará que Napoleão veio a Moscou porque o queria e que encontrou sua perda porque Alexandre havia resolvido causar-lhe essa perda; aquele sustentará que uma montanha pesando milhares de toneladas e minada na sua base se desmoronou em consequência do derradeiro golpe de picareta dado pelo derradeiro dos terraplenadores; ambos terão e não terão ao mesmo tempo razão. Nos fatos históricos, os pretensos grandes homens não passam de etiquetas que, embora deem seu nome ao acontecimento, não têm com este nenhuma espécie de ligação.

Se bem que seus atos lhes pareçam emanar de seu livre-arbítrio, não há um só deles que seja voluntário no sentido histórico da palavra, mas todos estão ligados à marcha geral da História e determinados desde toda eternidade.

2. A 29 de maio, Napoleão partiu de Dresde, onde passara três semanas, cercado duma corte de príncipes, de duques, de reis e até mesmo dum imperador. Antes de sua partida, tratara com atenções o imperador, os reis e os príncipes que bem haviam merecido dele, repreendido os príncipes e os reis com quem estava descontente, feito presente à Imperatriz da Áustria de pérolas e diamantes tirados de seu próprio cofre, isto é, confiscados a outros reis, e, depois de haver apertado ternamente em seus braços Maria Luísa, deixara-a, afirma seu historiador[62], profundamente aflita diante de uma partida que, parece, essa Maria Luísa, considerada como sua

62. THIERS — t. XIII. (N. do T.)

esposa, malgrado a presença em Paris da esposa legítima, não tinha força para suportar. Se bem que os diplomatas ainda acreditassem firmemente na manutenção da paz e se empregassem ativamente na consecução desse fim; se bem que Napoleão tivesse escrito a Alexandre uma carta autógrafa em que, chamando-o de *Senhor e meu irmão,* dava-lhe garantias de que não desejava a guerra e não cessaria jamais de amá-lo e estimá-lo, nem por isso deixara o Imperador de partir para o exército e dava em cada ponto de posta novas ordens tendentes a precipitar a marcha das tropas para o Leste. Numa caleça de viagem com seis cavalos atrelados, cercado de pajens, de ajudantes-de-campo e duma escolta, seguia pela grande estrada de Posen, Thorn, Dantzig e Koenigsberg; em cada uma dessas cidades, milhares de pessoas o acolhiam com um entusiasmo misturado de temor.

O exército marchava para Leste e era para ele que seu carro de seis cavalos, mudados em cada posta, levava Napoleão. Alcançou-o no dia 10 de junho e passou a noite, em plena Floresta de Wilkoviszki, na propriedade dum conde polonês, onde um aposento fora preparado especialmente para ele.

No dia seguinte, ultrapassou o exército, alcançou o Niemen de caleça e, trajado com um uniforme polonês, inspecionou-lhe as margens, a fim de reconhecer um lugar propício à passagem das tropas.

À vista dos cossacos postados na outra margem, das estepes sem fim em meio das quais estava Moscou, a cidade santa, a capital daquele império que lembrava o dos Citas, conquistados por Alexandre da Macedônia, Napoleão, com surpresa geral e desprezo de todas as considerações tanto estratégicas como diplomáticas, ordenou marcha para diante. Desde o dia seguinte suas tropas transpuseram o Niemen.

No dia 12, bem cedo, saiu de sua tenda, instalada naquele dia sobre uma escarpa da margem esquerda, e examinou com seu óculo a maré de seus exércitos que avançava da Floresta de Wilkoviszki para se espalhar sobre as três pontes lançadas sobre o Niemen. Sabendo que o Imperador estava ali, os soldados o procuravam com o olhar e, quando descobriam no alto, à frente de sua tenda e separado de sua escolta, seu vulto de sobrecasaca e chapéu pequeno, lançavam para o ar seus gorros de pelo, gritando: "Viva o Imperador!" E, manando sem cessar da imensa floresta que as ocultava, as tropas, dividindo-se, passavam pelas três pontes para a outra margem.

— Abriremos caminho desta vez. Oh! quando ele mesmo se mete, a coisa esquenta... Por Deus! Lá está ele... Viva o Imperador!... Eis-nos nas estepes da Ásia! Ainda assim; país ordinário. — Até a vista, Beauché; reservo para você o mais belo palácio de Moscou. — Até a vista; boa sorte! Viste o Imperador? Viva o Imperador... dooor! — Se me fizerem governador das Índias, Gerardo, eu te farei ministro de Cachemira, garanto. — Viva o Imperador! Viva! Viva! Viva! — Como correm, esses safados desses cossacos! Viva o Imperador! Ei-lo! Estás vendo? Vi-o duas vezes, como estou vendo a ti. O pequeno caporal... Vi-o conceder a cruz a um dos veteranos... — Viva o Imperador!...

Tais eram as frases que trocavam entre si moços e velhos, gente de toda a casta e de todas as posições sociais. Todos os rostos refletiam a mesma alegria por ver começar uma campanha tão impacientemente aguardada, o mesmo entusiasmo, o mesmo devotamento pelo homem de sobrecasaca cinzenta que se avistava lá no alto, em cima da escarpa.

A 13 de junho, levaram a Napoleão um pequeno cavalo árabe, puro-sangue; montou e ganhou a galope uma das pontes do Niemen, ensurdecido no correr do caminho pelos vivas que só tolerava porque não podia proibir que seus soldados lhe exprimissem dessa forma seu afeto. Aqueles clamores incessantes o incomodavam; desviavam-no das preocupações de ordem militar que o dominavam desde que se juntara ao exército. Atravessou o rio sobre uma das pontes oscilantes, deu volta bruscamente à esquerda e galopou na direção de Kovno, precedido dos caçadores da guarda a cavalo, que, transportados de felicidade, lhe abriam uma passagem em meio das tropas. Ao chegar à margem do largo Villia, parou junto dum regimento de ulanos poloneses, que estacionava naquele lugar.

— Viva! — gritaram por sua vez os poloneses; e, na sua exaltação, rompiam o alinhamento e se empurravam uns aos outros para vê-lo melhor.

Napoleão examinou o rio, desceu do cavalo e sentou-se numa viga que costeava a margem. Sem dizer uma palavra, fez, com um sinal, que lhe trouxessem seu óculo de alcance, apoiou-se ao ombro de um pajem que, cheio de felicidade, se apressara em acorrer, e se pôs a examinar a margem oposta. Depois mergulhou no estudo da carta estendida sobre troncos de árvores. Sem erguer a cabeça, pronunciou algumas palavras e dois dos seus ajudantes-de-campo galoparam para os ulanos poloneses. Quando um deles os alcançou, um murmúrio percorreu as fileiras:

— Que disse ele? Que disse ele?

A ordem dada era de procurar um vau e atravessar o rio. O coronel dos ulanos, um velho ainda em boa forma, vermelho e balbuciante de emoção, perguntou ao ajudante-de-campo se lhe era permitido atravessar o rio a nado, sem cuidar de procurar vau. Com um terror visível de que lhe recusassem isso, como um garoto que pede permissão de montar a cavalo, solicitou autorização para efetuar aquela proeza sob os olhos do Imperador. O ajudante-de-campo respondeu que este não ficaria decerto descontente com aquele excesso de zelo.

Imediatamente o velho oficial de compridos bigodes, ar radioso e olhos brilhantes, brandiu seu sabre, gritando: *Viva!* Depois, dando ordem a seus soldados para seguirem-no, esporeou seu cavalo e lançou-se na direção do rio. Como o animal recusasse, apertou-o raivosamente e meteu-se na água, ganhando um lugar onde a corrente era forte. Centenas de ulanos, o seguiram. Mas lá pelo meio, o frio e o medo se apoderaram deles: agarravam-se uns aos outros e se viam desmontados. Alguns cavalos se afogaram; homens também se afogaram, outros tentaram nadar aferrando-se quer em sua sela, quer na crina de suas montarias. Esforçavam-se por alcançar a outra margem e, se bem que a quinhentos metros dela houvesse um vau, sentiam-se orgulhosos de nadar e se afogar sob os olhos daquele homem sentado num tronco de árvore e que nem mesmo reparava no que eles estavam fazendo. Quando o ajudante-de-campo voltou, aproveitou dum momento favorável para atrair a atenção do Imperador para o devotamento dos poloneses à sua pessoa; então o homenzinho de sobrecasaca cinzenta se levantou, chamou Berthier e passeou com ele ao longo do rio, dando-lhe suas ordens e lançando olhares distraídos e descontentes para aqueles ulanos que, afogando-se, desviavam sua atenção dos negócios sérios.

Estava desde muito tempo convencido de que sua presença em todos os cantos do mundo, desde a África até as estepes da Moscóvia, eletrizava todos os homens, provocava neles a loucura do sacrifício. Mandou buscar seu cavalo e voltou a seu acantonamento.

Malgrado as barcas enviadas em socorro deles, cerca de quarenta ulanos morreram afogados. A maior parte refluiu para a margem; o coronel e alguns abordaram dificilmente na outra margem. Assim que apareceram, com seus fardamentos todo gotejantes, gritaram: *Viva!,* olhando para o lugar onde estivera Napoleão, mas onde não estava mais, e se sentiram felizes.

A noite, entre duas decisões — a primeira, tendente a apressar o envio de cédulas falsas destinadas a curso na Rússia, a segunda, mandando fuzilar um saxão de quem haviam interceptado uma carta contendo informações sobre os movimentos do exército francês — tomou o Imperador uma terceira, que foi nomear membro da legião de honra, de que era ele o chefe, aquele coronel polonês que, sem necessidade alguma, se precipitara dentro do rio.

Quos vult perdere — dementat.[63]

3. Entretanto, havia mais de um mês, o Imperador da Rússia estava em Vilna, onde passava tropas em revista e assistia a manobras. Toda a gente aguardava a guerra, o imperador deixara Petersburgo expressamente para prepará-la e nada, contudo, estava pronto. Não havia plano ge-

63. A frase latina completa é *"Quos vult Jupiter perdere, dementat prius"* (Júpiter começa por tirar a razão àqueles a quem quer perder). (N. do T.)

ral de operações; haviam proposto muitos é certo, mas sem que se adotasse nenhum, e quanto mais Alexandre prolongava sua estada, menos se sabia o que se havia de fazer. Cada um dos três exércitos tinha seu comandante-chefe, mas não havia generalíssimo, recusando-se o imperador a assumir essa função suprema.

O tempo se escoava numa vã expectativa, a lassidão entravava cada vez mais os preparativos. Os que cercavam Sua Majestade pareciam pôr todo o seu cuidado em fazê-lo passar agradavelmente o tempo e esquecer a iminência da guerra.

Depois de muitos bailes e de muitas festas dadas pelos magnatas poloneses, pelos cortesãos e pelo próprio imperador, um dos ajudantes-de-campo-generais polonês teve, no mês de junho, a ideia de oferecer a Sua Majestade um jantar e um baile em nome de todos os seus colegas. Essa ideia foi aceita com entusiasmo. O imperador deu sua adesão. Os ajudantes-de-campo-generais abriram uma subscrição. A pessoa que gozava do favor particular de Alexandre consentiu em desempenhar o papel de dona-de-casa. Tendo o Conde Bennigsen, cujos domínios estavam situados na Província de Vilna, posto à disposição dos organizadores seu castelo de Zakret, decidiu-se que a festa, compreendendo jantar, baile, passeio no rio e fogo de artifício, se realizaria no dia 13 de junho.

No dia pois em que Napoleão dera ordem de transpor o Niemen e em que suas guardas avançadas, repelindo os cossacos, violavam a fronteira russa, Alexandre, convidado por seus ajudantes-de-campo, passava a noite na casa do Conde Bennigsen.

A festa foi alegre e brilhante; os especialistas afirmavam jamais terem visto reunidas tantas mulheres bonitas. A Condessa Bezukhov que, em companhia de outras damas russas, acompanhara o imperador a Vilna, eclipsava pela sua opulenta "beleza russa" a beleza, mais delicada, das polonesas. Fez-se notar e o imperador concedeu a honra de dançar com ela.

Boris Drubetskoi estava lá igualmente, solteirinho, dizia ele, pois deixara sua mulher em Moscou; se bem que não fosse ajudante-de-campo-general, nem por isso deixara de participar da subscrição com uma gorda quantia. Era agora um homem rico, muito adiantado no caminho das honrarias e que, bem longe doravante de procurar protetores, tratava de igual para igual os mais altamente colocados de seus contemporâneos. Em Vilna reencontrara Helena, a quem desde muito havia perdido de vista; o passado estava esquecido; mas como Helena gozava dos favores dum personagem importante e Boris estava casado desde pouco tempo, voltaram a ser imediatamente velhos amigos.

À meia-noite dançava-se ainda. Não encontrando Helena par digno de si, propôs a Boris dançar a mazurca em sua companhia. Formaram o terceiro par. Enquanto se entretinham a respeito de seus antigos conhecidos, acariciava Boris com olhar indiferente as deslumbrantes espáduas nuas de Helena que emergiam dum corpete de gaze escura com lavores dourados em relevo; mas sem que os outros ou ele próprio talvez soubessem, aquele olhar não cessava de acompanhar o imperador que se achava no mesmo salão. Alexandre não dançava; de pé, junto duma porta, detinha ora um, ora outro e os gratificava com aquelas frases amáveis que só ele sabia dizer.

No começo da mazurca, notou Boris que o general-ajudante-de-campo Balachev, um dos familiares do imperador, se aproximava de seu chefe e esperava, a despeito do protocolo, que ele acabasse de conversar com uma senhora polonesa. Alexandre interrogou-o com o olhar e, compreendendo que deveria haver graves motivos para sua atitude incorreta, deu um passo para ele, depois de haver despedido a dama com um sinal de cabeça. Mal Balachev pronunciou algumas palavras vivo espanto se pintou no rosto de Alexandre. Pegou seu ajudante-de-campo pelo braço e atravessou o salão com ele, sem prestar atenção à multidão que se afastava largamente para lhes dar passagem. Somente Araktcheiev, cuja emoção parecia profunda, lançando um olhar disfarçado para seu senhor e fungando ligeiramente com seu nariz vermelho, saiu da multidão, como se esperasse que Alexandre lhe dirigisse a palavra. Boris, a quem aquele manejo não escapara, compreendeu que Araktcheiev estava com ciúme de Balachev e descontente pelo fato de que, uma notícia, sem dúvida importante, não fosse transmitida por ele. Mas o imperador passou pela sua frente sem reparar nele e levou Balachev para o jardim iluminado. Araktcheiev, segurando com a mão sua espada e lançando em torno de si olhares coléricos, seguiu-o a vinte passos de distância.

Enquanto durou a figura da mazurca, Boris se afligiu bastante para saber que notícia havia trazido Balachev e como poderia vir ele a ter conhecimento da mesma antes de todos. No momento em que devia escolher uma dama, murmurou ao ouvido de Helena que iria buscar a Condessa Potocka que, acreditava ele, passara para o terraço; com seu passo deslizante, precipitou-se para a porta do jardim e deteve-se à vista do imperador e de Balachev que voltavam ao salão. A toda a pressa, como se não tivesse tido tempo para desviar-se, Boris se imobilizou, numa atitude respeitosa, contra o alizar.

O imperador, com a emoção de um homem que acaba de sofrer uma afronta, terminava nos seguintes termos sua conversa com Balachev:

— Entrar na Rússia sem declaração de guerra! Não farei a paz enquanto ficar na minha terra um só inimigo em armas.

Pareceu a Boris que Alexandre pronunciava essas palavras com certa satisfação: a forma dada a seu pensamento lhe agradava; ficou não obstante descontente por ter sido ouvido.

— Que ninguém saiba de nada! — acrescentou, franzindo o cenho.

Boris compreendeu que aquela observação se dirigia a ele; baixou os olhos, inclinou a cabeça. O imperador, entretanto, tornava a entrar no salão, onde permaneceu ainda cerca de uma meia hora.

Boris foi assim o primeiro a saber que os franceses haviam transposto o Niemen; pôde assim mostrar a certos altos personagens que o que estava oculto a eles, era de seu conhecimento; e isto o fez crescer ainda mais na opinião deles.

* * *

Aquela notícia pareceu tanto mais estupefaciente quanto caía em pleno baile, depois de um mês de baldada espera. A indignação, a cólera inspiraram imediatamente ao imperador a fórmula, mais tarde tornada célebre, de que se mostrara satisfeito e que correspondia plenamente a seus sentimentos. Regressando do baile às duas horas da manhã, mandou chamar seu secretário Chichkov e ditou-lhe uma ordem do dia às tropas e uma decisão régia ao marechal Príncipe Saltykov; fez questão de que figurasse nesta a frase famosa em que afirmava que não concluiria a paz enquanto restasse um único francês em armas sobre a terra russa.

No dia seguinte, enviou a Napoleão a seguinte carta:

"Senhor meu irmão. Soube ontem que, malgrado a lealdade com que tenho mantido meus compromissos para com Vossa Majestade, suas tropas transpuseram as fronteiras da Rússia, e recebo neste instante de Petersburgo uma nota na qual o Conde Lauritson, por causa dessa agressão, anuncia que Vossa Majestade se considerou como em estado de guerra comigo, desde o momento em que o Príncipe Kurakin pediu os seus passaportes. Os motivos sobre os quais o Duque de Bassano baseava a recusa de lhos entregar não teriam jamais podido fazer-me supor que esse passo serviria algum dia de pretexto à agressão. Com efeito, esse embaixador nunca foi autorizado, como ele próprio o declarou, e logo que fui informado, dei-lhe a conhecer quanto o desaprovava, dando-lhe ordem de permanecer no seu posto. Se Vossa Majestade não tem a intenção de verter o sangue de seus povos por causa dum mal-entendido desse gênero e se consentir em retirar suas tropas do território russo, olharei o que se passou como não acontecido e uma acomodação entre nós será possível. No caso contrário, saiba Vossa Majestade, ver-me-ei forçado a repelir um ataque que nada provocou da minha parte. Depende ainda de Vossa Majestade evitar à humanidade as calamidades de uma nova guerra.

"Sou, etc..

(Assinado): Alexandre".

4. A 13 de junho, às duas horas da madrugada, o imperador mandou chamar Balachev e, depois de haver-lhe lido sua carta a Napoleão, deu-lhe ordem de ir entregá-la em pessoa ao imperador dos franceses. Despedindo-o, repetiu uma vez mais "que não concluiria a paz enquanto restasse um só inimigo em armas em terra russa" e ordenou-lhe expressamente que repetisse com toda a fidelidade aquelas palavras a Napoleão. Se não as havia inserido na sua carta é que sentia, com seu tato habitual, que elas se conciliavam mal com uma derradeira tentativa de conciliação. Mas ordenou a Balachev que as transmitisse verbalmente.

Acompanhado de um corneteiro e de dois cossacos, chegou Balachev, ao romper do dia 14 de junho, à Aldeia de Rykonty, que as guardas-avançadas francesas ocupavam. Sentinelas de cavalaria o detiveram.

Um sargento de hussardos, de uniforme amaranto e gorro de pelo, gritou-lhe que fizesse alto. Balachev não obedeceu imediatamente e continuou a avançar a passo. Franzindo o cenho e resmungando injúrias, o suboficial barrou o caminho ao general russo com seu cavalo, desembainhou o sabre e interpelou-o grosseiramente: era surdo afinal para não ouvir o que se lhe dizia? Balachev declarou quem era. O sargento mandou um soldado procurar um oficial. E, sem prestar mais atenção ao enviado russo, sem mesmo lhe conceder um olhar, voltou a tagarelar com seus camaradas.

Balachev, que vivia em relações contínuas com o poder supremo, que, umas três horas antes, conversava com o imperador e que, por suas funções, estava habituado às honrarias, ficou penosamente surpreendido por ver-se, em terra russa, tratado como inimigo e, o que é mais, sem a menor atenção, por aquele representante da força bruta.

O sol varava as nuvens; o ar estava fresco e úmido de orvalho. Os aldeães levavam seus animais aos campos. As cotovias, uma após outra, como bolhas à superfície da água, brotavam dos trigais lançando seus trinados.

Enquanto aguardava o oficial, que tinham ido procurar na aldeia, inspecionava Balachev os arredores. Os cossacos e o corneteiro trocavam de vez em quando um olhar com os hussardos franceses.

O coronel dos hussardos, que haviam evidentemente surpreendido ao sair do leito, chegou montado num belo cavalo cinzento, bem em forma. Dois dos seus homens o acompanhavam. O oficial, os soldados, seus cavalos mesmos tinham um ar de contentamento e de elegância. Era o começo da guerra, enquanto as tropas andam ainda com todo o apuro como para uma revista, com algo, no entanto, de mais marcial no equipamento, com aquele matiz de alegria e de entusiasmo que sempre acompanha uma entrada em campanha.

Se bem que tivesse dificuldade em reter seus bocejos, o coronel mostrou-se cortês; a importância da missão de Balachev não lhe escapava sem dúvida. Fê-lo transpor a primeira linha e garantiu-lhe que, de acordo com seu desejo, não tardaria a ser apresentado ao Imperador, cujo quartel-general se encontrava, cria, na vizinhança.

Atravessaram a Aldeia de Rykonty, cruzando guardas de cavalos, sentinelas e hussardos, que faziam continência a seu coronel e olhavam com curiosidade o uniforme russo. À saída do burgo, disse o coronel a Balachev que encontrariam a dois quilômetros dali o comandante da divisão e que este o conduziria ao quartel-mor.

O sol havia-se erguido e brilhava alegremente sobre a clara verdura.

Subiram uma ladeira; apenas ultrapassaram a taberna que se erguia ao alto dela, viram aparecer diante de si, subindo o outro versante, um grupo de cavaleiros, à frente do qual, num cavalo preto, cujos arreios cintilavam ao sol, avançava um homem de elevada estatura, chapéu de plumas, com os cabelos negros caindo em cachos sobre seus ombros, e as compridas pernas espichadas para a frente, segundo o hábito dos franceses a cavalo. À vista de Balachev aquele homem se pôs a galope, ondulando e cintilando ao vivo sol de junho com seu penacho, suas pedrarias e seus galões dourados.

Balachev achava-se apenas a dois comprimentos de cavalo daquele cavaleiro de aspecto teatral, coberto de braceletes, de plumas, de colares e de douraduras, quando Ulner, o coronel francês, lhe cochichou ao ouvido, num murmúrio respeitoso: *"O rei de Nápoles"*. Era, com efeito, Murat, que se chamava agora o rei de Nápoles. Se bem que fosse impossível compreender porque lhe davam esse título, chamavam-no assim e ele próprio estava convencido de que era rei, o que lhe dava um ar mais imponente e mais solene que antes. Estava tão bem persuadido disso que, na véspera de sua partida, passeando com sua mulher nas ruas de Nápoles, tendo-o saudado alguns italianos com o grito de *"Viva il re"*, voltou-se para sua mulher e lhe disse num triste sorriso: "Desgraçados, não sabem que os deixo amanhã!"

Acreditando-se piamente rei e deplorando o pesar que sua ausência causava em seus súditos, quando recebeu ordem de retornar a serviço e sobretudo quando, em Dantzig, seu augusto cunhado lhe disse: "Eu o fiz rei para reinar à minha maneira e não à sua", Murat retomou alegremente sua tarefa habitual; tal como um cavalo bem-nutrido, mas não muito gordo, assim que se sentiu atrelado, piafou nos varais e partiu, pomposamente trajado e sem bem saber porque, a caracolar pelas estradas da Polônia.

Avistando o general russo, lançou para trás, com um gesto todo real, sua cabeça de longos cabelos cacheados e interrogou com o olhar o coronel francês. Este declarou respeitosamente a Sua Majestade a qualidade de Balachev, cujo nome não conseguia pronunciar.

— De Balmacheve! — disse o rei, cortando a dificuldade com sua decisão costumeira. — Muito prazer em conhecê-lo, general — acrescentou ele, com um gesto de real condescendência.

Assim que se pôs a falar alto e depressa, toda a sua dignidade desapareceu e ele tomou, sem mesmo se aperceber disso, um tom de cordial bonomia. Pousou a mão sobre a cernelha do cavalo de Balachev.

— Pois é, general, está tudo em guerra, ao que parece — disse ele, parecendo lamentar uma conjuntura que a ele não cabia julgar.

— Sire, o imperador meu senhor não deseja a guerra, como Vossa Majestade o vê — respondeu Balachev, abusando da palavra *Majestade,* afetação inevitável, quando se dirige a palavra a uma pessoa para quem esse título é uma novidade.

Enquanto o *Senhor de Balachoff* lhe falava, cintilava o rosto do rei de Nápoles de estúpido contentamento. Mas *royauté oblige:* achou necessário ter, na qualidade de rei e aliado, um colóquio político com o enviado de Alexandre. Apeou-se pois, pegou Balachev pelo braço, levou-o a alguns passos distante de sua comitiva, que aguardava perfilada numa atitude deferente, e, enquanto passeava com ele para lá e para cá, foi-lhe dizendo coisas que se esforçava por tornar ponderáveis. Pelo que dizia, pedindo-se ao Imperador que retirasse suas tropas da Prússia tinham-no tanto mais ofendido quanto a publicidade dada a essa exigência feria a dignidade da França.

Como Balachev objetasse que esse pedido nada tinha de ofensivo, atendendo-se a que... Murat interrompeu-o.

— Então, na sua opinião, o instigador não é o Imperador Alexandre? — disse ele, com um sorriso simplório.

Balachev expôs as razões pelas quais via em Napoleão o autor da guerra. Murat interrompeu-o de novo.

— Ah! meu caro general, desejo de todo o meu coração que os imperadores se arranjem entre si e que a guerra começada contra minha vontade termine o mais depressa possível, — disse ele no tom que afetam entre si os criados desejosos de ficarem bons amigos, malgrado as querelas de seus patrões.

Informou-se em seguida da saúde do grão-duque, evocou a lembrança de bons momentos que tinham passado juntos em Nápoles. E, de repente, como se retomasse consciência de sua dignidade real, empinou-se majestosamente, tomou a pose que assumira por ocasião de sua coroação e proferiu, acompanhando suas palavras de um amplo gesto:

— Não vos retenho mais, general; faço votos pelo êxito de vossa missão.

E, envolto no seu manto vermelho, bordado a ouro, com as plumas flutuando ao vento, suas pedrarias cintilando ao sol, juntou-se à sua escolta, que o esperava, sempre perfilada na sua atitude deferente.

Balachev prosseguiu seu caminho. Fiando-se nas palavras de Murat, acreditava achar-se bem depressa na presença de Napoleão. Mas na aldeia seguinte, as sentinelas do corpo de infantaria de Davout o detiveram, da mesma maneira que haviam feito na linha de frente e um ajudante-de-campo chamado conduziu-o à presença do marechal.

5. Davout era o Araktcheiev de Napoleão, um Araktcheiev sem pusilanimidade, mas igualmente meticuloso, igualmente incapaz de demonstrar seu devotamento a seu senhor de outra maneira que não pela sua crueldade.

Nas engrenagens de um Estado homens desse jaez são tão indispensáveis quanto o são os lobos na natureza; existem e se mantêm sempre, por mais absurda que possa parecer sua familiaridade com o chefe do Estado. Somente essa absoluta necessidade explica como aquele cruel Araktcheiev, que arrancava com suas próprias mãos o bigode de seus granadeiros, enquanto que não ousava, por fraqueza nervosa, afrontar o mínimo perigo, como aquele indivíduo, sem educação nem polidez, pôde exercer tão longa influência sobre a natureza terna, nobre, cavalheiresca de Alexandre.

Balachev encontrou Davout sentado em cima dum tonel numa granja, ocupado em verificar contas. Um ajudante-de-campo estava de pé ao lado dele. O marechal teria podido encontrar melhor alojamento, mas era dessas pessoas que gostam de tornar as condições da vida as mais ásperas possíveis, afim de parecerem elas mesmas mais intratáveis. Por isso estão sempre apressadas, sobrecarregadas de trabalhos. "Como pensar nos prazeres da existência quando, como vedes, se está sentado em cima dum tonel, numa miserável granja, prestes a começar o trabalho?" lia-se no seu rosto. O maior prazer, a necessidade inata de tais personagens é lançar seu trabalho obstinado e sombrio à cara das pessoas que se deixam arrebatar pela torrente da vida. Foi essa satisfação que Davout experimentou ao ver chegar Balachev. Mergulhou mais do que nunca nas suas contas e após um olhar lançado através de seus óculos ao rosto do general, tornado sereno pela sua viagem matinal e pela sua conversa com Murat, sem se levantar, sem mesmo fazer um movimento, acentuou o franzido do cenho e entreabriu um sorriso de má-vontade. Notando a impressão desagradável que tal acolhida provocara no recém-chegado, acabou por levantar a cabeça e lhe perguntou com ar glacial o que desejava.

Balachev atribuiu a frieza daquela recepção ao único fato de ignorar Davout sua dupla qualidade de ajudante-de-campo e de representante junto a Napoleão do Imperador Alexandre. Apressou-se pois em declinar seus títulos; mas, contrariamente à sua expectativa, Davout o que se tornou foi mais sombrio e mais acerbo.

— Onde está vossa carta? — perguntou. — Dai-ma que a enviarei ao Imperador.

Balachev objetou que tinha ordem de entregá-la ao imperador em pessoa.

— As ordens de vosso imperador são válidas no vosso exército, mas aqui deveis fazer o que vos disserem.

E, como para fazer melhor sentir ao general russo que estava ele sob a dependência da força bruta, mandou seu ajudante-de-campo procurar o oficial de serviço.

Balachev depôs sua carta em cima da mesa, que consistia numa porta colocada sobre dois tonéis e donde ainda pendiam as dobradiças. Davout pegou a carta e leu o sobrescrito.

— Sois livre de me tratar ou não com atenções — disse Balachev, — mas devo observar-vos que me arrolo entre os ajudantes-de-campo-generais de Sua Majestade.

Davout olhou-o sem nada dizer: sentiu evidentemente prazer em descobrir em suas feições certa confusão.

— Ser-vos-ão prestadas as honras a que tendes direito — disse ele e, metendo a carta no seu bolso, saiu da granja.

Ao fim dum minuto, o ajudante-de-campo do marechal, o Sr. De Castries, veio buscar Balachev para conduzi-lo ao alojamento que lhe fora preparado.

Balachev jantou naquele dia na granja com o marechal na mesma mesa dos tonéis.

No dia seguinte, Davout partiu de manhã bem cedo, depois de haver convocado Balachev e de lhe ter severamente ordenado que ficasse onde estava, que se locomovesse com os comboios no caso de receberem estes ordens para isso, e de só falar com o Sr. De Castries.

Depois de quatro dias de solidão, cujo aborrecimento se agravava com uma sujeição tanto mais penosa quanto sucedia à onipotência, após várias etapas feitas com as bagagens pessoais do marechal e das tropas francesas que ocupavam toda a região, Balachev voltou a Vilna, agora em mãos do inimigo, pela mesma barreira donde partira alguns dias antes.

No dia seguinte, um camareiro do imperador, o Sr. De Turenne, veio anunciar- lhe que Napoleão lhe concedia uma audiência.

Quatro dias antes, sentinelas do regimento Preobrajenski montavam guarda à porta da casa aonde conduziram Balachev; havia agora em lugar delas dois granadeiros franceses com uniformes azuis de grandes abas e gorros de pelo; uma escolta de hussardos e ulanos, uma comitiva brilhante de ajudantes-de-campo, de pajens, de generais, aguardava a saída de Napoleão; seu cavalo de sela e o mameluco Rustã estacionavam no patamar. Napoleão recebia Balachev na mesma casa em que Alexandre lhe havia entregue sua mensagem.

6. Se bem que habituado às magnificências das cortes, o luxo e o fausto que reinavam naquela impressionaram Balachev.

O Conde de Turenne introduziu-o numa vasta sala em que faziam antecâmara numerosos generais, camareiros e magnatas poloneses; Balachev reconheceu vários daqueles que outrora cercavam Alexandre. Duroc anunciou que o Imperador receberia o general russo antes de seu passeio.

Após alguns minutos de espera, o camareiro de serviço apareceu e, inclinando-se cortesmente diante de Balachev, convidou-o a acompanhá-lo.

Balachev penetrou num salãozinho do qual uma porta dava para o gabinete de trabalho, aquele mesmo gabinete onde recebera as derradeiras ordens de Alexandre. Esperou dois ou três minutos. Passos precipitados ouviram-se por trás da porta, cujos batentes se abriram bruscamente. Tudo se calou; depois outros passos, firmes e enérgicos, se aproximaram: era Napoleão. Acabava de vestir-se para sair a cavalo. Seu uniforme azul abria-se sobre um colete branco que se colava à rotundidade de seu ventre; um culote de pele branca moldava as coxas gordas de suas pernas curtas, metidas em botas de montar. Seus cabelos curtos acabavam evidentemente de ser penteados, mas uma mecha caiu bem no meio de sua larga fronte. Seu pescoço branco e gorducho, donde se desprendia um cheiro de água-de-colônia, ressaltava da gola negra do uniforme. Seu rosto cheio e ainda moço, de queixo saliente, exibia uma expressão de benevolência majestosa, verdadeiramente imperial.

Adiantou-se num andar rápido, estremecendo a cada passo, com a cabeça ligeiramente lançada para trás. Toda a sua pessoa curta e repleta, de ombros largos e fortes, com o ventre e o peito protuberantes malgrado seu, apresentava um aspecto imponente, representativo, o aspecto dos quadragenários habituados a viver bem. Via-se além disso que se achava de excelente humor naquele dia.

Respondeu com um sinal de cabeça, à profunda e respeitosa saudação de Balachev e, caminhando diretamente para ele, se pôs imediatamente a falar como um homem para quem cada minuto é precioso e que não condescende em preparar seus discursos, sabendo que dirá sempre, e bastante bem, o que será preciso dizer.

— Bom dia, general — proferiu. — Recebi a carta do Imperador Alexandre que vós trouxestes e tenho muito prazer em ver-vos.

Pousou um instante seus olhos salientes no rosto de Balachev, mas logo os desviou para outra parte. Evidentemente a personalidade de Balachev lhe era indiferente. Somente o que se passava em sua alma tinha para ele interesse. Tudo quanto era exterior carecia de qualquer importância: não acreditava ele firmemente que tudo no mundo dependia de sua única vontade?

— Não desejo e jamais desejei a guerra — disse ele, — mas me obrigaram a fazê-la. Mesmo agora — acrescentou, acentuando a palavra, — estou pronto a aceitar todas as explicações que possais dar-me.

Expôs de maneira clara e breve as causas de seu descontentamento para com o governo russo. A julgar pelo seu tom tranquilo, moderado e mesmo amigável, ficou Balachev plenamente convencido de que o Imperador dos franceses desejava a paz e que encetaria de boa vontade negociações.

— Sire, o imperador meu senhor... — quis começar Balachev quando Napoleão, tendo terminado, o interrogou com o olhar. O enviado russo havia desde muito tempo preparado seu discurso, mas aqueles olhos assestados nele perturbaram-no. "Estais emocionado, dominai-vos", parecia dizer-lhe Napoleão, que examinava com seu sorriso imperceptível o uniforme e a espada de Balachev.

Este, tendo recuperado a calma, disse que o Imperador Alexandre não considerava como um *casus belli* o pedido de passaportes apresentado por Kurakin, o qual agira espontaneamente e sem consentimento de seu chefe. Alexandre não queria a guerra e não mantinha relação nenhuma com a Inglaterra.

— Não mantém "ainda" — retorquiu Napoleão; mas, como se temesse revelar seus sentimentos, franziu o cenho e com um leve aceno de cabeça deu a entender a Balachev que podia continuar.

Depois de ter exposto tudo quanto suas instruções comportavam, afirmou Balachev que o Imperador Alexandre, embora desejando a paz, só iniciaria negociações com a condição... Neste ponto, hesitou; lembrava-se das palavras que o imperador omitira na sua carta mas que ordenava se fizesse figurar no seu rescrito a Saltykov e que ele, Balachev, tinha missão de repetir textualmente a Napoleão. Lembrava-se da frase: "enquanto restar um inimigo em armas na terra russa", mas um sentimento muito complexo a reteve nos seus lábios. Por mais desejo que tivesse, não conseguiu pronunciá-la e, todo confuso, substituiu-a por esta: "com a condição de tornarem as tropas francesas a transpor o Niemen".

A perturbação de Balachev não escapara a Napoleão; seu rosto estremeceu e sua panturrilha esquerda se pôs a tremer reguladamente. Sem mover-se do lugar, mas com uma voz mais alta e mais precipitada que antes, retomou a palavra. Durante a fala que se seguiu, Balachev, cada vez que baixava os olhos, notava, malgrado seu, que a tremura da panturrilha esquerda se acentuava sempre mais, à medida que o Imperador elevava a voz.

— Não desejo a paz menos do que o Imperador Alexandre — começou ele. — Já não se completaram dezoito meses de completos esforços meus para obtê-la? Há dezoito meses que espero explicações. Mas vejamos, para engajar negociações, que se exige de mim? — acrescentou ele, fechando a cara e fazendo um gesto enérgico com sua pequena mão branca e gorducha.

— A retirada das tropas para além do Niemen, Sire — disse Balachev.

— Para além do Niemen? — repetiu Napoleão. — Então agora quereis que me retire para além do Niemen, somente para além de Niemen? — repetiu ele, mergulhando o olhar no de Balachev.

Este inclinou-se, em sinal de assentimento.

Em lugar da evacuação da Pomerânia, exigida quatro meses antes, não se pedia agora mais do que a retirada para além do Niemen. Napoleão voltou bruscamente as costas e se pôs a andar pela sala.

— Dizeis que se exige de mim que recue para além do Niemen; mas há dois meses, me pediam mesmo que tornasse a transpor de volta o Oder e o Vístula, e no entanto consenti em tratativas.

Caminhou sem dizer uma palavra, duma extremidade a outra da sala, depois parou de novo diante de Balachev. Este notou que a panturrilha do Imperador tremia mais ainda que antes e que seu rosto se havia como que petrificado numa expressão severa. Napoleão conhecia aquela particularidade. "A vibração de minha panturrilha esquerda é em mim um grande sinal", disse ele mais tarde.

— Tais propostas, como a de evacuar o Oder e o Vístula, podem ser feitas ao Grão-Duque de Baden, mas não a mim — exclamou ele, de súbito, com uma impetuosidade que o surpreendeu a si mesmo. — Ainda quando me désseis Petersburgo e Moscou, não aceitaria vossas condições. Comecei a guerra, dizeis. Mas quem primeiro se juntou ao exército? O Imperador Alexandre e não eu. E vós me falais agora de negociar, agora que despendi milhões, que vos aliastes à Inglaterra, e que vossa situação é má! Vós me propondes negociações! Mas qual é o fim de vossa aliança com a Inglaterra? Que vos deu ela?

Precipitava suas frases, não pensando mais em pôr em relevo os benefícios da paz e em discutir-lhe a possibilidade, mas somente em demonstrar seu direito e sua força, provando ao mesmo tempo as faltas e os erros de Alexandre. Logo no princípio, quisera evidentemente pôr em relevo as vantagens de sua situação e dar a entender que não obstante aceitaria a abertura de negociações. Mas quanto mais falava, menos era senhor de sua palavra. Sua fala tendia somente agora a engrandecer-se e a rebaixar Alexandre, isto é, a fazer precisamente o contrário daquilo que se propunha no começo da entrevista.

— Dizem que fizestes a paz com os turcos?

Balachev fez um aceno de cabeça afirmativo.

— A paz está concluída... — começou ele.

Mas Napoleão cortou-lhe a palavra. Experimentava sem dúvida grande necessidade de falar e prosseguiu com aquela facúndia irritada que muitas vezes têm as pessoas mimadas pela fortuna.

— Sim, sei, fizestes a paz com os turcos, sem ter obtido nem a Moldávia, nem a Valáquia. Pois eu teria feito presente dessas duas províncias a vosso imperador como lhe dei a Finlândia. Sim — insistiu ele, — havia prometido ao Imperador Alexandre a Moldávia e a Valáquia e lhe teria dado essas duas belas províncias, que agora lhe escapam. Teria podido anexá-las a seu império e, sob um só reino, a Rússia ter-se-ia estendido do Golfo de Botnia às bocas do Danúbio. Catarina, a Grande, não poderia ter feito mais.

Acalorava-se cada vez mais, ia e vinha na sala, repetia quase palavra por palavra o que dissera a Alexandre por ocasião da entrevista com ele em Tilsit.

— Tudo isso tê-lo-ia ele devido à minha amizade. Ah! que belo reino, que belo reino... — repetiu várias vezes estas palavras, tirou de seu bolso uma tabaqueira de ouro, aspirou avidamente uma pitada. — Que belo reino teria podido ser o do Imperador Alexandre!

Contemplou Balachev com um ar de compaixão e, como aquele quisesse propor uma observação, interrompeu-o logo.

— Que pode ele desejar e procurar que minha amizade não lhe tivesse dado? — disse, assinalando sua surpresa com um erguer de ombros. — Mas não, preferiu cercar-se de meus inimigos, e de que inimigos! Mandou chamar para junto de si os Stein, os Armfelt, os Bennigsen, os Wintzingerode! Stein, um traidor expulso de seu país; Armfelt, um debochado e um intrigante; Wintzingerode, um súdito francês trânsfuga; Bennigsen, um pouco mais militar que os outros, mas no entanto incapaz, que nada soube fazer em 1807 e que deveria despertar no Imperador Alexandre terríveis recordações... Ainda se essas pessoas valessem alguma coisa, compreenderia que as utilizasse — continuou Napoleão, cuja palavra não obedecia bastante depressa ao pensamento, de tal modo os argumentos se precipitavam em multidão para provar seu bom direito e sua força, o que, a seus olhos, dava no mesmo. — Mas não, não prestam para nada, nem para a paz, nem para a guerra. Dizem que Barclay vale mais que eles todos; não é essa a minha opinião, a julgar pelas suas primeiras marchas. E que fazem, que fazem eles, que fazem todos esses cortesãos; Pfull propõe, Armfelt discute, Bennigsen examina; quanto a Barclay, chamado para agir, não sabe que partido tomar; e o tempo passa sem nada trazer de novo. Somente Bagration é um homem de guerra: é besta, mas tem experiência, golpe de vista, decisão... E que papel desempenha afinal em meio dessa turba o vosso jovem imperador? Essas pessoas o comprometem, fazem-no endossar a responsabilidade dos atos delas. Um soberano só deve estar no exército, quando é general. — Lançou estas palavras como uma provocação direta a Alexandre não ignorava que este tinha a fraqueza de acreditar-se um homem de guerra. — A campanha começou há oito dias e não soubestes defender Vil na. Estais cortados pela metade, estais postos para fora das províncias polonesas. Vosso exército murmura.

Pelo contrário, Sire — disse Balachev, deslumbrado pelo fogo de artifício daquelas frases que não conseguiu reter. — As tropas ardem do desejo de combater.

— Sei de tudo — interrompeu Napoleão, — sei de tudo, conheço o número de vossos batalhões tão exatamente quanto o dos meus. Não tendes cem mil homens em armas e eu tenho três vezes mais. Dou-vos minha palavra de honra — acrescentou, esquecendo que esse juramento não significava absolutamente nada, — dou-vos minha palavra de honra de que tenho quinhentos e trinta mil homens deste lado do Vístula. Os turcos não podem ajudar-vos. Não prestam para nada e bem demonstraram isso fazendo a paz convosco. Quanto aos suecos, estão predestinados a ser governados por loucos. O rei deles era louco; trocaram-no e arranjaram outro, Bemadotte, que logo perdeu a razão, porque só sendo louco para, na qualidade de sueco, concluir uma aliança com a Rússia.

Um rictus vincou o rosto de Napoleão. Tomou outra pitada.

A cada uma das frases do Imperador, Balachev tinha objeções a fazer; mas cada vez que queria abrir a boca, Napoleão lha fechava. A propósito da pretensa demência dos suecos, ia dizer que, tendo a Rússia atrás de si, a Suécia tornava-se uma ilha, mas Napoleão abafou-lhe a voz com gritos de cólera. Achava-se naquele estado de irritação em que se tem necessidade de falar, e de falar, unicamente para se provar a si mesmo que se tem razão. Balachev sentia-se como sobre espinhos: como embaixador, temia comprometer sua dignidade não formulando objeções; como homem, curvava o dorso sob a borrasca daquela cólera louca. Sabia a pouca importância daquela diatribe de que o próprio Imperador, recuperada a calma, seria o primeiro a envergonhar-se. Ficava plantado ali, de olhos fixos nas gordas pernas agitadas de Napoleão e esforçava-se por evitar-lhe o olhar.

— E que me importam, afinal de contas, os vossos aliados? — prosseguia ele. — Tenho também aliados e dos bons: os poloneses. São oitenta mil e se batem como leões. E serão em breve mais de duzentos mil.

A consciência de que essa asserção era uma mentira evidente, a atitude resignada de Balachev, que continuava sem dizer uma palavra, levaram ao cúmulo a exasperação do Imperador. Deu uma brusca meia-volta, voltou direto para seu interlocutor e, com gestos enérgicos e rápidos de suas mãos brancas, lançou-lhe em pleno rosto:

— Ficai sabendo bem que, se sublevardes a Prússia contra mim, eu a apagarei do mapa da Europa. — Confirmou essa ameaça varrendo sua mão esquerda com sua mão direita; seu rosto estava lívido e descomposto. — Sim, eu vos repelirei para além do Duna, para além do Dniéper, e restabelecerei contra vós aquela barreira que a Europa foi bastante cega, bastante criminosa para deixar abater-se. Sim, eis o que vos aguarda, eis o que tereis ganho em vos afastardes de mim!

Deu alguns passos em silêncio; estremeções agitavam seus largos ombros. Tornou a pôr a tabaqueira no bolso, tornou a tirá-la, levou-a várias vezes ao nariz e, voltando para o lado de Balachev, olhou-o ironicamente bem nos olhos e, ao fim dum momento, disse-lhe com voz calma:

— E entretanto que belo reino teria podido ter vosso senhor!

Como fosse preciso dizer afinal alguma coisa, objetou Balachev que, do lado russo, não se via a situação sob um aspecto tão sombrio. Napoleão não respondeu nada; seu olhar irônico continuava fixo em Balachev, a quem parecia não ouvir. E quando este acrescentou que na Rússia esperavam-se excelentes resultados da guerra, o Imperador abanou a cabeça com condescendência, como para dizer-lhe: “Sim, sei, é vosso dever falar assim, mas vós mesmo não acreditais numa só palavra disso; ficastes convencido pelo que eu disse”.

Quando Balachev terminou, Napoleão tirou de novo do bolso sua tabaqueira, aspirou nova pitada e, por duas vezes, bateu com o pé no soalho. A este sinal a porta se abriu; um camareiro, respeitosamente curvado, deu ao Imperador seu chapéu e suas luvas; outro, seu lenço. Sem lhes dar atenção Napoleão voltou-se para Balachev:

— Assegurai, em meu nome, ao Imperador Alexandre — disse ele, pegando seu chapéu, — de que lhe sou devotado como no passado; conheço-o e aprecio suas grandes qualidades. Não vos retenho mais, general. Recebereis minha carta para o imperador.

E Napõleão alcançou rapidamente a saída. Todas as pessoas que estavam na antecâmara precipitaram-se para a escada a fim de precedê-lo ali.

7. Depois de tudo quanto lhe dissera Napoleão, no seu acesso de cólera, depois de suas derradeiras palavras tão secas: "Não vos retenho mais, general. Recebereis minha carta", Balachev estava firmemente convencido de que o Imperador não somente não tinha mais nenhum desejo de tornar a encontrá-lo, mas evitaria mesmo revê-lo, a ele, o embaixador humilhado, e, o que é pior, a testemunha do seu inconveniente ataque. Qual não foi pois sua surpresa ao ver-se convidado por Duroc a participar da mesa do Imperador, naquele mesmo dia!

Bessières, Caulaincourt e Berthier assistiam àquele jantar.

Napoleão recebeu Balachev com uma alegria afável. A cena da manhã não deixara nele nenhum traço de constrangimento ou de pesar; foi ele, pelo contrário, quem se esforçou por deixar seu hóspede à vontade. Sem dúvida devia estar ele desde muito tempo convencido de que não podia enganar-se, de que tudo quanto fazia era bem feito, não porque seu ato correspondia à noção corrente do bem ou do mal, mas muito simplesmente porque era ele seu autor.

Voltava bastante alegre de seu passeio a cavalo pelas ruas de Vilna, onde a multidão o havia acolhido e acompanhado com entusiasmo. Todas as janelas, à sua passagem, ostentavam tapetes, mostravam-se embandeiradas, e traziam escudos com seu brasão; as damas polonesas haviam-no saudado, agitando seus lenços para ele.

À mesa, fez colocar Balachev a seu lado e tratou-o, não só com amabilidade, mas como se visse nele um de seus cortesãos, um daqueles que aprovavam seus planos e deviam regozijar-se com seus êxitos. Veio a falar especialmente de Moscou e interrogou seu hóspede a respeito da capital, com a curiosidade de um viajante que se documenta sobre o país que tenciona visitar, com a convicção também de que aquela indagação lisonjearia muito Balachev na qualidade de russo.

— Quantos habitantes tem Moscou, quantas casas? É verdade que a chamam de *Moscou, a Santa?* Quantas igrejas tem a cidade? — perguntou ele.

Como lhe respondessem que havia mais de duzentas igrejas, mostrou-se surpreendido.

— E por que tamanha quantidade de igrejas?

— Os russos são muito piedosos — explicou Balachev.

— De resto, o grande número de conventos e de igrejas é sempre o sinal de uma civilização atrasada — continuou Napoleão, buscando com os olhos a aprovação de Caulaincourt.

Balachev pediu respeitosamente permissão para discordar do Imperador.

— Cada país tem seus costumes — objetou ele.

— Mas não há mais nada de semelhante em toda a Europa.

— Que Vossa Majestade queira bem desculpar-me, mas, tanto quanto a Rússia, a Espanha conta grande número de conventos e de igrejas.

Contada na corte da Rússia, essa resposta, que fazia alusão à recente derrota dos franceses na Espanha, haveria de ser ali altamente apreciada; mas, à mesa de Napoleão, não produziu nenhum efeito e passou mesmo inapercebida.

Os rostos indiferentes dos senhores marechais mostravam claramente que a malícia dessa resposta, sublinhada no entanto pela intonação de Balachev, lhes havia escapado. "Se há aí alguma intenção, está além de nosso alcance", pareciam eles dizer. Adivinhou-se-lhe tão pouco o alcance que nem mesmo Napoleão lhe prestou atenção e, prosseguindo nas suas perguntas, indagou ingenuamente de Balachev qual era a estrada mais direta para se chegar a Moscou e que cidades a balizavam. Balachev, que se mantivera de sobreaviso durante todo o tempo do jantar, respondeu que como *todo caminho leva a Roma, todo caminho levava a Moscou;* entre esses numerosos caminhos, um deles passava por Poltava, e era precisamente aquele que Carlos XII escolhera. O picante dessa resposta fez Balachev corar de prazer; mas, mal havia ele pronunciado o nome de Poltava, Caulaincourt, para evitar o desagradável da conversa, descreveu o mau estado da estrada de Petersburgo a Moscou, e em seguida se pôs a falar longamente de suas recordações da capital.

Depois do jantar, passaram, para tomar o café, ao gabinete de Napoleão, o qual, quatro dias antes, fora o de Alexandre. Napoleão sentou-se e, enquanto mexia seu café numa xícara de Sèvres, fez sinal a Balachev para sentar-se não longe dele.

Achava-se Napoleão naquele feliz estado que, melhor que qualquer boa razão, predispõe o homem que bem jantou a sentir-se satisfeito consigo mesmo, a não ver em toda a parte senão amigos. Acreditava-se, pois, o ídolo das pessoas que o cercavam, inclusive Balachev, o qual, evidentemente, se alistara agora entre seus admiradores. Assim lhe disse, com um sorriso de amável ironia:

— É este, disseram-me, o gabinete que o Imperador Alexandre ocupava. É curioso, não é, general?

Parecia bem convencido de que essa reflexão devia causar prazer a seu interlocutor: não era uma prova de sua superioridade, dele, Napoleão, sobre Alexandre?

Nada podendo responder, Balachev contentou-se em inclinar a cabeça.

— Sim, nesta sala, há alguns dias, entravam em acordo Wintzingerode e Stein — continuou Napoleão, sem abandonar seu sorriso fátuo e zombeteiro. — O que não posso compreender é que o Imperador Alexandre se tenha cercado de todos os meus inimigos pessoais. Não, na verdade, não posso compreendê-lo. Não refletiu ele que eu poderia agir da mesma maneira?

Cedia, ao fazer esta pergunta, a um resto de sua cólera da manhã, ainda mal-adormecida.

— E que ele fique perfeitamente certo de que o farei — acrescentou, levantando-se e empurrando a xícara. — Porei para fora da Alemanha toda a sua parentela, os Wurtemberg, os Bade, os Weimar... sim, pô-los-ei para fora. Que ele lhes prepare pois um refúgio na Rússia.

Balachev inclinou a cabeça; sua expressão de cansaço dava a entender que desejava despedir-se e só escutava aquelas palavras muito a contragosto. Napoleão não notou nada disso: não tratava mais Balachev como enviado do inimigo, mas como um homem conquistado à sua causa, que deveria regozijar-se com a humilhação infligida a seu antigo senhor.

— E por que tomou o Imperador Alexandre o comando de seus exércitos? Para quê? A guerra é meu ofício; o dele é reinar e não comandar tropas. Por que assumiu ele tamanha responsabilidade?

Napoleão tirou uma vez mais sua tabaqueira e deu alguns passos em silêncio, mas depois, de repente, avançou para Balachev e, com um movimento seguro, pronto, simples, como se realizasse um ato importante e lisonjeador, ergueu a mão para o rosto daquele general russo de quarenta anos e puxou-lhe ligeiramente a orelha, enquanto esboçava um sorriso.

Receber um puxavante de orelha da mão do Imperador passava na corte da França por uma grande honra, por um favor supremo.

— Com que então, não diz nada, admirador e cortesão do Imperador Alexandre? — perguntou ele, julgando sem dúvida ridículo que se pudesse ser, na sua presença, o *cortesão* e o *admirador* doutro homem que não ele, Napoleão. — Prepararam cavalos para o general? — acrescentou, respondendo com um sinal de cabeça à saudação de Balachev. — Dai-lhe os meus. Tem uma longa caminhada a fazer.

A carta que Balachev levava foi a derradeira que Napoleão escreveu a Alexandre. Todos os pormenores da entrevista foram transmitidos ao Imperador da Rússia e a guerra começou...

8. Depois de sua entrevista em Moscou com Pedro, o Príncipe André seguiu para Petersburgo, a fim de tratar de negócios, dissera a seus parentes, mas na realidade para ali ter, com o Príncipe Anatólio Kuraguin, um encontro que julgava indispensável. Procurou-o logo que chegou, mas baldadamente. Prevenido pelo seu cunhado de que André lhe andava no encalço,

Anatólio logo solicitara e obtivera do ministro da Guerra um emprego no exército da Moldávia. Durante sua estada na capital, André encontrou Kutuzov, seu antigo general, sempre bem-disposto a seu respeito; propôs-lhe ele levá-lo consigo à Moldávia, para onde acabara de ser nomeado comandante-em-chefe. André aceitou e partiu para a Turquia, na qualidade de adido ao estado-maior general.

O envio dum cartel a Kuraguin não sorria ao Príncipe André, que não queria, por preço algum, comprometer a jovem Condessa Rostov. Procurara uma entrevista pessoal com Anatólio, que lhe permitisse provocá-lo sob novo pretexto. Esperança vã: desde a chegada do Príncipe André ao exército da Turquia, apressou-se Anatólio em regressar à Rússia. Naquele novo país e graças a novas condições de existência, experimentou André algum alívio. A traição de sua noiva lhe assestara um golpe tanto mais penoso quanto se obrigara a não deixar perceber como sofria; desde então as alegrias que saboreava na vida pareceram-lhe insípidas e mais insípidas ainda aquela liberdade, aquela independência que tanto apreciava outrora. Aqueles pensamentos que lhe haviam sobrevindo sob o céu de Austerlitz, que ele gostava de desenvolver com Pedro, que tinham encantado sua solidão tanto em Bogutcharovo como na Suíça e em Roma, aqueles pensamentos que lhe abriam horizontes luminosos, infinitos, não mais neles se detinha, rejeitava-lhes até mesmo a lembrança. Só se ocupava agora com os interesses práticos mais imediatos, sem ligação com os de outrora e a eles se ligava com tanto mais ardor quanto mais afastados se mostrassem daquelas antigas preocupações. Aquela abóbada infinita que se expandia outrora acima de sua cabeça tinha-se, por assim dizer, transformado numa abóbada baixa, limitada, que o esmagava, sob a qual tudo era nítido e claro, sob a qual nada mais restava de misterioso nem de eterno.

De todas as ocupações que se lhe ofereciam, era o serviço militar a mais simples, como também a que melhor conhecia. Levou tão a gosto suas funções de general-ajudante-de-campo, desempenhou-as com tanto zelo e pontualidade que o próprio Kutuzov ficou surpreso. Não encontrando mais Kuraguin na Turquia, não julgou oportuno correr atrás dele na Rússia. Nem por isso deixava de dizer a si mesmo que, malgrado o tempo decorrido, malgrado o desprezo que votava àquele indivíduo, malgrado todas as suas razões de considerá-lo indigno de um encontro de armas, provocá-lo-ia fatalmente na primeira ocasião, da mesma maneira que um homem esfomeado se lança instintivamente sobre o alimento. E o sentimento de que a ofensa sofrida não fora ainda vingada, que a cólera refervia sempre no fundo de seu coração, envenenava aquela calma fictícia que criara para si na Turquia, graças a uma atividade um tanto agitada, em que a vaidade e a própria ambição achavam proveito.

Quando em 1812, a notícia da guerra com Napoleão chegou a Bucareste, onde havia dois meses Kutuzov passava dias e noites em casa de sua amante valáquia, o Príncipe André solicitou sua transferência para o exército do Ocidente. Kutuzov, a quem o zelo de Bolkonski parecia agora uma viva censura à sua própria indolência, aquiesceu de muito boa vontade ao seu pedido e confiou-lhe uma missão junto a Barclay de Tolly.

Antes de juntar-se ao exército, que em maio ocupava o Campo de Drissa, resolveu André passar por Montes Calvos; este domínio, situado a curta légua da grande estrada de Smolensk, encontrava-se em seu caminho. Houvera, durante aqueles três últimos anos, tantas mudanças em sua existência, tantas revoluções nas suas maneiras de pensar e sentir, vira tanta coisa nas suas viagens, tanto no Ocidente como no Oriente, que experimentou verdadeira estupefação ao encontrar em Montes Calvos o mesmo trem de vida, imutável até nos mínimos detalhes. Depois de costear a avenida e transpor o portal, acreditou que penetrava num castelo encantado, adormecido. A ordem, o silêncio, a limpeza reinavam sempre naquela casa; eram sempre os mesmos móveis, as mesmas paredes, os mesmos rumores, o mesmo odor, os mesmos rostos tímidos, embora um tanto envelhecidos. A Princesa Maria era sempre a mesma, feia, medrosa e ficando mais velha, passando seus mais belos anos, sem nenhum proveito, sem alegria alguma, em transes e sofrimentos morais perpétuos; a Senhorita Bourienne era sempre a mesma coquete, bastante satisfeita com sua pessoinha, sabendo gozar do menor instante e forjando para si mesma as mais radiosas esperanças. Dessalles, o preceptor que trouxera da Suíça, vestia agora uma sobrecasaca de talho russo e falava um russo execrável, quando se dirigia aos criados, mas nem por isso deixava de ser o mesmo pedagogo duma inteligência medíocre, instruído, virtuoso e um tanto quanto pedante. A ausência dum dente ao canto da boca era a única mudança física surgida no velho príncipe; sua única mudança moral era uma irritabilidade cada vez mais viva, um ceticismo cada vez mais pronunciado contra todos os acontecimentos deste mundo. Só o Principezinho Nicolau havia crescido, adquirido cores; sob seus negros cabelos cacheados, ria sem saber porquê, divertindo-se com tudo e erguia o lábio superior de sua bonita boca da mesma maneira que o fazia a falecida princesinha. Só ele não obedecia à lei de imutabilidade que parecia reger aquele castelo enfeitiçado. Mas, se bem que as aparências houvessem permanecido as mesmas, as relações íntimas entre os moradores haviam variado muito, desde a partida de André. Formavam agora dois campos estranhos e hostis um ao outro, que sua presença obrigou a uma aproximação temporária. A um desses campos pertenciam o velho príncipe, a Senhorita Bourienne e o arquiteto; ao outro, Maria, Dessalles, o pequeno Nicolau, as criadas e as amas.

Durante sua estada, todos fizeram suas refeições juntos, mas André via bem que o tratavam como a um hóspede em favor do qual se fazia uma exceção e que sua presença constrangia a todos. No primeiro dia, sentindo instintivamente aquele embaraço, só falou muito pouco; pelo seu lado o velho príncipe, vendo o ar constrangido de seu filho, trancou-se num silêncio intratável e retirou-se assim que acabou o jantar. Quando, lá para a noite, André foi vê-lo e, acreditando pô-lo em boa disposição, começou a contar-lhe a campanha do jovem Conde Kamenski, seu pai, interrompendo-o, queixou-se de Maria, acusando-a de ser supersticiosa, de detestar a Senhorita Bourienne, "a única pessoa, afirmava ele — que me é verdadeiramente devotada".

Pelo que dizia o velho príncipe, se estava doente, a culpa cabia unicamente a Maria: atormentava-o, enervava-o de propósito; estragava o Nicolauzinho pelo seu excesso de indulgência e suas histórias estúpidas. De fato, sabia muito bem que era ele quem tiranizava sua filha; mas sabia também que não podia impedir-se disso e que, aliás, merecia ela semelhante tratamento. "Por que, pois, — dizia a si mesmo — André, que vê tudo isso, não me fala de Maria? Imaginará ele, por acaso, que sou um celerado, um velho louco que se afastou de sua filha para se pôr de bem com a francesa? Ele não me compreende; de modo que é preciso explicar-lhe tudo, é preciso que ele me entenda". E expôs as razões que lhe tornavam insuportável o caráter absurdo de sua filha.

— Se o senhor não houvesse suscitado essa questão — disse André, sem olhar, para seu pai, porque ia permitir-se pela primeira vez censurá-lo, — ter-me-ia calado; mas, desde o momento que me pede minha opinião, dir-lhe-ei francamente o que penso de tudo isso. Se existe um mal-entendido entre Macha[64] e o senhor, não poderia torná-la responsável por isso, porque sei quanto ela o ama e o venera. Desde o momento que o senhor mo pergunta — prosseguiu André, cedendo a uma irritação que desde algum tempo se lhe tornara habitual, — só lhe direi uma coisa: o mal-entendido, se mal-entendido há, provém unicamente dessa mulher de nada que não deveria ser a companheira de minha irmã.

O velho, a princípio, ficou interdito, de olhos fixos em seu filho, depois descobriu, num sorriso forçado, aquele vazio produzido pela ausência de seu dente, à qual André não conseguia habituar-se.

— Qual é essa companheira, meu caro?... Já te encheram os ouvidos, hem?

— Meu pai, não desejaria ser juiz do senhor — continuou André, num tom acre e duro, — mas, uma vez que o senhor provocou esta explicação, disse-lhe, repito e sustentarei sempre que Maria não é culpada... Não, as culpadas... a culpada é essa francesa.

— Ah! tu me julgas... tu me julgas! disse o velho príncipe com uma voz calma, em que havia mesmo certa confusão. Mas de súbito deu um salto e gritou: — Fora daqui! Fora daqui! Nunca mais ponhas os pés aqui...

64. Diminutivo de Maria em russo. (N. do T.)

* * *

André queria partir imediatamente, mas Maria suplicou-lhe que ficasse ainda vinte e quatro horas. Naquele dia, não tornou ele a ver mais o pai que não saiu de seus aposentos, só deixando nele entrarem a Senhorita Bourienne e Tikhonita perguntando várias vezes se seu filho havia partido. No dia seguinte, antes de sua partida, foi André ver o pequeno Nicolau. O menino robusto, cujos cabelos cacheados lembravam os de sua mãe, instalou-se em seus joelhos. André se pôs a contar-lhe a história de Barba-Azul, mas não acabou sua narrativa e se pôs a pensar. Esquecia aquela gentil criaturinha que mantinha em seus joelhos e pensava em si mesmo. Fizera seu pai encolerizar-se, deixava-o, depois de haver discutido com ele pela primeira vez em sua vida; e não sentia ao menos arrependimento ou remorso. Coisa mais grave ainda, procurava em si mesmo e não encontrava mais aquela ternura que tivera por seu filho e que esperara fazer renascer, acariciando o petiz e pondo-o em seus joelhos.

— Mas então, conte, conte — dizia o menino.

Sem responder-lhe, tirou-o de seus joelhos e saiu.

Desde que o Príncipe André abandonou suas ocupações cotidianas, desde que tornou a encontrar as condições de existência em que vivia quando era feliz, o desgosto da vida se apoderou dele com tanta força quanto antes. Apressava-se em escapar o mais depressa possível àquelas recordações e a remergulhar numa atividade qualquer.

— Estás mesmo decidido a partir, André? — perguntou-lhe a irmã.

— Agradeço a Deus o poder ir-me embora — respondeu-lhe ele, — e lamento-te por não poderes fazer o mesmo.

— Que estás dizendo? — exclamou Maria. — Não esqueças que partes para essa horrível guerra e que ele está bem velho! Perguntou se ainda estavas aqui. A Senhorita Bourienne mo disse...

Mal abordou ela esse assunto, seus lábios tremeram de emoção, enquanto lágrimas lhe brotaram dos olhos. André voltou o rosto e se pôs a andar nervosamente pela sala.

— Ah! meu Deus! meu Deus! quando se pensa que seres tão desprezíveis possam causar a desgraça dos outros! — disse ele num arrebatamento que espantou sua irmã.

Adivinhou ela que, ao referir-se a seres desprezíveis, pensava ele não somente na Senhorita Bourienne, causadora da desgraça dela, Maria, mas também no homem que destruíra a felicidade dele.

— André, suplico-te — lhe disse ela, tocando-lhe no braço e erguendo para ele seus olhos que brilhavam através das lágrimas. — Compreendo-te. Mas não creias que a dor seja obra dos homens. Os homens não são senão instrumentos DELE. — Seu olhar passou por cima da cabeça de André, um desses olhares seguros de descobrir no seu lugar costumeiro uma imagem venerada. — É Ele e não os homens, quem nos envia a dor. Os homens são instrumentos, não são culpados. Se crês que alguém te causou algum mal, esquece e perdoa. Não temos o direito de punir. E saborearás a alegria de perdoar.

— Se eu fosse mulher, era o que faria, Maria. Perdoar é a virtude da mulher. Mas o homem não deve nem pode esquecer e perdoar.

Se bem que até então não tivesse pensado em Kuraguin, toda a sua cólera insaciada despertou de repente em seu coração. "Se Maria já ousa me pedir que perdoe, isto quer dizer que deveria desde muito tempo tê-lo punido", disse a si mesmo. E sem mais responder a sua irmã, pensou com alegria cheia de ódio no momento em que reencontraria Kuraguin, que sabia estar no exército.

Maria suplicou ainda a seu irmão que ficasse mais um dia; ela o advertiu de quanto seu pai se sentiria infeliz, se André partisse sem se reconciliar com ele. André objetou que, sem dúvida, poderia voltar em breve do exército, que não deixaria de escrever a seu pai, ao passo que, prolongando sua estada, só faria envenenar as coisas.

— Adeus, André. Lembra-te de que as desgraças vêm de Deus e que os homens jamais são culpados.

Tais foram as derradeiras palavras que lhe disse sua irmã no momento das despedidas.

"Sem dúvida deve ser assim! — pensava André, ao deixar a avenida de Montes Calvos. — Essa pobre e inocente criatura vai ficar como presa desse velho que está caduco. Ele se dá bem conta de que é o culpado, mas não pode corrigir-se. Meu menino cresce e sorri à vida e, como todos os outros, será enganador ou enganado. Vou para o exército, por quê? Ignoro-o. E desejo reencontrar esse homem a quem desprezo, afim de lhe dar ocasião de me matar e de zombar de mim!"

Os elementos que compunham sua existência eram os mesmos de sempre, mas tinham perdido toda coesão. Não lhe passavam mais pelo espírito senão visões isoladas, sem nenhuma ligação entre si.

9. O Príncipe André chegou ao quartel-general no fim de junho. O primeiro exército, comandado pelo imperador, ocupava o campo entrincheirado de Drissa; o segundo exército recuava, procurando juntar-se ao primeiro, de que o separavam, dizia-se, forças francesas consideráveis. Toda a gente mostrava-se descontente com a marcha geral das operações, mas ninguém esperava uma invasão das províncias russas propriamente ditas, ninguém supunha que a guerra pudesse ser levada além das províncias polonesas.

Barclay de Tolly, a quem Kutuzov enviara o Príncipe André, estava estabelecido às margens do Drissa. Como não existisse aldeia alguma, grande ou pequena, nos arredores do campo, os numerosíssimos generais e cortesãos que estavam no exército ocupavam, numa distância de três léguas em redor, as melhores casas dos pequenos burgos que se encontravam de parte e doutra do rio. Barclay de Tolly alojava-se a uma légua do imperador. Acolheu friamente Bolkonski; disse-lhe com seu sotaque estrangeiro que antes de lhe dar uma ocupação, conversaria com Sua Majestade, mas que enquanto esperava ligava-o a seu estado-maior. Anatólio Kuraguin, que André pensava encontrar no exército, havia chegado a Petersburgo. Essa notícia foi-lhe até agradável: chegado ao centro de operações cuja amplitude seria imensa, sentia seu interesse despertar-se e não se aborrecia de ver-se liberto por algum tempo da irritação que despertava nele a lembrança de Kuraguin. Durante os quatro primeiros dias, em que ninguém recorreu a seus serviços percorreu todo o campo fortificado e, graças a seus conhecimentos e a suas conversações com pessoas competentes, tratou de fazer-se dele uma ideia exata. Perguntava a si mesmo se aquele campo tinha sua razão de ser e não conseguiu resolver essa questão. Sua experiência da guerra e notadamente da Campanha de Austerlitz lhe havia ensinado que os planos mais sábios, mais bem-estudados, têm apenas uma importância bastante medíocre; tudo depende da maneira pela qual se aparam os golpes inesperados e imprevisíveis do inimigo, tudo depende da maneira pela qual as operações são conduzidas e do valor dos chefes. A fim de saber com que poderia contar a respeito deste último ponto, esforçou-se, graças à sua situação e a seus conhecimentos, por penetrar o caráter do alto comando, dos personagens e dos grupos que dele participavam e conseguiu formar do conjunto o quadro seguinte:

Quando o imperador estava ainda em Vilna, nossas forças haviam sido repartidas em três exércitos, comandados, o primeiro por Barclay de Tolly, o segundo por Bagration, o terceiro por Tormassov. O imperador estava com o primeiro exército, mas sem nele desempenhar as funções de generalíssimo. Os rescritos diziam, não que ele comandaria, mas simplesmente que estaria ali presente. Não tinha junto de si nenhum estado-maior de comandante-em-chefe, mas unicamente seu quartel-general pessoal, cujo chefe era o general-quartel-mestre Príncipe Volkonski. Havia lá generais, ajudantes-de-campo, diplomatas, uma multidão de estrangeiros, mas nenhum estado-maior de exército. Viam-se além disso aos lados do imperador, sem missão especial, o antigo Ministro da Guerra Araktcheiev, o Conde Bennigsen, o mais antigo em grau dos generais, o "tzarevitch " Constantino Pavlovitch, o chanceler Conde Rumiantsev, o antigo Ministro prussiano Stein, o General sueco Armfelt, Pfull, o principal autor do plano de campanha, o refugiado sardo

Paulucci ajudante-de-campo geral, Wolzogen e muitos outros. Se bem que não tivessem funções oficiais, nem por isso deixavam esses personagens de exercer certa influência; muitas vezes um chefe de corpo ou mesmo o comandante-em-chefe não sabia a que título Bennigsen, o grão-duque, Araktcheiev ou o Príncipe Volkonski lhe perguntavam ou lhe aconselhavam tal ou tal coisa; ignorava se era de moto próprio ou da parte do imperador que lhe transmitiam tal ou tal ordem, sob forma de conselho, e se devia ou não executá-la. Tudo isso não passava aliás de uma encenação: cada qual compreendia o que significava para os cortesãos — e quem afinal junto do imperador não se torna cortesão? — a presença no exército de Alexandre e daqueles diversos personagens. Se o imperador não tomara o título de generalíssimo, nem por isso deixavam todos os exércitos de depender dele; as pessoas que o cercavam eram seus colaboradores. Araktcheiever era o fiel guardião da ordem e o guarda de corpo de Sua Majestade. Embora parecendo limitar-se a fazer, na qualidade de grande proprietário nos arredores, as honras do país, era Bennigsen sobretudo um excelente general, cujos conselhos eram ouvidos com boa vontade e que se mantinha de reserva para substituir Barclay. O grão-duque figurava ali porque aquilo lhe causava prazer. O antigo ministro Stein estava presente por ser homem de bom conselho e porque Alexandre apreciava muito suas qualidades pessoais. Armfelt era um dos piores inimigos de Napoleão e um general seguro de si mesmo, o que produzia sempre uma forte impressão sobre o imperador. A presença de Paulucci era devida à audácia, à energia de suas afirmações. Os ajudantes-de-campo-generais acompanhavam sempre Sua Majestade. Enfim, principalmente, Pfull se achava ali porque era o autor de um plano de campanha que tivera a arte de fazer aprovar pelo Imperador Alexandre; dirigia de fato todas as operações. Ao lado de Pfull, Wolzogen traduzia em forma prática as ideias daquele teórico de gabinete, homem arrebatado e tão enfatuado de sua pessoa que professava por todas as coisas soberano desprezo.

Além desses personagens russos e estrangeiros, principalmente estrangeiros — e estes, com a temeridade natural a todo indivíduo que exerce sua atividade num meio que não é o seu, propunham cada dia novos planos — além desses personagens havia ainda muitos outros que acompanhavam no exército como subalternos a sorte de seus senhores.

Entre todas as opiniões que surgiam naquele mundo movimentado, faustoso e altivo não tardou André em distinguir várias correntes bem-delimitadas.

O primeiro partido se compunha de Pfull e outros teóricos, persuadidos da existência de uma ciência da guerra, que repousa sobre leis imutáveis, tais como o movimento oblíquo, o cerco do inimigo etc... Pfull e seus partidários exigiam a retirada para o interior do país, em virtude de leis estritas estabelecidas pela pretensa teoria da guerra; consideravam qualquer infração a essa teoria como marca de barbaria, de ignorância ou de má fé. A esse partido pertenciam os príncipes alemães Wolzogen, Wintzingerode, e outros ainda, na maior parte alemães.

O segundo era diametralmente oposto, um extremo chamando sempre outro. As pessoas desse partido reclamavam desde Vilna a ofensiva na Polônia e o abandono de todo plano de antemão traçado. Representantes da audácia na ação, encarnavam além disso o espírito nacional e se mostravam em consequência mais intransigentes ainda que seus adversários. Eram russos, notadamente, Bagration, Ermolov, que começava a destacar-se e de quem um dito de espírito lograra então grande notoriedade: ao imperador, que lhe deixava o direito de escolher uma recompensa, pedira para ser promovido a "alemão". As pessoas desse partido, evocando a lembrança de Suvorov, viviam a dizer que era inútil arquitetar teorias e pregar alfinetes nos mapas; o que era preciso era bater-se, vencer o inimigo, interditar-lhe a entrada na Rússia e não deixar tempo às nossas tropas para se desmoralizarem.

O terceiro partido que inspirava mais confiança ao imperador, compreendia principalmente cortesãos e, entre eles, Araktcheiev. Essas pessoas preconizavam acomodações entre as duas tendências extremas. Pensavam e diziam o que dizem comumente os que não têm convicções, ao mesmo tempo que desejam tê-las. Evidentemente, asseguravam eles, a guerra, sobretudo com um adversário de gênio como Bonaparte — porque o chamavam de novo de Bonaparte — a guerra exige uma ciência consumada, as combinações mais profundas, e Pfull, neste ponto de vista era verdadeiramente genial; não se poderia todavia negar que os teóricos são muitas vezes exclusivistas; longe, pois, de conceder-lhes uma confiança absoluta, era preciso dar atenção aos adversários de Pfull, homens práticos, experimentados, e manter-se um meio termo. Em consequência, embora reconhecendo a necessidade de manter o Campo de Drissa, segundo o plano de Pfull, pretendiam modificar a marcha dos outros dois exércitos. Se bem que dessa maneira não se atingisse nenhum dos objetivos propostos, as pessoas desse partido achavam que isso valia melhor assim.

A quarta corrente de opinião tinha à sua frente o grão-duque herdeiro, que tinha ainda presente à memória sua derrota em Austerlitz onde avançara, como numa parada, de capacete e penacho, à frente da guarda, bem convencido de que iria corajosamente esmagar os franceses; mas, caindo de improviso sobre a primeira linha, fora tomado na debandada e se safara desastradamente. As pessoas desse partido tinham ao mesmo tempo o mérito e o defeito de ser sinceros. Temiam Napoleão, conheciam a força dele e a fraqueza própria e não se acanhavam em dizê-lo. Andavam a repetir: "Tudo isso só nos levará à desgraça, à derrota e à vergonha. Já abandonamos Vilna, depois Vitebsk; abandonaremos também Drissa; a única coisa razoável que nos resta fazer, é concluir a paz o mais depressa possível, se não quisermos ser expulsos de Petersburgo!"

Essa opinião, muito espalhada nas altas esferas do exército, encontrava eco em Petersburgo e até mesmo junto ao Chanceler Rumiantsev que também desejava a paz, mas em virtude de outras razões.

Um quinto campo sustentava Barclay de Tolly, menos pelo seu valor pessoal que pelo fato de ser Ministro da Guerra e generalíssimo. As pessoas desse grupo diziam. "Quaisquer que sejam seus defeitos — começavam sempre com esta frase — é um homem honesto e ativo, e melhor do que ele não temos outro. Deem-lhe um poder real, porque na guerra a unidade de comando é a condição do êxito, e ele mostrará o que pode fazer, como o mostrou na Finlândia. Se nosso exército pôde recuar sem obstáculo até o Drissa, se está agora forte e organizado é somente a Barclay que o devemos. Se o substituirmos por Bennigsen, tudo estará perdido. Bennigsen já demonstrou por demais sua incapacidade em 1807".

O sexto grupo, o dos partidários de Bennigsen, sustentava, pelo contrário, que ninguém era mais ativo, mais experimentado do que aquele homem e que mais cedo ou mais tarde, seria preciso recorrer a ele. Demonstravam que nossa retirada até o Drissa era com efeito uma vergonhosa derrota, devida a uma série de erros. "Quanto mais acumularem semelhantes faltas, melhor será: compreender-se-á mais depressa que as coisas não podem marchar dessa maneira. O que nos é preciso não é um Barclay qualquer, mas um homem como Bennigsen, que já deu provas suas em 1807 e a quem o próprio Napoleão rendeu justiça. É o único diante de quem toda a gente se inclinaria".

Ao sétimo partido pertenciam pessoas que nunca deixam de ser encontradas na roda dos jovens soberanos e que eram especialmente numerosas junto ao Imperador Alexandre, isto é generais e ajudantes-de-campo apaixonadamente devotados, mais ao homem que ao monarca. Adoravam-no com sincero desinteresse, da mesma maneira que Rostov o havia adorado em 1805; atribuíam-lhe não só todas as virtudes, mas todas as qualidades humanas. Essas pessoas exaltavam e censuravam ao mesmo tempo a modéstia de seu senhor que recusara o comando supremo; desejavam unicamente que, deixando de lado aquela desconfiança excessiva de si mesmo, declarasse o seu soberano bem-amado que se punha à frente do exército, constituísse um grande estado-maior e, depois de ter-se aconselhado, se preciso, tanto com os teóricos como com os práticos mais entendidos, conduzisse ele próprio ao combate suas tropas, bastando sua simples presença para enchê-las de um entusiasmo delirante.

O oitavo clã, o mais importante, e cuja proporção com os precedentes era de noventa e nove para um, agrupava as pessoas que não queriam nem a paz nem a guerra, nem campo defensivo no

Drissa ou alhures, nem Barclay, nem o imperador, nem Pfull, nem Bennigsen; seus interesses e seus prazeres lhes pareciam coisas muito mais essenciais e era isso o único objetivo que almejavam. Nessa embrulhada de intrigas que se cruzavam e se enredavam no quartel imperial, o impossível tornou-se possível. Um, para não perder um posto vantajoso, partilhava hoje da opinião de Pfull, e amanhã a de seus adversários, para afirmar depois de amanhã que não tinha opinião alguma sobre o ponto em litígio, isto com o único fim de não se comprometer e de fazer a corte a seu soberano. O outro, desejoso de colocar-se bem, atraía a atenção do imperador, trombeteando uma opinião que este havia insinuado na véspera, discutia e gritava no conselho, dava grandes murros no peito, provocava seus contraditores em duelo, provando assim que estava disposto a se sacrificar ao interesse geral. Um terceiro, entre dois conselhos e na ausência de seus inimigos, solicitava descaradamente um socorro pecuniário em razão de seus fiéis serviços; sabia bem que não se teria tempo de recusar-lhe. Um quarto, como que propositadamente, estava sempre sobrecarregado de trabalho, quando seu chefe podia vê-lo. Um quinto, para obter um convite, desde muito tempo cobiçado, à mesa imperial, demonstrava, com grandes reforços de argumentos, mais ou menos sólidos, a justeza ou a falsidade duma teoria que entrava em voga.

Esse enxame de zangãos só sonhava em pilhar dinheiro, condecorações, postos; consultava somente a orientação do corrupio do favor imperial: se girasse ela para um lado, soprava ele na mesma direção, de modo que o imperador não podia mais fazer que ela girasse noutra direção. Na incerteza da hora e da angústia causada pela iminência do perigo, no meio daquele turbilhão de intrigas, de amores próprios, de conflitos entre tendências opostas, em meio de todas aquelas pessoas de nacionalidades diversas, esse oitavo grupo, o mais numeroso, ocupado somente com interesses particulares, complicava singularmente a marcha dos negócios. Qualquer que fosse a questão suscitada, esse enxame de zangãos, que não havia ainda acabado de trombetear o assunto que o ocupava precedentemente, já voava para o seguinte e abafava sob seus zumbidos as vozes sinceras que tomavam parte na discussão.

No momento em que o Príncipe André chegou ao campo, um nono partido começava a surgir. Era o das pessoas idosas, prudentes, treinadas nos negócios e que, não partilhando de nenhuma das opiniões que se enfrentavam, examinavam sem preconceito o que se passava no quartel imperial e procuravam o meio de pôr um termo à incerteza, à indecisão, à confusão, à fraqueza.

Essas pessoas diziam e pensavam que o mal vinha antes de tudo da presença do imperador no exército e de sua corte militar; que a atmosfera convencional, a versatilidade que se dão muito bem na Corte, são fatais aos exércitos, que o papel de um soberano é reinar e não comandar tropas, que só havia uma saída para a situação: a partida do imperador, cuja presença paralisava cinquenta mil soldados, necessários para garantir sua segurança e que um general-em-chefe medíocre, mas independente, valeria melhor que um chefe de primeira ordem tolhido pela presença e pelo bel-prazer do imperador.

Enquanto o Príncipe André permanecia no campo sem ter ainda função, um dos membros mais influentes desse partido, o secretário de Estado, Chichkov, remeteu ao imperador uma carta assinada por Balachev e Araktcheiev. Usando da permissão que lhe fora concedida de julgar a marcha geral dos negócios, insinuavam em termos respeitosos ao soberano que, para excitar o ardor guerreiro das populações, sua presença na capital era indispensável.

Alexandre compreendeu a necessidade de fazer apelo ao povo para a defesa da pátria; aproveitou esse pretexto para deixar o exército; e o entusiasmo nacional que devia suscitar durante sua estada em Moscou foi o principal elemento de nossa vitória.

10. Não fora ainda essa carta entregue ao imperador, quando um dia, ao jantar, Barclay preveniu Bolkonski que Sua Majestade desejava vê-lo para interrogá-lo a respeito da Turquia; o Príncipe André devia apresentar-se, na mesma tardinha, às seis horas, no domicílio de Bennigsen.

Naquele dia o quartel imperial fora avisado de um novo movimento de Napoleão que poderia tornar-se perigoso para o exército; a notícia veio a ser, aliás, desmentida depois. No correr da manhã, o coronel Michaux, percorrendo com Alexandre as defesas de Drissa, lhe havia demonstrado que esse famoso campo entrincheirado, obra de Pfull, essa obra-prima de tática, era na realidade um absurdo e causaria não a perda de Napoleão, mas a do exército russo.

Quando o Príncipe André chegou ao pequeno edifício senhorial que Bennigsen ocupava, à margem mesma do rio, não encontrou ali nem o general, nem o imperador. Mas um dos ajudantes-de-campo-generais, Chemichov, recebeu-o e fê-lo saber que Sua Majestade inspecionava pela segunda vez naquele dia, em companhia de Bennigsen e do Marquês Paulucci, as fortificações daquele campo cuja utilidade começava a ser posta em dúvida."

Sentado perto duma janela da primeira sala, Chemichov lia um romance francês. Aquela sala era sem dúvida uma antiga sala de dança; encontrava-se ainda ali um harmônio sobre o qual estavam empilhados tapetes. Num canto, espichado no seu leito de campanha, o ajudante-de-campo de Bennigsen dormitava, em consequência duma boa refeição sem dúvida, ou dum excesso de trabalho. A sala tinha duas portas: a da frente dava para o antigo salão, a da direita para um gabinete. Pela primeira chegavam vozes falando alemão e de vez em quando francês. Ali se realizava, não um conselho de guerra, porque o imperador não gostava das designações precisas, mas uma reunião de alguns personagens cuja opinião queria ouvir naquela difícil conjuntura, em suma, uma espécie de conselho secreto. Tinham sido convocados: o General sueco Armfelt, Wolzogen, Wintzingerode, aquele súdito francês trânsfuga, segundo a expressão de Napoleão, Michaux, Toll, o Conde Stein, que não era absolutamente militar, e enfim Pfull, a *cavilha mestra* de todo o negócio, disseram ao Príncipe André. Este teve tempo de examiná-lo bem, pois Pfull chegou logo após ele e, antes de passar para o salão, conversou alguns instantes com Chernichov.

Desde a primeira olhadela e se bem que jamais o tivesse visto, causou Pfull, mal-enjambrado num uniforme de general russo de corte medíocre e que lhe dava um ar de estar fantasiado, ao Príncipe André o efeito de uma figura conhecida. Pfull lembrava-lhe vagamente os Weirother, os Mack, os Schmidt, uma multidão de outros generais teóricos, que havia conhecido em 1805; mas era mais típico que eles todos. Jamais Bolkonski vira um alemão que reunisse a tal ponto os traços característicos de todos aqueles alemães técnicos.

Era um homenzinho magríssimo, mas de compleição sólida, fortemente constituído, provido de largos quadris e de omoplatas ossudas. Rugas sulcavam-lhe o rosto, seus olhos estavam profundamente implantados nas órbitas. Seus cabelos que na frente tinham sido alisados nas têmporas a escovadas rápidas, atrás se especavam em mechas soltas. Entrou lançando olhares inquietos à direita e à esquerda, como se tudo lhe causasse medo naquela vasta sala. Segurando com um gesto acanhado sua espada, perguntou em alemão a Chernichov onde se encontrava o imperador. Tinha evidentemente pressa de atravessar as salas, de ver-se livre das continências e cumprimentos de uso, para se instalar diante dum mapa e reencontrar-se no seu elemento. Deu bruscos balanceios de cabeça e esboçou um sorriso irônico, quando Chernichov lhe comunicou que Sua Majestade inspecionava as trincheiras que ele, Pfull, havia construído, segundo suas teorias pessoais. Com aquela rude voz de baixo, característica dos alemães, seguros de si mesmos, resmungava consigo mesmo: *"Dummkopf ou: Zu Grunde die ganze Geshichte,* ou: *Es wird was Gescheites d'rans werden".*[65] O Príncipe André não percebeu bem o que ele dizia, quis passar, mas Chernichov o apresentou a Pfull, mencionando que o príncipe acabava de chegar da Turquia, onde a guerra viera a ter um fim tão feliz. Pfull mal se dignou lançar-lhe um olhar e resmungou, rindo: *"Da muss ein schöner taktischer Krieg gewesen sein".*[66] E chacoteando francamente, passou para a sala donde partiam as vozes.

65. "Imbecil... — Vão estragar tudo... — Boa coisa há de sair daí".
66. "Deve ter sido uma bela campanha tática".

Era de toda evidência que o fato de ter-se ousado, sem ele, examinar e criticar seu campo elevava ao cúmulo a habitual irritabilidade de Pfull e sua disposição natural à ironia. Aquela curta entrevista permitiu ao Príncipe André que tivesse, segundo suas recordações de Austerlitz, uma ideia bastante nítida do personagem. Pfull era uma dessas criaturas que uma confiança desesperada em suas ideias pode levar até o martírio, e que só se encontram na Alemanha, porque somente os alemães baseiam sua segurança sobre uma ideia abstrata, a ciência, isto é, o pretenso conhecimento da verdade absoluta. O francês está seguro de si porque imagina que exerce, quer pelo seu espírito, quer pelo seu físico, uma sedução irresistível, tanto sobre os homens como sobre as mulheres. O inglês está seguro de si porque se crê o cidadão do Estado mais policiado do mundo: na qualidade de inglês sabe sempre o que deve fazer; na qualidade de inglês sabe que tudo quanto faz é indiscutivelmente bem feito. O italiano está seguro de si porque sua natureza facilmente emotiva fá-lo esquecer-se de si mesmo e dos outros. O russo está seguro de si mesmo porque não sabe de nada e de nada quer saber e porque não crê que se possa conhecer perfeitamente o que quer que seja. A suficiência do alemão é a mais obstinada e a mais odiosa de todas, porque afigura-se conhecer a verdade, ou melhor, a ciência que ele próprio fabricou, mas que tem como a verdade absoluta.

Tal era, sem dúvida alguma, o caráter de Pfull. Possuía uma ciência, isto é, aquela teoria do movimento oblíquo que o estudo das guerras do Grande Frederico lhe inspirara; de modo que as campanhas subsequentes não eram a seus olhos senão uma série de encontros estúpidos, bárbaros, caóticos; cometeram-se nelas tantos erros, tanto dum como doutro lado, que essas guerras não mereciam o nome de guerras; como não concordassem com sua teoria, não as julgava dignas de estudo.

Em 1806, fora um dos autores do plano que terminou em Iena e em Auerstaedt, mas aquelas derrotas não lhe haviam de modo algum provado a falsidade de sua teoria. Pelo contrário, as derrogações trazidas a essa teoria tinham sido, segundo ele, as únicas causas do desastre. *"Ich sagte ja dass die ganze Geschichte zum Teufel gehen werde!"*[67], decretara ele, com a satisfeita ironia que lhe era peculiar. Pfull era um desses teóricos tão aferrados à sua teoria que se esquecem de sua finalidade, isto é, a aplicação prática: por amor à teoria, desprezava qualquer prática. Regozijava-se mesmo com um desastre, porque um desastre, provindo duma violação da teoria na sua aplicação, não lhe provava outra coisa senão a justeza de suas ideias.

As poucas palavras que trocou com Chemichov e o Príncipe André sobre a campanha em curso foram pronunciadas no tom de um homem que sabe de antemão pontavam na sua nuca e suas têmporas escovadas muito mal confirmavam eloquentemente essa maneira de ver.

Apenas passou ele duma sala para a outra, lá repercutiram as explosões rabugentas de sua voz profunda.

11. Mal acabara o Príncipe André de acompanhar Pfull com o olhar, quando o Conde Bennigsen entrou precipitadamente e passou logo para o gabinete, depois de ter cumprimentado Bolkonski com um aceno de cabeça e dado brevemente suas ordens a seu ajudante-de-campo. O imperador acompanhava-o de perto e tinha ele pressa de tomar certas providências antes de recebê-lo. Chernichov e o Príncipe André seguiram para o patamar de entrada. O imperador desceu do cavalo com ar cansado e, inclinando a cabeça à esquerda, prestou distraída atenção às palavras veementes que lhe dirigia o Marquês Paulucci. O imperador deu alguns passos para a frente, visivelmente desejoso de interromper a conversa, mas o italiano, avermelhado, superexcitado, esquecendo as conveniências, subiu atrás dele os degraus do patamar. Enquanto Alexandre mantinha os olhos fixos em Bolkonski a quem não reconhecia, Paulucci prosseguia, com uma violência vizinha do frenesi:

67. "Eu bem que disse que esse negócio todo iria ao diabo!"

— Quanto a esse tal, Sire, que aconselhou o Campo de Drissa, não vejo outra alternativa senão a casa amarela[68] ou a forca.

Sem parecer ouvir a tirada do italiano, o imperador, reconhecendo por fim Bolkonski, disse-lhe com benevolência:

— Prazer em ver-te; passa para a sala onde aqueles senhores estão reunidos e espera-me ali.

Alexandre penetrou no gabinete; o Príncipe Pedro Mikhailovitch Volkonski e o Barão Stein acompanharam-no, depois a porta se fechou. Usando da permissão do imperador, o Príncipe André passou com Paulucci, que conhecera na Turquia, para o salão onde se realizava o conselho.

O Príncipe Volkonski desempenhava então oficiosamente junto ao imperador as funções de chefe do estado-maior. Saiu do gabinete, munido de mapas que estendeu sobre a mesa do salão e submeteu à assembleia as questões a respeito das quais desejava ouvir-lhe a opinião. Recebera-se durante a noite a notícia, mais tarde desmentida, de que os franceses se propunham contornar o Campo de Drissa.

O General Armfelt foi o primeiro a tomar a palavra e, para evitar as dificuldades da hora, fez uma proposta bem inesperada e que só se justificava pelo seu desejo de mostrar que, também ele, era capaz de ter uma opinião. A seu ver, o exército devia ocupar nova posição, afastada das estradas de Petersburgo e Moscou e ali aguardar o ataque do inimigo. Via-se que Armfelt havia desde muito concebido esse plano, que, aliás, em nada satisfazia as questões propostas; aproveitava somente da ocasião para torná-lo conhecido. Era uma dessas numerosas sugestões que poderia ser tão boa quanto outra, para quem quer que não tivesse a mínima noção do caráter que aquela guerra tomaria. Alguns a combateram, outros a defenderam. O jovem Coronel Toll criticou com encarniçamento todo especial o projeto do general sueco e, tirando do seu bolso um manuscrito, pediu autorização para lê-lo. Naquele longo memorandum, propunha Toll novo plano de campanha diametralmente oposto, tanto ao de Armfelt como ao de Pfull. Refutando-o, por sua vez, Paulucci, aconselhou a ofensiva, a única coisa que poderia fazer-nos sair da incerteza e daquela armadilha que, na sua opinião, era o Campo de Drissa. Durante essas discussões, Pfull e seu intérprete junto à Corte, Wolzogen, não disseram uma palavra. Pfull, que fungava de maneira desdenhosa, dera as costas, mostrando assim que não se abaixaria jamais a discutir semelhantes asneiras. Quando o Príncipe Volkonski, que dirigia os debates, convidou-o a expor sua maneira de ver, limitou-se a dizer:

— Por que pedir minha opinião? O General Armfelt vos recomenda uma soberba posição com nossas retaguardas desguarnecidas; tendes ainda a escolha entre o ataque *von diesem italienischen Herrn — sehr schön,*[69] ou então a retirada — *auch gut.*[70] Por que perguntar minha opinião? Vós todos a sabeis melhor do que eu.

Fechando a cara, Volkonski fez-lhe ver que o interrogava em nome do imperador. Então Pfull levantou-se e, acalorando-se, de repente, declarou:

— Estragaram tudo, complicaram tudo; toda a gente queria saber mais do que eu, e agora pedem minha opinião. Como reparar os erros? Nada há a remediar. É preciso aplicar estritamente os princípios que fixei — concluiu ele, martelando a mesa com seus punhos ossudos. — A dificuldade da situação? Tolice, *Kinderspeil.*[71]

Atraiu o mapa para si e, dando-lhe palmadinhas com sua mão seca, afirmou que nenhuma conjuntura poderia afetar a eficácia do Campo de Drissa: tudo fora previsto; se, como se pretendia, procedia o inimigo a um movimento de contornação, seria fatalmente aniquilado.

Paulucci, que ignorava o alemão, fez-lhe algumas perguntas em francês. Wolzogen correu em socorro de seu chefe, que falava mal o francês, e traduziu suas explicações. Tinha grande dificul-

68. Nome dado na Rússia aos asilos de loucos, porque antigamente eram pintados dessa cor. (N.doT.)
69. “Desse senhor italiano — coisa perfeita”.
70. “Igualmente bom”.
71. “Brinquedo de crianças”.

dade em acompanha-lo porque Pfull sustentava com volubilidade que seu plano previa absolutamente tudo, tanto o que tinha acontecido como o que poderia ainda acontecer; se tropeçavam agora com erros, a culpa cabia a lacunas na execução do dito plano. Acompanhava sua demonstração com um riso irônico e não se dignou prossegui-la até o fim, da mesma maneira que um matemático deixa de trazer provas a um problema já resolvido. Substituindo-o, Wolzogen continuou a expor em francês as ideias de Pfull. Pedia-lhe de vez em quando a aprovação com um *"Nicht wahr, Excellenz?"*[72] Mas Pfull, como um homem que, no ardor do combate atira contra os seus, dizia-lhe num tom furioso:

— *Nun ja, was soll denn da noch expliziert warden?*[73]

Paulucci e Michaux refutavam, conjuntamente, Wolzogen em francês. Armfelt dirigia-se a Pfull em alemão. Toll explicava tudo em russo a Volkonski. O Príncipe André ouvia e observava em silêncio.

Simpatizava totalmente com Pfull, único dentre todos aqueles conselheiros, aquele homem irascível, de tom peremptório e loucamente seguro de si, não desejava evidentemente nada para si mesmo, não tinha inimizade a ninguém; só queria uma coisa, fazer executar um plano, estabelecido segundo uma teoria cuja elaboração lhe exigira anos de estudo. Sem dúvida era ridículo e sua ironia bastante desagradável, mas seu apego fanático a suas ideias inspirava um respeito involuntário. Além disso, com exceção dele, todos quantos falavam naquela reunião apresentavam um traço comum que não aparecera por ocasião do conselho de guerra de 1805: o gênio de Napoleão provocava naqueles técnicos um terror, dissimulado sem dúvida, mas que influenciava os menores argumentos. Aquele para quem nada era impossível, esperavam eles vê-lo surgir de todos os lados ao mesmo tempo e se serviam de seu nome temido para se combaterem uns aos outros; somente Pfull o tratava de bárbaro, nem mais nem menos que aos outros adversários de sua teoria. O respeito do Príncipe André se matizava aliás de piedade. Segundo o tom dos cortesãos a respeito de Pfull, segundo o que Paulucci se permitira dizer ao imperador, sobretudo segundo a sombria veemência de suas próprias palavras, era fácil de ver que toda a gente sabia de seu desfavor próximo e ele mesmo disso suspeitava. A despeito, pois, de sua soberba segurança e de sua rabugenta ironia de alemão, aquele homem, com seus cabelos grudados nas têmporas e suas mechas eriçadas na nuca, parecia digno de comiseração. Se bem que ocultasse seus sentimentos sob um ar excitado e desdenhoso, sentia-se o desespero dele por ver escapar a ocasião única de verificar sua teoria numa vasta escala e fazer resplender sua justeza perante o mundo.

Discutiram muito tempo, acaloraram-se, chegaram a gritar e a ataques pessoais; mas quanto mais se prolongavam os debates, menos era possível deles tirar uma conclusão prática. Ouvindo sustentar em línguas diversas e com grande reforço de gritos, tantas opiniões contraditórias, projetos e contra projetos, o Príncipe André já não dava crédito a seus ouvidos. Durante seus anos de serviço e suas longas meditações sobre o ofício das armas, tinha muitas vezes dito a si mesmo, que não há, que não pode haver ciência da guerra e que, em consequência, a expressão "gênio militar" é forçosamente destituída de sentido. Achava nos debates presentes uma confirmação incontestável dessa maneira de ver. "Como se poderia falar de teoria e de ciência, quando as condições e as conjunturas são desconhecidas e não podem ser definidas, quando as forças atuantes podem ainda menos ser determinadas? Ninguém jamais pôde, ninguém, pode saber qual será dentro de vinte e quatro horas a posição de nosso exército ou do exército adverso, qual o valor de tal ou qual destacamento. Se em lugar de um poltrão, que se põe em fuga, gritando: "Estamos perdidos!" houver na primeira fila um alegre e ousado rapaz para gritar "Avante!" — um destacamento de cinco mil homens valerá por trinta mil como em Schoengraben, e em contraposição pode acontecer que cinquenta mil homens se ponham em fuga diante de oito mil, como em Austerlitz. Haverá ciência possível numa matéria em que, como em toda coisa da vida

72. "Não é, Excelência?"
73. "Mas sim, de que servem essas explicações?"

prática, nada poderia ser previsto, ou tudo depende de circunstâncias inúmeras, cuja importância só se revela num único minuto que ninguém sabe quando soará? Armfelt acha que nosso exército está cortado. Paulucci, pelo contrário, afirma que colocamos o exército francês entre dois fogos. Michaux acha o Campo de Drissa perigoso porque o rio está atrás; Pfull vê nisso, pelo contrário, um penhor de segurança. Toll propõe um plano, Armfelt outro; todos são ao mesmo tempo bons e maus, as vantagens ou os inconvenientes de tal ou qual plano só aparecem na hora em que o acontecimento se realiza. Donde vem que toda a gente enche a boca de "gênio militar"? Tem-se gênio para saber abastecer a tempo o exército de biscoitos ou enviar este à direita e aquele outro à esquerda? Não, mas os militares estão revestidos do esplendor e do poder, e a multidão covarde lisonjeia os poderosos atribuindo-lhes gênio sem razão de ser. Bem longe de serem homens superiores, os melhores generais que conheci pareceram-me pouco inteligentes ou distraídos, Bagration em primeiro lugar, a quem, no entanto, Napoleão tem como o mais bem-dotado de seus adversários. E o próprio Napoleão! Lembro-me de sua fisionomia satisfeita e sem inteligência no campo de batalha de Austerlitz. Um bom capitão não tem necessidade nem de gênio, nem de qualidades particulares; pelo contrário, deve ser desprovido das mais altas propriedades da natureza humana, do amor, da poesia, da ternura, da dúvida filosófica. Deve ser curto de inteligência, convencido da importância de seus atos, porque de outro modo careceria de paciência: só a esse preço será um valente chefe de exército. Mas que Deus o preserve de se mostrar humano, de tomar afeição ou ter compaixão por alguém, de refletir no que é justo ou injusto! Compreende-se que desde sempre a teoria dos gênios foi falsificada para aqueles homens, porque representam o poder. O ganho ou a perda de uma batalha depende, não deles mas antes do soldado que, na fileira, grita: "Estamos perdidos!" ou do que grita "Avante!" Sim, na fileira e somente na fileira pode-se servir com a convicção de que se é útil!"

Assim pensava o Príncipe André, prestando distraída atenção à discussão. Ouviu por fim Paulucci chamá-lo. Toda a gente se retirava.

No dia seguinte, durante a revista, o imperador perguntou a Bolkonski onde desejaria servir e este, na opinião da corte, se perdeu para sempre, não rogando a Sua Majestade que o ligasse à sua pessoa. Pediu autorização para servir no exército.

12. Antes da abertura da campanha, recebeu Rostov de seus pais uma carta em que lhe davam breve notícia da doença de sua irmã e do rompimento de seu noivado com o Príncipe André (que explicavam pela recusa de Natacha); rogavam-lhe uma vez mais que pedisse demissão e voltasse para casa. Sem mesmo sonhar em pedir uma licença, escreveu Nicolau a seus pais que a doença de Natacha e o casamento desmanchado o enchiam de pesar e que faria todo o possível para satisfazer-lhes o desejo. Num bilhete especial destinado a Sônia explicava desta forma sua conduta:

> "Adorada amiga de minha alma:
>
> Somente a honra poderia impedir-me de voltar para teu lado. No momento em que se inicia a campanha, acreditar-me-ia desonrado, não só diante de meus camaradas, mas para comigo mesmo, se preferisse minha felicidade ao meu dever e ao meu amor pela pátria. Mas será nossa derradeira separação. Fica certa de que, logo que acabar a guerra, se ainda estiver vivo e tu me amares ainda, deixarei tudo e voarei para ti, para apertar-te para todo o sempre de encontro ao meu ardente coração".

E, de fato, somente a entrada em campanha reteve Rostov e o impediu de voltar, como o havia prometido, para casar com Sônia. O outono em Otradnoie, com suas partidas de caça, o inverno com as alegres festas de Natal e o amor de Sônia, tinham-lhe aberto toda uma perspectiva de calmas alegrias campesinas que o atraíam irresistivelmente. "Sim — dizia a si mesmo, — uma excelente mulher, filhos, uma boa matilha de cães corredores, dez a doze pares de bravos lebreus, o domínio a valorizar, as visitas entre vizinhos, uma função qualquer com que me honrará a escolha de meus pares, eis o gênero de vida que melhor me conviria". Mas tendo explodido a guerra, forçoso foi que ficasse no regimento. Graças a seu caráter fácil, não apreciava menos esse outro gênero de vida e sabia tirar dele todas as satisfações possíveis.

Acolhido cordialmente pelos camaradas por ocasião de seu regresso de licença, fora Nicolau encarregado duma remonta na Pequena Rússia, donde trouxe excelentes cavalos que lhe causavam delícias e lhe valeram os cumprimentos de seus chefes. Durante sua ausência, fora promovido a capitão, e, quando o regimento se pôs em pé de guerra, com seus efetivos reforçados, afetaram-no a seu antigo esquadrão.

No começo da guerra, o regimento foi transferido para a Polônia; ali chegaram novos oficiais, novos homens, cavalos e reinou sobretudo aquela animação alegre que acompanha sempre uma entrada em campanha. Cônscio das vantagens que lhe advinham de sua situação, entregou-se Rostov por completo aos prazeres e aos deveres do serviço, sabendo muito bem que cedo ou tarde deveria deixá-lo.

Tinham as tropas evacuado Vilna por diversas razões, tanto políticas como táticas. No grande estado-maior, cada passo dado atrás dava lugar a todo um jogo complexo de paixões, de combinações e de intrigas. Mas para os hussardos de Pavlograd, aquela retirada, durante a melhor estação do ano, com provisões suficientes, era uma simples festa. O grande quartel podia perder coragem, raciocinar, intrigar à sua vontade, o exército nem mesmo perguntava a si mesmo para onde se ia, porque se recuava. Se lamentava bater em retirada era somente porque se tornava preciso separar-se de alguma bela polonesa, dizer adeus a uma casa a que se estava habituado. Se alguém se dava conta de que os negócios iam mal, esforçava-se ainda assim por se mostrar alegre, esquecia a situação geral para transferir toda a sua tensão a seu serviço imediato. No começo, aquartelavam-se alegremente nos arredores de Vilna, travavam conhecimento com os fidalgos rurais poloneses, preparavam-se para as revistas passadas pelo imperador e por outros grandes chefes. Depois veio a ordem de retirada sobre Swienciany e destruição dos víveres que não pudessem ser transportados. Os hussardos guardaram a lembrança de Swienciany como do "campo da bebedice": todo o exército apelidara assim aquele acantonamento e muita queixa houve contra as tropas que, aproveitando-se da autorização de se abastecerem na casa do habitante, haviam requisitado, além de víveres, cavalos, carros e até tapetes nas casas dos senhores poloneses. Rostov se lembrou de Swienciany, porque no dia de sua chegada àquele lugar, suspendera de funções seu segundo sargento e não conseguiu conter seu esquadrão, que encontrou bêbado de cair por ter pilhado, sem que ele o soubesse, cinco tonéis de cerveja velha. De Swienciany recuou-se até o Drissa, depois mais longe e mais longe ainda, aproximando-se das fronteiras da Rússia.

A 13 de julho, o regimento de Pavlograd teve, pela primeira vez, um caso sério.

Na noite de 12 para 13, causou estragos uma dessas tempestades com chuva e granizo, de que o verão de 1812 se mostrou pródigo.

Dois esquadrões do regimento bivacavam num campo de centeio, inteiramente espezinhado pelos cavalos e pelo gado. A chuva caía torrencialmente. Rostov em companhia de um de seus subordinados, o jovem Ilin, que tomara sob sua proteção, abrigava-se sob uma barraca construída às pressas. Surpreendido pela chuva, um oficial do regimento, cujas bochechas eram flanqueadas por intermináveis bigodes, abrigou-se na barraca.

— Acabo de vir do estado-maior, conde. Soube da proeza de Raievski?

E contou pormenorizadamente o combate de Saltanovka.

Contraindo o pescoço onde escorrera a chuva, Rostov fumava seu cachimbo e escutava com ar distraído, enviesava de vez em quando um olhar para o jovem Ilin, agachado a seu lado. Nicolau era para aquele rapaz de dezesseis anos, recém-chegado ao regimento, o que Denissov fora para ele sete anos antes. Ilin esforçava-se por imitar Rostov e estava apaixonado por ele como uma mulher.

Zdrjinski, o oficial de compridos bigodes, assegurava com ênfase que o dique de Saltanovka tornara-se as Termópilas russas, que o General Raieviski realizara ali uma proeza digna da Antiguidade. Avançara pelo dique com seus dois filhos sob uma fuzilaria terrível e os arrastara ao ataque. Rostov não apoiava por nenhuma exclamação o entusiasmo do narrador; parecia mesmo ter vergonha do que lhe contavam, sem no entanto permitir-se a menor objeção. Sabia, por experiência própria em Austerlitz e em 1807, que as narrativas dessa espécie são sempre mentirosas; sabia também, graças à sua prática da guerra, que nada ali se passa como se imagina ou como se conta depois de tudo. De modo que a historieta de Zdrjinski lhe desagradava tanto quanto o próprio indivíduo, o qual, com seus bigodes infindáveis, tinha o detestável costume de se curvar bem contra o rosto de seu interlocutor; de resto, ocupava ele espaço demais naquela cabana estreita. Rostov olhava-o, pois, sem dizer uma palavra. "Em primeiro lugar — pensava — deve ter-se produzido naquele famoso dique tal confusão que, mesmo se Raievski tivesse por ele avançado com seus filhos, tal ato só teria causado impressão sobre dez ou doze homens que os cercavam; os outros não puderam ver com quem ia Raievski ao ataque. E mesmo aqueles que o viram não ficaram lá muito comovidos, porque pensavam mais na sua pele do que nos sentimentos paternais daquele general! Além disso, a sorte do país não dependia absolutamente daquele dique, como era o caso das Termópilas, se se pode dar crédito aos historiadores. Qual a significação, pois, desse sacrifício? E depois, que ideia essa de levar à batalha seus próprios filhos! Não exporia assim nem meu irmão Pétia, nem mesmo Ilin, que nada é meu, mas a quem considero como um rapazinho de coragem; trataria, pelo contrário, de pô-lo a salvo". Cuidou bem Rostov, aliás, de revelar seus pensamentos íntimos: aquela narrativa tendia à glorificação de nossas armas; devia-se pois fingir que se acreditava nela. Sabia disso de longa data.

— Não posso mais — disse por fim Ilin, a quem não passara despercebido o desagrado de Rostov. — Minhas meias, minha camisa, está tudo encharcado. Vou procurar abrigo por aí. Parece-me que a chuva está diminuindo.

Ilin saiu e Zdrjinski prosseguiu seu caminho.

Cinco minutos mais tarde, voltou um correndo e patinhando na lama.

— Viva! Rostov, venha depressa! Achei. A duzentos passos daqui há um albergue; os camaradas já estão lá, bem como Maria Henrikhovna. Poderemos pelo menos secar-nos.

Maria Henrikhovna era uma jovem e linda alemã que o major-médico do regimento desposara na Polônia. Por falta de dinheiro, sem dúvida, ou talvez porque não quisesse, nos primeiros tempos de seu casamento, separar-se de sua jovem esposa, levava-a o major-médico a toda a parte consigo, acompanhando o regimento; seu ciúme proporcionava aos hussardos ampla matéria para pilhérias.

Rostov envolveu-se no seu manto, gritou para Lavruchka que o seguisse com o necessário e lá se foi com Ilin, ziguezagueando aqui na lama, patinhando mais adiante nas poças d'água, sob a chuva que se abrandava na escuridão da noite zebrada de longínquos relâmpagos.

— Rostov, onde está você?

— Aqui. Viste aquele relâmpago? — diziam um para o outro.

13. Uns quatro ou cinco oficiais já se encontravam no albergue, à porta do qual estacionava a carriola do major-médico. Maria Henrikhovna, uma alemãzinha loura e gorducha, de camisola e touca de dormir, estava sentada no lugar de honra sobre um largo banco. Seu marido dormia atrás dela. Risadas, alegres exclamações acolheram, à sua entrada, Rostov, e Ilin.

— Ah! vocês não estão com cara de aborrecidos! — disse Rostov, rindo.

— E por que não veio você mais cedo?

— Mas em que estado se acham! Verdadeiras goteiras! Pelo menos não inundem nosso salão!

— E sobretudo não sujem os trajes de Maria Henrikhovna.

Rostov e Ilin trataram de descobrir um cantinho onde pudessem mudar de roupa sem ferir o pudor da senhora. Havia um pequeno reduto por trás do biombo; mas três oficiais, que jogavam baralho à luz duma vela colocada em cima duma caixa vazia, o enchiam totalmente e não quiseram por coisa alguma deste mundo ceder seu lugar. Felizmente, Maria Henrikhovna consentiu em emprestar-lhes uma saia, de que fizeram eles uma cortina, por trás da qual, ajudados por Lavruchka, que trouxera um fornecimento completo, trocaram suas roupas molhadas por vestes secas.

Acendeu-se fogo na estufa quase demolida. Colocou-se uma prancha em cima de duas selas, cobriram-na com uma manta, procurou-se um samovar minúsculo, uma meia garrafa de rum e, depois de convidarem Maria Henrikhovna a assumir o papel de dona-de-casa, agruparam-se em redor dela. Um lhe propunha um lenço próprio para enxugar-lhe as encantadoras mãozinhas, outro lançava um dólmã sobre seus pés para preservá-los da umidade; este pendurava diante da janela seu manto para que não se sentisse o vento; aquele, para que o marido não acordasse, afugentava as moscas de seu rosto.

— Deixem-no tranquilo — disse Maria Henrikhovna, esboçando alegre sorriso. — Vejam como dorme bem, após uma noite em claro.

— Qual o que, Maria Henrikhovna — respondeu o oficial, — preciso cuidar do senhor major-médico. Talvez com isso venha ele a ter piedade de mim, quando me cortarem um braço ou uma perna.

Só havia três copos; a água turva não deixava ver se o chá era forte ou fraco demais; a capacidade do samovar era de apenas seis copos, mas nem por isso deixava de ser mais agradável receber o seu, por turno e por antiguidade, das mãos gordinhas, de unhas curtas e não muito limpas, de Maria Henrikhovna. Era fora de dúvida que todos os oficiais, naquela noite, estavam apaixonados pela jovem mulher. Atraídos também eles, pelo desejo de fazer-lhe a corte, até mesmo os que jogavam por trás do biombo largaram em breve suas cartas para se reunir em torno do samovar. Malgrado o medo que lhe causava o menor movimento de seu esposo adormecido atrás dela, Maria Henrikhovna, vendo-se cercada daquela mocidade brilhante e cortês, esplendia dum contentamento mal dissimulado.

Se o açúcar não faltava, não se conseguia contudo fazê-lo desmanchar-se bastante depressa, porque só havia uma colher; assim, ficou decidido que Maria mexeria o açúcar de cada um por sua vez. Quando Rostov recebeu o seu copo, contentou-se em verter nele rum e estendeu-o a Maria Henrikhovna para que ela mexesse a bebida.

— Mas o senhor não tem açúcar? — perguntou-lhe ela, sem cessar de sorrir, como se tudo quanto dizia ou tudo quanto diziam os outros fosse muito engraçado e se prestasse mesmo a duplo sentido.

— Que me importa o açúcar? O que quero é vê-la mexer meu chá com sua linda mão.

Maria Henrikhovna consentiu e se pôs em busca da colher de que alguém se havia apossado.

— Mexa então com seu dedo, Maria Henrikhovna — disse Rostov. — Será ainda melhor.

— Como está quente! — disse ela, corando de prazer.

Ilin pegou o balde de água, pingou nele algumas gotas de rum e se aproximou de Maria Henrikhovna.

— Aqui está minha xícara — disse-lhe. — Meta nela somente o dedo e eu beberei tudo.

Depois de esvaziado o samovar, Rostov pegou das cartas e propôs que se jogasse "aos reis" com Maria Henrikhovna. Tirou-se a sorte para saber quem seria seu par. Rostov propôs como regras do jogo que aquele que fosse "rei" teria o direito de beijar a mão de Maria Henrikhovna; o "pulha", pelo contrário, prepararia novo samovar para o médico.

— E se for Maria Henrikhovna o "rei"? — perguntou Ilin.

— Ela já é a rainha! E suas ordens são a lei.

Mal o jogo começara e já, por trás de Maria Henrikhovna, se erguia a cabeça desgrenhada do major-médico. Já desde certo tempo não dormia ele e prestava atenção a todo aquele alegre falatório. Via-se pela sua cara sombria que não os achava nem alegres, nem agradáveis. Sem cumprimentar ninguém, pediu, coçando a cabeça, que se afastassem para deixá-lo sair. Assim que ele saiu, todos explodiram em barulhenta gargalhada, enquanto Maria Henrikhovna, corava até chorar, o que a tornou ainda mais atraente aos olhos dos senhores oficiais. O médico não tardou a voltar e declarou à sua mulher, que deixara de sorrir e o olhava com ansiedade, parecendo esperar sua sentença, que a chuva parara, que era preciso ir dormir na carriola, senão pilhariam tudo quanto lhes pertencia.

— Não se inquiete, doutor, — disse Rostov. — Mandarei uma sentinela para lá... ou mesmo duas!

— Eu mesmo montarei guarda! — disse Ilin.

— É que, meus senhores, os senhores já dormiram, ao passo que eu, há duas noites que não prego olho — resmungou o médico, sentando-se, com ar lúgubre, ao lado de sua mulher para esperar o fim da partida.

A expressão sombria do major-médico, que olhava de través para sua esposa, levou ao cúmulo a alegria geral alguns mesmo deixavam escapar estouros de riso, aos quais procuravam dar pretextos decentes. Quando o casal se retirou e se instalou na carriola, os oficiais estenderam-se no chão, enrolando-se em seus capotes molhados, mas custaram a adormecer: ora se lembravam da cara amedrontada do major e da alegria de sua mulher, ora corriam até a soleira e contavam o que se passava na carriola. Várias vezes, puxando seu capote para cima da cabeça, tentou Rostov dormir, mas distraído por alguma piada, metia-se de novo na conversa, francamente entrecortada de risadas alegres, infantis, sem significação nem motivo.

14

. Pelas três horas da manhã ninguém dormia ainda, quando apareceu o sargento trazendo a ordem de recuar para Ostrovnia.

Sempre rindo e tagarelando, os oficiais fizeram seus preparativos às pressas e reacendeu-se o samovar cheio de água turva. Mas sem esperar que o chá ficasse pronto, Rostov partiu para juntar-se a seu esquadrão. O dia nascia, a chuva cessara, as nuvens se dissipavam. O frio e a umidade penetravam através das roupas mal secas. Saindo da hospedaria, Rostov e Ilin, à luz indecisa da madrugada, lançaram um olhar para a carriola de toldo, toda reluzente de água: as compridas pernas do major-médico passavam por baixo do toldo, adivinhava-se no interior a touca da jovem mulher e ouvia-se a respiração de alguém que dormia.

— Na verdade, ela é bem bonita — disse Rostov a Ilin.

— Encantadora! — respondeu Ilin com a convicção dos seus dezesseis anos.

Meia hora mais tarde, estava o esquadrão alinhado na estrada. Ao comando de "Montar", os soldados se benzeram e cavalgaram seus animais. Rostov colocou-se à frente e comandou: "Avante, marchar!" Então em meio do tilintar dos sabres, do chape dos cascos na lama e do murmúrio das conversas abafadas, os hussardos, em filas de quatro, moveram-se ao longo da estrada ladeada de bétulas, na esteira dum troço de infantaria e duma bateria de canhões.

Nuvens, cujo violeta sombrio se tingia de vermelho no oriente, se desfiavam sob a brusca rajada do vento. Clareava cada vez mais. Distinguia-se agora, ainda toda molhada de chuva, aquela grama curta e frisada que se aninha sempre nas veredas; as bétulas estremeciam sob o vento frio e seus galhos pendentes gotejavam pérolas prateadas. Reconheciam-se cada vez mais nitidamente os rostos dos hussardos. Rostov, em companhia de Ilin, que não o deixava, acompanhava a parte baixa da estrada, entre duas fileiras de bétulas.

Em campanha, permitia-se Rostov a fantasia de montar, não um cavalo regimental, mas um cavalo cossaco. Amador e conhecedor ao mesmo tempo, procurara recentemente um alazão do Don, de crina branca, animal vigoroso e de bons lombos, que não se deixava jamais ultrapassar e que ele montava com verdadeiro regozijo. Pensava em seu cavalo, na manhã nascente, na mulher do major-médico e nem uma vez no perigo iminente.

Outrora, Rostov, antes da ação, tinha medo. Se não sentia mais nenhum terror; não era que se tivesse acostumado ao fogo, porque não se afaz a gente ao perigo, mas aprendera a dominar sua alma. Acostumara-se, em semelhante caso, a agitar os pensamentos mais diversos, exceto o que deveria interessá-lo acima de tudo: a aproximação do perigo. Nos primeiros tempos, malgrado as censuras de covardia que dirigia a si mesmo, não conseguia dominar-se; mas, com os anos, isto se dava bem naturalmente.

Caminhava pois ao lado de Ilin, entre as duas fileiras de bétulas, despojando os galhos que lhe caíam sob a mão, aflorando com a espora o ventre de seu cavalo ou estendendo seu cachimbo apagado, sem se voltar, para o hussardo que o seguia, com um semblante tão tranquilo, tão descuidoso como se se tratasse de um passeio. Causava-lhe pena ver o rosto inquieto de Ilin, que falava muito; conhecia, por experiência própria, aquela expectativa trágica da morte que angustiava o corneteiro; sabia também que só o tempo poderia remediar aquilo.

Mal o sol apareceu entre dois rastilhos de nuvens, o vento se acalmou, como envergonhado de estragar a bela manhã que sucedia àquela noite tempestuosa; algumas gotas tombaram ainda, mas verticalmente, e tudo se acalmou. O sol levantara-se inteiramente; mostrou-se no horizonte para desaparecer logo por trás de longa faixa de nuvens que o sobrecobria. Ao fim de alguns minutos, reapareceu mais brilhante por cima da faixa, cuja borda chanfrou. Tudo se iluminou, tudo se pôs a cintilar. E como para responder àquela torrente de luz, o canhão fez-se ouvir ao longe.

Não tivera Rostov ainda tempo de estimar a distância dos tiros e já, do lado de Vitebsk, chegava a galope um ajudante-de-campo do Conde Ostermann-Tolstói, com ordem de seguir a trote pela estrada.

O esquadrão ultrapassou a infantaria e a bateria que aceleravam também sua marcha, desceu uma encosta, atravessou uma aldeia abandonada, depois remontou outra ladeira. Os cavalos começaram a espumar e os rostos tornaram-se completamente vermelhos.

— Alto! Alinhamento! — comandou à frente o chefe da brigada. — Meia-volta à direita, a passo, em frente, marche!

Os hussardos costearam o flanco esquerdo das tropas e se juntaram por trás de nossos ulanos colocados na primeira linha. Uma coluna cerrada de infantaria constituía, à direita, nossa reserva. Na colina que a dominava, nossos canhões se destacavam no horizonte, no ar muito puro, sob a luz oblíqua da manhã. Adiante, no valado, avistavam-se as colunas e os canhões do inimigo, com o qual nossas vanguardas trocavam já viva fuzilaria.

O barulho da fuzilaria, que havia muito tempo não ouvia, regozijou Rostov como as primeiras notas de uma música alegre. "Trap-ta-ta-tap". Os tiros rebentavam, ora isolados, ora em séries. Tudo se calava: e de novo se ouvia como que a detonação dum rastilho de petardos sobre os quais alguém teria posto o pé.

Os hussardos patearam no lugar uma boa hora. O canhoneio fez-se ouvir por sua vez. O Conde Ostermann passou com sua comitiva por trás do esquadrão; parou para trocar algumas palavras com o coronel e se afastou para o lado dos canhões.

Pouco depois de sua partida, ouviu-se o comando dado aos ulanos: "Em coluna de ataque! Em frente!" A infantaria dobrou suas linhas para lhes dar passagem. As flâmulas das lanças ondularam e os ulanos desceram a trote a encosta da colina, ao pé da qual, à esquerda, aparecia a cavalaria francesa.

Assim que os ulanos se acharam embaixo, os hussardos receberam a ordem de galgar a altura, a fim de cobrirem a bateria. Enquanto executavam esse movimento, algumas balas perdidas assobiaram-lhes aos ouvidos.

Esse barulho estimulou Rostov mais ainda que os primeiros tiros. Entesando-se na sela, examinou o campo de batalha, que se descortinava ali do alto, e toda a sua alma acompanhou os ulanos que atacavam. Estes caíram sobre os dragões franceses; houve uma misturada em meio da fumaça, mas, ao fim de cinco minutos, os ulanos voltaram a ocupar uma posição à esquerda da precedente. Entre os ulanos de uniforme cor de laranja, de cavalos alazões e por trás deles, avistava-se um grupo compacto de dragões azuis montando cavalos cinzentos.

15. Com seu olhar agudo de caçador, tinha Rostov sido um dos primeiros a ver aqueles dragões azuis que perseguiam nossos ulanos. Perseguidores e perseguidos aproximavam-se cada vez mais. Podia-se já ver aqueles homens que do alto pareciam tão pequenos, chocarem-se, atacarem-se, agitar braços e sabres.

Rostov contemplava aquele espetáculo, como uma caçada com galgos. Seu faro lhe dizia que, se caíssem naquele momento sobre os dragões franceses, estes não resistiriam; mas era preciso agir imediatamente, naquele mesmo instante; de outro modo seria demasiado tarde. Lançou um olhar em torno de si. O chefe do esquadrão, que estava a seu lado, não desfitava também o olhar do combate.

— André Sevastianitch — disse-lhe ele, — poderíamos rechaçá-los.

— Poderíamos mesmo. Seria um magnífico golpe!

Sem ouvir mais, esporeou Rostov seu cavalo, transportou-se para a frente do esquadrão e, mal havia comandado o movimento, já todos os homens, impelidos pelo mesmo sentimento que ele, lançavam-se em seu seguimento. Agira, como na caça, sem pensar, sem calcular. Via dragões que galopavam bem perto, debandados; estava certo de que eles não poderiam aguentar; sabia que a ocasião era única e que não voltaria. O assobio das balas excitava-o a tal ponto, seu cavalo estava tão impaciente por galopar, que não pudera resistir. Largou a brida, gritou seu comando e, ouvindo imediatamente seu esquadrão mover-se às suas costas, desceu a grande trote a ladeira, em perseguição do inimigo. Mal chegaram embaixo, os cavalos passaram involuntariamente ao galope, acelerando sua marcha à medida que se aproximavam de nossos ulanos e dos dragões que os perseguiam de perto. Os franceses estavam demasiado próximos. Vendo chegarem nossos hussardos, os da frente se voltaram, enquanto os de trás paravam. Com o mesmo ardor de outrora para barrar o caminho ao lobo, Rostov, dando plena carreira a seu cavalo do Don, arremeteu através das fileiras rompidas dos dragões. Um ulano parou; outro, desmontado, estendeu-se de barriga para baixo no chão para não ser esmagado; um cavalo sem seu cavaleiro veio chocar-se contra os hussardos. Quase todos os dragões viraram brida. Rostov escolheu um, que montava um cavalo cinzento, e lançou-se à sua perseguição. Tendo deparado uma moita em seu caminho, seu bom cavalo transpô-la dum salto. Mal podendo manter-se na sela, viu-se a ponto de atingir seu adversário. Este, um oficial, sem dúvida, a julgar pelo uniforme, fugia a toda velocidade, inclinado sobre sua montaria que expicaçava com pranchadas do sabre. Num piscar de olhos, o cavalo de Rostov foi bater com o peitoral contra a garupa do cavalo do oficial que quase pôs abaixo, enquanto que Rostov, sem se dar conta de seu ato, erguia o sabre e com ele golpeava o francês.

Imediatamente, todo o seu ardor esvaneceu-se. O oficial caiu, menos em consequência do golpe, que lhe dera apenas um corte acima do cotovelo, do que pelo choque dos cavalos e pelo medo. Dominando seu cavalo, Rostov procurou com os olhos seu inimigo para ver quem, justamente, acabava ele de golpear. O oficial de dragões, uma de cujas pernas estava presa no estribo, saltava num pé só, franzia os supercílios e, com ar de terror, olhava de baixo para cima o hussardo russo; sem dúvida esperava a qualquer instante receber novo golpe. Seu rosto pálido e manchado de lama, bem jovem, com seus cabelos louros, seus olhos azuis, uma covinha no queixo, convinha bem menos a um campo de batalha do que a uma pacífica cena de família. Rostov estava ainda a perguntar a si mesmo o que iria fazer, quando o oficial exclamou: "Rendo-me!" Sem poder destacar de Rostov seu olhar apavorado, procurava em vão libertar sua perna. Hussardos que acorreram libertaram-no e repuseram-no em sela. Em diversos lugares estavam nossos hussardos às voltas com dragões. Um destes, ferido, de rosto ensanguentado, não queria entregar seu cavalo; outro, abraçado com um hussardo, cavalgava na garupa; um terceiro, voltava a montar, sustentado por um dos nossos. A infantaria francesa acorria, atirando, em socorro. Os hussardos apressaram-se em voltar brida com seus prisioneiros. Rostov seguiu-os, presa de estranho aperto de coração. Algo de obscuro, de complexo, que ele não podia explicar a si mesmo, fora-lhe revelado pela captura daquele oficial e pelo golpe que lhe assestara.

O Conde Ostermann-Tolstói avançou ao encontro dos hussardos, mandou chamar Rostov, agradeceu-lhe, disse-lhe que levaria ao conhecimento do imperador seu ato heroico e pediria para ele a cruz de São Jorge. Quando o convocaram, Rostov, lembrando-se de que havia atacado sem ter recebido ordem, esperava uma severa reprimenda. Deveria, por consequência, ter-se mostrado mais sensível às palavras elogiosas de Ostermann, à promessa de uma recompensa. Mas o mesmo sentimento penoso e confuso lhe constrangia o coração. "Vejamos, que é que me preocupa então? — perguntava a si mesmo, ao deixar o general. — Ilin? Não, está são e salvo. Portei-me mal? Não, nada disso!" Havia outra coisa que o atormentava como um remorso. "Ah! sim, é aquele oficial francês, com sua covinha no queixo; e aquela hesitação que se apoderou de mim, quando meu braço se ergueu para feri-lo".

Avistando o comboio dos prisioneiros, Rostov acompanhou-o para rever seu francês com a covinha no queixo. Estava montado num cavalo de hussardos, com seu esquisito uniforme e corria em torno de si olhares inquietos. Seu ferimento no braço era quase insignificante. Sorriu para Rostov com ar constrangido e fez-lhe um aceno com a mão. O mal-estar, os remorsos de Rostov nem por isso desapareciam.

Naquele dia e no dia seguinte ainda, seus amigos, seus camaradas notaram que, sem estar precisamente pesaroso ou contrariado, conservava-se silencioso, concentrado. Não tinha vontade de beber, procurava a solidão e refletia sem cessar. Continuava Rostov a pensar no seu brilhante feito de armas, que, com grande surpresa sua, lhe valera a cruz de São Jorge, e lhe conquistara mesmo o renome de um bravo. Havia qualquer coisa que ele não conseguia compreender. "Têm eles então ainda mais medo do que eu! — dizia a si mesmo. — E é isso que se chama heroísmo? E depois, foi verdadeiramente pela minha pátria que o pratiquei? E aquele outro, com sua covinha e seus olhos azuis, de que é, pois, culpado? Que medo teve ele! Acreditava que eu ia matá-lo. Por que tê-lo-ia eu matado? E deram-me a cruz de São Jorge. Não, decididamente, não compreendo nada disso!"

Mas enquanto Rostov fazia a si mesmo todas essas perguntas, sem conseguir encontrar uma ideia clara do que tanto o perturbava, a roda da fortuna, como acontece muitas vezes, girava em seu favor. Tinham-no nomeado chefe de esquadrão, após o caso de Ostrovnia e confiavam-lhe as missões que exigiam bravura.

16

. Assim que soube da doença de Natacha, a condessa, se bem que não estivesse completamente restabelecida e se sentisse ainda fraca, partiu para Moscou com Pétia e toda a sua gente; a família se despediu de Maria Dmitrievna para se instalar definitivamente em seu palacete.

A doença de Natacha assumiu caráter tão sério que felizmente para ela e também para seus parentes, sua conduta e o rompimento de seu noivado, causas dessa doença, foram relegados para segundo plano. Seu estado não permitia que se aprofundassem seus erros de conduta: não comia mais, não dormia mais, emagrecia a olhos vistos, tossia; os médicos davam a entender que corria ela um verdadeiro perigo. Não se podia, pois, pensar senão em tratar dela. Os homens do ofício que vinham vê-la, quer separadamente, quer reunidos, discorriam muito em francês, em alemão, até mesmo em latim, criticavam uns aos outros, prescreviam os remédios mais diversos, próprios para curar todas as doenças que conheciam; mas nenhum deles teve a ideia bem simples de que a doença de que sofria Natacha não lhes era menos acessível que não importa quais males que acabrunham a humanidade. Cada um de nós, com efeito, tem sua constituição particular e traz em si uma doença especial, nova, bem sua, complicada, desconhecida da medicina; não entra nas afecções catalogadas como do pulmão, do fígado, da pele, do coração, dos nervos etc., resulta das inúmeras combinações produzidas pela alteração desses órgãos. Essa ideia não podia mais surgir na mente dos médicos da mesma maneira que não surge na dos feiticeiros a de renunciarem a seus sortilégios: curar era com efeito o ganha-pão deles, sua razão de ser, um ofício ao qual haviam consagrado seus melhores anos; enfim e sobretudo tinham consciência de ser úteis a alguma coisa, e, de fato, sua presença em casa dos Rostov não deixava de ser preciosa. Pouco importava que fizessem a doente absorver drogas na maior parte prejudiciais, cujo efeito nefasto era, aliás, atenuado pela exiguidade das doses; eram úteis, até mesmo indispensáveis, pela razão de satisfazerem as necessidades morais de Natacha e dos que a cercavam. Por isso, seja dito de passagem, é que sempre haverá falsos curandeiros, charlatães, tanto alopatas como homeopatas. Dão satisfação a esse desejo eterno no homem de esperar um alívio, de ver as pessoas atentas em torno de si, simpatizando com seus males. Dão satisfação a esse desejo eterno, que se observa na criança sob sua forma primitiva, de esfregar o lugar onde se machucou. Quando uma criança se machuca, corre logo a lançar-se nos braços de sua mãe ou de sua ama, para que elas a beijem e esfreguem o lugar machucado; as carícias delas lhe proporcionam um verdadeiro alívio. Não concebe que pessoas mais fortes e mais sábias do que ela não possam ser capazes de socorrê-la; assim a esperança de um alívio, a simpatia que sua mãe lhe testemunha esfregando-lhe o calombo, bastam para consolá-la. Os médicos desempenhavam junto a Natacha esse papel da mamãe que beija a gente e que sopra no dodói; asseguravam-lhe que sua doença passaria assim que o cocheiro tivesse ido buscar no farmacêutico em Arbate, por um rublo e setenta copeques, certos pós empacotados numa linda caixa, e que ela tomava dissolvidos em água fervida, bem regularmente de duas em duas horas.

Que teria acontecido a Sônia, ao conde e à condessa, se tivessem de cruzar os braços em lugar de fazer tomar aquelas pílulas em hora fixa, aquelas bebidas quentes, aqueles croquetes de frango, e de cuidar atentamente de mil outras prescrições dos médicos que lhes proporcionavam uma ocupação consoladora? Teria o conde podido suportar a doença de sua filha querida, se não tivesse sabido que essa doença já lhe custava mil rublos, que daria de boa vontade mil outros mais para que ela se restabelecesse e que, se não fosse isso ainda suficiente, sacrificaria outra cédula de mil para levá-la ao estrangeiro e ali consultar celebridades; se não tivesse tido ocasião de contar a quantos chegassem que Métivier e Feller nada tinham compreendido da doença, que Frise se mostrara mais clarividente, que Mudrov, afinal, havia feito um diagnóstico certo?

Que teria feito a condessa, se não tivesse podido discutir de tempos em tempos com a doente, que não seguia exatamente a receita da faculdade médica?

— Se desobedeces ao médico, se não tomas no tempo devido teus remédios, jamais ficarás curada! — dizia ela, com uma irritação que a fazia esquecer-se de seu pesar. — Mais seriedade, vamos, não te esqueças de que isso pode degenerar em pneumonia — acrescentava ela, achando grande consolo em pronunciar essa palavra que não era inteligível somente por ela.

Que teria feito Sônia, se não tivesse tido a satisfação de dizer a si mesma que não mudara de roupa nas primeiras três noites, a fim de estar sempre pronta a cumprir pontualmente as prescrições e que agora mal dormia para não deixar passar a hora de administrar as pílulas inofensivas da linda caixa dourada?

A própria Natacha embora pretendesse que nenhum medicamento podia curá-la e que tudo aquilo não passava de tolices, nem por isso deixava de sentir certo prazer por ver que faziam tantos sacrifícios por ela, em tomar suas poções nas horas certas, em mostrar mesmo, desprezando as prescrições dos médicos, que não acreditava na sua cura e que não fazia questão de viver.

O médico chegava todos os dias, tomava-lhe o pulso, olhava-lhe a língua e, sem dar atenção a seu rosto desfeito, brincava com ela. Em compensação, quando passava para o outro quarto, onde a condessa se apressava em alcançá-lo, assumia um ar sério, abanava pensativamente a cabeça e declarava que, a despeito do perigo inegável, contava com o bom efeito do derradeiro remédio, que era preciso esperar e ver, que o mal era sobretudo moral, mas que...

A condessa, à sorrelfa, escorregava-lhe na mão uma moeda de ouro e voltava, de coração mais tranquilo, para junto da doente.

Os sintomas da doença consistiam numa falta de apetite e de sono, em acessos de tosse, numa apatia total. Os médicos afirmavam que não se podia deixar Natacha sem assistência médica; de modo que retinham-na na atmosfera abafante da cidade. Os Rostov passaram, pois, todo o verão de 1812 em Moscou.

Malgrado a absorção de pílulas, de gotas e de pós dos mais diversos, contidos em caixas ou frascos, de que a Sra. Schoss, que procurava muitas dessas espécies de objetos, fizera uma coleção completa, malgrado a privação do ar dos campos, a mocidade venceu. As impressões da vida corrente aliviaram pouco a pouco o pesar de Natacha, relegaram-no bem docemente para o passado, e suas forças físicas começaram a voltar.

17. Natacha estava mais tranquila, sem que, porém, lhe houvesse aumentado a alegria. Não somente evitava todas as ocasiões de se distrair, os bailes, os passeios, os concertos, os espetáculos, mas não ria nunca sem que se sentissem as lágrimas por trás de seu riso. Não podia mais cantar. Se se punha a rir ou se experimentava sua voz em particular, as lágrimas logo a abafavam: lágrimas de arrependimento, lágrimas vertidas à lembrança de seu inocente passado, para sempre abolido, lágrimas de despeito por ter tolamente estragado sua jovem existência, que teria podido ser tão feliz. O riso, o canto, sobretudo, pareciam-lhe uma profanação de sua dor. Abandonara toda tafularia e não sentia nenhuma falta da mesma. Dizia e sentia verdadeiramente que todos os homens se lhe haviam tornado tão indiferentes como o bobo Nastassia Ivanovna. Uma voz interior interdizia-lhe qualquer prazer. Havia perdido essas razões de viver que animavam outrora de tantas esperanças sua descuidada mocidade. Era daqueles meses de outono, da caça, do tio, das festas de Natal passadas em Otradnoie, em companhia de Nicolau que se lembrava mais vezes e com mais saudade. Quanto não daria para fazer renascer um só que fosse daqueles belos dias! Mas não, haviam desaparecido para todo o sempre. Um pressentimento certo dizia-lhe que não tornaria mais a encontrar sua alma livre de outrora, aberta a todas as alegrias. E no entanto, era preciso viver.

Pensava, não sem satisfação, que, longe de ser melhor que os outros, como o acreditara até então, era a mais perversa de todas as criaturas. Consolo bem insuficiente! “Que me reserva o futuro?” perguntava a si mesma em vão. A vida não lhe reservava nenhuma alegria e a vida passava. Procurava somente não ser pesada a ninguém e não reclamava nada para si mesma. Mantinha-se afastada de todos os seus parentes, com exceção de seu irmão Pétia, cuja companhia lhe era agradável; por vezes, mesmo, quando a sós com ele, reencontrava sua jovialidade. Quase não saía e, entre os frequentadores da casa, só sentia prazer em ver Pedro. Era verdadeiramente impossível emprestar mais ternura, mais tato, mais seriedade também, do que fazia o Conde Bezukhov nas suas relações com Natacha. Sentia ela confusamente aquela ternura, sem que por isso demonstrasse sua gratidão. Parecia-lhe que aquelas maneiras delicadas nenhum esforço custavam a Pedro: era tão naturalmente bom para com toda a gente, que não havia nisso nenhum mérito. Por vezes Natacha notava sua perturbação e seu acanhamento em sua presença, sobretudo quando temia ele que sua conversa provocasse nela penosas recordações. Atribuía isso a seu bom coração, à sua timidez, porque, dizia ela, deve ser ele tão tímido com toda a gente, como é comigo. Desde o dia em que, vendo-a tão transtornada, lhe dissera de inópino que, se fosse livre, lhe pediria de joelhos sua mão e seu amor, Pedro jamais lhe falara novamente de seus sentimentos; aquelas palavras que lhe tinham sido então de tanto conforto, achava Natacha que não era preciso ligar-lhes mais importância do que às palavras vagas com que se consola uma criança. Não porque Pedro fosse casado, mas porque Natacha sentia erguerem-se bem alto entre ela e ele, aquelas barreiras morais que se tinham abaixado diante de Kuraguin, jamais lhe acorria ao espírito que suas boas relações pudessem transformar-se em amor, nem mesmo nessa amizade terna, poética, que se pode confessar entre homem e mulher, e de que ela conhecia exemplos.

No fim da quaresma da festa de São Pedro, Agrafena Ivanovna Biélova, vizinha de campo dos Rostov, seguiu em peregrinação à capital. Propôs a Natacha que lhe servisse de companhia

para venerar os santos moscovitas, coisa que Natacha aceitou com alegria. Se bem que os médicos lhe proibissem sair cedo, fez questão de cumprir suas devoções, à maneira não dos Rostov, que se contentavam com três serviços privados, mas de Agrafena Ivanovna, que, durante uma semana, assistia a todos os ofícios, matinas, missas, vésperas e completas.

Esse zelo religioso agradou à condessa; esperava, no íntimo de seu coração, que depois do tratamento pouco eficaz dos homens da medicina, a oração tivesse mais virtude que os medicamentos, e, não sem terror, ocultando-se do médico, prestou-se ao desejo de sua filha e confiou-a à Sra. Biélova. Desde as três horas da madrugada, Agrafena Ivanovna ia, pois, procurar Natacha, a quem encontrava a maior parte das vezes acordada. Feito às pressas seu asseio, vestida por modéstia com sua roupa mais feia e com uma velha mantilha, aventurava-se Natacha, toda tremente de frio, pelas ruas desertas que a aurora iluminava com suas luzes diáfanas. De acordo com os conselhos de sua companheira, dirigia-se Natacha, não à sua paróquia, mas a uma igreja cujo padre levava, segundo dizia a piedosa Sra. Biélova, uma vida muito digna e muito austera. Os fiéis eram sempre pouco numerosos ali. As duas mulheres se colocavam comumente na nave esquerda, diante de uma imagem da Virgem. Um sentimento desconhecido, feito de submissão e de humildade diante do inacessível, apoderava-se da jovem, quando, àquela hora insólita, contemplava a face enegrecida da Mãe de Deus, iluminada pelos círios e pela luz da aurora que caía duma janela, quando prestava atenção ao ofício que se esforçava por acompanhar, compreendendo-o. Quando o compreendia, seus sentimentos íntimos, com seus diversos matizes, se misturavam à sua oração; no caso contrário, era-lhe mais doce ainda pensar que o desejo de tudo compreender é uma forma do orgulho, que não se poderia compreender tudo, que basta somente crer e abandonar-se a um Deus que, naqueles instantes, sentia senhor de sua alma. Benzia-se, ajoelhava-se e, quando não compreendia, contentava-se, tomada de terror, diante de sua iniquidade, com suplicar ao Senhor que lhe perdoasse tudo e tivesse compaixão dela. Preferia a todas as orações as súplicas de arrependimento. Durante o caminho de volta, a uma hora ainda muito matinal, quando não se encontravam nas ruas senão operários que iam para seu trabalho, porteiros varrendo as frentes das casas e quando toda a gente dormia ainda, surpreendia-se Natacha a entrever a possibilidade duma reconstrução, duma vida renovada, pura e feliz.

Durante a semana inteira em que se entregou a esses piedosos exercícios, esse sentimento de regeneração foi aumentando sempre. Comungar ou, como Agrafena Ivanovna gostava de dizer, fazendo jogo com a palavra, comunicar com Deus, parecia-lhe uma felicidade tão grande que tinha medo de morrer antes daquele bem-aventurado domingo.

Esse belo dia chegou afinal e quando Natacha, naquele memorável domingo, voltou da comunhão com seu vestido de musselina branca, sentiu-se, pela primeira vez, desde muitos meses, em paz consigo mesma e a vida que a esperava não mais lhe pareceu penosa.

O médico, de quem era dia de visita, examinou Natacha e ordenou que continuasse com os pós que ele havia receitado quinze dias antes.

— De manhã e à noite, sem falta, e bem exatamente, rogo-lhe, — disse ele, parecendo sinceramente feliz pelo bom resultado de sua cura. — Fique tranquila, condessa — pilheriou ele, enquanto empalmava rapidamente a moeda de ouro, — vê-la-á em breve cantar e divertir-se de novo. Este último remédio lhe fez muito, muito bem. Tem agora muito melhor aspecto.

Para conjurar a má sorte, a condessa cuspiu, contemplando suas unhas e voltou ao salão, toda radiante.

18. No começo de julho, notícias cada vez mais alarmantes se propagaram em Moscou: falava-se dum apelo do imperador ao povo e de sua chegada próxima. E como no dia 11 não se havia recebido nem manifesto, nem proclamação, os boatos mais exagerados correram tanto a esse respeito como a propósito da situação geral. Pretendia-se que Alexandre deixava o exército

porque este se achava em perigo, que Smolensk se havia rendido, que Napoleão tinha um milhão de homens e que só um milagre poderia salvar a Rússia.

No sábado, 11, recebeu-se o manifesto, mas era preciso imprimi-lo ainda. Pedro, que se encontrava nesse dia em casa dos Rostov, prometeu voltar para jantar no dia seguinte, domingo, e trazer o manifesto e a proclamação, que arranjaria em casa do Conde Rostoptchin.

Naquele domingo, de acordo com seu hábito, os Rostov foram ouvir missa na capela particular dos Razumovski. Já às dez horas da manhã, quando desceram de carro diante da capela, o ar tórrido, os gritos dos vendedores, a multidão de roupas claras, as árvores dos bulevares cobertas de poeira, o barulho da música e as calças brancas dum batalhão que se dirigia à parada, o rodar das carruagens no calçamento, o ardor cegante do sol, tudo dava já aquela impressão de acabrunhamento, de mal- estar varando através da alegria de viver, que se sente sempre numa grande cidade, num dia de forte calor. Toda a nobreza moscovita, todos os conhecidos dos Rostov se encontravam reunidos na capela; naquele ano, com efeito, na expectativa dos acontecimentos, muitas famílias ricas não tinham seguido para suas terras. Natacha, seguindo com sua mãe um criado de libré que ia afastando a multidão, ouviu um rapaz dizer, em voz um tanto elevada demais:

— É a Senhorita Rostov, a que...

— Como emagreceu! Apesar disso, ainda é bonita.

Creu compreender que pronunciavam os nomes de Kuraguin e Bolkonski. De resto, isto lhe acontecia constantemente. Imaginava sempre que todos, vendo-a, pensavam na sua aventura. De coração fechado, como sempre quando se encontrava em meio duma multidão, Natacha, com um vestido de seda lilá, guarnecido de rendas pretas, avançava com aquele andar que as mulheres sabem tomar, tanto mais calmo e majestoso quanto maiores eram no íntimo de seu coração sua vergonha e seu pesar. Sabia, sem sombra de dúvida, que era bela; mas, longe de se regozijar como outrora, isso a torturava, sobretudo naquele claro e quente domingo de verão. "Ainda um domingo, ainda uma semana que se passa — dizia a si mesma, lembrando-se de que já viera ali no outro domingo, e sempre a mesma existência que não se podia considerar uma existência, numa atmosfera em que era tão bom viver outrora. Sou jovem, sou bela, tornei-me bondosa; sim, antes eu era má, mas agora sei que sou boa. E malgrado isso, meus melhores anos passam em pura perda, sem proveito para ninguém". Colocou-se ao lado de sua mãe e trocou sinais de cabeça com algumas conhecidas. Por hábito, examinou os trajes das senhoras, criticou o modo de trajar e a maneira pouco decente com que uma sua vizinha fazia sinais da cruz pela metade, pensou, não sem despeito, que devia ser o assunto de juízos temerários e que ela também não hesitava em fazê-los a respeito dos outros. De repente, como começasse a cerimônia, envergonhou-se de sua baixeza, pensou com espanto que de novo perdera sua pureza de outrora.

Um velhinho de traços nobres oficiava com aquela serenidade majestosa que produz na alma dos fiéis efeito tão calmante. As portas reais se abriram, o véu do santuário foi puxado lentamente; uma voz doce, misteriosa, fez-se ouvir lá do fundo. Lágrimas, cuja causa ela não compreendia surgiam no mais íntimo de seu ser, um langor feliz a invadia.

"Ensinai-me o que devo fazer, como conduzir-me na vida, como me reformar para sempre, para sempre!", rezava ela.

O diácono avançou até a tribuna, afastou com seu polegar grandemente apartado seus longos cabelos que tinham ficado presos sob a dalmática e, depois de persignar-se, entoou em voz alta e solene a prece:

— Roguemos em paz ao Senhor.

"Sim — pensou Natacha, — roguemos, todos juntos, sem distinção de classe, sem inimizade, unidos por um amor fraternal".

— Roguemos ao Senhor pela paz do alto e pela salvação de nossas almas.

"Pelo mundo dos anjos e de todos os espíritos incorpóreos que vivem acima de nós", incluía Natacha.

Quando se rezou pelos exércitos, lembrou-se de seu irmão e de Denissov. Quando se rezou pelos navegantes e pelos viajantes, lembrou-se do Príncipe André, rezou por ele e pediu ao Senhor que lhe perdoasse o mal que havia ela feito a seu noivo. Quando se rezou por aqueles que nos amam, rogou por todos os seus, por seu pai, por sua mãe, por Sônia; a gravidade das faltas que cometera para com eles apareceu-lhe pela primeira vez, como também a força do amor que lhes dedicava. Quando se rezou por aqueles que nos odeiam, procurou quais eram realmente seus inimigos, a fim de rezar na intenção deles. Não encontrou outros senão os credores de seu pai e todos quantos tinham negócios com ele; pensou também em Anatólio, que tanto mal lhe fizera e se bem que não se contasse entre os que a odiavam, rezou por ele como por um inimigo. Naqueles momentos somente se achava bastante forte para evocar sem perturbação a lembrança de André e Anatólio, porque então os sentimentos que experimentava por eles desapareciam diante de seu temor e de seu amor a Deus. Quando se rezou pela família real e pelo Santo Sínodo, benzeu-se e inclinou-se com maior fervor ainda, dizendo a si mesma que, embora não compreendendo bem de que se tratasse, devia ainda assim amar esse Sínodo e rezar em sua intenção.

Terminada a coleta, o diácono cruzou sua estola sobre o peito e proferiu:

— Entreguemos nosso ser e toda a nossa vida nas mãos do Cristo nosso Deus.

"Entreguemos nosso ser nas mãos de Deus — repetiu Natacha em seu coração. — Meu Deus, eu me confio à Tua vontade. Não quero nada, não desejo nada; ensina-me o que devo fazer, como usar da vontade. Mas aceita-me, aceita-me!" dizia ela, no íntimo de seu coração, com uma impaciência extática; sem mais se benzer, deixara tombarem seus braços e parecia esperar que uma força invisível viesse dominá-la e arrebatá-la de si mesma, de suas saudades, de seus desejos, de seus remorsos, de suas esperanças e de seus vícios.

Várias vezes no curso do ofício, lançou a condessa uma olhadela para o rosto recolhido e os olhos brilhantes de sua filha, e rogou a Deus que lhe viesse em auxílio.

No meio da missa, notou Natacha que se fazia uma derrogação ao habitual: o sacristão trouxe o banquinho sobre o qual se leem as orações de joelhos no dia de Pentecostes e colocou-o diante das portas reais. O padre, com solidéu de veludo lilá, saiu do santuário, arranjou os cabelos e ajoelhou-se com grande dificuldade. Todos os assistentes fizeram o mesmo, não sem trocarem entre si olhares perplexos. Tratava-se de uma oração, que o Sínodo acabava de enviar, para rogar a Deus que salvasse a Rússia da invasão estrangeira.

"Senhor todo-poderoso, Deus de nossa salvação", começou o padre com aquela voz nítida, doce e sem ênfase que somente possuem os oficiantes eslavos e cujo efeito é tão poderoso sobre os corações russos. "Senhor todo-poderoso, Deus de nossa salvação, digna-Te na Tua clemência abaixar hoje Teu olhar sobre Teus humildes servos; escuta a nossa prece, poupa-nos, tem piedade de nós. O inimigo que abala a Tua terra e tenciona fazer de todo o universo um deserto levantou-se contra nós. Os ímpios reuniram-se para destruir Teu bem, devastar Tua fiel Jerusalém, Tua Rússia bem-amada, macular Teus templos, derrubar Teus altares, insultar nossas coisas santas. Até quando, Senhor, triunfarão os pecadores? Até quando poderão eles fazer uso de seu poder criminoso?

"Senhor todo-poderoso, escuta nossas preces. Sustenta com Tua força nosso piedosíssimo Imperador autócrata Alexandre Pavlovitch, lembra-Te de sua lealdade e de sua mansidão, trata-o com a mesma mansuetude com que nos trata a nós. Tua Israel bem-amada. Abençoa suas resoluções e suas empresas; sustenta seu reino com Tua destra todo-poderosa; concede-lhe a vitória sobre o inimigo como a concedeste a Moisés sobre Amaleque, a Gedeão sobre Madian, a Davi sobre Golias. Guarda seus exércitos, coloca ao arco dos Medas na mão daqueles que combatem em Teu nome e cinge seus rins com a Tua força. Toma Tuas armas e Teu escudo e vem em nosso socorro. Que a vergonha e a confusão atinjam aqueles que nos querem mal; que sejam diante de Teus exércitos fiéis como o pó diante do vento; que Teu Anjo os ultraje e os persiga; que uma rede os envolva sem que eles o saibam, que fiquem presos em suas próprias armadilhas; que caiam aos pés de Teus servos e que sejam esmagados pelos Teus exércitos, Senhor! A Ti pertence a salvação dos grandes como a dos pequenos; Tu és Deus, e o homem nada pode contra Ti.

"Deus de nossos pais, lembra-Te de Tua graça e de Tua magnanimidade que são eternas; não nos repilas de Tua face, não tomes em aversão a nossa indignidade, considera nossos crimes e nossos pecados com toda a amplitude de Tua clemência. Cria em nós um coração puro e renova em nosso seio um espírito reto. Fortifica-nos a todos na fé, fortalece nossa esperança, inspira-nos um verdadeiro amor uns pelos outros, arma-nos de uma alma única para a defesa legítima do patrimônio que Tu nos deste, a nós e a nossos pais. Que o cetro dos ímpios não se eleve sobre a sorte dos eleitos.

"Senhor nosso Deus, em quem cremos e em quem temos posto nossa confiança, não decepciones a nossa expectativa, faze um sinal em nosso favor. Que aqueles que nos odeiam, a nós e à nossa santa religião ortodoxa, sejam confundidos e pereçam, e que todas as nações saibam que Teu nome é Senhor e que somos Teus filhos. Senhor, manifesta-nos Tua graça, concede-nos Tua salvação; rejubila o coração de Teus servos, fere nossos inimigos e derruba-os o mais cedo possível sob os pés de Teus crentes fiéis. Porque Tu és o apoio, o socorro e a vitória para os que têm confiança em Ti, Glória ao Pai, ao Filho e ao Espírito Santo, agora e sempre e por todos os séculos dos séculos."

A alma de Natacha estava demasiado aberta a todas as impressões, de modo que essa oração agiu fortemente sobre ela. De fato essas vitórias de Moisés sobre Amaleque, de Gedeão sobre Madian, de Davi sobre Golias, a ruína de Jerusalém também, a excitavam a rezar com todo o terno fervor de que estava cheio seu coração. Todavia não se dava inteiramente conta do que pedia a Deus. Associou-se plenamente à imprecação para obter um espírito reto, um coração fortificado pela fé, animado pela esperança, vivificado pelo amor. Mas como poderia implorar o aniquilamento de seus inimigos, uma vez que, alguns minutos antes, desejava ela ter maior número deles para por eles rezar? Não punha, porém, em dúvida o bem-fundado da prece que acabavam de rezar, de joelhos. Ressentia no âmago de seu ser um piedoso tremor, um pavor sagrado ao pensar no castigo que fere os pecadores e sobretudo aquele em que ela própria incorrera. Suplicou a Deus que lhes concedesse a todos o perdão, o repouso e a felicidade nesta vida. E lhe pareceu que Deus ouvia sua prece.

19. Desde o dia em que Pedro, ainda sob a impressão do olhar reconhecido de Natacha, havia, de volta da casa dos Rostov, contemplado o cometa e sentido um horizonte novo abrir-se diante de si, o eterno problema do nada, da vaidade de tudo quanto é terrestre cessou de atormentá-lo. A dolorosa pergunta: "Por quê? De que serve?" que se imiscuía outrora em todas as suas ocupações não cedeu lugar nem a uma outra pergunta, nem a uma solução qualquer, mas à imagem que ele conservava "dela". Se acompanhava ou conduzia ele próprio alguma conversa trivial, se lia, se vinha a saber de uma tolice ou de uma vilania qualquer, não se indignava mais como outrora, não perguntava mais a si mesmo porque os homens se agitam de tal modo, quando tudo é tão curto antes do salto no desconhecido. Para que todas as suas dúvidas desaparecessem, bastava-lhe "imaginá-la" tal como a vira na derradeira vez e todas as suas dúvidas desapareciam, não porque respondesse ela às perguntas que se apresentavam a ele, mas porque sua imagem o transportava subitamente a uma região luminosa da alma, onde não podia haver nem justo, nem culpado, a região da beleza e do amor, essas duas únicas razões de viver. Diante de qualquer miséria moral que a existência lhe mostrasse, dizia a si mesmo: "Pouco me importa que Fulano tenha roubado o Estado e o Tzar e que em recompensa o Estado e o Tzar o encham de honrarias; ontem ela me sorriu, pediu-me que fosse vê-la; amo-a e ninguém jamais saberá coisa alguma". E sua alma mantinha toda a sua serenidade.

Continuava Pedro, no entanto, a frequentar a sociedade, a beber muito, a viver nas orgias e na ociosidade, porque, além das horas que passava na casa dos Rostov, era-lhe bem preciso matar o resto do tempo; aliás, seus conhecidos bem como seus hábitos o arrastavam irresistivelmente para aquele gênero de vida. Mas nos últimos tempos, quando as notícias da guerra se tornaram cada vez mais alarmantes, quando Natacha, de melhor saúde, deixou de inspirar-lhe a mesma compaixão atenta, uma vaga, uma incompreensível inquietação, cada dia mais angustiante, apoderou-se dele. Pressentia que uma catástrofe iria em breve transtornar-lhe a existência e aguardava-lhe com impaciência os sinais precursores. Um de seus irmãos maçons revelara-lhe a seguinte profecia a respeito de Napoleão.

No capítulo XIII do Apocalipse, versículo 18, está dito: "É aqui que está a sabedoria! Quem tem inteligência, calcule o número da besta. Porque é número de homem; e o número dela é seiscentos e sessenta e seis". No mesmo capítulo, versículo 5: "E foi-lhe dada uma boca que proferia coisas arrogantes e blasfêmicas; e foi-lhe dado poder de fazer guerra durante quarenta e dois meses".

Transpondo para letras francesas a numeração hebraica, em que as dez primeiras letras do alfabeto representam a série das unidades e as seguintes a das dezenas, obtém-se o quadro seguinte:

a	b	c	d	e	f	g	h	i	k	l	m	n
1	2	3	4	5	6	7	8	9	10	20	30	40

o	p	q	r	s	t	u	v	w	x	y	z
50	60	70	80	90	100	110	120	130	140	150	160

Se se escrevem em algarismos, segundo esse alfabeto, as palavras *"l'empereur Napoléon"*, ("O Imperador Napoleão") a soma de todos esses algarismos dá exatamente 666; segundo isso, é Napoleão a besta predita no Apocalipse. Por outra parte, escrevendo, segundo o mesmo alfabeto, a palavra *quarente-deux* (quarenta e dois) isto é, o limite dado à besta para "proferir palavras arrogantes e blasfêmias", o total dos algarismos é novamente 666; o limite do poder de Napoleão será pois o ano de 1812, durante o qual atingiu ele quarenta e dois anos.

Esta profecia havia impressionado bastante Pedro. Perguntava muitas vezes a si mesmo quem poria um termo ao poder da besta, isto é, Napoleão; por meio da mesma enumeração procurava ele achar uma resposta à pergunta. Tentou a princípio a combinação: *l'empereur Alexandre* (o Imperador Alexandre) e depois: *la nation russe* (a nação russa). Mas o total era superior ou inferior a 666. Teve um dia a ideia de escrever seu nome em francês: *Comte Pierre Bésouhoff,* mas não conseguiu o número desejado. Pôs um z no lugar do *s,* acrescentou a partícula de, o artigo *le,* sempre sem resultado satisfatório. Então veio-lhe à ideia que, se a resposta à pergunta se encontrava verdadeiramente no seu nome, era preciso acrescentar-lhe sua nacionalidade. Escreveu então: *le Russe Bésuhof.* A adição desses números deu 671, isto é, 5 de mais. 5 representava um *c* a mesma letra *e,* elidida no artigo da palavra l'empereur. A supressão, aliás incorreta, desse *e* no seu nome forneceu-lhe a resposta tão procurada: *l'Russe Bésuhof* — 666. Esta descoberta abalou-o. Como, por meio de qual liame se achava ele ligado àquele grande acontecimento vaticinado pelo Apocalipse? De nada sabia, mas não teve um minuto sequer de dúvida. Seu amor pela Senhorita Rostov, o Anticristo, a invasão de Napoleão, o cometa, aquele número 666 que era ao mesmo tempo *l'empereur Napoléon* e *l'Russe Bésuhof,* todos esses elementos diversos deviam amalgamar-se nele, vir a explodir um dia, arrastá-lo para fora do círculo vicioso dos hábitos moscovitas em que se sentia prisioneiro, levá-lo enfim a praticar um ato heroico, a atingir também uma grande felicidade.

* * *

Na véspera daquele domingo em que se leu a oração, prometera Pedro aos Rostov levar o manifesto e as derradeiras notícias do exército, que o Conde Rostoptchin deveria comunicar-lhe.

Ao apresentar-se em casa deste no dia seguinte de manhã, lá encontrou um mensageiro, chegado naquele instante mesmo do exército, e a quem já conhecia desde muito tempo por tê-lo encontrado nos bailes de Moscou.

— O senhor poderia ter bem a gentileza de me dar uma ajudazinha — disse-lhe o mensageiro. —Tenho uma sacola cheia de cartas para parentes.

Entre essas cartas, havia uma de Nicolau Rostov para seu pai. Pedro a tomou. Além disso, o Conde Rostoptchin lhe deu o apelo do imperador em Moscou, que acabava de sair dos prelos, as recentes ordens do dia ao exército e seu derradeiro edital. Percorrendo as ordens do dia, descobriu Pedro, entre uma lista de mortos, de feridos e de recompensas concedidas, o nome de Nicolau Rostov, condecorado com a cruz de São Jorge, de quarta classe, pela bravura demonstrada no caso de Ostrovnia. A mesma ordem do dia mencionava a nomeação de André Bolkonski para o comando dum regimento de caçadores. Se bem que não fizesse questão de lembrar aos Rostov o nome de Bolkonski, não quis impedir-se de dar-lhes a conhecer o mais depressa possível a boa notícia da distinção concedida ao filho deles e, reservando-se para levar-lhes ele próprio, na hora do jantar, as outras ordens do dia, a proclamação e o edital, enviou-lhes imediatamente a folha impressa e a carta.

Sua conversa com o Conde Rostoptchin, o ar preocupado e azafamado deste, o encontro com o mensageiro que lhe havia descrito displicentemente o mau estado de nossos negócios, o boato de haverem descoberto espiões em Moscou, que se distribuía ali um papel em que se dizia que Napoleão prometia ocupar antes do outono as duas capitais, a expectativa da chegada do imperador no dia seguinte, — tudo contribuía para aumentar em Pedro aquela agitação febril que não o havia deixado desde o aparecimento do cometa e, sobretudo, desde o começo da guerra.

Nutria Pedro desde muito tempo o desejo de alistar-se; mas seu juramento ligava-o à confraria maçônica, que pregava a paz perpétua e a abolição das guerras; aliás, a vista de tantos moscovitas que envergavam uniforme e exibiam seu patriotismo pouco o incitava a semelhante gesto. No íntimo, obedecia, sobretudo, não se engajando em serviço, àquela vaga crença de que era ele, *l'Russe Bésuhof* quem figurava o número da besta: 666; sua participação na grande obra de aniquilamento da besta fora resolvida desde a eternidade; não devia pois empreender nada por si mesmo, mas aguardar o que haveria fatalmente de advir.

20

. Os Rostov recebiam, como todos os domingos, alguns íntimos para jantar. Pedro chegou cedo, a fim de encontrá-los sós.

Engordara tanto naquele ano que teria parecido disforme, se sua estatura elevada, sua robustez, a poderosa quadratura dos ombros não lhe possibilitassem meio de suportar com facilidade o peso de seu corpo.

Subiu a escadaria ofegando e resmungando alguma coisa consigo mesmo. Sabendo que o conde se demorava em casa dos Rostov até meia-noite, seu cocheiro não lhe havia perguntado se era preciso esperá-lo. Os criados haviam-se precipitado à porfia para desembaraçá-lo de seu capote, para lhe tomar a bengala e o chapéu que, segundo o hábito do clube, deixava ele sempre no vestíbulo.

A primeira pessoa que ele viu, ou antes, que ele ouviu, desde a antecâmara, foi Natacha. Solfejava na sala de baile. Como estava bem ciente de que ela não cantara durante toda a sua doença, causou-lhe agradável surpresa o som de sua voz. Abriu devagarinho a porta: vestida com o mesmo traje de cor malva que usara na missa: Natacha andava acima e abaixo, vocalizando. Ao rumor da porta que se abria, voltou-se bruscamente e viu o volumoso vulto de Pedro espantado. Corou e avançou a seu encontro.

— Estou tentando tornar a cantar; faz passar o tempo — disse ela, à maneira de desculpa.

— Faz muito bem.

— Como me alegra sua vinda! Sinto-me tão feliz hoje! — prosseguiu ela com aquela animação de outrora, que Pedro havia muito tempo não lhe via. — Como o senhor sabe, Nicolau recebeu a cruz de São Jorge. Sinto-me orgulhosa dele.

— Sei, sim, pois fui eu que lhes enviei a ordem do dia... Bem, não quero interrompê-la — acrescentou ele, dirigindo-se ao salão.

Natacha o deteve.

— Conde, faço mal em cantar? — perguntou-lhe, corando, mas olhando-o bem em face.

— Não... não... pelo contrário. Por que essa pergunta?

— Não sei — respondeu ela com vivacidade. Mas não desejava fazer nada que lhe desagradasse. Tenho confiança no senhor, uma confiança sem limites. O senhor sabe que papel desempenha na minha vida, quantas coisas fez por mim, — continuou ela, no mesmo tom, sem notar que Pedro ficava cor de púrpura... — Ah! vi na mesma ordem do dia que "ele" está na Rússia... ele, sim, Bolkonski — insistiu ela, baixando a voz, — e que retomou o serviço militar. Acredita que ele me perdoe algum dia? Pensa que ele sempre haverá de ter queixa de mim? Diga, que pensa? — perguntou ela, precipitando suas perguntas no temor de que suas forças a traíssem.

— Creio... que ele nada tem a perdoar-lhe — disse Pedro. — E se estivesse eu em seu lugar...

Um afluxo de recordações transportou Pedro de súbito à época em que, para consolá-la, lhe havia dito que, se fosse livre, se fosse o melhor dos homens, lhe pediria a mão de joelhos; imediatamente os mesmos sentimentos de compaixão, de ternura e de amor encheram-lhe o coração, as mesmas palavras de então afluíram-lhe aos lábios. Mas ela não lhe deu tempo a que as pronunciasse.

— Oh! o senhor... o senhor... — exclamou ela, fazendo força, numa espécie de exaltação, na palavra "senhor", — é bem diferente. Não conheço homem melhor e mais generoso do que o senhor. Aliás, não pode haver outro igual. Se eu não o tivesse tido então, se não o tivesse ainda, não sei o que teria sido de mim, porque...

Lágrimas enchiam-lhe os olhos; voltou-se, ocultou seu rosto por trás do caderno de música, depois retomou seu canto e seu passeio.

No mesmo instante Pétia entrou no salão. Era então um bonito rapaz de quinze anos, de faces rosadas, grossos lábios vermelhos, parecido com Natacha. Se bem que se preparasse para a universidade, conspirava desde algum tempo com seu camarada Obolenski para se fazer hussardo.

Pétia correu para seu homônimo e pediu-lhe para indagar se seria ele aceito como hussardo. Mas Pedro, sem ouvi-lo, deambulava pelo salão. Para atrair-lhe a atenção, Pétia puxou-o pelo braço.

— Então, como anda o meu negócio, Pedro Kirillytch, em nome do céu? Toda a minha esperança repousa no senhor.

— Ah! sim, teu negócio. Nos hussardos? Vou falar a respeito, vou falar a respeito. Hoje, sem falta.

— Então, meu caro, então, trouxe o manifesto? — perguntou-lhe o velho conde, assim que o viu. — Minha condessinha foi à missa em casa dos Razumovski; ouviu lá a nova oração, que dizem ser muito bonita.

— Sim, — trouxe-o — respondeu Pedro. — O imperador estará aqui amanhã. Haverá uma reunião extraordinária da nobreza e fala-se dum recrutamento de dez sobre mil. A propósito, receba meus cordiais cumprimentos.

— Sim, sim, louvado seja Deus!... E do exército, que notícias?

— Recuamos ainda, até sob Smolensk, ao que parece.

— Meu Deus, meu Deus!... E onde está o manifesto?

— A proclamação? Ah! sim!

Pedro rebuscou em vão os bolsos. Enquanto continuava suas investigações, beijou a mão da condessa que entrava e se pôs a lançar olhares inquietos em torno de si, aguardando visivelmente Natacha, que já não cantava, mas ainda não aparecia.

— Palavra, não sei onde o meti — confessou ele, por fim.

— Ah! ele perde sempre tudo — disse a condessa.

Nesse momento, Natacha entrou, de semblante enternecido, e sentou-se não longe de Pedro, em quem fixou os olhos sem dizer palavra. Aquela aparição desenrugou o rosto até então sombrio, de Bezukhov, que, enquanto cascavilhava afanosamente os bolsos, olhou várias vezes para o lado da moça.

— Devo tê-lo esquecido em casa, vou procurá-lo...

— Mas chegará atrasado para o jantar.

— Isto mesmo, e além do mais meu cocheiro foi embora!

Mas Sônia, que se pusera à procura dos papéis até no vestíbulo, encontrou-os, cuidadosamente dobrados, debaixo do forro do chapéu de Pedro. Este se dispôs a lê-los.

— Não, depois do jantar — disse o velho conde, que prometia evidentemente a si mesmo um grande prazer com essa leitura.

Durante a refeição, em que se bebeu champanha à saúde do novo cavaleiro de São Jorge, Chinchin contou as novidades da cidade: a doença da velha princesa georgiana, a desaparição de Métivier, a história de um velho alemão que tinham levado preso, suspeito de ser "espião", à presença de Rostoptchin, mas que este pusera em liberdade, explicando ao povo que os "cogumelos" daquela espécie nada tinham de venenosos.[74] Era pelo menos o que o próprio Rostoptchin contava.

— Sim, sim, prendam-nos, prendam-nos — disse o conde. — Quantas vezes já não supliquei à condessa que se abstivesse de falar tanto francês! Não é mais conveniente.

— Sabem — continuou Chinchin, — que o Príncipe Golitsin contratou um preceptor russo? Sim, dá suas lições em russo. Começa a tornar-se perigoso falar francês nas ruas.

— Ah! mas, Pedro Kirillytch — disse o velho conde, — quando for recrutada a milícia, terá você de montar a cavalo.

Pedro, que até então permanecera mergulhado em seus pensamentos, olhou o velho conde sem parecer compreender.

— Ah! sim, chegou o momento de partir para a guerra. Farei lá uma bela figura! Aliás, tudo é tão estranho, tão estranho! Já nem me reconheço mais. Não tenho disposição nenhuma para o serviço militar, mas no tempo de hoje ninguém pode responder por coisa alguma.

Depois do jantar o conde se instalou confortavelmente numa poltrona e pediu a Sônia, consumada leitora, que lesse o manifesto.

"Em Moscou, nossa primeira capital.

"O inimigo transpôs com forças consideráveis as fronteiras da Rússia. Vem para devastar nossa pátria bem-amada..."

Sônia lia com sua voz delicada, pondo nisso todo o cuidado. O conde ouvia, de olhos fechados, pontuando certas passagens com profundos suspiros. Natacha mantinha-se bem ereta, fixando um olhar esquadrinhador ora em seu pai, ora em Pedro, que, sentindo aquele olhar fito em sua pessoa, evitava cruzá-lo. A cada expressão enfática do manifesto, a condessa abanava a cabeça com ar desaprovador: o perigo que seu filho corria não estava próximo de acabar, eis tudo quanto compreendia daquelas belas frases. Enrugando os lábios num sorriso zombeteiro, Chinchin se preparava para criticar, na primeira oportunidade, quer o tom de Sônia, quer o entusiasmo do conde, quer a própria proclamação, na falta de outra coisa.

Depois de ter lido as passagens relativas aos perigos que ameaçavam a Rússia, às esperanças que o imperador fundamentava em Moscou e principalmente na sua ilustre nobreza, Sônia, cuja voz tremia na medida da atenção que lhe prestavam, chegou à conclusão:

"Não tardaremos, nós mesmo, a aparecer no meio do nosso povo, nesta capital e em outros lugares de nosso império, para deliberar e guiar todas as nossas milícias, tanto aquelas que neste

74. Trocadilho intraduzível com as palavras *chpion* (espião) e *champignon* (cogumelo), ambas estrangeiras, mas usadas pelos russos. (N. do T.)

momento barram a marcha do inimigo, como as que se vão formar para golpeá-lo em toda a parte em que se mostrar. Que a desgraça em que medita precipitar-nos retombe sobre sua cabeça e que a Europa, liberta da escravidão, exalte o nome da Rússia!"

— Perfeitíssimo! — exclamou o conde. Depois, entreabrindo seus olhos úmidos e fungando várias vezes, como se o estivessem obrigando a cheirar sais, acrescentou: — Basta o imperador falar, sacrificaremos tudo sem o menor pesar.

Sem deixar tempo a Chinchin para intrometer a pilhéria que estivera a preparar sobre o patriotismo do conde, Natacha levantou-se num salto e correu para seu pai.

— Como papai é gentil! — disse ela, beijando-o, e desviou novo o olhar para Pedro, cedendo àquela coqueteria inconsciente que lhe voltava com sua jovialidade.

— Vejam só a patriota! — disse Chinchin.

— Mas não, ora essa... — protestou Natacha ofendida. — O senhor zomba sempre, mas eu não estou brincando.

— Trata-se bem de brincar! — continuou o conde. — Basta ele dizer uma palavra e partiremos todos... Não somos alemães, que diabo!

— Notaram — interveio Pedro, — que o manifesto diz: "Para deliberar?"

— Ora, pouco importa!...

Nesse momento, Pétia, a quem ninguém prestava atenção, avançou de rosto vermelhíssimo, para seu pai e lhe disse, numa voz entrecortada, ora grave, ora aguda:

— Pois bem agora, eu lhe declaro, papai... e à mamãe também, aceitando-o ela como quiser... eu lhes declaro que é preciso que me deixem partir para o serviço militar... porque não posso mais, eis tudo...

Aterrorizada, a condessa ergueu os olhos ao céu, juntou as mãos e voltando-se para seu marido, disse:

— Eis aonde queria ele chegar!

Mas o conde não tomou a coisa pelo seu aspecto trágico.

— Ora, vamos, não digas tolices. Vejam o belo guerreiro! Termina antes os teus estudos.

— Não são tolices, papai. Fédia Obolenski é mais moço do que eu, e também parte... De qualquer maneira, não posso trabalhar, agora que... — Deteve-se, enrubesceu até o branco dos olhos, mas acabou contudo sua frase: "...que a pátria está em perigo".

— Basta, basta, ora essa. Tolices...

— Mas o senhor mesmo acaba de dizer que sacrificaremos tudo.

— Pétia, queres ou não calar a boca? — exclamou o conde, olhando para sua mulher que, tendo ficado lívida, mantinha os olhos fixos no seu caçula.

— Deixa-me dizer-lhes, e Pedro Kirillytch confirmá-lo-á...

— Cala-te, digo-te! Bobagens. Está ainda cheirando a leite e já quer se fazer soldado. Basta, basta, não é?... Pedro Kirillytch, vamos então dar umas cachimbadas — acrescentou ele, pegando o manifesto que pretendia sem dúvida reler no seu gabinete, antes de sua sesta.

Pedro estava mais perturbado do que nunca: desde um instante os olhos de Natacha, mais brilhantes, mais acariciantes que de costume, estavam fixados nele, com uma insistência constrangedora.

— Desculpe-me, vou voltar para casa...

— Como! para casa? Mas não queria você passar a noite aqui?... Está-se fazendo raro, nestes últimos tempos. E minha filhinha só se sente alegre na sua presença — disse o velho conde com bonomia, designando Natacha.

— Sim, mas tinha-me esquecido... Preciso absolutamente ir embora... Negócios... — apressou-se Pedro em dizer.

— Pois bem, então! Adeus — disse o conde, indo embora.

— Por que vai? Por que está perturbado? Por quê? — perguntou Natacha, fitando Pedro com um ar atrevido.

"É porque te amo!", teria ele querido dizer, mas se conteve. Seu rosto ficou rubro, baixou os olhos e balbuciou:

— É que será melhor que venha cá menos vezes... Não, é simplesmente que tenho negócios...

— Por quê? Vamos, diga-mo — insistiu Natacha, mas calou-se subitamente.

Olharam-se ambos com espanto. Ele tentou sorrir, mas apenas esboçou uma careta de sofrimento. Sem acrescentar uma palavra, beijou a mão de Natacha e desapareceu.

Pedro tomou a firme resolução de não mais voltar à casa dos Rostov.

21. Depois da recusa categórica que havia sofrido, Pétia fechou-se no seu quarto para ali chorar quentes lágrimas. Quando apareceu na hora do chá, sombrio, taciturno, de olhos vermelhos, todos fingiram nada notar.

O imperador chegou no dia seguinte. Vários criados dos Rostov pediram permissão para assistir à sua chegada. Naquela manhã Pétia demorou em vestir-se, em pentear-se, em arranjar um colarinho à maneira dos adultos. Franzia o cenho diante do espelho, fazia grandes gestos, mexia os ombros. Enfim, sem nada dizer a ninguém, pôs seu boné e saiu pela entrada de serviço, procurando passar despercebido. Resolvera ir imediatamente à residência do imperador e dirigir-se resolutamente a um dos numerosos camareiros que, acreditava ele, cercavam sempre Sua Majestade; explicar-lhe-ia que era o Conde Rostov que, malgrado sua juventude, desejava servir à sua pátria, que a idade não podia entravar o devotamento, que estava disposto... Em suma, preparara muitas belas frases que contava dizer ao camareiro.

Avaliava Pétia que sua extrema mocidade surpreenderia toda a gente e que precisamente por esta razão, não se recusariam a apresentá-lo ao imperador. Entretanto, nem por isso deixava de, pelo arranjo de seu colarinho, de seu penteado, de seu andar lento e grave, dar-se ares de homem maduro. Mas quanto mais avançava, mais se deixava distrair pela multidão que afluía de todas as partes e mais ia perdendo aquela grave aparência. Ao aproximar-se do Kremlim, teve de acautelar-se para não ser atropelado e se pôs a dar cotoveladas com um ar ameaçador. Sob a porta da Trindade, baldadamente empregou toda a sua energia. Pessoas que ignoravam decerto suas intenções patrióticas comprimiram-no de tal maneira contra a parede que ele teve, muito a contragosto, de parar para deixar passar, num estrépito amplificado pela abóbada, uma longa fila de carruagens. Achavam-se a seu lado uma mulher do povo com um lacaio, dois homens de negócios e um soldado reformado. Sem esperar o fim do desfile, quis Pétia prosseguir seu caminho e recomeçou seu vigoroso jogo de cotovelos; mas a mulher que foi a primeira a sentir-lhe os efeitos, o repeliu asperamente:

— Alto lá, meu senhorzinho, vamos parar de empurrar? Não está vendo que a gente não se pode mover? Fique então bem quietinho.

— Decerto — reforçou o lacaio, — se se põe a empurrar, toda a gente vai fazer a mesma coisa.

E pregando com o exemplo, empurrou Pétia até o ângulo malcheiroso da porta.

Pétia enxugou o suor que lhe corria pela cara e reajustou, mal ou bem, o colarinho todo molhado, aquele belo colarinho que arranjara em casa à maneira dos adultos.

Viu bem que não estava mais apresentável e que, se se mostrasse naquele estado aos camareiros, não o deixariam jamais chegar até a presença do imperador. Mas o aperto impedia-o não só de rearranjar suas roupas, como de sair daquela posição crítica. Avistou entre os generais que desfilavam um conhecido de seus pais; esteve prestes a pedir-lhe auxílio, mas achou que seria pouco digno de um homem como ele. Depois que todas as carruagens passaram, a multidão, arremessando-se, arrastou-o para a praça, que estava negra de gente, bem como os taludes e os telhados em redor. Mal chegado ali, ouviu Pétia distintamente o carrilhão dos sinos e o burburinho alegre da multidão.

Abriu-se de repente um espaço vazio na praça, todas as cabeças se descobriram, houve nova pressão para diante. Pétia estava tão apertado que mal podia respirar; toda a gente gritava:

"Viva! Viva! Viva!" Pétia em vão se levantava na ponta dos pés, acotovelava seus vizinhos, agarrava-se a eles. Nada pôde ver senão a multidão que o cercava.

Todos os rostos refletiam o mesmo enternecimento, o mesmo entusiasmo. Uma vendedora, vizinha de Pétia, soluçava e chorava grossas lágrimas.

— Nosso pai, nosso anjo, nosso pai! — salmodiava ela, enxugando os olhos.

— Viva! — gritava-se de todos os lados.

Depois dessa curta parada, a multidão lançou-se para diante.

Superexcitado, Pétia, de dentes cerrados, de olhos exorbitantes, precipitou-se, movimentando os cotovelos e gritando "Viva". Parecia prestes a exterminar a si mesmo e aos outros; a seus lados, rostos igualmente bestiais avançavam berrando também eles: "Viva!"

"Então é isso o imperador!", disse Pétia a si mesmo. — "É impossível, nestas condições, entregar-lhe minha súplica, seria demasiado atrevimento!" Nem por isso deixava de empurrar desesperadamente e já, por trás dos ombros dos que o precediam, avistava um lugar vazio, onde estava estendida uma passadeira de pano vermelho; mas no mesmo instante a multidão recuou, porque os policiais haviam repelido os que avançavam para muito perto: o imperador dirigia-se do palácio à Catedral da Assunção. Recebeu então Pétia um golpe tão violento de lado que seus olhos se enevoaram e perdeu o conhecimento. Quando voltou a si, um eclesiástico de sotaina azul poída, com uma pequena cauda de cabelos grisalhos sobre a nuca, um sacristão sem dúvida, o sustentava com uma mão sob a axila e com a outra o protegia contra o aperto.

— Esmagaram o senhorzinho! — dizia o sacristão. — Devagar, vamos, devagar!... Esmagaram-no, o coitado!...

O imperador penetrara na catedral. O redemoinho cessou e o sacristão pôde levar Pétia, lívido e mal respirando para o "Rei dos Canhões".[75] Tendo-se algumas pessoas condoído de seu estado, a multidão refluiu de seu lado. Os mais próximos se apressaram, desabotoaram-lhe o paletó, fizeram-no sentar no pedestal do canhão, tudo com grande número de injúrias lançadas contra os "esmagadores" desconhecidos.

— Era o que poderia bem ter acontecido. Pode-se imaginar coisa igual? Um verdadeiro assassinato! Está branco como um pano, o pobrezinho do menino!

Pétia recuperou dentro em pouco os sentidos, as cores lhe voltaram, a dor passou. Graças a esse mal-estar, havia conquistado um bom lugar sobre o canhão, donde contava ver o imperador quando este regressasse. Não cuidava mais da súplica; ver somente o imperador, bastava para sua felicidade!

Enquanto se desenrolava na catedral uma cerimônia de ação de graças, tanto pelo regresso do imperador como pela conclusão da paz com os turcos, a multidão ia-se desfazendo. Viu-se aparecerem, aos gritos, vendedores de cerveja, de pão de centeio, de sementes de papoula, de que Pétia gostava muito. Conversas bastante triviais começaram a travar-se. Uma vendedora mostrava seu xale rasgado e pretendia ter-lhe ele custado os olhos da cara: outra garantia que as sedas se tornariam de um preço exorbitante. O sacristão que havia salvo Pétia fornecia a um funcionário numerosos pormenores sobre os personagens que oficiavam com Sua Grandeza; pronunciou várias vezes a palavra "pontifical", cujo sentido permaneceu obscuro para Pétia. Dois jovens operários gracejavam com criadas que roíam avelãs. Todas aquelas conversas e especialmente as pilhérias da gente moça que, na sua idade, deveriam ter-lhe interessado, deixaram-no bastante indiferente; empoleirado no canhão, desfalecia de amor pensando no imperador. A lembrança de seu mal-estar, de seus transes durante o aperto aumentava ainda o seu entusiasmo e devia tornar-lhe para sempre memorável aquele instante solene.

De repente tiros de canhão repercutiram ao longo do cais, onde se detonava uma salva em honra da paz com os turcos. A multidão correu para aquele lado; Pétia quis fazer o mesmo, mas foi

75. Canhão fundido no século XVI e que pesava 196.005 quilos. Estava colocado perto da porta de São Nicolau.

impedido pelo sacristão que o tomara sob sua proteção. Continuava ainda a salva, quando se viu saírem a toda a pressa da catedral oficiais, generais, camareiros, depois outras pessoas, estas menos precipitadamente; as cabeças se descobriram de novo e os curiosos, que haviam corrido para o cais, voltaram à praça. Enfim, quatro personagens de uniforme e de grandes cordões, apareceram no adro da igreja. "Viva" gritou uma vez mais a multidão.

— Qual é deles? Qual é? — perguntou Pétia a seus vizinhos, com uma voz lacrimejante. Ninguém lhe respondeu; todos se achavam por demais arrebatados. Escolhendo por acaso uma das quatro personagens que mal podia distinguir através de seus olhos embebidos de lágrimas, concentrou nela todo o seu entusiasmo, embora não fosse o imperador. Lançou um viva furioso e resolveu no seu íntimo que, desde o dia seguinte e custasse o que lhe custasse, se alistaria como soldado.

Depois de ter corrido até o palácio em seguida ao imperador, a multidão começou a dispersar-se. Já era tarde, Pétia estava em jejum, o suor corria-lhe da testa; não pensava, no entanto, em ir-se embora. Juntou-se aos basbaques que estacionavam ainda em número bastante grande diante do palácio e ficou plantado ali todo tempo da refeição de Sua Majestade, aguardando, só Deus sabia que acontecimento, invejando ao mesmo tempo os dignitários convidados ao festim e os servidores que eram vistos pelas janelas.

Durante a refeição, Valuiev disse, lançando um olhar para fora:

— O povo continua a esperar para ver Sua Majestade.

Ao levantar-se da mesa, o imperador, que ainda mastigava um biscoito, passou para o balcão. A multidão, e Pétia no meio dela, correu para ele.

— Nosso anjo! Nosso pai! Viva! Nosso pai! gritava o povo e Pétia com ele. De novo as mulheres, e entre os homens os que eram de enternecimento fácil — Pétia era desses — derramaram lágrimas de alegria.

Um pedaço bastante grande do biscoito que o imperador segurava na mão caiu sobre o apoio do balcão e saltou para o chão. Um cocheiro, de casacão, que estava mais perto do que todos mais, apanhou-o vivamente. Alguns de seus vizinhos se precipitaram sobre ele. Então o imperador mandou buscar um pires de biscoitos e atirou-os do alto do balcão. Os olhos de Pétia se injetaram de sangue; excitado pela atração do perigo, avançou correndo para diante. Sem que soubesse porque, era-lhe preciso custasse o que custasse, um daqueles biscoitos caídos da mão do tzar. Derrubou na sua corrida uma velha que ia apanhar um. Se bem que, caída no chão, não se deu ela por vencida; mas tinha o braço demasiado curto. Pétia a repeliu com um golpe de joelho, agarrou o biscoito e, temendo não ser demasiado expansivo, lançou novo viva, mas com uma voz já um tanto rouca.

O imperador desapareceu e desta vez a multidão se dispersou quase inteiramente.

— Bem que disse que era preciso esperar, não me enganei — diziam de todos os lados vozes prazenteiras.

A ideia de que o prazer do dia estava terminado estragava o bom humor de Pétia. Como não fizesse questão de voltar para casa, passou primeiro pela casa de seu amigo Obolenski, de quinze anos como ele, e que partia para o regimento. De regresso a casa, declarou firmemente que, se não lho consentissem, fugiria. E desde o dia seguinte, foi o velho conde, bem que muito contra sua vontade, indagar dos meios de fazer Pétia alistar-se, sem expô-lo a demasiado perigo.

22. Dois dias depois, a 15 de julho, número impressionante de carruagens estacionava diante do Palácio Slobodski.

Grande multidão assediava-lhe as salas. Na primeira, estavam reunidos os nobres uniformizados; na outra, os negociantes de longas barbas, com suas medalhas sobre seus cafetãs azuis. Reinava na sala da nobreza uma animação burburinhante. Numa grande mesa, sob o retrato do imperador, tronejavam os personagens mais importantes; os outros iam e vinham.

Todos aqueles nobres, os mesmos que Pedro frequentava todos os dias, quer no clube, quer em suas casas, traziam uniformes que datavam de Catarina, de Paulo, de Alexandre ou o simples traje comum da nobreza; esse caráter "oficial" dava um aspecto esquisito, fantástico, àquelas figuras novas ou velhas, diferentes e familiares. Curiosos eram sobretudo os velhos: míopes, calvos, desdentados, rechonchudos de gordura amarela ou magros e ressequidos. Não diziam palavra e não se moviam de seu lugar ou então se levantavam para conversar com os mais jovens. Aqui, como na esplanada em que se encontrara Pétia, os rostos refletiam, conjuntamente com a expectativa dum acontecimento solene, preocupações bastante prosaicas, tais como o jogo de bóston, o talento do cozinheiro Petruchka, a saúde de Zenaide Dmitrievna, etc...

Pedro, que desde manhã cedo envergara seu uniforme de nobre, demasiado estreito agora, encontrava-se na sala, tomado de viva emoção. Aquela reunião extraordinária, não só dos nobres, mas dos negociantes, aquela convocação das diversas ordens, em suma, aqueles *Estados Gerais* despertavam nele um enxame de ideias, desde muito tempo adormecidas, mas ancoradas no entanto em seu espírito e que giravam em torno do CONTRATO SOCIAL e da Revolução Francesa. A passagem do manifesto, em que o imperador dizia que vinha à sua capital para nela "deliberar" com seu povo, produzira nele forte impressão. Supondo, pois, que se preparava, nessa ordem de ideias, um ato importante, por ele esperado havia muito tempo, deambulava através dos grupos, olhando em torno de si, prestando ouvidos às conversações, sem aliás nada descobrir que correspondesse ao que imaginava.

Leu-se o manifesto, que despertou o entusiasmo, depois as conversas continuaram. Além dos assuntos habituais, ouviu Pedro discussões a respeito do lugar que ocupariam os marechais da nobreza à entrada de Sua Majestade, da data do baile que seria dado em sua honra, do modo preferível da reunião: por distrito ou por província? etc... Mas logo que se tratava da guerra e do objeto mesmo da assembleia, confinavam-se no vago e no impreciso. Preferia-se ouvir a falar.

Um senhor de certa idade, de aspecto marcial e muito elegante no seu uniforme de marinheiro reformado, perorava no meio de um grupo. Pedro aproximou-se para escutá-lo. O Conde Ilia Andreievitch, de cafetã de governador de cidade, do tempo de Catarina, passeava, de sorriso nos lábios, por entre todos aqueles personagens conhecidos; prestou também atenção, com aquele ar de benevolência que exibia em semelhantes casos, e encorajou com meneios de cabeça o homem que discorria. O marinheiro deveria estar sustentando opiniões muito atrevidas, a julgar pelo menos pelo jogo fisionômico de seus ouvintes e pelo fato de que certas pessoas, cujo humor pacífico Pedro conhecia, o contradiziam ou se afastavam mesmo dele, acentuando assim sua desaprovação. Pedro abriu caminho até o centro do grupo e pôde convencer-se de que o belo falante era bem realmente um liberal, mas num sentido diverso do dele, Pedro. Tinha o marítimo uma voz de barítono sonora e cantante, que rolava os erres com bastante agrado e engolia as consoantes, uma dessas vozes de gentis-homens acostumados a gritar: "Ra-az, meu cachimbo!" ou outra coisa desse gênero: uma voz de libertino acostumado ao comando.

— Os nobres de Smolensk propuseram milicianos ao imperador? E depois? Cabe a eles fazer a lei para nós? Se a honrada nobreza de Moscou julga-o necessário, pode exprimir por outros meios seu devotamento a Sua Majestade. Esquecemo-nos da milícia do ano sete? Somente os filhos de pope, os gatunos e os tratantes lucraram alguma coisa...

O Conde Ilia Andreievitch, com seu benigno sorriso, aprovava com a cabeça.

— Foram nossos milicianos úteis ao país? Que eu saiba não. O que fizeram foi arruinar-se literalmente. Mais vale ainda o recrutamento... De outro modo, não são nem soldados, nem camponeses que nos voltarão depois, mas tão só debochados. Os nobres não negociam sua vida, partiremos todos, levaremos recrutas; que o imperador faça simplesmente um apelo a nós, e morreremos todos por ele, — concluiu ele, num arroubo de entusiasmo.

Ilia Andreievitch engolia sua saliva cheio de contentamento e dava cotoveladas em Pedro; mas este queria também dizer uma palavrinha. Adiantou-se, cedendo a um vago impulso e sem saber muito o que iria dizer. Mal abrira a boca e um senador desdentado, com um gesto inteligente e encolerizado, que se mantinha perto do orador, interrompeu-o. Com o tom nítido e calmo dum homem perito em discussões, proferiu:

— Suponho, caro senhor, que não fomos convocados para discutir as vantagens que possa apresentar, nas circunstâncias atuais, a milícia ou o recrutamento. Devemos responder ao apelo com que nos honrou Sua Majestade. Quanto a decidir entre a milícia e o recrutamento, deixaremos isso ao cuidado do poder supremo...

Pedro achou logo uma saída para sua efervescência interior. Como! pretendia aquele senador impor suas vistas estreitas e por demais legais às deliberações da nobreza? Deu um passo para a frente e, cortando-lhe a palavra, pôs-se a discutir com vivacidade, se bem que num russo livresco, recheado de expressões francesas.

— Desculpe-me, Excelência — começou ele. Embora entretivesse muito boas relações com aquele senador, achou bom dar-lhe seu título oficial. — Embora não partilhando da opinião do senhor... — ia dizer: *de meu muito honrado preopinante, mas se conteve,* — desse senhor que *não tenho a honra de conhecer,* suponho que a ordem da nobreza foi convocada a este lugar, não só para exprimir sua simpatia e seu entusiasmo, mas ainda para discutir as medidas às quais pode ela recorrer, a fim de correr em auxílio da pátria. Suponho — continuou ele, animando-se cada vez mais, — que o próprio imperador ficaria descontente se só encontrasse em nós proprietários de camponeses... *carne para canhão...* se não encontrasse em nós um... conselho.

Essa linguagem bastante livre e o sorriso desdenhoso do senador incitaram numerosas pessoas a se afastar; só Ilia Andreievitch aprovou o discurso de Pedro, como havia aprovado o do marinheiro, o do senador e como estava pronto a fazê-lo para qualquer pessoa que falasse em último lugar.

— Estimo — prosseguiu Pedro, — que antes de discutir essas questões, devemos pedir ao imperador, sim, pedir respeitosamente a Sua Majestade que nos dê a conhecer o número de nossas tropas, a situação de nossos exércitos, e então...

Pedro não pôde acabar, porque o atacaram de três lados ao mesmo tempo. E o mais virulento de seus antagonistas foi um de seus mais antigos parceiros no bóston, sempre muito bem disposto a seu respeito, Stepane Stepanovitch Adraxin. Este senhor trazia agora uniforme e, seja por esta razão, ou por outra, viu Pedro diante de si um homem bem outro. Com as feições subitamente crispadas por uma cólera senil, Stepane Stepanovitch gritou para Pedro:

— Em primeiro lugar, não temos o direito de fazer tal pergunta ao imperador; em segundo lugar, tivesse embora a nobreza russa esse privilégio, Sua Majestade não poderia responder-nos. A marcha de nossas tropas está subordinada à do inimigo; quanto a seu número, ora diminui, ora aumenta...

Outra voz se elevou, a de um homem de estatura mediana, duns quarenta anos de idade, que Pedro conhecera outrora entre os ciganos e que sabia ser mau jogador. Transfigurado também ele pelo uniforme, avançou para Pedro e, interrompendo Adraxin, largou:

— Aliás, não é hora de discutir, mas de agir; a guerra acha-se em nossa casa. O inimigo avança para aniquilar a Rússia, para profanar os túmulos de nossos pais, para levar nossas mulheres, nossos filhos. Nós nos levantaremos todos, ofereceremos todas as nossas pessoas, tudo por nosso pai o tzar! — gritava, batia no peito, rolava os olhos injetados de sangue. Algumas palavras de aprovação fizeram-se ouvir no meio da galeria. — Somos russos e não pouparemos nosso sangue para a defesa da fé, do trono e da pátria. Deixemos de lado todas as parvoíces, se somos verdadeiros filhos da pátria. Mostraremos à Europa como a Rússia se levanta pela Rússia.

Pedro teve vontade de replicar, mas reconheceu-se incapaz. Via bem que suas palavras, independentemente do sentido que pudessem ter, teriam menos eco do que as daquele gentil-homem exaltado.

Ilia Andreievitch aprovava por trás do grupo; alguns dos assistentes vieram corajosamente em socorro do orador, pontuando-lhe a peroração de "Muito bem! muito bem! Perfeito! É isto mesmo!"

Pedro teve vontade de dizer que estava pronto também ele, a todos os sacrifícios de homens e de dinheiro, a sacrificar-se ele próprio, se fosse preciso, mas que, para dar remédio ao caso era preciso primeiro conhecer a situação. Não pôde fazê-lo: toda a gente falava e gritava ao mesmo tempo, tão bem que Ilia Andreievitch prodigalizava incessantemente seus meneios de cabeça aprobatórios. O grupo em efervescência, ora aumentando, ora se dispersando, ora se modificando, dirigiu-se, completo, através da sala, para a grande mesa. Não somente não conseguia Pedro introduzir uma palavrinha sequer, mas interrompiam-no grosseiramente, empurravam-no, afastavam-se dele como do inimigo comum. O que dissera nada tinha que ver, aliás, com o seu ostracismo, porque haviam-se esquecido totalmente dele depois dos que o haviam seguido; mas aquela multidão excitada tinha necessidade de concretizar seu ódio como seu amor, e Pedro lhe servia de bode expiatório.

Os oradores, que se sucederam ao nobre tão excitado, falaram todos no mesmo tom, alguns bastante bem e duma maneira original. O editor do MENSAGEIRO RUSSO, Sérgio Glinkam, que foi acolhido aos gritos de "O escritor! o escritor", disse que "o inferno deveria ser repelido pelo inferno", que "vira uma criança sorrir à luz dos relâmpagos e aos trons do trovão", mas que "nós não seríamos essa criança".

— Sim, sim, aos trons do trovão! — repetiu-se nas derradeiras filas, sem se compreender.

A multidão se aproximou da grande mesa onde, revestidos de seus grandes cordões, se sentavam os grandes dignitários. Eram todos septuagenários de cabeças encanecidas ou calvas, que Pedro conhecia por havê-los visto quer em suas casas entre seus bobos, quer no clube em redor de mesas de bóston. Nem por isso cessaram as conversas. Um após outro, algumas vezes dois juntos, oradores tomavam a palavra, apertados pela multidão contra os altos espaldares das cadeiras. Os que estavam por trás notavam o que não dissera o orador, para apressarem-se em dizê-lo por sua vez. Alguns, em meio daquele aperto e daquele calor, cavoucavam a cabeça, a fim de descobrir nela alguma ideia que não tivesse sido ainda emitida e de que podiam fazer comunicação aos outros. Os dignitários, tesos em suas cadeiras, lançavam à direita e à esquerda olhares espantados; suas fisionomias só davam a entender uma coisa: que sentiam muito calor. Pedro, no entanto, sentia-se agitado interiormente; aquele desejo de provar, custasse o que custasse, seu devotamento à pátria, desejo que se lia em todos os rostos e se exprimia melhor pelo som das vozes que pelo sentido dos discursos, acabou por se comunicar a ele. Sem renegar nenhuma de suas convicções, sentia-se vagamente culpado e desejava justificar-se.

— Disse simplesmente que nossos sacrifícios seriam mais fáceis, se soubéssemos quais são ao justo as necessidades — gritou ele, tentando dominar as outras vozes.

Um velhinho, seu vizinho mais próximo, voltou seu olhar para ele, mas transferiu-o logo para a outra ponta da mesa, onde se elevava uma exclamação.

— Sim, Moscou será entregue! Será nossa redentora!

— Ele é o inimigo do gênero humano! — gritou outra voz. — Deixem-me, pois, falar... Senhores, estão-me sufocando!...

23. Nesse momento, o Conde Rostoptchin, com uniforme de general, o grande cordão passado a tiracolo, o queixo saliente e os olhos vivos, entrou na sala a passos rápidos; a multidão dos nobres se afastou diante dele.

— Sua Majestade vai chegar — disse ele. — Estou vindo do palácio. Creio que na situação em que nos encontramos, não se deve perder muito tempo em discussões. O imperador dignou-se reunir-nos, bem como a homens de negócios. Os milhões chegarão daquele lado — acrescentou ele, mostrando a sala dos negociantes. — Nosso papel é fornecer a milícia e não nos pouparmos... É o mínimo que poderíamos fazer.

Uma consulta, em voz mais que baixa, travou-se entre os únicos grandes senhores sentados à mesa. Depois do recente burburinho, causou triste impressão ouvirem-se aquelas vozes cansadas dar sua opinião, uma após outra. Este dizia: "Consinto", aquele outro, para variar a fórmula: "Sou da mesma opinião".

O secretário recebeu a ordem de redigir a seguinte resolução da nobreza moscovita: "Os gentis-homens de Moscou, a exemplo dos de Smolensk, dão dez homens dentre mil com o equipamento completo". Depois os notáveis se levantaram com visível alívio, afastaram suas cadeiras com estrondo e, para desentorpecer as pernas, se espalharam pela sala, segurando seus conhecidos pelo braço e falando por todos os cotovelos.

— O imperador! o imperador! — gritaram de repente e toda a gente se precipitou para a entrada.

Ao longo de largo caminho, orlado de dupla fileira de gentis-homens, Alexandre veio entrando na sala. Todos os rostos exprimiam uma curiosidade respeitosa e temerosa. Pedro, que se achava bastante longe, não percebeu muito bem as palavras que Sua Majestade pronunciou. Compreendeu somente que ele falava do perigo que o país corria e das esperanças que depositava na nobreza de Moscou. Uma voz respondeu comunicando-lhe a resolução que acabara de ser tomada.

— Senhores, — começou o imperador, com voz trêmula. Um frêmito percorreu a multidão, depois estabeleceu-se um silêncio profundo. E Pedro ouviu nitidamente a voz agradável e emocionada de Alexandre que dizia:

— Jamais pus em dúvida o zelo da nobreza russa. Mas no dia de hoje ultrapassou ele a minha expectativa. Agradeço-vos em nome da pátria. Ajamos, senhores, o tempo é precioso...

O imperador se calou, a multidão se comprimiu em torno dele e de todas as partes repercutiram exclamações frenéticas.

— Sim, o que há de mais precioso é a palavra do tzar — dizia a soluçar, nas derradeiras filas, Ilia Andreievitch, que nada ouvira, mas que compreendia tudo à sua maneira.

Da sala da nobreza, o imperador passou à dos comerciantes. Ali ficou uns dez minutos. Pedro, bem como muitos outros, viu-o sair de lá com lágrimas de enternecimento: como se soube mais tarde, mal havia Alexandre começado seu discurso aos homens de negócio, as lágrimas saltaram-lhe dos olhos e acabou-o numa voz soluçante. Dois dos assistentes o acompanhavam: um, que Pedro conhecia, era um gordo arrematante de aguardente; o outro, de rosto macilento e amarelo, de barba rala, era o preboste dos negociantes. Ambos choravam. O magro tinha lágrimas nos olhos, mas o outro soluçava como uma criança e repetia sem cessar:

— Tome minha vida e minha fortuna, Majestade!

O único desejo de Pedro era agora fazer ver que não lamentava nenhum sacrifício e zombava de tudo mais. Censurava as tendências constitucionais de seu discurso e procurava ocasião de reparar tal falta. Sabendo que o Conde Mamonov oferecia um regimento inteiro, declarou logo ao Conde Rostoptchin que dava mil homens e se encarregava de sua manutenção.

O velho Rostov não pôde conter suas lágrimas ao contar à sua mulher o que se tinha passado e cedeu imediatamente às instâncias de Pétia, que ele próprio foi inscrever.

No dia seguinte, o imperador partiu. Todos os membros da assembleia tiraram seus uniformes, retomaram seus hábitos tanto em casa como no clube e deram, não sem resmungar, a seus intendentes, as ordens relativas à milícia, espantando-se eles próprios do que tinham feito.

SEGUNDA PARTE

1. Napoleão começara a guerra com a Rússia porque não pudera deixar de ir a Dresde, porque não evitara que as homenagens ali recebidas lhe subissem à cabeça, porque vestira um uniforme polonês, cedera aos encantos excitantes duma bela manhã de junho e também porque não soubera refrear movimentos de cólera na presença de Kuraguin, depois de Balachev.

Alexandre recusara-se a todas as conversações porque se acreditava pessoalmente ofendido. Barclay de Tolly esforçava-se por comandar o melhor que podia o exército, a fim de cumprir seu dever e de adquirir o renome de grande capitão. Rostov lançara-se ao ataque aos franceses porque não pudera resistir ao desejo de galopar em campo raso. E era assim que se comportavam, de acordo com suas disposições pessoais, seus hábitos, suas condições de vida ou seus desígnios, os inúmeros indivíduos que participavam do conflito. Tinham medo, exibiam-se, regozijavam-se, indignavam-se, raciocinavam e acreditavam que sabiam o que faziam e que o faziam por sua própria conta; na realidade, eram instrumentos inconscientes da História, realizavam uma obra cujo sentido lhes escapava, mas que compreendemos agora. Tal é a sorte invariável de todos os homens de ação e são tanto menos livres quanto ocupam um posto mais elevado na hierarquia social.

Os atores dos acontecimentos de 1812 desapareceram desde muito tempo, os interesses que os faziam agir não deixaram traço algum, só permanecem os resultados históricos daquela época.

Mas se admitimos que os habitantes da Europa deviam sob a direção de Napoleão, penetrar no coração da Rússia para aí perecer, toda a conduta contraditória, insensata e cruel dos participantes do conflito se nos torna inteligível.

A Providência obrigava cada um daqueles homens a colaborar, embora perseguindo objetivos pessoais, num único e grandioso resultado, de que nenhum deles, fosse Napoleão ou Alexandre, ou ainda menos um qualquer dos atores, tinha a menor ideia.

Vemos claramente hoje o que levou em 1812 à derrota do exército francês. Ninguém contestará que esse desastre teve como causas, de uma parte a entrada demasiado tardia no coração da Rússia, sem preparação suficiente para uma campanha de inverno e por outra parte o caráter dado à guerra pelo incêndio das cidades e o ódio excitado no povo russo contra o invasor. Mas então ninguém podia prever o que nos parece hoje evidente, isto é, que somente essas causas foram capazes de provocar a derrocada dum exército de oitocentos mil homens, o melhor do mundo, conduzido pelo maior dos capitães, diante dum exército duas vezes mais fraco, sem experiência e comandado por generais igualmente inexperientes. NÃO SOMENTE NINGUÉM PODIA PREVÊ-LO, mas enquanto que DO LADO DOS RUSSOS havia esforços deliberados de anular as medidas que poderiam salvar a Rússia, DO LADO DOS FRANCESES, malgrado a experiência e o pretenso gênio militar de Napoleão, esbaldavam-se em tentar atingir Moscou pelo fim do verão, isto é, em fazer aquilo mesmo que deveria perdê-los.

Nas obras históricas sobre 1812, insistem os franceses complacentemente no fato de que Napoleão sentia o perigo de estender demasiado sua linha, que procurava a batalha, que seus marechais o aconselharam a parar em Smolensk, em suma, em numerosos argumentos tendentes a provar que se tinha ciência do perigo. Por outra parte, os historiadores russos afirmam ainda mais complacentemente, a existência, desde o começo da campanha, dum plano de "guerra cita", que consistia em atrair Napoleão ao coração da Rússia, e atribuem esse plano, ora a Pfull, ora a Toll, uns a certo francês, outros ao próprio Alexandre, apoiando-se em memórias, nos projetos e nas cartas em que existem com efeito alusões a esse gênero de ação. Mas todas essas alusões a uma previsão do que deveria acontecer, tanto do lado russo como do lado francês, só são invocadas na hora atual porque o acontecimento as justificou. Se o contrário houvesse ocorrido, teriam sido tão esquecidas hoje quanto o são as milhares de hipóteses que circulavam então e se revelaram inexatas. O resultado de todo acontecimento dá lugar a tantas suposições que sempre se encontram pessoas que afirmam: "Eu bem tinha dito!" Esquecem-se de que, entre essas inúmeras suposições, fizeram-se também outras absolutamente contraditórias.

A consciência que Napoleão teria tido do perigo apresentado pela extensão de sua linha, o desígnio amadurecido pelo comando russo de atrair o inimigo ao coração da Rússia, pertencem evidentemente a esse gênero de hipóteses. Para atribuir esse modo de ver a Napoleão e esse plano aos chefes russos, devem os historiadores forçar enormemente os textos, porque todos os fatos oferecem flagrante desmentido a essas suposições gratuitas. Bem longe de manifestar, em qualquer momento da campanha, o menor desejo de atrair os franceses para o fundo de seu país, os russos fizeram tudo quanto puderam para detê-los desde seu primeiro avanço. Bem longe de temer a extensão de sua linha, Napoleão se regozijava, como de um triunfo, com cada passo adiante, e só procurava a batalha frouxamente, bem diferentemente de suas anteriores campanhas.

Desde o começo da guerra, nossos exércitos são cortados e nossa tendência é unicamente para reuni-los, quando, para bater em retirada e atrair o inimigo para o interior do país, essa junção não apresentava vantagem alguma. Se o imperador se encontra no exército é para encorajar suas tropas a defender cada polegada do território e não para presidir à retirada. Organiza-se o imenso Campo de Drissa de acordo com os planos de Pfull com a ideia bem-decidida de ali se permanecer. Alexandre dirige censuras aos comandantes-em-chefe a cada passo em retirada. Nem o incêndio de Moscou, nem mesmo o abandono de Smolensk lhe parecem admissíveis, e, quando os exércitos operaram sua junção, indigna-se por ver esta derradeira cidade cair nas mãos do inimigo sem que se houvesse travado, sob seus muros, uma batalha geral.

Da mesma forma que o imperador, os chefes militares e o povo russo inteiro sentem-se dolorosamente afetados pelo avanço do inimigo.

Depois de ter cortado nossos exércitos, Napoleão penetra sempre mais adiante e deixa escapar várias ocasiões de travar batalha. No mês de agosto, acha-se em Smolensk e só pensa em prosseguir numa ofensiva que, como o vemos agora, foi-lhe evidentemente fatal.

Os fatos provam de maneira peremptória que Napoleão não previa o perigo duma marcha na direção de Moscou e que, longe de favorecer esse movimento, Alexandre e seus generais não pensavam senão em opor obstáculo a isso. O acontecimento se produziu, pois, não em consequência dum plano qualquer, porque ninguém de modo algum encarava essa possibilidade, mas em virtude dum jogo muito complicado de intrigas, de ambições, de desejos; se os atores da guerra não adivinharam o que deveria acontecer, foi esse jogo, no entanto, a salvação única da Rússia. Tudo acontece inopinadamente. Nossos exércitos são cortados desde o começo da campanha. Procuramos reuni-los na intenção evidente de travar batalha e de conter o inimigo; no decorrer dessa tentativa, embora evitando um encontro com forças bem superiores e recuando malgrado nosso em ângulo agudo, levamos os franceses até Smolensk. Mas não basta dizer que recuamos formando um ângulo agudo, porque os franceses fazem cunha entre os dois exércitos; o ângulo se torna mais agudo e nossa retirada se acentua ainda mais porque Barclay de Tolly, esse estrangeiro impopular, é detestado por Bagration, chefe do segundo exército, que lhe deve estar subordinado e que retarda o mais possível a junção, a fim de não lhe ficar sob as ordens. Se Bagration se recusa por mais tempo a executar esse movimento, fim principal de todos os chefes de exército, é sem dúvida por temer pôr seu exército em perigo e prefere recuar mais à esquerda e mais ao sul, inquietando o flanco e a retaguarda do inimigo, para completar seu exército na Ucrânia; mas parece igualmente que ele tenha imaginado essa tática para não ficar subordinado ao estrangeiro Barclay, mais moço em posto do que ele e a quem não pode tolerar.

O imperador está no exército para animá-lo com a sua presença, mas esta mesma presença, a incerteza das decisões a tomar, o grande número de conselheiros e de planos, criam embaraços à força ofensiva do primeiro exército e o obrigam à retirada.

Projeta-se deterem-se no Campo de Drissa, mas, de repente, Paulucci, que visa ao comando supremo, age com sua energia sobre Alexandre, o plano de Pfull é abandonado, tudo é confiado a Barclay. Entretanto, como este não inspira confiança, limitam-lhe os poderes. Eis os exércitos fracionados, não há unidade de comando, Barclay é impopular. Dessa confusão, desse fracionamento, dessa impopularidade do generalíssimo estrangeiro, decorrem, de uma parte, a indecisão e a recusa em travar uma batalha, à qual não se teria podido subtrair, se os exércitos se tivessem reunido e se Bagration estivesse comandando um deles; de outra parte, uma indignação cada vez mais violenta contra os estrangeiros e um despertar do sentimento patriótico.

Por fim o imperador deixa o exército; só se encontra para essa partida uma explicação plausível: a necessidade de provocar o entusiasmo das duas capitais em vista duma guerra nacional. E aquela viagem a Moscou triplica as forças do exército russo.

O imperador abandona o exército para deixar as mãos livres ao comandante-em-chefe e aguardam-se decisões mais enérgicas; ora, bem pelo contrário, a situação do comandante se complica e se enfraquece cada vez mais. Bennigsen, o grão-duque, todo um enxame de ajudantes-de-campo-generais ficam no exército para controlar e esporear o generalíssimo: Barclay, que se sente cada vez menos livre, sob a vigilância de todos aqueles "olhos do imperador", redobra de prudência e evita a batalha.

Mantendo-se Barclay sempre na reserva, o príncipe herdeiro fala de traição e reclama uma batalha geral. Lubomirski, Bronnick, Wlocki, outros ainda, avolumam tanto esse boato que Barclay, sob o pretexto de enviar documentos ao imperador, despacha os ajudantes-de-campo poloneses para Petersbugo e trava luta aberta contra Bennigsen e o grão-duque.

Em Smolensk, afinal, malgrado a minguada diligência de Bagration, os exércitos operam sua junção.

Bagration chega de carruagem à residência de Barclay. Este põe sua insígnia de comando, vai-lhe ao encontro e lhe faz seu relatório como homenagem à sua antiguidade em comando. Bagration, retribuindo, emuladamente, essa magnanimidade, subordina-se a Barclay, mas se encontra ainda menos de acordo com ele. Dirige pessoalmente seus relatórios ao imperador, como este lho ordenou. Escreve a Araktcheiev: "Malgrado o desejo de Sua Majestade, é-me impossível entender-me com o "ministro" (Barclay). Em nome do céu, envie-me para alguma parte, ainda que seja para comandar um regimento, mas não posso ficar aqui. O quartel-general inteiro está cheio de alemães, de tal maneira que um russo não pode viver ali, sendo aquilo uma verdadeira casa de orates. Acreditava servir ao imperador e à pátria, mas na realidade é a Barclay que sirvo. Confesso-lhe que me recuso a isso". O enxame dos Bronnicki, dos Wintzingerode e outros envenena cada vez mais as relações entre os dois generais, a unidade do comando torna-se uma ficção. Preparam-se para atacar os franceses diante de Smolensk. Envia-se um general para estudar a posição. Este general que detesta Barclay, vai ter com um de seus amigos comandante de corpo, passa o dia com ele e, de volta, critica pormenorizadamente um campo de batalha que nem chegou a ver.

Enquanto se intriga e se discute esse futuro campo de batalha, enquanto se fica à procura dos franceses e se cometem enganos, sobre sua posição exata, cai o inimigo sobre a divisão Nevierovski e se aproxima dos próprios muros de Smolensk.

A fim de salvar nossas comunicações, é-nos forçoso aceitar a batalha em Smolensk. Milhares de homens tombam de parte e outra.

Smolensk é abandonada, malgrado a vontade do imperador e de todo o povo. Mas a cidade é incendiada pelos próprios habitantes enganados por seu governador, e aquela gente arruinada alcança Moscou, servindo de exemplo aos outros russos, só pensando nas perdas que sofreram e atiçando o ódio contra o inimigo. Este prossegue sua marcha, nós recuamos, e as coisas tomam assim um caminho fatal para Napoleão.

2. No dia seguinte ao da partida de seu filho, o Príncipe Nicolau Andreievitch mandou chamar a Princesa Maria.

— Pois bem! — disse-lhe ele. — Estás contente: conseguiste que me indispusesse com meu filho! Era justamente o que querias. Estás contente!... Enquanto que eu... isso me penaliza, me penaliza muito... Estou velho e fraco... Mas tu, conseguiste o que querias... Vamos, regozija-te, regozija-te...

Em seguida, por toda a semana, não reviu Maria seu pai. Estava doente e não saía de seu gabinete. Com grande surpresa de Maria, não admitia tampouco a Senhorita Bourienne e só tolerava os cuidados de Tikhone.

Ao fim de oito dias, voltou a seus hábitos, empolgado por uma febre de construções e de plantações, mas não retomou suas relações com a Senhorita Bourienne. Sua fisionomia, o tom frio que afetava com sua filha pareciam dizer-lhe: “Estás vendo? Contaste invenções a teu irmão, a propósito de minhas relações com essa francesa e me indispuseste com ele; entretanto, vês que não tenho necessidade nem de ti, nem da francesa”.

Maria passava a metade do dia junto do pequeno Nicolau, vigiando sua instrução, dando-lhe ela própria lições de russo e de música e se entretendo com Dessalles; empregava o resto do tempo em leituras ou em conversações com a velha ama e os “homens de Deus”, que se arriscavam por vezes a ir vê-la, entrando pela porta de serviço.

Pensava da guerra o que pensam as mulheres. Temia-a por causa de seu irmão, que nela tomava parte, maldizia, sem poder compreendê-la, a crueldade dos homens, que os leva a massacrarem-se uns aos outros; mas desconhecia a importância dessa campanha, que não lhe parecia diferir das outras. Entretanto, Dessalles, seu interlocutor habitual, que acompanhava com grande interesse a marcha das operações, procurava abrir-lhe os olhos; os “homens de Deus”, também, cada qual a seu modo, interpretavam junto dela os boatos que corriam entre o povo sobre a vinda do Anticristo; enfim Júlia, que desde seu casamento reatara com ela sua correspondência, enviava-lhe de Moscou cartas impregnadas de ardente patriotismo.

“Escrevo-lhe em russo, minha boa amiga, — mandava-lhe ela dizer, — porque passei a odiar todos os franceses, bem como a língua deles, que não tolero ouvir falar... Estamos todos em Moscou inflamados de entusiasmo pelo nosso adorado imperador.

“Meu pobre marido suporta a fome e toda espécie de incômodos em sórdidos albergues judeus; mas as notícias que tenho só fazem aumentar ainda mais o meu entusiasmo.

“Deve ter você sabido sem dúvida do heroico feito de Raievski, abraçando seus dois filhos e dizendo-lhes: “Morrerei com eles, mas não recuaremos!” E com efeito, se bem que o inimigo fosse duas vezes mais forte que nós, não nos dobramos. Passamos o tempo como podemos, mas na guerra como na guerra! A Princesa Aline e Sofia consagram a mim dias inteiros; viúvas infelizes de maridos vivos, mantemos admiráveis conversações, enquanto preparamos fios para pensos. Só nos falta você, minha amiga...”

Se a importância dessa guerra escapava a Maria, era sobretudo porque o velho príncipe jamais falava dela, fingia ignorá-la e zombava de Dessalles quando, na mesa, dirigia este a conversa para esse assunto. Seu tom era então de tal calma, tão seguro, que Maria deixava-se prender a isso, sem aprofundar as coisas.

Durante todo o mês de julho, o príncipe se mostrou bastante ativo e até mesmo atarefado. Mandou traçar os planos dum novo parque e duma nova ala do prédio, destinada aos criados. Maria somente observou com inquietação que ele dormia pouco e que, contra seus hábitos, trocava de quarto todas as noites. Ora mandava preparar sua cama de campanha na galeria; ora dormitava todo vestido no canapé do salão ou sobre uma poltrona Voltaire, e não era mais a Senhorita Bourienne, mas o pequeno lacaio Petruchka, que lia para ele; doutras vezes passava a noite na sala de jantar.

A 1º de agosto chegou uma segunda carta do Príncipe André. Na primeira, chegada pouco depois de sua partida, pedia humildemente perdão a seu pai do que se tinha permitido dizer-lhe e lhe rogava que lhe tornasse a conceder suas boas graças. O velho príncipe respondera-lhe afetuosamente e logo se afastara da francesa. A segunda carta, escrita dos arredores de Vitebsk, após a ocupação daquela cidade, continha uma curta descrição da campanha com mapa em apoio, e algumas reflexões sobre o desenvolvimento futuro das operações. André chamava a atenção de seu pai para os inconvenientes de sua residência, na proximidade do teatro da guerra e para a linha de marcha das tropas; aconselhava-o a ir para Moscou.

Naquele mesmo dia, durante o jantar, Dessalles preveniu-o de que, a crer-se nos boatos que corriam, Vitebsk já estava em mãos dos franceses; o príncipe lembrou-se então da carta de seu filho.

— Recebi faz pouco uma carta do Príncipe André — disse ele a Maria. — Não a leste?

— Não, meu pai — respondeu ela, toda atemorizada. Como, com efeito teria ela podido ler essa carta, uma vez que lhe ignorava até a chegada?

— Fala dessa guerra — disse o príncipe, com o sorriso desdenhoso que se lhe tornara habitual, quando abordava esse assunto.

— É sem dúvida muito interessante — disse Dessalles. — O príncipe deve estar em condições de saber...

— Sim, sim, muito interessante... — encareceu a Senhorita Bourienne.

— Vá buscar essa carta — disse-lhe o príncipe. — Sabe onde está, em cima do velador, embaixo do pesa-papéis.

Já a Senhorita Bourienne, toda contente, se preparava para ir, quando o príncipe, de repente, enfarruscado, exclamou:

— Não, não, vá o senhor, Miguel Ivanovitch.

Miguel Ivanovitch se levantou e dirigiu-se ao gabinete. Mal havia ele ali entrado, quando o príncipe, rolando olhos inquietos, atirou seu guardanapo e acompanhou-o.

— Essa gente nada sabe fazer. Vão-me atrapalhar tudo.

Enquanto ele saía, a Princesa Maria, Dessalles, a Senhorita Bourienne, o próprio Nicolauzinho se olhavam sem trocar palavra. Voltou ele a passos apressados, acompanhado de Miguel Ivanovitch, com a carta e a planta que colocou a seu lado sem mostrá-los a ninguém, antes do fim do jantar.

Quando passaram ao salão, entregou a carta a Maria e pediu-lhe que a lesse em voz alta, enquanto estendia diante de si a planta de sua nova construção. Depois de ter feito a leitura, interrogou Maria seu pai com o olhar: com os olhos fixos na planta, o velho príncipe parecia absorvido em suas reflexões.

— Que pensais de tudo isso, príncipe? — permitiu-se perguntar Dessalles.

— Eu? Eu? — respondeu ele, sem erguer os olhos e como se saísse dum sonho.

— É muito possível que o teatro da guerra se aproxime de nós...

— Ah! ah! o teatro da guerra! — disse o príncipe. — Digo e repito que o teatro da guerra é a Polônia e que o inimigo jamais penetrará mais além do Niemen.

Dessalles olhou-o com estupefação: falava do Niemen, quando o inimigo já estava sobre o Dniéper; mas Maria, que havia esquecido a exata situação geográfica desse rio, deu fé às palavras de seu pai.

— Por ocasião do degelo das neves, eles se afogarão todos nos pântanos da Polônia. O que eles não podem ver — acrescentou, pensando evidentemente na campanha de 1807, que para ele era ainda bem recente, — é que Bennigsen deveria ter entrado mais cedo na Prússia; as coisas teriam tomado então outro aspecto.

— Mas, príncipe — objetou timidamente Dessalles, — a carta fala de Vitebsk...

— A carta?... Ah! sim... — resmungou ele. — Sim... sim... — Tomou de repente um ar sombrio e, após um silêncio, declarou: — Sim, ele escreve que os franceses foram batidos, perto já daquele rio?

Dessalles baixou os olhos.

— O príncipe não mandou dizer nada de semelhante.

— Como, não mandou dizer nada de semelhante? Tê-lo-ia eu então inventado?

Todos se calaram por um longo momento.

— Sim... sim... Vejamos, Miguel Ivanovitch — continuou de repente o príncipe, erguendo a cabeça e designando a planta, — dize-me como queres retocar...

Miguel Ivanovitch se aproximou e o príncipe, depois de se haver entretido com ele a respeito de sua construção, lançou um olhar encolerizado para Maria e Dessalles e depois se retirou.

A Princesa Maria notara o silêncio constrangido de Dessalles e a maneira com que olhara para seu pai. Abalou-a também ver que este havia esquecido sobre a mesa a carta do Príncipe

André. Mas não ousou interrogar o preceptor sobre as causas de seu silêncio e de sua confusão; tinha mesmo medo de pensar nessas coisas.

À noite, veio Miguel Ivanovitch, da parte do príncipe, procurar a carta. Maria lha deu e, malgrado seu embaraço, perguntou-lhe o que estava seu pai fazendo.

— Ele se agita sempre muito — respondeu o arquiteto, com um sorriso, cuja ironia, velada de respeito, fez Maria empalidecer. — A nova construção causa-lhe bastantes preocupações. Esteve lendo um pouco e agora — acrescentou Miguel Ivanovitch, baixando a voz, — está na sua escrivaninha; ocupa-se com seu testamento, sem dúvida.

— Parece que ele vai mandar Alpatytch a Smolensk, não é? — perguntou Maria.

— Vai sim, e Alpatytch aguarda as ordens do príncipe desde muito tempo.

3. Quando Miguel Ivanovitch voltou com a carta, encontrou o príncipe sentado diante de sua escrivaninha aberta, com os óculos no nariz e um quebra-luz sobre a testa. À luz de velas, lia papéis que mantinha, num gesto um tanto teatral, a certa distância de seus olhos: eram suas "observações", como as chamava, que deviam ser remetidas ao imperador após sua morte. Lágrimas lhe subiam aos olhos, ao recordar o tempo em que escrevera o que agora lia.

O príncipe tomou a carta, meteu-a no bolso, arrumou seus papéis e chamou Alpatytch que esperava havia muito.

Anotara num pedaço de papel os objetos que precisaria mandar comprar em Smolensk e, enquanto andava pelo quarto, transmitiu suas ordens a Alpatytch, plantado à soleira.

— Primeiro, papel para cartas, ouviste? Oito mãos. Eis o modelo, dourado nas pontas, inteiramente conforme o modelo; depois, verniz, cera de lacrar, de acordo com a nota de Miguel Ivanovitch.

Enquanto passeava, consultou a nota.

— Em seguida, entregarás pessoalmente ao governador a carta relativa às minhas memórias.

Eram precisos ainda ferrolhos para as portas da nova parte do edifício, exatamente do modelo que o príncipe tinha inventado; depois uma pasta especial para nela colocar seu testamento.

A sessão durou mais de duas horas e o príncipe continuava a reter Alpatytch. Afinal se sentou, absorveu-se nos seus pensamentos, fechou os olhos e se pôs a cochilar. Alpatytch fez um movimento.

— Vamos, podes partir; se tiver ainda necessidade de alguma coisa, mandarei dizer-te.

Alpatytch saiu. O príncipe voltou à sua secretária, lançou-lhe uma olhadela, fechou-a e sentou-se à sua mesa para escrever ao governador.

Já era tarde quando se levantou, depois de haver lacrado sua carta. Tinha vontade de dormir, mas sabia que não o conseguiria e que os pensamentos mais sombrios sempre o assaltariam no leito. Chamou Tikhone e percorreu com ele várias peças, à procura dum lugar onde colocar sua cama; media cada canto.

Nenhum lugar lhe convinha; sentia sobretudo profunda repugnância pelo seu antigo divã, em razão sem dúvida das cruéis insônias que nele sofrera. Decidiu-se por fim por um ângulo da alcova, por trás do piano, onde ainda não havia dormido.

Ajudado pelo criado de mesa, Tikllone trouxe a cama e instalou-a.

— Assim não, assim não — exclamou o príncipe, afastando a pequena cama algumas polegadas, para aproximá-la logo do canto.

"Vamos, tudo está arranjado agora, vou poder repousar", disse a si mesmo, deixando que Tikhone lhe tirasse a roupa.

O esforço que teve de fazer para tirar seu cafetã e seus calções arrancou-lhe caretas; por fim deixou-se cair pesadamente sobre seu leito e olhou com desprezo suas pernas amarelas e descarnadas. Parecia refletir, mas na realidade hesitava somente em erguer as pernas e estender-se sobre sua cama. "Oh! como é penoso! Oh! se todos esses tormentos pudessem ter um fim próximo, se "vós" pudésseis deixar-me partir!", dizia a si mesmo. Pela vigésima milésima vez talvez em sua vida, fez, cerrando os dentes, o esforço desejado. Mas apenas se viu deitado, seu leito se pôs a ondular, a balouçar: era assim quase todas as noites. Reabriu os olhos semi-cerrados.

— Deixar-me-eis dormir, malditos? — resmungou ele, dirigindo-se a imaginários perseguidores... Mas vejamos, tinha deixado para pensar na cama em algo de importante, de muito importante. Os ferrolhos? Não, já pensei neles... Trata-se de alguma coisa que se passou no salão... Será alguma tolice de Maria? Alguma bisbilhotice desse pateta do Dessalles? Alguma coisa que tenho no meu bolso? Não me lembro mais... Tikhone, de que se falou na mesa?

— Do Príncipe Mikhail...

— Cala-te, cala-te — exclamou o príncipe, dando uma palmada na mesa. — Já sei! A carta do Príncipe André. Maria leu-a para nós. Dessalles contou não sei o que sobre Vitebsk. Agora, preciso lê-la.

Pediu a carta, aproximou a mesinha onde se achavam sua limonada e uma vela em espiral, pôs seus óculos e iniciou a leitura. Somente então, no silêncio da noite, ao fraco clarão que o quebra-luz verde refratava, compreendeu de repente a importância das notícias que aquela carta lhe trazia.

— Os franceses estão em Vitebsk, em quatro etapas podem achar-se em Smolensk; talvez já estejam lá, Tikhone. — Tikhone levantou-se, em sobressalto. — Não, é inútil...

O príncipe deslizou a carta para baixo da palmatória da vela e fechou os olhos. Reviu diante de si o Danúbio, num meio-dia coruscante, os caniços, o acampamento russo, e ele próprio, então jovem general, sem uma ruga, alerta, alegre, de tez viçosa, penetrando na tenda pintalgada de Potemkin. Imediatamente, um sentimento de ciúme, tão agudo quanto outrora, ferveu nele contra o favorito. Lembrou-se das palavras que haviam trocado, por ocasião daquela primeira entrevista. Uma mulher de baixa estatura, forte, de faces cheias e tez amarela, — nossa mãe a Imperatriz — surgiu na sua memória, diante de seus olhos: torna a vê-la a sorrir-lhe, ouve-a de novo dirigir-lhe amáveis palavras de acolhida; rememora-se aquele mesmo rosto no catafalco e a altercação que teve com Zubov, a propósito do direito de beijar a mão da imperatriz.

"Ah! se eu pudesse voltar àquele tempo, se o presente pudesse desaparecer rapidamente, se somente quisessem eles deixar-me em paz!"

4. Montes Calvos estava situado a quinze léguas atrás de Smolensk e a três quartos de légua da estrada de Moscou.

Na noite mesma em que o príncipe deu suas instruções a Alpatytch, pediu Dessalles uma entrevista à Princesa Maria e lhe expôs que a saúde do príncipe não lhe permitia sem dúvida tomar medidas para a segurança deles; como, por outra parte, a carta do Príncipe André dava a entender que a estada em Montes Calvos apresentava certo perigo, aconselhava-a respeitosamente a informar-se junto ao governador da província, a respeito da verdadeira situação e do perigo que se corria, ficando-se no campo. Dessalles escreveu a carta que Maria assinou e que foi confiada a Alpatytch, com ordem de remetê-la ao governador e, se houvesse urgência, de regressar o mais depressa possível.

Acompanhado de gente da casa, Alpatytch, que levava um chapéu de castor, presente de seu patrão e munira-se de uma bengala, à maneira do príncipe quando saía, dispôs-se a tomar lugar numa "kibitka"[76], com capota de couro, puxada por três vigorosos ruões.

Prendera-se o badalo da sineta e enrolara-se em papel os guizos. O príncipe não permitia que ninguém fizesse uso deles em sua propriedade; mas Alpatytch gostava de ouvi-los, quando fazia uma longa caminhada. Seus familiares, isto é, o guarda-livros, o copista, a cozinheira, sua ajudante, duas velhas, o pequeno cossaco, os cocheiros, outros criados ainda, o acompanhavam.

76. Pequeno carro russo, comprido e estreito. (N. do T.)

Sua filha dispôs no lugar onde ia ele sentar-se e no encosto do mesmo almofadas e travesseiros. Sua velha cunhada enfiou ali às ocultas um pacote. Um dos cocheiros ajudou-o a subir, sustentando-o pela axila.

— Ah! ah! esses preparativos de mulheres! Ah! as mulheres, as mulheres! — resmoneou Alpatytch, que imitava o tom de seu amo e instalou-se na "kibitka", ofegando e gemendo.

Depois de haver devidamente catequizado o chefe de escritório, a respeito dos trabalhos em curso, descobriu Alpatytch sua cabeça calva e, sem mais imitar o príncipe, persignou-se umas três vezes.

— Se acontecer alguma coisa... você voltará imediatamente, não é, Jacó Alpatytch?... Em nome do céu, tenha piedade de nós — gritou-lhe sua mulher, inquieta por causa dos boatos que corriam a respeito da vizinhança do inimigo.

— Ah! as mulheres! Não dão fôlego à gente! — murmurou Alpatytch, enquanto seu carro se punha em movimento.

Ao longo do caminho, passeou seus olhares ora sobre o centeio que amarelecia, ora sobre a aveia verde e espessa, ora sobre os campos ainda negros, aos quais se dava apenas a segunda demão. Admirava os belos rebentos dos trigos de primavera, examinava os regos de centeio que se começava aqui e ali a ceifar, fazia observações acerca das semeaduras e das messes futuras, perguntava a si mesmo se não havia esquecido alguma comissão de seu amo.

Depois de ter feito os cavalos comerem duas vezes no percurso, chegou à cidade na noite de 4 de agosto.

Já havia encontrado e ultrapassado comboios e tropas. Ao aproximar-se de Smolensk, ouviu tiros afastados, mas só lhes prestou pouca atenção. O que lhe causou bem mais espanto foi ver um magnífico campo de aveia, onde soldados bivacavam e que estavam a ponto de ceifar, sem dúvida para alimentar seus cavalos. Aliás, sua missão o preocupava por demais para que se detivesse muito tempo naquele pormenor. Havia mais de trinta anos que Alpatytch não conhecia outra coisa senão a vontade do príncipe; seu horizonte não se estendia além disso. Tudo quanto não dissesse respeito à execução das ordens de seu amo não o interessava, não existia mesmo para ele.

Seguindo um hábito já trintenário, foi Alpatytch alojar-se no subúrbio de Gatcha, do outro lado do Dniéper, numa hospedaria mantida por um tal Ferapontov. Trinta anos antes, o dito Ferapontov, bem aconselhado por Alpatytch, comprara um mato ao príncipe, pusera-se a fazer negócio e possuía agora uma casa, uma hospedaria, uma venda de farinha. Cinquentão, era um sujeito gordo e corado, de cabelos pretos, lábios grossos, nariz abatatado, com bossas por cima das sobrancelhas intensas e uma enorme barriga.

Achava-se aquela noite, em sua venda, com um colete passado por cima de sua blusa de chita da Índia. Avistando Alpatytch, correu-lhe ao encontro.

— Bendito seja, Jacó Alpatytch. As pessoas deixam a cidade e você, você vem a ela — disse-lhe.

— Deixam a cidade? Mas por quê?

— Por tolice, pois é! Todos têm medo dos franceses.

— Conversinhas de mulheres!

— É isso mesmo que penso, Jacó Alpatytch. Já que a ordem dada é não deixá-los entrar, não há razão para temer, não é mesmo?... E eis essa nossa gente a pedir três rublos por uma carrocinha; esses pagãos não têm mesmo vergonha!

Jacó Alpatytch ouvia-o distraidamente. Pediu o samovar, feno para seus cavalos e, depois de ter tomado o chá, meteu-se na cama.

Durante toda a noite, tropas desfilaram pela frente da hospedaria. No dia seguinte, Alpatytch vestiu suas roupas de cidade e foi tratar de seus negócios. A manhã era radiosa; às oito horas já fazia calor bastante. "Um tempo belíssimo para a colheita", dizia a si mesmo Alpatytch.

Ouvia-se viva fuzilaria, à qual se juntaram, a partir das oito horas, salvas de artilharia. As ruas estavam cheias de soldados, de pessoas que se apressavam, mas os fiacres circulavam, como de costume, as lojas estavam abertas, diziam-se missas nas igrejas. Alpatytch entrou em lojas, em escritórios, no correio; só se falava de guerra nesses lugares, do inimigo que atacava a cidade. Toda a gente perguntava a si mesmo o que era preciso fazer, cada qual se esforçava por acalmar seu vizinho.

Diante do palácio do governador, Alpatytch deu com muita gente; um pelotão de cossacos cercava a carruagem de viagem daquele funcionário. No patamar, encontrou dois fidalgos provincianos. Um destes, no qual reconheceu o antigo chefe de polícia de seu distrito, falava com calor.

— Não se trata mais de brincar, ora essa! Vá lá para quem não tem senão sua cabeça a salvar: se a desgraça lhe cai em cima, nenhum outro sofre com isso! Mas quando se tem treze pessoas em sua família e que é preciso salvar ainda por cima o que se possui!... Onde já se viram chefes semelhantes? Tomaram tão boas medidas que estamos todos perdidos sem remédio... Deviam ser enforcados esses bandidos!

— Vamos, vamos, calma! — dizia o outro.

— Ah! ouça-me quem quiser, pouco me importa! O que nós não somos é cachorro! — exclamou o antigo chefe de polícia, que, ao voltar-se, deu com Alpatytch. — Ah! mas és tu, Jacó Alpatytch? Que vens fazer aqui?

— Venho, cumprindo ordens de Sua Excelência, ver o senhor governador — respondeu Alpatytch, empavonando-se, com uma mão passada na entreabertura de seu sobretudo, pose que tomava sempre para falar de seu amo. — Sua Excelência houve por bem encarregar-me de tomar informações sobre a situação.

— A situação? É belíssima! — gritou o fidalgo. — Estamos tão bem arranjados que não há mais nem carriolas, nem nada, absolutamente... Olha, ei-los, estás ouvindo? — prosseguiu ele, indicando a direção donde vinha a fuzilaria. — Graças a esses belos senhores, vamos ser liquidados!... Corja de bandidos! — repetiu ele, descendo os degraus do patamar.

Alpatytch abanou a cabeça e subiu a escada. Na sala de espera, homens de negócio, mulheres, funcionários se entreolhavam sem dizer palavra. A porta do gabinete se abriu; todos se levantaram, avançaram. Um funcionário saiu às pressas, trocou algumas palavras com um comerciante, chamou um empregado gordo que trazia uma condecoração no pescoço e se furtou logo ao fogo cruzado dos olhares e das perguntas. Alpatytch conseguiu alcançar a primeira fila e, a uma nova aparição do funcionário, lhe estendeu suas duas cartas com uma mão, enquanto metia a outra entre dois botões de seu sobretudo:

— Para o Senhor Barão Asch, da parte do general-em-chefe, Príncipe Bolkonski — proferiu ele com voz tão solene, tão imperiosa que o funcionário não pôde deixar de tomar-lhe as cartas da mão.

Ao fim de alguns instantes, o governador recebeu Alpatytch e lhe declarou, atabalhoadamente:

— Dize ao príncipe e à princesa que eu não estava ao corrente de nada; tenho agido de acordo com ordens superiores... Toma, aqui está — acrescentou, entregando-lhe um papel. — Aliás, uma vez que o príncipe está doente, aconselho-o a seguir para Moscou. Eu mesmo vou partir para lá agora mesmo. Dize-lhe...

— Podes ir — disse ele a Alpatytch, despedindo-o com um sinal de cabeça e se pôs a fazer perguntas ao oficial.

Olhares ávidos de notícias, angustiados de medo e de impotência interrogavam Alpatytch à sua saída do gabinete. Prestando ouvidos, malgrado seu, à fuzilaria próxima e cada vez mais intensa, o bonachão voltou às pressas à sua hospedaria. O papel que lhe dera o governador rezava o seguinte:

"Dou-vos a certeza de que a cidade de Smolensk não corre perigo algum e é bastante duvidoso que possa vir a ser ameaçada. O Príncipe Bagration de um lado e eu de outro marchamos para operar nossa junção diante de Smolensk; realizar-se-á ela a 22 deste mês, e os dois exércitos, com todas as forças reunidas, defenderão seus compatriotas na província que vos está confiada, até que seus esforços afastem os inimigos da pátria ou que suas fileiras valorosas sejam exterminadas até seu último soldado. Estais, pois, como vedes, perfeitamente com o direito de tranquilizar os habitantes de Smolensk, porque quando se está defendido por dois exércitos tão valentes, pode-se estar seguro da vitória". (Ordem do dia de Barclay de Tolly ao governador civil de Smolensk, Barão Asch, 1812).

Presa de inquietação, o povo aglomerava-se nas ruas.

Carriolas sobrecarregadas de vasilhas, de cadeiras, de arcas, saíam a todo o instante dos pórticos. Diante da arca vizinha da de Ferapontov estacionava uma carga; mulheres se lamentavam, gritavam adeuses; um mastim ladrava às pernas dos cavalos.

Alpatytch, a passo mais apressado que de costume, entrou no pátio e foi direto ao telheiro onde se encontravam seus cavalos e seu carro. O cocheiro dormia; despertou-o e deu-lhe ordem de atrelar. Depois dirigiu-se para a casa. Do quarto do vendeiro, chegavam choros de criança, dilacerantes soluços de mulher, a voz furiosa e rouca de Ferapontov. A cozinheira corria como uma galinha enlouquecida, no vestíbulo, quando Alpatytch ali entrou.

— Ele bateu na patroa, quase a matou de bater-lhe!... Ah! coitada dela! Que surra lhe deu ele! Como a arrastou pelo chão!

— Mas por que afinal? — indagou Alpatytch.

— Por que lhe pediu para ir embora. Uma mulher não é, compreende-se, não é mesmo? "Leve-me — disse ela, — não me deixe morrer com meus filhinhos; toda a gente está indo embora. Que estamos esperando?" Então, ele se pôs a bater-lhe. Ah! como lhe bateu! como a arrastou pelo chão!

Alpatytch abanou a cabeça, com ar meio aprovador e, pouco curioso de saber mais, dirigiu-se para o quarto oposto ao do patrão e onde havia depositado suas compras.

No mesmo momento, uma mulher pálida e macilenta, com uma criancinha nos braços, o fichu meio rasgado, escapou-se do quarto e saiu a correr pela escada que levava ao pátio.

— Bandido! Assassino! — gritava ela.

Ferapontov saiu por sua vez e, à vista de Alpatytch, tornou a pôr em ordem seu colete, seus cabelos, bocejou e embargou-lhe o passo.

— Como é, já queres partir? — perguntou-lhe.

Sem responder-lhe, sem mesmo olhá-lo, Alpatytch, enquanto apartava suas compras, perguntou-lhe quanto lhe devia.

— Entender-nos-emos depois... Mas, dize-me, viste o governador? Que ficou decidido?

Alpatytch respondeu que o governador não lhe dissera nada de muito preciso.

— Pode-se fazer uma mudança com um negócio como o meu? Só até Dorogobujo pedem esses danados desses pagãos sete rublos por carriola! Selivanov é que teve sorte: vendeu, desde quinta-feira, sua farinha ao exército, a nove rublos o saco... Pelo menos, vais tomar chá?

Enquanto atrelavam os cavalos, os dois compradores beberam seu chá, discorrendo sobre o preço dos trigos, sobre as colheitas, sobre o tempo bastante propício para a ceifa.

— Parece que a coisa está-se acalmando — disse Ferapontov, que havia engolido umas três xícaras de chá e se levantava. — Devemos crer que os nossos estão levando a melhor. Bem que nos disseram que não os deixariam entrar. Somos os mais fortes, não é mesmo? Outro dia, ao que parecia, Mateus Ivánovitch Platov lançou-os no Marina; houve, pelo que contam, dezoito mil afogados num só dia.

Alpatytch reuniu suas compras, deu-as ao cocheiro que entrava, pagou sua conta ao hospedeiro. Perto do portal, ouviu-se ressoar o barulho das rodas, o choque dos cascos, o tilintar dos guizos: a "kibitka" saía do pátio.

A tarde já ia bem avançada; metade da rua estava mergulhada na sombra e a outra vivamente iluminada pelo sol. Alpatytch lançou uma olhadela pela janela e saiu. De repente, estranho assobio se fez ouvir ao longe e, logo depois, um trovejar continuado de canhoneio abalou as vidraças.

Ao chegar Alpatytch à rua, dois homens passaram correndo na direção da ponte. Ouviam-se, vindos de diversos lados, assobios, o barulho surdo das balas de canhão, a explosão dos obuses; esse estrondo atraía, aliás, menos a atenção dos habitantes que o canhoneio que raivava em torno da cidade: Por ordem de Napoleão, cento e trinta peças haviam começado, às cinco horas, o bombardeio de Smolensk. No primeiro momento, a população não compreendeu de que se tratava.

A queda dos obuses e das balas de canhão só despertou a princípio curiosidade. A mulher de Ferapontov, que não havia cessado até então de lamentar-se no telheiro, calou-se de repente e, com seu filho nos braços, alcançou o portal e ficou plantada ali, sem dizer palavra, fixando os olhos na multidão e prestando ouvido aos estrondos.

A cozinheira e o caixeiro da venda vieram juntar-se a ela. Todos, com uma curiosidade de basbaque, procuravam ver os projeteis que passavam por cima de suas cabeças. Na esquina da rua, apareceram alguns indivíduos que se entretinham animadamente.

— Que força que tem isso! — dizia um. — O telhado, o forro, tudo foi reduzido a migalhas.

— Isso cava a terra como um porco com seu focinho — dizia outro, rindo. — Faz um belo trabalho e põe o coração da gente no estômago: se não tivesses dado um salto para o lado, teria feito um bom estrago em ti, heim?

Havendo-os algumas pessoas detido, contaram-lhes eles que balas de canhão haviam caído sobre suas casas bem junto deles. Entretanto, os projeteis, as balas de canhão com um chiado breve e lúgubre, os obuses com um assobio agradável, continuavam a voar por cima das cabeças, nenhum, contudo, caiu ali perto. Alpatytch subiu ao carro, acompanhado pelo seu hospedeiro que se despedia.

— Não acabaste ainda de olhar? Não viste nada então? — gritou ele para a cozinheira, de saia vermelha, que, de mangas arregaçadas, punhos nas cadeiras, alcançara a esquina da rua para ouvir o que se contava.

— Serão possíveis essas coisas, meu Deus? — dizia ela, mas, à voz de seu amo, tratou de voltar, puxando sua saia arrepanhada.

De novo, mas desta vez bem perto, fez-se ouvir um assobio, e, como um pássaro que se deixa cair, um relâmpago brilhou no meio da rua, uma detonação reboou, um turbilhão de fumaça mascarou os arredores.

— Ah! bandido! Acabas ou não com isso? — exclamou o hospedeiro, correndo em socorro da cozinheira.

No mesmo instante, gritos lastimosos de mulher se elevaram de diferentes partes, a criança aterrorizada se pôs a chorar, uma multidão silenciosa e lívida agrupou-se em torno da cozinheira, cujos gemidos e exclamações dominavam todos os barulhos.

— Oh! oh! meus bons amigos, minhas pombas do bom Deus! Não me deixem morrer! Oh! oh! meus bons amigos!...

Ao fim de cinco minutos, não restava mais ninguém na rua. A cozinheira, que estava com uma costela quebrada por um estilhaço de obus, foi transportada para a cozinha. Refugiados na adega, Alpatytch, seu cocheiro, a mulher e os filhos de Ferapontov, o moço da estribaria, puseram-se à escuta. Os urros da cozinheira cobriam o troar do canhão, o assobio das balas que não se calavam mais. A mulher do hospedeiro, ora ninava e acalmava seu filho, ora pedia em voz gemente, a todos quantos chegavam, notícias de seu marido que ficara lá fora. O caixeiro da venda disse-lhe que Ferapontov seguira a multidão à catedral onde se procedia à retirada da Virgem miraculosa de Smolensk.

Ao crepúsculo o canhoneio acalmou-se. Alpatytch saiu da adega e deteve-se na soleira. O céu, claro antes, estava obscurecido por espessa fumaça, através da qual o crescente da lua nova, alto no horizonte, emitia uma luz estranha. Ao troar das bocas de fogo, sucedera um silêncio lúgubre, interrompido somente por um rumor confuso de passos, de gemidos, de gritos distantes, de estalidos provocados pelos incêndios. As lamentações da cozinheira haviam cessado. Negras colunas de fumo turbilhonavam à direita e à esquerda. Soldados, pertencentes às armas mais diversas, fugiam em todas as direções; dir-se-iam formigas de um formigueiro devastado. Alguns penetraram no pátio de Ferapontov. Alpatytch alcançou o portão. Um regimento batia em retirada num atropelo precipitado.

— A cidade se rende; parta, parta o mais depressa — gritou-lhe, ao passar um oficial, que lhe avistou o vulto. — Hei, vocês — acrescentou dirigindo-se a seus homens, — vou ensinar-lhes a entrar nos pátios!

Alpatytch tornou a entrar na hospedaria e gritou para seu cocheiro que se preparasse para partir. Atrás dos dois homens, todas as pessoas da casa de Ferapontov se arriscaram a ir lá fora. À vista da fumaça e das labaredas dos incêndios, que se distinguiam melhor na noite que caía, as mulheres, até então silenciosas, exalaram lamentações, às quais outras fizeram coro, nas duas extremidades da rua. Sob o alpendre, Alpatytch e seu cocheiro, destrinçavam, com mãos trêmulas, as rédeas e tirantes que se tinham misturado.

Quando o carro se meteu pela rua, Alpatytch avistou, na venda aberta de Ferapontov, uma dúzia de soldados que, se interpelando com voz forte, enchiam seus sacos de farinha e de grãos de girassol. Justamente naquele instante Ferapontov vinha voltando. À vista dos soldados, ia lançar gritos quando, de repente, se pôs a arrancar os cabelos aos punhados e explodiu numa risada misturada de soluços.

— Levem tudo, rapazes! Não deixemos nada para esses demônios! — urrou, agarrando ele próprio sacos para atirá-los à rua.

Alguns soldados, espantados, fugiram, enquanto que outros continuavam a encher os sacos. Vendo Alpatytch, Ferapontov gritou-lhe:

— Perdida a Rússia, perdida!... Vou pôr fogo em tudo... Perdida a Rússia! — repetia, precipitando-se para o pátio.

A maré incessante dos soldados entupia a rua e Alpatytch não pôde avançar. A mulher de Ferapontov, que subira para uma carriola com seus filhos, esperava que se pudesse sair.

Era noite completa agora. No céu estrelado, o crescente lunar se adivinhava através duma cortina de fumaça. Na ladeira em direção ao Dniéper, as duas carriolas, que acompanhavam a passo a fila dos veículos e dos soldados, tiveram de fazer alto de novo. Encontravam-se numa encruzilhada, não longe da qual uma casa e vendas acabavam de arder. A labareda ora morria e se perdia numa fumaça negra, ora brilhava de novo, iluminando com nitidez fantástica os rostos das pessoas que se atropelavam na encruzilhada. Vultos negros passavam diante da fogueira; gritos, barulhos de vozes subiam por entre o crepitar ininterrupto do incêndio. Alpatytch apeou-se e, vendo que o caminho não estaria livre tão cedo, meteu-se pela ruela, a fim de contemplar o sinistro de mais perto. Soldados iam e vinham diante da fogueira; notou dois que, ajudados por um homem com capa de burel, arrastavam para um pátio vizinho traves inflamadas; outros traziam braçadas de feno.

Alpatytch aproximou-se dum grupo numeroso que estacionava diante dum grande armazém onde o incêndio raivava. As paredes eram uma fogueira só e a de trás veio abaixo. O telhado de ripas cedia, as traves flamejavam; a multidão parecia esperar o momento em que tudo se desmoronaria. Alpatytch juntou-se aos demais.

— Alpatytch! — gritou-lhe, de súbito, uma voz conhecida.

— Excelência! — respondeu ele, reconhecendo logo a voz de seu jovem amo.

Envolto numa capa e montado num cavalo negro, o Príncipe André o olhava por cima das cabeças da multidão.

— Que fazes aqui? — perguntou-lhe.

— Excel,...excel... excelência — pronunciou Alpatytch e desatou a chorar. — Excel... excel... Estamos verdadeiramente perdidos? Ah! pai nosso...

— Que fazes aqui? — repetiu o Príncipe André.

Repentina labareda descobriu aos olhos de Alpatytch o rosto pálido e desfeito do jovem príncipe. Contou-lhe como fora enviado a Smolensk e as dificuldades que encontrara para voltar.

— Dizei, Excelência, estamos verdadeiramente perdidos? — perguntou ele uma vez mais.

Sem responder-lhe, o Príncipe André tirou seu livrinho de bolso, arrancou dele uma página e, em cima do joelho, escreveu a lápis estas poucas palavras, destinadas à sua irmã:

"Smolensk se rende. Montes Calvos será ocupado pelo inimigo antes de oito dias. Parta imediatamente para Moscou. Mande-me dizer quando partirão vocês, despachando assim que receber estas linhas, um mensageiro a Usviaje".

Depois de haver entregue esse bilhete a Alpatytch, deu-lhe de viva voz suas instruções para a partida do príncipe, de sua irmã, de seu filho e do preceptor, bem como para a maneira de remeter-lhe uma resposta imediata. Mal havia acabado de falar, um oficial do estado-maior, a cavalo e acompanhado duma escolta, precipitou-se para ele.

— Sois coronel? — gritou aquele personagem, que André reconheceu pelo seu sotaque alemão. — Ateiam incêndios em vossa presença e deixais que assim façam?

— Que significa isso? Tereis de responder por...

Era Berg, agora subchefe do estado-maior do flanco esquerdo da infantaria do primeiro exército, "posição muito agradável e em vista", pretendia ele.

O príncipe olhou-o e, sem se dignar responder-lhe, concluiu, dirigindo-se a Alpatytch:

— De modo que então, dirás que espero uma resposta até o dia 10 deste mês; se, até essa data, não receber a notícia de que todos partiram, largarei tudo para ir em pessoa a Montes Calvos.

— Se vos falo assim, príncipe — disse Berg que o havia reconhecido, — é que devo executar as ordens dadas, e executo-as sempre pontualmente... Desculpai-me, rogo-vos.

Estalidos fizeram-se ouvir no braseiro, que pareceu acalmar-se; turbilhões de fumaça negra escaparam-se do telhado. E depois de um formidável estrépito, uma massa enorme veio abaixo.

— Bu... umf! — berrou a multidão, acolhendo com essa exclamação a queda do telhado do armazém, donde se exalou um odor de pão queimado. A labareda jorrou e iluminou os rostos extenuados e, no entanto, satisfeitos dos espectadores.

O homem de capa de burel exclamou, levantando os braços ao alto:

— Bravo! Queima que é uma beleza! Bravo, rapaziada!

— É o próprio dono — disseram vozes.

— Então, está bem entendido? — perguntou o Príncipe André a Alpatytch. — Repete-lhes isso tal como te disse...

E, sem prestar atenção a Berg, mudo a seu lado, esporeou seu cavalo e desapareceu na ruela.

5. Após Smolensk, nossas tropas continuaram a bater em retirada, sob a pressão do inimigo. A 10 de agosto, o regimento comandado pelo Príncipe André ia passando pela grande estrada junto da avenida que conduzia a Montes Calvos. O calor e a secura duravam havia mais de três semanas. Grossas nuvens acarneiradas corriam no céu durante o dia, mas se dissolviam ao anoitecer e o sol se deitava entre vapores dum pardo avermelhado. Somente o abundante orvalho da noite refrescava o solo. Os trigos ainda de pé queimavam-se e debulhavam-se. Os pântanos estavam secos. O gado mugia faminto, sem encontrar alimento nos prados calcinados. Somente à noite, encontrava-se alguma frescura nos bosques, enquanto o orvalho ali permanecia. Mas na grande estrada que o exército seguia, não havia aquela frescura, mesmo quando se atravessava pelas florestas, porque nela o orvalho desaparecia na poeira levantada em turbilhões a um meio pé de altura. Desde a madrugadinha, punham-se em marcha. Os comboios e a artilharia avançavam sem barulho, afundavam-se até os eixos e os homens até o tornozelo naquela poeira mole, sufocante, que nem mesmo à noite se refrescava. O que não era agitado pelos pés e pelas rodas elevava-se numa espessa nuvem acima das tropas, infiltrando-se nos olhos, nos

cabelos, nas orelhas, nas narinas e sobretudo nos pulmões dos homens e dos cavalos. Quanto mais o sol subia no horizonte, mais aquela cortina se espessava a ponto de permitir que se fixasse a olho nu o sol, que aparecia então como um enorme globo cor de púrpura. Não havia vento e sufocava-se naquela atmosfera imóvel; era preciso marchar com um lenço diante do nariz e da boca. Na travessia das aldeias, toda a gente se precipitava para os poços; brigava-se para obter água e tiravam-na até só ficar lama no fundo dos poços.

O comando de seu regimento, a preocupação pelo bem-estar de seus homens, a necessidade de receber e de dar ordens absorviam inteiramente o Príncipe André. O incêndio e o abandono de Smolensk tinham marcado época na sua vida. Um sentimento novo de ódio contra o inimigo fazia-o esquecer-se de seu pesar. Entregava-se totalmente às suas funções, mostrava-se cheio de atenção e de afabilidade para com seus oficiais e seus soldados. Chamavam-no "nosso príncipe", gostavam dele, tinham orgulho dele. Só se mostrava bom e benevolente para com os homens de seu regimento, para os Timokhin e outras pessoas absolutamente novas para ele, pertencentes a outro meio, que não podiam conhecer nem compreender seu passado; mas desde que encontrava alguém de seu antigo mundo, um daqueles senhores do estado-maior, eriçava-se imediatamente, tornava-se irritadiço, zombeteiro e altivo. Tudo quanto lhe recordava sua vida de outrora lhe repugnava; assim, nas suas relações com as pessoas de seu mundo, confinava-se nos limites do dever e da mais estrita justiça.

Para falar a verdade, tudo se apresentava a seus olhos sob as cores mais sombrias, principalmente desde o dia 6 de agosto, dia do abandono de Smolensk, que, a seu ver, teriam podido e devido defender, e desde que seu pai, doente, tivera de fugir para Moscou e abandonar à pilhagem seu querido Montes Calvos que construíra e colonizara com tanto cuidado. Mas ainda uma vez seu regimento lhe oferecia um derivativo às suas tristes preocupações. A 10 de agosto, a coluna de que ele fazia parte chegou à altura de Montes Calvos. Dois dias antes, recebera a notícia de que seu pai, seu filho e sua irmã tinham-no abandonado partindo para Moscou. Se bem que, na realidade, nada tivesse a fazer lá, decidiu ir verificar o que ocorrera, pois era dessas pessoas que jamais deixam passar uma ocasião de envenenar seu pesar.

Mandou selar um cavalo e, do lugar onde haviam parado, partiu para a propriedade ancestral onde nascera e passara sua infância. Costeando o açude, onde, comumente, todo um enxame de mulheres lavava e batia sua roupa branca, tagarelando, notou que a jangada das lavadeiras, destacada da margem e meio mergulhada na água, flutuava bem no meio. Ao chegar perto da casa do guarda e da grande entrada do domínio, não viu ninguém, mas encontrou o portão aberto. A grama repontava nas aleias do parque, os bezerros e os cavalos vagavam pelo jardim inglês. Vários vidros da estufa estavam quebrados, arbustos em caixas derrubados, outros ressequidos. André chamou Tarass, o jardineiro, mas ninguém lhe respondeu. Deu a volta à estufa e chegou ao terraço. Viu a paliçada de tábuas delgadas, com aberturas, demolida e partidos os galhos das ameixeiras para se colherem as frutas. Um velhote, que André se lembrava de ter visto na sua infância na portada da casa, tecia sapatos de pano, instalado no banco verde de que tanto gostava o príncipe; suas meadas de tília estavam penduradas dos galhos de uma magnólia partida e seca. O velho era surdo e não se apercebeu da aproximação de seu amo.

O Príncipe André chegou por fim à casa. Haviam derrubado algumas tílias no antigo parque; uma égua malhada e seu poldro esmagavam os canteiros de rosas. Haviam cerrado as janelas, pregando os postigos; só uma, embaixo, estava aberta. À vista do príncipe, um garoto correu para a casa, a fim de prevenir Alpatytch, que, depois de haver despachado sua família, ficara sozinho em Montes Calvos; ali estava, dispondo-se a ler a Vida dos Santos. Tendo sabido da chegada do Príncipe André, saiu da casa abotoando-se, com os óculos no nariz, aproximou-se rapidamente do príncipe, desmanchou-se em lágrimas e abraçou-lhe os joelhos sem dizer uma palavra.

Depois voltou-se, bastante pesaroso por ter-se mostrado assim fraco, e se pôs a relatar a situação. Todos os objetos de valor tinham sido levados para Bogutcharovo. Tinham transportado também para lá o trigo, cerca de duzentos quintais; o feno e os trigos de primavera, uma colheita magnífica, assegurava Alpatytch, tinham sido ceifados ainda verdes pelas tropas. Os camponeses estavam arruinados; alguns haviam fugido também para Bogutcharovo, mas a maior parte havia ficado.

Sem deixar que ele acabasse, André perguntou:

— Quando partiram meu pai e minha irmã?

Queria dizer: para Moscou. Mas Alpatytch, supondo que ele quisesse dizer: para Bogutcharovo, respondeu que haviam partido no dia 7. E, de novo, voltou a tratar dos negócios do domínio, pedindo instruções.

— Ordenais que entregue às tropas, contra recibo, a aveia que nos resta? Há ainda mil e duzentos quintais.

"Que devo responder-lhe?", perguntava a si mesmo o Príncipe André, que contemplava o crânio calvo do velho, luzindo ao sol e lia no seu rosto que, apesar de compreender a inoportunidade de semelhantes perguntas, fazia-as, no entanto, para sufocar seu pesar.

— Sim, entregue-a.

— Notastes sem dúvida muita desordem no jardim — continuou Alpatytch. — Não houve meio de impedi-la. Três regimentos passaram a noite aqui, dragões principalmente. Tomei nota do posto e do nome do comandante para apresentar queixa.

— E que pretendes fazer agora? Ficarás aqui, se o inimigo vier? — perguntou o Príncipe André.

Voltando-se para seu amo, Alpatytch olhou-o bem em face e de repente, com um gesto solene, ergueu um braço para o céu.

— É ELE meu protetor, que Sua Vontade seja feita! — proferiu.

Um grupo de camponeses e de criados, de cabeça descoberta, avançava pelo jardim na direção do Príncipe André.

— Bem, adeus! — disse este, inclinando-se para Alpatytch. — Parte também tu. Leva o que puderes e dize aos camponeses que se refugiem, quer no domínio de Riazan, quer na casa de campo, perto de Moscou.

Alpatytch comprimiu-se, soluçando, contra a perna de seu amo. André afastou-o com suavidade e, esporeando seu cavalo, tornou a descer a alameda a galope.

Na esplanada da estufa, com a mesma indiferença de uma mosca no rosto de um morto, o velho continuava a dar pancadinhas no sapato sobre a forma. Duas meninas, de saias arrepanhadas, cheias de ameixas que acabavam de arrancar das árvores da estufa, viram-se frente a frente com seu jovem amo. À sua vista, a mais velha, tomada de medo, agarrou sua companheira pela mão e ambas correram a esconder-se por trás duma bétula, deixando cair sua carga de ameixas verdes.

O Príncipe André voltou a cabeça rapidamente para não lhes mostrar que as havia notado. Tinha pena daquela bonita meninota de ar amedrontado e não ousava olhá-la, se bem que tivesse disso uma vontade irresistível. Um sentimento novo, jovial e acalmante, apoderara-se dele à vista daquelas crianças: compreendeu que existiam na vida interesses bastante diversos dos seus, se bem que igualmente naturais. Aquelas garotinhas só tinham evidentemente um desejo: levar suas ameixas verdes, sem se deixarem surpreender e devorá-las à sua vontade; e o Príncipe André, tanto quanto elas, desejava êxito na sua empresa. Não se pôde, finalmente, conter e voltou a observá-las ainda uma vez. Crendo-se fora de perigo, haviam saltado para fora de seu esconderijo e, erguendo as saias, caminhando através do jardim a passos curtos e apressados, com suas pernas magrelas e tisnadas, tagarelavam com suas vozinhas aflautadas.

André refrescava-se um pouco ao sair da poeira da grande estrada. Mas alcançou a estrada não longe de Montes Calvos e atingiu o seu regimento que fizera alto sobre o dique dum pequeno açude. Eram duas horas da tarde. O sol, disco vermelho na poeira, tostava as costas de uma maneira intolerável, através do pano negro dos uniformes. A poeira, sempre muito intensa, plainava em camada imóvel sobre as tropas que haviam parado, ressonantes dos barulhos das conversas

Não ventava. Enquanto o regimento passava para o dique, a frescura e o cheiro de lama que subiam do açude haviam inspirado ao Príncipe André o desejo de mergulhar na água, por mais suja que fosse. Risadas e gritos esfuziavam do açude. Aquele charco esverdinhado parecia ter subido uns trinta centímetros e já inundava seu dique, tão cheio estava de corpos brancos e nus, sobre os quais destacavam-se mãos, pescoços e rostos dum vermelho de tijolo. Toda aquela carne chafurdava, no meio dos risos e das explosões de vozes, naquele buraco lamacento, como um punhado de peixe miúdo, aprisionado num regador. A semelhante hora, aquele banho jovial provocava pensamentos especialmente tristes.

Um jovem soldado louro, cuja panturrilha aparecia enfeitada com uma correia e que o Príncipe André reconheceu, pois era da companhia, afastou-se, benzendo-se, para tomar impulso e mergulhou; um suboficial, trigueiro, cabeludo, metido na água até a cintura, rodava seu busto bem musculoso e soltava bufidos, regando a cabeça com a ajuda dos braços, pretos até o punho. Toda aquela gente gritava, se apostrofava, trocava sopapos.

Nas margens, em cima do dique, no açude, por toda a parte exibia-se uma carne branca, sadia, musculosa. Timokhin, o oficial de narizinho vermelho, enxugava-se com uma toalha; embora acanhado diante do príncipe, disse-lhe, no entanto:

— Isto faz bem, Excelência; devíeis aproveitar da ocasião.

— A água está bem suja — disse o Príncipe André, esboçando uma careta.

— Vamos limpar um canto — ofereceu-se Timokhin que, mesmo nu em pelo, correu a dar ordens. — O príncipe desejaria... — disse ele aos banhistas.

— Que príncipe? O nosso? — exclamaram várias vozes. E todos à porfia se movimentaram; somente com dificuldade conseguiu André que eles ficassem tranquilos e mandou trazer água para um celeiro, para ali se banhar mais à vontade.

"Esta carne é *carne para canhão*!", dizia a si mesmo, observando seu corpo nu e a tremer, menos de frio que sob o domínio do esquisito sentimento de desgosto e de horror que nele havia suscitado a vista de todos aqueles corpos chafurdando na água lamacenta.

* * *

A 7 de agosto, de seu acampamento de Mikhailovka, escreveu o Príncipe Bagration uma carta a Araktcheiev; sabendo que ela seria lida pelo imperador, pesou-lhe todos os termos, pelo menos no quanto era capaz disso.

"Caro senhor Conde Aleixo Andreievitch,

Penso que o ministro já vos fez seu relatório sobre o abandono de Smolensk ao inimigo. É um acontecimento penoso e doloroso, e o exército inteiro se acha em desespero por ter sido entregue sem nenhuma necessidade a mais importante de nossas praças. Quanto a mim, supliquei-lhe da maneira mais premente, tanto de viva voz como por escrito; mas nada pôde convencê-lo. Dou-vos minha palavra que Napoleão estava como que preso num saco e que teria perdido a metade de seu exército, sem poder apoderar-se de Smolensk. Nossas tropas se bateram e ainda se batem como nunca. Eu, detive-os com quinze mil homens, durante mais de trinta e cinco horas e os bati; mas ele não quis aguentar nem mesmo catorze horas. É uma vergonha e uma mancha para nosso exército e parece-me que ele próprio não deveria sobreviver a isso. Se ele vos anunciar que nossas perdas são grandes, não é verdade: atingem a quatro mil homens no máximo; e ainda quando fossem de dez mil, que importa? É a guerra. Em compensação, as perdas do inimigo são consideráveis.

"Que custava ficar ainda dois dias? Teriam eles pelo menos batido em retirada, porque não tinham mais água nem para eles, nem para seus cavalos. Tinha-me ele dado sua palavra de que não recuaria e eis que, de repente, me envia um dispositivo, segundo o qual parte à noite. Não é assim que se faz a guerra. Dessa maneira atrairemos em breve o inimigo a Moscou...

"Corre o boato de que pensais na paz. Que Deus vos preserve duma coisa dessas! Depois de todos esses sacrifícios e de tão estúpidos recuos, fazer a paz! Toda a Rússia vos cairá em cima e cada um de nós terá vergonha de usar o uniforme. No ponto em que nos achamos, é preciso batermo-nos, enquanto a Rússia o puder e enquanto houver homens de pé.

"É preciso que um só comande e não dois. Vosso ministro é talvez excelente no seu ministério, mas, como general, é completamente detestável. E é a semelhante homem que se confiou a sorte de nossa pátria... Fico danado, fico louco de raiva. Perdoai-me a ousadia de minhas palavras. Decerto não ama o seu imperador e deseja nossa perda, aquele que aconselhe a concluir a paz e queira que o ministro comande o exército... Digo-vos a verdade: armai depressa a milícia, porque o ministro vai, duma maneira magistral, levar seu hóspede consigo à capital... O senhor ajudante-de-campo, General Wolzogen inspira grandes suspeitas a todo o exército. É, pretende-se, antes homem de Napoleão que nosso, e é ele o grande conselheiro do ministro. Quanto a mim, não só me mostro cortês para com ele, mas obedeço-lhe, como o primeiro caporal chegado, se bem que mais antigo. É doloroso, mas por amor ao meu soberano e benfeitor, me submeto. Lastimo somente que o imperador confie a semelhante gente nosso glorioso exército. Imaginai que no curso de nossa retirada, mais de quinze mil homens morreram de esgotamento ou nos hospitais; se tivéssemos avançado, não teria acontecido isso. Em nome do céu, que dirá a Rússia, nossa mãe, ao saber que temos medo, que entregamos a canalhas nossa boa e brava pátria, que excitamos no coração de cada súdito o ódio e a indignação? É culpa minha que o ministro seja indeciso, lento, estúpido, pusilânime, reúna em si todos os defeitos possíveis? Todo o exército não faz senão chorar e crivá-lo de injúrias".

6. Entre as inúmeras maneiras de viver podem-se distinguir aquelas em que o fundo domina a forma e aquelas, ao contrário, em que a forma domina. Nesta última categoria pode-se, em oposição à vida no campo, nas cidades e até mesmo em Moscou, alinhar a vida em Petersburgo, particularmente a dos salões. Aquela vida é imutável. Embalde, desde 1802 nos reconciliamos e brigamos de novo com Bonaparte, fizemos e desfizemos constituições, o salão de Ana Pavlovna e o de Helena, nem por isso deixaram de ser o que eram, o primeiro sete anos e o segundo cinco anos antes. Em casa de Ana Pavlovna, discutiam-se sempre com espanto os êxitos de Bonaparte, via-se nesses êxitos e na complacência para com ele dos soberanos da Europa uma odiosa conspiração contra o bom humor e a serenidade daquele círculo da corte a que pertencia a dona da casa. Em casa de Helena, que o próprio Rumiantsev honrava com suas visitas e considerava como uma mulher duma rara inteligência, continuava-se em 1812, bem como em 1808, a ter entusiasmo pelo grande homem e pela grande nação, deplorava-se ali a rutura com a França que, assegurava-se, deveria terminar com uma paz próxima.

Quando o imperador regressou a Petersburgo, certa agitação ocorreu nesses círculos opostos, houve demonstrações hostis de um contra o outro, sem que por isso variasse a tendência de cada qual. O salão de Ana Pavlovna continuava a só receber, na verdade, franceses legitimistas inveterados e manifestava seu patriotismo pondo no índice o teatro francês, cuja manutenção, pretendia-se, custava tanto quanto um corpo de exército; seguiam-se ali com ardor os acontecimentos militares e espalhavam-se os boatos mais favoráveis sobre a situação de nossas tropas. No grupo de Helena, que era o de Rumiantsev e dos partidários da França, negavam-se as crueldades do inimigo, dissertava-se sobre todas as tentativas de Napoleão em favor da paz, censuravam-se aqueles que aconselhavam demasiado apressadamente que se mudasse a Corte para Kazan, bem como as instituições de ensino que dependiam da imperatriz-mãe. As operações militares só eram aqui consideradas como simples demonstrações que deveriam conduzir à paz. Bilibin tornara-se um familiar daquele salão, que todo homem de espírito fazia questão de frequentar, e sua opinião tinha força de lei ali, isto é, a de que a questão não seria resolvida pela pólvora, mas por aqueles que a haviam inventado. Zombava-se com muito espírito, mas não sem prudência, do entusiasmo de Moscou, cujo eco chegara a Petersburgo por ocasião do regresso de Alexandre.

Em casa de Ana Pavlovna, pelo contrário, exaltavam-se essas manifestações e falava-se delas como Plutarco fala dos antigos. O Príncipe Basilio, que ocupava sempre os mesmos postos importantes, fazia o traço de união entre os dois círculos. Frequentava alternativamente a *minha boa amiga* Ana Pavlovna e o *salão diplomático de minha filha;* esse vaivém contínuo dum círculo a outro o induzia muitas vezes em erro e lhe acontecia dizer em casa de Helena o que deveria dizer em casa de Ana Pavlovna e reciprocamente.

Pouco depois do regresso de Alexandre, o Príncipe Basílio, falando em casa de Ana Pavlovna da situação, havia julgado severamente Barclay de Tolly e havia perguntado quem poderia bem ser posto em seu lugar. Um dos frequentadores do salão, aquele que era ali chamado de um *homem de muito mérito,* contou que vira naquele mesmo dia o chefe da milícia de Petersburgo, Kutuzov, presidir, na Tesouraria, a recepção dos voluntários e tomou a liberdade de adiantar prudentemente que esse Kutuzov poderia ser precisamente o homem da situação.

Ana Pavlovna observou, com um sorriso melancólico, que Kutuzov só havia causado desgostos ao imperador.

— Disse e tornei a dizer na assembleia da nobreza — afirmou o Príncipe Basílio, — que sua escolha para chefe da milícia não agradaria ao imperador. Mas não me escutaram. Sempre a mesma mania de criticar. E ainda por cima diante de quem? Tudo isso, porque queremos macaquear os estúpidos entusiasmos moscovitas.

O Príncipe Basílio percebeu que se estava embrulhando: os entusiasmos moscovitas, objeto de zombaria em casa de Helena, deveriam ser levados às nuvens em casa de Ana Pavlovna; tratou de reparar bem depressa seu desazo.

— Bem, é conveniente que o Conde Kutuzov, o mais velho dos generais russos, presida o recrutamento, tanto mais quanto tudo fará para assim permanecer! Mas é possível nomear general-em-chefe um homem que não pode montar a cavalo, que ferra no sono no conselho e, ainda por cima, de costumes depravados?! Bela reputação criou ele em Bucareste! Deixo de lado suas qualidades como general, mas pode-se, verdadeiramente, num minuto tão crítico, pôr à frente de nosso exército um homem impotente e cego; sim, nada mais, nada menos que cego? Seria bonito, um general cego! Não vê nada ali, nada absolutamente... Que vá jogar a cabra-cega!

Ninguém fez objeção.

A 24 de julho, tinha isso perfeito fundamento. Mas a 29, recebeu Kutuzov o título de príncipe. A concessão dessa dignidade não passava talvez de um honroso afastamento; entretanto, embora conservando sempre sua opinião como legítima, mostrou-se o Príncipe Basílio mais reservado. A 8 de agosto, uma comissão compreendendo o Marechal Saltykhov, Araktcheiev, Viazmitinov, Lopukhin e Kotchubei, reuniu-se para deliberar a respeito da marcha geral da guerra. Essa comissão atribuiu nossas derrotas à dualidade de comando e, embora reconhecendo bem a antipatia do imperador por Kutuzov, propôs, após breve deliberação, nomeá-lo generalíssimo. Naquele mesmo dia, Kutuzov foi designado comandante-em-chefe dos exércitos e de todo o território que eles ocupavam.

A 9 de agosto, o Príncipe Basílio se encontrou de novo em casa de Ana Pavlovna com o *homem de muito mérito.* Este, que cobiçava o lugar de curador de uma instituição para moças, fazia corte assídua a Ana Pavlovna. O Príncipe Basílio entrou na sala com semblante triunfal de homem cujos desejos acabam por fim de ser satisfeitos.

— Pois então, já sabem da grande novidade? O Príncipe Kutuzov foi nomeado marechal. Todas as dissenções estão terminadas. Sinto-me tão contente, tão feliz! Enfim, eis um homem! — proclamou ele, passeando pela assistência um olhar cheio de importância e de severidade.

Malgrado seu vivo desejo de obter um lugar, o *homem de muito mérito* não pôde impedir-se de observar ao Príncipe Basílio que ele nem sempre falara daquela forma. Era uma inconveniência, tanto para com o Príncipe Basílio no salão de Ana Pavlovna, quanto para com a própria dona da casa, que recebera a notícia com alegria; mas ele não se pudera conter.

— Mas dizem que ele está cego, meu príncipe — disse ele, lembrando assim ao Príncipe Basílio sua recente asserção.

— Ora essa, ele enxerga bastante — replicou vivamente o Príncipe Basílio, com sua voz de baixo e tossindo, supremo recurso seu, quando se achava embaraçado. — Ora essa, ele enxerga bastante — repetiu ele. — O que me causa sobretudo prazer é que o imperador lhe deu pleno poder, não só sobre todos os exércitos, mas sobre todo o território, poder que jamais teve algum outro general-em-chefe. É um segundo autócrata — concluiu ele, com um sorriso de triunfo.

— Deus nos assista! — disse Ana Pavlovna.

O *homem de muito mérito,* noviço no mundo da corte, acreditou encontrar naquela exclamação um eco da antiga opinião de Ana Pavlovna; desejoso de lisonjeá-la, prosseguiu:

— Dizem que o imperador só lhe concedeu esse poder a contragosto. Dizem que ele corou como uma donzela a quem lessem a "Gioconda", ao lhe dizerem: o soberano e a pátria vos concedem essa honra.

— Talvez o coração não tivesse entrado nisso — disse Ana Pavlovna.

— Absolutamente, absolutamente! — exclamou o Príncipe Basílio que, tendo feito de Kutuzov o seu homem, não admitia que se pudesse deixar de gostar dele. — É impossível, porque o imperador sempre soube apreciar-lhe o mérito.

— Deus permita — insinuou Ana Pavlovna que, pelo menos, tome o Príncipe Kutuzov realmente o poder e não consinta que "ninguém" lhe ponha travas nas rodas.

Compreendendo logo a quem fazia ela alusão, disse o Príncipe Basílio em voz baixa:

— Sei de fonte segura que o Príncipe Kutuzov impôs como condição *sine qua non* a revocação do grão-duque. Sabe o que disse ele ao imperador? "Não posso puni-lo, se ele se comporta mal, nem recompensá-lo, se se comporta bem". Oh! é um homem de grande finura, esse Príncipe Kutuzov, conheço-o de longa data.

— Dizem mesmo — reforçou o *homem de muito mérito,* a quem faltava decididamente o tato das cortes, — dizem mesmo que o Sereníssimo exigiu que o imperador em pessoa não se juntasse ao exército.

Mal largara essa frase, num mesmo movimento, o Príncipe Basílio e Ana Pavlovna se desviaram dele, para trocar um olhar desolado e condenar com um suspiro aquela inconcebível ingenuidade!

7. Enquanto isso se passava em Petersburgo, os franceses ultrapassavam Smolensk e se aproximavam cada vez mais de Moscou. Para justificar seu herói, Thiers, como aliás os outros historiadores de Napoleão, pretende que tenha sido ele atraído, malgrado seu, aos muros daquela cidade. Tem razão, como têm razão todos aqueles que procuram na vontade dum só homem a explicação dos acontecimentos; têm razão do mesmo modo aqueles de nossos autores segundo os quais Napoleão teria sido atraído pela habilidade dos generais russos. A lei de retrospectividade lhes apresenta todo o passado como uma preparação do fato consumado; além disso, certa conexão dos acontecimentos vem ainda embaralhar as coisas. Se um bom jogador perde uma partida de xadrez, crê sinceramente havê-la perdido em consequência de uma falta de sua parte e remonta, para conhecer essa falta, até o começo da partida, esquecendo-se de que cometeu outras ao longo do jogo e que nenhuma de suas jogadas foi perfeita. A falta que nota só se impõe à sua atenção porque aproveitou a seu adversário. Que o bem mais complexo é o jogo da guerra, desenrolando-se em certas condições de tempo, onde não é uma vontade única que dirige máquinas inertes, mas onde tudo parte do encontro de inúmeras vontades particulares.

Após Smolensk, Napoleão busca travar batalha além de Dorogobuj, perto de Viazma e em seguida, em Tsarevo-Zaimichtché; mas em consequência de múltiplas circunstâncias, os russos só puderam aceitar a batalha em Borodino, a umas trinta léguas de Moscou.

Moscou, a capital asiática desse grande império, a cidade sagrada dos povos de Alexandre, Moscou com suas inúmeras igrejas em forma de pagodes chineses, excitava sem cessar a imaginação de Napoleão. Durante a viagem de Viazma a Tsarevo-Zaimichtché, cavalgava ele seu trotador à inglesa, de cor isabel, acompanhado pela Guarda, por uma escolta, por pajens e ajudantes-de-campo. O chefe do estado-maior, Berthier, ficara para trás, a fim de interrogar um russo que a cavalaria aprisionara. Alcançou o imperador a galope, em companhia do intérprete Lelorme d'Ideville e deteve seu cavalo, com ar radiante:

— Então? — perguntou-lhe Napoleão.

— Um cossaco de Platov. Diz que o corpo de Platov vai reunir-se ao grosso do exército, que Kutuzov foi nomeado general-em-chefe. Muito inteligente e falador.

Napoleão sorriu, ordenou que dessem um cavalo àquele cossaco e o trouxessem à sua presença: desejava interrogá-lo pessoalmente. Alguns ajudantes-de-campo saíram a galope e, uma hora mais tarde, Lavruchka, o servo que Denissov cedera a Rostov, com sua blusa de ordenança, numa sela francesa, aproximou-se de Napoleão, com seu rosto alegre, velhaco e avinhado. O Imperador fê-lo andar a passo a seu lado e lhe dirigiu algumas perguntas.

— É cossaco?

— Cossaco, Vossa Nobreza.

"O cossaco, ignorando quem fosse seu interrogador, porque a simplicidade de Napoleão nada tinha que pudesse revelar a uma imaginação oriental a presença dum soberano, entreteve-se com ele, na mais extrema familiaridade a respeito dos assuntos da guerra atual", diz Thiers, contando esse episódio. Na realidade, Lavruchka, que na véspera tomara uma carraspana e deixara seu amo sem jantar, levara uma surra de varas; enviado em seguida a uma aldeia em busca de aves, deixara-se tentar a fazer umas rapinagens e acabara caindo nas mãos dos franceses. Era um desses criados impudentes, grosseiros, que, tendo visto muita coisa no correr de sua vida, jamais podem agir sem baixeza ou velhacaria, e estão prontos a prestar qualquer qualidade de serviços a seus senhores, cujos maus pensamentos adivinham numa olhadela, sobretudo os que lhes são inspirados pela vaidade e pela mesquinharia.

Levado à presença de Napoleão, cuja personalidade não demorou em adivinhar, nem por isso Lavruchka se emocionou, mas se esforçou por cair nas boas graças de seus novos senhores.

Sabia perfeitamente que aquele ali era Napoleão; mas aquela presença não o perturbava mais do que a de Rostov ou do sargento encarregado de aplicar-lhe as varadas. Como nada possuía, nem Napoleão, nem aquele suboficial, nada podiam tirar-lhe.

Contou, pois, todas as histórias que corriam entre os ordenanças e muitas das quais eram, aliás, exatas. Mas quando Napoleão lhe perguntou se os russos pensavam ou não em vencer Bonaparte, fechou a cara e se pôs a refletir. Pareceu-lhe a pergunta ocultar uma armadilha, porque as pessoas de sua laia farejam armadilhas em toda a parte.

— Isto é, — disse ele, com ar pensativo, — se a batalha se travar imediatamente, então os senhores vencerão. Isto é certo. Mas se se passarem ainda uns três dias, então essa mesma batalha poderia bem ir ficando comprida demais.

O que Lelorme d'Ideville, todo sorridente, traduziu assim para Napoleão: "Se a batalha for travada antes de três dias, os franceses ganharão, mas, se for adiada, só Deus sabe o que acontecerá". Se bem que estivesse de muito bom humor, Napoleão não sorriu e mandou que se repetisse a frase. Lavruchka notou a coisa e, para diverti-lo, prosseguiu fingindo sempre ignorar com quem falava:

— Sim, nós sabemos que os senhores têm um tal de Bonaparte; derrotou já esse mundo todo, mas bater os russos é outra história...

Essa gabolice patriótica escapou-lhe sem que ele soubesse bem porquê.

O intérprete fez a tradução, tendo o cuidado de escamotear as últimas palavras. "O jovem cossaco fez rir seu poderoso interlocutor", relata Thiers. Depois de ter dado alguns passos em silêncio, Napoleão disse a Berthier que queria ver que efeito produziria sobre aquele filho do Don, o saber que o homem com quem conversava era o próprio Imperador, aquele Imperador que escrevera sobre as pirâmides seu nome vitorioso e imortal.

Foi transmitida a informação.

Lavruchka compreendeu que queriam atarantá-lo, que Napoleão pensava em meter-lhe medo. Assim, para comprazer a seus novos senhores, fingiu uma surpresa e uma estupefação profundas: arregalou os olhos e fez a cara dos dias em que o levavam a surrar. "Apenas, escreve Thiers, acabara de falar o intérprete de Napoleão, o cossaco, tomado duma espécie de assombro, não proferiu mais nenhuma palavra e caminhou de olhos constantemente presos no conquistador, cujo nome chegara até ele através das estepes do Oriente. Toda a sua loquacidade parara de repente, para dar lugar a um sentimento de admiração ingênua e silenciosa. Depois de o haver recompensado, Napoleão mandou pô-lo em liberdade, como a um pássaro que se devolve aos campos que o viram nascer".

Prosseguiu Napoleão seu caminho, sonhando com aquela Moscou que tanto lugar ocupava na sua imaginação. Quanto ao "pássaro que se devolveu aos campos que o viram nascer", galopou até os postos avançados, preparando, na intenção de deslumbrar seus camaradas, uma narrativa de aventuras imaginárias; a seus olhos, com efeito, as que lhe tinham realmente acontecido não valiam a pena ser contadas. Depois de ter-se juntado aos cossacos, informou-se do lugar onde acantonava seu regimento, que fazia parte do destacamento de Platov; ao anoitecer, encontrou em Iankovo seu amo Nicolau Rostov, que montava naquele instante a cavalo para dar, em companhia de Ilin, um passeio pelas aldeias vizinhas. Rostov mandou dar outro cavalo a Lavruchka e levou-o consigo.

8. Não se achava a Princesa Maria nem em Moscou, nem fora de todo perigo, como o cria André. Quando Alpatytch voltou de Smolensk, pareceu o velho príncipe sair bruscamente de um sonho. Deu ordem de recrutar milícias em suas aldeias e armá-las. Depois informou o general-em-chefe de que resolvera ficar em Montes Calvos e de ali se defender até o derradeiro extremo, conformando-se com a sua decisão de tomar ou não medidas tendentes a proteger um domínio, onde se arriscava a ser capturado ou morto um dos mais antigos generais russos. Declarou por fim a seus familiares que não arredaria pé de sua casa.

Mas, embora recusando-se a abandonar seus parentes, apressou a partida de Maria, do principezinho e de Dessalles para Bogutcharovo e dali para Moscou. Sucedendo-se essa atividade febril a um período de profunda apatia, não pôde deixar de amedrontar fortemente a princesa: não pôde resolver-se a deixar seu pai sozinho e, pela primeira vez em sua vida, tomou a liberdade de não lhe obedecer. Recusou-se a partir e foi sobre ela que se desencadeou a tempestade da cólera do príncipe. Censurou-lhe injustamente todos os malfeitos de que a tornava responsável: tornara-lhe a vida impossível, havia-o feito desentender-se com seu filho, atribuíra-lhe suposições abomináveis, só pensava em envenenar-lhe a vida. Finalmente, expulsou-a de seu gabinete e declarou que pouco se importava se ela partisse ou não: considerava-a como morta e proibia-a de tornar a aparecer alguma vez diante dele. O fato de não havê-la mandado retirar à força, como o temia ela, acalmou o pesar de Maria. Compreendeu que no âmago de seu coração, o velho se sentia feliz porque ela ficava com ele.

No dia seguinte ao da partida do pequeno Nicolau, envergou o velho príncipe logo de manhã seu uniforme de gala e dispôs-se a ir ver o general-em-chefe. O carro já estava à espera. Maria viu-o sair de seus aposentos, revestido de todas as suas condecorações, e tomar o caminho do parque para ali passar em revista seus camponeses e seus criados em armas. Sentada a uma janela, prestava ouvidos às explosões de voz de seu pai, que se faziam ouvir desde o jardim, quando, de repente, da grande alameda, vieram correndo homens, de rosto apavorado.

Precipitou-se Maria para o patamar e alcançou correndo a grande alameda, através do jardim. Viu vir a seu encontro uma multidão de milicianos e de criados; em meio daquela multidão, alguns homens arrastavam pelas axilas o velhinho de uniforme coberto de condecorações. A fraca luz que a sombra espessa das tílias coava não lhe permitiu, de pronto, discernir a desordem de suas feições. Notou somente que o rosto dele, antes severo e enérgico, tomara uma expressão humilde e medrosa. À vista de sua filha, emitiu, com seus lábios impotentes, alguns sons roucos, inarticulados: não se pôde compreender o que ele queria dizer. Carregaram-no até seu gabinete, onde o depuseram em cima daquele canapé que, desde certo tempo, lhe inspirava tão vivo terror.

Chegou à noite o médico que tinham mandado chamar. Sangrou o príncipe e declarou que estava ele paralítico do lado direito. Como a permanência em Montes Calvos se tornara cada vez mais perigosa, transportaram-no, logo no dia seguinte, para Bogutcharovo. O médico acompanhou-o até lá. Quando chegaram, Dessalles e Nicolauzinho já haviam partido para Moscou.

O velho príncipe permaneceu três semanas no mesmo estado. Tinham-no instalado na casa nova que o Príncipe André mandara construir; jazia ali, sem conhecimento, semelhante a um cadáver desfigurado. Resmungava sem cessar, mexendo os lábios e as sobrancelhas. Era impossível saber se ele se dava conta do que se passava em torno de si. Podia-se somente ter certeza de que sofria e experimentava a necessidade de exprimir ainda alguma coisa. Mas o que? Ninguém pôde compreendê-lo; tratava-se dum capricho, duma divagação de doente, tinha relação com os acontecimentos ou com seus negócios de família?

O médico atribuía aquela agitação a causas puramente físicas; Maria, pelo contrário, pensava que seu pai queria falar-lhe e o fato de aumentar a inquietação do doente sempre mais na sua presença, confirmava-a na sua opinião.

Sofria ele evidentemente, tanto física como moralmente. Não havia esperança alguma de cura. Não se podia mais pensar em transportá-lo: que se faria se morresse ele em viagem? "Não seria preferível que ele morresse?", perguntava a si mesma por vezes Maria. Noite e dia, quase sem dormir, velava-o, e, coisa triste de dizer, acontecia-lhe perscrutar no rosto dele, não sinais de melhora, mas os índices precursores da morte.

De boa ou má vontade, teve Maria de confessar a si mesma esse sentimento. O pior é que, desde a doença de seu pai (e mesmo um pouco antes, quando ficara sozinha com ele, aguardando alguma coisa) os desejos e as esperanças esquecidos, adormecidos no mais profundo de si mesma, despertaram-se imperiosamente. O pensamento de que poderia levar uma vida independente, libertada do temor de seu pai, conhecer mesmo o amor e a felicidade conjugal, esse pensamento que havia mesmo muitos anos nunca mais lhe aflorara à mente, perseguia-lhe agora a imaginação. Debalde afastava tal pensamento. Sem cessar, perguntava a si mesma como organizaria sua vida após certo acontecimento. Eram essas, não havia dúvida, tentações do demônio que somente a oração poderia afugentar. Tomava pois a atitude da prece, fixava as santas imagens, pronunciava as fórmulas, mas só rezava com os lábios. Sentia-se arrastada para um mundo novo, um mundo de ação, de trabalho e de liberdade, completamente oposto ao mundo moral que a retinha até então prisioneira e onde sua única consolação era a prece. Não podia mais chorar, nem orar; a vida se apoderava dela.

Tornava-se perigoso permanecer em Bogutcharovo; os franceses avançavam sempre e, a quatro léguas dali, uma propriedade acabava de ser pilhada pelos seus rapinantes.

O médico insistia na necessidade de transportar o doente; o marechal da nobreza mandou um funcionário à Princesa Maria para induzi-la a partir o mais breve possível; o inspetor de polícia foi em pessoa preveni-la de que os franceses estavam apenas a oito léguas: suas proclamações corriam já pelas aldeias e, se a princesa e seu pai não partissem antes do dia 15, não respondia ele por coisa nenhuma.

Maria resolveu partir naquele mesmo dia. Os preparativos, as ordens a dar, porque toda a gente se dirigia agora a ela, ocuparam-na um dia inteiro. A noite de 14 para 15 passou-a ela, como de costume, sem se desvestir, no quarto vizinho ao do príncipe. Várias vezes, em meio do sono percebeu as queixas roucas de seu pai, os estalidos do leito, os passos de Tikhone e do médico que o mudavam de posição. Várias vezes, foi ela escutar à porta: pareceu-lhe que naquela noite o doente gemia e se agitava mais que de costume. Não pôde dormir mais e aproximou-se várias vezes daquela porta, cuja soleira não ousava transpor. Se bem que não pudesse ele falar, sentia Maria que toda manifestação de compaixão era desagradável a seu pai. Não desviava ele impacientemente seu olhar cada vez que encontrava o dela fixo nele? Sabia que sua visita, à noite, numa hora insólita, o irritaria.

Entretanto jamais sentira tanto pesar, tanto terror de perdê-lo. Repassava as etapas da vida que haviam vivido um ao lado do outro; e em todas as palavras, em todas as ações do velho, descobria amor por ela. De tempo em tempo, o demônio, voltando à carga, insinuava nas suas recordações as aliciantes perspectivas dum futuro mais independente, mas escorraçava ela aqueles pensamentos com repulsão... Perto do amanhecer, o príncipe se acalmou e Maria pôde adormecer.

Levantou-se tarde. A franqueza brutal da percepção que acompanha o despertar revelou-lhe bruscamente o que, na doença de seu pai, a preocupava acima de tudo. Foi escutar à porta e, como percebesse sempre a respiração rouca do doente, disse a si mesma, suspirando, que era sempre a mesma coisa.

— Mas que outra coisa poderia haver? Que é que desejo então? Sua morte! — exclamou ela sentindo aversão a si mesma.

Vestiu-se, asseou-se, rezou, seguiu para o patamar de entrada, onde estacionavam veículos ainda não atrelados; arrumavam-se as bagagens. A manhã mostrava-se suave e cinzenta. Maria ficou ali uns bons momentos, petrificada de horror diante de sua vilania e procurando recuperar sua calma, antes de ir ter com o doente. O médico desceu a escada e veio ter com ela.

— Ele está um pouco melhor hoje — disse. — Procurava a senhorita. Chega-se a compreender o que ele diz. Venha. Ele a chama.

A esta notícia, o coração de Maria bateu tão forte que ela ficou lívida e teve, para não cair, de apoiar-se à porta. Ver seu pai, falar-lhe, enfrentar seu olhar, no momento em que se sentia presa de tão criminosos pensamentos, causou-lhe uma angústia atroz, embora misturada de alegria.

— Venha — repetiu o médico.

Entrou ela no quarto de seu pai e se aproximou do leito. Estava ele sentado na cama; suas pequenas mãos ossosas, que as veias azuis riscavam, amarfanhavam a coberta; seu olho esquerdo fixava um ponto à sua frente, seu olho direito estava torto; nem as sobrancelhas, nem os lábios se moviam. Toda a sua pessoa seca e diminuta apresentava um aspecto lastimável. Suas feições se haviam contraído, seu rosto parecia desfeito. Maria beijou-lhe a mão. Pela maneira com que ele apertou a sua com sua mão esquerda, compreendeu ela que o velho a esperava havia muito tempo. Ele a sacudiu mesmo, enquanto um movimento de cólera crispava suas sobrancelhas e seus lábios.

Ela o fitou com certo temor, procurando adivinhar o que desejava dela. Quando mudou de posição para permitir que o olho esquerdo do velho visse seu rosto, acalmou-se ele por uns instantes. Depois seus lábios e sua língua mexeram-se, sons saíram de sua boca e se pôs ele a falar, implorando-lhe com olhar tímido, no temor evidente de que ela não o compreendesse.

Maria contemplava-o, concentrando nele toda a sua atenção. Mas ele mexia a língua com esforços tão cômicos que foi ela obrigada a baixar os olhos e só a grande custo conteve os soluços que lhe subiam à garganta. Resmungou ele alguma coisa e repetiu várias vezes suas palavras. A Princesa Maria não conseguiu entendê-las. Esforçava-se, contudo, por adivinhar-lhes o sentido e repetia, num tom interrogativo, as palavras que acreditava perceber.

Por fim o médico logrou adivinhar que o doente perguntava se a princesa tinha medo. Mas o velho rejeitou essa suposição com um sinal de cabeça e emitiu mais uma vez os mesmos sons.

— Ah! já sei — afirmou de repente Maria. — Diz que sua alma sofre.

Respondeu ele com um "sim" indistinto, pegou a mão de sua filha e aplicou-a sobre certos pontos de seu peito, como se procurasse o melhor lugar.

— Todos os meus pensamentos para ti... todos — proferiu ele, mais distintamente desta vez. Agora que estava certo de ser compreendido, sua voz se tornava mais firme.

Maria, comprimindo seus soluços, inclinou a cabeça, pousando-a na mão de seu pai. Este lhe acariciou os cabelos.

— Chamei-te a noite inteira — murmurou ele.

— Se eu tivesse sabido — respondeu ela, através de suas lágrimas. — Tinha medo de entrar.

Ele apertou-lhe a mão.

— Não dormiste?

— Não.

Confirmou esta resposta com um sinal negativo de cabeça. Sofrendo por instinto a influência do pai, punha-se, como ele, a falar por sinais e parecia, como ele, mover a língua com esforço.

— Minha alma querida... minha querida amiga... — Maria não apanhou bem a expressão exata, mas compreendeu pelo olhar dele que, pela primeira vez, lhe dizia uma palavra de ternura. — Por que não vieste?

“E eu que desejava sua morte!”, pensava Maria.

— Obrigado — continuou ele, depois de um silêncio, — obrigado, minha amiga, minha filha... por tudo, por tudo... perdão... obrigado... perdão... obrigado! — Lágrimas correram-lhe dos olhos. — Chamem André — pediu ele, enquanto seu rosto tomava a expressão tímida de uma criança que teme uma recusa.

Parecia dar-se conta ele próprio da puerilidade de seu desejo; foi pelo menos o que Maria creu compreender.

— Recebi uma carta dele — disse ela.

Olhou-a com ar surpreso, receoso.

— E onde está ele então?

— No exército, meu pai, em Smolensk.

Ele fechou os olhos e manteve-se em silêncio durante muito tempo; depois, como que para dissipar suas dúvidas e testemunhar ao mesmo tempo que havia recuperado a inteligência e a memória, reabriu-os e fez um sinal de cabeça afirmativo.

— Sim — disse, em voz baixa, mas distinta, — a Rússia está perdida; eles a perderam.

Explodiu de novo em soluços e lágrimas correram pelas suas faces. Maria não pôde mais suportar aquilo e se pôs a chorar, também, contemplando-lhe o rosto.

Ele tornou a fechar os olhos e logo se acalmou. Com um gesto designou seus olhos e Tikhone, adivinhando-lhe o desejo, enxugou-os.

Reabriu-os então e pronunciou algumas palavras que ninguém conseguiu entender, com exceção apenas de Tikhone. Maria ligava-lhes o sentido às diversas ideias que o preocupavam até então: a Rússia, André, ela própria, seu neto ou ainda sua morte. Mas tratava-se de outra coisa.

— Vai vestir teu vestido branco. Gosto dele — dissera o velho.

Quando Tikhone lhe transmitiu esse desejo, os soluços de Maria redobraram; então o médico, tomando-a pelo braço, conduziu-a ao terraço, pediu-lhe que se acalmasse e ativasse os preparativos da partida. Durante a ausência de Maria, o príncipe falou ainda a respeito de seu filho, da guerra, do imperador, franziu o cenho, com ar colérico, elevou cada vez mais sua voz rouca e, de repente, foi atingido por um segundo e derradeiro ataque.

Maria entretanto demorava-se no terraço. O tempo se tornara brilhante; o calor pesava. Mas nada podia compreender, deixava-se absorver toda inteira pelo afeto que dedicava a seu pai e cuja profundeza acreditava ter desconhecido até então. Correu para o parque e, a soluçar, desceu até o lago, seguindo a nova alameda de tílias plantadas pelo Príncipe André.

— E eu... e eu... que desejei sua morte! Sim, desejei que tudo isso acabasse o mais breve possível... Tive vontade de gozar afinal de repouso... E que vai ser de mim agora? De que me servirá o repouso, quando ele não mais estiver aqui? — repetia ela, caminhando a grandes passos e comprimindo com a mão o peito, donde se escapavam soluços convulsivos.

Sua volta pelo parque trazia-a de retorno à casa, quando viu vir a seu encontro a Senhorita Bourienne (que se recusava a deixar Bogutcharovo), em companhia de um desconhecido. Era o marechal da nobreza do distrito que viera, pessoalmente, urgir a princesa a partir sem demora. Maria ouvia-o sem entendê-lo. Levou-o para a casa e lhe propôs que almoçasse com ela. Depois de fazer-lhe companhia por algum tempo, pediu licença e quis voltar ao quarto de seu pai. Mas o médico, que dele saía, de rosto transtornado, proibiu-lhe a entrada.

— Impossível, princesa, impossível!

Maria voltou para o parque; no sopé da ladeira que descia para o lago, num lugar onde ninguém poderia vê-la, sentou-se sobre a relva. Não saberia dizer quanto tempo ficou ali, prostrada. Passos precipitados de mulher fizeram-na recuperar-se; Levantou-se e avistou sua criada de quarto, Duniacha, que vinha correndo à sua procura; mas à vista de sua patroa, parou, como que apavorada.

— Quer vir, princesa... o príncipe... — disse ela, com voz entrecortada.

— Já vou, já vou — disse Maria, sem lhe dar tempo de acabar. E evitando o olhar de Duniacha, correu para casa.

— Princesa, a vontade de Deus se cumpriu, estai pronta para tudo — disse-lhe o marechal, que a esperava à entrada.

— Deixai-me, não é verdade — exclamou ela, num tom desabrido. O médico quis detê-la, ela, porém, o empurrou e lançou-se para a porta. "Por que essa gente me retém? Que querem dizer seus rostos espantados? Não preciso de ninguém. Que fazem todos lá?" Abriu a porta e sentiu medo, vendo que a viva claridade do dia inundava a peça até então mergulhada na penumbra. Sua velha ama, outras mulheres também encontravam-se ali; afastaram-se do leito para lhe dar lugar. O príncipe continuava deitado, mas seu rosto trazia impressa uma gravidade serena que deteve um instante Maria na soleira do quarto.

"Não, não está morto, é impossível!", disse a si mesma, aproximando-se. Dominou seu horror e aflorou com os lábios a face do pai; mas logo recuou. Toda a ternura que experimentava por ele cedeu subitamente lugar a um sentimento de pavor. "De modo que, já não existe! Já não existe e no lugar que ele ocupava não há agora senão um não sei quê desconhecido e hostil, um mistério terrível que me faz tremer de pavor!" E, ocultando a cabeça nas mãos, Maria desmaiou nos braços do médico que a sustentou.

* * *

Na presença de Tikhone e do médico, as mulheres banharam aquele que fora o Príncipe Bolkonski. Lavaram o corpo, mantiveram a boca fechada com ajuda de um lenço, amarraram com outro lenço as pernas que se afastavam. Em seguida, tendo-o vestido com seu uniforme constelado de condecorações, estenderam em cima da mesa aquele cadáver encarquilhado. Deus sabe por quem e quando as ordens tinham sido dadas, mas tudo pareceu realizar-se por si mesmo. Ao anoitecer, círios ardiam em torno do caixão recoberto por um véu, o soalho estava juncado de ramos de zimbro, uma oração impressa fora colocada sob a cabeça do morto e o chantre se pôs num canto a salmodiar as orações.

— Semelhantemente aos cavalos que se agrupam, soltam bufidos e se empinam em torno dum cavalo morto, via-se reunido no salão em torno do caixão um magote de pessoas, familiares e estranhas: o marechal da nobreza, o estarosta, as mulheres da aldeia; todos, de olhos fixos e cheios de espanto, se persignavam, se inclinavam e beijavam a mão fria e rígida do velho príncipe.

9. Antes de haver-se o Príncipe André estabelecido naquele domínio, os camponeses de Bogutcharovo sempre haviam vivido longe da vigilância do patrão. Eram gente bem diversa da de Montes Calvos, de que se distinguiam pela linguagem, pelas vestes, pelos costumes. Chamavam-nos "os das estepes". Quando iam a Montes Calvos, ajudar nas colheitas ou limpar os açudes e os fossos, o velho príncipe louvava-lhes a aptidão ao trabalho, mas sua selvageria lhe desagradava.

Longe de abrandar seus costumes, a derradeira estada do Príncipe André e suas inovações —hospitais, escolas, diminuição do foro — tinham acentuado esse traço saliente do caráter deles que o velho príncipe chamava de selvageria. Entre eles corriam sempre boatos vagos: ora iam inscrevê-los entre os cossacos, ora, convertê-los a uma nova religião; ou então, entretinham-se com pretensas cartas do tzar, ou pretendiam que, por ocasião do juramento prestado ao Imperador Paulo, os senhores haviam jurado conceder a liberdade aos servos, mas não cuidaram de cumprir sua palavra; ou ainda afirmavam que Pedro III voltaria a reinar dentro de sete anos: sob seu reino todos se tornariam livres, tudo se passaria tão simplesmente que não haveria mais necessidade absolutamente de leis. O que se contava da guerra, de Bonaparte e da invasão se misturava entre eles com confusas noções sobre o Anticristo, o fim do mundo e a liberdade total.

Haveria nos arredores de Bogutcharovo grandes burgos pertencentes quer à Coroa, quer a particulares, mas todos povoados de camponeses foreiros. Bem poucos senhores ali residiam; o número dos criados e dos servos que sabiam ler era muito restrito. De modo que entre os habitantes daquelas localidades, as misteriosas correntes da vida popular, cujas causas e significação permanecem sempre um enigma para os contemporâneos, eram mais fortes que em qualquer outra parte. É assim que, por exemplo, vinte anos antes, via-se produzir-se entre eles um movimento de emigração para certos rios de águas quentes. Centenas de famílias, das quais algumas de Bogutcharovo, venderam de repente seu gado e partiram para alguma parte no sudoeste. Como pássaros migradores que voam para além dos mares, dirigiam-se com mulheres e crianças para aquelas regiões onde nenhum dentre eles jamais pusera os pés. Uns se remiam, outros fugiam, e a pé, ou de carro, iam em caravana na direção das águas quentes. Alguns foram recapturados, punidos, enviados para a Sibéria; outros pereceram em caminho de frio e de fome; outros voltaram de espontânea vontade, e o movimento extinguiu-se por si mesmo, como tinha começado, sem causa aparente. Mas as correntes profundas continuavam a fluir naquele povo, adquirindo ali uma força nova que deveria manifestar-se de uma maneira totalmente estranha e inopinada e ao mesmo tempo simples e natural. Quem quer que, naquele ano de 1812, vivesse em contato com o povo, sentia-o trabalhado por essas forças latentes, todas prontas a virem a lume.

Tendo chegado a Bogutcharovo pouco tempo antes da morte do velho príncipe, notara Alpatytch certa agitação entre os campônios: contrariamente ao que se passava na região de Montes Calvos, onde, num raio de quinze léguas, os habitantes abandonavam suas aldeias às pilhagens dos cossacos, "as gentes das estepes" travavam relações com os franceses, recebiam deles certos papéis e não pensavam mais em partir. Alpatytch soube, por criados dedicados, que um tal Carp, personagem muito influente na comuna, que acabara bem recentemente de conduzir um comboio de bagagens por conta da Coroa, espalhava a notícia de que os cossacos pilhavam as aldeias abandonadas por seus habitantes, mas que os franceses as respeitavam. Comunicaram-lhe além disso que outro camponês trouxera, na véspera, do burgo de Vislutkhovo, ocupado pelo inimigo, uma proclamação na qual o general francês prevenia os habitantes de que não lhes seria feito mal algum e que, se ficassem em suas casas, lhes pagariam a dinheiro qualquer requisição. Em apoio desta asserção, o rústico mostrava um vale de cem rublos, que não sabia que era falso e que lhe tinham dado como penhor para uma entrega de feno.

Coisa mais grave, soube Alpatytch que na manhã mesmo em que dera ele ordem ao estarosta para preparar comboios para transporte das bagagens da princesa, realizara-se uma assembleia da comuna, onde ficara decidido que não se partiria e que se deveria aguardar os acontecimentos. Entretanto o tempo urgia. A 15 de agosto, dia da morte do príncipe, o marechal da nobreza insistira com a Princesa Maria para que ela partisse imediatamente, tendo-se a situação tornado inquietante; passado o dia 16, não respondia por mais nada. Partira naquela mesma noite, prometendo voltar no dia seguinte para as exéquias. Mas não pôde cumprir sua promessa: súbito avanço do inimigo obrigou-o a levar sua família a toda a pressa, bem como tudo quanto tinha de precioso.

Havia uns trinta anos, Bogutcharovo era regido por um tal Drone, um desses camponeses sólidos de físico como de moral que, ao ficarem velhos, tornam-se cada vez mais barbudos, mas que chegam aos sessenta anos e mais sem mudar absolutamente, sem um cabelo branco, sem um dente a menos, tão espigados e fortes como aos trinta anos.

Pouco tempo depois da emigração para as águas quentes, de que fizera parte como os outros, Drone foi nomeado estarosta em Bogutcharovo, função que exercia havia vinte e três anos duma maneira irreprochável. Os camponeses temiam-no mais do que a seus senhores. Os senhores, o velho príncipe e o jovem, bem como o intendente, respeitavam-no e chamavam-no, por brincadeira, o ministro. Durante todo o tempo de seu serviço, nunca o haviam visto embriagado ou doente; nunca, mesmo depois de noites sem dormir, mesmo depois das tarefas mais duras, mostrara ele a mínima fadiga; sem saber ler nem escrever, jamais cometera erros nem nas suas contas de dinheiro, nem no número dos alqueires de farinha que vendia em enormes carroças, nem na quantidade de paveias que os campos do domínio rendiam por are.

Foi esse Drone que Alpatytch, chegando do domínio devastado de Montes Calvos, mandou chamar no dia do enterro; encarregou-o de preparar doze cavalos para as carruagens da princesa e dezoito carretas para as bagagens que precisavam ser transportadas. Se bem que os camponeses fossem foreiros, a execução dessa ordem não devia, na opinião de Alpatytch, encontrar dificuldades, porque Bogutcharovo contava duzentos e trinta fogos e todos os habitantes viviam folgadamente. Entretanto, ao receber a ordem, o estarosta Drone baixou os olhos sem dizer palavra. Alpatytch indicou-lhe certos camponeses a quem conhecia como capazes de fazer os comboios. Drone respondeu que os cavalos daqueles camponeses estavam em serviço. Alpatytch indicou-lhe outros. Esses também não podiam, no dizer de Drone, porque não tinham cavalos; uns tinham sido requisitados pela Coroa, outros estavam esgotados, alguns mesmo tinham morrido por falta de alimento. Chegou a ponto de achar que nem mesmo se poderiam encontrar cavalos para as carruagens.

Alpatytch observou-o atentamente e franziu a testa. Se Drone era um estarosta modelo, Alpatytch, há vinte anos administrador dos domínios do príncipe, passava, com todo o direito, por um administrador modelo. Um faro extraordinário permitia-lhe compreender admiravelmente as necessidades e os instintos das pessoas com quem tratava. Uma olhadela lançada a Drone revelou-lhe logo que as respostas do estarosta refletiam, não suas disposições pessoais, mas antes as da comuna de Bogutcharovo, cuja influência sofria. Não ignorava que Drone, camponês enriquecido e detestado pelos outros campônios, devia hesitar entre os dois campos, o dos senhores e o dos labregos. Alpatytch leu tudo isso no olhar do bom homem; por isso é que o atacou, de cenho franzido.

— Escuta, Drone — disse-lhe, — não me venhas com pataratas. Sua Excelência o Príncipe André Nicolaitch deu-me ele próprio a ordem de fazer todos partirem e não deixar ninguém em contato com o inimigo: há uma ordem do tzar a esse respeito. E quem quer que fique, será um traidor. Entendes-me?

— Entendo — respondeu Drone, sem levantar os olhos.

Esta resposta não satisfez Alpatytch.

— Ah! Drone, isto vai acabar mal! — disse ele, abanando a cabeça.

— Como o senhor entender! — disse Drone tristemente.

— Basta, não te faças de sabido! — prosseguiu Alpatytch que, tirando a mão da abertura de seu cafetã, mostrou com um gesto grandiloquente o soalho sob os pés de Drone. — Não somente vejo claramente em ti, vejo ainda a três pés abaixo de ti.

Perturbado, Drone lançou um olhar furtivo a Alpatytch, mas baixou imediatamente os olhos.

— Põe de parte essas tolices e vai dizer-lhes que se preparem a partir amanhã para Moscou e que desde o amanhecer tragam carroças para levar as bagagens da princesa. E sobretudo não te mostres na assembleia. Entendes-me?

Drone deixou-se cair aos pés do administrador.

— Jacó Alpatytch, dispensa-me de minhas funções! Retoma as minhas chaves, em nome do céu!

— Basta! — disse severamente Alpatytch. — Vejo a três pés abaixo de ti — repetiu, porque sabia que sua habilidade em cuidar de abelhas, sua competência em matéria de sementeiras, o fato de haver sabido durante vinte anos e mais comprazer ao velho príncipe, lhe haviam desde muito granjeado o renome de feiticeiro, e que atribuía-se aos feiticeiros o dom de ver a três pés abaixo de um homem.

Drone levantou-se e quis falar, mas Alpatytch cortou-lhe a palavra.

— Que é que passou pela cabeça de vocês, hem?... Vejamos, que têm vocês?

— Mas que posso eu fazer com essa gente? Estão todos de cabeça revirada... Debalde lhes disse...

— Lhes disse! lhes disse!... Estão bêbados, é isso?

— Perderam a cabeça, Jacó Alpatytch. É o segundo tonel que começam a beber.

— Então, escuta. Vou avisar o chefe de polícia e tu vais dizer-lhes que deixem dessas histórias e que forneçam as carroças.

— Às vossas ordens.

Jacó Alpatytch não insistiu mais. Sabia por experiência que o melhor meio de se fazer obedecer pelas pessoas consistia em nunca pôr a obediência delas em dúvida. Tendo pois obtido de Drone um dócil: "Às vossas ordens", contentou-se com isso, se bem que intimamente persuadido de que as carroças jamais seriam fornecidas sem o auxílio da força armada.

Com efeito, anoiteceu, mas nada de carroças. Nova assembleia se reunira diante da taberna; decidira-se ali afugentar os cavalos para os bosques e não fornecer nada. Sem nada dizer à princesa, Alpatytch mandou descarregar suas próprias bagagens das carroças chegadas de Montes Calvos e ordenou que atrelassem no dia seguinte os cavalos assim livres às carruagens de sua senhora. Depois foi em busca das autoridades.

10. Depois das exéquias de seu pai, encerrou-se Maria no seu quarto e não quis receber ninguém. Uma criada foi bater à sua porta e lhe disse que Alpatytch pedia instruções para a partida. Isto se passava antes da conversa com Drone. A princesa levantou-se do canapé onde estava estendida e, através da porta fechada, respondeu que não tinha absolutamente a intenção de partir e pediu que a deixassem em paz.

As janelas de seu quarto davam para o poente. Estendida sobre o canapé, de rosto voltado para a parede, manejava entre os seus dedos os botões duma almofada de couro; só via aquela almofada e seus pensamentos confusos concentravam-se em torno de um único assunto: pensava no caráter irrevogável da morte e na sua própria baixeza moral, que ignorava até então, e que se revelara durante a doença de seu pai. Vontade de rezar não lhe faltava; mas, no estado de espírito em que se achava, não ousava voltar-se para Deus. E durante muito tempo, permaneceu assim prostrada.

O sol se deitava do outro lado da casa, e seus raios oblíquos, pela janela aberta, iluminaram o quarto e uma parte da almofada de marroquim sobre a qual Maria tinha os olhos fixos. O curso de seus pensamentos foi bruscamente interrompido. Endireitou-se, num gesto maquinal, arranjou seus cabelos e aproximou-se da janela, aspirando, malgrado seu, a fresca brisa daquele belo anoitecer.

"Sim, agora tu podes admirar em paz a beleza da noite. Ele não existe mais e ninguém doravante virá incomodar-te", disse a si mesma, deixando-se cair sobre uma cadeira e pousando a cabeça sobre o peitoril da janela.

Uma voz terna e doce chamou-a no jardim e sentiu que lhe beijavam a cabeça. Voltou-se. A Senhorita Bourienne, em traje de luto, guarnecido de crepe, aproximara-se de mansinho; beijou, suspirando, Maria e desatou a chorar. Maria se lembrou logo de suas dissenções e quanto ciúme tivera daquela francesa; mas se lembrou também de que, nos últimos tempos, o príncipe havia mudado a seu respeito, que não queria mais vê-la e concluiu que as suspeitas que nutrira no íntimo de seu coração eram injustas. "E depois — disse a si mesma — posso eu, que desejei a morte de meu pai, julgar meu próximo?"

Traçou para si mesma vivamente a situação da Senhorita Bourienne, obrigada a viver em casa alheia e na dependência de uma pessoa que, desde certo tempo, a mantinha de parte. Maria apiedou-se daquela mulher. Olhou-a com uma simpatia inquieta e estendeu-lhe a mão. A Senhorita Bourienne beijou-a e, através de suas lágrimas, falou-lhe da desgraça que a havia atingido e de que ela partilhava. Disse que não acharia consolo para seu próprio pesar, senão na simpatia da princesa, que todos os antigos mal-entendidos deveriam desaparecer diante daquela grande dor; que, no que a ela se referia, tinha a consciência pura, e que "ele", lá do alto, via seu afeto e sua gratidão. A Princesa Maria escutava-a, sem compreender o sentido de suas palavras, erguia, vez por outra, os olhos para ela e deixava-se dominar pelo som de sua voz.

— Vossa situação é duplamente terrível, querida princesa — prosseguiu a Senhorita Bourienne, após alguns instantes de silêncio. — Compreendo que não tenhais podido e não possais ainda pensar em vós mesma; mas o afeto que vos dedico me obriga a fazer por vós... Alpatytch veio ver-vos? Falou-vos da partida?

Maria não respondeu nada. Não compreendia de que partida se tratava. "Posso eu agora empreender o que quer que seja? Posso mesmo pensar em alguma coisa? Não me é indiferente o mundo inteiro?" Não respondeu nada.

— Sabeis, querida Maria — insistiu a Senhorita Bourienne, — sabeis que estamos em perigo? Estamos cercadas pelos franceses; é até mesmo perigoso partir presentemente. Se partirmos, arriscamo-nos a ser feitas prisioneiras, e só Deus sabe...

Maria olhava sua companheira sem compreender o que ela queria dizer.

— Ah! se se pudesse saber quanto tudo se me tornou indiferente! — proferiu ela enfim. — Bem-entendido, preferiria não me afastar "dele"... Alpatytch disse-me alguma coisa dessa partida... Entenda-se com ele; quanto a mim, não quero, nem posso nada...

— Falei-lhe. Espera que possamos partir amanhã; mas creio que seria preferível ficar aqui. Deveis concordar, querida Maria, que seria terrível cair em viagem nas mãos dos soldados ou dos camponeses revoltados.

A Senhorita Bourienne tirou de sua retícula uma proclamação, cujo papel diferia do dos documentos russos; emanava do General Rameau e convidava os habitantes a não abandonarem suas casas; as autoridades francesas lhes concederiam a proteção que lhes era devida.

— Melhor seria, creio, dirigir-vos a esse general — disse a Senhorita Bourienne, entregando o papel à princesa. — Estou persuadida de que nos tratará com todas as atenções possíveis.

Maria leu a proclamação; suas feições se crisparam.

— Quem lhe entregou isso? — perguntou ela.

— Souberam, sem dúvida, que eu era francesa, por causa de meu nome — respondeu, corando, a Senhorita Bourienne.

Tendo ficado lívida, Maria se levantou e, com o papel na mão, dirigiu-se ao antigo gabinete do Príncipe André.

— Duniacha, mande-me aqui Alpatytch, Drone, não importa quem! — ordenou ela. — E diga a Amelia Karlovna que me deixe só — acrescentou, ouvindo a voz da Senhorita Bourienne. "Partir! Partir o mais depressa possível!", decidiu ela, aterrorizada à ideia de que poderia cair em mãos dos franceses.

"Se André soubesse que ela estava em poder deles! Se soubesse que ela, a filha do Príncipe Nicolau Andreievitch Bolkonski, implorara a proteção do senhor General Rameau e se aproveitara de seus bons ofícios!" Esse pensamento fazia-a corar, fremir, ferver de cólera e de altivez. Imaginava tudo quanto haveria de penoso, de humilhante sobretudo, em semelhante situação. "Esses franceses vão-se instalar aqui; o senhor General Rameau ocupará o gabinete de meu irmão, distrair-se-á lendo suas cartas e seus papéis. *A Senhorita Bourienne lhes fará as honras de Bogutcharovo.* Deixar-me-ão por caridade um quartinho. Os soldados profanarão o túmulo ainda fresco de meu pai, afim de lhe tirarem suas cruzes e suas condecorações; contar-me-ão suas vitórias sobre os russos, testemunhar-me-ão uma simpatia hipócrita..." Na verdade, esses pensamentos exprimiam, não os sentimentos pessoais da Princesa Maria, mas os de seu pai e de seu irmão que, vistas as circunstâncias, acreditava-se ela obrigada a adotar. Pouco lhe importava o lugar em que ficaria e o que poderia acontecer, mas sentia-se a representante de seu pai defunto e de seu irmão ausente. Malgrado seu, sentia e pensava como eles. Julgava de seu dever dizer e fazer o que eles teriam dito e feito. Encerrada no gabinete do Príncipe André, esforçava-se por encarar a situação, pensando como ele.

As exigências da vida cotidiana, que acreditava desaparecidas desde a morte de seu pai, se lhe haviam de súbito imposto com mais força do que nunca e tomavam conta dela inteira.

Perturbada, rubra, ia e vinha no quarto, mandando chamar ora Alpatytch, ora Miguel Ivanovitch, ora Tikhone, ora Drone. Nem Duniacha, nem a ama, nem nenhuma das criadas, nada puderam dizer-lhe de preciso a respeito das asserções da Senhorita Bourienne. Alpatytch estava ausente, à procura das autoridades. O arquiteto Miguel Ivanovitch, que se apresentou a ela, com olhos inchados de sono, nada pôde dizer-lhe. Com o mesmo sorriso aprovador que lhe permitira durante quinze anos responder, sem exprimir sua opinião, nas suas conversas com o príncipe, respondeu às perguntas da princesa com algumas palavras das quais nada se podia concluir de preciso. Interrogado por sua vez, o velho criado de quarto Tikhone, cujo rosto desfeito trazia as marcas duma dor incurável, só respondeu com o seu eterno: "Às vossas ordens"; e toda vez que levantava os olhos para Maria, mal podia conter seus soluços.

Enfim chegou o estarosta Drone; depois de ter saudado com três profundas vênias sua senhora, imobilizou-se de encontro ao lintel da porta.

Maria atravessou a peça e parou diante dele.

— Meu bom Drone — disse-lhe ela, acreditando-se certa de encontrar nele um amigo, nesse mesmo Drone que, por ocasião de sua viagem anual à feira de Viazma, lhe trazia, com um sorriso, pães de centeio e mel da qualidade de que ela gostava, — meu bom Drone, estás vendo? depois de nossa desgraça...

Parou de repente, não tendo forças para prosseguir.

— Estamos todos nas mãos de Deus — respondeu ele, suspirando.

Fez-se silêncio.

— Meu bom Drone — pôde enfim Maria dizer, — Alpatytch partiu, não tenho ninguém a quem me dirigir; acham que não posso partir; é exato?

— E por que não poderia partir, Excelência?

— Garantem-me que essa partida apresenta perigos por causa da proximidade do inimigo. Meu bom amigo, nada posso, nada compreendo, não tenho ninguém que me aconselhe. Quero, custe o que custar, partir esta noite ou amanhã de manhã, ao mais tardar.

Drone não dizia uma palavra. Lançava à sua senhora olhares de esguelha.

— Não há cavalos — disse por fim, — já disse isto a Jacó Alpatytch.

— E por que não há?

— O castigo de Deus pesa sobre nós. Dos cavalos que havia, uns foram tomados pelas tropas, os outros rebentaram. Que ano de desgraças! Os animais, ainda vá, mas quando as próprias pessoas não têm mais o que comer... Há quem, há três dias, não tenha posto nada na boca... Estamos arruinados, vede, completamente arruinados!

Maria o escutava atentamente.

— Os camponeses estão arruinados? Não têm mais trigo? — perguntou ela.

— Morrem de fome... Como quereis que forneçam carroças...

— E por que não disseste nada, meu bom Drone? Não se pode levar-lhes socorro? Farei todo o possível.

Naqueles instantes, em que um tão profundo pesar a consumia, achava a Princesa Maria estranho que pudessem existir ricos e pobres e que os ricos não pensassem em socorrer os pobres. Tinha ouvido vagamente falar dum trigo reservado ao senhor e que era distribuído por vezes aos camponeses. Sabia que nem seu pai, nem seu irmão, teriam recusado ir-lhes em auxílio; temia somente não exprimir claramente sua vontade. Sentia-se feliz por poder, sob um pretexto honroso, recalcar por algum tempo a sua dor. Pediu pois a Drone pormenores a respeito das necessidades dos camponeses e as reservas de Bogutcharovo.

— Mas devemos ter trigo... o de meu irmão?

— O trigo do amo está intacto — respondeu Drone com orgulho. — Nosso príncipe não quis que o vendessem.

—Distribui-o com os camponeses; dá-lhes tudo de quanto necessitem. Autorizo-te a fazê-lo, em nome de meu irmão.

Como toda resposta, lançou Drone um profundo suspiro.

— Dá-lhes esse trigo, se houver o bastante para eles. Dá-lhes tudo, ordeno-te em nome de meu irmão. Dize-lhes que o que é nosso, é também deles, que nada pouparemos para ajudá-los. Não te esqueças de dizer-lhes isto.

Drone mantinha os olhos fixos na princesa, enquanto ela falava.

— Dispensa-me de minhas funções, princesa, em nome do céu, ordena-me que entregue minhas chaves — disse ele. — Servi durante vinte e três anos sem nunca fazer nada de mau; dispensa-me de minhas funções, em nome do céu.

Não compreendendo nada daquele pedido, respondeu-lhe Maria que jamais duvidara de seu devotamento e que faria o impossível por ele e pelos camponeses.

11. Uma hora mais tarde, Duniacha veio dizer à princesa que Drone voltara e que todos os camponeses, reunidos segundo sua ordem perto da granja, desejavam falar-lhe.

— Mas eu nunca os convoquei — disse Maria. — Disse somente a Drone que lhes desse trigo.

— Então, minha boa princesa — disse Duniacha, — dê ordem de mandá-los embora e sobretudo, em nome do céu, não vá ter com eles. Tudo isso não passa de trapaça. Quando Jacó Alpatytch voltar, partiremos... Mas não se dê ao trabalho...

— De que trapaça falas tu? — perguntou Maria, com espanto.

— Sei o que digo... Siga meus conselhos, em nome do céu. Pergunte antes à ama. Recusam-se a partir, como a senhora deu ordem.

— Deves estar enganada. Nunca lhes dei ordem de partir... Manda Drone cá.

Drone confirmou as palavras de Duniacha: os camponeses vinham ter com a princesa, atendendo à ordem desta.

— Mas vejamos, não os convoquei, absolutamente — disse Maria. — Deves ter cometido algum erro. Disse-te simplesmente que distribuísses trigo a eles.

Drone lançou um suspiro.

— Eles irão embora se lhes derdes ordem — disse ele.

— Não, não, vou ter com eles.

Malgrado as súplicas de Duniacha e da ama, passou para o patamar. As duas mulheres acompanharam-na até ali, bem como Drone e Miguel Ivanovitch.

"Sem dúvida imaginam eles que lhes cedo esse trigo sob condição de que fiquem aqui, abandonando-os assim ao bel-prazer dos franceses — dizia ela a si mesma. — Vou prometer-lhes uma ração mensal e um refúgio no nosso domínio dos arredores de Moscou. Estou certa de que André faria mais ainda, se estivesse em meu lugar".

Caía a noite, quando ela chegou ao pasto, perto da granja, onde a esperavam os camponeses. Houve certa agitação na multidão que se comprimia e bruscamente as cabeças se descobriram. Maria, de olhos baixos, embaraçando os pés na saia, aproximou-se bem perto deles. Tantos olhares, tantos rostos jovens e velhos atentavam nela, que não podia distinguir nenhum; e constrangida por se dirigir a todos duma vez, não sabia como haveria de fazer. Mas, de novo a consciência de ser a representante de seu pai e de seu irmão lhe deu energia e se pôs a falar corajosamente, embora seu coração batesse com violência.

— Sinto-me contente por vocês terem vindo — disse ela, sem levantar os olhos. — Drone me comunicou que a guerra os havia arruinado. Essa desgraça atinge a todos nós e nada pouparei para ajudá-los... Devo partir porque o inimigo está próximo e... correria perigo ficando aqui... Mas eu dou tudo a vocês, meus amigos, peço-lhes que fiquem com todo o nosso trigo, a fim de que nada lhes falte... Se lhes disseram que lhes faço esse dom para que fiquem aqui, é falso. Bem pelo contrário, peço-lhes que partam com tudo quanto lhes pertence e se instalem no nosso domínio perto de Moscou, onde lhes prometo alojamento e comida.

Maria parou. A multidão só lhe respondia com suspiros.

— Não é somente em meu nome que tomo este compromisso — prosseguiu ela. — Ajo em nome de meu falecido pai, que foi para vocês um bom amo, em nome de meu irmão e de seu filho.

Parou ainda uma vez. Ninguém rompeu o silêncio.

— Nossa desgraça é comum a todos e partilharemos tudo pela metade. Tudo quanto me pertence, pertence a vocês — continuou ela, esquadrinhando com o olhar todos aqueles rostos.

Todos os olhos estavam fixos nela e a expressão de todos era idêntica. Mas que significativa realmente aquela expressão: curiosidade, devotamento, gratidão, ou, pelo contrário, medo e desconfiança? Não pôde adivinhá-lo.

— Nós vos agradecemos vossa bondade — disse uma voz lá atrás, — mas não podemos ficar com o trigo do senhor.

— E por que não?

Não houve resposta e Maria notou que agora todos os olhos que encontravam o seu olhar se furtavam imediatamente.

— E por que não o querem? — insistiu ela. Não responderam ainda.

Maria sentiu-se mal à vontade; tentou deter um daqueles olhares.

— Por que não dizem nada? — perguntou a um velho, que se achava justamente diante dela, apoiado num bastão e cujo olhar conseguiu captar. — Vejamos, fala. Se vocês necessitam de outra coisa, farei quanto for preciso.

Mas o velho, como se a coisa o aborrecesse, baixou ainda mais a cabeça e declarou:

— Por que haveríamos de aceitar? Não temos necessidade de trigo.

— E por que deveríamos abandonar tudo?... Não consentimos nisso... Não consentimos nisso... Não damos nosso consentimento... Nós te lamentamos, mas não consentimos nisso... Parte sozinha — disseram várias vozes na multidão.

E de novo todos os rostos tomaram a mesma expressão; mas desta vez lia-se neles nitidamente, não curiosidade ou reconhecimento, mas antes uma intratável resolução.

— Vocês sem dúvida me compreenderam mal — disse Maria, com um triste sorriso. — Por que se recusam a partir? Prometo alojá-los, alimentá-los. Enquanto que aqui o inimigo os arruinará...

Mas as vozes da multidão abafaram a sua.

— Tanto pior. Que ele nos arruíne! Não queremos o teu trigo, não damos nosso consentimento.

Maria tentou ainda captar um olhar naquela multidão, mas nenhum estava fixo nela; todos os olhos a evitavam. Seu mal-estar aumentou.

— Bonita coisa que ela nos propõe! Partir desse jeito com ela, deixar nossas casas arruinadas, pôr a corda em nosso pescoço! Mas como não? darei meu trigo a vocês! — dizia-se na multidão.

De cabeça baixa, Maria voltou para casa. Depois de ter repetido a Drone que precisava de cavalos para a manhã seguinte, retirou-se para seu quarto e ficou sozinha com seus pensamentos.

12. Muito tempo, naquela noite, ficou Maria à sua janela aberta, indiferente ao rumor de vozes que subia da aldeia: que lhe importavam aquelas pessoas que não poderia jamais compreender? Não pensava mais senão no seu pesar que, após aquela diversão causada pelas preocupações do presente, entrava já no passado. Podia agora recordar, chorar e rezar. Com o pôr-do-sol, o vento amainou; a noite estava calma e fresca. Perto da meia-noite as vozes se calaram pouco a pouco; um galo cantou; a lua cheia apareceu acima das tílias; o orvalho estendeu seus vapores brancacentos; o silêncio pairou sobre a aldeia e sobre a casa.

As imagens dum passado bem próximo: a doença, os últimos instantes de seu pai, apresentavam-se a ela, uma após outra. Detinha-se nelas com um deleite melancólico, só repelindo com horror uma, a da morte, que sentia não ter a força de evocar naquela hora serena e misteriosa da noite. Aquelas diversas cenas lhe apareciam com tal nitidez e com tais minúcias que ora lhe pareciam pertencer à realidade, ora ao passado, ora ao futuro.

Revia aquele minuto em que seu pai fora golpeado de apoplexia no parque de Montes Calvos: traziam-no, arrastando-o seguro pelos braços, resmoneava ele qualquer coisa com sua língua impotente, franzia seus supercílios brancos e olhava-a com olhar inquieto e tímido.

"Queria desde então dizer-me o que me disse no dia de sua morte. Tal foi sempre o fundo de seu pensamento", pensava ela. E de repente se lembrou, em seus mínimos pormenores, da noite que havia precedido o ataque quando, prevendo uma desgraça, recusara-se ela a deixá-lo só. Não podendo dormir, descera, em ponta de pés e, chegada à porta do jardim de inverno, onde seu pai passava aquela noite, ouvira-o entreter-se com Tikhone, em voz baixa e partida, acerca da Crimeia, das noites quentes, da imperatriz. Tinha evidentemente necessidade de falar. "E por que não me chamou?", dissera então Maria a si mesma e repetia isso ainda agora. "Por que não me permitiu que substituísse Tikhone junto a si? Ah! não dirá mais nunca a ninguém o que se passava então em seu coração. Nunca mais voltará, nem para ele, nem para mim, aquele minuto em que teria dito o que queria dizer e em que estaria eu lá, em lugar de Tikhone, para ouvi-lo e compreendê-lo. Ah! por que não entrei então! Ter-me-ia sem dúvida falado como me falou em seu leito de morte. Lembro- me de que, conversando com Tikhone, perguntou por mim duas vezes. Tinha vontade de ver-me e eu estava ali, atrás da porta. Sofria por ser ouvido apenas por Tikhone, que não podia compreendê-lo. Falava-lhe de Lisa, como se ela vivesse ainda, porque se esquecera de que estava morta; Tikhone lembrou-lhe que ela morrera e ele o chamou de imbecil. Sofria. Ouvi, através da porta, quanto gemeu ao deitar-se em seu leito e como exclamou: "Meu Deus!" Por que não entrei então? Que me teria ele então feito? Que arriscava eu? Talvez minha visita lhe tivesse levado alívio, talvez me tivesse dito aquelas palavras". E Maria pronunciou em voz alta aquelas palavras acariciadoras que ele lhe dissera no dia de sua morte: "Minha alma querida", repetiu ela, derramando lágrimas acalmantes. Revia agora diante de si o rosto de seu pai; não aquele rosto distante que sempre lhe conhecera, mas aquele rosto tímido e fraco que, pela primeira vez, quando se inclinara para seus lábios, a fim de melhor escutá-lo, contemplara de perto, com todas as suas rugas e nos seus mínimos pormenores.

"Minha alma querida"... repetiu ela.

"Que pensava ele, quando me disse isso? Em que pensa agora"? — perguntou a si mesma de repente e, como em resposta a essa pergunta, reviu a expressão que tinha ele no seu esquife com a faixa branca sob o queixo. E aquele terror, que dela se apoderara, quando o tocara e se convencera de que não somente não era mais ele, mas algo de misterioso e de repelente, aquele mesmo terror se apoderou dela neste instante. Teria querido pensar em outra coisa, rezar, mas não o conseguia. De olhos bem-abertos, contemplava a luz da lua e as sombras, esperando a cada instante ver aparecer a figura do morto, e sentia-se como que paralisada pelo grande silêncio que pairava na casa e nos arredores.

— Duniacha! — murmurou ela. — Duniacha! — gritou, com uma voz esquisita e, arrancando-se ao silêncio, precipitou-se para o quarto das criadas donde a ama e as outras mulheres acorriam a seu apelo.

13

13. A 17 de agosto, Rostov e Ilin, acompanhados dum ordenança e de Lavruchka, já de volta de seu curto cativeiro, partiram a passeio de seu acampamento de Iankovo, a quatro léguas de Bogutcharovo; queriam experimentar novo cavalo comprado por Ilin e ver se havia feno nas aldeias vizinhas.

Havia três dias, encontrava-se ainda Bogutcharovo entre os dois exércitos inimigos e podia ser, dum momento para outro, ocupado tanto pela retaguarda dos russos como pela vanguarda dos franceses. Assim queria Rostov, como chefe de esquadrão previdente, apoderar-se, antes do inimigo, dos víveres que ali ainda podiam restar.

Os dois rapazes encontravam-se, naquele dia, nas melhores disposições de humor. Encaminhando-se para Bogutcharovo, aquele domínio principesco onde esperavam encontrar numerosa domesticidade e, em meio dela, várias moças bonitas, divertiam-se interrogando Lavruchka a respeito de Napoleão, ou punham à prova, apostando carreira, o cavalo de Ilin.

Não imaginava Rostov que o domínio para onde se dirigiam pertencesse precisamente àquele Bolkonski que fora o noivo de sua irmã.

Ilin e ele lançavam pela última vez suas montarias a galope antes de Bogutcharovo e Rostov, distanciando-se de seu amigo, foi o primeiro a entrar galopando na rua da aldeia.

— Tu me passaste na frente — disse-lhe Ilin, que se havia tornado escarlate.

— Sempre sou o primeiro e em todos os terrenos — respondeu Rostov, acariciando com a mão seu corcel do Don, branco de espuma.

— Sabeis, Excelência — disse Lavruchka atrás, — que eu vos teria alcançado, aqui na minha francesa? — Chamava assim a pileca de tiro que montava. — Mas não quis envergonhar-vos.

Aproximaram-se a passo dum telheiro onde estacionavam numerosos campônios. Alguns se descobriram, outros limitaram-se a mirar os recém-vindos. Dois velhos grandes, de rostos enrugados e barbas ralas, saíram da taberna e sorrindo, titubeando, cantarolando de maneira discordante, aproximaram-se dos oficiais.

— Que camaradas! — disse Rostov, rindo. — Digam-me, têm feno?

— Que par que eles formam... — observou Ilin.

— Prazer em en... con... trar... — entoou um dos velhos, com um sorriso de beata satisfação.

Alguém, dentre a multidão, adiantou-se para Rostov.

— Quem sois? — perguntou.

— Franceses — respondeu Ilin, muito divertido. — Temos mesmo aqui Napoleão em pessoa — acrescentou, apontando para Lavruchka.

— Com que então, sois russos? — replicou o camponês.

— Tendes muitos outros convosco? — indagou outro, um baixinho, aproximando-se por sua vez.

— Muitos, muitos — respondeu Rostov. — E que fazem vocês todos aqui? Será por acaso dia de festa?

— Nossos velhos se reuniram para tratar de nossos negócios — respondeu o homem, afastando-se.

No mesmo instante, duas mulheres e um homem de chapéu branco apareceram no caminho que conduzia à casa senhorial. Dirigiam-se para os oficiais.

— Reservo para mim o vestido cor-de-rosa; ai de quem mo arrebatar! — disse Ilin, designando Duniacha que se aproximava dele a passos decididos.

— Haveremos de tê-lo! — disse Lavruchka, com um piscar de olhos brejeiro.

— De que precisas, minha bela? — perguntou Ilin, sorridente.

— A princesa manda perguntar a qual regimento pertenceis e qual é vosso nome?

— O senhor aqui é o chefe de esquadrão, Conde Rostov; quanto a mim, sou um seu humilde criado.

— Prazer em en... con... trar — cantarolou o bêbado de sorriso feliz, contemplando aquela cena.

Em seguida a Duniacha, chegou Alpatytch, que de longe se havia descoberto respeitosamente.

— Perdoe-me se ouso incomodar Vossa Nobreza — disse ele, com uma deferência em que se percebia certo desdém pela juventude de Rostov e conservando sua mão na algibeira. — Minha ama, a filha do general-em-chefe, Príncipe Nicolau Andreievitch Bolkonski, falecido a 15 deste mês, encontra-se em penosa situação, em consequência da grosseria dessa gente aí. — Indicou com um gesto os camponeses. — Ela vos pede que venhais vê-la... Quereis afastar-vos um pouco? Não podemos explicar-nos bem na presença deles... — Designou com um sorriso rabugento os dois bêbados que, um pouco para trás, rodavam em torno dele como os moscardos em torno dos cavalos.

— Hei! Alpatytch!... Jacó Alpatytch!... Tu taramelas bem... Desculpa-nos, em nome do Cristo — diziam os dois sujeitos, dirigindo-lhe seus mais belos sorrisos.

Diante desse espetáculo, não pôde também Rostov deixar de sorrir.

— A menos que isso divirta Vossa Excelência — proferiu Jacó Alpatytch, com seu tom mais digno.

— Não, não há nada de divertido nisso — disse Rostov. — Vejamos, de que se trata? — perguntou, depois de haver-se afastado.

— Devo prevenir Vossa Excelência de que esses vilões não querem deixar que minha ama abandone o domínio e ameaçam desatrelar os cavalos, tanto que, desde manhã está tudo embalado e a princesa não pode partir.

— Não é possível! — exclamou Rostov.

— Tenho a honra de dizer-vos a pura verdade.

Rostov apeou-se, confiou seu cavalo ao ordenança e dirigiu-se para a casa em companhia de Alpatytch, que lhe expôs os pormenores do caso. A proposta feita aos camponeses de distribuir-lhes o trigo, a explicação da princesa com Drone e os delegados da comuna, tinham de tal modo atrapalhado as coisas que o estarosta entregara definitivamente suas chaves para se juntar a seus subordinados e não se apresentara quando convocado por Alpatytch. Quando, de manhã cedo, a princesa dera ordem de atrelar para a partida, os camponeses se haviam reunido em grande número junto da granja e mandado dizer que, em vez de deixá-la partir desatrelariam os cavalos. Como Alpatytch tivesse querido convencê-los, responderam-lhe — pela boca de "seu" Carp, pois Drone não cuidou de mostrar-se — que, partindo, a princesa estaria desobedecendo às ordens das autoridades; seu dever era ficar com eles; servi-la-iam como antes e lhe obedeceriam em tudo. No momento em que Rostov e Ilin chegavam a galope pela grande estrada, a princesa, surda às objurgações de Alpatytch, da ama e das criadas, dispunha-se a partir, custasse o que custasse; mas avistando de longe os cavaleiros que tomavam por franceses, os cocheiros fugiram e as mulheres enchiam agora a casa com suas lamentações.

— Salva-nos, querido senhor, é o bom Deus que te envia! — exclamaram vozes suplicantes, enquanto Rostov atravessava o vestíbulo.

Desamparada, já sem forças, a Princesa Maria achava-se no salão, quando introduziram Rostov. Sua extrema inquietação não lhe permitiu logo de início compreender quem era aquele homem e o que fazia ali. Mas quando, pelos modos do jovem oficial e às primeiras palavras que pronunciou, reconheceu nele um russo e um homem do seu mundo, pousou sobre ele seu olhar profundo e luminoso e respondeu-lhe com voz entrecortada e trêmula de emoção. Bem-entendido, Rostov viu imediatamente o lado romanesco da aventura. "Essa moça sem defesa, prostrada de dor, à mercê de labregos revoltados! Que estranho capricho da sorte me trouxe justamente a estes lugares! E que doçura, que nobreza nas suas feições e na expressão do seu rosto!", pensava ele, contemplando Maria e ouvindo aquela narrativa feita em voz tímida.

Quando ela veio a dizer que tudo isso acontecera no dia seguinte ao enterro de seu pai, sua voz tremeu mais ainda. Voltou a cabeça, depois, temendo que Rostov imaginasse que ela queria enternecê-lo a respeito de sua sorte, lançou uma olhadela interrogativa e receosa para o rosto do rapaz. Estava ele com lágrimas nos olhos. A Princesa Maria notou isso e agradeceu-lho com aquele olhar luminoso que fazia esquecer a feiúra de suas feições.

— Não posso dizer, princesa, quanto sou feliz em me encontrar aqui por acaso, de poder pôr-me à sua inteira disposição — declarou Rostov, levantando-se. — Parta; respondo, pela minha honra, que se me permitir escoltá-la, ninguém lhe causará o mínimo incômodo.

E, inclinando-se tão respeitosamente como se ela fosse uma princesa de sangue, dirigiu-se para a porta. Aquelas maneiras cerimoniosas queriam sem dúvida dizer que, malgrado seu vivo desejo de travar mais amplo conhecimento com ela, não queria aproveitar-se do infortúnio de Maria para continuar a conversa. A jovem compreendeu isso e apreciou aquela discrição.

— Sou-vos muito, muitíssimo grata — disse-lhe ela em francês. — Espero que haja em tudo isso apenas um mal-entendido e que não encontrareis culpado... Desculpai-me — acrescentou, sentindo as lágrimas subirem-lhe aos olhos.

Franzindo os supercílios, inclinou-se Rostov ainda uma vez e saiu.

14. — Sim, senhor! bonita ela é! a minha é encantadora, meu caro, e chama-se Duniacha... Mas uma-olhadela lançada a Rostov fez Ilin calar-se imediatamente. Adivinhou que seu chefe, que seu herói, não pensava em galanteios.

Rostov, com efeito, não lhe respondeu senão com um olhar colérico e dirigiu-se a passos largos para a aldeia.

— Eles vão ver, esses sacripantas vão me pagar! — resmungava consigo.

Estugando o passo, teve Alpatytch dificuldade em alcançá-lo.

— Que decisão tomastes, Excelência? — perguntou-lhe, quando o alcançou.

Rostov parou e, de punhos ameaçadores, avançou de repente para Alpatytch.

— Uma decisão! Que decisão? — gritou-lhe. — Onde tinhas tu os olhos, velho pateta? Os camponeses se revoltam e tu não sabes fazê-los cumprir seu dever! Não passas de um traidor, tu também! Ah! conheço bem vocês, arranco-lhes a pele a todos!...

Mas, como se temesse gastar em vão o furor que nele se acumulara, abandonou o administrador para retomar sua marcha precipitada. Impondo silêncio à sua dignidade ofendida, persistiu Alpatytch em seguir Rostov, a passo acelerado e expor-lhe suas ideias. A crer nelas, os camponeses mostravam-se completamente obstinados; seria imprudente enfrentá-los, sem o socorro da força armada; seria melhor primeiro requisitar a tropa.

— Tropa!... Enfrentá-los!... Vamos ver isso! disse Nicolau, respondendo não importa o que, tomado da necessidade de expandir a cólera absurda, animal, que o sufocava.

Sem refletir no que ia fazer, caminhou diretamente para a multidão, a passo resoluto. E quanto mais se aproximava, mais Alpatytch, dizia a si mesmo que aquele ato desarrazoado poderia bem levar ao arrependimento os labregos revoltados, sobre os quais, aliás, a marcha enérgica e o rosto contraído de Rostov pareciam produzir uma impressão da mesma espécie.

Mal os hussardos haviam penetrado na aldeia, mal havia Rostov ido ter com a princesa e já a desordem, o desacordo haviam ganho a multidão. Alguns emitiram a opinião de que os recém-chegados eram russos, que estariam talvez descontentes pelo fato de haver sido retida a princesa. Drone partilhava dessa maneira de ver; mas assim que abriu a boca, Carp e vários outros caíram ferozmente em cima do antigo estarosta.

— Pouco te importa, hem? — gritou-lhe Carp. — Não é de hoje que tu nos tosquias! Vais desenterrar teu pé-de-meia e boa noite, até loguinho. Pouco te importas de que arruínem nossos lares!

— O que está dito, está dito — gritou outra voz. — Que ninguém se mexa, que não se leve uma migalha! Nada de voltar atrás.

— Era a vez de teu filho ser soldado — dirigiu-se de repente um velhinho a Drone, — mas tiveste medo por esse bolão de teu filho e foi o meu filho que mandaste à craveira... Morreremos todos, pois seja, mas será bem preciso que tu também expies os teus pecados!

— Sim, decerto, será preciso!

— Não me separo da comunidade — declarou Drone.

— Conversa mole, sempre... E essa gorda pança, onde a ganhaste tão grande?...

Os dois velhos grandalhões e meio bêbedos tagarelavam por sua parte.

Assim que Rostov, acompanhado de Ilin, de Lavruchka e de Alpatytch, chegou perto do grupo, Carp, com os dedos no cinturão, um ligeiro sorriso nos lábios, adiantou-se. Drone, pelo contrário, foi ocultar-se nas últimas fileiras. A multidão, compacta, se comprimiu.

— Vamos ver! — gritou Rostov, crescendo contra ela. — Qual de vocês é o estarosta?

— O estarosta? E que quereis dele? — perguntou Carp.

Ainda não acabara e seu boné voava no ar e sua cabeça vacilava sob a violência do golpe.

— Bonés abaixo, seus traidores — berrou Rostov. — Onde está o estarosta? — repetiu com voz horrível.

— O estarosta! o estarosta!... Drone Zakharytch, é você que ele está chamando! — apressaram-se a dizer algumas vozes já submissas, enquanto que as cabeças se descobriam.

— Não é que nos estejamos revoltando — declarou Carp. — Fazemos questão apenas do cumprimento das medidas tomadas...

Algumas vozes da retaguarda vieram em auxílio ao mesmo tempo.

— Estamos cumprindo a decisão dos velhos... Autoridades como vós, há muitas...

— Hem!... Discutem?... Uma rebelião?!... Corja de bandidos! Bando de traidores — regougou Rostov, com uma voz que nada mais tinha de humano, agarrando Carp pela gola. — Amarrem-no, amarrem-no! — ordenou, se bem que, para amarrar Carp, só tivesse Lavruchka e Alpatytch.

Mesmo assim, Lavruchka atendeu e prendeu por trás as duas mãos do sujeito.

— Os camaradas estão no sopé da ladeira — disse apenas. — É preciso chamá-los?

Alpatytch intimou dois camponeses a ajudá-lo; saíram eles docilmente dentre a multidão e desafivelaram seus cinturões.

— Onde está o estarosta? — gritou de novo Rostov.

Drone, de rosto pálido, cenho contraído, saiu da multidão.

— És tu, o estarosta? Amarra-o, Lavruchka! — tornou a gritar Rostov, como se a execução dessa ordem não devesse encontrar obstáculo algum.

E, com efeito, dois outros camponeses se puseram a amarrar Drone que facilitou, aliás, o trabalho deles, desafivelando seu cinturão e entregando-o.

— E vocês todos, escutem-me bem — tornou Rostov, dirigindo-se aos camponeses. — Agora mesmo, em frente, marche! Que cada qual volte para sua casa e boca calada!

— Nada fizemos de mal... Agimos assim por tolice... Eu bem que disse que isso não nos levaria a coisa nenhuma disseram algumas vozes, acusando-se mutuamente.

— Eu os tinha prevenido — disse Alpatytch, retomando posse de sua autoridade. — Não está bem, rapazes!

— Que quer o senhor, Jacó Alpatytch, não somos malvados — responderam-lhe.

E a multidão logo se dispersou. Os dois bêbedos embargaram o passo dos prisioneiros, que levavam para o domínio.

— Meteste-te numa, hem? — disse um deles a Carp.

— Que te deu na cabeça para falares assim aos senhores? — ajudou o outro. — És um pateta, meu velho, um pateta chapado!

Duas horas mais tarde as carroças estacionavam no pátio os camponeses arrumavam nelas com diligência as bagagens de seus senhores, e Drone que, a pedido da Princesa Maria, tinham tirado do quarto-prisão onde o haviam encerrado, dava ordens aos camponeses.

— Coloca-me isso bem dizia um dos mujiques, um grandalhão de cara redonda e sorridente, recebendo um cofrezinho das mãos duma criada. — Um objeto como este, custa caro. Cuidado para não metê-lo não importa como, nem mesmo amarrá-lo com uma corda: isto o estragaria. Essas maneiras não me convêm. Gosto da ordem, eu, e das maneiras honestas... Isto, embala-me isso bem, como é preciso, no feno e cobre-o com uma esteira... Ah! assim vai bem.

— Quanto livro! — dizia outro, a ponto de esvaziar a biblioteca do Príncipe André. — Não me embaracem, hem!... Ah! como pesa, rapazes! Livros como estes são obras de primeira...

— Decerto — disse o grande mujique de cara redonda, lançando uma olhadela de entendido para os grandes dicionários — os que escreveram isso não eram homens de ficar girando os polegares.

* * *

Não querendo impor-se à princesa, não voltou Rostov a vê-la, mas ficou na aldeia até o momento da partida. Quando o comboio se moveu, montou a cavalo e acompanhou a Princesa Maria até a estrada que nossas tropas ocupavam, a umas três léguas de Bogutcharovo. Na hospedaria de Iankovo, despediu-se respeitosamente dela e permitiu-se pela primeira vez beijar-lhe a mão.

— Vós me confundis — disse ele, corando, a Maria que lhe agradecia o ter-lhe salvo a vida. — O primeiro gendarme que aparecesse teria feito o mesmo... Se não fizéssemos guerra senão aos camponeses, não teríamos deixado o inimigo avançar tanto — acrescentou para cortar o assunto, mas não sem embaraço. — Abençôo, aliás, esse incidente, já que me permitiu conhecer-vos. Adeus, princesa, desejo-vos toda a felicidade possível. Queira Deus que nos encontremos em circunstâncias menos tristes. Não, suplico-vos, se não me quereis fazer corar, não me agradeçais.

Mas a princesa, se não lhe agradecia mais com palavras, agradecia-lhe pela expressão de seu rosto, radiante de gratidão e de ternura. Recusava-se a crer que não lhe devesse agradecimentos. "Se ele não tivesse aparecido — dizia a si mesma — teria eu sido vítima dos camponeses revoltados e dos franceses; para me salvar, expôs-se a perigos evidentes e terríveis. Isto não tem dúvida. E depois é certamente uma bela alma: soube compartir de minha dor; seus olhos tão bondosos, tão francos, encheram-se de lágrimas no momento em que eu mesma chorava e em que lhe falava de meu pai morto". Essa recordação arraigara-se profundamente no coração da Princesa Maria.

Depois que lhe disse adeus e se encontrou sozinha, sentiu-se de repente prestes a chorar. Amá-lo-ei então?" perguntava a si mesma; e não era a primeira vez que essa esquisita ideia lhe vinha.

No correr da viagem, no entanto pouco alegre, para Moscou, Duniacha, que fazia companhia à sua senhora, notou mais de uma vez que a princesa, passando a cabeça pela portinhola, sorria com uma expressão ao mesmo tempo melancólica e feliz.

"E se deveras o amasse?" dizia a si mesma.

Qualquer que fosse a vergonha que sentisse ao reconhecer que era a primeira a amar um homem que, sem dúvida, não lhe retribuiria esse amor, consolava-se imaginando que ninguém jamais viria a saber de coisa alguma, que ela não cometeria nenhuma falta amando silenciosamente e até o fim de sua vida, seria aquele o seu primeiro e o seu único amor.

Por vezes, certos olhares, certas palavras, certas atenções de Rostov lhe voltavam à memória e a felicidade não lhe parecia então impossível. Era nesses momentos que Duniacha notava o sorriso que sua senhora mostrava, olhando pela portinhola.

"Estava escrito que ele viesse a Bogutcharovo e justamente naquele minuto! Estava escrito que sua irmã recusasse o Príncipe André!" dizia Maria a si mesma. E via em tudo isso o dedo da Providência.

Quanto a Rostov, levava agradabilíssima recordação da Princesa Maria. Quando seus camaradas, postos ao corrente de sua aventura em Bogutcharovo, lhe disseram rindo que, tendo partido a buscar feno, descobrira uma das mais ricas herdeiras da Rússia, levou a mal a brincadeira. E isto, precisamente, porque a ideia de um casamento com aquela suave e amável moça, de posse de uma grande fortuna, lhe viera mais de uma vez ao espírito. Pessoalmente, não podia desejar melhor esposa; essa união restabeleceria os negócios de seu pai, faria a felicidade de sua mãe e, sem dúvida também, a da própria Maria; sentia isso. Sim; mas Sônia? mas a palavra dada? Era este último ponto que provocava seu mau-humor, quando mexiam com ele a propósito da Princesa Bolkonski.

15

. Assim que assumiu o comando dos exércitos, Kutuzov se lembrou do Príncipe André e convocou-o ao quartel-general.

André chegou a Tsarevo-Zaimichtché no mesmo dia e no momento preciso em que Kutuzov fazia a sua primeira revista. Parou diante da casa do padre da aldeia, onde estacionava a carruagem do "Sereníssirno", como toda a gente chamava agora a Kutuzov, e sentou-se, para esperá-lo, no banco que havia ao lado do portal. Os sons duma música militar alternavam no campo com formidáveis vivas. A uma dúzia de passos de André, dois ordenanças, um plantão e um mordomo, descansavam, ao ar livre, na ausência de seu chefe. Um tenente-coronel de hussardos, moreninho, com bigodes e suíças, parou seu cavalo diante de Bolkonski e lhe perguntou se era ali mesmo o alojamento do Sereníssimo e se se podia vê-lo imediatamente.

Tendo-lhe André respondido que não pertencia ao estado-maior de Kutuzov e que, também ele, acabava de chegar, dirigiu-se o hussardo a um dos ordenanças:

— Alojamento de quem? Do Sereníssimo? — replicou o pelintra, com o tom desenvolto que afetam para com oficiais os ordenanças dos generais-em-chefe. — Sim, é possível que ele não demore. Que lhe quereis vós?

O tenente-coronel riu por trás de seus bigodes, apeou-se e, depois de ter confiado seu cavalo a seu plantão, aproximou-se, com uma leve saudação, de Bolkonski, que lhe deu lugar no banco.

— Esperais também o general-em-chefe? — perguntou-lhe, sentando-se. Dizem que ele recebe toda a gente. Felizmente. Com os papa-salsichas era bem diferente. Não foi sem motivo que Ermolov pediu para ser promovido a alemão. Esperemos que de agora em diante possam os russos dizer o que têm a dizer. Os outros só sabiam bater em retirada. Basta de recuos, com mil diabos!... Fizestes a campanha?

— Tive esse prazer — respondeu André, — não só de participar da retirada, mas ainda de perder nela, além de meus bens, o que tinha de mais caro... meu pai que morreu de desgosto. Sou da Província de Smolensk.

— Ah! sois o Príncipe Bolkonski? Encantado em conhecê-lo. Sou o Tenente-Coronel Denissov, mais conhecido pelo nome de Vaska, — disse o hussardo, apertando a mão de André e olhando-o com afetuoso interesse. — Com efeito, soube... Ei-la, pois, essa guerra de citas — continuou, após uns instantes de silêncio. — É muito bonita, se se quiser, mas não para aqueles que lhe pagam as custas!... Então, sois o Príncipe André Bolkonski? Encantado, príncipe, encantado em conhecê-lo — repetiu, abanando a cabeça, com um triste sorriso. E apertou-lhe de novo a mão.

O Príncipe André conhecia Denissov pelo que Natacha lhe havia contado desse seu primeiro pretendente. Essa recordação, ao mesmo tempo doce e penosa, despertou nele as impressões dolorosas que dormitavam sempre no fundo de seu coração, se bem que nelas não pensasse havia muito tempo. Sofrera ultimamente tantos outros abalos morais: o abandono de Smolensk, sua visita a Montes Calvos, a notícia, recentemente recebida, da morte de seu pai, que aquelas recordações se atenuavam ou pelo menos não o assaltavam mais com a mesma violência. Em compensação, o nome de Bolkonski fez surgir na memória de Denissov um passado longínquo e poético: reviu aquela noite em que, após o jantar e a canção de Natacha, fizera, sem saber como, uma declaração àquela mocinha de quinze anos. Mas, depois de ter concedido um sorriso àquele romance de outrora, regressou logo ao único objetivo de suas preocupações atuais. Enquanto protegia a retirada com seus hussardos, imaginara um plano de campanha, que já apresentara a Barclay de Tolly e contava agora submeter a Kutuzov. A linha de operações dos franceses lhe parecia demasiado extensa; era preciso, pois, em lugar de agir frontalmente e barrar-lhes o caminho, ou mesmo continuando essa tática, operar contra suas comunicações. Pôs-se a expor suas ideias ao Príncipe André.

— Não podem eles sustentar-se ao longo de toda essa linha. Posso garantir que conseguirei rompê-la. Dai-me quinhentos homens e, palavra de honra, rompo-a! A guerrilha, eis o bom sistema e o único!

Enquanto que, com bastantes gestos, Denissov, que se tinha levantado, desenvolvia seu famoso plano, aclamações mais discordantes, mais espaçadas e que se confundiam com a música e os cantos, chegavam do lugar da revista. E em breve um grande vozerio, misturado a um tropel de cavalos, encheu a aldeia.

— Ei-lo que chega! — gritou o cossaco de serviço à porta do pátio. — É ele!

Uma esquadra de soldados, a guarda de honra, estacionava agora no portal. Bolkonski e Denissov aproximaram-se e avistaram Kutuzov que avançava montado num cavalinho baio. Uma considerável comitiva de generais fazia-lhe cortejo. Barclay cavalgava quase a seu lado. Uma multidão de oficiais corria pelo flanco do grupo e, até por trás, gritando: “Viva!”

Tomando a dianteira, os ajudantes-de-campo penetraram no pátio. Kutuzov esporeava com impaciência seu cavalo que, vergando ao seu peso, marchava de passo travado; inclinando sem

cessar a cabeça, levava Kutuzov a mão a seu barrete branco, de cavaleiro da guarda (com uma orla vermelha e sem viseira). Quando chegou à altura da guarda de honra, composta de bravos granadeiros, na maior parte condecorados, que lhe apresentavam armas, demorou sobre eles, por bastante tempo, seu olhar incisivo de chefe, depois voltou-se para os oficiais que se comprimiam em torno dele. Seu rosto apresentou de repente uma expressão maliciosa e ergueu os ombros num gesto de espanto.

— E é com semelhantes rapazes que não cessamos de recuar! — disse ele. — Vamos, até logo, general — acrescentou e impeliu seu cavalo para o portal, passando diante do Príncipe André e de Denissov.

— Viva! viva! viva! — gritava-se atrás dele.

André achou Kutuzov ainda mais gordo, mais pesado, mais mole do que por ocasião de seu último encontro. Em compensação, seu olho branco, sua cicatriz, e aquele ar cansado, que conhecia bem, não haviam mudado. Por cima de sua túnica, trazia a tiracolo sua chibata, pendurada a uma correia fina. Pesadamente arriado e sacudido sobre a sela de seu forte cavalinho, assobiava entre dentes. Seu rosto refletia a satisfação de poder repousar após uma corveia protocolar. Retirou sua perna esquerda do estribo, fê-la passar por cima da sela com um movimento giratório de todo o corpo e com as sobrancelhas contraídas pelo esforço, apoiou-se no joelho e deixou-se cair, gemendo, entre os braços dos cossacos e dos ajudantes-de-campo que o sustentavam.

Endireitou-se, passeou em redor de si seus olhos piscantes, encarou o Príncipe André, sem reconhecê-lo e, com seu andar mergulhante, dirigiu-se para o patamar. Voltou a assobiar e lançou novo olhar ao Príncipe André. Como acontece muitas vezes aos velhos, foram-lhe precisos vários segundos para ligar um nome àquele rosto.

— Ah! bom dia, príncipe; bom dia, meu caro. Vamos... — disse penosamente; e com seu passo pesado, subiu os degraus do patamar que estalavam sob seu peso.

Desabotoou-se e sentou-se num banco, no alto do patamar.

— E então? E teu pai?

— Recebi ontem a notícia de sua morte — disse laconicamente André.

Kutuzov fitou-o de olhos espantados, depois tirou seu barrete e persignou-se.

— Deus tenha a sua alma! Que Sua vontade seja feita em todos nós! — Lançou um profundo suspiro e, depois de alguns instantes de silêncio, prosseguiu:

— Eu o amava e o estimava e compartilho, de todo o coração, de teu pesar.

Abriu seus braços ao Príncipe André, apertou-o contra seu gordo peito e o manteve assim por muito tempo. Quando por fim o largou, viu André que seus lábios grossos tremiam e que seus olhos estavam marejados de lágrimas. Depois de novo suspiro, apoiou-se com as duas mãos no banco para se levantar.

— Entra — disse, — conversaremos...

Mas nesse momento, Denissov, que tão pouco se intimidava diante de seus chefes quanto diante do inimigo, afastou os ajudantes-de-campo que tentavam, em voz baixa e colérica, detê-lo no sopé do patamar, e galgou os degraus fazendo tilintar suas esporas. Kutuzov, de mãos sempre apoiadas no banco, olhou-o com ar descontente. Denissov declarou seu nome e que desejava fazer a Sua Alteza uma comunicação da mais alta importância para a salvação da pátria. Mirando-o sempre com seus olhos cansados, Kutuzov cruzou as mãos sobre o ventre, com um gesto resignado e repetiu: "Para a salvação da pátria? Vejamos, de que se trata. Fala." Denissov corou como uma mocinha (era estranho ver corar aquela velha cara de beberrão bigodudo), depois expôs atrevidamente seu plano de rutura das comunicações inimigas, entre Smolensk e Viazma região que conhecia muito bem, por ter nela habitado. Esse plano parecia excelente, a julgar, pelo menos, pela força de convicção que punha ele em suas palavras. Kutuzov mantinha agora o olhar fixo em seus pés e de tempos em tempos mudava-o para o pátio da isbá vizinha, como se esperasse ver sair dela algo de desagradável. Com efeito, bem em meio da exposição de Denissov, um general saiu da isbá com uma pasta debaixo do braço.

— Como! — exclamou Kutuzov. — Já estais pronto?

— Sim, Alteza — disse o general.

Kutuzov abanou a cabeça, como para dizer: "Como pôde um homem só fazer tudo isso?", depois prestou de novo atenção à exposição de Denissov.

— Destruirei as comunicações de Napoleão — concluiu este. — Dou minha palavra de honra de oficial russo.

— Cirilo Andreievitch Denissov, o intendente-geral é teu parente? — perguntou Kutuzov.

— É meu tio, Alteza.

— Ah! éramos amigos — continuou alegremente o generalíssimo. — Pois bem, meu caro, fica aqui no estado-maior; tornaremos a falar de tudo isso amanhã.

Despediu-o com um gesto de cabeça e estendeu a mão para os papéis que lhe trazia Konovnitsyn, o general-de-serviço.

— Gostaria Vossa Alteza de entrar? — disse este num tom descontente. — Há planos a examinar e papéis a assinar.

Um ajudante-de-campo apareceu à porta da casa e disse que tudo estava pronto. Mas Kutuzov não queria sem dúvida entrar em sua casa, senão depois de desembaraçar-se de todos os negócios. Franziu as sobrancelhas...

— Não, meu caro, mande trazer uma mesa; examinarei isto aqui... Não te vás — acrescentou, dirigindo-se ao Príncipe André.

Este ficou, portanto, no patamar, prestando atenção ao relatório do general-de-serviço. Mas foi em breve distraído pelo cochicho duma voz feminina e pelo frufru dum vestido de seda. Depois de se ter voltado várias vezes para o lado donde vinha aquele rumor, acabou por descobrir pela greta da porta uma bela e forte mulher, de vestido cor-de-rosa e fichu de seda malva, que tinha uma bandeja na mão e parecia estar à espera do generalíssimo.

O ajudante-de-campo explicou baixinho ao Príncipe André que era a dona da casa, a esposa do pope, que se dispunha a apresentar o pão e o sal a Sua Alteza. O marido já recebera o Sereníssimo na igreja, de cruz na mão; a mulher queria acolhê-lo na casa. "Ela não é má de todo", acrescentou ele, sorrindo. A estas palavras, Kutuzov voltou a cabeça. Escutava o general, que lhe expunha principalmente os pontos fracos da posição de Tsarevo-Zaimichtche, como havia escutado Denissov, como seguira sete anos antes a discussão no conselho de guerra de Austerlitz. Era visível, que só ouvia porque tinha orelhas, as quais, malgrado o tampão de estopa que obstruía uma delas[77], não podiam deixar de ouvir. Nada do que poderia aquele general adiantar era capaz de causar-lhe espanto ou mesmo de interessá-lo. Sabia de antemão tudo quanto poderiam dizer-lhe, ouvia tudo aquilo por dever como se ouve até o fim o ofício divino. O projeto de Denissov era inteligente e sensato, o relatório do general era-o mais ainda; mas, era de todo evidente que Kutuzov desdenhava o saber e a inteligência, sabia que a questão seria cortada por qualquer outra coisa, que não dependia nem do saber, nem da inteligência. O Príncipe André esquadrinhava com cuidado o rosto do generalíssimo e a única expressão que nele pôde ler, foi a de aborrecimento, depois a curiosidade despertada pelo cochicho da mulher por trás da porta, mas refreada pelo desejo de manter as conveniências. Aliás, se Kutuzov desprezava o saber, a inteligência e até os sentimentos patrióticos que Denissov acabara de exibir, não era por causa de sua inteligência, de seu saber e de seu patriotismo, dele, Kutuzov, de que nem mesmo procurava dar demonstração; era em razão de sua idade e de sua experiência. A única medida que tomou em consequência daquele relatório disse respeito à rapinagem das tropas. Como o general apresentasse para assinatura sua uma ordem de serviço tornando os chefes de corpos responsáveis pelos estragos causados por seus homens — isto, a pedido dum proprietário cujas aveias ainda verdes tinham sido ceifadas — Kutuzov abanou a cabeça:

77. Remédio caseiro contra dores de dentes. (N. do T.)

— Ao fogo! Ao fogão! — disse, estalando a língua. — Digo-te, de uma vez por todas, meu caro, ao fogo com todos esses negócios! Que ceifem trigo, que queimem madeira à sua vontade! Não prescrevo isso, nem o permito, mas não indenizo ninguém tampouco. É uma coisa inevitável. Não se faz omelete sem partir ovos... Aqui está bem à mostra, a minúcia alemã deles! — concluiu, depois de nova olhadela para o papel e abanando a cabeça.

16. — Vamos, é tudo? — disse Kutuzov, depois que assinou o derradeiro papel. Levantou-se não sem esforço, desdobrando as pregas de seu pescoço branco e inchado e encaminhou-se para a porta, com o rosto agora alegre.

Rubra de emoção, a mulher do pope pegou às pressas a travessa que, malgrado seus longos preparativos, não tinha conseguido apresentar no bom momento. Inclinou-se profundamente e ofereceu-a a Kutuzov. Este semicerrou os olhos, sorriu e disse, pegando-lhe no queixo:

— Como é bonita! Obrigado, meu encanto.

Tirou algumas moedas de ouro do bolso de seu calção e colocou-as na travessa.

— Espero que esteja bem de saúde — disse ele, entrando no quarto que lhe estava destinado. Sorrindo, com todas as covinhas de seu rosto rosado, a mulher do pope acompanhou-o. O ajudante-de-campo foi procurar o Príncipe André no patamar e convidou-o a almoçar. Ao fim de uma meia hora, foi de novo chamado ao gabinete do general-em-chefe. Kutuzov estava estendido numa poltrona, com a mesma túnica desabotoada. Tinha na mão um livro francês que fechou, à chegada do príncipe, depois de ter marcado a página com sua espátula. Era "Os Cavaleiros do Cisne", da Sra. de Gentis, como pôde vê-lo André pela capa.

— Vamos, senta-te, senta-te aí e conversemos — disse Kutuzov. — Ah! é triste, muito triste. Mas não te esqueças, meu amigo, de que sou para ti um pai, um segundo pai.

André contou-lhe tudo quanto sabia dos derradeiros instantes de seu pai e o que vira na sua passagem por Montes Calvos.

— Eis aonde nos levaram! — disse, de repente, com voz emocionada, Kutuzov, a quem a narrativa do príncipe acabava, sem dúvida, de abrir perspectivas nítidas sobre a situação da Rússia. — Mas paciência! paciência! — acrescentou, com um tom irritado. E, não desejando prosseguir uma conversa que lhe perturbava a quietude, disse: — Mandei-te chamar para que fiques a meu lado.

— Agradeço a Vossa Alteza — respondeu André, sorrindo, — mas receio muito não estar mais apto a um serviço de estado-maior.

Kutuzov, a quem o sorriso não havia escapado, interrogou-o com o olhar.

— Aliás — continuou André, — estou habituado a meu regimento, gosto de meus oficiais e creio que meus homens também gostam de mim. Teria pesar em me separar deles. Se recuso a honra de ficar a vosso lado, crede bem...

Um clarão de benevolência matizada de ironia passou pelo rosto gorducho de Kutuzov.

— Lamento — disse ele, interrompendo Bolkonski — Ter-me-ias sido útil. Mas tens razão, tens razão. Não é aqui que temos necessidade de homens. Conselheiros, sempre há muitos; mas nos faltam os verdadeiros homens. Os regimentos não seriam o que são, se todos os conselheiros ali servissem como tu. Lembro-me de Austerlitz, vejo-te lá ainda, com a bandeira na mão.

Essa recordação fez o Príncipe André corar de alegria. Kutuzov atraiu-o, puxando-o pelo braço e apresentou-lhe a face. O Príncipe André viu que ele estava de novo com os olhos úmidos. Sabia que o velho chorava facilmente e que se mostrava particularmente afetuoso porque desejava testemunhar-lhe a parte que tomava no seu luto, mas, não obstante, a lembrança de sua conduta em Austerlitz causou-lhe prazer e lisonjeou-o.

— Segue a estrada que Deus te traçou. Sei que ela é a da honra — continuou Kutuzov. E após um instante de silêncio, acrescentou: — Senti muito tua falta em Bucareste. Não tinha ninguém quem encarregar de minhas missões. — Depois, mudando de conversa, pôs-se a falar da campanha da Turquia. — Quantas censuras não me fizeram sobre a condução da guerra e sobre a conclusão da paz! No entanto, o negócio acabou bem e muito a propósito. *Tudo dá certo para quem sabe esperar.* Sabes que lá não havia menos conselheiros do que aqui — prosseguiu ele, insistindo num tema que parecia ter muito a peito. — Ah! os conselheiros, os conselheiros! Se tivéssemos prestado ouvidos a todos eles, nao teríamos nem feito a paz, nem posto fim à guerra. A crer neles, era preciso ir depressa, mas ir depressa é muitas vezes arrastar-se. Se Kamenski não tivesse morrido, ter-se-ia perdido. Ser-lhe-iam precisos trinta mil homens para tomar as fortalezas. Que bela coisa tomar uma fortaleza! O difícil é ganhar a campanha. E para isto não há necessidade de atacar, nem de tomar de assalto, o que é preciso é a PACIÊNCIA E O TEMPO. Kamenski lançou seus soldados contra Rustchuk, mas eu, servindo-me somente da paciência e do tempo, tomei mais fortalezas que Kamenski e fiz os turcos comerem carne de cavalo. — Abanou a cabeça. — E acredita-me, farei os franceses também comerem — concluiu com animação, batendo no peito. E, de novo, lágrimas brilharam em seus olhos.

— Será preciso, portanto, aceitar a batalha? — disse André.

— Sem dúvida, se toda a gente o deseja... Mas, acredita-me, meu caro, não há nada que valha estes dois soldados: A PACIÊNCIA E O TEMPO. São eles que farão tudo. Mas os conselheiros não ouvem com essa orelha, eis o mal. Uns querem, os outros não querem. Então, que é preciso fazer? — Parou, à espera duma resposta. — Vejamos, que farias tu? — insistiu e uma expressão inteligente, profunda, brilhou nos seus olhos. — Pois bem, dir-te-ei, o que é preciso fazer — continuou, uma vez que André se mantinha sempre em silêncio. — Vou-te dizer o que é preciso fazer e o que faço. Na dúvida, meu caro, abstém-te — pronunciou, espaçando as palavras. — Vamos, adeus, meu amigo, lembra-te que partilho de todo o coração teu pesar e que não sou para ti, nem Sereníssimo, nem príncipe, nem general-em-chefe. Considera-me como teu pai. Se tiveres necessidade de alguma coisa, dirige-te diretamente a mim. Adeus, meu caro.

Abraçou-o ainda uma vez. Mas o Príncipe André ainda não havia transposto a porta e já Kutuzov lançava um suspiro de bem-estar e retomava a leitura dos "Cavaleiros do Cisne".

Sem que soubesse justamente porquê, voltou André, após esta conversa, para seu regimento, absolutamente tranquilizado sobre a marcha geral dos negócios e confiante naquele que a dirigia. Aquele velho só mantinha, por assim dizer, hábitos passionais; a inteligência, que tem tendência a agrupar os fatos para deles tirar as consequências, era nele substituída pela simples capacidade de contemplar os acontecimentos com toda a serenidade. Quanto mais André verificava essa ausência de personalidade, tanto mais estava convencido de que tudo correria o melhor possível. "Ele não inventará, nem empreenderá nada — dizia a si mesmo. — Mas escutará e se lembrará de tudo, porá tudo no seu lugar, não impedirá nada de útil, não permitirá nada de prejudicial. Compreende que existe algo de mais forte, de mais potente que sua vontade pessoal, isto é, o curso inelutável dos acontecimentos. Tem o dom de vê-los, de apreender-lhes a importância, e sabe, em consequência, fazer abstração de sua própria vontade, dirigi-la, para não intervir, na direção de outro objetivo. Mas inspira sobretudo confiança porque a gente o sente verdadeiramente russo, malgrado a leitura da Sra. de Genlis e o emprego de provérbios franceses, porque sua voz tremia, ao dizer: "Eis aonde nos levaram!", porque soluçava, assegurando que os faria "comer carne de cavalo".

Foi esse sentimento, mais ou menos confusamente experimentado por todos, que arrebatara a aprovação geral e unânime que seguira à escolha nacional de Kutuzov como general-em-chefe, escolha que punha em xeque as intrigas da corte.

17

. Após a partida do imperador, a vida retomou em Moscou à sua rotina habitual, tão habitual mesmo que se tinha dificuldades em conceber a exaltação dos últimos dias, dificuldade em crer que a Rússia estivesse realmente em perigo e que os membros do Clube Inglês pudessem ser também patriotas prontos a todos os sacrifícios. A única coisa que lembrava o recente entusiasmo era a cobertura das ofertas em homens e em dinheiro, que, logo que foram consentidas, se haviam revestido de forma legal e não podiam mais ser adiadas.

A aproximação do inimigo não tornou os moscovitas mais sérios. Bem pelo contrário. Acontece sempre assim diante da iminência de uma catástrofe. Duas vozes igualmente fortes se elevam então na alma: uma, aconselha sabiamente que devemos dar-nos conta do perigo e procurar os meios de evitá-lo; a outra, mais sabiamente ainda, diz que é demasiado penoso pensar no perigo, que o homem não saberia prever tudo, nem escapar à marcha dos acontecimentos e que vale mais afastar todo pensamento desagradável diante do fato consumado. Na solidão, obedece o homem geralmente à primeira dessas vozes; em sociedade, pelo contrário, submete-se à segunda. E eis porque nunca houvera tanta diversão em Moscou como naquele ano.

Os avisos de Rostoptchin traziam no alto a caricatura duma casa de bebidas, dum taberneiro e do burguês moscovita Karpuchka Tchiguirin, que "alistado como miliciano e tendo engolido um copo a mais, ouviu dizer que Bonaparte queria atacar Moscou; encolerizou-se, chamou todos os nomes aos franceses e, saindo do estabelecimento, dirigiu, sob o escudo d'armas imperial, uma arenga ao povo". Eram esses avisos tão lidos e comentados como as derradeiras quadrinhas de Vassili Lvovitch Puchkin.

Liam-nos mesmo no clube, na sala reservada. Alguns achavam engraçada a maneira pela qual Karpuchka zombava dos franceses que, segundo ele, "rebentarão por ter engolido cevadinha demais, sufocarão duma indigestão de sopa de repolhos e, aliás, qualquer camponesinha russa poderia espetar três duma vez com um golpe de forcado, tão ridiculamente pequenos são eles". Outros, pelo contrário, desaprovavam tal tom, que achavam vulgar e estúpido. Contava-se que Rostoptchin expulsara de Moscou os franceses e até mesmo todos os estrangeiros, entre os quais havia espiões e agentes de Napoleão; aproveitava-se a ocasião para citar uma frase de espírito do governador que, dirigindo-se a esses infelizes que eram embarcados para Nijni, lhes dissera: "Recolham-se em si mesmos, entrem na barca e não façam dela uma barca de Caronte"[78]. Contava-se que todas as administrações já haviam deixado a cidade e acrescentava-se a frase de Chichin, que pretendia que esse único fato deveria merecer os agradecimentos de toda Moscou a Napoleão. Contava-se que o regimento de Mamonov custaria a este cem mil rublos, que Bezukhov gastara mais ainda com o seu, e que, fato mais notável ainda, o dito Bezukhov caracolava fardado, à frente de seus homens e não cobrava nada de quem fosse admirá-lo.

— Você não perdoa nada a ninguém — dizia a este propósito Júlia Drubetskoi, que comprimia um pacote de fios de penso entre seus dedos esguios, cobertos de anéis. Partia no dia seguinte para Nijni e dava seu sarau de despedida. — Bezukhov *est ridicule,* mas é tão bondoso, tão gentil! Que prazer encontra você em se mostrar tão *caustique*...[79]

— Uma multa! — disse um rapaz fardado de miliciano, que Júlia chamava de "meu cavaleiro" e que a acompanharia a Nijni.

No salão de Júlia, como em muitos outros, decidira-se só se falar russo e quem quer que faltasse a esse compromisso devia pagar uma multa em benefício da Comissão de Socorros.

— Outra multa pelo galicismo — disse um literato que lá se encontrava. "Que prazer em..." não é russo.

— Você não perdoa a ninguém — continuou Júlia, dirigindo-se ao miliciano. — Pela palavra "caustique", pago, e pelo prazer de dizer-se a verdade, estou pronta ainda a pagar. Quanto aos galicismos — acrescentou ela, voltando-se para o literato, — não me responsabilizo. Não tenho nem tempo, nem dinheiro para contratar um professor, como o Príncipe Politsyn, e aprender o russo... Mas olhem quem chega: ele mesmo! *Quand on*... Não, não — disse ela ao miliciano, — você não me pega de novo. Quando se fala do sol, veem-se os raios[80].

78. Tastevin, *"História da colônia francesa de Moscou"*, p. 153. (N. do T.)
79. Em francês no original: "É ridículo", "Cáustico". (N. do T.)
80. Provérbio equivalente a "Falai no mau, olhai para a porta". (N. do T.)

Dirigiu a Pedro, que vinha entrando, um amável sorriso e, com a facilidade de mentir própria das mulheres da sociedade, afirmou:

— Falávamos justamente do senhor. Dizíamos que seu regimento suplantaria o de Mamonov.

— Ah! não me falem de meu regimento! — disse Pedro que, depois de ter beijado a mão da dona da casa, se sentou a seu lado. — Se soubessem como estou farto dele!

— O senhor irá sem dúvida comandá-lo em pessoa? — disse Júlia, enviezando para o miliciano um sorriso malicioso.

Mas este, que desde a chegada de Pedro não se mostrava mais tão *caustique* manteve-se surdo ao apelo. É que, apesar de seu ar distraído e bonachão, a personalidade de Pedro detinha de pronto qualquer tentativa de zombaria na sua presença.

— Oh! não — disse Pedro, rindo. E como que envolveu toda a sua pesada pessoa num olhar irônico. — Seria um alvo demasiado belo para os franceses; aliás, receio bem não poder montar a cavalo.

Depois de terem falado de uns e de outros, os convidados lançaram-se aos Rostov.

— Parece que a situação financeira deles é bastante má — disse Júlia. — E o conde tem tão pouco juízo... Os Razumovski queriam comprar o palacete e a casa de campo deles, mas o negócio não ata, nem desata. Ele pede muito dinheiro.

— Dizem, entretanto, que a venda vai-se realizar um dia desses — interveio alguém. — Não é loucura comprar agora alguma coisa em Moscou?

— Mas por que não? — perguntou Júlia. — Pensa que Moscou esteja verdadeiramente em perigo?

— Mas, então, por que parte a senhora?

— Eu? Que pergunta engraçada! Parto porque... mas porque toda a gente está partindo... e também porque não sou nem uma Joanad' Arc, nem uma amazona...

— Sim, decerto... Dê-me então mais um pouco de trapo.

— Se ele souber arranjar-se poderá pagar todas as suas dívidas — disse o miliciano que ainda se referia aos Rostov.

— Sim, é um homem honesto, mas um paspalhão. E que é que os retém aqui tanto tempo? Há muito que querem voltar ao campo. Creio que Natália já está de todo restabelecida, não? — perguntou Júlia a Pedro com um sorriso malicioso.

— Estão à espera do caçula — disse Pedro. — Alistou-se nos cossacos de Obolenski e enviaram-no a Bielaia Tserkov, onde se forma o regimento. Mas seus pais conseguiram transferi-lo para o meu e aguardam-no dum dia para outro. Há muito tempo que o conde deseja partir, mas a condessa não quer, a preço nenhum, afastar-se, antes de haver tornado a ver seu filho.

— Encontrei-os anteontem em casa dos Arkharov. Natália tornou-se mais bonita e voltou ao seu belo humor. Cantou uma romança. Como tudo passa depressa com certas pessoas!

— Que é que se passa depressa? — perguntou Pedro, num tom brusco.

Júlia sorriu.

— Sabe, conde, que cavalheiros como o senhor, só se encontram nos romances da Sra. de Sousa?

— Que cavalheiros? Que quer dizer? — perguntou Pedro, corando.

— Ora, caro conde, não finja espanto. *C'est la fable de tout Moscou. Je vous admire, ma parole d'honneur*[81].

— Uma multa! Uma multa! — exclamou o miliciano.

— Pois seja!... Não se pode mais falar. Afinal isto está ficando aborrecido.

Pedro havia-se erguido.

— *Qu'est-ce qui est la fable de tout Moscou?*[82] — perguntou ele, sem nenhuma amenidade.

— Mas ora, conde. Como se o senhor não soubesse!

— Não sei absolutamente de nada.

81. Em francês no original: "É o assunto de Moscou inteira. Palavra de honra, admiro-o". (N. do T.)
82. Em francês no original: "Que é que é o assunto em Moscou inteira?" (N. do T.)

— E eu, sei que o senhor vive na melhor harmonia com Natália, e por consequência... Quanto a mim, sempre fui mais íntima com Vera. Essa querida Vera...

— Não, minha senhora — prosseguiu Pedro, sempre de cara fechada, — não sou o cavalheiro servidor da Senhorita Rostov e faz mais de um mês que não ponho os pés em casa deles: mas não compreendo a maldade.

— Quem se desculpa, quem se desculpa — interrompeu-o Júlia, agitando os fios de linho; e, para não se deixar suplantar, apressou-se em mudar de assunto. — Sabe de que acabo de ter conhecimento? A pobre Maria Bolkonski chegou ontem. Soube que ela perdeu o pai?

— Deveras? E onde está ela? Gostaria muito de vê-la, — disse Pedro.

— Passei a noite com ela. Deve partir hoje ou amanhã com o sobrinho para a sua propriedade no subúrbio.

— Ah! e como vai ela?

— Assim, assim. Está é triste. Mas sabe a quem ela deve a vida? Um romance autêntico. A Nicolau Rostov. Cercavam-na, queriam matá-la, já haviam ferido gente sua... Mas ele se precipitou e salvou-a...

— Mais um romance — disse o miliciano. — Decididamente esse "salve-se-quem- puder" geral parece ter sido inventado para facilitar o casamento das solteironas. Catiche, a primeira, e agora a Princesa Bolkonski.

— Sabem, creio que ela está *un petit peu amoureuse du jeune homme.*[83]

— Uma multa! Uma multa! Uma multa!

— Mas como dizer isso em russo?

18. Quando Pedro voltou para casa, entregaram-lhe dois cartazes do Rostoptchin, que acabavam de trazer. No primeiro, o governador assegurava que, longe de ter proibido que se abandonasse a cidade, como corria o boato, sentir-se-ia feliz se visse partirem as damas da nobreza e as esposas dos comerciantes. "Ter-se-á menos medo, espalhar-se-ão menos boatos — pretendia ele. — Aliás, o celerado não virá a Moscou. Respondo com a minha cabeça". Tendo lido estas palavras, viu Pedro pela primeira vez, claramente, que os franceses entrariam em Moscou. O segundo cartaz dizia que nosso quartel-general estava em Viazma e que o Conde Wittgenstein batera os franceses; entretanto, como muitos habitantes desejavam armar-se, poderiam adquirir a bom preço sabres, fuzis, pistolas, no depósito de armas do Arsenal. O tom dos cartazes não era mais tão facecioso quanto o das palavras atribuídas a Tchiguirin. Aqueles cartazes fizeram Pedro ficar pensativo. Compreendeu que aquela terrível nuvem de tempestade que invocava de todo o seu coração e que lhe inspirava ao mesmo tempo um terror involuntário, achava-se em marcha.

"É preciso que me aliste e parta para o exército, ou, pelo contrário, que aguarde os acontecimentos?" — perguntou a si mesmo pela centésima vez. Pegou dum baralho, que estava ali em cima da mesa, e se pôs a fazer uma paciência. "Se esta paciência der certo — disse a si mesmo, depois de ter deitado as cartas e levantando os olhos para o céu — quererá isto dizer... Que é que quererá isto dizer?..."

Antes de encontrar uma resposta, ouviu-se uma voz à porta, perguntando se podia entrar.

"Isto quererá dizer que devo partir para o exército", — decidiu Pedro.

— Entre, entre — gritou ele.

Era a mais velha das princesas, a de elevada estatura e de rosto petrificado, a única que morava ainda no palácio Bezukhov, porque as outras duas se haviam casado.

— Desculpe-me, meu primo, ter vindo procurá-lo — disse-lhe ela, com voz perturbada e num tom de censura, — já é tempo de tomar uma decisão. Toda a gente deixou Moscou, o povo se revolta... Que esperamos então?

83. Em francês no original: "Um tantinho apaixonada pelo rapaz". (N. do T.)

— Mas não, pelo contrário, tudo me parece ir muito bem, minha prima — respondeu Pedro, em tom de brinquedo; era essa sua maneira de dissimular o embaraço que lhe causava sempre seu papel de benfeitor.

— Muito bem?! Onde soube disto? Bárbara Ivanovna contou-me ainda há pouco as belas proezas de nossas tropas: isto lhes dá de fato muita honra!... E depois o povo faz das suas, não se quer mais obedecer, minha própria criada me diz grosserias. Mais um pouco e nos baterão. Não se pode mais pôr o pé na rua... Mas mais grave é que os franceses estarão aqui, hoje ou amanhã... Que esperamos, vejamos? Rogo-lhe, meu primo, dê ordem para me levarem para Petersburgo... Por pouco que valha, não saberia, contudo, viver sob o jugo de Bonaparte.

— Que está dizendo, minha prima? Onde consegue tais informações? Pelo contrário...

— Eu não me submeteria ao Napoleão de vocês. Quanto aos outros, isso é lá com eles... E se não quiser consentir no que estou pedindo...

— Mas decerto, vou dar ordens imediatamente.

Despeitada por não ter mais ninguém contra quem se queixar, a princesa deixou-se cair numa cadeira, resmungando.

— Informaram-na bastante mal — continuou Pedro. — Tudo está calmo na cidade, não corremos perigo algum. Eis o que estava lendo. — Mostrou-lhe os boletins. — O conde escreve que o inimigo não entrará em Moscou, que garante isso com a sua vida.

— Ah! o seu conde! — replicou a princesa indignada. — É um hipócrita, um celerado que incitou, ele próprio, o povo a revoltar-se! Não ordenou nesses estúpidos boletins que se pegassem as pessoas pelo topete, sem exceção de ninguém, e as levassem ao posto? Nada de mais estúpido! E promete honra e glória a quem quer que assim agir. Quer saber o resultado dessas bajulações? Bárbara Ivanovna me contou que quase a mataram na rua porque falava francês...

— Vejamos, vejamos... A senhorita leva tudo muito a sério demais — disse Pedro, continuando a sua paciência.

Se bem que a paciência tivesse dado certo, não seguiu Pedro para o exército e ficou em Moscou que se ia despovoando; sempre presa da mesma incerteza febril, aguardava, com uma ansiedade misturada de alegria, algum acontecimento terrível.

Na noite do dia seguinte, a princesa partiu e o administrador geral veio anunciar a Pedro que só se poderia obter a soma necessária ao equipamento do regimento, vendendo um dos domínios. Insinuou, aliás, que todas essas fantasias acabariam por arruiná-lo. Pedro escutava-o com um sorriso mal dissimulado.

— Pois então venda — disse-lhe. — Que hei de fazer? Não posso voltar atrás com minha palavra!

A situação geral tornava-se mais sombria, seus próprios negócios iam mal, e Pedro acolheu essas notícias com uma alegria crescente, porque elas lhe confirmavam a aproximação da catástrofe que ele aguardava. Quase todos os seus conhecidos tinham deixado Moscou; Júlia partia e a Princesa Maria também. Restavam os Rostov, que Pedro não via mais.

Naquele dia, para se distrair, foi ao burgo de Vorontsovo ver um aeróstato que o Engenheiro Leppich havia inventado para destruir o inimigo e um balão de ensaio que se deveria lançar no dia seguinte. Os preparativos ainda não estavam terminados; mas contaram a Pedro que o imperador aprovava calorosamente aquele projeto e escrevera mesmo a Rostoptchin a seguinte carta:

> "Assim que Leppich estiver pronto, componha uma equipagem para sua barquinha, de homens seguros e inteligentes e despache um correio ao General Kutuzov para preveni-lo. Já o instruí a respeito disso.
>
> Recomende, peço-lhe, a Leppich que preste atenção ao lugar onde terá de descer a primeira vez, para não se enganar e não cair nas mãos do inimigo. É indispensável que combine seus movimentos com o general-em-chefe".

De volta de Vorontsovo, passando Pedro pela Praça Bolotnaia, avistou grande multidão em torno do pelourinho. Deu ordem de parar e desceu do carro. Acabavam de açoitar um cozinheiro francês, acusado de espionagem. O carrasco desamarrava do cavalete um homem gordo, de suíças ruivas, de meias azuis e túnica verde, que gemia lastimosamente. Outro culpado, pálido e magricela, esperava a sua vez. As fisionomias eram bem francesas. Com um semblante tão desfeito quanto o do segundo condenado, Pedro foi abrindo a multidão.

— Que é? Quem são essas pessoas? Que fizeram? — perguntou.

Mas a atenção dos basbaques — funcionários, operários, homens de negócio e labregos, mulheres de capa curta e rodada e de peliça — estava naquele momento açambarcada pelo espetáculo a tal ponto que ninguém lhe deu resposta. O homem gordo se levantou franzindo a testa, ergueu os ombros e, desejando visivelmente dar prova de resistência, pôs-se a vestir seu casaco sem baixar os olhos sobre a multidão; mas de repente seus lábios começaram a tremer e ele desatou a chorar, amaldiçoando sua fraqueza, como choram os homens de temperamento sanguíneo. A multidão se pôs a falar muito alto, para abafar um sentimento de piedade, pareceu a Pedro.

— Parece que se trata do cozinheiro de um príncipe...

— Hei, *monsiú,* o molho russo é um tanto picante para um paladar francês... estraga-te os dentes, heim? — disse, vendo o francês chorar, o vizinho de Pedro, funcionário inferior, todo encarquilhado.

E, com um olhar lançado em torno de si, o escrevinhador procurou a aprovação do público. Algumas pessoas, com efeito, desataram a rir, ao passo que outras não podiam desviar os olhos do carrasco, prestes a desvestir o segundo condenado.

Pedro fungou fortemente, franziu a testa, deu uma brusca meia-volta, voltou para seu carro, onde se instalou, sem cessar de resmonear. Durante o resto do trajeto foi agitado por estremeções; lançava exclamações em voz tão alta que seu cocheiro acabou por perguntar-lhe:

— Que é que o senhor ordena?

— Mas para onde vais? — gritou Pedro, vendo que ele se metia pela Lubianka.

— À casa do general-governador. Não me disse o senhor que o levasse lá?

Pedro deixou-se arrebatar a ponto de injuriar o homem, o que raramente lhe acontecia.

— Imbecil! animal! Eu te disse que voltasses para casa e mais depressa do que isso... Três vezes asno!... "É preciso partir hoje mesmo".

Pedro, à vista da execução e da multidão que a ela assistia, resolveu tão firmemente não demorar mais em Moscou e juntar-se ao exército imediatamente, que lhe pareceu ter dito isso a seu cocheiro ou que este, pelo menos, deveria sabê-lo.

Uma vez de volta à casa, mandou chamar seu cocheiro Evstafievitch, homem que sabia fazer tudo, conhecia toda a gente e era conhecido de Moscou inteira. Preveniu-o de que desejava partir naquela noite mesma para Mojaisk e achava que seus cavalos de sela devessem ser para lá enviados. Tudo isso não se podia fazer em um dia; de modo que, de acordo com a opinião de Evstafievitch, teve Pedro de adiar sua partida para o dia seguinte, a fim de permitir-lhe preparar as mudas de cavalos.

O dia 24 mostrou-se brilhante; Pedro deixou Moscou depois do jantar. De noite, enquanto trocava de cavalos em Perkhuchkovo, soube que uma grande batalha se travara ao anoitecer e que o barulho do canhoneio chegara a abalar a terra, até mesmo naquele burgo. Indagou quem fora o vencedor, mas ninguém soube informar-lhe. Era o combate de Chevardino.

Chegou de madrugada a Mojaisk. Todas as casas estavam ocupadas pelas tropas. Seu palafreneiro e seu cocheiro esperavam-no na estalagem; mas não puderam arranjar-lhe nenhum quarto: tudo estava atochado de oficiais.

A região inteira regurgitava de tropas em repouso e em marcha. Só se viam de todos os lados cossacos, soldados de infantaria, cavaleiros, furgões, caixas de munições, peças de artilharia. Pedro tinha pressa de ir adiante e quanto mais se afundava naquele oceano de tropas, mais sentia crescer sua angústia e a ela misturar-se um sentimento bem novo de satisfação íntima. Esse sentimento lembrava, aliás, o que já experimentara no Palácio Slobodski, por ocasião da estada do imperador: tratava-se de tomar uma decisão e de fazer um sacrifício. Verificava Pedro agora, com prazer, que tudo quanto faz a felicidade do homem, riqueza, satisfação de existir, e até a própria vida, tudo isso não passava de uma asneira bem fácil de rejeitar ao preço de qualquer coisa... Essa qualquer coisa não podia Pedro imaginar o que fosse e não tentava explicar a si mesmo por quem e por que descobria um encanto especial em sacrificar-se totalmente. Pouco lhe importava a razão de seu sacrifício, mas o sacrifício em si mesmo proporcionava-lhe novo sentimento de felicidade.

19. A 24 de agosto travou-se o combate de Chevardino, a 25 não houve o disparo de um tiro sequer dum lado e doutro, a 26 ocorreu a Batalha de Borodino.

Por que foram esses combates propostos e como foram aceitos, em particular o de Borodino? Nem os franceses, nem os russos tinham a menor razão para travá-lo. Seu resultado mais imediato foi e deveria ser, para os russos um passo a mais para a perda de Moscou, o que temíamos mais que tudo no mundo; para os franceses um passo a mais para a perda de todo o seu exército, o que eles também temiam mais que tudo no mundo. Desde então nenhuma dúvida oferecia esse resultado, o que não impediu Napoleão de oferecer e Kutuzov de aceitar a batalha.

Se os grandes capitães se deixassem guiar pela razão, Napoleão teria claramente visto que, havendo avançado a mais de quinhentas léguas de suas bases e travando uma batalha em que se arriscava a perder a quarta parte de seu exército, corria para uma completa perda; deveria ter sido também evidente para Kutuzov que, aceitando o combate e arriscando-se a perder também ele a quarta parte de seu exército, teria fatalmente de abandonar Moscou. Para Kutuzov, em particular, o resultado deveria aparecer com uma evidência matemática. Se, no jogo de damas, tenho um peão de menos que meu adversário e se cada jogador come uma pedra, perdi a partida; a razão me ordena pois que me abstenha. Com efeito, se meu parceiro tem dezesseis pedras e eu catorze, sou apenas um oitavo mais fraco do que ele; quando tivermos perdido cada qual treze pedras, será ele três vezes mais forte do que eu.

Antes de Borodino, nossas forças estavam, em relação às forças francesas, na proporção de cinco para seis — cem mil homens contra cento e vinte mil; depois da batalha, essa proporção não era mais que de um para dois: cinquenta contra cem mil. Entretanto Kutuzov, esse militar prudente, aceitou a luta. E Napoleão, esse capitão genial, como o chamam, travou uma batalha que lhe custou a quarta parte de seu exército e estendeu ainda mais sua linha. Alguns pretendem que, tornando-se senhor de Moscou, pensava ele, como após a tomada de Viena, terminar a campanha; mas existem muitas provas em contrário. Os próprios historiadores de Napoleão reconhecem que, desde Smolensk, queria ele deter-se: compreendia o perigo da extensão de sua linha, sabia que a ocupação de Moscou não terminaria a campanha, porque via desde então em que estado lhe entregavam as cidades e não recebia nenhuma resposta às suas numerosas tentativas para engajar negociações.

Assim Kutuzov e Napoleão, um oferecendo e o outro aceitando a batalha, não obedeceram nem à sua razão, nem a seu livre-arbítrio. Entretanto, os historiadores, após o fato consumado, tiraram dele provas especiosas da clarividência e do gênio desse chefe de exército, que, entre todos os instrumentos inconscientes dos acontecimentos deste mundo, formam os agentes mais escravos e mais involuntários.

Os antigos nos deixaram modelos de poemas legendários em que todo o interesse está concentrado no herói; sendo esses poemas obras-prima, obstinamo-nos em não ver o que, na nossa época, tem de caduca semelhante concepção da História.

Sobre o segundo ponto, isto é, como foram travadas a Batalha de Borodino e a de Chevardino que a precedeu, existe uma opinião igualmente precisa, igualmente admitida em geral, ainda que outro tanto falsa. Eis, com efeito, como os historiadores descrevem essa dupla batalha:

O exército russo, recuando após Smolensk, teria procurado a melhor posição para travar uma batalha geral e tê-la-ia encontrado em Borodino.

Os russos teriam fortificado de antemão essa posição à esquerda da estrada de Moscou a Smolensk e perpendicularmente pouco mais ou menos a essa estrada, de Borodino a Utitsa, no lugar mesmo em que se travou a batalha.

Adiante dessa posição, teriam os russos estabelecido, para observar o inimigo, um posto avançado sobre o mamelão de Chevardino. A 24, teria Napoleão atacado e tomado esse posto avançado, a 26, teria atacado todo o exército russo em posição sobre a Planície de Borodino.

Tal é a versão dos historiadores, versão inexata, dum extremo a outro, como se convencerá quem quer que se der ao trabalho de estudar o caso um pouco mais de perto.

Longe de escolher a melhor posição, os russos, no decorrer de sua retirada, desprezaram grande número delas melhores que Borodino. Isto por várias razões: porque Kutuzov não queria aceitar uma posição que não fosse escolhida por ele e porque a necessidade duma batalha nacional não se impunha ainda com bastante força, porque Miloradovitch não estava ainda lá com sua milícia, etc, etc... É inegável que aquelas outras posições eram mais fortes que as em que foi aceito o combate; Borodino era tanto uma "posição" como o primeiro ponto que se encontrasse e se marcaria ao acaso com um alfinete, no mapa do império da Rússia.

Não somente os russos não fortificaram a posição de Borodino à esquerda e perpendicularmente à estrada, isto é, no lugar em que se travou a batalha, mas antes de 25 de agosto de 1812, jamais haviam imaginado que uma ação se pudesse engajar naquele lugar. Como provas desta asserção, invocarei em primeiro lugar a ausência de fortificações antes de 25 de agosto, as que foram começadas naquela data não ficaram terminadas a 26; em segundo lugar, a própria situação do reduto de Chevardino: esse reduto à frente da posição onde se bateram não tinha o menor sentido. Por que, pois, o fortificaram mais que qualquer outro ponto? Por que, para defendê-lo, no dia 24, até uma hora avançada da noite, despenderam-se tão grandes esforços e perderam-se seis mil homens, quando para observar o inimigo bastava uma patrulha de cossacos? Terceira e última prova: até o dia 24, Barclay de Tolly e Bagration estavam convencidos de que o reduto de Chevardino constituía o flanco ESQUERDO da posição; o próprio Kutuzov, no seu relatório, redigido sob a impressão ainda quente do combate, lhe dá esse nome. Muito mais tarde, nos relatórios redigidos com vagar, emitiu-se, sem dúvida para justificar as faltas do general-em-chefe que devia permanecer infalível, a asserção falsa e estranha de que o reduto de Chevardino era uma posição AVANÇADA (quando ela era tão-somente um ponto fortificado do flanco esquerdo), e que nós tínhamos aceito a batalha numa posição fortificada e escolhida de antemão, quando se realizou ela num lugar completamente imprevisto e quase nada fortificado.

Eis, em toda a evidência, como as coisas se passaram. Escolhe-se um ponto sobre o Kolotcha, que corta a estrada real não em ângulo reto, mas em ângulo agudo, de modo que o flanco esquerdo estava em Chevardino, o direito perto do burgo de Novoié e o centro em Borodino, na confluência do Kolotcha e do Voina. Um exército que se propõe deter o inimigo em marcha ao longo da estrada Smolensk a Moscou deve necessariamente ocupar essa posição, que cobre o Kolotcha; quem quer que examine o campo de batalha esquecendo como o caso se passou, convence-se logo.

Dirigindo-se no dia 24 para Valuievo não viu Napoleão (como o asseveram os historiadores) a posição dos russos de Utitsa a Borodino. Não podia vê-la, uma vez que ela não existia. Não viu tampouco o posto-avançado do exército e foi perseguindo a retaguarda que deu com o flanco esquerdo dos russos, isto é, o reduto de Chevardino e fez suas tropas passarem o Kolotcha. Os russos, que este movimento impediu de travar uma batalha geral, deslocaram sua ala esquerda da posição que queriam ocupar para uma nova posição que não fora nem prevista, nem fortificada. Passando pela margem esquerda do Kolotcha, por consequência à esquerda da estrada, Napoleão transportou a futura batalha do flanco direito para o flanco esquerdo dos russos, na planície situada entre Utitsa, Semionovskoie e Borodino, planície que nada tinha de mais vantajoso como posição do que não importa qual outra. Foi lá que se travou a batalha do dia 26. Eis qual seria, sumariamente, o plano da batalha suposta e o da batalha real:

Se, no dia 24, à noite, não tivesse Napoleão atravessado o Kolotcha, se, em lugar de cair imediatamente sobre o reduto, tivesse adiado o ataque para o dia seguinte, toda a gente teria visto que aquele reduto constituía o flanco esquerdo de nossa posição e a batalha se teria desenrolado como nós a esperávamos. Segundo toda probabilidade, teríamos defendido com ainda mais energia Chevardino, nosso flanco esquerdo, atacando Napoleão no centro e à direita, e a batalha geral ter-se-ia travado no dia 24 sobre a posição que fora prevista e fortificada. Mas, como o ataque ao nosso flanco esquerdo se realizou à noite, em seguida ao recuo de nossa retaguarda, isto é, logo depois da Batalha de Gridnievo, como nossos chefes não puderam ou não quiseram travar no dia 24 à noite a batalha geral, a primeira e a principal partida da Batalha de Borodino foi perdida, desde o dia 24, o que acarretou a derrota do dia 26.

Depois da perda de Chevardino, nós nos encontramos, na manhã do dia 25, privados de ponto de apoio no flanco esquerdo, e fomos obrigados a recuar nossa ala esquerda e fortificá-la às pressas, não importa onde.

Assim pois, a 26 de agosto, as tropas russas só estavam defendidas por trincheiras inacabadas. Coisa mais grave, nossos generais não levaram em conta bastante o fato consumado: não viram que a perda da posição do flanco esquerdo acarretava uma mudança de direita à esquerda na orientação da batalha. Deixaram, pois, que suas linhas se estendessem como antes, de Novoié até Utitsa, o que os obrigava a fazer suas tropas operarem, em plena batalha, um movimento de direita à esquerda. Os russos não puderam assim opor a todo o exército francês senão a sua ala esquerda, isto é, forças duas vezes mais fracas. Quanto aos ataques de Poniatowiski contra Utitsa e de Uvarov contra o flanco direito francês, foram apenas episódios independentes da marcha geral da batalha.

Assim pois, a Batalha de Borodino se passou bem diversamente do que a descreveram na intenção de ocultar as faltas de nossos generais, o que só fez diminuir a glória de nosso exército e de nosso povo. Não se deu sobre uma posição escolhida e fortificada com forças somente um pouco mais fracas de nosso lado. Foi aceita, em consequência da perda de Chevardino, num terreno aberto ou mal-fortificado, com forças duas vezes mais fracas que as dos franceses, isto é, em condições tais que não se podia sonhar, não em travar dez horas seguidas uma batalha indecisa, mas aguentar somente três horas sem sofrer um desastre completo.

20. No dia 25, pela manhã, deixou Pedro Mojaisk. Para descer a rua abrupta e tortuosa que baixa da cidade, deixando à direita a igreja, onde se celebrava a missa em meio dum repicar de sinos, apeou-se de seu carro e se pôs a caminhar pela estrada. Atrás dele vinha um regimento de cavalaria, precedido de seus cantores. Em sentido oposto, um comboio de feridos da véspera subia lentamente a ladeira. Os camponeses que o conduziam, com muitos gritos e chicotadas, corriam dum lado a outro do caminho. As carriolas que continham cada qual três ou quatro feridos sentados ou deitados, saltavam sobre as pedras espalhadas aqui e ali à guisa de calçamento. Os feridos, pálidos, envoltos em farrapos, de lábios cerrados, testas franzidas, se agarravam aos taipais, sacolejados, lançados uns contra os outros. Quase todos contemplavam com infantil curiosidade o chapéu branco e a casaca verde de Pedro.

O cocheiro de Pedro gritara para os condutores do comboio que se colocassem de lado. Mas os cavaleiros, que desciam a ladeira, cantando, lhe impediram em breve qualquer avanço. Pedro parou, apertado contra o flanco da colina. Esta era tão abrupta que o sol não podia penetrar até o caminho profundamente encaixado; fazia ali um frio úmido. Por cima da cabeça de Pedro ostentava-se luminosa manhã de agosto e o carrilhão ecoava alegremente dispersando no ar sua música. Uma das carriolas parou à beira do caminho, bem ao lado dele. O condutor, com sapatos de tília, acorreu todo ofegante, deslizou uma pedra sob as rodas de trás não chapeadas e reajustou os arreios de seu garrano.

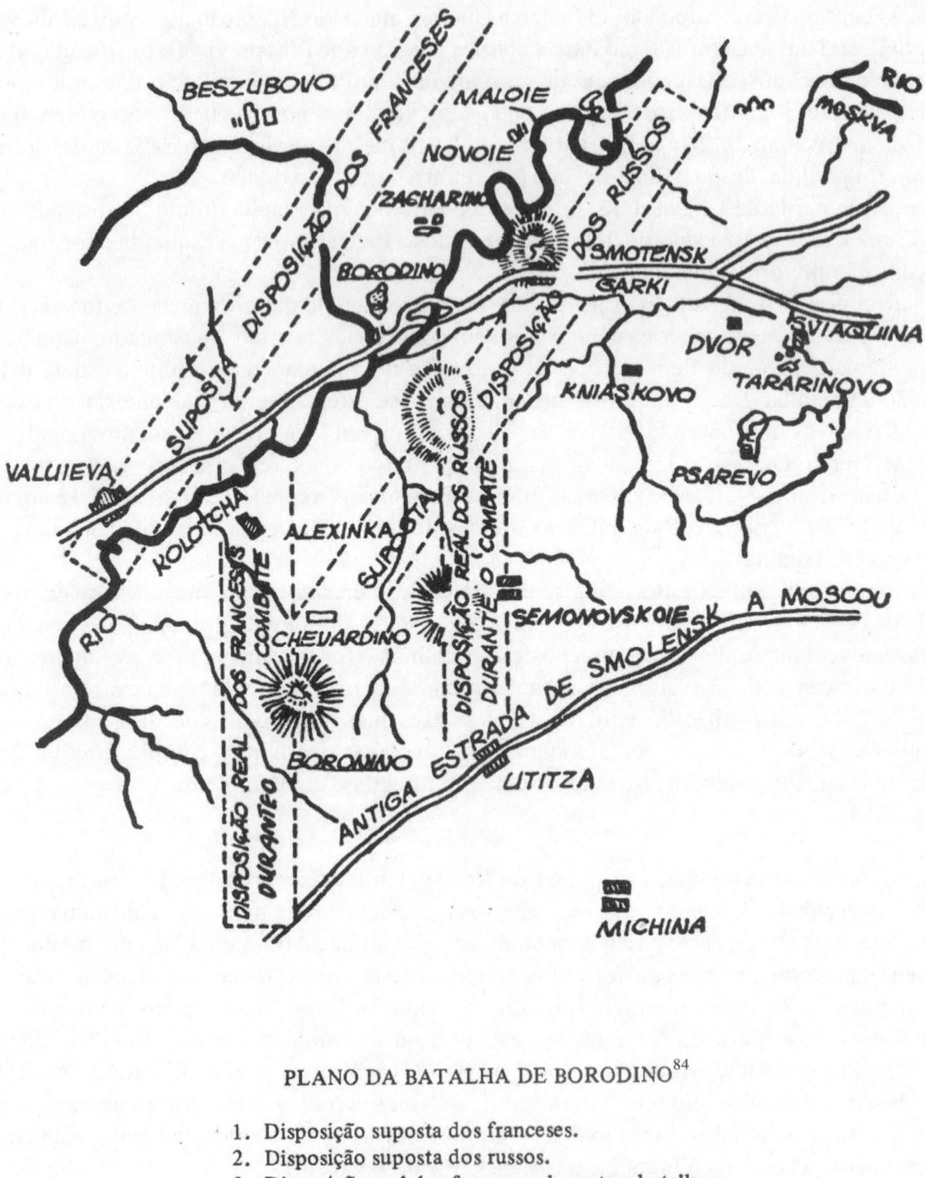

PLANO DA BATALHA DE BORODINO[84]

1. Disposição suposta dos franceses.
2. Disposição suposta dos russos.
3. Disposição real dos franceses durante a batalha.
4. Disposição real dos russos durante a batalha.

84. Segundo um esboço de Tolstói.

Um dos feridos, um velho soldado que, de braço em tipoia, acompanhava a pé a carriola, nela se aferrou com sua mão válida e voltou-se para Pedro.

— Diga, meu paisano, vão deixar-nos aqui ou vão levar-nos para Moscou? — perguntou ele.

Estava Pedro tão absorto em seus pensamentos que não compreendeu a pergunta. Olhava ora o regimento de cavalaria que chegara agora à altura do comboio, ora a carriola mais próxima onde dois feridos estavam sentados e um terceiro deitado; parecia que aqueles pobres diabos iam dar-lhe a solução do problema que o preocupava. Um dos que estavam sentados trazia a cabeça toda enrolada de farrapos, o nariz e a boca tortos; uma de suas bochechas, inchada sem dúvida em consequência de um ferimento, ficara da grossura duma cabeça de criança; benzia-se, olhando para a igreja. O outro, um jovem recruta lívido, de cabelos louros, parecia não ter mais uma gota de sangue no seu rosto magro; contemplava Pedro com um leve sorriso fixo nos lábios. O terceiro estava deitado de bruços e não se podia ver-lhe o rosto. Os cantores a cavalo passavam justamente diante da carreta, escandindo uma canção de dança para soldados, de que se percebiam alguns trechos:

— Ah! ah! bola picante...[85] Rola, rola e rola... Por montes e por vales...

Como para fazer-lhes eco, mas noutro tom alegre, o carrilhão dispersava no ar suas notas metálicas. Derramando seus quentes raios sobre o outro talude da estrada, lançava o sol na paisagem um terceiro elemento de alacridade. Mas, do lado onde se achava Pedro, perto da carreta dos feridos e do cavalinho ofegante, havia sombra, umidade e tristeza.

O soldado de bochecha inchada lançou contra os cantores um olhar cheio de cólera.

— Bando de trapalhões! — resmungou.

— Numa hora dessas, não bastam os soldados, lança-se mão também dos rapazes da terra — disse, com um sorriso dolente, o velho soldado que se conservava atrás da carreta. — Numa hora dessas, não há mais separação. Toda a gente serve. Toda Moscou passa por isso, ora essa! Trata-se de acabar duma vez.

Malgrado a pouca clareza dessas palavras, compreendeu-lhes Pedro o sentido geral e aprovou-as com um sinal de cabeça.

O caminho voltou a ficar livre. Ao chegar ao sopé da ladeira, Pedro tornou a subir no carro e prosseguiu sua viagem. Relanceava os olhos em torno de si, procurando rostos conhecidos, mas só encontrava por toda a parte militares desconhecidos de diversas armas, que se admiravam de seu chapéu branco e de sua casaca verde.

Ao fim de uma légua, avistou enfim alguém conhecido a quem lançou um apelo jovial. Era um dos médicos-chefes do exército que um jovem major acompanhava. Seu carrinho vinha em sentido inverso ao carro de Pedro. Reconhecendo este, fez sinal para parar ao cossaco que lhe servia de cocheiro.

— Como, sois vós, conde? Que faz Vossa Excelência por aqui?

— Deu-me vontade de ver...

— Ah! sim, há muito que ver...

Pedro desceu do carro e exprimiu-lhe seu desejo de assistir à batalha. O médico aconselhou-o a dirigir-se diretamente ao Sereníssimo.

— Deus sabe onde poderíeis encontrar lugar durante a batalha, se não sois conhecido — disse ele, trocando um olhar com seu jovem colega. — O Sereníssimo, pelo menos, vos conhece e vos acolherá com benevolência. Sim, meu caro, eis o que é preciso fazer.

O médico estava com ar de cansado e apressado.

— Ah! acha assim?... Mas, diga-me, onde é então a nossa posição? — perguntou-lhe Pedro.

— A posição? Isto não é de minha alçada. Depois que tiverdes ultrapassado Tatarinovo, vereis, cava-se muita terra. Montai ao mamelão; de lá podereis ver...

85. Apelido dos soldados cuja cabeça raspada se opõe à cabeleira, sempre mais ou menos longa, dos camponeses. (N. do T.)

— Ah! deveras?... Se o senhor...

Mas o médico já subia de novo para seu carrinho.

— Eu vos acompanharei então; mas, quereis saber? Estou até aqui — disse ele, mostrando a garganta. — Corro à casa do comandante de corpo. Sabeis como vão as coisas, conde? Amanhã, travaremos batalha. Dentre cem mil combatentes, é preciso contar pelo menos vinte mil feridos. E não temos nem padiolas, nem leitos de campanha, nem enfermeiros, nem médicos, mesmo para seis mil. É verdade que temos umas dez mil carretas, mas precisamos é de outra coisa. E temos de sair de apuros!

Um pensamento esquisito veio logo ao espírito de Pedro: entre aqueles milhares de homens bem vivos, de boa saúde, jovens e velhos, que passavam diante dele e fitavam seu chapéu com uma surpresa divertida, vinte mil, pelo menos, estavam destinados aos sofrimentos e à morte e talvez aqueles mesmos que acabava de ver.

"Vão morrer talvez amanhã; como podem pensar em outra coisa que não na morte?" E de repente, por uma misteriosa associação de ideias, imaginou a ladeira de Mojaisk, as carretas carregadas de feridos, o som dos sinos, os raios oblíquos do sol, a canção dos cavaleiros. "Aqueles cavaleiros que marcham para a batalha encontram-se com os feridos e trocam com eles piscadelas de olhos, sem refletir um instante no que os aguarda. Entre toda aquela gente, vinte mil estão votados à morte e meu chapéu os diverte! É estranho!", dizia a si mesmo, prosseguindo seu caminho para Tatarinovo.

Perto duma casa senhorial, à esquerda da estrada, estacionavam veículos, furgões, uma mulltidão de ordenanças e de sentinelas. Era ali que morava o Sereníssimo. Mas à hora em que Pedro chegou, estava ele ausente, bem como quase todo o estado-maior. Toda a gente assistia ao ofício. Pedro continuou a viagem para Gorki.

Quando, depois de ter galgado uma encosta, sua carruagem penetrou na pequena rua da aldeia, viu pela primeira vez camponeses milicianos, de blusas brancas, com uma cruz no boné, que, rindo e falando alto, animados e suados, trabalhavam à direita da estrada num avultado mamelão invadido pelo capim. Uns cavavam ali trincheiras com enxadas, outros transportavam a terra em cima de pranchas, outros esperavam. Dois oficiais davam ordens.

Vendo aqueles camponeses que se dedicavam, rindo, a um ofício novo para eles, lembrou-se Pedro dos feridos de Mojaisk e compreendeu o sentido profundo das palavras do velho soldado: "Toda a gente serve". O espetáculo de todos aqueles homens barbados trabalhando no campo de batalha, desajeitados nas suas estranhas botas, daquelas nucas de que o suor escorria, daquelas blusas desabotoadas de lado, deixando ver clavículas ossosas e tisnadas, revelou a Pedro, melhor do que tudo quanto já pudera observar e ouvir, a gravidade, a solenidade da hora presente.

21. Pedro desceu do carro e, passando pelo meio dos milicianos que trabalhavam, galgou o mamelão donde, segundo o médico chefe, podia-se ver o campo de batalha.

Eram onze horas da manhã. O sol, que Pedro tinha atrás de si, um pouco à esquerda, iluminava, através dum ar puro e raro, o imenso panorama desenrolado em anfiteatro à sua frente.

Cortando aquele anfiteatro à esquerda, a grande estrada de Smolensk serpenteava, elevando-se através de um burgo à igreja branca, situada a quinhentos passos à frente e em nível inferior ao mamelão. Aquele burgo era Borodino. Passava a estrada sobre uma ponte e, por uma série de descidas e de subidas, dirigia-se para a localidade de Valuievo, ocupada por Napoleão e que se avistava a uma légua e meia de distância. A estrada desaparecia então numa floresta amarelecente. Naquela floresta de bétulas e de abetos, à direita da direção seguida pela estrada, brilhavam ao sol a cruz e o campanário do Convento de Kolotcha. Naquela lonjura azulada, à direita e à esquerda da floresta e da estrada, apareciam, aqui e ali, os fogos dos bivaques, depois as massas indistintas de nossas tropas e as do inimigo. À direita, ao longo do Kolotcha e do

Moskva, era o terreno cortado de barrancos, entre os quais se adivinhavam as aldeias de Bezzubovo e de Zakharino. À esquerda, a região era mais chata, viam-se campos de trigo e os restos fumegantes da Aldeia de Semionovskoie.

Tudo o que Pedro via era tão vago que nada, tanto à direita como à esquerda, correspondia inteiramente ao que ele esperava. Em lugar do campo de batalha que pensava descobrir, só avistava campos cultivados, prados, tropas, florestas, fogos de bivaque, aldeias, mamelões, regatos. Por mais que concentrasse sua atenção, não conseguia reconhecer a posição, nem mesmo distinguir nossas tropas das inimigas.

"Preciso interrogar alguma pessoa competente", disse a si mesmo e dirigiu-se a um dos oficiais que observava com curiosidade seu perfil enorme e tão pouco militar.

— Posso perguntar-vos — disse ele, — o nome daquela aldeia lá embaixo, em frente?

— Burdino, não é? — respondeu o oficial, voltando-se para seu camarada.

— Borodino — corrigiu este.

O oficial, que parecia bastante contente por poder dar uma prosa, aproximou-se.

— São os nossos, aqueles lá? — perguntou Pedro.

— Sim, e lá embaixo mais longe, os franceses. Lá embaixo, estais vendo?

— Onde, afinal?

— Mas são vistos muito bem a olho nu. Lá, reparai.

O oficial indicou-lhe as fumaças que se elevavam à esquerda, além do riacho, e seu rosto tomou aquela expressão preocupada e severa que Pedro já observara em quase todos os outros.

— Ah! são os franceses! E lá? — perguntou ainda Pedro, mostrando um mamelão à esquerda, em redor do qual viam-se tropas.

— São os nossos.

— Ah! os nossos! E lá?

Indicava outro mamelão mais afastado, coroado por uma grande árvore, não longe duma aldeia aninhada numa dobra de terreno; ao lado fogos de bivaque fumegavam e avistava-se algo negro. Era o reduto de Chevardino.

— Lá embaixo? É "ele" ainda. Ontem estávamos nós ali e agora é "ele".

— Mas onde se encontra afinal nossa posição?

— Nossa posição? — disse o oficial, com um sorriso satisfeito. — Posso descrevê-la com conhecimento de causa, porque fui eu que mandei fazer quase todos os entrincheiramentos. Como vedes, nosso centro é em Borodino, lá embaixo. — Indicou a aldeia com sua igreja branca, ereta diante deles. — Lá se encontra a passagem do Kolotcha. Vede lá embaixo, onde há ainda carreiras de feno ceifado, a ponte é bem pertinho. É nosso centro. Nosso flanco direito, lá está ele. — Designou uma fenda escarpada, à extrema direita. — Ali corre o Kolotcha onde construímos três redutos, fortíssimos. Nosso flanco esquerdo... Palavra, é difícil explicar... Ontem estava ele ali, em Chevardino, estais vendo? Lá onde há um carvalho... Mas deslocamos a ala esquerda para trás; agora vedes ali a aldeia e a fumaça, é Semionovskoie... e depois lá — acrescentou, apontando o mamelão de Raievski. — Entretanto, é duvidoso que a batalha se trave ali. "Ele" fez passarem suas tropas por aqui, mas é um ardil; "ele" fará, decerto, um movimento contornante pela direita do Moskva... Seja como for, muitos haverá que faltarão à chamada, amanhã!

Um velho suboficial, que se aproximara durante a conversa, esperava em silêncio; nesse ponto, descontente sem dúvida com a observação de seu chefe, interrompeu-o:

— Precisamos ainda de gabiões — disse, num tom brusco.

O oficial pareceu perturbar-se como se tivesse compreendido que se podia pensar que muitos camaradas faltariam no dia seguinte à chamada, mas que não convinha falar disso.

— Bem: envia ainda a terceira companhia — apressou-se em responder. E voltando-se para Pedro: — Mas vós, quem sois? Um médico, sem dúvida.

— Não, estou por aqui à-toa...

E Pedro, tornando a descer, passou de novo pelo meio dos milicianos.

— Ah! os porcalhões! — disse, tapando o nariz, o oficial que o seguia a grandes passadas.

— Ei-los!... Carregam-na, estão chegando... Ei-los disseram várias vozes. E logo oficiais, soldados e milicianos se precipitaram para a estrada.

Uma procissão, partida de Borodino, subia a colina. À frente, sobre a estrada poeirenta, avançava um batalhão de infantaria, de armas baixas e cabeça descoberta. Ouviam-se atrás dos soldados cantos de igreja.

Deixando Pedro para trás, soldados e milicianos, de cabeça descoberta, corriam ao encontro dos que vinham vindo.

— Carregam a boa Mãe! Nossa protetora!... Nossa Senhora da Ibéria.

— Não, de Smolensk — retificou outro.

Os milicianos, tanto os que se encontravam na aldeia como os que trabalhavam na bateria, largando suas enxadas, dirigiram-se ao encontro da procissão. Por trás do batalhão avançava o clero com casulas, um velho padre pequenino com seu barrete, acompanhado de diáconos e chantres. Em seguida, soldados e oficiais carregavam, em seu revestimento de metal, um grande ícone de rosto enegrecido. Era o que tinham tirado de Smolensk e que desde então seguia o exército. Por trás, por diante, pelos lados, marchavam, corriam e se prostravam, de cabeças descobertas, grandes quantidades de militares.

No alto da colina, o ícone parou. As pessoas que o seguravam com faixas foram substituídas, os turiferários acenderam os turíbulos e o ofício começou. Os raios ardentes do sol caíam a prumo; leve brisa brincava nas cabeleiras dos que ali estavam e nas fitas que ornavam a imagem; os cânticos subiam e se perdiam no ar. Uma multidão enorme de oficiais, de soldados, de milicianos, comprimia-se em derredor. À retaguarda do clero, num espaço deixado livre, mantinham-se os oficiais superiores. Um general calvo, com o cordão de São Jorge ao pescoço, conservava-se de pé, justamente atrás do padre, e, sem se benzer (sem dúvida um alemão), aguardava pacientemente o fim das orações, às quais se acreditava obrigado a assistir, porque elas reanimariam o patriotismo do povo russo. Outro general, empertigado numa pose marcial, esboçava sobre o peito contínuos sinais da cruz, relanceando os olhos à direita e à esquerda. Entre aqueles altos personagens, Pedro, que se tinha misturado com os camponeses, reconheceu vários de seus conhecidos, mas não os olhou; toda a sua atenção estava retida por aqueles rostos severos de soldados cujos olhos devoravam o ícone com a mesma avidez. Quando os chantres, que completavam com aquele o seu vigésimo serviço religioso, entoaram com voz cansada e amortecida a invocação: "Santa Mãe de Deus, salvai da desgraça vossos servidores", quando o padre e o diácono completaram: "Porque, de acordo com os preceitos divinos, temos todos recorrido à vossa intercessão e confiamos em vós como numa muralha inabalável", Pedro encontrou em todos os rostos aquela mesma consciência da solenidade da hora, que já observara na ladeira de Mojaisk e em vários outros momentos de seu giro. As cabeças se inclinavam com fervor, ouviam-se suspiros e os sinais da cruz ressoavam sobre os peitos.

A multidão que se apertava em torno do ícone afastou-se de repente, empurrando Pedro. Aquela pressa em enfileirar-se anunciava sem dúvida a chegada dum personagem importantíssimo.

Era Kutuzov que vinha de inspecionar a posição e regressava a Tatarinovo. Pedro o reconheceu pelo seu vulto característico.

Seu enorme corpo, envolto numa longa túnica, com seu dorso curvado, sua cabeça branca descoberta, seu olho morto no seu rosto flácido, chegou com seu andar mergulhante e balançado e parou justamente por trás do padre. Benzeu-se com um gesto maquinal, tocou a terra com a mão e, depois de ter lançado um profundo suspiro, inclinou a cabeça encanecida. Bennigsen e sua comitiva avançavam atrás dele. A presença do general-em-chefe açambarcou logo a atenção dos oficiais superiores, mas os milicianos e os soldados continuaram a rezar, sem lhe lançar um olhar sequer.

Quando a cerimônia acabou, Kutuzov aproximou-se do ícone, deixou-se cair de joelhos, prosternou-se até o chão e ficou muito tempo sem poder reerguer-se em razão de seu peso e de sua fraqueza. Seu rosto se crispava ao esforço feito. Conseguiu-o por fim e, avançando os lábios, num trejeito ingênuo, infantil, beijou a imagem, depois inclinou-se de novo, tocando a terra com a mão. Todos os generais o imitaram, depois os oficiais e, após estes, os soldados e milicianos empurrando-se e acotovelando-se, de respiração curta e de semblante comovido.

22. Arrastado dum lado para outro pela multidão apressada, lançava Pedro olhares em torno de si.

— Conde Pedro Kirillytch! Vós aqui? — disse uma voz.

Pedro se voltou. Boris Drubetskoi, limpando os joelhos, que sujara sem dúvida ao se prosternar diante do ícone, vinha ao seu encontro, sorridente. Trajava com marcial elegância: trazia, como Kutuzov, uma longa túnica com uma chibata a tiracolo.

Entretanto o general-em-chefe havia chegado à aldeia e se sentara, à sombra da casa mais próxima, sobre um banco que um cossaco trouxera, correndo, e que um outro cobrira com um tapete. Uma comitiva numerosa e brilhante o cercava.

A procissão tornou a pôr-se em marcha. Pedro parou a uns trinta passos de Kutuzov, conversando com Boris: explicava-lhe sua intenção de assistir à batalha e de examinar a posição.

— Pois bem! — disse-lhe Boris, — eis que o que ides fazer. Far-vos-ei as honras do campo. O melhor lugar para ver alguma coisa é certamente aquele em que se encontrará Bennigsen. Estou adido à sua pessoa. Vou preveni-lo. E se quereis percorrer a posição, basta seguir-nos. Vamos justamente inspecionar o flanco esquerdo. Na volta, permitir-me-eis que vos ofereça hospedagem por esta noite; faremos uma reunião. Conheceis Dmitri Serguieitch, não é? Eis o seu alojamento — acrescentou, indicando a terceira casa de Gorki.

— Mas eu gostaria de ver o flanco direito. Dizem que é muito forte — disse Pedro. — Quereria percorrer, a partir do Moskva, toda posição.

— Podereis fazê-lo mais tarde, mas o ponto capital é o flanco esquerdo...

— Sim, sim. E não poderíeis indicar-me onde se encontra o regimento do Príncipe Bolkonski?

— O de André Nicolaievitch? Passaremos diante dele e eu vos levarei ao príncipe.

— Bem. E que queríeis dizer do flanco esquerdo?

— Para falar a verdade, aqui entre nós, nosso flanco esquerdo acha-se na realidade num estado precário — continuou Boris, baixando a voz confidencialmente. — Não era absolutamente isto que queria o Conde Bennigsen. Propunha-se fortificar aquele mamelão lá embaixo, de maneira totalmente diversa; mas — acrescentou, erguendo os ombros, — o Sereníssimo não quis ou encheram-lhe a cabeça. Porque afinal... — Mas Boris não acabou seu pensamento; nesse momento, Kaissarov, um dos ajudantes-de-campo de Kutuzov, aproximava-se de Pedro. — Ah! Paissi Serguieitch — prosseguiu ele com um sorriso desembaraçado dirigido ao recém-vindo, — como estais vendo, procuro explicar ao conde a posição. Como o Sereníssimo soube adivinhar as intenções dos franceses! É admirável!

— Falais do flanco esquerdo? — perguntou Kaissarov.

— Sim, precisamente. Nosso flanco esquerdo se encontra agora muito forte, fortíssimo.

Se bem que tivesse Kutuzov dispensado do estado-maior todos os inúteis, Boris soubera manter-se no quartel-general, conseguindo ser adido ao Conde Bennigsen. Este, como os outros, achava que o jovem Drubetskoi era um colaborador inapreciável.

O alto comando dividia-se em dois partidos bem distintos: o de Kutuzov e o de Bennigsen, o chefe do estado-maior. Boris pertencia a este último, e embora testemunhando um respeito servil a Kutuzov, dava a entender que o velho não valia nada e que era Bennigsen que fazia tudo. Aproximava-se o momento decisivo: perdida a batalha, Kutuzov seria suprimido e teria de ceder o lugar a Bennigsen; se, pelo contrário, a vitória fosse nossa, arranjar-se-ia jeito de reverter a honra a Bennigsen. Em todo o caso, o dia que se seguisse traria grande distribuição de recompensas e atrairia ao primeiro plano homens novos. Eis porque se achava Boris naquele dia em grande agitação.

Em seguida a Kaissarov, vários outros de seus conhecidos apoderaram-se de Pedro. Mal podia ele responder a todas as perguntas que lhe dirigiam acerca de Moscou e acompanhar todas as narrações que lhe faziam. Todos os rostos mostravam-se emocionados e superexcitados, mas Pedro acreditou perceber que aquela exaltação repousava sobretudo em razões de interesse pessoal; não pôde impedir-se de compará-la com a que lera em outros rostos e que provocava uma pergunta igualmente importante: a da vida e da morte. Kutuzov reparou na gorda figura de Pedro e no grupo que o cercava.

— Diga-lhe que venha cá — ordenou ele.

Um ajudante-de-campo transmitia o desejo do Sereníssimo e Pedro se dirigiu para o banco do general. Mas um soldado da milícia passou-lhe à frente. Era Dolokhov.

— Como se dá que esse esteja aqui? — perguntou Pedro.

— Oh! é um espertalhão. Intromete-se em toda parte — responderam-lhe. Foi rebaixado de novo e deseja reabilitar-se. Apresentou diversos projetos e fez uma incursão noturna nas linhas inimigas... Não se pode deixar de confessar que é um espertalhão!

Pedro descobriu-se e inclinou-se respeitosamente diante de Kutuzov.

— Pensei — dizia neste momento Dolokhov, — que se me dirigisse a Vossa Alteza, o pior que me poderia acontecer é que recusásseis ouvir-me ou que me dissésseis que sabeis tudo isso tão bem quanto eu...

— Está bem, está bem...

— Mas se tenho razão, terei prestado serviço à minha pátria, pela qual estou pronto a morrer...

— Está bem, está bem...

— E se Vossa Alteza tiver necessidade dum homem que não teme expor sua vida, digne-se lembrar-se de mim... Talvez seja útil a Vossa Alteza.

— Está bem... — repetiu Kutuzov, cujo olho sarcástico voltou-se para Pedro.

Entretanto Boris, com sua habilidade de cortesão, havia manobrado para achar-se em companhia de Pedro na vizinhança imediata do grande chefe; com o ar mais natural do mundo, como se prosseguisse uma conversa começada, disse a Bezukhov.

— Os milicianos puseram camisas brancas, bem limpas, a fim de se prepararem para a morte. Que heroísmo, conde!

Não tinha dúvida de que tais palavras despertariam a atenção de Kutuzov. Com efeito, este lhe perguntou imediatamente:

— Que dizes dos milicianos?

— Para se prepararem para o dia de amanhã, para a morte, Alteza, puseram camisas brancas.

— Ah! que povo admirável, que povo incomparável! — exclamou Kutuzov. Fechou os olhos, abanou a cabeça, lançou um suspiro. — Sim, que povo incomparável! — repetiu. E dirigindo-se a Pedro: — Então, quereis sentir o cheiro da pólvora? — perguntou-lhe. — Sim, é um cheiro agradável. Tenho a honra de ser um adorador da senhora vossa esposa; passa ela bem? Meu bivaque está à vossa disposição.

E, como acontece muitas vezes às pessoas idosas, Kutuzov passeou em torno de si um olhar distraído, como se não se lembrasse mais do que queria dizer ou fazer. Depois, reencontrando de repente o fio de suas ideias, chamou com um aceno André Serguieitch Kaissarov, irmão de seu ajudante-de-campo.

— Lembra-me, pois os versos de Marin, tu sabes, aqueles que ele escreveu sobre Guerakov: “Lições darás ao Corpo de Cadetes...” Vejamos, vejamos... — insistiu ele, dispondo-se visivelmente a gozar dum pouco de prazer.

Kaissarov recitou-lhe os versos. Kutuzov sorria e marcava o ritmo, abanando a cabeça.

No momento em que Pedro se retirava, Dolokhov deteve-o pelo braço.

— Encantado por encontrar-vos aqui, conde — disse-lhe em voz alta e marcada duma solenidade particular, sem absolutamente se preocupar com a presença de estranhos. — Na véspera de um dia em que só Deus sabe quais dentre nós ficarão entre os vivos, sinto-me feliz em ter ocasião de dizer-vos que lamento os mal-entendidos de outrora e desejo vivamente que nada tenhais mais contra mim. Perdoai-me.

Pedro olhava-o, sorrindo, sem saber o que lhe responder. Dolokhov apertou-o de encontro ao peito, com lágrimas nos olhos.

O Conde Bennigsen, a quem Boris dissera algumas palavras, voltou-se para Pedro e propôs-lhe acompanhá-lo na sua inspeção.

— Isso vos interessará — disse-lhe.

— Sim, decerto — respondeu Pedro.

Ao fim duma meia hora, Kutuzov regressou a Tatarinovo, enquanto que Bennigsen e sua comitiva, de que Pedro fazia parte, dirigiam-se para as linhas.

23. De Gorki, desceu Bennigsen a estrada real até a ponte que, em cima do mamelão, o oficial havia indicado a Pedro como o centro da posição e junto da qual se estendiam medas de feno cheiroso. Depois de ter atravessado a ponte e o burgo de Borodino, voltaram à esquerda, e, passando diante de uma massa enorme de soldados e de canhões chegaram à vista duma eminência onde milicianos cavavam a terra com enxadas. Era o reduto que viria a ser chamado mais tarde de "reduto Raievski" ou a "bateria do mamelão".

Pedro só lhe prestou medíocre atenção; não supunha que aquele reduto tornar-se-ia para ele o lugar mais memorável do campo de batalha. Atingiram em seguida por um barranco a Aldeia de Semionovskoie, onde os soldados carregavam as derradeiras pranchas das choças e das granjas. Depois, por uma série de subidas e descidas, através de centeios ceifados pela saraiva, alcançaram um caminho que a artilharia abrira nos regos dum campo lavrado e chegaram enfim às trincheiras que estavam a cavar.

Ali chegado, Bennigsen lançou os olhos para a frente, na direção do reduto de Chevardino, que na véspera ainda nos pertencia e onde se avistavam alguns cavaleiros. Oficiais pretendiam que um deles devia ser Napoleão ou Murat. Toda a gente se pôs a olhar avidamente para aquele lado. Pedro esforçava-se por adivinhar qual daqueles cavaleiros podia bem ser Napoleão. Mas o grupo desceu imediatamente o mamelão e perderam-no de vista.

Dirigindo-se a um general que se aproximava, explicou-lhe Bennigsen, pormenorizadamente, a posição de nossas tropas. Pedro escutava-o, aplicando-se em apreender o tema da futura batalha, mas verificou, com grande pesar seu, que sua inteligência não alcançava até lá. Não compreendia absolutamente nada. No momento em que Bennigsen terminava sua lição, notou a cara que Pedro mostrava, escutando-o.

— Isto não deve interessar-vos, não é? — perguntou-lhe bruscamente.

— Mas, pelo contrário — protestou Pedro, sem muita sinceridade.

A partir das trincheiras, obliquaram mais à esquerda ainda, por um caminho que serpenteava através de um bosque de bétulas novas. No meio desse bosque, surgiu diante deles uma lebre parda, de patas brancas. Espantada com a aproximação de tantos cavalos, perdeu a cabeça e saiu aos saltos por muito tempo pelo caminho, excitando a hilaridade geral; foi preciso que várias vozes dessem berros atrás dela, para que se decidisse a tornar a entrar na espessura. Ao fim duma meia légua, deram numa clareira ocupada pelo corpo de Tutchkov, a quem incumbia a defesa do extremo flanco esquerdo.

Aqui Bennigsen falou longamente e com calor, e tomou uma medida que pareceu a Pedro duma importância primordial. Em face do corpo de Tutchkovelevava-se um morro que não tinham cuidado de ocupar. Bennigsen criticou essa falta em voz alta, dizendo que era insensato deixar desguarnecido um ponto que comandava a região e que era preciso colocar tropas no sopé do morro. Alguns generais exprimiram a mesma opinião. Um deles, com uma franqueza bem militar, queixou-se mesmo de que os tivessem mandado para o matadouro. Bennigsen, por conta própria, deslocou as tropas e mandou-as ocupar o morro.

Essa medida convenceu Pedro de sua incapacidade de compreender a arte da guerra. Partilhando plenamente da opinião de Bennigsen e dos generais, perguntava a si mesmo como aquele que colocara naquele lugar o corpo de Tutchkov pudera cometer falta tão grosseira.

Ignorava que aquele corpo não tinha por missão defender a posição, como o acreditava Bennigsen; tinham-no dissimulado ali, em vista duma armadilha, a fim de que pudesse cair de improviso sobre o inimigo em marcha, Mudando aquela posição, obedecera Bennigsen a vistas particulares e cuidou de nada comunicar ao general-em-chefe.

24. Durante aquela mesma clara noite de 25 de agosto, repousava o Príncipe André numa granja demolida da Aldeia de Kniazkovo, no extremo limite da frente que o regimento defendia. Apoiado no cotovelo, olhava, através das paredes desconjuntadas, uma linha de bétulas trintenárias, com os galhos baixos podados, que corria ao longo do tapume, um campo onde se espalhavam molhos de aveia e uma mata de corte donde subia a fumaça das cozinhas.

Se bem que se julgasse um ser inútil e pesada lhe fosse a vida, sentia-se tão emocionado, tão superexcitado como sete anos antes, na véspera de Austerlitz.

Recebera e transmitira as ordens concernentes à batalha do dia seguinte. Nada mais lhe restava a fazer. Mas os pensamentos mais simples, mais claros e por consequência os mais angustiantes não cessavam de assaltá-lo. Sabia que aquela batalha seria a mais terrível de todas as que já assistira e, pela primeira vez, a possibilidade de morrer se apresentava a ele em toda a sua nudez, em todo o seu horror, com acuidade, quase com certeza. Não perguntava mais a si mesmo que repercussão esse acontecimento poderia ter sobre outrem, encarava-o de um ângulo puramente pessoal, só pensava em sua alma. Da altura que seus pensamentos atingiam, tudo quanto outrora o havia tanto atormentado se aclarou como uma luz branca, fria, sem sombras, sem perspectivas, sem contornos definidos. Compreendeu que até então só contemplara sua vida com o auxílio duma lanterna mágica e sob uma iluminação artificial. Aqueles quadros grosseiramente coloridos, via-os subitamente sem vidros interpostos, ao vivo clarão do dia. "Sim, sim, ei-las, essas miragens enganadoras que tanto me perturbaram, exaltaram e torturaram", dizia a si mesmo, repassando na sua imaginação os quadros principais daquela lanterna mágica e contemplando-os agora àquela luz fria e branca que o pensamento lúcido da morte produz. "Ei-las, aquelas imagens, grosseiramente pintadas que me pareciam tão belas e tão misteriosas. A glória, o bem público, o amor, a própria pátria, quanto essas coisas me pareciam grandes e cheias dum sentido profundo! E tudo isso é tão pálido, tão grosseiro, à luz embranquecedora desta aurora que, eu o sinto, nasce para mim!" Sua atenção era especialmente solicitada pelos três maiores pesares de sua vida: seu amor, a morte de seu pai e a invasão dos franceses, que já ocupavam metade da Rússia. "O amor!... Aquela mocinha que me parecia guardar tantas forças misteriosas! Como é possível? Eu a amava, construía poéticos sonhos de amor, de felicidade... Pobre coitado! — exclamou de repente, com uma amarga ironia. — Pois é! tu acreditavas em não sei qual amor ideal que devia conservá-la fiel a ti durante todo um ano de ausência. Como o terno pombo da fábula, devia ela consumir-se de tanto esperar... Ai de mim! tudo é mais simples... Tudo isso é terrivelmente simples e repugnante!"

"Meu pai estava construindo em Montes Calvos; acreditava que aquele canto lhe pertencia, que havia ali um solo, um ar, camponeses seus; mas Napoleão apareceu e, sem saber mesmo que meu pai existisse, varreu-o como a uma palha, a ele e à sua Montes Calvos: E Maria acha que seja isto uma provação vinda do alto! Por que então essa provação, uma vez que ele não mais existe e nunca mais existirá? Não, nunca mais voltará. Então, por que, pois, essa provação?... A pátria, a perda de Moscou! Mas amanhã me matarão e não será mesmo um francês, será um dos nossos, como aquele soldado que ontem descarregou sua arma perto de minha orelha... Depois virão os franceses, me pegarão pelos pés e pela cabeça e me atirarão numa fossa para que eu não os empeste... Novas condições de existência se elaborarão, tornar-se-ão tão naturais para outros quanto as antigas... e eu não as conhecerei... e não existirei mais".

Contemplou a fila de bétulas, sua folhagem amarela imóvel, sua casca branca luzindo ao sol. "Morrer... Sim, pode dar-se que seja morto amanhã... que não exista mais... que tudo isso exista ainda, mas que para mim esteja tudo acabado". Teve a visão bem nítida da vida continuando sem que nela tomasse parte. E aquelas bétulas com seu colorido e sua sombra, aquelas nuvens crespas, aquela fumaça dos bivaques, tudo aquilo se transformou de repente, tomou a seus olhos um aspecto terrível e ameaçador. Um arrepio invadiu-o todo. Levantou-se bruscamente, saiu e se pôs a andar para lá e para cá.

De súbito, vozes ecoaram atrás do telheiro.

— Quem vem lá? — perguntou o Príncipe André.

Timokhin, o capitão de nariz vermelho, o antigo comandante de companhia de Dolokhov, promovido, em consequência da falta de oficiais, a chefe de batalhão, entrou timidamente na granja. Um oficial de ordenança e o oficial pagador o seguiam.

André levantou-se às pressas, ouviu o relatório de seus subordinados e lhes transmitiu suas derradeiras ordens. Ia despedi-los, quando ouviu lá fora o som duma voz familiar.

— Que diabo! — resmungava alguém que acabava sem dúvida de tropeçar num obstáculo.

André lançou um olhar para o exterior e reconheceu Pedro. Este praguejava contra uma vara em que tropeçara. André não estava querendo ver pessoas de sua roda e muito menos Pedro, que lhe recordava os episódios dolorosos de sua derradeira estada em Moscou.

— Ah! és tu? — disse ele. — Mas a que se deve esse acaso? Não esperava isso.

Havia na sua voz, nos seus olhos, em toda a sua fisionomia, uma frieza, uma hostilidade tão aparentes que o bom humor de Pedro não resistiu a tal acolhida. Sentiu-se mal à vontade.

— Vim... à-toa... é muito interessante... — gaguejou Pedro que já havia empregado grande número de vezes naquele dia essa palavra que nada quer dizer: "Interessante". — Deu-me vontade de ver a batalha.

— Ah! deveras? E os irmãos maçons, que dizem da guerra? Puderam impedi-la? — perguntou André ironicamente. — E que se diz em Moscou? Os meus já chegaram lá? — acrescentou num tom mais sério.

— Sim, Júlia Drubetskoi me disse. Fui vê-los, mas não os encontrei; tinham já partido para vossa casa do subúrbio.

25

. Os oficiais queriam retirar-se, mas André, que não desejava absolutamente ficar a sós com seu amigo, reteve-os. Trouxeram bancos e serviu-se o chá. Os oficiais observavam, não sem espanto, a maciça pessoa de Pedro e ouviam-no discorrer sobre Moscou e as posições que acabava de percorrer. André permanecia parado numa atitude tão esquiva que Pedro se dirigia de preferência ao excelente Timokhin. De repente André interrompeu-o:

— Então, compreendeste bem a disposição das tropas?

— Sim... ou antes, como não sou do ofício, não posso dizer que a tenha compreendido inteiramente, mas apreendi o plano geral.

— Pois então, está mais adiantado que qualquer um.

— Como! — exclamou Pedro, estupefato, fitando-o através dos óculos. — Então, que dizeis da nomeação de Kutuzov?

— Causou-me prazer, é tudo quanto posso dizer.

— E que pensais de Barclay de Tolly? Em Moscou, Deus sabe o que se fala dele. Vejamos, qual a vossa opinião a seu respeito?

— Pergunta a esses senhores — disse André, designando os oficiais.

Pedro, com aquele sorriso indulgente com que todos involuntariamente se dirigiam a Timokhin, olhou para este.

— Vossa Excelência haverá de saber que quando o Sereníssimo assumiu o comando, foi como se raiasse a luz — respondeu Timokhin, com certa hesitação e mantendo sempre os olhos fixos em seu coronel.

— Como assim? — perguntou Pedro.

— Pois bem, tomemos por exemplo a lenha e a forragem. Quando recuamos desde Swienciany, não se podia tocar numa braçada de feno ou na menor palha. Entretanto, uma vez que recuávamos, era "ele" quem se aproveitava, não é, Excelência? — insistiu, dirigindo-se ao príncipe. — Dois oficiais de nosso regimento foram submetidos a julgamento por causa de fatos dessa natureza. Mas com o Sereníssirno, tudo isso se tornou mais simples. Viu-se a luz.

— Mas por que Barclay ordenou tal proibição?

Embaraçado com essa pergunta, Timokhin girava os olhos sem responder. O Príncipe André veio em seu socorro.

— Ora, para não arruinar o país que se abandonava ao inimigo — disse, num tom de amarga ironia. — Que de mais justo? Não se poderia permitir que as tropas pilhassem o país, nem que aprendessem a roubar. Em Smolensk também, raciocinou com justeza, pensando que os franceses poderiam derrotar-nos e que suas forças eram superiores às nossas. Contudo, o que ele não pôde compreender — gritou ele de repente, com explosões de sua voz delicada, — o que ele não pôde compreender é que em Smolensk defendíamos, pela primeira vez, a terra russa, que havíamos repelido, dois dias seguidos, os ataques dos franceses, que nossa resistência havia decuplicado nossas forças. Ainda assim, ordenou a retirada, e todos os nossos esforços, todas as nossas perdas se viram inutilizados. Sem dúvida não pensava em trair, esforçava-se por fazer o melhor, pesava todas as coisas; mas é precisamente por isso que ele não vale nada. Não, não vale nada, porque, como todo bom alemão, aplica-se demais. Como explicar-te isso?... Suponhamos que teu pai tenha um criado alemão. É um excelente sujeito, prevê todos os seus desejos, melhor do que tu não poderias fazer. Tu lhe largas a brida no seu serviço. Mas se teu pai estiver moribundo, então afastarás esse homem e, com tuas mãos inábeis e canhestras, cuidarás de teu pai e conseguirás aliviá-lo melhor que um estrangeiro, por mais hábil que seja. Foi assim que se agiu com Barclay. Enquanto a Rússia estava de boa saúde, um estrangeiro podia servi-la e dar um excelente ministro; mas, desde que ela se acha em perigo, é-lhe preciso um homem de seu sangue... No vosso clube, pretendeu-se que ele era um traidor! Um dia ter-se-á vergonha dessa calúnia e far-se-á dele um herói ou um homem de gênio, o que será ainda mais injusto. Não passa dum honesto e meticuloso alemão...

— Dizem que é um hábil homem de guerra — objetou Pedro.

— Ignoro o que isso queira dizer — retorquiu André, com um sorriso zombeteiro.

— Um hábil homem de guerra é aquele que prevê todas as eventualidades... que adivinha as intenções do adversário.

— Mas é impossível — replicou André, como se a questão estivesse resolvida desde muito.

Pedro fitou-o com olhar surpreso.

— Contudo — disse ele, — acha-se que a guerra é semelhante a uma partida de xadrez.

— Sim — disse André, — com esta pequena diferença somente que, no xadrez, pode-se a cada jogada refletir tanto quanto se quiser, não desempenhando aqui o tempo nenhum papel, e ainda com esta diferença que o cavaleiro é sempre mais forte que o peão, que dois peões são sempre mais fortes que um, ao passo que na guerra um batalhão é por vezes mais forte que uma divisão e por vezes mais fraco que uma companhia. Ninguém pode jamais conhecer a força relativa das tropas. Acredita bem que, se o resultado dependesse das medidas tomadas pelos estados-maiores, eu teria ficado no quartel-general e lá daria ordens, ao passo que tenho a honra de servir aqui, neste regimento, bem como esses senhores, e acho que é de nós que dependerá a jornada de amanhã... O bom êxito nunca dependeu e jamais dependerá nem da posição, nem do armamento, nem mesmo do número. Em todo o caso, não da posição!

— E de que então?

— Do sentimento que está em mim, nele — e apontou Timokhin, — em cada soldado.

O Príncipe André olhou para Timokhin que fitava seu chefe com olhos espantados e perplexos. O Príncipe André, antes reservado e silencioso, parecia agora agitado. Via-se que não se podia coibir em exprimir os pensamentos que o haviam assaltado de repente.

— Ganha a batalha aquele que decidiu firmemente ganhá-la. Por que perdemos a Batalha de Austerlitz? Nossas perdas não ultrapassavam as dos franceses, mas dissemos a nós mesmos, demasiado cedo, que estávamos vencidos e o fomos. E nós no-lo dissemos porque não fazíamos questão de bater-nos; queríamos deixar o campo de batalha o mais cedo possível. “A batalha está perdida, só resta fugir!” E fugimos. Se não tivéssemos empregado essa linguagem, Deus sabe o que teria acontecido. Amanhã vai ser diferente. Achas que nosso flanco esquerdo está fraco e nosso flanco direito demasiado extenso. Tolices tudo isso! Produzir-se-ão amanhã milhões e milhões de eventualidades que farão que, em determinado momento, os deles ou os nossos fugirão, que tal ou tal será morto. Mas enquanto se espera, tudo quanto se faz não passa de um jogo. Aqueles com quem visitaste a posição, longe de ajudar a marcha das operações, entravamna. Só pensam nos seus pequeninos interesses pessoais.

— Em semelhante momento? — disse Pedro, indignado.

— Sim, em semelhante momento — continuou o Príncipe André. — Para eles, esse momento não é senão aquele em que podem minar a situação dum adversário e obter uma cruz ou um cordão a mais. Eis, na minha opinião, como a situação se apresenta: um exército de cem mil russos vai-se bater amanhã contra um exército de cem mil franceses, e o que se mostrar mais encarniçado no combater e que poupar menos esforços, conquistará a vitória. E queres que te diga? Aconteça o que acontecer, e malgrado as manigâncias dos chefes, seremos nós que a conquistaremos. Sim, amanhã, contra tudo e malgrado tudo, ganharemos a batalha.

— É a pura verdade, Excelência — interveio Timokhin. — Não é hora de cada qual se poupar. Acreditareis o que vos digo? Os soldados de meu batalhão recusaram beber uma gota sequer: não é dia disso, dizem eles.

Reinou certo silêncio. Os oficiais se levantaram. O Príncipe André seguiu-os para lhes dar suas derradeiras instruções. Quando eles partiram, quis Pedro continuar a conversa, mas o trote de três cavalos fez-se ouvir na estrada, não longe do telheiro. Lançando os olhos para aquele lado, reconheceu André, Wolzogen e Clausewitz, acompanhados de um cossaco. Passaram tão perto que os dois amigos puderam ouvir pedaços de sua conversa.

— *Der Krieg muss in Raum verlet werden. Der Ansicht kann ich nicht genug Preis geben* — dizia um deles![86]

— *O ja* — aprovava o outro, — *der Zweck ist nur den Feind zu schwächen, so kann man gewiss nicht den Verlust der Privat-Personen in Achtung nehmen.*[87]

— *O ja* — afirmou o primeiro.[88]

Na verdade, *im Raum verlogen!* — repetiu o Príncipe André, numa explosão de cólera, depois que os dois homens passaram. — Meu pai, meu filho e minha irmã lá ficaram, *im Raum,* e

86. Em alemão no original: “A guerra deve estender-se. É essa uma opinião que não poderia deixar de aprovar fortemente”. (N. do T.)

87. “Decerto; o fim é enfraquecer o inimigo; as perdas dos particulares não entram em consideração”.

88. “Certamente”.

aquele senhor pouco se preocupa com isso. É bem o que dizia: não são esses alemães que ganharão amanhã a batalha. Outra coisa não farão que atrapalhar tudo, enquanto estiver a seu alcance, porque sua cachimônia só compreende raciocínios pelos quais não daria eu um alfinete, e não têm no coração nada do que seria preciso para amanhã, nada do que existe no coração de Timokhin. Depois de haverem entregue a "ele" toda a Europa, tratam de nos dar lições. Ah! os belos professores que temos! — concluiu ele, numa voz aguda.

— Então você acredita que ganharemos a batalha? — perguntou Pedro.

— Sim, sim — respondeu distraidamente André. — Em todo o caso, se isso só dependesse de mim, não faríamos prisioneiros. Prisioneiros? Isso é coisa da cavalaria. Os franceses pilharam minha casa, pensam em pilhar Moscou; ultrajaram-me e cada instante outra coisa não fazem senão ultrajar-me. São meus inimigos, considero-os a todos como criminosos. É preciso matá-los. Desde o momento em que são meus inimigos, não podem ser meus amigos, malgrado todos os seus belos discursos de Tilsit.

— Certamente — aprovou Pedro, de olhos brilhantes. — Estou de pleno acordo com você.

O problema, que desde a ladeira de Mojaisk não havia cessado de preocupar Pedro, parecia-lhe agora bastante claro e definitivamente resolvido. Compreendia todo o sentido daquela guerra e da próxima batalha. Tudo quanto vira naquele dia, aqueles rostos graves e recolhidos que avistara de passagem, tomavam a seus olhos um brilho novo. Compreendeu o calor *latente,* como se diz em física, do patriotismo de toda aquela gente; explicava-lhe porque todos se preparavam para morrer com uma calma vizinha da indiferença.

— Não fazer prisioneiros — prosseguiu o Príncipe André, — seria transformar toda a guerra e torná-la menos cruel. Em lugar disto, brincamos de guerra, ai de mim!fazemo-nos de generosos. Essa generosidade, essa sensibilice me lembram a de uma melindrosa que se sente mal diante dum bezerro que está sendo abatido. Seu excelente coração não lhe permite ver sangue correr, mas se regalará de boa vontade com esse mesmo bezerro temperado com um bom molho. Empurram-se para a frente as leis de guerra, a humanidade, o cavalheirismo, o respeito aos parlamentares, etc... Tolices tudo isso! Vi todas essas belas coisas em 1805; enganaram-nos, enganamos. Entregam-se nossas casas à pilhagem, lançam-se em circulação cédulas falsas e, o que é pior, matam meu pai ou nossos filhos e vem-se depois disso falar-me das leis da guerra e de generosidade para com o inimigo! Não, não se deve fazer prisioneiros, mas matá-los todos e marcharmos nós mesmos para a morte! Aquele que, como eu, chegou a esta convicção, passando pelos mesmos sofrimentos...

O Príncipe André queria dizer que lhe era indiferente que Moscou fosse tomada ou não, como o fora Smolensk, mas um espasmo cerrou-lhe a garganta. Deu alguns passos em silêncio, depois, de olhos enfebrecidos e de lábios trêmulos, voltou à conversa.

— Sem essa falsa generosidade, só marcharíamos quando fosse preciso, como hoje, seguir para uma morte certa. Não haveria guerra sob o pretexto de que Pavel Ivanytch ofendeu a Mikhail Ivanytch. E quando houvesse uma, como a de hoje, então seria uma verdadeira guerra. O número e a eficácia das tropas seriam aliás bem menores do que hoje. Todos esses hessianos, todos esses vestfalianos, que Napoleão arrasta após si, não o teriam seguido até à Rússia, e nós tampouco teríamos ido bater-nos na Áustria e na Prússia, sem sabermos porquê. Que vem a fazer a galantaria na guerra? Não é ela o que há de mais infame no mundo? Deveríamos lembrar-nos disso e não fazer dela uma distração. Essa terrível necessidade deve ser aceita com a seriedade desejada. Afastemos toda mentira: a guerra, pois bem, é a guerra e não um brinquedo de criança. Não se deve fazer dela um divertimento para uso de ociosos e de levianos. Não é a carreira militar tida como a mais nobre de todas?

— E contudo que carreira é essa, como se logram êxitos nela, que costumes acarreta naqueles que a exercem? Sua finalidade é o assassínio; seus meios, a espionagem, a traição e o encorajamento à traição, a ruína dos habitantes, a pilhagem e o roubo organizados para a subsistência do exército, o engano e a mentira enfeitados com o nome de ardis de guerra; seus costumes, a escravidão batizada de disciplina, a ociosidade, a grosseria, a crueldade, a orgia, a embriaguez. E malgrado isso, a casta militar prima sobre as outras, toda a gente a honra. Todos os soberanos, exceto o imperador da China, usam o uniforme militar e dá-se a mais alta recompensa àquele que mais gente matou. Quantas dezenas de milhares de homens se encontram, como será amanhã o caso, para se ferir, se estropiar, se entrematar; celebrar-se-ão cerimônias de ações de graça, porque terão sido mortos tantos e tantos homens, cujo número, aliás, sempre se aumenta, estimando-se que, quanto mais mortos haja, mais deslumbrante foi a vitória. Como, lá do alto, considera e aceita Deus tais preces? — exclamou André, com sua vozinha esganiçada. — Ah! meu caro, a vida tornou-se para mim uma carga nestes últimos tempos! Começo, decididamente, a compreender muita coisa. Não é bom que o homem saboreie os frutos da árvore do bem e do mal... Não será, aliás, por muito tempo... Mas dormes, parece-me. Já é bem tempo que eu também durma um pouco. Volta a Gorki.

— Oh! não — respondeu Pedro, fitando em André um olhar marcado duma simpatia dolorosa.

— Mas sim, vai-te. Para bem nos batermos, precisamos dormir bem.

Aproximou-se vivamente de Pedro e abraçou-o.

— Vamos, vai-te, adeus — exclamou. — Será que ainda nos tomaremos a ver?...

Voltou-se rapidamente e entrou na granja. Como já estivesse escuro, não pôde distinguir Pedro se, no momento daquelas despedidas, o rosto de seu amigo se mostrava terno ou severo. Hesitou alguns instantes em acompanhá-lo. "Não, — decidiu, — ele não tem necessidade de mim; e sei que é a nossa derradeira entrevista". Lançou um profundo suspiro e regressou a Gorki.

De volta a seu telheiro, estendeu-se André sobre uma coberta, mas não conseguiu dormir. Imagens sobre imagens o assediavam. Deteve-se com complacência numa delas. Revia um serão em Petersburgo. Natacha lhe contava com ardor como, no verão precedente, à busca de cogumelos, se perdera numa grande floresta. Descrevia-lhe copiosamente a floresta profunda e as sensações que nela experimentara, bem como a conversa que ali tivera com um criador de abelhas; interrompia-se a cada instante para dizer-lhe: "Não, não sei contar, você não pode compreender-me". Mas ele a tranquilizava, afirmando que a compreendia muito bem, e, de fato, sabia muito bem o que ela queria dizer. Desolava-se Natacha por não poder exprimir a emoção poética que dela se apoderara naquele dia. "Aquele velho era tão encantador, estava tão escuro na floresta, ele tinha tão bons... não, deveras, não sei contar", dizia ela, toda animada e toda enrubescente. André se pôs a sorrir, com aquele sorriso feliz que tinha então, fitando-a bem nos olhos. "Ah! eu a compreendia muito bem. Sim, eu a compreendia e o que eu amava nela, era aquela alma ardente, ingênua, irrefletida, que parecia prisioneira do corpo... Sim, era aquela alma que eu amava com um amor tão violento e que me tornava tão feliz..." E de repente, recordou-se do triste desenlace daquele amor. "Tudo aquilo pouco importava àquele homem. Não via nela senão uma linda mocinha que não julgava digna de associar à sua sorte. Enquanto que eu... E dizer que aquele indivíduo ainda vive neste mundo!"

A esta lembrança, pulou André como se o tivessem queimado com um ferro em brasa e retomou seu passeio diante do telheiro.

26

. No dia 25 de agosto, véspera da Batalha de Borodino, o Sr. de Beausset, prefeito do palácio, e o Coronel Fabvier chegaram, o primeiro de Paris, o segundo de Madri, ao bivaque de Napoleão, em Valuievo.

Depois de haver envergado seu uniforme de corte, o Sr. de Beausset mandou que lhe trouxessem um pacote que devia entregar a Napoleão e entrou no primeiro compartimento da tenda imperial, onde, enquanto conversava com os ajudantes-de-campo que o assediavam de perguntas, pôs-se a desfazer o pacote. Entretanto Fabvier, detido à entrada da tenda, entretinha-se com generais seus conhecidos.

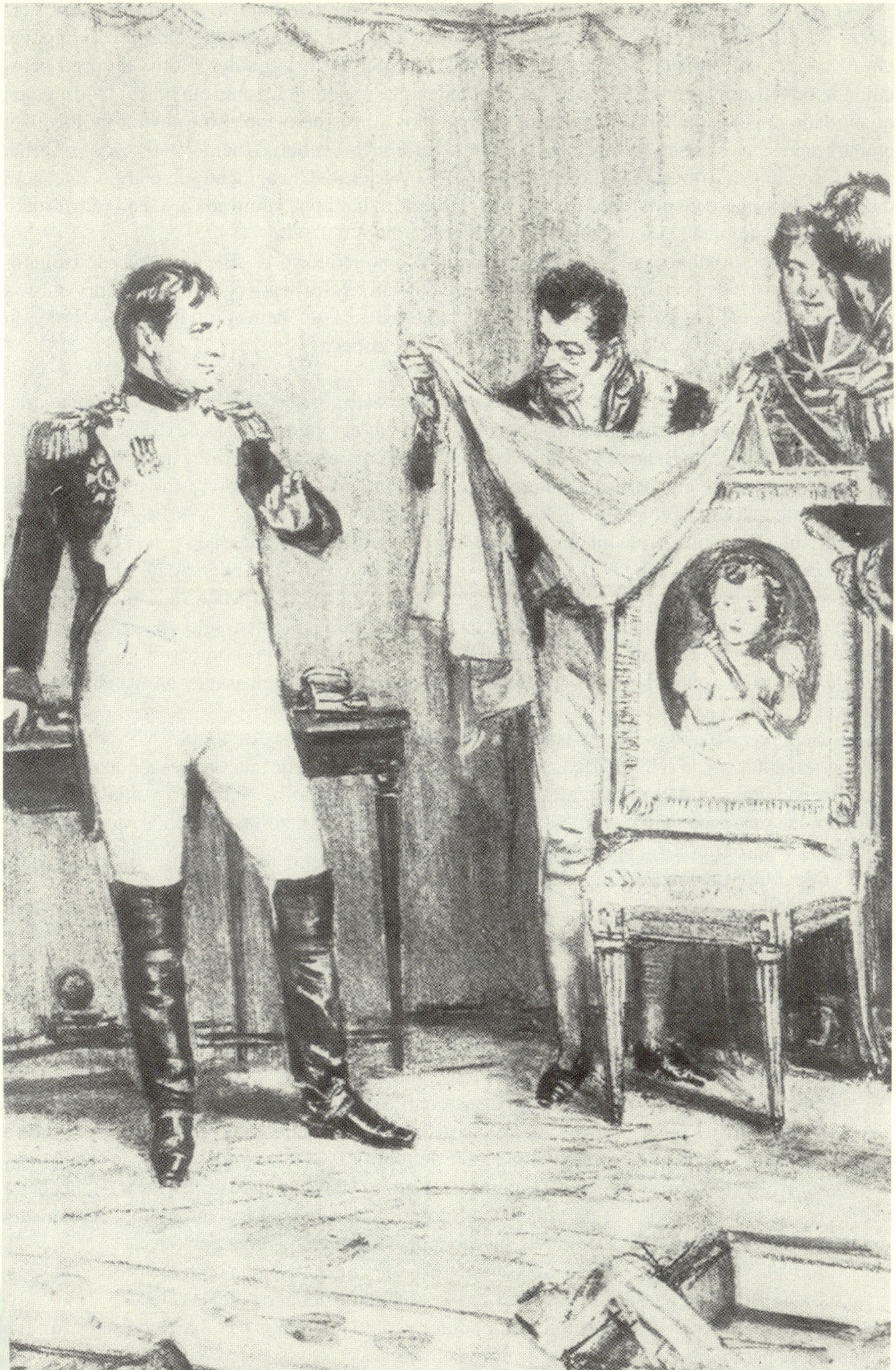

Terminava o Imperador seu asseio no quarto de dormir. Entregava, aos bufidos, ora suas largas costas, ora o peito gordo e peludo, à escova com que um criado de quarto o esfregava. Outro criado, com o dedo no gargalo dum frasco, aspergia de água-de-colônia o corpo bem-cuidado de seu amo; seu semblante dava a entender que somente ele sabia em que lugar e em que quantidade devia espalhar-se o perfume. Os cabelos curtos de Napoleão estavam molhados e embaraçados na testa. Seu rosto, embora amarelo e gorducho, refletia o bem-estar. "Vamos, firme, vamos, continue...", dizia, fazendo-se pequenino sob a fricção. Um ajudante-de-campo, que viera dar conta do número de prisioneiros feitos na véspera, aguardava, cumprida a sua missão, ordem de retirar-se. Napoleão lançou, careteando, um olhar para seu lado.

— Nada de prisioneiros! — disse, como um eco ao relatório. — Eles se estão destruindo. Tanto pior para o exército russo... Vamos, continue, vamos, firme — continuou, encurvando as costas sob a escova. — Está bem, façam entrar o Sr. de Beausset, bem como Fabvier — ordenou ao ajudante-de-campo, que despediu com um sinal de cabeça.

— Sim, Sire.

O ajudante-de-campo se retirou. Os dois criados vestiram destramente Sua Majestade que, com o uniforme azul da guarda, entrou a passo firme e precipitado na sala de recepção.

Entretanto o Sr. de Beausset instalava o presente da imperatriz, que tinha trazido, sobre duas cadeiras, justamente em frente do lugar por onde devia vir o Imperador. Mas este entrou tão bruscamente que não teve ele tempo de terminar seus preparativos.

Adivinhou Napoleão que lhe preparavam uma surpresa e, não querendo privar desse prazer o Sr. de Beausset, fingiu não vê-lo. Chamando a si Fabvier, ouviu, num silêncio mal-humorado, o que este lhe dizia da bravura e do devotamento das tropas de Sua Majestade que se tinham batido em Salamanca, na outra extremidade da Europa; só tinham um desejo, mostrarem-se dignas de seu Imperador, e um temor, não satisfazê-lo. O resultado do combate fora desastroso. Napoleão deu-lhe a entender, por meio de algumas observações irônicas que, na sua ausência, as coisas não podiam tomar senão outro caminho.

— Será preciso que repare eu isto em Moscou — disse ele. — Até logo...

Entrementes havia o Sr. de Beausset terminado a instalação de sua surpresa, que repousava sobre as cadeiras, cuidadosamente cobertas por um véu. Tendo-se Napoleão voltado para seu lado, fez-lhe profunda vênia à francesa, como somente sabiam fazê-las os velhos servidores dos Bourbons, e aproximou-se, apresentando um envelope.

O Imperador acolheu-o com satisfação e beliscou-lhe a ponta da orelha.

— O senhor se apressou, estou encantado. E que dizem em Paris? — perguntou-lhe num tom que se tornara de repente todo afável.

— Sire, toda Paris lamenta vossa ausência — respondeu sabiamente o Sr. de Beausset.

E, se bem que Napoleão esperasse mesmo uma resposta dessa espécie, se bem que nos seus momentos lúcidos soubesse o valor a dar a tais lisonjas, nem por isso deixou de acolher esta com prazer. Honrou o Sr. de Beausset com nova beliscadela de orelha.

— Lamento tê-lo obrigado a uma viagem tão longa — disse.

— Sire, outra coisa não esperava senão encontrar-vos às portas de Moscou.

Napoleão sorriu e lançou à direita um olhar distraído. Um ajudante-de-campo se aproximou a passo deslizante e lhe entregou uma tabaqueira de ouro.

— Sim, o senhor tem sorte — prosseguiu o Imperador, aproximando de seu nariz a tabaqueira aberta. — O senhor que gosta de viajar, dentro de três dias verá Moscou. Não esperava sem dúvida visitar a capital asiática. Terá feito assim uma belíssima viagem.

Ainda que seu soberano lhe atribuísse um gosto de cuja existência nem ele próprio suspeitava, o Sr. de Beausset agradeceu-lhe, inclinando-se àquela delicada atenção.

— Mas que é isso? — perguntou o Imperador, vendo que todos os olhares de sua comitiva se voltavam para o objeto recoberto por um véu.

O Sr. de Beausset, com uma destreza de cortesão, recuou dois passos sem voltar as costas, depois retirou o véu, anunciando:

— Um presente para Vossa Majestade da parte de Sua Majestade, a Imperatriz.

Era, pintado por Gérard, em cores vivas, o retrato do menino, nascido de Napoleão e da Arquiduquesa da Áustria, que toda a gente chamava, não se sabe porque, o rei de Roma. Aquele encantador menininho, de cabelos encaracolados, de olhar semelhante ao de Jesus da Madona de São Xisto, era representado brincando com um bilboquê. A bola figurava o globo terrestre e o cabo, que ele segurava na outra mão, tinha a forma de um cetro.

Se bem que a intenção do pintor não fosse muito clara — por que, com efeito, furava o rei de Roma o globo com um pau? — a alegoria fora compreendida e apreciada por todos aqueles que tinham visto o quadro em Paris; pareceu que o era igualmente por Napoleão.

— O rei de Roma — disse ele, com um gesto gracioso para o retrato. — Admirável.

Graças a esse dom particular que têm os italianos de mudar à vontade a expressão de seu rosto, assumiu, aproximando-se do quadro, um ar ao mesmo tempo terno e pensativo. Sabia bem que tudo quanto iria dizer e fazer pertenceria à História. Como contraste à sua grandeza, em virtude da qual seu filho podia brincar de bilboquê com o mundo, a ternura paternal mais ingênua lhe pareceu a atitude mais apropriada. Seus olhos se velaram de lágrimas, procurou com o olhar uma cadeira que voou imediatamente a seu encontro, e sentou-se em frente do retrato. Depois fez um gesto e todos se retiraram na ponta dos pés, deixando o grande homem sozinho com seus pensamentos.

Depois de ter contemplado por alguns instantes o retrato e passado maquinalmente a mão sobre a rugosidade dos realces, Napoleão se levantou e chamou o Sr. de Beausset, bem como o oficial de serviço. Deu ordem de colocar-se o retrato diante de sua tenda, a fim de que os velhos da Velha Guarda pudessem ver o rei de Roma, o filho e herdeiro de seu imperador adorado.

Sua expectativa não sofreu decepção. Enquanto almoçava com o Sr. de Beausset, muito honrado com tal favor, os oficiais e os homens da Guarda, que haviam acorrido em multidão para a frente da tenda, saudaram o retrato com um clamor entusiasta:

— Viva o Imperador! Viva o rei de Roma! Viva o Imperador!

Depois do almoço, Napoleão, na presença do Sr. de Beausset, ditou uma ordem do dia ao exército.

— Curta e enérgica! — disse ele, relendo sua proclamação, que escrevera duma assentada, sem correção alguma. Eis o que ele dizia:

> "Soldados! Eis a batalha que tanto desejastes. Dora em diante a vitória depende de vós; ela nos é necessária; ela nos dará a abundância, bons quartéis de inverno e um pronto regresso à pátria! Conduzi-vos como em Austerlitz, em Friedland, em Vitebsk e em Smolensk e que a posteridade mais recuada cite vossa conduta nesta jornada. Que se diga de vós: ele estava na grande batalha sob os muros de Moscou".

— De Moscou! — insistiu Napoleão. E depois de ter convidado o Sr. de Beausset, esse amador de viagens, a acompanhá-lo no seu passeio, saiu da tenda e se dirigiu para os cavalos selados.

— É muita bondade de Vossa Majestade — quis objetar o Sr. de Beausset, que tinha vontade de dormir e não sabia aliás montar a cavalo.

Mas um sinal de cabeça de Napoleão obrigou o viajante a segui-lo. Quando o Imperador apareceu, as aclamações dos soldados da Guarda redobraram. Napoleão franziu a testa.

— Levem-no — disse ele, mostrando com um gesto largo o retrato de seu filho. — Ele é ainda muito jovem para ver o campo de batalha.

O Sr. de Beausset fechou os olhos, baixou a cabeça e lançou um profundo suspiro, dando assim a entender que compreendia plenamente os escrúpulos de Sua Majestade.

27. Napoleão, dizem-nos seus historiadores, passou todo aquele dia de 25 de agosto, examinando o terreno, discutindo os planos que lhe submetiam seus marechais e dando em pessoa ordens aos generais.

A linha primitiva dos russos, ao longo do Kolotcha, achava-se interrompida e uma parte dessa linha, isto é, o flanco esquerdo, fora deslocada para a retaguarda em consequência da tomada, a 24 de agosto, do reduto de Chevardino. Essa parte não estava mais fortificada nem coberta pelo rio; não tinha mais diante dela senão um terreno descoberto e unido. Os franceses deveriam sem dúvida atacar por ali, isto saltava aos olhos do primeiro recém-chegado, fosse ou não militar. A preparação desse ataque não exigia, parecia, grandes combinações, nem tantas idas e vindas do Imperador e de seus marechais, nem ainda menos aquela alta capacidade especial que se chama o gênio e que se gosta de emprestar a Napoleão. Mas os historiadores que, posteriormente, contaram o acontecimento, as pessoas de seu círculo e o próprio Imperador pensavam bem diversamente.

Cavalgava ele, pois, estudando com ar meditativo a topografia dos lugares, aprovava ou rejeitava, com um meneio de cabeça, as ideias que lhe vinham, e, sem comunicar a seus lugares-tenentes a marcha secreta de seus pensamentos, só lhes dava a conhecer a conclusão sob a forma de ordens. Davout, a quem chamavam agora de Príncipe de Eckmuhl, propusera contornar o flanco esquerdo dos russos, mas Napoleão se opôs a isso, sem motivar sua recusa. Em compensação, o General Compans, a quem incumbia o ataque das flechas, emitira a opinião de mandar sua divisão passar pela floresta, o que Napoleão aprovou, ainda que o pretenso Duque de Elchingen, isto é, Ney, se tivesse permitido objetar que esse movimento poderia ser perigoso e causar desordem nas fileiras.

Ao examinar o terreno diante do reduto de Chevardino, Napoleão permaneceu silencioso alguns instantes e indicou os locais onde deveriam ser estabelecidas as duas baterias destinadas a agir contra as defesas russas; a artilharia de campanha deveria tomar posição no arredor.

Depois de ter dado essa ordem e outras mais, regressou a seu quartel-general e ditou o dispositivo da batalha. Esse dispositivo, de que os historiadores franceses falam com entusiasmo e os outros com grandes atenções, estava concebido nestes termos:

"Ao nascer do dia, duas novas baterias instaladas durante a noite sobre o platô do Príncipe de Eckmuhl, começarão seu fogo contra as duas baterias inimigas opostas.

"No mesmo momento, o`General Pemety, comandando a artilharia do primeiro corpo, com as trinta bocas de fogo que serão a divisão Compans e todos os obuseiros das divisões Dessaix e Friant, que avançarão, começará o fogo e esmagará com obuses a bateria inimiga, que terá assim contra si vinte e quatro peças da Guarda, trinta da divisão Compans e oito das divisões Dessaix e Friant; no total, setenta e duas bocas de fogo."

"O General Foucher, comandando a artilharia do 3º corpo, postar-se-á com todos os obuseiros do 3º e do 8º corpos, que são em número de dezesseis, em redor da bateria que bate o reduto da esquerda, o que fará quarenta bocas de fogo contra aquela bateria.

"O General Sorbier estará pronto, ao primeiro comando, a se deslocar com todos os obuseiros da Guarda, para se transportar a um ou outro reduto.

"Durante esse canhoneio, o Príncipe Poniatowski se transportará da aldeia para a floresta e flanqueará a posição do inimigo. O General Compans costeará a floresta para tomar o primeiro reduto.

"Assim travado o combate, as ordens serão dadas segundo as disposições do inimigo.

"O canhoneio sobre o flanco esquerdo começará desde que se ouvir o canhoneio da ala direita. Uma forte fuzilaria de atiradores será travada pela divisão Morand e pelas divisões do vice-rei assim que virem começado o ataque da direita. O vice-rei se apoderará da aldeia[89], desembocará pelas suas três pontes sobre a altura, no tempo em que os generais Morand e Gérard investirão, sob as ordens do vice-rei, para se apoderar do reduto do inimigo e formar a linha do exército.

"'Tudo se fará com ordem e método e tendo-se cuidado de guardar sempre grande quantidade de reservas.

"No campo, duas léguas à retaguarda de Mojaisk, 6 de setembro de 1812".

Essa ordem de batalha, concebida em termos perfeitamente obscuros, se assim se pode dizer, sem blasfemar contra o gênio de Napoleão, continha quatro pontos, quatro disposições. Nem uma dentre elas podia ser, nem foi executada.

89. Borodino. (N. de Tolstói).

Prescrevia a princípio que as baterias instaladas no local escolhido pelo Imperador, bem como as peças de Pernety e de Foucher, que deviam alinhar-se a seus lados, sejam ao todo cento e duas bocas de fogo, começariam o fogo e cobririam de projetis as flechas russas e o reduto. Ora, do local designado, as balas de canhão não podiam atingir as obras russas e essas cento e duas peças atirariam inutilmente até o momento em que o chefe de que dependiam essas baterias tomasse o partido contrário às ordens de Napoleão, fazendo-as avançar.

Pelos termos da segunda disposição, Poniatowski deveria deslocar-se para a floresta para contornar a ala esquerda dos russos. Isto não podia ser executado e não o foi, porque no curso dessa marcha Poniatowski encontrou Tutchkov, que lhe barrou a passagem e impediu-o de contornar a posição.

O terceiro ponto ordenava a Compans que costeasse a floresta para tomar o primeiro reduto. Ora, a divisão Compans não pôde apoderar-se desse reduto e foi repelida porque, ao sair do bosque, teve de alinhar-se sob um fogo de metralha que Napoleão não havia previsto.

Pelos termos do quarto ponto, o vice-rei devia apoderar-se da Aldeia de Borodino, desembocar por suas três pontes sobre a altura, ao tempo em que os generais Morand e Friant (cujos movimentos em parte alguma se diz quais deveriam ser) desembocariam sob suas ordens para apoderar-se do reduto e formar a linha do exército.

Tanto quanto se pode compreender essa ordem de batalha, não segundo sua redação confusa, mas segundo as tentativas do vice-rei para executá-la, devia este, atravessando Borodino, atacar o reduto pela esquerda, enquanto que as divisões Morand e Friant o atacariam de frente.

Não mais que as precedentes foi essa ordem, e não podia ser, executada. Depois de haver ultrapassado Borodino, o vice-rei foi detido sobre o Kolotcha e não pôde progredir mais; quanto às divisões Morand e Friant, foram repelidas e não tomaram o reduto. Este foi arrebatado no fim da batalha pela cavalaria, fato inaudito e que Napoleão sem dúvida não previra.

A ordem de batalha prevê ainda que "assim travado o combate, as ordens serão dadas segundo as disposições do inimigo". Podia-se, pois, inferir daí que, no curso das operações, o Imperador daria todas as ordens necessárias. Ora, nada disso aconteceu e pela simples razão de ter-se ele afastado bastante do campo de batalha; a marcha das operações escapou-lhe e nenhuma ordem que ele deu pôde ser executada.

28. Muitos historiadores asseguram que a Batalha de Borodino não foi ganha pelos franceses porque Napoleão estava, naquele dia, fortemente resfriado; sem isto, afirmam, suas disposições, antes e durante a batalha, teriam sido ainda mais geniais, a Rússia ter-se-ia desmoronado, e a face do mundo teria sido mudada. Para os historiadores que sustentam que a Rússia se formou pela vontade de um só homem, Pedro, o Grande, que a França se metamorfoseou de república em império e que os exércitos franceses entraram na Rússia pela vontade dum só homem, Napoleão, o raciocínio, segundo o qual a Rússia permaneceu poderosa porque Napoleão tivera um forte resfriado a 26 de agosto, é perfeitamente lógico.

Se houvesse dependido de sua vontade travar ou não travar a Batalha de Borodino, tomar tal ou tal disposição, um resfriado, que influía sobre as manifestações de sua vontade, poderia evidentemente ser causa da salvação da Rússia, e o criado de quarto que, no dia 24 de agosto, esqueceu de dar a Napoleão botas impermeáveis foi nosso salvador. Semelhante raciocínio produz infalivelmente semelhante conclusão; é tão indiscutível como a pilhéria de Voltaire — de que zombava ele naquele dia? — sobre a chacina de São Bartolomeu, causada por uma indisposição estomacal de Carlos IX. Mas para as pessoas que não admitem nem que a Rússia se haja formado pela vontade dum só homem, Pedro, o Grande, nem que o império francês tenha sido constituído e a guerra contra a Rússia declarada pela vontade dum só homem, Napoleão, esse raciocínio é não só inexato, absurdo, mas contrário à essência mesma da humanidade. Quem procure a causa dos acontecimentos históricos encontrará facilmente outra, a saber: a marcha das coisas deste mundo é determinada de antemão, está subordinada ao concurso de todos os livres-arbítrios das pessoas que nela tomem parte, e os Napoleões só exercem sobre ela uma influência exterior e aparente.

Parece estranho, a princípio, afirmar que a noite de São Bartolomeu, se bem que ordenada por Carlos IX, não tenha sido, apesar do que tenha ele mesmo pensado, efeito de sua vontade; parece estranho pretender que a carnificina de Borodino, que custou oitenta mil homens, não tenha decorrido do livre-arbítrio de Napoleão, embora tenha ele crido dar o sinal e regular a marcha da batalha. E no entanto a dignidade humana, que afirma que cada um de nós é um homem, tão grande decerto, senão maior que o grande Napoleão, autoriza essa asserção e as pesquisas históricas a confirmam abundantemente.

Em Borodino, Napoleão não deu um tiro sequer, nem matou ninguém. Seus soldados é que fizeram isso. Por consequência não foi ele que matou.

Os soldados do Imperador bateram-se, não para executar suas ordens, mas por espontânea vontade. Todo o exército, aqueles franceses, aqueles italianos, aqueles alemães, aqueles poloneses, esfomeados, esfarrapados, estafados, sentiam bem, diante daquele outro exército que lhes barrava a estrada de Moscou, que *o vinho fora tirado e era preciso bebê-lo.* Se Napoleão os houvesse então proibido de se bater contra os russos, tê-lo-iam matado e teriam ainda assim marchado para o combate, porque não podiam fazer de outro modo.

Quando lhes leram a ordem do dia em que Napoleão lhes prometia, em recompensa dos ferimentos e da morte, que a posteridade diria deles que estavam naquela grande batalha sob os muros de Moscou, gritaram: "Viva o Imperador!", da mesma maneira que tinham gritado: "Viva o Imperador!" à vista daquele menino que furava o globo terrestre com um cabo de bilboquê, da mesma maneira que teriam lançado o mesmo grito a qualquer tolice que lhes dissessem. Não lhes restava outra coisa a fazer senão gritar: "Viva o Imperador!" e irem-se bater e vencer, a fim de encontrar em Moscou comida e repouso. Por consequência não era em virtude das ordens do seu senhor que eles matavam seus semelhantes.

Napoleão tampouco teve qualquer influência na direção da batalha, porque nenhum ponto de seu dispositivo foi executado e ele próprio ignorou, durante o combate, o que se passava. Em consequência, o fato de haver aquela gente massacrado seus semelhantes produziu-se sem intervenção de sua parte, não pela vontade de Napoleão, mas antes pela das centenas de milhares de homens que participaram do caso. Napoleão teve somente a ilusão de que tudo se fazia pela sua vontade. Também a questão de saber se o Imperador teve ou não um resfriado não oferece maior interesse para a História do que o resfriado de não importa qual soldado de artilharia.

Aliás, enganam-se totalmente os que creem que, em virtude desse famoso resfriado, não tomou Napoleão naquele dia tão boas disposições como de costume e que suas ordens, durante o combate, foram menos eficazes.

O dispositivo que transcrevemos era tão bom, senão melhor que muitos outros dispositivos com os quais foram conquistadas vitórias. As ordens dadas durante o combate não diferiam em nada do que eram sempre. Aquele dispositivo, aquelas ordens só pareciam deixar a desejar porque a Batalha de Borodino foi a primeira que Napoleão não ganhou. Quando não acarretaram a vitória, as mais belas, as mais profundas combinações parecem sempre más e os sábios táticos as criticam sempre com ar de entendidos; pelo contrário, desde que delas resultou o ganho duma batalha, as medidas mais contestáveis parecem excelentes e os autores mais sérios exaltam-lhes os méritos em numerosos volumes.

O dispositivo de Weirother em Austerlitz era um modelo do gênero; entretanto desaprovaram-no, em razão, precisamente, de sua perfeição, da minúcia dos pormenores.

Em Borodino, Napoleão preencheu seu papel de representante do poder tão bem, senão melhor, que nas outras batalhas. Nada praticou de nocivo à boa marcha do combate; pôs-se d acordo com os conselhos mais prudentes; não perdeu a cabeça, nem se contradisse; manteve seu sangue-frio e não abandonou o campo de batalha; seu tato perfeito, sua grande experiência da guerra lhe permitiram desempenhar com calma e dignidade seu papel fictício de chefe supremo.

29. De volta duma segunda e minuciosa inspeção das linhas, disse Napoleão:

— As pedras estão no tabuleiro. O jogo será amanhã.

Fez-se servir de ponche e, chamando o Sr. de Beausset, entreteve-se com ele a respeito de Paris e das mudanças que queria realizar na *casa da Imperatriz;* a lembrança que guardava das menores coisas da corte surpreendeu bastante o prefeito.

Interessou-se por futilidades, pilheriou a respeito do amor do Sr. Beausset pelas viagens, em suma, tagarelou com a despreocupação dum grande cirurgião, seguro de si e conhecedor de seu ofício, que arregaça suas mangas e põe seu avental, enquanto amarram o paciente sobre a mesinha. "O caso é bem claro, tenho-lhe todos os fios na cabeça e na mão. Quando for preciso começar a agir, fá-lo-ei melhor que qualquer outra pessoa, mas no momento posso permitir-me brincar. Quanto mais calmo estiver e de humor brincalhão, mais, pela vossa parte, deveis ter confiança e admiração pelo meu gênio".

Depois de haver bebido seu segundo copo de ponche, foi Napoleão repousar, antes do grave caso que o aguardava no dia seguinte. Mas estava por demais preocupado para poder dormir e, malgrado seu forte resfriado que a umidade da noite havia agravado, voltou, pelas três horas da manhã, assoando-se ruidosamente, para a peça de entrada de sua tenda. Indagou se por acaso os russos não se haviam retirado. Afirmaram-lhe que os fogos inimigos mostravam-se sempre nos mesmos pontos. Demonstrou sua satisfação com gesto de cabeça e, como entrasse na tenda o ajudante-de-campo de serviço, perguntou-lhe:

— Então, Rapp, acreditais que faremos bons negócios hoje?

— Sem dúvida alguma, Sire.

O Imperador continuava a interrogá-lo com o olhar.

— Recordai-vos, Sire, do que me destes a honra de dizer-me em Smolensk? — prosseguiu Rapp. — O vinho está tirado, é preciso bebê-lo.

Napoleão fechou a cara e, com a cabeça nas mãos, manteve-se em silêncio.

— Esse pobre exército — disse ele de repente, — diminuiu bastante desde Smolensk. A fortuna, Rapp, é uma rematada cortesã; sempre o disse e começo a experimentar isso. Mas a Guarda, Rapp, a Guarda está intacta?

— Sim, Sire.

Napoleão tomou uma pastilha, levou-a à boca e olhou a hora em seu relógio. Não tinha vontade de dormir, ainda faltava muito até o amanhecer e para matar o tempo, não lhe restava mais nada a fazer: todas as ordens tinham sido dadas e estavam em via de execução.

— Distribuíram os biscoitos e o arroz pelos regimentos da Guarda? — perguntou num tom severo.

— Sim, Sire.

— Mas o arroz?

Rapp respondeu que havia ele próprio transmitido as ordens a esse respeito, mas o Imperador marcou suas dúvidas com um balanceio de cabeça. Um criado trouxe ponche; depois de mandar servir outro copo a Rapp, Napoleão saboreou o seu a pequenos goles.

— Não tenho mais nem gosto, nem olfato — disse, farejando o copo. — Este resfriado é insuportável. Estão sempre a me falar da medicina. Mas que pretensa Ciência é essa que nem curar pode um resfriado? Corvisart me deu estas pastilhas, mas não servem de nada. Que é que eles sabem curar? Aliás nada se pode curar. Nosso corpo é uma máquina de viver. Está organizado para isso, é sua natureza; deixai a vida à sua vontade, que ela se defenda por si mesma; fará mais do que a paralisardes, enchendo-a de remédios. Nosso corpo é como um relógio perfeito que deve andar um certo tempo; o relojoeiro não tem a faculdade de abri-lo, só pode manejá-lo às apalpadelas e de olhos vendados... Nosso corpo é uma máquina de viver, eis tudo.

E, como se tivesse sido lançado no caminho das *definições* que lhe era familiar, fez delas logo uma notícia.

— Sabeis, Rapp, o que é a arte da guerra? — perguntou. — É a arte de ser, num momento dado, mais forte do que o inimigo. Eis tudo.

Rapp nada respondeu.

— Amanhã vamos ter de avir-nos com Kutuzov. Haveremos de ver. Lembrai-vos? Era ele quem comandava em Braunan, e nem uma só vez, durante três semanas, montou a cavalo para inspecionar as defesas. Haveremos de ver!

Consultou de novo seu relógio. Eram apenas quatro horas. Não tinha vontade de dormir, o ponche estava bebido e continuava nada havendo a fazer. Levantou-se, pôs-se a deambular, vestiu sua sobrecasaca, pôs seu chapéu e saiu. A noite estava sombria e úmida; uma bruma apenas perceptível caía. Os fogos bem próximos dos regimentos da Guarda ardiam fracamente; distantes, através da bruma, distinguiam-se os das linhas russas. Tudo estava calmo e ouvia-se nitidamente o barulho dos passos das tropas francesas já em marcha para ocupar suas posições.

O Imperador examinou os fogos, prestou atenção ao tropel das tropas e, passando diante dum granadeiro da Guarda, que montava sentinela diante da tenda, teso na posição de sentido como um negro pilar, parou diante dele.

— Quanto tempo de serviço? — perguntou com aquela brusquidão afetuosa com que se dirigia sempre a seus soldados.

O granadeiro respondeu-lhe.

— Ah! um dos velhos!... E o arroz, receberam-no no regimento?

— Sim, Sire.

Napoleão lhe fez um sinal amigável com a cabeça e afastou-se.

Às cinco horas e meia, o Imperador montou a cavalo e alcançou a Aldeia de Chevardino.

A aurora surgia, o céu se aclarava, só havia uma nuvem no oriente. As fogueiras abandonadas acabavam de arder à fraca luz da aurora.

À direita, estrondou de súbito um tiro de canhão, surdo e solitário, que se propagou e se esvaneceu no silêncio geral. Ao fim de alguns minutos, um segundo, depois um terceiro tiro abalaram o ar; um quarto, um quinto, mais majestosos, se sucederam, sempre para a direita. E em breve as detonações se multiplicaram, misturando-se num ribombo contínuo.

Napoleão alcançou com sua comitiva o reduto de Chevardino e apeou-se. A partida estava engajada.

30. De regresso a Gorki, depois de ter deixado o Príncipe André, deu Pedro ordem a seu estribeiro para conservar seus cavalos prontos e despertá-lo bem cedo; em seguida, adormeceu imediatamente, por trás do tabique, no cantinho que Boris lhe havia cedido.

Quando despertou no dia seguinte, não havia mais ninguém na cabana. As vidraças das janelinhas tremiam. Seu estribeiro o sacudia.

— Excelência, Excelência, Excelência! repetia aquele homem com obstinação, puxando-o pelo ombro sem olhá-lo, e desesperando visivelmente de conseguir os seus fins.

— Que é? Começou? Está na hora? — perguntou enfim Pedro.

— Não ouve então Vossa Excelência o canhoneio? — disse o estribeiro, antigo soldado. — Todos aqueles senhores e o próprio Sereníssimo já partiram desde muito tempo.

Pedro vestiu-se às pressas e saiu. A manhã mostrava-se clara e ridente, toda fresca de orvalho. Lacerando a nuvem, o sol dardejou seus raios, ainda meio interceptados, por cima dos tetos em face, sobre a poeira úmida da estrada, sobre as paredes das casas, sobre as aberturas d

paliçada, sobre os cavalos de Pedro que estacionavam diante da cabana. O estrondo do canhão tornou-se mais distinto. Um ajudante-de-campo, seguido dum cossaco, passou a trote.

— Está na hora, conde, está na hora! — gritou ele.

Fazendo-se seguir pelos seus cavalos, meteu-se Pedro pelo caminho que subia ao mamelão donde tinha, na véspera, examinado o campo de batalha. Numerosos militares se encontravam ali reunidos; aqueles senhores do estado-maior conversavam em francês; distinguia-se entre eles a cabeça encanecida de Kutuzov, com seu barrete branco de orla vermelha, e sua nuca perdida nos seus largos ombros. O generalíssimo olhava pelo óculo de alcance à sua frente, na direção da grande estrada.

Depois que Pedro galgou os degraus que davam acesso ao mamelão, o espetáculo que se oferecia a seus olhos arrebatou-o de admiração. Era o mesmo panorama que contemplara na véspera, mas invadido agora pelas massas de soldados e pela fumaça da fuzilaria. Os raios oblíquos do sol levante espalhavam no ar matinal uma luz dourada e rósea, estriada de faixas de sombra. As florestas longínquas, que fechavam o horizonte, pareciam ter sido talhadas numa pedra preciosa dum verde amarelado e seus cimos ali recortavam linhas imprecisas, interrompidas por trás de Valuievo pela grande estrada de Smolensk, toda coberta de tropas. Mais perto cintilavam campos dourados e tufos de árvores. Por toda a parte, à frente, à direita, à esquerda, soldados. O conjunto do espetáculo mostrava-se cheio de majestade e de imprevisto, mas a atenção de Pedro se fixou sobretudo no campo de batalha, propriamente dito, em Borodino e no vale do Kolotcha.

Acima do Kolotcha e de uma parte e doutra de Borodino, principalmente à esquerda, lá onde, nas suas margens pantanosas, o Voina se lança no Kolotcha, estendia-se um desses nevoeiros que se dissipam e se evaporam sob o efeito dum quente sol levante e dão uma cor e contornos mágicos a tudo quanto deixam entrever. A fumaça dos tiros misturava-se ao nevoeiro e, rasgando aquela bruma, os clarões furtivos da luz matinal brincavam sobre a água, sobre o orvalho, sobre a ponta das baionetas. Distinguia-se a branca igreja, depois os tetos de Borodino, depois massas compactas de soldados, de caixões pintados de verde ou canhões. Tudo aquilo se movia ou parecia mover-se, naquele espaço invadido pelo nevoeiro e pela fumaça. E, da mesma maneira que nas partes baixas afogadas em bruma que cercavam Borodino, nos arredores e sobretudo mais à esquerda, em toda a linha, nos bosques, nos campos, nas depressões, nas alturas, parecendo sem cessar nascer do nada, turbilhões de fumaça se elevavam ora isolados, ora agrupados, ora espaçados, ora contínuos, enchendo-se, espessando-se, misturando-se sem fim naquele imenso espaço.

Aquelas fumaças e, coisa estranha de dizer-se, as detonações que as acompanhavam, constituíam a principal beleza do espetáculo.

Puff! De repente aparecia uma pelota compacta, cintilante, de tons violeta, cinzento, branco de leite. Bum! Era, um segundo depois, o som do tiro.

Puf! Puf! Duas fumaças se chocavam e se confundiam. Bum! Bum! Os barulhos dos tiros vinham confirmar o que se via.

Tendo-se Pedro voltado para olhar uma primeira fumaça, redonda e compacta como uma bola, já no mesmo lugar, três globos de fumaça se estiravam. Puf... e após um intervalo: Puf, Puf Três, quatro outras fumaças se elevavam, às quais respondiam, a intervalos igualmente regulares, sons graves, poderosos, majestosos: Bum... bum, bum! Ora aquelas fumaças pareciam fugir ora permanecer suspensas e eram então os bosques, os campos, as baionetas cintilantes que fugiam. À esquerda, ao longo dos campos e das moitas, surgiam sem cessar aquelas grossas fumaças seguidas de seus ecos solenes, enquanto que mais perto, nas partes baixas e nos bosques, rebentavam as pequenas fumaças dos fuzis que, sem ter o tempo de formar bolas, nem por isso deixavam de ter, também elas, seus ecos, sob a forma de pequenos golpes secos. "Ta-ra ta, ta, ta..." dizia a fuzilaria, a intervalos aproximados mas irregulares e com muito menos amplitu de que o canhoneio.

Vontade tinha Pedro de encontrar-se no meio daquelas fumaças, daquelas baionetas, daquele movimento, daquele barulho. Para controlar suas impressões pelas dos outros, lançou um olhar para Kutuzov e sua comitiva. Todos, como ele, contemplavam o campo de batalha e lhe pareciam animados do mesmo sentimento. De todos os rostos parecia irradiar-se aquele *calor latente* que verificara na véspera e cuja natureza lhe fora revelada pela sua conversa com o Príncipe André.

— Vai, meu caro, vai, e que Deus te proteja! — disse nesse momento Kutuzov, sem desviar os olhos do campo de batalha, a um dos generais de sua comitiva.

O general que recebera essa ordem preparou-se para descer o mamelão. Ao passar por Pedro viu um dos oficiais do estado-maior, lhe perguntou aonde ia.

— À passagem do rio! — respondeu ele, num tom frio e severo.

"E eu também, vou para lá", disse a si mesmo Pedro, seguindo-lhe o passo.

O general cavalgou um cavalo que um cossaco lhe trouxe. Depois de ter perguntado a seu estribeiro qual de seus cavalos era o mais manso, subiu Pedro por sua vez à sela, agarrou-se às crinas e apertou com os calcanhares a barriga de sua montaria. Sentiu que seus óculos caíam, mas não tendo coragem de largar as crinas e as rédeas, deixou-se levar atrás do general, provocando o sorriso dos oficiais que o olhavam do alto do morro.

31. Depois de ter descido a ladeira, o general atrás de quem seguia Pedro, dobrou bruscamente à esquerda e Pedro, perdendo-o de vista, foi levado às fileiras dos soldados de infantaria em marcha à sua frente. Tentou safar-se, quer pela frente, quer à esquerda, quer à direita, mas por toda a parte só se viam soldados de rostos uniformemente preocupados, de espírito tendido para algo de invisível e de grave. Todos interrogavam com um olhar descontente aquele homem gordo de chapéu branco que vinha, Deus sabia porquê, atropelá-los com seu cavalo.

— Que é que tem esse aí de meter-se no meio do batalhão? — gritou um deles.

Outro assestou uma coronhada no cavalo, que tomou o freio nos dentes: aferrado ao arção, Pedro mal pôde contê-lo e alcançar enfim o largo.

Diante dele, havia uma ponte perto da qual outros soldados atiravam. Sem o saber, havia chegado à ponte do Kolotcha, situada entre Gorki e Borodino; era a ponte que os franceses deviam atacar, na primeira fase da batalha, depois de se terem apoderado daquela última aldeia. Pedro viu bem que, de parte e doutra da ponte e no prado entre as medas de feno que não notara na véspera por causa da fumaça, soldados se movimentavam; contudo, malgrado a fuzilaria incessante, não se dava conta de que se achava em plena batalha. Não ouvia as balas que assobiavam de todos os lados, nem os tiros de canhão que passavam por cima de sua cabeça; não via o inimigo do outro lado do rio; levou muito tempo para perceber que mortos e feridos tombavam a seu lado. Com um sorriso petrificado ao canto dos lábios, observava o espetáculo.

— Que quer esse sujeito plantando-se na frente das linhas? — disse de novo uma voz.

— Vá pela esquerda... não, pela direita — disseram outras vozes.

Pedro rumou pela direita e deu inesperadamente com um ajudante-de-campo do General Raievski, seu conhecido. Esse oficial lançou-lhe um olhar furioso a que iriam seguir-se injúrias, quando de repente o reconheceu e saudou-o com um gesto de cabeça.

— Como? Vós aqui? — gritou-lhe, prosseguindo sua carreira.

Pedro sentiu que não se achava no lugar devido; temendo atrapalhar, seguiu a galope o ajudante-de-campo.

— Que se passa ao certo aqui? Posso acompanhar-vos? — perguntou-lhe.

— Um instante, um instante — respondeu o ajudante-de-campo. Correu para um gordo coronel parado no meio do prado, transmitiu-lhe uma ordem e voltou a Pedro.

— Que viestes afinal fazer aqui, conde? — disse-lhe, sorrindo. — Estais aqui como curioso?

— Sim, sim...

O ajudante-de-campo já virava a brida.

— Aqui, graças a Deus, isto ainda vai — disse ele, — mas no flanco esquerdo, do lado de Bagration, a coisa está quente.

— Deveras? — disse Pedro. — Onde é então?

— Segui-me até aquele mamelão. De lá vê-se muito bem. Lá na nossa bateria, a posição ainda é sustentável.

— Acompanho-vos — respondeu Pedro, procurando com os olhos seu estribeiro.

Então, pela primeira vez, verificou Pedro que em redor de si se arrastavam feridos, enquanto carregavam outros em padiolas. E naquele prado odorante que atravessara na véspera, jazia um soldado, imóvel, sobre o feno acamado; sua cabeça tombava canhestramente e sua barretina caíra no chão.

— E aquele ali, não o levantam? — ia dizer Pedro; mas diante do rosto severo do ajudante-de-campo, que olhava para o mesmo lado, calou-se.

Não pudera descobrir seu estribeiro e costeava agora a depressão que levava ao mamelão de Raievski. Seu cavalo, que o sacudia cadenciadamente, tinha dificuldade em acompanhar o do ajudante-de-campo.

— Não tendes decerto o hábito de andar a cavalo, conde? — perguntou-lhe seu companheiro.

— É verdade, mas ele tem o trote muito duro — respondeu Pedro, embaraçado.

— Pois é... mas... ele está ferido, na dianteira direita, acima do joelho... Uma bala sem dúvida... Meus cumprimentos, conde: *o batismo de fogo.*

Passaram, através da fumaça, adiante do sexto corpo, na retaguarda da artilharia, cujo tiroteio incessante os ensurdecia. Chegaram a um pequeno bosque, silencioso e fresco, cheirando a outono. Apearam-se para escalar o mamelão.

— Está aqui o general? — perguntou o ajudante-de-campo.

— Estava ali há um instante, partiu por ali — responderam-lhe, apontando à direita.

O ajudante-de-campo voltou-se para Pedro e pareceu perguntar a si mesmo o que iria fazer, daquele companheiro imprevisto.

— Não vos inquieteis — disse-lhe Pedro. — Vou ficar, se o quiserdes, no alto do mamelão.

— É aquele. De lá pode-se ver tudo e sem grande perigo. Voltarei para buscar-vos.

Pedro dirigiu-se para a bateria, enquanto o oficial prosseguia seu caminho. Não haveriam de rever-se mais. Muito mais tarde, soube Pedro que, no correr do dia, aquele ajudante-de-campo tivera o braço arrancado.

O morro que Pedro acabava de escalar tornou-se mais tarde célebre entre os russos com o nome de bateria do mamelão e de bateria Raievski, e entre os franceses com o de *grande reduto, o reduto fatal, o reduto do centro.* Em redor daquele ponto, que os franceses consideravam como a chave da posição, homens caíram às dezenas de milhares.

Aquele reduto consistia em trincheiras cavadas sobre três lados do mamelão, e pelas aberturas das quais dez peças em ação cuspiam suas balas. Em linha, dos dois lados do mamelão, outras peças não cessavam de sustentar aquelas. Tropas de infantaria estavam em massa na retaguarda.

Quando chegou àquele local, não suspeitava Pedro de que aquelas poucas trincheiras, donde atiravam aqueles poucos canhões, formavam o ponto mais importante do campo de batalha. Bem pelo contrário, e justamente porque nele se encontrava, acreditava que era aquela uma das posições mais secundárias.

Sentado bem na extremidade da trincheira que cercava a bateria, contemplava com um sorriso satisfeito e inconsciente, o que se passava em redor de si. De tempo em tempo se levantava, sem cessar de sorrir e, esforçando-se por não perturbar os serventes, que passavam continuamente diante dele com sacos e cartuchos, passeava pela bateria. Os canhões atiravam uns após outros num estrondo ensurdecedor e cobrindo de fumaça todos os arredores.

Em lugar daquela angústia que se sentia entre os infantes das tropas de cobertura, aqui, na bateria, naquele pequeno grupo de homens atarefados e bem separados dos outros por um fosso, sentia-se uma animação idêntica em todos e como que familiar.

O aparecimento de Pedro em traje civil e chapéu branco lhes havia a princípio causado até desagrado. Passando diante dele, olhavam-no de esguelha, com ar surpreso, quase espantado. Sob pretexto de verificar o funcionamento da peça da extremidade, o chefe da bateria, um homem de elevada estatura, de rosto bexigoso e pernas compridas, aproximou-se de Pedro e observou-o cheio de curiosidade.

Outro oficial, um garoto de bochechas rosadas, recentemente saído do corpo de cadetes, que vigiava de bem perto os dois canhões a ele confiados, disse a Bezukhov, num tom severo:

— Quer afastar-se, senhor? Aqui, o senhor nos atrapalha.

Os soldados abanavam a cabeça com ar descontente. Mas quando se persuadiram todos de que aquele indivíduo de chapéu branco nada fazia de mal, ficava tranquilamente sentado no talude ou passeava com um sorriso tímido pela bateria, alinhando-se polidamente diante deles e tão calmo sob o fogo quanto num bulevar, seu descontentamento cedeu, pouco a pouco, dando lugar a uma simpatia divertida, semelhante à que os soldados experimentam pelos animais que os seguem em campanha, tais como cães, galos, cabras etc... Adotaram-no, cada um por si, e lhe deram mesmo um apelido. Batizaram-no de "Nosso Senhor" e trocavam entre si pilhérias a seu respeito.

Uma bala de canhão veio escavar o chão a dois passos de Pedro. Enquanto sacudia a terra que lhe salpicara as roupas, relanceou em torno de si os olhos sorridentes.

— Não tendes medo, afinal, senhor? — disse-lhe um latagão de largos ombros e de rosto vermelho, mostrando seus fortes dentes brancos.

— E tu, tens medo por acaso?

— Mas, decerto... — confessou o soldado. — Isso não perdoa. Quando cai em cima da gente, fica-se logo com as tripas à mostra... A gente é obrigado a ter medo — acrescentou, rindo.

Alguns outros haviam feito alto em redor de Pedro e se mostravam agradavelmente surpreendidos por ouvi-lo falar como toda a gente.

— Para nós, é o nosso ofício. Mas ele, esse senhor, é de espantar. Lá vem um, meu senhor!

— Às suas peças! — gritou-lhes o jovem oficial.

Era evidentemente a primeira ou a segunda vez que cumpria suas funções, a julgar pelo formalismo pedante de que dava demonstração tanto para com seus homens como para com seus chefes.

O fogo continuado dos canhões e dos fuzis se amplificava em toda a extensão do campo de batalha, particularmente à esquerda, do lado das flechas de Bagration; mas do local que Pedro ocupava, a fumaça impedia quase que se visse tudo. Além disso, o pequeno mundo à parte que formavam as pessoas da bateria prendia toda a sua atenção. À excitação, à alacridade provocadas a princípio nele pelo espetáculo e pelo barulho do combate haviam sucedido, sobretudo depois que vira aquele soldado jazendo solitário no prado, bem outros sentimentos. Sentado no talude, observava avidamente as pessoas que o cercavam.

Pelas dez horas, já tinham sido retirados da bateria uns vinte homens; duas peças tinham sido demolidas, as balas caíam cada vez mais numerosas, as balas perdidas assobiavam cada vez mais frequentes nas orelhas. Mas os artilheiros prosseguiam em suas joviais troças, como se de nada se tratasse.

— Lá vem um bolinho! — gritou um deles à chegada dum obus que passou assobiando.

— Não é para nós, é para os pedestres — replicou outro, vendo que o obus tinha ido cair entre as tropas de cobertura.

— Estás cumprimentando um teu conhecido? — perguntou um terceiro a um miliciano que se curvava sob a rajada do projétil.

Alguns soldados comprimiam-se contra o parapeito para ver o que se passava à sua frente.

— Olha, deslocaram as linhas para mais longe; estão recuando — diziam.

— Hei lá, vocês cuidem de seus negócios — gritou-lhes um velho suboficial. — Se os rapazes estão recuando, é que têm necessidade deles noutro lugar.

E, puxando um deles pelo ombro, o suboficial assestou-lhe uma joelhada. Risadas explodiram.

— Quinta peça! Retomar! — comandaram.

— Vamos, pra cima!... Vamos, pra cima!... Vamos, gente, no compasso, como os rebocadores! — gritaram alegremente os que recolocavam o canhão no lugar.

— Puxa! Quase arranca o chapéu de Nosso Senhor — pilheriou, mostrando seus dentes brancos, o farsista de cara vermelha. — Hei, lá poderia bem prestar atenção! — gritou ele, em tom furioso, para uma bala que arrancava ao mesmo tempo uma roda e a perna de um homem.

— Hei, lá embaixo! Bando de raposas! — caçoou outro à vista dos milicianos que se arrastavam de dorso curvado, pela bateria, para retirar o ferido.

— Será que o caldo não esteja a seu gosto?... Esses mandriões tratam sempre de fugir ao serviço — gritava-se para aqueles camponeses que hesitavam em levantar o soldado com a perna arrancada.

— Ai, meu Deus! É bem possível — diziam eles ainda, imitando-os. — Decerto que o ofício não lhes agrada...

Notava Pedro que, quanto mais choviam as balas de canhão, mais crescia a excitação geral. No interior de todos aqueles bravos ardia um fogo cujos reflexos passavam cada vez mais frequentemente para seus rostos, como relâmpagos sulcando um céu carregado de tempestade: dir-se-ia um desafio lançado ao inevitável. Que lhe importava agora o campo de batalha? Estava todo tomado por aquela labareda ardente que sentia prestes a devorá-lo a ele também.

Às dez horas, os infantes que ocupavam os matagais adiante da bateria e ao longo do Kamenka, bateram em retirada. Foram vistos a fugir, carregando seus feridos em cima de fuzis. Um general com sua comitiva apareceu no alto do mamelão, disse algumas palavras ao coronel, lançou a Pedro um olhar irritado, e tornou a descer depois de ter ordenado às tropas de cobertura que se estendessem de bruços para ficarem menos expostas ao fogo. Alguns instantes mais tarde, o tambor ressoou nas fileiras dos infantes colocadas à direita da bateria, ouviram-se vozes de comando e viu-se a coluna avançar.

Pedro olhou por cima do parapeito. O oficial que fechava a marcha, um rapaz de rosto lívido, levando a espada abaixada e passeando em torno de si olhares inquietos, atraiu sobretudo sua atenção.

A infantaria desapareceu na fumaça; ouviu-se um clamor prolongado, uma fuzilaria nutrida. Depois, em breve começaram a voltar feridos e padiolas. As balas caíam mais densamente sobre a bateria. Homens jaziam abandonados. Os serventes redobravam de atividade em torno das peças. Ninguém prestava mais atenção a Pedro. Duas ou três vezes pediram-lhe, sem nenhuma amenidade, que se pusesse de lado. O chefe da bateria corria duma peça à outra, franzindo o cenho. O jovem oficial, de tez cada vez mais viva, desdobrava um zelo sempre crescente. Os soldados traziam projetis, carregavam os canhões, executavam sua tarefa com um arrojo resoluto. Indo e vindo, pareciam movidos por molas.

A tempestade se aproximava; todos os rostos ardiam agora com aquela labareda cuja aparição Pedro espreitava. Mantinha-se ao lado do chefe da bateria; o segundo oficial, de mão na sua barretina, acorreu para junto deste.

— Tenho a honra de prevenir-vos, meu coronel, de que só restam oito cargas. Deve-se continuar o fogo?

— Tiros de metralha! — gritou, sem responder diretamente, o coronel debruçado no parapeito.

Mas de repente o oficialzinho lançou um gemido, girou sobre si mesmo e tombou como um pássaro atingido em pleno voo. Tudo se tornou estranho, confuso e sombrio aos olhos de Pedro.

Um após outro, os projetis assobiavam e crivavam o parapeito, os serventes, as peças. Pedro, a quem esse barulho havia escapado até então, não ouvia agora mais nenhum outro. À direita da bateria, tropas, aos gritos de “viva!”, pareceram-lhe em fuga, em lugar de se lançarem para a frente.

Um projétil bateu no rebordo da trincheira e cobriu-o de terra; uma bola negra passou diante de seus olhos, produziu-se um choque mole; milicianos, que iam entrar na bateria, voltaram-se em fuga.

— Todas as peças metralhem! — gritou o coronel.

Um suboficial acorreu todo espantado e cochichou-lhe ao ouvido que não havia mais munições. Era como se, no correr dum banquete, um mordomo viesse prevenir o dono da casa de que já não havia mais vinho.

— Que fazem afinal esses celerados? — gritou o coronel, com o rosto rubro e suado, os olhos brilhantes, fora das órbitas. — Corra às reservas, traga os caixões! — berrou ele, com um olhar furioso para o lado de Pedro.

— Vou eu! — disse este.

Sem responder-lhe, o coronel se afastou a grandes passadas.

— Proibido atirar... Esperem! — ordenou ele.

O artilheiro que tinha recebido ordem de trazer as munições, deu um encontrão em Pedro.

— Ora, meu senhor, não é seu lugar aqui — gritou-lhe, descendo a correr pela ladeira.

Pedro correu atrás dele, contornando o local em que tombara o jovem oficial.

Um, dois, três projetis passaram por cima de sua cabeça, caindo adiante, de lado, atrás. "Aonde vou?", perguntou a si mesmo, ao chegar perto dos caixões pintados de verde. Parou, indeciso, não sabendo se devia seguir para diante ou arrepiar caminho. De repente, um choque tremendo atirou-o para trás, no chão. No mesmo instante uma grande labareda o envolveu, enquanto que um estrondo de trovão, acompanhado de assobios, o ensurdecia.

Voltando a si, achou-se sentado no chão, com as mãos apoiadas em terra. Do caixão junto do qual se encontrava, só restavam algumas pranchas verdes calcinadas e alguns farrapos dispersos sobre a relva avermelhada. Um cavalo, arrastando atrás de si fragmentos de padiolas, afastava-se a galope; outro, estendido por terra, como Pedro, lançava urros prolongados.

32. Completamente assustado, deu Pedro um salto, levantando-se, e fugiu para a bateria, como para o único refúgio contra todos os horrores que o cercavam.

No momento em que penetrava na trincheira, viu que não mais se atirava ali e que outras pessoas a ocupavam. Quem eram? que faziam ali? Não se deu bem conta. Avistou o coronel deitado de bruços contra o parapeito, donde parecia olhar para baixo; um soldado, que notara antes, debatia-se no meio de pessoas que o seguravam pelo braço e gritava: "A mim, irmãos!" Viu ainda outras coisas igualmente estranhas.

Ainda não havia percebido que o coronel estava morto e o soldado em questão prisioneiro e já outro soldado era traspassado, à sua vista, por um golpe de baioneta nas costas. Mal pusera os pés na trincheira, um personagem de uniforme azul, magrelo, amarelo, coberto de suor, espada na mão, correu gritando na sua direção. Instintivamente, para evitar um choque demasiado violento, Pedro estendeu o braço e agarrou aquele homem (era um oficial francês) pelo ombro, enquanto com a outra mão lhe apertava a garganta. Deixando cair sua espada, o oficial abecou-o também pelo colete.

Durante alguns instantes, miraram-se os dois rostos desconhecidos um ao outro, com espanto e perplexidade. Cada qual perguntava a si mesmo: "Fui eu que o aprisionei ou ele que me aprisionou?" O oficial francês parecia pender mais para esta última suposição, porque a mão vigorosa de Pedro, movida por um terror instintivo, lhe apertava cada vez mais a garganta. Ia dizer qualquer coisa, quando uma bala passou num assobio sinistro quase ao rés de suas cabeças; Pedro pensou que a do francês tinha sido arrancada, tão rapidamente a havia ele abaixado. Baixou também ele a sua e largou a presa.

Sem mais se preocupar em saber quem estava prisioneiro, o oficial fugiu para a bateria e Pedro desceu correndo o mamelão, tropeçando nos mortos e nos feridos que, parecia-lhe, se agarravam às suas pernas. Ainda não atingira o sopé, quando se embateu com um grupo de russos urrando, caindo, atropelando-se e correndo como uma tromba para a bateria. Era o ataque cujo mérito Ermolov deveria mais tarde atribuir à sua sorte, à sua coragem, à sua engenhosidade também, porque, a crer-se nele, lançara a plenas mãos sobre o mamelão as cruzes de São Jorge que lhe enchiam os bolsos.

Os franceses, embora senhores da bateria, puseram-se em fuga. Os nossos, aos "vivas!" perseguiram-nos tão longe que se teve dificuldade em conter-lhes o ímpeto.

Trouxeram da bateria os prisioneiros, entre outros um general francês ferido, que nossos oficiais cercavam. Uma multidão de feridos, tanto russos como franceses, e entre os quais Pedro reconheceu rostos conhecidos, descompostos agora pela dor, arrastavam-se penosamente ou eram transportados em padiolas. Voltou de novo ao mamelão onde tinha passado mais de uma hora: não encontrou mais nenhum dos membros daquele pequeno mundo fechado que o havia adotado. Entretanto, em meio de grande número de mortos dele desconhecidos, reconheceu alguns. O oficialzinho estava no mesmo lugar, à borda do parapeito, numa poça de sangue. O artilheiro, de rosto iluminado, mexia-se ainda convulsivamente, mas tinham desistido de transportá-lo.

Pedro tornou a descer a ladeira às carreiras.

"Tudo isso vai cessar, têm decerto horror do que fizeram!", dizia a si mesmo, seguindo, sem objetivo, a multidão de padioleiros que voltava do campo de batalha.

Mas o sol velado pela fumaça estava ainda alto no horizonte e distinguia-se vagamente à frente e sobretudo à esquerda, do lado de Semionovskoie, intensa agitação em meio da bruma; longe de enfraquecer, o troar das detonações ia-se exasperando, como faz um homem que, já sem fôlego, reúne num grito suas derradeiras forças.

33

. A ação principal da batalha se desenrolou num espaço de meia légua, entre Borodino e as flechas de Bagration. Fora desse raio, a cavalaria de Uvarov fez uma demonstração lá para o meio do dia; por outra parte, um embate ocorreu, por trás de Utits, entre Poniatowski e Tutchkov; mas foram apenas operações parciais, em comparação com o que se passou no centro. A verdadeira batalha travou-se no campo situado entre Borodino e as flechas, perto da floresta, num espaço livre e aberto dos dois lados, e isto da maneira mais simples e menos complicada.

Várias centenas de bocas de fogo engajaram o combate de parte a parte. Depois, quando a fumaça cobriu todo o campo de batalha, as duas divisões Dessaix e Compans puseram-se em marcha para as flechas, enquanto que à sua esquerda, o corpo de exército do vice-rei avançava para Borodino.

Do reduto de Chevardino, onde se achava Napoleão, havia, a voo de pássaro, um quarto de légua até as flechas, e pouco mais de meia légua até Borodino; o Imperador não tinha possibilidade de ver o que ali se passava, uma vez que a fumaça, misturada à bruma, cobria todo o terreno. As tropas da divisão Dessaix só foram visíveis no momento em que penetraram no barranco que as separava das flechas. Assim que ali desceram, a fumaça tornou-se tão densa sobre as flechas que encheu toda a encosta oposta do barranco. Aquela espessa cortina só deixava ver algo de negro que se assemelhava a uma massa humana, e de tempos em tempos, o brilho das baionetas. Mas de Chevardino não se podia distinguir se os homens se moviam ou permaneciam imóveis, se eram franceses ou russos.

O sol subia claro no céu e seus raios davam obliquamente sobre o rosto de Napoleão que examinava as obras, abrigando-se com a mão. A fumaça se estendia para diante e dava por vezes a impressão de que eram as tropas que se moviam. Nos intervalos dos tiros, ouviam-se por vezes gritos, sem se poder compreender o que eles significavam.

Na eminência, Napoleão olhava pelo óculo de alcance e o campo restrito da objetiva deixava-o ver fumaça e soldados, ora os seus, ora os russos; mas em seguida, a olho nu, não podia situar o que vira.

Desceu do mamelão e se pôs a andar dum lado para outro, parando de vez em quando para prestar ouvido ao barulho das detonações e lançar uma olhadela ao campo de batalha. Mas, nem dali, nem do alto do outeiro onde vários de seus generais haviam ficado, nem mesmo das flechas ocupadas alternativamente pelos franceses e pelos russos, mortos, feridos, vivos, aterrorizados ou espantados, podia-se verificar o que se passava naquele local. Durante várias horas, entre o canhoneio e a fuzilaria incessantes, franceses e russos, infantaria e cavalaria, ali se sucediam sem trégua. Apareciam, atiravam, caíam, atropelavam-se sem saber que fazer uns dos outros, gritavam e recuavam.

Os ajudantes-de-campo despachados pelo Imperador voltavam sem cessar a fazer-lhe seus relatórios; os oficiais de ordenança de seus marechais agiam da mesma maneira; mas todos esses relatórios eram inexatos. No fogo do combate, não se pode dizer com justeza o que se passa num dado momento; muitos daqueles oficiais não tinham podido, aliás, atingir o ponto designado e se limitavam a repetir o que tinham ouvido dizer. Além disso, enquanto percorriam os dois ou três quartos de légua que os separavam de seu senhor, a situação se modificava e as notícias que traziam verificavam-se errôneas. Foi assim que um ajudante-de-campo do vice-rei veio anunciar que Borodino fora tomada e que a ponte sobre o Kolotcha estava em mãos dos franceses. Perguntou se se devia fazer as tropas transporem o rio; Napoleão ordenou que as alinhasse do outro lado e esperasse. Mas no momento em que essa ordem era dada, e mais ainda, apenas o ajudante-de-campo deixara Borodino, era a ponte retomada e queimada pelos russos por ocasião da refrega em que Pedro se viu metido no começo da batalha. Outro ajudante-de-campo, de rosto lívido de terror, chegou das flechas a toda a brida, para anunciar ao imperador que o ataque fora repelido, que Compans estava ferido e Davout morto. Ora, enquanto transmitia ele estas notícias, as obras tinham sido tomadas por outras tropas; quanto a Davout, tratava-se apenas de uma ligeira contusão. De conformidade com essas informações forçosamente falsas, tomava Napoleão medidas que já tinham sido tomadas por outros ou que se verificavam inexecutáveis de antemão.

Os marechais e os generais, que se encontravam mais perto da zona de fogo, mas nela não penetravam senão raramente, transmitiam, de seu próprio arbítrio, ordens para os engajamentos de mosquetaria, intervenção de cavalaria ou de infantaria. Mas da mesma maneira que as do Imperador, essas ordens não eram executadas senão em muito pouca quantidade. A maior parte do tempo o acontecimento era contrário às medidas prescritas. Os soldados a quem ordenavam que avançassem, viam-se dominados pela metralha, fugiam; os soldados que deviam ficar no lugar, vendo de súbito surgir o inimigo, marchavam contra ele, e a cavalaria se lançava, sem ter recebido ordem, em perseguição dos russos debandados. Foi assim que dois regimentos de cavalaria transpuseram o barranco de Semionovskoie e, apenas subiram na outra ladeira, deram meia-volta e regressaram a todo o galope. Foi assim que mais de um regimento de infantaria se precipitou em lugares aonde ninguém os enviava. Quando era preciso fazer entrar em ação quer o canhão, quer os infantes, quer os cavalarianos, eram oficiais de fileira que tomavam a iniciativa, sem consultar nem Ney, nem Davout, nem Murat, nem, com mais forte razão ainda, Napoleão. Não temiam que os censurassem mais tarde por aquela iniciativa, porque numa batalha só se pensa em salvar aquilo que se tem de mais precioso, isto é, a própria vida, e pode dar-se que a salvação esteja ora na fuga, ora na marcha para diante; apenas pessoas no fogo do combate agiam segundo a impressão do momento. De fato, aqueles movimentos para diante ou para trás, não aliviavam nem modificavam a situação das tropas. Aqueles ataques, aquelas cargas só causavam poucos danos em comparação com as balas de canhão e de fuzil que voavam na zona de combate; eram elas que causavam os ferimentos, as mutilações, a morte. Assim que os soldados se achavam fora do alcance dos projetis, os chefes, que estavam na retaguarda, os reorganizavam e, graças à disciplina, tornavam a enviá-los para aquela região de fogo onde o medo da morte relaxava de novo aquela famosa disciplina e os entregava ao instinto cego das multidões.

34. Os generais de Napoleão, Davout, Ney e Murat, tinham seu posto de comando perto da zona do fogo; nela penetraram mesmo mais de uma vez, a ela conduziram tropas numerosas e disciplinadas. Mas, ao contrário do que sempre se produzira nas precedentes batalhas, ninguém vinha anunciar a fuga do inimigo, e aquelas massas bem-ordenadas voltavam de "lá embaixo", debandadas e aterrorizadas. Reformavam-nas, mas seu número diminuía a olhos vistos. Perto do meio-dia, enviou Murat um ajudante-de-campo ao Imperador para reclamar reforços.

Sentado ao pé do mamelão, Napoleão bebia ponche, quando o ajudante-de-campo de Murat chegou, afirmando que os russos seriam esmagados, se Sua Majestade quisesse engajar ainda uma divisão.

— Reforços? — disse Napoleão, num tom severo, como se não compreendesse o que lhe queria dizer aquele jovem e belo rapaz, cujos longos cabelos negros cacheados lembravam os de seu chefe. — "Reforços! — repetia ele consigo. — Como se dá que peçam reforços, quando têm sob a mão a metade do exército e atacam uma ala bastante fraca e que nem mesmo entrincheirada está?" — Diga ao rei de Nápoles — proferiu secamente, — que ainda não é meio-dia e não vejo ainda claro no meu tabuleiro de xadrez. Vá.

O encantador ajudante-de-campo de longos cachos, com a mão colada à viseira, lançou um profundo suspiro e galopou de novo para o local onde se deixavam matar.

Napoleão levantou-se, chamou Caulaincourt e Rerthier e entreteve-se com eles a respeito de coisas bastante estranhas à batalha.

Começava a conversa a interessar o Imperador quando, de repente, os olhos de Berthier se lançaram para um general que, com sua comitiva, ganhava a rédeas soltas o mamelão. Era Belliard. Saltou de seu cavalo coberto de espuma, avançou a passos rápidos para o Imperador e se pôs a expor-lhe, em voz alta e ousada, a necessidade de reforços. Jurava sobre sua honra que os russos estariam perdidos, se se engajasse ainda uma divisão.

Napoleão ergueu os ombros e retomou seu passeio sem nada responder. Belliard se pôs a falar veementemente aos generais da comitiva, que o cercavam.

— Deixou-se arrebatar demais, Belliard — disse o Imperador, voltando para o general. — No fogo da ação, é fácil um engano. Torne a examinar a situação e volte a ver-me...

Mal havia Belliard desaparecido e novo enviado chegou doutro ponto do campo de batalha.

— Bem! Que há? — disse Napoleão, com o tom exasperado dum homem que vê surgirem diante de si contínuos obstáculos.

— Sire, o príncipe... — começou o ajudante-de-campo.

— Pede reforços? — acabou o Imperador, com um gesto de cólera.

O oficial disse sim, com a cabeça e se pôs a fazer seu relatório. O Imperador se voltou, mas revertendo logo, dirigiu-se a Berthier.

— Decididamente, é preciso fornecer-lhes reservas... Vejamos, que vamos enviar? — perguntou ele àquele *pato que transformei em água,* como o chamaria mais tarde.

— Sire, enviemos a divisão Claparède — respondeu Berthier que conhecia na ponta dos dedos todas as divisões, todos os regimentos, todos os batalhões.

Napoleão aprovou com um sinal de cabeça.

O ajudante-de-campo galopou para a divisão Claparède. Alguns minutos mais tarde, a jovem guarda de reserva por trás do mamelão se pôs em movimento. Napoleão olhava em silêncio naquela direção.

— Não — disse ele, de repente, a Berthier, — não posso enviar Claparède. Envie em lugar a divisão Friant.

Se bem que não houvesse vantagem especial em enviar Friant em lugar de Claparède, se bem que essa substituição de uma divisão por outra acarretasse mesmo real perda de tempo, a ordem foi pontualmente executada. Napoleão não via que desempenhava, para com suas tropas, o papel de um médico cujos remédios agravam o mal, papel que ele sabia tão bem discernir e criticar nos outros.

A divisão Friant, bem como as outras, desapareceu na fumaça do combate. De diferentes lados continuavam a acorrer ajudantes-de-campo que, todos, como de comum acordo, diziam a mesma coisa. Todos pediam reforços, todos afirmavam que, longe de desistir, os russos faziam *um fogo do inferno,* sob o qual se derretiam as tropas francesas.

Napoleão permanecia pensativo na sua cadeira de abrir e fechar.

O Sr. de Beausset, o amante das viagens, que nada havia comido desde a manhã, aproximou-se de Sua Majestade e lhe propôs respeitosamente que almoçasse.

— Espero — disse ele, — poder desde já apresentar a Vossa Majestade meus cumprimentos pela vitória...

Napoleão abanou a cabeça negativamente. Supondo que esse gesto dissesse respeito à vitória e não ao almoço, o Sr. de Reausset tomou a liberdade de observar, num tom ao mesmo tempo jovial e respeitoso, que nada no mundo deveria impedir-nos de almoçar, desde que o possamos fazer.

— Vá embora... disse de repente o Imperador, com ar sombrio, dando-lhe as costas.

Um sorriso beócio de compaixão, de encabulação e ao mesmo tempo de admiração desabrochou no rosto do Sr. de Beausset que com seu passo deslizante, alcançou os outros generais.

Napoleão experimentava aquela penosa sensação do jogador sempre feliz que, fiando-se na sorte, lança loucamente todo o seu dinheiro no tapete e de repente percebe que vai perder por haver calculado demasiado bem a jogada.

Suas tropas eram as mesmas de antes, eram os mesmos generais, as mesmas medidas tomadas, a mesma ordem de batalha, a mesma *proclamação curta e enérgica.* Ele tampouco havia mudado, sabia-o bem. Dizia a si mesmo que tinha muito mais experiência e astúcia que outrora e o inimigo era também o mesmo de Austerlitz e Friedland. Por que, pois, como por encanto, seu terrível golpe de massa recaía impotente?

Todos os meios táticos que lhe resultavam tão bem de costume: concentração da artilharia sobre um mesmo ponto, rutura das linhas por meio de reservas, carga daqueles famosos *homens de ferro* que constituíam sua cavalaria — havia-os ele utilizado sem poder obter a vitória; e sempre afluíam as mesmas notícias: generais mortos ou feridos, urgência de reforços, desorganização das tropas, impossibilidade de bater os russos.

Outrora, bastavam duas ou três disposições tomadas, duas ou três frases pronunciadas, para que se vissem chegar, de rosto alegre, marechais e ajudantes-de-campo que anunciavam a vitória com, como troféus, companhias inteiras de prisioneiros, molhos de bandeiras e de águias inimigas, canhões, caixotes de munição — e Murat só tinha que pedir a autorização de lançar sua cavalaria para "raspar" os furgões. Foi assim que as coisas se passaram em Lodi, em Marengo, em Arcole, em Iena, em Austerlitz, em Wagram etc. etc.. Que acontecia, pois, às suas tropas?

Malgrado a notícia de que as flechas estavam tomadas, Napoleão via bem que as coisas ocorriam bem diversamente do que se passava nas suas precedentes batalhas. Via bem que as pessoas que o cercavam e que tinham a experiência das guerras partilhavam dessa impressão. Todos os rostos estavam tristes, os olhos evitavam encontrar-se. O Sr. de Beausset era o único que parecia não compreender a importância do acontecimento. Graças à sua longa experiência, não ignorava Napoleão o que queria dizer uma luta em que, após oito horas de esforços, o assaltante ainda não triunfara. Para ele, era quase uma derrota e a balança pendia de tal maneira que o menor incidente poderia derrotá-lo, a ele e a seu exército.

Quando rememorava toda aquela estranha campanha em que durante dois meses não se tinha conquistado vitória, nem tomado a menor bandeira, o menor canhão, o menor corpo de tropas; quando observava aqueles rostos secretamente preocupados, quando ouvia aqueles relatórios sobre a resistência tenaz do inimigo, cria-se presa dum pesadelo. Todos os incidentes que poderiam causar sua perda passavam-lhe pela cabeça: os russos caíam sobre sua ala esquerda, aniquilavam-lhe o centro, uma bala perdida liquidaria a ele próprio. Todas essas coisas eram possíveis. Nas suas anteriores batalhas, só contava com oportunidades de êxito; vivia agora a esperar um ror de acasos infelizes. Sim, aquilo se assemelhava a um pesadelo: sonha-se que um bandido ataca, brande-se uma arma com todas as forças para golpeá-lo, mas sente-se a mão pender impotente, como um farrapo, e o horror de uma morte inevitável nos constringe.

A notícia de que os russos atacavam seu flanco esquerdo produziu em Napoleão a mesma espécie de terror. Permanecia derrubado na sua cadeira dobradiça, com a cabeça nas mãos. Berthier aproximou-se dele e lhe propôs percorrer as linhas para dar-se conta exata da situação.

— Quê? Que diz? — respondeu. — Sim, mande trazer-me um cavalo.

Montou e partiu para Semionovskoie.

Por toda a estrada que percorreu, em meio da fumaça que se dissipava lentamente, jaziam em poças de sangue homens e cavalos, isolados ou aos montões. Jamais nem Napoleão, nem seus lugares-tenentes tinham visto semelhante horror, tão grande número de cadáveres reunidos num tão pequeno espaço. O troar do canhão que, desde umas dez horas, não descontinuava e fatigava o tímpano, agravava ainda mais a solenidade do espetáculo, da mesma maneira que uma música realça os quadros vivos.

Ao chegar ao alto de Semionovskoie, avistou Napoleão, através da fumaça, fileiras inteiras de soldados vestidos de uniformes cujas cores não lhe eram familiares. Eram russos.

Estavam estes concentrados por trás da aldeia e do mamelão. Suas bocas de fogo atiravam sem cessar e enchiam de fumaça a linha inteira deles. Já não havia mais batalha. O massacre que prosseguia não podia conduzir a resultado, nem para os russos nem para os franceses. O Imperador deteve o cavalo e recaiu na meditação vaga de que Berthier o havia tirado. Não podia deter aquela obra que se realizava diante de si e em torno de si; passava por ser obra sua, era o responsável por ela, e, pela primeira vez em razão de seu mau êxito, pareceu-lhe inútil e monstruosa.

Um dos generais que o acompanhavam propôs-lhe fazer entrar em ação a Velha Guarda. Ney e Berthier trocaram um olhar e acolheram essa proposta insensata com um sorriso de desdém.

Napoleão baixou a cabeça e ficou muito tempo sem falar.

— A oitocentas léguas da França, não farei demolir minha guarda — disse por fim.

Voltou rédeas e regressou a Chevardino.

35

. Com a branca cabeça inclinada e acachapado ao peso de todo o seu corpo, não saía Kutuzov do banco coberto por um tapete, onde Pedro o vira pela manhã. Não tomava disposição nenhuma e contentava-se em dar ou não seu consentimento ao que lhe propunham.

“Sim, sim, façam isso”, respondia. “Sim, sim, vá, meu caro, vá ver isso”, dizia a esse ou àquele de seus familiares, ou então: “Não, inútil, é melhor esperar”. Escutava os relatórios que lhe faziam, dava ordens quando lhas pediam, mas parecia interessar-se menos pelo sentido das palavras que lhe diziam do que pela expressão dos rostos e pelo tom daqueles que lhe faziam seus relatórios. Sua longa rotina da guerra, sua sapiência de velho ensinavam-lhe que um só homem não poderia dirigir centenas de milhares de outros que lutam contra a morte; o que decide da sorte das batalhas, não são, sabia-o ele, nem as medidas tomadas pelo general-em-chefe, nem o lugar ocupado pelas tropas, nem o número dos canhões e dos mortos, mas bem antes essa força intangível que se chama o moral dos soldados; de modo que o vigiava e tratava de dirigi-lo na medida de suas forças. Suas feições refletiam uma atenção contínua e calma, uma contenção que a muito custo dominava a fadiga de um corpo fraco e gasto pela idade.

Às onze horas vieram anunciar-lhe que as flechas, ocupadas pelos franceses, tinham sido retomadas, mas que o Príncipe Bagration estava ferido. Kutuzov lançou uma exclamação e abanou a cabeça.

— Vai procurar o Príncipe Pedro Ivánavitch e informa-te pormenorizadamente do que há — ordenou a um de seus ajudantes-de-campo. Depois, voltando-se para o Príncipe de Wurtemberg,

que se conservava à sua retaguarda, disse-lhe: "Queira Vossa Alteza assumir o comando do segundo exército".

Pouco tempo depois da partida do príncipe e antes mesmo que pudesse ele alcançar Semionovskoie, o ajudante-de-campo fez saber ao Sereníssimo que ele pedia reforços.

Kutuzov franziu a testa, enviou logo a Dokhturov a ordem de tomar o comando do segundo exército; depois de refletir, não podia, disse ele, prescindir do príncipe naquelas graves circunstâncias; mandou, pois, pedir-lhe que voltasse para seu lado.

Quando lhe comunicaram que Murat fora feito prisioneiro e ao receber os cumprimentos de seu estado-maior, Kutuzov sorriu.

— Não tão depressa, senhores. Que a batalha esteja ganha e que Murat esteja prisioneiro, nada há de extraordinário. Mas vale melhor esperar para alegrar-nos.

Encarregou, entretanto, um ajudante-de-campo de espalhar tal notícia entre as tropas.

Quando Chtcherbinin acorreu do flanco esquerdo para lhe anunciar que os franceses tinham tomado as flechas e Semionovskoie, adivinhou pelo seu rosto e pelos rumores que chegavam do campo de batalha que as coisas não iam bem. Levantou-se, como se quisesse desentorpecer as pernas e, pegando o braço do oficial, levou-o de parte para ouvir-lhe o relatório.

— Vai, meu caro — disse então a Ermolov, — vai ver se não há meio de fazer alguma coisa.

Kutuzov, em Gorki, estava mesmo no centro da posição russa. O ataque dirigido por Napoleão contra nosso flanco esquerdo fora repelido várias vezes. No centro, os franceses não haviam passado além de Borodino. No flanco esquerdo, a cavalaria de Uvarov pusera o inimigo em fuga.

Pelas três horas da tarde, os ataques franceses cessaram. Nos rostos dos soldados que chegavam do campo de batalha, como nos dos que o cercavam, podia Kutuzov ler uma superexcitação levada ao extremo. Estava satisfeito com uma jornada cujo resultado ultrapassara sua expectativa. Mas aquele velho carecia de forças físicas. Sua cabeça retombava sobre seu peito, chegara mesmo a cochilar. Serviram-lhe o jantar.

Enquanto se refazia, viu-se chegar Wolzogen, o ajudante-de-campo de Sua Majestade, aquele mesmo que, ao passar diante do Príncipe André, declarara que a guerra deveria estender-se, e que Bagration não podia aguentar. Vinha da parte de Barclay dar conta da situação no flanco esquerdo. Diante do afluxo de feridos e da desordem da retaguarda, o judicioso Barclay de Tolly, depois de ter pesado os prós e os contras, decidira que a batalha estava perdida e despachara em consequência seu favorito para levar a notícia ao generalíssimo.

Mastigando com dificuldade o seu frango assado, cravou Kutuzov em Wolzogen seus olhinhos vivos. O outro se aproximou com um passo displicente e esboçou uma continência; um sorriso de condescendência pairava-lhe nos lábios.

Wolzogen tratava o Sereníssimo com uma afetação inconveniente: que os russos, parecia dizer, fizessem daquela velha carcassa o seu ídolo, era lá com eles, mas um militar de seu valor sabia com quem tratava. *"Der alte Herr macht sich bequem"*. "O velhote (era assim que os alemães o chamavam entre si) trata-se", disse a si mesmo, lançando uma olhadela zombeteira para os pratos colocados diante de Kutuzov. E começou a expor ao "velhote" a situação do flanco esquerdo, tal como a julgava Barclay e tal como a vira e comprovara ele próprio.

— Todos os pontos de nossa posição se acham em mãos do inimigo e não podemos repeli-lo, por falta de tropas. Nossos soldados estão em fuga e é impossível detê-los.

Kutuzov parou de mastigar e encarou Wolzogen, como se não compreendesse o que lhe diziam. À vista da emoção do "velhote", o ajudante-de-campo disse-lhe, sorrindo:

— Achei que não tinha o direito de ocultar a Vossa Alteza o que vi. As tropas se acham em plena debandada...

— Vistes isso? Vistes isso? — exclamou Kutuzov, que se levantou bruscamente e avançou para Wolzogen. Sufocava de cólera e o ameaçava com suas mãos trêmulas. — É a MIM que tendes o despejo de dizer isto?... Não sabeis nada de nada, senhor. Dizei de minha parte ao

General Barclay que suas informações são inexatas e que na qualidade de general-em-chefe, conheço melhor do que ele o verdadeiro curso da batalha.

Wolzogen quis replicar, mas Kutuzov interrompeu-o:

— O inimigo está sendo repelido no flanco esquerdo e foi batido no flanco direito. Se vistes mal, senhor, isto não vos autoriza contudo a dizer o que ignorais. Dirigi-vos ao General Barclay e transmiti-lhe minha intenção de atacar o inimigo amanhã sem falta.

Todos se mantinham em silêncio e só se ouvia a respiração ofegante do velho general.

— Estão repelidos em toda a parte e agradeço a Deus e aos nossos bravos soldados. O inimigo está vencido e amanhã nós o expulsaremos do solo sagrado da Rússia — continuou Kutuzov, persignando-se, enquanto que as lágrimas brotavam-lhe dos olhos.

Wolzogen sungou os ombros e afastou-se, assinalando com um trejeito o que pensava *uber die Eigenommenheit des alten Herrn.*[90]

— E ei-lo que chega, o meu herói — disse Kutuzov, designando um belo e robusto rapagão, de cabelos negros, que chegava ao alto do mamelão.

Era o General Raievski que durante todo o dia não havia abandonado o ponto nevrálgico da batalha. Comunicou que as tropas continuavam a aguentar-se e que os franceses não ousavam mais atacá-las.

Ouvindo-o falar dessa maneira, disse-lhe Kutuzov, em francês:

— Não pensais então como os outros que estamos obrigados a bater em retirada?

— Pelo contrário, Alteza, nos negócios indecisos é o mais teimoso que fica vitorioso, e minha opinião...

— Kaissarov! — chamou Kutuzov. — Senta-te aí e redige a ordem do dia para amanhã. E tu — ordenou a outro ajudante-de-campo, — vai percorrer as linhas e anuncia que atacaremos amanhã.

Entretanto, Wolzogen, enviado uma vez mais por Barclay, anunciou que seu general desejava uma confirmação por escrito da ordem que o marechal tinha dado.

Sem mesmo honrá-lo com um olhar, mandou Kutuzov redigir essa ordem que, para pôr a coberto sua responsabilidade, exigia o judicioso ex-general-em-chefe.

E graças a esse liame indefinível e misterioso que mantinha em todo o exército o mesmo estado de espírito, aquele estado de espírito que se chama o moral dum exército e que constitui o nervo da guerra, as palavras de Kutuzov, sua ordem do dia anunciando a ofensiva para o dia seguinte, se propagaram imediatamente dum extremo a outro das nossas tropas.

Não eram evidentemente os próprios termos de sua ordem do dia que atingiam os derradeiros elos daquela cadeia. Não havia mesmo nada, nos relatos transmitidos de um a outro, que se assemelhasse ao que ele havia dito. Mas o sentido de suas palavras se comunicava de vizinho a vizinho, porque refletiam, não combinações especiosas, mas os sentimentos profundos que animavam a alma do general-em-chefe como a de todo russo.

Vindo a saber que atacaríamos no dia seguinte e sentindo no alto comando a confirmação daquilo que desejavam acreditar, aqueles homens esgotados, hesitantes, recobraram imediatamente confiança.

36. O regimento do Príncipe André fazia parte das reservas que, até as duas horas da tarde, ficaram inativas por trás de Semionovskoie, sob um fogo violento de artilharia. Naquele momento, o regimento, que já perdera mais de duzentos homens, foi levado para diante, através de um campo de aveia esmagada, até o espaço que separava a aldeia da bateria do mamelão. Foi naquele trecho de terreno que, no correr do dia, caíram milhares de homens e que, precisamente pelas duas horas, sofreu um fogo convergente de várias centenas de peças inimigas.

90. Em alemão no original: “da suficiência do velhote”.

Sem ter deixado o lugar nem dado um tiro sequer, o regimento perdeu ali o terço de seu efetivo. À frente e sobretudo à direita, os canhões troavam em meio duma fumaça espessa, e, daquela misteriosa zona de fumo, balas, obuses, chegavam sem interrupção com assobios breves ou prolongados. Por vezes, como que numa trégua, os projetis ultrapassavam o alvo durante todo um quarto de hora, mas por vezes também, no espaço de um só minuto, vários homens eram atingidos e não sè cessava de transportar feridos e cadáveres.

A cada nova queda, as possibilidades de ficar com vida diminuíam para os que ainda não haviam sido mortos. O regimento estava desdobrado em colunas de batalhão; trezentos passos de intervalo separavam-nos uns dos outros, mas em todos reinavam o mesmo silêncio e o mesmo torpor. Se raras frases se trocavam, cessavam cada vez que um projétil caía e se elevava o grito: "Padiolas!". Na maior parte do tempo, os soldados, sob as ordens dos chefes, ficavam sentados no chão. Este, tirando sua barretina, mexia minuciosamente na corrediça; aquele limpava sua baioneta com argila seca, que reduzia a pó entre os dedos, aquele outro reajustava e reafivelava seu arreio; um quarto desenrolava as faixas de pano que lhe serviam de meias, depois as enrolava de novo em redor de suas pernas e tornava a calçar-se tranquilamente. Alguns edificavam casinhas com os torrões da lavra ou teciam esteiras com a palha dos restolhos. Pareciam todos muito absorvidos em tais ocupações. Quando havia mortos ou feridos em suas fileiras e os padioleiros executavam sua tarefa, quando os nossos recuavam e através da fumaça distinguiam-se as massas compactas dos inimigos, ninguém prestava atenção a isso. Em compensação, desde que nossa artilharia ou nossa cavalaria avançava, ou que nossa infantaria se punha em marcha, ouviam-se de todos os lados gritos de encorajamento. Mas a atenção geral era sobretudo retida por incidentes acessórios e sem nenhuma relação com a batalha. Dir-se-ia que a atenção daqueles homens esgotados moralmente repousava nos acontecimentos familiares da vida cotidiana. Uma bateria veio a passar diante das tropas. Num dos caixotes, o cavalo de sota estava com a perna presa nos tirantes. "Ei! você aí, seu trapalhão!... Arranje, senão ele cai... Ora bolas, será que essa gente é cega!" Todo o regimento fez exclamações desse gênero. Outra vez, todos os olhares foram atraídos por um cachorrinho amarelado, de cauda em forma de trombeta, que, saindo só Deus sabia donde, trotou diante das linhas com ar de apressado e que, de repente, ao estrondo duma bala de canhão que caía perto, lançou um grito lastimoso e desandou a fugir, de cauda murcha. O regimento inteiro explodiu na gargalhada. Mas essas distrações só duravam um instante e já havia mais de oito horas que aqueles homens famintos permaneciam inativos sob o horror incessante da morte; os rostos lívidos e fechados empalideciam e se crispavam cada vez mais.

Lívido também ele e de supercílios contraídos, o Príncipe André ia e vinha, de cabeça baixa e de mãos atrás das costas, ao longo dum prado vizinho do campo de aveia. Nada tinha a fazer, nem nenhuma ordem a dar. Tudo se cumpria por si mesmo. Tiravam-se os mortos para a retaguarda, levavam-se os feridos, reformavam-se as fileiras. Os que tinham feito semblante de fugir, não tardavam a voltar. No começo, crera de seu dever excitar a coragem de seus homens e dar-lhes o exemplo, colocando-se nas fileiras, mas depressa se convencera de que tomava um trabalho inútil. Todas as formas de sua alma, como as de cada um de seus homens, só tendiam inconscientemente a tentar não ver o horror da situação de todos eles. Passeava, pois, pelo prado, a passos arrastados, pisando a grama, examinando os pedaços dela que lhe recobriam as botas. Ora dava grandes passadas, procurando colocar os pés nos sulcos deixados pelos ceifadores, ora contava seus passos, calculando quantas vezes devia ir dum valado a outro para percorrer um quarto de légua; ou então arrancava as artemísias que cresciam nas ourelas, esmagava-as nas mãos e aspirava-lhes o odor forte e acre. "Seu pensamento, tão ativo na véspera, estava como que entorpecido. Prestava ouvido fatigado àqueles ruídos sempre semelhantes: estrondo dos projetis à partida, assobio à chegada; lançava uma vez ou outra um olhar aos rostos demasiado conhecidos daqueles homens — os do 1º batalhão — e esperava. "Mais um... Ainda para nós!" dizia a si mesmo, ouvindo um assobio sinistro na zona de fumaça. "Um... dois... aquele é certamente para nós..." Interrompia-se para olhar as fileiras. "Não, passou mais longe... mas cuidado com o seguinte..." E voltava a seu passeio, alongando as pernadas para alcançar em dezesseis passos a ourela. De repente um assobio e um choque! A cinco passos dele, uma bala cravou-se na terra seca que fez voar para todos os lados. Um arrepio involuntário correu-lhe pelas costas. Voltou-se de novo para seus soldados: muitos deviam ter sido atingidos; um agrupamento se formava no segundo batalhão.

— Impedi que formem grupos — gritou ele para seu oficial de ordenança.

Este executou a ordem e se aproximou do Príncipe André. Dum outro lado chegava a cavalo o chefe do batalhão.

— Cuidado! — gritou uma voz apavorada.

Como um passarinho que, voejando e atirando, vem pousar em terra, um obus cravou-se suavemente a dois passos de André, bem perto do chefe de batalhão. Sem se preocupar se estava bem ou mal demonstrar seu medo, o cavalo nitriu, corcoveou, deu um pulo e quase deita ao chão o major. O terror do animal contagiou os homens.

— Deitem-se! — disse a voz do oficial de ordenança, que se lançara ao chão.

O Príncipe André permanecia de pé, irresoluto. O obus fumegante girava como um pião entre ele e o oficial deitado no chão, no limite do campo e do prado, junto duma moita de artemísias.

"Será a morte?" pensou ele, abrangendo com um olhar todo novo, um olhar cheio de inveja, a grama, as hastes de artemísia, o filete de fumaça que subia da bola negra em movimento. "Não posso, não quero morrer, amo a vida, amo esta relva, esta terra, o ar que respiro..." Enquanto isto dizia, lembrou-se de que o olhavam.

— Não tendes vergonha, senhor? — disse ao oficial de ordenança. — Que... — Não pôde terminar. A explosão estrondou, acompanhada de um como tilintar de vidros partidos e de um nauseante cheiro de pólvora. Projetado para o lado, o príncipe levantou um braço no ar e tombou de rosto contra o chão.

Alguns oficiais acorreram. De seu flanco direito escorria sobre a relva um rio de sangue.

Milicianos, que tinham sido chamados, detiveram-se com sua padiola atrás dos oficiais. Estendido de bruços, o rosto na relva, o príncipe lançava soluços profundos.

— Então? Que esperam? Aproximem-se!

Os camponeses pegaram André pelos ombros e pelas pernas; mas, como gemesse ele dolorosamente, trocaram um olhar e tornaram a depô-lo no chão.

— Levantem-no, ponham-no na padiola! — gritou uma voz.

Retomaram-no pelos ombros e o depuseram sobre a padiola.

— Ah! meu Deus, meu Deus! Será possível? No ventre! É a morte... Ah! meu Deus! — exclamaram vários oficiais.

— Raspou-me a orelha — explicou o oficial de ordenança.

Os camponeses carregaram aos ombros a padiola e trataram de alcançar às pressas a ambulância ao longo duma vereda que suas idas e vindas tinham aberto. Mas como a marcha desigual sacudisse a padiola, um oficial deteve-os pelo ombro.

— A passo, ora bolas, seus bandidos!

— Anda pelo meu passo, ouviste, Fiódor? — disse o da frente.

— Pois não, aqui vou — respondeu alegremente o de trás, mudando de passo.

— Excelência! Ei, príncipe! — disse Timokhin, com voz trêmula, correndo para a padiola.

O Príncipe André abriu os olhos e, do alto da padiola onde sua cabeça se abandonava, lançou um olhar para aquele que falava e tornou a fechar as pálpebras.

* * *

Os milicianos transportaram o Príncipe André para o bosque onde se encontravam os furgões e a ambulância. Esta compreendia três tendas erguidas e entreabertas, na orla de um bosque de bétulas. Os carros e os cavalos estavam debaixo da ramada. Os animais comiam sua aveia nos sacos e os pardais voejavam em torno para bicar os grãos caídos. Corvos, farejando o sangue, passavam lançando muitos crocitos de impaciência. Em redor das tendas, num espaço de duzentos a duzentos e cinquenta ares, estavam sentados, deitados ou de pé, homens ensanguentados, vestidos com os mais diversos uniformes. Na sua vizinhança estacionava uma multidão de padioleiros de caras tristes e curiosas, que os oficiais encarregados da ordem se esforçavam baldadamente por afastar. Aqueles soldados se obstinavam em ficar ali, apoiados nas suas padiolas, olhando fixamente o espetáculo que se passava a seus olhos, como se procurassem compreender a penosa significação. Gritos selvagens, alternando com gemidos lastimosos, difundiam-se das tendas, donde se via, uma ou outra vez, saírem correndo enfermeiros que, enquanto iam buscar água, indicavam aqueles de quem chegara a vez. Na entrada, os feridos estertoravam, choravam, gritavam, lançavam injúrias, pediam aguardente. Alguns deliravam. Na sua qualidade de comandante do regimento, o Príncipe André foi levado, por entre fileiras de feridos ainda não pensados, para bem perto de uma das tendas, onde seus portadores fizeram alto, esperando as ordens. Abriu ele os olhos e ficou muito tempo incapaz de compreender o que lhe acontecia. O prado, as artemísias, o campo de aveia, a bola negra a girar, seu súbito e violento amor à vida, tudo isso lhe voltou bruscamente ao espírito. A dois passos, um suboficial, belo rapagão de cabeleira negra e voz potente, mantinha-se apoiado a um cepo. Fora atingido por balas na cabeça e nas pernas, estando enfaixado. Feridos e carregadores o ouviam avidamente perorar.

— Quando os fizemos fugir lá embaixo, não esperaram por mais nada, de fato; mesmo quando se apanhou o seu rei em pessoa — gritava o soldado, cujos olhos inflamados lançavam em torno de si ferozes olhares. — Se ao menos as reservas tivessem entrado em ação no momento devido, então, rapaziada, não teria ficado ninguém, tão certo como estou afirmando.

Como todos os ali reunidos, o Príncipe André fitava o narrador com uma chama no olhar e experimentava um sentimento de consolo. "Afinal — disse a si mesmo — que me importa o que acontecerá lá embaixo e o que aconteceu aqui? E donde vem que tenho tanta pena de deixar esta vida? Há, pois, nesta vida alguma coisa que eu não compreendia e que não compreendo ainda?"

37. Um dos médicos saiu da tenda. Segurava delicadamente entre o polegar e o auricular um charuto que receava sujar, pois suas mãos pequenas estavam, como seu avental, cobertas de sangue. Ergueu a cabeça e deixou seu olhar vagar por cima dos feridos. Queria evidentemente tomar um pouco de ar. Depois de haver-se voltado para a direita e para a esquerda, lançou um suspiro e trouxe de volta seu olhar para a terra.

— Sim, agora mesmo — respondeu ele a um enfermeiro, que lhe apontava o Príncipe André e deu ordem de introduzi-lo na tenda.

Um murmúrio se elevou entre os feridos que esperavam.

— Parece que no outro mundo também, só há lugar para os "senhores"! — disse um.

Depuseram o príncipe em cima duma mesa que se achava livre e que um enfermeiro acabara de limpar. André não pôde distinguir bem pormenorizadamente o que havia na tenda. Os gritos lamentosos que se elevavam de todas as partes, a dor queimante que sentia no flanco, no abdome e nas costas tomavam-lhe toda a atenção. O espetáculo que tinha diante dos olhos se confundia numa única impressão de carne humana nua e sangrenta, que parecia encher aquela tenda baixa, da mesma maneira que algumas semanas antes, num quente dia de agosto, aquela mesma carne enchia o açude lamacento na estrada de Smolensk. Sim, era aquela mesma *carne para canhão* cuja vista, como em previsão do que se passava agora, provocara então sua repulsa.

Deixaram-no só alguns instantes e pôde, bem contra a sua vontade, ver o que se passava nas duas outras mesas. Na mais próxima estava sentado um tártaro, sem dúvida um cossaco, a julgar pelo uniforme lançado de lado. Quatro soldados o seguravam. Um médico de óculos cortava-lhe a pele das costas morenas e musculosas.

— Ai! ai! ai! — rosnava o tártaro e, de repente, erguendo o rosto bronzeado, de nariz chato, de maçãs salientes, e rangendo os dentes brancos, pôs-se a debater-se e a lançar urros prolongados.

Na outra mesa, que um grupo inteiro cercava, estava deitado de costas um homem forte e de elevada estatura; tinha a cabeça atirada para trás, mas o aspecto geral de sua fisionomia e até a cor de seus cabelos cacheados não eram desconhecidos do Príncipe André. Vários enfermeiros pesavam com todo o seu peso sobre o peito daquele homem, mantendo-o imóvel. Uma de suas pernas, branca e gorda, era sem cessar agitada por sobressaltos febris. O homem lançava soluços convulsivos e sufocava. Dois médicos silenciosos, dos quais um se mostrava lívido e trêmulo, inclinavam-se sobre a outra perna, toda vermelha esta.

Entretanto cobriam o tártaro com seu capote; terminada sua tarefa, o médico de óculos aproximou-se do Príncipe André, enxugando as mãos. Fitou-o e voltou-se bruscamente.

— Tirem-lhe a roupa! Que estão esperando? — exclamou, num tom furioso, dirigido aos enfermeiros.

Quando um destes, de mangas arregaçadas, lhe desabotoou às pressas as roupas e as tirou, lembrou-se André dos dias longínquos de sua primeira infância. O médico inclinou-se sobre o ferimento, palpou-o e lançou um profundo suspiro. Fez em seguida um sinal a alguém. A dor atroz que sentiu no abdome fez o paciente perder os sentidos. Quando voltou a si, os fragmentos de fêmur partido tinham sido retirados, pedaços de carne cortados e o ferimento pensado. Aspergiam-lhe o rosto. Assim que abriu os olhos, o médico curvou-se sobre ele, beijou-lhe os lábios sem dizer uma palavra e afastou-se vivamente.

Depois de todos aqueles sofrimentos, experimentou André um bem-estar que não conhecia havia muito tempo. Os melhores instantes de sua vida, sua primeira infância especialmente, quando o despiam, quando o deitavam na sua caminha, quando sua ama lhe cantava cantigas de ninar, quando, com a cabeça afundada no travesseiro, era feliz por se sentir viver — aqueles instantes se apresentavam em sua imaginação não como o passado, mas como a realidade.

Os médicos continuavam ativos em torno daquele ferido cuja figura não era desconhecida de Bolkonski; erguiam-no, esforçando-se por acalmá-lo.

— Mostrai-ma... Ai! ai! ai! — gemia ele com uma voz cortada de soluços e como que vencida pelos sofrimentos.

Ouvindo aqueles gemidos, sentia-se André também prestes a chorar. Seria pelo fato de morrer assim sem glória? Por que tinha saudade da vida? Por que suas recordações da infância o enterneciam? Seria porque sofria, porque os outros sofriam, porque aquele desgraçado gemia tão lamentosamente? Em todo o caso tinha vontade de derramar quentes lágrimas de criança, quase lágrimas de alegria.

Mostraram ao ferido sua perna cortada com o sangue coagulado e a bota que nela ainda se mantinha.

— Ai! ai! ai! — soluçou ele, como uma mulher.

O médico se afastou, descobrindo o rosto do paciente.

— Oh! meu Deus! Que é isso? Que faz ele aqui? — perguntou a si mesmo o Príncipe André.

Naquele desgraçado soluçante, esgotado, a quem acabavam de cortar a perna, reconhecia enfim Anatólio Kuraguin. Sustentavam Anatólio e apresentavam-lhe um copo de água, cuja borda não conseguia ele tocar com seus lábios tumefatos e trementes. Soluçava de maneira dilaceradora. "Sim, é ele; é aquele homem ligado a mim de maneira íntima e dolorosa" — disse a si mesmo o Príncipe André, sem compreender ainda bem nitidamente o que se passava à sua vista. "E quais são, pois, os laços que prendem esse homem à minha infância, à minha vida?" — perguntou a si mesmo, sem conseguir encontrar uma resposta. E de repente nova figura daquele mundo infantil, cheio de pureza e de amor, surgiu em sua lembrança. Reviu Natacha, tal como lhe aparecera pela primeira vez naquele baile de 1810, com seu busto e seus braços magros, seu rosto espantado, feliz, pronto ao entusiasmo. E mais vivos, mais fortes do que nunca, seu amor e sua ternura por ela despertaram no fundo de seu coração. Lembrava-se agora do elo que existia entre ele e aquele homem, que dirigia para seu lado o olhar nublado de lágrimas. Recordou-se de tudo e uma profunda compaixão, um amor apaixonado, encheu-lhe o feliz coração.

Não pôde conter-se mais e derramou lágrimas de enternecimento pelos homens, por si mesmo, pelos desvarios deles e seus.

"Sim, a compaixão, o amor pelos nossos irmãos, por aqueles que nos amam; o amor por aqueles que nos odeiam, o amor pelos nossos inimigos; sim, esse amor que Deus veio pregar à terra, que a Princesa Maria me ensinava e que eu não compreendia, é isso que me faz ter saudade da vida; eis a única coisa que me restaria se ainda devesse viver. Agora, ai de mim! é demasiado tarde!"

38. O aspecto aterrorizador do campo de batalha coberto de cadáveres e moribundos, o peso que sentia na cabeça, a notícia de que uns vinte de seus generais tinham sido mortos ou postos fora de combate, a confissão que devia fazer a si mesmo da impotência de seu braço outrora invencível, tudo isso causou um efeito inesperado sobre Napoleão. Comumente, gostava de ver os mortos e os feridos, espetáculo que, acreditava ele, retemperava sua força de ânimo; mas naquele dia, o espetáculo triunfou daquela famosa força de ânimo na qual depositava seu mérito e sua grandeza. Voltou precipitadamente ao reduto de Chevardino. Com a tez amarela, o rosto inchado, os olhos turvos, o nariz vermelho e a voz enrouquecida, permanecia sentado na sua cadeira dobradiça, mantendo a vista baixa e prestando, malgrado seu, atenção ao barulho da fuzilaria. Esperava com febril inquietação o fim daquele negócio de que acreditava participar, mas que não tinha o poder de deter. Por alguns instantes um sentimento humano individual dominou nele a miragem a que prestara sacrifícios tanto tempo. Relembrou os sofrimentos e as visões de morte que lhe haviam aparecido no campo de batalha. Sua cabeça pesada, seus pulmões opressos lembravam-lhe que podia, como os demais, sofrer e morrer. Naquele minuto, não desejava nem Moscou, nem a vitória ou a glória: que necessidade tinha ele de glória! Tudo quanto almejava agora era o repouso, a calma, a liberdade. Entretanto, quando parara no alto de Semionovskoie, propusera-lhe o comandante de artilharia colocar ali algumas baterias, a fim de reforçar o fogo sobre as tropas russas concentradas diante de Kniazkovo. Napoleão consentira nisso e ordenara que lhe dessem conta do resultado obtido. Um ajudante-de-campo veio, pois, comunicar-lhe que, de conformidade com suas ordens, duzentos canhões estavam assestados contra os russos, mas que estes continuavam firmes.

— Debalde nosso fogo ceifa fileiras inteiras, resistem sempre — disse o ajudante-de-campo.

— Querem mais!... — disse Napoleão com sua voz rouca.

— Sire? — perguntou o oficial que não havia ouvido bem.

— Querem mais — repetiu ele, sempre com a mesma rouquidão de voz. — Pois deem-lhes mais — ordenou, franzindo o cenho.

Sem sua ordem, o que não havia querido se realizava e só tomava medidas porque, acreditava, esperava-se que ele as tomasse. De novo, remergulhava na sua miragem de grandeza; e da mesma maneira que o cavalo que faz girar uma roda motriz imagina executar uma tarefa útil para si mesmo, desempenhava docilmente o papel cruel, doloroso, penoso, inumano a que estava predestinado.

Não foi somente naquela hora e naquele dia que se obscureceram o espírito e a consciência daquele homem, responsável mais que nenhum outro pelos acontecimentos que ocorreram naquela época. Jamais até o fim de sua vida, conseguiu ele compreender o bem, nem o belo, nem o verdadeiro; seus atos eram demasiado opostos ao bem e à verdade, demasiado afastados de todo sentimento humano, para que seu verdadeiro alcance lhe aparecesse. Não podia renegar feitos exaltados pela metade do mundo; e por consequência foi-lhe preciso renunciar ao verdadeiro, ao bem, a todo sentimento humano.

Não foi somente naquele dia que, percorrendo o campo de batalha juncado de soldados mortos ou mutilados — por sua vontade, acreditava, — calculava a olhos vistos o número dos russos em relação aos franceses e que, iludindo-se a si próprio, encontrava razões de se regozijar ao verificar a proporção de cinco para um. Não foi somente naquele dia que disse, ao escrever para Paris: "O campo de batalha foi soberbo", porque via nele estendidos mais de cinquenta mil cadáveres. Em Santa Helena ainda, na calma da solidão, em que queria consagrar seus lazeres à exposição das grandes coisas que fizera, eis o que escrevia:

"A guerra da Rússia deve ter sido a mais popular dos tempos modernos; era a do bom senso e dos verdadeiros interesses, a do repouso e da segurança de todos; era puramente pacífica e conservadora.

"Era pela grande causa, pelo fim dos azares e pelo começo da segurança. Um novo horizonte, novos trabalhos iam desenrolar-se, repletos do bem-estar e da segurança de todos. O sistema europeu se achava fundado; só se tratava então de organizá-lo.

"Satisfeito nesses grandes pontos e tranquilo por toda a parte, teria tido também eu meu Congresso e minha Santa-Aliança. Foram ideias que me roubaram. Nessa reunião de grandes soberanos, teríamos tratado de nossos interesses em família e contado com os povos, de servo para senhor.

"Dessa forma a Europa não seria verdadeiramente dentro em pouco senão um mesmo povo, e cada qual, viajando por toda a parte, ter-se-ia sempre encontrado na pátria comum. Teria eu pedido todos os rios navegáveis para todos, a comunidade dos mares e que os grandes exércitos permanentes fossem reduzidos doravante apenas à guarda dos soberanos.

"De volta à França, ao seio da pátria, grande, forte, magnífica, tranquila, gloriosa, teria proclamado seus limites imutáveis; toda guerra futura puramente defensiva; todo engrandecimento novo, antinacional. Teria associado meu filho ao império, minha ditadura teria acabado e seu reino constitucional começado...

"Paris teria sido a capital do mundo e os franceses a inveja das nações!...

"Meus lazeres em seguida e meus velhos anos teriam sido consagrados, em companhia da imperatriz e durante o aprendizado real de meu filho, a visitar lentamente e como verdadeiro casal camponês, com meus próprios cavalos, todos os recantos do Império, recebendo as queixas, consertando erros, semeando por todos os lados e por todas as partes os monumentos e os benefícios".

Ele, a quem a Providência havia predestinado ao papel lamentável e servil de carrasco das nações, queria convencer-se de que seu único fim era o bem dos povos, que podia presidir ao destino de milhões de seres e arbitrariamente fazer-lhes a felicidade!

"Dos 400.000 homens que passaram o Vístula — escreveu mais adiante, a propósito da campanha da Rússia — a metade eram austríacos, prussianos, saxões, poloneses, bávaros, wurtemburgueses, mecklemburgueses, espanhóis, italianos, napolitanos. O exército imperial, propriamente dito, era em um terço composto de holandeses, belgas, genoveses, toscanos, romanos, habitantes da 32ª divisão militar, Bremen, Hamburgo etc.; contava apenas 140.000 homens que falavam francês. A expedição da Rússia custou menos de 50.000 homens à França atual; o exército russo na retirada de Vilna a Moscou, nas diversas batalhas, perdeu quatro vezes mais que o exército francês; o incêndio de Moscou custou a vida a 100.000 russos, mortos de frio e de miséria nos bosques; enfim, na sua marcha de Moscou ao Ôder, o exército russo foi também atingido pela intempérie da estação; não contava à sua chegada a Vilna senão com 50.000 homens, e a Kalisch com menos de 18.000".

Pensava, pois, que aquela guerra se fizera pela sua vontade e o horror do fato consumado deixara-o indiferente. Assumia a inteira responsabilidade dos acontecimentos e seu espírito obnubilado via uma justificação no fato de que, entre as centenas de milhares de homens sacrificados, os franceses eram em muito menor número que os hessenses.

39. Assim, algumas dezenas de milhares de homens jaziam nas posições e nos uniformes mais diversos sobre aqueles campos e aqueles prados que pertenciam tanto aos senhores Davydov quanto aos camponeses da Coroa, e sobre os quais, durante séculos, os habitantes de Borodino, de Gorki, de Chevardino e de Semionovskoie, tinham feito suas colheitas e levado seus rebanhos a pastar. Nas ambulâncias, num espaço de duzentos bons acres, a relva e a areia estavam embebidas de sangue. Multidões de soldados, feridos ou válidos, refluíam apavorados, uns sobre Mojaisk, outros sobre Valuievo. Outras multidões, se bem que esgotadas de fadiga e de fome, deixavam-se arrastar para a frente por seus chefes. Outras, enfim, se mantinham no lugar e continuavam a atirar.

Em toda a extensão do campo de batalha, tão alegremente belo algumas horas antes com o brilho das baionetas e as fumaças ao sol matinal, distendia-se agora um nevoeiro úmido e plainava um cheiro acre, estranho, de salitre e de sangue. Nuvens haviam-se amontoado, uma chuva fina gotejava sobre os mortos, sobre os feridos, sobre os soldados extenuados, sobre os que perdiam confiança. Parecia gritar-lhes: “Basta, basta, desgraçados. Parai... Retornai vossas consciências... Que fazeis então?...”

Os soldados de um e outro exército, sucumbindo à fadiga e à inanição, começavam a perguntar a si mesmos se deviam continuar a se entrematar; a hesitação se lia em todos os rostos, muitos faziam a si mesmos a pergunta: “Por que, por que é preciso que eu mate ou me deixe matar? Matai quem quiserdes; fazei o que quiserdes; quanto a mim, estou farto!” Ao anoitecer, esse mesmo pensamento germinava em todas as almas. A cada instante, aqueles homens podiam ser tomados de horror pelo que faziam, largar tudo ali e fugir ao acaso.

Entretanto, se bem que ao fim da batalha todos os combatentes sentissem a ignomínia de sua conduta e muito contentes teriam ficado se parassem, uma força incompreensível e misteriosa continuava a fazê-los agirem. Inundados de suor, negros de poeira, manchados de sangue, os artilheiros, reduzidos a um dentre três, cambaleavam e já sem forças, continuavam a transportar os cartuchos, a carregar e apontar as peças, a inflamar as mechas com a mesma rapidez e a mesma crueldade, e dessa forma continuava a cumprir-se aquela coisa espantosa que não se cumpre pela vontade dos homens, mas pela vontade daquele que rege os homens e os mundos.

Quem quer que tivesse observado a retaguarda do exército russo em desordem teria dito que um fraco esforço dos franceses haveria aniquilado aquele exército; e quem quer que tivesse observado a retaguarda do exército francês teria dito que um fraco esforço dos russos haveria bastado para destruí-lo. Mas nem os franceses, nem os russos faziam esse esforço e o fogo da batalha acabava, pouco a pouco, extinguindo-se.

Os russos se abstinham, porque não eram eles os atacantes. No começo, tinham-se limitado a barrar a estrada de Moscou e continuaram a ocupar sua posição até o fim. Aliás, se seu objetivo mesmo tivesse sido bater os franceses, eram incapazes desse derradeiro esforço, atendendo-se a que todos os seus regimentos estavam desorganizados, todos haviam sofrido com a batalha e, sem arredar pé de seu posto, tinham perdido a METADE de seus efetivos.

Os franceses, sustentados pela recordação de quinze anos de vitórias, pela sua confiança na invencibilidade de Napoleão, pela segurança de que eram os senhores duma parte do campo de batalha, e que só haviam perdido a quarta parte dos seus e que os vinte mil homens da Guarda estavam ainda intactos, teriam podido facilmente fazer aquele esforço. Tinham a obrigação de fazê-lo, pois que tinham atacado o exército russo, a fim de desalojá-lo de suas posições; enquanto ele lhes barrasse a estrada de Moscou seu objetivo não era atingido e todas as suas perdas permaneciam inúteis. E entretanto não fizeram esse esforço. Certos historiadores asseguram que se Napoleão tivesse aberto mão da Velha Guarda, a batalha teria sido ganha. Semelhante suposição equivale a procurar o que teria acontecido, se o outono se transformasse subitamente em primavera. Se Napoleão não fez sua Guarda entrar em ação, não foi porque não o quis, mas porque isso lhe era impossível. Os generais, os oficiais, os soldados sabiam bem que o moral do exército não o permitia.

Napoleão não foi o único a ter a visão de que seu braço terrível retombava sem força; após a experiência das batalhas precedentes, em que o inimigo cedia a ataques dez vezes menos violentos, todos os generais do exército francês, combatentes e não-combatentes, experimentavam um unânime terror em presença de um adversário que, tendo perdido a METADE de suas tropas, continuava ainda assim ameaçador, tanto no fim como no começo do combate. A força moral do exército atacante se encontrava esgotada. Em Borodino, os russos não ganharam uma dessas vitórias que se medem pelo terreno conquistado ou por esses pedaços de pano que se amarram a paus e que se chamam bandeiras; obtiveram um desses êxitos que convencem o adversário da superioridade moral que lhe opõem e da inutilidade de seus próprios esforços. Como uma fera enfurecida que recebeu na carreira o golpe mortal, o invasor sentia que corria para sua perda; mas não podia se deter, assim como o exército russo, duas vezes mais fraco, não podia ceder. Em consequência da velocidade adquirida, os franceses eram ainda capazes de atingir Moscou; mas ali, sem que os russos tivessem de fazer novos sacrifícios, deveriam necessariamente sucumbir ao ferimento mortal que haviam recebido em Borodino. Aquela batalha teve como consequências diretas: o abandono inopinado de Moscou por Napoleão, sua retirada pela velha estrada de Smolensk, a perda dum exército de quinhentos mil homens e a destruição da França napoleônica sobre a qual, em Borodino, pesara pela primeira vez o braço de um adversário dotado duma força moral superior.

TERCEIRA PARTE

1. Coisa incompreensível para o espírito humano é a continuidade absoluta do movimento. O homem só apreende as leis de não importa qual movimento, quando lhe examina unidades arbitrariamente destacadas. Mas ao mesmo tempo é dessa divisão arbitrária do movimento contínuo em unidades descontínuas que nasce a maior parte dos erros humanos.

Todos conhecem o "sofisma" dos antigos, segundo o qual Aquiles jamais alcançará a tartaruga que vai à sua frente, embora seu andar seja dez vezes mais rápido. Quando Aquiles tiver transposto a distância que o separa da tartaruga, esta já terá transposto, ultrapassando-o, a décima parte dessa distância. Enquanto Aquiles transpuser essa décima parte, a tartaruga avançará mais uma centésima e assim por diante até o infinito. O absurdo da conclusão (Aquiles jamais alcançará a tartaruga) decorria somente do fato de se admitirem arbitrariamente unidades descontínuas de movimento, quando o movimento de Aquiles, como o da tartaruga, é contínuo.

Se tomamos unidades de movimento cada vez menores, conseguimos somente aproximarnos da solução, mas jamais a atingiremos. Só admitindo uma quantidade infinitesimal e sua progressão ascendente até ao décimo e fazendo a soma dessa progressão geométrica é que chegamos à solução do problema. O novo ramo das matemáticas, que descobriu a arte de operar com os infinitamente pequenos, dá agora respostas a questões julgadas insolúveis, mesmo em problemas muito mais complicados de dinâmica.

Esse ramo novo das matemáticas, desconhecido da Antiguidade, introduzindo os infinitamente pequenos no estudo da dinâmica, restabelece a condição fundamental do movimento, isto é, sua absoluta continuidade, e reergue por isso mesmo o erro inevitável que a inteligência não pode deixar de cometer, quando substitui um movimento contínuo por unidades descontínuas de movimento.

Na procura das leis da História, acontece exatamente o mesmo.

A marcha da humanidade, determinada por uma quantidade inumerável de vontades individuais, é um movimento contínuo. O conhecimento de suas leis é o objetivo da História. Mas para estabelecer as leis desse movimento contínuo, soma de todas as vontades humanas, admite a inteligência arbitrariamente unidades descontínuas. O primeiro processo da História consiste em escolher arbitrariamente uma série de acontecimentos contínuos e examiná-la fora das outras séries, quando não há e não pode haver começo de acontecimento nenhum e sempre um fato decorre do outro, sem descontinuidade. O segundo processo consiste em considerar os atos dum só homem, tzar ou chefe de exército, como a soma das vontades de todos, quando essa soma nunca se exprime pela atividade dum único personagem histórico.

Ao progredir, a ciência histórica submete a seu estudo unidades cada vez menores e por este meio se esforça por aproximar-se da verdade. Mas por mais ínfimas que sejam essas unidades sentimos que admitir unidades separadas umas das outras, admitir um COMEÇO para um fenômeno qualquer, admitir que as vontades de todos encontram sua expressão nos atos dum único personagem histórico, é tudo afinal falso em si mesmo.

Toda dedução histórica, sem o menor esforço da crítica, cai em pó sem nada deixar atrás de si, simplesmente porque essa crítica escolhe como objeto de seu exame uma unidade separada, maior ou menor; e tem sempre o direito disso, dado que a unidade histórica escolhida seja sempre arbitrária.

Somente submetendo a nosso exame uma unidade infinitamente pequena, a diferencial da História, isto é, as correntes homogêneas da humanidade, e tornando-nos senhores da arte de integrá-las (de fazer a soma dos infinitesimais) é que podemos esperar atingir as leis da História.

* * *

Os quinze primeiros anos do século XIX na Europa oferecem o espetáculo de um extraordinário movimento de milhões de homens, que abandonam suas ocupações habituais, precipitam-se dum lado para outro na Europa, pilham, entrematam-se, vencedores ou desesperados. O curso inteiro da vida muda em alguns anos; é arrebatado num movimento imperioso que se vai acelerando no começo e depois se torna mais lento. Qual a causa desse movimento, ou pelo menos quais são suas leis? pergunta a si mesmo o espírito humano.

Respondem os historiadores a esta pergunta expondo-nos os fatos e os gestos de algumas dezenas de homens num dos edifícios da cidade de Paris, dando a esses fatos e gestos o nome de Revolução; depois fornecem uma biografia pormenorizada de Napoleão e de alguns personagens, seus partidários ou adversários, contam-nos a influência de alguns desses personagens e acrescentam: eis donde saiu esse movimento, eis as suas leis.

Mas o espírito humano não só se recusa a crer nessa explicação, mas declara ainda terminantemente que esse processo de explicação é errôneo, porque o fenômeno mais fraco é aí tomado como causa do mais forte. Foi a soma das vontades humanas que criou a Revolução e Napoleão e foi somente ela que, depois de os haver suportado, aniquilou-os.

"Entretanto — diz a História, — cada vez que houve conquistas, houve conquistadores, cada vez que se produziram subversões num Estado, houve grandes homens". Com efeito, responde o espírito humano, cada vez que apareceram conquistadores, houve também guerras, mas isto não demonstra que os conquistadores foram as causas das guerras, nem que se possam descobrir as leis duma guerra na atividade pessoal dum único indivíduo. Todas as vezes que olhando meu relógio vejo o ponteiro no número X, ouço na igreja vizinha os sinos se porem a tocar; mas do fato de cada vez que o ponteiro chega às dez horas, começarem os sinos a tocar, não tenho o direito de concluir que a posição do ponteiro é a causa do toque dos sinos.

Cada vez que vejo uma locomotiva se mover, ouço seu apito, vejo a válvula se abrir e as rodas girarem; não tenho o direito de concluir que o apito e o movimento das rodas sejam as causas da marcha da locomotiva.

Os camponeses dizem que para o fim da primavera um vento frio se põe a soprar porque os brotos do carvalho desabrocham, e, com efeito, toda primavera, um vento frio sopra, quando os brotos do carvalho desabrocham. Mas embora me seja desconhecida a causa que faz naquele momento o vento frio soprar, não posso dizer com os camponeses que essa causa é o desabrochar dos brotos do carvalho, porque a força desse vento não é influenciada pelos brotos. Só vejo a coincidência das condições que se encontram em todo fenômeno da vida; vejo que embora observe por muito tempo e minuciosamente os ponteiros de meu relógio, a válvula e as rodas da locomotiva, bem como o broto do carvalho, não descobrirei a causa do toque dos sinos, da movimentação da locomotiva, nem do vento primaveril. Para conseguir isso, devo mudar completamente meu ponto de observação, estudar as leis do movimento, do vapor, do sino, do vento. É justamente a tarefa que incumbe à História. E ela já fez o ensaio.

Para procurar as leis da História, devemos mudar inteiramente o objeto de nosso exame, deixar de lado reis, ministros e generais, para investigar os elementos homogêneos, infinitesimais, que conduzem as massas. Ninguém pode dizer em que medida será dado ao homem chegar por essa via a apreender as leis da História; mas é evidente que só por essa via se encontra a possibilidade de apreendê-las e que o espírito humano nisso ainda não despendeu a milionésima parte dos esforços que os historiadores despenderam, quer descrevendo os atos dos diversos reis, generais e ministros, quer expondo suas reflexões a respeito desses atos.

2. As forças de doze povos da Europa se desencadearam sobre a Rússia. O exército russo e a população civil batem em retirada, evitando a colisão, a princípio até Smolensk, em seguida até Borodino. O exército francês se dirige a Moscou, alvo de seu avanço, com uma força de propulsão sem cessar aumentada. Essa força aumenta ao se aproximar de seu objetivo, como a aceleração da velocidade dum corpo que cai, à medida que se aproxima da terra. Por trás, milhares de verstas[91] de um país faminto e hostil; pela frente, algumas dezenas de léguas antes do fim. É o que sente cada soldado do exército napoleônico, e a invasão é impelida para diante só pela sua força de propulsão.

No exército russo, quanto mais recua, mais se inflama o ódio contra o inimigo; concentra-se e agranda-se pelo fato da retirada. É em Borodino que o choque se produz. Nenhum dos dois exércitos é aniquilado, mas o exército russo, logo após o choque, recua tão necessariamente como salta para trás uma bola que se embateu com outra bola, movida por um impulso mais poderoso; da mesma maneira e tão necessariamente a bola da invasão, se bem que tendo perdido toda a sua força no choque, retoma seu impulso e rola ainda até certa distância.

Os russos se retiram para cento e vinte verstas além de Moscou, os franceses atingem Moscou e ali param. Durante as cinco semanas que se seguem, não há nenhum combate. Os franceses não se movem. Semelhantes a uma fera ferida de morte que, perdendo todo o seu sangue, lambe suas feridas, permanecem cinco semanas em Moscou sem nada empreender, e, de repente, sem nenhuma razão nova, põem-se em fuga: lançam-se sobre a estrada de Kaluga; mesmo depois de sua vitória (pois permanecem ainda senhores do campo de batalha em Malo-Iaroslavtz[92]) fogem sem travar nenhum combate sério; fogem cada vez mais depressa para Smolensk, para além de Smolensk, para além de Vilna, para além do Beresina, sempre mais longe.

Na noite de 26 de agosto, Kutuzov e com ele todo o exército russo tinham a convicção de que a Batalha de Borodino estava ganha. Kutuzov escreveu isso com todas as letras ao imperador. Deu ordem de preparo de uma nova luta para assestar o golpe de misericórdia no adversário, não para enganar quem quer que fosse, mas porque sabia tão bem quanto cada um dos combatentes, que o inimigo estava vencido.

Mas naquela mesma noite e no dia seguinte começaram a afluir os relatórios anunciando perdas inauditas — a perda da metade do exército — de tal modo que uma nova batalha pareceu materialmente impossível.

ERA IMPOSSÍVEL travar batalha enquanto não se fizesse o balanço da situação, não se verificasse o número de feridos, não se completassem as munições, não se contassem os mortos, não se nomeassem novos chefes para substituir os que foram mortos, enquanto os homens não tivessem comido e dormido satisfatoriamente. Naquele mesmo momento, mal-terminada a batalha e logo na manhã seguinte, o exército francês se remete em marcha por si mesmo contra o exército russo (com aquela força de propulsão que cresce na razão inversa do quadrado da distância). Kutuzov queria atacar no dia seguinte e todo o seu exército o queria também. Mas para atacar, não basta o desejo; é preciso poder fazê-lo, e essa possibilidade não existia. Era impossível não recuar, a princípio uma primeira etapa, depois obrigatoriamente uma segunda, depois uma terceira; enfim, a 1° de setembro, quando o exército atingiu Moscou, a força das coisas obrigou-o a

91. Medida itinerária russa que equivale a 1.067 metros. (N. do T.)
92. Na Província de Kaluga a 120 verstas de Moscou.

recuar para mais longe, malgrado todo o ardor que reinava nas fileiras. E o exército recuou ainda uma etapa, a última, abandonando Moscou ao inimigo.

Questões surgem para aqueles que têm o hábito de crer que os chefes de exército traçam os planos das guerras e das batalhas da mesma maneira que cada um de nós o faria sentado no seu gabinete, diante dum mapa para combinar as disposições que tomaria, em tal ou qual batalha. Por que Kutuzov, na sua retirada, não fez isto ou aquilo? Por que não tomou posição diante de Fili? Por que não recuou sem parar para a estrada de Kaluga, depois de ter entregue Moscou, etc., etc.? As pessoas acostumadas a tais pensamentos esquecem ou ignoram as condições inelutáveis nas quais se exerce a atividade dum general-em-chefe. Essa atividade nada tem absolutamente de comum com a que imaginamos, sentados tranquilamente num gabinete, quando estudamos uma campanha sobre um mapa, com um número conhecido de soldados dos dois lados, num terreno conhecido, fazendo começarem nossas concepções estratégicas num determinado momento. Um comandante-em-chefe não se encontra jamais nas condições de COMEÇO em que estamos, nós, teóricos, para examinar um acontecimento qualquer. Encontra-se sempre no meio duma sequência móvel de circunstâncias, de tal modo que, nunca, em momento algum, está ele em condições de abarcar em seu espírito toda a significação dos acontecimentos em vias de realização. O acontecimento se realiza e toma sua significação pouco a pouco; e a cada um dos instantes dessa progressão ininterrupta que o leva a destacar-se em relevo se encontra o comandante-em-chefe no centro dum jogo complicado de intrigas, de preocupações, de sujeições, de ordens autoritárias, de projetos, de conselhos, de ameaças, de enganos, e se vê constantemente obrigado a responder a uma quantidade inumerável de questões sempre contraditórias.

Peritos militares nos dizem, com uma imperturbável seriedade, que, bem antes de Fili, deveria ter Kutuzov batido em retirada para a estrada de Kaluga, como lhe fora aconselhado. Mas um comandante-em-chefe, sobretudo nos momentos críticos, não tem simplesmente um projeto diante de si, tem dezenas deles. E cada um desses projetos, malgrado seu bom fundamento em estratégia e em tática, acha-se em contradição com os outros. Parece que o comandante-em-chefe só tenha de escolher um dentre muitos. No entanto, até isso não lhe é possível. Os acontecimentos e o tempo não esperam. Suponhamos que se haja proposto a Kutuzov, no dia 28, que tomasse a grande estrada de Kaluga; no mesmo momento chega um ajudante-de-campo de Miloradovitch que pergunta se se deve travar imediatamente a ação contra os franceses ou se é preciso recuar. Kutuzov deve no mesmo momento dar suas ordens. E se é a retirada, obriga esta a dar uma volta para alcançar a estrada de Kaluga. Assim que o ajudante-de-campo sai, eis o intendente que se informa da direção a dar aos víveres; depois o chefe das ambulâncias que quer saber para que lugar deverão ser levados os feridos; depois é um correio de Petersburgo com uma carta do imperador que não admite o abandono de Moscou; depois é o rival do comandante-em-chefe, que procura sem cessar cortar-lhe a relva sob o pé (e gente dessa laia sempre se encontra, não um, mas muitos): propõe um novo projeto, diametralmente oposto ao plano de retirada pela estrada de Kaluga. Entretanto, no momento em que o comandante-em-chefe sente que suas forças exigem o repouso e o sono, um respeitável general vem-se queixar duma injustiça, depois são civis que imploram proteção; um oficial enviado em reconhecimento, que traz informações absolutamente opostas às do camarada que o precedeu, depois é a vez dum espião, dum prisioneiro e ainda do general que foi inspecionar os lugares, todos descrevendo à sua maneira a posição do inimigo. As pessoas que não imaginam as condições em que um comandante-em-chefe deve trabalhar, nos representam, por exemplo, a posição do exército diante de Fili, e supõem que Kutuzov naquela posição podia, com toda a liberdade, a 19 de setembro, decidir a questão do abandono ou da defesa de Moscou, quando, pelo contrário, a questão não podia ser proposta, com o exército a cinco verstas da cidade. Quando, pois, foi essa questão resolvida? Foi em Drissa, em Smolensk, e definitivamente a 24 do mês em Chevardino, depois a 26 em Borodino, e depois dali, de dia em dia, de hora em hora, de minuto em minuto, durante a retirada de Borodino a Fili.

3. Quando Ermolov, enviado em reconhecimento por Kutuzov, veio dizer ao comandante-em-chefe que não se podia sustentar uma batalha nas proximidades de Moscou e que era preciso bater em retirada, Kutuzov encarou-o, em silêncio.

— Dá-me tua mão — disse-lhe; e depois de havê-la virado de modo a tatear-lhe o pulso, acrescentou: — Estás doente, meu amigo, reflete no que dizes.

Kutuzov não podia ainda compreender a possibilidade de se retirar para além de Moscou sem combate.

Sobre a colina de Poklonnaia, a seis verstas da barreira de Dorogomilov, desceu de seu carro e sentou-se sobre um banco à beira da estrada. Uma multidão enorme de generais formou círculo em torno dele. O Conde Rostoptchin que acabava de chegar de Moscou, juntou-se a eles. Aquela brilhante assembleia, que se tinha dividido em vários grupos, discutia vantagens e inconvenientes da posição, o estado do exército, planos projetados, o estado de espírito em Moscou, outras questões de ordem militar. Cada qual sentia que, sem ter sido para isso convocado e sem que se tenha dado um nome a esse conselho, assistia a um conselho de guerra. A conversa se mantinha (em cada grupo) no terreno das generalidades.

Comunicavam-se uns aos outros, em voz baixa, notícias pessoais, e imediatamente voltava-se às questões de ordem geral. Nenhum daqueles teria tomado a liberdade duma brincadeira, duma risada, ou mesmo dum sorriso. Todos, evidentemente, se esforçavam por estar à altura das circunstâncias. E cada grupo, enquanto falava, tratava de ficar na proximidade do comandante-em-chefe (cujo banco era o centro de atração de todos) e de falar de maneira a ser ouvido por Kutuzov. Este escutava e por vezes se informava do que se dizia, mas sem tomar parte nas conversas e sem emitir opinião. A maior parte do tempo, depois de ter prestado ouvido à conversa dum grupo, voltava-se, descontente, como se tivesse ouvido coisa bem diversa do que desejava saber. Discutindo sobre a posição escolhida, uns criticavam menos essa posição em si mesma que a competência daqueles que a haviam adotado; outros pretendiam que o erro provinha de mais longe e que deveria ter-se travado batalha na véspera; outros se entretinham com a Batalha de Salamanca que um recém-chegado acabava de descrever, um francês chamado Crossard, trazendo uniforme espanhol. (Esse Crossard estudava o sítio de Saragossa com um príncipe alemão que servia no exército russo, na previsão duma defesa análoga de Moscou). Num quarto grupo, o Conde Rostoptchin se declarava pronto a morrer com a milícia moscovita sob os muros da cidade, mas não podia entretanto impedir-se de queixar-se da ignorância em que o haviam deixado, pois se tivesse sabido em que ponto estavam as coisas, tudo teria marchado de outro modo... Um quinto grupo, exibindo a profundez de suas concepções estratégicas, indicava a direção que deveriam ter tomado as tropas. Um sexto falava para nada dizer. Kutuzov mostrava um ar cada vez mais triste e preocupado. Só via uma coisa em todas aquelas opiniões: a defesa de Moscou era MATERIALMENTE IMPOSSÍVEL, e isto, em toda a força da expressão; era-o a tal ponto que, se se encontrasse um general-em-chefe bastante louco para dar ordem de travar batalha, seguir-se-ia uma derrota sem combate; e nenhum combate poderia realizar-se pois que o alto comando, não só julgava aquela posição insustentável, mas ainda só discutia o que se seguiria a seu inevitável abandono. Como teriam podido aqueles chefes conduzir suas tropas a um campo de batalha reconhecido como insustentável? Os chefes inferiores e até mesmo os soldados (que também são juízes) reconheciam isso e por consequência não podiam ir bater-se na certeza dum desastre. Se Bennigsen se colocava como defensor dessa posição e se outros continuavam ainda a discuti-la, isto já não tinha mais importância; era apenas um pretexto para discussões e intrigas. Kutuzov dava-se perfeitamente conta disso.

Bennigsen, que havia escolhido a posição, fazia barulhentamente exibição de seu patriotismo russo (Kutuzov não podia ouvi-lo sem que fechasse a cara). Bennigsen insistia, pois, pela defesa de Moscou. E Kutuzov via claro como o dia no seu jogo; em caso de desastre, a culpa recairia sobre Kutuzov, que fizera o exército recuar sem combater até o Monte dos Pardais; em caso de vitória, Bennigsen a reivindicaria e se se recusasse mesmo ouvi-lo, estaria pelo menos lavado do crime de ter abandonado Moscou. Mas todas essas intrigas não eram, naquele momento, o que mais preocupava o velho. Um só e terrível problema o preocupava. E ninguém lhe fornecia a solução. Era este: "Será possível que tenha sido eu quem deixou Napoleão atingir Moscou e quando, pois, fiz isso? Quando se decidiu isso? Foi ontem, quando enviei a Platov a ordem de recuar, ou então antes de ontem, à noite quando cochilava e deixei Bennigsen tomar o comando? Ou então foi mesmo antes disso?... Mas quando, quando, pois, uma coisa tão terrível se decidiu? Moscou deve ser abandonada. O exército deve recuar e é preciso dar essa ordem". Dar essa ordem abominável parecia-lhe equivaler a dar sua própria demissão de comandante-em-chefe. Não somente amava o poder a que estava acostumado (as honras concedidas ao Príncipe Prozorovski, junto ao qual estivera adido na Turquia, haviam-no fortemente espicaçado), mas estava convencido de que era ele quem estava destinado a salvar a Rússia e via a prova disso no fato de dever seu título de comandante-em-chefe à vontade do povo contra a vontade do imperador. Estava convencido de que era o único naquelas circunstâncias críticas, que podia ficar à frente do exército, o único no mundo capaz de fazer face sem medo a um adversário invencível como Napoleão e tremia de horror ao pensar na ordem que tinha de dar. Mas era preciso tomar uma decisão e pôr um termo àquelas conversações que, em torno dele, começavam a tomar um tom um pouco demasiado livre.

Mandou que os generais mais elevados em grau se aproximassem:

— Minha cabeça, boa ou má seja ela, só pode se valer de si mesma — disse, levantando-se do banco e se dirigiu para Fili, onde o aguardava seu carro.

4. O conselho de guerra realizou-se às duas horas na confortável e espaçosa cabana do camponês André Savostianov. Os homens, as mulheres, as crianças, todos os membros daquela importante família se comprimiam nos alpendres do outro lado da entrada. Só ficara no quarto Malacha, a filhinha de André, de seis anos de idade; o Sereníssimo tinha-se tornado seu amigo, dando-lhe um pedaço de açúcar, quando tomava seu chá, e ela empoleirara-se sobre o fogo do grande quarto. Tímida e feliz, contemplava do alto os rostos, os uniformes, as condecorações dos generais que entravam, um após outro, e se instalavam em largos bancos no Belo Canto[93], sob as Imagens. O vovô, como Malacha chamava Kutuzov, sentou-se à parte, no ângulo sombrio, perto do fogo. Deixara-se cair pesadamente sobre sua cadeira dobradiça e não cessava de suspirar, arranjando o colarinho da sua túnica, que, embora desabotoada, continuava a incomodar-lhe o pescoço. Os que entravam vinham cumprimentá-lo; a alguns, apertava a mão, a outros fazia apenas um sinal de cabeça. Em frente de Kutuzov havia uma janela; seu ajudante-de-campo Kaissarov ia puxar a cortina, mas Kutuzov fez um gesto de impaciência e ele compreendeu que o Sereníssimo não queria deixar ver seu rosto.

Em redor da rústica mesa de pinho, sobre a qual estavam abertos mapas, planos, e viam-se lápis e papel, havia tanta gente que os ordenanças trouxeram mais um banco. Sobre este sentaram-se os que chegaram por último, Ermolov, Kaissarov e Toll. Sob as Imagens e no lugar de honra, com a cruz de São Jorge no pescoço, estava instalado Barclay de Tolly; seu rosto mostrava-se lívido, doentio e sua calvície prolongava-lhe a larga fronte. Havia dois dias que a febre o torturava e naquele momento sentia-se mesmo tremente e dolorido. Sentado a seu lado, Uvarov contava-lhe, com gestos vivos, alguma coisa em voz baixa (todos, aliás, falavam baixo). Dokhoturov, homenzinho todo rechonchudo, ouvia atentamente, levantando os supercílios e conservando as mãos cruzadas sobre o ventre. Do outro lado instalara-se o Conde Ostermann-Tolstói; firmado nos cotovelos, com a grossa cabeça de feições atrevidas e olhos brilhantes

93. O canto dos ícones, à direita de quem entrava.

apoiada na mão, parecia mergulhado em seus pensamentos. Raievski enganava sua impaciência retorcendo na têmpora, num tique familiar, uma mecha de seus cabelos negros e crespos e lançava os olhos ora para Kutuzov, ora para a porta de entrada. O belo rosto firme e bom de Konovnitsyn iluminava-se de um sorriso terno e malicioso. Surpreendera o olhar de Malacha e lhe piscava o olho, o que fazia rir a menininha.

Todos esperavam Bennigsen que, sob pretexto de examinar de novo a posição, retardava-se numa suculenta refeição. Esperou-se por ele das quatro às seis sem se abrir a discussão; cada qual, nesse intervalo de tempo, isolou-se em conversações particulares em voz baixa.

Foi somente quando Bennigsen entrou que Kutuzov se mexeu do seu canto para se aproximar da mesa, de tal maneira que seu rosto não ficou iluminado pelas velas que nela tinham colocado.

Bennigsen abriu a sessão com esta pergunta: "Ia-se abandonar sem combate a santa e antiga capital da Rússia ou defendê-la?" Longo silêncio se seguiu. Todos os rostos tinham-se tornado sombrios e ouviu-se Kutuzov tossir e resmungar entre dentes. Todos os olhares se voltaram para ele. A própria Malacha olhou para o vovô. Estava mais perto dele do que todos os outros e viu seu rosto contrair-se, como se ele fosse chorar. Mas isto só durou um instante.

— A SANTA, A ANTIGA CAPITAL DA RÚSSIA! — exclamou ele, de repente, repetindo com cólera as palavras de Bennigsen, como que acentuando o que nelas havia de tom falso. — Permiti-me dizer-vos, Excelência, que esta questão não tem sentido nenhum para um russo. (E inclinou para diante seu corpo maciço). É inútil propô-la não tem o menor sentido. A questão que motivou a convocação desses senhores é uma questão militar. É a seguinte: "A salvação da Rússia está no seu exército. É mais vantajoso arriscar a perda do exército com a de Moscou, travando batalha, ou entregar Moscou sem combate?" Eis a respeito de que desejo conhecer vossa opinião. (E encostou-se ao espaldar de sua cadeira).

Travou-se a discussão. Bennigsen não acreditava ainda ter perdido a partida. Admitia a opinião de Barclay e de outros sobre a impossibilidade de travar uma batalha defensiva em Fili, mas propunha, penetrado, dizia ele, de patriótico amor por Moscou, fazer passarem durante a noite as tropas do flanco direito para o flanco esquerdo, e lançarem-se no dia seguinte sobre a ala direita francesa. As opiniões se dividiram; discutiu-se o pró e o contra. Ermolov, Dokhturov e Raievski concordaram com a opinião de Bennigsen. Eram impelidos pelo sentimento de que um sacrifício era indispensável antes do abandono da cidade, ou obedeciam antes a considerações pessoais? Seja como for, aqueles generais não pareciam compreender que um conselho de guerra, em regra, não se acha em condições de mudar o curso inevitável das coisas e que Moscou já se encontrava abandonada. Os outros generais compreendiam isso e, deixando de banda a questão de Moscou, discutiam a respeito da direção que o exército em retirada deveria tomar. Malacha, que olhava de olhos arregalados tudo quanto se passava diante dela, compreendeu diferentemente a significação do conselho de guerra. Pareceu-lhe que era somente uma luta pessoal entre o "vovô" e "o rabudo", como chamava Bennigsen. Via-os irritarem-se quando se falavam, e no seu coraçãozinho, tomava partido pelo vovô. No meio da discussão notou o olhar rápido e malicioso que lançou Kutuzov a Bennigsen e logo depois deu-se conta, com grande alegria sua, de que o Vovô dissera a Rabudo alguma coisa que o havia deixado pregado. Repentinamente todo vermelho, Bennigsen pusera-se a andar para lá e para cá. As palavras que lhe haviam causado tão forte impressão eram as de que Kutuzov se servira, com voz calma e tranquila, para exprimir sua opinião sobre as vantagens e os inconvenientes da proposta de Bennigsen relativa à passagem, durante a noite, do flanco esquerdo sobre o flanco direito, a fim de atacar a ala direita francesa.

— Senhores — dissera Kutuzov, — não posso aprovar o plano do conde. Movimentos de tropas na vizinhança do inimigo são sempre perigosos e a história militar o confirma. Assim, por exemplo... (assumiu Kutuzov um ar pensativo para procurar sua frase, lançando um olhar ingênuo e claro para Bennigsen.) Por exemplo, a Batalha de Friedland, de que espero que o senhor conde se recorde bem... não logrou totalmente êxito porque nossas tropas se reagruparam um pouco perto demais do inimigo...

O silêncio que se seguiu durante um minuto pareceu a todos extremamente longo.

A discussão continuou, cortada de frequentes interrupções; cada qual sentia que nada mais havia a acrescentar.

Durante uma dessas interrupções, suspirou Kutuzov profundamente, como se preparasse para falar. Todos os olhos se voltaram para ele.

— Bem senhores! Estou vendo que serei eu quem pagará as panelas quebradas! — disse. E levantando-se com esforço, aproximou-se da mesa. — Senhores, ouvi vossas opiniões. Alguns dentre vós não estão de acordo comigo. Mas eu (e fez uma pausa), em virtude do poder que me foi confiado por meu soberano e por minha pátria, eu ordeno a retirada.

Logo depois os generais se dispersaram em silêncio, com aquele ar solene que se assume após um enterro.

Alguns dentre eles, em voz baixa, e tom diverso do do conselho, trocaram algumas palavras com o comandante-em-chefe.

Malacha, a quem havia muito esperavam para jantar, deixou-se deslizar bem de mansinho, de costas, ao longo da barra de ferro e, firmando os pés descalços nas saliências do fogo, desceu, depois enfiou-se por entre as pernas dos militares e desapareceu pela porta.

Depois de ter-se despedido dos generais, Kutuzov ficou muito tempo sentado, de cotovelos apoiados na mesa, a refletir na mesma questão torturante:

"Mas quando, quando pois foi decidido esse abandono de Moscou? Como se dá que se esteja ali e que se seja o responsável por isso?"

— Não, não, não esperava uma coisa dessas — disse ele a seu Ajudante-de-Campo Schneider, que veio ter com ele, já bastante tarde da noite. — Não esperava! Jamais tê-la-ia acreditado.

— Precisais descansar, Alteza — disse Schneider.

Em lugar de responder a seu ajudante-de-campo, Kutuzov exclamou:

— Não, a coisa não será assim fácil para eles. Hão de empanturrar-se de carne de cavalo, como os turcos — e, batendo com seu grosso punho na mesa, repetiu — "Sim, hão de empanturrar-se também, contanto somente que..."

5. Naquele momento preparava-se um acontecimento de outro modo mais importante que a retirada do exército: o abandono e o incêndio de Moscou. E Rostoptchin, que parece ser aqui ɔ grande responsável, agia de maneira inteiramente contrária a Kutuzov.

Esse acontecimento, o abandono e o incêndio de Moscou, era tão inevitável quanto o recuo las tropas para a retaguarda daquela cidade, após a Batalha de Borodino.

Cada russo teria podido, não em virtude de raciocínio lógico, mas por esse sentimento que ɔersiste em nós como persistia em nossos pais, prever o que acontecia.

A partir de Smolensk, em todas as cidades, em todas as aldeias da terra russa, por toda a parte e produziu o mesmo fenômeno que em Moscou, sem que o Conde Rostoptchin e seus cartazes ivessem qualquer ingerência no caso. O povo esperava calmamente o inimigo, sem se revoltar, em se comover, sem ferir ninguém; esperava pacientemente sua sorte, sentindo em si a força de ncontrar por si mesmo o que fosse preciso fazer quando tivesse soado o minuto decisivo. À nedida que o inimigo se aproximava, os elementos ricos da população se afastavam, abandonan-o seus bens; os mais pobres, que permaneciam, incendiavam e destruíam o que não podia ser ansportado pelos ricos.

A convicção de que era isso que era preciso fazer, de que deveria ser necessariamente assim, pousava e repousa ainda na alma russa.

Essa convicção, duplicada pelo pressentimento de que Moscou seria tomada, se implantara sociedade russa de Moscou no ano de 1812. Os que deixaram a cidade desde julho e no começo de agosto confirmaram com sua partida que esperavam mesmo o acontecimento. Os que partiram, levando tudo quanto podiam, abandonando suas casas e a metade do que possuíam, eram movidos por esse patriotismo profundo, que não se exprime, nem por palavras, nem pelo sacrifício de seus filhos ou outros atos contra a natureza, mas que se traduz simplesmente, naturalmente, sem ostentação e produz sempre os maiores resultados.

"É vergonhoso fugir ao perigo; é preciso ser covarde para abandonar Moscou", diziam-lhes. Nos seus cartazes, insinuava-lhes Rostoptchin que a fuga era desonrosa. Sentiam-se mortificados porque os tratavam como poltrões, suas consciências reprochavam-lhes a partida, mas partiam ainda assim, sentindo que assim era preciso. Por que deixaram a cidade? Não se pode supor que Rostoptchin os tenha amedrontado com sua descrição dos horrores cometidos por Napoleão nos países conquistados. Partiam, e os ricos à frente, as pessoas cultas, os que sabiam muito bem que Berlim e Viena tinham ficado intactas, malgrado a ocupação de Napoleão, e que, durante essa ocupação, os habitantes se tinham divertido bastante em companhia daqueles sedutores franceses, que os russos, particularmente as damas, amavam tanto naquela época.

Partiam porque para os russos a questão de viver bem ou mal em Moscou, sob, ocupação francesa, não se apresentava. Era a vida mesma sob tal regime que não lhes era possível; teria sido para eles o cúmulo da desgraça. Tinham começado a partir antes de Borodino. Depois de Borodino, saíram de Moscou ainda bem mais apressadamente, sem se preocupar com proclamações que os convocavam à defesa da cidade e a despeito da intenção formal do governador de Moscou, que queria "levar" o ícone da Ibéria[94] para a batalha; partiram, malgrado os balões que deviam acarretar a perda dos franceses, malgrado todos os absurdos contidos nos boletins de Rostoptchin. Sabiam bem que cabia ao exército bater-se e que, se este se achasse incapaz de fazê-lo, não competia a eles irem às Três Montanhas[95] dar batalha a Napoleão, com suas filhas e criados; portanto, deviam pôr-se a caminho, por mais pesar que tivessem de entregar à ruína os bens que abandonavam. Iam-se embora sem refletir na imensa significação que tomava o abandono daquela cidade majestosa e opulenta que, após a partida de seus habitantes, seria certamente queimada (porque o povo russo não concebe que não se possam destruir, não se possam queimar casas vazias); partiam individualmente, e assim se cumpria esse ato sublime que ficou como a maior glória do povo russo. Certa grande dama que, desde o mês de junho, deixara Moscou com seus negros e bufões, para se refugiar num de seus domínios da Província de Saratov, sentindo confusamente que não era a criada de Bonaparte, e receando ser retida por ordem de Rostoptchin, tinha simplesmente, naturalmente, tomado parte na grande obra comum que salvou a Rússia. E o próprio Conde Rostoptchin, que ora fazia vergonha aos fugitivos, ora se ocupava com a evacuação dos ministérios, ora distribuía armas de pacotilha a uma malta de bêbedos; ora "levava" um ícone em procissão; ora proibia que o metropolita Agostinho deixasse sair os ícones e relicários; ora requisitava todos os veículos particulares da idade; ora ordenava o transporte do balão de Leppich por cento e trinta e seis carroças; ora dava a entender que poria fogo a Moscou; ora contava como havia queimado a sua própria casa; ora, numa proclamação aos franceses, censurava-os solenemente por haverem devastado seu asilo de crianças; ora assumia a responsabilidade do incêndio de Moscou, ora o negava; ora ordenava ao povo que deitasse a mão a todos os espiões e os levasse à sua presença, ora censurava-o por haver feito isso; ora expulsava de Moscou todos os franceses, ora ali deixava a Sra. Aubert-Chalmé, cuja casa era o lugar de encontro de toda a colônia francesa, depois, sem nenhuma razão, mandava prender e exilar o velho e respeitável Kliutcharev, diretor dos Correios; ora convocava a população a partir para as Três Montanhas, a fim de bater-se contra os franceses; ora, para se desembaraçar da multidão, dava um homem a massacrar, enquanto que ele próprio se escapava por um

94. "Levar" significa fazer uma procissão. O ícone da Ibéria é o mais venerado de Moscou. Reza-se diante de dia e noite.
95. Colina a leste de Moscou.

porta traseira; ora pretendia não sobreviver à desgraça de Moscou, ora escrevia versos em francês nos seus álbuns, a respeito da parte que nisso tomava, esse homem nada compreendia dos acontecimentos[96]; mas o que lhe era preciso, era fazer alguma coisa, espantar, praticar alguma ação dum patriotismo heroico; brincava como um garotinho com aquele acontecimento formidável e fatal que o abandono e incêndio de Moscou representava; com seu braço de criança, esforçava-se, quer por ativar, quer por tratar aquela enorme corrente popular que o arrebatava no seu curso.

6. Tendo regressado com a corte de Vilna para Petersburgo, achava-se Helena em embaraçosa situação.

Em Petersburgo, gozava da proteção particular dum grande senhor, que ocupava um dos mais altos cargos do império. Em Vilna, ligava-se a um jovem príncipe estrangeiro. De volta a Petersburgo, príncipe e o grão-senhor, ali presentes, reclamavam cada qual seus direitos; um problema completamente novo em sua carreira se apresenta diante dela: conservar a intimidade de ambos, sem ferir nem um, nem outro.

O que teria parecido difícil e mesmo impossível a qualquer outra mulher, não exigiu nenhuma reflexão da Condessa Bezukhov, que passava, evidentemente com razão, por mulher superior. Se tivesse procurado ocultar sua conduta, usar de subterfúgios para se livrar de apuros, teria por isso mesmo estragado tudo e ter-se-ia confessado culpada. Helena, pelo contrário, como um verdadeiro grande homem que pode tudo quanto quer, pôs de seu lado o bom direito, que acreditava sinceramente possuir, e lançou a culpa sobre outrem.

Da primeira vez que o jovem príncipe estrangeiro tomou a liberdade de fazer-lhe censuras, ergueu orgulhosamente sua bela cabeça e voltando-se a meio para seu lado, disse-lhe num tom firme:

— Eis o egoísmo e a crueldade dos homens! Não esperava outra coisa. A mulher se sacrifica por vocês, sofre, e eis sua recompensa. Que direito tem o senhor de me pedir conta de minhas amizades, de meus afetos? É um homem que foi mais que um pai para mim.

O príncipe quis introduzir uma palavra, mas Helena interrompeu-o:

— Pois bem, sim, talvez tenha ele por mim sentimentos outros que não os de um pai, mas não é isso razão para que lhe feche minha porta. Não sou um homem, para me mostrar ingrato. Saiba, senhor, por tudo quanto diz respeito a meus sentimentos íntimos só dou contas a Deus e à minha consciência — concluiu ela, colocando a mão sobre seu belo peito agitado pela emoção, e erguendo os olhos ao céu.

— Mas escute-me, em nome de Deus.

— Case-se comigo e serei sua escrava.

— Mas é impossível.

— O senhor não se digna descer até mim, o senhor...

E explodiu em soluços.

O alto personagem esforçou-se por acalmá-la; Helena, através de suas lágrimas, lhe disse (sem dar mostra de tocar nisso), que ninguém podia impedi-la de casar-se, que havia exemplos de divórcio (não eram numerosos então, mas citou Napoleão e outros grandes personagens), que jamais fora a esposa de seu marido, que fora uma vítima.

— Mas as leis, a religião... — objetou o jovem príncipe, já prestes a ceder.

— As leis, a religião... Para que tê-las feito, se não servem para isso! — disse Helena.

6. "Sou tártaro,
Quis ser romano,
Os franceses me chamaram bárbaro,
Os russos, Jorge Dandin."
(Nota de Tolstói).

O grande personagem; estupefato por ver que um pensamento tão simples não lhe ocorrera ao espírito, foi-se aconselhar com os santos padres da Companhia de Jesus, com os quais se achava em estreitas relações.

Alguns dias mais tarde, durante uma daquelas brilhantes festas que Helena dava na sua vila de Kamenni-Ostrov, apresentaram-lhe um homem de certa idade, de cabelos brancos como a neve e de olhos negros e luzentes, o elegante Sr. de Jobert, jesuíta leigo. No parque, ao som da música e à luz das iluminações, entreteve-se longamente com Helena, sobre o amor de Deus, Cristo, o Sagrado Coração de Maria, e sobre as consolações que promete nesta vida e na outra a única fé verdadeira, a religião católica. Helena ficou profundamente emocionada; várias vezes em seus olhos, bem como nos do senhor de Jobert, apareceram lágrimas; várias vezes sua voz tremeu de emoção. Um dançarino, que veio convidá-la, interrompeu seu colóquio com seu futuro diretor de consciência; no dia seguinte, o Senhor de Jobert apareceu, sozinho, à noite, em casa de Helena e desde então tornou-se assíduo em sua casa.

Um dia, conduziu ele a condessa a uma igreja católica; pôs-se ela de joelhos diante do altar para onde fora levada; aquele sedutor francês muitíssimo mais jovem impôs-lhe as mãos e, como contou ela em seguida, sentiu algo como um sopro fresco que penetrava em sua alma. Explicaram-lhe que era *a graça.* Depois levaram-lhe um padre de verdade que a confessou e lhe deu a absolvição. No dia seguinte, levaram-lhe uma caixa contendo a hóstia que lhe deixaram em casa à sua disposição. No fim de alguns dias, soube Helena com grande satisfação, que agora fazia parte da verdadeira igreja católica, que o papa seria imediatamente informado e lhe enviaria um documento a esse respeito[97].

Tudo quanto se passava então nela e em torno dela, toda aquela atenção que lhe prestavam personagens tão importantes, exprimindo-se de maneira tão agradável e tão elegante, e a pureza de pomba em que se encontrava (durante aquele tempo só usou vestidos brancos guarnecidos de fitas brancas), tudo aquilo lhe causava muita satisfação; mas essa satisfação não a fazia perder um minuto de vista o fim que se propusera. E como em questões de velhacaria o mais tolo engana sempre o mais inteligente, não tardou em compreender que todas aquelas palavras e providências tinham unicamente por fim arrancar-lhe dinheiro em favor dos jesuítas que a tinham convertido ao catolicismo. (Já se fizera alusão). Antes de deixar-se executar, Helena impôs condições; queria que se iniciassem em favor dela as formalidades necessárias ao seu divórcio. A seu ver, toda religião só servia para salvar as conveniências, quando estão em jogo as paixões humanas. Assim, durante um de seus colóquios com seu confessor, perguntou-lhe formalmente até que ponto a tinham ligado os liames de casamento.

Estavam instalados no salão perto da janela aberta pela qual entrava o perfume das flores. Era ao crepúsculo. Helena trazia um vestido branco, transparente no peito e nas espáduas. O padre, homem bem-fornido, de bochechas cheias, recentemente barbeadas, de boca sensual dum recorte agradável, estava sentado junto de Helena, com as mãos brancas modestamente cruzadas sobre os joelhos; fino sorriso errava-lhe nos lábios, contemplava-a de vez em quando, com um olhar de tranquila emoção diante de sua beleza, enquanto explicava seu ponto de vista sobre a questão que os entretinha. Sorrindo, não sem inquietação, olhava Helena para aquele homem, de cabelos crespos, de bochechas cheias e bem-escanhoadas, de pelo negro à flor da pele, e esperava a cada instante vê-lo desviar a conversa. Mas o padre, se bem que evidentemente fascinado, era levado pela maestria de sua arte.

Raciocinava assim o diretor de consciência. "Na ignorância dos deveres em que vos empenhastes, jurastes fidelidade a um homem que, de sua parte, contraiu um matrimônio sem

97. As referências de Tolstói à conversão de Helena são tão falsas e ridículas mesmo e revelam tamanha ignorância das coisas católicas que causa espanto que um escritor de seu porte as haja ousado escrever. Note-se também como partilha dos preconceitos então correntes contra os jesuítas. (N. do T.)

acreditar na sua importância religiosa e, por este fato, cometeu um verdadeiro sacrilégio. Esse casamento não teve o caráter de reciprocidade que deveria ter. Entretanto, malgrado isso, vosso julgamento vos ligou. Vós o rompeis. Que cometestes com isso? *Pecado venial* ou *pecado mortal?* Um *pecado venial* porque, cometendo-o, não tivestes a má intenção. Se agora, tornais a casar-vos, com o fim de terdes filhos, vosso pecado pode ser-vos perdoado. Mas a questão tem ainda uma dupla face: a primeira..."

— Mas — disse bruscamente Helena, a quem tais propósitos aborreciam, com seu sorriso encantador — penso que, desde o momento em que abracei a verdadeira religião, não posso estar mais ligada pelos compromissos que a falsa impõe.

O diretor de consciência ficou surpreendido de ver propor-se diante de si com tal simplicidade o problema do ovo de Colombo. Encantado pela rapidez inesperada dos progressos de sua aluna, não pôde entretanto renunciar ao seu maquinismo de argumentos, construído com grande esforço.

— Entendamo-nos, condessa — disse ele, com um sorriso, e se pôs a refutar as razões de sua filha espiritual.

7. Compreendia Helena que o negócio era bastante simples e fácil do ponto de vista religioso e que seus guias só opunham dificuldades porque temiam a acolhida que faria o poder leigo àquele assunto.

Decidiu preparar também a opinião pública para seu divórcio. Despertou a princípio o ciúme de seu velho protetor, depois falou-lhe a mesma linguagem com que o fizera ao seu namorado, dando-lhe a entender que o único meio de ter direitos sobre ela era esposá-la. O velho dignitário ficou no primeiro momento tão embaraçado como o jovem príncipe, diante daquela proposta de casamento feita por uma mulher cujo marido ainda estava vivo; mas Helena repetia, com imperturbável segurança, que era aquilo coisa tão simples e tão natural como o casamento duma moça, e também acabou por ficar convencido. Se tivesse ela mostrado a mais leve hesitação, a menor vergonha ou a menor duplicidade, a partida teria, sem dúvida, sido perdida para ela; mas foi totalmente o contrário; simplesmente, ingenuamente, com bom humor, contou a suas amigas íntimas (e era toda Petersburgo) que o príncipe e o grande dignitário lhe tinham feito uma proposta de casamento, que ela amava a ambos e fazia questão de não causar pesar a nenhum deles.

Correu logo por Petersburgo, não que Helena queria divorciar-se (semelhante notícia teria levantado muita gente contra uma intenção tão ilegal), mas que a infeliz e interessante Helena perguntava a si mesma, perplexa, qual dos dois deveria desposar. A questão não era mais de saber até que ponto a coisa era possível, mas somente de saber que partido convinha melhor e como a Corte aceitaria a coisa. Havia, na verdade, algumas pessoas atrasadas, incapazes de elevar-se à altura da questão, que viam naquele projeto uma profanação do sacramento do matrimônio; mas eram pouco numerosas e mantinham-se em silêncio, enquanto que a maioria só se interessava pela felicidade de Helena e pela escolha que ela iria fazer. Quanto a saber se ficava bem ou mal casar-se, com o marido ainda vivo, não se dizia uma palavra, tendo a questão sido evidentemente resolvida de antemão por pessoas "mais instruídas que você ou eu"; não se tratava de duvidar da legitimidade dessa decisão, ninguém querendo correr o risco de passar na sociedade por um tolo ou um grosseiro.

Somente Maria Dmitrievna Akhrossimov, que veio a Petersburgo durante o verão para ver um filho, permitiu-se exprimir livremente seu pensamento, contrário à opinião geral. Tendo encontrado Helena em um baile, deteve-a bem no meio do salão e, no silêncio que se estabeleceu, disse-lhe com sua rude voz: "Sim, senhora, aqui em tua casa, torna-se a casar com o marido ainda vivo. Acreditas, afinal, que inventaste algo de muito novo? Estás atrasada, minha amiga. Há muito tempo que se achou isso. É o que se faz em todos os..." Enquanto falava, Maria Dmitrievna arregaçava suas compridas mangas, num gesto ameaçador e costumeiro; e, depois de ter olhado severamente Helena, de alto a baixo, seguiu seu caminho.

Bem que temida, era Maria Dmitrievna considerada em Petersburgo como um tanto doida, de modo que de suas palavras só se reteve a grosseria da derradeira palavra; repetiam-na em voz baixa e achava-se que resumia todo o sal do que tinha ela querido exprimir.

O Príncipe Basílio que, sobretudo depois de algum tempo, esquecia o que acabava de dizer e repetia cem vezes a mesma coisa, declarava à sua filha todas as vezes que ia visitá-la:

— Helena, tenho uma palavra a dizer-lhe — pegava-a pelo braço e levava-a de parte. — Tive notícias de certos projetos relativos... Você sabe. Pois bem, minha querida menina, você sabe que meu coração de pai se rejubila por saber que você... Você tem sofrido tanto... Mas, querida menina... só consulte o seu coração. É tudo quanto lhe digo.

Depois, dissimulando sua emoção de encomenda, esfregava sua bochecha contra a face de sua filha e se retirava.

Bilibin, que nada perdia de sua reputação de sujeito espirituoso e que era amigo desinteressado de Helena, um amigo como têm todas as mulheres da moda, um amigo que jamais desce ao papel de amoroso, Bilibin, um dia, numa reunião íntima, deu à sua amiga Helena sua opinião a respeito do assunto.

— Escute, Bilibin — Helena chamava sempre pelo seu nome de família os amigos da espécie de Bilibin e, ao falar, pousou sua mão branca, coberta de anéis, na manga do fraque dele. — Diga-me, como diria a uma irmã, o que devo fazer? Qual dos dois?

Bilibin pregueou a pele de sua testa acima das sobrancelhas e, de sorriso nos lábios, se pôs a refletir.

— Você não me apanha desprevenido, bem sabe — disse ele. — Como verdadeiro amigo pensei, e tornei a pensar no seu caso. Veja, se você casar com o príncipe — queria dizer o rapaz e contou nos dedos, — você perderia para sempre a oportunidade de casar com o outro, depois descontentaria a Corte (como sabe você, há uma espécie de parentesco). Mas se casar com o velho conde, fará a felicidade de seus derradeiros dias e depois como viúva do grande... o príncipe não fará mais um casamento desigual, casando com você. — E nisto Bilibin desenrugou a testa.

— Eis um verdadeiro amigo — disse Helena, radiante, pousando de novo a mão sobre a manga de Bilibin. — Mas é que amo um e outro e não desejava causar-lhes pesar. Daria a minha vida pela felicidade dos dois.

Bilibin ergueu os ombros, assinalando desse jeito ser impotente para consolar aquela dor.

"Uma mulher de primeira! Eis o que se chama expor redondamente a questão. Gostaria de casar com todos três duma vez", pensou Bilibin.

— Mas, diga-me, como irá seu marido encarar a coisa? — perguntou ele, esperando que sua reputação estivesse bastante assentada para que pudesse permitir a si mesmo uma pergunta de tamanha ingenuidade. — Consentirá ele?

— Ah! ele me ama tanto! — exclamou Helena, que, Deus sabia porque, acreditava-se também amada por Pedro. — Fará tudo por mim.

Bilibin tornou a enrugar a testa, o que significava que preparava uma *frase*.

— Até mesmo divorciar-se — disse ele.

Helena explodiu na gargalhada.

"No número daqueles que se permitiam duvidar da legalidade do casamento projetado, encontrava-se a Princesa Kuraguin, mãe de Helena. Sempre invejara sua filha e agora que as causas de sua inveja tocavam seu coração de mais perto ainda, não podia afazer-se a tal ideia. Foi aconselhar-se com um padre russo para saber em que medida o divórcio era possível e se se tinha o direito de casar de novo, estando vivo o marido; o padre lhe disse que a coisa não era permitida e indicou-lhe, para grande alegria dela, o texto do Evangelho que rejeita categoricamente toda possibilidade dum casamento naquelas condições.

Armada com esses argumentos, que lhe pareciam irrefutáveis, dirigiu-se à casa de sua filha uma manhã bem cedo, a fim de encontrá-la só.

Diante das objeções de sua mãe, Helena mostrou um doce sorriso zombeteiro.

— Sim, está dito formalmente: aquele que casar com uma mulher divorciada... — repetiu a velha princesa.

— Ah! mamãe, não diga tolices. A senhora não compreende nada. Na minha posição tenho deveres — disse Helena, passando do russo para o francês, porque sempre lhe parecia que, em russo, havia algo de obscuro no seu caso.

— Mas, minha cara...

— Ah! mamãe, como é que a senhora não compreende que o Santo Padre, que tem o direito de conceder dispensas...

Nesse momento, a dama de companhia de Helena veio anunciar-lhe que Sua Excelência estava no salão e desejava vê-la.

— Não, diga-lhe que não quero vê-lo, que estou furiosa contra ele, porque me faltou com a palavra.

— Condessa, todo pecado merece misericórdia — disse, entrando, um jovem louro, de rosto comprido e de longo nariz.

A velha princesa se levantou respeitosamente e fez reverência. O recém-chegado não se dignou olhá-la. A princesa fez um sinal de cabeça à sua filha e encaminhou-se para a porta.

"Sim, ela tem razão", disse a si mesma a velha condessa; todos os seus escrúpulos haviam-se desvanecido à aparição de Sua Alteza. "Ela tem razão; como se dá que, durante nossa mocidade que não voltará mais, não tenhamos sabido isso? Era no entanto bem simples", pensava ela, subindo no seu carro.

No começo de agosto, os negócios de Helena achavam-se completamente estabelecidos, e escreveu a seu marido (que a amava tanto, segundo acreditava ela) uma carta na qual advertia-o de que havia abraçado a única religião verdadeira e que tinha a intenção de casar-se com N. N. Rogava-lhe em consequência que tivesse a bondade de preencher as formalidades necessárias ao divórcio, que o portador da carta lhe indicaria:

"E com isto, rogo a Deus, meu amigo, que o tome sob Sua santa e poderosa guarda. Sua amiga Helena".

Esta carta foi levada a Pedro, ao tempo em que se encontrava no campo de Borodino.

8. Pela segunda vez, perto do fim da batalha, Pedro deixou a bateria de Raievski e fugiu com a multidão dos soldados por um barranco, na direção de Kniazkovo; chegou assim até uma ambulância, mas ali, à vista do sangue, os gritos e os gemidos fizeram que passasse adiante; afastou-se apressadamente misturado à tropa.

O que desejava agora de toda a sua alma, era sair o mais depressa possível daquelas espantosas visões que haviam enchido seu dia, voltar para sua vida comum e dormir tranquilamente no seu quarto, na sua cama. Sentia que, para ver claro em si mesmo, para compreender tudo quanto acabara de ver e de experimentar, devia primeiro reencontrar as condições de sua vida habitual. Mas essas condições não mais existiam.

As balas de canhão e de fuzil não assobiavam mais no caminho que ele seguia, entretanto de todas as partes era como se fosse no campo de batalha. Por toda parte os mesmos rostos sofredores, angustiados, e por vezes duma indiferença estranha; por toda parte sangue, soldados com capotes e o barulho da fuzilaria, que, embora um pouco mais afastado, não perdia nada de seu horror; além disso, o calor e a poeira eram sufocantes.

Depois de ter percorrido cerca de três verstas na grande estrada de Mojaisk, Pedro parou à beira do caminho.

O crepúsculo descia sobre a terra e o troar do canhão calara-se. Pedro deitou-se no chão e ficou assim estendido muito tempo, apoiado no cotovelo, a seguir com o olhar as sombras que passavam a seu lado na escuridão. Parecia-lhe que, sem cessar, uma bala chegava sobre ele, com um horrível assobio. Sobressaltava-se, levantava-se. Não pôde jamais recordar-se do tempo que passou naquele lugar. No meio da noite, três soldados, arrastando ramos secos, instalaram-se junto dele e acenderam uma fogueira.

Olhavam para Pedro pelo canto do olho, enquanto preparavam sua fogueira; esmigalharam biscoitos em suas marmitas a que acrescentaram gordura. Um cheiro bom de sopa gorda misturou-se em breve ao da fumaça. Pedro se levantou e lançou um suspiro. Os três soldados comiam, conversando entre si, sem se preocupar com ele.

— E tu, de que regimento és? — perguntou, de repente, um dos soldados a Pedro. A pergunta só significava evidentemente isto: "Se queres, dar-te-emos de comer, mas antes dize-nos se és um homem de bem".

— Eu? Eu? — exclamou Pedro, que sentia a necessidade de rebaixar sua posição social, a fim de ficar mais perto deles e ser compreendido. — Eu, bem, sou um oficial da milícia, mas meu destacamento não está mais por aqui; vim para a batalha e perdi-me dos meus.

— Vejam só isso! — disse um dos soldados.

Um outro abanou a cabeça.

— Pois então, come, se a boia te agrada! — disse o primeiro, que estendeu para Pedro a colher de pau, depois de havê-la lambido.

Pedro instalou-se diante da fogueira e se pôs a comer o guizado mesmo na marmita e nunca um alimento lhe pareceu mais saboroso. Enquanto curvado sobre a marmita ia tirando dela grandes colheradas, engolindo-as umas após outras, os soldados examinavam em silêncio seu rosto iluminado pelas labaredas.

— E então, para que lado deves ir, hem? — perguntou de novo um deles.

— Vou para Mojaisk.

— Não és um senhor?

— Sim.

— E como te chamas?

— Pedro Kirilovitch.

— Pois então, Pedro Kirilovitch, a caminho, mostrar-te-emos o caminho.

Foi numa escuridão completa que os soldados e Pedro se dirigiram para Mojaisk.

Os galos cantavam, quando atingiram a colina de Mojaisk e começaram a galgar a ladeira abrupta que leva à cidade. Pedro seguia os soldados e havia-se completamente esquecido de que sua hospedaria se encontrava ao pé da colina. Já a havia ultrapassado. Não se teria lembrado disso (tão preocupado ia), se a meio da ladeira não tivesse topado com seu estribeiro, que partira à sua procura por toda Mojaisk e que regressava à hospedaria. O estribeiro reconheceu Pedro nas trevas, pelo seu chapéu branco.

— Excelência — disse ele, — estávamos desesperados. Como, estais a pé? Vinde, rogo-vos.

— Ah! sim — disse Pedro.

Os soldados pararam.

— Então, pronto, já encontraste os teus? — perguntou um deles. — Creio então que é adeus, Pedro Kirilovitch.

— Adeus, Pedro Kirilovitch — disseram os outros.

— Adeus — repetiu Pedro, que se preparava para acompanhar seu estribeiro à hospedaria.

"Seria preciso dar-lhes alguma coisa!", pensou ele, levando a mão ao bolso. "Não, não é preciso", respondeu-lhe uma voz interior.

Não havia mais lugar nos quartos da hospedaria: estavam todos ocupados. Pedro passou para o pátio e deitou-se no seu carro, com a cabeça envolta no seu manto.

9. Mal pousara Pedro sua cabeça na almofada, sentiu que adormecia; entretanto, ouviu, de repente tão nítidos, como na realidade, os bum, bum, bum, do canhão, gemidos, gritos, explosões de obuses; sentiu o cheiro do sangue e da pólvora, e o espanto e o terror da morte se apoderarem dele. No seu terror, abriu os olhos e ergueu a cabeça de sob seu manto. Tudo estava calmo no pátio. Pelo portal passava um ordenança conversando com o porteiro e chapinhando. Por cima de sua cabeça, na sombra, das pranchas do alpendre, pombos bateram asas, amedrontados com o movimento que ele fizera, levantando-se. Todo o pátio estava impregnado daquele odor forte e pacífico das hospedarias, reconfortante para Pedro naquele instante: cheiro de feno, de estrume e de alcatrão. Na chanfradura dos dois alpendres negros, avistava-se o céu puro, estrelado.

"Graças a Deus, tudo isso passou", pensou Pedro, tornando a cobrir a cabeça. "Oh! que medo horrível e que vergonha de me ter deixado dominar por ele! Quando eles... ELES, todo o tempo, até o fim, ficaram firmes e tranquilos..."

ELES, eram para Pedro os soldados, os da bateria, os que lhe tinham dado de comer, os que rezavam diante do ícone. ELES, eram aqueles seres estranhos, até então desconhecidos dele, aquelas pessoas que, no seu pensamento, se recortavam tão nitidamente e tão vivamente dentre todos os outros homens.

"Ser um soldado, nada mais que um soldado", pensava Pedro, tornando a adormecer. — "Entrar, com todo o seu ser nessa vida comum, penetrar-se dos sentimentos que os tornam tais. Mas como desembaraçar-se de todo o inútil, de todo o diabólico fardo da vida exterior? Houve um tempo em que eu poderia ter sido assim. Teria podido fugir da casa de meu pai, como o pretendia. Teria podido também, depois de meu duelo com Dolokhov, ser enviado ao regimento como soldado". E na imaginação de Pedro desfilaram, a princípio aquele jantar no clube, em que provocara Dolokhov, depois seu Benfeitor em Torjok. Figurou-se em seguida uma sessão solene da loja. Essa sessão realizara-se no Clube Inglês. Alguém familiar, vizinho, querido, estava sentado na ponta da mesa. Ah! é ele! É o Benfeitor! "Mas ele morreu!" pensou Pedro. "Sim, morreu, e eu não sabia que vivia de novo. Como lamentei sua morte, como estou contente por vê-lo redivivo". Dum lado da mesa estavam sentados Anatólio, Dolokhov, Nesvitski, Denissov e outros. (A categoria a que pertenciam aquelas pessoas era tão clara e precisa na alma de Pedro, quanto a categoria daqueles a quem chamava de ELES). E aquelas pessoas, e Anatólio e Dolokhov, gritavam a plenos pulmões, cantavam; mas dominando seus gritos, ouvia-se a voz do Benfeitor que falava incansavelmente e, se bem que agradável e consolador, o tom daquela voz era tão imperioso e ininterrupto quanto o armistrondo do campo de batalha. Pedro não compreendia o que dizia o Benfeitor e, no entanto, sabia (tanto os pensamentos dessa espécie são nítidos nos sonhos) que ele falava do que é bem, da possibilidade de ser o que eles são, ELES. E ELES cercavam por todos os lados o Benfeitor, com seus rostos corajosos, simples e bons. Mas malgrado sua bondade, não olhavam para Pedro, não o conheciam. Pedro quis dizer alguma coisa, atrair-lhes a atenção. Levantou-se e nesse momento sentiu o frio nas pernas, que estavam descobertas.

Teve vergonha disso e, com uma mão, puxou para cima de suas pernas seu manto, que havia escorregado. Justamente, no momento em que arranjava seu manto, abriu Pedro os olhos e tornou a ver os mesmos alpendres, os mesmos postes, o mesmo pátio, mas tudo a uma luz azulada, clara, palhetada de orvalho brilhante ou de geada branca.

"Eis a aurora", pensou Pedro. "Mas não se trata disso. Devo ouvir até o fim e compreender as palavras do Benfeitor". Pedro tornou a embrulhar-se no seu manto, mas não havia mais nem loja, nem Benfeitor. Não lhe restavam senão pensamentos claramente formulados por palavras que alguém pronunciava, ou que ele forjava à medida.

Mais tarde, quando se lembrou desses pensamentos, que todavia resultavam do que vira durante o dia, ficou convencido de que alguém, exterior a ele, lhos dissera. Jamais, parecia-lhe, teria sido capaz, em estado de vigília, de os ter semelhantes e de exprimi-los.

"O que há de mais difícil é dobrar a liberdade humana à lei divina, dizia a voz. Ser simples é submeter-se a Deus. Não se pode escapar a ele. E ELES são simples. ELES não falam, agem. A palavra é de prata, mas o silêncio é de ouro. O homem não presta para nada, enquanto teme a morte. Tudo pertence àquele que não tem medo dela. Sem o sofrimento, o homem não conheceria seus limites, não se conheceria a si mesmo. O mais difícil (continuava a ouvir ou a pensar Pedro) é unificar em si a significação das coisas. Unificar tudo? — dizia a si mesmo. — Não, não é exato. Não se podem unificar os pensamentos; pô-los DE ACORDO, eis o que é preciso! SIM, É PRECISO PÔ-LOS DE ACORDO, PÔ-LOS DE ACORDO!" repetia Pedro a si mesmo, com um entusiasmo interior, sentindo que estas palavras, e somente estas exprimiam o que queria dizer e resolviam toda a questão que o atormentava.

— Sim, é preciso pôr em acordo, é tempo de pôr em acordo.

— É preciso atrelar, é tempo de atrelar, Excelência! Excelência — repetia uma voz, — é preciso atrelar, é tempo de atrelar[98].

Era a voz de seu estribeiro que acabava de despertá-lo. O sol dava em cheio sobre o rosto de Pedro. Olhou o pátio sujo da hospedaria, no meio do qual havia um poço onde soldados davam de beber a cavalos emagrecidos, enquanto carroças transpunham o portal. Pedro voltou-se com nojo, tornou a fechar os olhos e se afundou vivamente no assento de seu carro. "Não, não quero ver isso, não quero vê-lo e compreendê-lo. E quero compreender somente o que me foi revelado durante meu sono. Um segundo mais e apreenderia tudo. E que me é preciso fazer? Pôr de acordo, sim, mas como pôr tudo de acordo?" E Pedro sentiu, com pavor, que o sentido profundo do que havia visto e pensado em sonho estava destruído.

O estribeiro, o cocheiro e o porteiro contaram a Pedro que um oficial trouxera notícia do avanço dos franceses sobre Mojaisk e da retirada dos nossos.

Pedro levantou-se, deu ordem de atrelar e de alcançá-lo, e depois seguiu a pé pela cidade.

As tropas tinham partido, deixando atrás de si cerca de dez mil feridos. Eram vistos nos pátios, nas janelas das casas, aglomerando-se em grupos pelas ruas. Em redor das carretas que deviam levá-los, ouviam-se gritos, pragas e até mesmo trocavam-se golpes. Pedro ofereceu seu carro, que acabava de alcançá-lo, a um general ferido que conhecia e a quem levou até Moscou. Durante o trajeto, Pedro soube da morte de seu cunhado e do Príncipe André.

10. Pedro alcançou Moscou no dia 30. Na barreira, um ajudante-de-campo do Conde Rostoptchin veio a seu encontro.

— Procuramo-vos por toda parte — disse o ajudante-de-campo. — O conde tem absoluta necessidade de ver-vos. Convoca-vos para um assunto de toda a urgência.

Em lugar de se dirigir diretamente à sua casa, Pedro tomou um carro de aluguel e fez-se conduzir à casa do governador.

Rostoptchin regressava naquela manhã mesma de sua Vila de Sokolniki, no subúrbio. Sua antecâmara e sua sala de recepção estavam cheias de funcionários convocados ou que vinham pedir ordens. Vossilich e Platov já haviam tido uma entrevista com ele e lhe tinham explicado que era impossível defender Moscou e que se devia entregá-la. Esta notícia, que ainda se ocultava ao povo, era conhecida dos funcionários e dos chefes das diversas administrações; sabiam tanto quanto Rostoptchin que Moscou cairia em mãos do inimigo; todos, a fim de eximir sua responsabilidade, tinham ido à casa do governador para perguntar-lhe o que deviam fazer com os serviços a eles confiados.

No momento em que Pedro penetrava na sala de recepção, um correio enviado pelo exército saía do gabinete do conde.

Respondeu com um gesto de desencorajamento às perguntas que lhe faziam e atravessou a sala

98. *Atrelar e pôr de acordo* têm em russo quase o mesmo som. Os verbos russos significando pôr de acordo atrelar só diferem pelo seu prefixo.

Enquanto esperava, relanceou Pedro seus olhos fatigados pelos diversos funcionários velhos e jovens, militares e civis, que se encontravam ali. Todos mostravam ar descontente e ansioso. Pedro juntou-se a um grupo onde notara alguém seu conhecido. Depois que o cumprimentaram, a conversa continuou:

— Demiti-lo e depois tornar a chamá-lo, não seria um mal, se bem que não se possa responder por coisa alguma na situação em que nos encontramos.

— Sim, mas eis, aqui, escreve ele... — disse outro, mostrando o papel impresso que tinha na mão.

— Isto é diferente. É preciso para o povo — prosseguiu o primeiro.

— De que se trata? — perguntou Pedro.

— Eis o seu derradeiro boletim.

Pedro tomou-o e leu o que se segue:

"O príncipe sereníssimo, a fim de alcançar o mais depressa possível as tropas que marcham a seu encontro, atravessou Mojaisk e instalou-se numa posição fortificada, onde o inimigo não poderá surpreendê-lo. Daqui enviaram-lhe quarenta canhões com as respectivas munições; o Sereníssimo garante que Moscou será defendida até a derradeira gota de sangue e que está pronto a bater-se até nas ruas. Irmãos, não vos inquieteis se os serviços públicos forem interrompidos: era preciso pô-los ao abrigo. Quanto a nós, vamos liquidar com o bandido! Chegado o momento, ser-me-ão precisos rapagãos fortes, citadinos e camponeses. Lançarei meu grito de apelo, dentro de um ou dois dias, mas no momento não é necessário e me conservarei calado. Será bom ter um machado, não será mau ter um chuço e bem melhor ter um forcado: o francês não é mais pesado do que um feixe de centeio. Amanhã, após o jantar, mandarei sair em procissão o ícone da Ibéria em visita aos feridos do hospital de Catarina. Lá benzeremos a água; curar-se-ão ainda mais depressa. Eu também estou agora restabelecido: estava doente de um olho, mas agora vejo bem com OS DOIS".

— Mas, — exclamou Pedro, — os militares me disseram que não se devia pensar em bater-se na cidade e que a posição...

— Sim, justamente, é disso que falávamos — disse o primeiro funcionário.

— E que é que quer dizer; "Estava doente de um olho, mas agora vejo bem com os dois"? — perguntou Pedro.

— O conde teve um terçol — explicou o ajudante-de-campo com um sorriso. Atormentou-se muito, quando lhe disse que o povo vinha cá pedir notícias dele. E a propósito, conde — acrescentou, de repente, sem cessar de sorrir, dirigindo-se a Pedro, ouvimos dizer que tínheis aborrecimentos conjugais, que a condessa, vossa esposa...

— Não tenho notícias — disse Pedro, com indiferença. — E que é que se fala?

— Ah? não deveis ignorar que são muitas vezes invenções. Repito o que ouvi dizer.

— E que é que se fala?

— Fala-se — continuou o ajudante-de-campo, com o mesmo sorriso, — que a condessa vossa esposa vai partir para o estrangeiro. É certamente um absurdo.

— É bem possível — disse Pedro, olhando em redor de si, com ar distraído. — E aquele ali, quem é? — perguntou, mostrando um velhinho, de barba e sobrancelhas brancas como neve, o rosto rubicundo, vestido com um cafetã azul escuro bastante limpo.

— Aquele? É um comerciante, ou antes um bodegueiro; chama-se Verechtchaguin. Talvez ouviste falar dessa história de proclamação?

— Ah! é Verechtchaguin!? — exclamou Pedro, observando o rosto tranquilo e firme daquele velho comerciante, sem nele encontrar a expressão da perfídia.

— Não é ele. É o pai do homem que escreveu a proclamação — explicou o ajudante-de-campo. — Esse, o moço, meteram-no numa masmorra e creio que as coisas estão malparadas para ele.

Um velhinho com uma condecoração no peito e um outro funcionário alemão que trazia a sua no pescoço, aproximaram-se dos interlocutores.

— Vede — dizia o ajudante-de-campo, — a história dessa proclamação está bastante embrulhada. Data de dois ou três meses. Denunciam-na ao conde. Ordena ele um inquérito. Gavril

Inanytch faz suas pesquisas; descobre-se que a proclamação passou por sessenta e três mãos. Vai-se procurar um dos culpados: de quem a recebeu? De Fulano e Fulano. Vai-se à casa daquele: e vós, de quem? E assim por diante. Chega-se assim até Verechtchaguin... um comerciantezinho sem malícia, como sabeis, um pobre diabo — acrescentou rindo o ajudante de campo. — Perguntam-lhe: "De quem recebeu isso?" Notai que sabíamos quem lha entregara. Só poderia tê-la recebido do diretor dos correios. Era evidente que deveriam estar de conivência os dois. Responde ele: "De ninguém, fui eu que a escrevi". Ameaçam-no, apertam-no, mantém o que afirmou. O relatório foi apresentado ao conde. O conde manda buscar o indivíduo. "De quem recebeste esta proclamação?" — "Fui eu que a escrevi". E conheceis o conde! — disse o ajudante-de-campo com um sorriso orgulhoso e divertido. — Cuspiu fogo e labaredas, como podeis imaginar: tamanho descaramento, tamanha obstinação na mentira!...

— Sim, compreendo — disse Pedro, — o conde queria que ele denunciasse Kliutcharev.

— Não era absolutamente necessário — replicou o ajudante-de-campo, espantado. — Kliutcharev já tinha a censurar-se alguns dos pecadinhos pelos quais foi deportado. Mas o que é certo é que o conde estava fora dos eixos, "Como pudeste compor isto? —" perguntou. Tomou de cima da mesa a Gazeta de Hamburgo. "Ei-la! Tu não a compuseste, tu a traduziste, e mal ainda por cima, porque não sabes francês, imbecil!" E pensais que o outro respondeu? "Não, não li gazeta nenhuma, eu mesmo a compus". — "Então, já que é assim, és um traidor e vou processar-te; serás enforcado. Confessa de quem a recebeste". — "Não li gazeta nenhuma, eu mesmo a compus". E fica-se nisso. O conde mandou buscar também o pai. Não há meio! Não larga nada. Julgaram-no e condenaram-no a trabalhos forçados, creio. Agora o pai veio implorar em favor de seu filho. Mas é mau sujeito. Como bem sabeis, um desses filhos de comerciante, um peralvilho, mulherengo. Seguiu cursos em alguma parte. Acha que o rei não é seu primo. Sim, é um tipo! Seu pai mantém uma bodega na Ponte de Pedro, e imaginai só: há em sua casa um grande ícone de Deus Pai, segurando com uma mão o cetro e com a outra o globo; levou-o para casa por alguns dias e que foi que ele fez? Encontrou um canalha dum pintor...

11

. Em meio dessa nova narrativa, foi chamado Pedro pelo governador.

O Conde Rostoptchin, de cenho franzido, passava a mão pelos olhos e pela testa, no momento em que Pedro entrou em seu gabinete. Um homem de estatura meã, que estava a ponto de falar-lhe, calou-se e saiu.

— Ah! bom dia, ilustre guerreiro — disse Rostoptchin, assim que o homem desapareceu. — Tivemos conhecimento de vossas *proezas!...* Mas não é disto que se trata. Meu caro, aqui entre nós, sois maçom? — continuou em tom severo, como se houvesse algum crime nisso, mas se decidira a mostrar-se clemente. Pedro calou-se. — Meu caro, estou bem-informado, no entanto espero que haja maçom e maçom, e que não pertença ao número daqueles que, sob o pretexto de salvar o gênero humano, querem perder a Rússia.

— Sim, sou maçom — respondeu Pedro.

— Pois bem, vejamos, meu caro. Não ignorais que os senhores Speranski e Magnitski foram enviados para lugar seguro; que o mesmo se fez com o Senhor Kliutcharev e outros que pretendiam reconstruir o templo de Salomão, enquanto se esforçavam por destruir o de sua pátria. Deveis compreender que se teve para isso algumas razões e que não teria eu mandado deportar o diretor dos Correios de Moscou, se não fosse ele um homem perigoso. Acabo de saber que lhe mandastes vossa equipagem para que ele deixasse a cidade e até mesmo que ele vos confiou a guarda de certos papéis. Gosto de vós, não vos desejo mal algum e como sois duas vezes mais moço do que eu, aconselho-vos como pai que cesseis vossas relações com pessoas dessa laia e que partais daqui, vós mesmo, o mais rapidamente possível.

— Mas, conde, de que é culpado Kliutcharev? — perguntou Pedro.

— Eu é que sei e não cabe a vós fazer-me perguntas — exclamou Rostoptchin.

— Acusam-no de ter espalhado as proclamações de Napoleão, mas não está provado — disse Pedro, sem olhar para Rostoptchin. — Quanto a Verechtchaguin...

— Aqui chegamos — interrompeu Rostoptchin que, de testa franzida, gritou ainda mais fortemente. — Verechtchaguin é um vendido, um traidor que receberá o que merece — gritou o governador, falando no tom da cólera ardente que empregam as pessoas quando se lembram duma injúria pessoal. — Mas não vos convoquei para discutir meus atos; fi-lo para dar-vos um conselho, ou uma ordem, se achardes melhor. Rogo-vos que cesseis toda relação com sujeitos da laia de Kliutcharev e que partais daqui. Farei com que passe a loucura deles, sejam quantos forem. — Sentiu sem dúvida que ia demasiado longe ameaçando daquela maneira Bezukhov que não havia cometido ainda nenhum delito, e exclamou, pegando-lhe amigavelmente pelo braço: — Estamos em vésperas de um desastre público, e não tenho tempo para dizer gentilezas a todos quantos têm de tratar comigo. Por vezes, a cabeça da gente gira! Pois bem, meu caro, que fazeis, pessoalmente?

— Mas, nada — respondeu Pedro, sem erguer os olhos e sem modificar a expressão pensativa de seu rosto.

O conde franziu de novo os supercílios.

— Um conselho de amigo, meu caro. Desapareça o mais depressa possível, é tudo quanto vos digo. A bom entendedor, salve! Adeus, meu caro. Ah! a propósito — gritou-lhe no momento em que Pedro transpunha o limiar da porta — é verdade que a condessa caiu nas patas dos santos padres da Companhia de Jesus?

Pedro não respondeu e saiu do gabinete de Rostoptchin de cara fechada, num estado de irritação que nunca nele se vira.

Caía a noite, quando reentrou em casa. Sete ou oito pessoas diversas foram vê-lo naquela noite: o secretário da Comissão, o coronel de seu batalhão, seu administrador, seu mordomo-mor e diversos solicitantes. Todos tinham negócios a regularizar com ele. Pedro nada compreendia daqueles negócios, não se interessava por eles e só respondia às perguntas para se desembaraçar o mais depressa possível daquela gente. Enfim, quando ficou só, abriu a carta de sua mulher e leu-a.

— ELES, isto é, os soldados da bateria, o Príncipe André morto... o velho... A simplicidade é a submissão a Deus. A necessidade do sofrimento... o sentido das coisas. Pôr-se de acordo... Minha mulher torna a casar-se... É preciso esquecer e compreender... Lançou-se sobre seu leito sem tirar a roupa e adormeceu imediatamente.

Quando despertou na manhã seguinte, o mordomo veio avisá-lo de que o Conde Rostoptchin mandara um policial informar-se se o Conde Bezukhov havia partido ou se preparava para partir.

Uma dúzia de pessoas que queriam tratar de negócios com ele, aguardava-o no salão. Pedro fez seu asseio às pressas, mas em lugar de ir ter com elas, tomou pela escada de serviço e saiu pela porta do pátio.

Desde esse momento e até o fim da destruição de Moscou, nenhuma das pessoas de sua casa voltou a ver o Conde Bezukhov, e malgrado todas as pesquisas, não se soube o que era feito dele.

12. Os Rostov permaneceram em Moscou até 1° de setembro, véspera do dia em que o inimigo fez sua entrada na cidade.

Depois da incorporação de Pétia no regimento dos cossacos de Obolenski e sua partida para Bielaia Tserkov, onde se formava o regimento, o medo se apoderou da condessa.

O pensamento de que seus dois filhos estavam na guerra, todos dois longe de sua asa protetora, que hoje ou amanhã um deles, ou talvez os dois viessem a ser mortos, como os três filhos de uma de suas amigas, veio-lhe pela primeira vez, durante o estio, com uma abominável nitidez. Esforçou-se por fazer Nicolau voltar para junto de si; quis ir juntar-se a Pétia, fazê-lo nomear para algum lugar em Petersburgo, mas tudo isso se verificou impossível. Pétia só podia voltar com seu regimento ou graças a uma transferência para outro regimento da ativa. Nicolau, não se sabia onde se achava e desde sua derradeira carta, na qual descrevia pormenorizadamente seu encontro com a Princesa Maria, não se tinha notícia dele. A condessa não dormia mais à noite e quando tal conseguia, via em sonho seus dois filhos mortos. Depois de muitos conselhos e conferências, o conde imaginou por fim um meio de tranquilizá-la. Fez Pétia passar do regimento Obolenski para o regimento Bezukhov, que se formava perto de Moscou. Assim, se bem que Pétia tivesse de permanecer no serviço militar, teria a condessa o consolo de estar pelo menos com um de seus filhos perto dela, sob sua asa, com a esperança de não mais vê-lo afastar-se, de colocá-lo em empregos tais em que não se arriscaria mais a participar duma batalha. Enquanto era Nicolau o único a correr perigo, parecia à condessa (e confessava-o) que preferia seu mais velho aos outros filhos; mas quando seu caçula, aquele traquinas que nada queria aprender, que quebrava tudo em casa, que aborrecia toda a gente, quando aquele Pétia, de nariz chato, de negros olhos maliciosos, de rosto fresco e rosado, tendo apenas uma leve penugem de buço e de barba, se encontrou fora de casa, em meio daqueles latagões ferozes e terríveis, a ponto de se baterem e de encontrar nisso prazer, então pareceu à mãe que amava aquele filho muito mais, infinitamente mais que aos outros. Quanto mais se aproximava o momento em que esse Pétia tão esperado estaria de volta a Moscou, mais aumentava a inquietação da condessa. Pensava já que jamais conheceria essa felicidade. Não só a presença de Sônia, mas a de Natacha, sua filha adorada e até mesmo a de seu marido a irritavam. "Que me importam eles? Não tenho necessidade deles, preciso é de Pétia", pensava ela.

Nos derradeiros dias do mês de agosto, os Rostov receberam uma segunda carta de Nicolau. Escrevia do governo de Voroneje, aonde o haviam enviado para fazer remonta. Sua carta não tranquilizou a condessa. Sabendo que um de seus filhos estava fora de perigo, só fez atormentar-se ainda mais por causa de Pétia.

Se bem que, desde o dia 20 de agosto, quase todos os conhecidos dos Rostov tivessem deixado Moscou, uns após outros, se bem que toda a gente aconselhasse a condessa a partir o mais depressa possível, não quis ela ouvir falar de partida enquanto seu tesouro, seu Pétia bem-amado não estivesse de volta. Voltou ele enfim no dia 28. A ternura apaixonada e doentia com que sua mãe o acolheu, não agradou de modo algum àquele oficial de dezesseis anos. Em vão procurou ela dissimular seu desígnio de não mais deixá-lo escapar do ninho; Pétia compreendeu qual seu pensamento secreto e temendo, por instinto, amolecer-se, efeminar-se (assim pensava consigo mesmo) nas saias de sua mãe, tratou-a friamente; enquanto permaneceu em Moscou, tratou de evitá-la e de ficar junto de Natacha pela qual sempre tivera um afeto fraternal particular, que era quase amor.

Graças à habitual displicência do conde, a 28 de agosto nada estava pronto para a partida; as carroças esperadas do domínio de Riazan e do subúrbio de Moscou para levar tudo, só chegaram no dia 30.

De 28 a 31 de agosto, conheceu Moscou uma agitação febril. De dia em dia, pela barreira de Dorogomilov[99] eram trazidos ou tornados a levar de Moscou milhares de feridos de Borodino, enquanto que milhares de veículos carregados de gente e de bagagens saíam da cidade pelas outras barreiras. Malgrado os boletins de Rostoptchin, ou talvez mesmo por causa deles, as notícias mais estranhas e mais contraditórias corriam. Umas pretendiam que se proibira a partida; outras, pelo contrário, asseguravam que se tinham retirado os ícones das igrejas e que punham para fora à força todas as pessoas; um dizia que em Borodino travara-se outra batalha com os franceses que tinham sido vencidos; um outro sabia que todo o exército russo estava aniquilado; este estava informado de que a milícia de Moscou ia-se render nas Três Montanhas, com o clero à frente; aquele cochichava-vos à orelha que o metropolita Agostinho não tinha mais permissão de locomover-se, que haviam detido espiões, que os camponeses revoltados pilhavam os comboios pelas estradas, etc. etc.. Mas não passavam de boatos; na realidade, os que partiam como

99. Situada a oeste da cidade.

os que ficavam (embora o conselho de guerra em que se decidiu o abandono de Moscou ainda não se tivesse realizado), sentiam que Moscou ia ser entregue infalivelmente e que era preciso fugir o mais depressa possível e salvar seus bens. Tinha-se o pressentimento de que tudo iria bruscamente desmoronar-se e transformar-se; e entretanto, a 1º de setembro, nada ainda fora mudado. Semelhante ao condenado que se leva ao suplício, que sabe que dentro em pouco tudo estará acabado para ele, mas nem por isso deixa de olhar em torno de si e que até mesmo reajusta seu boné, posto de banda, Moscou, que nada ignorava de sua sorte iminente e da destruição das condições de existência que seria a consequência disso, continuava, apesar de tudo, sua vida ordinária.

Durante os três dias que precederam a queda da cidade, a família Rostov se debateu em meio de toda a espécie de barafundas domésticas. O chefe da família, o Conde Ila Andreievitch, não cessava de correr dum lado para outro à cata de informações, enquanto que na casa tomava disposições vagas, insuficientes e precipitadas para a partida.

A condessa vigiava a embalagem dos objetos; sem cessar descontente, não deixava de procurar Pétia que a evitava o melhor que podia, e tinha ciúmes de Natacha, ao lado de quem passava ele seu tempo. Somente Sônia se ocupava com o lado prático: fazia os embrulhos. Mas desde algum tempo, andava Sônia muito triste e silenciosa. A carta de Nicolau, na qual falava da Princesa Maria, suscitara em sua presença as alegres reflexões da condessa, que via no encontro de seu filho e da princesa o dedo de Deus.

— Nunca me regozijei — dizia ela, quando Bolkonski era noivo de Natacha, mas sempre desejei que o meu Nicolauzinho casasse com a princesa e tenho o pressentimento de que esse casamento se fará. Ah! que bom seria!

Sônia sentia que aquilo era verdade, que o único meio para os Rostov voltarem a flutuar era casar seu filho com uma herdeira e que a Princesa Maria era um excelente partido. Mas isso lhe era bastante doloroso. Malgrado seu pesar, ou talvez por causa dele, tomara a seu cargo toda a barafunda da mudança e da embalagem das coisas, de modo que não lhe restava um minuto. O conde e a condessa descansavam nela para as ordens a dar. Pétia e Natacha, pelo contrário, não só não ajudavam seus pais, mas na maior parte do tempo aborreciam e atrapalhavam toda a gente. O dia inteiro, ecoava a casa com suas galopadas, seus gritos, suas explosões de riso sem razão. Riam e se divertiam, não por um motivo particular, mas porque suas almas estavam alegres e porque tudo quanto acontecia era para eles causa de alegria e de diversão. Pétia estava contente porque se tornara um homem e mesmo um rapagão (no dizer de todos), quando, de fato, saíra de casa ainda garoto; estava feliz por se encontrar em sua casa, feliz por pensar que ao sair de Bielaia Tserkov, onde não tinha possibilidade alguma de bater-se, encontrava-se em Moscou onde a batalha estava iminente; e sentia-se feliz sobretudo pelo fato de achar-se Natacha, cujos estados de alma todos adotavam, de bom humor. Quanto a Natacha, estava alegre agora porque estivera triste durante muito tempo, ninguém mais lhe recordava as causas de seu pesar e readquirira sua boa saúde. Estava alegre também porque havia um homem que a admirava (a admiração de outrem era o óleo indispensável ao bom funcionamento de sua máquina), e aquele admirador era Pétia. Estavam alegres sobretudo porque a guerra se achava às portas de Moscou, porque iriam bater-se nas barreiras, porque se distribuíam armas, porque toda a gente corria, fugia para qualquer parte, enfim porque algo de extraordinário se realizava, o que sempre encanta, particularmente quando se é jovem.

13

. No sábado, 31 de agosto, tudo parecia de pernas para o ar, na casa dos Rostov. Todas as portas estavam escancaradas, os móveis retirados ou mudados de lugar, os espelhos e os quadros tirados das paredes; nos quartos empilhavam-se malas, havia feno espalhado por toda a parte com papel de embrulho e cordas. Camponeses e servos da casa iam e vinham, a passos pesados, sobre os parquetes, carregando objetos. No pátio apertavam-se carroças, umas carregadas e amarradas de corda, outras ainda vazias.

Só se ouviam de todos os lados tropéis de passos e vozes. A enorme criadagem dos Rostov e os campônios vindos para os carretos trocavam chamados que repercutiam no pátio e na casa. O conde eclipsara-se desde a manhã. A condessa, em quem o barulho e o vaivém tinham produzido enxaqueca, estava estendida em seu novo toucador, com compressas de vinagre na testa. Pétia achava-se ausente (fora à casa dum camarada com o qual tinha a intenção de passar da milícia para o exército ativo). Sônia, no grande salão, presidia ao empacotamento dos cristais e das porcelanas. Natacha, sentada no soalho de seu quarto saqueado, entre vestidos e chales esparsos, tendo entre as mãos um velho vestido de baile fora de moda, o que ela usara em seu primeiro baile em Petersburgo, olhava pensativamente o soalho.

Tinha vergonha de ficar sem fazer nada na casa, quando todos estavam tão atarefados e por várias vezes, desde manhã, tentara ocupar-se mas não dava atenção ao trabalho; e não podia e não sabia nada empreender sem a isso dedicar-se de toda a sua alma, com todas as suas forças. Tivera vontade de secundar Sônia na embalagem da porcelana, mas não tardara em abandonar esse trabalho para seguir para seu quarto, a fim de arrumar suas próprias coisas. A princípio distraíra-se em distribuir seus vestidos e suas fitas por suas criadas de quarto; depois, quando lhe foi preciso pôr-se a empacotar o que restava, pareceu-lhe isso tedioso.

— Duniacha, minha cara, farás os embrulhos? Sim? Sim, não é?

E quando Duniacha lhe prometeu que faria tudo, sentou-se Natacha no chão, pegou seu velho vestido de baile e mergulhou nas suas recordações que nada tinham que ver com o que deveria ser sua preocupação do momento. Foi tirada de suas reflexões pela conversa das criadas no seu quarto, que era vizinho, e por um barulho de passos precipitados, partindo daquele quarto para a escada de serviço. Natacha levantou-se e foi olhar pela janela. Um grande comboio de feridos parara na rua.

As criadas, os lacaios, o ecônomo, a velha criada de crianças, os cozinheiros, os cocheiros, os postilhões, os moços de cozinha estavam na porta, olhando os feridos.

Natacha lançou um lenço branco sobre seus cabelos e, retendo-o com as duas mãos pelas pontas, desceu para a rua.

A antiga ecônoma, a velha Mavra Kuzminitchna, saiu da multidão amontoada na porta e, aproximando-se duma carreta recoberta por um arco e um toldo, entrou em conversa com um jovem oficial muito pálido, estendido no interior. Natacha avançou alguns passos e, sem largar seu lenço, parou, intimidada; ouviu o que dizia a ecônoma.

— Como, como é isso, não tendes ninguém em Moscou? — perguntou Mavra Kuzminitchna. — Estarieis mais tranquilo num alojamento... Por exemplo, aqui, em nossa casa. Os patrões vão embora.

— Não sei se é permitido — disse o oficial, com voz fraca. — Eis o chefe... pergunta-lhe — e mostrou-lhe um gordo major-médico que descia a rua, ao longo da fila de carros.

Natacha lançou olhos espantados para o ferido e precipitou-se ao encontro do médico.

— Pode-se ficar com feridos em casa? — perguntou ela.

O major sorriu e levou a mão à viseira de seu boné.

— Em que posso servi-la, *mamzel?* — disse, piscando os olhos e continuando a sorrir.

Natacha repetiu calmamente sua pergunta; seu rosto e todo o seu ar eram tão sérios, se bem que continuasse a prender seu lenço pelas pontas, que o major parou de sorrir; depois de ter refletido, como se perguntasse a si mesmo até que ponto podia dar uma semelhante autorização, respondeu pela afirmativa.

— Mas sim, por que não? Pode-se — disse ele.

Natacha fez um leve sinal de cabeça e voltou às pressas para junto de Mavra Kuzminitchna que, curvada sobre o ferido, entretinha-se com ele, com um ar compadecido.

— Pode-se, ele disse que se pode! — cochichou-lhe Natacha.

A carreta que trazia o ferido voltou para entrar no pátio dos Rostov, enquanto dezenas de outros veículos enfileirados ao longo da Rua Pavarskaia penetravam nos pátios das casas vizi-

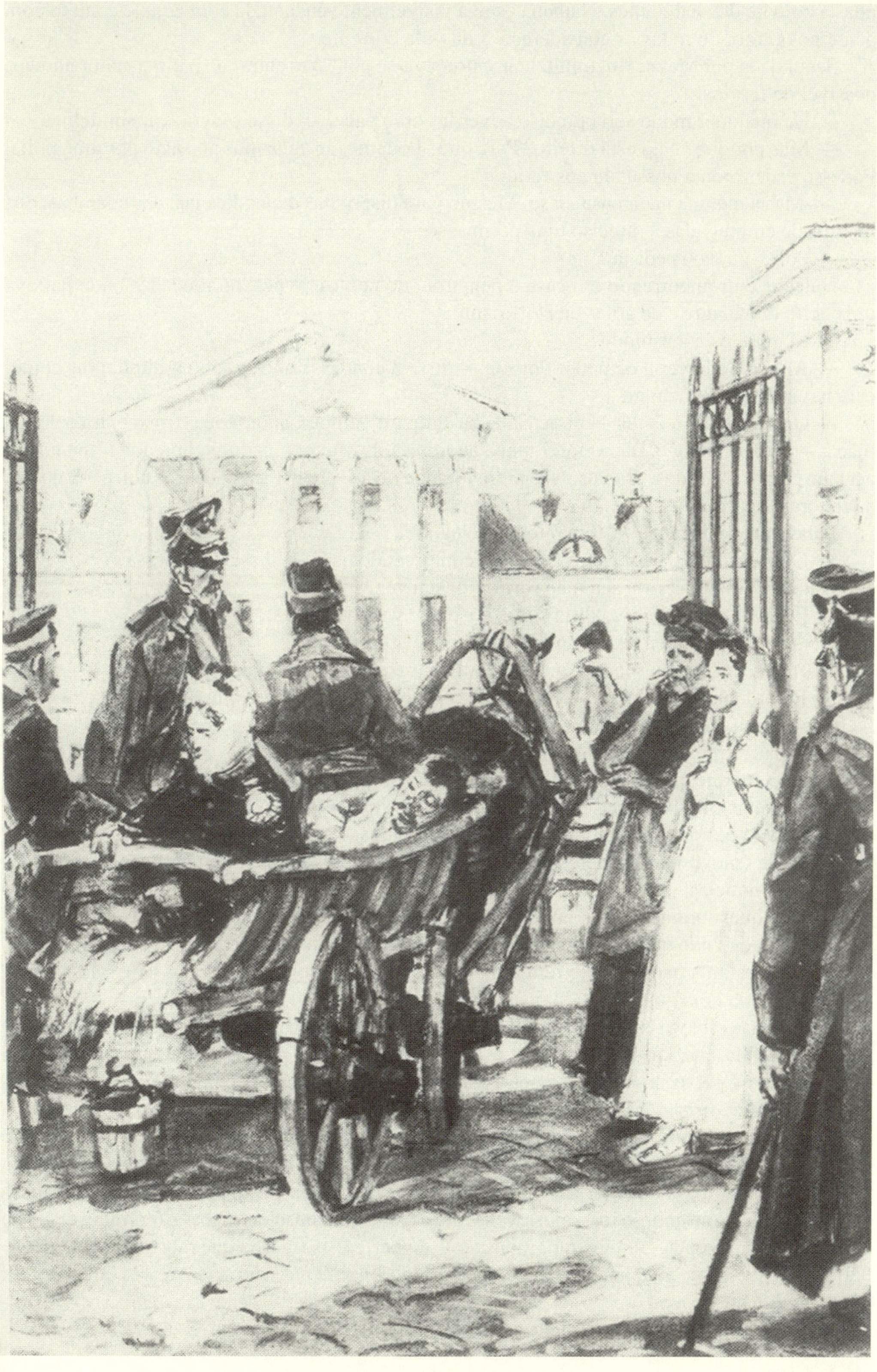

nhas a convite dos habitantes. Natacha estava visivelmente encantada com aquele contato com gente nova, fora de todas as considerações da vida corrente.

Secundada por Mavra Kuzminitchna, esforçava-se por fazer entrar no pátio o maior número possível de feridos.

— De qualquer modo seria preciso advertir vosso papai — disse Mavra Kuzminitchna.

— Mas por quê? Não está direito? Para quê? Podemos instalar-nos no salão por uma noite. Pode-se ceder toda a nossa ala aos feridos.

— Mas a menina não pensa nisso. Mesmo para dispor das dependências, das cozinhas, dos quartos de empregadas, é preciso uma permissão.

— Pois bem, vou pedi-la.

Natacha entrou correndo em casa e penetrou, de pontas de pés, no toucador onde pairava um cheiro de vinagre e de gotas de Hoffmann.

— Mamãe, está dormindo?

— Ah! como haveria de poder dormir — disse a condessa que se sobressaltou, pois começara havia pouco a cochilar.

— Querida mamãezinha — disse Natacha, que se ajoelhou e apoiou seu rosto contra o de sua mãe. — Perdão, perdão, não o farei mais, acordei-a. É Mavra Kuzminitchna quem me envia; acabam de trazer feridos, oficiais. A senhora permite? Não sabem para onde ir; estou certa de que a senhora permitirá...

Falava precipitadamente, sem retomar fôlego.

— Que oficiais? Quem os trouxe? Não compreendo nada — disse a condessa.

Natacha desatou a rir e sua mãe sorriu por sua vez.

— Eu sabia que a senhora diria sim... E é o que vou dizer-lhes.

Natacha beijou sua mãe, levantou-se e saiu pela porta.

No salão, encontrou seu pai que regressava, trazendo más notícias.

— Retardamo-nos demais! — disse ele, com um mau humor involuntário. — O clube está fechado e a polícia vai embora.

— Papai, haverá inconveniente em recolher feridos em nossa casa? — perguntou-lhe Natacha.

— Decerto que não — respondeu ele, com ar distraído. — Não se trata disso; peço que não se ocupem mais com bagatelas e que cada qual faça o que puder, a fim de que tudo fique pronto e que se possa partir amanhã, que se parta desde manhã...

O conde renovou essa ordem ao mordomo e aos criados. Pétia voltou para jantar trazendo, também ele, notícias.

Contou que, durante o dia, o povo fora-se armar no Kremlim e que, malgrado os boletins de Rostoptchin, dizendo que lançaria seu grito de alarme dois ou três dias com antecedência, fizeram-se preparativos para se dirigirem armados, logo no dia seguinte, para as Três Montanhas, onde se travaria uma grande batalha.

A condessa olhava, com tímido espanto, o rosto de seu filho, brilhante de excitação, enquanto falava. Sabia que lhe bastaria dizer a Pétia que não fosse para essa batalha (viu que era justamente essa perspectiva que o regozijava), para que falasse a torto e a direito de bravura, de honra, de pátria; diria todas as espécies de absurdos com uma teimosia viril e sem réplica, e tudo estaria perdido; de modo que esperava estar pronta para partir antes da batalha e levar seu filho consigo, como protetor e defensor; não replicou, pois, nada ao discurso de Pétia; mas, acabada a refeição, chamou o conde à parte, e, toda em lágrimas, suplicou-lhe que a levasse imediatamente, naquela noite mesmo, se fosse possível. Com a astúcia inconsciente e bem-feminina que dá o amor, ela que, até então, se mostrara indiferente ao perigo, assegurou que morreria de medo, se não se partisse desde aquela noite. E isto não era um fingimento, não se dava ares de ter medo, estava realmente com medo.

14. A Senhora Schoss, que fora ver sua filha, aumentou ainda mais os temores da condessa, contando o que acabava de ver perto do depósito de álcool, na Rua Miasnitskaia.

Não pudera atravessar aquela rua a pé, por causa da multidão de bêbedos que enchiam os arredores. Tomara um fiacre e voltara para casa por uma ruela. O cocheiro lhe contara que a populaça rebentava as tampas dos tonéis do depósito e que tal era a ordem.

Depois do jantar, todo o pessoal da casa dos Rostov movimentou-se com uma pressa em que havia algo de entusiasmo, no acabar os pacotes e preparar a partida. O velho conde meteu de repente a mão na massa, não cessando de ir e vir do pátio à casa e vice-versa, repreendendo sua gente que não se apressava o bastante, segundo sua vontade, e que queria ele fazer andar mais depressa. Pétia tomara o pátio às suas ordens. Sônia não sabia mais onde dar com a cabeça, diante das ordens contraditórias do conde. A criadagem gritava, se descompunha barulhentamente, corria através das salas e do pátio. Natacha, com aquela paixão que punha em tudo, largou-se de repente ao trabalho. A princípio sua ajuda para a embalagem foi acolhida com desconfiança. Só se aguardavam de sua parte travessuras e não se queria dar-lhe ouvidos; mas ela teimou e reclamou com ardor que cedessem, prestes a chorar porque não a escutavam, tanto que acabaram por acreditar nela. Sua primeira proeza exigiu dela esforços enormes e deu-lhe autoridade; era a embalagem dos tapetes. O conde possuía ricos *gobelins* e tapetes persas. Quando Natacha se pôs à obra, havia duas caixas escancaradas no salão; uma cheia até em cima de porcelana, a outra de tapetes. Havia ainda muita porcelana em cima das mesas e traziam mais ainda do depósito. Era preciso começar uma terceira caixa e os criados foram buscá-la.

— Sônia, espera, creio que arrumaremos tudo nas duas caixas — disse Natacha.

— Impossível, senhorita, já se tentou — disse o copeiro.

— Mas não, esperem um pouco.

E Natacha retirou vivamente da caixa pratos e pires enrolados em papel.

— É preciso pôr estes pratos aqui, nos tapetes — disse ela.

— Mas, só para os tapetes são precisas bem umas três caixas ainda — disse o copeiro.

— Espera, pois vais ver. — E Natacha apartou vivamente os objetos. — Isto aqui, não precisa pôr — disse ela, mostrando faianças de Kiev. — Depois, voltando-se para os pratos de porcelana de Saxe: — Isto, sim, vai nos tapetes — assegurou ela.

— Deixa, Natacha, deixa, vamos, haveremos de arranjar tudo sem ti — resmungou Sônia.

— É que, senhorita... — disse o mordomo.

Mas Natacha não quis desistir; desarrumou todo o caixote, decidindo que não era preciso levar nem os tapetes usados, nem demasiada vasilha. Depois de tudo retirado de dentro do caixote, recomeçou o encaixotamento. E, com efeito, pondo de lado tudo quanto não tinha valor e só tomando as coisas de preço, tudo achou lugar nos dois caixotes. Só a tampa de um deles não fechava. Seria preciso tirar ainda mais alguma coisa, mas Natacha queria guardar o que tinha escolhido; desfazia, refazia, entupia, depois dizia ao copeiro e a Pétia que atraíra para sua atividade; que fizessem pressão sobre a tampa, enquanto ela própria fazia esforços desesperados.

— Basta, ora, Natacha — disse-lhe Sônia. Tens razão, bem sei, mas tira assim mesmo o que está por cima de tudo.

— Não quero — gritou Natacha, afastando com uma mão de seu rosto molhado de suor seus cabelos assanhados e apertando com a outra os tapetes. — Força, Pétia, força! Vassilitch, vamos!

Os tapetes se acamaram e a tampa foi fechada. Natacha bateu palmas e no seu triunfo lançou tal clamor de alegria que as lágrimas lhe vieram aos olhos. Mas isto só durou um segundo. Passou com ardor imediatamente para outra tarefa. Desta vez, tinha-se plena confiança nela; o conde não se zangava, quando lhe diziam que sua filha tinha modificado suas ordens, e os criados procuravam-na para saber se uma carroça estava bastante carregada e se era preciso passar-lhe cordas ou não. Graças a ela o trabalho avançava; abandonaram-se as velharias e as coisas inúteis e amontoaram-se, o mais possível, objetos preciosos.

Entretanto, malgrado os esforços de todos, não se pôde tudo encaixotar naquela noite. A condessa adormeceu e o conde, tendo adiado a partida para a manhã seguinte, foi-se deitar. Sônia e Natacha dormiram vestidas no toucador.

Naquela noite, novo ferido foi trazido à Povarskaia e Mavra Kuzminitchna, que se achava diante do portal, fê-lo entrar na casa dos Rostov. Esse ferido, no dizer da velha ecônoma, era um personagem importante. Tinham-no colocado numa caleça de avental levantado, recoberta completamente pela sua capota. Na almofada, ao lado do cocheiro, mantinha-se um velho criado de quarto respeitável; uma carroça vinha atrás com um médico e dois soldados.

— Entrai em nossa casa, entrai, peço-vos. Os patrões partem, a casa está vazia, — disse a velha, dirigindo-se ao velho servidor.

— Ah! sim — respondeu este, com um suspiro, — não se teria acreditado poder trazê-lo vivo! Temos nossa casa em Moscou, mas é longe daqui e está fechada.

— Mas entrai então em nossa casa, há tudo quanto é preciso, entrai — disse Mavra Kuzminitchna. — Ele está então muito mal? — perguntou ela.

O criado de quarto fez um gesto desolado.

— Não se acreditava ser possível trazê-lo! — repetiu ele. — É preciso perguntar ao doutor.

Desceu da boleia e aproximou-se da carreta.

— Por que não? — disse o doutor.

O criado de quarto voltou à caleça, lançou para dentro dela um olhar rápido, abanando a cabeça, disse ao cocheiro que virasse para o pátio e parou junto de Mavra Kuzminitchna.

— Ah! Jesus Cristo Nosso Senhor! — exclamou ela.

Mavra Kuzminitchna propôs que se pusesse o ferido na casa grande.

— Os amos não dirão nada — afirmou ela.

Como fosse preciso evitar transportar o ferido pela escada, levaram-no ao pavilhão e depuseram-no no quarto ocupado até então pela Senhora Schoss. Esse ferido era o Príncipe André Bolkonski.

15. Raiou o último dia de Moscou. Era um alegre tempo claro outonal. Domingo. E, como de hábito, soaram para a missa todas as igrejas. Ninguém ainda, parecia, estava compreendendo o que aguardava a cidade.

Dois índices somente indicavam em que situação se encontrava Moscou: a atitude da populaça e a alta dos preços. Operários, serviçais de casas, camponeses, partiram bem cedinho para as Três Montanhas, numa multidão imensa, engrossada por funcionários, seminaristas, nobres. Ficou ali algum tempo, mas não chegando Rostoptchin, compreendeu que Moscou seria entregue e se dispersou pelas hospedarias e pelas casas de bebida. O preço das armas, do ouro, das carretas, dos cavalos, subia cada vez mais, ao passo que o da cédula e dos objetos de luxo baixava, a tal ponto, que ao meio-dia já mercadorias caras, como o pano, por exemplo, eram compradas pela metade do preço, enquanto que o menor cavalo de camponês era pago por quinhentos rublos; quanto aos móveis, espelhos, bronzes, davam-se por um nada.

Na velha e respeitável morada dos Rostov aquele transtorno das condições anteriores de vida se fez sentir pouco. Durante a noite, só desapareceram três homens da enorme criadagem; nada foi roubado; e no que concerne ao valor das coisas, as trinta carroças vindas do campo representavam uma riqueza tal que muitos a cobiçavam dos Rostov e lhes ofereciam enormes somas. Não somente lhes fizeram ofertas por aqueles veículos, mas à noite e bem cedo, na manhã de 1º de setembro, ordenanças, servidores de oficiais feridos, os próprios feridos alojados nos arredores, afluíram ao pátio da casa para suplicar aos criados dos Rostov que lhes arranjassem um veículo para que pudessem deixar a cidade. O mordomo, a quem se dirigiam, lamentava os feridos, mas recusava categoricamente, afirmando que nem mesmo avisar a seu amo ousaria. Todos aqueles desgraçados eram dignos de interesse, mas se desse uma primeira carroça, não haveria razão para não dar uma segunda, depois todas até as equipagens dos patrões. Trinta veículos não teriam podido salvar todos os feridos e, naquela desgraça geral, era preciso ainda assim pensar em si mesmo e nos seus. Dessa forma pensava o mordomo, em nome de seu amo.

Assim que acordou, na manhã de 1º de setembro, o Conde Ilia Andreievitch saiu cautelosamente do quarto de dormir, a fim de não despertar a condessa que acabava de readormecer, e, envolvido num roupão de quarto, de seda cor de violeta, passou para o patamar. As carroças bem-encordoadas esperavam no pátio. As equipagens tinham avançado até o patamar. O mordomo mantinha-se no portal e falava com uma ordenança e um jovem oficial muito pálido, que trazia o braço numa tipoia. À vista de seu amo, o mordomo fez sinal ao jovem oficial e ao ordenança para se afastarem.

— Então, tudo pronto, Vassilitch? — disse o conde, passando a mão pela sua fronte calva e olhando com ar benévolo para o oficial e o ordenança, aos quais fez um aceno de cabeça (o conde gostava de caras novas).

— Pode-se mandar atrelar agora mesmo, Excelência.

— Bem, muito bem! Assim que a condessa despertar, a caminho, com a graça de Deus! Quem sois, senhor? — perguntou ao oficial. — Estais na minha casa?

O oficial aproximou-se. Seu rosto pálido ficou subitamente escarlate.

— Conde, peço-vos, em nome do céu, permiti que encontre um canto em um de vossos carros. Nada tenho comigo. Mesmo numa das carroças. Isto não me importa.

Mal acabara e já o ordenança fazia o mesmo pedido ao conde em favor de seu chefe.

— Mas sim, mas sim, decerto! — apressou-se em dizer o conde. — Sentir-me-ei muito feliz, muito feliz. Vassilitch, arranje lugar numa carreta ou em duas... naquela ali... justamente o que for preciso... — acrescentou, dando como de costume ordens vagas.

Imediatamente o oficial exprimiu sua gratidão, em termos tais que o conde achou-se na obrigação de continuar. Olhou em redor de si; no pátio, nas portas, nas janelas do pavilhão, viam-se feridos e ordenanças, todos a olhar para o conde e aproximando-se do patamar.

— Quer ter a bondade, Excelência, de passar à galeria? — disse o mordomo. — Quais são nossas ordens referentes aos quadros?

O conde tornou a entrar em casa com o mordomo, depois de ter repetido sua ordem de não repelir os feridos que pediam para ser transportados.

— Afinal, podem ser descarregados alguns objetos — acrescentou em voz baixa e num tom misterioso, como se receasse ser ouvido.

A condessa acordou às nove horas e Matrema Timofeevna, sua antiga criada de quarto, que exercia junto dela as funções de chefe das criadas, foi adverti-la de que Maria Karlovna estava muito zangada e que não se podia absolutamente abandonar todas as roupas de verão dessa senhora. A condessa quis saber a razão do descontentamento da Senhora Schoss e soube que sua mala fora retirada duma carreta, que haviam desfeito as cargas para dar lugar aos feridos, que o conde, sempre bom demais, permitia que levassem. A condessa mandou chamar seu marido.

— Que é que se passa, meu amigo? Disseram-me que estão desfazendo as cargas?

— Queria justamente prevenir-te, minha querida... minha querida condessinha... um oficial veio pedir-me algumas carretas para os feridos. Tudo isso pode ser substituído; enquanto que eles, como abandoná-los? Pensa bem... Na verdade, fomos nós que deixamos entrar em nossa casa esses oficiais... Bem vês, na verdade, minha querida, parece-me que, minha querida... por que não levá-los?... Que é que nos apressa?

O conde falava num tom tímido, como de costume, desde que a questão de dinheiro entrava em jogo. A condessa estava acostumada a esse tom, que pressagiava sempre um negócio ruinoso para a fortuna de seus filhos, como a instalação duma galeria ou duma estufa, ou dum teatro, ou duma orquestra na casa; assim, acreditava-se obrigada, cada vez que aquele tom tímido reaparecia, a contradizer seu marido.

Tomou sua cara de vítima resignada e declarou-lhe:

— Escuta, conde, tu nos levaste a um ponto que ninguém dará um soldo por esta casa; agora, queres perder ainda todos os nossos bens e os de nossos filhos. Tu mesmo disseste que tínhamos uns cem mil rublos de mobiliário. Quanto a mim, meu amigo, não estou de acordo. Absolutamente. Farás o que quiseres! Cabe ao governo ocupar-se com os feridos. Eles sabem disso. Vê aí defronte, em casa dos Lopukhin. Antes de ontem, já haviam retirado tudo. Eis como os outros fazem. Somente nós é que somos imbecis. Tem piedade, se não de mim, pelo menos de teus filhos.

O conde fez um gesto vago e saiu do quarto.

— Papai, que é que se passa? — perguntou Natacha, que entrara atrás deles.

— Nada, absolutamente! Não é de tua conta! — respondeu o conde, zangado.

— Mas ouvi tudo — disse Natacha. — Por que mamãe não quer?

— Não é de tua conta! — repetiu o conde.

Natacha aproximou-se da janela, pensativa.

— Papai, Berg está chegando — anunciou ela.

16. Berg, o genro dos Rostov, era coronel e trazia condecorações das ordens de São Vladimiro e de Sant'Ana; continuava a cumprir suas tranquilas e agradáveis funções de adjunto do chefe da primeira secretaria do estado-maior do segundo corpo.

Chegava, naquele dia 1º de setembro, diretamente do exército de Moscou.

Nada tinha a fazer em Moscou; mas tendo percebido que todos os oficiais pediam sua licença para essa cidade e nela tinham negócios, acreditara-se obrigado a pedir a sua para tratar de negócios de família.

Berg chegou à casa de seu sogro num de seus elegantes carrinhos, puxado por dois ruões bem-nutridos, copiados exatamente dos de certo príncipe seu conhecido. Olhou atentamente as carroças que estavam no pátio e depois enquanto subia os degraus do patamar, tirou do bolso seu lenço alvíssimo e nele fez um nó.

Da antecâmara, avançou Berg a passo elástico e rápido para o salão, abraçou o conde, beijou a mão de Natacha e de Sônia e apressou-se em informar-se da saúde da condessa.

— Ora, saúde, saúde! — disse o conde. — A ti é que cabe dizer-nos o que faz o exército. Vai-se recuar ou combater?

— Só Deus poderia dizê-lo, papai — respondeu Berg. — Só ele decidirá da sorte de nossa pátria. O exército arde de heroísmo, e agora, pelo que dizem, os chefes estão reunidos em conselho. O que daí resultará, ninguém sabe. Mas dir-lhe-ei, sobretudo, papai, que não há palavras para descrever o heroísmo das tropas russas, a coragem que eles... que elas (corrigiu-se) mostraram, revelaram na batalha do dia 26... Asseguro-lhe, papai (bateu no peito, como vira um general fazer ao contar o combate, mas o gesto se retardara um pouco; devia acompanhar as palavras "o exército russo"), asseguro-lhe francamente que nós, os chefes não só não temos necessidade de empurrar os soldados para o que quer que seja, mas devemos deter à força esses, esses... Sim, são façanhas verdadeiras, uma bravura digna dos antigos — exclamou, com volubilidade. — O General Barclay de Tolly não poupou sua vida à frente das tropas, é preciso dizê-lo. Quanto ao nosso corpo, encontrava-se colocado sobre a encosta do monte. O senhor pode imaginar como foi!

Aí, Berg contou tudo quanto ouvira dizer então de diversas procedências. Natacha ouvia-o, sem desfitar dele os olhos, como para descobrir-lhe no rosto a resposta a uma pergunta que fazia a si mesma.

— Não se pode imaginar o heroísmo de que deu provas o exército russo e não se pode elogiá-lo bastante! — exclamou Berg, voltando-se para Natacha e respondendo com um sorriso a seu olhar obstinado, como para ganhar suas boas graças. — "A Rússia não está em Moscou, está no coração de seus filhos!" Não é mesmo, papai?

Nesse momento, a condessa saiu do toucador, de ar cansado e sombrio. Berg precipitou-se, beijou-lhe a mão, informou-se de sua saúde, abanando a cabeça para mostrar o interesse que tomava nisso e instalou-se a seu lado.

— Sim, mamãe, reconheço-o com toda a franqueza, que os tempos são bem tristes e bem penosos para todos nós. Mas por que inquietar-se de tal maneira? Tendes ainda tempo para partir...

— Não compreendo o que faz a nossa gente — disse a condessa, dirigindo-se ao marido: — Acabam de dizer-me que nada está pronto ainda. Seria preciso que alguém desse ordens. É numa hora dessas que se sente falta de Mitenka. Jamais conseguiremos sair!

O conde quis replicar, mas achou de melhor alvitre calar-se. Levantou-se e dirigiu-se para a porta.

Aproveitou Berg esse momento para tirar seu lenço e assoar-se, mas nele encontrando o nó que lhe dera, ficou pensativo e abanou a cabeça com ar significativo.

— Papai — disse ele, — tenho importante pedido a fazer-lhe.

— Ah! — disse o conde, parando.

— Acabo de passar diante da casa de Yusupov — continuou Berg, num tom decidido. — O intendente, que eu conheço, correu a meu encontro e me disse: "Quereis comprar alguma coisa?" Acompanhei-o por curiosidade; havia ali uma cômoda com toucador. O senhor sabe como Vera desejaria ter uma assim e quanto discutimos por isso (Berg havia, malgrado seu, retomado um tom alegre, pois aquela questão de cômoda com toucador o tornava orgulhoso no íntimo). É uma maravilha! Abre-se, tem um ror de gavetas e uma fechadura inglesa de segredo. É justamente o que a minha Verinha queria há muito tempo. Gostaria, pois, de fazer-lhe essa surpresa. Lá embaixo, no pátio, estão todos esses camponeses. Arranje-me um, peço-lhe, pagar-lhe-ei bem, e...

O conde franziu a testa e tossiu nervosamente.

— Peça à condessa, não sou eu que dou ordens.

— Se for difícil demais, não digo mais nada — protestou Berg. — Era somente para Vera.

— Ah! que o diabo leve vocês todos! Sim, vão para o diabo, para o diabo! — gritou o velho conde. — É de se perder a cabeça!

Nisto saiu e a condessa desatou a chorar.

— Sim, mamãe, os tempos estão bem duros! — disse Berg.

Natacha saiu ao mesmo tempo que seu pai, mas como se perseguisse com esforço alguma ideia, saiu, a princípio, atrás dele, mas depois precipitou-se para a escada.

No patamar, Pétia distribuía armas aos homens que deviam sair de Moscou com o comboio. As carretas atreladas continuavam estacionadas no pátio. Duas delas tinham sido descarregadas e para cima de um içava-se um oficial sustentado pelo seu ordenança.

— Sabes por que foi? — perguntou Pétia à sua irmã.

Natacha compreendeu que Pétia queria falar da discussão entre seu pai e sua mãe. Não respondeu.

— É porque papai queria dar todos os veículos para os feridos: Vassilitch me disse. Para mim...

— Para mim — gritou de repente Natacha, voltando para o irmão um rosto encolerizado, — para mim, é abominável, é vil, é tão repulsivo que... não posso dizê-lo. Que é que nós somos? Nada mais que alemães, então?

Seu peito alçou-se em soluços convulsivos e, para não deixar que sua cólera fugisse em pura perda, voltou-se e tornou a subir os degraus, quatro a quatro.

Berg estava sentado junto da condessa e dirigia-lhe respeitosas e filiais consolações. O conde, de cachimbo na mão, caminhava para lá e para cá, quando Natacha entrou correndo no quarto; de rosto contraído de furor, dirigiu-se a passos rápidos para sua mãe.

— Que abominação! Que horror! — gritou ela. — É impossível que tenha a senhora dado ordens semelhantes.

Berg e a condessa, tão espantados como surpresos, olhavam para ela. O conde imobilizou-se à janela, para escutar.

— Mamãe, é impossível: olhe para o pátio! — exclamou ela. — Estão abandonando-os...

— Que tens? A quem se abandona? Que queres?

— Os feridos, ora essa! Não, não se pode, mamãe; isto não tem qualificativo... Mamãe querida, não é assim que devo falar; perdão, mamãezinha, que necessidade temos do que levamos? Olhe para o pátio, mamãe! Isto não pode ser!...

O conde, de pé, diante da janela, ouvia Natacha, sem voltar a cabeça. De repente, fungou e aproximou seu rosto da vidraça.

A condessa olhou para sua filha, viu sua emoção, a vergonha que ela experimentava, depois a razão pela qual seu marido afastava a vista, e completamente ao desamparo, olhou em torno de si.

— Ah! façam como quiserem! Não sou eu que constranja quem quer que seja! — protestou, sem se render completamente.

— Mamãe, mamãezinha, perdão!

Mas a condessa repeliu sua filha e aproximou-se de seu marido.

— Meu caro, dê as ordens que forem precisas... Eu não sabia de nada — disse ela, baixando os olhos, como uma culpada.

— Os pintos... os pintos dando lição à galinha — murmurou através de suas lágrimas, o conde, todo contente, tomando nos braços sua mulher, que se sentiu bastante feliz por ocultar contra o peito dele seu rosto confuso.

— Papai, mamãe! Podem ser dadas as ordens, não é? Pode-se? — perguntou Natacha. — Ainda assim levaremos o que for mais necessário — acrescentou ela.

O conde fez um gesto de assentimento e Natacha, como quando brincava de correr, precipitou-se do salão para a antecâmara e dali para a escada que dava para o pátio.

Os criados logo acercaram e nada queriam acreditar das ordens estranhas que ela lhes dava, enquanto o conde, em nome de sua mulher, não as tivesse confirmado; era preciso pôr todas as carroças à disposição dos feridos e empilhar os caixotes nos quartos de depósito. Assim que compreenderam do que se tratava, puseram-se os homens com jovial ardor ao trabalho. A criadagem agora nada achava de estranho no que devia fazer; parecia-lhe não poder agir doutro modo; um quarto de hora antes, ninguém se admiraria de salvar bagagens abandonando feridos e cada qual acreditava que não podia ser doutro modo.

Todo o pessoal da casa, como que para reaver o tempo perdido, ocupou-se com solicitude na instalação dos feridos. Estes se arrastaram para fora de seus quartos, com rostos pálidos e contentes e cercaram as carroças. Espalhou-se a notícia pelas casas vizinhas de que havia veículos; os feridos vindos de fora afluíam para o pátio dos Rostov. Muitos deles suplicavam que deixassem os pacotes nas carroças e lhes permitissem instalarem-se em cima. Mas a descarga uma vez começada não podia mais deter-se. Abandonar tudo ou somente a metade, era a mesma coisa. O pátio estava juncado de caixotes cheios de louças, de bronze, de quadros, de espelhos, embalados tão cuidadosamente durante a noite precedente; e sempre se encontravam novas razões para descarregar isso e aquilo, a fim de liberar ainda uma carreta.

— Podem ser arranjadas ainda quatro — propôs o administrador. — Darei meu carro, doutro modo onde colocá-los?

— Deem-lhes o carro onde estão minhas coisas — disse a condessa. — Duniacha seguirá comigo no meu carro.

Desembaraçou-se o carro que continha as malas da condessa e mandou-se buscar feridos duas casas mais adiante. Amos e servidores rivalizavam de ardor. Natacha, na animação de sua vitória, sentia-se feliz como nunca estivera havia muito tempo.

— Como mantê-la? — diziam os homens, içando uma mala para o estreito estribo duma carroça. — É preciso deixar pelo menos um carro.

— Que é que tem dentro? — perguntou Natacha.

— Os livros do senhor conde.

— Deixem-nos. Vassilitch se ocupará disso. Não são precisos.

A carruagem estava superlotada; perguntava-se onde Pétia poderia meter-se.

— Subirá à boleia. Não é, Pétia? — gritou-lhe Natacha.

Sônia estava tão ocupada quanto Natacha, mas bem ao contrário dela, enfileirava as coisas que iam ficar, fazia o inventário delas de acordo com o desejo da condessa e esforçava-se por haver de qualquer forma o máximo de coisas.

17. Às duas horas da tarde, as quatro equipagens dos Rostov, carreadas e atreladas estacionavam diante da estrada. As carretas que levavam os feridos saíram uma após outra do pátio.

A caleça do Príncipe André atraiu a atenção de Sônia, no momento em que passava diante do patamar. Estava justamente ocupada com uma criada para arranjar um lugar para a condessa, na alta e larga berlinda, parada perto do patamar.

— De quem é aquela caleça? — perguntou Sônia, passando a cabeça pela portinhola.

— Não sabeis, senhorita? — respondeu a criada de quarto. — É um príncipe ferido; passou a noite aqui e parte conosco.

— Mas quem é? Como se chama ele?

— O nosso antigo noivo, ele mesmo, o Príncipe Bolkonski! — suspirou a criada de quarto. — Dizem que está perdido.

Sônia saltou do carro e correu para o lado da condessa. Esta, já pronta para a viagem, de xale e de chapéu, ia e vinha, com ar cansado, pelo salão, esperando todos os familiares, a fim de se sentar um instante, a portas fechadas, para fazer a oração de costume, antes da partida. Natacha não estava no salão.

— Mamãe — disse Sônia, — o Príncipe André está aqui, ferido de morte. Parte conosco.

A condessa arregalou os olhos, cheios de espanto, agarrou Sônia pelo braço, olhou em torno de si e disse:

— Será que Natacha...?

Para Sônia, como para a condessa, aquela notícia só tinha à primeira vista uma significação. Conheciam sua Natacha e pensavam com terror em seu estado, quando viesse a saber daquilo e toda a compaixão delas por aquele homem a quem, entretanto, amavam muito, passava para segundo plano.

— Natacha não sabe de nada ainda; mas ele parte conosco — disse Sônia.

— Dizes que está ferido de morte?

Sônia respondeu com um sinal de cabeça.

A condessa cercou-a com seus braços e se pôs a chorar.

"Os caminhos do Senhor são insondáveis!", pensava ela, sentindo que em tudo quanto se passava então, a mão todo-poderosa de Deus, até ali invisível, estava a caminho de manifestar-se.

— Vamos, mamãe, tudo está pronto. Que espera então? — perguntou Natacha que chegava, de rosto animado.

— Nada — disse a condessa. — Se tudo está pronto, podemos partir.

A condessa curvou-se sobre sua bolsa de malha para ocultar seu rosto transtornado. Sônia apertou Natacha contra si e beijou-a.

Natacha fitou-a com ansiedade.

— Que tens? Aconteceu alguma coisa?

— Não... nada...

— Alguma coisa de mau para mim; que foi? — perguntou Natacha, com sua intuição habitual.

Sônia suspirou sem responder. O conde, Pétia, a Senhora Schoss, Mavra Kuzminitchna, Vassilitch entraram no salão, e, fechada a porta, sentaram-se em silêncio, sem se olhar durante alguns segundos.

O conde levantou-se por primeiro e, com um ruidoso suspiro, persignou-se diante do ícone. Todos fizeram o mesmo. Depois o conde abraçou Mavra Kuzminitchna e Vassilitch que ficavam em Moscou; enquanto eles lhe pegavam a mão e o beijavam no ombro, deu-lhes ligeiras pancadas nas costas, murmurando algumas palavras confusas, mas cariciosas e consoladoras. A condessa passou para seu oratório e Sônia foi encontrá-la de joelhos, diante dos poucos ícones deixados aqui e ali pela parede. (Os ícones mais preciosos tinham sido embalados, como lembranças de família e estavam sendo levados).

No patamar e no pátio, os criados que partiam, armados de punhais e de sabres que Pétia havia distribuído, com as calças para dentro das botas, um cinturão de couro ou de lã na cintura, trocavam seus adeuses com os que ficavam.

Como sempre, nos momentos das despedidas, muita coisa fora esquecida ou mal-amarrada, e os dois guarda-costas[100] ficaram estacionados bastante tempo dos dois lados das portinholas abertas e dos estribos da carruagem, prontos a instalar a condessa, enquanto as criadas corriam com almofadas e embrulhos, da casa para a berlinda, para a caleça e para a brisca.

— Sempre acontece que se esquece tudo! — dizia a condessa. — Vejamos, bem sabes que não me posso sentar assim.

E Duniacha, de ar descontente, mas de dentes cerrados, precipitou-se sem dizer uma palavra para a berlinda, a fim de mudar de lugar as almofadas.

— Ah! que gente! — dizia o conde, abanando a cabeça.

O velho cocheiro Efime, o único que inspirava confiança à condessa quando saía de casa, instalado sobre sua elevada boleia, não olhava nem mesmo para o que se passava atrás dele. Sabia, graças a uma experiência de trinta anos, que levariam ainda muito tempo a dizer-lhe: "A caminho!" e que no momento em que a berlinda se pusesse em movimento, seria preciso ainda parar duas ou três vezes para mandar buscar um objeto esquecido e que, em seguida, a condessa, passando a cabeça pela portinhola, lhe diria para ir devagar nas descidas, pelo amor de Cristo. Sabia de tudo isso e aguardava com bem mais paciência ainda que seus cavalos (o alazão da esquerda Sokol, em particular, não parava de piafar e de morder o freio). Enfim, ficaram todos instalados; levantaram-se os estribos, a portinhola bateu, mandou-se procurar ainda um cofrezinho, a condessa pôs a cabeça para fora e disse as palavras sacramentais. Então Efime se descobriu lentamente, fez o sinal da cruz. O postilhão e todos os criados o imitaram. "Que Deus nos guarde!" disse Efime, tornando a pôr seu chapéu. "Larga!". O postilhão fez a atrelagem pôr-se em movimento. O timoneiro da direita puxou seu tirante, as altas molas rangeram, a caixa da carruagem balançou-se. O lacaio tomou impulso e saltou para a boleia da carruagem em marcha. A berlinda passou aos solavancos do pátio para o calçamento da rua, seguida dos outros veículos que também se locomoviam aos solavancos; e a fila das equipagens seguiu pela rua ascendente. Na berlinda, na caleça, na brisca, todos se benzeram ao passar diante da igreja fronteira. Os criados que ficavam em Moscou marchavam de cada lado do comboio para acompanhá-lo, durante certo trecho de caminho.

Natacha raramente se sentira tão contente como naquele momento, sentada na berlinda em frente de sua mãe, a ver desfilarem, lentamente, diante de si, as paredes das casas dessa Moscou toda convulsa e que estava sendo abandonada. Vez por outra, punha a cabeça de fora da portinhola para olhar para trás, ou então para a frente, a longa fila de carroças de feridos que as precedia. Quase na frente, avistava-se a capota da caleça do Príncipe André. Ignorava quem a ocupava, mas todas as vezes, calculando o comprimento da fila delas, procurava com os olhos aquela caleça que sabia seguir na dianteira do comboio.

100. Os grandes senhores russos levavam sempre em viagem, para protegê-los, criados armados, a que chamavam de "heiduqes".

Em Kudrim, desembocaram alguns outros comboios semelhantes ao dos Rostov. Vinham de Nikitskaia, da Presnia, do Bulevar Podnovinski, e, quando se acharam sobre o Sadovaia, as equipagens tiveram de pôr-se em duas fileiras.

Contornando a torre Soukhariev, Natacha que se divertia contemplando os que passavam de carro ou a pé, exclamou, de repente, com uma surpresa alegre:

— Ah! meu Deus! Mamãe, Sônia, olhem, ei-lo!

— Mas quem?

— Olhem, é Bezukhov, juro-lhes que é ele! — disse ela, inclinando-se mais para ver melhor um gordo e grande homenzarrão, com capa de cocheiro, que revelava pelo seu porte e pela sua marcha um nobre disfarçado, e que, em companhia de um velhinho bilioso e imberbe, trazendo uma capa de burel, passava sob o arco da torre.

— Sim, sim, juro-lhes, é Bezukhov, com capote de cocheiro, com um velhote engraçado. Estou certa — repetiu Natacha, — olhem, olhem!

— Mas não, não é ele. Como se pode dizer tolices semelhantes!

— Mamãe, dou minha cabeça a cortar que é ele. Garanto-lhe. Pare, pare! — gritou Natacha para o cocheiro.

Mas o cocheiro não podia parar, porque outros comboios saíam da Miechtchanskaia e gritava-se para os Rostov que avançassem para não imobilizar as outras equipagens.

Com efeito, embora estivesse ele já muito mais longe que ainda há pouco, todos os Rostov avistaram Pedro, ou pelo menos um homem extraordinariamente semelhante a ele, com capote de cocheiro, que caminhava ao longo da rua, de cabeça pendida e ar sério, ao lado dum velhote imberbe que tinha o ar de um lacaio. O velhote reparou a cabeça de Natacha à portinhola, tocou respeitosamente no cotovelo de Pedro e lhe disse alguma coisa, mostrando a berlinda. Pedro levou algum tempo em compreender o que lhe diziam, tão mergulhado estava em seus pensamentos. Enfim quando o compreendeu, olhou na direção indicada e reconhecendo logo Natacha, arrebatado pelo seu primeiro ímpeto, dirigiu-se rapidamente para a carruagem. Mas ao fim duma dezena de passos, evidentemente sob o efeito de alguma recordação, parou.

A cabeça de Natacha curvada à portinhola resplendia de afetuosa alegria.

— Pedro Kirillitch, venha cá! Não está vendo que o reconhecemos? É maravilhoso! — exclamou ela, estendendo-lhe a mão. — Que lhe acontece? Por que esse traje?

Pedro pegou a mão estendida e, enquanto andava (porque a carruagem continuava a rodar), beijou-a canhestramente.

— Que vos acontece, conde? — perguntou a condessa, com uma voz espantada e compadecida.

— O quê? Nada absolutamente! Não me interrogueis — disse Pedro, que se voltou para Natacha, cujo olhar luminoso e alegre (sentia-o sem levantar os olhos para ela) o envolvia com seu encanto.

— Que faz então? Fica em Moscou?

Pedro não respondeu imediatamente.

— Em Moscou? — disse por fim, interrogativamente. — Sim, em Moscou. Adeus.

— Ah! quanto lamento não ser um homem. Ficaria seguramente com o senhor. Seria tão bom! — disse Natacha. — Mamãe, se a senhora o permitir, eu fico.

Pedro olhou Natacha com um olhar distraído e quis dizer alguma coisa, mas a condessa interrompeu-o.

— Estáveis na batalha, ao que parece?

— Sim, estive lá — respondeu Pedro. — Amanhã haverá outra...

Foi Natacha quem desta vez o interrompeu.

— Mas que tem o senhor, afinal, conde? Está com um ar um tanto esquisito...

— Ah! não me interrogueis, não pergunteis nada, eu mesmo nada compreendo disso.. Amanhã... Não, amanhã não! Adeus, adeus! Que momentos terríveis!... — acrescentou ele.

E, afastando-se da carruagem, voltou para a calçada.

Natacha ficou muito tempo ainda à portinhola, a acompanhá-lo com os olhos e um sorriso alegre, afetuoso e um tantinho zombeteiro.

18. Havia dois dias que desaparecera de casa. Morava Pedro no apartamento vazio do falecido Bazdiéev. Eis o que se tinha passado.

Ao despertar, no dia seguinte ao de seu regresso a Moscou e de sua entrevista com Rostoptchiri, Pedro levou muito tempo a perceber onde se encontrava e o que queriam dele. Quando lhe anunciaram, entre os que o esperavam na sua antecâmara, o francês que trouxera a carta de sua mulher, sentiu-se invadir de súbito por aquela agitação turva e aquele desespero a que era inclinado. Disse a si mesmo que agora era o fim, que tudo só era confusão e ruína, que não havia mais justo e injusto, que o futuro nada lhe traria, que sua situação não tinha saída. Rindo forçadamente e murmurando entre dentes, ora se sentava sobre seu divã, numa posição acabrunhada, ora se levantava, se aproximava da porta, olhava pelo buraco da fechadura para a antecâmara; depois, com um gesto de desencorajamento, voltava a sentar-se e pegava um livro. Seu mordomo entrou uma segunda vez para avisá-lo de que o francês que trouxera a carta da condessa desejava muito vê-lo, nem que fosse por um minuto; depois acrescentou que a viúva Bazdiéev, antes de partir para o campo, mandava perguntar-lhe se podia confiar-lhe livros.

— Ah! sim, imediatamente, espera... ou antes, não! dize que vou imediatamente — respondeu Pedro a seu mordomo.

Mas apenas o mordomo saiu, tomou Pedro seu chapéu, que estava em cima da mesa, e fugiu de seu gabinete pela porta do fundo. O corredor estava deserto. Pedro seguiu-o até a escada e, com ar absorto, apertando a testa entre as mãos, desceu até o patamar do primeiro andar. O porteiro mantinha-se de pé na porta grande. Do patamar onde Pedro se encontrava outra escada conduzia à saída de trás. Tomou por ela e desceu ao pátio. Ninguém o viu; no pátio mesmo, no momento em que ia transpor a porta da rua, os cocheiros que estacionavam com seus veículos, bem como o porteiro, tiraram seus bonés ao vê-lo. Pedro sentiu aqueles olhares fixos na sua pessoa e como o avestruz que esconde a cabeça numa moita para não ser visto, baixou a testa, acelerou o passo e meteu-se pela rua.

De tudo quanto se lhe apresentava naquela manhã, o que pareceu mais urgente a Pedro foi recolher os livros e papéis de José Alexiéévitch.

Tomou o primeiro carro que encontrou e fez-se conduzir aos Lagos do Patriarca onde se achava a casa dos Bazdiéev.

Olhava de todos os lados as filas de carros que deixavam Moscou, não sabendo como ajustar seu corpanzil de modo a não escorregar sobre o velho “drojki”[101] rangente. Sentia a impressão alegre dum garoto que gazeia a escola e começou a tagarelar com o cocheiro.

Este lhe contou que estavam em ponto de distribuir armas no Kremlim e que no dia seguinte iriam às Três Montanhas onde se travaria uma grande batalha.

Uma vez nos Lagos do Patriarca, Pedro perguntou onde era a casa dos Bazdiéev, a que havia muito tempo não vinha. Aproximou-se da janelinha. Guerassim, aquele velhinho de tez amarela, sem barba, que Pedro vira cinco anos antes em Torjok com seu amo, acorreu quando ele tocou.

— Há alguém? — perguntou.

— Dadas as circunstâncias, Sofia Danilovna partiu com as crianças para seu domínio de Totjok, Excelência.

— Vou entrar mesmo assim; devo escolher os livros — disse Pedro.

— Seja bem-vindo; o irmão de nosso falecido — que Deus tenha sua alma! — Macário Alexiéévitch ficou aqui; mas, como Vossa Excelência sabe, é fraco de espírito — respondeu o velho servidor.

101. Carro muito primitivo: espécie de banco colocado sobre quatro rodas no qual se tinha de sentar escanchado.

Pedro sabia que Macário Alexiéévitch, o irmão de José Alexiéévitch, era um meio-louco que se dava à bebida.

— Sim, sim, sei — disse ele, entrando na casa. — Vamos, despachemo-nos.

Um grande velho calvo, de nariz vermelho, vestido com um roupão de quarto, de pés nus em sapatos de borracha, achava-se na antecâmara; vendo Pedro, murmurou alguma coisa e passou para o corredor.

— Era uma grande inteligência, mas como Vossa Excelência vê, está bem enfraquecida — disse Guerassim. — Quer passar para o gabinete? (Pedro fez um sinal de assentimento). Puseram os selos que ainda aí estão. Sofia Danilov deu ordem, se viessem de parte de Vossa Excelência, entregassem-se os livros.

Pedro penetrou naquele mesmo gabinete sombrio, onde só entrava tremendo em vida do Benfeitor. Ninguém tocara em nada ali desde a morte de José Alexiéévitch; tudo estava cheio de poeira e mais lúgubre do que nunca.

Guerassim abriu um postigo e saiu da peça na ponta dos pés. Pedro deu volta pelo gabinete, chegou ao armário onde se encontravam os manuscritos e pegou um que era outrora uma das relíquias mais sagradas da ordem. Eram atas autênticas escocesas, anotadas e comentadas pela mão do Benfeitor. Pedro sentou-se à mesa de trabalho coberta de poeira, colocou diante de si o manuscrito, abriu-o, folheou-o e por fim abandonou-o para mergulhar em seus pensamentos com a cabeça entre as mãos.

Guerassim veio várias vezes lançar uma olhadela discreta ao gabinete e de todas elas encontrou Pedro na mesma posição. Mais de duas horas se escoaram. Guerassim permitiu-se fazer barulho à porta para atrair a atenção de Pedro; Pedro não o ouviu.

— É preciso mandar embora o carro?

— Ah! sim — disse Pedro, que recobrou por fim o espírito e se levantou vivamente. — Escuta — acrescentou, pegando Guerassim pelo botão de seu paletó e baixando um olhar brilhante, solene, todo molhado de lágrimas, sobre o velho. — Escuta, sabes que amanhã vai haver combate?

— Dizem — respondeu Guerassim.

— Peço-te que não digas a ninguém quem sou eu. E faze o que te vou pedir...

— Às ordens de Vossa Excelência — respondeu Guerassim. — Devo servir-lhe alguma refeição?

— Não, não é disso que preciso. Arranja-me roupas de camponês e uma pistola — disse Pedro que corou repentinamente.

— As ordens de Vossa Excelência — repetiu Guerassim, depois de haver refletido.

O dia inteiro, ficou Pedro fechado, no gabinete do Benfeitor; Guerassim ouviu-o passear para lá e para cá, nervosamente, falando sozinho; naquela noite dormiu ali mesmo numa cama para isso preparada.

Guerassim, que na sua vida de servidor muita coisa estranha vira, não se admirou além da conta por ver Pedro instalar-se na casa; parecia mesmo contente por ter alguém a quem servir Quando chegou a noite, sem mesmo perguntar a si mesmo para que aquilo poderia ser útil, trouxe a Pedro um capote de cocheiro e um boné; prometeu-lhe para o dia seguinte a pistola pedida Duas vezes, durante a noite, Macário Alexiéévitch veio até a porta do gabinete, arrastando sua chinelas de borracha e fitou Pedro com um olhar convidativo. Mas assim que Pedro se voltava para ele, enrolava-se medrosamente e com ar zangado em seu roupão e apressava-se em afastar se. Sob o capote que Guerassim comprara e limpara para ele, Pedro ia comprar uma pistola na torr Sukhariev, quando encontrou os Rostov.

19. Na noite de 1º para 2 de setembro, Kutuzov deu ao exército russo a ordem de recuar através de Moscou para a estrada de Riazan.

As primeiras tropas puseram-se em movimento naquela mesma noite. Não se apressavam nas trevas; avançavam lentamente, prudentemente; mas pela madrugada, ao aproximarem-se da ponte de Dorogomilov[102], viram diante de si multidões de homens que se empurravam para passar a ponte, amontoavam-se na margem em frente, bloqueando ruas e becos e atrás delas as inúmeras tropas de soldados que as empurravam. Uma agitação e uma inquietação desarrazoada apoderaram-se do exército. Todos se lançaram para diante na direção dos vaus e das barcas. Quanto a Kutuzov, fizera-se transportar por um caminho transverso para o outro lado de Moscou.

A 2 de setembro, às dez horas da manhã, não restava mais no subúrbio de Dorogomilov senão a retaguarda. O grosso do exército transpusera o Moskva e já havia deixado Moscou para trás.

Naquele momento, Napoleão, que se encontrava com suas tropas sobre o Monte Poklonnaia, contemplava a paisagem que se descortinava à sua frente. Do dia 26 de agosto ao dia 2 de setembro, desde a Batalha de Borodino até a entrada dos inimigos em Moscou, durante toda aquela memorável e terrível semana, fez um desses tempos de outono extraordinários que sempre surpreendem. O sol já baixo no horizonte queima mais fortemente que na primavera; seus raios ofuscantes, espalhados no ar puro e leve, fazem mal aos olhos; o peito se dilata; aspiram-se, a plenos pulmões, os perfumes do outono; as próprias noites são suaves e nessas noites sombrias e quentes, as estrelas douradas caem do céu, despertando o temor e a alegria.

A 2 de setembro, às dez horas da manhã fazia um daqueles tempos.

O esplendor da manhã: era deslumbrante. Do Monte Poklonnaia, estendia-se Moscou ao longe com seu rio, seus jardins, suas igrejas; parecia viver uma vida bem sua, com suas cúpulas cintilantes como estrelas, sob os raios do sol.

À vista daquela cidade estranha, duma arquitetura desconhecida e surpreendente, sentia Napoleão aquela curiosidade levemente invejosa e inquieta que experimentam os homens diante das formas duma vida estrangeira que os ignora. Era visível que aquela cidade vivia, com todas as suas forças, sua vida própria. Os indícios indefiníveis, graças aos quais distingue-se, mesmo à distância um corpo morto dum corpo vivo, faziam que Napoleão sentisse, do alto do Poklonnaia, a palpitação da cidade e como que o hálito daquele corpo vasto e magnífico.

Todo russo que contempla Moscou sente que ela é como uma mãe; todo estrangeiro que a olha, sem conhecer sua significação maternal, fica entretanto atingido pelo caráter feminino dessa cidade; o próprio Napoleão sentiu isso.

— Essa cidade asiática de inúmeras igrejas, Moscou, a santa. Ei-la, pois, afinal, essa famosa cidade! Já era tempo! — disse Napoleão e, apeando-se, mandou desdobrar diante de si um mapa de Moscou, depois chamou seu intérprete, Lelorme d'Ideville. "Uma cidade ocupada pelo inimigo parece-se com uma moça que perdeu a honra", pensava ele (repetia o que dissera em Smolensk a Tutchkov). Era com tal sentimento que contemplava aquela beleza oriental que se revelava de repente a ele, estendida a seus pés. Mesmo a ele parecia-lhe estranha aquela realização dum sonho havia muito acariciado, um sonho que lhe parecera inacessível. À clara luz da manhã dirigia seus olhares ora para o mapa, ora para a cidade, verificando cada pormenor. E a certeza da posse enchia-o ao mesmo tempo de emoção e de terror.

"Mas poderia ser de outro modo?" dizia a si mesmo. "Ei-la a meus pés, essa capital, aguardando sua sorte. Onde está agora Alexandre e o que pensa? Que estranha, que soberba e grandiosa cidade! Que estranho e solene minuto! E eles, a que luz devo aparecer-lhes?", perguntava a si mesmo, pensando em seus soldados. "Ei-la, a recompensa, para toda essa gente de pouca fé" (lançava então os olhos para os que o cercavam e para seu exército que avançava em

102. Sobre o Rio Moskva, a oeste da cidade.

boa ordem). "Uma só palavra minha, um só gesto de minha mão, e estará ela perdida, essa antiga cidade dos tzares. Mas minha clemência está sempre pronta a descer sobre os vencidos. Devo dar prova de magnanimidade e de verdadeira grandeza de alma... Não, não é possível que esteja eu em Moscou" — pensou de repente. — "E no entanto, ei-la diante de mim, com o ouro de suas cúpulas e suas cruzes de ouro onde brincam e tremem os raios do sol. Mas eu a pouparei. Imprimirei as grandes palavras de justiça e de clemência sobre esses monumentos da bárbarie e do despotismo. Sei que Alexandre apreciará isso acima de tudo". (Parecia a Napoleão que a principal significação dos acontecimentos em vias de cumprirem-se reduzia-se a um duelo entre ele e Alexandre). "Do alto do Kremlim, — porque é bem aquele lá o Kremlim! — dar-lhes-ei justas leis, mostrar-lhes-ei o que é a verdadeira civilização, forçarei gerações de boiardos a se recordarem com amor de seu vencedor. Direi à delegação deles que não queria, nem quero a guerra, que a fiz somente por causa da política mentireira de sua Corte; que amo e honro Alexandre e que estou pronto a aceitar em Moscou uma paz digna de mim e de meus povos. Não faço questão de aproveitar uma guerra feliz para rebaixar um soberano respeitado. Boiardos!, dir-lhes-ia, não quero a guerra, quero a paz e o bem-estar de todos os meus súditos. Sei, aliás, que a presença deles me inspirará e lhes falarei, como falo sempre: claramente, solenemente, com majestade. Mas, é bem verdade que estou em Moscou? Sim, é bem ela!"

— Que me tragam os boiardos — disse ele, voltando-se para sua comitiva.

Duas horas se passaram. Napoleão almoçou e retomou seu lugar no alto do Monte Poklonnaia, à espera da delegação. Seu discurso aos boiardos tomava nitidamente contorno na sua imaginação, todo transbordante de dignidade e de grandeza.

Aquele tom de magnanimidade que ele tomava e que devia subjugar Moscou, subjugava-o a ele próprio. Fixava mentalmente o dia da reunião no palácio dos tzares, onde se encontrariam os grandes senhores russos com os altos dignitários de sua corte. Nomeava de antemão o governador que iria valer-lhe a simpatia da população. Tendo sabido que Moscou possuía um grande número de estabelecimentos de beneficência, decidia que cada um desses estabelecimentos seria cumulado de suas larguezas. Pensava que se, na África, é preciso ir de albornoz à mesquita, em Moscou é preciso mostrar-se caridoso como os tzares. E para ganhar definitivamente o coração dos russos, decidia, como todo francês incapaz de se mostrar sensível, sem se lembrar de "minha querida", "minha terna", "minha pobre mãe", que mandaria gravar em grandes letras, em todos aqueles estabelecimentos: "Estabelecimento dedicado à minha querida Mãe". Não, simplesmente: "Casa de minha Mãe", disse a si mesmo. "Mas, é possível que esteja em Moscou? Sim, ei-la diante de mim; mas por que a delegação da cidade tarda tanto a aparecer?"

Durante esse tempo, nas derradeiras fileiras da comitiva do imperador, os generais e os marechais, preocupados, discutiam em voz baixa. Os que tinham ido buscar a delegação, haviam voltado com a notícia de que não havia ninguém em Moscou, que todos os habitantes haviam fugido. Os rostos estavam lívidos, consternados. Não se tinha medo porque Moscou fora abandonada pelos seus habitantes (malgrado a importância de tal acontecimento); tinha-se medo de anunciar a coisa ao imperador, e perguntavam uns aos outros de que maneira dar a notícia a Sua Majestade, sem colocá-lo nessa situação terrível que os franceses chamam "ridículo", de que ele esperara tanto tempo os boiardos para nada, de que Moscou não continha mais do que uma malta de bêbedos. Uns aconselhavam que se reunisse a qualquer preço uma delegação qualquer; outros repeliam essa ideia e asseguravam que era preciso preparar o imperador, com precaução e habilidade, para conhecer a verdade.

— De qualquer maneira será preciso dizer-lhe — afirmavam aqueles senhores da comitiva. — Mas, senhores...

A situação era tanto mais penosa quanto Napoleão, todo entregue a seus planos de grandeza alma, ia e vinha pacientemente diante de seu mapa estendido; sorria orgulhosamente, alegremen-, levando uma vez ou outra a mão em viseira diante dos olhos para olhar a estrada de Moscou.

— Mas é impossível... — repetiam os personagens da comitiva, erguendo os ombros, sem se decidir a pronunciar aquela palavra terrível que tinham nos lábios: o *ridículo*...

Entretanto, fatigado de sua vã espera, sentiu o imperador, com seu faro de comediante, que o minuto sublime se prolongava um pouco demais e começava a perder sua majestade; fez um gesto com a mão. Um tiro de canhão repercutiu logo para dar sinal às tropas que de todos os lados cercavam Moscou; imediatamente puseram-se elas em marcha para as barreiras de Tver, de Kaluga, de Dorogomilov. Acelerando o passo, passando uns na frente dos outros em sua marcha, infantes e cavalarianos avançaram numa nuvem de poeira, lançando clamores ressonantes.

Arrebatado pelo ardor de seus soldados, Napoleão alcançava com eles a barreira de Dorogomilov; mas ali, parou, apeou-se e passeou muito tempo pela muralha do Colégio da Câmara: esperava sempre a delegação.

20. Moscou, entretanto, estava vazia. Havia ainda lá alguns habitantes, cerca da quinta parte da população habitual, mas a cidade estava ainda vazia, como uma colmeia votada a morrer pela partida da rainha.

Com efeito, tal colmeia já está privada de vida, se bem que, para um olhar superficial, pareça a princípio tão animada quanto qualquer outra.

As abelhas voltejam em torno dela sob os quentes raios do sol, tão alegremente como em redor duma colmeia viva; sente-se ali de longe o cheiro do mel; veem-se as abelhas saírem. Mas basta observar, para se perceber que não há mais vida. Não é assim que as abelhas voltejam em redor da colmeia viva; não é o mesmo odor, não é o mesmo besoar. Se se dá um pirarote numa colmeia doente, em lugar da resposta instantânea e unânime de algumas dezenas de milhares de insetos em efervescência, que erguem um ferrão ameaçador e batem asas freneticamente, produzindo o rumor intenso da vida, a colmeia só responde com zumbidos isolados que ecoam em certas células vazias. Não se sente mais à entrada o odor habitual, o odor espirituoso, aromático do mel e do veneno, dela não saem mais os eflúvios tépidos dum lugar habitado; ao odor do mel se mistura o odor do vácuo e da podridão. A entrada não é mais defendida por guardas dispostas a sacrificarem-se, com o traseiro erguido à espera do combate. Não se ouve mais o rumor regular e suave do trabalho ativo, semelhante ao da água que ferve, mas os rumores irregulares, disparatados, da desordem. Moscas negras entram e saem; essas moscas tímidas e astutas, de corpo alongado, todas lambuzadas de mel, as saqueadoras da colmeia, não têm ferrão e fogem desde que as afugentam. Antes, só se viam as operárias chegando com sua carga e tornando a partir esvaziadas; agora tornam a partir as moscas com o fruto do seu saque. O apicultor abre a tampa de baixo e olha a parte inferior da colmeia. Em lugar do cacho habitual de escuras abelhas pendendo até da plataforma do fundo, suspensas pelas patas umas das outras, em ponto de secretar ativamente sua cera num zumbido ininterrupto, operárias esgotadas, entorpecidas, vagam dum lado para outro, dispersando-se pelo fundo e pelas paredes. Em lugar de um chão bem untado de própoles e varrido com cuidado a grandes golpes de asas, está juncado o fundo de migalhas de cera, de excrementos, de abelhas semimortas que agitam ainda fracamente suas patas e de cadáveres de abelhas não-retiradas.

O apicultor abre em seguida a tampa do alto e olha a cabeça da colmeia. Em lugar de favos bem-calafetados para manter aquecidos os ovos, em lugar de filas cerradas de abelhas, vê sempre a artística e ordenada arquitetura dos favos, mas não tem mais aquele aspecto virginal que tinha outrora. Tudo está abandonado e sujo. As moscas negras, saqueadoras da colmeia, se imiscuíram, ligeiras e sutis, entre as operárias; e estas, flácidas, ressequidas, fracas, indolentes, vagam aqui e ali como pobres velhas, sem se opor à pilhagem, sem se interessar por coisa alguma, sem gosto de viver. Zangãos, moscardos, borboletas chocam-se, velejando, de encontro às paredes. Algures, entre os favos guarnecidos de ovos mortos e de mel, ouve-se, a intervalos, um zumbido irritado. Alhures, duas abelhas, retomadas pelo instinto e pelo hábito, querem limpar seu ninho, e aplicam-se com todas as suas forças em arrastar para fora o cadáver duma operária ou dum zangão, sem se darem conta do que fazem. Alhures ainda, duas velhas abelhas se batem molemente, ou se asseiam, ou se nutrem uma à outra, sem saber se sua atividade é amiga ou hostil. Num outro canto, um enxame de abelhas, esmagando-se umas às outras, encarniçam-se sobre uma vítima, batem-lhe e sufocam-na. E a vítima assassinada tomba lentamente, leve como um floco, sobre o monte de cadáveres. O apicultor afasta os dois favos do centro da colmeia para ver o ninho. Em lugar de milhares de abelhas postas costas contra costas, num círculo negro e denso, colocadas ali para vigiar o grande mistério da eclosão, vê apenas algumas centenas de insetos tristes, entorpecidos, semimortos. As abelhas estão quase todas mortas, ignorando que o tesouro que guardavam já não existia mais. Exalam um fétido de podridão. Somente algumas se mexem, voam sem força e abatem-se sobre a mão do apicultor, demasiado fracas para perder a vida, picando-o; todas as outras, já mortas, caem sobre o fundo como escamas de peixe. O apicultor torna a fechar a tampa, marca a colmeia com giz e escolhe seu momento para retirar o enxame e queimá-lo.

Era assim que Moscou se encontrava vazia, enquanto que Napoleão, fatigado, inquieto, de cenho franzido, ia e vinha pela muralha do Colégio da Câmara, aguardando a delegação, cerimonial de polidez todo exterior, mas na sua opinião indispensável.

Nos diversos quarteirões da cidade, algumas pessoas iam e vinham, incapazes duma determinação, movidas por velhos hábitos e não compreendendo o que faziam.

Quando foram dizer a Napoleão, com as precauções de rigor, que Moscou estava vazia, fitou com olhar furioso o portador dessa notícia, depois voltando-se, retomou seu passeio silencioso.

— Mandem avançar meu carro — acabou por dizer.

Subiu nele, acompanhado do ajudante-de-campo de serviço e penetrou no subúrbio. “Moscou deserta! Que acontecimento inverossímil!”, repetia a si mesmo.

Não entrou na cidade e deteve-se numa hospedaria do subúrbio de Dorogomilov.

O golpe de teatro falhara.

21. Nossas tropas haviam atravessado Moscou das duas horas da manhã às duas horas da tarde, arrastando atrás de si os retardatários e os feridos.

Enquanto durou a marcha do exército, a maior acumulação de gente se produziu nas pontes de Pedro, do Moskva e do Iauza.

Enquanto as tropas se desdobravam em torno do Kremlim, se aglomeravam sobre as pontes do Moskva e de Pedro, uma quantidade considerável de soldados, aproveitando a parada e a confusão, arrepiava caminho; entremetiam-se as ocultas e em silêncio ao longo da basílica do Bem-aventurado Basílio e, pela porta Borovitski, tornavam a subir para a Praça Vermelha; seu faro os conduzia para ali; diziam a si mesmos que, daquele lado, seria mais fácil pilhar. Essa multidão invadia o Gostinyi Dvor por todas as passagens, como nos dias de venda de liquidação; mas as vozes insinuantes e amáveis dos comerciantes e mascates não repercutiam mais; a massa variegada das compradoras habituais dera lugar a soldados de uniformes ou de capotes, sem armas; entravam nas Galerias, de mãos vazias e delas tornavam a sair em silêncio, carregados de saque. Comerciantes e caixeiros enlouquecidos (em número reduzido), circulavam entre aqueles soldados, abriam e fechavam suas lojas; procuravam, ajudados por carregadores, pôr suas mercadorias ao abrigo. Na Praça do Gostinyi Dvor, os tambores começaram a tocar a chamada. Mas o barulho do tambor, em lugar de reunir os soldados saqueadores, levava-os a se afastarem cada vez mais. Entre os militares que invadiam as lojas e as passagens apareceram em breve indivíduos de capote cinzento, de cabeça raspada. Dois oficiais, trazendo uma tipoia sobre seu uniforme, montado um num magro garrano dum cinzento escuro, e o outro trazendo um capote e a pé, estavam parados na esquina do Ilinka e conversavam entre si. Um terceiro oficial juntou-se a eles a galope.

— O general deu ordem de dispersá-los todos, custe o que custar, imediatamente. Isto não tem nome! A metade do exército está debandada.

— Aonde vais tu então? E vocês aí? — gritou ele a três soldados de infantaria que, sem armas, com as abas do capote levantadas, se intrometiam à sua vista pelas Galerias. — Parem, canalhas!

— Tente detê-los! — replicou o primeiro oficial. — Não há meio de mantê-los! É preciso apressar o passo para que aqueles que restam fiquem na fileira, eis tudo!

— Como avançar? Fez-se alto lá embaixo; estão amontoados na ponte e não podem mais avançar. Será preciso pôr uma corrente para impedir que as derradeiras fileiras debandem?

— Sim, corra lá embaixo. Persiga a todos! — gritou o oficial superior.

O que trazia tipoia apeou-se, chamou um tambor e entrou com ele sob as arcadas. Alguns soldados desapareceram imediatamente. Um negociante de bochechas vermelhas e cobertas de espinhas em torno do nariz, com uma expressão imperturbável de cálculo no rosto gorducho, aproximou-se às pressas do oficial agitando os braços com afetação.

— Vossa Nobreza tenha a bondade de conceder-me sua proteção — disse ele. — Não somos mesquinhos; estamos a seu dispor; se desejar pano, trago-lhe imediatamente; pelo menos duas peças para um homem honesto, estão a seu serviço, porque compreendemos bem as coisas, mas isto, que é? Roubo! Tenha piedade de nós! Queira mandar pôr uma guarda, para que possamos pelo menos fechar nossas lojas.

Vários comerciantes cercaram o oficial.

— Ora! Tu tagarelas para não dizer nada — disse um deles, um magro, de rosto severo. — Quando se corta a cabeça da gente, não se chora por causa dos cabelos. Sirva-se à sua vontade, leve o que quiser. — Fez com a mão um gesto enérgico, voltando-se, à metade, do lado do oficial.

— Tu, Ivã Fidoritch, falas à tua vontade — disse o primeiro comerciante, furioso. — Venha, rogo-lhe, Vossa Nobreza.

— Como, falo à minha vontade? — exclamou o comerciante magro. — Tenho nas minhas três lojas uns cem mil rublos de mercadorias. Como hei de guardá-las, quando o exército se vai? Conhece-se como é o povo! "Contra a potência de Deus, a mão nada pode!"[103]

— Rogo-lhe, Vossa Nobreza — repetia o primeiro comerciante com vários salamaleques.

O oficial hesitava e todo o seu rosto refletia sua irresolução.

— Ora, afinal, bem me importa! — gritou ele de repente, entrando a grandes passadas sob as Galerias.

Batiam-se, injuriavam-se numa loja aberta; no momento em que o oficial se aproximou, um homem de capote cinzento e de cabeça raspada, que acabavam de expulsar dali com violência, vinha saindo.

Aquele homem dobrou-se em dois e deslizou entre o comerciante e o oficial. O oficial atirou-se contra os soldados que se mantinham dentro da loja. Mas nesse momento gritos espantosos lançados por uma multidão enorme repercutiam na ponte do Moskva. E o oficial voltou às carreiras para a praça.

— Que é que há? Que é que se passa? — perguntou ele a seu camarada; mas este corria já para o lado dos gritos, ao longo da basílica do Bem-aventurado Basílio.

O oficial tornou a montar a cavalo e seguiu-o. Quando atingiu a ponte, viu dois canhões arrancados de suas carretas, infantes em marcha, carretas reviradas, rostos espantados e soldados rindo às gargalhadas. Junto dos canhões estacionava uma carreta puxada por dois cavalos. Atrás da carreta haviam amarrado, apertados um contra o outro, quatro lebreus. Uma montanha de objetos estava empilhada sobre aquele veículo e empoleirada no alto, uma mulher sentada ao lado duma cadeira de criança de pernas para cima, lançava gritos desgarradores. Os camaradas do oficial contaram- lhe que todos aqueles gritos eram causados por uma ordem dada pelo Gene

103. Provérbio.

ral Ermolov. Sabendo que os soldados invadiam as lojas e que os habitantes se aglomeravam perto da ponte, mandara retirar as peças de suas carretas e tomara medidas para varrer a ponte com uma descarga. Então a multidão, derrubando os veículos, empurrando-se, esmagando-se, berrando, havia desobstruído a ponte e o exército retomara sua marcha para diante.

22. Entretanto, no centro da cidade, tudo estava deserto. Não havia quase ninguém nas ruas. Os portões e as vendas estavam fechados. Aqui e ali, em torno das tabernas, ouviam-se alguns gritos isolados e cantos de ébrios. Nenhum veículo, raramente o passo dum pedestre; na Povarskaia, perfeitamente vazia e silenciosa, o vasto pátio da residência dos Rostov estava juncado de restos de feno e de excrementos, mas não se via uma pessoa sequer. Naquela casa onde todas as riquezas haviam ficado, só havia duas pessoas instaladas no grande salão. Eram o porteiro Inácio e o pequeno lacaio Michka, neto de Vassilitch, que ficou em Moscou com seu avô. Michka abrira o cravo e tocava com um dedo só. O porteiro, de mãos nos quadris, mantinha-se plantado diante dum grande espelho e sorria jovialmente.

— Estás vendo, sei tocar! Hem? Tio Inácio — exclamou Michka que se pôs de repente a bater com as mãos nas teclas.

— Acredito! — respondeu Inácio, maravilhado por ver no seu rosto, no espelho, um sorriso cada vez mais desabrochado.

— Fora! Vocês não têm vergonha! Na verdade, deviam envergonhar-se! — disse atrás deles Mavra Kuzminitchna, que entrara à sorrelfa: — E esse saco de banhas que se escancara em risada. Eis para o que vocês prestam! Quando se precisa pôr tudo em ordem e Vassilitch não se aguenta mais em pé! Esperem um pouco!

Deixando de rir, e baixando humildemente os olhos, Inácio arranjou seu cinto e saiu da sala.

— Tiazinha, eu tocarei mais baixinho — disse o menino.

— Vou dar-te o baixinho! Seu sem-vergonha! — gritou Mavra Kuzminitchna, erguendo uma mão ameaçadora contra ele. — Vai preparar o samovar.

Mavra Kuzminitchna limpou a poeira, fechou o cravo e, saindo do salão, com um profundo suspiro, fechou a porta à chave.

Uma vez no pátio, Mavra Kuzminitchna ficou pensativa: aonde devia ir agora? Tomar o chá com Vassilitch no pavilhão, ou então pôr no lugar, no quarto de depósito, o que ainda não fora arrumado?

Passos repercutiram no silêncio da rua e pararam diante da portinhola do pátio; o ferrolho tilintou ao esforço duma mão que procurava abrir.

Mavra Kuzminitchna aproximou-se da porta.

— A quem procurais?

— O conde, o Conde Ilia Andreievitch Rostov.

— E vós, quem sois?

— Sou um oficial. Tenho necessidade de vê-lo — respondeu a agradável voz dum russo.

Mavra Kuzminitchna abriu a porta. E um jovem oficial, de cerca de dezoito anos, com um rosto redondo cujas feições lembravam as da família Rostov, entrou no pátio.

— Todos partiram, meu caro senhor. Os amos partiram ontem de noite — disse Mavra Kuzminitchna, num tom amável.

O rapaz, de pé à porta, estalou a língua, hesitando se devia entrar ou não.

— Ah! que maçada! — exclamou ele. — Deveria ter vindo ontem... Ah! que pena...

Mavra Kuzminitchna, entretanto, observava com benevolente atenção aquele moço cujo rosto lhe lembrava os traços familiares dos Rostov; seu capote estava esfarrapado e suas botas cambadas.

— Para que fim queríeis ver o conde? — perguntou ela.

— É tarde demais... nada há a fazer! — disse o jovem oficial, com respeito, aproximando-se da porta, prestes a transpô-la.

Mas deteve-se ainda, indeciso.

— É que sou parente do conde — disse ele bruscamente, — e ele sempre se mostrou muito bom para mim. E como vedes (olhou com um sorriso jovial seu capote e suas botas), usei tudo isso até o fio, e não tenho um soldo sequer; então queria pedir ao conde...

Mavra Kuzminitchna não o deixou acabar.

— Esperai um minutinho, meu bom senhor, um minutinho só — disse ela.

Assim que o jovem oficial largou o puxador da porta, Mavra Kuzminitchna deu meia volta e com seu passo vivo de velha seguiu para o pátio de trás, onde se situava o seu alojamento.

Enquanto Mavra Kuzminitchna corria para seu aposento, o oficial, de cabeça baixa, olhando suas botas furadas, andava acima e abaixo pelo pátio, sorrindo levemente. "Que pena não ter encontrado meu tio! Mas que boa velha! Aonde foi ela? Gostaria bem de saber que ruas tomar agora para alcançar meu regimento, que deve estar próximo da Rogojskaia"[104], dizia a si mesmo. Mavra Kuzminitchna reapareceu à esquina do pátio, de rosto espantado, mas decidida, trazendo na mão um lenço de quadrados amarrado. A alguns passos do jovem oficial, desatou o nó do lenço, tirou dele uma cédula de vinte e cinco rublos e entregou-a imediatamente ao jovem oficial.

— Se Sua Excelência estivesse aqui, era certo que, a um seu parente... então talvez, posso... agora...

Mavra Kuzminitchna, toda confusa, não sabia o que dizer. Mas o rapaz, sem protesto, sem pressa, tomou a cédula e agradeceu à velha.

— Se o conde estivesse aqui... — repetia ela para desculpar-se. — Que Deus vos guarde, meu bom senhor. Que Ele vos proteja — disse ela, inclinando-se e acompanhando-o até a porta.

Como se zombasse de si mesmo, o rapaz sorriu, abanou a cabeça, e lançou-se quase a trote pelas ruas vazias para alcançar seu regimento na ponte do Iauza.

Mavra Kuzminitchna ficou muito tempo diante da porta fechada, com os olhos cheios de lágrimas, a abanar pensativamente a cabeça, tomada repentinamente dum impulso de compaixão e de ternura maternal pelo jovem oficial desconhecido.

23

. Numa casa semi-construída da Varvarka[105], cujo andar térreo era ocupado por um botequim, repercutiam gritos e canções de ébrios. Uma dúzia de operários ocupava os bancos em redor duma mesa, numa saleta suja. Embriagados, suados, de olhos turvos, abrindo largas bocas, cantavam. Cantavam desatinadamente, não por vontade de cantar, mas para mostrar que estavam bêbedos e pandegavam. O único que estava de pé era um rapagão louro de casacão azul. Seu rosto de nariz afilado e reto teria podido ser bonito não fossem seus lábios cerrados, careteantes, suas sobrancelhas fechadas, seus olhos turvos e fixos. Dominava os cantores, dando-se visivelmente ares de importância, balançando, acima das cabeças, num gesto solene e desajeitado, seu braço cuja manga arregaçara até o cotovelo, e seus dedos sujos que mantinha separados o mais possível. A manga de seu casacão recaía sem cessar e o rapagão sem cessar a tornava a arregaçar com a mão esquerda, como se fosse duma importância capital que aquele braço branco e cheio de veias estivesse nu. Em meio da canção, repercutiu na entrada o barulho duma rixa. O rapagão fez um gesto.

— Basta — gritou ele, em tom de comando. — Uma briga, camaradas! — E sem rebaixar sua manga, precipitou-se para o patamar.

Os operários correram atrás dele. Os operários vindos naquela manhã ao botequim tinham, sob a direção do rapagão, trazido ao proprietário couros da fábrica para com eles pagar a bebida Por causa da algazarra que faziam, ferreiros duma forja vizinha tinham pensado que o botequim estava sendo saqueado e queriam penetrar nele à força.

104. Barreira a leste de Moscou.

105. Rua de Santa Bárbara.

E começava-se a trocar golpes no patamar. O botequineiro, que defendia sua porta, estava às voltas com um ferreiro; no momento em que os operários se mostraram, o ferreiro, escapando das mãos do botequineiro, foi bater de cabeça sobre o calçamento.

Um de seus companheiros atirou-se para a porta e atracou-se corpo a corpo com o botequineiro.

O rapaz de manga arregaçada, que chegava em socorro, assestou um murro em plena cara dum ferreiro prestes a entrar e berrou:

— Camaradas! Estão batendo nos nossos!

Nesse momento, o primeiro ferreiro se levantou e, passando os dedos pela cara ensanguentada, gritou em voz lamentosa:

— Socorro! Assassinos! Estão-nos matando! Socorro, camaradas!

— Oh! meu Deus! mataram um homem a pancadas! — ganiu uma mulher que saía da casa vizinha.

A multidão se aglomerou em torno do ferreiro de cara coberta de sangue.

— Não te basta saquear os pobres e tirar-lhes até a derradeira camisa — disse uma voz dirigindo-se ao botequineiro. — Precisas também arrancar-lhes a pele agora? Bandido!

O latagão, de pé sobre o patamar, fitava os olhos turvos, ora no dono do botequim, ora no ferreiro, como para decidir com qual dos dois devia atracar-se.

— Assassino! — gritou ele de repente para o botequineiro. — Amarrem-no, camaradas!

— O que? Amarrar a mim? — gritou o dono do botequim, repelindo aqueles que se tinham lançado sobre ele, e, tirando bruscamente seu boné da cabeça, atirou-o no chão. Como se aquele gesto tivesse tido uma significação misteriosa e ameaçadora, os operários largaram o botequineiro e se detiveram, hesitantes.

— Eu, eu conheço a lei; conheço-a a fundo. Irei ao comissariado. Ah! pensas que não irei? Neste momento ninguém tem o direito de bancar de bandido! — gritou o botequineiro, apanhando seu boné.

— Vamos lá, se queres! Vamos lá... se queres — repetiram, um após outro o botequineiro e o latagão, que partiram juntos pela rua afora.

O ferreiro de cara ensanguentada seguiu-os. Os operários e os curiosos os acompanharam, discutindo e gritando.

Na esquina da Marosseika, diante dum grande edifício de postigos fechados, sobre o qual se via uma tabuleta de sapataria, uns vinte operários sapateiros estavam estacionados; todos eram magros, esgalgados, com casacões e capas esfarrapados.

— Que ele nos pague direito! — dizia um operário emaciado, de barba rala e sobrancelhas intonsas. — Sugou-nos o sangue e acredita-se quite. Engabelou-nos, passou a semana toda a engabelar-nos. E agora que estamos no aperto, pirou-se.

À vista da aglomeração e do homem ferido, o operário sapateiro calou-se; tomado duma curiosidade indomável, ele e seus companheiros se juntaram à multidão em marcha.

— Aonde vai toda essa gente?

— Vai, está-se vendo, à polícia.

— Diga-me uma coisa, é verdade que os nossos estão por baixo?

Perguntas e respostas se cruzaram. O botequineiro, aproveitando da excitação geral, insinuou-se fora da multidão e voltou ao seu botequim.

O latagão, que não notara a desaparição de seu inimigo, gesticulava com seu braço nu, sem cessar de perorar e atraía assim a atenção geral. Era sobretudo ele que os curiosos cercavam, na esperança de obter uma resposta às questões que preocupavam toda gente.

— Que nos deem ordens, que se faça a lei, isto é negócio das autoridades! Não é verdade, minha gente? — disse o rapagão, com um imperceptível sorriso. — Acredita-se que não haja autoridade? Será que podemos passar sem ela? Sem ela, tudo será saqueado.

— Que pilhéria! — ouvia-se na multidão. — Então, deixar-se-ia, assim, sem mais? Disseram-se para zombar de ti e tu o acreditaste. Não são os soldados que faltam. E haveriam de deixá-lo entrar? Há um comando para impedir isso. Escuta pois o que está ele vomitando — dizia-se, apontando-se para o latagão.

Diante do muro de Kitai-Gorod um grupinho de pessoas cercava um homem que trazia um pesado capote de lã frisada e um papel na mão.

— Um aviso, estão lendo um aviso! Um aviso! — repetia-se na multidão, que se dirigiu logo a cercar o arauto público.

O homem do capote lia o boletim de 31 de agosto. Quando se viu cercado, pareceu a princípio ficar intimidado, mas a pedido do latagão que se havia insinuado até a primeira fila, retomou a leitura desde o começo, com voz ligeiramente trêmula.

"Amanhã, de manhã cedo, irei encontrar o príncipe sereníssimo" (Sereníssimo! — repetiu o latagão, pomposamente, com um largo sorriso, franzindo as sobrancelhas), "a fim de combinar com ele, agir e ajudar nosso exército a aniquilar o inimigo. É preciso tirar-lhes o gosto de comer..." — continuou o arauto público; depois parou.

— Hem! Estão ouvindo? — gritou triunfalmente o rapagão — vai ser uma limpeza geral!

"Nós exterminaremos esses visitantes e os mandaremos para o diabo! Voltarei amanhã aqui para jantar e nos poremos à obra juntos; é começar e logo acabar e não se falará mais de todos esses bandidos."

As derradeiras palavras caíram em meio do silêncio geral. O rapagão baixava a cabeça com ar acabrunhado. Evidentemente, ninguém havia compreendido aquele fim. Eram sobretudo as palavras "Voltarei amanhã aqui para jantar" que constrangiam visivelmente, tanto o arauto como seus ouvintes. A compreensão pública tinha necessidade de grandes frases e aquela lhes parecia demasiado simples e banal; era o que qualquer deles teria podido dizer naqueles mesmos termos e por consequência era o que não devia dizer um edital emanado do alto poder.

Todos mantinham um silêncio sombrio. O rapagão mexia os lábios e se balançava num e noutro pé.

— Se fôssemos perguntar-lhe?... Ah! ei-lo!... Mas como?... E por que não?... Ele nos dirá... — exclamaram algumas vozes nas derradeiras filas da multidão, enquanto a atenção geral se transportava para a carruagem do chefe de polícia que chegava à praça, acompanhada por dois dragões a cavalo.

O chefe de polícia fora, aquela manhã, por ordem de Rostoptchin, pôr fogo em barracas e ganhara com isso grande soma de dinheiro que trazia consigo; vendo a multidão ir-lhe ao encontro, deu ordem ao cocheiro para parar.

— Que quereis? — gritou às pessoas que, uma a uma, se aproximavam timidamente de sua carruagem.

— Que quer essa multidão? Vamos, falai — repetiu, vendo que não recebia resposta alguma.

— Excelência — disse o arauto público, — eles querem, de acordo com a proclamação, não poupar suas vidas, querem servir e não se revoltar como dá a entender o senhor conde...

— O conde não partiu; está aqui, dar-vos-á suas instruções — gritou o chefe de polícia. — A caminho! — disse ao cocheiro.

A multidão se aglomerou em torno daqueles que haviam ouvido as palavras proferidas pela autoridade, enquanto via a carruagem se afastar.

Tendo-se voltado para ver o agrupamento, o chefe de polícia ficou amedrontado e disse alguma coisa ao cocheiro que acelerou o galope dos cavalos.

— Estão-nos enganando, camaradas! Vamos ter com o próprio governador! — berrou o latagão. — Não o deixemos escapar, minha gente! Que ele nos preste contas! Detenhamo-lo! — gritaram várias vozes, e a multidão se precipitou atrás da carruagem.

Seguindo o chefe de polícia a multidão se dirigiu, com grande algazarra, para a Lubianka.

— Os senhores e os comerciantes fugiram uns após outros, e nós, por causa disso, estamos perdidos. Contudo, não somos cachorros — repetia-se na multidão.

24. Na noite de 1º de setembro, depois de sua entrevista com Kutuzov, o Conde Rostoptchin, amargamente ferido pelo fato de não o haverem convidado para o conselho de guerra, e de não ter Kutuzov prestado a mínima atenção à sua proposta de tomar parte na defesa da capital, ficava também estupefato diante da nova opinião que acabava de descobrir no campo, segundo a qual a tranquilidade da cidade e seu sentimento patriótico eram não somente secundários, mas completamente inúteis e sem valor, e tratou de regressar a Moscou. Depois de jantar, estirou-se todo vestido em cima dum canapé; a uma hora da manhã, foi despertado por um correio de Kutuzov que lhe pedia tomasse medidas no sentido de enviar policiais para escoltarem através da cidade as tropas que batiam em retirada sobre a estrada de Riazan. Não era aquilo novidade para Rostoptchin. Sabia que Moscou ia ser abandonada, não só desde sua entrevista com Kutuzov no Monte Poklonnaia, mas desde a Batalha de Borodino, quando os generais, de volta a Moscou, tinham declarado unanimemente que qualquer nova batalha era impossível, e desde que, noite após noite, mandava pôr em lugar seguro os bens da coroa, e que mais da metade dos habitantes partiam, uns após outros. E no entanto aquela notícia que lhe chegava sob a forma dum simples envelope contendo a ordem de Kutuzov, recebida de noite, no primeiro sono, surpreendeu-o e irritou-o.

Mais tarde, para explicar seus atos durante aquele período, o Conde Rostoptchin repetiu várias vezes nas suas memórias que tinha então em vista duas coisas importantes: *manter a tranquilidade em Moscou e fazer saírem dela os habitantes.* Se se admite esse duplo fim, toda a conduta de Rostoptchin torna-se irreprochável. Mas por que então não foram evacuados os tesouros das igrejas moscovitas, as armas, os cartuchos, a pólvora, as reservas de trigo; por que foram enganadas e por consequência arruinadas milhares de pessoas, afirmando-se-lhes que Moscou não seria abandonada?

— "Para assegurar a tranquilidade da cidade", responde o Conde Rostoptchin. Mas por que evacuaram-se toneladas de papéis administrativos, o balão de Leppich e tantas outras coisas inúteis?

— A fim de deixar a cidade vazia — responde o Conde Rostoptchin. Basta admitir que uma ameaça pese sobre a tranquilidade pública para que não importa qual ato seja justificado.

Todas as abominações do Terror não tinham também elas como fim assegurar a tranquilidade pública?

Sobre que, pois, se fundamentavam os temores do Conde Rostoptchin, a respeito da tranquilidade de Moscou em 1812? Que razão tinha ele de supor na cidade tendências sediciosas? Seus habitantes a deixavam; o exército, em retirada, a enchia. Por que desde então deveria o povo sublevar-se?

Nem em Moscou, nem em nenhuma parte da Rússia, nada houve de semelhante. A primeiro e a dois de setembro, havia ainda em Moscou mais de dez mil pessoas e exceto a aglomeração que se formou no pátio do palácio do governador, e que ele próprio havia provocado, nenhum incidente ocorreu. É claro que se teria ainda menos a temer uma sublevação popular se, após Borodino, quando o abandono de Moscou se tornou inevitável, ou pelo menos provável, em lugar de inquietar a população com distribuições de armas e de boletins, tivesse Rostoptchin tomado as medidas indispensáveis para evacuar os tesouros das igrejas, a pólvora, as munições e o dinheiro, e anunciado francamente o abandono da cidade.

Rostoptchin, que era um homem de gênio arrebatado e sanguíneo, sempre vivera nas altas esferas da administração; malgrado seu ardente patriotismo, não tinha a menor ideia do povo que pretendia governar. Desde a entrada dos inimigos em Smolensk, atribuíra-se Rostoptchin, na sua imaginação, o papel de diretor de consciência do povo russo, do "coração da Rússia". Acreditava (como todo administrador), não somente estar à testa das manifestações exteriores dos habitantes de Moscou, mas ainda dirigir seus sentimentos, graças a seus apelos e a seus boletins nos quais se servia da linguagem da plebe, linguagem que o povo detesta e não compreende, quando emana da autoridade. Esse belo papel de guia do sentimento popular arrebatava Rostoptchin a tal ponto, adaptara-se tão bem a ele, que a necessidade de o largar, pelo abandono obrigatório de Moscou, sem nenhum ato de heroísmo, apanhava-o desprevenido; parecia-lhe que o terreno lhe fugia debaixo dos pés e não sabia mais o que fazer. Não adiantava saber o estado das coisas; recusou-se de toda a sua alma, até no derradeiro minuto, em crer no abandono de Moscou. Os habitantes partiram contra sua vontade. Se foram evacuados as repartições e os ministérios, tal só se deu por pedido dos funcionários e só deu autorização a contragosto. Só se preocupava com o papel que atribuíra a si próprio. Como acontece muitas vezes com as pessoas de imaginação, sabia desde muito tempo que Moscou estava perdida, mas só o sabia por meio de raciocínio: com toda a sua alma recusava acreditar nisso e transportar-se em imaginação a essa situação nova.

Toda a sua atividade apaixonada e enérgica (qual foi sua utilidade e que repercussão teve sobre o povo, é outra questão), toda a sua atividade tendia para a necessidade de despertar entre os habitantes o sentimento que ele próprio experimentava, o ódio patriótico ao francês e a confiança em si mesmo.

Mas quando os acontecimentos tomaram suas verdadeiras proporções históricas, quando pareceu insuficiente manifestar em palavras somente o ódio aos franceses; quando foi mesmo impossível manifestá-lo por uma batalha; quando a confiança em si se revelou inoperante no que se referia à questão de Moscou; quando toda a população, abandonando seus bens, escoou-se de Moscou como uma torrente e mostrou, com esse ato cego, toda a força de seu sentimento nacional, então o papel assumido pelo Conde Rostoptchin se revelou vazio de sentido. Rostoptchin sentiu a terra faltar-lhe sob os pés e se viu de repente só, fraco e ridículo.

Quando leu o bilhete seco e imperativo de Kutuzov, Rostoptchin, despertado em sobressalto, ficou tanto mais furioso quanto sentia em maior grau a sua culpabilidade. Tudo quanto lhe fora confiado expressamente, todos os bens do Estado que deveria ter feito retirar permaneciam em Moscou e a retirada dos mesmos se tornava impossível.

"Quem é, pois, o culpado? Quem acarretou esse estado de coisas? Não eu, bem decerto. Eu tinha tudo preparado, tinha Moscou nas mãos! E como! E eis a que ponto se chegou! Crápulas! Traidores!" pensava ele sem precisar a si mesmo quais eram esses crápulas e esses traidores, mas levado pela necessidade de odiar a essas criaturas que o tinham posto na situação falsa e ridícula em que se encontrava.

Durante toda a noite, Rostoptchin deu as ordens que de todos os pontos de Moscou lhe vinham pedir. Seus familiares jamais o tinham visto tão sombrio e tão irritado.

— Excelência, vieram pedir ordens de parte do Diretor dos Apanágios... da parte do Consistório, do Senado, da Universidade, do Orfanato, do Vigário-Geral... Que ordens dais aos bombeiros? Ao diretor da prisão, ao diretor do asilo? — perguntavam-lhe a noite inteira sem parar.

Dava a todas essas perguntas respostas breves e coléricas que queriam mostrar que suas ordens não tinham mais importância, agora que sua obra, tão cuidadosamente preparada, fora destruída por outrem; esse alguém suportaria a inteira responsabilidade dos acontecimentos em curso.

— Vai dizer a esse idiota que monte guarda diante de sua papelada — respondeu Rostoptchin ao enviado do departamento dos Apanágios. — E que absurda pergunta é essa a respeito do corpo de bombeiros? Têm cavalos. Que partam para Vladimir[106]. Não é preciso deixá-los para os franceses.

— Excelência, o encarregado da casa dos loucos está aí, que é preciso responder-lhe?

— Que é preciso responder-lhe? Que se vão todos embora, eis tudo... Quanto aos loucos, larguem-nos na cidade! Já que entre nós agora os loucos comandam os exércitos, seja o que Deus quiser.

Quando lhe falaram dos prisioneiros a ferros, no fundo das masmorras, exasperado, o conde gritou para o diretor da prisão:

— Mas que queres? Que te forneça dois batalhões para comboiá-los? Não os tenho. Solta-os, pronto!

106. Cerca de 300 km de Moscou.

— Excelência, e os prisioneiros políticos? Miechkov, Verechtchaguin?

— Verechtchaguin? Ainda não o enforcaram? Tragam-no aqui!

25. Pelas nove horas da manhã, as tropas estavam em ponto de atravessar Moscou e ninguém veio procurar ordens. Todos os que tinham podido partir haviam partido por seus próprios meios; e os que ficavam, decidiam por si mesmos o que deviam fazer.

Tendo o conde dado ordem de lhe prepararem uma carruagem para ir a Sokolniki, esperava em seu gabinete, sombrio, bilioso, taciturno, de braços cruzados.

Em tempos de paz, cada administrador crê que é graças a seu impulso que marcha toda a população confiada a seus cuidados; e encontra na certeza de ser indispensável a principal recompensa de seu trabalho e de seu esforço. Enquanto dura a bonança no oceano da História, esse piloto-administrador, trepado no seu frágil esquife, apoia-se com o croque ao navio do Estado para ele próprio avançar. Esse piloto pode crer, concebe-se, que faz avançar, com suas próprias forças o navio sobre o qual se apoia. Mas se a tempestade se eleva, se o mar se torna encrespado, se o navio é arrebatado, essa ilusão se verifica impossível. O navio prossegue sozinho sua marcha imponente, independente; e o piloto do esquife descobre que não é ele o chefe, fonte de toda a força, mas um pobre homem inútil, fraco e nulo.

É o que experimentava Rostoptchin e o que o exasperava.

O chefe de polícia, aquele mesmo que a multidão havia detido, entrou em casa do conde no momento em que seu ajudante-de-campo vinha anunciar-lhe que os cavalos estavam prontos. Ambos estavam pálidos, e o chefe de polícia, depois de ter anunciado que havia cumprido sua missão, declarou que o pátio estava invadido por uma multidão enorme, que desejava ver Sua Excelência.

Sem proferir uma palavra, Rostoptchin atravessou a passo rápido seu salão, peça clara e suntuosa, aproximou-se da porta do balcão, pegou a maçaneta, abandonou-a e chegou-se a uma janela donde se avistava toda a multidão. O latagão se mantinha na primeira fila, de rosto severo, gesticulando e prosseguindo seus discursos. O ferreiro de rosto ensanguentado conservava-se ao lado dele, com ar sombrio. O rumor das vozes fazia-se ouvir através das janelas fechadas.

— A carruagem está pronta? — perguntou Rostoptchin, deixando a janela.

— Está pronta, Excelência — disse o ajudante-de-campo. Rostoptchin aproximou-se de novo do balcão.

— Mas que querem eles afinal? — informou-se, voltando-se para o chefe de polícia.

— Excelência, gritam que se reuniram para marchar contra os franceses, de acordo com vossas ordens e que os traíram. Não passa de um bando de amotinadores, Excelência. A muito custo consegui safar-me deles. Excelência, se ousasse propor...

— Queira retirar-se, sei o que fazer sem precisar do senhor — urrou Rostoptchin, furioso.

Pôs-se a contemplar a multidão, da porta do balcão. "Eis o que fizeram da Rússia! Eis como me tratam!" pensava; enquanto um furor insensato fervia nele contra aquele alguém a quem se podia imputar tudo quanto sobreviera. Como acontece muitas vezes às pessoas arrebatadas, a cólera invadia-o já, mas procurava-lhe ainda o objeto. "Ei-la, a populaça, a grita do povo, a plebe que eles sublevaram com sua tolice", dizia a si mesmo sem desfitar os olhos da multidão; e enquanto via o rapagão gesticulando, acrescentou: "Eles precisam de uma vítima". Essa ideia lhe vinha subitamente porque tinha ele necessidade dessa vítima para que sua cólera tivesse um objetivo.

— A carruagem está pronta? — tornou a perguntar.

— Sim, Excelência. Que ordens dais para Verechtchaguin? Ele está esperando perto do patamar — disse o ajudante-de-campo.

— Ah! — berrou Rostoptchin, como que ferido por uma lembrança subitânea.

E abrindo bruscamente a porta, avançou a passo resoluto para o balcão. As vozes se calaram, bonés e gorros foram tirados, e todos os olhares se ergueram para Rostoptchin.

— Bom dia, minha gente! — exclamou redondamente e muito alto. — Obrigado por terdes vindo. Vou imediatamente descer até aí no meio de vós, mas é preciso primeiro que regule contas com o bandido. Devemos punir o bandido que é causa da perda de Moscou. Esperai-me!

O conde desapareceu no interior de seus aposentos com a mesma rapidez com que se mostrara; a porta do balcão bateu com violência.

Um murmúrio de satisfação correu na multidão. "Estão vendo, ele vai livrar-nos dos bandidos! E tu que dizias que era um francês... ele vai fazer-te ver o que é a ordem!" exclamava-se, como que a se acusarem mutuamente de sua falta de fé.

Alguns minutos mais tarde um oficial saiu às pressas pela porta de honra; deu uma ordem e os dragões empunharam as armas. A multidão deixou de contemplar o balcão e avançou avidamente para o lado do patamar. Rostoptchin chegava ali naquele instante a passo rápido e decidido; relanceou os olhos em torno de si, como se procurasse alguém.

— Onde está ele? — perguntou o conde.

No momento em que dizia estas palavras, viu desembocar da esquina da casa um rapaz, de comprido pescoço esguio. Sua cabeça estava raspada até o meio e seus cabelos começavam a rebrotar. Dois dragões o cercavam. Trazia uma túnica de pelo de cordeiro que deveria ter sido muito elegante, recoberta por um pano azul e forrada de pele poída de raposa; seu calção de detento, de pano de cânhamo, todo sujo e rasgado, estava metido em botas finas, sujas e cambadas. As pesadas correntes que travavam suas pernas magras tornavam hesitante sua marcha.

— Ah! — exclamou Rostoptchin, que voltou apressadamente seu olhar para o rapaz e indicou com um gesto o derradeiro degrau do patamar. — Tragam-no para aqui!

O rapaz, avançando pesadamente com um tinido de correntes, subiu ao degrau indicado. Afastou com o dedo o colarinho de sua túnica que o incomodava, voltou duas vezes seu pescoço comprido e, com um suspiro, cruzou sobre seu ventre suas mãos delicadas que ignoravam o trabalho.

O silêncio durou alguns segundos, enquanto o rapaz se colocava no degrau. Somente nas derradeiras filas, alguns tossidos se ouviram, algumas queixas, algumas invectivas, um pouco de pateada.

Enquanto esperava que o jovem se instalasse no lugar designado, Rostoptchin passava a mão pelo rosto, de cenho franzido.

— Filhos meus! — disse, de repente, com voz metálica. — Esse homem é Verechtchaguin, o crápula causador da perda de Moscou.

O jovem de túnica de pele de raposa assumira uma atitude modesta, com as mãos bem cruzadas à sua frente e o busto um pouco inclinado. Seu rosto jovem, emagrecido, de expressão desesperada, desfigurado pelo crânio raspado, mantinha-se obstinadamente baixo. Às primeiras palavras do conde, ergueu lentamente a fronte e olhou-o de baixo, como para dizer-lhe alguma coisa, ou pelo menos para encontrar-lhe o olhar. Mas Rostoptchin não o olhava. Perto da orelha, no longo pescoço esguio do rapaz, uma veia, semelhante a uma corda tendida, azul ou e, de repente, seu rosto se tornou escarlate.

Todos os olhos estavam fixos nele. Observou a multidão e talvez encorajado pela expressão que leu nos rostos, abriu um sorriso tímido e triste e, baixando a cabeça de novo, voltou a equilibrar-se sobre o degrau.

— Traiu seu imperador e sua pátria, vendeu-se a Bonaparte; é o único de todos os russos que tenha desonrado o nome russo e por causa dele Moscou está perdida — disse Rostoptchin duramente, sem elevar a voz, baixando seu olhar sobre Verechtchaguin e, como se a humildade de sua atitude houvesse desencadeado nele uma explosão, ergueu a mão e urrou quase, dirigindo-se à multidão:

— Julgai-o vós mesmos! Eu vo-lo dou!

A multidão mantinha-se em silêncio e tornava-se cada vez mais compacta. Todos se conservavam apertados uns contra os outros, na impossibilidade de respirar e de mexer-se e na expectativa de algo desconhecido, de incompreensível, de terrível.

Os que se achavam na primeira fila, que viam e que ouviam o que se passava, espantados, de olhos escancarados e de boca aberta, retinham, com todas as suas forças a pressão para diante dos que se achavam atrás de si.

— Batei-lhe! Que ele rebente, esse traidor que desonrou o nome russo! gritou Rostoptchin. — Despedaçai-o! Eu o ordeno!

Ouvindo, não as palavras, mas o tom colérico da voz de Rostoptchin, a multidão emitiu uma espécie de gemido, fremiu, mas de novo se imobilizou.

— Conde! — pronunciou Verechtchaguin, numa voz ao mesmo tempo tímida e teatral, no instante de silêncio que se estabeleceu de repente. — Conde! Só Deus é nosso juiz Levantou a cabeça e, de novo se encheu a grossa veia do seu pescoço esguio, enquanto o sangue afluía para o seu rosto e desapareceu rapidamente.

Não teve tempo de acabar.

— Despedaçai-o! Eu o ordeno! — berrou de novo Rostoptchin, que se tornara de súbito tão lívido quanto Verechtchaguin.

— Desembainhar sabre! — gritou o oficial de dragões, tirando sua arma da bainha.

Uma segunda contracorrente mais forte que a anterior agitou a multidão, atingiu as primeiras fileiras e empurrou-as, cambaleantes, até os degraus do patamar. O latagão, de rosto petrificado, de mão brandida, encontrou-se ao lado de Verechtchaguin.

— Despedaçai-o! — disse o oficial, com voz maldistinta.

E um dos dragões, com o rosto subitamente convulso de furor, golpeou a cabeça de Verechtchaguin com uma pranchada de seu sabre.

— Ah! — gemeu o desgraçado, surpreendido pelo golpe, de olhos espantados, sem ter ar de compreender porque assim o tratavam. Um gemido igual de terror e de estupor percorreu a multidão. "Oh! meu Deus!", exclamou tristemente alguém.

Mas, após seu grito de estupor, Verechtchaguin lançou um outro, de dor desta vez, e esse grito o perdeu. O sentimento de piedade, tenso ao mais alto ponto, que retinha aquela multidão, se rompeu, de repente. O crime começado deveria necessariamente prosseguir. A queixa gemente do homem foi afogada na algazarra cheia de ódio e ameaçadora da turba. Assim como uma sétima e derradeira vaga traga um navio, a vaga irresistível e final do furor popular se transmitiu das derradeiras filas às primeiras, submergiu-as e tragou tudo. O dragão, que já golpeara, quis golpear de novo. Verechtchaguin, com as mãos para diante encaminhou-se para a multidão, lançando gritos de pavor. O latagão contra o qual veio ele bater em cheio, cravou-lhe as unhas no pescoço esguio, com um grito selvagem e rolou com ele sob os pés daqueles que se arremessavam para a frente.

Uns batiam em Verechtchaguin e lhe despedaçavam as roupas, outros atacavam o latagão! Os gritos daqueles que eram sufocados e daqueles que tentavam socorrer o latagão levavam ao cúmulo o furor geral. Os dragões libertaram a muito custo o operário semimorto e todo ensanguentado. Muito tempo, malgrado a raiva ardente que a multidão desencadeou para acabar o crime começado, não conseguiram as pessoas que batiam, estrangulavam, rasgavam Verechtchaguin, matá-lo; eram comprimidas por todos os lados; cambaleavam, sacudidas pela direita e pela esquerda, e não logravam assestar-lhe o golpe de misericórdia, nem abandoná-lo.

— Uma boa machadada, hem?... Está estrangulado?... O traidor, o Judas! Não, respira ainda!... Tem a vida dura!... Só tem o que merece!... Uma machadada!... Está acabado?

Quando a vítima cessou de debater-se e seus gritos deram lugar a um longo estertor, a multidão afrouxou a pressão em torno do cadáver ensanguentado. Cada qual, agora, se aproximava, olhava e, tomado de horror, de vergonha, de remorso, se retirava procurando não se fazer notar.

"Oh! meu Deus, que animal feroz é o povo! Como depois disso poderia o coitado viver ainda?!" — repetia-se. — "E como era jovem!... sem dúvida um filho de papai!... Ah! o povo... dizem que não era esse... Como, não era ele?... Oh! meu Deus! E o outro em quem bateram, dizem que está semimorto!... Oh! o povo... aquele que não tiver medo do pecado...", diziam as mesmas pessoas que contemplavam agora, com compaixão, o cadáver de Verechtchaguin, cujo rosto roxeava, coberto de sangue e de poeira e cujo longo pescoço esguio estava seccionado pela metade.

Um policial, que queria dar demonstração de zelo, achou fora de lugar aquele cadáver no pátio de Sua Excelência; ordenou aos dragões que o arrastassem para a rua. Dois dragões agarraram, pois, as pernas quebradas de Verechtchaguin e o arrastaram para fora. A cabeça raspada, manchada de sangue e de poeira, saltava e batia no chão, na extremidade de seu longo pescoço. A multidão se afastou do cadáver.

No momento em que Verechtchaguin caíra e ao ver a multidão rugidora que se apertava e se agitava por cima dele, Rostoptchin empalidecera subitamente. Em vez de seguir para o patamar de trás onde sua carruagem o esperava, seguiu, de cabeça baixa, a passos rápidos, maquinalmente, o corredor que conduzia às salas do andar térreo. Estava lívido e, como que febril, não podia conter o tremor de sua maxila inferior.

— Excelência, por aqui... aonde desejais ir?... por aqui, por favor — repetia, atrás dele, uma voz aterrorizada e trêmula.

O Conde Rostoptchin não se achava em condições de responder, mas arrepiando mansamente caminho, dirigiu-se para o lado que lhe indicavam. Sua carruagem esperava-o perto do patamar de trás. O clamor da multidão em fúria fazia-se ouvir até ali. O Conde Rostoptchin subiu às pressas no carro e deu ordem de seguir para sua casa de campo de Sokolniki.

Uma vez na Miasnitskaia, quando quase não mais ouviu grito algum da populaça, o desgosto invadiu o conde. Lembrou-se bruscamente da agitação e do medo que deixara transparecer diante de seus subordinados. E descontente consigo mesmo, disse a si próprio em francês: "A populaça é terrível, é hedionda. São como os lobos que só se pode aplacar com carne!" — "Conde! Só Deus é nosso juiz!" As palavras de Verechtchaguin voltaram-lhe ao espírito e um desagradável arrepio de frio correu-lhe pelas costas. Mas essa impressão foi momentânea e o Conde Rostoptchin teve para consigo mesmo um sorriso de desprezo. "Tinha outros deveres — pensou. — Era preciso aplacar o povo. Muitas outras vítimas pereceram e hão de perecer pelo bem público". Pôs-se então a refletir nas obrigações que lhe incumbiam para com sua família, para com a cidade (a ele confiada), para consigo mesmo, não para com a pessoa de Fiódor Vassilievitch Rostoptchin (achava que este se sacrificava pelo bem público), mas para com o governador, detentor do poder e representante do imperador. "Se fosse apenas Fiódor Vassilievitch, minha linha de conduta teria sido bem diversamente traçada, mas devia salvaguardar a vida e a dignidade do governador".

Molemente balançado pelas flexíveis molas de sua carruagem, longe dos berros abomináveis da multidão, gozava Rostoptchin dum repouso físico; e como sempre, o repouso físico trouxe o apaziguamento moral. O pensamento que o tranquilizava não era novo. Desde que o mundo existe e que os homens se entrematam, jamais um crime se cometeu sem que seu autor haja encontrado apaziguamento, dizendo a si próprio que era para o bem público, pela suposta felicidade alheia.

Essa felicidade alheia permanece desconhecida do homem a quem a paixão não cega; mas o homem que vai até o crime sabe sempre firmemente em que ela consiste. E Rostoptchin agora o sabia.

Não somente sua consciência não lhe censurava o ato cometido, mas encontrava razões para dele ficar satisfeito, porque acabava de servir-se desse *a propósito* para punir um criminoso, ao mesmo tempo que tranquilizava a multidão.

"Verechtchaguin fora julgado e condenado à morte", pensava Rostoptchin (o Senado entretanto só o havia condenado aos trabalhos forçados). Era um velhaco e um traidor, não podia eu deixá-lo impune e assim duma cajadada matava dois coelhos. Dei uma vítima à multidão para aplacá-la e puni um crápula".

Chegado à sua casa de campo, o conde, já definitivamente tranquilizado, deu ordens para sua instalação.

Meia hora mais tarde, atravessava a Planície de Sokolniki, ao galope de cavalos fogosos, sem mais pensar no que acabara de passar-se; só pensava no futuro; dirigia-se agora à ponte de Iauza onde, disseram-lhe, se encontrava Kutuzov.

O Conde Rostoptchin preparava, em imaginação, a reprimenda severa e furiosa que dirigiria a Kutuzov pela sua deslealdade. Faria sentir àquela velha raposa cortesã, que a responsabilidade de todas as desgraças decorrentes do abandono de Moscou, desgraças que seriam (segundo a previsão do conde) a perda da Rússia, repousava inteiramente sobre sua cabeça de velho demente. Enquanto refletia no que iria dizer, voltava-se Rostoptchin e tornava a voltar-se com irritação na sua carruagem e lançava para todos os lados olhares furiosos.

A Planície de Sokolniki estava deserta. Bem na sua extremidade se encontrava o hospital e o asilo de alienados. Avistavam-se ali grupos vestidos de branco e alguns indivíduos isolados que tinham o ar de caminhar através dos campos, agitando os braços e dando gritos.

Um desses indivíduos corria ao encontro da carruagem. E o próprio Conde Rostoptchin e seu cocheiro, bem como os dragões de sua escolta, olharam todos, com uma curiosidade misturada de medo, aqueles loucos que acabavam de soltar e sobretudo aquele que avançava ao seu encontro.

Cambaleando, com suas longas pernas, magras, metido no seu roupão flutuante, o louco corria a toda a velocidade, de olhos fixos em Rostoptchin; gritava-lhe alguma coisa, com uma voz enrouquecida, fazendo-lhe sinal para parar. Sua barba malplantada formava tufos irregulares em torno de seu rosto magro e amarelo; tinha um ar sombrio, grave, severo; suas pupilas, dum negro de azeviche, giravam no fundo de seus olhos inquietos, cor de açafrão.

— Alto! Pára, eu te ordeno! — gritava ele, com uma voz reboante; depois, ofegante, retomava suas ameaças, acompanhadas de grandes gestos.

Quando se achou ao nível da carruagem, pôs-se a correr-lhe ao lado.

— Três vezes me mataram; três vezes ressuscitei dentre os mortos!... Lapidaram-me, crucificaram-me... ressuscitarei... ressuscitarei. Fizeram-me em pedaços. O reino de Deus virá abaixo. Três vezes eu o destruirei e três vezes o restabelecerei! — gritava ele, numa vociferação cada vez maior.

O Conde Rostoptchin ficou lívido, de repente, como no momento em que a multidão se lançara sobre Verechtchaguin. Voltou-se.

— Mais depressa... mais depressa! — gritou, com voz trêmula, ao cocheiro.

A carruagem lançou-se a toda velocidade; mas muito tempo ainda o Conde Rostoptchin ouviu o grito desesperado do louco, cada vez mais enfraquecido pela distância, enquanto que diante de seus olhos reaparecia o rosto surpreso, apavorado, sangrento do traidor de peliça forrada.

Essa recordação era bem fresca ainda, mas Rostoptchin sentia-a plantada agora no âmago de si mesmo. Sentia que seu sulco sangrento jamais se apagaria, que, pelo contrário, quanto mais avançasse na vida, mais aquela lembrança viveria em seu coração, cruel, torturante. Ouvia, cria ainda ouvir o som de suas próprias palavras: "Metam-lhe o sabre, responderão por ele com suas próprias cabeças". — "Por que disse eu tais palavras? Disse isto sem quase o pensar. Poderia não tê-las dito e nada se teria passado", pensava ele. Reviu o rosto apavorado, depois furioso, do dragão que fora o primeiro a golpear, e o olhar silencioso, carregado de censura, que lhe lançara aquele menino com peliça de raposa. "Mas não foi por mim que o fiz. Fui obrigado a isso. A plebe, o traidor... o bem público", repetia a si mesmo.

O exército continuara a aglomerar-se na ponte do Iauza. Fazia muito calor. De cenho franzido, Kutuzov, estava sentado, muito triste, sobre um banco perto da ponte e esgaravatava a areia com a ponta de seu rebenque, quando uma carruagem se aproximou dele, com grande barulho. Um homem com uniforme de general e trazendo um chapéu de plumas avançou para ele, com um olhar fugidio, ao mesmo tempo irritado e receoso: pôs-se a falar-lhe em francês. Era o Conde Rostoptchin. Disse a Kutuzov que vinha juntar-se a ele, porque Moscou e a capital não mais existiam e só restava o exército.

— Teria sido de outro modo, se Vossa Alteza não tivesse garantido que Moscou não seria entregue, pelo menos sem combate. Tudo isso não teria acontecido! — afirmou ele.

Kutuzov fitou Rostoptchin, como se não compreendesse o sentido de suas palavras; parecia procurar com todas as suas forças, ler alguma coisa de particular, que revelava naquele instante o rosto do homem que se dispunha a falar-lhe. Perturbado, Rostoptchin, acabou calando-se. Kutuzov abanou ligeiramente a cabeça e, sem baixar seu olhar escrutador, disse num tom tranquilo:

— Mas quem disse que tenho a intenção de entregar Moscou sem combate? Pensava Kutuzov em outra coisa, ao pronunciar tais palavras, ou então, sabendo bem que elas não tinham sentido, dizia-as de propósito? Seja como for, afastou-se Rostoptchin sem responder. E — coisa estranha! — o governador-geral de Moscou, o orgulhoso Rostoptchin, segurando um chicote, aproximou-se da ponte para dispersar a grandes gritos as carroças que a entupiam.

26. Pelas quatro horas, as tropas de Murat entraram em Moscou. Um destacamento de hussardos wurtemburgueses marchava na vanguarda e, atrás deles, a cavalo, seguido duma numerosa escolta, vinha o rei de Nápoles em pessoa.

Ao chegar à metade do Arbate, perto de S. Nicolau-Revelado, Murat fez alto para esperar o relatório da vanguarda sobre o estado da cidadela do Kremlim.

Em redor de Murat juntou-se um pequeno grupo de habitantes que não haviam deixado Moscou. Contemplavam com intimidado estupor aquele chefe estranho, com seus cabelos compridos, suas plumas, seus enfeites ridículos.

— Escuta aqui, será o tzar deles? Com efeito... — dizia-se em voz baixa.

Um intérprete avançou para o grupo.

— Tira o boné... teu boné... os bonés... — murmuravam umas para as outras as pessoas que compunham a multidão.

O intérprete dirigiu-se a um velho porteiro e perguntou-lhe se era ainda longe o Kremlim. O porteiro escutou, mas confundido pelo sotaque polonês do intérprete e não reconhecendo a língua russa, não compreendeu o que lhe perguntavam e foi-se esconder atrás dos outros.

Murat aproximou-se do intérprete e ordenou-lhe que perguntasse onde se encontrava o exército russo. Um dos assistentes compreendeu o que perguntava e, de repente, várias vozes responderam ao mesmo tempo. Um oficial francês da vanguarda veio ter com Murat para comunicar-lhe que a porta da fortaleza estava murada e que, verossimilmente, haveria nisso uma emboscada. "Bom!" — disse Murat que, voltando-se para um dos oficiais de sua comitiva, deu a ordem de avançar quatro canhões leves e de atirar contra as portas.

Uma bateria saiu a trote da coluna que acompanhava Murat e partiu ao longo do Arbate. Uma vez na parte baixa de Vozdvijenka, a bateria se imobilizou e se instalou no lugar. Alguns oficiais franceses puseram as peças em posição e examinaram o Kremlim com seus óculos de alcance.

No Kremlim os sinos soavam as vésperas e este som perturbou os franceses. Pensaram que era um apelo às armas. Alguns infantes correram para a porta de Kutafiev. Essa porta estava fechada com barricadas de pranchas e tabuões. Dois tiros partiram no momento em que o oficial se aproximava a passo acelerado com seu destacamento. O general, que se mantinha perto dos canhões, gritou uma ordem àquele oficial que se precipitou para trás com seus soldados.

Três novos tiros partiram da porta.

Um soldado francês foi atingido na perna e alguns gritos estranhos repercutiram por trás da barricada. De repente, como sob comando, os rostos do general, dos oficiais e dos soldados perderam sua expressão de calma satisfeita para tomar o ar teimoso e concentrado daqueles que se prepararam para lutar e sofrer. Do marechal ao último dos soldados, todos compreendiam que aquele lugar não era nem a Vozdvijenka, nem a Mokhaovaia, nem as portas de Kutafiev ou da Trindade; era um novo campo de batalha, de batalha sangrenta segundo toda verossimilhança. E todos se prepararam para ela. Cessaram os gritos por trás da barricada. Os canhões foram assestados. Os artilheiros sopraram suas mechas. O oficial comandou: "Fogo!" e dois tiros assobiantes de caixa de metralha partiram um após outro. A metralha saraivou contra a porta murada, contra as pranchas e tabuões, enquanto que duas nuvens de fumaça se elevavam acima da praça.

Alguns instantes depois que o estrondo da descarga cessou ao longo dos muros do Kremlim, fez-se ouvir um ruído estranho por cima da cabeça dos franceses. Uma enorme revoada de gralhas elevou-se, crocitando, de dentro do recinto, num palpitar de milhares de asas, que turbilhonavam e recobriam inteiramente o céu. Ao mesmo tempo, fez-se ouvir uma voz humana e solitária lá na porta; através da fumaça, apareceu um vulto, de cabeça nua, e vestido dum casaco. O homem, que tinha na mão um fuzil, assestou-o contra os franceses: "Fogo!", repetiu o oficial de artilharia; um tiro de fuzil e duas descargas de canhão partiram ao mesmo tempo. A fumaça ocultou de novo a porta.

Por trás da barricada mais nada se mexeu e os oficiais franceses, seguidos de seus infantes, aproximaram-se. Havia ali três feridos e quatro mortos. Dois homens de casacão, fugiram para a Znamenka, costeando as paredes.

— Tirem isso daqui — disse o oficial, indicando com o gesto os tabuões e os cadáveres; e os franceses, depois de terem liquidado os feridos, atiraram os corpos por cima da muralha.

Quem eram esses mortos? Ninguém jamais o soube. "Tirem isso daqui", foi tudo quanto se disse a respeito deles. Atiraram-nos fora, depois os recolheram por causa da fedentina. Somente Thiers consagrou à memória deles estas poucas linhas grandiloquentes. "Aqueles miseráveis haviam invadido a cidadela sagrada, tinham-se apoderado dos fuzis do arsenal e atiravam (aqueles miseráveis!) contra os franceses. Mataram a sabre alguns e limpou-se o Kremlim da presença deles".

Murat foi informado de que a passagem estava livre. Os franceses transpuseram a porta e instalaram seu acampamento na Praça do Senado. Os soldados atiraram cadeiras pelas janelas daquele palácio para alimentar suas fogueiras.

Outros destacamentos atravessaram o Kremlim e foram acampar na Morosseika, na Lubianka, na Pokrovka. Outros se instalaram na Vozdvijenka, na Znamenka, na Nikolskaia e na Tverskaia. Por toda a parte, não encontrando ninguém nas casas, instalaram-se os franceses, não como uma cidade que lhes oferecesse alojamento, mas como num bivaque armado em plena cidade.

Se bem que já reduzidos à metade de seus efetivos, em farrapos, famintos e mortos de fadiga, nem por isso deixaram os franceses de entrar em Moscou em boa ordem. Era um exército esgotado, no extremo de suas forças, mas ainda combativo e temível. Todavia, esse exército só foi tal até o minuto em que os soldados se dispersaram pelas casas. Desde que os homens puderam aboletar-se naquelas casas ricas e desertas, o exército desapareceu para sempre; não houve mais do que aquela população intermediária entre o civil e o soldado que se chama os saqueadores. Quando, cinco semanas mais tarde, esses mesmos homens saíram de Moscou, não formavam mais um exército. Era uma multidão de saqueadores, de que cada qual levava de carro ou a pé uma quantidade de coisas que supunha preciosas e indispensáveis. A finalidade de todos aqueles homens, ao deixar Moscou, não era mais, como antes, bater-se, mas conservar o fruto do seu saque. Tal como o macaco que meteu a mão no estreito gargalo duma bilha para se apoderar dum punhado de nozes e que não abre mais sua mão fechada para não largar o que pegou, da mesma forma os franceses, ao sair de Moscou, corriam necessariamente para sua perda, porque arrastavam consigo o produto de suas pilhagens e não podiam mais largá-lo como o macaco suas nozes. Dez minutos depois da entrada de um regimento francês num quarteirão da cidade, não havia mais soldados nem oficiais. Pelas janelas das casas, viam-se homens de capote e de polainas indo e vindo pelos aposentos; outros, semelhantes aos primeiros apropriavam-se das provisões das adegas e porões; outros, nos pátios derrubavam ou quebravam as portas dos telheiros e das estrebarias; nas cozinhas, acendiam fogo e, de mangas arregaçadas, amassavam seu pão ou cozinhavam seu guisado, enquanto mexiam com as mulheres e acariciavam as crianças. Por toda parte, nas lojas e nas casas, eram os mais numerosos; mas não formavam mais um exército.

Durante aquele mesmo dia, ordens sobre ordens foram lançadas pelo estado-maior francês para proibir que os soldados saqueassem, que se espalhassem pela cidade, que exercessem violência contra os habitantes; as mesmas ordens prescreviam para aquela noite mesma uma chamada geral; mas, apesar de todas as medidas, os homens que ontem ainda compunham o exército, espalhavam-se por toda a parte, naquela cidade deserta e regurgitante de comodidades, de provisões, de riquezas. Da mesma maneira que um rebanho faminto se mantém aglomerado num pasto pelado, mas se espalha desde que cai numa planície luxuriante, o exército, sem que fosse possível detê-lo, dispersara-se pela opulenta cidade.

Moscou estava vazia e os soldados, tais como a água sobre a areia, se infiltravam por toda a parte, irradiando-se em torno do Kremlim, onde tinham penetrado primeiro. Entrando numa rica casa burguesa abandonada com todo o seu mobiliário, encontravam ali os cavalarianos estrebarias para seus cavalos, mais espaçosas do que era necessário, mas nem por isso deixavam de ocupar uma casa vizinha que lhes parecia ainda mais bem-montada. Muitos ocupavam várias casas ao mesmo tempo, marcavam-nas a giz com seu nome e por vezes travavam briga com homens pertencentes a outras unidades. Soldados, apenas instalados, corriam pelas ruas para visitar a cidade e, ao saber que tudo estava ali abandonado, atiravam-se para os lugares onde podiam ser pilhados objetos preciosos. Tentavam os oficiais deter os soldados, mas acabavam eles próprios por se deixar arrastar à pilhagem geral. Mesmo na Galeria dos Carroceiros[107], onde se encontravam armazéns cheios de carruagens, os generais se reuniram para escolher caleças e veículos fechados. Os habitantes, que ficaram, convidavam os oficiais a se alojarem em suas casas, na esperança de escapar à pilhagem. As riquezas eram tão abundantes que não se lhes via o fim; em redor dos lugares ocupados pelos franceses encontravam-se outros ainda inexplorados, ainda indenes, em que acreditavam eles encontrar riquezas ainda mais fabulosas. E Moscou os absorvia sempre mais. Como a água que se derrama sobre a terra seca desaparece e faz desaparecer a terra seca, aquele exército faminto, uma vez mergulhado no seio daquela cidade opulenta, mas vazia, desapareceu ao mesmo tempo que a opulência da cidade. Só houve então lama, incêndio e pilhagem.

Os franceses atribuem o incêndio de Moscou ao *patriotismo feroz de Rostoptchin* e os russos à selvageria dos franceses. Na realidade, não se pode e não se deve inscrever esse incêndio na conta dum personagem único ou de alguns indivíduos. Moscou ardeu porque se encontrava nas condições em que toda cidade construída de madeira deve arder, independentemente da presença ou da ausência de umas cento e trinta bombas ruins. Moscou devia arder porque seus habitantes haviam partido, tão inevitavelmente como flameja um monte de cavacos sobre o qual, durante vários dias seguidos, caem faíscas. Uma cidade de madeira na qual, malgrado as precauções dos proprietários e da polícia, há quase todo dia um incêndio, não pode escapar ao fogo, quando seus habitantes partiram, quando um exército aí vive e soldados fumam cachimbo, mantêm fogueiras na Praça do Senado com as cadeiras do palácio e preparam sua boia duas vezes por dia. Em tempo de paz, basta que tropas estabeleçam seus quartéis em tais cidades para que logo o número dos incêndios aumente. Quanto mais não haveriam de aumentar as possibilidades de incêndio numa cidade desertada, onde acampava um exército estrangeiro? O *patriotismo feroz de Rostoptchin* e a selvageria francesa nada têm que ver com isso. Moscou incendiou-se por causa dos cachimbos, das boias, das fogueiras de bivaque, por causa do descuido dos soldados, senhores de casas que não lhes pertenciam. Se na verdade houve incendiários (o que é duvidoso porque ninguém tinha motivo para pôr fogo e pelo menos o risco era igualmente grande para todos) não é possível pô-los em causa, porque sem eles, o resultado teria sido exatamente o mesmo.

Por mais lisonjeador que tenha sido então para os franceses acusar a ferocidade de Rostoptchin e para os russos a hostilidade de Bonaparte, ou mais tarde, meter uma tocha heroica nas mãos da populaça, é impossível não ver que tais causas não podiam valer, porque Moscou devia arder, como deve arder toda aldeia, toda fábrica, toda casa cujo dono está ausente e onde

107. Antiga rua onde se realizava a venda de carruagens.

estrangeiros se alojam e cozinham. Moscou foi incendiada por seus habitantes, é verdade; mas por aqueles que dela saíram, e não pelos que nela ficaram. Se Moscou, ocupada pelo inimigo, não ficou intacta, como Berlim, Viena e outras cidades, foi bem simplesmente porque seus habitantes a abandonaram em lugar de irem apresentar as chaves da cidade aos franceses, numa bandeja, com o pão e o sal.

27. A onda de franceses irradiou em forma de estrela do centro para os quarteirões exteriores de Moscou, que a absorveram durante o dia 2 de setembro; alcançou, ao cair da noite, o quarteirão onde morava Pedro.

Depois de dois dias de isolamento em condições extraordinárias, achava-se Pedro num estado bem vizinho da loucura. Um pensamento único, obsedante, ocupava todo o seu ser. Não sabia nem donde, nem como que viera ele, mas esse pensamento apoderara-se dele a tal ponto que de nada do passado se recordava e nada compreendia do presente.

Tudo quanto via e ouvia se desenrolava diante de si como num sonho.

Partira de sua casa unicamente para escapar às complicações em que se via preso, e que, no seu estado de espírito atual, sentia que não lhe era possível destrinçar. Dirigira-se à casa de José Alexiéévitch, sob pretexto de escolher os livros e os papéis do defunto, mas na realidade para se afastar duma vida demasiado trepidante, porque a recordação daquele homem se achava ligada na sua alma a todo um mundo de ideias eternas, pacíficas, augustas, completamente oposto àquele enlouquecimento a que se sentia atraído. Procurava um abrigo fora de todo ruído e, efetivamente, encontrara um no gabinete de José Alexiéévitch. Quando, no silêncio de morte daquele gabinete, se sentara, de cotovelo apoiado sobre a escrivaninha poeirenta do falecido, as lembranças dos derradeiros dias se haviam erguido em sua imaginação, umas após outras, calmamente, pesadas de sentido, principalmente as da Batalha de Borodino, em que sentira implacavelmente o seu nada e a mentira de sua vida em face da daquelas pessoas tão verdadeiras, tão simples, que se chamavam ELES no seu espírito. Quando Guerassim veio tirá-lo de seu devaneio, surgiu-lhe a ideia de tomar parte na defesa de Moscou que, sabia-o, a população estava projetando. Foi com este objetivo que pedira logo a Guerassim que lhe arranjasse um capote e uma pistola e lhe comunicara sua intenção de ocultar seu nome e ficar na casa de José Alexiéévitch. Durante seu primeiro dia de inação e solidão (Pedro tentara várias vezes em vão concentrar sua atenção sobre os manuscritos maçônicos), tornou a pensar confusamente no significado cabalístico de seu nome em ligação com o de Bonaparte; mas essa ideia de que ele, *o russo Bezukhof*, estava predestinado a pôr fim ao reinado da BESTA, não era ainda para ele senão um desses devaneios vagos que atravessam ao acaso a imaginação sem nela deixar traço.

Depois que comprou seu capote (com a única intenção de tomar parte com a população na defesa de Moscou), Pedro encontrou os Rostov e Natacha, que lhe perguntou: "Fica em Moscou? Ah! que bom!" Veio-lhe então, num relâmpago, a ideia de que, com efeito, seria bom, mesmo que Moscou fosse tomada, ali ficar e cumprir sua missão predestinada.

No dia seguinte, dominado pelo pensamento único de não se poupar e de não se mostrar indigno DELES, dirigiu-se à barreira das Três Montanhas. Mas quando voltou para casa, convencido de que Moscou não seria defendida, sentiu de repente que tudo o que até então não lhe parecera senão possível, tornava-se implacavelmente necessário e inelutável; seu dever era ocultar seu nome, ficar em Moscou, procurar Napoleão, matá-lo, morrer ele próprio ou então pôr fim às desgraças da Europa, desgraças que, no espírito de Pedro, só tinham um autor, Napoleão somente.

Pedro conhecia todos os pormenores do atentado cometido em Viena, em 1809, contra a vida de Bonaparte por um estudante alemão e sabia que esse estudante fora fuzilado. O perigo que afrontava para cumprir sua missão o exaltava mais vivamente ainda.

Dois sentimentos igualmente fortes levavam Pedro a essa resolução. O primeiro era a necessidade de sacrificar-se e de sofrer que despertava nele a desgraça comum; foi esse sentimento que, no dia 25, havia-o impelido a Mojaisk e lançado no coração mesmo da batalha; fazia-o agora fugir de sua própria casa, de seu luxo e de seu bem-estar, para dormir todo vestido sobre um divã sem molas e comer os mesmos pratos que Guerassim. O segundo era o sentimento irracional, próprio dos russos, de desprezo por tudo quanto é convencional, artificial, humanitário, por tudo quanto a maioria dos homens considera como o bem supremo. Pedro sentira-lhe a embriaguez estranha no Palácio de Slobodski, quando, de súbito, pela primeira vez, percebera que a riqueza, o poder, a vida, tudo quanto os homens se esforçam de tal modo por ganhar e conservar, só toma valor pelo gozo que se sente em poder abandoná-lo.

Era aquele sentimento que experimenta o voluntário, quando bebe até seu derradeiro copeque; o homem ébrio que quebra espelho e vidraças sem nenhuma razão, sabendo que tudo isso lhe custará até o seu último vintém; era aquele sentimento que impele o homem a atos insensatos (para o vulgo), como se quisesse experimentar sua força e seu poder, e testemunhar dessa forma que um tribunal supremo existe, decidindo da vida acima das convenções humanas.

Desde o dia em que pela primeira vez sentira isso Pedro em Slobodski, não deixara ele de experimentar-lhe a influência e, naquele momento, achava naquilo plena satisfação. Por outro lado, era Pedro sustentado naquele instante na sua decisão pela impossibilidade de recuar, depois do caminho já percorrido. E sua fuga de sua casa, e seu capote, e a pistola, e sua declaração aos Rostov de que ficaria em Moscou, tudo não teria tido mais senso, teria mesmo sido desprezível e cômico, (Pedro o sentia bastante vivamente), se tivesse feito em seguida como toda a gente e partido de Moscou.

O estado físico de Pedro correspondia a seu estado mental, como sempre. A alimentação grosseira a que não estava acostumado, a aguardente que bebeu naqueles dias, a privação de vinho e de cigarros, a impossibilidade de mudar de roupa interior, duas noites quase sem sono, passadas num divã demasiado curto, sem roupa de cama, tudo isso pusera Pedro num estado de nervosismo próximo da loucura.

Eram já duas horas da tarde. Os franceses tinham acabado sua entrada em Moscou. Pedro o sabia mas, em lugar de agir, só pensava na sua empresa, cujos mínimos pormenores repassava em espírito. Não tinha ideia nítida nenhuma da maneira com que daria o seu golpe, nem da morte de Napoleão, mas era sua própria morte e sua heroica audácia que imaginava com extraordinária lucidez e uma deleitação melancólica.

"Sim, um por todos, devo ser bem-sucedido ou morrer!", pensava ele. "Sim, aproximar-me-ei... depois de repente... Pistola ou punhal?... Pouco importa afinal. Não sou eu, é a mão da Providência que te pune". (Pedro pensava nas palavras que diria ao golpear Napoleão). "Pois bem, então, prendei-me, condenai-me", prosseguia ele consigo mesmo, com uma expressão ao mesmo tempo triste e firme, baixando a cabeça.

No momento em que Pedro, de pé no meio do gabinete de trabalho de José Alexiéévitch, discutia consigo mesmo desta maneira, a porta se abriu e na soleira mostrou-se Macário Alexiéévitch completamente desembaraçado de seu ar tímido de outrora.

Seu roupão entreabria-se. Seu rosto estava vermelho e careteava. Achava-se visivelmente embriagado. À vista de Pedro, teve um instante de confusão, mas notando que o próprio Pedro estava perturbado, encorajou-se imediatamente e, cambaleando sobre suas pernas magras, avançou para o meio do quarto.

— Tiveram medo — disse, com voz enrouquecida, mas firme. — Digo-o: não me renderei, afirmo-o, eu... não é, meu senhor?

Assumiu um ar pensativo, mas de repente, avistando a pistola em cima da mesa, empunhou-a num gesto vivo e fugiu pelo corredor.

Guerassim e o porteiro que o seguiam, detiveram-no à entrada e esforçaram-se por tomar-lhe das mãos a pistola. Pedro precipitou-se pelo corredor e contemplou o velho semilouco com uma compaixão misturada de desgosto. Macário Alexiéévitch, careteando sob o esforço, apertava a pistola e gritava com sua voz rouca, acreditando-se claramente num instante solene:

— Às armas! À abordagem! Não, não a tomarás! — gritava ele.

— Basta, rogo-lhe, basta. Queira deixar isso! Vamos, senhor... — repetia Guerassim, que tentava empurrá-lo com o cotovelo, para fazê-lo transpor a porta.

— Quem és tu? Bonaparte! berrava ainda Macário Alexiéévitch.

— Não está bem, senhor. Queira entrar para seu quarto, rogo-lhe, vá repousar. Queira dar-me a pistola.

— Para trás, escravo desprezível! Não me toque! Hem, viste? — disse Macário Alexiéévitch, brandindo a pistola e urrando mais forte do que nunca. — À abordagem!

— Agarre-o — cochichou Guerassim ao porteiro.

Macário Alexiéévitch, travado de braços, foi arrastado para a porta.

O corredor se encheu logo dos gritos roucos do bêbedo ofegante.

De repente, um grito agudo de mulher fez-se ouvir no patamar e a cozinheira se precipitou por sua vez no corredor.

— Ei-los! oh! meu Deus! — Juro-vos que são eles! São quatro a cavalo! — exclamava ela.

Guerassim e o porteiro largaram Macário Alexiéévitch e no corredor, que voltou a ficar silencioso, ouviram-se nitidamente algumas pancadas de punhos na porta de entrada.

28. Tinha Pedro decidido ocultar sua identidade e seu conhecimento da língua francesa até o cumprimento de seu projeto. Mantinha-se perto da porta entreaberta do corredor, pronto a desaparecer assim que entrassem os franceses. Mas os franceses entraram sem que ele se mexesse do lugar; uma curiosidade indomável o retinha.

Eram dois. Um era um oficial de elevada estatura, belo rapagão de ar marcial; o outro, um simples soldado, o ordenança do primeiro: um homem atarracado, magro, queimado, de faces cavadas e rosto estúpido. O oficial, que coxeava, apoiado numa bengala, foi o primeiro a entrar. Depois de alguns passos, tendo sem dúvida achado a casa a seu gosto, parou, voltou-se para os soldados em pé à porta e, com forte voz de comando, gritou-lhes que trouxessem os cavalos. Feito isto, o oficial ergueu bem alto o cotovelo num gesto orgulhoso, retorceu o bigode e levou a mão à viseira de sua barretina.

— Bom dia à companhia! — disse com franqueza e, todo sorridente, pôs-se a examinar tudo.

Ninguém lhe respondeu.

— Sois o burguês? — perguntou o oficial a Guerassim.

Guerassim fitava o oficial com um ar amedrontado e interrogativo.

— Quarto, quarto, alojamento! — proferiu o oficial, olhando de alto abaixo, com um sorriso protetor e benévolo o homenzinho que tinha à sua frente.

— Os franceses são bons camaradas, que diabo! Vejamos! Não nos zanguemos, meu velho — disse ele, dando palmadinhas no ombro de Guerassim, espantado e silencioso.

— Ora essa! Diga-me, pois, não se fala francês nesta bodega? — acrescentou e relanceando os olhos em torno de si, encontrou os de Pedro que se afastou da porta.

O oficial dirigiu-se de novo a Guerassim; pediu-lhe que lhe mostrasse os quartos da casa.

— Amo não estar... Não compreendo... Minha... ao senhor... — disse Guerassim que acreditava tomar suas respostas mais compreensíveis, deformando-as.

O oficial francês, sempre sorridente, fez um gesto sob o nariz de Guerassim, dando-lhe a entender que ele também não compreendia, e dirigiu-se, coxeando, para a porta onde se conservava Pedro que teria bem querido afastar-se sem ser visto; mas justamente nesse instante viu aparecer na porta aberta da cozinha Macário Alexiéévitch, com a pistola na mão. Com uma malignidade de louco, Macário Alexiéévitch olhou para o francês, ergueu a pistola e visou.

— À abordagem! — gritou ele, dando ao gatilho.

O oficial se voltou e, no mesmo instante, Pedro se lançou sobre o ébrio. Mas enquanto Pedro se apoderava da pistola, e a levantava, Macário Alexiéévitch conseguiu por fim puxar o gatilho e um tiro ensurdecido ecoou, enchendo o quarto de fumaça. O francês empalideceu e precipitou-se para a porta.

Esquecendo sua resolução de não revelar seu conhecimento do francês, Pedro arrancou a pistola das mãos de Macário Alexiéévitch, lançou-a longe e correu para o oficial, a quem perguntou em francês:

— Estais ferido?

— Creio que não — respondeu este, apalpando-se, — mas escapei por um triz desta vez. — E mostrou uma ranhura no reboco da parede. — Quem é esse homem? — perguntou severamente, fitando Pedro.

— Ah! desespera-me na verdade o que acaba de acontecer... — exclamou vivamente Pedro, que esquecia totalmente seu papel. — É um louco, um desgraçado que não sabia o que fazia.

O oficial aproximou-se de Macário Alexiéévitch e abecou-o pela gola.

O bêbedo, de lábio caído, ar abobado, titubeante, encostou-se à parede.

— Bandido, hás de pagar-me! — disse o francês, largando-o. — Nós somos clementes após a vitória, mas não perdoamos aos traidores — acrescentou num tom grave e solene, que acompanhou dum grande gesto enérgico.

Pedro continuou a suplicar-lhe em francês que não punisse um bêbedo, uns três quartos demente. O francês ouviu, a princípio em silêncio, com ar sombrio, depois, de repente, sorriu e fitou-o durante alguns segundos. Seu belo rosto tomara uma expressão ao mesmo tempo trágica e terna; estendeu-lhe a mão.

— O senhor salvou-me a vida! É francês! — disse ele.

Para aquele francês, nenhuma dúvida era possível; só um francês podia praticar uma nobre ação; ter salvo a vida do Senhor Ramballe, capitão do 13º ligeiro, era seguramente a mais nobre de todas.

Por mais indubitável, porém, que fosse no espírito do oficial essa convicção, creu Pedro de seu dever desenganá-lo.

— Sou russo — exclamou vivamente.

— Ora, ora, ora, vá contar essa a outro! — replicou o francês, sorrindo e tomando um ar de zombaria. — Mais tarde irá contar-me tudo isso. Encantado por encontrar um compatriota. Pois bem, que vamos fazer desse homem? — acrescentou ele, dirigindo-se já a Pedro como a seu irmão.

Mesmo que Pedro não fosse francês, não podia recusar aquele título, o mais alto que havia no mundo, e é o que o oficial exprimia amplamente, pelo tom de sua voz e pela expressão de seu rosto. Pedro explicou ainda uma vez quem era Macário Alexiéévitch e como, justamente no momento da chegada do oficial, aquele ébrio, aquele louco havia apanhado uma pistola carregada que não se tivera tempo de tirar-lhe das mãos, e depois rogou ao oficial ainda que não o punisse.

O francês entesou-se e fez com a mão um gesto verdadeiramente real.

— O senhor me salvou a vida! É francês. Pede-me o perdão para ele? Concedo-lhe. Levem esse homem! — proferiu ele num tom rápido e enérgico e, pegando pelo braço aquele que elevava à dignidade de francês, porque lhe havia salvo a vida, entrou com ele no interior da casa.

Os soldados que se achavam no pátio precipitaram-se para o vestíbulo ao barulho da detonação e informaram-se do que se havia passado, confessando-se prontos a punir o culpado; mas o oficial deteve-os severamente:

— Chamá-los-ei, quando tiver necessidade de vocês — disse ele.

Os soldados saíram. O ordenança, que já tivera tempo de inspecionar a cozinha, voltou ao oficial:

— Capitão, eles têm sopa e perna de carneiro na cozinha — anunciou ele. — Quer que lhos traga?

— Sim, e vinho — respondeu o oficial.

29. Quando o oficial entrou com Pedro no interior da casa, acreditou este de seu dever assegurá-lo ainda de que não era francês; quis retirar-se, mas o oficial não queria saber disso. Mostrou-se tão polido, tão amável, tão bom moço, tão desejoso de testemunhar sua gratidão a seu salvador, que Pedro não teve a coragem de recusar-se a sentar-se com ele no salão, que acontecia ser a primeira peça ao entrar-se. A persistência de Pedro em dizer que não era francês surpreendeu o oficial que não compreendia decididamente como podia recusar-se tal honra; ergueu os ombros e disse a Pedro que se fazia ele questão de passar por russo, não o impediria e que, malgrado isso, guardaria gratidão eterna a um homem que lhe havia salvo a vida.

Se aquele francês tivesse demonstrado a mínima compreensão dos sentimentos alheios, se tivesse adivinhado o que sentia seu companheiro, Pedro tê-lo-ia sem dúvida deixado; mas sua impermeabilidade evidente a tudo quanto não fosse ele próprio, venceu Pedro.

— Francês ou príncipe russo incógnito — disse ele, com uma olhadela à camisa suja, mas fina, de Pedro e ao anel que ele trazia, — devo-lhe a vida e ofereço-lhe minha amizade. Um francês não esquece nunca, nem um insulto, nem um serviço. Ofereço-lhe minha amizade. Só lhe digo isso.

No tom de voz, na expressão do rosto, nos gestos daquele oficial, havia tanta bonomia e nobreza (no sentido francês do termo!) que Pedro, a contragosto, respondeu com um sorriso ao sorriso dele e apertou a mão estendida. O francês se apresentou:

— Capitão Ramballe, do 13º ligeiro, condecorado pela batalha do dia sete — disse ele, com um sorriso irresistível de satisfação, que lhe contraiu os lábios sob o bigode. — Quer dizer-me então agora a quem tenho a honra de falar tão agradavelmente em lugar de estar na ambulância com a bala daquele louco no corpo?

Pedro respondeu que não podia dizer seu nome e, todo corado, procurou que nome poderia dar e que razões justificariam seu incógnito; mas o francês se apressou em interrompê-lo.

— Por favor — disse ele. — Compreendo suas razões: é um oficial... oficial superior, talvez. Lutou contra nós. Não é negócio meu. Devo-lhe a vida. Isto me basta. Estou a seu inteiro dispor. É gentil-homem? — perguntou de repente. (Pedro baixou a cabeça). — Seu nome de batismo, por obséquio. Não peço mais. Pedro, diz o senhor?... Perfeitamente. É tudo quanto desejo saber.

Serviu-se a perna de carneiro e uma omelete, colocou-se sobre a mesa o samovar, aguardente e vinho tirados duma cantina russa que os franceses tinham trazido consigo; depois Ramballe convidou Pedro para partilhar de sua refeição. Logo se pôs ele próprio a comer avidamente, como homem robusto e esfomeado, mastigando com seus fortes dentes, estalando os lábios a todo instante e exclamando: "Excelente, saboroso!" Em breve seu rosto se tornou cor de púrpura e se cobriu de suor. Também faminto, Pedro fez honra à comida. Morel, o ordenança, trouxe uma caçarola com água quente e nela colocou uma garrafa de vinho tinto. Trouxe também uma garrafa de *kvass*[108] que apanhara na cozinha para provar. Essa bebida era já conhecida e batizada pelos franceses. Chamavam-na *limonada de porco* e Morel elogiava a que acabava de descobrir na cozinha. Mas como o capitão tinha excelente vinho, que arranjara por ocasião da travessia de Moscou, abandonou o *kvass* a Morel e atacou a garrafa de Bordéus. Enrolou o gargalo num guardanapo, encheu seu copo e o de seu convidado. Aplacada sua fome e o vinho ajudando, animou-se o capitão ainda mais e, durante toda a refeição, não cessou de tagarelar.

— Sim, meu caro Senhor Pedro, devo-lhe uma soberba vela por me ter salvo... daquele danado... Tenho balas à farta no meu corpo. Uma aqui (mostrou seu flanco) em Wagram, e duas em Smolensk (mostrou uma cicatriz na face). E esta perna, como vê, que não quer andar. Foi na grande batalha do dia 7, no Moskhova que recebi isso. Por Deus, era bonito! Era preciso ver aquilo: um dilúvio de fogo! Os senhores nos deram um duro trabalho; podem gloriar-se disso, com a breca! E, palavra, malgrado a tosse que ganhei lá, estaria pronto a recomeçar. Lamento os que não viram aquilo.

08. Espécie de cerveja espessa e azeda.

— Lá estive — disse Pedro.

— O quê! Deveras? Pois bem, tanto melhor — disse o francês. — Ainda assim, os senhores são uns temíveis inimigos. O grande reduto mostrou-se tenaz, palavra! E os senhores no-lo fizeram pagar caro. Fui lá três vezes, tal como me vê. Três vezes estávamos sobre os canhões e três vezes fomos derrubados como bonecos de papelão. Oh! era belo, Senhor Pedro. Seus granadeiros estiveram soberbos, com mil trovões! Vi-os, seis vezes em seguida, cerrar fileiras e marchar como para uma revista. Que belos homens! Nosso rei de Nápoles que é entendido nisso, gritou: "Bravo". Ah! ah! soldados como nós! — acrescentou, após um minuto de silêncio. — Tanto melhor, tanto melhor, Senhor Pedro. Terríveis na batalha... galantes (piscou o olho, sorrindo) com as belas, eis os franceses, Senhor Pedro, não é mesmo?

O francês mostrava-se duma alegria tão franca e tão comunicativa, tão contente consigo mesmo, que Pedro esteve a ponto de responder-lhe à piscadela, olhando-o jovialmente. A palavra *galante* atraiu sem dúvida o pensamento do capitão para a situação de Moscou...

— A propósito, diga-me, é verdade que todas as mulheres deixaram Moscou? Que ideia esquisita! Que tinham elas a temer?

— Será que as senhoras francesas não deixariam Paris, se os russos lá entrassem? — perguntou Pedro.

— Ah! ah! ah!... Ah! essa é forte, não há dúvida — exclamou o francês, rindo a bom rir e batendo no ombro de Pedro. — Paris?... Mas Paris, Paris...

— Paris, a capital do mundo... — acabou Pedro. O capitão olhou-o sem pestanejar. Tinha o costume de interromper-se no meio de suas frases para observar seu interlocutor, com olhos risonhos e afetuosos.

— Pois olhe, se o senhor não me tivesse dito que era russo, teria apostado que era parisiense. O senhor possui esse não sei quê, esse...— e feito este cumprimento, interrompeu-se de novo para fitar Pedro em silêncio.

— Estive em Paris, passei anos lá — disse Pedro.

— Oh! isto vê-se logo. Paris!... Um homem que não conhece Paris é um selvagem. Um parisiense, sente-se-lhe o cheiro a duas léguas. Paris é Talma, é a Duchesnois, Potier, a Sorbona, os bulevares. — E notando que sua conclusão não valia o começo, apressou-se em ajuntar: — Só há uma Paris no mundo. O senhor esteve em Paris e permanece russo. Pois bem, nem por isso o estimo menos.

Sob a influência do vinho, depois de todos aqueles dias passados em colóquio com sombrios pensamentos, achava Pedro um prazer involuntário em conversar com aquele rapaz alegre e obsequiador.

— Voltando às senhoras russas, dizem que são muito bonitas. Que ideia extravagante essa de ir enterrar-se nas estepes, quando o exército francês se encontra em Moscou! Que oportunidade perderam elas! Os seus mujiques são outra coisa, mas os senhores, gente civilizada, deviam conhecer-nos melhor. Tomamos Viena, Berlim, Madri, Nápoles, Roma, Varsóvia, todas as capitais do mundo... Temem-nos, mas amam-nos. Vale a pena conhecer-nos. E depois o Imperador... — começou ele, mas Pedro o interrompeu.

— O Imperador — repetiu com um semblante de repente sombrio e embaraçado. — Será que o Imperador...

— O Imperador! É a generosidade, a clemência, a justiça, a ordem, o gênio, o nosso Imperador! Sou eu, Ramballe, quem lho afirma... Aqui onde me vê, era seu inimigo há uns oito anos. Meu pai foi um conde emigrado... Mas ele me venceu, esse homem. Empolgou-me. Não pude resistir ao espetáculo de grandeza e de glória com que cobria a França. Quando compreendi o que ele queria, quando vi que preparava para nós um leito de louros, disse a mim mesmo: eis um soberano, entreguei-me a ele. E pronto! oh! sim, meu caro, é o maior homem dos séculos passados e futuros.

— Está em Moscou? — perguntou Pedro, com a hesitação dum homem apanhado em falta

O francês fitou aquele rosto de culpado e se pôs a rir.

— Não, fará sua entrada amanhã — disse ele, recontinuando a falar.

A conversa foi interrompida por vozes à porta e pela entrada de Morel que veio comunicar a seu capitão que hussardos wurtemburgueses acabavam de chegar e queriam pôr seus cavalos no mesmo pátio que os deles. A dificuldade provinha sobretudo do fato de não compreenderem os hussardos nada do que se lhes dizia.

O capitão deu ordem de lhe trazerem o segundo sargento e perguntou a este, em tom severo, a que regimento pertencia, quem era seu chefe e com que direito se permitia ocupar um alojamento já ocupado. O alemão, que compreendia mal o francês, respondeu às duas primeiras perguntas dando o nome de seu regimento e de seu chefe, mas não compreendeu a última; e misturando pedaços de francês ao seu alemão, respondeu que seu chefe lhe ordenara que ocupasse toda a fileira de casas. Pedro, que sabia alemão, traduziu ao capitão o que dizia o hussardo, e ao hussardo o que dizia o capitão. Compreendendo enfim de que se tratava, cedeu o alemão e levou seus homens. O capitão foi em seguida até o patamar e gritou algumas ordens.

Quando voltou para a sala, encontrou Pedro sentado no mesmo lugar, com a cabeça entre as mãos. Seu rosto exprimia sofrimento. E naquele minuto sofria efetivamente. Ficando só, com a saída do capitão, Pedro, bruscamente a sós consigo mesmo, dera-se conta da situação em que se encontrava. O que o torturava naquele momento, não era que Moscou tivesse sido tomada, que seus felizes vencedores fossem senhores dela e ele mesmo estivesse sob a proteção deles. Tudo isso decerto, pesava-lhe no coração, menos porém que o sofrimento de sua própria fraqueza. Alguns copos de vinho e a conversa que acabava de ter com aquele francês, bom rapaz, haviam dominado aquele estado de alma sombrio e concentrado em que passara aqueles últimos dias, estado de alma necessário ao cumprimento de seu projeto. A pistola, o punhal e o capote estavam prontos; Napoleão fazia sua entrada no dia seguinte. Pedro continuava a achar útil e cavalheiresco abater esse bandido, mas sentia agora que não mais o faria. Por quê? Não sabia de nada, mas tinha como que o pressentimento de que não iria até o fim de seu projeto. Lutava contra a consciência de sua fraqueza, mas tinha o sentimento confuso de que não a dominaria, de que seus sonhos de vingança, de assassínio e de sacrifício se haviam desvanecido como poeira no vento, ao contato com o primeiro homem que encontrava.

O capitão tornara a entrar na sala, puxando a perna e assobiando.

Sua tagarelice que, a princípio, havia divertido Pedro, pareceu-lhe de súbito odiosa. Aquele assobio, aquele andar, aquela maneira de retorcer o bigode, tudo isso lhe parecia agora insultante. "Vou-me embora imediatamente, sem dizer-lhe uma palavra mais", pensou. No entanto, malgrado esse pensamento, não se movia. Aquela estranha impressão de fraqueza que lhe sobreviera pregava-o a seu lugar; queria levantar-se e partir, mas não o podia.

O capitão, pelo contrário, parecia extremamente alegre. Deu duas vezes volta à sala. Seus olhos brilhavam e seu bigode tremia um pouco, como se algo de muito engraçado lhe provocasse um sorriso interior.

— Encantador — exclamou ele de repente, — o coronel desses wurtemburgueses. É alemão, mas um bom sujeito, pode-se dizer. Mas alemão. — Instalou-se diante de Pedro. — A propósito, o senhor sabe alemão, não é?

Pedro olhou em silêncio.

— Como diz o senhor asilo em alemão?

— Asilo? — repetiu Pedro. — Asilo em alemão: *"Unterkunft"*.

— Como é que é? — perguntou o capitão, num tom vivo e incrédulo.

— *Unterkunft* — repetiu Pedro.

— *Onterkoff* — repetiu o capitão que, por alguns segundos, fitou Pedro com seus olhos risonhos. — Os alemães são umas bestas orgulhosas. Não é mesmo, Senhor Pedro? — concluiu. — Pois então, mais uma garrafa deste bordéus moscovita, não é? Morel, esquenta-nos mais uma garrafinha, Morel! — gritou alegremente o capitão.

Morel trouxe a garrafa e velas. O capitão contemplou Pedro à luz e espantou-se com a alteração de suas feições. Aproximou-se e inclinou-se sobre ele, com uma simpatia sinceramente compassiva.

— Que é isso, estamos tristes? — disse ele, apertando a mão de Pedro. — Causei-lhe algum pesar? Não, não é? nada tem contra mim? — perguntou ele. — Talvez, algo a respeito da situação?

Sem responder, Pedro olhou o francês com afeto. Era sensível à simpatia que acabava de ser-lhe demonstrada.

— Palavra de honra, sem falar do que lhe devo, gosto do senhor. Posso fazer algo em seu favor? Disponha de mim. Para a vida e para a morte. Digo-o com a mão sobre o coração — exclamou ele, batendo no peito.

— Obrigado — disse Pedro.

O capitão olhou-o fitamente, com o mesmo olhar que tivera ao ficar sabendo a palavra "asilo", em alemão, e seu rosto expandiu-se de súbito.

— Ah! neste caso, bebo à nossa amizade! — gritou ele, todo alegre, enchendo dois copos.

Pedro tomou seu copo cheio e esvaziou-o dum trago. Ramballe bebeu o seu, apertou mais uma vez a mão de Pedro e descansou os cotovelos sobre a mesa, numa pose melancólica e pensativa.

— Sim, meu caro amigo, são esses os caprichos da fortuna — começou ele. — Quem diria que seria eu soldado e capitão de dragões a serviço de Bonaparte, como o chamávamos antes? E entretanto, eis-me em Moscou com ele. É preciso dizer-lhe, meu caro — continuou ele, com voz entristecida e medida de homem que se prepara para contar uma longa história, — que nosso nome é um dos mais antigos da França.

E com sua franqueza ingênua e fácil de francês, o capitão contou a Pedro a história de seus avós, de sua infância, de sua adolescência, de sua idade madura, todos os seus negócios de fortuna e de família. "Minha pobre mãe" desempenhava, nessa narrativa, como era natural, um papel importante.

— Mas tudo isso não é senão a encenação da vida, o fundo é o amor! O amor! Não é, Senhor Pedro? — disse ele, animando-se. — Mais um copo?

Pedro bebeu e serviu-se depois dum terceiro copo.

— Oh! as mulheres, as mulheres! — e, olhando Pedro com olhos langorosos, o capitão pôs-se a falar do amor e de suas aventuras amorosas.

Eram bastante numerosas e vendo-lhe o ar satisfeito e o bonito rosto, vendo-se a animação com que falava das mulheres, podia-se-lhe facilmente dar crédito. Se bem que todas as aventuras de Ramballe tivessem seu lado licencioso que, para os franceses, constitui o encanto e a poesia do amor, contava o capitão suas histórias com a sincera convicção de ter só ele experimentado e conhecido todas as felicidades do amor, e descrevia suas heroínas com tanta sedução que Pedro o escutava cheio de curiosidade.

Era evidente que o amor que o francês tanto amava não era nem aquela paixão elementar e sensual que Pedro experimentara outrora por sua mulher, nem aquele amor romântico que tinha por Natacha (Ramballe desprezava a ambos igualmente, um, por ser o *amor dos carroceiros,* o outro, por ser o *amor dos simplórios);* o amor que o empolgava consistia sobretudo em relações extraordinárias com as mulheres e combinações esquisitas constituíam o atrativo principal do sentimento.

Assim, contou o capitão a tocante história de seu amor por uma sedutora marquesa de trinta e cinco anos, duplicado pelo que experimentava pela filha dessa dama, graciosa e ingênua mocinha de dezessete anos. A luta de generosidade entre a mãe e a filha, que acabou pelo sacrifício da mãe oferecendo sua filha em casamento a seu amante, não era mais que uma recordação longínqua, mas comovia ainda o capitão. Depois contou um episódio em que o marido desempenhava o papel do amante e ele, o amante, o do marido, depois alguns episódios cômicos de suas recordações na Alemanha, onde "asilo" se pronuncia *Unterkunft,* onde os maridos comem chucrute e onde as moças são louras demais.

Chegou em seguida à sua derradeira aventura na Polônia, ainda bem fresca em sua memória e contou-a com gestos vivos, e de rosto animado. Salvara a vida dum polonês (nas narrativas de capitão encontrava-se fatalmente um episódio em que salvava ele a vida de alguém), tanto que esse polonês lhe confiara sua sedutora esposa, parisiense de coração, enquanto que ele próprio se alistava a serviço da França. O capitão estava no auge de seus votos, a sedutora polonesa queria fugir com ele; contudo, num impulso de generosidade, entregou a mulher a seu marido e lhe disse: "Salvei vossa vida e salvo vossa honra!" Ao repetir estas palavras, Ramballe enxugou os olhos e sacudiu a cabeça, como para afugentar o enternecimento que dele se apoderava a uma recordação tão comovedora.

Como acontece muitas vezes a uma hora avançada da noite e sob a influência do vinho, Pedro, enquanto escutava as histórias do capitão, acompanhava suas próprias recordações que, de repente, haviam-lhe assaltado a imaginação. Aquelas confidências de amor despertavam sua paixão por Natacha, repassava-lhe as imagens em seu espírito e as comparava com as narrativas de Ramballe. A do combate entre o dever e o amor, lhe repôs, sob os olhos, nos mínimos pormenores, seu derradeiro encontro com Natacha perto da Torre Sukhariev. No momento, aquele encontro pouco o impressionara, saíra-lhe mesmo completamente da memória. Agora, pelo contrário, parecia-lhe ter um significado e uma poesia particularíssimos.

"Pedro Kirillytch, venha pois, eu o reconheci". Ouvia essas palavras, via diante de si os olhos de Natacha, seu sorriso, seu gorro de viagem, as mechas soltas de seus cabelos... Tudo isso tinha algo de enternecedor, de comovente.

Depois de acabar sua história da polonesa entregue ao marido, o capitão perguntou a Pedro se experimentara esse sentimento de sacrifício de si ao amor e de ódio pelo esposo legítimo.

A esta pergunta, Pedro ergueu a cabeça, tomado da necessidade de expandir-se; e explicou que compreendia o amor um tanto diferentemente. Disse que durante toda a sua vida, só amara uma mulher e que essa mulher jamais seria sua.

— O que! — exclamou o capitão.

Depois Pedro contou que amava essa mulher desde seus mais verdes anos, mas nunca ousara pensar nela, porque não passava de uma menina, e que ele próprio, filho ilegítimo, nem mesmo um nome possuía. Mais tarde, quando recebeu como herança um nome e uma fortuna, não ousou tampouco, porque a amava por demais, colocava-a demasiado alto e por consequência muito acima de si mesmo.

Chegado a este ponto de sua narrativa, perguntou Pedro ao capitão se o compreendia.

O capitão fez um gesto significando que, mesmo que não o compreendesse, nem por isso deveria Pedro deixar de prosseguir.

— O amor platônico, as nuvens... — murmurou ele.

Seria o vinho bebido, a necessidade de abrir seu coração, ou ainda a certeza de que aquele homem não conhecia e não conheceria jamais um só dos personagens de que falava, ou bem tudo isso junto que desatou a língua de Pedro? Seja o que tenha sido, a boca pastosa, olhando com seus olhos turvos algum ponto distante, contou toda a sua vida; seu casamento e o amor de Natacha por seu amigo íntimo, a traição da moça e as relações cordiais que mantinha com ela. Levado pelas perguntas de Ramballe, contou mesmo o que ocultava a princípio, sua posição no mundo e seu nome verdadeiro.

O que mais chamou a atenção do capitão nas confidências de Pedro é que tratava com um homem rico, possuindo dois palácios em Moscou, que tudo abandonara sem fugir da cidade, que enfim ali ficava dissimulando seu nome e sua situação.

A uma hora avançada da noite saíram juntos para a rua. A noite mostrava-se suave e clara. À esquerda da casa brilhava o clarão do primeiro incêndio que se acendera em Moscou; sobre a Petrovka; à direita, muito alto no céu, o disco da lua nova: e em face da lua, o cometa luminoso que se associava na alma de Pedro ao seu amor. Na porta da casa estavam Guerassim, a cozinheira e dois franceses. Ouviam-se-lhes as risadas e as palavras com que procuravam entender-se. Contemplavam o clarão que subia sobre a cidade.

Aquele incêndio longínquo numa grande cidade nada tinha de ameaçador.

Pedro sentiu um alegre enternecimento contemplando o vasto céu estrelado, a lua, o cometa e o clarão vermelho. "Como tudo isso é belo! Que mais desejar?", pensava ele. Mas, de repente, lembrando-se de seu projeto, sentiu que a cabeça lhe girava, sentiu-se mal e teve de apoiar-se à barreira, para não cair.

Sem se despedir de seu novo amigo, Pedro se afastou da porta, cambaleando, voltou a seu quarto, estendeu-se sobre seu divã e adormeceu imediatamente.

30. No dia 2 de setembro, o clarão do primeiro incêndio foi percebido de vários pontos e produziu as impressões mais diversas sobre os habitantes em fuga e sobre o exército em retirada.

O comboio dos Rostov se deteve naquela noite cerca de vinte verstas de Moscou, em Mytichtchi. A 1º de setembro, tinham partido tão tarde, a estrada estava tão atravancada de veículos e de tropas, tivera-se de mandar buscar tanta coisa esquecida, que se decidira dormir na primeira noite a cinco verstas de Moscou. No dia seguinte de manhã, tinham acordado tarde e encontrado ainda tantos obstáculos no caminho, que não haviam ultrapassado as Grandes Mytichtchi. Às dez horas, a família Rostov e os feridos que viajavam com ela se espalharam pelos pátios e pelas isbás daquele grande burgo. Os criados, os cocheiros, os ordenanças dos feridos, após terem servido seus amos, comeram eles próprios, cuidaram dos cavalos e saíram para o patamar.

Na casa vizinha se encontrava o ajudante-de-campo de Raievski, que estava com o punho partido; sofria terrivelmente e seus gemidos ininterruptos ressoavam de maneira impressionante na doce noite de outono. Esse ajudante-de-campo passara a primeira noite no mesmo pátio que os Rostov. A condessa se queixara de não ter podido pregar olhos por causa dos gemidos dele e em Mytichtchi, transportara-se para uma isbá mais modesta, com o único fim de ficar um pouco mais distante daquele ferido.

Um dos criados avistou nas trevas, por trás do alto caixote dum dos veículos parados na entrada do pátio, outro clarão de incêndio, menos vasto. O primeiro já era visível desde muito tempo e todos sabiam que provinha das Pequenas Mytichtchi, onde os cossacos de Mamonov haviam atiçado o fogo.

— E aquele, camaradas, é outro — disse um ordenança.

Todos se voltaram para o clarão.

— Mas, como dizem, não foram mesmo os cossacos de Mamonov que puseram fogo às Pequenas Mytichtchi?

— Eles? Não, não é nas Pequenas Mytichtchi, é muito mais longe.

— Olha bem, deve ser em Moscou.

Dois criados desceram do patamar, passaram por trás do carro e treparam no estribo.

— É muito mais à esquerda. Vejamos: as Mytichtchi acham-se aqui e ali, e o incêndio é em lugar completamente oposto.

Alguns homens se aproximaram dos primeiros.

— Puxa! Como sobe! — disse um. Aquilo, senhores, é Moscou que se está incendiando, ou na Suchtchevskaia, ou na Rogojskaia.

Ninguém respondeu a esta observação. E durante um bom momento todas aquelas pessoas ficaram a contemplar em silêncio as labaredas que subiam daquele novo incêndio.

Um velho criado de quarto, do conde, Danilo Terentitch, aproximou-se do grupo e chamou Michka.

— Que é que estás olhando aí, idiotinha!... O conde te chama e ninguém responde; depressa, trata das roupas.

— Eu ia justamente buscar água — replicou Michka.

— E você, Danilo Terentitch, que diz? Aquilo tem cara de ser mesmo em Moscou — disse um lacaio.

Danilo Terentitch não respondeu e ficou muito tempo olhando em silêncio.O clarão tremulante alargava-se cada vez mais.

— Deus nos preserve!... Com este vento e esta sequidão disse uma voz.

— Olha como aquilo avança depressa. Oh! Senhor! Parece até uma revoada de gralhas! Senhor, tende piedade de nós!

— Hão de apagá-lo, decerto!

— Mas quem? — replicou Danilo Terentitch, até então silencioso. (Sua voz era calma e lenta). — Sim, é em Moscou, irmãos... a mãe dos muros bran... — Sua voz partiu-se de repente e ele se pôs a soluçar à maneira dos velhos.

E foi como se todos só tivessem esperado aquilo para compreender o que significava para eles aquele incêndio. Ouviram-se suspiros e preces misturados aos soluços do velho criado de quarto.

31. De volta para junto de seu amo, o velho criado de quarto comunicou-lhe que Moscou ardia. O conde vestiu seu roupão e saiu para ver. Com ele saíram a Senhora Schoss e Sônia, que ainda não tirara a roupa. Natacha e a condessa ficaram sozinhas no interior. (Pétia não estava mais com sua família; seguira seu regimento que se dirigia para Troitsa.)[109]

A condessa se pôs a chorar, quando soube do incêndio de Moscou. Natacha, pálida e de olhar fixo, sentada sob os ícones na banqueta (não se movera daquele lugar desde sua chegada), não prestou nenhuma atenção ao que dizia seu pai. Ouvia o gemer contínuo do ajudante-de-campo, que se escutava a três casas de distância.

— Ah! é horrível! — exclamou, voltando de fora, Sônia, toda trêmula e espantada. — Creio que Moscou inteira está em fogo; que clarão formidável! Natacha, vai ver da janela. Agora, daqui, vê-se muito bem — disse ela à sua prima, para tentar distraí-la.

Mas Natacha olhou-a, como se não compreendesse o que lhe diziam e fixou de novo o canto do fogão. Encontrava-se naquela espécie de letargia, desde de manhã, desde o momento em que, para espanto e grande aborrecimento da condessa, sabe Deus porque, achara Sônia necessário advertir Natacha do ferimento do Príncipe André e de sua presença no comboio deles. A condessa zangara-se contra Sônia, como raramente o fizera. Sônia pedira perdão, chorando e agora, como que para resgatar sua falta, não cessava de mostrar-se solícita para com sua prima.

— Olha, Natacha, como aquilo brilha! É terrível! — disse Sônia.

— Que é que brilha? — perguntou Natacha. — Ah! sim, Moscou!

E como para não ofender Sônia com uma recusa e livrar-se dela, voltou a cabeça para o lado da anela, olhou de tal maneira que evidentemente nada podia ver e retomou sua primitiva posição.

— Mas tu não viste!

— Sim, sim, vi bem — disse ela, com uma voz que suplicava que a deixassem tranquila.

A condessa e Sônia compreenderam que Moscou, o incêndio de Moscou e tudo quanto odia acontecer não tinha para Natacha nenhuma espécie de importância naquele momento.

O conde voltou para trás do tabique da isbá e deitou-se. A condessa aproximou-se de Natacha lhe tocou na cabeça com as costas da mão, como o fazia, quando sua filha estava doente, depois oçou-lhe a fronte com os lábios, como para saber se ela estava com febre e abraçou-a.

— Estás com frio? Estás tremendo. Devias deitar-te — disse ela.

— Deitar-me? Sim, bem, vou deitar-me. Imediatamente — respondeu Natacha.

De manhã, sabendo que o Príncipe André, gravemente ferido, viajava com eles, tinha a rincípio feito perguntas e mais perguntas; queria saber onde e como fora ferido, se seu ferimento

9. A 68 verstas de Moscou.

era perigoso, se podia vê-lo. Quando lhe asseguraram que ele não podia ser visitado, mas que seu ferimento, se bem que grave, não punha sua vida em perigo, não acreditou evidentemente no que lhe diziam, mas persuadiu-se de que dariam sempre a mesma resposta às suas perguntas. Assim, deixou de fazer perguntas e até mesmo de falar. Durante todo o trajeto, Natacha não fizera um movimento no seu canto; mantinha aquela mesma atitude com que a viam agora na banqueta onde estava sentada; tinha aqueles mesmos olhos escancarados, que a condessa conhecia muito bem e que lhe causavam medo. Refletia, decidia ou já tinha decidido alguma coisa no seu foro íntimo; a condessa sentia isso, mas não sabia o que podia ser e era isso que a amedrontava e atormentava.

— Natacha, tira a roupa, minha querida; vem deitar-te na minha cama. (Somente a condessa tinha uma cama; a Senhora Schoss e as duas moças deviam dormir em cima do feno, mesmo no soalho).

— Não, mamãe, vou deitar-me aqui, no chão — disse Natacha, impaciente; e, aproximando-se da janela, abriu-a. Os gemidos do ajudante-de-campo chegaram mais distintos pela janela aberta. Avançou ela a cabeça ao ar úmido da noite e a condessa viu-lhe o pescoço fino, sacudido pelos soluços, bater de encontro ao caixilho. Natacha sabia que aqueles gemidos não eram os do Príncipe André. Sabia que o príncipe repousava na isbá contígua, separada da dela somente por uma entrada; mas aquele gemido contínuo, terrível, arrancava-lhe soluços. A condessa trocou um olhar com Sônia.

— Deita-te, meu bem, deita-te, filhinha — disse ela, tocando-lhe levemente no ombro. — Vamos, deita-te, por favor.

— Ah! sim... imediatamente, imediatamente — disse Natacha, que se apressou em tirar a roupa, arrancando os cordões de suas saias.

Tirado o vestido, vestiu sua camisola e sentada, sobre as pernas dobradas, em cima do leito preparado para ela no chão, puxou para a frente seus curtos e finos cabelos e começou a trançá-los. Seus longos dedos delgados desfizeram e refizeram rapidamente a trança. A cabeça de Natacha pendia ora dum lado, ora doutro, num movimento costumeiro, e seus olhos como que dilatados pela febre permaneciam fixos. Acabada sua "toilette" da noite, deitou-se Natacha sem rumor, sobre o lençol estendido em cima do feno, bem perto da porta.

— Natacha, põe-te no meio — disse-lhe Sônia.

— Estou bem aqui — respondeu Natacha. — Mas deitem-se afinal — acrescentou ela, com aborrecimento. E mergulhou o rosto em seu travesseiro.

A condessa, a Senhora Schoss e Sônia desvestiram-se rapidamente e deitaram-se. Somente a lamparina, diante dos ícones, iluminava o quarto. Mas o pátio estava todo iluminado pelo incêndio das Pequenas Mytichtchi, afastado umas duas verstas; os gritos dos ébrios repercutiam no botequim situado na esquina da rua, pilhado pelos cossacos de Mamonov; e continuava-se a ouvir o gemido ininterrupto do ajudante-de-campo.

Natacha prestou ouvido muito tempo, sem se mexer, aos ruídos que vinham do exterior e do interior. Ouviu primeiro sua mãe rezar suas orações e suspirar, depois o estalo do leito sob seu peso, o ronco costumeiro da Senhora Schoss, acompanhado dum pequeno assobio, a tranquila respiração de Sônia. Depois a condessa chamou Natacha, que não respondeu.

— Creio que ela dorme, mamãe — cochichou Sônia.

A condessa, depois de um momento de silêncio, chamou ainda, mas desta vez ninguém lhe respondeu.

Logo depois, ouviu Natacha a respiração regular de sua mãe. Não fazia movimento algum, se bem que seu pezinho nu, saído de sob a coberta, gelasse sobre o chão.

Como para festejar sua vitória sobre todas aquelas pessoas adormecidas, um grilo começou a cricrilar numa fenda. Um galo cantou ao longe, um outro mais próximo lhe respondeu. No botequim, os gritos haviam-se calado; só se ouviam agora os gemidos do ajudante-de-campo.

Natacha se levantou.

— Sônia, estás dormindo? Mamãe! — cochichou ela.

Ninguém respondeu. Natacha se ergueu lentamente, com precaução e, depois de ter-se benzido, pousou a planta fina e flexível de seus pés nus no soalho sujo e frio. As pranchas estalaram. A pequenos passos rápidos, como um gatinho, aproximou-se da porta e girou a maçaneta gelada.

Parecia-lhe que batiam a golpes surdos e regulares em todas as paredes da isbá: era seu próprio coração que desfalecia e batia a ponto de rebentar, de medo, de pavor e de amor.

Abriu a porta, transpôs-lhe o limiar, pôs o pé sobre o solo gelado e úmido da entrada. Aquele frio que a tomou, reanimou-a. Tropeçou com seu pé num homem adormecido, saltou por cima dele e abriu a porta da isbá contígua, onde jazia o Príncipe André. Ali, tudo estava escuro. Num canto, perto do leito onde uma forma humana repousava, tinham colocado sobre a banqueta uma vela de sebo cuja mecha queimava mal e formava cogumelo.

Desde manhã, desde que soubera do ferimento e da presença do Príncipe André, decidira Natacha que haveria de vê-lo. Não sabia porque o deveria, sabia somente que essa entrevista seria um suplício e por esta razão achava-a tanto mais necessária.

Passara o dia na única esperança de revê-lo naquela noite. E agora que o minuto chegara, assaltara-a o temor, ao pensar no que ia ver. De que maneira estava ele mutilado? Que restava dele? Estaria no mesmo estado daquele ajudante-de-campo que não cessava de gemer? Sim, estava assim. Na sua imaginação, era ele a personificação daquele gemido horrível. Avistando no canto uma massa indistinta, pensou por engano que os joelhos do Príncipe André, que erguiam a coberta eram seus ombros e imaginou um corpo monstruoso; parou, apavorada. Mas uma força indomável a impelia para diante. Deu com precaução um passo, depois outro e achou-se no meio dum quartinho muito atravancado. Sobre a banqueta, debaixo das imagens, outro homem estava estendido (era Timokhin), e dois outros ainda repousavam no solo (o médico e o criado de quarto).

O criado de quarto se ergueu e murmurou alguma coisa. Timokhin que sofria de sua ferida na perna, não dormia e fitava, de olhos escancarados, aquela estranha aparição duma moça de camisa branca, de camisola e touca de dormir. As poucas palavras que o criado de quarto amedrontado e ainda adormecido pronunciou: "Quem está aí? Que quereis?" só fizeram Natacha aproximar-se mais depressa daquele que repousava no canto. Por mais horrível, por mais mutilado que estivesse aquele corpo, devia vê-lo. Passou perto do criado de quarto; a parte consumida da mecha da vela caiu e à luz mais viva, viu o Príncipe André estendido, com as mãos sobre a coberta e tal como sempre o conhecera.

Estava semelhante a si mesmo, mas sua tez aquecida pela febre, seus olhos brilhantes fixos nela com exaltação e sobretudo seu pescoço tenro e infantil que saía da gola dobrada de sua camisa, davam-lhe um ar particular, um ar jovem, inocente, que nunca lhe vira antes. Aproximou-se e, num movimento jovem, rápido e ágil, pôs-se de joelhos.

Ele sorriu e estendeu-lhe a mão.

32

. Tinha transcorrido uma semana, desde o momento em que o Príncipe André voltara a si, na ambulância do campo de Batalha de Borodino. Durante todo esse tempo quase não ecobrara o conhecimento. A febre persistente e a inflamação dos intestinos que tinham sido tingidos deviam liquidá-lo, na opinião do médico que o acompanhava. Entretanto, no sétimo dia omeu com prazer uma fatia de pão e bebeu uma xícara de chá, verificando o médico baixa da ebre. Pela manhã, o Príncipe André recuperara o conhecimento. Na primeira noite da viagem, omo estivesse quente bastante, deixaram-no dormir em seu carro; mas nas Mytichtchi, o próprio erido exigira que o tirassem dele e lhe dessem chá. A dor que experimentou, enquanto o transportavam, arrancou-lhe violentos gemidos e fê-lo perder de novo os sentidos. Uma vez instalado em u leito de campanha, ficou muito tempo estendido, sem movimento, de olhos fechados. Depois briu os olhos e murmurou: "E o chá?" Essa memória precisa dos pequenos pormenores da vida impressionou o médico. Tateou-lhe o pulso e, com grande espanto, e não sem inquietação, achou-o melhor. Se o médico ficou inquieto, é que estava convencido, por experiência, que o Príncipe André estava condenado e que se não morresse imediatamente, morreria pouco depois, em meio dos maiores sofrimentos. Com o Príncipe André, transportavam-se um major de seu regimento que haviam juntado ao comboio em Moscou, Timokhin, um homem de narizinho vermelho, ferido na perna, na mesma Batalha de Dorodino. Eram acompanhados por um médico, por um criado de quarto do príncipe, por seu cocheiro e dois ordenanças.

Deu-se chá ao Príncipe André. Bebeu avidamente, com os olhos febris fixos à sua frente, na porta, como se tentasse compreender e recordar-se.

— Não quero mais. Timokhin está aqui? — perguntou.

Timokhin arrastou-se para o lado dele, agarrando-se ao banco.

— Eis-me aqui, Excelência.

— Como vai a ferida?

— A minha? Não é nada. Mas o senhor?

O Príncipe André tornou-se pensativo, como se procurasse alguma coisa na sua memória.

— Haverá possibilidade de arranjar-se um livro? — perguntou ele.

— Qual?

— O Evangelho. Não o tenho.

O médico prometeu arranjar um e perguntou ao príncipe como se sentia. O Príncipe André respondeu a contragosto, mas com lucidez, a todas as perguntas do médico, pois disse que, com uma almofada colocada por baixo, estaria mais a cômodo e sofreria menos. O médico e o criado de quarto levantaram o capote que o cobria e, fazendo caretas ao abominável fedor de carne podre que se desprendia, puseram-se a examinar a horrível chaga. O médico deixou transparecer certo descontentamento, refez em parte o penso e virou o ferido de tal maneira que este recomeçou a gemer e, perdendo de novo os sentidos, sob o efeito da dor, recomeçou a delirar. Repetia sem cessar que lhe arranjassem o mais depressa possível o livro e que o pusessem perto de si.

— Que vos custa? — repetia ele. — Não o tenho; arranjai-mo, rogo-vos; ponde-o junto de mim um minuto só — repetia ele com voz gemente.

O médico saiu para o vestíbulo, a fim de lavar as mãos.

— Ah! você não tem consciência deveras — disse ele ao criado de quarto que lhe derramava água nas mãos, — bastaria um minuto de inatenção de minha parte. E é um tal sofrimento que me admira que ele suporte.

— Acho que estamos fazendo o que podemos, Senhor Jesus! — respondeu o criado de quarto.

Pela primeira vez o Príncipe André compreendeu o que lhe acontecera; lembrou-se de que estava ferido e que no momento em que sua caleça se detivera em Mytichtchi, pedira para se transportado para uma isbá. Depois de ter de novo perdido os sentidos sob a dor, voltara a si um segunda vez na isbá, quando tomara seu chá, e de novo tornando a traçar na sua recordação tud quanto lhe acontecera, revivera com mais força do que nunca aquele minuto na ambulância onde à vista dos sofrimentos do homem a quem odiava, fora invadido por aqueles pensamento novos, que lhe prometiam a felicidade. E esses pensamentos, se bem que indecisos e confusos se apoderavam ainda uma vez de sua alma. Lembrava-se de que possuía agora uma felicidad nova e que essa felicidade tinha qualquer ligação com o Evangelho. Por esta razão é que reclama ra o livro. Mas a má posição dada ao seu ferimento, quando o viraram, fizera-o ainda uma ve perder o fio de seus pensamentos e era pela terceira vez que retomava contato com a vida, n silêncio completo da noite. Tudo dormia em torno dele; um grilo cricrilava na entrada; for alguém vociferava e cantava; as baratas deslizavam em cima da mesa, dos ícones e das parede uma gorda mosca chocava-se contra seu travesseiro e zumbia em redor da vela, colocada junt dele e que borbulhava, derretendo-se.

Sua alma não se achava no seu estado normal. Comumente, o homem de boa saúde é invad do ao mesmo tempo por mil pensamentos, sensações, recordações, e quando detém sua escoll

numa única série de pensamentos ou de fatos, tem o poder e a força de fixar sobre ela toda a sua atenção. O homem em boa saúde é capaz de subtrair-se a uma ideia profunda para dizer uma palavra amável a alguém que entra, e depois retomar o curso de seus pensamentos. A alma do Príncipe André, deste ponto de vista, não se achava num estado normal. Suas forças intelectuais estavam mais ativas, mais lúcidas do que nunca, mas agiam fora de sua vontade. Os pensamentos e as imagens mais diversos se apoderavam dele. Por vezes seu pensamento se punha de repente a trabalhar com uma violência, uma nitidez e uma profundeza que jamais tivera, quando estava ele de boa saúde, mas de repente, bem no meio desse trabalho, a ideia se partia, uma representação inesperada surgia e era-lhe impossível reatar a cadeia.

"Sim, tive a revelação duma nova felicidade que não se pode arrebatar do homem", pensava ele, jacente na sombria e silenciosa isbá, com os olhos febris escancarados e fitos à sua frente. "Uma felicidade que escapa às forças materiais, às influências exteriores, a felicidade apenas da alma, a felicidade do amor! Todo homem pode compreendê-la, mas só Deus pode penetrá-la, revelá-la. E como Deus nos revelou essa lei? Por que o Filho...?"

Bruscamente o fio de seus pensamentos se partiu e o Príncipe André ouviu (sem saber se era no delírio ou na realidade) uma doce voz sussurrante que repetia infatigavelmente em compasso: "Piti-piti-piti", e de novo "iti-ti" e ainda, e ainda "i-ti-ti". Ao mesmo tempo, ao som daquela música sussurrante, sentia o Príncipe André que acima de seu rosto, bem no meio, se elevava uma estranha construção aérea, feita de agulhas finas e de cavacos. Sentia (se bem que isso fosse demasiado penoso) que precisava manter cuidadosamente seu equilíbrio para que a construção aérea não se desmoronasse, mas apesar disso ela se desmoronava e de novo, lentamente, se reedificava aos sons ritmados da música sussurrante. "Ela cresce! Ela cresce! Ela se alonga e cresce!", dizia a si mesmo o Príncipe André. Ao mesmo tempo que prestava ouvidos àquele sussurro e sentia elevar-se e amplificar-se aquela construção de agulhas, via o Príncipe André, a intervalos, o círculo vermelho da chama da vela, ouvia o zumbido das baratas e da mosca que vinha bater contra seu travesseiro e contra seu rosto. E cada vez que a mosca lhe tocava no rosto, produzia ela uma sensação de queimar; mas ao mesmo tempo, ficava surpreendido pelo fato de, batendo no local onde se elevava a construção acima do seu rosto, a mosca, não a fazer desmoronar. Passava-se ainda mais, um fenômeno importante: era uma mancha branca na porta, uma estátua de esfinge que, também ela, o esmagava.

"Mas talvez seja minha camisa colocada sobre a mesa — pensava o Príncipe André. — Aqui estão minhas pernas, aqui a porta. Então por que se alonga, por que se eleva esse piti-piti, piti-piti, i-ti-ti-i-piti, piti, piti... Basta, pára, rogo-te, pára", exclamava queixosamente o Príncipe André, como se rogasse a alguém. Depois, de repente, voltaram pensamentos, sentimentos duma força e duma clareza extraordinários.

"Sim, o amor (disse a si mesmo de novo, com uma profunda lucidez), não esse amor que conhece o seu fim, suas razões ou sua causa, mas aquele que experimentei pela primeira vez quando, moribundo, vi meu inimigo e, ainda assim, o amei. Experimentei então esse sentimento que é a essência mesma de nossa alma e que não tem necessidade de objeto. E agora também experimento esse sentimento abençoado. Amar seu próximo! Amar seus inimigos! Tudo amar é amar a Deus em todas as suas manifestações. Amar um ser querido é amar com um amor humano, mas amar seu inimigo é amar unicamente com um amor divino. Eis porque tal alegria me veio quando senti que amava aquele homem. Que lhe aconteceu? Terá morrido?"

"Amar com um amor humano é poder passar do amor ao ódio, ao passo que o amor divino é imutável. Nada, nem mesmo a morte, pode destruí-lo. É a essência da alma. Quantas pessoas não tenho odiado durante minha vida? E jamais amei ninguém, odiei tanto alguém quanto ela". E imaginou vivamente Natacha, não tal como a imaginava outrora, com aquele encanto único que o havia encantado. Pela primeira vez, imaginou a alma de Natacha. E compreendeu os sentimentos daquela moça, seu sofrimento, sua vergonha, seu arrependimento. Agora sentia toda a crueldade de sua recusa, via pela primeira vez a crueldade de sua rutura com ela. "Se eu pudesse revê-la uma vez somente. Uma só vez olhar seus olhos e dizer-lhe..."

"Piti-piti, bum!" A mosca acabava de embater-se. E sua atenção foi subitamente levada para outro mundo de realidade e de alucinações em que se passava algo de particular. Nesse mundo também se elevava, sem desmoronar, um edifício que crescia continuamente, lá também brilhava a mesma vela com seu círculo vermelho; e a mesma camisa-esfinge se mantinha na porta; mas ao lado de tudo isso, houve um estalido, um sopro de ar fresco, depois nova esfinge branca, de pé, apareceu diante da porta e essa esfinge tinha o rosto pálido, os olhos brilhantes daquela Natacha na qual acabara de pensar.

"Oh! como é penoso esse delírio incessante!", pensou o Príncipe André, tentando afugentar de sua imaginação aquele rosto. Mas aquele rosto permanecia ali com toda a força da realidade e aquele rosto se aproximava. O Príncipe André quis reentrar no mundo do pensamento puro que acabava de deixar, mas não o pôde, tanto o delírio o arrastava para seu domínio. A voz tranquila e sussurrante prosseguia no seu murmúrio cadenciado, alguma coisa o oprimia, aumentava, e o estranho rosto permanecia diante dele. O Príncipe André reuniu todas as suas forças para se dominar; estremeceu, mas de repente seus ouvidos zumbiram, seus olhos se turvaram e, como um homem que se afoga, perdeu os sentidos. Quando voltou a si, Natacha, aquela mesma Natacha, que entre todos os seres do mundo queria amar com aquele amor novo, puro, divino, cuja revelação tivera, conservava-se de joelhos diante de seu leito. Compreendeu que era a verdadeira Natacha, em carne e osso, e, em lugar de ficar surpreendido, regozijou-se suavemente. Natacha de joelhos, trêmula de medo, mas imóvel (sentia-se incapaz de mover-se), contemplava-o, retendo seus soluços. Seu rosto estava pálido e como que petrificado. Somente no seu maxilar inferior vibrava um tremor.

O Príncipe André lançou um suspiro de alívio, sorriu e lhe estendeu a mão.

— É você? — disse ele. — Que felicidade!

Vivamente, com precaução, Natacha aproximou-se dele, arrastando-se nos joelhos, tomou-lhe delicadamente a mão, inclinou sobre ela seu rosto e beijou-a, roçando-a apenas com seus lábios.

— Perdão! — proferiu ela num suspiro e, erguendo a cabeça, fitou-o. — Perdoe-me!

— Amo-te — disse o Príncipe André.

— Perdão...

— Perdoar o quê? — perguntou o Príncipe André.

— Perdoe-me o que... eu fiz — disse Natacha, com uma voz entrecortada e apenas perceptível, e cobriu-lhe a mão de beijos de mansinho.

— Amo-te muito mais, muito melhor que outrora — disse o Príncipe André, e, com sua mão, ergueu-lhe o rosto, a fim de poder contemplar seus olhos.

Estavam eles inundados de lágrimas de felicidade, aqueles olhos que o olhavam timidamente, cheios de compaixão, de alegria e de amor. O magro rosto pálido de Natacha, com seus lábios cheios, estava longe de ser belo; era aterrorizante. Mas o Príncipe André não o via, olhava aqueles olhos brilhantes, aqueles olhos que eram tão belos. Atrás deles ouviu-se um ruído de vozes.

Pedro, o criado de quarto, que agora depertara totalmente de seu sono, despertara por sua vez o médico. Timokhin, a quem sua ferida na perna impedia de dormir, via desde muito tempo o que se passava; puxava seu lençol com cuidado sobre seu corpo desvestido e encolhia-se todo no seu banco.

— Que é que é? — perguntou o doutor, erguendo-se na sua cama. — Faça o obséquio de retirar-se, senhorita.

Nesse momento, uma criada, enviada pela condessa à procura de sua filha, bateu à porta.

Natacha saiu do quarto como uma sonâmbula despertada em meio do seu sono; e de volta para a outra isbá, caiu soluçando sobre seu leito.

Desde aquele dia, durante todas as paradas e todas as etapas da longa viagem dos Rostov, Natacha não deixou mais o ferido e o médico teve de reconhecer que não teria jamais crido encontrar numa moça tamanha energia e tamanho jeito no tratar os feridos.

Por mais espantosa que pudesse parecer à condessa a ideia de que o Príncipe André viesse a morrer durante a viagem entre as mãos de sua filha (coisa provável, segundo a opinião do médico), não pôde impedir que Natacha fizesse o que bem entendesse. A reaproximação do Príncipe André ferido e de sua filha fazia supor que suas primeiras relações de noivos poderiam reatar-se em caso de cura; mas ninguém fazia alusão a isso, e Natacha e o príncipe menos que quaisquer outros. Uma única preocupação dominava tudo: a questão de vida ou de morte, suspensa não só sobre a cabeça de Bolkonski, mas sobre toda a Rússia.

33. No dia 3 de setembro, Pedro despertou bastante tarde. Estava com dor de cabeça; as roupas, que não tinha tirado para dormir, pareciam-lhe pesadas; e a vaga consciência de haver praticado na véspera algo de vergonhoso pesava sobre ele. Era sua conversa com o Capitão Ramballe.

O relógio marcava onze horas, mas lá fora, o tempo parecia especialmente sombrio. Pedro se levantou, esfregou os olhos e, avistando a pistola, de punho encrustado, que Guerassim havia tornado a colocar em cima da escrivaninha, lembrou-se do lugar onde estava e do que decidira fazer naquele dia mesmo.

“Não estarei já atrasado?” pensou ele. “Não; Ele não fará provavelmente sua entrada em Moscou antes do meio-dia”.

Pedro não permitia mais a si mesmo refletir sobre seu dever, apressava-se, febrilmente, em passar à ação.

Depois de ter posto ordem em suas roupas, apoderou-se Pedro da pistola e dispôs-se a partir. Mas nesse momento perguntou a si mesmo pela primeira vez como devia levar sua arma que não podia empunhar pela rua. Mesmo sob seu vasto capote, era-lhe difícil dissimular uma pistola daquele calibre. Não podia colocá-la nem na cintura, nem debaixo do braço sem que fosse notada. Além disso, a pistola estava descarregada e Pedro não tivera tempo de recarregá-la. “Um punhal faria igualmente bem o serviço”, disse a si mesmo, se bem que, mais de uma vez, pensando no seu projeto, tivesse dito a si mesmo que a principal falta do estudante de 1809 fora justamente ter querido matar Napoleão com um punhal. Mas, no fundo, o verdadeiro objetivo de Pedro era não tanto cumprir seu desígnio, mas provar a si mesmo que não renunciava a ele, mas ia fazer tudo para levá-lo acabo. Apoderou-se Pedro às pressas dum mau punhal cheio de dentes, metido numa bainha verde que comprara ao mesmo tempo que a pistola na Torre Sukhariev, e enfiou-o sob seu colete.

Com o cinto do capote bem-ajustado e o boné puxado sobre os olhos, esforçando-se por caminhar sem barulho e evitar o capitão, Pedro atravessou o corredor e passou para a rua.

O incêndio que, na véspera, à noite, deixara-o tão indiferente, tomara durante a noite séria extensão. Moscou já ardia por diversos lados. O incêndio raivava ao mesmo tempo nas Galerias dos Carroceiros, no quarteirão da margem esquerda, no Gostiny Dvor, no Povarskaia, entre os barcos amarrados sobre o Moskva e nos depósitos de madeira perto da ponte de Dorogomilov.

O caminho que Pedro queria seguir levava-o através de becos, pela Povarskaia e depois pelo Arbate, na direção da Igreja de São Nicolau; era lá que, na sua imaginação, marcara desde muito tempo o lugar onde devia cumprir seu crime. A maior parte das casas estava com seus postigos e portas fechados. As ruas e becos, vazios. O ar cheirava a queimado, a fumaça. Aqui e ali encontravam-se russos de ar tímido e inquieto, e soldados franceses, com aspecto de veteranos, obstruíam o centro da rua. Uns e outros olhavam Pedro com surpresa. O que admirava os russos, além de sua elevada estatura, sua corpulência e a expressão estranhamente concentrada, atormentada de seu rosto e de toda a sua pessoa, era sua impossibilidade de definir a classe a que podia pertencer aquele homem; quanto aos franceses, acompanhavam-no com a vista porque em lugar de olhá-los com uma curiosidade misturada de temor, como seus compatriotas, não lhe prestava atenção alguma. Na porta duma casa, três franceses falando com russos que não o compreendiam, detiveram Pedro para lhe perguntar se sabia francês.

Pedro fez com a cabeça sinal que não e continuou seu caminho. Noutro beco, uma sentinela, de pé diante de um caixote pintado de verde, gritou-lhe alguma coisa e foi somente ouvindo-o repetir sua imposição ameaçadora e vendo-o armar seu fuzil que Pedro compreendeu que devia seguir pelo outro lado da rua. Não prestava atenção a coisa alguma em redor de si. Carregava dentro de si o seu projeto como uma coisa estranha e temível; carregava-o com pressa e com horror, temendo, em consequência da experiência da noite anterior, perdê-lo completamente. Mas não era destino de Pedro conservar intacto esse estado de alma até o lugar para o qual se dirigia. Mesmo que ninguém o tivesse detido em caminho, seu projeto não teria podido realizar-se, porque, desde mais de quatro horas, havia Napoleão passado do subúrbio de Dorogomilov pelo Arbate diretamente para o Kremlim. Estava instalado agora no gabinete do tzar, no palácio do Kremlim; na mais sombria disposição de espírito, dava ordens pormenorizadas e circunstanciadas para que se extinguisse imediatamente o incêndio, se evitasse a pilhagem e se tranquilizasse a população. Mas Pedro não sabia de nada; completamente absorvido pelo imediato, atormentava-se, à maneira dos obstinados que empreendem o impossível; atormentava-se, não por causa da dificuldade, mas porque o ato projetado repugnava à sua natureza, porque temia fraquejar no minuto decisivo e, por consequência, descair na sua estima própria.

Se bem que não visse nem ouvisse nada do que se passava em torno de si, seguia por instinto o caminho que se havia traçado, sem se enganar no dédalo dos becos que iam dar à Povarskaia.

Quanto mais se aproximava da Povarskaia, mais aumentava a fumaça; o calor do incêndio já se fazia sentir. De tempos em tempos, línguas de fogo levantavam-se dos telhados das casas. Encontrava-se mais gente e os rostos estavam mais alarmados. Mas embora Pedro sentisse que algo de extraordinário se passava em redor de si, não se dava conta de que caminhava diretamente para o incêndio. Enquanto seguia por uma vereda que atravessava um vasto terreno vago limitando, de um lado com a Povarskaia e do outro com os jardins do palácio do Príncipe Gruzinski, ouviu Pedro, perto de si, de repente, um grito de desespero lançado por uma mulher. Parou, como se despertasse dum sonho, e ergueu a cabeça.

Fora da vereda, sobre a relva empoeirada e seca, amontoavam-se objetos familiares: edredões, samovar, ícones e malas. Por terra, ao lado das malas, estava sentada uma mulher magra, nem moça nem velha, com compridos dentes para fora, vestida com uma capa curta de grande roda e trazendo na cabeça uma touca. Aquela mulher balançava-se, murmurando alguma coisa e chorando copiosamente. Duas meninas, de dez a doze anos, com vestidos curtos sujos e pequenas peliças, olhavam sua mãe com uma expressão de pasmo em seus rostos pálidos e amedrontados. Um menininho mais moço, de cerca de sete anos, dentro duma capa muito comprida e com um boné muito grande, chorava nos braços de sua velha ama. Uma criada suja estava sentada em cima duma mala, de pés descalços; tendo desmanchado sua trança loura, dela retirava cabelos avermelhados que levava ao nariz. O marido, um homenzinho de costas curvadas, e pequeno uniforme de funcionário, com barba em forma de colar, cabelos bem-alisados nas têmporas e saindo dum boné colocado bem-direito, remexia com ar impassível as malas colocadas umas sobre as outras, para de sob elas retirar algumas roupas. A mulher se lançou quase aos pés de Pedro, quando o avistou.

— Boa gente, cristãos, salvai-nos, ajudai-nos!... caro senhor!... Quem quer que sejais, ajudai-nos! — exclamou ela entre soluços. — Minha filhinha!... minha filha!... minha menorzinha, deixaram-na!... Morreu queimada! Oh! oh! oh! Foi para isso que tanto te acalen... oh! oh! oh!

— Tranquiliza-te, Maria Nicolaievna — disse o marido, com voz calma, sem dúvida para justificar-se diante de um desconhecido. — Sem dúvida, tua irmã a levou, senão onde poderia estar ela? — acrescentou.

— Idiota, monstro! — gritou, cheia de ódio, a mulher, deixando de repente de chorar. — Não tens coração, não lastimas nem mesmo tua filha. Outro tê-la-ia tirado do fogo. E esse idiota não um homem, não é um pai. Vós sois um nobre coração — disse ela a Pedro, precipitando sua palavras e soluçando. — O fogo era ao lado e pegou na nossa casa. A criada gritou: está queimando! Corremos a reunir nossas coisas. Salvamo-nos com o que tínhamos no corpo... Eis o que pudemos trazer... o ícone, o leito de meu dote, tudo mais se perdeu. Pego as crianças... Kátia não estava entre elas. Oh! oh! oh! Meu Deus! E recomeçou a chorar. — Minha menininha morreu queimada, queimada!

— Mas onde ficou ela? — perguntou Pedro.

Pela animação de seu rosto, compreendeu a mulher que aquele homem poderia auxiliá-la.

— Meu bom senhor! Meu paizinho! — suplicou ela, cercando-lhe os joelhos com os braços. — Meu benfeitor, tranquilizai ao menos meu coração!... Aniska, suja criatura, vai, guia-o — gritou ela para a criada, abrindo uma boca rabugenta que descobriu ainda mais seus compridos dentes.

— Guia-me, eu... eu procurarei... — apressou-se Pedro em dizer, com voz ofegante.

A criada suja saiu de trás de seu baú, arranjou sua trança e, dando um suspiro, seguiu na frente, de pés descalços, pela vereda. Pedro estava como um homem que volta à vida após um longo desmaio. Ergueu a cabeça, seus olhos começaram a brilhar com o clarão da vida e, a passos rápidos, seguiu a moça, alcançou-a, foi dar à Povarskaia. A rua inteira estava cheia duma espessa nuvem de fumaça negra. Línguas de fogo escapavam por todos os lados. Uma multidão de pessoas se comprimia nas proximidades do incêndio. No meio da rua, um general francês dizia alguma coisa aos que o cercavam. Conduzido pela criada, ia Pedro aproximar-se do lugar onde se achava o general, mas os soldados franceses fizeram-no parar.

— Não pode passar! — gritaram-lhe.

— Por aqui, meu tio — disse a criada, entraremos pelo beco para atravessar o pátio dos Niculind.

Pedro arrepiou caminho, dando por vezes grandes passadas para conseguir acompanhar a criada. Esta atravessou a rua correndo, tomou à esquerda pelo beco, deixou para trás três casas e dobrou à direita sob uma porta.

— Estaremos lá imediatamente — explicou ela.

Depois de ter atravessado o pátio a galope, abriu ela a porta duma paliçada e mostrou a Pedro um pavilhão de madeira que ardia com umas labaredas claras, espalhando forte calor. Todo um lado já havia desmoronado, enquanto que do outro, todo abrasado, uma labareda faiscante saía pelas aberturas das janelas e do telhado.

Aproximando-se da porta do pátio, foi Pedro sufocado pelo calor e, malgrado seu, teve de parar.

— Qual, qual é a casa de vocês? — perguntou.

— Oh! oh! oh! — berrou a criada, indicando o pavilhão. — Ei-la, é aquela ali a nossa casinha. E tu estás no fogo, Katenka, nosso tesouro, minha meninazinha querida! Oh! oh! oh! — gemia Aniska, que experimentava a necessidade de manifestar também seus sentimentos diante do incêndio.

Pedro lançou-se para o pavilhão, mas o calor era tão forte que teve de contorná-lo e achou-se perto duma grande casa da qual só um lado do telhado ardia e em cujo redor formigava uma multidão de franceses. A princípio Pedro não compreendeu o que aqueles franceses faziam ali. Arrastavam alguma coisa; mas quando viu um deles dar uma espaldeirada com o sabre num camponês, arrancando-lhe sua peliça de raposa, compreendeu confusamente que se tratava de saqueadores; todavia não tinha tempo de aprofundar tal pensamento.

Os estalidos, o barulho das paredes e dos forros que desmoronavam, o assobio e ronco do fogo, os clamores da multidão, a vista dos turbilhões de fumaça que ora se mostravam espessos e negros, ora subiam, iluminados pelas faíscas, a vista das labaredas subindo de parede em parede, vermelhas e densas como medas de palha ou semelhantes a escamas douradas, as sensações causadas pelo calor, pela fumaça e pela corrida, tudo isto fez nascer em Pedro a excitação que produzem comumente os incêndios nas crianças. Era tanto mais forte nele que, de repente, se sentiu liberto das ideias que o obcecavam. Reencontrava-se jovem, alegre, destro, decidido. Deu volta, correndo, ao pavilhão, do lado da grande casa e já queria precipitar-se na parte ainda de pé, quando ouviu várias vozes gritarem justamente acima de sua cabeça e, logo em seguida, um estalido e o barulho de algo de pesado caindo perto de si.

Pedro ergueu os olhos e viu franceses que acabavam de atirar por uma janela da casa uma gaveta de cômoda cheia de objetos de metal. Outros soldados franceses que haviam ficado embaixo aproximaram-se da gaveta.

— Ora essa, que é que esse sujeito ali quer? — gritou um deles, avistando Pedro.

— Uma criança nessa casa. Não viram uma criança? — perguntou Pedro.

— Bolas, que é que esse cara está cantando? Vai passear — exclamaram várias vozes; e um dos soldados, temendo visivelmente que Pedro quisesse tomar-lhe a prata e os bronzes da gaveta, avançou para ele com ar ameaçador.

— Uma criança? — gritou do alto um dos franceses. — Ouvi um chorinho no jardim. Talvez seja a sua criancinha, meu velho. Precisamos ser humanos, não é mesmo?...

— Onde está ela? Onde está ela? — perguntou Pedro.

— Por ali! Por ali! — gritava-lhe o francês da janela, mostrando o jardim por trás da casa. — Espere, vou descer.

Com efeito, alguns segundos depois, o francês, um rapaz de olhos negros, com uma mancha na face, saltou, em mangas de camisa, duma janela do andar térreo e batendo no ombro de Pedro, levou-o para o jardim.

— Despachem-se vocês lá — gritou ele a seus camaradas. — Começa a fazer calor.

Lançaram-se por trás da casa por um caminho ensaibrado; de repente o francês puxou Pedro pelo braço e lhe mostrou algo redondo. Era uma menina de três anos, de vestido cor-de-rosa, que jazia debaixo de um banco.

— Lá está a sua criancinha. Ah! uma menina, tanto melhor — disse o francês. — Até logo, meu gorducho. Precisamos ser humanos. Somos todos mortais, como sabe — e o francês da mancha na face correu a juntar-se a seus camaradas.

Ofegante de alegria, Pedro precipitou-se para a menininha e quis tomá-la nos seus braços. Mas à vista dum estranho, a menina escrofulosa e doente e parecida com sua mãe, se pôs a gritar e quis fugir. Pedro, entretanto, a alcançou e ergueu-a em seus braços; gritou ela com voz raivosa, desesperada, debateu-se, procurou com suas mãozinhas fazer que Pedro a largasse, e até mesmo, com sua boca ranhosa, mordeu-lhe as mãos. Pedro sentiu-se invadido por uma impressão de horror e de repulsa semelhante à que teria experimentado ao contato de algum animalzinho repugnante. Mas fez um esforço sobre si mesmo para não repelir a criança e voltou correndo com seu fardo para a casa grande. Já não se podia passar mais pelo mesmo caminho. Aniska desaparecera. E, cheio de compaixão tanto quanto de desgosto, apertando contra si o mais ternamente que podia a menininha toda molhada e berrante, lançou-se através do jardim para encontrar outra saída.

34. Quando Pedro, depois de ter atravessado, correndo, numerosos pátios e becos, voltou com seu fardo para o jardim de Gruzinski, na esquina da Povarskaia, não reconheceu imediatamente o lugar donde tinha partido à procura da criança, tão atravancado estava de gente e de objetos tirados das casas. Além das famílias russas, junto de seus bens salvos do incêndio, achavam-se ali alguns soldados franceses com uniformes variados. Pedro não lhes prestou nenhuma atenção. Tinha pressa em reencontrar a família do funcionário, entregar a menina à sua mãe e voltar em seguida a tomar parte nos socorros. Parecia-lhe que tinha ainda muito que fazer e que o tempo urgia. Esquentado pelas labaredas e pela corrida, sentia Pedro ainda mais fortemente naquele minuto esse sentimento de juventude, de ardor e de decisão, que se apoderara dele, quando se precipitara para salvar a criança. A menina estava calma agora; com suas mãozinhas agarradas ao capote de Pedro, estava instalada em seu braço e olhava em torno de si com olhos de animalzinho selvagem. De vez em quando, Pedro a fitava com um leve sorriso. Parecia-lhe ver algo de inocente e de comovedor naquela carinha amedrontada de criancinha doente.

O funcionário e sua mulher não se achavam mais no mesmo lugar. Pedro caminhava a grandes passos por entre os grupos, encarando todos quantos encontrava. Não pôde deixar de notar uma família armênia, composta dum velho muito idoso de belo tipo oriental, trazendo uma peliça estofada e botas novas, duma velha do mesmo tipo e de uma mulher jovem. Esta, uma adolescente, pareceu a Pedro a perfeição da beleza oriental, com suas sobrancelhas negras arqueadas, de desenho puro e seu rosto alongado, bonito, dum rosa tenro, sem nenhuma expressão. Entre aqueles objetos esparsos, naquela multidão, naquele lugar, parecia, com sua rica peliça de cetim e o fichu roxo vivo que lhe cobria a cabeça, uma delicada flor de estufa, lançada sobre a neve. Estava sentada em cima de pacotes, um pouco atrás da velha, e fixava o chão com seus grandes olhos negros amendoados, sombreados por longas pestanas. Via-se que tinha consciência de sua beleza e temia por ela. Seu rosto impressionou Pedro que, enquanto corria ao longo duma paliçada, não pôde deixar de voltar-se repetidas vezes. Chegado ao fim da paliçada e não encontrando em parte alguma aqueles a quem procurava, Pedro parou, indeciso.

Aquele homem de elevada estatura, carregando uma criança em seus braços fazia-se notar muito mais do que antes e logo alguns russos, homens e mulheres, se reuniram em torno dele.

— Perdestes alguém, meu bom homem? Sois um nobre, não? De quem é essa criança? — perguntavam-lhe.

Pedro respondeu que a pequena pertencia a uma mulher de peliça preta que estava sentada com seus filhos naquele lugar e perguntou se alguém a conhecia e podia dizer aonde tinha ela ido.

— Devem ser os Anferov — disse um velho diácono, dirigindo-se a uma mulher de cara bexigosa. — Senhor, tende piedade de nós. Senhor, tende piedade de nós! — acrescentou ele com ordinária voz de baixo.

— Onde estão os Anferov? — respondeu a mulher. — Mas partiram esta manhã. Deve ser, creio, Maria Nicolaievna ou então os Ivanov.

— Ele disse uma mulher e Maria Nicolaievna é uma dama — explicou um criado.

— Mas deveis conhecê-la, uma mulher magra, de dentes compridos — disse Pedro.

— É mesmo Maria Nicolaievna. Fugiram para o jardim, quando esses lobos nos caíram em cima — disse a mulher, apontando soldados franceses.

— Ó Senhor, tende piedade de nós! — repetiu o diácono.

— Passai por aqui, vamos; eles estão lá embaixo, é ela mesma! Não parava de lamentar-se, chorava — disse uma mulher. — É ela mesma. Por aqui.

Mas Pedro não escutava a mulher. Desde alguns segundos, não desfitava os olhos do que se passava a alguns passos de si. Olhava a família armênia; dois soldados franceses haviam-se aproximado dela. Um deles, pequeno, vivo, tinha um capote azul preso à cintura por uma corda, um boné de pelo e pés descalços. O outro, que atraiu particularmente a atenção de Pedro, era um lourão magro e curvado, de gestos lentos e ar estúpido. Trazia um capote de burel, calças azuis e botas de montar, esburacadas. O francesinho sem botas, de capote azul, aproximou-se dos armênios e disse alguma coisa apontando as pernas do velho que, logo, se apressou em tirar suas botas. O que estava de capote, plantou-se diante da bela armênia e, sem uma palavra, imóvel, com as mãos nos bolsos, se pôs a contemplá-la.

— Segura, segura esta criança — disse Pedro à mulher, estendendo-lhe a menina às pressas, num gesto sem réplica. — Trata de entregá-la a eles, ouviste? — gritou ele, pousando em terra a menina, sem perder de vista os franceses e a família armênia.

O velho já estava descalço. O francesinho lhe havia tirado sua derradeira bota, que batia uma contra a outra. O velho, de lágrimas nos olhos, resmungava alguma coisa; mas Pedro lançou àquele espetáculo apenas um olhar rápido; vigiava o outro francês de capote, que naquele mesmo momento se aproximava da moça, balançando-se lentamente, e, tirando as mãos dos bolsos, a agarrou pelo pescoço.

A bela armênia, sempre imóvel, com seus longos cílios baixos, parecia não ver nem sentir o que o soldado lhe fazia.

Enquanto Pedro transpunha os poucos passos que o separavam dos franceses, o grande saqueador de capote já havia arrancado do pescoço da armênia o colar que ela trazia, e a moça, com as mãos no pescoço, lançava gritos desgarradores.

— Largue essa mulher — urrou Pedro, furioso, agarrando pelos ombros o comprido soldado acorcundado e empurrando-o com violência.

O soldado caiu, levantou-se e fugiu desabaladamente. Mas seu camarada, largando suas botas, puxou seu sabre e avançou sobre Pedro com ar ameaçador.

— Vamos, nada de besteiras! — gritou ele.

Pedro estava dominado por um daqueles furores em que não mais se conhecia e em que suas forças se decuplicavam. Lançou-se sobre o francês descalço, antes que tivesse ele tempo de erguer seu sabre, derrubou-o e pôs-se a martelá-lo com os punhos. Gritos de encorajamento partiram da multidão, mas nesse momento uma patrulha de ulanos a cavalo desembocou na esquina da rua. Chegaram a trote e fizeram círculo em torno de Pedro e do francês. Pedro perdeu a lembrança do que se passou em seguida. Lembrou-se vagamente de que havia batido em alguém, que lhe haviam batido, que enfim lhe haviam amarrado as mãos atrás das costas e que depois os soldados agrupados em torno dele o haviam revistado.

— Ele tem um punhal, tenente — foram as primeiras palavras que Pedro entendeu.

— Ah! uma arma — disse o oficial, que se dirigiu ao soldado descalço, detido ao mesmo tempo que Pedro. — Está bem, dirão tudo isso no conselho de guerra. — Depois, voltando-se para Pedro, acrescentou: — Fala francês?

Pedro relanceou em redor seus olhos injetados de sangue e não respondeu. É provável que estivesse longe de mostrar um semblante tranquilizador, porque o oficial cochichou algo e quatro ulanos se destacaram do pelotão para vir enquadrá-lo.

— Fala francês? — repetiu o oficial, conservando-se a respeitosa distância de Pedro. — Tragam o intérprete.

Um homenzinho à paisana saiu das fileiras. Pedro reconheceu-o logo pela sua roupa e pela sua fala como um francês duma loja de Moscou.

— Não tem ar de homem do povo — disse o intérprete, depois de olhar Pedro de alto abaixo.

— Oh! oh! tem ele ar de ser um desses incendiários — exclamou o oficial. — Pergunte-lhe o que ele é — acrescentou.

— Quem és? — perguntou o intérprete. — Deves responder à autoridade.

— Não vos direi quem sou. Sou vosso prisioneiro. Levai-me — disse bruscamente Pedro em francês.

— Ah! ah! — exclamou o oficial, franzindo a testa. — Marchemos!

A multidão se reunira em torno dos ulanos. A mulher de cara bexigosa achava-se com a menina bem perto de Pedro; quando o pelotão se moveu, ela o seguiu.

— Para onde te levam, paizinho? — disse ela. — E a pequena, que farei com ela se não pertencer a eles?

— Que quer essa mulher? — perguntou o oficial.

Pedro sentia-se como que embriagado. Sua exaltação aumentara ainda mais à vista da menina que salvara.

— Que diz ela? — proferiu ele. — Traz minha filha que acabo de salvar das chamas. Adeus.

E sem saber porque aquela mentira inútil lhe escapara, afastou-se a passos decididos e solenes com sua escolta.

Aquela patrulha era uma das que Durosnel enviara a diversos quarteirões de Moscou para deter a pilhagem e sobretudo deitar mão aos incendiários, que, segundo a opinião geral, admitida pelo alto comando francês, punham intencionalmente fogo à cidade. Atravessando ainda certo número de ruas, a patrulha prendeu cinco outros russos suspeitos: um vendeiro, dois seminaristas, um campônio e um criado, bem como alguns saqueadores. Mas o homem que parecia mais suspeito era Pedro. Levaram-nos, para passar a noite, para um casarão da muralha de Zubovo onde se achava instalado um corpo de guarda; mas Pedro foi separado dos outros e colocado sob severa vigilância.

LIVRO QUARTO

PRIMEIRA PARTE

1. Durante esse tempo, nas altas esferas de Petersburgo, a luta prosseguia mais áspera que nunca, entre os partidários de Rumiantsev, dos franceses, de Maria Feodorovna, ao tzarevitch e de outros personagens; os zangãos da Corte tomavam parte nela, como sempre, zumbindo. Mas aquela vida descuidada, luxuosa, preocupada somente com miragens e aparências, continuava seu curso habitual. E aqueles que a viviam, deviam fazer grandes esforços para se dar conta do perigo e da situação crítica em que se encontrava o povo russo. Sempre as mesmas recepções, os mesmos bailes, o mesmo teatro francês, os mesmos interesses de corte, os mesmos interesses de serviço, as mesmas intrigas. Somente nas mais altas esferas é que se inquietavam bastante para lembrar-se da gravidade da situação. Contava-se ao ouvido que as duas imperatrizes mantinham, naquelas circunstâncias difíceis, condutas diametralmente opostas. A Imperatriz Maria Feodorovna, preocupada com a salvaguarda dos estabelecimentos hospitalares e de educação, fundados em seu nome e sob sua proteção, tomava medidas para transferi-los para Kazan; tudo quanto pertencia àqueles estabelecimentos já estava embalado. Quanto à Imperatriz Elizabete Alexeievna, quando lhe perguntavam se era preciso fazer preparativos, respondia, com seu patriotismo russo costumeiro, que não podia dar ordem alguma nesse sentido, que isto competia apenas ao imperador. No que lhe dizia respeito pessoalmente, declarara que seria a última a abandonar Petersburgo.

A 26 de agosto, no próprio dia da Batalha de Borodino, Ana Pavlovna dava um sarau, cujo remate seria a leitura da carta de Sua Eminência acompanhando a remessa ao imperador da Imagem do bem-aventurado São Sérgio. Essa carta passava por um modelo de patriotismo e de eloquência religiosa. Contava-se com o Príncipe Basílio para fazer-lhe a leitura. Era ele célebre pelo seu talento de leitor. (Exercera esse talento mesmo junto à imperatriz). E esse talento consistia em pronunciar as palavras muito alto, em voz cantante, alternando o grave com o suave, sem se preocupar de modo algum com o sentido, tanto que certas passagens ao acaso eram declamadas e outras cochichadas. Essa leitura, como aliás todos serões em casa de Ana Pavlovna, tinha um caráter político. Alguns grandes personagens deveriam estar presentes e era preciso lembrar-lhes o sentimento patriótico e fazê-los envergonhar-se por continuarem a frequentar o teatro francês. Muitos convidados já estavam lá, mas Ana Pavlovna não via aparecerem aqueles a quem esperava, de modo que retardara a leitura e deixara travar-se uma conversação geral.

A novidade do dia era a doença da Condessa Bezukhov. Sentira-se subitamente indisposta e, nos últimos tempos, deixara de comparecer a certas reuniões de que era o ornamento; contava-se que não recebia ninguém e que, em lugar dos médicos reputados da capital, que habitualmente tratavam dela, confiara-se a um italiano que pretendia curá-la segundo um método novo e extraordinário.

Cada qual sabia muito bem que a doença da encantadora condessa provinha do embaraço em que se encontrava de desposar dois homens ao mesmo tempo, e que o tratamento do italiano consistia em afastar esse embaraço; mas na presença de Ana Pavlovna, ninguém teria ousado fazer alusão a isso e fingia-se nada saber.

— Dizem que a pobre condessa está muito mal. Diz o médico que é angina do peito.

— Angina? Oh! é uma doença terrível.

— Dizem que os rivais se reconciliaram, graças à angina...

A palavra *angina* tornava com satisfação geral.

— O velho conde é de comover, pelo que dizem. Chorou como uma criança, quando o médico lhe disse que o caso era perigoso.

— Oh! seria uma perda terrível. É uma mulher encantadora.

— Falais da pobre condessa? — disse Ana Pavlovna, aproximando-se. — Mandei saber notícias dela. Disseram-me que ia passando um pouco melhor. Oh! sem dúvida, é a mulher mais encantadora do mundo — acrescentou, sorrindo de seu próprio entusiasmo. — Pertencemos a campos diferentes, mas isto não me impede de estimá-la, como o merece. É bem infeliz.

Supondo que as palavras de Ana Pavlovna levantavam um pouco do véu de mistério que cobria a doença da condessa, um jovem estouvado achou de exprimir seu espanto diante do fato de ter a doente, à sua cabeceira, em lugar de médicos conhecidos, um charlatão capaz de administrar-lhe remédios perigosos.

— Vossas informações podem ser melhores que as minhas — replicou de repente com acrimônia Ana Pavlovna ao jovem fedelho. — Mas sei de boa fonte que esse médico é um homem muito sábio e muito hábil. É o médico íntimo da rainha da Espanha.

Depois de ter reposto assim o rapazola em seu lugar, voltou-se Ana Pavlovna para Bilibin, que, num outro grupo, enrugava a pele de sua testa e preparava-se para desenrugá-la, largando *uma frase:* falava dos austríacos.

— Acho encantador — disse ele, a propósito dum documento diplomático que fora enviado a Viena com bandeiras austríacas tomadas por Wittgenstein, o *herói de Petropol,* como o chamavam em Petersburgo.

— Como diz? — perguntou Ana Pavlovna, desejosa de fazer cessarem as conversas para que se ouvisse *a frase* que ela já conhecia.

Bilibin repetiu as seguintes palavras do despacho diplomático que havia forjado:

— O Imperador devolve as bandeiras austríacas, bandeiras amigas e transviadas que ele encontrou fora da estrada.

E à última sílaba desenrugou sua testa.

— Encantador! Encantador! — exclamou o Príncipe Basílio.

— É a estrada de Varsóvia, talvez — disse de repente, barulhentamente, o Príncipe Hipólito.

Todos os olhares se fixaram nele, mas ninguém entendeu o que queria ele dizer. O Príncipe Hipólito relanceou os olhos em torno de si; não compreendia tanto quanto os outros que significação se ligava às suas palavras. Durante sua carreira diplomática, notara mais de uma vez que uma palavra dita ao acaso parece de repente o cúmulo do espírito e por isso em qualquer ocasião deixava escapar as primeiras palavras que lhe viessem aos lábios. "Talvez seja algo de bom — pensava ele, — e mesmo se isto não vale nada, tirar-se-á daí alguma coisa". Com efeito, no momento que se seguiu, em que reinara um silêncio bastante constrangedor, entrou um personagem; era um dos patriotas demasiado mornos que Ana Pavlovna aguardava; toda sorridente e ameaçando Hipólito com o dedo, convidou ela o Príncipe Basílio a se sentar junto da mesa, trouxe-lhe duas velas e o manuscrito e depois pediu-lhe que começasse. Estabeleceu-se o silêncio.

> "Mui gracioso Imperador e Soberano" — declamou o Príncipe Basílio, num tom grave, olhando para seu auditório como para perguntar se alguém tinha objeção a fazer. Ninguém se moveu. "Moscou, tua primeira capital, nossa Nova Jerusalém, vai receber seu Cristo". — Acentuou fortemente a palavra "seu". — "... como uma mãe que se lança nos braços fervorosos de seu filho, e através do nevoeiro que se espalha, prevendo a glória brilhante de teu reino, canta com arroubo: "Hosana, bendito seja aquele que chega!"

O Príncipe Basílio pronunciou estas últimas palavras em voz queixosa.

Bilibin examinava suas unhas com atenção; várias pessoas, verdadeiramente intimidadas tinham o ar de perguntar a si mesmas de que eram culpadas. Ana Pavlovna sussurrava de antemão as palavras, como uma velha prestes a receber o pão bento. "Que o audacioso e impudente Golias..." murmurou ela.

O Príncipe Basílio continuou efetivamente:

"Que o audacioso e impudente Golias vindo da outra extremidade da França espalhe sobre a terra russa seus horrores mortíferos; a humilde fé, essa funda do Davi russo, abaterá de repente a cabeça de sua arrogância sanguinária. Essa Imagem do bem-aventurado Sérgio, antigo zelador da felicidade de nossa pátria, será apresentada a Vossa Majestade Imperial. Lamento que minhas forças cambaleantes não me permitam ter a felicidade de contemplar vossa augusta face. Dirijo ao céu ardentes preces para que o Todo-Poderoso se digne multiplicar a raça dos justos e cumprir os desejos de Vossa Majestade".

— Que força! Que estilo! — exclamou-se em honra do leitor e do autor.

Comovidos por aquele trecho eloquente, os convidados de Ana Pavlovna falaram muito tempo da situação da pátria e abundaram em prognósticos a respeito do resultado da batalha que deveria travar-se sem demora.

— Vereis — disse Ana Pavlovna, — que teremos notícias amanhã, para o aniversário de nossos soberanos. Tenho excelentes pressentimentos.

2. Os pressentimentos de Ana Pavlovna se realizaram efetivamente. No dia seguinte, no momento do *Te Deum,* cantado no palácio pelo aniversário do nascimento do imperador, o Príncipe Volkonski foi chamado; saiu da igreja e recebeu um bilhete da parte de Kutuzov. Era o relatório redigido no dia da Batalha de Tatarinovo. Kutuzov escrevia que os russos não tinham recuado um passo, que os franceses tinham perdido muito mais gente que nós, que traçava às pressas seu relatório no campo mesmo de batalha, sem ter tempo para reunir as derradeiras informações. Isto parecia bem o anúncio de uma vitória. E imediatamente, sem sair da igreja, dirigiram-se ao Criador ações de graça pela ajuda que trouxera Ele à vitória.

Os pressentimentos de Ana Pavlovna tinham-se realizado e durante toda aquela manhã, a cidade inteira sentiu a alma em festa. Todos acreditavam numa vitória completa e alguns pretendiam já que Napoleão fora feito prisioneiro, que o haviam deposto e que novo chefe fora escolhido na França.

Longe do exército e na atmosfera da corte, era extremamente difícil dar-se conta dos fatos em toda a sua amplitude e seu poder. Os acontecimentos se agrupam por si mesmos em torno dum fato particular. Naquele momento, a alegria dos cortesãos era causada menos pela vitória que pelo fato de ter a notícia dessa vitória chegado justamente no dia do aniversário do imperador. Era como uma surpresa perfeitamente realizada. O relatório de Kutuzov indicava também as perdas russas e nesse número citava os nomes de Tutchkov, de Bagration, de Kutaissov. E a tristeza dessas notícias, para a alta roda petersburguesa, se achava também condensada em torno dum fato único: a morte de Kutaissov. Todos o conheciam, o imperador o apreciava, era jovem e sedutor. Naquele dia, quando as pessoas se encontravam, diziam:

— Que coisa surpreendente! Bem no meio das orações! Mas Kutaissov, que perda! Ah! que desgraça!

— Que vos disse eu de Kutuzov? — exclamava agora o Príncipe Basílio, orgulhoso de ter sido tão bom profeta. — Sempre afirmei que só ele podia vencer Napoleão.

Mas no dia seguinte, nenhuma notícia chegou do exército e a opinião geral passou a inquietar-se. Os cortesãos sofriam vendo o imperador sofrer por falta de informações.

"Que situação a dele!", diziam os cortesãos que já, cessando de erguer às nuvens Kutuzov, acusavam-no de ser a causa da preocupação do imperador. O Príncipe Basílio não procurou nesse dia elogiar seu *protegido* Kutuzov e manteve-se em silêncio, quando se falava do generalíssimo. E mesmo naquela noite tudo pareceu se conjurar para elevar ao cúmulo a perturbação dos espíritos petersburgueses: uma terrível notícia se espalhou. A Condessa Helena Rezukhov acabava de morrer subitamente daquela espantosa doença cujo nome se comprazia em pronunciar. Oficialmente, nos grandes salões, afirmava-se que sucumbira de um ataque de

angina do peito, ao passo que no círculo dos iniciados, contava-se que o *médico íntimo da Rainha de Espanha* prescrevera a Helena uma pequena dose de certo medicamento destinado a produzir seu efeito, mas que Helena, na sua perturbação pelo receio de provocar desconfiança no velho conde e de não receber resposta de seu marido (aquele Pedro infeliz e debochado), tomara duma só vez enorme dose de seu remédio e morrera em meio de grandes sofrimentos, antes que fosse possível socorrê-la. Contava-se que o Príncipe Basílio e o velho conde tinham querido fazer prender o italiano, mas este tinha em mãos bilhetes tão comprometedores da infeliz defunta que o haviam posto imediatamente em liberdade.

A conversa, pois, se concentrava em três pontos: a incerteza em que se encontrava o soberano, a perda de Kutaissov e a morte de Helena.

No dia seguinte ao relatório de Kutuzov, rico proprietário moscovita chegou a Petersburgo e logo a notícia da rendição de Moscou aos franceses se espalhou por toda a cidade. Era abominável! E para o imperador, que situação! Kutuzov não passava de um traidor, e o Príncipe Basílio, durante as visitas de condolências que recebia por motivo da morte de sua filha, dizia desse mesmo Kutuzov, que outrora cobria de elogios (era-lhe permitido na sua dor paternal esquecer o que disse antes), que outra coisa não se podia esperar dum velho cego e devasso.

— O que me admira é que se tenha podido confiar a tal indivíduo a sorte da Rússia — acrescentava ele.

Enquanto a notícia não fosse oficial, podiam-se manter certas dúvidas, mas no dia seguinte recebeu-se do Conde Rostoptchin o seguinte relatório:

> "Um ajudante-de-campo do Conde Kutuzov entregou-me uma carta e me pede oficiais de polícia para acompanhar o exército na estrada de Riazan. Diz que tem o pesar de abandonar Moscou. Sire! O ato de Kutuzov decide da sorte da capital e de vosso império. A Rússia tremerá ao saber do abandono da cidade que representa nossa grandeza e onde repousam as cinzas de vossos avós. Rendo-me ao exército. Fiz retirar tudo; só me resta chorar sobre a sorte de minha pátria".

Após ter tomado conhecimento desse relatório, o soberano mandou a Kutuzov, pelo Príncipe Volkonski o seguinte rescrito:

> "Príncipe Mikhail Ilarianovitch! Não recebi nenhum relatório vosso desde o dia 29 de agosto. Entretanto, a 1º de setembro, chegou-me por Iaroslav um relatório do governador-geral de Moscou comunicando-me a triste notícia de que havíeis decidido abandonar aquela cidade. Podeis imaginar a impressão que me causa tal notícia; não pode deixar de surpreender-me tanto mais quanto vosso silêncio a torna mais inquietadora. Expeço-vos a presente pelo meu general — ajudante-de-campo Volkonski, o qual deverá saber de vós o estado exato do exército e as razões que vos impeliram à vossa lamentável decisão".

3. Nove dias após o abandono de Moscou, um enviado de Kutuzov trouxe oficialmente a notícia a Petersburgo. Esse enviado era o francês Michaux, que não sabia falar russo, mas que era, embora estrangeiro, russo de coração e de alma, pelo que afirmava.

O imperador recebeu-o imediatamente no seu gabinete do Palácio Kamenni-Ostrov. Michaux, que nunca vira Moscou antes da guerra e que não sabia falar russo, sentiu-se entretanto bastante comovido, quando se encontrou diante de *nosso mui gracioso soberano* (como o escreveu mais tarde) para anunciar-lhe o incêndio de Moscou, *cujas chamas lhe iluminavam o caminho.*

Se bem que a fonte dos pesares do Sr. Michaux devesse ser bem diferente da dos verdadeiros russos, tinha ele um ar tão aflito, quando foi introduzido no gabinete do imperador, que este perguntou logo:

— Sois portador de tristes notícias, coronel?

— Bem tristes, Sire — respondeu Michaux, com um suspiro, baixando os olhos. — O abandono de Moscou.

— Entregaram minha antiga capital sem combater? — perguntou bruscamente o imperador num assomo de cólera.

Michaux transmitiu-lhe respeitosamente a mensagem de Kutuzov na qual estava especificado que qualquer batalha sob os muros da cidade era impossível, que tendo devido escolher entre a perda do exército e de Moscou, ou somente a de Moscou, decidira-se o marechal pela perda da cidade.

O imperador ouvia em silêncio, sem olhar para Michaux.

— O inimigo entrou na cidade? — perguntou ele.

— Sim, Sire, e ela se acha em cinzas na hora presente. Deixei-a em chamas — disse Michaux, num tom afirmativo; mas olhando para o imperador, ficou aterrorizado pelo efeito que suas palavras tinham produzido.

O imperador ofegava, seu lábio inferior tremia e seus belos olhos azuis estavam cheios de lágrimas.

Mas isto só durou um instante. Franziu de súbito o cenho, como se censurasse sua fraqueza e tornando a erguer a cabeça, disse a Michaux com voz firme:

— Vejo, coronel, por tudo quanto nos aconteceu que a Providência exige grandes sacrifícios de nós... Estou pronto a submeter-me a todas as suas vontades; mas, dizei-me, Michaux, como deixastes o exército, vendo assim, sem combate, ser abandonada minha antiga capital? Não percebestes desencorajamento?...

Vendo seu *mui gracioso soberano* calmo, Michaux também se tranquilizou, mas seu embaraço voltou, quando o imperador lhe fez uma pergunta precisa para a qual não tivera tempo de preparar sua resposta.

— Sire, dais-me permissão para que vos fale francamente, como um militar leal? — perguntou ele, para ganhar tempo.

— Coronel, sempre exijo isso — replicou o imperador. Não me oculteis nada, quero saber absolutamente como estão as coisas.

— Sire — disse Michaux, com um sutil sorriso, apenas perceptível nos seus lábios; conseguira dar à sua resposta a forma ligeira e respeitosa dum *jogo de palavras.* — Sire! deixei o exército, desde os chefes até o derradeiro soldado, sem exceção, num medo espantoso, terrível...

— Como assim? — interrompeu o imperador de cenho duramente franzido. — Meus russos deixar-se-ão abater pela desgraça?... Jamais!...

Michaux só esperava por isto para exibir seu jogo de palavras.

— Sire — disse ele, com uma expressão respeitosamente sorridente, — temem somente que Vossa Majestade, levado pela bondade de coração, se deixe persuadir a fazer a paz. Ardem por combater — acentuou o delegado do povo russo, — e provar a Vossa Majestade, pelo sacrifício de suas vidas, quanto lhe são devotados...

— Ah! — disse o soberano tranquilizado, com um clarão caricioso nos olhos e deu um tapa cordial no ombro de Michaux. — Vós me tranquilizais, coronel.

O imperador baixou a cabeça e ficou alguns instantes silencioso.

— Pois bem, voltai ao exército — disse, de repente, endireitando sua alta estatura e dirigindo a Michaux um gesto cheio de afabilidade e de grandeza, — e dizei a nossos bravos, dizei a todos os nossos bons súditos por toda parte onde passardes, que, quando não tiver eu mais um soldado, me porei eu mesmo à frente de minha cara nobreza, de meus bons camponeses e utilizarei assim até o derradeiro recurso de meu império. Oferece-me ele mais recursos ainda que meus inimigos nem podem imaginar — exclamou ele, animando-se cada vez mais. — Mas se algum dia esteve escrito nos decretos da Divina Providência — disse ele, erguendo para o céu seus belos olhos brilhantes de emoção, — que minha dinastia devesse cessar de reinar no trono de meus antepassados, então, depois de haver esgotado todos os meios que estão em meu poder, deixarei crescer minha barba até aqui (mostrou com a mão o meio de seu peito) e irei comer batatas com o derradeiro de meus camponeses em vez de assinar a vergonha da minha pátria e de minha querida nação, cujos sacrifícios sei apreciar...

O imperador pronunciou estas palavras com voz perturbada e depois, como que desejoso de ocultar a Michaux as lágrimas que lhe haviam enchido os olhos, voltou o rosto e dirigiu-se ao fundo de seu gabinete. Depois de haver demorado ali uns instantes, voltou a grandes passos para junto de Michaux e com energia apertou-lhe o braço abaixo do cotovelo. Seu belo e suave rosto estava excitado, seus olhos ardiam com o fogo da decisão e da indignação.

— Coronel Michaux, não esqueçais o que vos disse aqui; talvez um dia o recordemos com prazer... Napoleão ou eu — exclamou, batendo no peito. — Não podemos mais reinar ao mesmo tempo. Aprendi a conhecê-lo, ele não me enganará mais...

E o imperador se calou, de fronte enrugada. O que acabava de dizer, bem como a expressão firme e decidida de seu olhar, comoveram Michaux; embora estrangeiro, mas russo de coração e de alma, sentiu-se, naquele instante solene, entusiasmado por tudo quanto acabara de ouvir (é assim que se exprime nas suas memórias), e foi seu próprio sentimento, bem como o do povo russo de que se considerava como o porta-voz, que brotaram de sua resposta.

— Sire — disse ele, — Vossa Majestade assina neste momento a glória da nação e a salvação da Europa.

O imperador despediu-o com um aceno de cabeça.

4. Imaginamos, malgrado nosso, porque não vivemos naquele momento em que a Rússia estava conquistada pela metade, em que os habitantes de Moscou fugiam para o recesso de longínquas províncias, em que se fazia recrutamento em massa de soldados para a defesa do país, que todos os russos, do mais humilde ao mais alto, só pensavam em sacrificar-se para salvar a pátria ou em chorar sua perda. Todas as narrativas, sem exceção, dessa época estão com efeito cheias de traços de devotamento, de amor patriótico, de desespero, de amargura e de heroísmo entre os russos. Na realidade não foi bem assim. As coisas tomam esse aspecto porque só vemos no passado o lado histórico do momento, o qual nos faz perder de vista o lado humano e os interesses pessoais dos indivíduos. Os interesses pessoais tomam no momento uma significação muito mais importante que o interesse geral; têm primazia (sem que mesmo se perceba isso) sobre o interesse geral. A maioria das pessoas daquela época não se dava conta da marcha dos acontecimentos, tão absorvidas estavam pelos interesses particulares da hora. Entretanto foram essas mesmas pessoas os seus verdadeiros atores.

Os que tentavam compreender o curso dos acontecimentos e que, com um espírito de heroísmo e de sacrifício, queriam nele tomar parte, eram justamente os membros menos úteis da sociedade; viam as coisas ao contrário dos outros e tudo quanto faziam numa boa intenção parecia não ser senão futilidade e tolice, por exemplo, os regimentos de Pedro e Mamonov pilhando as aldeias russas, os pensos preparados pelas damas russas e que nunca chegavam até os feridos, etc... Mesmo aqueles que procuravam fazer exibição de sua compreensão e de seus sentimentos, discutindo a situação exata da Rússia, acarretavam, malgrado seu, em suas palavras, um matiz, quer de afetação, quer de exagero e de mentira, ou então emitiam opiniões vãs e más, condenando certos homens, quando não havia culpa. Nos acontecimentos históricos, o que há de mais evidente, é a proibição de tocar nos frutos da árvore da Ciência. Somente os atos inconscientes chegam à maturidade e o homem que desempenha um papel num acontecimento histórico não lhe compreende jamais a significação. Desde que procura penetrá-lo, esteriliza-o.

A significação do que se passava então na Rússia era tanto menos perceptível para um homem quanto mais parte tomava ele nos acontecimentos. Em Petersburgo e nas províncias situadas a grande distância de Moscou, damas e cavalheiros, em grande uniforme de milicianos lamentavam a sorte da Rússia e da capital, falavam do sacrifício de suas vidas e outras coisas assim; mas no exército que havia abandonado Moscou, quase não se falava de Moscou e nem mesmo nela se pensava; mesmo olhando o incêndio, ninguém jurava vingar-se dos franceses;

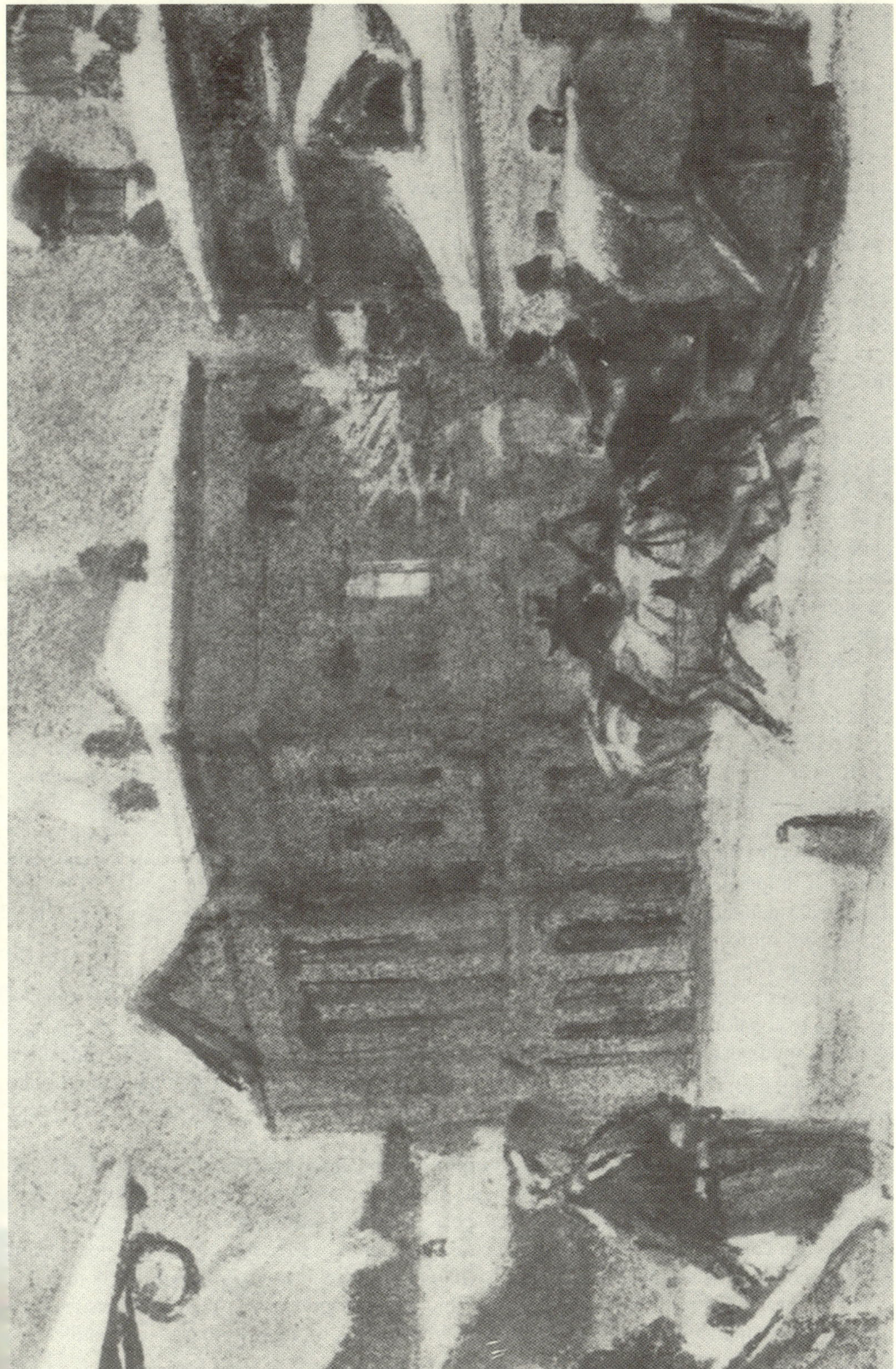

cada qual estava preocupado com seu próximo terço de soldo, com a próxima etapa, com Matriochka, a vivandeira etc...

Nicolau Rostov, que havia sido surpreendido pela guerra quando fazia seu serviço, não sentia absolutamente a necessidade de sacrificar sua vida, e entretanto tomava parte ativa na defesa de sua pátria; via os acontecimentos se desenrolarem sem desespero e sem conclusões pessimistas. Se lhe tivessem perguntado a opinião sobre a situação presente de seu país, teria respondido que não lhe cabia refletir sobre isso, que Kutuzov e outros estavam ali para isso, mas que tendo ouvido dizer que se completavam os regimentos, acreditava que ainda se bateriam por muito tempo e que, nas circunstâncias atuais, não lhe seria difícil obter, antes de dois anos, um regimento.

Graças a esta maneira de encarar as coisas, aceitou com alegria a missão de ir a Voroneje para a remonta de sua divisão e não só não lamentou não poder tomar parte na derradeira batalha, mas não ocultou seu prazer de partir e seus camaradas acharam isso muito natural.

Alguns dias antes da Batalha de Borodino, recebeu Nicolau o dinheiro e os papéis necessários, enviou adiante um destacamento de hussardos e tomou a diligência para Voroneje.

Somente aquele que passou por isso, isto é, aquele que ficou durante meses sem descanso na atmosfera da guerra e da vida dos acampamentos, pode compreender o prazer que sentiu Nicolau deixando a zona dos exércitos, com forrageadores, seus comboios de víveres e suas ambulâncias. Quando se achou longe dos soldados, dos furgões e das imundícies deixadas pelos bivaques, quando reviu aldeias com camponeses e camponesas, casas senhoriais, campos onde pastavam rebanhos, hospedarias de posta com seus vigias sonolentos, sentiu-se alegre como se visse tudo isso pela primeira vez. O que o surpreendeu e encantou sobretudo, foram as mulheres, jovens, sadias, sem uma dúzia de oficiais em redor de cada uma delas, e que se mostravam felizes e lisonjeadas com as suas brincadeiras de oficial de passagem.

Nicolau chegou de noite ao hotel de Voroneje. Estava de excelente humor e pediu tudo quanto lhe fazia falta no exército. No dia seguinte, depois de barbear-se, vestiu seu uniforme de gala que havia muito não usava e apresentou-se ao governador.

O comandante da milícia, velho general civil, parecia visivelmente encantado com seu uniforme e seu posto. Acolheu Nicolau com ar rebarbativo que acreditava necessário às suas funções e interrogou-o com ar importante, como se tivesse o direito disso, como se estivesse ali para julgar o caso, aprová-lo ou desaprová-lo. Estava Nicolau de tão bom humor que isso só fez diverti-lo.

Da casa do comandante da milícia, dirigiu-se à do governador. Este era um homenzinho vivo, amável e simples. Indicou a Nicolau as coudelarias onde poderia encontrar cavalos, recomendou-lhe um alquilador da cidade e um proprietário que morava a umas vinte verstas e em cuja casa encontraria animais escolhidos, em suma, prometeu-lhe toda a sua colaboração.

— Sois filho do Conde Ilia Andreievitch. Minha esposa era muito amiga de vossa mãe. Recebo todas as quintas-feiras. Como hoje é quinta-feira, convido-vos a vir, sem cerimônia — disse o governador, despedindo-se dele.

Ao sair da casa do governador, tomou Nicolau um carro de aluguel e partiu acompanhado de seu sargento para ir ter, dali a vinte verstas, com o proprietário dos cavalos. Naquele primeiro momento de sua estada em Voroneje, tudo lhe era agradável e fácil e deslizava de mansinho, justamente por causa de seu bom humor.

O proprietário, a cuja casa Nicolau se dirigiu, era um antigo oficial de cavalaria, celibatário empedernido, fino conhecedor de animais de raça, caçador, possuidor dum licor de ameixas centenário, dum velho vinho da Hungria e de esplêndidos cavalos.

Nicolau comprou, sem mercadejar, por seis mil rublos, dezessete garanhões selecionados que figurariam vantajosamente, disse ele, na remonta de seu regimento. Depois de um bom jantar, copiosamente regado de vinho da Hungria, abraçou o proprietário a quem já tuteava e, por caminhos abomináveis, sem nada perder de seu bom humor, urgiu sem cessar seus postilhões, a fim de chegar a tempo para o sarau do governador.

Depois de haver molhado a cabeça com água fria, mudou de roupa, perfumou-se e, se bem que atrasado, deu entrada em casa do governador, com esta frase engatilhada: "Mais vale tarde do que nunca".

Não era um baile e ninguém anunciara que se dançaria; mas todos sabiam que Catarina Petrovna tocaria no seu cravo valsas e escocesas, que, por consequência, haveria uma dancinha e, contando com isso, as damas já haviam vindo em traje de baile.

A vida de província em 1812 era exatamente semelhante à de sempre, com esta diferença que a animação aumentara na cidade por causa da chegada de numerosas famílias ricas de Moscou, que reinava ali por toda a parte, traço particular daquela época memorável, grande prodigalidade — depois de mim, o dilúvio! — e que em lugar das conversas insignificantes a respeito da chuva, do belo tempo e da saúde das pessoas conhecidas, inevitáveis em semelhante caso, falava-se de Moscou, da guerra e de Napoleão.

A sociedade que se reunia em casa do governador era a nata de Voroneje.

Havia muitas senhoras e Nicolau conhecia várias de Moscou; mas não havia um só homem que pudesse rivalizar com o cavalheiro de São Jorge, o brilhante hussardo da remonta, e ao mesmo tempo o amável e distinto Conde Rostov. Entre os homens contava-se um prisioneiro italiano do exército francês e Nicolau sentiu que a presença daquele prisioneiro realçava seu próprio valor de herói russo. Era para ele uma espécie de troféu. Sentindo isto, pareceu-lhe que todos pensavam da mesma forma; assim, mostrou para com o italiano uma polidez cheia de reserva e dignidade.

Assim que Nicolau, com uniforme de hussardo, entrou na sala, espargindo em redor de si eflúvios de perfumes e de bom vinho e que repetiu e fez repetir por várias vezes sua frase: "Mais vale tarde do que nunca", foi logo muito cercado; todos os olhares se dirigiram para ele; sentiu-se de repente o favorito de todos aqueles provincianos, o que é sempre agradável e o era ainda mais pelo fato de ter ele estado durante muito tempo privado do inebriante prazer de agradar. Nas estações de posta, nas hospedarias, bem como em casa do proprietário amador, criadas tinham ficado lisonjeadas com suas atenções, ao passo que aqui, no sarau do governador, era (parecia-lhe) uma inúmera quantidade de jovens senhoras e de bonitas senhoritas que aguardavam com impaciência que ele condescendesse em voltar os olhos para elas. Senhoras e senhoritas coqueteavam com ele e durante aquele tempo os velhos já só se ocupavam em casar e dar situação àquele elegantíssimo hussardo. Entre esses estava a própria mulher do governador que recebera Rostov como um parente próximo e logo o tuteara e chamara "Nicolau".

Catarina Petrovna pôs-se, com efeito, a tocar valsas e escocesas, as danças começaram e Nicolau cativou ainda mais pela sua destreza todo aquele mundo provinciano. Causou admiração pela sua maneira de dançar, ao mesmo tempo desenvolta e ágil. Estava ele próprio admirado de sua animação. Nunca dançara assim em Moscou e teria mesmo achado aquela desafetação um tanto inconveniente de mau gosto; mas aqui, experimentava a necessidade de causar admiração a todos, de fazer algo de extraordinário que se tomaria como moda da capital, não ainda chegada à província.

Durante todo o serão, não teve Nicolau olhos senão para uma encantadora loura rechonchuda, de olhos azuis, esposa dum dos funcionários da sede distrital. Tinha Rostov a ingênua certeza dos rapazes um pouco demasiado alegres que acreditam que as mulheres alheias foram criadas na sua intenção; não largou aquela senhora um instante e tratou-lhe o marido com uma familiaridade afetuosa e um tanto cúmplice, como se, sem o dizer, soubessem já quanto ele, Nicolau, e a mulher desse marido estavam bem de acordo. O marido, todavia, não tinha absolutamente cara de partilhar dessa convicção e esforçava-se por mostrar a Rostov um rosto sombrio. Mas a bonomia ingênua de Nicolau era de tal modo ilimitada que o marido se via, por momentos, obrigado, mal grado seu, a partilhá-la. Entretanto, no fim do serão, quanto mais o rosto da esposa se animava e se coloria, tanto mais o do esposo se tornava sério e triste, como se a dose da alegria deles tivesse sido medida e que, quanto mais ela tirava, menos ficava para ele.

5. Regozijado, refestelado na sua poltrona, estava Nicolau curvado demasiado perto da jovem senhora loura e lhe desfiava toda a espécie de cumprimentos. Cruzando e descruzando suas pernas em bainhadas num estreito calção de montaria, trescalante, admirando sua dama, orgulhoso de si mesmo e da forma impecável de suas botas, dizia Nicolau à loura que era desejo seu, ali em Voroneje, raptar certa dama.

— Qual?

— A mais encantadora, a mais divina. Seus olhos são (Nicolau olhou sua vizinha) azuis, sua boca é de coral, sua pele... (olhou-lhe as espáduas), sua cintura a de Diana...

O marido aproximou-se e perguntou com ar sombrio à sua mulher de que se tratava.

— Ah! ei-lo, Nikita Ivanitch — disse Nicolau, levantando-se, polidamente.

E como se estivesse desejoso de pô-lo ao corrente de sua facécia, explicou-lhe sua intenção de raptar certa loura.

O marido ria a contragosto, a mulher cordialmente. A benévola dona da casa aproximou-se com ar desaprovador.

— Ana Ignatievna desejaria falar-te, Nicolau — disse ela, acentuando de tal maneira as palavras "Ana Ignatievna", que Rostov compreendeu logo que se tratava de uma dama importante. — Vamos, Nicolau. Permites, não é, que te chame assim?

— Mas, decerto, minha tia. Quem é?

— Ana Ignatievna Malvintsev. Ouviu falar de ti por sua sobrinha a quem salvaste... Adivinhas quem?

— Já salvei tanta gente! — exclamou Nicolau.

— Sua sobrinha é a Princesa Bolkonski. Está aqui, em Voroneje, com sua tia. Oh! Oh! como coras! Há alguma coisa?

— Nada, oh! nada, minha tia.

— Vamos, está bem... Oh! que rapaz divertido está-me saindo!

A mulher do governador levou-o a uma grande e gorda senhora que trazia uma touca azul e que acabava uma partida de baralho com os mais altos personagens da cidade. Era a Sra. Malvintsev, a tia materna da Princesa Maria, viúva rica e sem filhos, que vivia o ano inteiro em Voroneje. Estava de pé, em ponto de pagar suas dívidas, quando Rostov se aproximou. Ela olhou-o, piscando os olhos, com ar importante e continuou a exprimir seu descontentamento ao general que a havia derrotado no jogo.

— Encantada, meu caro — disse ela, estendendo-lhe a mão. — Dê-me o prazer de sua visita.

Depois de ter dito algumas palavras a respeito da Princesa Maria e de seu falecido pai, de quem mostrava não gostar, e de lhe ter perguntado se tinha notícias do Príncipe André, que também este parecia não estar em suas boas graças, a importante velha despediu-o, repetindo o convite.

Nicolau prometeu ir vê-la e corou ainda ao se inclinar diante da Sra. Malvintsev. Ouvindo falar da Princesa Maria, experimentava um sentimento que não sabia explicar a si mesmo, sentimento em que se misturavam ao mesmo tempo o constrangimento e o medo.

Ao deixar a Sra. Malvintsev, queria Nicolau voltar a dançar, mas a mãozinha gorducha da mulher do governador pousou-se em seu braço; disse-lhe que tinha algo a confiar-lhe e conduziu-o ao seu toucador; os que ali se achavam, retiraram-se discretamente.

— Pois é, meu caro, — disse a mulher do governador, com uma expressão séria no seu bondoso rostinho, — sabes que é justamente esse o partido que te convêm? Queres que fale por ti?

— Mas quem, minha tia?

— A princesa. Catarina Petrovna diz que Lili te conviria, mas eu acho que é a princesa. Queres que me meta nisso? Estou certa de que tua mamãe me agradecerá. Na verdade, é uma moça encantadora! E não é tão feia assim!

— Absolutamente! — repetiu Nicolau, quase ofendido. — Eu, minha tia, como soldado, não peço nem recuso jamais coisa alguma — acrescentou ele, sem dar-se tempo de refletir no que dizia.

— Então, pensa nisso. Não é uma brincadeira.

— Que é que não é uma brincadeira?

— Não! não — disse a mulher do governador, como se falasse a si mesma. — E depois, meu caro, entre outras, mostras-te demasiado assíduo junto à outra, a loura. O marido causa compaixão, na verdade...

— Mas não, mas não, somos excelentes amigos — protestou Nicolau, na simplicidade de sua alma. Não lhe teria passado pela cabeça que aquela maneira de passar o tempo, tão agradável para ele, pudesse não o ser para outrem.

"Que estupidez não fui eu dizer à mulher do governador?", disse de repente Nicolau a si mesmo, durante a ceia. "Ela quer casar-me a todo o preço, e Sônia?" E quando se despediu da dona da casa, quando, toda sorridente, ela lhe repetiu: "Pensa bem nisso", ele a chamou de parte e disse:

— Seja como for, minha tia, é preciso que vos diga...

— Ora, dizer o que, meu amigo? Vem cá, sentemo-nos.

Nicolau sentia de repente a necessidade imperiosa de expandir-se com aquela mulher quase desconhecida e dizer-lhe o que jamais teria confiado à sua mãe, à sua irmã, a um amigo. Mais tarde, quando se lembrou daquele acesso inexplicável de sinceridade que nada justificava, pareceu-lhe (como parece sempre) ter cometido uma grossa besteira; e entretanto, aquele acesso de sinceridade, junto a outros fatos menores, teve para ele, e para todos os seus, enormes consequências.

— Eis, minha tia, Mamãe desejaria desde muito tempo encontrar para mim uma mulher rica; mas só a ideia chega para me encher de desgosto. Não quero casar-me por dinheiro.

— Oh! compreendo muito bem — disse a mulher do governador.

— Mas a Princesa Bolkonski é outro caso; em primeiro lugar, confesso-vos que ela me agrada muito, é do meu gosto; e depois que a encontrei em circunstâncias tão estranhas, veio-me muitas vezes à ideia que era o destino. Imaginai pois: mamãe pensava nisso havia muito tempo e eu, não havia meio de encontrá-la; não sei como isso acontecia, mas o certo é que nunca nos encontrávamos. E enquanto minha irmã Natacha foi a noiva de seu irmão, não podia eu certamente pensar em desposá-la. Foi preciso que eu a encontrasse somente depois que se rompeu o noivado de Natacha, e depois de tudo... Sim, tudo o que... Jamais falei disso a alguém e não quero falar. Só à senhora é que...

A senhora do governador apertou-lhe o cotovelo num gesto afetuoso.

— Conheceis minha prima Sônia? Amo-a, prometi-lhe casar com ela e me casarei... De modo que, vê a senhora, que não se deve pensar nisso — acabou Nicolau, hesitando e corando.

— Meu caro, meu caro, que dizes? Mas, vejamos, Sônia não tem nada, e tu mesmo, dizes que os negócios de teu papai se acham em péssimas condições. E tua mamãe? Semelhante casamento a matará, fica certo. Quanto a Sônia, se tiver ela coração, que vida será para ela? Tua mãe em desespero, tua fortuna comprometida... Não, meu caro, Sônia e tu deveis compreender as coisas.

Nicolau calou-se. Estas conclusões não lhe desagradavam.

— Seja como for, minha tia, isto não pode ser — disse ele, após um momento de silêncio. — Por outro lado, a princesa não me aceitaria... além do mais está de luto. Pode-se ao menos pensar nisso?

— Imaginas que vou casar-te imediatamente? Há maneira e maneira — disse a mulher do governador.

— Que casamenteira me sai a senhora, minha tia... — disse Nicolau, beijando-lhe a mão rechonchuda.

6. Depois de seu encontro com Nicolau Rostov, a Princesa Maria achou, chegando a Moscou, seu sobrinho acompanhado de seu preceptor, e uma carta do Príncipe André, que lhe indicava seu itinerário para se dirigir a Voroneje, à casa de sua Tia Malvintsev. As preocupações da viagem, a inquietação que lhe causava seu irmão, sua instalação num novo domicílio, os rostos

novos, os cuidados a dar à educação de seu sobrinho, tudo isso abafou na sua alma aquela espécie de aborrecimento que a acabrunhava durante a doença e após a morte de seu pai e sobretudo depois que conhecera Rostov. Estava triste. A perda de seu pai se confundia em seu coração com a da Rússia, e agora ainda, depois de um mês de vida passada numa grande calma, seu pesar era mais acerbo que nunca. Sentia-se inquieta; o pensamento do perigo que seu irmão corria, o ser mais próximo que lhe restava, não cessava de atormentá-la. Ocupava-se muito com a educação de seu sobrinho, tarefa de que se julgava, sem cessar, incapaz; e bem no âmago de sua alma, tomara a resolução de abafar os sonhos e as esperanças que nela havia despertado o aparecimento de Rostov.

No dia seguinte ao serão, a mulher do governador foi à casa da Sra. Malvintsev e discutiu com ela seus planos (depois de tê-la prevenido de que nas circunstâncias atuais, não se tratava dum pedido em regra; tratava-se apenas de reunir os jovens e permitir-lhes que se conhecessem). Munida da aprovação da tia, a mulher do governador se pôs a falar de Rostov diante de Maria; fez seu elogio e contou como havia ele corado, quando pronunciara ela o nome da princesa. Em lugar de experimentar alegria com isso, Maria se sentiu muito mal à vontade; sua resolução íntima se desmoronava, para dar lugar de novo aos desejos, às dúvidas, às censuras, às esperanças.

Durante os dois dias que se seguiram, aguardou a Princesa Maria a visita de Rostov e não cessou de pensar na atitude que deveria tomar. Ora decidia que não iria ao salão, quando ele se apresentasse em casa de sua tia, porque, dado o seu grande luto, não era conveniente que recebesse visitas; ora pensava que seria grosseria de sua parte, após o que fizera ele por ela; ora lhe vinha a ideia de que sua tia e a mulher do governador tinham vistas a seu respeito e a respeito de Rostov (seus olhares e suas palavras pareciam por momentos confirmar essa suposição); ora dizia a si mesma que não tinha razão em pensar assim; não deveriam aquelas senhoras lembrar-se de que na sua posição, quando ainda não retirara o crepe, ideias de casamento eram tão ofensivas para ela quanto para a memória de seu pai? Quando imaginava que ia encontrar-se com ele, ouvia a Princesa Maria de antemão as palavras que ele diria e as que ela responderia; e ora essas palavras lhe pareciam duma frieza intolerável, ora por demais significativas. Temia acima de tudo a emoção que, sentia-o, devia apoderar-se dela e traí-la ao primeiro olhar.

Mas quando no domingo, após a missa, o lacaio veio ao salão anunciar o Conde Rostov, não mostrou a princesa perturbação nenhuma; somente, um leve rubor coloriu-lhe as faces e seus olhos cintilaram com mais brilho.

— Já o vistes, minha tia? — perguntou a Princesa Maria com uma voz tranquila, toda surpresa ela mesma por poder mostrar-se tão calma e tão natural.

Rostov entrou na sala e a princesa baixou a cabeça, como para permitir ao visitante que apresentasse seus cumprimentos à sua tia; depois, no momento mesmo em que ele se voltou para seu lado, ergueu a fronte e seus olhos brilhantes encontraram o olhar dele. Levantou-se com um sorriso alegre e, num movimento gracioso e digno, estendeu-lhe sua delgada mão macia, depois começou a falar com voz onde, pela primeira vez, vibravam notas verdadeiramente femininas e profundas. A Senhorita Bourienne, que se achava no salão, olhou para a princesa com espanto. Uma namoradeira escolada não teria sabido manobrar melhor diante de um homem a quem desejaria agradar.

"Será o preto que convém a seu rosto, ou então tornou-se ela bonita, sem que eu o notasse? Onde, pois, adquiriu ela esse tato e essa graça?" pensou a Senhorita Bourienne.

Se a Princesa Maria se tivesse achado naquele minuto em estado de refletir, teria ficado ainda mais surpresa que a Senhorita Bourienne, diante da mudança que nela se operara. Desde que avistara aquele rosto encantador a que amava, uma vida poderosa e nova dela se apoderara e fizera-a, sem que o soubesse, falar e agir. Seu rosto se transfigurara subitamente, suas feições haviam-se animado. Semelhantes aos vidros de uma lanterna sobre os quais um artista traçou linhas grosseiras, sombrias e desprovidas de significação e que, uma vez iluminadas por dentro, tomam de repente um relevo duma beleza empolgante, as feições da Princesa Maria tinham-se tornado irreconhecíveis. Pela primeira vez, o trabalho íntimo de sua alma pura vinha à tona. Toda aquela vida interior, tudo quanto causava seu tormento, seus sofrimentos, seus impulsos para o bem, para a humildade, para o amor, para o sacrifício, tudo isso resplendia agora em seus olhos luminosos, no seu fino sorriso, em cada um dos traços de seu rosto terno.

Rostov pressentiu isso tão claramente como se conhecesse a vida inteira da Princesa Maria. Compreendeu que a criatura que tinha diante de si era bem outra e melhor que todas quantas encontrara até então, que aquela criatura era sobretudo melhor do que ele.

A conversa manteve-se das mais banais. Falaram da guerra, exagerando sem querer o seu pesar, como toda a gente; falaram de seu último encontro e Nicolau tratou de mudar de assunto; falaram da mulher do governador e de seus respectivos parentes.

Mas a Princesa Maria não disse uma palavra a respeito de seu irmão; apressou-se por sua vez em desviar a conversa, quando sua tia fez uma alusão ao Príncipe André. Via-se bem que ela podia exprimir-se em termos convencionais sobre as desgraças da Rússia, mas que seu irmão estava por demais preso a seu coração para que pudesse falar dele ao acaso da conversação. Nicolau notou isso, da mesma maneira que havia notado, com uma penetração que não se teria absolutamente suspeitado nele, todos os matizes do caráter da Princesa Maria, matizes que só tinham feito firmá-lo em sua convicção de que ela era uma mulher extraordinariamente notável. Nicolau sentia a mesma impressão que a Princesa Maria; corava e se perturbava quando se falava dela diante dele e mesmo quando pensava nela, mas na sua presença, sentia-se completamente à vontade e dizia, não o que se preparara para dizer, mas o que lhe vinha ao espírito no momento e de todas as vezes encontrava a expressão justa.

Durante sua curta visita, Nicolau, num momento de silêncio, aproximou-se do jovem filho do Príncipe André, como se faz sempre quando há crianças, e acariciou-o, perguntando-lhe se gostaria de ser hussardo. Tomou-o nos braços, fê-lo saltar alegremente e lançou uma olhadela para a Princesa Maria. Esta acompanhava com olhar enternecido, feliz, tímido, aquela criança a quem amava, nos braços do homem a quem amava. Nicolau notou esse olhar e como se lhe tivesse apreendido o alcance, corou de prazer, depois abraçou o menino de todo o seu coração.

A Princesa Maria não saía por causa de seu luto e Nicolau achou que não seria conveniente renovar a visita; mas a mulher do governador nem por isso desistiu de seus manejos matrimoniais, repetindo a Nicolau o que de lisonjeiro dissera a princesa a respeito dele, e vice-versa, insistindo sempre para que Rostov fizesse sua declaração. Para conseguir isso, arranjou mesmo um encontro entre os jovens, em casa do arcipreste, antes da missa.

Se bem que Rostov houvesse advertido a mulher do governador de que não faria declaração alguma à Princesa Maria, prometeu ir lá.

Foi como em Tilsit, onde Rostov não se permitira duvidar da excelência do que todos achavam perfeito. Depois de um curto mas sincero combate entre o desejo de arranjar razoavelmente sua vida e a submissão que devia às circunstâncias, escolheu o derradeiro partido; entregou-se ao destino que o arrastava irresistivelmente (assim como o sentia). Sabia que, depois de suas promessas a Sônia, declarar seus sentimentos à Princesa Maria seria uma covardia de sua parte. Sabia também que jamais seria um covarde. Mas sabia ainda (e isto, do mais profundo de seu ser) que, deixando que agissem as pessoas e as coisas que o empurravam para diante, nada cometeria de vil e, pelo contrário, realizava algo de excessivamente importante, de tal importância que nada do que fizera em sua vida podia ser-lhe comparado.

Depois de sua entrevista com a Princesa Maria, nada pareceu mudado na forma exterior de sua vida; entretanto, tudo quanto outrora o teria encantado perdera seu encanto; pensava muitas vezes nela; e contudo não pensava na Princesa Maria da mesma maneira que em todas as moças que encontrara na sociedade; não tinha tampouco por ela a exaltação que sentira um momento por Sônia. Como mais ou menos todos os jovens honestos, quando sonhava com uma moça, via nela a esposa futura e media em imaginação as condições da vida conjugal; a esposa sentada junto ao samovar de roupão branco, a carruagem da senhora, as crianças que dizem *mamãe* e *papai,* seu apego mútuo e assim por diante; e esses quadros de futuro o enchiam de satisfação; quando pensava na Princesa Maria, com quem queriam fazê-lo casar-se, não podia imaginar nenhuma vida conjugal; cada vez que o tentava, tudo quanto planejava parecia fora de lugar e falso. E isto lhe causava uma impressão de profundo mal-estar.

7. A terrível notícia da Batalha de Borodino, de nossas perdas em mortos e feridos, e mais ainda o anúncio da perda de Moscou chegaram a Voroneje em meado de setembro. Maria soube pelos jornais do ferimento de seu irmão; como sobre ele nada soubesse de preciso, preparou-se para partir à sua procura, como teve conhecimento Nicolau, pois não a havia tornado a ver.

Quanto a Rostov, a notícia da Batalha de Borodino e do abandono de Moscou não lhe causaram nem desespero, nem cólera, nem desejo de vingança, nem nenhum outro sentimento da mesma espécie; mas sentiu de repente que se aborrecia em Voroneje, que não estava ali em seu lugar, nem à vontade, e as conversas que ouvia soavam-lhe falso. Não sabia que pensar daquele estado, mas sentia que as coisas se acalmariam para ele, desde que regressasse a seu regimento. Assim, apressou-se em acabar a compra dos cavalos, ao mesmo tempo que se zangava sem nenhuma razão contra seu criado e seu sargento intendente.

Alguns dias antes de sua partida, houve uma cerimônia religiosa solene na catedral, para celebrar a vitória dos exércitos russos e Nicolau a ela assistiu. Conservou-se um pouco atrás do governador, com uma gravidade fingida e assistiu à missa pensando em coisa muito diferente. Terminada a cerimônia, a esposa do governador chamou-o para seu lado.

— Viste a princesa? — perguntou-lhe, indicando com um gesto de cabeça um vulto de preto, de pé, atrás do coro.

Nicolau reconheceu logo a Princesa Maria, não somente pelo seu perfil que aparecia sob seu chapéu, mas ainda pelo sentimento de reserva, de temor, de ternura, que o invadiu. Toda preocupada, fazia ela seus derradeiros sinais da cruz, antes de sair da igreja.

Seu rosto surpreendeu-o. Era bem o que ele conhecia, mas iluminado por outra luz bem diversa. Exibia a expressão comovente do pesar, da oração e da esperança. Como já lhe acontecera isso na presença da Princesa Maria, não esperou Nicolau o assentimento da mulher do governador para adiantar-se para ela; não perguntou a si mesmo se a polidez e as conveniências lhe permitiam aproximar-se da Princesa Maria em plena igreja; foi-lhe ao encontro e lhe disse que soubera da nova desgraça que lhe acontecera, da qual partilhava de toda a sua alma.

Mal lhe ouviu a voz, viva luz irradiou do rosto da Princesa Maria, iluminando ao mesmo tempo seu pesar e sua alegria.

— Fazia sobretudo questão de dizer-vos, princesa —disse Rostov, — que o Príncipe André Nikolaievitch acha-se à frente dum regimento e que se ele tivesse morrido, os jornais tê-lo-iam noticiado.

A princesa olhou-o, sem apreender-lhe as palavras, toda feliz que estava pela simpatia que via no rosto dele.

— E conheço muitos casos em que os ferimentos causados por estilhaços de bombas (os jornais diziam granadas), se não são imediatamente mortais, são pelo contrário muito leves — acrescentou ele. — Devemos esperar o melhor, e estou certo de que...

A Princesa Maria interrompeu-o.

— Oh! seria de tal modo ter... — começou ela; e demasiado emocionada para poder acabar baixou a cabeça com um movimento gracioso (como todos os que fazia em presença dele); depoi lançou-lhe um olhar de gratidão e seguiu sua tia.

Naquela noite, Nicolau não foi a parte alguma em visita; encerrado em seu quarto, liquidou suas contas com os comerciantes de cavalos. Terminados seus negócios, era demasiado tard para sair e demasiado cedo para deitar-se; de modo que ficou a passear para lá e para cá, em seu quarto, refletindo em seu destino, o que raramente lhe acontecia.

A princesa lhe causara, já em Smolensk, uma viva impressão. As circunstâncias particulares em que a encontrara, ela a quem sua mãe acabara de apontar como um rico partido, tinham-no abalado, e observara a moça com uma atenção toda especial. Em Voroneje, sua visita lhe causara não só uma recordação agradável, mas forte impressão. Emocionara-o a beleza própria, a beleza moral que nela descobria. Entretanto, preparava-se para partir e não lhe vinha a ideia de lamentar deixar a cidade porque ficaria privado de ver a princesa. Mas o encontro que se verificara na igreja (Nicolau sentia-o bem) gravava a princesa, mais profundamente do que o havia previsto, em seu coração, mais profundamente do que o desejava para seu sossego. Aquele fino rosto pálido e triste, aquele olhar luminoso, aqueles movimentos medidos, cheios de harmonia, aquele pesar delicado e profundo que se exprimia em todos os seus traços, tudo isso comovia Nicolau e traía sua simpatia. Não podia tolerar ver em um homem uma expressão de superioridade moral (essa razão impedia-o de gostar do Príncipe André); só tinha desprezo pelo que chamava a filosofia e os sonhadores; mas na Princesa Maria o pesar revelava a profundeza daquele mundo espiritual que lhe era desconhecido; e aquele mundo atraía-o irresistivelmente.

"Deve ser uma moça admirável! Um verdadeiro anjo!" — dizia a si mesmo. "Por que não sou livre? por que me apressei tanto com Sônia?" E, malgrado seu, comparava as duas moças. Numa a pobreza e na outra a riqueza daqueles dons espirituais que ele apreciava tanto mais quanto era deles menos provido. Tentava imaginar o que teria podido passar-se, se fora livre. Como teria feito sua declaração? Como se tornaria ela sua mulher? Mas de que servia pensar nisso? Sentia-se opresso e todas as imagens se confundiam diante de seus olhos. Desde muito tempo o quadro de sua existência futura junto de Sônia estava traçado; tudo nele era simples e claro porque tudo ali estava previsto e porque nada ignorava de sua prima; ao passo que com a Princesa Maria, era incapaz de forjar-se a imagem do futuro; não a compreendia, amava-a somente.

Pensar em Sônia era alegre, era como um brinquedo: pensar na Princesa Maria era difícil, um pouco terrível.

"Como rezava ela!", dizia a si mesmo. "Via-se-lhe toda a alma passar para a oração. Sim, é bem a fé que transporta as montanhas, e estou certo de que sua prece será ouvida. Por que, não pediria eu, também, eu, aquilo de que necessito? Mas de que necessito? De ser livre, de romper com Sônia. Disseram-me a verdade", disse a si mesmo, lembrando-se das palavras da esposa do governador: "Se me caso com Sônia, disso só resultará desgraça. Os embaraços de dinheiro, o desgosto de mamãe... preocupações... aborrecimento, terríveis aborrecimentos. Aliás, no íntimo, não a amo. Não, não a amo como é preciso. Ah! meu Deus! Fazei-me sair dessa abominável situação sem remédio!" — disse de repente, rezando, malgrado seu. "Sim, a fé transporta montanhas, mas é preciso tê-la e não rezar como o fazíamos, Natacha e eu, quando éramos crianças e pedíamos que a neve fosse açúcar; assim que acabava a oração, corríamos para o pátio, a fim de ver se a neve se havia transformado em açúcar. Não, não são tolices que devo pedir agora", disse a si mesmo, pousando seu cachimbo num canto e indo colocar-se, de mãos cruzadas, diante das imagens. E enternecido pela lembrança da Princesa Maria, pôs-se a rezar como não o havia feito desde muito tempo. Tinha lágrimas nos olhos e na garganta, quando Lavrucha abriu a porta, trazendo uns papéis na mão.

— Imbecil, como é que entras sem ser chamado? — exclamou Nicolau, mudando vivamente de atitude.

— É da parte do governador — disse Lavrucha, com voz sonolenta. — Chegou um correio, trazendo duas cartas para o senhor.

— Bem, muito bem, obrigado, podes ir.

Nicolau tomou as duas cartas. Uma era de sua mãe, a outra de Sônia. Depois de ter reconhecido as letras, abriu primeiro a carta de Sônia. Desde as primeiras linhas, empalideceu; o temor e alegria fizeram-no arregalar os olhos.

— Não, isto não pode ser! — proferiu em voz alta.

Incapaz de ficar parado, voltou a caminhar, com a carta na mão, e leu-a andando para lá e para cá no quarto. A princípio passou-lhe a vista, depois leu-a uma vez, releu-a e por fim parou, com os braços balançando, de boca aberta e olhos fixos. O que acabava de pedir, com a certeza de que Deus o atenderia, era-lhe concedido e por isso maior ainda era a sua estupefação; havia naquilo algo de extraordinário, algo que ele não podia esperar que se desse, mas a rapidez com que seu pedido era ouvido, demonstrava que, em lugar duma intervenção divina, havia naquilo mero efeito do acaso.

Assim, aquele nó impossível de desatar, que prendia a liberdade de Nicolau, achava-se destacado por aquela carta inesperada de Sônia, que nada fazia prever (pelo menos Nicolau via assim as coisas). Escrevia-lhe que as desgraças dos últimos tempos, a perda de quase todos os bens dos Rostov em Moscou, o desejo manifestado tantas vezes pela condessa de vê-lo desposar a Princesa Bolkonski, seu silêncio, sua frieza dos últimos tempos, tudo isso junto tinha-a decidido a desligá-lo de sua promessa e dar-lhe inteira liberdade.

"Ser-me-ia demasiado penoso pensar em que possa ser causa de pesar ou de desacordo numa família a que devo tudo" — escrevia ela, — "e meu amor só tem um objetivo, a felicidade daqueles a quem amo, de modo que, rogo-lhe, Nicolau, que se considere livre, muito embora ninguém possa amá-lo mais fortemente que a sua Sônia".

As duas cartas vinham de Troitsa. A da condessa descrevia os derradeiros dias passados pela família em Moscou, a viagem, o incêndio e a perda de seus bens. Nessa carta, a condessa dizia, entretanto, que o Príncipe André e numerosos outros feridos viajavam com eles. O Príncipe André achava-se em estado bastante grave, mas o médico assegurava que agora havia muita esperança. Sônia e Natacha serviam-lhe de enfermeiras.

Nicolau dirigiu-se no dia seguinte, com a carta de sua mãe, à casa da Princesa Maria. Nem ele, nem ela, fizeram alusão ao que aquelas palavras deixavam adivinhar: "Natacha lhe serve de enfermeira"; entretanto, graças a essa carta, sentiram-se próximos, quase como parentes.

No dia seguinte, Rostov acompanhou a Princesa Maria a Iaroslav e alguns dias depois alcançou seu regimento.

8. A carta de Sônia, que satisfazia os votos de Nicolau, fora enviada de Troitsa e eis como fora provocada. O pensamento de ver seu filho desposar uma rica herdeira atormentava cada vez mais a velha condessa. Sabia que Sônia era o principal obstáculo. E a vida de Sônia naqueles últimos tempos, sobretudo desde a carta em que Nicolau descrevera seu encontro com a Princesa Maria em Bogutcharovo, tornava-se cada vez mais difícil. A condessa não perdia uma ocasião de lançar à pobre moça alusões ferinas e mesmo cruéis.

Alguns dias antes de deixar Moscou, a condessa, transtornada pelos acontecimentos, chamara Sônia à sua presença e, em lugar de exigir seu sacrifício, cumulando-a de censuras, suplicara-lhe, chorando, que reconhecesse tudo quanto se fizera por ela, rompendo com Nicolau.

— Só ficarei tranquila, quando mo tiveres prometido — acrescentou ela.

Sônia teve uma crise de lágrimas e respondeu, por entre soluços, que faria tudo, que estava pronta para tudo, mas sem fazer promessa formal, incapaz, no íntimo de si mesma, de decidir-se ao que lhe impunham. Era-lhe preciso sacrificar-se à felicidade da família que a havia criado e educado. Estava acostumada a sacrificar-se pelos outros. Sua situação na casa era tal que somente o esquecimento de si mesma permitia-lhe mostrar seu valor e acabara por achar natural que continuasse a apagar-se. Entretanto, cada vez que se sacrificava, tinha a alegria de dizer a si mesma que se engrandecia a seus próprios olhos e aos olhos alheios, que assim se tornava mais digna de Nicolau, a quem amava mais do que tudo no mundo; mas agora, o que lhe pediam, era o abandono da recompensa de seus sacrifícios, de tudo quanto dava um sentido à sua vida. E pel primeira vez em sua vida, sentia amargura contra aquelas pessoas que só a haviam cumulado de seus benefícios para mais atormentá-la; sentia inveja de Natacha que jamais experimentara algo de semelhante, que jamais tivera necessidade de sacrificar-se, que havia obrigado os outros a se sacrificarem por ela, e a quem entretanto todos amavam. Pela primeira vez, sentira Sônia que seu amor tranquilo e puro por Nicolau se transformava de repente numa paixão ardente que dominava a razão, a gratidão, a religião. Fora sob a influência dessa paixão que Sônia, treinada na dissimulação pela sua vida dependente, respondera à condessa com palavras vagas, evitara as explicações, resolvera-se a esperar Nicolau, não para restituir-lhe a liberdade, mas para se unir a ele para sempre.

As preocupações, os temores dos derradeiros dias que os Rostov passaram em Moscou, haviam tragado os sombrios pensamentos que atormentavam Sônia. Fora feliz em encontrar a salvação em trabalhos materiais. Mas quando soube da presença do Príncipe André na casa, malgrado toda a sua sincera compaixão por ele e por Natacha, um sentimento supersticioso e reconfortante apoderou-se dela. Deus não queria que ela fosse separada de Nicolau. Sabia que Natacha amava o Príncipe André e jamais cessara de amá-lo. Sabia que agora, reunidos em tão trágicas circunstâncias, amar-se-iam mais que nunca e Nicolau não poderia mais desposar a Princesa Maria, por causa dos novos elos de parentesco que os uniriam[110]. Malgrado todo o horror do que se passava e as dificuldades dos primeiros dias de viagem, a certeza de que a Providência estava a ponto de intervir nos seus assuntos pessoais regozijava Sônia.

Os Rostov realizaram a primeira etapa duma jornada de sua viagem, no Convento da Trindade.

Na hospedaria do convento, haviam-lhes reservado três quartos, um dos quais foi ocupado pelo Príncipe André. O ferido encontrava-se muito melhor naquele dia. Natacha conservava-se ao lado dele. Na peça contígua, o conde e a condessa entretinham-se respeitosamente com o superior que pagava visita a seus antigos doadores e amigos. Sônia estava presente também e, ardente de curiosidade, perguntava a si mesma o que podiam estar a dizer um ao outro o Príncipe André e Natacha. Ouvia o rumor de suas vozes através da porta. De repente, aquela porta se abriu. Natacha, de rosto transtornado, avançou e, sem ver o superior que se levantara para ir ao seu encontro e abençoá-la, retendo com sua mão esquerda sobre seu braço direito a larga manga de sua batina, dirigiu-se para Sônia e tomou-a pela mão.

— Natacha, que é isso? Vem cá — disse a condessa.

Natacha aproximou-se e recebeu a bênção do superior, que a exortou a implorar o socorro de Deus e de seu santo[111].

Assim que ele saiu Natacha pegou a mão de sua amiga e passou com ela para o quarto desocupado.

— Sônia, é verdade? Ele viverá? — exclamou ela. — Sônia, quanto sou feliz e ao mesmo tempo desgraçada! Sônia, minha querida, é totalmente como outrora. Basta que ele viva. E ele não pode... porque... porque...

Os soluços cortaram-lhe a voz.

— Ah! sim. Eu o sabia! Louvado seja Deus! — disse Sônia. — Ele viverá!

Sônia não estava menos emocionada que sua amiga, cujos temores e cujo pesar se misturavam aos pensamentos que não podia formular diante de ninguém. Abraçou e consolou Natacha, soluçando. "Contanto somente que ele viva!", pensava ela. Depois de terem chorado bastante e tagarelado, as duas amigas enxugaram as lágrimas e aproximaram-se da porta do Príncipe André. Natacha abriu-a devagarinho e olhou para dentro do quarto. Sônia, sempre a seu lado, lançou uma olhadela pela porta entreaberta.

O Príncipe André repousava, apoiado em três travesseiros. Seu rosto pálido estava calmo; tinha os olhos fechados e via-se que sua respiração era regular.

110. Na religião ortodoxa, os casamentos entre cunhados e cunhadas eram proibidos.
111. O convento continha a múmia de São Sérgio.

— Ah! Natacha — gritou quase Sônia que, segurando sua prima pelo braço, se afastou da porta.

— Que tens? Que tens afinal? perguntou Natacha.

— É isto, isto exatamente... — disse Sônia toda lívida e de lábios trêmulos.

Natacha fechou a porta docemente e levou Sônia para junto da janela, sem compreender o que queria ela dizer.

— Lembras-te — disse Sônia, com ar espantado e solene, — lembras-te de quando olhei por ti no espelho... em Otradnoie, na noite de Natal?... Lembras-te do que vi?

— Sim, sim — disse Natacha, escancarando os olhos; lembrava-se confusamente que Sônia lhe dissera então alguma coisa a respeito do Príncipe André, que vira deitado.

— Lembras-te? — repetiu Sônia. — Vi-o naquele momento e disse-o a todos, a ti, a Duniacha. Vi-o num leito — acentuou ela, fazendo a cada pormenor um gesto de mão com o índice levantado, — tinha os olhos fechados, estava coberto com uma coberta cor-de-rosa, justamente como agora, e trazia as mãos cruzadas — continuou Sônia, convencida de que, descrevendo os pormenores que acabara de ver, descrevia os que VIRA então.

Ora, ela nada vira absolutamente, e contara o que lhe havia passado pela cabeça; mas o que havia imaginado parecia-lhe tão real como uma recordação. Pretendera que ele a olhara sorrindo e que estava coberto por alguma coisa vermelha, e agora estava certa de ter dito e visto que havia uma coberta cor-de-rosa, exatamente a mesma coberta cor-de-rosa, e que os olhos dele estavam fechados.

— Sim, sim, cor-de-rosa, é verdade! — exclamou Natacha que, também agora, acreditava lembrar-se de que Sônia havia falado daquela coberta cor-de-rosa, e que via nesse fato uma predição extraordinariamente misteriosa.

— Que é que isso pode querer dizer? — perguntou ela, toda pensativa.

— Ah! não sei de nada, mas é bem curioso — respondeu Sônia, segurando a cabeça com as duas mãos.

Alguns minutos depois, o Príncipe André tocou a campainha e Natacha voltou para junto dele. Sônia que raramente experimentara tal emoção, ficou perto da janela a refletir numa coincidência tão surpreendente.

Naquele dia, apresentou-se a ocasião de enviar cartas ao exército e a condessa escreveu a seu filho.

— Sônia — disse ela, parando de escrever, quando sua sobrinha passou perto, — não tens nada a dizer a Nicolau? — E a esta pergunta sua voz tremeu ligeiramente. E Sônia leu nos olhos fatigados da condessa, que a olhava através de seus óculos, tudo quanto queria dizer com aquilo. Aquele olhar exprimia a súplica, o temor duma recusa, a vergonha de ter de pedir e o ódio inexplicável bem próximo, em caso de recusa.

Sônia aproximou-se da condessa, pôs-se de joelhos diante dela e beijou-lhe a mão.

— Vou escrever, mamãe — disse ela.

Sônia estava abalada, emocionada, enternecida em consequência de tudo quanto acabava de passar-se, sobretudo a misteriosa realização do presságio de outrora. Agora que sabia que a reconciliação de Natacha e do Príncipe André impedia Nicolau de desposar a Princesa Maria sentia com alegria o retorno desse sentimento de sacrifício que lhe era habitual. Certa de praticar um ato heroico, escreveu, enxugando várias vezes as lágrimas que velavam seus olhos negros e veludosos, a carta comovente que tanto iria impressionar Nicolau.

9. No corpo de guarda a que Pedro foi levado, os oficiais e os soldados o trataram com hostilidade, mas não obstante com atenções. Sentia-se que temiam ter de avir-se com um grande personagem, enquanto lhe guardavam rancor pelo corpo a corpo em que acabavam de engalfinhar-se.

Mas chegada a manhã, substituiu-se a guarda e Pedro percebeu logo que os novos oficiais e soldados não o tratavam mais da mesma maneira que aqueles que o haviam detido. Aquele gordo homenzarrão, de manto de camponês não passava a seus olhos do homem vigoroso que se batera a murros com saqueadores e com os soldados da Patrulha e que falara, em tom solene, duma criança salva do fogo; não era mais que o número 17 da lista dos prisioneiros russos feitos por ordem do alto comando. Se nele havia algo de particular era seu ar meditativo e altivo e a língua francesa que falava com uma perfeição surpreendente para os franceses. Nem por isso deixou de ser posto, a partir daquele dia, em companhia dos outros suspeitos, uma vez que o quarto particular que ocupava fora reclamado por um oficial.

Todos os russos detidos com Pedro eram gente de baixa condição. E todos, reconhecendo nele um senhor, mantinham-no tanto mais à distância pelo fato de falar francês. Pedro ouviu-os mesmo, com pesar, trocarem pilhérias a seu respeito.

No dia seguinte, à noite, soube que todos os detidos (e verossimilmente ele nesse número) iriam ser julgados como incendiários. No outro dia, levaram-no com os outros para um local onde tinham assento um general francês de bigodes brancos, dois coronéis e outros franceses usando divisas. Foi Pedro, como os outros, interrogado, naquele tom nítido e preciso que habitualmente empregam os homens que se dizem destacados das fraquezas humanas, quando interrogam acusados. Quem era ele? Aonde ia? Com que fim? etc...

Essas perguntas que nada tinham que ver com o âmago do caso e que tornavam mesmo impossível todo esclarecimento, não tinham por finalidade, como todas as perguntas que se fazem em juízo, senão apoiar a acusação e fazer derivarem as respostas do acusado para o sentido querido, isto é, a confissão de sua culpabilidade. Todas as vezes que começava a dizer alguma coisa de pouco favorável à acusação, apressavam-se em fazê-lo voltar ao ponto a que se queria conduzi-lo. Além disso, sofria Pedro a sorte comum a todos acusados; ignorava a que tendiam todas as perguntas que lhe eram feitas. Podia supor que os ardis empregados pela acusação fossem devidos às atenções ou à polidez que lhe deviam. Sabia que estava em poder daquela gente, que o haviam levado para ali à força, que somente a força permitia que exigissem dele respostas às suas perguntas, que o único fim daquela assembleia era declará-lo culpado. E uma vez que se possuía a força, uma vez que se tinha necessidade de acusá-lo, não via Pedro a utilidade do ardil que o tribunal empregava. Era evidente que qualquer que fosse a resposta deveria ser interpretada no sentido da culpabilidade. Quando lhe perguntaram o que fazia no momento de sua detenção, respondeu Pedro, num tom melodramático que "levava a seus pais uma criança que *havia ele salvo das chamas*". Por que se batera contra um saqueador? Respondeu que "defendia uma mulher, que defender uma mulher insultada é o *dever* de todo homem, que..." Fizeram-no parar aí; isto nada tinha que ver com a acusação. Mas que fazia ele então no pátio duma casa em chamas onde testemunhas o haviam visto? Respondeu "que tinha ido ver o que se passava em Moscou". De novo o fizeram parar para lhe perguntar, não aonde ia, mas porque se achava perto do incêndio. Quem sois? perguntaram-lhe, retomando a primeira pergunta, a que recusara responder. E de novo respondeu que não podia dizê-lo.

— Escrivão, tome nota, o caso é grave. O caso é gravíssimo — disse-lhe severamente o general de bigodes brancos e de rosto escarlate.

Quatro dias após a detenção de Pedro, o fogo pegou perto da muralha de Zubovo.

Pedro e treze outros acusados foram levados ao Vau de Crimeia, e postos na cocheira duma casa de comércio. Ao atravessar as ruas, foi Pedro sufocado pela fumaça que parecia plainar sobre a cidade inteira. Só se avistavam incêndios por toda a parte. Não tinha ele compreendido ainda a importância do incêndio de Moscou e olhava em torno de si, cheio de espanto.

Naquela cocheira duma casa do Vau de Crimeia, passou Pedro ainda quatro dias, durante os quais soube, falando com soldados franceses, que se esperava de dia para dia a decisão do marechal a respeito dos detidos. Mas Pedro não pôde saber de qual marechal se tratava. Entretanto encarnava evidentemente para os soldados uma potência misteriosa e suprema.

Aqueles dias que precederam o 8 de setembro, dia em que os prisioneiros sofreram um segundo interrogatório, foram dos mais penosos para Pedro.

10. No dia 8 de setembro, um oficial superior, a julgar pelas honras que lhe prestaram os sentinelas, foi visitar os prisioneiros. Esse oficial, que participava sem dúvida do estado-maior, fez, com uma lista na mão, a chamada dos prisioneiros, e chamou Pedro: *aquele que não confessa seu nome*. Lançou sobre eles um olhar indiferente, indolente e deu ordem ao oficial de guarda que lhes mandasse dar um banho e vestir convenientemente, antes de conduzi-los à presença do marechal. Uma hora mais tarde apareceu um pelotão de soldados que levou Pedro e os treze outros detidos ao Campo das Virgens[112].

Fazia um dia claro, ensolarado após a chuva, e o ar mostrava-se particularmente puro. A fumaça, em lugar de arrastar-se, como no dia em que Pedro fora tirado do corpo de guarda da muralha de Zulbovo, elevava-se em colunas no ar puro. Não se via fogo em parte alguma, mas a fumaça subia de todas as partes e Moscou, pelo menos o que Pedro pôde ver da cidade, era apenas escombros. Por toda a parte mostravam-se terrenos vagos com destroços de chaminés e fogões e, de lugar em lugar, pedaços de muros calcinados. Em vão olhava Pedro atentamente, não reconhecia mais os quarteirões familiares da cidade. Em alguns trechos, igrejas mantinham-se de pé. O Kremlim, intacto, destacava-se em branco, com suas torres, bem como Ivã, o Grande[113]. Bem perto, a cúpula do mosteiro de Novo-Dievitchi[114] cintilava alegremente; um carrilhão, particularmente sonoro, tilintava. O som dos sinos lembrou a Pedro que era domingo, festa da Natividade da Virgem. Mas essa não deveria ser festa para ninguém: só se viam ruínas deixadas pelo incêndio e quanto a habitantes, encontravam-se uma vez ou outra pobres diabos apavorados e esmolambados, que se ocultavam ao avistar os franceses.

Era bem evidente que o ninho da Rússia estava destruído e disperso; e sobre aquela destruição do regime russo, sentia Pedro confusamente que se instalava novo regime completamente diverso e severo, o regime francês. Sentia isso à vista dos soldados da escolta que avançavam em boa ordem, com ar marcial e alegre; sentia-o à vista dum importante funcionário francês que vinha ao encontro deles numa caleça de dois cavalos, conduzida por um soldado; sentia-o aos sons arrebatadores de uma música militar que partiam do lado esquerdo do Campo das Virgens; sentira-o e compreendera-o sobretudo desde que chegara o oficial francês, com uma lista na mão, para fazer a chamada dos prisioneiros. Pedro fora capturado por simples soldados, levado dum lugar para outro com dezenas de prisioneiros; teriam podido esquecê-lo, confundi-lo com eles. Mas nada disso! Suas respostas dadas no interrogatório continuavam a designá-lo. Era *o que não confessa seu nome*. E conduziam-no a alguma parte sob aquela etiqueta que lhe causava medo; não podia duvidar, diante do ar resoluto dos comboiadores que os outros prisioneiros e ele eram aqueles mesmos de que necessitavam e eram conduzidos ao lugar devido. Tinha Pedro a impressão de ser uma palhinha caída sob a roda duma máquina desconhecida de mecanismo bem-ajustado.

Levaram Pedro e os outros acusados ao Campo das Virgens, à direita, não longe do convento, a uma grande casa branca, cercada de vasto jardim. Era a casa do Príncipe Chtcherbatov, aonde Pedro fora bem muitas vezes e onde residia, no dizer dos soldados, o marechal Príncipe de Eckmuhl

Conduziram-nos para o patamar e foram introduzidos um a um. Pedro foi o sexto a entrar Através da galeria envidraçada, da antecâmara, do vestíbulo que lhe eram familiares, levaram-no até um comprido gabinete, de forro baixo, à porta do qual se mantinha um ajudante-de-campo.

Davout estava instalado por trás duma mesa, na outra extremidade da peça, com óculos no nariz. Pedro aproximou-se. Davout, visivelmente ocupado com um papel aberto à sua frente perguntou em voz baixa, sem erguer a vista: "Quem sois?"

Incapaz de pronunciar uma palavra, Pedro manteve-se em silêncio. Davout não era somente para ele um general francês, era um homem reputado pela sua crueldade. O rosto de Davout lem

112. Assim chamado em lembrança dos tártaros que exigiram que ali lhes levassem um tributo em dinheiro e em virgens núbeis.

113. Campanário de 97 metros de altura.

114. Deve seu nome ao Campo das Virgens que se acha ao lado.

brava o de um pedagogo severo, que consentia em esperar um instante a resposta exigida, e Pedro sentia que cada minuto de hesitação poderia custar-lhe a vida; entretanto não sabia o que dizer. Repetir o que tinha respondido por ocasião de seu primeiro interrogatório parecia-lhe ridículo; revelar seu nome e sua posição social era ao mesmo tempo uma vergonha e um perigo. Melhor valia manter-se em silêncio. Mas Davout não lhe deixou tempo para que tomasse uma decisão; ergueu a cabeça, encavalou os óculos na testa e mirou fixamente Pedro, piscando os olhos.

— Conheço esse homem — disse ele com uma voz glacial, medida, própria mesmo para impressionar Pedro.

Um frio lhe correu pelas costas, depois sentia as fontes como que apertadas num torno.

— Meu general, não podeis conhecer-me, nunca vos vi...

— É um espião russo — interrompeu Davout, dirigindo-se a outro general que se achava presente e que Pedro não havia notado.

E Davout voltou-lhe as costas. De repente, sentiu Pedro sua língua soltar-se e pôs-se a falar fluentemente.

— Não, Alteza — disse ele, lembrando-se bruscamente que Davout era príncipe. — Não, Alteza, não pudestes conhecer-me. Sou um oficial de milícia e não saí de Moscou.

— Vosso nome?

— Bezukhov.

— Quem me provará que não mentis?

— Alteza! — exclamou Pedro, com voz mais suplicante que ofendida.

Davout ergueu a cabeça e fitou Pedro ainda mais fixamente. Olharam-se assim por alguns segundos e foi o que salvou Pedro. O olhar de ambos passara por cima das questões de guerra e de justiça para tornar-se o olhar de dois homens face a face. Todos dois, durante alguns segundos, tinham sentido confusamente mil coisas; tinham compreendido que eram filhos do homem, irmãos.

No primeiro momento, quando Davout levantara a cabeça de sua lista em que o destino de vários seres humanos era indicado por números, Pedro não era para ele senão uma espécie de objeto e teria podido, sem remorsos de consciência, mandá-lo fuzilar; mas agora era o homem que via nele. Refletiu um instante, depois disse friamente:

— Como me provareis a verdade do que me dizeis?

Pedro lembrou-se de Ramballe e indicou o nome desse capitão francês, o de seu regimento e da rua onde morava.

— Não sois o que dizeis — repetiu Davout.

Com voz entrecortada, Pedro, trêmulo, adiantou provas do que dizia.

Nesse momento o ajudante-de-campo veio comunicar alguma coisa a Davout.

Este, todo exuberante pelas notícias que lhe comunicava o ajudante-de-campo, reabotoou-se imediatamente. Ia sair sem mais se ocupar com Pedro.

Tendo-lhe o ajudante-de-campo lembrado seu prisioneiro, franziu o cenho, fez um sinal de cabeça para o lado de Pedro e ordenou que o levassem. Mas para onde deveriam levá-lo? Pedro de nada sabia: para o seu antigo abarracamento ou então para o lugar preparado para a execução que lhe haviam mostrado, no Campo das Virgens?

Voltou a cabeça e viu o ajudante-de-campo interrogar Davout.

— Sim, sem dúvida! — respondeu este; mas que significava aquele sim, como adivinhá-lo?

Jamais pôde lembrar-se de quanto tempo fizeram-no andar e aonde o conduziram. Achava-se em tal estado de inconsciência e de embrutecimento que não via nada em redor de si; pôs um pé diante do outro enquanto era preciso avançar, e quando pararam, parou também. Uma única ideia lhe persistia na cabeça. Quem, quem pois o havia condenado? Não eram as pessoas que o haviam interrogado no começo. Nenhuma delas decerto queria ou podia fazê-lo. Não fora Davout que o olhara tão humanamente. Um minuto mais e Davout teria compreendido que houvera engano em acusá-lo; fora o ajudante-de-campo que, com sua entrada, havia impedido aquilo. Aquele ajudante-de-campo tampouco lhe queria mal; mas bem poderia não ter entrado. Então quem, quem afinal queria fazê-lo morrer, privá-lo da vida a ele, Pedro, com sua alma cheia de recordações, de desejos, de esperança, de pensamentos? Quem queria isso? E Pedro sentiu que não era ninguém.

Era a ordem estabelecida, o concurso das circunstâncias.

A ordem estabelecida condenara-o à morte, a ele, Pedro, tirava-lhe a vida, arrebatava-lhe tudo, aniquilava-o.

11. Da casa do Príncipe Chtcherbatov foram os prisioneiros levados para a parte baixa do Campo das Virgens, à esquerda do mosteiro e dali para uma horta, onde se erguia um poste. Por trás do poste, abria-se largo fosso; a terra, removida de fresco, amontoava-se em redor, e perto do fosso e do poste uma multidão avultada se juntara em semicírculo. Essa multidão, em que se viam alguns russos, compunha-se na maioria de soldados ociosos, pertencentes ao exército de Napoleão; havia ali alemães, italianos, franceses com uniformes variados. À esquerda e à direita do poste perfilava-se um destacamento de franceses em armas, trazendo capotes azuis com dragonas vermelhas, polainas e barretinas.

Puseram em fila os condenados, segundo a ordem da lista (Pedro o sexto) e conduziram-nos para diante do poste. Alguns rufos de tambor partiram de repente de cada lado e a esse ruído teve Pedro a impressão de que sua alma se dilacerava. Perdeu a faculdade de pensar e de recordar. Só tinha a seu serviço seus olhos e suas orelhas. Um único desejo lhe restava, o de acabar o mais depressa possível com aquela coisa horrível que se ia realizar. Contudo, voltou a vista para seus companheiros e examinou-os:

Os dois primeiros tinham o crânio raspado dos forçados. Um, grande e magro, o outro trigueiro, cabeludo, musculoso, de nariz chato. O terceiro era um criado que passara dos quarenta, grisalho e apresentando a gordura das pessoas bem-nutridas. O quarto era um camponês muito bonito, com uma barba ruiva em forma de leque e olhos negros. O quinto era um operário bem moço, um rapaz de dezoito anos, de tez biliosa e corpo magrelo, de sobretudo.

Pedro ouviu os franceses perguntarem uns aos outros de que maneira se deveria fuzilar os condenados, um a um, ou dois a dois. "Dois a dois", respondeu com tranquila frieza o oficial. Houve um movimento nas fileiras dos soldados: era evidente que se apressavam; mas sua pressa não era a das pessoas que vão executar uma tarefa compreendida por todos, mas a das pessoas que têm de levar a cabo uma tarefa necessária, mas desagradável e repugnante.

Um funcionário francês, trazendo uma divisa, colocou-se à direita da fila dos condenados e leu a sentença em russo e em francês...

Em seguida quatro soldados, dois a dois se apoderaram, a um sinal dado pelo oficial, dos dois forçados que se achavam na frente. Os forçados foram imobilizados no poste e, enquanto traziam sacos, olharam em redor de si, como o animal acuado olha o caçador que avança sobre ele. Um não cessava de benzer-se, o outro coçava as costas e fazia com os lábios uma careta semelhante a um sorriso. Os soldados vendaram-lhes os olhos, meteram-lhes os sacos pela cabeça amarraram-nos ao poste, com gestos rápidos.

Um pelotão de doze soldados armados saiu das fileiras a passo cadenciado. Os homens pararam a oito passos do poste. Pedro voltou-se para não ver o que ia acontecer. De repente repercutiu uma detonação que pareceu a Pedro mais formidável que o mais terrível dos estrondos de trovão; e olhou de novo. Havia fumaça, franceses, de rosto lívido e mãos trêmulas, se azafamavam à borda do fosso. Fizeram avançar os dois seguintes. Olharam com os mesmos olhos que os forçados os circunstantes, procurando em silêncio um apoio, sem poderem acreditar no que lhes ocorria, sem compreendê-lo. Não podiam crer naquilo porque somente eles sabiam o que para eles valia a vida; não podiam nem compreender, nem crer que lhes iam tirar a vida.

Pedro voltou-se ainda para não ver; de novo uma horrível detonação dilacerou-lhe os ouvidos e de novo, ao mesmo tempo que a detonação, viu Pedro fumaça, sangue, rostos lívidos de franceses atarefados, que se empurravam em redor do poste, com mãos trêmulas. Com a respiração ofegante, Pedro olhou em redor de si como para perguntar: "Mas enfim, que significa tudo isso?". A mesma pergunta se lia em todos os olhares que cruzaram o seu. Em todos os rostos dos assistentes, russos, soldados franceses, oficiais, em todos, sem exceção, leu o mesmo horror, o mesmo espanto, a mesma luta que em seu próprio coração. "Mas enfim, quem é o responsável? Sofrem todos tanto quanto eu. Quem, pois? Quem?" Aquele pensamento atravessou-lhe o espírito como um raio.

— Atiradores do 86, avante! — gritou alguém. Fizeram avançar apenas o quinto que se achava ao lado de Pedro. E Pedro não compreendeu que estava salvo, que ele e todos os outros que restavam só tinham sido conduzidos ali para assistir à execução. Continuava a olhar o que se passava com um horror sem cessar crescente, sem experimentar nem alegria nem apaziguamento. O quinto condenado era o operário de capote. Mal lhe deitaram as mãos, deu um pulo e agarrou-se a Pedro. Pedro estremeceu e tentou livrar-se dele. O operário urrava e não queria avançar. Pegaram-no por baixo dos braços e arrastaram-no. Quando chegou ao poste, calou-se de repente. Mostrava semblante de haver enfim compreendido. Compreendia que seus gritos eram vãos, ou pensava ser impossível que o fossem matar? Fosse o que fosse, manteve-se de pé, esperando ser amarrado com outro, olhando em redor de si, com os olhos luzentes dum animal ferido.

Desta vez não pôde Pedro impedir-se de voltar a cabeça e fechar os olhos. A curiosidade e a emoção que partilhava com aquela multidão haviam atingido seu ponto culminante diante daquele quinto assassínio. Como os que o tinham precedido, aquele quinto condenado parecia calmo; enrolava-se no seu capote e esfregou um no outro seus pés nus.

Quando lhe vendaramos olhos, arranjou ele próprio na nuca o nó que o incomodava; depois, quando o encostaram ao poste sujo de sangue, inclinou-se para trás, mas sendo-lhe incômoda aquela posição, endireitou-se, firmou os pés bem direitos e encostou-se tranquilamente. Pedro não afastava dele os olhos, nem perdeu um sequer de seus movimentos.

Deveu-se, sem dúvida, ouvir uma ordem e, após esta, oito tiros partiram juntos. Mas Pedro não ouviu detonação alguma, por mais que depois se esforçasse por lembrar-se. Viu o operário descair nas amarras, depois o sangue apareceu em dois lugares, a corda se distendeu sob o peso do corpo e o homem, com a cabeça exageradamente inclinada, as pernas dobradas, caiu. Pedro correu para o poste. Ninguém o deteve. Em torno do operário, pessoas de rostos lívidos, de ar apavorado, azafamavam-se. Um velho soldado francês de bigode estava de queixo tremendo ao desamarrar a corda. O corpo veio abaixo. Os soldados apressaram-se desajeitadamente em arrastá-lo para trás do poste e balouçá-lo, atirando-o no fosso.

Todos, visivelmente, sentiam-se criminosos, tomados da necessidade de fazer desaparecerem, o mais depressa possível, os traços de seu crime.

Pedro olhou para o buraco e viu o operário ali jacente, com os joelhos quase ao nível da cabeça, um ombro mais alto do que o outro. E aquele ombro se levantava e baixava, num ritmo convulsivo. Mas já as pazadas de terra caíam sobre o corpo. Um dos soldados gritou para Pedro que se afastasse, numa voz exasperada, furiosa, dolorosa. Mas ele não compreendeu, ficou de pé perto do poste e ninguém o afugentou.

Coberto o fosso, repercutiu uma ordem. Levaram Pedro à sua fila e os soldados colocados de cada lado do poste, depois de fazer meia-volta, desfilaram a passo cadenciado. Os vinte e quatro atiradores, que haviam descarregado suas armas e se encontravam no meio do círculo partiram a passo acelerado para retomar seu lugar na fileira, quando sua companhia ia passando à sua frente.

Pedro fitava agora com seus olhos vagos aqueles soldados que, dois a dois, deixavam o pelotão de execução correndo. Todos haviam-se juntado às suas companhias, exceto um. Era o jovem soldado duma palidez mortal, cuja barretina havia escorregado para a nuca; com a arma em descanso, permanecia plantado no lugar donde atirara, diante do fosso. Cambaleava como um ébrio, esboçava um passo adiante, outro atrás, a fim de retomar seu equilíbrio. Um velho suboficial saiu da fileira, foi agarrá-lo pelos ombros e trouxe-o para a sua companhia. A multidão dos russos e dos franceses começou a dispersar-se. Toda a gente foi embora em silêncio, de cabeça baixa.

— Isto ensiná-los-á a incendiar — exclamou um dos franceses.

Pedro olhou aquele que havia falado e viu que era um soldado que, para se tranquilizar, procurava, sem encontrá-la, uma desculpa para o que acabava de ser feito. Aliás, nada mais acrescentou, fez um gesto de indiferença e passou.

12. Depois da execução, foi Pedro separado dos outros detidos e encerraram-no sozinho numa capela em ruínas, cheia de imundícies.

Ao anoitecer, um suboficial de guarda entrou com dois soldados e anunciou a Pedro que estava ele agraciado e devia passar para um abarracamento reservado aos prisioneiros de guerra. Sem compreender o que lhe diziam, Pedro levantou-se e seguiu a escolta. Levaram-no a um dos abarracamentos feitos de tábuas e de pranchas retiradas dos escombros do incêndio, construídos no alto duma esplanada. Na escuridão, cercaram-no uns vinte homens. Pedro olhou-os sem compreender quem eram, o que faziam ali e o que queriam dele. Ouvia as palavras que pronunciavam, mas sentia-se incapaz de deduzir delas o que quer que fosse, não lhes compreendia o sentido. Entretanto, respondeu ao que lhe perguntavam sem se dar conta de que era ouvido e de que se interpretavam suas respostas. Olhava rostos e corpos e todos lhe pareciam desprovidos de significação.

Desde o momento em que Pedro havia assistido àquele terrível assassínio, cometido por homens que não tinham vontade alguma de cometê-lo, era como se o eixo em torno do qual se reunia e se mantinha sua vida tivesse cedido bruscamente e tudo se houvesse desmoronado num monte informe de destroços. Sem que se desse conta disso, sua fé na harmonia universal, na humanidade, em sua própria alma, em Deus, fora aniquilada. Já experimentara aquele estado, mas nunca com tal violência. Outrora, quando lhe sobrevinham dúvidas dessa espécie, culpava-se a si mesmo. Sentia então no âmago de sua alma que através de seu desespero e de suas dúvidas, acabaria por encontrar a salvação. Mas agora era o mundo que se desmoronava sem que fosse culpa sua; o mundo que, sob seus olhos, se tornara um montão de ruínas sem significação. E sentia que não estava em seu poder recuperar sua fé na vida.

Pessoas o cercavam no escuro; sem dúvida estavam bastante interessadas pela sua presença. Contavam-lhe alguma coisa; interrogavam-no; depois levaram-no e colocaram-no num canto do abarracamento entre homens que se interpelavam de todos os lados, rindo.

"E ei-lo, irmãos... ei-lo esse príncipe que...", disse uma voz do lado oposto, acentuando a palavra *quê*.

Sentado, imóvel, na palha, apoiado na parede da barraca, Pedro, silencioso, abria e fechava os olhos. Assim que os fechava, revia o rosto do operário, particularmente terrível na sua simplicidade, e os rostos de seus assassinos involuntários, mais terríveis ainda na sua inquietude. Depois reabria os olhos e lançava na sombra que o cercava olhares desvairados.

A seu lado achava-se sentado um homenzinho, cuja presença Pedro logo notara por causa do forte cheiro de suor que espalhava a cada um de seus movimentos. Aquele homem fazia alguma coisa com os pés no escuro; Pedro não lhe via o rosto, mas sentia-lhe os olhos fixos em sua pessoa. Por fim, compreendeu Pedro que ele tirava as sapatos. E intrigou-o a maneira pela qual o fazia.

Tendo desenrolado o cordel que prendia a faixa de pano que cercava um de seus pés, enrolou-o depois com cuidado, ocupando-se em seguida em fazer o mesmo com o outro pé, sem deixar de olhar para Pedro. Enquanto com uma mão prendia a um prego o cordel, com a outra desfazia a faixa do outro pé. Tendo-se, assim, descalçado habilmente com gestos precisos, efic zes, bem-ordenados e sem lentidão, o homem suspendeu seu calçado numa cavilha planta acima de sua cabeça, pegou sua faca, cortou alguma coisa, tornou a fechar a faca, colocou-a e sua cabeceira, depois sentando-se mais a gosto, cercou os joelhos erguidos com os braços fitou Pedro bem em face. Sentiu Pedro algo de agradável, de tranquilizador, de roliço nos mov mentos daquele homem amante da ordem, que naquele seu cantinho arranjava sua vida domé tica; seu próprio odor forte não lhe desagradava; e também ele se pôs a encará-lo fixamente.

— O senhor tem visto boas, hem? — disse de repente o homenzinho.

Sua voz cantante tinha tal inflexão acariciadora e tal simplicidade que Pedro quis responde mas seu queixo se pôs a tremer e as lágrimas lhe vieram aos olhos. O homenzinho não lhe deu tem de mostrar sua confusão e lhe disse, à maneira terna e cantante das velhas camponesas russas:

— Ora, não te aflijas, meu coraçãozinho. Não te aflijas, meu caro; não é nada, um m momento a passar! Nada mais que isso, meu caro. Graças, estamos ainda vivos, sem nada quebr do. Se há pessoas que não valem grande coisa, há também gente boa...

E enquanto falava, ajoelhou-se com um movimento ágil, levantou-se e afastou-se, tossind Depois Pedro ouviu sua voz acariciante que vinha do outro canto do abarracamento:

— Ah! aqui estás, canalha! Aqui estás, canalha! Estás de volta! Vamos, basta, desce!

E o soldado, repelindo um impertinente cãozinho que saltava em torno dele, voltou a s lugar e sentou-se. Tinha nas mãos algo enrolado num farrapo de papel.

— Tome, coma, senhor — disse ele, retomando seu tom respeitoso e tirou de seu embrul de papel batatas assadas no forno, que estendeu a Pedro. — Para jantar, tivemos sopa. Mas n há nada igual a batatas!

Pedro nada comera durante o dia e o cheiro das batatas lhe pareceu extraordinariamen agradável. Agradeceu ao soldado e se pôs a comer.

— Como é? O senhor as come assim? — disse o homem sorrindo e apoderou-se duma bata — Eis como se faz.

Tornou a pegar em sua faca, abriu-a, cortou a batata em duas metades na palma da mã salpicou-as com sal que tirou do fundo de sua esteira e ofereceu-as a Pedro.

— Nada como as batatas — replicou ele. — Experimente-me isso.

Pareceu a Pedro que jamais havia comido coisa melhor.

— Nada me importa — exclamou Pedro, — mas por que fuzilaram aqueles desgraçados?... último nem tinha vinte anos.

— Psiu!... Psiu! — disse o homenzinho, — não deve dizer isso, não deve... — acrescent vivamente e como se as palavras lhe viessem por si mesmas à boca, ou se escapassem malgra seu, continuou: — Então, meu senhor, ficou mesmo em Moscou?

— Não acreditava que eles chegassem tão depressa. Fiquei por acaso — disse Pedro.

— Então, meu caro, eles te deitaram a mão em tua casa?

— Não, eu tinha ido ver o incêndio; foi lá que me agarraram e julgaram-me como incendiári

— Sim; onde há juízes, há a injustiça — replicou o homenzinho.

— E tu, estás aqui há muito tempo? — perguntou Pedro, depois de haver engolido a der deira batata.

— Eu? Pegaram-me domingo no hospital de Moscou.

— E és soldado?

— Sim, do regimento de Apcheron. Morria de febre. Não nos disseram nada. Éramos u vinte. Não se pensava, não se acreditava...

— E tu te aborreces aqui? — perguntou Pedro.

— Como não se aborrecer, meu caro? Chamo-me Platão, Karataiev é meu nome de família acrescentou ele, para facilitar suas relações com Pedro. — Apelidaram-me de Gaviãozinho regimento. Ah! como não hei de aborrecer-me! Moscou é a mãe das nossas cidades! Como n hei de aborrecer-me, vendo isso! Sim, mas o verme que rói a couve morre primeiro; é assim que dizem os nossos antigos — proferiu ele vivamente.

— Quê? Que é que disseste? — perguntou Pedro.

— Eu? Digo é que não cabe a nós julgar, mas a Deus — respondeu Karataiev, que acreditava repetir o mesmo provérbio e depois continuou dum jato: — Então, meu senhor, possui bens? Uma casa? Tudo à farta? E uma arrumadeira? E seus velhos ainda estão vivos?

Pedro não o via no escuro, mas sentia que os lábios do soldado se pregueavam num sorriso amável, enquanto fazia aquelas perguntas. Ficou visivelmente impressionado, ao saber que Pedro perdera seus pais, sobretudo sua mãe.

— A esposa é para o bom conselho, a sogra para a boa acolhida, mas nada vale uma mamãezinha! — disse ele. — E o senhor tem filhos? — perguntou ainda.

A resposta negativa de Pedro perturbou-o de novo, porque se apressou em dizer:

— Não há mal nisso, o senhor é jovem, graças a Deus, pode ainda tê-los. O essencial é combinar bem...

— Ah! agora, tudo pouco importa! — exclamou Pedro, malgrado seu.

— Ora, meu bravo — replicou Platão, — sacola de mendigo e prisão não se pode recusá-las.

Sentou-se mais à vontade e tossiu, preparando-se visivelmente para uma longa narração.

— Sim, meu caro amigo — começou ele, — nós moramos todos juntos. Nosso domínio é grande, temos muita terra, os camponeses vivem bem, e nós também, graças a Deus! Éramos seis ceifadores em torno do pai. Sim, vivia-se bem. Éramos bons cristãos. E eis o que nos aconteceu...

Platão Karataiev contou longamente que fora cortar madeira na floresta alheia, que um guarda o pegara, que lhe haviam dado uma surra de vara, que o haviam julgado e depois despachado como soldado.

— Pois é, meu caro — continuou ele com uma voz que mudava seu sorriso — o senhor toma isso como uma desgraça e é uma felicidade. Meu irmão é quem deveria ter partido, se eu não tivesse pecado. E meu irmão tem quatro filhinhos, enquanto que eu, só deixei minha mulher. Tive uma filhinha, é verdade, mas Deus a retomou antes que eu partisse como soldado. Preciso dizer que voltei uma vez, de licença. E que é que vejo? Vivem ainda melhor que antes. O pátio está cheio de animais, as mulheres arrumam a casa, dois irmãos trabalham fora. Só encontro Miguel, o mais moço. E o pai me diz: "Para mim, todos os meus filhos são iguais; qualquer dedo que se morda, sente-se. Se não tivesse levado Platão, seria Miguel quem deveria ter partido". Acreditas? Reuniu-nos todos diante das Imagens. — "Miguel, adianta-te, ajoelha-te diante dele e tua mulher também, e teus filhos igualmente. Compreenderam?" Eis o que é, meu caro. O destino escolheu sua cabeça. E estamos nós sempre aí a julgar: isto, isto não está bem, isto é mau. Nossa felicidade, meu caro, é como a água na massa: a gente a arrasta, ela se enche; a gente a tira, ela se esvazia. É assim!

E Platão, metendo-se na sua palha, calou-se.

— Pois é, creio que estou com vontade de dormir — disse ele e começou depressa a benzer-se, murmurando: — Senhor Jesus Cristo, São Nicolau, São Floro, São Lourenço! Senhor Meu Jesus Cristo, tende piedade de nós e salvai-nos! — Terminada sua oração, ajoelhou-se até o chão, levantou-se, suspirou, tornou a sentar-se na sua palha. — E pronto! Senhor, fazei-me dormir como uma pedra, fazei-me crescer como o bom pão! — proferiu ele, antes de estender-se e cobrir-se com seu capote.

— Que oração acabaste de fazer? — perguntou Pedro.

— Quê? — disse Platão, que já estava dormindo. — O que rezei? Rezei a Deus. E tu, não rezas?

— Mas sim, rezo também — disse Pedro. — Somente, por que disseste: São Floro, São Lourenço?

— Por quê? — replicou vivamente Platão. — Porque são os padroeiros dos cavalos. E é preciso pensar nos animais... Olha aquele ali, o canalha, enrodilhou-se. Como está quente, o porcaria! — acrescentou, tateando o cachorro deitado contra suas pernas; e, virando-se para o outro lado, adormeceu imediatamente.

Lá fora, em alguma parte, ao longe, ouviam-se choros e gritos e através das fendas do abarracamento, via-se uma fogueira; mas dentro, tudo se mantinha tranquilo e no escuro. Pedro ficou muito tempo deitado sem mover-se, de olhos abertos na escuridão; ouvia os roncos rítmicos de Platão, estendido a seu lado. Sentia que o mundo moral que acabara de desmoronar-se nele, iria reedificar-se sobre outras bases, bases todas novas, inabaláveis na sua beleza.

13. Na barraca para onde Pedro fora levado e onde passou quatro semanas, havia vinte e três soldados prisioneiros, três oficiais e dois funcionários.

Só deixaram todos eles um traço vago na sua memória. Apenas Platão Karataiev se gravou para sempre nela, como a mais poderosa e a mais cara das recordações, como a personificação de tudo quanto é russo, de tudo quanto é bom e sem arestas. Quando no dia seguinte de manhã, ao romper da aurora, viu Pedro por fim seu vizinho, a primeira impressão de rotundidade se afirmou mais uma vez. Toda a pessoa de Platão, com seu capote francês, tendo por cinturão uma corda, com seu boné e seus sapatos de tília, era redonda; sua cabeça, uma verdadeira bola; seu dorso, seu peito, seus ombros, seus braços mesmo, que balançava como se se preparasse sem cessar para segurar alguma coisa, eram redondos; e seu sorriso afável, seus grandes olhos castanhos e meigos eram redondos.

Platão Karataiev deveria ter ultrapassado os cinquenta anos, a julgar pelo que contava das campanhas em que havia tomado parte. Ele próprio não sabia sua idade e não podia dizê-la com certeza. Mas seus belos dentes dum branco deslumbrante, cuja dupla fileira mostrava ele quando ria (e estava sempre rindo), eram todos sólidos e perfeitos; não tinha um fio branco sequer nem na barba, nem nos cabelos, e todo o seu corpo revelava a agilidade, e mais do que isso, a robustez e a resistência.

Malgrado algumas pequenas rugas em torno dos olhos, seu rosto refletia a inocência e a mocidade; e sua voz permanecia agradável e cantante. Mas o que tinha ele de mais particular era o jeito espontâneo e vivo das palavras. Parecia jamais refletir no que dizia e no que ia dizer; e essa rapidez, essa justeza de entonação valiam-lhe um dom de persuasão dos mais penetrantes.

Sua resistência física e seu treino eram tais que, durante os primeiros tempos de sua prisão, não deu mostras de conhecer fadiga ou doença. Todas as manhãs e todas as noites ao deitar-se, dizia: “Senhor, fazei-me dormir como uma pedra, fazei-me levantar como o bom pão”. E de manhã, ao levantar-se, dizia com um movimento imutável dos ombros: “Quando a gente se deita, se enrosca; quando a gente se levanta, se distende”. Com efeito, assim que se deitava, dormia como uma pedra, e mal se levantava, atacava qualquer trabalho, sem remanchar nem um segundo, à moda das crianças que assim que acordam correm para seus brinquedos. Sabia fazer tudo, se não com perfeição, pelo menos passavelmente. Cozinhava, costurava, polia, consertava as botas. Estava continuamente ocupado e se bem que gostasse muito de prosar ou de cantar, só se permitia isso, quando a noite chegava. Não cantava à maneira dos profissionais que sabem que estão sendo ouvidos; cantava à maneira dos pássaros; emitir sons era-lhe evidentemente tão indispensável quanto se atirar ou andar; seu rosto mostrava então uma expressão muito séria; e os sons saídos de sua garganta tinham sempre algo de terno, de suave, de feminino, de melancólico.

Feito prisioneiro e uma vez crescida a barba, despojara-se visivelmente de todo caráter estranho e militar imposto, para tornar-se, mesmo a contragosto, o camponês de outrora, homem do povo.

“O soldado de licença conserva sua camisa desabotoada”, dizia ele.

Não gostava de falar de seu tempo de serviço, se bem que não se queixasse e repetisse muitas vezes que não lhe haviam batido nem uma vez. Quando se punha a contar, falava sobre tudo de velhas recordações, visivelmente queridas a seu coração, do tempo em que era "cristo"; era assim que chamava ao camponês[115]. Os provérbios, que enfeitavam suas falas, nada tinham de comum com as expressões na maior parte indecentes e apimentadas habituais nos soldados; eram dessas sentenças populares que, tomadas isoladamente, perdem todo o seu sal e tomam um significado duplamente profundo, quando empregada a propósito.

Acontecia-lhe muitas vezes contradizer-se e entretanto o que adiantava era sempre justo. Gostava de falar e se exprimia bem, enfeitando suas falas de diminutivos cariciosos e de ditos que forjava quando preciso, parecia a Pedro; mas o encanto principal de suas narrativas provinha de que os incidentes mais simples, os que Pedro via sem prestar-lhes atenção, tomavam em sua boca um caráter de grandeza real. Gostava de ouvir os contos (sempre os mesmos) que certo soldado repetia à noite, mas a todas as narrativas preferia as da vida real. Ouvindo-as, exibia um sorriso alegre, intrometia seu dito, fazia uma pergunta, tendo seu espírito a tendência para procurar o lado moral do que lhe diziam. Não conhecia o apego, nem a amizade, nem o amor, tais como Pedro os compreendia; mas amava a todos e vivia cordialmente com todos quantos a vida punha em sua presença, não com tal ou tal homem em particular, mas com todos os homens que tinha diante dos olhos. Gostava de seu fraldiqueiro, de seus camaradas, dos franceses; gostava de Pedro que era seu vizinho; mas Pedro sentia que Karataiev, malgrado todas as palavras cariciosas que lhe dirigia (e que eram uma involuntária homenagem às qualidades morais de seu companheiro), não haveria de ficar um minuto entristecido com a sua partida. E Pedro se punha a experimentar por Karataiev sentimentos semelhantes.

Platão Karataiev era para todos os outros prisioneiros um soldado dos mais ordinários; chamavam-no ora Gaviãozinho, ora Platão, mexiam com ele sem maldade, mandavam-no a recados, mas para Pedro permanecia ele e devia permanecer tal como o vira na primeira noite, a personificação plena, inacessível, eterna, da simplicidade e da franqueza.

Platão Karataiev nada sabia de cor, exceto sua oração. Quando começava uma narrativa; tinha o ar de não saber como a terminaria.

Por vezes, quando Pedro, impressionado pela profundeza de suas palavras, lhe pedia que as repetisse, não conseguia Platão lembrar-se do que acabava de dizer. Não podia tampouco dizer a Pedro as palavras de sua canção favorita. Tratava-se nela de "bétula, minha irmãzinha", de "o coração me dói", mas em palavras não tinha isso mais sentido. Platão não compreendia e não podia compreender o valor duma palavra tomada isoladamente. Cada uma de suas palavras, cada um de seus atos era a manifestação exterior daquela atividade inconsciente que era a sua vida. E sua vida, tal como a sentia, parecia despojada de sentido na qualidade de vida individual. Retomava um sentido como parte dum todo que ele não deixava de sentir. Suas palavras e seus atos emanavam dele tão regularmente, tão necessariamente, tão espontaneamente, como o aroma duma flor. Mas Platão não podia compreender nem o preço nem o sentido duma ação ou duma palavra tomada isoladamente.

14. Tendo sabido por Nicolau que seu irmão se encontrava em casa dos Rostov, em Iaroslav, a Princesa Maria, malgrado as objeções de sua tia, preparou-se logo para partir e quis até levar seu sobrinho consigo. Não perguntava a si mesma, não queria saber se a empresa era fácil, se era mesmo possível. Seu dever era não somente ir para onde estava seu irmão, talvez moribundo, mas fazer de modo a levar-lhe o filho. Resolveu, pois, partir. Se o Príncipe André não lhe havia escrito, explicava a si mesma, é que estaria demasiado fraco para fazê-lo, ou então consideraria a viagem que ela empreenderia com o filho dele, como demasiado longa, demasiado penosa, ou demasiado perigosa.

15. Camponês em russo e *Krestianine,* a palavra *Krest* = cruz, porque os camponeses russos traziam uma cruz ao peito. Karataiev pronunciava *khristianine,* que quer dizer cristão.

Ficou pronta para viajar ao fim de alguns dias. Suas equipagens consistiam na vasta berlinda do príncipe que lhe servira para vir a Voroneje, em briscas e em carroças. Levava consigo a Senhorita Bourienne, o jovem Nicolau e seu preceptor, a velha ama, três criadas, Tikhone, um jovem lacaio e um guarda-costas, que sua tia lhe dera como escolta.

Não era preciso pensar em seguir a estrada comum que passa por Moscou; a volta que teria de dar passando por Lipetsk, Riazan, Vladimir Chuia, alongava a viagem e aumentava as dificuldades por causa da ausência dos cavalos de posta; e nos arredores de Riazan onde (dizia-se) os franceses se encontravam, corria-se mesmo perigo.

Durante toda aquela penosa viagem, a Senhorita Bourienne, Dessalles e os criados da Princesa Maria ficaram surpresos diante de sua energia moral e de sua atividade. Era a última a deitar-se e a primeira a levantar-se; nenhuma dificuldade a retinha. E foi graças a essa energia sem cessar atuante, que mantinha alerta o moral de seus companheiros de viagem, que puderam atingir Iaroslav, no fim da semana seguinte.

Os derradeiros dias de sua estada em Voroneje tinham trazido à Princesa Maria a maior alegria de sua vida. Seu amor por Nicolau Rostov não lhe causava mais nem tormento nem inquietude. Não lutava mais contra ele, enchia sua alma, fazia corpo com ela própria; estava a Princesa Maria certa, sem jamais confessá-lo a si mesma claramente, que era amada e que amava. Essa certeza lhe viera por ocasião de sua derradeira entrevista com Nicolau, quando fora ele comunicar-lhe que seu irmão estava em casa dos Rostov. Nicolau não fizera uma alusão sequer (em caso do restabelecimento do Príncipe André) ao possível retorno do antigo estado de coisas entre o Príncipe André e Natacha, mas vira pela expressão de seu rosto que essa reconciliação o preocupava. Sua maneira de ser para com ela permanecia tão reservada, tão terna, tão afetuosa como sempre, mas parecia ele regozijar-se pelo fato de permitir-lhe o parentesco exprimir agora mais livremente à Princesa Maria uma amizade amorosa tal como a sonhava ela por vezes. Sabia que amava pela primeira e pela última vez de sua vida, sentia-se amada e por isso feliz e calma.

Essa felicidade, entretanto, que ocupava toda a sua alma não a impedia de sentir vivo pesar por seu irmão: pelo contrário, a paz que alcançara dum lado, permitia-lhe entregar-se mais completamente do outro à sua afeição fraternal. Sua inquietação foi mesmo tão violenta nos primeiros momentos de sua partida de Voroneje que os que a cercavam recearam vê-la cair doente no caminho, tão desesperado era o seu aspecto e tão desfigurado trazia o rosto; mas as dificuldades e as preocupações da viagem com que arcou tão ativamente, salvaram-na por um tempo de seu pesar e lhe restituíram as forças.

Como acontece sempre, a Princesa Maria, absorvida pela própria viagem, esqueceu-lhe a finalidade. Mas quando chegaram perto de Iaroslav, quando pensou no que podia estar à sua espera, não dentro de alguns dias, mas naquela mesma noite, sua emoção ultrapassou todos os limites.

Quando o guarda-costas que haviam enviado adiante para informar-se do domicílio dos Rostov em Iaroslav e do estado do Príncipe André reencontrou na barreira da cidade a berlinda da princesa, ficou amedrontado, tão pálido e decomposto se mostrou à portinhola o rosto dela.

— Trago todas as informações, Excelência — disse ele. — Os Rostov moram na praça, na casa do comerciante Bronnikov, justamente à margem do Volga.

A Princesa Maria encarou-o com olhos apavorados e súplices, sem compreender porque não respondera ele de começo à questão principal, relativa a seu irmão. Fez a Senhorita Bourienne essa pergunta em lugar da princesa.

— E o príncipe? — perguntou ela.

— Sua Excelência está com eles, na mesma casa.

"Isto quer dizer que ele está vivo", pensou a princesa, que acrescentou num tom tranquilo "Como vai ele?"

— Os criados dizem que está sempre no mesmo estado.

A princesa não perguntou o que entendiam eles por isso; lançou de esguelha um olhar ao pequeno Nicolau, menino de sete anos, sentado diante dela e todo contente por chegar a um cidade; depois baixou a cabeça e só a levantou quando sua pesada berlinda que saltava, dava solavancos e rangia, parou. Os estribos estalaram ao serem descidos.

Abriram-se as portinholas. À esquerda, a vasta toalha d'água do rio; à direita um patamar; sobre aquele patamar aguardavam numerosos criados e uma viçosa mocinha com uma grande trança negra, com um sorriso constrangido, pouco aprazível — pelo que pareceu à Princesa Maria (era Sônia). A princesa precipitou-se para subir os degraus; a moça do sorriso constrangido disse: "Por aqui, por aqui!" e Maria achou-se numa antecâmara, em presença duma dama de tipo oriental que, de semblante muito comovido, acorreu ao seu encontro. Era a velha condessa. Abriu os braços para a princesa e se pôs a abraçá-la.

— Minha filha! — disse ela, — eu a amo e a conheço desde muito tempo.

Malgrado toda a sua emoção, compreendeu a Princesa Maria que se encontrava em presença da condessa e que lhe era preciso responder qualquer coisa. Sem saber como, pronunciou palavras de polidez em francês, no mesmo tom que haviam empregado para com ela; depois perguntou: "Como vai ele?"

— O doutor diz que não há mais perigo — assegurou a condessa, mas ao mesmo tempo contradisse suas palavras, erguendo os olhos ao céu com um suspiro.

— Onde está ele? Pode-se vê-lo? Pode-se? — perguntou a princesa.

— Imediatamente, princesa, imediatamente, minha amiga. É esse o filho dele? — perguntou a condessa, voltando-se para Nicolau que entrava com Dessalles. — Temos bastante lugar para alojar-vos. A casa é grande. Oh! que menino encantador!

A condessa fez Maria entrar para o salão. Sônia conversava com a Senhorita Bourienne. A condessa fez mil carícias ao menino. O velho conde entrou para cumprimentar a princesa. Havia mudado muito desde a última vez que ela o vira. O velhote alerta, cheio de ardor e segurança, não era mais que um pobre homem desorientado e digno de lástima. Não cessava, enquanto falava com a princesa, de lançar em torno de si olhares inquietos, como para assegurar-se de que fazia bem o que devia fazer. Completamente fora dos eixos desde o desastre de Moscou e sua própria ruína, havia visivelmente perdido a preocupação com sua própria dignidade e sentia-se demais na vida.

A princesa tinha só um desejo: ver seu irmão o mais depressa possível, e achava, não sem despeito, que lhe faziam perder um tempo precioso com todas aquelas polidezes e com os cumprimentos exagerados que lhe faziam a respeito de seu sobrinho; entretanto, não deixava de ver o que se passava em torno de si, e sentia a necessidade de submeter-se desde o começo a essas maneiras novas de agir. Sabia que tudo isso era inevitável e que era preciso suportá-lo, por mais penoso que fosse.

— É minha sobrinha — disse a condessa, apresentando Sônia, — não a conheceis ainda, princesa.

A princesa voltou-se para Sônia e, esforçando-se por abafar o sentimento de hostilidade que nela subia contra aquela moça, abraçou-a. Mas o mais penoso para ela, naquele momento, foi dar-se conta de quanto a disposição de espírito de todos aqueles que a cercavam estava distante da sua.

— Onde está ele? — perguntou ela ainda uma vez, dirigindo-se a todos em volta.

— Está embaixo. Natacha encontra-se a seu lado — respondeu Sônia, corando. — Foram anunciar-vos. Penso que estais bastante fatigada, princesa!

Lágrimas de desaponto e de impaciência subiram aos olhos de Maria. Voltou o rosto; dispunha-se a perguntar à condessa qual o caminho para ir ter com seu irmão, quando um passo ligeiro, decidido e que parecia anunciar a felicidade se fez ouvir à porta. A princesa olhou para trás e viu Natacha que entrava, quase correndo, aquela mesma Natacha que tanto lhe desagradara quando de seu encontro em Moscou.

Mas apenas lhe viu o rosto compreendeu que aquela Natacha era sua sincera companheira de dor e, por consequência, sua amiga. Lançou-se a seu encontro, abraçou-a e se pôs a chorar apoiada a cabeça em seu ombro.

Assim que Natacha, sentada à cabeceira do Príncipe André, soubera da chegada da Princesa Maria, saíra de mansinho do quarto do doente e correra para ela com aquele passo rápido que parecera a princípio alegre à Princesa Maria.

Quando entrou no salão, quase correndo, seu rosto emocionado só exprimia um sentimento: o amor, um amor sem limites por ele, por ela, por tudo quanto se relacionava com o homem a quem amava; um sentimento de piedade, de compaixão, um desejo apaixonado de dar-se toda inteira para aliviar os outros. Naquele minuto, via-se que Natacha não pensava em si mesma, nem em suas relações com o Príncipe André.

Com sua intuição, a Princesa Maria discernira tudo isso desde o primeiro olhar ao rosto de Natacha e fora com uma alegria amarga que se pusera a chorar sobre o ombro dela.

— Vamos, vamos para junto dele, Maria — disse Natacha, levando-a para outra sala.

A Princesa Maria ergueu a cabeça, secou suas lágrimas e quis interrogá-la. Sentia que de sua boca poderia tudo saber e tudo compreender.

— Então? — começou, mas se interrompeu.

Sentia que não se podia nem perguntar, nem responder com palavras. Os olhos, o rosto de Natacha tinham uma linguagem bem mais clara e bem mais profunda.

Natacha a fitava, mas parecia transbordar de ansiedade e de incerteza; devia-lhe dizer ou calar o que sabia? Dava a impressão de que diante daqueles olhos luminosos que penetravam até o mais íntimo de seu coração, não era possível ocultar a verdade, tal como a conhecia. De repente os lábios de Natacha tremeram, uma careta deformou-lhe a boca e, desmanchando-se em lágrimas, ocultou o rosto nas mãos.

A Princesa Maria compreendeu tudo.

Entretanto, quis ainda assim ter esperança e perguntou, sem acreditar nas palavras que dizia:

— E como vai seu ferimento? Em que estado se encontra ele?

— Você... você... verá — pôde articular apenas Natacha.

Ficaram algum tempo embaixo, num quarto vizinho ao do príncipe, a fim de secarem as lágrimas e chegarem junto dele com rostos calmos.

— Que curso seguiu a moléstia? Há muito tempo que piorou? Quando se produziu isso? — perguntou a Princesa Maria.

Natacha contou que, durante os primeiros tempos, a febre e o sofrimento tinham posto a vida dele em perigo, mas que em Troitsa, uma melhora ocorrera e o médico só receou então a gangrena. Esse perigo fora também afastado. À chegada deles a Iaroslav, contudo, produzira-se uma supuração (Natacha tornara-se perita nesse assunto), e o médico assegurava que essa supuração seria reabsorvida. Depois a febre voltara, mas assegurava ele também que não teria ela gravidade.

— Contudo, anteontem — começou Natacha, — ISSO ocorrera de repente. (Engoliu um soluço). Não sei porque, mas você se dará conta do estado dele.

— Está mais fraco? Emagreceu? — perguntou a princesa.

— Não, não é isto, é algo de pior. Verá. Ah! Maria, ele é bom demais, não pode, não, não pode viver, porque...

15. Quando Natacha abriu a porta, com seu gesto habitual e a fez passar à sua frente, sentiu a princesa os soluços sufocarem-na. Em vão se preparava, se esforçava para mostrar-se calma, sabia que seria incapaz de rever seu irmão sem chorar.

A Princesa Maria compreendera o que Natacha tinha querido dizer com aquelas palavras: ISSO OCORRERA DE REPENTE, ANTEONTEM. Compreendera que isso significava que ele se enternecera bruscamente e que esse enternecimento, esse amolecimento eram sinais precursores da morte. Enquanto se aproximava da porta, revia em imaginação o rosto do pequeno André de sua infância, aquele gentil rosto suave, humilde, terno que tão raramente havia visto e que comovera tanto mais fortemente. Sabia que ele iria dizer-lhe aquelas mesmas palavras calmas e ternas que seu pai lhe dissera antes de morrer, que não poderia suportar ouvi-las e que desataria a chorar. Mas já que seria necessário cedo ou tarde, entrou no quarto. Os soluços subiam-lhe à garganta à medida que seus olhos de míope distinguiam mais nitidamente a forma e as feições de seu irmão; enfim viu-lhe o rosto e encontrou-lhe o olhar.

Estava ele estendido num divã, apoiado em travesseiros, vestido com um roupão forrado de pele de esquilo. Estava emaciado e pálido. Uma de suas mãos, magra até a transparência, segurava um lenço, enquanto que a outra, com um ligeiro movimento de seus dedos, torcia seu pequeno bigode que se tornava comprido. Seus olhos fitaram-se nelas.

Quando viu o rosto de seu irmão e encontrou seus olhos, a Princesa Maria retardou o passo; sentiu de repente que suas lágrimas secavam e seus soluços se detinham. Sentiu-se de repente como uma culpada diante daquele rosto e daquele olhar.

"Mas de que sou eu culpada?" — perguntou a si mesma.

"De viver e de pensar em viver, enquanto que eu...", respondeu o olhar frio e severo do Príncipe André. Aquele olhar profundo, que via, não fora, mas dentro de si mesma, tornara-se quase hostil, quando ele se voltou lentamente para a Princesa Maria e para Natacha.

O irmão e a irmã beijaram-se cordialmente, segundo seu hábito.

— Bom-dia, Maria, como fizeste para chegar até aqui? — disse ele, com uma voz tão atônita e tão estranha quanto seu olhar.

Se tivesse ele lançado um grito lancinante, esse grito teria espantado menos a Princesa Maria que o timbre daquela voz.

— E trouxeste o meu Nicolauzinho? — perguntou ele, com a mesma voz lenta e calma, num visível esforço para recordar-se.

— Como te sentes agora? — perguntou a Princesa Maria, admirando-se ela mesma de sua pergunta.

— Isto, minha querida, é preciso perguntar ao médico — respondeu ele e, para ser amável, disse, da boca para fora (via-se que não ligava ao que dizia): — Obrigado, querida amiga, por teres vindo.

A Princesa Maria apertou-lhe a mão. A essa pressão, franziu ele imperceptivelmente o cenho. Mantinha-se em silêncio e não sabia ela que dizer-lhe. Compreendia o que lhe acontecera havia dois dias. Suas palavras, o timbre de sua voz, particularmente seu olhar frio e quase hostil deixavam transparecer aquele desapego de todas as coisas daqui de baixo que aterroriza o homem de boa saúde. O Príncipe André parecia compreender com dificuldade o mundo vivo e sentia-se que isso não provinha do fato de estar privado da faculdade de compreender, mas de que compreendia algo de diverso que não compreendiam, nem podiam compreender os vivos e que o tragava inteiramente.

— Sim, a sorte nos reuniu de uma maneira estranha! — exclamou ele, rompendo o silêncio e apontando para Natacha. — É ela quem me trata agora.

A Princesa Maria ouviu bem, mas não compreendia o que dizia seu irmão. Ele, tão delicado, tão terno, como podia falar assim diante daquela a quem amava e que o amava? Se acreditasse em seu restabelecimento, não falaria naquele tom tão desapegado, tão ofensivo. Se não sabia que ia morrer, como não tivera compaixão dela, como podia falar assim em sua presença? Só se podia dar às suas palavras uma explicação: é que tudo lhe era indiferente e precisamente porque algo de diverso, de mais importante, lhe fora revelado.

A conversa fria, interrompida, caía a cada instante.

— Maria veio por Riazan — disse Natacha.

O Príncipe André não notou que ela chamava sua irmã simplesmente pelo nome. Mas Natacha deu-se conta disso pela primeira vez em sua presença.

— Então? — perguntou ele.

— Contaram-lhe que Moscou se encontra totalmente reduzida a cinzas; que...

Natacha interrompeu-se; era melhor calar-se. Ele fazia um esforço visível para ouvir, sem consegui-lo.

— Sim, Moscou está incendiada, dizem. É bem triste.

Entretanto seu olhar fixo plantava-se direto à sua frente e seus dedos puxavam maquinalmente seu bigode.

— E tu encontraste o Conde Nicolau? — disse de repente o Príncipe André, desejoso de mostrar-se amável. — Mandou ele dizer para cá que tu lhe agradas muito — continuou ele, simplesmente, calmamente, como se não tivesse forças para encarar a importância de suas palavras em relação a vivos. — Se ele te agradasse também, ficaria tudo muito bom... vocês se casariam — terminou ele, um tanto às pressas, como se contente por ter afinal encontrado a palavra que procurava havia muito tempo.

Para a Princesa Maria aquelas palavras tinham apenas uma significação: revelavam-lhe que seu irmão estava agora terrivelmente longe do mundo dos vivos.

— Por que falar de mim? — exclamou ela, num tom calmo, olhando para Natacha.

Natacha sentiu pousado em si aquele olhar, mas não ergueu a vista. De novo recaiu o silêncio.

— André, queres... queres ver o teu Nicolauzinho? — perguntou de repente a Princesa Maria, com voz trêmula. — Ele não pára de falar de ti!

O Príncipe André mostrou pela primeira vez um imperceptível sorriso, mas a Princesa Maria, que lhe conhecia tão bem o rosto, percebeu com horror que não era um sorriso de alegria ou de ternura ao pensar em seu filho, mas um sorriso de suave e fina zombaria a ela dirigido, porque acabava de empregar o derradeiro meio que, a seu ver, devia despertar nele o sentimento.

— Sim, — ficaria contente em rever o meu Nicolauzinho. Ele vai bem?

Quando trouxeram o pequeno Nicolau ao Príncipe André, o menino olhou para seu pai com medo, mas sem chorar, já que ninguém chorava, e o Príncipe André beijou-o sem saber muito o que dizer-lhe.

Depois tornaram a levar o menino e a Princesa Maria aproximou-se de novo de seu irmão, beijou-o e, incapaz de conter-se por mais tempo, explodiu em soluços.

— Choras por causa de Nicolau? — perguntou ele.

A Princesa Maria, através de suas lágrimas, fez um sinal afirmativo.

— Maria, tu conheces o Evan... — Calou-se de repente.

— Que queres dizer?

— Nada. Aqui, não é preciso chorar — disse ele, fixando nela seu olhar impassível.

Vendo sua irmã romper a chorar compreendeu o Príncipe André que ela chorava porque Nicolauzinho iria ficar órfão. Fez um grande esforço sobre si mesmo para retornar à vida e reencontrar o ponto de vista dos vivos.

“Sim, isto deve causar-lhe muito pesar!”, pensou ele — “E no entanto, como é simples!”

“Os pássaros do céu não semeiam nem colhem e entretanto nosso Pai celeste os alimenta”, disse a si mesmo, desejoso de fazer sua irmã partilhar dessa reflexão. “Mas não, elas o compreenderão à sua maneira, ou antes, não o compreenderão! Não podem compreender isso: que todos esses sentimentos a que ligam tanto valor, tudo quanto nos é puramente pessoal, todas essas ideias que nos parecem tão importantes, que tudo isso é INÚTIL! Não, não podemos mais compreender-nos!” E calou-se.

O jovem filho do Príncipe André ia fazer sete anos. Mal sabia ler, nada aprendera ainda. Desde aquele dia, passou a adquirir experiência, conhecimentos, o dom da observação; entretanto, se tivesse podido aplicar então todas as capacidades que herdou mais tarde, não teria podido compreender melhor e mais profundamente penetrar a significação da cena de que foi testemunha entre seu pai, a Princesa Maria e Natacha. Compreendeu tudo, saiu sem chorar do quarto aproximou-se em silêncio de Natacha que o seguira e olhou-a timidamente com seus belos olhos pensativos; seu lábio superior, vermelho, levemente erguido, estremeceu; ocultou sua cabeça de encontro à moça e se pôs a chorar.

A partir daquele momento, evitou Dessalles e os carinhos da condessa. Ora ficava só, ora aproximava-se da Princesa Maria, de Natacha, que parecia mesmo preferir à sua tia, e, timidamente, medrosamente, procurava suas carícias.

Ao sair de sua entrevista com seu irmão, a Princesa Maria, que compreendera tudo quanto lhe dissera o rosto de Natacha, não falou mais à moça numa esperança de cura. Substituiu-a junto do divã onde estava instalado o Príncipe André e, sem chorar mais, não cessou de dirigir, de toda a sua alma, preces ao Eterno, ao Inacessível cuja presença era agora como que sensível à cabeceira daquele moribundo.

16. O Príncipe André, não somente sabia que ia morrer, mas sentia-se morrer, sentia-se já semimorto. Tinha plena consciência de seu desapego das coisas terrestres e experimentava com isso uma leveza alegre e estranha. Esperava o inevitável sem pressa, sem inquietação. A presença ameaçadora, eterna, desconhecida, longínqua que não cessara de perceber durante todo o curso de sua vida, estava agora bem próxima e aquela estranha leveza era dela uma prova quase sensível e palpável. . . . .

. . . .

Outrora temera a morte. Por duas vezes, havia experimentado a angústia tremenda de ver-se perto do seu fim, e agora, não compreendia mais essa angústia.

Experimentara-a pela primeira vez no momento em que o obus girava diante dele e em que olhava a messe, as moitas, o céu, sabendo a morte iminente. Quando recuperara os sentidos, depois de seu ferimento, tivera a impressão de estar, de certo modo, livre do peso da vida que o retinha, e instantaneamente desabrochara nele aquela flor do amor eterno e livre, nenhuma ligação tendo neste mundo, e depois, em lugar de temer a morte, não tinha mais pensado nela.

Durante as horas de dolorosa solidão e de semidelírio que se seguiram ao seu ferimento, pensara tanto mais naquele amor eterno quanto acabava de descobrir que, sem dar-se conta, destacava-se cada vez mais da vida terrestre. Amar tudo e todos, sacrificar-se sempre ao amor significa que não se ama ninguém, que não se vive da vida terrestre. Assim, pois, tanto mais se penetrava desse amor novo, mais renunciava às coisas deste mundo, mais completamente aniquilava a horrível barreira que, sem o amor, se encontra entre a vida e a morte. Nos primeiros tempos, quando se deu conta de que ia morrer, disse a si mesmo: “Pois bem, tanto melhor!”

Mas depois daquela noite de Mytichtchi, em que semidelirante, vira aparecer aquela que desejava, em que apertando sua mão sobre seus lábios, vertera doces lágrimas de alegria, o amor que se insinuara imperceptivelmente em seu coração lhe havia restituído o gosto de viver. Pensamentos radiosos, perturbadores, lhe haviam retornado. Sentia-se agora incapaz de reachar o sentimento que experimentara quando vira Kuraguin na ambulância; atormentava-se em saber se ele viveria. E não ousava perguntá-lo.

A doença seguia entretanto seu curso normal e aquela ALGUMA COISA de que Natacha falara ocorrera dois dias antes da chegada da Princesa Maria. Era o combate supremo entre a vida e a morte e no qual a morte arrebatava a vitória. Era a certeza inesperada de que se prendia ainda à vida porque ela representava para ele o amor de Natacha, era a última revolta de todo o seu ser diante do desconhecido.

A noite chegara. Como de hábito, depois de sua refeição, achava-se um pouco febril, mas com pensamentos extraordinariamente claros. Sônia estava sentada junto à mesa. Ele sonhava. De repente uma impressão de felicidade apoderou-se dele.

“Ah! ei-la!”, pensou.

Com efeito, Natacha, que acabava de entrar sem ruído, tomara o lugar de Sônia.

Desde que cuidava dele, sentira André sempre aquela impressão física de sua presença. Estava sentada numa poltrona, voltada de perfil, interceptando a luz da vela e tricotava uma meia. (Aprendera a tricotar porque um dia o Príncipe André lhe dissera que ninguém sabe cuidar de doentes como as velhas amas que tricotam meias e que no ato de tricotar há algo de acalmante). Seus dedos ágeis faziam as agulhas deslizarem vivamente, quando se embaraçavam de vez em quando; via ele, recortado nitidamente o perfil, pensativo de seu rosto inclinado. Fez Natacha um movimento e o novelo rolou de seus joelhos. Ela estremeceu, lançou um olhar para o Príncipe André, pôs sua mão como anteparo diante da vela e, com um movimento prudente, ágil, rápido, se inclinou, apanhou seu novelo e retomou sua anterior atitude.

Ele a olhava sem mover-se; percebeu que Natacha tinha necessidade de retomar fôlego depois de ter-se inclinado daquela maneira, mas que se impedia disso e procurava respirar com precaução.

No Convento da Trindade, tinham falado do passado e ele lhe dissera que, se vivesse, votaria a Deus uma gratidão eterna por aquele ferimento que o trouxera a ela; mas desde então, nunca mais haviam falado do futuro.

"Será possível, sim, será possível?", pensava ele agora, olhando-a e ouvindo o leve tilintar das agulhas de aço. "Será possível que o destino me tenha trazido para ela duma maneira tão surpreendente somente para que eu morra?... Será possível que a verdade da vida não me tenha sido revelada senão para fazer-me mentir? Amo-a mais do que tudo no mundo. E se a amo assim, que devo fazer?" E de repente, deixou escapar um desses profundos gemidos que exalava nos seus momentos de sofrimento.

A esse gemido, Natacha largou seu tricô, inclinou-se para ele e notando de súbito seus olhos brilhantes, aproximou-se com seu passo leve.

— Não está dormindo?

— Não, há muito tempo que a contemplo; senti você entrar. Ninguém como você me faz sentir este doce apaziguamento... esta clareza. Gostaria, gostaria de chorar de alegria.

Natacha curvou-se ainda mais próxima dele. Seu rosto irradiava uma alegria indizível.

— Natacha, eu a amo demais. Mais do que tudo no mundo.

— E eu! — Desviou ela a cabeça um instante. — Mas por que demais? — perguntou ela.

— Por que demais? Vejamos, que pensa você em consciência, em toda a consciência: acha que viverei? Acredita nisso?

— Estou certa, certíssima! — disse Natacha, num grito, apoderando-se das mãos dele num gesto apaixonado.

Ele calou-se.

— Como seria bom! — disse ele e, tomando-lhe a mão, beijou-a.

Natacha sentia-se feliz e perturbada; mas lembrou-se logo de que não convinha emocionar o doente, de que ele precisava de calma.

— E você que não dormiu — disse ela, sufocando de alegria. — Trate de dormir... rogo-lhe.

Ele apertou-lhe ainda a mão, depois deixou-a ir e Natacha voltou a sentar-se junto da vela, na sua anterior posição. Por duas vezes, lançou-lhe um olhar e encontrou-lhe os olhos brilhantes. Então obrigou-se a uma tarefa na confecção de sua meia e prometeu a si mesma não o fitar, enquanto não a tivesse acabado.

Com efeito, pouco depois fechou ele os olhos e adormeceu. Seu sono foi bastante curto e despertou bruscamente molhado dum suor frio.

No seu sono, não cessara de sonhar com o que o preocupara continuamente durante aquele período: com a vida e com a morte. E sobretudo com a morte. Sentia-se mais perto dela.

"O amor, que é o amor?" dizia a si mesmo.

"O amor se opõe à morte. O amor é a vida. Tudo, tudo quanto compreendo, só o compreendo porque amo. Tudo é, tudo existe somente porque amo. Tudo se liga ao amor. O amor é Deus e morrer significa para mim, parcela desse amor, retornar ao grande todo, à fonte eterna". Estes pensamentos lhe pareciam consoladores; mas eram apenas pensamentos. Alguma coisa lhes faltava; havia neles algo de unilateral, de individual, de puramente racional; careciam de evidência. E isto trazia a inquietação, a incerteza. Por fim, adormeceu.

Sonhou que estava deitado naquele mesmo quarto, em que repousava naquele momento, mas que, em lugar de estar ferido, achava-se de boa saúde. Muitas pessoas indiferentes e insignificantes desfilavam diante dele. Falava-lhes, discutia com elas a respeito dum assunto sem importância. Dispunham-se elas a partir para alguma parte. O Príncipe André percebia confusamente que tudo aquilo era vão, que tinha em mente preocupações bem mais graves e entretanto continuava a espantá-las falando com espírito de coisas fúteis. Pouco a pouco, imperceptivelmente, todos aqueles personagens começaram a desaparecer e só restou uma questão: a da porta a fechar. Levanta-se, aproxima-se da porta a fim de fechá-la, de correr o ferrolho. Terá ele ou não tempo de fechar a porta, é disso que TUDO depende. Vai, apressa-se, e seus pés não o transportam, sabe que não terá tempo. E entretanto, tende todas as suas forças, dolorosamente. E uma angústia o constringe. E essa angústia é a da morte: AQUILO está do outro lado da porta. E enquanto que, canhestro e impotente, se esforça por fechá-la, algo de espantoso, do outro lado, faz força e a arromba. Alguma coisa que nada tem de humano — a morte — arromba a porta e vai entrar. Retém ele a porta com todas as suas derradeiras forças — pois que ela já não pode ser fechada, vai ele pelo menos impedir que a morte entre; mas é demasiado desastrado e demasiado fraco e, sob a pressão exterior tremenda, a porta se abre e depois torna a fechar-se.

Um derradeiro empurrão faz-se sentir de fora. Um derradeiro esforço sobre-humano, inútil, e os dois batentes cedem ao mesmo tempo sem ruído. ENTROU, e é a morte. E o Príncipe André morre.

Mas no momento mesmo em que morre, lembra-se de que dorme, e enquanto morre, faz um violento esforço, que o desperta.

"Sim, era a morte. Estava morto e despertei. Sim, a morte é um despertar". De repente, sua alma se iluminou e a cortina que, até aquele momento, lhe havia ocultado o desconhecido, se ergueu diante de seu olhar interior. Sentiu-se como que libertado da força que o encadeava até então e o alívio estranho que experimentou não o abandonou mais até o fim.

Quando acordou banhado de suor frio, mexeu-se no seu divã. Natacha aproximou-se dele e perguntou-lhe o que tinha. Não lhe respondeu e, sem compreender o que ela perguntava, olhou-a com um estranho olhar.

Era o que lhe acontecera dois dias antes da chegada da Princesa Maria. Desde esse momento, como o verificou o doutor, sua febre lenta tomou um caráter pernicioso; mas não eram as asserções do médico que impressionavam Natacha; vira os sintomas morais, que eram bem mais espantosos, bem mais incontestáveis para ela.

A partir daquele dia, com efeito, o Príncipe André, ao mesmo tempo que saía do seu sonho começou a sair da vida. E deixar a vida e tudo o que ela representa lhe pareceu bem mais lento que despertar das visões dum sonho. Nada de aterrorizador nem de impressionante marcou aquele lento despertar para uma nova existência.

Seus derradeiros dias, suas derradeiras horas passaram-se tão simplesmente como de costume. E a Princesa Maria e Natacha, que não o deixavam, sentiram isso. Nem uma, nem outra, chorava, não se atormentavam, e, durante os derradeiros momentos, sentiram que não era mais ele de quem elas cuidavam (ele não existia mais, havia-as deixado), mas sua lembrança mais próxima, seu corpo moribundo. Essa impressão era tão forte em ambas que o lado terrível, o lado externo da morte não agia mais sobre elas e achavam inútil reavivar sua dor. Não choravam nem diante dele, nem longe dele e nunca falavam a respeito dele entre si. Sentiam que não podiam exprimir por palavras o que compreendiam.

Ambas o viam escapar-se cada vez mais profundamente, lentamente, tranquilamente para ir alhures e ambas sabiam que isso devia ser assim e que era bem. Confessou-se e comungou;

todos vieram dizer-lhe adeus. Quando lhe trouxeram seu filho, apoiou os lábios sobre sua face e desviou a cabeça, não porque isso lhe fosse penoso ou triste (a Princesa Maria e Natacha o compreenderam), mas somente porque supunha ele que era tudo quanto dele se esperava; entretanto, quando lhe disseram para abençoar seu filho, fez o que lhe tinha sido pedido e lançou um olhar em redor como para se informar se havia ainda alguma coisa a fazer.

A Princesa Maria e Natacha assistiram às últimas convulsões do corpo abandonado pelo espírito.

— Acabou! — disse a Princesa Maria, quando o corpo de seu irmão jazia imóvel diante delas havia já vários minutos e começava a esfriar. Natacha aproximou-se, olhou os olhos mortos e apressou-se em fechá-los. Fechou-os e não os beijou, mas pousou seus lábios com devoção sobre o que era agora a recordação mais próxima do Príncipe André.

"Para onde partiu ele? Onde está agora?..."

Quando o corpo lavado e vestido repousou no seu caixão sobre a mesa, todos se aproximaram para dizer-lhe adeus, chorando.

O pequeno Nicolau soluçava, na dolorosa surpresa que lhe dilacerava o coração. A condessa e Sônia lamentavam Natacha e aquele que não mais existia. O velho conde vertia lágrimas, pensando que, em breve, também ele deveria transpor o mesmo passo terrível.

E agora Natacha e a Princesa Maria choravam, suas lágrimas não provinham de seu pesar pessoal, mas da piedosa emoção de que suas almas estavam cheias diante daquele simples e solene mistério da morte que acabava de cumprir-se às suas vistas.

SEGUNDA PARTE

1. Para o espírito humano é coisa inacessível o conjunto das causas dos fenômenos. Mas essa necessidade de descobrir as causas é inata no coração do homem. De modo que o espírito, não podendo penetrar a infinidade e a complexidade das condições dos fenômenos, condições das quais cada uma separadamente pode aparecer como causa, se aferra ao primeiro acontecimento sobrevindo, o mais acessível e diz: eis a causa. Nos fenômenos históricos (em que o estudo tem por objeto as ações dos homens), a vontade dos deuses aparece como o primeiro em data desses acontecimentos concomitantes, vem em seguida a vontade dos homens ocupando os lugares mais em vista da História, dos heróis. No entanto, basta penetrar a essência de cada acontecimento histórico, isto é, a atividade da massa humana que nele toma parte, para dar-se conta de que a vontade dum herói não só não dirige essa atividade da massa, mas é ela própria constantemente dirigida. Compreender desta maneira ou doutra o sentido dum acontecimento histórico pode parecer indiferente. Entretanto, entre aquele que diz que os povos do Ocidente partiram para o Oriente, porque Napoleão o queria, e aquele que diz que a coisa acontece porque devia acontecer, existe a mesma diferença que entre as pessoas que afirmavam que a terra é imóvel e que os planetas giram em torno dela e aquelas que diziam não saber sobre que se apoia a terra, mas sustentavam, no entanto, que há leis regulando seu movimento e o dos outros planetas. Não há nem pode haver outra causa dum acontecimento histórico que não seja a causa das causas. Mas há leis que dirigem os acontecimentos e essas leis, muitas vezes desconhecidas, tornam-se-nos algumas vezes sensíveis. Sua descoberta só é possível quando renunciamos inteiramente a procurar as causas dos acontecimentos na vontade dum só indivíduo, da mesma maneira que a descoberta das leis do movimento dos planetas só se tornou possível, quando se abandonou a teoria da imobilidade da terra.

Depois da Batalha de Borodino, a ocupação e o incêndio de Moscou, o episódio mais importante da guerra de 1812 é, para os historiadores, a marcha do exército russo, da estrada de Riazan para a de Kaluga, na direção do Campo de Tarutino, isto é, o que se chamou a marcha de flanco, atrás de Krasnaia Pakhra[116]. Os historiadores atribuem a glória dessa façanha a personagens diferentes, sem se porem de acordo. Mesmo os estrangeiros, mesmo os historiadores franceses reconheciam o gênio dos generais russos, quando falam dessa marcha de flanco[117]. Mas porque os escritores militares, e toda a gente após eles, veem nessa marcha de flanco a profunda intuição de um indivíduo, intuição que salvou a Rússia e perdeu Napoleão, é que é difícil de compreender. Em primeiro lugar, não se pode apreender o que há de profundo e de genial nesse movimento, porque não é preciso grande esforço intelectual para adivinhar que a melhor posição dum exército (quando não o atacam) se encontra onde há mais recursos para ele; um escolar de treze anos, mesmo bastante bronco, pode dar-se conta sem esforço de que em 1812, a melhor posição do exército, depois do abandono de Moscou, era na estrada de Kaluga. Também não se compreende, de começo, em consequência de que deduções de certos historiadores chegam a descobrir alguma coisa de profundo nessa manobra. Em segundo lugar, é ainda mais difícil de compreender porque justamente os historiadores veem nessa manobra a salvação dos russos e a perdição dos franceses; porque essa marcha de flanco, realizada em outras circunstâncias que as que a precederam, acompanharam e seguiram, teria podido causar a perda do exército russo e a salvação do exército francês. Se desde o momento em que esse movimento se verificou, a posição do exército russo melhorou, não se pode de modo algum concluir que esse movimento tenha sido a causa disso.

Essa marcha de flanco, não somente não podia acarretar nenhuma vantagem, mas teria podido perder o exército russo, se não tivesse ocorrido um concurso de outras circunstâncias. Que teria acontecido se Moscou não tivesse sido queimada? Se Murat não tivesse perdido contato com os russos? Se Napoleão não se tivesse achado reduzido à inação? Se o exército russo, como o queriam Bennigsen e Barclay, tivesse travado combate em Krasnaia Pakhra? Que teria acontecido, se os franceses tivessem atacado os russos durante sua marcha para além do Pakhra? Que teria acontecido se em seguida Napoleão tivesse atacado os russos nas proximidades de Tarutino, ainda mesmo com a décima parte da energia que havia desdobrado diante de Smolensk? Que teria acontecido, se os franceses tivessem marchado sobre Petersburgo?... Em todas essas eventualidades, os benefícios da marcha de flanco poderiam resultar em desastre.

Em terceiro lugar, o que é ainda mais inconcebível, é ver pessoas estudarem a História e recusarem deliberadamente compreender que essa marcha de flanco não pode absolutamente ser atribuída à vontade dum só homem; que em momento nenhum ninguém a previra, que essa manobra, bem como a retirada para Fili, jamais foi encarada por alguém no seu conjunto, mas que se constituiu passo a passo, de incidente em incidente, minuto por minuto, em consequência duma infinidade de circunstâncias, em suma, que essa marcha de flanco só apareceu no seu conjunto, quando foi realizada e fez parte do passado.

No conselho de guerra de Fili, a ideia dominante do alto comando russo era a retirada que se impunha, em linha reta, isto é, pela estrada de Nijni-Novgorod. E isto é confirmado pelo fato de que a maioria das vozes desse conselho se pronunciou nesse sentido, e sobretudo pela conversa particular que teve, após esse conselho, o comandante-em-chefe com Lanskoi, intendente-geral. Lanskoi representou ao comandante-em-chefe que o abastecimento do exército tinha sido concentrado principalmente nas margens do Oka, nos governos de Tula e de Kaluga e que em caso de retirada sobre Nijni-Novgorod, os aprovisionamentos seriam cortados do exército pelo largo curso do Oka, sobre o qual todo transporte por barcas, no começo do inverno, era impossível. Foi esse o primeiro indício demonstrando a necessidade de abandonar a retirada em linha reta sobre Nijni-Novgorod, julgada a princípio a mais natural. O exército teve de se dirigir mais para o sul, sobre a estrada de Riazan, para se aproximar de seus aprovisionamentos. Mais tarde, a inação

116. Tarutino, aldeia sobre o Nara. Krasnaia Pakhra, aldeia por trás do Pakhra, afluente da direita do Moskva.
117. Ver Thiers, t. XIV, pág. 405.

dos franceses que haviam até perdido de vista o exército russo, a preocupação de defender a usina de Tula e sobretudo a vantagem de se aproximar dos centros de aprovisionamento, levaram o exército a obliquar ainda mais para o sul, sobre a estrada de Tula. Depois de uma marcha arriscada para ganhar pela outra margem do Pakhra a estrada de Tula, o alto comando do exército russo pensava parar em Podolsk e não pensava de modo algum na posição de Tarutino; mas uma quantidade inúmera de circunstâncias, depois a reaparição dos franceses, que tinham a princípio perdido de vista os russos, os projetos de batalha, e principalmente a abundância dos aprovisionamentos em Kaluga, impeliram nosso exército a obliquar ainda mais para o sul e a ganhar o centro do seu abastecimento, passando da estrada de Tula para a de Kaluga, na direção de Tarutino. E da mesma maneira que é impossível responder à questão referente ao momento em que Moscou foi abandonada, é impossível dizer quando e por quem foi decidida a mudança de direção para Tarutino. Foi somente quando o exército já estava acantonado em Tarutino e sob a ação de um número infinito de forças diferenciais, que se pensou em acreditar que a coisa fora querida e prevista desde muito tempo.

2. A famosa marcha de flanco consistiu somente nisto: que o exército russo, que recuava diretamente em sentido contrário do ataque, desviou-se de sua linha primitiva desde que esse ataque cessou, e, não se vendo perseguido, voltou-se naturalmente para o lado onde o atraíam abundantes aprovisionamentos.

A supor que o exército russo tivesse estado então sem chefes geniais, que tivesse estado mesmo sem chefe algum, não teria podido fazer outra coisa senão um movimento de volta para Moscou, descrevendo um arco de círculo do lado em que os víveres eram mais abundantes e o país mais abastecido.

Sua passagem da estrada de Nijni-Novgorod para a de Riazan, Tula e Kaluga era tão natural que os saqueadores do exército russo já tinham tomado aquela direção e que, de Petersburgo, foi ela imposta a Kutuzov. Em Tarutino, Kutuzov recebeu quase uma censura do imperador porque tomara a estrada de Riazan, e o intimaram a estabelecer-se diante de Kaluga, na posição mesma que ocupava no momento em que lhe chegou a carta de seu soberano.

Depois de ter rolado na direção que toda a campanha e depois a Batalha de Borodino lhe tinham imposto, a bola que representava o exército russo, não recebendo nenhum choque novo após a parada do primeiro choque, retomou a posição que lhe era natural.

O mérito de Kutuzov não consistia, pois, no que se chama uma manobra estratégica genial, mas em que só ele compreendia a significação dos fatos em via de se realizarem. Só ele compreendia então a importância da inação do exército francês; só ele continuava a afirmar que a Batalha de Borodino era uma vitória; só ele, malgrado sua posição de general-em-chefe que devia, parece, torná-lo partidário de uma ofensiva, empregava toda a sua energia para evitar ao exército russo combates inúteis.

O animal ferido em Borodino jazia agora onde o caçador em fuga o tinha abandonado; estava ainda vivo, guardava ainda alguma força, ou então fingia não a ter mais? O caçador não sabia de nada. Mas de repente o animal lançou um gemido.

O gemido do animal ferido, revelador de sua perda iminente, foi a proposta de paz levada por Lauriston ao campo de Kutuzov.

Na sua concepção de que o bem era não o que era bem, mas o que lhe passava pela cabeça Napoleão escreveu a Kutuzov as primeiras palavras que lhe vieram ao espírito e essas palavras eram completamente destituídas de sentido.

"Senhor Príncipe Kutuzov,

Envio-vos um de meus generais-ajudantes-de-campo para vos levar ao conhecimento vários assuntos interessantes. Desejo que Vossa Alteza empreste fé ao que ele dirá, sobretudo quando exprimir os sentimentos de estima e de particular consideração que, desde muito tempo, tenho pela vossa pessoa. Não tendo esta carta outra finalidade, rogo a Deus, senhor Príncipe Kutuzov, que vos tenha em Sua santa e digna guarda.

Moscou, 30 de outubro de 1812.
Assinado: NAPOLEÃO".

Seria amaldiçoado pela posteridade se me olhassem como o primeiro motor duma acomodação qualquer. Tal é o espírito atual de minha nação — respondeu Kutuzov, que continuou a fazer tudo quanto dele dependia para impedir que o exército tomasse a ofensiva.

Durante o mês passado pelo exército francês a pilhar Moscou e pelo exército russo a repousar em Tarutino, uma mudança se produzira na relação das forças dos dois exércitos (no seu número e no espírito que os animava), a tal ponto que a balança pendeu do lado dos russos e que a necessidade da ofensiva se manifestou logo por mil indícios, se bem que a situação real do exército francês e a quantidade de seus efetivos fossem desconhecidos dos russos. Esses indícios eram os seguintes: a diligência de Lauriston, a abundância dos víveres em Tarutino; os relatórios chegados de todos os lados sobre a inação e a desordem dos franceses; os regimentos completados com a chegada das reservas; o bom tempo; o repouso prolongado gozado pelas tropas; aquela impaciência de acabar sua tarefa que se mostra geralmente nos exércitos em repouso; a curiosidade de se informar sobre os fatos e gestos do exército francês com o qual se perdera todo contato desde muito tempo; a audácia com que agora nossos postos-avançados se insinuavam entre os franceses estabelecidos na região de Tarutino; as notícias dos pequenos êxitos alcançados contra eles, por camponeses e guerrilheiros; a emulação que essas notícias provocavam; o desejo de vingança plantado no coração de cada homem desde que os franceses estavam em Moscou e acima de tudo a obscura consciência penetrando a alma de cada soldado, de que a relação de forças não era mais a mesma e que a superioridade se encontrava de nosso lado. Tendo mudado a relação das forças, a ofensiva tornava-se indispensável. Tão depressa, tão seguramente quanto soa a hora quando o ponteiro grande deu seu giro no mostrador, essa mudança despertou nas altas esferas uma atividade redobrada e, com o escapar das molas, a movimentação do maquinismo das horas e do carrilhão.

3. O exército russo era dirigido por Kutuzov e por seu estado-maior, e, de Petersburgo, pelo imperador. Em Petersburgo, antes mesmo de ter recebido a notícia do abandono de Moscou, traçara-se um plano pormenorizado de toda a guerra e haviam-no enviado a Kutuzov, para seu governo. Se bem que tenha sido esse plano estabelecido na hipótese de estar ainda Moscou em nossas mãos, fora adotado pelo Estado-Maior e posto em execução. Kutuzov só fizera observar que as diversões distantes são sempre de execução difícil. Também, para suprimir as dificuldades que se apresentavam, enviavam-lhe sem cessar de Petersburgo novas instruçõs novos personagens encarregados de fiscalizar suas operações e delas fazer relatórios.

Além disso, o estado-maior do exército acabava agora de sofrer uma remodelação profunda. Fora preciso nomear alguém para o lugar de Bagration, que morrera, e de Barclay que, ofendido em seu amor-próprio, se afastara. Havia-se bastante seriamente examinado o melhor partido a tomar: pôr A em lugar de B e B em lugar de D, ou então D no lugar de A, e assim por diante; como se essas nomeações tivessem podido ter outro resultado que não apenas satisfazer a A e a B.

Em consequência da inimizade existente entre Kutuzov e seu chefe do estado-maior Bennigsen,em consequência também das mudanças a fazer e da presença no campo de personagens que gozavam da confiança do imperador, travavam os partidos um jogo muito mais cerrado que de costume. A intrigava contra R, D contra C, em todas as permutas e combinações. Essas intrigas tendiam, sobretudo, para os que as dirigiam, à conquista da direção das operações; mas a guerra prosseguia fora delas, porque decorria das reações da massa, sem nunca coincidir com as combinações que se tinham em vista. Todas essas combinações que se cruzavam e entrecuzavam não representavam, nas altas esferas, senão o reflexo exato do que devia realizar-se.

"Príncipe Miguel Ilarionovitch!" escreveu o imperador a 2 de outubro, numa carta recebida por Kutuzov, depois da Batalha de Tarutino. "Desde 2 de setembro, Moscou está em mãos do inimigo. Vossos derradeiros relatórios são do dia 20, e durante todo esse tempo, não somente nenhuma medida foi tomada contra o inimigo, a fim de libertar nossa primeira capital, mas até mesmo, segundo vossos derradeiros relatórios, recuastes ainda. Serpukhov já está ocupada por um destacamento inimigo e Tula, com sua célebre usina, tão necessária ao exército, acha-se em perigo. Vejo pelos relatórios do General Wintzingero de que um corpo inimigo de 10.000 homens avança sobre a estrada de Petersburgo. Que um outro de alguns milhares de homens se dirige para Dmitrov. Um terceiro marcha para a estrada de Vladimir. Um quarto, bastante importante está concentrado entre Ruza e Mojaisk. Napoleão em pessoa estava ainda em Moscou a 25 do mês. Se, como se depreende de todas essas informações, o inimigo dividiu suas forças em importantes destacamentos, enquanto que o próprio Napoleão ainda se encontra em Moscou com toda a sua guarda, é possível que vos encontreis ainda assim diante de um exército formidável a ponto de não poderdes tomar a ofensiva? Há motivos para supor, pelo contrário, que o inimigo vos persegue com destacamentos, ou mais a rigor, com um corpo de exército, inferiores aos que vos estão confiados. Parecia, pois que, nestas circunstâncias favoráveis, tivésseis podido tentar com vantagem um ataque contra um inimigo mais fraco que vós e exterminá-lo ou, pelo menos, forçá-lo a um recuo, conservar em nossas mãos a maior parte das províncias hoje ocupadas, e assim, afastar o perigo de Tula e de outras cidades do interior. Se o inimigo se encontra em estado de enviar um corpo de tropa importante contra Petersburgo e ameaça esta capital quase completamente desguarnecida, a responsabilidade será vossa, porque com o exército de que dispondes, agindo com decisão e firmeza, tendes todos os meios de impedir essa nova desgraça. Lembrai-vos de que já deveis dar conta da perda de Moscou à pátria indignada. Sabeis por experiência quanto estou disposto a recompensar-vos. Essa benevolência não diminuiu, mas a Rússia e eu estamos no direito de esperar de vossa parte todo o zelo, toda a firmeza e os êxitos que vossa inteligência, vossos talentos militares e a valentia das tropas postas sob vosso comando nos permitem esperar".

Mas no momento mesmo em que esta carta, provando que em Petersburgo também se sentia a relação exata das forças, se achava a caminho para Kutuzov, já não podia este impedir o exército que comandava de tomar a ofensiva e a batalha já fora travada.

A 2 de outubro, o cossaco Chapovalov, que estava de patrulha, matou uma lebre e feriu outra. Deixou-se arrastar à perseguição de sua lebre ferida bastante longe na floresta e caiu sobre o flanco esquerdo do exército de Murat que, naquelas paragens, nenhuma precaução tomara. O cossaco contou, rindo, a seus camaradas, que quase caíra nas mãos dos franceses. O corneteiro que ouviu essa narrativa fez da mesma um relatório a seu comandante.

O cossaco foi chamado, interrogado; seus chefes tiveram a ideia de aproveitar da ocasião para fazer uma razia de cavalos, mas um deles, que conhecia os mais graduados do exército, comunicou o fato a um general do estado-maior. Desde algum tempo a situação estava muito tensa no estado-maior. Alguns dias antes, Ermolov fora suplicar a Bennigsen que usasse de sua influência junto ao general-em-chefe, a fim de decidi-lo a tomar a ofensiva.

— Se eu não vos conhecesse — respondera Bennigsen, — acreditaria que quisésseis justamente o contrário do que pedis; basta que eu aconselhe uma coisa para que o Sereníssimo faça exatamente o oposto.

A notícia trazida pelos cossacos foi confirmada por reconhecimentos e demonstrou, de maneira definitiva, que o acontecimento estava maduro. As molas do relógio se distenderam.

rangeram, e o carrilhão soou. Malgrado toda a sua presumida potência, sua inteligência, sua experiência e seu conhecimento dos homens, teve Kutuzov de tomar em consideração o pedido de Bennigsen, que já havia enviado a esse respeito seu relatório pessoal ao imperador, o desejo unânime de todos os generais, o que se atribuía ao próprio imperador e às informações fornecidas pelos cossacos; não podia mais de agora por diante reter um movimento que se tornara inevitável e deu em consequência, uma ordem que estimava inútil e perigosa: aprovou o fato consumado.

4. O relatório de Bennigsen e as informações dos cossacos confirmando que o flanco esquerdo dos franceses estava descoberto, foram os derradeiros indícios da necessidade em que se estava de ordenar a ofensiva e esta ofensiva foi marcada para o dia 5 de outubro.

No dia 4, pela manhã, assinou Kutuzov o dispositivo. Toll leu-o a Ermolov e lhe ordenou que tomasse as últimas medidas.

— Bem, bem, mas não tenho tempo agora — disse Ermolov e saiu de sua isbá.

O dispositivo estabelecido por Toll era excelente. Exatamente como no de Austerlitz, lia-se nele, se bem que não estivesse em alemão:

> "A primeira coluna marcha para tal e tal lugar; a segunda coluna marcha para tal e tal outro", e assim por diante.

E todas essas colunas, chegando, no papel, à hora prescrita para seu lugar, esmagariam o inimigo. Estava perfeitamente organizado, como em todos os dispositivos e, como ocorre com todos os dispositivos, nenhuma coluna estava em seu lugar no momento fixado.

Quando todas as páginas do dispositivo requerido ficaram prontas, foi chamado um oficial e despachado a Ermolov, a fim de remeter-lhe os papéis para execução. O oficial, um jovem cavaleiro da guarda, ajudante-de-campo de Kutuzov, muito orgulhoso da missão de que fora encarregado, dirigiu-se ao alojamento de Ermolov.

— Saiu — respondeu-lhe o ordenança deste.

O cavaleiro da guarda dirigiu-se a um general a quem Ermolov visitava muitas vezes.

— Não, o general não está.

O cavaleiro da guarda tornou a montar e tocou para o alojamento do outro.

— Não está, partiu.

"Contanto que não me tornem responsável pela demora. Que azar!" pensou o oficial. Galopou por todo o campo. Uns lhe disseram que tinham visto Ermolov afastar-se com generais; outros que certamente já havia voltado a seu alojamento. O oficial sem jantar, procurou Ermolov até as seis horas da tarde. Nada de Ermolov em parte alguma e ninguém que pudesse dizer onde ele se achava! O oficial comeu a toda a pressa uma coisinha qualquer no alojamento de um de seus camaradas e voltou à vanguarda junto a Miloradovitch. Miloradovitch também não estava, mas disseram ao cavaleiro da guarda que ele fora a um baile em casa do General Kikin e que, provavelmente, Ermolov se encontraria ali também.

— Mas onde é isso?

— Lá embaixo, em Etchkino — disse-lhe um oficial de cossacos, apontando-lhe uma casa senhorial distante.

— Como? Lá embaixo? Está além de nossa linha.

— Mandaram dois regimentos para a linha. Neste momento, fazem eles ali uma patuscada tremenda! Contam com duas músicas regimentais e três coros de cantores.

O cavaleiro da guarda partiu para além da linha, para Etchkino. Bem antes de alcançar a casa senhorial, ouviu os alegres acordes de uma canção de dança de soldados.

— "Nos prados... nos prados!". O canto chegava a ele, acompanhado de pífanos e de pratos e coberto, de vez em quando, por explosões de vozes. O oficial sentiu-se todo reanimado por aqueles rumores de festa e ao mesmo tempo aterrorizado com sua culpa, pois se sentia culpado de ter levado tanto tempo para transmitir a importante ordem a ele confiada. Eram já quase nove horas da noite. Apeou-se e galgou o patamar duma casa senhorial que havia ficado intacta e que se encontrava justamente entre as linhas dos russos e dos franceses. Lacaios, carregando vinhos e pratos, azafamavam-se na copa e na antecâmara, cantores mantinham-se reunidos sob as janelas. Introduziram o oficial que viu, de repente, reunidos todos os principais generais do exército e, em meio deles, a alta e imponente figura de Ermolov. Todos, de túnica desabotoada, de rosto animado e avivado, formavam um semicírculo e riam a bandeiras despregadas. No centro do salão, um general, um belo homem de estatura mediana, de rosto escarlate, executava elegantemente, agilmente, um "trepak" endiabrados[118].

— Ah! ah! ah! Bravos! Nicolau Ivanovitch! Ah! ah! ah!

O cavaleiro da guarda sentiu que, entrando naquele momento, portador de ordens importantes, seria duplamente culpado e quis esperar; mas um dos generais avistou-o e sabendo porque estava ele ali, designou-o a Ermolov. Ermolov aproximou-se dele, de cenho franzido e depois de havê-lo ouvido, apoderou-se do papel que ele trazia, sem dizer uma palavra.

— Acreditas que não foi de propósito que ele desapareceu? — disse naquela mesma noite, falando de Ermolov, ao cavaleiro da guarda, um de seus camaradas do estado-maior. — Foi coisa premeditada, fez de propósito. Quer enrolar Konovnitsin. Espera, vais ver amanhã que trapalhada!

5. No dia seguinte, o velho Kutuzov, totalmente decrépito, fez-se despertar cedo, rezou suas orações, vestiu-se e, com a desagradável sensação de ter de dirigir uma batalha que não aprovava, subiu à caleça e partiu de Letachovka, a cinco verstas da retaguarda de Tarutino, para alcançar o local em que deveriam ser concentradas as colunas de ataque. Ia adormecendo, acordando, prestando atenção para saber se não atiravam sobre a direita, se a coisa ainda não havia começado. Mas tudo permanecia tranquilo ainda. A aurora dum dia de outono, úmido e sombrio, mal rompia. Chegando a Tarutino, avistou Kutuzov cavaleiros que conduziam seus cavalos para beber, atravessando a estrada que sua caleça seguia. Observou-os, mandou parar a caleça e perguntou-lhes de que regimento eram. Os cavalos pertenciam a uma coluna que, desde muito tempo, deveria estar longe, na vanguarda, de emboscada. "É um erro, sem dúvida", disse a si mesmo o velho general-em-chefe. Mas, mais longe, avistou regimentos de infantaria, de fuzis em feixe, em ponto de preparar a boia e de rachar lenha, estando os homens apenas de ceroulas. Mandou chamar um oficial. O oficial comunicou-lhe que nenhuma ordem de ataque fora dada.

— Como é pos... — começou Kutuzov, mas se calou logo e mandou chamar o comandante. Desceu de seu carro e, de cabeça baixa, de respiração opressa, aguardou em silêncio, enquanto andava para lá e para cá. Quando apareceu o oficial do estado-maior, Eichen, que mandara chamar, Kutuzov tornou-se escarlate, não que aquele oficial fosse responsável pelo erro cometido, mas porque era alguém sobre quem descarregar sua cólera. E trêmulo, arquejante, tendo o velho atingido o auge da raiva que, outrora o fazia rolar pelo chão, precipitou-se sobre Eichen, ameaçou com os punhos, urrou, cobriu-o das mais baixas injúrias. Outro oficial, o Capitão Brosin, que acorreu no momento, teve a mesma sorte, se bem que não fosse culpado de nada. "Que canalha é essa? É preciso fuzilá-los! Miseráveis!" berrava ele, com voz rouca, gesticulando e cambaleando.

Experimentava um sofrimento físico. Ele, o general-em-chefe, o Sereníssimo a quem toda a gente assegurava que jamais se vira na Rússia poder semelhante ao seu, encontrava-se numa situação própria para provocar a zombaria do exército inteiro! "De que servia ter rezado tanto por aquele dia, de que servia ter passado a noite em claro a fim de calcular tudo melhor!" dizia a si

118. Dança popular com batidas de calcanhares e flexões bruscas de joelhos.

mesmo. "Quando não passava eu de um pirralho de oficial, ninguém teria ousado zombar de mim!". Sentia um sofrimento físico e, como se estivesse sob o efeito dum castigo corporal, não podia impedir-se de lançar gritos de raiva e de dor; mas em breve suas forças o abandonaram; olhando em torno de si, sentindo que fora longe demais nas suas injúrias, tornou a subir à caleça e regressou, silencioso.

Uma vez passado aquele acesso de cólera, não se renovou mais e Kutuzov escutou, com ligeiro piscar de olhos, as justificações, a defesa e as insistências de Bennigsen, Konovnitsin e Toll sobre a necessidade de adiar para o dia seguinte o momento falhado. (Quanto a Ermolov, só se apresentou a ele no dia seguinte). E Kutuzov teve de dar de novo seu consentimento.

6. No dia seguinte, desde o anoitecer, as tropas se reuniram nos lugares indicados e a ofensiva se iniciou durante a noite. Era uma dessas noites de outono em que as nuvens se mostram dum negro violáceo, mas sem chuva. O solo, se bem que úmido, não estava lamacento; as tropas marchavam sem ruído; só se ouvia de vez em quando o retinir ensurdecido da artilharia. Fora proibido falar em voz alta, fumar, bater o isqueiro; os cavalos eram impedidos de nitrir. O mistério da empresa aumentava-lhe o atrativo. Os homens avançavam alegremente. Algumas colunas fizeram alto, formaram os feixes de armas e deitaram-se na terra fria, supondo que tinham chegado a seu destino; algumas outras (a maioria) marcharam a noite inteira e chegaram evidentemente aonde não deviam ter chegado.

Somente o Conde Orlov-Denissov e seus cossacos (o menor de todos os destacamentos) se encontraram no seu lugar no momento devido. Esse destacamento fez alto na extrema orla da floresta, numa vereda que levava da Aldeia de Stremileve à de Dmitrovskoie.

Despertaram antes do romper da aurora o Conde Orlov, que cochilava. Traziam-lhe um desertor do campo francês. Era um suboficial polonês do corpo de Poniatowski. Esse suboficial explicou em polonês que fugira porque era vítima duma injustiça; havia muito deveria ter sido promovido a oficial, pois era o mais bravo de todos; e por esta razão, tendo largado lá os franceses, só pensava em vingar-se. Assegurou que Murat passava a noite a uma versta do local onde se encontravam e que se lhe fornecessem cem homens de escolta, apanhá-lo-ia vivo. O Conde Orlov-Denissov aconselhou-se com seus colegas. A proposta era por demais lisonjeira para que se pudesse rejeitá-la. Todos se ofereceram para partir, todos aconselharam que se tentasse. Depois de muitas discussões e conferências, o General-Major Grekov decidiu acompanhar o polonês com dois regimentos de cossacos.

— Mas lembra-te bem — disse o Conde Orlov-Denissov ao suboficial, despachando-o, — que se mentiste, mandarei enforcar-te como a um cão; mas se tiveres dito a verdade, ganharás cem ducados.

O suboficial montou a cavalo sem responder e de cara decidida, partiu com Grekov que se tinha vivamente preparado. Desapareceram na floresta. O Conde Orlov, que tremia à fresquidão do dia alvorescente, inquieto pela responsabilidade que acabara de assumir, acompanhou com os olhos Grekov, depois avançou para fora da cobertura das árvores e se pôs a observar o campo inimigo que se desenhava como uma miragem à luz nascente, com seus fogos de bivaque em ponto de extinguirem-se. Nossas colunas deviam surgir à direita do Conde Orlov-Denissov, no versante duma colina descoberta. Olhou para aquele lado, mas se bem que se devesse enxergá-las ao longe, nenhuma estava visível. No campo francês, pareceu ao Conde Orlov-Denissov e sobretudo a seu ajudante-de-campo cujos olhos eram agudos, que se manifestava certa animação.

— Ah! decerto, é tarde demais! — disse o Conde Orlov, depois de ter observado o campo.

Como acontece muitas vezes, quando o homem em que se teve confiança não se acha mais sob nossas vistas, compreendeu, de repente, com clara evidência que o polonês era um velhaco, que havia mentido e que ia comprometer o ataque pela ausência daqueles dois regimentos que ele levava só Deus sabia aonde. Numa tal massa de tropas, seria possível apoderar-se dum general-em-chefe?

— Sim, é certo, ele mentiu, aquele canalha — acrescentou ele.

— Pode-se fazê-lo voltar — disse um oficial da escolta que tinha, como o Conde Orlov-Denissov, dúvidas sobre o êxito da empresa, depois que observara o campo inimigo.

— Hem? Deveras? Que dizeis? É preciso deixá-lo agir, sim ou não?

— Quereis dar a ordem de fazê-lo voltar?

— Sim, sim, que ele volte! — decidiu de repente o Conde Orlov, olhando seu relógio. — Ele vai chegar tarde, o dia já está bem claro.

O ajudante-de-campo partiu a galope, através da floresta, para alcançar Grekov. Quando este regressou, Orlov-Denissov, inquieto, tanto por causa daquela tentativa frustrada, como pela sua vã espera das colunas de infantaria e da proximidade dos inimigos (todos os homens de seu regimento partilhavam de seu modo de sentir) decidiu atacar.

Comandou em voz baixa: "Montar!" Cada qual tomou seu lugar e se benzeu. "Que Deus nos guarde!"

Vivas repercutiram na floresta e, uma sótnia[119] após a outra, espalharam-se os cossacos alegremente como grãos ao saírem dum saco; avançaram, de lança abaixada, transpondo um riacho, diretamente sobre o campo inimigo.

Um grito terrível de espanto foi lançado pelo primeiro francês que avistou os cossacos e todos os do campo, semivestidos, despertados em sobressalto, largando ali canhões, fuzis e cavalos, puseram-se em fuga para todos os lados.

Se os cossacos tivessem perseguido os franceses sem se preocupar com o que tinham atrás de si e em torno de si, teriam sem dúvida aprisionado Murat e tudo quanto lá estava. Era, aliás, o que queriam os chefes. Mas não se conseguiu que os cossacos, que só pensavam agora no saque e nos prisioneiros, se movessem. Ninguém ouvia as ordens. Fizeram ali mil e quinhentos prisioneiros, tomaram-se trinta e oito canhões, bandeiras, e, o que importava mais aos cossacos, cavalos, selas, cobertas e mil objetos diversos. Era preciso dispor de tudo aquilo: deitar a mão aos prisioneiros e aos canhões, repartir o saque, brigar e até mesmo chegar às vias de fato; e os cossacos não deixaram de fazer tudo isso.

Os franceses, que não eram mais perseguidos, recuperaram a cabeça, reorganizaram suas fileiras e começaram a atirar. Orlov-Denissov continuava a esperar suas colunas e não levou seu ataque mais longe.

Entretanto, em virtude do dispositivo: *A primeira coluna marcha etc.*, os infantes em atraso, comandados por Bennigsen e dirigidos por Toll, tinham-se posto em movimento no momento devido e como era natural, tinham-se dirigido a alguma parte, mas não ao local que lhes fora designado. Como era natural, os homens, que haviam partido tão alegres, acabaram por parar; o descontentamento, o sentimento da confusão vieram à tona; arrepiou-se caminho. Os ajudantes-de-campo e os generais galopavam, gritavam, se zangavam, discutiam, diziam que não se estava absolutamente onde se devia estar, que se estava atrasado, lançavam a culpa uns sobre os outros, de tal modo que desanimaram e marchavam por marchar. "Haveremos de chegar a alguma parte!" E com efeito chegaram, mas não aonde deviam, demasiado tarde e com o único resultado de servir de alvo ao inimigo. Toll que, nessa batalha, desempenhava o papel de Weirother em Austerlitz, galopava com ardor dum lado para outro e em toda parte se dava conta de que as coisas se tinham passado contra o bom senso. Foi assim que caiu sobre o corpo de Bagovut em plena floresta, quando já era dia claro e aquele corpo deveria estar desde muito com Orlov-Denissov. Furioso e magoado com seu insucesso, supondo que deveria bem haver ali um culpado, galopou Toll diretamente para o comandante do corpo e lhe fez tremendas censuras, dizendo

119. Tropa de cem cossacos. (N. do T.).

que ele merecia ser fuzilado. Bagovut, que não era um general de salão, mas um velho bravo sempre no fogo, experimentado nas batalhas e calmo por natureza, exasperado tanto quanto ele por todas aquelas paradas, por aquela embrulhada, aquelas ordens contraditórias, perdeu a serenidade, com espanto geral, e, tomado duma raiva súbita, replicou asperamente a Toll:

— Não tolero receber lições de ninguém e sei morrer com meus soldados tão bem quanto qualquer outro.

E, seguido pela sua divisão apenas, marchou para diante.

Quando se achou no campo de batalha, sob as descargas dos franceses, o bravo Bagovut, arrebatado, pela cólera, não perguntou a si mesmo se era útil ou inútil travar naquele momento o combate com uma única divisão; conduziu seus homens diretamente ao fogo. Os perigos, as balas de canhão e de fuzil eram justamente aquilo de que precisava no seu acesso de fúria. Uma das primeiras balas matou-o instantaneamente, as balas seguintes abateram muitos soldados. E sua divisão permaneceu algum tempo inutilmente sob o fogo.

7. Entretanto, na frente, outra coluna deveria cair sobre os franceses, mas era aquela junto da qual se mantinha Kutuzov. Sabia ele perfeitamente que aquela batalha começada contra a sua vontade só resultaria em confusão e retinha suas tropas tanto quanto podia.

Permanecia imóvel, silencioso, montado no seu cavalinho cinzento e respondia sem pressa às propostas que lhe faziam de atacar.

— Vós só tendes na língua o ataque e não vedes que não sabemos fazer manobras complicadas — disse ele a Miloradovitch que pedia para avançar. — Não soubestes apanhar Murat vivo esta manhã, nem chegar a tempo a vossos lugares; agora é tarde demais! — respondeu ele a um outro.

Quando vieram comunicar-lhe que na retaguarda dos franceses que, segundo as informações dos cossacos, estava a princípio desguarnecida, se encontravam agora dois batalhões de poloneses, olhou pelo canto do olho para Ermolov (não lhe tinha dirigido a palavra desde a véspera).

— Vedes? Reclama-se uma ofensiva, apresenta-se um monte de projetos, e quando se vem a agir, nada está pronto, enquanto que o inimigo prevenido já tomou suas precauções.

Ermolov semicerrou os olhos e esboçou leve sorriso ao ouvir essas palavras. Compreendeu que a tempestade para ele passara e que Kutuzov se limitaria a essa alusão.

— É às minhas custas que ele zomba — disse Ermolov bem baixinho, dando uma joelhada em Raievski, que se achava a seu lado.

Logo depois, Ermolov avançou e disse respeitosamente a Kutuzov:

— Nada está perdido, Alteza, o inimigo ainda está ali, se ordenais que o ataquemos. De outro modo a guarda não sentirá nem mesmo o cheiro de pólvora.

Kutuzov não respondeu nada; quando lhe anunciaram que as tropas de Murat se retiravam, deu a ordem esperada, mas a cada cem passos, mandava fazer alto por espaço de três quartos de hora.

A batalha se viu, pois, reduzida, ao ataque repentino dos cossacos de Orlov-Denissov; o resto das tropas perdeu sem nenhuma utilidade algumas centenas de homens.

O resultado foi para Kutuzov uma condecoração de diamantes, para Bennigsen diamantes também e cem mil rublos; quanto aos outros oficiais, receberam segundo seus graus apreciáveis distinções; além disso, houve em seguida nova remodelação no estado-maior.

"Eis COMO ISTO SE PASSA SEMPRE entre nós, faz-se tudo ao contrário!", disseram, após o caso de Tarutino, os oficiais e os generais russos. Foi assim que sempre se fez para dar a entender que se algum imbecil agiu desastradamente então, outro teria sido o modo de proceder deles. Mas os que assim falam nada conhecem do caso que criticam, ou então se ludibriam cientemente. Qualquer batalha, quer seja a de Tarutino, de Borodino ou Austerlitz, se desenrola bem diversamente da maneira planejada pelos seus diretores. É esse um fato capital.

Número incalculável de forças independentes influem no curso duma batalha (porque em arte alguma o homem é mais livre que durante um combate em que se trata para ele de uma uestão de vida ou de morte); é pois impossível conhecer de antemão esse curso e não segue ele ımais a direção duma força única, qualquer que ela seja.

Se muitas forças agem ao mesmo tempo e em direções diferentes sobre um dado corpo, a ireção do movimento imposta a esse corpo não será a de nenhuma dessas forças, será sempre a ireção média mais curta, a que se exprime em mecânica pela diagonal do paralelogramo das forças.

Se nas relações dos historiadores e mais particularmente dos franceses, lemos que suas uerras e suas batalhas se desenvolveram de acordo com um plano concebido de antemão, a nica conclusão a tirar disso é que seus relatos são inexatos.

É evidente que o combate de Tarutino não atingiu o objetivo que Toll tinha em vista, isto é, e realizar a coisa segundo a ordem de seu dispositivo; nem o objetivo que pudesse ter o Conde)rlov de aprisionar Murat; nem o de Bennigsen e outros, de aniquilar dum golpe todo o corpo ıimigo; nem o dos oficiais desejosos de tomar parte num caso e de neles se distinguir; nem o do ossaco que teria querido apoderar-se de muito mais coisas a pilhar do que achou, etc... Mas se objetivo era aquele que foi realmente atingido, o que todos os russos desejavam (expulsar os ranceses da Rússia e exterminar-lhes o exército), então vê-se claro como o dia que o combate de 'arutino, por causa mesmo das faltas cometidas, era justamente o necessário durante aquele eríodo da campanha. Seria difícil e até mesmo impossível imaginar para esse combate resultado ıais favorável do que o que teve. Em meio da maior desordem, com o mínimo do esforço e com erdas por assim dizer insignificantes, foram obtidos os maiores resultados de toda a campanha. 'inha-se passado da retirada à ofensiva; a fraqueza dos franceses fora desmascarada e o golpe ue o exército de Napoleão esperava para começar a fugir fora dado.

3. Napoleão faz sua entrada em Moscou, após a brilhante vitória do Moskova; é uma vitória, não resta dúvida, uma vez que os franceses ficam senhores do campo de batalha. Os russos ecuam e entregam a capital. Moscou, transbordante de víveres, de armas, de munições, de ıcalculáveis riquezas, acha-se em mãos de Napoleão. O exército russo, duas vezes mais fraco ue o francês, não faz, durante um mês, nenhuma tentativa de ataque. A posição de Napoleão é as mais brilhantes. Pode com suas forças duas vezes superiores, cair sobre os restos do exército usso e aniquilá-los; pode concluir uma paz vantajosa ou, em caso de recusa, tentar um movimen-) ameaçador contra Petersburgo; pode, mesmo, em caso de ser mal sucedido, voltar a Smolensk, u a Vilna, ou então ficar em Moscou; em suma, para conservar a situação brilhante em que se ncontra então o exército francês, não tem Napoleão necessidade, parece, de ser um gênio xtraordinário. Basta-lhe para isso fazer a coisa mais simples e mais fácil: não deixar seu exército ntregar-se à pilhagem, preparar as roupas de inverno, que Moscou pode fornecer para o exército ıteiro, regrar com prudência a distribuição dos víveres que se encontram na cidade, suficientes ara mais de seis meses (segundo os historiadores franceses). Napoleão, o mais genial dos ênios, tendo, no dizer dos historiadores, todo poder sobre seu exército, não faz nada disso.

Não somente não faz nada, mas se serve de seu poder para escolher, entre as medidas a ɔmar, as mais absurdas e as mais nefastas. De tudo quanto podia Napoleão empreender: hiber-ar em Moscou, ir a Petersburgo, ir a Nijni-Novgorod, dar marcha à ré, quer mais para o Norte, uer mais para o Sul (pelo caminho que seguiu Kutuzov depois), nada podia ser mais absurdo e ıais nefasto do que o que ele fez: ficou até outubro em Moscou e deu licença a seus soldados ara pilharem a cidade; depois, hesitando em deixar uma guarnição em Moscou, dela saiu, apro-imou-se de Kutuzov, sem travar batalha, dirigiu-se para a direita, atingiu Malo-Iaroslavetz; e empre sem tentar a possibilidade de abrir uma brecha, em lugar de tomar a estrada que Kutuzov eguia, voltou a Mojaisk pela estrada de Smolensk através das regiões devastadas; nada de mais absurdo e de mais nefasto teria podido ser imaginado, como os fatos posteriores o provaram. A supor que o objetivo de Napoleão tivesse sido conduzir seu exército à sua perda, os estrategista mais hábeis não teriam podido traçar outro plano de operações capaz de acarretar a ruína tã inevitável e completa do exército francês, independentemente de tudo o que teria podido empreender o exército russo!

O genial Napoleão fez isso. Mas dizer que Napoleão perdeu seu exército porque o queria, o porque não passava dum tolo seria tão falso quanto pretender que conduziu suas tropas Moscou porque assim o entendia e porque era duma inteligência e dum gênio excepcionais.

Num e noutro caso, sua ação pessoal, que não tinha mais importância que a de cada um d seus soldados, pôs-se perfeitamente em acordo com as leis que presidiam aos acontecimentos

É totalmente mentiroso pretender (somente porque os acontecimentos não justificaram o atos de Napoleão), como o fazem os historiadores, que suas forças se tinham enfraquecido em Moscou. Naquele momento, como antes, como mais tarde em 1813, desdobrou ele sua inteligência e suas forças para agir mais favoravelmente a seus interesses e aos de seu exército. A atividade de Napoleão durante esse período não é menos surpreendente que no Egito, na Itália, n Áustria e na Prússia. Não sabemos exatamente até que ponto foi real o gênio de Napoleão n Egito, onde quarenta séculos contemplaram sua grandeza, atendendo-se a que suas gigantesca façanhas só nos foram relatadas pelos franceses. Não podemos tampouco julgar seu gênio n Áustria e na Prússia, dado que os testemunhos de suas ações devem ser colhidos entre historiadores franceses e alemães. Ora, a inconcebível rendição de corpos de exército sem combate, d fortalezas sem cerco, deve levar os alemães a reconhecer o gênio de Napoleão como a únic explicação dessa guerra levada na Alemanha. Quanto a nós, graças a Deus, não temos necessidade alguma de reconhecer nele um gênio para dissimular nossa vergonha. Pagamos para ter direito de considerar seus atos simplesmente, sem rodeio, e não abandonaremos esse direito.

Sua atividade em Moscou é tão surpreendente, tão genial como em qualquer outra parte Ordens sobre ordens, planos após planos emanam dele, desde o momento de sua entrada em Moscou até o momento em que dela sai. A ausência de habitantes e de deputações e mesmo incêndio da cidade não o perturbam. Não perde de vista nem o bem de seu exército, nem o movimentos do inimigo, nem o bem-estar dos povos da Rússia, nem a direção dos negócios em Paris, nem as combinações diplomáticas acerca da paz.

9. Do ponto de vista militar, Napoleão, desde sua entrada em Moscou, dá instruções severa ao General Sebastiani, que deve seguir os movimentos do exército russo e enviar corpos de tropa a diversas direções; a Murat ordena que reencontre Kutuzov. Depois toma medidas sérias par fortificar o Kremlin, em seguida traça sobre o mapa da Rússia o plano genial de sua futura campanha

Do ponto de vista diplomático, manda Napoleão chamar Iakovlev, um capitão despojado d tudo e que não era mais agora senão um esfarrapado, não sabendo mais como deixar Moscou Expõe em presença dele sua política e sua grandeza de alma e, depois de ter escrito uma carta a Imperador Alexandre na qual crê de seu dever advertir seu amigo e irmão que Rostoptchin s conduziu mal em Moscou, envia Iakovlev a Petersburgo. Da mesma forma, expõ pormenorizadamente suas vistas e sua grandeza de alma diante de Tutolmin e envia também ess velho a Petersburgo para entabular conversações.

Do ponto de vista jurídico, manda, logo após os incêndios, procurar e executar os culpados E aquele monstro de Rostoptchin é punido com o incêndio de sua própria casa.

Do ponto de vista administrativo, é Moscou dotada duma constituição. Instala-se um municipalidade e afixa-se a proclamação seguinte:

HABITANTES DE MOSCOU!

"Vossas misérias são cruéis, mas Sua Majestade, imperador e rei, quer pôr termo às mesmas. Exemplos terríveis vos ensinaram como pune ele a desobediência e o crime. Medidas severas foram tomadas para fazer cessarem as desordens e renascer a segurança geral. Uma administração paternal, escolhida entre vós, formará vossa municipalidade, isto é, o governo de vossa cidade. Ocupar-se-á de vós, de vossas necessidades, de vossos interesses. Seus membros serão reconhecidos por uma faixa vermelha que trarão a tiracolo; quanto ao prefeito, usará por cima uma cinta branca. Mas fora de seu serviço, os funcionários municipais trarão apenas uma divisa vermelha no braço esquerdo.

"A polícia municipal é instituída de conformidade com o antigo regulamento, e já, graças à sua atividade, reina melhor ordem. O governo nomeou dois comissários gerais ou chefes de polícia, e vinte comissários ou delegados distritais, repartidos em cada quarteirão da cidade. Vós os reconhecereis pela divisa branca no braço esquerdo. Várias igrejas, destinadas a diferentes cultos, estão abertas e o serviço divino é nelas celebrado sem obstáculo. Vossos concidadãos regressam diariamente a seus domicílios e estão dadas ordens para que encontrem a ajuda e a proteção devidas à desgraça. Tais são os meios que o governo empregou para restabelecer a ordem e aliviar vossa situação. Mas para atingir esse objetivo é necessário que junteis vossos esforços aos seus; esquecei, se possível, os males que sofrestes; entregai-vos à esperança duma sorte menos cruel; persuadi-vos de que uma morte inevitável e infamante aguarda todos aqueles que tentarem contra vossas pessoas e o que restou de vossos bens; não duvideis, por consequência, de que esses bens vos serão conservados, porque tal é a vontade do maior e mais justo de todos os monarcas. Soldados e habitantes, de qualquer nação que sejais! Restabeleceu-se a confiança pública, essa fonte da felicidade do Estado; vivei como irmãos; dai-vos mutuamente ajuda e proteção; uni-vos para combater as empresas criminosas; obedecei às autoridades militares e municipais; e em breve vossas lágrimas cessarão de correr".

Do ponto de vista das subsistências, ordenou Napoleão a todas as suas tropas que viessem, por turnos, a Moscou, à moda de pilhagem, para recolher víveres, afim de garantir a subsistência do exército para o futuro.

Do ponto de vista religioso, ordenou Napoleão que se reunissem de novo os popes e se retomasse nas igrejas o serviço divino.

Do ponto de vista do comércio e do fornecimento de víveres ao exército, mandou afixar em toda a parte o seguinte:

PROCLAMAÇÃO

"A vós, pacíficos habitantes de Moscou, homens de ofício, operários que as desgraças afastaram da vida, e vós, trabalhadores da terra que medo malfundado retém ainda dispersos nos campos! A calma volta à capital e a ordem está nela restabelecida. Vossos concidadãos saem sem temor de seus refúgios, seguros de serem respeitados. Toda violência exercida seja contra eles, seja contra seus bens, é logo reprimida. Sua Majestade, o imperador e rei, cobre-os com sua proteção e só considera como inimigos dentre vós os que desobedecem às suas ordens. Quer pôr termo às vossas desgraças e vos restituir a vossas casas e a vossas famílias. Acolhei, pois, suas medidas benévolas e vinde a nós com toda a confiança. Habitantes! regressai tranquilamente a vossos domicílios, encontrareis logo a possibilidade de prover a vossas necessidades. Artífices e laboriosos operários! Retomai sem demora vossos trabalhos (casas, lojas, patrulhas de segurança vos esperam e recebereis pelo vosso trabalho o salário que vos cabe. E vós, enfim, camponeses, saí das florestas onde o medo vos fez esconder-vos, regressai sem temor às vossas isbás, tende a plena segurança de que encontrareis em nós protetores. Estabeleceram-se na cidade vastos entrepostos, aonde podem os camponeses trazer seus produtos excedentes. O governo tomou as seguintes medidas para garantir o livre escoamento dos mesmos: 1° — A partir de hoje, os camponeses, agricultores e outros habitantes do subúrbio de Moscou podem, sem temer, trazer para a cidade seus produtos, quaisquer que sejam, para os dois entrepostos destinados a esse efeito, na Rua Mokhovaia e na Okhotniriad[120]. 2° — Esses produtos lhes serão comprados a preços estabelecidos de comum acordo entre comprador e vendedor; se o vendedor não receber o preço justo que cobrar, é livre de tornar a levar sua mercadoria para casa, o que ninguém poderá impedir sob qualquer pretexto que seja. 3° — Os domingos e quartas-feiras serão dias de grandes mercados semanais; para isso destacamentos de soldados em número suficiente serão dispostos a certa distância da cidade, sobre as grandes estradas todas as terças-feiras e todos os sábados, para proteção dos comboios. As mesmas medidas serão tomadas para assegurar aos camponeses o regresso de suas carroças e de seus cavalos sem nenhuma

120. Isto é, o Mercado de Moscou.

dificuldade. 4º — Medidas serão tomadas sem interrupção para o restabelecimento do comércio normal. Cidadãos, aldeões e vós, homens de ofício e operários, de qualquer nação que sejais! O imperador e rei vos convida a conformar-vos com suas medidas paternais e a colaborar com ele para restabelecer o bem comum. Levai-lhe aos pés vosso respeito e vossa confiança e não hesiteis mais em unir-vos a nós!"

Passavam-se contínuas revistas em que se distribuíam recompensas, a fim de reerguer o moral das tropas e do povo. O imperador percorria as ruas a cavalo e tranquilizava os habitantes; malgrado todas as suas preocupações com os negócios do Estado, frequentava os teatros fundados por sua ordem.

Fazia assim Napoleão tudo quanto dependia dele pela beneficência que é o mais belo florão da coroa dos príncipes. Deu ordem de inscrever no frontão dos estabelecimentos hospitalares: "Casa de minha mãe", a fim de unir por este ato sua terna piedade filial à sua magnanimidade de monarca. Visitou o orfanato, e, depois de ter dado sua branca mão a beijar aos órfãos que havia salvo, entreteve-se amavelmente com Tutolmin. Enfim, segundo o eloquente relato de Thiers, mandou pagar também o soldo de seu exército com os falsos papéis-moeda russos fabricados por sua ordem.

"Resgatando o emprego desses meios por um ato digno dele e do exército francês, mandou distribuir socorros às vítimas do incêndio. Mas sendo os víveres demasiado preciosos para serem distribuídos a estrangeiros na maior parte inimigos, preferiu Napoleão fornecer-lhes dinheiro afim de que se abastecessem fora e mandou dar-lhes rublos em papel."

Quanto à disciplina do exército, as medidas mais severas não cessavam de ser tomadas, tanto para punir as infrações aos deveres do serviço, como para pôr fim à pilhagem.

10. Entretanto, coisa estranha, todas essas disposições, esses cuidados, esses planos que não eram piores que outros em circunstâncias análogas, não alcançavam o âmago das coisas; mas, como os ponteiros dum quadrante, separado do mecanismo interior do relógio, tudo isso girava ao acaso e sem finalidade, sem pôr em movimento as molas reais.

Do ponto de vista militar, o plano de campanha genial de que disse Thiers "que seu gênio nunca imaginara nada de mais profundo, de mais hábil e de mais admirável", e a propósito do qual demonstrou, na sua polêmica com Fain, que a redação deve ser reportada não a 4, mas a 15 de outubro, esse plano jamais foi executado e não pôde sê-lo porque estava longe por demais da realidade. Os trabalhos de fortificação do Kremlim, para os quais foi preciso derrubar *a Mesquita* (era assim que Napoleão denominava a igreja do Bem-Aventurado Basílio), revelaram-se duma nulidade absoluta. A colocação de minas sob o Kremlim só serviu para satisfazer o desejo do imperador que, ao partir de Moscou, queria fazê-lo ir pelos ares; o que equivale a bater num soalho para puni-lo de ser causa da queda duma criança. A perseguição ao exército russo, que foi a grande preocupação de Napoleão, apresenta um fenômeno extraordinário. Os chefes do exército francês perderam aquele exército russo de sessenta mil homens e, segundo Thiers, foi somente à arte e sem dúvida também ao gênio de Murat que se deveu o fato de se tornarem a encontrar esses sessenta mil homens do exército russo, uma cabeça de alfinete.

Do ponto de vista diplomático, todas as provas da grandeza de alma e da equidade que Napoleão expôs diante de Tutolmin e Iakovlev, — este último preocupado sobretudo em arranjar um capote e um carro, — não serviam de nada. Alexandre não recebeu esses embaixadores e não respondeu às propostas de que estavam eles encarregados.

Do ponto de vista jurídico, a metade de Moscou que permanecia intacta ardeu após a condenação dos supostos incendiários.

Do ponto de vista administrativo, a instituição duma municipalidade não deteve a pilhagem só foi útil às poucas pessoas que a compuseram e que, sob pretexto de manter a ordem, só fizeram também elas pilhar ou proteger seus próprios bens contra a pilhagem.

Do ponto de vista religioso, o que fora tão fácil de organizar no Egito, graças à visita a uma mesquita, não deu resultado algum em Moscou. Os dois ou três padres encontrados tentaram submeter-se à vontade de Napoleão, mas um deles foi esbofeteado por um soldado francês durante o ofício religioso, e um funcionário francês escreveu a respeito do outro o seguinte relatório: "O padre que eu havia descoberto e convidado a recomeçar a celebrar missa, limpou e fechou a igreja. Esta noite vieram de novo arrombar as portas, quebrar os cadeados, rasgar os livros e cometer outras desordens".

Do ponto de vista comercial, a proclamação dirigida aos laboriosos artífices e aos camponeses não logrou resultado algum. Não se apresentou nenhum artífice laborioso; quanto aos camponeses, deitavam mão aos comissários que se aventuravam demasiado longe com suas proclamações e os assassinavam.

Do ponto de vista dos regozijos e dos espetáculos destinados ao exército e à população, as coisas não foram melhor. Os teatros instalados no Kremlim e na casa Pozniakov tiveram de ser fechados quase logo porque haviam ali roubado os atores e atrizes.

A beneficência tampouco acarretou resultados antecipados. Moscou foi invadida por papéis-moeda verdadeiros ou falsos que perderam todo o valor. Os franceses, amontoadores de saque, só precisavam de ouro. Não só os falsos papéis-moeda que Napoleão fez distribuir tão generosamente entre os desgraçados eram depreciados, mas a prata foi trocada por ouro a uma taxa bem abaixo de seu valor.

E o exemplo mais impressionante da ineficácia das medidas tomadas nas altas esferas naquele momento foi a impotência em que se encontrou Napoleão de deter a pilhagem e de restabelecer a disciplina.

Eis o que diziam relatórios de autoridades militares:

"As pilhagens continuam na cidade malgrado as ordens dadas para acabar com elas. A ordem não está ainda assegurada e não há um só comerciante que negocie legalmente. Somente os vivandeiros se arriscam a vender, mas unicamente objetos roubados".

"A parte de meu distrito continua a ser presa da pilhagem dos soldados do 3º corpo, que, não contentes em arrancar aos desgraçados refugiados nos subterrâneos o pouco que lhes resta, tiveram mesmo a ferocidade de feri-los com golpes de sabre, como me foi dado ver muitas vezes".

"Nada de novo, a não ser o se permitirem os soldados roubar e pilhar. 9 de outubro".

"O roubo e a pilhagem continuam. Há uma quadrilha de ladrões no nosso distrito que é preciso deter com fortes guardas. 11 de outubro".

"O imperador está bastante descontente por ver entrar no Kremlim, malgrado as severas medidas tomadas para fazer cessar a pilhagem, destacamentos de saqueadores da guarda. A desordem e a pilhagem se renovaram com mais violência que nunca, na velha guarda, ontem, na noite passada e hoje. O imperador vê com profunda dor que soldados de escol, designados para defender sua pessoa, e que deveriam dar o exemplo de obediência, levam a insubordinação a ponto de devastar as adegas e os armazéns preparados para o exército. Alguns se rebaixaram a ponto de não mais respeitar as sentinelas e os oficiais da guarda, de insultá-los e de bater-lhes".

"O grande marechal do palácio queixa-se vivamente — escrevia o governador, — de que, malgrado as reiteradas proibições, continuem os soldados a satisfazer suas necessidades em todos os pátios e até mesmo sob as janelas do Imperador".

Aquele exército era como um rebanho solto, espezinhando o alimento que o teria salvo da fome; derrocava-se e cada dia duma inútil permanência em Moscou levava-o cada vez mais à sua perda. Entretanto, não se movia.

Decidiu-se a isso de repente, quando foi tomado de pânico à notícia de comboios capturados na estrada de Smolensk e do combate de Tarutino. Foi essa mesma notícia, recebida por Napoleão durante uma revista, que despertou nele o desejo de castigar os russos, como diz Thiers, e deu a ordem de marcha que seu exército inteiro reclamava.

Deixando Moscou, os homens daquele exército levaram consigo todo o seu saque acumulado. O próprio Napoleão carregava seu *tesouro* pessoal. À vista dos comboios que entravavam o exército, Napoleão ficou com medo (como o diz Thiers). Mas graças à sua experiência da guerra, não ordenou que se pusesse fogo aos veículos supérfluos, como o fizera com os de um de seus marechais, antes de entrar em Moscou; observou aquelas caleças e berlindas sobrecarregadas de soldados, depois declarou que tudo estava muito bem e que haveria necessidade daquelas equipagens para os víveres, os doentes e os feridos.

A situação de todo o exército era semelhante à dum animal ferido, que sente próxima sua perda e não sabe mais o que faz. Estudar as sábias manobras e os planos de Napoleão e de seu exército desde o momento de sua entrada em Moscou até o em que aquele exército foi destruído, é estudar os saltos e convulsões dum animal mortalmente ferido. Muitas vezes o animal ferido lança-se, ao menor rumor, sob o fogo do caçador, foge para diante, volta para trás e apressa assim seu próprio fim. Foi o que fez Napoleão sob a pressão de seu exército inteiro. O rumor do combate de Tarutino espantou o animal que se lançou ao encontro do tiro, chegou até o caçador, voltou de novo, e afinal, como todos os animais feridos, precipitou-se para trás, pelos caminhos mais incômodos e mais perigosos, mas seguindo trilhos antigos e conhecidos.

Napoleão, que nos parece dirigir todo esse movimento, é como a figura esculpida na proa dum barco que os selvagens tomam como a força que anima essa embarcação; na realidade é ele, na sua agitação, semelhante a uma criança que, agarrada às correias fixas no interior dum carro, imagina-se condutor desse veículo.

11. A 6 de outubro, saiu Pedro de sua barraca, de manhã bem cedo e, voltando depois, parou na soleira a brincar com um fraldiqueiro de pelo arroxeado, de corpo comprido sobre curtas patas tortas, que saltitava em torno dele. Aquele cãozinho vivia no abarracamento, dormia com Karataiev, fugia por vezes, mas depois dum giro pela cidade, voltava sempre. Parecia não ter nunca pertencido a ninguém, porque estava agora sem dono e não tinha nome. Os franceses o chamavam Azor, um dos soldados, grande amador de contos, batizara-o de Femgalka e Karataiev e os outros o Cinzento ou Vilsy[121]. Esse fraldiqueiro de pelo violáceo não se mostrava nada constrangido por não ter raça, cor, dono ou nome definidos. Sua cauda se erguia em sólido penacho arredondado e suas patas tortas lhe prestavam tão bons serviços que, muitas vezes, negligenciando o emprego de todas quatro, erguia com graça uma detrás e trotava sobre as três outras com notável agilidade. Tudo para ele era motivo de contentamento; ora ladrava de alegria e rebolava no chão; ora aquentava-se ao sol, com ar importante e meditativo, ora brincava com um pedaço de pau ou de palha.

A roupa de Pedro se compunha agora duma camisa suja, toda rasgada, derradeiro vestígio de seus antigos trajes, dum calção de soldado que amarrara aos tornozelos para conservar melhor o calor, de acordo com o conselho de Karataiev, dum capote e dum gorro de camponês. Pedro havia mudado muito, fisicamente, durante aquele período. Não parecia mais tão corpulento, embora tivesse conservado a aparência maciça e sólida que lhe era natural. Sua barba e seus bigodes cobriam a parte inferior de seu rosto; seus cabelos que haviam crescido, emaranhados e cheios de piolhos, cobriam-lhe a cabeça como um boné. Seu olhar mostrava uma expressão firme, tranquila, vivamente resoluta que jamais tivera outrora. Sua displicência antiga, que até mesmo seus olhos revelavam, dera lugar a uma resolução enérgica. Andava descalço.

Pedro olhava ora a planície lá embaixo, onde, naquela manhã, passavam carroças e gente a cavalo, ora os longes além do rio, ora o fraldiqueiro que parecia querer mordê-lo deveras, ora seus pés nus aos quais se divertia em dar posições diversas, mexendo os gordos dedos grandes e

121. Orelhas caídas, orelhas baixas.

imundos. Cada vez que seus olhos se detinham sobre seus pés nus, um sorriso de intensa satisfação abria-se-lhe no rosto. A vista deles lhe lembrava o que sofrera e compreendera durante aquele período, e essa lembrança era-lhe agradável.

Desde alguns dias o tempo estava calmo, claro, com um pouco de geada branca pela manhã; era o que se chama o verão das mulheres.

Fazia calor fora, ao sol, e o calor, depois do estimulante frescor da geada matinal que persistia ainda no ar, era particularmente agradável. Sobre todas aquelas coisas, longínquas ou próximas, se difundia aquela luz feérica, em estado cristalino, que só se vê naquela época do outono. O Monte dos Pardais, com a aldeia, a igreja, e a grande casa branca, se projetava ao longe. E as árvores despojadas, e a areia, e as pedras, e os telhados, e a flecha verde da igreja, e os ângulos da casa branca, tudo se destacava em arestas finas, duma nitidez fora de costume, na limpidez do ar. Mas perto se erguiam as ruínas familiares duma casa de senhor ocupada pelos franceses, com seus liames novos dum verde sombrio que haviam brotado ao longo do tapume. E até mesmo aquela casa em derrocada, manchada, que, em tempo sombrio, tornava-se repelente de feiúra, mostrava-se agora, naquele esplendor de luz fixa, de uma beleza sedativa.

Um cabo francês, de uniforme descuidado, com boné de polícia, um curto cachimbo nos dentes, saiu de trás de um canto do abarracamento; abordou Pedro com uma piscadela cordial.

— Que sol, hem, Sr. Kiril? (era assim que todos os franceses chamavam Pedro). — Dir-se-ia a primavera.

E o cabo, encostando-se à porta, ofereceu a Pedro um cachimbo, se bem que tivesse sofrido uma recusa todas as vezes que lhe fizera essa mesma oferta.

— Se se marchasse com um tempo como esse começou ele.

Pedro perguntou-lhe o que sabia ele da próxima partida e o cabo comunicou-lhe que o exército quase inteiro ia pôr-se em movimento e que naquele dia uma ordem do dia devia aparecer referente aos prisioneiros. No abarracamento de Pedro, Sokolov, um dos soldados, estava moribundo, e Pedro disse ao cabo que era preciso tomar providências a respeito. Respondeu-lhe o cabo que podia ele ficar tranquilo, que tinham ambulâncias e hospitais organizados para os cuidados a dar aos doentes, e que, aliás, tudo quanto poderia acontecer fora previsto pelo alto comando.

— E depois, Sr. Kiril, basta o senhor dizer uma palavra ao capitão, como sabe. Oh! é um... que nunca esquece nada. Diga ao capitão quando ele fizer sua ronda, fará tudo pelo senhor...

O capitão de quem falava o cabo tivera muitas vezes longas conversações com Pedro e cumulava-o de atenções.

— Queres saber, meu São Tomé, o que me dizia ele um dia destes? Kiril é um homem instruído, que fala francês; é um senhor russo que teve suas desgraças; mas é um homem. Conhece bem as coisas, o... Se ele desejar alguma coisa, me diga, não lhe será recusada. Quando se fez estudos, veja você, ama-se a instrução e as pessoas instruídas. É pelo senhor, que digo isso, Sr. Kiril. Naquele negócio doutro dia, se não fosse o senhor, a coisa teria acabado mal.

Depois de alguns momentos de tagarelice, o cabo foi embora. (O negócio a que aludira era uma briga entre prisioneiros e franceses, na qual Pedro conseguira acalmar seus companheiros.) Alguns prisioneiros tinham ouvido Pedro falar com o cabo e vieram logo perguntar-lhe o que lhe disse ele. Enquanto Pedro lhes contava que se tratava duma partida iminente, um soldado francês, magro, amarelo, esfarrapado, chegou à porta do abarracamento. Cumprimentou com um gesto ao mesmo tempo tímido e ligeiro, levando os dedos à testa e, dirigindo-se a Pedro, perguntou-lhe se o soldado *Platono,* a quem dera uma camisa para costurar, estava no abarracamento.

Na semana precedente, tinham tido os franceses uma distribuição de couro e de pano e entregaram suas botas e suas camisas para que os prisioneiros russos as arranjassem.

— Está pronta, está pronta, meu gaviãozinho! — disse Karataiev, aproximando-se com uma camisa cuidadosamente dobrada.

Por causa do calor e para comodidade de seu trabalho, Karataiev só trazia seu calção e uma camisa rasgada, tão negra como fuligem. Seus cabelos estavam presos à moda dos operários, por uma fita de tília e seu rosto redondo parecia ainda mais redondo e mais bem disposto que de costume.

— O prometido é devido. Disse que seria para sexta-feira e pronta está ela na sexta-feira — exclamou Platão, que desdobrou, sorrindo, a camisa terminada.

O francês lançou em torno de si um olhar inquieto, depois, como que tomando resolução, tirou vivamente sua túnica e vestiu a camisa. Sob a túnica do francês, no lugar da camisa ausente, um comprido colete de flores de seda, todo gorduroso, cobria seu dorso nu, amarelo e descarnado. O francês temia visivelmente ver os prisioneiros que o observavam se porem a rir; assim, mergulhou às pressas a cabeça na camisa. Mas nenhum dos prisioneiros disse nada.

— Vês como está ela bem? — disse Platão puxando a camisa.

O francês passou primeiro a cabeça e os ombros, depois, sem levantar a vista, contemplou em seu corpo a camisa e verificou-lhe as costuras.

— O ruim é não se ter aqui a sua oficina, meu gaviãozinho, nem ferramentas adequadas e o provérbio diz que sem ferramenta não se mataria nem um piolho — explicou Platão, arredondando seu rosto num vasto sorriso e visivelmente muito satisfeito com seu trabalho.

— Está bem, está bem, obrigado; mas deve ter sobrado pano — disse o francês.

— Ficará ainda melhor, quando a vestires em cima da pele — continuou Karataiev, cada vez mais contente com seu trabalho. — Vais ver como te sentirás à vontade dentro dela...

— Obrigado, obrigado, meu velho, o resto... — repetiu o francês, sorrindo; e tirou do bolso uma cédula que estendeu a Karataiev. — Mas o resto...

Pedro via bem que Platão não queria compreender o que lhe dizia o francês, e observava os dois, sem intervir. Karataiev continuava a agradecer o dinheiro e continuava a louvar-se pela obra feita. O francês, que fazia questão de seu resto de pano, acabou, por pedir a Pedro que traduzisse suas palavras.

— Os pedaços de pano? Para que os quererá ele? — retorquiu Karataiev. — Mas para nós, dariam excelentes faixas para os pés. Mas se ele faz questão...

E Karataiev, de rosto repentinamente ensombrado, tirou de sua camisa um pacotinho de retalhos que estendeu ao francês, sem fitá-lo. "Tanto pior!", disse ele, afastando-se. O francês consultou Pedro com o olhar e como se o olhar de Pedro lhe tivesse ensinado alguma coisa, corou, depois gritou, de repente, numa voz esganiçada:

— Platono, vamos, Platono! Fique com isso — e, depois de lhe restituir os retalhos, deu meia-volta e saiu.

— Estão vendo isso? — exclamou Karataiev, abanando a cabeça. — Dizem que não são cristãos e no entanto têm uma alma. É como diziam nossos avós: "Mão suada é generosa, mão seca não é dadivosa". Ele não tem nada, mas assim mesmo dá.

Karataiev permaneceu um momento silencioso, de olhos fixos nos retalhos de pano, com um sorriso meditativo.

— Garanto-lhe, meu velho, que faremos com isto soberbas faixas! — disse ele, tornando a entrar no abarracamento.

12. Havia quatro semanas que Pedro estava preso. Se bem que os franceses tivessem mostrado intenção de transferi-lo do abarracamento dos soldados para o dos oficiais, nem por isso deixava ele de permanecer no abarracamento para onde o haviam levado desde o primeiro dia.

Em Moscou incendiada e coberta de ruínas, experimentava Pedro até o extremo limite todas as privações que um homem é capaz de suportar; mas graças à sua excelente constituição e à sua forte saúde, de que até então não se fizera ele nenhuma ideia, graças ao fato de se terem as privações produzido gradativamente e de maneira tão insensível que não se podia determinar em que momento tinham começado, suportava seu estado de despojamento não só sem dor, mas com alegria. E foi precisamente naquele momento que encontrara aquela tranquilidade, aquele contentamento interior que desejara outrora com tanto ardor. Muito tempo, no curso de sua vida, procurara dum lado e doutro esse apaziguamento, esse acordo consigo mesmo que o tinha de tal modo impressionado entre os soldados, na Batalha de Borodino; procurara isso na filantropia, na franco-maçonaria, nas distrações da vida mundana, no vinho, no heroísmo do sacrifício, no seu romântico amor por Natacha; procurara isso nas vias do pensamento, e todas as suas pesquisas, todos os seus ensaios o haviam decepcionado. E eis que, sem saber como, adquirira a calma e o contentamento interior através das agonias da morte, do despojamento e sobretudo através do que sentia em Karataiev.

Os atrozes minutos que vivera por ocasião da execução dos incendiários pareciam ter varrido para sempre de seu espírito e de sua memória os pensamentos e os sentimentos que o atormentavam e lhe pareciam antes tão importantes. Não pensava mais na Rússia, nem na guerra, nem na política, nem em Napoleão. Via claramente que tudo isso não lhe dizia respeito, que não era chamado a julgar tantas coisas e que não poderia fazer. "A Rússia e o verão, juntos não vão", repetia ele, à maneira de Karataiev, e essas palavras tinham o dom de tranquilizá-lo estranhamente. Achava agora incompreensível e mesmo ridícula sua resolução de matar Napoleão, bem como seus cálculos sobre o algarismo cabalístico e a Besta do Apocalipse. Sua cólera contra sua mulher e o temor de vê-la desonrar seu nome pareciam-lhe agora irrisórios, grotescos mesmo. Que importância tinha para ele que aquela mulher levasse a vida que lhe aprouvesse? A quem importava e em que importava a ele próprio em particular que os franceses pudessem saber ou não saber que o nome de seu prisioneiro era: Conde Bezukhov?

Agora lembrava-se muitas vezes de sua conversa com o Príncipe André e estava inteiramente de acordo com ele, embora compreendendo um tanto diferentemente seu pensamento. O Príncipe André pretendia e dizia que a felicidade é apenas negativa, mas dizia-o com um matiz de ironia e de amargura. Parecia, falando assim, querer exprimir outra ideia, a de que todas as nossas aspirações para a felicidade positiva só estão implantadas em nós a fim de ficarem insatisfeitas e assim nos atormentarem. Pedro reconhecia, sem nenhuma segunda intenção, a veracidade disso. A ausência de toda dor, a satisfação de todas as necessidades e, o que é consequência disso, a liberdade na escolha de suas ocupações, isto é, de seu gênero de vida, pareciam agora a Pedro a felicidade certa e suprema do homem. Aqui, pela primeira vez, apreciava na sua intensidade o gozo de comer quando se tem fome, de beber quando se tem sede, de dormir quando se tem sono, de se aquecer quando se tem frio, de falar quando se tem vontade de fazê-lo e de ouvir uma voz humana. A satisfação das necessidades, a boa alimentação, a limpeza, a liberdade de que estava atualmente privado, pareciam a Pedro a felicidade perfeita, e a escolha de suas ocupações, isto é, de sua vida, agora que essa escolha era para ele tão limitada, lhe parecia tão fácil que esquecia que o excesso de facilidades da existência destrói toda a alegria que se tem em satisfazer suas necessidades; que a demasiada liberdade da escolha das ocupações, essa liberdade que lhe tinham prodigado em sua vida, Sua educação, sua riqueza, sua posição no mundo, que essa liberdade dum lado torna essa escolha insuperavelmente difícil, e doutro destrói a própria necessidade e a possibilidade de uma ocupação.

Todos os sonhos de Pedro tendiam agora para o momento em que estaria livre. E, entretanto, mais tarde e em toda a sua vida, Pedro se lembrou e falou com entusiasmo daquele mês de cativeiro, daquelas sensações poderosas e alegres que não mais encontraria e sobretudo daquela quietude absoluta de alma, daquela liberdade interior perfeita que só sentiu naquela época.

No primeiro dia, tendo-se levantado bem cedo, saíra do abarracamento ao romper da aurora, e quando vira a princípio as sombrias cúpulas e as cruzes do Mosteiro de Novodievitchi, depois a geada branca sobre a relva poeirenta, depois as encostas do Monte dos Pardais e depois a ribanceira arborizada, sinuosa, acima do rio, que se ia perder numa lonjura cor de malva, quando sentira o ar fresco penetrá-lo e ouvira o grasnido das gralhas fugindo em revoada de Moscou através do campo, quando vira de repente a luz surgir no oriente, a borda do disco solar emergir solenemente detrás das nuvens, as cúpulas, as cruzes, o orvalho, as distâncias, o rio, resplandecerem na alegria da luz, experimentara Pedro o sentimento todo novo, jamais gozado, da alegria e da potência da vida.

E esse sentimento nunca mais o abandonara, durante seu tempo de cativeiro; crescera, pelo contrário, à medida que cresciam as dificuldades de sua situação.

Esse sentimento de estar pronto para tudo, de se dobrar moralmente a tudo, afirmara-se ainda mais em Pedro, graças à alta opinião que, logo depois de sua entrada no abarracamento, seus camaradas haviam formado a seu respeito. Com seu conhecimento de várias línguas, com a estima que lhe dedicavam os franceses, com sua maneira toda simples de dar o que lhe pediam (recebia como oficial três rublos por semana), com a força de que deu prova diante dos soldados fincando pregos nas paredes do abarracamento, com a delicadeza que mostrava no trato com seus camaradas, com sua capacidade incompreensível para eles de ficar sentado imóvel, sem nada fazer, a refletir, com tudo isso junto passava Pedro por um ser superior e um tanto misterioso. Essas mesmas qualidades que, no mundo onde vivera a princípio tinham sido, para ele senão nocivas, pelo menos paralisantes — sua força, seu desdém das comodidades da vida, seu ar distraído, sua simplicidade — faziam dele quase um herói aqui, entre aquela gente. E Pedro sentia que tal estima criava deveres para ele.

13. O exército francês começou a deslocar-se durante a noite de 6 para 7 de outubro: demoliram-se as cozinhas e os abarracamentos, colocaram-se as cargas nos furgões e depois soldados e bagagens se puseram em marcha.

Às sete horas da manhã um pelotão de franceses, em uniforme de campanha, com barretinas, armas, mochilas e enormes embrulhos, alinhou-se diante do abarracamento e viva conversação em francês, entremeada de injúrias, surgiu de ponta a ponta da fileira.

Toda a gente estava pronta no abarracamento, vestida, cingida, calçada e só se esperava a ordem de partida. Apenas o soldado doente Sokolov, pálido e duma magreza tal que seus olhos orlados de olheiras azuis pareciam saltar fora das órbitas, não estava nem calçado, nem vestido; sentado no seu lugar, olhava seus camaradas que não lhe davam atenção alguma e lançava, com regularidade, fracos gemidos. Era evidentemente menos a dor, que o fazia gemer assim, — sofria de disenteria — que o medo e o pesar de ficar só.

Com uma corda amarrada à cintura, calçado com um par de sapatos cortados por Karataiev do couro duma caixa de chá que um francês trouxera para umas solas novas em suas botas, aproximou-se Pedro do doente e se pôs de cócoras diante dele.

— Vamos, Sokolov, não tenhas medo, eles não partem totalmente! Têm um hospital aqui. Ficarás talvez muito melhor que nós — disse Pedro.

— Oh! meu Deus! Oh! vou morrer! Oh! meu Deus! — gemeu mais forte o soldado.

— Vou imediatamente pedir-lhes ainda — continuou Pedro que, levantando-se, se dirigiu para a porta do abarracamento.

No momento em que ia transpor a soleira, apareceu o cabo francês que na véspera lhe oferecera um cachimbo; acompanhavam-no dois soldados. O cabo e os soldados traziam uniforme de campanha, com mochilas e barretinas, a jugular passada no pescoço, o que tornava seus rostos familiares completamente diferentes.

O cabo aproximou-se da porta para fechá-la, de acordo com a ordem das autoridades. Era preciso fazer a chamada dos prisioneiros antes da partida.

— Cabo, que farão com o doente? — começou Pedro.

Mas enquanto dizia isto, perguntava a si mesmo com quem estava tratando, se era com o cabo que conhecia ou com um desconhecido, tanto mudara a fisionomia daquele homem. Além disso, no mesmo momento, um rufar de tambores repercutiu dos dois lados ao mesmo tempo. O cabo franziu a testa às palavras de Pedro e, proferindo uma injúria ininteligível, bateu a porta d abarracamento. Ficou tudo no interior mergulhado em semi-obscuridade; os rufos dos tambores vindos da direita e da esquerda abafaram os gemidos do doente.

"Pronto!... a coisa recomeça!", disse Pedro consigo, sentindo involuntário arrepio ao longo da espinha. No rosto irreconhecível do cabo, no som de sua voz, no rufar estimulante e ensurdecedor dos tambores, reconhecia Pedro aquela força misteriosa, impassível, que impele, contra sua vontade, os homens a matar seus semelhantes, aquela força que vira em ação no momento da execução dos incendiários. Temer aquela força, tentar fugir-lhe, dirigir súplicas ou censuras aos que lhe serviam de instrumentos, era inútil. Isto sabia-o Pedro agora. Era preciso esperar e ter paciência. Pedro não voltou mais para junto do doente e não mais o fitou. Silencioso, de testa franzida, conservou-se perto da porta do abarracamento.

Quando esta se abriu e os prisioneiros empurrando-se uns aos outros como um rebanho de carneiros, se aglomeraram à saída, Pedro abriu passagem entre eles e aproximou-se daquele mesmo capitão que, no dizer do cabo, estava pronto a tudo fazer por ele. Esse capitão, também em uniforme de campanha, mostrava agora um rosto glacial onde aparecia "aquilo" que Pedro reconhecera nas palavras do cabo e no barulho dos tambores.

— Fora, fora — repetia o capitão, com um franzido severo do cenho, olhando passar diante de si a multidão apressada dos prisioneiros.

Sabia Pedro que seu pedido seria infrutífero, nem por isso deixou de aproximar-se.

— Bem, que é que há? — perguntou o oficial, com um olhar frio e como se não o reconhecesse.

Pedro explicou o estado do doente.

— Poderá andar, que diabo! — exclamou o capitão. — Fora, fora — continuou ele, sem mais prestar atenção a Pedro.

— Mas não, está agonizante... — insistiu Pedro.

— Trate de... — berrou o capitão, com a testa mais franzida do que nunca.

— Plan, plan, rataplan — crepitavam os tambores.

Compreendeu Pedro que a força misteriosa já havia tomado posse de todos aqueles homens e que, agora, era inútil dizer fosse o que fosse.

Os oficiais prisioneiros foram separados dos simples soldados e ordenaram-lhes que seguissem na frente. Eram uns trinta, inclusive Pedro, e os soldados uns trezentos mais ou menos.

Os oficiais prisioneiros, vindos de outros abarracamentos, eram desconhecidos para Pedro; como estavam muito mais bem-vestidos que ele, olharam-no de alto a baixo e aos seus sapatos, com uma desconfiança hostil. Não longe dele marchava um gordo major que parecia gozar da estima geral, trajava um roupão de quarto de Kazan, trazia na cintura uma toalha de mãos e mostrava um rosto rechonchudo, bilioso, colérico. Segurava com uma mão, passada sob a axila, sua bolsa de tabaco, e com a outra se apoiava sobre seu cachimbo turco de longo tubo. Esse major, que ofegava como um boi, não parava de resmungar e de se arrebatar contra toda a gente sob pretexto de que o empurravam, de que iam demasiado depressa, quando não havia necessidade disso, ou que se espantavam quando não havia nada que provocasse espanto. Outro oficial, pequeno e magro, interpelava a todos para saber com certeza para onde iam e qual seria a etapa do dia. Um funcionário, com botas de feltro e um uniforme da intendência corria dum lado para outro, observava as ruínas do incêndio de Moscou, dando parte, em voz alta, de suas observações a respeito do que já fora queimado e do que via de tal e tal quarteirão. Um terceiro oficial, de origem polonesa, a julgar pelo seu sotaque, discutia com esse funcionário para lhe demonstrar que ele se enganava de quarteirão.

— Que adianta discutir? — resmungava o major num tom acerbo. — São Nicolau ou São Brás é tudo a mesma coisa. Vocês estão vendo bem: está tudo queimado e pronto... Por que empurram deste jeito? A estrada não é suficientemente larga? — exclamou, voltando-se, furioso para o que marchava atrás dele e que não o havia absolutamente empurrado.

— Oh! oh! oh! oh! que fizeram eles! — exclamavam, ora dum lado, ora doutro, os prisioneiros à vista dos escombros. — Zamoskvorietchie, Zubovo, o Kremlim... Olhem, não resta nem a metade. Sim, eu bem lhe disse que toda Zamoskvorietchie passaria por isso e eis, aí está!

— Ora essa! Se sabe que está tudo queimado, de que serve falar ainda a respeito? — resmungava o major.

Ao atravessar Khamovnoki (um dos raros quarteirões da cidade que permaneceram intactos) diante da igreja, toda a multidão dos prisioneiros se aglomerou de repente do mesmo lado e deixou escapar exclamações de horror e de nojo.

— Ah! os miseráveis! Não são cristãos. Sim, é um morto, é um morto que está ali... Sujaram-lhe a cara com alguma coisa.

Pedro se dirigiu também para a igreja onde se achava aquilo que provocava tantas exclamações e avistou confusamente uma forma encostada à grade. Soube pelos seus camaradas, que enxergavam melhor que ele, que era o cadáver de um homem plantado de pé contra a grade e todo lambuzado de fuligem.

— Marchem, com os diabos... Vamos, andem... com trinta mil diabos... — berravam, com injúrias os comboieiros, que, tomados de novo furor, tocaram a espaldeiradas a multidão de prisioneiros que olhava o cadáver.

14. Os prisioneiros atravessaram os becos de Khamovniki com sua escolta, as carretas e os furgões que os seguiam, sem encontrar ninguém; mas desembocando perto dos armazéns de víveres, caíram em meio dum enorme comboio de artilharia que avançava penosamente e onde se haviam imiscuído carros particulares.

Uma vez na ponte, tiveram de estacionar para esperar que os que estavam na frente tivessem passado. Daquela ponte, puderam ver os prisioneiros diante e atrás de si filas intermináveis de outros comboios em movimento. À direita, perto de Neskutchni, onde a estrada de Kaluga inflecte e se perde ao longe, alongavam-se sem fim as tropas e os comboios; era o corpo do exército de Beauharnais, o primeiro a sair de Moscou; atrás, ao longo do cais e através da Ponte de Pedro, avançavam o corpo de exército e os furgões do Marechal Ney.

O corpo de exército de Davout, a que pertenciam os prisioneiros, passara pelo Vau da Crimeia e já se metera em parte pela Rua de Kaluga. Mas havia tantos veículos que os derradeiros furgões de Beauharnais, que tinham tomado pela Rua de Kaluga, ainda não tinham saído de Moscou, quando a vanguarda das tropas de Ney desembocou da Grande Ordinka.

Depois de ter atravessado o Vau da Crimeia, os prisioneiros davam alguns passos, paravam, e retomavam sua marcha, enquanto que de todas as partes os veículos e os homens se achavam cada vez mais apressados. Levaram uma boa hora para dar os poucos cem passos que separam a ponte da Rua de Kaluga e, depois de ter atingido o lugar onde se reúnem as ruas do Zamoskvorietchie e de Kaluga, tiveram os prisioneiros de imobilizar-se ainda, estreitamente apertados, e esperar várias horas naquela encruzilhada. De toda parte chegava um barulho incessante, semelhante ao do mar, rangidos de rodas, tropéis, gritos de furor, injúrias. De pé, encostado à parede duma casa incendiada, ouvia Pedro aquele barulho que se misturava na sua imaginação ao do tambor.

Alguns oficiais prisioneiros haviam trepado, para ver melhor, nos muros da casa incendiada à qual estava Pedro encostado.

— Quanta gente, quanta gente!... E quanta coisa amontoaram até mesmo em cima de seus canhões! Olhem aquelas peliças — diziam eles. — Ah! os crápulas! quanta coisa roubaram!.. Olhem, aquele lá, atrás de sua carreta... E aquilo!... provém sem dúvida alguma de um ícone! São alemães, decerto!... E nosso camponês, para onde foi ele? Ah! os porcos!... E aquele lá, que carga que leva! Nem pode mais andar... E aqueles outros, com seu carro... Vejam estes, trepados em caixas! Ah! Senhor Deus!... É sério mesmo, estão brigando! Bravo, sim, senhor, bem no focinho. Bem nas fuças, é o que te digo... Nós é que vamos ficar aqui até de noite. Olha, olha! deve ser decerto Napoleão. Puxa! que cavalos!... com uma letra e uma coroa!... Aquilo ali é uma tend desmontável. Olhem aquele ali, deixou cair um pacote e nem deu por isso!... E mais outros, em ponto de se engalfinharem!... Aquela mulher lá, com seu garoto, não é lá muito feia, palavra! Sim, minha pequena, vamos deixar-te passar!... Vejam só, isso não acabará mais... Mulheres russas, palavra, mulheres, e se pavoneiam em caleça, com efeito!

Nova vaga de curiosidade geral lançou os prisioneiros para a beira da estrada, como já se dera perto da Igreja de Khamovniki, e Pedro, favorecido pela sua elevada estatura, pôde ver, por cima das cabeças de seus camaradas, o que lhes atraía a atenção. Mulheres pintadas, com vestidos de cores vistosas e que lançavam gritos estridentes, passavam, empilhadas umas sobre as outras, em três caleças misturadas aos caixotes da artilharia.

Desde o instante em que Pedro vira aparecer aquela força misteriosa, nada mais lhe parecia estranho ou terrível; nem o cadáver lambuzado de fuligem por troça, nem aquelas mulheres que fugiam às pressas não se sabia para onde, nem os escombros de Moscou. Mais nada do que via agora lhe causava impressão; dir-se-ia que sua alma se preparava para um penoso combate e recusava-se a toda emoção capaz de enfraquecê-la.

O comboio das mulheres passou. Em seguida reatou-se a fila das carretas, dos soldados, dos furgões: depois foram ainda soldados, carros de munições de artilharia, carruagens; depois, novamente soldados, caixotes, soldados; aqui e ali, algumas mulheres.

E Pedro, em vez de indivíduos particulares, não via mais que o conjunto de seu movimento.

Todas aquelas pessoas e aqueles cavalos pareciam tangidos por uma força invisível. Todos, durante aquela hora em que Pedro os viu afluírem por diferentes ruas, eram movidos por um só e mesmo desejo: passar o mais depressa possível; todos igualmente se empurravam, se irritavam, trocavam sopapos; os dentes brancos estavam prontos a morder, os supercílios se franziam, pragas, sempre as mesmas, repercutiam, e cada rosto trazia aquela mesma expressão de firmeza resoluta, de frieza intratável, que tão intensamente impressionara Pedro, pela manhã, ao rufar do tambor, no rosto do cabo.

Enfim, ao anoitecer, o chefe do comboio reagrupou seu destacamento, que, com gritos e disputas, empilhou-se em carretas, enquanto que os prisioneiros, enquadrados por todos os lados, seguiam a pé pela estrada de Kaluga.

Marchava-se muito depressa, sem nunca parar, e só se detiveram ao pôr-do-sol. Então foram as carroças alinhadas umas atrás das outras e os homens se prepararam para passar a noite. Todos tinham o ar triste e de mau humor. Por muito tempo ouviram-se dum lado e doutro pragas, exclamações furiosas, discussões. Uma carruagem, que seguia o comboio, veio lançar-se sobre uma das carroças que rebentou seu varal; alguns soldados acorreram; uns bateram na cabeça dos cavalos atrelados ao carro para fazê-los recuar, outros bateram-se entre si, e Pedro viu um alemão receber um grave golpe de sabre na cabeça.

Agora que estavam parados em pleno campo, no frescor dum crepúsculo de outono, todas aquelas pessoas pareciam experimentar o mesmo sentimento dum despertar penoso depois da pressa que tinham tido de partir e da confusão que se seguiu. Uma vez em repouso, todos tinham o ar de reconhecer que ignoravam para onde iam e que naquele deslocamento haveriam de sofrer muitas provações e dificuldades.

Durante aquela etapa, os comboieiros trataram os prisioneiros ainda pior do que no momento da partida. E pela primeira vez, distribuíram-lhes carne de cavalo.

Desde os oficiais até o derradeiro soldado da escolta, todos pareciam ter uma hostilidade pessoal contra cada um dos prisioneiros, hostilidade que tomara bruscamente o lugar das relações amistosas de outrora.

Essa hostilidade se agravou ainda mais no momento da chamada, quando se percebeu que, na agitação da partida de Moscou, um soldado russo, pretextando uma dor de barriga, fugira. Pedro viu um francês bater num soldado russo que se afastara da estrada, e ouviu seu amigo o capitão repreender um suboficial a propósito do soldado russo fugitivo, ameaçando-o de conselho de guerra. Tendo o suboficial replicado que o soldado estava doente e não podia mais andar, respondeu o capitão que fora dada ordem de fuzilar os retardatários. Sentiu Pedro que aquela força fatal que o havia espezinhado no momento da execução dos incendiários e que não se fizera notar durante o tempo de seu cativeiro, recomeçava a apoderar-se de seu ser, mas sentiu também que, à medida que essa força inelutável pesava mais forte a fim de esmagá-lo, outra força vital, independente da primeira, crescia em sua alma.

Pedro jantou um caldo de farinha de centeio e um pedaço de carne de cavalo, depois passou a conversar com seus camaradas.

Nem ele, nem nenhum dos outros, disse uma palavra acerca do que tinha visto em Moscou; ninguém falou da grosseria dos franceses, nem da ordem de atirar sobre os fugitivos, de que foram notificados os prisioneiros. Como para protestar contra o agravamento de sua condição, todos se mostravam particularmente animados e alegres. Falavam de suas recordações pessoais, das cenas cômicas vistas durante a marcha e evitavam fazer alusão à sua situação do momento.

O sol já se pusera havia muito tempo. Brilhantes estrelas acendiam-se aqui e ali no céu; o clarão, vermelho como um incêndio, da lua cheia que se erguia, espalhava-se na orla do horizonte e era maravilhoso ver o enorme globo vermelho vogando na bruma acinzentada. Ainda estava muito claro. A tarde findara, mas a noite ainda não caíra de todo. Pedro levantou-se, deixou seus novos camaradas e tentou ir, entre os fogos do bivaque, até o outro lado da estrada onde, tinham-lhe dito, estavam soldados prisioneiros. Queria falar com eles. Uma sentinela francesa deteve-o na estrada e fê-lo arrepiar caminho.

Pedro voltou, mas não para as fogueiras de seus camaradas; dirigiu-se para a carreta desatrelada, perto da qual não havia ninguém. Ali, agachou-se e, baixando a cabeça, sentou-se de encontro às rodas, sobre a terra fria, e ficou muito tempo imóvel, a refletir. Mais de uma hora passou assim. Ninguém o incomodou. De repente, explodiu ele sua boa risada e tão barulhentamente que, de todas as partes, os homens se voltaram para ver donde provinha aquele estranho acesso de alegria solitária.

— Ah! ah! ah! — ria Pedro. E pronunciou em voz alta: — O soldado não me deixou passar. Pegaram-me, encerraram-me, mantêm-me preso. Mas a quem? A mim? A mim? Minha alma imortal? Ah! ah! ah! Ria tão forte que as lágrimas lhe vieram aos olhos.

Alguém se levantou e aproximou-se para saber de que ria aquele sujeito grandalhão e estranho. Pedro acalmou-se, levantou-se, afastou-se do curioso e olhou em torno de si.

O imenso bivaque que se estendia a perder de vista, a princípio animado pela crepitação das fogueiras e pelas conversas, se acalmara; os fogos vermelhos se extinguiam, empalideciam. A lua cheia estava agora muito alta no céu claro. As florestas e os prados, até então invisíveis fora da extensão do campo, achavam-se à vista. E para além daquelas florestas e prados flutuava uma distância infinita e clara, atraindo. Pedro levantou os olhos para o céu, para as profundezas em que cintilavam as estrelas em marcha. "Tudo isso me pertence, tudo isso está em mim, tudo isso sou eu!", pensou ele. "E foi tudo isso que eles tomaram e encerraram numa barraca cercada de pranchas!" Sorriu e foi estender-se ao lado de seus companheiros.

15. Nos primeiros dias de outubro, um parlamentário veio trazer ainda a Kutuzov uma carta de Napoleão com propostas de paz, falsamente datada de Moscou, pois que Napoleão se encontrava, naquele momento, na velha estrada de Kaluga, bastante perto do exército russo e diante dele. Kutuzov deu a essa carta a mesma resposta que à que lhe fora levada por Lauriston, declarou que não se podia tratar de paz.

Pouco depois, o destacamento de guerrilheiros comandado por Dolokhov, que operava à esquerda de Tarutino, fez saber que havia avistado as tropas inimigas em Fominskoie, que se compunham da divisão Broussier, que se encontravam separadas do resto do exército e podiam facilmente ser esmagadas. Soldados e oficiais reclamaram de novo a ofensiva. Os generais do estado-maior, encorajados pela lembrança da fácil vitória de Tarutino, insistiam junto a Kutuzov para fazê-lo aceitar a proposta de Dolokhov. Kutuzov achava que não era necessário atacar. Tomou-se a solução média, a que se devia realizar, expediu-se a Fominskoie um pequeno destacamento, com ordem de atacar Broussier.

Por acaso estranho, essa missão, das mais árduas e das mais importantes, como se viu mais tarde, foi confiada a Dokhturov, aquele mesmo pequeno e modesto Dokhturov que ninguém nunca nos descreveu estabelecendo planos de batalha, lançando-se à frente dos regimentos, semeando as cruzes aos punhados nas baterias, e assim por diante; aquele mesmo Dokhturov que passava por um indeciso sem perspicácia, e que, durante todas as guerras contra os franceses, desde Austerlitz até 1813, encontramos, no entanto, em primeiro lugar em toda parte em que a situação é perigosa. Em Austerlitz é ele quem se mantém por último sobre o dique de Augez, reunindo os regimentos e salvando o que pode ser salvo, quando toda a gente está em fuga ou morta e não há mais um general sequer na retaguarda. É ele que, em Smolensk, malgrado um acesso de febre violenta, corre com vinte mil homens a defender a cidade contra os exércitos de Napoleão. Em Smolensk, acaba justamente de cair adormecido perto da Porta Malakov, no delírio da febre, quando o canhão o desperta; e graças a ele, Smolensk aguenta-se um dia inteiro. Em Borodino, quando Bagration foi morto, nossa ala esquerda perdeu nove soldados dentre dez e toda a poderosa artilharia francesa está de mira voltada para ela, manda-se precisamente para lá esse indeciso e pouco perspicaz Dokhturov e Kutuzov se apressa em reparar a falta que ia praticar nomeando outro oficial para aquele posto. E graças ao pequeno, ao modesto Dokhturov, torna-se Borodino uma das glórias do exército russo. Entretanto, descreveram-nos em prosa e verso muitos heróis, mas não nos falam quase de Dokhturov.

Foi pois Dokhturov também enviado a Fominskoie e de lá a Maloiaroslavetz, onde se travou a derradeira batalha com os franceses, lugar onde começa doravante sua perda e de maneira evidente. Entretanto, de novo nos descrevem muitos heróis e gênios durante esse período da campanha e não se faz menção de Dokhturov, senão em algumas palavras bastante equívocas. E o silêncio que se afeta a respeito desse homem demonstra plenamente suas capacidades.

É natural que um homem que não compreende nada do movimento duma máquina imagine, vendo-a parar de girar, que a parte mais importante é a palha que, caída dentro dela por acaso, a faz ranger e a bloqueia. Não pode, sem conhecer a construção da máquina, dar-se conta de que o órgão essencial não é a palha que entrava seu movimento, mas a rodinha de transmissão que gira sem barulho.

A 10 de outubro, no dia mesmo em que Dokhturov já perfizera a metade do caminho de Fominskoie e parara na Aldeia de Aristovo, pronto a cumprir exatamente a missão que lhe fora confiada, todo o exército francês que, no seu movimento convulsivo, atingira as posições de Murat, provavelmente para ali travar batalha, fez de repente, sem causa aparente, meia-volta à direita, tomou a nova estrada de Kaluga e entrou em Fominskoie, onde a princípio se achava Broussier sozinho. Dokhturov tinha somente naquele momento às suas ordens, além de Dolokhov, os dois pequenos destacamentos de Figner e Seslavin.

Na tarde de 11 de outubro, Seslavin levou a Aristovo, a sede do comando, um soldado francês da guarda, que fora feito prisioneiro. Esse homem assegurou que as tropas chegadas naquele dia a Fominskoie compunham a vanguarda do Grande Exército, que Napoleão se encontrava com ele e que esse exército havia deixado Moscou cinco dias antes. Na mesma noite, um servo doméstico chegado de Borovsk anunciou que vira um exército imenso entrar naquela cidade. Os cossacos de Dolokhov relataram, de seu lado, que a guarda francesa estava em marcha sobre Borovsk. Segundo estas últimas notícias, era claro que lá, onde se contava encontrar uma divisão, achava-se todo o exército francês saído de Moscou, numa direção inesperada, a velha estrada de Kaluga. Dokhturov não tinha vontade de entrar em ação, porque seu dever do momento não lhe aparecia mais claramente. Tinham-lhe dado ordem de atacar em Fominskoie. Mas em Fominskoie, só havia precedentemente Broussier e agora havia todo o exército francês. Ermolov queria agir a seu talante, mas Dokhturov insistia na necessidade para ele de ter uma ordem do Sereníssimo. Decidiu-se enviar um relatório ao estado-maior.

Escolheu-se para isso um oficial inteligente. Bolkhovitinov, que devia além do relatório escrito, dar explicações orais sobre o caso. À meia-noite, Bolkhovitinov, munido de seu relatório num envelope lacrado e de suas ordens verbais, partiu a galope para o estado-maior, escoltado por um cossaco que levava cavalos de sobressalente.

16. A noite de outono era sombria e quente. Uma chuvinha caía havia já quatro dias. Depois de ter trocado de cavalos duas vezes e percorrido trinta verstas numa hora e meia, por uma estrada escorregadia de lama, Bolkhovitinov chegou a Letachovka pelas duas horas da madrugada. Apeou-se diante da cerca duma isbá que trazia o letreiro: "Estado-Maior", e penetrou num vestíbulo escuro.

— Depressa, o general-de-serviço! Urgentíssimo! — disse ele a alguém que se levantou sobressaltado na sombra do vestíbulo.

— Acha-se num estado lastimável desde ontem de tarde e há três noites que não prega olho — murmurou a voz do plantão, defendendo o repouso de seu chefe. — Seria melhor acordar primeiro o capitão.

— É um negócio urgentíssimo, por parte do General Dokhturov — insistiu Bolkhovitinov, passando a tatear por uma porta aberta.

O ordenança entrou primeiro e se pôs a acordar alguém.

— Vossa Nobreza, Vossa Nobreza, um correio!

— Quê? Quê? Da parte de quem? — exclamou uma voz pesada de sono.

— Da parte de Dokhturov e de Aleixo Petrovitch. Napoleão está em Fominskoie — disse Bolkhovitinov, incapaz de distinguir na escuridão aquele que o interrogava, mas que percebeu, pelo som de sua voz, que não era Konovnitsin.

O homem despertado bocejava e espreguiçava-se.

— Não tenho vontade de chamá-lo — disse ele, mexendo em alguma coisa. — Está muito doente. E talvez só se trate de falsos boatos!

— Aqui está o relatório — replicou Bolkhovitinov. — Tenho ordem de entregá-lo imediatamente ao general-de-serviço.

— Esperai que acenda a vela. Onde sempre a escondes, bandido? — gritou o homem que se espreguiçava, dirigindo-se ao ordenança. (Era Chtcherbinin, o ajudante-de-campo de Konovnitsin). — Ah! ei-la! ei-la! — exclamou ele.

O ordenança bateu lume na pederneira, enquanto o oficial procura, tateando, a palmatória para a vela.

— Ah! os porcalhões! — proferiu ele, com desprezo.

À luz das faíscas, distinguiu Bolkhovitinov o rosto jovem de Chtcherbinin, que havia encontrado a palmatória e viu, diante dele, no ângulo da sala, um homem adormecido. Era Konovnitsin

Quando a labareda dos pedaços de madeira soprados passaram do azul ao vermelho ac contato da isca de acender, Chtcherbinin acendeu uma vela, o que fez fugirem aos recuos as baratas em ponto de roer o sebo, depois examinou o correio. Bolkhovitinov estava completamente coberto de lama e, ao querer enxugar-se com sua manga, besuntou a cara.

— E quem deu as informações? — perguntou Chtcherbinin, tomando o envelope.

— As informações são exatas — respondeu Bolkhovitinov. — Os prisioneiros, os cossacos os espiões, todos estão de acordo.

— Então, não há nada a fazer, é preciso acordá-lo — disse Chtcherbinin, levantando-se e aproximando-se do homem adormecido, que trazia na cabeça um boné de algodão e estav coberto com seu capote. — Pedro Petrovitch! — gritou ele (Konovnitsin não se moveu). — Ao estado-maior! — acrescentou ele sorrindo, certo de que esta palavra teria o dom de despertá-lo.

E com efeito, a cabeça com o boné de algodão se levantou logo. O belo rosto enérgico de Konovnitsin, de pômulos ardentes de febre, conservou ainda um instante o reflexo de sonhos bem distantes da situação presente, mas depois de um brusco sobressalto, recuperou Konovnitsin seu ar habitual, tranquilo e firme.

— De que se trata? Da parte de quem? — perguntou imediatamente, se bem que sem pressa, piscando os olhos à luz.

Enquanto ouvia o relatório do oficial, Konovnitsin rompeu o lacre da carta e leu-a. Mal acabara sua leitura, pousou no chão de terra batida seus pés calçados de meias de lã e enfiou as botas. Depois desembaraçou-se de seu boné de algodão, arranjou seus cabelos nas têmporas e pôs seu gorro.

— Vieste rapidamente? Vamos ter com o Sereníssimo.

Konovnitsin compreendera imediatamente que as notícias trazidas tinham uma importância capital e que não se devia perder tempo. Era um bem, era um mal? Não pensava nisso e nem tampouco indagava a si mesmo. Isso não o interessava. As coisas da guerra lhe pareciam pertencer não à inteligência, não à razão, mas a outra coisa. Tinha no fundo da alma a convicção inconfessada de que tudo iria bem, mas que não era preciso acreditá-lo e ainda menos falar disso, que era preciso simplesmente fazer o que se tinha de fazer. E o que tinha a fazer, fazia-o empregando nisso todos os seus esforços.

Parece que Pedro Petrovitch Konovnitsin, como Dokhturov, só se encontra por conveniência na lista daqueles que se chamam os heróis de 1812, os Barclay, os Raievski, os Ermolov, os Platov, os Miloradovitch. Como Dokhturov, tem ele a reputação dum homem cujas capacidades e conhecimentos são completamente limitados, e como Dokhturov, nunca traçou planos de batalha, se bem que sempre se tenha encontrado nos lugares mais perigosos. Desde o momento em que fora designado para general-de-serviço, dormia sempre de porta aberta e mandava que o acordassem à chegada de cada correio; durante a batalha, estava sempre sob o fogo; e Kutuzov, que lhe censurara isso, temia enviá-lo em missão. Era como Dokhturov uma das rodinhas em que não se repara, e que, sem ruído, sem rangido, constituem os órgãos essenciais da máquina.

Saindo da isbá para a noite úmida e sombria, Konovnitsin franziu a testa, tanto por causa de sua dor de cabeça que aumentava, quanto por causa do pensamento desagradável que lhe viera de que o clã dos personagens influentes do estado-maior ia entrar em efervescência ao conhecerem tais notícias; temia sobretudo Bennigsen que, desde Tarutino, estava em guerra aberta com Kutuzov. Iam-se fazer propostas, discutir, dar ordens, relatar decisões! E o que previa lhe desagradava de antemão, se bem que soubesse que não podia ser de outro modo.

Com efeito, Toll, em casa de quem entrou para anunciar a notícia, pôs-se logo a expor suas ideias ao general que morava com ele, e Konovnitsin, que o ouvia sem nada dizer, malgrado sua fadiga, teve de lembrar-lhe que era preciso ir à casa do Sereníssimo.

17. Kutuzov, como todas as pessoas velhas, dormia pouco de noite. Muitas vezes, durante o dia, adormecia, mas a noite passava-a ele estendido sobre seu leito, sem desvestir-se, todo ocupado na maior parte do tempo em refletir em vez de dormir.

Estava assim naquele momento estendido sobre seu leito, com a grande cabeça pesada e com cicatrizes apoiada na mão intumescida, mergulhado nos seus pensamentos e o único olho bem aberto no escuro.

Desde que Bennigsen, que se correspondia diretamente com o imperador e gozava da maior influência no estado-maior, o evitava, sentia-se Kutuzov mais tranquilo, no sentido de que ninguém o forçava a lançar de novo suas tropas em ofensivas inúteis. “A lição do combate de

Tarutino e dos acontecimentos da véspera, cuja lembrança lhe era dolorosa, deve servir-lhes ainda assim", pensava ele.

"Devem dar-se conta de que temos tudo a perder, se tomarmos a ofensiva. A paciência e o tempo, eis os dois paladinos que fazem a guerra por mim!", dizia ainda a si mesmo Kutuzov. Sabia bem que não se deve colher uma maçã, quando ela ainda está verde. Cairá por si mesma assim que estiver madura; arrancando a maçã verde, estraga-se a árvore e a fruta só serve para estragar os dentes da gente. Na sua qualidade de caçador experimentado, sabia que o animal estava ferido, como somente podia ferir o conjunto das forças russas; mas restava ainda a elucidar a questão de saber se estava ele ferido mortalmente ou não. Naquele momento, depois das gestões de Lauriston e de Berthier e os relatórios dos guerrilheiros, estava Kutuzov quase convencido de que o ferimento era mortal. Mas eram-lhe precisas mais provas, precisava esperar.

"Só têm uma vontade, correr a ver como o animal foi abatido. Esperai, haveis bem de ver! Sempre manobras! sempre ataques!", dizia a si mesmo. "E por quê? Sempre para se distinguir. Como se houvesse algo de regozijante em bater-se! São semelhantes a crianças de quem não se pode saber ao certo o que dizem, tanta vontade têm de mostrar que sabem bem bater-se. Entretanto, não é disso que se trata agora".

"E que hábeis manobras não me propõe toda essa gente! Creem que, depois de terem encarado duas ou três eventualidades (lembrava-se do plano geral de campanha enviado de Petersburgo), previram tudo, tudo. Mas as eventualidades são sem conta!"

Havia um mês essa questão estava suspensa sobre a cabeça de Kutuzov: o ferimento feito em Borodino fora mortal ou não? Os franceses, era um fato, ocupavam Moscou. Entretanto, sentia Kutuzov, numa certeza total de seu ser, que o golpe terrível que ele havia assestado com o conjunto das forças russas devia ser mortal. E como lhe fossem precisas provas absolutas e as aguardava havia já um longo mês, quanto mais o tempo passava, mais impaciente se tornava. Durante suas noites em claro, estendido em seu leito, fazia exatamente a mesma coisa que seus jovens generais, fazia o que neles censurava. Como eles, imaginava todas as conjunturas possíveis, com essa diferença que nada construía sobre essas suposições e que, em lugar de ter duas ou três, via milhares. E quanto mais refletia, mais se lhe apresentavam. Imaginava todas as possibilidades de manobra do exército de Napoleão, quer concentrado, quer dividido em corpos, contra Petersburgo, contra ele próprio, para cercá-lo; evocava a eventualidade (era a que mais temia) de, voltando Napoleão contra eles suas próprias armas, ficar em Moscou à sua espera. Pensava mesmo num movimento de recuo do exército de Napoleão sobre Medine e lukhnov[122]. Mas a única coisa que ele não podia prever foi o que aconteceu, aquele vaivém insensato, espasmódico, do exército de Napoleão durante os onze dias que se seguiram à sua evacuação de Moscou, vaivém que tornava possível o que Kutuzov jamais teria ousado encarar até ali: uma completa destruição do exército francês. Os relatórios de Dolokhov sobre a divisão Broussier, as notícias trazidas pelos guerrilheiros sobre a fraqueza do exército de Napoleão, os pormenores sobre a reunião das tropas partindo de Moscou, tudo confirmava a hipótese de que o exército francês estava derrotado e preparava sua retirada; mas não eram ainda senão suposições que podiam parecer importantes à gente moça, não a Kutuzov. Com seus sessenta anos de experiência, sabia que valor se deve dar aos boatos, sabia quanto as pessoas que desejam alguma coisa são capazes de combinar as notícias para fazer que confirmem seus desejos, sabia como, neste caso, se repele tudo quanto seja contrário a esses desejos. Também quanto maior era seu desejo de ver sua hipótese realizada, tanto menos se permitia Kutuzov dar-lhe fé. A questão, entretanto, açambarcava todas as suas faculdades mentais; tudo mais não era para ele senão o desenrolar habitual da vida. Era assim que encarava suas discussões com seu estado-maior, suas cartas es-

122. Medine, no governo de Kaluga, Iukhnov, no de Smolensk, estão na estrada de Kaluga.

critas de Tarutino a Mme. de Stael, a leitura de algum romance, a distribuição de recompensas, sua correspondência com Petersburgo, etc... Mas a derrota dos franceses, só prevista por ele, era seu segredo e único desejo.

Na noite de 11 de outubro, estava, pois, deitado, com a cabeça apoiada na mão, refletindo nisso.

Alguém se moveu no quarto vizinho, passos se ouviram; eram Toll, Konovnitsin e Bolkhovitinov que chegavam.

— Hei! quem está aí? Entrai, entrai! Que há de novo? — gritou-lhes.

Enquanto um lacaio acendia uma vela, Toll comunicou o essencial das notícias.

— Quem as trouxe? — perguntou Kutuzov com um rosto que impressionou Toll, quando, à luz da vela, lhe viu a fria severidade.

— Não pode haver dúvida, Alteza!

— Traga-o, traga-o aqui.

Kutuzov sentou-se no seu leito, com uma perna pendente e a outra dobrada sob sua gorda barriga caída. Piscou seu olho que via para melhor observar o correio, como se quisesse ler nas suas feições o que o preocupava.

— Fala, fala, meu amigo — disse ele a Bolkhovitinov, com sua voz calma de velho, fechando a camisa que se abria sobre seu peito. — Aproxima-te, aproxima-te mais. Que notícias me trazes? Hem? Napoleão partiu de Moscou? É verdade isso? Hem?

Bolkhovitinov explicou tudo pormenorizadamente, segundo as instruções recebidas.

— Fala, vamos ao fato, mais depressa, não me faças esperar — interrompeu Kutuzov.

Tendo contado tudo, Bolkhovitinov calou-se e esperou as ordens. Toll tentou falar, mas Kutuzov cortou-lhe a palavra. Queria dizer alguma coisa, mas de repente seu rosto se contraiu, careteou; afastou Toll com um gesto e voltando-se para o lado oposto, para o Belo Canto da isbá, mais escuro que os outros por causa das Imagens[123], disse ele, numa voz trêmula e juntando as mãos:

— Senhor Deus, meu criador, Tu ouviste nossa prece... A Rússia está salva. Eu Te agradeço, ó meu Deus!

E desatou a chorar.

18. Desde o momento em que recebe estas notícias até o fim da campanha, toda a atividade de Kutuzov consiste em reter suas tropas pela autoridade, pela astúcia ou pelo rogo e impedi-las de empreender ofensivas, manobras, encontros inúteis com um inimigo já perdido. Dokhturov se transporta a Maloiaroslavetz, mas Kutuzov nem por isso se apressa mais com seu exército; dá ordem de evacuar Kaluga, porque uma retirada para trás da cidade lhe parecia totalmente impossível.

Kutuzov prossegue sua retirada por toda a parte, enquanto que o inimigo, que não espera por isso, recua na direção oposta.

Os historiadores de Napoleão nos descrevem suas hábeis manobras em Tarutino e em Maloiaroslavetz e tiram conclusões sobre o que teria podido acontecer se Napoleão tivesse tido o tempo de penetrar nas ricas províncias do sul.

Mas nada impedia Napoleão de penetrar nessas ricas províncias (uma vez que o exército russo lhe havia aberto o caminho para elas), e os historiadores esquecem que o exército de Napoleão não podia mais ser salvo, porque já trazia em si inevitáveis germes de morte. Como esse exército, que havia encontrado em Moscou abundantes provisões e que, em lugar de conservá-las, as pisou aos pés, esse exército que, em Smolensk, em vez de fazer uma repartição de víveres, entregara-os à pilhagem, teria podido restaurar suas forças, uma vez no governo de Kaluga, onde a população era composta dos mesmos russos que em Moscou, animados pelos mesmos sentimentos e capazes de queimar tudo quanto podia ser queimado?

23. As isbás são enfumaçadas e as Imagens, sendo geralmente heranças de família, ficam ainda mais escuras.

Esse exército não podia reconstituir-se em parte alguma. Depois de Borodino e da entrega de Moscou ao saque, trazia em si, por assim dizer, as condições químicas de sua decomposição.

Os homens desse grande exército fugiam com seus chefes, sem saber para onde, não desejando (de Napoleão até o último dos soldados) senão uma coisa: desembaraçar-se cada qual por si, o mais depressa possível, daquela situação sem saída, de que tinham todos, confusamente consciência.

Também por esta única razão, no momento em que os generais que pretendiam realizar um conselho de guerra em Maloiaroslavetz, emitiam diversas opiniões, foi a opinião expressa em derradeiro lugar pelo estupidíssimo soldado Mouton que levou a melhor; disse o que todos pensavam: o que era preciso era ir-se embora o mais depressa possível; isto fechou a boca a toda a gente e ninguém, nem mesmo Napoleão, achou nada a objetar a essa verdade por todos reconhecida.

Mas de nada adiantava toda a gente saber que era preciso ir-se embora: tinha-se vergonha de reconhecer que aquela fuga era obrigada e sem remédio. Somente um choque exterior podia vencer aquela vergonha. E esse choque ocorreu a tempo devido. Foi o que os franceses chamaram "O viva do Imperador!"

No dia seguinte àquele conselho de guerra, de manhã bem cedo, Napoleão, sob pretexto de inspecionar as tropas e o terreno da batalha de ontem e o da batalha de amanhã, avançou com seus marechais e sua escolta por entre as linhas de combate. Cossacos que andavam a pilhar caíram sobre o imperador e quase o fizeram prisioneiro. Napoleão foi salvo justamente por aquilo que causava a perda dos franceses: o desejo do saque sobre o qual, aqui como em Tarutino, os cossacos se lançaram negligenciando os homens. Puseram-se a pilhar, sem dar atenção a Napoleão e Napoleão pôde escapar.

Já que os *filhos do Don* tinham estado a pique de apoderar-se do imperador em meio mesmo de seu exército, era claro para os franceses que não tinham outra coisa a fazer senão fugir o mais rapidamente possível pela estrada mais conhecida e mais próxima. Napoleão, com sua pança de quarenta anos, não sentia mais a agilidade e a audácia de outrora, e compreendeu a advertência. Sob o efeito do medo que lhe haviam causado os cossacos, passou imediatamente a ser da opinião de Mouton e deu, como dizem os historiadores, a ordem de bater em retirada pela estrada de Smolensk.

Que Napoleão tenha sido da opinião de Mouton e que seu exército tenha dado marcha à ré não demonstra absolutamente que tenha ele ordenado a retirada; isto prova, antes, que as forças que agiam sobre esse exército para impeli-lo a seguir pela estrada de Mojaisk, agiam igualmente sobre ele.

19. Quando um homem se põe em movimento, imagina sempre que se encaminha para um fim. Para percorrer um milhar de verstas, é preciso necessariamente que o homem pense encontrar alguma coisa de feliz no final. É preciso, necessariamente, pensar numa terra prometida para ter a força de avançar.

A terra prometida aos franceses no momento da invasão era Moscou; no momento da retirada, era a pátria. Mas a pátria estava demasiado longe e o homem que tem um milhar de verstas a transpor, deve infalivelmente dizer a si mesmo, deixando de lado o alvo final, que hoje percorrerá quarenta verstas, depois descansará e dormirá; desde a primeira etapa, é o lugar de repouso que lhe oculta o alvo final, concentra todos os seus desejos, todas as suas esperanças. E essas tendências que se manifestam no indivíduo isolado, multiplicam-se numa multidão.

Para os franceses, em retirada pela velha estrada de Smolensk, a pátria estava bem afastada e o fim próximo para o qual aqueles homens agrupados numa enorme massa tendiam com toda a sua alma e com toda a sua esperança, era Smolensk. Não era porque acreditassem que Smolensk estivesse cheia de provisões e de tropas frescas. Nada lhes tinham dito de semelhante (pelo

contrário, o estado-maior do exército e o próprio Napoleão não ignoravam que os víveres se achavam ali reduzidos), mas somente porque isso lhes dava a força de avançar e de suportar as privações presentes; todos, os que sabiam como os que não sabiam, todos se iludiam unanimemente, precipitavam-se para Smolensk como para a terra prometida.

Uma vez na grande estrada, correram os franceses para o fim sonhado com uma energia extraordinária, com uma rapidez inaudita. Ao lado daquele impulso coletivo, ligando num todo compacto aquela multidão de franceses e aumentando a soma de sua energia, outra causa ainda os mantinha unidos. Era o seu próprio número. Aquela enorme massa de homens atraía a si os indivíduos, como em física a lei da atração faz aos átomos. Aqueles seiscentos mil homens avançavam em bloco como um Estado inteiro.

Cada um deles não desejava senão uma coisa: ser feito prisioneiro, escapar a todos aqueles horrores, a todas aquelas misérias. Mas, duma parte, a força coletiva que os arrastava para Smolensk marcava para todos a mesma direção, por outra parte, um corpo de tropa inteiro não podia se render a uma companhia, e, se bem que os franceses se aproveitassem de todas as ocasiões possíveis para se afastar e deixar-se prender, os pretextos nem sempre se encontravam. Seu grande número mesmo e sua marcha rápida em fileiras cerradas, arrebatava-lhes essa oportunidade e, para os russos, era não só difícil, mas impossível, travarem aquele movimento em massa no qual empregavam os franceses toda a sua energia. A rutura mecânica daquele corpo não podia acelerar além dum limite determinado o processo de dissolução em vias de realizar-se.

Um montão de neve não pode fundir-se de repente. Há um limite determinado de tempo antes do qual nenhum reforço do calor pode derreter a neve. Pelo contrário, quanto mais forte o calor, mais a neve que resta se endurece.

Entre os chefes do exército russo, ninguém, exceto Kutuzov, compreendia isso. Desde que se teve certeza da direção tomada pelo exército francês em fuga pela estrada de Smolensk, o que havia previsto Konovnitsin na noite de 11 de outubro começou a realizar-se. Todos os altos graduados do exército, desejosos de notabilizar-se, queriam cortar a retirada dos franceses, cercá-los, fazê-los prisioneiros, derrubá-los, e todos reclamavam uma ofensiva.

Somente Kutuzov empregava todas as suas forças (e elas não são muito grandes num comandante-em-chefe) para se opor a uma ofensiva.

Não podia dizer-lhes o que dizemos agora. De que servia uma batalha, de que servia barrar a estrada, perder homens, fazer massacrar desumanamente infelizes; de que servia tudo isso, quando de Moscou a Viazma a terça parte daquele exército já se derretera sem combate? Na sua sabedoria de velho, não lhes dizia senão aquilo que eles eram capazes de compreender; falava-lhes da ponte de ouro[124]; e zombavam dele, caluniavam-no, se desmandavam, se excitavam cada vez mais, fazendo-se de fanfarrões sobre o animal ferido mortalmente.

Em Viazma, Ermolov, Miloradovitch, Platov, e os outros que se encontravam na vizinhança dos franceses, não puderam dominar seu desejo de cortar em pedaços e de derrubar dois corpos do exército francês. Para informar Kutuzov de sua decisão, enviaram-lhe como relatório um envelope que continha uma folha em branco.

E, malgrado todos os esforços de Kutuzov para reter o exército, nossos soldados atacavam também, a fim de barrar a estrada. Regimentos de infantaria, pelo que se conta, de música à frente e tambores a rufar, marchavam para o fogo, matavam milhares de homens e perdiam eles próprios outros milhares...

Quanto a barrar a estrada, não barraram nada e não derrubaram nada. O perigo dava ao exército francês mais coesão e prosseguia ele sempre, desfazendo-se com regularidade, o caminho que o levava para sua perda, para Smolensk.

124. Meios para facilitar uma retirada. (N. do T.)

TERCEIRA PARTE

1. A Batalha de Borodino e suas consequências: a tomada de Moscou e a retirada dos franceses sem novas batalhas, constituem um dos acontecimentos mais instrutivos da História.

Todos os historiadores estão de acordo para afirmar que a ação exterior dos Estados e dos povos se manifesta por guerras, que a consequência direta de seus maiores ou menores êxitos é o aumento ou a diminuição de sua força política.

Por mais estranhas que sejam as narrativas históricas sobre tal ou qual rei ou imperador que, entrando em querela com tal ou qual outro imperador ou rei, reuniu seu exército, mediu-se com seu inimigo, conquistou a vitória, fez matar três, cinco, dez mil homens, depois do que conquistou tal Estado e tal povo de vários milhões de homens; por mais incompreensível que seja o fato de que a derrota de um exército representando a centésima parte das forças totais de um povo acarrete a submissão desse povo, todos os fatos históricos (na medida em que nos são conhecidos) confirmam essa realidade que o maior ou menor êxito das armas de um povo sobre as armas de outro é a causa, ou pelo menos, o índice do aumento ou do enfraquecimento da potência desse povo. Um exército ganha uma batalha e logo os direitos do vencedor se impõem em detrimento do vencido. Um exército sofreu uma derrota e logo seu povo é privado de seus direitos na proporção de seu fracasso; e quando o fracasso é completo, sua submissão é completa.

Foi assim (segundo a História) desde os tempos mais recuados até nossos dias. Todas as guerras de Napoleão são uma confirmação dessa regra. À medida que são derrotados os exércitos da Áustria, a Áustria é despojada de seus direitos, ao passo que a França aumenta seus direitos e sua força. As vitórias de Iena e de Auerstaedt põem fim à potência independente da Prússia.

Mas repentinamente, em 1812, os franceses ganham a vitória perto de Moscou; ocupam esta cidade e eis que, sem novos combates, não é a Rússia que cessa de existir, é esse exército de seiscentos mil homens e depois dele, a França de Napoleão. Forçar os fatos para dobrá-los às leis da História, dizer por exemplo que o campo de batalha de Borodino ficou em poder dos russos e que, depois de Moscou, os combates que se travaram aniquilaram o exército francês é absolutamente impossível.

Depois da vitória de Borodino, não houve uma única batalha, não somente geral, mas mesmo de alguma importância, e, entretanto, o exército francês deixa de existir. Que significa isso? Se fosse um exemplo tirado da história da China, poderíamos pretender que esse fenômeno não é histórico (é a escapatória dos historiadores, desde que alguma coisa não se adeque às suas teorias); se ainda o caso dissesse respeito a um conflito de curta duração, no qual não teriam tomado parte senão forças reduzidas, poderíamos tomar esse acontecimento como uma exceção; mas o fato se produziu sob os olhos de nossos pais, para quem a vida ou a morte da pátria estava em jogo, e essa guerra foi a maior de todas as guerras conhecidas.

O período da campanha de 1812, que vai de Borodino à expulsão dos franceses, demonstra que uma batalha ganha não é sempre a causa da conquista dum país e nem é mesmo o sinal dessa conquista; demonstra que a força que decide da sorte dum povo não está dependente nem dos conquistadores, nem de seus exércitos e de suas batalhas; está dependente de algo diferente.

Os historiadores franceses que descrevem a situação do exército francês na véspera de sua partida de Moscou, afirmam que tudo, naquele Grande Exército, estava em perfeito estado, exceto a cavalaria, a artilharia e o trem de equipagens e que também havia falta de forragem para os cavalos e para os animais de chifre. Ora, nada podia dar remédio a essa penúria porque os camponeses queimavam seu feno em vez de dá-lo aos franceses.

Se a batalha ganha não acarretou nenhum dos resultados habituais, é porque os mujiques Karp e Vlass, que não revelaram nenhum heroísmo pessoal, e que, após a partida dos franceses, foram a Moscou com suas carroças para saquear a cidade, fizeram como a massa inumerável de seus compatriotas e em lugar de transportar sua forragem a Moscou, malgrado o bom preço oferecido, puseram-lhe fogo.

Imaginemos dois homens que se vão bater num duelo à espada segundo todas as regras da esgrima. Esse duelo se prolonga bastante tempo. De repente, um dos adversários, sentindo-se ferido, compreende que o caso, em vez de ser uma brincadeira, põe sua vida em perigo, atira para um lado sua espada, apodera-se do primeiro cacete à mão e se põe a fazer molinetes. Suponhamos agora que esse duelista, que se serve tão sabiamente do melhor e do mais simples meio para chegar a seu fim, seja entretanto animado dos sentimentos mais cavalheirescos, que queria ocultar o que se passou exatamente e procure fingir que venceu seu adversário com espada, segundo todas as regras da arte. Pode-se imaginar quanto a descrição desse duelo acarretaria de confusão e de obscuridade.

O duelista que exige que o combate tenha lugar segundo as regras da arte é o francês; seu adversário, que abandonou sua espada para se munir dum cacete é a Rússia; as pessoas que excogitam de explicar a todo segundo as regras da esgrima são os historiadores.

Desde o incêndio de Smolensk, começa uma guerra sem precedentes na tradição militar. O incêndio das cidades e das aldeias, a retirada após os combates, o choque de Borodino seguido de nova retirada, o incêndio de Moscou, a perseguição aos saqueadores, a captura dos comboios, as guerrilhas, tudo isso está fora das regras da arte militar.

Napoleão o sentiu desde o instante em que, detido em Moscou, na posição correta do duelista, viu, em lugar duma espada apontada para ele, um cacete brandido por cima de sua cabeça; desde esse instante, não cessou de se queixar a Kutuzov e a Alexandre de que a guerra fosse levada contra todas as regras (como se existissem regras para matar as pessoas). Entretanto, malgrado as queixas dos franceses a respeito da violação das regras, malgrado a vergonha experimentada por certos altos personagens russos que achavam vergonhoso bater-se a cacete e queriam esgrimir em quarta ou em terça, de acordo com as regras, e avançar uma multidão em primeira posição, etc., o cacete do povo em guerra ergueu-se com toda a sua força ameaçadora e majestosa, ergueu-se e, com desprezo de todo o bom gosto, de toda a ciência, com uma grosseira simplicidade, mas indo direto ao alvo sem fazer distinção, levantou-se, baixou, martelou os franceses até o aniquilamento da invasão inteira.

E o triunfo não cabe àqueles que, como os franceses em 1813, saúdam seu adversário segundo todas as regras da arte, apresentam-lhe sua espada pelo punho e a entregam graciosamente, polidamente, a seu magnânimo vencedor; o triunfo cabe ao povo que, no momento da provação, não pergunta a si mesmo o que fizeram os outros de acordo com as regras da arte em casos semelhantes, mas brande simplesmente e sem esforço o primeiro cacete à mão e golpeia, até o momento em que, em sua alma, o ódio pelo ultraje sofrido cede lugar ao desprezo e à compaixão.

2. Uma das exceções mais impressionantes e mais fecundas ao que se chama as regras da guerra é a ação de alguns indivíduos isolados contra uma massa compacta de homens. Esse gênero de operações ocorre sempre na guerra que toma um caráter nacional. Consistem em que em lugar de opor o número ao número, os homens se dividem em pequenos destacamentos atacam isoladamente e fogem se encontram forças superiores, para recomeçar desde que se apresente ocasião. Tais foram as guerrilhas na Espanha; tal foi a defesa dos montanheses no Cáucaso, tal foi a dos russos em 1812.

Essa maneira de combater foi chamada a luta dos guerrilheiros e acreditou-se precisar assim sua significação. Entretanto essa forma de guerra escapa a todas as regras; está mesmo em oposição com as leis das táticas mais conhecidas e que são reputadas infalíveis. Segundo essas leis, aquele que ataca deve concentrar suas tropas de maneira a ser mais forte que seu adversário quando se inicia o combate.

As guerrilhas (sempre bem-sucedidas, como o demonstra a História) vão diretamente contra essa lei.

Essa contradição provém do fato de identificar a ciência militar a força de um exército com seu efetivo. A Ciência diz que quanto mais numeroso é um exército, maior é sua força. Os numerosos batalhões têm sempre razão.

Afirmando isto, a ciência militar se assemelha a uma mecânica que, no estudo das forças, só levaria em conta a relação de suas massas e concluiria, por exemplo, pela igualdade das forças, pelo simples fato da igualdade dessas massas.

Ora, a força (quantidade de movimento) é o produto da massa pela velocidade.

Em todo acontecimento de guerra, a força dum exército é, da mesma maneira, o produto da massa por uma incógnita X.

A ciência militar, que vê na História inúmeros exemplos em que a força das tropas não corresponde à sua massa, mas em que pequenos destacamentos triunfam de maiores, admite confusamente a existência desse multiplicador desconhecido e esforça-se por descobri-lo, seja na geometria dum plano, seja no armamento, seja — e é o caso mais comum — no gênio dos chefes. Mas o emprego de todos esses valores do multiplicador não dá resultados conformes aos fatos históricos.

E, entretanto, basta renunciar à mentira que, para o maior benefício dos heróis, atribui uma eficácia às disposições do alto comando, para descobrir essa incógnita X.

Esse X é o moral das tropas, isto é, o maior ou menor desejo de se bater e se expor ao perigo que podem ter os soldados todos que compõem um exército, e isto completamente independente da questão de saber se se batem sob o comando de gênios ou de não-gênios, em três linhas ou em duas, com cacetes ou fuzis atirando trinta balas por minuto. Os homens que têm o maior desejo de combater pôr-se-ão voluntariamente nas condições mais favoráveis para o combate.

O moral das tropas é o multiplicador da massa que tem como produto a força do exército. Precisar e definir o valor do moral dum exército, esse multiplicador desconhecido, é o único problema a resolver.

Esse problema não pode ser resolvido senão da maneira seguinte: deixemos de introduzir ao acaso, na equação, no lugar de X, valor da incógnita inteira, as condições de aparição da força, como as disposições do chefe, o armamento, etc., tomando-as pelo valor do multiplicador. Admitamos, pelo contrário, essa incógnita na sua totalidade, isto é, como o maior ou menor desejo de se bater e de ser morto. Então, somente depois de ter posto em equação os fatos históricos conhecidos, e comparado, em cada caso, o valor dessa incógnita, poderemos esperar definir sua natureza.

Dez homens, batalhões ou divisões, combatendo contra quinze homens, batalhões ou divisões, venceram, isto é, mataram e fizeram prisioneiros todos os seus adversários sem exceção; só perderam quatro dos seus; houve pois dum lado quatro homens perdidos e do outro quinze. Por consequência, quatro foram iguais a quinze, donde se segue que $4x = 15y$ e que $x : y = 15 : 4$. Esta equação não dá o valor da incógnita X, mas a relação entre duas incógnitas. Submetendo a semelhantes equações as diversas unidades históricas tomadas isoladamente (batalhas, campanhas, períodos de guerra), obtém-se toda uma série de algarismos nos quais devem encontrar-se e podem ser descobertas leis.

A regra tática que prescreve agir durante o ataque por massa e em ordem dispersa durante a retirada, confirma, sem o querer, essa verdade que a força dum exército depende do moral que o anima. Para conduzir homens sob as balas de canhão, é preciso mais disciplina que para repelir um ataque, e essa disciplina exige um movimento de massa. Mas esta regra que perde de vista o moral do exército não cessa de se revelar falsa, e de encontrar-se duma maneira impressionante em oposição aos fatos, por toda parte em que se manifeste uma forte exaltação ou abaixamento do moral das tropas, e isto principalmente em todas as guerras nacionais.

Durante sua retirada de 1812, os franceses que, segundo as regras da tática, deveriam defender-se isoladamente, cerram-se pelo contrário em massas compactas, porque o moral das tropas é tão baixo que só a massa pode manter a unidade do exército. Os russos, pelo contrário, deveriam, segundo a tática, lançar-se sobre eles em massa; ora, espalham-se, porque seu moral está superexcitado a ponto de não precisarem os indivíduos isolados de ser comandados para bater os franceses, para se expor às fadigas e aos perigos.

3. As guerrilhas começaram desde a entrada do inimigo em Smolensk. Bem antes de ser essa guerra reconhecida oficialmente pelo nosso governo, milhares de soldados do exército inimigo, retardatários, saqueadores, rapinantes, tinham sido exterminados pelos cossacos e pelos mujiques tão inconscientemente como cães mordem um cão enraivecido. Denis Davidov foi o primeiro, com seu faro patriótico, a compreender o valor terrível do cacete que, sem levar em conta regras da arte militar, aniquilava os franceses e é a ele que pertence a glória de ter dado o primeiro passo para ordenar esse gênero de combate.

A 24 de agosto, o primeiro destacamento de guerrilheiros de Davidov foi organizado e, após ele, vários outros. Quanto mais a campanha avançava, tanto mais crescia o número desses destacamentos.

Os guerrilheiros destruíam o Grande Exército a retalho. Varriam as folhas mortas que se desprendiam por si mesmas da árvore em via de secar — o exército francês — e por vezes chegaram mesmo a sacudir essa árvore. Em outubro, no momento em que os franceses fugiam para Smolensk, esses destacamentos de importância e de caracteres diversos contavam-se por centenas. Uns tinham toda a aparência dum exército, com infantes, artilharia, estado-maior, todas as comodidades da vida; outros eram compostos somente de cavalaria e de cossacos; outros ainda, menores, eram formados dum misto de soldados a pé e a cavalo; houve também alguns compostos de camponeses e de proprietários rurais, que não eram conhecidos por ninguém. Cita-se um sacristão que, à frente de guerrilheiros, fez num só mês centenas de prisioneiros; cita-se a mulher dum estarosta, Vassilissa, que matou centenas de franceses[125].

Durante os derradeiros dias de outubro, as guerrilhas atingiram seu apogeu. Não se estava mais naquele primeiro período em que os próprios guerrilheiros, admirados de sua audácia, temiam a qualquer momento ser presos ou cercados pelos franceses, e quase sem deixar a sela e sem desbridar, dissimulavam-se no recesso dos bosques, esperando serem perseguidos. Agora essa guerra tomara forma e cada qual sabia claramente o que se podia ou não empreender contra os franceses. Doravante somente alguns chefes de destacamento que marchavam longe dos franceses, com seus estados-maiores em regra, tinham ainda como impossíveis muitas das empresas. Pelo contrário, os chefes de destacamentos pequenos, que desde muito tempo haviam começado sua tarefa e visto de perto os franceses, achavam possível aquilo com que nem mesmo teriam ousado sonhar os chefes dos grandes destacamentos. Quanto aos cossacos e aos camponeses que, por sua parte, se infiltravam entre os franceses, achavam que se podia tudo ousar redondamente, dali por diante.

A 22 de outubro, Denissov, que se fizera também guerrilheiro, encontrava-se com seu destacamento em plena febre de paixão. Desde manhã, ele e seus homens se puseram em marcha. O di inteiro, na floresta que orlava a grande estrada, tinha espionado importante comboio francês d equipamentos, de fornecimentos de cavalaria e de prisioneiros, separado do grosso do exércit e a caminho de Smolensk, com forte escolta, segundo as informações fornecidas por espiões prisioneiros evadidos. Denissov não era o único a saber da passagem desse comboio; tinh

125. A. RAMBAUD, *História da Rússia,* p. 586; "Os guerrilheiros Figner, Sesslavine, Davidov, Benkendoff, Príncipe Kurakin apresavam comboios na estrada de Smolensk. Dolokhov, com um bando de dois mil e quinhe tos homens e um grupo de cossacos tomava de assalto Vereia. A camponesa Vassilissa, a Senhorita Nanej Durova, davam às mulheres da Rússia belicosos exemplos".

igualmente sido assinalado a Dolokhov, também este à frente duma pequena tropa de guerrilheiros, em operação nas mesmas paragens, e a outros chefes de destacamentos mais consideráveis, com estados-maiores, toda a gente estava, pois, avisada e, como o dizia Denissov, afiava os dentes de antemão. Os chefes de dois desses grandes destacamentos, um polonês, e outro alemão, mandaram quase simultaneamente perguntar a Denissov se queria juntar-se a eles para cair sobre o comboio.

— Não, irmãos, tenho pelo no queixo — exclamou Denissov, enquanto lia os recados deles, e respondeu ao alemão que, malgrado seu desejo sincero de servir às ordens dum general tão brilhante e ilustre como ele, devia privar-se dessa honra, visto já se haver enfileirado às ordens do general polonês. Escreveu exatamente nos mesmos termos ao polonês, assegurando-lhe que já estava sob as ordens do alemão.

Depois de ter tomado essas disposições, decidiu Denissov, sem dar parte àqueles generais, atacar com Dolokhov e tomar o comboio os dois somente com suas fracas forças. Seguia esse comboio, a 22 de outubro, pela estrada que ia de Mikulino à Aldeia de Chamchevo. Do lado esquerdo da estrada, entre aquelas duas aldeias, alongavam-se bosques espessos que, em certos trechos, atingiam a estrada e em outros se afastavam uma versta ou mesmo mais. Foi nesses bosques que Denissov, ora metendo-se até o recesso da floresta, ora voltando ao limiar, marchara o dia inteiro, sem perder de vista o comboio em marcha. De manhã, não longe de Mikulino, lá onde a floresta tocava a estrada, cossacos de Denissov tinham capturado dois furgões afundados na lama, carregados de selas de cavalaria, levando-os para dentro do mato. Desde aquele momento até a tardinha, seguia o destacamento o movimento dos franceses sem atacar. Tratava-se de não amedrontar o inimigo, de deixá-lo atingir em paz Chamchevo e então pôr-se em ligação com Dolokhov que ao anoitecer deveria encontrar-se postado em determinado local da floresta (a uma versta da aldeia) para tomar as derradeiras disposições, e depois, à aurora seguinte, lançar-se de dois lados ao mesmo tempo como a saraiva sobre o comboio, para tudo matar e tudo pilhar dum só golpe.

A duas verstas atrás de Mikulino, no local onde a floresta avançava até a estrada, tinham deixado seis cossacos cuja missão era prevenir seus chefes logo que se mostrasse nova coluna francesa.

Adiante de Chamchevo, Dolokhov devia inspecionar a estrada para saber a que distância podiam encontrar-se as outras tropas inimigas. Tinha-se avaliado em mil e quinhentos homens as forças que escoltavam o comboio. Denissov tinha duzentos guerrilheiros, Dolokhov mais ou menos o mesmo número. Mas a superioridade do número não detinha Denissov. Uma informação entretanto lhe faltava: quais eram exatamente as tropas do comboio; e Denissov devia para esse fim apoderar-se de um "língua" (isto é, fazer prisioneiro um homem da coluna inimiga). O ataque da manhã contra os furgões atolados fora tão rápido que os franceses que se achavam junto dos furgões tinham sido todos mortos e só se havia apanhado vivo um tamborzinho; esse tambor soldado retardatário, nada de preciso soubera dizer sobre a composição da coluna.

Denissov achava perigoso atacar uma segunda vez; temia alertar a coluna inteira; de modo que havia enviado à frente, a Chamchevo, um camponês de sua guerrilha, chamado Tikhon Chtecherbatov, que devia, se possível, capturar pelo menos um dos furriéis franceses da vanguarda já acantonada ali.

4. Era um dia de outono suave e chuvoso; o céu e o horizonte tinham a mesma tonalidade de água lamacenta. Ora caía uma espécie de chuvisco, ora eram grossas gotas que fustigavam o ar obliquamente.

Denissov, com seu capote de lã de feltro e seu boné forrado, gotejantes de chuva, montava um cavalo de raça, magro e esgalgado. Da mesma maneira que seu cavalo, inclinava a cabeça para um lado; preocupado, de feições contraídas sob a chuva que caía, sondava a extensão à sua frente. Seu rosto emagrecido, coberto por uma curta barba negra, espessa, parecia furioso.

Ao lado de Denissov, também com um capotinho de feltro e boné guarnecido de peles, num cavalo do Don bem-nutrido e de bons lombos, cavalgava um capitão-de-cossacos, seu colaborador.

O Capitão-de-Cossacos Lovaiski, que os acompanhava com o mesmo uniforme, completava o trio; era um rapagão comprido e pálido, chato como uma prancha, louro, de olhos claros, cujo rosto e toda a atitude denunciavam um homem seguro de si mesmo. Bem que fosse impossível dizer o que tinham de particular o cavalo e o cavaleiro, ao primeiro olhar lançado sobre o capitão-de-cossacos e Denissov, via-se que Denissov, todo encharcado e mal à vontade, era um cavaleiro de ocasião, ao passo que o capitão, bem-posto na sela e calmo como de costume, formava um todo com sua montaria, estando suas duas forças conjugadas.

Pouco adiante deles avançava a pé o camponês que lhes servia de guia, encharcado até os ossos, no seu capote cinzento e com seu boné branco.

Um pouco atrás, num cavalicoque quirguiz magro e de raça pura, de cauda e crinas espessas, de boca ensanguentada pelo freio, cavalgava um jovem oficial trazendo um capote azul francês.

Ao lado dele se encontrava um hussardo que levava na garupa um rapazinho vestido com um uniforme francês todo rasgado e na cabeça um boné azul. Com suas mãos avermelhadas pelo frio, agarrava-se ao hussardo, agitava seus pés nus para tentar aquecê-los e, de sobrancelhas erguidas, relanceava em torno de si olhares assustados. Era o tamborzinho capturado de manhã.

Em seguida, no estreito caminho florestal, intransitável, todo juncado de folhas mortas, vinham, aos três e aos quatro à frente, hussardos, depois cossacos, uns de capotinho, outros com capotes franceses, alguns com gualdrapas de cavalos lançadas sobre as cabeças. Os cavalos alazãos ou baios pareciam todos pretos por causa da chuva que corria sobre eles. Suas nucas pareciam estranhamente estreitas de tal modo estavam molhadas suas crinas. Seu pelame fumegava. Tudo, as roupas, as selas, os arreios, estava encharcado, viscoso, reluzente de água, como a terra, como as folhas mortas do caminho. Os homens a cavalo esforçavam-se por não se mover, a fim de aquecer a água que lhes corria sobre o corpo e não deixar penetrarem outras gotas mais frias, sobre sua sela, ao longo de sua espinha e de seus joelhos. No meio da coluna, enquadrados de cossacos, dois furgões atrelados com cavalos franceses e cavalos cossacos, estes selados, saltavam sobre os cepos e paus espalhados pelo chão ou chafurdavam nos carris cheios de água.

O cavalo de Denissov deu um salto de banda para evitar uma poça e seu cavaleiro foi bater com o joelho contra uma árvore.

— Com mil trovões! — vociferou Denissov, furioso e, rangendo os dentes, chicoteou duas ou três vezes seguidas seu cavalo, cobrindo-se ele próprio de lama e salpicando dela seu vizinho.

Denissov não se achava no seu estado normal, porque chovia, porque estava com fome (nada comera desde amanhã) e sobretudo porque Dolokhov não lhe tinha ainda dado sinal de vida e o homem que fora enviado a procurar um "língua" não voltava.

"Encontrar-se-á dificilmente semelhante ocasião de capturar um comboio. Mas atacar sozinho seria demasiado arriscado e adiar a coisa para amanhã é ver a caça ser arrebatada, diante da própria cara, pelos guerrilheiros graúdos", pensava Denissov que vigiava os longes sem cessar, na esperança de ver aparecer um emissário de Dolokhov.

Tendo atingido uma clareira donde a vista se estendia para a direita, Denissov parou.

— Vem alguém — disse ele.

O capitão-de-cossacos olhou na direção indicada por Denissov.

— São dois, um oficial e um cossaco. Somente, não é "presumível" que seja o tenente coronel — disse o capitão, que gostava das palavras desconhecidas dos cossacos.

Os cavaleiros, que se tinham eles posto a observar, desceram uma ladeira e desapareceram para reaparecer alguns minutos mais tarde. À frente, agora ao galope de seu cavalo fatigado custa de chicotadas, vinha um oficial, todo arrepiado, escorrendo água, com as calças arregaçadas até os joelhos. Atrás dele, de pé nos estribos, galopava um cossaco. O oficial, um adolescente de rosto gorducho, bondoso e rubicundo, de olhos alegres e vivos, aproximou-se de Denisso e lhe entregou uma carta toda molhada.

— Da parte do general — disse ele. — Desculpai não estar completamente seca.

De testa franzida, Denissov tomou a carta e abriu-a.

— Todos eles disseram que era perigoso, perigosíssimo — disse o jovem oficial, voltando-se para o capitão-de-cossacos, enquanto Denissov lia a carta. — De modo que, Komarov e eu — e apontou para o cossaco — tomamos nossas precauções. Temos cada um duas pisto... Quem é aquele ali? — perguntou ele, ao ver o tamborzinho. — Um prisioneiro? Já vos batestes? Pode-se falar com ele?

— Rostov! Pétia! — exclamou de repente Denissov, depois de ter lido a carta. — Por que não disseste que eras tu? — e voltando-se com um sorriso, estendeu a mão ao jovem oficial.

Aquele oficial era com efeito Pétia Rostov.

Durante o caminho, viera Pétia se preparando para encontrar Denissov, como homem e oficial, sem ter o ar de se lembrar de suas relações anteriores. Mas assim que Denissov lhe sorriu, seu rosto se iluminou, corou de prazer e esqueceu a atitude oficial que queria tomar; começou a falar de seu contentamento por haver recebido tal missão e a contar como passara diante dos franceses e como vira o fogo em Viazma, onde certo hussardo se havia distinguido...

— Pois é, estou contente por ver-te — interrompeu Denissov, que retomara seu semblante preocupado.

— Miguel Feoklititch — disse ele, voltando-se para seu capitão-de-cossacos. — Isto vem ainda do alemão. Está sob suas ordens.

E Denissov explicou-lhe que a carta que acabavam de entregar-lhe era uma confirmação da ordem do general alemão de juntar-se a ele para o ataque ao comboio.

— Se amanhã não capturarmos o comboio, ele nos passará a perna — concluiu ele.

Enquanto Denissov falava com seu capitão, Pétia, perturbado pelo seu tom frio, pensou que a causa disso eram suas calças arregaçadas, e à sorrelfa, por baixo do capote, desarregaçou-as corretamente, e depois esforçou-se por tomar o ar mais militar possível.

— Quais são as ordens de Vossa Alta Nobreza? — perguntou ele a Denissov, voltando à atitude que preparara de antemão: a do ajudante-de-campo diante de seu general — e levando a mão à viseira. — Ou devo esperar ao lado de Vossa Alta Nobreza?

— Minhas ordens? — disse pensativamente Denissov. — Vejamos, poderias esperar aqui até amanhã?

— Ah! de muito boa vontade... E poderei ficar a vosso lado? — exclamou Pétia.

— Sim, mas que ordens te deu exatamente o general? Disse-te que devias voltar imediatamente? — perguntou Denissov.

Pétia tornou-se escarlate.

— Ele? Não me ordenou nada absolutamente. Então, posso? — perguntou, com ansiedade.

— Bem, está entendido — respondeu Denissov.

E voltando-se para seus subordinados, deu-lhes suas instruções; toda a tropa devia ir para perto duma guarita, no lugar determinado da floresta, enquanto o oficial do cavalo quirguiz, que lhe servia de ajudante-de-campo, iria à procura de Dolokhov, a fim de saber onde ele estava e se iria à noite. Ele próprio tinha a intenção de ir com seu capitão-de-cossacos e com Pétia até a orla do bosque, do lado do Chamchevo, para reconhecer o local da posição francesa contra a qual deveria ser dirigido o ataque do dia seguinte.

— Vamos, barbado, — disse ele ao camponês que lhe servia de guia. — Leva-nos a Chamchevo.

Denissov, Pétia e o capitão, seguidos de alguns cossacos e do hussardo que levava o prisioneiro na garupa, tomaram à esquerda, através do barranco, para alcançar a orla da floresta.

5. A chuva cessara, mas chuviscava ainda e gotas de água caíam dos ramos. Denissov, o capitão-de-cossacos e Pétia avançavam em silêncio seguindo os passos do camponês de boné que, com seus sapatos de tília, caminhava ligeiramente e sem rumor sobre as raízes e as folhas molhadas, para a orla da floresta.

Depois de ter atingido um talude, o camponês parou, inspecionou com o olhar os arredores e se dirigiu para uma cortina de árvores espalhadas. Perto dum grande carvalho que ainda não perdera suas folhas, parou e fez com a mão um sinal misterioso de apelo.

Denissov e Pétia se aproximaram. Do local onde o homem se encontrava, viam-se os franceses. Imediatamente depois da floresta começava um campo de trigo que descia por uma ladeira acidentada. À direita, no outro versante do barranco abrupto, avistava-se uma aldeiazinha, com uma casa senhorial de telhados desmoronados. A uma distância de cerca de duzentos metros dali, avistava-se uma multidão de pessoas em meio do nevoeiro que se movia. Havia gente na aldeia, na casa senhorial, na ladeira, no jardim da casa, perto dos poços e do tanque, ao longo da estrada que passava sobre uma ponte que ligava a colina à aldeia. Ouviam-se nitidamente os apelos trocados e os gritos que lançavam numa língua estrangeira para fazer os cavalos atrelados às suas carretas subirem a ladeira.

— Trazei o prisioneiro aqui — disse baixinho Denissov, sem desviar a vista dos franceses.

O cossaco apeou-se, pegou o rapazinho e conduziu-o a Denissov. Mostrando-lhe os franceses, Denissov lhe pediu que nomeasse as diferentes tropas. O garoto, que metera nos bolsos as mãos transidas, olhou Denissov com terror, erguendo as sobrancelhas; se bem que desejoso de dizer tudo quanto sabia, atrapalhava-se nas respostas e só fazia dizer sim a cada pergunta que lhe era feita. Descontente, Denissov se voltou e, dirigindo-se a seu capitão-de-cossacos, comunicou-lhe suas impressões.

Atarefado e curioso, Pétia olhava ora o tamborzinho, ora Denissov, ora o capitão, ora os franceses espalhados pela aldeia e pela estrada, e esforçava-se em nada perder do que via.

— Quer Dolokhov venha ou não, é preciso atacá-los!... Hem? — exclamou Denissov e seus olhos relampaguearam de alegria.

— Sim, o local é propício — replicou o capitão.

— Mandaremos os infantes pela parte de baixo, pelos pântanos — continuou Denissov. — Insinuar-se-ão até o jardim da casa. Você e os cossacos seguirão por ali — acrescentou ele, mostrando a floresta encostada à aldeia, e eu, por aqui, com meus hussardos. E ao primeiro tiro...

— Não se pode passar a cavalo, por um terreno pantanoso — disse o capitão. — Os cavalos correm o risco de se atolar; é preciso dar uma volta mais pela esquerda.

Enquanto discutiam assim à meia voz, na baixada do outro lado da lagoa, um tiro estalou seguido duma nuvenzinha de fumaça branca, depois um segundo, depois as centenas de franceses escalonados sobre a ladeira lançaram uma espécie de grito de alegria. No primeiro instante Denissov e seu capitão deram um pulo para trás. Estavam tão perto do inimigo que acreditaram fossem eles próprios a causa do tiro e dos gritos. Mas não era por causa deles. Embaixo, no pântano, patinhava um homem trajado de vermelho. Tiros e gritos eram endereçados a ele.

— Mas é o nosso Tikhone! — disse o capitão.

— Sim, é ele mesmo!

— Que canalha! — exclamou Denissov.

— Oh! ele escapará — exclamou o capitão, piscando os olhos.

O homem que eles tinham chamado de Tikhone correu para o riacho, deixou-se nele cair fazendo espirrar água para todos os lados e, depois de haver desaparecido por um instante reapareceu negro de lama sobre a margem e, correndo de quatro pés, tomou distância. Os franceses que o perseguiam detiveram-se.

— Pois é! Esperto é ele! — disse o capitão.

— Que animal! — tornou Denissov, cujo rosto voltara a tornar-se preocupado. — Onde passou ele o tempo até agora?

— Quem é afinal? — perguntou Pétia.

— Nosso batedor. Tinha-o mandado ver se pegava um "língua".

— Ah! muito bem! — replicou Pétia, abanando a cabeça, à primeira frase de Denissov, como se estivesse ao corrente; na realidade não compreendera uma palavra sequer do que lhe diziam.

Tikhone Chetcherbati era um homem dos membros mais indispensáveis do destacamento. Era um camponês de Pokrovskoie, perto de Gjat. No começo de suas operações, chegou Denissov àquela aldeia e, segundo seu costume, mandou chamar o estarosta para interrogá-lo a respeito do que sabia dos franceses; e o estarosta lhe respondeu como todos os chefes de aldeia que se mantêm em reserva, que não sabia de nada. Mas quando lhe explicou Denissov que seu fim era bater os franceses e lhe perguntou se os vira a vagar pelos arredores, o estarosta lhe disse que tinham, é certo, visto "rapinantes", mas que, na aldeia, só Tikhone Chetcherbati se ocupava com isso. Denissov mandou chamar então Tikhone e depois de havê-lo felicitado pelo seu trabalho, disse-lhe, em presença do estarosta, algumas palavras sobre a fidelidade ao tzar e à pátria e sobre o ódio aos franceses que todos os russos deveriam sentir.

— Nós não fazemos mal aos franceses — disse Tikhone, visivelmente intimidado pelas palavras de Denissov. — A gente, como se diz, se divertiu na caçada, os rapazes e eu. Rapinantes, exatamente. Matamos umas duas dúzias. Mas fora disso, não lhes fizemos mal.

No dia seguinte, tinha-se Denissov esquecido completamente do homem. Entretanto, no momento em que deixava Pokrovskoie, vieram dizer-lhe que Tikhone juntara-se à sua tropa e pedia para ser nela engajado. Denissov consentiu.

Tikhone, que foi a princípio encarregado de baixas tarefas, tais como acender o fogo, ir buscar água, esfolar os cavalos mortos, etc., não tardou em mostrar grandes disposições para as guerrilhas. Ia à caça, durante a noite, e voltava todas as vezes com roupas ou armas tomadas aos franceses; se lhe davam ordem, trazia prisioneiros. Denissov não o deixou mais trabalhar, mas levou-o consigo em suas expedições e arrolou-o entre os cossacos.

Tikhone, que não gostava de montar a cavalo, ia sempre a pé, mas sem se deixar distanciar pelos cavaleiros. Estava armado de um mosquetão, que carregava apenas pró-forma, de um pique e de um machado de que se servia com tanta agilidade quanto um lobo de seus dentes, com a ajuda dos quais é tão capaz de despulgar seus pelos quanto de triturar um osso de bom tamanho. Tikhone possuía a mesma mestria para rachar dum golpe uma viga e para talhar, segurando seu machado pela cabeça, umas lâminas ou colheres. Tikhone tinha na tropa de Denissov um lugar à parte, um lugar excepcional. Quando se tratava de empreender algo de difícil ou de repugnante como levantar com um golpe de ombro uma carroça atolada, puxar pela cauda um cavalo para fora dum pântano, esfolá-lo, insinuar-se em meio dos franceses, ou percorrer cinquenta verstas duma só tirada, todos apontavam para Tikhone, rindo.

— Que é que poderá fazer mal a esse diabo? Pode comer de tudo! — dizia-se dele.

Entretanto, um dos franceses capturados por Tikhone lhe havia dado um tiro de pistola que o atingira nas nádegas. Esse ferimento que Tikhone tratou unicamente com aguardente, tanto interna como externamente, deu assunto na tropa às mais divertidas pilhérias, a que Tikhone se prestava sem se dar por achado.

— Pois é, irmão, não te deixarás cair noutra, não é mesmo? Correste risco de ficar corcunda — diziam-lhe os cossacos, estourando na gargalhada.

Tikhone se encolhia, careteava, fingia ficar furioso e cobria os franceses das injúrias mais burlescas. Nem por isso deixou essa aventura de produzir nele certo efeito, porque depois de seu ferimento trazia menos prisioneiros.

Era Tikhone o homem mais útil e mais audacioso do bando. Ninguém melhor que ele sabia escolher a ocasião duma tocaia, ninguém capturara ou matara mais franceses, o que lhe valia ser o bufão titulado de todos os cossacos e hussardos e de enquadrar-se ele próprio, de boa vontade, nessa dignidade. Desta vez, Denissov mandara-o, na noite anterior, a Chamchevo, para se apoderar dum “língua”. Mas seja que não lhe bastasse pegar apenas um francês, seja que tenha passado a noite a dormir, metera-se, em pleno dia, nas moitas, bem em meio do inimigo, e fora descoberto, como acabava de vê-lo Denissov.

6. Depois de ter discutido ainda algum tempo com o capitão-de-cossacos a respeito do ataque do dia seguinte que, agora, tendo em vista a proximidade dos franceses, estava decidido, virou Denissov de rédea e voltou.

— Vamos, irmão, agora, precisamos secar-nos — disse ele a Pétia.

Quando atingiu o corpo de guarda na floresta, imobilizou-se Denissov e inspecionou os arredores. Viu que avançava a grandes passos através das moitas um homem de pernas compridas e de braços balouçantes que trazia uma blusa, sapatos de tília e um boné de Kazan, com um fuzil a tiracolo e um machado na cintura. À vista de Denissov aquele homem apressou-se em atirar alguma coisa nas moitas, tirou seu boné molhado de abas rebatidas e aproximou-se de seu chefe. Era Tikhone. Seu rosto de pequenos olhos amendoados, bexigoso e todo costurado de rugas, irradiava de contentamento. Parando diante de Denissov, levantou a cabeça e fitou seu olhar nele, como se se contivesse para não rebentar em gargalhadas.

— Então, donde vens? — perguntou Denissov.

— Donde venho? Da caça aos franceses — respondeu Tikhone vivamente, ousadamente, numa voz de baixo, rouca, mas cantante.

— E por que afinal em pleno dia? Animal! Aliás, nada conseguiste!...

— Sim, sim, peguei um — replicou Tikhone.

— Onde está ele então?

— Sim, peguei-o e isto bem antes de amanhecer — continuou Tikhone, plantando-se mais à vontade sobre seus enormes pés, calçados de sapatos de tília. — Sim, e o trouxe para a floresta. Mas eis que me apercebo de que ele não vale nada. Então reflito e digo a mim mesmo que preciso dum outro um pouco mais bem escolhido.

— Ah! que porco! Eis a razão — disse Denissov a seu capitão-de-cossacos. — Mas por que então não mo trouxeste?

— Para quê? — interrompeu Tikhone com toda a presteza e bom humor. — Não valia nada. Será que não sei de que o senhor precisa?

— Que asno!... E então?...

— Procurei outro — continuou Tikhone e eis-me a arrastar-me pela floresta; depois deitei-me. — Tikhone lançou-se bruscamente no chão, de barriga para baixo, num movimento ágil, para mostrar como havia feito. — E eis que alguém se aproxima. Deito-lhe a mão deste jeito. (Ao dizer estas palavras, salta agilmente em pé.) E digo-lhe: “Vamos ter com o coronel”. Ele abre a boca no mundo. E chegam mais quatro outros. Lançam-se em cima de mim com seus sabres. E eu, eis o que faço com meu machado. Arredem! Vão para o diabo! — gritou Tikhone e se pôs a fazer molinetes com os braços e, franzindo a testa com ar ameaçador, toma uma atitude dominadora.

— Sim, sim, vimos aqui do alto como davas às gâmbias através dos pântanos — disse o capitão-de-cossacos, piscando seus olhos brilhantes.

Pétia, malgrado sua grande vontade de rir, dava-se conta de que todos mantinham o sério. Seus olhos corriam do rosto de Tikhone aos do capitão-de-cossacos e de Denissov, sem compreender o que tudo aquilo queria dizer.

— Não banques o imbecil! — exclamou Denissov, sacudindo a cabeça e tossindo. — Porque não me trouxeste o primeiro?

Tikhone com uma mão coçou as costas e com a outra a cabeça; de repente seu carão desabrochou num sorriso estúpido que descobriu suas arnelas (às quais devia seu sobrenome de Chtcherbati)[126]. Denissov descontraiu o rosto e Pétia desatou a rir tão alegremente que o próprio Tikhone disparou na risada.

126. *Chtcherbati:* banguela, a quem falta um ou mais dentes na frente.

— Mas é verdade, ele não convinha absolutamente — assegurou Tikhone. — Com os farrapos que vestia, de que servia trazê-lo? E que insolência, Vossa Nobreza! "Eu, eu, um filho de "generá"! Não ando!" — dizia ele.

— Besta quadrada! — exclamou Denissov. — Pois se eu tinha necessidade de interrogá-lo...

— Oh! eu fiz ele falar! — disse Tikhone. — Ele me disse: "Não se sabe lá grande coisa. É muita gente" — foi o que ele disse. — "Mas nem uns, nem outros valem nada. Dê um bom golpe e deitará a mão a todos — concluiu Tikhone pregando em Denissov seu olhar alegre e decidido.

— Espera, vou mandar dar-te uma surra. Isto te ensinará a bancar o imbecil — exclamou Denissov, severamente.

— Mas por que se zangar? — disse Tikhone. — Será que eu não conheço os vossos franceses? Deixe a noite cair e trarei dois ou até mesmo três, se for preciso.

— Vamos, a caminho! — gritou Denissov e, de cara fechada, tomou em silêncio o caminho do posto de guarda.

Tikhone o seguia. Pétia ouviu os cossacos mexerem com ele, com zombarias, a propósito das botas que lançara numa moita.

A vontade de rir que atormentava Pétia, ouvindo Tikhone e vendo-o sorrir e gesticular suas explicações deu bruscamente lugar ao mal-estar. Pétia tinha de repente compreendido que aquele camponês acabara de matar um homem. Lançou uma olhadela sobre o tamborzinho prisioneiro e seu coração se fechou. Mas seu mal-estar só durou um instante. Creu necessário reerguer a cabeça, assumir um ar mais decidido e interrogou o capitão-de-cossacos, num tom importante, a respeito da expedição do dia seguinte, a fim de pôr-se à altura de seus companheiros.

O oficial, enviado em missão, veio ao encontro de Denissov no caminho, para dizer-lhe que Dolokhov ia chegar e que daquele lado tudo marchava bem.

Denissov abriu imediatamente o semblante e chamou Pétia para seu lado.

— Vamos, fala-me de ti — disse ele.

7. Ao partir de Moscou, onde deixara seus pais, juntara-se Pétia a seu regimento; ali, vira-se em breve designado como oficial de ligação junto a um general que comandava um grande destacamento. Desde sua promoção ao posto de oficial e sobretudo depois que fazia parte do exército ativo, com o qual tomara parte na Batalha de Viazma, experimentava Pétia uma alegria excitante em se sentir um homem e punha uma exaltação febril no aproveitar toda ocasião de mostrar verdadeiro heroísmo. Estava encantado com tudo quanto vira e aprendera no exército, mas sempre lhe parecia que era justamente onde ele não se achava que se desenrolava o mais puro heroísmo.

Quando a 21 de outubro, seu general exprimiu o desejo de enviar alguém ao destacamento de Denissov, pediu essa missão com ar tão súplice que o general não pôde recusar. Mas, no momento de enviá-lo, lembrou-se da conduta insensata de Pétia, durante a Batalha de Viazma: em lugar de se dirigir diretamente para onde devia, galopara Pétia até as primeiras linhas, sob o fogo dos franceses, e havia dado dois tiros de pistola; assim, proibiu-lhe formalmente que tomasse parte em qualquer operação enquanto estivesse ao lado de Denissov. Foi por esta razão que Pétia corara e se perturbara, quando Denissov lhe perguntara se podia ficar. Até o momento em que desembocara na orla do bosque, pensava Pétia que deveria cumprir estritamente sua missão e regressar imediatamente. Mas à vista dos franceses, à vista de Tikhone e sabendo que se iria com certeza atacar ao cair da noite, decidira, com a mobilidade dos jovens que passam duma ideia a outra, que seu general, malgrado toda a estima que lhe tinha até aqui, não passava afinal de um alemão; ao passo que Denissov, esse, era um herói, o capitão-de-cossacos também e Tikhone igualmente, e que seria vergonhoso de sua parte abandoná-los num momento difícil.

Caía o crepúsculo quando Denissov, Pétia e o capitão chegaram ao posto de guarda. Perceberam, na semi-obscuridade, cavalos selados, cossacos e hussardos que levantavam cabanas na clareira e que, para não serem traídos pela fumaça, haviam instalado suas fogueiras num barranco coberto de árvores.

Na entrada duma minúscula isbá, mantinha-se um cossaco, de mangas arregaçadas, em ponto de trinchar um carneiro. Na casinha mesmo se achavam três oficiais do destacamento de Denissov, que duma porta haviam feito uma mesa. Pétia tirou suas roupas molhadas para dá-las a secar e se pôs logo a ajudar os oficiais a preparar a mesa para a refeição.

Ao fim de dez minutos, a mesa, coberta por uma toalha, estava pronta. Tinham posto nela aguardente, uma garrafa de rum, pão branco, um assado de carneiro e sal.

Amesendado com os oficiais, Pétia, que ia dilacerando com suas mãos, por onde escorria a gordura, a carne saborosa do carneiro, transbordava duma ternura exaltada de criança para com todos e, por consequência, estava persuadido de que todos lhe pagavam na mesma moeda.

— Que dizeis, Basílio Fedorovitch? — perguntou ele a Denissov. — Posso bem ficar, não é? Um diazinho mais. — E em lugar de esperar uma resposta, deu-a ele próprio: — Já que me mandaram em busca de informações, estou-me informando... Somente, preciso colocar-me no lugar mais... mais importante... Não procuro recompensa... Não quero senão...

Pétia cerrou os dentes, olhou em torno de si, com a cabeça altivamente erguida e fez um gesto significativo.

— No lugar mais importante... — repetiu Denissov, com um sorriso.

— Somente, peço-vos, confiai-me pelo menos um pequeno destacamento para que eu possa dar ordens — continuou Pétia. — Vamos, que vos custa isso? Oh! quereis minha faca? — exclamou ele, voltando-se para um oficial que se preparava para trinchar a carne.

E estendeu-lhe sua faca de bolso. O oficial gabou-a:

— Guardai-a, peço-vos, guardai-a. Tenho muitas outras semelhantes — disse Pétia, corando. — Ah! por todos os santos! Esqueci-me completamente! — exclamou ele, de repente. — Tenho passas excelentes, sabeis, e sem pevides. Temos um novo cantineiro que possui coisas excelentes. Comprei dez libras delas. Estou habituado a doces. Quereis? — E logo Pétia correu para a entrada onde seu cossaco esperava, trazendo uma cesta que continha bem umas cinco libras de passas. — Servi-vos, senhores, servi-vos. A propósito, não necessitais de uma cafeteira? — perguntou ele ao capitão-de-cossacos. — Comprei uma, soberba, em mãos de nosso cantineiro! Tem ele boas mercadorias. É completamente honesto. É o essencial. Farei trazê-la aqui para os senhores sem falta. E talvez vossas pederneiras estejam gastas. São coisas que acontecem. Trouxe-as comigo; estão aqui (mostrou o cesto), tenho bem umas cem. Comprei-as por uma bagatela. Ficai com elas, peço-vos, sem acanhamento, com todas, se quiserdes.

De repente, amedrontado à ideia de ter ido demasiado longe, Pétia se calou e corou.

Procurou se lembrar de que não havia cometido mais alguma outra tolice. E passando em revista as lembranças do dia, reviu em espírito o tamborzinho francês. "Aqui, nós nos regalamos e ele, como estará ele? Onde o puseram? Deram-lhe de comer? Não lhe fizeram mal?" pensava. Mas depois de suas gabolices a respeito de pederneiras, receava informar-se.

"Poderei interrogá-los? Vão dizer: eis um garoto interessado por outro garoto. Mas amanhã lhes farei ver, se não sou mais que um garoto. Por que ter vergonha de perguntar? Ah! tanto pior!" E logo, fitou os oficiais, corando, com medo de ver nos rostos deles algum sorriso zombador, e perguntou-lhes:

— Não se poderia chamar para aqui esse garoto que foi feito prisioneiro? Dar-lhe alguma coisa para comer... Talvez que...

— Sim, o pobre pequeno — disse Denissov, que não pareceu achar vergonhoso o sentimento de Pétia. — Chamem-no. O nome dele é Vicente Bosse. Chamem-no.

— Eu vou — ofereceu-se Pétia.

— Vai, vai. Pobre pequeno — repetiu Denissov.

Pétia, que estava perto da porta, quando Denissov pronunciou estas derradeiras palavras, insinuou-se entre os oficiais e aproximou-se dele.

— Permiti que vos abrace, meu caro amigo — disse ele. — Ah! que bela coisa! que bela coisa! E depois de ter abraçado Denissov, precipitou-se para fora.

— Bosse! Vicente! — gritou Pétia, logo que chegou ao limiar.

— A quem procurais, senhor? — informou-se uma voz no escuro.

Pétia respondeu que era o francezinho que haviam capturado de manhã.

— Ah! Vessionni? — replicou o cossaco.

O nome de Vicente já fora, pelos cossacos, substituído pelo de Vessionni e para os mujiques e os soldados, tornara-se Vissénia. Nos dois casos era uma alusão à primavera[127], que cabia muito bem à jovem figurinha do tamborzinho.

— Está-se aquecendo lá junto da fogueira. Hei! Vissénia! Vissénia! Vessionni! — gritavam no escuro vozes risonhas. — É um espertalhão esse garoto! — disse um hussardo que se achava ao lado de Pétia. — Deram-lhe de comer ainda agora. Que fome incrível a dele!

Na sombra, ouviram-se passos, pés descalços chapinhando na lama e o tamborzinho apareceu diante da porta.

— Ah! é você! — exclamou Pétia. — Quer comer? Não tenha medo, não lhe farão mal — acrescentou, pousando uma mão amistosa e tímida no braço dele. — Entre, entre.

— Obrigado, senhor — respondeu o tamborzinho, com uma voz toda trêmula, quase infantil, e se pôs a esfregar seus pés enlameados contra a soleira.

A vontade de Pétia era dizer muitas coisas àquela criança, mas não ousou. Mantinha-se de pé, ao lado dele, na entrada, todo hesitante. Por fim, tomou-lhe a mão no escuro e apertou-a.

— Entre, entre — repetiu somente, num cochicho terno.

"Ah! que poderia bem fazer eu por ele?", repetia a si mesmo Pétia, abrindo a porta e fazendo passar o menino à sua frente.

Uma vez dentro da sala o tamborzinho, foi Pétia sentar-se bastante longe, pensando que seria falta de dignidade se mostrasse abertamente preocupar-se muito com ele. Mas se pôs a tatear no seu bolso o dinheiro que tinha, perguntando a si mesmo se não seria vergonhoso dar-lho.

8. Denissov mandou dar ao tamborzinho aguardente e um pedaço de carneiro, depois um manto russo, a fim de não o reenviar para o lado dos outros prisioneiros e conservá-lo no seu destacamento. Mas em breve foi a atenção de Pétia desviada do menino para a chegada de Dolokhov. Pétia ouvira falar muito no exército a respeito da extraordinária bravura de Dolokhov e de sua crueldade para com os franceses; assim, desde que ele entrou na isbá, não lhe tirou mais a vista de cima. E quanto mais o olhava, mais se esforçava por parecer corajoso, erguendo alto a cabeça, a fim de não ser indigno de tal companhia.

Dolokhov impressionou fortemente Pétia pela simplicidade de seu traje.

Denissov usava o "tchekmène"[128], barba inteira e uma imagem de São Nicolau, o Taumaturgo, no peito; na sua maneira de falar, em todos os seus modos, procurava acentuar o caráter particular de sua situação. Dolokhov, pelo contrário, que em Moscou outrora se fazia notar por um traje persa, apresentava agora a aparência de um oficial da guarda impecavelmente trajado. Estava escanhoado, vestido com uma túnica estofada da guarda, com a cruz de São Jorge na lapela e o boné de ordenança colocado bem chato. Tirou, num canto, seu manto encharcado e, aproximando-se de Denissov, sem cumprimentar ninguém, pôs-se logo a falar da expedição. Denissov lhe deu parte das intenções que os grandes destacamentos tinham a respeito do comboio, dos oferecimentos trazidos por Pétia, das respostas que dirigira aos dois generais. Depois comunicou o que soubera sobre a situação do destacamento francês.

127. *Primavera* é em russo *vosna*.

128. Manto curto usado no Cáucaso.

— Muito bem; só se trata agora de saber que tropas estão lá e qual o seu número — disse Dolokhov: — Seria preciso ir ver. Não podemos lançar-nos nesse negócio sem estas previsões. Gosto de trabalhar com limpeza. Vejamos, não há ninguém entre esses senhores que queira acompanhar-me até o campo dos franceses? Tenho um uniforme comigo.

— Eu, eu... eu irei convosco! — exclamou Pétia.

— Não tens de todo necessidade de ir lá — disse Denissov a Dolokhov. — Quanto a ele, não o deixarei partir, por coisa alguma deste mundo.

— Mas por que então? — protestou Pétia. — Mas por que não posso ir?

— Porque é inútil.

— Queira bem desculpar-me, mas... mas... irei assim mesmo, eis tudo. Quereis levar-me? — perguntou ele a Dolokhov.

— Por que não? — respondeu este distraidamente, encarando o tamborzinho. — Há muito tempo que tens esse garoto? — perguntou ele a Denissov.

— Desde hoje, mas não sabe de nada. Guardo-o comigo.

— Ah! e os outros? Onde os põe? — perguntou Dolokhov.

— Onde os ponho? Expeço-os contra recibo — exclamou Denissov, que se tornou de repente escarlate. — E posso dizer, com ousadia, que não tenho morte de homem na consciência. Mais vale, digo-o redondamente, enviar uns trinta ou bem trezentos homens sob boa escolta à cidade que macular sua honra de soldado.

— Cabe a esse jovem conde de dezesseis anos dizer semelhantes gentilezas — replicou Dolokhov, com um sorriso glacial. — Mas tu, há muito tempo que deverias ter posto isso de lado.

— Como? Eu não disse nada absolutamente; afirmo somente que estou pronto a seguir-vos — disse Pétia, timidamente.

— Quanto a nós, irmão, basta de tolices — continuou Dolokhov, como se achasse um prazer especial em calcar um assunto que exasperava Denissov. — Vejamos, por que ficaste com este garoto a teu lado? — perguntou, abanando a cabeça. — Porque te causava compaixão? Aliás, sabe-se o que valem esses teus recibos. Envias uma centena deles e chegam trinta. Morrem de fome ou os matam pela estrada. Não vem a ser isso o mesmo que não fazer prisioneiros?

O capitão-de-cossacos aprovou com um piscar de seus olhos claros e um aceno de cabeça.

— Não compete a mim se isso dá no mesmo. Não posso é carregar com isso a consciência. Tu dizes que de qualquer maneira morrerão eles. Admitamos, contanto, porém, que não morram por minhas mãos.

Dolokhov desatou a rir.

— E tu acreditas que não tenham dado ordem vinte vezes para me prender? Se o conseguirem, te pendurarão à mesma faia que a mim, apesar de teus sentimentos cavalheirescos. — Calou-se um instante e depois recomeçou: — Enquanto se espera, é preciso agir. Mandem meu cossaco buscar minhas bagagens. Tenho dois uniformes franceses. Então, está bem entendido, vem-se comigo? — perguntou ele a Pétia.

— Eu? Sim, sim, sem falta — exclamou Pétia, corando até as lágrimas.

De novo, durante a discussão que teve Dolokhov com Denissov sobre o que era preciso fazer com os prisioneiros, sentiu-se Pétia mal à vontade e perturbado; mas de novo o verdadeiro sentido das palavras deles lhe havia escapado. "Se é assim que pensam chefes reputados, sem dúvida deve isso ser assim, sem dúvida está bem", dizia a si mesmo. O importante é que Denissov não vá imaginar que lhe vou obedecer, que ele me pode dar uma ordem... Está absolutamente decidido, irei com Dolokhov ao campo francês. Se ele pode fazê-lo, também eu posso!"

A tudo quanto lhe disse Denissov para impedi-lo de partir, replicou Pétia que também ele tinha o hábito de fazer sua tarefa cuidadosamente e não às tontas, e que, aliás, a respeito de si próprio, jamais pensava no perigo.

— Aliás, haveis de convir que, se não se sabe com certeza quantos são eles lá embaixo. disto depende talvez a vida de centenas dos nossos, ao passo que somos dois apenas a no expor, e depois tenho uma grande vontade de lá ir, uma vontade enorme, quero absolutamente ir; por favor, não me retenhais mais — acrescentou, — seria até pior...

9. Depois de se terem metido em capotes franceses e barretinas, Pétia e Dolokhov atravessaram a clareira donde Denissov examinara o acampamento inimigo e, saindo da floresta em completa escuridão, desceram para a baixada. Quando se acharam longe, ordenou Dolokhov aos cossacos de sua escolta que esperassem naquele lugar e se pôs a trotar vivamente pela estrada, na direção da ponte. Pétia avançava, bota com bota, a seu lado, com o coração desfalecente de emoção.

— Se nos apanharem, não me terão vivo. Tenho minha pistola — cochichou Pétia.

— Não fales russo — replicou vivamente bem baixo Dolokhov e no mesmo instante retiniu na sombra o grito "quem vive?" e o tinir dum fuzil.

O sangue subiu ao rosto de Pétia, que pôs a mão em sua arma.

— Lanceiros do 6º — respondeu Dolokhov, sem retardar nem acelerar a andadura de seu cavalo.

O sombrio vulto dum sentinela se erguia sobre a ponte.

— Senha?

Dolokhov reteve seu cavalo e avançou um passo.

— Dize-me, o Coronel Gérard está aqui? — perguntou.

— Senha? — repetiu o sentinela sem responder, barrando a estrada.

— Quando um oficial faz sua ronda, os sentinelas não exigem a senha — gritou Dolokhov, tomado duma cólera súbita, impelindo seu cavalo sobre o sentinela. — Estou perguntando se o coronel está aqui.

E sem esperar a resposta do sentinela, que se alinhara de lado, continuou Dolokhov a galgar a colina a passo.

Notando na sombra um homem que atravessava a estrada, Dolokhov deteve-o e perguntou-lhe onde se achavam o comandante e seus oficiais. O homem que trazia um saco às costas, simples soldado, parou, chegou bem perto do cavalo de Dolokhov, deu-lhe uma palmadinha com a mão e disse, simplesmente, amistosamente, que o comandante e os oficiais estavam lá no alto da colina, à direita, no pátio da fazenda (era assim que ele chamava a casa senhorial).

Depois de ter seguido a estrada orlada dos dois lados pelos fogos de bivaque donde provinham conversações em francês, Dolokhov deu volta no pátio da casa senhorial. Transposto o portal, apeou-se e avançou para uma grande fogueira flamejante, em redor da qual estavam sentados alguns homens, falando muito alto entre si. A uma das beiradas da fogueira, um soldado de boné de polícia e capote azul, de joelhos e vivamente iluminado pela labareda, cozinhava alguma coisa que mexia numa marmita com uma vareta de fuzil.

— Oh! está duro de cozinhar — dizia um dos oficiais, sentado na sombra, do outro lado da fogueira.

— Fará os coelhos marcharem — replicou outro, rindo.

Ambos se calaram e olharam para a treva em que ressoavam os passos de Dolokhov e Pétia, que avançavam puxando seus cavalos pela brida.

— Boa noite, senhores! — disse Dolokhov com uma voz forte e destacando as sílabas.

Os oficiais se agitaram na sombra e um deles, um rapagão de pescoço comprido, deu a volta fogueira e avançou para Dolokhov.

— É você, Clemente? — perguntou ele. — Donde diabo... — mas não terminou, reconhecendo seu engano. Com as sobrancelhas levemente franzidas, saudou Dolokhov como a um desconhecido e perguntou-lhe em que podia ser-lhe útil.

Dolokhov contou que ele e seu camarada reuniam-se a seu regimento e perguntou, dirigindo-se a todos em redor, se alguém sabia onde se encontrava o 6º de lanceiros. Ninguém sabia de nada, mas pareceu a Pétia que os oficiais os examinavam, a ele e a Dolokhov, com uma desconfiança hostil. Durante alguns segundos, todos se calaram.

— Se contais com a sopa da noite, vindes tarde demais — disse alguém, com um riso abafado, do outro lado da fogueira.

Dolokhov respondeu que tinham comido e que precisavam naquela mesma noite prosseguir seu caminho.

Deu seu cavalo a segurar ao soldado que mexia o conteúdo da marmita e sentou-se, de cócoras, diante da fogueira, perto do oficial de pescoço comprido. Esse oficial olhava fitamente Dolokhov e tornou a perguntar-lhe a que regimento pertencia ele. Dolokhov fingiu não ter ouvido a pergunta e, enquanto fumava um cachimbo francês, que tirou de seu bolso, perguntou até que ponto a estrada estava livre de cossacos para diante.

— Os bandidos estão em toda parte — respondeu um oficial do outro lado do braseiro.

Dolokhov assegurou que os cossacos só eram de temer para os retardatários como ele e seu camarada, mas que não ousariam decerto atacar um grande destacamento. Ninguém respondeu.

"Agora ele vai-se embora", pensava de minuto em minuto Pétia que, de pé, diante da fogueira, ouvia a conversa.

Mas Dolokhov retomou suas perguntas interrompidas. Perguntou sem rebuço quantos homens havia por batalhão, quantos batalhões, quantos prisioneiros. Enquanto se informava dos prisioneiros russos que eram levados naquele destacamento, disse:

— Incômoda coisa essa de arrastar atrás de si esses cadáveres. Melhor seria fuzilar toda a canalha — e explodiu num riso tão estranho que Pétia acreditou que os franceses iam imediatamente perceber o ardil, e malgrado seu, deu um passo para trás.

A risada de Dolokhov não encontrou eco, mas um oficial francês que não se via (estava estendido, enrolado no seu manto), levantou-se e cochichou alguma coisa a seu camarada. Dolokhov se ergueu e chamou o soldado que segurava os cavalos.

"Vão entregar-nos os cavalos ou não?", perguntou a si mesmo Pétia, aproximando-se involuntariamente de Dolokhov.

Entregaram-lhes os cavalos.

— Boa noite, senhores — exclamou Dolokhov.

Pétia quis dizer "boa noite", mas não pôde articular uma palavra.

Os oficiais falaram entre si, cochichando. Dolokhov demorou-se em subir à sela, tanto seu cavalo se mostrava agitado; em seguida transpôs o portal a passo. Pétia seguiu-o, não ousando voltar a cabeça, malgrado seu desejo de ver se os franceses iam ou não persegui-los.

Uma vez na estrada, Dolokhov em lugar de voltar para trás, através dos campos, costeou a aldeia. Em certo local, parou para escutar. "Ouves?", perguntou ele. Pétia reconheceu sons de vozes russas e viu em redor das fogueiras os sombrios vultos dos prisioneiros. Depois de terem descido até quase a ponte, Pétia e Dolokhov cruzaram o sentinela que, sem dizer uma palavra andava para lá e para cá na ponte, num passo abatido, e alcançaram o barranco onde os cossacos os esperavam.

— E agora, até a vista. Dize a Denissov que será ao amanhecer, ao primeiro tiro de pistola — disse Dolokhov prestes a afastar-se; Pétia reteve-o pelo braço.

— Não! — exclamou. — Que herói sois vós! Ah! que coragem! que beleza! Ah! quanto vos amo

— Está certo, está certo — disse Dolokhov.

Entretanto Pétia não o largava e, na sombra, viu-o Dolokhov curvar-se sobre ele. Queria abraçá-lo. Dolokhov abraçou-o, rindo e, dando meia volta desapareceu na escuridão.

10. De volta ao corpo de guarda Pétia encontrou Denissov na entrada. Agitado, inquieto descontente consigo mesmo porque o havia deixado partir, Denissov o esperava.

— Graças a Deus! Ah! graças a Deus! — repetiu ele, ao ouvir a narrativa entusiasta de Pétia — Mas que o diabo te leve! Não pude dormir por tua causa! — continuou Denissov. — Ah graças a Deus! Agora, vai-te deitar. Temos tempo de dormir um sono até de manhã.

— Sim... não — replicou Pétia. Ainda não estou com sono. E depois me conheço; se pegar no sono, estará tudo perdido. Aliás, tenho o hábito de não dormir na véspera duma batalha.

Pétia ficou algum tempo sentado na isbá, a lembrar-se com alegria de todos os pormenores de sua excursão e a imaginar tudo quanto iria suceder no dia seguinte. Depois, notando que Denissov havia adormecido, levantou-se e saiu para o pátio.

O pátio estava mergulhado em escuridão completa. Não chovia mais, as árvores, porém, continuavam a gotejar. Nas cercanias do corpo de guardas, avistavam-se as massas sombrias das cabanas dos cossacos e seus cavalos amarrados juntos. Um pouco para trás, dois furgões formavam uma mancha negra perto da qual se levantavam cavalos, e no barranco, uma fogueira, acabando de consumir-se, lançava um clarão vermelho. Nem todos os cossacos e hussardos dormiam: aqui e ali, com o ruído das gotas de água prestes a cair e dos cavalos que mastigavam, ouvia-se um fraco rumor de vozes, como um cochicho.

Pétia, uma vez fora, sondou com o olhar a escuridão e se aproximou dos furgões. Sob os furgões, alguém roncava e, em redor, cavalos selados comiam sua aveia. Malgrado a noite, reconheceu Pétia o seu, a que dera o nome de Karabakh[129], se bem que fosse de raça da Pequena-Rússia, e se aproximou dele.

— Pois é, Karabakh — disse-lhe, tocando-lhe nas narinas e abraçando-o — amanhã vamos nós dois fazer um bom trabalho.

— Como, senhor, não dormis? — exclamou um cossaco, sentado sob um dos furgões.

— Não. Mas creio que és Likhatchev, não? Acabo de chegar agora mesmo. Fomos ver os franceses.

E Pétia contou ao cossaco não somente os pormenores de sua expedição, mas porque ali fora e porque achava melhor arriscar sua própria vida que lançar pessoas num vespeiro.

— E agora, o senhor faria bem se dormisse um pouco — disse o cossaco.

— Não, estou acostumado — respondeu Pétia. — Ah, quem sabe se as pedras de tua pistola não estão gastas? Tenho pedras comigo. Não precisas de algumas? Toma-as.

O cossaco avançou a cabeça por baixo do furgão, a fim de vê-lo melhor.

— É que tenho por hábito deixar tudo bem direito — continuou Pétia. — Muitos agem ao acaso e depois ficam a morder os dedos. Eu, não, eu não gosto disso.

— O senhor tem razão — disse o cossaco.

— E olha aqui ainda uma coisa, meu caro, peço-te, afia meu sabre, está meio cego... (Pétia parou, com medo da mentira; seu sabre nunca fora aguçado). — Poderias fazer-me isso?

— Porque não? Pode-se fazer.

Likhatchev levantou-se, remexeu nos seus coldres e Pétia não tardou em ouvir o rangido guerreiro do ferro contra a pedra de amolar. Trepou no furgão e sentou-se na beirada. O cossaco afiava o sabre justamente abaixo dele.

— Dize-me uma coisa, a rapaziada toda está dormindo? — perguntou Pétia.

— Uns sim, outros não.

— E o garoto, que fizeram dele?

— Vessionni? Está ali, deitado na entrada. Dorme, depois de ter tido muito medo. E como estava contente!

Em seguida Pétia ficou muito tempo em silêncio a escutar todos os rumores. Passos ecoaram no escuro e um vulto negro surgiu.

— Que é que estás afiando? — perguntou um homem, aproximando-se do furgão.

— Estou afiando o sabre aqui do senhor.

— Excelente trabalho — disse o homem que Pétia tomou por um hussardo. — Será que têm vocês uma xícara por aqui?

— Sim, ali, perto da roda.

O hussardo pegou a xícara.

129. Nome de cavalo caucasiano.

— Creio que não tardará a amanhecer — disse ele, bocejando, e afastou-se.

Pétia deveria lembrar-se de que estava na floresta, entre os homens de Denissov, a uma versta da estrada; que estava sentado num furgão tomado aos franceses, em redor do qual achavam-se cavalos amarrados; que abaixo dele o cossaco Likhatchev lhe afiava o sabre; que a grande mancha negra, à direita, era o corpo de guarda, e a vermelha, embaixo, à esquerda, a fogueira clara, prestes a morrer; que o homem que procurava uma xícara era um hussardo com sede; mas não o sabia mais, nem queria mais sabê-lo. Pétia se encontrava num mundo encantado em que nada parecia real. A grande mancha negra, talvez, fosse mesmo o corpo de guarda, mas podia ser também uma caverna que levava às entranhas da terra. A mancha vermelha, talvez, fosse uma fogueira, mas talvez também o olho dum monstro gigantesco. Talvez estivesse ele sentado num furgão, mas podia muito bem ser que estivesse numa torre vertiginosa e se dela caísse, levaria um dia inteiro, um mês inteiro, uma eternidade antes de chegar ao chão. Talvez sob o furgão estivesse simplesmente o cossaco Likhatchev, mas podia muito bem estar ali o homem melhor, o mais bravo, o mais maravilhoso, o mais perfeito da terra, aquele que ninguém conhece. Talvez fosse realmente um hussardo que passara para ir buscar água no barranco, mas talvez aquele hussardo que acabava de desaparecer à sua vista, tivesse desaparecido de verdade e não existisse mais.

Nada do que Pétia podia ver agora o espantava. Achava-se num mundo encantado em que tudo era possível.

Pôs-se a contemplar o céu. E o céu lhe pareceu tão encantado quanto a terra. O céu ficava limpo; por cima da copa das árvores, as nuvens fugiam como para descobrir as estrelas. Por vezes na imensidão parecia tudo varrido para dar lugar a um céu negro e puro. Por vezes podia-se tomar aquelas manchas negras como nuvens. Por vezes tinha o céu o ar de se elevar muito alto acima da cabeça; por vezes baixava tanto que se teria acreditado tocá-lo com a mão.

Pétia começava a fechar os olhos e a balancear.

As gotas tombavam. Ouvia-se sempre um fraco cochicho. Os cavalos nitriam e se batiam. Alguém roncava.

"Zig-zig, zig"... assobiava o aço do sabre que era afiado, e de repente Pétia creu ouvir um esplêndido coro musical cantando um hino solene duma suavidade desconhecida. Pétia gostava de música como Natacha e mais que seu irmão Nicolau; mas nunca a havia estudado, nunca havia pensado nisso; assim os motivos que lhe vieram espontaneamente ao espírito pareceram-lhe tanto mais novos e atraentes. A música fazia-se ouvir cada vez mais distintamente. A melodia espalhava-se, passava dum instrumento a outro. Produziu-se o que se chama uma fuga, se bem que Pétia não tivesse a menor ideia do que fosse uma fuga. Cada instrumento ora semelhante a um violino, ora a uma trombeta, se bem que duma excelência mais rara e de um som mais puro, cada instrumento tocava seu motivo próprio e, sem terminá-lo, se confundia com um outro que começava quase o mesmo motivo, depois com um terceiro, com um quarto; depois todos se fundiam num só, separavam-se de novo para se confundir ainda, ora num grave canto de igreja, ora num canto de vitória duma clareza deslumbrante.

"Ah! mas dir-se-ia que estou sonhando", dizia a si mesmo Pétia, a ponto de perder o equilíbrio. "Estou com as orelhas cheias. E talvez seja minha própria música. Bem, ei-la que volta. Continua, minha música! Vamos..."

Fechou os olhos. E de todas as partes, como vindo de longe, sons repercutiam, punham-se em uníssono, dispersavam-se, tornavam a misturar-se no mesmo hino suave e solene. "Ah! que beleza! Enquanto eu puder e como quiser", dizia a si mesmo Pétia. E tentou dirigir aquele coro majestoso.

"Vamos, docemente, docemente, piano, agora". E os sons lhe obedeciam. Vamos, agora mais forte, mais ousadamente. Ainda, ainda mais alegre!" E de uma profundeza desconhecida se levavam sons que se amplificavam, solenes. "Vamos, as vozes, agora!", ordenou Pétia. E de longe chegaram, a princípio vozes de homens, depois vozes de mulheres. Essas vozes tomavam pouco a pouco uma amplitude triunfal; Pétia sentiu-se ao mesmo tempo espantado e arrebatado pela sua surpreendente beleza.

O canto fundiu-se numa marcha triunfal e as gotas tombavam e o sabre assobiava o seu "zig, zig, zig", e os cavalos davam bufidos, piafavam sem perturbar o coral, mas a ele se associando.

Pétia ignorava desde quando durava aquilo, sentia-lhe o encanto, sem deixar de admirar-se e lamentava não poder partilhá-lo com ninguém. A voz afetuosa de Likhatchev despertou-o.

— Está pronto, Vossa Nobreza; ides poder rachar um francês em dois pedaços.

Pétia saiu de seu torpor.

— Eis o dia. Deveras, já está claro! — exclamou ele.

Os cavalos, até então invisíveis, viam-se da cabeça à cauda; através dos ramos desfolhados, avistava-se uma claridade como que molhada. Pétia espreguiçou-se, saltou do furgão, tirou do bolso um rublo de prata, que deu a Likhatchev, fez um molinete com seu sabre, verificou-lhe o fio e o meteu na bainha. Os cossacos desamarravam os cavalos e reafivelavam as cilhas.

— Eis o comandante — disse Likhatchev.

Denissov, que vinha saindo do corpo de guarda, chamou Pétia e lhe ordenou que estivesse pronto.

11. Rapidamente, na semi-escuridade, prepararam-se os cavalos, ajustaram-se-lhes as cilhas, cada qual tomou seu lugar nos esquadrões. De pé, diante do corpo de guarda, dava Denissov as derradeiras instruções. A infantaria tomou a dianteira, ouviu-se o tropel de centenas de passos patinhando na lama; em breve desapareceu ela entre as árvores no nevoeiro matinal. O capitão-de-cossacos fez uma recomendação a seus homens. Segurando seu cavalo pela brida, aguardava Pétia com impaciência a ordem de cavalgar. Seu rosto, que mergulhava na água e sobretudo seus olhos ardiam febris; arrepios corriam-lhe pelas costas e todo o seu corpo era sacudido por uma espécie de tremor rápido e regular.

— Então, estão prontos? — gritou Denissov. Monta-ar!

Fizeram os cavalos avançar. Denissov se zangou com um cossaco porque suas cilhas estavam demasiado frouxas e depois de algumas pragas montou a cavalo. Pétia pôs pé no estribo. Seu cavalo, como de hábito, quis mordê-lo na perna, mas ele se elevou como uma pena, achou-se num piscar de olhos na sela e, de olhar fixo nos hussardos que se moviam atrás de si no escuro, aproximou-se de Denissov.

— Basílio Fiodorovitch, dar-me-eis alguma missão? Dareis mesmo?... rogo-vos... — disse ele.

Denissov parecia ter esquecido a presença de Pétia. Envolveu-o num olhar. — Só te peço uma coisa — disse-lhe severamente, — que me ouças, não metas o nariz onde não for de tua conta.

Durante todo o trajeto, cavalgou Denissov em silêncio, sem dizer mais uma palavra a Pétia. Quando chegaram à orla do bosque, o campo já começava sensivelmente a iluminar-se. Denissov disse algumas palavras em voz baixa ao capitão-de-cossacos; imediatamente os cossacos desfilaram diante dele e de Pétia. Depois que todos passaram, repôs Denissov seu cavalo em marcha e desceu pela ladeira. Os cavalos escorregando de garupa, atingiram com seus cavaleiros o fundo do barranco. Pétia avançava ao lado de Denissov. O tremor que o agitava inteiramente tornava-se mais violento. O dia se fazia cada vez mais claro e a bruma só cobria os objetos distantes. Uma vez embaixo, Denissov voltou a cabeça e fez um sinal ao cossaco colocado atrás de si.

— O sinal! — ordenou.

O cossaco levantou o braço; um tiro repercutiu. E logo se ouviu a galopada dos cavalos lançados para a frente, gritos vindos de vários lados e tiros.

No momento mesmo em que repercutiram o primeiro galope e os primeiros gritos, Pétia chicoteou seu cavalo e, — largando as rédeas, lançou-se para diante, sem dar ouvidos a Denissov que lhe gritava alguma coisa. Parecia-lhe que o dia pleno surgira naquele minuto mesmo em que

ecoara o sinal. Galopou direto para a ponte. À sua frente, ao longo da estrada, galopavam cossacos. Na ponte, deu um empurrão num cossaco retardatário, sem diminuir sua marcha. Diante dele, homens, provavelmente franceses, corriam do lado direito para o lado esquerdo da estrada. Um deles caiu na lama, sob as patas mesmo do cavalo de Pétia.

Cossacos amontoados junto duma isbá ocupavam-se em alguma tarefa. Do centro de seu grupo partiu um grito espantoso. Pétia correu para eles e a primeira coisa que viu foi o rosto decomposto dum francês, cujo queixo inferior tremia e que segurava a haste duma lança dirigida contra ele.

— Viva! rapaziada... são os nossos — gritou Pétia e, largando as rédeas a seu cavalo excitado pela corrida, partiu direto em frente ao longo da rua.

À frente crepitavam tiros. Os cossacos, os hussardos, os prisioneiros russos esfarrapados, correndo dum lado para outro da rua, lançavam clamores tumultuosos e confusos. Um francês bem jovem, de cabeça descoberta, de rosto vermelho e crispado, capote azul, defendia-se à baioneta contra os hussardos. Quando Pétia chegou, já estava ele caído. "Demasiado tarde, desta vez ainda", disse Pétia a si mesmo, num relance e galopou para o local donde partia o crepitar dos tiros. Provinha do pátio da casa senhorial onde estivera na véspera à noite com Dolokhov. Os franceses tinham-se postado ali detrás duma sebe no jardim coberto de moitas espessas e atiravam sobre os cossacos, aglomerados no portal. Aproximando-se do portal, avistou Pétia através da fumaça, Dolokhov, com o rosto duma palidez lívida, que gritava alguma coisa a seus homens. No momento em que Pétia o abordou, urrava ele: "Atacai-os por trás! Esperarei a infantaria!"

— Esperar?... Viva! — exclamou Pétia que, sem mais tardar, galopou para o local donde partia a fuzilaria, no mais espesso da fumaça.

Uma salva partiu, balas perdidas assobiaram e explodiram. Os cossacos e Dolokhov meteram-se atrás de Pétia pelo portal aberto. Em meio da fumaça espessa e movediça, alguns franceses lançavam suas armas e se precipitavam fora das moitas ao encontro dos cossacos, outros fugiam para a parte baixa da colina, na direção da lagoa. Pétia continuava a galopar através do pátio, mas em vez de segurar as rédeas, balançava os braços duma maneira esquisita e rápida e se inclinava cada vez mais de lado sobre sua sela. Tendo seu cavalo posto as patas nos tições duma fogueira que minava, invisível à claridade matutina, deu uns coices e atirou Pétia pesadamente sobre a terra úmida. Os cossacos viram seus braços e suas pernas agitarem-se sem que sua cabeça se movesse. Uma bala havia-lhe atravessado o crânio.

Depois de ter parlamentado com o chefe do destacamento francês, que saiu da casa e veio com um lenço na ponta de sua espada dizer-lhe que seus homens se rendiam, Dolokhov apeou-se e encaminhou-se para Pétia que jazia inerte, de braços estendidos.

— Liquidado! — disse ele, franzindo a testa e dirigiu-se para o portal, ao encontro de Denissov que acorria.

— Está morto? — gritou Denissov, que compreendera de longe o que significava a posição em que jazia o corpo de Pétia.

— Está liquidado — repetiu Dolokhov, como se achasse certo prazer em empregar essas palavras e precipitou-se para os prisioneiros que cossacos já chegados cercavam. — Nada de prisioneiros! — gritou ele a Denissov.

Denissov não respondeu. Aproximou-se de Pétia, apeou-se e com suas mãos trêmulas, voltou para si o rosto do rapaz; aquele rosto estava coberto de lama e de sangue e começava a arroxear.

"Estou habituado a doces. Excelentes passas, ficai com tudo!" Estas frases de Pétia voltaram-lhe à memória. E os cossacos olharam em redor de si com estupefação, ouvindo uma espécie de latido, lançado por Denissov, que se afastou às pressas, aproximou-se da sebe e ali se agarrou

No número dos prisioneiros russos libertados por Denissov e Dolokhov encontrava-se Pedro Bezukhov.

12. O comando francês não tomara, desde sua partida de Moscou, nenhuma disposição nova a respeito do comboio de prisioneiros de que Pedro fazia parte. Desde o dia 22 de outubro, esse destacamento não estava mais com as tropas e os comboios de que fazia parte ao deixar Moscou. A metade das carretas carregadas de biscoitos que os seguiam durante as primeiras etapas tinha sido pilhada pelos cossacos e a outra metade tomara a dianteira; não restava mais um só dos cavaleiros desmontados que as precediam; todos tinham desaparecido. A artilharia, que se avistava na frente, nos primeiros dias, fora substituída pelas enormes bagagens do Marechal Junot, escoltadas por vestfalianos. Em seguida aos prisioneiros, vinha um comboio de equipamento para a cavalaria.

A partir de Viazma, o exército francês, que marchava a princípio em três colunas, não era agora senão um rebanho. A desordem, cujos indícios Pedro notara desde a primeira etapa a partir de Moscou, atingira seu ponto culminante.

A estrada que se seguia estava juncada, de uma parte e outra, de cavalos mortos; homens esfarrapados, retardatários de diversas armas, sem cessar substituídos por outros, ora se juntavam à coluna, ora se deixavam ultrapassar por ela.

Várias vezes, durante o trajeto, houvera alertas falsos. Os soldados do comboio apontavam então seus fuzis, atiravam, fugiam a bom correr, empurrando-se uns aos outros, depois se reagrupavam de novo e se censuravam mutuamente seu baldado pânico.

Aqueles três elementos que marchavam juntos, o depósito de remonta, os prisioneiros e as bagagens de Junot, formavam ainda um todo e, entretanto, tanto uns como outros se desmanchavam rapidamente.

O depósito de remonta que contava a princípio cento e vinte veículos tinha agora apenas sessenta, pois o resto fora pilhado ou abandonado. Vários dos veículos de Junot tinham sofrido a mesma sorte, três dentre eles tinham sido saqueados por uma incursão de retardatários do corpo de Davout. Ouvindo as conversas dos alemães, soubera Pedro que aquele comboio havia recebido uma escolta mais forte que a dos prisioneiros e que um de seus compatriotas, um soldado, fora fuzilado por ordem do próprio marechal, porque haviam encontrado em poder dele uma colher de prata àquele pertencente.

Mas dos três grupos, o que mais depressa se desfazia era o dos prisioneiros. Dos trezentos e trinta homens partidos de Moscou, restavam menos de cem. Embaraçavam os comboieiros mais ainda do que os arreios da cavalaria e as bagagens de Junot. Porque os arreios e as colheres de Junot podiam, a rigor, servir para alguma coisa, mas de que adiantava obrigar soldados esfaimados e tiritantes a montar guarda e a vigiar russos tão esfaimados e tiritantes quanto eles, russos que gelavam e que tinham eles ordem de fuzilar se se retardassem na estrada? Isto era não somente incompreensível, mas abominável. E como se temessem, na posição crítica em que se encontravam eles próprios, deixar-se dominar por um sentimento de compaixão para com prisioneiros e agravar dessa maneira sua própria posição, tratavam-nos com uma dureza ainda mais impiedosa.

Em Dorogobuje, enquanto os soldados haviam partido para pilhar seus próprios armazéns, foram os prisioneiros encerrados numa estrebaria; alguns deles tinham cavado um buraco sob a parede, evadindo-se, mas foram recapturados e passados pelas armas.

O regime estabelecido por ocasião da partida de Moscou, segundo o qual os oficiais deviam marchar separados dos soldados, fora abandonado desde muito tempo; todos os que podiam andar avançavam juntos e Pedro, desde a terceira etapa, se encontrara com Karataiev e com o cachorro de pernas tortas e pelo violáceo, que adotara Karataiev como dono.

No dia seguinte à partida de Moscou, fora Karataiev retomado pela febre em virtude da qual tinham-no posto no hospital, e à medida que ele se enfraquecia, Pedro dele se afastava. Sem saber porque, desde que piorava o estado de Karataiev, devia fazer um esforço sobre si mesmo para aproximar-se dele. Ouvindo-o gemer fracamente, como tinha ele por costume, quando se deitava nas paradas do caminho, sentindo sobretudo o odor mais acre que se exalava do corpo de Karataiev, afastava-se Pedro agora e não pensava mais nele.

No abarracamento, compreendera Pedro, ao contato com os prisioneiros, não com sua razão, mas com todo o seu ser, que o homem foi criado para a felicidade, que traz sua felicidade em si, na satisfação de suas aspirações naturais, e que toda desgraça lhe vem antes que duma falta, dum excesso; agora, após aquelas três últimas semanas de marcha, adquirira uma nova e consoladora verdade: descobrira que não há nada no mundo de verdadeiramente espantoso. Descobrira ao mesmo tempo que, se não há no mundo nenhuma situação na qual o homem possa ser perfeitamente feliz e livre, não há tampouco nenhuma na qual possa ser completamente infeliz e escravo. Compreendera que há um limite ao sofrimento e um limite à liberdade e que esses limites se tocam; que o homem que sofre porque, sobre seu leito de rosas, uma pétala se dobrara, sofria naquele momento tanto quanto ele que dormia na terra úmida e nua, com o corpo gelado de um lado e aquecido do outro; que com os escarpins demasiado estreitos que usava outrora para ir a um sarau, sofria tanto quanto agora a caminhar sem sapatos (os seus estavam desde muito tempo fora de uso), com seus pés nus cobertos de escaras. Havia compreendido que, quando se casara, de sua plena vontade pelo que cria, não era mais livre do que agora em que o encerravam numa estrebaria para passar a noite. De tudo quanto mais tarde considerou como sofrimentos, se bem não se tivesse com eles preocupado no momento mesmo, o pior provinha de seus pés descalços, cobertos de chagas e de crostas. (A carne de cavalo lhe parecia saborosa e apetitosa; o ressaibo de salitre deixado pela pólvora empregada no lugar de sal era até agradável; não havia frios extremos; durante o dia, caminhando, tinha-se sempre calor, e de noite, acendiam-se fogueiras; os piolhos que o devoravam mantinham-no quente.) Uma só coisa fora penosa e dolorosa no começo: seus pés.

Na segunda etapa, observando suas escaras à luz da fogueira, pensou Pedro que não poderia mais caminhar; mas quando todos se puseram em marcha, seguiu coxeando, depois, uma vez reaquecido, caminhou sem sofrimento, se bem que à noite suas chagas tivessem muito pior aspecto. Então, não as olhou mais e esforçou-se por não pensar mais nisso.

Foi naquele momento que Pedro se deu conta de toda a força da resistência humana, da força salutar que faz desviar a atenção e nos serve como as válvulas de segurança que deixam escapar o excesso de vapor nas caldeiras, cada vez que a pressão ultrapassa a medida normal.

Não via, não ouvia fuzilarem os prisioneiros retardados, se bem que mais de cem já tivessem perecido dessa maneira. Não pensava em Karataiev, que definhava dia a dia e que, evidentemente, deveria em breve sofrer a mesma sorte. Pensava ainda menos em si mesmo. Quanto mais a situação se tornava crítica, e mais terrível se revelava o futuro, tanto mais se desprendia ele de tudo quanto o cercava, tanto mais encontrava suavidade e consolação nos seus pensamentos, nas suas recordações, nos seus sonhos.

13

. A 22 de outubro, aí pelo meio do dia, subia Pedro uma colina, por uma estrada lamacenta e escorregadia, olhando seus pés e as asperezas do caminho. De quando em quando, lançava uma olhadela em torno de si sobre a multidão de seus companheiros, depois fitava de novo seus pés; tudo aquilo era idêntico a si mesmo e familiar; Siéri, o baixote, de pelo violáceo, corria à beira da estrada; por vezes, para mostrar sua agilidade e seu contentamento, levantava uma de suas patas traseiras e saltitava sobre as outras três, depois, de novo sobre as quatro, lançava-se, latindo, contra corvos instalados em cima de carcaças. Siéri estava mais alegre e mais saudável que em Moscou. Por todas as partes havia carne — cadáveres de homens e de cavalos — em diversos graus de putrefação e a passagem contínua das tropas afastava os lobos, de tal modo que Siéri podia repastar-se à vontade.

A chuva caía desde manhã; parecia a cada momento que ia parar e que o céu iria ficar claro, mas continuava a cair cada vez mais, depois de uma curta estiada. A estrada saturada não absorvia mais a água e verdadeiros riachos corriam pelas valas.

Pedro caminhava olhando em redor de si; contava seus passos três a três, dobrando cada vez um dedo. Dizia no seu íntimo, dirigindo-se à chuva: "Vamos, vamos, mais, mais ainda".

Acreditava que não pensava em nada; mas sua alma se havia cravado longe e profundamente, em meio de pensamentos graves e acalmantes. Era o resultado espiritual duma conversa que tivera na véspera com Karataiev.

Porque na véspera, à tardinha, na parada, tiritando junto à fogueira prestes a extinguir-se, Pedro se levantara para se aproximar da fogueira vizinha, que queimava melhor. Platão estava instalado ali, enrolado da cabeça aos pés no seu capote, como num casulo; contava aos soldados, com sua voz de doente, fraca mas agradável, uma história bem conhecida de Pedro. Era mais de meia-noite, hora em que habitualmente Karataiev, tomado dum acesso de febre, se animava e ficava num estado de excitação particular. Quando Pedro ouviu a voz do pobre diabo, quando viu seu lastimável rosto vivamente iluminado pela labareda, experimentou um desagradável aperto de coração. Teve medo de sua compaixão e quis afastar-se, mas só havia aquela fogueira e, esforçando-se em não olhar para Platão, acocorou-se.

— Então, como vai a saúde? — perguntou ele.

— A saúde? Lamentar a sua doença é impedir que Deus mande a morte — disse Karataiev, que retomou logo a narrativa começada.

— Eis aqui, meu caro — continuou ele, com um sorriso no seu pálido rosto emagrecido e com um clarão de alegria particular no olhar. — Eis aqui, meu caro...

Pedro conhecia desde muito tempo aquela história que Karataiev lhe contara cinco ou seis vezes, sempre com o mesmo prazer. Mas embora a conhecesse de cor, sentiu por ela a atração da novidade; a exaltação suave que visivelmente sentia Karataiev passou para sua alma. Era a história dum velho comerciante que vivia com sua família honestamente e no temor de Deus, e que, um dia, dirigira-se com um de seus camaradas, um rico negociante, à feira de Nijni-Novgorod.

Chegados a uma hospedaria, os dois comerciantes tinham adormecido logo. Mas no dia seguinte, encontraram o ricaço assassinado e roubado. Descobriu-se uma faca ensanguentada sob o travesseiro do velho comerciante. Julgaram-no, pois, chicotearam-no, arrancaram-lhe as narinas, "como se deve, de acordo com a ordem estabelecida", dizia Karataiev, e mandaram-no para o presídio.

— E eis aqui, meu caro... (Pedro chegara neste momento da narrativa). Dez anos se passam e mais ainda. O velho vive no presídio. Submete-se como o deve, sem nada fazer de mal. Somente pede a Deus que o deixe morrer. Bem... E uma noite, eis que os forçados se reúnem, como nós aqui, e o velho com eles. E cada qual conta porque está condenado, de que é culpado perante Deus. Cada qual conta sua história: este tem uma vida na consciência, aquele duas, e outro um incêndio, aquele outro é um servo fugitivo, está ali por coisa alguma. E perguntam ao velho: "E tu, vovô, por que sofres?" E ele responde: "Ah! meus caros irmãos, sofro pelos meus pecados e pelos dos outros. Porque não matei ninguém, não roubei ninguém e sempre fui caridoso com meus irmãos infelizes. Sou um comerciante, meus caros irmãos, e fui rico". E eis que lhes conta udo. Conta-lhes seu caso tim-tim por tim-tim. E diz: "Não me queixo por mim. Foi a mim que Deus scolheu para expiar os pecados do mundo. Mas uma só coisa me penaliza: minha velha e meus ilhos". E eis que se põe a chorar. E eis que no bando estava justamente o homem que matara o omerciante. Pergunta: "Vovô, onde se passou isso? Quando, em que mês?" Pede todos os ormenores. E seu coração lhe dói. Aproxima-se assim do velho e cai-lhe aos pés. "É por minha ausa — diz ele, — bom velho, que sofres. Camaradas, é a verdade verdadeira, esse homem sofre njustamente. Sou eu o autor do crime; fui eu que pus sob a cabeça dele adormecida, a faca nsanguentada. Perdão, vovô, perdoa-me pelo amor do Cristo".

Karataiev se calou, com um sorriso alegre e, de olhos fixos na labareda, pôs-se a arranjar os aus de lenha.

— E o velho disse: "Deus é que te perdoará. Quanto a nós todos, somos dores perante Ele. u, sofro pelos meus pecados", e ei-lo que chora ardentes lágrimas. E que pensas tu, meu gaviãozinho — continuou Karataiev, cujo rosto se expandia cada vez mais num sorriso triunfante, como se o que ainda lhe restava a dizer fosse a parte mais interessante e mais significativa do relato, — que pensas tu, meu gaviãozinho? O assassino foi espontaneamente denunciar-se às autoridades. "Matei seis pessoas — disse ele (era um grande celerado), — mas o que me causa mais pesar é aquele pobre velho. Ele não deve chorar por causa de mim". Denunciou-se, pois; escreveu-se o que ele disse, enviaram um papel, tudo como se deve. Era muito longe, a coisa levou tempo até que o tribunal se reunisse e julgasse e se escrevessem todos os papéis necessários, de autoridades a autoridades. A coisa foi até o tzar. Enfim chegou a ordem do tzar: soltassem o comerciante e lhe dessem uma indenização de acordo com a decisão tomada. Chega o papel, procura-se o velho. "Onde está o velho que condenaram injustamente? A ordem do tzar está aí!" Procuram-no. — Aqui o queixo de Karataiev tremeu um pouco. — Deus já o havia perdoado, estava morto. E aí está, meu gaviãozinho, — concluiu Karataiev, que, longamente, com um sorriso silencioso, fixou o espaço à sua frente.

Não era a história mesma, mas seu sentido misterioso, a severa exaltação que fazia resplandecer o rosto de Karataiev ao contá-la, era o sentido misterioso daquela alegria que, confusamente, docemente, enchia agora a alma de Pedro.

14. "A vossos lugares!", gritou de repente uma voz.

Entre os prisioneiros e os soldados da escolta produziu-se uma agitação alegre e esperou-se algo de feliz e de solene. Ordens repercutiam de todas as partes e à esquerda da coluna, ultrapassando a trote os prisioneiros, apareceram cavaleiros bem-equipados e bem-montados. Todos os rostos assumiram de repente aquela expressão forçada que apresentam as pessoas à aproximação de personagens de importância. Os prisioneiros foram reunidos e empurrados para fora da estrada; a escolta se alinhou.

— O Imperador! O Imperador! O marechal! O duque!

Assim que desfilaram os homens bem-nutridos que formavam a escolta, uma carruagem, puxada por seis cavalos cinzentos, atrelados dois a dois, chegou estrondosamente. Pedro viu de relance o gordo rosto pálido e bochechudo dum homem de tricórnio. Era um dos marechais. O olhar desse dignitário deteve-se na maciça estatura de Pedro e, pela sua maneira de franzir a testa e voltar a cabeça, acreditou Pedro vislumbrar um sentimento de compaixão que procurava dissimular.

O general que comandava o comboio, de rosto vermelho, amedrontado, impelindo seu cavalo magro, galopava atrás da carruagem. Tendo-se alguns oficiais reunido, os soldados os cercaram. Todos tinham o ar inquieto e tenso.

— Que foi que ele disse? Que foi que ele disse? — ouviu Pedro.

No momento da passagem do marechal, os prisioneiros tinham sido reunidos, e Pedro avistou Karataiev a quem ainda não vira naquela manhã. Estava Karataiev, envolto no seu velho capote, sentado de encontro a uma bétula. Seu rosto, que havia conservado a expressão de doce enternecimento da véspera, quando contava o sofrimento do comerciante inocente, mostrava-se ainda iluminado de calma serenidade.

Karataiev fitava Pedro com seus bons olhos redondos, rasos de lágrimas; procurava visivelmente atraí-lo para seu lado, a fim de dizer-lhe alguma coisa. Mas Pedro estava dominado por um medo imenso. Fez como se não tivesse visto aquele olhar e apressou-se em afastar-se.

Quando os prisioneiros tornaram a pôr-se em marcha, lançou Pedro um olhar para trás. Karataiev estava sentado à beira da estrada de encontro à sua bétula e dois franceses falavam entre si, designando-o. Pedro não olhou mais. Pôs-se a galgar a ladeira, coxeando.

Na retaguarda, no lugar onde estava sentado Karataiev, ecoou um tiro. Pedro ouviu nitidamente a detonação, mas se lembrou, no mesmo instante, de que não terminara o cálculo das etapas até Smolensk, que começara antes da passagem da escolta. E se pôs de novo a contar

Dois soldados franceses, dos quais um trazia na mão seu fuzil fumegante, passaram correndo diante dele. Ambos estavam pálidos e na expressão de seus rostos — um deles lançou-lhe um olhar tímido — tornou Pedro a encontrar algo de semelhante ao que vira no jovem soldado, por ocasião da execução dos incendiários. Pedro olhou para aquele soldado, reconheceu-o como o que na véspera havia queimado sua camisa, secando-a diante da fogueira, e lembrou-se de como haviam zombado dele.

Um cão uivava no lugar onde ficara Karataiev. "O imbecil, por que uiva assim?", pensou Pedro.

Os soldados, seus camaradas, que marchavam ao lado dele não voltaram tampouco a cabeça para o local onde ecoara o tiro e depois o uivo do cão; mas todos os rostos tinham assumido uma expressão severa.

15. O comboio de cavalaria, os prisioneiros e as bagagens do marechal, fizeram alto na Aldeia de Chamchevo. Toda a gente se reuniu em torno dos bivaques. Pedro aproximou-se duma das fogueiras, comeu um pedaço de carne de cavalo, deitou-se de costas para o fogo e adormeceu imediatamente. Dormiu o mesmo sono que em Mojaisk, depois de Borodino.

De novo os fatos reais se confundiram com seu sonho e de novo uma voz, a sua ou a de outrem, exprimiu-lhe ideias.

— A vida é tudo. A vida é Deus. Tudo se move, tudo se transforma, e esse movimento é Deus. Enquanto há vida, há a felicidade de trazer em si a consciência da divindade. Amar a vida é amar a Deus. O mais difícil, o mais meritório é amar a vida com seus sofrimentos, com seu injusto sofrimento.

E Pedro lembrou-se de Karataiev.

E de repente reviu, como se estivesse ele ainda vivo, o doce velhinho em quem não pensava mais desde muito tempo e que lhe ensinava Geografia na Suíça. "Presta atenção", lhe disse o velhinho e mostrou a Pedro um globo terrestre. Esse globo era vivo, oscilava, sem contornos definidos. Toda a sua superfície era formada de gotas de água estreitamente ligadas umas às outras. E essas gotas mexiam-se, mudavam de lugar, ora várias se confundindo numa só, ora uma só se dividindo numa miríade de outras. Cada gota se esforçava por se ostentar, por tomar o mais espaço possível, mas as outras faziam o mesmo e a premiam, ora suprimindo-a, ora se confundindo com ela.

— Eis a vida — dizia o velho professor.

"Como é simples e claro", pensava Pedro. "Como não tê-lo compreendido mais cedo?"

Deus está no centro e cada gota procura alargar-se, a fim de refleti-lo na mais larga medida. E ela cresce, e se ostenta, e se comprime, e desaparece na superfície, e desce ao fundo e torna a subir de novo. É como Karataiev, espalhou-se e desapareceu. "Compreendeu, meu menino?" — dizia o velho professor.

— Compreendeu, com a breca! — gritou uma voz que acordou Pedro.

Ele se soergueu e sentou-se. Diante da fogueira, um francês, de mangas arregaçadas, acabava de repelir um soldado russo e se acocorara para assar um pedaço de carne, na ponta da vareta de seu fuzil. Suas mãos vermelhas, peludas, de veias inchadas, de dedos grossos, viravam e tornavam a virar agilmente a vareta. Seu rosto bronzeado e sombrio, de sobrancelhas cerradas era vivamente iluminado pelo clarão das brasas.

— Isso pouco lhe importa! — resmungou ele, dirigindo-se vivamente ao soldado de pé atrás dele. — Bandido! Vai-te!

E o soldado, fazendo girar a vareta, lançou para Pedro um olhar feroz. Pedro voltou a cabeça e fixou a escuridão. Um dos prisioneiros, sentado perto da fogueira, o que o francês havia empurrado, dava palmadinhas com a mão em alguma coisa. Olhando de mais perto, reconheceu Pedro o cãozinho de pelo violáceo que, mexendo a cauda, se instalara ao lado do soldado.

— Ah! ele voltou? — disse Pedro. — E Pla... — começou ele, mas não acabou.

De repente, na sua imaginação, apresentaram-se ao mesmo tempo o olhar que lhe havia lançado Platão, sentado sob sua árvore, o tiro ouvido naquele local, o uivo do cão, os rostos culposos dos dois franceses, que haviam passado à sua frente correndo, o fuzil ainda fumegante, a ausência de Karataiev naquela etapa, e compreendeu então que o infeliz fora morto; mas no mesmo momento, vinda só Deus sabia donde, surgiu na sua alma, a lembrança da noite que passara com uma bela polonesa, num verão, no balcão de sua casa de Kiev. Entretanto, sem ligar essa lembrança às do dia e sem nada concluir disso, fechou Pedro os olhos, e em breve um quadro da natureza estival trouxe uma evocação de banho e de esfera fluida, oscilante; então deixou-se deslizar em alguma parte para dentro da água e afundou tanto que a água se fechou sobre sua cabeça.

Foi despertado antes do nascer do sol por uma fuzilaria nutrida e clamores. Os franceses corriam diante de Pedro.

— Os cossacos! — gritou um deles e logo imediatamente uma grande quantidade de rostos russos cercou Pedro.

Esteve ele muito tempo sem compreender o que lhe acontecia. De todos os lados seus camaradas lançavam gritos de alegria.

— Meus irmãos! Meus caros amigos! Camaradas! — exclamavam, chorando, velhos soldados, que apertavam em seus braços cossacos e hussardos.

Os hussardos e os cossacos cercavam os prisioneiros e lhes ofereciam ou roupas ou botas, ou pão. Pedro sentado entre eles, soluçava, incapaz de pronunciar uma palavra; apertou nos braços o primeiro soldado que se aproximou e beijou-o, chorando.

Dolokhov, de pé, perto do portal da casa em ruína, fazia desfilar diante de si a multidão dos franceses desarmados. Estes, transtornados pelo que acabava de acontecer, falavam entre si, em voz alta; mas passando diante de Dolokhov, que dava ligeiras chibatadas em suas botas e as olhava com um olhar frio e vítreo, que nada de bom prometia, sua conversa morria. O cossaco de Dolokhov se conservava do outro lado do portal e contava os prisioneiros, marcando as centenas com um risco de giz sobre um dos batentes da porta.

— Quantos? — perguntou-lhe Dolokhov.

— Estamos na segunda centena — respondeu o cossaco.

— Corram, corram — repetia Dolokhov, que aprendera isso com os franceses, e seu olhar, encontrando os prisioneiros que passavam diante de si, flamejava com um clarão de crueldade.

Denissov, de rosto sombrio, caminhava de cabeça descoberta atrás dos cossacos que levavam para um fosso cavado no jardim o corpo de Pétia Rostov.

16. A partir do dia 28 de outubro, com os grandes frios, a retirada dos franceses tomou um caráter muito mais trágico; uns gelando ou torrando-se mortalmente junto às fogueiras, outros continuando sua caminhada, envoltos em peliças nas suas caleças, levando os saques do imperador, dos reis, dos duques; mas a decomposição e a fuga do exército francês continuavam seu curso natural, sem mudar de caráter.

Entre Moscou e Viazma, dos setenta e três mil homens desse exército, sem contar a guarda (que durante a guerra outra coisa não fez senão pilhar), só restaram trinta e seis mil (e dos que faltavam, cinco mil quando muito tinham tombado nos combates). Tal o primeiro termo da progressão que determinou matematicamente os seguintes. O exército francês dissolveu-se e aniquilou-se na mesma proporção de Moscou a Viazma, de Viazma a Smolensk, de Smolensk ao Beresina, do Beresina a Vilna, isto independentemente do frio maior ou menor, da perseguição dos russos, dos obstáculos encontrados no caminho e de todas as outras conjunturas particulares. Depois de Viazma, o exército francês, em lugar de três colunas, só formava agora um rebanho, e assim foi até o fim. Berthier descrevia a seu soberano o que se segue (e sabe-se quanto os chefes que descrevem a situação dum exército abusam de deformações da verdade):

"Creio de meu dever fazer saber a Vossa Majestade o estado de suas tropas nos diferentes corpos do exército que tive oportunidade de observar, há dois ou três dias, em diversas passagens. Estão quase debandadas. O número dos soldados que seguem as bandeiras está na proporção dum quarto, quando muito, em quase todos os regimentos; os outros marcham isoladamente em direções diferentes e por sua conta, na esperança de encontrar mantimentos e para se verem livres da disciplina. Em geral, olham Smolensk como o ponto onde se devem refazer. Nestes últimos dias notou-se que muitos soldados lançavam fora seus cartuchos e suas armas. Neste estado de coisas, o interesse do serviço de Vossa Majestade exige, quaisquer que sejam suas vistas ulteriores, que se reúna o exército em Smolensk, começando-se a desembaraçá-lo dos não-combatentes, tais como os homens desmontados, das bagagens inúteis e do material da artilharia, que não está mais em proporção com as forças atuais. Por outro lado, nos dias de repouso, são necessários alimentos para os soldados que estão extenuados pela fome e pela fadiga; muitos morreram nestes últimos dias na estrada e nos bivaques. Esse estado de coisas vai aumentando sempre e dá lugar a temer que, se não se lhe der pronto remédio, não se será mais senhor das tropas num combate. 9 de novembro, a 30 verstas de Smolensk".

Precipitando-se para Smolensk, que representava para eles a terra prometida, os franceses se entremataram para disputar víveres, pilharam seus próprios armazenamentos e, depois que tudo foi saqueado, fugiram para mais longe.

Todos iam sem saber para onde nem porque. E Napoleão, com todo o seu gênio, sabia-o ainda menos que eles, pois que não recebia ordens de ninguém. Entretanto, ele e seu círculo nem por isso deixavam de seguir seus antigos hábitos; redigiam-se instruções, cartas, relatórios, ordens do dia, tratavam-se uns aos outros de "Sire", "Meu Primo", "Príncipe de Eckmuhl", "Rei de Nápoles", e assim por diante. Mas as instruções e os relatórios só existiam no papel; ninguém pensava em pô-los em execução, porque eram inexecutáveis; e malgrado os títulos pomposos que se davam: "Vossa Grandeza", "Vossa Alteza", "Meu Irmão", sentiam todos que eram míseros canalhas, que tinham feito muito mal e que seriam obrigados a prestar contas disso. Assim, embora fingindo ocupar-se com o exército, cada qual só pensava em si mesmo e nos meios de salvar sua pele o mais depressa possível.

17. As manobras das tropas russas e francesas, durante a retirada de Moscou ao Niemen, assemelham-se ao jogo da cabra-cega, quando dois jogadores têm os olhos vendados e um agita de vez em quando sua campainha para advertir aquele que quer pegá-lo. A princípio, aquele que deve ser apanhado, adverte sem temor seu adversário, mas quando se sente em má posição, esforça-se para não fazer ruído algum, a fim de escapar e, muitas vezes, pensando evitar o inimigo, vai diretamente lançar-se entre suas mãos.

No começo, os exércitos de Napoleão assinalavam ainda sua presença; — estava-se no primeiro período da retirada pela estrada de Kaluga, — mas em seguida, quando atingiram a estrada de Smolensk, puseram-se a correr contendo com a mão o badalo da campainha e, muitas vezes, crendo escapar, iam tropeçar com os russos.

A rapidez da retirada dos franceses e da perseguição dos russos esgotava os cavalos, de sorte que o principal meio de ter informações aproximadas a respeito da posição do inimigo — os reconhecimentos de cavalaria — não existia mais. Aliás, em consequência das rápidas e frequentes mudanças de posição dos dois exércitos, as informações, quaisquer que fossem, não podiam chegar a tempo. Se a 2 do mês sabia-se que o exército inimigo se encontrava no dia 1º em tal lugar, no dia 3, quando uma ação teria podido travar-se, esse exército já havia feito duas etapas e ocupava uma posição totalmente diferente.

Um exército corria, o outro o perseguia. A partir de Smolensk, os franceses podiam escolher entre muitas estradas; e parecia que, depois de ter estado quatro dias naquela cidade, devessem saber onde estava o inimigo, traçar um plano vantajoso e empreender uma campanha nova. Mas após esses quatro dias de parada, o rebanho deles fugiu de novo, não à direita, nem à esquerda, mas, sem nenhum plano de manobra, pela estrada já trilhada, a velha estrada de Krasnoie e de Orcha, a pior de todas.

Esperando o inimigo atrás de si e não à sua frente, os franceses fugiam, estirando-se, deixando entre seus corpos de exército intervalos de vinte e quatro horas de marcha. À frente de todos, fugia o imperador, depois os reis, depois os duques. O exército russo, pensando que Napoleão tomaria à direita para transpor o Dniéper, o que teria sido a única coisa razoável, meteu-se naquela direção e desembocou na grande estrada de Krasnoie. E lá, como no jogo de cabra-cega, os franceses vieram tropeçar com nossa vanguarda. Descobrindo imprevistamente o inimigo, os franceses se deslocaram, pararam, depois arrebatados por um pânico súbito, retomaram sua fuga, abandonando atrás de si o exército que os seguia. Durante três dias, como um condenado aos açoites passa através das fileiras de seus executores, os corpos do exército francês passaram, um após outro, através do exército russo: primeiro o do vice-rei, depois o de Davout, depois o de Ney. Todos se abandonavam, deixando para trás a artilharia, as pesadas bagagens e a metade de seus homens, e fugiam, procurando somente, de noite, evitar os russos por meio de meias-voltas à direita.

Ney fechava a marcha (porque, malgrado essa situação desesperada ou, justamente, talvez por causa dela, tinham querido punir aquele solo que lhes fizera tanto mal e Ney mandara dinamitar os muros de Smolensk que não molestavam a ninguém). Ney fechava, pois, a marcha, com seu corpo de dez mil homens. Alcançou Napoleão em Orcha, com um milhar de homens somente, depois de haver semeado suas tropas e seus canhões numa marcha de noite, através de bosques para transpor em segredo o Dniéper.

De Orcha, continuaram a fugir na direção de Vilna, sempre jogando a cabra-cega com o exército que os perseguia. De novo, no Beresina, foi a confusão; muitos se afogaram; muitos se renderam, depois os que tinham conseguido atravessar o rio retomaram sua caminhada adiante. Seu grande chefe enfiou sua peliça, montou no seu trenó e partiu a toda a brida, abandonando seus companheiros. Os que puderam, fugiram, e os outros se renderam ou morreram.

18. Diante dessa galopada dos franceses, prontos a empreender tudo quanto podia perdê-los, e quando nenhum dos movimentos dessa multidão, depois da volta sobre a estrada de Kaluga até a fuga de seu chefe, mostra o menor bom senso, pareceria que, pelo menos para aquele período da campanha, tivesse sido impossível aos historiadores que atribuem a ação da massa à vontade dum só, manter sua teoria descrevendo semelhante retirada. Mas absolutamente. Montanhas de livros foram escritos a respeito dessa campanha e em toda a parte se insiste sobre as disposições tomadas por Napoleão, sobre a profundeza de seus planos, sobre as manobras que guiavam os movimentos de suas tropas e sobre as geniais disposições de seus marechais.

A retirada de Napoleão, a partir de Maloiaroslavetz, quando tinha ele acesso para uma região abundante de aprovisionamentos, por aquela outra estrada paralela que lhe era fácil de tomar, pela qual Kutuzov o perseguiu em seguida, essa retirada inútil, ao longo duma estrada devastada, nos é explicada por diversas concepções profundas. E é em nome de concepções tão igualmente profundas que nos foi descrita sua retirada de Smolensk para Orcha. Depois disto, descreveram-nos ainda o heroísmo de Napoleão em Krasnoie onde, dizem, prestes a travar a batalha e a dirigir ele próprio, ia e vinha com seu bastão de madeira de bétula, dizendo:

— Já me fiz bastante de imperador, é tempo agora de fazer-me de general — o que não o impediu, logo depois, de se tornar a pôr em fuga, abandonando à sua sorte fatal os destroços esparsos de seu exército que restavam atrás.

Descrevem-nos também a bravura dos marechais, em particular a de Ney, bravura que consistiu em dar uma volta de noite numa floresta, para transpor o Dniéper e em fugir para Orcha sem suas bandeiras, sem sua artilharia e perdendo os nove décimos de seus soldados.

Mesmo a fuga derradeira do grande imperador, abandonando seu heroico exército, nos é apresentada pelos historiadores como um sinal de grandeza e de gênio. Mesmo aquela ação, aquela fuga que, em todas as línguas humanas, se chama a derradeira das covardias, aquela ação de que se ensina às crianças ter vergonha, encontra sua justificação na língua dos historiadores.

Quando se lhes torna impossível espichar mais o fio elástico de seus raciocínios, quando o ato é por demais oposto ao que a humanidade considera como bom e mesmo justo, os historiadores recorrem à noção da grandeza que tudo salva. A grandeza parece excluir para eles a possibilidade de medir o bem e o mal. O mal não existe para aquele que é grande. Nenhuma abominação poderia ser imputada como crime àquele que é grande.

"É *grande*", repetem os historiadores, e desde então, em lugar do bem e do mal, há o que é *grande* e o que não é *grande*. O que é *grande* é bem, o que não é *grande* é mal. Ser *grande* é, segundo eles, a qualidade daqueles indivíduos excepcionais que chamam de heróis. Napoleão, envolto na sua quente peliça, volta para casa, abandonando à sua perda, não só seus companheiros de armas, mas (segundo sua própria confissão) pessoas que levou até lá, e sente que isto é *grande* e fica de alma tranquila.

"Do sublime (via ele algo de *sublime* em si) *ao ridículo só há um passo"*, dizia ele. E o mundo inteiro repetiu durante cinquenta anos: "Sublime! Grande! Napoleão, o Grande! Do sublime ao ridículo só há um passo!"

E não veio à ideia de ninguém que pôr a grandeza fora das regras do bem e do mal é tão-somente reconhecer sua incomensurável pequenez, seu nada.

Para nós que recebemos do Cristo a medida do bem e do mal, não há nada fora dessa medida. Não existe grandeza onde faltam a simplicidade, o bem, a justiça.

19. Que russo, lendo as descrições do último período da campanha de 1812, não experimentou um sentimento de despeito, de descontentamento, de confusão? Quem não fez a si mesmo estas perguntas: como não se pegaram, como não se aniquilaram todos aqueles franceses, quando três exércitos, muito superiores em número, os cercavam, quando os franceses, debandados, famintos, morrendo de frio, se rendiam em massa, e quando (assim no-lo conta a História) a finalidade dos russos consistia justamente em detê-los, isolá-los e capturá-los a todos?

Como se deu que o exército russo que, quando era mais fraco em número que o exército francês, travou a batalha de Borodino, como se deu que esse exército, cercando os franceses por três lados e tendo como único objetivo prendê-los, não atingira esse mesmo objetivo? Era possível que os franceses tivessem tido uma superioridade de tal modo imensa que depois de havê-los cercado com forças esmagadoras, não tenhamos podido batê-los? Como pôde ocorrer coisa semelhante?

A História (pelo menos o que tem este nome) responde a estas perguntas dizendo que isso ocorreu porque Kutuzov e Tormassov, e Tchitchagov, e tal e tal outro ainda não tinham feito tal ou tal manobra.

Mas por que não fizeram eles tais manobras? Por que, se eram culpados de não ter atingido o fim designado, não os julgaram e puniram? E se se admite que a culpa desse MALOGRO dos russos foi devida a Kutuzov, a Tchitchagov etc., não se compreende ainda assim porque, nas condições em que se encontrava o exército russo em Krasnoie e no Beresina (nos dois casos era duma superioridade esmagadora), não foi o exército francês inteiramente capturado, com seus marechais, reis e imperador, uma vez que era isso que se procurava?

A explicação desse fato estranho, tal como a dão os historiadores militares russos, é que Kutuzov se teria oposto ao ataque, mas não se tem de pé uma vez que sabemos que a vontade de Kutuzov não pôde impedir que o exército atacasse em Viazma e em Tarutino.

Por que, pois, esse exército russo que com forças inferiores conquistou a vitória de Borodino sobre inimigos em pleno vigor, foi vencido em Krasnoie e no Beresina, malgrado sua esmagadora superioridade numérica, por um rebanho de franceses debandados?

Se o objetivo dos russos consistia em cortar a retirada dos franceses e aprisionar Napoleão e seus marechais, é preciso admitir que não somente não foi esse objetivo alcançado, mas todos os esforços para atingi-lo, foram de todas as vezes quebrados da maneira mais vergonhosa. E preciso dizer então que o derradeiro período da campanha representa para os franceses uma série de vitórias e os historiadores russos estão completamente errados considerando-o como vitorioso para nós.

Os escritores militares russos, na medida em que estão ligados à lógica, chegam, malgrado seu, a essa conclusão; de nada vale entoar líricos louvores à coragem, ao devotamento dos russos, etc.. Nem por isso podem deixar de admitir que a retirada dos franceses, a partir de Moscou, é uma série de vitórias para Napoleão e de derrotas para Kutuzov.

Mas posto de parte o amor-próprio nacional, sente-se nessa mesma conclusão uma contradição, pois que essa série de vitórias dos franceses conduziu-os a um aniquilamento completo e que, pelo contrário, a série de derrotas dos russos levou-os ao esmagamento de seus inimigos e à libertação de sua pátria.

A fonte dessa contradição vem do fato de estudarem os historiadores os acontecimentos na correspondência dos imperadores e dos generais, nas relações, nos comunicados, e suporem um objetivo mentiroso que nunca existiu, no derradeiro período da campanha de 1812; esse objetivo teria sido o cerco e captura de Napoleão com seus marechais e seu exército.

Esse objetivo jamais existiu e não podia existir, porque não tinha sentido nenhum e não se podia absolutamente alcançá-lo.

Não tinha nenhum sentido, em primeiro lugar porque o exército de Napoleão em derrota fugia da Rússia com toda a rapidez possível, isto é, fazia exatamente o que podia desejar a Rússia inteira. Para que recorrer a operações contra tropas que fugiam a todo correr?

Em segundo lugar, teria sido absurdo barrar a estrada a homens cuja energia inteira se concentrava na fuga.

Em terceiro lugar, teria sido igualmente absurdo pôr em perigo o exército russo para esmagar os exércitos franceses, em ponto de se aniquilarem eles próprios, sem causas exteriores, com uma tal rapidez que, sem nenhum obstáculo em seu caminho, não podiam levar além da fronteira mais tropas do que levaram no mês de dezembro, isto é, um centésimo do efetivo total.

Em quarto lugar, teria sido absurdo querer fazer prisioneiros o imperador, os reis, os duques, personagens cuja captura teria atrapalhado no mais alto grau a política russa, como o reconheceram os melhores diplomatas do momento (José de Maistre e outros); e ainda mais absurdo querer apoderar-se dos corpos franceses quando nosso exército estava dissolvido de mais da metade antes de Krasnoie, quando para guardar os batalhões de prisioneiros teria sido preciso utilizar para isso divisões de escolta, quando nossos soldados nem sempre recebiam sua ração completa e os prisioneiros já capturados morriam de fome.

Todo esse plano profundo que teria consistido em cortar a retirada de Napoleão e apoderar-se de seu exército é bastante semelhante ao dum jardineiro que, para afugentar de seu jardim o gado em ponto de espezinhar-lhe os canteiros, corresse para o portão e se pusesse a bater na cabeça dos animais. A única explicação do ato do jardineiro seria seu furor. Mas não se poderia dizer o mesmo dos autores desse plano, pois que não tiveram de sofrer a ruína de seus canteiros.

Aliás, cortar a retirada de Napoleão e seu exército era não somente absurdo, mas impossível.

Era impossível, em primeiro lugar pela seguinte razão: da mesma maneira que a experiência demonstra que o movimento das colunas sobre uma extensão de cinco verstas num combate não concorda nunca com os planos de antemão estabelecidos, igualmente a verossimilhança dum encontro de Tchitchagov, Kutuzov e Wittgenstein num lugar fixo era tão fraca que equivalia a uma impossibilidade; era justamente a opinião de Kutuzov que havia declarado, desde que recebera o plano, que diversões sobre grandes distâncias jamais acarretam os resultados esperados.

Em segundo lugar, era impossível porque, para paralisar a força de inércia que empurrava para trás o exército de Napoleão, teria sido preciso ter tropas incomparavelmente mais numerosas que as que possuíam os russos.

Em terceiro lugar, era impossível porque a expressão militar “cortar um exército” não tem sentido algum. Pode-se cortar um pedaço de pão e não um exército. Não se pode cortar um exército, isto é, barrar-lhe o caminho, porque há sempre nos arredores bastante espaço para contornar o obstáculo, e porque há a noite, durante a qual não se vê nada, e disso teriam podido convencer-se os doutores em ciências militares, apenas com os exemplos de Krasnoie ou do Beresina. Além disso, é impossível aprisionar alguém sem seu consentimento, como é impossível agarrar uma andorinha, se bem que se possa pegá-la, se ela pousa na mão da gente. Aprisionam-se os que se rendem, como os alemães, segundo as regras da estratégia e da tática. Mas o exército francês, justiça se faça, não achava vantajosa a rendição, porque uma morte idêntica, pela fome e pelo frio, o esperava na fuga e no cativeiro.

Em quarto lugar, e é este o mais importante, era impossível porque nunca, desde que o mundo é mundo, nenhuma guerra foi feita em tão terríveis condições como as do inverno de 1812, e porque o exército russo retesava todas as suas forças para perseguir os franceses, de maneira tal que não podia fazer mais do que fazia sem se aniquilar a si mesmo.

Durante sua marcha de Tarutino a Krasnoie, o exército russo perdeu cinquenta mil doentes e retardatários, isto é, um número de homens igual à população duma importante cidade de província. A metade do efetivo desapareceu sem combates.

É a propósito desse período da campanha, quando homens sem botas nem capotes, insuficientemente aprovisionados, dormem na neve durante meses a 15 graus de frio[130]; quando só há sete ou oito horas de dia e no resto do tempo reina a noite, em que a disciplina não tem mais eficácia; quando os homens não estão mais na atmosfera dum combate onde, por algumas horas, se entra no domínio da morte; quando não há mais disciplina; quando, durante meses, os soldados lutam, minuto após minuto, com a morte pela fome ou pelo frio; quando em um mês somente perece a metade do exército — é a propósito desse período que os historiadores nos contam como Miloradovitch se arranja para executar tal marcha de flanco para tal local, e Tormassov para tal outro, como Tchitchagov se desloca (afundando-se acima dos joelhos na neve), como tal outro corta o caminho ao inimigo e o despedaça, etc. etc...

As tropas russas, que a morte reduzira à metade, fizeram tudo quanto era possível fazer para atingir um objetivo digno de nosso povo, e não é culpa sua se outros russos, bem abrigados em quartos confortáveis, propuseram planos irrealizáveis.

Esta contradição estranha, incompreensível hoje, entre o fato e o relato histórico, provém unicamente de não nos terem dado os historiadores senão a história dos sentimentos magníficos e dos belos discursos dos diversos generais, e não a dos fatos.

O que lhes pareceu mais importante, foram as palavras de Miloradovitch, as recompensas que receberam esse e aquele general e os planos que propuseram; quanto à questão dos cinquenta mil infelizes que ficaram quer nos hospitais, quer no túmulo, não lhes interessa por estar fora de suas investigações.

Entretanto, basta desviar-se do estudo dos relatórios e dos planos traçados pelos generais e examinar os movimentos daquelas centenas de milhares de homens que tomaram parte direta, imediata, em tudo quanto se passou, para que todas as questões que pareciam a princípio insolúveis recebam, de súbito, com uma facilidade e uma simplicidade extraordinárias, uma solução indiscutível.

O plano que teria consistido em cortar a retirada de Napoleão e de seu exército jamais existiu senão na imaginação duma dezena de indivíduos. Não podia existir porque era absurdo e porque sua realização era impossível.

O povo russo só tinha um objetivo: livrar sua terra do invasor. Esse objetivo foi atingido, a princípio automaticamente, uma vez que os franceses fugiam e bastava não os entravar na sua corrida; em segundo lugar, foi atingido pelas operações da guerra popular, que aniquilou os franceses; em terceiro lugar porque um forte exército russo seguia os franceses de perto, pronto a empregar sua força se detivessem eles seu movimento.

130. 15° Réaumur.

O exército russo só devia agir à maneira dum chicote sobre o animal em fuga. E um condutor de rebanhos experimentado sabe que o meio melhor é manter brandido o chicote, ameaçando o animal que corre, e não bater-lhe na cabeça.

QUARTA PARTE

1. É o homem tomado de horror diante dum animal moribundo; o que é ele próprio, — o que o constitui, — se acha em ponto de se aniquilar, de cessar de viver diante de seus olhos. Mas quando esse moribundo é um homem, um homem querido, ao horror sentido diante do aniquilamento da vida se acrescenta um dilaceramento, uma ferida da alma que, semelhante a uma ferida do corpo, por vezes mata e por vezes se fecha, mas conserva-se dolorosa e teme ser reavivada por um toque exterior.

Depois da morte do Príncipe André, Natacha e a Princesa Maria experimentaram ambas esse sentimento. Abatidas moralmente, fechavam os olhos diante da nuvem da morte suspensa sobre suas cabeças e não ousavam mais encarar a vida de face. Não pensavam senão em preservar seu ferimento diante dum toque ofensivo ou doloroso. Tudo, uma carruagem que passava a galope na rua, o anúncio do jantar, a pergunta duma criada a respeito dum vestido a preparar, e mais ainda uma palavra de simpatia simulada ou sem calor, tudo irritava a dolorida ferida, feria-as como um ultraje, destruía aquele silêncio indispensável no qual todas duas se concentravam para ouvir o coro terrível e grave que não cessava de ecoar em sua imaginação e as impedia de olhar para os longes misteriosos e infinitos que se haviam descortinado um instante diante delas.

Somente a sós é que não sentiam nem ofensa, nem dor. Quase não se falavam. Se falavam, era das coisas mais insignificantes. Uma e outra evitavam igualmente toda alusão ao futuro.

Reconhecer uma possibilidade de futuro parecia-lhes com efeito uma injúria à memória do Príncipe André. E todas duas cuidavam mais ainda em suas conversas de evitar o que pudesse ter relação com ele. Parecia-lhes que o que tinham elas sofrido não se podia exprimir com palavras. Pensavam que tocar nos mínimos pormenores da vida do Príncipe André, destruía a grandeza e a santidade do mistério que se realizara sob seus olhos.

A reserva constante de suas falas, seu esforço perpétuo para evitar tudo quanto pudesse levá-las a falar dele, aquela maneira de montar guarda em todas as partes da fronteira do que não era preciso dizer a preço algum, evocava com uma clareza, com uma pureza ainda maior diante de sua imaginação, o que elas sentiam.

Mas a tristeza pura é tão impossível quanto a alegria pura. A Princesa Maria que, pela sua situação, se encontrava como senhora única de seu destino e a tutora responsável por seu sobrinho, foi a primeira chamada para a vida fora do luto, no qual vivia havia duas semanas. Recebeu de seus parentes cartas a que teve de responder; o quarto onde vivia o pequeno Nicolau era úmido e ele se pôs a tossir; Alpatitch veio a Iaroslav trazer suas contas e aconselhou a princesa a regressar a Moscou, para a casa da Rua Vozdvijenka, que permanecera intacta, e que só necessitava duns poucos reparos. A vida não parara e era preciso viver. Por mais penoso que fosse à Princesa Maria sair daquele mundo de solidão e da contemplação em que se confinara até ali, as preocupações materiais reclamavam sua presença e teve de submeter-se, malgrado a compaixão que lhe inspirava Natacha e seus remorsos à ideia de abandoná-la. Verificava as contas de Alpatitch, conferenciava com Dessalles a respeito de seu sobrinho e tomava as disposições necessárias para seu regresso a Moscou.

Natacha ficava só; desde o momento em que Maria começou a ocupar-se com sua partida, evitou-a.

A Princesa Maria, entretanto, propôs à condessa que deixasse Natacha partir com ela para Moscou e a mãe e o pai aceitaram esse oferecimento com alegria, porque viam de dia para dia as forças de sua filha diminuírem e achavam que uma mudança de ar, juntamente com os cuidados dum médico de Moscou, lhe fariam grande bem.

— Não irei para parte alguma — respondeu Natacha, quando lhe fizeram essa proposta. — Só peço que me deixem tranquila.

E correu a refugiar-se no seu quarto, contendo com esforço lágrimas menos de dor que de despeito e irritação.

Desde que se sentia abandonada pela Princesa Maria e sozinha com seu sofrimento, passava Natacha a maior parte de seu tempo fechada no seu quarto, toda enrodilhada num canto de divã, desfazendo, refazendo algum trabalho com seus dedos finos e ágeis, o olhar imóvel fixo diante de si. Essa solidão a esgotava, a roía, mas tinha necessidade dela. Assim que alguém entrava em seu quarto, erguia-se vivamente. Mudava de atitude e de expressão, fingia ler ou costurar e não ocultava a impaciência que sentia de ver sair aquele que fora interrompê-la.

Parecia-lhe sem cessar que estava a ponto de apreender e de penetrar o terrível, o acabrunhante problema sobre o qual estava fixo seu olhar interior.

No fim de dezembro, trajando um vestido de lã preta, com os cabelos negligentemente presos em coque, Natacha, muito pálida e magra, mantinha-se enrodilhada no canto de seu divã, toda ocupada em enrolar e desenrolar a ponta de sua faixa, olhando o ângulo da porta.

Fitava o lugar donde ele partira, do outro lado da vida. E aquele lado, no qual jamais refletira antes, que antes lhe parecia tão longínquo, tão inconcebível, estava-lhe agora mais próximo e mais familiar, mais compreensível do que o lado de cá, onde tudo não é senão vazio e ruína, quando não sofrimento e humilhação.

Olhava para lá, onde sabia que ele se achava; mas não podia vê-lo de outro modo que não o em que ele estava neste mundo. Via-o como estava ele em Mitichtchi, em Troitsa, em Iaroslav.

Via seu rosto, ouvia sua voz, repetia suas palavras e as que lhe dissera; e por vezes imaginava outras falas que teriam podido trocar.

Ei-lo estendido numa poltrona, com seu roupão de quarto de veludo forrado, com a cabeça apoiada em sua mão branca e descarnada. Seu peito está terrivelmente cavado e seus ombros erguidos. Seus lábios estão fortemente contraídos, seus olhos brilham, na sua fronte pálida uma ruga aparece e se apaga. Uma de suas pernas mostra um tremor rápido quase imperceptível. Natacha sabe que ele luta naquele momento contra uma dor torturante. Que dor é essa? Por que sobreveio? Que sente ele? Onde sente a dor? — pensa Natacha. Mas ele lhe nota a inquietação, ergue os olhos e se põe a falar sem sorrir.

"O que é terrível — diz ele, — é ligar-se pelo resto da vida a um homem que sofre. É um suplício sem fim". E olha-a com olhares perscrutadores. Natacha, como sempre, lhe responde sem dar-se tempo de refletir no que vai dizer; exclama: "Isto não pode continuar assim, é impossível, você se restabelecerá completamente".

Ela o revê agora, ela revê tudo quanto sentia naquele momento. Lembra-se do longo olhar triste e grave que ele lhe lançou depois daquelas palavras e compreende a significação da censura e do desespero daquele olhar fixo.

"Reconheci — pensa ela, — que seria horrível se continuasse ele sempre a sofrer. Disse-o porque isso teria sido verdadeiramente terrível para ele, mas compreendeu ele outra coisa. Pensou que seria terrível para mim. Naquele momento, ainda se aferrava à vida, tinha medo de morrer. E eu, eu falei brutalmente, estupidamente. Não pensava nisso. Pensava em outra coisa bem diversa. Se tivesse dito o que pensava, ter-lhe-ia dito que, mesmo que estivesse ele moribundo, mesmo que ele ficasse para sempre moribundo diante de meus olhos, teria sido feliz em comparação com o que sou agora! Agora, não tenho mais nada, mais ninguém. Sabia ele disso? Não, não o sabia e não o saberá jamais. Agora não poderei nunca, nunca mais reparar isso". Mas de novo ele lhe torna a dizer as mesmas palavras e desta vez Natacha lhe dá, em imaginação, uma resposta diferente. Ela o interrompe e lhe diz: "É terrível para você, mas não para mim. Você sabe que sem você a vida nada é para mim e que sofrer com você é para mim a maior felicidade". E ele lhe toma a mão, aperta-a como a apertou durante aquela horrível noite, quatro dias antes de sua morte. E ela lhe repete ainda em pensamento as palavras de ternura e de amor que teria podido dizer-lhe então e que só agora pronuncia: "Eu te amo!... Sim, eu te amo, eu te amo...", exclama ela e junta convulsivamente as mãos, e cerra os dentes com uma violência selvagem.

Então uma dor mais suave a invade, as lágrimas lhe brotam dos olhos, e, bruscamente, interroga a si mesma. A quem falou assim? Onde está ele, que é ele agora? E de novo tudo mergulha numa inquietação esterilizante, cruel, e de novo, de super-cílios contraídos, olha ela para esse além onde ele se encontra; de novo, crê que vai penetrar o mistério... Mas no minuto mesmo em que tudo se vai desvendar, em que todo o incognoscível vai sem dúvida se revelar a ela, o estalido do ferrolho da porta fere dolorosamente seu ouvido. Duniacha, a criada de quarto, de rosto espantado e decomposto, entra no quarto sem cerimônias.

— Por favor, correi para o lado de vosso pai, depressa — diz ela, com uma expressão esquisita no rosto animado. — Aconteceu uma desgraça... Pedro Ilitch... uma carta...

E se pôs a soluçar.

2. Além do distanciamento geral que sentia para com os vivos, experimentava Natacha naquele momento uma aversão particular à sua família. Todos os seus, seu pai, sua mãe, Sônia, estavam-lhe tão próximos, tão familiares que cada uma de suas palavras, cada um de seus sentimentos se tornavam uma ofensa àquele mundo em que ela vivia desde algum tempo; e não os olhava somente com indiferença, mas com hostilidade, Ouviu Duniacha falar de Pedro Ilitch e de desgraça e não compreendeu.

"Uma desgraça para eles? Como pode a desgraça atingi-los?", dizia a si mesma Natacha. "A vida deles decorre sempre idêntica, na sua paz costumeira",

Quando entrou no salão, viu seu pai sair apressadamente do quarto da condessa. Tinha as feições contraídas e o rosto molhado de lágrimas. Sentia-se que se precipitara para fora daquele quarto para dar livre curso a soluços que o sufocavam. À vista de Natacha, fez um gesto de desespero e deixou escapar gemidos convulsivos que deformaram sua bondosa cara redonda.

— Pé... Pétia... Vai depressa, ela... te chama... — E chorando como uma criança, aproximou-se duma cadeira, a pequenos passos cambaleantes, nela se deixou quase cair e cobriu o rosto com as mãos.

De repente, uma espécie de choque elétrico percorreu todo o corpo de Natacha. Sentiu um golpe horrível no coração. Experimentou uma dor tremenda; acreditou que alguma coisa nela se dilacerava e que ia morrer. Mas imediatamente se sentiu libertada da interdição de viver que pesava sobre seu ser. Vendo seu pai derrubado e ouvindo os gritos espantosos, os gritos selvagens de sua mãe, do outro lado da porta, esqueceu-se de si mesma e esqueceu sua própria dor.

Precipitou-se para seu pai, mas com um gesto de impotência ele lhe apontou o quarto de sua mãe. Palidíssima, a Princesa Maria, com o queixo a tremer, apareceu na porta e veio tomar Natacha pela mão, dizendo-lhe alguma coisa. Natacha não a via, não a ouvia. Avançou com passo rápido, parou um curto instante à porta como para se dominar e precipitou-se para sua mãe.

Estendida numa poltrona, a condessa se torcia, presa de estranhos movimentos nervosos e batia com a cabeça na parede. Sônia e as criadas lhe seguravam os braços.

— Natacha, Natacha!... Não é verdade, não é verdade... Ele mente. Natacha! — gritou ela, repelindo aquelas que a seguravam. — Vão-se embora todas, não é verdade! Mataram-no!... Ah! ah! ah! não é verdade!

Com um joelho sobre a poltrona, Natacha inclinou-se sobre sua mãe, cercou-a com seus braços e, com uma força insuspeitada, voltou para si o rosto dela que aproximou do seu.

— Mamãe!... mamãe querida!... Estou aqui, mamãe...

E se pôs a murmurar-lhe palavras, sem parar um segundo.

E sem mais largar sua mãe, resistindo-lhe ternamente, reclamava travesseiros, água, depois a despertava, punha-a à vontade afrouxando-lhe as vestes.

— Minha amiga, minha querida mamãe — não cessava ela de cochichar, cobrindo-lhe de beijos a cabeça, as mãos, o rosto e sentindo suas próprias lágrimas, que não podia conter, correrem e lhe fazerem cócegas no nariz e nas faces.

A condessa apertou a mão de sua filha, fechou os olhos e acalmou-se um instante. De repente se levantou, com uma vivacidade inesperada, lançou em torno de si um olhar de louca e vendo Natacha, apertou-lhe, com todas as suas forças, a cabeça entre as mãos. Depois voltou para si o rosto de sua filha todo contraído de dor e contemplou-o longamente.

— Natacha, tu me amas — disse ela, baixinho, num tom confiante. — Natacha, tu não me enganas? Dir-me-ás toda a verdade?

Natacha a fitou com seus olhos transbordantes de lágrimas e seu rosto era apenas súplica e amor.

— Minha mamãezinha — repetiu ela, com todas as forças de seu afeto tensas, como para tomar sobre si aquele excesso de dor que esmagava sua mãe.

E na sua luta impotente contra a realidade, aquela mãe, recusando crer que podia viver, quando seu filho querido acabava de ser morto na flor de sua mocidade, evadiu-se entrando no mundo do delírio.

Natacha não pôde lembrar-se de como passou aquele dia, a noite seguinte, depois o dia e a outra noite. Não dormiu e não deixou sua mãe. Seu amor obstinado, paciente, que não procurava explicar nem consolar, mas que era como um apelo à vida, cercava a condessa por todos os lados e a cada instante.

Na terceira noite, a condessa se acalmou alguns minutos e Natacha fechou os olhos, com a cabeça apoiada no braço duma poltrona. O leito estalou. Ela os reabriu. A condessa estava sentada e falava baixinho.

— Como estou contente por teres vindo! Estás fatigado. Queres tomar chá? (Natacha aproximou-se dela). Que belo rapaz ficaste, estás um homem agora! — continuou ela, pegando na mão de sua filha.

— Mamãe, que está dizendo?...

— Natacha, ele não existe mais, ele não existe mais!

E enlaçando sua filha, a condessa se pôs a chorar pela primeira vez.

3. A Princesa Maria adiou sua viagem. Sônia e o conde tentavam em vão substituir Natacha junto da condessa. Davam-se conta de que só ela podia arrancar sua mãe à loucura do desespero. Durante três semanas não a deixou um instante; dormia ao lado da condessa numa poltrona, dava-lhe de beber e de comer, e lhe falava sem cessar, porque somente sua voz terna e cariciosa a tranquilizava.

A ferida moral da pobre mãe não podia curar-se. A morte de Pétia lhe havia arrancado a metade da própria vida.

Quando saiu de seu quarto, um mês depois de ter sabido da morte de seu filho, a condessa que havia carregado alegremente e sem fadiga seus cinquenta anos, não era mais que uma velha semimorta, tendo perdido todo o gosto de viver. Mas essa ferida mesma que havia semimatado a condessa chamara Natacha à vida.

A ferida da alma que provém dum transtorno do ser interior é, por mais estranho que pareça semelhante a uma profunda ferida do corpo: depois de se ter fechado exteriormente, só se cicatriza internamente sob a pressão da força vital.

Foi o que ocorreu com o ferimento de Natacha. Acreditava que sua vida estava finda. E de repente, seu amor filial lhe mostrou que a razão de ser de sua vida — o amor, estava ainda vivo nela. O amor redespertou e a vida com ele.

Os derradeiros dias do Príncipe André tinham ligado Natacha e a Princesa Maria. Essa nova desgraça as reaproximou ainda mais. Tendo a Princesa Maria adiado sua partida, cuidou de Natacha como de uma criança doente, durante as três semanas que se seguiram. As derradeiras semanas que Natacha passara no quarto de sua mãe tinham-na quebrantado.

Um dia, à tarde, a Princesa Maria viu Natacha tremer de febre; levou-a para seu quarto e obrigou-a a deitar-se em seu leito. Natacha estendeu-se, mas quando a Princesa Maria, depois de ter baixado os estores, quis sair, Natacha chamou-a para seu lado.

— Não tenho vontade de dormir, Maria; senta-te perto de mim.

— Estás fatigada; procura cochilar um pouco.

— Não, não. Por que me trouxeste? Ela vai-me chamar.

— Sabes bem que está muito melhor. Hoje, falou tão razoavelmente!

Estendida no leito, fitava Natacha o rosto da Princesa Maria na penumbra do quarto.

"Parece-se com ele?" perguntava a si mesma. "Sim e não. Mas tem qualquer coisa de particular, de distinto, de completamente novo, de desconhecido. E me ama. Que terá ela no fundo de sua alma? Nada que não seja bom. Mas o quê? Que pensa ela? Que vê ela em mim? Sim, é uma bela alma".

— Macha — disse ela, timidamente, pegando-lhe a mão. — Macha, não penses que sou má. Não é? Minha querida Mariazinha, como te amo! Sejamos amigas, verdadeiras amigas.

E Natacha, enlaçando-a em seus braços, cobriu de beijos o rosto e as mãos da Princesa Maria, confusa e alegre ao mesmo tempo.

Desde esse dia estabeleceu-se entre elas duas aquela amizade apaixonada e terna que só pode existir entre mulheres. Não paravam de trocar beijos, de se dizerem palavras afetuosas e passavam juntas quase todo o seu tempo. Se uma delas se afastava, a outra ficava inquieta e se apressava em ir-lhe ao encontro. Sentiam-se em maior harmonia, quando estavam juntas do que quando estavam separadas, cada uma diante de si mesma. O sentimento que as unia era mais forte que a amizade, era feito da convicção exclusiva de não poder viver uma sem a outra.

Acontecia-lhes ficarem sem falar horas inteiras; acontecia-lhes também começar a falar, depois de deitadas, e falar até de manhã. Contavam uma à outra sobretudo seu passado distante. A Princesa Maria descrevia sua infância, sua mãe, seu pai, seus sonhos; e Natacha, que outrora se desviava com uma incompreensão tranquila da poesia da renúncia cristã, Natacha, ligada agora por seu amor à Princesa Maria, amava até o passado de sua amiga e compreendia aquele lado da vida que lhe ficara fechado. Não sonhava em aplicar à sua própria vida a humanidade e o sacrifício, porque estava habituada a procurar alegrias diferentes, mas compreendia e admirava numa outra, virtudes que lhe pareciam outrora inconcebíveis. A Princesa Maria, da mesma maneira, descobria um mundo até então desconhecido, a fé na vida, a fé nos prazeres da vida, enquanto ouvia os relatos de Natacha sobre sua infância e sua adolescência.

Arranjavam-se para não falar quase nunca "dele", a fim de não perturbar com palavras — pelo menos o pensavam — a elevação do sentimento que guardavam em si, e aquele silêncio agia de tal forma que, pouco a pouco, sem pensar nisso, esqueciam o Príncipe André.

Natacha emagrecera e empalidecera; estava tão fraca que todos se informavam de sua saúde e isto lhe causava prazer. Mas era invadida por vezes, não só pelo medo de morrer, mas pelo medo de ficar doente, de ficar fraca, de perder sua beleza; e por momentos, malgrado seu, contemplava com atenção seu braço descarnado, espantando-se de sua magreza, ou então, de manhã, lançava um olhar para o espelho e via seu rosto fatigado e, pelo que lhe parecia, lastimável. Parecia-lhe que devia ser bem assim, mas nem por isso deixava de achar a coisa triste, aterrorizante.

Um dia subiu demasiado depressa e sentiu-se sem fôlego. Logo, inconscientemente inventou um motivo para tornar a descer e tornar a subir a toda a velocidade, afim de dar-se conta de seu vigor e se pôr à prova.

Doutra vez chamou Duniacha e lhe faltou a voz. Chamou uma segunda vez, se bem que ouvisse seus passos, com voz de peito que usava para cantar e ela própria se ouviu.

Não se dava conta disso, não teria querido acreditá-lo, mas sob a espessa camada de vas que parecia recobrir sua alma, apontavam já finas e tenras hastes de erva, que deveriam cresce depois e reprimir tão vigorosamente o pesar que a sufocava, que em breve não haveria mais traç perceptível dele. Sua ferida se cicatrizava interiormente.

No fim de janeiro, a Princesa Maria partiu para Moscou e o conde insistiu com Natacha par que partisse com ela a fim de consultar médicos.

4. Após o choque dos exércitos em Viazma, onde Kutuzov não pôde reter suas tropas desejo sas de derrubar e de cortar o inimigo, a retirada do exército francês em fuga e a perseguiçã do exército russo continuaram sem combate até Krasnoie. A fuga do exército francês era tã rápida que o exército russo que corria após ele não lograva segui-lo, os cavalos faziam falta par a cavalaria e a artilharia e as informações sobre os movimentos dos franceses se verificavan sempre falsas.

Os soldados russos estavam tão extenuados por aquelas marchas ininterruptas de quarent verstas por dia que não podiam acelerar seu passo.

Para compreender o grau de esgotamento do exército russo, basta dar-se claramente cont do fato de que, desde Tarutino, só tinha ele perdido cinco mil homens mortos e feridos e apena uma centena de prisioneiros e que, saído de Tarutino com cem mil homens, em Krasnoie contav apenas com quarenta mil.

A rapidez da perseguição agia, pois, sobre o exército russo duma maneira tão dissolvent como a retirada sobre os franceses. A única diferença era que o exército russo avançava de se pleno grado, sem o temor de perecer que estava suspenso sobre o exército francês; seguia-s disso que os retardatários franceses ficavam em mãos do inimigo, ao passo que os retardatário russos ficavam em sua casa. A causa principal da decomposição do exército de Napoleão provi nha, pois, da velocidade de sua carreira, e tem-se a prova incontestável disso na correspondent decomposição do exército russo.

Toda a atividade de Kutuzov, como em Tarutino, como em Viazma, tendia somente, enquant estava a coisa em seu poder, em não entravar a retirada mortífera dos franceses (como se quis en Petersburgo, como o queriam os generais do exército russo), mas ajudá-la e facilitar de antemã o avanço de suas próprias tropas.

Mas de parte o esgotamento que mostrava então o exército russo e as enormes perdas qu lhe causava a rapidez de seu movimento, outra razão levava ainda Kutuzov a tornar lento movimento de suas tropas e a temporizar. O objetivo dos russos era perseguir os franceses. Ora o caminho, quanto mais os nossos avançavam nos rastros dos franceses, mais estes apressavan o passo para aumentar a distância que os separava. Era somente acompanhando-se de bem long que se podia, por meio de atalhos, cortar os ziguezagues que os franceses seguiam na su marcha. Todas as manobras sábias propostas pelos generais traduziam-se em marchas contramarchas numerosas e num aumento de distância das etapas, quando o único objetiv razoável era, pelo contrário, diminuí-las. Foi para esse objetivo que tendeu a atividade de Kutuzo durante toda a campanha de Moscou a Vilna, não por um efeito do acaso, não a intervalos, ma com um tal espírito de continuidade que não se desviou uma vez sequer de sua rota.

Kutuzov sabia, não por deduções de sua razão ou de sua ciência militar, mas em virtude d toda a sua natureza russa, sabia e sentia o que sentia cada soldado russo: que os francese estavam vencidos, que os inimigos fugiam e que era preciso persegui-los; mas ao mesmo temp sentia, como seus soldados, todo o peso daquela campanha, inaudita pela sua rapidez e pel estação do ano em que se desenrolava.

Entretanto os generais, em particular os que não eram russos, desejosos de distinguir-se, d provocar o espanto, de fazer prisioneiro um duque ou rei para disso tirar algum benefício, pensa vam, pelo contrário, que chegara o momento de travar batalha e de vencer algum inimigo; querian praticar essa falta estúpida e horrível. Mas Kutuzov se limitava a dar de ombros quando, um após outro, iam-lhe apresentar projetos de manobras com homens malcalçados, sem roupas quentes, meio famintos que, num só mês, sem combater, tinham-se dissolvido pela metade, e com os quais era preciso, mesmo se a perseguição continuasse nas melhores condições, percorrer até a fronteira uma distância bem maior ainda que a que tinham já percorrido.

Esse violento desejo de se distinguir, de manobrar, de derrubar e cortar o inimigo, manifestava-se particularmente quando o exército russo entrava em contato com o exército francês.

Foi o que aconteceu em Krasnoie onde se acreditava só encontrar-se uma das três colunas francesas, e caiu-se sobre Napoleão em pessoa, à frente dum exército de dezesseis mil homens. Malgrado todos os meios empregados por Kutuzov para evitar esse choque funesto e para poupar suas tropas, o exército russo, extenuado, encarniçou-se, durante três dias em Krasnoie em desbaratar os bandos franceses.

Toll redigira o dispositivo: *die erste Colonne marschirt*[131], e assim por diante. E como sempre, nada se fez de acordo com o dispositivo. O Príncipe Eugênio de Wurtemberg que, duma altura, atirava sobre as massas francesas em fuga, pediu reforços que não chegaram. Os franceses aproveitaram da noite para contornar os russos; espalharam-se, dissimularam-se dentro de bosques e conseguiram, bem ou mal, abrir-se um caminho.

Miloradovitch, que pretendia nada querer conhecer das necessidades materiais de seu destacamento, e que nunca podia ser encontrado quando dele se precisava, Miloradovitch, o *chancelier sans peur et sans reproche*[132], como se denominava a si mesmo, esse amante de conversações diplomáticas, enviou parlamentares exigindo a capitulação dos franceses, perdeu seu tempo e fez coisa bem diversa do que lhe fora ordenado.

— Meus filhos, eu vos dou esta coluna — disse ele, avançando diante de suas tropas e mostrando os franceses a seus cavaleiros.

E seus cavaleiros, em seus cavalos que mal se podiam mover e que eles tocavam para diante a golpes de esporas e de sabre, lançaram-se a pequeno trote; não sem muitos esforços atiraram-se sobre a coluna de que lhes tinham feito presente, isto é, sobre pobres diabos, entorpecidos de frio e semigelados. Imediatamente a coluna lançou fora suas armas e se rendeu, o que desejava fazer desde muito tempo.

Em Krasnoie, fizeram-se vinte e seis mil prisioneiros, tomou-se uma centena de canhões e um bastão que se pretendeu ser um bastão de marechal; depois de ter discutido para saber quem se tinha distinguido, cada qual se achou satisfeito; mas lamentou-se enormemente não se ter capturado Napoleão ou pelo menos um herói qualquer, um marechal, e houve troca de censuras, acusando-se acima de todos a Kutuzov.

Essa gente, arrebatada pelas suas paixões, não passava de cegos instrumentos da mais triste das necessidades; mas tinham-se como heróis e imaginavam ter realizado a mais meritória e a mais nobre das façanhas. Acusavam Kutuzov e pretendiam ter sido impedidos de vencer Napoleão, desde o começo da campanha; que ele não pensava senão em satisfazer suas paixões e não queria deixar as Fiações[133] porque ali vivia em paz; que em Krasnoie havia entravado o movimento porque ao saber da presença de Napoleão havia perdido completamente a cabeça; que se podia supor que andasse de inteligência com Napoleão e a ele se vendera,[134] e assim por diante.

Não foram somente os contemporâneos, cegos pela paixão, que falaram assim; a posteridade e a História proclamaram Napoleão grande e os estrangeiros disseram de Kutuzov que era uma velha raposa debochada, um cortesão sem audácia; quanto aos russos, pintaram-no como um ser indefinível, uma espécie de boneco, útil somente porque tinha um nome russo...

131. Em alemão no original: "A primeira coluna parte..."
132. Em francês no original: "O chanceler sem medo e sem mancha".
133. Domínio situado na estrada de Kaluga, no Distrito de Medine e pertencente então, bem como as fábricas de tecido donde tira seu nome, aos Gutcharov, família da mulher de Puchkin. Kutuzov ter-se-ia detido ali algum tempo em 1812.
134. Memórias de Wilson. (N. do A.)

5. Durante os anos de 1812 e 1813, acusou-se francamente Kutuzov. O imperador estava bastante descontente com ele. E uma história que acaba de ser redigida por ordem superior diz que era um cortesão matreiro e mentiroso a quem o simples nome de Napoleão causava medo, e que, pelas suas faltas em Krasnoie e no Beresina, privara o exército russo da glória de ter vencido completamente os franceses[135].

Tal é a sorte, não do homem de valor, do grande homem que o espírito russo se recusa a reconhecer, mas desses raros indivíduos sempre isolados que, compreendendo a vontade da Providência a ela submetem sua própria vontade. O ódio e o desprezo da multidão punem esses homens por terem penetrado as ordens do alto.

Para os historiadores russos (é estranho e abominável dizê-lo), Napoleão, esse insignificante instrumento da História, que nunca em parte alguma, nem mesmo no exílio, deu prova de dignidade humana, Napoleão é um objeto de admiração e de entusiasmo, é grande. Kutuzov, pelo contrário, esse homem que, desde o começo até o fim de sua atividade em 1812, de Borodino a Vilna, não se desmentiu uma única vez em seus atos, nem em suas palavras, esse homem que aparece na História como um exemplo extraordinário de sacrifício de si mesmo e de presciência, Kutuzov lhes parece uma criatura incerta e lamentável de que se tem sempre, quando se fala dele em 1812, uma espécie de vergonha.

Entretanto, seria difícil de imaginar um personagem histórico que tenha perseguido tão imutavelmente, tão constantemente, o objetivo escolhido uma vez por todas. Seria difícil de imaginar um objetivo mais nobre e mais em harmonia com a vontade de todo um povo. Seria ainda mais difícil encontrar outro exemplo na história em que o objetivo fixado de antemão a um personagem histórico tenha sido tão completamente atingido como aquele para o qual Kutuzov fez tender seus esforços durante o decorrer de 1812.

Kutuzov nunca falou dos quarenta séculos que nos contemplam do alto das pirâmides, nem dos sacrifícios que fazia à sua pátria, nem do que fizera ou tinha a intenção de fazer; em geral, nunca falava de si mesmo, não procurava desempenhar nenhum papel, mostrava-se sempre o mais simples e o mais comum dos homens, só dizia as coisas mais simples e mais comuns. Escrevia às suas filhas e a Mme. de Staël, lia romances, gostava da companhia de mulheres bonitas, pilheriava com seus generais, oficiais e soldados, não contradizia nunca as pessoas que faziam questão de lhe demonstrar alguma coisa. Quando o Príncipe Rostoptchin chegou a galope à ponte do Iauza para lhe fazer censuras pessoais, acusá-lo de responsável pela perda de Moscou e dizer-lhe: "Como é, não havíeis prometido não abandonar a cidade sem combate?", Kutuzov respondeu-lhe: "Não tenho a intenção de abandonar Moscou sem combate, se bem que Moscou já estivesse abandonada". Quando Araktcheiev foi encontrá-lo da parte do imperador para dizer-lhe que deveria designar-se Ermolov para o comando da artilharia, respondeu-lhe: "Sim, é justamente o que acabo de dizer eu mesmo", se bem que um minuto antes tivesse dito justamente o contrário. Que importância tinha isso para ele, que era o único que compreendia então o sentido formidável dos acontecimentos em meio da multidão estúpida que o cercava, que importância tinha para ele que Rostoptchin atribuísse a si mesmo ou atribuísse a ele as desgraças da capital? Com mais forte razão podia ele desinteressar-se de saber quem seria nomeado comandante da artilharia.

Não somente nessas ocasiões, mas continuamente, aquele velho, tendo adquirido pela experiência da vida a convicção de que as ideias e as palavras que servem para exprimi-las, não são o que dirige os homens, pronunciava palavras absolutamente desprovidas de sentido, as primeiras que lhe vinham à mente.

Mas esse mesmo homem, que ligava tão pouca importância ao que dizia, jamais deixou escapar uma palavra, durante todo o curso de sua vida ativa, que não estivesse em acordo com

135. "História do ano 1812", por Bogdanovitch: característica de Kutuzov e dissertação sobre a insuficiência dos resultados dos combates de Krasnoie. (Nota do autor.)

o fim único que perseguiu por toda a duração da guerra. Evidentemente, dominado pela penosa certeza de que não o compreenderiam, em muitas circunstâncias revelou, malgrado seu, o fundo de seu pensamento. A partir da Batalha de Borodino, causa inicial de suas dissenções com seu círculo, só ele disse: "A BATALHA DE BORODINO É UMA VITÓRIA", e repetiu-o constantemente, de viva voz, nos seus relatórios e nos seus comunicados, até a hora de sua morte. Só ele disse: "A PERDA DE MOSCOU NÃO É A PERDA DA RÚSSIA". Na sua resposta às ofertas de paz de Lauriston, declarou: "A PAZ NÃO É POSSÍVEL, PORQUE TAL É A VONTADE DO POVO". Só ele no momento da retirada dos franceses, declarou que "TODAS AS NOSSAS MANOBRAS ERAM INÚTEIS, TUDO SE ARRANJARA POR SI MESMO MELHOR DO QUE PODÍAMOS ESPERAR, SERIA PRECISO FAZER PARA OS INIMIGOS UMA PONTE DE OURO, OS COMBATES DE TARUTINO, DE VIAZMA, DE KRASNOIE, NÃO ERAM NECESSÁRIOS, TRATAVA-SE DE CHEGAR ÀS FRONTEIRAS COM BASTANTES FORÇAS, NÃO DARIA UM SÓ SOLDADO RUSSO CONTRA DEZ FRANCESES".

E somente esse homem, que nos apresentam como um cortesão, culpado de ter mentido a Araktcheiev, a fim de comprazer ao imperador, somente ele ousou em Vilna incorrer na desgraça junto a seu soberano, dizendo que "UMA GUERRA LEVADA ALÉM DA FRONTEIRA SERIA NOCIVA E SEM OBJETIVO".

Mas não são somente suas palavras que poderiam demonstrar que compreendia ele o sentido dos acontecimentos. Todos os seus atos, sem a menor exceção, tendem para o mesmo tríplice fim: 1º concentrar todas as suas forças tendo em vista uma colisão com os franceses; 2º vencê-los; e 3º, pô-los para fora da Rússia, reduzindo, tanto quanto possível, os sofrimentos do povo e do exército.

É ele, Kutuzov, o contemporizador, cuja divisa foi: Paciência e duração; Kutuzov, o inimigo de toda ação decisiva, quem trava a Batalha de Borodino, dando a seus preparativos uma solenidade sem exemplo; é ele mesmo Kutuzov quem, em Austerlitz, declarara antes da batalha, que seria uma derrota; quem afirma em Borodino, malgrado os generais que garantem que a batalha está perdida, malgrado o exemplo único na História dum exército vitorioso obrigado a abandonar o terreno, é ele, sozinho contra todos, quem afirma até sua morte que a Batalha de Borodino é uma vitória. É ele somente, durante todo o tempo da retirada, que insiste para não travar combates, desde então inúteis, para não começar uma nova guerra e para não ir além das fronteiras da Rússia.

É fácil hoje compreender o sentido do acontecimento, se se quer bem deixar de lado essa massa de objetivos que tinha na cabeça uma dezena de homens, porque o acontecimento, na sua totalidade, com suas consequências, se exibe aos nossos olhos.

Mas como aquele velho, só contra todos, pôde deslindar desde então de maneira tão justa o alcance do sentido popular naquele acontecimento que não o traiu uma só vez durante toda a sua atividade?

A fonte dessa extraordinária penetração do sentido dos fatos que se realizavam era aquele sentimento popular que carregava consigo em toda a sua pureza e em toda a sua força.

E foi porque reconheceu nele esse sentimento que o povo, por meios estranhos, escolheu aquele velho em desfavor, contra a vontade do tzar, para dele fazer o representante da guerra popular. Foi só esse sentimento que o elevou àquela suprema altura humana, do alto da qual ele, o generalíssimo, dirigia todas as suas forças, não para matar e exterminar homens, mas para salvá-los e poupá-los.

Aquela figura simples, modesta, e por consequência verdadeiramente grande, não podia ser vazada no molde mentiroso do herói europeu, pretenso condutor de povos, que a História imaginou.

Não pode haver grande homem para seu criado de quarto, porque o criado de quarto tem sua maneira lá dele de compreender a grandeza.

6. Cinco de novembro foi o primeiro dia da batalha, chamada de Krasnoie. Ao entardecer, após numerosos debates, após as falsas manobras dos generais que não haviam conduzido as tropas aonde era preciso, após o envio a diversos lados de ajudantes-de-campo portadores de ordens contraditórias, e quando se tornou por fim evidente que o inimigo fugia por todas as partes, que nenhum combate se realizaria e não podia realizar-se, Kutuzov deixou Krasnoie e dirigiu-se a Dobroie para onde, durante o dia, se transportara o quartel-general.

O dia estava claro, glacial. Acompanhado por imponente comitiva de generais de má vontade e que cochichavam às suas costas, dirigia-se Kutuzov, pois, a Dobroie, montado em seu gordo cavalo branco. Por toda a extensão da estrada, comprimiam-se os grupos dos franceses aprisionados durante o dia (montavam a sete mil), aquecendo-se junto das fogueiras. Não longe de Dobroie, enorme multidão de prisioneiros esfarrapados, cobertos e enrolados com os primeiros trapos que lhes haviam caído em mãos, discutia barulhentamente, de pé na estrada, ao lado de comprida fila de canhões franceses desatrelados. À aproximação do general-em-chefe, as vozes se calaram e todos os olhares se fixaram em Kutuzov; trazendo na cabeça um boné branco de orla vermelha e envolto no seu grosso capote estofado, erguido em corcova sobre seus ombros curvados, avançava lentamente na sua montaria; um dos generais lhe explicava donde provinham os canhões e os prisioneiros.

Parecia Kutuzov tão absorvido que não ouvia as palavras do general. Piscava o olho com um ar descontente e observava com uma fixidez atenta os vultos dos prisioneiros cujo aspecto era particularmente lamentável. A maior parte deles estava desfigurada com faces e nariz gelados e quase todos tinham os olhos vermelhos, inchados, purulentos.

Num grupo de franceses de pé à beira da estrada, bem perto, dois soldados, dos quais um tinha o rosto coberto de pústulas, dilaceravam com as mãos um pedaço de carne crua; houve algo de horrível e de bestial no olhar furtivo que lançaram sobre os generais e na expressão cheia de ódio com que o soldado das pústulas, depois de ter encarado Kutuzov, virou a cara e continuou o que fazia.

Kutuzov contemplou longamente, atentamente, aqueles dois soldados; seu rosto enrugado cavou-se ainda mais, seus olhos piscaram e abanou ele pensativamente a cabeça. Num outro local, notou um soldado russo que, rindo e batendo no ombro dum francês, lhe dizia alguma coisa com ar amistoso. Kutuzov mostrou a mesma expressão pensativa e abanou de novo a cabeça.

— Que estás dizendo? — perguntou ao general que continuava seu relatório e procurava atrair a atenção do general-chefe para os estandartes franceses capturados e que tinham plantado diante do regimento Preobrajenski. Ah! os estandartes — disse Kutuzov, arrancando-se visivelmente com esforço ao objeto de sua preocupação interior.

Lançou em redor de si um olhar distraído. Milhares de olhos em torno o contemplavam, na expectativa do que iria ele dizer.

Imobilizou-se diante do regimento Preobrajenski, lançou um forte suspiro e fechou os olhos. Alguém de sua comitiva fez um gesto para mandar avançarem os portadores de bandeiras em redor do general-em-chefe. Após alguns segundos de silêncio, Kutuzov ergueu a cabeça e se pôs a falar, visivelmente a contragosto, e para sujeitar-se às exigências da situação. Cercava-o uma multidão de oficiais. Circunvagou por eles um olhar atento, reconhecendo alguns.

— Agradeço-vos a todos! — exclamou, dirigindo-se primeiro aos soldados, depois aos oficiais (no silêncio que se estabeleceu, cada uma de suas palavras, pronunciadas lentamente, se destacou de maneira distinta). — Agradeço-vos a todos o penoso e fiel serviço. A vitória é completa e a Rússia não vos esquecerá. Glória a vós e para sempre!

Calou-se, olhando em redor de si.

— Baixa-lhe, baixa-lhe a cabeça — disse ele a um soldado que segurava uma águia francesa e a havia baixado por engano diante do estandarte do regimento Preobrajenski. — Mais baixo, mais baixo, isso! assim! Viva, rapaziada! — gritou ele para os soldados, com um brusco movimento do queixo.

— Viva-a-a! — gritaram milhares de vozes.

Enquanto os soldados gritavam, Kutuzov, inclinado sobre sua sela, baixou a cabeça e no seu olho único se acendeu um clarão suave e como que malicioso.

— Bem, irmãos! — disse ele, quando as vozes se calaram.

Bruscamente, mudou de tom e de expressão: O generalíssimo havia falado; agora era a vez dum velho bem simples, que fazia questão de comunicar algo de importante a seus camaradas.

Houve um movimento entre os oficiais e nas fileiras dos soldados, desejosos de ouvir melhor o que ele ia dizer.

— Bem, irmãos! Sei que isso é duro para vós, mas que se há de fazer? Tende paciência. Chegaremos em breve ao fim. Uma vez reconduzidos para fora os nossos visitantes, haveremos de descansar. O tzar não vos esquecerá no premiar vossos serviços. É duro, mas estais, ainda assim, em vossa terra, enquanto que eles, vedes a que ponto chegaram — disse ele, apontando os prisioneiros. — Mais baixo que os últimos dos mendigos! Enquanto eram fortes, não tínhamos compaixão alguma, mas agora devemos compadecer-nos deles. Também são homens. Não é, meus filhos?

Olhou ainda em redor de si e nos olhos atentos, respeitosos, interrogativos que o fixaram, leu a emoção que suas palavras despertavam. Seu rosto se abriu mais ainda num bondoso sorriso de velho que pôs estrelas de rugas no canto de seus lábios e de seus olhos. Calou-se e baixou a cabeça, como irresoluto.

— Afinal de contas, quem os mandou vir para cá? Bem feito para eles! Com mil trovões! — exclamou de repente, erguendo a cabeça.

E chicoteando seu cavalo, partiu a galope, pela primeira vez na campanha, em meio das risadas joviais e dos vivas reboantes dos soldados que haviam rompido as fileiras.

As palavras pronunciadas por Kutuzov não foram totalmente compreendidas pelos soldados. Ninguém teria podido repetir o conteúdo daquele discurso do marechalíssimo, solene no começo, mas para o fim, simples e paternal; mas apreendeu-se-lhe o sentido profundo; esse sentimento de grandeza majestosa aliado à compaixão pelo inimigo e à consciência do seu bom direito sublinhado expressamente pela maneira familiar e bonachona daquele velho, esse sentimento, que existia no coração de cada soldado, exprimiu-se por aclamações que custaram a calar-se. Quando depois disso um dos generais foi perguntar ao general-em-chefe se era preciso fazer avançar seu carro, ao responder-lhe, pôs-se Kutuzov, de súbito, a soluçar, revelando sua violenta comoção.

7. A 8 de novembro, último dia do combate de Krasnoie, caía a noite já, quando as tropas chegaram a seus bivaques. O dia inteiro fora tranquilo, glacial, com leves quedas de neve de vez em quando; mas pelo anoitecer, o tempo aclarara. Através dos flocos, avistava-se o céu estrelado dum negro violáceo e o frio tornou-se mais intenso.

Um regimento de fuzileiros que contava com três mil homens ao sair de Tarutino e que tinha agora apenas novecentos, foi um dos primeiros a chegar ao local designado para o bivaque, numa aldeia à beira da estrada. Furriéis, vindo a seu encontro, explicaram que todas as isbás estavam ocupadas por doentes e mortos franceses, pela cavalaria e pelos estados-maiores. Só restava uma para o comandante do regimento.

O comandante dirigiu-se à sua isbá. O regimento atravessou a aldeia e chegado às derradeiras casas, formou os feixes na estrada.

Pôs-se logo à obra, como um animal enorme, de membros múltiplos, que começa a construir sua toca e a preparar sua pitança; uma parte dos soldados, com neve até os joelhos, dispersou-se num bosque de bétulas que se achava à direita da aldeia e logo repercutiu o barulho dos machados, dos fuzis de pederneira, dos galhos quebrados e das vozes alegres; outra parte se pôs a trabalhar em torno dos furgões regimentais e dos cavalos reunidos em manada; prepararam as

marmitas e o biscoito e deram de comer aos cavalos, outros espalharam-se na aldeia para organizar o alojamento dos estados-maiores, retirando os cadáveres dos franceses que jaziam nas isbás, e apoderando-se das pranchas, da madeira seca, da palha de tetos para fazer fogueiras com elas e dos tapumes para construir abrigos.

Uma quinzena deles, por trás das isbás, no fim da aldeia, abalava, com gritos de alegria, o alto caniçado dum telheiro já sem teto.

— Vamos, vamos, juntos, uma boa puxada! — exclamavam eles, e na sombra da noite, com um rumor de gelo que se fende, via-se oscilar uma enorme superfície de tabique salpicado de neve. As estacas de baixo estalavam cada vez mais e por fim o caniçado veio abaixo com o peso dos soldados por cima. Crespas pragas joviais e gargalhadas se fizeram ouvir.

— Ponham-se aí dois a dois! Uma alavanca deste lado! Como é isso? Onde te vais meter?

— Vamos, juntos, todos!... Atenção!... Compassadamente!

Reinou silêncio e uma voz fina de timbre agradavelmente aveludado se pôs a cantar. Ao fim da terceira estrofe, no momento em que a derradeira nota se extinguiu, vinte vozes gritaram unissonamente: "Uh! Uh! Uh! Já vem! Juntos! Pisem em cima, rapazes!" Mas, malgrado essa tração bem-concentrada, o caniçado não se movia e, no silêncio que se seguiu, ouvia-se a respiração pesada dos homens que ofegavam.

— E vocês lá, da sexta! Diabos do inferno! Venham ajudar... pagar-lhes-emos na mesma moeda!

Uns vinte homens da sexta companhia que passavam, indo à aldeia, vieram juntar-se aos que puxavam, e o caniçado, de pouco mais de dez metros de comprimento e quase dois e meio de largura, todo de esguelha sobre os ombros dos soldados ofegantes a quem esmagava e cortava, oscilou ao longo da rua da aldeia.

— Vamos, avança agora... Escorregas, hem, animal?... Por que paras?... Vamos, força!

As injúrias grosseiras e joviais não se interrompiam.

— Que fazem vocês? — berrou de súbito a voz de comando de um suboficial que acorria na direção dos carregadores. — Os chefes estão lá; há um "general" na isbá. Bando de safardanas! Vou ajudá-los! E deu um soco magistral nas costas do primeiro soldado que lhe caiu sob o punho. — Não poderiam fazer menos barulho?

Os soldados se calaram. O que fora socado pelo suboficial pôs-se, resmungando, a enxugar seu rosto coberto de sangue, esfolado ao bater de encontro ao caniçado.

— Ah! aquela besta! Que tapa que me deu! Estou com a garganta toda em sangue — disse ele, num tom tímido, quando o suboficial se afastou.

— Não gostas disso, hem? — disse uma voz zombeteira; mas os soldados, pondo surdina a suas exclamações, continuaram sua marcha.

Uma vez fora da aldeia, se puseram a falar de novo barulhentamente, praguejando a todo propósito e sem objetivo.

Na isbá, costeando a qual passavam os soldados, estava reunido o alto comando; enquanto se tomava chá, discutiam-se vivamente os acontecimentos do dia e as manobras projetadas para o dia seguinte. Tinha-se proposto realizar uma marcha de flanco sobre a esquerda para cortar a retirada do vice-rei e capturá-lo.

Quando os soldados trouxeram o caniçado demolido, as fogueiras do rancho já estavam acesas por todas as partes. A madeira estalava, a neve derretia-se e as sombras negras dos soldados iam e vinham sobre o terreno ocupado, coberto de neve pisada.

Machados e fuzis trabalhavam à porfia. Cada qual se pusera a trabalhar sem precisar de ser mandado. Trazia-se madeira para manter as fogueiras da noite, preparavam-se cabanas para os chefes, fazia-se as marmitas ferverem, limpavam-se as armas e o equipamento.

O caniço trazido pela oitava companhia foi instalado em semicírculo do lado do norte, consolidado com esteios e acendeu-se a fogueira do bivaque na frente. Tocou-se a recolher, fez-se a chamada, comeu-se e cada qual tomou lugar para passar a noite em redor das fogueiras, este remendando seu calçado, aquele fumando seu cachimbo e aquele outro tirando a roupa para matar os piolhos ao calor do fogo.

8. Poder-se-ia crer que nas condições atrozes e quase inconcebíveis em que se encontrava o soldado russo, sem botas forradas, sem peles de carneiro, sem teto sobre sua cabeça a uma temperatura de 18° de frio, sem mesmo sua ração completa, porque os víveres não podiam sempre vir acompanhando, a tropa oferecia o espetáculo mais pungente, mais consternador.

Pelo contrário: jamais, mesmo nas condições materiais mais favoráveis, deu o exército um espetáculo de maior alegria e maior animação. É que com o tempo, tudo quanto perdia coragem ou se enfraquecia se eliminava do exército. Todos os elementos, fisicamente ou moralmente fracos, haviam desde muito ficado para trás: só restava a flor do exército, o vigor da alma e do corpo.

Na oitava companhia, protegida pelo caniçado, havia muitos soldados; dois suboficiais se haviam juntado a eles, porque as fogueiras ali flamejavam mais vivas que em qualquer parte. Exigiam que se trouxessem paus de lenha para se ter o direito de sentar ao pé da fogueira.

— Hei, Makeiev, onde estás?... Estás perdido ou os lobos te devoraram? Traze lenha então — gritava um soldado ruivo, de cara afogueada, e cujos olhos piscavam por causa da fumaça, mas que não se afastava do fogo. — Vamos, mexe-te, pedaço de chouriço, traze lenha — ordenou ele a um outro.

O ruivo não era nem suboficial nem mesmo cabo, mas um soldado vigoroso, e aproveitava-se disso para dar ordem aos mais fracos que ele. O soldadinho magro, de nariz pontudo, que acabavam de chamar de chouriço, levantou-se docilmente e apressou-se em obedecer à ordem dada; mas nesse instante apareceu à luz do braseiro, o vulto gracioso de um jovem soldado carregando madeira.

— Traze isso aqui. Perfeito!

Quebraram os paus, amontoaram-nos em pedaços, atiçou-se o fogo, soprando-o, agitando-se as abas dos capotes e, em breve, a labareda subiu, crepitando. Os soldados se aproximaram e acenderam os cachimbos. O jovem e bonito soldado, que havia trazido a madeira, pôs os punhos nos quadris e começou a bater com os calcanhares vivamente, agilmente, para aquecer seus pés gelados. Depois começou a cantar[136], dando um suspiro a cada palavra:

— "Ah! minha mãezinha, o orvalho está frio e belo, e o fuzileiro..."

— Olá, dá o fora com as tuas palmilhas! — gritou o ruivo, notando que as solas dos sapatos do dançarino estavam despregadas. — Que veneno que é a dança!

O dançarino parou, arrancou o pedaço de couro que não se aguentava mais e atirou-o no fogo.

— Isso mesmo, meu velho — disse ele, sentando-se; e, tirando de sua mochila um pedaço de pano azul francês, enrolou nele seu pé. — O calor os entorpece — acrescentou, estendendo as pernas para o fogo.

— Vão em breve fornecer-nos tudo novo. Dizem que, uma vez tudo acabado, vão-nos pagar soldo duplo.

— Com efeito, aquele cachorro do Petrov ficou na estrada — disse um dos suboficiais.

— Há muito tempo que duvidava disso — replicou o outro.

— Que queres, um pedaço de soldado como era...

— Dizem que na terceira companhia faltaram nove homens à chamada, ontem à noite.

— Mas pensa um pouco! Quando os pés estão gelados, como continuar a marchar?

— Ah! boa piada! — exclamou o suboficial.

— Tens vontade de experimentar isso? — disse um velho soldado, dirigindo-se, num tom de censura àquele que havia falado de pés gelados.

— Que queres dizer? — perguntou, levantando-se, do outro lado da fogueira o soldado de nariz pontudo a quem haviam chamado de chouriço. E acrescentou, com voz aguda e trêmula: — Não adianta ser gordo, emagrece-se; e emagrecer é morrer. Eu, por exemplo. Não tenho mais forças — afirmou ele, de repente, num tom decidido, dirigindo-se a um dos suboficiais. — Manda-me para o hospital, sinto-me completamente entrevado; de outro modo, seja como for, não poderei seguir.

6. O sapateado da dança popular é sempre escandido por uma canção.

— Vamos, não digas besteiras — replicou tranquilamente o suboficial.

O soldadinho se calou e a conversa prosseguiu.

— Hoje, prendemos um bom bocado desses franceses; mas no que diz respeito a botas, nem um deles tinha um par que prestasse; de botas só têm o nome — disse um soldado, desejoso de travar outra conversa.

— São sempre os cossacos que lhas tiram. Limparam a casa para o coronel e levaram os corpos para fora. Viraram-nos e reviraram-nos. Faz pena ver uma coisa dessas — disse o soldado que havia dançado. — Havia um que ainda estava vivo, acreditas? e que murmurava alguma coisa na sua língua.

— E são gente direita, os coitados! — continuou o primeiro. — São brancos, brancos como a bétula. E há entre eles muitos bravos, e nobres, sabias?

— Que é que pensavas então? Lá entre eles, são recrutados em todas as classes.

— E não sabem uma palavra de russo — disse o dançarino, com um sorriso de espanto. — Pergunto a um — "A que coroa pertences?" e ele me responde uma trapalhada que não entendo. Que gente engraçada!

— E há ainda algo de esquisito, irmãos — continuou aquele que se havia admirado da brancura dos franceses. — Os camponeses que recolheram os mortos em Mojaisk, sabem vocês o que disseram? Notem que os cadáveres deles já estavam lá havia um mês. Pois bem, disseram que estavam eles estendidos, brancos como papel, bem limpos e sem o menor fedor.

— Por causa do frio, decerto! — replicou um soldado.

— Sujeito sabidinho! Por causa do frio! Mas fazia calor! Se tivesse gelado, os nossos também não teriam apodrecido. E contudo, parece que, quando se apanhava um, não passava de um fervedouro de vermes. Então era preciso arrolhar a boca com o lenço e virar a goela ao carregá-los: não se podia aguentar. Ao passo que, com eles, nada, iguaizinhos a papel branco e nem um tantinho assim de fedor.

Todos se calaram um instante.

— Sem dúvida é por causa da alimentação — disse um dos suboficiais. — Comem como os senhores.

Ninguém fez objeção.

— Aquele camponês de Mojaisk, onde houve a batalha, contava que carregaram cadáveres deles de dez aldeias, durante vinte dias, e que não se pôde ainda carregar todos aqueles mortos. Disse também que havia lobos em quantidade, em ponto de...

— Essa, sim, é que foi uma verdadeira batalha — afirmou o veterano. — É de não se poder esquecer; enquanto que o que se teve depois... só tem sido sofrimentos para a pobre gente.

— Conta então, vovô, perseguiram-nos anteontem. E nem houve tempo de nos aproximarmos deles. Iam logo largando os fuzis. E se punham de joelhos. Perdão, diziam. É um exército de faz de conta. Dizem que Plavot aprisionou duas vezes o próprio Polion. Mas não sabia a senha. Torna a pegá-lo, e segura-o assim, na mão, e Polion se vira em pássaro e lá se vai voando, voando. Aliás, não se pode mesmo matá-lo.

— Ora, Kisselev, já vens tu. Só sabes dizer pilhérias.

— Pois olha, se eu o agarrasse, enterrá-lo-ia vivinho mesmo. E bateria em cima com um cacete de álamo branco. Isto porque causou ele a morte de muita gente.[137]

— Isto não quer dizer nada, haveremos de chegar ao fim, ele nem sempre haverá de escapar — assegurou o velho, bocejando.

A conversa morreu e os soldados se prepararam para dormir.

— Olha-me aquelas estrelas. Que maravilha! Não resta dúvida! Olhem, as mulheres estenderam a espuma da lavagem de roupa! — exclamou um soldado que admirava a via-láctea.

137. O cacete de álamo branco serve para espancar as almas do outro mundo e os feiticeiros para impedi-los de fazer mal. Enterram-nos também com um cacete de álamo branco para impedi-los de voltar a este mundo.

— Isso, rapazes, é sinal dum ano de fartura.

— Será preciso pôr mais lenha.

— Tem-se as costas queimando, e a barriga gelada. Isto é que é pau!

— Por que ainda empurras?... Pensas que a fogueira é só para ti? Vejam só como esse camarada se refestela!

No silêncio que se estabelecia, ouvia-se o crescendo do ronco de alguns dos que dormiam; os outros continuavam a virar-se e revirar-se para se aquecer e, de tempo em tempo, trocavam algumas palavras. Dum bivaque, afastado uma centena de passos, vinham, às surriadas, alegres gargalhadas.

— Estão ouvindo? Divertem-se lá na quinta companhia — disse um dos soldados. E quanta gente! É curioso isso!

E, levantando-se, foi ver o que havia na quinta companhia.

— Há mesmo razão para rir — disse ele, de volta. — Dois franceses apresentaram-se. Um está todo gelado, mas o outro, nem como coisa, o sem-vergonha! Canta canções!

— Não é possível! Vamos ver isso?

E alguns soldados partiram por sua vez na direção da quinta companhia.

9. A quinta companhia instalara-se na orla mesma do bosque. Uma enorme fogueira flamejava no meio da neve, iluminando os galhos das árvores pesados de geada.

No meio da noite, os soldados da quinta ouviram, em pleno bosque, passos na neve e o estalido de ramos secos.

— Ó rapaziada, um urso! — exclamou um soldado.

Todos ergueram a cabeça para escutar e viram desembocar da floresta, à viva luz da fogueira, duas formas humanas estranhamente vestidas e que se sustentavam mutuamente.

Eram dois franceses que se tinham escondido na floresta. Aproximaram-se da fogueira, pronunciando em voz rouca, algumas palavras numa língua incompreensível para os soldados. Um era de elevada estatura, trazia uma barretina de oficial e, parecia completamente enfraquecido. Uma vez perto da fogueira, quis sentar-se, mas tombou por terra. O outro, um soldado baixo e entroncado, parecia mais forte; trazia a cabeça enrolada num lenço. Levantou seu companheiro e disse alguma coisa, mostrando a boca. Os soldados cercaram os franceses, instalaram o doente sobre um capote e trouxeram para os dois "kacha"[138] e vodca.

O oficial doente era Ramballe e o homem do lenço amarrado, seu ordenança, Morel.

Depois de ter bebido sua aguardente e engolido uma marmita cheia de caldo, foi Morel invadido por súbita e febril alegria e se pôs a falar sem parar aos soldados que não podiam compreendê-lo. Quanto a Ramballe, recusou a comida e permaneceu estendido, apoiado no cotovelo, perto da fogueira, observando os soldados russos com seus olhos avermelhados e num olhar vago. De vez em quando, lançava um profundo suspiro e depois recaía no seu mutismo; mostrando as dragonas de Ramballe, deu Morel a entender aos soldados que se tratava dum oficial e que era preciso reaquecê-lo. Um oficial russo, que se tinha aproximado da fogueira, mandou perguntar ao coronel se queria acolher em sua casa um oficial francês e quando lhe trouxeram a resposta que o coronel consentia em que lhe levassem o oficial, fizeram-se sinais a Ramballe para que se fosse. Levantou-se ele e quis andar, mas teria caído, se o soldado que se encontrava a seu lado não o houvesse sustentado.

— Como é? Será que não te aguentarás mais de pé? — disse, com uma piscadela zombeteira, o soldado a Ramballe.

— Seu idiota! Que é que estás rosnando aí? Pedaço de besta, sim, pedaço de besta! — exclamaram de todos os lados soldados indignados com aquela brincadeira.

138. Caldo de trigo mourisco, prato nacional russo.

Cercaram Ramballe; dois soldados o carregaram em cadeirinha, de mãos cruzadas e assim o transportaram até a isbá. Com os braços a enlaçar o pescoço de seus carregadores, dizia Ramballe, com voz lastimosa:

— Ah! meus bravos, meus bons, meus bons amigos! Isso é que são homens! Ah! meus bravos, meus bons amigos!

E, como uma criança, deixava cair a cabeça sobre o ombro de um deles.

Entretanto, Morel havia-se instalado no melhor lugar, cercado pelos soldados.

Francezinho atarracado, de olhos vermelhos e lacrimejantes, com seu lenço amarrado à maneira do de uma velha camponesa, por cima de seu boné de polícia, trazia Morel uma ordinária peliça de mulher. Mostrava-se visivelmente embriagado e, com o braço passado no pescoço do soldado que estava sentado a seu lado, cantava, com uma voz enrouquecida, entrecortada, uma canção de seu país. Os soldados se acotovelavam para observá-lo.

— Vejamos, vejamos, ensina-nos isso, ouviste? Pegarei logo o tom. Como é que é? exclamou aquele que Morel segurava pelo pescoço e que gostava de pilheriar e cantar.

— Viva Henrique IV. Viva esse rei valente — cantou Morel, piscando o olho. — Esse diabo a quatro...

— Vivarika! vif siéruvaru! sidiablk...[139] — repetia o soldado, gesticulando; de fato, havia ele apanhado bem o tom.

— Sim, senhor, que ouvido! oh! oh! oh! — exclamava-se de toda parte, com grandes gargalhadas.

Careteando, Morel também ria a bom rir.

— Vamos, continua, meu velho!

"Que teve o triplo talento
De beber, de combater
E de ser fogoso amante..."

— Ah! isso soa bem! Vamos, tu aí, Zaletaiev!...

— Kiu repetiu com dificuldade Zaletaiev. — Kiu, Kiu — repetiu com esforço, de lábios protraídos, — lietriptalla dié bu dié ba dietravagala[140].

— Bravos! Soberbo! Igualzinho ao francês! Muito bem! ah! ah! ah! Dize, ainda tens fome?

— Dá-lhe mais "kacha". Levará ele muito tempo para ficar farto.

Tornaram a dar-lhe "kacha" e Morel pôs-se a devorar a terceira tigelada, rindo. Os rostos de todos os soldados jovens mostravam-se sorridentes à vista daquele francês. Os veteranos, que achavam indigno de si, interessar-se por semelhantes bobagens, mantinham-se estendidos do outro lado da fogueira e, vez por outra, se acotovelavam para encarar Morel, sorrindo.

— São homens como nós — disse um deles, enrolando-se no seu capote. — Também o absinto cresce sobre sua raiz.[141]

— Oh! Senhor, meu Deus! Quanta estrela! Quanta estrela! Como vai gelar!...

E tudo ficou em silêncio. Como se soubessem que agora ninguém as olhava mais, as estrelas continuaram a reluzir no fundo do céu sombrio. Ora cintilantes, ora extinguindo-se, ora resplandecendo, pareciam cochichar entre si algo de jovial e misterioso.

10. As tropas francesas continuavam a dissolver-se, regularmente, segundo uma progressão matemática rigorosa. Até mesmo aquela passagem do Beresina, a respeito da qual tanto se tem escrito, em lugar de ser um episódio decisivo da campanha, só foi um passo a mais

139. Pronúncia russa de: "Vive Henri quatre. Vive ce roi vaillant. Ce diable à quatre. (N. do T.)

140. Pronúncia russa de: "Qui eut le triple talent, de boire, de battre et d'être vert galant". (N. do T.)

141. Os camponeses russos consideram o absinto uma planta má.

na obra de destruição do exército francês. Se tanto se tem escrito e tanto se escreve ainda a propósito do Beresina, do lado francês, resulta isto unicamente do fato de que as desgraças sofridas pelo exército francês, outrora bem iguais, encontravam-se de repente agrupadas ali, em redor daquela ponte tombada, num espetáculo trágico, feito mesmo para se gravar nas memórias. Do lado russo, se tanto se tem falado e escrito a propósito do Beresina, é porque, longe do teatro da guerra, em Petersburgo, tinha-se traçado um plano (o de Pfuel), que previa, sobre aquele rio, uma armadilha estratégica, em que cairia Napoleão. Estavam todos certos de que tudo se passaria na realidade como no plano, de modo que houve pressa em afirmar que a passagem do Beresina havia justamente causado a perda dos franceses. Na realidade, as consequências daquela passagem foram muito menos desastrosas para eles que suas perdas de homens e de canhões em Krasnoie e, a esse respeito, os algarismos são probantes.

A passagem do Beresina só tem uma significação: deu a prova evidente e incontestável da falsidade de todos os planos que visam a cortar o inimigo e da justeza da única conduta possível, a que Kutuzov exigia bem como todas as tropas (a massa) e que consistia somente em perseguir de perto o inimigo. A multidão dos franceses fugia com uma velocidade sem cessar aumentada por toda a sua energia tendida para aquele único objetivo. Fugia como um animal ferido e era-lhe impossível parar no caminho. Isto está demonstrado, não tanto pela organização da passagem do Beresina, como pela própria passagem sobre as pontes. Quando as pontes se partiam, todos, soldados sem armas, habitantes de Moscou, mulheres e crianças que se encontravam nas bagagens dos franceses, todos, levados pela força da inércia, continuaram, em lugar de se render, a fugir, sempre para diante, em barcas ou na água gelada.

Concebe-se tal precipitação. A situação dos fugitivos e de seus perseguidores era igualmente má. Ficando com os seus, cada um contava com a ajuda dos camaradas em caso de desgraça, no lugar bem determinado que ocupava entre eles. Entregar-se aos russos era permanecer na mesma miséria, agravada, porém, pelo fato de que se ficava sendo o derradeiro a participar das distribuições de víveres. Os franceses não necessitavam de previsões para saber que entre os prisioneiros, de que os russos não sabiam o que fazer, malgrado seu desejo de salvá-los, a metade morria de fome e de frio; sentiam que as coisas não se podiam passar de outra maneira. Os mais compassivos chefes russos, os que se mostravam mais bem-dispostos para com os franceses, e os próprios franceses a serviço dos russos, nada podiam fazer em favor dos prisioneiros. A perda dos franceses resultava do despojamento em que se encontrava o exército russo. Não se podia privar de pão e de roupas soldados famintos de que se tinha necessidade, para fazer presente dessas coisas a franceses inofensivos, a quem não se odiava e que não eram culpados, mas simplesmente bocas inúteis. Alguns o fizeram, entretanto, mas foi uma exceção.

Na retaguarda, era a perda certa; na vanguarda, a esperança. As naves tinham sido queimadas; a salvação consistia apenas na fuga em comum, e todas as forças dos franceses tendiam para essa fuga.

Quanto mais a retirada se prolongava, mais seus destroços se tornavam lamentáveis, sobretudo depois do Beresina; ora, o Beresina, em consequência do plano elaborado em Petersburgo, fizera nascerem também esperanças particulares entre os russos, o que desencadeava as paixões de seus chefes, que se acusavam mutuamente e acusavam sobretudo Kutuzov. Pretendia-se que o malogro do plano de Petersburgo sobre o Beresina devia ser-lhe atribuído e o descontentamento que ele inspirava, o desprezo que tinham por ele, as zombarias que lhe dirigiam, acentuavam-se cada vez mais. As zombarias e o desprezo se exprimiam, é claro, sob uma forma tão respeitosa que o próprio Kutuzov não podia perguntar de quê ou porque o acusavam. Quando lhe faziam algum relatório e lhe pediam as ordens, afetavam cumprir uma cerimônia fúnebre; piscava-se o olho por trás dele e todos se esforçavam a cada instante em enganá-lo.

Todas aquelas pessoas, justamente porque não podiam compreendê-lo, estavam convencidas da inutilidade de discutir com aquele pobre velho; nunca, diziam a si mesmas, aprenderia ele toda a profundeza de seus planos; responder-lhes-ia com suas frases habituais (para elas não eram mais que frases) a respeito da ponte de ouro, da impossibilidade de transpor a fronteira com uma tropa de gente descalça, e assim por diante. Já estavam fartos de ouvir tal lenga-lenga. Por exemplo, tudo quanto dizia Kutuzov da necessidade de aguardar víveres, da falta de botas para os homens, tudo isso era duma simplicidade tão infantil diante das propostas deles, complicadas e sábias, que, não restava dúvida, era Kutuzov um velho calhambeque e eles, homens de guerra geniais, infelizmente impotentes.

Foi após a junção do exército do brilhante Almirante Wittgenstein, o herói de Petersburgo, que tais disposições malevolentes e os mexericos do estado-maior se exasperaram ao extremo; Kutuzov percebia isso e se limitava a levantar os ombros, suspirando. Uma só vez, após Beresina, se zangou e escreveu a Bennigsen, que enviava ao imperador relatórios particulares, a seguinte carta:

"Em razão de seu precário estado de saúde, rogo a Vossa Excelência que se dirija a Kaluga, assim que receber esta, e ali aguarde a decisão que será tomada a seu respeito por Sua Majestade Imperial".

Em seguida à dispensa de Bennigsen, viu o exército o retorno do Grão-Duque Constantino Pavlovitch, que, depois de ter feito o começo da campanha, fora afastado por Kutuzov. E o grão-duque, logo que chegou, deu conhecimento a Kutuzov do descontentamento do imperador: os bons êxitos de nossas tropas eram mesquinhos e nossos movimentos demasiado vagarosos. O imperador em pessoa tinha a intenção de juntar-se imediatamente ao exército.

Aquele velho que tinha tanta experiência da corte como da guerra, aquele Kutuzov que, no mês de agosto do mesmo ano, fora nomeado generalíssimo contra a vontade do soberano, aquele mesmo homem que havia afastado do exército o herdeiro do trono, que, a seu talante e contra a vontade do imperador determinara o abandono de Moscou, compreendeu logo que seu tempo estava terminado e que o simulacro de poder que lhe restava não existia mais. E não compreendia isso somente como cortesão. Duma parte, dava-se conta de que a ação militar na qual desempenhara seu papel chegava a seu termo e que sua missão estava cumprida. Doutra parte, começava ao mesmo tempo a sentir, em seu corpo alquebrado pela idade, uma fadiga que o obrigava ao repouso.

11. A 29 de novembro, entrou Kutuzov em Vilna, a sua boa cidade de Vilna, como dizia. Duas vezes, durante sua carreira, fora governador dela. Naquela cidade rica, que ficara intacta, tornava a encontrar, além das comodidades de que estava privado desde muito tempo, velhos amigos e velhas lembranças. Desembaraçado de repente de toda preocupação militar ou política, mergulhou numa vida regrada e tranquila, tanto quanto podiam permitir-lhe as paixões que referviam em torno de si, e fez como se tudo quanto se passava então e devia ainda passar-se na história do mundo, não lhe dissesse absolutamente respeito.

Tchitchagov, um dos mais apaixonados entre aqueles que faziam questão de cortar e derrubar o inimigo, aquele Tchitchagov que queria fazer a princípio uma diversão na Grécia, depois em Varsóvia, mas que se recusava sempre a ir para onde o mandavam, aquele Tchitchagov, célebre por suas audaciosas réplicas ao imperador, aquele Tchitchagov, que considerava Kutuzov como credor de sua gratidão porque em 1811, enviado à Turquia para concluir a paz, dera-se conta de que a paz já estava concluída e reconhecera diante do imperador que o mérito dessa conclusão cabia a Kutuzov, foi esse mesmo Tchitchagov o primeiro a acolhê-lo no Castelo de Vilna, onde devia ele apear-se. Tchitchagov, de uniforme simples de almirante, adaga ao lado, boné debaixo do braço, entregou a Kutuzov, com as chaves da cidade, seu relatório referente à guarnição. A deferência desdenhosa que a gente moça testemunhava àquele velho, a seu ver de retorno à primeira infância, fazia-se sentir, no mais alto ponto, nas maneiras de Tchitchagov, já ao corrente das acusações lançadas contra Kutuzov.

Durante sua conversa com Tchitchagov, disse-lhe Kutuzov entre outras coisas, que as equipagens que lhe tinham sido tomadas em Borissov e que continham sua baixela estavam intactas e lhe seriam entregues.

— É para dizer-me que não tenho em que comer... Posso pelo contrário fornecer-vos de tudo, até mesmo no caso de quererdes dar banquetes — replicou arrebatadamente Tchitchagov; desejava com cada uma de suas palavras provar que não era culpado do malogro no Beresina e, por consequência, supunha que Kutuzov tivesse a mesma preocupação.

Kutuzov mostrou seu fino sorriso penetrante e, dando de ombros, replicou:

— É só para dizer-vos o que vos disse.

Em Vilna, Kutuzov deteve, contra a vontade do imperador, a marcha da maior parte de suas tropas. No dizer de seu círculo, decaiu e enfraqueceu-se de maneira extraordinária, durante sua estada naquela cidade. Ocupava-se a contragosto com os negócios do exército, transmitiu-os todos a seus generais e levava uma vida de dissipação, enquanto aguardava a chegada do imperador.

Tendo partido de Petersburgo a 7 de dezembro com sua comitiva, o Conde Tolstói, o Príncipe Volkonski, Araktcheiev e outros, o imperador chegou a Vilna a 11 e dirigiu-se diretamente ao castelo no seu trenó de viagem. Diante do castelo, malgrado um frio muito intenso, uma centena de generais e de oficiais do estado-maior, aguardava em grande uniforme, bem como uma guarda de honra do regimento Semionovski.

O correio que precedia o imperador chegou, a tríplice galope, com uma troica[142], branca de espuma, e gritou: "Ele está chegando!". Kunovnitsin precipitou-se para o vestíbulo, a fim de advertir Kutuzov, que aguardava na saleta do porteiro.

Um minuto mais tarde, a maciça silhueta do velho, em uniforme de parada, com o peito constelado de condecorações, uma faixa barrando-lhe o abdome, avançou para o patamar, a passos mal seguros. Kutuzov pôs seu chapéu em ordem, tomou as luvas na mão, desceu com esforço os degraus, caminhando de banda, atingiu o último degrau e conservou na sua mão livre o relatório preparado para o soberano.

Houve um burburinho, cochichos; novamente uma troica passou a toda a velocidade; todos os olhares se dirigiram para um trenó que se aproximava e no qual avistavam-se os perfis do imperador e de Volkonski.

Malgrado um hábito de cinquenta anos, tudo aquilo produziu uma perturbação física no velho general; tomou seu pulso febrilmente, ajeitou seu chapéu, depois, no momento em que o imperador, descendo do trenó, fitava nele o olhar, recuperou seu sangue-frio, pôs-se em posição de sentido, estendeu seu relatório e falou com voz medida e obsequiosa.

O imperador envolveu Kutuzov, da cabeça aos pés, num rápido olhar, franziu a testa um segundo, mas dominando-se logo, abriu-lhe os braços e abraçou o velho general. Ainda uma vez aquele abraço produziu em Kutuzov seu efeito habitual; por um velho costume e sob o impulso de seu pensamento íntimo, desatou a soluçar.

O imperador saudou os oficiais e a guarda do regimento Semionovski, em seguida, depois de ter apertado ainda uma vez a mão do velho, entrou com ele no castelo.

A sós com Kutuzov, exprimiu-lhe o soberano seu descontentamento pela lentidão da perseguição, pelas faltas cometidas em Krasnoie e no Beresina e deu-lhe parte de suas reflexões sobre uma futura campanha no estrangeiro. Kutuzov não apresentou objeções, nem observações. Seu rosto exprimia a mesma submissão passiva que sete anos antes, quando escutava as ordens de seu soberano no campo de batalha de Austerlitz.

Quando, com seu passo pesado e cambaleante, Kutuzov saiu do gabinete e, de cabeça baixa, atravessou o salão, uma voz o deteve:

— Alteza! — dizia alguém.

142. Chama-se *troica* uma atrelagem e três cavalos.

Kutuzov ergueu a cabeça e fitou muito tempo o Conde Tolstói que, de pé, à sua frente, lhe estendia um pequeno objeto sobre uma bandeja de prata. Kutuzov pareceu não compreender o que se queria dele. De repente, foi como se houvesse recuperado seus sentidos; um sorriso imperceptível correu-lhe pelo rosto bochechudo e, inclinando-se bem baixo, com o maior respeito, tomou o objeto posto sobre a bandeja. Era a cruz de São Jorge de primeira classe.

12. No dia seguinte, deu o marechal um jantar, seguido dum baile que o imperador honrou com sua presença. Kutuzov havia recebido a cruz de São Jorge, de primeira classe, e o imperador lhe testemunhava as maiores atenções; mas ninguém ignorava que o imperador estava descontente com Kutuzov. De modo que as conveniências eram cumpridas e o soberano era o primeiro a dar o exemplo, mas todos sabiam que o velho era culpado e não prestava mais para nada. Durante o baile, quando o imperador entrou na sala, Kutuzov, segundo um velho costume da época de Catarina, fez depositar a seus pés as bandeiras tomadas ao inimigo, e o soberano, com um franzir de sobrancelhas hostil, pronunciou algumas palavras, entre as quais alguns acreditaram ouvir: "Velho comediante!"

O descontentamento do soberano contra Kutuzov acentuou-se ainda mais em Vilna; era mais que evidente que o velho não queria ou não podia compreender a significação da campanha projetada.

Na manhã do dia seguinte, disse o imperador aos oficiais reunidos em torno dele: "Vós não somente salvastes a Rússia, salvastes também a Europa"; e todos compreenderam então que a guerra não estava terminada.

Somente Kutuzov não queria compreender isso e dizia abertamente sua opinião a respeito dessa nova campanha que não podia, nem melhorar a posição da Rússia, nem aumentar sua glória e que, pelo contrário, só podia fazer piorar a situação e diminuir o alto grau de glória que a Rússia, dizia ele, havia agora atingido. Esforçava-se por demonstrar ao imperador a impossibilidade de recrutar tropas frescas, falava da penosa situação do povo, da possibilidade dum malogro, e assim por diante.

Era claro que, com tal disposição de espírito, não fosse mais Kutuzov que um trambolho e um freio à guerra já projetada.

Para evitar qualquer conflito com o velho, encontrou-se bem naturalmente a escapatória que era necessária, a mesma que em Austerlitz e no começo da campanha com Barclay: retiraram-se do generalíssimo os instrumentos de seu poder, sem escândalo, sem explicação supérflua, para entregá-los ao imperador em pessoa.

Com este objetivo, procedeu-se, por etapas, a uma reforma do estado-maior; pouco a pouco todo o poder efetivo de Kutuzov foi reduzido a nada e passou ao imperador a direção geral das operações. Toll, Konovnitsin, Ermolov receberam novas atribuições. Cada qual declarava bem alto que o marechal estava muito enfraquecido e muito doente.

Era preciso, com efeito, que sua saúde estivesse muito comprometida para que transmitisse assim suas funções a seu substituto. E era exato, sua saúde estava combalida.

Tão simplesmente, tão naturalmente como quando Kutuzov retornara outrora da Turquia a Petersburgo para retomar pouco a pouco suas funções no ministério e reconstituir a milícia, para tornar a voltar ao exército justamente no momento em que era ali indispensável — tão simplesmente e naturalmente, agora que seu papel estava terminado, substituíam-no pelo novo mestre-de-obras que as circunstâncias reclamavam.

A guerra de 1812, além de sua significação popular, querida à alma russa, deveria tomar uma significação europeia.

À marcha dos povos do Ocidente para o Oriente deveria suceder a marcha dos povos do Oriente para o Ocidente, e era preciso para essa nova campanha um homem novo, tendo outras qualidades, outras maneiras de ver, outros móveis, que não Kutuzov.

Alexandre foi, para essa marcha dos povos do Oriente para o Ocidente e para o restabelecimento das fronteiras, tão indispensável quanto o fora Kutuzov para a salvação e a glória da Rússia.

Kutuzov não compreendia as palavras: Europa, equilíbrio, Napoleão. Não podia compreendê-las. Agora que o inimigo estava vencido, a Rússia estava livre, no pináculo da glória, o representante do povo russo não tinha, como russo, mais nada a empreender. Para aquele que encarnava a guerra popular, só restava morrer. E ele morreu.

13. Como acontece quase sempre, Pedro só veio a sentir todo o peso das privações físicas e das restrições sofridas durante seu cativeiro, quando essas privações e restrições cessaram. Depois de ter recuperado a liberdade, dirigiu-se à Orel, mas três dias depois, no momento em que se preparava para partir para Kiev, caiu doente e foi obrigado a ficar de cama em Orel, durante três meses; tinha, segundo os médicos, uma febre biliosa. Malgrado todos os cuidados que eles lhe dedicaram, malgrado as sangrias e os remédios, recuperou a saúde.

Tudo quanto se passou, desde sua libertação à sua doença, não lhe deixou quase marca nenhuma na memória. Lembrava-se somente dum tempo cinzento e triste, ora chuvoso, ora nevoento, dum entorpecimento físico, de dores nas costelas e nas pernas; da impressão que lhe causavam em geral as pessoas infelizes e sofredoras; das perguntas importunas que lhe faziam oficiais e generais curiosos; de todos os seus passos para procurar para si uma equipagem e cavalos; e sobretudo da incapacidade de pensar e de sentir onde se achava então. No dia de sua libertação, viu o cadáver de Pétia Rostov. No mesmo dia soube que o Príncipe André sobrevivera mais de um mês à Batalha de Borodino e que acabava de morrer em Iaroslav, na casa dos Rostov. No mesmo dia ainda, Denissov, que acabava de dar essa notícia a Pedro, fez na conversa uma alusão à morte de Helena, supondo que ele estivesse dela informado há muito tempo. No momento, tudo isso lhe pareceu simplesmente estranho. Pedro se sentia incapaz de compreender a significação dessas notícias. Só tinha pressa duma coisa: afastar-se o mais depressa possível daqueles lugares onde homens se entrematavam, ir refugiar-se em alguma parte, na tranquilidade e ali reunir suas ideias, repousar, refletir em todas as coisas estranhas e novas que aprendera durante aquele período. Mas, apenas chegado a Orel, caiu doente. Quando se levantou de sua doença, viu-se Pedro cercado de dois de seus criados, vindos de Moscou, Terenti e Vaska, depois a mais velha das princesas suas primas, que morava em casa dele, no seu domínio de Eletz e que, ao saber de sua libertação e de sua doença, acorrera para tratar dele.

Enquanto durou sua convalescença, Pedro só insensivelmente se desembaraçou de impressões que se tinham tornado habituais durante os derradeiros meses; não se habituava senão pouco a pouco à ideia de que ninguém, no dia seguinte, o afugentaria como um gado, que ninguém lhe tomaria seu leito bem quente, que teria com certeza seu jantar, seu chá, sua ceia. E muito tempo ainda em sonho se viu a si mesmo preso. Da mesma forma só muito depois compreendeu Pedro as notícias que soubera no momento de sua libertação: a morte do Príncipe André, a de sua esposa, o aniquilamento dos franceses.

A alegria de estar livre, de possuir essa liberdade plena, inalienável, inerente à natureza humana, essa liberdade de que tivera consciência pela primeira vez na etapa, depois de ter deixado Moscou, enchia a alma de Pedro durante sua convalescença. O que o surpreendia sobretudo era sentir que essa liberdade moral, independente de toda circunstância exterior, acompanhava-se agora duma profusão, dum luxo de liberdade exterior. Estava sozinho, numa cidade estrangeira onde não conhecia ninguém. Ninguém exigia nada dele; ninguém o enviava a parte alguma. Tudo quanto podia desejar obtinha; até mesmo o eterno tormento de seu pensamento desaparecera, uma vez que sua mulher não mais existia.

— Ah! como é bom! como é maravilhoso! — dizia a si mesmo, quando empurravam para o lado dele uma mesa bem-posta, com uma tijela de caldo cheiroso, ou então quando se estirava, durante a noite, sobre um leito limpo e macio, ou ainda quando se lembrava de que estavam acabados, sua mulher e os franceses. — Ah! como é bom! como é bom!

Segundo seu velho hábito, perguntava a si mesmo:

"E agora? que irei fazer?" E logo respondia: "Nada. Viverei. Ah! como é bom!"

Aquilo mesmo que tanto o atormentava outrora e que havia procurado constantemente, o objetivo de sua vida, não o emocionava mais. Aquele objetivo da vida, que procurava, não só havia deixado de existir para ele no minuto presente; sentia que não havia objetivo, que não podia haver. E era essa ausência de objetivo que lhe proporcionava aquela consciência plena e jovial de sua liberdade que constituía então sua felicidade.

Não podia haver mais objetivo porque tinha agora a fé — não a fé em certas regras particulares ou certas ideias, mas a fé em um Deus vivo, sempre pressentido. Outrora procurava Deus no objetivo que se propunha. Essa busca dum objetivo não era mais que a busca de Deus. E de repente, durante seu cativeiro, descobrira, não por palavras, não por meio de raciocínios, mas por uma espécie de revelação íntima, o que sua velha naná lhe dizia outrora: que Deus está aqui, ali, em toda parte. Aprendera durante seu cativeiro que o Deus de Karataiev é bem maior, mais infinito, mais inacessível que aquele que os maçons chamam o Grande Arquiteto do universo. Experimentava o sentimento do homem que encontra o que procurava diante de seus pés, enquanto se esforçava por esquadrinhar os horizontes longínquos. Passara toda a sua vida a olhar ao longe, para alguma parte por cima das cabeças dos que o cercavam, enquanto não tinha senão de ver, sem escancarar os olhos, simplesmente o que estava diante de si.

Outrora, não soubera ver, em parte alguma, aquela grandeza inacessível, infinita. Só fazia pressenti-la; devia existir em alguma parte, e ele a procurava. Tudo quanto lhe era próximo, compreensível, parecia-lhe limitado, mesquinho, banal, absurdo. Armava-se duma espécie de óculo de alcance moral para explorar a lonjura onde coisas derrisórias e vãs, dissimuladas pelo nevoeiro, lhe apareciam grandes e infinitas pelo único fato de não serem claramente visíveis. Fora assim que se lhe apresentara a vida da Europa, a política, a franco-maçonaria, a filosofia, a filantropia. Mas desde aquela época, no minuto mesmo em que media sua fraqueza, em que sua alma penetrava naquela lonjura, percebia ali a mesma mesquinharia, a mesma vaidade, o mesmo absurdo. Agora aprendera a ver a grandeza, o eterno, o infinito em tudo; a fim de contemplar esse tudo, de gozar de sua contemplação, abandonava o óculo de alcance com o qual olhara até então por sobre as cabeças dos homens; e era com alegria que contemplava, em redor de si, o espetáculo da vida eternamente mutável, eternamente grande, inacessível, infinita. E quanto mais de perto olhava, mais estava tranquilo, feliz. A terrível questão "por quê?", que outrora fazia desmoronarem todas as construções de seu pensamento, não se lhe apresentava mais. Agora sua alma mantinha sempre pronta uma simples resposta a esse porquê: Por quê? Porque Deus existe, esse Deus sem a vontade do qual nem um cabelo sequer cai da cabeça do homem.

14. Pedro quase não havia mudado nas maneiras exteriores. Apresentava sempre a mesma aparência. Como outrora, era distraído e parecia preocupado, não pelo que tinha diante dos olhos, mas por qualquer coisa de particular, de pessoal. A diferença entre seu estado passado e seu estado presente consistia em que outrora, quando perdia de vista o que estava diante de si, ou o que lhe diziam, rugas dolorosas contraíam sua fronte, como se se esforçasse, sem consegui-lo, avistar alguma coisa afastada. Agora esquecia ainda o que lhe diziam e o que estava diante de si; mas mostrava um imperceptível sorriso zombeteiro para olhar o que estava diante de si e para escutar o que lhe diziam, se bem que, fora de dúvida, visse e ouvisse coisa bem diversa. Outrora, embora tendo o ar dum honesto rapaz, parecia infeliz; de modo que as pessoas se afastavam dele involuntariamente. Agora, um sorriso que exprimia a alegria de viver brincava em seus lábios e seus olhos radiantes de simpatia pareciam perguntar: "Estão elas tão contentes quanto eu?" E as pessoas se sentiam à vontade em sua presença.

Outrora, falava muito, exaltava-se ao falar e quase não escutava; agora, a conversação raramente o arrebatava e sabia tão bem escutar que as pessoas lhe contavam facilmente seus mais íntimos segredos.

A princesa sua prima, que nunca o havia estimado, que nutria contra ele uma animosidade especial, desde o dia em que, após a morte do velho conde, sentira dever-lhe obrigação e que viera a Orel com a intenção única de lhe provar que, malgrado sua ingratidão, considerava como dever seu tratar dele, sentiu bem depressa, após curta estada, que gostava dele, com grande despeito e grande espanto seu. Pedro, entretanto, nada fazia para atrair-lhe as boas graças. Contentava-se em observá-la com curiosidade. Antigamente, sentia a princesa, no olhar que ele fixava sobre ela, indiferença e zombaria; de modo que, em sua presença como na presença das outras pessoas, ela se retraía e não demonstrava senão seu humor intratável; agora, pelo contrário, sentia que ele havia, por assim dizer, penetrado até os refolhos mais profundos de sua alma; e, com desconfiança, a princípio, depois com gratidão, descobriu os lados bons e ocultos do caráter dele.

O mais matreiro dos homens não teria conseguido penetrar com mais habilidade na confiança da princesa, mesmo fazendo-a evocar os melhores anos de sua juventude e testemunhando interesse por isso. E, no entanto, toda a habilidade de Pedro provinha do fato de experimentar ele próprio prazer em despertar naquela mulher azeda, seca e orgulhosa, sentimentos humanos.

— Sim, é um excelente rapaz, quando em lugar de se encontrar sob a influência de gente ruim, se acha sob a influência de pessoas como eu, — dizia a si mesma a princesa.

A mudança que se produzira em Pedro foi também notada por seus servidores Terenti e Vaska, que notaram isso à sua maneira. Achavam que ele se havia tornado muito mais simples. Muitas vezes Terenti, depois de ter tirado a roupa de seu amo e desejar-lhe boa-noite, se retirava com lentidão, com as botas e roupas dele na mão, na esperança de que Pedro se pusesse a falar. E muitas vezes, notando essa vontade, Pedro retinha Terenti.

— Vejamos, conta-me uma coisa... como fizeram vocês para arranjar comida? — perguntava ele.

Terenti começava uma narrativa a respeito da ruína de Moscou, ou do defunto conde, e ficava muito tempo, com as roupas de Pedro no braço, ora a contar, ora a escutar; e, quando passava para a antecâmara, era com a agradável convicção de estar próximo de seu amo e de sentir-se preso a ele.

O médico que o tratava e ia visitá-lo todos os dias, cria-se obrigado, como todo médico que se respeita, a assumir o ar dum homem de quem cada minuto é precioso para a humanidade sofredora; entretanto, ficava horas junto de Pedro, a contar-lhe suas anedotas favoritas e a comunicar-lhe suas observações sobre os costumes de seus doentes em geral e das damas, em particular.

— Eis uma pessoa com quem se tem prazer em conversar; não é como em nossa terra, na província — dizia ele.

Havia em Orel certo número de oficiais do exército francês, prisioneiros, e um dia o médico levou um consigo, era um jovem italiano.

Esse oficial tomou o costume de visitar Pedro e a princesa não cessava de zombar dos sentimentos de ternura que testemunhava a seu primo aquele jovem italiano.

Só parecia feliz quando podia visitar Pedro, falar com ele de seu passado, de sua vida de família, de seus amores e extravasar sua bílis contra os franceses e sobretudo contra Napoleão.

— Se os russos se assemelham ao senhor, ainda que pouco, — dizia ele a Pedro, — é um sacrilégio travar guerra contra um povo como o seu. O senhor que tanto sofreu por causa dos franceses, nem mesmo ódio tem contra eles.

E essa afeição apaixonada do italiano, tinha-a Pedro ganho simplesmente porque despertara nele os lados melhores de sua alma e os admirava.

Durante os derradeiros tempos de sua estada em Orel, recebeu Pedro a visita dum de seus antigos conhecidos do mundo maçônico, o Conde Villarski, aquele que o tinha recebido na loja em 1807. Villarski casara-se com uma russa muito rica, que possuía grandes propriedades no governo de Orel e ocupava ele então um posto provisório no serviço de abastecimento da cidade.

Sabendo da presença de Bezukhov em Orel, Villarski, se bem jamais tivesse tido com ele relações íntimas, foi visitá-lo, com aquelas demonstrações de amizade e de intimidade que manifestam comumente as pessoas que se encontram num deserto. Aborrecendo-se em Orel, sentia-se Villarski feliz por encontrar um homem do seu mundo, que, a seu ver, devia estar preocupado pelos mesmos interesses que ele.

Mas para grande surpresa sua, percebeu logo Villarski que Pedro não estava absolutamente em dia com os acontecimentos e que caíra, como dizia consigo mesmo, na apatia e no egoísmo.

— Estais criando crosta, meu caro — acabou por dizer-lhe.

Apesar disso, o convívio com Pedro lhe parecia mais agradável que outrora e voltava a visitá-lo todos os dias. Quanto a Pedro, olhando e escutando Villarski, pensava, com estupor, com incredulidade, que pudera, tão pouco tempo antes, ser semelhante a ele.

Villarski estava casado, pai de família e ocupava-se, ao mesmo tempo, com os domínios de sua mulher, com seu serviço e com seus filhos. Considerava essas diversas preocupações como um obstáculo na vida e as desprezava, porque não tinham como objetivo senão sua felicidade pessoal e a dos seus. As preocupações militares, administrativas, políticas e maçônicas açambarcavam-no inteiramente. E Pedro, sem tentar fazê-lo mudar sua maneira de ver, sem julgá-lo, interessava-se por aquele caso estranho, bem conhecido dele, com uma ironia inabalavelmente calma e alegre.

Nas suas relações com Villarski, com a princesa, com o doutor, com todas as pessoas que encontrava agora, manifestava Pedro um traço novo que lhe valia a simpatia geral: reconhecia em cada homem o direito de pensar, de sentir, de encarar as coisas a seu modo; reconhecia também a impossibilidade de convencer um homem com palavras. Essa personalidade legítima de cada indivíduo, que outrora inquietava e irritava Pedro, era para ele agora a razão do interesse e da simpatia que tinha para com os homens. As diferentes maneiras de ver dos homens, algumas vezes em completa oposição às suas, o alegravam, provocando nele um sorriso suave e zombeteiro.

Nos negócios de ordem prática, sentia Pedro agora com surpresa que possuía o centro de gravidade que outrora lhe fazia falta. Outrora, toda questão de dinheiro, particularmente os pedidos de subsídios a que vivia exposto frequentemente, na qualidade de homem muito rico, provocavam nele uma agitação e uma incerteza para as quais não encontrava solução. "Devo dar ou não?" perguntava a si mesmo. "Tenho dinheiro e ele necessita do mesmo. Mas aquele outro tem mais necessidade ainda. A qual devo ajudar? Talvez ambos sejam uns tratantes". E, como não chegava a livrar-se de suas suposições, dava a todos o quanto podia dar. E se encontrava na mesma incerteza todas as vezes que sobrevinha uma questão referente a seus interesses, em que um lhe dizia que agisse de tal maneira e outro de tal outra.

Agora, com grande surpresa sua, achava que em todas aquelas questões as dúvidas e incertezas não tinham mais lugar. Trazia agora em si um juiz que, segundo leis dele desconhecidas, decidia o que devia fazer e o que não devia fazer.

Mantinha-se tão indiferente como dantes às questões de dinheiro; mas agora, não tinha nenhuma dúvida sobre o que se deve ou não se deve fazer. Esse novo juiz pronunciou sua primeira sentença por ocasião da visita dum coronel francês prisioneiro que foi visitá-lo, falou-lhe abundantemente de suas façanhas e, no final de tudo, exigiu quase dele quatro mil francos para enviá-los à sua mulher e a seus filhos. Pedro recusou-lhos sem a menor hesitação ou o menor embaraço, espantadíssimo ele próprio de ter podido fazer tão facilmente o que teria sido para ele antes uma dificuldade intransponível. Mas ao mesmo tempo que se recusava a atender ao coronel, decidiu que era preciso usar de tato, antes de deixar Orel, para fazer o oficial italiano aceitar uma soma de que tinha visivelmente necessidade. Nova prova de sua firmeza nos negócios práticos foi a decisão que tomou a respeito do pagamento das dívidas de sua mulher e da eventual restauração de suas casas, em Moscou e no campo.

Seu intendente principal foi, com efeito, a Orel, e Pedro estabeleceu com ele um estudo geral de seus rendimentos diminuídos. O incêndio de Moscou, segundo as apreciações de seu intendente, valia-lhe uma perda de cerca de dois milhões de rublos.

Como compensação a essa perda, seu intendente lhe demonstrou, apoiado em números, que suas rendas, em lugar de ficarem reduzidas, seriam aumentadas, se Pedro se recusasse a pagar as dívidas deixadas pela condessa, coisa a que não se podia obrigá-lo, e se se recusasse a reconstruir suas casas de Moscou e a do subúrbio, que representavam, sem nada produzir, uma despesa de oitenta mil rublos por ano.

— Sim, sim, é exato — disse Pedro, com seu sorriso jovial. — Não tenho necessidade de tudo isso. Minha ruína muito me enriqueceu.

Mas no mês de janeiro, foi Savelitch quem chegou de Moscou; falou do estado da cidade, do orçamento que o arquiteto fizera para a restauração duma casa na cidade e a do subúrbio, falando de tudo isso como dum negócio já resolvido. Nesse momento, recebeu Pedro uma carta do Príncipe Basílio e outras enviadas por seus amigos de Petersburgo. Nessas cartas tratava-se das dívidas de sua mulher. E Pedro decidiu que o projeto tão interessante que seu intendente lhe apresentava era uma coisa errada, que devia ir a Petersburgo, a fim de regularizar os negócios de sua esposa e reconstruir sua casa de Moscou. Por que era tudo isso necessário? Ignorava-o, mas sabia sem dúvida alguma, que era preciso que agisse assim. Como consequência dessa decisão, suas rendas diminuiriam de três quartos; mas a coisa era obrigatória; sentia-o.

Villarski devia partir para Moscou e combinaram fazer a viagem juntos.

Durante toda a sua convalescença em Orel, experimentara Pedro um sentimento de alegria, de independência, de renovação; e, quando se pôs a caminho, quando se viu ao ar livre, quando avistou centenas de rostos desconhecidos, aquele sentimento se exaltou mais ainda. Durante todo o tempo de sua viagem, esteve como um colegial em férias: todas as pessoas que encontrava, um postilhão, um chefe de posta, os camponeses na estrada ou nas aldeias, tudo se lhe apresentava com um sentido novo. A presença de Villarski, suas observações, suas queixas contínuas sobre a pobreza, o atraso da Europa, a ignorância da Rússia, só faziam aumentar a alegria de Pedro. Onde Villarski só via o aspecto da morte, Pedro via uma força vital extraordinariamente poderosa, aquela força que na neve que cobre as extensões sustenta a existência daquele povo intacto, particular, único. Não contradizia seu amigo mas, como se fosse de sua opinião (pois um consentimento fingido é o meio mais curto para evitar controvérsias inúteis), ouvia-o, com seu sorriso jovial.

15

. Da mesma maneira que é difícil explicar aonde vão as formigas e porque se apressam, quando seu formigueiro é destruído — umas, afastando-se a carregar gravetinhos, ovos, cadáveres; outras, voltando ao formigueiro — porque se atropelam, se perseguem, se batem, seria igualmente difícil explicar as razões que levaram os russos, após a partida dos franceses, a se reunir naquele lugar que se chamava outrora Moscou. Da mesma maneira que, observando-se as formigas espalhadas em redor de seu formigueiro destruído, percebe-se pela tenacidade, energia e atividade daqueles inúmeros insetos, malgrado a ruína completa do formigueiro, que tudo está destruído, exceto algo de indestrutível, de imaterial, que constitui toda a força do formigueiro, assim também Moscou, no mês de outubro, se bem que nela não houvesse, nem autoridade, nem igrejas, nem objetos sagrados, nem riquezas, nem casas, permanecera aquela mesma Moscou que era no mês de agosto. Tudo estava destruído, exceto algo de imaterial, de potente e de indestrutível.

Os motivos das pessoas que de todas as partes se dirigiam para Moscou, após a retirada do inimigo, eram os mais variados, pessoais, e sobretudo, nos primeiros tempos, duma natureza primitiva, bestial. O único sentimento comum a todos era o desejo de se tornarem a encontrar naquele lugar outrora chamado Moscou, para nele exercer sua atividade.

Ao fim duma semana, contava Moscou quinze mil habitantes; ao fim de duas, vinte e cinco mil, e assim por diante. O número foi sem cessar aumentando, tanto que, no outono de 1813, a cifra da população havia ultrapassado a de 1812.

Os primeiros russos que entraram em Moscou foram os cossacos do destacamento de Wintzingerode, camponeses das aldeias vizinhas e os habitantes fugitivos que se tinham escondido no campo circunvizinho. Penetrando em Moscou em ruínas e encontrando-a saqueada, começaram também pilhando. Continuaram o que os franceses haviam feito. Os camponeses chegavam com suas carroças para levar para suas casas tudo quanto fora deixado nas casas destruídas e nas ruas. Os cossacos transportavam também para seu acampamento tudo quanto podiam; os proprietários de casas deitavam mão também a tudo quanto encontravam nas casas alheias e transportavam para as suas, sob pretexto de que eram bens seus.

Depois desses primeiros saqueadores, vieram outros, e mais outros ainda; e a pilhagem, à medida que aumentava o número dos saqueadores, tornava-se cada vez mais difícil e tomava formas mais metódicas.

Os franceses tinham encontrado Moscou vazia, mas viva, com órgãos regulares, com tudo quanto serve ao funcionamento do comércio, dos ofícios, do luxo, da administração, da religião. Eram órgãos inertes, mas que existiam ainda. Havia mercado, lojas, armazéns, entrepostos, feiras, a maior parte cheios de mercadorias; havia fábricas, oficinas; havia palácios, ricas moradias cheias de objetos preciosos; havia hospitais, prisões, repartições, igrejas, catedrais. E quanto mais se prolongava a estada dos franceses, mais esses quadros da vida duma cidade desapareciam, tanto que no final Moscou não era mais que um vasto campo de morte e de pilhagem.

Quanto mais se prolongava a pilhagem dos franceses, mais se esgotavam a riqueza de Moscou e as forças dos saqueadores. A pilhagem dos russos, que marcou os primeiros dias de seu regresso à capital, produziu o efeito contrário; quanto mais se prolongou, mais participantes contou, mais rapidamente restabeleceu a riqueza e a vida normal da cidade.

Além dos rapinantes, vinham pessoas de toda espécie, atraídas, quer pela curiosidade, quer pelos deveres de seu serviço, quer por interesse, — proprietários, eclesiásticos, grandes e pequenos funcionários, negociantes, operários, camponeses, — afluíam de todas as partes a Moscou, como o sangue ao coração.

Ao fim duma semana já, os camponeses chegados com carroças vazias, destinadas ao transporte dos objetos roubados, eram requisitados pelas autoridades para o transporte dos cadáveres para fora da cidade. Outros, tendo ciência do malogro de seus camaradas, dirigiam-se à cidade com trigo, aveia, feno, abaixando os preços à vontade, até uma taxa inferior à de outrora. Equipes de carpinteiros, atraídos pelos altos salários, não cessava de chegar e por todas as partes reconstruíam ou reparavam as casas incendiadas.

Comerciantes instalavam vendas em barracas. Albergues, hotéis, abriam-se em casas incendiadas. O clero restabelecia o serviço religioso em numerosas igrejas que permaneceram intactas. Doadores recolhiam os objetos do culto roubados. Funcionários reinstalavam em quartinhos suas escrivaninhas cobertas de pano e seus arquivos. As autoridades e a polícia procediam à distribuição dos bens deixados pelos franceses. Os proprietários das casas onde haviam encontrado muitos objetos retirados de outras casas, queixavam-se de ter sido lesados pelo transporte de todos os bens para o Palácio de Facetas[143], outros ainda pretendiam que, tendo os franceses levado os móveis de diversas casas para um mesmo local, não era justo dar de presente ao novo proprietário todas as coisas que tinha em sua casa. Injuriava-se a polícia; subornavam-na; decuplicava-se em avaliação os bens do Tesouro incendiados; reclamavam-se socorros em dinheiro. O Conde Rostoptchin redigia suas proclamações.

16

Pedro chegou a Moscou em fins de janeiro e instalou-se numa ala de sua casa, que ficar de pé. Visitou Rostoptchin e alguns de seus conhecidos que haviam voltado à cidade preparou, logo dois dias depois, sua partida para Petersburgo. Todos se orgulhavam da vitória tudo fervilhava de vida na capital renascente. Todos se mostravam encantados por ver Pedro

143. No Kremlim.

novo; todos o acolhiam e o interrogavam a respeito do que vira; sentia-se ele nas mais amigáveis disposições para com todos os que encontrava; mas, a contragosto seu, mantinha ainda certa reserva que lhe permitia não se comprometer em coisa alguma. A todas as perguntas que faziam, quer importantes, quer insignificantes, quando lhe perguntavam aonde iria morar, se reconstruiria, se se encarregaria de levar a Petersburgo certa caixinha, respondia: sim, talvez, espero, ou outra coisa desse gênero.

Soubera que os Rostov estavam em Kostroma e a recordação de Natacha lhe voltava uma vez ou outra. Quando surgia, era somente como a lembrança encantadora dum passado desde muito tempo extinto. Acreditava-se liberto não somente de todas as obrigações da vida, mas ainda desse sentimento que imaginava ter aceito de propósito deliberado.

Dois dias depois de sua chegada a Moscou, soube pelos Drubetskoi, que a Princesa Maria estava em Moscou. A morte, os sofrimentos, os derradeiros dias do Príncipe André perseguiam Pedro e agora mais vivamente que nunca. Tendo, pois, sabido, durante o jantar, que a Princesa Maria estava ali e morava em sua casa da Rua Vozdvijenka, que ficara intacta, foi fazer-lhe uma visita naquela mesma noite.

Em caminho, não deixou de pensar no Príncipe André, na amizade que os unia, em seus numerosos encontros e, sobretudo, no derradeiro, em Borodino.

— "Ter-se-á dado que haja morrido naquele estado de irritação em que se encontrava então? Ter-se-á dado que a vida não se lhe haja revelado antes de sua morte?" perguntava a si mesmo. Pensou na morte de Karataiev, e se pôs, sem querer, a comparar os dois, tão diferentes e, no entanto, tão próximos pelo afeto que lhes votava e pela maneira segundo a qual ambos haviam vivido, tinham morrido.

Foi neste grave estado de espírito que Pedro chegou à casa do velho príncipe. Essa casa ficara intacta. Mostrava traços de estragos, mas mantivera seu caráter. O velho criado de quarto que recebeu Pedro tinha um rosto severo, como se quisesse fazer sentir ao visitante que a ausência do príncipe nada mudava os hábitos da casa; disse-lhe que a princesa acabava de recolher-se a seus aposentos e recebia aos domingos.

— Vai anunciar-me; talvez me receba — disse Pedro.

— Às vossas ordens — respondeu o criado, — tende a bondade de passar para a sala dos retratos.

Alguns minutos depois, reapareceu o criado de quarto, seguido de Dessalles. Dessalles vinha dizer a Pedro, em nome da princesa, que ela se sentiria muito feliz em vê-lo e lhe rogava, se quisesse desculpar-lhe a sem-cerimônia, que subisse a seus aposentos.

A princesa estava sentada numa saletinha baixa, de forro iluminado por uma única vela, em companhia de uma pessoa de preto. Pedro lembrou-se de que tinha ela sempre a seu lado damas de companhia, mas quanto a saber quem elas eram e como eram, nenhuma lembrança tinha. "É uma das damas de companhia", pensou ele, lançando uma olhadela à pessoa de preto.

A princesa levantou-se vivamente, foi-lhe ao encontro e estendeu-lhe a mão.

— Sim — disse ela, observando a mudança do rosto dele, depois que lhe beijara a mão, — eis como nos tornamos a ver. Ele falou muito a vosso respeito nos derradeiros tempos — acrescentou ela, dirigindo seu olhar para a dama de companhia, com um embaraço que não deixou de causar admiração a Pedro um instante. — Como fiquei contente ao saber que estáveis salvo! Foi a única boa notícia que tivemos desde muito tempo.

De novo lançou ela um olhar mais inquieto ainda à dama de companhia e quis acrescentar alguma coisa; mas Pedro interrompeu-a:

— Imaginai que nada sabia dele — disse. — Acreditava-o morto. Tudo o que soube me foi transmitido por outras pessoas, por terceiros. Contaram-me que viera a parar em casa dos Rostov!.. Como é estranho o destino!

Pedro falava vivamente, com animação. Olhou por sua vez para a dama de companhia, notou o olhar afetuoso que ela fixava nele, e como acontece muitas vezes no curso duma conversa sentiu, sem saber muito porque, que aquela pessoa de preto era uma suave, boa e excelente criatura, que em nada perturbaria sua conversa íntima com a Princesa Maria.

Mas quando pronunciou o nome dos Rostov, o embaraço da Princesa Maria o impressionou mais ainda. De novo, o olhar dela passou do rosto de Pedro para o da pessoa de preto, e disse:

— Como? Não a reconheceis?

Pedro lançou um novo olhar para o rosto pálido, magro, de olhos negros e de boca estranha da dama de companhia. Algo de familiar, de esquecido desde muito tempo, algo de muito querido o olhava através daqueles olhos atentos.

"Não, isso não pode ser", pensou ele. "Esse rosto pálido, magro, severo, envelhecido! Não pode ser ela. É apenas uma semelhança". Mas naquele momento, a princesa disse: "Natacha". E o rosto de olhos atentos pareceu abrir-se com esforço, com dificuldade, como se abre uma porta enferrujada; iluminou-se com um sorriso e por aquela porta aberta chegou subitamente a Pedro um sopro odoroso daquela felicidade, desde muito tempo esquecida, na qual, sobretudo naquele minuto, estava longe de pensar. Aquele aroma envolveu-o, penetrou-o completamente. Quando ela sorriu, a dúvida não foi mais possível. Era mesmo Natacha e ele a amava.

Desde o primeiro minuto, Pedro, malgrado seu, revelou a Natacha, à Princesa Maria e sobretudo a si mesmo o segredo que ignorava. Corou de alegria e de sofrimento. Queria dissimular sua emoção. Mas quanto mais se esforçava por ocultá-la, mais claramente — melhor que pelas palavras mais precisas — revelava seu amor, a si mesmo, a Natacha, à Princesa Maria.

— "É, sem dúvida, por causa da surpresa", disse Pedro a si mesmo. Mas quando quis retomar a conversação com a Princesa Maria, olhou ainda uma vez Natacha e um rubor violento cobriu-lhe o rosto. Uma emoção mais forte ainda, feita de angústia e de alegria, o invadiu. Atrapalhou o que dizia e parou no meio duma frase.

Pedro não notara Natacha porque não esperava encontrá-la ali e não a reconhecera, por causa da imensa mudança que se operara nela, desde a derradeira vez que a vira. Emagrecera e empalidecera. Mas não era isso que a tornava irreconhecível: era-lhe impossível reconhecê-la à primeira vista, porque naquele rosto, em cujos olhos a alegria de viver fazia brilhar um sorriso secreto, não havia mais nem mesmo a sombra dum sorriso; só restavam os olhos atentos, bons, tristes e interrogativos.

A perturbação de Pedro não se comunicou a Natacha, mas uma alegria quase imperceptível iluminou-lhe o rosto.

17. — Ela veio passar algum tempo comigo — disse a Princesa Maria. — O conde e a condessa vão chegar igualmente. A condessa encontra-se num estado tremendo. Mas a própria Natacha tinha necessidade de consultar um médico. Obrigaram-na a acompanhar-me.

— Sim, existirá alguma família que não tenha o seu sofrimento? — disse Pedro, dirigindo-se a Natacha. — Vós sabeis que aconteceu no dia mesmo de minha libertação. Eu o vi. Que encantador rapaz era ele!

Natacha olhava e como resposta às palavras dele, somente seus olhos se abriram e se iluminaram mais ainda.

— Que se pode dizer ou imaginar que seja consolador? — continuou Pedro. — Nada. Por que um rapaz tão gentil, tão transbordante de vida, deveria morrer?

— Sim, no tempo em que estamos seria penoso viver sem a fé — disse a Princesa Maria.

— Sim, sim, é a pura verdade — apressou-se Pedro em responder.

— Por quê? — perguntou Natacha, fitando atentamente os olhos de Pedro.

— Por que como? — continuou a princesa. — Ao pensar apenas no que espera...

Natacha, sem escutar até o fim, fixou em Pedro novamente o seu olhar interrogador.

— Porque — prosseguiu Pedro, — somente o homem que crê que há um Deus que nos dirige pode suportar uma perda tal como a dele e... a vossa.

Natacha abriu a boca para responder, mas calou-se bruscamente. Pedro apressou-se em voltar a cabeça e, dirigindo-se à Princesa Maria, pôs-se a fazer-lhe perguntas a respeito dos derradeiros dias de seu amigo.

A perturbação de Pedro havia quase desaparecido; mas sentia ao mesmo tempo que toda a sua liberdade anterior havia também desaparecido. Sentia que agora todas as suas palavras, todos os seus atos tinham um juiz cujo julgamento lhe era mais caro que o do mundo inteiro. Enquanto falava, inquietava-se com a impressão que suas palavras produziam em Natacha. Não procurava as palavras que pudessem agradar-lhe, mas tudo quanto dizia, julgava-o do ponto de vista dela.

Como sempre, foi a contragosto que a Princesa Maria começou a falar do estado em que havia tornado a encontrar o Príncipe André. Mas as perguntas de Pedro, seu olhar animado e inquieto, seu rosto trêmulo de emoção, levaram-na, pouco a pouco, a entrar em pormenores, cuja lembrança temia renovar para si mesma.

— Sim, sim, é isto... é isto... — repetia Pedro, inclinado para a princesa, numa ávida atenção, para não perder uma palavra de sua narrativa. — Sim, sim, então, ele se tranquilizou? Abrandou-se? É que ele não procurava senão uma coisa, com todas as forças de sua alma, queria ser perfeitamente bom e não podia certamente temer a morte. Os defeitos que tinha, se os tinha, não provinham dele mesmo. Então, abrandou-se? — dizia Pedro. — Que felicidade para ele, ter-vos tornado a ver — disse ele, dirigindo-se de repente a Natacha, com olhos cheios de lágrimas.

Um tremor agitou o rosto de Natacha. Franziu as sobrancelhas e baixou por um instante os olhos. Hesitou um segundo em falar.

— Sim — disse ela, com sua doce voz grave, — foi uma felicidade, foi certamente uma felicidade para mim. — E depois de um silêncio: — E ele... ele... me disse que desejara isso no momento mesmo em que fui ter com ele...

A voz de Natacha se partiu. Corou, crispou as mãos sobre os joelhos e, bruscamente, fazendo visível esforço sobre si mesma, ergueu a cabeça e se pôs a falar rapidamente.

— Não sabíamos de nada, quando partimos de Moscou. Não ousava informar-me a respeito dele. E foi Sônia quem me disse, de repente, que ele estava conosco.Eu não pensava em nada, não podia representar-me o estado em que ele se encontrava; queria somente vê-lo, estar com ele — acrescentou ela, toda trêmula e respirando com dificuldade.

E, sem se deixar interromper, contou o que não havia dito ainda a ninguém, tudo quanto sofrera durante as três semanas de sua viagem e de sua estada em Iaroslav.

Pedro escutava-a, de boca aberta, com os olhos cheios de lágrimas fitos nela. Ouvindo-a, não pensava nem no Príncipe André, nem na morte, nem no que ela dizia. Lamentava-a somente pelo sofrimento que lhe causava aquela narrativa.

De rosto totalmente contraído pelo desejo de reter as lágrimas, sentada ao lado de Natacha, a princesa ouvia pela primeira vez a história daqueles derradeiros dias de amor, entre seu irmão e Natacha.

Via-se que contar aquelas torturas misturadas de alegria era uma necessidade para Natacha.

Falava, misturando os pormenores mais insignificantes aos segredos íntimos e parecia não mais se deter. Várias vezes, repetiu as mesmas coisas.

Ouviu-se a voz de Dessalles por trás da porta, perguntando se o pequeno Nicolau podia vir dar as boas-noites.

— E foi tudo... foi tudo... — concluiu Natacha.

Levantou-se vivamente no momento em que Nicolau entrava; na pressa de sair, bateu com a cabeça contra a porta oculta por um reposteiro e precipitou-se para fora do quarto, com um gemido tanto de dor como de pesar.

Pedro fitou a porta por onde havia ela saído, sem compreender porque ficava ele de súbito só no mundo.

A Princesa Maria tirou-o de seu devaneio, atraindo-lhe a atenção para seu sobrinho que acabava de entrar.

O rosto de Nicolauzinho, tão semelhante ao de seu pai, causou-lhe tal impressão, no estado de enternecimento em que se encontrava que, depois de ter beijado o menino, levantou-se vivamente e, puxando seu lenço, afastou-se para a janela. Queria despedir-se da Princesa Maria, mas esta o reteve.

— Não, não se vá; Natacha e eu velamos por vezes até três horas da manhã. Sente-se, rogo-lhe. Vou mandar servir a ceia. Desça, que não tardaremos a ir ter com o senhor.

No momento em que Pedro ia sair, disse-lhe a princesa:

— Foi a primeira vez que ela falou a respeito dele dessa maneira.

18. Foi Pedro conduzido a uma grande sala de jantar bem-iluminada; ao fim de alguns minutos, ouviram-se passos e a Princesa Maria entrou na peça com Natacha. Natacha estava calma, embora seu rosto tivesse retomado sua expressão severa, sem sorrir. A Princesa Maria, Natacha e Pedro sentiam todos três igualmente aquela impressão de mal-estar que se segue comumente a uma conversa íntima e séria. Não se pode mais retomar a conversa anterior, ter-se-ia vergonha de dizer futilidade e fica-se constrangido em calar, porque desejar-se-ia falar e o mutismo que se mantém é forçado. Puseram-se à mesa em silêncio. Os criados afastaram as cadeiras para permitir-lhes que se sentassem e tornaram a aproximá-las. Pedro desdobrou seu guardanapo frio e, desejoso de romper o silêncio, fitou Natacha e a Princesa Maria. Tinham elas, era bem evidente, o mesmo desejo que ele; os olhos de ambas brilhavam do prazer de viver e pareciam testemunhar que, malgrado o pesar, há lugar para a alegria.

— Tomais vodca, conde? — perguntou a Princesa Maria e estas palavras afugentaram de repente as sombras do passado. — Fala-nos de vós — acrescentou ela. — Contam-se coisas incríveis a vosso respeito.

— Sim — respondeu Pedro com um sorriso de doce ironia, que lhe era agora costumeiro. — A mim mesmo contaram-me coisas bem espantosas e que eu jamais vi. Maria Abramovna me chamou à sua casa e narrou-me tudo quanto me acontecera ou devia ter-me acontecido. Stepan Stepanitch também me comunicou o que devia eu contar a respeito de mim mesmo. Duma maneira geral, notei que era uma função bem repousante ser um homem interessante (porque agora sou desses). Convidam-me às suas casas e me contam a minha história.

Natacha sorriu e ia abrir a boca para dizer alguma coisa, mas, detendo-a, disse a Princesa Maria:

— Afirmaram-nos que perdestes dois milhões em Moscou. É verdade?

— Mas estou três vezes mais rico que antes — exclamou Pedro.

Apesar das dívidas de sua mulher e da necessidade de reconstruir, que mudava a face de seus negócios, continuava Pedro a sustentar que estava três vezes mais rico.

— Em todo caso, o que incontestavelmente ganhei nisso foi ficar livre — acrescentou Pedro, num tom grave; mas recusou-se a continuar, achando egoísmo de sua parte só falar de si mesmo.

— E vós quereis reconstruir?

— Sim, Savelitch o deseja.

— Dizei-me, não sabíeis ainda da morte da condessa, quando estáveis em Moscou, não é? — perguntou a Princesa Maria, que corou logo, notando que lhe havia dirigido essa pergunta, justamente depois que ele se havia declarado livre e que isto dava a suas palavras um sentido que talvez não tivessem.

— Não — respondeu Pedro que não deu sinal de achar incômoda a maneira pela qual a princesa interpretava sua alusão à liberdade. — Soube da coisa em Orel e não podeis imaginar o efeito que isso produziu em mim. Não éramos esposos exemplares — disse ele vivamente, com uma olhadela para Natacha e percebendo no rosto dela a curiosidade com que aguardava que ele falasse de sua esposa. — Mas essa morte me causou terrível impressão. Quando duas criaturas se contendem, estão ambas sem razão. E sente cada qual sua falta mais pesadamente para com alguém que não existe mais. E depois, uma morte semelhante... Sem amigos, sem consolação. Tenho infinita piedade dela, uma infinita piedade — concluiu ele, notando uma expressão de alegre aprovação no rosto de Natacha.

— De modo que, eis-vos de novo celibatário e bom para casar — observou a Princesa Maria.

Pedro ficou subitamente escarlate e esforçou-se, durante um longo momento, em não olhar para Natacha. Quando se decidiu a fazê-lo, retomara ela um rosto frio, severo e até mesmo desdenhoso, ao que lhe pareceu.

— Então, é verdade que vistes Napoleão e lhe falastes, como nos contaram? — perguntou a Princesa Maria.

Pedro se pôs a rir.

— Nem uma vez sequer, nunca. Toda a gente pensa que estar prisioneiro é ser hóspede de Napoleão. — Tão-somente não o vi, mas nem mesmo ouvi falar dele. Estava em bem pior companhia.

A refeição chegava ao fim e Pedro que, a princípio, evitara falar de seu cativeiro, viu-se pouco a pouco levado a fazer a narrativa dele.

— É verdade que ficastes em Moscou para matar Napoleão? — perguntou-lhe Natacha, sorrindo ligeiramente. — Adivinhei-o, quando nos encontramos perto da Torre Sukhariev.

Pedro confessou que era verdade e levado, pouco a pouco, pelas perguntas da Princesa Maria, sobretudo pelas de Natacha, pôs-se a narrar pormenorizadamente suas aventuras.

Primeiro falou, com aquele ar gentilmente irônico que mostrava agora ao expor suas opiniões sobre outrem e sobre si mesmo em particular; mas ao chegar à narração dos horrores e dos sofrimentos de que fora testemunha, animou-se sem o notar e exprimiu-se com a emoção contida dum homem que viveu pungentes impressões.

A Princesa Maria fitava ora Pedro, ora Natacha, com um suave sorriso. Em tudo quanto ouvia, via somente Pedro e sua bondade. Natacha, apoiada à mesa, acompanhava o que Pedro dizia, mudando continuamente de expressão; sem desfitar dele os olhos um minuto sequer, parecia reviver com ele o que contava. Não só seu olhar, mas suas exclamações, as breves perguntas que lhe fazia, mostravam a Pedro que ela compreendia tudo quanto queria ele deixar entender. Adivinhava-se que ela apanhava não só a narrativa que ele fazia, mas ainda aquilo que as palavras não podem exprimir. Eis como Pedro contou o episódio da mulher e da criança que ele havia salvo e que tinham sido causa de sua detenção: "Era um espetáculo horrível, crianças abandonadas, algumas delas entre as chamas... Retiraram uma diante de mim... Mulheres que eram despojadas e a quem arrancavam os brincos das orelhas..." Pedro corou repentinamente e balbuciou:

— Então sobreveio uma patrulha e levou todos os homens, todos os que não estavam pilhando e a mim com eles.

Não contais tudo; decerto fizestes alguma coisa... — disse Natacha e, depois de uma pausa —... algo de belo.

Pedro prosseguiu. Quando chegou à execução dos incendiários, quis ocultar pormenores demasiado horrendos; mas Natacha obrigou-o a nada omitir.

Pedro, que se havia levantado da mesa e andava para lá e para cá, com os olhos de Natacha fitos nele, quis falar de Karataiev, mas parou.

— Não, não podeis compreender tudo quanto me ensinou aquele iletrado, aquele simples de espírito.

— Mas sim, mas sim, continuai — disse Natacha. — Que lhe aconteceu?

— Mataram-no quase à minha vista.

E Pedro contou os derradeiros dias de sua retirada com o exército francês, a doença de Karataiev (sua voz não cessava de tremer) e sua morte.

Contava suas aventuras como jamais as evocara em sua memória. Tudo quanto sofrera tomava agora a seus olhos como que um sentido novo. Enquanto falava a Natacha, saboreava aquele raro prazer que ao homem dão as mulheres que o escutam, não as mulheres *de espírito* que se esforçam, quando ouvem, em reter o que lhe dizem para enriquecer seu espírito, e na ocasião própria redizê-lo ou acomodá-lo à sua maneira e pô-lo em circulação como um produto elaborado na sua pequena cozinha intelectual; o prazer que ele saboreava era o que dão as verdadeiras mulheres, as que sabem fazer uma escolha no que lhe dizem e só assimilar disso o melhor. Sem o saber era Natacha toda ouvidos; não perdia uma palavra, uma inflexão de voz, um olhar, um gesto de Pedro, nem um estremecimento sequer de seu rosto. Apanhava no voo a palavra apenas pronunciada e levava-a direta a seu coração, escancarado para recebê-la; adivinhara o sentido oculto de todo o trabalho íntimo de Pedro.

A princesa compreendia a narrativa, tomava nela parte, mas ao mesmo tempo via outra coisa que absorvia toda a sua atenção; via uma possibilidade de amor e de felicidade entre Natacha e Pedro. E essa ideia que lhe ocorria pela primeira vez a enchia de alegria.

Eram três horas da madrugada. Os criados, de rosto triste e severo, vinham mudar as velas, mas ninguém lhes prestava atenção.

Pedro acabou sua narrativa. Natacha, de olhos animados e brilhantes, continuava a olhá-lo fitamente, como se desejasse compreender ainda o que talvez lhe restasse a dizer e que ele não exprimira. Perturbado, feliz, ele a olhava a furto e perguntava a si mesmo que assunto começar para mudar de conversa. A Princesa Maria calava-se. Não ocorria a nenhum deles a ideia de que eram três horas da manhã e já era tempo de irem dormir.

— Falava-se de desgraça, de sofrimento — exclamou Pedro. — Mas se agora, neste minuto mesmo, me perguntassem — "Preferes tornar a ser o que eras antes de ter sido prisioneiro, ou então reviver desde o começo tua aventura inteira?" responderia: "Por Deus, tornai a dar-me a prisão e a carne de cavalo. Uma vez que se esteja lançado fora do caminho habitual, acredita-se que tudo está perdido; e é, no entanto, ali que começa algo de novo, de bom. Enquanto há vida, há felicidade. E temos diante de nós felicidade, muita felicidade. É a vós sobretudo que o digo — acrescentou, dirigindo-se a Natacha.

— Sim, sim — respondeu ela, com o pensamento longe. — Quanto a mim, nada mais desejaria do que reviver o que já vivi.

Pedro olhou-a atentamente.

— Sim, nada mais! — reafirmou ela.

— É falso, arquifalso! — exclamou Pedro. — Não sou culpado de viver e de querer viver, nem vós tampouco.

Bruscamente Natacha deixou cair a cabeça nas mãos e desatou a chorar.

— Que tens, Natacha? — perguntou a Princesa Maria.

— Nada, nada. — Sorriu a Pedro por entre suas lágrimas. — Adeus, é hora de ir dormir.

Pedro se levantou e despediu-se.

A Princesa Maria e Natacha reencontraram-se, como de costume, no seu quarto de dormir. Falaram do que Pedro contara. Mas a Princesa Maria não disse o que pensava de Pedro e Natacha tampouco falou a seu respeito.

— Bem, boa noite, Maria — disse Natacha. — Tu sabes, tenho medo muitas vezes; à força de não falar nele (no Príncipe André), como se temêssemos profanar nosso sentimento, nós o esquecemos.

A Princesa Maria suspirou profundamente e aquele suspiro significava que achava que Natacha dissera a verdade; mas, no entanto, não lhe deu seu assentimento.

— Será possível esquecer? — perguntou ela.

— Fez-me tanto bem hoje falar de tudo isso; era penoso, era doloroso, mas isso me fez bem — disse Natacha. — Estou certa de que foi verdadeiramente seu amigo. Foi por isso que lhe contei... Terei agido mal? — perguntou ela, bruscamente, ficando toda vermelha.

— Por ter falado a Pedro? Oh! não! Ele é tão bom! — exclamou a Princesa Maria.

— Sabes — prosseguiu de repente Natacha, com o sorriso travesso que a Princesa Maria não via mais, desde muito tempo, em seu rosto. — Ele ficou todo limpo, todo puro, todo novo, como se saísse dum banho; compreendes-me? dum banho moral. Não é verdade?

— Sim — replicou a Princesa Maria. — Ganhou muito.

— E sua sobrecasaca curta e seus cabelos bem-cortados, sim, justamente como ao sair do banho... como papai, outrora.

— Compreendo que "ele" (o Príncipe André) não tenha gostado tanto de uma pessoa como de Pedro — disse a Princesa Maria.

— Sim, e, no entanto, nada havia em comum com ele. Pretende-se que as amizades entre homens existem entre seres completamente diferentes. É preciso crer na verdade disso. Será, deveras, que se parece com ele em alguma coisa?

— Em todo caso, é um rapaz maravilhoso!

— Bem, boa noite — respondeu Natacha.

E o sorriso travesso permaneceu muito tempo em seu rosto, como se tivesse sido nele esquecido.

19. Pedro custou a adormecer naquela noite. Caminhava para lá e para cá no seu quarto, ora franzindo as sobrancelhas, absorvido em graves pensamentos, ora erguendo os ombros como tomado dum arrepio, ora sorrindo com ar feliz.

Pensava no Príncipe André e em Natacha, no amor de ambos; ora sentia-se ciumento de Natacha e de seu passado, ora censurava-se seu ciúme, ora desculpava-se dele. Eram seis horas da manhã e continuava ainda seu passeio pelo quarto.

— Mas que fazer, já que nada se pode fazer? Que fazer? As coisas deveriam ser assim, sem dúvida — disse a si mesmo; e, desvestindo-se às pressas, estendeu-se em seu leito, feliz e emocionado, mas sem sentir dúvida nem incerteza.

"Por mais estranha, por mais impossível que pareça essa felicidade, é-me preciso tudo fazer para que nos tornemos marido e mulher", disse a si mesmo.

Alguns dias antes marcara para sexta-feira sua partida para Petersburgo. Quando acordou era quinta-feira; Savelitch veio pedir-lhe suas ordens referentes aos preparativos da partida.

"Por que ir a Petersburgo? Que irei fazer ali? Que há ali?", perguntou a si mesmo, malgrado seu. "Ah! sim, antes que isso acontecesse, tinha a intenção de lá ir", lembrou-se. "Por que não? Irei mais tarde, talvez. Que homem notável, quantas atenções, pensa em tudo!" pensou, vendo o velho Savelitch. "E que sorriso agradável!"

— Então, continuas a não querer ser livre, Savelitch? — perguntou Pedro.

— Que farei da liberdade, Excelência? Vivi bem às ordens do falecido conde — que Deus tenha a sua alma! — e sob vossas ordens, também, sem ter nunca de que me queixar.

— Mas teus filhos?

— Os meninos farão como nós, Excelência. Pode-se viver com senhores como vós.

— E meus herdeiros? — perguntou Pedro. — Posso casar-me, um desses dias... Isso poderia bem acontecer — acrescentou, com um sorriso involuntário.

— E permito-me dizer que seria muito boa coisa, Excelência.

"E eis aí, acredita ele tudo muito simples", pensou Pedro. "Não sabe quanto é espantoso, perigoso! E será cedo demais ou tarde demais... É horrível!"

— Quais são as ordens do senhor? Será amanhã a partida? — perguntou Savelitch.

— Não; adio para mais tarde. Avisar-te-ei. Desculpa-me por ter dado todos esses embaraços — disse Pedro que, vendo Savelitch sorrir, pensou: "Como é curioso! Não se dá ele conta de que não se trata mais de ir a Petersburgo e que, antes de tudo, é preciso decidir isso. Aliás, ele se dá conta, seguramente, se bem que finja nada saber. Será preciso que lhe fale disso? Que lhe pergunte o que pensa ele?" perguntou Pedro a si mesmo. "Não, ficará para outra vez".

Durante o almoço, contou Pedro à sua prima que estivera na véspera em casa da Princesa Maria e que lá encontrara — "Podeis imaginar quem? Natacha Rostov!"

Mostrou ela cara de não achar isso mais extraordinário do que se Pedro lhe tivesse dito ter visto uma Ana Semionovna qualquer.

— Vós a conheceis? — perguntou Pedro.

— Vi a princesa — respondeu ela. — Ouvi dizer que estava noiva do jovem Rostov. Seria um bom negócio para os Rostov. Dizem que estão completamente arruinados.

— Refiro-me à Senhorita Rostov. Vós a conheceis?

— Ouvi contar sua história. É bem triste.

"Decididamente, ela nada compreende ou finge nada compreender" — disse Pedro a si mesmo. — "É melhor nada lhe dizer também a ela".

A prima também havia preparado provisões para a viagem de Pedro.

"Como são bons, todos" — pensou ele. "Ocupam-se com tudo isso, embora não tenham nenhum interesse no caso. E tudo isso por mim; é o que me admira".

Naquele mesmo dia, o chefe de polícia veio advertir Pedro de que era preciso que mandasse um homem de confiança ao Palácio das Facetas, para a distribuição dos objetos que iam ali repartir entre os proprietários.

"E aquele também!", pensou Pedro, fitando o rosto do chefe de polícia. "Que homem de bem, que belo oficial e como é bom! Ocupar-se AGORA com tais futilidades! No entanto, dizem que ele não é honesto e exige dinheiro. Como é estúpido! Em primeiro lugar, por que não o aceitaria ele? Treinaram-no para isso. Todos o fazem. Mas que bondoso rosto amável e que sorriso, quando me olha!"

Pedro foi jantar em casa da Princesa Maria.

Enquanto percorria as ruas entre os escombros das casas, ficou impressionado com a beleza daquelas ruínas. Tubos de chaminés, pedaços de paredes que lhe lembravam vivamente os burgos do Reno e o Coliseu, alinhavam-se ocultos uns atrás dos outros, nos quarteirões incendiados. Todas as pessoas que encontrava, cocheiros, condutores de carroças, carpinteiros em ponto de esquadriar pranchas, comerciantes, vendeiros, todos o olhavam com ar jovial e seus rostos radiosos pareciam dizer: "Ah! é ele! Vejamos o que vai sair de tudo isso!"

Ao entrar na casa da Princesa Maria, Pedro perguntou a si mesmo se, verdadeiramente, viera ali ontem, se, verdadeiramente, vira Natacha, falara com ela. Talvez o tenha sonhado, talvez vá entrar e não encontrar ninguém". Mas assim que transpôs o limiar do salão, em todo o seu ser a desaparição súbita de sua liberdade fez-lhe sentir a presença de Natacha. Trazia ela o mesmo vestido preto de pregas soltas, o mesmo penteado do dia anterior e, no entanto, era completamente diferente. Se tivesse tido ela aquele ar, na véspera, quando entrara ele no quarto, não teria podido deixar de reconhecê-la imediatamente.

Estava tal como a conhecera, quase criança, depois noiva do Príncipe André. Um clarão de alegria brilhava nos seus olhos interrogativos, seu rosto mostrava uma expressão ao mesmo tempo terna e estranhamente travessa.

Depois do jantar teria ficado Pedro de bom grado a noite toda; mas a Princesa Maria queria ir assistir ao ofício da tarde e Pedro teve de sair ao mesmo tempo que as duas amigas.

No dia seguinte, voltou bem cedo, jantou e passou toda a noite. Mas, apesar do prazer manifesto que a Princesa Maria e Natacha tinham em vê-lo, se bem que o interesse de sua vida se concentrasse agora para Pedro naquela casa, a conversa foi bastante desordenada, passou sem cessar dum assunto insignificante a outro e muitas vezes se interrompeu. Pedro ficou até tão tarde que a Princesa Maria e Natacha trocavam olhares, perguntando-se se ele iria partir dentro em breve. Via ele isso, mas não podia partir. Não importava que se sentisse constrangido, mal à vontade; permanecia sentado porque NÃO PODIA levantar-se e despedir-se.

Não vendo a Princesa Maria fim à situação foi a primeira a levantar-se e, pretextando uma dor de cabeça, despediu-se dele.

— Com que então, partireis amanhã para Petersburgo? — perguntou ela.

— Não, não parto — replicou Pedro, com espanto, como se a pergunta o ofendesse e o apanhasse desprevenido. — Sim... não... para Petersburgo? Amanhã; mas não me despeço de vós. Virei receber vossas ordens — acrescentou ele, de pé, diante da Princesa Maria, toda ruborizada, e sem dar sinal de ir-se embora.

Natacha estendeu-lhe a mão e eclipsou-se. A Princesa Maria, em vez de fazer o mesmo, refestelou-se ainda mais em sua poltrona e envolveu Pedro no seu olhar luminoso, profundo, grave e atento. A lassidão que parecia sentir havia pouco, desaparecera agora. Lançou um longo e profundo suspiro, como para se preparar a uma longa conversa.

Toda a confusão, todo o acanhamento de Pedro se haviam subitamente esvaecido com a saída de Natacha e dado lugar a uma viva animação. Aproximou às pressas sua poltrona da da Princesa Maria.

— Sim, queria dizer-vos — começou ele, respondendo ao olhar dela como a uma pergunta, — princesa, queria pedir-vos que me ajudásseis. Que devo fazer? Posso ter esperança? Princesa, querida amiga, escutai-me. Sei tudo. Sei que não a mereço; sei que neste momento, não se pode falar disso. Mas quero ser um irmão para ela. Não, não é isto, não quero, não posso...

Parou e passou as mãos pelos olhos e pelo rosto.

— Pois bem, é assim, — prosseguiu ele, fazendo visivelmente esforço sobre si mesmo para falar de maneira seguida. — Não sei desde quando a amo. Mas é a ela, somente a ela, que tenho amado toda a minha vida e amo-a tanto que não posso imaginar a vida sem ela. Não procuro pedir sua mão imediatamente; mas o pensamento de que ela poderia pertencer-me e de que poderia eu deixar escapar-se essa possibilidade... essa possibilidade... é terrível. Dizei-me, posso ter esperança? Dizei-me, que devo fazer? Querida princesa! — exclamou ele, após um instante de silêncio e lhe tocou na mão, vendo que ela não respondia.

— Estou refletindo no que acabais de dizer-me — disse a Princesa Maria. — Eis o que penso. Tendes razão; falar-lhe agora de amor...

A princesa interrompeu-se. Queria dizer: falar-lhe de amor agora é impossível; mas não pôde ir até o fim, porque se dera conta na antevéspera, diante da mudança súbita de Natacha, de que esta não somente não se ofenderia, se Pedro fizesse sua declaração, mas só desejava isso.

— Falar-lhe agora... é impossível — acabou ainda assim a Princesa Maria.

— Então, que devo fazer?

— Deixai isso a meu cargo — disse a princesa. — Sei...

Pedro olhou-a bem nos olhos.

— Dizei, dizei insistiu ele.

— Sei que ela vos ama... que ela vos amará — retificou.

Mal pronunciara ela esta frase, sobressaltou-se Pedro e, com um ar de espanto, agarrou-lhe a mão.

— Por que acreditais nisso? Acreditais que posso ter esperança? Acreditais mesmo?

— Sim, acredito-o — assegurou, sorrindo, a Princesa Maria. — Escrevei a seus pais e contai comigo. Falar-lhe-ei, quando chegar o momento. Desejo mesmo isso. E meu coração me diz que isso acontecerá.

— Não, não, não é possível! Como sou feliz!... Não, não é possível!... Como sou feliz!... Não, não é possível — repetia Pedro, beijando as mãos da Princesa Maria.

— Mas parti para Petersburgo, será melhor. E eu vos escreverei — disse ela.

— Para Petersburgo? Partir? Sim, muito bem, partirei. Mas amanhã, posso vir ver-vos?

No dia seguinte, foi Pedro fazer suas despedidas. Natacha estava menos animada que nos dias anteriores; mas naquele dia, quando lhe fitava ele os olhos, tinha Pedro a impressão de que desaparecia, de que não havia mais Pedro nem Natacha, que só havia o sentimento da felicidade. "Será possível? Não, isto não pode ser!" repetia a si mesmo, a cada olhar, a cada movimento, a cada uma das palavras de Natacha, que faziam transbordar sua alma de alegria.

No momento de partir, quando lhe tomou a fina mão emagrecida, guardou-a malgrado seu algum tempo na sua.

"Será possível que esta mão, este rosto, estes olhos, todo este tesouro de beleza feminina que não me pertence, será possível que isto se torne meu para sempre e participe do meu próprio ser? Não, não é possível!..."

— Adeus, conde, — disse-lhe ela, bem alto. — Esperar-vos-ei com uma grande impaciência — acrescentou em voz baixa.

Estas simples palavras, o olhar e a expressão que as acompanhavam, foram para Pedro, durante dois meses, uma fonte inexaurível de recordações, de hipóteses e de sonhos felizes. "Esperar-vos-ei com uma grande impaciência..." Sim, sim, como o disse ela? Sim, "esperar-vos-ei com uma grande impaciência". "Ah! como sou feliz! Como pode ser isso? Como sou feliz!" — repetia Pedro a si mesmo.

20. Na alma de Pedro, naquele momento, nada se passava de semelhante ao que tinha ele experimentado, em circunstâncias análogas, no momento de seu noivado com Helena. Não repetia a si mesmo, como então, com uma vergonha mórbida, as palavras que pronunciara; não dizia a si mesmo. "Ah! por que não disse isto, por que, por que não disse: eu vos amo!" Agora, pelo contrário, cada uma das palavras dela, cada uma das palavras dele, repetia-se a si mesmo em pensamento, revendo os mesmos traços do rosto, o sorriso, sem desejar nada mudar ali ou acrescentar o que quer que fosse; tudo quanto desejava, era repeti-las para si ainda. Não perguntava a si mesmo um instante, se o que empreendia era bem ou mal. Às vezes, no entanto, um temor horrendo dele se apossava: "Mas não será tudo isso um sonho? Não se terá enganado a Princesa Maria? Não serei demasiado presunçoso e demasiado seguro de mim mesmo? Tenho confiança; e de repente o que deve acontecer, acontecerá, a Princesa Maria vai falar-lhe, ela então sorrirá e responderá": "Como é estranho! Ele se engana certamente. Não sabe ele que não é senão um homem, nada mais que um homem, enquanto que eu... eu sou coisa inteiramente diversa, sou um ser bem superior?"

Só esse temor vinha atormentar Pedro. Não fazia projeto algum. A felicidade que o aguardava parecia-lhe tão inverossímil que lhe bastava vê-la realizada: depois disso, nada mais podia existir. Tudo estaria acabado.

Uma demência alegre, repentina, de que Pedro se julgava incapaz, invadira-o. Todo o sentido da vida, não para ele somente mas para o mundo inteiro, parecia resumir-se no seu amor e na possibilidade de ser amado por ela. Por vezes parecia-lhe que todos os homens só estavam ocupados numa única coisa: sua felicidade futura. Parecia-lhe que todos se regozijassem tanto quanto ele próprio, mas se esforçassem por dissimular essa alegria, fingindo ser tomados por outros interesses. Em cada palavra, em cada gesto, via uma alusão à sua felicidade. Surpreendia muitas vezes aqueles que o encontravam pelos seus olhares e seus sorrisos significativos, cheios duma conivência secreta, radiantes de felicidade. Mas quando percebia que as pessoas podiam ignorar a felicidade dele, lastimava-se de toda a sua alma e experimentava o desejo de fazer-lhes compreender que tudo quanto as ocupava não passava de futilidade e tolice e não valia a pena que se lhe desse atenção.

Quando lhe aconselhavam que obtivesse um emprego ou julgavam diante dele um negócio de ordem geral referente ao Estado ou à guerra, pretendendo-se que de tal ou qual solução dependia a felicidade de todos, ouvia quem falava com um bom sorriso de compaixão e causava admiração aos que falavam com ele pela estranheza de suas observações. Mas todos aqueles que lhe pareciam compreender o verdadeiro sentido da vida, isto é, o sentimento dele próprio, como os infelizes que, evidentemente, não o compreendiam, todos, naquele período de sua vida, lhe apareciam à luz radiante do sentimento que iluminava sua alma; assim, sem o menor esforço, via ele, num relance, no primeiro que aparecia tudo o que era bom e digno de amor.

Examinou os papéis de sua defunta mulher e não experimentou pela sua memória nenhum sentimento; lamentava-a somente por não haver conhecido a felicidade que ele conhecia agora. O Príncipe Basílio, todo orgulhoso de sua nova condecoração e do novo lugar que acabava de obter, parecia a Pedro um velho comovedor, digno de lástima e bom.

Pedro se lembrou muitas vezes mais tarde daquela época de loucura feliz. Todos os julgamentos que fez então dos homens e das coisas ficaram para sempre para ele como incontestavelmente justos. Não somente não negou depois nenhuma de suas maneiras de ver, mas, pelo contrário, quando o invadiam dúvidas profundas ou incertezas, recorria à opinião que adotara no tempo de sua loucura e acontecia ser sempre exata essa opinião.

"Talvez — pensava ele, — tenha eu parecido bem estranho e bem ridículo, mas não era eu tão louco então como se acreditava. Pelo contrário, era mais sensato e mais perspicaz do que nunca; e compreendia tudo o que vale a pena ser compreendido na vida, por que... era feliz".

A loucura de Pedro consistia em que não esperava como outrora ter, para amar as pessoas, razões pessoais que chamava os méritos dessas pessoas, mas o amor transbordava de seu coração e amava as pessoas sem razão, encontrava razões incontestáveis para amá-las.

21. Desde aquela primeira noite em que Natacha, depois da partida de Pedro, dissera, com um sorriso alegremente zombeteiro, à Princesa Maria que ele "estava completamente, verdadeiramente, como quem saía dum banho, com sua sobrecasaca curta e seus cabelos bem-cortados", desde aquele momento algo de secreto, de desconhecido dela mesma, mas de irresistível, despertara-se na alma de Natacha. Seu rosto, seu andar, seu olhar, tudo se modificou. Uma força de vida de que não suspeitava, esperanças de felicidade surgiram nela, reclamando satisfação. Desde a primeira noite, pareceu Natacha ter esquecido tudo quanto acabava de atravessar. Nos dias que se seguiram, não se queixou mais uma só vez de sua situação, não fez mais uma só alusão ao passado e não receou mais fazer alegres projetos de futuro. Falava pouco de Pedro, mas quando a Princesa Maria fazia menção dele, um fogo desde muito extinto se reacendia nos seus olhos e seus lábios esboçavam um estranho sorriso.

A mudança que se operara em Natacha espantou a princípio a Princesa Maria, e, quando lhe compreendeu a causa, experimentou pesar com isso. "Será possível que tenha amado tão pouco meu irmão e seja capaz de esquecê-lo tão depressa?", pensava a Princesa Maria quando, sozinha, refletia naquela mudança. Mas quando estava com Natacha, não lhe queria mal e não lhe fazia censura alguma. A força vital despertada em Natacha apoderara-se dela duma maneira verdadeiramente tão irresistível, tão inesperada para ela mesma, que a Princesa Maria sentia, em sua presença, que não tinha o direito de acusá-la, mesmo que fosse no íntimo de sua alma.

Quanto a Natacha, entregava-se com tal plenitude e tal sinceridade a seu novo sentimento que nem mesmo procurava dissimular que o pesar cedera lugar nela à alegria e à jovialidade.

Quando, depois de sua explicação de noite com Pedro, a Princesa Maria voltou a seu quarto, Natacha veio-lhe ao encontro na soleira.

— Ele falou? Sim? Ele falou? — perguntou ela, com insistência.

Uma expressão alegre e ao mesmo tempo dolorosa, que pedia perdão de sua alegria, fixou-se no rosto de Natacha.

— Tive vontade de escutar à porta; mas sabia que me dirias tudo.

Por mais incompreensível, por mais impressionante que fosse para a Princesa Maria o olhar em que envolvia Natacha, por mais compaixão que tivesse pela sua agitação, as palavras de Natacha, a princípio, causaram-lhe pesar. Lembrou-se de seu irmão, de seu amor.

"Mas que haveria de fazer? Ela não pode ser diferente do que é", pensou.

E com um ar triste e um pouco severo, repetia a Natacha tudo quanto Pedro lhe dissera. Ao saber que ele ia partir para Petersburgo, Natacha se admirou.

— Para Petersburgo? — repetiu ela, como se não compreendesse.

Mas notando a expressão de tristeza do rosto da Princesa Maria, adivinhou-lhe a causa e, de repente, se pôs a chorar.

— Maria — disse ela, — dize-me o que devo fazer; tenho medo de ser má. O que me disseres que faça, eu o farei; ensina-me...

— Tu o amas?

— Sim — cochichou Natacha.

— Então, por que choras? Sou feliz por ti — disse a Princesa Maria, que, por causa das lágrimas de Natacha, já lhe havia perdoado completamente a alegria.

— Não será para já, imediatamente, porém mais tarde, mais tarde... Pensa que felicidade será, se eu for esposa dele e tu te casares com Nicolau.

— Natacha, já te pedi que não fales disso. É de ti que se trata.

Calaram-se ambas.

— Mas por que então ir a Petersburgo? — continuou, de repente, Natacha; entretanto, apressou-se em responder ela mesma à sua pergunta: — Não, não, é preciso mesmo. Não é, Maria? É preciso mesmo...

EPÍLOGO

1. Sete anos depois o oceano desbordado da História havia voltado às suas margens. Parecia acalmado, mas as forças misteriosas que movem a humanidade (misteriosas, porque lhes ignoramos as leis do movimento) continuavam a agir.

Se bem que tudo parecesse imóvel na superfície daquele oceano da História, a humanidade continuava seu movimento ininterrupto como o do tempo. Diversos agrupamentos humanos se agregavam ou desagregavam. Causas novas de formações e de deslocamentos de Estados amadureciam, migrações de povos se preparavam.

O oceano da História não se transportava mais como outrora, por sacudidelas, duma de suas margens à outra: refervia nas profundezas. Os personagens históricos não eram mais levados pelas ondas duma margem à outra; agora, pareciam girar no mesmo lugar. Os personagens históricos que, outrora, à frente das tropas, traduziam o movimento das massas por ordens de guerras, de campanhas, de batalhas, procuravam agora traduzir esse movimento por combinações políticas e diplomáticas, leis, tratados.

Essa atividade dos personagens históricos é chamada de reação pelos historiadores.

Descrevendo a atividade desses personagens históricos, causa, segundo eles, do que chamam a REAÇÃO, os historiadores os condenam. Todas as pessoas conhecidas dessa época, de Alexandre e de Napoleão a Mme. de Staël, Photius, Schelling, Fichte, Chateaubriand e outros, todos passam diante do severo tribunal deles e são absolvidos ou condenados, segundo tomaram parte no PROGRESSO ou na REAÇÃO.

Segundo os historiadores, produzia-se uma reação também na Rússia naquele período e o principal responsável por ela era Alexandre I, aquele mesmo Alexandre I que, sempre segundo eles, fora o principal instigador das iniciativas liberais do começo de seu reinado e da salvação da Rússia.

Hoje, na literatura russa, desde o colegial até o historiador mais sábio, não há um homem que não lance a pedra contra Alexandre I pelas faltas que cometeu naquele período de seu reinado.

"Deveria ter agido de tal e tal maneira. Em tal circunstância, agiu bem, em tal outra, agiu mal. Conduziu-se admiravelmente no começo de seu reinado e em 1812; mas agiu mal dando uma constituição à Polônia, fazendo a Santa Aliança, dando plenos poderes a Araktcheiev, sustentando Golitsin e o misticismo, depois encorajando Chickov e Photius. Agiu mal, ocupando-se com exercícios militares, cassando o regimento Semionovski, etc..

Seriam precisas páginas e páginas para enumerar as inúmeras queixas que fazem contra ele os historiadores, em nome dessa ciência da felicidade da humanidade que pretendem possuir.

Que significam essas queixas?

Os atos pelos quais os historiadores aprovam Alexandre I, isto é, o liberalismo do começo de seu reino, sua luta contra Napoleão, a firmeza que demonstrou durante o ano de 1812, depois a campanha de 1813, não provirão das mesmas fontes que os atos que censuram, como a Santa Aliança, a restauração da Polônia, a reação de 1820? E essas fontes são a hereditariedade, a educação, as condições de existência que fizeram da personalidade de Alexandre I o que ela foi.

E em que consistem exatamente essas queixas?

Nisto: um personagem histórico do porte de Alexandre I, colocado no pináculo do poder humano e, por assim dizer no foco ofuscante da luz de todos os raios históricos nele concentrados; um personagem submetido às influências mais potentes do mundo, que são inseparáveis do poder: intrigas, mentiras, lisonjas e cegueira a respeito de si mesmo; um personagem que se sentia a cada instante responsável por tudo quanto acontecia na Europa; um personagem não imaginário, mas bem vivo, tanto quanto não importa qual outro homem, com seus hábitos particulares, suas paixões, seus impulsos para o bem, o belo, o verdadeiro; — esse personagem teve a culpa, há cinquenta anos, não de ter sido desprovido de virtude (as censuras dos historiadores não se reportam a esse ponto), mas de ter tido a respeito da felicidade da humanidade uma opinião bem diferente da de um professor de hoje que se ocupa de Ciência desde sua mocidade, isto é, que lê livros, profere cursos, e consigna por escrito leituras e cursos num caderno.

Mas se se supõe mesmo que Alexandre I se haja enganado há cinquenta anos, nas suas opiniões a respeito da felicidade dos povos, com mais forte razão pode-se supor que o historiador que o julga, ao fim de certo tempo, parecerá também ele ter tido opiniões errôneas sobre essa mesma felicidade da humanidade. Esta suposição é tanto mais natural e inevitável que, se se acompanha a evolução da História, chega-se a perceber que, com cada ano, com cada autor, o ponto de vista muda no que se refere à felicidade da humanidade; de tal maneira que, o que pareceu a princípio um bem, torna-se um mal, dez anos mais tarde e reciprocamente. Mais ainda, encontram-se também na História opiniões emitidas simultaneamente e completamente contraditórias, a respeito do bem e do mal: uns elogiam Alexandre I por haver dado a constituição à Polônia e pela Santa Aliança, outros consideram isso um crime.

Não se pode dizer da atividade de Alexandre I, bem como da de Napoleão, que tenha sido útil ou nociva, se não se pode explicar em que ela o foi. Se essa atividade não agrada a esse ou àquele, é simplesmente porque não quadra com a noção limitada que ele se forma da natureza do bem. Se o bem para mim é ter conservado intacto, em 1812, a casa de meu pai em Moscou, se é a glória das armas russas ou a prosperidade da Universidade de Petersburgo ou de outros centros, ou a liberdade da Polônia, ou a potência da Rússia, ou aquela forma de civilização europeia conhecida pelo nome de progresso, sou, entretanto, bem obrigado a reconhecer que a atividade de cada personagem histórico teve, de parte seus fins, outros fins de ordem muito mais geral e que ultrapassam minha compreensão.

Mas admitamos que o que se chama a Ciência tenha a possibilidade de reduzir todas as contradições e disponha, tanto para os personagens históricos como para os acontecimentos, dum meio infalível de medir o bem e o mal.

Admitamos que Alexandre tenha podido agir em qualquer circunstância de maneira diversa da que agiu. Admitamos que tenha podido, segundo as prescrições daqueles que o acusam e pretendem conhecer o objetivo final para o qual tende a humanidade, admitamos que tenha podido seguir o programa de interesse nacional, de liberdade, de igualdade, de progresso (e não há nenhum mais novo, parece) que lhe traçariam seus detratores de hoje. Admitamos que esse programa tenha sido aplicável, bem estabelecido, e que Alexandre I o haja seguido. Que teria acontecido à atividade de todas as pessoas que se opunham então à direção tomada pelo governo — atividade que, segundo as opiniões dos historiadores, era boa e útil? Não teria ela existido; não teria havido vida; não teria havido nada.

Admitir que a vida da humanidade possa ser dirigida pela razão é negar toda possibilidade de vida.

2. Admitir, como o fazem os historiadores, que os grandes homens conduzem a humanidade para a realização de fins conhecidos — quer seja a grandeza da Rússia ou a da França, ou o equilíbrio da Europa, ou o progresso universal, ou não importa que outra coisa — torna impossível explicar os acontecimentos da História sem apelar para os conceitos de ACASO e de GÊNIO.

Se o objetivo das guerras europeias no começo de nosso século era a grandeza da Rússia, esse objetivo poderia ter sido alcançado sem nenhuma das guerras que precederam a invasão e sem a própria invasão. Se esse objetivo era a grandeza da França, poderia ser alcançado sem a Revolução e o Império. Se esse objetivo era a propagação de certas ideias, a imprensa tê-lo-ia realizado muito melhor que os soldados. Se esse objetivo era o progresso da civilização, admitir-se-á, sem nenhuma dificuldade, que há meios mais eficazes de difundir a civilização que o que consiste em aniquilar os homens e suas riquezas.

Por que, pois, as coisas se passaram assim e não doutra maneira? Porque se passaram assim.

"O ACASO criou tal situação: o GÊNIO dela se serviu", diz a História. Mas que é o ACASO? Que é o GÊNIO?

As palavras ACASO e GÊNIO não significam nada que seja realmente existente, de modo que não podem ser definidas. Essas palavras não designam senão um grau determinado na compreensão dos fenômenos. Não sei porque tal ou qual fenômeno se produz; penso que não posso sabê-lo; por consequência, não quero sabê-lo e digo: ACASO. Vejo uma força produzindo um efeito fora de proporção com as capacidades comuns dos homens; não compreendo porque isto se produz e digo: GÊNIO.

Para o rebanho, o carneiro que todas as noites o pastor leva a um cercado especial, a fim de ser nutrido à parte e que se torna duas vezes mais gordo que os outros, deve parecer um gênio. E o fato de que todas as noites, seja sempre o mesmo carneiro que, em lugar de entrar no redil, passe para um cercado especial, a fim de receber sua ração de aveia, o fato de que seja aquele precisamente que, uma vez gordo de criar toucinho, matem por causa de sua carne, deve parecer como uma espantosa conjunção do gênio e de toda uma série de acasos extraordinários.

Mas basta que os carneiros deixem de pensar que o que lhes acontece provém do que têm a esperar das finalidades próprias à grei ovina; basta-lhes admitir que tudo isso pode ter uma finalidade deles desconhecida e logo verão unidade e sequência lógica no que acontece a um dos seus posto em regime de engorda. Se não sabem para que fim foi o carneiro engordado, saberão pelo menos que tudo o que lhe aconteceu não se produziu sem razão, e não terão mais doravante necessidade de recorrer ao ACASO e ao GÊNIO.

É unicamente renunciando a conhecer a finalidade próxima e compreensível e confessando que o objetivo final nos é inacessível, que veremos uma sequência lógica na vida dos personagens históricos; é então que descobriremos a razão da desproporção que existe entre seus atos e a capacidade de ação comum a todos os homens e que não teremos mais necessidade das palavras ACASO e GÊNIO.

Basta admitir que o objetivo da agitação dos povos da Europa nos é desconhecido, que só conhecemos fatos que consistem em matanças, primeiro na França, depois na Itália, na África, na Prússia, na Áustria, na Espanha, na Rússia e que os movimentos do Ocidente para o Oriente e do Oriente para o Ocidente constituem a essência e a finalidade dos acontecimentos, então não somente não teremos mais necessidade de ver nada de excepcional e de GENIAL no caráter de Napoleão e de Alexandre, mas não teremos mais necessidade tampouco de nos representarmos esses personagens senão como homens semelhantes aos outros; não somente não teremos mais necessidade de explicar pelo ACASO os miúdos acontecimentos que fizeram esses homens tais como foram, mas veremos claramente que todos esses miúdos acontecimentos eram inevitáveis.

Se renunciamos a conhecer o objetivo final, compreenderemos claramente que, da mesma maneira que não se pode imaginar para uma planta uma cor ou uma semente melhor para a sua natureza que as que ela produz, é-nos impossível imaginar dois outros homens como todo um passado que respondesse tão precisamente e, até nos mais ínfimos pormenores, à missão que tinham de cumprir.

3. O sentido profundo dos acontecimentos europeus do começo do século XIX reside no movimento guerreiro das massas populares da Europa, do Ocidente para o Oriente, depois do Oriente para o Ocidente. O movimento do Ocidente para o Oriente foi o primeiro. Para que os povos do Ocidente pudessem levar sua marcha belicosa até Moscou, era necessário: 1º — que se

unissem numa massa guerreira de tal amplitude que estivesse em condições de suportar o choque da massa guerreira do Oriente; 2º — que renunciassem a todas as suas tradições e a todos os seus hábitos; 3º — que, para levar a bom cabo seu assalto, tivessem à sua frente um homem que pudesse, tanto para si mesmo como para eles, justificar as velhacarias, as pilhagens, os massacres que deveriam ser e lhe foram o seguimento.

Em primeiro lugar, o antigo agrupamento de forças insuficientemente importante foi dissolvido na França pela Revolução; as tradições e os costumes são aniquilados; um novo agrupamento se elabora pouco a pouco, numa nova escala mais considerável, com novos hábitos e tradições; então se prepara o homem que deve pôr-se à frente do movimento futuro e tomar toda a responsabilidade dos acontecimentos que se têm de realizar.

Esse homem, sem convicções, sem passado, sem tradições, sem nome e que nem mesmo é francês, se insinua, graças ao concurso das mais estranhas circunstâncias, aparece, entre todos os partidos da França em ebulição, e sem se ligar a nenhum, faz-se levar ao primeiro plano.

A ignorância de seus companheiros, a fraqueza e a nulidade de seus adversários, o cinismo, a brilhante e vaidosa estreiteza de espírito desse homem, põem-no à frente do exército. O valor dos soldados do exército da Itália, a repulsa em combater de seus adversários, sua temeridade e sua presunção pueris, valem-lhe a glória militar. Uma quantidade inúmera de "acasos" faz-lhe cortejo por toda parte. O desfavor em que cai junto aos dirigentes franceses o ajuda. As tentativas que empreende para mudar de caminho não logram êxito; recusam seus serviços na Rússia e não consegue se estabelecer na Turquia. Durante a guerra da Itália, encontra-se várias vezes a dois dedos de sua perda e todas as vezes escapa duma maneira imprevista. Os exércitos russos, os únicos que poderiam desmoronar sua glória, não avançam na Europa, em consequência de diversas combinações diplomáticas, das quais ele mesmo participa.

De regresso da Itália, encontra em Paris o governo em tal estado de decomposição que os que dele fazem parte são inevitavelmente varridos e aniquilados. E uma saída se apresenta por si mesma para tirá-lo da sua situação perigosa: uma expedição insensata, absurda, à África. De novo os mesmos "acasos" fazem-lhe cortejo. Malta considerada inexpugnável, entrega-se sem um tiro. As decisões mais arriscadas são coroadas de êxito. A frota inimiga que, mais tarde, não deixará passar um só barco, abre passagem a todo um exército. Na África as piores abominações são cometidas contra populações quase sem armas. E os autores desses delitos, com seu chefe à frente, se persuadem de que tudo isso é esplêndido, que é glorioso, que é digno de César e de Alexandre da Macedônia, que está bem.

Esse ideal de GLÓRIA e de GRANDEZA que consiste não somente em crer que nada se faz de mal, mas ainda em ter orgulho de todos os crimes que se cometem, atribuindo-lhes uma significação incompreensível e sobrenatural, esse ideal que deve guiar esse homem, bem como aqueles que se ligaram à sua fortuna, elabora-se na imensa extensão da África. Tudo quanto ele empreende logra êxito. A peste o poupa. Os massacres cruéis dos prisioneiros não lhe são imputados como crimes. Sua partida da África, duma inabilidade pueril, injustificável, o abandono de seus companheiros na desgraça, são-lhe proveitosos e, de novo, a frota inimiga deixa-o escapar por duas vezes. É nesse momento em que tem a cabeça virada pelo bom êxito de todos os seus crimes que, prestes a desempenhar seu papel, mas sem objetivo definido, chega a Paris. A decomposição do governo republicano que, um ano antes, teria podido causar sua perda, chegou a seu derradeiro estágio e sua qualidade de estranho aos partidos só pode agora servir à sua elevação.

Não tem plano algum de ação; tem medo de tudo; mas os partidos procuram agarrar-se a ele e reclamam sua colaboração.

Somente ele, com o ideal de glória e de grandeza que criou para si na Itália e no Egito, com sua louca adoração de si mesmo, com sua audácia no crime, com seu cinismo, só ele pode justificar os acontecimentos que se têm de cumprir.

É o homem necessário para o lugar que o espera. Assim, quase independentemente de sua vontade, malgrado sua falta de decisão, sua ausência de plano, todos os erros que acumula, é arrastado a uma conspiração que se propõe levá-lo ao poder e essa conspiração é coroada de êxito.

Levam-no a uma sessão do Diretório. Amedrontado, procura fugir e acredita-se perdido; finge um delíquio; diz coisas insensatas que deveriam perdê-lo. Mas os dirigentes, até então orgulhosos e avisados, sentem imediatamente que seu papel terminou e, mais perturbados ainda do que ele, pronunciam as palavras menos próprias a conservar-lhes o poder e arruinar aquele homem.

É o ACASO, são os milhões de ACASOS, que lhe dão o poder, e todos os homens, como que obedecendo a uma ordem, contribuem para consolidar esse poder. São os ACASOS que formam os caracteres dos dirigentes da França de então; são os ACASOS que formam o caráter de Paulo I, que lhe reconhece a autoridade; é o ACASO que urde contra ele uma conspiração que, em vez de abalá-lo, revigora seu poder; é o ACASO que lhe entrega o Duque d'Enghien e o impele a mandá-lo assassinar inesperadamente, procurando por esse meio, mais forte que todos os outros, convencer a multidão que tem ele o direito, porque tem a força. É o ACASO que faz que tenda todas as suas forças para uma expedição contra a Inglaterra, que, evidentemente, teria causado a sua ruína, e jamais realiza esse desígnio, mas, de repente, cai sobre Mack e seus austríacos, que se rendem sem combate. É o ACASO, é o GÊNIO, que lhe dão a vitória de Austerlitz, e por ACASO, todos os homens, não só da França, mas de toda a Europa, com exceção da Inglaterra, que não tomará nenhuma parte nos acontecimentos em vias de se realizarem, todos os homens, apesar de seu horror inicial e sua aversão pelos crimes desse homem, reconhecem agora seu poder, o título que ele se outorgou e seu ideal de grandeza e de glória que, cada qual à porfia, toma por algo de maravilhoso e de razoável.

Como para ensaiar de antemão seu movimento futuro, as forças do Ocidente dirigiram-se, por várias ocasiões, para o Oriente, em 1805, 1806, 1807, 1809, cada vez mais poderosas e mais numerosas. Em 1811, a massa de homens aglomerada funde-se com uma outra massa enorme de povos do centro da Europa. Quanto mais cresce essa massa de homens, mais justificado se encontra aquele que se acha à testa do movimento. Durante o período de dez anos que prepara esse grande movimento, entra esse homem em conversações com todas as cabeças coroadas da Europa. As potências deste mundo, despojadas de sua autoridade, não podem opor ao ideal de GLÓRIA e de GRANDEZA de Napoleão que não tem nenhum senso, nenhum outro ideal razoável. Uma após outra, apressam-se em dar-lhe o espetáculo de seu nada. O rei da Prússia manda sua mulher mendigar os favores do grande homem; o imperador da Áustria considera como uma graça que esse grande homem queira bem receber no seu leito a filha dos Césares; o papa, guardião do tesouro sagrado dos povos, faz sua religião servir à elevação do grande homem. Não é tanto Napoleão em pessoa que se prepara para desempenhar seu papel, mas os que o rodeiam que o levam a assumir toda a responsabilidade dos acontecimentos presentes e futuros. Nem um ato fraudulento, nem um crime; nem uma vil traição comete ele sem que logo na boca de seu círculo se transforme tudo isso em ato magnífico. Para agradar-lhe, os alemães nada encontram de melhor que festejar a própria derrota de Iena e de Auerstaedt. E não é só ele que é grande, mas seus avós, seus irmãos, seus genros, seus cunhados o são também. Tudo concorre para privá-lo dos derradeiros vestígios de sua razão e prepará-lo para seu terrível papel. E uma vez pronto, as forças de que necessita estão prontas também.

A invasão arrebenta sobre o Oriente, atinge seu objetivo final, que é Moscou. A capital é tomada, o exército russo aniquilado, mais do que o foram algum dia os exércitos inimigos nas guerras precedentes, de Austerlitz a Wagram. E, de repente, em lugar desses ACASOS e desses golpes de gênio que, com tanta constância, levaram Napoleão de êxito em êxito até o fim fixado, aparece uma série inumerável de ACASOS contrários, desde o resfriado de Borodino até os frios do inverno e a faísca que pôs fogo a Moscou. E em lugar do gênio aparecem uma tolice e uma covardia sem exemplo.

A invasão foge, volta para trás e foge ainda, e agora, sem parar, os acasos, em vez de favoráveis a Napoleão, são-lhes contrários.

Um movimento contrário se realiza do Oriente para o Ocidente, apresenta notáveis analogias com o precedente movimento do Ocidente para o Oriente. As mesmas tentativas prévias do Oriente para o Ocidente como em 1805, 1806 e 1809, antes da grande sacudidela; a mesma formidável concentração de homens; a mesma adesão dos povos do centro da Europa ao movimento; a mesma hesitação em meio do caminho e o mesmo aceleramento de velocidade à medida que o objetivo se aproxima.

Paris, o objetivo extremo, é atingida. O governo de Napoleão, bem como seu exército, são destruídos. O próprio Napoleão não tem mais razão de ser; todos os seus atos são desde então lastimáveis e baixos; mas, de novo, acaso inexplicável entra em jogo; os aliados odeiam Napoleão a quem acusam de ser a causa de suas desgraças; despojado de sua força e de seu poder, acusado de crimes e de perfídias, deveria parecer-lhes tal como o viam dez anos antes e tal como o verão um ano mais tarde: um bandido fora da lei. Mas por um acaso estranho, ninguém vê isso. Seu papel ainda não terminou. O homem que dez anos antes e um ano mais tarde será considerado como um bandido fora da lei foi enviado a dois dias de viagem da França, para uma ilha cuja soberania lhe entregam, com sua guarda e milhões que lhe pagavam tirados só Deus sabe donde.

4. O movimento dos povos começa a moderar-se nas margens. As vagas da grande maré se retiram e sobre o mar acalmado formam-se círculos sobre os quais vogam os diplomatas que imaginam ter sido eles próprios os criadores daquela bonança.

Mas o mar acalmado se subleva. Os diplomatas creem imediatamente que são eles e seus desacordos que causam essa nova tensão de forças, e esperam uma guerra entre seus soberanos; a situação parece-lhes sem saída. Mas a vaga de que sentem a subida não rebenta do lado onde a esperavam. É sempre a mesma vaga e é sempre o mesmo ponto de partida: Paris. É o derradeiro ressalto do fluxo vindo do Ocidente, ressalto que deve resolver dificuldades diplomáticas aparentemente insolúveis e pôr fim aos movimentos guerreiros daquele período.

O homem que devastou a França volta a essa mesma França, sozinho, sem que haja necessidade duma conspiração, sem soldados. O primeiro guarda campestre que aparecer poderá agarrá-lo pela gola e, por um acaso estranho, não somente ninguém lhe deita a mão à gola, mas todos, com entusiasmo, correm a acolher aquele homem a quem amaldiçoavam ontem e que recomeçarão a amaldiçoar dentro de um mês.

Aquele homem é ainda necessário para justificar o derradeiro ato coletivo.

Esse ato se cumpre.

O derradeiro papel é representado. Pede-se ao ator que retire seu traje e a caracterização; não se tem mais necessidade dele.

E alguns anos se passam, durante os quais aquele homem, na solidão de sua ilha, desempenha para si mesmo uma deplorável comédia; intriga, mente para justificar seus atos, quando já qualquer justificativa é inútil; mostra ao universo o que vale o personagem que se tomava como uma força, quando era uma mão invisível que o conduzia.

O encenador, uma vez representado o drama e mudada a roupa do ator, no-lo mostra:

— Olhai aquele em quem acreditastes! Ei-lo! Vedes agora que não era ele, mas eu, quem os conduzia?

Mas, cegos pela força que os havia posto em movimento, os homens, por muito tempo, não compreenderam isso.

Maior ainda é a lógica e a necessidade que a vida de Alexandre I apresenta, personagem que se encontra à frente do movimento, em sentido inverso, do Oriente para o Ocidente.

Que seria preciso ao homem que, eclipsando os outros, tomaria a direção desse movimento?

— Ser-lhe-ia preciso possuir o sentimento da justiça, tomar parte nos negócios da Europa, mas de longe, para que interesses mesquinhos não obscurecessem sua visão; ser-lhe-ia preciso dominar, pela sua elevação moral, seus associados, os soberanos de então; ser-lhe-ia preciso uma personalidade amável e sedutora; seria preciso que tivesse sofrido uma ofensa pessoal de Napoleão. Todas essas condições estão reunidas em Alexandre I; tudo isso é o fruto de inúmeros "ACASOS", semeados ao longo de sua vida passada, e por sua educação, e por suas iniciativas liberais, e pelos conselheiros de seu círculo, e por Austerlitz, e por Tilsit, e por Erfurt.

Durante a guerra popular, fica inativo porque não se tem necessidade dele. Mas assim que aparece a necessidade duma guerra europeia, sua personalidade aparece no seu lugar no momento devido; realiza a união de todos os povos europeus e os conduz ao objetivo desejado.

O objetivo é atingido. Depois da derradeira guerra de 1815, encontra-se Alexandre no cume do poder que um homem possa atingir. De que maneira se serve dele?

Alexandre I, o pacificador da Europa, o homem que, desde seus verdes anos só procurou a felicidade de seu povo, o instigador das reformas liberais introduzidas em sua pátria no momento em que, parece, dispõe do poder mais extenso e, portanto, dos meios de realizar a felicidade de seu povo, no momento em que Napoleão no exílio traça planos pueris e mentirosos sobre a maneira pela qual tornaria o mundo feliz, se lhe dessem liberdade para isso, nesse momento preciso, tendo cumprido sua missão e sentindo sobre si a mão de Deus, reconhece Alexandre I, de repente, o nada daquele pretenso poder, passa-o às mãos de pessoas desprezíveis e desprezadas e diz simplesmente:

— "Não por nós, Senhor, não por nós, mas pelo Teu Nome!"[144]. SOU um homem, como vós; deixai-me viver como homem; deixai-me pensar na minha alma e em Deus.

Da mesma maneira que o sol, como cada átomo do éter, é uma esfera perfeita em si e ao mesmo tempo um só átomo do infinito inacessível ao homem na sua imensidade, cada indivíduo traz em si objetivos que lhe são próprios e entretanto os carrega para servir objetos gerais, inacessíveis ao homem.

Uma abelha pousada sobre uma flor picou uma criança. A criança tem medo das abelhas e diz que o objetivo delas é picar as pessoas. O poeta admira a abelha que colhe do cálice da flor, e diz que o objetivo da abelha é colher o aroma das flores. Um apicultor, notando que a abelha recolhe pólen e o leva à sua colmeia, diz que o objetivo da abelha é colher mel. Outro apicultor que estudou de mais perto a vida do enxame, diz que a abelha junta o pólen para nutrir os novos rebentos e para criar a rainha, e que seu objetivo é a conservação da espécie. O botânico nota que a abelha retira pólen da flor dioica para a flor fêmea que ela fecunda e vê nisto o objetivo das abelhas. Outro, interessando-se pela propagação das plantas, vê que a abelha para isso contribui e esse novo pesquisador vem a concluir que tal é o objetivo das abelhas. Entretanto, a verdadeira finalidade das abelhas não se reduz nem ao primeiro, nem ao segundo, nem ao terceiro dos objetivos que o espírito humano se encontrou em condições de descobrir. Quanto mais o espírito humano se eleva na descoberta desses objetivos, tanto mais se dá claramente conta de que o fim derradeiro lhe é inacessível.

Uma só coisa é acessível ao mundo: a observação das correlações que existem entre a vida das abelhas e outros fenômenos da vida. O mesmo ocorre com os objetivos em cujo encalço se movem os personagens históricos e os povos.

5. O casamento de Natacha e de Bezukhov, que se realizou em 1813, foi o derradeiro acontecimento feliz que ocorreu na velha família Rostov. Naquele mesmo ano, o Conde Ilia Andreievitch morreu e, como acontece sempre, essa morte acarretou a desagregação da família.

Os acontecimentos do ano precedente, o incêndio de Moscou e a fuga deles da cidade, a morte do Príncipe André, e o desespero de Natacha, a morte de Pétia, a dor da condessa, tudo

144. Salmo CXV, v. I.

isso sobrevindo seguidamente, havia acabrunhado o velho conde. Não compreendia, parecia, e não sentia a força para compreender o sentido de todos aqueles acontecimentos; curvava moralmente sua velha cabeça, como se esperasse e solicitasse o golpe que o liquidaria; ora viam-no amedrontado e desamparado, ora tomado dum ardor e duma atividade fictícios.

O casamento de Natacha ocupou-o por algum tempo pelo seu lado exterior. Presidiu jantares e ceias e fez o melhor que pôde para parecer alegre; mas sua alegria, em vez de ser comunicativa como outrora, só despertava compaixão entre os que o conheciam e o amavam.

Depois da partida de Pedro e de sua mulher, acalmou-se e começou a queixar-se de seus pesares. Pouco depois, caiu doente, de cama. Desde os primeiros dias de sua doença compreendeu, apesar das garantias dos médicos, que não mais se levantaria. A condessa passou duas semanas à sua cabeceira, sem mudar de roupa. Cada vez que o fazia tomar um remédio, beijava-lhe ele a mão, chorando, sem nada dizer. No derradeiro dia, pediu perdão, soluçando, à sua mulher e a seu filho ausente, por ter dilapidado seus bens, principal falta de que se sentia culpado. Depois de ter comungado e recebido a extrema-unção, morreu suavemente, e no dia seguinte a multidão de conhecidos vinda para prestar as derradeiras homenagens ao defunto, encheu o apartamento alugado pelos Rostov. Todas aquelas pessoas que haviam tantas vezes jantado e dançado em casa dele, que tantas vezes haviam zombado dele, todas, agora, experimentavam o mesmo sentimento de remorso e de enternecimento; todas, como para se justificar, diziam: "Sim, pode-se dizer o que se quiser, mas era um homem excelente. Gente assim, não mais se encontra... E aliás, quem não tem seus defeitos....

No momento em que seus negócios se tinham tornado tão atrapalhados que não era mais possível imaginar como acabaria tudo, se aquilo durasse mais um ano, o conde morreu subitamente.

Nicolau estava com o exército russo em Paris, quando lhe chegou a notícia da morte de seu pai. Solicitou imediatamente sua reforma, depois, sem esperá-la, pediu uma licença e partiu para Moscou. O estado das finanças do conde foi balanceado um mês após sua morte e todos ficaram estupefatos diante da enormidade da soma que representavam todas as espécies de dívidas miúdas de cuja existência ninguém suspeitava. As dívidas montavam ao duplo do valor das propriedades.

Os parentes e amigos aconselhavam Nicolau a renunciar à sucessão. Mas Nicolau teria visto nessa renúncia uma censura à memória sagrada de seu pai; de modo que nem quis ouvir falar disso e aceitou a sucessão com a obrigação de pagar todas as dívidas.

Os credores, que se haviam calado tanto tempo, retidos em vida do conde, pela indefinível, mas poderosa influência que sobre eles exercia sua bondade desordenada, reclamaram todos, de repente, o pagamento de suas contas. Houve, como sempre, entre eles, rivalidades; — cada qual queria ser pago em primeiro lugar — e os que como Mitenka e outros, detinham promissórias recebidas como donativos e não em reconhecimento dum empréstimo, mostravam-se, de súbito, os mais exigentes. Não davam pausa nem repouso a Nicolau; os que aparentemente tinham tido piedade do velho responsável pelas suas perdas (supondo-se que as tivessem tido), encarniçavam-se agora contra o jovem herdeiro inocente que, de pleno grado, se encarregava de reembolsá-los.

Nenhum dos expedientes propostos por Nicolau deu resultado; os domínios foram vendidos em leilão pela metade de seu valor e por isso a metade das dívidas ficou ainda por ser paga. Nicolau aceitou trinta mil rublos que lhe ofereceu seu cunhado Bezukhov para pagar o que reconhecia como dívidas de dinheiro, verdadeiras dívidas. E a fim de não ser posto na cadeia por causa das outras, como ameaçavam de fazê-lo seus credores, voltou ao serviço público.

Era-lhe impossível voltar ao exército onde se teria tornado coronel à primeira vaga, porque sua mãe estava agora apegada a ele como à sua derradeira razão de viver; de modo que, embora desejando ficar em Moscou, no mesmo círculo de outrora, apesar de sua aversão pelo serviço civil, aceitou um emprego de funcionário em Moscou, e, depois de ter deixado o uniforme de que gostava tanto, instalou-se com sua mãe e Sônia num pequeno apartamento da Sivtsev-Vrajek.[145]

145. Rua de casas modestas, situada por trás do museu Alexandre III, na direção da Barreira Dragomilovskaia.

Natacha e Pedro, que moravam então em Petersburgo, ignoravam a verdadeira situação de Nicolau. Depois de ter pedido dinheiro emprestado a seu cunhado, esforçava-se por ocultar-lhe as condições precárias de sua existência. Seus negócios eram particularmente maus pelo fato de que, com seus mil e duzentos rublos de vencimento, devia Nicolau não só prover às suas próprias necessidades, às de Sônia e de sua mãe, mas ainda fazer sua mãe viver em situação tal que não se apercebesse da pobreza deles. A condessa era incapaz de conceber a vida sem o luxo a que estava habituada desde sua infância e, a todo instante, sem compreender os embaraços que causava a seu filho, reclamava ora a carruagem, que não tinham mais, para mandar buscar uma amiga ora uma iguaria rara para si mesma ou vinho fino para seu filho, ora dinheiro para dar um presente de surpresa a Natacha, a Sônia e ao próprio Nicolau.

Sônia cuidava dos afazeres domésticos, de sua tia, lia para ela, suportava seus caprichos e sua secreta inimizade; e ajudava Nicolau a esconder da velha condessa a penúria em que se encontravam. Nicolau sentia que tinha para com Sônia, por tudo o que ela fazia por sua mãe, uma dívida de gratidão, que não podia pagar. Admirava sua paciência e seu devotamento, mas esforçava-se por mantê-la à distância.

Parecia querer-lhe mal, no fundo do coração, por ser demasiado perfeita, por ser demasiado irreprochável. Possuía ela tudo quanto força à estima, mas não podia fazer-se amar por ele. Dava-se Nicolau verdadeiramente conta de que, quanto mais a elevava às nuvens, menos a amava. Tomara-a pela palavra na carta em que lhe devolvia sua liberdade e agora prestava-se para com ela como se tudo o que se tinha passado entre eles estivesse esquecido desde bastante tempo e não pudesse em caso algum renascer.

A situação financeira de Nicolau só fez piorar. O pensamento de que poderia fazer economias de seus vencimentos não passava de um sonho. Não somente não fazia economia alguma, mas para prover às exigências de sua mãe, teve de contrair pequenas dívidas. Via-se numa situação sem saída. A ideia de se casar com uma rica herdeira, como lhe propunham seus parentes, repugnava-lhe. A outra saída: a morte de sua mãe não podia ocorrer-lhe ao espírito. Não desejava nada, não esperava mais nada; gozava no íntimo de sua alma um prazer sombrio e austero em aceitar sua sorte sem se queixar. Achava jeito de evitar seus conhecidos de outrora cuja comiseração e oferecimento de auxílio o ofendiam; fugia de todas as espécies de distrações e divertimento; mesmo em sua casa, só se ocupava em fazer paciências com sua mãe, ou passear para lá e para cá, em silêncio, no seu quarto, ou fumar cachimbada após cachimbada. Parecia manter cuidadosamente em si o humor sombrio somente no qual se sentia capaz de carregar o seu fardo.

6. No começo do inverno, a Princesa Maria voltou a Moscou. Os mexericos da cidade puseram-na ao corrente da situação dos Rostov e da maneira pela qual "o filho se sacrificava por sua mãe" (assim se exprimia a opinião pública).

"Outra coisa não esperava da parte dele", disse a si mesma a Princesa Maria, sentindo-se com alegria, mais segura do que nunca de seu amor por ele. Em memória de suas relações de amizade e quase de parentesco com toda a família, acreditou de seu dever fazer uma visita aos Rostov. Entretanto, ao pensar no que se passara entre ela e Nicolau em Voroneje, receava essa visita. Depois de haver feito um grande esforço sobre si mesma, dirigiu-se à casa dos Rostov algumas semanas depois de seu regresso a Moscou.

Foi Nicolau que ela encontrou por primeiro, pois era preciso atravessar seu quarto para ir te aos aposentos da condessa. Ao primeiro olhar que lhe lançou, seu rosto, em vez de exprimir alegria que ela esperava, tomou um ar de frieza, de secura, de altivez, que ela nunca lhe vira antes Nicolau informou-se de sua saúde, conduziu-a à sua mãe e, depois de ficar sentado uns cinc minutos, sumiu-se.

Quando a princesa saiu do quarto da condessa, Nicolau veio-lhe ao encontro e acompanhou-a até a antecâmara, com uma polidez especialmente cerimoniosa. Não respondeu um palavra às observações que ela lhe fez a respeito da saúde da condessa. "Que vos importa? Deixai-me em paz", parecia dizer seu olhar.

— Por que vem ela rondar por aqui? Que é que lhe falta? Não posso suportar essas sirigaitas e suas amabilidades! — disse ele, bem alto, diante de Sônia, não podendo manifestamente conter seu despeito, depois que a carruagem da princesa se afastou.

— Ah! como pode você falar desse modo, Nicolau — disse Sônia, que mal pôde dissimular sua alegria. — Ela é tão boa e mamãe a ama tanto!

Nicolau não respondeu nada; teria vontade de que não se falasse mais da princesa. Mas desde sua visita, não cessava a condessa de falar nela. Fazia-lhe o elogio e exigia que seu filho fosse à sua casa; exprimia o desejo de vê-la mais vezes e, portanto, acabava sempre por se entusiasmar ao falar dela.

Nicolau achava jeito de manter silêncio, quando sua mãe fazia alusão à princesa, mas seu silêncio exasperava a condessa.

— É uma moça muito digna e de um encanto absoluto — dizia ela. — Deves ir visitá-la. Será alguém a quem verás, senão, vais te aborrecer conosco.

— Mas não faço questão absolutamente disso, mamãe.

— Outrora bem o querias e agora isso não te agrada mais. Na verdade, meu querido, não te compreendo. De repente, te aborreces, e de repente, não queres ver ninguém.

— Não disse que me aborrecia.

— Como? Acabas de afirmar-me que não tinhas vontade de vê-la. É, no entanto, uma moça de grande valor e que sempre te agradou; agora, que razões são essas? Ocultam-me tudo.

— Mas absolutamente, mamãe.

— Se te estivesse pedindo que fizesses algo de desagradável, ainda se explica. Mas só te peço que vás pagar-lhe sua visita. Parece-me que a polidez o exige... Roguei-te isso várias vezes, mas doravante, não me imiscuirei mais em nada, já que tens segredos para tua mãe.

— Pois bem, irei, já que a senhora faz questão.

— Eu? Pouco me importa; é por tua causa que o desejo.

Nicolau lançava um suspiro, mordia o bigode e espalhava as cartas, a fim de atrair a atenção de sua mãe para outro assunto.

Essa conversa se renovou no dia seguinte, no outro dia e nos dias posteriores.

Depois do acolhimento frio e inesperado que Nicolau lhe dera, a Princesa Maria disse a si mesma que tinha razão quando não desejava ter sido a primeira a visitar os Rostov.

— Não podia esperar outra coisa — repetia a si mesma, apelando para o orgulho em seu socorro. — Ele não me interessa absolutamente; queria somente ver a velha condessa, que sempre se mostrou bondosa para comigo e a quem devo muito.

Mas estas razões não podiam acalmá-la: uma espécie de arrependimento não cessava de atormentá-la, quando pensava em sua visita. Se bem que estivesse firmemente decidida a não voltar à casa dos Rostov e a esquecer tudo aquilo, sentia-se sem cessar numa situação pouco clara. E quando perguntava a si mesma o que a atormentava, era obrigada a reconhecer que eram suas relações com Nicolau. O tom friamente polido que ele tomara não provinha do sentimento que experimentava por ela (sabia-o). Ocultava ele qualquer coisa. Essa qualquer coisa é que devia ela esclarecer e até lá sentia que não estaria tranquila.

Estava-se no meio do inverno e achava-se ela instalada na sala de aula de seu sobrinho, cuja lição fiscalizava, quando vieram anunciar-lhe a visita de Rostov. Firmemente decidida a nada trair de seu segredo e a não mostrar nenhuma confusão, chamou a Senhorita Bourienne e entrou no salão em sua companhia.

Ao primeiro olhar que lançou a Nicolau, compreendeu que ele só viera para cumprir um dever de polidez e prometeu firmemente a si mesma manter a mesma reserva que ele.

Falaram da saúde da condessa, de seus amigos comuns, das derradeiras notícias da guerra e, quando se passaram os dez minutos exigidos pela polidez, após os quais um visitante cortês pode-se levantar e retirar-se, Nicolau se levantou para despedir-se.

A princesa sustentara bem a conversa, com a ajuda da Senhorita Bourienne; mas no derradeiro minuto, no momento em que Nicolau se levantava, sentiu-se tão cansada de falar daquilo que não lhe interessava e o pensamento de que tivera tão pouca alegria na vida se apoderou de tal modo de seu ser que, num acesso de distração, com seu olhar brilhante fixo à sua frente, ficou sentada sem se mover e sem notar que Nicolau estava de pé.

Nicolau fitou-a e, desejoso de parecer não notar a distração dela, disse algumas palavras à Senhorita Bourienne, depois a olhou de novo. Ela continuava parada e seu rosto suave exprimia sofrimento. Bruscamente teve compaixão dela e sentiu, confusamente, que talvez fosse ele a causa do pesar que o rosto dela revelava. Teve vontade de correr-lhe em auxílio, de pronunciar algumas palavras amáveis, mas nada pôde encontrar.

— Até logo, princesa — disse ele.

Ela voltou a si, corou e suspirou profundamente.

— Ah! perdão — exclamou, como se despertasse. — Já ides embora, conde? Então, adeus! Mas a almofada de vossa mãe?

— Esperai, trago-a imediatamente — disse a Senhorita Bourienne, que saiu logo do quarto.

Ambos mantiveram-se em silêncio, trocando de tempo em tempo um olhar.

— Sim, princesa — disse por fim Nicolau, com um triste sorriso. — Parece que foi ontem e, no entanto, quanta água passou sob as pontes, desde que nos vimos pela primeira vez em Bogutcharovo. Pensávamos que éramos bem infelizes então, mas eu daria muito para que aquele tempo voltasse... não se pode, porém, fazê-lo voltar.

A princesa olhava-o com insistência, nele fitos seus olhos luminosos, enquanto falava. Parecia esforçar-se por penetrar o sentido secreto daquelas palavras que ele pronunciava e que lhe revelaria seu verdadeiro sentimento por ela.

— Sim, sim — disse ela. — Mas vós não tendes que ter saudade do passado, conde. Pelo que posso compreender de vossa vida atual, achareis sempre prazer em vos recordardes dele, uma vez que agora ela é feita de sacrifícios.

— Não aceito vossos elogios — interrompeu-a vivamente Nicolau. — É bem o contrário que se passa, só tenho censuras a fazer-me... Mas isto não é interessante, nem alegre de dizer.

E seu olhar retomou sua expressão fria e seca. Mas a princesa havia reencontrado o homem que ela conhecia e que ela amava e era àquele homem somente que ela falava.

— Pensava que me permitiríeis dizer-vos isso. Estive tão perto de vós e de vossa família que acreditava que não acharíeis minha simpatia fora de lugar; mas enganei-me. — Sua voz tremeu de repente. — Não sei porque — continuou ela, dominando-se, — mas outrora não éreis assim, e...

— Há mil razões para esse PORQUÊ (acentuou, fortemente a palavra). Agradeço-vos, princesa — disse ele bem baixo. — É algumas vezes bastante duro.

"Ah! eis porquê!", exclamou uma voz secreta na alma da Princesa Maria. "Não era somente aquele bom olhar alegre e franco, não era somente sua beleza exterior que eu amava nele; havi adivinhado aquela alma nobre, firme, capaz de abnegação. Sim, agora, ele é pobre, eu sou rica. Sim, eis porquê... Sim, se isso não tivesse acontecido...

E, lembrando-se de sua ternura de outrora e olhando agora seu bondoso rosto triste, compreendeu bruscamente a causa de sua frieza.

— Por que então, conde, por quê? — disse ela, de repente, quase a gritar e aproximando-s dele involuntariamente. — Dizei-me porquê. Deveis dizer-mo (Ele se manteve em silêncio). Nã compreendo o vosso porquê, conde — continuou ela. — Mas isto me faz mal... confesso-vo Quereis privar-me de vossa amizade de outrora por um motivo que não conheço. E isto me mago (Tinha lágrimas nos olhos e na voz.) Tive tão pouca felicidade na vida que qualquer perda me pesada. Perdoai-me, adeus...

Desatou bruscamente a chorar e saiu da sala.

— Princesa! Ficai, pelo amor de Deus! — exclamou ele, esforçando-se em retê-la. — Princesa!

Ela se voltou. Durante alguns segundos, olharam-se em silêncio e de repente o que era impossível e distante tornou-se próximo, possível, inevitável.

7. No outono de 1814, Nicolau desposou a Princesa Maria e foi estabelecer-se com sua mulher, sua mãe e Sônia em Montes Calvos.

Em quatro anos, sem tocar nos bens de sua esposa, pagou o resto de suas dívidas e, graças à pequena herança que lhe deixou uma prima, reembolsou mesmo Pedro.

Três anos mais tarde, em 1820, restabelecera Nicolau tão bem seus negócios que comprou uma pequena propriedade perto de Montes Calvos e empreendeu tratativas para o resgate do domínio paterno de Otradnoie, o que era o seu sonho.

Tendo estreado na administração de seus domínios por necessidade, apaixonou-se pela agricultura, a ponto de fazer dela sua ocupação preferida e quase exclusiva. Nicolau era um proprietário simples; não gostava de inovações, em particular das dos ingleses que estavam então em moda; zombava dos tratados de Agronomia teóricos, não gostava das coudelarias, dos produtos de luxo, das semeaduras de cereais caros e não dirigia seus cuidados a parte alguma distinta de sua exploração. Era seu DOMÍNIO em toda a sua unidade que tinha diante dos olhos e não somente um fragmento de domínio. Para ele, o importante não era o azoto e o oxigênio que se encontravam no solo ou no ar, nem uma charrua ou um adubo particulares, mas o instrumento principal que põe em ação o azoto, o oxigênio, o adubo, a charrua, isto é, o trabalhador, o camponês. Quando Nicolau se entregou à sua tarefa de proprietário rural e pôde estudar de perto cada pormenor, atraiu-lhe o camponês particularmente a atenção; representava para ele não somente um instrumento, mas ao mesmo tempo o fim a atingir e o juiz. Primeiramente, estudando o camponês, esforçou-se por compreender aquilo de que ele necessitava, aquilo que ele tinha por bom ou por mau; Nicolau fingia somente tomar medidas e dar ordens; na realidade, instruía-se ao contato com o camponês, estudava seus processos, suas opiniões, seus julgamentos sobre o que é bom ou mau. E só depois de ter compreendido os gostos e as tendências do camponês, depois de ter aprendido a falar sua linguagem e a compreender-lhe o sentido oculto, depois de se ter aproximado dele como dum parente, é que se pôs ousadamente a dirigi-lo, isto é, a cumprir para com os camponeses aqueles mesmos deveres cuja execução exigia de si próprio. E a exploração de Nicolau conseguiu os mais brilhantes resultados.

Tomando em mãos a direção de seus domínios, Nicolau, por uma espécie de adivinhação, nomeou imediatamente para as funções públicas de bailio, de estarosta e de adjunto[146], os próprios homens que os camponeses teriam escolhido, se tivessem o direito de fazê-lo e nunca teve necessidade de mudar esses chefes. Antes de analisar as propriedades químicas do esterco, antes de se pôr ao "DEVE e HAVER" (como gostava de dizer por brincadeira), informava-se da quantidade de gado que seus camponeses possuíam e aumentava essa quantidade por todos os meios possíveis. Mantinha as famílias na maior extensão de terra possível, sem lhes permitir a partilha. Os preguiçosos, os devassos, os maus trabalhadores eram expulsos e esforçava-se por excluí-los da comunidade.

Durante a semeadura, a sega do feno, a colheita, fiscalizava exatamente, com o mesmo cuidado, seus campos e os de seus camponeses. E poucos proprietários viam seus campos tão rapidamente e tão bem semeados e ceifados; poucos proprietários deles tiravam a renda que Nicolau ganhava.

Não gostava de ocupar-se com servos domésticos, chamava-os de "parasitas" e, segundo se dizia, deixava-os demasiado soltos e os estragava; quando era preciso tomar medidas referen-

146. Chefes de aldeia escolhidos pelo proprietário no tempo da servidão.

tes a um deles, particularmente quando era preciso proceder com rigor, ficava Nicolau embaraçado e consultava todas as pessoas da casa; somente quando podia dar ao recrutamento um servo da casa em lugar de um camponês é que ele agia sem a menor hesitação. Jamais experimentava a menor dúvida a respeito das medidas a tomar relativas aos camponeses. Toda decisão sua — sabia-o — teria de ir ao encontro da aprovação geral.

Aliás, preferia a sobrecarregar de trabalho ou punir um indivíduo a seu belprazer, aliviar-lhe o trabalho e recompensá-lo para sua satisfação pessoal. Não teria sabido dizer em que consistia a regra que decidia do que devia fazer ou não fazer; mas essa regra permanecia firme e inabalável em sua alma.

Muitas vezes dizia com humor, ao falar dum malogro ou dum malfeito qualquer: "Com nosso povo russo", e imaginava que não podia suportar o camponês.

Mas amava-o com todas as forças de sua alma, ao "nosso povo russo", a ele e às suas maneiras de ser e era por esta única razão que compreendera e adotara o único método de exploração susceptível de acarretar bons resultados.

A Princesa Maria sentia-se ciumenta desse amor de seu marido e lamentava não poder partilhá-lo; mas não chegava a compreender as alegrias e as dores de um mundo que lhe era a tal ponto estranho. Não conseguia compreender porque Nicolau se mostrava tão animado, tão feliz quando, tendo-se levantado ao romper da aurora e passado a manhã toda em plenos campos ou no cercado de debulha, voltava das semeaduras, da sega do feno ou da ceifa, para tomar chá com ela. Não conseguia compreender porque se mostrava ele tão entusiasmado, quando lhe falava do rico camponês Mateus Ermichin, que passara a noite com sua família a transportar seus feixes, de tal modo que, quando ninguém ainda fizera a ceifa, já estavam suas medas prontas. Não compreendia porque sorria tão alegremente por baixo dos bigodes e piscava o olho, indo e vindo da janela ao balcão, quando sobre os rebentos novos de aveia ressequidos caía um aguaceiro tépido e rijo, nem porque, quando da sega do feno ou da ceifa, uma sombria nuvem ameaçadora era varrida pelo vento, Nicolau, voltando da eira, todo vermelho, queimado e a suar com, nos cabelos, odores de absinto e de hortelã, dizia, esfregando alegremente as mãos: "Ainda bem, mais um diazinho bom como este, e tudo estará armazenado, minha ceifa e a dos camponeses".

Chegava ainda menos a compreender porque, com seu bom coração, com sua solicitude contínua em prevenir seus desejos ficava ele quase fora de si, quando ela lhe transmitia os pedidos dos camponeses ou das camponesas, desejosos de ser dispensados de seu trabalho e porque seu Nicolau tão bondoso, lhe respondia obstinadamente com uma recusa, rogando-lhe que não se metesse em coisas que não lhe diziam respeito. Dava-se ela conta naqueles momentos de que tinha ele um mundo seu próprio, ao qual se apegava apaixonadamente, e que esse mundo tinha regras que ela não apreendia.

Quando, por vezes, esforçando-se por compreendê-lo, falava-lhe do mérito que tinha por fazer o bem à sua gente, detinha-se ele e replicava: "Mas absolutamente. Isso nunca me vem ao espírito; não quero de modo algum fazer a felicidade deles. A felicidade do próximo não passa de devaneio poético e conto de comadres. O de que tenho necessidade é de que nossos filhos não sejam reduzidos à miséria; o que é preciso é consolidar nossa fortuna enquanto estou vivo. Nada mais. E para isso, é preciso ordem, severidade. Eis tudo!" E assim dizendo, fechava os punhos vigorosos. "É preciso justiça também, naturalmente — acrescentava — porque se o camponês está mal-vestido e faminto, se só tem um cavalo magro, não será capaz de trabalhar, nem para si, nem para mim".

Foi talvez justamente porque Nicolau se proibia de pensar que fazia alguma coisa em favor de outrem, em nome da virtude, que tudo quanto empreendia dava fruto; sua fortuna aumentava a olhos vistos; os camponeses dos arredores vinham pedir-lhe que os comprassem. E muito tempo depois de sua morte, conservou o povo piedosamente sua lembrança. "Era um senhor... Primeiro o camponês depois ele. Certamente, não ia isso nada de mão-morta. Não se pode negar, era um senhor".

8. A única coisa que atormentava por vezes Nicolau, nas suas relações com seus servos, era seu arrebatamento, junto ao seu antigo hábito de hussardo de ter a mão ligeira. Nos primeiros tempos, nada via de repreensível nisso, mas, no segundo ano de seu casamento, sua opinião sobre essa justiça sumária mudou de repente.

Um dia, durante o estio, convocou de Bogutcharovo o estarosta sucessor do falecido Drone, acusado de diversas malversações e negligências. Nicolau foi-lhe ao encontro no patamar e, às primeiras respostas do estarosta, ouviram-se no vestíbulo gritos e golpes. Quando voltou para almoçar em casa, Nicolau aproximou-se de sua mulher, sentada, de cabeça baixa sobre seu bastidor de bordar; pôs-se a contar-lhe, segundo seu hábito, o que fizera pela manhã e, entre outras coisas, falou-lhe do estarosta. A Condessa Maria corou, empalideceu, contraiu os lábios mas sem se mover, nem levantar a cabeça, nem olhar seu marido.

— Que consumado velhaco! — exclamou ele, encalorando-se só em lembrar-se dele. — Se ainda me tivesse dito que estava demasiado bêbedo para ver claro... Mas que tens, Maria? — perguntou ele de repente.

A Condessa Maria levantou a cabeça, quis falar, mas apressou-se em baixar a cabeça de novo e cerrar os lábios.

— Que tens? Que tens, afinal, minha amiga?

A Condessa Maria, que era feia, ficava bonita sempre que chorava. Jamais chorava por conta duma dor física ou dum aborrecimento, mas sempre por pesar ou compaixão. E então seus olhos luminosos apresentavam um encanto inexprimível.

Assim que Nicolau lhe pegou a mão, não se pôde mais conter e desatou em lágrimas.

— Nicolau, eu vi... ele tem culpa... mas tu, por quê?... Nicolau! — e cobriu o rosto com as mãos.

Nicolau calou-se, ficou escarlate e, afastando-se dela, pôs-se a andar pela sala em silêncio. Compreendera a razão das lágrimas dela, mas não podia, logo de início, estar de acordo com ela em sua alma, reconhecer que o que vira fazer desde sua infância e considerava como a coisa mais comum, fosse censurável. "Sentimentalidade, histórias para fazer dormir em pé, ou então está ela com a verdade?" perguntava a si mesmo. Sem resolver ele próprio a questão, lançou ainda uma vez um olhar ao rosto de sua mulher, onde se liam a dor e o amor, e compreendeu de súbito que era ela quem tinha razão e que vinha sendo ele desde muito tempo culpado diante de si mesmo.

— Maria — disse-lhe baixinho, aproximando-se dela, — isso não acontecerá nunca mais, dou-te minha palavra. Nunca mais — repetiu, com voz trêmula de menino que implora perdão.

As lágrimas jorraram mais abundantes dos olhos de sua mulher. Maria pegou-lhe a mão e beijou-a.

— Nicolau, quando quebraste teu camafeu? — perguntou ela, para mudar de conversa, olhando-lhe na mão um anel que trazia a cabeça de Laocoonte.

— Hoje; é ainda a mesma história. Ah! Maria, não me fales mais disso. — Ficou de novo escarlate. — Dou-te minha palavra de honra que isso não recomeçará mais. Possa isto recordar-mo sempre — acrescentou, mostrando o camafeu quebrado.

Desde então, assim que uma explicação com estarostas ou administradores lhe fazia o sangue subir à cabeça e começava a fechar os punhos, Nicolau girava seu anel partido no dedo e baixava os olhos diante do homem que provocava sua cólera. Mas esquecia-se ainda uma ou duas vezes por ano e então, voltava para junto de sua mulher, confessava-lhe o que fizera, depois renovava a promessa de que seria aquela a derradeira vez.

— Maria, vais por certo desprezar-me — dizia-lhe, — e eu o mereço.

— Mas foge, foge depressa, quando sentires que não tens força para conter-te — dizia-lhe a Condessa Maria toda triste, esforçando-se por consolá-lo.

Era Nicolau estimado entre a nobreza do governo, embora gostassem pouco dele. Os interesses da nobreza deixavam-no indiferente. Assim, uns o consideravam um homem orgulhoso e outros como um homem estúpido. Todo o seu tempo era tomado, das semeaduras da primavera até as colheitas, pelos cuidados exigidos pela sua exploração. No outono, com a mesma atividade séria com que se ocupava dos campos, dedicava-se à caça e deixava a casa por um mês ou dois, acompanhado duma matilha. No inverno, visitava as aldeias distantes, ou lia. Suas leituras consistiam sobretudo em livros de História com os quais despendia importante soma todos os anos. Pelo que dizia, queria formar uma biblioteca séria e fazia questão de ler todos os livros que comprava. Tomava um ar importante, quando se instalava no seu gabinete para entregar-se a essas leituras, que a princípio eram como uma obrigação, mas se tornaram para ele um hábito que lhe proporcionava ao mesmo tempo um prazer íntimo e a consciência de estar ocupado numa tarefa séria. Com exceção de suas viagens de negócios, passava no inverno a maior parte de seu tempo em casa, na intimidade da família; tomava parte nos mínimos pormenores da vida cotidiana de sua mulher e de seus filhos. Sentia-se cada vez mais próximo de Maria e de dia para dia descobria nela novos tesouros espirituais.

Sônia vivia na casa de Nicolau desde o casamento deste. Antes de seu casamento, contara Nicolau a Maria o que se passara entre ele e Sônia, acusando-se a si mesmo e louvando os méritos da moça; rogara a Maria que fosse boa e afetuosa para com sua prima. A Condessa Maria sentia toda a culpabilidade de seu marido para com Sônia e sentia também a sua. Pensava que sua fortuna tivera influência na escolha de Nicolau; não tinha censura alguma a fazer a Sônia e desejava querer-lhe bem. Entretanto, não só não a amava, mas ainda descobria muitas vezes em sua alma sentimentos hostis para com ela, sentimentos esses que não conseguia dominar.

Um dia, falou com sua amiga Natacha de Sônia e de sua injustiça para com ela.

— Sabes — disse-lhe Natacha, — já que leste muito o Evangelho, que há nele uma passagem que se aplica exatamente a Sônia?

— Qual é? — perguntou a Condessa Maria, com espanto.

— "Dar-se-á àquele que tem, mas àquele que não tem, tirar-se-á mesmo o que tem".[147] Lembras-te? Aquele que nada tem é ela. Por quê? Não sei. Talvez nela não haja um pedacinho de egoísmo, não sei, mas tirar-lhe-ão tudo, tiraram-lhe tudo. Ela me causa às vezes uma tremenda compaixão; quis outrora, de todo o meu coração, que Nicolau se casasse com ela e, no entanto, sempre tive como que um pressentimento de que isso não se faria. Ela é a "flor estéril", tu sabes, como as há nos morangueiros. Por vezes tenho piedade dela, e por outras penso que não sente isso como nós o sentiríamos.

E se bem que a Condessa Maria tivesse então explicado à sua amiga que era preciso compreender de outro modo aquelas palavras do Evangelho, bastava-lhe olhar Sônia para ficar-se de acordo com a explicação de Natacha. Com efeito, dir-se-ia que Sônia, em vez de sofrer, se resignara ao seu destino de "flor-estéril". Tinha o ar de querer bem não tanto às pessoas, mas à família toda inteira. Era como o gato que se apega menos às pessoas que à casa. Tratava da velha condessa, acariciava e mimava as crianças, estava sem cessar pronta a prestar os pequeninos serviços de que era capaz, mas tudo isso era aceito como se fosse coisa natural, com demasiado pouco de gratidão.

A mansão de Montes Calvos restaurada não estava disposta do mesmo modo que no tempo de defunto príncipe.

As construções, começadas numa época em que era preciso contar o dinheiro, eram mais que sumárias. O enorme edifício, de velhos alicerces de pedra, era de madeira e simplesmente caiado no interior. Os vastos quartos de soalho de madeira estavam mobiliados com simples divãs e poltronas muito duros, com mesas e cadeiras em madeira de bétula, tirada das florestas do domínio por marceneiros dali mesmo. Sendo espaçosa a casa, havia quartos para a domesticidade e uma ala de alojamento para os convidados. Os parentes dos Rostov e Bolkonski ali se reuniam de tempos em tempos; eram famílias inteiras, com até dezesseis cavalos de atrelagem e dezenas

147. São Mateus — XXV, 29.

de criados; ali se hospedavam durante meses. Além disso, quatro vezes por ano, para o aniversário e festa onomástica dos donos da casa, alcançava uma centena o número de convidados que ficavam um ou dois dias. O resto do tempo da vida decorria regularmente e sem perturbações, com suas ocupações ordinárias, os chás, almoços, jantares e ceias proporcionados pelos produtos do domínio.

9. Era na véspera do dia de São Nicolau, pelo inverno, a 5 de dezembro de 1820. Naquele ano Natacha, com seu marido e seus filhos, estava passando uma temporada em casa de seu irmão, desde o começo do outono. Pedro fora a Petersburgo a chamado, dissera ele, para tratar de negócios particulares que deviam ocupá-lo umas três semanas; e já se haviam passado agora seis, desde sua partida. Esperavam-no dum momento para outro.

A 5 de dezembro, além da família Bezukhov, havia ainda um hóspede, o velho amigo de Nicolau, o general reformado Basílio Fedorovitch Denissov.

Sabia Nicolau que a 6, dia de solenidade, em que os hóspedes afluiriam, deveria desfazer-se do seu "bechmet"[148], vestir sua sobrecasaca, pôr botas de bico estreito e dirigir-se à nova igreja que mandara construir, depois receber felicitações, levar seus convidados a um bufê bem-sortido, falar das eleições da nobreza e das colheitas; mas na véspera daquele dia, sentia-se ainda com o direito de viver segundo seus hábitos. Até à hora do jantar, verificou Nicolau as contas do administrador duma aldeia perto de Riazan, dependente dum domínio do sobrinho de sua mulher, escreveu duas cartas de negócios e deu seu giro pela eira, pelos estábulos e pelas cavalariças. Depois de ter tomado medidas contra a embriaguez geral com a qual contava para o dia seguinte, festa paroquial, voltou para o jantar e, sem ter tido o tempo de trocar uma palavra a sós com sua mulher, tomou lugar na longa mesa onde se encontravam os vinte serviços de mesa do pessoal da casa. Todos já estavam instalados, sua mãe, a velha Biolova que lhe fazia companhia, sua mulher, seus três filhos, a governanta e o preceptor deles, seu sobrinho com seu aio, Sônia, Denissov, Natacha, os três filhos desta, a governanta deles e o velho Miguel Ivanitch, arquiteto do falecido príncipe, que acabava tranquilamente seus dias em Montes Calvos.

A Condessa Maria estava na outra extremidade da mesa. Assim que seu marido se sentou, notou ela pelo gesto rápido que ele fez, depois de ter desdobrado seu guardanapo, para mudar de lugar o copo de pé e o copo de licor postos diante dele, que estava de mau humor, o que lhe acontecia por vezes, sobretudo antes da sopa, quando regressava diretamente dos campos. Conhecia bem a Condessa Maria esse estado de espírito e, quando estava ela mesma bem-disposta, esperava tranquilamente que tivesse ele engolido sua sopa para travar a conversa e fazê-lo confessar que não tinha nenhuma razão para estar de mau humor. Mas naquele dia, esqueceu completamente essa prática, pôs-se a sofrer por vê-lo aborrecido com ela sem causa e se sentiu infinitamente infeliz. Perguntou-lhe onde estivera. Ele respondeu. Perguntou-lhe ainda se tudo ia bem no domínio. Mas seu tom era forçado, fez ele uma careta de zanga e respondeu bruscamente.

"Eis que não me enganava", disse a si mesma a Condessa Maria. "Mas que tem ele pois contra mim?" Tudo na maneira de responder de Nicolau lhe revelava que seu mau humor era contra ela e tinha somente que cortar cerce a conversa. Sentia ela bem que suas perguntas careciam de naturalidade, mas não podia impedir-se ainda assim de lhe fazer outras.

A conversa, graças a Denissov não tardou em animar-se e generalizar-se; mas a Condessa Maria não falou mais a seu marido. Quando ao sair da mesa, cada qual se aproximou da velha condessa para agradecer-lhe, a Condessa Maria abraçou seu marido, ao estender-lhe sua mão a beijar[149] e lhe perguntou porque estava ele zangado com ela.

— Tu tens sempre ideias engraçadas; por que quererias que eu estivesse zangado? — disse ele.

148. Espécie de jaqueta ampla, à moda tártara.
149. Costume russo de, ao levantar da mesa, agradecer à dona da casa, beijando-lhe a mão.

Mas essa palavra "sempre" na sua resposta, significava para a Condessa Maria: "sim, estou zangado e não quero dizer porquê".

Nicolau vivia em tão bons termos com sua mulher que até mesmo Sônia e a velha condessa que desejavam, por ciúme, alguma desinteligência entre eles, não podiam encontrar pretexto algum para crítica; entretanto, havia, mesmo entre eles, instantes de animosidade. Por vezes, particularmente depois dos períodos mais felizes, eram invadidos por um sentimento de afastamento e de inimizade. E esse sentimento nascia, a maior parte das vezes, durante as gravidezes da Condessa Maria. Era o estado em que ela se encontrava agora.

— Bem, senhores e senhoras — disse bem alto Nicolau, num tom faceto (parecia à Condessa Maria que ele assim o fazia expressamente para ofendê-la), — estou de pé desde as seis horas da manhã. Amanhã, decerto, precisarei aguentar-me até o fim, mas hoje vou descansar.

E sem nada mais dizer à Condessa Maria, passou para a pequena alcova onde se estirou num divã.

"Aí está, é sempre assim", pensou a Condessa Maria. "Tem uma palavra para toda a gente e a mim não diz nada. Vejo, vejo bem que lhe desagrado. Sobretudo quando estou assim". Contemplou seu ventre intumescido e, no espelho seu rosto fatigado, pálido e amarelado em que seus olhos pareciam maiores do que nunca.

E tudo se lhe tornou de repente penoso: os rumores de vozes e a risada de Denissov, as observações de Natacha e sobretudo o olhar rápido que lhe lançou Sônia.

Sônia era sempre o primeiro pretexto que encontrava a Condessa Maria, quando se sentia irritada.

Depois de alguns minutos passados com seus hóspedes, sem nada entender do que eles diziam, saiu sem rumor e dirigiu-se ao quarto das crianças.

As crianças, instaladas em cadeiras, iam a Moscou e convidaram-na para a viagem. Ela sentou-se e brincou com elas, mas a ideia de seu marido e de seu mau humor a obcecava sem cessar. Levantou-se dentro em pouco e se dirigiu, caminhando canhestramente na ponta dos pés, à pequena alcova.

"Talvez não esteja dormindo; terei uma explicação com ele", disse a si mesma. Andrezinho, o filho mais velho, seguiu-a, imitando-a, a caminhar na ponta dos pés. Não deu atenção a ele.

— Cara Maria, creio que ele está dormindo; está tão fatigado... — disse-lhe Sônia, no salão em que se encontrava, aquela Sônia em quem sempre tropeçava em toda parte (parecia-o à Condessa Maria). — Atenção, André vai acordá-lo.

A Condessa Maria se voltou, viu o menino que a seguia, sentiu que Sônia tinha razão e, precisamente porque ela própria não a tinha, corou e esteve a ponto de dizer uma palavra ferina. Calou-se, mas para mostrar que não lhe dava atenção, fez sinal ao menino para que a seguisse sem fazer barulho e depois se aproximou da porta. Sônia desapareceu pela porta oposta. Do quarto onde Nicolau dormia chegava o ruído regular de sua respiração, cujos menores tons ela conhecia. Ouvindo aquela respiração, via diante de si a bela fronte lisa de seu marido, seus bigodes, todo aquele rosto que ela contemplava tantas vezes quando ele dormia, no silêncio da noite. Bruscamente Nicolau mexeu-se e tossiu. E imediatamente Andrezinho gritou por trás da porta: "Papai, mamãe está aqui!" A Condessa Maria empalideceu totalmente de medo e fez sinal a seu filho para que se calasse. Ele obedeceu e, durante um minuto, estabeleceu-se um silêncio penoso para ela. Sabia quanto Nicolau detestava ser despertado. De repente, do outro lado da porta, ecoou nova tosse; Nicolau mexeu-se de novo e disse, em voz descontente:

— Não há meio de se ficar em paz um minuto. Maria, és tu? Por que o trouxeste aqui?

— Vinha somente para olhar e não o vi... Desculpa-me...

Nicolau tossiu e se calou. A Condessa Maria afastou-se da porta e reconduziu seu filho ao quarto das crianças. Ao fim de cinco minutos, a pequena Natacha, menininha de três anos, de belos olhos negros, a preferida de seu pai, sabendo por seu irmão que o papai dormia e que mamãe fora para o toucador, correu a encontrar Nicolau, sem que sua mãe o percebesse. A meni de olhos negros fez ousadamente a porta ranger e, sobre os pezinhos mal-seguros, aproximou-se do divã a passo decidido; ali, pôs-se a observar seu pai que dormia de costas para ela e, erguendo-se na ponta dos pés, pousou um beijo na mão que sustentava a cabeça de Nicolau. Ele se voltou com um sorriso enternecido.

— Natacha, Natacha, deixa o papai dormir! — cochichou atrás da porta a Condessa Maria, amedrontada.

— Mas não, mamãe, ele não tem vontade de dormir — exclamou a pequena Natacha, num tom triunfante. Ele riu.

Nicolau pôs os pés no soalho, sentou-se no divã e tomou a filha nos braços.

— Entra, afinal, Maria — disse ele à mulher.

A Condessa Maria entrou e sentou-se ao lado de seu marido.

— Eu não sabia que ele me seguia — disse ela, timidamente. — Eu viera cá por vir.

Nicolau, segurando sua filhinha num braço, olhou para sua mulher e, notando a expressão confusa de seu rosto, cercou-lhe a cintura com seu braço livre e lhe deu um beijo nos cabelos.

— Pode-se beijar a mamãe? — perguntou ele a Natacha.

Natacha mostrou um sorriso tímido.

— De novo! — disse ela, indicando com um gesto imperioso, o lugar onde Nicolau acabara de beijar sua esposa.

— Não sei porque imaginas que estou de mau humor — disse Nicolau, respondendo à pergunta que, sabia-o, estava latente na alma de sua mulher.

— Não podes imaginar como sou infeliz, como me sinto só, quando te mostras assim. Parece-me sempre...

— Cala-te afinal, Maria, são tolices. Como não tens vergonha disso? — exclamou ele jovialmente.

— Parece-me que não me podes amar, que sou feia demais... e sobretudo... agora... neste esta...

— Ah! como és ridícula! Não é a beleza que cria o amor, é o amor que cria a beleza. Somente as Malvinas e outras é que são amadas por causa de sua bonita carinha; mas por minha mulher, não é amor o que experimento, é outra coisa; não sei como te explicar isso. Quando não estás presente ou quando uma sombra, como ainda agora, passa entre nós, sinto-me como que perdido e não valho mais nada. Vês este dedo? Será que o amo? Não, não o amo, mas tenta cortar-mo!

— Não, não sou assim; mas compreendo. Então, não estás zangado comigo?

— Horrivelmente zangado! — disse ele, sorrindo, e, levantando-se, passou as mãos por seus cabelos em desordem e se pôs a caminhar pelo quarto. — Sabes, Maria, em que tenho pensado? — disse logo, de pazes feitas, e já pronto a pensar em voz alta diante de sua mulher.

Não perguntava a si mesmo se estava ela disposta a ouvi-lo; isso pouco lhe importava. Desde o momento em que uma ideia lhe vinha, deveria ela conhecê-la também. E expôs-lhe sua intenção de persuadir Pedro a ficar com eles até a primavera.

A Condessa Maria escutou-o, fez algumas observações e começou, por sua vez, a pensar também em voz alta. Era em seus filhos que pensava.

— Como sentimos nela já a mulher — disse ela em francês, mostrando a pequena Natacha. — Vocês, homens, nos censuram a nós, mulheres, a falta de lógica. Mas aqui está a nossa lógica: digo: "Papai tem vontade de dormir" e ela responde: "Não, ele está rindo". E ela tem razão — exclamou a Condessa Maria, com um sorriso de felicidade.

— Sim, sim!

E Nicolau, tomando sua filha em seus braços vigorosos, ergueu-a bem alto, depois sentou-a no seu ombro e, segurando-a pelas pernas, começou a andar pelo quarto. Teria sido difícil dizer qual dos dois, o pai ou a filha, tinha o ar mais beatificamente alegre.

— Escuta. Arriscaste a ser injusto. Gostas demais dessa — cochichou a Condessa Maria em francês.

— Que queres que faça?... Procuro não mostrá-lo...

Neste momento, ouviu-se na antecâmara e no vestíbulo o rumor dum carro e de passos, semelhantes aos ruídos que anunciam uma chegada.

— Alguém chega — disse Nicolau.

— Estou certa de que é Pedro — disse a Condessa Maria, que saiu do quarto.

Durante sua ausência, Nicolau achou que podia proporcionar à sua filha um giro de galope. Depois, todo ofegante, tirou do ombro vivamente a pequena que ria e apertou-a de encontro ao coração. Os saltos que acabara de dar lembravam-lhe passos de dança e, contemplando o rostinho redondo todo radiante, pensou no que seria ela quando ele estivesse velho, levá-la-ia à sociedade e dançaria com ela a mazurca, como seu falecido pai dançava o "Danilo Cooper" com Natacha.

— É ele, Nicolau! — exclamou alguns minutos depois a Condessa Maria, tornando a entrar no quarto. — Agora a nossa Natacha reviveu. Se visses com que arrebatamento o acolheu e como ralhou com ele em seguida por causa de sua demora! Vamos, vem, vem depressa! Separem-se, afinal — acrescentou, sorrindo e olhando a menina agarrada a seu pai.

Nicolau saiu, levando a filha pela mão. A condessa ficou ainda no toucador.

"Jamais, jamais teria acreditado — murmurou ela, — que se pudesse ser tão feliz". Seu rosto iluminou-se com um sorriso; mas no mesmo instante, lançou um suspiro, e no seu olhar profundo passou o reflexo duma tristeza silenciosa. Era como se, ao lado da felicidade que experimentava, existisse uma outra, inacessível nesta vida, que se fazia recordar a seu espírito, malgrado seu, naquele minuto.

10. Natacha se casara nos primeiros dias da primavera de 1813 e, em 1820, tivera já três filhas, depois o filho, muito tempo desejado, que ela mesma amamentava. Engordara e desabrochara, de tal modo que se teria dificuldade em reconhecer naquela planturosa mãe de família a delgada e vivaz Natacha de outrora. As feições de seu rosto tinham-se acentuado e tomado uma expressão de claridade, de tranquila moleza. Não tinha mais aquela labareda de vida sempre a arder que lhe dava o encanto de outrora. Agora, muitas vezes, só se notava nela seu rosto e seu corpo, não se via sua alma; só se via a fêmea forte, bela e fecunda. A flama de outrora nela se reacendia raramente. Isto só acontecia em casos excepcionais como hoje, quando seu marido regressava de viagem, quando um de seus filhos se levantava de doença, ou quando, com a Condessa Maria, falava do Príncipe André (não falava nunca no Príncipe André diante de seu marido, supondo-o ciumento da recordação que ela guardava dele) ou quando, por acaso, alguma coisa a levava a cantar, uma vez que abandonara completamente o canto desde seu casamento. E durante aqueles raros instantes em que a flama de outrora se reacendia nesse belo corpo desabrochado, tornava-se ainda mais sedutora que antes.

Desde seu casamento, vivia Natacha com seu marido em Moscou, em Petersburgo, na sua propriedade do subúrbio de Moscou, ou em casa de sua mãe, isto é, em casa de Nicolau. Via-se pouco no mundo social a jovem Condessa Bezukhov e os que ali a encontravam não se sentiam muito satisfeitos com ela. Não se mostrava nem graciosa, nem amável. Não que preferisse a solidão (não sabia se gostava dela ou não, acreditando mesmo que não), mas com suas contínuas gravidezes, a amamentação de seus filhos, a parte que tomava em todos os instantes da vida do marido, outra coisa não podia fazer senão renunciar ao mundo. Todos quantos a tinham conhecido antes de seu casamento admiravam-se da mudança que nela se operara como duma coisa extraordinária. Somente a velha condessa, com seu ar maternal, compreendera que todos os impulsos de Natacha nasciam do único desejo de ter uma família, de ter um marido, como o havia gritado um dia em Otradnoie, menos por brincadeira que seriamente. Admirava-se, em seu coração de mãe, do espanto das pessoas que não compreendiam Natacha e não cessava de repetir que sempre soubera que sua filha seria uma esposa e uma mãe modelares.

— Somente, vai ela um pouco longe demais no seu amor por seu marido e seus filhos — acrescentava ela. — Isto chega aos limites do absurdo.

Natacha não seguia aquela regra de ouro que as pessoas de espírito proclamam, particularmente os franceses, segundo a qual uma moça, ao casar-se, não deve largar nem dizer adeus a seus talentos, mas deve ocupar-se mais ainda com sua pessoa e procurar seduzir seu marido tanto quanto fazia questão em seduzir seu noivo. Natacha, pelo contrário, havia abandonado de repente todas as suas seduções, das quais a mais forte era o canto. Havia-o abandonado pela única razão de ser o melhor de seus encantos. Natacha não se preocupava nem com belas maneiras, nem com delicadezas nas suas conversas, nem com atitudes elegantes a tomar diante de seu marido, nem com o trajar; não se preocupava tampouco com importunar seu marido com suas exigências. Agia completamente em contrário a todas essas regras. Sentia que as seduções que seu instinto a fazia outrora exibir teriam sido ridículas aos olhos do homem a quem se dera toda inteira, isto é, de toda a sua alma, sem nela guardar recanto secreto para ele. Sentia que sua união com seu marido não estava ligada àqueles sentimentos poéticos que o tinham atraído para ela, mas a algo de diferente, de indefinível, porém, sólido, como era a união de sua própria alma com seu corpo.

Mandar fazer cachos à inglesa, usar anquinhas e cantar romanças, a fim de tornar seu marido amoroso, ter-lhe-ia parecido tão estranho como se enfeitar para só agradar a si mesma. Enfeitar-se para agradar a outrem teria talvez podido ser do agrado dela — nada sabia disso — mas não tinha tempo. E com efeito, a razão maior pela qual havia abandonado canto, vestidos, rebuscamento nas conversas, era que não tinha mais tempo para se ocupar com isso.

Sabe-se que o homem tem a capacidade de mergulhar todo inteiro numa ocupação por mais insignificante que seja. E sabe-se também que não existe nenhuma ocupação insignificante que não possa crescer de importância até o infinito, quando a atenção nela se concentra inteiramente.

O que açambarcava inteiramente Natacha, era a família, isto é, o marido que ela fazia questão le guardar, a fim de que fosse seu sem partilha, o lar e os filhos que era preciso carregar, dar à luz, utrir e educar.

E quanto mais mergulhava, não com sua razão, mas com toda a sua alma, com todo o seu ser aquele objeto de predileção, mais esse objeto tomava importância a seus olhos, mais suas orças lhe pareciam insuficientes, de modo tal que devia concentrá-las todas no mesmo ponto em nunca conseguir, entretanto, fazer tudo quanto lhe parecia indispensável.

As discussões e os argumentos sobre os direitos da mulher, sobre as relações entre esposos, sobre suas liberdades e seus direitos recíprocos, se bem que não os chamassem então, como oje, de "problemas", existiam exatamente como em nossos dias; mas essas questões não interessavam a Natacha e, decididamente, não as compreendia.

Essas questões, então como hoje, só existiam para as pessoas que não veem no casamento não o prazer que os esposos proporcionam um ao outro, isto é, um só de seus elementos e não a plena significação que é a família.

Essas discussões e esses problemas que atualmente se propõem, bastante semelhantes à estão de saber como tirar o máximo de prazer duma refeição, não se apresentavam, tanto então mo hoje, para as pessoas que estimam que a finalidade duma refeição é a nutrição do corpo e finalidade do casamento, a família.

Se a finalidade duma refeição é nutrir o corpo, aquele que, duma vez, come duas refeições, perimenta talvez um maior prazer, mas não alcançará o fim procurado, porque o estômago não derá digerir duas refeições ao mesmo tempo.

Se a finalidade do casamento é a família, aquele que quisesse ter várias mulheres ou aquela e procura vários maridos, talvez retirasse disso muito prazer, mas em caso algum terá família.

Se a finalidade duma refeição é nutrir o corpo e a finalidade do casamento ter uma família, a estão se reduz simplesmente a não comer mais do que pode digerir o estômago e a não ter mais lheres ou maridos do que se precisa para a família, isto é, a só ter um ou uma. Para Natacha era ciso um marido. Um marido lhe fora dado. E esse marido lhe dera uma família. E não somente não via ela a necessidade de ter um melhor, mas ainda, como todas as forças de sua alma só tendiam a se consagrar ao serviço de seu marido e de sua família, não podia nem mesmo imaginar, e não via nenhum interesse em imaginar, o que teria sido, se tivesse sido diferentemente.

Natacha não gostava da sociedade, em geral, de modo que gostava ainda mais da sociedade dos seus, da Condessa Maria, de seu irmão, de sua mãe e de Sônia. Gostava da sociedade das criaturas a quem podia ela, toda desgrenhada, de roupão, ir procurar, a grandes passadas, saindo do quarto das crianças, para mostrar, com semblante satisfeito, uma fralda de bebê manchada de amarelo em vez de verde, a fim de ouvir dizerem-lhe palavras tranquilizadoras a respeito do bebê cujo estado de saúde se tornava satisfatório.

Natacha se descuidava a tal ponto que seus vestidos, seus penteados, suas palavras pronunciadas fora de propósito, seu ciúme — tinha ciúme de Sônia, da governanta, de toda mulher bonita ou feia, — era o assunto habitual das brincadeiras de todos os que a cercavam. Segundo a opinião geral, Pedro vivia sob o chinelo de sua mulher, e, com efeito, era bem isso. Desde os primeiros dias de seu casamento, lhe deu Natacha parte das suas exigências. Pedro ficou muito surpreso com as maneiras de ver, todas novas para ele, de sua mulher, que pretendia que cada minuto de sua vida lhe pertencesse a ela mesma e à família. Pedro ficou muito surpreso com as exigências de sua mulher, mas se sentiu lisonjeado e a elas se submeteu.

A submissão de Pedro era tão completa que não ousava ele, não somente fazer a corte, mas até mesmo falar, sorrindo, a outra mulher, ir jantar em clubes, só para passar o tempo, nem gastar dinheiro com suas fantasias, nem fazer uma viagem de longa duração, exceto a negócios, no número dos quais sua mulher fazia incluir os trabalhos dele em ciências a que atribuía ela extrema importância, sem nada compreender das mesmas. Em compensação, tinha Pedro em sua casa pleno direito de dispor como o entendesse não só de si mesmo, mas de toda a sua família. Na intimidade, Natacha se fizera escrava de seu marido; e todo o pessoal da casa andava na ponta dos pés, quando Pedro trabalhava, isto é, lia ou escrevia no seu gabinete. Bastava-lhe manifestar um desejo qualquer para vê-lo imediatamente realizado. Bastava-lhe exprimir uma vontade e logo Natacha corria a toda a pressa a satisfazer-lhe.

A casa inteira era regida por pretensas ordens do marido, isto é, pelos desejos de Pedro que Natacha se esforçava por adivinhar. O trem de vida, o lugar de residência, as relações, os elos de amizade, as ocupações de Natacha, a educação das crianças, tudo isso era decidido segundo a vontade expressa de Pedro; mais ainda: Natacha esforçava-se por adivinhar o que podia decorrer dos pensamentos formulados por Pedro em suas conversas. E adivinhava tão seguramente o fundo de seus desejos que, uma vez adivinhado, apegava-se firmemente ao que tinha escolhido. E quando o próprio Pedro queria ir ao encontro de seu próprio desejo, ela o combatia com suas próprias armas.

Assim, numa época difícil, de que Pedro devia guardar para sempre a lembrança, após o nascimento dum primeiro filho definhado, Natacha foi obrigada a mudar três vezes de ama e ficou doente de desespero. Pedro então explicou-lhe as teorias de Rousseau, de que partilhava inteiramente, sobre o emprego, contra a natureza, de amas e seu perigo. Com a criança seguinte, malgrado a oposição de sua mãe, dos médicos, do próprio marido, que se erguiam contra sua vontade de amamentá-la, considerada então como uma coisa inaudita e mesmo funesta, Natacha teimou e, desde então, amamentou ela própria os seus filhos.

Muito frequentemente, nos momentos de irritação, acontecia que os dois esposos discutissem, mas muito tempo depois da discussão, descobria Pedro, para grande alegria sua e espanto, não só nas palavras, mas nos atos de sua mulher, sua própria ideia, contra a qual ela se debatera. E não somente tornava a encontrar essa ideia, mas ainda a tornava a encontrar despojada de tudo quanto lhe havia posto de supérfluo, no fogo da discussão.

Depois de sete anos de casamento, formara Pedro com alegria a firme segurança de que não era um mau homem e sentia isso sobretudo porque se via refletido em sua mulher. Sentia que e si mesmo o bem e o mal formavam uma mistura e se atenuavam mutuamente. Mas em sua mulher só se refletia dele o que era realmente bom; tudo quanto não era inteiramente bom, ela o afastava. E esse reflexo não provinha dum pensamento lógico, mas dum outro reflexo, direto e misterioso.

11. Dois meses antes, Pedro, já instalado em casa dos Rostov, recebera uma carta do Príncipe Teodoro, chamando-o a Moscou para discutir importantes questões, tratadas pelos membros duma sociedade de que era Pedro um dos principais membros fundadores.

Depois de ter lido essa carta (e ela lia todas as cartas de seu marido), Natacha, malgrado todo o pesar que lhe causava a ausência de Pedro, aconselhou-o, ela própria, a ir a Petersburgo. Sem nada compreender disso, atribuía a todas as questões intelectuais e abstratas de que seu marido se ocupava, uma imensa importância e temia sem cessar ser para ele um obstáculo nesse gênero de atividade. Ao olhar tímido e interrogativo que lhe lançou Pedro, depois de ter lido a carta, respondeu rogando-lhe que partisse, mas fixando-lhe, somente, com exatidão o momento de seu regresso. E lhe dera licença por um mês.

Desde que o termo dessa licença expirara, isto é, desde quinze dias, estava Natacha continuamente inquieta, triste e de mau humor.

Denissov, general reformado, descontente com sua situação, que chegara naquela derradeira quinzena, observava Natacha com tanta surpresa quanto pesar, como quem olha o retrato pouco parecido dum ser que lhe foi querido. Um olhar amortecido, cheio de tédio, respostas de través, conversas a respeito de crianças, era tudo o que ele via e ouvia do encantamento de outrora.

Durante aquele período, Natacha mostrava-se triste e irritada quando sua mãe, seu irmão, Sônia ou a Condessa Maria se esforçavam por consolá-la, desculpar Pedro e descobrir razões para sua demora.

— Não passam de tolices e bobagens todas essas elucubrações de Pedro que não conduzem a nada e todas essas sociedades estúpidas — dizia Natacha, falando daquelas mesmas ocupações na alta importância das quais acreditava firmemente.

E dirigia-se ao quarto das crianças para dar o peito ao seu pequeno Pétia, seu único filho homem. Ninguém lhe podia dizer coisas tão consoladoras e razoáveis como aquela criaturinha de três meses, enquanto repousava contra seu peito e sentia ela o movimento de seus lábios e o sopro de seu narizinho. Dizia-lhe: — "Tu te zangas, ficas com ciúme, quererias vingar-te dele, tens medo, mas eu, eu estou aqui. E eu sou ele. Que precisas mais?" E nada havia a responder; era mais que a verdade.

Durante aqueles quinze dias de inquietação, tivera Natacha tantas vezes de recorrer ao menino para tranquilizar-se, de tal modo se ocupara com ele, que o havia superalimentado e fizera-o adoecer. Apavorou-se ao vê-lo doente e, entretanto, era justamente aquilo de que tinha ela necessidade. Os cuidados que lhe dava distraíam-na de sua inquietação a respeito de seu marido.

Amamentava o menino, quando se ouviu a carruagem de Pedro chegar diante do patamar; e a velha naná, sabendo quanto sua ama ia ficar contente, veio, sem rumor, imediatamente, mostrar à porta seu rosto radiante.

— É ele? — perguntou Natacha, num rápido cochicho, temendo fazer um movimento que despertasse o bebê quase adormecido.

— Sim, meu bem, é ele — respondeu baixinho a velha naná.

O sangue afluiu ao rosto de Natacha e seus pés fizeram um movimento involuntário; mas não era o momento de saltar e se pôr a correr. O menino abriu os olhos, olhou-a: "Estás aí!", parecia dizer e se pôs de novo preguiçosamente a mamar.

Natacha lhe retirou devagarinho o seio da boca e, ninando-o, estendeu-o à velha naná, depois se dirigiu a passos rápidos para a porta. Mas ali, imobilizou-se, como tomada dum remorso de consciência, porque se regozijava um tanto depressa demais em deixá-lo, e voltou-se. A velha naná, com o cotovelo erguido, fazia o bebê passar por cima do rebordo de seu berço.

— Vá! vá! meu bem, fique tranquila, vá! — murmurou a velha naná, sorrindo, com aquela familiaridade que se estabelecera entre ela e sua patroa.

E Natacha, a passo vivo, precipitou-se para a antecâmara.

Denissov que, com o cachimbo na boca, passava naquele momento do escritório para o grande salão, reencontrou pela primeira vez a antiga Natacha. Uma luz alegre, viva e brilhante inundava a jorros seu rosto transfigurado.

— É ele! — gritou-lhe ela, enquanto corria e Denissov sentiu que estava encantado pela volta de Pedro, se bem que não gostasse muito dele.

Quando chegou à antecâmara, avistou Natacha um alto vulto, de peliça, que se ia desfazendo de seu cachecol. "É ele! É ele mesmo! Aqui está!", repetia a si mesma e, precipitando-se, enlaçou-o, apertou-se contra ele, com a cabeça sobre seu peito, depois se afastou, para contemplar o rosto vermelho e feliz de Pedro, coberto de geada. "Sim, é ele! Feliz, contente..."

Mas de repente lembrou-se de todos os tormentos de sua espera, durante aquelas duas longas semanas; a alegria que iluminava seu rosto desapareceu; e de testa franzida, derramou sobre seu marido uma torrente de censuras e de palavras amargas.

— Sim, estás contente, estás muito contente, divertiste-te muito... E eu, durante esse tempo?... Se ao menos tivesses compaixão das crianças! Estou amamentando e meu leite se estragou... o pequeno quase morre. Mas tu, tu te divertes, sim, tu te divertes...

Pedro sabia que não tinha culpa, pois não pudera chegar mais cedo; sabia que aquela explosão de cólera da parte de Natacha não tinha razão de ser e que, dentro de dois minutos, aliás, estaria acabada; sabia sobretudo que ele, ele era feliz e estava contente. Veio-lhe vontade de sorrir, mas nem ousava pensar nisso. Assumiu um rosto lastimável, amedrontado, e curvou a espinha.

— Não me foi possível, juro-te. Mas como vai Pétia?

— Agora vai bem. Vamos, vem! Como não tens vergonha? Se tivesses visto como fiquei durante tua ausência e o quanto me atormentei...

— Não estás doente?

— Vem, vem — respondeu ela, sem largar-lhe a mão. E passaram para seus aposentos.

Quando Nicolau e sua mulher chegaram à procura de Pedro, achava-se ele no quarto das crianças, mantendo sobre a vasta palma de sua mão direita seu bebê que havia acordado e que ele estava em ponto de embalar. No largo rosto do pequeno, com sua boca sem dentes escancarada pairava um alegre sorriso. A tempestade havia desde muito passado e um alegre sol iluminava agora o rosto de Natacha, enquanto contemplava com ternura seu marido e seu filho.

— E vocês discutiram bem tudo com o Príncipe Teodoro? — perguntou ela.

— Sim, muito bem.

— Vês como ele a mantém? (sua cabeça, queria dizer Natacha). Mas que medo me causou!.. E a princesa, viste-a? É verdade que está apaixonada por aquele...

— Sim, bem podes imaginar...

Nesse momento entraram Nicolau e a Condessa Maria. Pedro, sem largar seu filho, inclinou-se para beijá-los e respondeu-lhes às perguntas. Mas via-se que, apesar de todo o interesse do que tinham a dizer-se, o bebê com sua touca e sua cabeça oscilante absorvia toda a atenção de Pedr

— Que engraçadinho! — disse a Condessa Maria, contemplando o menino e brincando co ele. — Eis o que não compreendo, Nicolau — continuou ela, voltando-se para seu marido. — P que não sentes o encanto dessas criaturinhas maravilhosas?

— Não compreendo nada, não posso — respondeu Nicolau, que lançou ao bebê um olh frio. — É um pedaço de carne e nada mais. Vens, Pedro?

— Contudo, não há pai mais terno do que ele — acrescentou a Princesa Maria para desculp seu marido; — mas é preciso que tenham pelo menos um ano, ou então que...

— Pedro, esse sabe muito bem bancar a ama de menino — disse Natacha. — Acha que s mão amolda-se bem ao traseirinho deles. Veja só...

— Sim, mas não somente para isso — exclamou de repente Pedro, rindo e, pegando o pequeno, entregou-o à velha naná.

12. Como em toda verdadeira família, vários mundos diferentes viviam em Montes Calvos; cada um mantinha ali seus hábitos particulares e fazia, não obstante, concessões aos outros, de modo tal que o todo se fundia num conjunto harmonioso. Sobrevinha um incidente na casa, era por igual motivo de alegria ou tristeza para todos aqueles mundos; entretanto, cada um deles tinha, independentemente dos outros, razões bem particulares para se regozijar ou se afligir com tal ou qual acontecimento.

Assim, o regresso de Pedro, acontecimento prazenteiro, importante, foi considerado por todos como tal.

Os criados, que são os melhores juízes de seus senhores, porque os julgam, não segundo suas opiniões e a expressão de seus sentimentos, mas segundo seus atos e sua maneira de viver, estavam contentes com a chegada de Pedro, porque sabiam que o conde deixaria de ir todos os dias inspecionar seu domínio, ficaria mais alegre e mais bem-disposto e que, além disso, pela festa, cada qual receberia um rico presente.

Os meninos e as governantas se regozijavam com a chegada de Pedro, porque ninguém o superava em fazê-los participarem da vida comum. Só ele sabia tocar no cravo aquela "escocesa" (o único trecho que sabia) que, segundo ele, podia acompanhar todas as danças imagináveis — sem contar que trazia certamente presentes para toda a gente.

O jovem Nicolau, agora com quinze anos de idade, menino inteligente, magro, doentio, com cabelos castanhos cacheados e belíssimos olhos, regozijava-se porque Tio Pedro, como o chamava, era para ele o objeto de uma admiração e de um amor apaixonados. Ninguém procurara inspirar-lhe um amor particular por Pedro, a quem só via raramente. A Condessa Maria, que se encarregara de sua educação, empregara todas as suas forças em levar o pequeno Nicolau a amar seu marido tanto quanto ela mesma o amava; e o menino amava seu tio com efeito, mas com um imperceptível matiz de desprezo, ao passo que adorava Pedro. Não desejava tornar-se nem hussardo, nem receber a cruz de São Jorge como seu Tio Nicolau; queria ser sábio, inteligente e bom como Pedro. Na presença de Pedro seu rosto brilhava sempre de felicidade; corava e perdia o fôlego quando seu tio lhe dirigia a palavra. Não deixava escapar uma só palavra do que Pedro dizia e em seguida, seja com Dessalles, seja sozinho, recordava e procurava adivinhar o sentido de tudo quanto ouvira. A vida passada de Pedro, suas desventuras até 1812 (formulava para si uma imagem confusa e poética segundo as conversas que ouvira), suas aventuras em Moscou, seu cativeiro, Platão Karataiev (de quem Pedro lhe havia falado), seu amor por Natacha (a quem o rapazinho amava também com um amor especial), e sobretudo sua amizade com seu pai de quem não conseguia lembrar-se, tudo isso fazia de Pedro, a seus olhos, um herói e um santo.

Graças a uns pedaços de conversa a respeito de seu pai e Natacha; à emoção com que Pedro falava do falecido; da ternura reservada e fervente com que Natacha falava também dele, o menino, que começava a despertar para o amor, deduzira que seu pai amara Natacha e havia-a legado, ao morrer, a seu amigo. Esse pai, de quem não se recordava, representava para ele uma divindade à qual não se podia emprestar uma forma; só pensava nele com um aperto de coração e lágrimas de tristeza e de entusiasmo. Portanto, o jovem Nicolau sentia-se contente com o regresso de Pedro.

Os hóspedes também; Pedro, graças a seu entusiasmo, tornava mais apertados os liames dos membros de qualquer sociedade.

Todos os adultos da casa, sem falar de sua esposa, estavam contentes porque tornavam a ver o amigo junto do qual a vida é mais ligeira e mais calma.

As velhas estavam contentes por causa dos presentes que ele trazia e sobretudo porque Natacha iria retomar gosto pela vida.

Pedro, que sentia as diversas maneiras de ver a seu respeito daqueles mundos diferentes, apressava-se em dar a cada um aquilo que esperavam.

Pedro, o homem mais distraído e mais esquecido do mundo, comprara tudo que estava indicado numa lista preparada por sua mulher, sem esquecer nenhuma das encomendas de sua sogra e de seu cunhado, nem o pano para o vestido da velha Bielova, nem os brinquedos para seus sobrinhos. Nos primeiros tempos de seu casamento, achara estranho que sua mulher exigisse que ele não esquecesse nada do que era preciso comprar, e, ainda mais estranho, que ficasse seriamente zangada, quando, na sua primeira viagem, esquecera tudo. Mais tarde, porém, habituou-se a isso. Sabendo que Natacha não lhe fazia nenhuma encomenda para si mesma e só as fazendo para os outros quando ele próprio se oferecia para tal, achava agora um prazer inesperado, um prazer de criança em fazer as compras de presentes para o pessoal todo da casa e jamais esquecia alguém. Se merecia censuras de Natacha, era só por ter comprado coisas demais e tê-las pago demasiado caro. A todos os seus defeitos, segundo a opinião geral (à sua negligência na aparência e no trajar), que eram qualidades aos olhos de Pedro, juntava Natacha ainda a avareza.

Desde o momento preciso em que Pedro se pusera a levar um teor de vida muito elevado, com uma família que acarretava grandes despesas, notara com surpresa que despendia duas vezes menos que outrora e que seus negócios postos em mau estado antes, particularmente em consequência das dívidas de sua primeira mulher, começavam a melhorar.

Vivia em melhores condições econômicas porque tinha ligações. Pedro renunciara ao mais caro de todos os luxos que consiste num gênero de vida que se muda a cada instante e não desejava mais tê-lo. Sentia que seu trem de vida estava agora fixo, uma vez por todas, até sua morte, que não tinha mais o poder de mudá-lo e, por consequência, tornava-se esse trem de vida menos dispendioso.

De rosto alegre e sorridente, exibia Pedro as compras feitas.

— Vejam! Que beleza! — disse ele, desdobrando, como um lojista, um corte de fazenda.

Natacha, que tinha sobre os joelhos sua filha mais velha, sentada diante dele, mudava seu olhar cintilante de seu marido para o que ele mostrava.

— É para a Senhora Bielova? Perfeito. (Apalpou a fazenda.) — Vale pelo menos um rublo o metro?

Pedro disse o preço.

— É caro! — exclamou ela. — Mas como as crianças ficarão contentes e mamãe também! Somente, erraste comprando-me isso — acrescentou ela, sem poder reter um sorriso, admirando um pente de ouro guarnecido de pérolas que começava então a estar em moda.

— Foi a Sra. Adélia que me forçou a comprá-lo. "Compre, mas compre afinal", me disse ela

— Mas quando o porei? — Natacha fincou-o na sua trança. — Será para o dia em que levare Macha a estrear na sociedade; talvez esteja então de novo em moda nessa ocasião. Vamos, a caminho

Depois de ter reunido os presentes, passaram primeiro no quarto das crianças e depois no da velha condessa.

Esta achava-se instalada, como de costume, com a Sra. Bielova diante das cartas de uma grande paciência, quando Pedro e Natacha entraram no salão, com os pacotes debaixo do braço

A velha condessa já passara dos sessenta anos. Tinha os cabelos todos brancos e trazia um touca de folhos que lhe enquadrava o rosto inteiro. Estava cheia de rugas, com o lábio superio encolhido e os olhos sem brilho.

Desde a morte de seu filho e de seu marido, uma pouco depois da outra, sentia-s estranhamente esquecida neste mundo, sem gosto e sem razão de viver. Comia, bebia, dormi mantinha-se, mas não vivia. A vida deixava-a completamente indiferente. Nada mais espera senão o repouso, e o repouso só podia encontrá-lo na morte. Mas enquanto a morte não vinh era preciso viver, isto é, empregar suas forças de vida. Notava-se nela, no mais alto grau, o que nota nas crianças muito jovens e nas pessoas muito idosas. Não se percebia em sua vida nenhu objetivo exterior: nela não restava aparentemente senão a necessidade de pôr em jogo su

diversas inclinações e suas aptidões. Precisava de comer, dormir, refletir, falar, chorar, ocupar-se, zangar-se etc., em pequenas doses, simplesmente porque tinha um estômago, um cérebro, músculos, nervos e um fígado. Executava tudo isso sem que nada de exterior a solicitasse e não como as pessoas na força da idade que não vislumbram por trás do objetivo para que tendem, o outro objetivo, que é, bem simplesmente, o emprego de sua energia. Falava unicamente porque tinha fisicamente necessidade de fazer trabalharem um pouco seus pulmões e sua língua. Chorava como uma criança, porque era-lhe preciso assoar-se e assim por diante. Tudo o que nos seres em plena força é um objetivo, não era manifestamente para ela senão um pretexto.

Assim, pela manhã, particularmente quando, na véspera, havia comido algo de gordo, experimentava a necessidade de se zangar e escolhia para este efeito o primeiro pretexto que ocorresse: a surdez da Sra. Bielova.

Começava dizendo-lhe não importa o quê, em voz baixa, da outra extremidade do quarto.

— Creio que hoje está fazendo calor, minha cara — cochichava ela, por exemplo.

E quando a Sra. Bielova respondia — "Mas sim, estão ali", resmungava ela com cólera: "Meu Deus, como é ela surda e estúpida!"

Outro pretexto era o rapé que lhe parecia ora demasiado seco, ora demasiado úmido, ora moído insuficientemente fino. Após aqueles momentos de exasperação, a bílis lhe afluía ao rosto, de modo que as criadas de quarto adivinhavam, graças a indícios certos, quando a Sra. Bielova seria de novo surda, quando o rapé seria de novo demasiado úmido e quando sua patroa estaria de novo com a tez amarela. Da mesma maneira que tinha necessidade de pôr em ação a sua bílis, era-lhe preciso por vezes empregar as faculdades que lhe restavam, refletir, e o jogo de paciência servia-lhe de pretexto para isso. Quando tinha necessidade de chorar, pensava no falecido conde. Quando tinha necessidade de inquietar-se, ocupava-se de Nicolau e de sua saúde. Quanto tinha necessidade de dizer maldades, a Condessa Maria lhe servia de alimento. Quando tinha necessidade de exercitar seus órgãos vocais, o que acontecia a maior parte das vezes pelas sete horas, após a sesta na penumbra de seu quarto, o pretexto era a repetição das mesmas histórias aos mesmos ouvintes.

Todas as pessoas da casa se davam conta do estado da velha senhora, se bem que ninguém a isso aludisse, e todos faziam o melhor que podiam para satisfazê-la. Somente as olhadelas rápidas e os meio-sorrisos entristecidos que trocavam entre si Nicolau, Pedro, Natacha e a Condessa Maria, testemunhavam que todos compreendiam o estado em que ela se encontrava.

Mas esses olhares, além disso, diziam ainda outra coisa. Diziam que a velha condessa dera por finda sua tarefa nesta vida; que não fora sempre tal como a viam agora; que todos, um dia seremos iguais a ela, que era preciso mostrarem-se contentes em submeter-se a seus caprichos dominarem-se por causa daquela criatura outrora tão querida, outrora cheia de vida, como nós agora tão digna de lástima. "Memento mori", diziam todos aqueles olhares.

Na casa só haviam as pessoas completamente estúpidas e más e as criancinhas que não compreendiam isso e evitavam a velha condessa.

13. Quando Pedro e sua mulher entraram no salão, achava-se a condessa naquele estado habitual em que experimentava a necessidade de exercer sua inteligência, fazendo uma grande paciência, de modo que, embora tivesse pronunciado as palavras que repetia a cada regresso de Pedro ou de seu filho: "Pois é! Já era bem tempo de chegar, meu caro; esperaram-bastante; enfim aqui estás de volta, graças a Deus", e a cada vez que recebia um presente: "Não é o presente que me causa prazer, meu amiguinho, obrigada por ter pensado em trazer qualquer coisa para uma velha como eu", — era claro que Pedro a perturbava naquele momento, na sua grande paciência, que ela não levara ainda a bom termo. Terminou-a e só então ocupou-se com os presentes. Consistiam num estojo para baralhos, muito bem trabalhado, numa xícara de Sèvres

azul vivo, com uma tampa e sobre a qual estavam pintadas pastoras, e em uma tabaqueira de ouro, ornada com um retrato do conde, que Pedro encomendara a um miniaturista de Petersburgo (e que a condessa desde muito tempo desejava). Não tinha ela vontade de chorar naquele momento, de modo que olhou o retrato com um ar indiferente, passando a ocupar-se somente com o estojo.

— Obrigada, meu amigo, causaste-me grande prazer — disse ela, repetindo suas frases costumeiras. — Mas o melhor de tudo é que estejas aqui em carne e osso. Senão isto não se assemelha mais a coisa alguma; deverias pelo menos ralhar com tua mulher. Isso não tem nenhum senso comum! Fica como louca quando não estás aqui. Não vê nada, não se lembra de nada. Ana Timoféiévna — continuou ela, — repara o estojo que nosso filho nos trouxe.

A Senhora Bielova admirou os presentes e extasiou-se diante da fazenda que lhe foi dada.

Pedro, Natacha, Nicolau, a Condessa Maria e Denissov tinham muita coisa a contar uns aos outros e que não podiam ser ditas diante da velha condessa, não porque se ocultassem dela, mas porque estava tão pouco ao corrente do que se passava que, quando se travava uma conversa diante dela, era preciso responder às perguntas que ela fazia a torto e a direito e repetir-lhe de novo o que já lhe havia sido dito cem vezes: que fulano morrera, que sicrano casara, coisas de que ela não conseguia lembrar-se; entretanto, como de costume, tinham-se reunido num salão em torno de um samovar e Pedro teve de responder a muitas perguntas ociosas da velha condessa, dizer-lhe que o Príncipe Basílio tinha envelhecido, que a Condessa Maria-Alexieievna se lembrava dela e lhe rogava que não a esquecesse, e assim por diante.

Essa conversa sem interesse para ninguém, mas indispensável, durou todo o tempo que levaram para tomar chá. Sônia estava sentada perto do samovar; em redor da mesa redonda, encontravam-se reunidos todos os adultos da família. Os meninos, os preceptores e governantas já haviam tomado seu chá e ouviam-se suas vozes no toucador vizinho. Cada qual ocupava seu lugar habitual. Nicolau estava sentado perto da estufa, diante de uma mesinha sobre a qual o serviam. A velha Milka, uma cadela galga, filha da primeira Milka, com uma cabeça inteiramente branca onde ressaltavam tanto mais os grandes olhos negros salientes, repousava numa poltrona ao lado dele. Denissov, com seus cabelos frisados, seus bigodes, suas suíças grisalhas, sua sobrecasaca, de general desabotoada, estava sentado junto da Condessa Maria. Pedro se encontrava entre sua mulher e a velha condessa. Contava alguma coisa que sabia poder interessar a velha senhora e ser compreendida por ela. Falava dos acontecimentos políticos e das pessoas que tinham outrora feito parte do círculo social da condessa, — círculo, em seu tempo, cheio de vida e atividade, — mas cujos membros estavam agora, na maior parte dispersos pelo mundo, e que, da mesma maneira que ela, acabavam de viver respigando as derradeiras espigas do que haviam semeado. Entretanto, esses contemporâneos da velha condessa eram para ela o único mundo sério e real. Natacha via pela animação de Pedro que sua viagem fora interessante, que tinha muitas coisas a contar e não ousava começar diante da velha condessa. Denissov, que não era um membro da família, não compreendia a reserva de Pedro; por mais descontente que andasse, interessava-se vivamente pelo que se passava em Petersburgo e não cessava de provocar Pedro a dar pormenores sobre o recente caso do regimento Semionovski, sobre Araktcheiev, sobre a Sociedade Bíblica. Pedro, por momentos, deixava-se arrastar a ponto de iniciar uma narrativa, mas Nicolau e Natacha reconduziam-no logo a considerações a respeito da saúde do Príncipe Ivã e da Condessa Maria Antonovna.

— Vejamos, afinal, é loucura tudo isso. E o Grossner e a Tatarinova?[150] — perguntou Denissov. — É possível que isso continue?

— Se isso continua! — exclamou Pedro. — Mais do que nunca! A Sociedade Bíblica é agora todo o governo.

150. Tendo-se Alexandre I, depois de 1813, apaixonado pelo misticismo, sofria a influência de quáqueres e de visionários, entre os quais Grossner e a Tatarinova tinham grande renome.

— De que falais, meu amigo? — perguntou a velha condessa que, tendo acabado de tomar seu chá, tinha necessidade de um pretexto para se zangar. — Como dizes? O governo? Não compreendo.

— Mas a senhora bem sabe, mamãe, — interveio Nicolau, que sabia traduzir as coisas na linguagem de sua mãe, foi o Príncipe Alexandre Nicolaievitch Golitsin[151] quem organizou uma sociedade; de modo que é poderosíssimo, dizem.

— Araktcheiev e Golitsin — disse Pedro estouvadamente, — são agora todo o governo. E que governo! Veem conspiratas em toda parte, têm medo de tudo.

— Como? De que pode o Príncipe Alexandre Nicolaievitch ser culpado? — disse a velha condessa ofendida. — É um homem muito digno. Conheci-o em casa de Maria Antonovna. — E cada vez mais mortificada por ver todos se manterem em silêncio, acrescentou: — Agora metem-se a julgar todo o mundo. Uma sociedade evangélica, onde está o mal? — Levantou-se (todos fizeram o mesmo) e de rosto severo, foi para o toucador reinstalar-se à sua mesa.

Em meio do silêncio constrangido que se estabelecera, ouviu-se virem do quarto vizinho risos de crianças e explosões de vozes. Sem dúvida algo de particularmente alegre agitava o pequeno mundo.

— Pronto, pronto! — gritou, mais alto que as outras, a voz aguda e alegre da pequena Natacha.

Pedro trocou um olhar com a Condessa Maria e Nicolau (quanto a Natacha não parava de olhá-la) e teve um sorriso feliz.

— Que música maravilhosa! — exclamou ele.

— É Ana Makarovna que está terminando as meias — disse a Condessa Maria.

— Oh! vou ver! — exclamou Pedro, saltando de seu lugar. — Sabes porque gosto particularmente dessa música? — disse ele, detendo-se à porta. — É que são eles os primeiros a me anunciar que tudo vai bem. Hoje, ao chegar, quanto mais me aproximava da casa, mais medo tinha. E assim que entrei no vestíbulo, ouvi o Andrezinho rir às gargalhadas: tudo vai bem, disse a mim mesmo.

— Sei, conheço esse sentimento — apoiou Nicolau. — Mas não posso ir ver; essas meias são uma surpresa que me vão fazer.

Pedro passou para o quarto das crianças, onde as risadas e gritos se tornavam ainda mais barulhentos.

— Vamos! Ana Makarovna — ouviu-se Pedro exclamar, — a senhora, os meninos, aqui no meio do quarto. Obedeçam às minhas ordens: um, dois, e quando eu disser três... tu, ficas aí e tu, nos meus braços!... Entenderam? Um dois... — fez-se um silêncio. — Três!

As crianças encheram o quarto com berros de triunfo. "Duas, são duas!" — exclamaram.

Eram duas meias que, por um segredo conhecido somente dela, Ana Makarovna tricotava ao mesmo tempo e que, na presença das crianças, tirava solenemente uma da outra, uma vez que estavam terminadas.

14

. Logo depois, as crianças vieram dar as boas-noites. Após terem beijado seus pais, preceptores e governantas fizeram vênia e as levaram de volta. Só ficou Dessalles com seu pupilo. O preceptor disse em voz baixa ao jovem Nicolau que descesse.

— Não, Sr. Dessalles, pedirei à minha tia para ficar — respondeu ele em voz baixa.

— Minha tia, permita que eu fique — disse ele, aproximando-se da Condessa Maria.

Seu rosto exprimia a súplica, a emoção, o entusiasmo. A Princesa Maria olhou-o e voltou-se para Pedro.

— Quando você está aqui, ele não pode ir-se — disse ela.

— Eu lho levarei daqui a pouco, Sr. Dessalles, boa noite — disse Pedro estendendo a mão ao suíço e, sorrindo, dirigiu-se ao jovem Nicolau: — Parece-me que nós dois ainda não nos vimos. Ah! Maria, como começa a parecer com ele! — acrescentou, dirigindo-se à Condessa Maria.

— Com meu pai? — perguntou o menino que ficou bruscamente vermelho e fitou Pedro de alto a baixo, com olhos brilhantes de êxtase.

Pedro fez sinal que sim, com a cabeça e continuou a conversa interrompida pelas crianças. A Condessa Maria retomava seu trabalho de tapeçaria; Natacha não desfitava os olhos do marido. Nicolau e Denissov tinham-se levantado, pedido seus cachimbos e faziam perguntas a Pedro, enquanto fumavam e tomavam seu chá, servido por Sônia, que se conservava obstinadamente, com um ar tristonho, junto do samovar. O menino doente, de cabelos cacheados e de olhos brilhantes, metera-se num canto e, sem ser notado por ninguém, girava a cabeça de pescoço fino,emergindo duma gola dobrada, para o lado onde estava Pedro; de vez em quando, visivelmente sob o império dum sentimento novo e forte, estremecia e murmurava alguma coisa.

A conversa rolava sobre os diz-que-diz do dia, emanando das altas esferas do governo e nos quais a maior parte das pessoas encontra concentrado todo o interesse da política interior. Descontente com o governo, por causa dos malogros que experimentara em sua carreira, Denissov tomava conhecimento com alegria das tolices que a seu ver se cometiam então em Petersburgo e fazia observações acerbas e cortantes ao que dizia Pedro.

— Outrora, era preciso ser alemão, agora é preciso dançar com a Tatarinova e a Sra. Krudener, é preciso ler... Eckhartshausen e companhia.[152] Ah! se pudéssemos largar no meio disso o patusco do Bonaparte! Saberia arranjar-se muito bem para varrer todas essas extravagâncias. Pergunto-vos com que se parece isso de dar ao soldado Schwartz[153] o regimento Semionovski! — exclamou ele.

Se bem que não sentindo a necessidade de ver tudo pelo lado mau, como Denissov, Nicolau achava mesmo assim muito digno e importante dizer a sua palavra a respeito do governo. A seu ver, a nomeação de A., como ministro disso ou daquilo, de B., como governador-geral de tal ou qual província, tal frase do imperador e tal outra do ministro eram negócios do mais alto interesse e fazia perguntas a Pedro a respeito. As questões desses dois interlocutores não permitiam que a conversa saísse desse gênero de bisbilhotices habitual às altas esferas da administração.

Mas Natacha, que conhecia todas as maneiras de ser e os pensamentos de seu marido, adivinhou que Pedro teria querido, desde muito, mas sem consegui-lo, abordar outro assunto e falar das preocupações íntimas que o tinham levado precisamente a fazer aquela viagem a Petersburgo, a fim de aconselhar-se com seu novo amigo, o Príncipe Teodoro; de modo que correu ela em seu auxílio, perguntando em que ponto estava seu caso com o Príncipe Teodoro.

— De que se trata? — perguntou Nicolau.

— Da mesma coisa sempre — disse Pedro, com um olhar circunvagante. — Toda a gente percebe que tudo anda de través, que isso não pode mais durar e que o dever de todos os homens de bem é reagir na medida de suas forças.

— Que é que os homens de bem podem fazer? — disse Nicolau, franzindo ligeiramente o cenho. — Que se pode mesmo fazer?

— Pois bem, justamente...

— Passemos para meu escritório — convidou Nicolau.

Natacha, que desde muito sentia que iam chamá-la para amamentar, ouviu a voz da velha aná e se dirigiu ao quarto das crianças. A Princesa Maria seguiu-a. Os homens passaram para o escritório e o pequeno Nicolau Bolkonski também lá entrou, sem se fazer notar pelo seu tio; foi-se meter na sombra, perto da janela, ao lado da mesa de trabalho.

— Então, que farias? — perguntou Denissov.

152. A Sra. Krudener (1764-1824), mística russa, apresentada a Alexandre em 1815, em Heilbronn, na Alemanha e que exerceu sobre ele duradoura influência. Eckhartshausen: escritor místico, cujas obras, sobretudo *efuhle und Tempel der Natur,* eram traduzidas para o russo e muito difundidas, uma vez que o gerente de posta de Gogol, em *As Almas Mortas,* as lia.

153. O regimento Semionovski havia-se sublevado, os soldados não podiam suportar ser comandados pelo coronel Schwartz, criatura de Araktcheiev que o imperador não quis desautorizar. E a sublevação foi atribuída às sociedades secretas.

— Sempre quimeras — disse Nicolau.

— Pois bem, eis o que há — começou Pedro, sem se sentar, ora andando pelo gabinete, ora parando, com voz sibilante e gesto brusco. — A situação em Petersburgo é a seguinte: o imperador não interfere mais em nada. Entrega-se inteiramente ao misticismo. — Pedro naquele momento não perdoava a ninguém ser místico. — Só busca sua tranquilidade e essa tranquilidade só lhe pode ser proporcionada por essas pessoas sem fé, nem lei, que de tudo decidem, abafam tudo, os Magnitski[154], os Araktcheiev e *tutti quanti*... Haverás de convir que, se gerisses tu mesmo tuas propriedades e só procurasses a tranquilidade, mais brutal seria teu bailio, e mais depressa atingirias teu objetivo? — disse ele, dirigindo-se a Nicolau.

— Sim, mas por que dizes isso? — replicou Nicolau.

— Portanto, tudo vem abaixo. Nos tribunais é o latrocínio, no exército, o porrete, o passo de parada[155], as colônias militares[156]. Tiraniza-se o povo, sufoca-se a instituição. Destrói-se tudo quanto é jovem, honesto. Todos veem que isso assim não pode durar. A corda está por demais tendida e vai inevitavelmente partir-se — disse Pedro (é o que dizem sempre as pessoas, desde que existem governos e que se examinam os atos de não importa qual deles). — Só lhes disse uma coisa em Petersburgo.

— A quem, então? — informou-se Denissov.

— Você o sabe muito bem — disse Pedro com um olhar baixo e um ar de entendimento, — ao Príncipe Teodoro e a todos os outros. Propagar a instrução e a beneficência é excelente, sem dúvida. É um objetivo magnífico, mas nas circunstâncias atuais, é preciso ainda outra coisa.

Nesse momento, notou Nicolau a presença de seu sobrinho. Seu rosto ensombreceu-se; aproximou-se dele.

— Que fazes aí?

— Que tens? Deixa-o — disse Pedro, que pegou Nicolau pelo braço e prosseguiu: — Não é bastante, disse-lhes eu, neste momento é preciso outra coisa. Já que estais aí a esperar que a corda demasiado tensa se rompa, já que contais todos, dum momento para outro, com um golpe de Estado inevitável, precisamos agrupar-nos o mais estreitamente possível, ser os mais numerosos possíveis a dar-nos as mãos, a fim de nos opormos à catástrofe geral. Todos os que são jovens e fortes são atraídos para lá e corrompidos. Um é seduzido pelas mulheres, o outro pelos favores, o terceiro pela vaidade ou pelo dinheiro. Passam todos para o outro campo. Pessoas independentes como vós e eu, não resta mais uma só. Repito-o: alargai o círculo da Sociedade, que vossa palavra de ordem não seja somente a virtude, mas a independência e a ação.

Esquecendo seu sobrinho, Nicolau avançou uma poltrona, com um ar descontente e nela se instalou. Enquanto escutava Pedro, tossia e franzia nervosamente, cada vez mais, as sobrancelhas.

— Sim, mas uma ação com que fim? — exclamou. — E quais serão vossas relações com o governo?

— Que relações? Relações de colaboração. A Sociedade pode não ser secreta, se o governo autorizar-lhe o funcionamento. Não lhe é hostil, pois se compõe de autênticos conservadores. É uma sociedade de cavalheiros, em toda a força do termo. Queremos apenas impedir que um Puogatchov venha estrangular teus filhos e os meus, ou que um Araktcheiev me envie para uma colônia militar. É por isto somente que nos damos as mãos; nosso objetivo único é o bem público e a salvação pública.

154. Magnitski, curador da Universidade de Kazan, fez desaparecerem todos os livros suspeitos e tomou medidas reacionárias contra os professores.

155. O passo de parada “marchirovka”, “chaquistika”, fora importado da Alemanha por Paulo I e Araktcheiev o repusera em voga.

156. As colônias militares consistiam em colocar os soldados nas aldeias com os camponeses.

— Sim, mas uma sociedade secreta só pode ser hostil e nociva ao governo e só pode engendrar o mal.

— Por quê? Será que a Tugenbund que salvou a Europa (não se ousava ainda pensar então que fora a Rússia que salvara a Europa), foi nociva? A Tugenbund era uma liga de beneficência; era o amor, a assistência mútua; era o que Cristo pregou na cruz...

Natacha, que entrara no gabinete, em meio dessa conversa, contemplava seu marido com alegria. Regozijou-se, não pelo que ele dizia, isso nem mesmo a interessava, tudo isso lhe parecia perfeitamente simples e conhecido desde muito tempo (tinha essa impressão porque conhecia a fonte de tudo isso, que era a alma de Pedro); regozijava-se por ver a animação de sua pessoa inteira.

O rapazinho, de pescoço fino emergindo de sua gola dobrada, que toda a gente havia esquecido, devorava Pedro com os olhos, com um ar ainda mais satisfeito e entusiasta que Natacha. Cada palavra de seu tio lhe inflamava o coração e, com um movimento nervoso dos dedos, quebrava, sem dar por isso, a cera e as penas que se encontravam ao alcance da sua mão, em cima da escrivaninha de seu Tio Nicolau.

— Não é absolutamente o que acreditas; eis o que era a Tugenbund alemã e o que eu proponho...

— Ora, meu caro, isso é bom para os comedores de salsichas, essa Tugenbund — interrompeu, em tom decidido e violento Denissov. — Quanto a mim, não compreendo nada disso e não posso pronunciar essa palavra. Tudo vai de mal a pior, estou de acordo. Somente, uma Tugenbund é coisa que não compreendo e isso não me agrada; se é um *bunt*[157] simplesmente, estou às suas ordens.

Pedro sorriu, Natacha desatou a rir, mas Nicolau franziu as sobrancelhas ainda mais e se pôs a demonstrar a Pedro que não se podia prever nenhum golpe de Estado e que o perigo de que ele falava só existia na sua imaginação. Pedro lhe demonstrava o contrário e, como tinha o espírito mais vigoroso e mais fértil em recursos, sentiu-se Nicolau logo reduzido ao silêncio. Isso aumentou ainda mais a sua irritação, porque no íntimo de si mesmo, por intuição mais que raciocínio, sentia Nicolau a incontestável justeza de seu próprio pensamento.

— Escuta o que vou dizer-te — exclamou ele, levantando-se, largando seu cachimbo com um movimento nervoso e, por fim, atirando-o no chão. — Não posso demonstrar-to. Pretendes que entre nós, tudo vai mal e que marchamos para uma revolução; não vejo nada de tudo isso; tu dizes que o juramento é uma convenção e eu te respondo isto: és o meu melhor amigo, bem o sabes; entretanto, se formares uma sociedade secreta, se te levantares, contra o governo, qualquer que ele seja, sei que o meu dever é obedecer a esse governo. Se Araktcheiev me ordenasse neste minuto que marchasse contra vocês, com um esquadrão, para espaldeirá-los, marcharia sem hesitar um segundo. Agora, pensa disso o que quiseres.

Um silêncio de constrangimento se seguiu a essa saída. Natacha foi a primeira a falar para defender seu marido, atacando seu irmão. Sua defesa era fraca e inábil, mas atingiu seu alvo. A onversa prosseguiu e já não tinha mais o tom desagradavelmente hostil das derradeiras pala-ras de Nicolau.

Quando todos se levantaram para ir cear, o jovem Nicolau Bolkonski aproximou-se de Pedro, odo pálido e de olhos cintilantes.

— Tio Pedro... o senhor... não... Se papai ainda estivesse vivo... seria de sua opinião? - perguntou.

Compreendeu Pedro de repente o trabalho poderoso, particular, independente e complexo ue deveria ter-se realizado no cérebro e no coração daquele menino durante a conversa e, mbrando-se de tudo quanto dissera, lamentou que o rapazinho o tivesse ouvido. Entretanto, evia dar-lhe uma resposta.

— Creio que sim — disse, embaraçado, e saiu do gabinete.

O rapaz baixou a cabeça e viu então, pela primeira vez, os estragos que fizera na escrivaninha seu tio. Corou e aproximou-se de Nicolau.

7. *Bund,* em alemão: sociedade. *Bunt,* em russo: revolta. O som é o mesmo, daí o jogo de palavras.

— Perdão, meu tio, fui eu que fiz aquilo... sem prestar atenção — disse, mostrando a cera e as penas em pedaços.

Nicolau teve um sobressalto de irritação.

— Está bem, está bem — resmungou ele, lançando para baixo da mesa os pedaços de cera e as penas.

E voltou-se, tendo visivelmente dificuldade em conter a cólera que o invadia.

— Teu lugar não é aqui — exclamou.

15. Durante a ceia, não se falou mais de política e de sociedades secretas; pelo contrário, a conversa travou-se sobre o assunto mais querido a Nicolau, as lembranças de 1812, evocadas por Denissov; Pedro mostrou-se particularmente engraçado e divertido. E todos se separaram nas disposições mais cordiais.

Quando, após a refeição, Nicolau mudou de roupa no seu gabinete e deu suas ordens a seu intendente, que esperava desde muito, entrou de roupão no quarto de dormir e encontrou sua mulher em ponto de escrever na sua escrivaninha.

— Que é que estás escrevendo, Maria — perguntou Nicolau.

A Condessa Maria corou. Temia que o que escrevia não fosse bem compreendido pelo seu marido e que este o desaprovasse.

Teria, pois, preferido, ocultar-lho, mas ao mesmo tempo sentia-se satisfeita por ter sido descoberta e ter de falar-lhe.

— É meu diário, Nicolau — disse ela, estendendo-lhe um caderno azul, coberto pela sua letra grande e firme:

— Um diário? disse Nicolau, com um toque de zombaria, ao pegar o caderno.

Havia nele, em francês:

"4 de dezembro. Hoje, André (seu filho mais velho), ao acordar, não quis vestir-se, e a Sra. Luísa mandou-me chamar. Ele teimou no seu capricho. Tentei ralhar com ele, mas isso só teve como efeito irritá-lo ainda mais. Então decidi deixá-lo ali, dizendo-lhe que não gostava mais dele e me pus com a naná a levantar as outras crianças. Ele ficou muito tempo silencioso, como que paralisado, depois lançou-se ao meu encontro, em camisa e soluçou de tal modo que, durante muito tempo, não pude consolá-lo. Sentia-se que o que mais o atormentava era ter-me causado pesar, pois quando à noite lhe dei seu boletim, recomeçou a chorar, de causar piedade beijando-me. Dele tudo pode obter-se com ternura".

— Que boletim é esse? — perguntou Nicolau.

— Dou agora todas as noites uma nota de procedimento aos maiores.

Nicolau tornou a encontrar o olhar luminoso fixo nele e continuou a folhear o caderno e a lê-lo. O diário relatava tudo quanto parecia interessante à mãe, na vida infantil, tudo quanto revelava o caráter das crianças ou levava a reflexões de ordem geral sobre os métodos de educação. Eram na maior parte pequenos pormenores, mas tal não pareciam à mãe, nem ao pai que lia pel primeira vez aquele diário referente às crianças.

Na data de 5 de dezembro, lia-se:

"Mitia fez travessuras na mesa. O papai proibiu que lhe dessem doce. Não lho deram. Que ar digno de dó ávido tinha ele, olhando os outros comerem! Penso que punir, privando da sobremesa, só faz aguçar a cupide Dizer isso a Nicolau".

Nicolau largou o caderno e olhou para sua mulher. Os olhos luminosos o contemplavam, interrogavam... (Aprovaria ou não aprovaria ele o diário?) Não podia haver dúvida. Não somen Nicolau aprovava, mas ainda dava sinais de admirar sua mulher.

Talvez aquilo não tivesse necessidade de ser feito de maneira tão pedante; talvez fos completamente inútil, pensava ele; mas aquela tensão espiritual constante que só tinha co objetivo as crianças, encantava-o. Se Nicolau tivesse podido analisar seu sentimento, teria descoberto que seu amor sólido, terno e orgulhoso por sua mulher repousava sobretudo naquela admiração que experimentava diante daquela vida espiritual, diante da alta moralidade, inacessível para ele, daquele mundo interior no qual vivia ela continuamente.

Sentia orgulho de que ela fosse tão inteligente e tão boa, reconhecia sua inferioridade diante dela no seu mundo interior e regozijava-se tanto mais quanto, com aquela alma, não só ela lhe pertencia, mas era uma parte dele próprio.

— Aprovo-te inteiramente, meu bem — disse ele, num tom compenetrado e, após um instante de silêncio, prosseguiu: — Portei-me mal hoje. Tu não estavas no escritório. Discutimos com Pedro e deixei-me arrebatar. Mas é impossível proceder de maneira diversa. É tão infantil ele! Pergunto a mim mesmo o que se tornaria, se Natacha não o trouxesse de brida curta. Podes imaginar porque foi ele a Petersburgo?... Fundaram lá...

— Já sei — interrompeu a Condessa Maria — Natacha me contou.

— Ah! já sabes? — continuou Nicolau, exaltando-se só em pensar na discussão. — Quer fazer-me crer que o dever de todo homem de bem é ir contra o governo, quando o juramento, o dever... Lamento não teres estado lá. E todos me caíram em cima, tanto Denissov como Natacha. Natacha causa-me riso. Não adianta manter o marido sob seu chinelo; quando se trata de raciocinar, não encontra uma palavra sequer sua própria e só faz repetir o que ele disse — exclamou Nicolau, deixando-se levar pela sua indomável tendência de criticar os que lhe eram mais caros e mais próximos.

Nicolau esquecia que o que dizia de Natacha podia, palavra por palavra, ser-lhe aplicado nas suas relações com sua mulher.

— Sim, notei-o — disse a Condessa Maria.

— Quando lhe disse que o dever e o juramento estão acima de tudo, pôs-se a demonstrar-me, Deus sabe o quê. Lamento que não tenhas estado lá. Ter-lhe-ias dito boas!

— Para mim, tens completamente razão. Foi o que disse a Natacha. Pedro acha que os homens sofrem, são atormentados, se pervertem, e que nosso dever é ajudar nosso próximo. Tem sem dúvida razão — replicou a Condessa Maria, — mas esquece-se de que temos obrigações mais imediatas, que o próprio Deus nos impôs e que podemos arriscar nossa própria vida, mas não a de nossos filhos.

— Sim, sim, eis exatamente o que lhe disse — exclamou Nicolau, que acreditava, com efeito, ter-se expressado dessa forma. — Mas iam avante, falavam do amor ao próximo e do cristianismo... E tudo isso diante de Nicolauzinho, que se tinha colocado à escrivaninha e quebrou tudo.

— Ah! sabes, Nicolau? Aquele pequeno me atormenta muitas vezes — continuou a Condessa Maria. — É um rapaz tão pouco comum! E tenho medo de negligenciá-lo por causa dos meus. Nós temos nossos filhos, nossa familia; e ele, não tem ninguém. Vive eternamente só com seus pensamentos.

— Mas, vejamos, nada tens de censurar-te a respeito dele. Tudo quanto pode fazer a mais terna das mães por seu filho, tu o fizeste e o fazes por ele. Eu, é claro, fico contente. É um pequeno muito, muito bom. Hoje, achava-se numa espécie de êxtase, ouvindo Pedro. E podes imaginar isto? No momento em que nos levantávamos para ir para a mesa, verifico que esmigalhou tudo quanto havia em cima de minha escrivaninha; e nesse momento mesmo, pede desculpas! Nunca o apanhei a dizer uma mentira. É um pequeno muito bom! — repetiu Nicolau que, bem no íntimo, não gostava de seu sobrinho, mas ainda assim fazia questão de elogiá-lo.

— Contudo, não é como se tivesse sua mãe — disse a Condessa Maria. — Sinto que não é a mesma coisa e é o que me atormenta. É um menino maravilhoso e tenho terrivelmente medo por ele. Far-lhe-ia bem viver em sociedade.

— Decerto e não demorará. Neste versão, levá-lo-ei a Petersburgo — disse Nicolau. — Sim, verdade. Pedro nunca foi senão um sonhador, e continua a sê-lo, — prosseguiu ele, voltando conversa que se realizara no seu gabinete e que parecia agitá-lo. — Vejamos, que tenho eu que ver com o que se passa lá e que Araktcheiev seja um sujeito ruim? E que é que isso poderia afetar-me quando me casei, tendo dívidas ainda por cima que davam para meter-me na cadeia e uma mãe que nada via nisso e nada compreendia? E depois, tu, as crianças, o trabalho. É por meu prazer que passo meus dias nas terras ou no escritório?[158] Não, mas sei que devo trabalhar para que minha mãe viva tranquila, para te pagar o que te devo e para não deixar nossos filhos tão pobres quanto o fui.

Teve a Condessa Maria vontade de dizer a Nicolau que o homem não vive só de pão e que ligava ele talvez demasiada importância a seus "trabalhos"; mas dava-se conta de que seria inútil e inoportuno. Limitou-se a pegar-lhe a mão e beijá-la. Viu ele nesse gesto de sua mulher uma aprovação, uma confirmação de seus pensamentos e, após alguns minutos de reflexão, retomou seu monólogo em voz alta.

— Sabes, Maria, que hoje Ilia Mitrofanovitch (era o intendente) voltou de nossa aldeia do governo de Tambov e me disse que ofereciam já oitenta mil rublos pela floresta?

E Nicolau, de rosto animado, pôs-se a expor-lhe que seria possível, em tempo bastante curto, resgatar Otradnoie. "Uma dezena de anos ainda e deixarei as crianças... numa situação excelente".

A Condessa Maria ouvia Nicolau sem perder uma palavra do que ele dizia. Sabia que, quando pensava ele assim em voz alta, ocorria-lhe interrogá-la sobre o que dissera e se zangava, quando notava que ela estivera pensando noutra coisa. Mas era obrigada a fazer grandes esforços, porque tais conversas não a interessavam absolutamente. Olhava-o, pois, e, se não pensava verdadeiramente em outra coisa, seus sentimentos estavam alhures. Sentia um amor terno e submisso por aquele homem que não compreenderia jamais tudo quanto ela compreendia e nem por isso, ou talvez por isso mesmo, deixava de amá-lo mais fortemente ainda, com um matiz de ternura apaixonada. Ao lado desse sentimento que a absorvia por completo e a impedia de se interessar pelos pormenores dos projetos de seu marido, outras ideias lhe atravessavam a cabeça, bastante estranhas ao que ele lhe dizia. Pensava em seu sobrinho (o que o marido lhe contara a respeito da emoção do rapaz ao ouvir Pedro havia-a fortemente impressionado); diversos traços de seu caráter sensitivo e terno lhe voltavam ao espírito; e, pensando em seu sobrinho, pensava também em seus filhos. Não comparava seu sobrinho com seus filhos, comparava seu sentimento para com ele com o que lhe inspiravam seus filhos e observava, com pesar, que, no que dava ao rapaz, faltava alguma coisa.

Por vezes lhe vinha a ideia de que essa diferença era devido à idade; mas sentia-se ainda assim culpada para com ele e prometia a si mesma, do fundo do coração, corrígir-se e fazer o impossível, isto é, amar nesta vida seu marido, seus filhos, seu sobrinho e todos os seus próximos como o Cristo havia amado a humanidade. A alma da Condessa Maria aspirava sem cessar ao infinito, ao eterno, ao perfeito, e, por consequência, não podia jamais estar tranquila. Seu rosto trazia o estigma grave desse tormento secreto duma alma opressa pelo corpo. Nicolau fitou-a justamente nesse momento. "Meu Deus! — disse a si mesmo — que seria de nós se ela morresse, como o penso sempre que ela mostra esse semblante!" E de pé, diante das imagens, pôs-se a recitar as orações da noite.

16. Tendo ficado só com seu marido, começou Natacha também a falar, como só se fala entre marido e mulher, isto é, adivinhando-se com meias-palavras, com uma acuidade e uma rapidez extraordinárias, por uma via contrária a todas as regras da lógica, sem julgamentos, sem deduções nem conclusões, mas com um andar completamente particular. Tinha Natacha tal hábito de entreter-se assim com seu marido que o mais seguro sintoma de um desacordo entre eles que Pedro exprimisse logicamente seu pensamento. Quando se punha a demonstrar, a argumen

158. Trata-se do escritório em que os proprietários tratavam os negócios de seus domínios.

tar gravemente e ela, arrastada pelo exemplo, fazia o mesmo, sabia que a discussão resultaria fatalmente numa disputa.

Assim que ficaram sós, Natacha aproximou-se suavemente de seu marido, com grandes olhos dilatados de alegria e, segurando-lhe bruscamente a cabeça, apertou-a contra seu coração, exclamando: "Agora tu és todo meu, todo meu! Não me escaparás mais! E logo travara aquela conversa contrária a todas as leis da lógica, já pelo fato de a ela se misturarem no mesmo momento assuntos diametralmente opostos. E essa maneira de abordar vários assuntos ao mesmo tempo, longe de prejudicar a clareza, revelava, pelo contrário, com certeza, que os esposos se compreendiam inteiramente.

Da mesma maneira que nos sonhos tudo é inverossímil, desarrazoado, absurdo, salvo o sentimento que os provoca, igualmente nessa troca de ideias com que o raciocínio nada tem que ver, o que tem sequência e clareza, não são as palavras, é o sentimento que as dita.

Natacha contava a Pedro como vivia seu irmão, dizia-lhe que ela sofria, que ela não podia viver sem seu marido, dizia-lhe que gostava cada vez mais da Condessa Maria e quanto, sob todos os aspectos, sua cunhada a ultrapassava em bondade. Dizendo isto, confessava sinceramente a superioridade de Maria, mas não exigia menos que Pedro a preferisse a Maria e a todas as mulheres; tinha ele de tornar a dizer-lhe isso de novo, sobretudo agora que voltava de Petersburgo onde vira muitas mulheres.

Pedro submeteu-se às instâncias de Natacha, contando-lhe quanto os jantares e os saraus de Petersburgo com mulheres de alta sociedade lhe tinham sido insuportáveis.

— Perdi completamente o hábito de falar com as damas — disse ele. — Nada de mais aborrecido. Aliás, estava ocupado.

Natacha olhou-o fixamente e continuou:

— É a própria sedução, essa Maria! Como sabe compreender bem as crianças! Dir-se-ia que lhes vê a alma. Ontem, por exemplo o pequeno Mítia teve um capricho.

— É o retrato do seu pai — interrompeu Pedro.

Natacha compreendeu porque fazia ele essa observação a respeito da semelhança entre Mítia e Nicolau; lamentava sua discussão com seu cunhado e queria ter, a propósito, a opinião de sua mulher.

— Sim, Nicolau tem essa fraqueza de não aceitar nada que não seja, em primeiro lugar, admitido por todos. Mas compreendo. Tu, pelo contrário, tens de *abrir uma estrada* — disse ela, repetindo as palavras que ouvira Pedro pronunciar.

— Não, o essencial — respondeu ele, — é que para Nicolau as ideias e os raciocínios são uma diversão, quase uma maneira de passar o tempo. Montou para si uma biblioteca e impôs-se como regra não comprar um livro novo antes de ter lido o último recebido, e Sismondi, e Rousseau, e Montesquieu — acrescentou Pedro, sorrindo. — Tu sabes aliás quanto eu o... — continuou ele, desejoso de abrandar suas palavras, mas Natacha o interrompeu, fazendo-lhe assim sentir que não era necessário.

— Então, crês que para ele as ideias são uma diversão?

— Sim, mas para mim tudo mais é que é uma diversão. Durante a minha estada em Petersburgo, via tudo como num sonho. Quando um pensamento se apodera de mim, nada mais tem importância.

— Ah! Quanto lamento não ter-te visto dar boa-noite às crianças! — disse Natacha. — Qual que ficou mais contente? Lisa, decerto?

— Sim — respondeu Pedro e continuou a falar do que o preocupava. — Nicolau acha que não devemos pensar. Mas eu não posso. Sem contar que, em Petersburgo, sentia (a ti, posso confessá-lo) que sem mim tudo correria o risco de desmoronar e que cada qual puxava para seu lado. Contudo, consegui uni-los todos e então meu pensamento se tornou muito simples, claríssimo. E não digo que nos devamos opor a esse ou àquele. Podemos errar o caminho. Digo somente: "Dai-me a mão, vós que amais o bem e tendes por única bandeira a virtude atuante". O Príncipe Sérgio é um homem excelente e inteligente.

Natacha não duvidava da grandeza da ideia de Pedro, mas uma coisa a perturbava: que fosse seu marido. "Será possível que um homem tão importante, tão necessário à sociedade seja ao mesmo tempo meu marido? Como pôde isso acontecer?" Vinha-lhe vontade de exprimir essa dúvida. Mas quais são afinal aqueles que poderiam decidir se ele é realmente muito mais inteligente que os outros? — perguntava a si mesma, passando em revista, em seu espírito, aqueles que Pedro tinha em alta estima. Não venerava a ninguém, a julgar pelas suas próprias palavras, tanto quanto a Platão Karataiev.

— Sabes em quem penso? — exclamou ela. Em Platão Karataiev. Que faria ele? Será que te aprovaria?

Pedro não se mostrou de modo algum surpreendido com essa pergunta. Compreendia a marcha dos pensamentos de sua mulher.

— Platão Karataiev? — repetiu ele e se pôs a refletir, procurando, com toda a sinceridade imaginar qual teria sido a opinião de Karataiev sobre o assunto. — Não o teria compreendido, mas, quem sabe? Talvez, sim.

— Chega a ser terrível o quanto te amo! — continuou, de repente, Natacha. — É terrível!

— Não, ele não me aprovaria — disse Pedro, depois de ter refletido. — O que teria aprovado, é nossa vida de família. Desejava de tal modo ver em toda parte a beleza, a felicidade, a paz, que eu me sentiria orgulhoso de nos mostrar a ele. Vê, tu te queixas da separação. Contudo, se soubesses o sentimento especial que tenho por ti depois de uma separação...

— Mas... — quis protestar Natacha.

— Não, não é isso. Nunca cesso de amar-te. E não se pode amar mais; é, acima de tudo... Pois bem, sim... — Não terminou porque seus olhares se tornaram a encontrar e disseram-se o resto.

— Que tolice é essa — disse de repente Natacha, — de falar de lua-de-mel e dizer que se é feliz sobretudo nos primeiros tempos. Pelo contrário, agora é que é melhor. Se somente não partisses mais... lembras-te quanto discutimos? E era sempre culpa minha. Sempre era eu. E por quê? Nem mesmo me lembro mais.

— Sempre pela mesma coisa — disse Pedro, sorrindo, — o ciú...

— Não diga isso, não posso tolerá-lo — gritou Natacha. E um clarão mau e frio acendeu-se nos seus olhos. — Tu a viste? — acrescentou após um silêncio.

— Não, e, aliás, se a visse, não a reconheceria mais.

Calaram-se.

— E sabes? Enquanto falavas no escritório, olhava-te — exclamou Natacha, visivelmehte desejosa de afastar a nuvem que se aproximava. — Tu te pareces com o "pequeno" (era assim que chamava seu filho), como duas gotas de água. Ah! já é tempo de ir cuidar dele... Está na hora... Mas é com pena que me retiro.

Mantiveram-se em silêncio por alguns segundos. Depois bruscamente voltaram-se um para o outro e começaram a falar ao mesmo tempo. Pedro, com complacência e calor; Natacha, com um suave sorriso de felicidade. Tendo-se embatido, ambos se detiveram, cedendo-se mutuamente o caminho.

— Então, que querias dizer-me? Fala, fala.

— Não, tu é que deves falar; eram tolices o que ia dizer — exclamou Natacha.

Pedro retomou o assunto começado. Continuou a falar extensamente, num tom satisfeito, a respeito de seus êxitos em Petersburgo. Acreditava, naquele minuto, que estava chamado a dar nova direção à sociedade russa e ao mundo inteiro.

— Queria somente dizer que todas as ideias que têm grandes consequências são sempre simples. Todo o meu pensamento é que se as pessoas desonestas, unidas representam uma força, as pessoas de bem só têm que fazer a mesma coisa. Vês que é muito simples.

— Sim.

— E tu, que querias dizer?

— Nada, nada.

— Mas então?

— Digo-te que não é nada — acentuou Natacha, com um sorriso cada vez mais expandido, — queria somente falar-te de Pétia; hoje, a naná veio tomá-lo quando estava ele em meus joelhos; pos-se a rir e aconchegou-se a mim, fechando os olhos como para se esconder. É extremamente engraçado. Oh! está chorando! Então, adeus!

E saiu do quarto.

No mesmo momento, no andar inferior, no quarto de dormir do jovem Nicolau Bolkonski, a lâmpada de cabeceira estava acesa, como de costume (o menino tinha medo da escuridão e não se conseguia corrigi-lo dessa fraqueza). Dessalles dormia bem no alto de seus quatro travesseiros e de seu nariz romano saía um ronco regular. O jovem Nicolau, que acabara de acordar, molhado de suor frio, estava sentado em sua cama e, de olhos escancarados, olhava fitamente diante de si. Um espantoso pesadelo havia-o despertado. Acabava de ver seu Tio Pedro e ele próprio, com capacetes na cabeça como os que se encontram desenhados nas obras de Plutarco. Marchavam ambos à frente dum imenso exército. Esse exército era composto de linhas brancas oblíquas enchendo o ar, como esses fios que volitam no outono e que Dessalles chama *os fios da Virgem.* Diante deles estava a glória, feita dos mesmos fios, mas um pouco mais fortes. Ambos — Tio Pedro e ele —deixavam-se levar, ligeiros e alegres e aproximavam-se cada vez mais do objetivo. De súbito, os fios que os arrastavam começaram a distender-se, a emaranhar-se. A situação tornou-se perigosa. E o Tio Nicolau Ilitch apareceu diante deles numa atitude severa e ameaçadora.

"Foi você que fez isso?" — perguntou ele, mostrando os destroços de pena e de cera de lacrar. "Eu gostava de vocês, mas Araktecheiev me ordenou que matasse o primeiro de vocês que der um passo adiante". O jovem Nicolau voltou seu olhar para Pedro, mas Pedro não estava mais ali. Pedro tornara-se seu pai, o Príncipe André, e seu pai não tinha contornos nem forma, se bem que fosse ele, entretanto. E vendo-o, o jovem Nicolau deu-se conta de que o amor lhe retirava as forças; sentiu-se sem resistência, sem ossatura, como que liquefeito. Seu pai o acariciava e consolava. Mas o Tio Nicolau Ilitch avançava sobre eles e aproximava-se cada vez mais. O medo aferrou o rapaz, que despertou.

"Meu pai", pensou ele. (Embora houvesse na casa dois retratos dele, muito parecidos, o jovem Nicolau jamais imaginara o Príncipe André sob uma forma humana.) "Era meu pai que estava junto de mim e me acariciava. Aprovava-me, aprovava Tio Pedro. Diga ele o que me disser, eu o farei. Múcio Cévola queimou a própria mão. Por que não faria eu outro tanto em minha vida? Sei que eles querem que me instrua. E me instruirei. Mas um dia hei de terminar os estudos e então agirei. E só peço a Deus uma coisa: que me aconteça o que aconteceu aos grandes homens de Plutarco, e farei como eles. Farei melhor que eles. Todo o mundo o ficará sabendo, todo o mundo me amará, todo o mundo me admirará". De repente, o jovem Nicolau sentiu os soluços contraírem-lhe o peito e desatou a chorar.

— Está indisposto? — disse a voz de Dessalles.

— Não — respondeu o menino, tornando a deitar-se em seu travesseiro.

"Ele é honesto e bom e eu gosto dele", disse a si mesmo, pensando em Dessalles. "E meu Tio Pedro! Ah! que homem maravilhoso! E meu pai? Meu pai... Sim, farei coisas de que ele mesmo se teria sentido orgulhoso".

ADENDO[159]

1. O objetivo da História é a vida dos povos e da Humanidade. Compreendê-la, envolvê-la em palavras, descrever diretamente a vida não só da Humanidade, mas até mesmo a de um único povo, parece impossível.

Todos os historiadores da Antiguidade usaram, quase sempre, um processo bastante simples que lhes facilitava a descrição e interpretação desse elemento que parece inacessível: a vida de um povo. Descreveram a atividade dos homens que o dirigiam e essa atividade representava para eles a do povo todo.

Como certos indivíduos conseguiam que os povos agissem segundo suas vontades e qual a causa que dirigia a vontade desses homens? Os historiadores respondiam à primeira pergunta, atribuindo ao Criador a submissão dos povos à vontade de um único eleito. À segunda, assegurando, em princípio, que essa mesma vontade divina dirigia a vontade do eleito ao fim que lhe era destinado.

Para os antigos, essas questões eram assim resolvidas por meio da fé e da intervenção divina nos assuntos da Humanidade.

A Ciência moderna da História, com suas teorias, rejeitou ambas as explicações.

Poderíamos imaginar que, rejeitando a crença dos antigos na submissão dos homens à vontade divina e à finalidade determinada para a qual os povos são dirigidos, a ciência moderna deveria estudar não as manifestações do poder, mas as causas que o determinam. Entretanto, não o fez. Rejeitando, em teoria, as concepções dos historiadores antigos, ela os segue na prática.

A História moderna substituiu os homens dotados de um poder divino e guiados diretamente pela vontade de Deus, por heróis dotados de qualidades excepcionais, sobre-humanas, ou simplesmente por homens das mais diversas qualidades, desde monarcas até os jornalistas que arrastam multidões. As antigas finalidades, agradáveis à divindade, que eram impostas a certos povos como os hebreus, os gregos e os romanos, e que os antigos imaginavam ser o objetivo dos movimentos da Humanidade, a História moderna acrescentou suas próprias finalidades: o bem do povo francês, alemão, inglês e, no mais alto grau de abstração, a civilização de toda a Humanidade, que geralmente significa os povos que ocupam o pequeno recanto noroeste do grande continente.

A História moderna repudiou as antigas crenças sem substituí-las por novas, e a lógica obrigou os historiadores que pretendiam ter rejeitado o poder divino dos reis e o *"fatum"* dos antigos, a voltarem, por outro caminho, ao mesmo ponto. Foram obrigados a reconhecer que: 1º os povos são dirigidos por indivíduos; 2º existe uma finalidade determinada para a qual se encaminham os povos e a Humanidade.

Todas as obras dos mais modernos historiadores, desde Gibbon até Buckle, apesar de sua aparente divergência e da aparente novidade de suas concepções, baseiam-se em dois postulados definitivos.

Em primeiro lugar, o historiador descreve a atividade de determinados indivíduos, que, na sua opinião, conduzem a Humanidade. Um só considera como tais os monarcas, os grandes generais, os ministros. Outro, além dos monarcas, inclui os oradores, sábios, reformadores, filósofos e poetas.

159. Considerações de Tolstói sobre a vida da Humanidade pelos historiadores e das dificuldades assumidas, ao s pretender definir as forças que põem os povos em movimento. Tarefa penosa, em determinar as causas dos fat históricos, desde que os historiadores rejeitam a intervenção da vontade divina.

Em segundo lugar, é conhecido do historiador o objetivo para o qual a Humanidade é dirigida. Para um, para leste, é a grandeza do Estado romano, espanhol, francês. Para outro, a liberdade, igualdade, a civilização de certa espécie, de um pequenino recanto do universo, chamado Europa.

Em 1789, produziu-se uma agitação em Paris. Ela aumentou, estendeu-se e se traduziu num movimento dos povos do ocidente para o oriente. Várias vezes esse movimento se dirige para leste, choca-se com um movimento inverso, de leste para oeste. Em 1812, atinge seu ponto máximo: Moscou. Com extraordinária simetria, opera-se um movimento inverso, do oriente para o ocidente que, como o primeiro, arrasta consigo os povos do centro. O movimento inverso atinge o ponto de partida do primeiro: Paris. E ali se detém.

Durante esse período de vinte anos imensa extensão de campos permanece sem cultura. Casas são queimadas, o comércio muda de direção, milhões de pessoas empobrecem, enriquecem, emigram e milhões de cristãos que professavam a lei do amor ao próximo matam-se uns aos outros.

Que significação tem tudo isso! Qual a sua origem? O que incitava esses homens a incendiar casas e matar seus semelhantes? Que força os impeliu a agir assim? Tais são as perguntas involuntárias, ingênuas e legítimas que o homem se faz ao encontrar-se diante dos monumentos e das tradições desse período passado.

Para encontrar-lhes a resposta, nós nos voltamos para a Ciência e para a História, cujo objetivo é ensinar aos povos e à Humanidade a se conhecerem uns aos outros.

Se a História mantivesse as concepções antigas, diria: a Divindade, para recompensar ou castigar seu povo, concedeu o poder a Napoleão e guiou sua vontade para conseguir os desígnios divinos. E esta resposta seria inteiramente clara. Pode-se acreditar ou não na missão divina de Napoleão. Mas para aquele que crê, toda a História daquela época é compreensível e não pode haver nela nenhuma contradição.

Mas a moderna Ciência da História não pode responder assim. A Ciência não admite a concepção dos antigos quanto à intervenção direta da Divindade nos assuntos humanos e, por conseguinte, deve fornecer outras explicações.

A moderna Ciência da história, respondendo a essas perguntas, diz: vocês desejam saber o que significa esse movimento, qual sua origem e qual a força que engendrou esses acontecimentos? Ouçam:

"Luís XIV era um homem muito orgulhoso e presunçoso. Tinha tais amantes e tais ministros. Governava mal a França. Seus sucessores também foram homens fracos e também governavam mal a França. Tinham tais favoritos e tais amantes. De outra parte, certas pessoas escreveram livros naquela época. No fim do século XVIII, encontravam-se reunidos em Paris uns vinte homens, que começaram a propagar serem todos os homens iguais e livres. Em consequência disso, em toda a França, os homens começaram a matar e destruir uns aos outros. Mataram o rei e muitas outras pessoas. Na mesma época existia na França um homem de gênio: Napoleão. Conseguia grandes vitórias, isto é, matava muitas pessoas porque era um grande gênio. E, não se sabe por que, partiu para matar os africanos. E o fez tão bem e com tanta astúcia que, ao voltar à França, ordenou a todos que lhe obedecessem. E todos lhe obedeceram. Tornando-se imperador, partiu novamente para matar pessoas na Itália, Áustria e Prússia. E, lá também, matou muitas pessoas. Ora, na Rússia havia o Imperador Alexandre, que decidira restabelecer a ordem na Europa e, por conseguinte, combatia Napoleão. Mas em 1807, tornou-se repentinamente seu amigo. Em 1811, desentendeu-se outra vez com ele e novamente ambos mataram muitas pessoas. Napoleão conduziu seiscentos mil homens para a Rússia e tomou Moscou. O Imperador Alexandre, então, estimulado pelos conselhos de Stein e outros, uniu a Europa contra o homem que perturbava sua tranquilidade. Todos os aliados de Napoleão tornaram-se seus inimigos, e essa aliança marchou contra Napoleão que recrutara novas forças. Os aliados venceram Napoleão, entraram em Paris, forçaram-no a abdicar e o mandaram para a Ilha de Elba, sem privá-lo do título de imperador, tratando-o com a máxima consideração, embora um ano antes e cinco anos depois, todos o considerassem um bandido, fora-da-lei. E foi Luís XVIII, alvo das zombarias tanto dos franceses como dos aliados, quem reinou. Quanto a Napoleão, derramando lágrimas diante de sua velha guarda, abdicou e partiu para o exílio. Depois, homens de Estado e diplomatas hábeis (especialmente Talleyrand, que, antes de qualquer outro, conseguira apoderar-se de certa cadeira e assim estendera as fronteiras da França) conferenciaram em Viena, e por meio dessas conferências, tornaram os povos felizes ou desgraçados. De súbito, diplomatas e monarcas estiveram prestes a cortar relações. Já estavam quase dispostos a dar novas ordens aos exércitos para que recomeçassem o morticínio, quando Napoleão chegou à França com um batalhão, e os franceses que o odiavam logo se submeteram a ele. Mas os monarcas aliados ofenderam-se e partiram para outra guerra contra os franceses. Venceram o genial Napoleão e o transportaram para a Ilha de Santa Helena, tratando-o, então, como um criminoso. E lá, exilado, separado dos entes que lhe eram caros e de sua bem-amada França, no alto de um rochedo, morreu de morte lenta, legando seus grandes feitos à posteridade. Na Europa, produziu-se nova reação e todos os soberanos voltaram a oprimir seus povos".

Estaríamos errados se julgássemos isso uma ironia, uma caricatura das descrições históricas. Pelo contrário, é a mais atenuada expressão dessas respostas contraditórias e não responde às perguntas de *toda* a História, desde os autores de memórias e historiógrafos de uma nação, até os autores de Histórias Universais e de Histórias da *Civilização,* novo gênero da moderna Historiografia.

A estranheza e a comicidade dessas respostas provêm de que a História moderna é como um surdo que responde a perguntas que ninguém lhe faz.

Se o objetivo da História é descrever o movimento da Humanidade e dos povos, a primeira pergunta que, se ficar sem resposta, torna o resto todo incompreensível, é a seguinte: Qual a força que move os povos? Em resposta a esta pergunta, a História moderna diz, com ar preocupado, ou que Napoleão era um grande gênio, ou que Luís XIV era muito orgulhoso, ou ainda que tais escritores escreveram tais livros.

Tudo isso é muito plausível e a Humanidade está pronta a aceitar. Mas não é o que ela pergunta. Tudo isso poderia ser interessante se admitíssemos que um poder divino, soberano, e sempre igual, dirige os povos por intermédio dos Napoleões, dos Luíses e dos escritores. Mas, como não admitimos esse poder, antes de falarmos em Napoleões, Luíses e escritores, devemos mostrar o elo que existe entre esses personagens e o movimento dos povos.

Se outra força ocupou o lugar do poder divino, é preciso explicar em que consiste essa força nova, pois é precisamente nela que reside todo o interesse da História.

A História parece supor que essa força surge espontaneamente e que todos a conhecem. Mas, apesar do grande desejo que se possa ter de admiti-la como conhecida, aquele que leu um grande número de obras históricas duvidará, contra sua própria vontade, que essa força nova interpretada de maneiras muito diversas pelos próprios historiadores, possa ser perfeitamente conhecida de todos.

2. Qual a força que move os povos?

Os autores de biografias e os historiadores de uma nação explicam-na como um poder próprio dos reis e dos chefes. Segundo suas descrições, os acontecimentos são determinados pel vontade dos Napoleões, Alexandres ou, em geral, pela dos personagens estudados pelos biógrafos. As respostas dadas por tais historiadores à pergunta sobre a força que engendra esses movimentos são satisfatórias, mas apenas enquanto existe um só historiador para cada acontecimento. Mas, desde que historiadores de nacionalidades e opiniões diversas começam a descrever o mesmo acontecimento, as respostas que dão logo perdem todo o sentido, pois cada um deles interpreta essa força não só de maneira diversa, mas diametralmente oposta. Um historiador afirma que o acontecimento foi produzido pelo poder de Napoleão; outro, pelo de Alexandre; e ainda outro o atribui à vontade de uma terceira pessoa. Mais ainda: os historiadores desse tipo se contradizem até na explicação por eles dada da força sobre a qual se baseia o poder de um mesmo personagem. Thiers, bonapartista, diz que o poder de Napoleão decorria de sua virtude e de seu gênio. Lanfrey, republicano, o atribui às trapaças e mentiras para com o povo. Os historiadores, destruindo-se mutuamente, também destroem a força geratriz dos acontecimentos e não fornecem nenhuma resposta ao problema essencial da História.

Os historiadores que se ocupam com a História Universal, que se referem a todos os povos, parecem reconhecer os erros das opiniões dos historiadores nacionais sobre a força que engendra os movimentos. Não reconhecem nela um poder próprio aos heróis e aos chefes, mas a consideram como a resultante de numerosas outras forças, dirigidas de vários pontos. Descrevendo uma guerra, ou a conquista de um povo, procuram a causa do acontecimento, não no poder de um único personagem, mas na ação recíproca de numerosos personagens, ligados ao acontecimento.

Segundo esta concepção e, sendo o poder dos personagens históricos o produto das forças múltiplas, pareceria logo que ele não poderia ser considerado uma força que engendrasse espontaneamente os acontecimentos. Entretanto, os autores de Histórias Universais, na maioria dos casos, recorrem também à noção do poder considerado como uma força que engendra espontaneamente os acontecimentos e comportando-se em relação a eles como causa. Segundo suas explicações, às vezes o personagem histórico é o produto de sua época e seu poder o produto de várias forças diferentes. Outras vezes, afirmam que seu poder é a força que engendra os movimentos. Gervinus, Schlosser e outros ora demonstram que Napoleão é o produto da Revolução, das ideias de 1789, etc., ora declaram simplesmente que a campanha de 1812 e outros acontecimentos que não lhes agradam são apenas o resultado da vontade mal dirigida de Napoleão, e que as próprias ideias de 1789 foram detidas em seu desenvolvimento pela arbitrariedade de Napoleão. As ideias revolucionárias, o estado de espírito geral, engendraram o poder de Napoleão. E o poder de Napoleão sufocou as ideias revolucionárias e o estado de espírito geral.

Essa estranha contradição não é efeito do acaso. Ela não só é encontrada a cada passo, mas todas as descrições dos autores de Histórias Universais são feitas de uma sucessão de contradições desse tipo. Essa contradição provém do fato de que os autores, desde que entram no terreno da análise, param a meio caminho.

Para que as forças componentes produzam uma resultante é indispensável que a soma das componentes seja igual à resultante. É precisamente esta condição que os autores das Histórias Universais nunca observam e, por conseguinte, para explicar a força resultante, são forçados a admitir, além das componentes insuficientes, outra força inexplicável que aja de acordo com a resultante.

O autor de História Nacional, que descreve a campanha de 1813 ou a restauração dos Bourbons, declara simplesmente que aqueles acontecimentos são devidos à vontade de Alexandre. Mas o historiador Gervinus, autor de uma História Universal, refutando esta tese, procura demonstrar que a campanha de 1813 e a restauração dos Bourbons, além da vontade de Alexandre, foram motivadas pela ação de Metternich, de *Mme* de Staël, de Talleyrand, de Fichte, de Chateaubriand e de outros. O historiador, evidentemente, decompôs o poder de Alexandre em seus elementos: Talleyrand, Chateaubriand, etc.. A soma de tais componentes, isto é, a ação de Chateaubriand, de Talleyrand, de *Mme* Staël e de outros evidentemente não é igual a toda a resultante, isto é, o fenômeno pelo qual milhões de franceses se submeteram aos Bourbons. Assim, para explicar como de tais componentes resultou a submissão de milhões de pessoas, ou seja, como componentes iguais a *A* deram uma resultante igual a milhões de *A,* o historiador é obrigado a admitir, ainda uma vez, essa mesma força de poder que ele nega, reconhecendo-a como a resultante das forças; e daí admitir uma força inexplicável agindo na direção da componente. É isto o que fazem os autores das Histórias Universais. Por conseguinte, estão em contradição com os autores das Histórias Nacionais e com si mesmos.

Os camponeses, que não têm uma ideia exata das causas que produzem a chuva, segundo desejam chuva ou sol, dizem: o vento tocou as nuvens, ou o vento trouxe as nuvens. O mesmo acontece com os autores de Histórias Universais: às vezes, quando desejam, quando isto está de acordo com suas teorias, dizem que o poder é o resultado dos acontecimentos; outras, quando precisam provar o contrário, dizem que é o poder que gera os movimentos.

Uma terceira categoria de historiadores, os chamados historiadores da *Civilização,* seguindo a meta traçada pelos autores das Histórias Universais, que às vezes reconhecem os escritores e as damas como as verdadeiras forças, compreendem-na de maneira bem diversa. Eles a veem no que se chama a civilização na atividade intelectual.

Os historiadores da Civilização mostram-se inteiramente consequentes com seus guias — os autores de Histórias Universais — pois se os acontecimentos históricos podem ser explicados pelo fato de que algumas pessoas tiveram determinadas relações entre si, por que não seriam explicadas pelo fato de que tais pessoas escreveram tais livros? Esses historiadores procuram, entre o número infinito de indícios que acompanham qualquer fenômeno vivo, o indício da atividade intelectual e apontam-no como a causa. Mas, apesar de todos os seus esforços para demonstrar que a causa do acontecimento reside na atividade intelectual, é preciso uma grande dose de concessões para concordar que, entre a atividade intelectual e o movimento dos povos, haja algo em comum, Mas em caso nenhum pode-se admitir que a atividade intelectual dirija os atos humanos, pois fenômenos tais como os cruéis massacres da Revolução Francesa, que resultaram da propaganda das ideias de igualdade dos homens, e as execuções, e as mais cruentas guerras que decorreram do evangelho do amor, contradizem tal hipótese.

Mas mesmo se admitirmos a verdade desses raciocínios sutis dos quais os historiadores estão cheios; mesmo admitindo que os povos sejam governados por uma força indefinida, chamada *ideia,* ainda assim o problema essencial da História continua sem resposta. Ao poder outrora atribuído aos monarcas e à influência dos conselheiros e de outros personagens introduzida pelos autores de Histórias Universais vem se unir a força nova da ideia, cuja relação com as massas ainda exige uma explicação. Pode-se compreender que, pertencendo o poder a Napoleão, tal acontecimento tenha-se realizado. Com certa condescendência, pode-se ainda compreender que Napoleão de acordo com outras influências, tenha sido a causa do acontecimento. Mas que o *Contrat Social* tenha levado os franceses a se destruírem uns aos outros, não o podemos admitir sem que nos seja dada a explicação da relação causal dessa força nova com o acontecimento.

Não resta dúvida de que existe uma ligação entre tudo que vive ao mesmo tempo e, por conseguinte, é possível encontrar-se um elo entre a atividade intelectual dos homens e seu movimento histórico, assim como pode ser encontrado entre o movimento da Humanidade e comércio, as profissões, a horticultura e tudo o mais que quisermos. Mas é difícil compreender por que motivo a atividade intelectual dos homens se mostra aos historiadores da Civilização como a causa ou a expressão de todo o movimento histórico. Essa concepção dos historiadores só pode ser explicada da maneira seguinte:

1º) a História é escrita pelos sábios; para eles é tão natural e agradável acreditar que o seu gênero de atividade é a base do movimento de toda a Humanidade, assim como também o é para os agricultores e soldados pensar o mesmo (se não o exprimem, é apenas porque os agricultores e soldados não escrevem a História).

2º) a Atividade Espiritual, a Instrução, a Civilização, a Cultura, a Ideia são noções muito vagas, mal definidas, sob cuja designação é muito cômodo empregar palavras com sentido menos claro e, por isso, fáceis de adaptar a qualquer teoria.

Mas, deixando de lado o mérito intrínseco desse tipo de história (talvez ele possa ser útil a alguém ou a alguma coisa), as Histórias da Civilização, das quais se aproximam cada vez mais todas as Histórias Universais, são admiráveis porque, estudando séria e detalhadamente as diversas doutrinas religiosas, filosóficas e políticas como causas dos movimentos, quando obrigados a narrar um acontecimento histórico real (como por exemplo a campanha de 1812), descrevem-no involuntariamente como produzido pelo poder, declarando que essa campanha resultou da vontade de Napoleão. Falando assim, os historiadores da Civilização se contradizem e provam que essa força nova, que foi por eles inventada, não exprime os acontecimentos históricos, e que o único meio de compreender a História é admitir esse poder que eles parecem não querer aceitar.

3. Uma locomotiva pôs-se em marcha. Procura-se saber por que ela avança. O camponês diz: é o diabo que a faz andar. Outro diz que a locomotiva anda porque suas rodas giram. Um terceiro afirma que a causa do movimento está na fumaça que o vento leva.

Não se pode contradizer o camponês: ele encontrou uma explicação completa. Para refutá-lo é preciso que alguém lhe prove que o diabo não existe ou que outro camponês lhe explique que não é o diabo mas um alemão que faz com que a locomotiva caminhe. Só suas contradições lhes mostrarão que ambos estão errados. Mas aquele que respondeu que a causa está no movimento das rodas contradiz a si mesmo, pois, colocando-se no terreno da análise, deve ir mais longe: deve explicar a causa do movimento das rodas. E enquanto não tiver chegado à causa final do movimento da locomotiva — a compressão do vapor nas caldeiras — não terá o direito de se deter na pesquisa da causa. Quanto ao que explicou o movimento da locomotiva pela fumaça que o vento leva, chegou a tal conclusão da seguinte maneira: percebendo que a explicação pelas rodas não apontava a causa, escolheu o primeiro indício que encontrou e deu-o como a causa.

A única noção capaz de explicar o movimento da locomotiva é a de uma força igual ao movimento visível.

A única noção capaz de explicar o movimento dos povos é a de uma força igual ao conjunto desse movimento.

Entretanto, por esta noção, os diversos historiadores compreendem forças inteiramente diferentes e em nada iguais ao movimento visível. Uns veem nele uma força peculiar aos heróis, assim como o camponês vê o diabo nas locomotivas; outros, uma força derivada de centenas de outras forças, como o movimento das rodas; outros ainda, uma influência intelectual, como a fumaça levada pelo vento.

Enquanto forem escritas as histórias dos indivíduos, como as de César, Alexandre, Lutero ou Voltaire, e não a história de *todos, sem* exceção, de *todos* os homens que tomam parte num acontecimento, será impossível não atribuir aos indivíduos uma força que obriga os outros homens a dirigirem sua atividade para um fim único. E a única noção dessa espécie que os historiadores conhecem é o poder.

Trata-se da única alavanca que permite tomar posse da matéria histórica em seu estado atual, e aquele que quebrasse essa alavanca, como o fez Buckle, sem ter descoberto outro método, ter-se-ia privado da última possibilidade de tratar a matéria histórica. A necessidade da noção de poder, quando se trata de explicar os fenômenos históricos, é muito bem demonstrada pelos próprios autores das Histórias Universais e da Civilização, que fingem repudiar a noção de poder, ao mesmo tempo em que, a cada passo, são obrigados a recorrer a ela.

Até o presente momento a Ciência Histórica tem sido, em relação à Humanidade, como o dinheiro em circulação: cédulas de banco e moedas. As biografias e as Histórias de uma nação lembram as cédulas de banco. Podem circular e ser trocadas, cumprindo sua missão, sem prejuízo para ninguém e até com utilidade, enquanto não surgir dúvida sobre seu valor. Basta que não nos preocupemos em saber como a vontade dos heróis pôde desencadear os acontecimentos para que as Histórias de Thiers sejam interessantes, instrutivas e até poéticas. Mas assim como a dúvida sobre o valor real das cédulas de banco pode nascer ou da multiplicação devida à facilidade com que as fabricam, ou porque desejamos convertê-las em ouro, também começamos a duvidar da verdadeira significação das histórias desse tipo, ou porque elas aumentem demais ou porque alguém se lembra de perguntar: qual a força que possibilitou a Napoleão fazer isso? — isto é, quando deseja converter uma nota em circulação no ouro puro da noção real.

Os autores das Histórias Universais e os historiadores da Civilização lembram as pessoas que, reconhecendo a inconveniência das cédulas de banco, resolvem, para substituí-las, cunhar uma moeda *sonante* com um metal sem a densidade do ouro. A moeda seria realmente *sonante,* mas apenas isso. As cédulas ainda poderiam enganar os ignorantes, enquanto uma moeda sonante, mas sem valor, não engana ninguém. Assim como o ouro só é ouro quando pode ser empregado, não só como meio de troca, mas por si mesmo, assim os autores das Histórias Universais só serão ouro quando estiverem capacitados a responder à pergunta fundamental da História: que é o poder? Os autores das Histórias Universais dão a tal pergunta respostas contraditórias, enquanto os historiadores da Civilização simplesmente a afastam, respondendo a coisas muito diversas. E assim como as fichas que se parecem ao ouro não podem ser usadas senão entre os que as aceitam como ouro, assim também os autores das Histórias Universais e os historiadores da civilização, não respondendo às perguntas essenciais da Humanidade, servem, por desígnios particulares, de moeda circulante às universidades e à multidão de leitores — os amantes de livros sérios, como eles os chamam.

4. Rejeitando a antiga concepção de submissão da vontade de um povo, imposta pela divindade a um eleito, e da submissão deste à vontade divina, a História não pode dar um passo sem cair em contradições, se não escolher uma das duas alternativas: ou voltar à antiga crença na intervenção direta da divindade nos assuntos humanos, ou explicar com precisão a natureza desta força que gera os acontecimentos históricos e que se chama "o poder".

Voltar à antiga crença é impossível: a fé está destruída. Portanto, é indispensável explicar a natureza do poder.

Napoleão ordenou que um exército fosse reunido e partisse para a guerra. Essa explicação nos é tão familiar, estamos tão habituados com ela que nos parece absurdo perguntar por que seiscentos mil homens partem para a guerra a uma simples ordem de Napoleão. Ele tinha o poder, portanto suas ordens foram obedecidas.

Esta resposta é perfeitamente satisfatória se acreditarmos que o poder lhe fora conferido por Deus. Mas desde que nos recusemos a admitir isso, torna-se indispensável definir o poder de um homem sobre os outros.

Este não pode ser o poder direto, decorrente da superioridade física de um ser forte sobre um ser fraco, superioridade que se baseia no emprego ou na ameaça de emprego da força física, como o poder de Hércules. Não pode também decorrer da superioridade da força moral, como, em sua ingenuidade, acreditam alguns historiadores, que tratam os personagens da História como heróis, isto é, como homens dotados de força moral excepcional e de uma inteligência chamada gênio. Este poder não pode decorrer da superioridade da força moral, pois sem falar nos homens-heróis tais como Napoleão, sobre cujas qualidades as opiniões são muito divididas, a História nos mostra que nem Luís XV, nem Metternich, que governaram milhões de homens, possuíam alguma especial qualidade moral; ao contrário, eram moralmente muito mais fracos que qualquer um dos milhões de homens por eles governados.

Se a fonte do poder não se encontra nem nas qualidades físicas, nem nas qualidades morais do indivíduo que os possui, é evidente que ela deve se encontrar fora desse indivíduo, nas relações que existem entre aquele que detém o poder e as massas.

É exatamente assim que o poder é interpretado pela Ciência do Direito, essa casa de câmbio que promete transformar a concepção histórica do poder em ouro puro.

O poder é a soma das vontades das massas, transferida, por um consentimento expresso ou tácito, aos eleitos dessas massas.

No domínio da Ciência do Direito, feitas as considerações sobre a maneira como deveria ser organizado o Estado e o poder (se fosse possível organizá-los), tudo se tornaria muito claro. Mas aplicada à História, esta definição do poder exige esclarecimentos.

A Ciência do Direito considera o Estado e o poder como os antigos consideravam o fogo, isto é, como uma coisa que existe por si mesma. Para a História, o Estado e o poder não são mais que fenômenos, assim como para a Física moderna o fogo não é um elemento, mas um fenômeno.

Essa diferença fundamental de concepção entre a História e a Ciência do Direito permite ao Direito discorrer longamente sobre a maneira como, na sua opinião, deveria ser organizado o poder, e sobre o que é o poder, considerado como algo imóvel e fora do tempo. Mas nada pode responder às perguntas históricas sobre a natureza de um poder que se transforma com o tempo.

Se o poder é a soma das vontades transferidas para um dirigente, Pugatchov será o representante da vontade das massas? Em caso contrário, por que o é Napoleão? Por que era um criminoso Napoleão III, quando foi preso em Bolonha e por que, logo em seguida, criminosos foram todos aqueles que ele prendeu?

Nas revoltas palacianas, nas quais tomam parte duas ou três pessoas, a vontade das massas também se transfere para o novo personagem? Nas relações internacionais, a vontade de um povo se transfere ao conquistador? Em 1808, a vontade da Aliança do Reno transferiu-se para Napoleão? A vontade da massa do povo russo em 1809 transferiu-se para Napoleão, quando nossos exércitos aliados aos franceses foram combater os austríacos?

Três respostas podem ser dadas a tais perguntas:

1º) Admitindo-se que a vontade das massas é sempre transmitida, incondicionalmente, a um ou mais governantes por elas escolhidos e que, por conseguinte, qualquer aparição de um novo poder, qualquer luta contra o poder, uma vez transmitido, devem ser considerados como violação ao verdadeiro poder.

2º) Admitindo-se que a vontade das massas seja transmitida aos dirigentes sob condições determinadas e conhecidas, e demonstrando que todas as limitações, os conflitos e mesmo as destruições do poder, decorrem da não-observância pelos governantes do poder que lhes fora conferido.

3º) Admitindo-se que a vontade das massas se transfere aos governantes sob condições, desconhecidas, indeterminadas, e que a formação de outros poderes, suas lutas e suas quedas, provêm apenas da observância, mais ou menos perfeita, por parte dos governantes, das condições pelas quais a vontade das massas se transfere de um personagem a outro.

É por essa tríplice resposta que os historiadores explicam a relação das massas com os governantes.

Só os historiadores que, em sua ingenuidade, não compreendem o problema da natureza do poder — os autores de Histórias nacionais e biografias aos quais nos referimos acima —, parecem acreditar que a soma das vontades das massas se transfere incondicionalmente aos personagens históricos. Por esta razão é que, ao descreverem um poder qualquer, os historiadores declaram que esse é o único absoluto e real e qualquer outra força que se oponha a esse verdadeiro poder não é um poder, mas um atentado ao poder, uma violação.

Tal teoria, válida para os períodos primitivos e pacíficos da História, se aplicada aos períodos complexos e tumultuosos da vida dos povos, quando surgem simultaneamente diversos poderes que lutam entre si, apresenta o seguinte inconveniente: um historiador legitimista provará que a Convenção, o Diretório e Bonaparte não passavam de violações ao poder, enquanto um republicano e um bonapartista demonstrarão, o primeiro que a Convenção e o segundo que o Império foram os verdadeiros poderes, e todo o resto apenas violações do poder. É evidente que, contradizendo-se mutuamente, as explicações do poder, dadas por esses historiadores, só podem satisfazer a crianças de colo.

Reconhecendo o erro dessa concepção da História, outros historiadores dizem que o poder se baseia na transmissão condicional aos governantes da soma das vontades das massas, e que os personagens históricos só conservam o poder com a condição de cumprirem o programa que a vontade do povo lhes prescreveu por acordo tácito. Mas os historiadores não nos dizem em que consistem essas condições, ou se o dizem é apenas para se contradizerem uns aos outros.

Cada historiador, segundo sua concepção da finalidade do movimento de um povo, encontra essas condições na grandeza, riqueza, liberdade e instrução dos cidadãos da França ou de alguma outra nação. Mas, sem mesmo falarmos nas contradições dos historiadores sobre a natureza dessas condições, e admitindo a existência de um programa comum a todos, constataremos que os fatos históricos quase sempre contradizem tal teoria. Se as condições de transferência do poder consistem na riqueza, liberdade, instrução de um povo, por que então Luís XIV e Ivan VI acabaram tranquilamente seus reinados, enquanto Luís XVI e Carlos I foram executados pelo povo? Os historiadores respondem a esta pergunta dizendo que a atividade de Luís XIV contrária ao programa, repercutiu em Luís XVI. Mas por que não teve repercussão no próprio Luís XIV ou em Luís XV? Por que deveria atingir justamente Luís XVI? Qual o prazo para essa repercussão? Para tais perguntas não há nem pode haver resposta. Da mesma maneira, segundo essa concepção, explicam muito mal por que motivo a soma das vontades permanece, durante vários séculos, nas mãos dos governantes e seus sucessores e, repentinamente, num espaço de cinquenta anos, é transmitida para a Convenção, o Diretório, Napoleão, Alexandre, Luís XVIII, novamente Napoleão, Carlos X, Luís-Filipe, o governo republicano, Napoleão III. Para explicar esta rápida transmissão da vontade de um povo, de uma pessoa para outra, os escritores são obrigados a reconhecer que parte desses fenômenos já não são mais transmissões normais das vontades, mas acasos que dependem da astúcia, do erro, da perfídia, da fraqueza de um diplomata, de um monarca ou de um chefe de partido. E assim, a maioria dos fenômenos históricos: guerras civis, revoluções, conquistas, já não mais se apresentam para esses historiadores como o produto da transmissão de livres vontades, mas como o produto da vontade mal dirigida de um ou vários indivíduos, isto é, mais uma vez como violações do poder. Por conseguinte, os acontecimentos históricos são apresentados por historiadores desse tipo como a negação de tal teoria.

Esses historiadores lembram o botânico que, constatando que certas plantas saem de sementes com dois cotilédones, afirmasse que todas as coisas nascem de dois cotilédones; que a palmeira, o cogumelo e até o carvalho, ramificando-se durante o crescimento e não mais apresentando o aspecto de dois cotilédones, são exceções à teoria.

Os historiadores da terceira categoria admitem que a vontade das massas é transferida para os personagens históricos sob determinadas condições, mas que essas condições nos são desconhecidas. Afirmam que os personagens históricos só possuem o poder porque realizam a vontade das massas que lhes foi transferida.

Neste caso, se a força que move os povos reside não nos personagens históricos, mas nos próprios povos, qual é então a significação dos personagens históricos?

Os personagens históricos, dizem os historiadores, exprimem a vontade das massas. A atividade dos personagens históricos serve para representar a atividade das massas.

Mas nesse caso surge outra pergunta: toda a atividade dos personagens históricos serve para exprimir a vontade das massas, ou somente um de seus aspectos? Se toda a atividade dos personagens históricos serve para exprimir a vontade das massas, como alguns o julgam, então as biografias dos Napoleões, das Catarinas, com todos os detalhes e intrigas da corte, servem para exprimir a vida dos povos, o que é evidentemente um absurdo. Mas se apenas um aspecto da atividade de um personagem histórico exprime a vida dos povos, como pensam outros historiadores, os pretensos filósofos, então para determinar qual o aspecto de sua atividade que exprime a vida do povo, precisamos saber primeiro em que consiste esta vida.

Diante de tal dificuldade, os historiadores desta categoria imaginam uma abstração das mais vagas, mais inatingíveis e mais gerais, na qual pode ser incluído o maior número possível de acontecimentos, e dizem que é nessa abstração que se encontra a finalidade do movimento da Humanidade. As abstrações mais comuns, admitidas por quase todos os historiadores, são as seguintes: liberdade, igualdade, instrução, progresso, civilização e cultura. Atribuindo como finalidade do movimento da Humanidade qualquer uma dessas abstrações, os historiadores estudam os homens que deixaram após si o maior número de obras — reis, ministros, generais, autores, reformadores, papas, jornalistas — na medida em que, segundo eles, esses personagens trabalham pró ou contra essa abstração. Mas como nada nos prova que o objetivo da humanidade seja a liberdade, igualdade, instrução ou civilização e como a relação das massas com os governantes e os reformadores da Humanidade só repousa sobre uma hipótese arbitrária que exige que a soma das vontades das massas se transfira sempre para os personagens que nos parecem estar em evidência, a atividade de milhões de homens que emigram, incendeiam suas casas, abandonam o trabalho da terra, matam-se uns aos outros, nunca pode ser explicada pela descrição da atividade de uma dezena de personagens que não incendeiam suas casas, não trabalham no campo e não matam seus semelhantes.

Isso nos é provado a cada passo pela História. A agitação dos povos do Ocidente no fim do século passado e sua marcha para o Oriente poderão ser explicadas pela atividade de Luís XIV, de Luís XV, de Luís XVI, de suas amantes, seus ministros, pela vida de Napoleão, de Rousseau, de Diderot, de Beaumarchais e de outros?

O movimento do povo russo para o oriente, para Kazan e a Sibéria, poderá ser explicado com os detalhes do caráter mórbido de Ivan IV e por sua correspondência com Kurbski?

O movimento dos povos, na época das cruzadas, explica-se pelo estudo das vidas dos Godofredos, dos Luíses e de suas damas? Para nós, esse movimento dos povos do ocidente para o oriente, sem nenhum objetivo, sem chefes, com uma multidão de vagabundos, com Pedro o Eremita, continua incompreensível. E ainda mais incompreensível é a suspensão desse movimento, quando seus dirigentes históricos tinham dado aos cruzados um objetivo razoável e sagrado: a libertação de Jerusalém. Papas, reis e cavaleiros incitavam os povos a libertar a Terra Santa, mas o povo permaneceu imóvel, pois a causa desconhecida que o pusera em movimento já não mais existia. A história dos Godofredos e dos menestréis não pode, evidentemente, abranger a vida dos povos. A história dos Godofredos e menestréis continua a ser a história dos Godofredos e menestréis, enquanto a vida dos povos e seus impulsos permanece desconhecida.

A história dos escritores e reformadores ainda explica menos a vida dos povos.

A História da Civilização explica as aspirações, condições de vida e os pensamentos de um escritor ou reformador. Somos informados de que Lutero tinha um caráter violento e que disse tais e tais palavras; sabemos que Rousseau era desconfiado e que escreveu determinados livros; mas não nos dizem por que, depois da Reforma, os povos se destruíram e nem por que, durante a Revolução Francesa, os homens se mataram uns aos outros.

5. A vida dos povos não se resume na vida de alguns homens, pois a relação que existe entre eles e o povo ainda não foi determinada. A teoria que pretende estar essa relação contida na transmissão da soma das vontades aos personagens históricos é uma hipótese não confirmada pela experiência histórica.

Talvez essa teoria explique muitas coisas no domínio da Ciência do Direito, e talvez ela seja indispensável aos seus fins particulares; mas aplicada à História, desde que intervenham revoluções, conquistas, guerras civis, desde que comece realmente a História, essa teoria nada explica.

Ela parece irrefutável porque o ato de transmissão da vontade de um povo não pode ser verificado.

Qualquer que seja o acontecimento, seja quem for o homem que se encontre à frente do acontecimento, a teoria sempre pode afirmar que ele ali se encontra porque a soma das vontades foi-lhe outorgada.

As respostas que essa teoria dá aos problemas históricos são iguais às de alguém que, vendo um rebanho em movimento e sem se preocupar com as diversas qualidades de pastagem nos vários campos, nem com a intervenção do pastor, procurasse determinar a direção que tomaria esse rebanho de acordo com o animal que estivesse à frente.

"O rebanho segue tal direção porque é conduzido pelo animal que vai à frente, e a soma das vontades de todos os outros animais é outorgada a esse guia do rebanho". É assim que responde a primeira categoria dos historiadores que admite a transmissão incondicional do poder.

"Se o animal que marcha à frente do rebanho é substituído, é porque a soma das vontades de todos os animais foi transmitida a outro, conforme ele os conduza ou não, na direção escolhida por todo o rebanho". Assim respondem os historiadores que afirmam ser a soma das vontades das massas transmitida aos governantes em condições que eles imaginam conhecidas. (De acordo com esse método, muitas vezes acontece que o observador, segundo o ponto da observação por ele escolhido, considera condutores aqueles que, em caso de mudança de direção das massas, já não mais se encontram à frente, mas ao lado e até atrás.)

"Se os animais que estão à frente mudam constantemente, assim como a direção seguida por todo o rebanho, é que, para atingir a direção conhecida, os animais transmitem sua vontade àquele que distinguimos entre todos. Portanto, para estudar o movimento do rebanho, devemos observar todos os animais que distinguimos e que marcham de todos os lados do rebanho". Assim falam os historiadores da terceira categoria que consideram todos os personagens históricos, desde os monarcas aos jornalistas, como a expressão de uma época.

A teoria da transmissão da vontade das massas aos personagens históricos não é mais que uma perífrase, apenas uma maneira de explicar em outras palavras os próprios termos do problema.

Qual a causa dos acontecimentos históricos? — O poder. — O que é o poder? — O poder é a soma das vontades transmitidas a um único personagem. Em que condições a vontade das massas se transmite a um único personagem? — Na condição de que esse personagem exprima a vontade de todos. Isso significa que o poder é o poder. Isto é, o poder é uma palavra cujo sentido não nos é possível compreender.

Se o domínio do conhecimento humano se limitasse exclusivamente ao pensamento abstrato, a Humanidade, depois que submetesse à crítica a explicação de poder dada pela *ciência,* chegaria à conclusão de que o poder não passa de uma palavra e que, na realidade, não existe. Mas para reconhecer esses fenômenos, além do pensamento abstrato, o homem dispõe também do instrumento da experiência, com o auxílio do qual controla os resultados do pensamento. E a experiência diz-lhe que o poder não é só uma palavra, mas um fenômeno que realmente existe.

Sem falar no fato de que uma descrição da atividade coletiva não pode prescindir da noção de poder, a existência do poder é demonstrada tanto pela História quanto pela observação dos acontecimentos contemporâneos.

Cada vez que sucede um acontecimento histórico, aparecem um ou alguns homens, pela vontade dos quais o acontecimento parece realizar-se. Napoleão III ordena, e os franceses dirigem-se o México. O rei da Prússia ou Bismarck ordena e seus exércitos dirigem-se para a Boêmia. Napoleão ordena e seus exércitos vão para a Rússia. A experiência nos demonstra que, qualquer que seja o contecimento, ele está sempre ligado à vontade de um ou vários homens que o ordenaram.

Os historiadores, pelo velho hábito de acreditarem na intervenção divina nos assuntos da Humanidade, pretendem que a causa de um acontecimento seja a expressão da vontade de um ersonagem revestido de poder. Mas essa concepção não é confirmada nem pelo raciocínio, nem ela experiência.

Por um lado, o raciocínio mostra que a expressão da vontade de um homem — suas palavras - não é mais que uma parte da atividade geral que se exprime num acontecimento, como por xemplo: uma guerra ou uma revolução. Por conseguinte, sem reconhecer a existência de uma rça incompreensível, sobrenatural — o milagre —, não se pode admitir que as palavras possam r a causa direta do movimento de milhões de homens.

Por outro lado, mesmo se admitirmos que as palavras possam ser a causa de um acontecimento, a História nos mostra que a expressão da vontade dos personagens históricos, em muitos casos, não tem o menor efeito, isto é, não só suas ordens deixam de ser executadas, como frequentemente sucede o contrário do que fora ordenado.

Sem admitirmos a intervenção divina nos assuntos da Humanidade, não podemos considerar o poder como a causa dos acontecimentos.

Do ponto de vista da experiência, o poder não é mais do que a dependência que existe entre a expressão da vontade de um personagem e a execução dessa vontade por outros homens.

A fim de compreendermos as condições dessa dependência, devemos, antes de tudo, restabelecer a noção de expressão da vontade em relação ao homem e não à divindade.

Se a divindade dá ordens, exprime sua vontade, assim como nos afirmam as histórias antigas, a expressão dessa vontade não depende do tempo e não é provocada por nada, pois a divindade não está ligada, de nenhuma forma, ao acontecimento. Mas ao falar de ordens, expressão da vontade dos homens que agem no tempo e relacionados entre si, para compreendermos o elo que existe entre as ordens e os acontecimentos, devemos restabelecer: 1º) a condição de tudo o que acontece: a continuidade do movimento no tempo, tanto dos acontecimentos, quanto do personagem que os ordena; 2º) a condição de um elo necessário entre aquele que ordena e os que executam as ordens.

6. Só a expressão da vontade divina, independente do tempo, pode referir-se a toda uma série de acontecimentos que devam realizar-se dentro de alguns anos ou alguns séculos, e só a divindade, sem nenhuma solicitação, pode determinar, por sua exclusiva vontade, a direção do movimento da Humanidade. Quanto ao homem, ele age no tempo e participa do acontecimento.

Restabelecendo a primeira condição omitida, a condição do tempo, veremos que nenhuma ordem pode ser executada sem que tenha sido precedida de outra ordem que torne possível sua execução.

Uma ordem jamais intervém espontaneamente e não contém em si uma série completa de acontecimentos. Cada ordem decorre de outra e nunca se relaciona com uma série inteira de acontecimentos, mas sempre com um só momento do acontecimento.

Quando, por exemplo, dizemos que Napoleão ordenou às suas tropas que partissem para a guerra, reunimos numa só ordem dada em determinado momento uma série consecutiva de ordens, dependentes umas das outras. Napoleão não podia ordenar a campanha da Rússia e nunca a ordenou. Num determinado dia, ordenou que certos papéis fossem dirigidos a Viena, a Berlim e a Petersburgo; no dia seguinte, enviou certos decretos e ordens do dia ao exército, à marinha, à administração, etc.. Deu milhões de ordens que formaram uma série de ordens correspondente à série de acontecimentos que levaram o exército francês à Rússia.

Se, durante todo o seu reinado, Napoleão deu ordens referentes à expedição à Inglaterra; se nenhum outro de seus empreendimentos consagrou tantos esforços e tanto tempo; se, apesar disso, não tentou uma só vez, durante todo o seu reinado, executar esse projeto, mas empreendeu a expedição à Rússia, cuja aliança lhe parecia útil (como várias vezes afirmara), isso provém de que suas primeiras ordens não correspondiam à série dos acontecimentos, mas sim às segundas.

Para que uma ordem seja seguramente executada é preciso que o possa ser. Ora, é impossível saber o que pode ou não ser executado, não só no fato da campanha de Napoleão contra a Rússia, onde tomam parte milhões de homens, mas até no menos complexo acontecimento, pois a execução de um como de outros pode encontrar milhões de obstáculos. Para cada ordem executada, há sempre uma quantidade de outras que não o são. As ordens impossíveis não coadunam com o acontecimento e não são executadas. Só as ordens possíveis se agrupa para formar séries consequentes de ordens que correspondem às séries dos acontecimentos, e são executadas.

A ideia errônea que fazemos de que a ordem que precede o acontecimento é a causa deste provém do fato de que, tendo sido dadas mil ordens e só executadas as que se ajustaram ao acontecimento, esquecemos as outras que não o puderam ser. Além disso, a origem principal de nosso erro reside no fato de que, numa exposição histórica, toda uma série incalculável de acontecimentos diversos, ínfimos (como por exemplo, tudo o que levou o exército francês à Rússia), foi reduzida a um único acontecimento e, consequentemente, toda uma série de ordens ficou reduzida à expressão de uma única vontade.

Dizemos: Napoleão desejou a campanha da Rússia e realizou-a. Mas, na realidade, nunca encontramos em toda a atividade de Napoleão nada que lembre a expressão dessa vontade, enquanto veremos séries de ordens e de expressões de sua vontade dirigidas das maneiras mais diversas e indeterminadas. Da incalculável série de ordens de Napoleão, formou-se uma determinada série de ordens executadas, relativas à campanha de 1812, não porque estas se distinguissem por algo das outras não-executadas, mas porque esta série de ordens coincidiu com a série de acontecimentos que levaram o exército francês à Rússia. O mesmo acontece quando conseguimos pintar uma figura, utilizando um padrão. Isso acontece não porque passamos as tintas em tais lugares ou de determinada maneira, mas porque cobrimos toda a superfície com a tinta.

Assim, se verificarmos, dentro da época, a relação das ordens com os acontecimentos, verificaremos que uma ordem não pode, em caso algum, ser a causa de um acontecimento e que entre os dois existe certa dependência determinada.

Para compreender em que consiste essa dependência, é indispensável restabelecer a outra condição omitida: que toda ordem emana do homem e não da divindade e aquele que dá a ordem também participa do acontecimento.

É esta relação entre o que ordena e os que executam que se chama o poder. Ela consiste no seguinte:

Para uma ação em comum, os homens sempre se reúnem em certos agrupamentos onde, apesar da diferença das finalidades visadas pela ação comum, sempre é constante a relação entre os que dela participam.

Unindo-se assim, os homens estão sempre colocados em tais relações que o maior número oma a maior parte direta e a minoria a menor parte direta na ação comum para a qual se uniram.

De todos os grupamentos formados pelos homens para as ações comuns, um do mais notáveis e mais bem-definidos é o exército.

Cada exército se compõe dos mais modestos membros da hierarquia militar. Os soldados que empre são os mais numerosos dentro dessa hierarquia, os cabos, os suboficiais, cujo número é nferior aos primeiros, os oficiais superiores, cujo número é ainda menor e assim por diante, até o omando supremo que está concentrado num só homem.

A organização militar pode ser representada por um cone, cuja base seria formada pelos oldados; nas seções acima da base, todos os graus do exército, em ordem ascendente, até o értice do cone que seria ocupado pelo comandante-chefe.

Os soldados, que são a maioria, formam os pontos inferiores do cone e sua base. O soldado aca, fere, incendeia, saqueia e sempre recebe ordens de seus superiores, mas ele próprio nunca í ordens. O suboficial (o número destes já é menor) age pessoalmente, com muito menos equência que o soldado, mas já comanda. O oficial ainda mais raramente toma parte na ação reta e comanda muito mais. O general só comanda o movimento das tropas, indicando-lhes sua meta, e quase nunca utiliza uma arma. O comandante-chefe, que nunca pode tomar parte direta na ação, limita-se a traçar as diretrizes gerais do movimento das massas. A mesma relação entre os indivíduos é encontrada em qualquer associação humana, reunida para uma ação comum: na agricultura, no comércio, em qualquer atividade.

Assim, sem multiplicar artificialmente os planos do cone, em todos os postos militares, nos títulos e nas situações de qualquer administração ou organização coletiva, vemos, da base ao vértice, uma lei segundo a qual, para realizar uma ação comum, os homens ficam sempre em tal relação que quanto mais diretamente participarem da ação, menos podem comandar e maior é seu número. E quanto menos direta for sua participação na ação, maior é sua capacidade de comando e mais reduzido seu número. E partindo das camadas inferiores, chegamos a um único e último homem que toma uma parte ínfima no acontecimento e que, acima de todos, dirige suas atividades.

A relação entre os que comandam e os que são comandados é que constitui a essência da noção que se chama o poder.

Restabelecendo as condições de tempo, dentro das quais se realizam todos os acontecimentos, constatamos que uma ordem só é executada quando se relaciona a uma ordem correspondente de acontecimentos. E restabelecendo a condição indispensável entre o que ordena e o que executa as ordens, constatamos que, por sua própria natureza, os que ordenaram tomam menos parte no acontecimento propriamente dito e que sua atividade é exclusivamente dirigida para o comando.

7. Quando se processa um acontecimento, os homens exprimem suas opiniões, seus votos, e como o acontecimento decorre da ação comum de numerosos indivíduos, uma dessas opiniões ou desses votos formulados realiza-se, pelo menos aproximadamente. Quando uma dessas opiniões se justifica, fica associada em nosso espírito ao acontecimento, como se fosse a ordem que o precedeu.

Alguns homens arrastam uma viga. Cada um deles dá sua opinião sobre a maneira como deve ser arrastada e sobre o lugar onde deverão colocá-la. O trabalho é concluído e foi realizado como um deles sugerira. Portanto, foi ele quem comandou. Eis aqui a ordem e o poder em suas formas primitivas.

O que mais trabalhou com as mãos menos tempo teve para refletir no que estava fazendo, ou imaginar o que poderia resultar da ação comum e comandar. Aquele que comandou, tendo agido por meio de palavras, evidentemente foi o que menos trabalhou. Quanto mais numeroso for o grupo de homens que dirigem sua ação para um único objetivo, tanto mais diminuta é a categoria dos que tomam parte direta na ação comum, e esta parte torna-se tanto menor quanto mais sua atividade estiver orientada para o comando.

O homem, quando age só, traz em si certo número de considerações que guiaram — pensa ele — sua atividade anterior, que lhe servem de justificativa à atividade presente e que o guiam na escolha das futuras ações.

O mesmo acontece com as coletividades, que deixam aos que não participam da ação o trabalho de imaginarem as considerações, justificativas e hipóteses relativas às ações comuns

Por motivos que nos são conhecidos ou desconhecidos, os franceses começam a matar-se destruir-se uns aos outros. E esse ato é justificado pelas vontades expressas dos homens que julgavam necessário ao bem da França, à liberdade e à igualdade. Param de matar-se e esse at também é acompanhado de uma justificativa: necessidade de concentração do poder, resistênc à Europa, etc.. Os homens marcham do ocidente para o oriente matando seus semelhantes e es ato é acompanhado de frases sobre a glória da França, a covardia da Inglaterra, etc.. A Histór nos mostra que essas justificações do acontecimento não têm nenhum sentido objetivo, que se contradizem — como o assassínio de um homem logo após o reconhecimento de seus direitos e o massacre de milhões de homens na Rússia para humilhar a Inglaterra. Mas para os contemporâneos essas justificações são necessárias.

Elas afastam a responsabilidade dos que são a origem dos acontecimentos. Seus objetivos provisórios são iguais aos limpa-trilhos colocados na frente das locomotivas: limpam o caminho das responsabilidades morais dos homens. Sem tais justificações, não poderia ser respondida a mais simples pergunta que surge durante o exame dos acontecimentos: o que faz com que milhares de homens cometam crimes coletivos, guerras, morticínios, etc.?

Considerando as formas complexas da vida política e social da Europa atual, poder-se-ia imaginar qualquer acontecimento que não tenha sido prescrito, indicado, ordenado por soberanos, ministros, parlamentos ou jornais? Haverá alguma ação coletiva que não encontre justificação na unidade do Estado, no interesse nacional, no equilíbrio europeu, na civilização? Desta forma qualquer acontecimento realizado inevitavelmente vai coincidir com um desejo expresso e justifica-se como o resultado da vontade de um ou de vários homens.

Seja qual for a direção de um navio, sempre veremos à frente as ondas que ele corta. Para as pessoas que estão a bordo, este será o único movimento visível.

Mas se observarmos com atenção, a cada instante, o movimento das ondas, compreenderemos que cada um de seus movimentos é determinado pelo movimento do navio e que nosso erro consistiu em não percebermos nosso próprio avanço.

Chegaremos à mesma conclusão se observarmos a cada instante o movimento dos personagens históricos (isto é, restabelecendo a condição indispensável a tudo o que se realiza: a continuidade do movimento no tempo), sem perder de vista o elo indispensável entre os personagens históricos e as massas.

Quando um navio segue numa única direção, as ondas ficam à sua frente; quando ele muda de direção, as ondas que rebentavam à sua frente também mudam de rumo. Mas para qualquer parte que ele se dirija, sempre haverá, à sua frente, as ondas que precedem o seu movimento.

Aconteça o que acontecer, parece sempre que exatamente aquilo fora previsto e imaginado. Para qualquer ponto que o navio se dirija, as ondas, sem guiar nem acelerar seu movimento, rebentam à sua frente e, de longe, elas nos parecerão animadas de um movimento independente que dirige o avanço do navio.

Os historiadores, entre as expressões da vontade dos personagens, considerando apenas as que podem ser relacionadas aos acontecimentos em forma de ordens, acreditam que os acontecimentos dependem das ordens. Mas, ao examinarmos os próprios acontecimentos e a relação que existe entre os personagens e as massas, constatamos que os personagens históricos e suas ordens dependem dos acontecimentos. A prova incontestável dessa conclusão é que, por mais numerosas que sejam as ordens, o acontecimento não se realizará, se não existirem outras causas. Mas assim que ele for realizado — qualquer que seja ele — entre as vontades constantemente expressas por diferentes personagens, sempre haverá uma que, por seu sentido e pelo momento, poderá ser aplicada ao acontecimento como uma ordem.

Chegando a essa conclusão, podemos dar uma resposta clara e precisa aos dois problemas essenciais da História:

1º) O que é o poder?

2º) Qual a força que determina o movimento dos povos?

1º) O poder é a relação de determinado personagem com outros personagens, relação que faz com que o primeiro tome tanto menos parte na ação quanto maior for o número de opiniões, hipóteses e justificações que ele exprima sobre a ação comum.

2º) O movimento dos povos não é determinado nem pelo poder, nem pela atividade intelectual, nem mesmo pela reunião de ambos, como julgaram os historiadores, mas pela atividade de *todos* os que tomam parte no acontecimento e que sempre se agrupam de tal modo que aqueles que tomam parte mais direta no acontecimento assumem menos responsabilidades e vice-versa.

Sob o ponto de vista moral, a causa do acontecimento parece ser o poder; sob o ponto de vista físico, aqueles que se submetem ao poder. Mas como a atividade moral não é concebível sem a atividade física, a causa dos acontecimentos não reside nem numa nem noutra, mas na reunião de ambas.

Ou, em outros termos, o conceito de causa é inaplicável ao fenômeno que examinamos.

Em última análise, alcançamos o círculo eterno, o limite extremo ao qual, em todos os domínios do pensamento, chega o espírito humano quando não se dispõe a brincar com o assunto. A eletricidade produz calor; o calor produz eletricidade. Os átomos se atraem, os átomos se repelem.

Falando dos efeitos mais elementares do calor, da eletricidade ou dos átomos, não podemos explicar suas causas e dizemos que esta é a natureza de tais fenômenos, que esta é sua lei. O mesmo acontece com os fenômenos históricos. Por que se realiza uma guerra ou uma revolução? Ignoramos. Sabemos apenas que para a execução de tal ou qual ação, os homens se reúnem num determinado grupo e que todos participam dela. E dizemos que tal é a natureza dos homens, porque tal é a lei.

8. Se a História tratasse apenas de fenômenos exteriores, com esta lei simples e evidente nosso raciocínio estaria terminado. Mas a lei histórica se refere ao homem. Uma partícula de matéria não pode nos dizer que não sente nenhuma necessidade de atração ou repulsão e que, portanto, esta lei deve ser falsa. Mas o homem, que é o objeto da História, declara decididamente: sou livre e por conseguinte não estou submetido às leis.

Embora não expresso, o problema do livre-arbítrio manifesta-se a cada passo na História.

Todos os historiadores sérios chocaram-se com este problema, mesmo contra suas próprias vontades. Todas as contradições, todos os pontos obscuros da História e o falso caminho seguido por esta ciência provêm do fato de que este problema ainda não foi resolvido.

Se a vontade dos homens é livre, isto é, se cada homem pode agir de acordo com seus desejos, a História então é apenas uma sequência de acasos incoerentes.

Se, entre os milhões de homens, um só, num período de mil anos, tivesse tido a possibilidade de agir livremente, isto é, de acordo com sua vontade, é evidente que um único ato livre desse homem, contrário às leis, destruiria a possibilidade da existência de qualquer lei para toda a Humanidade.

E se houver uma só lei dirigindo as ações humanas, já não pode haver livre-arbítrio, pois a vontade dos homens deve ficar submetida a ela.

Nesta contradição reside o problema do livre-arbítrio que, desde os tempos mais recuados, ocupou milhares de cérebros humanos e, desde os tempos mais recuados, surgiu em toda a sua enorme importância.

Este problema consiste em que, se tomarmos o homem como objeto de observação — teológico, histórico, ético, filosófico — encontraremos a lei geral da necessidade à qual ele está submetido, como tudo o que existe. Ora, olhando-o através de nós mesmos, como algo do qual nós próprios temos consciência, sentimo-nos mais livres.

Esta consciência é uma fonte de conhecimento de si mesmo, inteiramente distinta e independente da razão. Graças à razão, o homem observa a si mesmo; mas ele só se conhece através da consciência.

Sem a consciência de si mesmo não são possíveis nenhuma observação e nenhuma aplicação do raciocínio.

Para compreender, observar, concluir, o homem deve primeiro ter consciência de si mesmo, como um ser vivo. O homem só se concebe vivo, quando quer, isto é, tendo consciência de sua vontade. Ora, essa vontade, que constitui a essência de sua vida, ele só a concebe e só pode concebê-la, quando livre.

Se, ao submeter-se a uma observação, o homem percebe que sua vontade é sempre dirigida por uma única e mesma lei (quer a observação se baseie na necessidade de alimento ou no funcionamento do cérebro, ou em qualquer outra coisa), ele não pode interpretar esse comando constante de sua vontade senão como uma limitação da vontade. O que não é livre não poderá ser limitado. A vontade do homem parece-lhe limitada precisamente porque ele só é capaz de concebê-la sendo livre.

Você diz: eu não sou livre. E no entanto levantou e abaixou o braço. Todos compreendem que essa resposta ilógica é uma prova irrefutável de liberdade.

Essa resposta é a expressão da consciência não-submetida à razão.

Se a consciência da liberdade não fosse uma fonte de conhecimento de si mesmo, distinta e independente da razão, ela estaria subordinada ao raciocínio e à experiência; mas, na realidade, tal subordinação nunca existe e é inconcebível.

Uma série de experiências e de raciocínios mostra que cada homem, como objeto de observação, está sujeito a certas leis e a elas se submete e nunca se revolta contra a lei da gravitação ou da impenetrabilidade, desde que as tenha aceito. Mas a mesma série de experiências e de raciocínios mostra-lhe que a liberdade absoluta, da qual tem consciência, é impossível, que cada um de seus atos depende de sua organização, de seu caráter e dos motivos que influem nele; mas o homem nunca se submete às conclusões tiradas dessas experiências e desses raciocínios.

Tendo aprendido, pela experiência e pelo raciocínio, que uma pedra cai, o homem acredita mplicitamente nisso, e, em todos os casos, espera que se cumpra esta lei por ele reconhecida.

Mas, tendo também aprendido que sua vontade está submissa a leis, ele não acredita e nem ode acreditar nisso.

A experiência e o raciocínio podem provar-lhe que, nas mesmas condições e com o mesmo aráter, ele agiria exatamente como agiu antes. Quando está prestes a realizar pela milésima vez, nas nesmas condições, com o mesmo caráter, um ato que sempre terminaria com o mesmo resultado, ele e sente certo de poder dirigir sua vontade, como antes da experiência. Todo homem, tanto o elvagem como o pensador, por mais que a experiência e o raciocínio lhe tenham provado que é npossível conceber dois atos diferentes em idênticas condições, sente que sem esta absurda rença (que constitui a própria essência de sua liberdade), ele não pode aceitar a vida. Sente que, or mais impossível que isto seja, assim deve ser; sem esta convicção de liberdade, ele não só não ompreenderia a vida, como também não poderia continuar vivendo nem mais um minuto.

Não poderia mais viver, pois todas as aspirações dos homens, todos os seus estímulos na da, não são mais que aspirações para aumentar sua liberdade. Riqueza e pobreza, glória e onimato, poder e submissão, força e fraqueza, saúde e doença, instrução e ignorância, trabalho diversões, saciedade e fome, virtude e vício — são graus mais ou menos elevados da liberdade.

Só se pode imaginar um homem privado de liberdade quando esse homem está morto. Se a eia de liberdade se apresenta à razão como uma contradição absurda, como a possibilidade de realizar dois atos diferentes nas mesmas condições ou como um efeito sem causa, isto serve apenas para provar que a consciência não está submetida à razão.

Essa consciência de liberdade, inatacável, irrefutável, reconhecida por todos os pensadores e experimentada por todos os homens, sem exceção, essa consciência sem a qual é impossível qualquer noção de Humanidade, é que constitui a outra face do problema.

O homem é a criação de um Deus Todo-Poderoso, infinitamente clemente e onisciente. Que é então o pecado, cuja noção decorre da consciência de liberdade? Eis o problema da Teologia.

Os atos dos homens são regidos por leis gerais, imutáveis, registradas pela Estatística. Em que consiste a responsabilidade do homem ante a sociedade, responsabilidade cuja noção decorre da consciência de liberdade? Eis o problema do Direito.

Os atos de um homem são atributos de seu caráter congênito e das influências que agem sobre ele. Que é, então, a consciência e a noção do bem e do mal dos atos decorrentes da consciência de liberdade? Eis o problema da Ética.

O homem, em ligação com a vida geral da Humanidade, aparece submetido às leis que regem essa vida. Mas o mesmo homem, independente desse elo, aparece livre. Como deve ser considerada a vida passada dos povos e da Humanidade. Como produto da atividade livre ou dirigida dos homens? Eis o problema da História.

Só nesta presunçosa época de vulgarização dos conhecimentos, graças ao mais poderoso instrumento da ignorância — o desenvolvimento da imprensa — é que o problema do livre-arbítrio foi trazido para um terreno onde ele nem pode surgir. Nos nossos dias, a maioria dos homens chamados de vanguarda, isto é, uma multidão de ignorantes, aceitando os trabalhos dos naturalistas, que só se preocupam com uma parte do problema, apresentaram-no como a solução geral.

Não existe alma nem liberdade, pois a vida humana se manifesta pelo movimento dos músculos, e o movimento dos músculos é comandado pelo sistema nervoso. Não existe alma nem liberdade, pois, numa época desconhecida, nós descendemos dos macacos — dizem e escrevem eles, sem imaginar que há milhares de anos todas as religiões, todos os pensadores não só tinham reconhecido, como nunca tinham negado esta lei que eles agora procuram demonstrar com tanto esforço, por meio da Fisiologia e da Zoologia Comparada. Não percebem que, nessa questão, o papel das Ciências Naturais consiste apenas em servir de instrumento destinado a esclarecer só um dos aspectos. Pois afirmar que, do ponto de vista da observação, a razão e a vontade são apenas *secreções* do cérebro e que, obedecendo à lei comum, o homem pôde evoluir de uma espécie animal inferior, num lapso de tempo desconhecido, é explicar, num ângulo novo esta verdade reconhecida há milhares de anos por todas as religiões e por todos os sistemas filosóficos: do ponto de vista da razão, o homem está submetido às leis da necessidade. Mas isto não consegue fazer avançar um só passo a solução do problema que apresenta outra face oposta baseada na consciência de liberdade.

Dizer que os homens descenderam do macaco numa época desconhecida é o mesmo que dizer que eles descenderam de um punhado de terra numa época conhecida (no primeiro caso a incógnita é a época; no segundo, a origem), e a questão de saber como a consciência da liberdade do homem se concilia com a lei da necessidade a que ele está submetido não pode ser resolvida pela Filosofia nem pela Zoologia Comparada, pois na rã, no coelho e no macaco só conseguimos observar uma atividade muscular e nervosa, enquanto no homem observamos uma atividade muscular e nervosa, e a consciência.

Os naturalistas e seus adeptos que julgam ter resolvido este problema são iguais aos pedreiros que tivessem recebido ordem de rebocar um dos lados de uma igreja e que, aproveitando-

da ausência do mestre-de-obras, com excesso de zelo, rebocassem as janelas, as imagens, os andaimes, as paredes ainda não consolidadas e que, do seu ponto de vista de pedreiros, ficassem contentes verificando que tudo estava uniforme e liso.

9. A solução do problema da liberdade e da necessidade apresenta para a História — em relação a todos os outros ramos do conhecimento que tentaram resolvê-lo a vantagem de que este problema se refere não só à essência da vontade humana, mas à representação da manifestação desta vontade no passado e em determinadas condições.

A História no que se refere à solução deste problema, encontra-se, em relação às outras ciências, na mesma situação de uma ciência experimental em relação às ciências especulativas.

A História tem por objetivo não a própria vontade do homem, mas a representação que temos desta vontade.

Eis porque não existem para a História, como para a Teologia, a Ética e a Filosofia, mistérios insondáveis na fusão da liberdade e da necessidade. A História estuda a representação da vida do homem, onde já se processou a fusão desses dois termos contrários.

Na vida real, cada acontecimento histórico, cada ação humana, são compreendidos com muita clareza e nitidez, sem que surja a menor contradição, embora cada acontecimento apareça em parte livre, em parte necessário.

Para resolver o problema da fusão da liberdade com a necessidade, bem como da essência destas duas noções, a Filosofia da História pode e deve seguir um caminho oposto ao que seguiram as outras ciências. Em lugar de começar por definir as noções de liberdade e de necessidade e depois adaptar às definições obtidas os fenômenos da vida, a História deve deduzir da enorme quantidade de fenômenos que a ela se oferecem, e que sempre se apresentam na dependência da liberdade e da necessidade, a definição das próprias noções de liberdade e necessidade.

Seja qual for o ângulo por que examinamos a atividade de numerosos homens ou de um único, não podemos concebê-la senão como o produto, em parte da liberdade humana, em parte das leis da necessidade.

Se falarmos de migrações de povos e invasões de bárbaros, da política de Napoleão III, do ato realizado uma hora antes, por um homem e que consistiu na escolha de um caminho entre vários que se lhe apresentavam, não veremos aí a menor contradição. A parte de liberdade e de necessidade que comandou tais atos está claramente definida para nós.

Frequentemente, a apreciação da parte mais ou menos grande de liberdade num fenômeno difere segundo o ponto de vista onde nos colocamos para examiná-lo; mas, sempre e invariavelmente, cada ato humano nos aparece com certa dose de liberdade e de necessidade. Em cada ato examinado, encontramos uma parte de liberdade e outra de necessidade. E sempre, quanto mais liberdade encontrarmos em determinado ato, menos necessidade veremos nele; e, quanto mais necessidade encontrarmos, menos liberdade veremos.

A relação entre a liberdade e a necessidade diminui ou aumenta segundo o ponto de vista em que nos colocamos para examinar o ato; contudo, esta relação conserva-se sempre inversamente proporcional. O homem que se está afogando e que se agarra a outro e o arrasta consigo, ou a mãe faminta, esgotada pelo aleitamento do filho, que rouba comida, ou o homem habituado à disciplina que, por uma ordem, mata um homem indefeso, parecem menos culpados, isto é, menos livres e mais submetidos à lei da necessidade, aos olhos do que conhecia as condições em que eles se achavam, e mais livres, para quem não sabia que aquele homem se afogava, que a mulher tinha fome e que o soldado recebera uma ordem. Da mesma forma, um homem que há vinte anos cometeu um crime e que depois viveu tranquilamente em sociedade, sem prejudicar ninguém, parece menos culpado, e seu ato mais submetido à lei da necessidade, para aquele que examina o ato vinte anos depois, e mais livre, para o que tivesse julgado o mesmo ato logo após ter sido praticado. Do mesmo modo, o ato de um louco, de um homem bêbado ou superexcitado, parece menos livre e menos necessário para aquele que o ignora. Em todos esses casos, a noção de liberdade aumenta ou diminui e, paralelamente, diminui ou aumenta a noção de necessidade, segundo o ponto de vista sob o qual nos colocamos para julgar o ato. De sorte que, quanto maior nos parecer a necessidade, menor será a liberdade, e vice-versa.

A religião, o bom-senso da Humanidade, a Ciência do Direito e a própria História compreendem da mesma forma a relação entre a necessidade e a liberdade.

Todos os casos, sem exceção, nos quais aumenta ou diminui a ideia que fazemos da liberdade e da necessidade, possuem apenas três fundamentos:

1º) A relação do homem que realizou o ato com o mundo exterior;

2º) Sua relação com o tempo;

3º) Suas relações com as causas que determinaram o ato.

1º) O primeiro desses elementos de apreciação é a relação, mais ou menos visível para nós, entre o homem e o mundo exterior; a ideia mais ou menos clara do lugar determinado que cada homem ocupa em relação a tudo que existe ao mesmo tempo que ele. Partindo desse ponto de vista, é evidente que o homem que se afoga é menos livre e mais submetido à necessidade que o que se encontra em terra firme; partindo desse ponto de vista é que os atos de um homem ligado estreitamente a outros homens de uma região de população densa, e os atos de um homem ligado à sua família, a seu trabalho e a empreendimentos, parecem incontestavelmente menos livres e mais submetidos à necessidade do que os de um homem só e isolado.

Se considerarmos o homem só, fora de suas relações com tudo que o cerca, cada um de seus atos nos parecerá livre; mas, se observarmos suas relações com seu círculo, se observarmos o elo que o prende a quem quer que seja, a alguém que lhe fala, ao livro que lê, ao trabalho que o ocupa, mesmo ao ar que o envolve ou à luz que cai sobre os objetos em seu redor, veremos que cada uma dessas condições exerce uma influência sobre ele e comanda pelo menos um dos aspectos de sua atividade. E quanto mais influências observarmos, mais diminui a ideia que tínhamos de sua liberdade e mais aumenta a da necessidade à qual ele está sujeito.

2º) O segundo ponto de vista é a relação, mais ou menos visível, do homem com o mundo, no tempo: a ideia mais ou menos clara do lugar que sua ação ocupa no tempo. Partindo desse ponto de vista, a queda do primeiro homem, que teve como consequência o nascimento da espécie humana, parece menos livre que o casamento do homem de hoje. Partindo desse ponto de vista, a vida e a atividade dos homens que viveram há séculos e estão ligados a mim no tempo não me podem parecer tão livres quanto a vida contemporânea, cujas consequências ainda me são desconhecidas.

A parte mais ou menos grande de liberdade e de necessidade, sob esse ponto de vista depende do maior ou menor lapso de tempo decorrido entre a realização do ato e o julgamento feito sobre ele. Se examino um ato que realizei há um minuto, em condições quase idênticas às em que me encontro no momento presente, meu ato me parecerá incontestavelmente livre. Mas, s julgo um ato que realizei um mês antes, em outras condições, reconheço que, se não o tivess praticado, muitas coisas úteis, agradáveis e até necessárias que dele decorreram não teria acontecido. Se, pela lembrança, me transporto a um ato ainda muito mais afastado, realizado h dez anos ou mais, suas consequências me parecerão menos evidentes ainda e ser-me-á muit difícil imaginar o que teria acontecido se ele não tivesse sido realizado. Quanto mais longe eu me transportar para trás, pelo pensamento, ou, o que vem a dar no mesmo, para a frente, pelo julgamento, mais duvidosa será minha apreciação da liberdade de meu ato.

Esta progressão na certeza de participação do livre-arbítrio nos assuntos da humanidade, nós a encontramos exatamente igual na História. Um fato contemporâneo, que acabou de ser realizado, nos aparece indiscutivelmente como obra de todos os homens conhecidos; mas, num fato mais longínquo, já vemos as consequências inevitáveis, fora das quais seríamos incapazes de imaginar qualquer outra coisa. E quanto mais distante estiverem os fatos por nós examinados, menos arbitrários eles nos parecerão.

A guerra austro-prussiana parece-nos a consequência incontestável das astúcias de Bismarck, etc.. As guerras napoleônicas, embora com algumas dúvidas, ainda se nos apresentam como resultado da vontade livre dos heróis; entretanto, nas Cruzadas, já vemos um acontecimento que ocupa seu lugar determinado e sem o qual a História moderna da Europa seria destituída de sentido, embora os cronistas das Cruzadas só tenham visto nelas o efeito da vontade de alguns personagens. Quando se trata de migrações de povos, ninguém mais em nossa época afirma que a renovação do mundo europeu tenha dependido do arbitrário Átila. Quanto mais remoto estiver na História o objeto de observação, mais duvidosa se torna a liberdade dos homens que provocaram os acontecimentos e mais evidente a lei da necessidade.

3º) O terceiro elemento de apreciação é a maior ou menor facilidade que temos em apreender o encadeamento infinito das causas, que é a exigência inevitável da razão, e onde cada fenômeno que compreendemos e, por conseguinte, cada ato do homem, deve ter seu lugar determinado como a consequência dos que o precederam e como a causa dos que o seguiram. Segundo esse ponto de vista, nossos atos e os dos outros nos parecem, de um lado, tanto mais livres e menos sujeitos à necessidade quanto mais conhecermos as leis fisiológicas, psicológicas e históricas deduzidas da observação às quais o homem está sujeito e quanto mais seguramente tivermos penetrado a causa fisiológica, psicológica ou histórica de um ato; por outro lado, quanto mais simples for o ato observado, menos complexos serão o caráter e o espírito do homem cujo ato estudamos.

Quando não compreendemos em absoluto a causa de um ato, seja ele um crime, uma boa ação ou mesmo um ato indiferente ao bem e ao mal, reconhecemos nele uma grande parte de liberdade. Quando se trata de um crime, reclamamos, antes de tudo, o castigo de tal ato; no caso de uma boa ação, temo-la em grande conta. No caso de um ato indiferente, reconhecemos-lhe grande personalidade, originalidade e liberdade. Mas basta que conheçamos uma só das inúmeras causas para já admitirmos certa parte de necessidade e exigirmos menos o castigo do crime, para não vermos tanto mérito no ato virtuoso e tanta liberdade no ato que nos parecia original. O fato de um criminoso ter sido criado em meio de malfeitores já atenua sua culpabilidade. A abnegação de um pai, de uma mãe, a abnegação que comporta a possibilidade de recompensa, é mais compreensível que a abnegação gratuita e, por conseguinte, parece-nos menos merecedora de simpatia menos livre. O fundador de uma seita, de um partido, um inventor, nos surpreende menos quando sabemos como e por que sua atividade foi preparada. Se dispusermos de uma longa série de experiências, se nossa observação estiver constantemente voltada para a pesquisa das relações entre as causas e os efeitos nos atos humanos, tais atos nos parecerão tanto mais necessários e tanto menos livres quanto mais aproximarmos os efeitos das causas. Se os atos considerados forem simples, e se estivermos dispostos a observá-los através de uma enorme quantidade atos inteligentes, a ideia que faremos de sua necessidade será ainda mais completa. O ato sonesto do filho de um pai desonesto, a má conduta de uma mulher que caiu em certo meio, a volta do bêbado à bebida, etc., são atos que nos parecem menos livres, porque lhes compreendemos melhor a causa. Se um homem, cujos atos examinamos, se encontrar no mais baixo grau de desenvolvimento da inteligência, como uma criança, um louco, um simples de espírito, então, conhecendo as causas de seus atos e a pouca complexidade de seu caráter e de seu espírito, veremos desta vez uma grande parte de necessidade e uma reduzida parte de liberdade, e se conhecermos a causa que deve produzir o efeito, poderemos predizer o ato.

É unicamente sobre estes três fundamentos que repousam a irresponsabilidade no crime e as circunstâncias atenuantes, reconhecidas por todas as legislações. A responsabilidade parece maior ou menor, segundo o maior ou menor conhecimento das condições onde se encontrava o homem cujo ato é julgado, segundo o maior ou menor lapso de tempo decorrido entre o ato e o julgamento e a compreensão mais ou menos perfeita das causas do ato.

10. Assim, nossa ideia de liberdade e de necessidade diminui ou aumenta progressivamente, segundo o menor ou maior elo existente entre a manifestação da vida de um homem e o mundo exterior, o menor ou maior afastamento no tempo e a menor ou maior dependência das causas entre as quais examinamos esta manifestação.

De sorte que, se examinarmos o caso de um homem cujo elo com o mundo exterior é muito conhecido, o lapso de tempo entre o ato e seu julgamento suficientemente longo e as causas do ato bem-determinadas, teremos a impressão de haver mais necessidade e menos liberdade. Mas se considerarmos um homem em menor dependência das condições exteriores, se seu ato foi realizado no instante mais próximo do presente, e se as causas de seu ato não nos são acessíveis, teremos a impressão da mais reduzida necessidade e da maior liberdade.

Mas tanto num como no outro caso, por mais que procurássemos mudar nosso ponto de vista, por mais que procurássemos definir o elo que prende o homem ao mundo exterior, ou por mais compreensível que ele nos pareça, por mais que aumentássemos ou reduzíssemos esse lapso de tempo, que compreendêssemos ou não as causas, nunca poderíamos conceber uma liberdade total, nem uma necessidade total.

1º) Por mais que procurássemos imaginar um homem subtraído às influências do mundo exterior, nunca chegaríamos à noção de liberdade no espaço. Cada um dos atos do homem está inevitavelmente, condicionado a seu próprio corpo e ao que o cerca. Levanto e abaixo o braço Meu ato parece livre, mas ao indagar se eu poderia levantar o braço em todas as direções percebo que o levantei na direção em que esse gesto encontraria menos obstáculos, tanto po parte dos corpos que me cercavam, como de meu próprio corpo. Se, de todas as direções possíveis eu escolhi uma, foi porque nesta havia menos obstáculos. Para que meu gesto fosse livre seria necessário que ele não encontrasse nenhum obstáculo. Para que imaginemos um homem livre, devemos representá-lo fora do espaço, o que evidentemente é impossível.

2º) Por mais que procurássemos aproximar o momento do julgamento daquele em que s cumpriu o ato, nunca chegaríamos à noção de liberdade no tempo. Se considero um ato realizad há um segundo, serei obrigado a reconhecer que ele não é livre, pois está ligado ao momento er que foi realizado. Posso levantar o braço? Levanto-o mas me pergunto: Poderia não o ter levantado no momento que passou? Para ter certeza disso, não o levanto no momento seguinte. Ma não o levantei no momento exato em que eu me fazia a pergunta sobre a liberdade. O temp passou e não estava em meu poder retê-lo: e o braço que então levantei e o ar com que execut esse movimento já não são nem o mesmo ar que me cerca neste momento nem o braço que na levanto. O momento em que foi realizado o primeiro movimento já não pode voltar e naque momento eu só podia fazer um único movimento e, qualquer que fosse ele, nunca poderia deixar de ser único. O fato de no minuto seguinte eu não ter levantado o braço não prova que eu não pudesse levantá-lo. E como eu não podia fazer mais que um movimento num momento determinado ele não poderia ter sido outro. Para imaginá-lo livre, é preciso imaginá-lo no presente, no limite do passado e do futuro, isto é, fora do tempo, o que é impossível.

3º) Por mais que aumentasse a dificuldade de compreensão das causas, nunca chegaríamos à representação de uma liberdade absoluta, isto é, da ausência de uma causa. Por mais incompreensível que nos pareça a causa da expressão de uma vontade em qualquer de nossos atos ou dos outros, a primeira exigência do espírito é supor ou pesquisar a causa, sem a qual nenhum fenômeno é concebível. Levanto o braço para realizar um ato independente de qualquer causa, mas o fato de querer realizar um ato sem causa é a causa de meu ato.

Mas, mesmo se imaginarmos um homem inteiramente subtraído a todas as influências, considerando somente seu ato instantâneo no presente e supondo que nenhuma causa o tenha provocado, admitimos um resto infinitesimal de necessidade igual a zero, e nem assim chegaremos à noção de liberdade absoluta do homem. Pois um ser, impermeável a influências do mundo exterior, encontrando-se fora do tempo e sendo independente de causas, já não é mais um homem.

Exatamente da mesma forma, nunca podemos imaginar um ato humano que se realize sem a intervenção da liberdade e que só esteja sujeito à lei da necessidade.

1º) Por mais que aumentasse nosso conhecimento das condições de espaço onde se encontra um homem, este conhecimento nunca poderia ser completo, pois o número dessas condições é infinitamente grande, assim como o espaço é infinito. Por tal razão, enquanto *todas* as condições, todas as influências que são exercidas sobre o homem não forem determinadas, não há necessidade absoluta, restando sempre certa parte de liberdade.

2º) Por mais que alongássemos o lapso de tempo que separa o fenômeno por nós examinado do julgamento feito sobre ele, esse lapso de tempo será limitado e o tempo, ilimitado. Sob esse ponto de vista, portanto, também não pode haver necessidade absoluta.

3º) Por mais incompreensível que nos pareça o encadeamento das causas de um ato qualquer, jamais conheceremos esse encadeamento em sua totalidade, pois ele é infinito e, novamente, não chegaremos nunca à necessidade absoluta.

Além disso, mesmo se admitirmos um resto de liberdade igual a zero, constatamos num caso qualquer, como por exemplo, no de um moribundo, de um embrião, de um idiota, a ausência total de liberdade, e assim destruiremos a noção própria de homem que consideramos, pois desde que não há liberdade, também não existe homem. Por essa razão é que representar-se um ato humano submetido unicamente à lei da necessidade, sem o menor resíduo de liberdade, é tão impossível quanto representá-lo inteiramente livre.

Assim, para imaginarmos um ato humano submetido unicamente à lei da necessidade, sem liberdade, devemos admitir que conhecemos o número *infinito* das condições no espaço, o período de tempo *infinito* e a sequência *infinita* das causas.

Para imaginarmos o homem absolutamente livre, não sujeito à lei da necessidade, devemos imaginá-lo só, *fora do espaço, fora do tempo e fora da dependência das causas.*

No primeiro caso, se a necessidade fosse possível sem a liberdade, chegaríamos à definição da lei da necessidade pela própria necessidade, isto é, a uma forma sem conteúdo.

No segundo caso, se a liberdade fosse possível sem a necessidade, chegaríamos a uma liberdade incondicionada, fora do espaço, do tempo e das causas que, pelo próprio fato de não ser condicionada nem limitada por coisa alguma, nada seria, ou apenas um conteúdo sem forma.

De um modo geral, chegaríamos a estes dois princípios que formam toda a concepção humana do mundo: a essência desconhecida da vida e as leis que definem esta essência.

A razão afirma: 1º) O espaço, com todas as formas que lhe dão sua aparência — a matéria — é infinito e não pode ser concebido de outra maneira.

2º) O tempo é um movimento infinito, sem uma só parada, e não pode ser concebido de outra maneira.

3º) O encadeamento das causas e dos efeitos não tem começo e não pode ter fim.

A consciência afirma:

1º) Só eu vivo, e tudo que existe não é senão eu; por conseguinte, o espaço está em mim.

2º) Meço o tempo que foge por um momento imóvel do presente, no qual tenho consciência de viver; por conseguinte estou fora do tempo.

3º) Estou fora de todas as causas, pois eu me sinto a causa de todas as manifestações de minha vida.

A razão exprime as leis da necessidade. A consciência exprime a essência da liberdade.

A liberdade, que nada limita, é a essência da vida na consciência do homem. A necessidade sem conteúdo é a razão humana com suas três formas.

A liberdade é aquilo que se examina. A necessidade é o que é examinado. A liberdade é o conteúdo. A necessidade é a forma.

Somente separando as duas fontes do conhecimento que estão uma para outra assim como o continente para o conteúdo, é que chegaremos a noções separadas que se excluem reciprocamente e que são incompreensíveis: as noções de liberdade e necessidade.

Somente reunindo-as é que se chega a uma representação da vida do homem.

Fora destas duas noções, que se definem reciprocamente em sua união — como o continente e o conteúdo — não é possível nenhuma representação da vida.

Tudo o que sabemos da vida dos homens não é mais que certa relação entre as forças da natureza e a necessidade, isto é, entre a essência da vida e as leis da razão.

As forças vitais da natureza estão fora de nós e de nossa consciência e nós as designamos pelos nomes de: gravidade, inércia, eletricidade, força animal, etc.; mas temos consciência da força vital do homem e a chamamos de liberdade.

Mas, da mesma forma que a força da gravidade, incompreensível por si mesma, mas reconhecida por todos os homens, só nos é compreensível na medida em que conhecemos as leis da necessidade, às quais ela está sujeita (desde a primeira noção de gravidade de todos os corpos, até a lei de Newton), assim a força da liberdade, incompreensível por si mesma, mas reconhecida por todos, só nos é compreensível na medida em que conhecemos as leis da necessidade às quais ela está sujeita (desde o fato de que o homem é mortal até as mais complexas leis econômicas ou históricas).

Todo conhecimento consiste em adaptar a essência da vida às leis da razão.

A liberdade do homem distingue-se de todas as outras forças pelo fato de que o homem tem consciência desta força; mas aos olhos da razão ela em nada se distingue das outras forças. As forças da gravidade, da eletricidade ou da afinidade química só se distinguem uma da outra porque são definidas de maneiras diversas pela razão. Exatamente do mesmo modo, a força da liberdade humana só se distingue, pela razão, das outras forças da natureza, pela definição que lhe dá esta razão. A liberdade sem a necessidade, isto é, sem as leis da razão que a definiram, não se distingue em nada da gravidade, do calor ou da força vegetativa. Ela não é, para a razão, senão uma sensação instantânea, indefinida da vida.

Assim como a essência indefinida da força que move os corpos celestes, do calor, da eletricidade, da afinidade química, ou da força vital, assim como tudo isso forma o conteúdo da Astronomia, da Física, da Química, da Botânica, da Zoologia, etc., assim a essência da força da liberdade forma o conteúdo da História. Mas assim como o objeto de cada ciência é a manifestação da essência desconhecida da vida, enquanto essa essência em si mesma só pode ser objeto da Metafísica, assim a manifestação da força da liberdade humana no espaço, no tempo e no encadeamento das causas constitui o objeto da História; ao passo que a liberdade por si mesma é objeto da Metafísica.

Nas Ciências Experimentais, chamamos leis da necessidade àquilo que nos é conhecido; àquilo que nos é desconhecido chamamos força vital. A força vital não é mais que a denominação do resíduo desconhecido de tudo o que sabemos sobre a essência da vida.

Assim, na História, chamamos àquilo que nos é conhecido leis da necessidade; ao que nos é desconhecido, liberdade. A liberdade, para a História, não é senão a expressão do resíduo desconhecido do que sabemos das leis da vida humana.

11. A História estuda as manifestações da liberdade humana em relação ao mundo exterior, no tempo e na dependência das causas, isto é, ela define esta liberdade segundo as leis da razão. Assim, a História só é ciência na medida em que essa liberdade for definida por essas leis.

Para a História, o reconhecimento da liberdade humana como uma força que pode ter influên-:ia sobre os acontecimentos históricos, isto é, as leis, é o mesmo que para a Astronomia o econhecimento da força livre do movimento dos corpos celestes.

Este reconhecimento destrói a possibilidade de existência das leis, isto é, de qualquer conhe-imento. Se houvesse um só corpo que pudesse mover-se livremente, as leis de Kepler e de Newton não mais existiriam e estaria destruída toda a concepção do movimento dos corpos elestes. Se houvesse um único ato livre do homem, não existiria nenhuma lei histórica e nenhu-ıa representação dos acontecimentos históricos.

Para a História, as vontades humanas se movimentam sobre certas linhas, das quais uma das xtremidades se perde no desconhecido, enquanto a outra se move no espaço, no tempo e na ependência das causas; a consciência da liberdade dos homens aí se move no presente.

Quanto mais o campo deste movimento se amplia aos nossos olhos, mais evidentes se rnam as leis deste movimento. Descobrir e definir estas leis é o papel da História.

Do ponto de vista em que se coloca hoje a Ciência para considerar seu objetivo, pelo cami-ıo que ela segue procurando as causas dos fenômenos no livre-arbítrio dos homens, é impos-vel a definição das leis para a Ciência, pois quaisquer que sejam as restrições à vontade dos mens, desde o momento em que as reconhecemos como força não submetida a leis, a existên-a de uma lei torna-se impossível.

Só limitando esta liberdade ao infinito, isto é, considerando-a como uma quantidade finitesimal, é que nos convenceremos da impossibilidade absoluta de penetrar as causas, e só tão, em lugar de pesquisar as causas, a História terá como missão a pesquisa das leis.

A pesquisa destas leis começou há muito e os novos métodos de pensamento que a História ve assimilar elaboram-se simultaneamente com a autodestruição para a qual se encaminha a ha História, separando, cada vez mais, as causas dos fenômenos.

Este caminho foi seguido por todas as Ciências Humanas. Chegando ao infinitamente pe-:no, a Matemática, a mais exata das ciências, abandona o método de fracionamento e adota o novo método da totalização das incógnitas infinitamente pequenas. Renunciando às noções de causa, os matemáticos procuram uma lei, isto é, propriedades comuns a todos os elementos desconhecidos e infinitamente pequenos.

Por forma diversa, mas adotando igual raciocínio, as outras ciências seguiram o mesmo caminho. Quando Newton formulou a lei da gravitação, não afirmou que o sol ou a terra tinham a propriedade de atrair. Disse que todos os corpos, do maior ao menor, tinham a propriedade de se atraírem uns aos outros, isto é, deixando de lado a questão da causa do movimento dos corpos, afirmou uma propriedade comum a todos os corpos, dos infinitamente grandes aos infinitamente pequenos. O mesmo fazem as Ciências Naturais: deixando de lado a causa, pesquisam as leis. A História usa o mesmo processo. Se seu objetivo é o estudo do movimento dos povos e da Humanidade, e não descrever episódios da vida de alguns homens, ela deve, afastando a noção das causas, pesquisar as leis comuns a todos os elementos de liberdade infinitamente pequenos, iguais e indissoluvelmente ligados entre si.

12. Depois que foi descoberta e aprovada a lei de Copérnico, a simples aceitação do fato de que é a terra que gira e não o sol destruiu toda a cosmografia dos antigos. Refutando esta lei, podia-se conservar a antiga concepção do movimento dos corpos, mas sem a refutar não se poderia continuar a estudar o mundo de Ptolomeu. E no entanto, ainda depois da descoberta de Copérnico, o mundo de Ptolomeu continuou a ser estudado.

Desde que foi dito e afirmado que o número de nascimentos e crimes obedece a leis matemáticas e que as condições geográficas ou político-econômicas determinam tal e tal forma de governo, que as relações determinadas entre a população e o solo produzem os movimentos dos povos, desde então, os fundamentos sobre os quais a História se apoiava foram destruídos em sua própria substância.

Poder-se-ia, negando as novas leis, conservar a antiga concepção histórica, mas sem negá-las seria impossível continuar estudando os acontecimentos históricos como efeito do livre arbítrio dos homens. Pois, se tal forma de governo foi instaurada ou se se produziu tal movimento de povos em função de determinadas condições geográficas, étnicas ou econômicas, a vontade dos homens que nos é apresentada como tendo instaurado esta forma de governo ou provocado o movimento dos povos, não pode mais ser considerada como causa.

Entretanto, a antiga História continua a ser estudada paralelamente às leis da Estatística, da Geografia, da Economia Política, da Filologia Comparada e da Geologia, que estão em forma contradição com tais princípios.

Longa e obstinada foi a luta, quanto à filosofia da natureza, entre a antiga e a nova concepção. A Teologia montava guarda em redor da velha corrente e acusava a nova de destruir a revelação. Mas, quando a verdade triunfou, a Teologia estabeleceu-se com a mesma firmeza no novo terreno.

Longa e obstinada é, em nossos dias, a luta entre a antiga e a nova concepção da História e novamente a Teologia monta guarda em redor da antiga concepção e acusa a nova de destruir a revelação.

Num e noutro caso, a luta provoca, em ambos os lados, as paixões e sufoca a verdade. De um lado, surge o medo e a tristeza de ver destruído um edifício erigido durante séculos; do outro, a paixão da destruição.

Os que combatiam as novas verdades da filosofia da natureza acreditavam que, se aceitassem essas verdades, seria a destruição da fé em Deus, da criação do mundo, do milagre de Jos filho de Naum. Os defensores das leis de Copérnico e de Newton, como por exemplo Voltaire, acreditavam que as leis da Astronomia destruiriam a religião. Voltaire usava as leis da gravidade como arma contra a religião.

Exatamente da mesma forma, hoje parece que basta reconhecer as leis da necessidade para que sejam destruídas as noções da alma, do bem e do mal e todas as instituições do Estado ou da Igreja edificados sobre tais noções.

Exatamente como Voltaire no seu tempo, os defensores da lei da necessidade servem-se desta lei como de uma arma contra a religião. Mas exatamente como a lei de Copérnico em Astronomia, a lei da necessidade na História não só destrói, como consolida mais o terreno no qual estão edificadas as instituições do Estado e da Igreja.

Como outrora em matéria de Astronomia, também hoje para o problema da História, toda a diferença de concepções repousa no reconhecimento ou não-reconhecimento de uma unidade absoluta, servindo de medida comum aos fenômenos visíveis. Em Astronomia, era a imobilidade da terra; em História, a independência da pessoa, a liberdade.

Assim como para a Astronomia, a dificuldade em admitir o movimento da terra decorria da necessidade de renunciar à sensação direta de imobilidade da terra e à mesma sensação de movimento dos planetas, também para a História a dificuldade de admitir a submissão do homem às leis do espaço, do tempo e das causas, decorria da necessidade de renunciar à sensação direta de independência pessoal. Mas, assim como em Astronomia a nova concepção afirmava: "É verdade, nós não sentimos o movimento da terra, mas se admitirmos que ela é imóvel somos levados a conclusões absurdas, ao passo que se admitirmos seu movimento que não sentimos, chegaremos às leis", também na História a nova concepção dizia: "É verdade, não sentimos nossa dependência, mas admitindo nossa liberdade, chegaremos a um absurdo, ao passo que se admitirmos nossa dependência do mundo exterior, do tempo e das causas, chegaremos às leis".

No primeiro caso, bastaria renunciar à consciência de imobilidade no espaço e admitir um movimento que não sentimos; no caso presente, também é necessário renunciar à liberdade da qual temos consciência e reconhecer uma dependência que não sentimos.

1865 — 1869

Este livro foi composto com a tipografia Times New Roman
e impresso pela Associação Religiosa Imprensa da Fé.